ein Ullstein Buch

ÜBER DAS BUCH:

Als Helen Hooven Santmyer in den zwanziger Jahren mit der Niederschrift ihres Romans begann, wollte sie die Sonnenseiten des Lebens in einer kleinen Stadt im Bundesstaat Ohio schildern – als Antwort auf Sinclair Lewis' Roman *Main Street,* in dem der Autor hart mit dem Spießertum und der Borniertheit amerikanischen Kleinstadtlebens nach der Jahrhundertwende ins Gericht gegangen war. Rund fünfzig Jahre arbeitete sie an diesem Buch, das zunächst in einer gekürzten Fassung bei der Ohio State University Press erschien und erst in der ungekürzten Version zu einem Bestseller wurde, der quer durch die Vereinigten Staaten Schlagzeilen machte.
Helen Hooven Santmyer erzählt die Geschichte von Sally Cochran und Anne Alexander, die in einer Kleinstadt in Ohio aufwachsen und nach dem Abschluß der Mädchenschule mit zehn anderen jungen Frauen einen literarischen Frauenklub ins Leben rufen. Von der Mitte des vergangenen Jahrhunderts bis in die dreißiger Jahre des 20. Jahrhunderts spannt sich der Erzählbogen, in dem über mehrere Generationen hinweg Leben und Entwicklung der Frauen und ihrer Familien geschildert werden. Das Geschehen in der kleinen Stadt des mittleren Westens reflektiert die Geschichte der Vereinigten Staaten.

DIE AUTORIN:

Helen Hooven Santmyer wurde am 25. November 1895 in Cincinnati, Ohio, geboren. Als sie fünf Jahre alt war, zog ihre Familie nach Xenia, wo sie die meiste Zeit ihres Lebens verbracht hat. Nach ihrem Abschluß am Wellesley College 1918 arbeitete sie als Sekretärin für die radikale Frauenbewegungsgruppe in Boston. Von 1919 bis 1921 lebte und arbeitete sie in New York als Sekretärin des Redakteurs des *Scribners Magazin*. Bereits 1920 hatte sie mit den Vorarbeiten für *»... and Ladies of the Club«* begonnen. 1960 nahm sie die Arbeit wieder auf und vollendete den Roman 1975. Die Redaktion dauerte noch weitere sechs Jahre. Helen Hooven Santmyer lebt heute in einem Pflegeheim in Xenia.

Helen Hooven Santmyer

»...und Damen des Klubs«

Roman

ein Ullstein Buch

ein Ullstein Buch
Nr. 22047
im Verlag Ullstein GmbH,
Frankfurt/M - Berlin
Titel der amerikanischen
Originalausgabe:
»...AND LADIES OF THE CLUB«

Aus dem Amerikanischen
übertragen von Christa E. Seibicke
und Hans-Jürgen Jacobs

Ungekürzte Ausgabe

Umschlagentwurf:
Elżbieta Woźniewska-Krüger
unter Verwendung einer
Zeitschriftenillustration (um 1890)
Archiv für Kunst und Geschichte, Berlin

Taschenbuchausgabe mit Genehmigung
des Diana Verlags, Zürich

Printed in Germany 1988
Druck und Verarbeitung:
Ebner Ulm
ISBN 3 548 22047 9

Januar 1989

CIP-Titelaufnahme
der Deutschen Bibliothek

Santmyer, Helen Hooven:
»...und Damen des Klubs«: Roman /
Helen Hooven Santmyer. [Aus d.
Amerikan. übertr. von Christa E.
Seibicke u. Hans-Jürgen Jacobs]. -
Ungekürzte Ausg. - Frankfurt/M;
Berlin: Ullstein, 1989
(Ullstein-Buch; Nr. 22047)
Einheitssacht.: »...and ladies of the
club« <dt.>
ISBN 3-548-22047-9
NE: GT

Inhalt

DIE GRÜNDERINNEN DES FRAUENKLUBS VON WAYNESBORO

Miß Anne Alexander
Miß Sarah Cochran
Miß Susan Crenshaw
Mrs. Rebecca Lowrey
Miß Agatha Pinney
Miß Louisa Tucker

1868

»Die Idee zur Gründung eines Frauenklubs in Waynesboro tauchte zum erstenmal im Frühsommer des Jahres 1868 auf.«

Gleich dem Gerichtsgebäude, den Kirchen und alten Herrenhäusern, bildete in den fünfziger und sechziger Jahren des 19. Jahrhunderts auch das Mädchen-College von Waynesboro ein hervorragendes Motiv für die in jener Zeit so beliebten Stahlstiche. Die beiden Collegegebäude lagen ein gutes Stück von der Straße entfernt hinter einem schmiedeeisernen Zaun, inmitten eines weitläufigen, tiefschattigen Parks. Gleich hinter dem Eingangstor betrat man einen mit roten Ziegeln gepflasterten Weg, der sich auf halber Strecke gabelte; ein Zweig führte direkt zum Wohnheim, während der andere in einem Bogen nach rechts zum Unterrichtsgebäude hin verlief. Von der Straße her sahen beide Trakte vollkommen gleich aus. Ihre Fassaden waren streng geometrisch gegliedert, die Eingänge tief ins Mauerwerk zurückversetzt; ein halbes Dutzend Granitstufen, die ein Eisengeländer sicherte, führte zu den Türen hinauf. Die Fenster hatte der Architekt paarweise übereinander angeordnet in allen drei Stockwerken bis hinauf zum Holzgesims und den Stützbalken, welche die weit überragenden, nur wenig geneigten Dächer trugen. Und doch war eines der beiden Gebäude, wie ein Stahlstich sofort hätte erkennen lassen, größer als das andere. Der Unterrichtstrakt hatte einen quadratischen Grundriß, und über jeder Dachecke ragte ein Schornstein in die Höhe; das Wohnheim dagegen war wesentlich tiefer als breit, und über beiden Längsschrägen des Daches erhoben sich Reihen von Doppelschornsteinen, ein augenfälliger Beweis dafür, daß jedes Zimmer über einen eigenen Kamin verfügte. Das Haus, in dem der Besitzer dieser privaten Lehranstalt mit seiner Familie wohnte, stand so weit zurückversetzt, daß es sich dem Blickfeld eines etwaigen Stahlstechers entzogen hätte, es sei denn, er wäre die Seitenstraße hinuntergeschlendert, die daran vorbeiführte. Allein, diese Behausung war keiner künstlerischen Darstellung wert – sie schien recht klein und wirkte noch dazu ziemlich heruntergekommen, vom Haupteingang her war sie jedoch glücklicherweise nicht zu sehen.

Übrigens waren auch die Collegegebäude nur in den Wintermonaten gut erkennbar, ansonsten wurden sie von dem belaubten, tiefhängenden Geäst uralter Bäume verborgen. Ein Künstler, der seinem Bild etwas Leben hätte einhauchen wollen, wäre vielleicht auf den Gedanken gekommen, ein paar junge Damen in Krinolinen zwischen den Bäumen Krocket spielen zu lassen.

Ganz gewiß hätte eine solche Szene Eingang in jede Sammelmappe der »Sehenswürdigkeiten von Waynesboro« gefunden. Um die Mitte des vorigen Jahrhunderts gab es im Süden Ohios nicht wenige alteingesessene und dementsprechend wohlhabende Familien, die es für selbstverständlich hielten, ihren Töchtern eine zeitgemäße Erziehung angedeihen zu lassen. Die Mädchen aus Waynesboro waren für gewöhnlich Tagesschülerinnen; das Internat besuchten jene, die »von außerhalb« kamen. Mochte das Institut auch nicht gerade groß sein, während der sechziger und siebziger Jahre jedenfalls florierte das Mädchen-College von Waynesboro.

Ein ganz bestimmter Tag in jener fernen Zeit bedeutete in den Augen einiger Damen aus Waynesboro den Anbruch einer neuen Epoche. Es war dies der 17. Juni 1868, der sogenannte *Commencement Day,* an dem eine Reihe von Schülerinnen des Colleges ihre Ausbildung beendeten. Für gewöhnlich fand die Abschlußfeier in der Methodistenkirche statt. Jede der zehn, zwölf Absolventinnen verlas dann eine kurze Abhandlung, in der sie sich mit den Kardinaltugenden des Menschen auseinandersetzte oder die tiefgründigen Probleme des Lebens zu lösen versuchte; der Schulchor sang, der Pfarrer predigte; die musikalisch veranlagten Schülerinnen zeigten ihre Künste, zwei- oder vierhändig, auf dem Klavier, während Eltern und Verwandte der Mädchen sich mit wohlverdientem Recht ein paar ungetrübte Stunden gönnten und in Stolz und Freude schwelgten.

Im Jahre 1868 wurden die Feierlichkeiten jedoch auf dem Rasen vor dem College abgehalten, wo unter den Bäumen eine größere Zuhörerschaft Platz fand als in der Kirche. Daß die Gäste diesmal besonders zahlreich erschienen waren, hatte seinen guten Grund: Der höchstgeachtete Bürger der Stadt – ein ehemaliger Brigadegeneral der Freiwilligen Unionsarmee, der inzwischen den Bezirk im Repräsentantenhaus vertrat – hatte sich bereit erklärt, die Festrede zu halten. All jene, die andernfalls keine Möglichkeit gehabt hätten, dem Ereignis beizuwohnen, weil sie weder mit dem College noch seinen Schülerinnen in Beziehung standen, waren für die Protokolländerung ausgesprochen dankbar. Schließlich galt die Abschlußfeier des Instituts als einer der gesellschaftlichen Anlässe, an denen teilnehmen zu dürfen, ein jeder als Ehre betrachtete. Das Abweichen von der Tradition war, so vermuteten die Eltern der ortsansässigen Schülerinnen, nicht Professor Lowrey zuzuschreiben, einem wortkargen, schroffen und unscheinbaren Mann mit bescheidenen Ansprüchen, sondern vielmehr der Mathematiklehrerin Miß Tucker, die von Massachusetts nach Waynesboro gekommen war und in dem Ruf stand, voll neuer und aufregender Ideen zu stecken, wie angeblich viele Bewohner ihrer Heimatstadt Boston.

Hätte man allerdings auf das Verlesen der Aufsätze verzichtet, wären die Eltern der Absolventinnen mit Sicherheit empört gewesen: Kein Vater und keine Mutter hätte sich damit zufriedengegeben, das *Commencement* der Tochter zu begehen, ohne daß diese Gelegenheit erhalten hätte, öffentlich eine Probe ihrer neuerworbenen Bildung zum besten zu geben. Und so verstrich fast der gesamte Vormittag über den moralischen Sentenzen und ernsten Betrachtungen der jungen Damen. Als sich schließlich kurz vor Mittag der Ehrengast von seinem Platz erhob, um das Wort an die Versammlung zu richten, stand nur noch der Vortrag jener Absolventin aus, der die Ehre zugefallen war, die Abschiedsrede zu halten.

Während General Demings Ansprache wanderte die Sommersonne über den Zenit. Die ausladenden Baumkronen warfen wohltuende Schatten auf bedeckte Häupter und behandschuhte Hände, und nur gelegentlich fiel ein Sonnenstrahl auf ein Sommerkleid oder huschte über ein buntes Band und ließ die Farben hell aufleuchten. Die Gruppe der Damen und Herren, die vor der Tribüne Platz genommen hatten, wirkte vielleicht größer, als sie es tatsächlich war, was wohl daran lag, daß man die Stühle weit auseinandergerückt hatte, um den Frauen genug Raum für ihre Krinolinen und zahlreichen Unterröcke zu lassen. Aber auch die mächtigen Baumstämme und die knorrigen Wurzeln von Ulmen und Ahorn schoben sich immer wieder zwischen die Sitzreihen. Dennoch erstreckte sich zwischen den hinteren Stühlen und dem Zaun noch ein breites Rasenstück, das die geladenen Zuhörer von den ungeladenen trennte. Vor dem Tor hatten sich Müßiggänger und Neugierige versammelt, darunter auch ein paar ernsthaft Interessierte, letztere zumeist Schwarze. Sie lehnten sich gegen die Eisenstäbe und spähten zu der Festgesellschaft hinüber. Dann und wann scharrte jemand mit den Füßen, ein anderer seufzte, Blicke wurden getauscht, aber es fiel kein Wort. Aufmerksam und ernst lauschten sie dem Redner am Pult. Was er sagte, war gut zu verstehen. Der General war ein eher kleiner, untersetzter Mann mit gesunder Gesichtsfarbe und kräftigem Bartwuchs. Wenn er auch nicht gerade breitschultrig war, so hatte er doch einen mächtigen Brustkorb. Dank der kräftigen Lungen hätte seine Stimme, ungeachtet ihres heiseren Klangs, sogar über Wind und Wetter und Schlachtenlärm triumphiert; an diesem stillen Junitag nun erreichte sie auch Ohren, für die sie eigentlich nicht bestimmt war. Oder lag es vielleicht gar in der Absicht des Generals, daß seine Worte bis zu den Zaungästen drangen?

»Die Republikanische Partei«, verkündete er seinen Zuhörern, »erklärt, daß jeder Bürger der ehemaligen Rebellenstaaten, ob weiß oder schwarz, die gleichen Rechte erhalten soll. Die Demokratische Partei hingegen will nur den Weißen jener Staaten den Genuß der Bürgerrechte zubilligen, die Freigelassenen jedoch sollen rechtlos bleiben.« Solche Bemerkungen veranlaßten die Schwarzen, einander Blicke zuzuwerfen, beifällig zu nicken und noch näher an den Zaun heranzurücken, um sich nur ja kein Wort entgehen zu lassen. Aber sie standen zu weit vom Redner entfernt, als daß der ihre Zustimmung hätte spüren können. Überdies, und das mußte ihm bewußt sein, hatten sie kein Wahlrecht, noch nicht jedenfalls, nicht einmal in Ohio. Sein Blick glitt über die Gesichter der Damen und Herren vor dem Podium; es waren freundliche, schicksalergebene, leicht gelangweilte Gesichter, nicht unähnlich denen einer Schulklasse, in welcher der Lehrer zum wiederholten Male einen längst bekannten Stoff vorträgt. Vielleicht ärgerte den Redner diese gönnerhafte Fügsamkeit; er fuhr fort:

»Seid gewarnt, meine Freunde! Ihr solltet euch über die Bedeutung der kommenden Wahl genau im klaren sein. Sie wird darüber entscheiden, wer den Krieg wirklich gewonnen hat, die rechtschaffenen Unionsstaaten oder die Rebellen. Die Demokraten hoffen, unsere Partei werde sich so unversöhnlich über Grundsatzfragen entzweien, daß sie im November unmöglich siegen kann. Präsident Johnson und seine Anhänger treten dafür ein, unverzüglich alle Truppen aus dem Süden abzuziehen und die ehemaligen Rebellenstaaten umgehend wieder in die Union aufzunehmen, doch die sogenannten ›Radikalen‹ in unseren Reihen wollen diese Staaten so lange besetzt halten, bis auch sie den Freigelassenen ihre

Bürgerrechte garantieren. Schon während des Krieges haben sich die Demokraten aus dem Norden als beschämend halbherzig erwiesen. Heute tut diese Partei nicht einmal mehr so, als habe sie einen Gesinnungswandel vollzogen – genausowenig wie die Rebellen. Man täusche sich nicht: Eine Niederlage hat noch niemanden bekehrt. Sie ist für den Unterlegenen, was die Verfolgung für den Verfolgten bedeutet. Der Wert der eigenen Sache wächst mit jedem Tag, und die Hingabe an sie wird allmählich zur heiligen Pflicht. Das hat der Kurs der Südstaaten seit der Kapitulation mehr als deutlich gezeigt. Jetzt, im Verein mit den Demokraten aus dem Norden, bezieht man auf offenem Feld Stellung, zeigt die schwarze Flagge frech im hellen Sonnenlicht. Man fordert die Annullierung der Staatsschulden und die Aufhebung der Ächtung; statt betroffen zu sein über den Ausgang des Krieges, ist man nur verbittert. Die Südstaaten verfolgen bei diesen Wahlen das gleiche Ziel wie in den Schlachten bei Bull Run und Andersonville, auch wenn sie sich anderer Mittel bedienen. Möge das Land den Blick erheben, möge es sich der Jahre von Fort Sumter bis Appomattox erinnern und ihnen die gebührende Antwort erteilen!«

Im Publikum zeigten bei diesen pathetischen Worten einige wenige Herren ernste Mienen, ein paar Damen nickten und warfen dem Redner sprühende Blicke zu. Doch der überwiegende Teil der Zuhörer sah eher verlegen drein, so als hätten die Ausführungen des Generals sie peinlich berührt.

Der Mann auf dem Podium spürte das mangelnde Interesse seines Publikums und erkannte auch den Grund dafür. Die Leute haben genug vom Krieg, dachte der General mit einem traurigen Lächeln.

»Bitte vergeben Sie mir meinen unangebrachten Eifer, doch in letzter Zeit habe ich an nichts anderes mehr denken können. Gerade erst bin ich vom Parteikonvent der Republikaner in Chicago zurückgekehrt, wo wir den größten Sohn unseres Landes, General Grant, als Präsidentschaftskandidaten aufgestellt haben. Die Begeisterung, die dort herrschte, geht mir nicht aus dem Sinn. Als ich gebeten wurde, auf der Abschlußfeier des Mädchen-Colleges von Waynesboro zu sprechen, war mir natürlich bewußt, daß man von mir keine ausführliche Erörterung der Probleme jener erwartete, die bei der Lösung eben dieser Probleme keine Stimme haben. Doch etwas, meine jungen Damen, möchte ich Ihnen nachdrücklich ins Gedächtnis rufen.« Bei diesen Worten wandte er sich den Mädchen zu, die hinter ihm saßen.

Bis zu diesem Augenblick hatten sie so gut wie keine Notiz von ihm genommen. Kerzengerade saßen sie auf ihren Stühlen, in »züchtiger Haltung«, die behandschuhten Hände im Schoß gefaltet, die Gesichter von breitkrempigen Hüten beschattet, und betrachteten die Zuhörer auf dem Rasen vor der Rednertribüne. Ihre Haltung verriet weniger Ungeduld als eine unterdrückte Erregung – ein bewußtes Auskosten der Situation. Ihre Blicke schienen denen, die ihnen gegenübersaßen, zu sagen: Schaut her, hier sind wir. Seht uns an, nicht ihn. Diese Stunde gehört uns, nicht ihm. Seine Worte haben nur die eine Bedeutung, uns Zeit zu geben – Zeit, diesen Augenblick, diese Sonne, die für uns scheint, zu genießen, Zeit festzustellen, wer gekommen ist, um unseren Triumph mit uns zu feiern. Die Blicke der Mädchen hatten Professor Lowrey gestreift, der neben dem Redner saß; er hatte sie Geschichte gelehrt und in Paleys »Zeugnisse der Christenheit« eingeführt. In ihren Mienen spiegelten sich Nachsicht, Belustigung und ein Anflug von Mitleid: Du bist alt, du bist gelehrt, vielleicht sogar weise, aber du bist alt. Auch seine Frau, die in der ersten Reihe saß, hatten die Mädchen flüchtig, halb freundlich, halb verächtlich, angesehen: Du verstehst uns nicht, du warst tausendmal im Unrecht, aber du bist eine Persönlichkeit, und deshalb achten wir dich. Die Blicke der Mädchen huschten weiter über die Reihe der Lehrer neben Mrs. Lowrey: Ihr habt weder unser Lachen noch unseren Übermut ertragen können, ihr habt uns gescholten, wann immer sich euch ein Anlaß dafür bot, und doch werden eines Tages vielleicht sogar diese Dinge... Ihre Blicke glitten achtlos über die beiden unscheinbaren Herren hinweg, die zweimal in der Woche aus Cincinnati herüberkamen, um Musik und neuere Sprachen zu lehren, und verweilten statt dessen mit nachdenklicher, kühler Neugier auf der zarten jungen Frau, die in aufrechter Haltung neben dem Mittelgang saß. Du bist schön, wir sind jung; Jugend liebt Schönheit, hat eine ausgesprochene Schwäche für sie. Wir wollten dich lieben, doch wir konnten es nicht und wissen bis heute nicht, warum.

Solange die Mädchen nur ihre Lehrer betrachteten, glichen sich ihre Mienen nicht weniger als ihre äußere Erscheinung: Alle trugen weiße Kleider mit schlanken Taillen und engen Miedern; die kindlich-mageren Schultern erhoben sich aus einer Fülle von Rüschen wie Blumenstengel aus einem Blätterkranz. Sobald jedoch ihre Blicke in den hinteren Reihen der Zuhörer nach Eltern und Geschwistern, nach Freunden und Bekannten suchten, zerbrach diese Harmonie. Im nächsten Augenblick schien keines der Mädchen mehr Schülerin zu sein, sondern jede wurde ein Teil einer anderen Gemeinschaft. Den Ehrenplatz in der Mitte der Absolventinnen nahm jene Schülerin ein, die dazu auserkoren war, die Abschiedsrede zu halten. Falls sie noch das Lampenfieber quälte, das die anderen bereits überstanden hatten, so ließ sie es sich nicht anmerken. Das Mädchen war zierlich, hatte eine unauffällige Stupsnase, einen kindlich-eigensinnigen Mund und tiefdunkle Augen, die zu groß schienen für ihr schmales Gesicht. Seit der General seine Rede begonnen hatte, ruhten diese Augen mit unverkennbarer Zärtlichkeit auf zwei Männern, die inmitten der Zuhörer saßen. Der ältere der beiden war groß und breitschultrig, hatte einen grauen Oberlippen- und Spitzbart und trug einen Gehrock; er wirkte müde und abgespannt, doch jetzt schien er gelöst und in sich gekehrt. Den Blick des Mädchens hatte er sogleich erwidert, mit ruhigem, unverhohlenem Stolz. Der Jüngere neben ihm war kleiner und schlanker; Kinn und Oberlippe waren glattrasiert. Doch seine gestutzten Koteletten betonten die hohlen Wangen und die scharfen Linien um seinen Mund. Manchmal, wenn er alles um sich herum vergaß, war seine Miene düster und verbittert. Aber wenn sein rastloser Blick dem des Mädchens auf dem Podium begegnete, erhellte ein Lächeln sein Gesicht, dann schnitt er Grimassen und zwinkerte ihr lausbubenhaft zu.

Auch die junge Dame daneben grüßte er lächelnd mit einem Nicken. Sie war hochgewachsen, hatte goldblondes Haar, einen hellen Teint und eine reife, üppige Figur. Eine eigentümliche Würde ging von ihr aus, die freilich dann und wann von einem mutwilligen Funkeln ihrer Augen durchbrochen wurde; man konnte sich des Eindrucks nicht erwehren, daß nur ihre auffallende Größe und ihr exponierter Platz sie zu dieser stolzen Haltung zwängen. Als sie den Blumenstrauß in ihren Händen zum Gruß hob, galt diese anmutige Geste einem Paar in mittleren Jahren, das auf den Vorzugsplätzen in unmittelbarer Nähe des Festredners saß. Beide waren von stattlichem Äußeren, übten sich jedoch in vornehmer Zurückhaltung. Der Mann, bärtig und bebrillt, schien etwas beengt in seinem Anzug aus feinstem Wollstoff; die Frau war unauffällig, aber elegant gekleidet; jede Rüsche saß untadelig an ihrem Platz. Den Gruß des Mädchens ließen beide unerwidert. Betreten wandte es den Blick ab, nickte kaum merklich dem melancholischen jungen Mann zu und betrachtete dann versonnen einen Jüngling, der etwas abseits unter einem Ahorn saß und seinen Stuhl nach hinten gegen den Baumstamm gekippt hatte. Fast ließ sich mitverfolgen, wie sie eingehend seine Erscheinung prüfte: Ihr Blick glitt von seinen Schultern, die zu breit waren für die Lehne des Klappstuhls, zu seinem Kopf mit dem strohblonden, von der Sonne gebleichten Haar, und wieder zurück zu seinem gebräunten Gesicht mit dem flachsfarbenen Schnurrbart, den vorstehenden Wangenknochen, dem ausgeprägten Kinn. Als spüre er, daß sie ihn beobachtete, begegnete sein Blick dem ihren. Zwar blieben ihre Mienen ausdruckslos, aber zwischen den beiden Augenpaaren wanderte eine Botschaft hin und her: Du bist mir fremd, und Fremde bleiben unsichtbar – und doch – warte nur...

Bis zu dem Augenblick, da er sich ihnen mit seinem »Meine jungen Damen« zugewandt hatte, war also der Redner von den Mädchen fast unbeachtet geblieben. Als sie ihn nun zum erstenmal bewußt ansahen, nahmen ihre Gesichter einen verschlossenen, ja ablehnenden Ausdruck an: Laß uns in Ruhe, laß uns den Krieg vergessen. Heute beginnt unser Leben. Die Zukunft gehört uns, sie liegt vor uns wie ein Versprechen. Der Krieg ist endgültig vorbei. Wir hatten nichts mit ihm zu tun und haben genug von ihm gehört.

Der General sprach gegen diese Zurückweisung an: »Doch etwas, meine jungen Damen, möchte ich Ihnen nachdrücklich ins Gedächtnis rufen: Die Hand, so die Wiege schaukelt, ist mächtiger als jene, welche den Säbel schwingt. Was eure Mütter und Schwestern in der Stunde der Not für unser Land getan haben, das müßt auch ihr zu tun bereit sein, wenn ihr nun euren Platz in der Gesellschaft einnehmt. Gebe Gott, daß eure Männer und Söhne niemals in die Schlacht ziehen müssen, um für unsere Fahne zu kämpfen! Aber auch in den Jahren des Friedens gilt es Schlachten zu schlagen, weniger aufregende vielleicht, doch nicht minder wichtige. Und ihr müßt begreifen, was auf dem Spiel steht. Die erste dieser Schlachten steht uns unmittelbar bevor. Unterschätzen wir nicht die Wahl General Grants zum Präsidenten, die, so Gott will, im November stattfinden wird. Ihr wollt den Frieden.« Das Schlußwort richtete er wieder an sein gesamtes Publikum. »Wir alle wollen den Frieden. Doch ich versichere euch: Wenn die Verfechter des Friedens, die annehmbare Bedingungen für den Wiederaufbau und gleiches Recht für alle Menschen fordern, in ihren Bemühungen nicht ebenso zäh und unermüdlich sind wie ihre Feinde – dann wird der Friede in unerreichbare Ferne rücken.«

Nachdem er geendet hatte, verbeugte sich der General dreimal: Vor seinen Zuhörern auf dem Rasen, vor den Mädchen und vor Professor Lowrey, dem er im Schutz des einsetzenden Beifalls zuflüsterte: »Bitte entschuldigen Sie mich einen Moment. Ich möchte mit meinen Freunden am Tor noch ein paar Worte wechseln, und ich fürchte, sie werden nicht bis zum Ende der Feier ausharren. Mir ist zwar bewußt«, er lächelte wehmütig, »daß die meisten von ihnen nicht wählen dürfen – noch nicht –, aber dennoch gehören sie genauso zu meinem Wahlbezirk wie die Herrschaften hier vor uns.«

Mit schwungvollem, militärischem Schritt stieg er die Stufen vom Podest hinunter und ging an den Stuhlreihen vorbei aufs Tor zu. Kaum daß er vorüber war, achteten die Festgäste nicht weiter auf ihn. Nur der junge Mann unter dem Ahornbaum richtete sich auf und sah ihm nach. Aufmerksam beobachtete er, wie die zerlumpten, doch kräftigen Schwarzen sich am Tor drängten, um dem General demütig die Hand zu schütteln, feierlich und voller Dankbarkeit für die ihnen erwiesene Ehre.

Nun trat Professor Lowrey ans Rednerpult, die Hände auf dem Rücken unter den Schößen seines Gehrocks verschränkt, und wandte sich in schroffem, ironisch-gefärbtem Ton an die versammelten Gäste. »Gewiß darf ich General Deming in unser aller Namen danken für seine beredte Darstellung der ... äh ... Krise, die unser Land heimgesucht hat, und unsere Bürgerpflichten in eben dieser ... Krise. Die jungen Damen, die wir heute aus der ... äh ... Abgeschiedenheit unserer Lehranstalt, in deren Mauern sie so eifrig ihre Studien betrieben haben, ins Leben entlassen, sollten sich bewußt sein, daß auch sie Bürger, obgleich keine wahlberechtigten, der Republik sind. Sie, verehrte Anwesende, hatten Gelegenheit, von unseren Schülerinnen selbst zu hören, mit welcher ... äh ... Hingabe an die hehren Ideale, die ihnen hier eingepflanzt wurden, sie sich ihren neuen Pflichten und Aufgaben stellen. Einer von ihnen, der dank ihrer außergewöhnlichen schulischen Leistungen die Ehre zugefallen ist, die Abschiedsrede zu halten, werden wir noch hören. Ich habe das Vergnügen, liebe Mitbürger, Ihnen an dieser Stelle die Tochter einer der angesehensten Familien unserer Stadt ankündigen zu dürfen. Sie vorzustellen würde sich erübrigen, wären nicht so viele Gäste unter uns, die mit Waynesboro und seinen Töchtern nicht vertraut sind. Ich bitte ans Rednerpult: Miß Anne Alexander!«

Während das Publikum applaudierte, wandte Professor Lowrey sich um und blinzelte kurzsichtig die Reihe der festlich gekleideten Mädchen entlang. Als sich Miß Alexander direkt hinter seinem Stuhl von ihrem Platz erhob, verbeugte er sich förmlich; sie erwiderte die höfliche Geste mit einem Knicks, wobei sie über und über rot wurde. Dann trat sie eilig an den Rand des Podiums. Ihre Bewegungen verrieten, daß sie mit den Extravaganzen der neuen Mode noch nicht vollkommen vertraut war; dennoch gelang es ihr, die Eigenwilligkeiten der Krinoline, der Rüschen und Volants, die hinten in Taillenhöhe gerafft und von einer riesigen Schleife gehalten waren, zu meistern. Der Gegensatz zwischen den weitgebauschten Röcken und dem Mieder, das sich eng um Brust und Schultern schmiegte, unterstrich ihren zierlichen Wuchs, wie auch die kunstvolle Frisur – ein Meisterwerk aus Locken und Flechten, die unter dem Florentiner Hut hervorquollen – das zarte Antlitz noch schmaler erscheinen ließ. Es waren ihre Augen, die verhinderten, daß die Züge des Mädchens kindlich oder gar ausdruckslos wirkten. Die Aufregung ließ sie noch größer erscheinen als sie ohnehin waren, und in ihnen leuchtete ein liebenswertes Vertrauen in den Bund, den die gemeinsame Freude an Frohsinn und Heiterkeit zwischen ihr und dem Publikum schuf.

Wie man es sie gelehrt hatte, neigte sie den Kopf vor Professor Lowrey und flüsterte seinen Namen, wandte sich dann an die anderen Mädchen mit einem »Liebe Mitschülerinnen« und an die Zuhörer auf dem Rasen mit der Anrede: »Verehrte Damen und Herren.« Anschließend verkündete sie mit feierlicher Geste: »Und nun ein kräftiges Lebewohl all unserer Größe.« Sie brach ab und fügte gleich darauf entschuldigend hinzu: »Mit diesen Worten hatte ich meine Valediktion beginnen wollen. Dank meiner bescheidenen Lateinkenntnisse weiß ich, daß ›Valediktion‹ Abschiednehmen bedeutet. Abschiede sind immer traurig; aber da an einem Tag wie diesem niemand traurig sein möchte, hatte ich mir vorgenommen, Sie alle mit ein paar Scherzen über unsere melancholisch gestimmten Gemüter aufzuheitern. Ich konnte ja nicht ahnen, daß meine leichtfertigen Späße höchst unpassend einer Rede über die Bürgerpflichten folgen würden. Mir bleibt aber wohl nichts anderes übrig, als einfach in meinem Text fortzufahren, den ich wochenlang vor dem Spiegel eingeübt habe.« Ihre Zuhörer stimmten wohlwollend in ihr Lachen ein. »Ich hoffe, Sie gönnen uns ein ›letztes zauderndes Verweilen‹, ehe wir uns neuen Pflichten zuwenden. Und so sage ich es noch einmal: ›Ein kräftiges Lebewohl all unserer Größe‹. Doch ich darf Ihnen versichern, falls wir heute ungebührlich stolz und wichtigtuerisch erscheinen, dann nur, weil wir wissen, wie vergänglich unser Triumph ist. Nie wieder werden wir so ›groß‹ sein, das ist uns wohl bewußt. Nie wieder werden wir an der Spitze der Schule stehen, von allen verehrt und über uns nur noch die Götter des Olymp...« Mit einer Bewegung wies sie auf Professor Lowrey und streifte ihn mit einem schelmischen Blick. »Unsere Meinung wurde respektiert, unsere Kenntnisse wurden bewundert. Man hielt uns die Türen auf und ließ uns überall den Vortritt. Diese Zeit ist nun vorbei, und wir betreten eine andere Welt, in der wir noch einmal am Fuß der Leiter beginnen müssen. Doch glauben Sie nicht, daß wir uns den heutigen Triumph nicht verdient hätten. Als wir herkamen, waren wir noch Kinder. Wir gingen hier zur Schule, als Fort Sumter beschossen wurde, aber wir waren schon groß genug, um uns heute noch daran erinnern zu können. Wir erinnern uns, wie das Regiment von Waynesboro auszog und wie andere Regimenter durch unser Depot marschierten und wir helfen durften, Limonade und Gebäck an die Soldaten zu verteilen. Wir erinnern uns, wie unsere Väter und Brüder, unsere Onkel und Vettern in den Krieg zogen. Vier Jahre lang wurde keine Schlacht geschlagen, bei der nicht das Leben eines Soldaten in Gefahr war, der einer von uns nahestand.

Weil wir diese Erinnerungen miteinander teilen, verbindet unsere Klasse ein stärkeres Band, als das vielleicht bei anderen der Fall ist. Gewiß werden Sie nun verstehen, warum wir das Ende unserer Schulzeit mit Ernst und Traurigkeit begrüßen. Doch es gibt noch einen weiteren Grund dafür: Auf uns ruht mehr Verantwortung als auf den meisten Abschlußklassen. Während des Krieges und der Zeit der Neuordnung danach waren wir in der Schule; die Last hatten andere zu tragen. Jetzt ist es an der Zeit zu sagen: ›Der Krieg ist endgültig vorbei. Unser Land ist vereint und lebt in Frieden. Laßt es uns größer und schöner machen als es je war.‹ Wir müssen diese Aufgabe übernehmen – nicht nur wir vierzehn natürlich, sondern alle, die nun ins Leben hinaustreten. Jene, die älter sind als wir – und sei es auch nur um ein paar Jahre –, beschäftigen sich noch viel zu sehr mit dem Krieg.« Sie stockte einen Moment; ihr Blick richtete sich auf den fernen, unbekümmert blauen Himmel. »Sie können den Krieg nicht vergessen. Und die Jüngeren – wenn wir auf die warten, wird es vielleicht zu spät sein.« Sie lachte entschuldigend, so als fürchte sie, ihre Worte könnten hochtrabend und schwülstig klingen. »Eigentlich hatte ich weder vor, eine so feierliche Rede zu halten, noch Sie mit großen Worten über unsere Zukunftspläne zu erheitern. Ich wollte sie Ihnen vielmehr mit Humor vortragen. Zu einer Abschiedsrede gehört nun einmal sowohl der Blick in die Zukunft als auch der auf die Vergangenheit. Dabei spielt es keine Rolle, wie ausgefallen meine Prophezeiungen klingen mögen, denn niemand wird je erfahren, ob sie eingetroffen sind oder nicht. Nächste Woche um diese Zeit werden wir bereits in alle Himmelsrichtungen verstreut sein, von den Alleghenils bis zu den Great Plains. Wir haben uns zwar fest vorgenommen, einander zu besuchen, doch ich bin sicher, daß wir nie wieder alle so wie heute beisammensitzen werden, mir also auch niemand wird nachweisen können, wie sehr ich mich womöglich mit meinen Voraussagen getäuscht habe. Nehmen wir einmal an, daß unsere Hoffnungen sich erfüllen; ich werde Ihnen jetzt verraten, wie die Welt dann aussehen würde. Beginnen möchte ich mit Emma Austen aus Fort Wayne in Indiana, die zu Ihnen über die Rechte der Frauen gesprochen hat. Emma würde gern die Reifröcke abschaffen, weil sie in ihren Augen ein unnützes Ärgernis sind, und sich am liebsten die Haare abschneiden, weil sie das Frisieren als schreckliche Qual empfindet. Sie träumt davon, die Rechte zu studieren, und ich prophezeie Ihnen, daß Emma eines Tages Richterin sein wird.«

In diesem schalkhaften Ton fuhr sie fort, die Zukunft jeder ihrer Klassenkameradinnen zu beschreiben. Daß ihre Stimme in den letzten Sitzreihen kaum noch zu verstehen war, konnte ihren Erfolg nicht schmälern. Das Publikum war ihr geneigt. Als sie schließlich geendet hatte und auf ihren Platz zurückkehrte, war der Beifall spontaner und herzlicher als nach der Rede von General Deming.

Nun trat Professor Lowrey an den Tisch, auf dem die Zeugnisse lagen – fein säuberlich zusammengerollt und von roten Bändern gehalten. Er rief die einzelnen Mädchen auf, und eine nach der anderen trat vor, knickste, nahm ihr Diplom in Empfang und ging wieder an ihren Platz. Nachdem auch die letzte Schülerin verabschiedet war, wandte Professor Lowrey sich noch einmal ans Publikum.

»Zum Schluß unserer Feier wollen wir gemeinsam die Nationalhymne singen; im Anschluß daran wird Reverend Otis den Segen sprechen. Nachher begeben Sie sich bitte auf die andere Seite des Geländes, wo wir für unsere Abgängerinnen und ihre Gäste einen Imbiß im Freien vorbereitet haben.«

Das Publikum erhob sich von den Plätzen und blieb auch nach der Nationalhymne ruhig stehen, um den Segen zu empfangen. Doch kaum war das Amen verklungen, da lösten die Reihen sich auf. In kleinen Gruppen schlenderte man zum Podium, um entweder voller Stolz die Tochter ans Herz zu drücken oder um General Deming zu versichern, wie uneingeschränkt man mit seinen Ansichten übereinstimme. Eine nach der anderen stiegen die Mädchen die Stufen hinab, die Zeugnisrolle fest in der einen behandschuhten Hand, während die andere sich mit den weiten Röcken abmühte und der Blick achtsam auf die Schleppe der Vorangehenden gerichtet war. Anne Alexander hielt am Rand des Podiums inne und ließ den Blick noch einmal in die Runde schweifen. Dann berührte sie die Schulter des Mädchens, das vor ihr auf der obersten Stufe stand, dasselbe hochgewachsene blonde Mädchen, welches zuvor neben ihr gesessen hatte.

»Sieh nur, Sally, da drüben: Miß Tucker. Sie lauert dem General auf!«

Die einzige unter den Lehrerinnen, die – wenn auch nicht nach den Maßstäben der Mädchen – noch jung und gewiß nach jedermanns Maßstab eine hübsche Frau war, hatte Mrs. Lowrey aus dem Kreis der Kollegen fortgelockt, um sich dem General vorstellen zu lassen, der nach dem Bad in der Menge bester Laune schien. Aufmerksam beobachteten die beiden Mädchen vom Podium aus die Vorstellungszeremonie. »Ich hatte eigens darum gebeten«, gestand Miß Tucker kokett. Für Ohren, die jede Nuance ihres Tonfalls kannten, war sie trotz des allgemeinen Stimmengewirrs zu verstehen. »Da sich später vielleicht keine Gelegenheit mehr dazu geboten hätte, wollte ich nicht versäumen, Ihnen unverzüglich zu Ihrer so überaus angebrachten Rede zu gratulieren.«

Sichtlich geschmeichelt beugte sich General Deming über Miß Tuckers Hand, die sie ihm erst nach einer geraumen Weile wieder entzog. Die Mädchen verfolgten die Szene mit mißbilligender Empörung. »Also so was! Der ›olle Teepott‹ geht auf Jagd!« zischte Anne. Dieser Spitzname war Miß Tucker in der Schule verliehen worden, weil sie seinerzeit eine Teekanne mit nach Ohio gebracht hatte, aus Furcht, so etwas sei im »Wilden Westen« unbekannt. Sally zuckte nur die Schultern und stieg vom Podium herab. »Vergiß nicht, daß sie aus Massachusetts kommt – wahrscheinlich glaubt sie an all dieses Gerede vom Wahlrecht für die Farbigen. Wir essen doch zusammen, oder? Meine Eltern sind drüben im Mittelgang.«

Sie trennten sich am Fuß der Treppe, und jede suchte in der Menge nach ihrer Familie. Sally ging quer über den Rasen, wobei sie um größere und kleinere Gruppen entweder einen Bogen machte, oder sich einfach zwischen den Gästen durchzwängte. Sie wußte, wo ihre Eltern zu finden waren; doch während sie sich einen Weg durch die wogende Menschenmenge bahnte, hielt sie unverwandt nach dem sonnengebräunten jungen Mann Ausschau, der unter dem Ahornbaum gesessen hatte. Als sie ihn schließlich entdeckte, war er allein. Aber schon im nächsten Augenblick gesellte sich ein pummeliges Mädchen mit Zöpfen zu ihm, dessen Rock nicht einmal bis zu den Knöcheln reichte. Minna Rausch, dachte Sally. Aber die ist doch noch ein Kind. Ihr Bruder vielleicht?

Als sie endlich zu Mr. und Mrs. Cochran gelangte, hatte es den Anschein, als widme sie nun ihre ungeteilte Aufmerksamkeit der Gratulation ihres Vaters. »...du kannst von Glück sagen, daß Anne nicht auch dir eine Zukunft bei Gericht prophezeit hat.« Während er seine gespreizten Scherze formulierte und unablässig auf sie einredete, folgte ihr Blick Minna und dem jungen Mann, die sich zielstrebig durch die nun leeren Reihen bewegten. Er hat jemand erkannt, ging es ihr durch den Kopf. Na so was, Dock Gordon! Wie ein Sturzbach rauschten die Worte des Vaters an ihr vorbei. »... beruhigend zu wissen, daß du die Pflichten einer Frau im rechten Licht siehst... dein Vortrag... Das erfüllte Leben... sehr löblich...« Kurzerhand unterbrach sie seinen Redefluß.

»Wir müssen die Alexanders suchen, Papa. Wir sollen mit ihnen zusammen essen, und dann möchte ich gern noch mit John Gordon sprechen. Weißt du, er ist zu Annes Abschlußfeier gekommen.«

»Selbstverständlich weiß ich das, deine Mutter hat schließlich alle zum Dinner zu uns gebeten.« Mr. Cochran schien ungehalten, war er es doch nicht gewohnt, daß man ihm so einfach ins Wort fiel. Die Festlichkeiten waren Sally offenbar zu Kopf gestiegen. Er bot seiner Frau den Arm, und gemeinsam folgten sie ihrer Tochter, die sie zu einer Dreiergruppe etwas abseits der Menge führte: Anne, ihr Vater und der melancholische junge Mann, der neben ihm gesessen hatte. Noch vor den Cochrans erreichten Minna Rausch und der sonnengebräunte Fremde die drei. Sally war jedoch schnell genug, um die Begrüßung mitanhören zu können.

»Howdy, Capt'n Gordon! Ist das Sechsundvierzigste Ohio hier daheim? Oder haben Sie in dieser Stadt Ihre Praxis?«

Auf dem düsteren Gesicht spiegelte sich einen Moment lang ratlose Verwirrung, dann hellte es sich plötzlich auf. »Captain Rausch! Wie schön, Sie wiederzusehen. In Zivil habe ich Sie erst gar nicht erkannt. Ja, Waynesboro ist meine Heimatstadt; aber ich praktiziere nicht. Ich verkaufe Versicherungen in Cincinnati und bin heute nur zur Abschlußfeier hierhergekommen.«

»Hatten wohl genug von der Knochensägerei, was? Übrigens, darf ich vorstellen: Meine kleine Schwester Minna. Sie besucht hier die Schule. Ich bin auf der Heimreise und habe hier Station gemacht, um sie mitzunehmen. Sie ist noch zu jung, um allein im Schlafwagen zu fahren.«

John Gordon machte die Rauschs mit Anne und Dr. Alexander bekannt: »Alles, was ich über Medizin weiß, habe ich bei ihm gelernt.«

»Dann stehe ich in Ihrer Schuld, Sir«, wandte Captain Rausch sich an den Doktor. »Capt'n Gordon hat mir in Vicksburg das Leben gerettet. Erinnern Sie sich noch an das Duckport-Lazarett, Capt'n?«

»Sie waren verwundet?« fragte Anne und fügte ohne die Antwort abzuwarten, hinzu: »Da kommen die Cochrans.«

Abermals stellte man einander vor; doch Sally blieb kaum die Zeit, Captain Rauschs Namen zu wiederholen, ehe General Deming, mit Miß Tucker am Arm, seinen Triumphzug durch die Festversammlung unterbrach, um Mr. Cochran und Dr. Alexander zu begrüßen.

»Welch glücklicher Tag für die Eltern der jungen Damen!«

»Ihre Rede, verehrter General, war eine höchst notwendige Mahnung für uns, die wir in unserer friedlichen Stadt nur allzuleicht dazu neigen, politische Sorgen zu vernachlässigen. Aber wenn Sie gestatten«, Mr. Cochran räusperte sich und hob wie zur Entschuldigung die Hand, »so hätte ich mir als Bankier doch gewünscht, daß Sie die Haltung der Partei zur Goldrückzahlung etwas eingehender behandelt hätten.«

»Oh, Papa! Wie gräßlich!« Sallys leiser Protest richtete sich an niemand bestimmten, es sei denn an Captain Rausch, der neben ihr stand. »Jetzt werden wir den alten Schwätzer überhaupt nicht mehr los.«

Der würdigen Miß Tucker, die binnen kurzem in der Gesellschaft des Generals eine fast besitzergreifende Haltung ihm gegenüber angenommen hatte, war Sallys Bemerkung nicht entgangen; in ihren Tadel mischte sich eine bei ihr höchst ungewöhnliche Koketterie.

»Sally Cochran! Ich *schäme* mich *zutiefst* für dich! Vor dir steht Waynesboros geachtetster Bürger, unser verehrter Kongreßabgeordneter!«

Sally blickte sie so entgeistert an, wie man eine alte Bekannte anstarrt, die plötzlich etwas völlig Unerwartetes tut. Der General wandte sich unterdessen den beiden jungen Männern zu.

»Sie waren im Feld? Natürlich, die Anzeichen sind für jemanden wie mich, der eine Brigade unserer tapferen Jungs geführt hat, unverkennbar. Ah, Captain John Gordon, ich erinnere mich. Aber ich sollte wohl besser Doktor sagen. Wie fühlt man sich denn nach dem Dienst bei der Sanitätstruppe als niedergelassener Arzt? Masern und Windpocken, das ist für Sie wahrscheinlich alles recht zahm, oder?«

John verzichtete darauf, ein weiteres Mal zu erklären, daß er nicht praktiziere. Statt dessen stellte er in knappen Worten seinen ehemaligen Kameraden vor.

»Captain Rausch«, wiederholte der General. »Das klingt sehr deutsch. Haben Sie etwa unter General Sigel gedient?« Er gab sich jovial, gönnerhaft.

»Nein, Sir.« Das klang schroff, fast verächtlich. »Ich stand im Sechsten Iowa-Regiment unter General Shermans Kommando, von Shiloh bis nach Goldsborough. Mein Regiment und das von Captain Gordon gehörten zur selben Brigade. Daher kennen wir uns.«

»Ah, da haben Sie beide großes Glück gehabt. General Sherman ist ein ausgezeichneter Soldat – ein ganz ausgezeichneter sogar. Wir drei waren zweifellos Waffenbrüder, von Chattanooga bis Atlanta. Meine Brigade stand unter dem Kommando von General Thomas.«

Er verbeugte sich vor den jungen Männern, richtete ein paar abschließende Worte an die älteren Herrschaften und zog sich dann, mit Miß Tucker am Arm, zurück.

»Wer, zum Teufel, ist dieser Angeber?« Captain Rausch sah den beiden nach, die ihren Triumphzug durch die Festversammlung fortsetzten.

»Einer unserer politisch ambitionierten Offiziere. Mir ist allerdings nie zu Ohren gekommen, daß er sich auf irgendeinem ›Schlachtfeld‹ besonders ausgezeichnet hätte. Inzwischen sitzt er wieder im Kongreß, wo er auch hingehört. Heute rührt er natürlich die Wahltrommel.«

»Diese Generäle sind eine richtige Landplage, wie die Heuschrecken. Und wahrscheinlich wird das auch noch ein paar Jahre so bleiben. Großen Schaden dürften sie zwar kaum anrichten, aber einfältig daherschwatzen tun fast alle. Sie wollen uns weismachen, der Süden könnte wieder zu den Waffen greifen. So ein Unfug! Als ich das letzte Mal vor drei Jahren im Süden war, hatten die armen Teufel da unten den Krieg bis obenhin satt.«

»Sehr richtig. Grant wird die Wahl gewinnen.«

»Natürlich wird er das. Und deshalb wäre es sinnvoller gewesen, Ihr General hätte weniger über Grants Wahl gesprochen und mehr über das, was er tun wird, wenn er erst einmal im Amt *ist.*«

»Was geht uns das an? Wir brauchen keine Rekonstruktion, keine Neuordnung unserer politischen Verhältnisse wie die Südstaaten.«

»Ach was, Rekonstruktion!« Captain Rausch winkte ab. »Ich spreche von der Finanzpolitik. Die Goldrückzahlung, die Nichtanerkennung der Staatsschulden. Interessiert Sie das etwa nicht? Dann sind Sie wohl kaum mit Leib und Seele Versicherungskaufmann?«

»Das habe ich auch nie behauptet«, erwiderte John nachdenklich. »Es ist eine Arbeit, nicht besser und nicht schlechter als jede andere. Sie sind Geschäftsmann? Fleischkonserven, stimmt's?«

»Mein Vater hat eine Konservenfabrik in Burlington. Aber ich verkaufe landwirtschaftliche Geräte in Iowa. Ich würde allerdings lieber in die Produktion gehen.«

»Verstehe.« Das klang vollkommen gleichgültig. Sie wandten sich erneut den Mädchen zu; Sally zeigte ihnen den Weg zu den gedeckten Tischen und nahm das unterbrochene Gespräch mit Captain Rausch wieder auf.

»Heute scheint mein Glückstag zu sein«, sagte er zu ihr. »Hätte ich nicht zufällig Captain Gordon wiedererkannt, wäre Minna wohl kaum auf den Gedanken gekommen, mich mit Ihnen bekannt zu machen – obwohl sie mir doch schon soviel von Ihnen und Miß Alexander erzählt hat.«

Sally bemerkte Minnas verlegenes Gesicht und lachte unbekümmert. »Jetzt schwindeln Sie aber! Wahrscheinlich hören Sie Minna gar nicht zu, wenn sie von der Schule erzählt.«

»Wenn ich gewußt hätte... nun, ich fürchte, Minnas Darstellungsgabe läßt zu wünschen übrig.« Doch er hielt sich nicht lange bei solchen Neckereien auf. Captain Rausch beschäftigten andere Fragen.

»Sagen Sie, gibt es in Waynesboro eigentlich viele Nigger? Ich habe den Auflauf draußen vor dem Tor gesehen, als der General seine Rede hielt.«

»Ja, es sind ziemlich viele, aber sie haben kein Wahlrecht. Der Staat Ohio hat es ihnen letztes Jahr verweigert.«

»Sie werden es bald bekommen, und sei's nur aus politischen Erwägungen. Ohne die Stimmen der Schwarzen können die Republikaner den Süden nicht halten, und die Nigger dort unten werden so lange nicht zur Wahl gehen, bis sie nicht überall wählen dürfen.«

»Sind Sie denn kein Republikaner?«

»Selbstverständlich bin ich einer. Aber deshalb muß ich doch keine hochtrabenden Gründe für rein taktische Überlegungen heranziehen. Republikaner, die den Nigger wirklich als vollwertigen Menschen und Bruder akzeptieren, gibt es sowieso nur in Neuengland.«

»Wahrscheinlich haben Sie recht. Aber hier in Waynesboro haben wir auch ein paar echte Radikale. Nun ja.« Sally war von dem Thema sichtlich gelangweilt.

»Ich weiß.« Er ließ sich nicht beirren. »In der Rede des Generals war ja genug davon zu hören. Ich frage mich nur, was tun die vielen Nigger in einer Stadt wie Waynesboro?«

»Sie meinen, wovon leben die Leute? Arbeiten gehen hauptsächlich die Frauen. Die Männer sind Hausmeister oder Stallburschen oder Gelegenheitsarbeiter; sie mähen Gras oder räumen im Winter den Schnee von den Straßen. Warum fragen Sie?«

»Weil ich meine, daß man ihre Arbeitskraft auch anders nutzen könnte.« Als sei diese Erklärung ausreichend, ließ er das Thema fallen. Mit einiger Mühe fanden sie acht freie Plätze beieinander. Als man sich gerade setzen wollte, eilte Mrs. Lowrey auf dem Weg zum unteren Ende des langen Tisches an der Gruppe vorbei. Sie hielt inne, so als sei ihr plötzlich etwas eingefallen, dann machte sie auf dem Absatz kehrt und sprach die Mädchen an: »Sarah, Anne, es wäre sehr freundlich von euch, wenn ihr nach dem Essen auf einen Sprung in mein Büro kämt. Sagen wir um halb drei? Ja, ich glaube, bis dahin müßte ich es schaffen. Ich möchte etwas mit euch besprechen. Sofern ihr keine anderen Verpflichtungen habt...« Sie ging weiter, ohne die Antwort abzuwarten. Die beiden Mädchen sahen sich verwundert an.

»Einen Tadel wird sie uns doch wohl nicht mehr geben wollen. Das haben wir zum Glück hinter uns. Aber das ist nun mal ihre Art, sie kann einfach nicht anders.«

»Als ob wir nichts Besseres zu tun hätten«, murrte Sally. Sie setzten sich, und Anne erklärte John, was vorgefallen war. »Dabei hatte ich mich so auf dich gefreut! Wir haben einander so lange nicht gesehen.«

»Schon gut, Anne. Mach dir meinetwegen keine Sorgen. Ich muß heute nachmittag ohnehin hinaus auf die Farm und meine Schwester besuchen.« Dann wandte er sich augenzwinkernd an Sally: »Wahrscheinlich hat man Ihrer Direktorin zugetragen, daß Sie General Deming einen alten Schwätzer genannt haben.«

Der Methodisten-Pfarrer erhob sich, um das Tischgebet zu sprechen; alle verstummten und neigten die Köpfe. Während des kurzen Schweigens dachte Sally angestrengt nach. Als das »Amen« verklungen war, die Gespräche wieder aufgenommen wurden und flinke Serviererinnen knusprig gebackene Hähnchen herumreichten, beugte Sally sich vor, um an den anderen Gästen vorbei den Blick ihrer Mutter zu erhaschen.

»Denk nur, es ist das erste Ma! seit ihrer Entlassung aus der Armee, daß Dock und Captain Rausch sich wiedersehen. Und ihnen bleibt nicht viel Zeit füreinander; Dock muß heute nachmittag aufs Land, und die Rauschs wollen abends nach Chicago weiterreisen.«

Mrs. Cochran lachte; Sallys Wink war unmißverständlich. »Wenn das so ist, müssen Miß Rausch und der Captain natürlich zu uns zum Dinner kommen, mit John und den Alexanders.«

Minna schien erschrocken, doch ihr Bruder nahm die Einladung an, ohne sie überhaupt zu fragen. Ihr Zug fuhr erst gegen elf. »Und vielleicht«, meinte er, »haben die jungen Damen nachher noch Zeit für einen Spaziergang mit Minna und mir, vorausgesetzt natürlich, sie werden nicht zu lange von Mrs. Lowrey aufgehalten. Ich würde gern noch etwas mehr von Waynesboro sehen.«

Nach dem Essen gingen Anne und Sally ins Wohnheim und klopften schüchtern an die Tür des Rektorats. Die Furcht vor dieser Schwelle war zu tief in ihnen verwurzelt, als daß sie sich von einer Stunde auf die andere hätte abschütteln lassen. Doch ihre Befangenheit legte sich, als sie der Aufforderung einzutreten folgten und nur Miß Pinney und Miß Crenshaw im Zimmer vorfanden. Miß Pinney, eine schmächtige alte Jungfer mit einnehmendem Wesen, unterrichtete die Erstkläßler und hatte daher wohl schwerlich etwas mit ihren Vergehen zu schaffen. Und auch Miß Crenshaw konnte die beiden jungen Mädchen nicht einschüchtern. Sie hatte ihnen die Anfangsgründe des Lateinischen beigebracht und sie auch ein wenig Griechisch gelehrt; im Laufe von vier Jahren hatten sie sich an ihr Pferdegesicht mit den grimmigen Zügen und dem galligen Teint so gewöhnt, daß sie es nicht einmal mehr wahrnahmen; sie sahen in ihr nur noch »die arme alte Crenny«, die sie belustigte, wenn sie als Cicero donnernde Anklagen gegen Catilina im römischen Senat vorbrachte, und die sie noch mehr amüsierte, wenn sie ungeschickt in ihrem Vergil blätterte, hastig ein paar Seiten überschlug und ihre Klasse anwies, *diese* Passagen unübersetzt zu lassen. Miß Crenshaw gab nun ihre Lehrtätigkeit auf; das Abschlußjahr der Mädchen war auch ihr letztes Jahr am College; mit ihrer Pensionierung sah sie einem trostlosen Alter entgegen, das sie allein in ihrem Häuschen am Ende der Chillicothe Street verleben würde. Vielleicht weil sie bald keine Verbindung mehr mit dem Mädchen-College hatte, saß sie jetzt mit dem Rücken zum Fenster. Es war weit geöffnet und draußen auf dem Rasen wandelten immer noch Schülerinnen mit ihren Lehrern und Familien auf und ab, doch statt die Leute vor dem Fenster zu beobachten und ihnen zuzuhören, blickte Miß Crenshaw unbewegt auf einen Stahlstich über dem Kamin, der das Kolosseum in Rom darstellte.

Auch die Mädchen setzten sich und warteten auf Mrs. Lowrey; während sie sich umblickten, nahmen sie nicht ohne Verwunderung zum erstenmal wahr, daß dieser Raum, der sie stets an einen Gerichtssaal erinnert hatte, nur ein ganz gewöhnliches Büro war, und obendrein noch ein recht schäbiges, in dem eine nicht unbeträchtliche Unordnung herrschte. Die hohen Bücherschränke in der Ecke zwischen den Fenstern waren so vollgestopft mit Büchern und Broschüren, daß die Glastüren einen Spalt offenstanden. Der schirmlose Kamin war ausgebrannt, der Rost verkrustet und der Vorsetzer stumpf und glanzlos. Die filzbespannte Schreibtischplatte verschwand unter Papieren, Aktenordnern, Schreibfedern und Tintenfässern. Hinter dem Schreibtisch stand ein Drehstuhl. Die übrigen Stühle im Zimmer waren steifbeinig, mit hohen, geraden Lehnen und roßhaargepolsterten Sitzen.

Die beiden Mädchen hatten sich zwei Stühle ausgesucht, die dicht beieinander standen; in verkrampfter Haltung saßen sie da und brachten mühsam eine Unterhaltung mit den ältlichen Damen in Gang, bis endlich Mrs. Lowrey erschien. Atemlos, so als habe ein Wirbelwind sie hereingefegt, trat sie ein, die schmalen Wangen gerötet, das Haar zerzaust. Sie streifte die Mädchen mit einem schadenfrohen Blick und schmunzelte stillvergnügt über ihre betretenen Gesichter. »Ihr dachtet wohl, ich wolle euch eine allerletzte Strafpredigt halten? Nun, durchaus möglich, daß mir dergleichen auch in Zukunft hin und wieder angebracht scheint, allein, ich bin nicht mehr für euer Betragen verantwortlich. Nein, heute nachmittag habe ich euch für ein paar Minuten zu uns gebeten, weil ich dachte, ein gewisser Plan, den wir besprochen haben, könnte euch interessieren.« Als sie auf dem Weg zu ihrem Schreibtisch am Fenster vorbeikam, warf sie einen Blick nach draußen. »Ich glaube, wir brauchen nicht auf Miß Tucker zu warten.«

Miß Tucker folgte ihr indessen gewissermaßen auf den Fersen, mit ruhiger Würde und ohne den Luftzug, der ihre Vorgesetzte hereingeweht hatte. »Ich bitte Sie, meine Verspätung zu entschuldigen. Ich konnte mir den Wunsch nach einem kurzen Meinungsaustausch mit General Deming nicht versagen, ehe er wieder fort mußte. Man hat so selten Gelegenheit, bedeutende Ereignisse mit jemandem zu diskutieren, der unmittelbar daran beteiligt ist.« Mrs. Lowrey hielt den Kopf gesenkt und sah unter den Wimpern hervor fast amüsiert zu der jungen Frau auf. »Ach ja, General Deming, ein hervorragender Mann, und so distinguiert«, bemerkte sie leise. »Übrigens haben Sie sich gar nicht verspätet; ich bin selbst gerade erst gekommen.« Sie wandte sich den Mädchen zu und beantwortete die stumme Frage, die sie in ihren Augen las. »Was ich euch mitteilen wollte, ist schnell gesagt. Schon seit geraumer Zeit haben wir Damen vom College« – sie wies mit einer Geste auf ihre Kolleginnen – »uns mit dem Gedanken getragen, in Waynesboro einen literarischen Klub ins Leben zu rufen, einen *Frauenklub,* kein ›Damenkränzchen‹, der in regelmäßigen Abständen zusammenkommt und kulturelle Interessen fördert – ich denke an schöngeistige Literatur, Dichtung ... Zumindest in bescheidenem Rahmen sollte sich das verwirklichen lassen. Einige von uns bedauern, daß Waynesboro zu klein ist, um sich wissenschaftliche

Vortragsreihen leisten zu können. Der einzige Ersatz dafür, den wir aus eigenen Kräften schaffen können, wäre ein solcher Klub, dessen Mitglieder die Damen der Stadt sein müßten. Darum haben wir euch heute nachmittag hergebeten.« Sie zögerte und setzte dann ein wenig unschlüssig hinzu: »Da wären noch die Ballards und die beiden Misses Gardiner...« Sie wartete ihre Antwort ab.

»Ein *literarischer* Klub, Mrs. Lowrey?« Sally klang ein bißchen ratlos.

»Ja. Rein literarisch. Sämtliche umstrittenen Themen wären verboten. Ich weiß, was ihr jetzt denkt. Die Ballards« – sie zögerte angesichts der Unschicklichkeit persönlicher Bemerkungen, doch dann gab sie sich einen Ruck. »Wie uns allen bekannt sein dürfte, nehmen die Ballards regen Anteil an verschiedenen Reformbewegungen – gegenwärtig treten sie im Parlament als Delegierte für das Frauenstimmrecht ein. Aber sie engagieren sich ebenso für geistige Werte; ich denke, sie würden uns nicht ungern alle vierzehn Tage einen Nachmittag opfern. Dann ist da noch Miß Reid, die im kommenden Schuljahr wieder bei uns sein und Miß Crenshaws Platz einnehmen wird. Ihr wißt ja, daß sie noch diesen Monat in Oberlin ihr Examen ablegt. Auch sie würde einem solchen Klub beitreten, dessen bin ich gewiß. Und vielleicht wäre sie am besten geeignet, mit den Ballards zu sprechen, denn sie und Thomasina sind schließlich eng miteinander befreundet.«

»Ja.« Miß Tucker nickte feierlich. »Sie ist in der Tat eine *Gelehrte* und könnte die Ballards davon überzeugen, daß wir unser Vorhaben *ernst* nehmen und nicht etwa als *leichtfertigen Zeitvertreib* betrachten.«

Es war weder Rührung noch Erregung, sondern vielmehr schneidende Schärfe, mit der Miß Tucker diese Begriffe so auffallend betonte. Sie sah die rüschengeschmückten Mädchen mit ihren kunstvollen Lockenfrisuren nicht an, doch die beiden spürten den Seitenhieb sehr wohl und warfen sich einen verstohlenen Blick zu.

»Ganz recht. Und ihr, meine jungen Damen« – Mrs. Lowrey zwinkerte – »ihr meint vielleicht, unserem Vorhaben mangele es an Unterhaltungswert. Doch im nächsten Jahr wird euch die Zeit lang werden, das versichere ich euch. Die Jugend in Waynesboro ist nicht eben zahlreich, und daheim erwarten euch keine... nun, sagen wir beschwerlichen Pflichten. Im übrigen« – sie ließ ein wehmütiges kleines Lachen hören – »nachdem ich mich jahrelang bemüht habe, in euch ein wenig Verständnis für die Schönheiten der Literatur zu wecken, ist es nun mein Wunsch, daß ihr das erworbene Wissen nicht brachliegen laßt.«

Die beiden Mädchen hatten sich längst stillschweigend über den

Vorschlag verständigt; ein Heben der Brauen, fast unmerkliches Mienenspiel, Nicken und Winke genügten ihnen. Anne hatte zunächst hartnäckige Ablehnung angedeutet, und jetzt weiteten sich ihre Augen vor Staunen über Sallys Bereitschaft, Mrs. Lowreys Vorschlag zu akzeptieren; aber sie ließ sich von Sally überstimmen, die nun für beide das Wort ergriff.

»Wir danken Ihnen, Mrs. Lowrey. Es ist sehr freundlich von Ihnen und schmeichelhaft für uns, daß Sie Anne und mich in Betracht ziehen. Ich fürchte, wir sind literarisch nicht so bewandert, wie wir es sein sollten, aber wir werden nicht versäumen, unsere Pflicht zu tun, wenn die Reihe an uns ist. Ja, wir würden gern diesem Klub beitreten.«

Anne senkte den Kopf und verbiß sich ein Lächeln. Der Gesellschaftsstil ihrer Mutter wirkte an Sally recht aufgesetzt, doch Sally war nun eine angehende »junge Dame«, und Anne mußte ihr beistehen.

»Ja, Mrs. Lowrey«, sagte sie, »es wäre eine große Ehre für uns, und wir werden uns nach besten Kräften bemühen, sie zu verdienen.«

Nur Miß Tucker hob, wohl um ihre Skepsis anzudeuten, die Brauen. Mrs. Lowrey fuhr in ihren Erläuterungen fort. »Bleiben noch die Misses Gardiner. Ich bin nicht persönlich mit ihnen bekannt. Sie scheinen ziemlich zurückgezogen zu leben und haben wohl nicht viele Freunde in Waynesboro. Doch ein Klub dieser Art dürfte ihnen zusagen. Ihr Vater war ein angesehener Rechtsanwalt, und es heißt, ihre Bibliothek sei neben der von Richter Ballard die umfangreichste der Stadt.«

»Sie sind Mitglieder unserer Kirche«, bot Anne ihre Vermittlungsdienste an. »Aber während ich hier im College wohnte, mußte ich natürlich in die Methodistenkirche gehen. Ich kenne sie nicht näher, nur vom Sehen.«

»Ich glaube, Mama besucht sie hin und wieder«, sagte Sally zögernd.

»Oh? Ich hatte mir schon überlegt, ob deine Mutter mit den Damen verkehrt. Du wirst deine Mutter von jetzt an gewiß zu ihren Visiten begleiten. Bis zum ersten Oktober könntest du die Misses Gardiner doch mit unseren Plänen vertraut machen und sie bitten, unserem Klub beizutreten. Würdest du das tun?«

»Ja, Mrs. Lowrey.«

»Im Herbst werden wir unsere erste Sitzung abhalten. Sobald alle Mitglieder versammelt sind, können wir über die Statuten des Klubs beraten und den Vorstand wählen.«

Mrs. Lowrey erhob sich zum Zeichen, daß die Unterredung

beendet sei. Die Mädchen hielten sich nicht länger im Rektorat auf, als die Etikette es erforderte. Sobald sich die Tür hinter ihnen geschlossen hatte und sie allein draußen in der Halle standen, flüsterte Anne ihrer Freundin zu: »Was ist nur in dich gefahren?«

»Wie hätten wir uns weigern sollen?« Sally legte die Stirn in Falten, während sie ihre Argumente ordnete. »Dieser Klub könnte eine wichtige Institution für die Stadt werden, und wenn wir einmal die Mitgliedschaft ausschlügen, würde man uns kein zweites Mal zum Beitritt auffordern. Und wenn es uns nicht gefällt, können wir ja jederzeit wieder austreten. Außerdem, wenn wir uns geweigert hätten, wäre das nur ein Triumph für den ollen Teepott gewesen. Die Tucker hätte dann gesagt: ›Ich hab's ja gleich gewußt!‹ Sie hält uns nämlich für oberflächlich.«

Anne hielt am Fuß der Treppe inne, lehnte sich gegen den Geländerpfosten und brach in übermütiges Gelächter aus. »O Sally, du bringst mich noch um! Wir *sind* oberflächlich.«

»Warum hast du dann ›ja‹ gesagt?«

»Ich wollte dir nicht den Auftritt verpatzen. Ich find's köstlich, wie du dich im Kreise ernsthafter Persönlichkeiten benimmst. Im übrigen wird es Spaß machen, Mrs. Lowrey zu verraten, was wir wirklich von ihren englischen Dichtern halten – denk nur an Wordsworth –, und zwar in einer Situation, wo sie unsere Meinung höflicherweise respektieren muß.«

Sie gingen zum Ausgang, eilten die Vortreppe hinunter und gesellten sich zu den Geschwistern Rausch, die im Park auf sie gewartet hatten. Anne war ein wenig zurückgeblieben und bemerkte nun verstimmt, daß Captain Rausch nicht einmal so tat, als halte er nach ihr Ausschau. Die Sonnenstrahlen spielten auf seinem blonden Haar, während er lächelnd mit zurückgeworfenem Kopf dastand und nur Augen für Sally hatte, die eben zu ihm trat. Seite an Seite schritten sie auf das Tor zu. Schweigend und ein wenig verdrossen über das Arrangement folgte Anne den beiden mit der Schwester des Captains. Sie war erschöpft von den Strapazen des langen Vormittags, trug nicht die geeignete Kleidung für einen Spaziergang und war enttäuscht, weil John nicht bei ihr sein konnte. Ihr kam auch kein Thema in den Sinn, über das sie mit Minna hätte reden können; von den täglichen Gemeinschaftsritualen des Pensionslebens abgesehen, hatte sie nie etwas mit dem Mädchen verbunden. Die Kleine war wohl kaum dumm genug, nicht zu merken, warum Sally auf einmal Freundschaft heuchelte; aber kein Kind setzte sich absichtlich in den Augen eines älteren Bruders herab. Minna würde dem Captain nicht erzählen, daß die beiden älteren Mädchen eigentlich gar nicht mit ihr befreundet seien; sie würde vielmehr so tun, als stünden sie schon länger auf vertrautem Fuß miteinander. Und Sally, dieser Frechdachs, baute darauf. Mit einem halb spöttischen, halb belustigten Lächeln beobachtete Anne das hochgewachsene, stattliche Paar, das vor ihr herschritt.

Der Weg, den sie einschlugen, trug nicht dazu bei, Annes Stimmung zu heben; am Haus der Cochrans vorbei, gingen sie die Market Street hinunter bis zu dem von einem Eisengitter umsäumten Platz auf halber Höhe, an dem das Gerichtsgebäude stand. Inzwischen waren Sally und der Captain in ein so angeregtes Gespräch vertieft, daß sie weder dem Gericht Beachtung schenkten, noch seinem hinter einer Gruppe von Platanen verborgenen rückwärtigen Eingang oder dem Erdloch auf der gegenüberliegenden Seite der Market Street, wo gerade der Grundstein für das zukünftige Rathaus-mit-Opernsaal gelegt wurde. Auch die presbyterianische Kirche an der dritten Querstraße jenseits der Market Street würdigten sie keines Blickes. In lebhafter Unterhaltung wandten sie sich unter den Ulmen am Rande des Platzes erst nach links, und bogen dann an der Kreuzung von Main und Chillicothe Street nach rechts ab, ohne den prächtigen Portikus des Gerichts mit dem hochaufragenden Uhrturm auch nur zu bemerken. Anne wunderte sich, daß Sally es versäumte, den Captain auf dieses stolze Bauwerk hinzuweisen, das man wohl mit Fug und Recht zu den »Sehenswürdigkeiten von Waynesboro« zählen durfte. Aber sie verlor kein Wort darüber, sondern trottete mit Minna hinter den beiden her in westlicher Richtung die Chillicothe Street entlang, an deren einer Seite sich die »guten Geschäfte« der Stadt befanden, während jenseits der breiten Fahrbahn Friseursalons, kleine Kolonialwarenläden und Hoffmanns Bierschenke lagen. Ohne ein Zeichen von Interesse umrundeten sie die vorspringenden Stufen vor Doktor Alexanders Praxis, durchquerten eine schmale Seitenstraße, gingen an Miß Crenshaws Häuschen vorbei und an dem schmucklosen quadratischen Backsteingebäude, in dem die städtische Schule untergebracht war. Als nächstes erreichten sie die »Gänsewiese«, das Viertel der Iren. Sally und der Captain schritten heiter voran, ohne sich um die beiden Mädchen hinter ihnen zu kümmern. Sie überquerten die Bahngeleise und stiegen die kopfsteingepflasterte Rampe zur Holzbrücke hinauf, die sich über Treidelpfad und Kanal spannte.

Als die beiden innehielten und über das Geländer gebeugt auf den trägen, dunklen Fluß hinuntersahen, holten Anne und Minna sie ein und blickten gleich ihnen auf das langsam dahinfließende Wasser, wie es unwillkürlich fast jeder tut, der auf einer Brücke steht. Nur Captain Rausch betrachtete auch die Umgebung: die Straße, die in gleicher Höhe mit der Brücke verlief, einen Landstreifen von der ungefähren Größe eines Häuserblocks überquerte und auf eine Eisenbrücke mit steinernen Pfeilern zustrebte, deren schmiedeeisernes Geländer sich hoch über das breite, aber flache Flußbett wölbte. Das jenseitige Ufer war, so weit das Auge reichte, von einem Erdwall gesäumt. Die Straße kreuzte den Damm und verschwand dann aus dem Blickfeld.

Anne, die der lange Spaziergang durch staubiges Gelände in ihren weißen Schuhen und dem unbequemen Festtagskleid keineswegs besänftigt hatte, fragte spitz: »Hältst du das für die Art Aussichtspunkt, wie man sie Fremden vorführt?«

»Es ist die einzige Sehenswürdigkeit, die Captain Rausch kennenlernen wollte.«

»Nun ja, es ist wohl – malerisch.«

»Oh, malerisch!« Der stattliche junge Mann lächelte auf sie herunter und wandte sich dann wieder Sally zu. »Gibt es denn am Kanal keine Dämme? Na, jedenfalls liegt das Stück Land hier zwischen Kanal und Fluß höher – sogar erheblich höher. Das sehe ich. Wird es nie überflutet?«

»Nicht, daß ich wüßte. Der Kanal ist wesentlich tiefer als der Fluß, und wenn nötig, können die Schleusen geöffnet werden. Der Fluß überschwemmt manchmal das jenseitige Ufer, deshalb brauchen wir den Damm.«

Von ihrem Standort aus konnten sie kleine Sandbänke erkennen, über denen das Seichtwasser sich kräuselte.

»Ist dieses Landstück eigentlich eine Insel?«

»O nein. Der Fluß macht nur vor Waynesboro eine riesige Schleife. Es heißt, Waynes Armee habe diese Furt benutzt, und daher habe die Stadt ihren Namen erhalten. Natürlich gab es damals den Kanal noch nicht.«

»Und da drüben ist die Seilerbahn, von der Ihr Vater beim Essen sprach?« Er deutete flußaufwärts. Ungefähr dreißig Meter von der Brücke entfernt stand ein ungestrichenes Holzgebäude. Es war langgestreckt und niedrig wie ein Lagerhaus und wurde zur Hälfte von den verkrüppelten Weiden verdeckt, die das Ufer säumten. Dahinter konnte man einen kopfsteingepflasterten Hof erkennen sowie ein paar Holzbauten, die kaum mehr waren als rohgezimmerte Schuppen. In der Ferne, doch von der Brücke aus gut sichtbar, führte eine gepflasterte Rampe hinunter zu einem Anlegeplatz am Kanalufer.

»Der Kanal ist wohl noch in Betrieb?«

»O ja. Seit wir die Eisenbahn haben, benutzt man ihn zwar nicht mehr für den Personenverkehr, aber Frachtgüter werden darauf immer noch transportiert. Das ist viel billiger.«

Anne sagte: »Für eine Fabrik ist es reichlich still hier, findet ihr nicht? Werden da drüben eigentlich noch Seile fabriziert?«

»Und ob! Und zwar von Anfang bis Ende in Handarbeit. Papa sagt, für die Seilerei hat die letzte Stunde geschlagen – ihnen fehlt das Kapital zur Anschaffung von Maschinen.«

»Erwähnte Ihr Vater nicht, zwei Holländer hätten den Betrieb gegründet und seien auch heute noch die alleinigen Besitzer? Mit ›Holländern‹ meinte er wohl eigentlich Deutsche?«

»Nein, wenn Papa von ›Holländern‹ spricht, meint er's auch, obwohl in unserer Gegend Deutsche und Holländer häufig in einen Topf geworfen werden.«

»Würden die Damen mich einen Augenblick entschuldigen? Ich möchte gern auf einen Sprung hinuntergehen und mit den Eigentümern reden.«

Schwungvoll schritt er über die Brücke und aufs Kanalufer zu. Sie sahen ihn durch das hochaufgeschossene Unkraut den Treidelpfad entlanggehen und in einer dunklen Türöffnung verschwinden.

»Dein Bruder«, seufzte Sally in gespielter Verzweiflung, »ist an der Seilerei mehr interessiert als an den Freuden weiblicher Gesellschaft.«

Minna errötete, antwortete jedoch prompt mit der ihr eigenen schwerfälligen Ernsthaftigkeit: »Ich glaube, er interessiert sich für nichts auf der Welt so sehr wie für Seile. Er will sogar selbst welche fabrizieren, oder Stricke oder so was. Ich hab' mal gehört, wie er sich mit Onkel Otto in Cincinnati darüber unterhielt.«

»Oh, ich verstehe.« Sallys Augen weiteten sich; sie pfiff leise durch die Zähne.

Geduldig warteten sie auf seine Rückkehr. Und dann sprach er weder von seiner Unterredung noch darüber, ob er mit ihrem Ausgang zufrieden sei oder nicht; offenbar dachte er gar nicht mehr an sein Vorhaben, denn auf dem Rückweg die Chillicothe Street hinauf zeigte er das gebührende Interesse eines auswärtigen Besuchers für die Läden und Häuser, an denen sie vorbeikamen.

Anne verabschiedete sich vor Doktor Alexanders Praxis von den anderen, ging hinein, durchquerte einen dunklen Flur, öffnete eine Seitentür und betrat einen mit Ziegeln gepflasterten Weg, der zu den Stallungen führte. Sie öffnete das Tor zu einem Verbindungsgang, an dessen Ende man durch ein zweites Tor in den Hinterhof der Alexanders und von dort über die Seitenveranda ins Wohnhaus gelangte. Captain Gordon wartete im Salon auf sie. Ihr

»Oh, John! Es tut mir ja so leid!« klang enttäuscht und zerknirscht zugleich. »Die haben mich in diesem Aufzug bis runter zur alten Seilerbahn geschleppt!« Sie wies mit der Hand auf ihre zerknitterten Rüschen. »Keine geeignete Toilette für eine Wanderung, oder?« Sie nahm ihren Florentiner Hut ab und legte ihn samt den Handschuhen auf den runden Mitteltisch. »Außerdem war es schrecklich heiß.« Sie zog ein Taschentuch hervor, hob die schweren Haarflechten, die sich wie eine Krone um ihren Kopf wanden, betupfte sich den Nacken, forderte ihn mit einladender Geste auf, wieder Platz zu nehmen, setzte sich auf einen geraden Stuhl ohne Armlehnen und ordnete ihre Röcke.

»Hast du deine Schwester angetroffen? Wie geht es ihr?«

»Unverändert.« John runzelte die Stirn, während er sich in den Lehnsessel zurücksinken ließ. »Du kannst dir nicht vorstellen, wie verschroben sie ist. Stapft in Stiefeln herum wie ein Mann. Und die Röcke schlabbern ihr um die Knie wie bei einer Vogelscheuche.« Er lachte bitter und gab sich keine Mühe zu verhehlen, daß ein Besuch bei Kate eine alles andere als angenehme Pflicht für ihn bedeutete. Ganz Waynesboro wußte, wie exzentrisch seine Schwester war; sie führte den Hof wie ein Mann, mied die Stadt so gut sie konnte, hatte keine Freunde, machte keinerlei Besuche, ging nie zur Kirche und trug weder Reifröcke noch Hüte. Ihr Vater hatte John sein Land und Kate sein Geld vermacht; doch als John Dr. Alexanders Praxis verließ, um in Ohio sein Medizinstudium fortzusetzen, und erklärte, er habe nicht die geringste Absicht, je wieder auf die Farm zurückzukehren, hatte sie ihm den Hof abgekauft, auf dem sie nun schon seit zehn Jahren nach eigenem Gutdünken schaltete und waltete. Sie war eine tüchtige Bäuerin und hatte eine ausgesprochen glückliche Hand im Umgang mit Tagelöhnern und Vieh, was sie in den Augen ihrer Umwelt nicht weniger eigenartig erscheinen ließ. John bat: »Laß uns nicht über Kate sprechen.«

Er lächelte Anne zu, verzaubert von ihren Rüschen und Bändern und ihrer so durch und durch weiblichen Erscheinung, die ihn freilich auch ein wenig belustigte, denn sie kam ihm vor wie ein kleines Mädchen, das sich die Kleider seiner Mutter ausgeborgt hat, um erwachsen zu spielen. Sie wirkte geziert, wie sie da aufrecht auf dem harten Stuhl saß, die Füße unter dem Rock verborgen, die Hände im Schoß gefaltet, mit niedergeschlagenen Augen. Es schien ihm, als sei es erst gestern gewesen, daß ihr das Haar wirr über die Schultern gehangen und sie grasbefleckte Schürzen getragen hatte, unter denen die rüschenbesetzten Hosen hervorlugten, wenn sie die Bibliothek ihres Vaters durchstöberte, ihn und Rob bei den Schularbeiten störte oder ihnen bebend vor Neugier über die Schulter spähte, um einen Blick auf die schematischen Darstellungen schlimmer-als-nackter menschlicher Körper zu werfen.

»Es tut gut, wieder hier zu sein«, sagte er nach einer Weile und dachte bei sich: Obwohl sich alles geändert hat, nun da Rob tot ist und deine Mutter auch, und wir, die Überlebenden soviel älter geworden sind. »Wann habt ihr das Haus wieder bezogen?«

»Es riecht immer noch unbewohnt, nicht wahr? Obgleich Martha vorige Woche schon hier war, um sauberzumachen und zu lüften und Papas Sachen aus der Wohnung über der Praxis herzuschaffen, damit wir gleich nach der Abschlußfeier heimgehen könnten. Erinnerst du dich an Martha?«

»Dunkel. Sie war schon bei euch, als ich auf Urlaub kam. Ein schmächtiges Dingelchen und kohlrabenschwarz.«

»Sie war noch sehr jung, als sie zu uns ins Haus kam. Das war, als Mama krank wurde. Während des Krieges hat sie uns den Haushalt geführt. Sie ging erst, als Papa den albernen Einfall hatte, mich ins Pensionat zu schicken und selbst die Wohnung über der Praxis zu beziehen. Martha ging zu den Allens, aber es war von vornherein ausgemacht, daß sie zu uns zurückkommen würde, sobald ich mit der Schule fertig bin. Wirklich albern. Wir hätten ruhig hierbleiben sollen. Mit Marthas Hilfe hätte ich Papa mühelos den Haushalt führen können. Als die Cochrans letztes Jahr ins Ausland reisten und Sally auch ins Internat kam, war es dann eigentlich ganz lustig. Jedenfalls glaube ich, Papa hat es geradezu genossen, wieder ein Junggesellenleben führen zu können, soviel Unordnung um sich zu verbreiten wie ihm Spaß machte, und mit seinen Freunden im Gasthof zu essen.«

Sie schwiegen eine Weile; dann erhob sich Anne, trat an den Tisch, um Hut und Handschuhe an sich zu nehmen, und sagte: »Ich muß mich ein bißchen frischmachen für das Dinner bei den Cochrans. Wenn du dich waschen möchtest, kannst du das in Robs Zimmer tun; dort sind Wasser, Seife und Handtücher.«

Er ging hinter ihr die Treppe hinauf. Auf der Schwelle zu Robs Zimmer hielt er inne und dachte: Ich hätte ihr verraten können, warum der Doktor froh war, das Haus zu verlassen. Nachdem erst Rob und dann Mrs. Alexander gestorben waren, hatte ihr Vater Anne natürlich aus dem Haus entfernen wollen, das mit Heiterkeit zu erfüllen weit über ihre Kräfte gegangen wäre. Wahrscheinlich hatte er gehofft, ihr den Frohsinn erhalten zu können, und sie deshalb die letzten paar Jahre ins Pensionat des Mädchen-College geschickt. Als Kind hatte sie Rob vergöttert, aber als er starb, war sie höchstens zwölf oder dreizehn Jahre alt gewesen. Sie hatte wahrscheinlich nicht mehr so schmerzliche Erinnerungen an ihren Bruder wie er, John Gordon. Rob und er, wie sie medizinische Bücher lasen und dem Doktor in der Praxis halfen; wie Rob sich eines Tages auflehnte und zu Richter Ballard ging, um bei ihm die Rechte zu studieren. Dann kam der Krieg, und Rob und er waren zusammen in derselben Kompanie. Und nun war Rob tot, und statt seiner stand er jetzt in diesem Zimmer. Robs Zimmer war ihm so vertraut: Wie oft hatte er diese Waschschüssel und den Wasserkrug benutzt – wie lange war es her, daß er sich vor diesem Spiegel über der Kommode das Haar gebürstet hatte? So rasch wie möglich beendete er seine Toilette und ging wieder nach unten, wo Dr. Alexander ihn im Salon erwartete. Bald darauf gesellte sich Anne zu ihnen, und der Stallbursche-Kutscher brachte den Wagen zum Tor. Bei solch festlichen Anlässen legte man selbst geringe Entfernungen nicht zu Fuß zurück.

Die Geschwister Rausch waren vor ihnen angekommen. Sie stiegen am Wagentritt an der Innenseite des Bordsteins aus der Droschke, die sie vor dem Hotel gemietet hatten, wo immer eine Reihe von Lohnkutschen bereitstanden. Minna kannte vom Anwesen der Cochrans nur, was von der Straße aus sichtbar war: den großen Hof, die hohen Bäume, den schmiedeeisernen Zaun ringsum mit den zwei Toren, von denen eines sich auf den Fußweg zum Haus hin öffnete, während das zweiflügelige, das gewöhnlich offen stand, den Weg zur Auffahrt an der Terrasse vorbei freigab. Doch weil sie sich nie sonderlich dafür interessiert hatte, war ihr das Haus bisher nicht aufgefallen. Als sie nun vor Ludwig das Tor durchschritt und wartete, bis er den Kutscher bezahlt hatte, blickte sie den steilen gepflasterten Gehweg hinauf und fühlte sich so eingeschüchtert, daß sie haltsuchend nach Ludwigs Arm griff.

Das Haus der Cochrans, im selben Jahrzehnt erbaut wie das Mädchen-College und diesem auch im Stil sehr ähnlich, war unzweifelhaft ein herrschaftliches Gebäude: Der massive quadratische Ziegelbau auf der Kuppe eines Hügels überragte das Straßenniveau beträchtlich; die oberen Stockwerke waren halb hinter den Baumkronen verborgen. Wie die Collegegebäude besaß auch das Haus der Cochrans ein ausladendes Gesims, dessen Stützbalken das überragende Dach trugen; anders als dort zog sich hier eine breite Veranda an der Stirnseite des Hauses entlang, dessen Dach gußeiserne Träger stützten, die mit Weinlaub verziert waren; rings um das Dach verlief ein Geländer mit dem nämlichen Muster. Von der Veranda führten Stufen zu der weit zurückversetzten Flügeltür hinauf; an einer Seite ging ein Treppchen zur

Einfahrt hinunter, die um die Hausecke am Wirtschaftsflügel vorbei zu den Stallungen führte.

Während Minna zauderte und sich halb hinter Ludwig versteckte, marschierte der kühn und verwegen die Einfahrt hinauf und betätigte den Türklopfer.

Sofort öffnete ein farbiger Hausdiener in weißem Jackett (Reuben, der bei festlichen Anlässen vorübergehend vom Kutscher zum Butler avancierte): Er komplimentierte sie in den Salon, wo die drei Cochrans ihre Gäste begrüßten. Nachdem die üblichen Höflichkeitsfloskeln ausgetauscht waren, sagte Mr. Cochran: »Meine Frau und ich hegen die Hoffnung, daß uns nach dem Dinner eine musikalische Darbietung erwartet. Ich habe Sarah gebeten, ihre Notenblätter und Liederbücher bereitzulegen. Vielleicht bietet sich Ihnen eine Gelegenheit, sie durchzusehen, ehe die Alexanders eintreffen.« Die drei jungen Leute begaben sich gehorsam ans Klavier, wo die Noten ausgelegt waren. Minna stand mit weitaufgerissenen Augen neben ihrem Bruder; doch während man gemeinsam Lieblingsmelodien wie *The Blue Juniata, When I saw Sweet Nelly Home, Rocked in the Cradle of the Deep* durchblätterte, verlor sie allmählich ihre Scheu: Diese Lieder entsprachen nicht dem, was man sie daheim als Musik schätzen gelehrt hatte; sie verwunderte sich nun ebenso über den feierlichen Ernst, mit dem Ludwig die leichten Weisen in Betracht zog, wie sie vorher über die Ungezwungenheit gestaunt hatte, mit der er sich in solcher Umgebung bewegte. Sie beachtete die beiden nicht weiter, die in den Liederbüchern blätterten, hier eine Melodie summten, dort eine Bemerkung machten und im übrigen schrecklich viel lachten. Statt dessen wandte sie ihre Aufmerksamkeit den beiden Gesellschaftsräumen der Cochrans zu; vom Klavier nahe den Vorderfenstern überblickte sie ungehindert beide Räume und prägte sich Einzelheiten ein, von denen sie daheim zu erzählen gedachte.

Alles war in dunklen Tönen gehalten und wirkte sehr kostbar, wobei die Kostbarkeit nicht einer gewissen Gediegenheit entbehrte; goldgemusterte Tapeten, Nußbaumtäfelung, geblümte Teppiche. Die Flügeltür zwischen beiden Räumen war ebenso wie die Fenster von tiefbraunen Chenille-Portieren umrahmt, die mit quastengeschmückten Kordeln hochgebunden waren; die Stoffbahnen ergossen sich im Halbkreis auf die Rosen im Teppich. Jedes Zimmer besaß einen Kamin mit Pfauenschirm, einem Sims aus schwarzem, grüngeädertem Marmor und einem Spiegel darüber, der so lang war wie das Sims breit und dessen kunstvoll geschnitzter Rahmen mit dunklem Blattgold verziert war. Sechsarmige Kronleuchter hingen tief von den hohen, in weiche Schatten getauchten Decken herab; auf der Spitze jedes Arms stand ein steifbeiniger Reiher Wache und hielt ein Ende der Kette im Schnabel, an der eine bunte Lampe schwebte. Roßhaargepolsterte Nußbaumsofas waren um Tische mit Marmorplatten gruppiert; in einer Ecke standen ein paar schwere Tapisserie-Lehnsessel, und an den Wänden hingen dunkle Stahlstiche in breiten Nußbaumrahmen. Das Rosenholzklavier, auf das Minna ihre Ellbogen stützte, glänzte frisch poliert; der Deckel stand offen, und die Perlmutteinlegearbeit hinter der Tastatur funkelte, wenn sie das Licht einfing und zurückwarf.

Minna trug ein dunkles Kleid aus Merinowolle, zweckmäßig für die bevorstehende Reise; darin fühlte sie sich fast unsichtbar oder kam sich doch zumindest vor wie ein Kind, das ungeniert alles um sich her betrachten darf. Zuletzt wanderte ihr Blick zu Sally, deren strahlende Gestalt sich wie im Hochrelief vor dem dunklen Hintergrund abhob. Sally trug noch immer ihr Commencement-Kleid mit den Volants und Spitzen und Schleifen; ihr blondes Haar war frisch frisiert, und die Flechten und Löckchen waren nun noch kunstvoller arrangiert als am Morgen. Zudem trug sie jetzt eine goldene Kette um den Hals, an jedem Handgelenk funkelten ein paar breite Armreifen, und in ihre Ohrringe war schwarzer Onyx eingearbeitet.

Der schwere Schmuck unterstrich den Eindruck der Reife, den ihre Figur, ihre Größe und ihre vornehme Haltung ebenso erweckten wie – wenigstens für den Augenblick – ihr würdevolles Betragen. Anfangs hatte sie Ludwig mit huldvoller Herablassung behandelt, war jedoch während des Nachmittags zu ungezwungener Liebenswürdigkeit übergegangen. Minna war sie mit Wohlwollen begegnet – ein Wohlwollen, das den Altersunterschied zwischen ihnen verdoppelte. Doch als sie die Alexanders an der Tür hörte, verwandelte sie sich unversehens wieder in ein impulsives junges Mädchen. Sie schob Notenblätter und Liederbücher zu einem unordentlichen Stapel zusammen, sagte: »Wir werden nach dem Dinner ein paar Melodien probieren«, und durchquerte eilig den Raum, um die Neuankömmlinge zu begrüßen. Als der Hausdiener auf einem Tablett Sherry und Gebäck anbot, reagierte sie nicht wie eine erwachsene Dame, sondern errötete kindlich und blickte überrascht und fragend ihren Vater an.

»Nimm's nur«, befahl der und wippte vor dem Kamin auf den Fersen. »Schließlich feiern wir doch deinen Eintritt ins Reich der Damenwelt. Was, Doktor?«

»Ganz recht. Auch du, Anne, trink und sei dankbar. Wenngleich es ein Jammer ist, den köstlichen Tropfen an die Kinder zu verschwenden. Sie haben ihn wohl aus Europa mitgebracht?«

Mr. Cochrans kurzer Überblick über seine Reise nach Übersee schloß mit einer Rechtfertigung derselben. »Mrs. Cochran wollte unbedingt die Alte Welt kennenlernen. Sally ging gern ins Pensionat – und ich konnte zu dem Zeitpunkt die Bank ohne weiteres ihrem Schicksal überlassen. Voriges Jahr machte die Öffentlichkeit sich keine Gedanken über Finanzprobleme, der Prozeß um die Amtsenthebung von Präsident Johnson erregte die Gemüter viel zu sehr. Diesen Herbst dagegen, wo eine Präsidentschaftswahl ins Haus steht, hätte ich nicht wegfahren können.«

Sie hatten dieses überaus wichtige Thema gerade erst angeschnitten, als auch schon zu Tisch gebeten wurde; und so besprachen sie während des Essens ausgiebig – oder vielmehr die Männer taten es, während die Frauen wie gewohnt geduldig zuhörten – die politische Lage, die Golddeckung staatlicher Wertpapiere, die Neuordnung der politischen Verhältnisse in den abgefallenen Südstaaten und die Wiederaufnahme der Barzahlungen. Mr. Cochran sprach gewichtig, Dr. Alexander und John Gordon legten den distanzierten Zynismus der Unbeteiligten an den Tag, und Ludwig Rausch stürzte sich mit dem Eifer des Neulings in die Debatte.

»Wenn es gelingt, den Bürgern dieses Landes ihre Lage begreiflich zu machen«, versicherte ihnen der Bankier, »und wenn sie dementsprechend wählen und uns eine Regierung bescheren, die alles daransetzt, die Bonität des Landes aufrechtzuerhalten, dann werden Industrie, Eisenbahngesellschaften und Landwirtschaft einen noch nie dagewesenen Aufschwung erleben.«

»Sie glauben also, falls Grant die Wahl gewinnt, sei der rechte Zeitpunkt gekommen, sich selbständig zu machen?«

»Captain Rausch trägt sich mit dem Gedanken«, erklärte Sally ihrem Vater, »in Waynesboro eine Fabrik zu gründen.«

»Das habe ich doch gar nicht gesagt.« Erstaunt und nicht gerade erfreut wandte er sich Sally zu.

»Aber Sie haben es vor, nicht wahr?« Ihr strahlendes Lächeln und ihr unverhohlener Stolz darauf, sein Geheimnis erraten zu haben, verscheuchten seinen Unmut über die Einmischung.

»Mein Plan ist noch keineswegs ausgereift. Sie müssen wissen, Sir«, fuhr er wieder zu Mr. Cochran gewandt fort, »daß ich seit Kriegsende in Iowa, Nebraska und Kansas landwirtschaftliche Geräte verkaufe. Diese ganze riesige Ebene ist inzwischen parzelliert und an Siedler vergeben. Allenthalben werden Weiden umgepflügt, denn dank der Mähmaschinen und mechanischen Garbenbinder können die Farmer das Land auch ohne die fehlenden

Arbeitskräfte bebauen und ihre Ernten einbringen. Ich konnte mir ein recht gutes Bild davon machen, was die neuen Maschinen schaffen und was nicht. Die Binder verwenden nach wie vor Draht, von dem leicht ein Stück in Korn und Stroh gerät und schließlich im Magen irgendeiner Kuh landet. Natürlich beklagen sich die Bauern. Bestimmt entwickelt bald jemand einen Binder, der mit Hanf arbeitet. Und dann werden die Maschinen bei jeder Ernte viele hunderttausend Fuß solcher Faserseile benötigen. Früher oder später findet doch immer jemand einen Weg, um ein offenkundiges Bedürfnis zu befriedigen. Ist es nicht so? Dann werden noch mehr Weideflächen untergepflügt und bebaut werden, die Farmer werden noch mehr Weizen ernten und folglich auch mehr Bindegarn benötigen. Wenn einer da eine Seilerbahn hätte«, setzte er bedächtig hinzu, »wäre er fein raus. Und bis es soweit ist, könnte er getrost Bindfaden herstellen.«

»Und vielleicht sein Leben lang zu nichts anderem Gelegenheit bekommen. Aber warum nicht? Dafür wird sich immer Verwendung finden.« Mr. Cochran nickte zustimmend. »Und eine Seilerbahn haben wir.«

»Ja. Ich frage mich nur, wieso ausgerechnet hier eine entstand. Ursprünglich meine ich.«

»Hanf. Amerikanischer Hanf. Die Bauern hier in der Gegend und in Kentucky bauen welchen an, allerdings heute nicht mehr soviel wie früher; meines Erachtens wird derzeit der Hanf größtenteils importiert. Auch ist, fürchte ich, der hiesige Betrieb veraltet.«

»Ja. Wie ich hörte, wird andernorts mittlerweile zumindest ein Teil des Arbeitsvorgangs maschinell erledigt.« Bescheidenheit oder Vorsicht ließen den jungen Mann innehalten. »Also, was meine Idee betrifft – ich nehme an, es ist töricht, seine Träume auszuplaudern. Besonders«, und er ließ den Blick über die schweigende Tischgesellschaft schweifen, »solch langweilige Träume, noch dazu an einem Tag wie heute. Verzeihen Sie mir. Wir sollten uns über die Pläne der jungen Damen unterhalten, statt über die meinen.«

»Ich denke, es ist nicht schwer zu erraten«, versetzte Dr. Alexander und ließ den Blick von Sally zu Anne wandern, die neben John saß, »was junge Damen frisch vom College vorhaben, oder irre ich etwa?«

Anne schnitt ihm über den Tisch hinweg eine freche Grimasse. »Und wenn du bis zum Jüngsten Tag rietest, würdest du doch nicht herausbringen, was Sally und ich als nächstes vorhaben.« Sallys Eltern und Annes Vater blickten die Sprecherin recht besorgt an, gingen jedoch nicht auf ihre Herausforderung ein. Das junge Mädchen beruhigte sie. »Wir werden bei der Gründung eines Klubs helfen – und zwar eines literarischen Frauenklubs.« Unvermittelt brach sie in Gelächter aus, so als erschiene ihr dieser Plan vollkommen lächerlich. »Wir werden uns reihum bei den einzelnen Mitgliedern treffen und einander mitteilen, was wir von Shakespeare und Milton halten.«

Ihr Vater nickte. »Nun, das klingt harmlos; dabei kommt ihr wenigstens nicht auf dumme Gedanken.«

»Harmlos?« Mrs. Cochran, die sich bisher kaum an der Unterhaltung beteiligt hatte, beugte sich vor. »Ich weiß nicht, Doktor. Für mich klingt das verdächtig nach Frauenrechtlerinnen. Wer soll denn eigentlich diesem Klub angehören, Sally?«

Sally zählte ihr die Namen der vorgesehenen Mitglieder auf und erklärte ferner, Mrs. Lowrey habe sie am Nachmittag in ihr Büro gebeten und eingeladen, dem Klub beizutreten. »Und es ist ein rein literarischer Klub, Mama. Sämtliche strittigen Themen sind verboten.«

Sallys Ernsthaftigkeit amüsierte die beiden Väter, die einander mit Nicken und Winken kundtaten, daß sie über die Torheit der Frauen einer Meinung waren. »An deiner Stelle würde ich mir deswegen keine Sorgen machen«, riet Mr. Cochran seiner Frau. »Ein Dutzend Frauen kann wohl kaum einen ganzen Winter über alle zwei Wochen zusammentreffen, ohne sich in die Haare zu geraten. Dieser Klub wird nicht lange genug bestehen, um aus Sally einen Blaustrumpf zu machen.«

Wer weiß, wie lange die Männer noch über ihren leeren Desserttellern gesessen hätten, um diesen neuen Vorwand, ihre Töchter zu hänseln, nach Herzenslust auszukosten, wenn nicht der Diener den Doktor zu einem Patienten gerufen hätte. Als er sich entschuldigte, erhoben die anderen sich mit ihm und begleiteten ihn hinaus in die Halle.

Mr. Cochran drückte in verbindlichen Worten sein Bedauern über den vorzeitigen Aufbruch des Arztes aus. »Bei Ihrem Beruf muß man natürlich auf dergleichen gefaßt sein. Trotzdem seid ihr Ärzte höchst unbefriedigende Gäste. Der schönste Teil des Abends steht uns nämlich noch bevor. Ich glaube, man wird musizieren.«

»Wenn ich nicht allzu lange aufgehalten werde, schaue ich noch einmal vorbei. Sollte ich aber nicht zurückkommen, dann stör die Cochrans nicht zu lange, Anne. John, wenn's Schlafenszeit ist, bringst du sie bitte nach Hause.«

Als man sich wieder in den Salon begeben hatte, machte Mrs.

Cochran es sich in einem Lehnsessel bequem, während Mr. Cochran auf einem der steifen Roßhaarsofas Platz nahm; Sally wirbelte den Klavierhocker herum, und Ludwig suchte die Balladen heraus, die sie vor dem Essen zusammengestellt hatten. Als sie die vorgetragen hatten, sang Ludwig *Kennst du das Land, wo die Zitronen blühn?* und den *Erlkönig,* während Sally ihn begleitete; dann setzte er sich ans Klavier und gab zusammen mit seiner Schwester die deutschen Lieder ihrer Kindheit zum besten. Die sonst so schüchterne Minna sang unbefangen wie ein Vogel. Mrs. Cochran wünschte sich *Old Black Joe;* John und Anne gesellten sich zu den dreien am Klavier, und gemeinsam arbeitete man sich durch Stephen Foster und ging dann unwillkürlich auf Kriegslieder über. Sie stimmten *John Brown's Body* an, intonierten *Tramp, tramp, tramp* und schmetterten nach Herzenslust drauflos, während Ludwig donnernd in die Tasten griff, bis die Bilder an den Wänden erbebten, die Bronzereiher auf ihren steifen Beinen ins Wanken gerieten und die Lampen an ihren Ketten schaukelten. Als Dr. Alexander zurückkam, sangen sie eben *Das Königreich naht:*

Kalt weht der Wind, doch meine Plagen sind zu Ende,
Fort von den Baumwollfeldern, fort –

Sie wandten sich dem Eintretenden lächelnd zu, brachten ihr Lied jedoch ohne Unterbrechung zu Ende:

Pflug und Hacke laß ich stehn
und eil zum Jubelfest herbei:
Mag es regnen, mag der Wind auch wehn,
Gelobt sei Gott, denn ich bin frei.

Dr. Alexander wartete, bis sie geendet hatten, dann sagte er: »Es wird Zeit für uns, Anne«, und die Gruppe löste sich auf; man schüttelte einander die Hände, wünschte sich gegenseitig eine gute Nacht, sagte auf Wiedersehen und die Gäste nahmen in der Halle Hüte und Umhänge in Empfang.

Kaum saßen sie in der Kutsche, da fühlte Anne sich zu erschöpft, um eine Unterhaltung zu beginnen, und auch die beiden Männer waren nicht sehr gesprächig. Erst als sie im Haus der Alexanders angelangt waren und hörten, wie Zeke die Stalltür verschloß, richtete der Doktor die Worte an John, die Anne schon den ganzen Tag in der einen oder anderen Form von ihm zu hören erwartet hatte.

Schweratmend hatte er sich in seinem Ledersessel am Kamin niedergelassen und blickte nun zu John empor, der am Kamin stand und seine Pfeife stopfte.

»Ich werde wohl langsam alt. Jedenfalls bin ich müde, sehr müde. Wann kommst du zurück, John, um meine Arbeit zu übernehmen?«

John wandte sich unbehaglich ab und verstreute dabei ein paar Tabakkrümel auf dem Kaminvorleger. »Oh, Anne, sieh nur, was mir passiert ist. Bitte, entschuldige...« Doch mehr sagte er nicht.

»Du bist immer noch nicht drüber weg, hm?« Der Ältere maß ihn mit einem gutmütigen Blick seiner klugen Augen. »Laß dir noch ein Weilchen Zeit. Aber vergiß inzwischen nicht alles, was du gelernt hast.«

»Ich hab's versucht.« John war hartnäckig. Doch unter Annes vorwurfsvollen Blicken verstummte er. Als der Doktor schlafen ging, begleitete er ihn bis an den Fuß der Treppe. Johns Zug nach Cincinnati hielt morgen früh um halb fünf in Waynesboro, und er würde die Stunden bis zu seiner Abfahrt im Bahnhofshotel verbringen. Sobald der Doktor nach oben gegangen war, kehrte John noch einmal in den Salon zurück und beugte sich über Annes Stuhl.

»Möchte er wirklich, daß ich zurückkomme?« fragte er. »Oder sagt er das nur, weil er mir früher versprochen hat, mich als Partner in seiner Praxis aufzunehmen, und nun sein Wort nicht brechen will?«

»Er möchte, daß du zurückkommst. Er braucht dich.«

»Aber Rob...« John zog sich einen Stuhl heran und setzte sich ihr gegenüber. »Wie kann er nur so tun, als habe er das vergessen?«

»Rob? Was hat denn der arme Rob damit zu tun?« Sie war verwirrt und traurig.

»Er war in meinem Regiment. Man brachte ihn in mein Lazarett. Er ist gestorben. Wie kann sein Vater mich noch für einen brauchbaren Arzt halten?«

»O John! Das also hast du all die Jahre mit dir herumgetragen!« Sie verstand endlich, warum er sich ihrem Vater gegenüber wie ein ängstlicher Schuljunge aufgeführt hatte: John hatte kaum gewagt, dem Doktor in die Augen zu sehen, aus Angst, er könne einen Vorwurf darin lesen. »Du hättest dich nicht so zu quälen brauchen. Papa ist schließlich selbst Arzt. Er wußte Bescheid. Ich erinnere mich an den Tag, an dem wir die Nachricht erhalten haben, Rob sei verwundet worden – welcher Art seine Verwundung sei. Papa sagte zu Mama, sie dürfe sich keine Hoffnungen machen – es gebe keine Hoffnung mehr. Er sagte: ›Unser einziger Trost ist, daß er John bei sich hat, der es ihm leichter machen wird – ihm ein wenig das Gefühl eines Zuhause geben kann.‹« Ihre Augen verschleierten sich, während sie einen Moment in die Vergangenheit zurückblickte; dann schloß sie die Lider, schüttelte den Kopf, um die dunklen Erinnerungen zu vertreiben, und als sie die Augen wieder öffnete, sah sie ihn voll tiefer Dankbarkeit an und fügte hinzu: »Du solltest wissen, was es für Papa und für uns alle bedeutet hat, daß Rob in deinem Lazarett war, daß du dich um ihn gekümmert hast. Wie konntest du dir nur so etwas Grausiges einbilden?«

»Grausig?« Sein Lächeln war nicht bitter, aber es lag etwas wie Herablassung darin. »Du meinst, wir sollten den Krieg vergessen. Hast du das nicht heute morgen gesagt?« Den Krieg vergessen, dachte er, wenn alles, was seither geschehen ist und was noch geschehen wird, gleichgültig wie lange wir auch leben, im Vergleich damit nur falscher Schein ist. Aber das durfte er einer Frau nicht sagen; ein Mann mußte so leben, als hätte es nie einen Krieg gegeben, und die Frau, die sein Leben teilen würde, mußte er glauben machen, er hätte alle Kriegserlebnisse aus seinen Gedanken verbannt. »Merkst du denn nicht, Anne, daß ich genau das versucht habe – den Krieg zu vergessen?«

»Ich weiß.« Sie nickte ernst. »Ich habe nicht vergessen, was du bei deiner Rückkehr gesagt hast. Du habest für den Rest deines Lebens genug Schlächterarbeit verrichtet. Aber du hast mir nie erzählt, wie es wirklich war.«

»Nein. Meinst du etwa, du möchtest davon hören?« Er war fast böse über ihre Hartnäckigkeit. »Wie wir Arme und Beine abgehackt und sie in Zuber geworfen haben, als wäre es Fleischabfall in einem Schlachthaus? Doch das war die einzige Möglichkeit, Wundbrand zu verhüten. Wie behaglich habt es doch ihr Frauen«, spottete er, »die ihr nie den Geruch von Wundbrand kennenlernt. In diesem Lazarett in Louisiana stank's förmlich danach. Der Stabsarzt, weißt du, blieb bei seinem Regiment und überquerte mit der Armee den Fluß rüber nach Vicksburg. Also übertrug man mir, seinem Assistenten, die Aufsicht über das Lazarett, in dem die Verwundeten gepflegt wurden. Und ich konnte nichts tun als zusehen, wie die Männer starben. Meine Kenntnisse reichten nicht aus, um ihnen zu helfen.«

»Sie sind aber doch nicht alle gestorben. Nimm zum Beispiel Captain Rausch.« Sie dachte: Und du warst schließlich noch ein Junge. Als ihr in den Krieg gezogen seid, Rob und du, da hielt ich euch für Männer, aber in Wirklichkeit wart ihr noch halbe Kinder.

»Oh, Rausch!« Verächtlich fegte er ihren Einwand beiseite. »Der hatte bloß die Ruhr. Nicht einmal ich hätte ihn umbringen können.«

»Er ist sehr liebenswert, nicht wahr? Ich mag ihn.«

»Ja, ja, Rausch ist schon in Ordnung.« Er war froh, das Thema wechseln zu können. »Sally scheint Gefallen an ihm zu finden.«

»Aber sie hat ihn ja heute erst kennengelernt.«

»Ich weiß. Doch sie ist ein Mädchen von raschen Entschlüssen, und wenn sie sich einmal etwas in den Kopf gesetzt hat, dann kriegt sie's auch; so war Sally schon immer. Ich weiß, wovon ich rede, denn ich kenne Sally, genau wie dich, schon seit ihr in Rüschenhöschen rumlieft.«

»Ja, sie kam immer gern zu uns – du und Rob, ihr hieltet uns für schreckliche Quälgeister. Sally läßt sich nicht leicht von etwas abbringen. Sie nannte dich damals ›Dock‹, und sie tut es heute noch, und sie wird dabei bleiben, auch wenn du nie wieder ein Rezept ausstellen solltest.«

»Du hast recht. Sie begreift nicht, daß manche Menschen ihre Pläne ändern.«

»Vielleicht ändern gewisse Leute ihre Pläne einmal und kehren dann zu ihrem ursprünglichen Vorhaben zurück – jedenfalls sollten sie das, wenn sie nicht dickköpfig sind. John, ich wollte wirklich erfahren, wie's war – im Krieg –, damit ich dir versichern kann, daß die Praxis eines Hausarztes ganz anders aussieht. Und das weißt du auch. Der schlägt sich meist mit Masern und Scharlach herum und wird mitten in der Nacht aus dem Bett geklingelt, wenn irgendein Tommy oder Bobby an Brechdurchfall leidet, weil er tags zuvor grüne Äpfel gegessen hat.«

John erhob sich seufzend und legte seine Hand auf die Lehne ihres Stuhls. Es war spät geworden, und er sollte gehen, aber erst mußte er dieses Gespräch mit ihr zu Ende führen.

»Möchtest du, daß ich zurückkomme? Ich meine, ist das *dein* Wunsch?«

Sie erstarrte. »Nein«, entgegnete sie knapp und setzte dann zögernd hinzu: »Ich möchte es natürlich gern, um Papas willen. Aber meine Wünsche haben nichts damit zu tun. Es ist dein Leben. Du mußt tun, was du für richtig hältst.« Ihre Stimme erstarb, als sie den verdutzten Ausdruck in seinen Augen las, der ihr Gewißheit über das verschaffte, was hinter seiner unvermittelt barschen Frage lag, auch wenn es ihm vielleicht gar nicht bewußt war. Er hatte sich entschieden, doch er hatte es sich noch nicht eingestanden; er wollte überredet werden.

»Möchtest du dein Leben lang Versicherungspolicen verkaufen?« fragte sie, willens, ihm entgegenzukommen, willens, alles zu tun, außer um seine Rückkehr zu betteln, weil sie ihn neben sich haben wollte. »Du würdest dich doch nur wegwerfen. All das Wissen, das du dir so hart erarbeitet hast, das kannst du doch nicht in deinem Kopf verschließen, wenn es so nötig gebraucht wird. Selbst bei der Armee, wo Begabung und Fähigkeiten in der Regel nichts gelten, selbst da haben sie dir, als herauskam, daß du dein Medizinstudium fast beendet hattest, einen Urlaub bewilligt, oder etwa nicht, damit du deine Approbation erwerben und als Assistenzarzt ins Feld zurückkehren konntest.«

»Wie redegewandt du doch bist!« Er lachte. »Dann meinst du also, ich sollte zurückkommen?«

Sie schüttelte den Kopf. »Von ›sollte‹ kann keine Rede sein. Ich versuche nicht, dich gegen deinen Willen zu überreden.« Darauf lachte er, und weil sie mit dem der Jugend eigenen Eifer darauf bedacht war, ihren Scharfsinn unter Beweis zu stellen, setzte sie hinzu: »Das möchtest du doch, nicht wahr? Denn wenn ich's täte und du mir nachgäbest und dein Beruf dir später verhaßt wäre, dann könntest du mir die Schuld geben und sagen: ›Ich wußte es besser, aber ich hab' ihr ihren Willen gelassen!‹«

»Nein, ich werde meine Entscheidung selbst fällen. Ich wollte nur wissen, wie du dazu stehst.« Er wandte sich um und ging hinaus in die Halle, so als sei die Unterredung beendet, aber als er an der Garderobe nach seinem Hut griff, fuhr er fort: »Ich komme bald zurück. Wenn ich mir darüber klargeworden bin, wie du es ausdrückst, was ich mit meinem Leben anfangen will.« An der Haustür verabschiedete sie sich von ihm. Falls der Tag nicht gerade denkwürdig zu Ende gegangen war – falls sie sich enttäuscht fühlte, da sie vielleicht Hoffnungen gehegt hatte wie: »Bei meiner Abschlußfeier, wenn er sieht, daß ich erwachsen geworden bin...«, so ließ sie es sich nicht anmerken. Sie nahm das Nachtlicht vom Flurtisch in die Linke, raffte mit der Rechten ihre Röcke, um sich Bewegungsfreiheit zu verschaffen, und während sie die Treppe hinaufstieg, summte sie leise vor sich hin:

...Eil zum Jubelfest herbei:
Mag es regnen, mag der Wind auch wehn,
Gelobt sei Gott, denn ich bin frei.

DIE STAMMITGLIEDER DES FRAUENKLUBS VON WAYNESBORO

Miß Anne Alexander
Miß Eliza Ballard
Mrs. Mary Grimes Ballard
Miß Thomasina Ballard
Miß Sarah Cochran
Miß Susan Crenshaw
Miß Caroline Gardiner
Miß Lavinia Gardiner
Mrs. Rebecca Lowrey
Miß Agatha Pinney
Miß Amanda Reid
Miß Louisa Tucker

1868

»Sechs weitere Damen aus Waynesboro werden in Erwägung gezogen.«

Der Sommer des Jahres 1868 verging wie im Fluge, wie andere Sommer es vor und nach ihm taten, zumindest in den Augen der Frauen, die von ihren täglichen häuslichen Pflichten in Anspruch genommen waren. Die kurzen Vormittage waren angefüllt mit Gartenarbeit, Einkochen, Einlegen und Gelieren für den Winter; Visiten und ungezwungene nachbarschaftliche Besuche von Haus zu Haus, Picknicks, Ausfahrten und – da man sich in einem Wahljahr befand – Gartenfeste sowie Paraden belebten die langen sonnigen Nachmittage und lauen Abende. Der August war schon fast vorüber, als Anne und Sally einander beschämt daran erinnerten, daß sie versprochen hatten, Miß Lavinia und Miß Caroline Gardiner zu bitten, dem Frauenklub von Waynesboro beizutreten.

In den Monaten seit der Commencement-Feier hatte niemand die beiden jungen Mädchen an den geplanten Klub erinnert. Das College war geschlossen. Miß Tucker war zurück nach Boston gefahren, um dort ihre Ferien zu verbringen; Miß Pinney und Miß Crenshaw hatten sich in die Einsamkeit zurückgezogen, die sie außerhalb des Klassenzimmers erwartete. Professor und Mrs. Lowrey waren im Juni wie alljährlich von ihrer verheirateten Tochter samt deren unerzogenen, verantwortungslosen Kindern heimgesucht worden. Erst jetzt, da der Sommer zur Neige ging, waren die Lowreys wieder allein mit ihrer jüngeren Tochter, die noch das College besuchte. Als die Tageszeitung von der Abreise der Tylers berichtete, wurde Anne und Sally klar, daß sie die Einlösung ihres Versprechens nun nicht mehr länger hinauszögern durften: Sie mußten den Misses Gardiner ihre Aufwartung machen und sie einladen, dem Frauenklub von Waynesboro beizutreten. Bevor sie sich aber diesem förmlichen Ereignis aussetzten, würden sie zuerst Mrs. Lowrey besuchen, um sich zu vergewissern, ob sie immer noch vorhatte, den Klub zu gründen.

Für die Visite putzten sie sich sorgfältig heraus. Anne trug ein Kleid aus weinrotem Seidenköper, der ihren Wangen ein wenig Farbe verlieh. Sally wählte ein apfelgrünes Ausgehkostüm; beider Toiletten waren gekräuselt, drapiert, gebauscht und mit Borten und Knöpfen nach der neuesten Mode besetzt, wie die Schneiderin von Waynesboro diese interpretierte. Sie trugen Hüte und Handschuhe, wie es sich gehörte; jede hatte ihr Etui mit den Visitenkarten bei sich, eins aus Schildpatt, das andere aus Perlmutt, doch sie fühlten sich eher lächerlich denn elegant, als sie in der Viktoria, dem zweisitzigen Kutschwagen der Cochrans, hinter dem schwarzen Kutscher saßen und die kurze Strecke hügelan bis vors Tor des Mädchen-Colleges fuhren. Vielleicht hatten sie das Bedürfnis, diese Lächerlichkeit Lügen zu strafen, und ihren Putz als eine Art Theateraufmachung zu entlarven, als sie mit betontem Überschwang die junge Frau begrüßten, die im Begriff stand, das Tor zu öffnen, als die beiden der Viktoria entstiegen.

»Amanda Reid!« Sally schwebte ihr entgegen. »O Amanda, welche Freude, dich wiederzusehen!«

»Amanda!« Anne streckte ihre Hand übers Tor. »Du wirst hier Latein unterrichten, stimmt's? Mit dem akademischen Grad eines Mannes: Einfach wundervoll! Weißt du, ob Mrs. Lowrey daheim ist? Hast du sie gesehen? Wir hatten ihr versprochen, den Gardiners einen Besuch zu machen und ihnen die Mitgliedschaft in unserem Klub anzubieten – hast du schon davon gehört? Deswegen sind wir so aufgedonnert.« Sie spreizte die Finger, um zu zeigen, wie eingezwängt sie in den engen Handschuhen waren. »Seit unserer Abschlußfeier haben wir allerdings nichts mehr von dem Klub gehört, und so hielten wir es für das beste, erst einmal Mrs. Lowrey zu fragen.«

Amanda lächelte flüchtig über dieses kindliche Geplapper. Sie war ziemlich groß, aber von hagerer Gestalt, trug ein graubraunes Popelinekleid und einen unförmigen Hut. Ihr Gesicht war farblos, die Züge wirkten streng, und das kantige Kinn wurde durch die straff gebundenen Hutbänder unvorteilhaft betont. Sie hatte eine kühn vorspringende Nase, gerade Brauen und ihre hellen, klaren Augen blickten kühl und prüfend. »Ja«, versetzte sie, »ich habe Mrs. Lowrey eben erst gesprochen. Sie wird den Klub gründen. Bis heute nachmittag habe ich nichts davon gewußt. Jetzt bin ich auf dem Weg zu den Ballards, um sie als Mitglieder zu werben. Ich denke, Mrs. Lowrey nimmt an, ihr wärt bereits bei den Gardiners gewesen.«

»Dann sollten wir wohl gleich weiterfahren und Mrs. Lowrey gar nicht erst belästigen.« Anne seufzte.

»Sagtest du nicht, du wolltest zu den Ballards? Ach, laß uns dich doch hinbringen, ehe wir unsere Visite machen.« Sally öffnete das Tor und deutete mit einladender Geste auf die Viktoria. »Wenn wir zusammenrücken, haben wir alle drei Platz.«

»Ich kann sehr gut zu Fuß gehen. Es liegt sowieso auf meinem Heimweg.«

Amanda schreckte vor dem Kontrast von Weinrot und Apfelgrün zurück.

»Aber warum solltest du zu Fuß gehen? Komm doch mit und gönn uns eine Entschuldigung dafür, unseren Auftrag noch um ein halbes Stündchen hinauszuzögern.«

»Liegt euch soviel daran?« Amanda lachte und stieg hinter Anne in die Viktoria. »Ihr geht also nicht gern zu den Gardiners?«

»Lieber ließen wir uns einen Zahn ziehen, nicht wahr, Anne?«

Sally zögerte an der Bordschwelle. »Wir kennen sie eigentlich gar nicht. Meine Mutter war zwar schon ein paarmal bei ihnen, und Dr. Alexander ist ihr Hausarzt. Außerdem sind sie Presbyterianer wie wir, doch das alles hindert sie vielleicht nicht daran, uns die Tür zu weisen. Hast du bei den Ballards nicht die gleichen Befürchtungen?«

»Dazu kenne ich die Familie zu gut. Thomasina und ich waren Freundinnen, solange ich denken kann. Sonst hätte ich vielleicht auch Bedenken, ja. Sie setzen sich für so viele wichtige Belange ein, daß ein literarischer Klub ihnen vielleicht als Zeitvergeudung erscheint.«

Statt zu den beiden anderen in die Kutsche zu steigen, warf Sally einen Blick über die Schulter auf das College, trat einen Schritt von der Bordschwelle zurück und fragte: »Sind schon viele Mädchen aus den Ferien zurück? Der Unterricht beginnt am Montag, stimmt's? Wenn ihr mich ein paar Minuten entschuldigen wollt, würde ich gern nachsehen, wer alles da ist.«

Ohne die Erlaubnis der beiden abzuwarten, ging sie durchs Tor. Anne schickte sich an, die »paar Minuten« mit höflichen Fragen zu überbrücken, welche die Umstände erforderten: Wann Amanda zurückgekommen sei, ob sie sich darauf freue, am College zu unterrichten, wie sie sich mit ihrem neuerworbenen Universitätsgrad fühle. Amanda war nicht wenig verwirrt. Diese unbefangene Nichtachtung, mit der Anne und Sally sich über den weiten Bildungshorizont hinwegsetzten, den sie ihnen voraushatte, bestürzte und entsetzte sie. Vor einer halben Stunde noch hatte es sie überrascht, als Mrs. Lowrey von diesen beiden Mädchen als Mitgliedern ihres geplanten Klubs sprach. In ihrem Bild von Waynesboro existierten sie nur als Hintergrundfiguren, als Kinder, die nach ihr in die Schule gekommen und inzwischen vermutlich zu Jungen-Damen-der-Gesellschaft herangewachsen waren. Nach allen herkömmlichen Gepflogenheiten hätte sie die beiden nie näher kennengelernt. Als Mrs. Lowrey sie erwähnte, hatte sie das Bedürfnis empfunden, sich für ein Zusammentreffen zu wappnen, so als könnten sie einander nur als flüchtige Bekannte gegenübertreten. Indessen setzte man offenbar voraus, daß die drei eine alte Freundschaft erneuern würden. Die vier, fünf Jahre Altersunterschied waren in nichts zusammengeschrumpft, und falls diesen Mädchen bewußt war, daß noch andere und schwerwiegendere Unterschiede zwischen ihnen bestanden, so ließen sie es sich nicht anmerken.

Sie beantwortete Annes Fragen nicht eben sehr aufmerksam; erst als ein Einspänner hinter ihnen auf der Hügelkuppe hielt und ein Herr ausstieg, wandte sie ihre Gedanken wieder ganz der Gegenwart zu. Der Herr ließ die Halfterriemen auf den Bordstein fallen, beschwerte sie mit einem Gewicht und trat durch das Tor auf das Collegegelände. Anne unterbrach sich mitten im Satz mit dem Ausruf: »Was macht der denn hier? Ich dachte, er soll heute nachmittag auf dem Gartenfest draußen bei den Jacobs eine Rede halten.«

»General Deming!« Amanda war nicht minder erstaunt. »Hier verschwendet er seine Zeit. Er wird im ganzen College nicht mehr als drei potentielle Wähler antreffen.«

Anne begann zu lachen. »Da fällt mir etwas ein. Ist Miß Tucker schon zurück? Bei unserer Abschlußfeier war er ganz hingerissen von ihr. Niemand läßt sich so leicht einfangen wie ein eitler alter Junggeselle, stimmt's?«

»Ist er denn eitel? Und warum eigentlich nicht Miß Tucker? Mir scheint, sie paßt ausgezeichnet zu ihm.« Amandas Stimme verriet unterdrückten Tadel. Anne war leichtfertig – und Sally nicht minder; die beiden Mädchen hatten nur Liebhaber im Kopf und wähnten folglich hinter jeder Begegnung eine bevorstehende Hochzeit.

»O ja, ausgezeichnet.« Anne lachte wieder. »Aber sie hat nicht einen Tropfen warmen Blutes in den Adern.« Dann gab sie Amanda einen Stups und begann vom Wetter zu reden. Der General und Miß Tucker kamen die Stufen vom Wohnheim herunter. Er bot ihr den Arm, geleitete sie zum Tor, öffnete und ließ ihr galant den

Vortritt. Sie nickten grüßend zu der Viktoria hinauf und verschwanden im nächsten Augenblick aus dem Gesichtskreis der Mädchen. Erst als sie den Einspänner bestiegen hatten und den Hügel hinunterfuhren, kehrte Anne zum Thema zurück. »Ich weiß was das bedeutet: Er nimmt sie mit raus zu den Jacobs, damit sie seine Rede hört.«

»Ich bin sicher, du beurteilst sie falsch«, entgegnete Amanda streng. »Sie ist hochherzig, liberal und gebildet. Falls sie und General Deming sich angefreundet haben sollten, so ist das nur natürlich: Sie stimmen in so vielen Dingen überein.«

»Vielleicht«, gab Anne zu. »Doch was wäre es für ein Jux, wenn sie tatsächlich heirateten! Man kann sich kaum vorstellen, daß Teepott Tucker...«

»Warum trittst du demselben Klub bei wie sie, wenn du sie unausstehlich findest?«

»Nun, es gibt schließlich nur diesen einen Klub, nicht wahr? Außerdem – ich weiß, du bist viel zu gut, um dir so etwas vorstellen zu können, Amanda – aber manchmal macht es Spaß, jemanden nicht leiden zu können. Ich kann einfach nicht unparteiisch sein. Entweder mag ich jemanden, oder ich mag ihn nicht. Natürlich ist es netter mit Leuten, die man mag. Aber...«

»Aber was?« Amanda lächelte ihr zu. Diese Offenheit wirkte besänftigend: Wer wäre nicht empfänglich für das Kompliment, und sei es auch nur indirekt, daß er beliebt sei?

»Aber Leute, die man nicht leiden kann, können einen auch nicht verletzen, oder?«

»Welch ausgefallener Gedanke! Ich fürchte, du hast kein besonderes Talent zum Philosophen.« Sie meinte eigentlich »Christen«, sagte es jedoch nicht. »Wer Abneigungen hegt, nimmt Schaden an seiner Seele. Ernsthaft verletzen können wir nur uns selbst.«

»Das habe ich nicht gemeint, als ich von verletzen sprach. Ich meinte eher... ›kränken‹, das wäre wohl das richtige Wort.«

Sie tauschten immer noch persönliche Anschauungen, maskiert als Moralvorstellungen, aus, als Sally zurückkehrte. Sie stieg in die Viktoria, wobei sie Anne fast von ihrem Platz verdrängte, und befahl Reuben, sie zu Richter Ballard zu fahren. Der Kutscher wendete in der engen Straße und fuhr wieder hügelabwärts. Anne fragte unvermittelt: »Ist er gekommen?«

»Nein. Wer? Wovon sprichst du?« Sally errötete. »Die meisten Mädchen sind aus den Ferien zurück.«

»Natürlich. Aber ist Captain Rausch gekommen?«

»Ach, Captain Rausch! Ich habe Minna kurz gesprochen. Er hat sie bis Columbus gebracht und ist dann weiter nach Cincinnati gefahren, um etwas Geschäftliches mit seinem Onkel zu regeln. Aber sie sagte, er käme anschließend hierher.«

Liebhaber, dachte Amanda wieder und ließ den Dialog der beiden an sich vorbeirauschen. Aus solchen Gesprächen, so vermutete sie, besteht das gesellschaftliche Leben der Stadt, doch sie hatte nicht erwartet, daß *ihr* Waynesboro davon tangiert werden würde. Während ihrer Abwesenheit hatte sie nicht viel darüber nachgedacht, was sie eigentlich daheim erwartete; sie hatte die Rückkehr hinausgezögert und den ganzen Sommer in der Bibliothek von Oberlin gearbeitet. Aber als sie heute morgen in ihrem Zimmer im Hause ihrer Mutter erwacht war, hatte sie die Aussicht auf vier Jahre Lehrtätigkeit am Mädchen-College greifbar vor sich gesehen und sich dafür gewappnet. Das wurde ihr jetzt bewußt, da sie in der Viktoria der Cochrans saß und über die Albernheiten von Anne und Sally lachte, ohne richtig hinzuhören.

In der Rückschau versuchte sie, sich darüber klarzuwerden, warum sie heute morgen so unvernünftig und voll unchristlicher Feindseligkeit gewesen war. Wenn auch widerwillig, hatte sie ihrer Mutter und der Köchin in der Küche geholfen, obwohl sie sich ungeschickt dabei anstellte und die Arbeit ihr nicht zusagte. Nach dem Mittagessen Punkt zwölf hatte sie sich auf ihr Zimmer zurückgezogen. Doch erst, nachdem die »Theologen«, die bei ihrer Mutter logierten, gegessen hatten und ins Priesterseminar zurückgekehrt waren, kleidete sie sich um und machte sich zum Ausgehen fertig. Sie hatte nichts gegen die Studenten: Es waren ernsthafte junge Männer, von Gott berufen, und sie respektierte sie um dieser Berufung willen und wegen des Lerneifers, der ihnen abverlangt wurde. Doch wäre sie ausgehbereit gewesen, als die Seminaristen ihre Hüte vom Ständer im Flur nahmen, so hätte sie ein Stück Wegs mit ihnen gemeinsam zurücklegen müssen, und dann hätte jeder, der ihr begegnet wäre, gesagt: »Diese Amanda Reid ist nicht anders als alle Mädchen aus der Gemeinde der Reformierten Presbyterianer. Sie sieht sich die Studenten gründlich an, ehe sie sich einen aussucht. Ihr Universitätsgrad hat daran auch nicht viel geändert.«

»Amanda Reid, Bakkalaureus Artium, B.A.« Sie war sich dieser zwei Buchstaben hinter ihrem Namen stets bewußt. Für wieviel Leistung standen sie, für wieviel Fleiß und Opferbereitschaft! Sie bedauerte, daß es nötig gewesen war, die Hilfe ihrer verwitweten Mutter in Anspruch zu nehmen. Als Gegenleistung erwartete Mrs. Reid Gehorsam oder zumindest Willfährigkeit. Amanda selbst mußte ihr Opfer erst noch bringen: Sie würde im Mädchen-College für die Hälfte ihres eigentlichen Gehaltes unterrichten, bis das

Geld, welches die Lowreys ihr geliehen hatten, zurückerstattet war. Sie hatten als einzige, mit Ausnahme der Ballards, Verständnis für ihren beruflichen Ehrgeiz gezeigt und aus ihren kärglichen Ersparnissen für sie abgezweigt, was sie brauchte. Und nun gaben sie ihr diese Möglichkeit, das Geld langfristig zurückzuzahlen, ohne sich wie eine Schuldnerin fühlen zu müssen. Sie war ungemein dankbar, doch den bevorstehenden Jahren der Schinderei am College konnte sie nicht anders als freudlos entgegenblicken. Lange Zeit hatte sie mit einer, wie ihr heute schien, herzzerreißenden Naivität geglaubt, daß nichts weiter vonnöten sei, um Frauen mit Verstand ein bedeutendes Leben zu ermöglichen – bedeutend sowohl für sie selbst, wie auch in den Augen der Welt – als Bildung. Sie hatte geglaubt, der Stempel »B.A.« werde ihr einen Rang verleihen, von dessen luftiger Höhe aus sie sich nur umzusehen brauche, um ihr Schicksal nach eigener Wahl zu gestalten. Allein in den kommenden vier Jahren würde es für sie keine Wahl geben. Vier Jahre waren eine lange Zeit, und es würden vergeudete Jahre sein. Sie hatte allerdings auch stets an jenes andere Argument zugunsten der Bildung geglaubt, an das sie sich jetzt als letzten Trost klammern mußte: Wenn man nur seinen Geist mit Geschichte und Philosophie bereicherte sowie mit der Dichtung in griechischer, lateinischer und englischer Sprache, so hatte man Auswege genug, um sich eine Zuflucht vor den widrigen Zwängen des Lebens zu schaffen. Heute mittag in ihrem Schulzimmer hatte sie sich fest vorgenommen, wenigstens an diesem Glauben festzuhalten. Sie durfte nicht den Zweifel in sich aufkommen lassen, ob es denn genüge, gebildet zu sein, wenn man mit dieser Bildung in einer Stadt wie Waynesboro allein war.

In dieser trüben Stimmung hatte sie in ihrem engen Mansardenzimmerchen gewartet, dessen Wände bis auf wenige Fuß über dem Dielenboden schräg abfielen und dessen Fenster sich so niedrig unter der Dachrinne duckten, daß man sich bücken mußte, um hinausschauen zu können. Nicht, daß draußen viel zu sehen gewesen wäre: eine Straße, die hier, am äußersten Ende der Stadt, zum Feldweg verwilderte, Baumkronen und -stämme, ein Staketenzaun, ein ungepflegter Garten, und dreimal am Tag eine Schar gesetzter junger Männer, die zu zweit, einzeln oder in Gruppen das Haus betraten und dreimal täglich in Zweierreihen wieder hinausgingen. Bedrückt von dem eintönigen Schauspiel hatte sie sich vom Fensterbrett erhoben, ihr Popelinekleid über einen Reifrock gezogen, dessen Form längst nicht mehr in Mode war, und einen schwarzen Hut aufgesetzt, dessen Bänder so schlaff herunterhingen wie Bindfäden.

Verstohlen war sie zum Treppenabsatz gehuscht, doch sie entkam nicht, ohne die Vorwürfe ihrer Mutter über sich ergehen lassen zu müssen. Die steilen Stufen knarrten unter einem so festen Schritt, wie Amanda ihn hatte. Mrs. Reid kam heraus auf den Flur und nahm am Pfosten des Geländers Aufstellung. Mit einer müden Handbewegung strich sie sich eine verirrte Haarsträhne aus dem erhitzten Gesicht; sie erweckte stets den Eindruck, als habe sie sich eben noch über einen Herd gebeugt, genau wie das Haus immerzu nach billigem Essen roch. Wie Mrs. Reid sich körperlich damit erschöpfte, für ihre Pensionäre zu kochen, so blieb auch ihr Vorrat an Güte und Freundlichkeit diesen vorbehalten. An Amanda nörgelte sie unentwegt herum. Heute nachmittag hatte sie alle Register ihrer Klagelitanei gezogen: »Ausgerechnet jetzt, wo ich mich mal eine Minute lang hinsetzen und mit dir unterhalten könnte, mußt du ausgehen.« Als Amanda ihr erklärt hatte, welchen Auftrag sie fürs College erledigen müsse, versetzte ihre Mutter: »Es ist eine Schande! Du hättest eine bessere Stelle bekommen können. Die Lowreys zahlen dir einen Hungerlohn, und ich muß mich weiter für meine Kostgänger abrackern. Ich bin sicher, die haben dich ausgenutzt.« Und zum Schluß hatte sie gefragt: »Mußt du dieses schäbige Kleid anziehen, wenn du in die Oberstadt gehst? Ein Wunder, daß du nicht auch noch die Krinoline wegläßt!« Da verlor Amanda die Geduld. »Ich kann nichts dafür, daß meine Sachen abgetragen sind, aber deswegen bin ich noch längst nicht verschroben! Ich werde beweisen, daß eine Frau etwas Vernünftiges lernen kann, ohne dadurch gleich zum Ungeheuer zu werden!« Ihre Mutter hatte sie freilich nur ausgelacht: »Eine Frau mit dem Geist eines Mannes ist nun mal ein Ungeheuer!«

Diese Haltung ihrer Mutter war daran schuld, daß Amanda heute feindlich gesinnt in die Welt hinaustrat. Das wurde ihr klar, als sie jetzt ihren Tagesablauf an sich vorüberziehen ließ, während sie in der Viktoria der Cochrans saß, die von der Market in die Main Street einbog und gemächlich hügelabwärts rollte. Das Haus der Ballards lag am Rande der Stadt, dort, wo die Main Street in eine Landstraße einmündete. Amanda hatte während der Fahrt Zeit und Muße, sich darüber klarzuwerden, daß ihr Schutzpanzer völlig überflüssig sei, und mit distanzierter Belustigung blickte sie zurück auf die trotzige Haltung, mit der sie vor nur einer Stunde von zu Hause fortgegangen war. Mit halbem Ohr horchte sie auf die scherzhaften Neckereien der fröhlichen, wenn auch zu sehr aufgeputzten Mädchen neben sich und durchlebte dabei im Geiste noch einmal die Gefühle und Gedanken, die sie auf dem langen

Weg vom Haus ihrer Mutter in der Linden Street zum College bewegt hatten.

Anfangs hatte sie es nachgerade bedauert, das Popelinekleid angezogen zu haben, dessen einziger Vorzug darin bestand, daß man den Straßenstaub nicht darauf sah; doch sie wirkte in diesem Kleid tatsächlich wie eine Lehrerin. Allein, all ihre Musselintoiletten hatte sie verschmutzt mit heimgebracht, und die Waschfrau würde erst Montag kommen. Sie hatte sich vorsichtig einen Weg durch das Gras am Straßenrand gebahnt. Dann hatte sie sich durch die Vorfreude auf ihre Lateinklassen abzulenken versucht (vielleicht würde sie ja sogar Griechisch unterrichten) und sich ihre zukünftigen Schüler vorgestellt, worüber sie den Staub vergaß und einfach hindurchschritt, ohne sich darum zu kümmern. Ihr Weg führte sie an Häuschen vorbei, die sich hinter Staketenzäunen duckten, an verlassenen Weideflächen, auf denen Eisenkraut und Goldrute hochaufgeschossen wuchsen und in herbstlichem Glanz blühten. In diesem abgelegenen Teil der Linden Street gab es keine Ziegel- und Steinhäuser, die im Stadtkern vorherrschten. Als sie jetzt hinter dem Kutscher der Cochrans saß, konnte Amanda nicht an ihre Abneigung gegen Ziegel und Stein zurückdenken, ohne innerlich verächtlich über ihre Unvernunft zu lächeln.

Sie war sogar so weit gegangen, eine Liste, eine Art Katalog zu erstellen. Stein: das Gerichtsgebäude, die Bank, die Methodistenkirche. Ziegel: das College, der Bahnhof, das Gefängnis, die übrigen Kirchen, eine Reihe von Privathäusern. Die Linden Street führte einen Hügel hinauf (übrigens den gleichen, den sie jetzt auf der Main Street hinunterfuhren), und am Fuße des Abhangs mündete sie endlich in die eigentliche Stadt mit ihren Ziegelhäusern, großen Obst- und Gemüsegärten und schmiedeeisernen Zäunen. Fuhr man hügelan, konnte man das nächste Haus nicht sehen, ehe man dessen Tor passierte, genausowenig wie man erkennen konnte, ob jemand vor einem fuhr oder ging, weil tiefhängende Äste die Sicht versperrten. Von jedem, der einem entgegenkam, sah man zuerst die Füße, die unter den dichtbelaubten Zweigen hervorlugten. Es stellte sich bald heraus, daß sie die Person, die – Füße voran – auf sie zugekommen war, nicht kannte; sie hatte sich der Erleichterung geschämt, die sie darüber empfand. Sie hätte eines ihrer Musselinkleider waschen sollen: Doch das hätte bedeutet, unzählige Ellen Musselin zu waschen, zu kochen, zu stärken und zu bügeln. Nein! Besser, das Popelinekleid zu tragen, als eine solche Zeitverschwendung in Kauf zu nehmen. Sie war nicht heimlich durch die Maple Street geschlichen, die zum Tor der Lowreys führte, sondern hocherhobenen Hauptes einen Block weitergegangen, obgleich sie damit gewissermaßen einen Umweg machte, war an der Ecke gegenüber von Dr. Alexanders Praxis in die Market Street eingebogen und hatte das College durch den Haupteingang betreten.

Dr. Alexanders Haus war aus Ziegeln erbaut und grau getüncht, hatte eine weitläufige Veranda, deren Dach gewölbt war wie das einer Pagode und deren Säulen mit ausladenden Eisenbeschlägen verziert waren, einem Gewirr von Arabesken und Weinstöcken. Die Market Street verlief eben und gerade, vorbei am Anwesen der Alexanders, der presbyterianischen Kirche, der Rückseite des Gerichtsgebäudes und der Fassade vom Haus des Sheriffs und des Gefängnisses. Dann stieg die Straße an. Sie würde also jeden Tag auf dem Weg zum College zwei Hügel erklimmen müssen. Das Haus der Cochrans, auf halber Höhe, war ebenfalls ein Ziegelbau.

Im College hatte sie dann Kitty Lowrey getroffen und war zum erstenmal mit aufrichtiger Herzlichkeit in ihrem neuen Leben willkommen geheißen worden. Sie hatte bis dahin nicht an Kitty gedacht, und wenn sie es getan hätte, so wäre sie ihr als Kind erschienen. Doch Kitty hatte sich offensichtlich auf ihre Rückkehr gefreut. Als sie jetzt in der Viktoria über ihre Begegnung nachdachte, mußte sie unwillkürlich lachen; und weil Anne und Sally sie verwundert ansahen, fragte sie: »Ihr habt Kitty Lowrey heute nachmittag wohl nicht gesehen? Als ich ins College kam, scheuerte eine Magd die Treppe. Sie hatte ein Kopftuch umgebunden und kniete neben dem Scheuereimer. Ich fragte nach Mrs. Lowrey, ehe ich erkannte, daß die vermeintliche Magd Kitty war. Und sie antwortete: ›Norah für Sie, Miß. Mrs. Lowrey ist *völlig* erschöpft. Sie mußte heimgehen, um sich etwas auszuruhen.‹«

»Die Lowreys sind doch alle gleich«, versetzte Anne lachend; aber Sally meinte: »Kitty ist nicht so verantwortungslos wie die anderen. Sie übernimmt lieber selbst die Putzarbeit, als das Haus verwahrlosen zu lassen.«

»Ja. Sie hat gesagt, immer wenn man eine von den Irinnen braucht, seien die entweder auf einer Hochzeit oder bei einer Beerdigung.« Amanda dachte daran, wie das schmale, schelmische Gesicht des Mädchens sich während ihres Gesprächs aufgeheitert hatte, und sie fuhr fort: »Kitty dürfte inzwischen sechzehn sein, oder? Sie erzählte mir, sie sei im neuen Schuljahr in meiner Vergil-Klasse.« Die Erinnerung an die Begeisterung und Vorfreude, die aus Kittys Zügen geleuchtet hatten, zauberte jetzt ein beinahe zärtliches Lächeln auf Amandas Gesicht. »Sie bereitet sich für die Aufnahmeprüfung in Oberlin im nächsten Jahr vor. Ich habe nur kurz mit ihr gesprochen, weil ich mit ihrer Mutter zu reden hatte.«

Amanda hatte Mrs. Lowrey in ihrem Wohnzimmer auf dem Sofa angetroffen. Sie hatte sich zu ihr gesetzt, und die beiden hatten ein ausführliches Gespräch über die Schule im allgemeinen und über Amandas Klassen im besonderen geführt. Den Abschluß der Unterhaltung bildete ein Bericht über den geplanten Frauenklub.

Mrs. Lowrey hatte sich aufgerichtet, beide Füße auf den Boden gestellt, sich das Haar aus der Stirn gestrichen und seufzend geäußert: »Ich hoffe, das Unterrichten wird Ihnen Spaß machen, wenngleich Ihnen hier nicht die geistige Befruchtung zuteil werden wird, die Sie aus Oberlin gewohnt sind. Ich beneide Sie um die Ruhe, die Sie dort genossen haben, und um die Muße zur Lektüre. Hier wird man ständig gestört. Unvermeidlich bei einer Schule voll lärmender Kinder. Doch wir haben einen Plan: Wir Frauen hoffen in einer stillen Stunde, die wir zum Gedankenaustausch nutzen wollen, uns mit geistiger Nahrung zu erquicken.«

Während sie ihren Plan erläuterte, hatte Amanda mit wachsendem Interesse und steigender Hoffnung zugehört.

»Ich gehe zu den Ballards«, hatte sie versprochen. »Thomasina wird sich freuen. Bei Mrs. Ballard und Eliza bin ich mir nicht so sicher. An wen hatten Sie sonst noch gedacht?«

»Die Gardiners vielleicht. Sarah Cochran hat versprochen, sie um ihren Beitritt zu bitten. Sie und Anne werden ebenfalls unserem Klub angehören.«

Dieser Nachsatz dämpfte Amandas Begeisterung. »Ich hätte nicht gedacht... ich meine... diese Mädchen haben keine intellektuellen Neigungen, oder? Ich hätte nicht gedacht, daß sie sich für einen solchen Klub interessieren würden. Sie wirken so leichtfertig: Sie gehören zu einer Welt, die ihr Vergnügen bei Tanz und Kartenspiel sucht.«

»Waynesboro ist zu klein für dergleichen Cliquenwirtschaft«, hatte Mrs. Lowrey sie mit mütterlicher Freundlichkeit getadelt. »Ich denke, auch Sie werden herausfinden, daß die beiden Mädchen durchaus ernsthafte Züge haben. Sie sind hinreichend intelligent. Im übrigen werden sie mit der Zeit einsehen – sie haben zweifellos ein langes Leben vor sich, um es zu lernen –, daß es Zeiten im Leben gibt, in denen allein die Gaben des Geistes uns Trost und Stärkung spenden, abgesehen von der Religion natürlich.«

Amanda hatte, wenn auch nicht mit Überzeugung, zugestimmt. Auf dem Rückweg waren ihr dann eben diese Mädchen mit so ungezwungener Anerkennung entgegengetreten, mit solch ehrlicher Freundlichkeit, daß Amanda ihr Verhalten weder für Heuchelei halten noch den Verdacht hegen konnte, die beiden hielten sich nur mit ihrem Urteil über sie zurück. Der Kontrast zwischen dem, was sie von ihnen erwartet hatte, und dem Verhalten der beiden verwirrte sie, doch sie verspürte den Wunsch, ihre Liebenswürdigkeit zu erwidern und der Leichtfertigkeit zu vergeben, die in so reizendem Gewand daherkam.

Das Pferd trottete auf der Linden Street weiter stadtauswärts. Während der Fahrt fand Amanda indessen keine Gelegenheit, die Häuser, an denen sie vorbeikamen, zu begutachten, so wie sie es auf ihrem Weg in die Stadt entlang der Linden Street getan hatte. Doch nachdem sie sich in Gedanken noch einmal alles Leid vergegenwärtigt hatte, was ihr an diesem Tag widerfahren war, konnte sie schlechterdings nicht jegliche Zurückhaltung und Vorsicht in den Wind schlagen, ebensowenig wie sie ohne Prüfung diese als selbstverständlich postulierte Freundschaft anzunehmen vermochte. Der Ton, in dem die beiden Mädchen sich beim Näherkommen über das Haus der Ballards unterhielten, bestärkte sie in ihrem Mißtrauen.

Die Ballards wohnten gleich weit entfernt von dem Platz, an dem das Gerichtsgebäude stand, und wenn Amanda und Thomasina einander besuchen wollten, brauchten sie nur quer über ein, zwei unbebaute Grundstücke hinter ihrem rückwärtigen Zaun zu gehen. Den anderen Mädchen war das Haus der Ballards, ein Neubau, nicht so vertraut, und als sie sich darüber zu unterhalten begannen, geschah das in kritischem Ton.

»Man sagt, es sei elegant eingerichtet«, sagte Anne vor sich hin.

»Das ist es auch. Ich habe den Ballards im Sommer meine Aufwartung gemacht. Sie stehen auf Mamas Besuchsliste, obwohl sie ihre Ansichten entschieden mißbilligt. Walnußtäfelung mit Einlegearbeiten aus Stechpalmenholz. Und überhaupt haben sie alles.« Sallys Darstellungsvermögen hielt sich in Grenzen. »Papa sagt, an der Ostküste bauen viele Leute sich solche herrschaftlichen Villen.«

Amanda versuchte sie aus der Reserve zu locken. »Es gefällt dir also nicht?«

»Ich nehme an, wir sind nur nicht daran gewöhnt, das ist alles«, versicherte Anne fröhlich. »Du kennst doch Waynesboro. Bei uns wird alles scheel angesehen, was nur eine Spur neu und ungewohnt ist. Das Haus würde gewiß nicht so... nun ja... seltsam anmuten, wenn es nicht ausgerechnet Richter Ballard gehörte. Es paßt irgendwie gar nicht zu ihm. Aber es muß einen Haufen Geld gekostet haben, also hat er es sich wahrscheinlich so gewünscht.«

Sie hatten die Zaunecke vom Grundstück des Richters erreicht und erhaschten durch die Bäume einen Blick auf unverputzte Backsteinmauern, weißleuchtende steinerne Verzierungen und hohe Rundbogenfenster. Während sie darauf zufuhren, betrachteten alle drei das Haus eingehend und beurteilten es je nach ihrem Verständnis von Architektur: Das Mansardendach mit seinen zahlreichen Gauben und den farbigen Schieferplatten; den überdachten Eingang und die Seitenveranda; den viereckigen Turm inmitten der Fassade, der das Haus überragte und in ein hohes, spitzes, nach allen vier Seiten hin schräg abfallendes Dach mündete. Dieses Dach wurde von einem Eisengeländer gekrönt, auf dem sich an allen vier Ecken Blitzableiter erhoben; entlang seinem unteren Ende verlief eine steinerne Brüstung, und dahinter erkannte man Giebelfenster, auf jeder Seite zwei. Die Turmfenster im zweiten und ersten Stock hatten jedes einen kleinen Balkon. Unter dem tiefsten von ihnen befand sich die Eingangstür, tief zurückgesetzt in einem Vestibül, und über eine Steintreppe mit breiten steinernen Balustraden zu erreichen. Von der Main Street führte ein mit Ziegeln gepflasterter Fußpfad zu diesem prächtigen Portal; der Fahrweg begann an einem anderen Tor und verlief an der Seitenveranda und dem Haupteingang vorbei zu den Stallungen.

Amanda stieg nicht sofort aus, als die Kutsche hielt. Statt dessen sah sie sich das Haus prüfend an und sagte zögernd: »Ich glaube, Mrs. Ballard und ihre Töchter machen sich wirklich nicht viel aus diesem Palast. Er ist einfach zu groß: Das ist eine Last für jede Frau, die Haushaltspflichten nicht übermäßig schätzt. Doch das würden sie den Richter natürlich nie merken lassen, wo er doch das Haus gebaut hat, um ihnen eine Freude zu machen.«

»Aber wollte er das denn?« Anne lachte. »In der Stadt erzählt man sich, er habe sich mit diesem Haus einen Scherz erlaubt: Und im übrigen wissen wir ja, wie sehr er es schätzt, daß seine Frau ihn bei der Förderung seiner Interessen unterstützt.«

»Trotzdem hat er seinen Spaß mit dem Haus gehabt«, beharrte Sally auf ihrer Meinung. »Ein Mann wie Richter Ballard könnte unter keinen Umständen einen solchen Kasten hinstellen, ohne das als Scherz zu verstehen.« Sie deutete mit einem Kopfnicken auf den in Eisen gegossenen Negerknaben neben dem Bordstein, der in einer Hand einen Ring schwenkte, an dem die Halfterriemen der Kutschpferde befestigt wurden; seine eisernen Pantalons waren hellblau bemalt, das offene Jackett leuchtete kanariengelb; den strohfarbenen Hut hatte er keck in den Nacken geschoben, und darunter quoll ein unbeschreiblich wirrer Haarschopf hervor.

»Ich weiß nicht recht. Bist du dir da so sicher?« fragte Amanda zweifelnd. »Schließlich hat er die besten Jahre seines Lebens der Abschaffung der Sklaverei geopfert.«

»Hältst du etwa diesen kleinen Neger für eine Art Symbol?« Anne hatte die Frage gestellt, doch beide Mädchen blickten Amanda neugierig und respektvoll an.

»So was Ähnliches.« Sie raffte ihre Röcke und stieg aus der Viktoria, wobei Reuben ihr helfend die Hand reichte. Nachdem sie sich fürs Mitnehmen bedankt hatte, wendete der Wagen und fuhr in die Stadt zurück. Erst als sie sicher waren, außer Hörweite zu sein, verbissen sich die Mädchen nicht länger das Lachen.

»Die arme Amanda. Sie versteht einfach keinen Spaß. Aber trotzdem, Anne, wir hätten ihr nicht diesen Klatsch über Richter Ballard erzählen dürfen. Ich weiß, Papa meint, er habe Sinn für Humor, doch vielleicht stimmt das gar nicht. Womöglich hat er das Haus tatsächlich nur gebaut, um seiner Familie eine Freude zu machen.«

»Es gibt niemanden in der Stadt, der nicht wüßte, daß Mrs. Ballard keinerlei Interesse an Heim und Herd hat«, versetzte Anne schlagfertig. »Also dürfte ihr Mann es auch wissen. Aber vielleicht hoffte er, das Haus würde den Mädchen gefallen.«

»Mag sein, daß die beiden sich hier wohl fühlen. Zumindet von der armen Thomasina sollte man's annehmen. Sie ist als einzige ständig zu Hause«, meinte Sally unbekümmert, während das Pferd am Fuße des Hügels in eine ruhigere Gangart wechselte. Damit verbannten die Mädchen die Ballards aus ihren Gedanken und begannen statt dessen, ihr Sprüchlein für die Misses Gardiner einzustudieren.

Unten bei den Ballards war nur die jüngere Tochter daheim. Die »arme Thomasina« war im Sommer ein Opfer des Heuschnupfens und litt im Winter an Asthma. Heute nachmittag hatten Mutter und Schwester sie allein gelassen, und weil das Haus leer, verlassen und unbewohnt wirkte, war sie hinaus aufs Krocketfeld gegangen, wo sie nun lustlos die Kugeln wegschlug. Thomasinas Miene zeigte stets einen wehmütig-sinnenden Ausdruck, der sich freilich nur schlecht mit ihrer besonderen Form der Grimesschen Gesichtszüge vertrug. Mrs. Ballard war eine geborene Grimes, und ihre Töchter »schlugen ihr nach«: Sie hatten langgezogene Gesichter wie Pferde und ziemlich breite Nasen, die in eine weiche Spitze ausliefen. Thomasinas Nase wurde unablässig derart gefoltert, daß ihre Form nicht mehr zu erkennen war. Sie hatte blaßblaue Augen, ein scheues Lächeln auf den Lippen und eine Fülle weichen, karamelfarbenen Haares, das sie jedoch achtlos hinter den Ohren zu einer Rolle drehte und in einem Netz trug. Sie hatte sehr viele Gedichte gelesen und reimte sogar selbst ein wenig; sie wäre mit Amanda nach Oberlin gegangen, wenn ihr Asthma sie nicht daran gehindert hätte, doch auch wenn sie auf der Leiter zum Erfolg hatte zurückbleiben müssen, liebte sie ihre Freundin darum nicht weniger herzlich.

Als sie den Wagen vorfahren hörte, warf sie den Schläger achtlos beiseite und ging ans Tor; auf dem gepflasterten Weg traf sie mit Amanda zusammen.

»Liebe Amanda!« Thomasina küßte sie auf die Wange, dann nahm sie den Arm der Freundin und führte sie in den Garten. Obwohl sie die größere von beiden war, drückte ihre Haltung unverhohlene Achtung aus, die fast an Ehrfurcht grenzte. »Ich hatte gehofft, du würdest mich besuchen! Doch als ich die Viktoria sah, dachte ich, es handele sich um eine offizielle Visite. Wem gehörte denn der Wagen?«

»Den Cochrans.« Amanda erklärte, wie sie am Eingang zum College mit Anne und Sally zusammengetroffen war.

»Wir wollen nicht hineingehen. Drinnen ist es wie in einer Gruft. Komm, wir machen es uns hier auf den Stufen bequem.« Sie setzten sich einander gegenüber, lehnten den Rücken an die harte Balustrade und blickten sich lächelnd an.

»Es tut gut, dich hier zu wissen, Thomasina. Waynesboro ohne dich...« Amanda seufzte. »Aber ich komme heute nicht bloß zu Besuch, sondern bin im Auftrag hier. Mrs. Lowrey hat mich geschickt. Hast du schon von ihrem Frauenklub gehört? Sie möchte wissen, ob ihr beitreten würdet, du und Eliza und eure Mutter.«

»Oh, ich weiß, ja. Sally Cochran hat mir davon erzählt, mir aber das Versprechen abgenommen, alles für mich zu behalten, bis man uns offiziell die Mitgliedschaft angeboten hat. Sie schien es für einen lustigen Einfall zu halten. Warum, verstehe ich nicht.«

»Ich fürchte, weder sie noch Anne Alexander nehmen irgend etwas besonders ernst. Sie sind ziemlich gedankenlos und leichtfertig, findest du nicht? Ich gebe zu, daß man sie trotzdem gern haben muß«, schloß Amanda recht widerwillig.

»Sie sind nicht zum Denken erzogen worden, so wie du und ich. Ich mag die beiden auch, und ich stelle mir vor, daß der Klub ihnen helfen könnte, reifer zu werden. Ich hätte große Freude daran, das weiß ich gewiß. Mutter und Eliza habe ich noch nichts davon erzählt, genau wie versprochen. Wir werden sie fragen, wenn sie heimkommen. Sie sind auf der Versammlung der Republikaner, draußen auf Jacobs' Farm. Ich bin daheim geblieben, weil mein Heuschnupfen sich auf dem Land immer so arg verschlimmert. Und ich bin schrecklich froh, daß ich nicht mitgefahren bin, denn sonst hätte ich dich womöglich verpaßt. Jetzt habe ich dich ganz für mich allein. Erzähl mir, was du den Sommer über gemacht hast und wie deine Abschlußprüfung war.«

Eine Stunde oder länger saßen sie auf den harten Stufen und wurden nicht müde zu erzählen. Dann, gerade als Amanda sorgenvoll an ihre Mutter und das Abendessen für die Studenten dachte, bog die Kutsche der Ballards in den Fahrweg ein und hielt unter dem überdachten Haupteingang. Thomasina führte Amanda durch eine andere Tür ins Haus, und beide Gruppen trafen in der Halle zusammen. Als man die erforderlichen Höflichkeiten und Komplimente ausgetauscht hatte, ging Mrs. Ballard voran in den Salon, wo nur spärliches Licht durch die geschlossenen Läden hereindrang und Amanda im düster-künstlichen Dämmerschein noch einmal ihren Auftrag erläuterte.

»Eine ausgezeichnete Einrichtung für unsere Stadt«, lautete Mrs. Ballards Urteil. »Ein oder zwei Stunden alle vierzehn Tage, in denen einige wenige ausgewählte Geister sich zurückziehen können – sei es von der Hitze öffentlicher Auseinandersetzungen, den Kümmernissen des Familienlebens oder den Plagen des Klassenzimmers –, um sich in Ruhe und Frieden an den Früchten eines Genies zu laben.« Sie nickte und fügte seufzend hinzu – wobei sie den Tonfall der Vortragsrednerin mit einer natürlicheren, doch nicht weniger eindringlichen Stimmlage vertauschte: »Frauen sollten zu dergleichen fähig sein, ungeachtet aller politischen oder konfessionellen Differenzen zwischen ihnen. Männern gelingt das schließlich auch. Ich weiß nicht recht – ich fürchte, die Misses Gardiner werden ablehnen. Mir war bekannt, welche Verdienste ihr Vater sich um die Abschaffung der Sklaverei erworben hat. Deshalb ging ich gleich nach dem Krieg zu ihnen und versuchte, sie für unseren Kampf ums allgemeine Wahlrecht zu gewinnen. Doch die beiden Damen widersetzten sich der guten Sache mit hartnäkkiger Vehemenz, und ich fürchte, ich ließ sie spüren, wie bitter ihre Haltung mich enttäuscht hat.«

Der Richter, der den Damen in den Salon gefolgt war, versetzte nüchtern: »Meinungsverschiedenheiten über strittige Fragen politischer Natur sollten die Pläne für einen literarischen Klub nicht behindern.« Er ging von einem Fenster zum anderen und öffnete die Läden; dann setzte er sich in eine Ecke dicht beim kalten

Kamin, von wo aus er sie alle im Auge hatte. »Ich kannte die Damen Gardiner flüchtig, als ich noch der Partner ihres Vaters war und mit ihm zusammen an der Proklamation zur Sklavenbefreiung arbeitete. In den Töchtern steckt kein Reformgeist. Nur ihrem Vater zuliebe haben sie für die Abschaffung der Sklaverei gestimmt. Wäre es nach ihnen gegangen – die beiden hätten sich in Virginia verschanzt und ihre Sklaven behalten. Ich hatte von jeher das untrügliche Gefühl, sie verübelten es ihrem Vater, daß er für Ideale eintrat, derentwegen sie ihre angestammte Heimat verlassen mußten und sich ihre alten Freunde zu Feinden machten. Natürlich waren sie noch sehr jung, als ihr Vater seinen Sklaven die Freiheit schenkte und zu uns nach Waynesboro kam – das ist schließlich zwanzig Jahre her –, aber wenn man bedenkt, wie zurückgezogen sie bislang in unsrer Stadt gelebt haben, könnte ich mir vorstellen, daß ihnen ein solcher Klub als willkommene Ablenkung erscheint. Die Damen sind gebildet, kein Zweifel: Ihr Vater ließ ihnen eine gute Erziehung angedeihen und vermittelte ihnen die Liebe zur Literatur.«

Er hielt inne, räusperte sich und blickte seine Zuhörerinnen der Reihe nach an. Amanda stand auf. Sie wußte, daß Richter Ballard mit seiner kleinen Ansprache noch nicht zu Ende war, aber sie hätte schon längst zu Hause sein müssen. Der Richter erhob sich ebenfalls, verabschiedete sie mit ein paar freundlichen Worten und wartete, bis Thomasina ihren Gast hinausbegleitet hatte; dann nahm er wieder Platz, schlug die Beine übereinander, schob die Daumen hinter die Uhrkette und fuhr fort, dem auf seine Frau und die ältere Tochter geschrumpften Publikum das Resümee aus dem vorliegenden Beweismaterial zu unterbreiten sowie seine Schlußfolgerungen aus demselben im Falle der Gardiners zu ziehen.

»Als ein Mann, der unablässig die menschliche Natur studiert, sollte ich diese beiden Damen wohl eigentlich besser verstehen.« Sein Kopf sank auf die Brust; die buschigen weißen Brauen hingen schwer über den Lidern. »Alte Jungfern, alle beide, gut über vierzig und ohne nennenswertes Vermögen; leben sehr zurückgezogen. Ungeachtet all dieser Nachteile haben sie es fertiggebracht, in der Stadt den Eindruck zu erwecken, sie seien etwas Besonderes, Aristokraten gewissermaßen, die sich fernhalten von trivialen Alltagswirren; es wird allenthalben mit äußerster Hochachtung über sie gesprochen und die Damen von Waynesboro nähern sich ihnen nur mit gebührendem Pomp bei der rituellen Nachmittagsvisite, während die einfachen Leute es gar nicht erst wagen, sie anzusprechen.

»Sie sind gläubige Presbyterianerinnen und nehmen jeden Sonntag gewissenhaft am Gottesdienst teil«, warf seine Frau ein.

»Das ist mir bekannt. Sie lassen sich von einem schwarzen Kutscher in einer gemieteten Droschke zur Kirche fahren. Beim Aussteigen hilft den beiden ihr Neffe, der mit seinen sechzehn, siebzehn Jahren schon ein veritabler Greis ist und die Damen auch zu ihrer Bank führen darf – nach dem Gottesdienst wiederholt sich die ganze Prozedur in umgekehrter Reihenfolge.«

»Du wunderst dich also, wie die Gardiners es angestellt haben, Eindruck auf die Stadt zu machen?« Elizas hastige Zwischenfrage klang spöttisch. »Das Rätsel ist leicht zu lösen. Man hält die beiden für steinreich.«

Ihr Vater schüttelte den Kopf. »Zu viele Leute hier wissen es besser. Den Gardiners gehört nur das Haus und ein unbedeutendes, ständig schrumpfendes Kapital. Obendrein müssen sie noch für die Ausbildung ihres verwaisten Neffen sorgen. Ihr Vater verzichtete auf den Großteil seines Vermögens, als er seinen Sklaven die Freiheit schenkte. Nein. Die beiden ließen die Leute ganz einfach links liegen, was unsere guten Bürger auf ihre Art interpretieren, indem sie die Legende von den Aristokraten aus Virginia erfanden. Einigermaßen albern, wenn man bedenkt, daß die Stadt in den neunziger Jahren des letzten Jahrhunderts von Siedlern aus Virginia gegründet wurde. Allerdings waren diese Pioniere keine Sklavenhalter, also folglich auch keine Aristokraten. Aber das ist es eigentlich nicht, was mich beschäftigt.« Seine Miene wurde ernst. »Ich wüßte gern, warum sie so zurückgezogen gelebt haben, daß es nachgerade unmöglich scheint, sich vorzustellen, die beiden könnten Anteil an den Belangen unserer Stadt nehmen. Was bietet ihnen ein solches Einsiedlerdasein?«

»Ich denke, sie sind mehr oder minder durch Zufall in so ein Leben hineingeraten«, versetzte seine Frau. »Sie wurden abseits der ›Alltagswirren‹, wie du dich auszudrücken beliebst, erzogen, und dann verloren sie nacheinander alle Mitglieder ihrer Familie, die sie enger mit der Stadt hätten verbinden können: Ihre Schwägerin starb im Kindbett, ihr Bruder im Krieg, und noch vor dem Friedensschluß segnete auch ihr Vater das Zeitliche.«

»Kein Mensch unterscheidet sich einfach ›durch Zufall‹ und ohne triftigen Grund von den anderen.« Er hob den Kopf und maß sie mit einem gutmütig spöttischen Blick. »Ein Grund läßt sich fast in jedem Fall herausfinden. Ich hege den Verdacht, daß die Gardiners in ihrer Sonderstellung und der Bewunderung, wenn nicht gar Ehrfurcht, mit der man zu ihnen aufblickt, eine Art Entschädigung für die Verachtung sehen, mit der man ihnen während ihrer Kindheit im Shenandoah Valley begegnete, weil ihr Vater für die Abschaffung der Sklaverei plädierte. Von ihren Verwandten wurden sie abgewiesen und von alten Freunden geächtet – sie hatten das meiste von dem, was ihnen lieb und teuer war, verloren, lange bevor Mr. Gardiner seine Plantage verkaufte und mit seinen Sklaven gen Norden zog, um ihnen die Freiheit zu schenken. Jetzt sind sie in der Lage, andre abzuweisen; womöglich werden sie eurem Klub beitreten, um diese ihre Position zu festigen. Es war sehr klug von Mrs. Lowrey, zwei junge Dinger als Abgesandte zu den Gardiners zu schicken. Die Mädchen werden vor lauter Ehrfurcht den Atem anhalten, was auf die beiden Damen äußerst schmeichelhaft wirken dürfte. Und wenn sie dem Klub erst einmal angehören, wird es von euch übrigen abhängen, ob dieser literarische Zirkel den Gardiners guttut oder nicht. Ich würde es begrüßen, sie ein wenig menschlicher, umgänglicher zu sehen. Mister Gardiner war mir ein sehr lieber und teurer Freund. Sprich zu den Damen im selben Ton, den du Mrs. Lowrey gegenüber anschlägst – nimm die beiden nicht einen Deut ernster als sie –, vielleicht verhinderst du damit, daß ihr Stolz in Arroganz ausartet.«

»Ich bin es nicht gewohnt«, erinnerte Mrs. Ballard ihn streng, »jemandem mit Ehrfurcht zu begegnen, der nichts getan hat, um sie zu verdienen.« Dann, als sie merkte, daß der Richter seinen Ausführungen nichts hinzuzufügen gedachte, erhob sie sich, trat an ihren Schreibsekretär und begann die Post zu erledigen. Eliza ging hinaus in die Diele, um nach ihrer Schwester zu sehen, und der Richter zog sich in sein Arbeitszimmer zurück, wo er bis zum Abendessen ein Stündchen ungestört lesen und eine Zigarre rauchen konnte.

Anne und Sally betätigten die Türglocke der Gardiners zwar nicht sprachlos vor Ehrfurcht, aber doch mit etwas trockener Kehle und unbestreitbar von dem Wunsch beseelt, ihr seltsamer Auftrag wäre bereits erledigt. Ein schwarzes Dienstmädchen öffnete ihnen, nahm ihre Visitenkarten auf einem Silbertablett entgegen und führte sie in den Salon. Vorsichtig setzten sie sich auf zwei elegante, mit Gold und Elfenbein verzierte Rokokostühle, deren Sitze mit verblichenem grünem Damast bespannt waren, und blickten sich im Zimmer um, während sie auf ihre Gastgeberinnen warteten. Der Salon wirkte nüchterner und kahler als die, in denen die beiden für gewöhnlich verkehrten; Holztäfelung und Kamineinfassung waren weiß gestrichen, von der Decke funkelte ein Lüster aus Messing und Kristall, und auch an den Wandleuchten, die in regelmäßigen Abständen die hellen Tapeten zierten, hingen geschliffene Prismen. Der runde Mahagonitisch im Zentrum des

Raumes ruhte auf einer Mittelsäule, die in Klauenfüße auslief. Auf dem Tisch stand nur ein Kandelaber. An der Rückwand und in der Ecke hinter dem Kamin ragten hohe Bücherschränke aus Mahagoni bis zur Decke empor. Vor einem von ihnen saß – fast verborgen vom Kaminvorsprung und dem Sessel daneben – Douglas Gardiner auf einer Ottomane. Er hielt ein Buch auf den Knien. Erst als er merkte, daß die beiden ihn entdeckt hatten, erhob er sich mit geringschätziger Miene. Anne, die erriet, wie verzweifelt er darauf gehofft hatte, unbeachtet entwischen zu können, stand ebenfalls auf und trat auf ihn zu. Er war von schmächtiger Statur und hatte einen Klumpfuß. Anne bewegte sich rasch, um ihm die schmerzliche Zurschaustellung seines Gebrechens zu ersparen, das ihn, wie sie wohl wußte, empfindlich belastete.

»Ich fürchte, Sie erinnern sich nicht mehr an mich. Dr. Alexander ist mein Vater.«

»Aber natürlich kenne ich Sie, Miß Alexander.« Mit zusammengepreßten Lippen beugte er sich über ihre Hand.

»Erinnern Sie sich auch an Miß Cochran?«

Abermals machte er eine Verbeugung, diesmal zu Sally hin. Anne setzte sich wieder auf ihren Platz, und er ließ sich steif in dem Sessel am Kamin nieder.

»Es überrascht mich, Sie hier anzutreffen, denn ich dachte, Sie seien schon wieder aufs College zurückgekehrt.«

»Mit dem College bin ich fertig. Im Herbst gehe ich nun nach Princeton.«

»Oh, Princeton! Da wird es Ihnen gewiß gefallen.« Anne schämte sich ihres armseligen Versuches, Konversation zu machen, und verstummte. Die Schwestern Gardiner kamen herein, und wieder erhoben sich die drei jungen Leute. Der Blick des jungen Mannes flehte die Tanten an, ihn zu erlösen. Miß Lavinia kam ihm zu Hilfe. Als sie die beiden Mädchen begrüßt hatte, wandte sie sich nach einem kurzen: »Ich glaube, meinen Neffen kennen Sie bereits« an ihn. »Douglas, würdest du so gut sein und Lutie bestellen, sie soll Gebäck und Brombeerlikör auftragen?«

Mit dem Buch unterm Arm trat er den Rückzug an. Anne und Sally nahmen wieder Platz. Die Misses Gardiner waren beide von schlankem Wuchs, hatten den gleichen blassen Teint, und beider hellbraunes Haar war von grauen Strähnen durchzogen. Beide waren altmodisch, wenn auch nicht ohne eine gewisse verblichene Eleganz gekleidet – spitzenbesetzte Kragen, runde Kamee-Broschen, enganliegende Mieder und kreisförmige Reifröcke ohne Turnüren. In ihrer Haltung lag eine unterdrückte Frage, erkennbar nur an den zögernden Pausen zwischen den einzelnen Sätzen, so als seien sie zu höflich, um sich nach dem Grund für diesen Besuch zu erkundigen, wüßten aber, daß ein solcher vorhanden sein müsse. Das schwarze Mädchen brachte auf einem Tablett Gläser und einen Teller mit Gebäck herein. Anne dachte, wenn wir erst den Likör getrunken haben, wird eine Viertelstunde verstrichen sein, und man wird erwarten, daß wir uns zurückziehen. Sally hatte ein- oder zweimal tief durchgeatmet und zaghaft den Mund geöffnet, jedoch ohne ein Wort zu sagen. Anne nahm all ihren Mut zusammen, um den leidigen Auftrag hinter sich zu bringen, obwohl ihr bewußt war, daß sie damit den reizenden Empfang aufs Spiel setzte, den man Sally und ihr als Damen der Gesellschaft auf Visite bereitet hatte. »Wir kommen gewissermaßen als Boten unserer Frau Direktorin und einiger anderer Damen von Waynesboro«, erklärte sie. »Vielleicht dachte man, falls Sie ›nein‹ sagen wollen, würde Ihnen das uns gegenüber leichterfallen, und niemand will Sie veranlassen, ›ja‹ zu sagen, wenn Sie nicht wirklich möchten...«

Die beiden farblosen Gesichter waren starr und ausdruckslos geworden. Die Geschwister hatten sich in ihren Sesseln nicht gerührt, und doch wirkten sie, als hätten sie sich zurückgezogen.

»Wie sie's erzählt, hört es sich wirklich schrecklich an, nicht wahr?« Nun, da das Eis gebrochen war, redete Sally ganz ungezwungen, doch sie warf Anne einen vorwurfsvollen Blick zu. »Es ist so, daß mehrere Damen hier in Waynesboro seit einiger Zeit daran denken, einen literarischen Frauenklub zu gründen, und sehr darauf hoffen, Sie beide als Mitglieder gewinnen zu können.« Dann erläuterte sie den Plan im einzelnen. Als sie geendet hatte, erkundigte Miß Lavinia sich nach den Namen der anderen Klubmitglieder.

»Ich glaube nicht, daß wir die Damen kennen. Was meinst du, Caroline?« wandte sie sich an ihre Schwester. »Außer Ihnen beiden. Auch Mrs. Ballard hat uns schon gelegentlich die Ehre gegeben.«

»Über die Damen vom Mädchen-College ist uns nur Gutes berichtet worden«, führte Miß Caroline die Rede ihrer Schwester fort. Ein Blinder hätte womöglich gar nicht bemerkt, daß sie zu zweit waren. »Sie sind zweifellos sehr gebildet. Ich bin mir nicht sicher, ob wir neben ihnen bestehen könnten.«

»Wenn man uns der Mitgliedschaft für würdig hält«, Anne lachte freimütig, »dürfen Sie sich diese Frage gar nicht erst stellen.«

»Aber Sie sind doch noch sehr viel enger mit Ihren Büchern vertraut als wir. Ich fürchte, Caroline und ich haben das meiste der schöngeistigen Literatur, die wir einst schätzten und liebten, inzwischen vergessen. Würden Sie es uns verübeln, wenn wir um ein wenig Bedenkzeit bitten? Meine Schwester und ich werden die Angelegenheit besprechen und Ihnen Bescheid geben. Oder vielleicht Mrs. Lowrey? Douglas könnte ihr unsere Entscheidung mitteilen.«

Die Mädchen hatten ihren Auftrag erfüllt und säumten nicht länger. Lutie brachte sie hinaus. Als die beiden Schwestern drinnen im Salon hörten, wie die Haustür geschlossen wurde, blieben sie unbeweglich sitzen und befragten einander mit starrem Blick. Miß Caroline ergriff als erste das Wort. »Erst gestern sagtest du zu mir«, versetzte sie leise, und etwas wie Verwunderung schwang in ihrer Stimme mit, »um Douglas' willen sei es ein Jammer, daß wir in Waynesboro kaum Bekannte haben.«

»Kaum einflußreiche Bekannte«, korrigierte Miß Lavinia. »Miß Cochran und Miß Alexander sind reizende Mädchen, wenn auch auf die hier im Westen übliche, nun sagen wir, flatterhafte Art. Doch sie sind zu jung. Was könnten sie schon für Douglas tun? Du weißt sehr gut«, fuhr sie in ziemlich schroffem Ton fort, so als verüble sie es ihrer Schwester, das Thema angeschnitten zu haben, »warum ich mein Bedauern über die uns mangelnden Beziehungen zum Ausdruck brachte. Wir haben das Geld, Douglas aufs College zu schicken und ihn einige Jahre zu unterstützen, während er sich in einer Kanzlei auf die juristische Laufbahn vorbereitet. Doch danach muß er aus eigener Kraft seinen Weg machen. Es sei denn, wir hätten Freunde, die ihm helfen könnten. Vielleicht möchte er nach dem Studium gar nicht nach Waynesboro zurückkommen, wenn man ihm allerdings eine vorteilhafte Stellung böte... Aber kannst du dir vorstellen, daß Beziehungen, die sich in diesem Klub zu den Lehrerinnen des Mädchen-Colleges knüpfen ließen, Douglas' Fortkommen dienlich sein könnten?«

»Nein.« Miß Caroline machte eine Pause und fügte dann gedankenvoll hinzu: »Unser Vater war mit Richter Ballard befreundet und eine Zeitlang sogar sein Partner. Der Richter führt seine Kanzlei immer noch unter den Namen Ballard, Gardiner und Merrill.«

»Und außerdem könnte niemand in Waynesboro mehr für einen jungen Anwalt tun als Richter Ballard. Das hätten wir schon längst erkennen sollen.« Miß Lavinia seufzte. »Wir waren töricht, doch wir können unmöglich solche – solche Heuchler – sein und vorgeben, das Frauenstimmrecht gutzuheißen.«

»Jedenfalls bietet sich jetzt die Gelegenheit, unseren Fehler wiedergutzumachen. Für Douglas. Er kann Mrs. Lowrey morgen früh die Nachricht überbringen, daß wir ihrer Einladung folgen und dem Klub beitreten.«

Die Misses Gardiner hatten ihre Entscheidung bereits gefällt, als Anne und Sally kaum das Gartentor hinter sich geschlossen hatten. Die Mädchen waren sehr gesittet den kurzen, mit roten Ziegeln gepflasterten Weg entlanggeschritten, selbstbewußt und hocherhobenen Hauptes. Sie fühlten sich zehn Jahre älter als bei ihrem Eintreffen. Denn mit dieser Visite hatten sie sich gewissermaßen endgültig ihren Platz in der Erwachsenenwelt erobert, einen Platz, auf dem sie bisher nur geduldet waren. Es bedurfte nicht vieler Worte, um ihre Empfindungen auszudrücken. Anne sagte bloß: »Eigentlich war es gar nicht so unangenehm«, und Sally: »Mutter behauptet seit eh und je, die beiden seien liebenswürdig und hätten wahrhaft aristokratische Umgangsformen«, worauf Anne fragte: »Glaubst du, sie werden beitreten? Ich schon, und ich könnte mir sogar vorstellen, daß die Mitgliedschaft im Frauenklub uns Spaß machen wird.« Sie lachte. »Dieser Klub gibt mir das erhebende Gefühl, auf einmal wichtig zu sein.«

DIE STAMMITGLIEDER DES FRAUENKLUBS VON WAYNESBORO

Miß Anne Alexander
Miß Eliza Ballard
Mrs. Mary Grimes Ballard
Miß Thomasina Ballard
Miß Sarah Cochran
Miß Susan Crenshaw
Miß Caroline Gardiner
Miß Lavinia Gardiner
Mrs. Rebecca Lowrey
Miß Agatha Pinney
Miß Amanda Reid
Miß Louisa Tucker

1868

»Die feierliche Gründung des Klubs wurde vollzogen . . .«

Die erste Sitzung des Frauenklubs von Waynesboro fand am Nachmittag des 7. Oktober 1868 im Hause von Mrs. Lowrey statt. Sogar das Wetter gab dem Ereignis seinen Segen. Über den Fußwegen auf dem Collegegelände wölbten die tiefhängenden Zweige der Ahornbäume ihr gold und rotbraun schimmerndes Blätterdach, durch das hin und wieder ein vorwitziger Sonnenstrahl tanzte; hoch oben leuchtete der ferne blaue Himmel sanft wie ein Amethyst. Als majestätische dunkle Linie begrenzte der Waldrand den Horizont, soweit er von der Hügelkuppe aus sichtbar war und nicht durch Dächer, Schornsteine, Türme oder näher stehende Baumgruppen verdeckt wurde. Der Rasen rings um die Unterrichtsgebäude war wieder so saftiggrün wie im Frühling; die kühle Luft duftete süß und erquickend, ein spürbar belebender Anreiz für die ohnehin hochgestimmten Gemüter. Es war ein Mittwoch, und die Schülerinnen hatten den Nachmittag frei. Auf den Wegen spazierten Mädchen Arm in Arm, einige spielten Krocket auf den sonnengesprenkelten, schattigen Rasenflächen, andere saßen bei geöffnetem Fenster hinter flatternden Vorhängen im Wohnheim, und der Klang ihrer hellen, jungen Stimmen und ihr frisches Lachen drang von fern, aber dennoch klar ans Ohr derer, die draußen vorübergingen.

Von den Damen, die zur Mitgliedschaft im Klub ausersehen waren, trat Sarah Cochran als erste durchs Tor und schritt unter den neugierigen Blicken der Mädchen den mit roten Ziegeln gepflasterten Weg entlang. Wenn sie den Schülerinnen auch nicht durch ihr Alter sonderlich überlegen war, so doch ganz gewiß durch Kleidung und Auftreten: Sie ging leichtfüßig, mit erhobenem Kopf, labte sich am berauschenden Aroma der Luft und strahlte gleichwohl eine damenhafte Würde aus, die noch unterstrichen wurde durch ihre steife Krinoline, die kunstvoll bis zur Turnüre drapierten Falten und die weitschwingende Fülle ihrer apfelgrünen Röcke. Sally wandte sich nicht gleich zum Haus der Lowreys, sondern schlug den Weg zum Wohnheim ein und suchte mit den Blicken die offenen Fenster ab. Sie war absichtlich ein paar Minuten früher gekommen, um Minna Rausch guten Tag sagen zu können.

Als Sally das Wohnheim betrat und die Halle leer fand, vergaß sie alle Würde, rannte die Treppe hinauf, wobei ihre seidenen Röcke vernehmlich raschelten, eilte um die Brüstung und hastete den Korridor entlang. Halb und halb rechnete sie damit, daß Minna und ihre Zimmergefährtinnen ausgegangen seien, doch dann konnte sie immerhin einen schriftlichen Gruß hinterlassen. Als ihr Klopfen unbeantwortet blieb, öffnete sie rasch entschlossen die Tür zu Minnas Zimmer und blieb auf der Schwelle stehen. Doch ehe sie auch nur einen Schritt weitergehen konnte, verlor sie das Gleichgewicht und taumelte unter dem Aufprall eines Kissens zur Seite, das ihr mit voller Wucht ins Gesicht flog. Das Kissen fiel zu Boden; atemlos und bebend vor Zorn klammerte Sally sich einen Moment lang an den Türpfosten. Der flache Hut war ihr übers Ohr gerutscht, und die schweren Flechten in ihrem Nacken hatten sich gelöst. Sally richtete sich auf, rief ärgerlich: »Minna«, und spähte in das scheinbar leere Zimmer. Zwei schmale, sorgsam und ordentlich gemachte Betten, ein Schrank, eine Kommode und ein Waschtisch. Unterdrücktes Kichern ließ sie aufblicken: Über der Kranzleiste des Kleiderschranks, der fast bis zu der hohen Zimmerdecke hinaufreichte, waren deutlich ein gekrümmter Rükken und eine schmale Schulter zu sehen.

»Minna! Was um Himmels willen machst du da oben?«

»Ich bin's, nicht Minna.« Die Stimme klang reumütig und beschämt; doch als die Schulter sich hob, kam über der Schrankecke ein Gesicht zum Vorschein, das nicht nur von Staub und Spinnweben verschmiert, sondern auch von ersticktem Gelächter gerötet war.

»Kitty Lowrey! Das hätte ich mir denken können«, schalt Sally ungehalten.

»Es tut mir leid.« Das spitze Kinn ruhte auf dem Rand der Leiste. »Ich glaubte, Minna käme zurück. Nicht um alles in der Welt wollte ich dich so zurichten. Noch dazu, wo du dich so fein gemacht hast. Wahrscheinlich für Mamas neuen Klub.«

Diese letzte Bemerkung wurde in solch bitterem, höhnischem Ton vorgebracht, daß Sally darüber die ihr zugefügte Kränkung momentan vergaß. »Ja! Warum auch nicht? Was hast du gegen den Klub?«

»Nichts. Nur sollte Mama wissen, daß sie genug damit zu tun hat, das Institut zu leiten und sich nicht noch andere Verpflichtungen aufhalsen. Natürlich leitet in Wirklichkeit nicht sie das College, sondern Miß Tucker – aber wenn wir die nun verlieren?« Kitty rutschte hin und her, um eine bequemere Stellung zu finden, verschränkte die Arme auf der Leiste und bettete das Kinn darauf: redselig, selbst in einer solch ungewöhnlichen Situation.

»Was meinst du damit: ›die verlieren‹? Sie wird doch auch Mitglied im Klub.«

»Stell dich nicht dümmer, als du bist, Sally Cochran! Sie versucht mit allen Mitteln, General Deming zu angeln. Sie denkt wohl, Washington würde ihr gefallen. Denn verliebt kann sie in diesen aufgeblasenen Wichtigtuer doch unmöglich sein.«

Sally ging durchs Zimmer und trat vor die Kommode, über der ein Spiegel hing. Sie nahm den Hut ab und steckte ihr zerzaustes Haar wieder auf. »Was kümmert dich das? Keiner mag sie besonders.«

»Oh, das hat mit ›mögen‹ nichts zu tun. Aber sie hat ihr Zimmer hier im Wohnheim und sorgt für Ordnung. Erinnerst du dich nicht mehr, wie's hier zuging, bevor sie kam? Mama hatte drüben in unserem Haus alle Hände voll zu tun, damit Ellens Söhne nicht wie die Komantschen übereinander herfielen, und um das Wohnheim kümmerte sich niemand außer Miß Crenshaw und Miß Pinney. Weißt du das nicht mehr?«

»Ich war damals noch nicht im Internat.«

»Ich auch nicht.« Kitty rümpfte die Nase. »Trotzdem weiß ich, wie's zuging, und du bestimmt auch. Wie auf Lowood in *Jane Eyre*. Papa hatte nur den Unterrichtsplan im Kopf, und Mama konnte sich keine zwei Minuten auf ein und dieselbe Sache konzentrieren. Der Koch klaute wie ein Rabe, und nie gab's genug zu essen. Maismehlbrei zum Frühstück und zum Abendessen und mittags gebratene Maispuffer mit Butter oder Sirup, aber nie beides gleichzeitig. Wenn Miß Tucker geht, wird's wieder genauso. Und in der Situation fängt Mama was Neues an, um sich auf andere Gedanken zu bringen.«

»Mrs. Ballard wird den Klub leiten.« Damit war für Sally das Thema beendet. »Willst du mir jetzt verraten, warum du da oben raufgekrochen bist, und was du dort machst?« Sie trat in eine Ecke zurück, von wo aus sie die schmächtige, geradezu lächerlich zusammengekrümmte Gestalt sehen konnte, die ohne Reifrock, nur mit einem Hängerchen bekleidet, oben auf dem Schrank kauerte.

»Ich warte auf Minna. Das Kissen war für sie bestimmt. Sie durfte mit ihrem Bruder einen Spaziergang machen und hat mich nicht einmal eingeladen, mit in den Salon zu kommen, um ihn kennenzulernen, und dabei bin ich doch angeblich ihre beste Freundin.«

»Oh, Minnas Bruder ist hier?«

»Ja. Er ist mit dem Ein-Uhr-Zug aus Cincinnati gekommen, zusammen mit diesem Kerl, der Anne Alexander den Hof macht – wie heißt er gleich? – ach ja: Gordon.«

Sally wandte sich zur Tür. Sie hatte es plötzlich sehr eilig, doch Kittys flehende Stimme hielt sie an der Schwelle zurück: »Würdest du wohl so gut sein und mir das Kissen zurückgeben?«

»Dir werden da oben noch sämtliche Glieder absterben, aber das geschieht dir ganz recht.«

»Nicht, wenn ich mich auf das Kissen legen kann. Dann ist es ganz bequem. Und ich habe auch ein Buch dabei. Es tut mir wirklich leid, daß ich dich getroffen habe, Sally.« Als Beweis ihrer Reue zog sie die Mundwinkel herab und rollte mit den Augen.

Sally lachte und warf Kitty das Kissen hinauf. Ihr Ärger war dank der guten Neuigkeit verflogen. Vor Minnas Tür raffte sie ihre Röcke und eilte so leise wie möglich, aber dennoch in fliegender Hast die Treppe hinunter und aus dem Haus. Draußen, wo sie fürchten mußte, beobachtet zu werden, ließ sie die Röcke wieder fallen und ging gemessenen Schrittes schräg über den Rasen auf das Haus der Lowreys zu. Hoffentlich würde sie Anne noch vor der Sitzung sprechen können – es wäre entsetzlich, den ganzen Nachmittag lang dasitzen und die freudige Nachricht für sich behalten zu müssen. Als das Dienstmädchen sie eingelassen und bis vor die Tür zum Salon geführt hatte, war Sally wieder zu Atem gekommen und hätte Anne ohne unschickliches Keuchen die freudige Botschaft zuflüstern können. Allein, sie kam zu spät. Die Damen waren bereits in steifem Halbkreis vor Mrs. Lowrey versammelt, die aufrecht hinter einem ovalen Tisch mit Marmorplatte stand und ein Notizbuch in der Hand hielt. Anne saß zwischen Amanda Reid und der kleinen Miß Pinney; sie wirkte sehr kühl und beherrscht. Bei Sallys Erscheinen hob sie tadelnd die Brauen. Sally errötete, wandte den Blick ab und sah hinüber zu Mrs. Lowrey, die ihre Rede unterbrochen hatte und nun mit einem Neigen des Kopfes auf den einzigen noch freien Stuhl deutete. Beschämt wie ein gemaßregeltes Kind schlich Sally zu dem ihr angewiesenen Platz.

Mrs. Lowrey lächelte ein wenig, und vielleicht als eine Art Entschuldigung dafür, die junge Dame wie eine säumige Schülerin behandelt zu haben, faßte sie kurz zusammen, was bisher besprochen worden war.

»Wir sind übereingekommen, daß als erstes der Vorstand gewählt werden muß. Anschließend kann die Präsidentin ein Komitee ernennen, das unsere Satzungen entwirft, und ein zweites, dem die Programmgestaltung obliegt.« Sie wandte sich von Sally ab und ließ den Blick in die Runde gleiten. »Hat eine der Damen einen Vorschlag bezüglich des Wahlvorgangs?«

Die Damen, denen wohl ein wenig unbehaglich zumute war, sahen sich entweder gegenseitig an oder schauten zu Boden. Sally, die ihre Verlegenheit überwunden hatte, folgte mit den Augen Mrs. Lowreys fragendem Blick. Miß Crenshaw saß am Fenster; das helle Licht des Oktobernachmittags betonte das Gelb ihrer Wangen, das sich um die Mundwinkel ins Grünliche vertiefte; die dunkel umränderten Augen wirkten hart wie Achat: Ihr Blick war versteinert, kalt und entrückt, ohne eine Antwort auf das, was Mrs. Lowrey vorgetragen hatte, so als sei Miß Crenshaw gar nicht anwesend. Es kümmert sie nicht mehr, wohin sie geht oder was sie tut, dachte Sally. Sie fährt fort, ihre täglichen Pflichten zu verrichten, weil sie ihr zur Gewohnheit geworden sind und sich mühelos erfüllen lassen, ohne nachzudenken. Aber sie nimmt keinen Anteil mehr am Leben. Warum sperrt sie ihre Gedanken aus? Gewiß nicht nur, weil sie jetzt im Ruhestand ist. Sally grübelte einen Moment lang darüber nach und wandte dann scheu den Blick ab. Zwischen Miß Crenshaw und Miß Pinney saßen die Geschwister Gardiner, so reserviert, zerbrechlich und reglos wie zwei Porzellanfiguren. Miß Pinney starrte auf ihre Schuhspitze, mit der sie das Muster im Teppich nachzeichnete. Sie sah aus wie ein schüchternes, verschämtes Kind, das fürchtet, es werde jeden Augenblick aufgerufen, um ein Gedicht vorzutragen. Anne schien sich heimlich zu amüsieren: Sie beobachtete Mrs. Lowrey mit einer gewissen schadenfrohen Erwartung. Sally wußte, warum. Mrs. Lowrey wurde vor einer verstockten, maulfaulen Klasse unfehlbar nervös, und auch jetzt deuteten untrügliche Anzeichen darauf hin, daß sie nahe daran war, die Fassung zu verlieren. Sie öffnete den Mund, schloß ihn, doch nur, um ihn gleich darauf wieder zu öffnen. »Möchte denn niemand einen Vorschlag machen?« fragte sie mit kraftloser Stimme.

Aber das Schweigen dauerte fort. Neben Anne saß Amanda; ihr kantiges Gesicht wirkte feierlich, und ihre Augen strahlten vor Begeisterung, aber sie blieb stumm. Die drei Ballards hinter

Amanda schienen ein wenig unruhig, so als ermahnten sie einander, daß sie nicht ewig warten könnten, nur um den übrigen Damen ihre Chance zu lassen; einzig Thomasinas blaßblaue Augen ruhten mit bekümmertem Blick auf Mrs. Lowrey, so als litte sie mit der Vorsitzenden. Neben Sally saß Miß Tucker, adrett, kühl und abweisend; stumm distanzierte sie sich von diesem peinlichen Moment. Das Schweigen wurde unerträglich, doch gerade als Mrs. Lowrey, Verzweiflung im Blick, sich mit der hilfesuchenden Frage an Mrs. Ballard wandte: »Sollen wir alle Damen ihre Kandidaten vorschlagen lassen und dann in geheimer Wahl abstimmen?«, erhielt sie Beistand von einer Seite, von der sie ihn wohl am wenigsten erwartet hätte.

»Frau Vorsitzende.« Ein Schaukelstuhl knarrte auf dem Boden. Miß Caroline Gardiner beugte sich ein wenig vor und sprach leise in Mrs. Lowreys Richtung, während sie das Gesicht ihrer älteren Schwester beobachtete, als erhoffe sie allein deren Beifall zu ernten. »Die wenigsten von uns haben Erfahrung in dergleichen organisatorischen Fragen. Wäre es nicht ratsam, diejenige zur Präsidentin zu ernennen, die am meisten davon versteht? Könnten wir uns nicht darauf einigen, Mrs. Ballard dieses Amt zu überlassen?«

Mrs. Lowrey wirkte erleichtert und verblüfft zugleich; Miß Lavinia Gardiner schien bestürzt. Nur Mrs. Ballard blieb ungerührt, während alle auf Mrs. Lowreys Antwort warteten. Nach kurzem Zögern erkundigte sie sich stockend: »Möchten Sie einen entsprechenden Antrag stellen?«

Miß Caroline nickte, und Miß Tucker versetzte leise: »Ich unterstütze den Antrag.« Mrs. Lowrey straffte die Schultern und sagte mit fester Stimme: »Es liegt der unterstützte Antrag vor, Mrs. Ballard per Akklamation zur Präsidentin unseres Klubs zu wählen.«

Die Ja-Stimmen, die im Chor hörbar wurden, klangen wie ein schwacher Seufzer der Erleichterung. Mrs. Lowrey tauschte den Platz mit Mrs. Ballard, die sich unter höflichem Beifallklatschen hinter dem ovalen Tisch niederließ. Unter ihrer erfahrenen Leitung war die Vorstandswahl rasch erledigt. Die Ernennung der Präsidentin hatte sich als so unkompliziert erwiesen, daß man die übrigen Vorstandsmitglieder nach demselben Verfahren bestimmte: Eigentlich kümmerte es niemanden, wer welches Amt innehatte, und so wurde jeweils die zuerst vorgeschlagene Kandidatin gewählt: Miß Tucker, Vizepräsidentin; Miß Reid, Schriftführerin; Miß Cochran, Schatzmeisterin und Korrespondentin. Nach beendeter Wahl erwiderte Mrs. Ballard die ihr erwiesene Ehre, indem sie Miß Lavinia Gardiner zur Vorsitzenden des Komitees ernannte, das eine Klubsatzung ausarbeiten und den übrigen Damen in vierzehn Tagen vorlegen sollte. »Wie ich höre«, versetzte Mrs. Ballard abschließend, »haben Miß Tucker und Mrs. Lowrey bereits ein vorläufiges Jahresprogramm erarbeitet. Ich ersuche die beiden Damen, einem Komitee vorzustehen, das dieses Programm weiterführt und vervollständigt. Wären Sie, Miß Tucker, wohl so freundlich, uns zu erläutern, was Ihnen beiden für die nächste Sitzung vorschwebt?«

Miß Tucker erhob sich und wandte sich ihrem Publikum zu. »Frau Präsidentin, meine Damen: Wir hielten es für ratsam, von Anfang an den unpolemischen Charakter dieses Klubs zu betonen und das erste Jahr unter ein Leitthema zu stellen, dessen Studium ohne Vorurteil betrieben werden kann. Wie würde es Ihnen gefallen, über die ›Englischen Dichter des neunzehnten Jahrhunderts‹ zu arbeiten?« Sie machte eine Pause. Ringsum erhob sich beifälliges Gemurmel. »Schwieriger dürfte es werden, jedem Mitglied einen Autor zuzuordnen, über den es eine kleine Abhandlung zu verfassen gilt«, fuhr Miß Tucker fort. »Denn bisher mangelt es uns noch an Anhaltspunkten für persönliche Neigung und Geschmacksrichtung der einzelnen. Daher haben wir beschlossen, fürs erste alphabetisch vorzugehen.« Sie blickte suchend über die Stuhlreihe neben sich. »Wir bitten Miß Anne Alexander, für die nächste Sitzung einen Essay über Robert Brownings lyrische Dichtungen zu erstellen.«

Anne fiel die Kinnlade herunter. Einen Moment lang schien sie verwirrt. Dann preßte sie die Lippen zusammen und nickte. Einzig Sally verstand das Glitzern in den Augen der Freundin zu deuten, ebenso wie das Zucken um ihre Mundwinkel, das Anne nicht zu unterdrücken vermochte, und sie bezweifelte, daß Brownings Dichtung sich als unpolemisches Thema erweisen würde.

Als die Sitzung bald darauf geschlossen wurde, rannten Anne und Sally nicht wie Schulmädchen aufeinander los und fielen sich in die Arme, sondern steuerten unauffällig aufeinander zu, während sie Höflichkeitsfloskeln äußerten wie: »Welche Ehre für uns, Mrs. Ballard, daß Sie sich dem Klub als Präsidentin zur Verfügung gestellt haben«, und: »Ein reizender Nachmittag, Miß Gardiner, und eine erfolgreiche Sitzung, nicht wahr?« Gemeinsam erreichten sie Mrs. Lowrey, schüttelten ihr nacheinander die Hand und bedankten sich für ihre Gastfreundschaft; gemeinsam verließen sie das Haus und fanden sich auf dem Pfad, der rings um das Collegegelände führte, endlich allein.

»Wie schade«, neckte Sally die Freundin, »daß es Browning sein mußte, statt Wordsworth.«

»Browning eignet sich genausogut für meine Unabhängigkeitserklärung. Aber jetzt verrat mir endlich, warum du zu spät gekommen bist und ganz außer Atem warst. Was hast du wieder angestellt?«

»Ich wollte Minna besuchen. Doch sie war nicht auf ihrem Zimmer. Sie ging mit ihrem Bruder spazieren. Kitty Lowrey hat's mir erzählt. Er ist heute aus Cincinnati gekommen... zusammen mit John.«

»John? John ist in der Stadt?« Anne blieb wie angewurzelt stehen, dann faßte sie Sally am Ellbogen und zog sie eilig mit sich fort. »Was kümmern mich Robert Browning und der Klub! Wie ärgerlich, hier den Nachmittag zu vergeuden, wenn John bei uns zu Hause wartet.«

»Ich fand's gar nicht so schlimm«, widersprach Sally. »Mrs. Ballard wird eine gute Präsidentin sein. Ich hatte Angst, sie würden Miß Tucker wählen, und dann hätten wir genausogut wieder zur Schule gehen können. Kitty glaubt, der olle Teepott will General Deming heiraten. Wenn sie's wirklich tut, wird sie nach Washington ziehen müssen. Mir macht in diesem Klub nur ein Mitglied Kummer.«

»Ich weiß, wen du meinst«, entgegnete Anne leise. Sie verlangsamte ihren Schritt wieder, bis sie fast zum Stehen kam. »Miß Crenshaw. Man braucht sie nur anzuschauen und weiß, daß sie mit dem Leben abgeschlossen hat. Sie überbrückt nur noch die Wartezeit.«

»Ich frage mich, ob sie dem Ende wirklich so nahe ist. Anne, meinst du, sie hat eine *Geschwulst?*«

Entsetzt sahen die beiden Mädchen einander an. Einen Moment lang verspürten sie die Furcht, die früher oder später jede Frau beschleicht. Ein kalter Hauch ließ sie bis ins Mark erschauern, und die Sonne verdunkelte sich. »Ich weiß es nicht«, sagte Anne, »aber stell dir vor, sie hätte wirklich eine. Wie sollte sie damit fertig werden, wo sie doch ganz allein ist auf der Welt. Sie sieht schrecklich aus – ihre Augen –, als ahne sie das Furchtbare, aber wolle es nicht sehen.«

Schweigend, jede im Geiste damit beschäftigt, sich an die Stelle der älteren Frau zu versetzen, traten sie durchs Tor und gingen Seite an Seite den Hügel hinunter. Vor dem Haus der Cochrans trennten sie sich, und Anne, deren Gedanken sich erneut dem Wiedersehen mit John zuwandten, lenkte eilig ihre Schritte heimwärts.

Im Haus suchte sie ihn vergeblich. Von der Eingangstür wanderte sie durch die leeren Räume bis zur Küche, wo Martha in ihrem Schaukelstuhl am Fenster friedlich vor sich hin döste. Ihr Kinn war auf den üppigen Busen gesunken, ihre Pantoffeln lagen am Boden, und Martha hatte die bloßen Füße unter den Rock aus geblümtem Kattun gezogen. Anne schlich auf Zehenspitzen an ihr vorbei, schlüpfte hinaus auf die hintere Veranda, lief die Stufen hinunter, über den gepflasterten Weg zur rückwärtigen Pforte und nahm die Abkürzung zur Praxis ihres Vaters.

Ein Seiteneingang (den nur die Familie benutzte) öffnete sich auf einen Flur, der die gesamte Länge des Hauses durchmaß, mit einer Treppe an der Außenfront, drei Türen an der Innenwand und einer vierten, durch die man am anderen Ende wieder ins Freie gelangte. Diese Tür, welche die Patienten von der Straße aus benutzten, war unverschlossen. Der Wind hatte sie aufgestoßen, und das einfallende Tageslicht enthüllte nur zu deutlich die Fußspuren auf dem zerschlissenen Teppich, dessen Muster von einer Zickzacklinie ausgelöscht worden war, die zum Warteraum hinführte. Auch dessen Tür stand offen, und von innen drangen gedämpfte, ängstlich besorgte Stimmen an ihr Ohr. Die beiden anderen Türen waren taktvoll verschlossen. Hinter der letzten befand sich die Praxis des Doktors. Dort hatte er seinen Behandlungsstuhl und seine gesamte Ausrüstung; dieser Raum war sein Heiligtum, und die Tür zum Flur blieb unweigerlich verschlossen. Die mittlere Tür führte in einen kleinen Raum, den der Doktor nicht ganz so strikt als seine Privatsphäre betrachtete; er war als Arbeitszimmer eingerichtet, auf dem Schreibtisch türmten sich Bücher und Papiere; ein unverwechselbarer Geruch lag in der Luft, ein Gemisch aus Medikamenten, Tabak, Kohlenfeuer und dem rissigen Leder abgewetzter Lehnstühle und Sofas. Wie sie es erwartet hatte, fand Anne den Gesuchten hier. John hatte es sich in einem Sessel dicht beim Kamin bequem gemacht, in dem unruhig flackernd ein kleines Feuer brannte; hin und wieder zischten die Flammen.

Als er die Tür aufgehen hörte, ließ John die Zeitung zu Boden fallen, erhob sich, legte die Pfeife auf den Kaminsims und kam ihr entgegen. Sie streckte ihm die Hand hin.

»O John, ich hab' eben erst erfahren, daß du da bist. Ich fürchtete schon, ich hätte dich womöglich verpaßt. Unser Klub ... ich hab' dir doch davon erzählt? ... heute nachmittag war die erste Sitzung. Wenn ich gewußt hätte, daß du kommst, wäre ich nicht hingegangen.«

»Morgen ist auch noch ein Tag. Ich habe vor zu bleiben.«

»Du meinst bis zur Wahl? Ich dachte mir, daß du in Waynesboro würdest wählen wollen.«

»O ja. Ich werde hier zur Wahl gehen. Aber ich meinte eigentlich, daß ich gekommen bin, um mich hier niederzulassen und wieder bei deinem Vater zu arbeiten.«

»Oh.« Anne stockte das Herz, doch gleich darauf pochte es wie rasend in kurzen, harten Schlägen, sie fühlte sich auf einmal ganz leer. Vorsichtig nahm sie am Sofaende Platz. »Das freut mich wirklich.« Allein, weibliche Widerspenstigkeit und die Angst ihres Geschlechts vor Verantwortung zwangen sie hinzuzusetzen: »Ich hoffe, du hast diesen Entschluß nicht nur aufgrund meiner Argumente bei unserer letzten Unterredung gefaßt?«

»Nein. Das heißt, ich wußte ja, du hattest recht. Mein Leben erscheint mir zwar nicht sonderlich wertvoll, aber ich kann immerhin versuchen, was Nützliches daraus zu machen.«

»Hast du schon mit Papa gesprochen?«

»Ja. Ich werde ihn bei seinen Krankenbesuchen begleiten, bis ich mich eingewöhnt habe, und dann will er mich zu seinem Partner machen. Er hat mir die Räume über der Praxis als Wohnung angeboten. Ich habe all meine Habseligkeiten mitgebracht; ich brauche nicht mehr zurück.«

Anne sagte zum zweiten Mal an diesem Nachmittag, doch jetzt gefühlvoller als zuvor: »Was kümmert mich Robert Browning?« Dann erklärte sie John, in welch mißlicher Lage sie sich befand. »Und ich hab' nur zwei Wochen für diese Abhandlung. Glaubst du, ich muß alles lesen, was er geschrieben hat? Heute abend werde ich jedenfalls nicht damit anfangen. Du wirst natürlich mit uns essen.«

»Das geht leider nicht. Ich bin mit Ludwig – Captain Rausch – hergekommen und hab' ihm versprochen, daß wir gemeinsam im Hotel zu Abend essen. Er ist geschäftlich hier, nicht bloß um seine Schwester im Pensionat zu besuchen. Er hat vor, wenn möglich die alte Seilerbahn unten am Kanal zu kaufen. Seine Pläne sind fix und fertig.«

»Soll das heißen, er wird sich auch in Waynesboro niederlassen? Das ist schön!« Sie unterdrückte die Worte: »Darüber wird Sally sich freuen«, obwohl sie ihr auf der Zunge lagen. Allein, Sallys augenblickliche Empfindungen waren Sallys Geheimnis und sollten nicht zum Gegenstand neugierigen Klatsches werden. John maß ihren Worten keinen tieferen Sinn bei: »Ja, er ist ein netter Kerl. Er wird der Stadt eine wertvolle Stütze sein.«

»Du kannst ihn zum Essen mitbringen. Ich bin sicher, es reicht für alle. Ich laufe rüber und sage Martha Bescheid.« Als sie nach der Uhr auf dem Kaminsims sah, öffnete sich die Tür zum Sprechzimmer. Ihr Vater geleitete eine Frau durch das Zimmer, verabschiedete sie an der gegenüberliegenden Tür und widmete sich, ehe er den nächsten Patienten hereinrief, kurz den jungen Leuten.

»John hat's dir also schon erzählt? Könnten wir ihn nicht als Kostgänger bei uns aufnehmen? Dann wär's wieder ganz wie früher. Sie ist keine besondere Köchin«, fuhr er zu John gewandt fort, »aber Martha lernt sie an und mit der Zeit... Bring du das mit ihm in Ordnung, Anne.« Einen Moment lang legte er John die Hand auf den Arm, dann drehte er sich zum Warteraum hin und fragte schroff: »Wer ist der nächste? Miß Armstrong?« Anne und John traten unterdessen auf den Flur hinaus.

Vor dem Eingang trennten sie sich. John wollte Ludwig im Hotel abholen, und Anne ging hinüber ins Wohnhaus. Die Zeit reichte freilich nicht für den Versuch, die ungalante Bemerkung ihres Vaters über ihre Kochkünste zu widerlegen: Also ließ sie Martha kaltes Fleisch auftragen, Ahornsirup für die Maispuffer, Essigfrüchte und Sülze, Pastete und Kuchen. Sie bemühte sich, nicht an das letzte Festmahl zu denken, das Captain Rausch in Waynesboro bei den Cochrans genossen hatte. Die Männer waren jedoch nicht wählerisch, sondern griffen herzhaft zu; trotzdem mußte Ludwig sich an jenes frühere Dinner erinnert haben, denn kaum war man in den Salon zurückgekehrt, da bat er auch schon, ihn zu entschuldigen: Er sei der Meinung, er müsse den Cochrans seine Aufwartung machen. John erbot sich, ihn zusammen mit Anne bis zu Sallys Elternhaus zu begleiten, und Anne holte folgsam Mantel und Hut.

Es war ein frostklarer Oktoberabend, und die Sterne funkelten hell durch die spärlich belaubten Baumkronen; doch trotz der Kälte schlenderten sie gemächlich dahin. Ludwig hatte den ausgreifenden, wiegenden Gang der Soldaten aus dem Westen, während John kleinere Schritte machte, um sich Anne anzupassen, die zwischen den beiden ging. Sie hielt sich in der Mitte des Weges und suchte mit gesenktem Blick die Schatten auf dem Pflaster nach Steinen ab, die von Baumwurzeln gehoben worden waren, so daß nun ihre scharfen Kanten in die Höhe ragten und auf einen Unachtsamen warteten, der über sie stolperte. Die drei schwiegen, und nur eine deutsche Melodie, die Ludwig verhalten vor sich hin summte, durchdrang die abendliche Stille. Keine Sternschnuppe fiel, kein »Donner zur Linken« verhieß ein gutes Omen, keine Prophezeiung lag in der Luft. Erst als sie Ludwig vor dem Tor der Cochrans eine gute Nacht gewünscht hatten und John heiser, wie mit erstickter Stimme sagte: »Laß uns noch zur Hügelkuppe hinaufgehen«, wußte Anne, daß er diesen Spaziergang nicht nur um des Zeitvertreibs willen vorgeschlagen hatte, sondern weil der

Augenblick gekommen war. Scheu und ohne ein Wort zu erwidern, legte sie ihre Hand auf den Arm, den er ihr bot. Sie schritten die Anhöhe empor auf das Collegegelände zu, dessen Zaun im Abenddunkel zwischen den Bäumen kaum noch zu erkennen war.

»Ich wollte lieber hier draußen mit dir reden als im Haus deines Vaters. Denn dort können wir uns der Vergangenheit nicht entziehen – all unseren Erinnerungen an das, was wir einmal waren und was ich war, als ich mich noch jung und voller Tatendrang fühlte.«

John hatte zunächst langsam und bedächtig gesprochen, so als suche er nach den rechten Worten, doch bald gewann seine Ungeduld die Oberhand: »Hier draußen können wir all das vergessen. Da gibt es nur dich und mich.« Stockend setzte er hinzu: »Wenn du verstehst, was ich meine. Ich kann es nicht richtig ausdrücken.«

»Was kannst du nicht ausdrücken?« Was er will, weiß ich wohl, dachte sie mit wild klopfendem Herzen, aber was er *sagen* will, ist ganz etwas anderes. Er könnte alles mögliche sagen, darauf muß man bei John gefaßt sein. Und mit dem, was er sagen wird, muß ich zuerst fertig werden.

Er antwortete nicht gleich. Als sie die Hügelkuppe erreichten, wandte er ihr das Gesicht zu. »Ich möchte wissen, was ich dir bedeute, welche Rolle ich in deinem Leben spiele. Nicht der Freund deines Bruders oder der Schüler deines Vaters oder der Soldat, dem du Briefe schriebst, weil er im Feld stand, sondern *ich.*«

»Das weißt du doch, nicht wahr?« Es klang traurig, fast verärgert. »Aber ich denke, du solltest mich zuerst etwas anderes fragen. Was, wenn ich nun sagte: ›Du bedeutest mir alles‹, und du würdest antworten: ›Das wollte ich nur wissen‹?«

Er unterbrach ihren kläglichen Versuch, die Spannung durch einen Scherz zu lindern. »Wenn ich dich bitte, mich zu heiraten, und du sagst ›ja‹, dann wirst du das nicht nur tun, weil du befürchtest, mit einem ›Nein‹ Verrat an der Vergangenheit zu begehen?«

»Du willst wissen, ob ich dich so sehr mag – einfach weil du von Kindheit an ein Teil meines Lebens bist –, daß ich dich nicht durch ein ›Nein‹ verletzten könnte, selbst wenn ich als Frau nichts für dich empfände?«

»So ähnlich, ja.«

Sie lachten beide, und Anne sagte: »Das ist der sonderbarste Heiratsantrag, den je ein Mädchen bekommen hat. Du machst mir doch einen Antrag, oder?«

»Ja.«

»Du wußtest, was ich antworten würde.«

»Ich glaubte es zu wissen. Aber ich möchte, daß du nur aus dem einen Grund einwilligst und aus keinem anderen. Ich kenne dich so gut und so lange. Als du noch klein warst – und ich nehme an, du hast dich nicht sehr verändert –, da betetest du Rob und mich gleichermaßen an. Nicht um alles in der Welt hättest du einem von uns Kummer bereitet. Du siehst, ich weiß sehr wohl, daß ich dir gegenüber im Vorteil bin. Es ist nicht recht. Du bist erst achtzehn und gerade aus der Schule gekommen; ich dagegen bin achtundzwanzig und habe dir nichts zu bieten.«

»John«, sagte sie mit leiser Stimme, »haderst du allein mit dir selbst, oder sprichst du zu mir?«

»Ich rede mit dir.« Er holte tief Atem. »Ich liebe dich so sehr, Anne. Ohne dich wäre mein Leben so leer, daß ich gar nicht daran zu denken wage; ich wäre weniger als nichts, verstehst du? Willst du mich heiraten und darauf vertrauen, daß ich etwas aus meinem Leben machen werde?«

»Danke, John. Das war schon besser.«

»Lach mich nicht aus.«

»Ich lache ja gar nicht. Ich fühle mich wie Christopherus, als man ihn endlich von seiner Last erlöste. Ich hatte solche Angst, du würdest nicht – hättest nicht... Es lag wie ein Schatten auf meiner Seele, aber nun ist er fort. Ich bin frei – frei, dich zu lieben, ohne mich vor dem Ausmaß meiner Liebe fürchten zu müssen.« Sie legte ihm die Hände auf die Schultern und schmiegte sich an ihn. Als sie zu ihm aufblickte, fand sie im Schutz der Dunkelheit den Mut auszusprechen, was sie empfand. »Nicht wie ich Rob geliebt habe – nicht wie eine Schwester. Glaub bloß nicht, ich kenne den Unterschied nicht.« Er umarmte und küßte sie, doch als er sie wieder losließ, strich sie mit der Hand vom Ellbogen abwärts über seinen Ärmel, verflocht ihre Finger mit den seinen und fuhr, von Zuversicht und Vertrauen beschwingt, in ihrem Geständnis fort. »Ich kannte den Unterschied zwar noch nicht, als ich beschloß, deine Frau zu werden. Damals war ich ungefähr zehn. Begriffen habe ich ihn erst in den letzten paar Jahren seit dem Krieg, als ich erwachsen wurde – und dann wußte ich auch, daß ich mich dir nicht erklären durfte. Wenn du mich nicht gewollt hättest, wäre ich eine alte Jungfer geworden, denn ich hätte keinen anderen heiraten können, nicht nach all den Jahren, in denen ich mir ausgemalt habe, wie ich dir morgens dein Frühstück bringen und dir abends die Pantoffeln wärmen würde.«

Auch darüber lachte er, und zärtlich küßten sie einander, taumelnd vor Glück. Dann wandten sie sich um und gingen Hand in Hand den Hügel hinab. Erst als sie am Tor ihres Elternhauses anlangten, dachte Anne an den Doktor und daran, daß man es ihm würde sagen müssen. »Was ist mit Papa?« fragte sie.

»Ich habe mit ihm gesprochen.«

Während der zehn Schritte vom Gartentor zur Türschwelle überlegte Anne, ob sie John hereinbitten solle, entschied sich aber dagegen. Sie hatte keine Scheu vor ihrem Vater, und es war unnötig, John mitzuschleppen, damit er sich anhörte, zu welch väterlichen Ratschlägen sich Dr. Alexander der Sitte gemäß verpflichtet fühlen mochte. Sie verabschiedeten sich vor dem Haus; Anne ging hinein, legte in der schwach erleuchteten Diele Hut und Mantel ab und wandte sich dann mit festem Schritt zu der Tür, die ins Wohnzimmer führte. An der Schwelle hielt sie inne, um Atem zu schöpfen und ihr ungestüm klopfendes Herz zu besänftigen, bis sie glaubte, ihrem Vater Rede und Antwort stehen zu können.

Dr. Alexander saß in seinem Lehnsessel am Kamin und las. Als sie eintrat, blickte er auf, legte das Buch verkehrt herum auf seine Knie, nahm die Pfeife aus dem Mund und schloß die Finger um den Pfeifenkopf. »Wie ich sehe«, begann er, »hat John mit dir gesprochen. Er bat mich heute um die Erlaubnis, sich dir erklären zu dürfen. Du hast seinen Antrag natürlich angenommen?«

Anne schien verlegen. »Woher wußtest du... was heißt ›natürlich‹?«

»Ich bin schließlich nicht blind. Du hast doch darauf gewartet, seit du ihn kennst.« Unter gesenkten Lidern beobachtete er sie prüfend, während sie durchs Zimmer ging, neben ihn trat und die Hand über seine Schulter auf die Sessellehne legte.

»Du hast nichts dagegen, nicht wahr, Papa?«

»Nein, nein. Aber ich möchte dir eine Frage stellen. Du hast ihn nicht gegen seinen Willen überredet, wieder zu mir in die Praxis zu kommen, oder etwa doch? Ich meine: Hast du womöglich angedeutet, du würdest ihn nur heiraten, wenn er wieder praktizierte?«

»Natürlich nicht.« Und feierlich setzte sie hinzu: »Ich hätte ihn geheiratet, selbst wenn er Kohlenträger wäre. Nein, so dumm bin ich nicht. Denkst du, ich möchte, daß er mich eines Tages haßt?«

»Oh? Du befürchtest also, er könnte ein schlechter Arzt werden?«

»Nein, das meine ich nicht.« Sie sprach langsam, so als suche sie nach den rechten Argumenten, um zu erklären, was sie wirklich dachte. Doch die Unterstellung, die in der Frage ihres Vaters anklang, warnte sie und ließ sie innehalten. Sie trat vor ihn hin, schob seine Füße in den Hauspantoffeln von dem Sitzpolster, auf dem sie geruht hatten, ließ sich darauf nieder und blickte zu ihm empor. »Nein, ich hatte bloß Angst, die Arbeit könne ihm nicht zusagen. Daß er ein guter Arzt ist, habe ich nie bezweifelt. Warum fragst du danach? Glaubst du etwa – du hast doch selbst gesagt, er verstehe mehr von Medizin als du.«

»Das tut er auch«, brummte ihr Vater. »Er weiß über diesen ganzen neumodischen Kram Bescheid. Aber Wissen allein genügt nicht. Ebensowenig Mitleid oder Nächstenliebe. John läßt sich von dem Elend, das er mitansieht, quälen und verfolgen, aber genau das darf ein Arzt nicht. Sonst macht er es eines Tages wie alle Menschen und weicht dem Leiden aus. Und wenn ein Arzt anfängt, sich zurückzuziehen wie eine Schnecke in ihr Haus, wenn er sich weigert, der Krankheit die Stirn zu bieten, dann taugt er nicht viel. Ein Arzt, der seinen Patienten helfen will, muß für sie da sein, wie ein Fels, an den sie sich lehnen können. Er darf sich nicht abwenden, hart muß er sein, hart und unerbittlich. John entwickelt vielleicht mit der Zeit die nötige Härte: Dann wird er ein guter Arzt sein; oder er lernt, seine Schwäche zu verbergen und sie zu bezwingen: Auch dann wird er ein guter Arzt sein. Aber kein guter Ehemann, fürchte ich. Es sei denn, du trägst mehr als deinen Teil dazu bei.«

»Du meinst, er kann ein guter Ehemann werden oder ein guter Arzt, aber nicht beides?«

»John hat ein – sagen wir ›schwieriges‹? – Temperament. Wenn er sich zwingt, wie ein guter Arzt zu handeln – wenn er sich um seiner Patienten willen eine Kraft aneignet, die er von Natur aus nicht besitzt, dann wird es Zeiten geben, in denen er sich von dem aufgestauten Druck befreien muß. Daheim. Es sei denn, er sucht anderswo nach einem Ventil.«

»Willst du mir sagen, daß John anfangen könnte zu trinken oder so was? Oder willst du mir einfach nur erklären, es sei nicht leicht, mit ihm zu leben? Das weiß ich.«

»So, tust du das?« Zum erstenmal lächelte er sie an, und als er fortfuhr, schlich sich, ebenfalls zum erstenmal, ein ironischer Ton in seine Stimme. »Dann weißt du wohl auch, daß du, wenn du ihn glücklich machen willst, nichts weiter zu tun hast, als dich in Geduld und Hingabe zu üben, ohne deine Liebe je an die große Glocke zu hängen. Lerne, den Mund zu halten. Wenn du verärgert bist, sprich nicht davon, was es auch sein mag.«

»Ja, Papa.« Sie sagte es artig wie ein kleines Mädchen, blickte jedoch belustigt drein.

»Sei großzügig. Alle Männer haben ihre Launen, wenn nicht gar Laster. Mach ihm keine Vorwürfe und jammere nicht.«

»Ich jammere doch nie.«

»Nein, ich glaube, das tust du wirklich nicht. Laß John viel

Bewegungsfreiheit.« Er schmunzelte. »Klingt sonderbar, wenn ausgerechnet ein Vater seiner Tochter einen solchen Rat gibt, wie? Aber ich bin schließlich Arzt. Ich habe so viele Menschen gesehen, die durch selbstgerechte Frauen ins Unglück gestürzt wurden. Und John ist fast wie ein Sohn für mich. Ich möchte, daß ihr beide glücklich werdet.«

Anne, die verlegen geworden war, als sie ihren Vater mühelos Worte wie »glücklich« und »Hingabe« aussprechen hörte, Worte, die ein so verschlossener Mann wie er nicht oft in den Mund nahm, begnügte sich mit einem Nicken und flüsterte leise: »Ich weiß, Papa.«

»Ich hoffe auf das Unmögliche«, fuhr er freimütig fort. »Es gibt da etwas, das du nicht weißt, noch nicht. Aber du hast die Gabe, Menschen zu lieben. Das ist dir schon immer leichtgefallen, und es steht in deiner Macht, ihn so glücklich zu machen, wie ein Mann mit Johns Natur es nur sein kann, ein Mann, der launisch ist und unstet und dessen Nerven immer noch unter den traumatischen Nachwirkungen des Krieges leiden.« Vielleicht verriet ihm ihr Gesichtsausdruck, daß sie genug gehört hatte; jedenfalls beugte er sich vor, klopfte auf dem Kamingitter seine Pfeife aus und drehte sich in seinem Sessel so, daß er den Tabaksbeutel aus der Tasche ziehen konnte. Anne erhob sich von ihrem Polster, nahm einen langen Fidibus aus der Ziervase auf dem Kaminsims, entzündete ihn an der verlöschenden Glut und reichte ihn dem Doktor.

»Ist das alles, Papa? Ich möchte nämlich gern zu Bett gehen.«

»Ja, das war alles«, versetzte er unschlüssig, »das heißt, falls ich mich klar ausgedrückt habe. Letzten Endes läuft es auf folgendes hinaus: Wenn du willst, daß John glücklich wird, dann hindere ihn nicht daran – laß nichts auf der Welt ihn daran hindern –, ein guter Arzt zu sein. Zum Glück bist du ja die Tochter eines Arztes und weißt daher, daß seine Seele nicht ihm gehören darf und noch viel weniger dir.«

»Ja, ich weiß das alles. Ein Arzt darf nicht eine Stunde des Tages für sich beanspruchen, weder zum Essen, noch zum Schlafen, nicht einmal zum Waschen. Und trotzdem bin ich froh, daß er Arzt ist.«

Anne ging hinauf und legte sich zu Bett. Der tiefere Sinn jener behutsamen Andeutungen ihres Vaters berührte sie kaum; sie hatte aus all seinen Reden nur die Überzeugung gewonnen, daß sie John nicht auszanken dürfe, wenn er zu spät zum Essen erschiene oder mitten in der Nacht zu einem Kranken gerufen würde und sie allein lassen müsse, oder wenn er mit finsterer Miene heimkäme. Eigensinnig versperrte sie sich jedem Gedanken, der beunruhigender hätte sein können als diese Nichtigkeiten. Sie war es schließlich nicht gewohnt, daß ihr Vater so offen mit ihr sprach, daß er sie und John und auch sich selbst so rückhaltlos bloßstellte, und sie schreckte voller Abscheu davor zurück, statt sich von seinen Worten Angst einjagen zu lassen. Sie war einfach überglücklich und verscheuchte jede Regung, die dieses Gefühl hätte trüben können.

In den nächsten beiden Wochen war Anne so beschäftigt, daß ihr ohnehin keine Zeit blieb, nüchtern über die gemeinsame Zukunft mit John nachzudenken. Am wichtigsten waren ihr die wenigen Stunden, die sie mit ihm zusammen sein durfte, in denen er nicht bei ihrem Vater in der Praxis war oder ihn auf seiner Runde zu den zweimal täglich anfallenden Hausbesuchen begleitete. Weniger aufregend, aber doch unterhaltsam, fand sie die regelmäßigen Treffen mit Sally, angefangen von jenem ersten Besuch, bei dem sie der Freundin von ihrer Verlobung erzählt hatte; von da an besprachen die Mädchen fast täglich in eifrigem Geplauder die Vorbereitungen für Hochzeit und Hochzeitsreise sowie die Pläne für Einrichtung und Haushaltsführung.

Der Gedanke an die bevorstehende Hochzeit ließ für Anne die aufsehenerregende Wahl zu einem zweitrangigen Ereignis werden. Doch sie besuchte die Massenversammlungen auf dem Exerzierplatz und sah den krönenden Höhepunkt aller vorausgegangenen Festlichkeiten, die Parade am Vorabend der Wahl, zusammen mit Sally und deren Eltern vom Tor der Cochrans aus vorüberziehen. Die beiden Mädchen applaudierten mit wenig damenhaftem Eifer, als John und Ludwig Seite an Seite vorbeimarschierten. Sie trugen Wachstuchumhänge über der Uniform; grotesk leuchteten ihre einfältigen Mienen im zuckenden Schein der Fackeln auf; die Flammen loderten hoch empor und sanken wieder in sich zusammen, während der Rauch glühte wie ein rosiger Lichtschimmer und doch die Züge der Männer verdunkelte, Umrisse verschwimmen ließ und den Zug in ein Gaukelspiel verwandelte, lärmend, gespenstisch und umweht vom Geruch des Abgrunds.

Der Wahltag für den Gouverneur und die Gemeindevertreter fiel in Ohio und einigen anderen Bundesstaaten auf den dreizehnten Oktober; als die Stimmen ausgezählt waren und allenthalben die Republikaner gesiegt hatten, bestand kein Zweifel mehr daran, daß Ohio im November General Grant wählen würde. Die Atmosphäre entspannte sich, die allgemeine Aufregung erlosch und war schon bald vergessen, so wie die Luft, die aus einem zerplatzten Ballon entweicht, und ein jeder konnte sich wieder seinen eigenen Sorgen widmen. Annes selige Verzückung über die

Freuden erwiderter Liebe war zwar nicht einen Augenblick lang verblaßt, aber die Arbeit an ihrem Essay für den Frauenklub hatte sie bis nach der Wahl in Ohio verschoben. Abend für Abend besänftigte sie ihr Gewissen damit, daß sie sich vor dem Einschlafen Brownings sprachgewaltige Dichtungen vornahm. Doch seltsamerweise kam sie nie über die ersten paar Strophen hinaus, ehe der Zylinder ihrer Lampe zu qualmen begann. Seit die Wahl vorüber war, saß sie jeden Nachmittag mit Papier und Bleistift bewaffnet am runden Tisch im Salon und brütete über der 1868er Ausgabe von Brownings Gedichten, die Mrs. Lowrey ihr geliehen hatte. Allein, kaum hatte sie ein oder zwei Zitate in ihrer reinlichen, winzigen Schrift kopiert, da mußte sie sich auch schon um das Feuer kümmern; fast ohne es zu wollen, packte sie Bücher und Papier unter den Arm, hockte sich auf den Kaminvorleger, kreuzte die Beine, breitete ihre Röcke hübsch ordentlich um sich aus und nahm ihren Notizblock auf den Schoß. In dieser Stellung und an diesem Platz, wo sie schon als Kind am liebsten gelesen und wo sie Briefe an Rob geschrieben hatte, bevor er starb, und an John, konnte sie ihre Umgebung vergessen und sich auf die Komposition ihres Essays konzentrieren. Es wäre freilich undenkbar gewesen, daß sie über ihrer Arbeit auch nur einen Moment lang vergessen hätte, wie wahnsinnig verliebt sie war, und daher schien es nur natürlich, daß in den Gedichten, die an ihr Herz rührten, ausnahmslos die Gültigkeit ewiger Liebe, sei sie romantisch oder leidenschaftlich, entweder bestätigt oder geleugnet wurde. Der Essay, den sie verfaßte, enthielt kaum mehr als die Reaktion ihres persönlichen Gefühls auf jene Gedichte, die sich besonders harmonisch in ihre Stimmung fügten, oder auf solche, die ihr aufs entschiedenste widersprachen. Ungeachtet der Sally gegenüber geäußerten Absicht, die Dichter herabzusetzen, die zu bewundern man sie in der Schule gezwungen hatte, konnte Anne nicht umhin, vom Genius eines Poeten überzeugt zu sein, der solche Verse ersann:

Den Mund, die Stirn, die Augen, gib sie mir!
Laß einmal noch mein Sein vergehn in dir!
Nur einen *Blick, in seinem Licht zu schreiten,*
Verhüllt auch Nacht den Pfad mir immerdar.

Sie schrieb nieder, was ihr in den Sinn kam, ohne sonderlich viel darüber nachzugrübeln, und am Vorabend der zweiten Klubsitzung hatte sie ein paar sauber abgeschriebene Seiten beisammen, die sie den Damen vortragen konnte. Erst jetzt, als es zu spät war, errötete sie über die Naivität ihrer Argumente, aber sie sagte sich, es wäre Zeitverschwendung gewesen, sich noch länger mit diesem Essay zu beschäftigen; im übrigen kümmerte sie das Urteil der anderen Klubmitglieder nicht im mindesten.

Die Misses Gardiner hatten den Klub für diesmal zu sich nach Hause eingeladen. Weil es regnete, beurlaubte John sich von der Praxis, um Anne den Hügel hinaufzufahren. Der Gedanke dieses Frauenklubs belustigte ihn noch immer, und Anne, die stumm hinter zugezogenen Vorhängen im Einspänner saß, war froh über das kalte, unfreundliche Wetter, welches ihr Zittern hinlänglich erklärte; John sollte nicht merken, daß sie plötzlich, im letzten Moment, vom Lampenfieber geschüttelt wurde. Als er ihr aus dem Wagen half, lag ihre behandschuhte Rechte kraftlos auf der seinen. Just in diesem Augenblick hielt hinter ihnen die Kutsche der Cochrans, der Mrs. Lowrey, Miß Pinney, Miß Tucker und Sally entstiegen. Die Ballards brachten Amanda und Miß Crenshaw mit; der Klub versammelte sich pünktlich im gold- und kristallschimmernden Salon der Gardiners.

Anne hatte erwartet, daß man sie sofort auffordern würde, ihren Essay zu verlesen, und gehofft, ihre Ängste seien bald überstanden; doch sie hatte die Liebe der Präsidentin zum Parlamentarismus um seiner selbst willen außer acht gelassen. Mrs. Ballard verzichtete natürlich auf keine Gelegenheit, die Kunst auszuüben, in der sie geschult worden war. Das Protokoll der letzten Sitzung wurde verlesen und gebilligt, die vorgeschlagene Satzung dem Plenum präsentiert: »Name, der Frauenklub von Waynesboro (ganz neutral, kein Reizwort, wie etwa *Damenzirkel,* betonte Mrs. Ballard); Zweck: der gemeinsame Nutzen, den die Mitglieder aus ihren intellektuellen Studien zu ziehen gedenken. Vorstand... Wahlmodus... Mitgliederzahl auf zwölf begrenzt... Verpflichtungen... Neuaufnahmen: Entsprechende Vorschläge sind der Protokollführerin schriftlich einzureichen; zwei Wochen nach der Präsentation erfolgt die Abstimmung in geheimer Wahl; drei Neinstimmen genügen, um die vorgeschlagene Person von der Mitgliedschaft auszuschließen... Die Sitzungen finden vierzehntägig jeweils an einem Mittwoch reihum in den Häusern der Mitglieder statt – das, so erläuterte Mrs. Ballard in einem *A part,* ›wird es den Lehrkräften vom College gestatten, regelmäßig teilzunehmen, da Mittwochnachmittag unterrichtsfrei ist.‹ Wegen der Gebetsversammlungen am Mittwochabend braucht sich niemand zu beunruhigen: Die Klubsitzungen werden nicht so lange dauern, daß eine der Damen am Kirchenbesuch gehindert würde.« Jeder Artikel wurde getrennt beraten, und über jeden wurde einzeln abgestimmt. Diese Formalitäten zogen sich endlos hin, besonders für

Anne, die mit feuchten Händen ihren Aufsatz umklammert hielt, dessen sie sich jetzt von Herzen schämte. Als die Satzungen endlich verabschiedet waren und Mrs. Ballard sie der Schriftführerin weitergereicht hatte, damit die sie fürs Protokoll kopieren könne, wurde die Vorsitzende des Programmausschusses um ihren Bericht gebeten. Miß Tucker erhob sich und verteilte mit ein paar erläuternden Worten handgeschriebene Kopien der Themenliste, mit welcher die Klubmitglieder sich im Verlaufe dieses Jahres beschäftigen sollten. Unter dem Leitthema: »Englische Dichter des 19. Jahrhunderts«, war jeder Dame ein Autor zugeordnet worden nebst dem Datum, an dem der jeweilige Vortrag gehalten werden sollte.

Als die Präsidentin Miß Tucker gedankt und zu ihrer Leistung beglückwünscht hatte, beäugte Mrs. Ballard die arme Anne so kritisch, daß die sich unter ihren Korsettstangen ganz elend und leer fühlte, und bat sodann die Protokollführerin, das Tagesprogramm anzukündigen. Amanda erhob sich von ihrem Platz neben dem Präsidententisch und sagte laut und vernehmlich: »›Robert Brownings lyrische Dichtungen‹, Miß Alexander.« Die resignierte Miene der Schriftführerin schien hinzuzufügen: »Wir erwarten wenig, aber wir sind willens, zuzuhören«, was nicht gerade dazu beitrug, die Vortragende zu ermutigen.

»Frau Präsidentin und Damen des Klubs.« Annes Stimme zitterte zwar nicht, aber als sie zu lesen begann, spulte sie ihren Text so überstürzt herunter, daß sie bald außer Atem geriet. Sie schämte sich furchtbar, weil es ihr so kläglich mißlang, ihre Nervosität zu verbergen, und konnte doch nichts dagegen tun. Diese Frauen saßen ihr zu nahe: Sie konnte nicht über ihre Köpfe hinwegsehen, sie vergessen und ohne Scheu vorbringen, woran sie aus tiefstem Herzen glaubte. Unglücklicherweise hatte sie genau das niedergeschrieben, an jenen Nachmittagen, die sie auf dem Fußboden zwischen Kaminvorleger und Kohlenkasten verbracht hatte, einfach weil es ihr einfacher und schneller von der Hand gegangen war, als wenn sie versucht hätte, sich gewählt auszudrücken. Jetzt fühlte sie sich elend, weil in ihrem Essay soviel von Liebe die Rede war; sie hätte an das Publikum denken sollen, für das sie schrieb; wie hatte sie nur erwarten können, daß diese Frauen die Liebe so verstehen würden wie sie und Robert Browning sie verstanden?

Erst gegen Ende kräftigte sich ihre Stimme, und sie begann langsamer zu sprechen und ihre Gedanken mit Überzeugung vorzutragen, statt sie apologetisch herunterzubeten. Einmal hielt sie sogar inne, um Sally einen triumphierenden Blick zuzuwerfen, so als wolle sie sage: »Siehst du, genau wie ich's versprochen habe!

Ich biete ihren Vorurteilen Trotz.« Sie las die erste Strophe von *Rabbi Ben Ezra* vor und bekannte unumwunden, daß sie kein Wort davon glaube. Browning habe dieses Gedicht in einem Alter geschrieben, in dem er nicht die leiseste Berechtigung gehabt habe, ein solches Thema mit angeblicher Autorität zu behandeln. »Er war zweiundfünfzig, als ›Rabbi Ben Ezra‹ erschien, und ich halte einen Zweiundfünfzigjährigen nicht für alt, sondern für einen Mann in vorgeschrittenen Jahren. Er mag aber alt genug gewesen sein, um vergessen zu haben, was Jungsein bedeutet. Wir, die wir in unserer Jugend den ›Rabbi‹ lesen, können dem Dichter nur mit lautstarkem Widerspruch entgegentreten. Wir wissen, daß wir nie mehr mit der gleichen Leidenschaft empfinden werden wie heute, noch unsere Ziele mit solchem Eifer verfolgen; nie mehr werden wir mit solcher Hingabe verlieren oder bereit sein, unser Leben ohne Vorbehalt in den Dienst unserer Freunde, unserer Familien und unseres Landes zu stellen. Was aber das Alter betrifft, so kennt Browning es gleich uns nur aus der Anschauung. Wäre es möglich, daß er es weniger realistisch sieht als wir, weil er es aus soviel geringerer Distanz betrachtet? Möglich, daß er sich einreden konnte, wovon er uns nicht überzeugen wird, nämlich, daß ›das Beste noch bevorsteht‹. Das Alter mag seine Vorzüge haben, doch dürften diese kaum anders sein als mäßig, einer Zeit angepaßt, da das Blut träge und kalt durch die Adern rinnt und das Leben nichts Schöneres mehr zu bieten hat als ein Eckchen am Herd, wo es warm ist, einen Stuhl am Eßtisch und einen untergeordneten Platz im Herzen der Nachkommenschaft.« Anne las dies mit fester Stimme vor, aber in ihrem Innern keimte die Reue, welche die Jugend in versöhnlichen Augenblicken darüber empfindet, daß sie die falschen Lehren entlarvt, mit denen die Alten sich über ihr Schicksal hinwegzutrösten suchen. Womöglich überschätzte Anne dabei ihre Fähigkeit, den Glauben ihrer Zuhörerinnen zu erschüttern. Es kam ihr nicht in den Sinn, daß die Damen sich vielleicht gar über ihre Anmaßung amüsierten und dabei unerschütterlich an ihren Dogmen festhielten. Wie dem auch sei, Anne war nicht so keck, in diesem Ton zu schließen und ihre trotzige Herausforderung im Raum schweben zu lassen. Vielmehr hatte sie sich für die Peroration ein unwiderlegbares Argument aufgespart:

»Mag der Dichter in unsren Augen auch irren, wenn er über das Alter spricht, so scheint mir doch, wir können alle mit ihm übereinstimmen, ja sollten dankbar sein für die Vorstellung, die er uns vom Tod vermittelt hat. Der Tod ist für Browning kein Greuel, vor dem man feige zurückschrecken muß: Er ist nichts weiter als der letzte aller Kämpfe, die wir im Irdischen zu bestehen haben, und mutig sollen wir uns diesem Kampf stellen, frohlockend sogar, denn als Lohn winkt Unsterblichkeit. Sie alle kennen ›Dereinst‹. Gewiß erinnern Sie sich gleich mir an die Erstveröffentlichung in der Juni-Ausgabe des ›Atlantic Monthly‹ 1864. Ich war damals noch ein Kind und weiß nicht mehr, wie mir das Gedicht in die Hände geriet. Aber ich las es und behielt es im Gedächtnis, und in den Monaten danach schenkten Brownings Verse mir Zuversicht. Als der Sommer sich in eine lange, furchtbare Schlacht verwandelte – Wilderness, Spottsylvania, Cold Harbor –, da hallte sein Gedicht in meinem Geiste nach:

Da ich nahe dem Feind und der Nacht und dem Graun
In des Wirbelsturms Wehn:
Aufreckt sich der Tod, urschrecklich zu schaun,
Doch der Starke muß gehn…

Sie las das Gedicht bis zu Ende vor. Als sie fertig war und aufblickte, sah sie Mrs. Ballard zunächst so verstört an, als sei sie unerwartet auf den Erdboden zurückgeholt worden; dann senkte sie den Kopf und ließ sich erschöpft auf ihrem Stuhl nieder.

Mrs. Ballard verhinderte eine peinliche Pause, in der Widerspruch oder gar Feindseligkeit hätten entstehen und heftiger zum Ausdruck gebracht werden können, als es im Sinne weltläufiger Höflichkeit wünschenswert erschien.

»Wir danken Ihnen vielmals, Miß Alexander. Sie haben den Damen des Klubs einige neue Gesichtspunkte vorgestellt, unter denen man das Werk des Dichters betrachten kann. Ich denke, wir alle werden Ihnen verzeihen«, und sie lächelte huldvoll, »daß Sie ›Rabbi Ben Ezra‹ von einer so unverkennbar jugendlichen Warte aus beurteilt haben. Man darf von Ihnen noch nicht erwarten, daß Sie ›jede Zurückweisung willkommen heißen‹; und auch Worte wie diese wird man in Ihrem Alter schwerlich zu schätzen wissen: ›Was ich zu werden trachtete und nicht erreichte, tröstet mich.‹ Denn ich nehme an, Sie hegen noch die Erwartung, Ihr Streben und Trachten eines Tages von Erfolg gekrönt zu sehen.« Sie nickte Anne zu und wandte sich dann mit strahlendem Lächeln an Miß Tucker. »Sind Sie nicht auch der Meinung, daß wir Miß Alexander für ihre Ausführungen Dank zollen sollten?«

Miß Tucker brachte ihr »Frau Präsidentin« in so strengem Ton heraus, daß Anne den Atem anhielt und einen Tadel erwartete. Sie konnte freilich nicht wissen, welche Rechte die ihr zuerkannte Reife und Gleichstellung ihr in diesem Kreise einräumten, ebensowenig wie sie in ihrer Unerfahrenheit die Etablierung jener ehernen Höflichkeitsnorm hätte voraussehen können, die den Klub erst lebensfähig machte.

»Der Programmausschuß hat allen Grund, Miß Alexander dafür zu danken, daß sie bereit war, ein solch umfassendes und schwieriges Thema in dieser kurzen Zeit zu behandeln. In Anbetracht dessen darf es nicht verwundern, daß sie nur einen Teil von Robert Brownings lyrischem Werk behandeln konnte; und auch darüber, daß sie den Teil auswählte, der von der Liebe handelt, steht uns kein Urteil zu.« Miß Tucker lächelte matt, ohne Anne anzusehen. »Wahrscheinlich hätte kein anderes Mitglied unseres Klubs gerade jene Gedichte mit so viel Einfühlungsvermögen behandeln können, und daher dürfen wir uns zu dem Entschluß gratulieren, Miß Alexander mit diesem Essay betraut zu haben. Später, wenn wir uns mit den ›Philosophischen Strömungen der Gegenwart aus der Sicht der Dichter‹ befassen, werden wir hoffentlich auch etwas über andere Aspekte der Arbeiten Brownings hören.«

Amanda Reid wollte etwas einwerfen, besann sich jedoch gerade noch rechtzeitig, sagte: »Frau Präsidentin«, und wartete dann, bis Mrs. Ballard ihr das Wort erteilte. »Zu diesem Thema fühle ich mich berufen. Es könnte wohl kaum angemessen behandelt werden, ohne Brownings Philosophie, neben der seiner Zeitgenossen, versteht sich, zu berücksichtigen. Aber ich hoffe, daß noch weitere Abhandlungen über Browning vorgesehen sind. Ich gebe zu, Miß Alexanders Präsentation einiger seiner Werke war sehr interessant und lohnend. Aber es stehen, was diesen Autor betrifft, noch viele Punkte aus, die es wert sind, daß man ihnen einen Nachmittag widmet. Sein Leben, seine Erziehung, seine Quellen und der Nutzen, den er daraus zog.« Amandas Haltung wirkte unpersönlich, ihr kühler Blick streifte Anne kritisch und sachlich. »Bitte mißverstehen Sie mich nicht: Ich möchte keinesfalls den Eindruck erwecken, alle genannten Aspekte hätten Gegenstand des heutigen Essays sein sollen. Ich möchte mit meinem Vorschlag lediglich dem Programmausschuß eine Anregung für die Vergabe künftiger Themen bieten.«

Als die Sitzung wenige Minuten später nach dem Verlesen der Programmankündigung für das nächste Zusammentreffen geschlossen wurde und die Damen durch die Diele ins Wohnzimmer der Gardiners hinübergingen, um ihre Umhänge und Schals zu holen, ergriff Anne Amanda am Ellbogen und drehte sie zu sich herum, bis beide einander Auge in Auge gegenüberstanden.

»Amanda, ich schämte mich meines Essays schon, ehe ich ihn vorlesen mußte, aber ich möchte dir sagen, daß ich keine Ahnung hatte, wieviel ich ausgelassen habe. Ich bin all diesen Aspekten nicht nachgegangen, einfach, weil ich sie nicht bedachte. Ich wußte gar nicht, wie ein Essay für diesen Klub aufgebaut sein muß.« Sie lachte über ihre eigene Einfalt. »Also schrieb ich nieder, was ich über die Gedichte denke, die mir zufällig gefallen. Aber das nächste Mal – ich schätze dein Urteil wirklich, verstehst du, weil du so viel weißt. Wirst du mir beim nächsten Mal helfen?«

»Unsinn!« Amanda sah ihr frank und frei ins Gesicht. Ihr Blick sagte: »Leichtfertiges Ding«, doch ihre Worte waren klug gewählt. »Es kommt nicht darauf an, wieviel man weiß, sondern darauf, wie man mit seinem Wissen umgeht. Außerdem hat mir das, was du über ›Prospice‹ gesagt hast, gut gefallen. Und was ›Rabbi Ben Ezra‹ angeht: Du hast doch bloß deshalb nur eine Strophe gelesen, weil du Angst hattest, ein längeres Zitat könnte deine These widerlegen. Die eigentlichen Schlüsselstellen, die hast du nicht gelesen. Browning meint, im Alter hat man immer noch die Erinnerung an die Jugend, aber außerdem alles, was man sich im Laufe des Lebens erworben hat: Ein besseres Verständnis Gottes und die Bereitschaft, sich zu fügen: ›Die Erde wandelt sich, doch deine Seele und Gott, die bleiben bestehen.‹«

»Ja, aber Amanda...« Damit gab Anne auf; es fiel ihr leichter, über die Liebe zu reden als über Gott und die Seele. Verlegen setzte sie hinzu: »Ich kann nicht länger bleiben. John wartet draußen auf mich, im Regen.«

An der Flurtür hielt Sally sie auf und zog sie mit sich zum Fuß der Treppe, fort von dem Stimmengewirr, das aus dem Wohnzimmer der Gardiners drang, wo die Damen sich für den Heimweg fertigmachten. Sally wollte freilich nicht mit Anne über deren Essay reden; sie hatte während des Vortrags kaum hingehört, so sehr hatte sie sich auf die Verfasserin konzentriert und einzig Annes Gesicht beobachtet. Sie mißbilligte die unverhohlene Leidenschaftlichkeit der Freundin, die mit jedem Blick, jedem Lächeln und jeder Nuance der Stimme ihre Gefühle rückhaltlos preisgab. Sie läuft herum, dachte Sally bei sich, wie ein Jagdhund, den man vor dem Verhungern gerettet und der endlich ein Zuhause gefunden hat. Sally machte sich Sorgen um Anne, so als gebe die sich Schmerz und Kränkung preis. Wenn John sie so sieht – es ist sicherer, sein Innerstes nicht gar so freimütig zu entblößen.

»Du bist mir die Richtige!« schalt sie jetzt scherzhaft. »Ich hab' dich seit dem Wahltag nicht mehr gesehen.«

»Ich mußte doch diesen Aufsatz schreiben. Und er ist nicht mal gut geworden. Es war so demütigend zuzuhören, wie Miß Tucker Entschuldigungen für mich vorbrachte. Aber andererseits«, ihr

Gesicht erhellte sich auf einmal, »für dieses Jahr bin ich erlöst! Jetzt kann ich mich Wichtigerem widmen.«

»Du meinst wohl John, hm?«

»Ach, er ist schon da. Ich hab' ihn vom Fenster aus gesehen. Ich komme dich morgen vormittag besuchen.«

»So warte doch!« Sally hielt sie am Arm fest. »Ich muß dir eine Neuigkeit erzählen. Nach der Wahl hat Captain Rausch die alte Seilerei gekauft. Er wird ein paar Maschinen anschaffen und schon bald den Betrieb wieder aufnehmen.«

»Dann wird er also in Waynesboro bleiben?« Anne verheimlichte zwar auch jetzt nicht ihren Wunsch fortzukommen, bemühte sich aber immerhin um einen enthusiastischen Tonfall. »Das freut mich wirklich. Es wird sehr lustig werden mit ihm.«

»Aber dich berührt es nicht sonderlich, oder?« Genausogut könnte man versuchen, dachte Sally, einen Fiebernden im Delirium zu beeindrucken.

»Doch! Ich freue mich sehr. Für dich«, setzte Anne schelmisch hinzu, so als werde sie sich Sallys, ihrer Realität und ihrer Wünsche auf einmal bewußt. »Aber jetzt muß ich mich wirklich beeilen...« Damit ging sie zurück in den Salon, um sich in aller Form von den Misses Gardiner zu verabschieden.

Sally folgte ihr halb belustigt und nachsichtig, halb zornig und gereizt. Die Liebe verbannt jedes andere Interesse aus dem Bewußtsein eines Menschen, das wußte sie natürlich – der Name »Ludwig« hallte donnernd in ihrem Herzen wider und löschte einen Moment lang alle anderen Gedanken aus. Dann aber dachte sie: Wie töricht von Anne, sich so aus der Fassung bringen zu lassen, wegen einer Sache, mit der sie schließlich von Kindesbeinen an gerechnet hat. Ludwig ist wie der Blitz in mein Leben eingeschlagen – wenn *er* – das wäre freilich etwas anderes.

Sally hatte während der ganzen Sitzung nur über Anne nachgedacht, sich ausgemalt, wie sie ihr zu Ehren eine Gesellschaft geben würde, sobald das Brautpaar von der Hochzeitsreise zurückkäme. Keinen steifen Empfang. Den konnten die Freundinnen von Annes verstorbener Mutter veranstalten. Eine Weihnachtsfeier für die Klubmitglieder und deren Familien. Anne würde ein solches Fest wohl nicht viel bedeuten, es sei denn, sie hätte bis dahin wieder auf den Erdboden zurückgefunden, aber Miß Pinney und Miß Crenshaw würden sich schrecklich freuen, und vielleicht sogar die Geschwister Gardiner. Sie durfte auf der Einladung freilich nicht von einer »Weihnachtsfeier« sprechen, sonst würde Amanda nicht kommen. Den reformierten Presbyterianern galt jede Anerkennung des Christfestes als »papistisch«. Sie konnten Charaden darstellen. Oder, falls das nicht gebildet genug sein sollte, Tableaus. Berühmte Meisterwerke der Kunst. Als sie Anne jetzt pfeilschnell durch die Tür und die Stufen hinunter in den Regen huschen sah, den Schal schützend über ihren Sonntagshut gebreitet, dachte Sally: Die erste Braut unseres Klubs! Das wird der Vorwand für meine Gesellschaft und dafür, die alten Damen einzuladen.

Die »alten Damen«, wie Sally sie in Gedanken nannte, hatten sich an der Tür zum Wohnzimmer versammelt und warteten darauf, daß »Miß Cochran« sie zur Kutsche begleitete, in der sie hergekommen waren. Sally beeilte sich, ihnen zu versichern, sie sei bereit zum Aufbruch, sobald sie sich von Miß Lavinia und Miß Caroline Gardiner verabschiedet habe.

DIE MITGLIEDER DES FRAUENKLUBS VON WAYNESBORO

Miß Anne Alexander
Miß Eliza Ballard
Miß Mary Grimes Ballard
Miß Thomasina Ballard
Miß Sarah Cochran
Miß Susan Crenshaw
Miß Caroline Gardiner
Miß Lavinia Gardiner
Miß Rebecca Lowrey
Miß Agatha Pinney
Miß Amanda Reid
Miß Louisa Tucker

1868

»Beim Klubfest des Jahres 1868 standen Tableaus auf dem Programm.«

Anne und John schmiedeten unverzüglich Pläne für die Hochzeit. Sie wollten heiraten, solange er noch Dr. Alexanders Assistent war, denn wenn die beiden erst einmal Partner wären und John eigene Patienten hätte, würden die womöglich verdrießlich, wenn nicht gar ängstlich reagieren, sollten sie statt mit »ihrem« Doktor mit den Diensten des alten Herrn vorliebnehmen. Noch aber konnte John der Praxis lang genug fernbleiben, um Anne eine Hochzeitsreise ganz nach ihrem Herzen zu ermöglichen. Sie würden zu den Niagarafällen fahren, nach Albany und an den Hudson River, würden New York, Philadelphia und Washington besuchen. Die Reise würde einen Teil des Geldes verschlingen, das John seit dem Kriege gespart hatte, doch es blieb ihnen noch genug, um einen Hausstand zu gründen. Als Hochzeitsgeschenk überschrieb Annes Vater das Haus der Alexanders auf seine Tochter. Er würde wieder die Räume über der Praxis beziehen, in denen er gewohnt hatte, seit Anne ins Pensionat gezogen war. Sie vermutete, er fühlte sich nicht mehr wohl in dem Haus, wo er all die Jahre seiner Ehe verbracht hatte und wo ihn die vertrauten, abgewetzten Möbel tagein, tagaus an die geliebten Verstorbenen erinnerten und ihm die glücklichen Tage in Erinnerung riefen, da sie und Rob noch Kinder waren und ihre Mutter als junge, kräftige Hausfrau schaltete und waltete. Manchmal dachte sie auch, er ziehe es vielleicht vor, allein alt zu werden, ohne Frauen, die seine gemütliche Unordnung störten, nur in der Gesellschaft seiner Bücher und Tabakspfeifen. Doch was auch immer seine Gründe sein mochten, Anne bezweifelte nicht im geringsten, daß er froh war, das Haus loszuwerden; sie versuchte gar nicht erst, ihn von seinem Vorhaben abzubringen, sondern nahm voller Dankbarkeit sein Geschenk in Empfang, das ihr endlich das Gefühl gab, wirklich und wahrhaftig erwachsen zu sein und alle Pflichten einer Frau zu tragen: Sie war verantwortlich für ihren Besitz, hatte einen Haushalt zu versorgen und ihrem Mann ein Heim zu schaffen.

Anne verzichtete auf die übliche prunkvolle Zurschaustellung ihres Abschieds von der Mädchenzeit. John hätte dergleichen unerträglich gefunden. Sie heirateten an einem Nachmittag in aller Stille daheim. Das Haus strahlte in makellosem Glanz (dafür hatten Anne und Martha gesorgt), aber auf Hochzeitsschmuck hatten sie verzichtet. Der presbyterianische Pfarrer stand mit dem Rücken zum Kamin im Wohnzimmer; Anne trat ihm am Arm ihres Vaters entgegen, John kam von der anderen Seite mit Ludwig auf ihn zu; und so wurden sie getraut, im Beisein einiger Freunde von Annes Eltern sowie Johns Kriegskameraden, den drei Cochrans, Professor und Mrs. Lowrey und Johns Schwester Kate. Statt weißen Satins und eines mit Orangenblüten geschmückten Schleiers trug Anne ihr Reisekostüm aus perlgrauer Ripsseide. Die Farbe stand ihr gut, verlieh jedoch ihren Zügen im fahlen Licht des Novembernachmittags einen Hauch von Melancholie. Auch John wirkte ernst, allerdings eher ängstlich als streng und selbstbewußt.

Jedenfalls dachte das Sally Cochran, die das Brautpaar beobachtete. Die Feierlichkeit oder vielmehr der Mangel derselben, war nicht nach ihrem Geschmack. Sie an Annes Stelle hätte nicht auf den Pomp einer kirchlichen Hochzeit verzichtet. Sally liebte Prunk und Eleganz um ihrer selbst willen, doch in Annes Fall hätte festliches Gepränge überdies für Aufmerksamkeit gesorgt und die Anwesenden von dem Gedanken abgelenkt, wie unpassend doch die Verbindung dieser beiden Familien sei. Gewiß, Anne hatte nur noch ihren Vater und John keine Angehörigen außer seiner Schwester in Waynesboro. Aber Anne konnte Kate Gordon unmöglich anders als mit gemischten Gefühlen in ihre Familie aufnehmen. Sally saß unter einem Seitenfenster, und ihr genau gegenüber, auf der anderen Seite des Salons, stand Kate vor dem hohen Spiegel zwischen den beiden Glastüren, die zur Terrasse hinausführten. Auf dieser Seite des Zimmers war es ziemlich hell, so daß Kates Gesicht und Gestalt sich klar im Spiegel abzeichneten. Sally betrachtete sie genau, teils weil Kates Erscheinung sie fesselte, teils auch weil die übrigen anwesenden Frauen ihr alle nur zu vertraut waren. Kate hatte der Stadt schon oft Anlaß zum Klatsch gegeben; ihr unweibliches Gehabe erregte immer wieder Anstoß. Sie bestellte den Garten, verkaufte, was sie erntete, auf dem

Markt und züchtete Rinder und Schweine. Sally hatte sie samstagnachmittags manchmal gesehen, wenn sie durch die Straßen stiefelte, ihre schlaff herunterhängenden Röcke (Kate trug keine Krinoline) mit Kot bespritzt und womöglich eine Pferdepeitsche in der Hand. Daher war es ein überraschendes Schauspiel, Kate Gordon heute für die Hochzeit ihres Bruders herausgeputzt zu sehen. Sally starrte sie an und war um Annes willen beruhigt: Diese Frau schien doch nicht ganz und gar exzentrisch zu sein. Sie trug ein elegantes, modisches Gewand, dessen dunkelbraune Farbe zu ihren Augen und zu ihrem Haar paßte und außerdem den lederartigen Teint ihres wettergebräunten Gesichts weicher erscheinen ließ. Der Volantbesatz ihres Unterkleides war gut fünfzehn Zentimeter lang; darüber trug sie ein Prinzeßkleid mit enganliegendem Mieder und schmalen Ärmeln, das vorne bis zu den Knien reichte und hinten in dekorativen Falten auf den Boden floß. Die Rüschen und Schleifen verliehen ihrem Körper Grazie und Weiblichkeit; auch betonten sie ihre schlanke Taille und die aufrechte, stolze Haltung. Das glanzlose Haar war unter einem Hut verborgen. Handschuhe verdeckten die Risse und Schwielen der verarbeiteten Hände. Beunruhigend wirkte lediglich ihr Gesichtsausdruck; Kate blickte halb belustigt, halb verächtlich, so als wolle sie sagen: »Wie ihr seht, bin selbst ich dazu fähig, mich den von der Mode diktierten Albernheiten zu unterwerfen und wie eine Dame von Welt aufzutreten. Aber was seid ihr doch für Narren, daß ihr diese Fähigkeit, es anderen Menschen gleichzutun, so ernst nehmt, als sei sie wirklich wichtig.«

Später – nach dem Hochzeitsessen, das Sally und Ludwig an der Tafel des Brautpaares eingenommen hatten –, als John und Anne hinaufgegangen waren und die Gäste sich unten in der Diele versammelten, um den beiden vor ihrer Abreise Lebewohl zu sagen, erhaschte Sally noch einen Blick auf eine völlig andere Kate. Johns Schwester lehnte aufrecht am Türrahmen neben dem Lampentisch und hatte die Hände auf dem Rücken verschränkt. Spott und Verachtung waren aus ihren Zügen verschwunden. Im hellen Schein der Lampe, die ihr Gesicht von unten beleuchtete, wirkte Kates Miene wie versteinert. Ihre hohlen Wangen unter den vorstehenden Backenknochen schienen eingefallen; die Nase war schmal und gebogen. Der ausdrucksvolle Mund mit den vollen Lippen wirkte mürrisch und verkniffen, doch in ihren Augen spiegelte sich nackte Verzweiflung. Sie sieht aus, dachte Sally, als schaue sie durch die Menschen hindurch auf ihr Skelett, sogar bei einer Hochzeit. Entsetzt über die kalten, freudlosen Augen dieser Frau wandte Sally gewaltsam den Blick von ihr ab und ging hinüber zur Treppe, um das Brautpaar zu erwarten. Als die beiden herunterkamen, schloß Sally die Freundin stürmisch in ihre Arme; wenn sie gekonnt hätte, wäre sie gern mit hinausgegangen und hätte Anne vor dem Anblick des Totenkopfs bewahrt, der an der Tür lauerte. Aber Kate hatte sich wieder gefaßt: Sie küßte John liebevoll, Anne zärtlich und sagte mit ihrer heiseren Stimme: »Gute Reise, Kinder, werdet glücklich miteinander.« Herzlich erwiderte Anne ihre Umarmung. Doch als die Tür sich hinter den beiden geschlossen hatte, entbot Kate Gordon dem Doktor in schroffem Ton eine gute Nacht, ohne die übrige Gesellschaft auch nur eines Wortes zu würdigen, und ging durch die Küche hinaus, um selbst ihr Pferd aus dem Stall zu holen. Sally schaute ihr verwundert nach, dann zuckte sie die Schultern und verscheuchte Kate Gordon aus ihren Gedanken. Schließlich liebten Anne und John einander: Selbst als Anne von ihren Freunden Abschied nahm, hatte John ihre Hand nicht losgelassen, und Anne war, kaum daß sie sich zum letztenmal aus den Armen ihres Vaters löste, mit einem Blick schamlos unverhüllter Zärtlichkeit zu ihrem Gatten getreten. Was konnte den beiden eine Schwägerin anhaben, die meilenweit entfernt auf dem Lande lebte?

In den nächsten Wochen hatte Sally keine Zeit, über Annes zukünftiges Glück nachzudenken. Die Hochzeitsreise der Gordons dauerte einen Monat lang, aber Sally vermißte ihre Freundin weniger, als sie sich vorgestellt hatte, weniger, als sie es in den Briefen beteuerte, die sie dem Brautpaar in den Osten nachsandte. Ludwig Rausch hatte angefangen, ihr den Hof zu machen. Er tat dies in der aufrichtigen, empfindsamen Manier eines deutschen Ehrenmannes, und Sally, die gleich im ersten Moment, da sie unter Hunderten von Leuten gerade auf ihn aufmerksam geworden war, Gefallen an ihm gefunden hatte, dachte nicht daran, ihn zu entmutigen. Er verbrachte fast jeden Abend bei den Cochrans. Sallys Vater, der Ludwig mit dem scharfsinnigen Gespür des Bankiers unter die Lupe genommen hatte, war nicht abgeneigt, die beiden jungen Leute im vorderen Salon allein zu lassen, wo sie je nach Laune miteinander musizierten oder lange Gespräche führten. Mrs. Cochran war weniger entgegenkommend. Ludwigs Eltern waren Einwanderer, und auch er selbst war noch in Deutschland geboren worden. Sallys Mutter galten alle Einwanderer gleich, ob sie nun mittellos herübergekommen waren, um vom Heimstättengesetz zu profitieren, oder ob es sich wie bei Mr. Rausch senior um »48er« handelte, die ihre Heimat verlassen mußten, weil sie sich an einer fehlgeschlagenen Revolution beteiligt hatten. Seine fremdländische Herkunft war freilich der einzige

Einwand, den Mrs. Cochran gegen Ludwig erhob. Daß er bei seinen Besuchen den schwachen Teergeruch der Seilerbahn mit in ihren Salon brachte, störte weder Mutter noch Tochter; denn zur damaligen Zeit und in jeder Gesellschaft wurde es von den jungen Männern geradezu erwartet, daß sie sich beizeiten auf eigene Füße stellten und es ohne fremde Hilfe zu etwas brachten; Ludwigs Vorhaben, seine neuerstandene Firma von der Pike auf kennenzulernen, bewertete man daher als durchaus löblich.

Er hatte die Seilerei als »Seilerwaren Rausch & Kompanie, Faser- und Bandseile« eintragen lassen, hatte Aktien an Vater und Onkel verkauft, aber dafür gesorgt, daß er die Majorität in der Firma behielt. Die beiden alten Holländer, von denen er die Seilerbahn übernommen hatte, ernannte er zu Aufsehern über die Arbeiter, die er gleich den Vorbesitzern weiterbeschäftigte, und mit denen er schon recht bald auf gutem Fuß stand. Es waren in der Mehrzahl Schwarze; die wenigen Weißen kamen zumeist aus Irland und waren Kriegsveteranen wie er. Die Leute hatten schon seit geraumer Zeit um ihre Arbeitsplätze gebangt, denn mit dem Unternehmen war es spürbar bergab gegangen. Nun, da sie sich aus dieser Unsicherheit erlöst sahen, waren sie eifrig darauf bedacht, dem neuen Besitzer ihre Tüchtigkeit zu beweisen. Und Ludwig fiel es nicht schwer, sich als Chef beliebt zu machen. Die Arbeiter faßten schnell Vertrauen zu ihm, besonders nachdem er sie eines Mittags auf dem gepflasterten Hof zusammengerufen hatte, um eine Ansprache zu halten, in der er den Männern seine Absicht kundtat, Maschinen anzuschaffen, sobald er es sich leisten könne, um einen Großteil der Handarbeit dadurch zu ersetzen. Aber jeder von ihnen, der arbeiten müsse und wolle, könne bleiben und sich in der Bedienung der Maschinen unterweisen lassen. »Außerdem«, schloß er, »wird es noch einige Zeit dauern, ehe ich mir solchen modernen Luxus leisten kann. Dieser Betrieb ist schließlich nicht die Münzanstalt der Vereinigten Staaten.« Das beruhigte die Leute, und sie lachten bereitwillig über den dürftigen Scherz.

Inzwischen hatte Ludwig unter Anleitung der Rosebooms begonnen, sich mit all den zur handwerklichen Herstellung von Seilen und Tauen erforderlichen Arbeitsvorgängen vertraut zu machen. Er öffnete die Hanfballen, die per Schiff auf dem Kanal aus Cincinnati geliefert wurden; er schüttelte die Fasern aus, um sie fürs Kämmen und Hecheln vorzubereiten, und lernte dabei die verschiedenen Arten und deren Reißfestigkeit kennen. Indem er den Arbeitern zusah, prägte er sich die einzelnen Schritte ein, mit denen der Hanf für die Spinner vorbereitet wurde: Er half im

Teerschuppen und richtete sich nach den Anweisungen der Schwarzen, die den Teer in großen Kesseln auf genau die Temperatur erhitzten, bei welcher der Hanf sich am besten durchziehen ließ. Zum Schluß gesellte er sich zu den Spinnern, die wegen ihrer handwerklichen Fertigkeiten das höchste Ansehen im Werk genossen. Seite an Seite mit ihnen schritt er rückwärts die lange Bahn ab und flocht die Faserstränge, welche die Radjungen abrollten, zu Garn zusammen. Das Garn, geteert oder ungeteert, wurde zu Strängen gedreht, und diese endlich konnte man zu Seilen oder Tauen flechten. Nach langen Mühen kam der triumphale Tag, da Ludwig unter dem Beifall der übrigen Spinner am Ende der Seilerbahn stand und für alle sichtbar das letzte Stück des 360 Meter langen Taus in die Höhe hielt, das auf dem Boden zusammengerollt lag: ein Tau ohne Kinken und unebene Stellen. Ludwig hatte sein Meisterstück abgeliefert. Doch mit der praktischen Arbeit allein war es nicht getan: Die Probleme der Faserverteilung waren in komplizierten Formeln niedergelegt; Abend für Abend, nachdem er von den Cochrans in die Pension zurückgekehrt war, studierte Ludwig die Logistik seines neuen Gewerbes.

Die Unterscheidungsmerkmale der verschiedenen Seile, Schnüre und Garne erklärten seine Lehrmeister ihm bereitwillig beim gemeinsamen Mahl während der Mittagsstunde. Bei schönem, sonnigem Wetter setzten sie sich dazu ans Kanalufer; war es dagegen kalt und regnerisch, suchten sie Schutz im Hanfspeicher, wo die Hanfballen ihnen als Stühle und Tische dienten. Die beiden Alten brachten ihr Essen von zu Hause mit; Ludwig bekam jeden Tag einen Imbiß aus Hoffmanns Bierschenke; Frederica Hoffmann schickte einen Jungen in die Seilerei, der Roggenbrot, mal mit Käse, mal mit Blut- und Leberwurst belegt, und einen Krug Bier in seinem Korb hatte. Beim Essen oder danach, wenn sie zusammensaßen und rauchten, erzählten die Alten von ihrer Jugend in Delft, oder Ludwig gab seine Kriegsabenteuer zum besten; doch meist wurde die Pause zur Unterrichtsstunde, in der Ludwig lernte, zwischen Trosse und Ankertau, zwischen Wanten und Lieken, Geitau und Schoten, zwischen Lotleine, Logleine, Hüsing und Marling zu unterscheiden. Die nautischen Begriffe und all die Bilder, die sie hervorriefen, faszinierten den Binnenländer, der sich jedoch keineswegs in der trügerischen Hoffnung wiegte, er könne im Süden Ohios mit Seilerwaren für Segelschiffe Geschäfte machen. Selbst wenn den Seglern nicht in naher Zukunft von der Dampfschiffahrt der Garaus gemacht werden sollte, war dies kein Markt, der sich zu beliefern lohnte. Ludwig wußte genau, wo er seine Kunden zu suchen hatte: Bald schon würden die Farmer für ihre Mäher und Binder Garn verwenden, und je mehr Prärieland nach dem Heimstättengesetz für Siedler freigegeben wurde, desto mehr Weizen würde geerntet und desto mehr Garben würden gebunden werden. Bis es soweit war, konnte er Seile für die Antriebswinden und Flaschenzüge herstellen, die in den allenthalben aus dem Boden schießenden Fabriken ebenso gebraucht wurden wie bei den Ölbohrungen in Pennsylvania und Ohio; er konnte weiterhin Trossen und Ankertaue für die Flußschiffahrt fertigen – für all die Schleppkähne, Flachboote, Passagierschiffe und nicht zuletzt für die Raddampfer, die als schwimmende Theater den Ohio befuhren. Diesen letzten Markt konnte er sich leicht mit Hilfe seines Onkels erschließen, der in Cincinnati mit Eisenwaren en gros handelte. Den Kanal hatte man zwar seit dem Bau der Eisenbahn vernachlässigt, aber er war immer noch schiffbar; Schleppkähne lieferten den Hanf, und diese von Pferden gezogenen Kanalboote schafften auch Ludwigs Seilerwaren hinauf in die Großstadt. Die Besatzung der Kähne bestand nur aus zwei Leuten, die über Nacht bei der Seilerbahn festmachten und auf dem Tauwerk schliefen.

Ludwig hatte einen langen Arbeitstag. Gleich seinen Männern war er von sechs Uhr morgens bis sechs Uhr abends in der Seilerei; trotzdem nutzte er jede Gelegenheit, um in Waynesboro Bekanntschaften zu schließen, sei es in seiner Pension oder im Hotel, wo er das Frühstück einnahm und manchmal, wenn er nicht bei den Cochrans war, auch das Abendessen; sei es in Hoffmanns Bierschenke, wo er des Abends hin und wieder mit den Deutschen zusammentraf, die neu in der Stadt waren. Dann saß man zu dritt oder zu viert um einen Tisch mit rotkarierter Decke, sprach über Politik, erörterte die Lage der Nation, und Ludwig neckte die Hoffmann-Mädchen, die Schwestern des Wirts, die mit schäumenden Bierkrügen geschäftig vorbeieilten. Aber so oft es ihm möglich war, verbrachte er seine Abende mit Sally, und als Freier machte er ebenso gute Fortschritte wie als Geschäftsmann.

Sally, wiewohl über die Maßen verliebt, war keine Frau, die den ganzen Tag lang nur vom abendlichen Stelldichein mit ihrem Kavalier träumte. Gleich nach Annes Hochzeit hatte sie mit den Vorbereitungen für die Gesellschaft begonnen, die sie bei sich ihre Weihnachtsfeier nannte. Zunächst legte sie Mrs. Lowrey nahe, der Klub solle seine erste Braut ehren, und Mrs. Lowrey hörte sich unter den älteren Mitgliedern um; als die herausfanden, daß nichts weiter von ihnen verlangt werde, als ihre Anwesenheit im Hause der Cochrans, erteilten sie dem Plan begeistert ihre Zustimmung. Sally schloß sich mit Amanda und Thomasina Ballard zu einem

Komitee zusammen, welches das Programm ausarbeiten sollte. Da sie nicht sicher gewesen war, ob Amanda an etwas so frivol Theatralischem wie Tableaus mitwirken würde, näherte Sally sich ihr taktvoll mit einem Appell an ihr überragendes Wissen. Amanda leugnete nachgerade verächtlich jedwede Kunstkennerschaft (die Tableaus sollten »Berühmte Bilder« darstellen), doch als Sally sie bat, dem Komitee ihr geschultes Auge zu leihen und zu überprüfen, ob die Kostüme jenen auf den Gemälden so ähnlich wie möglich, vor allem aber historisch getreu seien, erklärte sie sich einverstanden. Amanda gab ihre Zustimmung übrigens nicht so widerstrebend, wie sie die anderen hatte glauben machen wollen. Für sie war das gesellschaftliche Leben in Waynesboro bisher fast ausschließlich auf die Unterhaltungsabende ihrer Kirchengemeinde beschränkt geblieben, bei denen die Mädchen Tellerkreisen spielten oder Reise nach Jerusalem mit den Theologiestudenten und sich für gewöhnlich wie die Kinder aufführten. Was nun Sally betraf, so hätte sie auch einen Ball für Anne und John geben können: In Waynesboro tanzten genug junge Leute, um diesen Zeitvertreib beliebt zu machen und ihm regen Zuspruch zu sichern. Der Umstand, daß Sally es vorgezogen hatte, ihr Fest unter ein kulturelles Motto zu stellen, bezeugte, daß der Klub einen wohltuenden Einfluß auf ihre angeborene Leichtfertigkeit ausübte. Wie hätte Amanda sich weigern können, sie bei ihren Bemühungen zu bestärken? Und als Sally ihr versicherte, sie sehe genauso aus wie Sir Thomas More auf Holbeins Porträt, da sah Amanda keinen Grund, nicht als dieser berühmte Gelehrte und Autor aufzutreten, selbst wenn er Katholik gewesen war.

Thomasina war gerührt und hocherfreut, als Sally sie um ihre Hilfe bat. Nur zu gern erklärte sie sich bereit, die Kostüme zu nähen, wenn sie auch im Umgang mit Nadel und Faden nicht zu den Geschicktesten zählte. Um gewissenhaft einen Saum zu sticheln, brauchte sie ebenso lange wie Sally für ein ganzes Kleid. Aber Sally schien gar nicht zu merken, wie langsam sie vorankam, und Thomasina hatte sich vielleicht noch nie in ihrem Leben so gut unterhalten, wie an jenen langen Nachmittagen im Nähzimmer der Cochrans, mit dem finster drohenden Novemberhimmel draußen vor den Fenstern, und dem munter flackernden Kaminfeuer drinnen, in Gesellschaft der hübschen Sally, die ungeachtet ihrer geröteten Wangen und ihres zerzausten Haars tüchtig und sachkundig ein Kostüm nach dem anderen zusammenstellte, ungestüm und ruckweise die Nähmaschine in Gang setzte und zwischendurch über die Leute in Waynesboro schwatzte und über ihrer beider Schulzeit, wobei ihr dann und wann der eine nicht zu unterdrükkende Name entschlüpfte: Ludwig. Auch wenn Amanda nach dem Unterricht vom College herunterkam, fuhren sie fort, über ihre Pläne für die Tableaus zu beraten, so als ereigne sich im Lande nichts von Bedeutung und als gebe es keinerlei ungelöste Probleme; Thomasina empfand diese Erholungspause von der Beschäftigung mit nationalen Reformbewegungen als ausgesprochen wohltuend.

Sie wurde beauftragt, ihre Schwester Eliza zu bitten, in zwei Tableaus mitzuwirken. Eliza willigte ein; eher lustlos zwar, doch wollte sie Thomasinas Gefühle nicht verletzen. Desungeachtet äußerte sie sich sarkastisch über das Programm und leugnete hartnäckig jedwede Ähnlichkeit irgendeiner Person irgendeines je gemalten Bildes mit ihr oder ihrer Schwester. Amanda bewegte Miß Tucker dazu, als Gainsboroughs Sarah Siddons aufzutreten. Für Anne wurden während ihrer Abwesenheit Pläne geschmiedet und Kostüme geheftet, die sie bei ihrer Rückkehr probieren sollte. Die übrigen Damen des Klubs würden zusammen mit ihren Familien das Publikum bilden.

Sally verschickte Einladungen an Mrs. Reid, Richter Ballard und Gemahlin, Professor und Mrs. Lowrey, Miß Pinney, Miß Crenshaw, an die Geschwister Gardiner nebst ihrem Neffen, an Dr. Alexander sowie an Anne und John. »Tableaus«, stand auf den Karten, und: »Zu Ehren von Dr. und Mrs. Gordon.«

Anne und John kamen just an dem Tag nach Hause, an dem der Kutscher der Familie Cochran Sallys Einladung überbrachte. Noch am selben Tag ging Sally nach dem Dinner in Ludwigs Begleitung zu den Gordons hinunter, um den Abend mit den Neuvermählten zu verbringen. John und Dr. Alexander hatten sich in die Praxis zurückgezogen, aber Ludwig war kein Mann, der sich in ausschließlich weiblicher Gesellschaft unbehaglich fühlte. Anne hatte ihn schon so lange als Sallys zukünftigen Gatten akzeptiert und zudem von Anfang an ein so ungezwungenes Verhältnis zu ihm gehabt, daß seine Gegenwart sie nun nicht daran hinderte, die Wunder ihrer Reise in den Osten so begeistert zu schildern, wie sie es getan hätte, wäre sie mit Sally allein gewesen. Sie sprach von Sehenswürdigkeiten, während Sally ihr bevorstehendes Fest und die Tableaus beschrieb, doch ungeachtet der daraus resultierenden Verwirrung waren sie alsbald wieder miteinander im reinen und konnten ihren vertrauten Umgang da fortsetzen, wo er unterbrochen worden war.

Ludwig mischte sich nur dann und wann mit einer Bemerkung oder Frage ins Gespräch, so als er wissen wollte, ob die Gordons in Washington die Gelegenheit genutzt hätten, sich *»unsere* Gesetzgeber« anzuhören. Der Ton, in dem er das sagte, brachte Anne zum Lachen, denn er ließ keinen Zweifel daran, daß Ludwig an ihrer Stelle die Gesetzgeber gemieden hätte wie die Pest.

»Ja, wir sind ins Capitol gegangen und haben unsere Karte bei General Deming abgegeben. Er war so freundlich, mit uns auf die Besuchergalerie zu kommen und uns die Berühmtheiten zu zeigen. Aber an dem Tag geschah nichts von Wichtigkeit. Ein Abgeordneter aus Ohio hielt eine Rede. Mr. Garfield. Ich nehme an, Sie haben schon von ihm gehört?«

»Natürlich. Er war General. Aber das waren ja so viele unserer Kongreßabgeordneten«, versetzte Ludwig.

»Er ist ein gewandter Redner, aber er sprach nur über die politischen Aufgaben in den Indianerreservaten. Wir hätten einen Tag später hingehen sollen, als das Sendschreiben des Präsidenten übermittelt wurde, an dem der Senat solchen Anstoß nahm, daß er sich vertagte, ohne es zu verlesen. Sie sind eine Schande für unser Land: alle beide, der Kongreß und der Präsident. Welch ein Segen, daß bald General Grant das Amt übernimmt. Ach, Sally, da fällt mir ein: General Deming hat uns erzählt, der Kongreß werde sich bis nach Neujahr vertagen, und er wolle diese Ferien daheim verbringen. Ich kann mich nicht entsinnen, daß er früher je zu Weihnachten nach Hause gekommen wäre, du etwa? Ich nehme an, es geht um Miß Tucker. Du solltest ihn wohl zu deinem Fest einladen.«

»Natürlich! Dann können wir durch den Vorhang spähen und ihn beobachten, während er posiert.«

Gleich am nächsten Tag gab Reuben, der Kutscher, eine von Sallys Einladungskarten im Hause des Generals ab, damit er sie bei seiner Heimkehr vorfände.

Die allerletzten Vorbereitungen für den Abend der Tableaus nahm Ludwig in die Hand. Er baute einen Rahmen für die lebendigen Bilder, brachte am unteren Rand Halterungen für Lampen mit Spiegeln an, die er aus Blechplatten zurechtgeschnitten hatte und die wie echte Rampenlichter wirkten. Diesen Rahmen stellte er zwischen den beiden Salons auf, jedoch in sicherem Abstand zur Flügeltür, so daß die tiefbraunen Vorhänge zugezogen werden konnten, ohne von den Lampen versengt zu werden. Ludwig, der Waynesboros mangelnde Begeisterung für weihnachtliches Brauchtum mit geradezu teutonischer Verachtung strafte, begleitete John eines Nachmittags zu einem Patientenbesuch aufs Land, wo er eine schöngewachsene Fichte schlug, würzig duftende Mistelzweige und einen Armvoll Ranken brach, die mit leuchtenden Beeren besetzt waren. Er ließ es sich nicht nehmen, das Haus der

Cochrans selbst zu schmücken, wand Bittersüß um den Kaminsims im Salon, steckte Tannenzweige hinter die Bilderrahmen und stellte seinen Christbaum zwischen Klavier und Vorderfenster auf. Sally überredete er, ihre Bedenken in den Wind zu schlagen und Popcorn und Moosbeeren auf eine Schnur zu reihen, die als Zierkette an den Baum gehängt wurde; er schnitt aus Goldpapier einen Stern für die Spitze und fertigte aus Blech einen Kerzenhalter für jeden Zweig. Zum erstenmal in ihrem Leben wurde Mrs. Cochran bei einem Fest, das in ihrem Hause stattfinden sollte, kaum zu Rate gezogen. Die Idee mit den Kerzen gefiel ihr ganz und gar nicht, aber Ludwig versprach, sie auszublasen, sobald die Gesellschaft den Baum bewundert habe. Zu diesem Zweck bezog er neben dem Klavier Stellung, als Sallys Gäste eintrafen; begeistert schüttelte er jedem die Hand, der angesichts der erleuchteten Fichte vor dem wirkungsvoll dunklen Hintergrund in Bewunderungsrufe ausbrach. Sally hatte befürchtet, die Damen könnten ein solches Abrücken von der Tradition Waynesboros alles andere als wohlwollend aufnehmen; doch selbst die strengste Vertreterin der reformierten presbyterianischen Gemeinde, nämlich Amandas Mutter, blickte nur anfangs verdutzt drein und tat dann, als bemerke sie dieses Zeugnis heidnischen Brauchtums gar nicht, wodurch sie offenbar hoffte, sich von jeglicher Mitschuld an diesem frevelhaften Treiben zu befreien.

Als die Gäste Platz genommen hatten, blies Ludwig die Kerzen aus und schlich auf Zehenspitzen durch die Halle in den hinteren Salon, wo er sich neben dem Bilderrahmen bereit hielt, um zu gegebener Zeit die Lampen anzuzünden und zurechtzurücken.

Das Programm war ein uneingeschränkter Erfolg. Mrs. Ballard wies in ihrer Einführungsrede auf Ursprung und Zweck des Klubs hin. Höflich hieß sie die Herren willkommen und gab der Hoffnung Ausdruck, daß die Bemühungen des weiblichen Geschlechts, sie zu unterhalten und zu erbauen, ihren Beifall finden würden; höflich kamen die Herren ihrer Aufforderung nach und klatschten, als sie geendet hatte, doch dabei schauten sie ein wenig blasiert und belustigt drein: Alle ohne Ausnahme, angefangen vom weißbärtigen Richter Ballard mit den buschigen Brauen bis hin zu Douglas Gardiner, so als dächten sie daran, daß Ludwig Rausch sich irgendwo versteckt hielt, um dem weiblichen Geschlecht die nötige Unterstützung zu gewähren.

Es wurden acht Tableaus gestellt: Eliza Ballard als Stuarts lebensgroßer Washington mit einem spöttischen Gesichtsausdruck, der so gar nicht zum Sujet passen wollte; Amanda in ihrem Oberlin-Talar und mit Barett, das Sally gebastelt hatte, als Holbeins More, wobei ihr kantiges Kinn sowie die vorspringende Nase ihr tatsächlich eine gewisse Ähnlichkeit mit dem Porträt verliehen; Sally posierte als Romneys Pfarrerstochter mit wirrem Haar und mutwilligem Blick, indes kaum so elfengleich wie das Original; Anne als Rembrandts Sohn Titus, dunkel, hinter gedämpften Lichtern in düsteren Dämmer gehüllt und von einem breitkrempigen Federhut beschattet, kam dem Meisterwerk, das sie darstellte, näher als alle anderen; Miß Tucker als Sarah Siddons, in prächtigem Federschmuck, mit Muff und Bändern behängt, strahlte majestätischen Adel, ja Hochmut aus und war entschieden die Krönung des Abends; Anne erschien zum zweitenmal als Reynolds Nelly O'Brien, jetzt in strahlendem Lichterglanz, der sie mehr als Anne denn als Nelly offenbarte; Eliza stellte Gainsboroughs William Pitt dar, glich freilich dem zweiten Staatsmann nicht mehr als dem ersten; und zum Schluß mimte Thomasina eines von Madame Vigée-Lebruns Selbstporträts: mit Morgenhaube, umflossen von einem wahren Wasserfall von Rüschen, in der Hand Palette und Pinsel, wirkte sie, wenn nicht schön, so doch wenigstens glücklich, und das war sie in der Tat dank Sallys tröstlicher Versicherung, Madame Vigée-Lebrun hätte sich ganz ohne Zweifel geschmeichelt gefühlt.

Die Vorstellung wurde musikalisch umrahmt und mit Miß Thomasina Ballards Rezitation des Gedichtes »Ein glückliches Neues Jahr« beschlossen. Als der Beifall verklungen war, erschien der schwarze Hausdiener in der Tür und meldete, es sei angerichtet. Der Tisch im Speisezimmer der Cochrans war zu seiner vollen Länge ausgezogen. Ein wenig beengt zwar und mit angewinkelten Ellbogen fand immerhin die ganze Gesellschaft daran Platz. Das Festmahl bestand aus gebackenem Schinken, kandierten Süßkartoffeln, gefüllter Pastete und Windbeuteln. Es war eine merkwürdig gemischte Gesellschaft, die sich zu diesem Mitternachtsschmaus zusammengefunden hatte. Miß Pinney und Miß Crenshaw wirkten armselig und unscheinbar, und nichts konnte über diesen Eindruck hinwegtäuschen; doch während Miß Pinney demütig und bescheiden auftrat, war Miß Crenshaw von einem unbeugsamen Stolz beseelt, den nichts zu brechen vermochte, nicht einmal die seltsame Krankheit, die an ihrem Körper zehrte und die sie so tapfer zu verheimlichen suchte, wie einst der kleine Spartaner den Wolf verheimlicht hatte. Mrs. Lowrey war schlampig und nachlässig gekleidet, aber ihr scharfsinniger und lebhafter Geist ließen derlei äußerliche Mängel vergessen; zu jeder Zeit und an jedem Ort verschaffte ihre Persönlichkeit sich Geltung. Die Damen Ballard waren in steifen, kostbaren Gewändern erschienen, die dennoch dezent wirkten. Die stattliche Erscheinung der Mutter ließ erkennen, daß sie eine befehlsgewohnte Frau war; die ältere Tochter hatte plumpe Manieren; die jüngere schien Mutter und Schwester in gewissem Sinne ähnlich, doch verriet sich ihre wahre Natur durch ihren schüchternen Blick. Amanda Reid trug ein hochgeschlossenes schwarzes Taftkleid mit Spitzenjabot. Die Misses Gardiner waren in uralten Balltoiletten erschienen und wirkten mit ihren Reifröcken wenn auch nicht modisch, so doch elegant: die eine aprikosenfarben, die andere himmelblau gewandet. Neben der majestätischen Miß Tucker in ihrer grünen Seidenrobe verblaßten sie freilich fast bis zur Unkenntlichkeit. Anne trug das Abendkleid, das zu ihrer Aussteuer gehörte; bis auf zwei Armreifen hatte sie sich jeglichen Schmuck versagt. Einzig Sally war wie eine Prinzessin ausstaffiert: Die weißen Arme und Schultern waren entblößt, das goldene Haar ringelte sich teils in anmutigen Locken in ihrem Nacken, teils türmte es sich in schweren Flechten auf ihrem Kopf; ihr Granatschmuck – Ohrgehänge, Halskette und Armbänder – funkelte im Kerzenschein, während sie sich bald diesem, bald jenem ihrer Tischnachbarn zuwandte. Doch wie sehr diese Frauen sich im einen oder anderen Fall auch voneinander unterscheiden mochten, seltsamerweise verkehrten sie völlig unbefangen miteinander; schon nach wenigen Sitzungen ihres Klubs hatten sie sich nicht nur aneinander, sondern auch an ihre jeweiligen Grenzen, seien diese nun pekunärer oder geistiger Natur, gewöhnt. Die beiden Damen, die als einzige der Anwesenden nicht zu diesem Zirkel gehörten, waren von den übrigen schon durch die übertriebene Höflichkeit getrennt, mit der man zu ihnen sprach, so als bedürfe es besonderer Anstrengung, zu verhindern, daß sie sich als Außenseiter fühlten. Nach ihrem Gesichtsausdruck zu urteilen, hätten sowohl Mrs. Reid als auch Mrs. Cochran andere Gesellschaft sicher vorgezogen: Mrs. Reid hockte mit gebeugten Schultern und hochgerecktem Kinn am Tisch, maß die Gäste der Reihe nach mit zornigem Blick, und spähte lauernd in jede Ecke, so als memoriere sie die Punkte einer Anklageschrift. Mrs. Cochran saß aufrecht am unteren Ende der Tafel und rang sich, sooft jemand das Wort an sie richtete, ein Lächeln ab; ihr verwirrter Blick schien zu fragen, was diese seltsame Schar in ihrem Hause zu suchen habe.

Die Männer hatten nichts Gemeinsames, das sie von ihrer Befangenheit im Umgang miteinander erlöst hätte. Douglas Gardiner war noch ein halbes Kind, und wenn er auch älter wirkte als er war, so machte er doch keinen Hehl daraus, wie unbehaglich er sich in dieser feinen Festgesellschaft fühlte. John und Ludwig zeigten sich fast unverhohlen belustigt über das Schauspiel und die Versammlung im Speisezimmer der Cochrans. Professor Lowrey wirkte runzelig und eingeschrumpft, aber seine Augen blitzten hell und fröhlich. Dr. Alexander schien müde und gelangweilt, Mr. Cochran ebenfalls gelangweilt, aber leutselig; gastfreundlich, aber herablassend. Richter Ballard mit seiner gebieterischen Haltung und den buschigen weißen Brauen zeigte als einziger ein würdevolles Auftreten; neben ihm war General Deming grobschlächtig, plump und fett. Der Auffassungsgabe des Generals mangelte offenbar jegliches Feingefühl. Er konnte zwar nicht wissen, daß strittige Themen im Klub verboten waren, doch wenn er auch nur einen Funken Gespür für Atmosphäre besessen hätte, wäre er nicht, wie er es in einer Gesprächspause tat, mit der Aufforderung zu einer Debatte herausgeplatzt. Seine Bemerkungen über den erfolgreichen Verlauf des Abends schlossen mit der Feststellung, das Fest, welchem man heute beigewohnt habe, sei eine Demonstration der Gleichstellung der Frau und ein Argument zugunsten des Stimmrechts, welches das weibliche Geschlecht zu fordern begonnen habe. Während seiner Ansprache ließ der General den Blick in die Runde schweifen, und es geschah durch Zufall, daß er Douglas Gardiner ansah, just als er die rhetorische Frage stellte: »Sind Sie nicht mit mir einer Meinung?«

»Im Gegenteil, Sir! Mir erschien diese Vorstellung als ein Argument gegen das Wahlrecht der Frau.« Ein Anflug von Spott schwang in Douglas' kühl beherrschter Stimme mit und wandelte sich, als er weitersprach, fast zu Sarkasmus. »Wie sollten die Damen Zeit finden, uns so angenehm zu unterhalten, wenn sie sich die Last aufbürdeten, das Land zu regieren?«

»Darf ich daraus schließen«, der General beugte sich vor und sprach mit dröhnender Stimme, doch in jovialem Ton, »daß Sie nicht an das Frauenstimmrecht glauben? Und so etwas bekennen Sie hier, in Gegenwart dieser großartigen Streiterinnen für die gute Sache?« Mit oratorischer Geste deutete er auf die Damen Ballard, in deren ernsten, verschlossenen Pferdegesichtern sich nichts regte, während sie abwartend dasaßen und zuhörten.

»Ja, Sir, ich bin in der Tat gegen das Frauenstimmrecht. Und selbst wenn ich dafür wäre, so hielte ich die jetzige wirre Zeit, in der die Wiedereingliederung der Südstaaten absoluten Vorrang haben muß, für höchst ungeeignet, so etwas durchzusetzen. Wenn dem Kongreß ein verfassungsändernder Gesetzentwurf vorläge, der den Frauen das Wahlrecht zubilligte, würden Sie dafür stimmen?«

Douglas' Tanten, deren Wangen von einem leichten Rot überhaucht waren, beobachteten die Unverfrorenheit ihres Neffen zwischen Furcht und Beifall schwankend; während die Auseinandersetzung ihren Fortgang nahm, waren die Blicke der beiden Schwestern nicht auf General Deming sondern auf Richter Ballard gerichtet.

Der General räusperte sich. »Ich würde so entscheiden«, erklärte er feierlich, »wie meine Partei es für ratsam und zweckmäßig hielte. Ich stimme Ihnen zu, daß die Frage des Frauenwahlrechts schwerlich jetzt aufgegriffen werden kann, wo wir uns noch mitten im Kampf um die Durchsetzung des vierzehnten verfassungsändernden Artikels befinden.«

»Oh, was den betrifft«, versetzte der Jüngling keck, »so halte ich auch nichts davon, den Negern das Wahlrecht zu geben.«

»Was Sie nicht sagen!« Der General lehnte sich zurück und starrte seinen Gegner so amüsiert und verwundert an, wie ein zahmer Bär, den das freche Hündchen, das nach seinen Fersen schnappt, eher belustigt als erzürnt. »Ihr Großvater würde sich im Grabe umdrehen. Er weihte der Sklavenbefreiung sein Leben; wenn Sie den Schwarzen das Wahlrecht verweigern wollen, heißt das, sie wieder in die Leibeigenschaft zurückzustoßen und damit das Lebenswerk Ihres Großvaters zu vernichten.« Er wandte sich von Douglas ab und blickte zu John und Ludwig hinüber. »Könnt ihr Soldaten ruhig dasitzen und ihm widerspruchslos zuhören, nachdem ihr im blutigsten Krieg unserer Geschichte euer Leben dafür eingesetzt habt, den Schwarzen die Freiheit zu ertrotzen?«

Auch dies war vielleicht als rhetorische Frage gedacht, allein, John platzte unbesonnen mit einer Antwort heraus: »Ich habe nicht für die Freiheit der Neger gekämpft.«

»Aber das war doch der Kern der Sache, nicht wahr?« wandte General Deming ein. »Wofür glaubten denn Sie zu kämpfen?«

»Wer weiß!«

Die barsche Antwort klang zu schwermütig, als daß man sie hätte humorvoll auffassen können, doch in dem entsetzten Schweigen, das ihr folgte, begann Ludwig zu lachen – es war das tiefe, herzliche Lachen eines ungezwungenen Menschen.

»Was bist du doch für ein sturer Angelsachse, Dock! Man müßte dir die Zunge rausreißen, ehe du dich öffentlich zu einem Gefühl bekennst. Du brächtest es nicht mal fertig, laut auszusprechen, daß du dein Vaterland liebst. Aber ich«, er tippte an seinen Rockaufschlag und nickte mit seinem blonden Schopf, »ich bin das, was ihr einen ›empfindsamen Deutschen‹ nennt. Ich kann Ihnen sagen, warum er in der Nordarmee gekämpft hat, genau wie ich und alle anderen. Nicht für die Neger.« Ludwig wurde ernst. Er schlug mit der Faust auf den Tisch, daß die Gläser klirrten. »Nein! Wir haben für die Rettung dieses Landes gekämpft. Um zu verhindern, daß es auseinandergerissen und zerstört würde. Wir haben dafür gekämpft, daß weiterhin dieselbe Fahne über dem ganzen Land weht. Ich kann nicht behaupten«, fuhr er in ruhigerem Ton fort, »daß ich wüßte, was die Fahne anno einundsechzig für einen Mann wie Dock bedeutet hat. Aber es ging um das Land seiner Vor-Vorväter, Männer von seinem Fleisch und Blut. Dafür hat er gekämpft. Selbst ich und Tausende gleich mir, die aus der Alten Welt stammen, ehrten die Fahne genug, um für sie in den Krieg zu ziehen. Ich war ein kleiner Knirps, als wir hierher kamen, höchstens acht oder neun Jahre alt. Aber ich kann mich noch erinnern, daß ich bereits in Deutschland lernte, die amerikanische Flagge als Symbol eines Landes zu respektieren, in dem es keine Fürsten gibt und in dem ein freies Volk sich selbst regiert. Wir hofften darauf, daß es in Deutschland eines Tages ebenso sein würde. Dann, nach achtundvierzig, als mein Vater und Männer seines Schlages in Gefahr waren, wurde das Sternenbanner zum Symbol eines Landes, in dem er sicher sein und seine Kinder frei von Angst aufziehen konnte. Unter dieser Flagge fanden wir ein Zuhause. Und einundsechzig war es bereits meine Flagge und es war mein Land. Glauben Sie etwa, ich hätte es ertragen zuzusehen, wie dieser alte Traum von einem freien Land unter der Regierung eines freien Volkes zerstört, wie dieses Land in Stücke gerissen und die Flagge in den Staub getreten wurde? Natürlich zog ich in den Krieg. Und Dock genauso. Gewiß, als einundsechzig der Kampf begann, da wußte ich, daß der Traum sich erst zur Hälfte erfüllt hatte: Das Ringen um ein freies Land und für ein freies Volk hat nicht aufgehört, als der Krieg zu Ende war. Darum klang es, als halte Dock den Krieg für sinnlos, wenn er eben sagte: ›Wer weiß‹. In Wahrheit aber zweifelt er nur daran, daß unser Land, trotz allen Blutvergießens, endlich gerettet ist, denn diejenigen, die es seit dem Kriege regieren, haben nicht sonderlich weise gehandelt. Aber bald, in ein paar Monaten schon«, glückstrahlend blickte er in die Runde, »wird General Grant das Amt des Präsidenten übernehmen. Dann gibt es kein ›Wer weiß‹ mehr. Wenn General Grant erst Präsident ist, werden im Land wieder Frieden, Sicherheit und Einigkeit herrschen!«

Triumphierend hob er den Kopf und lächelte der Gesellschaft zu. Die erwiderte sein Lächeln, manche dankbar, andere bewundernd, wieder andere erheitert, und alle klatschten in die Hände. Sally rief lebhaft: »Bravo, Ludwig!«, und liebte ihn um seiner Jungenhaftigkeit willen noch mehr. John, der seinem Freund zuzwinkerte, sagte laut und vernehmlich: »Ich danke Captain Rausch für diese vorteilhafte Auslegung meiner Worte.« Im stillen bewunderte er Ludwig für seine Worte, die so temperamentvoll geklungen hatten, in Wahrheit aber überaus taktvoll waren.

Als der Beifall sich gelegt hatte und es schien, als sei es Zeit für die Gäste, ihre Stühle zurückzuschieben und sich zu verabschieden, da stand Mr. Cochran auf und bedeutete der Gesellschaft mit erhobenem Arm und nach außen gekehrten Handflächen, Platz zu behalten.

»Sie alle wissen«, begann er, »daß meine Tochter Sie heute abend hergebeten hat, um ihre und unser aller Freunde zu ehren: Das Brautpaar Dr. und Mrs. John Gordon. Ich bedaure es, daß niemand nach gutem altem Brauch einen Trinkspruch auf das Glück der beiden ausbringen will. Doch ich bin sicher, daß Sie alle in meine guten Wünsche für die beiden einstimmen.« Die Tischrunde klatschte in die Hände und Mr. Cochran fuhr fort: »Wir hatten noch einen anderen Grund, die Freunde meiner Tochter hier zu versammeln. Meine Frau und ich haben die große Freude, Ihnen Sarahs Verlobung mit Captain Ludwig Rausch bekanntzugeben. Wie Sie wissen, hat Captain Rausch in Waynesboro eine Firma erworben und beabsichtigt, sich in unserer Stadt niederzulassen. Ich bin sicher, Sie teilen meine Hoffnung, daß diese neue Verbindung sich günstig für ihn und die Stadt auswirken und daß Captain und Mrs. Rausch eine lange und glückliche Ehe in unserer Gemeinde beschert sein möge.«

Seine Ansprache wurde mit gebührenden Ausrufen der Verwunderung und den üblichen Vorwürfen aufgenommen: »Das hätten Sie uns aber vorher sagen können!« Doch war wohl keiner der Anwesenden sonderlich überrascht: Die Hochzeit galt seit geraumer Zeit als beschlossene Sache. Echtes Erstaunen rief hingegen die folgende Erklärung hervor. Nach dem Austausch einiger geflüsterter Bemerkungen zwischen Miß Tucker und Professor Lowrey Desowie, über ihr Gedeck hinweg, zwischen ihm und General Deming, schob der Professor seinen Stuhl zurück und erhob sich.

»Wir sollten dankbar sein für solch erfreuliche Neuigkeiten.« Der humorlose kleine Mann sprach zögernd, als habe man ihn in etwas hineingezogen, das ihm widerstrebte, und in seinem Bemühen, die Erklärung abzugeben, die man von ihm erwartete, schoß er übers Ziel hinaus. »Es ist stets ein Vergnügen zu sehen, daß unsere jungen Leute einander die Hand reichen und gemeinsam ausziehen, ihr Lebensglück zu finden. Mrs. John Gordon hatte die Ehre, die erste Braut des Frauenklubs von Waynesboro zu sein. Miß Cochran folgte ihr als zweite dicht auf den Fersen. Ich nutze diese

Gelegenheit, Captain Rausch zu seiner glücklichen Wahl zu gratulieren. Ich habe die Ehre, heute abend eine weitere Verlobung bekanntzugeben, diesmal zwischen einer jungen Dame, zu der ich, wenn ich so sagen darf – zumindest in Waynesboro –, in *loco parentis* stehe, und einem Herrn, dem wir alle mit Freuden unseren Respekt erweisen: Miß Louisa Tucker und General Deming.«

Es blieb einen Augenblick still, und dann ergoß sich eine Flut von Glückwünschen über den General und seine Braut. Anne und Sally nutzten den Trubel, um einander mit erhobenen Brauen und gekräuselten Lippen ihr Vergnügen an der Vorstellung zu bekunden, wie Miß Tucker und der General als »junge Leute einander die Hand reichen und gemeinsam ausziehen, ihr Lebensglück zu finden«. Später, als die Tafel aufgehoben war und die beiden Freundinnen zusammen zu Miß Tucker gingen und ihr gratulierten, waren ihre Gesichter feierlich, fast ehrfurchtsvoll, aus Angst, sie könne ihren Spott argwöhnen. Doch Miß Tucker nahm die wohlgesetzten Worte der beiden einfach mit herablassender Freundlichkeit entgegen. Ihre Verlobung entrückte Miß Tucker gänzlich aus diesem provinziellen Kreis: Ihr Domizil würde hinfort in Washington sein, und was sie in den Augen zweier Mädchen vom Lande darstellte, von denen eine mit einem unerfahrenen jungen Arzt verheiratet und die andere mit einem Einwanderer verlobt war, das zu erraten hielt Miß Tucker nicht für der Mühe wert.

Desungeachtet erschien den beiden Mädchen diese Heirat wie ein köstlicher Spaß. Als die Gäste sich verabschiedeten, blieben Dr. Alexander, Anne und John zusammen mit Ludwig und den Cochrans im Salon. Die Sessel standen wieder an ihrem Platz, und die überzähligen waren zurückgeschafft worden, wohin sie gehörten. Die kleine Gruppe stand zögernd vor dem Kamin, bis Mr. Cochran seine Gäste aufforderte, sich zu setzen. »Wir wollen einen Sherry zusammen trinken und auf das Wohl der Brautpaare anstoßen.«

»Auf General Deming und seine Zukünftige!« Sally zog Anne kichernd neben sich auf das Roßhaarsofa. »Hand in Hand!« Die beiden wurden von einem Lachanfall geschüttelt, den die älteren Herrschaften verständnislos beobachteten.

»Mir scheint diese Verbindung höchst schicklich«, tadelte Sallys Mutter ungehalten. »Von all den Damen und Herren, die du heute abend eingeladen hast, wirkten General Deming und Miß Tucker am wenigsten eigenartig auf mich und am meisten wert, daß man freundschaftlichen Verkehr mit ihnen pflege.«

»Ich habe General Deming nie sonderlich gemocht«, sagte Sally und setzte folgewidrig hinzu: »Aber sie wird ihn tüchtig an der Nase herumführen.«

»Um ein Haar hätte er dir heute abend dein Fest verdorben!« Annes Augen funkelten. »Wenn nicht Ludwig, der tapfere Ritter, in die Bresche gesprungen wäre.«

»Ja.« John legte Ludwig mit freundschaftlicher Geste die Hand auf den Arm, ehe er an ihm vorbeiging und sein Glas auf dem Kaminsims absetzte. »Du hast mich vor einer Äußerung bewahrt, die Sallys Fest tatsächlich hätte verderben können. Du bist sehr geschickt darin, die Leute abzulenken. Du solltest in die Politik gehen.«

»Das fehlte noch!« Sally sprang vom Sofa auf und trat neben Ludwig. »Ihm war jedes Wort ernst, nicht wahr?«

»Ich verstehe.« John lächelte sie spöttisch an. »Das wesentliche an einem Politiker ist also, daß er das, was er sagt, nicht ernst meinen darf?«

»Douglas Gardiner war keinen Deut besser als der General.« Anne griff ein, weil sie nicht sicher war, wie Sally Johns Neckerei aufnehmen würde. »Ich fand seine Worte geradezu unverschämt.«

»Ah, Sie meinen den Jungen.« Ludwigs Interesse war geweckt. »Erzählen Sie mir von ihm. Er ist gescheit und unerschrocken. Aus ihm könnte eines Tages wirklich ein Politiker werden.«

»Aus diesem armen Krüppel? O Ludwig, das hoffe ich aber nicht!«

John unterbrach ihr Gespräch, um sich zu verabschieden. »Siehst du nun, was du angerichtet hast, Sally? Ludwig möchte alle Menschen in Liebende verwandeln. Aber der Ärmste wird schon darüber hinwegkommen. Wenn er erst einmal so lange verheiratet ist wie ich, werden seine eigenen Angelegenheiten ihn derart in Anspruch nehmen, daß er darüber die der anderen vergißt.«

Damit nahm John seiner jungen Frau den Schal ab und legte ihn zärtlich um ihre Schultern; Sally, die ihm zusah, wunderte sich, daß der Gedanke an Anne und ihr eheliches Glück sie je beunruhigt hatte. Jedenfalls – und sie ließ ihre Hand unter Ludwigs Arm gleiten und stand einen Moment lang, ungehemmt durch die Gegenwart ihrer Eltern, ihres Arztes und ihrer Freunde, schwer gegen seine Schulter gelehnt – jedenfalls hegte sie keinerlei Zweifel, was ihre und Ludwigs Zukunft betraf, wenn sie nur zusammen sein durften; sie liebten einander, und kein Schatten würde auf diese Liebe fallen.

DIE MITGLIEDER DES FRAUENKLUBS VON WAYNESBORO

Miß Eliza Ballard
Mrs. Mary Grimes Ballard
Miß Susan Crenshaw
Miß Caroline Gardiner
Miß Lavinia Gardiner
Mrs. Anne Alexander Gordon
Mrs. Rebecca Lowrey
Miß Agatha Pinney
Mrs. Sarah Cochran Rausch
Miß Amanda Reid
Mrs. Thomasina Ballard Travers
Mrs. Ellen Lowrey Tyler

AUSSERORDENTLICHES MITGLIED
Mrs. Louisa Tucker Deming

1869

»Das erste Jahr nach der Gründung des Klubs war für mehrere seiner Mitglieder von folgenschwerer Bedeutung.«

Der Frauenklub hielt seine erste Sitzung im neuen Jahr am 6. Januar 1869 im Hause von Mrs. John Gordon ab.

Anne hatte sich mit Eifer und Mühe auf den Besuch der Damen vorbereitet. Bisher hatte sich ihr noch keine Gelegenheit geboten, die Gastfreundschaft ihres Hauses unter Beweis zu stellen; zu Ehren des Klubs (und mit Marthas Hilfe) hatte sie Wohnzimmer und Salon auf den Kopf gestellt, Fenster geputzt und Möbel poliert. Eigenhändig (denn soviel traute sie Martha nicht zu) hatte sie die Kostbarkeiten ihrer Mutter aus der Etagere im Salon in die Küche getragen – die Muschel, in der man das Meer rauschen hörte, den Briefbeschwerer aus Millefioriglas, die Porzellanfiguren und die Flasche mit echtem Jordanwasser. Sie hatte alles eigenhändig gespült und abgetrocknet, doch als die Schätze wieder auf den Regalen standen, die Zimmer blitzblank waren, als sie ihrem Mann und ihrem Vater das Mittagessen serviert und die beiden dann fortgeschickt hatte, war Anne so müde, daß ihre Knie schmerzten, und ihr Rücken so steif, daß sie kaum aufstehen konnte. Aber als sie sich im Zimmer umblickte und Martha in ihrer gestärkten weißen Schürze auf ihrem Platz an der Tür stehen sah, da spürte sie zufrieden, daß sie gute Arbeit geleistet hatte und als Hausfrau Anerkennung finden würde. Als die Damen eintrafen, gelang es ihr, sie mit anmutiger Würde zu begrüßen, wie die Etikette es verlangte, und obschon sie sich vorkam wie eine Schauspielerin in einer ganz neuen Rolle, glaubte sie fest, daß keine, die ihr die Hand schüttelte, etwas davon ahnte.

Ob es ihr allerdings gelang, dem Klub die verheiratete Frau so überzeugend vorzuspielen, daß sie in ihr nun Anne Gordon sahen statt Anne Alexander, wußte sie freilich nicht. Jedenfalls ließ man sie ihren Status als erste Braut des Klubs nicht vergessen.

Als Thomasina ihren recht schwärmerischen Aufsatz über Tennyson vorgelesen und das letzte Blatt neben sich auf den Tisch gelegt hatte, kehrte sie nicht an ihren Platz zurück, sondern sagte hastig, ehe ihre Mutter das Zepter wieder an sich reißen konnte: »Ich habe ein kleines Gedicht, das ich Ihnen gern vorlesen möchte, wenn Sie noch einen Moment Geduld haben. Es heißt: ›An unsere Braut‹ und wurde zu Ehren von Mrs. John Gordon verfaßt.« Thomasina schnappte keuchend nach Luft. Sie litt seit jeher unter Asthma, und der Klub hatte sich so an ihr Leiden gewöhnt, daß die Damen es kaum noch zur Kenntnis nahmen, außer in Momenten wie diesem, da es sich durch Scheu und Befangenheit merklich verschlimmerte. Anne rutschte unbehaglich auf ihrem Stuhl hin und her, hoffte inständig, Thomasina würde sich hinsetzen, und fragte sich ratlos, welches Vergnügen das arme Mädchen wohl an einer solchen Qual finde. Indessen fuhr die Dichterin fort: »Ich habe diese Verse eigentlich für das Fest geschrieben, das Miß Cochran zu Ehren der Braut veranstaltete, fand jedoch nicht recht den Mut, sie in Gegenwart der Herren vorzutragen.« Darauf entfaltete sie mit zitternden Fingern ein Blatt Papier und begann zu lesen.

Die Damen hörten allesamt gelassen zu, beurteilten das Gedicht allerdings unterschiedlich. Die älteren Mitglieder betrachteten Thomasina mit dem unkritischen Stolz, den man einem Wunderkind entgegenbringt, an dessen Schicksal man persönlich Anteil nimmt. Anne sah vor lauter Befangenheit nicht auf: Die Empfindungen, die in den Versen zum Ausdruck gebracht wurden, fand sie zwar reizend und charmant, allein sie paßten nicht zu John und ihr und zu dem eintönigen Leben, das sie führten. Natürlich war es für sie beide alles andere als eintönig, aber niemand, und schon gar nicht ein armes, schlichtes Gemüt wie Thomasina Ballard, durfte sich erdreisten, Vermutungen über *diese* Seite ihres Ehelebens anzustellen. Sally belustigte das Gedicht, sie fand es typisch für Thomasina, sich so hochtrabend auszudrücken, und überlegte, ob die Gute sich dem Klub wohl als Poeta laureata zur Verfügung stellen würde: Willigte sie ein, so hätte sie nicht über Mangel an Beschäftigung zu klagen, denn im Frühling standen gleich zwei Hochzeiten bevor. Eliza Ballard hatte keinen Sinn für Poesie, weder für die ihrer Schwester noch für irgendeine andere. Amanda liebte die Dichterin zwar mehr als irgend jemand sonst unter den Anwesenden, hielt aber das Thema für sentimental, fand die Gedanken kindisch und die Sprache platt und abgedroschen. Nachdem der Klub darüber abgestimmt hatte, daß die Schriftführerin »An unsere Braut« ungekürzt ins Protokoll aufnehmen sollte, reichte Thomasina ihr schüchtern das Blatt, Amanda las die Verse noch einmal, fand jedoch ihren ersten Eindruck bestätigt. Wäre unparteiische Aufrichtigkeit nicht ein Charakterzug Amandas gewesen und hätte sie nicht eine Art wehmütiger Zärtlichkeit für Thomasina empfunden, dann hätte sie das Gedicht womöglich kommentarlos ins Protokoll aufgenommen, wo die Verse zwar – wenn auch im verborgenen – verewigt worden wären, aber keinerlei Einfluß auf Leben oder Schicksal eines Menschen hätten nehmen können. Doch Amanda hatte Thomasinas Gefühle verletzt, und das gedachte sie wiedergutzumachen. Deshalb sann sie auf eine Möglichkeit, »An unsere Braut« einem breiteren Publikum vorzustellen, ein Unterfangen, das der Verfasserin viel zu kühn erschienen wäre.

Da Thomasina in ihrer grenzenlosen Bescheidenheit Amanda nicht nur als Freundin liebte, sondern diese auch um ihrer Gelehrsamkeit willen verehrte und respektierte, war sie töricht genug, sich in dem ach so menschlichen Wunsch nach Anerkennung an die junge Lehrerin zu wenden. Amanda sagte: »Du weißt, daß ich in erster Linie Naturlyrik schätze oder Dichtungen philosophischen Inhalts. Liebesgedichte lese ich eigentlich überhaupt nicht, von *Epithalamien* ganz zu schweigen, und die Gegenwartslyrik erscheint mir zum größten Teil ungemein *geistlos*. Du liest zuviel davon, Thomasina: Dieser *Gartenlaubenstil* wird noch deinen Geschmack verderben. Du solltest dich wieder ein Weilchen den römischen Dichtern zuwenden, auf daß sie die gespreizten Adjektive aus deinem Gedächtnis fortschwemmen.«

Ehrlich erstaunt bemerkte Amanda, wie sehr ihre Worte Thomasina getroffen hatten – sie zuckte zusammen, ihr Gesicht verzerrte sich, und in ihren Augen schwammen Tränen. »Verzeih, daß ich so furchtbar grob war«, versetzte Amanda hastig. »Es ist wohl ein Fehler, alles am Absoluten und an den höchsten Maßstäben zu messen. Ich habe dein Gedicht mit nichts verglichen, was eine von uns geschrieben haben könnte, sondern mit Horaz und Vergil.« Sie brachte jede Entschuldigung vor, die ihr einfiel, und Thomasina griff alle dankbar auf; allein, Amanda wußte, daß der Schmerz nicht gestillt war, und verspürte den Drang, irgend etwas zu seiner Heilung beizutragen. Entschlossen nahm sie das Protokollbuch unter den Arm, runzelte die Stirn, schlängelte sich an den angeregt plaudernden Damen vorbei zum Ausgang und verabschiedete sich nur mit ein paar Worten von Anne.

Sally Cochran blieb länger als alle anderen in Annes Wohnzimmer. Ludwig hatte versprochen, sie auf dem Weg von seiner Pension zum Abendessen bei ihren Eltern abzuholen. Sie erwartete ihn jedoch nicht gleich: Er war dabei, die ersten Maschinen für seine Seilerei zu kaufen, und war entweder in Patentbeschreibungen, Baupläne und Zeichnungen vertieft oder führte den Vertreter einer der Herstellerfirmen aus, die mit ihm handelseinig werden wollten. Sally erklärte Anne, daß Ludwig sich wahrscheinlich verspäten würde und sie Zeit für ein vertrauliches Gespräch hätten; unverzüglich ratterte sie eine Beschreibung ihrer Aussteuer herunter: Das Brautkleid von Shillito in Cincinnati, allein fünfzehn Meter Stoff für den Rock waren veranschlagt (»Ludwig hat schon gefragt, wie er nahe genug an mich rankommen soll, um mir den Ring anzustecken?«); die Schleppe aus Chantilly-Spitze, ein Umhang aus Lyoner Samt, ein weißes Umschlagtuch aus Lamawolle und eine Pelzjacke. Die Hochzeitstorte würde Ludwigs Onkel schicken: Er hatte einen bayerischen Freund beauftragt, sie zu backen, und es sollte ein Meisterwerk werden, dreistöckig mit Rundbögen und Säulen, Brautpaaren, Amoretten und Rosengirlanden, alles aus Zuckerguß.

Sallys Trauung würde in der Kirche stattfinden; sie bedauerte lediglich, daß es keine andere sein konnte als die, der ihre Eltern angehörten. »Ich wünschte, wir wären auch Presbyterianer«, seufzte sie. »Dabei hegt Mama eine so hohe Wertschätzung für alles Vornehme und Elegante – sie sollte längst erkannt haben, daß dieser altmodischen, winkligen Baptistenkirche auch nicht ein Hauch von Eleganz anhaftet. Aber Papa ist nun mal ihre Hauptstütze – vielleicht fühlt er sich wohl in dem Bewußtsein, daß die Baptistengemeinde ohne ihn nicht zurechtkäme.«

Anne war entsetzt. »Du solltest dich schämen«, tadelte sie, »wenn du weiter nichts für deine Religion empfindest.« Sie konnte sich ebensowenig vorstellen, ihrer Kirche die Treue zu brechen wie ihrem Vaterland.

Sally lachte sie aus. »Ach, was bedeuten schon Sekten?« Annes Frömmigkeit, die sie bewog, jeden Abend vor dem Schlafengehen ein Kapitel aus der Bibel zu lesen, regelmäßig ihre Gebete zu sprechen und sich nie geringschätzig über die Kirche zu äußern, gehörte in Sallys Augen zu den kindischen Zügen der Freundin, die manchmal liebenswert, bisweilen aber auch lästig wirkten. »Solange sie nur protestantisch sind, ist doch eine Glaubensgemeinschaft wie die andere, oder?«

Anne machte gar nicht erst den Versuch, sie zu belehren, sondern versetzte ruhig: »Vielleicht ist es ganz gut, daß du so darüber denkst. Ludwig möchte womöglich, daß du dich seiner Kirche anschließt.«

Überrascht, beinahe erschrocken blickte Sally auf. »Ich weiß nicht, ob er überhaupt einer Kirche angehört. Aber ich denke nicht, daß er mich in Glaubensfragen beeinflussen würde.« Doch sie beschloß, sich darüber Klarheit zu verschaffen, sobald sie ihren Ludwig heute abend für sich allein hätte.

Es war schon dunkel, als er endlich kam, um sie abzuholen. Die Straßenlaternen waren noch nicht angezündet, aber dank des hell leuchtenden Schnees sahen sie, wohin sie ihre Füße setzten. In der Vorhalle der presbyterianischen Kirche an der Ecke zur Main Street brannte eine Lampe. Die Tür stand offen, und als sie näher kamen, erkannte sie im fahlen Lichtschein die Silhouette des Küsters, der die Stufen vor dem Eingang fegte. Sally machte Ludwig auf den Kirchendiener aufmerksam.

»Er richtet alles her für die Gebetsversammlung.« Und als habe erst der Anblick des Alten sie auf den Gedanken gebracht, fuhr sie fort: »Das ist Annes Kirche und auch die von John, obwohl er nicht zum Gottesdienst geht. Ludwig, wenn wir erst verheiratet sind, möchtest du dann, daß ich deiner Kirche beitrete?« Sie hatte die Hand unter seinen Ellbogen geschoben, hielt sich dicht neben ihm und stellte ihre Frage in sanftem Ton.

»Meine Kirche?« wiederholte er verwirrt. »Aber ich habe gar keine.«

»Du bist nicht lutherisch?« Sally wagte kaum, ihre Erleichterung einzugestehen. Die Baptistenkirche war schon schlimm genug.

»Meine Mutter ist Lutheranerin, und eine strenggläubige dazu. Aber mein Vater ist Freidenker, wie alle Revolutionäre, und er hat mich gelehrt – würde es dich sehr bekümmern ...«, ängstlich beobachtete er ihr Profil, so dicht an seiner Schulter zwar, aber unergründlich im Schutz der Dunkelheit, »... wenn ich auch so eine Art Freidenker wäre?«

»Nein, das bedrückt mich nicht. Solange du nichts dagegen hast, daß ich weiterhin meine Kirche besuche.« Ihr Lächeln, das er nicht sehen konnte, war hold und willfährig, aber ihr Seufzer, den er vernahm, klang so offenkundig erleichtert, daß Ludwig unwillkürlich lachen mußte.

»Ach, du kleine Schlange!«, rief er auf deutsch. »Sally, was bist du doch für eine Schwindlerin! Du hattest einfach Angst, ich könne von dir erwarten, lutherisch zu werden und mit den Hoffmann-Mädchen in derselben Bank zu sitzen oder bei Kirchenfesten mit Mrs. Klein zusammenzuarbeiten.«

»Wie kannst du so etwas Abscheuliches von mir denken? Warum sollte ich davor Angst haben? Ich weiß doch, es sind alles rechtschaffene Leute, trotz der Bierschenke und der Metzgerläden und der Gärtnereien; aber ich würde mich dort so fremd fühlen. Ich war mein Leben lang Baptistin.« Sie bekannte sich jetzt rückhaltlos zu ihrer altmodischen Kirche, der jedwede Eleganz fehlte; es gab schließlich Schlimmeres. »Und es gäbe die peinlichsten Verwirrungen. Denk nur an die Ballards! Das sind Freunde von uns, aber sie wollen die Hoffmanns aus dem Geschäft drängen.«

»Du erwartest doch nicht, daß ich das billige?«

»Nein. Außerdem, wenn Papa daheim Wein auftischt, warum sollten dann die Hoffmanns kein Bier ausschenken?«

»Bist du eine gute Baptistin?« Seine Stimme klang ernst, doch um seine Mundwinkel zuckte es verdächtig. »Ich dachte, Baptisten dürfen weder trinken, noch Karten spielen oder gar tanzen.«

»Jede Kirche ist das, was ihre Gemeinde daraus macht«, erwiderte Sally unbekümmert. »Du brauchst dich doch nur in Waynesboro umzusehen. Die Presbyterianer und die reformierten Presbyterianer lehren den gleichen Katechismus, sind meines Wissens auch über die Frage der Prädestination einer Meinung, und... und... na ja, eben über all das, trotzdem ist ihr Lebenswandel grundverschieden. Die reformierten Presbyterianer sind nicht eine Handbreit vom Schottischen Covenant abgewichen, während die Presbyterianer die liberalste Kirche und die lebenslustigsten Mitglieder haben. Was die Baptisten angeht, so zahlt Papa praktisch das Gehalt des Pfarrers, und daher kann der uns schwerlich Vorschriften machen. Außerdem sind da noch die Methodisten; sie jauchzen und singen bei uns nicht so viel, weil die Ballards das nicht leiden können, aber sie sind die reformfreudigste Gemeinde der Stadt.« Die Erwähnung der Ballards rief ihr wieder die Klubsitzung vom Nachmittag in Erinnerung, und sie fing an, Ludwig deren Verlauf zu schildern. »Thomasina Ballard hat ein Gedicht vorgetragen, das Anne gewidmet war. Ich fand es richtig hübsch – jedenfalls hätte ich so was nie fertiggebracht. Aber Amanda Reid zog ein Gesicht, als habe sie eine Dosis Chinin geschluckt, und da sie zu den Leuten gehört, die sich mit ihrem Urteil nicht zurückhalten können, selbst wenn der Himmel einstürzte, fürchte ich, sie hat die arme Thomasina gekränkt.«

Doch wenn sie Amanda in Gedanken oder auch Ludwig gegenüber beschuldigte, gefühllos gegenüber jenen zu sein, die sie verletzt hatte, so tat Sally ihr Unrecht. Amanda hatte zwar ihrer einzigen Freundin wehgetan, aber auch schon einen Plan zur Wiedergutmachung ersonnen. Noch am selben Abend, gleich nachdem sie »An unsere Braut« ins Protokoll übertragen hatte, schrieb sie das Gedicht ein zweites Mal ab, diesmal auf einen gefalteten Bogen gehämmerten Papiers; als Titel, den sie säuberlich unterstrich, wählte Amanda: »An eine Braut«; am nächsten Morgen, als sie zu ihrer ersten Unterrichtsstunde ins College ging, trug sie das Gedicht bei sich. Nachmittags schaute sie auf dem Heimweg im Bureau der *Waynesboroer Fackel* vorbei.

Die *Fackel* wurde in einem baufälligen zweistöckigen Fachwerkhaus am Marktplatz gedruckt, von wo aus man – wie jene zu sagen pflegten, die über die Lokalpolitik spotteten – den Haupteingang des Gerichtsgebäudes, das sich just gegenüber befand, im Auge behalten konnte. Mr. William Bonner, Eigentümer und Herausgeber der *Fackel* in einer Person, war ein äußerst schwieriger, um nicht zu sagen furchteinflößender Charakter, und wer immer sich dem Gerichtsgebäude in ruchloser Absicht näherte, spazierte schwerlich unter Mr. Bonners Nase hinein.

Natürlich gab es noch andere Eingänge, die um die Ecke lagen und für Mr. Bonner nicht einsehbar waren; desungeachtet gelang es ihm, erstaunlich viel in Erfahrung zu bringen.

1861 war Mr. Bonner zusammen mit den anderen diensttauglichen Männern der Stadt Soldat geworden. Bei Chickamauga war er in Gefangenschaft geraten und bis Kriegsende in Gewahrsam geblieben. Nach seiner Freilassung genoß er eine Weile den Ruhm, als einziger Soldat der Union die Kerkerhaft in Andersonville um mehr als ein Jahr überlebt zu haben. Sobald man ihn entlassen hatte, kehrte er nach Waynesboro zurück; die Stadt erschauerte vor Entsetzen darüber, was die Jahre im Gefängnis aus ihm gemacht hatten. Er war ein Mann von kräftigem Wuchs, groß und breitschultrig; bei seinem Eintritt in die Armee wog er reichlich hundertachtzig Pfund; doch als er heimkehrte, war William Bonner nur noch ein Skelett unter aschfahler, ledriger Haut. »Er hat von seinem Fett gezehrt«, tuschelte man in der Stadt bewundernd und bewirtete ihn mit wahrhaft patriotischer Begeisterung. Seine früheren Körperkräfte gewann er freilich nicht zurück; er war immer noch hager und abgezehrt. Aber Mr. Bonner hatte in den Jahren der Gefangenschaft nicht nur an Leibesfülle eingebüßt; auch seine Ideale waren dahingeschwunden. Für ihn zählte nur mehr die nackte Wahrheit, bloß und ungeschminkt, bar aller Illusionen und Hoffnungen; zumindest, soweit es sein Land und die Menschheit betraf; seine Meinung über sich selbst und seine persönlichen Ziele blieben den Bürgern von Waynesboro verborgen. Immerhin besaß er Vertrauen genug, noch zwei Kinder in die Welt zu setzen, außer den beiden, die schon vor dem Krieg geboren worden waren, und er verdiente und sparte zweifellos beachtliche Summen. Die *Fackel* hatte er mit dem Sold gekauft, der ihm während seiner Gefangenschaft zugefallen war; das Blatt kränkelte damals am Rande des Bankrotts dahin, unfähig, vor einer gebildeten Leserschaft mit dem *Cincinnati Commercial* oder der *New York Tribune* zu konkurrieren. Vier Jahre später lag die *Fackel* allmorgendlich auf so gut wie jeder Türschwelle der Stadt, und die wöchentliche Ausgabe wurde an alle Bauern im Shawnee County verschickt. Oft stand nichts Wichtiges drin, aber man mußte immer auf Sensationsmeldungen gefaßt sein. Mr. Bonner leitete seine Zeitung ohne Rücksicht auf die Vorurteile der Gemeinde, dafür aber mit unerbittlichem Respekt vor dem, was er als wahr erachtete. Er plädierte dafür, den Schwarzen das Wahlrecht zu geben und begrüßte die Militärdiktatur der radikalen Republikaner in den Südstaaten; solche Ansichten erklärten sich aus seinen Erfahrungen. Er war gegen das Frauenstimmrecht und die Temperenzbewegung, gegen äußere Mission im besonderen und gegen die Kirche im allgemeinen; solche Extravaganzen taten seine Leser als wunderliche Grillen ab, ohne sich weiter darum zu kümmern. Seine Lokalspitze veranlaßte jeden, die *Fackel* zu abonnieren, und ließ die Hälfte der Abonnenten zögern, morgens die Zeitung aufzuschlagen. Was er erfuhr, druckte er auch. Er beschönigte nichts: Wenn Männer ihre Frauen verprügelten oder bei Schlägereien in trunkenem Zustand ums Leben kamen, las man darüber in seiner Gerichtsreportage; wenn Scheidungen oder andere Fälle, in die Frauen verwickelt waren, vor Gericht kamen, lehnte er es ab, die Fakten hinter Anspielungen zu verstecken; Sittenverfall und Bestechlichkeit in Waynesboro geißelte er ebenso rücksichtslos, brutal und manchmal erfolgreich wie das wohlbekannte Wochenmagazin *Harper's Weekly,* und das, obwohl er keinen Journalisten wie Nast in seinem kleinen Redaktionsstab hatte. In einem Punkt freilich beugte sich sogar Mr. Bonner dem damals herrschenden Modediktat der Provinzblätter: Die Aufmacherseite der *Fackel* brachte täglich ein Gedicht.

Im Sommer des Jahres 1868 hatte er eine Zylinderpresse angeschafft, die im Erdgeschoß seines Zeitungsverlages dröhnte und stampfte und die Wände erzittern ließ, so daß man sein eigenes Wort nicht mehr verstand. Amanda war mit Thomasinas Gedicht in die Druckerei gegangen, wo sie nun verwirrt vor den Männern in ihren verschmierten Kitteln stand und vergeblich nach Mr. Bonner Ausschau hielt. Hastig machte sie kehrt, und dann – zu spät, denn ich habe mich bereits gründlich zum Narren gemacht, dachte sie verächtlich – entdeckte sie einen schmalen Durchgang mit einem Schild darüber. Eine Hand wies mit ausgestrecktem Finger nach oben, und darunter stand: »Redaktionsbureau«. Amanda folgte dem Finger und stieg eine schmutzige Treppe hinauf, die so eng war, daß sie ihre Röcke fest an sich pressen mußte, um nicht die Wände zu streifen. Oben angelangt holte sie tief Luft und öffnete hastig die erstbeste Tür. Drinnen neigten sich zwei junge Männer in gekrümmter Haltung über hohe Schreibpulte; der, welcher ihr am nächsten stand, maß sie mit einem frechen Blick und spie in den Spucknapf gleich hinter dem Gitter, vor dem sie stehengeblieben war. Amandas kantiges Kinn schnellte empor; sie runzelte die Brauen.

»Ich möchte zu Mr. Bonner.«

»Sagen Sie's nur mir.« Er grinste sie an. »Ich sorge schon dafür, daß es in die Zeitung kommt.«

Doch sein Kollege beugte sich zur Seite und stieß neben sich eine Tür auf. »Bill, eine Dame will Sie sprechen!« rief er und bedeutete Amanda, das Türchen im Gitter zu öffnen und ins rückwärtige Bureau zu gehen.

Amanda war noch verzagt die Treppe hinaufgestiegen, aber der grobe Empfang, den man ihr oben bereitet hatte, machte sie zornig und verscheuchte ihre Schüchternheit; mit finsterer Miene, die Schultern gestrafft, betrat sie Mr. Bonners Bureau.

Er saß mit dem Gesicht zur Tür und hatte die Füße auf den Schreibtisch gelegt; offenbar hatte er die Ankündigung einer »Dame« nicht wörtlich genommen. Als Amanda hereinkam, zog er die Füße vom Tisch, dann nahm er langsam, eher nachlässig Haltung an und erhob sich. »Guten Tag«, sagte er. »Was kann ich für Sie tun?«

Amanda verzichtete auf höfliche Einleitungsfloskeln. »Sie drucken doch jeden Tag ein Gedicht in Ihrer Zeitung ab. Würden Sie auch eines von einem ortsansässigen Autor nehmen, wenn es Ihnen gut genug erschiene?«

»Vielleicht.« Er lächelte. »Warten Sie: Sie sind Amanda Reid, nicht wahr? Sie hatten den Mut, nach Oberlin zu gehen und einen akademischen Titel zu erwerben? Ich gratuliere Ihnen.« Er streckte ihr seine tintenverschmierte Hand entgegen, die sie notgedrungen, wenn auch widerwillig, ergriff. Sie war gekommen, um etwas Geschäftliches mit dem Herausgeber der *Fackel* zu erledigen, nicht, um den Atheisten Mr. Bonner zu besuchen. »Und jetzt schreiben Sie also Gedichte?« fuhr er fort. »Darf ich mir Ihr Opus einmal ansehen?«

Als sie das Gedicht herauszog und ihm über den Tisch reichte, erklärte sie hastig, daß es keineswegs von ihr stamme. Er überflog die Verse, schmunzelte, kratzte seinen kurzen, struppigen Bart und fragte: »Halten Sie das für gute Poesie?«

Sie schüttelte den Kopf. »Nein. Und das habe ich ihr auch gesagt. Sie war gekränkt deswegen. Darum bin ich ja hier: Weil die Veröffentlichung dieses... Gedichtes ihr die Selbstachtung wiedergeben könnte. Außerdem finde ich die Lyrik, die Sie sonst drucken, auch nicht gut. Diese Verse sind keinen Deut schlechter.«

»Sie sind ehrlich, Miß Reid. Ich veröffentliche in der Tat minderwertige Gedichte. Das ist mein einziges Zugeständnis an den Geschmack der Stadt: täglich ein paar Zeilen Gefühlsduselei. Wer hat das hier geschrieben? Wenn ich es drucken soll, muß ich's wissen.«

Als sie ihm den Namen der Verfasserin nannte, pfiff er durch die Zähne und warf ihr einen seltsam schelmischen Blick zu. Da erst fielen ihr all die *Pro-bono-publico*-Leserbriefe ein, in denen Mrs. Ballard sich von Zeit zu Zeit in der *Fackel* über die Temperenzbewegung und das Frauenstimmrecht verbreitete, und an Mr. Bonners Entgegnungen, die er unter dem Kürzel »Hrsg.« veröffentlichte. Ihm würde es wie ein Schabernack erscheinen, Thomasinas Gedicht abzudrucken; doch das kümmerte Amanda nicht, denn für Thomasina würde er kein Individuum sein, sondern einzig und allein ein *Herausgeber*.

»Ich werde es bringen, Miß Reid, sobald ich die Genehmigung der Verfasserin eingeholt habe. Ich setze mich gleich mit ihr in Verbindung.«

Nicht lange danach erschien »An eine Braut« in der Dichterecke der *Fackel*, bescheiden mit »T. B.« unterzeichnet. Thomasina tat so, als sei es ihr gleichgültig, doch wer sie kannte, durchschaute unschwer ihr Manöver. Amanda war noch am gleichen Nachmittag zu ihr gegangen und hatte ihr den Besuch bei Mr. Bonner gebeichtet. »Ich fürchte, ich verstehe nicht genug von Dichtung, um sie kritisieren zu dürfen«, sagte sie. »Deshalb habe ich deine Verse dem Herausgeber der Zeitung gebracht. Nur so wird sich zeigen, was sie wert sind.« Thomasina war mehr als besänftigt: Sie war gerührt und dankbar; nie hätte sie die Kühnheit besessen, einen solchen Schritt zu wagen. Ihre Familie nahm zwar den Abdruck des Gedichts ein wenig frostig zur Kenntnis, aber sie hatten schließlich so viel Bedeutendes geleistet, daß ein paar Verse in einer Provinzzeitung für sie nicht von Wichtigkeit sein konnten: Thomasina ermahnte sich, die Dinge im richtigen Verhältnis zu sehen. Sie durfte nicht zulassen, daß andere – seien es nun Klubmitglieder, alte Schulfreundinnen und Lehrer oder auch verhältnismäßig fremde Leute – ihr schmeichelten, indem sie vorgaben, beeindruckt zu sein. Eigentlich hatte sie doch nichts geleistet. Sie war sehr streng mit sich und sagte sich in Gedanken so oft vor, daß sie »eigentlich nichts« geleistet habe, daß sie schließlich die Glückwünsche ihrer Bekannten entgegennehmen konnte, ohne bis an die Haarwurzeln zu erröten. Als der Sonntag kam, hatte sie ihre Befangenheit schon fast gemeistert; doch da stürzte Mr. Samuel Travers sie von neuem in Verwirrung.

Mr. Travers war der Organist der Methodistenkirche. Sonntag für Sonntag hatten die Ballards unter den Andächtigen gesessen, so weit seitwärts, daß sie von dem Organisten nur den Rücken sehen konnten und manchmal sein Gesicht im Spiegel über der Tastatur. Thomasina wußte nicht mehr von ihm, als daß er noch recht jung war, ein rundes Gesicht und braunes Haar hatte, annehmbar spielte und nach Waynesboro gekommen war, um sich seinen Lebensunterhalt mit Musikstunden zu verdienen. Daher war sie nicht wenig erstaunt, als er nach dem Gottesdienst keuchend aus dem Seitenschiff auf sie zueilte, während ihr Vater noch mit dem Pfarrer sprach. Doch statt seine Glückwünsche zum Ausdruck zu bringen, faßte Mr. Travers sie nur schüchtern am Ellbogen und bat: »Würden Sie einen Moment mit in die Sonntagsschule kommen? Ich möchte mit Ihnen sprechen.«

Sie errötete und folgte ihm verwirrt in das schäbige kleine Zimmer neben dem Gemeindesaal, wo die Stühle unordentlich aufeinandergestapelt waren oder in schief ausgerichteten Reihen umherstanden. Im Türrahmen hielten sie inne.

»Ich bitte um Verzeihung, Miß Ballard ... ich ... ich fürchte, es war vermessen von mir, aber ich hoffte so sehr auf eine Gelegenheit, mit Ihnen sprechen zu können.«

Er sieht aus wie ein gescholtenes Kind, dachte Thomasina. Sein mausfarbiges Haar war so struppig, seine runden Wangen schimmerten so rosig, seine Augen blickten so flehend drein. Sie lächelte, und er fuhr fort: »Ich kenne Sie kaum, und das Lob eines so unbedeutenden Menschen wie ich es bin, kann Ihnen kaum etwas bedeuten. Aber ich wollte Ihnen sagen, wie sehr Ihr kleines Gedicht mir gefallen hat. Und ich dachte, vielleicht ... Wenn Ihnen der Gedanke nicht behagt«, unterbrach er sich hastig, »können Sie natürlich ›nein‹ sagen ... Aber ich hatte gehofft, daß Sie mir die Erlaubnis geben würden, Ihre Verse zu vertonen.«

»Oh, ich wußte gar nicht, daß Sie komponieren.« Thomasina schämte sich der Herablassung, mit der sie ihm begegnet war: Als sie ihn jetzt aufmerksamer betrachtete, keimte Respekt in ihr auf.

»Ich fürchte, ›komponieren‹ ist ein zu großes Wort. Bisher habe ich nur ein paar Lieder vertont. Aber es ist mein Wunschtraum, Komponist zu werden. Ihnen getraue ich mich das zu gestehen, denn Sie sind ja auch Künstlerin. Doch ansonsten schweige ich darüber, aus Angst, man könne mich verlachen; und ich muß ja meinen Lebensunterhalt verdienen. Wer würde seine Kinder zu einem Musiklehrer schicken, der sich zum Gespött der Stadt macht? Aber Ihre Verse singen wie von selbst in meinem Kopf: Ich glaube, ich könnte sie vertonen, wenn Sie mir nur die Erlaubnis dazu geben wollten.«

»Ihre Bitte ehrt mich. Natürlich dürfen Sie. Wenn Ihre Komposition fertig ist«, heiß schoß ihr das Blut ins Gesicht und zeichnete häßliche Flecken auf ihre Wangen, »dann müssen Sie kommen und sie mir vorspielen. Versprechen Sie mir das?«

»Oh, ich danke Ihnen, daß Sie mir die Gunst erweisen und mich anhören wollen.« Er beugte sich über ihre Hand, trat zur Seite, und Thomasina kehrte zu ihrer Familie zurück.

Sobald sie sich alle in der Kutsche auf dem Heimweg befanden, berichtete Thomasina ihnen von ihrer Unterhaltung mit Mr. Travers. Der Richter sagte nichts, aber er maß seine Tochter mit einem Blick, der entsetzlich an Mitleid gemahnte. Mrs. Ballards »Wie ungemein schmeichelhaft«, klang so unpersönlich, als sei Thomasina nicht im entferntesten mit ihr verwandt. Eliza äußerte sich geringschätzig.

»Diese armselige Kreatur! Du hast ihn *eingeladen?* Ein Mann, der sein Leben mit solchem Geklimper verbringt, ist doch keinen Schuß Pulver wert.«

»Wer weiß, vielleicht ist er ein zweiter Beethoven.« Sonntag für Sonntag hatte Thomasina unbeteiligt zugehört, wenn Mr. Travers die Orgel spielte; jetzt aber verspürte sie den Drang, ihn zu verteidigen.

»Die Welt braucht im Augenblick keinen neuen Beethoven, was ihr fehlt...«

Ihr Vater unterbrach sie sanft. »Ein Beethoven käme zu keiner Zeit ungelegen, Eliza. Sei nicht überspannt.«

Doch Eliza nahm den Kampf wieder auf, als die Schwestern sich in ihre Schlafzimmer zurückgezogen hatten. Die Verbindungstür stand offen. »Siehst du denn nicht, daß dieser Mensch ein *Niemand* ist? Er biedert sich bei dir an, um sich den Weg in die Waynesboroer Gesellschaft zu erschleichen.«

»Dann hat er sich die Falsche ausgesucht. Niemand in der Stadt geht so selten aus, kennt weniger Leute oder vergnügt sich so wenig wie ich.«

»Das weiß er vielleicht nicht. Außerdem hatte ich bisher nicht den Eindruck, daß du dich vergnügen wolltest.«

»Das wollte ich auch nicht. Und ich denke, Mr. Travers will es ebensowenig. Ich glaube, er liebt Musik und Poesie. Oh, ich weiß, daß mein Gedicht nicht gut ist, Eliza, aber vielleicht ist es besser, als du denkst, denn du magst schließlich keine Gedichte.«

»Ich finde, es ist genauso albern, wie gewisse Leute, die ich kenne.«

Doch ob Eliza und ihre Mutter sie nun für albern hielten oder nicht, Thomasina empfing Mr. Travers herzlich, als er ihr seine Aufwartung machte. Die Komposition hatte er mitgebracht. Die beiden verbrachten einen langen Abend am Klavier im großen Musikzimmer über dem Salon und der Bibliothek des Richters. Er spielte ihr die Melodie vor, die er geschrieben hatte, und sang dazu, und dann sangen sie gemeinsam. In Thomasinas Ohren hatten ihre holpernden Verse neues Leben gewonnen: Es schienen nicht mehr die ihren zu sein, und so konnte sie ungeniert mitsingen. Vor lauter Entzücken sagte sie bedenkenlos »ja«, als Mr. Travers sich erkundigte, ob sie vielleicht noch andere Gedichte verfaßt habe. Bevor er aufbrach, holte sie ihre Schreibmappe aus ihrem Zimmer und überließ sie ihm, damit er in Ruhe auswählen könne, was etwa noch zur Vertonung geeignet sei.

Mr. Travers benötigte eine Woche, höchstens zehn Tage, für eine Melodie. Als der Frühling anbrach, waren seine Besuche bei den Ballards schon fast zur Gewohnheit geworden. In Thomasinas Augen wurde der unscheinbare, mausgraue Mann zu einem modernen Nachfahren der Troubadoure. Sie konnte in der Kirche nicht länger unbeteiligt dasitzen und sein Orgelspiel an sich vorüberrauschen lassen. Weder durch Elizas verächtlichen Spott, noch durch die Mißbilligung ihrer Mutter oder die Verdrießlichkeit ihres Vaters ließ sie sich beirren. Ihre Eltern versagten sich jegliche Stellungnahme: Zwar verheimlichten sie ihre Gefühle nicht, aber sie brachten sie auch nicht zum Ausdruck.

Eliza hielt ihre Schwester für einfältig, banal und allzu leicht bereit, ihre höheren Ideale der erstbesten schnöden Versuchung zu opfern. Daß Thomasina sich nicht im geringsten um ihr Urteil kümmerte, entrüstete Eliza und stachelte sie zu immer bissigeren Bemerkungen an, die sie schließlich sogar Dritten gegenüber vorbrachte, wenn Thomasina in Hörweite war. Nach einer Klubsitzung Ende Februar, bei der die kürzlich verschickten Einladungen zu Sallys Hochzeit das Hauptgesprächsthema bildeten, blieb Eliza, die Hand unter Thomasinas Ellbogen, bei Sally stehen, während die Damen sich vor Mrs. Lowreys Haustür voneinander verabschiedeten und auseinandergingen. In eine Gesprächspause hinein sagte Eliza laut und vernehmlich: »Wie gut, daß du die Hochzeit nicht länger hinausgeschoben hast. Andernfalls wärest du womöglich um die Ehre gebracht worden, die zweite Braut unseres Klubs zu sein.« Thomasinas Mißfallensbekundung hätte die Anspielung verdeutlichen können, doch Sally glaubte, es sei von Miß Tuckers bevorstehender Vermählung die Rede, und maß Elizas Bemerkung weiter keine Bedeutung bei. Erst als Sally und Ludwig schon ein paar Monate verheiratet waren, wurde Thomasinas Liaison stadtbekannt und das arme Mädchen zum Objekt teils mitleidigen, teils spöttischen Klatsches.

Bei Sallys Hochzeit im März konnte die kleine, altmodische Baptistenkirche die Schar der Gäste und Schaulustigen kaum fassen. Die Hüte, die über die hochlehnigen Familienbänke ragten, entsprachen der allerneuesten Mode, und ihre Trägerinnen staunten die weißgetünchten Wände, die Kanzel und das Baptisterium mit dem schreinförmigen Taufbecken fast ebenso neugierig an wie den Brautzug. Sally trug ein prächtiges Hochzeitskleid, dessen wallende Schleppe sich von einer Bankreihe bis zur anderen ergoß, als sie gemessenen Schrittes den Mittelgang hinaufschritt, einen Spitzenschleier vor dem Gesicht und Orangenblüten im Haar. Aber Ludwig ließ sich von all der Herrlichkeit nicht beirren und hatte keinerlei Schwierigkeiten, ihr den Ring an den Finger zu stecken. Minna Rausch, die Brautjungfer, war vor lauter Ehrfurcht ganz benommen. Ludwigs Eltern waren seit einigen Tagen in Waynesboro und wohnten bei den Cochrans; sein Onkel, seine Tante und unzählige Vettern und Cousinen waren aus Cincinnati angereist.

Nach dem verschwenderisch eleganten Empfang nahmen Sally und Ludwig den Zug nach Chicago; dort blieben sie eine Woche und fuhren dann für weitere sieben Tage nach Burlington zu den Rauschs.

Am ersten April waren sie wieder daheim und richteten sich in dem Häuschen am Fuße des Hügels in der Linden Street ein, das Mr. Cochran gekauft und dem jungen Paar zur Hochzeit geschenkt hatte. Da Sally ohne Geschwister war, verstand es sich von selbst, daß ihr eines Tages das Haus der Cochrans gehören würde, und ihre Eltern erwarteten, daß die jungen Leute zu ihnen zögen, wenn sie eines Tages zu alt wären, um allein zurechtzukommen. Doch bis dahin konnten Sally und Ludwig unabhängig in dem Haus in der Linden Street schalten und walten, und vielleicht war ihnen genug Zeit vergönnt, dort auch die Kinder aufzuziehen, die sie sich wünschten. Sally engagierte eine junge Negerin, die ihr bei der Hausarbeit helfen sollte, und schickte sich an, Kochen zu lernen.

Ludwig hatte beschlossen, seinen Betrieb zu mechanisieren, doch um die erforderlichen Geldmittel wollte er nicht seinen Schwiegervater bitten; er würde vielmehr bei einer Bank in Cincinnati ein Darlehen aufnehmen, das – zusammen mit seinen Ersparnissen – ausreichen würde, um ein paar Maschinen anzuschaffen sowie ein Gebäude für deren Unterbringung und ein weiteres für Bureaus zu errichten. Das Geschäftsleben nahm einen gewaltigen Aufschwung im Frühling des Jahres 1869, nach dem Amtsantritt von Präsident Grant. Die Wahl seiner Kabinettsmitglieder hatte zwar nicht jedermanns Beifall gefunden, aber die wichtigsten Ämter waren in tüchtigen Händen, und die Bürger des Staates Ohio vernahmen mit Befriedigung, daß ihr ehemaliger Gouverneur, der frühere General Cox, zum Innenminister ernannt worden war. Als erste Amtshandlung verabschiedete der neugewählte Kongreß ein Gesetz, das die Regierung verpflichtete, die Rendite ihrer Fünfeinviertel-Prozent-Anleihen statt in Banknoten in Gold auszuschütten: Dieser Beweis einer stabilen Währungspolitik von seiten der neuen Regierung brachte die Räder der Wirtschaft in Schwung. Ludwig war zuversichtlich, daß er mit der Rückzahlung seines Kredits nicht in Bedrängnis geraten würde.

Im Mai waren die Bauarbeiten bei Rausch & Kompanie bereits in vollem Gange. Das Kontor wurde als erstes fertig: ein ebenerdiger, quadratischer Ziegelbau mit zwei Räumen, gleich hinter der Kanalbrücke mit Blick auf die Chillicothe Street. Das Fundament hob das Haus ein wenig über den Erdboden; Granitstufen, gesäumt von einem Eisengeländer, führten zur Eingangstür hinauf, über welcher das in goldenen Lettern gedruckte Firmenschild hing. Drinnen gelangte man über einen kleinen Vorplatz links in Ludwigs Bureau, das auch eine Seitentür hinaus auf den kopfsteingepflasterten Hof hatte, und rechts ins Zimmer des Buchhalters und der Schreibkräfte, die das aufstrebende Unternehmen in Zukunft benötigen würde. Sobald der Putz trocken war, ließ Ludwig einen Schreibtisch, einen Drehstuhl und einen Aktenschrank in sein Kontor schaffen; dann schleppte er sämtliche Papiere, die sich in seiner gemütlichen Ecke am Ende der Seilerbahn gestapelt hatten, in den Neubau und richtete sich dort ein.

Als der Frühling sich zum Sommer hinneigte, stellte Ludwig fest, daß die Knaben von Waynesboro, die im Fluß angelten oder im Kanal schwammen, sich die Freiheit nahmen, auch den Firmenhof als Spielplatz zu nutzen, auf dem sie Wettrennen veranstalteten und allerhand Unfug trieben; daraufhin ließ Ludwig gewissermaßen aus Notwehr nach drei Seiten hin einen übermannshohen festen Lattenzaun um das Gelände aufrichten: Am Kanal vorbei zur Ecke des Kontors und wieder am Kanal entlang zur Rampe; unterbrochen wurde dieser Zaun nur von dem großen, zweiflügeligen Tor, durch das man auf den Hof und zur Seilerbahn gelangte, sowie von einem zweiten oben auf der Kanalrampe. Zum Glück für die Kinder fanden die Pfähle in Sand oder Schlamm keinen festen Halt: Der Zaun wurde so weit entfernt von Fluß und Kanal errichtet, daß ihnen reichlich Platz für ihre diversen Wassersportarten blieb. Die Tore standen im übrigen die meiste Zeit offen, das an der Chillicothe Street für Wagen und Arbeiter, das andere zum Be- oder Entladen der Schleppkähne; es war immer noch das billigste, Frachtgüter auf dem Kanal zu befördern.

Das neue Werk entstand hinter dem Hanfschuppen, ein einstöckiger Ziegelbau, schlicht und schmucklos wie ein Schuhkarton, bis auf je zwei Fensterreihen an den Längsseiten. Mit der Zeit, so hoffte Ludwig, würde das Obergeschoß zusätzliche Maschinen für den Herstellungsbetrieb aufnehmen; vorläufig aber war es als Warenlager gedacht, und die Maschinen wurden nur im Erdgeschoß aufgestellt. Ludwig verfolgte einen, wie ihm schien, gewinnträchtigen Plan. Bis er sich Maschinen leisten konnte, die das Hanfspinnen, das Drehen der Stränge und das Schlagen der Seile übernehmen würden, sollten diese Arbeiten wie eh und je auf der alten Seilerbahn besorgt werden. Es war ein langwieriger, mühsamer Prozeß, den Hanf zum Spinnen vorzubereiten, wenn alles mit der Hand getan werden mußte; die neuen Maschinen würden schneller sein. Ein kleines dampfgetriebenes Kraftwerk würde sie mittels Antriebsseilen in Bewegung halten. Zu Beginn war der Betrieb ungeachtet dieser Neuerungen noch nicht sonderlich leistungsfähig, weil die präparierten Fasern den ganzen Weg über den Firmenhof bis hin zu den Spinnern transportiert werden mußten; aber das konnten Jungen mit Schubkarren bewerkstelligen, und eines Tages würde ein zweites Gebäude, nach dem Fluß hin und im rechten Winkel zu diesem hier, die Spindelbänke und Zwirnmaschinen beherbergen, die Ludwig sich jetzt noch nicht leisten konnte.

Als alles fertig war und der neue Mechaniker die Maschinen in Gang gesetzt hatte, rief Ludwig für seine Arbeiter einen Feiertag aus und lud alle Beteiligten zu einem Fest ein, angefangen von den Maurern bis hin zu Mr. Cochran und Sally, die in den letzten Wochen und Monaten soviel über Seilerei gehört hatte, daß sie darauf bestand, Ludwigs Werk mit eigenen Augen zu sehen. Am Morgen des großen Tages drängten sich Besucher und Belegschaft im Firmenhof: Als die Dampfpfeife ertönte und die ganze Tonleiter erst hinauf- und dann wieder hinunterkletterte, da brachen die Radjungen in Hochrufe aus, und alle stimmten jubelnd mit ein. Die Firma Seilerwaren Rausch & Kompanie, Faser- und Bandseile, war auf dem Weg nach oben.

Die erste kurze Sitzungsperiode des neugewählten Kongresses war im März 1869, vor Ludwigs großem Tag, zu Ende gegangen. Als General Deming aus Washington heimkehrte, trug er das stolze Gebaren eines Mannes zur Schau, der an einem rühmlichen Unternehmen teilgenommen hat. Seine Mitbürger bekundeten ihm bereitwillig ihre Hochachtung, als er sich in der Stadt zeigte; einzig Mr. Bonner beobachtete ihn hämisch vom Fenster seines Redaktionsbureaus aus und druckte in der *Fackel* einen kurzen Artikel über die in Kürze bevorstehende Vermählung der reizenden und gelehrten Miß Tucker mit dem Ex-Brigadier und gegenwärtigen Kongreßabgeordneten, »nunmehr auf dem Gipfel seiner Karriere«. Der General versicherte seiner Braut, er habe keine großen Ambitionen, doch lasse niemand sich gern sagen, er sei an seiner Grenze angelangt, wenn auch zu vermuten stehe, daß der gute Mann ihm ein Kompliment habe machen wollen.

Die Hochzeit konnte erst nach Abschluß des Schuljahres stattfinden. Die Trauung wurde am *Commencement*-Tag vollzogen, im Park des Colleges, dort also, »wo sie einander zuerst begegnet waren«. Das Anerbieten, die Hochzeit im College auszurichten, gefiel dem General über die Maßen; der offenkundige Widerwille, mit dem die Lowreys ihre Lehrerin ziehen ließen, schmeichelte seiner Eitelkeit ebenso wie die düstere Stimmung der kleinen Kitty Lowrey, die ihn mit haßerfülltem Blick anfunkelte. Er fühlte sich wie der Held eines romantischen Ritterromans: Er hatte eine Dame erobert, die, obwohl sie sich der Verehrung von alt und jung erfreute, willens war, ihre hochgeachtete Position der stillen Hingabe zu opfern und ihm in die Abgeschiedenheit häuslichen Glücks zu folgen. Ein wenig bedrückte ihn freilich später die außerordentliche Nüchternheit, in der nach den Feierlichkeiten der Abschied zwischen Mrs. Lowrey und der Braut vonstatten ging: Verwirrte Fragen: »Wie oft soll ich den Kaminkehrer bestellen?«; und ernste Mahnungen: »Lassen Sie nicht zu, daß die Pensionatsköchin die Küche ausplündert!« – »Erlauben Sie Ihren Enkelkindern nicht, die Klassenzimmer auf den Kopf zu stellen!«

Die Gesellschaft, die der Trauung beiwohnte und sich anschließend beim Hochzeitsmahl stärkte, war noch zahlreicher als die, welche an Sallys und Ludwigs Vermählung teilgenommen hatte: Die Schülerinnen des Colleges waren anwesend, ferner die prominentesten Anhänger und Verbündeten des Generals aus dem gesamten Siebenten Bezirk und alle Mitglieder des Frauenklubs, mit Ausnahme von Anne Gordon.

Anne zeigte sich diesen Sommer »nicht in Gesellschaft«. Sie bedauerte es zwar, ein so herausragendes Ereignis wie die Tucker-Deming-Hochzeit zu versäumen, aber sie war glücklich, »guter Hoffnung« zu sein, und die Aussicht auf ein Baby entschädigte sie reichlich dafür, eine Saison lang allen Festlichkeiten fernbleiben zu müssen. Sie habe daheim genug zu tun, versicherte sie John, um der Langeweile vorzubeugen. Ihn belustigte die Inbrunst, mit der sie daranging, den Garten ihrer Mutter wieder herzurichten. Sie entfernte Gras und Unkraut aus den Blumenbeeten, und dank ihrer sorgsamen Pflege gediehen Akelei, Sonnenwende und Iris bald wieder in herrlicher Farbenpracht. Sie ließ Jonah, den schwarzen Stallknecht und Hausburschen, die Kletterrose beschneiden, die sich am Ende der Veranda emporrankte, und wurde dafür im Frühsommer mit einer Überfülle von Blüten belohnt. Jeden Morgen steckte sie John eine rote Knospe ins Knopfloch, ehe er, mit seiner schwarzen Arzttasche in der Hand, zur Vordertür hinausging, wo Jonah schon mit dem Einspänner wartete.

Am Morgen nach General Demings Hochzeit vertrieb Anne sich die Zeit bis zu Sallys Besuch, die ihr versprochen hatte, ihr das festliche Ereignis in allen Einzelheiten zu schildern, indem sie im Seitengärtchen Rosen für den Eßtisch schnitt. Da hörte sie draußen den Straßenhändler: »Frischer Rhabarber! Frischer Rhabarber!« ausrufen.

Rasch sammelte sie ihre Rosen in einen Korb und eilte ins Haus, um ihre Geldbörse zu holen. Es schickte sich nun nicht mehr, daß sie in der Oberstadt auf den Markt ging; außerdem stand Anne bei dem Höker, einem jungen Deutschen namens Fritz Klein, in besonderer Gunst. Sie hatte zu seinen ersten Kunden gehört, und dafür war er ihr dankbar. Er war erst vor einem Jahr mit seiner Familie nach Waynesboro gekommen; sein Vater hatte am Stadtrand ein kleines Gehöft gepachtet, und Fritz verkaufte nun das Gartengemüse, das die übrigen Kleins anbauten, von Haus zu Haus.

Anne trat gerade auf den Gehweg, als das träge, magere Pferd vor ihrer Gartenpforte stehenblieb. Fritz sprang vom Bock; gemeinsam suchten sie den besten Spargel und die reifsten Erdbeeren aus; als sie bezahlt hatte, kehrte Fritz jedoch nicht unverzüglich auf den Bock zurück, sondern verweilte noch auf einen kleinen Schwatz, wobei seine erdverkrusteten Hände jede mit hartem deutschem Akzent vorgebrachte Äußerung mit lebhaften Gesten unterstrichen. Anne hörte ihm zu, nickte und lächelte freundschaftlich.

»Ich habe Neuigkeit für meine Kunden, zu der sie sagen, hoffe ich, ›Viel Glück‹!« Sein rundes, rotwangiges Gesicht strahlte, und seine Augen leuchteten. »Ich habe schon in diesem neuen Land gewählt mir eine Braut – Frederica Hoffmann.« Er wartete ihre Gratulation ab und fuhr dann fort: »Und dieses ist nicht alles. Bald ich werde haben ein richtiger Laden und nicht mehr gehen herum mit Pferd und Wagen.« Er wies mit der Hand auf das Pferd, wie um anzudeuten, daß er das geduldig im Geschirr vor sich hindösende Tier entlasse. »Ja doch, ja«, versicherte er und freute sich wie ein Kind über das Erstaunen, welches sie ihm zuliebe vortäuschte. »Ich habe gemietet ein Laden bei der Chillicothe Street. Nicht weit von Doktors Praxis. Und da die gnädige Frau werden kommen und kaufen Spargel und Erdbeeren, wo hat angebaut mein Vater. Eines Tages«, warf er sich in die Brust, »ich werde haben ein Schild mit goldene Buchstaben und werde verkaufen Kaviar und Sardellen und Salzheringe und Austern. Aber nun ich muß beginnen mit Frischgemüse und Mehl und Grütze und Kartoffeln und Sirup, alles, was am meisten brauchen die Leute. Sie werden bei mein Laden kommen einkaufen, nicht wahr? Die Frau Doktor sein meine beste Kundin. Aber nein, natürlich, die gnädige Frau geht nicht auf die Straße jetzt. Ich werde zu Sie kommen und bringen frische Gemüse.«

Daß er so ungeniert auf ihren Zustand anspielte, ließ Anne erröten, doch sein Angebot nahm sie dankbar an. »Ich denke, bis es soweit ist, daß ich Ihr Geschäft in Augenschein nehmen kann, werden Sie schon Kaviar verkaufen. Ihnen und Frederica wünsche ich von Herzen Glück. Wo werden Sie denn wohnen?«

»Wir fangen an einfach, wie in Laden. Wir werden wohnen in die Zimmer gleich obendrüber.«

Als Fritz sich mit einem Bückling verabschiedet hatte, kehrte Anne frohgelaunt in den Garten zurück: Es war schön, in einer Juniwelt zu leben, in der selbst die Geringsten glücklich und voller Hoffnung schienen. Fritz war anständig, fleißig und sehr tüchtig; er würde es eines Tages zu Wohlstand bringen. Frederica war ein hübsches Mädchen, das nun endlich der Schenke des Bruders, wo sie bisher hatte mithelfen müssen, entkommen konnte.

Anne hatte die Gartenpforte hinter sich geschlossen, und Fritz war mit seinem Karren weitergezogen, doch es dauerte nicht lange, da hielt an seiner Stelle ein anderer Wagen vor dem Gehsteig. Anne blickte über die Schulter und erkannte Kate Gordon. Sie setzte ihren Rosenkorb und die eben erstandenen Waren auf der

Türschwelle ab und ging zum Tor zurück. Neben Kate, doch so weit zurückgelehnt, daß sein Gesicht vom Schatten des Wagendachs verdunkelt wurde, saß ein Mädchen; nur der helle, bunte Rock leuchtete in der Sonne, die Krinoline bauschte sich über Kates gegen den Peitschenschuh gepreßte Knie. Das also ist das Mädchen, dachte Anne; John hatte erwähnt – und hatte dabei besorgt und verärgert zugleich geklungen –, daß die Tochter eines Nachbarn zu Kate gezogen sei, um ihr bei der Hausarbeit zu helfen.

Anne wartete am Zaun, doch Kate machte keine Anstalten, abzusteigen. Sie rief der Schwägerin nur einen kurzen Gruß zu und blieb sitzen.

»Wie schön, dich zu sehen. Möchtest du nicht hereinkommen?«

»Hab' keine Zeit.« Kates Züge waren angespannt und sie sprach in barschem Ton. »Komm einen Moment her zu mir, ja?«

Bereitwillig öffnete Anne die Gartenpforte und trat auf die Straße hinaus, aber als sie sah, wie Kates Augen sich angesichts ihres unförmigen Leibes fast wie vor Entsetzen weiteten, schoß ihr das Blut in die Wangen. »Was ist los?« fragte sie gereizt.

»Ist John zu Hause? Ich bin in der Praxis gewesen, aber er war nicht da.«

»Zu Hause? Um diese Zeit? Nein, er besucht Patienten. Wolltest du ihn als Arzt konsultieren? Er hat heute nachmittag Sprechstunde.«

»Es geht nicht um mich.« Verächtlich kräuselte Kate die Lippen. »Ich bin doch nie krank. Aber Esther hier ist nicht auf dem Posten. Kennst du Esther Jacobs?« Anne nickte dem Mädchen zu, das noch tiefer in seine Ecke zurückwich. »Sie hat einen Husten, der mir gar nicht gefällt. Trotzdem kann ich nicht den ganzen Tag in der Stadt verplempern. Sag John, er soll bei mir reinschauen, wenn er das nächste Mal in der Gegend ist, ja?«

Kaum hatte Anne versprochen, John ihre Bitte auszurichten, da straffte Kate auch schon die Zügel und zog dem Pferd die Peitsche über. Anne sah dem davonfahrenden Wagen nach und dachte: John wird verärgert sein. Kate reizt ihn nun mal, doch er wird noch heute nachmittag zu ihr hinausfahren. Auf sie übte Kate eine andere, irgendwie bedrückende Wirkung aus: Sie schien das Sonnenlicht zu trüben.

Anne wandte sich abermals dem Haus zu, blieb aber erneut stehen, weil sie Sally in die Linden Street einbiegen sah. Anne winkte ihr zu und wartete. Sally kreuzte die Market Street und stand nach wenigen Schritten vor dem Gartenzaun. Sie schüttelte den Staub von ihren leichten Sommerschuhen, öffnete das Tor und zog Annes Arm in den ihren.

»Wie geht es dir? War das Kate Gordon, die eben wegfuhr? Sie ist etwas sonderbar, oder? Aber dich belästigt sie ja wohl nicht oft.«

Die beiden jungen Frauen gingen miteinander ins Haus. Sally begab sich ins Wohnzimmer; Anne brachte Blumen und Gemüse zu Martha in die Küche, um sich dann ungestört der Freundin widmen zu können.

»Laß dich nur nicht von der Hausarbeit abhalten. Ich bin bloß vorbeigekommen, um dir von der Hochzeit zu erzählen.«

»Schön, dann werde ich nähen.« Anne nahm ihren Nähkorb vom Tisch. »Und zwar mit der Hand. John ist nämlich der Ansicht, ich solle die Maschine jetzt nicht mehr benutzen. Ich danke dir, daß du gekommen bist. Ich wäre gestern schrecklich gern dabeigewesen.«

»Ich werde eine Windel für dich säumen. Was sind die Männer doch für Dummköpfe! Die Nähmaschine, ist denn das zu fassen? Und du brauchst dich nicht zu bedanken, denn ich verlasse mich darauf, daß du für mich das gleiche tust, wenn ich so in die Bredouille gerate.« Sally schnitt eine Grimasse, streifte ihre Handschuhe ab und griff nach einer Windel.

Sie lieferte Anne einen ausführlichen und anschaulichen Bericht von der Hochzeit, der damit schloß, daß sie das Brautpaar auf die Hochzeitsreise nach Neuengland entsandte. »Denkst du, sie werden oft hier bei uns in der Stadt sein? Ich hab' sie sagen hören, sie würden in Washington wohnen.«

»Trotzdem wird er gewiß nicht sein Haus verkaufen. Er kann schließlich nicht ewig Kongreßabgeordneter bleiben. Ich bin neugierig, ob sie aus dem Klub austreten wird.«

»Wenn sie's tut, müssen wir überlegen, wen wir an ihrer Stelle aufnehmen könnten. Anne, ich muß dich was fragen: Hast du je davon gehört, daß Thomasina mit diesem jungen Mr. Travers geht, der in der Kirche die Orgel spielt?«

»Ich erinnere mich, daß er dieses Gedicht von ihr vertont hat. Warum?« Gespannt blickte Anne von ihrer Näherei auf. Sie hatte Thomasina eigentlich recht gern, aber es ließ sich nun einmal nicht vermeiden, bisweilen sogar über Freunde zu lachen.

»Eliza hat gestern bei der Hochzeit so eine Bemerkung gemacht. Sie kann richtiggehend grausam sein, findest du nicht auch? Aber Thomasina hat's zum Glück nicht gehört, also war's nicht so schlimm. Mrs. Lowrey machte einen Scherz über die ›Heiratsepedemie‹, die offenbar im Klub ausgebrochen sei, und spekulierte darüber, ob sie wohl anhalten werde. Da warf Eliza ein: ›Wenn ein Virus durch die Luft schwirrt, ist Thomasina die erste, die sich ansteckt, egal ob es sich um Masern handelt oder um die Liebe.‹«

Ein Weilchen schwiegen beide, dann fragte Anne: »Denkst du, sie würde ihn heiraten, diesen Musiklehrer, der arm ist wie eine Kirchenmaus und von dem man obendrein nicht einmal recht weiß, woher er stammt? Natürlich muß er nicht unbedingt bettelarm sein, andererseits: Würde er Kindern Musikstunden geben, wenn er's nicht wäre? Und was bietet sich ihm denn hier schon für eine Zukunft? Vielleicht möchte er deshalb Thomasina für sich gewinnen. Ich werde nachher John fragen; er erfährt alles, was sich in der Stadt zuträgt, aber man muß ihn darauf ansprechen, von allein erzählt er nichts.«

Während sie das sagte, malte sie sich aus, wie sie nach dem Mittagessen mit John und ihrem Vater beim Kaffee zusammensitzen und plaudern würde. Aber als Sally heimgegangen war, kam ein Bauernjunge und überbrachte ihr eine Nachricht: John war zu einer Entbindung weit außerhalb der Stadt gerufen worden und würde nicht zum Mittagessen nach Hause kommen, ja vielleicht nicht einmal zum Abendbrot. Dr. Alexander erschien Punkt zwölf, aß und ging wieder in seine Praxis; gegen Abend, nach der zweiten Runde seiner Hausbesuche, kehrte er zurück, nahm mit Anne einen Imbiß und begab sich anschließend abermals in seine Praxis. Anne trug, nachdem ihr Vater sie allein gelassen hatte, ihr Strickzeug hinaus auf die kleine Veranda zwischen Wohn- und Eßzimmer. Als es zu dunkeln begann, faltete sie die Hände über den langen Nadeln und der Wolldecke, an der sie strickte, und überließ sich ganz der Freude an diesem stillen Sommerabend; ihre Gedanken wanderten voraus in die Zukunft, wenn die Stimme ihres Kindes sich unter die jauchzenden Rufe derer mischen würde, die draußen auf der Straße spielten. Sie hatte vergessen, was sie John hatte fragen und ihm erzählen wollen, ehe er endlich heimkam. Es schlug gerade neun, als sie ihn die Küchentür öffnen hörte; er rief nach ihr, und als sie ihm antwortete, kam er auf die Veranda, ging, die Hand auf ihrer Schulter, an ihrem Stuhl vorbei, setzte sich auf die oberste Stufe und zog seine Pfeife aus der Tasche.

Sie murmelte etwas von Abendbrot und wollte aufstehen, doch er hielt sie zurück.

»Ich habe bei den Crawfords gegessen. Das Kind kam um sechs zur Welt. Wir waren halb verhungert, als Mrs. Crawfords Mutter endlich die Suppe auf den Tisch brachte. Anschließend habe ich noch ein paar Hausbesuche gemacht, darum komme ich so spät.«

»Das hat aber lange gedauert. Mußte die arme Frau sehr leiden?«

»Nicht mehr als andere auch. Es war ihr erstes Kind, darum hat's ein bißchen länger gedauert. Dein Vater hat einmal reingeschaut, ist aber gleich wieder gegangen. Er hätte die Frau nicht in meiner Obhut gelassen, wenn Komplikationen zu befürchten gewesen wären. Doch jetzt bin ich weiß Gott rechtschaffen müde.« Er begleitete diese letzte Bemerkung mit einem herzhaften Gähnen. Aber Anne ließ sich nicht von der Andeutung ablenken, die, obgleich ganz beiläufig hingeworfen, sie aufgeschreckt hatte.

»Was willst du damit sagen?« fragte sie mit schriller Stimme. »Vertraut er dir etwa keine schweren Fälle an?«

»Du wärst imstande, ihn um meinetwillen ins Gebet zu nehmen, hab' ich recht?« Er lachte in sich hinein. »Aber das ist nicht nötig. Er will mich ja nur beschützen. Einfache Erkrankungen überläßt er mir und behält die Fälle, bei denen mit tödlichem Ausgang zu rechnen ist. Er gibt's natürlich nicht zu, aber ich weiß, daß es ihm dabei um meinen Ruf geht. Ich soll als der Arzt gelten, für den kein Fall unheilbar ist.«

»Damit macht er sich's aber sehr schwer, nicht?« Anne war besänftigt, sogar ein wenig erleichtert, gleichzeitig aber erschrak sie über die Erkenntnis, daß sie, was ihre Fähigkeiten als Ärzte betraf, in ihren Vater größeres Vertrauen setzte als in John.

»So arg ist's auch wieder nicht. Die Patienten fühlen sich bei ihm in guten Händen, und wenn sie an mich überwiesen werden, wissen sie, daß ihnen nichts Ernstliches fehlt. Manchmal wünschte ich allerdings ... wir haben da einen Fall, der mir Sorgen bereitet. Du weißt, die Medizin macht Fortschritte, und ich habe immerhin lange nachdem dein Vater zu praktizieren begonnen hatte studiert. Früher herrschte die Lehrmeinung, einer Frau, die an Tuberkulose leidet, sei geholfen, wenn sie ein Kind bekäme; heute wissen wir, daß in dem Fall eine Schwangerschaft im Gegenteil lebensgefährlich wäre.«

Rasch ging Anne im Geiste die jüngeren Patientinnen ihres Vaters durch. »Flora Allen?« fragte sie.

»Du weißt also davon?«

»Ich kenne die Allens, weil wir derselben Kirche angehören. Ich weiß, daß Flora die Schwindsucht hat, und auch, daß sie dem jungen Wilkinson versprochen ist. Du meinst also, sie sollte ihn nicht heiraten?«

»Dessen bin ich mir ganz sicher, aber dein Vater drängt auf

diese Verbindung. Er behauptet, sie müsse sowieso sterben, aber wenn sie verheiratet sei und ein Kind bekäme, würde sie sich vielleicht eine Weile erholen. Ich dagegen sage, eine Schwangerschaft würde sie umbringen. Außerdem braucht sie nicht zu sterben, wenn sie nicht arbeiten und für niemand sorgen muß, reichlich zu essen bekommt und Tag und Nacht, sommers wie winters, an die frische Luft geht.«

»Und Papa läßt dich deine Therapie nicht einmal versuchen?«

»Nein. Er sagt, wenn ich der Familie Hoffnung mache, das Mädchen aber trotzdem stirbt, ist mein Name auf Jahre hinaus mit einem Makel behaftet. Er meint es gut, aber ich muß tatenlos zusehen, wie das arme Ding seine einzige Chance verliert.«

»Wenn dir die Hände gebunden sind, trägst du auch keine Verantwortung. Warum geht ihr nicht beide zu den Allens, du und Papa, legt ihnen eure Meinungen vor und laßt die Familie selbst entscheiden?« Sie werden Vaters Rat befolgen, dachte Anne, doch John brauchte sich keine Vorwürfe mehr zu machen, wenn er das Mädchen vor dem Risiko gewarnt hätte. Aber er lachte sie nur aus.

»Und so was will eine Arzttochter sein! Du solltest doch am besten wissen, daß wir nach außen hin immer den Eindruck erwekken müssen, als seien wir absolut sicher, das Richtige zu tun, selbst wenn das einmal nicht der Fall ist. Wenn wir das Vertrauen unserer Patienten verlieren, können wir gleich aufgeben.«

»Vielleicht hätten sie größeres Vertrauen zu euch, wenn sie sicher sein könnten, daß ihr ihnen die Wahrheit sagt.«

»Da irrst du dich aber gewaltig! Sobald sie auch nur den Verdacht hätten, wir seien im Ungewissen, würden sie einen anderen Arzt konsultieren. Mach dir nichts vor, ich trage die Verantwortung! Aber ich werde noch einmal versuchen, deinen Vater zu überreden.« Seufzend wechselte er das Thema, und sie sprachen ein Weilchen über dies und das, bis John sich anschickte, zu Bett zu gehen. Auch Anne stand auf, wartete, bis er seine Pfeife an den Wurzeln der Geißblatthecke ausgeklopft hatte, und ging mit ihm ins Haus. Ihr Schlafzimmer war früher das ihrer Eltern gewesen; durch die Vorderfenster, die auf die Straße hinausgingen, konnte man ein Stück des Gartens sehen. Eine Tür führte hinaus auf den Korridor, und durch eine zweite gelangte man zur oberen Veranda, unmittelbar über der, auf welcher sie gesessen hatten. Weil es hier oben stickig war und schwül, machte John die Verandatür weit auf. Ein Luftzug stahl sich herein, bauschte die Vorhänge und wehte den Duft der Sommernacht ins Zimmer. John kleidete sich rasch aus und ging zu Bett. Er war freilich weniger müde als erschöpft, und so lag er auf dem Rücken und sah zu, wie Anne ihr Haar bürstete und dann, die Ellbogen auf den Frisiertisch gestützt, im Lichtkegel der Petroleumlampe ihren Psalm las. Sein Blick glitt zur geöffneten Tür und hinaus auf die Veranda, auf deren Dielen das Mondlicht mit den Schatten von Geländer und Geißblattranken ein wunderliches Muster warf, während ein vorwitziger Strahl über die Türschwelle ins Zimmer fiel und ein Ende des Bettvorlegers beschien.

Als Anne schließlich kam und sich neben ihn legte, sagte er: »Es riecht so gut heute abend. Wonach nur?«

Sie schnupperte. »Ich halte es für Mondscheinparfüm.«

»Lächerlich«, versetzte er liebevoll und umfaßte ihre Schulter. Sie lag mit angezogenen Knien auf dem Rücken und lachte ihm zu. Das Haar fiel ihr in zwei langen Zöpfen über die Schultern. In ihrem langärmeligen, hochgeschlossenen Nachthemd mit den Rüschen und Schleifen an Kragen und Bündchen, den geschwollenen Leib unter der Bettdecke verborgen, sah sie aus wie ein schlaftrunkenes, schelmisches Kind.

»Sag's mir doch«, drängte er. »Was duftet so süß?«

»Vor allem die Geißblatthecke vor der Veranda. Dann die weißen Blumen im Beet vor den Eßzimmerfenstern. Und der Weißklee auf dem Rasen; Jonah hat nämlich diese Woche das Gras nicht gemäht. Und die Heckenrosen am Zaun. Aber ich bin mir nicht sicher«, fügte sie nüchtern hinzu, »ob man die Rosen bis hier oben riechen kann. Immerhin blühen sie unglaublich üppig. Ich habe Sally einen Strauß mitgegeben, als sie hier war. Sie kam, um mir von der Hochzeit gestern zu erzählen.«

»Der General ist also an die Kette gelegt worden. Ich kenne zwar die Frau Generalin so gut wie gar nicht, aber sie sieht ganz so aus, als würde sie einen Pantoffelhelden aus ihm machen. Er führt wohl überall das große Wort, aber durchsetzen kann er sich nicht.«

»Du hast ganz recht. Sie ist eine wirkliche Dame und hat Stil – kein Wunder, sie stammt ja auch aus Neuengland –, aber wenn ihr etwas mißfällt, behandelt sie einen so, daß man sich fühlt, als habe man einen Eiszapfen verschluckt.«

»Was hat denn Sally gesagt? War's eine elegante Hochzeit?« John gähnte und verschränkte die Hände unterm Kopf. Er war offenbar nicht sonderlich an dem Thema interessiert.

»Ich glaube ja. Übrigens, Kate war heute morgen auch hier. Beinahe hätte ich vergessen, es dir zu sagen.«

»Kate? Was wollte sie?« Seine Hände lösten sich voneinander, und auf den Ellbogen gestützt, richtete er sich auf.

Merkwürdig, dachte Anne, daß allein die Nennung ihres Namens ihn so aufschreckt. Was hat Kate denn nur getan, daß er ihretwegen ständig so gereizt ist? »Sie wollte die Kleine untersuchen lassen, die bei ihr wohnt. Aber sie hat keine Zeit, ein zweites Mal in die Stadt zu kommen, und deshalb möchtest du bei Gelegenheit auf der Farm vorbeischauen. Das Mädchen hat einen seltsamen Husten.«

»O mein Gott«, stöhnte John, »nicht schon wieder!«

»Was soll das heißen? War sie etwa schon mal krank?«

»Ich meine ein anderes Mädchen. Kate findet dauernd in irgendeiner Nachbarsfamilie ein häßliches Entlein, von dem sie sich einbildet, sie könne es in einen schönen Schwan verwandeln. Und wenn sie's geschafft hat – das Mädchen bei sich aufgenommen, es eingekleidet und zur Schule geschickt hat –, dann verliebt sich ihr vermeintlicher Schwan in irgendeinen Ganter aus der Nachbarschaft, worauf Kate das arme Ding hinauswirft und vor Wut und Enttäuschung krank wird. Ich hätte gedacht, inzwischen wäre ihr endlich die Lust an solchen Experimenten vergangen, aber wie es scheint, gibt sie die Hoffnung nicht auf.«

»Was für eine Hoffnung meinst du denn?« Der Überdruß, mit dem er sprach, verwirrte Anne ebenso wie das, was er sagte.

»Vermutlich die auf unendliche Dankbarkeit und Zuneigung«, versetzte John bitter. »Ich werde mir das Mädchen morgen ansehen, aber ich werde Kate auch sagen, was für eine Närrin sie ist. Und keiner von beiden wird es nach meinem Besuch viel besser gehen.«

Seine Stirn verfinsterte sich, und er stieß einen wehmütigen Seufzer aus. »Übrigens, was häßliche Entlein betrifft«, warf Anne hastig ein, »ist dir zu Ohren gekommen, daß Thomasina Ballard sich von diesem Mr. Travers den Hof machen läßt, du weißt schon, der junge Mann, der in der Methodistenkirche die Orgel spielt?«

»Ich hab' davon gehört, ja«, gab John zu. »In der Oberstadt sagt man, als er nach Waynesboro kam, habe er sich als erstes nach dem reichsten Mädchen am Ort erkundigt. Aber das ist natürlich Unsinn. Der Richter dürfte außer seinem Gehalt kaum etwas besitzen. Er war zwar der Bevollmächtigte der Eisenbahngesellschaft, bevor er das Richteramt übernahm, doch er hat eine Menge Geld in sein Haus gesteckt.«

»Vielleicht sehnt sich Mr. Travers nach einem behaglichen Heim.«

»Vielleicht ist er verliebt.«

»In Thomasina? Ich mag sie recht gern, aber sie ist nicht die Art von Frau, die einem Mann... Nein... doch sie ist so vertrauensvoll... Ich hoffe nur, sie kommt ihm nie auf die Schliche. Nun, vielleicht bleibt ihr das erspart. Er wirkt ja sanft und bescheiden, und es steht zu hoffen, daß er sein Glück zu schätzen weiß und nicht aufs Spiel setzen wird.« Anne hatte eigentlich nur laut gedacht; jetzt stellte sie überrascht fest, daß John neben ihr vor Vergnügen prustete. »Ich weiß nicht, was daran so lustig ist.«

»O ihr Frauen! Was seid ihr doch für wunderliche Geschöpfe! Du weißt bloß, daß der Mann ihr gelegentlich einen Besuch abstattet, nichts weiter, und schon machst du dir Sorgen, aus Angst, sie könne eines Tages herausfinden, daß er sie geheiratet hat, um sich Ansehen in der Stadt zu verschaffen.«

»Spotte du nur, John Gordon, mir tut sie leid, die arme Thomasina!«

Die »arme Thomasina« wäre zu jeder anderen Zeit ihres Lebens vor der Kunde zurückgeschreckt, daß ihre Bekannten sich angewöhnt hatten, ihr diesen Beinamen zu geben; es ist erniedrigend, bemitleidet zu werden. Wäre ihr aber dieses Attribut in jenem Sommer zu Ohren gekommen, so hätte sie nur darüber gelacht. Denn Thomasina war wunschlos glücklich. Samuel Travers kam an zwei oder drei Abenden der Woche, um ihr seine Aufwartung zu machen, und sie verbrachte zauberhafte Stunden in seiner Gesellschaft am Klavier im Musikzimmer des Obergeschosses, wo der Spott ihrer Schwester und die Verachtung ihrer Mutter ausgesperrt blieben. Samuel spielte ihr die Melodien vor, die er komponiert hatte, und sang ihre hübschen Verse dazu. Wenn er damit fertig war, wirbelte er auf dem Klavierschemel herum und sprach in aller Offenheit mit ihr. Sein rundes Gesicht war dann lebhaft und munter, und das mausfarbene Haar hing ihm unordentlich in die Stirn, während er ihr seine Wünsche und Pläne anvertraute.

Er sagte Dinge wie: »Ich habe noch nie zuvor gewagt, einem Menschen meine Hoffnungen zu offenbaren, aber zu Ihnen fühle ich gewissermaßen eine Seelenverwandtschaft« oder: »Ich werde nicht bis ans Ende aller Tage in Waynesboro Musikunterricht geben, warten Sie's nur ab.« Wenn er so sprach, hielt Thomasina den Atem an; allein, sie wollte nicht abwarten, sie wollte bei ihm sein, wenn er seinen Triumph feierte. Sie redete sich ein, daß sie sich über Samuel keinerlei Illusionen mache. Sie wußte nun, daß er nie ein zweiter Beethoven werden würde; aber seine Lieder waren wunderschön, und die Welt konnte ja auch einen zweiten Schubert gebrauchen.

Wann immer der Richter, der Mitglied des Obersten Gerichts von Ohio war, nach einer Verhandlungsrunde in anderen Bezirken heimkam, um den Sonntag im Kreise seiner Familie zu verbringen, berichteten ihm Eliza und seine Frau vom Fortgang dieser Liaison, an der Mutter und Tochter gleichermaßen Anstoß nahmen. Schweigend, mit emporgezogenen Brauen, pflegte er den beiden zuzuhören, und dann beobachtete er unschlüssig seine für gewöhnlich so befangene Tochter, die mit einemmal ganz ungezwungen treppauf, treppab lief oder von ihrem Platz hochschnellte, sobald es an der Tür läutete. Er stellte fest, daß selbst ihr jährlicher Anfall von Heuschnupfen ihre Stimmung in diesem Sommer kaum zu dämpfen vermochte. Eines Tages endlich sagte er zu seiner Frau: »Es freut mich, Thomasina so glücklich zu sehen – wenn ich nur gewiß sein könnte, daß diese Sache Bestand hat.«

»Sie ist eine Närrin«, sagte Mrs. Ballard geradeheraus. »Wenn wir der Geschichte nicht auf der Stelle ein Ende machen, sondern abwarten, bis sie von selbst zur Vernunft kommt, dann wird es womöglich zu spät sein.«

»Wenn sie indes nie zur Vernunft kommt, wird sie sich ihr Glück bewahren. Allein, wenn du dich so alterierst, verreise doch für einige Zeit mit ihr, um ihren Heuschnupfen zu kurieren.«

Niemand, der an Heuschnupfen leidet, würde es ablehnen, Erleichterung von dieser Plage zu finden, und als ihre Mutter eine Fahrt nach Michigan vorschlug, dachte sich Thomasina, daß ihre Familie ihres ewigen Geschniefes wohl überdrüssig sei, und willigte ein. Da Eliza und ihre Mutter bereit waren, auf die Teilnahme an der Jahresversammlung der Frauenrechtlerinnen zu verzichten, durfte sie sich über die kurzfristige Trennung von Mr. Travers nicht beklagen. Sie ahnte nicht, daß diese Ferien dazu dienen sollten, ihn aus ihren Gedanken zu verbannen, und traf leichten Herzens ihre Reisevorbereitungen. Sie brauchte sich nicht einmal darum zu sorgen, daß ihr Vater womöglich allein zurückbliebe, denn seiner Gerichtsbarkeit unterstand ein ziemlich großes Gebiet, und es würde leichter für ihn sein, die Runde durch alle Bezirke zu machen, wenn er nicht versuchte, zum Wochenende wieder in Waynesboro zu sein. Das Anwesen der Ballards wurde verschlossen; mit Ausnahme der Räume über dem Stall, in denen das deutsche Ehepaar wohnte, das den Besitz in Ordnung hielt.

Mrs. Ballard und ihre Töchter verbrachten den gesamten August und einen Großteil des Septembers in Michigan. Wie daheim, so beschäftigten sie sich auch hier mit innenpolitischen Fragen und lasen emsig Zeitung, wobei ihr Interesse sich allerdings nicht auf den Wirtschaftsteil erstreckte. Erst als der sprunghaft ansteigende Goldpreis Schlagzeilen machte, begannen sie sich darüber zu unterhalten, was dies wohl bedeuten möge. Mrs. Ballard wußte den Vorgang zu ihrer eigenen und ihrer Töchter Zufriedenheit zu erklären: Die Republikaner hatten im Kongreß einen Gesetzesentwurf eingebracht, der den Goldstandard einführen sollte; würde die Novelle verabschiedet, müßte die Regierung die Staatskasse mit Gold auffüllen, und zwar zum gerade gültigen Marktpreis. Die jetzt Gold kauften, waren Spekulanten, welche auf das Inkrafttreten eben dieses Gesetzes hofften. Mrs. Ballards Erklärung war durchaus folgerichtig: Was den dreien hingegen absurd erschienen wäre, war der Umstand, daß es nicht mehr als zwei Männer waren, die alle Goldvorräte aufzukaufen suchten. Indes begriffen sie sehr wohl, daß die finanzielle Sicherheit des Landes auf dem Spiel stand. Dann, am Freitag, dem 24. Februar, stieg der Goldpreis auf 162. Da endlich nahm die Regierung die drohende Gefahr ernst und warf vier Millionen in Gold aus der Staatskasse auf den Markt. Der Tag, an dem der Goldpreis fiel, sollte allen Betroffenen als »Schwarzer Freitag« in Erinnerung bleiben. Der Versuch, Gold aufzukaufen und zu horten, war fehlgeschlagen, die Spekulanten hatten sich selbst zugrunde gerichtet.

Die Damen Ballard hegten die schlimmsten Befürchtungen, denn so wenig sie auch von Finanzpolitik verstanden, eines war ihnen immerhin klar: Ein Ehrenmann, der in dem guten Glauben gehandelt hatte, eine sichere Kapitalanlage zu schaffen, würde von dem Unheil ebenso grausam getroffen werden, wie die skrupellosen Schurken. Richter Ballard war ein Ehrenmann, aber – und seine Familie wußte das – an der Börse in Cincinnati nicht unbekannt. Also packten sie Koffer und Reisetaschen und nahmen den nächsten Zug nach Hause.

Als sie am Bahnhof von Waynesboro ausstiegen, standen sowohl Richter Ballard als auch Mr. Travers auf dem Perron zu ihrem Empfang bereit. Mrs. Ballard verabscheute es, den Gehorsam unvernünftiger Töchter zu erzwingen, und so hatte Thomasina ungehindert und unbeaufsichtigt mit ihrem Kavalier korrespondiert. Sie stieg als erste aus dem Zug; als sie ihren Vater küßte, schalt sie sich ein boshaftes Ding, weil sie fast etwas wie Freude darüber empfand, ihn so niedergeschlagen und verhärmt zu sehen, ein sicheres Zeichen dafür, daß er in der Tat Geld verloren hatte. Ihre Mutter würde so damit beschäftigt sein, ihn wieder aufzurichten, daß ihr keine Zeit mehr bliebe, sich um die jüngere Tochter zu kümmern. Dann, während Mrs. Ballard und Eliza den Richter mit Zurückhaltung begrüßten, bekam Thomasina Gelegenheit, ein paar Worte mit Mr. Travers zu wechseln und seinen Besuch für nach dem Abendessen zu erbitten. Sie wußte, daß er nicht eingeladen werden würde, mit ihnen in der Kutsche zur Stadt zu fahren, und wirklich rauschte ihre Familie mit nur der Andeutung eines Grußes vorbei.

Sein Erscheinen auf dem Bahnsteig hatte jedoch hinlänglich bewiesen, daß die Zuneigung der beiden jungen Leute durch ihre Trennung nicht erkaltet war. Als sie vor dem Abendessen Toilette machten, gestand der Richter seiner Frau im gemeinsamen Schlafzimmer das Scheitern seines Planes ein. »Aber es war die einzige Möglichkeit«, beteuerte er, »und da sie fehlgeschlagen ist, sollten wir wohl gute Miene zum bösen Spiel machen.«

»Er ist ein guter Christ, aber ein gänzlich unbedeutender Mensch«, versetzte Mrs. Ballard streng. »Ich hatte gehofft, unsere Töchter würden sich mit Männern von Rang vermählen. Ehe du ihn als Schwiegersohn akzeptierst, solltest du dir überlegen, ob du ihn auch ernähren kannst, ihn, Thomasina und die Kinder, die sie möglicherweise bekommen.«

»Ich bin ärmer, als ich es noch vor einem Monat war. Ist es das, worauf du anspielst, Mary? Doch ich bin immer noch imstande, meine Familie zu ernähren, und das gilt durchaus auch für etwaigen Zuwachs.«

An diesem Abend saß der Richter bis nach Mr. Travers' Weggang in der Bibliothek, weil er dachte, daß vielleicht Thomasina oder auch beide ihn dort aufsuchen würden. Aber als Thomasina die Haustür hinter ihrem Besucher geschlossen hatte, ging sie unverzüglich hinauf in ihr Zimmer. Am nächsten Morgen erschien sie nicht zum Frühstück, doch als Johann mit der Kutsche vorgefahren war und der Richter das Haus durch den Seiteneingang verließ, um sich zum Gericht zu begeben, fand er sie in der Wageneinfahrt, wo sie auf ihn gewartet hatte.

»Papa, willst du zum Gericht? Könntest du heute morgen nicht zu Fuß gehen... nur dieses eine Mal? Ich habe dringend mit dir zu reden.«

Er gab dem verzweifelten Flehen in ihren Augen nach, befahl Johann, auszuspannen, es sei denn, die Damen hätten den Wunsch, eine Spazierfahrt zu machen, und wandte sich mit Thomasina dem Tor zu. Während sie neben ihm hertrippelte, sprudelte sie hastig eine Erklärung heraus. »Ich wollte dich allein sprechen, wo Eliza... wo uns niemand unterbrechen oder belauschen kann.« Sie schlossen das Tor zur Einfahrt hinter sich und traten hinaus auf die staubige Linden Street.

»Ich hatte nicht die Absicht, dich einfach zu überfallen, und ich habe auch Samuel gesagt, daß *er* mit dir sprechen müsse. Deshalb kommt er heute morgen zu dir ins Amt. Aber dann bekam ich es plötzlich mit der Angst zu tun und dachte, wenn du gänzlich unvorbereitet wärest, würdest du vielleicht... also du würdest...«

»Den jungen Mann allzu hart anfassen?« beendete er statt ihrer den Satz, wobei er sie verstohlen mit hellwachem Blick musterte.

»Aber Papa, ich weiß doch, daß du zu niemandem unbarmherzig sein könntest, nur... er ist so sensibel.«

»Das Privileg der Musiker, wenn ich nicht irre. Nun, Thomasina, worauf sollte ich denn vorbereitet sein? Komm, sei ein braves Mädchen und druckse nicht so herum.«

Auf diese Ermahnung hin richtete Thomasina sich auf und verkündete mit einem Anflug von Würde: »Mr. Travers hat mich gebeten, seine Frau zu werden. Bist du damit einverstanden?«

»Ich darf wohl annehmen, daß du ihm geantwortet hast, ohne meine Zustimmung abzuwarten?«

»Ja, in der Tat.« Das klang trotzig und verstockt. »Ich wurde in dem Glauben erzogen, daß Frauen ebenso das Recht haben, über ihr Leben zu entscheiden, wie Männer. Ich weiß, Mama und Eliza werden meinen Entschluß nicht billigen. Daran kann ich nichts ändern. Doch ich hatte gehofft, daß du... Ich möchte nichts tun, was dir mißfällt.« Sie schwankte, ihre Stimme war nur noch ein ersticktes Schluchzen. »Ich verdanke dir so unsagbar viel, und glaube mir, Papa...«

»Genug davon«, unterbrach er sie im Ton eines Mannes, dem Gefühlsausbrüche zuwider sind. »Ich werde dich nicht hindern. Ich hoffe, daß du glücklich wirst. Darf ich mir die Frage erlauben, ob Mr. Travers sich zutraut, eine Frau zu ernähren? Wo habt ihr vor zu wohnen?«

»In seiner Pension... vorläufig, bis es ihm gelingt, seine Kompositionen, seine Lieder, zu verkaufen.«

»Papperlapapp! Halten wir uns an die Gegenwart. In unserem Haus ist mehr Platz für ihn als für dich in seinem einzigen Zimmer.«

»Nein, Papa, das möchte ich lieber nicht. Eliza und... Eliza würde ihm das Leben schwermachen. Sie verachtet ihn. Wir hätten lieber unser eigenes Heim.«

»Eine Pension ist aber kein Zuhause. Wir können umbauen und für euch eine separate Wohnung herrichten, durchaus getrennt von uns übrigen. Ich denke, das Musikzimmer ließe sich als Salon verwenden, und das Hinterzimmer könnte als Küche dienen. Deine Mutter und ich und Eliza brauchen nur die beiden Schlafzimmer auf der anderen Seite des Korridors. Wir könnten sogar eine zweite Treppe im hinteren Flur hochziehen und nach der Rückseite hin eine Tür durchbrechen. Dann hättet ihr einen separaten Eingang.«

»Du bist sehr gütig, Papa.« Thomasina konnte ihrem Vater

nicht böse sein, aber sie wußte, daß die Vorschläge, die er ihr unterbreitete, hinter ihrem Rücken besprochen worden waren: Andernfalls wäre er nicht so rasch damit bei der Hand gewesen. Auf Eliza hingegen war sie so wütend wie sie nur sein konnte, weil die Schwester derart schamlos versuchte, sie und Samuel an die Seite zu drängen, ja sich aus den Augen zu schaffen. »Lieber Papa, ich danke dir.«

»Unsinn! Ich bedaure nur, daß ich dir kein Haus als Mitgift geben kann. Das Musikzimmer – ich nehme an, er hat die Absicht, auch künftig Klavierstunden zu geben? – also ich fürchte, der Raum wird dir gleichzeitig als Salon oder Wohnzimmer dienen müssen. Ich würde mehr für euch tun, wenn es in meinen Kräften stünde. Allein, ich mußte einige Verluste hinnehmen.«

»Ich weiß: wie alle anderen auch. Dieser elende Mr. Gould! Wir werden dir für unseren Teil des Hauses Miete zahlen. Ich bin sicher, Samuel wünscht es so.«

»Darüber reden wir später. Und auch darüber, ob du deine eigene Küche haben möchtest. Du verstehst nichts vom Kochen. Wenn ich dein Samuel wäre, würde ich es wohl vorziehen, im Familienkreis zu speisen.«

»Eliza...«

Als er den Schatten über ihr Gesicht huschen sah, beschloß der Richter, ihr wenigstens diesen Teil der Last von den Schultern zu nehmen. »Eliza überlaß nur mir. Ich bin sicher, wir alle werden Mr. Travers schätzen lernen, wenn wir ihn erst einmal besser kennen.«

Sie waren bei dem gepflasterten Gehweg angelangt, der zum Gerichtsgebäude führte, und der Richter bückte sich, um mit einem seidenen Taschentuch den Staub von Schuhen und Hosenaufschlägen zu entfernen. Thomasina streckte die Hand aus und bat: »Laß mich das machen.« Da riß ihm die Geduld. »Sei nicht so unterwürfig!« donnerte er mit einer Stimme, die er für gewöhnlich nur im Gerichtssaal ertönen ließ. Doch als sie erschrocken zurückfuhr, setzte er begütigend hinzu: »Keine Angst, mein Kind. Ich werde deinen jungen Mann freundlich behandeln, und Eliza werde ich in die Schranken weisen.«

Beruhigt kehrte Thomasina nach Hause zurück. Und tatsächlich wurden seitens ihrer Familie keine Einwände gegen Mr. Travers mehr laut. Ohne lange Erörterungen wurde die Hochzeit auf Ende Oktober festgesetzt, und vor der ersten Klubsitzung nach der Sommerpause verschickte Thomasina die Einladungen. Aber in dieser Sitzung wurde nicht offiziell auf das bevorstehende Ereignis Bezug genommen, und es war auch nicht die Rede von »unserer Klub-Braut«, denn die Präsidentin war die Brautmutter, und ihr mißfiel diese Verbindung. Mrs. Ballard mied den Blick ihrer Tochter und schritt energisch zur Tagesordnung, die Punkt für Punkt erledigt werden mußte, ehe man sich dem literarischen Programm zuwenden konnte. Die Damen wurden aufgefordert, darüber abzustimmen, ob die Korrespondentin in ihrer aller Namen ein Billett an Mrs. Anne Gordon schicken und ihr zur Geburt ihres Sohnes gratulieren solle. Als nächstes hatte die Klub-Korrespondentin über etwaige Mitteilungen zu berichten, die im Laufe des Sommers eingegangen waren. Sally verlas einen Brief von Mrs. Deming, in welchem diese, wenn auch mit dem größten Bedauern, ihre Mitgliedschaft zur Verfügung stellte; General Deming beabsichtigte, zumindest vorderhand, sich in Washington niederzulassen. Die Damen nahmen Mrs. Demings Rücktritt an, stimmten aber dafür, sie zum außerordentlichen Mitglied zu benennen.

Als alle übrigen Formalitäten erledigt waren, wurde Miß Reid aufgerufen, ihren Essay vorzutragen. Im zweiten Jahr seines Bestehens widmete sich der Klub dem Studium amerikanischer Schriftsteller, und Amanda war das erste Thema zugeteilt worden: »Die Philosophie Ralph Waldo Emersons.« Der Treuebruch Thomasinas hatte Amanda tief getroffen und bitter enttäuscht. Eine verliebte Freundin und ganz besonders eine, die sich in eine so gewöhnliche Kreatur wie Mr. Travers vergafft hatte, war eine verlorene Freundin. In Amandas Augen bot einzig und allein das Leben eines Gelehrten Befriedigung und Erfüllung. Ihre Abhandlung über Emerson war die erste Frucht dieser Erkenntnis: Gründlich und mit Vorbedacht zerlegte sie jeden Gedanken bis auf seine Wurzeln und folgte ihm bis hinauf in seine kleinsten Verästelungen. Es fiel den Damen nicht leicht, sich auf diese langatmigen Sentenzen zu konzentrieren und Amanda auf dem langen, komplizierten Pfad bis hin zu ihren Schlußfolgerungen zu begleiten, ohne unruhig zu werden.

Zumindest zwei der Anwesenden, Thomasina und Sally Rausch, versuchten es gar nicht erst. Thomasina war zu sehr von anderen Gefühlen beherrscht, um sich, jedenfalls im Augenblick, dafür zu interessieren, woran Mr. Emerson glaubte, und zudem hatte Amandas Einstellung zu ihrer Heirat ihrer früheren abgöttischen Bewunderung für die Freundin empfindlich Abbruch getan. Eliza hatte triumphierend daheim erzählt, daß Amanda neulich ihr Bedauern darüber geäußert habe, seinerzeit mit »An eine Braut« in die Redaktion der *Fackel* gegangen zu sein, und Thomasina hatte dies als Verlust empfunden, wenn auch als einen verschwindend geringen im Vergleich zu ihrem unschätzbaren Gewinn, aber Amandas Treulosigkeit und Verrat hatten sie dennoch schmerzlich getroffen. Während der Sitzung wandte sie Blick und Gedanken entschlossen von Amanda ab. Sie stellte fest, wie klein die Runde wirkte, obgleich Mrs. Lowreys verheiratete Tochter als Gast an der Sitzung teilnahm: Anne konnte immer noch nicht außer Haus gehen, Mrs. Deming war fortgezogen; und Sally, dachte sie bei sich, wird auch nicht mehr oft kommen. Doch sie durfte natürlich nicht so taktlos sein, die Schwangere näher zu betrachten. Sie hoffte, daß der Klub nicht vollends dahinschwinden würde, denn ihr machten die Zusammenkünfte Spaß.

Ähnliche Gedanken gingen zur gleichen Zeit auch Sally durch den Kopf. Jetzt, wo Anne nicht dabei war, erschien es ihr recht langweilig, den ganzen Nachmittag mit alten Frauen zusammengesperrt zu sein – die Schwestern Gardiner, Mrs. Lowrey und die anderen Lehrerinnen, allesamt welk und vertrocknet wie vergessene Kartoffeln, die sich geschrumpelt am Boden eines Gemüsekorbs wiederfinden – und mit vorzeitigen alten Jungfern wie Amanda und Eliza Ballard.

Sally betrachtete die vollerblühte, ein wenig schlampige Gestalt der älteren Tochter von Professor und Mrs. Lowrey und fragte sich, ob die junge Frau wohl mit ihren Kindern in Waynesboro bleiben wolle. Wie jedes Jahr hatte sie den Sommer bei den Lowreys zugebracht: Die Kinder hatten nicht nur das Collegegelände auf den Kopf gestellt, sondern auch die ganze Nachbarschaft in Aufruhr versetzt. Mrs. Tyler war schon einmal so lange bei ihren Eltern geblieben, bis ihr Mann sie in einem Brief aus Chicago aufforderte, entweder unverzüglich heimzukommen oder für immer fortzubleiben. Damals hatte sie ihren Koffer gepackt, ihre Kinder eingesammelt und war abgereist. Die Mädchen im Pensionat hatten diese Geschichte von Kitty Lowrey erfahren, die sich mit ihrer Schwester Ellen gar nicht gut verstand. Auch zwischen Ellen und Miß Tucker hatte es Unstimmigkeiten gegeben, weil Ellen versucht hatte, Miß Tucker bei der Leitung des Pensionats reinzureden. Aber jetzt war aus Miß Tucker Mrs. Deming geworden, die im fernen Washington wohnte, Kitty studierte in Oberlin, und Ellen Tyler hielt sich mit ihren Kindern immer noch in Waynesboro auf, obwohl bereits Oktober war.

Wenn sie zu bleiben beabsichtigte, wenn sie also ihren Mann verlassen hatte, würde der Klub es bald erfahren, denn dann würde sie an Stelle von Mrs. Deming als Mitglied vorgeschlagen werden. Wenn es wirklich dazu kommt, dachte Sally, muß ich mich mit den Plänen für meine Weihnachtsfeier beeilen: Alles muß fix und fertig sein, ehe es gilt, Rücksprache mit dem Klubvorstand zu nehmen. Mrs. Tyler war wachsam und befehlsgewohnt. Sally hoffte sehr darauf, dieses Jahr zu Weihnachten wieder ein Fest veranstalten zu können; im letzten Jahr hatten ihr die Vorbereitungen großen Spaß gemacht, und jetzt stand ihr zudem eine lange Zeit bevor, während der sie weder Besuche machen noch welche empfangen konnte. Sie würde die Weihnachtsfeier im Hause ihrer Mutter ausrichten, da ihr eigenes nicht groß genug war. Bei nächster Gelegenheit wollte sie Amanda bitten, ihr wieder zur Hand zu gehen.

In den vierzehn Tagen, die bis zur nächsten Klubsitzung verstrichen, erfuhr die empörte Stadt, daß Mrs. Tyler ihren Mann für immer verlassen habe; außerdem war sie mit der neuen Lehrerin in Streit geraten, die Mrs. Demings Platz hatte einnehmen sollen, hatte sie hinausgeworfen und deren Stunden selbst übernommen. Natürlich mußte der entlassenen Lehrkraft ein Teil ihres Lohns ausbezahlt werden, aber dafür verlangte Mrs. Tyler gar kein Geld; es würde alles in der Familie bleiben und sich am Ende als weise Sparmaßnahme herausstellen, ungeachtet all der zusätzlichen Mäuler, die es zu füttern galt. Wenn, so schränkte man in Waynesboro mißtrauisch ein, Mrs. Tyler in der Lage sein sollte, die jungen Damen in Algebra zu unterweisen.

Die Klubmitglieder waren nicht überrascht, als die Vorsitzende bei der nächsten Sitzung verkündete: »Eine Dame ist für die Mitgliedschaft vorgeschlagen worden. Über diesen Antrag wird in vierzehn Tagen abgestimmt. Würde die Schriftführerin so gut sein und den Namen verlesen?«

Nach der Sitzung paßte Sally an der Tür Amanda Reid ab und bat sie um ein paar Minuten Gehör. »Würdest du mir diesen Winter wieder helfen, ein Fest zu veranstalten? Das im letzten Jahr war doch so erfolgreich.« Und unbekümmert setzte sie hinzu: »Ich würde die Pläne gern fertig haben, bevor Mrs. Tyler dem Klub beitritt.«

Amanda hob die Schultern und sagte spitz: »Wäre es dir lieber, sie würde nicht aufgenommen? Dann kannst du ja dagegen stimmen.«

Natürlich hat Amanda sie vorgeschlagen, dachte Sally; sie ist dem College und Mrs. Lowrey so ergeben, daß sie es schon um ihretwillen getan hätte. Besänftigend sagte sie: »Ich werde nicht gegen sie stimmen. Niemand wird das tun. Wer wollte schon Mrs. Lowreys Gefühle verletzen? Außerdem habe ich nichts gegen sie persönlich, sie ist bloß so rechthaberisch. Ich weiß, sie ist eine hochbegabte Frau, ja gewiß, aber mein Fest, selbst wenn ich es für den Klub gebe, möchte ich gern selbst gestalten. Du hilfst mir doch dabei, nicht wahr? Thomasina wird nicht viel Zeit dafür opfern wollen, und Anne ist voll und ganz mit ihrem Baby beschäftigt.«

Mrs. Tyler wurde nach vorschriftsmäßiger Wahl in den Klub aufgenommen, aber sie erfuhr nichts von dem Fest, bei dem es wiederum Tableaus zu inszenieren galt. Amanda und Sally machten allein Pläne und Kostüme und überredeten die jüngeren Mitglieder, an den Proben teilzunehmen. Die Tableaus sollten diesmal Szenen aus den Werken der Dichter vorstellen, mit denen der Klub sich im vergangenen Jahr beschäftigt hatte. Die Gesellschaft würde sich kaum von der des Vorjahres unterscheiden; zwar waren die Demings nicht mehr dabei, doch an ihrer Stelle würden Mrs. Tyler und Mr. Travers teilnehmen. Auch diesmal war das Programm wieder ein voller Erfolg, und die Herrschaften versammelten sich anschließend in angeregter Stimmung im Speisezimmer, wo Sally eine reiche Abendtafel gedeckt hatte. Sie hatte allen Grund, sich zum Gelingen diesen Abends zu gratulieren. Doch was ihren mutwilligen Geist am meisten erfreute, war, daß sie beachtliche Fortschritte im Kampf gegen die engstirnigen Vorurteile der erzkonservativen Hälfte ihres Klubs erzielte. Zwar erbleichten die Damen immer noch bei dem Vorschlag, womöglich ein Theaterstück aufzuführen, aber vielleicht konnte man es im nächsten Jahr wagen, die Tableaus zu beleben, indem man die dargestellten Figuren ein paar Verse aufsagen ließ. Wäre das etwa Theaterspielen? Später dann würde man sie Dialoge sprechen lassen und eines schönen Tages ein richtiges Stück inszenieren. Das war Sallys Programm für die Zukunft des Klubs. Wenn nur Mrs. Tyler ihr nicht reinredete und sich in den Kopf setzte, selbst die Weihnachtsfeier auszurichten, und wenn nicht zu viele Kinder geboren würden, in ihrer sowohl wie in den anderen neugegründeten Familien, Kinder, die Zeit und Aufmerksamkeit beanspruchten.

DIE MITGLIEDER DES FRAUENKLUBS VON WAYNESBORO

Miß Eliza Ballard
Mrs. Mary Grimes Ballard
Miß Susan Crenshaw
Miß Caroline Gardiner
Miß Lavinia Gardiner
Mrs. Anne Alexander Gordon
Mrs. Rebecca Lowrey
Miß Agatha Pinney
Mrs. Sarah Cochran Rausch
Miß Amanda Reid
Mrs. Thomasina Ballard Travers
Mrs. Ellen Lowrey Tyler

AUSSERORDENTLICHES MITGLIED
Mr. Louisa Tucker Deming

1870

»Der Klub übernahm die Schirmherrschaft über eine Vortragsreihe.«

Glücklicherweise hatte Mrs. Tyler keinerlei Interesse an Festlichkeiten oder Unternehmungen von ähnlich geringer Bedeutung. Ehe das neue Jahr noch recht begonnen hatte, war die tatkräftige Matrone schon voll und ganz mit Plänen beschäftigt, die in ihren Augen wirklich wichtig waren für die Stadt. Anne und Sally nannten sie untereinander nur »Mrs. Jellyby«, aber in Wahrheit hätte sie ihnen weit weniger mißfallen, wenn sie der berühmten Philanthropin aus Dickens' Roman mehr nachgeeifert hätte. Ellen Tyler verschwendete indes keinen Gedanken an die Reform der Sitten und Gebräuche entfernter Heidenstämme: All ihr Trachten richtete sich vielmehr auf die kulturelle Förderung und Weiterbildung ihrer unmittelbaren Nachbarn. Ihre Kinder wurden vernachlässigt wie die von Mrs. Jellyby, worüber sie freilich durchaus nicht verzweifelten; sie schienen im Gegenteil frei von elterlicher Zucht und Aufsicht prächtig zu gedeihen.

Die Tyler-Jungen besuchten die Schule von Pfarrer Wainwright. Ihre Schwestern waren im Grundschulzweig des Mädchen-Colleges, wo Miß Pinney ihrer nicht Herr wurde und nur erleichtert seufzte, wenn die Mädchen es sich in den Kopf setzten, sich anderweitig zu vergnügen. Manchmal führten Neugier und der Hang zu übermütigen Streichen sie in die höheren Klassen. Die Selbstbewußten unter den Lehrkräften ignorierten sie einfach; ihre Mutter wiegte sich in der Illusion, wenn ihre Töchter hereinplatzten, um sie komplexe Probleme an der Tafel veranschaulichen zu sehen, dann deshalb, weil sie begierig seien auf die Geheimnisse der Mathematik: Und deshalb hieß sie die Kinder willkommen. Einzig Amanda schlug die Störenfriede aus dem Feld: Hinter verschlossener Tür unterwies sie ihre Schülerinnen in lateinischer Grammatik. Zum Glück befand sich ihr Klassenzimmer im ersten Stock, und so konnten die Tyler-Mädchen nicht von draußen aufs Fensterbrett klettern und Grimassen schneiden oder ihre Nasen an den Scheiben plattdrücken, um einen Blick auf die mit Spinnweben bekränzten Büsten von Caesar und Cicero zu werfen oder die düsteren Stahlstiche von römischen Ruinen zu bestaunen. Amanda gab keineswegs Mrs. Tyler die Schuld an der Unerzogenheit ihrer Kinder: Sie empfand eher Mitleid mit ihr, so als seien die Kinder eine Unbill, für die ihre Mutter in keiner Weise verantwortlich gemacht werden dürfe. Kinder waren für sie eine der gräßlichen und unvermeidlichen Begleiterscheinungen des Ehestandes. Amanda wollte mit Thomasina Ballard Travers nichts mehr zu schaffen haben, die zwar keinerlei Anzeichen von Schwangerschaft erkennen ließ, aber immer noch völlig vernarrt war in ihren einfältigen Gatten. Statt dessen wandte Amanda sich nun der Frau zu, die offenbar von der Ehe genug hatte und so viele ihrer Fesseln abgeworfen hatte, wie die Schicklichkeit nur irgend erlaubte. Amanda wurde Mrs. Tylers rührigste und fähigste Stellvertreterin im Feldzug zur Kultivierung von Waynesboro.

Das Opernhaus, welches schon so lange im Bau war, hatte man endlich fertiggestellt. Der Bürgermeister, zwei Polizisten und ein wegen Trunkenheit und Randalierens Inhaftierter bezogen Bureaus, Gerichtssaal und Gefängnis im Erdgeschoß. Das darüber befindliche Theater wurde mit einer Gastspielaufführung von »Fanchon, die Grille« eröffnet, in der Maggie Mitchell die Hauptrolle spielte. Am Tage nach dieser Galaveranstaltung brachte die *Fackel* eine ausführliche Schilderung der luxuriösen Pracht des neuen Festspielhauses. Die mit roten Läufern ausgelegten Gänge waren ebenso erwähnt wie der samtene Vorhang, die korinthischen Säulen, welche den Balkon stützten, und nicht zuletzt Shakespeares Porträt über dem Proszeniumsbogen. Der Reporter knauserte auch nicht mit schmückenden Adjektiven in dem Absatz, der jenen gewidmet war, welche sich eingefunden hatten, um Maggie Mitchell zu bewundern. Der schauspielerischen Glanzleistung würdig war die distinguierte Eleganz des Publikums. Die Elite der Stadt füllte das Parkett. »Waynesboro darf sich mit den Metropolen des Staates messen, wenn es gilt, den Tespisjüngern zu huldigen...«

Diese Schilderung war, wenn man dem überschwenglichen Stil der Zeitungsschreiber Rechnung trägt, durchaus zutreffend. Allerdings bezog mehr als die Hälfte der Stadt ihr gesamtes Wissen über das neue Opernhaus und über »Fanchon, die Grille« einzig und allein aus den Spalten der *Fackel*. Viele achtbare Bürger kräuselten bei dem Wort »Elite« verächtlich die Lippen. Andere – die reformierten Presbyterianer, die Methodisten und die Mehrzahl der Baptisten – glaubten, Satan habe in Waynesboro eine neue Brutstätte der Sünde gefunden. Die meisten Presbyterianer, das kleine Häuflein der Episkopalisten und die wenigen Freidenker waren Theatergänger. Weder Lutheraner noch Katholiken hatten irgendwelche Vorurteile gegen die Schauspielkunst, aber kaum einer unter ihnen fühlte sich wohl im Kreise der »Elite« von Waynesboro. Die Cochrans, die Rauschs, die Gordons und die Gardiners wohnten Maggie Mitchells Gastspiel bei. Die Ballards, die Lowreys und die Reids blieben daheim.

Die reformierten Presbyterianer ignorierten das Opernhaus ganz einfach. Sie konnten daran vorbeigehen als sei es Luft, jedenfalls so lange, wie ihre jugendlichen Gemeindemitglieder nicht in Versuchung geführt wurden, oder der Versuchung zumindest nicht erlagen. Sie kümmerten sich nicht darum, wie viele Stücke in diesem Sündenpalast zur Unterhaltung derer aufgeführt wurden, die nicht zu den Erwählten gehörten und folglich ihre ohnehin verdammten unsterblichen Seelen durch den Besuch des Theaters auch nicht weiter gefährden konnten. Als Methodist aber durfte man nicht so gleichgültig sein, und Mrs. Tyler war Methodistin. Voll Scham und Empörung las sie in der *Fackel* die Vorschau auf den Spielplan der kommenden Saison. Sie entrüstete sich darüber, daß ein Gebäude, welches sich im Besitz der Stadt befand, zur Unterhaltung von weniger als der Hälfte der Bürger dieser Stadt genutzt wurde. Sie fand, man müsse auch jenen geistige Nahrung geben, welche nach anderer Kost verlangten, nach intellektueller, moralischer und ernsthafter Kost, und sie erbot sich, für deren Verbreitung zu sorgen.

Als erstes ließ sie sich vom Bürgermeister bestätigen, daß der Zuschauerraum von jeder Organisation zu jedem schicklichen Zweck gemietet werden könne; als nächstes schrieb sie an den Vorstand eines Bildungsvereins und brachte in Erfahrung, daß es noch nicht zu spät sei, Redner für die beginnende Saison zu engagieren, und schließlich beantragte sie auf einer Sitzung, daß der Klub die Patenschaft einer Vortragsreihe übernehme, die im neuen Opernhaus stattfinden sollte.

Die Damen des Klubs, die sich durch dies im voraus arrangierte Unternehmen ein wenig überrumpelt fühlten, gaben Mrs. Tyler verwirrt ihre Zustimmung, ehe sie begriffen, daß ihnen damit auch die Verantwortung für den Verkauf von Eintrittskarten zufiel. Als man endlich diesen Begleitumstand erfaßte, machten sich Erstaunen und Bestürzung breit. Den Misses Gardiner lag es fern, sich durch das Hausieren mit Billetts zu erniedrigen; sie erstanden je eine Karte und glaubten damit ihrer Pflicht Genüge getan zu haben. Miß Crenshaw und Miß Pinney schützten Zeitmangel oder Indisponiertheit vor. Sally übernahm vier Karten für ihre Familie, konnte sich aber nicht am Verkauf beteiligen: Die von ihr ausgerichtete Weihnachtsfeier würde gleichzeitig ihr letzter Auftritt in der Gesellschaft bis zum nächsten Frühsommer sein. Anne veräußerte ihre Billetts teils im Wohltätigkeitsverein der Damen ihrer Kirchengemeinde, teils an die Mitglieder der Sonntagsschulklasse, in der sie unterrichtete. Die Ballards, Amanda und Mrs. Tyler verkauften den Rest. Amanda erschien eines Abends an der Tafel der Kostgänger ihrer Mutter und schüchterte die Theologiestudenten so ein, daß alle ihren Geldbeutel zückten. Mrs. Ballard, Eliza und Mrs. Tyler rührten die Werbetrommel unter den Methodisten. Im übrigen lösten Mr. Bonners lobende Artikel in der *Fackel* eine so rege Nachfrage aus, daß der Verkauf der Eintrittskarten keiner besonderen Anstrengung bedurfte. Schließlich war das Land in den vorausgegangenen Jahrzehnten in dem Glauben erzogen worden, Kultur könne man sich ohne Mühen und Schweiß aneignen, indem man die Vorträge des Volksbildungsvereins besuchte.

Der erste Redner war Theodore Tilton. Ganz Waynesboro wäre herbeigeeilt, nur um ihn zu sehen, selbst wenn er vor seiner Ankunft die Sprache verloren hätte. Mrs. Ballard stellte ihn mit der ihr eigenen Gelassenheit dem Publikum vor; er bedankte sich für ihre Einführung mit angemessener Galanterie: Trotz seiner langen Praxis als Vortragsredner sei dies das erste Mal, daß er von einer Frau angekündigt werde. Ihm folgte einen Monat später Wendell Phillips, und im April wartete General Lew Wallace mit der »Wahrheit über die Türken« auf. Im Mai sollte Anna Dickinson über »Die Rechte der Frau« referieren. Anna Dickinson in eine so erzkonservative Stadt wie Waynesboro zu bringen, wurde von den Damen des Klubs als kühnes Wagnis betrachtet. Mrs. Ballard und Mrs. Tyler, beide glühende Anhängerinnen von Miß Dickinson, fürchteten, die Rednerin könne womöglich vor einem leeren Saale stehen; um dem vorzubeugen, nahmen sie den übrigen Klubmitgliedern das Versprechen ab, daß sie erscheinen und auch ihre Ehemänner mitbringen würden, sowie alle Freunde, seien sie männlich oder weiblich, die sich überreden ließen.

Sally hatte Anne gegenüber gleich zu Anfang freimütig bekannt, wie froh sie sei, eine Ausrede zu haben und den Vorträgen fernbleiben zu können. Sie nahm Berühmtheiten zwar gern in Augenschein, aber nur, wenn sie ihnen nicht zuhören mußte; und Sally war in ihrer Jugend nicht die Frau, welche Interesse heuchelte, wo sie keines empfand. Aber Anne meinte, das, was so viele Leute für lohnend hielten, müsse auch etwas wert sein; außerdem machte es ihr Spaß, die Berühmten und Berüchtigten zu sehen und zu hören, wobei sie dann darüber nachdachte, worauf ihr Ruhm sich gründen mochte. Im übrigen fürchtete sie zu verdummen, wenn sie sich tagein, tagaus mit nichts anderem als Mann und Kind beschäftigte. Der kleine Johnny war inzwischen ein halbes Jahr alt und konnte gut und gern ab und zu einen Abend in Marthas Obhut bleiben. Obgleich Anne bei jedem Vortrag einschlief, bestand sie hartnäckig darauf, hinzugehen, weil der Klub diese Veranstaltungen betreute und sie ein Mitglied des Klubs war.

Anfangs begleitete John sie regelmäßig ins Opernhaus; erst als Anne Dickinson drohend am Horizont auftauchte, wurde er aufsässig. Ihn interessierte die Frau, die das ganze Land in Aufruhr versetzt hatte, nicht im geringsten; der Kampf um die Rechte der Frau war ihm gleichgültig, ja er nahm das Thema nicht einmal ernst genug, um sagen zu können, ob er dafür oder dagegen sei. Trotz seiner Einwände schmeichelte Anne ihm das Versprechen ab, mitzugehen, doch als er am Abend des Vortrags zu Tisch kam, fragte er Anne, ob sie nicht dieses eine Mal ihren Vater überreden könne, sie zu begleiten.

Dr. Alexander schnitt eine Grimasse und hob abwehrend seine unförmig geschwollenen Hände. »Mein Rheumatismus und ich, wir sind an einem Ort angelangt, wo keine Frau der Welt uns mehr dazu verführen kann, den ganzen Abend lang auf einem harten Stuhl zu sitzen.«

Anne versetzte lächelnd: »Ich versuche gar nicht erst, dich umzustimmen.« Mitleidig wandte sie den Blick von seinen Händen ab. Ihr Vater war kaum mehr als sechzig Jahre; es schien ihr nicht recht, daß er so verkrüppelt war und so bleich und abgehärmt aussah. Aber das war eine längst vertraute Sorge, die sie in den hintersten Winkel ihrer Gedanken zurückdrängte. Auch John wirkte abgehärmt; noch bevor er ein Wort gesagt hatte, wußte sie, daß etwas geschehen sein mußte, das ihm zugesetzt und ihn erschüttert hatte. Doch wenn es sich um einen seiner Patienten handelte, würde er nicht mit ihr darüber sprechen, auch wenn sie ihn danach fragte. Er hatte noch nicht gelernt, das Unglück seiner Patienten abzuschütteln. Anne sagte: »Keiner von euch braucht mitzugehen. Ich kann mich einer Nachbarin anschließen oder beide Karten verschenken und dir Gesellschaft leisten, wenn du hierbleiben und dich ausruhen willst. Du kannst doch Papa die Sprechstunde überlassen.«

»Ich wünschte, das könnte ich. Aber ich muß noch mal fort.«

Dr. Alexander warf dem jungen Mann einen seltsamen Blick zu, der Anne nicht entging.

»Wenn es sich um einen Patienten handelt, den Papa kennt, könnte er doch hingehen, oder? Dann begleitest du mich zu dem Vortrag und denkst zur Abwechslung mal nicht an deine Arbeit.«

»Es ist mein Fall.«

Fürs erste sprachen sie nicht mehr darüber. Nach dem Abendbrot folgte er Anne nach draußen in die Diele und die Treppe hinauf, denn es war Brauch bei den Gordons, daß sie beide um diese Zeit ein Weilchen mit ihrem Sohn spielten, bevor John in seine Praxis zurückkehrte. Aber obwohl sie oben auf dem Flur Marthas Schaukelstuhl im Kinderzimmer knarren und sie singen hörten, ging John heute direkt ins eheliche Schlafzimmer. Als Anne, nachdem sie sich überzeugt hatte, daß der Kleine fest schlief, ihm folgte, fand sie ihn der Länge nach auf dem Bett ausgestreckt, das Gesicht in den Kissen vergraben.

Ohne ihn aus den Augen zu lassen, knöpfte sie mit zitternden Fingern ihr Mieder auf. Dann ging sie zum Frisiertisch, löste ihre Flechten und begann ihr seidiges Haar zu bürsten, auf dem im Schein der Lampe immer noch goldene Lichter tanzten. Als er den Kopf hob, um ihr zuzusehen, da ertrug sie es nicht länger, trat ans Bett und beugte sich über ihn.

»Hattest du einen schweren Tag, John?«

»Oh, schwer...« Er stöhnte auf, schwieg einen Moment, aber dann brach es aus ihm heraus: »Bei Kate auf dem Hof hat's heute nachmittag Streit gegeben.«

»Bei Kate?« Von einer dunklen Angst befallen, ließ sie sich am Fußende des Bettes nieder.

Er drehte sich um, richtete sich auf, setzte die Beine auf den Boden, stützte die Ellbogen auf die Knie und fuhr sich mit beiden Händen durchs Haar.

»Mr. Jacobs mußte mich rufen lassen.« Er hob den Kopf und warf ihr einen beinahe vorwurfsvollen Blick zu. »Ich hab' dir doch gesagt, was geschehen würde. Erinnerst du dich an die kleine Jacobs? Das Mädchen, das Kate bei sich aufgenommen hatte? Kate überraschte sie heute nachmittag mit einem jungen Knecht im Wald und geriet darüber völlig aus dem Häuschen. Ich weiß nicht, wessen sie das Mädchen beschuldigte, aber wahrscheinlich hat sie ihm das Schlimmste vorgeworfen. Die Kleine lief nach

Hause zu ihren Eltern und bekam in der Küche einen hysterischen Anfall; Kate ging ihr nach und schrie und tobte weiter.«

»John! Wie furchtbar!« Anne ließ sich gegen den Bettpfosten zurücksinken. »Aber warum hat sie das nur getan? Ich verstehe nicht... Kate erscheint mir immer so... so voller Selbstbeherrschung – als sei ihr alles egal.«

»Ich weiß. Bis so was wie heute passiert und sie völlig zusammenbricht.«

»Und was hast du getan?«

»Es dauerte anderthalb Stunden, bis sie mich gefunden hatten und ich endlich hinauskam. Da war sie schon nicht mehr bei den Jacobs'. Ich habe den Verdacht, man hat sie dort vor die Tür gesetzt; ihre Anschuldigungen machten die armen Leute glauben, sie habe den Verstand verloren. Die Jacobs' waren vor Angst ganz außer sich. Kate fand ich auf einem Baumstumpf im Wald sitzen. Sie hatte sich wieder gefaßt und ließ sich von mir nach Hause bringen. Doch ich konnte nichts aus ihr herausbekommen. Allerdings habe ich mich auch nicht sonderlich bemüht, sondern sie erst einmal überredet, sich ins Bett zu legen, und ihr ein Schlafmittel gegeben. Dann bin ich zu den Pächtern gefahren und habe Mrs. Allen gebeten, bei Kate im Haus zu übernachten. Aber ich muß noch mal raus und mich überzeugen, daß sie wirklich schläft.«

»Hättest du ihr denn nicht genügend Laudanum geben können, um sicherzugehen?«

»Laudanum? Das würde ich Kate niemals geben. Sie ist der letzte Mensch... es ist ein gefährliches Mittel.«

»Oh, ich weiß, wenn man davon abhängig wird, ja. Aber Papa verordnet es doch auch, nicht? Ich kann's in der Praxis oft riechen.«

»Das gehört zu den altmodischen Behandlungsmethoden.« Er zwang sich zu einem Lächeln, obwohl er insgeheim erschrocken war. Er wußte schon seit geraumer Zeit, hatte aber gehofft, Anne würde nie davon erfahren, warum Dr. Alexander es vorzog, allein zu leben; er wollte schlafen, und zwar ohne Schmerzen, jetzt da jemand anderer die nächtlichen Krankenbesuche übernehmen konnte. Allein, es gab nur ein Mittel, das ihm ungestörten Schlaf verschaffte, wenn sein Rheuma ihn plagte. »Laudanum gehört zu den Dingen, über die wir geteilter Meinung sind. Aber du hast recht, er verschreibt es, als wär's bloß Limonade.«

»John, wenn es nicht um Kate ginge, sondern um einen anderen Patienten, und du hättest ihm ein Schlafmittel gegeben und dafür gesorgt, daß jemand im Haus ist, würdest du dann heute abend auch noch mal zurückfahren?«

»Nein, dann wohl nicht.«

»Es wäre bestimmt besser, bis morgen früh zu warten.«

Die Türglocke unterbrach Annes Bemühen, John seinen zweiten Besuch bei Kate auszureden. Als er hinuntergegangen war, um nachzusehen, beugte sie sich schamlos über das Treppengeländer und lauschte. Ihr Herz raste mit dumpfen, schmerzhaften Schlägen. Doch es war nur einer von den Tyler-Jungen, der gekommen war, um den Doktor zu holen, weil sein kleiner Bruder bei den Lowreys vom Verandadach gefallen war und sich das Handgelenk gebrochen hatte. Dr. Alexander hatte ihn aus der Praxis herübergeschickt, und ihm gesagt, er solle Dr. Gordon rufen.

»Schon gut, Bob«, versetzte John beruhigend. »Ich hole nur rasch ein paar Schienen aus der Praxis und komme gleich nach. Haltet ihn so lange ruhig.« Dann rief er zu Anne hinauf: »Wenn ich doch aufs Land rausfahre, werde ich wohl kaum zurücksein, ehe du weg mußt. Sollen wir uns im Opernhaus treffen?«

»Ich hinterlege deine Karte an der Kasse. Wenn du zeitig genug wieder da bist, kannst du ja nachkommen; wenn nicht, gehe ich mit den Wilsons heim, die müssen sowieso bei uns vorbei.«

Das Ankleiden ging Anne so langsam und mühselig von der Hand wie einer Kranken; sie konnte sich eines seltsamen Schmerzes in der Brust nicht erwehren. Aber als sie endlich aus dem Haus trat, zwang sie sich, rasch auszuschreiten, die süße Maienluft in vollen Zügen einzuatmen und die Bekannten, welche sie am Eingang des Opernhauses sowie auf den Treppen und Gängen traf, fröhlich und lebhaft zu begrüßen. Und dann tauchte John schließlich doch noch auf, ehe der Vortrag begann; linkisch und hilflos kam er im Schlepptau von Mrs. Tyler herein, die sich über den freien Gangplatz beugte, um ein paar Worte mit Anne zu wechseln, ehe sie beiseitetrat, damit John sich setzen konnte.

»Ihr Gatte hatte tatsächlich die Absicht, zu schwänzen. Aber sobald Dannys Hand verarztet war, habe ich ihn kurzerhand mitgenommen. ›Ein Fall auf dem Lande‹, ist das zu fassen?! Er konnte mir nicht einen einzigen plausiblen Grund für seinen angeblichen Hausbesuch nennen. Also schickte ich Bob los, um seinem Burschen zu sagen, daß der Doktor sein Pferd heute abend nicht mehr brauchen würde. Und«, setzte die Matrone ungeniert hinzu, »wir haben dem Platzanweiser gesagt, wo Ihr Mann zu finden ist, für den Fall, daß irgendeine Rücksichtslose sich ausgerechnet den heutigen Abend aussucht, um ihr Kind zur Welt zu bringen.«

John murmelte etwas Unverständliches. Mrs. Tyler entfernte

sich. Anne war unsagbar erleichtert, so als sei sie in letzter Sekunde vor einem namenlosen Unglück gerettet worden.

»Daß du so nachgiebig bist!« Sie lachte ihn an.

»Was hätte ich denn tun sollen? Mit jedem Wort, das ich vorbrachte, erschien mein Fall unglaubhafter. Hätte ich ihr nur von Anfang an gesagt, daß es sich um meine Schwester handelt, aber ich wollte nicht mal Kates Namen erwähnen. Doch da ich nun einmal hier bin«, er machte es sich auf seinem Sitz bequem, »kann ich hoffentlich auch bleiben. Babys sind heute abend Gott sei Dank nicht zu erwarten. Sally Rausch dürfte sich noch ein paar Wochen Zeit lassen, und sie ist im Moment die einzige.«

Aber kaum war Miß Dickinson recht in Schwung gekommen, da eilte der Platzanweiser den Gang entlang, faßte John an der Schulter und flüsterte: »Man verlangt nach Ihnen, Sir.«

John holte seinen Hut unter dem Sitz hervor und verschwand, ohne ein Wort zu sagen; doch die Verzweiflung, die sich in seinen Augen spiegelte, war beredt genug, um Anne mit unerklärlicher Sicherheit wissen zu lassen, daß es um Kate ging, und auch, daß er es wußte. Als er sich von ihr abwandte und in den Gang hinaustrat, wäre sie ihm am liebsten gefolgt, um sich vor ihn zu drängen und ihn vor allen neugierigen Blicken abzuschirmen. Seine Miene, seine Blässe und nicht zuletzt sein starrer Blick lieferten ihn der Öffentlichkeit hilflos aus.

Kate hatte etwas Furchtbares getan. Ohne dem Gedanken daran Raum zu geben, worin dieses Furchtbare wohl bestand, ließ Anne den Rest des Vortrags über sich ergehen; sie wußte selbst nicht warum, fühlte sich aber unfähig, aufzustehen und den Saal zu verlassen. Was sie hier machte, wieso sie unbeweglich dasaß, während die Fremde vorn auf dem Podium redete und redete, fragte eine Stimme in ihrem Kopf vergeblich. Anne war in einem Alptraum gefangen. Seltsam, ja bedrohlich wirkten auf einmal die Reihen der Zuhörer vor ihr im Halbdunkel; der vorspringende Balkon schwebte gefährlich tief über ihrem Kopf; so betäubend wirkten die gleißenden Rampenlichter am Bühnenrand, daß die Gestalt hinter ihnen zum unwirklichen Traumgebilde zerrann, während dort draußen, irgendwo auf der Farm, in pechschwarzer Nacht, von Bäumen überschattet, Kate lag und tot war. Sie konnte das Profil erkennen, das wie aus altem, rauchigem Elfenbein geschnitzt schien, sah die Augen, die sich hinter geschlossenen Lidern gen Himmel wandten, und das Haar, das von den Schläfen zurückfiel.

Als nach dem Vortrag der Applaus verklungen war, beantwortete Anne mechanisch das »Guten Abend« anderer Klubmitglieder, bekräftigte mit »Ja, sehr« die Frage: »War es nicht interessant?«, und versuchte dabei verzweifelt, sich so schnell wie möglich zwischen den stoßenden Ellbogen hindurchzuwinden und zum Ausgang zu gelangen. Ihr war, als seien ihre Knie aus Watte, als wandele sie durch die Luft und müsse abstürzen, sobald sie zögerte oder stehenblieb. Sie wußte, daß ihr Vater draußen sein würde, um sie abzuholen. Sie entdeckte ihn sofort, nahm seinen Arm und trat mit ihm an den Straßenrand, um die Fahrbahn zu überqueren. Auf dem Platz vor dem Gerichtsgebäude gegenüber würden sie vergleichsweise ungestört miteinander reden können, da die Ulmen vor dem flackernden Schein der Gaslaternen an der Ecke Schutz boten.

»Nicht so eilig, Anne. Ich kann nicht so schnell.«

Sie verlangsamte ihren Schritt, stolperte jedoch, als sie die staubige Straße überquerten. Sie war froh, sich auf den Arm ihres Vaters stützen zu können, als sie das holprige Kopfsteinpflaster unter den Ulmen betraten, denn ihr Körper hatte zu zittern begonnen wie im Fieber.

»Bleib stehen und atme erst einmal tief durch, Anne. Keine Angst, du bist nur abgespannt. Das muß ein langer Vortrag gewesen sein. Ich warte schon eine Ewigkeit hier draußen auf dich.«

Der nüchterne, verständige Ton, in dem er sie fast ungehalten ermahnte, so als habe er schon bis zum Überdruß mit hysterischen Frauen zu tun gehabt, beruhigte sie soweit, daß sie ihren Weg fortsetzen und, als sie dort angelangten, die Main Street überqueren konnte.

»John hat mich gebeten, dich abzuholen.«

Armer Papa. Er glaubte, er müsse es ihr erst beibringen. »Du hast John also gesprochen? Wie geht es ihm?« Aber das war lächerlich, sie mußte die Dinge aussprechen, auf die es einzig und allein ankam; sie mußte ihrem Vater sagen, was sie wußte. »Kate ist tot?«

»Ja.«

Sie ließen die Main Street hinter sich und schritten nun unter den tiefhängenden Zweigen der Ahornbäume dahin, die zu ihrem eigenen Grundstück führten. Inmitten der Leute, die paarweise oder in Gruppen auf dem Heimweg vom Opernhaus waren, gingen sie an der Kirche vorbei; sie mußten sich so ungezwungen bewegen, als unterscheide sie nichts von den anderen, und mußten leise sprechen, damit niemand sie hören konnte. Die Baumwurzeln hatten hier und da das Pflaster des Bürgersteigs gesprengt. Anne begann wieder zu zittern, und jeder emporragende Stein brachte sie in Gefahr, zu stolpern und hinzuschlagen. Sie klammerte sich an den Arm ihres Vaters und tastete mit den Füßen vorsichtig nach Rissen und Bruchstellen, denen sie zu anderer Zeit selbst im Dunkeln gedankenlos ausweichen konnte, so vertraut waren sie ihr.

»Papa – hat sie sich umgebracht?«

»Ja. Wer hat dir das erzählt?«

»Niemand. Ich wußte es einfach. Genau wie John es wußte, als man ihn holen kam.«

»Unsinn, mein Kind! Wie alle Frauen hast auch du eine Phantasie, die dir immer gleich das Schlimmste vorgaukelt. Pst... nicht hier, Anne. Warte, bis wir zu Hause sind. Dann will ich dir alles erzählen.«

Endlich waren sie daheim. Ruhig und stetig brannte die Lampe im Wohnzimmer. Anne zog ihre Handschuhe aus, nahm den Hut ab und preßte minutenlang die Fingerknöchel gegen die Schläfen. Dann blickte sie zu ihrem Vater auf, der neben ihr stand.

»Wann ist es passiert, Papa? Wann?«

»Wann? Was spielt das für eine Rolle! Ich weiß es nicht. Ich denke, gleich nachdem John fort war. Er hatte ihr ein Schlafmittel gegeben, dessen Wirkung jedoch nicht eintrat.«

»John wollte noch einmal nach ihr sehen, ist aber nicht rausgefahren. Und ich hatte Angst. Ich dachte...«

»Verstehe. Nein, er wäre auf keinen Fall rechtzeitig gekommen, auch nicht, wenn er gleich nach dem Abendbrot aufgebrochen wäre. Außerdem kann man einen Selbstmord nicht verhindern.« Er rückte ihren Schaukelstuhl heran, der vor dem Kamin gestanden hatte, und zwang sie mit sanfter Gewalt, sich zu setzen. »Komm, mein Kind, mach's dir bequem. Laß mich deine Hände fühlen.«

Anne wußte, daß sie eiskalt sein mußten. Sie fror am ganzen Körper. Es überraschte sie nicht, daß ihr Vater ins Eßzimmer ging.

»Ich hole dir einen Kognak. Der wird dir gut tun.«

»Nachher, Papa. Erst sollst du mir alles erzählen. Was hat sie... wie hat sie's getan?«

»Der Lohnarbeiter hat sie gefunden, als er vom Pflügen kam und die Pferde zurück in den Stall bringen wollte. Er war bis zum Einbruch der Dunkelheit auf dem Feld geblieben. Sie hat sich in der Scheune erhängt. Er kam her, um John zu verständigen, traf aber nur mich an. Wir sind dann zusammen zum Opernhaus gegangen, haben jedoch weder dem Platzanweiser gesagt, worum es ging, noch John; erst als wir im Wagen saßen, hat er's erfahren. Wie kannst du dir also einbilden, er hätte gewußt...?«

»Oh, er wußte es. Ich glaube, irgendwie hat er erwartet, daß so etwas geschehen würde.« Annes Zähne schlugen aufeinander wie im Fieber. Ihr Vater ging hinüber ins Eßzimmer und kehrte mit der Kognakflasche zurück. Annes Hand zitterte so, daß er das Glas an ihre Lippen führen mußte.

»Ich sollte dort draußen bei ihm sein. Kannst du mich hinbringen?«

»John hat mir aufgetragen, dich zu Bett zu schicken. Er wird die ganze Nacht draußen bleiben, du brauchst also nicht auf ihn zu warten.«

»Ich möchte aber bei ihm sein.«

»Wozu? Der Leichenbeschauer ist wahrscheinlich schon dort.«

»Leichenbeschauer? Natürlich, daran hatte ich nicht gedacht. Wie furchtbar! Die arme Kate. Was glaubst du, *warum* hat sie es getan?«

»Quäl dich nicht unnötig, mein Kind. Kate war eine unglückliche Frau – nicht ganz bei Verstand, würde ich sagen –, und daran hätte sich nichts geändert. Was John angeht, so wäre sie immer eine Gefahr für seinen Seelenfrieden gewesen. Das würde ich natürlich nicht zu ihm sagen.« Er beugte sich über sie, legte ihr die Hände auf die Schultern und zog sie zu sich empor. »Komm, geh zu Bett, Anne. Ich bringe dir nachher ein Beruhigungsmittel. Du mußt morgen ausgeschlafen sein, sonst kannst du John nicht zur Seite stehen, wenn er dich braucht.«

Schwerfällig stieg sie die Treppe hinauf. Sie zitterte nicht mehr, aber der Kummer lastete wie Blei auf ihren Schultern. Ehe sie sich zu Bett legte, ging sie nach nebenan zu ihrem Kind. Sie mußte den Kleinen vor dem Schlafengehen stillen. Noch während sie ihn über die Schwelle trug, suchten seine Lippen im Halbschlaf nach ihrer Brust. Als er sich satt getrunken hatte und wieder fest eingeschlafen war, legte sie ihn neben sich aufs Bett. Diese eine Nacht würde sie ihn bei sich behalten. Dann rief sie nach ihrem Vater, und er brachte ihr die Dosis, die er inzwischen vorbereitet hatte; das letzte, was sie vernahm, waren seine Schritte draußen in der Diele, wo er auf und ab ging und wartete, bis sie eingeschlafen war.

Als John am nächsten Morgen nach Hause kam, hatte sie schon sein Frühstück in der Röhre und seinen Kaffee auf dem Herd. Es war sehr früh. Das Baby schlief noch, und Anne hoffte, es würde nicht aufwachen, ehe sie John gesagt hatte, was nötig war, um ihn aufzurichten. So bedingungslos liebte sie ihn, daß sie vor dem Ankleiden um die rechten Worte gebetet hatte, die seine Not lindern würden.

Als sie ihm die Tür öffnete, küßte sie ihn stumm. Zusammen betraten sie das Wohnzimmer. John ließ sich in seinen tiefen

Ledersessel fallen, Anne kniete sich inmitten ihrer weiten Röcke vor ihn hin und vertauschte seine Stiefel mit bequemen Hausschuhen.

»Papa hat mir aufgetragen, dir als erstes zu sagen, du brauchtest dir keine Sorgen um die Patienten zu machen, die du heute vormittag besuchen wolltest. Er wird deine Runde übernehmen. Und jetzt« – sie stützte sich mit der Hand auf die Armlehne seines Sessels und stemmte sich hoch, was nicht eben einfach war, da die Krinoline sie behinderte – »rühr dich nicht vom Fleck, bis ich dir eine Tasse heißen Kaffee gebracht habe. Danach mußt du ein wenig frühstücken.«

Sie goß ihm in der Küche eine Tasse Kaffee ein und trug sie hinüber ins Wohnzimmer. Er griff mit zitternder Hand nach der Tasse und leerte sie auf einen Zug wie ein Verdurstender, obgleich der Kaffee sehr heiß war. Als sie ihm die Tasse abnahm, sprach er zum erstenmal: »Kate hat sich in der Scheune erhängt.« Er sah sie nicht an; seine Augen waren auf den kalten Kamin gerichtet.

»Ich weiß. Papa hat es mir gesagt.« Und dann, ohne es zu wollen, fügte sie hinzu: »Aber warum, John? Warum?«

»Weil das Mädchen ihr weggelaufen ist. Ich hätte sie gestern nicht allein lassen dürfen. Aber ich dachte, sie sei bloß hysterisch und würde sich schon wieder beruhigen.«

»Das hätte doch nichts geändert, nicht wahr? Ich meine, wenn es nicht gestern geschehen wäre, dann eben heute oder an irgendeinem anderen Tag. Das hat jedenfalls Papa gesagt. Wenn ein Mensch darauf aus ist, seinem Leben ein Ende zu machen...« Mit der Kaffeetasse in der Hand wandte sie sich zum Eßzimmer. »Komm jetzt, John, dein Frühstück ist fertig.«

Er folgte ihr wortlos. Erst als er den tapferen Versuch, seinen mit Kotelett und Bratkartoffeln beladenen Teller leer zu essen, aufgegeben hatte, erkundigte sie sich, was der Leichenbeschauer gesagt habe.

»Was konnte er schon sagen? Daß sie sich das Leben genommen hat.«

»Nein, ich meine, hat er gewußt, warum? Dachte er, sie sei nicht... nicht...«

»Nicht bei Verstand gewesen? Oh, Kate war geistig ganz gesund, das habe ich ihm bestätigt.« Als er den entsetzten Ausdruck über ihr Gesicht huschen sah, fügte er hinzu: »Ich weiß, den meisten Menschen gilt es als Schande, einen Selbstmord in der Familie zu haben. Aber du bist doch die Tochter eines Arztes, Anne! Verstehst du denn nicht, daß die Anlage zum Wahnsinn schlimmer wäre? Der Leichenbeschauer hatte keine Ahnung von dem Mädchen; er wird davon erfahren, denn die Leute auf dem Land sind redselig; wer weiß, was er dann von der Sache hält. Vorläufig denkt er jedenfalls, sie sei bei klarem Verstande, aber unglücklich gewesen. Ich hab' ihm den Brief gezeigt, den sie für mich hinterließ. Oh, sie war durchaus im Besitz ihrer geistigen Kräfte – wie sonst hätte sie wissen können, daß es für die, welche zum Unglücklichsein verdammt sind, nur einen Ausweg gibt?«

»Sie hat dir vor ihrem Ende geschrieben?«

Er zog ein Blatt Papier aus der Brusttasche und reichte es ihr. Anne faltete es auseinander und las die Worte, die Kate in ihrer schwerfälligen, ungleichmäßigen Schrift zum Abschied an ihren Bruder gerichtet hatte.

Leb wohl, John. Laß nicht zu, daß sie mich für verrückt erklären, denn das bin ich nicht. Es ist nur so, daß mir das Leben mit dem Älterwerden immer weniger gefällt. Und es ist ja nicht damit getan, daß ich unglücklich bin; obendrein mache ich noch allen Kummer, die um mich herum sind. Deshalb gehe ich.

Gib nicht Dir die Schuld, niemals, hörst Du, und denk nicht, Du hättest mich zurückhalten können. Du hast alles getan, was ein Mensch nur tun kann. Bitte verzeih mir die Scherereien, die Du nun haben wirst. Aber das wird bald vorbei sein. Und dann kannst Du mich vergessen, wollte ich sagen, aber ich hoffe, Du vergißt mich nicht ganz und gar. Vergiß die letzten zwanzig Jahre, und behalte mich so in Erinnerung, wie ich mit zwölf war, damals, als Du sieben warst oder acht.

Ich glaube, wenn es einen Himmel gibt, dann werden dort alle das Alter haben, in dem sie am meisten sie selbst waren. Und ich werde zwölf sein, die Kühe auf die Weide treiben, übermütig im Wald herumspringen, durch den Fluß waten und Elritzen fangen. So behalte mich in Erinnerung, denn damals war ich glücklich und fand es noch schön, Kate Gordon zu sein.

Lebt wohl, John und Anne. Ich habe die Farm dem kleinen John vermacht.

Kate

Als sie zu Ende gelesen hatte, legte Anne den Brief auf den Tisch. »Ich wünschte, ich hätte Kate als kleines Mädchen gekannt.« Tränen traten in ihre Augen und rollten ihr über die Wangen. Ungeschickt suchte sie in ihrer Schürze nach einem Taschentuch, als das Weinen heftiger und ihr Körper von krampfhaftem Schluchzen geschüttelt wurde.

»Nicht doch, mein Liebes, nicht weinen. Sie war schon als Kind sonderbar, widerspenstig und verschlossen ging sie im Haus herum. Nur draußen in der Natur lebte sie auf, da war sie wie ein wildes Tier, leichtfüßig, flink und scheu.«

Mühsam unterdrückte Anne ihr Schluchzen. »Ich wüßte gern, ob sie wohl recht hat – mit dem Himmel, meine ich. Ich habe es irgendwie immer für selbstverständlich gehalten, daß man dort da anfängt, wo man hier aufgehört hat. Außerdem, wenn man sein Leben nicht ganz bis zu Ende gelebt hat, wie soll man da wissen, in welcher Zeit man am meisten man selbst war? Aber ich glaube, es wäre mir nicht recht, wenn ich diese Stufe erst als alte Frau erreichte.«

»Anne, liebe Anne!« John lächelte, traurig zwar, aber dennoch ungezwungen. Er stand auf, zog sie zu sich empor, nahm sie in seine Arme und hielt sie fest. »Anne, liebe Anne! Du wirst einmal eine nette alte Dame, das fühle ich ganz sicher. Aber du könntest nicht mehr du selbst sein als eben jetzt, in diesem Moment, da du jung bist und ich dich liebe.«

Für den Augenblick wenigstens hatte sie seine Aufmerksamkeit gewonnen, aber sie konnte seine Gedanken nicht an sich, das Kind und seine Patienten fesseln, um ihn von Kate und der Tragödie abzulenken. Den ganzen Tag über ging er mit einem Gesicht herum, als werde er von einem Alptraum verfolgt und könne die Schrecken der Finsternis nicht abschütteln. Er stand nicht wie sonst von seinem Platz auf, als der Junge die Abendausgabe der *Fackel* brachte. Doch Anne sah, wie seine Miene sich bei dem dumpfen Aufprall vor der Tür verdüsterte. Sie holte die Zeitung herein, trug sie in die Küche und warf sie ungeöffnet ins Feuer.

Beim Begräbnis hatte John sich in der Gewalt; es war ihm gelungen, jeden Ausdruck von seinem Gesicht zu entfernen, das bleich wirkte und wie zu Stein erstarrt. Anne hatte nicht weniger Angst um ihn als an dem Tag, da er sich über den geschlossenen Sarg gebeugt hatte. Sie sah die Szene noch vor sich: In der guten Stube des Bauernhauses drängten sich Kates Nachbarn zusammen. Ihre Hoffnung auf den Anblick der so schaurig zu Tode Gekommenen vereitelte der Sargdeckel, und so befriedigten sie ihre Neugier durch forschende Seitenblicke auf John. Anne konnte ihnen deshalb nicht einmal böse sein; sie wußte, daß die Leute im Grund mitfühlend waren und es gut meinten, aber der Atem stockte ihr, so schwül und drückend überlagerte der Duft von Flieder und Pfingstrosen das Zimmer.

Als sie wieder daheim waren, sprach ein Anwalt vor, der ihnen mitteilte, Kate habe den Hof dem kleinen John vermacht und ihren Bruder sowie Mr. Cochran als Treuhänder bestimmt. Nachdem er gegangen war, herrschten große Leere und Stille im Haus; eine grundlose, ja vernunftswidrige Leere, denn Kate war nur sehr selten leibhaftig hier gewesen. John konnte die Stille nicht ertragen, das sinnlose Warten auf die Nacht und den nächsten Tag; ohne ein Wort zu Anne nahm er seinen Hut, verließ durch die Seitenveranda das Haus und ging über den Hof zu seiner Praxis. Anne stieg allein die Treppe hinauf, ging zu ihrem Kind, hob den Kleinen auf, setzte sich auf die Bettkante und stillte ihn. Als er sich satt getrunken hatte, legte sie ihn neben sich und ließ ihn nach Herzenslust mit den Beinchen in der Luft strampeln. Sie sah ihm zu und lächelte, doch ihre Angst wollte nicht weichen. Irgendwo in ihrem Kopf hämmerte immer und immer wieder die gleiche Frage: »Lieber Gott, was soll ich mit John machen? Lieber Gott...«, untermalt von dem stets gleichbleibenden Echo: »Für die, welche zum Unglücklichsein verdammt sind, gibt es nur einen Ausweg.« Es drängte sie, sich aufs Bett fallen zu lassen und sich dort zusammenzurollen, den Rücken gekrümmt, den Kopf ins Kissen gedrückt und die Knie bis ans Kinn emporgezogen. So hatte sie sich zusammengekauert, wenn sie als Kind ihrem Kummer freien Lauf ließ. Doch jetzt widerstand sie dem Verlangen, sich ihrer Verzweiflung hinzugeben, denn das wäre töricht gewesen. Um Johns willen durfte sie nicht hilflos sein. Entschlossen stand sie auf, trug das Baby wieder in sein Zimmer, wusch den Kleinen, wickelte ihn frisch und zog ihm ein hellblau garniertes Rüschenhemdchen über.

Während sie noch mit dem Kind beschäftigt war, glaubte sie draußen auf dem Pflaster Wagenräder zu hören und das Quietschen einer Pforte in den Angeln. Gleich darauf läutete es an der Vordertür, und Martha öffnete. Anne hatte sich noch nicht entschieden, ob sie hinuntergehen und diesen Kondolenzbesuch empfangen wollte, als sie Sallys Stimme erkannte. Mit dem Baby auf dem Arm lief sie die Treppe hinunter.

»Sally, wie lieb von dir! Aber hättest du sie nicht lieber daheim behalten sollen, Ludwig?«

»Unsinn!« unterbrach Sally energisch und ließ das Umschlagtuch von den Schultern gleiten, unter dem sie ihren geschwollenen Leib verborgen hatte; mit zwei Schritten war sie am Fuß der Treppe und küßte Anne und ihren kleinen Sohn. »Ist er nicht allerliebst? Ludwig, glaubst du, wir werden ein ebenso schönes Kind bekommen?«

Lachend ergriff Ludwig Annes Hand. »Sie will schon vor der Geburt hören, wie vollkommen ihr Kind ist.«

Sie gingen ins Wohnzimmer, die unentwegt plaudernde Sally

voran. »Ich wollte schon vor der Beerdigung kommen, aber Ludwig hatte Angst, ich könne mich zu sehr aufregen.« Halb spöttisch, halb belustigt zog sie die Mundwinkel herab. »Doch als er merkte, daß die Sorge um dich mir weit mehr Aufregung verursachte, da hat er versprochen, mich herzufahren, sobald er aus dem Werk heimkommt. Darum ist es so spät geworden. Ludwig hat sich Papas Kutsche ausgeborgt, damit ich nicht zu Fuß den Hügel rauf mußte.«

Ludwig setzte sich nicht zu den beiden jungen Frauen; er fragte nach John, und als er hörte, daß er in seiner Praxis sei, ging er, ihn dort aufzusuchen; er nahm die Abkürzung, welche für gewöhnlich nur die Familie benutzte: durch den Seiteneingang und über den hinteren Hof. Drinnen im Wohnzimmr legte Anne das Baby auf eine Steppdecke, die sie übers Parkett gebreitet hatte; eine Weile sahen die Frauen zu, wie der Kleine gurgelnd vor Vergnügen herumstrampelte, dann setzten sie sich nebeneinander auf das Sofa vor dem Fenster. Anne freute sich über Sallys Besuch; sie hatte ihren Arm unter den der Freundin geschoben und hielt Sallys Hand. Trotzdem fürchtete sie sich vor dem, was Sally vielleicht sagen würde; schon vor geraumer Zeit hatte sie gespürt, daß Sally in Kate Gordon eine Bedrohung für ihren und Johns Seelenfrieden sah. Ein wenig atemlos und überstürzt begann sie deshalb zu sprechen.

»Das ist nett von Ludwig, ich meine, daß er hinübergegangen ist. Ich hoffe, es gelingt ihm, John auf andere Gedanken zu bringen. Er nimmt es so schwer.«

»Dock neigt überhaupt dazu, die Dinge schwerzunehmen, nicht wahr? Aber das ist natürlich ein furchtbarer Schlag. Kate war die einzige Verwandte, die er in unsrer Gegend hatte. Er tut mir leid. Doch sei einmal ehrlich: Hast du in deinem Herzen nicht die ganze Zeit über gewußt, daß Kate eines Tages etwas Schreckliches tun würde?«

»Nun, selbst wenn ich etwas geahnt hätte, wäre es nicht leichter zu ertragen gewesen, als es passierte.«

»Wirklich nicht?« Gedankenvoll runzelte Sally die Stirn. Sie würde sich nicht daran hindern lassen zu sagen, was sie sich vorgenommen hatte; Sally glaubte, daß eine Wunde ausgebrannt werden müsse, um zu heilen. »Ich denke doch. Spannung und Ungewißheit sind so nervenaufreibend.« Mit einem ängstlich forschenden Blick in Annes Gesicht fuhr sie fort: »Jetzt ist es aus und vorbei. Du und Dock, ihr habt das Schlimmste hinter euch.«

»Sally, du meinst doch nicht, wir sollten womöglich froh sein?«

»Froh! Natürlich nicht. Ich wollte nur sagen, wenn es schon

geschehen *mußte* – und bei Kates Natur war es wohl unvermeidlich–, ist es da nicht am besten, daß es jetzt passierte? Solange Johnny noch ein Baby ist. Wenn er alt genug ist, um es zu erfahren, wird es eine längst vergangene Geschichte sein, die nicht mehr viel bedeutet.«

»Für Johnny und für die Kinder, die wir vielleicht noch bekommen werden, ist es gewiß am besten so, da hast du schon recht. Aber ich mache mir Sorgen um John.«

»Er wird das Schlimmste bald überstanden haben. Er hat seine Arbeit, um sich abzulenken, und einen Beruf, dem er sich voll und ganz widmen muß; zumindest hoffe ich, daß er das tut, denn ich werde ihn schon sehr bald brauchen.«

Das war alles, was Sally an Trost zu bieten hatte. Doch ihr praktischer Sinn war wenig dazu angetan, Anne aufzuheitern. Wie sehr Sally Selbstmord an sich auch verurteilen mochte, in Kates Tod sah sie einzig und allein die Beseitigung einer Gefahr. Anne hörte ihr zu und schwieg. Um nichts in der Welt hätte sie eingestanden – selbst Sally gegenüber nicht –, daß ein Selbstmord, der ihre Familie überschattete, in ihren Augen eine größere Bedrohung war, als es je eine lebende Frau hätte sein können. Sie nahm sich fest vor, ihre Ängste nie auszusprechen. Man tat besser daran, solche Befürchtungen für sich zu behalten; andernfalls könnte das bloße Echo der Stimme sie erst recht wahrmachen. Aber trotz aller guten Vorsätze hatte sie am Ende doch nicht die Kraft zu schweigen.

John blieb tagelang sonderbar, steif und verkrampft und ihr so fern, als bemerke er sie nicht einmal. Er kam seinen Pflichten nach und erledigte gewissenhaft seine Arbeit, aber Anne hegte den Verdacht, daß seine Patienten nicht mehr für ihn waren als Automaten, mit denen er entsprechend verfuhr. Sie war froh, als der Abend kam, an dem Ludwig ihn gleich nach dem Essen zu Sally holte. Sally, die seiner Hilfe bedurfte, würde ihn wachrütteln und wieder zu sich bringen.

John verbrachte fast die ganze Nacht bei den Rauschs. Mit Mühe hatte er sich aus seinem dumpfen Brüten befreit, um sich auf die Aufgabe zu konzentrieren, die ihm bevorstand. Sally war jung und strotzte vor Gesundheit und Kraft. Bald schon erledigte John mechanisch einen Handgriff nach dem anderen, während seine Gedanken woanders waren. Statt Sallys Gesicht sah er Kates geschwollenes, blau angelaufenes Antlitz auf dem Kissen; und es war Kate, die er schreien hörte. Als endlich alles vorüber war und er Ludwig auf einen Augenblick hereinrief, ehe Sally in einen tiefen Erschöpfungsschlaf sank; als die Hebamme das Baby gebadet und Ludwig es über den Korridor getragen hatte, um es seinen Großeltern zu präsentieren, da war John am Ende seiner Kräfte; er konnte sich kaum noch auf den Beinen halten. Doch an seinem Zustand hatten weniger die überstandenen Strapazen schuld, als vielmehr die Anstrengung, die es ihn gekostet hatte, einen klaren Kopf zu behalten.

Während Mrs. Cochran das Kind zu seiner Amme zurückbrachte, holte Ludwig Brandy und Gläser aus dem Eßzimmer und schenkte sich und den beiden anderen ein. Ludwig war verständlicherweise in Hochstimmung, aber John hörte nur mit halbem Ohr auf seine Scherze und Prahlereien.

»Wißt ihr schon, wie sie heißen soll?« fragte John, schwenkte das Glas in der Hand und starrte düster auf die goldgelbe Flüssigkeit. Wenn das entsprechende Quantum Brandy mir ein Weilchen Vergessenheit schenken könnte, dachte er, dann würde ich die ganze Flasche austrinken. Doch es war nicht eigentlich Vergessen, was John Gordon suchte; ihn verlangte es nach Erlösung, nach Befreiung vor sich selbst, davon, John Gordon zu sein. Er sehnte sich danach, in den Armen, an der Brust einer gutmütigen Dirne auszuruhen, für die er nur irgendein Mann wäre und nicht John Gordon. Seine Frau konnte ihm diese Befreiung nicht schenken; dafür liebte sie ihn zu sehr. Er brauchte nur in ihre Augen zu schauen, um dort sein Spiegelbild zu erblicken. Und doch sehnte er sich danach, eine Nacht oder eine Woche lang sich selbst zu entfliehen. Unten am Bahndamm gab es ein Haus, hinter dessen verschwiegenen Mauern wahllose Liebesdienste angeboten wurden und vor dessen Tür man seine Identität abstreifen konnte wie eine lästige Hülle. Aber da war Anne, die John Gordon liebte und die er liebte ...

Er erhob sich, stellte sein Glas auf den Tisch, gratulierte Ludwig und Mr. Cochran noch einmal, nahm seine Tasche vom Boden auf und ging nach Hause. So leise wie möglich öffnete er die Tür, legte Hut und Tasche in der Diele ab, ergriff die brennende Lampe, die dort auf dem Tisch stand, und betrat das Eßzimmer, wo er aus der Anrichte eine Flasche Brandy, aus der Vitrine ein Glas hervorholte und sich an den Tisch setzte.

Zusammengesunken hockte er auf seinem Stuhl, und das Glas vor ihm war noch fast unberührt, als Anne herunterkam, um nach ihm zu sehen. Sie hatte einen langen, fließenden Schlafrock übergezogen, der vom Halsverschluß bis zum Saum hinunter mit einer dichten Reihe weißer Samtschleifen besetzt war. In einer Hand hielt sie das Nachtlicht, mit der anderen raffte sie den Morgenmantel; das Haar fiel ihr in zwei schweren Flechten über die Schultern.

Wie sie so dastand und halb neugierig, halb verängstigt dreinblickte, wirkte sie ganz und gar kindlich. John lächelte ihr zu und hoffte, sie würde nicht merken, welche Überwindung ihn das kostete. »Stell den Leuchter hin und hol dir ein Glas, damit wir auf das jüngste Mitglied der Familie Rausch anstoßen können.«

»Ich hab' dich kommen hören. Ich konnte mir nicht vorstellen, was du so lange hier unten machst. Und ich hab's vor Spannung nicht mehr ausgehalten. Wie geht's Sally? Ist es ein Junge oder ein Mädchen?«

Sie hielt ihm ein Glas hin, und er goß einen Teelöffel voll Brandy hinein. »Sie ist munter wie ein Fisch im Wasser. Es war eine verhältnismäßig leichte Geburt.«

»Ich weiß, was das heißt. Ihr Männer könnt einen krank machen. Und das Baby?«

»Ein Mädchen. Es wird Elsa heißen, nach Ludwigs Mutter. Trink auf sie, Anne – auf ein langes und glückliches Leben für die Kleine.« Er leerte sein Glas in einem Zug und stellte es auf den Tisch. »Falls es das gibt.«

Annes Freude war mit einemmal erloschen. Sie dachte nicht mehr an Sally. Es war also doch keine Ablenkung für John gewesen. Plötzlich schwammen ihre Augen in Tränen, die sie wie ein Kind mit dem rüschenbesetzten Ärmel fortwischte. »John...«, brach es klagend aus ihr heraus.

Er sah zu ihr auf, doch Liebe und Mitleid, die sich in ihren Augen spiegelten, zwangen ihn, den Blick zu senken. »Geh zurück ins Bett, Anne. Ich komme gleich nach.«

Aber sie konnte nicht länger an sich halten. Sie ließ sich neben ihm auf den Boden nieder, lehnte den Rücken an die Tischkante, neigte den Kopf auf die Brust und weinte. Es dauerte nur einen Moment. Bevor er etwas sagen oder sich von seinem Erstaunen erholen konnte, hob sie den Kopf, berührte mit zitternder Hand seine Knie und blickte zu ihm auf.

»Verzeih mir, John, aber ich konnte es nicht länger ertragen.«

»Wovon sprichst du?« Er hatte den Arm um sie gelegt und hielt ihren Kopf fest an sich gepreßt.

»John, wenn ich dir schwöre, daß ich dir nie mehr ein Versprechen abverlangen werde, solange wir leben, willst du mir dann *ein* Versprechen geben?«

Sie spürte, wie er zusammenzuckte, wand sich aus seinen Armen los, um ihn anzusehen, und sah etwas wie Bestürzung in seinen Augen. Hatte er also wirklich schon einmal daran gedacht, selbst ein Ende zu machen? Wußte er, was in ihr vorging? Hastig sprach sie weiter: »Versprich mir, daß selbst wenn du unglücklich bist... wie unglücklich du auch sein magst... versprich mir, daß du nie...« Sie schlug die Augen nieder, und doch wollte es ihr nicht recht über die Lippen; kaum hörbar brachte sie den Satz zu Ende: »... daß du nie das tun wirst, was Kate getan hat. Versprichst du's mir?«

»Mich umbringen? Um Gottes willen!« Die Überraschung hatte seiner Stimme einen ungewöhnlich lauten, metallenen Klang verliehen. In ruhigerem Ton fuhr er fort: »Mein armer Liebling! Was hast du dir da nur ausgedacht?« Anne konnte fühlen, wie sein Körper sich allmählich wieder entspannte. »Natürlich werde ich so was nicht tun. Niemals! Das verspreche ich dir, mein Liebes. Ich geb dir mein feierliches Ehrenwort darauf. Ich werde mein Leben bis zum Ende durchstehen, was auch kommen mag. Was hat dich nur auf den Gedanken gebracht...?«

»Ach, ich weiß selber nicht. Du bist manchmal so furchtbar unglücklich. Und du hast gesagt, daß die zum Unglück Verdammten nur einen Ausweg... Oh, reden wir nicht mehr davon. Verzeih, daß ich so kindisch war. Trotzdem danke ich dir, daß du mir dein Wort gegeben hast.« Die drückende Last fiel von ihr ab; sie brachte sogar ein zaghaftes kleines Lachen zustande. »Ich hatte ja solche Angst. Aber du auch, John. Du hattest Angst, ich würde dir ein Versprechen abverlangen, das du mir nicht geben wolltest. Was hast du erwartet...?«

Er war um eine Antwort verlegen. »Ich weiß nicht recht.« Dann deutete er auf die Brandyflasche. »Ich dachte, als du mich hier überraschtest, wäre dir vielleicht der Gedanke gekommen, ich sei heimlich unter die Trinker gegangen, und nun wolltest du mich zur Enthaltsamkeit verpflichten.«

»O John!« Diesmal lachte sie wirklich, mit zurückgeworfenem Kopf, rückhaltlos wie ein Kind, wenn auch vielleicht eine Spur Hysterie in ihrem Lachen mitschwang. »Ich bin nicht so erzogen worden wie die Ballards, die ein Gläschen hie und da schon für eine Sünde halten. Ich weiß«, fügte sie nachsichtig hinzu, »daß ein Schluck Brandy nach anstrengenden, arbeitsreichen Stunden einen Mann noch lange nicht zum Trinker macht. Im übrigen: Jetzt, wo du mir dein Wort gegeben hast, werde ich auch das meine halten.« Sie stand auf und lächelte zu ihm hinunter. »Ich werde über deine läßlichen Sünden hinwegsehen.«

John räumte die Brandyflasche fort, und sie gingen zusammen hinauf in ihr Schlafzimmer. Er hätte gern gewußt, ob das Versprechen, etwas zu unterlassen, das zu tun ihm nie in den Sinn gekommen wäre, ihm die Freiheit gab, »läßlichen Sünden« zu frönen, ohne sein Gewissen zu belasten.

DIE MITGLIEDER DES FRAUENKLUBS VON WAYNESBORO

Miß Eliza Ballard
Mrs. Mary Grimes Ballard
Miß Caroline Gardiner
Miß Lavinia Gardiner
Mrs. Anne Alexander Gordon
Mrs. Rebecca Lowrey
Mrs. Rhoda McKinney
Miß Agatha Pinney
Mrs. Sarah Cochran Rausch
Miß Amanda Reid
Mrs. Thomasina Ballard Travers
Mrs. Ellen Lowrey Tyler

AUSSERORDENTLICHES MITGLIED
Mrs. Louisa Tucker Deming

IN MEMORIAM
Miß Susan Crenshaw

1872

»Zum ersten Male trat der grimme Sensenmann ...«

Am Mittwoch, dem 1. Mai 1872, hielten die liberalen Republikaner in Cincinnati eine Versammlung ab. Am selben Tag fand die reguläre Sitzung des Waynesboroer Frauenklubs im Hause seiner Vorsitzenden statt. Das gewichtigere Ereignis blieb nicht ohne Einfluß auf dasjenige von geringerer Bedeutung.

Im Jahre 1872 zählte das für die Maßstäbe von Waynesboro noch ziemlich neue Haus der Ballards zu den Sehenswürdigkeiten der Stadt, und es war in der Tat ein prächtiges Anwesen. Der mit Granit verkleidete Backsteinbau verfügte über Dächer verschiedener Höhe, die mit mehrfarbigen Schieferplatten gedeckt waren. Die imposante zweiflügelige Vordertür stand in der Regel nur dann offen, wenn die Familie im Garten Krocket spielte oder unter den Bäumen ihren Tee trank. Nur wer einen Botengang machte oder nicht vorhatte, länger zu bleiben, betrat das Haus auf diesem Wege, nachdem er sein Pferd vor dem schmiedeeisernen Zaun an dem Haltepfosten, der einen Negerjungen darstellte, festgemacht hatte. Ansonsten näherten sich die Besucher dem Haus über eine Auffahrt, die zur Linken des Gebäudes, nahe der Grundstücksgrenze verlief und in eine breite Wageneinfahrt mündete, welcher sich Wendestellen und Stallungen anschlossen. Unter dem Vordach dieser Wageneinfahrt erwartete Johann die Gäste, welche zu Pferde oder in der Kutsche eintrafen.

Im Innern stießen sowohl unten wie oben zwei Dielen von gleicher Breite in der Mitte des Gebäudes im rechten Winkel aufeinander. Die vordere Diele erstreckte sich von der Eingangstür bis hinter die Freitreppe, die bequem Zugang zum oberen Flur bot, von wo aus man die Schlafzimmer der Familie sowie das oberhalb des Salons gelegene Musikzimmer erreichte. Die zweite oder hintere Diele führte von der Wageneinfahrt zu einer ihr gegenüber befindlichen kleineren Tür, durch die man über einen gepflasterten Weg zur Straße hinaus gelangte. Der Salon, welcher von jeder der beiden Dielen her zu betreten war (die Türen standen für gewöhnlich offen, um die Atmosphäre von Weiträumigkeit und Eleganz zu vertiefen, welche im Hause vorherrschte), bot ein eindrucksvolles Beispiel viktorianischer Prachtentfaltung; ein Rahmen, in den die schlichte Mrs. Ballard, die gestrenge Eliza und die stets ein wenig beklommen wirkende Thomasina gar nicht recht passen wollten. So kam es, daß die Damen des Klubs sich nach zahlreichen Sitzungen im Hause des Richters zwar an die prunkvolle Ausstattung gewöhnt hatten, Mrs. Ballard und ihre Töchter auf sie jedoch immer noch befremdlich wirkten, inmitten all dieser Pracht.

Auf dem marmornen Kamin im Salon tickte zwischen einem Paar Sèvres-Vasen eine ebenfalls aus Porzellan gefertigte rosenrote Spieluhr. Vor den hohen, gewölbten Fenstern rechts und links des Kamins hingen tamburierte Spitzenvorhänge und Portieren aus schwerem Goldbroché. Die Fenster des tief zurückversetzten Erkers waren gegen die Main Street hin durch leinene Rouleaus mit quastengeschmücktem Zug abgeschirmt. Im Erker stand ein Farnkraut. Die Portieren zu beiden Seiten dieser Laibung waren wiederum aus Goldbroché; desgleichen der Bezug zweier wuchtiger Fauteuils sowie eines länglichen Kanapees an der Wand gegenüber und auch der des zweisitzigen Sofas neben der Tür zur vorderen Diele. Ein Pfeilerspiegel, der zwischen eben dieser Tür und dem Erker hing, wurde von zwei korinthischen Säulen und einer gewölbten Kranzleiste umrahmt. Zwischen dem Kanapee und der zweiten Tür stand ein ausladender Vitrinenschrank mit gewölbter Front, in dem Figurinen aus Meißner Porzellan ausgestellt waren. Zwei Kristallüster schwebten von der Zimmerdecke, und auf den Dielen lag ein sandfarbener, mit dunkleren Streifen durchzogener Mokett-Teppich.

Seit Thomasinas Hochzeit hatte sich im Hause der Ballards einiges verändert. Die Schlafräume im Obergeschoß hatte man in eine Wohnung für das junge Paar umgewandelt, und um ihnen eine gewisse Privatsphäre zu gewährleisten, hatte man noch zwei Trennwände eingezogen. Eine steile, schmale Treppe war eigens für das junge Paar gebaut worden und für die Schüler, die kamen, um bei Samuel Klavierunterricht zu nehmen. Das Haus wirkte nicht mehr so weiträumig wie früher; eine gewisse düstere Enge hatte sich eingeschlichen. Die Vordertreppe führte nur mehr zum Musikzimmer über dem Salon.

An diesem Mainachmittag saßen die Damen auf steifbeinigen Stühlen, die weit auseinander standen, um den bauschigen Rökken Raum zu geben. Seit der Gründung des Klubs verstand es sich von selbst, daß jede Sitzung als formeller Anlaß betrachtet wurde, dem nur die beste aller vorhandenen Straßentoiletten angemessen war. Es wäre einer Beleidigung gleichgekommen, anzunehmen, das zweit- oder drittbeste Gewand genüge für ein Zusammentreffen mit dieser illustren Schar. Die Ballards, wie überall so auch in der Mode Anhängerinnen des Reformgedankens, setzten mit ihrer Kleidung ein Beispiel: keine Turnüren, keine Rüschen, weder drapierte Überröcke, noch Wespentaillen. Mrs. McKinney, die Frau des presbyterianischen Pfarrers und heute Mrs. Ballards Gast, saß neben der Dame des Hauses und trug das blaue Bombasinkleid, das sie sonst nur zum Kirchgang anzog. Die Lehrerinnen vom Mädchen-College waren wie gewöhnlich in ihren dunklen Popelinegewändern erschienen, deren Röcke sich diskret über sittsamen Turnüren bauschten, während die Mieder enganliegend gearbeitet waren und man sich nur am Kragen und an den Bündchen der altmodischen Schinkenärmel einen Hauch von Spitzenbesatz erlaubte. Die Geschwister Gardiner kleideten sich noch immer aus dem reichen Fundus ihrer Mädchenjahre: Schwere Ripsseide, Taft, Wollmusselin. Miß Caroline hatte mit Hilfe der ortsansässigen Schneiderin den Versuch unternommen, einem ehemals kreisrunden Reifrock eine modernere Form zu verleihen, aber Miß Lavinia, die es in ihrem unbeugsamen Stolz vorzog, exzentrisch genannt zu werden, statt als arm zu gelten, hielt an ihren runden Krinolinen fest (woran sich ihr Lebtag nichts ändern sollte; als die Zeit kam, da die Gardiners wieder »in Wohlstand« leben konnten, ließ sie sich sogar ihre neuen Kleider nach der alten Mode anfertigen, weil sie es nicht über sich brachte, einzugestehen, daß sie bislang ihren Reifröcken aus anderen als geschmacklichen Gründen treu geblieben war).

Sally und Anne trugen Ort und Anlaß gebührend Rechnung: Anne in nußbraunem Faille mit drapiertem Überrock und kreuzweise geschnürtem Mieder mit Troddelbesatz; Sally im resedagrünen Kaschmirkleid mit Schößchen und straff sitzendem Oberteil, den langen Rock über der Turnüre gebauscht und reich mit Rüschen und Falbeln besetzt. Ihre blondgelockten Flechten waren im Nacken zu einem so üppigen Chignon geschlungen, daß das grüne Hütchen beständig nach vorn rutschte und fast ihre Nase berührte, während Blumen und Bänder rückwärts über den Haarknoten fielen. Ungeachtet der Zufriedenheit, die sie beim Ankleiden angesichts ihrer äußeren Erscheinung empfunden haben mußte, war Sally jetzt merklich gereizt: Ihr Lächeln wirkte aufgesetzt und unecht. Übrigens war eine solch gezwungene Haltung an diesem Nachmittag nicht nur an Sally, sondern an sämtlichen Klubmitgliedern festzustellen. Fragende Blicke wanderten hin und her, und der Ausdruck starrer Liebenswürdigkeit auf gar manchem Gesicht konnte nicht über die Erregung hinwegtäuschen, die sich dahinter verbarg.

Als die Anwesenheitsliste verlesen wurde, rief die Protokollführerin Miß Crenshaws Namen vergeblich auf. Ihre Abwesenheit bedurfte keiner besonderen Erklärung. Sie war schon seit geraumer Zeit wie ein *Memento mori* umhergegangen, so dünn und gelbsüchtig war sie geworden; die Verzweiflung in ihren Augen hatte stiller Ergebenheit Platz gemacht. Endlich, nach allzu langem Zögern, meldete sich Miß Pinney zu Wort: »Miß Crenshaw läßt sich entschuldigen. Sie fühlte sich sehr unwohl, als ich das letzte Mal bei ihr vorsprach.« Sie riß ihre wasserblauen Augen ganz weit auf, um zu verhindern, daß die darin schwimmenden Tränen sich lösten, und setzte tapfer hinzu: »Sie ist jedoch nicht bettlägerig.« Dann konnte sie nicht länger an sich halten: Die Tränen quollen ungehindert hervor und rannen über ihre runzeligen Wangen. Unter den Damen war keine, die ihren Kummer nicht geteilt hätte.

Die Anwesenheit von Mrs. Ballards Gast war ein deutlicher Hinweis darauf, daß Mrs. McKinney dem Klub als neues Mitglied vorgeschlagen werden sollte, wenn die arme, alte Crenny... Vor allem Sally Rausch fand dieses Vorgehen in höchstem Grade abstoßend; die Gardiners entrüsteten sich vielleicht nicht weniger darüber, denn sie hielten nichts von Reformern gleich welcher Richtung, seit man ihnen in ihrer Jugend gewaltsam Reformen aufgedrängt hatte. Mrs. McKinney aber gehörte zu den Reformatoren. Niemand kannte sie näher, da ihr Mann erst vor kurzem in die presbyterianische Gemeinde berufen worden war. Auch Anne wußte eigentlich nichts über sie, verspürte aber keine sonderliche Zuneigung zu einer Frau, die in der Kirche durch den Mittelgang zur Bank des Pfarrers rauschte wie die Galionsfigur eines Schiffes durchs Meer pflügt, wobei ihr wogender Busen die Wellen zu teilen schien, während ihre Röcke hinter ihr herflatterten wie schäumendes Kielwasser. Sie hatte ein derbes, kantiges Gesicht, auf dem ständig ein verkniffenes Lächeln lag, das die Linien zwischen Nase und Mund sowie zwischen Mund und Kinn vertiefte. Ihre Augen hinter der Nickelbrille blickten kritisch, ja bisweilen tadelnd, vornehmlich wenn sie sich auf junge Leute richteten; daß eben diese Augen auch gütig und freundlich schauen konnten, ja dies durchaus häufig taten, bedeutete denen nichts, die solch freundlicher Blicke nicht teilhaftig wurden. An diesem Nachmittag saß Mrs. McKinney steif und kerzengerade auf ihrem Stuhl am Kamin und hielt die Augen niedergeschlagen, so als sei sie in die Betrachtung ihrer behandschuhten und im Schoß gefalteten Hände versunken. Die Klubmitglieder vermieden es taktvoll, sie anzustarren, dachten aber so lange über sie nach, bis ihre Gedanken noch unangenehmere Wege einschlugen.

Das Thema des heutigen Essays lautete: »William Howells, ein Autor aus Ohio«, die Verfasserin war Eliza Ballard. Eliza, deren Wesen weit mehr zum Realismus hinneigte als zur Empfindsamkeit und die von Stendhal und Balzac alles gelesen hatte, was ihr vor die Augen kam, sah mit einer gewissen Verachtung auf William Howells herab. Ihren Essay verlas sie mit einem Nachdruck, der diese Verachtung vielleicht über Gebühr betonte. In Wirklichkeit war sie weniger auf den Romancier böse als auf ihre Schwester und deren Mann, und wenn in den Pausen zwischen ihren Worten das ferne Klimpern des Klaviers vom Obergeschoß auf der anderen Seite des Hauses herunterdrang, wo Samuel sich mit einem Schüler plagte, so schalt Eliza eigentlich ihn, den Schwager, während sie verbal »Die Hochzeitsreise« kritisierte. Sie hatte Thomasina unmißverständlich nahegelegt, die Musikstunden des heutigen Nachmittags zu verschieben. »Den Damen kann doch nicht zugemutet werden, auf unserer Schwelle über diese kleinen Schmutzfinken zu stolpern.« Aber Thomasina hatte ihr Ansinnen abgelehnt. »Du weißt ganz genau, daß Samuels Schüler keine ›Schmutzfinken‹ sind; vor jeder Stunde werden sie von ihren Müttern so geschrubbt, daß sie wie polierte Äpfelchen hier ankommen. Außerdem benutzen sie den Seiteneingang an der Rückseite des Hauses und die Treppe, die Papa eigens für uns hat einbauen lassen, also kann auch niemand über sie stolpern! Im übrigen sind seine Schüler für Samuel ebenso wichtig wie dein Essay es für dich ist.« Und während von unsicherer Hand wieder und wieder die gleichen Akkorde gegriffen wurden, rügte Eliza in zunehmend bissigerem Ton den armen William Howells dafür, daß er die Welt allzu wohlwollend betrachtete.

Anne dachte bei sich: Kein Wunder, daß Eliza eine alte Jungfer geworden ist, wenn sie liebenswerte Menschen so verachtet wie sie es mit denen in Büchern tut. Andere Klubmitglieder, zu deren Lieblingslektüre »Die Hochzeitsreise« gehörte, fühlten sich durch die implizite Kritik an ihrem Geschmack gekränkt; sie rutschten sogar geräuschvoll auf ihren Stühlen hin und her, um ihren Widerspruch kundzutun. Doch nach einer Weile hörten sie einfach nicht mehr hin, sondern beschäftigten sich in Gedanken mit dem, was sie im Innersten bewegte. Als der Klub ins Leben gerufen worden war, hatte man sich mit Rücksicht auf die unterschiedlichsten Ansichten und Geschmacksrichtungen seiner Mitglieder darauf geeinigt, strittige Themen auszuklammern und die Sitzungen auf rein literarische Sujets zu beschränken; die Damen waren stolz darauf, anderweitig herrschende Meinungsverschiedenheiten in ihrem Kreise ignorieren zu können.

Doch bisher war es ihnen auch gar nicht in den Sinn gekommen, daß gravierende politische Differenzen zwischen ihnen auftreten könnten. Schon 1868 hatte es Zwistigkeiten innerhalb der Partei gegeben; die Radikalen plädierten dafür, die Wiedereingliederung der Südstaaten hinauszuzögern, bis sichergestellt sei, daß auch der Süden den freigelassenen Sklaven Wahl- und Bürgerrechte gewähren würde. Die Ballards, die Lowreys und die Demings teilten diese Überzeugung. Gemäßigte und Reservisten wie Ludwig und John, die von der Bereitschaft des Südens, den Frieden zu wahren und in die Union zurückzukehren, völlig überzeugt waren, standen dem Fünfzehnten Verfassungsänderungsartikel gleichgültig gegenüber und waren des Aufhebens müde, das um die Wiedereingliederung gemacht wurde. Aber die Damen gehörten samt und sonders der Republikanischen Partei an; sie war für den Krieg eingetreten und hatte die Union gerettet, weshalb der Klub sich bemüßigt fühlte, ihr treu zu bleiben. Und wenn General Grant erst einmal kandidieren und gewählt sein würde, konnten alle Beteiligten die Differenzen ohnehin bald vergessen.

Doch bis zum Jahre 1872 hatte das Blatt sich gewendet. Nun zeigte sich, daß die Radikalen, so falsch sie auch die Frage der Wiedereingliederung beurteilt haben mochten, zumindest mit ihrer Finanzpolitik den rechten Weg eingeschlagen hatten; jedenfalls war das die Meinung aller Konservativen, ganz gewiß aber die eines aufstrebenden jungen Unternehmers. Wer für eine gesunde Wirtschaft eintrat, würde der Partei die Treue halten und Grant für eine zweite Amtsperiode zum Präsidenten wählen. Andererseits konnte manch einer der ehemaligen Radikalen sich nicht damit abfinden, daß Bestechung und Korruption selbst in den höchsten Gremien Einlaß fanden: Sie traten zu den liberalen Republikanern über und beabsichtigten, bei den nächsten Präsidentschaftswahlen einen eigenen Kandidaten aufzustellen. Im Frühling des Jahres 1872 blieb abzuwarten, ob Frauen, deren Männer zu politischen Gegnern, ja Feinden geworden waren, weiterhin freundschaftlich miteinander würden verkehren können, ein Kunststück, das ihren Männern offenbar gelang.

Obgleich er ein Neuling in der Stadt war, zählte Ludwig in Waynesboro zu den führenden Männern der Partei und war kürzlich ins Zentralkomitee seines Verwaltungsbezirks gewählt worden; dieses Amt verdankte er zum einen seiner Tüchtigkeit und seinem Fleiß, zum anderen aber auch seinem Einfluß auf seine deutschen Freunde und die Schwarzen, welch letztere zum Großteil für ihn arbeiteten (und in Ohio besaßen die Schwarzen inzwischen das Wahlrecht). Im Frühjahr 1872 unterstützte Ludwig General Grant und seine Kandidatenliste. In der Stadt kursierte unterdessen ein Gerücht, welches Sally Rausch im höchsten Grad empörte: Die Damen Ballard und McKinney hatten es angeblich als skandalös bezeichnet, daß Waynesboro von diesem Emporkömmling Ludwig Rausch und seinen biersaufenden Kumpanen regiert und der Wahlkreis durch einen Mann von solch fragwürdiger Integrität vertreten werde wie General Deming, gegen den zwar nichts Konkretes vorlag, der aber doch sicher in die Betrügereien im Kongreß und in der Umgebung des Präsidenten verwikkelt war. Richter Ballard, der früher einer der Radikalsten unter den Republikanern gewesen war, hatte sich zwar zu keiner Indiskretion über ortsansässige Parteimitglieder hinreißen lassen; allein, er hielt die Korruption in der Staatsregierung für so gefährlich und verwerflich, daß er sich bereit fand, der liberalen republikanischen Bewegung beizutreten, obwohl deren Sieg eine übereilte Regelung der Wiedereingliederung bedeuten und dem Bemühen um das Wahlrecht für die Schwarzen im Süden ein Ende setzen würde.

Die Kritik an General Deming brachte die Lowreys vermutlich in arge Verlegenheit, waren sie es doch gewesen, die seine Eheschließung mit Miß Tucker befürwortet hatten; aber auch Mrs. Tyler und Miß Pinney, die den Lowreys in jeder Beziehung loyal zur Seite standen, waren peinlich berührt. Die Misses Gardiner kümmerten sich nicht um politische Fragen, fühlten sich jedoch zur stillschweigenden Unterstützung der Ballards verpflichtet, da der Richter ihrem Neffen eine Stelle in seiner Kanzlei versprochen hatte, wo er sich auf den Anwaltsberuf vorbereiten könne, sobald er in Princeton sein Examen abgelegt habe. Amanda und die Damen Ballard standen selbstredend voll und ganz hinter dem Richter; ja Mrs. Ballard machte, während sie die heutige Sitzung leitete, durchaus den Eindruck, als sei sie gegen ihren Willen gezwungen, sich mit Nichtigkeiten aufzuhalten, während anderswo weltbewegende Ereignisse ihren Lauf nahmen.

Anne wirkte äußerlich ebenso sittsam und gefaßt wie die älteren Damen, doch sobald ihre Aufmerksamkeit von Elizas treffsicheren Bemerkungen abgelenkt wurde, spürte sie eine Welle der Empörung in sich aufsteigen. Sie wagte kaum, zu Sally hinüberzublicken, wußte sie doch, daß auch die Freundin vor Wut schäumte und die Anwesenheit von Mrs. McKinney fast als persönlichen Affront ansah. Ludwig war namentlich angegriffen worden; Sally mußte nun so tun, als berühre sie das gar nicht. Anne glaubte nicht, daß sie an ihrer Stelle dazu in der Lage gewesen wäre. Schon die Ausfälle gegen General Grant genügten, um ihren Zorn zu entfachen – so sehr, daß sie spürte, wie ihr das Blut zu Kopf stieg und heftig unter und in ihren Ohren pulsierte.

Sie konnte sich des Gefühls nicht erwehren, daß jeder, der General Grant verleumdete, damit auch seine Soldaten entehrte, und unter ihnen John. Während sie das dachte, huschte ein unwillkürliches Lächeln über ihr Gesicht: Wie hätte John sie deswegen ausgelacht! Sie wußte, daß John, so loyal er auch zu General Grant stehen mochte, eigentlich General Sherman verehrte, und wenn er in der Zeitung Berichte über irgendwelche Affären in Washington las, hatte er sich bisweilen zu richtigen Kraftausdrücken hinreißen lassen. Indes war es nur natürlich, daß er nicht so empfand wie sie. Sie wußte besser als John, was der Krieg ihm angetan hatte. Gewiß, er war längst nicht mehr so niedergeschlagen wie vor ihrer Hochzeit; allmählich schien er seinen Seelenfrieden zurückzugewinnen und seine Patienten vergessen zu können, wenn er abends heimkam. Beschäftigte ihn aber ein aussichtsloser oder doch sehr ernster Fall, dann geschah es noch immer, daß er nachts aus Alpträumen hochschreckte, wie ein Erstickender nach Luft rang und erst wieder Ruhe fand, wenn er draußen auf der Veranda ein wenig frische Luft geschöpft hatte, um den brandigen Geruch aus seiner Lunge zu vertreiben; denn er war nach wie vor außerstande, den Tod vom Geruch des Wundbrandes zu trennen. Annes Gedanken wanderten zu der armen Miß Crenshaw, und dabei fiel ihr unwillkürlich der eigene Vater ein, dem es gar nicht gut ging – nein, schlimmer noch, der von Tag zu Tag hinfälliger wurde. Doch alsbald grübelte sie abermals über den Punkt nach, den sie für sich zu klären suchte: Daß der Krieg John Leid zugefügt hatte, war erträglich, solange dieser Krieg nicht nur notwendig, sondern auch der Sieg in Ehren erkämpft schien und solange seine Generäle als Helden gefeiert wurden. Wenn man nun aber den größten all dieser Generäle zu Recht mit Unrat bewarf, dann hatte John unter einem Mann gedient, der sein Opfer nicht wert war, und dann wäre alles, was John erduldet hatte, sinnlos gewesen. Anne schenkte den diffamierenden Zeitungsartikeln keinen Glauben. Sie durfte nicht daran glauben, mußte sich ganz einfach die Überzeugung bewahren, daß – wie sehr auch andere ihre Macht mißbrauchten – zumindest General Grant über jeden Zweifel erhaben war. Darum mußten die infamen Anschuldigungen, die sowohl Demokraten wie liberale Republikaner ihm entgegenschleuderten, falsch sein, und folglich war ihr Zorn berechtigt.

Als die Sitzung endlich geschlossen war und man Eliza zu ihrem Essay beglückwünscht hatte, der den Damen »einen neuen Weg zur Interpretation der Gegenwartsprosa gewiesen« und einen »neuen Blickwinkel eröffnet« habe, ja der als »überaus originelle Kritik, meine Liebe« gelobt wurde, begaben sich die Klubmitglieder über die Diele ins Wohnzimmer der Familie, wo sie ihre Schals und Umhänge abgelegt hatten. Ganz gegen die Gewohnheit wurden heute kaum familiäre Neuigkeiten ausgetauscht. Jemand fragte Mrs. Ballard, wann sie ihren Gatten zurückerwarte, worauf sie nur sagte: »Nicht vor Schluß des Parteikonvents.« Manche erkundigten sich bei Anne nach dem Befinden ihres Vaters, und sie atmete tief durch, um ihr ängstlich klopfendes Herz zu beruhigen, ehe sie zur Antwort gab, sie sei in Sorge um ihn, habe jedoch nicht geahnt, daß sein »Gebrechen« auch Außenstehenden aufgefallen sei; natürlich war allgemein bekannt, daß der Rheumatismus Dr. Alexander daran hinderte, weiterhin Hausbesuche zu machen, aber die Nachfragen klangen zu mitleidig, als daß sie Anne hätten Trost spenden können.

Zusammen mit Amanda gingen Anne und Sally über den gepflasterten Weg zum Tor. Es war kühl für den ersten Mai, so kühl, daß es fast wie ein Wunder anmutete, die Apfelbäume in Blüte zu sehen. Aber immerhin schien die Sonne und lockte zum Spaziergang. Sally hatte seit ihrer Hochzeit aufgehört, die Kutsche der Cochrans zu benutzen, Ludwig und John aber brauchten ihre Einspänner selbst, und so hatten die beiden jungen Frauen sich angewöhnt, zu Fuß zu den Klubsitzungen zu gehen, sofern das Wetter es erlaubte. Gemächlich traten sie jetzt den langen Heimweg an, gemächlich und langsam, denn Sally war wieder in anderen Umständen; Anne und Amanda wußten um ihre Schwangerschaft, die sich vorerst freilich nur durch besondere Frische ihrer Erscheinung bemerkbar machte sowie durch Sallys auffallende Heiterkeit. Sie hat das Gemüt einer Kuh, dachte Amanda, die aus Rücksicht auf ihre Sonntagsstiefeletten und ihr Festgewand nicht die übliche Abkürzung zum Hause ihrer Mutter nahm, sondern Anne und Sally bis zur ersten Querstraße der Linden Street begleitete, wo sie abbiegen mußte, während die beiden anderen in entgegengesetzter Richtung dem Häuschen der Rauschs zustrebten. Solange man zu dritt war, wurde nicht von Politik gesprochen, aber auch nachdem Amanda sich von ihnen getrennt hatte, blieben Anne und Sally wortkarg, da jede ohnehin wußte, woran die andere dachte. Schließlich erkundigte sich Anne nach Ludwigs Meinung über die Parteiversammlung.

»Er ist schrecklich in Sorge. Er sagt, wenn diese Leute in Cincinnati einen tüchtigen Kandidaten aufstellen, wird es im November hochhergehen. Außerdem hat er großen Respekt vor Richter Ballard. Er hat's zwar nicht direkt gesagt, aber ich denke, ihm wär's lieber, die Republikaner brauchten General Grant nicht ein zweites Mal zu nominieren.«

»Oh, Sally! Ludwig wird doch nicht all diesen Verleumdungen Glauben schenken?«

»Natürlich nicht«, versetzte Sally beherzt. »Aber etwas davon bleibt immer hängen. Wie denkt John darüber?«

»John würde niemals gegen General Grant stimmen.«

»Was mich wurmt, sind die Anschuldigungen, die man gegen Ludwig erhebt. Ihn dagegen berührt dieser ganze Klatsch überhaupt nicht. Anne, soll ich dir verraten, was ich denke? Ich denke, Mrs. Ballard wird Mrs. McKinney an Stelle der armen alten Crenny als Klubmitglied vorschlagen. Wenn sie das tut, werde ich austreten, das schwöre ich dir. Ganz gleich, was deine Gemeinde von ihr hielt, als...«

»Wir haben sie vorher nicht mal zu Gesicht bekommen. Er kam allein, als er sich um die Pfarrstelle bewarb.«

»Sei's wie es sei, vielleicht ziehen ja auch die Demings wieder nach Waynesboro, ehe es soweit ist, und mit dem ›ollen Teepott‹ wäre der Klub sowieso vollzählig.«

»Du glaubst doch nicht etwa, wir werden einen *Demokraten* in den Kongreß entsenden? Der Siebente Bezirk? Hör mal, General Deming meint, er habe in Washington eine Lebensstellung.«

»Ich weiß, ich weiß. Aber es ist eine Menge Staub aufgewirbelt worden. Vielleicht werden die übrigen Wahlkreise in unserem Bezirk einen anderen Kandidaten aufstellen. Man fragt sich, wo das viele Geld herkommt, mit dem die Demings um sich werfen. Und was ist mit der Vergnügungsreise auf Staatskosten, die er im letzten Jahr mit der Eisenbahn unternommen hat? Bis runter nach Kalifornien, stell dir vor! Die Zeitungen drucken bereits Spottverse über die ›Eisenbahnabgeordneten‹.«

»Sally, ich muß schon sagen, du bist geradeso schlimm wie Mrs. McKinney!«

»Ich habe nie viel von General Deming gehalten. Aber ich bitte dich, Anne, vergiß um Himmels willen, was ich gesagt habe. Weißt du, daß ist allein meine Ansicht. Ludwig denkt da ganz anders. Er wäre entsetzt, wenn er mich so reden hörte. Doch nun verrate mir mal, warum du dich eigentlich so für General Deming einsetzt?«

»Das tue ich ja gar nicht. Ich würde ihm sogar allerhand zutrauen. Und stell dir nur vor, es käme wirklich zum Skandal – der ›olle Teepott‹ wäre gewiß ganz aus dem Häuschen!« Worauf sie beide furchtbar lachen mußten.

Als sie vor dem Häuschen der Rauschs anlangten, öffnete sich gerade die Vordertür, und heraus trat die zierliche schwarze Cassie, aus der Sally inzwischen den Ansprüchen der Cochrans gemäß eine mustergültige Kombination von Kinderschwester, Hausmädchen und Köchin gemacht hatte. Cassie hielt die kleine Elsa an der Hand, doch beim Anblick der Mutter riß das Kind sich los und hüpfte ihr auf dem gepflasterten Gartenweg entgegen. Sally trat durch die Pforte, beugte sich nieder und gab ihrer Tochter einen Kuß. Die zweijährige Elsa war ein robustes Kind mit klaren, strahlend blauen Augen und hellblondem Haar, das von einem runden Kamm aus der Stirn gehalten wurde.

»Mama ist da!« rief die Kleine über die Schulter zurück, lugte an ihrer Mutter vorbei und setzte vergnügt hinzu: »Johnnys Mama auch.«

Anne blieb lächelnd vorm Tor stehen, sah zu, wie Sally dem Kind das Haar glattstrich, und während ihr Blick von den beiden zum Haus hinüberwanderte, dachte sie bei sich, wie glücklich Sally doch sei, die alles besaß, was ihr Herz begehrte: Ludwig, Elsa, die bald ein Geschwisterchen bekommen würde, ihr eigenes Heim – dieses anheimelnde, altmodische Haus mit seinem steilen Dach und den drei Giebeln, deren höchster mitten über der Tür zur Veranda thronte, während die beiden kleineren links und rechts davon je ein Rundbogenfester überragten. Kunstvoll gearbeitete, weiß getünchte Holzverzierungen, zart wie Filigran, säumten die Traufen. Weiß waren auch die Fensterrahmen, von denen sich die grün gestrichenen Läden hübsch abhoben. Efeu rankte sich am Backsteingemäuer empor, und alles in allem wirkte das Haus wie die Stahlstichillustration zu einem Liebesroman aus *Harper's Weekly*, so als könne darin nie jemand unglücklich sein.

Sally wandte sich von dem Kind ab und forderte Anne auf, mit hereinzukommen.

»Nein danke, es ist gleich Essenszeit, Sally. Da kommt ja auch schon Ludwig.«

Als Ludwig Rausch die drei am Tor erkannte, band er sein Pferd gleich vorn an der Straße fest, statt den Einspänner wie sonst über die seitliche Auffahrt nach hinten zum Stall zu kutschieren. Während er auf das Grüppchen zuschritt, mühte Elsa sich vergebens, die Gartenpforte aufzuklinken. Ludwig beugte sich über den Zaun, und mit einer schwungvollen Bewegung hob er die Kleine auf seine Schultern.

»Na, meine Schöne, wie geht's uns heute?«

»Papa! Mama, Papa hat mich fest!«

»Ja, ja, das sehe ich.«

Ludwig griff lachend über den Zaun und drückte Sally ihren Hut noch tiefer ins Gesicht.

»Elsa, mein Kind, sag deiner Mama, daß sie den albernsten Hut trägt, den ich je gesehen habe.«

»Und dabei habe ich Anne gerade lang und breit erzählt, daß du bis über beide Ohren in Sorgen steckst.«

»Sorgen? Aber nicht doch, keine Spur! Wo seid ihr eigentlich gewesen, daß ihr euch aufgeputzt habt wie die Modepuppen? Halt, sagt's mir nicht. Ich weiß schon: euer Klub! Anne, bist du auf dem Heimweg? Wenn du den Firlefanz da in meinen Wagen zwängen kannst, werden Elsa und ich dich den Hügel hinauffahren. Gib mir einen Kuß, Sally, ich bin gleich zurück.«

»Aber doch nicht auf der Straße, du Kindskopf!« Trotzdem reckte sie ihm ihr Gesicht entgegen, in der fröhlichen Gewißheit, daß die großen Ahornbäume ringsum ihr Blätterdach wie zum Schutz vor neugierigen Blicken entfalteten. Ludwig gab ihr einen herzhaften Kuß, dann hob er Elsa in den Wagen und half Anne beim Einsteigen.

Vor dem Anwesen der Gordons schaukelte Johnny auf der Gartenpforte, während er durchs Rankenwerk des schmiedeeisernen Gitters die Straße beobachtete; er war noch zu klein, um über das Tor hinwegzuschauen, selbst wenn er sich auf den Querbalken stellte. Als Ludwig vorgefahren war, ließ Johnny die Tür ins Schloß fallen und betrachtete die Insassen des Wagens mit ernster Miene. Elsa deutete mit ihrer pummeligen Hand auf ihn und rief jauchzend: »Johnny!«

»Eine Dame zeigt nicht mit dem Finger auf andere Leute«, tadelte ihr Vater gutmütig. »Und du kannst jetzt nicht mit Johnny spielen, Mama wartet doch auf uns.«

Er schickte sich an, vom Bock zu klettern, um Anne beim Aussteigen behilflich zu sein. Doch da erschien John auf der Veranda und rief ihm zu: »Bleib sitzen, Ludwig, ich komme schon.«

Am Tor schob Johnny seine Hand in die des Vaters und trat mit ihm auf den Gehsteig hinaus, die Augen immer noch ernst und unbewegt auf die drei im Wagen gerichtet.

Elsa deutete abermals hinunter. »Mein Onkel Dock.«

»So ist es, meine Kleine, aber zeig nicht dauernd mit dem Finger. Sie ist immer ganz aus dem Häuschen, wenn sie einen Freund erkennt«, setzte er entschuldigend hinzu, während John seiner Frau den Arm bot und ihr über den Wagentritt hinunter aufs Pflaster half. Ludwig griff nach den Zügeln, doch John hielt ihn zurück: »Was gibt's Neues aus Cincinnati?«

»Nichts. Soviel ich weiß, streiten die sich immer noch herum. Kommt bald mal zu uns zum Abendessen, ihr zwei. Dann trinken wir auf den Untergang all dieser sogenannten Liberalen; ich spendiere ein Fäßchen von Hoffmanns feinstem Lagerbier!«

Anne schnitt eine Grimasse, John lachte; sie winkten Elsa und Ludwig zu und gingen miteinander ins Haus, den kleinen Johnny in seinem Schürzenkleidchen über den Pumphosen zwischen sich.

Beim Essen (da John mittags wenig Zeit hatte, nahmen sie die warme Hauptmahlzeit abends ein) kümmerte Anne sich um ihren Sohn, der neben ihr auf einem paar ausgedienter dicker Medizinbücher seines Großvaters thronte, und schilderte nebenher ihrem Gatten und ihrem Vater lebhaft die Klubsitzung vom Nachmittag. Obgleich sie sich dabei an die besorgten Erkundigungen nach Dr. Alexanders Gesundheitszustand erinnerte, sprach sie in fröhlichem Ton, bemüht, sich das Mitleid nicht anmerken zu lassen, das sie angesichts der Ungeschicklichkeit überkam, mit welcher der alte Herr sein Besteck handhabte, so als seien Messer und Gabel zu schwer für seine steifen, geschwollenen Hände.

Sie wartete, bis ihr Vater ihnen gute Nacht gewünscht und sich in seine Abgeschiedenheit über der Praxis zurückgezogen hatte und bis Martha aus der Küche ins Wohnzimmer gekommen war, um den kleinen Johnny ins Bett zu bringen, ehe sie ihren Mann nach Miß Crenshaw fragte. Sie war aufgestanden, um ihrem Sohn einen Gutenachtkuß zu geben, bevor sie ihn in Marthas Obhut entließ; nun kniete sie – mit dem Rücken zu John – vor dem Kamin und schürte das Feuer. »Im Klub haben sie auch nach Papa gefragt. Findest du, daß es schlecht um ihn steht?« Sie hoffte, ihm durch ihre Beiläufigkeit die Antwort zu erleichtern, so als müsse ihre scheinbar unbekümmerte Frage notgedrungen auch ihn sorglos stimmen. John schob die Zeitung beiseite, erhob sich, legte seine Pfeife auf den Kaminsims und nahm ihr den Schürhaken aus der Hand.

»Im Umgang mit Feuer bist du wahrhaftig eine Meisterin – jedenfalls, was das Auslöschen betrifft. Komm, laß mich das machen, damit du dich nicht erkältest, wenn ich nachher in die Praxis zurück muß.«

Sie nahm auf der Kante ihres Schaukelstuhls Platz, während er das Feuer anfachte. Erst, als er sich wieder hingesetzt und erneut die Zeitung zur Hand genommen hatte, beantwortete er ihre Frage.

»Er sieht nicht besonders gut aus – sein Rheumatismus setzt ihm arg zu – aber der wird ihn nicht umbringen.«

»Solange er nur nicht hilflos ist. Das wäre furchtbar für ihn. Und Miß Crenshaw?«

»Das müßtest du selber wissen, Anne. Du hast sie doch gesehen.«

»Sie wird sich also nicht mehr erholen?«

Er schüttelte den Kopf.

»Und wieviel Zeit bleibt ihr noch?«

»Die Frage kann dir keiner beantworten. Aber ich sorge dafür, daß sie so wenig leiden muß wie irgend möglich.«

»Oh, John! Und dabei hat die Ärmste doch nichts vom Leben gehabt.«

»Das weißt du nicht, Anne«, erwiderte er sanft. »Vielleicht war sie mit ihrem Leben zufrieden. Dergleichen kann man nie für andere beurteilen, abwägen oder ermessen. Sie spricht übrigens jetzt viel von ihrer Kindheit.«

»Du bist doch nicht – es macht dir doch nicht zuviel Kummer?«

»Du meinst, daß ich ihr nicht helfen kann?« Sein Ton war auf einmal schroff. »Nein, denn ihr ist nicht zu helfen. Ich sehe zwar nicht gern jemanden an Krebs sterben, aber kein Arzt der Welt hätte sie retten können.«

»Manchmal hört man aber doch ...« Sie ließ den Satz unvollendet im Raum stehen und kam auf etwas anderes zu sprechen. »Sally ist furchtbar aufgebracht. Sie glaubt, Mrs. Ballard warte nur darauf, daß die arme, alte Crenny von uns geht, um Mrs. McKinney in den Klub aufnehmen zu können. Unsrer Meinung nach hat Mrs. Ballard sie deshalb heute auch mit zur Sitzung gebracht.«

»Ich hab' schon geahnt, daß du für die Frau deines Pfarrers nicht viel übrig hast.« Er zwinkerte ihr über den Zeitungsrand hinweg zu.

»Ich mag nun mal die Reformatoren nicht. Sie haben so ein gräßliches Sendungsbewußtsein. Warum können sie Waynesboro nicht lassen, wie es ist? Mir war's lieber, als Mrs. Ballard sich um nichts weiter kümmerte als um das Frauenstimmrecht.«

»Und weißt du auch, warum? Weil du daran selber glaubst.«

»Ich meine eben, ich habe das gleiche Recht zu wählen und bin genauso mündig, wie all diese Farbigen. Sally ist zwar dagegen, aber nur, weil Ludwig nichts davon hält.«

»Ludwig entwickelt sich gewissermaßen zum Politiker-hinter-den-Kulissen. Und Politiker schätzen es nun einmal nicht, wenn unberechenbare Faktoren ins Bild kommen. Welchem Anliegen hat Mrs. B. sich denn jetzt verschrieben?«

»Der Temperenz. Dahinter steckt natürlich Mrs. McKinney.«

»Wie ich höre, haben Sheldon und Edwards das Whiskyfäßchen aus ihrem Laden entfernt.«

»Wundert dich das? Wo der alte C. P. so ein guter Presbyterianer und obendrein noch Kirchenältester ist? Natürlich hat er kapituliert, als die McKinneys ihn ins Gebet genommen haben. Aber es war ja auch irgendwie hinterwäldlerisch, ausgerechnet in einem Textilgeschäft dieses Faß aufzustellen und einen Zinnkrug dranzuhängen, damit jeder, der Appetit drauf hatte, sich einen Schluck genehmigen konnte. Doch die Frauen um Mrs. McKinney werden als nächstes auf die Hoffmanns Jagd machen, und was wollt ihr dann tun, du und Ludwig?«

John schnaubte verächtlich. »Die Hoffmanns richten keinen Schaden an. Diese Temperenzler haben die seltsame Vorstellung, man müsse bei den Gastwirten anfangen, wenn man der Trunksucht entgegenwirken wolle. Aber wenn sie etwas erreichen wollen, müssen sie sich zuerst einmal um die Säufer kümmern und rausfinden, wovor die davonlaufen und warum. In meiner Praxis sehe ich mehr vom Alkohol verschuldetes Unheil, als die Ballards sich träumen lassen.«

»Natürlich ist ein Betrunkener ein widerwärtiger Anblick. Ich möchte mich bloß nicht jedesmal zu schämen brauchen, wenn du beim Heimkommen nach Bier riechst.«

»Das solltest du auch schön bleibenlassen. Aber fürs erste brauchst du dir um die Hoffmanns wohl keine Sorgen zu machen. Jetzt, wo Richter Ballard zu der neuen Partei übergetreten ist, werden die Reformatoren sich bestimmt nicht mit den Deutschen verfeinden.«

»Glaubst du, die Liberalen haben eine Chance?«

»Nein. Das sind Idealisten mit hochfliegenden Plänen, denen die ordnende Hand eines umsichtigen Führers fehlt.« Er erhob sich, klopfte am schmiedeeisernen Gitter des Kamins seine Pfeife aus und steckte sie in die Tasche. »Ich muß los. Gib acht, daß dir das Feuer nicht wieder ausgeht.« Mit einer raschen Geste zerzauste er ihr im Vorbeigehen das Haar und wandte sich dann der Seitentür zu, die auf die Veranda hinausführte.

Bei den Rauschs wurde nach dem Abendbrot ebenfalls die politische Lage diskutiert, nur tat man es hier ausführlicher und mit ernsthafter Gründlichkeit. Sally genoß eine der für Ehefrauen und Mütter raren Mußestunden, frei von häuslichen Sorgen und unbelastet von Problemen, die einer Lösung harren. Die Beschäftigung mit Politik war für sie eine Entspannung, ein Spiel, an dem sie sich lediglich als Zuschauerin zu beteiligen brauchte; aber da sie nun einmal mit einem der Akteure verheiratet war, wollte sie zumindest die Regeln lernen, um Ludwig vielleicht eines Tages mit ihrem Rat zur Seite stehen zu können. Nach dem Essen machten die Rauschs es sich vor dem Kamin am Ende des länglichen Wohnraums bequem. Ludwig nahm die Abendzeitung zur Hand, und Sally wiegte die kleine Elsa auf ihrem Schoß. Hinter sich im Eßzimmer, zu welchem ein offener Durchgang mit zurückgebundenen Portieren führte, hörten sie Cassie den Tisch abräumen; sanft klangen Silber und Porzellan zusammen; Teller und Schüsseln wurden klappernd aufeinandergestapelt. Erst als Cassie in der Küche verschwunden und die Tür hinter ihr ins Schloß gefallen war, begann das Ehepaar Rausch ein trauliches Gespräch.

»Schreibt die Zeitung was über die Versammlung in Cincinnati? Hat man dort schon einen Beschluß gefaßt?«

»Ja, ja, es wird 'ne Menge drüber geschrieben, aber getan haben sie noch nichts, die feinen Herren. Man dreht sich im Kreis, ist nicht imstande, planmäßig vorzugehen. Verschrobene Käuze, die sich endlich im Lichte der Öffentlichkeit sehen, und zwischen ihnen ein paar ausgefuchste Politiker, ehrgeizig, aber auch enttäuscht, die mitmischen, weil sie sich davon einen Vorteil versprechen.«

»Glaubst du, sie haben auch nur die geringste Chance? Nein, das ist doch wohl ausgeschlossen!«

»Nun, so ganz wohl nicht. In vielem haben die Leute durchaus recht.«

»Aber hier? In Waynesboro?«

»Hier müssen wir uns gegen Richter Ballards Einfluß bei den Schwarzen und den Kirchenmännern wehren. Und Carl Schurz wird versuchen, die Deutschen auf seine Seite zu ziehen.«

»Die Deutschen kannst du doch überzeugen: Sie mögen dich.«

»Vielleicht ist Schurz ihnen lieber, zusammen mit einer biederen, unbestechlichen Regierung.«

»Anne meint, dieses ganze Gerede über Wirtschaftsverstöße in Regierungskreisen sei pure Verleumdung. Sie sagt, gewisse Leute versuchen, General Grant und sein Kabinett aus dem Amt zu drängen und selbst deren Plätze einzunehmen.«

Ludwig lachte gutmütig. »Anne setzt sich aber auch über alles hinweg. Sie wird Loyalität noch zur Sünde degradieren, so weit treibt sie's damit.« Er faltete die Zeitung zusammen, stand auf und reichte sie Sally, die das Blatt mit einer Hand über die Armlehne ihres Sessels hielt, während er Elsa von ihrem Schoß nahm und mit ihr an seinen Platz zurückkehrte. Bis Cassie erschien, um die Kleine zu Bett zu bringen, spielte Ludwig mit seiner Tochter.

Sally ließ die Zeitung neben sich zu Boden gleiten. »Jedenfalls hast du Mr. Bonner auf deiner Seite, und der ersetzt eine ganze Kriegerschar.«

»Ja, ihm ist es gar nicht recht, die Wiedereingliederung der Sezessionsstaaten dadurch zu besiegeln, daß nun auch die letzten Streitkräfte der Union aus dem Süden abgezogen werden. Wenn es nach ihm ginge, würden die Rebellen noch ein Weilchen die Bajonette der Sieger zu spüren bekommen. Ihm steckt halt Andersonville noch immer in den Knochen, und ich kann's ihm nicht verdenken. Nur glaube ich kaum, daß es uns weiterbringt, wenn wir ständig auf der Vergangenheit herumreiten.«

»Du bleibst doch nicht etwa nur aus Loyalität in der Partei, Ludwig?«

»Meine Liebe, was bedrückt dich eigentlich? Ist es dieses Gerede über mich und die ›niederen Subjekte‹, mit denen ich verkehre?«

»Unsinn! So zartbesaitet bin ich nicht, obschon ich zugeben muß, daß es mich in Rage bringt, wenn man abschätzig von dir spricht. Ich wundere mich bloß, weil du plötzlich redest, als stimmtest du mit diesen Liberalen überein.«

»Nun ja, freilich hat meine politische Haltung auch mit Loyalität zu tun. Grant war zu lange mein General, als daß ich gegen ihn stimmen könnte. Aber ich arbeite nicht in erster Linie für Grant. Männer kommen und gehen, ehrenhafte wie unehrenhafte; wir können die unredlichen mit der Zeit auch loswerden, ohne daß deswegen gleich die Partei auseinanderbrechen muß. Ich arbeite für die Republikaner, weil ich an ihre Grundsätze glaube. Nimm zum Beispiel die Schutzzölle. Glaubst du, ich könnte ohne die meine Seile verkaufen? Eine stabile Währung, Wiederaufnahme der Barzahlungen, Verteidigung des Goldstandards – daran ist mir gelegen. Unsre radikalen Republikaner haben ein übers andere Mal Fehlentscheidungen getroffen, wenn es um den Wiederaufbau des Südens ging, aber das wird sich über kurz oder lang einrenken, und in den übrigen Streitfragen lassen sich sowieso keine endgültigen Lösungen erzielen. Es wird zu allen Zeiten Schuldner geben, die nach Inflation schreien. Bauernverbände werden weiter den Freihandel fordern, ohne zu begreifen, daß kein Geschäft in einem Land florieren kann, dessen Währung nicht gesund ist, und daß sie ihre Erzeugnisse nicht an den Mann bringen können, wenn die

Industriebetriebe bankrott machen und die Arbeiter keinen Lohn mehr bekommen. Ich möchte die Republikaner weiter am Ruder wissen, weil ich mir von dieser Regierung am meisten für unser Land verspreche.«

Als Sally ihn fragte, wie seiner Meinung nach das Programm der liberalen Republikaner aussehen werde, schnaubte er verächtlich.

»Das weiß Gott allein! Sämtliche Narren des Landes sind in Cincinnati zusammengeströmt, aber sie hängen ganz unterschiedlichen Spintisierereien an. Den Befürwortern des Freihandels stehen Greeley und seine Freunde gegenüber, die hohe Zolltarife fordern. Die Bauernverbände und Gewerkschaftskreise, die sich für unbegrenzte Verwendung von Silber für Dollarmünzen einsetzen, streiten mit den Anhängern der Goldwährung, Männern wie Schurz und Adams. Das einzige, was sie verbindet, ist der gemeinsame Wunsch nach einer rechtschaffenen, ehrlichen Regierung und nach unverzüglicher Wiedereingliederung des Südens in die Union. Aber gewiß sind auch ein paar gewiefte Politiker unter ihnen, die eine Erfolgschance wittern und es mit der Redlichkeit nicht so genau nehmen werden.«

»Was mich so erzürnt, ist die Anmaßung dieser Leute: Als hätten sie *allein* die Rechtschaffenheit gepachtet. Ach, Ludwig, denk dir nur: Wenn die arme Miß Crenshaw von uns geht, wird Mrs. Ballard versuchen, diese entsetzliche Mrs. McKinney zum Klubmitglied zu machen.«

Ludwig warf den Kopf zurück und lachte aus vollem Halse. »Sally, Liebste, du bist unvergleichlich. Also *darüber* echauffierst du dich so! Aber hast du nicht immer wieder betont, in eurem ach so literarischen Klub sei man über persönliche Differenzen erhaben?«

»Oh, ihr Männer könnt einen krank machen.« Desungeachtet lächelte Sally ihrem Gatten zu.

»Du wirst doch im Klub keinen Streit anfangen wollen, oder? Paß mal auf, Liebste, wenn du mich bei meiner politischen Arbeit wirklich unterstützen willst, solltest du vorab einiges von mir lernen. Merk dir: Man kann mit einem politischen Gegner sehr wohl persönlich befreundet sein. Im übrigen fängt man mit Zucker mehr Fliegen als mit Essig, vergiß das nicht.«

»Ich kann natürlich so *tun* als ob«, versetzte Sally schnippisch, »aber bilde dir nur ja nicht ein, daß ich diese Mrs. McKinney je mögen werde, denn das tu ich mein Lebtag nicht, hörst du! Und eins steht fest«, fügte sie mit sichtlicher Befriedigung hinzu, »auf deine deutschen Freunde werden die McKinneys keinen Einfluß gewinnen, nicht, wenn sie versuchen, ihnen diesen Temperenzler-Floh ins Ohr zu setzen.«

»Die McKinneys beunruhigen mich eigentlich gar nicht. Ich fürchte nur, du wirst dich daran gewöhnen müssen, daß ich meine Abende – oder zumindest einige davon – in Gesellschaft der ›niederen Subjekte‹ verbringe, über die deine Klubdamen sich so empören. Und wir treffen uns obendrein noch in Hoffmanns Bierschenke. Ach, da fällt mir ein, hast du schon unseren neuen Mitbürger zu Gesicht bekommen, einen gewissen Lichtenstein?«

»Du meinst den Rechtsanwalt, der seine Kanzlei über Thirkields' Apotheke hat? Und ob ich den gesehen habe! Ich wette, der wiegt drei Zentner. Neulich saß er am Fuß der engen Stiege, die zu seiner Kanzlei hinaufführt, und ich hab' mich im Vorbeigehen gefragt, ob er wohl erst verschnaufen mußte, um sich fürs Hochklettern zu rüsten oder ob er ganz einfach Angst hatte, zwischen den Mauern steckenzubleiben. Aber warum fragst du? Kennst du ihn etwa persönlich?« Die letzten Worte äußerte sie in fast erschrecktem Ton, so als fürchte sie, sein Steckenpferd könne Ludwig mit fragwürdigen Subjekten in Berührung bringen. »Ein grotesker Mensch, wie aus einem Roman von Dickens entstiegen. Ich kann mir nicht vorstellen, daß er Mandanten bekommt.«

»Der Arme ist von unglückseliger Statur, da hast du recht. Aber drei Zentner ist nun wahrlich übertrieben, Sally. Und wie ungeschlacht er äußerlich auch wirken mag, der Schein trügt. Unter den Deutschen sind etliche, die ihn vertrauensvoll zu ihrem Anwalt machen werden. Er spricht nicht gut Englisch, weil er die letzten Jahre mit seinem Onkel im deutschen Viertel von Cincinnati gelebt hat, wo man sich natürlich in seiner Muttersprache unterhielt; aber sobald er die amerikanische Staatsbürgerschaft bekam und als Anwalt zugelassen wurde, ist er hier raufgezogen und hat seine Kanzlei eröffnet. Lichtenstein ist Witwer und hat einen kleinen Sohn. Ich hoffe nur, sein Akzent wird ihn nicht so zum Außenseiter stempeln, daß er allein auf deutsche Mandanten angewiesen bleibt. Er hat eine ausgezeichnete Erziehung genossen, hat in Halle die Universität besucht und ist überhaupt ein genialer Kopf. Er ist weit und breit der einzige, dem es gelingt, Dock Gordon beim Schachspiel zu schlagen. Hoffmann hält ständig ein Brett für die beiden bereit, obwohl John nur selten zum Spielen kommt. Ich mache hin und wieder eine Übungspartie mit Lichtenstein, mehr kann ich ihm nicht bieten, Übung, weiter nichts. Alle, die bei Hoffmanns verkehren, schätzen und mögen ihn. Ich wünschte, ich könnte ihn für unsre Sache gewinnen. Nun mach nicht so ein Gesicht, Sally! Ich bitte dich ja nicht, mit *ihm* Freundschaft zu schließen, sondern nur mit den Damen bei euch im Klub.«

»Vielleicht... aber nicht, bevor sie Mitglieder sind!« versprach Sally widerstrebend. »Trotzdem – ich wünschte, ich wüßte eine Bekannte, die wir an Stelle dieser Mrs. McKinney aufnehmen könnten.« Und mit ernsthafter Miene, die Brauen gerunzelt und die Lippen zusammengepreßt, so als suche sie die Lösung eines gravierenden Problems, holte Sally ihre Näherei aus dem Korb auf dem Tischchen neben sich.

Die Woche verstrich, und mit ihr schwand Ludwigs Besorgnis und die seiner Parteifreunde angesichts der Führungslosigkeit und der beträchtlichen Verwirrung, welche dem Vernehmen nach auf dem Konvent der liberalen Republikaner herrschten. Ihre schlimmsten Befürchtungen waren endgültig gebannt, als sie die Nachricht erhielten, Horace Greeley sei für das Präsidentenamt nominiert worden. Ludwig erschien dies wie ein ungeheurer Spaß, welcher Eindruck sich noch verstärkte, als die Demokraten im Laufe des Sommers eine geringe Chance witterten, die Regierungspartei zu schlagen, indem auch sie Greeley zu ihrem Kandidaten ernannten. Der Mann, der als Herausgeber der New Yorker Zeitung *Tribune* im Krieg als Prophet der Republikaner gegolten hatte, insbesondere derer in den ländlichen Bezirken des mittleren Westens, der Mann, der einst fanatischer gegen den Süden zu Felde gezogen war als der feurigste Soldat und der immer noch lautstark hohe Zolltarife forderte, ausgerechnet dieser Mann sollte die Anhänger der inflationären Geldpolitik, des Freihandels und der Wiedereingliederung des Südens vertreten. Doch was einem Großteil der Nation und fast ganz Waynesboro wie eine Posse erschien, kam für diejenigen unter den Liberalen, die andere Kandidaten unterstützt hatten, einer Tragödie gleich; für Richter Ballard jedenfalls war es eine.

Er kam nach dem letzten Versammlungstag mit dem Abendzug aus Cincinnati zurück. Und weil er es nicht für nötig erachtet hatte, seiner Familie telegraphisch seine Ankunft mitzuteilen, erwartete ihn natürlich auch kein Wagen am Bahnhof, weshalb der Richter eine Droschke mieten mußte, um den weiten Weg von der Station bis zu seinem Haus am anderen Ende der Stadt zurückzulegen. Er war sehr müde, und die Zugfahrt war nicht eben erholsam gewesen; selbst die langsam dahinzockelnde Droschke, in der es nach Stroh roch und nach ledernem Pferdegeschirr, rüttelte seine Glieder schmerzhaft durcheinander, doch er hoffte zuversichtlich, daß er vor den Mädchen, sollten sie noch auf sein, die Contenance bewahren würde. Erst wenn er und seine Frau in ihrem massiven Bett mit den hoch aufgetürmten Kissen allein und die Lichter gelöscht waren, wollte er sich seinen Kummer von der Seele reden.

Mrs. Ballard und Eliza, die im Wohnzimmer lesend beieinandergesessen hatten, hörten als erste den Hufschlag der Pferde und das Knirschen der Räder auf der kiesbestreuten Einfahrt. Eilig begaben sie sich in die rückwärtige Halle, durch welche man die Wageneinfahrt erreichte. Gleich darauf erschien Thomasina auf dem oberen Absatz der Seitentreppe. Im selben Moment öffnete sich unten die Eingangstür.

»Ja, es *ist* Papa«, rief sie über die Schulter zurück und lief auch schon die Stufen hinab, während unten der Droschkenkutscher das Gepäck ihres Vaters in die Diele trug. Samuel folgte seiner Gattin langsameren Schrittes und mit der aufreizenden Miene (zumindest wirkte es so auf den Richter) eines Mannes, der nicht ganz sicher ist, ob er zur Familie gehört.

»Na, na, Thomasina«, wehrte der Vater die Umarmung seiner Tochter ab, »ich war schließlich nicht am Nordpol.« Er entlohnte den Kutscher und schloß die Tür hinter ihm. »Den Koffer laß nur stehen«, wandte er sich an den allzu dienstbeflissenen Samuel, »ich nehme ihn mit hinauf, wenn ich zu Bett gehe. Kommt mit in mein Arbeitszimmer. Ich könnte mir vorstellen, ihr brennt alle darauf zu erfahren, wie das passieren konnte.«

»Das kann warten, Thomas. Du bist gewiß erschöpft von der Reise.«

»Nicht doch, Mary! Wenn ich von meinen Gerichtssitzungen in den Landbezirken ringsum heimkomme, machst du nie solch ein Theater, obgleich ich auch dann oft sehr müde bin. Im übrigen wäre mir eine schöne heiße Tasse Tee sehr willkommen, Thomasina, mein Kind.«

Wenig später war die Familie im kleinen Arbeitszimmer des Richters hinter dem Wohnraum versammelt; die Lampe brannte, und im Kamin knisterte ein Feuer. Thomasina hatte das Teegeschirr hereingebracht und die Spirituslampe entzündet. Es würde ein Weilchen dauern, bis das Wasser kochte; während sie dasaßen und warteten, stellte Thomasina dem Richter die Frage, die Mutter und Schwester nicht über die Lippen gekommen wäre – nicht in Samuels Gegenwart – und wenn sie die ganze Nacht hätten warten müssen.

»Wie konnte das nur geschehen, Papa? Ich dachte, du hattest alles so genau geplant.«

»Ich weiß es selbst nicht, mein Kind. Ich fürchte, ich bin kein geschickter Politiker. Andererseits sind auch Erfahrenere als ich wie vor den Kopf geschlagen, Richter Stanley Matthews...«

»Bist du jetzt furchtbar enttäuscht?«

Verwundert erwiderte er Thomasinas forschenden Blick, aber Eliza kam seiner Antwort zuvor. »Du hast anscheinend gar nichts begriffen«, fauchte sie. »Worüber haben wir denn unausgesetzt gesprochen, seit es bekannt wurde...«

»Ja, gewiß war ich enttäuscht. Aber eure Mutter und ich, wir haben uns lange genug für viele gute Zwecke eingesetzt, um zu wissen, daß man dabei häufiger mit Niederlagen als mit Erfolgen rechnen muß. Doch weder Hindernisse noch scheinbar zerstörte Hoffnungen haben uns je dazu bewegen können aufzugeben...«

Thomasina ging der Anblick seines furchtbar abgespannten, müden Gesichts zu Herzen. »Oh, Papa!« rief sie klagend, »wie kommt es nur, daß immer die Bösen triumphieren?«

In seinem Lächeln spiegelte sich jene mitleidige Belustigung, die seine Tochter nicht selten hervorrief. »So schlimm ist es nun auch wieder nicht. Mr. Greeley hat weder Hörner noch einen Pferdefuß.«

»In Mamas Augen schon.« Thomasina widmete sich eifrig der Zubereitung des Tees. Mrs. Ballard nickte grimmig und mit zusammengepreßten Lippen.

»Ich kann und werde ihm seinen Verrat an der Frauenrechtsbewegung nicht verzeihen. Er hatte versprochen, sich dafür einzusetzen, und hat dieses Versprechen gebrochen. Welch ein Jammer, daß man euch nach allem, was ihr geleistet habt, du und Richter Matthews und die anderen, nun so einen – gelinde gesagt – wetterwendischen Menschen aufzwingt.«

»Ja, ja. Nun, du weißt, daß ich einen anderen Kandidaten im Auge hatte.« Er trank seinen Tee, stellte die Tasse neben sich auf den Schreibtisch und betupfte mit dem Handrücken seinen weißen Knebelbart. »Doch merkt euch, was wir über Greeley denken, darf nicht aus diesen vier Wänden dringen. Denn ich muß mich nach besten Kräften bemühen, ihm zum Wahlsieg zu verhelfen. Wenigstens ist er unbestechlich.«

»Aber Papa...« Er wußte, was Thomasina einwenden wollte. Er hatte stets die Ansicht vertreten, daß ein Richter zwar getrost seinen Einfluß geltend machen solle, um einer Sache zu dienen, von der er überzeugt ist, daß es sich hingegen keinesfalls für ihn schicke, persönlich zugunsten des einen oder anderen Kandidaten in einen Wahlkampf einzugreifen. Sein Vorsatz, erst dann in aller Offenheit zu sprechen, wenn er mit seiner Frau allein wäre, schien sich nun nicht mehr aufrechterhalten zu lassen. Aber vielleicht ist es gut so, dachte der Richter. Seine Töchter waren erwachsen, seinen Schwiegersohn hielt er für vertrauenswürdig, wenn auch nicht eben für eine starke Persönlichkeit, und seine Lage – die Lage der Familie – sollte allen Beteiligten klar sein.

»Thomasina, du brauchst mich nicht an das zu erinnern, was ich so oft als meine feste Überzeugung vertreten habe. Ich denke heute nicht anders darüber als früher. Aber ich trage mich mit dem Gedanken, mein Richteramt zur Verfügung zu stellen.« Sein Bestreben, einen sachlichen Ton anzuschlagen, wurde durch seinen Seufzer zunichte gemacht, der in der Stille, welche seinen Worten folgte, deutlich zu hören war. Für einen Moment ließ dieser Seufzer ihn als alternden Mann erscheinen, der des Kämpfens müde ist.

Seine Frau ertrug es am wenigsten, ihn so zu sehen. »Thomas, wenn du dich ein wenig ausgeruht hast, wirst du anders darüber denken. Ich weiß, es gibt Augenblicke, in denen es uns scheint, als hätten wir unser Leben vergeudet, hätten all unsere Kräfte vergeblich eingesetzt. Aber zum Glück gehen solche Augenblicke bald vorüber.«

»Damit hat das nichts zu tun, Mary. Der Ausgang des Konvents hat mir – abgesehen von meiner Sorge um das Wohl des Landes – eine persönliche Enttäuschung bereitet. Wenn's anders gekommen wäre und Cox und Richter Matthews sich hätten durchsetzen können, hätte ich, so war mir angedeutet, nein, fast schon versprochen worden, als nächster in den Bundesgerichtshof aufrücken können – unseren Wahlsieg natürlich vorausgesetzt. Diese Hoffnung hat sich nun zerschlagen.«

»Aber wird denn Mr. Greeley nicht auf den Rat deiner Freunde hören, wenn er die Wahl gewinnt?«

»Er wird nicht gewinnen.«

»Warum in aller Welt willst du dann zurücktreten?«

»Du meinst, ich führe mich auf wie ein launisches Kind? Nein, so ist es nicht. Doch das Gehalt eines Richters am Oberlandesgericht von Ohio dürfte wohl kaum ausreichen, um unsere Familie zu ernähren. Ich denke, es wäre das klügste, wenn ich versuchte, meine Anwaltskanzlei wieder aufleben zu lassen.«

Seinen Worten folgte bestürztes Schweigen. Diesmal war es Eliza, die als erste sprach.

»Papa... versteh mich bitte nicht falsch, aber... Es war sehr großzügig von dir, uns dieses Haus zu bauen, aber wir brauchen es doch nicht unbedingt. Wir würden ebensogern wieder in die Spring Street ziehen. Lieber sogar, wenn dir damit eine Last abgenommen würde.«

»Ich betrachte dieses Haus nicht als Last.« Sein Ton war schroff. »Thomasina, sei so gut, und gieß mir noch eine Tasse Tee ein.«

Sie nahm seine Tasse entgegen und hielt sie unter den Hahn der Teemaschine. Ihre Hände mit den auffallend schmalen Gelenken bewegten sich emsig im Lichtschein der Tischlampe hin und her. Irgend etwas, eine Geste oder ein unterdrücktes Geräusch, raubte dem Richter plötzlich jegliches Gefühl für die Gegenwart. Das reich möblierte, dämmrige Arbeitszimmer, wo im Kamin ein Kohlenfeuer flackerte und wohlige Wärme verströmte, schien auf einmal unwirklich wie ein Traum, und in diesen Traum sickerten Erinnerungen, alte, traurige Erinnerungen, die er längst gebannt zu haben glaubte. Er sah wieder das hagere, angespannte Gesicht seines Vaters vor sich, der im Kerzenschein über dicke Folianten gebeugt saß. Er atmete erneut den Seifengeruch des engen Häuschens in Cincinnati – an dem Tag, da man seinen Vater heimgebracht hatte. Er war tot – sein hochbegabter Vater, der es schon mit fünfunddreißig zum Richter am Oberlandesgericht von Ohio gebracht hatte, war im Alter von achtunddreißig Jahren an Schwindsucht gestorben. Er war in seinem Zimmer im einzigen Hotel der kleinen Stadt zusammengebrochen, in der er gerade Gerichtstag gehalten hatte. Eine Eskorte bekümmerter Juristen hatte die Leiche heim nach Cincinnati gebracht. Sie hatten getan, was in ihren Kräften stand, aber sie konnten der Familie kaum helfen, weder an diesem Tage noch später. Die Witwe und ihre sechs Kinder hatten kein Geld – sie waren bettelarm. Also hatte man nach der Beisetzung die Kinder unter den Verwandten aufgeteilt; doch weil er der Jüngste war, durfte er mit seiner Mutter zu deren verheirateter Schwester ziehen und mußte, als er heranwuchs, ohnmächtig zusehen, wie sie im Hause ihres Schwagers zum Aschenputtel gemacht wurde, während man ihn widerwillig als nutzlose Bürde duldete. Seine Mutter hatte nur den einen Trost gekannt, ihn bei sich zu haben, der stets bereitwillig der Lobpreisung seines Vaters lauschte.

»Dein Tee, Papa.«

»Danke, mein Kind.« Er nahm die Tasse in Empfang. Das Zimmer hatte wieder seine vertrauten Umrisse; fest und klar umstanden ihn die holzverkleideten Wände. Wie schnell doch die Sinne sich vorwärts und rückwärts durch die Jahre schlängeln, dachte er, daß sie in der kurzen Frist, die es dauert, eine Tasse Tee einzugießen, ein ganzes Leben umspannen können. Laut sagte er: »Ich fürchte, es war Selbstbetrug, wenn ich behauptete, ich hätte dieses Haus für meine Familie, für euch, gebaut. In Wahrheit bedeutet es wohl niemandem soviel wie mir selbst. Ihr kennt die

Geschichte meiner Knabenzeit, aber vielleicht habe ich euch nie erzählt, wie ich mir als Kind vornahm, meiner Mutter eines Tages ein eigenes Haus zu bauen, ein wahrhaft prächtiges Haus – nicht einfach eine Ansammlung von vier Wänden und einem Dach darüber –, damit sie von Tante Deborah fort könnte. Ihr und meinem Vater zuliebe schwor ich mir außerdem, daß ich erreichen würde, was sie sich für ihn erträumt hatte: einen Sitz im Obersten Bundesgerichtshof. Tja, meine Mutter starb, bevor ich erwachsen wurde, und ich hab's nie bis zum Bundesgericht geschafft. Heute weiß ich, daß es nur ein leerer Traum war. Aber eins habe ich immerhin erreicht: Ich habe dieses Haus gebaut.«

Mit vor Staunen geweiteten Augen hatten seine Töchter ihm zugehört. Thomasina hielt unter ihren Röcken auf dem Sofa Samuels Hand umklammert. Ihre Liebe zum Vater war nie frei von Ehrfurcht gewesen; er war ihr stets wie eine Art höheres Wesen vorgekommen, ein Mann, mit dem Mitleid zu haben völlig undenkbar, wenn nicht gar ungehörig schien. Doch seit diesem Abend betrachtete sie ihn mit einer gewissen Rührung, auch wenn er sich noch so sehr hinter seiner vornehmen Art und seiner kühlen, ernsten Miene zu verschanzen suchte. Eliza spürte, während ihre Blicke an den Lippen des Richters hingen, eine plötzliche und unerwartete Liebe zu diesem Haus in sich aufwallen, das weder sie noch Mutter und Schwester je gewollt hatten. Allein, es war Eliza nicht gegeben, solche Empfindungen in Worte zu fassen. Schließlich brach Mrs. Ballard das Schweigen.

»Zumindest solltest du nichts überstürzen, Thomas«, sagte sie begütigend. »Vielleicht gewinnt Mr. Greeley ja doch die Wahl und macht dich zum Bundesrichter. Was nun die ›leeren Träume‹ betrifft: Du säßest womöglich heute schon im Obersten Bundesgerichtshof, wenn du deine Laufbahn einzig und allein auf dieses Ziel hin ausgerichtet hättest. Statt dessen hast du hingebungsvoll Zeit und Kraft für einen guten Zweck eingesetzt, und hast deine Karriere der Abschaffung der Sklaverei geopfert.«

»Ich bin über sechzig, Mary, also machen wir uns nichts vor. Aber es besteht auch kein Grund zur Beunruhigung. Als ich mich bereit erklärte, ein Richteramt zu übernehmen, glaubte ich, wir könnten von den Ersparnissen aus meiner Kanzlei leben. Auch hatte mir ja die Eisenbahn ein paar Jahre lang beachtliche Summen als Honorarvorschuß gezahlt. Doch wie ihr wißt, hat sich herausgestellt, daß einige meiner Investitionen nicht solide waren.« Selbst in diesem Moment, da Enttäuschung und das Bedürfnis nach Verständnis ihn bewogen, seine Verschlossenheit aufzugeben, brachte der Richter es nicht über sich, das Wort »Spekulation« in den Mund zu nehmen. »Aber ich habe noch einiges Kapital, das gewinnbringend angelegt ist. Laßt uns also das Haus behalten.« Er hielt inne und strich über seinen Knebelbart; seine Zuhörer spürten, daß diese vertrauliche Unterredung zu Ende war. »Das Haus können wir halten, auch wenn ich wieder als Anwalt arbeiten muß. Zum Glück habe ich in all den Jahren meine Kanzlei und die Partnerschaft mit Merrill nicht aufgegeben. Wie dem auch sei, meine Interessen müssen hinter denen der Nation zurückstehen. Wir werden versuchen, Mr. Greeley zum Wahlsieg zu verhelfen, und – wenn das mißlingt – beim nächsten Mal einen besseren Kandidaten aufstellen...«

»Glaubst du, daß wir hier in Waynesboro etwas ausrichten können?«

»Um ehrlich zu sein, nein.«

Mrs. Ballard schlug sich mit der Faust aufs Knie. »Ich neige dazu, mich Mrs. McKinneys Meinung anzuschließen. Wenn man die Welt verändern will, muß man damit in der eigenen Gemeinde anfangen. Sollten wir wirklich unterliegen, so hätte das auch hier am Ort schlimme Folgen; diese unkultivierten Subjekte würden am Ruder bleiben.«

»Du meinst insbesondere Captain Rausch, nicht wahr, Mama?« Thomasina, die Sally gut leiden konnte, wünschte sich die Freiheit, auch Ludwig gern haben zu dürfen. »Hat er denn wirklich so einen schlechten Einfluß?«

»Die Temperenzbewegung wird in Waynesboro keine Fortschritte machen, wenn's nach ihm geht«, entgegnete Mrs. Ballard streng. »Außerdem, wenn ich bedenke, wie hart wir gearbeitet, welch zähe Vorurteile wir bekämpft haben, um die Abschaffung der Sklaverei voranzutreiben und den Fünfzehnten Verfassungsänderungsartikel durchzubringen, und nun... Es ist zum Aus-der-Haut-Fahren! Dieser Ludwig Rausch wollte nicht mal, daß die Schwarzen das Wahlrecht bekommen, aber nun werden sie bei der nächsten Wahl allesamt auf ihn hören, statt auf dich, bloß weil sie für ihn arbeiten.«

»Das stimmt schon, aber du darfst nicht ungerecht gegen ihn sein, Mary. Er glaubt an die Leitgedanken der Republikaner; darauf hat er seinen Wohlstand gegründet, und vom Gedeihen seiner Firma sind wiederum die Schwarzen abhängig, denn er gibt ihnen Arbeit und Brot. Und daß er die Regierung aus der Sicht des Unternehmers beurteilt, ist ebenso natürlich, wie daß ich einen anderen Standpunkt vertrete. Wir sollten uns hüten, freundschaftliche Kontakte auf Grund politischer Differenzen zu zerstören.«

Als der Sommer anbrach, war Ludwig keineswegs so sicher wie

der Richter (der im übrigen die Wahl gar nicht erst abwartete, sondern sein Amt schon im Hochsommer zur Verfügung stellte), daß Greeley die Wahl verlieren würde – selbst dann nicht, als die Demokraten sich notgedrungen mit den Liberalen zusammengetan und ihn als gemeinsamen Kandidaten aufgestellt hatten, was die republikanische Presse weidlich nutzte, um die zu verspotten, welche diese bittere Pille hatten schlucken müssen. Während Greeley sich, ungeachtet seines Alters, tatkräftig in den Wahlkampf stürzte und im Verein mit Carl Schurz (der in Wahrheit nur mit halbem Herzen bei der Sache war) in den umliegenden Städtchen vor großem Publikum seine Reden hielt, setzte Ludwig alles daran, die Bürger von Waynesboro zu überzeugen, daß sie gut daran täten, General Grant die Treue zu halten.

Vor allem abends in Hoffmanns Bierschenke wandte er all seine Überredungskünste auf, wenn er zu den Deutschen sprach, die sich hier regelmäßig an viereckigen Tischen mit rotkarierten Dekken bei Bier und Brezeln versammelten. Aber auch andere Mitbürger schauten an heißen Sommerabenden herein, leerten einen Krug Bier, scherzten ein wenig mit den Hoffmann-Mädchen, sahen beim Schachspiel zu oder unterhielten sich mit Ludwig über Politik.

Ludwig Rausch hatte sich im Laufe des Sommers mit Hermann Lichtenstein angefreundet. Dieser erst seit kurzem in Waynesboro ansässige Rechtsanwalt war vielleicht äußerlich eine groteske Erscheinung, aber die kindliche Aufrichtigkeit seines Wesens, sein offenes Gesicht und der freundliche Blick seiner klaren blauen Augen bewirkten, daß Ludwig sich zu ihm hingezogen fühlte. Lichtenstein war beseelt von inbrünstiger Leidenschaft für die Demokratie nach Amerika gekommen, doch eben diese geheiligte Demokratie schien ihm nun hier in Waynesboro durch ein unzulängliches Schulsystem bedroht. Hermann Lichtenstein stand im Begriff, die zweite Tochter der Hoffmanns zu ehelichen und wieder eine Familie zu gründen, im Überschwang seiner Liebe für seinen mutterlosen Sohn Rudolph und die ihm anverlobte Braut widmete er sich mit Feuereifer der Verbesserung der hiesigen Erziehungsanstalten.

»Sie verstehen – weiß ich, daß Sie nix müssen kümmern sich um Schule«, pflegte er in seinem drolligen, unbeholfenen Englisch auf Ludwig einzureden. »Ihre Kinder werden nicht gehen in Schule von Staat.« Er suchte mühsam nach Worten, und seine wunderlich gutturale Aussprache schien ihm beständig die Kehle sprengen zu wollen. »Aber wir nicht haben Geld, wir müssen nehmen Schulen von Staat. Und was wir finden da?«

Ludwig mußte unwillkürlich lachen. Er kannte die öffentlichen Waynesboroer Schulen recht gut, zumindest von außen: zwei düstere, unansehnliche Backsteingebäude.

»Sie haben recht, die staatlichen Lehranstalten sind in beklagenswertem Zustand, mein lieber Lichtenstein. Und dabei sollten gerade in Schulen keine Unterschiede herrschen. Alle unsere Kinder sollten miteinander in eine Schule gehen – das ist die Grundlage der Demokratie. Ihre und meine Kinder sollten dieselbe Schule besuchen, davon bin ich ehrlich überzeugt. Wissen Sie was, Lichtenstein? Wir bringen Sie in die Schulbehörde unserer Stadt, und Sie schaffen Ordnung im Unterrichtswesen, bis meine Elsa in die Schule kommt. Die ist jetzt zwei.«

Ludwig hatte nur einen Scherz machen wollen, aber als er das biedere, erstaunte Gesicht des Anwalts aufleuchten sah, spürte er, daß er diesen Mann nicht kränken dürfe. Er ahnte auch, daß er in Hermann Lichtenstein einen Menschen vor sich hatte, der bereit war, einen regelrechten Kreuzzug zu veranstalten, um seine Ideale durchzusetzen. Ludwig hob seinen Bierkrug und prostete seinem Gegenüber zu.

»Auf Ihr Wohl! Sie müssen gewählt werden, versteht sich. Damit, daß ich Ihren Namen auf die Kandidatenliste setze, ist es nicht getan. Aber ich schlage Ihnen ein Geschäft vor: Gebrauchen Sie Ihren Einfluß bei Ihren Freunden zugunsten von General Grant, und ich werde mich bei meinen Freunden für Sie verwenden, abgemacht?«

Als Ludwig seiner Frau getreulich von dieser Unterredung berichtete, wußte Sally kaum, ob sie ihm böse sein sollte, weil er sich mit nicht gesellschaftsfähigen Leuten wie diesem Mr. Lichtenstein einließ, oder ob sie sich darüber amüsieren sollte, wie geschickt er ihn für seine Zwecke eingesetzt hatte. Sie glaubte nicht, daß er ernsthaft versuchen würde, Mr. Lichtenstein in die Schulbehörde wählen zu lassen; und selbst wenn er es tat, würde es ihm nicht gelingen, dessen war Sally gewiß. Die Mitglieder der Schulbehörde wurden von Jahr zu Jahr fast automatisch wiedergewählt: Es waren unbedeutende Mitglieder angesehener Familien, die treu und beharrlich über den Geldbeutel des Steuerzahlers wachten. Sally hoffte nur, Mr. Lichtenstein werde nicht zu enttäuscht sein und vor allem nie erfahren, daß Ludwig ihn zu einem einseitigen Handel überredet hatte.

Das Komitee der Republikanischen Partei faßte den Entschluß, die Wahlkampagne des Staates Ohio in Waynesboro und Shawnee County zu eröffnen: Vielleicht weil der Siebente Bezirk bekanntermaßen den Republikanern die Treue hielt und man darauf hoffte, daß die hier entfachte Begeisterung um sich greifen würde. Der Feldzug war für Mitte August anberaumt; die Wahlen in Ohio würden im Oktober stattfinden, die Versammlungen, sowohl auf Staats- als auch auf Gemeindeebene waren bereits abgehalten, und der Augusttermin schenkte der Partei noch volle zwei Monate für ihre Wahlpropaganda. Und doch hätte der Zeitpunkt den Republikanern zum Verhängnis werden können: Der Jahrmarkt war eben erst zu Ende gegangen, und die Landbevölkerung hatte sich dabei weidlich ausgetobt; es war heiß und trocken, und auf den Straßen von Waynesboro watete man bis zu den Knöcheln im Staub. Aber Ludwig war ein ausgezeichneter Organisator; in jedem Weiler, in jedem Kirchspiel und in jeder Stadt hatte er ein Komitee aufgestellt, und jeden Ort spornte er zum Wettstreit untereinander an: Oak Grove wollte sich bei der festlichen Parade nicht von Maple Corners ausstechen lassen, Maple Corners wiederum wollte nicht hinter dem Städtchen Monroe zurückstehen. Das übergeordnete Komitee des Staates Ohio tat ein weiteres und stellte eine Liste prominenter Namen zusammen, deren Träger am Morgen des großen Tages als Redner auftreten sollten; benachbarte Städte und Dörfer des Bezirks würden Abordnungen zum feierlichen Fackelzug entsenden. Um die Unterbringung der illustren Gäste brauchte man sich – sehr zu Ludwigs Erleichterung – nicht zu kümmern; sie sollten vormittags ihre Reden halten und konnten anschließend entweder gleich abreisen oder bleiben, aber er war nach dem Mittagessen, wobei ein ganzer Ochse am Spieß gebraten werden sollte, nicht mehr für sie verantwortlich. Gouverneur Noyes war ein rechtschaffener Mann, und Mr. Cochran, der persönlich mit ihm bekannt war, bot ihm an, in seinem Hause zu übernachten; Senator Wade indessen kannte in der ganzen Stadt niemanden außer Richter Ballard, und der hatte nun die Fronten gewechselt. Was Ben Butler betraf, so wußte Ludwig nicht, wer ihn hätte aufnehmen können, es sei denn, General Deming erklärte sich dazu bereit.

»Ich habe nie auch nur die Hälfte dieser gräßlichen Geschichten geglaubt, die man sich über General Butler erzählte«, sagte Sally vorwurfsvoll zu ihrem Mann. »Außerdem es waren schließlich Rebellen...«

»Du meinst das mit den Silberlöffeln? Ja, das ist natürlich Unsinn. Aber er hat die Frauen im Süden gegen sich aufgebracht, und für sein Auftreten in New Orleans wird man ihn noch in hundert Jahren ächten, obwohl er in Wirklichkeit nur taktlos gehandelt hat. Doch er gehört nun mal nicht zu den redlichsten unserer Politiker.«

Wie man im Wahlkreis auch über Ben Butlers Moral denken mochte oder über den hitzigen Radikalismus, den Senator Ben Wade im Kongreß zeigte – die Leute strömten in Scharen herbei, um die beiden sprechen zu hören, denn nur selten hatte man in Waynesboro Gelegenheit, solch berühmte Männer zu sehen. Die Farmer kamen mit ihren Familien in die Stadt, sobald die notwendigsten Arbeiten in Haus und Stall verrichtet waren; die Stadtkinder brachten kaum die Geduld auf, ihr Frühstück zu beenden, aus Angst, sie könnten etwas Denkwürdiges oder Aufregendes verpassen. Ihre Eltern gaben sich zwar zurückhaltender, doch gleich nachdem das Geschirr gespült war, machten auch sie Jagd auf einen guten Platz in der Menge, die sich auf dem umzäunten Gelände vor dem Gerichtsgebäude versammelt hatte. Lange bevor der erste Redner die Tribüne betrat, wimmelte es auf dem Platz von Schaulustigen, und die Nachzügler mußten sich so gut es ging bis zum eisernen Gitter durchzwängen, an dem sie zwar einen zuverlässigen Halt fanden, aber auch Gefahr liefen, daß die Nachdrängenden ihnen die Luft abdrückten. Die Ansprachen sollten um zehn Uhr beginnen, und pünktlich wurden die hohen Herren vom Südausgang des Gerichtsgebäudes auf die flaggengeschmückte Tribüne geleitet, die man auf gleicher Höhe mit dem Portikus vor dem Haupteingang errichtet hatte. General Deming hielt sich bereit, die hohen Gäste willkommen zu heißen. Mr. Bonner und Ludwig, die beide schon vor Hitze glühten, erblickte man ebenfalls auf der Tribüne. Diejenigen im Publikum, die spät gekommen waren und nun außerhalb des Zaunes standen, hatten dennoch einen gewissen Vorteil: Sie konnten sich nach etwa einer Stunde, wenn sie des Zuhörens müde waren, davonschleichen, ohne Aufmerksamkeit zu erregen und ohne gar zu energisch von ihren Ellbogen Gebrauch machen zu müssen. Allein, fast alle harrten bis zum bitteren Ende aus, und das trotz Hitze, Schweiß, Tabak kauender Nachbarn und brüllender Kinder, denn man liebte die Rhetorik, und zwar je blumiger, desto mehr, und der ehemalige General Butler war für seine Redegewandtheit berühmt.

Es war schon kurz nach Mittag, als die letzten Worte in der stickigen Luft verhallten, die schwer über dem Vorplatz lastete; die Redner verschwanden wieder im Gerichtsgebäude; Applaus und Hochrufe ebbten ab und erstarben; die Menge begann sich zu zerstreuen, wobei es im Zentrum zu heftigem Gedränge kam, und strömte durch sämtliche Tore vom Platz. Das Festmahl sollte auf dem »Zirkusgelände« am Südrand der Stadt abgehalten werden; die Farmer verfrachteten ihre Familien wieder in die Leiterwagen und Einspänner, mit denen sie gekommen waren; die Städter gingen zu Fuß durch die Hitze oder begaben sich – sofern sie vernünftig waren und sich sagten, man würde sie ohnehin nicht vermissen – nach Hause an den Mittagstisch.

Die Bezirksparade war auf zwei Uhr angesetzt. Ludwig hatte mit Erfolg Stolz und Rivalität der Beteiligten angestachelt; der Festzug konnte sich sehen lassen. Die Veteranen jedes Dorfes und jeder Stadt präsentierten sich in Uniform, teils beritten, teils zu Fuß; die hübschesten Mädchen jedes Ortes fuhren in geschmückten Wagen vorbei: Die aus Oak Grove saßen ganz in Weiß und winzige Fähnlein schwenkend auf in Längsreihen angeordneten Bänken; die von Maple Corner umstanden eine goldhaarige, mit Schutzschild bewehrte Columbia, poetisches Sinnbild der Vereinigten Staaten; Georgetowns Töchter waren auf Küchenstühlen um ein aus Papiermaché gefertigtes Modell des Gerichtsgebäudes gruppiert und schwenkten weiße Fahnen, die mit schwarzen Lettern bedruckt waren – auf der einen Seite stand zu lesen: »Ulysses Grant, Ohios größter Sohn«, und auf der anderen: »Ulysses Grant, waschechter Georgetowner«. (Georgetown gehörte zwar eigentlich nicht zum Siebenten Bezirk, lag aber nur unweit davon entfernt, und obwohl General Grant die Gegend schon vor vielen Jahren verlassen hatte, war er doch in gewisser Weise von ihr geprägt.) Es folgten noch zahlreiche Festwagen, zwischen denen Musikkapellen marschierten, und allenthalben wirbelten stampfende Pferdefüße und tänzelnde Hufe den Schmutz auf. Auch als der Umzug längst vorbei war, hing der Staub noch immer als gelbliche Wolke über Straße und Gehsteig. Die Landbevölkerung begab sich nach ihrem Mitwirken an der Parade größtenteils nach Hause; auch an einem Tag wie diesem mußten die Kühe gemolken werden. Einige aber, die zuverlässige Tagelöhner hatten, waren mit Picknickkörben in die Stadt gekommen, die sie bei Sonnenuntergang zum »Zirkusgelände« schleppten oder, falls sie für diese Anstrengung zu müde waren, ganz einfach auf den Bänken und dem Rasen vor dem Gerichtsgebäude auspackten.

General Butler und Senator Wade hatten Waynesboro mit dem Nachmittagszug verlassen, doch Gouverneur Noyer war bei Mr. und Mrs. Cochran zur Abendtafel geladen. General Deming nebst Gemahlin sowie Mr. und Mrs. Bonner waren ebenfalls dort zu Gast; Sally dagegen erschien nicht mehr in Gesellschaft, und Ludwig mußte sich um die Delegationen kümmern, die mit der Eisenbahn aus Cincinnati, Dayton und Columbus anreisten und im Fackelzug mitmarschieren sollten. Am Spätnachmittag versammelten sich die auswärtigen Besucher zusammen mit allen weißen männlichen Republikanern von Waynesboro, die noch auf den

Beinen standen, auf dem Platz vor dem Gericht, wo die trefflich gesättigte Picknickgesellschaft – wohlig im Gras hingestreckt oder an die Eisenstäbe des Zauns gelehnt – zuschauen konnte, wie sie Aufstellung nahmen.

Der Umzug konnte zwar erst nach Einbruch der Dunkelheit beginnen, aber so lange würde es wohl auch dauern, die Männer in Reih und Glied zu bringen.

Die Dämmerung hatte sich schon über den Platz gesenkt, und immer noch war es nicht gelungen, den wirren Haufen zu ordnen, als General Deming und Mr. Bonner hoch zu Roß die Market Street hinunterkamen, gefolgt vom Stallknecht der Cochrans, der Ludwig sein Pferd brachte. Die drei Herren – der General, Mr. Bonner und Ludwig Rausch – sollten den Fackelzug anführen. Ludwig gab es auf, den Männern, die in der Parade mitmarschierten, Befehle entgegenzubrüllen, plazierte eine Musikkapelle an der Spitze und eine zweite in die Mitte des Zuges, nahm von Reuben die Zügel in Empfang und schwang sich in den Sattel. Es war zwar noch nicht richtig dunkel, aber die Fackeln loderten, die Transparente waren beleuchtet, die Musik setzte ein, und los gings, die Chillicothe Street hinauf Richtung Osten, wo die Schwarzen Maulaffen feilhielten und lachend »Hurra!« schrien. Vom Gipfel der Chillicothe Street bewegte der Zug sich hinunter in die Market Street, marschierte am Mädchen-College vorbei, am Haus der Cochrans und an der presbyterianischen Kirche, bog hinter Dr. Alexanders Praxis in die Linden Street ein und bewegte sich nordwärts den Hügel hinunter. Ludwig sah Licht in seinem Hause brennen, beugte sich zu General Deming hinüber und rief ihm im Schutze der Marschmusik zu: »Ich verschwinde mal eben, muß dringend etwas essen. Gott, ich bin halb verhungert!«

Der General schrie zurück: »Nur zu, mein Lieber! Sie haben ein verdammt exquisites Dinner verpaßt.«

»Haben Sie die Marschroute im Kopf? Weiter durch die Linden Street bis zur letzten Querstraße, dann rüber auf die Main Street. Ich werde nachher die Abkürzung durch das Gäßchen da drüben nehmen und auf dem Rückweg durch die Main Street wieder zu euch stoßen.«

Der General hob den Arm und salutierte; Ludwig warf sein Pferd herum, das mutwillig übers Pflaster tänzelte, und lenkte es durch weiche, wirbelnde Staubwolken vor das Haus; doch statt es gleich an den Haltepfosten beim Tor zu binden, führte er das Tier vorsorglich über die Einfahrt zum Judasbaum, wo der Lärm, die lodernden Fackeln und der Qualm von der Straße es nicht scheu machen konnten.

Als er die Veranda betrat, vernahm er aus der dunklen Ecke im Hintergrund Sallys Stimme.

»Ludwig, bist du's? Was ist passiert?«

»Nichts, außer daß ich fast verhungere. Sag Cassy, sie soll mir was bringen, und wenn's nur ein Stück Brot ist, ja? Ich hab' bloß ein paar Minuten Zeit, bis sie umkehren. Auf der Main Street muß ich mich dem Zug wieder anschließen.«

Als sie an ihm vorbei zur Tür schritt, tätschelte Sally mitfühlend seinen Arm. Ludwigs Augen hatten sich mittlerweile an die Dunkelheit gewöhnt, und er merkte, daß Sally nicht allein hier draußen gesessen hatte. »Sind Sie's, Mutter Cochran?«

»Ja, ich bin's. Anne, Johnny und Elsa sind auch da.«

»Wie macht sich denn der Fackelzug von hier aus?« Ludwig wandte sich um und spähte über das Verandageländer und den Rasenvorplatz auf die Straße hinaus.

»Einfach herrlich!« rief Anne begeistert. »Wer sind die Männer in den weißen Umhängen und den hohen weißen Hüten? Ist das die Delegation aus Cincinnati? Die Kinder wollten sich unten an den Zaun stellen, aber wir haben es nicht erlaubt.«

»Warum denn nicht? Lauft nur Kinder, aber bleibt auf dem Grundstück, hört ihr?«

Die Männer marschierten singend draußen vorbei.

Als ich schlief in tiefer Nacht,
Hatt' ich 'nen bösen Traum.
Ich sah den alten Horace Greeley
Lauern hinter'm Baum.

Ein Trommelwirbel ertönte, hell klangen die Becken, und dann fiel der Chor ein:

Oh, Horace Greeley,
Um dich ist's schlecht bestellt.
Wart nur am nächsten Wahltag,
Da gibst du Fersengeld!

Die Kinder, die neben den Fackelträgern am Straßenrand herliefen, schnappten die Spottverse auf und wiederholten sie kreischend vor Vergnügen. Elsa und Johnny klammerten sich wie verzaubert ans Gitter. Die Musik schwoll an, wurde zum schier ohrenbetäubenden Lärm und ebbte wieder ab: Die Kapelle war vorbeigezogen. Hinter ihr marschierten die Männer von Waynesboro, im sicheren Gleichschritt, wie es sich für ehemalige Soldaten geziemte; mit festem Griff hielten sie ihre Transparente empor, die freilich vor lauter Ruß und Qualm kaum zu erkennen waren.

Die Szene mutete fast ein wenig unheimlich an: Die schweren Schritte der Männer, die unstet flackernden Lichter, der aufgewirbelte Staub, der sich mit dem Ruß der Fackeln vermischte, die schwarzverhüllten Gestalten, halb verdeckt vom dichten Laub. Aber den Zuschauern auf der Veranda waren Fackelzüge ein altvertrauter Anblick: Sie bewegte höchstens jener Eindruck unbesiegbarer Kraft, den das nächtliche Schauspiel erweckte. Sally brachte Roastbeef und Brot aus der Küche; Ludwig langte kräftig zu, lehnte sich ans Geländer und ließ es sich schmecken. Der letzte Trupp marschierte draußen vorbei; die langsamsten oder besonders erschöpften unter den Kindern bildeten die Nachhut. Vom anderen Ende der Linden Street wehten einzelne Paukenschläge herüber, die freilich immer leiser und leiser wurden. Ludwig setzte sich hin, um ein paar Minuten auszuruhen, widerstand jedoch eisern dem Verlangen, ins Haus zu gehen, seine Stiefel auszuziehen und sich auf dem Bett auszustrecken. Gleich darauf hörte er jemanden mit den beiden Kindern sprechen, die immer noch wie gebannt an der Gartenpforte hingen. Die Stimme kam ihm bekannt vor. Er spähte zwischen den Bäumen hindurch und erkannte eine bullige Gestalt, deren Umrisse sich dunkel vor der Qualmwolke abhoben, die noch immer über der Straße schwebte. Mit militärisch geschulter, weittragender Stimme rief Ludwig: »Lichtenstein, sind Sie's? Was gibt's denn?«

»Ach, Erbarmen, nein die Schrecken!« jammerte der Anwalt fassungslos. »Sie gehen ... sie reiten ... sie sagen: Parole neu: Main Street links! Sie werden machen Angst altem Richter.«

Doch da war Ludwig auch schon beim Tor angelangt; nach einem hitzigen, in hartem Deutsch geführten Wortwechsel mit Lichtenstein packte er die Kinder und brachte sie zurück auf die Veranda.

Er fluchte immer noch auf deutsch vor sich hin (zumindest klang es wie Fluchen), als er die strampelnden Kinder, die er kurzerhand rechts und links unter den Arm genommen hatte, auf der obersten Stufe absetzte.

»Diese Idioten!« schimpfte er aufgebracht. »Würde mich nicht wundern, wenn Bonner dahintersteckt! Na, vielleicht war's auch Deming. Stellt euch vor: Kaum war ich fort, haben sie die Parole geändert und biegen nun von der Main Street nach links ab statt nach rechts. Wollen vorm Haus der Ballards irgendeine Demonstration veranstalten, diese Schwachköpfe! Lichtenstein meint, um dem Richter Angst einzujagen, doch ich glaub' eher, daß sie ihn verspotten wollen. Aber ...«

»Kannst du sie denn nicht aufhalten? Schnell, nimm dein Pferd!«

»Ich werd's versuchen. Aber bis ich sie einhole, haben sie auf der

Main Street schon die falsche Richtung eingeschlagen, und ich kann sie unmöglich zum Umkehren bewegen, ohne den ganzen Zug durcheinanderzubringen. Der gute Lichtenstein! Sobald er von der Sache Wind bekam, hat er sich von seinem Trupp abgesetzt und ist zurückgekommen, um mich zu warnen. Aber der Ärmste ist nicht besonders gut zu Fuß.«

Ludwig machte sich eilig davon, warf sich aufs Pferd und jagte der Parade nach. Aber es war schon zu spät: Der erste Trupp kam ihm bereits stadteinwärts entgegen. Deming salutierte, als Ludwig heranritt und sein Pferd herumwarf, um den Weg an der Seite des Generals fortzusetzen.

»Nach Ihrer Schätzung haben wir wohl ziemlich lange gebraucht, wie? Tja, wir haben einen kleinen Umweg gemacht, mein Bester, und Richter Ballard einen Besuch abgestattet: drei Buhrufe für Greeleys Mann, Sie verstehen?«

Ludwig ritt wortlos neben ihm her. Wenn der General zu dumm war, um von selbst zu begreifen, daß immerhin die Hoffnung bestanden hatte, den Richter in einigen Jahren in ihre Reihen zurückzugewinnen, und daß sie – besonders aber Deming selbst – dann womöglich auf seine Unterstützung angewiesen wären – was hatte es da für einen Sinn, ihm Zusammenhänge erklären zu wollen? Jetzt war es ohnehin zu spät. Gemeinsam mit den anderen ritt Ludwig bis Five Points, dem traditionellen Zielpunkt aller Paraden. Dort, wo die »Gänsewiese« begann, warteten irische Demokraten, um mit Steinen nach den Transparenten zu werfen, aber Ludwig hatte den Eindruck, als fehle der Rauferei die gewohnte Begeisterung; vielleicht lag es daran, daß die Iren Greeley nur halbherzig verteidigten, vielleicht aber auch daran, daß sein Gewissen ihn geradeso plagte, als habe er persönlich vor dem Hause der Ballards gestanden und den Richter verhöhnt; schließlich war er für den Umzug verantwortlich; die Ballards würden ihm gewiß die Schuld an dem peinlichen Vorfall geben. Der Richter, der aus Erfahrung wußte, daß politische Demonstrationen keinem anderen Zweck dienten als der Propaganda, fühlte sich möglicherweise nicht über Gebühr verletzt; doch seine Damen würden die Kränkung bitter übelnehmen, und sie waren mit Sally befreundet.

Ludwig hatte die Reaktion der Ballards nur zum Teil richtig eingeschätzt. Der Richter und seine Familie waren den ganzen Tag daheim geblieben. Wie sonderbar es auch scheinen mochte, auf einmal als Gegner solch langjähriger Bundesgenossen wie Senator Wade dazustehen – die Ballards konnten ihm jetzt keinen Beifall zollen; deshalb gingen sie gar nicht erst zum Gerichtsgebäude, um sich seine Rede anzuhören. Der Tag war ihnen lang vorgekommen, und sie hatten das seltsame Gefühl, als ständen sie unter Quarantäne, wie Leute, die von einer Seuche befallen sind. Doch als die Dunkelheit sich über die Stadt senkte, wurde es ein Abend wie jeder andere; der Tag war überstanden; erleichtert versammelte sich die Familie unter der Lampe im Wohnzimmer. Natürlich wußten sie, daß sich draußen der Fackelzug formierte, aber im Dunkeln würde sie niemand vermissen. Einzig Thomasina konnte nicht stillsitzen und lesen; sie horchte auf die Musik, die gewiß bis zu ihnen hereindringen würde, denn es war eine laue Sommernacht, und alle Fenster standen offen. Thomasina hatte in der *Fackel* die Marschroute der Parade gesehen und wußte, wo der Zug von der Linden Street einbiegen und sich zur Main Street zurückwenden würde. Für sie war es nicht neu, daheim zu sitzen, während die anderen an einem solchen Umzug teilnahmen; sie war auch in anderen Wahljahren schon zu Hause geblieben, während ihre Familie zum Fackelzug ging, denn Staub und Qual verschlimmerten ihren Heuschnupfen beträchtlich. Thomasina saß auf einem steifen, hochlehnigen Stuhl in dem geräumigen Erker, der mit dem des Salons ein Paar bildete. Durchs Fenster konnte sie die Main Street bequem ein gutes Stück stadteinwärts überblicken. Sie hoffte, einen flüchtigen Blick auf die Parade zu erhaschen, auch wenn es die des Feindes war. Als man endlich die Kapelle spielen hörte, stand sie auf und spähte angestrengt nach draußen. Die anderen beachteten sie nicht weiter, bis Thomasina plötzlich ausrief: »Na so was! Sie kommen direkt auf uns zu. In der Zeitung stand aber nicht...«

Ihr Vater trat zu ihr und blickte ihr über die Schulter. »Diese Ehre gilt zweifellos mir«, bemerkte er sarkastisch.

»Oh, Papa, wie entsetzlich. Was glaubst du, werden sie tun?«

»Nichts – außer sich bemerkbar machen, damit wir auch wissen, daß sie da sind. Hol mir den Feldstecher aus meiner Schreibtischschublade, Samuel, ja? Und dann wollen wir das Licht löschen, sie sollen nicht die Genugtuung haben zu sehen, daß wir sie beobachten.«

Samuel brachte dem Richter sein Fernglas. Das Zimmer lag im Dunkeln. Der Zug war inzwischen so nahe herangekommen, daß man mit bloßem Auge im gespenstischen Licht der Fackeln die Gestalten zweier Reiter ausmachen konnte.

Mrs. Ballard war mit verächtlicher Miene auf ihrem Platz sitzengeblieben. »Warum diesen Subjekten auch noch Beachtung schenken? Ich nehme an, das ist einer der genialen Einfälle von diesem Rausch.«

Der Richter führte den Feldstecher an die Augen. » Ich möchte bloß feststellen, ob ein alter Freund wie Senator Wade bei so was mitmacht. Aber die Reiter... ich glaube... richtig, Deming und Bonner. Rausch kann ich nirgends entdecken.«

»Hat wohl nicht den Mut, sich zu zeigen.«

Die Reiter passierten die Gartenpforte und zügelten ihre Pferde erst, als sie weit genug am Grundstück des Richters vorbei waren, um dem nachrückenden Festzug Platz zu schaffen, der sich nun vor dem Zaun der Ballards zusammendrängte. Dann schwenkten alle nach links, die Marschmusik brach ab, ein dumpfer Trommelwirbel ertönte, und aus den Reihen der Männer erklang ein tiefes »Buh« – einmal, zweimal und zum dritten Mal. Nach einer langen Pause wiederholte sich das Trommelsignal, der Zug schwenkte abermals nach links, wartete, bis die beiden Anführer vorbeigeritten waren und sich an die neu gebildete Spitze gestellt hatten, und dann zog der ganze Haufen wieder ab. Richter Ballard schob sein Fernglas ins Futteral zurück. Er spürte wohl, daß Thomasina neben ihm still vor sich hin weinte. »Mein Kind«, tröstend legte er ihr die Hand auf die Schulter, »das war noch eine vergleichsweise harmlose Demonstration. Weißt du denn nicht mehr, daß man mich schon mit faulen Eiern beworfen, ja sogar angepöbelt und attackiert hat?«

»Gewiß weiß ich das, Papa. Aber dies hier ist trotzdem viel grausamer – schließlich sind das doch lauter alte Freunde von dir. Oh, wie können sie nur so herzlos sein?«

»Ach, die meisten sind Fremde aus den Großstädten, und die paar aus Waynesboro, nun, die denken sich nichts dabei. Bis die Wahl vorbei ist, haben sie den Vorfall längst wieder vergessen.«

Eliza setzte ein Streichholz in Brand und zündete die Lampe wieder an. »Ist das Thomasina, die da plärrt? Natürlich! Ich bitte dich, sei nicht so eine Gans!«

»Hat dir das etwa Spaß gemacht?«

»Natürlich nicht. Aber du heulst heute, und in einer Woche wunderst du dich, warum Mama und ich Ludwig Rausch nicht leiden können.«

»Mäßige dich, Eliza«, tadelte der Richter. »Man kann nicht so rachsüchtig sein und weiter friedlich mit seinen Gegnern in derselben Stadt leben. Ihr Frauen müßt lernen, toleranter zu werden.«

»Wenn wir Frauen so tolerant wären wie die Männer, würde die Welt sich niemals ändern«, versetzte Mrs. Ballard schroff. »Trotzdem bin ich froh, daß Senator Wade sich nicht so weit erniedrigt hat, mit diesem Gesindel gemeinsame Sache zu machen. Es wäre mir schmerzlich, wenn du ihm die Freundschaft aufkündigen müßtest.«

Der Richter machte sich nicht die Mühe, ihr abermals zu erklären, daß alte Freundschaftsbande nicht so leicht zerrissen würden, doch als er am nächsten Tag aus dem Amt heimkam, versuchte er seine Familie davon zu überzeugen, daß zumindest Ludwig Rausch an dem bedauerlichen Vorfall unschuldig sei.

Er brachte die Rede auf ihn, während er beim Abendessen den Braten aufschnitt. »Wie es scheint, haben die Burschen sich erst in den Kopf gesetzt, bei uns aufzumarschieren, als der junge Rausch aus dem Fackelzug ausgeschieden war. Er hatte solche Mühe damit gehabt, die verschiedenen Delegationen in Marsch zu setzen, daß er nicht einmal zum Essen gekommen war. Als die Parade an seinem Haus vorbeizog, machte er deshalb halt, um eine kleine Stärkung zu sich zu nehmen. Sobald er erfuhr, was sich draußen zusammenbraute, setzte er den Leuten nach. Aber da war es schon zu spät.«

»Wer hat dir das alles erzählt? Ist er etwa zu dir gekommen, um sich zu entschuldigen?«

»Nein, Mr. Lichtenstein war bei mir.«

»Warum solltest du dem glauben? Das ist doch auch einer von diesen Trunkenbolden.«

»Mary, du bist ungerecht. Ich habe keinen Grund, an Mr. Lichtensteins Ehrlichkeit zu zweifeln. Zugegeben, der junge Mann ist ein wenig ungehobelt, aber ich halte ihn für durchaus rechtschaffen und ehrbar. Er hat mir erzählt, daß diese Demonstration bei uns schon vor der Parade zur Sprache gebracht worden sei und daß Rausch dagegen gesprochen hatte. Er verwies auf die Achtung, die man meiner Person schulde, und darauf, daß ›politische Meinungsverschiedenheiten‹ respektiert werden müßten. Als Rausch sich zurückgezogen hatte und die Parole ausgegeben wurde, die Marschrichtung zu ändern, bekam Lichtenstein natürlich Wind davon, machte seinerseits kehrt und verständigte Rausch. Er sah ihn selbst aufs Pferd steigen und den Leuten nachsetzen. Natürlich kam er zu spät.«

»Dann hat er wohl Lichtenstein zu dir geschickt, um seine Entschuldigung vorzubringen?«

»Nein. Als der Umzug endlich vorbei war, bot Lichtenstein ihm zwar an, zu mir zu kommen und alles zu erklären, aber Rausch war dagegen. Er hielt es für klüger, daß ich ihm die Schuld gäbe als den wirklich Verantwortlichen. Er meinte, es sei auf Dauer besser für die Partei.«

»Und wen wollte er damit schützen?«

»Deming, glaube ich. Und Bonner. Ich habe Deming nie für besonders weitsichtig gehalten, den jungen Rausch dagegen schon. Er begreift, daß eine schwere Niederlage der liberalen Republikaner im November das Ende dieser Bewegung bedeuten könnte.«

»Und dann würdest du wieder zu den Republikanern zurückkehren?«

»Das ist die einzige Partei, die für mich in Frage käme. Und der junge Rausch möchte nicht, daß ich mich mit Deming verfeinde.«

»Wir müssen eben dafür sorgen, daß die liberalen Republikaner nicht geschlagen werden.«

General Deming blieb den Sommer über in Waynesboro, um den Wahlkampf für General Grant und sich selbst zu führen. Er war allein gekommen; seine Frau hatte sich mit dem inzwischen einjährigen Töchterchen zu ihrer Familie nach Massachusetts begeben. Die kleine Julia sei nicht sehr widerstandsfähig, erklärte der General, und man habe befürchtet, die Hitze in Ohio könne ihrer Gesundheit abträglich sein.

Der General übernachtete im eigenen Haus, nahm aber die Mahlzeiten in Mrs. Forrests Pension ein. Er gab keine Gesellschaften in seinem Haus, das er vor seiner Hochzeit hatte herrichten und vornehm ausstatten lassen.

Die Damen des Klubs zeigten sich wenig erstaunt über die Nachricht, daß des Generals Töchterchen ein schwächliches Kind sei. Als vor einem Jahr die erste Überraschung über die Geburtsanzeige verklungen war, hatte man sich darauf geeinigt, daß es einigermaßen empörend sei, wenn ein Paar im Alter der Demings noch ein Kind in die Welt setzte. Jetzt aber lobten die Mütter von Waynesboro die väterliche Hingabe des Generals, die sich nicht nur darin zeige, daß er willens sei, seinen Wahlkampf ohne weiblichen Beistand zu führen, sondern auch durch die häufigen Reisen nach Boston, die er in den Pausen zwischen seinen öffentlichen Auftritten unternahm. Gewiß, er bekam Freifahrten für die Eisenbahn, aber bei dieser Hitze war es bestimmt nicht angenehm, soviel Zeit im Zug zu verbringen. Daheim arbeitete der General tatkräftig im eigenen und im Interesse der Kandidatenliste seiner Partei; sämtliche Anschuldigungen, die gegen die Regierung vorgebracht worden waren, wies er als propagandistische Verleumdung des politischen Gegners zurück. Im September begann die New Yorker *Sun* Gerüchte zu veröffentlichen, die bisher nur hinter vorgehaltener Hand kursiert waren, und in denen von undurchsichtigen Transaktionen diverser Kongreßmitglieder mit Aktien die Rede war. General Demings Name stand auf der Liste der Verdächtigen. Doch als Blaine und andere führende Abgeordnete diese Anschuldigungen energisch zurückwiesen und als sich in

Waynesboro herumsprach, daß der General Ludwig Rausch sein Ehrenwort gegeben hätte, auch nie nur eine Aktie besessen zu haben, die nicht ordnungsgemäß bezahlt worden sei, beruhigten seine Wähler sich wieder. Einige waren sogar von seiner Unschuld überzeugt, alle aber fühlten sich ein wenig geschmeichelt, weil ihr Repräsentant offenbar eine so wichtige Rolle in der Nation spielte, daß man seinen Namen in die Liste der Verleumdeten aufgenommen hatte.

Als im Herbst die Klubsitzungen wieder begannen, dachten die Damen nicht an die bevorstehende Wahl. Ihre Hauptsorge in diesem langen, heißen Sommer hatte dem langsamen Hinscheiden von Miß Crenshaw gegolten. Sie wohnte nach wie vor allein in dem schindelgedeckten Blockhaus an der Chillicothe Street, nur eine Häuserzeile von Dr. Alexanders Praxis entfernt, das sie von ihren Eltern geerbt hatte. Eine junge Irin besorgte ihr den Haushalt und kümmerte sich auch sonst ein wenig um sie, aber ihre Freundinnen hatten nicht das Herz, sie in den letzten Monaten ihres Lebens einzig der Gesellschaft dieser Rose Tobin zu überlassen. Die Damen des Klubs besuchten sie abwechselnd: Jeden Nachmittag kam ein anderes Mitglied vorbei und blieb ein Stündchen, es sei denn, Miß Crenshaw hatte Besuch von ihrer Kirchengemeinde oder aus der Nachbarschaft. Sally mußte ausscheiden, noch ehe der Sommer vorüber war; ihre Schwangerschaft war so weit fortgeschritten, daß es sich für sie nicht mehr schickte, außer Haus zu gehen. Alle anderen aber, sogar die Misses Gardiner, erfüllten ihre Christenpflicht großmütig bis zum Ende – bis Miß Crenshaw starb. Das war spät im Oktober. Keine von ihnen sollte diese Nachmittage je vergessen. Das Häuschen grenzte unmittelbar an den Gehsteig, so daß jeder Vorübergehende durch die Spitzenvorhänge hineinschauen konnte; daher war es entschuldbar, daß die grünen Fensterläden geschlossen blieben. Wenn man drinnen im dämmrigen Licht neben dem Roßhaarsofa saß, auf dem Miß Crenshaw ausgestreckt lag, nahm das Auge die verheerenden Auswirkungen der Krankheit nicht gar so schmerzlich wahr. Doch an heißen Tagen war die Luft im Zimmer zum Ersticken, dumpf und übelriechend, so daß man bisweilen nicht umhin konnte, das Taschentuch vor Mund und Nase zu pressen. An manchen Tagen war Miß Crenshaw vor lauter Morphium wie betäubt; zu anderen Zeiten, wenn sie weniger Medikamente bekommen hatte, redete sie unentwegt. Wer immer dann bei ihr im Zwielicht saß, in dem nur die Umrisse ihrer Gestalt erkennbar waren, vermochte kaum zu glauben, daß sie dem Tod so nahe war. Ihr vom Morphium überschatteter Geist war in die Kindheit zurückgekehrt, und sie erzählte einem Klubmitglied nach dem anderen von jenen Tagen, da die elterliche Blockhütte noch in den Wäldern gestanden hatte – damals, vor dem Krieg von 1812. Ihren Zuhörern war nicht immer ganz klar, welche von diesen Geschichten sie selbst erlebt hatte und welche sie nur aus den Erzählungen anderer kannte; doch sie kehrte jedesmal zu dem zurück, was ihr offenbar in ihrem langen Leben am meisten bedeutet hatte: Ihre Mutter stammte aus Neuengland, war auf den besten Lehranstalten erzogen worden, die es im ausgehenden achtzehnten Jahrhundert in Connecticut gab, so daß sie später in der abgeschiedenen Hütte durchaus in der Lage war, ihren Kindern nicht nur Schreiben und Lesen beizubringen, sondern sie auch in Latein, Griechisch und Mathematik zu unterrichten. Mit schwacher Stimme, aber voller Stolz, erzählte Miß Crenshaw, wie ihre Brüder von der Mutter aufs College vorbereitet worden waren – die damals neu gegründete Universität Miami. Hier in diesem Wohnzimmer hatte die Mutter mit ihnen gelernt, nur daß es damals noch kein Wohnzimmer gewesen war, sondern der einzige Raum einer einfachen Blockhütte. In das Lob auf Mutter und Brüder mischte sich – vorgebracht mit der Naivität eines jungen Mädchens – ihre eigene Liebe zu Literatur und Gelehrsamkeit sowie die Freude darüber, mit den Brüdern in Latein und Algebra Schritt gehalten zu haben, selbst dann noch, als sie bereits aufs College gingen.

Wie oft man Miß Crenshaw auch besuchte und ob man nun den ganzen Nachmittag blieb oder nur auf ein paar Minuten hereinschaute, nie hörte man sie über den Tod sprechen. So kurz wie möglich tat sie die einleitenden Fragen nach ihrem Befinden ab. Sie hatte ihr Refugium gefunden: die Vergangenheit. Und an die klammerte sie sich, und die Frauen, die ihren sich ständig wiederholenden Geschichten lauschten, waren stolz auf sie, weil sie ihrem Ende entgegenging und um dieses Ende wußte, was unschwer an ihrem trüben Blick zu erkennen war, dieses Wissen aber mit keinem Wort erwähnte. Und weil Miß Crenshaw den Damen des Klubs nie wirklich nahegestanden hatte – mit Ausnahme von Miß Pinney und Mrs. Lowrey –, sahen die anderen in ihr allmählich weniger ein Individuum als: Eine Frau, die an Krebs stirbt.

Abgesehen von den Nachmittagen, die Anne zu Miß Crenshaw führten oder denen, die sie mit Johnny bei den Rauschs verbrachte, wo er mit Elsa spielen konnte, während sie und Sally Kindersachen nähten und sich unterhielten, blieb sie daheim, machte Obst und Gemüse für den Winter ein, kochte Marmelade, erzählte ihrem Sohn Geschichten und betreute ihren Vater. Dr. Alexander sah alt und krank aus; er, der stets so rege und verläßlich gewesen war, bewegte sich nun schwerfällig und langsam; seine Hände waren verkrüppelt, die Knie steif, die Augen blickten verschleiert. Auch John beobachtete seinen Schwiegervater und ging finster und mürrisch im Haus umher. Anne sah wohl, mit welch sorgenvollem Blick er den alten Doktor musterte, doch sie schwieg. Sie wollte ihre Furcht nicht dadurch verstärken, daß sie oder John sie in Worte faßten.

Und dann, eines Morgens etwa eine Woche nach jenem denkwürdigen Fackelzug der Republikaner, hatte Dr. Alexander in der Praxis einen Herzanfall. Als John von seinen Hausbesuchen zurückkam, fand er seinen Schwiegervater erschöpft auf dem Sofa liegen. Der Anfall war bereits vorüber, und John konnte nicht viel mehr für ihn tun, als ihm einzuschärfen, er solle ruhig liegenbleiben. Nach einer Weile schlummerte der alte Mann ein. John ließ ihn allein und ging über die rückwärtigen Höfe zum Wohnhaus hinüber. Anne kochte mit Martha in der Küche Apfelgelee ein; Johnny spielte zu ihren Füßen mit seiner Arche Noah. Als sein Vater in der Tür erschien, sprang der Kleine auf und lief ihm entgegen. Geistesabwesend strich John ihm über das weiche braune Haar. »Papa kann jetzt nicht mit dir spielen, mein Junge. Bleib hier bei Martha. Ich muß mit deiner Mutter reden. Kannst du einen Moment mit hinauskommen, Anne?«

Sie folgte ihm, ohne sich die Zeit zu nehmen, ihre klebrige Schürze abzulegen.

»Was ist passiert? Geht es Papa gut?«

»Es geht ihm schon wieder besser. Aber als ich in die Praxis kam, fand ich ihn auf dem Sofa liegen. Er hatte einen Herzanfall.«

»O John! War's ein schwerer Anfall?«

»Diesmal ist es ziemlich schlimm, fürchte ich. Er hatte schon ein paar leichtere Anfälle, wollte aber nicht, daß du's erfährst.«

Anne setzte sich auf die Verandastufen. Johnny kam aus der Küche gelaufen und kroch auf ihren Schoß. Sie ließ den Kopf sinken und lehnte die Wange an seinen Kopf.

»O John! Ich hab' mir solche Sorgen gemacht. Aber manche Leute leben doch jahrelang mit dieser Herzgeschichte, oder? Ich meine, wenn man sich vorsieht...«

»Ja. Aber so schwere Anfälle wie diesen wird dein Vater nicht viele überstehen können.«

»Er darf nicht mehr allein drüben wohnen.«

»Nein, und Treppen steigen darf er auch nicht. Wir können das Herrenzimmer für ihn herrichten. Aber wir können nichts gegen seine Gewohnheiten tun.«

»Du meinst das Laudanum?«

»Er nimmt es nun schon so lange, wenn die Schmerzen unerträglich werden, daß er die Dosis ständig erhöhen muß, um sich Linderung zu verschaffen.«

Dr. Alexander zog wieder in das Haus seiner Tochter; er brachte seine Bücher, seine Satteltaschen und seine Instrumente mit. Er hatte sich nicht nur gänzlich von seiner Praxis zurückgezogen, es schien sogar, als habe er aufgehört, an sie zu denken. Selten nur erkundigte er sich bei John nach seinen ehemaligen Patienten. An Regentagen blieb er im Bett oder saß in seinem tiefen Ledersessel am kalten Kamin und hielt einen Roman von Dickens auf dem Schoß, meist jedoch ohne darin zu lesen. Sonnige Tage verbrachte er draußen auf der Seitenveranda im Schatten der Geißblattlaube, wo sein Enkel ihm oft Gesellschaft leistete, denn der alte Herr hatte das Kind gern um sich. Wie Miß Crenshaw träumte sich auch der Doktor in seine Kindheit und Jugend zurück. Er erzählte Johnny davon, wie er als kleiner Junge in der Blockhütte seines Großvaters auf dem Dachboden geschlafen hatte, wo der Schnee durch die Ritzen im Schieferdach rieselte und ohne zu schmelzen auf der Bettdecke liegenblieb: wie sein Vater anno 1812 – als er selbst noch ein Baby war – nach Detroit mußte, um gegen die Engländer zu kämpfen, und daß die Muskete von damals immer noch in der Bodenkammer hinge. Wenn Anne, die wohl wußte, daß diese und ähnliche Geschichten nicht dem Fassungsvermögen eines Dreijährigen entsprachen, ihr Nähzeug oder ihre Stickerei nahm und sich zu den beiden auf die Veranda setzte, dann sprach ihr Vater von seiner Jugendzeit, als der alte Dr. Templeton ihn in die Grundbegriffe der Medizin eingeweiht hatte; fünfzehn oder zwanzig Meilen weit war er neben dem Doktor hergeritten, immer durch den Wald, und hatte unterwegs seine Anatomie- und Physiologielektionen hergesagt; wenn sie bei einer Hütte oder einem einsamen Bauernhof hielten, wo der Doktor einen Patienten behandeln mußte, durfte er zeigen, wie gut er das Gelernte behalten hatte. Einmal fragte er Anne, ob sie sich an die Choleraepidemie erinnere.

Sie hatte ihn oft davon erzählen hören, was sie jedoch verschwieg. »Die war im Jahre neunundvierzig, nicht wahr, Papa? Aber ich bin erst ein Jahr später geboren.«

»Natürlich. Rob war's, der damals als kleiner Junge die Cholera miterlebt hat. Die kleine Susy und Rachel waren im Jahre zuvor an Scharlach gestorben. Deine Schwestern, die du nie gekannt hast.«

»Ich weiß, Papa.«

»Diese Seuche war das Furchtbarste, was sich in unserer Gegend je zugetragen hat. Damals bauten sie gerade die Eisenbahn, und all diese strammen jungen Iren kriegten die Cholera.«

»Und du hast aus deinem Stall ein Hospital gemacht, um die Kranken besser pflegen zu können.«

»Als Arzt hatte ich keine andere Wahl. Aber deine Mutter und Rob schickte ich aufs Land zu ihrer Familie.«

»Du warst ein Held, Papa.«

»Held, ich? O nein! Aber ich konnte sie doch nicht einfach da liegenlassen, wo sie zusammengebrochen waren. Trotzdem sind so viele gestorben. Ein Arzt kann nicht viel ausrichten gegen die Cholera, Anne, außer sie eindämmen.«

Manchmal erzählte Dr. Alexander dem kleinen Johnny von seinem Sohn Rob, der im Krieg gefallen war. Dann blickte Anne, die, wenn man sich draußen auf der Veranda aufhielt, auf der obersten Stufe zu sitzen pflegte, zu ihm empor, lachte und kramte fieberhaft in ihrem Gedächtnis nach lustigen Streichen aus der Kindheit ihres Bruders. Sie war wie betäubt von einem dumpfen Schmerz, und so überraschte es sie ein wenig, daß sie überhaupt noch lachen konnte; aber sie brachte es fertig, und Johnny stimmte in ihr Lachen ein, auch wenn er oft nicht wußte, warum. Während sie über die Zeit nachsann, die eigentlich kaum ein paar Jahre zurücklag, stellte sie mit Erstaunen fest, wie lange sie gedauert zu haben schien, ihre Kindheit mit Rob, als sie geglaubt hatte, Mutter und Vater würden ewig gesund und stark und unverändert bleiben, und als sie alle miteinander eine glückliche Familie gewesen waren. Weit hinter diesen Erinnerungen lag jene an die Kindheit ihres Vaters, welche offenbar ebenfalls unbegrenzt und glücklich gewesen war. Sie dachte: Am Ende hilft eine glückliche Kindheit wohl mehr als der christliche Glaube. Die Erinnerung daran kann Schmerz und Furcht bannen; sie ist ein unerschöpflicher Trostquell. Mit sehnsüchtiger Zärtlichkeit gelobte sie sich, ihrem Johnny und den Kindern, die sie vielleicht noch bekommen würde, eine solche Kindheit zu schaffen, weil sie wußte, wer eine glückliche Kindheit hat, braucht das Leben nicht zu fürchten, und wer vor dem Leben keine Furcht gekannt hat, der darf dem Tod gefaßt entgegensehen, wenn seine Stunde gekommen ist.

Im September erlitt ihr Vater einen weiteren schweren Anfall; glücklicherweise war es an einem Sonntag, und John war daheim. Während Dr. Alexander noch das Bett hütete und sich nur langsam von der furchtbaren Erschöpfung erholte, verbrachte Anne tagsüber soviel Zeit bei ihm, wie sie nur konnte; Abend für Abend saß sie neben seinem Bett, und das Herz war ihr so schwer, daß sie sich wunderte, wie gut es ihr gelang, sich nichts anmerken zu lassen, wenn sie ihm vorlas, ihm ihre alltäglichen Erlebnisse mit Johnny, Martha und John berichtete oder ihm gar von Fritz Klein erzählte, der immer noch die Lebensmittel ins Haus brachte.

»Wie spät ist es, Anne? Ich möchte ein Weilchen mit dir allein sprechen, ehe John aus der Praxis kommt, um mir mein... mein Schlafmittel für die Nacht zu geben. Komm, setz dich einen Moment da aufs Bett.«

Gehorsam stand sie von ihrem Stuhl auf und setzte sich ans Fußende des Bettes, wo er beim Sprechen ihr Gesicht beobachten konnte.

»Du bist glücklich mit John, nicht wahr, mein Kind? Bis auf die letzten Wochen war ich ja immer viel öfter mit ihm zusammen als mit dir, weißt du...«

»Natürlich sind wir glücklich miteinander, Papa. Ich dachte, das könntest du sehen.« Sie war bestürzt, nicht über den Austausch von Vertraulichkeiten am Totenbett an sich, sondern über die Richtung, die dieses Gespräch nahm. »Papa«, fuhr sie fort und errötete, »du weißt doch, daß ich John von ganzem Herzen liebe.«

»Ja, mein Kind, das weiß ich.« Er sprach stockend und machte immer wieder lange Pausen, um neue Kräfte zu sammeln. »Aber ein Mensch kann lieben und trotzdem unglücklich sein. Wenn Rob noch am Leben wäre, würde ich mir wahrscheinlich nicht so viele Sorgen um John machen. Und um dich, natürlich. Doch ich stehe deinem Mann so nahe, daß es mir manchmal vorkommt, als sähe ich ihn klarer als du. John ist – in gewisser Weise – immer noch ein Opfer des Krieges. Er hat seine Erlebnisse im Feld nicht ganz überwunden, und es gibt Zeiten, da möchte er vor sich selber fliehen, möchte aufhören, John Gordon zu sein. Aber du bist immer da und sagst – oh, nicht mit Worten, das meine ich nicht, aber dein ganzes Wesen drückt es aus: ›John, John‹.« Er brach ab und betrachtete sie schweigend. Anne hatte die Lider gesenkt. Nach einer Weile flüsterte sie: »Ja, du hast recht, das tue ich, ich spreche es sogar aus...« Wieder errötete sie und preßte die Hände im Schoß zusammen.

»Eine große Liebe wie die deine, Anne, stellt Forderungen – oh, nicht selbstsüchtig, aber ihre bloße Existenz ist wie ein Anspruch. Doch nur wenige Menschen können solchen Forderungen gerecht werden. Jemandem, der noch unter den Nachwirkungen des Krieges leidet, fällt das besonders schwer. Eigentlich möchte ich dir nur das eine sagen, Anne: Sollte John dich je unglücklich machen, dann wende dich nicht von ihm ab, nur weil er dir wehgetan hat. Denk vielmehr daran, daß er schlimmere Verletzungen erleiden mußte. Laß ihm Zeit, bis all die Schrecken, die er durchlebt hat, verblaßt sind. Um meinetwillen, Anne. John ist der einzige Sohn, der mir geblieben ist. Und eine große Liebe bringt auch große Verantwortung mit sich.«

»Papa, ich weiß nicht recht, wovon du sprichst. John hat mich nie unglücklich gemacht, nicht einen Augenblick lang, außer wenn ich mit ihm und um seinetwillen litt, so wie damals, als Kate starb. Aber natürlich werde ich mich nicht von ihm abwenden. Schon der Gedanke ist unvorstellbar.«

Er lächelte matt. »Ich höre mich vermutlich an, als sei ich nicht recht bei Verstand. Nun, vielleicht ist mein Geist ein wenig verwirrt, und vielleicht war es falsch von mir, dir solche Sachen zu sagen.«

»In meinem Kopf ist kein Platz für den Gedanken, daß John und ich je unglücklich sein könnten, solange wir beieinander sind.« Sie lächelte ihn an. Einen Moment lang hatten seine Worte sie geängstigt, doch dann dachte sie: Es kommt vom Laudanum. Und Kranke neigen zu morbiden Vorstellungen. Dann verdrängte ihre Sorge um ihn alles, was er gesagt hatte, aus ihrem Gedächtnis.

In diesem Herbst versäumte Anne die meisten der Klubsitzungen. Sie achtete kaum darauf, daß Greeley nach Waynesboro kam – oder vielmehr daß sein Zug hier halten sollte –, bis man ihr später davon berichtete.

Die Republikaner waren zum Bahnhof geströmt, um den hohen Gast durch Zwischenrufe zu verhöhnen, die liberalen Republikaner standen bereit, um ihm die Hand zu schütteln oder zumindest Beifall zu klatschen, die irischen Demokraten hatten sich eingefunden, nicht weil sie Mr. Greeley besonders schätzten, sondern weil sie keine Gelegenheit ausließen, die Republikaner zu bekämpfen; und gemeinsam machten alle Gruppen aus dieser Stunde den größten Tumult, den Waynesboro seit Jahren erlebt hatte: Ehrbare Bürger schlugen sich gegenseitig die Nase blutig, die Iren johlten und pfiffen so laut, daß Mr. Greeley sich nicht verständlich machen konnte. Richter Ballard, dessen Würde in dieser Schlacht arg zugesetzt wurde, schwor der Politik für alle Zeiten ab. Ludwig holte sich bei der Rauferei ein blaues Auge, was vielleicht auch seinen Scharfblick ein wenig trübte, denn er setzte plötzlich nicht mehr viel Hoffnung auf den Ausgang der Wahl, ja er glaubte sogar, daß Greeley – sollte es ihm gelingen, überall solche Menschenmassen zu mobilisieren wie in Waynesboro – vielleicht doch eine Chance habe. Allein, aus der Wahl des Staates Ohio gingen einige Tage später die Republikaner so eindeutig als Sieger hervor, daß die Mitglieder der Partei ihre Bedenken fallenließen. Die Nationalwahlen verliefen vergleichsweise ereignislos. Präsident

Grant wurde wiedergewählt und mit ihm General Deming; in Waynesboro wurde an der Kreuzung von Main und Chillicothe Street das übliche Freudenfeuer entfacht, und damit war die Wahlschlacht vorbei. Ihre Folgen waren freilich noch nicht ganz ausgestanden, denn nach wenig mehr als einem Monat starb Mr. Greeley an gebrochenem Herzen und den Strapazen seiner Vortragsreisen; sein Tod häufte glühende Kohlen auf die Häupter all derer, die ihn geschmäht hatten.

Hermann Lichtenstein wurde tatsächlich in die Schulaufsichtsbehörde gewählt, was in der Stadt Erstaunen hervorrief, Sally bestürzte, Ludwig aufs höchste amüsierte und ihn selbst in rührender Weise erfreute und beglückte. Sein rundes Gesicht strahlte vor Begeisterung und Hingabe, doch in seinem Eifer war er so offenkundig verwundbar, daß Ludwig es für seine Pflicht hielt, ihm eine Warnung mit auf den Weg zu geben.

»Jetzt brennen Sie wohl darauf, die Sache in Schwung zu bringen, was? Aber vergessen Sie dabei nicht, daß Sie im ganzen Komitee nur eine Stimme haben. Wenn Sie sich die Reaktionäre zu Feinden machen, ist dem Erziehungswesen nicht gedient. Falls Sie sich jetzt in die Nesseln setzen, kommen Sie bei der nächsten Wahl nicht mehr durch, andererseits können Sie in *einer* Amtsperiode nicht viel ausrichten.« Ludwig grinste verschmitzt. »Und im übrigen haben Sie ja noch 'ne Menge Zeit, ehe Ihre Kinder schulpflichtig werden.«

»Kinder? Ist ja nur da kleiner Rudi – bis jetzt.« Er blinzelte gedankenvoll. »Aber ich nicht muß vergessen die anderen Kinder. Großen Takt will ich üben, großen Takt. Diese Jahr ich will hören und lächeln und nicken mit Kopf: So! und dann... wir wollen warten ab.«

Ludwig wandelte in jenen Spätherbsttagen des ausgehenden Oktobers wie auf Wolken. Er hatte seine erste Prüfung als vertrauenswürdiger Politiker und achtbarer Firmenchef glänzend bestanden: Die Seilerbahn erwirtschaftete steigenden Profit, obwohl er sich dem Betrieb nur mit begrenzter Kraft hatte widmen können. Seine Ersparnisse reichten freilich noch nicht aus, um die geplanten Verbesserungen in Angriff zu nehmen. Die Krönung seines Glücks aber war, daß Sally ihm eine Woche nach der Wahl einen Sohn schenkte. Sie wollte den Kleinen nach ihm benennen, doch er bestand darauf, ihn Ernest zu taufen. »Dieser kleine Mann soll nach meinem Vater heißen. Den nächsten nennen wir Charles, nach deinem Vater. Und später können wir an einen kleinen Ludwig denken, wenn du unbedingt möchtest.« Dann überkam ihn ein Gefühl der Verzagtheit, und er schämte sich, weil er in seiner übergroßen Freude so leicht die heiligen Eide vergessen hatte, die ihm am Morgen der Geburt über die Lippen gekommen waren. Kleinlaut setzte er hinzu: »Aber vielleicht sind dir eine Tochter und ein Sohn genug? Meinetwegen brauchst du keine Kinder mehr zu bekommen, Liebste.« Zärtlich lächelte er auf Sally herab, die mit rosig überhauchten Wangen in den Kissen lehnte, das goldblonde Haar zu zwei schweren Zöpfen geflochten.

»Ach Ludwig!« Sie strahlte ihn an. »So schlimm war's auch wieder nicht. In zwei Jahren bin ich bereit für den kleinen Charles, und dann für unseren Ludwig. Aber darf ich mir danach noch ein Mädchen wünschen, damit Elsa eine Spielgefährtin hat?«

Miß Crenshaw starb in der Woche, in der Sallys Sohn geboren wurde. Sally konnte weder dem Begräbnis noch der Gedenkfeier beiwohnen, die der Frauenklub bei Mrs. Lowrey abhielt, aber sie war fest entschlossen, rechtzeitig wieder auf den Beinen zu sein, um gegen Mrs. McKinney zu stimmen, die dem Klub in der ersten Sitzung nach der Trauerfeier als neues Mitglied vorgeschlagen werden sollte.

»Die können's wohl kaum erwarten, bis die arme Crenny unter der Erde ist«, beschwerte sie sich bei Anne, die nach der Gedenkfeier vorbeigekommen war, um Sally davon zu erzählen. »Na, aber ich werde ihr die Suppe versalzen, verlaß dich drauf.«

»Das würde doch nichts nützen. Eine Gegenstimme genügt nicht, und ich kann doch nicht gegen die Frau meines Pfarrers sprechen, Sally, das geht einfach nicht.«

»Und wenn ich zehnmal die einzige bin, ich stimme trotzdem gegen sie. Wenn ich nur an die abscheulichen Dinge denke, die sie über Ludwig gesagt hat.«

Im selben Moment kam Ludwig ins Schlafzimmer, wo die beiden Frauen am Feuer saßen, Anne mit ihrer besten Winterpelerine über dem Ausgehrock, Sally im bequemen Negligé. Das Baby schlief in seiner Wiege, und Elsa spielte zu Füßen der Frauen am Kamin. An diesen unfreundlichen, trüben Novembertagen, da die Dämmerung schon früh hereinbrach, kam Ludwig oft zeitiger als sonst nach Hause, nur um sich zu überzeugen, daß sein Sohn auch wirklich und wahrhaftig am Leben und bei guter Gesundheit sei. Er beugte sich über die Wiege und lauschte den regelmäßigen Atemzügen des Kindes; dann schob er seinen Stuhl ans Feuer, setzte sich und nahm Elsa auf den Schoß.

»Na, wem gehörst du, meine Schöne?« fragte er auf deutsch und kitzelte sie dabei mit dem Schnurrbart im Nacken.

Sie krähte vor Vergnügen, schlang die Ärmchen um seinen Hals und rief, in drolligem Ungeschick die fremden und aus dem Munde des Vaters doch so vertrauten deutschen Ausdrücke nachahmend: »Papas Shaney! Papas Shaney!«

»Scht! Wollt ihr wohl leise sein, ihr zwei. Ihr weckt ja das Baby auf!«

»Was denn, den kleinen Zwerg? Aber der schläft doch wie ein Murmeltier. Worüber habt ihr beiden braven Ehefrauen übrigens gesprochen, als ich reinkam? Ich hörte meinen Namen.«

»Es ging um Mrs. McKinney. Ich werde gegen ihre Aufnahme in den Klub stimmen.«

Ludwig wurde auf der Stelle ernst. »O nein, Sally, das wirst du nicht tun. Tritt nie nach einem Feind, der schon am Boden liegt. Wir haben die Liberalen geschlagen, und damit wollen wir's gut sein lassen.«

»Deine Feinde sind auch meine Feinde«, entgegnete sie eigensinnig.

»Aber ich versuchte dir doch gerade zu erklären, daß sie *nicht* meine Feinde sind, Sally. Die Wahl hat die Liberalen politisch vernichtet. Jetzt müssen wir ihnen den Weg ebnen, damit sie zu uns zurückfinden und wieder gute Republikaner werden. Was während des Wahlkampfs geschah, ist vergeben und vergessen. Außerdem mag ich Richter Ballard, und er leidet gewiß furchtbar unter seiner Enttäuschung. Im übrigen braucht ihn die Partei; er wird uns helfen, dort wieder Ordnung zu schaffen.«

»Ordnung schaffen?«

»Allerdings, in der Partei. Tu nicht so, als hättest du keine Ahnung, wie bitter nötig das ist. Also sei klug, geh in deinen Klub und stimme für Mrs. McKinney und gib dir Mühe, sie zu akzeptieren. Schließlich magst du die anderen Mitglieder ja auch.« Sein Ton verriet, daß jemand, der es fertigbrachte, »die anderen« zu schätzen, nach seiner Meinung mit jedem Menschen auskommen müsse. Anne und Sally lachten.

»Nun ja, unsere jetzigen Mitglieder mag ich alle mehr oder weniger. Aber ich werde keinem Klub angehören, der dazu benutzt wird, Reformen durchzusetzen, die ich nicht für sinnvoll halte.«

»Aber das kann doch gar nicht geschehen«, mischte Anne sich ein. »Das verhindern unsere Satzungen. Und Mrs. Ballard, Mrs. McKinney und Mrs. Tyler dürften wohl kaum ausreichen, die Schließung der Wirtshäuser zum Klubthema zu erheben.«

»Na schön. Aber für die Weihnachtsfeier werde ich dieses Jahr ein paar Szenen von Dickens dramatisieren; ich denke da an ›Bleakhaus‹, in dem trefflich karikierte Heuchler und Frömmler wie Mrs. Jellyby und die Turveydrops vorkommen. Willst du mir dabei helfen, Anne?«

»Ich fürchte, das kann ich dir nicht versprechen, wo Papa doch so krank ist. Ich wage nicht einmal zu hoffen, daß ich bei deinem Fest dabei sein kann.«

Annes Vater starb Anfang Dezember. Sally und Ludwig gingen kummervoll zur Beerdigung; Sally tat das Herz weh, wenn sie an Anne dachte, die im Speisezimmer mit der »Familie« zusammensaß: John und die Vettern und Cousinen des alten Doktors, die noch rüstig genug waren, um an der Trauerfeier teilzunehmen. Sallys Gedanken verweilten kurz bei Mr. McKinneys langatmiger Rede, dann grübelte sie zum wiederholten Male über ihre geplante Weihnachtsfeier nach und kam zu dem Schluß, daß sie in diesem Jahr darauf verzichten müsse. Zum einen wäre ihr kaum noch Zeit für die Vorbereitungen geblieben, und zum anderen stand niemandem der Sinn nach Lustbarkeiten.

Der Frauenklub war, zumindest dem äußeren Erscheinungsbild nach, bereit und willens, das neue Jahr im Geiste bewundernswürdiger Einigkeit zu beginnen.

DIE MITGLIEDER DES FRAUENKLUBS VON WAYNESBORO

Miß Eliza Ballard
Mrs. Mary Grimes Ballard
Mrs. Louisa Tucker Deming
Miß Caroline Gardiner
Miß Lavinia Gardiner
Mrs. Anne Alexander Gordon
Miß Katherine Lowrey
Mrs. Rebecca Lowrey
Mrs. Mary McCune
Mrs. Rhoda McKinney
Miß Agatha Pinney
Mrs. Sarah Cochran Rausch
Miß Amanda Reid
Mrs. Thomasina Ballard Travers
Mrs. Ellen Lowrey Tyler

IN MEMORIAM
Miß Susan Crenshaw

1873 – 1874

»Zum ersten und einzigen Male in der Geschichte unseres Klubs wurden Mitglieder desselben vor ein Polizeigericht zitiert.«

Die Demings kehrten nach Waynesboro zurück, als der zweiundvierzigste Kongreß nach Grants Wiederwahl verabschiedet wurde. Die reguläre Sitzungsperiode des dreiundvierzigsten Kongresses würde erst im Dezember beginnen. Auf die Abgeordneten, die in diesem Frühjahr nach Hause zurückkehrten, wartete eine Wählerschaft, die erzürnt war über das in letzter Minute beschlossene und vielen unrechtmäßig scheinende rückwirkende »Besoldungsgesetz« und die sich im übrigen ihrer Repräsentanten schämte, von denen es hieß, sie seien in die Credit-Mobilier-Aktien-Affäre verwickelt. Bis ins Jahr 1869 reichten die Gerüchte zurück, welche später von den Zeitungen aufgegriffen wurden, und in denen von Korruption und Bestechung im Zusammenhang mit dem Bau der Union-Pacific-Eisenbahn die Rede war. Blaine und Garfield hatten in ihrem eigenen Interesse eine Untersuchung angestrebt. Die langwierigen Ermittlungen in Washington, welche im übrigen noch immer nicht abgeschlossen waren, ergaben lediglich, daß man einigen Kongreßmitgliedern mehr als törichtes Verhalten anlasten konnte. Trotzdem war es im Frühling des Jahres 1873 nicht eben erfreulich für die republikanischen Abgeordneten, sich daheim ihren Wählern zu stellen. General Deming, den das Vorgefallene zwar ehrlich verwirrte, der aber auch ganz mitgenommen war von den Folgen einer Handlungsweise, die ihm nie unehrenhaft oder den Interessen seines Landes zuwiderlaufend erschienen war, hätte sich vielleicht während der Monate zwischen jenen beiden Sitzungsperioden gar nicht in seinem Bezirk blicken lassen, doch seine Frau bestand darauf.

»Jetzt ist genau der richtige Zeitpunkt«, darauf beharrte sie unerschütterlich, »um deinen Wählern zu beweisen, daß du nichts getan hast, dessen du dich zu schämen brauchtest.«

»Aber das habe ich ja auch nicht!« versicherte er standhaft, und bei dem Gedanken an das, was er hatte erdulden müssen, stieg ihm die Zornesröte ins Gesicht. »Vor ein paar Jahren verlangte alle Welt nach transkontinentalen Schienenverbindungen; und jetzt, wo sie ihre Eisenbahn haben, fallen die Schufte wie ein Haufen räudiger Hunde über die armen Burschen her, die den Spaß finanziert haben. Natürlich haben die Verantwortlichen ein schönes Stück Geld dabei verdient – aber anders wäre diese Bahnlinie nie gebaut worden.«

»Ich weiß.« Mrs. Deming seufzte. Sie hatte sich bereits mehr als einmal die Argumente anhören müssen, die ihr Mann vor dem Untersuchungsrichter ins Feld geführt hatte. »Selbst der Untersuchungsausschuß hat ja eingesehen, daß du schlimmstenfalls töricht gehandelt hast. Wenn Parteiführer wie Blaine und Garfield diese ganze unerfreuliche Geschichte mit einem Achselzucken aus der Welt schaffen können, dann kannst du das auch. Aber wenn du Waynesboro jetzt meidest, gibst du deinen Bekannten Anlaß zu den schlimmsten Vermutungen.«

»Die Leute, die einen kennen, sind immer bereit, das Schlimmste anzunehmen. Doch unter all diesen Lumpen ist keiner, der sich die Gelegenheit hätte entgehen lassen, Credit-Mobilier-Aktien zu erwerben, wenn Mr. Ames sie ihm zum halben Preis angeboten hätte. Verdammt noch mal, ich hab' diese Aktien mit den Dividenden bezahlt, sobald die ausgeschüttet wurden – bitte verzeih meine Ausdrucksweise.«

Sie nickte ihm großmütig über den Tisch hinweg zu. Das Ehepaar Deming saß in Washington beim Frühstück. »In gewissen Situationen sehe ich durchaus ein, wie groß die Versuchung sein muß, sich solcher Kraftausdrücke zu bedienen.«

Diese Unterhaltung hatte stattgefunden, bevor der Kongreß das Gesetz zur rückwirkenden Erhöhung der Gehälter verabschiedete. Der Entrüstungssturm, welcher sich daraufhin erhob, verblüffte General Deming ebenso wie seine Kollegen im Repräsentantenhaus. Selbst auf dem Heimweg im Zug nagten seine Sorgen an ihm; sie waren auch dann noch gegenwärtig, als er die kleine Julia auf den Schoß nahm, um ihr die Häuser und Stallungen, die Pferde und Kühe zu zeigen, die am Fenster des Pullmanwagens vorbeiflogen. Julia war ein feingliedriges Kind mit blondem Haar; ihre Augen strahlten in hellem, klarem Blau, und sie hatte die regelmäßigen Gesichtszüge ihrer Mutter geerbt. Schon mit zwei

Jahren war sie ein verwöhntes und anspruchsvolles Persönchen und zog es vor, auf dem Schoß ihres Vaters zu sitzen, statt mit dem rußigen Fensterbrett oder den schmuddeligen Plüschsitzen in Berührung zu kommen. Sie wußte, daß ihr Vater ihr Beachtung schenkte, auch ohne daß sie sich bemerkbar machte, und so saß sie denn eine lange Strecke still auf seinen Knien, das Köpfchen gegen seine Uhrtasche gelehnt, und schaute aus dem Fenster oder lächelte ihrer Mutter zu, die den beiden gegenübersaß.

Auch der General ließ den Blick gelegentlich auf seiner Gattin ruhen. Sie war eine Frau, auf die man stolz sein konnte; den Wohlstand trug sie mit Anmut, und in ihrem schlicht eleganten Reisekostüm wirkte sie reserviert, stolz und aristokratisch. Mrs. Deming und ihr Gatte sprachen während dieser Reise nicht viel; sie hatten die Lage bis in alle Einzelheiten erörtert, und nun blieb ihnen nichts übrig als abzuwarten, was von der Karriere des Abgeordneten zu retten sei. Der General hatte das unbestimmte Gefühl, seine Frau habe ihn während dieser Krise im Stich gelassen. Er spürte dunkel, daß sie ihn womöglich gar ein wenig verachtete, weil er so unglücklich und verwirrt war. Wäre es ihr am Ende lieber gewesen, er hätte klüger und weitsichtiger gehandelt und sich für den Fall einer Entdeckung auf den Angriff vorbereitet? Aber sie haßte ja selbst die Andeutung von Korruption. Nicht der geringste unter den Gründen für seine Verwirrung war ein Umstand, den er sich selbst kaum einzugestehen wagte, daß nämlich seine Frau, der Dummheit fast ebenso verhaßt war wie Korruption, keinerlei Erstaunen gezeigt hatte, als er sich als dumm entlarven mußte. Vielleicht wäre es ihr sogar lieber gewesen, wenn Waynesboro ihn als Gauner betrachtet hätte? Unbehaglich rutschte er auf seinem Sitz hin und her, weshalb das Kind den Kopf zurücklegte und heiter und vertrauensvoll zu ihm aufblickte. Er drückte die Kleine fester an sich. Glücklicherweise war Julia noch zu klein, um zu verstehen, was vorging: Darin lag sein größter Trost. Der Sturm würde längst vorbei sein, ehe sie erwachsen war, und er nahm sich vor, den Skandal durch tadellosen Lebenswandel in Vergessenheit geraten zu lassen. Immerhin hatte man ihn für eine weitere Amtsperiode in den Kongreß gewählt, ehe der Sturm losbrach; vielleicht bot sich ihm bis '74 die Möglichkeit, zu einer Rechtfertigung. Er wußte wohl, was die Männer, die ihm ihre Stimme gegeben hatten, jetzt sagten: Sie zeigten mit den Finger auf sein Haus und flüsterten: »Bestechungsgeld«. Vor seiner Hochzeit hatte er das schlichte, mit Schindeln verkleidete Holzhaus seiner Eltern umgebaut, damit die Braut ein Heim bekäme, das ihrer würdig sei. Ein Rundturm mit Spitzdach und Blitzableiter war an einem Eck angefügt worden, am Ende des Wohnraums überblickte jetzt ein Erkerfenster den Hof, und eine breite Veranda verlief an der Frontseite von der Ausbuchtung des Turms bis zur anderen Hausecke. Der General wußte, wie stattlich sein Heim jetzt aussah mit dem strahlend weißen Anstrich und den grünen Fensterläden, die in der Sonne glänzten. Vor seinem geistigen Auge sah er die Nachbarn darauf zeigen und einander zutuscheln: »Kunststück – mit Credit-Mobilier-Aktien hätten wir auch ein so schmuckes Haus.«

Er fing Louisas Blick auf und lächelte betreten. »Obendrein wird man mich in Waynesboro bis ans Ende meiner Tage verdächtigen, Millionen beiseite geschafft zu haben. Dabei reichten doch in Wirklichkeit die Dividenden aus den C.-M.-Aktien kaum, um das Haus herrichten zu lassen. Und heute sind die Aktien nicht einmal mehr soviel wert, wie ich dafür bezahlen mußte.«

»Quäl dich nicht so, George.« Plötzlich bemerkte sie zum erstenmal, wie abgespannt und krank er wirkte und wie verletzt, und deshalb setzte sie sanft hinzu: »In ein, zwei Wochen ist bestimmt alles vorbei. Die Republikanische Partei wird ihre Führer nicht verstoßen, und wenn die's überleben, können wir das erst recht. Bitte, laß uns diese scheußliche Geschichte einfach vergessen, ja?«

Als die Familie Deming sich erst einmal in ihrem Haus in Waynesboro eingerichtet hatten, fiel das Vergessen leichter, als der General befürchtet hatte: Niemand schien auch nur ihre Ankunft bemerkt zu haben, außer Mr. Bonner, der in seiner Zeitung schrieb:

Unser hochgeschätzter Herr Abgeordneter, General George Deming, ist mit seiner Familie nach Waynesboro zurückgekehrt, nachdem er seine Pflichten als Mitglied des 42sten Kongresses mit der Bravour erfüllt hat, die seine Wähler inzwischen schon bei ihm voraussetzen. Wir möchten ihm dafür an dieser Stelle unseren Dank aussprechen, insbesondere für seinen Anteil an der letzten Amtshandlung des Kongresses, durch welche die Diener des Staates jetzt und in Zukunft großzügiger für ihre Opfer belohnt und der Notwendigkeit enthoben werden, sich an Börsenspekulationen zu beteiligen. Wir hoffen, daß General Deming im nächsten Kongreß Gelegenheit finden wird, sich wenn möglich noch ehrenhafter hervorzutun.

Der General war bereits einigermaßen gegen die Angriffe der Presse gefeit, und es wäre ihm vielleicht gelungen, so zu tun, als bemerke er den Sarkasmus in diesem Artikel überhaupt nicht. Aber Mrs. Deming, die tatsächlich überzeugt gewesen war, hier, in der Stadt ihres Gatten, vor offener Kritik sicher zu sein, ja, die geglaubt hatte, daß niemand sich dergleichen herausnehmen würde und daß sie weit über solchen Infamien ständen – Mrs. Deming geriet über Mr. Bonners Beleidigungen so in Zorn, daß ihre Nase scharf hervorsprang und zwei weiße Linien um ihren Mund sichtbar wurden.

»Wir hätten wohl mit solch vulgärem Spott rechnen müssen, aber man kann doch bestimmt etwas dagegen tun. Warum sprichst du nicht gelegentlich mit Richter Ballard?«

Erstaunt sah er sie an. »Ballard! Ja weißt du denn nicht mehr, daß er sich von den Republikanern abgewandt hat, weil er der Überzeugung war, die Partei sei von Korruption und Bestechung untergraben? Hast du vergessen, daß *ich* vor weniger als einem Jahr an diesem Fackelzug teilgenommen habe, der seine Verachtung für ›Abtrünnige‹ im allgemeinen und ihn im besonderen lautstark zum Ausdruck brachte? Mein Gott, er ist wahrscheinlich der erste, jedem, der's hören will, zu versichern: ›Ich hab's ja gleich gewußt!. Nein, nein, ich denke, wir sollten tunlichst keine schlafenden Hunde wecken. Aber wenn dir das eine Genugtuung wäre, kann ich gern den jungen Rausch oder Mr. Bonner mit einer Pferdepeitsche aufsuchen.« Er lachte verlegen, aber der Ausdruck verächtlichen Zorns wich nicht von ihrem Gesicht.

»Ich kann mir nicht vorstellen, was ein junger Emporkömmling wie dieser Ludwig Rausch mit *deiner* Karriere zu schaffen haben soll. Indes, das weißt du wohl am besten. Denn wie's scheint, haben sie nicht die Absicht, herzukommen, um mich daheim willkommen zu heißen.«

»Aber meine Liebe, mit den Lowreys stehst du doch auf so vertrautem Fuß, daß du nicht hier im Salon sitzen und darauf warten mußt, sie zuerst zu empfangen. Ich könnte mir vorstellen, sie haben mit dem College soviel zu tun, daß ihnen kaum Zeit für Visiten bleibt.«

Ehe Louisa Deming sich am nächsten Tag auf den Weg machte, ging sie mit sich zu Rate, ob sie Julia mitnehmen solle oder nicht: Das Kind würde vielleicht das Eis zwischen ihnen brechen und den Beginn einer zwanglosen Unterhaltung erleichtern; andererseits aber hatten weder Mrs. Lowrey noch Mrs. Tyler etwas für kleine Kinder übrig, und so könnte es geschehen, daß man Julia dem Tylerschen Nachwuchs überließ, um sie sich vom Halse zu schaffen. Also beschloß Mrs. Deming, allein zu gehen, während sie ein besonders korrektes und unauffälliges Nachmittagskostüm anzog. General Deming beorderte den Einspänner vors Haus und fuhr seine Frau höchstpersönlich zum College, half ihr aus dem Wagen und öffnete ihr das Tor, ehe er sich wieder auf den Bock schwang und zu Ludwig Rauschs Seilerei weiterfuhr.

Als Louisa den Gartenweg hinaufschritt, erkannte sie auf den ersten Blick die Anzeichen schleichenden Verfalls: Mit der Schule ging es bergab. Unbewußt straffte sie die Schultern, obwohl sie schon zuvor aufrecht genug gegangen war. Sie empfand jene uneingestandene Befriedigung, welche die Kümmernisse anderer in stolzen Gemütern zu wecken pflegen: die Befriedigung darüber, daß die eigenen Sorgen nicht einzigartig auf Erden und folglich auch nicht so gravierend sind, wie man befürchtet hat.

Es war ein unfreundlicher, regnerischer Tag, was vielleicht als gewisse Entschuldigung für das triste Erscheinungsbild des Geländes gelten mochte; der Boden unter den kahlen Bäumen war aufgeweicht, und hie und da lugte noch ein übriggebliebenes Schneefeld schmutziggrau zwischen den Stämmen hervor. Das Wohnheim indes machte entschieden einen heruntergekommenen Eindruck: Der Anstrich der Fensterläden blätterte ab, die Eisenbeschläge waren verrostet, die Scheiben blind, auf den Stufen, die zum Schulgebäude hinaufführten, zeichneten sich zahlreiche Schlammspuren ab. Sie betrat das Haus und ging über den Vorplatz ins Bureau, wo Mrs. Lowrey sich für gewöhnlich um diese Stunde aufhielt. Doch der Raum war leer. Von oben drangen unterdrückte Stimmen an ihr Ohr; der Unterricht schien in vollem Gange, aber unten konnte sie keine Menschenseele entdecken. Sie machte kehrt und ging über den Hof zum Wohnhaus der Lowreys.

Mrs. Lowrey öffnete ihr selbst die Tür. Ihr Haar war im Nacken zu einem unordentlichen Knoten geschlungen, die Röcke fielen glatt und gerade um ihre hageren Hüften, und die Turnüre hatte sie darübergebunden.

»Louisa! Meine Liebe, nein, welch freudige Überraschung!« Sie küßten einander in der Diele. »Kommen Sie doch in den Salon und nehmen Sie Platz. Ich lasse Ellen holen. Wenn Sie mich nur einen Moment entschuldigen wollen...« Sie erblickte sich in dem hohen Pfeilerspiegel zwischen den Vorderfenstern und hob in gespieltem Entsetzen die Hände zum Mund. »Ich bin wirklich eine hoffnungslose Person! Vorhin mußte ich rasch hinüber ins Wohnheim, und in der Eile habe ich mir die Turnüre einfach unter dem Mantel festgebunden. Sie wissen doch, wie sehr es die Mädchen schockieren würde, wenn ich einfach ohne sie erschiene. Doch als ich wieder ins Haus kam, hab' ich das dumme Ding einfach vergessen. Meine Beste, machen Sie es sich bequem, ich bin gleich zurück.«

Mrs. Deming betrat den düsteren, schlecht gelüfteten Salon und nahm auf dem Sofa Platz, dessen Roßhaarpolsterung an den Rändern aufgerissen war und folglich nicht unbeträchtlich piekte. Der Anblick dieses schäbigen Zimmers mit dem abgetretenen Ripsteppich, den wuchtigen Nußbaummöbeln und dem trüben Spiegel über dem Kamin, in dem kalte Asche überquoll, stärkte ihr Selbstbewußtsein. Sie bot ein Bild der Gelassenheit, wie sie so dasaß, das Kästchen mit ihren Visitenkarten in der behandschuhten Rechten, und auf Mrs. Lowreys Rückkehr wartete. Als sie hereinkam, hatte sie ihre Kleider in Ordnung gebracht und sich das Haar gekämmt, doch innerlich war sie offenbar immer noch in Aufruhr. Sie setzte sich neben Mrs. Deming aufs Sofa und legte ihre magere Hand, auf der die Venen deutlich hervortraten, auf den Arm ihres Gastes.

»Ich fürchte, ich werde alt, meine Liebe. Dauernd bin ich in Hektik. Sie glauben ja gar nicht, wie wir alle Ihre ruhige Hand am Steuer vermissen. Ich habe eins von Ellens Kindern ins Wohnheim geschickt, um seine Mutter zu holen. Sie wissen wohl schon, daß meine Tochter jetzt bei uns wohnt. Aber bis sie kommt, müssen Sie mir alles über sich erzählen, mein Kind: Wie geht es General Deming, und was macht Ihr Töchterchen?«

Mrs. Deming beantwortete diese höflichen Fragen kurz und erkundigte sich dann nach dem Wohlergehen von Mr. und Mrs. Lowrey und nach ihrer Tochter Kitty.

»Ach, erinnern Sie mich nicht an Kitty! Nein, welche Enttäuschung dieses Kind uns bereitet hat! Sie will sich doch wahrhaftig verheiraten, wenn sie im Juni in Oberlin ihr Examen abgelegt hat. Den jungen Sheldon Edwards: Sie wissen doch, Sheldon und Edwards, das Textilgeschäft. *Diese* Familie, stellen Sie sich vor! Tja, was will man machen, der Junge ist auch in Oberlin...«

»Ich kann mich dunkel an ihn erinnern. Ein blasser Blondschopf, nicht wahr? Welch ungewöhnliche Wahl für Kitty. Sie war doch immer so ein ausgelassener Wildfang. Ich hätte nie eine romantische Ader bei ihr vermutet.«

Mrs. Lowrey hob die Brauen. »Romantisch? O nein! Kitty hat einen ausgesprochen klaren Blick, gepaart mit dem Verlangen nach Ruhe und Ordnung. Wissen Sie«, setzte Mrs. Lowrey scheinbar belanglos hinzu, »das Kind ist nie besonders gut mit seiner Schwester ausgekommen. Aber sie hat, Gott segne sie, ein Gewissen. Nur eine Eheschließung könnte es entschuldigen, daß sie uns verließe. Und im übrigen glaube ich, sie würde auch jetzt noch ein, zwei Jahre bei uns unterrichten, falls wir sie brauchen sollten.«

»Die Schule... Sie verzeihen meine Frage? Geht sie nicht gut?«

»Aber natürlich dürfen Sie danach fragen. Wem sollte ich mich wohl anvertrauen, wenn nicht Ihnen? Sie waren doch schließlich einmal unsere Hauptstütze! Nein. Das Institut bricht zusehends auseinander. Wir bekommen nicht mehr die Töchter der Gesellschaftsschicht, die früher ihre Kinder bei uns erziehen ließ. Die intelligenteren besuchen heute die neugegründeten Mädchen-Colleges und Universitäten, auf denen sie einen akademischen Grad erwerben können. Die anderen gehen auf die staatlichen Gymnasien. Viele Eltern scheinen sich heute nicht mehr um die religiöse Erziehung ihrer Kinder zu kümmern. Na, und als elegantes Pensionat für Töchter aus reichem Hause haben wir ja noch nie gegolten.« Der bloße Gedanke brachte Mrs. Lowrey zum Lachen. »Nein, unsere Schülerinnen stammen meist aus Farmerfamilien. Aber wir werden uns schon durchschlagen, wenn Kitty eine Weile für Amanda einspringt und deren Unterricht in klassischen Sprachen und Geschichte übernimmt. Ihr mußten wir ja kein Gehalt zahlen.«

»Amanda geht also fort? Ich hätte gedacht, sie bliebe schon aus Loyalität bei Ihnen.«

»Das würde sie auch, wenn wir's ihr erlaubten. Aber sie hat sowieso bereits ein Jahr länger bei uns unterrichtet als erforderlich war, um ihre Schulden zu begleichen. Doch als dann Mr. Fletcher ihr ein größeres Gehalt bot, als wir je zahlen könnten, haben wir darauf bestanden, daß sie diese Offerte annimmt.« Nach einer kleinen Pause setzte sie zu Mrs. Demings Erstaunen hinzu: »Mr. Fletcher, meine Liebe, ist der neue Schulinspektor.«

»In den *staatlichen* Schulen?«

»Ganz recht. In Waynesboro findet sozusagen eine Revolution statt. Wir bekommen eine höhere Schule, vorausgesetzt, die Stadt beteiligt sich an den Unterhaltskosten. Eigentlich eine gute Sache«, versetzte sie lebhaft, »nur für uns ist es eben hart.«

»Und Amanda wird die Kinder von Fabrikarbeitern und diesen deutschen Einwanderern unterrichten? Das scheint mir eine traurige Verschwendung ihrer Fähigkeiten.«

»Ihre Mutter ist sehr schwierig, sie weigert sich, von hier fortzuziehen. Ein Jammer! Amanda könnte es woanders in ihrem Beruf weit bringen. Aber die kleinen Deutschen sind recht aufgeweckt und fügsam: Sie wird mit ihnen leichter zurechtkommen als mit unseren Mädchen. Doch wir werden Amanda vermissen, genau wie wir Sie noch heute vermissen, Louisa.«

»Danke, daß Sie das sagen, Mrs. Lowrey. Ich habe die Zeit hier in guter Erinnerung. In mancher Hinsicht«, setzte Mrs. Deming mit kühlem Lächeln hinzu, »war sie angenehmer als das Jahr, das hinter mir liegt. Unbekanntsein hat durchaus seine Vorteile. Aber an der Seite eines Mannes, der im Lichte der Öffentlichkeit steht, lernt man, Beleidigungen nicht allzu ernst zu nehmen.«

»Ach, dieser unselige Mr. Bonner!« Mrs. Lowreys unschuldiges Lachen machte jegliche Hoffnung zunichte, mit der Mrs. Deming sich noch an den Strohhalm geklammert hatte, daß der Sarkasmus der *Fackel* unbefangenen Lesern vielleicht entgangen sein mochte. »An Ihrer Stelle würde ich ihn ganz einfach ignorieren.« Mrs. Lowrey senkte den Blick auf ihre im Schoß gefalteten Hände, um Louisa zu schonen und ihre eigene Neugier zu verbergen. Von sich aus hätte sie wohl peinliche Themen gemieden, aber es sah Louisa ähnlich, nach festem Boden unter den Füßen zu streben und anzunehmen, daß ihre Freunde die Haltung akzeptieren würden, zu der sie sich entschlossen hatte.

»So ist es nun einmal«, suchte Mrs. Lowrey ihrer Besucherin Mut zuzusprechen, »die tapfersten Dienste eines Mannes werden allzu leicht von der undankbaren Öffentlichkeit vergessen.«

»Ach, die Öffentlichkeit hat gar nicht soviel damit zu tun. Mein Mann ist, glaube ich, fest davon überzeugt – obgleich er es nie ausgesprochen hat, da die Parole jetzt ja offensichtlich *Amnestie* lautet –, daß die Demokraten sich an uns rächen wollen, weil wir den Krieg gewonnen haben, indem sie die Männer anschwärzen, denen das Land seine Rettung verdankt.«

Mrs. Lowrey hätte, ungeachtet ihres unanfechtbaren intellektuellen Scharfblicks, vermutlich zu dieser Bemerkung geschwiegen, wäre sie nicht der Meinung gewesen, daß eine so starke Gegenwehr den Demings gefährlich werden könnte.

»Nun ja, vielleicht. Aber wissen Sie, ich kann mir nicht helfen, mir scheint, je weniger man diese Dinge erörtert, desto besser. Schließlich führen doch nicht die Demokraten die Untersuchungen, oder? Außerdem sind eine ganze Reihe von Republikanern, wie die Ballards zum Beispiel... aber natürlich wird der General das schon auf seine Weise lösen.«

Dann wechselte sie das Thema. »Sie haben gewiß meine Briefe über den Kreuzzug gegen das Trinkerunwesen bekommen? Wir rüsten zum Angriff. Es mag zwar ein wenig säumig erscheinen, aber wir sind übereingekommen, nicht vor April ›loszuschlagen‹. Der März ist ein solch riskanter Monat, und unseren Kreuzfahrern wäre nicht gedient, wenn sie sich eine Lungenentzündung holten, während sie im Schneematsch knien. Ich kenne Ihre Einstellung: Auch Ihnen ist der Alkoholhandel widerwärtig, und deshalb zähle ich auf Sie.«

Mrs. Deming war zwar in der Regel allen öffentlichen Kundgebungen abhold, aber sie hatte sich bereits dazu entschlossen, an diesem Kreuzzug teilzunehmen, um ihrem Gatten dadurch die Sympathie der Kirchenmänner zu verschaffen. Deshalb entgegnete sie: »Mrs. Lowrey, Sie wissen, daß ich von ganzem Herzen an Ihre gute Sache glaube. Natürlich werde ich mich Ihnen anschließen.« Nachdem sie so zum Besten ihres Mannes gehandelt hatte, erhob sie sich. »Der General ist gewiß aufgehalten worden, doch ich darf Ihre Zeit nicht länger in Anspruch nehmen. Es ist so angenehm, wieder in einer Kleinstadt zu sein, wo man zu Fuß gehen *kann*. Washington ist in der Tat sehr ermüdend. Ich weiß nicht recht, ob ich im nächsten Jahr mit dem General dorthin zurückkehren soll. Meine kleine Julia würde sich hier gewiß wohler fühlen, und Washington bietet ja auch nicht die Vorzüge einer Weltstadt.«

»Wie schade, daß Sie aufbrechen müssen, bevor Ellen kommt. Aber wenn Sie tatsächlich in Waynesboro bleiben sollten... Ihre Freunde wären entzückt, Sie bei sich zu haben, Louisa. Ich hoffe, Sie werden dann auch unserem Klub wieder als aktives Mitglied angehören.«

»Ja, das würde ich gern. Ich habe stets mit großem Interesse die Protokolle gelesen, von denen Sie mir freundlicherweise Abschriften nach Washington geschickt haben.«

Die beiden Frauen gingen zur Tür, wo Mrs. Deming sich ohne weitere Umstände verabschiedete. Sie war nicht die Frau, die ihre Gastgeber noch auf der Schwelle mit allerletzten Nachträgen überrascht.

Der General war unterdessen in Richtung Westen zur Stadtgrenze gefahren, wo die Firma Seilerwaren Rausch & Kompanie ihren Sitz hatte. Er zügelte sein Pferd vor dem Haltepfahl beim Kontor, blieb aber noch einen Moment sitzen und betrachtete gedankenverloren die Stufen, welche zum Eingang hinaufführten, das schmiedeeiserne Geländer und die frisch vergoldeten Lettern des Firmenschildes über der Tür. Der hohe Lattenzaun versperrte die Sicht zum Hof; nur durch das halb geöffnete Tor erhaschte der General einen flüchtigen Blick auf eine Gestalt, die vor dem rötlich schimmernden Hintergrund der Backsteinmauer eilends über das Kopfsteinpflaster schritt. Vielerlei Geräusche drangen an sein Ohr: ein Poltern, wie von Fässern, die über holprige Steine rollen, das Quietschen einer Schubkarre, eine abgerissene Melodie, die irgendwo im Innern des Hauses erklang. Der stürmische Märzwind trieb Schwaden schwärzlichen Rauchs vor sich her, und ein warmer Teergeruch erfüllte die Luft, ein Geruch, der den General an etwas erinnerte – so rochen die Kiefernwälder unten im Süden, wenn sie in Flammen aufgingen, dachte er. Ob das wohl ein Anknüpfungspunkt wäre? Nein, lieber nicht; diese jungen Spunde wollten anscheinend den Krieg so schnell wie möglich vergessen, sie machten sich nicht viel aus ihrem Sieg und ihren soldatischen Pflichten. Er schnaufte hörbar, als sein Fuß nach dem runden Trittbrett tastete und er mit den ein wenig steifen Bewegungen eines Mannes in mittleren Jahren vom Bock stieg.

Der General erklomm die wenigen Stufen, die zum Eingang emporführten, stieß die schwere Tür auf und ließ sie hinter sich ins Schloß fallen. Vom Vorplatz aus überzeugte ihn ein Blick davon, daß der Raum zur Linken leer war; in dem Kontor auf der rechten Seite saß ein Grünschnabel in Alpakajoppe hinter einem mit Akten überhäuften Pult. Sobald er des Generals ansichtig wurde, schlüpfte er diensteifrig von seinem hochbeinigen Schemel und kam dem Besucher entgegen. »Wünschen Sie Mr. Rausch zu sprechen?« fragte er; und als der General bestätigend nickte, ging er durch Ludwigs Bureau zur Hoftür und rief einen der Jungen, die beständig dort herumlungerten. Kurz darauf erschien Ludwig, und der General, der an der Hoftür Ausschau gehalten hatte, sah seine Gestalt einen Augenblick lang vom Nachmittagslicht übergossen: Groß und breitschultrig kam er daher, in Arbeitskleidung, das strohblonde Haar zerzaust, den Schnurrbart von der Sonne gebleicht, das Gesicht gerötet – dieser Anblick erfüllte den General mit Verachtung gegen sich selbst, weil er der Gnade dieses abgearbeiteten jungen Mannes ausgeliefert war. Die Bank und Mr. Cochran hatte er ebenso gemieden wie Mr. Bonner und die *Fackel;* Richter Ballard hatte ihn kühl und distanziert gegrüßt, förmlich, aber bar jeder Herzlichkeit (und das hatte ihn schmerzlich berührt). Indes hatte keiner dieser Männer seine Zukunft so in der Hand wie der junge Rausch. Der »junge Rausch«, der soeben in blauer Latzhose zur Tür hereinkam und mit seinen derben Schuhen Teer- und Ölspuren auf der Schwelle hinterließ, war ein Element, das so gar nicht in General Demings Vorstellung von sich und seiner Karriere passen wollte.

Ludwig begrüßte seinen Besucher, schloß die Tür zum Vorplatz, deutete einladend auf einen Stuhl und ließ sich hinter seinem Schreibtisch nieder. Sein Bureau stimmte durchaus mit Ludwigs Kleidung überein: Der abgenutzte Schreibtisch war mit Briefen, Papieren und teerverschmierten Mustern von Seilen und Tauen übersät; der Drehsessel dahinter quietschte abscheulich, und der einzige andere Stuhl im Zimmer, den er seinem Gast angeboten hatte, war ein rauhgezimmertes Möbel mit hartem Rohrgeflecht.

»Nun, General, was verschafft mir die Ehre?«

»Rausch, ich habe unsere letzte Unterhaltung ebensowenig vergessen wie Sie.« Der General kaute verstimmt auf seiner Zigarre herum. »Ich bin gekommen, um das zu wiederholen, was ich Ihnen damals schon versicherte. Ich habe meine Credit-Mobilier-Aktien gekauft und ordnungsgemäß bezahlt; es war für mich eine Kapitalanlage, nicht mehr und nicht weniger. Und niemand hat mich zu irgendeinem Zeitpunkt aufgefordert, meinen Einfluß als Kongreßabgeordneter geltend zu machen.«

Ludwig blickte sein Gegenüber einen Moment lang prüfend an, dann versetzte er lächelnd: »Ich glaube Ihnen, Sir.«

General Deming nahm die Zigarre aus dem Mund, worauf er erst die und dann Ludwig baßerstaunt ansah. »Bei Gott, Rausch, dann sind Sie der einzige in ganz Waynesboro, der das tut.«

»Ja, es sollte mich nicht wundern, wenn's so wäre.«

Das Gesicht des Älteren verdüsterte sich. »Meinen Sie, man wird meinen Rücktritt fordern?«

Ludwig empfand Mitleid mit ihm; er sah so abgehärmt aus, fast wie ein gebrochener Mann. »Nein, Sir. Und Sie dürfen das auch nicht in Erwägung ziehen, denn sonst wären die Leute überzeugt, Sie hätten sich etwas zuschulden kommen lassen. Letzten Herbst hat man Sie für eine weitere Amtsperiode in den Kongreß gewählt. Courage, Sir, stehen Sie's durch!«

»Das wäre natürlich das klügste, gewiß... sofern es meine persönlichen Interessen betrifft. Aber...« er räusperte sich und holte tief Luft, »falls das Wohl der Partei...«

»Nicht doch, General! Gerade um der Partei willen müssen Sie diesen Gerüchten trotzen. Garfield und Blaine machen's schließlich genauso. Und auch ihr Verbrechen bestand ja lediglich darin, daß sie sich zum Narren machen ließen.«

Der General versuchte zu lachen, was ihm allerdings kläglich mißlang. Dieser schroffe junge Mensch hatte ihn in Verlegenheit gebracht. Aber wie leicht ist es doch, andere »Trottel« zu schimpfen, wenn man jung ist und Erfolg hat. »Ja, das waren wir wohl alle: verdammte Narren. Glauben Sie, bis vierundsiebzig ist mein guter Ruf wiederhergestellt, oder wird dies meine letzte Amtsperiode?«

»Also... wissen Sie... das kann ich natürlich kaum beurteilen. Im übrigen kommt diese Frage wohl ein bißchen verfrüht. Die Bezirksversammlung entscheidet erst nächstes Jahr über ihren künftigen Kandidaten. Ich bin doch nur der Vorsitzende *eines* Wahlkreises, und wir haben fünf davon im Bezirk.«

»Aber Ihre Stimme gilt etwas im Parteikonvent.« Der General steckte sich seine Zigarre wieder in den Mund und stützte seine Hände auf die Knie, um das Zittern zu verbergen, das sich durch das Rauchen verstärkt hatte. »Was raten Sie mir?«

»Fassen Sie sich in Geduld und warten Sie ab, was geschieht. Eine Kongreßsitzung steht ja zu diesem leidigen Thema noch aus.« Ludwig schob die Papiere auf seinem Schreibtisch hin und her. »Aber wenn Sie meine ehrliche Meinung hören wollen, so muß ich gestehen, daß ich's fast für besser hielte, wenn Sie sich zurückzögen. In der Regierung spielen sich Dinge ab – wir sind an einem Punkt angelangt, wo man das Schlimmste befürchten muß. Vierundsiebzig kommt mit Sicherheit ein demokratischer Kongreß ans Ruder. Alles deutet darauf hin, und dieser ganze Spektakel hilft den Demokraten noch zusätzlich. Und wenn die erst einmal an der Macht sind, werden sie Untersuchungen durchführen, neben denen dieser Credit-Mobilier-Skandal sich wie ein harmloses Ammenmärchen ausnehmen wird. Ich möchte selbst nicht vor so einen Ausschuß treten, und wenn mein einziges Vergehen darin bestünde, Republikaner zu sein.«

»Also glauben Sie nicht, daß der treue alte Siebente Bezirk...« Der General zwinkerte vielsagend, so als sei seine plumpe Anspielung ein Heidenspaß.

»Ich weiß nicht. Im Jahr der Präsidentenwahl brauchte man sich um ihn keine Sorgen zu machen. Oh, ich will damit nicht sagen, daß überhaupt Anlaß zur Sorge besteht. Aber die Deutschen sind gegen Korruption und gegen die zwangsweise Wiedereingliederung des Südens. Die Farmer halten ebenfalls nichts von Korruption und wehren sich außerdem noch gegen die Schutzzölle, mit Ausnahme der Schafzüchter, und von denen gibt's ja zum Glück eine ganze Menge bei uns. Nun, wie dem auch sei, meiner Meinung nach würden Sie in unserem Wahlkreis gewinnen, wenn man Sie nominierte. Ärger gäb's höchstens mit der Bezirksversammlung. Die anderen Wahlkreise halten mir ständig vor, daß wir jetzt vier Amtsperioden lang denselben Abgeordneten nach Washington entsandt haben. Vor allem in Boone werden die Leute allmählich ungeduldig. Die wollen Liddell von Whitewater aufstellen. Sie kennen ihn sicher: Zur Zeit vertritt er diesen Bezirk im Senat.«

»Ja. Tüchtiger Mann.« Der General saß ein Weilchen ernst und still auf seinem Platz. Man hatte also über ihn gesprochen und seinen Nachfolger bereits ernannt. »Tja, ich denke, wir lassen den Dingen erst mal ihren Lauf. Aber Sie können sich darauf verlassen, daß ich in jedem Falle zum Wohl der Partei handeln werde.«

Beide Männer waren sicher, daß die Abgeordnetenlaufbahn des Generals mit der kommenden Amtsperiode ihr Ende finden würde. Es wäre sinnlos gewesen, weiter darüber zu sprechen.

»Was macht die Seilerei, mein Junge? Sieht aus, als hätten Sie mächtig zu tun.«

»Ja, im Moment schon, aber das Geschäft läßt nach.« Ludwig unterdrückte ein Lächeln. Vielleicht fühlt der alte Gauner sich besser, wenn er »mein Junge« zu ihm sagte. »Der wirtschaftliche Aufschwung hat wohl seinen Höhepunkt erreicht, wenn nicht gar überschritten. Aber zum Glück gibt's außer uns nur wenige Seilereien westlich des Alleghenygebirges. Das erleichtert vieles, Sir. Möchten Sie sich das Werk einmal ansehen? Wir schlagen gerade eine zehn Zoll starke Trosse für eine Werft oben an den Großen Seen.«

Er stand auf, schwerfällig tat der General es ihm nach, und gemeinsam gingen sie zuerst zur gepflasterten Rampe der Anlegestelle am Kanal und von dort zu dem niedrigen Gebäude, das sich gleich dahinter erstreckte. »Der Hanfspeicher. Den Hanf lasse ich auf Lastkähnen hertransportieren. Allerdings ist das kein amerikanischer Hanf. Bei uns wird keiner mehr angebaut, und so müssen wir eben importieren.« Er öffnete das Tor und deutete auf die dicht übereinandergestapelten Ballen. Von da an zeigte Ludwig kein Erbarmen mehr mit dem General; er machte ihn mit sämtlichen Stufen des Verarbeitungsprozesses bekannt, ging er doch davon aus, daß jeder Mann sich ebenso lebhaft für die diversen Maschinen interessiere wie er selbst. Endlich waren sie bei den Hechelstöcken angelangt, kammartigen Geräten, aus deren teils gerade hintereinander, teils versetzt zueinander angeordneten Reihen von Nadeln der honigfarbene Hanf hervorquoll wie ein Wasserfall, die Fasern weich und glatt wie Frauenhaar.

»Manilahanf«, erklärte Ludwig. »Eignet sich hervorragend für starke, reißfeste Taue. Man erkennt ihn unschwer an seiner einzigartigen Farbe. Manilahanf ist zwar ziemlich teuer, aber dafür braucht er auch nicht geteert zu werden – wandert von den Spinnern direkt auf die Seilerbahn.«

Als sie wieder draußen auf dem Hof standen, wies Ludwig auf einen nach drei Seiten hin geschlossenen Schuppen am Flußufer. Dort im Halbdunkel blubberte in einem riesigen Kessel der Teer überm Feuer, bewacht von Schwarzen, deren nackte Oberkörper in dem seltsamen, rauchig schimmernden Licht blauschwarz aufleuchteten. Einer von ihnen hielt das Feuer in Gang, während der zweite ein mächtiges Stück Hanf in den heißen Teer warf, das auf der anderen Seite von einem dritten langsam und träge mittels einer gebogenen Stange an den Kesselrand gezogen wurde; als er es endlich genau vor sich hatte, hievte der Mann es heraus und warf es mit der gleichen trägen Lässigkeit rücklings über ein Gestell.

»Riecht wie anno fünfundsechzig in Nordcarolina«, sagte der

General. »Teeren Sie das Zeug, um's wasserdicht zu machen? Wie lange bleibt's denn in dem Kessel? Schätzt der Nigger das ab, oder hat er 'nen Zeitbegriff?«

»Bei einem Kessel von diesen Ausmaßen zieht man genau viereinhalb Meter pro Minute durch.« Ludwig lachte. »Für einen wie Aaron ist das 'ne ganz natürliche Geschwindigkeit. Aber er hat durchaus auch seine Mittel, um die Zeit zu messen: Er singt oder summt vor sich hin oder schlägt mit dem Fuß den Takt. Und wenn einer diese Arbeit lange genug macht, hat er den Rhythmus einfach im Blut. Außerdem wird er von allen anderen Schwarzen beneidet: Teeren ist für sie die ideale Arbeit schlechthin; warm und gemächlich.«

Die beiden Männer traten beiseite, um einen Schwarzen passieren zu lassen, der mit einer hochbeladenen Schubkarre vorbeikam. »Die eigentliche Seilherstellung beginnt erst mit dem Spinnen.« Ludwig ging über das Kopfsteinpflaster voran zur Seilerbahn, die immer noch so war, wie er sie übernommen hatte, und wo das Spinnen des Hanfs, das Drehen der Litzen und das Schlagen der Taue nach wie vor in Handarbeit verrichtet wurden. Ludwig und der General sahen den Männern ein Weilchen bei der Arbeit zu. »Diese Leute sind alle extra ausgebildet«, erklärte Ludwig. Die Spinner schritten nach rückwärts fort, während Halbwüchsige die Seilerräder in Drehung versetzten, auf welchen die Fasern aufgewickelt waren. Die Spinner waren emsig darauf bedacht, die Stränge frei von Kinken zu halten, während sie beständig neue Fasern von den Büscheln hinzufügten, die an ihren Gürteln hingen, denn die Stränge durften nicht zu kurz geraten.

Der General wurde des Zuschauens bald müde; Ludwig merkte, daß es ihn fortzog. »Ich hoffe, ich habe Sie nicht zu lange aufgehalten. Leider vergesse ich manchmal, daß nicht jeder meine Begeisterung für die Seilerei teilt.«

»Nicht doch, nicht doch! Ich finde das alles höchst aufschlußreich. Sagten Sie nicht vorhin was von einem besonders dicken Tau?«

Ludwig, der selbst darauf brannte, den Fortgang der Arbeit an der Trosse zu prüfen, führte den General ans andere Ende des langgestreckten Schuppens, wo die geschicktesten seiner Leute unter Aufsicht eines der Brüder Roseboom die Trosse schlugen. Sie waren mit glühendem Eifer bei der Sache, doch als Ludwig und der General herantraten und Roseboom sich ihnen zuwandte, blickten die Arbeiter auf, grinsten freundlich oder hoben zur Begrüßung die Hand, und die Spannung ließ nach.

General Deming, der unmittelbar neben Ludwig stand, war

nicht minder fasziniert von dem ungezwungenen Ton, den der junge Mann seinen Leuten gegenüber anschlug, als von der eigentlichen Arbeit.

»Dieses Seil ist ja so dick wie mein Unterarm«, sagte er.

»Das ist eine Trosse«, korrigierte Ludwig mechanisch und klärte seinen Begleiter über die Unterschiede auf, die es zwischen Leinen und Tauen, zwischen Wanten und rechts und links geschlagenen Seilen zu beachten galt. »Das ist die stärkste Trosse, die je bei uns in Auftrag gegeben wurde. Darum sind wir auch alle so aufgeregt.« Stolz sah Ludwig auf seine Arbeiter, die seinen Blick ohne Scheu, ja ebenso stolz erwiderten und den Chef mit einem freimütigen Grinsen bedachten. »Wir sollten die Leute jetzt wohl besser alleinlassen, damit sie fertig werden.«

Der General war müde: Ludwigs Begeisterung gab ihm das Gefühl, alt und griesgrämig zu sein. Vielleicht war es dieses Bewußtwerden seines Alters und seiner Niederlage, was ihn veranlaßte, sobald man wieder beim Kontor angelangt war, sich mit folgenden Worten an Ludwig zu wenden: »Mein Junge, ich muß schon sagen, diese Anlage hat das Zeug zu einem netten kleinen Geschäft.« Und vielleicht war es seine Griesgrämigkeit, die ihn dazu bewegte, wenige Minuten später Ludwigs Vertrauen in die Zukunft zu dämpfen, oder aber es geschah aus dem Bedürfnis heraus, seinerseits mitteilsam zu wirken und den Eindruck zu erwecken, er stehe auf vertrautem Fuß mit Männern, welche im Lande die Fäden in der Hand hielten.

»Bloß schade«, versetzte Ludwig und warf einen finsteren Blick über den Hof, »daß in dem Betrieb alles so wie Kraut und Rüben durcheinandergewürfelt ist. Bis auf die Neubauten, die ich Ihnen gezeigt habe, lauter behelfsmäßige Schuppen, die noch dazu meist am falschen Platz stehen. Viel zuviel unnütze Gänge sind nötig, um Fasern und Garn und Tauwerk hin und her zu schleppen. Sobald ich's mir leisten kann, baue ich anstelle der alten Seilerbahn eine Halle für Seilermaschinen.«

Als er und der General sich wieder in Ludwigs Bureau gegenübersaßen, erklärte er sich näher. Zum Fluß hin bot das Gelände Platz genug, um angrenzend ans Warenlager, aber im rechten Winkel dazu, einen Neubau zu errichten. Die Hauptstrecke der Eisenbahn war nicht weit entfernt: Sollte der Geschäftsgang es eines Tages rechtfertigen, würde es ein leichtes sein, ein Nebengleis zur Firma hinüberzulegen. Nach Cincinnati verschiffte er seine Ware zwar immer noch auf dem Kanal, aber inzwischen saßen die meisten Kunden im Norden, am Eriesee, und bis dorthin auf dem Schiffsweg zu liefern, nahm viel zuviel Zeit in Anspruch.

Die fertigen Taue wurden statt dessen auf Karren zum Güterbahnhof geschafft und per Bahn zu den Seehäfen transportiert. »Ich weiß, daß meine Pläne sich nicht heute oder morgen verwirklichen lassen. Außerdem müßte ich Geld aufnehmen, doch da gegenwärtig die Konjunktur nachläßt, weiß ich nicht recht, wie ich mich entscheiden soll.«

»Tja, da ist schwer zu raten. Ich fürchte, die goldenen Jahre liegen hinter uns. An Ihrer Stelle würde ich erst mal abwarten. Wenn wir auf einen Bankrott zusteuern, dürfte es schwer werden, Darlehen zurückzuzahlen.«

»Soll das heißen, Sie befürchten eine regelrechte Depression?«

Vielleicht ergötzte sich der General an Ludwigs erschrockenem Gesichtsausdruck; jedenfalls blieb er noch einen Augenblick länger vor dem Schreibtisch sitzen. »Ich bin weiß Gott kein Finanzgenie, das habe ich ja wohl hinlänglich bewiesen. Aber es liegt was Merkwürdiges in der Luft – die Leute werden kopfscheu. Da gebietet schon der gesunde Menschenverstand, sich ein wenig vorzusehen. Wir haben uns beim Ausbau des Eisenbahnnetzes übernommen. Verstehen Sie mich nicht falsch, mein Junge: Ich habe den Bau der Union-Pacific befürwortet – das Land brauchte eine solche Verbindungslinie. Ich hielt die Bahn damals für eine großartige Errungenschaft, und das tue ich auch heute noch. Aber sobald diese Verbindung fertiggestellt war, stürzten sich sämtliche Spekulanten, die zuvor geschworen hatten, das Unternehmen sei undurchführbar, mit Elan ins Eisenbahngeschäft. Der Kongreß unterstützte sie mit Landzuweisungen, und es wurden Pfandbriefe ausgegeben. Doch wenn die neuen Schienenwege nun unrentabel sind, wovon sollen die Leute dann die Zinsen bezahlen? Sie verlegen über Tausende von Meilen hinweg Schienen quer durch die Wildnis – da sind wohl kaum Geschäfte zu machen.«

»Aber sie verkaufen ja das Land, welches der Kongreß ihnen überlassen hat. Und denken Sie nur an die vielen Siedler, die dank des Heimstättengesetzes die Wildnis urbar machen und Getreide anbauen werden.«

»Mit der Zeit vielleicht. Wenn der Boden sich überhaupt kultivieren läßt. Gütiger Himmel, ich habe doch anno neunundsechzig selber dieses Gebiet durchquert! Im übrigen wird es noch eine ganze Weile dauern mit der Besiedlung, und wenn die Eisenbahngesellschaften bankrott machen, ziehen sie auch Eisen- und Stahlwerke mit in den Abgrund, weil die schließlich nur für die Eisenbahn produzieren... Natürlich kann ich mich irren; ich hoffe es sogar. Doch an Ihrer Stelle würde ich mich noch einige Zeit zurückhalten.« Darauf schüttelte der General kummervoll den Kopf und empfahl sich.

Daheim angelangt, kutschierte er den Einspänner selbst in die Remise, wo er beim Absteigen reumütig seine ruinierten Schuhe betrachtete. Louisa würde darüber ganz und gar nicht erfreut sein. Er schickte den Stallburschen in die Küche, um ein anderes Paar zu holen, und gab ihm die teerverschmierten zum Säubern mit.

Frau und Kind erwarteten den General im Wohnzimmer. Julia löste sich sogleich von ihrer Mutter und ließ sich von ihm auf den Schoß nehmen. Wenigstens diese Befriedigung bleibt mir, dachte er, als er einen Arm um sie legte und ihr blondes Köpfchen an seine Uhrtasche bettete; Julia stellte keine Fragen und kannte keinen Zweifel an seinem Tun und Handeln. Sie verlangte nichts weiter, als daß er ihr Beachtung schenkte. Jetzt lehnte sie sich still gegen ihn, während er sprach, und bog nur dann und wann den Kopf zurück, um ihn anzusehen, wenn sein Griff sich lockerte, was sie befürchten ließ, er habe sie vergessen. Dann nahm er sie wieder fester in den Arm, sie senkte erneut den Kopf und lächelte leise vor sich hin, während sie unter den seidigen Wimpern hindurch ihre Mutter ansah.

»Louisa, du kannst dir nicht vorstellen, was ich im Interesse meiner Karriere erdulden mußte! Ich kenne jetzt alle Kniffe der Seilherstellung in- und auswendig. Und doch war diese Plackerei wohl vergebene Liebesmüh. Die sind fertig mit mir. Natürlich hat er der Höflichkeit halber mein Angebot, zurückzutreten, abgelehnt, doch...«

»Du hast deinen *Rücktritt* angeboten?« Mrs. Deming richtete sich wenn möglich noch kerzengerader in ihrem Sessel auf und beugte ungläubig den Kopf vor.

»Ach, das war nur so eine Geste, meine Liebe. Dieses Opfer würden sie nie verlangen – aber was die übernächste Amtsperiode betrifft, sieht's ganz so aus, als wolle der Wahlkreis Boone Liddell von Whitewater nominieren.«

»Wer hat das gesagt?«

»Der junge Rausch natürlich! Den habe ich doch besucht.«

Mrs. Deming erbleichte, und ihr Gesicht war vollkommen reglos, beinahe wie in Stein gemeißelt. Früher hätten ihre Schülerinnen in einem solchen Augenblick gesagt: »Der olle Teekessel kocht.«

»Ludwig Rausch! Ein deutscher Einwanderer! Ein Bursche, der ohne einen Pfennig in der Tasche hierherkam, die Tochter des Bankiers heiratete und meinte, nun sei er gesellschaftsfähig.«

»Nicht doch, Louisa. Unser Wahlkreis hat ihn schließlich zum Vorsitzenden des Zentralkomitees der Republikaner ernannt.«

»Aber was er dir da vorgefaselt hat, ist nicht die Meinung des Komitees, sondern seine eigene. Ach, du kennst doch diese jungen Soldaten; für die ist jeder ehemalige hohe Offizier ein Feind.«

»Nein, nein, Louisa. Du bist wirklich ungerecht. Rausch ist nicht mein Feind. Außerdem ist er nicht als Bettler hergekommen: Seine Familie lebte in durchaus geordneten Verhältnissen, und er konnte immerhin die Seilerei kaufen.«

»Trotzdem ist es nicht recht, daß er sich anmaßt, dir deine künftige politische Laufbahn vorzuschreiben.«

»Aber das hat er gar nicht... er hat lediglich versucht, zu erklären und zu raten.« Der General war über die Maßen verwundert, noch nie hatte er seine Frau so erzürnt gesehen. Seltsam, worüber die Frauen sich aufregten: Er hätte sich nicht träumen lassen, daß Louisa soviel an seiner Karriere gelegen war. »Im übrigen hat das alles ja noch lange Zeit. In der kommenden Sitzungsperiode bin ich wieder im Kongreß; bis zu den Neuwahlen kann alles mögliche geschehen.«

»Ich werde dafür sorgen, daß etwas geschieht! Du bist jetzt der erste Bürger dieser Stadt. Richter Ballards Glanzzeit ist vorbei, und sonst gibt es niemanden, der dir gefährlich werden könnte. Ob du vierundsiebzig wiedergewählt wirst oder nicht...« Und dann erzählte sie ihm, wie sie einer momentanen Eingebung folgend Mrs. Lowrey versprochen habe, in Waynesboro zu bleiben, statt im Dezember zurück nach Washington zu reisen. »Sie werden mich wieder in ihren Klub aufnehmen: Es ist in der Satzung festgelegt«, erklärte sie voller Genugtuung. »Ein außerordentliches Mitglied kann jederzeit den Antrag stellen, erneut als aktives Mitglied aufgenommen zu werden.«

»Aber die Damen deines Klubs sind nicht wahlberechtigt, meine Liebe. Und selbst wenn sie ihre Ehemänner beeinflussen könnten, für mich zu stimmen – es handelt sich doch bloß um ein Dutzend Leute.«

»Aber genau die zählen! Wenn du vor dieser Gruppe rehabilitiert bist, wird das sehr nützlich für dich sein. Ich habe sogar versprochen, mich an diesem Temperenzler-Kreuzzug zu beteiligen – vielleicht hilft auch das.«

Der General errötete. Das Wort »rehabilitiert« klang ihm schmerzlich in den Ohren.

»Und Sarah Cochran Rausch ist schließlich auch im Klub.«

Sie sagte das mit so bedeutungsschwangerem Unterton, daß der General aufs heftigste erschrak.

»Oh, ich bitte dich, meine Liebe! Nur keine Fehden – das würde nichts nützen.«

»Fehden! Sei nicht albern, George. Doch ich schmeichle mir, daß ich diese junge Frau lenken kann. Vergiß nicht, ich habe sie schließlich unterrrichtet.«

»Aber kann sie Rausch lenken?«

»Wo sie die Bank hinter sich hat? Das ist doch gar keine Frage! Und mach dir keine Sorgen, George, ich bin sicher, alles wird sich zum Guten wenden.«

Ob ihre Worte den General beruhigten oder nicht, war schwer zu beurteilen; schweigend wandte er sich seinem Kind zu.

Inzwischen sann Ludwig, der allein in seinem Bureau zurückgeblieben war, über die Warnung des Generals nach. Jeder wirtschaftliche Aufschwung mußte über kurz oder lang zum Stillstand kommen, und für die Nachkriegskonjunktur galt das erst recht. Im Vorfrühling des Jahres '73 sah es allerdings so aus, als gehe das Land einer Rezession entgegen, von der Ludwig freilich hoffte, sie würde geringfügig sein und nur von kurzer Dauer. Die Firma Seilerwaren Rausch & Kompanie bekam immer noch Aufträge, wie die Post, die sich auf seinem Schreibtisch stapelte, hinlänglich bezeugte. Trotzdem mochte es ratsam sein, Investitionen so lange hinauszuschieben, bis eine etwaige Rezession überstanden war. Er würde zumindest noch den Rat seines Schwiegervaters einholen, wenn er mit Sally und den Kindern am nächsten Sonntag zu den Cochrans zum Essen ginge.

Es überraschte ihn nicht, als Mr. Cochran sich pessimistisch äußerte: Wie alle Bankleute war auch er auf der Hut, vielleicht in noch stärkerem Maße als seine Kollegen. Aber wenige Wochen später lag plötzlich eine Vorahnung in der Luft – obwohl kaum etwas über »harte Zeiten« gesprochen oder geschrieben worden war, vielleicht aus der Hoffnung heraus, daß, was man nicht in Worte kleide, auch nicht eintreten werde. Ludwig gestand seine Befürchtungen niemandem außer Sally; ihr aber erklärte er, was ihn veranlaßt hatte, seine Baupläne zu verschieben. Er verkaufte Aktien und legte das Geld in Staatsanleihen an; er wußte, daß Mr. Cochran so viele Darlehen wie möglich einforderte und die Bank sich auf einen Sturm rüstete. Das schien besonders nach der Panik geraten, die im Mai an der Wiener Börse ausgebrochen war und den Verkauf amerikanischer Wertpapiere lahmgelegt hatte. Die Ernte schien vielversprechend zu werden in diesem Jahr, doch was nützte das, wenn den Farmern der europäische Markt verschlossen blieb?

In diesem Frühling mußte ganz Waynesboro sich mit der Notwendigkeit vertraut machen, den Gürtel enger zu schnallen. Die Mitglieder des Frauenklubs ergaben sich ohne übermäßiges Lamentieren darein. Sie trugen die Redingote, das Cape oder die Pelerine vom Vorjahr und belächelten sie nicht mehr als Miß Gardiners weite Reifröcke, an die sie sich inzwischen gewöhnt hatten. Was hingegen Aufsehen erregte, war Mrs. Demings kurz nach ihrer und ihres Gatten Rückkehr erfolgte Erklärung zu Beginn einer Klubsitzung, an welcher sie als außerordentliches Mitglied teilgenommen hatte: Sie beabsichtige nicht, mit dem General nach Washington zurückzukehren, sondern wolle mit der kleinen Julia daheim bleiben. Das Leben in Waynesboro sei längst nicht so teuer, führte sie aus und suchte dabei mit undurchdringlicher Miene nach einem Gesicht, auf dem sich der gar nicht so abwegige Gedanke spiegeln mochte: Mit all diesen Credit-Mobilier-Aktien müßten die Demings doch weiß Gott genug Geld haben. Allein, niemand lächelte anders als auf die entgegenkommendste Weise, und alle brachten ihr Entzücken darüber zum Ausdruck, sie nun bald wieder als aktives Mitglied begrüßen zu dürfen.

Und doch stellte Mrs. Demings Wunsch, zur Herde zurückzukehren, die Damen vor ein Problem. Selbst der emanzipierteste Blaustrumpf hätte zugeben müssen, daß dreizehn eine höchst unangenehme Zahl sei, und außerdem durfte man Kitty nicht vergessen, die bald aus Oberlin zurückkehren und am Mädchen-College unterrichten würde. Daher betraute Mrs. Lowrey ein Komitee mit der Aufgabe, eine Satzungsänderung vorzubereiten, über welche die Damen auf der nächsten Sitzung abstimmen könnten. Mrs. McKinney wurde zur Vorsitzenden dieses Ausschusses ernannt, dem außer ihr Mrs. Rausch und Mrs. Gordon angehörten. Da die einzige Aufgabe des Komitees in der Änderung der Mitgliederzahl bestand, würde ein Zusammentreffen genügen; das Ergebnis dieser Beratung sollte die Vorsitzende in zwei Wochen dem Plenum mitteilen. Nachdem dieses Problem abgehandelt war, kam Mrs. Ballard auf den Temperenzler-Kreuzzug zu sprechen, der bald beginnen sollte und an dem alle Damen gebeten wurden teilzunehmen.

Auf Einladung Mrs. McKinneys fand die Ausschußsitzung zur Änderung der Klubstatuten in ihrem Hause statt. Der Frauenklub war noch nie bei den McKinneys zusammengetroffen. Anne kannte das Pfarrhaus natürlich, denn Mrs. McKinney war ja die Frau ihres Geistlichen, doch Sally hatte noch nie einen Fuß über seine Schwelle gesetzt. Ihr erster Eindruck beim Betreten des Salons war, daß sie noch kein Zimmer gesehen habe, welches besser zum Wesen seiner Bewohnerin passe: Es war ein düsterer Raum mit

Roßhaarsofas und wuchtigen Nußbaummöbeln; in den Bücherschränken standen hinter Glas eine Menge schwarzgebundener Folianten; auf der Nußbaumplatte des Mitteltisches lag unter einer Lampe die Bibel; über dem Kamin hing eine große Sepiazeichnung: »Christus im Tempel.«

Mrs. McKinney hieß die beiden willkommen, ließ sie nebeneinander auf einem der Roßhaarsofas Platz nehmen und lächelte jenes merkwürdige Lächeln, bei dem ihr Kinn im Kragen verschwand und die Wangen sich aufblähten. Bestrebt, die Zusammenkunft zur Förderung ihrer sozialen Belange zu nutzen, kam sie gleich auf das Thema zu sprechen, welches ihr am meisten am Herzen lag: Man gehe schweren Zeiten entgegen, aber manchmal ließen die Leute sich leichter erweichen, wenn die Welt aus den Fugen zu geraten drohe. Sie und Mr. McKinney, die Ballards und verschiedene andere leitende Kirchenmitglieder seien so überaus bewegt von dem Kreuzzug, der überall in Ohio gegen den Alkoholmißbrauch aufflamme. Die Damen von Hillboro und Washington Court House hätten, unter der Führung von Mr. Dio Lewis, wahre Wunder vollbracht in ihrem Bestreben, die Schenken zu schließen. Sie hoffe nur, daß der Frauenklub sich im April anderen Organisationen anschlösse, um gemeinsam einen solchen Kreuzzug in Waynesboro zu unternehmen.

Taktgefühl und Diskretion gehörten nicht zu Mrs. McKinneys Tugenden. Oder, überlegte Anne aufgebracht, dachten Mrs. Ballard und Mrs. McKinney am Ende tatsächlich, sie und Sally würden sich an diesem Kreuzzug beteiligen; meinten sie etwa, Sally habe vergessen, wer ihren Ludwig einen »Handlanger« geheißen hatte? Doch während sie noch offenen Mundes um eine Entgegnung rang, packte die findige Sally den Stier bereits bei den Hörnern.

»Nach der Satzung ist es den Klubmitgliedern verboten, gemeinsam als geschlossener Verein für oder gegen Themen strittiger Natur Stellung zu beziehen. Aber vielleicht haben Sie die Absicht, die Statuten auch in diesem Punkt zu ändern?«

Jetzt war es an Mrs. McKinney, ein verstörtes Gesicht zu zeigen. »Oh, nein! Ganz bestimmt nicht. Zu derlei sind wir ja auch gar nicht befugt. Mir wäre nur nie in den Sinn gekommen, daß *Temperenz* den Damen des Klubs als ›strittiges Thema‹ erscheinen könnte.«

»Oh, Temperenz! Das ist freilich etwas anderes. Mir war, als sprächen Sie von völliger Abstinenz und von der Vertreibung aller Schankwirte. Natürlich bleibt es jedem Klubmitglied selbst überlassen, welchem guten Zweck es seinen persönlichen Einsatz widmet. Aber wenn ein solcher Kreuzzug Erfolg haben soll... Ich meine, wäre es nicht besser, Frauen dafür zu gewinnen, deren Männer den gesamten Lohn vertrinken, sie schlagen und die Kinder mißhandeln, damit den Schankwirten gehörig das Gewissen schlägt?«

»Ich fürchte, *unsere* Hymnen würden die Schankwirte nicht berühren.« Anne verbiß sich mit Mühe ein Lächeln, denn die ganze Idee kam ihr ziemlich komisch vor. »Sie wissen doch, daß unsere Männer uns nicht verprügeln.«

Mrs. McKinney nahm diese Äußerungen kühl zur Kenntnis, und die Komiteesitzung hätte die drei Frauen einander gewiß nicht nähergebracht, wenn nicht der Zufall eingegriffen hätte.

Das blutjunge schwarze Dienstmädchen erschien in der Tür zum Salon. Die Kleine stammte aus dem Waisenhaus; die McKinneys hatten sie bei sich aufgenommen und ihr ein Heim gegeben, wofür sie als Gegenleistung in der Küche half. Das Mächen machte einen ungelenken Knicks.

»Verzeihung, Madam. Tom is' an der Hintertür – er fertig mit Arbeit. Er sagen, wollen sprechen Madam bevor gehen.« Und dann murmelte sie noch etwas Unverständliches über Kohlen.

Mrs. McKinney erhob sich widerwillig, wie es schien, so als hätte sie lieber zuerst ihre Gäste verabschiedet. Aber man war sich noch nicht darüber einig geworden, ob der Klub auf eine Mitgliederzahl von vierzehn oder fünfzehn erweitert werden solle.

»Ich muß Sie leider bitten, mich ein paar Minuten zu entschuldigen. Mein Mann ist nicht zu Hause, sonst würde ich ihn hereinrufen, damit er Ihnen inzwischen Gesellschaft leistet.«

Sie war kaum aus dem Zimmer, da hörte man durch die offengebliebene Salontür eine klagende Stimme aus dem Obergeschoß rufen: »Rhody! Oh, Rhody!« Die jammernden Laute wiederholten sich immer wieder.

Sally und Anne sahen einander mit nicht geringer Bestürzung ins Gesicht. Wie jeder in der Stadt, wußten auch sie, daß Mr. McKinneys altersschwache Mutter mit im Pfarrhaus wohnte; das Gerücht wollte es, daß sie in einer Dachkammer eingeschlossen sei – ein Verdacht, dessen Wurzeln in den gerade beliebten Romanen zu suchen waren sowie in dem Umstand, daß niemand die alte Dame je zu Gesicht bekommen hatte. Als die Stimme auf einmal soviel lauter erschallte, daß anzunehmen war, ihre Besitzerin sei bis zum Treppenabsatz vorgedrungen, erhob Anne sich unschlüssig und sagte nach einigem Zögern: »Sie könnte womöglich die Treppe hinunterfallen.« Damit trat sie hinaus in die Diele, stützte sich mit der Hand auf den Treppenpfosten und blickte nach oben.

»Mrs. McKinney wurde in die Küche gerufen. Kann ich Ihnen vielleicht helfen?«

Eine zierliche alte Dame saß auf der obersten Stufe. Sie war ordentlich angezogen; ihr graues Kattunkleid war mit schwarzen und weißen Blumen bedruckt; sie trug eine Haube und hielt einen Schal über dem Arm. Mit ausdruckslosem Gesicht blickte sie zu Anne hinunter.

»Wer bist du? Ich kenne dich nicht. Du bist doch nicht etwa Georges Tochter?«

»Nein, ich bin Mrs. Gordon. Die Frau des Doktors.«

»Doktor?« Die Stimme klang ängstlich. »Ich kenne keinen Doktor, und ich bin auch nicht krank.«

»Natürlich nicht. Ich bin ja auch nur zu Besuch bei Mrs. McKinney. Aber als ich Sie rufen hörte, dachte ich, es sei besser, Ihnen zu sagen, daß sie gerade zu tun hat.«

»Wenn sie beschäftigt ist, könnten Sie vielleicht raufkommen und mir helfen.«

Die alte Dame klammerte sich ans Geländer und machte einen kraftlosen Versuch aufzustehen, wankte aber und sank zitternd wieder zurück. Anne flog die Stufen hinauf, half ihr auf die Beine und zog sie vom Treppenabsatz fort. Sie hätte sich gescheut, über den Flur bis zum vorderen Schlafzimmer vorzudringen, doch die blaugeäderte Hand auf ihrem Arm zog sie unerbittlich mit sich fort.

»Nun kommt George vor morgen nicht mehr. Es ist zu spät, wird ja schon dunkel.« Sie deutete mit dem Kopf aufs Flurfenster. Sie hatte tatsächlich recht: Der wolkenverhangene, düstere Tag neigte sich dem Abend zu. »Ich muß vor dem Schlafengehen noch mein Bett richten.«

Vor der Tür zum Schlafzimmer zögerte Anne abermals. »Ich kenne Mrs. McKinney nicht so gut, daß ich mich hier oben aufhalten dürfte. Jetzt, wo Sie in Sicherheit sind, sollte ich besser wieder nach unten gehen. Es wäre ihr vielleicht nicht recht, wenn ich mit hineinkäme.«

»Rhody?« Die alte Dame blinzelte aus verschleierten blauen Augen zu ihr auf. Die Haube, deren Bänder unter dem Kinn zu einer Schleife gebunden waren, rutschte von ihrem Scheitel nach rückwärts. »Rhody schimpft niemals. Sie ist sehr gut zu mir gewesen, jawohl, das war sie. Aber ich möchte eben wieder nach Hause.«

Als sie die Tür öffnete, blieb Anne verdutzt auf der Schwelle stehen. Die Kommode war völlig abgeräumt. Schüssel und Kanne vom Waschtisch standen in einem Weidenkorb, der eigentlich für

Wäsche bestimmt war. Auf dem Metallbett fehlten nicht nur Dekken, Kissen, Matratze und Sprungfedern; sogar die Latten waren herausgenommen, zusammengebunden und gegen die Wand gelehnt worden. Die Matratze war aufgerollt und verschnürt, das Bettzeug auf einen Stuhl geschichtet, die Sprungfedermatratze stand schräg am Fußende des Bettes.

»Ich war ganz sicher, daß George heute kommen würde, aber er ist wohl aufgehalten worden. Ich will mich nicht beunruhigen...« Geistesabwesend setzte sie hinzu: »Rhody sagt immer, ich soll mich nicht aufregen. Er kommt bestimmt morgen. Aber Sie müssen mir helfen, mein Bett für die Nacht herzurichten.«

Anne, die sich über die philosophische Gelassenheit wunderte, mit der die alte Frau ihre Enttäuschung trug, brachte das Lattenbündel zum Bett, löste die Verschnürung und war gerade dabei, eine nach der anderen in den Rahmen zu fügen, als Mrs. McKinney eintrat.

»Rhody, du glaubst doch auch, daß es heute schon zu spät ist und George nicht mehr kommt, wie? Ich habe sie gebeten – wie war doch gleich Ihr Name, mein Kind? –, mir zu helfen. Du bist ja nicht gekommen, als ich dich gerufen habe.«

»Entschuldige, Mutter. Ich hab' dich nicht gehört. Ja, George kommt so spät gewiß nicht mehr. Wir werden Sprungfedern und Matratze wieder an Ort und Stelle schaffen, und dann kannst du dein Bett machen und das Zimmer in Ordnung bringen.«

Zusammen mit Anne richtete sie das Bett der alten Frau. Dann zog Mrs. McKinney ihren Gast aus dem Zimmer.

»Kissen und Decken legt sie sich am liebsten selbst zurecht. Sie braucht uns jetzt nicht mehr. Es tut mir so leid.«

Anne hatte ihre letzten Worte mißverstanden. »Mir tut's auch leid, daß sie so enttäuscht wurde, aber sie hat es tapfer hingenommen, ohne sich aufzuregen. Ich hoffe nur, George ist nichts zugestoßen. Ist er ihr Sohn?«

»Oh, meine Liebe! Ich dachte, Sie hätten es erraten.« Mrs. McKinney legte die Hand aufs Geländer und blickte Anne traurig an. »George *war* ihr Sohn. Er ist seit zwanzig Jahren tot. Aber er lebte auf dem elterlichen Hof, und die gute alte Seele hat Heimweh.«

Langsam schritten sie über den Korridor zurück und die Treppe hinunter.

»Jeden Morgen nach dem Frühstück macht sie sich fertig und wartet darauf, daß George kommt, um sie abzuholen. Sie packt all ihre Sachen und zieht das Bett ab. Woher sie die Kraft nimmt, ist uns ein Rätsel. Dann zieht sie sich einen Hocker ans Fenster, und dort sitzt sie den ganzen Tag und hält nach George Ausschau. Wenn es dunkel wird, redet sie sich ein, er sei aufgehalten worden, packt alles wieder aus und verschiebt ihre Abreise auf den nächsten Morgen. Bloß heute war sie wohl zu schwach, Latten und Matratze allein ins Bett zurückzuschaffen. Darum hat sie nach mir gerufen.«

»Ach wie unsagbar traurig! Und wie schwer das für Sie sein muß.«

Mrs. McKinney lächelte, preßte das Kinn auf die Brust und schüttelte den Kopf. »Es ist halb so schlimm. Sie ist ganz zufrieden, wenn sie nur in ihrer Fensternische sitzen und nach ihrem Sohn Ausschau halten kann; sie lebt in der Gewißheit, wenn George heute nicht kommt, dann eben morgen. Und wenn sie ihr Bett auseinandernimmt und wieder zusammensetzt, hat sie wenigstens Beschäftigung.«

Die beiden Frauen kehrten in den Salon zurück, wo Sally schon ungeduldig ihrer harrte. Das Komitee vollendete seine Arbeit, und ohne weitere Verzögerung passierten sie das Gartentor und traten hinaus auf die Straße. Sie gingen miteinander bis zum Haus der Gordons, wo Ludwig seine Frau auf dem Heimweg von der Seilerei abholen wollte.

Mit ziemlich schlechtem Gewissen erzählte Anne ihrer Freundin, was sich im oberen Stockwerk der McKinneys zugetragen hatte. »Ich schäme mich«, schloß sie niedergeschlagen. »Mrs. McKinney ist eine *wirklich gute* Frau. So gütig! Ich hätte es nicht für möglich gehalten. Stell dir nur vor, wie schwer es sein muß, tagein, tagaus mit einer solchen Belastung zu leben! Und dabei ist sie immer heiter und fröhlich.«

»Und sie trägt's mit Würde.« Sally begann in jenen Tagen, würdevollem Betragen eine höhere Wertschätzung beizumessen, als Anne es je tun wollte. »Darum hat sie also den Klub nie zu sich eingeladen. Sie wäre heute lieber gestorben, als uns zu bitten, den Vorfall vertraulich zu behandeln.«

»Aber wir werden natürlich zu niemandem darüber sprechen.« Und tatsächlich erfuhren nur ihre Ehemänner von der alten Dame im Pfarrhaus und ihrem betrüblichen Geisteszustand.

Dieses Erlebnis veränderte die Einstellung der beiden jungen Frauen zu Mrs. McKinney vielleicht mehr, als ihnen bewußt wurde. So sehr sie auch in diesem und den kommenden Jahren mit ihr im Widerstreit lagen, sie hörten nie auf, ihr mit Hochachtung zu begegnen, woraus sich mit der Zeit jene herzliche Zuneigung entwickelte, wie man sie für einen Vetter oder langjährigen Nachbarn empfindet, der einem zwar nicht wesensverwandt sein mag, den man aber durch vertrauten Umgang und gemeinsame Erfahrungen trotzdem liebgewonnen hat. Sehr viel später sollte die jungen Frauen aus einer anderen Generation beim Abschiedstee für Mrs. McKinney das aufrichtige Bedauern in Erstaunen versetzen, mit dem die Damen des Klubs sie scheiden ließen. Hatte die langjährige gemeinsame Mitgliedschaft die Älteren etwa zu Heuchlern gemacht, oder waren die nach Charakter und Lebenseinstellung so überaus verschiedenen Frauen einander wirklich verbunden gewesen? Zu diesem Zeitpunkt war natürlich Pfarrer McKinneys alte Mutter längst tot, und Waynesboro hatte sie vergessen.

Der Vorschlag des Komitees zur geplanten Satzungsänderung wurde beim nächsten Klubtreffen im Hause der Lowreys verlesen und einstimmig angenommen. Die Mitgliederzahl sollte auf fünfzehn erhöht werden. Nach der offiziellen Sitzung erging man sich mit gedämpfter Stimme in Mutmaßungen darüber, wer wohl als fünfzehntes Miglied in Frage käme. Den dreizehnten und vierzehnten Platz würden Mrs. Deming und Kitty Lowrey einnehmen. Man erwog die literarischen Fähigkeiten dieser oder jener Pfarrersfrau, was Sallys Einspruch auf den Plan rief: Der Ergänzungsartikel mache die maximale Mitgliederzahl an keiner Stelle zur Bedingung, und so könne es nicht schaden, wenn man sich mit der Nominierung der fünfzehnten Kandidatin ein wenig Zeit ließe. Noch als sie gemeinsam mit Anne und Amanda Reid den Heimweg antrat, ereiferte sie sich: Gewiß gäbe es außer den Frauen der Kirchenmänner auch andere, die sich für die Aufnahme in den Klub eigneten! Aber als sie auf der Suche nach einem Gegenvorschlag die entsprechenden Namen durchgingen – Freundinnen ihrer Mutter wie Mrs. Sheldon, Mrs. Edwards und verschiedene andere Kaufmannsgattinnen, Mrs. Fackel-Bonner (wie Sally sie insgeheim nannte) oder Mrs. Keyes, die Frau des zweiten Bankiers am Ort –, da mußte Sally widerstrebend eingestehen, daß keine der Damen sonderlich gut in ihren Kreis passen würde. Amanda, die Geistlichen gegenüber keinerlei Vorbehalte hegte, ausgenommen die, welche einer allzu engen Bekanntschaft mit ihren Vertretern in deren Vorbereitungszeit entsprangen, wollte Mrs. Fletcher vorschlagen, die Frau des Schulinspektors. Es war dies eine unscheinbare, wenn auch liebenswürdige Person, deren Intellekt, sofern überhaupt vorhanden, erst nach der Eheschließung ausgebildet worden war; freilich gab es außer ihrem farblosen Wesen wohl nichts, was man ihr hätte vorwerfen können. Bedauerlicherweise mußte sich zwischen dieser und der nächsten Klubsitzung jemand an Amanda »herangemacht« haben, denn als man vierzehn Tage später bei den Rauschs zusammentraf, verlas Mrs. Ballard, die den Vorsitz führte, von den ihr überreichten Zetteln drei Namen, doch der von Mrs. Fletcher war nicht darunter. Statt dessen wurde Mrs. Mary McCune genannt, die Frau des Predigers der Ersten reformierten presbyterianischen Kirche, der Reids also. Natürlich hatte Amanda zugestimmt und auf Mrs. Fletchers Nominierung verzichtet. Sally verzog keine Miene und erhob auch keinen Einwand, obgleich die Satzung eine zweiwöchige Diskussions- und Bedenkzeit vorschrieb, ehe über die Aufnahme eines neuen Mitglieds abgestimmt werden konnte. Indes hatte sich im Klub bereits die Gepflogenheit eingebürgert, Kandidaten – wenn überhaupt – nur abzulehnen, bevor ihre Namen genannt, nie aber nachdem sie in offizieller Sitzung verlesen worden waren.

Daher wartete Sally, bis der Klub sich vertagt hatte und sie den Damen im Gästezimmer bei der Suche nach ihren Umhängen behilflich war, ehe sie energisch aber *sotto voce* auf Amanda losging: »Was ist nur in dich gefahren? Mrs. McCune! Diese niedliche, hilflose Strohpuppe! Die wagt ja keinen Gedanken zu denken, den ihr Mann ihr nicht eingetrichtert hat. Außerdem wird sie dauernd die Sitzungen versäumen, weil sie doch jedes Jahr ein Kind kriegt. Und gebildet ist sie auf keinen Fall.«

Mrs. McKinney, die unmittelbar neben den beiden gestanden und alles mitangehört hatte, war vielleicht eigener Meinung über Sallys intellektuelle Fähigkeiten.

»Wüßten Sie jemand Geeigneteres, Mrs. Rausch? Etwa die Frau eines der deutschen Freunde Ihres Gatten? Ich habe gehört, sie seien sehr gebildet, diese Herren. Vielleicht Mrs. Lichtenstein?«

Sally schoß das Blut in die Wangen, aber sie zwang sich zu einem Lächeln. »Leider habe ich nicht die Ehre, Mrs. Lichtenstein zu kennen. Aber soviel ich weiß, soll sie recht charmant sein. Und an ihrer Bildung zweifle ich auch nicht.« Diese Lüge kam ihr nicht eben leicht über die Lippen, denn vor ihrem geistigen Auge erstand – nach Ludwigs Beschreibung – ein lebhaftes Bild von Rosa Hoffmann, inzwischen die zweite Mrs. Lichtenstein, wie sie in der Schenke ihres Bruders arbeitete und den Gästen schäumende Bierkrüge nebst Körben voller Brezeln vorsetzte. Doch Sally schluckte tapfer und fuhr fort: »Mr. Lichtenstein ist so ein genialer Kopf. Er ist der einzige in der Stadt, dem es gelingt, Dock Gordon im Schachspiel zu schlagen.« (Anne kann diese Demütigung ruhig mit mir teilen, dachte sie.) »Und er kümmert sich so beispielhaft um die Erziehung unserer Kinder.«

Später, als die anderen gegangen waren, sagte sie zu Anne:

»Warte nur, bis ich das Ludwig erzähle! Er besteht darauf, mit all diesen Leuten Freundschaft zu schließen.« Ihren eigentlichen Kummer hatte sie fast vergessen. Aber als Ludwig von dem Wortwechsel mit Mrs. McKinney erfuhr, weigerte er sich nicht nur zu begreifen, warum sie in Verlegenheit geraten sei, sondern schlug ihr auch noch vor, Mrs. Lichtenstein zu besuchen und sich selbst ein Bild von ihr zu machen. Sally wußte nicht genau, ob dies ein Scherz sei, und zog es vor, dem Gespräch eine andere Wendung zu geben.

Die Kandidatinnen, welche man dem Klub vorgeschlagen hatte, wurden einstimmig gewählt, und Mrs. Deming sah sich ein zweites Mal als Mitglied willkommen geheißen. Ungeachtet der beängstigenden Depression, die das Land heimsuchte, verfolgten die meisten Damen des Klubs gemeinsam mit einer großen Anzahl streitbarer Kirchgängerinnen weiterhin eifrig den Plan eines Kreuzzugs gegen den Alkoholmißbrauch, womit sie im April die Schankwirte aus Waynesboro zu vertreiben hofften.

Selbst diejenigen unter den Männern, die sich mit Zukunftssorgen herumschlugen, wurden durch den Kreuzzug für eine Weile auf andere Gedanken gebracht. Der Blitzschlag, welcher den Baum vor dem eigenen Fenster fällt, lenkt von einem Erdbeben auf der anderen Seite des Erdballs ab, selbst wenn diesem Tausende von Menschen zum Opfer fallen. Im Frauenklub, wo wirtschaftliche und politische Erdbeben nicht erörtert werden durften, schwoll das Gewitter des Temperenz-Kreuzzugs auf die Stärke eines Orkans an.

Von einer Versammlung in Columbus im Februar, bei der Gesinnungsgenossen aus dem ganzen Staat zusammengeströmt waren, kehrten die streitbaren Kirchgängerinnen so beflügelt zurück, daß sie es kaum erwarten konnten, daheim dem Beispiel anderer Städte Ohios zu folgen. Auf den Klubsitzungen im Februar und März hatte man sich weiterhin programmgemäß mit führenden amerikanischen Denkern der Gegenwart beschäftigt, aber alle Beteiligten spürten, wie das unterschwellige Problem die Mitglieder in zwei Lager spaltete. Mrs. Ballard und Mrs. McKinney waren mit in Columbus gewesen; sie gehörten dem Komitee an, das den Kreuzzug vorzubereiten hatte. Eliza Ballard brannte darauf, sich in die ruhmreiche Schlacht zu werfen, in der Hauptsache vielleicht deshalb, weil ihr das Unternehmen als eine solche erschien. Denn noch war Eliza frei von jenem vollkommenen Zynismus der mittleren Jahre, welcher selbst einem gerechten Kampf gegenüber Gleichgültigkeit bewahrt. Thomasina hingegen hörte auf ihren Vater, als der, wiewohl selbst Anhänger der Temperenzbewegung, sich gegen die Methoden der Kreuzfahrer aussprach und deren Rechtmäßigkeit in Zweifel zog. Er sah sich genötigt, seiner Frau – deren Unwillen und Verwunderung zum Trotz – folgende Warnung mit auf den Weg zu geben: »Eines Tages wird ein Schankwirt den Mut haben und sich weigern, das Feld zu räumen, und den Schutz der Gerichte anfordern.«

»Die Besitzer flüchtiger Sklaven wandten sich auch ans Gericht, ohne daß dich das je aus der Ruhe gebracht hätte.« Dabei ließ Mrs. Ballard es bewenden; sie hatte schon seit geraumer Zeit das Gefühl, seine Fehlspekulationen hätten die Tatkraft des Richters geschwächt. Obwohl diese vermeintliche Fahnenflucht ihres Mannes, der ihr ein Leben lang in allen Reformfragen treu zur Seite gestanden hatte, sie hart ankam, drang Mrs. Ballard nicht weiter in ihn. Thomasina indes war froh, daß die Meinung ihres Vaters sie in dem Wunsch bestärkte, sich von dem Kampfgetümmel fernzuhalten. Mehr als alles auf der Welt war es ihr verhaßt, aufzufallen; außerdem nahm ihre Familie zwar nie Notiz von Samuels Schülern, sie dagegen wußte nur zu gut, daß auch Deutsche unter ihnen waren, deren Väter entweder Bier tranken oder welches verkauften. Im übrigen hegte Samuel eine tiefe Abneigung gegen jegliche Art von undamenhaftem Verhalten. Weder die ursprüngliche Annahme ihrer Mutter, auch die jüngere Tochter stände in ihren Reihen, noch ihr späteres Drängen, sich der guten Sache zu verschreiben, konnten Thomasina umstimmen. Auch Douglas Gardiner, der mittlerweile unter Anleitung des Richters seine ersten Gehversuche als Jurist unternahm, mahnte seine Tanten zur Vorsicht. Diese beiden Damen, die sich vermutlich jeder Unternehmung angeschlossen hätten, welche die Karriere ihres Neffen zu fördern versprach, waren ausgesprochen erleichtert, als er ihnen Richter Ballards Standpunkt darlegte. Waynesboro bedeutete ihnen nicht viel, mit Ausnahme ihrer Kirche, des Klubs und der Laufbahn ihres Neffen; und Reformen, ob im allgemeinen oder im besonderen, waren ihnen zu sehr verhaßt, als daß sie im Dienste der Moral der Stadt auf die Barrikaden gestiegen wären. Sie fanden sogar Gefallen an Mr. Bonners zynischen Kommentaren in den Leitartikeln seiner Zeitung.

Amanda, Mrs. Lowrey und Mrs. Tyler waren glühende Verfechterinnen der guten Sache; Kittys Begeisterung ließ eher zu wünschen übrig. Es stand außer Frage, daß Amanda sich vom Unterricht suspendieren lassen würde, um am Kreuzzug teilzunehmen, doch vom Mädchen-College konnte sich nur Mrs. Lowrey freimachen. Mrs. Deming, die darauf brannte, den guten Namen ihres Mannes wiederherzustellen, reihte sich unter die

Anführerinnen ein. Mrs. McCune war entschuldigt, denn sie litt unter den Folgen einer Fehlgeburt. Anne Gordon dachte an die Brandyflasche in ihrer Anrichte und sagte ruhig aber entschieden: »Nein.« Sally war keinen Augenblick lang im Zweifel darüber, auf welche Seite sie sich schlagen sollte: Ihr Vater trank ebensogern sein Glas Wein wie Ludwig sein Bier; sie hatte nie erlebt, daß einer von beiden durch diese Neigung zu Schaden gekommen wäre, und sie würde auf gar keinen Fall mithelfen, jene zu verfolgen, denen Gatte und Vater ihr harmloses Vergnügen verdankten. Ihr »Nein« war nachdrücklich; sie trug die Nase hoch und ein unsichtbares Schwert am Gürtel.

Der Kreuzzug begann an einem Morgen im April mit einer Gebetsstunde in der Ersten reformierten presbyterianischen Kirche. Das Gotteshaus war bis auf den letzten Platz gefüllt, jede Gemeinde wurde von ihrem Seelsorger begleitet. Nach den Gebeten und dem Absingen einer Hymne erteilte man Mrs. Ballard, der Vorsitzenden des örtlichen Temperenzler-Vereins, das Wort. Wie gewöhnlich hielt sie sich auch heute nicht lange mit der Vorrede auf. Sie skizzierte in kurzen Worten den Einsatzplan und fügte erläuternd hinzu: »Auf Grund der Erfahrungen in anderen Gemeinden haben wir beschlossen, zuerst jene Verteiler alkoholischer Getränke anzugreifen, die unseren Argumenten am leichtesten zugänglich sein dürften, und uns die hartherzigsten bis zum Schluß aufzusparen. Am ehesten dürften sich die Apotheker zur Einsicht bequemen, denn sie sind für den Großteil ihres Geschäftes auf ehrbare christliche Kundschaft angewiesen. Ich bitte nur Freiwillige vorzutreten, die sich bereitfinden, die Apotheken aufzusuchen, während wir übrigen hier im Gebet verweilen wollen.«

Mit einer Schnelligkeit, die auf vorherige Absprache schließen ließ, erhob sich Mrs. McKinney; etwa zehn Frauen folgten ihrem Beispiel. Sie versammelten sich am Ausgang, marschierten die Stufen hinunter, schlugen den gepflasterten Weg zur Rechten ein und strebten in Zweierreihen der Innenstadt zu, eine jede sittsam behandschuht und mit Gesangbuch nebst einem Bündel Traktätchen bewaffnet. Als die kleine Parade die Chillicothe Street hinunterkam und sich dem Platz vor dem Gerichtsgebäude näherte, hatte sie bereits die Aufmerksamkeit einer beachtlichen Zuschauermenge auf sich gelenkt: An jeder Ladentür standen ein paar Männer und sahen ihnen nach. Die Müßiggänger, unter denen manch ein Lästermaul die Stimme erhob, strömten an den Straßenecken zusammen; ein paar zerlumpte Lausbuben, die eigentlich in der Schule hätten sein sollen, liefen johlend auf dem Gehweg nebenher. Unter den Frauen waren manche, die mit brennenden Wangen und niedergeschlagenen Augen daherkamen; andere hielten den Kopf hoch und blickten starr geradeaus, doch ihre Gesichter waren vor lauter Befangenheit wie versteinert. Aber einige wenige gestählte Veteraninnen, die bereits für die Sklavenbefreiung und die Rechte der Frau gekämpft hatten, waren bar jedes Unbehagens und verteilten in gefaßter Haltung ihre Traktate an die Spötter. Und allen voran marschierte Mrs. McKinney mit rüstigem militärischem Schritt. Vor Mr. Thirkields Apotheke brachte sie ihre kleine Schar zum Stehen, machte eine Kehrtwendung und rief den Frauen zu: »Ehe wir hineingehen, laßt uns das ›Kampflied der Republik‹ anstimmen.«

Mr. Thirkield gehörte zu Mr. McKinneys Gemeinde und war ein ehrbarer, aufrechter Presbyterianer. Vielleicht hatte man sich im voraus mit ihm abgesprochen. Als das Lied verklungen war, trat er jedenfalls aus der Tür und lud die Kreuzfahrerinnen ein, hereinzukommen.

»Ich glaube, Sie kämpfen für eine gute Sache, meine Damen. Ich pflegte zu keiner Zeit« – er räusperte sich mißbilligend – »Alkohol zu verkaufen, um dem Übel der Trunkenheit Vorschub zu leisten. Und ich habe mich davon überzeugt, daß die medizinische Wissenschaft die Einnahme von Alkoholika zu Heilungszwecken nicht mehr empfiehlt. Doch wenn die Ärzte darauf bestehen, Alkohol zu verschreiben – wenn sie sich dazu verpflichtet fühlen –, nun gut, so sollen ihre Patienten woanders hingehen. Ich habe mich meines kleinen Vorrats an Wein und Brandy entledigt und bin bereit, die Enthaltsamkeitserklärung zu unterzeichnen.«

Man reichte ihm die Liste, und nachdem er feierlich seinen Namen eingetragen hatte, betete Mrs. McKinney, die Damen stimmten aufs neue ihren Gesang an, und als sie ihren Weg fortsetzten, hatten die meisten nicht mehr gar so viel Ähnlichkeit mit Märtyrern auf dem Weg zur Hinrichtung. Sie hatten Erfolg gehabt, das allein zählte, auch wenn ihnen das aufregende Erlebnis, Flaschen zu zertrümmern, vorenthalten geblieben war; einige von ihnen wunderten sich vielleicht, wie Mr. Thirkield sich wohl seines Vorrats »entledigt« haben mochte.

Gegen drei Uhr nachmittags – die Damen waren nicht zum Mittagessen gekommen, sondern hatten ohne Unterbrechung ihre Bemühungen fortgesetzt – war die Enthaltsamkeitserklärung von allen Apothekern unterzeichnet. Das erste niedere Bollwerk des Feindes war erstürmt.

Tags darauf formierte sich der Kreuzzug mit etwa fünfhundert Teilnehmern in der presbyterianischen Kirche, und das gestrige Unternehmen nahm seinen Fortgang, nur daß Mrs. Ballard heute die Erbauungsstunde der Frau des Methodistenpredigers überließ und sich erbot, eine Gruppe anzuführen, die Tim O'Reillys Laden im Westen der Stadt aufsuchen sollte. Auch wenn dieses Vorhaben an Tollkühnheit grenzte, fanden sich doch viele – ermutigt durch den gestrigen Erfolg – dazu bereit, und mindestens fünfzig Frauen marschierten hinter Mrs. Ballard und Mrs. McKinney her, die »Wunderbar sind Gottes Wege« anstimmten, als man das Gerichtsgebäude passierte.

Zumindest einige aus der tapferen Schar waren nie bis zu der »Gänsewiese« vorgedrungen, die im Westen die Stadt begrenzte, jedenfalls nicht zu Fuß. Doch mit schriller, zuversichtlicher Stimme intonierten sie: »Ihr Heiligen, so furchtsam, auf, auf, schöpft frischen Mut«, als sie unter einem Schild anlangten, auf dem zu lesen stand: »O'Reilly – Gemischtwaren und Proviant«. Niemand konnte in Zweifel darüber sein, was »Proviant« beinhaltete: Der Geruch billigen Whiskys drang durch die Tür und hing schwer in der Luft. Falls die Frauen sich ängstigten, ließen sie es sich zumindest nicht anmerken. Sie verharrten lange genug auf dem Gehweg, um ihre Hymne auch ein zweites Mal abzusingen; erst dann betraten sie den Laden. Drinnen trafen sie niemanden an, wie überhaupt der Raum fast leer war: Hinter der Theke und ringsum an drei Wänden zogen sich Regale bis hinauf zur Decke, auf denen freilich so wenig stand, daß »Gemischtwaren« sich selbst jenen als irrtümliche Bezeichnung offenbaren mußte, die bisher nichts von O'Reillys üblem Ruf vernommen hatten.

Die Tür zum Hinterzimmer stand offen; von dort drang nicht nur der Whiskygeruch herein, welcher die Damen veranlaßte, das Taschentuch zur Nase zu führen, sondern auch das klägliche Wimmern eines Kindes sowie die gedämpfte Stimme eines Mannes und einer Frau, die offenbar miteinander stritten. Mit ausdruckslosem Gesicht wandte sich Mrs. Ballard nach ihrem Gefolge um.

»Und nun noch einmal: ›Wunderbar sind Gottes Wege‹.«

Das Baby schrie lauter, als empöre es sich über den ungewohnten Lärm, aber der Zank verstummte. Als Mrs. McKinney ihre Stimme zum Gebet erhob, ließ sich im Hinterzimmer polterndes Handgemenge vernehmen, und gleich darauf schoß eine junge Frau durch die offene Tür, als hätte man sie mit solcher Gewalt zurückgehalten, daß sie das Gleichgewicht verlor, als sie endlich freikam. Sie taumelte gegen die Theke und klammerte sich haltsuchend daran fest. Das rötliche Haar hing ihr lose über die Schultern, das ohnehin schlechtsitzende Kleid war ganz verrutscht und zerrissen. Sie wartete den Schluß des Gebetes nicht ab, sondern begann mit leiser Stimme gehässige Flüche auszustoßen.

»O Herr«, Mrs. McKinneys Stimme schwoll an, »wir sind nicht allein mit unseren schwachen Kräften.«

»Schert euch aus mei'm Laden, jedes verdammte Frauenzimmer soll raus hier, ihr...«

»Wir flehen dich an, o Herr, in deiner unendlichen Gnade, rette diese Familie, erweiche ihre Herzen, auf daß sie das Unrecht dieses gottlosen Handels erkennen.«

»Wir brauchen nix von eurem schwarzen Pfaffengeseire, gar nix! Wenn wir beten wollen, dann machen wir das in unsrer Kirche. Heilige Mutter Maria! Rette diese Familie – hat man so was schon gehört?! Diese Familie will euer frommes Gemümmel nich'!«

»O Herr, gib, daß unsere Worte das Ohr dieser Frau nicht verfehlen. Laß sie wie Pfeile der Erleuchtung in ihr Herz dringen.«

»Dirnen seid ihr, alle miteinander, nichtsnutzige Straßendirnen...« Ein plötzlicher Schluckauf hinderte sie am Weitersprechen. Mühsam richtete sie sich auf. »Oh, ich kenn euch, Jawoll! Schma... Schmarotzer seid ihr, jawoll! Überall müßt ihr eure Nase reinstecken.«

Eine Frau im Hintergrund des dichtgedrängten Trupps, welcher die Hüte vor ihr die Sicht auf die schwankende Gestalt versperrten, rief unbesonnen mit einer vor fassungslosem Staunen bebenden Stimme: »Nein so was, mir scheint, die Kreatur ist betrunken!«

»Hab' ich ›Kreatur‹ gehört? Ich geb dir ›Kreatur‹, du Miststück, du!« Sie wandte sich nach rückwärts, zerrte eine riesige Blechbüchse vom fast leeren Regal und wuchtete sie vor sich auf die Theke. »Ich warne euch: Das is' Cayennepfeffer, jawoll! Und wenn ihr nicht augenblicklich aus mei'm Haus verschwindet, schütt' ich euch die ganze Ladung in die Visage.«

Ein stämmiger Ire, nicht älter als die Frau, erschien in der Hintertür und bog ihr die Arme auf den Rücken. Sein bleiches Gesicht zeigte eine finster drohende Miene.

»Besser, Sie gehen, meine Damen. Meine Alte is' nich' ganz bei sich.«

Die Frauen drängten sich zum Ausgang. Nur Mrs. Ballard verharrte auf der Schwelle. »Sie dürfen nicht glauben, daß wir uns von einer Zurückweisung abschrecken lassen. Morgen kommen wir wieder und hoffen, Ihre Frau dann einsichtiger und bei klarem Verstande anzutreffen.«

Vor der Tür brachten sie und Mrs. McKinney ihre etwas verschüchterten Kreuzfahrer wieder in Schlachtordnung und führten sie zum nächsten irischen Schankwirt. Hier wie auch bei ihren übrigen Besuchen an diesem Vormittag begnügten sie sich damit, vor dem Eingang zu verweilen und auf dem schmutzigen Gehsteig kniend ihre Gebete zu verrichten, Gesangbuch und Traktate in der Hand. Die gedämpften Glaubensworte und weithin schallender Gesang lockten schmutzige, zerlumpte Frauenspersonen in fadenscheinigen Schals an: Schankwirte zeigten sich indes heute keine mehr.

Am nächsten Morgen versammelten die Gemeinden sich in der Methodistenkirche, und Mrs. Ballards Bericht von dem schrecklichen Erlebnis bei den O'Reillys rief eine noch größere Schar von Freiwilligen auf den Plan als am Vortag. Der Zug, der sich nach Westen in Bewegung setzte, war von stattlicher Länge. Als Marschlied hatte man einen Psalm gewählt:

Der Herr ist König, hoch erhöht,
Er gürtet sich mit Majestät,
Er herrscht, und vor ihm steht die Welt
Unwandelbar, da er sie hält.

Dein Thron steht fest zu aller Zeit,
Du lebst seit aller Ewigkeit.
O Herr, du siehst von deinem Thron
Der Ströme Wut Verderben drohn.

Wenn sich das Meer erhebt und brüllt,
Was lebt, mit Todesschrecken füllt,
Siehsts, Herr, dich über sich erhöht,
Sinkt hin vor deiner Majestät.

Wenn alles wankt, dein Zeugnis nicht,
Du hältst, was deine Huld verspricht,
Drum sucht dein Volk, das dir sich weiht,
Hier seinen Schmuck in Heiligkeit.

Die hohen Frauenstimmen, die sich im Gesang vereinten, boten Antwort auf die Frage der Neugierigen, die sich an den Straßenekken zusammengefunden hatten und einander zuflüsterten: »Marschieren sie heute wieder?« In der Stadt herrschte an dem Tag regeres Treiben als gewöhnlich um diese frühe Stunde. Man hatte von dem gestrigen Zusammenstoß gehört, und da Markttag war, strömten auch die Farmer nach Waynesboro herein: Alle waren bereit, sich dem wackeren Frauenmarsch anzuschließen oder auf der anderen Straßenseite auf gleicher Höhe mit ihnen Schritt zu halten, in einiger Entfernung zwar, aber doch nahe genug, um das amüsante und aufregende Schauspiel nicht zu versäumen.

Tim O'Reilly erwartete den Zug mit einem Beil in der Hand vor seiner Tür. Die Frauen schritten ihm mit Gesang entgegen; beim Anblick der Axt sank eine ältliche kleine Methodistin in der ersten Reihe, angetan mit altmodischer Haube und fransenbesetztem Schal, vor ihm auf die Knie, was für ihre steifen Gelenke offenbar recht schmerzhaft war, und begann mit trauerumflorter Stimme ein Gebet für die Hartherzigen zu sprechen. Niemand regte sich, als sie zu Ende war, aber als die Freundinnen der alten Dame wieder auf die Füße geholfen hatten, umfaßte der junge Mann den Griff des Beils noch fester und rief: »Seht ihr, diesmal bin ich für euren Besuch gerüstet!« Dabei verbiß er sich das Lachen. »Aber deshalb dürft ihr ja nicht denken, daß ich mit dem Dings da auf euch losgehen will, i bewahre!« Wenn sein junges Gesicht auch noch so hart und verschlossen wirkte, genoß er doch sichtlich diesen dramatischen Auftritt. »Ich weiß ja, daß ihr recht habt mit dem Whisky – der Teufel hol das Zeug! Un' die Axt hier, die is' für mein eigenes Faß, jawoll!«

Nach einer Überraschungspause und einigem Zögern wurden Bravorufe laut. Mrs. Ballard schickte einen kleinen Jungen aus der Menge mit einer Botschaft zur Methodistenkirche. Während Tim noch das Faß aus seinem fast leeren Laden rollte, erklangen alsbald die Kirchenglocken in hellem Triumphgeläut. Obgleich Tims Vorrat eher bescheiden war, hatte sich doch schon eine Menge Zuschauer vor seinem Haus versammelt, ehe die wenigen Flaschen neben dem Faß aufgebaut waren.

Tim hielt zwei Flaschen in die Höhe. »Mein eignes Heim würdet ihr zerstören, jawoll!« Damit ließ er sie mit voller Wucht am Rand des Fasses zerschellen. »Aber durch meine Hand werdet ihr kein Teufelswerk mehr tun, das nich'!«

Begleitet von den Hochrufen der Schaulustigen und dem Lobgesang der Damen zerbrach Tim eine Flasche nach der anderen; dann zertrümmerte er mit dem Beil das Faß, so daß der Rinnstein »buchstäblich vor Whisky überfloß«, wie Mr. Bonner es noch am selben Abend in der *Fackel* formulierte. Bestialischer Geruch verpestete die kühle Aprilluft. Als das gute Werk vollbracht war, untermalt von den »Halleluja«-Rufen der Methodisten, inbrünstigem Gebetsgemurmel und einer Wiederholung des Lobgesangs, ließ Mrs. Ballard die Damen antreten und führte sie, ermutigt durch diesen beispiellosen Erfolg, in die Oberstadt, wo in dem Gäßchen zwischen Chillicothe und Spring Street noch zwei gefürchtete und berüchtigte Wirtshäuser ihrer Bekehrung harrten:

»Die Schatten des Todes« und »Das Eselsohr«. Zuvor aber richtete sie noch ein paar Worte an Tim, denn ihr Gewissen plagte die aufrechte Kreuzfahrerin, weil sie den jungen Mann vorschnell als hoffnungslosen und unerbittlichen Bösewicht verurteilt hatte. »Das war 'ne mächtig mut'ge Tat«, sagte sie jetzt zu ihm und verfiel dabei unversehens selbst ein wenig in seine irische Aussprache. »Mutig und brav, sich so einfach von Ihrem täglichen Brot zu trennen. Kommen Sie nächste Woche mal zu mir, guter Mann, und ich will sehen, ob sich nicht selbst in diesen schweren Zeiten eine Beschäftigung für Sie findet.«

An Tim O'Reillys Kapitulation nahmen die anderen Iren sich ein Beispiel. Sei es, daß schiere Freude am Melodram sie beflügelte, sei es, daß sie ebenfalls nach Hochrufen verlangten, wie man sie O'Reilly dargebracht hatte, oder daß sie sogar ehrlich überzeugt waren – wenigstens im Augenblick –, auf Satans Wegen gewandelt zu sein, jedenfalls zertrümmerte einer nach dem anderen Flaschen und Fässer im Rinnstein, so als seien sie allesamt von einem wahren Zerstörungsrausch besessen. Am Abend dieses triumphalen Tages kehrten die Damen in gehobener Stimmung heim, ihrer Unbesiegbarkeit gewiß, erschöpft zwar, aber sehr euphorisch.

Dennoch war keine unter ihnen, die nicht gewußt hätte, daß die schwerste Schlacht noch geschlagen werden mußte. Es galt, die Zitadelle zu stürmen, und die Deutschen waren nicht so leicht zu bekehren wie die flatterhaften Iren. Der nächste Morgen sah die Damen in ernsthaftem Gebet versammelt. Anschließend beratschlagte man über den besten Weg, an Mr. Hoffmann heranzutreten. Sie wußten, daß er keine Betrunkenen in seiner Bierschenke duldete, die er beinahe als Erweiterung seines Haushalts ansah; er würde also keineswegs das Gefühl haben, Frauen und Kindern Schaden zuzufügen. Er hatte selbst Söhne und Töchter außer den beiden Schwestern, die inzwischen verheiratet waren; vielleicht würde ihm um deretwillen daran gelegen sein, die Achtung von Waynesboro zu gewinnen? Aber Mrs. Ballard hielt jeden Vorstoß in diese Richtung für sinnlos: Mr. Hoffmanns Gewerbe wurde schließlich von all seinen Freunden und Bekannten gebilligt. Nein, sie würden sich auf den »Appell an die Schnapshändler« verlassen müssen, sowie auf Beten, Singen und Ermahnungen – samt und sonders Waffen, mit denen sie bisher erfolgreich gewesen waren.

Die Schar, die Mr. Hoffmann überfiel, war die größte, die bisher ausgezogen war, und so kam es, daß die Damen zwar ohne langes Zögern bei ihm eindrangen, aber drinnen kaum Platz zum Knien fanden und notgedrungen zwischen den längs der Wände sich hinziehenden Bänken, den viereckigen Tischen und der geräumigen Theke zusammenrückten. Der Geruch von Bier erfüllte die Kreuzfahrerinnen mit Abscheu und verursachte ihnen nicht weniger Übelkeit als der von Whisky; doch abgesehen von diesem ermutigenden Zeugnis des Bösen konnte Mr. Hoffmanns Schenke sie nach dem, was sie in den letzten Tagen gesehen hatten, schwerlich schockieren: Die blitzsauberen rotkarierten Tischtücher, die glänzenden Zinnbecher und die Tonkrüge auf der blankpolierten Theke, die Bierfässer dahinter, über denen ein funkelnder Spiegel hing, der Kamin an der Rückwand mit dem Gestell für die langstieligen Pfeifen – alles machte einen höchst gediegenen, reinlichen Eindruck. Und hinter der Theke stand der rotwangige Mr. Hoffmann mit jener Miene jovialer Herzlichkeit, mit welcher er all seine Gäste empfing.

Unter seinem freundlichen Blick ließen die Damen sich zum Gebet auf die Knie nieder. Erst als sie mühsam wieder auf die Füße kamen, ergriff er das Wort; anfangs schwang noch die gewohnte Gutmütigkeit in seiner breiten, gutturalen Aussprache mit, schwand jedoch im Verlauf seiner Rede zusehends dahin.

»Bei mir es ist nicht Sitte, meine Damen, zu weisen die Tür anständige, respektable Leute. Ich Sie heiße willkommen, bis Sie mir gesagt Ihre Wünsche. Aber ich Sie warnen voraus, es haben keinen Zweck.« Er schüttelte energisch den Kopf. »Ich bezahlen Regierung für meine Lizenz, und Gesetz von diese Regierung sagt, Sie nicht haben Recht zu rumrühren in meine Geschäft.«

Ohne ihn einer Antwort zu würdigen, setzten die Damen ihre Andacht fort. Das Blut schoß ihm merklich zu Kopf, als er gezwungenermaßen eine Lesung des »Appells an die Schnapshändler« über sich ergehen lassen mußte, welche ihm Sündhaftigkeiten zur Last legte, deren er sich nie schuldig gemacht hatte.

Nach dem Schlußgebet wandte Mrs. Ballard sich mit folgenden Worten an ihn: »Ich bedauere sehr, Mr. Hoffmann, daß Sie uns in solch unversöhnlichem Geiste entgegentreten und jedem Appell an Ihr Gewissen Widerstand leisten. Aber Ihr Herz kann sich über Nacht bekehren, wie das des armen Tim O'Reilly. Erwarten Sie uns morgen wieder, um die gleiche Stunde.«

Die unglückselige Wortwahl, die ihn wie einen Angeklagten vor dem Richterstuhl erscheinen ließ, der Vergleich seiner Person mit einem so hilflosen armen Teufel wie O'Reilly und nicht zuletzt Mrs. Ballards selbstgefälliger, ja überheblicher Ton brachten Mr. Hoffmann derart in Rage, daß es fast ein Wunder war, wie ruhig er seine Entgegnung begann.

»Ich Sie warnen ganz offen, aber nur einmal. *Basta.* Verlassen Sie mein Grund und Boden und kommen Sie nicht wieder, oder es

Ihnen wird tun leid.« Dann war es, als explodiere etwas in seinem Kopf: Die Gesichter von Mrs. Ballard und Mrs. McKinney, welche ihm am nächsten standen, verschwammen vor seinen Augen; er sah nur noch die ebenmäßigen Züge Mrs. Demings, in denen sich hochmütige Verachtung spiegelte, während sie kühl und gelassen am Türrahmen lehnte. Er ballte seine kräftige Hand zur Faust, daß die Knöchel weiß hervortraten, und ließ sie donnernd auf die Theke niedersausen. »Heuchler! Schandmäuler elende!« Er beugte sich vor, streckte den Arm aus und zeigte mit vor Zorn bebendem Finger auf Mrs. Deming. »Ist Geld von diese Frau mehr anständig als meins? Wo kommen denn her ihre Pelze und Schmuck und Federn..?«

Mrs. McKinney unterbrach seinen Wutausbruch, indem sie sich mit folgenden Worten an die Damen wandte: »Wir wollen gehen, meine Schwestern. Dieser Mann scheint durch und durch verderbt, aber die Wege Gottes sind wunderbar, und ER mag trotz allem sein Herz noch rühren.«

Der Kreuzzug machte sich auf den Weg zu den anderen Bierschenken der Stadt, aber an diesem Morgen gab es keinen Grund, die Siegesglocken zu läuten. Statt dessen faßte man am eng umlagerten Mittagstisch, den die Damen vom Wohltätigkeitsverein der Methodistengemeinde im Tiefgeschoß ihrer Kirche gedeckt hatten, den Entschluß, ein Geschütz aufzufahren, das sich bereits anderswo als wirksam erwiesen hatte. Vor jeder Bierschenke sollte ein mit Notizbuch und Bleistift bewaffneter Posten aufgestellt werden, der die Aufgabe hatte, den Namen jedes Gastes schriftlich festzuhalten. Man ging davon aus, daß die Gäste der Bierschenken, und besonders diejenigen, welche bei Mr. Hoffmann verkehrten, den Kreuzfahrern bekannt seien – was im irischen Westviertel der Stadt nie und nimmer der Fall gewesen wäre – und ihre Besuche im Wirtshaus nur ungern protokolliert sähen. Die Damen ließen sich jede nach Belieben ihren Platz zuweisen; nur Mrs. Deming bat ihren Klappstuhl vor Mr. Hoffmanns Tür aufstellen zu dürfen, und sie ließ sich dort den ganzen Nachmittag den Wind um die Nase wehen. Nur selten brauchte sie freilich die Hände aus dem Muff zu nehmen, um einen Namen zu notieren. Mr. Hoffmann, der wohl wußte, warum sie dort saß, wäre liebend gern hinausgegangen und hätte sie vertrieben, allein, seine Frau hielt ihn zurück; sie hatte den ganzen Vormittag geweint und wischte sich auch jetzt noch hin und wieder die Augen. Also überließ er ihr die Gaststube, schlüpfte durch die Hintertür und begab sich in die Oberstadt, um seinen Schwager Hermann Lichtenstein in seiner Eigenschaft als Rechtsbeistand zu konsultieren.

Am nächsten Morgen war er für die Rückkehr der Damen gerüstet. Doch statt eines Beils hielt er Papier und Bleistift in der Hand. Er stand in der Tür und wartete darauf, daß Mrs. McKinney zuerst das Wort an ihn richte; er hatte seiner Frau versprochen, nicht die Beherrschung zu verlieren, aber er war entschlossen, die Kreuzfahrer nicht über seine Schwelle zu lassen.

»Wollen Sie heute in unsere Gebete einstimmen, Mr. Hoffmann?«

»Ich bete im stillen Kämmerlein, wie es geschrieben steht.« Erstaunlich fließend kam diese Erklärung über seine Lippen. »Aber ich werde warten, bis Sie sein fertig.«

Er senkte den Kopf. Doch als das Gebet beendet war und die Damen ihren Gesang anstimmten, fing er an zu schreiben, wobei er das Papier gegen den Türstock hielt.

»*So*« – er wedelte mit dem säuberlich beschriebenen Blatt, als sie zu singen aufhörten und ihm näher rückten, um mit der Bekehrungsrede zu beginnen – »einmal gewarnt ich Sie habe. Hier ich habe geschrieben Ihre Namen. Sie gehen – jetzt gleich – oder ich rufen Gesetz. Ich kein Dieb, kein Wegelagerer, daß Sie können machen solch Unfug an meine Tür. Sie nicht dürfen rühren in mein Geschäft, das Sie werden sehen.« Und über die Schulter rief er ins Haus zurück: »Heinrich, Sie kommen und stehen hier! Ich haben Arbeit, aber bald ich sein zurück.«

Nichts hätte wirksamer sein können als diese vage Drohung, um die Damen zum Bleiben zu überreden – zumindest die meisten von ihnen. Zwei oder drei am Rande des Zuges machten wohl, daß sie heimkamen. Der Rest aber war entschlossen, Mr. Hoffmanns Widerstand zu brechen. Das Mittagessen wurde heute im Feuerwehrhaus serviert, und sie wollten nicht anders als siegreich dort erscheinen.

Kaum eine Viertelstunde später hinkte Douglas Gardiner die Chillicothe Street hinunter und bahnte sich einen Weg durch das Grüppchen der Kinder und Gaffer, die inzwischen die Nachhut des Kreuzzuges bildeten, wo immer er auftauchte. Mrs. Ballard erkannte ihn gleich, und da sie annahm, er bringe Nachricht von ihrem Mann, drängte sie sich zu ihm durch.

Er zog lächelnd den Hut vor ihr, doch in seinen Augen tanzte wie immer ein ironisches Licht.

»Ich hielt es für geraten, Sie zu warnen, Mrs. Ballard. Hoffmann und sein Anwalt sind auf dem Kreisgericht und beantragen eine Verfügung.«

»*Verfügung?*«

»Ganz recht! Eine Verfügung, die Sie und Ihre Anhängerinnen

daran hindern soll, sein Geschäft zu ruinieren. Er hat eine vollständige Namensliste vorgelegt.«

»Also das hat er vorgehabt! Aber Richter White würde eine solche Verfügung doch niemals billigen!«

»Ihm bleibt keine andere Wahl. Das hat Ihr Gatte Ihnen gewiß erklärt. Er hat mich eigens hergeschickt, nachdem Richter White seinen Sekretär zu uns gesandt hatte, um Ihren Gatten zu warnen. Was Sie hier tun, ist eindeutig illegal, und wenn jemand dagegen Beschwerde führt...« Ihre offenkundige Verwunderung brachte ihn zum Lachen. »›Behinderung des Geschäftsbetriebes‹ heißt dergleichen in der Amtssprache. Man könnte es sogar als Erregung öffentlichen Ärgernisses deklarieren. Zumindest ist es ordnungswidriges Verhalten.«

Mrs. Ballard kämpfte ihren aufwallenden Zorn nieder und rief hoch erhobenen Hauptes aus: »Märtyrer sind wir, jawohl, Märtyrer!« Ohne ein Wort des Dankes an Douglas wandte sie sich nach den frommen Sängerinnen um und hob Schweigen gebietend die Hand.

»Meine Damen! Ich bitte um Ihre Aufmerksamkeit! Mr. Hoffmann ist bei Gericht vorstellig geworden, um eine Verfügung gegen uns zu erwirken. Wenn wir bis zu seiner Rückkehr hier ausharren, ist es durchaus möglich, daß man uns arretiert. All jene, die sich diesem Martyrium nicht gewachsen fühlen« – sie warf den Kopf zurück und schnaubte wie ein Schlachtroß – »dem *Martyrium* im Dienste unserer guten Sache, die sollten sich unverzüglich zurückziehen.«

Niemand zog sich zurück. Mrs. Ballard ließ den Blick wohlgefällig auf ihren Getreuen ruhen. »Sehr schön. Wir wollen fortfahren und in Ruhe abwarten, was geschieht, ob er wirklich so dreist ist, seine Drohung wahrzumachen.«

Er war so dreist. Es dauerte nicht lange, da kehrte er zurück und erschien auf der Schwelle in Begleitung des schwerfälligen alten Bill Clayton, des würdigen Polizeichefs, der freilich im Augenblick recht hilflos dreinschaute. Die Damen verstummten, als Mr. Hoffmann die Hand hob.

»Vorlesen, Billy.«

Mr. Clayton las die Verfügung laut vor.

»*So* – Sie machen Schluß mit diese Unfug jetzt, oder Sie gehen in Gefängnis für Mißachtung von Gericht. Ich habe Ihre Namen alle, und Polizeichef hier hat Haftbefehle.«

Niemand kannte den Wert des Martyriums besser als Mrs. Ballard.

»Meine Damen, lasset uns singen: ›Wir stehn in festem Grunde‹.« Der Polizeichef konnte, da Mr. Hoffmann sich dicht hinter ihm hielt, nicht umhin, seines Amtes zu walten. Der Gesang tönte indes ununterbrochen fort.

Und immer noch singend nahmen die arretierten Damen in Zweierreihen Aufstellung, um – bewacht von dem widerstrebenden Ordnungshüter – zum Gericht zu marschieren. Die Chillicothe Street von Mr. Hoffmanns Bierschenke bis hinauf zum Gerichtsgebäude hallte wider von der fünften Strophe der Hymne »Wir stehn in festem Grunde«.

Und führt auch durch feurige Flammen dein Pfad,
So schirmt meine Gnade dich frühe und spat,
Die Glut nur nicht fürchte, sie dienet allein,
Die Spreu zu vernichten, auf daß du wirst rein.

Als sie den Platz vor dem Justizgebäude überquerten, stimmten sie das Lied wieder von vorn an und teilten es geschickt so ein, daß sie mit der triumphierenden letzten Strophe auf den Lippen in den Gerichtssaal Einzug hielten:

Der Seele, die so auf den Heiland baut,
Vor keinem seiner Feinde graut;
Und schlüg mich Höll' auch mit all ihren Plagen,
So wollt ich der Seele doch niemals entsagen.

Siebenundvierzig der achtbarsten Kirchgängerinnen von Waynesboro nahmen im Bezirksgericht Aufstellung vor ihrem Richter. Wie man zu Kindern oder Heiligen spricht, die von der Welt nichts wissen, so erklärte er ihnen, warum das Gesetz ihr Tun untersage; keineswegs so zartfühlend warnte er sie im folgenden vor einer Wiederholung ihres Vergehens: andernfalls müßten sie mit empfindlichen Strafen rechnen. »Ich glaube nicht«, schloß er und unterdrückte seine Zweifel angesichts Mrs. Ballards kampflustiger Miene, »daß eine der Damen sich nach unserem Gefängnis oder gar nach dem Arbeitshaus sehnt.«

Der Kreuzzug fand ein jähes Ende. Und doch hatten die Damen in gewisser Weise ihr Ziel erreicht. Zwar läßt sich nicht verschweigen, daß die Iren, weil sie keine Arbeit finden konnten oder sich vielleicht auch nicht genug darum bemühten, ihre Schnapsläden schon bald wieder öffneten. Wirklich Frucht getragen hatte die Arbeit der Damen ironischerweise unter den Deutschen. Deutsche Frauen und Mütter, die sich durchaus damit zufriedengegeben hatten, weiter nach den Sitten und Gebräuchen ihres Vaterlandes zu leben, solange ihre Kinder noch klein waren, hatten zum erstenmal einen Vorgeschmack darauf bekommen, wie benachteiligt diese Kinder in der Stadt sein würden, wenn ihre Väter weiterhin an einem hierzulande als unehrenhaft geltenden Gewerbe festhielten. Mit der Zeit gelang es ihnen, ihre Männer zu überzeugen, und nach und nach wurden die Bierschenken geschlossen – nicht in diesem oder im nächsten Jahr, aber innerhalb des nächsten Jahrzehnts.

Der erste Deutsche, welcher dem »Teufelsgewerbe« abschwor, war ausgerechnet Mr. Hoffmann, der doch zunächst sogar vor Gericht gegangen war, um sein Recht einzuklagen. Jetzt aber waren er und seine Frau sich einig; zwar hatten sie nicht im voraus wissen können, daß ihren Kindern in der neuen Heimat Nachteile durch den Beruf des Vaters erwachsen würden, der doch in der alten als durchaus ehrbar gegolten hatte, aber nun wußten sie es, und da ihre beiden kleinen Kinder Amerikaner waren – sogar in Amerika geboren – und da es besser für sie wäre, einen Bäcker zum Vater zu haben, so würde Mr. Hoffmann eben Bäcker werden. Natürlich konnte keine Rede davon sein, Bierfässer kurz und klein zu schlagen. Mr. Hoffmann wartete in Ruhe ab, bis sein Kellner Heinrich soweit war, daß er sich das erforderliche Kapital von der Brauerei leihen konnte, und dann verkaufte er an ihn. Und die Männer von Waynesboro, die sich dann und wann um einen Tisch mit rotkarierter Decke niederlassen und einen Krug Lagerbier trinken wollten, hatten nach wie vor Gelegenheit dazu.

Der schnellste und auffallendste Erfolg des Feldzuges war die Rettung der O'Reillys. Mrs. Ballard hatte sich fest vorgenommen, den armen Leuten zu helfen. Nachdem sie sich vergebens an alle Methodisten ihrer Gemeinde gewandt hatte, kam ihr zu Ohren, daß Dr. Gordon seinen Stallknecht und Kutscher hatte entlassen müssen; der alte Neger war vor lauter Rheumatismus ganz verkrüppelt und so hilflos, daß er die Pferde des Doktors nicht mehr versorgen konnte. Es gehörte Mut dazu, an Dr. Gordon zu appellieren, der dem Kreuzzug alles andere als wohlwollend gegenübergestanden hatte, und zudem wahrscheinlich zu den »Spöttern« gehörte. Aber Mrs. Ballard fehlte es nicht an Mut, und außerdem hatte sie den jungen Dock Gordon schon gekannt, als er noch barfuß auf der Farm seiner Eltern herumgesprungen war. Also suchte sie ihn in seiner Praxis auf.

Zu ihrem Erstaunen lauschte John ihrer Geschichte voller Teilnahme. Der Grund für sein Mitgefühl war rasch erklärt: Er hatte Mrs. O'Reilly während ihrer Schwangerschaft behandelt, ja sie sogar selbst entbunden. Die junge Frau hatte weder damals getrunken, noch später, als die Eisenbahngesellschaft Tim entließ und er aus Not zuerst mit Gemischtwaren und später aus Verzweiflung mit Whisky zu handeln begann. Daß Tim seine Arbeit ausgerechnet in der Zeit verlor, als seine Frau noch zu schwach war, um für das kränkliche, dauernd wimmernde Baby zu sorgen, daß unversehens gleichzeitig ein stets greifbares Betäubungsmittel im Haus auftauchte – all dies zusammengenommen hatte ihren Niedergang bewirkt. John war schon vor dem Temperenz-Kreuzzug zu Ohren gekommen, in welchem Elend die O'Reillys lebten. Doch wenn Tim zu seinem Wort stand, konnte die junge Frau nach Ansicht des Doktors gerettet werden; woran es ihr am meisten mangelte, das waren gehaltvolle Kost und Selbstachtung. Er wollte gern helfen, sagte er, und sei es nur, weil in so vielen Fällen jede Hilfe vergebens war, und wenn Tim etwas von Pferden verstand, was bei den meisten Iren der Fall sei, würde er ihn nehmen.

So trat Tim beim Doktor in Dienst, »vorübergehend«, wie er unermüdlich betonte, bis man ihn bei der Eisenbahn wieder brauchen würde. Und wenn seine Frau erst einmal »ihren Körper vom Alkohol befreit« habe, wie John sich ausdrückte (welchen Vorgang er übrigens durch ein Brechmittel unterstützte, das Tim ihr ins Glas schütten mußte), dann könnte sie die Praxis saubermachen und in Ordnung halten. Wenn die beiden hin und wieder »in Naturalien« entlohnt wurden, nun, so ging es dem Doktor selbst nicht anders, und im übrigen brauchten sie ohnehin nichts so nötig wie nahrhaftes Essen. John gab ihnen genug Geld, damit sie ein anständiges Zimmer mieten konnten, und dachte bei sich: Wenn Mary sich wirklich wieder aufrappelt, können sie vielleicht eines Tages die Räume über der Praxis beziehen, wo früher Dr. Alexander gewohnt hat.

Es entbehrte nicht der Komik, mit welch erhabener Ahnungslosigkeit die Damen des Klubs bei ihren Sitzungen in jenem April, als der Kreuzzug seinen Höhepunkt erreicht hatte, und in den Wochen danach allen damit verbundenen Aufruhr ignorierten. Auch die fortdauernden Ermittlungen des Kongresses im Credit-Mobilier-Skandal wurden mit keinem Wort erwähnt. Mrs. Deming genoß das gleiche Ansehen wie zuvor. Die erste Klubsitzung nach dem Erscheinen verschiedener Mitglieder vor Gericht hätte sich eigentlich kritisch mit Mark Twains »Das vergoldete Zeitalter« auseinandersetzen sollen, aber es überraschte niemanden, daß Thomasina, der dieses Thema zugeteilt worden war, statt dessen mit einer Besprechung der Romane Victor Hugos aufwartete. »Das vergoldete Zeitalter« hätte Peinlichkeiten heraufbeschwören können, und außerdem stand Victor Hugo einem so romantischen Gemüt wie Thomasina viel näher, als Mark Twain es je sein würde. Überdies war Hugo, wie sie aus einer Nummer von *Harper's Weekly* vorlas, die sie mitgebracht hatte, um ihr eigenes Urteil zu untermauern, »nicht nur die eindrucksvollste Gestalt der französischen Literatur, sondern thronte sogar Seite an Seite neben Homer, Dante und Shakespeare«. Es wäre undenkbar gewesen, das gleiche für Mark Twain in Anspruch zu nehmen, und Thomasina zeigte weder damals noch später Neigung, sich übermäßig streng an den Jahresplan zu halten, den das Programmkomitee ausgearbeitet hatte. Sie kümmerte sich nicht im mindesten darum, daß Victor Hugo schwerlich zu den »führenden amerikanischen Denkern der Gegenwart« zählte.

Das Klubjahr '72–'73 ging im Mai zu Ende; im Sommer war es in Waynesboro durchwegs zu heiß, um sich intellektuell zu betätigen. Vernünftige Frauen verbrachten diese Monate im Haus: Morgens wurde eingemacht, eingelegt und eingekocht, und am Nachmittag ruhte man hinter geschlossenen Fensterläden, um erst gegen Abend die Veranda aufzusuchen. Doch als treuen Zeitungsleserinnen entging den Damen des Klubs trotz ihres zurückgezogenen Lebens nicht, daß sich dunkle Wolken über dem Land zusammenbrauten. Die Lage auf dem Geldmarkt wurde im Laufe des Sommers zusehends angespannter, und die ungünstigen Geschäftsberichte der Banken folgten einander auf dem Fuß. Bald schon stellten einzelne Bankhäuser ihre Zahlungen ein – das erste am achten September. Und Jay Cooke & Kompanie folgten am zehnten. Männern wie Ludwig und Mr. Cochran, die glaubten, sie hätten sich für das Schlimmste gerüstet, erschien diese Hiobsbotschaft gleich dem Weltuntergang. Hätte die Regierung ihre Staatsschulden nicht anerkannt, wäre ihre Angst kaum größer gewesen. Die Antiklimax setzte ein, als auch die Börse für kurze Zeit ihre Pforten schloß. Aber Mr. Cochrans Bank hielt stand, und auch Ludwig, der seine Staatsanleihen behalten hatte, war von der Finanzmisere nicht unmittelbar betroffen. Als General Deming ihm eines Tages in der Oberstadt begegnete, bemerkte er bedeutungsvoll: »Ich habe es Ihnen ja vorausgesagt«, was Ludwig mit dem Zugeständnis beantwortete: »Dank Ihrer Warnung bin ich frei von Verpflichtungen, denen ich jetzt vielleicht nicht nachkommen könnte.« Der General klopfte ihm auf die Schulter und fragte; »Sie kommen also zurecht? Gratuliere!« Und während er davonschritt, fühlte er sich vom wohltuenden Heiligenschein des anerkannten Wohltäters umgeben. Wer weiß, dachte er bei sich, wenn '74 die Zeit kommt, einen Kandidaten zu nominieren, erinnert der junge Rausch sich vielleicht dran, daß er mir etwas schuldig ist.

Ludwig war indes keineswegs so zuversichtlich, wie er sich dem General gegenüber gezeigt hatte. Gewiß, ihn belastete kein hoher Schuldenberg. Die Börsenpanik, soweit sie die Wall Street betraf, ging vorüber – zögernd zwar, aber doch in vergleichsweise kurzer Zeit. Der vorübergehend eingestellte Bankbetrieb wurde allenthalben wiederaufgenommen, und um die Geschäfte in Gang zu halten, verkauften die Banken hauseigene Schuldscheine. Doch die Industrie war zum Stillstand gekommen. Die Firma Seilerwaren Rausch & Kompanie erhielt kaum noch Aufträge; sobald die Arbeiten, die gerade im Gang waren, beendet waren, gab es fast nichts mehr zu tun. Ludwig dachte bei sich: Wir müssen die Luken dichtmachen und versuchen, den Sturm zu überstehen. Er war entschlossen, den Betrieb aufrechtzuerhalten und seinen Männern den Winter hindurch Arbeit zu geben. Solange das Wetter gut war, brauchte er sich um seine Schwarzen keine Sorgen zu machen: Sie gingen allemal lieber zum Fischen als zur Arbeit, und jeder von ihnen hatte sein Gärtchen zu bestellen. Müßte er sie aber vor Einbruch des Winters entlassen, würde das schlimme Folgen für sie und ihre Familien haben. Seine Lösung sah vor, allen den Lohn zu kürzen, indem er die Zahl der Arbeitsstunden herabsetzte; auf diese Weise brauchte er nicht eine einzige Kraft zu entlassen. Er kaufte Wagenladungen voll Kohle, die er ins Werk schaffen ließ und zentnerweise zum Einkaufspreis an seine Leute abgab. Er hatte ein offenes Ohr für jeden, der mit seinen Nöten zu ihm kam, sei es im Kontor oder zu Hause. Er hielt die Handvoll Fachkräfte zusammen, indem er sie weiterhin Seile schlagen ließ, die sich bald im Lagerhaus türmten; die ungelernten Arbeiter fertigten alles, was man nur verkaufen konnte: Bettgurte, Fender für Boote und Schiffe, ja sogar Kalfaterwerg.

Im Oktober widmete Ludwig ein Großteil seiner Zeit der Wahlkampagne für die republikanischen Kandidaten, die sich in diesem Herbst um den Sitz im Kongreß bewerben wollten. Es wurde ein recht lustloser Feldzug, woran sowohl die wachsende Depression als auch die Skandale in Washington schuld sein mochten; Ludwig tat, was er konnte. Dankbar nahm er General Demings Offerte an, jederzeit und überall als Redner aufzutreten; der General hatte sich in den Irrglauben hineingeredet, die Republikaner könnten gewinnen. Vielleicht würde es ihm gelingen, auch sein Publikum zu täuschen. Ludwig fragte sich, ob Deming trotz allem, was zwischen ihnen gesprochen worden war, immer noch den heimlichen Wunsch hegte, selbst '74 zu kandidieren; doch er schickte den

General im Bezirk herum, und der warb in seinen Reden für die Wiederwahl des Gouverneurs – ein hoffnungsloses Unterfangen, davon war Ludwig überzeugt. 1873 war einfach kein Jahr für die Republikaner – und in diesem Fall sollte er recht behalten.

Zum Glück hatte Waynesboro schon lange vor dem Krieg recht eifrig in die Whitewater-Waynesboro-Eisenbahn investiert. Das »Dampfroß«, wie sie freundschaftlich genannt wurde, verkehrte auf einer Kurzstrecke, die bereits in den Kindertagen des Eisenbahnwesens gebaut worden war. Inzwischen wurde sie längst zu einem jährlichen Mietzins von der P.C.C. & St.L. gepachtet, die sie der großen Ost-West-Verbindung ihrer Bahnlinie eingliederte. Die W.W.-Direktoren zahlten die Dividenden aus den Pachteinnahmen. Noch sehr viel später, als die P.C.C. & St.L. im Pennsylvania-Netz aufgegangen war, warf die Pacht der W.W. immer noch guten Profit ab, und W.W.-Aktien wurden über Generationen von den Eltern auf die Kinder vererbt, ohne daß jemand daran gedacht hätte, sie zu verkaufen. Dr. Alexander gehörte zu denen, die schon in den fünfziger Jahren ihre Ersparnisse in den Bau der W.W. gesteckt hatten, und Anne hatte die Aktien ihres Vaters behalten. Die Gordons konnten jetzt mit den Dividenden rechnen, und außerdem hatten sie noch die Farm, die Kate dem kleinen Johnny vermacht und die sein Vater verpachtet hatte. Zu essen würden sie immer genug haben, versicherte John seiner Frau, und mochten auch noch so schlechte Zeiten kommen. Später erinnerten sich die Gordons beim Gedanken an die große Depression anno '73 vor allem an den Unfug mit den Banknoten von lächerlich geringem Wert – abenteuerliche Fetzen von unterschiedlichem Nennwert, deren Kaufkraft sich noch dazu von Tag zu Tag änderte, so daß man gezwungen war, vor dem Einkaufengehen die Zeitung zu lesen, um den Tageskurs zu erfahren und zu wissen, wieviel man eigentlich in der Börse trug. Und auch daran erinnerten sie sich: Wie die Arztrechnungen mit Butter und Eiern, Hühnern und Würstchen, Ahornsirup und tausenderlei minder willkommenen Dingen beglichen worden waren, für die sie keine Verwendung hatten.

Unter den prominenteren Bürgern von Waynesboro traf die Depression Richter Ballard am schwersten. Nach dem schrecklichen Tumult, welcher Goulds und Fiskes Versuch, Gold zu horten, gefolgt war, hatte der Richter sich von jeder weiteren Spekulation ferngehalten. Aber er strebte weiterhin nach einem Vermögen, das ausreichen würde, um seiner Familie ein sorgenfreies Leben zu gewähren. Und so ließ er sich denn von Jay Cookes Nord-Pazifik-Obligationen verführen, deren Preis einen Gewinn von acht Prozent garantieren sollte. Er hatte die »Investition« mühelos vor seinem Gewissen verantworten können: Die Nord-Pazifik-Linie war zweimal beantragt, doch beide Male nicht gebaut worden, aber Jay Cooke war ein Ehrenmann und obendrein ein Finanzgenie. Hatte er nicht die Anleihen aufgelegt, mit denen der Bürgerkrieg finanziert worden war? Der Richter verkaufte alle noch in seinem Besitz befindlichen Wertpapiere, einschließlich seiner Whitewater-Waynesboro-Aktien, und erwarb mit dem Erlös N. P.-Obligationen. Jay Cookes Bankrott besiegelte zugleich den Ruin des Richters. Jetzt blieb ihm nur noch ein einziger Trost: Er wandte sich wieder dem Familienrecht zu, das doch einst so lukrativ gewesen war.

Als er Frau und Töchtern gestand, daß sein Verlust ihn um ihr gesamtes Kapital gebracht habe, machten die Frauen nicht wieder den Vorschlag, das Heim zu verlassen, welches er mit soviel Liebe aufgebaut hatte, und sie ersparten ihm taktvoll ihr Mitleid. Aber das Entsetzen über ihre plötzliche Armut ermöglichte es ihnen, den Richter mit klaren Augen zu sehen, wie einen Fremden, und zum erstenmal erkannten sie, daß er ein alternder Mann war. In der Kanzlei stand ihm sein langjähriger Partner, der alte Timothy Merrill, zur Seite, der so lange auszuharren versuchte, bis sein verwaister Enkel, ein jetzt zehn-, zwölfjähriger Knabe, seinen Platz würde einnehmen können; Douglas Gardiner, der gerade erst als Anwalt zugelassen worden war, und zwei Schreiber vervollständigten das Personal. Die Depression hatte keinen Einfluß auf die Zahl der Klienten, die kamen, um Rechtsbeistand einzuholen, doch deren Zahlungsfähigkeit war arg in Mitleidenschaft gezogen. Eliza überredete ihren Vater, die Sekretäre zu entlassen, und sie an ihrer Statt in die Kanzlei aufzunehmen. Zu jeder anderen Zeit hätte Waynesboro sich vielleicht über den Anblick einer Dame – selbst einer der »neuen Frauengeneration« – in einem Bureau entrüstet. Unter den gegebenen Umständen wurde Elizas Verhalten jedoch für recht und billig erklärt, ja sogar allenthalben gelobt, wenn auch nicht, weil sie im Einklang mit ihrem Glauben an die Unabhängigkeit der Frau handelte, sondern um des Opfers willen, das sie für ihre Familie brachte.

Bei Herbstanbruch hatte der Frauenklub seine Sitzungen wieder aufgenommen. Auch wenn die wirtschaftliche Lage des Landes inzwischen mehr als bedenklich war, gehörte das Wort »Depression« nach wie vor zu jenen, die eine Dame nicht in den Mund nahm; es hätte als vulgär gegolten, die finanziellen Schwierigkeiten der eigenen oder einer anderen Familie zu erwähnen. Das im Sommer geplante Programm wurde gewissenhaft durchgeführt, und alle Themen waren so streng literarisch wie eh und je.

Anne Gordon verlas ihren Essay auf einer der ersten Sitzungen; bald darauf blieb sie den vierzehntägigen Zusammenkünften fern, und ehe ihre freudig begrüßte Schwangerschaft zu offenbar wurde, zog sie sich ganz vom gesellschaftlichen Leben zurück. (Auch für Mrs. McCune war es nicht mehr schicklich, auszugehen; doch da die zarte Frau im Herbst '73 bereits Mutter von vier Kindern war, schienen ihr gegenüber Mitleidsbekundungen eher angebracht als Glückwünsche.) Anne lebte sehr zurückgezogen und widmete die meiste Zeit ihrem Sohn, dem sie das Schreiben beibrachte, vorlas oder stundenlang bei seinen Spielen Gesellschaft leistete. Johnny war in diesem Herbst vier Jahre alt, ein lebhafter Junge, adrett, kräftig und doch feingliedrig wie sein Vater, von dem er auch das dunkle Haar geerbt hatte; wenn er sein strahlendes Lächeln zeigte – was er gern und oft tat –, spielten zwei allerliebste Grübchen in seinen Wangen. Nach Meinung seines Vaters war es hohe Zeit, ihm die Locken abzuschneiden; fürs erste aber vertauschte Johnny nur die Kinderkittelchen mit Wams und Beinkleidern. Sally Rausch besuchte Anne fast täglich auf dem Weg zu ihrer Mutter; manchmal kam sie mit ihren beiden Kindern, an anderen Tagen war sie allein. Elsa und Ernest, die Rausch-Kinder, waren robust, blond und herzig. Sally wurde nicht müde, Anne damit zu necken, daß sie ausgerechnet dann in andere Umstände gekommen sei, als man sie zur Vorbereitung der Weihnachtsfeier brauchte, beeilte sich aber jedesmal hinzuzufügen, daß sie selbst gern wieder ein Kind bekäme; Sally wünschte sich eine große Familie. Anne brachte im Frühjahr ein Mädchen zur Welt, das nach ihrer Großmutter auf den Namen Belinda getauft wurde. Sally hatte lauthals protestiert: »So ein altmodischer Name! Sie wird ihn scheußlich finden!«

Und dann überlegten sie gemeinsam, wie wohl die McCunes ihren kleinen Sohn nennen würden. Da sie bereits einen Matthew und einen Mark hatten, schien dem Baby unweigerlich der Name Luke bestimmt. Sally meinte, gemessen an den ausgefallenen Namen, die in der Bibel zu finden seien, klinge Luke ganz normal. »Jedenfalls im Vergleich mit Ruhamah zum Beispiel.«

»Der Name der ersten Tochter stammt, glaube ich, eher von Shakespeare als aus der Bibel. Mrs. McCune muß eine romantische Ader haben, und in früheren Jahren ließ ihr Mann sie wohl gewähren.«

»Später hat er ihr aber dann all diesen Unsinn ausgetrieben, was ihm wohl auch nicht schwergefallen sein dürfte: Die bloße Gegenwart dieses Mannes tötet jede romantische Empfindung.«

Anne war kaum wieder auf den Beinen, als Sally ihr glückstrahlend anvertraute, nun sei sie an der Reihe; sie würde im Herbst ein Baby bekommen, einen Jungen selbstverständlich, und ihn vernünftigerweise Charles nennen, nach ihrem Vater.

Nicht alle waren so unbeschwert im Frühling, Sommer und Herbst des Jahres 1874. Der Kongreß ging auseinander, ohne nennenswerte Ergebnisse vorweisen zu können. Präsident Grant hatte bis zu einem gewissen Grad die Achtung klardenkender Bürger wiedergewonnen, als er dem im April vom Kongreß verabschiedeten Inflationsgesetz seine Zustimmung verweigerte. General Deming kehrte zwar nicht ganz so niedergeschlagen nach Waynesboro zurück wie im Vorjahr, doch war er intelligent genug, um die Zeichen der Zeit zu erkennen: Ihm bangte zwar nicht davor, daß der Siebente Bezirk einen Demokraten ins Repräsentantenhaus entsenden könne, aber er glaubte auch nicht, daß der Kongreß für die Republikaner in den kommenden Jahren eine angenehme Wirkungsstätte sein würde. Außerdem, das wußte er, hielt Ludwig Rausch es für an der Zeit, daß er von der politischen Bühne abtrat. In einem würdevollen Brief an die *Fackel* tat der General der Öffentlichkeit kund, daß er sich aus der Politik zurückziehe, versprach aber, nach besten Kräften jeden Kandidaten zu unterstützen, den das Generalkomitee nominieren werde. Und falls es Leute gab, die glaubten, General Deming mache aus der Not eine Tugend, so behielten sie ihre Meinung für sich.

Wenn man bedenkt, daß es nicht um das höchste Amt im Staate ging, wirbelte die Wahl anno '74 erstaunlich viel Staub auf. Waynesboro und der Siebente Bezirk wählten Mr. Liddell mit ansehnlicher Mehrheit zum Abgeordneten, aber die Demokraten gewannen im Staate Ohio sechs Kongreßsitze hinzu. Diese Tendenz setzte sich im ganzen Lande fort: Im vierundvierzigsten Kongreß würden die Demokraten zweifellos die Mehrheit stellen. Ludwig prophezeite dem General, der dreiundvierzigste Kongreß werde im Dezember, wenn die Sauregurkenzeit begänne, das Land vor der drohenden Inflation retten müssen, denn der vierundvierzigste, dessen Wahl in die Zeit eines flauen Marktes fiele, würde den Mut dazu nicht aufbringen.

Und wirklich mußte der Kongreß, kaum daß er im Dezember '74 wieder zusammengetreten war, sich dieser Sisyphusarbeit widmen. Senator Sherman trug dem Senat am 27. Dezember die Novelle zur Wiederaufnahme der Hartgeldzahlungen vor; noch am selben Tag wurde sie verabschiedet und ans Repräsentantenhaus weitergeleitet, welches sie am 7. Januar gleichfalls befürwortete. Diesmal erteilte der Präsident ohne Zögern seine Zustimmung. Dem dreiundvierzigsten Kongreß lagen noch andere dringende

Gesetzentwürfe vor, die ihn bis zu seiner Auflösung am 3. März 1875 um Mitternacht in Anspruch nahmen; der vierundvierzigste Kongreß trat am 6. März unter einem demokratischen Sprecher zusammen. Doch da hatte General Deming Washington bereits endgültig den Rücken gekehrt; zum erstenmal seit vielen Jahren traf er als Privatmann in Waynesboro ein.

In jenem Frühjahr '75 kehrte er im Triumph in seine Heimatstadt zurück. Seine konservativen Mitbürger zeigten sich hocherfreut über die Leistungen, welche der dreiundvierzigste Kongreß noch in letzter Minute vollbracht hatte. Mr. Cochran, Mr. Bonner und andere führende Mitglieder der Geschäftswelt gratulierten dem General, als sei er der alleinige Retter des Landes. »Die Politik ist ein verdammt komisches Geschäft«, sagte er zu seiner Frau. »Hätten wir diese Gesetze doch bloß schon im letzten Sommer verabschiedet. Aber nein! Und jetzt, wo ich raus bin, gibt's – wenn man denen glauben darf – keinen einzigen, der je bessere Arbeit im Kongreß geleistet hätte als ich.«

Ludwig aber fragte seine Frau: »Vom wem stammt nur dieses Zitat, über das ich dauernd nachgrüble? Es geht mir im Kopf rum, seit ich Deming heute nachmittag getroffen habe: ›Nichts in seiner politischen Laufbahn stand ihm besser an als sein Rücktritt‹.«

DIE MITGLIEDER DES FRAUENKLUBS VON WAYNESBORO

Miß Eliza Ballard
Mrs. Mary Grimes Ballard
Mrs. Louisa Tucker Deming
Miß Caroline Gardiner
Miß Lavinia Gardiner
Mrs. Anne Alexander Gordon
Miß Katherine Lowrey
Mrs. Rebecca Lowrey
Mrs. Mary McCune
Mrs. Rhoda McKinney
Miß Agatha Pinney
Mrs. Sarah Cochran Rausch
Miß Amanda Reid
Mrs. Thomasina Ballard Travers
Mrs. Ellen Lowrey Tyler

IN MEMORIAM
Miß Susan Crenshaw

1875

»Die Gründung einer Subskriptions-Bücherei ...«

Das Programm des Frauenklubs von Waynesboro für 1875 wurde auf der ersten Sitzung des neuen Jahres an alle Mitglieder verteilt. Das Thema lautete: »Die führenden Romanciers des neunzehnten Jahrhunderts auf dem europäischen Kontinent«. Anne Gordon fiel die Aufgabe zu, für den neunzehnten Mai einen Essay über George Sand zu verfassen; am gleichen Tag sollte außerdem ein musikalisches Intermezzo zu Gehör gebracht werden: Chopin, dargeboten von Mrs. Thomasina Ballard Travers.

Als Anne an einem sonnigen Aprilmorgen auf die geschützte Seitenveranda hinaustrat, war sie fest entschlossen, ernsthaft an ihrem Essay zu arbeiten. Das Baby schob sie im Kinderwagen vor sich her: ein putziges Wägelchen mit Faltverdeck und langer Deichsel, in dem schon John spazierengefahren war. Anne hatte ihr kleines transportables Schreibpult unterm Arm, und im Wagen stapelten sich Stöße von Papier, einige frisch und unbenutzt, andere mit Notizen und Zitaten beschrieben; daneben lagen ein Buch und eine Handvoll Bleistifte. Das lebhafte Baby strampelte in seinen Kissen und schlug mit den winzigen Füßchen so ungestüm nach den Utensilien der Gelehrsamkeit, daß Anne die Sachen eilends aus dem Wagen nahm. Sie setzte sich auf die oberste Verandastufe, die Füße auf die nächst niedrige gestemmt, das Pult auf dem Schoß.

Doch ehe sie ans Werk ging, überließ sie sich erst einmal der Freude darüber, daß der Frühling endlich Einzug gehalten hatte. Von irgendwo in weiter Ferne klang leise das Gurren der Trauertaube an ihr Ohr. Ob wohl jedem, der im Frühjahr die ersten

Tauben hört, so das Herz aufgeht wie mir, dachte sie verträumt. Noch konnte sie es kaum fassen, daß man nun endlich auch diesen zweiten harten Winter überstanden hatte. Nach Neujahr war es kalt geworden, unfreundlich und naß. Viele Bedürftige, die noch immer keine Arbeit hatten, waren auf die Hilfe der Kirchen angewiesen gewesen, und dann hatten böse Krankheiten die Stadt heimgesucht, zuerst Diphtherie, dann Scharlach. Beide hatten sich ausgebreitet und sogar Menschenleben gefordert; eine Familie aus Johns Patientenkreis hatte all ihre Kinder verloren, vier an der Zahl. Die letzten paar Monate waren die schwersten gewesen, die John seit ihrer Hochzeit hatte durchstehen müssen; er war schier verzweifelt und das nicht zuletzt deshalb, weil seiner festen Überzeugung nach beide Epidemien hätten eingedämmt werden können. Wenn es Lister gelungen war, mit Hilfe von Karbolsäure dem Wundfieber vorzubeugen, wenn Semmelweis recht hatte mit der Annahme, Kindbettfieber werde durch den Arzt von einer Patientin auf die andere übertragen, dann, so sagte John, brauchte man nur zwei und zwei zusammenzuzählen, um auch hier des Rätsels Lösung zu finden: Bei reichlicher Verwendung von Karbolsäure konnten selbst solch ansteckende Krankheiten wie Diphtherie und Scharlach eingedämmt werden. Er versuchte die Mütter erkrankter Kinder dazu zu bewegen, ein Tuch in der von ihm verfertigten Tinktur zu tränken und vor die Tür des Krankenzimmers zu hängen, sich mit der Lösung zu waschen und vor allem auch die Kleider zu wechseln, ehe sie einen anderen Raum betraten. Er selbst befolgte dieses Ritual getreulich und nahm auf seine Hausbesuche einen alten Leinenkittel mit, den er nur in der Krankenstube trug und allabendlich in Karbolsäure-Lösung auswusch. Doch für die meisten Mütter waren solche Vorkehrungen viel zu zeitaufwendig, besonders, da sie ihnen als blanker Unsinn erschienen. Und die Stadt, deren ältere Ärzte Johns Bestrebungen keineswegs unterstützten, lachte nur über »Docks neumodische Ideen«.

Nacht für Nacht war John aufgestanden, sobald er glaubte seine Frau schliefe. Manchmal hatte Anne ihn draußen im Korridor auf und ab wandern hören; manchmal war er auch hinuntergegangen, um zu lesen. Dann fand sie am nächsten Morgen in dem Zimmer, wo ihr Vater gestorben war, ein aufgeschlagenes Buch auf dem Bett liegen. Im Laufe des Winters hatte er sich durch einen Großteil der dunklen, alten Bände gelesen, die Dr. Alexander in seinem Bücherschrank aufbewahrt hatte; er las nicht Dickens, sondern Fielding, Smollett und Sterne – Autoren, in deren Romane Anne nie hineingeschaut hatte, da ihr bedeutet worden war, sie seien nicht *comme il faut.*

Manche Nacht kam John überhaupt nicht nach Hause, ohne dafür eine Erklärung abzugeben. Anne wußte nie genau, ob er sich bei einem Patienten aufhielt oder ziellos durch die Straßen irrte, um seinen Kummer abzuschütteln. Er war so überanstrengt und dabei so verschlossen, daß sie ihn nicht nach seinem nächtlichen Ausbleiben zu fragen wagte, sondern schweigend an der bitteren Erkenntnis litt, daß sie ihm keine Hilfe war.

Er hatte jedoch zumindest einen Erfolg verbuchen können. Eine Mutter, Mrs. Jordan, hatte seine Anordnungen befolgt, und wirklich war nur eines ihrer Kinder an Diphtherie erkrankt. Dieser Junge hatte indes mit dem Tode gerungen; seine Rettung erfolgte in altmodisch heroischer Weise: John hatte ihm eine Röhre in den Rachen gestoßen und den membranartigen Belag abgesaugt, an dem das Kind zu ersticken drohte. Die Jordans hatten John durch ihre überströmende Dankbarkeit in Verlegenheit gebracht. »Ich kann ihnen nicht klarmachen, daß mein Leben gar nicht gefährdet war«, klagte er. »Sie behandeln mich wie den Helden eines Melodrams und hören einfach nicht zu, wenn ich ihnen erkläre, daß ich mich gar nicht mehr anstecken kann, da ich bereits Diphtherie hatte.« Aber Anne ließ es nicht soweit kommen, daß er jede Bezahlung von den Jordans zurückwies. Wie fast alle in Waynesboro, wo die Depression sich mit der Zeit immer hartnäckiger festzusetzen schien, hatten auch die Jordans kein Geld für die Arztrechnungen; aber Mr. Jordan, seines Zeichens Spengler und Dachdecker, lagerte schon so lange eine der neuartigen Heißluftheizungen in seinem Laden, daß er inzwischen die Hoffnung aufgegeben hatte, je einen Käufer dafür zu finden. Nun erbot er sich, dieses neumodische Wunderwerk im Hause der Gordons zu installieren, zum Dank dafür, daß John seinem Jungen das Leben gerettet hatte. John selbst war so spartanisch eingestellt, daß ihm noch nie der Gedanke gekommen war, Geld für eine Heizung auszugeben, aber Anne überredete ihn, das Angebot anzunehmen; zumindest solle er Mr. Jordan den Einbau vornehmen lassen. Nach getaner Arbeit könne er mit ihm abrechnen.

Während Anne nun in der Aprilsonne auf der Veranda saß und ihr kleines Schreibpult auf den Knien balancierte, stellte sie sich vor, wie angenehm es sein würde, im nächsten Winter ein rundum warmes Haus zu haben – oben und unten – ja sogar auf den Korridoren. Den Sommer über würde es freilich schrecklich wüst zugehen. John wollte die Gelegenheit nutzen, um auch gleich Gasleitungen installieren zu lassen, denn in Waynesboro gab es ein neues Werk, das Wassergas für Beleuchtungszwecke herstellte; und wenn die Rohre für Gas und Heizung erst einmal verlegt waren, würde das Haus vermutlich zum Teil neu verputzt, gewiß aber frisch tapeziert werden müssen. Doch all die Mühe würde sich am Ende lohnen; diese Neuerungen machten das Leben ohne Zweifel behaglicher, wie Anne von ihren Besuchen bei den Cochrans wohl wußte. Vorläufig hatten sie und Martha erst einmal einen gründlichen Hausputz veranstaltet, der bestimmt für die Zeit der Umbauarbeiten vorhalten würde, und nun wiegte sie sich in der behaglichen Gewißheit, daß drinnen alles blinkte und glänzte und daß es überall nach Seife und Möbelpolitur roch. Sie hatten den Winter mit seinen Sorgen fortgeschrubbt. Sogar John mußte bald wieder zu sich selbst finden, und der verschlossene, traurig leidende Fremde, der in seiner Gestalt umhergegangen war, würde wieder verschwinden.

Anne klappte das Pult auf. Ihr war, als sei auch ihr Geist blank gescheuert, frisch gerüstet und nun gebrauchsfertig. Nicht, daß ihr das Thema, an dem sie ihn erproben sollte, gefallen hätte. Die Frage, wie sie sich über George Sand äußern sollte, bereitete ihr erhebliches Kopfzerbrechen. Was sie über »ihre« Autorin (eine stehende Redewendung unter den Damen des Klubs) in Erfahrung gebracht hatte, war in der Tat sehr wenig, und dieses Wenige eignete sich obendrein durchaus nicht zur Präsentation in einem Kreise von Damen. Der Teufel hole Eliza, dachte sie erbittert, während sie das leere Blatt vor sich mit sinnlosen Schnörkeln bemalte. Gewiß hätte niemand anders als Eliza Ballard sich unterstanden, einen Essay über George Sand und die Darbietung einer Chopin-Komposition für ein und denselben Tag anzusetzen. Samuel Travers übte wahrscheinlich gerade mit Thomasina ihren Klavierpart, aber die Glückliche würde zumindest nichts zu sagen brauchen. Sie suchte in ihren Gedanken.

Es wäre leichter, diesen Essay zu schreiben, dachte sie, wenn ich mehr von George Sands Büchern lesen und mir ein Urteil bilden könnte. Die Kritik einer Reihe von Romanen würde wohl einen halbwegs passablen Vortrag ergeben, ohne daß ich die unaussprechlichen Details aus dem Leben meiner Autorin erwähnen müßte. Gegenwärtig aber habe ich nur unaussprechliche Details vorzuweisen. Voller Abscheu beäugte sie das Buch neben sich. Obgleich sie dieses Frühjahr eigentlich gar kein Geld für Bücher hatte, war in ihrem Auftrag bei Stewart & Kidd in Cincinnati alles angefordert worden, was von George Sand verfügbar wäre. Doch sie hatte nichts als diesen einen Band bekommen: *Mademoiselle Merquem.* Sie hatte das Buch gelesen, war jedoch nach der Lektüre noch verwirrter als zuvor. Bestimmt war dies nicht die Art Roman, welche Eliza gefiel! Aber Anne hätte Eliza lieber enttäuscht, als zu ihr zu gehen und sie um Rat oder Hilfe zu bitten.

Sie hätte Amanda fragen können. Aber was sollte die schon über George Sand wissen – Amanda Reid, reformierte Presbyterianerin, Universitätsabsolventin, alte Jungfer und Lehrmeisterin der Jugend? Was Anne wirklich brauchte, ja was ganz Waynesboro fehlte, war eine Leihbibliothek, wie andere Städte sie hatten.

Anne seufzte, schob die leeren Blätter samt ihren Notizen wieder ins Pult und stellte es neben sich auf die Veranda. Heute war entschieden nicht der Tag, um sich auf eine Arbeit zu konzentrieren, die einem widerstrebte. Die Fliederbüsche längs des Zaunes bogen sich unter ihrer süß duftenden Blütenlast, in der Ecke neben dem Aufgang zur Veranda wiegte sich Tränendes Herz in der leichten Morgenbrise. Der Strauch hatte Annes Mutter gehört, und sie liebte ihn um ihretwillen, ebenso wie die Maiglöckchen im Schatten des Gitterwerks, welches das Klosetthäuschen verdeckte, und wie die Sonnenwende am Rand des gepflasterten Weges, der dorthin führte. Der Lufthauch, der das Tränende Herz bewegte, war süß und lind; das überall hervorsprießende junge Grün wirkte so frisch und zart, daß ihr bei seinem Anblick das Herz aufging. Das kräftige Licht tat ein übriges, um die Farben satt und lebendig aufleuchten zu lassen.

Das Baby in seinem Wägelchen strampelte, krähte und gluckste vergnügt vor sich hin. Aus dem rückwärtigen Hof, zu dem hin das Eßzimmer lag, drang das Quietschen einer Schubkarre herüber. Tim O'Reilly, den der Doktor seiner Frau für einen Tag zur Gartenarbeit ausgeliehen hatte, schaffte eine Fuhre Mist herbei, um das Blumenbeet vor dem Eßzimmerfenster zu düngen, und der kleine John, der sich zu seinem Gehilfen aufgeschwungen hatte, sprang hinter ihm her. Johnny hatte inzwischen längst die gefältelten Schürzenkleidchen gegen Hose und Wams eingetauscht; über letzteres fiel anmutig der breite weiße Leinwandkragen seiner Matrosenbluse. Seine Locken waren längst abgeschnitten worden, doch inzwischen schon wieder ziemlich stark nachgewachsen; der sanfte Wind verfing sich in seinem Haar und blies es ihm in die Stirn. Seine dunklen Augen strahlten, und die Grübchen in seinen gerundeten Wangen spielten schalkhaft, während er lachend neben Tim einhertrottete.

»Da sitzt Mama«, sagte er überflüssigerweise, als Tim die Schubkarre an der Biegung niedersetzte, wo der gepflasterte Gartenweg zur Veranda abzweigte, von der aus Anne den beiden entgegensah. »Ich helfe Tim, Mama. Er hat sich's selbst gewünscht, daß ich's tu.«

Tim zog den Hut. »Verzeihen Sie, Missis. Ich hab' nich' gewußt, daß Sie heut' werrn hier sitzen wolln. Sonst hätt' ich mir'n anderen Tag ausgesucht, für um den Mist anzukarrn.«

»Nicht doch, Tim! Es ist höchste Zeit, daß der Boden gedüngt wird. Ich muß ja auch bald meine Sämlinge aussetzen. Der Geruch macht mir nicht das geringste aus: Das ist gesund! Aber es wäre mir schon lieb, wenn Johnny nicht hineinträte. Komm hier heraus zu mir, mein Junge, und ich erzähle dir eine Geschichte. Oder noch besser, bring mir einen Grashalm, dann zeige ich dir etwas, das ich in deinem Alter gelernt habe.«

Anne legte ein Lesezeichen in ihr Buch, spannte einen Grashalm zwischen beide Daumen und blies darauf. Sie zeigte Johnny, wie er den Halm in seinen kleinen Fäusten halten müsse; er schnitt eine Grimasse und blies aus Leibeskräften. Anne pflückte ein paar Blätter vom Geißblatt, das hinter ihr am Pfeiler emporrankte, preßte sie gegen den Mund und brachte ein lustiges Knallen zustande. Der Kleine versuchte, es ihr nachzutun, bekam aber nur den Mund voller Blätter. Anne war so vergnügt über sein verdrießliches Gesicht, daß auch er lachen mußte, als er die zerfetzten Blätter fortwarf. Tim warf den Spaten in die leere Schubkarre und zog in Richtung der Ställe davon, um die nächste Fuhre Mist zu holen.

»Die Schupskarre quietscht«, sagte Johnny mit einer Miene, als verkünde er eine interessante und bisher unbemerkte Entdekkung.

»Die arme Schupskarre ist so alt, daß ihre Knochen ächzen. ›Oh, oh, oh!‹ jammert sie. ›Ich bin nicht mehr so flink, wie ich einmal war, oh, oh, oh!‹ Und dann zockelt sie los und redet mit sich selbst, wie alte Leute das so an sich haben: ›Wird Zeit, daß ich mich im Holzschuppen ausruhen könnte. Hab' lange genug hier im Garten meine Schuldigkeit getan. Wenn ich da an den Herrn Schleifstein denke – was der für ein angenehmes Leben hat! Der brauchte seiner Lebtag nicht wie ich durch die Welt zu fahren!‹ Und so greint und weint sie vor sich hin, die alte Schupskarre. Aber wenn wir Tim bitten, ihr einen kräftigen Schluck Öl zu geben, würde sie sich bestimmt gleich besser fühlen.«

Johnny lachte hell auf vor Begeisterung und rückte näher an sie heran. »Und was sagt Herr Schleifstein? Tim hat mir heute morgen erlaubt, ihn zu drehen, als er die Sichel schärfen mußte.« Er zog vergnügt die Nase kraus: Johnny liebte den Schuppen mit dem Geruch von modrigem Holz, den Spinnweben und den vielen Sägen, die ringsum an den Wänden hingen, sowie dem kleinen Fenster, das man nicht öffnen konnte, weil es ganz mit Klettertrompete zugewachsen war, die den Innenraum in grünlichen Dämmer tauchte, sofern man nicht die Tür einen Spalt weit offen ließ.

»Na, was hat er denn gesagt? Du mußt ihn ja gehört haben. War er recht brummig?«

»Ich glaube, es paßt ihm nicht, daß er nur Wasser bekommt, wo doch die Frau Schupskarre Öl trinken darf. Aber geweint hat er wohl nicht. Ach, Mama, ich weiß nicht, was er gesagt hat. Bitte, erzähl du es mir!«

»Er sagte: ›Was-s-s is-s-st das-s-s? Eine S-s-sichel für das-s-s Gras-s-s. Ach, wäre ich gerne dies-s-se S-s-s-sichel, die drauß-ß-ßen in der S-s-sonne s-s-sein darf! Warum muß-ß-ß ich nur hier im dunklen Schuppen meine Arbeit tun? Wär ich Frau Schups-s-karre, dann könnte ich den ganz-z-zen Tag drauß-ß-ßen s-s-sein, und meinen Spaß-ß-ß haben!‹ Wahrscheinlich«, setzte Anne hinzu, »klingt es ziemlich albern, daß die beiden immer noch ›Herr‹ und ›Frau‹ zueinander sagen, wo sie doch schon so lange Nachbarn sind und im selben Schuppen wohnen. Doch das hat seinen Grund: Vor langer Zeit haben sich die beiden nämlich furchtbar verzankt, weil Frau Schupskarre ums Haar den Herrn Sägebock geheiratet hätte, obwohl sie doch dem Herrn Schleifstein versprochen war. Aus der Hochzeit ist aber dann nichts geworden, und der Herr Sägebock ist in die Remise umgezogen. Aber damals war Frau Schupskarre noch ganz jung.«

»War denn Herr Schleifstein nicht auch jung?« Die schmutzige kleine Faust lag auf ihrem Knie, die dunklen Augen hingen gebannt an ihrem Gesicht, die Grübchen spiegelten in den Wangen.

»Oh, er ist viel, viel älter als Frau Schupskarre, aber man sieht ihm sein Alter nicht an. Für die Frau Schupskarre jedenfalls war er wohl wirklich zu alt, obwohl er selber das natürlich nicht fand. Und so wurde er denn auch immer schrecklich wütend, wenn Frau Schupskarre sich im Schuppen an die Seite von Herrn Sägebock mogelte. Das hat sie ganz geschickt angefangen: Sie kam aus dem Garten hereingerollt und bettelte: ›Bitte, bitte stell mich in die Ecke da! Bitte stellt mich in *die* Ecke!‹ Gequietscht hat sie ja damals schon, nur war sie noch nicht so mürrisch, und wer immer sie schob, setzte sie rasch ab, nur damit das Gequietsche aufhörte, und so stand Frau Schupskarre dann oft neben Herrn Sägebock, und die beiden betrachteten die ganze Nacht lang die Sterne, die zwischen der Klettertrompete hindurchfunkelten. Aber am nächsten Morgen mußte Frau Schupskarre wieder hinaus, und das machte sie jedesmal ganz wütend, weil Herr Schleifstein und Herr Sägebock nun allein blieben und sie nicht verhindern konnte, daß die beiden sich furchtbar beschimpften und angifteten.«

Dieses Märchen konnte endlos weitergesponnen werden. Tim, der nun die Beete längs der Hauswand umgrub, hörte auch mit zu, lachte stillvergnügt vor sich hin und warf von Zeit zu Zeit eine Bemerkung ein: »Also, diese Frau Schupskarre, nein, was für'n launisches Frauenzimmer, launisches!«

Als der Doktor um die Mittagszeit durch den rückwärtigen Garten kam, wurde das Geschichtenerzählen unterbrochen. Johnny rannte ihm entgegen, nahm ihn bei der Hand und hüpfte vor ihm auf und nieder.

»Herr Sägebock und Herr Schleifstein wollten einmal alle beide Frau Schupskarre heiraten«, sprudelte er hervor.

»Na so was! Und was hat *Herr* Schubkarre dazu gesagt?«

»Du bringst uns ganz durcheinander, John. In unserer Geschichte gibt es keinen Herrn Schubkarre.« Anne erhob sich von der Verandastufe, das Buch, in welches sie kaum einen Blick geworfen hatte, unter dem Arm. Ihr Mann schnippte ihr liebevoll mit dem Zeigefinger, den er spielerisch vom Daumen wegschnellen ließ, durchs Haar, küßte sie auf die Wange und wandte sich dann dem Baby zu, das sich trotz der Haltegurte aus dem Wagen beugte und dem Vater die Ärmchen entgegenstreckte. Er löste die Gurte, nahm sein Töchterchen zärtlich auf den Arm und legte ihr Gesicht an seine Wange.

»Still, still, mein Schatz, ich halt dich ja ganz fest.«

Anne stand hinter ihm und beobachtete die beiden; der dicht gelockte, schwarze Schopf der Kleinen lugte eben über Johns Schulter. Manchmal fragte sie sich, ob John das Kind deshalb so sehr liebe, weil es Kate ähnelte; sie hatte nie gewagt, ihn danach zu fragen, und sie hoffte, wenn ihm die Ähnlichkeit bisher nicht aufgefallen war, würde er sie auch nie bemerken.

Beim Essen schlug der Doktor vor, Anne und der Junge könnten nach seiner Sprechstunde mit ihm aufs Land hinausfahren; er mußte ein paar Hausbesuche machen, aber nur wenige – keine ansteckenden Fälle, die Epidemien waren im Abklingen begriffen.

»Es dürfte ein schöner Ausflug werden, vorausgesetzt, daß bis vier Uhr kein Gewitter aufzieht. Der April ist ja recht wetterwendisch. Aber wenn's hält, sollt ihr sehen, wie schön es zur Zeit auf dem Lande ist – Liguster und Judasbaum stehen prächtig. Und den Heimweg nehmen wir über die Farm. Ich möchte sehen, wie die Leute mit dem Pflügen vorankommen; außerdem gibt's ein neues Fohlen zu bestaunen und natürlich den Welpen, den die Pächter

Johnny versprochen haben. Martha kann sich den Nachmittag über um Binny kümmern.«

»Oh, Papa!« Johnny war begeistert.

»Natürlich kommen wir mit«, sagte Anne. »Ich habe heute vormittag mit meiner Arbeit nicht begonnen – warum sollte ich's da am Nachmittag tun? Ich wollte zwar eigentlich rüber in die Schule und Amanda um Hilfe bitten, aber das hat Zeit bis morgen.«

»Soll das etwa heißen, die nächste Klubaufsatz-Runde steht ins Haus?« John und Ludwig hatten sich angewöhnt, mit gequälter Miene herumzulaufen und den vernachlässigten Ehemann zu spielen, wenn ihre Frauen über den Klubessays brüteten, so als bekämen sie nichts Ordentliches zu essen, müßten sich mit zerrissenen Socken begnügen und mit Hemden, an denen die Knöpfe fehlten.

»Ja, es ist wieder soweit. Aber heute ist ein zu schöner Tag, um über literarischen Finessen zu brüten.«

Am späten Nachmittag, als John all seine Hausbesuche absolviert hatte, trafen die drei auf der Farm ein. Anne begleitete Mann und Sohn zur Scheune, um das neugeborene Fohlen und den Welpen zu bewundern; dann kehrte sie zum Einspänner zurück und holte den Picknickkorb herunter.

»Wie wär's mit der Wiese am Hang, John? Sie liegt in der Sonne, und wenn wir Glück haben, ist der Boden dort trocken.« Sie gingen über die Tenne, bogen in einen Feldweg ein, passierten das Tor in der Umzäunung der Viehweide, durchquerten ein ebenes Stück feuchten Graslandes, das mit Sumpfdotterblumen übersät war, wandten sich dann hügelaufwärts und stiegen gemächlich bis zur Kuppe. Anne breitete das mitgebrachte Plaid aus, John setzte den Picknickkorb ab, Johnny macht sich daran, einen Strauß Frühlingsblumen für seine Mutter zu pflücken, die freilich schon zu welken beginnen würden, ehe sie aus seiner schwitzenden kleinen Faust in ihren Schoß gelangten. Anne drapierte ihre Röcke so sittsam wie nur möglich um sich herum. »Ob du's glaubst oder nicht«, sagte sie dabei zu ihrem Mann, »mir waren Reifröcke entschieden lieber. Die konnte man wenigstens ordentlich übereinanderlegen.«

John ließ sich neben ihr aufs Plaid fallen. Schön und friedlich breitete sich das Land zu ihren Füßen aus: Im Westen hoben die sanften Hügelkuppen sich dunkel vom Firmament ab, die Felder glänzten entweder schwarz vor frisch gepflügter Erde oder schimmerten so leuchtend grün vor junger Weizensaat, daß der Anblick schmerzte, freilich nicht die Augen, sondern das Herz – eine Regung, wie alle vergängliche Schönheit sie hervorruft. Unter ihnen erstreckte sich die Gordon-Farm, Felder, Ahorngehölz, Waldparzelle, Wiesen, auf denen sich Schafe mit ihren Lämmern tummelten. Stallungen, Scheune und Tenne, der Blütenschnee des Obstgartens und die Rückfront des alten Wohnhauses – die ursprüngliche Blockhütte, welche immer noch als Sommerküche diente, und dann die Steinmauern, welche auf einer Reihe von Traufen bis zum First emporreichten, den an jedem Ende ein wuchtiger Doppelschornstein krönte.

Als der kleine Johnny mit einer Handvoll Blumen an seinem Vater vorbeistreifte, haschte John den Jungen, hob ihn auf seine Schultern und zeigte auf das Haus.

»Da habe ich gewohnt, als ich so alt war wie du. Hast du das gewußt? Und in der Blockhütte lebte dein Urgroßvater, als er frisch von Carolina hergezogen war und das ganze Land ringsum aus nichts als Wald bestand; Urgroßvater fällte ein paar Bäume, baute daraus seine Hütte und rodete ein Stück Land, um es zu bebauen.«

Anne kniete sich hin, öffnete den Picknickkorb und begann das Essen auszupacken. Sie dachte daran, wie Großvater Alexander Johnny, als der noch fast ein Baby war, von seiner Kindheit in der Blockhütte erzählt hatte. Geschichten aber, wie sie ihm jetzt sein Vater erzählte, mochte der Junge vielleicht im Gedächtnis behalten, nicht zuletzt deshalb, weil diese Hütte ihm anschaulich vor Augen stand.

»Warum ist er denn hergekommen, Papa, wenn's nichts als Bäume gab?«

»In Nordcarolina, wo er zuvor gelebt hatte, wurden die Schwarzen als Sklaven gehalten. Das paßte ihm nicht, und also ist er fortgezogen. So hat man es jedenfalls uns Kindern immer erzählt. Aber der Urgroßvater wohnte im Westen von Carolina, und ich könnte mir vorstellen, daß die Berge schlimmer waren als die Bäume. Jedenfalls verließ sein Bruder Carolina zur selben Zeit wie der Urgroßvater. Ihm machte es aber nichts aus, daß die Schwarzen Sklaven waren, und deshalb ging er nach Mississippi. Ich habe meine Vettern dort besucht, als ich in der Armee war.«

Anne rief die beiden zum Essen. Vater und Sohn wandten sich um und ließen sich am Rande des Tischtuchs nieder, das sie ausgebreitet hatte. Johnny fragte: »Als du klein warst, Papa, hast du da auch in der Blockhütte gewohnt?«

»Nein. Mein Vater hatte das Steinhaus schon vor meiner Geburt gebaut.« Während der Mahlzeit erzählte John unermüdlich weiter. Als sie mit dem Essen fertig waren, sprang Johnny wieder den Hügel hinunter, um in der Scheune nach seinem kleinen Hund zu sehen. Anne räumte Tischtuch und Geschirr in den Korb, setzte sich nieder und betrachtete den Sonnenuntergang. John hatte sich rücklings auf dem Plaid ausgestreckt. Sie bettete seinen Kopf in ihren Schoß. Er gähnte herzhaft und blickte lächelnd zu ihr auf.

»Ich komm mir vor, als wäre ich gerade der Schulzeit entronnen.«

Sie fuhr ihm mit den Fingern durchs Haar. »Liegt das bloß am Frühling, oder ist der Scharlach endlich gebannt?«

»Seit drei Wochen habe ich keinen neuen Fall mehr bekommen. Ich drücke die Daumen, daß es so bleibt. Eine Weile sah's schlimm aus.«

»Ich weiß.«

»Ach, wirklich? Mir ist, als sei ich weit, weit fort gewesen – und das recht lange. Wie kannst du da wissen, was in meiner Praxis vorging?«

»Denkst du, ich vermisse dich nicht, wenn du fort bist?«

Seine Augen weiteten sich seltsam, oder vielleicht schien es ihr auch nur so, weil sie von schräg oben in sein Gesicht sah. Dachte er etwa, seine Sorgen seien ihr unbekannt, nur weil sie nicht darüber sprach? Sie seufzte. »Ich verstehe nicht, warum du dich so quälst, wo du doch alles nur Menschenmögliche unternimmst.«

»Sollte ich mir nicht vorwerfen, daß die Raffertys all ihre Kinder verloren haben? Oh, Anne!«

»Aber Mrs. Jordan hat deine Anweisungen befolgt, und von ihren Kindern ist nur eines krank geworden. Beweist das nicht, daß du die richtige Therapie gefunden hast?«

»In meinen Augen schon, aber die Leute sehen's anders. Ein Arzt hat's schwer heutzutage. Aber vielleicht ist das zu allen Zeiten so gewesen. Doch gerade jetzt werden so viele Entdeckungen gemacht – Lister und Pasteur... Allein, was nützt das, wenn selbst die meisten Ärzte nicht daran glauben. Aber einige unter uns wissen nun, daß nicht die Hand Gottes ganze Familien – wie die der Raffertys – ausrottet, sondern schlicht und einfach die menschliche Dummheit.«

»Aber die Raffertys werden weiterhin daran glauben, daß die Hand Gottes sie geschlagen hat, der Pfarrer wird sie in diesem Glauben unterstützen, und in zehn Jahren werden sie wieder eine Handvoll Kinder haben.«

»Manchmal denke ich, daß ich mehr Erfolg hätte, wenn ich mich nicht um die neuen Erkenntnisse kümmerte. Schließlich könnte es ja auch reiner Zufall sein, daß die Jordan-Kinder verschont blieben. Und ich bin sicher, daß meine Patienten mehr Vertrauen zu mir hätten, wenn ich am Altbewährten festhielte.«

»Aber du selbst hättest dann kein Zutrauen mehr zu dir.«

»Das habe ich so und so nicht. Ich täusche nur Zuversicht vor, weil Vertrauen wieder Vertrauen gebiert, und das Vertrauen des Patienten bedeutet den halben Sieg.«

»Ich weiß. Der Arzt muß für die Patienten gleich nach dem lieben Gott kommen.« Während Anne sich noch fragte, ob ihre Worte wohl blasphemisch gewesen seien, gab Johns Entgegnung ihr Gewißheit. Trotzdem konnte sie sich des Lachens nicht erwehren.

»Ja. Ich glaube, ich werde mir einen Vollbart stehenlassen. Genau wie ER, um mich dahinter zu verstecken.«

»John!«

»Also wenn Gott einen Bart hat, dann doch bestimmt nur aus diesem Grund! Wenn ich die Welt sehe, wie sie ist, kann ich mir einfach nicht vorstellen, daß ER so zuversichtlich auf sie herabsieht, wie wir uns alle gern einreden möchten.«

»John! Nein, wie bist du abscheulich! Im übrigen glaube ich nicht, daß du mir mit Bart gefallen würdest. Nein, das wär' mir entschieden zu kratzig. Wie sind wir überhaupt auf dieses Thema gekommen?«

»Ich hatte lediglich versucht, dir zu erklären, warum ich mich fühle, wie ein Junge, der schulfrei hat.« Er richtete sich auf und strich sich das zerzauste Haar aus dem Gesicht. »Es wird höchste Zeit, daß ich in die Praxis zurückkomme und mit der Abendsprechstunde beginne.« Er half ihr auf, faltete das Plaid zusammen, nahm den Korb und bot ihr den Arm; Seite an Seite schritten sie den Hügel hinab auf den Hof zu, wo Johnny und sein Hündchen übermütig umhertollten.

Es war ein schöner Sonnenuntergang, den sie miterlebten, ehe sie die Farm verließen: Glühender Purpur kränzte den rosigen Schleier, der den Abendhimmel überhauchte. Doch am kommenden Nachmittag regnete es. Kurz vor Schulschluß zog Anne ihre Stiefel an, schlüpfte in einen wasserdichten Umhang, spannte den Schirm auf und machte sich auf den Weg, um Amanda abzufangen, bevor diese das Schulhaus verließ. Natürlich wäre es schicklicher gewesen, sie daheim aufzusuchen, aber das hätte einen langen Fußmarsch bedeutet, während die Schule nur einen Katzensprung entfernt lag, über die Linden zur Chillicothe Street und die hinunter bis zur ersten Querstraße. Die neugegründete Mittelschule befand sich vorübergehend in jenem Backsteingebäude, das früher Hugh McMillans Internat für Knaben beherbergt hatte. Nicht weit davon stand Miß Crenshaws Haus, in dem jetzt Fritz Klein mit seiner Familie wohnte. Komisch, dachte Anne, aber die

Deutschen leben nicht alle im selben Viertel wie die Iren. Es wird nicht mehr lange dauern, und wir haben ihre Herkunft ebenso vergessen wie die der Harbaughs und der Baughmans und der anderen Pennsylvania-Deutschen, nicht zu vergessen Ludwig Rausch! Beim Anblick der frisch gestrichenen grünen Fensterläden am Hause der Kleins wanderten ihre Gedanken unwillkürlich von Fritz Klein zu Mr. Lichtenstein und zum Finanzierungsplan einer neuen Mittelschule, über den die Stadt im Herbst würde abstimmen müssen. Ich wette, sie werden darum mehr Aufhebens machen als um die Wiederwahl von Gouverneur Hayes! Ein Lächeln huschte über Annes Gesicht.

Das ehemalige Knabeninternat war ein altmodisches, wuchtiges und finster wirkendes Backsteingebäude, einstöckig, mit schlecht beleuchteten Gängen, an die oben wie unten zu beiden Seiten je zwei Räume grenzten. Als die öffentliche Schulbehörde das Haus erwarb, hatte sie es neu verputzen und die Räume mit einem frischen Anstrich versehen lassen. Trotzdem roch es im Korridor bereits wieder nach Staub, Kreide und feuchtem, zu lange getragenem Wollzeug. Anne hatte nicht vorgehabt, das Schulgebäude zu betreten, ehe die Kinder entlassen waren, aber sie konnte in dem heftigen Regen schwerlich draußen auf und ab gehen, ohne verschroben zu wirken oder wie eine Frau in Nöten. Man hält mich womöglich für eine besorgte Mutter, die kommt, um sich zu erkundigen, was ihr Kind angestellt hat, dachte sie. Und so spähte sie denn in das übelriechende Halbdunkel, sah eine Bank, die an der Wand entlanglief, und ließ sich auf deren Kante nieder, als eben am Ende des Flurs das schrille Klingeln der Schulglocke ertönte. Im nächsten Augenblick flogen die Türen auf und eine Horde Jungen mit ein paar Mädchen dazwischen stürzte lärmend hinaus auf den Gang und kam die Treppe heruntergerannt. Anne zog die Füße in den schweren Stiefeln unter die Bank, drückte sich samt ihrem triefenden Schirm in die Ecke und wartete, bis alle Schüler außer ein oder zwei säumigen Nachzüglern sich zerstreut hatten. Einen der letzten fragte sie nach Amandas Klassenzimmer.

Dort hatte Miß Reid gerade die Fenster sperrangelweit geöffnet, ungeachtet des Regens, der auf die Simse trommelte. Dann war sie an ihr Pult zurückgekehrt, wo sie die Hefte und Bücher einsammelte, die sie mit heim nehmen mußte, und eben im Begriff, Mantel, Hut und Schirm aus dem Schrank zu holen, blickte sie auf und sah Anne in der Tür stehen.

»Guten Tag, Amanda. Ich hoffe, du bist mir nicht böse, weil ich dich hierher verfolgt habe. Ich wollte dich sprechen, wußte aber nicht, um welche Zeit du nach Hause kommst. Außerdem ist es so ein weiter Weg.«

»Guten Tag, Anne. Du bist mir natürlich auch hier willkommen. Leider habe ich nicht die Möglichkeit, dir eine Tasse Tee anzubieten. Aber mach es dir nur bequem.«

Amanda sprach in jenem abwehrend schroffen Ton, den sie immer noch bisweilen als eine Art Schutzwehr Anne und Sally gegenüber gebrauchte.

Anne sah sich in dem kahlen Raum um, während sie ein paar Schritte näherkam: eingekerbte, verkratzte Pulte, eine Wandtafel, in der Ecke ein schwarzer Ofen. Obwohl ein frischer Wind das Aroma des Regens hereinwehte, roch es noch stärker nach feuchter Wolle als draußen auf dem Korridor. An den Wänden dieses Klassenzimmers hingen keine Stahlstiche von der Akropolis oder dem Kolosseum, auch fehlten die Bücherschränke mit gewichtigen Folianten und die Büsten römischer Dichter. Anne setzte sich auf die Kante eines der hohen Pulte in der ersten Reihe und betrachtete Amanda einen Moment lang aufmerksam, ehe sie das Wort an sie richtete. Amanda trug ein graubraunes Merinokleid. Sie sah müde aus, und der Knoten in ihrem Nacken hing lose in dem Haarnetz, das ihr halb vom Kopf gerutscht war. Aber Amanda wirkte schließlich immer unfrisiert; ihr Geist war über derlei Äußerlichkeiten erhaben.

»Gefällt es dir hier ebensogut wie im College?« fragte Anne neugierig.

»Darüber habe ich gerade nachgedacht, bevor du hereinkamst.« Amanda zog die Nase kraus. »Hier herrscht zweifellos eine ganz andere Atmosphäre. Und doch würde ich deine Frage mit ›ja‹ beantworten. Ursprünglich habe ich wegen des Gehalts gewechselt. Daraus habe ich auch nie einen Hehl gemacht. Mutter war unter keinen Umständen bereit, von Waynesboro fortzuziehen, und hier bot man mir die besten Bedingungen, die ich in unserer Stadt erwarten kann. Aber ich war darauf gefaßt, die Arbeit hier zu hassen.« Amandas kurzes Lachen klang nach Selbstverachtung. »Ich kam hierher mit der grimmigen Entschlossenheit eines Märtyrers. Ich hatte schon immer den Verdacht, daß die Märtyrer für ihre Mitmenschen alles andere als angenehme Zeitgenossen waren.«

»Oh, sie waren gewiß abscheulich«, pflichtete Anne ihr bei; Mrs. Reid erschien vor ihrem geistigen Auge, und sie dachte bei sich, daß Amanda wohl wisse, wovon sie rede.

»Du drückst es drastisch aus.« Amanda hob die Brauen. »Jedenfalls habe ich inzwischen meine Meinung geändert. Das ist unausweichlich, wenn man mit Mr. Fletcher und Mr. Lichtenstein arbeitet. Besessene, alle beide.«

»Mr. Lichtenstein?« Jetzt war es an Anne, verwundert die Brauen hochzuziehen.

»Allerdings. Du darfst nicht nach dem Äußeren urteilen. So töricht bist du doch auch nicht! Du weißt genau, daß wir jeden Schritt, der zum Wohl der Schule unternommen wurde, ihm verdanken – angefangen von Mr. Fletchers Berufung bis hin zu dem Finanzierungsplan, über den im Herbst entschieden wird. Warum schütteln die Leute den Kopf über ihn, bloß weil er dick ist und gebrochen Englisch spricht? Ich weiß, daß er hin und wieder gern ein Glas Bier trinkt«, setzte sie hastig und wie entschuldigend hinzu, »aber er ist nun mal so aufgewachsen. Und außerhalb der Schule braucht man ihn ja nicht…«

»Ich weiß schon.« Anne schnitt Amanda das Wort ab, um ihr die peinliche Bemerkung zu ersparen, daß man mit Mr. Lichtenstein außerhalb der Schule ja nicht zu verkehren brauchte. John und Ludwig taten es und schätzten ihn. Allein, es würde zu nichts führen, dieses Thema mit Amanda zu erörtern.

»Was ich zu erklären versuche«, Amandas Miene hellte sich auf, »habe ich mir selbst nie *expressis verbis* klargemacht. Wahrscheinlich fange ich überhaupt erst an, es zu begreifen, und kann es daher noch gar nicht richtig erklären. Ich bin jetzt nicht mehr Teil einer Sache, die ausstirbt, sondern gehöre zu einer Organisation, die im Wachsen begriffen ist, die an Bedeutung zunehmen wird. Diese Gewißheit, die man einatmet mitsamt dem Geruch der Kreide, verleiht Elan und Enthusiasmus. Als ich hierher wechselte, tat ich es, um Mutter ein gesichertes Alter zu ermöglichen. Aber ich dachte, mein Leben sei damit vergeudet, bedeutungslos für mich und andere. Nichtig und leer.«

»Dieses Gefühl überkommt jeden Menschen irgendwann, Amanda. Nicht umsonst steht geschrieben: ›Ein Mensch ist in seinem Leben wie Gras‹. Auf uns Frauen trifft das ganz besonders zu.« Anne dachte bei sich: Amanda hätte als Junge zur Welt kommen sollen. Dann hätte sie sich in die Welt des Geistes retten können und wäre ein gebildeter, berühmter und allenthalben hochgeachteter Gelehrter geworden, der sich in der Gesellschaft anderer gelehrter Herren wohl geborgen weiß. Diese Schule aber ist kein Platz für jemanden mit Amandas Fähigkeiten, ganz gleich, was sie sich auch einreden mag.

»Inzwischen habe ich meine Meinung geändert«, fuhr Amanda fort. »Irgendwie ist es anders, Knaben zu unterrichten. Natürlich haben wir noch nicht viele Schüler in der Mittelschule; etwa dreißig sind es in diesem Jahr. Und die meisten sind Knaben, die voller Ehrgeiz stecken und sich aufs College vorbereiten. Sie *wollen* wirklich etwas lernen. Wenn ich nur an die drei in meiner Vergil-Klasse denke! Außerdem ist es angenehmer, Knaben zu unterrichten als Mädchen: Sie drücken sich weder vor ihren Pflichten, noch sind sie ständig mit ihren Gedanken woanders. Wenn man ihnen eine Frage stellt, die sie nicht beantworten können, geben sie das ehrlich zu.« Dann fuhr sie in einem Ton, als verkünde sie das achte Weltwunder, fort: »Sie sind so wißbegierig, brennen darauf, die Geheimnisse des Geistes zu ergründen!« Anne, die sich an das Mädchen-College erinnerte, verstand Amandas freudige Bewegung. »Und nun sieh dir dagegen die Mädchen an: Selbst wenn es einem gelingt, ihnen etwas beizubringen – was tun sie? Gehen hin und verheiraten sich?« Amandas Entrüstung war echt. Anne hütete sich zu lächeln. »Von all den Knaben, die ich in meinem Leben unterrichte, werden einige wenige zu großen und berühmten Männern heranwachsen, und ich werde mit der Befriedigung belohnt, daß ich sie bei den ersten Schritten ihrer Laufbahn begleitet habe.« Damit beendete Amanda ihre Überlegungen zu diesem Thema. Während des Gesprächs hatte sie auf ihrem Pult Ordnung gemacht; nun begann sie die Fenster zu schließen.

»Du willst doch nicht unbedingt hier bleiben, oder? Der Pedell kommt nämlich gleich, um sauberzumachen. Übrigens hast du mir noch nicht erzählt, was dich zu mir führt.«

»Ich begleite dich ein Stück, wenn's dir recht ist. Würdest du auf dem Heimweg auf einen Sprung mit zu mir kommen? Wir könnten zusammen Tee trinken, wenn du magst.«

Amanda schüttelte den Kopf. »Mutter würde sich Sorgen machen, wenn ich mich verspäte.«

Sie verließen das Schulgebäude und gingen nebeneinander die Straße hinauf, aber um der beiden Schirme willen in einigem Abstand voneinander; ihr Gespräch war nicht mehr so vertraulich wie oben in dem leeren Klassenzimmer.

»Ich wollte dich um Hilfe bitten. Bei meinem Aufsatz für den Klub. Über George Sand.«

Amanda lachte auf. »Das ist typisch für Eliza, nicht wahr? Sie bildet sich ein, eine Vorliebe für Romane über das wirkliche Leben zu haben, während sie doch in Wahrheit dem Melodram verfallen ist, wenn es nur finster genug daherkommt. Ich habe weder eine Ahnung von George Sand, noch das Bedürfnis, dieses Versäumnis nachzuholen.«

»Ich dachte ja auch nur, du würdest mir vielleicht sagen können, wo ich etwas über sie in Erfahrung bringen kann. Der Buchhändler in Cincinnati hatte nur einen einzigen ihrer Romane vorrätig. Der ist zwar ohne Frage melodramatisch, darüber hinaus aber von einer wilden Romantik durchdrungen. Eliza wird keinen Gefallen daran finden. Ich könnte das Buch natürlich trotzdem besprechen, aber weißt du noch, was du von dem ersten Essay hieltest, den ich seinerzeit über Browning verfaßte? Heute weiß ich, was es alles zu berücksichtigen gilt: Lebenslauf, Ausbildung, Charakter, Verhältnis zu zeitgenössischen Kritikern, welcher literarischen Schule ein Autor angehört und wer von ihm beeinflußt wurde. Aber wie das anfangen? Woher sollte ich all dies über George Sand erfahren?«

»Ich glaube, auf wen sie Einfluß nahm, könntest du ganz einfach durch Lektüre herausbekommen.«

»Falls *Mademoiselle Marquem* überhaupt etwas beeinflußt hat, dann höchstens die Fortsetzungsromane in *Harper's Weekly*. Aber George Sand hat ja noch sehr viel mehr geschrieben. Ich sehe nicht ein, wieso Waynesboro keine Leihbibliothek haben sollte. In anderen Städten gibt es schließlich schon längst welche.«

»Da bin ich allerdings ganz deiner Meinung. Wahrscheinlich ist nur bei uns noch nie jemand darauf gekommen.«

Unter diesem Gespräch hatten sie die Ecke Linden Street erreicht.

»Es regnet nicht mehr, Anne.« Amanda klappte ihren Schirm zu und schüttelte das Wasser heraus. Anne schob den ihren auf die Schulter zurück, reckte das Gesicht gen Himmel, vollführte mit dem Schirm eine schwungvolle Drehung und nahm ihn dann herunter. Vereinzelte Tropfen spritzten hin und wieder vom jungen, frischgrünen Laub der Bäume am Straßenrand auf die beiden herunter, aber die über ihnen hinziehenden Wolkenfetzen trieben immer weiter auseinander, und dazwischen kam tiefblauer Himmel zum Vorschein. Plötzlich lachte die helle Aprilsonne auf die jungen Frauen nieder, die vom ausgetretenen Gehsteig her die aufgeweichte Straße betrachteten, die es zu überqueren galt; der Fußgängerweg stand fast völlig unter Wasser.

»Geh du voran.« Anne raffte mit geübter Hand ihren weichfließenden Rock. Als sie auf der anderen Seite angelangt war und an Amandas Seite weiterging, fragte sie: »Warum gründen *wir* sie nicht? Die Bibliothek meine ich.«

»Der Klub könnte als Schirmherr auftreten.«

»Mrs. Tyler fehlt schon lange ein neues Projekt, dem sie all ihre Tatkraft widmen kann.«

»Für den Anfang könnten wir sämtliche Bücher zusammentragen, die man uns aus Privatbeständen überläßt. Aber wir müßten auch eine Menge Geld sammeln.« Der Gedanke an eine große Summe Geldes flößte Amanda ehrfürchtige Scheu ein.

»Für die einzelnen käme es gar nicht so teuer, wenn recht viele Leute etwas beisteuerten. Die Klubmitglieder könnten sich bei der Ausleihe abwechseln. Dann blieben nur Miete, Heizkosten, Licht und neue Bücher zu zahlen. Wir müßten natürlich genug Geld aufbringen, um einen Anfang zu machen. Ein Wohltätigkeitsfest oder ein Karneval wäre dafür das richtige, wie wir sie zu Kriegszeiten für den Sanitätsausschuß veranstaltet haben. Erinnerst du dich?«

»Wir können den Vorschlag auf der nächsten Klubsitzung unterbreiten. Wer soll das machen, du oder ich?«

»Oh, du, Amanda! Mich würden sie nicht ernst nehmen. Und vielleicht solltest du zuerst mit Mrs. Ballard darüber sprechen. Falls sie einverstanden ist, hat sie schon einen fix und fertigen Plan im Kopf, wenn's zur Abstimmung kommt.«

Das nächste Klubtreffen fand bei den Demings statt. Das Domizil des Generals unterschied sich seit dem Umbau beachtlich vom herkömmlichen Wohnstil Waynesboros. An einem Ende sprang ein Rundturm mit gewölbten Glasfenstern vor; eine großzügige Veranda schloß sich an. Dicht neben dem Turm befand sich der Vordereingang, welcher in eine kleine Diele führte. Im rechten Winkel zur Längsseite des Entrees stieg, dem Turm zu, eine breite Treppe mit flachen Stufen empor. Das Turmzimmer im ersten Stock war ein zur Galerie erweiterter Treppenabsatz; im zweiten befand sich die Studierstube des Generals, im Erdgeschoß aber hatte man eine regelrechte kleine Empfangshalle eingerichtet, mit Palmen und zierlichen vergoldeten Stühlen, einem runden Spiegel und einem Konsoltisch, welcher in der ebenen Innenwand verankert war. Treppengeländer und -pfosten endeten hier, ein wenig oberhalb des Dielenestrichs; eine breite Stufe verlief im rechten Winkel zum Fuß der Treppe und im Bogen rings um das Turmzimmer. Diese Estrade verschaffte der Hausfrau willkommene Gelegenheit, sich beim Empfang der Gäste in Positur zu stellen, und Mrs. Deming verstand sich bei gewissen Anlässen vortrefflich darauf, dergleichen Vorzüge zu nutzen. Aber die Klubmitglieder waren zu zahlreich, um sie hier zu empfangen. Das Hausmädchen komplimentierte die Damen ins Wohnzimmer am Ende der Diele, wo sie ihre Umhänge ablegen konnten. Dann wurden sie zurück in den Salon geführt, welcher der Treppe gegenüber an die Eingangshalle grenzte. Der langgestreckte Raum, der in einen zweifenstrigen Erker mündete und dessen Zentrum ein Kamin bildete, verlief parallel zur Veranda und hatte dort hinaus mehr Fenster- als Wandfläche. Gäste, die auf der gegenüberliegenden Seite des Zimmers saßen, konnten das Kommen und Gehen auf der unteren Market Street beobachten. Die Veranda hinderte den Einfall der Sonnenstrahlen nicht sonderlich, welche schräg durch die Erkerfenster drangen und Mrs. Demings neuenglische Mahagonimöbel und den geblümten Brüsseler Teppich beschienen. Die Damen nahmen eine nach der anderen Platz und machten sich auf einen langen Nachmittag gefaßt. Der geschäftliche Teil der Sitzung wurde verschoben und das Verlesen des Essays an den Anfang gestellt, da Amanda während der Schulzeit notgedrungen mit einiger Verspätung zu den Treffen kam. Als sie erschien, fragte die Vorsitzende sie unverzüglich nach neuen Tagesordnungspunkten. Amanda erhob sich und verlas die Resolution, welche sie und Mrs. Ballard gemeinsam vorbereitet hatten: »Es wurde beschlossen, daß der Frauenklub von Waynesboro die Schirmherrschaft über die Gründung einer Leihbücherei übernimmt, die dem Wohl und Nutzen unserer Stadt dienen soll.«

Anne hatte den Plan bereits vorab mit Sally besprochen. Die erklärte sich mit der Idee von ganzem Herzen einverstanden, obwohl sie sich alle Bücher kaufte, die sie interessierten, so daß die hohen Nußbaumbücherschränke in ihrem Wohnzimmer bereits zum Bersten voll waren. Sie hatte Anne sogar ein paar Romane von George Sand borgen können – auf französisch. Anne hatte abzuwehren versucht. Da wäre Sally fast böse geworden: »Du solltest dein Französisch pflegen. Nachdem wir uns so plagen mußten, um es zu lernen! Ich habe mir jedenfalls vorgenommen, es nicht zu verlernen. Besonders, weil Ludwig den Kindern Deutsch beibringt.«

Daraufhin hatte Anne die Bücher brav entgegengenommen und das Gespräch wieder auf die geplante Bibliothek gelenkt. Würde Sally ihnen helfen?

»Ich weiß nicht, warum dir solche Sachen immer zur Unzeit einfallen. Das Baby kommt im August. Ich werde höchstens noch ein-, zweimal an den Sitzungen teilnehmen können. Und dabei habe ich doch so gern überall meine Hand im Spiel«, jammerte sie. »Aber sollten mir Einfälle kommen, kann ich die ja immerhin beisteuern.«

Anne ließ es dabei bewenden. Sie war überzeugt, daß es Sally nicht an Einfällen mangeln würde.

Amanda hatte bereits mit Mrs. Ballard und Thomasina über die Gründung einer Subskriptions-Bücherei gesprochen, und Mrs. Ballard hatte Mrs. Deming und Mrs. McKinney zu Rate gezogen, ihre unermüdlichen Mitstreiterinnen im endlosen Kampf gegen die Wirtshäuser. Mrs. Deming hatte ihre uneingeschränkte Bereitschaft bekundet, das Projekt zu unterstützen. »Mein Gatte wird in seiner Arbeit aufs ärgste behindert, weil ihm hier kein Quellenmaterial zugänglich ist. Ihm fehlt die Kongreßbibliothek, und die ständigen Reisen nach Columbus und Cincinnati ermüden ihn über Gebühr.« (Wie ganz Waynesboro wußte, nutzte der General seinen Ruhestand, um die Geschichte der Brigade zu schreiben, die während des Krieges eine Zeitlang unter seinem Befehl gestanden hatte.) Mrs. Deming hatte ferner angeregt, den Damen nach dem offiziellen Klubprogramm bei einem geselligen Beisammensein Gelegenheit zu geben, Mittel und Wege zu diskutieren. Und sie schickte die Kutsche des Generals mit entsprechenden Billetts zu sämtlichen Mitgliedern.

Die Resolution, die Amanda eingebracht hatte, wurde beifällig angenommen; außerdem einigte man sich darauf, daß Mrs. Ballard die Vorsitzenden aller Komitees ernennen solle, deren Gründung sie für notwendig erachte; diese Vorsitzenden wiederum sollten ermächtigt sein, ihre Komitees aus freiwilligen Mitbürgern zusammenzustellen: Man wollte die ganze Stadt beteiligen! (Die Idee, solche Komitees ins Leben zu rufen, war von Sally – oder Ludwig – ausgegangen, an Anne und von dieser an Amanda weitergegeben worden.) Nach der Abstimmung hatte man die Sitzung vertagt. Doch bevor das anschließende Gespräch der Damen noch recht in Gang gekommen war und während Mrs. Demings Mädchen mit blitzblank geschrubbten Händen Tee und Gebäck herumreichte, erschienen der General und die kleine Julia Hand in Hand im Türrahmen. Jeder andere Ehemann von Waynesboro hätte angesichts der Versammlung fluchtartig das Weite gesucht, aber die umgängliche Höflichkeit des Politikers war dem General zur zweiten Natur geworden.

»Julia und ich hatten den Wunsch, den Damen unsere Aufwartung zu machen und unsere Dankbarkeit dafür zu bekunden, daß ein solch erlauchter Zirkel unser Haus mit seiner Gegenwart beehrt.« Er verneigte sich, und das elegant herausgeputzte kleine Mädchen an seiner Seite raffte mit den Fingerspitzen ihr rüschenbesetztes Röckchen und versank in einen anmutigen Knicks. Dann griff es mit ernster Würde wieder nach der Hand seines Vaters. Julia war ein überaus zartes Kind; ihr langes, feines, aschblondes Haar wurde von einem Stirnreif aus dem blassen Gesicht gehalten und fiel ihr in seidenweicher Fülle über die Schultern. Jede Rüsche ihres blütenweißen Kleides saß makellos.

Miß Pinney sagte mit ehrfürchtiger Stimme vom anderen Ende

des Zimmers her: »Ist sie nicht ein engelhaftes Geschöpf? Eine leibhaftige kleine Eva. Und was für reizende Manieren sie hat!« Ihre Worte drangen bis zur Tür. Julia ließ die Hand ihres Vaters los und schlängelte sich an das Brokatsofa heran, auf welchem Anne und Sally saßen, und dem sich soeben das Mädchen mit dem Gebäck näherte. Nachdem das Kind die beiden jungen Frauen prüfend gemustert hatte, wandte es sich mit dem Rücken zum Sofa an Anne: »Bitte, helfen Sie mir hinauf, damit ich mein Kleid nicht verknittere.«

Anne hob die Kleine hoch und setzte sie, vielleicht eine Spur zu unsanft, auf der Sofakante nieder. Dann drehte sie sich um und warf Sally einen spöttischen Blick zu.

Sally sagte mit gedämpfter Stimme: »Die sollte mal einen Nachmittag mit unseren Kindern verbringen. Ihr Kleid verknittern – hat man so was schon gehört!«

Diese recht unhöfliche Kritik an einem der Besitztümer ihrer Gastgeberin ging glücklicherweise in General Demings lautstarkem Redefluß unter.

»Ich finde es höchst löblich, daß Ihrem Klub das geistige Wohl der Stadt am Herzen liegt«, sagte er mit dröhnender Stimme. »Seien Sie versichert, daß Sie in jeder Hinsicht auf meine Unterstützung rechnen können. In *jeder* Hinsicht«, setzte er in entschiedenem Ton hinzu. »Diese Unternehmung muß ganz einfach von Erfolg gekrönt werden.«

Dann machte er eine zweite Verbeugung und zog sich zurück. Julia blieb neben Anne in der Sofaecke sitzen, in Reichweite des Gebäcktellers, den das Mädchen auf dem runden Chippendale-Tischchen abgestellt hatte. Anne beobachtete das Kind, während sie dem Gespräch lauschte, das ihrem Vorschlag erstaunlicherweise Gestalt zu verleihen schien. Niemand anderem fiel es auf, doch Anne war entschieden der Meinung, Julia Deming sei weder so zerbrechlich noch so *spirituell* wie sie aussah.

Einige der Damen zogen mögliche Standorte für die Bibliothek in Erwägung; andere zerbrachen sich den Kopf darüber, welche ihrer Mitbürger man dafür gewinnen könne, sich an der Sammlung der erforderlichen Geldmittel zu beteiligen oder zumindest selbst durch eine Spende zum Gelingen des Projektes beizutragen. Sally verteidigte den Gedanken, nur die Vorsitzenden des Komitees aus den Reihen des Klubs zu wählen. »Um den Erfolg zu gewährleisten, müssen wir alle Gruppierungen der Stadt für unsere Bücherei gewinnen. Im übrigen sollte es in einem Ort dieser Größenordnung ohnehin keine isolierten Gruppen geben.« Das »sagt Ludwig« schluckte sie gerade noch hinunter. Dieser schöne Beweis einer liberalen Gesinnung bewog Mrs. Ballard, Sally zur Vorsitzenden des Mitgliederkomitees zu ernennen. »Diesen Ausschuß können Sie leiten, ohne... hm... außer Haus zu gehen, meine Liebe. Ihr Komitee kann zu Ihnen kommen.« Mrs. Tyler erhielt den Vorsitz über das Komitee, das eine Unterkunft für die Bücherei zu finden und sich um Heizung, Licht und all die *et ceteras* zu kümmern hatte. Amanda sollte die gestifteten Bücher sortieren und, sobald Geld hereinkam, weitere Titel aussuchen, deren Anschaffung sich empfahl. Und Mrs. Gordon betraute man mit der verantwortungsvollen Aufgabe, eine Liste möglicher Spender zu erstellen und Wege zur Beschaffung der nötigen Geldmittel zu ersinnen.

»Selbstverständlich«, sagte Mrs. Ballard und hielt dem Mädchen, das herumging und Tee nachschenkte, ihre Tasse hin, »werde ich bei der nächsten ordentlichen Klubsitzung die Vorsitzenden der diversen Ausschüsse in gebührender Form ernennen, so daß ihre Namen ins Protokoll eingetragen werden können. In der Zwischenzeit sollten Sie jedoch bereits über geeignete Mitglieder für Ihre Komitees nachdenken.«

Anne hatte zugehört und dabei Julia beim Makronenessen beobachtet; sie befand sich in nicht unbeträchtlicher Aufregung. Sie mußte rasch ihr Möglichstes bei der Präsentation von George Sand versuchen. Mrs. Ballard hatte sie dazu ausersehen, Spendengelder einzutreiben, weil sie es gewesen war, die Amanda auf den Gedanken mit der Bibliothek gebracht hatte. Ein Karneval! Aber wußte sie denn, wie man einen Karneval auf die Beine stellte? Sie war noch zur Schule gegangen, als die Sanitätskommission während des Krieges ihre bunten Feste für die Soldaten veranstaltete, und Anne erinnerte sich im Grund nur daran, daß ihr nie vorher oder nachher etwas so ungetrübtes Vergnügen bereitet hatte.

Aber sie war entschlossen, ihre Aufgabe zu meistern, und so kam es, daß Anne und Sally in den nächsten Wochen verschiedene Wege gingen. Während Sally mit Ludwig über die Eignung der Leiter verschiedener Kirchengemeinden – wie Mr. Heitzel, den lutherischen Pfarrer – beriet und ihr Mitgliedskomitee aufstellte, dem einige Pastorenfrauen angehörten sowie Douglas Gardiner, inzwischen praktizierender Rechtsanwalt, und Mrs. Bonner, die ihren Gatten vielleicht überreden konnte, in der *Fackel* hilfreich für die geplante Bibliothek einzutreten, besuchte Anne Mrs. Cochran und Mrs. Edwards und Mrs. Harbaugh, deren Mann mit Getreide und Futtermitteln handelte; diese drei Damen waren nämlich seinerzeit die Veranstalterinnen des Karnevals der Sanitätskommission gewesen. Ferner suchte sie junge Frauen wie Mrs.

Fritz Klein und Kitty Lowrey auf, denen sie zutraute, vor der eigentlichen Schufterei der Festvorbereitungen nicht zurückzuschrecken. Die Vorsitzenden aller Komitees gingen mit Energie und Tatkraft zu Werke, ernannten Mitglieder aus den verschiedenen Kirchengemeinden und jenen Frauenverbänden, welche den nur Männern vorbehaltenen Logen beigeordnet waren, und sie alle krempelten die Ärmel auf und machten sich an die Arbeit. Sie beschränkten ihre Anstrengungen aber nicht allein auf den Karneval; keine Woche dieses Sommers ging ohne Gartenfest zu Ende, das abwechselnd von der einen oder anderen Kirchengemeinde ausgerichtet wurde: ein Erdbeerfest, ein Himbeerfest, ein Wassermelonenfest oder – wenn gerade keine Frucht zur rechten Zeit reifte – ein Eiscremefest.

Bunt leuchtende Lampions hingen zwischen den Bäumen; Zeichentische und Stühle, die man von verschiedenen Sonntagsschulen ausgeborgt hatte, wurden aufgestellt; das Orchester des Veteranenvereins spielte gratis. Und alle Männer der Stadt, angefangen von Richter Ballard über Hermann Lichtenstein bis hin zu den McCunes und McKinneys, fühlten sich verpflichtet, an den Festen teilzunehmen, Eis zu essen und für Kuchen zu bezahlen, den ihre eigenen Frauen in der eigenen Küche gebacken hatten. An den Samstagen verkaufte man Leckereien (angelsächsische Familien kosteten erstmals Strudel und Pumpernickel, Köstlichkeiten, die sie bisher nicht einmal dem Namen nach gekannt hatten) und bot auf Wohltätigkeitsbasaren ein Gutteil recht verblichenen modischen Tands feil, den vornehmlich die Frauen aus den östlichen Vororten erstanden, die nicht für weiße Herrschaften arbeiteten und folglich den ersehnten Putz nicht anders als käuflich erwerben konnten. Im Juni hielt General Deming im Opernhaus einen Vortrag über »Die Schlacht von Chickamauga«, der, wie die *Fackel* berichtete, »gut besucht« war. Einige Wochen später sprach Professor Lowrey vor einem noch größeren Publikum über »Das Römische Reich zur Zeit des Kaisers Augustus«; seine Zuhörerschaft bestand aus Mitgliedern der Methodistenkirche, ehemaligen Schülerinnen des Mädchen-Colleges nebst deren Ehegatten, Kindern, Eltern und Freunden, die sich zum Kauf einer Eintrittskarte hatten bewegen lassen. Letztere, die sich aus Gewissensgründen verpflichtet fühlten, wenigstens einem Vortrag beizuwohnen, wählten den des Professors. Denn, so sagten sie: »Jedermann weiß bestens über die Schlacht von Chickamauga Bescheid – schließlich hat die Hälfte aller Männer von Waynesboro dort gekämpft. Aber wer hat schon eine Ahnung vom Römischen Weltreich?«

Obwohl das Land sich immer noch in der Talsohle der Depression befand, erübrigten die meisten Leute hie und da einen Vierteldollar, und der Bibliotheksfonds wuchs langsam, aber stetig. Doch die wahre Herkulesarbeit des Finanzkomitees sparte man sich für den Karneval auf, der Ende August an drei aufeinanderfolgenden Abenden im Zeughaus stattfinden sollte. Ungeachtet der sommerlichen Hitze und obwohl ihr Haus kopf stand und Klempner, Maurer und Tapezierer einander die Klinke in die Hand drückten, arbeitete Anne unermüdlich an den Plänen für ihr Fest. Da sie überzeugt war, daß ihr Komitee mehr von der Organisation verstünde als sie, ließ sie die Damen entscheiden, daß es ein »Karneval der Bücher« werden solle. Jeder gewählte Autor würde durch einen Stand vertreten sein; Sammelpunkt für alle, die als Charaktere aus seinen Werken kostümiert auftraten. An diesen Ständen würde man Eßbares, Kleidungsstücke oder nützliche selbstgebastelte Gegenstände zum häuslichen Gebrauch feilbieten, die so gut wie möglich zum jeweiligen Autor paßten. »Wie zum Beispiel Kürbispasteten«, bemerkte Mrs. McKinney mit ihrem unterdrückten, humorlosen Lachen, »die sind das ideale Symbol für unseren neuenglischen Dichter!« Sie und ihr Longfellow-Komitee waren bei Anne zusammengetroffen, um die Instruktionen zu empfangen. »Und den Stand können wir mit Maisstengeln schmücken.«

»Nehmen Sie lieber die Fackeln von Paul Reveres berühmtem nächtlichen Ritt. Oder wie wär's, wenn Sie seine Dorfschmiede nachgestalteten? Der Karneval findet schließlich im August statt.« Anne hatte längst aufgehört, sich über den mangelnden Realitätssinn zu wundern, den die Reformerinnen an den Tag legten, wenn es galt, sich mit Szenarien, Jahreszeiten und Witterungsverhältnissen auseinanderzusetzen. Aber an jenem Abend sagte sie zu John: »Man sollte doch meinen, daß sie wenigstens Kürbispasteten mit Erntedank in Verbindung bringt.«

»Ihr Geist steht zweifellos über solchen Kleinigkeiten.«

»Und Amanda! Sie mag vielleicht Knaben unterrichten, aber über deren Charakter hat die Ärmste nicht viel gelernt. Sie fürchtet doch wahrhaftig, wir würden es nicht schaffen, die Männer in Kostüme zu stecken.«

»Und du glaubst, es wird euch gelingen?«

»Ob ich das glaube? Ha, wir könnten sie nicht davon abhalten, sich zu verkleiden! Oh, ich weiß, es wird viel Aufhebens geben, und sie werden sich schrecklich zieren, ehe sie sich überreden lassen, aber das ist bloß Heuchelei. Männer lieben es geradezu, sich zu kostümieren. Warum sonst gäbe es die Ritter der Pythia und die Tempelritter und was weiß ich noch für Orden?«

Und John, der ein aufrechter Freimaurer war, wußte keine überzeugende Antwort.

Man war übereingekommen, auf dem Karneval jene Dichter vorzustellen, die voraussichtlich von der Mehrheit erkannt werden würden: Tennyson und Longfellow, Sir Walter Scott und Dickens, Irving, Cooper und Mrs. Stowe, Victor Hugo, Schiller und Goethe. Anne hatte sich unter Sallys Einfluß zu der Erkenntnis durchgerungen, wie wichtig es sei, die Unterstützung der Deutschen zu gewinnen, und sie bat Mrs. Fritz Klein, den Schiller-Stand zu übernehmen. Miß Riegel, die neue Deutschlehrerin in der Mittelschule, sollte Goethe vertreten; allein, Miß Riegel hatte Bedenken: zu wenig Leute (sie hatte sich ihr eigenes Urteil über Waynesboro gebildet) würden die Goetheschen Figuren erkennen. Sie schlug vor, an seiner Statt Hans Christian Andersen zu repräsentieren. Anne war ihr dankbar, denn Miß Riegel hatte recht mit ihren Befürchtungen; und der Märchenstand, an dem blondgelockte kleine Mädchen und Buben als Zinnsoldaten, Schneekönigin und viele andere Andersen-Figuren auftraten, sollte sich als der bezauberndste Beitrag des gesamten Karnevals entpuppen.

Das alte Zeughaus, in dem die Soldaten von Waynesboro vor dem Krieg exerziert hatten, war ein großes, wackeliges und heruntergekommenes scheunenartiges Gebäude, das einer gründlichen Säuberung bedurfte, bevor es für das Fest hergerichtet werden konnte. Anne und ihr Komitee banden sich Schürzen vor und Tücher um den Kopf und legten bei dem Großputz selbst mit Hand an. Dann wurden die gröbsten Schönheitsfehler des kahlen, abgenutzten Saales mit Flaggen und farbigem Papier verdeckt, die Buden ringsum an den Wänden aufgestellt und ebenfalls mit Fahnen und Girlanden geschmückt. Der Karneval fand an den letzten drei Werktagsabenden der letzten Augustwoche statt: Die bedauerliche Abwesenheit jener, die am Samstagabend in ihren Geschäften arbeiten mußten, würde durch die Teilnahme der Farmer und ihrer Frauen, die an diesem Tag in die Stadt kamen, mehr als wettgemacht werden.

Als »der« Donnerstagabend anbrach, war Anne so erschöpft und so niedergedrückt von ihrem Verantwortungsgefühl, daß sie vergaß, wieviel Spaß sie sich von dem großen Ereignis versprochen hatte. Sie hatte es geschafft, John zum Mitkommen zu überreden, indem sie ihm klarmachte, daß es niemandem einfallen würde, an einem Karnevalsabend in seine Sprechstunde zu gehen; im übrigen könne er ja für alle Fälle eine Nachricht an die Tür zur Praxis heften. Es war ihr ferner gelungen, ihn in das Kostüm des Barnaby Rudge zu stecken; er bewegte sich zwar etwas linkisch darin, wagte aber nicht, aufzumucken. Mit Schlapphut und dem Raben Grip auf der Schulter, den Anne aus schwarzem Kattun gefertigt, ausgestopft und mit Draht verstärkt hatte, bildete Johns Barnaby ein Paar mit Kitty Lowreys Dolly Varden. Johnny stellte den kleinen Tim aus Dickens »Weihnachtslied« vor. Seine Mutter hatte ihn jedoch kaum dem Scrooge von Richter Ballard anvertraut, als er auch schon entwischte und solche Verwirrung stiftete, ja sich wie toll gebärdete, indem er übermütig seine Krücke durch die Luft schwang, daß Anne gezwungen war, ihn einzufangen und ihm anzudrohen, sie werde ihn in eine andere Figur verwandeln, wenn er die Krücke nicht unbenutzt um seinen Hals hängen ließe.

Karneval ist ein ausgesprochenes Kinderfest, dachte Anne. Johnny, Elsa und ihre Freunde waren wie verzaubert: Die Leute schienen ihnen wunderbar geheimnisvoll, bekannte und vertraute Gesichter wirkten in der Verkleidung fremd und eigenartig; die jubelnden Orchesterklänge, das Stimmengewirr, die wogende Menge rings um die Buden, all das entzückte die Kleinen über alle Maßen. Anne hatte recht: Sie würden sich ein Leben lang an dieses Fest erinnern; zwar mochten Einzelheiten verblassen und mit Eindrücken späterer Lustbarkeiten verschmelzen, aber das Andenken an eine unbeschwerte Stunde voll glühender Erregung würden sie für immer bewahren. Die Kinder durften sogar zwischen den Erwachsenen an der großen Parade teilnehmen, die meisten an der Hand von Vater oder Mutter; Miß Riegels Grüppchen vom Hans-Christian-Andersen-Stand freilich trat in geschlossener Formation an, sittsam und zackig, so als sei ihnen das Talent zum Marschieren angeboren. Die große Parade bot einem Teil der Waynesboroer Gelegenheit, ihre kostümierten Mitbürger zu bestaunen; tatsächlich aber genossen es die Kostümierten, sich selbst zur Schau zu stellen.

Als der Zug Aufstellung nahm, trat General Deming vor, der bei den Paraden am Ehrentag für die Gefallenen und am Unabhängigkeitstag stets als Festordner fungierte. Ein Trommelwirbel ertönte und der General bedeutete den Zuschauern durch eine Handbewegung, zurückzutreten. Er mimte einen zwar etwas beleibten, aber dennoch erkennbaren George Washington (welches Thema auch immer angesagt sein mochte, George Washington durfte nicht fehlen). Nach ein paar aufmunternden Kommandorufen reihte der General sich an der Spitze des Zuges ein und vervollständigte so das erste Quartett, dessen drei übrige Charaktere dem Walter-Scott-Stand angehörten: Ludwig, in einem Kilt, stellte Bob Roy dar, und zwischen ihm und dem General gingen eine höchst unglaubwürdige Madge Wildfire (Mrs. Cochran) und eine überzeugend strenggesichtige Elizabeth I. (Mrs. Deming); hinter ihnen befanden sich unter anderen Ivanhoe mit seinen Liebsten, Rebecca und Rowena. Die nächste Gruppe bildeten Mrs. Ballards Dickens-Figuren: Der Richter als Scrooge, der kleine Johnny Gordon, dem noch immer die Krücke des armen Tim an einem Strick um den Hals baumelte, ging Hand in Hand mit Elsa, einer vor Gesundheit strotzenden Klein-Nell; ebenfalls erkennbar waren Tante Betsey Trotwood, die halb wahnsinnige Miß Havisham in einem beschmutzten und zerrissenen Brautkleid aus cremefarbenem Glanzmusselin, Mr. Micawber und Mrs. Jellyby, die wieder einmal vergessen hatte, ein paar der vielen Knöpfe im Rücken ihres Kleides zu schließen. Ihnen folgte der deutsche Trupp mit Wilhelm Tell und Maria Stuart, denen sich die Märchenkinder anschlossen, und die Nachhut bildeten die Charaktere von Cooper und Longfellow. Anne, die sich auf Mrs. McKinneys Bitten hin als Evangeline Bellefontaine kostümiert hatte, fand sich in einer Reihe mit Amanda (als ziemlich finstere Priscilla), Pfarrer McKinney (als der von Priscilla verschmähte Captain Miles Standish) und einem Theologiestudenten, der John Alden, ihren Liebsten, vorstellte.

Der General setzte den Zug in Marsch und bellte seine Kommandos mit militärischer Stimme, die mühelos die lautstarke Begleitmusik übertönte. Mit fliegenden Röcken und schwerem Stiefelgetrampel bewegte das bunte Völkchen sich vorwärts. Sie kamen den Mittelgang hinunter, schwenkten abwechselnd nach links und rechts, machten kehrt – die einen auf dieser, die anderen auf jener Seite – und formierten sich am oberen Ende des Saales erneut, diesmal in Achterreihe. Zu acht marschierten sie wieder los, schwenkten die Arme und reckten den Kopf in die Höhe; die Kinder zwischen ihnen versuchten eilig trippelnd Schritt zu halten; am unteren Ende angekommen, schlossen die Gruppen auf und schritten nun zu sechzehnt daher. Dann begann man die Formation umzukehren, aus sechzehn wurden acht, dann vier, dann zwei. Paarweise marschierte man von zwei Ecken des Raumes auf die beiden entgegengesetzten zu, machte kehrt und legte in doppelter Diagonale den gleichen Weg zurück. Die Kapelle spielte wacker: »Tramp, Tramp, Tramp«, und »So marschieren wir durch Georgia« und »Nachts unterm Himmelszelt«. Schneller und schneller wurde der Marsch, kaum daß die Füße noch den Boden berührten. Frohes Gelächter klang auf, in das sowohl Mitwirkende als auch die Zuschauer an den Seiten einstimmten.

Der General geriet außer Atem und wurde puterrot im Gesicht; auf sein Zeichen hin intonierte die Kapelle: »Du meine Heimat«.

Der Zug marschierte ein letztes Mal in Sechzehnerreihen durch den Saal, dann löste er sich auf, und die Mitwirkenden machten sich lachend auf die Suche nach ihren Angehörigen, mit denen sie eine letzte Limonade oder ein letztes Eis zu verzehren gedachten. Während die Menge sich zerstreute, spielte die Kapelle: »Heil dir, Columbia«, und die junge Mrs. Lichtenstein, vormals eines der »Hoffmann-Mädchen«, mittlerweile aber der Columbia aus der Feder des Karikaturisten ähnlicher als irgendeine der wahren Töchter Waynesboros, denn sie war hochgewachsen, blond und vollbusig, posierte auf einem Tisch am Ende des Saales in einem weißen griechischen Gewand – in der Rechten ein Schild, den das Sternenbanner zierte, und geschmückt mit einer kreuzweise von den Schultern bis zur Taille geschlungenen Flaggenschärpe. Die Hymne ertönte, und bis sie verklungen war, verharrten alle respektvoll an ihrem Platz, dann strömte die Menge dem Ausgang zu. Anne nahm die Kasse mit den Eintrittsgeldern an sich und übergab sie Mr. Cochran, damit er sie in der Bank deponiere.

So verliefen der erste und der zweite Abend. Das Fest am Samstag gestaltete sich ein wenig anders, war eine Spur ausgelassener und übermütiger: Bürger, die sich bisher mit der Rolle des Zuschauers zufriedengegeben hatten, kamen am letzten Abend kostümiert ins Zeughaus und reihten sich in die Schlußparade ein. Es waren ihrer zwar nicht so viele, daß sie den gestern noch so wohlgeordneten Zug in ein Chaos verwandelt hätten – wenigstens nicht unter General Demings bewährtem Kommando –, aber der lebhafte Marsch bot doch einige Ähnlichkeit mit einem Cakewalk, und die kostümierten Gruppen verloren ihren bestimmten Charakter, als Piraten, Hexen und Clowns sich unter sie mischten. Die Neuankömmlinge schämten sich ihrer grellen Aufmachung keineswegs, aber, so fragte sich Anne, warum sollten sie auch? Sie hatten ihre Eintrittskarten bezahlt, und in der *Fackel* war ausdrücklich darauf hingewiesen worden, daß jeder, der im Kostüm erscheine, an der Schlußparade teilnehmen dürfe.

Unter denen, die literarische Figuren vorgestellt hatten, mochte vielleicht dem einen oder anderen dieser alles andere als schickliche Zuwachs peinlich sein. Anne war überzeugt, daß zumindest John in arge Verlegenheit geriet, als sich eine feurige Zigeunerin an seinen Arm hängte: Ihre schwarzen Zöpfe wippten auf und nieder, die Armreife klirrten, der weite, scharlachfarbene Rock flog um ihre flinken Füße. John, der sie notgedrungen durch die Parade führte, tat es mit leidender, ja kalter und abweisender Miene; aber als Anne und ihr Partner auf der Diagonale etwa in der Mitte des Saales den Weg der beiden kreuzten, zwinkerte John ihr zu und rollte in gespielter Verzweiflung mit den Augen, und Anne, die seinen Blick lächelnd erwiderte, mimte hochmütige Verachtung, indem sie spöttisch die Nase krauszog. Sie ist fröhlich wie ein Kind, dachte John, und nicht minder mutwillig. Anne war wirklich glänzender Laune, denn der letzte Abend war fast vorüber, sie hatten eine Menge Geld für die Bücherei eingenommen, und es war zu keinerlei bemerkenswerten Zwischenfällen gekommen. Sie sah im übrigen keine Möglichkeit, die Stadt zu einem Karneval einzuladen und gleichzeitig Leute wie die Floods auszuschließen, wenn die es sich in den Kopf gesetzt hatten zu kommen. Anne hatte das Flood-Mädchen in dem Augenblick erkannt, als sie aneinander vorbeigegangen waren, obgleich das Zigeunerkostüm die für gewöhnlich recht schlampige Erscheinung erstaunlich verwandelte. Der alte Flood führte das Hotel jenseits des Bahnhofs, sofern man es denn ein Hotel nennen konnte; und wer zur Bahn ging oder von dort kam, sah die Flood-Mädchen gelegentlich am offenen Fenster lehnen. John war vermutlich der einzige Mensch außerhalb ihres Bekanntenkreises, den das Mädchen auf diesem Fest kannte, denn er hatte ihren Vater während einer Krankheit behandelt. »Zeldorah. So heißt sie.« Anne sagte es, als habe sie lange in ihrem Gedächtnis nach diesem Namen gesucht, sie sagte es am folgenden Nachmittag zu Sally; die Gordons machten nach dem Sonntagsdinner einen Besuch bei den Rauschs, denn Sally verlangte nach einer ausführlichen Schilderung der jüngsten Festlichkeiten aus weiblicher Sicht. Sie gab sich immer noch unwirsch, weil sie auf die geselligen Unternehmungen dieses Sommers hatte verzichten müssen, und jetzt, da sie täglich ihr Baby erwartete, machte die Anspannung sie erst recht schnippisch. Aber als Anne mit ihrem Bericht zu Ende war, hob sie nur die Brauen und sagte beiläufig: »Ärzte und Politiker kennen doch die merkwürdigsten Leute.«

John und Ludwig waren auf die Veranda hinausgegangen, um ihre Pfeife zu rauchen. Die Kinder spielten im Hof mit dem jungen Hund, den Johnny unter keinen Umständen hatte zu Hause lassen wollen. Anne und Sally waren mit Belinda im Salon zurückgeblieben; die Kleine vergnügte sich damit, ihrer Mutter auf den Schoß zu krabbeln und wieder auf den Boden hinunterzurutschen. Von draußen drangen die gedämpften Stimmen der Männer herein, oft übertönt von hellem Kindergeschrei. Johnny neckte die kleine Elsa: »Shaney, Shaney! Du kriegst mich ja doch nie!« Die beiden jungen Frauen hätten ganz ungestört ein vertrauliches Gespräch führen können, aber wie es schien, gab es gegenwärtig zwischen ihnen keine Geheimnisse mehr auszutauschen.

Annes größte Aufgabe im Dienste der Bibliothek lag nun jedenfalls hinter ihr. Sie konnte sich wieder den Dingen des täglichen Lebens zuwenden, freute sich mit Sally über die Geburt ihres zweiten Sohnes, der pflichtgemäß auf den Namen Charles getauft wurde, und machte sich schweren Herzens mit dem Gedanken vertraut, Johnny im September zum erstenmal aus ihrer Obhut entlassen zu müssen und in die Schule zu schicken. Er, Elsa und mit ihnen Charlotte Bonner, ferner ein kleiner Evans (der verwaiste Neffe von Pfarrer Evans), der Sohn der Thirkields sowie ein halbes Dutzend anderer Kinder traten in die dem College angegliederte und von Miß Pinney geleitete Vorschule ein. Wie immer Ludwig auch darüber denken mochte, Sally hatte nie erwogen, Elsa in die öffentliche Schule zu schicken; sie war, falls nötig, sogar gewillt, es auf einen Kampf mit ihrem Mann ankommen zu lassen, doch der hatte nur gelacht. »Sie wird zwar bei Miß Pinney nichts lernen, aber das mag für ein, zwei Jahre hingehen. Sie kann ja sowieso schon lesen und schreiben.« Ludwig bezweifelte, daß die alte Lehranstalt auf dem Hügel sich noch lange würde behaupten können; und seine Tochter war schließlich noch ein Baby. So fuhr denn Elsa an jedem Schultag morgens mit ihrem Vater bis zu den Gordons und ging von dort aus mit Johnny zu Fuß die Market Street hinauf.

Der Klub trat Mitte September erneut zusammen, und die Unterhaltung der Damen, die nach der ersten Sitzung noch zu einem geselligen Plausch verweilten, drehte sich ausschließlich um die Bibliothek und die Fortschritte, welche die diversen Komitees erzielt hatten. Amandas Literaturausschuß hatte Buchspenden erhalten, die Eingänge katalogisiert und danach ein Verzeichnis der Werke aufgestellt, die noch angeschafft werden mußten. Daß kein Titel von George Sand auf dieser Liste stand, wunderte Anne nicht; Amandas Komitee setzte sich nämlich genau wie die meisten anderen aus Vertretern aller Kirchengemeinden zusammen. Einzig Sally erfuhr, wie ungerecht Anne es fände, George Sand auszulassen, wo man doch die Gründung der Bibliothek dem Umstand verdanke, daß ihre Bücher in Waynesboro nicht greifbar waren.

Eliza, die Mrs. Tylers Komitee angehörte, fand einen Raum, der ihren Zwecken gerecht wurde: in der Wood Street, einer engen Gasse gegenüber dem Gericht, und im selben Gebäude, ja im selben Stockwerk wie die Kanzlei von Ballard, Gardiner & Merrill sowie einiger anderer Bureaus. Es war eine geräumige Lagerhalle am Ende des Korridors, und Eliza überredete Levi Baughman, den Besitzer des Gebäudes, ihnen den Raum mietfrei zur Verfügung zu stellen, unter der Bedingung, daß sie die Kosten für die Instandsetzung übernähmen. Der »alte Levi« lebte zurückgezogen in einer stattlichen Backsteinvilla mit Türmen und Erkern, die er für seine früh verstorbene Frau sowie für seine Kinder, welche nie das Licht der Welt erblickt hatten, gebaut hatte; düster und schweigsam thronte das Haus inmitten von Bäumen an einer Straßenecke, und kaum einer der Vorübergehenden dachte je daran, was sich wohl hinter seinen Mauern abspielte. Den alten Herrn sah man eigentlich nur einmal im Monat, wenn er in die Stadt kam und seine Mieten kassierte; aber die unerschrockene Eliza war zu ihm gegangen, hatte die Glocke gezogen, Einlaß gefunden und Mr. Baughman um freie Benutzung des alten Lagerraums gebeten. Diese Tat dünkte Waynesboro mutiger als manch anderes Wagnis, das die Ballards in früheren Jahren im Dienste der Reform unternommen hatten. »Eliza hat sich in die Höhle des Löwen gewagt«, erzählten die Leute einander, und es tat ihrer Bewunderung für diesen beherzten Schritt keinen Abbruch, daß jeder (ungerechterweise) argwöhnte, der alte Levi rechne damit, die Bibliothek bald scheitern zu sehen und seinen Reichtum um ein weiteres vermietbares Objekt zu vergrößern.

Es kostete viel Mühe und Schweiß, den Raum herzurichten; aber im Herbst '75 waren Maurer und Zimmerleute willens, jede Arbeit gegen vergleichsweise geringen Lohn anzunehmen, und bald hatte man Wände und Decken neu verputzt. Ein halbes Dutzend zierlicher Eisenpfeiler mit kleinen, aber kunstvoll gearbeiteten Kapitellen wurde in zwei Dreierreihen aufgestellt, um die Decke abzustützen. Man installierte Gasleuchter, eine moderne Errungenschaft, die Waynesboro den neugegründeten Leuchtgas-Werken verdankte, und als man damit fertig war, wurde der ganze Raum gestrichen: Fußboden, Wände und Pfeiler bis in Schulterhöhe in jenem unempfindlichen Braunton, den man häufig für öffentliche Einrichtungen verwendet, Decke und die obere Hälfte von Wänden und Pfeilern in wenig augenfreundlichem Giftgrün. Ein halb oktogonaler Schalter mit Regalen und Schreibflächen auf der Innenseite wurde in der Mitte des Raumes mit der Rückfront zu den Fenstern aufgestellt; dahinter, nahe genug, um die Rücken der Bibliothekare zu wärmen, installierte man einen großen, bauchigen Ofen von der Art, wie sie zur Beheizung von Läden und Bahnhofswartesälen benutzt werden, und das lange schwarze Rohr, welches vom Ofen zum Schornstein führte, wurde mit Drahtschlingen an der Decke befestigt. Als auch diese Arbeit vollbracht war, wurden die Bücherschränke herangeschafft und ringsum an den Wänden aufgestellt. Wie die Mehrzahl der Bücher, waren auch die Schränke Spenden aus Dachstuben oder überfüllten Häusern. Manche waren so hoch, daß man die Bücher auf den oberen Regalen nicht ohne Leiter erreichen konnte. Andere waren niedrig und verschwendeten eine Menge Raum; einige waren aus Nußbaum, schlicht oder mit geschnitzten Kranzleisten oder gar korinthischen Kapitellen an den Außenkanten, andere aus lackiertem Fichtenholz; aber alle hatten verschließbare Glastüren, und jeder einzelne Schlüssel war mit einer Nummer versehen, so daß der Bibliothekar rasch den richtigen finden konnte, wenn ein Benutzer nach einem Buch verlangte. Die schlichteren unter den Schränken stammten von Richter Ballard, der sie seinerzeit nicht für würdig genug befunden hatte, in sein neues Haus einzuziehen, weshalb sie in der Remise gelagert wurden. Die ansehnlichen waren ein Geschenk der hochbetagten Witwe Richter Robertsons, der vor langer Zeit am Kreisgericht amtiert hatte und schon vor dem Krieg gestorben war. Mrs. Robertson stiftete nicht nur die Schränke, sondern auch die Bücher, die sie enthielten: Kuriosa und unvollständige Werkausgaben, die ihr Sohn (oder dessen Frau) nicht wollten; und so kam es, daß die Bücherei von Waynesboro ihr erstes Amtsjahr mit Band drei bis sieben von Humes »Geschichte von Großbritannien« begann, ferner mit Band zwölf bis fünfzehn von Bisset aufwarten konnte sowie mit den Bänden zwei und zehn der Werke Smolletts. Wie die zittrige alte Dame Anne erklärte, hatte der Richter seine Bücher an jedermann verliehen. »Wenn er noch lebte, könnte er Ihnen vielleicht sagen, auf wessen Dachboden die fehlenden Bände zu suchen sind, aber ich habe meine Zweifel,.. nach all den Jahren.«

Ende Oktober waren alle Bücher, die geschenkten wie die gekauften, in der Bibliothek eingetroffen. Amandas Komitee sortierte den Bestand nach Kategorien, die logisch erschienen: Geschichte, Biographie, Reise und so fort. Jedes Buch wurde auf dem Rücken mit weißer Tinte numeriert, und Amanda trug Titel, Autor und Signatur in die Kartei ein. System und Ordnung war es nicht eben zuträglich, daß man mit dem Signieren und Katalogisieren schon begonnen hatte, bevor alle Bücher beisammen waren. Das erste Verzeichnis, eine kleine Broschüre, die Mr. Bonner in seinem Lädchen für Gelegenheitsdruckereien anfertigte, stellte eine Kopie der vorläufigen Kartei dar; der Einband wurde vom Herausgeber der *Fackel* kostenlos mit Vögeln, Büchern und Schriftrollen verziert. An erster Stelle stand Blakes »Illustrierte Geschichte der englischen Revolution«, gefolgt von Robertsons »Geschichte des Mittelalters« und den beiden Bänden von Whitelaw Reids »Kriegstagebuch aus Ohio«. Insgesamt war das erste

Verzeichnis freilich nicht so umfangreich, daß man nicht jeden Titel in leidlich kurzer Zeit gefunden hätte.

Mr. Bonner druckte außerdem für alle Bücher aufklebbare Etiketten: »Eigentum der Subskriptions-Bücherei von Waynesboro« und »Gestiftet von...« mit einer Leerzeile darunter für den Namen des Spenders sowie einer zweiten für die Signatur. Diese Kärtchen wurden an die Bürger der Stadt verkauft, und ein jedes berechtigte seinen Besitzer, je ein Buch aus der Bibliothek auszuleihen.

In den ersten paar Jahren würde der Fonds gewiß nicht ausreichen, um einen Bibliothekar einzustellen. Die Damen des Klubs kamen daher überein, während der Öffnungszeiten am Dienstag-, Donnerstag- und Samstagnachmittag selbst reihum den Schalterdienst zu versehen. Die Lehrerinnen würden die Samstage, an denen sie frei hatten, die Hausfrauen dagegen besonders in Anspruch genommen waren, unter sich aufteilen. Abendöffnungen waren nicht vorgesehen, denn keine der Damen würde von den Männern ihrer Familie die Erlaubnis erhalten, sich nach Einbruch der Dunkelheit allein in dem leeren Gebäude aufzuhalten; niemand wagte auch nur, einen diesbezüglichen Vorschlag zu machen.

Die Mitglieder des Frauenklubs von Waynesboro stellten die Mehrheit der Subskribenten, doch da die Damen sich darüber einig waren, daß sie nicht die alleinige Verantwortung für Finanzierung und Leitung der Bibliothek übernehmen konnten, beschlossen sie, eine Versammlung aller Subskribenten einzuberufen. Man plante eine Einweihungsfeier, eine Vorstandswahl und als krönenden Abschluß eine festliche Gala. Das große Ereignis sollte am letzten Freitag im November stattfinden. Alle die Männer von Waynesboro, welche sich zum drittenmal nach besten Kräften für Mr. Hayes' Kandidatur als Gouverneur von Ohio einsetzten, würden bis dahin von ihren politischen Sorgen befreit sein, und am Freitag nach dem Erntedankfest würden überdies die Lowreys, Amanda und die anderen Lehrer, auf deren Hilfe man zählen durfte, frei über ihre Zeit verfügen und sich an den Festvorbereitungen beteiligen können.

Zuvor mußten nur noch die Bücher von den Tischen und aus den Kisten, in denen sie gestapelt waren, nach Signaturen geordnet in die Regale eingeräumt werden. Anne erklärte sich bereit, gemeinsam mit Thomasina dieser schwierigen Aufgabe einen Nachmittag zu widmen. Als der Tag gekommen war, entpuppte er sich als Musterbeispiel jener scheußlichen Witterung, wie sie nur Mitte November auftreten kann: Regen, Graupelschauer und wieder Regen und vereiste Straßen und Gehwege. Als John zum Mittagessen heimkam, brachte er für Anne eine schlechte Nachricht mit: Thomasina lag im Bett mit einer Erkältung; er selbst hatte dies angeordnet, nachdem Richter Ballard ihn eigens zu diesem Zweck in sein Haus gebeten hatte.

John betrat die Küche in dem schweren Armeemantel, den er aus dem Krieg mitgebracht und seitdem Winter für Winter getragen hatte, weil er – so behauptete John wenigstens – um ein Vielfaches wärmer und bequemer wäre als jeder Überzieher. Die goldenen Tressen am Kragen und die Epauletten hatte man längst abgetrennt, aber der kunstvoll gearbeitete Schnurverschluß mit seinen Litzen und Schlaufen gab ihm nach wie vor einen militärischen Anstrich. John ging hinüber ins Wohnzimmer, zog den Mantel aus und schüttelte ihn vor dem Kamin; Regentropfen spritzten zischend ins Feuer.

»An deiner Stelle würde ich auch nicht hingehen. Nicht bei diesem Wetter.«

»Aber ich hab's doch versprochen! Wir kriegen die Bücher nie bis zum sechsundzwanzigsten einsortiert, wenn alle wegen der schlechteren Witterung daheim bleiben.«

»Schön, dann werde ich dich raufbringen, bevor ich in die Praxis gehe. Ich hab' Tim schon gesagt, er soll Molly nicht ausspannen, denn ich dachte mir, daß du deinen Kopf durchsetzen würdest.«

Als man vor dem Gebäude hielt, in welchem die Bücherei untergebracht war, sprang John vom Wagen, band Molly fest und half Anne auf den Gehsteig hinunter. Doch statt unverzüglich in seine Praxis zurückzukehren, folgte er ihr auf dem Fuß die ausgetretenen Stufen hinauf und den Korridor entlang bis zur Bibliothek am anderen Ende.

»Ich möchte mich vergewissern, daß auch ordentlich geheizt ist, bevor ich dich allein lasse.«

Anne öffnete mit dem Schlüssel, den man ihr anvertraut hatte, die Tür und stieß sie weit auf. Beißender Farbgeruch strömte heraus und hüllte die beiden ein, jedoch ohne einen Hauch von Wärme mitzubringen. Falls man dem Hausverwalter aufgetragen hatte, einzuheizen, mußte er es vergessen haben.

»Hier kannst du nicht bleiben«, sagte John. »Der Raum ist ja eiskalt.« Aber als er merkte, daß sie nicht gesonnen war, sich von ihrem Vorhaben abbringen zu lassen, gab er nach. »Also gut, du sollst deinen Willen haben. Ich werde Feuer machen. Der Kohleneimer ist ja zum Glück randvoll. Geh du inzwischen in Ballards Kanzlei und setz dich zu Eliza, bis es hier wenigstens überschlagen ist.«

Anne gehorchte, ging den Korridor hinunter, schlüpfte unauffällig ins Vorzimmer, wo Eliza residierte, erklärte mit kurzen Worten den Grund für ihren überraschenden Besuch und setzte sich auf einen der Stühle diesseits des Gitters, das Eliza von der Außenwelt abschirmte. Es warteten noch andere – zwei Männer –, und so konnte sie nicht mit Eliza plaudern, die im übrigen ohnehin sehr mit einem großen Aktenordner beschäftigt war. Anne faltete die Hände im Schoß und wartete. Eine gute Viertelstunde später steckte John den Kopf zur Tür herein und bedeutete ihr mit einem Nicken, ihm zu folgen. Draußen auf dem Gang schlüpfte er aus seinem schweren Wollmantel und legte ihn Anne um die Schultern.

»Behalt ihn an, bis der Raum sich richtig erwärmt hat. Schür das Feuer nicht stärker als nötig, doch laß es auch nicht ausgehen. Leg ab und zu ein Stück Kohle nach, aber vorsichtig! Und mach dich beim Regen ja nicht allein auf den Heimweg, selbst wenn's nicht weit ist bis nach Haus. Ich hole dich ab, sobald ich mit der Sprechstunde fertig bin. Ich glaube nicht, daß es spät wird, aber falls ich aufgehalten werden sollte, wartest du hier, verstanden? Und überanstrenge dich nicht!« Mit der Hand, die den Mantel an ihrem Hals zusammengehalten hatte, hob er ihr Kinn, küßte sie flüchtig auf die Wange, wandte sich um und entfernte sich hallenden Schrittes über den Korridor und die hölzernen Stufen hinunter.

Allein in der Bibliothek zurückgeblieben, machte Anne sich unverzüglich ans Werk. Sie durchmaß erst einmal den Raum, um festzustellen, was ihre Vorgängerinnen bereits erledigt hatten. Prüfend betrachtete sie die Bücherschränke zu ihrer Linken: Geschichte, Biographie und Reisen waren bereits eingeordnet. Weiter hinten, bis in die Ecke zwischen den Fenstern zur Gasse, vor denen wäßrige Schneeflocken tanzten und die Sicht auf Stalldächer, den Hinterhof des Sheriffs und das Bezirksgefängnis verdeckten, standen noch leere Regale; die für sie bestimmten Bücher stapelten sich auf dem Fußboden. Anne las die Kärtchen, die oberhalb der Schlüssellöcher an den Glastüren befestigt waren: »Religion und Theologie« stand auf dem einen, »Literatur und Vermischtes« auf dem anderen. Anne ging weiter, am Ofen vorbei, in dem sie nun das Feuer hell hinter der schmiedeeisernen Tür lodern sah, und am Bibliotheksschalter, wo sie den schweren Mantel ablegte, den John ihr so fürsorglich überlassen hatte, bis zu den Bücherschränken an der gegenüberliegenden Längswand. Hier sollte Belletristik für Heranwachsende und Jugendliche, aber auch für Erwachsene untergebracht werden; Anne, die bei den Neuanschaffungen kein Mitspracherecht gehabt hatte, war weit mehr an dieser Sparte interessiert als an »Religion und Theologie«.

Die Romane hatten die höchsten Signaturen bekommen und waren alphabetisch nach Autoren statt nach Anschaffungsdatum geordnet. Die Autoren mit »A« begannen bei Nummer 10001; denn die Damen, welche ihr Katalogsystem während der Arbeit an diesem Verzeichnis weiterentwickelt hatten, hielten es durchaus für möglich, daß die Bibliothek eines Tages über zehntausend wissenschaftliche und Sekundärtitel verfügen würde. Sämtliche Romane waren – ordnungsgemäß mit Aufkleber und Signatur versehen – in Körben vor den Bücherschränken aufgeschichtet, die man für sie bestimmt hatte. Anne kniete sich auf den Boden und begann zu sortieren: Alcott, Aldrich, Austen. Sie schleppte die Treppenleiter von der anderen Seite des Saales herüber und verfrachtete Alcott, Aldrich und Austen aufs obere Regal. Nein, dachte sie, das ist nicht der rechte Platz. Alcott hat ganz oben nichts zu suchen. Sie räumte die drei also ins nächsttiefere Regal um; man hatte sowieso noch nicht genug Bücher beisammen, um alle Schränke zu füllen. Das oberste Regal konnte sie also ebensogut freilassen, statt – wie in anderen Schränken geschehen – jedes Regal nur teilweise zu füllen. Schließlich mache ich die Arbeit, sagte sie sich, da werde ich mir doch auch das System ausdenken dürfen.

Als sie wieder hinuntergestiegen war, entdeckte sie im Korb zwei »Anonymi« und las stirnrunzelnd die Titel: »Sollten wir sie meiden?« und »Der Schande preisgegeben«. Die würden sehr gut aufs oberste Regal passen, auch wenn ihre Signaturen höher waren als die von Alcott und Aldrich. Ihren Klubschwestern mochte Annes System regelwidrig erscheinen, aber sie würde es ihnen schon klarmachen: Die »Anonymi« gehörten aufs oberste Regal, um den Bibliothekaren ihre Arbeit zu erleichtern, denn diese Bücher würde gewiß nie jemand verlangen. Sie stieg mit den obskuren Bänden erneut die Leiter hinauf, aber ehe sie beide auf das ansonsten leere Regal stellte, schlug sie die Bücher auf und suchte nach dem Namen des Spenders und früheren Besitzers. Allein, aus beiden war das Vorsatzblatt herausgeschnitten. Bestimmt gehörten sie jemandem wie Mrs. McCune, dachte Anne ungnädig. Wenn die überhaupt Romane liest, dann gewiß nur welche von dieser Art. Die gemeinsame Klubmitgliedschaft hatte ihre Achtung für Mrs. McCune nicht zu steigern vermocht.

Als nächste kamen Auerbach und Bjørnson und Cherbuliez an die Reihe. Anne gelang es nur selten, ihre Neugier zu unterdrükken und nicht wenigstens den ersten Absatz eines jeden Buches zu überfliegen. Sie waren allesamt neu und gehörten mit denen Turgenjews und anderer Schriftsteller in die »Mußestunden-Reihe«; Anne wußte, daß sie auf Amanda Reids Empfehlung hin angeschafft worden waren, und sie hatte Respekt vor Amandas Verständnis. Mehr Respekt – dachte sie und lehnte sich gegen die Leiter, um in Ruhe ihrem Gedankengang folgen zu können –, als vor dem Verstand jedes anderen, zumindest, soweit es Verstand im Sinne von Intellekt und Gelehrsamkeit betrifft, die sich bekanntlich von jenem praktischen gesunden Menschenverstand unterscheiden, mit dem sich die Männerwelt, wohl nicht zu Unrecht, hervortut. Und wenn Amanda meinte, die »Mußestunden-Reihe« gehöre in die Bibliothek, dann war Anne entschlossen, die Bücher zu lesen.

Unter diesen zusammenhanglosen Selbstgesprächen, immer wieder unterbrochen von einem flüchtigen Schmökern in den Büchern, die sie zur Hand nahm, um dann desto eiliger die Leiter zu erklimmen, auf daß sie ihr Zeitversäumnis einhole, verrannen die Stunden, ohne daß Anne bemerkt hätte, wie der Nachmittag sich dem Abend zuneigte. Es dämmerte schon; Regen und Graupel peitschten gegen die Fenster, und der Wind pfiff durch die Ritzen herein. Anne, die neben einem Stapel Bücher am Boden kniete, fröstelte auf einmal; sie schlug den Kragen hoch, sah sich um und merkte endlich, wie spät es geworden war. Das Feuer! Sie richtete sich auf, lief durch den Saal zum Ofen und riß die Tür auf: Das Feuer war fast erloschen. Mit Kohlen nachlegen und Abzug öffnen war es nun nicht mehr getan. Sie nahm den Schürhaken zur Hand und stocherte zwischen den schwarzen Schlackestücken in der Asche herum. Rot glühte es auf, wurde schwächer, erlosch, glimmte wieder, doch nur, um abermals zu ermatten. Kohle war noch genügend vorhanden, aber sie konnte weder Papier noch Kienspäne entdecken. John hatte sich wohl beim Hausverwalter etwas zum Anzünden besorgt. Sie hätte ebenfalls nach ihm suchen können, allein sie wußte nicht wo, und es ziemte sich nicht für eine Dame, in einem fremden Haus herumzustöbern. Sie hätte auch zu Eliza in die Kanzlei ihres Vaters gehen können, aber Eliza hatte Wichtigeres zu tun, als sich um sie zu kümmern, und außerdem würde sie Anne ob ihrer Ungeschicklichkeit gewiß nur verspotten. Nein: Das Feuer war aus und damit basta. Sie legte zwei Stück Kohle nach und öffnete die Abzugsklappe, aber es geschah nichts. Gereizt malte sie sich aus, wie John lachend sagen würde: »Ich hab's ja gleich gewußt.« Plötzlich kam es ihr sehr kalt und finster vor. Sie schaute auf die Uhr, die sie an einer Kette um den Hals trug und im Gürtel verwahrte. Gleich vier! Johns Sprechstunde war offiziell zu Ende; er wurde zwar oft durch den Ansturm der Patienten über die Zeit in der Praxis festgehalten, aber an einem Tag wie heute war das kaum zu erwarten; selbst wenn man ihn zu einem Kranken aufs Land gerufen hatte, würde er in Kürze zurück sein. Er hatte ihr aufgetragen, auf ihn zu warten, und als sie nun die Kälte drinnen gegen die draußen nebst den vereisten Straßen abwog, beschloß sie, ihm zu gehorchen. Sie nahm den Mantel vom Schalter, hängte ihn sich um und kuschelte sich fest hinein, indem sie die Arme unter dem Stoff über der Brust kreuzte und mit den Fingerspitzen die reichen Falten fest an sich zog. Schwacher Tabakduft entströmte dem Mantel, der den ganzen Sommer über am Kleiderständer im Gang vor der Praxis gehangen haben mußte. Er war wohltuend warm, aber auch schwer. Anne bemerkte mit einemmal, wie müde sie war und wie steif von all dem Auf und Ab, dem Bücken und Heben. Sie wußte nicht, ob sie sich zum Weiterarbeiten würde aufraffen können, aber zumindest wollte sie in Bewegung bleiben, um die Kälte abzuwehren. Also löste sie ihre Finger vom Stoff und ließ den Mantel lose herunterhängen; während sie wieder zu den Bücherstößen hinüberging, schob sie – auf der Suche nach einer letzten Wärmequelle – beide Hände in die Taschen. Sie waren geräumig, aber voll: Anne ertastete Handschuhe und zerknüllte Taschentücher, die schon vor sechs Monaten in die Wäsche gewandert wären, hätte John ihr den Mantel nur mit heimgebracht, damit sie ihn zum Schutz gegen die Motten mit Kampfer behandele. Wie nachlässig die Männer doch waren! Am Grunde der linken Tasche stießen ihre Finger auf ein zerknittertes Stück Papier. Gedankenlos fischte sie es heraus: Ein schmutziger Zettel, der zu einem winzig kleinen Knäuel zusammengefaltet war. Das Papier war so lange geknickt worden, daß ihr die Ecken jetzt grau und ausgefranst entgegenstarrten; Staubkörnchen und Tabakskrümel hatten sich in den Falzen festgesetzt. Sie hielt das Blatt für die Mitteilung eines seiner weniger schreibkundigen Patienten an John. Ohne eigentliche Neugier und fast mechanisch entfaltete sie den Zettel und las. Das Briefchen war ohne jede Anrede abgefaßt, und auch um Zeichensetzung hatte der Verfasser sich nicht gekümmert. Die Bleistiftkritzelei auf dem billigen Papier war nahezu unleserlich, doch in der rechten oberen Ecke trug der Brief das Datum des ersten März; im übrigen hatte er folgenden Wortlaut: »Klar könn Se heut ahmd kommn wenn Se den Alten Zeit jehm für sich vollaufen zu lassen un int Bett zu gehn.« Die Unterschrift lautete »Z. F.«, und diesen Initialen folgten in noch ungelenkerer Schrift quer über das Blatt die Worte: »Die Strümpe nich verjessen.«

Anne dachte: Was für eine verrückte Botschaft! Wie unachtsam von John, etwas in seiner Tasche zu behalten, das so leicht falsch ausgelegt werden könnte!

Und dann war es, als treffe ein Faustschlag sie mit voller Wucht ins Zwerchfell. Starr vor Entsetzen und mit kraftlosen Gliedern schleppte sie sich mühsam zur Leiter und ließ sich auf der untersten Sprosse nieder. Erst als sie dort saß, begann ihr Herz wieder zu klopfen, zuerst dumpf und langsam, dann rasch und schmerzhaft.

Auf einmal schien nichts mehr greifbar. Im wirklichen Leben fanden Ehefrauen keine Briefe von »Weibspersonen« in den Taschen ihrer Männer. Dergleichen kam nur in abgedroschenen klischeebefrachteten Romanen vor. Ihr schwindelte, sie legte den Kopf zurück und blickte zum obersten Regal hinauf. War es möglich, daß dergleichen in solchen Romanen auftauchte – »Sollten wir sie meiden?« und »Der Schande preisgegeben« –, eben weil es im wirklichen Leben passierte?

Ungewollt drängte sich ihr ein Gedanke auf: Komm noch nicht, nicht gleich. Laß mir Zeit!

Denn wenn er jetzt käme, würde er merken, daß etwas geschehen war. Und sie war sich noch nicht darüber klargeworden, ob sie das wollte, ob sie ihn anklagen, ihn zur Rede stellen oder ihren Schmerz wie ein waidwundes Tier im Verborgenen pflegen sollte.

Fieberhaft überlegte sie, was sie mit dem Zettel anfangen sollte. Ihn verbrennen? Ach nein, das Feuer war ja ausgegangen, und außerdem, wenn er sich womöglich erinnerte, daß er ihn in der Manteltasche verwahrt hatte... Aber wenn sie ihn einfach zurücksteckte und er ihn fand, würde er sich ein Leben lang fragen, ob sie... Rasch zog sie eine Haarnadel aus ihrer Frisur, trennte den Saum der Tasche ein Stück weit auf, schob den Zettel durch das Loch und schüttelte ihn weit zwischen Mantel und Futter hinunter.

Z.F. war natürlich das Flood-Mädchen. Anne biß energisch die Zähne zusammen, teils um die aufsteigende Übelkeit niederzukämpfen, teils um unwillkommene Bilder aus ihrem Gedächtnis zu verscheuchen. Ein Zittern, das sie nicht zu bändigen vermochte, hatte ihren ganzen Körper erfaßt. Als der Brechreiz nachließ, lockerte sie den Griff ihrer Hand, welche krampfhaft Mund und Kiefer umspannt hatte. Langsam stand sie auf und zwang sich gewaltsam zur Ruhe. Sie trat wieder an den Schalter und legte den Mantel darauf nieder. Mochte sie auch noch so sehr frieren, er war ihr jetzt unerträglich.

Das war es also, was Vater mir mit seiner längst vergessenen Warnung sagen wollte: John braucht ab und zu eine Möglichkeit, sich selbst zu entfliehen – und dann sucht er Zuflucht in unbekannten Armen, die ihn ohne zu fragen willkommen heißen. Ihr Vater, der John gleich ihr geliebt hatte, hätte ihm vergeben; er hatte auch sie schon vor langer Zeit darauf vorbereitet, ihm zu verzeihen. Verzeihen, ohne ihn merken zu lassen, daß sie die Wahrheit kannte, und sie hatte es versprochen; aber konnte sie ihr Wort halten? Sie brauchte Zeit, um nachzudenken, doch nicht gleich; jetzt mußte sie erst einmal ihre äußere Fassung wiedergewinnen; sofern ihr das gelang, würde sich später schon genug Zeit zum Nachdenken finden. Vielleicht sogar zum Weinen. Fürs erste aber mußte sie ihrer selbst wieder Herr werden. John konnte jeden Augenblick hereinkommen. Eilig kehrte sie zur Treppenleiter zurück; ungeschickt und blind vor Tränen stieg sie hinauf. Sie würde nicht weinen; sie warf den Kopf zurück und zwang sich, ihre Arbeit wieder aufzunehmen; sie brachte es sogar fertig, sich auf das, was sie tat, zu konzentrieren, Titel und Autoren zu beachten, während sie die Werke von Charles Reade, Sir Walter Scott und Thackerey einordnete. Anne bewegte sich so flink wie möglich, bückte sich nach den Büchern, reckte sich, um sie auf den oberen Regalen zu plazieren, kauerte sich nieder, um sie in die unteren Fächer zu zwängen. Doch die ganze Zeit über schüttelte ein unbezähmbares Frösteln ihren Körper, gegen das auch die zusammengebissenen Zähne nichts auszurichten vermochten. Draußen wurde es zusehends dunkler, und bald konnte sie kaum noch die Titel der Bücher erkennen. Sie fror, fror bis ins Mark; ihre Hände waren steif und gefühllos, die Füße wie taub. Kaum spürte sie, daß der rasch anschwellende Ärger über ihren Gatten, der sie hier in der Kälte warten ließ, jedes andere Gefühl überschattete.

Doch als sie ihn, nicht lange nachdem die Rathausuhr fünf geschlagen hatte, den Gang heraufkommen hörte, stürzte sie eilends zum Schalter, griff nach dem Mantel und warf ihn sich um die Schultern. John würde an ihrem Verstand zweifeln, wenn er sie ohne ihn überraschte. Sie ging zurück zur Leiter, und dort stand sie, als er die Tür öffnete. Sie zitterte so sehr, daß sie sich mit einer Hand an der Leiter festhalten mußte. Sie machte keine Bewegung, gab keinen Laut von sich, so daß er erst näher treten mußte, um sie im Halbdunkel zu erkennen.

Er deutete ihr Schweigen wohl als Vorwurf: »Verzeih mir, Anne, es tut mir leid. Ich hätte nie gedacht...«

Da brach ihr Zorn sich Bahn. *»Du hast auch allen Grund, mich um Verzeihung zu bitten!«* Ihre Stimme war nicht sonderlich laut, bebte jedoch vor Zorn. Nie zuvor hatte sie so zu ihm gesprochen. Er war mit raschen Schritten auf sie zugekommen, doch nun blieb er wie angewurzelt auf halbem Wege stehen, so als habe ihn ein Schlag ins Gesicht getroffen. Er schien völlig verwirrt. Annes Ärger verflog: Welche Gefühle auch in ihr tobten, sie war nun frei von Zorn. Ich hätte ihn tatsächlich genausogut ohrfeigen können, dachte sie, statt nach all den Jahren so zu ihm zu sprechen.

»Es tut mir leid«, wiederholte er. »Die Sprechstunde ging frühzeitig zu Ende – bei dem Wetter traute sich kaum einer hinaus. Aber ich mußte einen Krankenbesuch auf dem Land machen, und die Straßen sind entweder aufgeweicht oder vereist. Es tut mir wirklich leid, Anne. Vielleicht hättest du ohne mich heimgehen sollen.«

»Aber du hast gesagt, ich soll hier warten. Ich dachte schon, du kommst überhaupt nicht mehr. Das Feuer ist auch ausgegangen.«

»Gütiger Gott, wie hast du denn das angestellt?« Er sah Tränen über ihre Wangen laufen und hütete sich zu lachen; statt dessen nahm er sie tröstend in die Arme. Erst jetzt merkte er, wie sie zitterte. »Liebes, ich glaube fast, du hast dich erkältet! Warum bist du nicht rüber zu Eliza gegangen und hast nach dem Hausverwalter gesucht?«

»Zuerst habe ich gar nicht gespürt, wie kalt es wurde. Und dann dachte ich, wenn ich mich nur bewege, würde mir schon von allein warm.«

Er hielt sie eine Weile in den Armen, doch als sie nicht aufhörte zu frösteln, sagte er: »Komm, laß uns heimfahren. Du hast dir eine gehörige Erkältung geholt.«

Die Heimfahrt ging nur langsam vonstatten; Molly bahnte sich vorsichtig einen Weg zwischen den vereisten Wagenspuren. Anne sprach während der ganzen Fahrt kein Wort, aber ihre Zähne schlugen wie im Fieber aufeinander. Sobald sie im Haus waren, nahm John ihr den Mantel von den Schultern, hob sie hoch und trug sie zu ihrem Schaukelstuhl vor dem Kamin im Wohnzimmer. Es war warm hier drinnen, wunderbar warm. John hatte die neue Heizung angemacht. Trotzdem zitterten ihre Hände auch dann noch, als sie diese über die Flammen hielt.

»Dein Hals schmerzt, nicht wahr? Ich hole Martha.« John verschwand im hinteren Trakt des Hauses. Noch ehe Anne recht begriff, was ihr geschah, fand sie sich in dem Schlafzimmer zu ebener Erde wieder, in dem sie ihren Vater während seiner letzten Krankheit gepflegt hatte. John zog sie aus, streifte ihr das Nachthemd über den Kopf und hüllte sie in ihren Peignoir. Als sie die Haarnadeln aus dem schweren Knoten im Nacken gelöst hatte und die dunklen Flechten ihr über die Schultern fielen, wartete Martha schon mit einer tönernen Wärmflasche neben ihrem Bett. John sah zu, wie sie die Füße unter die Decke schob und kraftlos in die Kissen zurücksank; dann reichte er ihr eine Tasse dampfend heißen Toddys.

»Du mußt schon noch so lange wach bleiben, bis du das getrunken hast.« Sie gehorchte; doch während sie in kleinen Schlucken das heiße Getränk schlurfte, sah sie starr vor sich hin über den Rand der Tasse und wich seinem Blick aus.

»Du denkst wohl, ich werde krank?« Es war zur Gewohnheit geworden, Patienten aus der eigenen Familie in diesem Zimmer einzuquartieren, weil man dadurch den anderen das viele Treppensteigen ersparte.

John schnaubte verächtlich. »Vielleicht ist's bloß eine Erkältung. Doch selbst wenn du morgen wieder wohlauf bist, wirst du heute nacht hier unten besser aufgehoben sein. Als wir vorhin heimkamen, gab mir Tim eine Nachricht von den Martins... Aber ob ich nun daheim bin oder nicht, oben würdest du nur gestört werden, sei's durch die Nachtglocke oder einen eiligen Boten, der mit Kieseln gegen die Fenster wirft. Du weißt, das kommt vor.«

»Kriegt Mrs. Martin ein Baby?« Zum erstenmal, seit sie das Haus betreten hatte, war Leben in ihrer Stimme. Wenn es um eine Geburt ging, würde er die ganze Nacht fortbleiben. Sie hielt ihm die Tasse hin. »Da, nimm, mehr bekomm' ich nicht hinunter.«

Doch er wehrte ab. »Trink aus, Anne. Es ist ohnehin kaum genug Whisky drin, um dich wieder aufzuwärmen. Und sowie du fertig bist, wird das Licht ausgemacht. Ich werde mir von Martha mein Abendessen geben lassen und dann gleich aufbrechen. Tim soll mich begleiten und Molly in den Stall zurückbringen. Sam Martin kann mich morgen heimfahren. Wenn ich fort bin, wird Martha die Kinder versorgen und ins Bett bringen. So, fertig?« Er nahm ihr die Tasse ab, beugte sich nieder, um ihr einen Kuß auf die Stirn zu hauchen, und löschte die Lampe auf dem Nachttisch neben dem Bett.

Solange sie nicht zu schlucken brauchte, fühlte Anne sich warm und behaglich; das starke Getränk hatte sie schläfrig gemacht und ihre Sinne betäubt; sie lag im Dunkeln, lauschte mit halbem Ohr auf die Geräusche des Hauses und hieß den segensreichen Schlummer willkommen. Sie hörte John aus dem Eßzimmer in die Diele kommen, vor ihrer Tür innehalten und weitergehen: Der Teppich verschluckte seine festen, eiligen Schritte nicht ganz. Einen Augenblick lang war es still, während er Mantel und Tasche an sich nahm; dann hörte sie die Haustür gehen. Dumpf fiel sie hinter ihm ins Schloß. Lange blieb es still; endlich kamen Martha und die Kinder auf dem Weg zur Treppe an ihrem Zimmer vorbei, und das

Mädchen sagte zu Johnny: »Nicht jetzt, nein, nein, nicht heut abend. Deine Ma sein mit ein bös Erkältung heimgekommen, und dein Pa sie haben zu Bett geschickt.« Anne hörte ihre Schritte auf der Treppe und dann oben im Korridor. Noch war sie nicht frei, denn Martha würde wiederkommen. Sie mußte wohl eingeschlafen sein; sie wußte nicht, wieviel Zeit vergangen war, als sich jetzt der Türgriff geräuschvoll drehte.

»Martha?«

»Sie geschlafen? Ach, und ich Sie doch nicht wollen wecken!«

»Schon gut. Machst du mir noch eine Wärmflasche, Martha? Warte, ich zünde die Lampe an.«

»Nein, ich das machen.«

Ein Streichholz flammte auf. Anne bemerkte erleichtert, daß noch mehr in dem Halter am Kopfende des Bettes steckten. Es war beruhigend zu wissen, daß sie die Nacht nicht im Dunkeln würde verbringen müssen. Martha kam mit der frisch gefüllten Wärmflasche zurück und schob sie ihr unter die Füße.

»Noch was, Miz Anne? Ein Senfpflaster, hm?«

»Nein, ich brauche nichts weiter, Martha. Wenn du nachgesehen hast, ob die Kinder schlafen und gut zugedeckt sind, kannst du zu Bett gehen.«

Martha löschte das Licht und schloß die Tür hinter sich. Anne hörte sie schwerfällig zurück in die Küche schlurfen.

Noch während sie ihr in Gedanken folgte, schlief sie ein. Als sie erwachte, war die einschläfernde Wirkung des Whiskys verflogen, nicht aber der belebende Anreiz des Alkohols. Ihre Gedanken drehten sich im Kreis, schneller und schneller auf der Suche nach dem Grund für jenen tiefen Gram, den sie spürte, als sie aufgewacht war. Dann überkam sie die Erinnerung und mit ihr das Bewußtsein ihres großen Schmerzes. Sie hatte sich vorgenommen, nachzudenken. Aber nicht so; ihr war, als kreise ein dumpfes Räderwerk unablässig in ihrem Kopf. Sie richtete sich auf, glitt aus dem Bett und kniete auf dem Boden nieder. Ihr Hals schmerzte, und die Nase juckte. Sie hatte sich also tatsächlich erkältet; aber im Zimmer war es warm, und selbst wenn sich ihre Krankheit verschlimmerte – sie vielleicht sogar eine Lungenentzündung bekäme –, würde ihr das nicht Zeit geben? Zeit, sich an die Situation zu gewöhnen – sich anzupassen – nannte man es nicht so? Sie griff nach dem Peignoir, der über dem Bettpfosten hing, und legte ihn sich um die Schultern.

Wofür hatte sie beten wollen? »Unser Vater, der Du bist im Himmel« – und weiter? »Der Herr ist mein Licht und mein Heil – Denn Er deckt mich in Seiner Hütte zur bösen Zeit.« Erst letzten

Sonntag hatten sie diesen Psalm in der Kirche gesungen: »Denn mein Vater und meine Mutter verlassen mich; aber der Herr nimmt mich auf.« Aber dies war nicht Beten: Sie verlieh nur ihrem Selbstmitleid Ausdruck, allein dazu brauchte sie keine Gebete; dazu war noch reichlich Zeit, wenn sie einen Entschluß gefaßt hatte. Sie begann aufs neue: »Unser Vater, der Du bist im Himmel...« Aber statt zu beten, gingen die Worte ihr mehr wie ein Katechismus durch den Sinn. »Herr, mein Gott, was soll ich tun?« – »Was das Beste ist.« – »Für wen das Beste?« – »Für sie. John. Die Kinder.« – »Wäre es nicht am besten, nichts zu wissen?« – »Dafür ist es nun zu spät.« – »Aber für die anderen: Wäre es nicht das beste, niemand wüßte, daß ich es weiß?«

Gott gab ihr keine Antwort. Sie würde ihre Entscheidung allein treffen müssen. Reglos blieb sie auf den Knien liegen.

Konnte sie es ertragen? Außenstehende wußten gewiß längst Bescheid und hielten sie für eine einfältige Gans.

»Das hat nichts damit zu tun, was das beste für die Familie ist. Aus dir spricht nur dein Stolz. Willst du drei Menschenleben zerstören, um deines selbstsüchtigen Stolzes willen?«

Nein. Sie würde es ertragen. Oder war es nicht vielmehr so, daß sie lieber alles ertragen *wollte,* als John zur Rede zu stellen? War sie nicht womöglich feige? Suchte sie am Ende nicht nach der besten, sondern der einfachsten Lösung? Weil sie ihn liebte. Aber liebte sie ihn denn noch?

Und so deutlich, als läse jemand sie ihr laut vor, vernahm sie die Worte aus dem Korintherbrief: »Sie erträgt alles, sie glaubet alles, sie hoffet alles, sie duldet alles.«

Ohne recht zu wissen, daß ihre Entscheidung gefallen war, wurde sie aufs neue von Entsetzen und Abscheu geschüttelt. *John* hatte das getan! Sie fühlte sich nicht erwachsen genug, um damit fertig zu werden. Ihr war, als habe sie in Frauenkleidern eine Maskerade aufgeführt, habe den Haushalt geführt wie ein Spiel und wie im Theater die Rolle als Ehefrau und Mutter übernommen – und sie dachte: Nun weiß ich, warum ich mir vor ihm nichts anmerken lassen darf. Es würde zwischen uns nie mehr so wie früher sein. Die Kinder würden spüren, daß etwas auf uns lastet. *John, du Tor! Wie konntest du es soweit kommen lassen, daß ich deine Kinder vor deiner Niedertracht schützen muß!*

Allen Vorsätzen zum Trotz begann sie jetzt leise, fast lautlos zu schluchzen. Tränen liefen ihr die Wangen hinunter und netzten die Rüschen am Kragen ihres Nachthemds.

Und wenn sie beschlösse, ihn zur Rede zu stellen? Das würde nichts als Vorwürfe bedeuten. Oder könnte sie ihm das Versprechen abverlangen, es nie wieder zu tun? Sein Versprechen! Ihr Herz stand still wie damals, als sie ihn um jenes erste Versprechen gebeten hatte. Sie hatte sein Wort haben wollen, und er hatte es ihr gegeben. Sie hatte ihm gelobt – wie sicher sie doch damals gewesen war! –, daß sie kein weiteres Gelübde mehr von ihm fordern werde. Würde sie diesen Schwur jetzt gern zurücknehmen? Nein! Wenn schon, dann besser so. Und plötzlich wußte sie, wußte es sicherer, als wenn er selbst es zu seiner Entschuldigung angeführt hätte – wenn er es nicht getan hätte, niemals, niemals –, für ihn war es eine Flucht gewesen, eine Flucht vor sich selbst, nur weniger ausweglos als jener unwiderrufliche Sturz ins Dunkel. Wenn es nur die Wahl gab zwischen diesem Weg und dem, den Kate gegangen war, dann mußte sie sich mit dem seinen abfinden. Er lebte, war ihr Mann und der Vater ihrer Kinder, und er liebte sie, wenn er nicht...

Wenn sie ihn nur einen Tag, eine Woche, einen Monat lang nicht zu sehen brauchte; wenn sie für eine Weile seinen Umarmungen ausweichen könnte. Denn es mochte lange dauern, ehe sie sich mit seinem Treuebruch abfinden und ihn vergessen könnte.

Würde es je wieder so sein wie früher?

Während sie so schluchzend im Dunkeln lag und sich ihrem Selbstmitleid überließ, war es Anne, als müsse diese abgedroschene Frage ihr das Herz brechen. Wie oft im Leben sagt man das gedankenlos dahin, dachte sie. Wenn einem Kind sein erstes Hündchen stirbt, wird nichts mehr so sein wie zuvor. Wenn man aus den Spielhöschen herauswächst und zum erstenmal lange Röcke trägt, wenn einem die Mutter stirbt, wenn man sich das erste Mal die Zöpfe hochsteckt, wenn der Bruder und alle Spielkameraden in den Krieg ziehen, wird nichts mehr sein wie es war, wenn man den Bruder verliert; wenn man die Schule verläßt; wenn man heiratet und Kinder bekommt; wenn man erfährt, daß einen der eigene Mann betrogen hat. Alles bedauert man ohne Unterschied mit diesen selben Worten; es gibt keine einfachen für die unausweichlichen Schicksalsschläge und ungeheuere für einen Tag wie diesen, nach dem nie wieder Klarheit, Vertrauen und Offenheit einkehren werden. Lady Macbeth, dachte sie. Unser College, Mrs. Lowrey, Miß Tucker, der »olle Teepott«. Und ich hatte kein Mitleid mit ihr, als er in Ungnade fiel.

Willenlos überließ sie sich ihren Tränen. Sie drehte sich auf den Bauch, nahm die Arme über den Kopf, griff nach den Pfosten des Metallbettes und umklammerte sie mit den Fäusten. So lag sie da, das Gesicht in den Kissen vergraben, und weinte wie ein verlassenes Kind; ihr Kopf war leer, das Herz aber schwer vor Kummer.

Als sie sich wieder auf den Rücken legte, das feuchte Haar aus der Stirn strich und unter dem Kissen nach einem sauberen Taschentuch suchte, da das alte völlig durchnäßt war, hörte sie Schritte: Der kleine Johnny, dessen Zimmer über dem ihren lag, war mit dumpfem Plumps aus seinem hohen Himmelbett gesprungen. Aber warum? Dann fiel ihr die neue Heizung ein, an die sie sich noch nicht gewöhnt hatte, oder jedenfalls nicht genug, um daran zu denken. Das Rohr in der Ecke neben ihrem Bett führte direkt zu der Heißluftklappe in Johnnys Zimmer. Er hatte sie weinen gehört. Ohne sich lange zu besinnen, entfachte sie ein Streichholz, zuckte zusammen, als das schnelle Flämmchen vor ihren Augen aufloderte, stellte den Lampenschirm schräg, schraubte den Docht höher, zündete ihn an und rückte den Schirm wieder zurecht. Sie saß aufrecht in den Kissen und lauschte: Vielleicht ging er zurück ins Bett, doch es konnte ebensogut sein, daß er herunterkäme. Das hing einzig und allein davon ab, wieviel Mut er aufbrachte. Aber oben im Korridor brannte eine Lampe, und wenn er sich erst einmal die halbe Treppe hinuntergewagt hatte, konnte er den Lichtschein unter ihrer Tür durchschimmern sehen. Sie horchte angestrengt nach draußen. Die gedämpften Schritte über ihr tappten zur Tür. Mit einem Ruck warf sie die Decke zurück, sprang aus ihrem Bett und lief hinüber zu dem Sekretär mit aufgesetztem Bücherbord. Gott sei Dank stand die Dickens-Ausgabe ihres Vaters noch am alten Platz. Sie nahm den »Raritätenladen« aus dem Regal und lag schon wieder bis obenhin zugedeckt im Bett, als sie hörte – oder vielmehr spürte –, wie Johnny sich die Treppe hinuntertastete: Langsam setzte er auf dem weichen Läufer einen Fuß vor den anderen. Sobald er den Lichtstreif unter ihrer Tür erkennen konnte, ging er schneller, aber sie hatte dennoch Zeit genug, im Inhaltsverzeichnis das Kapitel zu finden, nach dem sie suchte, und die entsprechende Seite aufzuschlagen. Als sie ihn vor der Tür atmen hörte, rief sie nach draußen: »Bist du das, mein Junge? Komm herein!«

Er öffnete die Tür einen Spaltbreit und spähte zum Bett hinüber; dann schlüpfte er herein und stand in seinem kurzen Nachthemdchen zitternd vor ihr.

»Willst du mir nicht erzählen, warum du mitten in der Nacht aufgestanden bist und ohne Schlafrock durchs Haus geisterst?« Worte und Stimme waren streng, aber sie lächelte ihm über das dicke Buch hinweg zu, das auf ihren Knien ruhte. Er trat ans Bett und blickte sie forschend an.

»Mama? Ich dachte... Martha wollte mir nicht erlauben, dir gute Nacht zu sagen, weil du krank bist. Aber vorhin war mir, als hätte ich dich gehört. Papa ist nicht in seinem Zimmer: Ich hab' nachgesehen, sein Bett war leer. Da dachte ich, ich schaue besser nach dir. Hast du keine Schmerzen?«

»Setz dich da aufs Bett und nimm meinen Peignoir um, bevor du dir den Tod holst. So ist's brav! Nein, ich habe keine Schmerzen, ich bin auch nicht krank, nur scheußlich erkältet. Aber wenn du glaubst, du habest mich weinen gehört, so hast du dich nicht geirrt: Ich konnte nicht schlafen, deshalb holte ich mir etwas zu lesen, und die Geschichte handelt von einem kleinen Mädchen, das sterben mußte.«

Johnny betrachtete sie ernsthaft, doch er konnte den Seufzer der Erleichterung, der ihm entschlüpfte, nicht unterdrücken.

»Mama, war es wirklich nur eine Geschichte? Ich dachte bestimmt, du bist furchtbar krank.«

»Nur eine Geschichte! Warte, ich werde dir ein Stück daraus vorlesen.« Und um ihre Lüge glaubwürdig zu machen, begann sie: »Denn sie war tot. Reglos lag sie auf ihrem Bettchen.«

Sie las weiter, obgleich das Totenbett der kleinen Nell ihr im Moment nicht wirklich zu Herzen ging. Sie las den Absatz, der mit den Worten anfing: »Sie war tot, und jede Hilfe kam zu spät.« Dann blickte sie auf, um zu sehen, wie die Geschichte auf Johnny wirke.

»Was hatte sie denn? Woran ist sie gestorben?«

»Woran? Wie du doch deinem Vater gleichst! Als ob ein Schriftsteller sich um so was kümmert! In ihren Büchern sterben die Leute, wenn sie es für richtig halten, und da fragt man nicht, warum und woran. Es ist nicht wie in Wirklichkeit.«

»Es ist also nicht wahr? Es ist nur eine erfundene Geschichte? Aber warum weinst du dann?«

»Das gehört zu den Dingen, die kein männliches Wesen, weder Kind noch Erwachsener, je verstehen wird. Ich glaube, es liegt daran, daß die großen Leute sich so daran gewöhnen, nicht zu weinen, wenn ihnen wirklich etwas Schmerzliches widerfährt – weißt du, daß du das schon sehr bald wirst lernen müssen? Aber wir Frauen lassen uns ab und zu ganz gern ein bißchen gehen, und so weinen wir über erfundene Tote aus Büchern.« (Gott verzeih mir meine Lüge, dachte sie und erwiderte den ernsten Blick ihres Sohnes). »Heute nacht lag ich hier mit dieser gräßlichen Erkältung, meine Nase war so verstopft, daß ich nicht atmen konnte, und mein Hals tat beim Schlucken schrecklich weh, und da schien es mir genau die richtige Medizin, über erdachtes Leid zu weinen, um mich von meiner Krankheit abzulenken. Verzeih, daß ich dich aufgeweckt habe, aber jetzt mußt du schleunigst zurück ins Bett.«

Verstohlen warf sie einen Blick nach der Uhr auf dem Nachttisch. Halb zwei! John konnte jeden Moment zurück sein. »Um Himmels willen, Junge, es ist schon nach Mitternacht! So lange bist du noch nie aufgewesen. Jetzt aber marsch ins Bett! Paß auf, ich mach' dir einen Vorschlag: Ich werde deinem Vater nicht verraten, daß du mitten in der Nacht heruntergekommen bist, wenn du ihm nicht sagst, daß ich gelesen habe, während ich doch hätte schlafen sollen.«

Er rutschte vom Bett, warf ihren Peignoir ab und schlang mit stürmischer Zärtlichkeit die Arme um ihren Hals. »Versprochen, Mama.« Damit schlich er auf Zehenspitzen aus dem Zimmer.

Als John wenig später heimkam, warf er einen Blick zu ihr herein, doch sie stellte sich schlafend, und so kam es, daß er erst nach dem Frühstück, bevor er sich für seine morgendlichen Hausbesuche rüstete, wieder an ihrem Bett erschien und sie wach fand.

»Anne? Wie fühlst du dich?«

Sie blinzelte schläfrig zu ihm auf und betastete mit den Fingern ihren Hals.

»Schlecht. Schimpf nicht, John. Ich habe Halsschmerzen. Ich glaube, ich krieg 'ne Mandelentzündung.«

»Bestimmt. Schlägt dir nicht jede Erkältung auf die Mandeln? Annie, mein Liebes, es tut mir leid.«

Und sie bekam wirklich eine Mandelentzündung. Aber so qualvoll die Schmerzen auch waren, sie begrüßte den Aufschub, welchen die Krankheit ihr verschaffte. Nicht, daß sie ihre erste Entscheidung je in Frage gestellt hätte: Der Impuls, ihrem Sohn etwas vorzuspielen, war ihrem Instinkt entsprungen. Doch sie erkannte wohl, daß in ihrem Fall Vernunft und Willen, Instinkt und Zwang zusammenfielen und eins waren. Als die Entzündung abgeklungen und Anne auf dem Weg der Besserung war, hatte sie sich zu dem heroischen Entschluß durchgerungen, alles »Unangenehme« im hintersten Winkel ihres Gedächtnisses zu begraben und ihre Kinder vor jeder Berührung damit zu bewahren. Sie hatte gegrübelt und sich den Kopf zermartert, bis vor ihrem inneren Auge das Bild der aufopfernden Mutter erstand und ihr zeigte, welches Los ihr beschieden war. Dann, an dem Tag, als sie das erste Mal zur Mittagszeit wieder gemeinsam mit der Familie bei Tisch saß, zankte sie Johnny aus. Sie hätte begreifen sollen, daß sein Übermut nur die ganz natürliche Reaktion eines Kindes auf den erfreulichen Umstand war, seine gewohnte Welt wiederhergestellt zu sehen. Aber Anne war nicht in der Stimmung, Nachsicht zu üben. Er saß an der Längsseite des Tisches; Belinda befand sich in ihrem hohen Stühlchen ihm gegenüber, Anne zur Rechten. Der Knabe spielte mit dem Baby »Guck-Guck«, indem er sich beständig duckte und mit dem Kopf unter dem Tisch verschwand. Mit den Händen hielt er sich dabei an der Tischkante fest; plötzlich rutschten seine Finger ab, faßten krampfhaft das Tischtuch, und ehe man sichs versah, waren sein Teller nebst Besteck und einem Glas heruntergefallen. Ungehalten schlug seine Mutter mit der flachen Hand auf den Tisch: »Johnny! Schluß jetzt! Ab in die Küche mit dir.«

Der Junge aber schaute mit so jammervollem Blick zu ihr auf, daß es ihr schier das Herz abdrückte. Doch John, der am Kopfende saß, lachte nur.

»Verzeih ihm für diesmal, Anne. Er ist doch nur so ausgelassen, weil du wieder auf bist. Hol einen Lappen, mein Sohn, und wisch das verschüttete Wasser auf. Mam hat's nicht böse gemeint; sie wird dir erlauben, mit uns fertig zu essen, wenn du versprichst, manierlich bei Tisch zu sitzen. Übrigens«, und er zwinkerte Johnny zu, »wenn ein Patient sich so ärgerlich gebärdet, ist das ein sicheres Zeichen für seine Genesung.«

Anne schwieg. Aber ich bin verärgert, dachte sie, grade so verärgert, wie's den Anschein hatte, und ich hab' doch wohl allen Grund dazu. Bei dieser Erkenntnis stutzte sie. Ich habe mich so edel gefühlt... und das kommt davon! Nun bilde ich mir ein, ich dürfe so gereizt sein, wie's mir beliebt. Was muß es doch für ein zweifelhaftes Vergnügen gewesen sein, zwischen Heiligen und Märtyrern zu leben! Ihr fiel ein, daß Amanda einmal etwas ganz Ähnliches gesagt hatte. Auch Amanda war sich wie eine Märtyrerin vorgekommen, aber sie hatte das Gefühl überwunden. Anne rang sich ein Lächeln ab und richtete ein entschuldigendes Wort an die beiden männlichen Mitglieder ihrer Familie.

In dieser Nacht kehrte sie ins eheliche Schlafzimmer zurück. Die Nachtglocke schwieg, und so gab es keine Rettung für sie; jetzt würde sie herausfinden, ob sie ihr Wissen, ihren Schmerz und ihre Bitterkeit verbergen konnte. Sie lag im Dunkeln, spürte Johns Kopf an ihrer Schulter und seine Hand auf ihrer Brust und versuchte sich zu erinnern, versuchte genauso zu sein wie in früheren Nächten; sie verstellte sich. Durch ihren Kopf spukte das seltsam schattenhafte Bild einer dritten Person, die sich in ihre Umarmung drängte. Sie bannte das schreckliche Gespenst. Und wenn sie auch ein wenig fröstelte...

»Weißt du«, sagte sie unvermittelt, »ich glaube, ich möchte doch, daß du dir einen Bart stehen läßt. Ich habe meine Meinung geändert.«

John erstarrte, dann begann er zu lachen, entspannte sich und rollte, vor Heiterkeit bebend, auf den Rücken.

»Gute alte Mrs. Shandy! Ja, ja, ich hab' die Uhr aufgezogen.«

»Wovon sprichst du?«

»Nichts, kümmre dich nicht darum... Sag mir lieber, mein Herz, warum du ausgerechnet jetzt an Bärte denkst?«

»Warum nicht? Ich hab' mir nur überlegt, wie sich's wohl anfühlen würden.« Und in Gedanken setzte sie hinzu: Dann wäre alles so ganz anders... einfacher vielleicht. Aber dann stimmte sie in sein Lachen ein, und John neckte sie noch ein Weilchen, ehe er sie wieder in die Arme nahm; und diesmal war sie bereit, brauchte sich nicht zu verstellen. Und als er schlafend neben ihr lag, glaubte sie endlich vollkommen aufrichtig mit sich zu sein. Nichts wird je wieder ganz so sein wie früher, aber er wird es nie erfahren, denn, Gott steh mir bei, ich könnte nicht weiterleben, wenn er mich nicht mehr liebte. Daran, daß er sie liebte und auch in Zukunft lieben würde, hatte sie nie gezweifelt – nur sie selbst konnte seine Liebe zu ihr zerstören.

Was die Bibliothek anging, so fand die feierliche Eröffnung am vorgesehenen Abend statt, nachdem die Subskribenten sich zuvor im Sitzungssaal des Gerichtsgebäudes versammelt und einen Vorstand gewählt hatten: Mrs. Ballard, Mrs. Ludwig Rausch, Pfarrer Heitzel, Mr. Douglas Gardiner sowie den jungen Mr. Voorhees-von-der-Bank. (So nannte ihn ganz Waynesboro: Er war kein Einheimischer, sondern »zugezogen« und hatte sich dem Bewußtsein der Bürgerschaft bisher noch nicht stark genug eingeprägt, um dieses Identifizierungsbehelfs entraten zu können.) Der Empfang in der eigentlichen Bibliothek, wo inzwischen alle Bücher fein säuberlich in den für sie bestimmten Regalen standen, wurde ein großer Erfolg; welche Hindernisse es zu überwinden galt, um unter den obwaltenden Umständen jeden der Anwesenden mit Tee oder Kaffee zu versorgen, dies nachzuvollziehen blieb den weiblichen Gästen vorbehalten. Den krönenden Abschluß bildete die erste Buchausleihe mittels der neuen Kärtchen, wonach die Regale wie leergefegt schienen.

Hochgemut und stolz ob ihrer Leistung trug Anne ihren Band Turgenjew heim. Sie sagte sich zwar, daß, hätte sie nicht die Idee mit der Bibliothek gehabt, über kurz oder lang jemand anders darauf gekommen wäre, aber die Anregung war nun einmal von ihr ausgegangen; daran zu denken tat wohl, und zu sehen, welch gelungenes Werk aus ihrem Einfall entstanden war, half ihr, jene unheilbare, schmerzende Wunde ein wenig zu vergessen.

DIE MITGLIEDER DES FRAUENKLUBS VON WAYNESBORO

Miß Eliza Ballard
Mrs. Mary Ballard
Miß Christina Blair
Mrs. Louisa Deming
Mrs. Katherine Edwards
Miß Caroline Gardiner
Miß Lavinia Gardiner
Mrs. Anne Gordon
Mrs. Mary McCune
Mrs. Rhoda McKinney
Mrs. Laura Maxwell
Miß Agatha Pinney
Mrs. Sarah Rausch
Miß Amanda Reid
Mrs. Thomasina Travers

IN MEMORIAM
Miß Susan Crenshaw

1875 – 1876

»Ein wechselvolles Jahr für Waynesboro und den Frauenklub ...«

Veränderungen gehen scheinbar natürlich und zwangsläufig vonstatten, so als brauche keines Menschen Hand das Rad des Schicksals zu berühren, und nach jeder Wende bleibt die Frage offen, ob das Rad sich nicht ohnehin gedreht hätte oder ob es nicht gar schon in Bewegung war. Doch der, dessen Hand sich erhoben hat, um die bleierne Last der Trägheit fortzuwälzen, der fühlt sich verantwortlich – sei es zu Recht oder zu Unrecht – für das, was kommt.

An einem Nachmittag Anfang November 1875 versammelten sich vier der jüngeren Mitglieder des Frauenklubs bei Sally Rausch, um Kostüme für die Weihnachtsfeier zu nähen. Sally hatte entschieden, daß in diesem Jahr Szenen aus Shakespeares Werken zur Aufführung gelangen sollten: die Balkonszene aus *Romeo und Julia,* die Gerichtsszene aus dem *Kaufmann von Venedig* und ein paar andere, die dem Publikum ebenso vertraut sein dürften. Damit wagten Sally und der Klub ihren ersten Vorstoß in die eigentliche Schauspielkunst. Diejenigen, die ihre Pläne kannten, hatten nichts dagegen einzuwenden; Sally würde das Fest ausrichten, also hatte sie auch ein Recht darauf, das Programm auszuwählen, mit dem man die Herren unterhalten wollte. Vielleicht aber gewann Sally die Zustimmung der anderen auch mit dem Argument: »Diese Szenen sind ganz und gar banal. Niemand würde dabei an richtiges Theaterspiel denken.« Die Frauen wußten, daß die besonders strenggläubigen unter den reformierten Presbyterianern jegliche Art von Weihnachtsfeierlichkeiten als papistisch mißbilligten. Sie würden Sallys Einladung zu dem Fest mit anschließendem Dinner in ihrem Hause ohnehin ablehnen.

Die vier, die an diesem Nachmittag in Sallys Wohnzimmer beisammensaßen, kannten sich von klein auf. Man hatte das Treffen auf einen Mittwoch gelegt, mit Rücksicht auf Kitty Lowrey, die jetzt neben Sally am Feuer saß; beide hatten die Füße auf den Kaminvorsetzer gestellt, ohne sich darum zu kümmern, ob sie womöglich ihre Schuhsohlen versengten. Thomasina Ballard Travers hatte sich ihnen zur Seite, doch etwas damenhafter, in einem Schaukelstuhl ohne Armstützen niedergelassen. Meterlange Bahnen purpurnen Glanzmusselins bauschten sich auf ihrem Schoß, und Thomasinas langes, unscheinbares, sanftes Gesicht beugte sich mit gespannter Aufmerksamkeit über den Stoff, während sie ungeschickt bemüht war, Rock und Mieder zusammenzuheften. Hinter den dreien arbeitete Anne Gordon an der Nähmaschine, die Sally ins Wohnzimmer gerückt hatte; die Räder quietschten unter Annes emsigen Bewegungen.

Das Gespräch plätscherte angenehm, wenn auch sprunghaft dahin, erstarb unter dem Rattern der Nähmaschine und schwoll wieder an, während die jungen Frauen das Auf und Ab ihres kleinstädtischen Alltags erörterten. Manchmal, wenn alle schwiegen, hörte man von oben Cassies Schaukelstuhl knarren und zwei hohe Kinderstimmchen unbeholfene Worte formen: Belinda Gordon – »Binney«, wie sie selbst sich getauft hatte, als sie sprechen lernte – und Charles Rausch. Die größeren Kinder spielten draußen. Wollten die Frauen mittwochs zusammenkommen, so mußten sie die Kinder in Kauf nehmen; denn an diesem Nachmittag waren sowohl Miß Pinneys Vorschule als auch das College geschlossen. Zum Glück hatte leichter Schneefall eingesetzt, und Johnny Gordon, Elsa und sogar der dreijährige Ernest Rausch, der aussah wie eine Butterkugel, so dick hatte man ihn eingemummelt, waren in den Garten geschickt worden, um sich nach Herzenslust auszutoben.

Der vielstimmige Chor, der zu den Frauen hereindrang, ließ vermuten, daß auch die Kinder aus der Nachbarschaft den Weg zu den Rauschs gefunden hatten. Aber das Geschrei war weit genug entfernt und klang im übrigen so fröhlich, daß die vier sich dadurch nicht stören ließen, während sie hier eine Bemerkung über die Klubsitzungen und deren Programm machten, dort die steigende Subskribentenzahl für die Bücherei erwähnten; man streifte Lokalpolitik und Landesnachrichten, nur um wieder zum Bibliotheksschalter zurückzukehren und diese oder jene amüsante Begegnung zum besten zu geben, die man etwa mit einem Benutzer gehabt hatte. Anne trug wenig zur Unterhaltung bei. Sally hatte den Eindruck, sie höre nicht einmal zu, denn die Nähmaschine nahm selbst auf brisante Themen keinerlei Rücksicht, ja übertönte nicht selten das Gespräch. Anne nähte drauflos, als hinge ihr Leben davon ab; ihr geneigtes Profil wirkte entrückt, der ausdrucksvolle Mund war vor Anstrengung zu einer schmalen Linie zusammengepreßt. Als sie einmal den Kopf wandte, fiel das Licht von den Fenstern auf ihre Wange, ließ das Schläfenbein hervortreten und tauchte die Vertiefung ober- und unterhalb in bläuliche Schatten. Nie zuvor hatte Anne so durchsichtig ausgesehen: Diese Mandelentzündung, folgerte Sally, hatte ihr wohl doch mehr zugesetzt als man sich anfangs einzugestehen bereit gewesen war. Im selben Moment weckte eine Erzählung Annes Aufmerksamkeit, in der über das heillose Durcheinander berichtet wurde, welches Mrs. McCune am Nachmittag ihres Schalterdienstes in der Kartei angerichtet habe. »Ich würde lieber für sie einspringen, wenn sie krank ist«, sagte Kitty, »als hinter ihr aufzuräumen. Und meine Freizeit ist weiß Gott knapp bemessen, auch ohne daß ich sie der Bücherei opfere.«

»Die arme Mrs. McCune! Sie tut mir leid.«

»Sie ist zwar ein bedauernswertes Geschöpf«, versetzte Sally energisch, »aber zu nichts zu gebrauchen. Du warst ebensowenig erbaut davon wie ich, daß sie in den Klub gewählt wurde.«

»Ich weiß.« Damals, dachte Anne, war ich noch jung genug, um verächtlich auf Leute wie Mrs. McCune herabzusehen. Mit einemmal fühlte sie sich viel älter als Sally: Jetzt empfand sie Mitleid mit solch linkischen Wesen. Denn natürlich waren sie im Innern nicht ungeschickt, sondern nur unglücklich, ohne zu wissen warum, und erduldeten still, was immer der Alltag ihnen auferlegte.

»Das kommt bloß daher, daß sie so einen Narren an dir gefressen hat«, fuhr Sally fort. »Sie streicht ja um dich rum wie eine streunende Katze. Du bist einfach zu gutmütig.«

Sally würde vielleicht vom Leben nie grausam genug mißhandelt werden, um sie Mitleid mit den Mrs. McCunes dieser Welt zu lehren. »Mag sein, daß du recht hast«, lenkte Anne ein. »Doch fühle ich mich irgendwie für sie verantwortlich.« Mrs. McCune wäre ihr wahrscheinlich nie aufgefallen, hätte Anne sie nicht so oft vor oder nach einer Klubsitzung irgendwo an der Wand neben der Tür zum Salon lehnen und darauf warten sehen, daß sie sich jemandem anschließen könne. »Aber begreifst du nicht, wie traurig es ist, daß sie sich mir zuwenden muß? Wo sie mich doch eigentlich gar nicht kennt.«

»Weißt du denn, was sie sucht?«

»Ermunterung, könnte ich mir vorstellen... die Versicherung, daß sie als Mensch ernstgenommen wird und etwas gibt. Oh, ich weiß, daß sie den praktischen und organisatorischen Anforderungen, die man an eine Pfarrersfrau stellt, nicht gewachsen ist... es heißt, sogar mit dem eigenen Haushalt komme sie nicht ganz zurecht.«

»Dann sollen doch die Pfarrkinder ihres Mannes sie ermuntern.«

»Aber Sally, sie ist eine intelligente Frau: Ihre Klubaufsätze sind wirklich gut. Nur hat sie nicht die geringste Chance, ihre *Persönlichkeit* zur Geltung zu bringen. Es muß furchtbar sein, tausenderlei Dinge, denen man nicht gewachsen ist, aufgebürdet zu bekommen, ohne jede Möglichkeit, auch hin und wieder zu zeigen, was man leisten kann. Und obendrein noch mit einem Mann wie Pfarrer McCune verheiratet zu sein...« Anne schauderte. »Die vielen Kinder! Fünf sind's jetzt, nicht wahr? Seltsam, diese Geistlichen: Gerade von ihnen würde man nicht erwarten, daß sie so... so...« Der Gedanke daran, daß Kitty noch unverheiratet war, ließ sie mitten im Satz innehalten.

»Triebhaft ist wohl das richtige Wort dafür«, warf Kitty verbindlich ein. Sally lachte. Thomasina wurde rot. Anne setzte mit der Rechten das Handrad der Nähmaschine in Schwung und trat ungestüm drauflos.

Als nächstes gab Sally Ludwigs Meinung über Gouverneur Hayes' Aussichten weiter, auf dem '76er Parteikonvent der Republikaner zum Präsidentschaftskandidaten ernannt zu werden. Daß er diesen Herbst trotz der Barzahlungs-Novelle in seinem Programm und obendrein in einem Jahr, da die Demokraten die Mehrheit im Kongreß besaßen, zum drittenmal das Gouverneursamt errungen hatte, war seinem Ansehen im Osten äußerst förderlich gewesen. Thomasina, froh über diesen Themenwechsel, da sie eher gewohnt war, über Politik als über Persönliches zu reden, nahm den Faden gleich auf. Falls man Gouverneur Hayes nominierte, würde ihr Vater diesmal die reguläre Kandidatenliste unterstützen: Er war ein alter Bekannter des Gouverneurs und vertraute auf seine Integrität. Sie lächelte Sally versöhnlich zu: Thomasina sehnte den Tag herbei, an dem ihr Vater unter den Republikanern Waynesboros wieder die frühere Wertschätzung genoß. Und selbst ihre Mutter, setzte sie hinzu, so als sei es ihr erst nachträglich eingefallen, die voraussichtlich an der Jahresversammlung der Temperenzler teilnehmen würde, zeigte sich hoch erfreut darüber, daß Mrs. Hayes ihre Einstellung zur Temperenzbewegung so unmißverständlich zum Ausdruck bringe. »Versteht sich, daß Mama auch an der Kundgebung zugunsten des Frauenstimmrechts teilnehmen wird.«

»Versteht sich«, wiederholte Sally höflich. »Wie vielen Gremien gehört deine Mutter eigentlich an?«

Alle lachten, und sogar Thomasina stimmte mit ein. Das emsige Surren der Nähmaschine verstummte einen Moment lang, während Anne sich aufrichtete, um den Stoff zu wenden. In die Stille hinein drangen deutlich vernehmbar die Kinderstimmen aus dem Garten. Die kleine Bande tollte – Ernest auf einem Schlitten in ihrer Mitte – an den hohen Flügelfenstern vorbei. Johnny Gordon mimte das Zugpferd.

»Runter vom Schlitten, Eddie«, kommandierte er. »Shaney ist dran.«

»Wer ist ›Shaney‹?« fragte Kitty.

»Das ist Elsa«, erwiderte Sally. »Johnny nennt sie so. Er hat sich das aus Ludwigs ›Schön Elsa‹ zusammengereimt. Klingt schrecklich, nicht wahr? Zum Glück erlaubt sie niemandem außer Johnny, sie so zu rufen, nicht mal Ernest. Hört nur!«

Die jungen Frauen spitzten die Ohren. Eine Piepsstimme kreischte: »Shaney! Shaney!« – und unverzüglich folgte die scharfe Entgegnung in erstaunlich flüssigem Deutsch: »Du schreckliches Kind, willst du wohl still sein! Untersteh dich, diesen Namen zu gebrauchen!«

Thomasina lächelte. »Welch ein Vorteil für deine Kinder, zweisprachig aufzuwachsen. Wenn ich bedenke, wie ich mich seinerzeit mit Deutsch herumgeplagt habe!«

»Elsa vergöttert ihren Vater. Ihm zuliebe würde sie alles lernen. Im Umgang mit anderen spricht sie deutsch nur, um das auszudrücken, was sie sich auf englisch nicht zu sagen getraut.«

Kitty war mit Romeos Wams über dem Arm ans Fenster getreten und sah zu den Kindern hinaus. Ihren Bewegungen haftete noch immer die drahtige Geschmeidigkeit des Wildfangs an, der sie einst gewesen war, aber Sally, die sie beobachtete, fand, sie sehe älter aus: Dünn war sie geworden und eckig. Du solltest dich schämen, schalt Sally sich in Gedanken, all deine Freundinnen abzuschätzen. Trotzdem ist es ein Jammer, daß Kittys Verlobung mit Sheldon Edwards nun schon fast drei Jahre dauerte.

Als Kitty auf ihren Platz zurückkehrte und wortlos ihre Näherei wieder aufnahm, fragte Sally: »Ermüdet dich das lange Stillsitzen? Bald gibt's Kaffee und Kuchen, ich wollte nur auf Amanda warten: Sie hat versprochen, vorbeizuschauen und die Kostüme zu begutachten.«

»Nein, nein, es hat nichts mit der Arbeit zu tun. Ich fürchte bloß, ich habe gerade gegen das zehnte Gebot verstoßen, indem ich Anne und dich um eure Kinder beneidete.« Ihre schmalen, durchsichtigen Wangen erglühten in plötzlicher Verlegenheit. Thomasina schaute betreten drein und wurde rot, ob aus Mitgefühl oder vor Empörung war nicht auszumachen.

»Habt ihr denn noch immer keine Pläne gemacht, du und Sheldon?« Sally kannte Sheldon Edwards schon solange sie denken konnte: Seine Mutter gehörte zu den engsten Freundinnen der ihren. Sein Vater und dessen Schwager, James Sheldon, besaßen das größte und einträglichste Textilgeschäft der Stadt; er war eine gute Partie. Sally freilich brachte diesem, wie ihr schien, saft- und kraftlosen Jüngling keine übermäßige Sympathie entgegen. Sie verstand weder seine Neigung zu dem scharfsinnigen und gescheiten Wildfang wie Kitty es war, noch konnte sie sich vorstellen, wieso die ausgerechnet ihn heiraten wollte. Sheldon war ein ziemlich hochgewachsener junger Mann mit schmalem Gesicht, manierlich gerader Nase und widerspenstig gelocktem, strohblondem Haar. Mit seiner Penibilität und Genauigkeit schien er im Textilladen von Vater und Onkel durchaus am richtigen Platz. Waynesboro hatte sich indes darüber gewundert, daß er gleich nach seinem Examen in Oberlin nach Hause zurückgekehrt war, statt in der großen Welt sein Glück zu suchen. Für eine Lowrey war er, bei Lichte besehen, dennoch ein seltsamer Partner: Er ähnelte zu sehr seiner Mutter, die Sally in die Kategorie »garstig-nett« einreihte. Gewiß, die Edwards waren wohlhabend, aber auch ein Leben in Armut würde eine Lowrey nie dazu bringen, nach Reichtum zu streben. Nein, Besitz war es nicht, wonach Kitty verlangte.

»Wie können wir denn Pläne machen?« fragte sie jetzt in Sallys Gedanken hinein. »Ich sollte ihn aufgeben. Aber Sheldon ist so geduldig und...« Wie sie so verschmitzt auf die Nadel in ihrer Hand hinunterlächelte, schien sie sich für einen Augenblick wieder in den mutwilligen Fratz zu verwandeln, der sie mit sechzehn gewesen war. »...ich will verdammt sein, ehe ich mich zu solcher Großmut aufschwinge.«

»Kitty!« rief Thomasina entsetzt aus.

»Wirklich, Thomasina, ich muß schon sagen! Dafür, daß du aus einer Familie mit lauter emanzipierten Frauen stammst, bist du die prüdeste... Laß sie ruhig fluchen, wenn ihr danach zumute ist! Hör mal, Kitty, dein Vater findet doch gewiß jemanden, der statt deiner die Lateinklasse unterrichten könnte?«

»Jemand anderem müßte er aber ein Gehalt zahlen.« Sie blickte von ihrer Arbeit auf und sah ihre Freundinnen an. Anne, die gerade mit dem letzten Saum fertig geworden war, schnitt den Faden ab, raffte die üppigen Stoffbahnen zusammen und rückte ihren Stuhl in den Kreis. »Du willst mir doch nicht weismachen«, fuhr Kitty fort, »daß du nicht weißt, wie schlecht es wirklich um die Schule steht?« Sie hielt einen Moment inne, um sich ein Beispiel zu überlegen, welches ihnen den Ernst der Situation verdeutlichen würde. »Stellt euch vor, wir mußten sogar das Abonnement für die *Fackel* kündigen. Die Internatsschülerinnen werden zwar noch anständig verköstigt, aber unsere Familie lebt hauptsächlich von Brot mit Honig oder mit Sirup. Mama läßt uns freie Wahl.«

Alle lachten, denn sie kannten schließlich Mrs. Lowrey. Aber es war ein bedrücktes Lachen. Die »Depression« hatte sich eingenistet; man lebte in schweren Zeiten, und es galt sich damit abzufinden. Alle mußten sich einschränken; Geldknappheit war zu einer Selbstverständlichkeit geworden, doch niemand hatte geahnt, wie ernst es wirklich um die Schule bestellt war.

Anne versetzte traurig: »Es scheint noch gar nicht so lange her zu sein.« Die anderen wußten wohl, was sie meinte: Sie alle hatten das Gefühl, es sei noch nicht lange her, daß sie die Schulbank gedrückt hatten und das Mädchen-College von Waynesboro eine blühende und respektable Lehranstalt gewesen war.

»Welch ein Jammer!« Sally sagte es mit der Lebhaftigkeit, die andeutet, daß ein Thema abgeschlossen und ein neues aufgeworfen wird. »Dabei war es doch eine so ausgezeichnete Schule... Ich kann mir nicht denken, wem ich dieses Haus lieber vermieten würde als dir und Sheldon. Ludwig und ich ziehen nämlich nach Weihnachten zu meinen Eltern.« Diese Eröffnung zog fragende und verwunderte Ausrufe nach sich, die Sally zu einer Erklärung nötigten. »Ludwig meint, uns bleibe keine andere Wahl. Mir ist der Gedanke schmerzlich, sowohl um seinet- als auch um der Kinder willen: Hier können sie nach Herzenslust herumtoben, ohne jemanden zu stören. Aber Mamas Augen haben sich so verschlechtert, daß sie kaum noch ohne Hilfe im Haus herumgehen kann; sie hat Grauen Star. Auch mit ihrem Herzen steht es nicht zum besten, weshalb Papa nicht möchte, daß sie den ganzen Tag allein mit den Dienstboten verbringt. Außerdem mußte Ludwig in den letzten Jahren so oft verreisen, um Aufträge für die Seilerei zu bekommen, daß es auch für ihn eine Beruhigung wäre, uns oben bei Papa zu wissen statt hier, wo wir nur Cassie um uns haben.«

»Aber ihr wollt das Haus doch nicht etwa verkaufen?«

»Nein. Wer hätte heutzutage auch das Geld dafür? Im übrigen, wer weiß, vielleicht möchten wir eines Tages ja wieder herziehen. Wenn die Kinder groß sind und heiraten und wir beide ganz allein bleiben.« Sie lachte, so als sei es albern, anzunehmen, die Zeit könne ihnen wirklich einen solchen Streich spielen. »Ludwig ist auch viel zu sentimental, um sich von dem Haus zu trennen; wir wohnen seit unserer Hochzeit hier, und es waren glückliche Jahre. Ihr hättet ein gemütliches Heim, Kitty – geräumig, und oben ist Platz genug für Kinder. Ich habe mir gedacht, es würde Sheldon und dir vielleicht nichts ausmachen, für den Anfang zur Miete zu wohnen.«

»Mir ganz bestimmt nicht! Ich würde sogar in eine Baracke ziehen, wenn ich Sheldon heiraten könnte. Aber es ist hoffnungslos. Das Ärgste an der Sache ist, daß Papa diesen Herbst ein gutes Angebot von der Methodistenkirche bekommen hat. Irgendwo in Kansas wird eine höhere Töchterschule eröffnet – in Drury, Kansas. Man wollte Papa zum Direktor machen. Natürlich mußte er ablehnen.«

»Aber warum denn nur?«

Kitty antwortete nicht gleich. Sie verstand, daß es ihrem Vater widerstrebt hatte, sein Lebenswerk zu opfern und sich in eine abhängige Position zu begeben, wie hochgestellt sie auch immer sein mochte. Allein, es war nicht diese Abneigung gewesen, die den Wechsel vereitelt hatte.

»Die College-Gebäude sind mit einer Hypothek belastet. Habt ihr das nicht gewußt? Nein, wahrscheinlich reden Bankiers nicht darüber, wessen Hypotheken sie verwalten, denn wenn sie es täten, würden sie wohl kaum noch Geschäfte machen. Es ist ja auch eine Schande, sein Eigentum verpfänden zu müssen.«

»Kitty, das ist doch Unsinn! Ich halte es für eine vernünftige Art, in Notlagen Geld aufzutreiben.« Sally wandte sich energisch gegen den Verdacht, die Bank ihres Vaters betreibe Geschäfte, deretwegen sich irgend jemand zu schämen brauchte.

»Mag sein. Aber man fühlt sich dabei, als ginge man zum Pfandleiher. Nicht, daß ich das je getan hätte ...«

Wieder lachte sie. »Du hast zu viele Romane gelesen«, sagte Anne. »Du weißt schon, was ich meine: ›Gebt mir die Hand Eurer schönen Tochter oder ich lasse Euren Besitz pfänden!‹«

»Die Bank kriegt schließlich Zinsen, oder? Glaub mir, Kitty, die Depression wird nicht ewig dauern. Papa glaubt, daß es bereits wieder aufwärtsgeht. Außerdem haben viele Leute seit dreiundsiebzig mit finanziellen Schwierigkeiten zu kämpfen.«

»An Papas Problemen ist nicht unbedingt die Depression schuld. Die öffentlichen Mittelschulen und die neugegründeten Gemeinschafts-Colleges machen unserer Anstalt weit mehr zu schaffen; wir können nicht mehr mit ihnen konkurrieren. Nein, Papa wird die Hypothek nie abtragen können, und er ist zu gewissenhaft, um einfach auf und davon zu gehen und das College der

Bank zu überlassen; was würde die auch damit anfangen? Wir Lowreys werden also weitermachen, uns abrackern und sparen, um wenigstens die Zinsen zahlen zu können.«

»Warum verkauft er das Anwesen nicht?« Thomasina hatte diese Frage gestellt. Sprachlos über soviel Weltfremdheit starrten Anne und Sally sie an. »Verkaufen! An wen denn und wofür?« entgegnete Kitty verbittert. »Hier wird niemand mehr ein Mädchenpensionat aufmachen.«

»Das wohl nicht, aber hast du denn nicht gehört, Kitty, daß die reformierten Presbyterianer ihr theologisches Seminar in Aberdeen, Pennsylvania, mit dem unseren zusammenlegen wollen? Und zwar hier, in Waynesboro! Ich weiß, es hat noch nicht in der Zeitung gestanden, trotzdem müßtest du eigentlich davon erfahren haben: Die reformierten Presbyterianer sind nicht gerade erbaut von diesem Plan, weil nämlich das Seminar in Aberdeen der Neuen Richtung angehört, während die Kirche bei uns sich seit jeher zur Alten Richtung bekennt. Amanda hat's mir erzählt. Ihre Mutter regt sich furchtbar auf, weil sie befürchtet, daß man auch die Unterbringung der Seminaristen neu regeln und sie ihre Kostgänger verlieren könnte. Auf jeden Fall wird man für dieses Gemeinschaftsseminar größere Unterrichtsgebäude benötigen. Frag doch Amanda nachher, wenn sie kommt.«

Kitty seufzte wehmütig. »Amanda hat mich aufgegeben. Sie ist enttäuscht von mir, weil ich mein Leben nicht der Gelehrsamkeit und der Erziehung junger Genies weihen will. Sie tut gerade so, als hätte ich sowohl sie wie auch Oberlin schmählich verraten.«

»Ich weiß. Amanda ist ein bißchen wunderlich«, entgegnete Thomasina sanft. »Aber mit der Zeit wird sie dir schon vergeben. Mir hat sie schon fast verziehen.« Sie stimmte in das Gelächter ein, das die anderen ob dieser Albernheit erhoben, fügte jedoch hinzu: »Man fühlt sich wohler, wenn einem vergeben wird, selbst dann, wenn man nichts Unrechtes getan hat.«

Als Amanda nach Schulschluß eintraf, bestätigte sie Thomasinas Worte. Die reformierten Presbyterianer, die schon ein Seminar in Pittsburgh unterhielten, waren übereingekommen, auf ein zweites in Pennsylvania zu verzichten. Dr. MacKenzie, der Vorstand des Waynesboroer Seminars, wollte nach Beendigung des laufenden Schuljahres in den wohlverdienten Ruhestand treten; die Kirche würde dann das Seminar von Aberdeen – Rektor, Lehrkörper und Studentenschaft – nach Waynesboro umsiedeln. Sofern man rechtzeitig geeignete Räumlichkeiten fand, sollte der Umzug noch während der Sommerferien stattfinden; müßte dagegen ein Neubau in Angriff genommen werden, würde der Plan sich empfindlich verzögern. Das bestehende Waynesboroer Seminar kam nicht in Frage: Das alte Haus, das als Unterrichtsgebäude diente, würde für die beträchtlich vermehrte Studentenzahl nicht ausreichen, und für die Unterbringung waren überhaupt keine Räumlichkeiten vorhanden: Die Seminaristen hatten bisher allesamt bei Gemeindemitgliedern gewohnt. »Und ich hoffe«, sagte Amanda mit Nachdruck, »daß die Studenten in dem neuen Seminar auch verköstigt werden. Ich bin es leid, zu Hause ständig über angehende Theologen zu stolpern.«

»Deine Mutter würde sich nie damit zufriedengeben, die Hände in den Schoß zu legen«, wandte Thomasina ein.

»Und du meinst, ich müsse sie gewähren lassen, damit sie auf ihre seltsame Art glücklich wird? Wahrscheinlich hast du recht.« Amanda, die für gewöhnlich zu niemandem, mit Ausnahme von Thomasina, über ihr Privatleben sprach, bereute diese ungewöhnliche Entgleisung sofort und lenkte die Aufmerksamkeit ihrer Zuhörerinnen eilig auf die Kostüme, die sie begutachten sollte. Sally servierte wenig später den versprochenen Kaffee und Kuchen. Kitty, die nicht recht wußte, ob und wie die eben gehörte Neuigkeit ihr nützen könnte, nahm ihren Freundinnen das Versprechen ab, über die Verhältnisse des Mädchen-Colleges Stillschweigen zu bewahren. »Ich würde eher als alte Jungfer sterben«, beteuerte sie hitzig, »als Papa weh zu tun, und er wäre mehr als gekränkt, wenn er erführe, daß ich ausgeplaudert habe, wie es um das College steht.«

Sie schworen hoch und heilig, kein Sterbenswörtchen zu verraten, aber obwohl Kitty noch nicht verheiratet war, hegte sie doch den Verdacht, daß die meisten Geheimnisse früher oder später im ehelichen Schlafgemach gelüftet würden. Wenn sie also ihr neu erworbenes Wissen nutzen wollte, so durfte sie nicht zögern. Sie konnte ihren Vater einweihen, und der würde mit dem Hut in der Hand vor die reformierten Presbyterianer hintreten. Aber das wäre eine Demütigung für ihn, ein offenes Bekenntnis des eigenen Versagens. Käme dagegen das Angebot von seiten der Kirche, so bliebe sein Stolz unangetastet. Fast die ganze Nacht lag sie wach und zerbrach sich den Kopf darüber, wie man die Sache einfädeln könne, ohne ihn merken zu lassen, daß sie ihre Hand im Spiel gehabt hatte. Der Gedanke, Mutter oder Schwester ins Vertrauen zu ziehen, kam ihr gar nicht erst. Denn wenn die beiden auch nicht jeden Vorschlag, den sie machte, fast mechanisch ablehnten – dem Ansinnen, die Schule aufzugeben, würden sie sich gewiß widersetzen. Sie wollten weder das tun, noch Waynesboro verlassen; sie waren unverbesserliche Optimisten: Im nächsten Jahr würde sich alles zum Guten wenden. Und Kitty verstand ihre Beweggründe sehr wohl: Die Methodistenkirche hatte den weiblichen Familienmitgliedern in der neuen Schule in Kansas weder einen Posten als Lehrerin noch als Wirtschafterin in Aussicht gestellt. Sie würden dort also nichts zu verwalten, genauer gesagt schlecht zu verwalten haben. Kitty biß die Zähne zusammen und starrte ins Dunkel. Wenn sie ihren Vater ins Vertrauen zog, würde der sich unfehlbar mit seiner Frau beraten. Sie sah keinen Ausweg, es sei denn, die reformierten Presbyterianer – ihre Gedanken drehten sich im Kreise und kehrten immer wieder an diesen Punkt zurück – kamen ihrerseits mit einem Angebot zu Papa. Außer denen, die Mitglieder ihres Klubs waren, und Amandas Mutter kannte sie eigentlich niemanden aus dieser Gemeinde. Mrs. Reid schien denkbar ungeeignet für eine solch heikle Mission. Die Bank – Mr. Cochran – hätte ihren Vater in entsprechender Weise beeinflussen können, aber an ihn konnte sie sich nicht wenden: Verzagt stellte sie sich vor, wie sie mit zitternden Knien vor den vergitterten Kassenschalter hinträte und den Bankdirektor zu sprechen verlangte. Aber Richter Ballard... wenn Thomasina die geplante Zusammenlegung der beiden Seminare für allgemein bekannt hielt, mußte auch ihr Vater davon wissen. Zu ihm konnte sie gehen: In seiner Kanzlei drohte kein vergitterter Schalter, lediglich Eliza Ballard im Vorzimmer, und vor der fürchtete sie sich nicht; dazu kannten sie einander zu gut. Dieser rettende Einfall ließ sie endlich zur Ruhe kommen, und bald darauf schlief sie ein. Gleich am nächsten Morgen würde sie den Richter aufsuchen.

Falls Eliza überrascht war, als Kitty unvermutet vor der Schranke auftauchte, hinter der sie im Vorzimmer von Ballard, Gardiner & Merrill residierte, so ließ sie es sich nicht anmerken. Der geschäftsmäßige Ton, in dem Kitty um eine Unterredung mit dem Richter nachsuchte, stand zwar nicht im Einklang mit ihrer windzerzausten, fröstelnden Gestalt, doch Eliza öffnete gelassen die Tür zum Privatbureau ihres Vaters, meldete: »Miß Kitty Lowrey wünscht dich zu sprechen«, und bedeutete Kitty, einzutreten.

Der Richter wirkte fremd und entrückt, wie er da aufrecht und mit fragender Miene hinter seinem riesigen filzbespannten und mit Papieren überhäuften Schreibtisch saß, der nach Art des *Bureau plat* an den Seiten mit Schubladen ausgestattet war, so daß lediglich eine Öffnung für die Knie ausgespart blieb. Kitty stand in der Tür und ließ, ohne richtig hinzuschauen, den Raum auf sich wirken: ein Mahagoni-Schreibtisch und verglaste Bücherschränke voll schwarz gebundener Folianten; zwei Fenster, die auf den Platz hinausgingen, und davor ein altes, mit Rippensamt bespanntes

Sofa, das schon reichlich durchgesessen war; zwischen den Möbeln blieb nur ein schmaler Gang frei, der sich auf dem abgetretenen Flor-Teppich gut verfolgen ließ und um den Schreibtisch herum zu den Fenstern führte, so als sei es dem Anwalt ein Bedürfnis, das Gerichtsgebäude im Auge zu behalten. Sie gewährte sich noch einen Moment Aufschub, indem sie auf die winterliche Szenerie hinausblickte: kahle Bäume, abgestorbenes Gras, verwitterte Ziegelmauern. Als Kitty sich endlich dem Richter zuwandte, zitterten ihr wider Erwarten die Knie: In seinem eigenen Bureau wirkte er ehrfurchtgebietender, als sie erwartet hatte.

Richter Ballard hatte sich bei ihrem Eintritt erhoben. Er machte eine einladende Handbewegung, und mit wild klopfendem Herzen nahm Kitty auf dem harten Stuhl vor dem ausladenden Schreibtisch Platz.

»Sie wollen mich konsultieren, verstehe ich recht? Meinen Rat einholen?« Er lächelte ihr zu, als sei sie noch immer das kleine Mädchen mit den abstehenden Zöpfen.

»Ich glaube eigentlich nicht, daß ich einen Anwalt brauche, aber ich wußte nicht, an wen ich mich sonst hätte wenden sollen.« Sie errötete über diese ungeschickte Einleitung, fuhr aber mit der ihr eigenen Offenheit fort: »Ehrt es Sie, wenn den Leuten niemand anders einfällt, der ihnen aus der Verlegenheit helfen könnte?«

Er lachte kurz auf, und eine seiner buschigen, überhängenden Brauen hob sich in diabolische Höhen. »Die kleine Kitty Lowrey! Mein Kind, Sie sind noch viel zu jung für sogenannte ›Verlegenheiten‹.«

»Es geht um Papa und die Schule.« Sie erklärte ihm die Sachlage: die finanzielle Misere des Mädchen-Colleges, das Angebot, welches ihr Vater aus Drury, Kansas, erhalten hatte, die Möglichkeit, daß den reformierten Presbyterianern ihre Schule zusagen würde. »Wenn Sie uns helfen, könnte ich Ihnen vielleicht alles zurückzahlen, nachdem ... also ...«

»Jetzt begreife ich Ihre Verlegenheit. Sie wissen nicht, wie Sie die betreffenden Parteien zusammenführen sollen. Verstehe. Um die Bezahlung machen Sie sich nur keine Gedanken. Wenn ich Ihnen nützlich sein kann, helfe ich damit gleichzeitig auch anderen. Soviel ich weiß, wäre den reformierten Presbyterianern sehr daran gelegen, keinen Neubau errichten zu müssen. Ich werde das Problem bei Mr. Cochran und Dr. MacKenzie zur Sprache bringen. Und falls ein Honorar fällig werden sollte, so müßte einer der beiden es begleichen.« Seine Brauen senkten sich, als er Kitty jetzt aufmerksam musterte, die unter seinem Blick beklommen die Lider senkte. Richter Ballard sah in der Tat beängstigend streng aus, doch wenn man sich nicht durch die mächtigen Brauen einschüchtern ließ, erkannte man unschwer, wie gütig seine Augen blickten; gewiß wirkte er auch ein wenig pompös, doch das war nun einmal seine Art. Kitty wurde rot vor Scham, als ihr dieses abfällige Adjektiv durch den Kopf ging.

»Es ist überaus freundlich von Ihnen, daß Sie sich die Mühe machen wollen.« Würdevoll und frei von Verwirrung sprach sie ihm ihren Dank aus. »Aber ich hätte noch eine kleine Bitte: Falls sich etwas ergeben sollte, müßte Papa dann erfahren, daß ich zu Ihnen gekommen bin? Es würde seinen Stolz weniger verletzen, wenn das Angebot, falls überhaupt eines erfolgen sollte, von den reformierten Presbyterianern käme.«

»Daß Sie mich aufgesucht haben, braucht niemand zu wissen. Ich werde als erstes bei der Bank vorbeischauen und mit Mr. Cochran sprechen; er wird dann die Synode davon in Kenntnis setzen, daß man im Mädchen-College ein entsprechendes Angebot möglicherweise nicht zurückweisen würde.«

Er kam um den Schreibtisch herum, schüttelte ihr die Hand und geleitete sie zur Tür. Dann kehrte er an seinen Platz zurück und ließ sich so schwerfällig in den Sessel fallen, daß er knarrte. Diese jungen Leute, dachte er, bringen Veränderungen in Gang. Aber sie haben natürlich keine Vorstellung davon, was es für einen alten Mann bedeutete, sein Lebenswerk für gescheitert zu erklären – in unwirtlicher Gegend inmitten von Fremden noch einmal von vorn anzufangen, so als sei er noch jung und tatkräftig, während seine Kraft sich in Wahrheit darauf beschränkt, gewissermaßen mechanisch dem gewohnten Rhythmus zu folgen.

In der Regel sind zwar weder Banken noch Kirchengemeinden Freunde schneller Entschlüsse, aber schon kurz nach Neujahr machten Dr. MacKenzie, Mr. Cochran und ein Unbekannter den Lowreys ihre Aufwartung, um den Professor in einer geschäftlichen Angelegenheit zu sprechen. Mrs. Tyler hatte die Herren hereingelassen; als die vier Männer sich ins Arbeitszimmer des Professors zurückgezogen hatten, wandten die Frauen sich wieder dem Berg Flickwäsche zu, der sich zwischen ihnen auf dem Tisch türmte, und ergingen sich in Mutmaßungen über den Grund dieses ungewöhnlichen Besuches. Kitty senkte den Kopf tief über den Vergil-Text, den sie für den morgigen Unterricht präparierte. Ihr waren keinerlei Folgen ihres Besuchs bei Richter Ballard zu Ohren gekommen, was sie beinahe ein wenig erleichtert hatte, so unsicher war sie sich über die Richtigkeit ihres Handelns. Jetzt wußte sie, daß sich doch noch etwas ergeben hatte. Sie bemühte sich, langsam und regelmäßig zu atmen, um ihre Erregung nicht zu verraten, wagte es aber nicht, den Blick zu heben.

Es dauerte lange, bis die Frauen Stimmen in der Diele hörten und vernahmen, wie die Haustür geschlossen wurde. Professor Lowrey erschien auf der Schwelle zum Wohnzimmer und legte die Hand auf den Türknauf; sein schütteres Haar war zerzaust, und ein verstörter Ausdruck lag auf seinem Gesicht. Er sieht beinahe so aus, als betrachte er eine fremde Szene statt des vertrauten Familienbildes, dachte Kitty, und mit einemmal wurde er auch ihr fremd: Sie sah nicht mehr ihren Vater vor sich, sondern einen schmächtigen, verhärmten alten Mann mit schüchtern hin und her schweifendem Blick und ungepflegtem Bart.

»Also Papa?« Die stets ungeduldige Mrs. Tyler hatte kein Gespür für die absonderliche Stimmung, die von ihrem Vater ausging. Sie sprach in spitzem Ton. »Was wollte Mr. Cochran zu so später Stunde noch von dir? Will er die Hypothek kündigen und uns auf die Straße setzen?«

»Melodrama!« Er stieß das Wort mit einer gewissen nachsichtigen Verachtung hervor, dann trat er an den Tisch und musterte Frau und Töchter über die Lampe hinweg mit gedankenverlorenem Blick. »Er kann die Hypothek nicht einfach kündigen, ehe sie verfallen ist und solange wir die Zinsen pünktlich zahlen. Aber man ist mit einem Angebot an mich herangetreten. Die reformierten Presbyterianer wären geneigt, unsere Gebäude für ihr Seminar zu erwerben.«

Diese Ankündigung machte auf seine Frau und die ältere Tochter kaum mehr Eindruck, als wenn er ihnen eröffnet hätte: »Jemand will meinen rechten Arm kaufen.« Erst als er nicht aufhörte, sie schweigend zu betrachten, sah Ellen sich zu einer Entgegnung genötigt. »Was ist los, Papa? Die Bank kann dich doch nicht zwingen zu verkaufen, oder? Wie sollten wir denn ohne die Gebäude zurechtkommen?«

»Mein armes Kind!« Der verstörte Ausdruck war aus seinen Augen verschwunden; er maß Ellen mit klarem, scharfem Blick, so als sei sie das einzige in Gefangenschaft befindliche Exemplar einer unerforschten Spezies. Er sah Ellen häufig so an und sprach zu ihr in einem Ton, der sie in Kittys jüngere Schwester zu verwandeln schien, während sie doch im Grunde schon eine gesetzte Matrone war. »Hast du denn überhaupt keinen Realitätssinn? Ich meine, wir hätten uns oft genug über unsre finanziellen Verhältnisse unterhalten.«

»Aber ich habe dir immer gesagt, daß du unnötig schwarz siehst. Wenn die Zeiten besser werden, wird es auch mit der Schule wieder aufwärtsgehen. Und die Zeiten werden sich bessern, wenn erst einmal die Novelle zur Wiederaufnahme der Barzahlungen in Kraft tritt.«

Professor Lowrey nahm ein Buch von dem Stoß, der sich vor Kitty türmte und warf es mit lautem Knall auf den Tisch: Ein Trick, dessen er sich im Unterricht bediente, wenn es galt, unaufmerksame Schüler aus ihren Träumen zu reißen. Als die drei Frauen jetzt verwundert zu ihm aufblickten, schob er die Hände in die Taschen und wandte sich ab; blitzschnell aber drehte er sich um die eigene Achse, so daß er sie erneut fixieren konnte.

»Es ist mit unverständlich, wieso angeblich mit Intelligenz begabte weibliche Wesen sich der leider weit verbreiteten Meinung anschließen, das Inkrafttreten dieses Gesetzes – womit man überdies günstigenfalls erst in vier Jahren rechnen darf – werde der Not aller Bürger ein Ende setzen. Uns wird es allenfalls nicht helfen, Ellen, dessen kannst du sicher sein. Unsere Zeit hier ist abgelaufen. In ein paar Jahren schon werden alle angehenden jungen Damen aus dieser Gegend gemeinsam mit ihren Brüdern die Mittelschule und das College besuchen. Nur da, wo es bis jetzt noch keine öffentlichen Schulen gibt, die ihres Namens würdig sind, hat ein College wie unseres seine Berechtigung.«

Mrs. Lowrey nahm die Brille ab, um ihren Mann besser sehen zu können. »Hast du eigentlich der Schulbehörde der Methodisten je eine definitive Absage bezüglich dieser Schule in Kansas erteilt?« Mrs. Lowrey mochte bisweilen recht zerfahren sein, aber ihrem Mann gegenüber besaß sie ein feines Gehör.

Als er ihr antwortete, klang seine Stimme sanfter als bisher. »Nein, das habe ich allerdings nicht getan. Ich habe um die Erlaubnis gebeten, meine Entscheidung bis nach Beginn unseres Wintertrimesters hinauszuschieben. Entgegen deiner und Ellens Hoffnungen befürchte ich nämlich, ich könnte gezwungen sein, auf das Angebot einzugehen. Ich weiß nicht einmal, warum sie mir die Stelle offeriert haben; sicher standen Jüngere zur Auswahl. Aber vielleicht wiegen Erfahrung und die Gewißheit, daß keine Gefahr besteht, irgendein Schulmädchen könne meinetwegen auf dumme Gedanken kommen... Wie dem auch sei, jedenfalls wurde mir die Ehre zuteil, von der Kirche ausersehen zu werden.«

Ellen dämmerte die Wahrheit. »Willst du damit andeuten, daß du dich tatsächlich bereit erklärt hast, die Schule zu verkaufen?«

»Ich habe zugestimmt, die Gebäude für die Tilgung der Hypothek und noch etwas darüber abzutreten. Mr. Cochran hat die reformierten Presbyterianer überredet, ihm ein Angebot zu machen, unter der Bedingung, daß die Bausubstanz gut erhalten ist.«

»Aber was soll dann aus uns werden?«

»Deine Mutter, die zwar nicht mehr jung ist, aber Mut hat für zwei, wird mit mir nach Kansas ziehen. Das bedarf keiner Frage. Kitty wird endlich frei sein und heiraten können. Was dich angeht, so hast du die Wahl. Entweder du gehst zurück zu deinem Mann, falls er dich nach dieser langen Zeit um der Kinder willen noch haben will, oder du suchst dir irgendeine Beschäftigung, wenn du denn mit der Rolle der Hausfrau und Mutter nicht zufrieden bist. Im übrigen, solange ich ein Dach über dem Kopf habe, werde ich euch stets mit Freuden aufnehmen, dich und die Kinder.«

»Oh, nein, Papa!« rief Kitty. »Nur das nicht!« Ellen erhob sich, wobei das Laken, das sie geflickt hatte, von ihrem Schoß zu Boden glitt und in theatralisch weißem Gewoge um ihre Füße wallte. Zornig funkelte sie die Schwester an. »Welch noble Geste der Dankbarkeit! Doch das hätte ich mir ja denken können. Die besten Jahre meines Lebens habe ich geopfert, um meinen Eltern, der Schule und der Stadt zu helfen, aber wen kümmert das? Jetzt heißt es einfach: Geh oder bleib!«

»Du redest wie in einem schlechten Roman.« Und das war merkwürdig, weil Ellen nämlich keine schlechten Romane las. Wußten etwa drittklassige Romanciers, daß Leute wie Ellen so sprachen? Die Aussicht, nicht länger mit ihr zusammenleben zu müssen, beflügelte Kitty derart, daß sie darauf brannte, Ellen endlich einmal die Meinung zu sagen. »Dankbarkeit! Weder die Stadt noch die Schule haben dich gebeten, deine eigenen Angelegenheiten zu vernachlässigen und dich statt dessen in die ihren einzumischen, ebensowenig wie Papa und Mama dich gebeten haben, deinen Mann zu verlassen und samt deiner Brut wie die Heuschrecken hier einzufallen.«

Mrs. Lowrey streckte den Arm aus und klopfte Kitty mit ihrem Fingerhut fest aufs Haupt. Kitty sah sie verdutzt an und fühlte sich so geschwind in ihre Kindheit zurückversetzt, daß ihr das Lachen im Halse steckenblieb.

»Still jetzt, alle beide! Euer Vater hatte noch nicht einmal Gelegenheit, uns zu erzählen, wer ihn aufgesucht und was man ihm geboten hat.« Mrs. Lowrey wandte sich an ihren Gatten: »War es ein faires Angebot?«

»Der Fremde ist ein gewisser Dr. Armstrong, er hat den Vorsitz über das Komitee, das von der Generalversammlung mit den Plänen für die Zusammenlegung der Seminare betraut wurde. Er war ermächtigt, mir ein Angebot zu unterbreiten, das Mr. Cochran als großzügig bezeichnete.« Professor Lowrey räusperte sich. »Wir können die Hypothek abtragen, unsere Schulden bezahlen und behalten noch ein hübsches Sümmchen für unsere alten Tage übrig. Ihr seid gewiß mit mir der Meinung, daß es besser ist, zu diesen Bedingungen zu verkaufen, als weiter gegen den Bankrott anzukämpfen. Ich habe das Angebot akzeptiert.« Damit wandte er sich um und ging zur Tür hinaus. Sie hörten ihn draußen in der Diele den Weg zu seinem Arbeitszimmer nehmen.

Die Frauen blieben eine Weile stumm zurück. Mrs. Tyler ergriff schließlich als erste das Wort. »Mama, weißt du, ob die Buben schon im Haus sind? Würdest du nach ihnen sehen, Kitty? Bitte entschuldigt mich, ich möchte mich zurückziehen. Das war ein schwerer Schlag für mich. Ich will versuchen, im Gebet zu einem Entschluß...«

Ungehalten schnitt Kitty ihr das Wort ab: »Woher weißt du denn, ob die Mädchen daheim sind?«

Während Mrs. Tyler die Aufsicht über das Pensionat geführt hatte, waren die Töchter herangewachsen; sie lebten mit ihr in dem halb leeren Wohnheim. Wenn Mrs. Tyler einen Abend bei ihren Eltern oder anderswo zubrachte, verließ sie sich darauf, daß die Mädchen nicht nur selbst zur vorgeschriebenen Zeit auf ihrem Zimmer waren, sondern ihr auch über etwaige unerlaubte nächtliche Streifzüge der Internatsschülerinnen Mitteilung machten. Die Buben dagegen schliefen bei den Großeltern im zweiten Stock.

»Auf die Mädchen kann ich mich verlassen. Aber ich kann nicht das Wohnheim leiten und auch noch die Buben im Auge behalten.«

»Welch ein Dilemma«, spottete Kitty. »Indem du mich bittest, nach ihnen zu sehen, gibst du zu, daß du deinen eigenen Söhnen nicht trauen kannst.«

»Kitty, das reicht! Vergiß nicht, daß Ellen jahrelang ohne Gehalt als Lehrerin und Aufseherin bei uns gearbeitet hat; sie hat Anspruch auf unsere Dankbarkeit.«

Kitty wollte ihre Mutter daran erinnern, daß es einem nicht unbedeutenden Lohn gleichkäme, über Jahre hinweg für sechs Personen Nahrung und Kleidung zu empfangen, aber das wäre zu weit gegangen; außerdem wollte sie Ellen nicht das Stichwort für neuerliche Klagen geben wie: »Du neidest uns also das Brot, das wir essen!« Doch sie erhob Einspruch, als Mrs. Lowrey ihre Näharbeit vom Schoß nahm, auf den Tisch legte und sich anschickte, selbst nachzuschauen, ob die Buben im Bett lägen.

Ohne auf ihren Protest zu achten, wandte Mrs. Lowrey sich zur Tür. Ellen, die sich vielleicht schämte, stand ebenfalls auf, und die beiden Frauen gingen zusammen hinaus. Kitty wartete, bis sie ihre Schritte über sich hören konnte, dann huschte sie über die Diele zum Arbeitszimmer ihres Vaters und öffnete die Tür einen Spaltbreit. Professor Lowrey saß vornübergebeugt in seinem niedrigen Ledersessel und hatte das Kinn auf die Brust gepreßt, so daß sein schütterer Bart über die schmale Krawatte fiel, während seine zerzausten weißen Haarsträhnen wie gesträubte Federn vom brüchigen Leder der Rückenlehne abstanden.

»Papa, darf ich einen Moment hereinkommen?«

Sie stellte sich ihm gegenüber vor den Kamin. Ohne den Kopf zu heben, musterte er sie über den Rand seiner Brille hinweg.

»Papa, ich weiß, es muß dir schwerfallen, Waynesboro zu verlassen. Wirst du darüber hinwegkommen?«

»Mein liebes Kind, dieses Angebot war das reinste Gottesgeschenk. Das Schicksal hat eingegriffen, um uns zu retten. Oder – dir stehen alle Anzeichen eines schlechten Gewissens ins Gesicht geschrieben – hast du dem Schicksal einen Wink gegeben?« Verstohlen zwinkerte er ihr zu. »Es scheint, als habe ich auf geheimnisvolle Weise genau an den richtigen Stellen herumerzählt, daß wir wahrscheinlich zum Verkauf bereit seien. Möchtest wohl am Ende gar von mir hören, daß ich nicht untröstlich bin?« Sie war so überrascht, daß ihr keine Erwiderung einfiel. Sie hatte seine langjährige Erfahrung im Erraten dessen, was in den Köpfen junger Mädchen vorging, nicht bedacht. Lächelnd fuhr er fort: »Natürlich wird die Trennung schmerzlich sein. Ich bin als junger Mann hierhergekommen, entdeckte diese Schule und baute sie aus. Ich hatte die Hoffnung, sie eines Tages der Nachwelt als dauerhafte Einrichtung übergeben zu können. Allein, ich hätte es besser wissen müssen: Niemand vermag vorauszusehen, wie lange eine Bildungsstätte in unserer wechselvollen Welt von Nutzen sein kann. Ich hatte die falschen Erwartungen, das ist alles. Ich erkenne es mit philosophischer Ruhe: Die Schule, der ich einst mein Leben weihte, hat sich in den sprichwörtlichen Klotz am Bein verwandelt.«

»Aber Papa...!«

»Ja, ja, ich weiß. Mein Lebenswerk besteht in dem, was ich im Unterricht geleistet habe; mein Denkmal setzen mir die jungen Geister, die ich formte.« Er sagte das in trockenem, fast ironischem Ton. »Aber wir Sterblichen haben nun einmal die Schwäche, ein greifbares Zeichen unseres Erdenwallens zurücklassen zu wollen. Unabhängig von den leiblichen Nachkommen. Indes, du wirst hier glücklich sein, und Ellen wird sich unentbehrlich fühlen, wohin sie auch geht. Deine Mutter freilich wird sich in ihrem Alter nur schwer an den Ortswechsel gewöhnen... Trotzdem, mach dir nur keine Sorgen!«

»Um Mama? Ganz bestimmt nicht. Wenn sie erst einmal dort ist, wird sie sich schnell zurechtfinden. Um dich ist mir bange.« Sie wollte sagen: »Fühl dich nicht gar zu einsam«, aber die Worte blieben ihr im Halse stecken. Wenn er unterrichtete, würde er seine Einsamkeit nicht spüren, nicht mehr als sonst jedenfalls. Doch seltsam, obwohl sie so darauf bedacht gewesen war, seinen Stolz zu schonen, hatte sie ihn bisher nie als den schmächtigen, bemitleidenswerten alten Mann gesehen, der jetzt vor ihr saß.

»Ich bin froh, daß die Kirche mir in meinem Alter noch zutraut, eine neue Schule aufzubauen. Aber du, mein Kind, magst leichten Herzens deinen jungen Mann heiraten.« Er schaute an ihr vorbei auf das armselige Feuer, das im Kamin verglühte. »Mein einziger Kummer ist der, daß wir so weit fort müssen.«

Eine Zeitlang schwiegen beide. Er sah ins Feuer; sie schaute auf ihn herab und dachte: Jetzt endlich weiß ich, wann man wirklich erwachsen ist und alles Kindliche abgestreift hat; es geschieht in dem Augenblick, da einem die eigenen Eltern leid tun, sie, die doch früher über dergleichen Regungen standen wie der Herrgott selbst. Sie wünschte fast, sie hätte Richter Ballard nicht aufgesucht. Dann gab sie sich einen Ruck, und als sie auf dem Weg nach draußen am Sessel ihres Vaters vorbeikam, legte sie die Hand auf die Rückenlehne.

»Sei nicht traurig, Papa. Wahrscheinlich muß es so gehen mit den Plänen... und Hoffnungen der Menschen.«

»Ginge das Leben nicht zuweilen hart mit uns um, dann stählte es uns auch nicht, weder geistig noch moralisch. Ich habe lange genug mit der Bibel und den griechischen Klassikern gelebt, um mir schmeicheln zu dürfen, ich sei dabei zu einem ganz passablen christlichen Stoiker avanciert. ›Ich Unglücklicher, daß mir das passieren mußte! – Nicht doch! Vielmehr: Ich Glücklicher, daß ich unbekümmert bleibe, obwohl mir das passiert ist, ohne mich von meiner jetzigen Lage niederschmettern zu lassen oder Angst vor der Zukunft zu haben.‹« Er beugte sich vor und langte in das drehbare Bücherregal neben seinem Schreibtisch, zog einen Band heraus und blätterte darin. »Ja, das ist die Stelle: ›Denke fortan bei allem, was dein Herz kränken will, daran, den Grundsatz anzuwenden: Dies ist kein Unglück, aber es tapfer zu tragen, ist ein Glück!‹« Strahlend blickte der Professor zu Kitty auf. Doch als er Tränen auf ihren Wangen schimmern sah, erlosch der Glanz in seinen Augen. »Aber Kind, was hast du denn?«

»Ach Papa! Ist das Leben wirklich und zu allen Zeiten so hart, daß wir, um es zu ertragen, solche Maximen sammeln müssen..?«

»›Maximen‹ nennst du Mark Aurels einzigartige Reflexionen?

Kitty, ich muß dich sehr bitten! Nein, natürlich gehen wir nicht umher und ›sammeln Maximen‹, wie du dich auszudrücken beliebst. Da hast du mich gründlich mißverstanden. Der christliche Philosoph eignet sich vielmehr seine Bibel gleichermaßen an wie seinen Plato oder seinen Mark Aurel, und gemeinsam bilden sie seinen Geist, wie die Nahrung seinen Körper formt. Aber auch das wird in diesem Buche besser formuliert. Warte, ich will dir's vorlesen.« Er blätterte ein paar Seiten weiter. »›Die Grundverfassung deiner Seele wird so sein wie die Vorstellungen, denen du nachhängst. Denn die Seele wird von den Vorstellungen gefärbt. Färbe sie nun durch die ständige Folge solcher Vorstellungen, wie dieser: Wo man leben kann, dort kann man auch ein sittliches Leben führen.‹« Als er wieder aufblickte, spielte um Kittys Lippen der Abglanz eines Lächelns. »Du kennst also Mark Aurel nicht, hast ihn nie gelesen, wie? So habe ich Entscheidendes bei deiner Erziehung versäumt. Nimm dafür diesen Band zum Geschenk, mit einer Widmung, versteht sich.«

Er erhob sich und trat an sein Schreibpult. Kitty nahm die Lampe vom Tisch und stellte sich neben ihn.

»Aber wenn dir dieses Buch soviel bedeutet, wie willst du es da entbehren?«

»Darum mach dir nur keine Gedanken! Ich habe noch eine griechische Ausgabe.« Er schlug den zerlesenen Band auf und schrieb unter seinen Namen, der das Vorsatzblatt zierte: »Für Kitty Lowrey von ihrem Vater, den 17. Januar 1876.« Vergeblich suchte er auf dem Pult nach einem Löschkissen, nahm schließlich das Buch auf und blies die Tinte trocken.

»Danke für dieses wundervolle Geschenk, Papa. Ich werde es in Ehren halten, weil es dir soviel bedeutet hat.«

»Lies es, wie du deine Bibel liest, dann wirst du in schweren Zeiten nicht nach ›Maximen‹ zu suchen brauchen.« Doch als er ihr das Buch überreichte, lachte er stillvergnügt in sich hinein. »Mir ist durchaus nicht verständlich, woher dein Irrtum rührt. Der christliche Philosoph, der sich auch als Lehrmeister versteht, kann auf einen ansehnlichen Vorrat an Maximen zurückgreifen und tut es auch, um die Jugend für das Leben zu wappnen.«

Mehrere Wochen vergingen, ehe der Verkauf der Schule abgewickelt und die Nachricht von diesem Handel in der *Fackel* verbreitet wurde. Nach der letzten Jahresabschlußfeier des Mädchen-Colleges im kommenden Juli würde das Gelände samt seinen Bauten in den Besitz des Theologischen Seminars der reformierten Presbyterianer von Waynesboro-Aberdeen übergehen. Pfarrer Dr. Blair, weiland Rektor des Seminars in Aberdeen und künftiger Rektor der Gemeinschaftsanstalt, würde ins Haus der Lowreys einziehen. Das Seminar würde sowohl Wohnheim als auch Unterrichtsgebäude übernehmen; für das nur aus einen Raum bestehende Backsteinhäuschen, in dem Miß Pinney seit vielen Jahren die dem College angegliederte Vorschule leitete, hatte man indes keine Verwendung, weshalb die Bevollmächtigten des Seminars sich bereit erklärten, es an Miß Pinney zu vermieten, damit sie – auf eigenes Risiko – ihre Privatschule für Knaben und Mädchen weiterführen könne. In derselben Ausgabe der *Fackel,* die über den bevorstehenden Verkauf berichtete, erschien auch Miß Pinneys bescheidene Anzeige, die über ihr Vorhaben nebst Aufnahmebedingungen und Schulgeld Auskunft gab. Unter »Vermischtes« wurde in einer Spalte die willkommene Bereicherung begrüßt, der Waynesboros kirchliches und gesellschaftliches Leben im nächsten Herbst mit der Ankunft der Blairs sowie dreier Professoren nebst Familie entgegensah.

Diese letzte Meldung bedeutete, daß bald drei Familien in der Stadt nach Unterkunft suchen würden. Die Bautätigkeit in Waynesboro war während der schlechten Zeiten drastisch eingeschränkt worden, und es standen nur wenige Häuser von annehmbarer Größe und in guter Lage zu vermieten. Sheldon Edwards suchte unverzüglich Ludwig Rausch auf und vergewisserte sich, daß er und Kitty nach ihrer Hochzeitsreise in der Linden Street einziehen könnten. Sie würden gleich nach der Abschlußfeier heiraten, bevor die Lowreys in den Westen zogen.

Ende März, zur Zeit des Frühjahrsputzes, als ohnehin alles drüber und drunter ging, hielten die Rauschs Einzug im Haus von Sallys Eltern. Mr. Cochran hatte seine Bibliothek hinter dem Salon als Schlafzimmer für sich und seine Frau herrichten lassen, übrigens gegen Mrs. Cochrans entschiedenen Widerstand: Ein Zimmer im Parterre sei undenkbar, bäuerisch, wenn nicht gar hinterwäldlerisch. Ein Teil der angrenzenden Geschirrkammer wurde zum Badezimmer umgebaut; die Verkleidung der Wanne, welche die Ausmaße eines Sarkophages hatte, war aus Mahagoni, desgleichen der Frisiertisch mit Marmorplatte, über dem ein mit Tüpfelmusselin drapierter Spiegel hing. Die kleine Seitenveranda vor der Bibliothek verwandelte man in einen ringsum verglasten Wintergarten mit Farnen, allerlei Kletterpflanzen und einem silberhell plätschernden Springbrunnen, damit Mrs. Cochran auch an Tagen, da sie nicht ins Freie konnte, wenigstens die Illusion von Natur würde genießen können – mit Licht und tausend Düften. Diese Vorkehrungen ermöglichten es, den Rauschs das gesamte Obergeschoß zu überlassen: Ein Wohnzimmer, wohin sie sich, wollten sie den Abend allein verbringen, zurückziehen konnten, und genügend Schlafzimmer für die gesamte Familie. Wenn Ludwig und Sally Hausgäste hatten, würden die Kinder mit Cassie im zweiten Stock nächtigen. Diese Möglichkeit wurde ganz selbstverständlich in Betracht gezogen, denn Ludwigs Familie – Mutter, Vater, Schwester Minna und deren frischgebackener Ehemann – waren schon seit langem eingeladen, Ludwig auf dem Wege zur Weltausstellung in Philadelphia zu besuchen. Ludwig gedachte auch dorthin zu fahren und hatte vorgeschlagen, sich mit den Seinen der elterlichen Familie anzuschließen, falls sein Vater einen angemessenen Zeitpunkt für die Reise festsetzte; irgendwann gegen Ende des Sommers, wenn Sally sich von ihren häuslichen Pflichten freimachen konnte.

Ludwig war nicht eher abkömmlich, denn er sollte im Juni als Stellvertreter für Mr. Liddell von Whitewater an der Jahresversammlung der Republikaner teilnehmen. 1876 trat er zum erstenmal bei einem Parteikonvent in Erscheinung, und er versuchte weder, seine Freude darüber zu verbergen, noch seine Wahl als Selbstverständlichkeit hinzustellen. Sally bedauerte es lebhaft, ihn nicht begleiten zu können, und er war hin und her gerissen zwischen der Überzeugung, eine politische Versammlung sei kein passender Ort für eine Dame, und der Gewißheit, seine Frau würde alle übrigen Gattinnen der Delegation aus Ohio ausstechen. Doch Sally war daheim unentbehrlich: Ihre Mutter brauchte sie, und auch der einjährige Charles konnte weder allein zurückgelassen noch in einem Hotelzimmer untergebracht werden. (Sally äußerte sehr viel später, halb spöttisch, halb bedauernd: »Nach meiner Hochzeit mußte ich jahrelang auf alles verzichten. Entweder ich hatte mich um ein Baby zu kümmern, oder ich war in anderen Umständen.«)

Wie die übrigen Republikaner von Waynesboro glaubte auch Ludwig, daß die Wiederaufnahme der Barzahlungen anstelle von Staatspapiergeldern den langersehnten wirtschaftlichen Aufstieg bringen würde. Aber die vom Kongreß verabschiedete Gesetzesnovelle würde nicht vor Januar '79 in Kraft treten, um dem Finanzministerium Zeit zu geben, die notwendige Goldreserve aufzubauen. Doch falls die Demokraten aus der Wahl des Jahres 1876 als Sieger hervorgingen, bedeutete das die Aufhebung des Gesetzes. Gelang es die Staatsfinanzen zu sanieren, dann wollte Ludwig seinen langgehegten Plan verwirklichen und am Flußufer ein neues Werk errichten lassen. In diesen schlechten Zeiten war ihm das ohne großen Kostenaufwand möglich, denn er konnte seine nicht ausgelasteten Schwarzen als Handlanger, vielleicht sogar als Maurer einsetzen. Mit einer solch modernen Anlage wäre er für den Aufschwung gerüstet, der sich nach Inkrafttreten des Gesetzes unweigerlich einstellen würde. Ludwig, der im übrigen die Politik nie als bloßes Spiel betrieben hatte, setzte sich jetzt stärker denn je für das Wohl seiner Partei ein. Allen Schrecken der Entlarvung des Whisky-Rings im vergangenen Jahr und der neuerlichen Skandale dieses Frühjahrs zum Trotz hielt er unerschütterlich an seinem Glauben fest, daß die Republikaner zum Wohle des Landes an der Macht bleiben müßten. Eines Abends besprach er die Aussichten der Partei mit John Gordon, den er in der Hoffnung, der Doktor habe Zeit für eine Schachpartie, in seiner Praxis aufgesucht hatte.

Seit die Bierschenke der Hoffmanns geschlossen war, hatten Ludwig und Mr. Lichtenstein ihre Schachabende in die Praxis des Doktors verlegt. Wenn er die Zeit erübrigen konnte, leistete John ihnen Gesellschaft. Mußte er sich dagegen um Patienten kümmern, so führte er sie über den Gang direkt in sein Sprechzimmer und ließ die beiden im Warteraum ungestört weiterspielen. An diesem Abend saß Dock allein in seinem abgenutzten Lehnstuhl vor dem ausgebrannten Kamin und hatte die Füße aufs Gitter gelegt. Mit John ließ sich gut über Politik diskutieren: Denn obwohl natürlich auch er Republikaner war, besaß er genügend Objektivität, um die Chancen der Partei nüchtern abzuwägen. Und er machte Ludwig gegenüber kein Hehl daraus, daß er die Aussichten der Republikaner nicht eben günstig einschätzte. Die '74er Wahlen, in denen es zwar nicht um die Präsidentschaft gegangen war, hatten die Demokraten immerhin zu ihren Gunsten entschieden; sie regierten im Repräsentantenhaus, und die Republikaner behaupteten im Senat nur eine äußerst knappe Mehrheit. Zugegeben, die törichte Streitsucht der »Konföderierten Brigadiers«, welche die Demokraten der wiedereingegliederten Südstaaten in den Kongreß entsandt hatten, waren den Republikanern zupaß gekommen, aber das reichte wohl kaum aus, um die Skandale in ihren Reihen vergessen zu machen. Hinzu kam, daß die Republikaner untereinander zerstritten waren. Die Wähler waren gewiß nicht gewillt, Präsident Grant eine dritte Amtszeit zu gewähren; aber Grants Anhänger – zumindest Conkling aus New York – wollten Blaine nicht, Blaine wollte Grant nicht, und die Reformer der Staatsverwaltung wollten niemanden, der einer dieser beiden Fraktionen angehörte. Sie würden wahrscheinlich für Bristow plädieren, den Finanzminister, der den Whisky-Ring aufgedeckt hatte. Doch weder Blaines noch Grants Anhänger würden Bristow akzeptieren.

Während dieser Zusammenfassung dessen, was Ludwig besser wußte als John, kam Mr. Lichtenstein herein.

»Blaine!« fuhr er Ludwig an. »Sie sind Sohn von ein Achtundvierziger! Wie Sie können vergessen Ihre Prinzipien? Können Sie geben Blaine Ihr Stimme als ehrlicher Mann?«

»Nein. Aber ich würde ihn eher in Kauf nehmen, als die Demokraten ans Ruder zu lassen«, entgegnete Ludwig. »Ich glaube allerdings nicht, daß es soweit kommen wird. Alle diese Splitterparteien haben nichts gegen Gouverneur Hayes; seine Aussichten für die Kandidatur stehen gut. Sogar Richter Ballard wird sich der Partei wieder anschließen, wenn sie Hayes nominiert. Der Richter glaubt, daß Hayes gute Chancen hat – seinetwegen läßt er Mrs. Ballard im Mai sogar allein zur Versammlung der Prohibitionisten fahren.«

»Prohibition! Narretei! Wenn das Land hat ernsthafte Sorgen.«

»Mag sein, daß es euch gelingt, Hayes zu nominieren«, mischte John sich ins Gespräch, »aber ob er auch gewählt wird? Wer hat denn außerhalb Ohios je von ihm gehört?«

»Es wird bestimmt ein harter Wahlkampf. Aber die Leute nennen Hayes den Mann des ›gesunden Geldes‹. Das wird ihm an der Ostküste von Nutzen sein.«

Und so fuhren Ludwig, Mr. Liddell, der Bezirksdelegierte, sowie General Deming, Richter Ballard und mit ihnen einige weitere Anhänger von Gouverneur Hayes, die Karten für die Ausstellungshalle ergattert hatten, am vierzehnten Juni zum Parteikonvent nach Cincinnati.

Während ihrer Abwesenheit beschäftigte man sich in Waynesboro mit zwei ganz und gar unpolitischen Ereignissen: dem letzten *Commencement Day* des Mädchen-Colleges und Kitty Lowreys Hochzeit. Alle, die dazu berechtigt waren, nahmen an der Abschlußfeier teil, und viele ehemalige Schülerinnen erschienen, um Professor Lowrey ein letztes Mal sprechen zu hören und von ihm und Mrs. Lowrey Abschied nehmen. Wie 1868 fand der Festakt auch in diesem Jahr im Freien statt, und als die Abschlußkläßlerinnen nebst ihren Familien und den übrigen Gästen der Schule nach dem traditionellen Imbiß aufgebrochen waren, versammelten sich die Freunde der Lowreys und der Edwards unter einem Ahornbaum, wo sie von Sheldon und dem Methodistenprediger erwartet wurden. Kitty kam ihnen am Arm ihres Vaters entgegen; Miß Pinneys Vorschulkinder säumten mit bunten Bändern ihren Weg. Kitty und Sheldon standen während der Trauung Seite an Seite auf den Wurzeln des Ahorns, dem der Geistliche den Rücken zuwandte. Es war eine sehr schlichte Hochzeit, was die Familie Edwards nicht eben freute. Aber da Kittys Freunde wußten, daß alle Vorbereitungen für eine festliche Trauung, ob daheim oder in der Kirche, allein auf Kittys Schultern gelastet hätten, billigten sie ihre Entscheidung als sehr vernünftig. Sogar Sally Rausch, die doch gewöhnlich großen Wert auf Stil legte, sagte zu Anne, als die Zeremonie vorüber war, sie Johnny und Elsa von ihren Bändern befreit hatten und sich unter die Gratulanten mischten: »Hauptsache, sie sind endlich verheiratet! Kitty hat sich ja vor unseren Augen krank gegrämt. Drei Jahre war sie jetzt Lehrerin. Ich mußte eben daran denken, wie komisch wir's fanden, weißt du noch, bei unserer Abschlußfeier, daß jemand im methusalemischen Alter von Miß Tucker noch heiraten wolle.«

»Sie war aber älter als Kitty.«

»O gewiß, viel älter sogar. Doch ich könnte mir vorstellen, daß Kitty den Kindern, die heute morgen ihren Abschluß feierten, auch alt vorkommt.«

Kitty sah aus wie ein Schulmädchen, als sie zusammen mit ihrem Ehemann und den beiden Elternpaaren, die gleichermaßen unbehaglich dreinschauten, die Gratulanten empfing; ihr schmales Gesicht glühte vor Erregung, und unter dem Schleier hervor fiel ihr eine Strähne seidigen Haars in die Stirn. Sheldon neben ihr wirkte nicht nur ansehnlich mit seinen widerspenstigen blonden Locken und den scharfgeschnittenen, fast vornehmen Zügen, er war auch unverkennbar stolz und glücklich. Sally war nicht sicher, ob sie tatsächlich am Zustandekommen dieser Hochzeit mitgewirkt habe, einfach, indem sie ein Haus zu vermieten und dies kundgetan hatte, doch es war angenehm, sich vorzustellen, sie sei der Drahtzieher gewesen, der die Sache in Gang gebracht habe. Womöglich war sie selbst ein wenig wie das sprichwörtliche Roß, welches die Schlacht wittert, und mit dem sie Ludwig an jenem Abend verglich, als die Gordons – kurz nach dem Parteikonvent – bei den Rauschs zu Abend aßen.

Man hatte Ludwig gebührend zu Gouverneur Hayes' Nominierung gratuliert.

»Jetzt, wo sie's tatsächlich geschafft haben, wird Ludwig wohl für den Rest seines Lebens in der Politik bleiben«, orakelte Sally.

»Nun sei aber nicht unvernünftig.« Er strahlte seine Frau über die Länge des Tisches hinweg an. »Ich hatte überhaupt nichts damit zu tun. Nicht eine einzige Stimme habe ich geworben. Liddell hat alle Sitzungen besucht.«

»Nächstes Mal sieht's vielleicht schon anders aus.«

»Und wenn in vier Jahren keine wichtige Entscheidung auf dem Spiel steht? Schließlich habe ich mich nur darum so nah mit der

Politik eingelassen, weil ich glaube, daß gewisse Dinge für das Wohl des Landes ausschlaggebend sind.«

John Gordon hob die Brauen und war im Begriff, etwas zu sagen, doch als er Mr. Cochrans Blick auffing, besann er sich eines Besseren. Der alte Bankier saß neben seiner Frau, um ihr behilflich zu sein, wenngleich diese Hilfe sich darin erschöpfte, ihr aufzutun, als der weißgekleidete Hausdiener das Gemüse herumreichte, ihr zu erklären, was sie auf dem Teller habe, und ihr unauffällig das Fleisch zu schneiden. Jetzt lächelte er John fast unmerklich an und sagte kopfschüttelnd: »Er glaubt an seine Worte. Natürlich behaupten alle Politiker das gleiche.«

»Aber ich bin kein Politiker!«

Hierauf zitierte Sally lachend das Sprichwort vom Schlachtroß. »Ludwig, es hat dir doch Spaß gemacht, und du hast es aufregend gefunden – nun los, erzähl's ihnen schon!«

»Diesmal hat es Spaß gemacht, zugegeben. Beim nächsten Mal würde mein Kandidat womöglich nicht gewinnen. Im übrigen, was gibt's da groß zu erzählen? Es stand doch alles in der Zeitung.«

»Aber du warst dabei! Wir sind gespannt auf einen Bericht aus erster Quelle.« John, gewohnt, in Eile zu essen, war mit seinem Fleisch fertig. Erwartungsvoll beugte er sich vor.

»›Aus erster Quelle‹? Senator Sherman hat den Gouverneur durchgepaukt. Fünf Wahlgänge, und keiner rührte sich vom Fleck! Blaines Gegner waren unerschütterlich, obwohl seine Anhänger nach Ingersolls Rede fast die Halle eingerissen hätten. Doch es reichte nie ganz für die Mehrheit. Trotzdem ist es bemerkenswert, welche Macht er über seine Anhänger hat. Sie wären durch Reifen und Gänge gesprungen, wenn das was genützt hätte.«

»Aber war's denn mit Conkling und den anderen Grant-Männern nicht genauso?« Anne begegnete dem Gelächter, das ihre Frage auslöste, mit verlegenem Lächeln. »Habe ich etwas Dummes gesagt? Ich dachte, es sei eine Frage persönlicher Loyalität und jeder wähle den Mann, den er am meisten bewundere.«

»Und jeder Delegierte verehre womöglich auch noch seinen Kandidaten?« Ludwig schmunzelte. »Conkling hat den New Yorkern gesagt, was sie tun sollen, und aus Angst vor Repressalien haben sie gehorcht. Blaines Anhänger stehen wirklich hinter ihm, aber nach fünf Wahlgängen waren seine Gegner starrköpfiger und unbesiegbarer denn je. Die Opposition vermochte in Blaine keinen Messias zu sehen, und je mehr man ihnen einhämmerte, daß sie ihn lieben müßten, desto weniger Neigung spürten sie dazu und desto mehr verachteten sie die armen Narren, die der Aufforderung nachkamen, bis sie schließlich willens waren, *jeden* zu nominieren, nur nicht ihn. Und bei jedem Wahlgang gewann der Gouverneur ein paar Stimmen hinzu, um die sicheren vierzig aus Ohio aufzustocken. Dann wurde endlich eine Pause eingelegt, und Senator Sherman redete ein bißchen mit diesem und jenem.«

»›Geschicktes Taktieren‹ nannte das die Presse«, warf John ein. »Was für Vereinbarungen hat er denn getroffen?«

»Keine Ahnung. Ich weiß nur, daß keins unserer Prinzipien geopfert wurde: Das hätte der Gouverneur nicht gebilligt. Ich nehme an, der Senator hat mit den Führern der Pro-Grant-Gruppe gesprochen und sie davon überzeugt, daß der General gegen Blaine keine Chance habe, man brauche also einen Kandidaten, den auch die Reformgruppe akzeptieren würde. Und Reformer wie Grant-Anhänger dachten: Besser Hayes als Blaine!«

»Das Komische daran ist, daß er den Grant-Leuten mehr zu schaffen machen wird, als Blaine es je getan hätte.« John schien sich über die offenkundigen Schwächen der Politiker zu amüsieren.

»Du willst damit sagen, er sei der anständigere von beiden? Na, jedenfalls, als der Konvent wieder zusammentrat, begann man beim sechsten Wahlgang, sich auf Hayes' Seite zu schlagen: Den Anfang machten Zach, Chandler und Michigan. Blaine verlor zwar keine Stimmen, aber als Conkling das Zeichen gab und die New Yorker Delegation für Hayes stimmte, war die Schlacht entschieden: Die restlichen Delegierten konnten nicht schnell genug auf unseren Kandidaten einschwenken – allen voran Morton und Indiana.«

»Es muß aufregend gewesen sein«, versetzte Anne. »Ich wünschte, ich wäre dabei gewesen.«

»Aufregend war's in der Tat«, bestätigte Ludwig. »Man läßt sich unwillkürlich mitreißen. Und doch bin ich nicht sicher, ob Sherman bei Lichte besehen nicht ein besserer Präsident wäre als Hayes. Zumindest ist er der scharfsinnigere von beiden.«

»Mein armer Junge, hast du's denn noch nicht begriffen?« fragte sein Schwiegervater mit sanfter Ironie. »Wenn wir hin und wieder einen Präsidenten mit Verstand bekommen, so ist das nur dem Zufall zu verdanken. Wer wäre je um seiner Intelligenz willen gewählt worden? Nein, mein Lieber, die Wähler richten sich nach anderen Verdiensten und manchmal auch nur danach, wer eben zur Verfügung steht.«

»Ich weiß. Schade, daß der Senator nicht die Anziehungskraft des Generals besitzt und seine Gabe, die Leute für sich zu begeistern. Mich jedenfalls könnt ihr nach dieser Wahl als Sherman-Anhänger betrachten. Wie steht's mit dir, Dock?«

»Ganz deiner Meinung. Auch ich bevorzuge Männer mit Verstand, wenngleich der Kluge oft zu kompliziert denkt und nicht so klar in Schwarz und Weiß zu trennen vermag wie ein schlichteres Gemüt. Er zögert oder scheint zu schwanken, während er in Wahrheit nur die Sachlage überdenkt und alle Seiten des Problems abwägt. Aber um General Shermans willen sähe ich seinen Bruder gern als Präsidenten, auch wenn der General selber die Politik verabscheut. Seit dem Kriege hat der Senator in seiner unauffälligen Art mehr dazu beigetragen, das Land wieder auf einen vernünftigen Kurs zu bringen, als irgendein anderer; er hätte die Präsidentschaft verdient. Trotzdem wäre Hayes nicht schlecht; er war ein guter Gouverneur. Ein bißchen streng vielleicht – und engstirnig.«

»Warum sagst du, er ›wäre‹ nicht schlecht?«

»Ihr müßt ihn schließlich noch wählen.«

»Und das wird nicht leicht sein«, bemerkte Mr. Cochran trocken. »Ich kann mich an eine Zeit vor dem Kriege erinnern – ihr wart damals noch halbe Kinder –, als niemand es für selbstverständlich hielt, daß die Republikaner den Präsidenten stellten. Damals gewannen nämlich meist die Demokraten die Wahl. Und vergeßt nicht, daß sie vierundsiebzig im Repräsentantenhaus die Mehrheit errungen haben. Außerdem kann ich mir nicht vorstellen, daß Blaines Anhänger Hayes zujubeln.«

»Wahrscheinlich nicht. Aber Blaine ist in erster Linie Republikaner. Er wird Hayes' Wahlkampf unterstützen.«

»Wenn nur die Zeiten nicht so schlecht wären.« John seufzte. »Du bekommst das wahrscheinlich weniger zu spüren als ich. Die Farmer sind verschuldet und werden ihre Schulden nicht in harter Währung abzahlen wollen. Die Arbeiter sind brotlos. Wie lange ist Tim O'Reilly jetzt schon bei mir? Er bombardiert die Eisenbahngesellschaft mit seinen Petitionen, um wieder eingestellt zu werden, aber ohne Erfolg.«

»Wir müssen uns eben von nun an bis November tüchtig ins Zeug legen«, versetzte Sally. »Kannst du die Antwort nicht buchstäblich aus Ludwigs Augen ablesen?«

Aber in diesem Sommer geschah vieles, was die Aufmerksamkeit des Landes von den bevorstehenden Präsidentschaftswahlen ablenkte: Die Indianerkriege und das Massaker am Little Big Horn; die Jahrhundertausstellung in Philadelphia; die Jubiläumsfeiern zur hundertsten Wiederkehr des Unabhängigkeitstages am vierten Juli, der überall im Land mit wehenden Fahnen begangen wurde. Erst Ende August rührten sich die Wahlkampftrommeln wieder unüberhörbar. Gouverneur Hayes blieb die meiste Zeit daheim, aber alle anderen republikanischen Parteiführer, selbst der enttäuschte Blaine, reisten herum und hielten Reden für den Präsidentschaftskandidaten. Zu Beginn des Wahlkampfs waren die Gemäßigten am Ruder; Schurz stand Hayes zur Seite und riet ihm, seine Kampagne auf die Themen Reform und Sanierung der Finanzen zu beschränken. Doch die Demokraten weideten sich derart hämisch und rachsüchtig an der Korruption im Lager des Gegners, daß sich in republikanischen Busen der – wenn auch uneingestandene – Verdacht zu regen begann, durch den Krieg sei rein gar nichts entschieden worden. Im August wurde die erste Hetzparole ausgegeben: »Der Sieg der Demokraten verhilft den Rebellen an die Macht«; und aus dem Mund des Kandidaten für das Amt des Vizepräsidenten vernahm das Volk die kriegerischen Worte: »Schützt mit euren Wählerstimmen das ruhmreiche Werk, das eure Bajonette vor Gettysburg vollbrachten.« Der »Unionssieg in den Südstaaten« sowie die antimilitärische Haltung des Demokraten Samuel Tilden wurden jetzt zu Wahlkampfthemen erhoben und so lange ins Feld geführt, bis selbst sanftmütige und gemäßigte Bürger in der Erinnerung daran, was *sie* dieser Krieg gekostet hatte, die Streithähne anfeuerten.

In Waynesboro wurden den August und September über Barbecues und Picknicks veranstaltet oder mit Heuwagen und Kutschen Ausflüge in alle Dörfer des Wahlbezirkes unternommen, die ihrerseits Abordnungen zum Fackelzug in die Stadt entsandten. An diesem Abend wurde kein abtrünniger Republikaner mit Schmährufen verhöhnt: Richter Ballard war nicht nur in den Schoß der Partei zurückgekehrt, sondern beteiligte sich sogar am Wahlkampf für Gouverneur Hayes. Im Westen von Waynesboro kam es zur gewohnten Straßenschlacht, als die Parade ins irisch-demokratische Terrain einzudringen versuchte, ein »spontaner« Akt, der freilich nicht ohne Vorsichtsmaßnahmen unternommen wurde, was bedeutete, daß jeder Marschierende einen mächtigen Steinbrocken in der Rechten trug, während die brennende Fackel über seiner linken Schulter loderte. Später, als die Iren oder die Demokraten (in Waynesboro ein und dasselbe) ihren Umzug veranstalteten, marschierten sie den Hügel zum östlichen Stadtteil empor, wo ihre Reihen auseinandergesprengt und sie schließlich von den Schwarzen vertrieben wurden. Beide Zusammenstöße endeten mit Beulen und Rippenprellungen und hinterließen ein wüstes Durcheinander verbeulter Zylinder, ausgebrannter Fackeln und zerrissener Transparente. Aber man betrachtete dies alles als ausgemachten Spaß, und abgesehen von der fortdauernden Antipathie, welche die beiden Enden der Stadt voneinander fern hielt, hegten die Rivalen keinen Groll gegeneinander.

Anfang September machte Gouverneur Hayes auf dem Wege von Columbus nach Cincinnati in Waynesboro Station, um ein paar Stunden mit seinem alten Freund, Richter Ballard, zu plaudern. Fritz brachte den Richter zum Bahnhof, wo er den Gouverneur und seine wenigen Begleiter abholte. Nachdem er den Herrn in der überdachten Wageneinfahrt vor dem Hause des Richters abgesetzt hatte, fuhr er gleich wieder los und brachte ein Billett in die Seilerei, das Ludwig – mit liebenswürdiger Zustimmung des Gouverneurs – aufforderte, die hohen Gäste zu begrüßen. 1876 hätte niemand mehr gewagt (es sei denn, Mrs. Ballard und Mrs. McKinney, aber auch die nur hinter verschlossener Tür), Ludwig einen »Stiefelknecht« der großen Politiker zu nennen; seine Fähigkeit, einen republikanischen Kandidaten mehr als jeder andere im Wahlkreis zu fördern, stand außer Zweifel. Aber Ludwigs Talente wurden meist in den Vorversammlungen eingesetzt, bei der Suche nach geeigneten Ortskandidaten, denn Wahlkreis und Bezirk würden den Republikanern so sicher die Treue halten, wie sie es seit 1856 taten. Der Besuch des Präsidentschaftskandidaten in Waynesboro ging nicht in die Geschichte ein, nicht einmal als Fußnote. Aber im Gedächtnis zweier Kinder lebte er fort als Erinnerung an ihre erste Berührung mit Prominenz und Größe – einer Größe, die sich zwar nicht von selbst offenbarte, aber von ihren Eltern als solche erklärt wurde.

Ludwig hatte, zusammen mit den Parteiführern anderer Wahlkreise, Gouverneur Hayes in Columbus seine Aufwartung gemacht, an dem Tage, als die Nominierung offiziell bekanntgegeben wurde; doch damals war er einer unter Hunderten gewesen. Er wußte die Gefälligkeit wohl zu schätzen, die der Richter ihm erwies, indem er ihm Gelegenheit bot, dem Gouverneur jetzt noch einmal persönlich entgegenzutreten und sich so dem Gedächtnis des Parteiführers verbunden mit einem Ort und einem Bezirk einzuprägen. So sehr schätzte er die ihm erwiesene Aufmerksamkeit, daß er die Ehrung auf seine Familie auszudehnen wünschte. Sally mitzunehmen war unmöglich, da sie nicht eingeladen war, aber Elsa konnte ihn begleiten; sie würde im Wagen sitzenbleiben, bis und falls er sie rufen ließ. Reuben sollte sie hinbringen. Also fuhr Ludwig im Einspänner heim, gab in der Küche Anweisung, die Kutsche bereitzuhalten, und eilte die Hintertreppe hinauf, um sich von Teer und Öl zu reinigen. Er erklärte Sally, was er vorhabe, und sie versprach, Elsa fertig zu machen, sobald das Kind aus der Schule käme. Johnny Gordon, der auf dem Heimweg fast immer ein wenig im Hof der Cochrans verweilte, war auch heute dabei. Elsa sagte: »Johnny soll auch mit.« Sie begriff zwar nicht ganz, was all die Aufregung zu bedeuten hatte, war aber willens sich zu fügen, sofern Johnny sie begleitete. »Warum nicht?« meinte Sally, schrubbte auch dem Jungen Gesicht und Hände und bürstete sein Haar.

»Deine Mutter wird sich Sorgen machen«, sagte sie. »Onkel Ludwig soll bei euch vorbeifahren und erklären, wo ihr hinfahrt.«

Um den Gordons Bescheid zu sagen, nahmen sie den Umweg die Market Street hinunter, doch es war nicht nötig, auszusteigen: Anne jätete gerade die Asternbeete vor der Veranda. Der Wagen hielt hart am Bordstein, und Ludwig rief ihr zu, er wolle sich Johnny für ein Weilchen ausborgen; es schien ihm nicht geraten, den Grund vor den Ohren der Nachbarschaft preiszugeben: Weder der Gouverneur noch der Richter würden es ihm danken, wenn ein Haufen Schaulustiger sich einfand, um den hohen Gast zu bestaunen. Als der Wagen wendete und zur Main Street zurückfuhr, schärfte er den Kindern ein, mit Reuben in der Kutsche zu bleiben, bis er sie hole; wenn sie ganz besonders artig seien, würden sie vielleicht Gouverneur Hayes guten Tag sagen dürfen. Während sie neben Richter Ballards Haltepfahl in Gestalt des gußeisernen Negerjungen in der Kutsche saßen, während die Pferde die Fliegen abschüttelten, daß die Glöckchen am Geschirr klingelten, war es Reuben, der den Kindern erklärte, warum sie wie »'n klein Herr unne klein Madam« im Wagen sitzenbleiben mußten, statt wie sonst zu ihm auf den Bock klettern und die Zügel halten zu dürfen.

»Ihr sehen Herren da in Garten?« Johnny und Elsa sahen sie, wenn auch mit weniger Interesse, als sie dem glänzenden Rücken von Mr. Cochrans Braunen schenkten: Eine Gruppe von Männern in schwarzen Gehröcken saß in Schaukelstühlen im Kreis, beschattet von den Ahornbäumen des Richters. »Da iss' einer bei, Kinder, wo wird sein nächster Präsident von diese unsre Land.«

»Präsident? General Grant ist der Präsident. Er war der General von meinem Papa«, klärte Johnny Reuben auf.

»Nich' mehr lange, daß der Präsident is', nich' mehr lange. Der 's fertig.«

Daraufhin betrachteten Elsa und Johnny die Gruppe auf dem Rasen ein wenig aufmerksamer; trotzdem wurde ihnen die Zeit lang, bis Ludwig sie holen kam.

»Ihr dürft nur so lange bleiben, bis Elsa ihren Knicks und Johnny seinen Diener gemacht hat. Ich wollte euch das zur Erinnerung für später mitgeben, wenn ihr einmal groß seid.«

Freilich hatte er nicht mit der Kinderliebe des Gouverneurs gerechnet. Kaum hatte Ludwig seine Tochter vorgestellt, da saß sie auch schon auf einem schwarz behosten Knie. Johnny bekam eine besondere Einführung: »Der Sohn eines unserer Ärzte, der im Krieg als Assistent des Stabsarztes beim Sechsundvierzigsten Ohio stand.« Elsa durfte vom Schoß des hohen Gastes herunterrutschen, und Johnny nahm ihren Platz ein, während der Gouverneur sie in väterlicher Umarmung neben seinem Stuhl behielt.

»Schicken Sie die Kleinen nicht gleich wieder fort. Könnten sie nicht auch ein Glas Limonade bekommen?« Die Herren hatten ihre hohen Gläser bereits geleert und neben sich ins Gras gestellt, aber es war noch Limonade im Krug, und auf dem Tablett auf dem schlichten Gartentisch standen noch saubere Gläser. Ludwig schenkte ein; während die Kinder ihre Limonade tranken, betrachteten sie über den Rand der Gläser hinweg den Mann, »wo wird sein nächster Präsident«.

Johnny war beeindruckt von dem Bart, der soviel länger und üppiger herabwallte als der seines Vaters, sowie von der Freundlichkeit, die in Blick und Stimme zum Ausdruck kam, vernahm aber nur wenig von dem, was in den wenigen Minuten, ehe Ludwig ihn und Elsa wegführte, ausgetauscht wurde. Die Unterhaltung bewegte sich von ihm und Elsa fort, und doch war Johnny sicher, daß der Mann, auf dessen Schoß er saß, sie beide nicht vergessen hatte; man sprach über die Jahrhundertausstellung, über die Corliss-Maschine und über Mr. Bells sprechendes Telefon. Johnny, der im Sommer mit Binny und seinen Eltern in der Ausstellung gewesen war, hatte das Telefon mit eigenen Augen gesehen und bestaunt. Aber der Nachmittag im Garten der Ballards wäre ihm womöglich gar nicht im Gedächtnis geblieben, hätte er nicht noch am selben Abend zu Hause mit der Behauptung, er habe an einem Fest für Gouverneur Hayes teilgenommen, große Aufregung ausgelöst.

Seine Mutter glaubte ihm kein Wort und zeigte sich entsetzt darüber, ihren Sohn bei einer Lüge zu ertappen. »Das ist völlig unmöglich, Johnny. Wo hat Onkel Ludwig euch hingeführt?«

»Ganz weit raus, bis ans Ende der Main Street. Und es ist doch wahr! Onkel Ludwig hat gesagt, er war's.«

»Ausgeschlossen ist es nicht, Anne. Heute nachmittag hat mir in der Praxis jemand erzählt, der Gouverneur sei bei Richter Ballard zu Gast.«

»Ach du meine Güte! Du hattest doch bestimmt ganz schmutzige Hände, und dein Kragen war gewiß auch wieder verschmiert?«

»Tante Sally hat uns Gesicht und Hände gewaschen. Und alle haben ihn so angeredet: ›Gouverneur Hayes‹«. Johnny war bestürzt, und das nicht nur, weil die Identität seines neuen Bekannten angezweifelt wurde, sondern auch, weil die Begegnung an sich seiner Mutter so ungeheuerlich erschien. »Reuben sagt, er wird Präsident, aber...« – Johnny machte ein Gesicht, als gebe er zu, daß diese Behauptung nun wirklich alle Glaubwürdigkeit übersteige – »Präsident Grant ist der Präsident. Soviel weiß ich.«

»Du bist ein rechter Naseweis! Präsident Grant war lange genug am Ruder, Zeit, daß er abgelöst wird. Und nun erzähl mal, mein Junge: Wie hat er ausgesehen, der Gouverneur?«

»Sein Bart geht bis hierher«, antwortete Johnny schmollend und deutete dabei irgendwo in die Gegend seines Bauchnabels. »Ich hab' auf seinem Schoß gesessen und es ganz genau gesehen.«

»Dann muß es Hayes gewesen sein. Und er wird vielleicht tatsächlich Präsident, wenn Präsident Grant sich nächstes Jahr nicht mehr aufstellen läßt. Daß du einmal auf seinem Schoß gesessen hast, ist eine Erinnerung fürs Leben, mein Sohn!«

Und wann immer Johnny Präsident Hayes' Namen hörte, erinnerte er sich an eine freundliche Stimme, einen langen Bart, ein Gespräch über Mr. Bells Telefon; aber all das verschwamm eher in der Hitze eines Septembernachmittags vor grüngoldenem Hintergrund; Sonnenstrahlen drangen durchs Laub und tanzten auf und nieder, sobald der Wind sich in den Zweigen regte; er hörte in Gedanken das Klingeln der Eiswürfel in den Limonadegläsern und spürte unter sich den weichen Wollstoff – aber zuerst und zuletzt und am deutlichsten erinnerte er sich an den Bart und die freundliche Stimme.

Unterdessen war – trotz der regen Geschäftigkeit dieses Sommers – die Ankunft des neuen Rektors am Theologischen Seminar nicht unbeachtet geblieben. Er hatte mit seiner Familie (einer Tochter), mit seinen Büchern und Möbeln im Hause von Professor Lowrey Einzug gehalten, aber seitdem der Stadt wenig Gesprächsstoff geliefert. Hätte Dr. Blair ortsansässige Neger als Dienstboten eingestellt, wäre Waynesboro binnen kurzem über seine häuslichen Angelegenheiten im Bilde gewesen, aber er hatte ein pennsylvanisch-deutsches Ehepaar mitgebracht. In den ersten Tagen beschränkten sich die Berichte, die über ihn in Umlauf waren, auf das, was ein paar reformierte Presbyterianer in Erfahrung gebracht hatten: Er war Witwer, in den Sechzigern, hatte seine beiden Söhne aus erster Ehe im Krieg verloren und lebte nun allein mit der Tochter seiner zweiten, ebenfalls verstorbenen Frau; die junge Dame, so hieß es, sei erst achtzehn Jahre alt. Er habe ihre Erziehung persönlich übernommen und es dahin gebracht, daß sie selbst Hebräisch unterrichten könne, was sie am Theologischen Seminar in Aberdeen auch tatsächlich schon getan habe. Die Stadt im allgemeinen vernahm diese Kunde mit Entsetzen, wenn nicht gar mit Spott, aber die Damen des Frauenklubs waren sowohl entzückt als auch neugierig. Selbstverständlich würden sie der jungen Dame ihre Aufwartung machen, sobald damit zu rechnen war, daß sie auf Besucher eingerichtet sei. Vielleicht fand man in der Tochter des Rektors eine würdige Nachfolgerin für Mrs. Lowrey.

Doch nicht die Damen des Klubs, sondern Dr. Gordon machte als erster die Bekanntschaft der Blairs. Beim Mittagessen erzählte er Anne, der Hausdiener des Rektors habe ihm am Morgen ein Billett überbracht, in dem Dr. Blair in bat, sobald wie möglich vorbeizuschauen. Gleich nach der Sprechstunde wollte er der Aufforderung nachkommen.

»Aber dann zieh bitte den Gehrock an, John!« Anne fühlte sich um seinetwillen geschmeichelt, denn es gab schließlich unter den reformierten Presbyterianern Waynesboros zwei Ärzte. »Dr. Wright trägt immer einen Gehrock bei seinen Hausbesuchen, und die älteren Herren sowieso. Du sollst heute nachmittag genauso bedeutend wirken wie sie.«

»Und dann muß ich womöglich noch die ›Angströhre‹ aufsetzen?« murrte John lustlos. Aber als sie versprach, den Gehrock aufzubügeln, den Zylinder zu bürsten und beide in tadellosem Zustand in seine Praxis zu bringen, kapitulierte er.

»Und sieh dich um«, befahl Anne, »besonders *sie* schau dir gründlich an.«

Es war kurz nach vier, als Dr. Gordon an diesem Augustnachmittag das Haus der Blairs betrat. Die Wirtschafterin – angetan mit Schürze und Haube – nahm ihm den Hut ab und legte ihn respektvoll, ohne die seidig glänzende Oberfläche zu berühren, auf das Marmortischchen vor dem Salon.

»Sie sind der Doktor, nicht wahr, Sir? Sie werden erwartet. Hier entlang, bitte.« Sie führte ihn über die Diele bis vor die Tür des Raums, der Professor Lowrey als Arbeitszimmer gedient hatte. John, der ihr auf dem Fuß folgte, blieb dennoch Zeit, sich über die Vorzüge von Aberdeen, Pennsylvania, zu wundern, der Stadt, die offenbar solch vorbildliche Bedienstete hervorbrachte. In Gedanken an die schwarzen Diener, Hausmädchen und Ammen, die er kannte, und an deren zwangloses Benehmen, lächelte er in sich hinein. Die Blairs würden Waynesboro Grund zum Staunen geben.

Die Tür wurde geöffnet, sein Eintreffen gemeldet: »Der Doktor, Sir.«

John ging mit seiner Tasche an der Wirtschafterin vorbei und trat über die Schwelle. Er sah auf den ersten Blick, daß zwar die Möbel gewechselt hatten, der Charakter des Raums jedoch unverändert geblieben war: Ringsum an den Wänden volle Bücherschränke, gekrönt von weißen Gipsbüsten, Bücher auf dem Schreibtisch (über und zwischen den darauf verstreuten Papieren) und sogar auf den meisten Stühlen.

Dr. Blair saß in einem Lehnsessel am anderen Ende des Zimmers, jenseits des Kamins. John taxierte ihn mit dem geschulten Blick des Arztes: ein beleibter Mann mit jenem gewaltigen Brustkorb, der vom lebenslangen Kampf, die Lungen zu leeren, herrührte; glattrasiert, fast kahlköpfig, spärliche rotblonde Brauen über leuchtend blauen Augen, eine ausladende Kinnpartie. Dicht neben ihm, zwischen seinem Sessel und dem verhängten Fenster, stand ein schlankes junges Mädchen mit herzförmigem Gesicht und aufgesteckten Zöpfen. John sah sofort, warum man ihn hatte rufen lassen: Der stämmige Mann im Lehnstuhl würgte und hustete so angestrengt, wie es nur bei akuter Atemnot geschieht.

»Dr. Gordon?« Er brachte Johns Namen heraus, aber seine Wangen liefen rot an dabei, soviel Mühe kostete es ihn, gleichzeitig zu sprechen und zu atmen. »Treten Sie näher, Sir.«

John stellte sich vor den Kamin und verbeugte sich so elegant er konnte.

»Christina, meine Liebe... darf ich dir Dr. Gordon vorstellen? Sir... meine Tochter.«

»Miß Blair.« John verbeugte sich abermals. Das Mädchen hinter dem Sessel neigte den Kopf, äußerte ein paar nichtssagende Höflichkeiten und zog sich dann unter einem Vorwand zurück. Er prägte sich ihr Bild ein, oder versuchte es doch zumindest Anne zuliebe, aber im nächsten Augenblick wandte er sich schon wieder seinem künftigen Patienten zu.

»Ich hoffe, Sie befinden sich nicht im Irrtum, Dr. Blair...« Wenn sie sich so förmlich gaben, würde er ihnen in nichts nachstehen. »...oder ließen sich durch meinen schottischen Namen fehlleiten. Ich wurde zwar als Presbyterianer erzogen, aber ich bin nicht Mitglied Ihrer Gemeinde.«

»Nicht reformiert, hm?« Dr. Blair, der bei jedem Wort vor Anstrengung keuchte, sah unter gerunzelten Brauen zu ihm auf. John war, als zwinkere er dabei mit den Augen. »Wollen Sie mich warnen, Doktor?«

»Zwei Ärzte in unserer Stadt sind reformierte Presbyterianer.«

»Sie werden meine Wahl... übelnehmen?« Er keuchte, schnaufte, erlitt einen Hustenanfall und nahm dann seine Rede wieder auf. »Sollte mich nicht wundern... Aber ich bin... der hiesigen Gemeinde... in keiner Weise verpflichtet. Nein. Ich... habe Erkundigungen eingezogen. Bringen Sie den Stuhl da her, Doktor... und setzen Sie sich.«

John schob den hochlehnigen Schreibtischstuhl zum Sessel des Rektors hinüber und nahm dicht vor ihm Platz. »Sehr freundlich von Ihnen, Sir, obgleich ich nicht weiß, bei welchen meiner Freunde Sie sich nach mir erkundigt haben.«

»Braucht Sie auch nicht... zu kümmern. Man sagte mir... Sie seien ein fähiger Arzt... ein ausgezeichneter Schachspieler.« Er wies auf ein Schachbrett neben sich, auf dem eine unbeendete Partie aufgebaut war.

»Ein ganz neuer Grund für die Wahl eines Arztes. Aber ich würde mit Freuden hin und wieder eine Partie mit Ihnen spielen, auch ohne Sie dafür zu behandeln. Schachspieler sind nämlich rar in Waynesboro.«

»Meine einzige Entspannung... Kann nicht mal mehr richtig spazierengehen... Und meine Tochter meistert zwar jeden Lehrstoff... hat sogar gelernt... den angehenden Theologen... Hebräisch beizubringen... wird allerdings hier nicht nötig sein... das Seminar in Waynesboro... hat einen fähigen Mann... Professor Ramsey... er unterrichtet Hebräisch... Ungewöhnlich intelligent... meine Christina, aber für Schach völlig unbegabt... wie die meisten Frauen... Doch im Augenblick... Sie möchten wohl wissen... warum ich Sie rufen ließ?«

»Das brauchen Sie mir kaum zu erklären.« Und in der Tat war Dr. Blairs Kampf mit seinen Bronchien nur zu deutlich hörbar. »Sie leiden seit Ihrer Geburt an Asthma: Das erkenne ich an der ungewöhnlich starken Ausbildung Ihres Brustkorbs. Aber haben Sie immer so starke Beschwerden?«

Dr. Blair schüttelte den Kopf. »Die Jahreszeit... das Klima... Gewöhnlich verbringe ich... August und erste Septemberhälfte... im Norden... Doch dieses Jahr... der Umzug...« Er vollführte eine Geste, die andeuten sollte, was keiner Erklärung bedurfte. »Können Sie mir helfen?«

»Vielleicht ein wenig. Ein Laudanumextrakt wird die Anfälle lindern. Ein Inhalationsapparat könnte die Bronchien frei machen oder doch zumindest erweitern. Aber ansonsten gehört Asthma zu der großen Zahl von Krankheiten, gegen die wir nicht viel auszurichten vermögen.« John lächelte. Er war durchaus bereit, diesem freundlichen, häßlichen, leidenden Gelehrten gegenüber aufrichtig zu sein. »Wissen Sie übrigens, was dieses Leiden verursacht?« Er nahm das Stethoskop aus seiner Tasche, das vielen in Waynesboro noch als neumodisches Spielzeug galt, schob die schwarze Alpakajacke von der Brust des Rektors zurück und horchte sein Herz ab. Dann stellte er noch einige Fragen, erteilte den einen oder anderen Rat und wandte sich zum Gehen. »Ich werde meinen Burschen mit den Medikamenten vorbeischicken.«

»Das ist also alles?« erkundigte sich Dr. Blair. »Kein Kalomel... keine Jalapenwurzel?... Junger Mann... Sie sind einmalig... unter den Ärzten.«

»Diese Mittel würden gegen Ihr Asthma nichts ausrichten, obwohl es natürlich nie schaden kann, gegen Verstopfung vorzusorgen.«

»Oh, ich weiß... ich weiß. Ich habe einen gewissen Psalm... die metrische Fassung... ich habe ihn immer für den Psalm der Ärzte gehalten. ›Wohl dem, des Eingeweide schmelzen vor Erbarmen...‹«

John war so überrascht, daß er in schallendes Gelächter ausbrach; aber gleich darauf verstummte er betreten. »Sie meinen doch nicht etwa... das steht nicht wirklich...«

Dr. Blair wuchtete sich aus seinem Sessel hoch, trat an das Bücherbord beim Fenster, zog ein in braunes Leder gebundenes Büchlein vom Regal und reichte es John.

»Wohl dem, des Eingeweide schmelzen vor Erbarmen,
Sobald sein Auge schaut die Not der Armen.«

John hatte Mühe, ernst zu bleiben. »Sie wollen doch nicht behaupten... Singen Sie das in der Kirche?«

»Nein, das gerade nicht.« Dr. Blair ließ sich wieder in seinen Sessel fallen. »Wenn Sie das Titelblatt aufschlagen... Wie Sie sehen... ein deutscher... reformierter Psalter. Meine Mutter... sie war eine geborene...Crumbaugh.«

»Bei Leuten, die wie Sie aus dem Westen Pennsylvanias stammen, denkt man immer an rein irische Abkunft, Ulster, um genau zu sein. Eigentlich merkwürdig, denn wir haben schließlich eine ganze Reihe von Pennsylvanisch-Deutschen hier in der Gegend.«

»Wir... unsere Familie... sind eine Mischung. Iren, Schotten... Waliser... Deutsche. Aber überwiegend Calvinisten. Unser reformierter presbyterianischer Psalter... der ist allerdings... weniger drastisch... als dieser. Wir... singen: ›Wohl dem, der sich des Dürftigen annimmt!‹«

John lachte wieder und gab Dr. Blair das Büchlein zurück. »Was das Schachspiel angeht, so bleibt mir dafür leider nur sehr wenig Zeit. Aber wenn Sie abends in meiner Praxis vorbeischauen, werden Sie fast immer einen Partner finden. Ich habe ein paar Freunde, die mehrmals in der Woche eine Partie bei mir spielen.« Er nannte zwar ihre Namen nicht, aber er hatte auch keine Bedenken, sich Dr. Blair mit Ludwig Rausch oder Hermann Lichtenstein an einem Tisch vorzustellen. Sie mochten ein seltsames Gespann abgeben, doch ob sie miteinander auskamen, hing ganz davon ab, wie sehr dem Rektor an seiner Schachpartie gelegen war. »Manchmal, wenn ich nicht viele Patienten habe, nehme ich mir auch Zeit für ein Spiel.«

Sie setzten das Gespräch noch eine Weile fort, ehe John sich endgültig verabschiedete. Beim Abendessen erstattete er Anne Bericht. Außer bei den Mahlzeiten und beim Zubettgehen hatten die beiden kaum Gelegenheit, ihre Tageserlebnisse auszutauschen, und selbst dann mußte John stets damit rechnen, abberufen oder aufgehalten zu werden. Doch an diesem Abend konnten sie ihr Essen in aller Ruhe genießen und wurden in ihrer Unterhaltung lediglich hin und wieder durch die Kinder unterbrochen, die sich zwischen ihnen an den Längsseiten des Tisches gegenübersaßen. Binny, die mittlerweile aus ihrem hohen Kinderstühlchen herausgewachsen war, hatte man ein paar von Großvaters alten Lehrbüchern untergeschoben, damit sie auf gleicher Höhe mit den anderen bei Tisch sitzen konnte. Als John den Braten tranchiert hatte, setzte er sich, nahm die Serviette zur Hand und fragte: »Und nun, Anne, möchtest du gewiß alles über die Blairs erfahren?«

»Ja, bitte erzähl!«

»Schön, aber du weißt, daß unser Gespräch nicht über diese vier Wände hinausgehen darf. Falls Sally Rausch erfährt, daß ich die Blairs besucht habe, und sich bei dir erkundigt, kannst du sagen, ich hätte die beiden sehr liebenswürdig gefunden, aber nicht mehr.«

Anne lachte. »Als ob du mich darauf extra hinweisen müßtest! Ich spreche nie über deine Patienten.«

»Ich weiß. Doch mir scheint, Waynesboros Neugier hat den Siedepunkt erreicht. Aber lassen wir das...« Er fing an, Dr. Blair zu beschreiben. »Ein beleibter Glatzkopf mit ausladender Kinnpartie. Er schnauft wie ein Walroß.«

Johnny, der während des Essens selten auf die Gespräche der Eltern achtete, weil er in der Regel wichtigeren Gedanken nachhing, wollte jetzt wissen, was ein Walroß sei.

»Das erkläre ich dir ein andermal genauer, Johnny. Eine Art Robbe eben.« Als nächstes erzählte er Anne von dem Psalm, den der Rektor zitiert hatte.

»Hast du da gelacht?« erkundigte sich Johnny.

»Natürlich. Es gehört sich, über die Scherze der Patienten zu lachen, schon aus reiner Höflichkeit. Aber darüber hätte ich sowieso gelacht. Ich fand's komisch. Um so mehr, als es aus dem Mund eines solchen Kauzes von Theologen kam.«

»Das zeigt nur, wie wenig du mit Geistlichen in Berührung kommst. Sie sind stets mit Bibelwitzen bei der Hand, um zu zeigen, wie menschlich sie sind. Witze, die ein Laie nie machen würde, aus Angst, man könne ihn der Blasphemie bezichtigen, schreckliche Wortspiele mit biblischen Namen, wie Mr. McKinney sie macht. Dabei fällt mir ein: Hast du was über seine Mutter gehört?«

»Hmhm. Es heißt, sie macht's nicht mehr lange.«

»Ihr Tod wird eine Erlösung, für sie und für die Familie. Nach all den Jahren! Aber nun zu *Miß* Blair. Hast du sie gesehen?«

»Nur flüchtig. Sie ging gleich, nachdem ihr Vater uns einander vorgestellt hatte, aus dem Zimmer. Sie ist ziemlich groß. Recht schlank. Sehr blaß. Grünliche Gesichtsfarbe... wahrscheinlich anämisch.«

»Das würde mich nicht wundern, nachdem sie angeblich den Theologiestudenten Hebräisch beigebracht hat. Glaubst du, das ist wahr?«

»Ja. Ihr Vater hat es mir selbst gesagt. Hier wird sie allerdings nicht unterrichten, da Professor Ramsey vom Seminar Hebräisch lehrt. Aber sie kann nicht Schach spielen.«

»Schach?«

John wiederholte ihr die Worte des Rektors, und Anne sagte: »Dann ist sie vielleicht doch aus Fleisch und Blut! Aber nun erzähl mir, wie sie aussieht.«

»Rotblond... eher ›sandfarben‹ in meinem Wortschatz. Sie trägt das Haar geflochten und aufgesteckt. Keine Stirnfransen, keine Hängelöckchen, weder über den Ohren, noch am Hinterkopf. Helle Augen, blau oder grün, mit schweren Lidern. Rundes Gesicht, glatt und sanft wie bei einem Kätzchen, vor allem wenn sie lächelt.«

»Nach deiner Beschreibung scheint sie nicht sonderlich gesellig zu sein.«

»Und was kümmert dich das?«

»Sie wird sicher an Mrs. Lowreys Stelle in den Klub aufgenommen. Und für Mrs. Tyler kriegen wir eine der neuen Professorenfrauen. Ach je, es sieht so aus, als würden wir mehr und mehr zu einem theologischen Zirkel.«

Aber Annes Vorhersage sollte sich noch nicht so bald erfüllen. Die erste Sitzung des Klubs im Herbst 1876 fand im Hause der Cochrans statt. Anwesend waren Mrs. Ballard mit ihren beiden Töchtern (der Richter behalf sich an den Klubnachmittagen in seiner Kanzlei ohne Eliza); die Misses Gardiner; Miß Pinney, die den alten Stundenplan des Mädchen-Colleges einhielt und mittwochs nur am Vormittag unterrichtete; Mrs. McKinney, eben wiedergekehrt von der Beisetzung ihrer Schwiegermutter in deren Heimatstadt, wohin die alte Dame sich so viele Jahre vergebens zurückgesehnt hatte; Kitty Lowrey Edwards; Mrs. McCune, scheu und zurückhaltend wie eh und je, aber willens, sich Anne oder einer anderen Dame anzuschließen, die ihr auch nur die leiseste Beachtung schenkte; ferner Mrs. Deming; Anne; Sally und ihre Mutter als Ehrengast.

Früher hatte Mrs. Cochran die Nase über den Klub gerümpft und die Damen mit Herablassung behandelt; doch nun war ihr einst so reges gesellschaftliches Leben derart eingeschränkt, daß sie es nicht länger für unter ihrer Würde hielt, in ihrem Salon zu sitzen und auf die Stimmen derer zu lauschen, die sie nur noch verschwommen sehen konnte. Von allen Anwesenden war Mrs. McCune als einzige ein wenig mit Miß Blair bekannt, denn die Blairs kamen zu ihrem Mann in den Gottesdienst; allerdings hatten die meisten der Damen Miß Blair, wie es sich gehörte, ihre Aufwartung gemacht. Amanda hätte die Tochter des Rektors für die Aufnahme in den Klub vorschlagen sollen, aber Amanda war nicht da. Die öffentliche Mittelschule hatte keinen freien Nachmittag eingerichtet, um dem Frauenklub entgegenzukommen, doch in der Regel gelang es Amanda, wenigstens an der zweiten Hälfte der Sitzungen teilzunehmen. Heute indes erschien sie überhaupt nicht.

Mrs. Ballard als Vorsitzende sprach von dem großen Verlust, den der Klub durch das Ausscheiden von Mrs. Lowrey und Mrs. Tyler erlitten habe, aber über mögliche neue Mitglieder verlor sie kein Wort. Die Damen wandten sich ihrem literarischen Programm zu. Sie hatten sich für dieses Jahr ein historisches Thema vorgenommen: »Englands Königinnen in Chronik, Lied und Erzählung«. Die Leihbibliothek hatte noch keine sonderlich große Sammlung historischer Werke vorzuweisen, doch sie besaß eine Gesamtausgabe von Stricklands »Die Königinnen von England«, und das hatte vielleicht den Programmausschuß zu seiner diesjährigen Themenwahl bewogen. Die gelehrteren unter den Damen mochten ihre Forschungen über diese eine Quelle hinaus betreiben, aber für Mrs. McCune, die den ersten Essay über »Mathilda, Königin von Wilhelm dem Eroberer« vorlegte, war Strickland ausreichend, ja mehr als ausreichend, da so viele Ereignisse aus ihrem Leben einem weiblichen Publikum unmöglich zu Gehör gebracht werden konnten. Doch Mathilda war eine sehr interessante Persönlichkeit, was selbst noch in Mrs. McCunes gereinigter Darstellung des elften Jahrhunderts zum Ausdruck kam, und die Damen, welche ihren Vortrag gehört hatten, nahmen das Gefühl mit heim, einem lohnenden Klubjahr entgegenzugehen.

Kitty Edwards hatte zur zweiten Sitzung in ihr Haus gebeten; Thomasina würde an diesem Tag über »Maud die Gute, Königin Heinrichs I.« sprechen. Kitty stürzte sich mit solchem Eifer in die Vorbereitungen, wie es einst die jungvermählte Anne Gordon getan hatte, und schrubbte ein Haus, das erst gründlich geputzt worden war, als sie und Sheldon einzogen. Kitty ging mit Liebe ans Werk. Fast inbrünstig widmete sie sich ihrer Arbeit, denn ihr Herzenswunsch war in Erfüllung gegangen: Außer Sheldon, dem Traummann, den sie vergötterte, besaß sie nun ein Haus, in das Schmutz und Unordnung nie Einzug halten würden, nicht einmal in den dunkelsten und entlegensten Ecken, denn – das wußte sie nur zu gut: Schlichen Schlamperei und Schlendrian sich erst einmal ein, waren sie erstaunlich schwer wieder zu vertreiben. Es fiel Kitty nicht leicht, ihren eigenen Ansprüchen gerecht zu werden, denn im Hause ihrer Eltern war sie nie zu Sauberkeit und Ordnung angehalten worden. Ein- oder zweimal seit ihrer Hochzeit war der Haushalt schon ein wenig durcheinandergeraten. Aber Sheldon war nicht an Unordnung gewöhnt. Seine Mutter war die beste Hausfrau der Stadt, und der Laden seines Vaters, in dem er als Buchhalter arbeitete, wurde mustergültig bis zur Pedanterie geführt. Nichts würde ihr Sheldon rascher entfremden als Schlampigkeit. Kitty hatte nie aufgehört sich darüber zu wundern, daß er die Gefahr nicht vorausgesehen hatte und ihr rechtzeitig aus dem Weg gegangen war.

Als er am Dienstag zum Dinner heimkam (bei den Lowreys hatte es abends bloß einen kalten Imbiß gegeben – wenn die Stadt nur geahnt hätte, wie oft nicht mehr als Brot, Sirup und Tee auf den Tisch kamen; aber bei den Edwards wurde jeden Abend eine warme Mahlzeit gekocht), öffnete Kitty ihm die Tür. Vergessen waren ihre Müdigkeit und ihr schmerzender Rücken, als sie ihn mit strahlendem Lächeln und triumphierendem Blick begrüßte. Er bückte sich nach der *Fackel,* die auf der Schwelle lag, nahm den Hut ab, küßte sie, zog ihren Arm in den seinen, verflocht seine Finger mit den ihren, und gemeinsam betraten sie die Diele. »Fällt dir nichts auf?«

»Der vertraute Duft von Bienenwachs und Möbelpolitur. Und da ich bei Mutter zu Mittag essen mußte, weil du mich aus dem Weg haben wolltest, nehme ich an, hier war Großreinemachen. Aber ich entdecke keinen Unterschied. Es war schon vorher tipptopp.«

»Danke, lieb, daß du das sagst. Ich weiß wohl, daß ich keine richtig gute Hausfrau bin, noch nicht.«

»Noch nicht! Der Himmel bewahre uns!« Er ließ ihren Arm los, betrat das Wohnzimmer und warf Hut und Zeitung auf den Mitteltisch; der steife Filz landete mit einem Knall auf der polierten Platte und rollte auf der anderen Seite wieder zu Boden. Er ließ ihn liegen und wandte sich lachend nach ihr um. »Kitty, Liebling, von guter Haushaltsführung habe ich für den Rest meines Lebens genug.«

»Oh, Shelly!« rief sie bekümmert.

»Soll das heißen, du bist *traurig* darüber?« Er legte den Arm um sie und bettete ihren Kopf zwischen seine Wange und Schulter. »Aber Kit! Wenn du dich nur geplagt hast, um unser Haus so mustergültig zu führen wie meine Mutter, dann solltest du doch jetzt eigentlich erleichtert sein. Es ist mir nie in den Sinn gekommen...«

»Du hast nicht mal gemerkt, daß ich's *versucht* hab'?« jammerte sie. »Oh, Shelly! Ich ertrag' es nicht, daß deine Mutter besser für dich gesorgt hat, als ich es kann.«

»Für mich?« Er schnaubte verächtlich. »Nein, sie hat's weder für mich getan, noch für Papa. Schau, Liebes, ich bin eben ein Dreckfink. Ich trage Schmutz ins Haus und verstreue Asche auf dem Teppich. Ich will nicht aus meinen eigenen vier Wänden in den Keller oder raus auf die Toilette verbannt werden, wenn ich eine Pfeife rauchen möchte. Ich behalte mir das Recht vor, Tabakkrümel auf die Polster zu streuen und die Vorhänge im Salon einzuräuchern. Ich lasse meine Sachen gern da liegen, wo's mir am bequemsten scheint. Und ich hasse es, wenn ein Haus wichtiger genommen wird als die Leute, die darin wohnen.«

»Ja, natürlich. Aber ich habe meine ganze Jugend in einem solchen Durcheinander verbracht... Ich glaube, ein Grund dafür, mich in dich zu verlieben, war, daß du immer so adrett und sauber gewirkt hast.« Sie löste sich aus seinen Armen und lächelte zu ihm auf.

»Aber was ist mit den sechs Kindern, die wir haben werden?« neckte er sie. »Glaubst du, die richten kein Durcheinander an?«

»Nicht wenn wir unser eigenes Haus haben – eins auf einem Hügel mit großem Garten und vielen Bäumen und einer Veranda, die ganz ringsum geht. Auf der können die Kinder spielen. Sheldon, hast du dir denn keine gute Hausfrau gewünscht?«

»Ich hab' dich geheiratet, weil ich dich für das Gegenteil hielt. Auch ich bin kein Freund von Schlamperei und Unordnung. Laß uns einfach versuchen, ein gutes Mittelmaß zu halten, einverstanden? Sei du eine mittelgute Hausfrau, ich will mich mittelmäßig mit meiner Asche vorsehen, und wenn ich meine Sachen überall rumliegen lasse, dann kannst du mich mittelheftig dafür auszanken.«

»O nein, das werde ich nicht tun. Ich werde hinter dir aufräumen, und wenn du's zu arg treibst, werde ich meinen Märtyrerblick aufsetzen, aber schweigend dulden.« Sie hob die Hand und strich über seine krausen Locken. »Ich liebe es, wie dein Haar sich über den Ohren kringelt.«

»Ein sicheres Zeichen dafür, daß ich zum Friseur muß.« Er hauchte ihr einen Kuß auf die Wange, nahm die Zeitung vom Tisch und setzte sich damit in einen Sessel. Kitty brachte seinen Hut hinaus in die Diele. Ein »mittelmäßig« geführtes Haus! Sie würde es Sheldon nicht merken lassen, aber sie hatte eine Enttäuschung erlitten. Keinen schweren Schlag – nichts, was zur Tröstung nach Mark Aurels Aphorismen verlangte –, aber doch immerhin eine Enttäuschung. Wie lange hatte sie nicht schon davon geträumt, Sheldon den Haushalt in dem Stil zu führen, an den er gewöhnt war. Aber sie war töricht und er im Recht: Ihr mußte vor allem daran gelegen sein, ihm ein behagliches Heim zu schaffen.

»Natürlich hast du recht, Sheldon. Aber trotzdem... würde es dir was ausmachen, dich nur heute abend und morgen früh mit deiner Asche in acht zu nehmen? Ich möchte nicht, daß die Damen des Klubs nach Hause gehen und sagen: ›Erbanlagen lassen sich nicht verleugnen. Sie ist ganz die Mutter.‹«

Die Damen, die sich tags darauf in Kittys Salon einfanden, hätten selbst bei eifrigster Suche nichts auszusetzen gefunden. Sally interessierte sich natürlich am meisten dafür, was Kitty aus dem Haus gemacht hatte, doch auch sie konnte der jungen Frau nur gratulieren, als sie im Gästezimmer einen Moment allein miteinander waren. Sally prüfte vor dem Spiegel den Sitz ihrer kunstvollen Frisur, die unter der aufgebogenen Krempe ihres zylinderähnlichen Hütchens hervorschimmerte. Während sie ihrem Spiegelbild zulächelte, rief sie aus: »All die neuen Möbel, Kitty! Wie muß dir das Spaß gemacht haben, sie auszusuchen!«

»Sheldon hat das meiste durch den Laden seines Vaters bekommen, recht günstig, obwohl Sheldon & Edwards keine Möbel führen. Hübsch sind die Sachen schon, aber ein bißchen wuchtig, finde ich.« Plötzlich lächelte sie ihr Lausbubenlächeln, und die damenhafte Miene war wie fortgewischt. »Ich weiß kaum, wie ich mich dazwischen bewegen soll.«

Das hohe geschnitzte Kopfende des Nußbaumbettes ragte fast bis zur Decke und thronte düster und majestätisch über den Keil-

und Kopfkissen in ihren steif gestärkten Bezügen. Die Kommode, vor der Sally stand, hatte einen drehbaren ovalen Spiegelaufsatz, seitlich je drei kleine Schubfächer, drei große in der Mitte und darüber eine Marmorplatte. Der Kleiderschrank an der Innenwand war so breit, hoch und tief, daß gewiß die gesamte Garderobe der Lowreys darin Platz gefunden hätte.

»Die Möbel werden von Jahr zu Jahr schwerer«, bestätigte Sally, »man kann sie beim Saubermachen kaum noch verrücken. Ich glaube, Ludwig und ich haben grade zur rechten Zeit geheiratet, auch wenn wir uns damals fast nichts Neues leisten konnten. Ludwig war mit der Seilerei noch ganz am Anfang, und wir mußten größtenteils mit dem vorliebnehmen, was auf Mutters Dachboden stand. Und da sind die Sachen jetzt wieder hingewandert.« Sally seufzte und lächelte Kitty im Spiegel zu. »Es ist mir schwergefallen, mich von diesem Haus zu trennen, aber ich wüßte niemanden, dem ich es so gerne überlassen hätte wie dir.«

Sie gingen zusammen in den Salon zurück und suchten sich einen Platz, bereit, ihre Aufmerksamkeit dem Klubprogramm zu widmen. Als die Gastgeberin sich gesetzt hatte, erklärte Mrs. Ballard die Sitzung für eröffnet, erledigte rasch die Präliminarien und kündigte an, daß ein neues Mitglied vorgeschlagen worden sei, über dessen Aufnahme binnen zwei Wochen entschieden werden müsse. Sie tastete zwischen den Büchern auf dem Tisch nach ihrer Brille, setzte sie auf, entfaltete ein Blatt Papier und las den Namen vor, als habe sie ihn noch nie gehört: »Miß Christina Blair.« Dann nahm sie die Brille wieder ab und legte sie auf den Tisch. Ihre behandschuhten Hände mit den geschwollenen Fingerknöcheln bewegten sich ungeschickt und langsam; doch sie ließ sich nicht aus der Ruhe bringen, erst als sie alles geordnet hatte, bat sie die Schriftführerin, das Tagesprogramm zu verlesen. Mrs. Deming, die inzwischen Amandas Amt übernommen hatte, las mit vor Ungeduld bebender Stimme vor, was ohnehin allen Anwesenden bekannt war: Den Titel des für diesen Tag vorgesehenen Essay und den Namen der Vortragenden. Letztere erhob sich, und das Programm konnte beginnen. Amanda erschien kurz vor Schluß, ein wenig zerzaust und die Ärmel voller Kreidestaub. Sie kam offenbar direkt aus der Schule und hatte sich nicht die Zeit genommen, heimzugehen und sich umzuziehen. Sie ließ sich auf dem zweisitzigen Sofa an der Wand nieder, und ohne die Versammlung näher zu beachten, richtete sie ihre Aufmerksamkeit auf Thomasina und deren Vortrag über »Maud die Gute«. Erst nach Beendigung des Programms erteilte die Vorsitzende Amanda durch eine Geste das Wort, worauf sie zunächst einmal fragte, ob Miß Blair dem Klub als neues Mitglied vorgeschlagen worden sei.

»Ihr Name stand auf der Tagesordnung.« Es wäre Mrs. Ballard nicht im Traum eingefallen, von den parlamentarischen Gepflogenheiten abzuweichen.

»Ich bitte die Vorsitzende und die Damen des Klubs um Nachsicht«, entgegnete Amanda auf den versteckten Vorwurf, »weil ich aus Zeitgründen den geschäftlichen Teil unserer Sitzungen versäumen muß. Ich möchte nur der Hoffnung Ausdruck geben, daß eine jede Miß Blairs Aufnahme in unseren Kreis gründlich erwägen möge. Ich bitte darum im Vertrauen darauf, daß Miß Blair ein Gewinn für unseren Klub sein wird. Sie ist eine wirkliche Gelehrte und kann unser Programm gewiß sehr bereichern.«

Zwei Wochen später wurde Miß Christina Blair einstimmig als neues Mitglied in den Frauenklub von Waynesboro gewählt. Die Schriftführerin setzte sie unverzüglich über den Ausgang der Wahl in Kenntnis; die Einladung wurde, auch in schriftlicher Form und ebenso geschwind, angenommen, und Miß Blair trat auf der nächsten Sitzung am 8. November im Hause der Demings zum erstenmal als Klubmitglied in Erscheinung. Sally hatte sie unter ihre Fittiche genommen und sie zusammen mit Miß Pinney und den Misses Gardiner von Reuben in der Kutsche der Cochrans abholen lassen.

Es war eine ungewöhnliche Sitzung, die an jenem 8. November 1876, am Tag nach der Präsidentenwahl, stattfand. Kein Republikaner war am Abend zuvor in glücklicher Stimmung zu Bett gegangen: Die amtlichen Verlautbarungen, die per Telegraph übermittelt und im Fenster der *Fackel* ausgehängt wurden, waren von Stunde zu Stunde schlechter geworden, so daß diejenigen, die in der Hoffnung auf einen »Umschwung« am längsten in der Oberstadt ausgeharrt hatten, schließlich völlig entmutigt heimgingen. Und tags darauf bestätigten die Morgenzeitungen die schlimmsten Befürchtungen: Tilden hatte die Wahl gewonnen. Die Damen des Klubs trafen in gedrückter Stimmung zusammen, nicht unähnlich jener der französischen Aristokraten am Vorabend der Revolution. Doch so niedergeschlagen sie auch sein mochten, vor der Sitzung erwähnten sie die schlechten Nachrichten nicht. Statt dessen hießen sie das neue Mitglied willkommen, nahmen in Mrs. Demings hübschem Salon Platz, widmeten sich zunächst der Tagesordnung und lauschten anschließend dem Vortrag über »Mathilda, Tochter Heinrichs I«. Aber mochten die Damen auch schweigen, so konnte man ihnen doch die Bestürzung vom Gesicht ablesen, und diesmal waren sie samt und sonders einer Meinung.

Vielleicht hätte nichts sie so einigen können wie diese gemeinsame Befürchtung, die vier Monate andauern und sich noch steigern sollte.

Und Miß Blair hätte sich nicht nachdrücklicher zu einer der Ihren machen können, als sie es an diesem Nachmittag tat, indem sie den ersten Hoffnungsschimmer in ihre Herzen senkte: Hoffnung darauf, daß noch nicht alles verloren sei. Die Sitzung war längst aufgehoben, doch die Damen gingen noch nicht auseinander. Sie standen herum wie eine im Haus zurückgebliebene Trauergemeinde, wenn der Leichenwagen zum Friedhof abgefahren ist. Eine sagte: »Ist es nicht furchtbar?«, und eine andere bekräftigte: »Grauenhaft!« Dann seufzten alle, und in dem nachfolgenden Schweigen vernahm man deutlich Miß Blairs Stimme, die sich bei ihrer Gastgeberin bedankte. Ihr so harmlos nichtssagendes Gesicht belebte sich, ein kleines Lächeln erschien auf ihren Zügen, und Grübchen spiegelten in den zartgerundeten Wangen.

»Ich fürchte, das war kein sehr glücklicher Tag für Ihre Einführung in den Klub.« Mrs. Deming schüttelte die dargebotene Hand wie eine Hauptleidtragende.

»Aber mein Vater sagt« – wieder das Lächeln, die Grübchen –, »man dürfe die Hoffnung nicht frühzeitig aufgeben. Er meint, wir sollten auf Jehova vertrauen und auf das Republikanische Nationalkomitee. Natürlich«, setzte sie hastig hinzu, »hat er damit nur Ethan Allen paraphrasiert und nicht etwa das dritte Gebot verletzen wollen. Jedenfalls glaubt er ganz fest daran, daß die Wahl vielleicht doch nicht verloren ist.«

Die älteren Damen segneten Miß Blair im stillen und fühlten sich auf dem Heimweg nicht mehr ganz so, als hätten sie den Boden unter den Füßen verloren. Und tatsächlich waren, noch bevor die Abendzeitungen in Druck gingen, andere und bedeutendere Republikaner zum gleichen Ergebnis gekommen wie Dr. Blair, und die *Fackel* veröffentlichte Chandlers jubelnde Proklamation, Hayes habe in Louisiana, Florida und South Carolina gesiegt und sei landesweit mit 185 Wahlmännerstimmen gewählt worden. Aber so leicht sollte es denn doch nicht werden: Nach ein paar Tagen wurde gemeldet, die Ergebnisse lägen so knapp auseinander, daß im Repräsentantenhaus über das Kopf-an-Kopf-Rennen entschieden werden müsse.

Eines Abends, zu Beginn der nächsten Woche, fand sich Dr. Blair zu einer Schachpartie in John Gordons Praxis ein und versicherte den Männern, die er dort antraf, daß er an den letztendlichen Triumph der gerechten Sache glaube. Es war nicht das erste Mal, daß der Rektor sich in diesem Kreise befand. Anfangs war er unter dem Vorwand gekommen, neue Medizin gegen sein Asthma zu benötigen. Seit es kühler geworden war und keine Pollen mehr umherflogen, hatte sein Zustand sich jedoch merklich gebessert, und so erschien er in letzter Zeit ohne Ausrede. Manchmal hatte er niemanden außer dem Doktor vorgefunden, und wenn keine Patienten im Wartezimmer saßen, spielten die beiden ungestört eine Partie miteinander. Manchmal war Ludwig dazugekommen, manchmal Lichtenstein, gelegentlich auch alle beide; dann gab es – sofern der Doktor nicht beschäftigt war – zwei Partien gleichzeitig. An jenem Abend kurz nach der Wahl saßen die drei jungen Männer schon beisammen, als der Rektor erschien. Ludwig und Hermann Lichtenstein spielten lustlos eine Partie Schach, während Dock auf der Tischkante saß und mit den Beinen schaukelte. Sie begrüßten Dr. Blair und erklärten ihm in wenigen Worten, worüber sie gerade gesprochen hatten. Seit er das erste Mal mit ihnen zusammengetroffen war, wußten sie nicht nur über seine politische Einstellung Bescheid, sondern hatten auch einen Unterschied zwischen der »Neuen« und der »Alten« Richtung seiner Glaubensgemeinschaft kennengelernt: Dr. Blair betrachtete die Regierung seines Landes keineswegs als Einrichtung, um die er sich nicht zu kümmern habe, nur weil Gott in ihrer Verfassung unerwähnt blieb. Die drei Jüngeren hatten Gefallen an den politischen Ansichten des Rektors gefunden, die er mit soviel Nachdruck und Beredsamkeit vorzubringen verstand; an jenem Abend waren sie so verdrießlich, daß es sie besonders nach einem guten Grund verlangte, die Hoffnung nicht aufzugeben.

Dr. Blair ließ sich schwerfällig in den knarrenden Drehstuhl hinter Docks Schreibtisch fallen, schnaufte ein paarmal und sagte dann: »Oh, ihr Kleingläubigen!«

Ludwig verlangte ungeduldig nach weiteren Ermutigungen. »Sie glauben also, die Republikaner haben die Schlacht noch nicht verloren?«

»Wenn die regierende Partei in den Südstaaten bei der Stimmzählung nicht gewährleisten kann, daß die Stimmen der Schwarzen berücksichtigt werden, dann hat die Partei den Verstand verloren. Aber wenn sie nicht schon Maßnahmen ergriffen hat, täte sie gut daran, sich zu beeilen. Oder zweifeln Sie etwa daran, daß die demokratischen Sendboten bereits im Zug sitzen und mit Säcken voll klingender Goldmünzen gegen Süden abdampfen?«

»Sie sagen, Sir, wir sollen überbieten Demokraten?«

»Ich meine, wir sollten den Teufel mit seinen eigenen Waffen schlagen. Haben Sie etwa Gewissensbisse? Dann denken Sie einmal nach: Zweifeln Sie auch nur einen Augenblick daran, daß –

vorausgesetzt, die Schwarzen im Süden dürfen das von uns garantierte Wahlrecht ausüben – der Süden republikanisch wählen würde? Ist es dann nicht unsere Pflicht, in den Staaten, wo wir noch Truppen stationiert haben, dafür zu sorgen, daß die Schwarzen nicht von den Wahlurnen ferngehalten und daß ihre Stimmen auch *gezählt* werden? Und wenn sie gezählt werden, hat die Partei nichts zu befürchten.«

Seine nachdrücklich vorgebrachte Erklärung flößte den Jüngeren Mut ein, doch nachdem Dr. Blair Ludwig in einer kurzen Partie haushoch geschlagen und ihn dafür gerügt hatte, nicht bei der Sache zu sein, verabschiedete er sich. Die anderen blieben noch ein wenig zusammen und unterhielten sich schmunzelnd über die erstaunliche Persönlichkeit des Rektors.

»Der reformierte Presbyterianer«, sagte John nachdenklich. »Sein Sabbat beginnt am Samstag bei Sonnenuntergang. Kartenspiel, Tanz und Theater sind ihm Werkzeuge des Teufels. Er duldet keine Instrumentalmusik in seiner Kirche und singt nichts als Psalmen. Er glaubt an die Prädestination, aber das hält ihn nicht davon ab, sein Schicksal selbst in die Hand zu nehmen.«

»Er sein einig mit diese Mann – wie ist sein Name? – wo sagen, er glauben, nicht alle Schurken sein Demokraten, aber alle Demokraten sein Schurken.«

»Ja.« Ludwig lachte. »Er hat allerdings nicht unrecht. Freie, ehrliche Wahlen im Süden, unter Beteiligung der Schwarzen, würden den Sieg der Republikaner garantieren. Sorgen wir also dafür, daß die Ergebnisse so ausfallen, als hätte der Ku-Klux-Klan sie nicht manipuliert.«

»Der Zweck heiligt die Mittel.« John, der die harte Tischkante mit seinem Ledersessel am Kamin vertauscht und die Füße bequem auf den Vorsetzer gestellt hatte, erhob sich gähnend. »Daran glaubst du doch nicht im Ernst, Ludwig.«

»Als Prinzip nicht, nein. Doch in diesem Fall...« Ludwig stand ebenfalls auf, sammelte die Schachfiguren ein und legte sie in ihren Kasten. »Gott im Himmel! Es ist so wichtig!«

»Natürlich ist es das. Ich dachte früher, es sei das Beste, die Rebellen zu vergessen und auch... Aber wer kann wollen, daß sie das Land regieren? Ihr Wahlkampf! Sie haben geredet wie die mißhandelte Unschuld, so als hätten sie nie von Rebellion gehört, geschweige denn je einen Krieg verloren. Na, jedenfalls sieht's ganz so aus, als hättet ihr mit dem Rektor einen kräftigen Mitstreiter für eure Teufelsaustreibung gewonnen!«

Als der Herbst sich dem Winter zuneigte, dauerte das politische Patt weiter an. Am 6. Dezember traten die Wahlmänner in den verschiedenen Staaten der Union zusammen und gaben Hayes 185, Tilden 184 Stimmen. Die Demokraten tobten; die Drohung wurde laut, man werde Hayes' Amtsantritt verhindern. Das demokratische Repräsentantenhaus pochte auf sein Privileg, umstrittene Wahlen entscheiden zu dürfen; der republikanische Senat beharrte auf seinem Recht, die Wahlmänner zu bestimmen. Die Parteiführer und ihre jeweiligen Presseorgane warfen mit Drohungen um sich; die Demokraten, die den Sieg bereits zum Greifen nahe geglaubt hatten, kündigten Blutvergießen an, falls man ihnen die Wahl streitig machen sollte. Präsident Grant beorderte Truppen nach Washington. Das Land verharrte in ungewisser Spannung wie unter einer Sturmwolke, die Blitz und Donner niedersendet. Dann stimmten Mitte Dezember erst das Repräsentantenhaus und nach ihm auch der Senat für die Bildung von Komitees, die in gemeinsamer Sitzung nach einer friedlichen Lösung des Dilemmas suchen sollten. Die Spannung lockerte sich, wenigstens so lange, bis die Ausschüsse dem Kongreß ihre Ergebnisse unterbreiten würden.

Inzwischen nahm der Alltag wie gewohnt seinen Lauf. Den Frauen fiel es leichter als den Männern (sei es, weil ihr Glaube an Jehova stärker war, sei es, weil sie den Politikern weniger zynisch mißtrauten), sich mit anderen Dingen zu beschäftigen, so als liege keine Krise in der Luft. Besonders Sally Rausch war nicht die Frau, mit gefalteten Händen dazusitzen und den Ausgang von Ereignissen abzuwarten, auf die sie keinen Einfluß hatte. Nach der Klubsitzung am 22. November, bei welcher die Frau des Apologetikprofessors am Seminar, Mrs. Maxwell, als neues Mitglied vorgeschlagen worden war, zeigte Sally sich heftig erregt. Auf dem Heimweg beklagte sie sich bei Anne darüber, daß ihre Befürchtungen eingetroffen seien: Die Theologen würden bald im Klub das Sagen haben.

»Der Verlust von Ellen Tyler hat mich nicht eben traurig gestimmt, und Miß Blair scheint recht liebenswürdig zu sein, aber Mrs. Lowrey für die Frau eines R.P.-Professors einzutauschen, das ist doch zu arg!« Sie lachte. »Ich hätte mir nicht träumen lassen, daß ich einmal mit herzlichem Bedauern an Mrs. Lowrey zurückdenken würde.«

»Mrs. Maxwell wird vielleicht ein gutes Klubmitglied. Erinnere dich nur: Es gab eine Zeit, da glaubten wir, Mrs. McKinney nicht ertragen zu können.«

»Ich kann auch nicht behaupten, daß meine Gefühle für sie seitdem viel herzlicher geworden sind«, versetzte Sally schroff. »Stimmt es übrigens, daß sie und Mr. McKinney dieses farbige

Kind adoptieren, das sie sich als Hausmädchen aus dem Bezirksheim geholt haben?«

»Nicht *adoptieren.* Sie hat in unserem Wohltätigkeitsverein darüber gesprochen. Als sie und ihr Mann die Hoffnung aufgeben mußten, eigene Kinder zu bekommen, beschlossen sie, welche zu adoptieren. Doch dann wurde die alte Mrs. McKinney so krank, daß sie den Plan verschieben mußten. Als sie dann starb, begannen die McKinneys, sich umzuschauen, doch bald schon stellten sie fest, daß es weit und breit kein Kind gab, das ihrer Hilfe so sehr bedürfte wie ihr Hausmädchen. Die Kleine ist Waise, hat aber eine Menge nichtsnutziger älterer Brüder. Deshalb wandte Mr. McKinney sich ans Gericht und ließ sich zu ihrem Vormund bestellen. Er und seine Frau wollen das Mädchen erziehen. Wenn du mich fragst«, Annes Wangen glühten, »so halte ich das für eine wahrhaft christliche Tat. Ich glaube, die beiden sind bessere Christen als wir.«

»Oh, ganz ohne Zweifel«, bestätigte Sally unbekümmert. »Aber merkwürdig ist es schon, das mußt du zugeben. Wo soll denn die Kleine zur Schule gehen?«

»Bis sie auf die Mittelschule kommt, bleibt sie in der Lincoln-Schule im Osten der Stadt, wohin sie von Anfang an gegangen ist.«

»Sei mir nicht böse, Anne, bloß weil ich deinen Pfarrer ein bißchen sonderbar finde. Du hast doch auch nicht viel für die McKinneys übrig.«

»Aber ich respektiere sie.«

»Nun, ich nehme an, sie verdienen es, wenngleich es mir schwerfällt, Fanatismus zu respektieren. Aber abgesehen davon, nimmt die geistliche Partei im Klub wirklich überhand. Weißt du, was ich versuchen möchte?« Während sie ihr Vorhaben erklärte, merkte Anne bald, daß es sich nicht um einen momentanen Einfall handelte, der Sally eben erst gekommen war, sondern um einen ausgereiften Plan. Bei ihrer Weihnachtsfeier sollte der Klub ein Theaterstück aufführen. Fürs erste schien es ihr ratsam, sich an Shakespeare zu halten: eins seiner harmlosen Stücke oder eines, in dem die anstößigen Stellen gestrichen würden. Sally wollte die kommenden vierzehn Tage der Lektüre widmen und bei der nächsten Klubsitzung – sie unterbrach ihren lebhaften Redefluß gerade lang genug, um Anne einen verschmitzten Blick zuzuwerfen – würde sie Miß Blair bitten, die Hauptrolle zu übernehmen.

»Miß Blair! Du kannst von Glück sagen, wenn sie kommt und sich die Vorstellung ansieht!«

»Du hast dich noch nicht so gründlich mit ihr befaßt wie ich. Sei sicher, daß ich sie besser einzuschätzen weiß. Ich glaube, sie spielt gern die Hauptrolle. Und wie das die reformierten Presbyterianer auf die Palme bringen würde!«

Nach der ersten Sitzung, auf der Mrs. Maxwell ordnungsgemäß und einstimmig zum Mitglied gewählt wurde, bat die Gastgeberin Miß Blair und mit ihr Anne, Thomasina und Eliza Ballard sowie Kitty Edwards und Amanda, noch einen Moment zu bleiben. Als sie die älteren Mitglieder verabschiedet hatte und mit ihrem auserwählten kleinen Grüppchen im Salon allein geblieben war, hielt Sally eine kleine Rede, in der sie zu erklären versuchte, warum sie nach all den Jahren der Meinung sei, man dürfe sich bei der nächsten Weihnachtsfeier an die Aufführung eines richtigen Schauspiels wagen. Die Darbietung einzelner Szenen war im letzten Jahr sehr wohlwollend aufgenommen worden; nun sei es an der Zeit, ein ehrgeizigeres Projekt in Angriff zu nehmen.

»Was für ein Stück hast du denn im Sinn?« Amanda sah ziemlich finster drein. Miß Blair schwieg, zeigte aber höfliches Interesse.

»Natürlich eins von Shakespeare, aber keines von denen, die wir im letzten Jahr für unsere Szenenauswahl benutzten. Ich dachte zum Beispiel an... *Cymbeline.«* Sally warf den Namen aus dem Stegreif in die Runde. Anne verbiß sich das Lachen; sie bezweifelte, daß Sally von diesem Stück vor der letzten Woche je gehört hatte; sie selbst kannte es bis heute nicht.

»*Cymbeline?«* fragte Miß Blair gedehnt. »Aber die... Haupthandlung...«

»Sehr richtig!« fiel Amanda ihr ins Wort. »Ist dir denn nicht klar, Sally Rausch, daß die meisten Strenggläubigen unter uns wie meine Mutter und die McCunes, die Maxwells und Miß Blair, Shakespeare für ein Werkzeug des Bösen halten?«

»Oh, aber ich möchte doch...« Miß Blair klang, als wolle sie das bestreiten, aber sie wurde erneut unterbrochen, diesmal von Sally.

»Ich bin ja gerade durch Miß Blair auf *Cymbeline* gekommen. Wir anderen haben alle schon Hauptrollen gespielt. Imogen aber muß von einem jungen Mädchen dargestellt werden, und Sie«, fuhr Sally zu Miß Blair gewandt fort, »Sie sind genau die richtige für diese Rolle.«

Erst jetzt begriff Anne Sallys ränkevollen Plan wirklich ganz: Sie hielt den Atem an, und die anderen taten es ihr gleich. Doch wenn sie empörten Protest erwartet hatten, so erlebten sie eine Überraschung. Miß Blairs von schweren Lidern überschattete Augen weiteten sich, und in ihren Wangen spielten die Grübchen, während ein Lächeln über ihr Gesicht huschte.

»Sie möchten, daß ich die Imogen spiele? Oh, ich weiß nicht, was ich lieber täte! Vorausgesetzt natürlich, daß Papa mir die

Erlaubnis dazu gibt. ›Horch! Lerch am Himmelstor singt hell, und Phöbus steigt herauf...‹ Ach, diese Stelle habe ich immer schon geliebt!« Sie erhob sich und legte Sally die Hand auf die Schulter; ihr Lächeln erstarb in Wehmut, während sie zitierte:

»Oh, nicht so rasch;
Rittst du nur aus, um frische Luft zu schöpfen,
Zu kurz wär solch ein Abschied...«

Sally fragte einigermaßen überrascht: »Sie können die Rolle auswendig?«

»Nur hier und da eine Zeile, mehr nicht. Aber ich würde nicht lange brauchen, um sie ganz zu lernen. Denn wir haben ja nicht mehr viel Zeit, nicht wahr? Ich werde Papa gleich um Erlaubnis fragen und Ihnen dann unverzüglich Bescheid geben.«

Sally geleitete hierauf alle außer Anne zur Tür; als sie in den Salon zurückkehrte, wollte die Freundin sich vor Lachen ausschütten.

»Sally – ach, du meine Güte! Du hattest sie tatsächlich richtig eingeschätzt. Aber die kann's mit dir aufnehmen, verlaß dich drauf!«

»Was meinst du damit? Dieses junge Ding? Sie weiß, was sie will und ist entschlossen, es auch zu bekommen, soviel ist mir klar. Aber was mag das sein – hast du eine Ahnung?«

»Ich nehme an, das gleiche wie alle anderen Frauen auch. Ein Heim, einen Mann und Kinder. Und außerdem möchte sie wohl immer und überall die erste Geige spielen.«

»Aber sie wünscht sich vermutlich keinen Theologen zum Mann.«

Anne dachte darüber nach. »Nein, das glaube ich auch nicht. Als Frau eines Geistlichen könnte sie nicht die Stellung einnehmen, von der sie träumt. Aber es wird interessant sein, ihren Werdegang zu beobachten.«

Die Zeit zwischen dieser denkwürdigen Klubsitzung und dem Abend, den Sally für ihr Fest bestimmt hatte, war so knapp, daß von da an jeder Nachmittag und auch mancher Abend für die Vorbereitung geopfert werden mußten. Das Stück wurde erbarmungslos zusammengestrichen: Aufgeführt werden sollten lediglich die Eingangsszenen, die Szenen zwischen Jachimo und Imogen, die Waldszenen mit Imogen und ihren Brüdern sowie der Schluß des Stückes, der entsprechend der Besetzung gekürzt werden mußte. Sally würde zwischen den einzelnen Akten die Lücken im Handlungsgerüst zusammenfassend erzählen. Doch selbst in dieser drastisch gekürzten Version erforderte das Stück mehr Darsteller, als der Klub unter seinen jüngeren Mitgliedern aufbieten konnte. Amanda weigerte sich energisch, mitzuspielen. »Ich habe keine Zeit«, behauptete sie immer wieder, und als die anderen ihr vorhielten, daß ja auch Eliza Ballard nur abends proben könne, sagte sie: »Eliza muß ja auch nicht bis in die Nacht hinein Hefte korrigieren. Außerdem hätte ich zu Hause keine ruhige Minute mehr, wenn ich anfinge, Theater zu spielen.« Und ihre Freundinnen, die Amandas Mutter wohl kannten, versuchten nicht länger, sie zu überreden. Sally fand im übrigen, daß Mrs. Deming ohnehin eine bessere Königin abgebe. »Der ›olle Teekessel‹ ist das Urbild einer bösen Stiefmutter.« Als Mrs. Deming eingewilligt hatte, wurden die Ballard-Töchter beauftragt, ihre Mutter anzuflehen, die Rolle der Cymbeline zu übernehmen. Zu ihrer aller Überraschung willigte sie ohne Zögern ein. Sobald man sich an den Gedanken, daß sie mitmachte, gewöhnt hatte, erklärte Anne Mrs. Ballards raschen Entschluß mit dem Argument, die Frau des Richters habe in gewissem Sinne ihr Leben lang geschauspielert: Zumindest das Gefühl der Bretter unter ihren Füßen und der Anblick des Publikums mußten ihr so natürlich erscheinen wie anderen das Atmen. Sally dagegen schrieb Mrs. Ballards Bereitwilligkeit der universalen Anziehungskraft der Bühnenschminke zu. »Es dauert nicht mehr lange, und niemand wird sich noch weigern, an einer Klubvorführung teilzunehmen. Du mußt zugeben, daß ich einen aufklärerischen Einfluß habe.«

Leider stellte sich bald heraus, daß Mrs. Ballard unfähig war, ihren Text zu behalten, und der erste Akt drohte an Kraft zu verlieren, da die hitzigsten Reden des Königs durch eine Lorgnette gelesen werden mußten, und zwar von Zetteln, die von rheumatisch verkrümmten Händen gehalten wurden, daß nicht selten vertauschte Seiten und verpaßte Stichworte den Fortgang der Proben behinderten. Aber Mrs. Ballard war so erstaunlich bescheiden in ihrem Wunsch, »euch jungen Leuten« nicht alles zu verderben, daß sie ihr verziehen und sie mit wachsender Zuneigung behandelten. Mrs. Deming hingegen beherrschte ihre Rolle kühl und perfekt, doch auch sie hatte offenbar ihren Spaß daran und hielt sich mit ihrer Kritik zurück, so daß den anderen in ihrer Gegenwart die Freude nicht verdorben wurde.

Sally holte die Kostüme, die man im vorigen Jahr getragen hatte, vom Dachboden der Cochrans und wies sie Posthumus, Jachimo und Imogen-in-Männerkleidern zu. Die Königin und Imogen in den früheren Szenen drapierte man nach klassischer Manier in Glanzmusselin, und für Mrs. Ballard wurde aus einem Laken eine Toga gefertigt. Ihrer Rolle weniger angemessen war die hohe, spitze Krone aus Goldpapier, aber man mußte schließlich einen Weg finden, ihr graues Haar zu verbergen. Da Shakespeare die Handlung ins Römische Reich zurückverlegt hatte (wenngleich Jachimo nach Sallys Ansicht die typischste Renaissancefigur darstellte, die ihr je untergekommen war, der reinste Blutsbruder der Borgias), schien es durchaus passend, Imogens Brüder und ihren Entführer-Mentor ebenfalls in klassische Kostüme zu stecken, nur nicht ganz so lang und wallend, denn, so Sally, wer könnte sich vorstellen, in einer Toga durch den Wald zu streifen?

Gleich bei der ersten Probe spürten alle, daß Miß Blair das Stück würde tragen können. Sie besaß eine wahrhaft seltene Begabung; wenn sie auftrat, *war* sie Imogen. Die anderen brauchten sich nur auf sie einzustimmen. Daß sie über ein solches Talent verfügte, war erstaunlich, aber nicht weniger erfreulich war die Entdeckung, daß sie auch eine schöne Singstimme besaß: Einen glockenhellen Sopran ohne einen einzigen schrillen Ton. Thomasinas Samuel hatte »Horch! Lerch am Himmelstor« mit einer schlichten, eingängigen Melodie unterlegt (»elisabethanisch«, hatte Sally verlangt). Aber ob elisabethanisch oder nicht, die Weise war hübsch und ging ins Ohr, so daß die Damen des Klubs bald alle während ihrer täglichen Verrichtungen das Liedchen vor sich hinsummten. Eines Abends hatte Christina während einer Probenpause zufällig eine Strophe laut gesungen. Die Damen, die ihr gelauscht hatten, bestanden darauf, daß sie sich der Gruppe anschließen müsse, die das Lied an »dem Abend« vortragen sollte. Sally wollte sämtliche hohen Wandschirme des Hauses zusammentragen und damit das Klavier in der Bühnenecke verdecken. Die Sängerinnen spielten natürlich auch im Stück mit. Also sollten sie während ihrer Gesangseinlage auch hinter einem Wandschirm stehen; Sally (sie spielte den Cloten) würde sie von der Flurtüre aus dirigieren. Abgesehen von dem sonntäglichen Kirchengesang hatten die Damen kaum Übung im Singen, und außer Sally und Thomasina war keine von ihnen sonderlich musikalisch. Sie hatten solches Lampenfieber vor ihrem Auftritt, daß sie froh waren, sich hinter dem Schirm verstecken und an Miß Blairs Sangeskunst erfreuen zu können. Christina konnte ohne Schwierigkeiten bei »Horch! Lerch am Himmelstor« mitwirken; zwischen dem Lied und ihrem Auftritt lag eine Szene mit Cloten, Cymbeline und der Königin; sie konnte inzwischen hinter dem Schirm in den Flur schlüpfen und von dort die Bühne betreten. Sally war eine erfindungsreiche Spielleiterin, und Miß Blair fügte sich willig ihren Anordnungen.

Spielleiterin, aber nicht Regisseurin. Sie maßte sich nicht an, den Darstellerinnen vorzuschreiben, wie sie ihre Rollen zu gestalten hätten. Denn, so sagte sie, Shakespeare habe vor allen Dramatikern den Vorzug, daß es schon fast genüge, seine Texte intelligent zu lesen, um sie bühnenreif zu machen. Die einzige, an der sie etwas auszusetzen fand, war Kitty, die ihr als Jachimo nicht schurkisch genug erschien.

Kitty protestierte: »Ihr habt all seine niederträchtigen Reden gestrichen, und ich kann nichts dafür, daß Shakespeare ihm die poetischsten Aussprüche des Stücks in den Mund gelegt hat. Außerdem glaube ich nicht, daß er ein Schurke sein soll: Er bereut doch im fünften Akt, oder nicht?« Und sie fuhr fort, mit Inbrunst Verse wie diesen zu sprechen: »Die Heimchen schrill'n, der Mensch, von Arbeit matt, gewinnt sich Kraft im Ruhn.«

Sie wußten alle, daß sie als Shakespeare-Darstellerinnen nicht bestehen konnten. Sie erwarteten, daß die Männer sie auslachen würden, aber ihr Hauptziel bestand schließlich darin, sich selbst einen Spaß zu gönnen und die Herren zu unterhalten. Dieses Jahr hielten sie zwei Überraschungen bereit, die gewiß jedes Mannes Beifall finden würden: Miß Blairs liebreizende Anmut und die Lächerlichkeit, der Mrs. Ballard sich wissentlich und dabei so unbekümmert preisgab, daß alle Herren, die sich schon seit langem wünschten, ihr einmal ins Gesicht zu lachen, ihrem Verlangen nachgeben konnten, ohne die Frau des Richters zu verletzen.

Die Einladungen zur Weihnachtsfeier wurden geschrieben, verschickt und beantwortet. Die Klubmitglieder nahmen dankend im eigenen und im Namen ihrer Männer, Väter und Neffen an; auch von seiten der reformierten Presbyterianer gab es keine Absagen. Allerdings hatte Sally dafür Sorge getragen, daß der Programmablauf des »Festes, veranstaltet von den Mitgliedern des Frauenklubs von Waynesboro«, nicht näher bekannt wurde. Selbst auf der regulären Sitzung am zwanzigsten Dezember fiel über die Theateraufführung kein Wort; man sagte lediglich zum Abschied: »Also dann bis Freitagabend.« Die drei jungen Frauen, die das reformierte Presbyterianertum nicht so ernst nahmen wie dessen Anhänger, stellten Vermutungen darüber an, ob Mrs. Maxwell und Mrs. McCune völlig ahnungslos seien oder ob sie nicht doch wüßten, was im Gange sei, aber mit Amanda verabredet hätten, ihren Ehemännern und Mrs. Reid gegenüber Stillschweigen zu wahren. Womöglich machte in ihren Augen auch der Umstand, daß Dr. Blair seiner Tochter gestattete, in einem Shakespeare-Stück aufzutreten, aus dem Werkzeug des Teufels einen annehmbaren Dichter. Sally hätte gern Genaueres gewußt; es war enttäuschend, einen Knallfrosch abgeschossen zu haben, ohne die Explosion zu hören.

An »dem Abend« fuhr Tim O'Reilly die Gordons in Dr. Alexanders altem Schlitten den Hügel hinauf; John wollte Molly in einer solch rauhen Winternacht nicht länger als unbedingt notwendig der Kälte aussetzen. Das müde Pferd trottete gemächlich den Hügel hinauf, und das Schlittengeläut erklang *andante* dazu: Der Schlitten war schwer, der Schnee naß und weich. Anne sah das Haus der Cochrans schon lange, bevor sie es erreichten: Durch die hohen Salonfenster fiel helles Licht auf die Veranda, und hin und wieder, wenn die Tür sich kurz öffnete, wurden auch die Stufen vor dem Eingang erhellt. Sie erkannte Dr. Blair und Christina auf halbem Wege zwischen Gartentor und Haus; Christina trug ihre Kostüme über dem Arm. Anne hatte ihr Festgewand und das Arviragus-Kostüm schon nachmittags zu Sally geschafft und trug nun unter ihrem langen Umhang Posthumus' Wams und Kniehose. Der Gedanke an ihre entblößten Beine verursachte ihr momentanes Unbehagen, aber sie brauchte sich schließlich vor ihrem Auftritt niemandem ohne den schützenden Umhang zu zeigen, und auf der Bühne würde sie ein Cape tragen. Die Darstellerinnen sollten gleich in Sallys Schlafzimmer – heute abend die Schauspielergarderobe – gehen, und Anne hatte sich dagegen gewehrt, ihr bestes Moiré-Seidenkleid erst daheim an-, in der Garderobe aus- und nach der Vorführung wieder anzuziehen. Sie würde ihr Festgewand erst vor dem Essen anlegen. Als die Blairs die Verandastufen erreichten, näherte sich von der College Street hügelabwärts ein anderes Paar; gleichzeitig schob sich vor den Gordons ein Schlitten in die Wageneinfahrt, so daß Tim am Bordstein halten und warten mußte. Das Läuten der Schlittenglöckchen erstarb in der frostklaren Luft; man hörte nur gelegentlich einen dumpfen Knall, wenn eins der Pferde mit den Hufen stampfte.

Sheldon Edwards stapfte durch den Schnee um den Schlitten herum und half Kitty beim Aussteigen; leicht wie eine Feder sprang sie auf den Prellstein, warf einen Blick übers Tor und erkannte die Blairs, denen man eben die Tür öffnete. Mit ihrer klaren, tragenden Stimme rief Kitty: »Alles an ihr, was äußerlich: wie reich!«, und als Christina sich umwandte, fuhr sie fort:

»Ist ihr Gemüt so herrlich ausgestattet,
Ist einzig sie Arabiens Phönix...«

Christina begnügte sich zur Antwort mit einem flüchtigen Winken, ehe sie mit ihrem Vater das Haus betrat. Die Edwards folgten ihnen auf dem Gehweg. Ihr Mietschlitten war abgefahren, und

Tim zog die Zügel an. Die Schlittenglöckchen klingelten; Molly setzte sich in Bewegung, und gleich darauf hielten sie in der Wageneinfahrt. Das Paar, das den Hügel herunterkam, befand sich unterdessen in Hörweite. Das Schlittengeläut verstummte, und durch die stille Winternacht drang scharf und vernehmlich Pfarrer McCunes Fistelstimme.

»...wieder Theaterspielen. Ich habe dir doch schon mehrfach gesagt, daß es ungehörig ist und daß ich solchen Frevel nicht einmal durch meine Gegenwart billigen werde.« Er ließ ihren Arm los und blieb stehen.

Mrs. McCune entfernte sich einen Schritt von ihm. »Aber ich dachte, wenn Dr. Blair Christina erlaubt...«

»Aha? Dr. Blairs Tochter spielt also Theater? Nun, Dr. Blairs Prinzipien sind nicht die meinen, das habe ich schon vor geraumer Zeit festgestellt. Komm, Mary, laß uns der Jugend nicht zum Hemmschuh werden.«

»Aber wir können nicht einfach wieder umkehren. Wir haben *schriftlich* zugesagt.«

»Ha! Das Götzenopferfleisch lockt!« Mit trockener, unerbittlicher Stimme verfolgte Mr. McCune seine Frau durch Worte, als sie ihren Weg einfach fortsetzte. »›Denn wenn dich, der du das Wissen hast, jemand sähe zu Tische im Götzenhause, wird nicht sein Gewissen, da er doch schwach ist, bestärkt, das Götzenopfer zu essen? Und so wird über deinem Wissen der Schwache ins Verderben kommen...‹«

Mrs. McCune hatte das Tor erreicht. Weder ihr noch ihrem Mann war der Schlitten am Prellstein aufgefallen; drinnen saßen die Gordons wie erstarrt und hofften, auch weiterhin unbemerkt zu bleiben. Mrs. McCune machte kehrt und stellte sich mit dem Rücken zum Tor; die Haltung, welche sie dabei einnahm, war Anne wohl vertraut: Die Arme hingen schlaff am Körper herunter, die Finger waren gespreizt und die Handflächen gegen die Gitterstäbe gepreßt.

»Geh du nur heim, wenn dein Gewissen es dir befiehlt. Durch meine Gegenwart wird keine Menschenseele in Gefahr geraten. Sie werden nicht einmal merken, daß ich da bin! Aber ich kann unmöglich so unhöflich sein...«

Mr. McCune machte langsam erst einen und dann noch einen Schritt auf sie zu. Tim O'Reilly brummte etwas Unverständliches vor sich hin. Molly würde auch ohne seine Hand am Zügel ruhig stehenbleiben. Also stieg er ab, ging um den Schlitten herum und half Anne beim Aussteigen. Sie behielt eine Hand im Muff, schlug mit der anderen die Felldecke zurück und gleichzeitig auch ihren

Umhang; als sie auf den Prellstein trat, waren ihre Beine entblößt. In diesem Augenblick erst bemerkten die McCunes, daß sie nicht allein waren. Falls der Geistliche beabsichtigt hatte, seine Frau mit Gewalt fortzubringen, so hinderte ihn jetzt das blanke Entsetzen an der Ausführung seines Vorhabens. Er blieb wie angewurzelt stehen, starrte Anne entgeistert an, machte kehrt und schritt den Hügel hinauf. Anne wartete weder auf John, noch nahm sie sich die Zeit, ihren Umhang zurechtzuziehen und ihre Beine wieder zu bedecken.

Mrs. McCune sah sie fragend an; ihre behandschuhten Finger umklammerten jetzt die Eisenstäbe. Anne ging rasch auf sie zu, berührte sie jedoch nicht, sondern griff nach der Klinke und stieß das Tor auf. Mrs. McCune wandte sich um und ging mit ihr in den Garten. Während Anne ihrem Mann noch das Tor aufhielt, versuchte sie, einen unbefangenen Ton anzuschlagen. »Mr. McCune mußte sich wohl um ein Mitglied seiner Gemeinde kümmern? Wir würden uns freuen, wenn Sie sich uns anschließen.«

»Sie haben's gehört«, flüsterte Mrs. McCune. »Ich weiß nicht, was über mich kam.« Anne nahm die Zitternde beim Arm. Die Frau war vor Angst fast von Sinnen, und doch hatte sie ihrem Mann getrotzt. Jetzt fuhr sie mit bebender Stimme fort: »Ich glaube nicht, daß es Unrecht ist, was Sie und die anderen Damen tun.«

»Ich auch nicht«, bekräftigte Anne. »Im übrigen muß man den Männern nicht immer nachgeben. Damit verwöhnt man sie bloß.« Warum fürchtete diese Frau sich nur so vor diesem schmächtigen Mann mit dem rotblonden Haar und dem abgezehrten Gesicht? »Ich würde mir an Ihrer Stelle deswegen keine Gedanken mehr machen.«

John, der ein paar Worte mit Tim gewechselt hatte, um den Frauen Gelegenheit zu einem vertraulichen Gespräch zu geben, trat jetzt an Annes Seite, und gemeinsam gingen die drei den gewundenen Pfad zum Haus hinauf. Ein strahlendes Negermädchen in weißer Schürze und mit weißer Haube kam hinter dem weißbefrackten Hausdiener (den Reuben vorbildlich mimte) zum Vorschein; er hatte ihnen die Tür geöffnet und wies nun den Weg: »Herrn lassen Mäntel in Schlafzimmer hinten, Doktor. Damen bitte gehen in Schlafzimmer auf rechte Seite. Miz Go'don, Sie ja wissen, wo langgehen.«

John und Anne gingen zur Treppe, doch Mrs. McCune war die gesellschaftliche Gepflogenheit, wonach die Gäste so lange als unsichtbar galten, bis sie sich ihrer Mäntel entledigt und ihre Toiletten aufgefrischt hatten, um den Gastgebern von Reuben gemeldet zu werden, entweder fremd oder sie ließ sie außer acht, jedenfalls trennte sie sich von den Gordons und trat zu Sally und Ludwig an die Salontür.

»Mr. McCune läßt sich vielmals entschuldigen«, brachte sie mit halb erstickter Stimme hervor. »Aber er wurde ganz plötzlich zu einem Mitglied seiner Gemeinde abberufen... er bat mich, Ihnen sein Bedauern auszudrücken.«

Anne und John waren inzwischen bereits auf der Treppe. Anne dachte: Wenigstens hat sie die Notlüge aufgegriffen, die ich ihr anbot. Laut sagte sie: »John, sei so gut... warte auf sie und geh mit ihr nach unten. Sie hat eine Todesangst. Sei nett zu ihr, ja?«

»Warum um alles in der Welt? In Familienzwistigkeiten soll man sich nicht einmischen. Das solltest auch du inzwischen gelernt haben!« Obwohl er seine Stimme beherrschte, spürte sie seinen Zorn.

»Aber John! Was hätte sie denn tun sollen? Sie ist doch...«

»Ich weiß, sie tut dir leid. Aber mit deiner Weichherzigkeit handelst du dir nur Ärger ein, du wirst schon sehen!«

»Wartest du auf sie?«

»Ja, ich werde warten.«

Er ging auf eine halb offene Tür zu, durch die man auf einem ausladenden Bett Mäntel und seidig glänzende Zylinder liegen sah. Anne blieb am Treppenabsatz stehen, bis Mrs. McCune heraufkam.

»John wird hier auf Sie warten. Er ist froh, daß Sie ihm Gesellschaft leisten, denn ich werde vor der Vorstellung nicht mehr herunterkommen.«

Mrs. McCunes Hand umklammerte krampfhaft ihren Arm. »Aber war er denn nicht böse?«

»Auf Sie? Warum sollte er? Kommen Sie, wir wollen nachsehen, wer schon da ist. Vielleicht möchte noch jemand an Johns Arm hinuntergehen.«

Sie öffnete die Tür zu Sallys Schlafzimmer, wo die Damen heute abend ihre Umhänge ablegten. Die Rausch-Kinder hatte man unter Cassies Obhut in den zweiten Stock umquartiert. Im Zimmer befanden sich Mrs. Maxwell, die Anne noch fast fremd war, die Misses Gardiner, auf die sicher Douglas irgendwo wartete, und Miß Pinney.

»Guten Abend, alle miteinander«, grüßte Anne von der Schwelle. »Hier bringe ich Ihnen Mrs. McCune, die heute abend leider auf ihren Gatten verzichten muß... die Pflichten eines Pfarrers... Sie verstehen... er wurde ganz plötzlich abberufen. Miß Pinney, wollen Sie so gut sein, und Mrs. McCune unter Ihre Fittiche nehmen?«

Miß Pinney stand vor der Spiegelkommode und richtete ihre verrutschte Frisur. Anne sagte in herzlichem Ton: »Wie reizend Sie heute abend aussehen. Es gibt doch nichts Vornehmeres als schwarze Seide, nicht wahr?«

Miß Pinney lächelte ihr im Spiegel zu. »Liebe Anne – liebe Mrs. McCune, ich bin entzückt, daß Sie mir Gesellschaft leisten wollen. Aber wie schade, daß Pfarrer McCune verhindert ist! Ich hoffe nur, er wurde nicht an ein Krankenbett gerufen?«

Mrs. McCune ging an Anne vorbei ins Zimmer und versuchte ungeschickt, Haken und Ösen ihres abgetragenen schwarzen Samtcapes zu öffnen. »Oh, nein... das heißt, ich...«

Anne kam ihr zu Hilfe. »John wartet draußen im Flur auf Sie. Es wird ihm eine Ehre sein, Ihnen den Arm zu reichen, Miß Pinney.«

Damit machte sie kehrt und eilte den Gang hinunter. Armer John! Ich hoffe, ich habe ihm nicht den Abend verdorben, aber nachdem er sich so herrisch aufgeführt hat, geschähe es ihm ganz recht. Nicht einmal Sally, dachte sie stolz, hätte einen solch peinlichen Zwischenfall eleganter aus der Welt schaffen können. Und doch hatte sie nicht den Eindruck, daß Mrs. McCune den Abend sonderlich genießen würde: Dazu hatte sie zuviel Angst, und außerdem würde sie immer daran denken, was sie hernach zu Hause erwartete.

Das Stück wurde mit Energie und Begeisterung dargeboten und mit dem herzlichen Beifall bedacht, den Salonaufführungen immer ernten, wenn die Amateurtruppe sich aus Ehefrauen und Töchtern zusammensetzt. Von den Pfarrern und Theologen fehlte nur Mr. McCune. Die McKinneys, die Maxwells und Dr. Blair saßen in der ersten Reihe, zu dem zweisitzigen Sofa an deren Ende führte John seine beiden Damen, während er selbst zusammen mit Sheldon, Ludwig und Douglas Gardiner hinter ihnen Platz nahm. Vorsorglich hatte man die Misses Gardiner zu ihnen gesetzt, um die Spottlust der Herren zu zügeln. Aber da die Männer wußten, daß irgendwo hinter ihnen Richter Ballard saß, nahmen sie sich ohnehin zusammen, und ihre Stühle (Mrs. Cochrans zierliche Empfangsstühle) wackelten nicht zu verdächtig, während Mrs. Ballard mit einem Gesicht, als leite sie einen Volksbildungsvortrag ein, die Worte hervorstieß: »Hinweg! Elender du, mir aus den Augen!« Sei es durch das Heben einer Braue, das Kräuseln der Lippen, das kecke Richten der Goldpapierkrone (die schon bald nach ihrem ersten Auftritt durch ihr lebhaftes Spiel verrutscht war), irgendwie gelang es ihr, dem Publikum zu verdeutlichen: Ich weiß ebensogut wie ihr, daß ich mich zum Narren mache, aber wenn ich Spaß daran habe, warum dann nicht auch meine Zuschauer? Das Gelächter steigerte sich mit jeder ihrer Szenen; die Herren fühlten sich Mrs. Ballard auf einmal herzlich zugetan, zumindest für diesen Abend, und sie versprach, der Liebling des Publikums zu werden. Und das wäre sie wohl auch geworden, hätte nicht Christinas Spiel die Heiterkeit der Herren in echtes Mitgefühl verwandelt. Sogar den einzigen Zwischenfall, der in übermütiges Gelächter hätte ausarten können, meisterte sie, ohne auch nur im geringsten die Fassung zu verlieren. (Anne, die durch die Flurtür das Geschehen auf der Bühne beobachtete, bis es Zeit für ihren Auftritt war, konnte Johns Stimme aus dem allgemeinen Gelächter heraushören und war froh, daß er sich amüsierte, hoffte indes, er werde sich nicht zu sehr gehenlassen.) Jachimo kam mit dem Verschluß des Armbandes nicht zurecht, das er der schlafenden Imogen stehlen wollte, und in seiner Verzweiflung wiederholte er immer hilfloser und entmutigter: »Komm, komm herab«, bis Imogen endlich wie im Schlaf den anmutig über die Sofalehne gebreiteten Arm sinken ließ und mit der anderen Hand – unter begeistertem Beifall des Publikums – wie selbstverständlich das vertrackte Schloß öffnete. Lautstarker Applaus belohnte auch die unsichtbaren Sänger von »Horch! Lerch am Himmelstor sing hell, und Phöbus steigt herauf«. Man verlangte gar eine Zugabe, bei welcher der Chor nach der ersten Strophe verstummte und Miß Blair ein Solo gestattete. Als der Vorhang fiel, klangen die Bravorufe der Herren erfreulich aufrichtig, und der strahlenden Christina flogen von allen Seiten Komplimente zu, die ihr freilich kein Klubmitglied mißgönnte; vielmehr sonnten sich alle in dem Stolz, die Entdecker dieses Wunderkinds zu sein.

Zum festlichen Mahl erschienen die Schauspielerinnen in herkömmlicher Abendgarderobe. Sally hatte Douglas Gardiner zu Christinas Tischherrn bestimmt und sie mit Anne und Sheldon an einem kleinen Vierertisch plaziert. Inzwischen war die Gästeliste des Klubs so angewachsen, daß längst nicht mehr alle Damen und Herren am Eßtisch der Cochrans Platz fanden, selbst wenn man ihn zur vollen Länge auszog. Deshalb hatte Sally mehrere kleine Tische in der Bibliothek aufschlagen lassen. Im Speisezimmer waren die Cochrans, die McKinneys, Richter und Mrs. Ballard, die Demings, die Maxwells, Dr. Blair und Sally untergebracht. Ludwig saß in der Bibliothek mit Miß Pinney, Mrs. Reid und Samuel Travers zusammen. Die übrigen dort gedeckten Tische mußten sich jeweils mit nur einem Herrn begnügen. Sally bat John flüsternd um Entschuldigung, als sie ihm seine Tischkarte zeigte. »Nicht böse sein, Dock. Es sind einfach zu viele alleinstehende Frauen unter den Gästen. Und da nun auch noch Mr. McCune weggeblieben ist...« Also teilte John sich einen Tisch mit Kitty, Thomasina und Mrs. McCune. Anne, die ihrem Mann hin und wieder einen Blick zuwarf, wußte genau, wann der die Freude an dem Fest verlor. Er begann sich mit Appetit durch eines von Sallys besten Menüs zu essen (das übrigens mit Austern begann), schlang aber die Speisen viel zu hastig hinunter, so daß sich für ihn zwischen den einzelnen Gängen jedesmal lange Wartezeiten ergaben, die er freilich nicht zu Gesprächen nutzte; er saß vielmehr stumm da, machte ein finsteres Gesicht und betrachtete seine Tischdamen mit grämlichem Blick; einzig Kittys sorgloses Geplauder konnte ihm hin und wieder eine einsilbige Antwort entlocken.

Als die Gäste im Speisezimmer endlich ihre Stühle zurückschoben, wirkte John wie von einer schrecklichen Qual erlöst. Und er stand so eilig auf, daß er gleichermaßen das Zeichen zum Aufbruch zu geben schien, obwohl er nicht wie einige der gesetzten älteren Herrschaften, die hinaufeilten, um ihre Mäntel zu holen, die schuldbewußte Miene eines Mannes zur Schau trug, der seine übliche Schlafenszeit weit überschritten hat. Anne spürte Johns Ungeduld und versuchte nicht, ihn zu einem vertraulichen »Nachgespräch« mit Sally und Ludwig zu überreden. So waren die Gordons unter den ersten, die sich verabschiedeten.

Sie gingen zu Fuß. John hatte Tim angewiesen, sie nicht abzuholen: Das Pferd hatte einen anstrengenden Tag hinter sich, und es war nicht weit bis nach Hause. Anne schob die Hand unter Johns Arm, während sie die Stufen vor dem Eingang hinunterstiegen, aber sie schwiegen beide bis sie das Gartentor hinter sich hatten und hügelabwärts schritten. Es war merklich kälter geworden, und der Schnee, auf dem sich eine eisige Kruste gebildet hatte, knirschte unter ihren Füßen. Dann fand Anne, sie habe lange genug gewartet.

»Entschuldige, John. Ich hatte nicht die Absicht, dich den ganzen Abend an Mrs. McCune zu ketten.«

»Das hast du auch nicht. Die Tischordnung hat Sally gemacht.«

»Aber was ist passiert? Zuerst hast du dich richtig amüsiert, und dann, ganz plötzlich, war's aus.«

»Was soll schon gewesen sein? Das Stück war an manchen Stellen recht lustig, also hab' ich gelacht. Dann war's aus, und ich hab' eben nicht mehr gelacht.«

»Das ist doch nicht alles, John. Beim Essen schien es auf einmal, als trügest du plötzlich die Last der ganzen Welt auf deinen Schultern.«

»›Das Bewußtsein unserer Sterblichkeit lastet schwer auf mir in dieser Nacht.‹ Wo habe ich das nur gelesen? Es kann noch nicht lange her sein... stand in einem schmalen, in Leder gebundenen Buch, das bei jemandem auf dem Nachttisch lag. Hmhm... jetzt weiß ich's wieder: Bei Thomasina war's. Als sie neulich den Anfall von Pleuritis hatte... Ich hab' ihr Fieber gemessen... Da hab' ich's gelesen.«

Anne spürte, daß seine Worte nur dazu dienen sollten, sie vom Thema abzubringen. Es war nicht Johns Art, laut zu denken. Sie schwieg abwartend. Mittlerweile waren sie am Fuße des Hügels angelangt. Abgesehen vom flackernden Licht der Gaslaternen und dem erleuchteten Fenster von Thirkields Drugstore am anderen Ende des Platzes war alles finster und still. Endlich fragte sie: »Was bedeutet das?«

»›Das Bewußtsein unsrer Sterblichkeit lastet schwer auf mir‹? Nun, euer Stück hat mir gefallen, gewiß, aber Shakespeare ist nicht gerade ein heiterer Geselle, oder? Wie heißt es doch gleich im *Lear:* ›Dulden muß der Mensch sein Scheiden aus der Welt wie seine Ankunft.‹«

»Aber was hat dich so verdrossen?«

»Die Totengerippe, die unter dem Fleisch hervorzulugen beginnen.« Anne entfuhr ein Ausruf des Entsetzens, worauf er ihr begütigend die Hand tätschelte, die immer noch auf seinem Arm lag. »Nicht doch, so schlimm ist's auch wieder nicht, glaub mir. Die Leute werden eben alt, das ist alles. Mrs. Ballards Rheuma wird von Jahr zu Jahr schlimmer. Hast du gesehen, wie verkrüppelt ihre Hände sind? Auf Richter Ballards Stirn springen die Adern wie Würmer hervor. Miß Pinney ist ganz zittrig geworden.«

»Aber du siehst diese Leute doch fast jeden Tag. Ich weiß, wie traurig es ist, wenn man Menschen, die man sein Leben lang gekannt hat, dem Ende zugehen sieht, aber es ist doch nicht so, als bräuchtest du dich nur umzudrehen, um den Tod über jedermanns Schulter grinsen zu sehen, wie auf einem von diesen mittelalterlichen Holzschnitten.«

»Um Himmels willen, nein! Es war Mrs. McCune. Ich hab' sie mir eigentlich erst als wir beim Essen saßen, richtig anschauen können. Sie ist eine kranke Frau. Ich glaube, sie war vor Erschöpfung überreizt und hat sich deshalb gegen ihren Mann gewandt. Tut mir leid, daß ich dich angefahren habe, Anne. Aber glaube mir, in Familienstreitigkeiten einzugreifen, bringt nur Ärger, weiter nichts.«

»Aber ich hab' mich doch gar nicht eingemischt! Erst als er auf und davon war, habe ich mich um sie gekümmert. Natürlich sah sie elend und krank aus – sie war krank vor Angst! Sie fürchtete sich vor dem, was sie daheim erwartet.«

John verlangsamte seinen Schritt. »Wer bringt sie eigentlich heim? Ich war so begierig fortzukommen, daß ich mich noch nicht einmal danach erkundigt hab'.«

»Schon gut, sei unbesorgt, Kitty und Sheldon nehmen sie mit.«

Wie gern hätte auch er gesagt: Schon gut. Aber Mrs. McCune war höchstwahrscheinlich schwanger und hatte mit ebenso großer Wahrscheinlichkeit Lungentuberkulose. Doch sie war schließlich nicht seine Patientin.

Anne sprach aus, was er gedacht hatte. »Ich nehme an, sie bekommt wieder ein Baby. Sie ist fast immer in anderen Umständen. Aber du brauchst dich nicht um sie zu sorgen.«

»Nein. Doch es hat mich auch nicht gerade froh gestimmt, ihr gegenüberzusitzen. Wie steht's übrigens mit Kitty?«

»Kitty? Die ist ganz gesund.«

»Du meinst, sie hat dir nicht unter dem Siegel der Verschwiegenheit etwas ins Ohr geflüstert?«

»O nein! Willst du damit sagen, sie bekommt auch ein Baby? Oh, sie würde es mir erzählen, wenn sie's wüßte. Sie hat's ja von allen Dächern geschrien, daß sie mindestens sechs will, weil Sheldon so unglücklich darüber war, ein Einzelkind zu sein.«

»Kitty wäre bestimmt aufgeweckt genug, ihren Zustand zu bemerken. Vielleicht war sie bei Dr. Edwards. Er ist immerhin ihr Onkel.«

»Die Lowreys haben aber immer dich konsultiert.«

»Kitty ist eben jetzt eine Edwards. Sie ist so schmal in den Hüften, daß sie nicht leicht gebären wird. Und ihre Augen sind ein bißchen geschwollen.«

»Kann sein, daß sie sich überanstrengt hat mit dem Stück. Aber sie war gut, nicht?«

»Ja. Und Miß Blair erst recht. Und was Mrs. Ballard angeht: Sie war mir heute abend direkt sympathisch – wo findet man schon jemanden, der sich selber so gutwillig zum Gespött macht.«

»Der Abend war ein Erfolg, nicht wahr?«

»Und was für einer! Um nichts in der Welt würde ich eins von Sallys Festen versäumen, und dies war bisher das gelungenste. Bestell ihr das von mir, wenn ihr euch morgen trefft, um die Gäste durchzuhecheln. Aber sag ihr nicht, daß ich einen von meinen melancholischen Anfällen hatte.« Er lachte, zog einen Handschuh aus, nahm Annes Hand und schob sie mit der seinen in ihren Muff. Warm und kräftig schlossen sich ihre Finger um seine Hand. »Dir haben die Vorbereitungen auch Spaß gemacht, nicht wahr? Aber ich bin froh, daß es vorbei ist. Ich hab' dich wochenlang kaum gesehen. Ich glaube, du hast nicht mal gemerkt, wie nahe Weihnachten ist und wie sehr die Kinder dem Fest entgegenfiebern.«

»Ich bitte dich, John! Du weißt genau, daß der Schrank oben im Flur fast überquillt vor Geschenken für die beiden.«

»Ja, ich weiß.« Sie waren beim Tor angelangt. John legte die Hand auf die Klinke, öffnete aber nicht gleich, sondern wiederholte bedächtig: »Ich weiß, doch du warst mit deinen Gedanken oft woanders. Ist dir denn nicht klar, daß wir uns deine ungeteilte Aufmerksamkeit wünschen?«

Und bevor er das Tor öffnete, beugte er sich zu ihr nieder, schob ihr den Häkelschal aus dem Gesicht und küßte sie auf die Wange. »Liebe Anne! Was werde ich doch für ein alter Griesgram! Ich tauge wohl schlecht zum Ehemann, hm?«

»Ach was«, entgegnete sie ein wenig schnippisch, »jedenfalls habe ich heute abend keinen Ehemann gesehen, gegen den ich dich eintauschen würde.« Und lachend schritten sie auf das Haus zu.

DIE MITGLIEDER
DES FRAUENKLUBS
VON WAYNESBORO

Miß Eliza Ballard
Mrs. Mary Ballard
Miß Christina Blair
Mrs. Louisa Deming
Mrs. Katherine Edwards
Miß Caroline Gardiner
Miß Lavinia Gardiner
Mrs. Anne Gordon
Mrs. Mary McCune
Mrs. Rhoda McKinney
Mrs. Laura Maxwell
Miß Agatha Pinney
Mrs. Sarah Rausch
Miß Amanda Reid
Mrs. Thomasina Travers

IN MEMORIAM
Miß Susan Crenshaw

1877

»Der dunkle Engel ... der bleiche Fährmann ...«

Nach den Weihnachtsferien wurden die Bürger, die für eine Weile die Misere ihres Landes hatten vergessen können, erneut von dem Rätselraten um die noch immer unentschiedenen Wahlen in Atem gehalten. Das gewohnte Tagewerk wurde fast mechanisch verrichtet; Höhepunkte des Tages waren morgens und nachmittags das Eintreffen der Zeitung. Die einzige in Waynesboro verfügbare Morgenzeitung kam mit der Bahn aus Cincinnati und war demokratisch gefärbt. Die republikanischen Abonnenten kochten vor Wut, als sie darin lasen, General Grant habe Truppen nach Washington beordert, um den Amtsantritt des rechtmäßig gewählten Präsidenten, Samuel Tilden, zu verhindern. Am Abend kühlten sich die Gemüter freilich dank Mr. Bonners Darstellung der politischen Lage wieder ab; die *Fackel* berichtete, es bestehe seit dem Wahltag kein Zweifel daran, daß die Republikaner in den drei noch immer von Unionstruppen besetzten Staaten gesiegt hätten, wären die Stimmen der Schwarzen nicht manipuliert worden. Davon hatten sich die Bevollmächtigten des Republikanischen Nationalkomitees persönlich auf ihren Reisen in die drei Hauptstädte der fraglichen Bundesstaaten überzeugt. Diese Bevollmächtigten waren als Ehrenmänner bekannt; sie hatten eine einwandfreie Untersuchung durchgeführt. Daß die Bevollmächtigten des Demokratischen Komitees anderer Ansicht waren und andere Wahlmännergremien für rechtmäßig erklärten, war nicht verwunderlich. Waren sie nicht *Demokraten* – also entweder Sympathisanten der Südstaaten oder gar Rebellen, denen man leider allzu rasch vergeben hatte? Mr. Bonners Stellungnahme war Balsam für die gekränkten Gemüter der Republikaner, auch wenn sie nur einen winzigen Hoffnungsschimmer daraus schöpfen konnten.

Im Januar legte das Komitee, das der Kongreß beauftragt hatte, eine Lösung der Pattsituation zu finden, seinen Bericht vor; man schritt unverzüglich zur Tat. Der gemeinsame Ausschuß des Kongresses entschied, eine Wahlkommission zu bilden, die über die Beglaubigung der Wahlmänner jener Staaten befinden sollte, die zwei verschiedene Wahlmännergremien benannt hatten; dieses Tribunal sollte aus fünfzehn Mitgliedern bestehen: zehn Angehörige der beiden Häuser des Kongresses, fünf Abgesandte des Obersten Gerichtshofes. Senat und Repräsentantenhaus würden ihre Vertreter wählen. Das Repräsentantenhaus würde voraussichtlich drei Demokraten und zwei Republikaner ernennen, im Senat war das umgekehrte Verhältnis zu erwarten. Vier der Obersten Richter wurden von den Initiatoren dieses Lösungsmodells bestimmt, zwei waren ehemalige Demokraten, zwei ehemalige Republikaner. Diese vier Richter sollten gemeinsam einen fünften aus ihren Reihen ermitteln, und der würde die alles entscheidende Stimme haben, die das Patt beenden sollte. Die Demokraten hatten die Gesetzesvorlage unterstützt, weil sie damit rechneten, daß die Wahl der vier Richter auf Richter Davis fallen werde. Davis war einst ein treuer Freund Abraham Lincolns und Mitbegründer der Republikanischen Partei gewesen, hatte sich aber inzwischen den Demokraten zugewandt und galt als Anhänger Tildens. Die Hoffnung der Republikaner sank.

Am 25. Januar billigte der Senat den Gesetzesvorschlag. Am selben Tag wählte die Legislative von Illinois Richter Davis zum Senator. Er legte unverzüglich sein Amt am Obersten Gerichtshof nieder. Die vier bereits in die Wahlkommission berufenen Richter ernannten Richter Bradley zum fünften Mann in ihrer Runde. Richter Bradley war stets Republikaner gewesen, und es bestand kein Grund zu der Annahme, daß er seine politische Haltung geändert habe. Den Republikanern entrang sich ein Seufzer der Erleichterung. Nun beschäftigte sie nur noch die Frage, ob die Demokraten so gefährlich seien, wie sie sich darzustellen beliebten, oder ob sie zulassen würden, daß Hayes in Frieden seinen Amtseid leistete. Die Demokraten spien immer noch Feuer, aber Washington wurde streng bewacht, und im Weißen Haus hielt Grant das Heft fest in der Hand.

All diese Ereignisse, Gerüchte, Drohungen und Gegendrohungen dienten als unerschöpflicher Gesprächsstoff in Salons, am Abendbrottisch, in Drugstores, Schenken und im Gerichtsgebäude. Eine solche Unterhaltung hielt General Deming an einem

Februarabend weit über die Zeit seines üblichen Verdauungsspaziergangs hinaus in der Oberstadt fest. Er ging fast jeden Abend nach dem Essen ins Freie, um seine Zigarre zu rauchen, die er zu Hause nur in seinem Arbeitszimmer im Turm anzünden durfte. Er zog es jedoch vor, in die Oberstadt zu gehen; für gewöhnlich schaute er dabei auf einen Sprung in Thirkields Drugstore vorbei und labte sich ein paar Minuten an der Männergesellschaft, die er so schmerzlich entbehrte, seit er den einsamen Beruf des Schriftstellers gewählt hatte. Tagsüber arbeitete er meist an der Geschichte seiner Brigade. Anfangs war es für ihn nicht mehr als ein Zeitvertreib gewesen. Louisa aber hatte die Sache ernst genommen und all ihre Freunde wissen lassen, daß ihr Mann, seit er sich aus der Politik zurückgezogen habe, zum Autor avanciert sei und seine Memoiren schreibe. Ein paar Jahre hatte ihm die Arbeit Spaß gemacht; er hatte hier und dort ehemalige Waffenbrüder besucht, sich Notizen über ihre Erinnerungen gemacht, Tagebücher und Briefe ausgeborgt und später mit ihnen korrespondiert: »Lieber Kamerad Jones«, »Lieber Kamerad Johnson«. Aber als er sich einmal ans Schreiben gemacht hatte, war er in seinem Turmzimmer zum Einsiedler geworden und hatte die Verbindung mit allem, was rings um ihn her vorging, verloren. Jetzt war das Buch fertig. »Die Bürgerkriegsschicksale einer Brigade aus Ohio« war gedruckt und verkauft (bis auf einige Exemplare, die sich noch in seinem Arbeitszimmer stapelten). Der General wußte nicht recht, was er mit seiner Zeit anfangen sollte, und war begierig darauf, wieder mit den Männern seiner Stadt in Kontakt zu kommen. An jenem Abend traf er eine Reihe guter Bekannter am Rauchtisch in Thirkields Drugstore und beteiligte sich an ihrer Unterhaltung: größtenteils Klatsch, vermischt mit ernsthaftem Disput. Die Erörterung der politischen Lage hielt ihn bis nach zehn in ihrer Runde fest. Als er endlich heimkam, saß seine Frau allein mit ihrer Stickerei vor dem Kamin im Wohnzimmer; über eine Stuhllehne hingen die verschiedenen Stickgarne, nach Farben geordnet.

»Julia schläft wohl schon?« Er hängte Hut und Mantel auf, trat neben sie und wärmte seine Hände über dem Feuer.

»Schon lange. Sie wollte zwar nicht ins Bett, bevor du heimkommst, aber ihre Zeit ist ja weit überschritten.«

»Ich weiß. Doch ich hatte eine überaus interessante Unterhaltung mit Bonner, Richter Ballard und dem jungen Gardiner.« Zu Louisas Tugenden gehörte es, ihn nie zu fragen, wo er gewesen sei, oder ihm Vorwürfe wegen seines langen Ausbleibens zu machen. Aber irgend etwas – ihre besondere Art von Zurückhaltung – drängte ihn, sich vor ihr zu rechtfertigen. »Ich enttäusche das Kind nicht gern. Ich werde rasch hinaufgehen und nachsehen, ob sie schon schläft.«

»Weck sie nicht auf, George.« Sie lächelte schwach; die Enttäuschung würde auf seiner Seite größer sein als auf der des Kindes. Wenn sie als Ehefrau und Mutter nicht so sorgsam über beide gewacht hätte, wäre Julia schrecklich verzogen worden.

Oben öffnete General Deming so leise wie möglich die Tür zum Zimmer seiner Tochter, das nur durch eine – im Augenblick geschlossene – Doppeltür von dem geräumigen, zur Straße hinaus gelegenen Elternschlafzimmer getrennt war. Im Schein des Öllämpchens, das als Nachtlicht auf dem Kaminsims brannte, erkannte General Deming die vertrauten Umrisse des Gemachs: Das Himmelbett mit dem Volant aus Tüpfelmusselin, die mit Schleifen zurückgebundenen Schals aus gleichem Stoff zu beiden Seiten des Spiegels über der zierlichen Kommode sowie die Portieren vor den Fenstern, und inmitten dieser duftig gestärkten Frische das Kind, ein kleines, warmes, zusammengerolltes Knäuel Leben mitten in dem großen Bett; ihr mattgoldenes Haar ergoß sich über das Kissen. Sein Herz zog sich vor Zärtlichkeit zusammen, und das Staunen, welches ihn jedesmal ergriff, wenn er sie so sah, überkam ihn auch jetzt wieder, ein ehrfürchtiges Staunen darüber, daß ein so zartes und schönes Geschöpf seinen Lenden entsprungen war. Er betrachtete seine schlafende Tochter eine Weile und wollte sich gerade so leise wie möglich wieder zurückziehen, als sie die Augen aufschlug.

»Du wolltest gehen, ohne mir einen Gutenachtkuß zu geben?«

»Ich wollte dich nicht wecken. Ich bin nur raufgekommen, um mich zu vergewissern, ob du auch wirklich da bist.«

»Du hast mich nicht geweckt. Ich habe hier gelegen und gewartet und gewartet.«

Er wußte, daß sie noch vor einer halben Minute fest geschlafen hatte, aber er neckte sie nicht damit. »Es tut mir leid, Julia.« Er setzte sich aufs Bett und strich ihr mit seinen dickfingrigen roten Händen das Haar aus der Stirn. »Ich habe ein paar Freunde getroffen, die sich mit mir unterhalten wollten. Ich konnte nicht eher weg. Nun gib mir einen Gutenachtkuß, und dann sei ein braves Mädchen und schlaf ein.«

Er beugte sich zu ihr nieder; sie drehte sich auf den Rücken, streckte sich lang aus und umfaßte seine Arme mit beiden Händen.

»Hast du mich am liebsten auf der Welt?«

»Dich und Mutter.« Sie stellte ihn immer wieder mit dieser Frage auf die Probe. Seine Antwort war stets die gleiche, und sie begegnete ihr jedesmal mit einem Lächeln, das auszudrücken schien, sie wisse es besser. Julia war ungewöhnlich scharfsinnig: In manchen Dingen konnte man ihr einfach nichts vormachen, auch wenn sie erst sechs Jahre alt war.

»Ich habe dich am liebsten«, sagte sie jetzt.

»Mutter und mich.«

»Dich.« Sie richtete sich auf und schmiegte sich an ihn.

»Uns beide.« Er küßte sie: »Und jetzt flink unter die Decke mit dir, und schlaf schnell wieder ein, sonst bin ich schuld, daß du zu lange auf warst.«

Wieder unten im Wohnzimmer, setzte er sich Louisa gegenüber in seinen Sessel am Kamin. Sie blickte kurz von ihrer Stickerei auf. »Sie ist also wach geworden?«

»Sie hat behauptet, sie hätte noch gar nicht geschlafen... sie hätte auf mich gewartet. Julia ist ein großartiges kleines Mädchen.«

»Sie hält dich für einen großartigen Mann.« Sie lächelte, während sie ihren Stickrahmen näher zum Licht rückte.

Irgend etwas – ihr Lächeln, ihr Tonfall – durchzuckte ihn wie ein physischer Schmerz. Sie *hält* dich für einen großartigen Mann. Törichter Kinderglaube. Es war still im Zimmer; man hörte nur das Ticken der Uhr auf dem Kaminsims und das leise Knistern der Flammen, welche die Kohlen umzüngelten. Er streckte seine Hände im Schoß aus und betrachtete sie: dick, rot, ungeschlacht; zwischen Knöcheln und erstem Glied weiß behaart. Wie waren sie bloß so geworden? Die Hände eines Mannes in mittleren Jahren. Nicht alt, aber dennoch... Warum veränderte die Zeit einen Mann so? Wie Sand rann sie ihm durch die Finger, aber nicht, ohne deutliche Spuren auf ihnen zu hinterlassen. Auf einmal schienen ihm seine Hände nicht mehr vertraut. Er wußte, wie sie wirklich aussahen: *seine* Hände, in Handschuhen, wenn sie die Zügel eines Pferdes hielten, während man in Wind und Schnee über vereiste Straßen marschierte. Wie lange war das her? Nashville und General Thomas: die letzte Schlacht. Während er sein Buch schrieb, hatte er sie nicht so deutlich nacherlebt wie in diesem kurzen Augenblick, als er seine Hände betrachtete. Und General Thomas war tot, und Brigadegeneral Deming...

Er ballte die Fäuste, stemmte sie auf die Sessellehnen und wandte den Blick ab. »Nun«, versetzte er schwerfällig, »du und ich, wir wissen, daß ich kein großartiger Mann bin. Aber ich habe meinem Vaterland gedient und ein Buch geschrieben. Wird das genügen, um Julia auf mich stolz sein zu lassen? Ich wünsche mir, daß sie stolz sein kann auf ihren Vater.«

»Sie wird stolz auf dich sein.«

»Bonner findet das Buch übrigens gut. Wenn Bonner so was sagt, dann meint er es auch.«

»Jeder, der mich darauf ansprach, war des Lobes voll. Hast du Mr. Bonner heute abend getroffen? Ich hätte gedacht, ihn kümmere zur Zeit nichts anderes als die Frage, ob der Präsident im März den Amtseid leisten wird oder nicht.«

»Auch darüber haben wir gesprochen. Eins führte zum anderen. Auf das Buch kamen wir, weil ich Exemplare an Kriegsversehrte verteilen ließ, damit die sie verkaufen und sich dadurch ein kleines Zubrot verdienen können. Bonner versucht, eine Rentenerhöhung für die Veteranen durchzudrücken. Den Kriegsversehrten und den Witwen und Waisen der gefallenen Soldaten geht es diesen Winter ziemlich schlecht. Sie sind zum großen Teil auf die Hilfe der Wohlfahrtsorganisationen angewiesen, aber in schweren Zeiten haben auch die nicht viel anzubieten.«

»Ich kann dir eine Reihe von Leuten nennen, die sich sehr wohl Hilfsbereitschaft leisten könnten. Die Rauschs. Mr. Cochran. War Ludwig Rausch heute abend nicht dabei? Ich dachte, der versäume nie einen Herrenabend im Drugstore.«

»Nein, nur Richter Ballard, Bonner und ein paar andere waren da. Rausch ist nicht in der Stadt. Soviel ich gehört habe, vertraut er so fest auf eine Verbesserung der Wirtschaftslage, jetzt, wo Hayes' Wahl sicher scheint, daß er ein neues Werk bauen will.«

»Und du? Vertraust du nicht auf den neuen Präsidenten?«

»Ja-aa. Doch schon. Wenn er ins Weiße Haus einzieht, wird ein Dollar wieder hundert Cent wert sein, statt wie bisher nur die Hälfte. Aber die armen Teufel, die Geld aufnehmen mußten, solange der Dollar nur die halbe Kaufkraft hatte, die wird's hart treffen. Sie werden den vollen Preis zurückzahlen müssen, und man wird ihnen das Doppelte an Weizen, Mais und Arbeitsleistung abverlangen.«

»Ich weiß. Schließlich lese auch ich Zeitungen. Die lamentieren ja tagtäglich über das Elend der Schuldner. Und die Moral von der Geschicht'? Man soll eben keine Schulden machen! Aber ich verstehe nicht, wieso Ludwig Rausch gerade jetzt ein neues Werk bauen will. Wird er denn da nicht auch Geld aufnehmen müssen? Es ist natürlich bequem, wenn man einen Bankier zum Schwiegervater hat, doch ich kann mir nicht vorstellen, daß Mr. Cochran etwas Unbesonnenes tut. Und soviel ich gehört habe, hat Rausch und Kompanie sich in letzter Zeit nur mit Mühe über Wasser halten können.«

»Das geht doch seit dreiundsiebzig allen Firmen so. Aber um

Seilerwaren Rausch und Kompanie brauchst du dir keine Sorgen zu machen. Ludwig hat da eine grundsolide Firma aufgebaut.«

»Warum sollte *ich* mir Sorgen machen?« Sie lachte, und er schaute sie verwundert an. Es hatte fast hämisch geklungen. »Nun ja, warum sollten wir uns darum kümmern, was aus Ludwig Rausch wird? Er hat schließlich auch nicht gefragt, was aus uns wurde, als du in Schwierigkeiten warst.«

»Oh, Louisa! Das ist doch längst vergessen!«

»Du bist großmütig. Und eines will ich dir sagen, George, ich war nicht die einzige in Waynesboro, die sich darüber gewundert hat, daß er zu den Cochrans gezogen ist, obwohl seine Geschäfte angeblich so gut gingen.«

»Mrs. Cochran brauchte Sally. Ich will hoffen, daß meine Tochter eines Tages das gleiche Opfer für mich bringen würde.«

»Und wenn er nun aber doch nicht viel verdient hat, wie will er dann das neue Werk bauen, ohne Geld aufzunehmen?«

»Das will er auf gar keinen Fall. Möglicherweise wird er Aktien auflegen. Gegenwärtig befindet sich das gesamte Aktienkapital in den Händen seiner Familie. Er ist nicht als Bettler hergekommen, um das reichste Mädchen der Stadt zu heiraten, vergiß das nicht. Er hat Geld im Rücken – sein Onkel betreibt einen Eisenwarengroßhandel in Cincinnati, und sein Vater hat eine Fleischkonservenfabrik in Iowa. Ich könnte mir vorstellen, daß beide bereit wären, ihm Geld vorzustrecken. Die Hilfe unserer Bank bräuchte er also gar nicht in Anspruch zu nehmen. Es wäre nur zum Vorteil für die Stadt, wenn er seine Aktien zum Verkauf anböte, aber das hat er nicht vor. Er möchte die Entscheidungsgewalt über seine Firma behalten.«

»Soll das heißen, du würdest Rausch-und-Kompanie-Aktien *kaufen?«* Zum erstenmal an diesem Abend legte Mrs. Deming die Stickerei beiseite und sah ihren Gatten prüfend an.

»Ich weiß, du hörst es nicht gern, aber Rausch ist der kommende Mann in Waynesboro. Ja, ich würde seine Aktien kaufen.«

»Er ist zu sehr in die Politik verstrickt, um eine Firma erfolgreich leiten zu können. In meinen Augen ist er kein solider Geschäftsmann.«

»Manchmal ist es sehr nützlich, in der Politik zu sein.« Der General verbiß sich ein Lächeln. »Es ist so gut wie sicher, daß der Bezirk ihn in den Wahlausschuß von Ohio entsendet.«

»Aber dann wird er der Politik ja noch mehr Zeit opfern müssen!«

»Und er wird jeden wichtigen Mann in unserem Staat kennenlernen.«

»Ludwig Rausch im Wahlausschuß«. Mrs. Deming holte tief Luft, während ihr die Bedeutung dieser Neuigkeit ins Bewußtsein kam. »Dann wird er mehr denn je das Sagen darüber haben, wer von hier in den Kongreß gewählt wird.«

»Nein, nur in den Bezirkskonvent.«

»Du weißt so gut wie ich... Jetzt begreife ich, warum du es für eine gute Idee hieltest, Aktien von Rausch und Kompanie zu kaufen.«

Sein Geist arbeitete langsamer als der ihre, und so dauerte es einen Moment, ehe er ihr folgen konnte. Doch dann röteten sich plötzlich seine Wangen, freilich nicht vor Zorn, sondern weil er sich gedemütigt fühlte.

»Meine Liebe, ich bitte dich! Wirst du mir denn nie gestatten, die Vergangenheit zu begraben?«

Die Verwunderung in ihren Augen war echt. »George, glaub mir, ich wollte keine alten Wunden aufreißen. Ich dachte nur, wenn du ihm aus einer Verlegenheit hilfst, könnte er dir später vielleicht einen Gefallen tun.«

»Sehnst du dich denn so sehr nach Washington zurück? Was du da vorschlägst, ist nicht einen Deut besser als das, was damals geschah. Nur riecht dein Einfall so unverkennbar nach Betrug, daß selbst ich nicht darauf hereinfallen würde.« Seine letzten Worte klangen vorwurfsvoll. Hatte sie ihn denn wirklich die ganze Zeit über für ehrlos gehalten?

Sie hörte die Kränkung aus seiner Stimme heraus und beobachtete prüfend sein Gesicht, ehe sie sich zu einer Antwort entschloß.

»George, ich schwöre dir, ich weiß nicht, was in der Politik rechtens ist und was nicht. So vieles erscheint mir als Austausch von Gefälligkeiten. Verzeih mir, wenn ich etwas Dummes gesagt habe.« Sie schob den Stickrahmen beiseite, stand auf, trat neben seinen Stuhl und legte ihm die Hand auf die Schulter, die züchtige Geste einer gehorsamen Ehefrau. »Es war nur... ich dachte, *du* möchtest gern wieder nach Washington. Ich bin hier ganz zufrieden. Ein großer Fisch in einem kleinen Teich«, fügte sie hinzu, bemüht, einen scherzhaften Ton anzuschlagen.

»Mir kommt es nur darauf an, dich und Julia glücklich zu machen. Im übrigen zerbrichst du dir ganz unnötig den Kopf. Man wird mich nie wieder für den Kongreß nominieren. Die Partei hat mich zum alten Eisen gelegt. Und ich mache mir auch gar nichts aus Washington. Ich gebe zu, daß ich gern wieder für irgendein Amt kandidieren würde, nur um zu erfahren, daß die Partei den Glauben an mich nicht verloren hat.« Ein ungewöhnlich sehnsüchtiger Ausdruck huschte über sein derbes, gerötetes Gesicht. »Ich habe allerdings gehört, Liddells Gesundheit sei angegriffen. Man sagt, Rausch wolle den jungen Gardiner bei der nächsten Wahl als seinen Nachfolger aufstellen, was bedeuten könnte, daß er ihn auf den Kongreß vorbereiten will.«

»Diesen Wichtigtuer?« Mrs. Deming kehrte auf ihren Platz zurück und nahm ihre Stickerei wieder zur Hand. »Der würde doch nie eine Wahl gewinnen! Er ist der unsympathischste junge Mann von ganz Waynesboro. Gardiner und Kongreßabgeordneter – einfach lächerlich!«

»Nur eine müßige Spekulation meinerseits. Aber wir sollten uns mit unserem Leben hier zufriedengeben, Louisa, und aufhören, uns mit unerfüllten Träumen zu quälen. Bonner möchte, daß ich wieder ein Buch schreibe«, fügte er unvermittelt hinzu. »Eine Geschichte unseres Bezirks. Anscheinend gibt es darüber noch nichts.«

»Über Indianer und Pioniere? Das wäre ja gerade die Art Quellenforschung, die dir Spaß macht, und du könntest hier bei uns daheim bleiben. Aber du solltest zwei Bände daraus machen«, setzte sie nachdrücklich hinzu. »Band zwei: ›Biographien herausragender Bürger‹, und zwar mit Bildern, damit das Werk sich auch gut verkauft. Vielleicht könnte ich dir ein wenig dabei zur Hand gehen.«

»Gewiß könntest du das. Hast du dich nicht auch bei der ›Brigade aus Ohio‹ für guten Stil und tadelloses Englisch gesorgt? Bonner will mir Material zur Verfügung stellen, er hat, wie es scheint eine ganze Menge zusammengetragen. Aber zuerst muß er sich um die Kriegsversehrten kümmern, und ich habe versprochen, daß wir uns an den Hilfsmaßnahmen beteiligen, die seine Frau leiten soll. Wirst du sie besuchen?«

»Selbstverständlich.« Es gab mehr als ein Mittel, den Gegnern die Suppe zu versalzen, Hauptsache, George wollte auf die politische Bühne zurückkehren. »Und wenn Ludwig Rausch verreist ist, wird Sally nicht wissen, was sie mit sich anfangen soll. Zur Betreuung ihrer Mutter ist genug Personal vorhanden, und ihre Kinder haben sie noch nie daran gehindert, ihre eigenen Pläne durchzusetzen. Sie ist eine ausgezeichnete Organisatorin. Ich werde Mrs. Bonner zuerst ein paar Ratschläge unterbreiten, für den Fall, daß sie noch keine bestimmten Vorstellungen hat.«

General Demings Vermutung, Ludwig Rausch sei nicht in der Stadt, war zutreffend. Seit vier Jahren träumte er nun schon davon, die alte Seilerei durch einen Neubau zu vergrößern und mit Maschinen zum Präparieren und Schlagen der Seile auszustatten. Bislang hatte er den Plan immer wieder aufgeschoben, weil die wirtschaftliche Lage es unklug erscheinen ließ, an Expansion zu denken. In jenem Winter '76–'77 hielt die Depression das Land zwar härter denn je in ihren Klauen, aber Ludwig rechnete so fest damit, daß Hayes die Präsidentschaft erringen und die Wiederaufnahme der Barzahlungen durchsetzen würde, daß er den Neubau nun endlich in Angriff nehmen wollte. Doch bevor er einen Architekten oder Bauunternehmer beauftragte, versuchte er mehr über moderne Seilereien in Erfahrung zu bringen, sich über ihre Ausstattung zu informieren und darüber, wie Gebäude und Maschinen am sinnvollsten aufeinander abzustimmen und wo die besten Maschinen erhältlich seien. Er rechnete damit, daß seine Studienreise etwa einen Monat dauern würde.

Seine Briefe an Sally waren so reich an Schilderungen seiner neuen Eindrücke, daß sie sich die Freiheit nahm, ihrem Vater zumindest Auszüge daraus vorzulesen. Ludwig schrieb, daß die Präsidenten oder die Betriebsleiter der großen Fabriken an der Ostküste ihn liebenswürdig, wenn auch ein wenig herablassend empfingen und ihm bereitwillig die Aufseher ihrer Seilereien zu einer gründlichen Werksbesichtigung überließen. »Keiner von denen fürchtet die Konkurrenz einer kleinen Firma im mittleren Westen«, schrieb Ludwig.

Mr. Cochran schnaubte verächtlich. »Keiner von diesen Kerlen hat je seine Nase über die Appalachen gesteckt. Die haben zu lange mit dem Atlantik geliebäugelt.«

»Das meint Ludwig auch.« Und sie las weiter vor: »Sie haben ihr Leben lang Schiffstaue fabriziert und meinen, das ginge ewig so weiter. Es gibt ja auch immer noch genug Segelschiffe, für die sie das Takelwerk machen können. Aber sie begreifen nicht oder wollen es zumindest nicht wahrhaben, daß durch die Erfindung des Dampfers die Tage der Segelschiffe gezählt sind. Natürlich wird jedes Schiff weiterhin Taue benötigen, und sei es nur als Ankerseil. Aber der Markt ist entschieden rückläufig.«

»Der Junge hat recht.« Ludwigs Weitsicht fand den uneingeschränkten Beifall seines Schwiegervaters. »Der große Markt für die Seilereien wird sich hierher verlagern, denn der Schiffsverkehr auf den Seen nimmt zu, und in der Prärie wird ständig neues Farmland gewonnen.«

In einem seiner Briefe schrieb Ludwig, Seilerwaren Rausch & Kompanie seien in seiner Person aufgefordert worden, der Seilerinnung beizutreten, der Institution, die den Handel regulierte und dafür Sorge trug, daß die vereinbarten Festpreise nicht unterboten wurden. Er zeigte sich geschmeichelt und hocherfreut über dieses Angebot. Sally wußte, daß es ihm gutging und er seine Familie nicht allzusehr vermißte. Sie dagegen fand das tägliche Leben eintönig und farblos ohne ihn, doch in der Gesellschaft ihrer Eltern, der Kinder und dank ihrer Bücher war es ihr noch nicht langweilig geworden, als Mrs. Bonner und Mrs. Deming mit ihrer neugegründeten Hilfsorganisation an sie herantraten.

An einem verregneten Februarnachmittag hatte Sally sich mit ihren beiden Söhnen ins Wohnzimmer im Obergeschoß zurückgezogen, damit ihre Mutter unten ungestört ruhen konnte. Sie tat dies häufig bei schlechtem Wetter; sobald die Kinder ihren Mittagsschlaf beendet hatten, nahm Sally sie mit nach oben und ließ Cassie ihre Flickarbeiten erledigen oder bat sie, bei der Wäsche zu helfen. Heute hatte Cassie den Nachmittag frei und wollte ihre Familie im Osten der Stadt besuchen. Ohne sich um den Regen zu kümmern, war sie mit einem Korb am Arm, über den sie vorsorglich eine Zeitung gebreitet hatte, zur Hintertür hinausgeschlüpft. Sally hatte es sich oben am Feuer bequem gemacht und die Füße in den weichen Hauspantoffeln auf den Kaminvorsetzer gestützt. Sie war mit ihren Söhnen allein; Elsa hatte noch Unterricht bei Miß Pinney. In Anbetracht des schlechten Wetters erwartete Sally keine Besucher. Sie hatte sich in ein Buch vertieft, lauschte aber mit halbem Ohr auf den friedlichen Singsang der Kinderstimmen. Charles, der Kleinste, ein blonder Junge, dessen Temperament noch sanfter war als das seiner Geschwister, lag dicht neben Ernest auf dem Bauch, das Kinn in die Fäuste gestützt, die Nase gegen das bis zum Boden reichende Fenster gepreßt, und schaute hinaus in den Regen, der kaum einen Fußbreit unter ihm auf das Blechdach der Veranda trommelte. Die Tropfen fielen, prallten ab, tanzten davon, andere fielen und hüpften den ersten nach.»Regenfeen«, sagte Charles verträumt. Ernest, der mit untergeschlagenen Beinen auf dem Teppich saß und ein Bilderbuch auf dem Schoß hielt, beachtete den kleinen Bruder nicht. Im Zimmer war es so still, daß man Sallys Schaukelstuhl leise knarren hörte.

Charles' Aufmerksamkeit wurde vom Verandadach auf eine für ihn noch ferne Szenerie gelenkt: den Zaun, das Tor und die Straße dahinter, die man jetzt, da die Bäume kahl waren, vom Fenster aus sehen konnte. Er stieß Ernest an und sagte: »Mama, es kommt jemand.«

Sally sprang sofort auf. »Besuch? Bei dem Wetter?« Die Frau, hinter der unten das Gartentor ins Schloß fiel, während sie einen Schirm über sich hielt und mit der anderen Hand ihre Röcke raffte, war Sally zumindest nicht so gut bekannt, daß sie an ihrem Gang hätte erraten können, wer da auf ihr Haus zukam. »Wahrscheinlich will die Dame nur ihre Karte für Großmutter abgeben.« Sally ging zu ihrem Platz am Kamin zurück. Aber gleich darauf erschien das Hausmädchen der Cochrans und präsentierte Sally eine Visitenkarte auf silbernem Tablett.

»Besuch für Sie, Ma'am.«

Sally nahm die Karte entgegen. »Mrs. Bonner. Ich komme hinunter, sobald ich meine Schuhe gewechselt habe. Cassie ist wohl noch nicht zurück? Nein? Dann muß ich dich bitten, ein Weilchen bei den Kindern zu bleiben. Rose kümmert sich um Mama?«

»Ja, Ma'am. Und Reuben. Er sein unten. Er mich raufgeschickt.«

»Schön, dann ist also jemand da, der auf die Türglocke achten kann. Ich bin sicher, es dauert nicht lange. Hat Reuben die Dame in den Salon geführt?« Nur gute Freunde wurden in das Wohnzimmer der Familie auf der anderen Seite der Halle gebeten, dessen Flügeltüren sich zum Eßzimmer hin öffneten und das im Hause »die Bibliothek« genannt wurde. Sally kannte Mrs. Bonner nur flüchtig, wie Frauen vergleichbarer Herkunft, aber unterschiedlichen Alters sich in einer Kleinstadt zu kennen pflegen, und sie war überzeugt, daß Mrs. Bonner diesen verregneten Tag nicht zu einer der rituellen Nachmittagsvisiten gewählt hatte, sondern in einer dringenden Angelegenheit gekommen war. Wie lange wird sie wohl brauchen, um mir das zu sagen, weshalb sie hergekommen ist, dachte Sally, noch während sie die bei solchen Anlässen üblichen Höflichkeitsfloskeln austauschten. Mrs. Bonner war gut fünfzehn Jahre älter als Sally. Sie und Mr. Bonner waren bei Kriegsausbruch vier oder fünf Jahre miteinander verheiratet gewesen und hatten zwei Kinder. Nach Mr. Bonners Entlassung aus der Gefangenschaft bekamen sie noch zwei, von denen ein Mädchen, Charlotte, in Elsas Alter war und zu ihren Freundinnen in Miß Pinneys Vorschule gehörte. Vielleicht war Mrs. Bonner wegen der Schule gekommen.

Mrs. Bonner war eine hochgewachsene, dunkelhaarige Frau mit einer Nickelbrille, die ihre kräftigen schwarzen Brauen betonte, die über der Nasenwurzel fast zusammengewachsen waren. Die Brille und die schweren Brauen verliehen ihrem Gesicht einen Hauch von Strenge, den man leicht als Ausdruck eines reizbaren Gemüts hätte deuten können. Aber Mrs. Bonner war nicht für ihre Brauen verantwortlich, und hinter den Brillengläsern zwinkerten ihre Augen Sally freundlich zu.

»Ich muß gestehen, daß ich mir das schlechte Wetter zunutze gemacht habe«, sagte sie, gleich nachdem man Platz genommen hatte. »Ich war sicher, Sie heute daheim zu finden.«

»Wie schmeichelhaft! Hoffentlich haben Sie sich keinen Schnupfen geholt!« Sally lächelte ihr zu.

»Ich fürchte eher, daß ich Pfützen auf Ihrem Teppich hinterlassen werde. Nun, Sie haben wohl schon gemerkt, daß dies keiner von den Höflichkeitsbesuchen ist, zu denen man in der Hoffnung aufbricht, alle, die auf der Liste stehen, seien ausgeflogen, damit man die ganze Runde an einem einzigen Nachmittag abhaken kann.«

Sally lachte. Offenheit bis zur Indiskretion schien ein Familienmerkmal der Bonners zu sein. »Kann ich irgend etwas für Sie tun?«

»Das hoffe ich! Oder vielmehr: Ich weiß, daß Sie's können, und hoffe nur, Sie werden es auch tun. Der Wohltätigkeitsverein unserer Gemeinde« (Mrs. Bonner war Methodistin, was immer ihr Mann sein oder nicht sein mochte) »hat erfahren, daß die Kriegerwitwen und -waisen diesen Winter große Not leiden, und natürlich auch die Familien, deren Väter kriegsversehrt sind. Wir können die Leute zwar vor dem Schlimmsten bewahren, aber ich finde, nicht nur die Kirchen sollten sich an der Linderung des Elends beteiligen. Jeder sollte das Seine dazu beitragen. Oh, ich weiß, die Leute beziehen Rente, aber die reicht nicht für den Unterhalt einer ganzen Familie.«

»Ich bin ganz Ihrer Meinung. Der Krieg, dem diese Männer so große Opfer bringen mußten, war schließlich unser aller Krieg. Ich weiß, wie schlecht es vielen in diesem Winter geht – mein Mann hat zum Beispiel Kohle aus den Vorräten des Werks an seine Arbeiter verteilt –, aber ich fürchte, ich habe nicht an diejenigen gedacht, die überhaupt keine Arbeit haben. Kommen Sie wegen einer Spende?«

»Ich würde sie jedenfalls nicht zurückweisen.« Mrs. Bonner erwiderte Sallys Lächeln. »Aber das ist nicht alles. Wir haben daran gedacht, eine Organisation ins Leben zu rufen. Vielleicht eine Unterabteilung der G.A.R., Sie wissen, die Gesellschaft, die zum Gedenken an den Bürgerkrieg gegründet wurde. Aber viele der Waynesboroer Veteranen sind der G.A.R. nicht beigetreten. Nicht einmal Mr. Bonner...«

»Ich weiß. Ludwig ist Mitglied der G.A.R. Er hielt es für ratsam, einer solchen Organisation anzugehören, und außerdem... die Politik... Sie verstehen schon... Aber Dock Gordon zum Beispiel behauptet, die meisten Mitglieder der G.A.R. seien Abenteurer gewesen, die sich bloß auf drei Monate bei der Armee hätten anwerben lassen. Er hat es vorgezogen, seinem Regimentsverein beizutreten, denn dem, so sagt er, gehören Männer an, die er wirklich hin und wieder gern trifft.«

»Wir könnten uns natürlich auch den Regimentsvereinen anschließen. Immerhin hatte unser Bezirk zwei Regimenter und eine Kavalleriekompanie aufgestellt. Aber dann müßten wir auf Frauen wie Sie und Anne Gordon verzichten, deren Männer zufällig anderswo gedient haben. Uns schwebt eine Organisation vor, der alle Frauen, Töchter und vielleicht sogar Mütter der Veteranen angehören. Bis es soweit ist, müssen freilich unschuldige Kinder Hunger leiden. Deshalb haben wir beschlossen, die ganze Stadt auf die Not der Betroffenen aufmerksam zu machen und so viele Helfer wie möglich anzuwerben. Die Idee ging ursprünglich von Mrs. Deming aus. Der General weiß, welche Not in den Familien der Kriegsversehrten herrscht. Wir haben anfangs an einen Karneval gedacht; seit jenem zugunsten der Bibliothek wurde in Waynesboro keiner mehr veranstaltet. Aber schließlich haben wir uns nun für eine Theateraufführung entschieden.«

»Eine Benefizvorstellung im Opernhaus? Wunderbar! Seit Beginn der Depression hatten wir kein Theater mehr zu Gast. Ich fürchte nur, das Engagement einer guten Truppe würde soviel Geld verschlingen, daß nicht mehr genug übrigbliebe für den wohltätigen Zweck.«

»Ich habe mich wohl mißverständlich ausgedrückt. Ich spreche von einem Laienspiel.«

»Oh? Sie meinen, *wir* sollen ein Stück aufführen? Was für ein Spaß!« Freudestrahlend beugte Sally sich vor. »Das habe ich mir schon immer gewünscht. Bloß... glauben Sie nicht... all die reformierten Presbyterianer...?«

»Deshalb bin ich hier! Wir wollen einen Professionellen als Spielleiter und Regisseur engagieren, der die Inszenierung des Stückes für eine prozentuale Beteiligung an den Kasseneinnahmen besorgt. Aber wir brauchen jemanden hier aus der Stadt als Vorsitzenden eines Komitees, das Schauspieler anwirbt, den Verkauf der Eintrittskarten regelt und so weiter. Und wir haben – so hoffe ich jedenfalls – einen Verbündeten am Ort: Ihren Frauenklub! Wenn der unseren Plan unterstützt und wenn auch die Freunde Ihrer Mutter mithelfen, dann werden wir es schaffen.«

»Aber gehört Mrs. Ballard nicht zu den Damen Ihres Wohltätigkeitsvereins? Sollten Sie sich nicht besser an sie wenden?«

»Sie ist Mitglied bei uns, gewiß, aber sie ist nicht mehr ganz jung. Und nicht jeder in der Stadt würde sich freudig unter Mrs. Ballards Kommando begeben. Sie hat es fertiggebracht, sich mit einer stattlichen Anzahl von Leuten zu verfeinden. Mrs. Deming schlug vor, mich an Sie zu wenden.«

»Mrs. Deming! Aber warum nur? Ich meine ... würde sie denn nicht gern selbst die Leitung übernehmen?«

»Mrs. Deming hat Sie wegen des Shakespeare-Stücks vorgeschlagen, das vor Weihnachten unter Ihrer Leitung für den Frauenklub aufgeführt wurde. Sie sagte, Miß Blair sei erstaunlich gut gewesen, und sie meinte, wenn Sie die junge Dame damals überreden konnten, würde es Ihnen vielleicht auch ein zweites Mal gelingen. Wie Sie es überhaupt geschafft haben, die Tochter des Rektors eines Seminars der reformierten Presbyterianer dazu zu bewegen, in einem Theaterstück mitzuwirken, ist natürlich jedermann schleierhaft.«

Sally lachte. »Es bedurfte gar keiner Überredungskünste! Miß Blair hat die Gelegenheit mit Freuden ergriffen. Es hat ihr großen Spaß gemacht. Wissen Sie, ich habe schon oft gedacht ...« Sie lächelte Mrs. Bonner zu, neigte den Kopf ein wenig zur Seite und wagte selbst eine kleine Indiskretion. »Ich glaube, es ist der gleiche Drang – Talent, oder wie immer Sie es nennen wollen –, der manche Männer auf die Bühne und andere auf die Kanzel treibt; den Ausschlag gibt dabei wahrscheinlich nur die Erziehung. Und Miß Blair ... sie hat wahrscheinlich das Talent ihres Vaters geerbt.«

»Aber er predigt doch gar nicht, oder? Ich dachte, er leitet nur das Seminar.«

»Jetzt steigt er wohl nur noch selten auf die Kanzel. Aber in seiner Jugend muß er gepredigt haben. Nun hindert ihn das furchtbare Asthma daran. Ludwig sagt immer, er sei froh, daß ihre Schachpartien in Docks Praxis stattfinden; andernfalls wäre er nicht in der Lage, sich auf das Spiel zu konzentrieren, aus Angst, Dr. Blair könne vor seinen Augen ersticken. Was nun die Benefizvorstellung angeht ... Eine Aufführung für den Klub ist natürlich etwas ganz anderes als eine Inszenierung im Opernhaus. Christina möchte vielleicht nicht vor so großem Publikum spielen; möglich auch, daß ihr Vater es nicht gern sähe.«

»Auch nicht für einen guten Zweck? Werden Sie sie fragen?«

»Mit Freuden. Die Blairs sind sehr patriotisch, das könnte uns zugute kommen. Und Sie glauben, wenn Christina mitspielt, werden die reformierten Presbyterianer bereit sein, ihren Theaterboykott aufzugeben? Nun ja, einige vielleicht. Wen würden Sie sonst noch brauchen? Anne Gordon würde gewiß mitmachen und Kitty Edwards ... nein, Kitty nicht. Sie ist ... Sie wissen schon ... Dock hat ihr eine strenge Liegekur verordnet.«

Mrs. Bonner nickte.

»Aber Sheldon ließe sich vielleicht überreden. Oder, noch besser, Henry Voorhees aus der Bank. Der würde sich als jugendlicher Held bestimmt gut machen, ein bißchen affektiert zwar, aber dafür sieht er vornehm aus. Wie viele von meinen Bekannten würden Sie denn brauchen? Und welches Stück soll überhaupt gespielt werden, haben Sie darüber schon entschieden?«

»Der Herr von der Theatergruppe hat diese Entscheidung für uns getroffen. Ein Melodrama über den Bürgerkrieg mit Sieg und Niederlage, Kampfgetümmel und Hinterhalt. Ein General kommt vor und Soldaten natürlich und Trommeln und Pfeifen und eine Menge Schießpulver. Ein Liebespaar und eine gute Portion vordergründigen Humors fehlen selbstverständlich auch nicht.«

»Ein General? Warum fragen wir da nicht General Deming? Es würde ihm gewiß sehr schmeicheln, und er brauchte nicht mal zu schauspielern: Er könnte sich einfach selbst darstellen, so wie er früher auf dem Schlachtfeld agierte.«

Mrs. Bonner lächelte ein wenig bitter. »Nach dem, was ich gehört habe, täte er gut daran, ein bißchen zu schauspielern. Aber ich gebe Ihnen recht, es wäre gut, ihn dabei zu haben. Er hat seine Freunde und Bewunderer.«

»Sie können mir getrost alle nennen, die ich fragen soll. Und sagen Sie frei heraus, was ich sonst noch tun könnte. Ludwig ist verreist, und ich kann nach Belieben über meine Zeit verfügen. Wann wollen wir anfangen?«

Sie waren ganz ins Pläneschmieden vertieft, als die Vordertür sich öffnete und wieder schloß, gedämpftes Flüstern und Kichern, Füßescharren und das Klappern des Schirmständers vom Flur in den Salon hereindrangen. Dann hörte man Elsas mahnende Stimme: »Könnt ihr nicht leiser sein? Großmutter schläft vielleicht, ich geh' gleich mal fragen. Wartet hier so lange.«

Sally entschuldigte sich bei Mrs. Bonner und öffnete die Tür zum Flur.

»Hier bin ich, Elsa. Ich habe Besuch. Zieh deinen nassen Mantel aus und komm Mrs. Bonner guten Tag sagen.«

»Ich bin nicht naß geworden, ich hatte doch den Schirm dabei.« Elsa kam herein, streckte Mrs. Bonner eine ziemlich feuchte Hand entgegen und vollführte dazu einen niedlichen Knicks. »Guten Tag, Mrs. Bonner, Charlotte ist auch hier.« Und über die Schulter rief sie in den Flur hinaus: »Komm rein, Char! Es ist nur deine Mutter.«

Charlotte trat ein und knickste vor Elsas Mutter ebenso reizend, wie Elsa es eben vor Mrs. Bonner getan hatte. Der Knicks, den Miß Pinney so sorgfältig mit den jungen Damen einstudierte, gehörte zu den Dingen, die stolze Eltern zu der Bemerkung veranlaßten: »Zumindest bringt sie den Kindern ausgezeichnete Manieren bei.«

Elsa wartete nicht ab, bis Charlotte ihre Höflichkeitsbezeigungen beendet hatte, sondern fragte eilig: »Mama, dürfen wir mit zu Johnny gehen und bei ihm spielen?«

Johnny, die runde Mütze in der Hand, schlüpfte ins Zimmer, und verbeugte sich erst vor Mrs. Bonner und dann vor Sally. Aber die elegante Geste, mit der er ein ums andere Mal die Mütze ans Herz preßte, war eine Spur übertrieben; Johnny lächelte verschmitzt, und die Grübchen spielten in seinen Wangen.

»Bitte, Tante Sally, darf Elsa mit zu uns kommen? Charlotte natürlich auch. Es ist zu naß, um draußen zu spielen, und Mama hat bestimmt nichts dagegen, wenn ich die beiden mitbringe.«

»Das glaube ich dir gern. Aber heute muß Elsa hierbleiben und sich um ihre kleinen Brüder kümmern. Cassie hat frei, und Tishy muß das Silber putzen. Doch wenn ihr Lust habt, könnt ihr beide mit Elsa nach oben gehen.«

»Aber wir dürfen keinen Krach machen, nicht wahr?« Elsa schien der Vorschlag ihrer Mutter ganz und gar nicht zu gefallen.

»Nein. Ihr müßt schön leise sein. Großmutter schläft.«

Johnny schob sich zur Tür. »Ich glaub', ich geh' besser. Mama weiß ja nicht, wo ich bin.«

»Tut mir leid, Johnny, ein andermal.«

»Charlotte, du gehst mit Elsa nach oben. Ich rufe dich, wenn wir aufbrechen.« Mrs. Bonners Ton duldete keinen Widerspruch.

Als die Vordertür sich hinter Johnny geschlossen hatte und die leichten Schritte der beiden Mädchen auf der Treppe verklungen waren, wandte Sally sich wieder Mrs. Bonner zu.

»Die Kinder tun mir so leid! Aber um meiner Mutter willen muß ich sie zur Ruhe mahnen, sie ist so nervös und regt sich bei jeder Kleinigkeit auf. Ich wünschte, wir wohnten in einem Haus, in dem die Kinder nach Herzenslust Krach machen können. Elsas Freunde kommen schon gar nicht mehr gern zu uns. Andererseits käme meine Mutter wohl kaum ohne mich zurecht, sie ist ja fast blind.« Es war nicht Sallys Art, ihre Familiensituation außerhalb ihres engsten Familienkreises zu erörtern, aber sie wollte vermeiden, daß Mrs. Bonner sie womöglich für kinderfeindlich hielt.

Mrs. Bonner sagte nur: »Ich weiß, wie das ist. Doch Kinder brauchen auch Großeltern.« Und dann wandte sich das Gespräch wieder der geplanten Theateraufführung zu.

Als die Kinder nach dem Abendessen zu Bett gebracht waren, trat Sally noch einmal auf die Veranda hinaus, um nach dem Wetter zu sehen; falls es nicht mehr regnete, wollte sie Anne besuchen. Wie in ihrer Mädchenzeit drängte es sie auch heute noch, aufregende Neuigkeiten wie das geplante Laienspiel mit der Freundin zu besprechen. Aber der Regen hatte sich in schweren, nassen Schnee verwandelt, und Sally zog sich fröstelnd ins Haus zurück. Am folgenden Nachmittag, als Cassie wieder zur Verfügung stand, um die beiden Buben mit »Jag den Fuchs« und einer Unzahl anderer spannender Spiele zu unterhalten, zog sie die Stiefel an, hüllte sich in ihren wärmsten Umhang, ließ die Kutsche vorfahren und sich von Reuben erst zu den Blairs und dann zu den Gordons bringen. Für Henry Voorhees hatte sie ihrem Vater bereits heute morgen, als er zur Bank ging, eine Nachricht mitgegeben.

Als sie bei den Gordons ankam, war die Zukunft ihrer beiden Hauptdarsteller – zumindest in Sallys Vorstellung – schon besiegelt. Das Stück an sich rühmte sie Anne gegenüber weniger enthusiastisch, als sie es noch gestern abend getan haben würde, denn inzwischen war es keine aufregende Neuigkeit mehr für sie, und für Anne wahrscheinlich ebensowenig. Aber daß Christina Blair und Henry Voorhees als Liebespaar miteinander auf der Bühne stehen würden, war gewiß eine Überraschung und sie freute sich, Anne als erste davon erzählen zu können. Henry Voorhees, räumte sie ein, war zwar nicht unbedingt ein Traummann, aber er war zumindest kein Theologe.

»Henry Voorhees? Ich dachte, du hättest Christina zu Weihnachten an Doug Gardiner vergeben?«

Sally verzog das Gesicht. »Doug ist zu *verbittert* für einen Mann seines Alters. Der wird nie heiraten. Für Christina taugt er jedenfalls nicht, die braucht einen Mann, der sich lenken läßt.«

»Ist Henry denn lenkbar?« Anne hatte den Verdacht, sie durchschaue Sallys Motive klarer als diese selbst. Sally rechnete damit, Henry Voorhees sei ein für allemal auf seinen Platz verwiesen: Er war Kassierer in der Bank ihres Vaters, und so sollte es auch bleiben. Laut sagte sie: »Ich kann es kaum glauben,daß Christina vor aller Augen auf einer richtigen Bühne stehen und die jugendliche Liebhaberin mimen wird.«

»Das wundert dich? Du hast sie doch als Imogen gesehen. Glaub' mir, als ich sie fragte, da strahlte sie übers ganze Gesicht, als hätte ich ihr den Erdball auf einem Silbertablett präsentiert. Ich find's ganz natürlich. Wenn man sich vorstellt, daß sie ihre Jugend damit zugebracht hat, Theologiestudenten Hebräisch beizubringen. Na ja, es war immerhin eine Beschäftigung. Aber jetzt hat sie auch die verloren. Sie hat nur noch den Haushalt – etwas Unpassenderes kann ich mir für sie kaum vorstellen! Außerdem bewirtet sie wahrscheinlich hie und da die Studenten ihres Vaters, geht in den Wohltätigkeitsverein ihrer Kirche und in den Klub. Das kann einem Mädchen mit ihrer Energie und ihrem Verstand nicht genügen. Im übrigen hat sie Gefallen an der Schauspielerei gefunden. Es ist ja auch irgendwo aufregend, auf der Bühne zu stehen; man kann für ein paar Stunden seine Identität abstreifen und ist auf einmal vollkommen frei. Sie hat allerdings noch nicht fest zugesagt, sondern meinte, sie müsse erst ihren Vater um seine Einwilligung bitten. Doch sie hat so entschieden das Auftreten einer Erwachsenen – ja, sie wirkt wie eine reife Frau –, daß ich sicher bin, er wird sich ihrem Wunsche nicht widersetzen. Außerdem sagte sie, ihr Vater würde den guten Zweck gewiß anerkennen. Seine beiden Söhne, ihre Halbbrüder, sind im Krieg gefallen.«

»Ich weiß. Aber die R.P.S. kriegen bestimmt hysterische Anfälle.« Mit dieser nicht sonderlich respektvollen Abkürzung betitelten Mitglieder anderer Glaubensgemeinschaften gelegentlich die reformierten Presbyterianer, vor allem dann, wenn deren Prüderie sie besonders enervierte. Die beiden jungen Frauen schwiegen eine Weile und malten sich aus, wie aufregend die zu erwartenden »hysterischen Anfälle« sein würden. Dann sagte Anne: »Wenn du zum Theaterdirektor avancierst, werde ich dich diesen Winter wohl nicht oft zu Gesicht bekommen. Was wird mit dem Klub? Und deinem Bibliotheksnachmittag?«

»Aber ich werde ja das Stück gar nicht inszenieren. Dafür ist ein richtiger Regisseur engagiert. Ich werde auch nicht mitspielen, sondern nur die Darsteller zusammentrommeln. Übrigens werden die Proben ohnehin abends stattfinden müssen; nach dem, was Mrs. Bonner erzählt hat, werden vor allem Männer mitspielen, Soldaten und Offiziere. Außerdem ist es durchaus möglich, daß man auch dich für eine Rolle braucht.«

»O nein, Sally! Vor Weihnachten habe ich meine Familie wegen *Cymbeline* genug vernachlässigt; das kann ich jetzt nicht schon wieder tun. Stell dir vor, John wollte mir sogar weismachen, er glaube, ich hätte vergessen, die Geschenke für die Kinder zu besorgen. Nein, wenn ihr noch eine Darstellerin braucht, dann holt sie euch anderswo, wenn's sein muß, meinethalben vom Gänseanger. Hast du nicht selbst gesagt, Mrs. Bonner möchte die ganze Stadt mit einbeziehen?«

Sally gab sich keine sonderliche Mühe, Anne zu überreden; sie hatte den Eindruck, in dem Stück seien nur sehr wenige Frauenrollen. Nachdem sie sich von Anne verabschiedet hatte, fuhr sie zu den Bonners, um über das bisher Erreichte zu berichten und die nächsten Schritte zu beraten. Als Ludwig mit einem Koffer voller

Skizzen und den Kopf voller Pläne von der Ostküste zurückkehrte, steckte Sally schon bis zum Hals in den Vorbereitungen für die Inszenierung der *Fahnenwache.*

Das Stück bot Waynesboro eine willkommene Abwechslung, als der Februar zu Ende ging und die Wahlkommission noch immer damit beschäftigt war, die Wahlmänner zu akkreditieren und deren Stimmen zu zählen. Ludwig wußte zu berichten, daß die Demokraten im Osten mit ihren Drohungen nicht hinter dem Berg hielten, aber er hatte auch gehört, daß Richter Stanley Matthews, ein Hayes-Anhänger, eine Geheimkonferenz einberufen habe, an der von republikanischer Seite unter anderem Sherman und Garfield und aus dem demokratischen Lager die Parteiführer der Südstaaten teilgenommen hätten. Diese Runde habe, so wollte es das Gerücht, einen Handel abgeschlossen: Die Demokraten würden sich Hayes' Amtsantritt nicht länger widersetzen (vor allem nicht mit Gewalt), und als Gegenleistung würden auf dem schnellsten Wege alle noch im Süden stationierten Unionstruppen abgezogen.

»Ich weiß nicht, ob's stimmt«, sagte Ludwig, »aber möglich wäre es schon. Hayes war nie ein Freund der radikalen Wiederaufbaupolitik.«

»Aber wenn wir keine Truppen da unten gehabt hätten, wäre er gar nicht gewählt worden.«

»Da hast du recht. Ironie des Schicksals, hm? Nun, wir werden ja sehen, ob an dem Gerücht etwas dran ist.«

Der Handel war angeblich am sechsundzwanzigsten Februar abgeschlossen worden. Danach wurde die Akkreditierung der Wahlmänner merklich beschleunigt; am zweiten März erfolgte die Auszählung der Stimmen, und Hayes wurde zum Präsidenten ausgerufen. Am vierten März leistete er in einer friedlich und ohne Zwischenfälle verlaufenden Zeremonie den Amtseid, und das Land atmete erleichtert auf. Der völlige Abzug der Unionstruppen im April erschien niemandem gefährlich oder beklagenswert, außer den ewig Tadelnden wie Conkling, Ben Wade und anderen unentwegten Erz-Republikanern, die sich auch darüber aufregten, daß Hayes den früheren liberalen Republikaner Schurz in sein Kabinett berief. Einige andere, wie Richter Ballard zum Beispiel, glaubten, nun müsse man alle Hoffnung darauf, den Schwarzen die Schulen zu öffnen und ihnen das Selbstbestimmungsrecht zu verleihen, endgültig begraben. Im allgemeinen aber war das Land der Politik überdrüssig und willens, Hayes beim Kampf um die Bildung einer rechtschaffenen Regierung sich selbst zu überlassen. Natürlich, so sagte Ludwig zu Sally, würden die Demokraten behaupten, man habe ihnen den Wahlsieg gestohlen, ja sie würden bis in alle Ewigkeit an dieser Behauptung festhalten und dabei so tun, als sei auf ihrer Seite alles offen und ehrlich zugegangen. »Soviel ich weiß, trägt Tilden auch keinen Heiligenschein, dieser New Yorker Friedensdemokrat. Ich für meinen Teil glaube nicht, daß es ein gestohlener Wahlsieg war, obwohl das Patt sicher nicht ohne kleine Schwindeleien überwunden wurde. Aber wir alle wissen doch, daß die Schwarzen in den Südstaaten, hätte man sie nicht von den Urnen ferngehalten, fast alle für die Republikaner gestimmt hätten. Jetzt, wo wir zugelassen haben, daß der Ku-Klux-Klan die Oberhand gewinnt, wird das wohl in hundert Jahren nicht mehr vorkommen, meint Bonner.«

»Was? Daß die Schwarzen wählen dürfen, oder daß der Süden republikanisch wird?«

»Weder noch.«

»Aber ich dachte, dir gefiel es ebensowenig wie Hayes, daß immer noch Truppen im Süden stationiert waren?«

»Stimmt. Das Ganze war von Anfang an falsch. Der Süden war im Unrecht, aber wir auch. Und nach der nächsten Volkszählung wird der Süden auch noch stärker im Kongreß vertreten sein, weil dann jeder Schwarze als vollgültiger Bürger zählt statt wie bisher nur zwei Drittel. Auch das entbehrt nicht der Ironie, findest du nicht?«

»Dann müssen die Republikaner die Wahlen eben ohne den Süden gewinnen.«

»Und das können wir auch, solange es keine Splittergruppen in der Partei gibt. Aber...«

»Ach, laß es gut sein, Ludwig. Du hast beim Abendessen mit Papa wahrhaftig schon genug über Politik gesprochen. Ein Glück, daß all die Sorgen und Aufregungen vorbei sind – zumindest für die nächsten vier Jahre.«

Sie waren nach dem Essen hinaufgegangen, damit die Kinder vor dem Schlafengehen noch ein wenig mit ihrem Vater spielen konnten. Inzwischen waren Sally und Ludwig in ihrem Schlafzimmer und machten sich bettfertig. Er hatte den Tag in der Seilerei zugebracht und sich davon überzeugt, daß in der Firma während seiner Abwesenheit alles seinen geregelten Gang gegangen war. Doch der »jüngere« Roseboom sehnte mit Ungeduld den Tag herbei, an dem er endlich in den wohlverdienten Ruhestand treten konnte. Ludwig hatte sich auf einer Erkundungsfahrt zu den Seilereien im Osten umgesehen und tatsächlich einen Verwalter für das neue Werk gefunden. Auch darüber hatte man neben der Erörterung der politischen Lage beim Abendessen gesprochen. Sally, die das eine Thema eben so entschieden beiseite geschoben hatte, brachte nun das andere aufs Tapet. »Erzähl mir was über deinen neuen Mann aus Baltimore.«

»Ich habe ihn in der Firma Arnold kennengelernt, und später hat er mich im Hotel aufgesucht. Falls der Mann gut ist, dachte ich mir, will ich nicht in ein schiefes Licht geraten, so als schnappe ich Arnold seine Leute weg, und wenn er nicht gut sein sollte, dann kann ich ihn nicht brauchen. Also ging ich am nächsten Tag wieder zu Arnold und erkundigte mich. Der Mann scheint in Ordnung zu sein, hat das Seilerhandwerk von der Pike auf gelernt und arbeitet schon seit dem Krieg in der Firma. Arnold wußte, daß er aus Baltimore weg wollte... Familienstreitigkeiten. Man wird es mir daher nicht verübeln, wenn ich ihn einstelle. Er wird demnächst herkommen, um sich unsere Seilerei anzuschauen, ehe er sich endgültig entscheidet.«

»Aber ›Familienstreitigkeiten‹? Das klingt irgendwie verdächtig. Hat Arnold dir nichts Näheres erzählt?«

»Ein bißchen schon. Wie's scheint, hat er sich verheiratet, als er mit seinem Artilleriebataillon in der Nähe von Washington Quartier machte und gelegentlich nach Baltimore kam. Seine Mutter und seine Schwester waren mit der Braut nicht einverstanden und lehnten jeden Verkehr mit ihr ab. Sie soll eine adrette Frau sein, hat nur den einen Fehler, daß sie Irin ist. Von seinen Brüdern haben im Krieg einige für die Union, andere für die Rebellen gekämpft. Aber als die Rebellen-Brüder aus Appomattox heimkehrten, stellten sie sich gleichfalls gegen die junge Frau. Die Unions-Brüder sind in den Westen gezogen und konnten ihm also nicht den Rücken stärken.«

»Wie heißt er eigentlich?«

»Bodien. Ich sagte, das klänge aber nicht nach vornehmem Adel. Nicht mal ein ›d‹ vorm Namen.«

»Bodien.« Nachdenklich sprach Sally den fremden Namen aus. »Ist das denn ein vornehmer Name, in Maryland, meine ich?«

»Ungefähr so aristokratisch wie ›Rausch‹ in Ohio.« Er lächelte verschmitzt. »Sie erklärten mir ganz ernsthaft, seine Mutter sei auch eine Mesalliance eingegangen.« Ludwig schüttelte belustigt den Kopf. Aber Papa Bodien, übrigens ein Elsässer, starb noch recht jung, nachdem er ein halbes Dutzend Kinder in die Welt gesetzt hatte. Was blieb seiner Witwe da übrig, als zu Kreuze zu kriechen und mit den Kleinen bei ihrer Familie Unterschlupf zu suchen. Mit der Zeit ist sie dann vermutlich ein ärgerer Snob geworden als die Alten. Sie war nichts geringeres als eine Archer aus Maryland. Hast du je von den Maryland-Archers schon mal gehört?«

»Ich kenne die Marylander Gesellschaft nicht. Aber ich weiß, daß viele deutsche Familien in unserem Bezirk aus der Gegend von Hagerstown kommen. Und Papas Großmutter mütterlicherseits war eine Forrester aus Maryland.«

»Ist das was Besonderes?«

»Angeblich schon. Aber ich weiß so gut wie nichts über sie. Womöglich hat sie ’ne Maiskolbenpfeife geraucht.« Sally runzelte die Stirn. »Du hast ihn also noch nicht fest angestellt?«

»Ich habe ihn gebeten, herzukommen und sich das Werk anzuschauen. Aber es ist noch nichts entschieden. Warum fragst du?«

»Ja, weißt du... die Iren. Waynesboro ist nicht... er wird es seiner Frau nicht eben leichtermachen, wenn er sie hierherbringt.«

»Nein, Sally, da denkst du falsch. Er möchte nur der unhaltbaren Familiensituation entkommen. Es ist bitter für einen Mann, wenn die eigenen Geschwister auf seine Frau herabsehen und die eigene Mutter versucht, seiner Frau ihre Kinder zu entfremden. Und so scheint es sich bei ihm zu Hause abzuspielen. Ich glaube kaum, daß Captain Bodien erwartet, zu deinen Soireen eingeladen zu werden. Und ich kann mir nicht vorstellen, daß seine Frau sich auch nur das geringste aus deinem Klub machen würde«, schloß er trocken.

»Dann ist’s ja gut. Ich wollte nur wissen, was du von mir erwartest«, sagte sie im unterwürfigen Ton einer folgsamen Ehefrau. Ludwig lachte spöttisch, und hastig fügte sie hinzu: »Wie sieht er denn aus?«

»Wie ein ausgedienter Soldat.« Ludwig lächelte in Gedanken an Mr. Bodiens gedrungene Gestalt. »Das war er nämlich vor dem Krieg: Kanonier des Berufsheers. In der U.S. Feldartillerie hat er gedient.«

»Aber nicht als Offizier? Wieso nicht, wenn sie doch so vornehm waren?«

»Er ist mit siebzehn von zu Hause weggelaufen, weil die Familie ihn, als den Jüngsten, zum Priester machen wollte.«

»Oje, sie sind also katholisch?«

»Durch die Bank. Die Archers, die Courseys, die Bodiens. Seine Frau auch. Nur er ist überzeugter Atheist.«

»Hat er den ganzen Krieg mitgemacht?«

»Soviel ich weiß, ja. Jedenfalls wurde er im Rang eines Captains entlassen, und bei einem Berufsheer ist das schon sehr beachtlich. Doch ich habe ihn nicht gefragt, wie er es zum Captain gebracht hat, wir hatten schließlich andere Dinge zu besprechen. Aber wenn er nach Waynesboro kommt, dann als Verwalter meiner Firma, und sonst nichts. Du kannst also ganz beruhigt sein.«

»Ist dir im Osten etwas über die Not unter den Veteranen zu

Ohren gekommen?« Sally war bestrebt, das Gespräch auf das Laienspiel zu lenken, das sie organisierte, in ihren Briefen aber nicht erwähnt hatte. »Hier in Waynesboro gibt es doch tatsächlich Soldatenwitwen und -waisen, die nicht genug zu essen und nichts Warmes zum Anziehen haben.«

»Das habe ich nicht gewußt, aber es überrascht mich auch nicht.«

»Dabei hatte ich gedacht, die Zeiten hätten sich gebessert. Tim O'Reilly hat endlich wieder seinen Posten bei der Eisenbahn zurückbekommen. Dock hat an seiner Stelle Marthas Schwager eingestellt – diesen Lonzo Mustard, der früher mal in der Seilerei gearbeitet hat. Glaubst du, daß Tims Frau die Finger vom Alkohol läßt, wenn Dock nicht mehr auf sie aufpassen kann?«

»Ich denke schon. Jetzt, wo Tim wieder als Lokomotivführer arbeitet, hat die Familie schließlich ihren Stolz zurück. Es stimmt übrigens, daß die Wirtschaft sich ein wenig erholt hat, aber die Löhne sind immer noch sehr niedrig; die Eisenbahnen haben sogar Lohnkürzungen vorgenommen, und es sollte mich nicht wundern, wenn's deswegen Ärger gibt. Aber was ist mit den Witwen und Waisen? Die haben es selbst in den besten Zeiten schwer. Wer kümmert sich denn darum? Die G.A.R. könnte doch etwas unternehmen.«

»Mrs. Bonner hat mich aufgesucht. Der Wohltätigkeitsverein ihrer Kirchengemeinde will ein Laienspiel aufführen, eine Benefizvorstellung.«

Ludwig stöhnte. »Und sie will, daß du mitmachst?«

»Nein... nein, deswegen kam sie nicht.«

»Sie will doch nicht etwa *mich?* Du hast hoffentlich keine Versprechen in meinem Namen gegeben?«

»Natürlich nicht. Aber sie brauchen jeden Mann, den sie kriegen können, es sind nämlich schrecklich viele Soldaten in dem Stück. Würdest du dich nicht überreden lassen, wenn du nichts weiter zu tun brauchtest, als in deiner alten Uniform auf und ab zu marschieren?«

»Nicht mal dann. Nach Hayes' Amtseinführung habe ich für solche Kindereien keine Zeit mehr. Aber Mrs. Bonner muß doch etwas von dir gewollt haben?«

»Nur, daß ich bei den Vorbereitungen helfe. Ich besorge die Kostüme, halte nach Talenten Ausschau und achte darauf, daß die Schauspieler pünktlich zur Probe kommen.« Ein mutwilliges Lächeln huschte über ihr Gesicht. »Und ich sorge dafür, daß Henry Voorhees Miß Blair heimbegleiten und ihr den Hof machen kann. Die beiden spielen das jugendliche Heldenpaar.«

»Henry? Dieser Stockfisch ist doch kein Schauspieler! Wer ist denn sonst noch dabei? Anne?«

»Nein. Anne hat sich auf einmal in den Kopf gesetzt, sie habe ihre Familie vernachlässigt.«

»Sally, schau mich an! Hast du irgendwelchen Klatsch über Dock gehört?«

»Nein, aber es würde mich nicht wundern, wenn die Leute hinter seinem Rücken über ihn reden. Anne weiß natürlich von seinen Seitensprüngen, aber sie würde lieber auf dem Scheiterhaufen verbrennen, als es einzugestehen.«

»Ja«, sagte er gedehnt, »und das nicht nur aus Stolz, sondern auch aus Treue zu ihm. Das Traurige ist, daß er wohl nicht dagegen ankommt: In ihm ist etwas Düsteres, Unheimliches, das niemand zu fassen kriegt, nicht einmal Anne. Der Krieg hat ihn mehr verletzt als uns, die wir nach dem Gefecht weitermarschierten.«

»Ach was, Krieg!« versetzte Sally energisch. »Ich kenne Dock Gordon von klein auf. Er war schon immer so: Von Zeit zu Zeit hat er einen Anfall von Schwermut und bläst tagelang Trübsal.«

»Männer wie er müssen sich irgendwie Befreiung verschaffen... sie laufen vor sich selbst davon. Manche betäuben sich mit Alkohol, andere bei Frauen oder beim Kartenspiel. Es ist, als könnten sie den Druck ihres eigenen Selbst nicht ertragen. Aber du magst Dock doch, nicht wahr?«

»Natürlich mag ich ihn. Und als Arzt vertraue ich ihm rückhaltlos. Doch ich möchte nicht seine Frau sein.«

»Das freut mich.« Er stand auf, trat zu ihr, beugte sich über sie und rieb seine Wange an ihrem blonden Haar. »Ist dir eigentlich bewußt«, fragte er und schlang seine Arme um ihren Nacken, »daß ich ein ausgehungerter Heimkehrer bin, der einen ganzen Monat lang von seiner Frau getrennt war?«

Aber ein wenig später, als er auf der Kante des Nußbaumbettes mit dem hohen Kopfbrett saß und sich bückte, um seine Schuhbänder zu lösen, kam er (ein wenig kurzatmig) noch einmal auf das Stück zu sprechen.

»Was sagen denn die reformierten Presbyterianer und die Professoren vom Seminar dazu, daß die fromme Miß Blair sich auf einer öffentlichen Bühne zur Schau stellt?«

»Ich weiß es nicht, aber ich hoffe, auf der nächsten Klubsitzung etwas darüber zu erfahren. Jedenfalls bekommt sie durch das Stück die Chance, dem Seminar zu entfliehen, wenn sie will. Ich habe ihr Henry Voorhees ja förmlich auf einem Silbertablett serviert, und mir ist, als entrisse ich sie einem Schicksal, das schlimmer wäre als der Tod.«

Die Proben für *Fahnenwache* zogen sich nach der Amtseinführung des neuen Präsidenten noch ein paar Wochen hin, und alle Beteiligten waren derart vom Lampenfieber gepackt, daß der lange, sorgenvolle Winter für eine Weile in Vergessenheit geriet. Sogar die Iren aus dem Westviertel, die mitwirken durften (denn hatten nicht auch sie in den Regimentern von Waynesboro gedient?) und die im Musikkorps der Veteranen oder in komischen Nebenrollen auftraten, wurden durch ihr Spiel moralisch aufgerichtet und vergaßen ihren Kummer als Demokraten.

Fahnenwache wurde dreimal gegeben und an allen drei Abenden war das Opernhaus bis auf den letzten Platz besetzt.

Das Stück hatte nicht viel Handlung, oder vielleicht auch zuviel; jedenfalls versuchte niemand, ihr zu folgen. Statt dessen erfreute man sich an den Aufmärschen und Gegenaufmärschen, hörte General Deming unverständliche Kommandos bellen, wobei die sterngeschmückten Epauletten seiner Uniform kampflustig blitzten, und applaudierte dem bunten Spektakel der im Pulverdampf wehenden Fahnen, deren Anblick kleine Jungen (und auch Mädchen, falls sie wie Elsa Rausch geraten waren) in einen wahren Begeisterungstaumel versetzte. Eine Stelle, die durchaus ernstgemeint war, löste im Publikum regelrechte Lachsalven aus – einem Publikum, das sich doch hauptsächlich aus Veteranen und ihren Familien zusammensetzte. Zu Beginn eines Scharmützels mit einer Handvoll zerlumpter Rebellen warnte ein Soldat »der unseren« den Helden »Bob Mason, ein Kundschafter« (Henry Voorhees): »Nicht schießen, Bob! Die Feiglinge trau'n sich ja doch nicht abzudrücken!« Dieser erstaunlichen Verleumdung folgte am Premierenabend sekundenlanges Schweigen, ehe ein rauhes Gelächter aus Männerkehlen den armen Bob aufschreckte und das Stück seinen Fortgang nahm. Am zweiten und dritten Abend fieberte man dieser Szene erwartungsvoll entgegen, und wenn der verräterische Satz fiel, erschollen aus dem Zuschauerraum sofort Gegenratschläge: »Glaubt ihm ja nicht, Bob!« »Die Rebellen, mit denen ich zu tun hatte, waren aus anderem Holz geschnitzt!« »Schieß zuerst, Mann, oder du beißt ins Gras!«

In einem Stück, das von lärmenden Gefechtsszenen, von mitreißenden Marschmelodien der Pfeifen, Trommeln und Hörner und vom durchdringenden Pulverqualm lebte, den man auch jenseits der Rampe zu riechen bekam – in einem solchen Stück war für junge Liebe wenig Platz. Die paar weiblichen Nebenrollen hatte man mit Vertreterinnen verschiedener städtischer Vereine besetzt. Aber Miß Christina Blair, die ihren Geliebten in den Krieg ziehen ließ und bei seiner Rückkehr auf ihn wartete, brillierte in ihrer Rolle und eroberte die Herzen des Publikums durch ihr anmutiges Spiel, aber mehr noch durch ihre glockenreine Stimme, mit der sie Bob bei seiner Heimkehr in ihrem Salon Lieder wie »Juanita«, »Golddurchwirkte Silberfäden« und »Glaub mir, all der holde Liebreiz« vorsang. Wäre es nach den Zuschauern gegangen, hätte sie die ganze Nacht weitergesungen und der Vorhang wäre nie gefallen.

Am dritten Abend nahm Ludwig die größeren Kinder mit ins Opernhaus, und Sally saß mit ihrer Familie im Zuschauerraum, statt sich wie sonst hinter der Bühne nützlich zu machen. Als sie nach der Vorstellung das Theater verließen, sagte Ludwig:

»Es war der Mühe wert, dieses alberne Stück über sich ergehen zu lassen, nur um dieses Mädchen singen zu hören. Bei Gott, was für eine Stimme! Welch ein Jammer, daß sie ihr Leben damit vergeuden muß, in der Kirche Psalmen vorzutragen! Und dabei gibt's Hunderte von Mädchen, die zwar keine Stimme haben, aber mit Gewalt auf ein Konzertpodium drängen.«

»Natürlich könnte Christina nie als Konzertsängerin auftreten.« Ohne Bedenken verzichtete Sally an Miß Blairs Statt auf eine Karriere. »Bei den Proben war sie übrigens richtig merkwürdig. Vor den Gesangseinlagen sagte sie ständig: ›Darum wollen wir uns jetzt nicht kümmern. Zur rechten Zeit werde ich schon singen.‹ Ich fürchte, der Regisseur gewann allmählich den Eindruck, sie könne keinen Ton halten, und er müsse die Rolle umbesetzen. Jedenfalls hat er eines Tages einfach drauf bestanden, daß sie ihm was vorsingt. Sie gehorchte, und er hörte mit offenem Mund zu. Hinterher fragte er sie, ob er sie einem guten Gesangslehrer zum Vorsingen empfehlen solle. Sie schaute ihn nur mit diesem eigenartig sanften Blick an und sagte: ›Vielleicht wissen Sie nicht, welche Stellung ich hier in der Stadt einnehme.‹«

Lachend versetzte Ludwig: »Sie ist ungewöhnlich begabt.«

»Ach, Begabung! Sie ist unerhört gescheit, sonst hätte sie nicht schon mit sechzehn Hebräisch unterrichten können. Ihre Stimme ist entzückend, und sie kann wunderbar schauspielern. Aber das nützt ihr alles nichts, weil sie eine Frau ist und obendrein eine Blair.«

»Die ›Frau‹ hat weniger damit zu tun als die Familie, in die sie hineingeboren wurde.«

Nach der Benefizvorstellung war die Stadt eine Weile voll des Lobes für Miß Blair. Die Bürger von Waynesboro vergaßen, wie ausnehmend komisch sie es noch vor wenigen Monaten gefunden hatten, daß ein junges Mädchen, und noch dazu ein so hübsches, Hebräisch lehrte, und wie Miß Blair dadurch gewissermaßen als

Unikum erschienen war. Jetzt waren sie überglücklich, Christina in Waynesboro zu haben, wo sie im Dienste der Wohltätigkeit die Herzen ihrer Mitbürger als Sängerin oder Schauspielerin erfreuen konnte. Doch obwohl einige reformierte Presbyterianer der Aufführung von *Fahnenwache* beiwohnten und für dies eine Mal vergaßen, daß die Bühne ein Werkzeug des Satans war (sei es um der Kriegerwitwen, -waisen und Versehrten willen, sei es, weil sie glaubten, was auch immer die Blairs taten, müsse Gnade finden vor dem Angesicht des Herrn), es gab immer noch solche, die an ihren Covenanter-Dogmen festhielten und daran festhalten würden, auch wenn der Himmel über ihnen einstürzen sollte. Zu den letzteren gehörten Pfarrer McCune und Mrs. Reid, in deren Augen Rektor Blair und seine Tochter ein gefährlicher Stolperstein auf dem Pfade der Tugend waren.

Amanda war von vornherein überzeugt gewesen, daß ihre Mutter nicht von ihrem strengen Sittenkodex abweichen und eine Theateraufführung unterstützen würde, die von zahlendem Publikum besucht wurde. Dennoch versuchte sie eines Abends ihr Glück; die Theologen hatten gegessen und waren gegangen, das Geschirr war abgewaschen, und Mrs. Reid hatte sich zu ihr ins Wohnzimmer gesetzt, wo sie am runden Mitteltisch wie üblich Lateinhefte korrigierte. Mrs. Reid ließ sich mit einem Seufzer nieder, der kaum zu überhören war. Amanda nutzte die Gelegenheit.

»Mutter, du arbeitest zu schwer. Du brauchst die Studenten nicht länger zu verköstigen, wir können beide von meinem Gehalt leben. Außerdem – jetzt, wo die Zahl der Seminaristen sich verdoppelt hat, übersteigt ihre Bewirtung ohnehin deine Kräfte.«

Seit der Zusammenlegung der beiden Seminare konnte man sich in den eher kleinen Räumen der Reids kaum noch zwischen den langen Tafeln bewegen, die für die Studenten aufgeschlagen waren. Mrs. Reid hatte sowohl den Salon als auch die Schlafstube im Erdgeschoß in Eßzimmer umgewandelt und das ursprüngliche Mobiliar im Stall gelagert. Nur das Wohnzimmer stand den Reids im Erdgeschoß noch privat zur Verfügung.

»Seit Mary Wilcox mir beim Servieren und Abspülen hilft, komme ich ganz gut zurecht.«

»Aber du solltest nicht soviel arbeiten. Du könntest es dir leisten, ab und zu eine Stunde auszuspannen und dich ein bißchen vergnügen.«

»Wir sind nicht zum *Vergnügen* auf der Welt!« Mrs. Reid kniff die Lippen zusammen. »Und im übrigen ziehe ich es vor, nicht von deinem Gehalt zu leben, solange ich für mich selbst sorgen kann.

Du wirst um jeden ersparten Dollar froh sein, wenn du erst einmal in meinem Alter bist.«

Ihr Ton deutete an, daß ihre Tochter sich als alte Frau nicht allein würde durchschlagen können. Amanda wußte, daß die Motive ihrer Mutter von Grund auf rechtschaffen und aufopferungsvoll waren, doch angesichts ihrer Märtyrermiene fiel es schwer, das Opfer anzunehmen.

»Ich habe noch viel Zeit, um für meine alten Tage vorzusorgen.«

»Du solltest am besten gleich damit anfangen. Du bist schon über dreißig.«

»Ja. Aber dürfen wir uns nicht hin und wieder eine harmlose kleine Freude im Leben gönnen?«

»Freude?«

»Ich weiß: Gott hat uns nicht zu unserem Vergnügen auf diese Erde gesandt. Auch ich glaube das. Aber ich möchte gern ab und zu ein bißchen Spaß haben, und das gleiche wünsche ich mir für dich. Wirst du mit mir zur *Fahnenwache* gehen? Kurt Müller aus meiner Klasse hat mir Eintrittskarten angeboten und ich habe ihm gesagt, daß ich eine kaufen würde, vielleicht sogar zwei.«

»Dann sag ihm morgen, du hättest es dir anders überlegt. Ich gehe auf keinen Fall in dieses Theater, und du ebensowenig. Mir war immer bange vor den Einflüssen, denen du in diesem Klub ausgesetzt bist. Oh, Amanda! Was würde dein Vater dazu sagen!«

»Ich war noch so klein, als er starb... Ich habe keine Ahnung, was er sagen würde. Vielleicht hätte er sich mit den Jahren geändert.«

»Du weißt, daß er als Covenanter lebte und starb und der alten Lehrmeinung die Treue hielt. Er hätte dir verboten, ein Theater auch nur zu betreten.«

»Du hast mich eben erst daran erinnert, daß ich einunddreißig bin. Ich habe fest vor, hinzugehen. Die Frage ist nur, ob du mich begleitest oder nicht.«

»Amanda, was hat dich bloß so hart gemacht?« Sie beantwortete sich ihre Frage gleich selbst. »Der Lehrberuf ist schuld daran! Ihr seid alle so sehr daran gewöhnt, anderen zu diktieren, was Recht und Unrecht ist... Aber diesmal bleibe ich fest. Du wirst dich erinnern, daß ich gegen mein besseres Wissen mit dir zur Weihnachtsfeier bei den Cochrans gegangen bin und Schreckliches durchmachen mußte, weil du mir verheimlicht hattest, *was* mich dort erwartete. Hätte ich vorher gewußt, daß man ein Theaterstück aufführen würde, keine zehn Pferde hätten mich in dieses Haus gebracht. Doch ich hätte ahnen müssen, daß Cochrans

Tochter – wie heißt sie doch jetzt... Rausch, ja – ich hätte mir denken können, daß sie all die Jahre auf so was hingearbeitet hat mit ihren Weihnachtsfeiern und heidnischen Bäumen und diesen Tableaus.«

»Aber es war doch ein ganz harmloses Stück, das sie zu Weihnachten aufgeführt haben.«

»Nie in meinem Leben habe ich mich so geschämt und solchen Abscheu empfunden! Die Tochter des Rektors am theologischen Seminar der reformierten Presbyterianer spielt vor männlichen Zuschauern in einer Schlafzimmerszene und legt sich tatsächlich auf etwas, das ein *Bett* darstellt, während der Schurke ihr Augen macht. Zugegeben, ihr Körper war ordentlich bedeckt, aber was muß in den Köpfen der anwesenden Herren vorgegangen sein?«

»Der Schurke war kein Mann, sondern Kitty Edwards.«

»Und die Männer im Zuschauerraum? Was haben die wohl gedacht?«

»Gewiß dasselbe wie wir Frauen auch: daß sie hübsch aussah, wie sie so dalag, aber daß die Szene nur noch komisch wirkte, als Kitty das Armband nicht aufbekam. Ihr Vater jedenfalls hat herzlich darüber gelacht.« Amanda fragte sich insgeheim, ob alle Frauen im Alter zu so häßlichen Gedanken neigten.

»Ich habe ihn lachen sehen. Es ist mir von Anfang an merkwürdig erschienen, daß jemandem, der sich so wenig darum kümmert, was rechtens ist und was sich ziemt, eine solche Stellung anvertraut wurde. *Jetzt* kann ich mir beim besten Willen nicht mehr vorstellen, was die Synode sich gedacht haben mag.«

»*Fahnenwache* wird für einen guten Zweck aufgeführt, den Dr. Blair unterstützt. Diesmal wird nicht nur zur Unterhaltung einer Festversammlung Theater gespielt. Wenn ich auch nicht bezweifle, daß die Mitwirkenden Freude daran haben«, setzte Amanda aufrichtig hinzu.

»Die Regierung zahlt den Witwen und Versehrten doch schließlich Renten, oder etwa nicht? Ich sehe nicht ein, warum wir uns für sie verantwortlich fühlen sollten.«

»Wenn du Kurt Müller sehen könntest und noch ein, zwei andere in meiner Klasse, würdest du nicht so herzlos darüber sprechen. Die Kinder gehen in Lumpen und sind unterernährt. Im übrigen...« Sie war im Begriff gewesen, Christi Worte von der Verantwortung für die Hungernden ins Feld zu führen, hielt es jedoch für klüger, den Hinweis zu unterdrücken.

»Was machen diese Kinder dann auf der Mittelschule? Warum suchen sie sich keine Arbeit?«

»Aber Mutter...« Wie so oft hatte Amanda auch jetzt wieder

das Gefühl, sie könne die Auseinandersetzung mit ihrer Mutter keinen Augenblick länger ertragen, doch das Bedürfnis, ihr die Augen zu öffnen, war stärker. »Weißt du denn gar nichts von der Welt, in der wir leben? Die Zeiten sind schwer, sehr schwer sogar. Ausgewachsene Männer finden keine Arbeit und halbwüchsige Knaben erst recht nicht.«

»Ich sage dir, Amanda, die Schule bekommt dir nicht. So hochfahrend, wie du geworden bist! Und wie mißgelaunt du immer heimkommst. Wahrscheinlich schluckst du deinen Ärger den ganzen Tag über hinunter und läßt dann abends alles an mir aus.«

»Verzeih, Mutter, ich wollte dich nicht kränken.« Amanda wandte sich resigniert wieder ihren Heften zu. In dem, was ihre Mutter ihr vorwarf, mochte ein Körnchen Wahrheit stecken; von der eigenen Person machte man sich nur zu leicht ein falsches Bild. Sie hatte allerdings nicht den Eindruck, daß sie in der Schule übelgelaunt wäre – jedenfalls nicht oft –, dazu machte ihr das Unterrichten zuviel Spaß. Aber sie mußte sich bemühen, zu Hause der Gereiztheit Herr zu werden, die sie dort immer wieder überfiel. »Überfiel« war das richtige Wort dafür, und es jagte ihr Angst ein. Manchmal spürte sie ihren Schädel inwendig glühen, nicht vor Zorn, sondern vor Gereiztheit. Sie zwang sich, den Blick so lange auf das Heft vor ihr zu konzentrieren, bis sie es tatsächlich wahrnahm, und begann halb mechanisch, die Fehler anzustreichen. Das Stück erwähnte sie nicht mehr, weder an diesem, noch an einem anderen Abend; aber ihre Mutter war unfähig, das Thema ruhen zu lassen. In den nächsten paar Tagen verbot sie Amanda so häufig, auch nur einen Fuß ins Opernhaus zu setzen, daß sie wohl glaubte, ihre Tochter werde ihr gehorchen. Als an dem bewußten Abend die Kutsche der Ballards vor ihrem Hause hielt und der Richter selbst zur Tür kam, während Samuel Travers, der kutschierte, die Zügel hielt, und dann auch noch Amanda ausgehfertig auf der Treppe erschien, stand Mrs. Reid, die dem Richter die Tür geöffnet hatte, wie vom Donner gerührt. Kaum, daß sie Mr. Ballard einen guten Abend wünschen konnte.

Er sprach Amanda darauf an, als sie auf die Kutsche zuschritten. »Was ist mit Ihrer Mutter? Sie ist doch nicht etwa krank?«

»Nein. Schockiert und gekränkt, weil ich gegen ihre Glaubensregeln verstoße und ins Opernhaus gehe.«

»Dann hat also Dr. Blairs Einverständnis – oder besser seine Unterstützung – Mrs. Reid nicht umstimmen können?«

»Nein. Aber machen Sie sich deshalb keine Sorgen, Richter Ballard. Ich kann nicht zulassen, daß sie ganz und gar über mein

Leben bestimmt, und mit der Zeit wird sie sich vielleicht damit abfinden, daß ich inzwischen erwachsen bin.«

Doch wenn der Tag auch einmal kommen sollte, an dem Mrs. Reid einsah, daß Amanda ihr Leben nach dem Gebot ihres eigenen Gewissens führen mußte und nicht nach dem ihrer Mutter, so war von einem solchen Gesinnungswandel in den Tagen nach der Theateraufführung jedenfalls noch nichts zu spüren. Sie hegte einen Groll gegen ihre Tochter und nährte ihn. Als sie sich lange genug in der Stille darüber gegrämt hatte, das Gewissen ihrer Tochter nicht wachrütteln zu können, beschloß sie, diese schwierige Aufgabe dem einzigen Menschen zu übertragen, der Amanda vielleicht beeinflussen konnte: ihrem Pastor.

Mrs. Reid brach nicht mit leeren Händen zu den McCunes auf. Mrs. McCune, die ihr sechstes Kind unter dem Herzen trug, fehlte seit mehreren Wochen bei den Sonntags- und Mittwochsgottesdiensten. Der überempfindlichen Mrs. Reid schauderte innerlich bei dem Gedanken, daß die Pfarrersfrau vermutlich inzwischen so verräterisch an Leibesfülle zugenommen habe, daß sie sich der Gemeinde nicht mehr zu zeigen wage. Außerdem fühlte sie sich vielleicht auch nicht wohl, so daß eine erquickende Speise ihr willkommen wäre, und im übrigen wußte eine so kinderreiche Familie einen Leckerbissen immer zu schätzen. Also bereitete Mrs. Reid, sobald sie nach dem Mittagessen der Studenten das Geschirr abgewaschen hatte, eine große Schüssel Eierschaumcreme und machte sich damit auf den Weg. An den unbebauten Parzellen der Linden Street peitschte der heftige Märzwind ihr die Röcke um die Fesseln, doch da sie mit beiden Händen die Schüsseln umklammern mußte, konnte sie weder ihre Röcke ordnen, noch ihre Haube festhalten. Die lange Strecke hügelaufwärts hoffte sie beständig, eine Kutsche hinter sich herankommen zu hören; gewiß würde jeder halbwegs Bekannte sie mitnehmen, wenn er sie mit ihrer Bürde antraf. Aber auf der Linden Street war kein einziger Wagen unterwegs. Als sie an der Ecke bei Dr. Alexanders Haus die Market Street überquerte, wurde die Schüssel ihr schon recht schwer. Für sie war und blieb es »Dr. Alexanders Haus«. Sie hatte Dr. Alexander gern gemocht, als sie beide noch jung gewesen waren, wenn auch die Frau des Doktors nur den einfachen und nicht den reformierten Presbyterianern angehört hatte, aber sie konnte es nicht gutheißen, daß Dr. Alexanders Tochter, obwohl sie einen Gottlosen geheiratet hatte, das Leben von der fröhlichen Seite nahm und immer zum Lachen aufgelegt war. Dieses Mißfallen hinderte sie freilich nicht daran, jetzt auf dem Gehweg innezuhalten, als sie Anne in ihrem Einspänner das Gäßchen zwischen

Wohnhaus und Praxis entlangfahren sah, während Lonzo hinter ihr das Stalltor schloß.

Anne zügelte die alte Stute an der Kreuzung von Durchgang und Gesteig. »Guten Tag, Mrs. Reid. Kann ich Sie mitnehmen?«

»Ich möchte nicht, daß Sie meinetwegen einen Umweg machen.«

»Ich will auf die Farm, um Eier und Butter zu holen. Der Doktor hatte diese Woche keine Zeit, hinauszufahren.«

Sie lehnte sich aus dem Wagen und nahm die Schüssel entgegen, die Mrs. Reid zu ihr hochhielt.

»Nein, Sie brauchen nicht abzusteigen, um mir behilflich zu sein, vielen Dank. Ich bin noch recht beweglich.«

Anne rückte zur Seite und Mrs. Reid nahm neben ihr Platz. »Ich bringe Mrs. McCune ein bißchen Eierschaumcreme und möchte bei der Gelegenheit den Pfarrer in einer Gewissensfrage um Rat bitten.«

Arme Amanda, dachte Anne, während sie sich laut erkundigte, ob Mrs. McCune krank sei. »Sie kommt schon seit einer Weile nicht mehr in den Klub, aber ich dachte, das läge nur daran, daß sie jetzt nicht mehr ausgehen könne.«

»Ich kann nicht mit Bestimmtheit sagen, daß sie krank ist. Aber in ihrem Zustand und mit ihrer großen Familie hat sie jedenfalls mehr als genug zu tun. Da dachte ich mir, ein Nachtisch käme gewiß nicht ungelegen.«

Anne schlug das Gewissen, weil sie sich nicht selbst um Mrs. McCune gekümmert hatte. Die wenigen Male, die sie seit Neujahr im Klub zusammengetroffen waren, hatte die schreckliche Szene am Tor der Cochrans, damals vor der Weihnachtsfeier, zwischen ihnen gestanden; unausgesprochen zwar, aber doch nicht vergessen. Statt ihr wie früher vor der Sitzung aufzulauern, schien Mrs. McCune ihr nun eher auszuweichen, und Anne mußte sich jetzt eingestehen, daß sie ihr dabei auch noch geholfen, ja es sogar als Befreiung empfunden hatte. Und während all der Wochen, die Mrs. McCune nun schon die vierzehntägigen Klubsitzungen versäumte, hatte sie sich nur beiläufig nach ihr erkundigt. An dem Abend nach der Weihnachtsfeier war John so überzeugt gewesen, die Frau sei ernsthaft krank, daß sie ihr schon längst einen Besuch hätte machen sollen.

Die Kirche der reformierten Presbyterianer stand auf der Ostseite der College Street zwischen Chillicothe und Sycamore; ihre Rückseite trotzte wie ein finsteres Bollwerk der herandrängenden Welle der Farbigen aus dem Ostviertel. Es war die älteste Kirche am Ort. Die anderen Glaubensgemeinschaften hatten um die Mitte des Jahrhunderts oder später großräumige Neubauten im Stil viktorianischer Backsteingotik errichtet, aber die reformierten Presbyterianer behalfen sich immer noch mit ihrer alten Kirche, die inzwischen längst zu klein geworden war für die Schar der Gläubigen; wie eh und je stand das Gotteshaus inmitten eines Eichenhains, der einst an Sonntagen den Familien Schatten gespendet hatte, die unter dichtbelaubten Baumkronen zwischen Vor- und Nachmittagspredigt eine kalte Mahlzeit verzehrten. Das düstere kleine Backsteingebäude war wohlproportioniert; an den Ecken und zwischen den schmalen Fenstern der Seitenwände sprangen Pilaster hervor, ebenfalls aus Backstein. Das zweiflügelige Portal war quadratisch und schmucklos bis auf ein holzgeschnitztes Muschel- und Akanthus-Ornament im Zentrum des Sturzes. Türrahmen und -vorsprünge waren weiß getüncht.

Auch das Pfarrhaus nebenan wirkte schlicht, fast unansehnlich. Es war ein wenig zurückversetzt und im Sommer hinter Büschen und tiefhängenden Zweigen verborgen. Doch jetzt im März, da Sträucher und Bäume noch kahl waren, konnte man seine strenge und ein wenig finstere Fassade schon von der Straße aus am Ende des Gehwegs liegen sehen, dessen Pflaster mit Wurzeln durchzogen war.

Anne sagte: »Bleiben Sie ruhig sitzen, Mrs. Reid, bis ich Molly angebunden habe. Dann helfe ich Ihnen beim Aussteigen. Ich werde mit hineingehen und mich nach Mrs. McCune erkundigen.«

Sie brachte Mrs. Reid mitsamt der Eierschaumcreme sicher auf festen Boden. Schweigend passierten sie das Tor des Lattenzauns und gingen den unebenen Pfad hinauf, wobei sie sich vor Pfützen und seichten Schlammlöchern in acht nehmen mußten. Anne richtete den Blick aufs Haus und dachte bei sich, wie unvorstellbar es sei, daß fünf Kinder irgendwo wohnen konnten, ohne die ursprüngliche Düsterkeit eines Ortes auch nur im geringsten zu lindern. Eines der Kinder öffnete ihnen die Tür. Es war ein Mädchen von acht oder neun Jahren mit Zöpfen und Stirnfransen, einem spitzen Gesichtchen und riesengroßen Augen und Ohren. Anne hatte nie gelernt, die McCune-Kinder auseinanderzuhalten, aber Mrs. Reid kannte dieses kleine Mädchen und rief es beim Namen.

»Guten Tag, Ariana. Ist dein Vater daheim?«

»Ja, Madame.« Das Kind trat zur Seite und ließ die beiden Frauen eintreten. Mrs. Reid stellte die Schüssel mit der Eierschaumcreme langsam und vorsichtig auf dem Flurtisch ab.

»Du kennst mich doch, nicht wahr, Ariana? Kannst du dann

nicht sagen: ›Ja, Mrs. Reid‹? Willst du deinen Vater fragen, ob er Zeit für mich hat?«

»Ja, Mrs. Reid.« Das Kind blickte fragend auf Anne.

»Das ist Mrs. Gordon. Sie kommt, um sich nach deiner Mutter zu erkundigen. Die beiden sind im selben Klub.«

»Oh, ich weiß.« Das magere Gesichtchen belebte sich. »Johnnys Mutter.« Und mit seltsam erwachsenem Tonfall fügte sie hinzu: »Mama hat Sie gesprächsweise erwähnt. Aber...« Sie zögerte und sagte schließlich mit klangloser, halb erstickter Stimme: »Sie ist krank.«

»Dann richte ihr doch bitte aus, daß ich nach ihr gefragt habe, ja?« Anne drängte es mit einemmal fort aus diesem Haus. »Und vergiß nicht, ihr zu sagen, daß wir alle sie im Klub vermissen.«

Bevor Ariana antworten konnte, trat Mr. McCune auf den Flur heraus und kam näher, um die Damen zu begrüßen. Mrs. Reid erklärte, was es mit der Schüssel auf dem Tisch für eine Bewandtnis habe, und Ariana wurde angewiesen, die Nachspeise in die Küche zu tragen.

»Hörte ich recht, Sie haben nach mir gefragt? Oder kamen Sie, um als mitfühlende Schwester in Christo meiner Frau einen Besuch abzustatten?« Anne übersah er zunächst einfach. Pfarrer McCune hatte rotblondes Haar und ebensolche Brauen, eine vorspringende Nase, und seine Kinnpartie hätte einem Nußknacker alle Ehre gemacht; er war mager, nicht sonderlich groß und wirkte eher unscheinbar mit seinen fahrigen Gesten und dem ruckweisen Gang. Wer nicht zu seinen Schäflein gehörte, mochte versucht sein, ihn als »Grashüpfer« zu bezeichnen, aber die Mitglieder seiner Gemeinde und vor allem seiner Familie wußten es besser. Hier, in seinem eigenen Hause, spürte Anne die Kälte, die von ihm ausging, während er sich Mrs. Reids Erklärung anhörte, daß sie gekommen sei, um seinen Rat einzuholen, aber auch nach seiner Frau habe sehen wollen. Mrs. Gordon sei so freundlich gewesen, sie in ihrem Wagen mitzunehmen, und habe sie begleitet, um sich gleichfalls nach Mrs. McCunes Befinden zu erkundigen.

»Aber Ihre kleine Tochter sagte uns eben, sie sei krank.« Anne hätte ihr Bedauern darüber zum Ausdruck gebracht und sich empfohlen, wäre er ihr nicht unversehens zuvorgekommen.

»Oh, nicht krank, Mrs. Gordon. Nur unpäßlich, weshalb sie seit ein paar Tagen in ihrem Zimmer bleibt. Kinder verstehen solche... hm... Zustände nicht.« Er lachte gekünstelt.

»Dann glauben Sie, Ihre Frau würde mich empfangen? Könnte die Kleine... Ariana... könnte sie mich zu ihr führen, während Sie mit Mrs. Reid sprechen?«

Augenblicklich erstarrte er. »Ich... ich glaube nicht. Jedenfalls nicht, ohne daß ich Sie anmelde. Ihr Zustand wechselt von Stunde zu Stunde. Aber wenn Sie die Freundlichkeit hätten, im Salon zu warten, bis Mrs. Reid und ich unser kleines Gespräch beendet haben? Dann können wir gemeinsam für ein Weilchen hinaufgehen.«

Anne ließ sich von ihm in den gruftartigen Salon führen. Sie hatte den Eindruck, als wünsche er aus irgendeinem Grund, daß sie seine Frau besuche, andernfalls hätte er sie wohl kaum am Gehen gehindert. Aber er schien nicht zu wollen, daß sie allein hinaufging oder Mrs. McCune ohne sein Beisein sprach. Sie verstand weder den Grund, noch behagte ihr die Situation, allein sie raffte ihren Umhang und stellte sich auf das Warten ein, da für ihn offenbar die geistliche Erbauung eines Mitglieds seiner Gemeinde Vorrang hatte vor der Sorge um seine Frau.

Mrs. Reid folgte ihm in sein Arbeitszimmer, einen kalten, muffigen Raum voller Bücher, der zwar ordentlich, aber arg verstaubt war. Von seinen Kindern war zumindest Ariana alt genug, um im Hause Staub zu wischen, doch vielleicht wollte er das Mädchen nicht in sein Arbeitszimmer lassen; bei den vielen Kindern war dies vielleicht sein einziges Refugium. Mrs. Reid nahm auf dem steifbeinigen Stuhl neben seinem Schreibtisch Platz, den er ihr anbot, und ließ ihren dunklen Rock im Halbkreis auf einer Seite des Sitzes zu Boden fallen. Sie löste weder die Bänder ihrer schwarzen Haube mit dem verblichenen fliederfarbenen Besatz, noch zog sie die Handschuhe aus. Sie faltete nur die Hände im Schoß und begann über die vorwitzige und perverse Jugend im allgemeinen und über ihre Tochter im besonderen zu lamentieren. Er versprach, bald bei ihr vorbeizuschauen und Amanda ins Gewissen zu reden.

»Die gesellschaftlichen Zusammenkünfte unserer Kirche bieten jungen Leuten ein Ventil für ihre launigen Gemüter. Doch ich fürchte, Amanda ist schon ein wenig zu alt, um ›Fang den Hut‹ mit einer Gruppe zu spielen, der ihre eigenen Schüler angehören. Wir müssen versuchen, eine Zerstreuung zu finden, die Menschen ihres Alters gerecht wird, ohne jedoch ihrem Glauben zu schaden.« Dann wich er ein wenig vom Thema ab und vollbrachte damit ein unverhofftes Wunder für Mrs. Reids Seelenfrieden: Er bestätigte ihre Meinung über Dr. Blair. »Ich... hm... kenne die Quelle dieses neuen Gedankens, der unter uns Nahrung findet, und wonach *Vergnügen* an sich erstrebenswert scheint. Für Sie und mich – das sage ich natürlich im Vertrauen – mögen diese und andere Irrlehren einen Mann als Leitfigur der Kirche disqualifizieren, gleichgültig, wie bewährt er auch als Gelehrter oder Verwaltungsbeamter sein mag. Ich weiß, daß diese Aufführung im Opernhaus einem mildtätigen Zweck diente, aber nach meiner festen Überzeugung fand sie vor allem zum Vergnügen der Darsteller statt und nicht nur zu ihrem, sondern auch zu dem der Zuschauer, ohne daß einem von ihnen der Gedanke gekommen wäre, welche Gefahr das *Theater* für die Seele eines Christenmenschen darstellt. Und ich fürchte außerdem, daß jene, welche diese Vorstellung gestatteten, sich von politischen Erwägungen leiten ließen.«

Mrs. Reid war verwirrt: Die Politik ins Spiel zu bringen, schien ihr reichlich abwegig. Doch Mr. McCune sprach eindringlich weiter. »Ich weiß, daß die meisten Covenanter, die der neuen Lehrmeinung folgen, inzwischen zur Wahl gehen – wer es indessen soweit treibt, daß er versucht, die Stimmen anderer zu manipulieren... allein, es steht mir nicht zu, einen Mann zu kritisieren, den die Generalsynode mit einem so wichtigen Posten betraut hat. Man kann in diesem Fall sogar eine winzige Entschuldigung geltend machen. Sie wissen vermutlich, daß seine Söhne aus erster Ehe ihr Leben auf dem Schlachtfeld ließen. Doch was Sie vielleicht nicht wissen, ist, daß er eine Zeitlang als Militärkaplan bei einem Pittsburgher Regiment stand. Ich glaube, er spricht nicht darüber. Ich habe Grund zu der Annahme, daß er sich immer noch schämt, weil sein Asthma ihn seinerzeit daran hinderte, mit ins Feld zu ziehen. Er mußte den Dienst quittieren, bevor sein Regiment in die Schlacht marschierte. Aber sein Armeedienst ist zweifellos schuld daran, daß er nicht auf der Hut war vor dem, was *manchem* unter uns wie eh und je als Übel erscheint. Und gewiß war es nur sein Mitgefühl für die jungen Soldaten, gleich welcher Konfession, was ihn bewog, sich sowohl um das leibliche wie um das geistige Wohl der Veteranen zu kümmern; das aber ist unweigerlich ein politischer Akt.«

Als er sein Versprechen, ein ernstes Wort mit Amanda zu reden, erneuert hatte, erhob sich Mrs. Reid, um wieder zu Anne hinüberzugehen. »Sind Sie auch sicher, daß ein Besuch Mrs. McCune nicht zu sehr anstrengen wird? Ich hatte keine Ahnung, daß sie krank ist.«

Mr. McCune wiederholte, was er zuvor schon zu Anne gesagt hatte: »Ich bin überzeugt, es handelt sich nur um eine Unpäßlichkeit, nichts Ernstes also. Sie hat immer diese... äh... Probleme in solchen Zeiten... Sie verstehen. Seit vierzehn Tagen zieht sie es vor, auf ihrem Zimmer zu bleiben. Ich dachte, Sie wüßten« – und er lächelte trübselig –, »daß Ariana und ich Hausfrau spielen... wo Sie doch so liebenswürdig waren, uns den Pudding zu bringen.«

»Aber nein, ich war völlig ahnungslos. Als Mrs. McCune das letztemal am Gottesdienst teilnahm, fand ich zwar, sie sähe sehr leidend aus, doch die Eierschaumcreme habe ich nur in der Hoffnung gebracht, daß sie ihr guttun und ihr die Mühe ersparen würde, eine Nachspeise fürs Abendbrot zu richten. Wenn sie allerdings zu Bett liegt, würde sie einen Besuch vielleicht nur als störend empfinden.«

»Sie hütet nicht das Bett, nicht direkt... Eine gewisse Übelkeit macht ihr zu schaffen, und sie ist wohl etwas geschwächt. Sie erlaubt mir nicht, den Doktor zu holen. Es sei nicht anders als die vorigen Male, sagte sie. Und ich fürchte, sie hat eine ganz unvernünftige Abneigung gegen unsren guten Dr. Wright gefaßt. Wenn Sie und Mrs. Gordon sich einen Moment mit ihr unterhalten wollten, würde das vielleicht ihr Interesse an der Welt außerhalb ihres Zimmers wieder beleben. Ich vertraue darauf, daß dieser Zustand nur vorübergehend ist«, fügte er hinzu, wich aber dabei Mrs. Reids Blick aus. »Wir haben dergleichen schon mehrfach überstanden, doch es ist höchst enervierend, solange es dauert.«

Sie traten auf den Flur hinaus und Mr. McCune holte Anne aus dem Salon. Sie erhob sich fröstelnd, woran weniger die Kälte des ungeheizten Raumes, von der freilich ihre Glieder ganz steif waren, schuld war, als vielmehr eine dumpfe Vorahnung nahen Unheils. Als Mr. McCune sie mitzukommen bat, und sie auf der Schwelle an ihm vorbeiging, erbebte sie; ein Schatten wie von Furcht lauerte in den Winkeln seiner blaßblauen, hellbewimperten Augen, die er hastig niederschlug.

Er führte sie nach oben bis vor die Schlafzimmertür. Als er hineinging, schloß er die Tür hinter sich. Doch schon im nächsten Moment öffnete er sie wieder und winkte die beiden Frauen herein. Anne folgte Mrs. Reid und fand in dem Blick, den er der Älteren zuwarf, eine Bestätigung dessen, was sie vorhin in seinen Augen gelesen hatte; stumm bettelte er um ein Zeichen, das ihn beruhigen könnte. Aber dieser flehentliche Blick reichte nicht aus, um Anne gebührend vorzuwarnen. Das Entsetzen, welches sie bei Mrs. McCunes Anblick überfiel, stand ihr gewiß deutlich im Gesicht geschrieben. Mrs. Reid, die vorangegangen war, blieb, kaum daß sie das Zimmer betreten hatte, wie vom Donner gerührt stehen, so daß Anne hinter ihr Zeit fand, sich halbwegs wieder zu fassen. Die Frau ist furchtbar elend, dachte sie. Wir dürften gar nicht hier sein. Aber da Mrs. McCune die Augen geschlossen hielt, nutzte Anne die Frist, um sich von ihrem Schrecken zu erholen.

Die Kranke saß in halb liegender Stellung in einem tiefen Lehnsessel; ihr Kopf ruhte auf einem zerwühlten Kissen. Über ihrem gelblich verfärbten Gesicht lag ein talgiger Schimmer; die Haut war straff gespannt, so als habe das Fleisch darunter sich aufgelöst und der messerscharfe Nasenrücken und das spitze Kinn könnten jeden Augenblick hindurchstechen. Auf ihren Wangenknochen brannte dunkelglühend und häßlich die Fieberhitze. Ihre Hände, die sie über ihrem hoch aufgeschwollenen Leib gefaltet hatte, wirkten wie Klauen. Anne schien es unglaublich, daß diese Veränderung in der kurzen Frist vor sich gegangen sein konnte, seit sie Mrs. McCune zuletzt gesehen hatte. Sie schloß einen Moment die Augen, schüttelte kaum merklich den Kopf und schlug die Augen wieder auf. Das Licht im Zimmer hatte die durchdringende Schärfe eines sonnigen Märztages; keine trügerischen Schatten gaukelten ihr unwahre Schreckensbilder vor. Anne schluckte und trat einen Schritt näher. Mrs. McCunes Augen waren zwar immer noch geschlossen, doch offenbar vor Erschöpfung und Teilnahmslosigkeit; sie schlief jedenfalls nicht, denn ihre Hände wanderten vom Schoß auf die Armlehnen des Sessels.

Mr. McCune sprach als erster; die vorgetäuschte Munterkeit seiner Stimme wirkte wie Hohn in diesem Raum. »Besuch für dich, Mary. Hättest du nicht Lust, dich ein Weilchen mit den beiden Damen zu unterhalten?«

Mary öffnete die Augen. Sie blickten glasig aus tiefen Höhlen. Die Frau versuchte zu lächeln.

»Mrs. Reid?« flüsterte sie tonlos. »Mrs. Gordon? Kommen Sie doch herein, und nehmen Sie Platz.«

Anne holte tief Luft. »Ich kann leider nicht bleiben. Ich wollte Ihnen nur die besten Wünsche der Damen des Klubs überbringen, und natürlich wünsche ich Ihnen recht baldige Genesung.«

Mrs. Reid hatte sich auf einen harten Stuhl am Fenster gesetzt. Anne warf ihr einen bittenden Blick zu. Sie war überzeugt, daß sie nicht bleiben und die Kranke durch ihre Gegenwart zwingen sollte, sich auch nur im geringsten anzustrengen. Doch was hätte sie sagen sollen? Etwa: »Sie sehen so elend aus, daß wir rasch wieder gehen sollten?«

Mrs. McCune versuchte es noch einmal: »Bitte, wollen Sie sich nicht setzen?«

»Heute nachmittag darf ich mich leider wirklich nicht länger aufhalten. Ich bin auf dem Weg zur Farm, um für meine Familie Eier zu holen. Aber ich komme ein andermal wieder, wenn Sie sich hoffentlich besser fühlen.«

Mrs. McCune spähte über Annes Schulter nach ihrem Mann.

Plötzlich war Leben in ihren Augen, doch in ihrem Blick schien eine sonderbare Mischung aus Trotz und Triumph. »Wie schade«, flüsterte sie. Dann wurde sie von einem Hustenanfall hochgerissen, den sie mit dem Handtuch zu ersticken versuchte, das über der Sessellehne hing. Als sie wieder zu Atem gekommen war, fuhr sie fort: »Es wäre mir lieb, wenn Sie... wenn Sie... Würden Sie Ihren Mann bitten, vorbeizuschauen?«

»Aber, aber, Mary.« Die Stimme ihres Mannes klang beruhigend, doch ohne Herzlichkeit, so als spräche er zu einem unvernünftigen Kind. »Du weißt, daß Dr. Wright sofort zu dir käme, wenn du mir erlauben wolltest, nach ihm zu schicken. Er hat dir doch auch früher stets geholfen!«

Mrs. McCune ließ den Kopf aufs Kissen zurücksinken. Anne sagte: »Auf Wiedersehen. Ich hoffe, Sie haben diese Qual bald überstanden. Sie fehlen uns im Klub.«

Mr. McCune begleitete sie aus dem Zimmer und folgte ihr die Treppe hinunter. Sobald die Tür sich hinter ihnen geschlossen hatte, begann er auf sie einzureden. Seine Worte waren durchaus höflich und gewählt, doch in seinen Augen entdeckte sie ein feindseliges Glitzern.

»Bitte, verstehen Sie mich nicht falsch, Mrs. Gordon. Ich hege keinerlei Zweifel an den Fähigkeiten Ihres Gatten. Er ist gewiß ein ausgezeichneter Arzt, aber Dr. Wright ist nun mal unser Hausarzt, seit wir in Waynesboro wohnen. Sie, als Gattin eines Mediziners, wissen natürlich, daß Frauen in diesem... äh... Zustand ihre Launen haben, noch dazu, wenn sie unpäßlich sind. Ich denke, ich darf ihr wohl nicht länger nachgeben, sondern muß unverzüglich nach Wright schicken, ob sie ihn nun sehen will oder nicht.«

Anne konnte ihren Zorn nur mühsam beherrschen. Er hätte schon längst einen Arzt rufen müssen. In kühlem Ton entgegnete sie: »Ich verstehe vollkommen, Mr. McCune. Sie können versichert sein, daß ich meinem Mann die Bitte Ihrer Frau nicht übermitteln werde.«

»Ja. Ich denke, Sie werden einsehen... zwei Ärzte wären eben einer zuviel, nicht wahr?« Er lachte sein hohes, gekünsteltes Priesterlachen, als er ihr die Haustür öffnete. »Ich bedaure, daß Sie nicht noch ein Weilchen bleiben konnten. Aber Mary wird bei Mrs. Reid in guten Händen sein, und ich kann nun leichteren Herzens wieder an meine Arbeit gehen.« Er schloß die Tür hinter ihr. Anne blieb einen Moment auf der Schwelle stehen. Von irgendwo hinter dem Haus drangen undeutliche Kinderstimmen an ihr Ohr; die kleine Ariana mußte womöglich die Schule versäumen, um auf ihre jüngeren Geschwister aufzupassen. Mit recht energischen Schritten ging sie den Gartenweg entlang und nahm sich fest vor, an nichts als die Kinder zu denken. Allein, ihr Geist war für derlei Versteckspiele vor unangenehmen Wahrheiten nicht geschaffen. Als sie auf die Straße hinaustrat, zitterten ihre Hände so, daß es ihr nicht gelang, Molly loszubinden. Sie gab den Versuch auf, ließ die Hände sinken und schaute über den Lattenzaun zurück. Tränen verschleierten ihr die Augen und ließen die Kirche wie im Nebel verschwimmen. Doch bald lag die Szenerie wieder klar vor ihr. Die Strahlen der Spätnachmittagssonne fielen so schräg auf die Längswand, daß alle Unregelmäßigkeiten der alten, handgefertigten Ziegel erkennbar wurden, von denen jeder seinen eigenen kleinen grauen Schatten warf. Die Äste der Eichen überzogen die rosig schimmernden Steine mit einem geheimnisvollen schwarzen Schattennetz. Anne dachte zwar nicht bewußt, wie schön und ehrwürdig dieses alte Gemäuer doch sei, gleichwohl flößten sein Alter und seine Schönheit ihr Mut ein. Ihre Finger gehorchten ihr wieder; sie band Molly los. Eine seltsame Vorahnung sagte ihr, daß sie diesen Moment nie vergessen würde; das anmutige Spiel von Licht und Schatten auf diesem alten Gemäuer würde für immer in ihrem Herzen bleiben. Als sie den Einspänner gewendet hatte und auf dem Weg zur Farm war, mußte sie unwillkürlich daran denken, mit wieviel Liebe diese Kirche vor langer Zeit errichtet worden war: Aus Liebe zu Gott hatte die Gemeinde mit eigener Hand Stein um Stein geformt; doch sie mußten auch Liebe füreinander empfunden haben, sonst wäre ihnen ihr Werk nicht gelungen. Und was war von all dieser Liebe geblieben? Mr. McCune und eine Gemeinde, die ihm an Bigotterie kaum nachstand. Mrs. Reid.

Oben im Pfarrhaus hatte Mrs. Reid sie vom Schlafzimmerfenster aus abfahren sehen. Sie fühlte sich im Stich gelassen; sie hatte nicht so zurückbleiben wollen, allein mit... mit... Sie wagte den Satz nicht zu Ende zu denken, sondern wandte sich mit niedergeschlagenen Augen wieder Mrs. McCune zu. »Ich habe Ihnen eine Schüssel Eierschaumcreme mitgebracht«, sagte sie. »Möchten Sie gleich ein wenig probieren? Ich könnte Ariana rufen oder selbst Teller und Löffel besorgen.«

Das Gesicht der Kranken war dem Kissen zugekehrt, die talgige Haut schimmerte feucht, der Mund verzog sich angewidert, so als verursache ihr der bloße Anblick von Mrs. Reid Übelkeit.

»Ich könnte nicht... Danke für... aufmerksam. Aber ich kann nichts... bei mir behalten.«

»Gar nichts?« Die beiden Frauen sahen einander an, nicht länger darauf bedacht, den Schein zu wahren. Mrs. Reid stammelte: »Wie lange ist es... seit wann...?«

»Hab's vergessen. Ariana sorgt sich... sie wüßte es... Kann die Tage... nicht mehr auseinanderhalten.« Mrs. McCune wurde erneut von einem Hustenanfall geschüttelt. Als er vorüber war und sie erschöpft zurücksank, holte Mrs. Reid ein feuchtes Tuch vom Ständer neben dem Waschtisch und wischte ihr das Gesicht ab. Mrs. McCune fuhr fort, als sei sie gar nicht unterbrochen worden: »Es geht... vorüber. Jedesmal... ging's vorüber...«

»Aber warum haben Sie denn keinen Arzt kommen lassen? Der hätte Ihnen gewiß helfen können.«

Mrs. McCune bewegte den Kopf auf dem Kissen hin und her. »Nicht Dr. Wright. Hat mir nie... geholfen. Zu vornehm. Man kann nicht... nicht... auf ihn kann man sich nicht *stützen.*« Eine Grimasse, die vielleicht als Lächeln gedacht war, verzerrte ihre blutleeren Lippen.

Mrs. Reid sprang vor Erregung auf. »Aber Sie müssen in ärztliche Behandlung! Ich weiß, Sie halten mich vielleicht für eine lästige alte Frau, die sich nur einmischen will, doch mir scheint, Ihr Mann begreift nicht, wie schlecht es wirklich um Sie steht.«

»Nein.« Der glasige Blick hellte sich auf. »Wollte es ihn... nicht merken lassen. Erste Pflicht... Ehefrau... Kinder gebären... ohne Aufhebens...« Erstaunt sah Mrs. Reid, wie die Augen der Kranken sich mit Tränen füllten – erstaunt, weil es eben noch so ausgesehen hatte, als sei Mrs. McCune jedem Gefühl entrückt. »Die armen Kinder...«

»Wir werden einen Arzt für Sie holen, dann geht es Ihnen bald wieder besser. Selbst ein Blinder würde merken, daß Sie heute zu schwach sind, um Besuch zu empfangen.«

»Kann nicht... sprechen.« Wieder wurde sie von einem Hustenanfall gepackt, doch diesmal würgte sie mehr als daß sie hustete. Danach wischte Mrs. Reid ihr abermals das Gesicht ab und entdeckte dabei voll Entsetzen Blutflecke auf dem Handtuch, das Mrs. McCune sich vor den Mund gehalten hatte und das jetzt wieder über der Sessellehne lag. Mrs. Reid tat so, als bemerke sie es nicht, hängte den Waschlappen wieder an den Ständer und wandte sich zur Tür. Hinter ihr flüsterte die Kranke erneut: »Dr. Gordon... er ist so... ich finde seine Frau so...« Dann gab sie auf und legte sich mit geschlossenen Augen ins Kissen zurück.

Leise schloß Mrs. Reid die Schlafzimmertür hinter sich. Auf dem Treppenabsatz hielt sie inne, schüttelte ihre Röcke aus und strich sie glatt, so als könne sie dadurch ihre Fassung wiedergewinnen, dann schlich sie auf Zehenspitzen hinunter, durchquerte den Flur und klopfte an die Tür zum Arbeitszimmer des Pfarrers.

»Herein! Mrs. Reid? Sie wollen schon gehen?« Mr. McCune

erhob sich, blieb jedoch hinter seinem Schreibtisch stehen. Mrs. Reid wappnete sich für die zweite Unterredung mit ihrem Pastor.

»Sie ist zu krank, als daß sie Besuch empfangen sollte. Mr. McCune, ist es ihr die anderen Male je so schlecht gegangen?«

Er zögerte. »Wie mir scheint, ja. Ich fürchte, sie ist nicht sehr kräftig.«

»Sie braucht dringend einen Arzt.«

»Aber sie läßt keinen zu sich. Sie hat kein Vertrauen zu Dr. Wright.« Mit einer Gebärde, die Hilflosigkeit ausdrücken sollte, zuckte er die Schultern.

»Sie verlangt nach Dr. Gordon.«

»Das kann doch nur die Laune eines törichten Weibes sein. Er gehört nicht zu meiner Gemeinde.« Seine Lippen preßten sich wie so oft zu einer schmalen Linie zusammen. »Und auch zu keiner anderen, soviel ich weiß. Ich habe nicht die Absicht, einen solch ungläubigen Sünder in mein Haus zu lassen.«

»Aber Dr. Blair...«

»Daß *er* Dr. Gordon konsultiert, ist mir bekannt. Aber wie Sie wissen, folge ich nicht Dr. Blairs Beispiel. Und ich kann es mir nicht leisten...«

...Arztrechnungen zu zahlen. Hatte er das wirklich sagen wollen! Sie kannte Dr. Wright und wußte, was für ein Umstandskrämer er war; er übernahm nicht gern die Verantwortung, jedenfalls nicht die alleinige, sofern es sich um einen schweren Fall handelte. Und was würde er tun, wenn man ihn erst so spät hinzuzog – zu spät? Einen Moment lang klopfte ihr Herz wie rasend, und sie lehnte sich haltsuchend an den Türrahmen. Zitternd stieß sie hervor: »Dann holen Sie also Dr. Wright, und wenn er sich etwas davon verspricht, wird er schon vorschlagen, Dr. Gordon hinzuzuziehen. Sie wissen doch, daß Johns Eltern rechtschaffene Presbyterianer waren. Ich verstehe nicht, warum der junge Mann so aus der Art geschlagen ist, aber niemand würde glauben, Sie begünstigen sein Verhalten, wenn Dr. Wright nach ihm verlangte. Ich will nicht mit Ihnen streiten. Das wäre anmaßend. Aber ich denke, ein Außenstehender sieht klarer als Sie, wie... wie schlimm es um Ihre Frau steht. Und Sie möchten sich doch nichts vorzuwerfen haben, falls...« Ihre Stimme war nur mehr ein Flüstern. »Wie gesagt, auch ich habe keine besonders gute Meinung von John Gordon – ich kenne ihn von klein auf –, aber wenn er ihr auch nur im geringsten helfen kann...«

Nachdem sie gesagt hatte, was ihr auf dem Herzen lag, nahm sie sich nicht die Zeit für lange Abschiedsfloskeln, sondern schloß eilig die Tür des Arbeitszimmers hinter sich.

Anne war inzwischen auf der Farm angelangt. Für gewöhnlich war es nur eine kurze Fahrt, selbst mit der alten Molly, aber heute kam ihr der Weg endlos vor, weil sie ständig Mrs. McCunes Bild vor Augen hatte. Ihr Gewissen plagte sie; sie hätte es wissen müssen. Wäre es jemand anders gewesen – ja fast jede andere im Klub –, dann hätte sie es gewußt. Sie wollte John von ihrer furchtbaren Entdeckung erzählen, aber sie war den ganzen Tag über keine Minute allein mit ihm. Erst nach dem Abendessen, als die Kinder zu Bett gebracht waren, Martha den Nachtisch abgeräumt und sie mit dem Kaffee alleingelassen hatte, fand sich eine Gelegenheit zum vertraulichen Gespräch. Gewiß, Martha lauschte vielleicht und würde womöglich, was sie hörte, auch weitererzählen, doch dieser Klatsch würde nie an ein weißes Ohr dringen, und so brauchte Anne sich auch nicht vorzusehen.

»John, erinnerst du dich, was du an dem Abend, als wir von Sallys Weihnachtsfeier heimkamen, über Mrs. McCunes Zustand gesagt hast? Hätte ein guter Arzt sie damals retten können?«

»Das bezweifle ich. Warum? Sie ist doch nicht...?«

Anne erzählte ihm, was sie heute nachmittag gesehen hatte. »Und sie verlangt nach dir, John. Sie hat mir gesagt, ich soll dich zu ihr schicken. Und das macht es noch schrecklicher. Denn du kannst ja nicht zu ihr gehen, nicht wahr?«

»Auf gar keinen Fall. Wright ist ihr Hausarzt.«

»Du weißt, daß Dr. Wright nie sonderlich gut war. Wer unter seinen Patienten nur eine ganz gewöhnliche Krankheit hat, dem jagt er solche Angst ein, daß der arme Mensch glaubt, sterben zu müssen. Und dann prahlt Wright mit seiner Wunderheilung. Aber sobald jemand *ernstlich* krank ist, zieht er einen Kollegen hinzu. Er tut alles, um die Sterbeziffer in seiner Praxis niedrig zu halten.«

»Diese Respektlosigkeiten hast du nie und nimmer von mir.«

»Nein«, entgegnete Anne verächtlich. »Von Papa.«

»Natürlich würde er der Familie seines Pastors keine Rechnung stellen, damit scheidet *ein* Grund aus, der ihn hindern könnte, den Fall abzugeben. Ich bin jedoch auch nicht erpicht auf Sterbefälle.« Er schob die Kaffeetasse von sich, stand auf und gab ihr damit zu verstehen, daß die Debatte über Dr. Wright und die McCunes beendet sei.

Aber einige Tage später schüttete er Anne sein Herz aus; schließlich hatte sie von Anfang an über Mary McCunes Fall Bescheid gewußt. Er kam direkt vom Pfarrhaus. Es war kurz vor Mittag, und Johnny war noch nicht aus der Schule zurück. Binny spielte mit ihrer Stoffpuppe zu Annes Füßen, doch sie war noch zu klein, um die Gespräche der Erwachsenen zu verstehen. Anne saß in ihrem Schaukelstuhl am Kamin, den Flickkorb vor sich und einen Berg zerrissener Socken auf dem Schoß.

»Ist etwas passiert? Du kommst früher als sonst.«

»Ich war bei den McCunes.« Er ging hinter ihr vorbei zu seinem Platz auf der anderen Seite des Kamins. »Wright hat mich als beratenden Arzt hinzugezogen.«

»Es war vorauszusehen, daß er die Verantwortung nicht allein übernehmen würde. Ich nehme an, daß sie nach dir verlangt hat.«

»Mag sein. Es ist schon so, wie du neulich gesagt hast. Wright zieht immer einen Kollegen hinzu, wenn ein Patient zu sterben droht. Diesen Fall hat er mir mit Freuden überlassen; sie wollte mich, sie hat mich gekriegt, und sie wird sterben. In seinen Augen ist das ein kleiner Ausgleich dafür, daß die Blairs zu mir kommen, statt zu ihm, wenn ihnen was fehlt.«

»Oh, John! Dann kannst du sie also nicht retten?«

»Es besteht auch nicht die leiseste Hoffnung. Hast du nicht gesehen, daß sie im Sterben liegt, als du sie neulich besucht hast? Natürlich hast du's gewußt, nur wolltest du es dir vielleicht nicht eingestehen.« Erschöpft lächelte er ihr zu.

»Aber John?«

»Wie ich schon Weihnachten vermutet habe: Schwindsucht im fortgeschrittenen Stadium, kompliziert durch Schwangerschaft. Jetzt ist noch perniziöses Erbrechen hinzugekommen. Ich habe das dem Pfarrer auf den Kopf zugesagt. Ein irisches Dienstmädchen aus seiner Gemeinde war mir im Krankenzimmer zur Hand gegangen. Aber als wir aus seinem Arbeitszimmer kamen, wischte sie plötzlich im Flur Staub. Ich habe den Verdacht, daß sie während unserer Unterhaltung am Schlüsselloch gelauscht hat, was bedeuten würde, daß die Nachricht bald überall in der Stadt die Runde macht. Trotzdem möchte ich nicht, daß du...«

»Natürlich nicht! O Gott, wie furchtbar! Welch ein Unglück für ihn und die armen Kinder.«

»Für die Kinder gewiß, aber nicht für ihn. Er hat sie so gut wie umgebracht.«

»Er oder Dr. Wright?«

»Er hat zugegeben, daß er wußte, ihre Lunge sei ›nicht ganz in Ordnung‹. Sie trägt sein – das wievielte ist es? – sein sechstes Kind unter dem Herzen.«

»Hast du ihn einen Mörder genannt? Das sähe dir ähnlich.«

Anne blickte von ihrer Stopferei auf und musterte prüfend sein Gesicht. Ein unerwarteter Gedanke durchzuckte sie: Seltsam, wie Ehemänner es hassen, wenn andere Männer es ihren Frauen antun.

»Nicht direkt.« Mit finsterer Miene lieferte John ihr eine gereinigte Version seines Erlebnisses. Dr. Wright war in seiner Praxis erschienen und hatte ihn gebeten, mit zu den McCunes zu kommen. »Also nahm ich Gehrock und Zylinder aus dem Schrank.« Er lächelte Anne zu. Sie wollte immer, daß er sich für seine Hausbesuche so feierlich kleidete, wie ihr Vater es getan hatte; er erfüllte ihren Wunsch jedoch nur, wenn er einen der älteren Ärzte als Gutachter begleitete.

Sie hatten Mrs. McCune in ihrem Sessel am Fenster vorgefunden. Die Ärzte hatten Mr. McCune so schnell wie möglich hinausgeschickt, um ungestört ihre Untersuchung durchführen zu können. Mrs. McCune hatte John anzulächeln versucht, als Dr. Wright ihr erklärte: »Wir haben einen jüngeren Arzt hinzugezogen, in der Hoffnung, daß er eine neumodische Behandlungsmethode kennt, die Ihnen helfen wird.« Dr. Wright war von kleiner Statur; sein rundes Gesicht zeigte stets eine gütige Miene, er sprach mit salbungsvoller Stimme und pflegte seine Reden mit affektierten Gesten seiner weichen, weißen Hände zu unterstreichen. Mrs. McCunes Blick wanderte von ihm zu John und auf dessen Hände, starke feste Hände, die von Karbolsäure gerötet waren. Sie bemühte sich sogar erneut zu lächeln, als er ihr Handgelenk ergriff, um ihr den Puls zu fühlen. Doch als er sein Stethoskop aus der Tasche zog, lehnte sie den Kopf zurück und schloß die Augen.

Endlich ließ auch er sich auf einen Stuhl nieder; geistesabwesend spielte er mit dem Stethoskop und schaute sie unverwandt an. Da öffnete sie die Augen. Er las die Frage darin, brachte es jedoch nicht übers Herz, sie zu beantworten.

»Fühlen Sie sich wohler, wenn Sie aufsitzen? Atmet es sich dann leichter? Oder tun Sie's nur, weil Sie sich nicht unterkriegen lassen wollen?«

»Die Kinder... sie würden furchtbar erschrecken... haben mich nie liegen sehen... nie krank...«

»Von nun an dürfen Sie nur noch an sich denken. Um die Kinder werden wir uns schon kümmern. Sie gehören ins Bett.« John nahm das Arzneifläschchen von dem Tisch neben ihrem Sessel und studierte das Etikett. »Um den Brechreiz zu unterbinden«, erklärte Dr. Wright.

»Aber es hat nicht geholfen?«

Sie schüttelte den Kopf.

»Seit wann haben Sie schon keine Nahrung mehr bei sich behalten?«

Wieder bewegte sie nur den Kopf hin und her.

»Wir werden uns etwas einfallen lassen, das Ihnen hilft. Wenn Sie uns entschuldigen wollen, werden Dr. Wright und ich uns in eine Ecke zurückziehen und darüber beraten, was für Sie am besten wäre.«

Ihre ausgebrannten Augen hefteten sich mit flehendem Blick auf sein Gesicht. »Werden Sie wiederkommen?«

Er zögerte. Dr. Wright antwortete für ihn: »Natürlich kommt er wieder. Ich habe schon die ganze Zeit gewußt, daß Ihnen ein jüngerer Arzt lieber wäre als ich alter Mann.« Die falsche Herzlichkeit seiner Worte verklang in der stickigen Luft des Krankenzimmers. »Sie werden den Fall übernehmen, nicht wahr, Dr. Gordon? Die Vorliebe des Patienten ist in einem kritischen Stadium von ausschlaggebender Bedeutung.«

John hätte ihn am liebsten angeschrien. Als ob Wright nicht sehen konnte, daß hier jede Hilfe zu spät kam. Allein, er beschränkte sich darauf, seinen Protest mit Blicken kundzutun, und sagte nach einer langen Pause: »Also gut. Wenn Mr. McCune es wünscht. Ich muß ihn erst fragen«, setzte er, zu der Kranken gewandt, hinzu. »Aber ich bin gleich zurück.« Die beiden Ärzte gingen aus dem Zimmer. Der Flur oben war leer. Auf dem Treppenabsatz machten sie halt. Dr. Wright wiederholte noch einmal, daß er selbst erst vor wenigen Tagen gerufen worden sei. Zu spät, fürchtete er, aber es klang wie eine Frage. John nickte finster. »Die Frau ist buchstäblich verhungert. Wir können versuchen, sie rektal zu ernähren. Aber selbst wenn das gelingt... mit Hilfe von Opium... haben wir immer noch gegen die Lungentuberkulose zu kämpfen.« Er seufzte, straffte sich und stieß grimmig zwischen den Zähnen hervor: »Nun zu McCune!«

Sie gingen nach unten. Dr. Wright klopfte an die Tür des Arbeitszimmers, öffnete, ging voran und war eben im Begriff, Dr. Gordon vorzustellen, als der Pfarrer ihm brüsk ins Wort fiel.

»Ich kenne Dr. Gordon. Unsere Frauen sind... äh... befreundet.« Die Erinnerung an die Weihnachtsfeier stand zwischen ihnen.

Nach kurzem Schweigen fragte Mr. McCune. »Nun, meine Herren?« Man merkte seiner Stimme an, daß er nicht den Mut hatte, deutlicher zu werden.

John hatte sein verdrießlichstes Gesicht aufgesetzt und überließ Dr. Wright die Antwort. »Wir hoffen, daß es uns gelingt, ihr ein wenig Erleichterung zu verschaffen«, sagte der mit sanfter Stimme.

»›Erleichterung‹? Doktor, was soll das heißen? Die Frauen, die mir dauernd in den Ohren liegen, haben mir einreden wollen,

Mary sei ernsthaft krank. Und nun läuft die ganze Aufregung darauf hinaus, ihr ›Erleichterung‹ zu verschaffen!«

»Für alles weitere ist es zu spät.« In Johns Kinnbacken spannten sich die Muskeln.

»›Zu spät‹? Sie wollen sagen... weil ihre Zeit schon bald gekommen ist?«

»Ihre Zeit ist gekommen, ja. Aber nicht so, wie Sie es meinen.«

»Versuchen Sie, mich glauben zu machen, daß meine Frau... daß sie... daß sie es nicht überstehen wird? Daß sie sich nicht erholen wird, weil ich *Sie* nicht eher gerufen habe?« Mr. McCune richtete sich kerzengerade hinter seinem Schreibtisch auf. Wie er so dasaß, ein Bild der Empörung, erweckte er durchaus kein Mitleid in John.

»Früher einen Arzt zu konsultieren, hätte nur dann Sinn gehabt, wenn Sie mit einer Abtreibung einverstanden gewesen wären.«

»Mit einer... Nein! Daß dieses Kind empfangen wurde, war Gottes Wille, es zu zerstören, wäre Mord gewesen.«

John beherrschte sich nur mit Mühe. »Ich nahm an, daß Sie so darüber denken. In diesem Fall war es bereits im Augenblick der Empfängnis zu spät.« Er hielt inne, zögerte, doch dann fuhr er entschlossen fort: »Um die Wahrheit zu sagen, es ist schon seit langem zu spät. Wußten Sie denn nicht, daß Ihre Frau die Schwindsucht hat? Die hätte sie sowieso eines Tages umgebracht – aber vielleicht nicht so schnell, wenn sie weniger oft den Qualen des Gebärens ausgesetzt worden wäre.«

An dieser Stelle hatte Mr. McCune eingestanden, daß er um das Lungenleiden seiner Frau gewußt habe. »Doch es schien ihr immer gutzugehen, außer...«

»Gegen Ende einer Schwangerschaft?«

Er nickte.

»Wie lange sind Sie verheiratet?«

»Seit elf Jahren.«

»Wie viele Kinder haben Sie?«

»Fünf, das, welches meine Frau erwartet, nicht mitgezählt. Eine Fehlgeburt.«

»Dann war sie die meiste Zeit in ihrer Ehe schwanger?«

»Ja. Vermutlich.« Mr. McCunes Gesicht war unbewegt wie eine Maske. Er hatte die Lippen fest aufeinandergepreßt. »Ich habe es nie von dieser Warte aus betrachtet. Wir glaubten uns mehr als andere von Gott gesegnet. Seinem Willen müssen wir uns fügen.« Er senkte den Kopf und bewegte die Lippen in stillem Gebet.

John wartete. Als McCune wieder aufblickte, sagte er: »Ich

wage nicht zu entscheiden, wer für das Elend Ihrer Frau verantwortlich ist – Sie oder Gott. Aber dieses Kind war jedenfalls eines zuviel.«

Später, im Gespräch mit Anne, übersprang John die Untersuchung der Kranken und erwähnte auch nicht, in welchem Zustand er sie angetroffen hatte. Aber er überlieferte ihr getreulich und in allen Einzelheiten seine Unterredung mit Mr. McCune. Anne stöhnte mehrmals vor Entsetzen. »Hat er dich nicht der Blasphemie beschuldigt? Du wirst nie mehr einen Patienten unter den R.P.s finden.«

»Und du glaubst, das interessiert mich?«

»Aber John, hat er dir denn nicht leid getan? Oder *konntest* du etwa nicht mit ihm fühlen? Hat er nicht begriffen, daß seine Frau sterben wird?«

»Ich weiß es nicht.« John erinnerte sich an einen Moment gegen Ende ihrer Unterredung. Da hatte Mr. McCune plötzlich zwischen seinen schmalen Lippen hervorgepreßt: »Ich kann nicht glauben, daß es Gottes Wille ist, Mary von uns zu nehmen, wo wir sie doch so sehr brauchen.«

John stützte sich auf die Schreibtischplatte und beugte sich zu Mr. McCune hinüber. »Soll das heißen, Sie glauben immer noch, Ihre Frau könne wieder gesund werden? Dann ziehen Sie einen anderen Arzt hinzu. Ich kann keine Wunder vollbringen.«

Dr. Wright trat aufgeregt von einem Fuß auf den anderen. »Aber, aber, meine Herren! Pfarrer McCune erwartet doch keine Wunder, verehrter Kollege. Sie müssen uns vertrauen, Herr Pfarrer. Gewiß, solange ein Patient noch Leben in sich hat, besteht Hoffnung, und die Kraft des Gebetes...«

John schnitt ihm das Wort ab. »Der Tod blickt ihr schon aus den Augen. Ich bin ihm zu oft begegnet, um ihn nicht zu erkennen.«

Dann war der Moment gekommen, in dem John ein Funke Mitleid durchzuckt hatte, als nämlich Mr. McCune traurig und wie verloren vor sich hin sagte: »Aber was soll ich denn tun?«

John, der es gewohnt war, in solchen Fällen Rat zu spenden, fragte: »Wüßten Sie jemanden, der die Pflege Ihrer Frau übernehmen könnte?«

»Mrs. Milburn aus unserer Gemeinde ist dafür zuständig.«

»Dann schicken Sie eines von den Kindern nach ihr. Sorgen Sie dafür, daß sie Mrs. McCune zu Bett bringt. Sagen Sie ihr, ich käme wieder, um ihr zu zeigen, was sie zu tun hat. Wer könnte Ihnen vorläufig den Haushalt führen? Nur so lange, bis Sie eine dauerhafte Regelung getroffen haben?«

»Dauerhaft... ich weigere mich... Mary hat eine Cousine in

Hanover, Indiana, die noch unverheiratet ist und vielleicht bereit wäre... Ich könnte ihr telegraphieren.«

»Tun Sie das. Jemand muß schließlich kochen und das Haus in Ordnung halten. Mrs. Milburn wird sich allein um Ihre Frau kümmern müssen.« John musterte den Mann hinter dem Schreibtisch prüfend. »Tut mir leid, wenn ich Ihnen grob vorkam. Aber ich hasse es, einen Menschen so jung sterben zu sehen. Man kommt sich dabei als Arzt so hilflos vor.« Nur weil der Pfarrer ihm eben noch so zusammengesunken und bedauernswert erschienen war, hatte John diese Entschuldigung hervorgebracht. Doch er hätte sie am liebsten wieder zurückgenommen, als Mr. McCune sich jetzt aufrichtete und mit leiser Stimme sagte: »Wer bin ich, daß ich es wagen dürfte, den Willen Gottes anzuzweifeln? Der Herr hat's gegeben...«

John lachte zornig auf, wandte sich um und ging aus dem Zimmer, ohne sich darum zu kümmern, ob Dr. Wright ihm folgte oder nicht.

Später, als die Kunde sich in der Stadt verbreitete, kam die Gemeinde der reformierten Presbyterianer ihrem schwergeprüften Pastor und seiner Familie zu Hilfe. Bis Mrs. McCunes Cousine eintraf, um ihm den Haushalt zu führen, wechselten die Frauen seiner Gemeinde sich täglich beim Kochen und Saubermachen ab. Falls sie miteinander über den traurigen Zustand redeten, in dem sie das Pfarrhaus vorfanden, so drang dieser Klatsch jedenfalls nicht über ihren Kreis hinaus; reformierte Presbyterianer kritisierten Außenseitern gegenüber keine reformierten Presbyterianer. Ohne Zögern teilte man die Pfarrerskinder untereinander auf und beherbergte sie, bis das Schlimmste überstanden war; Matthew, Mark und Luke (einen »John« würde es nun nicht mehr geben) und das jüngste Mädchen, ein unscheinbares Kind von fünf Jahren mit Namen Ruhamah. Einzig Ariana kam nicht ins Haus eines reformierten Presbyterianers, sondern zu den Travers'. Diese Regelung wurde dank Amanda Reids Vermittlung und gegen Mr. McCunes Willen getroffen. Er wollte seiner Tochter nicht erlauben, unter dem Dach einer nicht-kalvinistischen Familie zu wohnen, um deren Seelenheil es vermutlich nicht zum besten stand, wie vornehm sie in den Augen der Welt auch sein mochte. Amanda war außer sich gewesen, als ihre Mutter ihr Mrs. McCunes Zustand schilderte, und hatte Ariana zunächst selbst aufnehmen wollen; die Kleine tat ihr leid, und sie befürchtete, das sensible Kind könne in ungeschickte Hände geraten, in eine Familie, die bei aller Freundlichkeit dem Kummer der Kleinen nicht genügend Beachtung schenkte. Die Geschwister kannte sie nur vom Sehen, wenn die Kinder beim Gottesdienst im Gänsemarsch zur Kirchenbank des Pfarrers zogen. Ariana aber war in Amandas Sonntagsschulklasse. Sie war gespannt wie eine Sehne im schußbereiten Bogen und flink wie ein Pfeil im Flug; fast schien es, als habe der absurde Name, den Mrs. McCune ihr gegeben hatte, sie geformt. Ariana unterschied sich auch im Aussehen von ihren Geschwistern; die Augen grau, von dunklen Wimpern beschattet, die Nase gerade, das Kinn schmal, vielleicht ein wenig zu spitz. Ihre großen, durchsichtigen feinen Ohren, die von den dicken Flechten abstanden, verliehen ihrem Gesicht einen koboldhaften Ausdruck. Amanda, die von Natur aus nicht gerade kinderlieb war, hatte den sehnlichsten Wunsch, Ariana soviel Kummer wie möglich zu ersparen. Aber die Reids konnten das Kind auf keinen Fall aufnehmen; Amanda beklagte die beengten Verhältnisse des mütterlichen Hauses, als sie kurz nach dem Bekanntwerden von Mrs. McCunes Zustand mit Thomasina von einer Klubsitzung heimging.

»Oh, laß mich sie aufnehmen!« bat Thomasina. »Ich habe nicht halb soviel zu tun wie du, nicht einmal mit meinem Schreiben.« Mit Ausnahme von Amanda hätte Thomasina zu niemandem über ihre schriftstellerischen Versuche gesprochen. Doch Amanda sah darin nichts anderes als sie selbst: die Möglichkeit, ein paar Dollar zu verdienen – Geschichten mit einer Moral für die Sonntagsschule und Kindergedichte. Im Augenblick war sie sich nicht einmal bewußt, ausgesprochen zu haben, was sie früher in Verlegenheit gebracht hätte; sie dachte an das, was ihr Vater von seiner verwaisten Kindheit erzählt hatte. »Die Geschwister in einer Zeit zu trennen, da sie sich gegenseitig in ihrem Schmerz hätten trösten können, ist gewiß hart für die Kinder. Ariana könnte doch oben bei mir und Samuel wohnen. Sie würde niemanden stören, und vielleicht könnten wir es ihr ein wenig leichtermachen.«

Thomasina bekam ihren Willen. Noch am selben Abend ließ sie sich von Fritz zu den McCunes fahren und triumphierte über die Einwände des Pfarrers. Als sie das Kind zu der wartenden Kutsche hinausführte, trug sie selbst das armselige Kleiderbündel des Mädchens, dessentwegen es sich nicht gelohnt hätte, Fritz hereinzurufen.

Die Ballards bestanden nicht darauf, daß Thomasina das Kind oben in ihrer Wohnung behielt. Denn sie predigten nicht nur Barmherzigkeit, sie praktizierten sie auch; selbst Eliza hätte das für sich in Anspruch genommen. Anfangs kam Ariana nur zu den Mahlzeiten herunter, wobei sie sich fest an Thomasinas Hand klammerte. Doch ihre Scheu vor dem prachtvollen Haus legte sich bald; sie begriff schnell, daß Richter Ballard ein gütiges Wesen hatte, auch wenn er alt, steif und distanziert war und redete wie ein Buch. In kurzer Zeit hatte das stille Kind die Zuneigung der ganzen Familie gewonnen. Eines Abends, während man nach dem Essen gemeinsam den Tee im Wohnzimmer nahm, trat sie neben Elizas Stuhl.

»Mrs. Travers hat gesagt, ich darf sie Tante Thomasina nennen. Möchten Sie, daß ich ›Tante Eliza‹ zu Ihnen sage?«

Eliza entgegnete in dem ihr eigenen spitzen Ton: »Es hat nicht den Anschein, als würde ich je wirkliche Nichten bekommen.« Dann setzte sie freundlich hinzu: »Aber falls ich eine adoptieren wollte, kann ich mir kein kleines Mädchen vorstellen, das ich lieber nehmen würde als dich.« Sie lächelten einander zu; Eliza war noch nie so gerührt gewesen. Das Kind hielt es für selbstverständlich, mit seiner Zuneigung etwas Wünschenswertes anzubieten, und damit hatte es vollkommen recht. Eliza gab sich zwar von nun an nicht gefühlvoller als bisher, aber sie hing vermutlich mehr an der Kleinen als Thomasina, der es um soviel leichter fiel, Liebe zu schenken. Arianas sanftes, melancholisches Wesen rührte sie alle, und sie übertrafen einander in dem Bestreben, das Kind so glücklich wie möglich zu machen. Jeden Nachmittag wartete Thomasina bei Unterrichtsschluß in der Kutsche vor dem Schulhof auf Ariana und brachte sie heim zu ihrer Mutter, an deren Bett das Kind zitternd und mit weit geöffneten Augen zu stehen pflegte, während die Kranke versuchte, ihre Stirnfransen zu glätten und ihr die Wangen zu streicheln, was ihr manchmal auch gelang. Dann besuchte die Kleine ihren Vater in seinem Arbeitszimmer und ließ die lange Litanei der »Du-darfst-nicht« über sich ergehen, die er ihr vorbetete. Sie verschwieg ihm, daß »Onkel« Samuel Travers ihr Musikstunden gab. Sie wußte, daß er es nicht gutheißen würde; zum Unterricht kamen sonst nur Kinder wie Johnny Gordon und Elsa Rausch, Charlotte Bonner und Sophie Klein, die allesamt nicht zu ihm in die Kirche gingen. Sie sagte »Ja, Papa« und »Nein, Papa«, und wenn sie nach der Unterredung mit ihm in Richter Ballards Kutsche zum Hause der Ballards fuhr, hatte sie von Mal zu Mal mehr das Gefühl, heimzukehren. Vielleicht hätte sie sich vorgestellt, es sei wirklich ihr Zuhause, wenn ihre Mutter nicht gewesen wäre. Als Mrs. McCune gestorben war und die Cousine aus Indiana sich bereit erklärte, in der Pfarrei zu bleiben und Mr. McCune den Haushalt zu führen, weshalb der seine Kinder wieder heimholte, brach Ariana schier das Herz – nicht nur über den Tod der Mutter, sondern weil sie die Ballards nicht verlassen wollte. Sie hätte sich Abend für Abend in den Schlaf geweint, hätte sie nicht das Bett mit Ruhamah geteilt. Also schluckte sie ihren Kummer hinunter, bis er sich in stumme Verachtung verwandelte, die sich gegen die magere, unansehnliche Cousine richtete.

Mrs. McCune starb im April. Gleichgültig schied sie aus einer Welt, an deren Treiben sie keinen Anteil mehr nahm. Was sie vom Leben – ihrem wie dem anderer Menschen – hielt, deutete sie nur ein einziges Mal an, als sie John in einem ihrer letzten klaren Momente zuflüsterte, sie sei froh, das ungeborene Kind mitzunehmen. »Gott wird ihm mehr Barmherzigkeit schenken«, sagte sie, doch worauf sich das »Mehr« bezog, darüber konnte der Arzt nur Vermutungen anstellen.

Außer ihrer Familie spürte bald niemand mehr ihren Verlust. Aber Anne wußte, daß John gelitten hatte. »Erst gerufen zu werden, wenn der Kampf bereits verloren ist, das macht einen so entsetzlich hilflos«, brach es einmal aus ihm heraus. »Als hätte man nicht Widersacher genug, auch wenn man gleichzeitig zu kämpfen beginnt.« Anne wußte nicht (und John hoffte, sie würde es nie erfahren, weil es sie maßlos erzürnt hätte), daß seine treuen Patienten ihm hinterbracht hatten, gewisse Mitglieder der reformierten presbyterianischen Gemeinde tuschelten einander zu, »der junge Dr. Gordon sei wohl doch nicht so ein guter Arzt«, und obendrein habe er noch ihren Pfarrer in dessen eigenem Arbeitszimmer beleidigt.

Die Mitglieder des Frauenklubs nahmen an der Beisetzung teil und versammelten sich anschließend zu einer Gedenkfeier. Es war nur ein kurzes Treffen. Keine von ihnen wußte viel über Mrs. McCune zu sagen; sie war nicht lange im Klub gewesen, und die Damen hatten nicht das Gefühl, sie gut gekannt zu haben.

»Ich denke mir, obwohl es sich natürlich nicht gehört, so etwas auszusprechen«, sagte Sally hinterher zu Anne, »daß es da auch nicht viel zu kennen gab.«

Doch Anne schwelgte (eines von Sallys Lieblingswörtern) seit jenem Besuch im Pfarrhaus in Reuegefühlen, weil sie nicht freundlicher zu der armen Frau gewesen war. »Wie hätte es auch anders sein können?« rief sie jetzt aufgebracht. »Sie hatte doch nie die Möglichkeit, sie *selbst* zu sein. Ich stelle mir dauernd vor, was für ein aufgewecktes und hübsches junges Mädchen sie gewesen sein muß, ehe sie die Frau dieses... dieses Fanatikers wurde... Und nie durfte sie etwas anderes sein als eine... eine Zuchtstute! Oh, hätte ich nur rechtzeitig erkannt, daß...«

»Rechtzeitig wofür? Du hättest ihr doch nicht helfen können. Wie geht's übrigens Kitty Edwards?«

Die Überleitung war nicht so abrupt, wie es scheinen mochte, denn Kitty hatte zu Beginn dieses Frühjahrs eine Fehlgeburt erlitten. Sie war John Gordons Patientin; kurz nach Weihnachten, sobald sie sicher war, schwanger zu sein, hatte sie ihn aufgesucht, obgleich Dr. Edwards, der ebenfalls zu den alteingesessenen Ärzten Waynesboros gehörte, Sheldons Onkel war. »Ich habe Sheldon einfach gesagt«, erklärte Kitty, »daß Dr. Alexander ein Leben lang der Hausarzt meiner Familie gewesen sei, und daß wir uns seit seinem Tod von Ihnen hätten behandeln lassen. Und er hat geantwortet: ›Geh nur zu Dock. Ich weiß so gut wie du, was Onkel Nate für ein altmodischer Nörgler ist!‹«

Von jener ersten Untersuchung an hatte John sich ihretwegen Sorgen gemacht. Sie war nicht sonderlich kräftig, ihr Körperbau ließ auf keine leichte Geburt hoffen, und sie hatte bereits angegriffene Nieren. Er trug ihr auf, soviel wie möglich zu ruhen und die Füße hochzulegen, nur leichte Hausarbeiten zu verrichten und sich unter keinen Umständen zu überanstrengen. Vielleicht beeindruckten seine Ermahnungen sie nicht genug, oder sie glaubte, es besser zu wissen. Manche seiner Anordnungen schlug sie jedenfalls in den Wind; sie mußte das Haus für Sheldon in Ordnung halten, das Mädchen in der Küche und die alte Frau im Waschhaus beaufsichtigen. Sie verlor das Kind.

Sobald sie sich wieder einigermaßen erholt hatte, nahm John sie ins Gebet.

»Kitty«, sagte er, »Sie haben mir Schande gemacht. Ihrem Onkel Nate hätten Sie gewiß besser gefolgt. Ich hoffe, Sie bereuen Ihren Ungehorsam.«

Erstaunt sah er, wie ihre Augen sich mit Tränen füllten. »Oh, Dock, verstehen Sie denn nicht... ach, ich schäme mich ja so! Ich wollte einfach nicht glauben, daß ich zu nichts tauge... daß ich nicht ebensoviel kann wie Anne oder wie Sally Rausch. Wenn ich mich elend fühlte, habe ich mir eingeredet, daß Frauen... in anderen Umständen sich eben so fühlten... Und ich las mir immer wieder die Maxime von der ›unbedingten Festigkeit‹ vor.« Damit nahm sie ein Büchlein vom Nachttisch neben ihrem Bett und fuhr mit den Fingern zärtlich über den Ledereinband, ehe sie es an einer markierten Stelle aufschlug und ihm vorlas: »›...die unbedingte Festigkeit seines Grundsatzes, nichts dem Zufall zu überlassen. Und bei all seinem Tun auf nichts anderes hinzublicken – auch nicht auf einen Augenblick – als auf die Vernunft. Und dann sein stets gleiches Wesen: bei heftigen Schmerzen, beim Verlust eines Kindes, bei langen Krankheiten. Und dann, daß ich an ihm als einem lebendigen Menschen deutlich sah, daß ein und derselbe Mensch sehr energisch und ganz gelassen sein kann.‹ Papas Marc

Aurel«, setzte sie erklärend hinzu, während sie das Buch zuklappte und wieder hinlegte. »Ich glaube, er hat es mir als Hilfe für Zeiten wie diese geschenkt.« Schluchzend blickte sie zu ihm auf. »Ich habe mir das Baby so sehr gewünscht! Und Sheldon auch. Wann darf ich's wieder versuchen?«

John erschrak. »Das wird lange dauern. Ich mein's ernst, Kitty. Wenn Sie wieder aufstehen und umhergehen können, müssen Sie trotzdem in Behandlung bleiben, und zwar so lange, bis wir das Nierenleiden auskuriert haben.«

»Ich tue alles, was Sie wollen. Aber ich will Kinder haben.«

»Wenn Sie wieder bei Kräften sind, nicht früher.« Bart und Schnurrbart konnten seine grimmig herabgezogenen Mundwinkel nicht verbergen. »Soll ich es Sheldon sagen, oder wollen Sie's tun?«

»Oh, ängstigen Sie ihn nicht, Dock. Ich werd's ihm sagen, das verspreche ich.«

Trotzdem hielt John es für geraten, Sheldon zu warnen. »Sie ist besessen von dem Wunsch nach Kindern. Meinetwegen, wenn sie wiederhergestellt ist. Aber nicht eher, haben Sie mich verstanden?«

Er war vielleicht barscher, als es nötig gewesen wäre, doch Sheldon nahm seine Warnung dankbar entgegen. Er hatte um Kittys Leben gefürchtet, und im übrigen tat Dock ihm leid; er war über Kittys Fehlgeburt fast ebenso bekümmert gewesen wie sie beide, und zu allem Überfluß hatte er außer den üblichen Frühjahrsepidemien und dem unabwendbaren Sterben der Alten und Schwindsüchtigen noch diese McCune-Geschichte am Hals, deretwegen die Anhänger von Dr. Wright und Onkel Nate Edwards ihn heftig kritisierten. Sheldon wunderte sich nicht, daß Dock müde aussah – abgezehrt und hohlwangig.

Der kommende Sommer war für jeden hart: Für John, für Sheldon (und für Sheldon & Edwards), für Ludwig Rausch – und für die Frauen, die diese Männer liebten. Weil die Depression mit dem Jahre '77 zu Ende ging, fiel es später, in der Rückschau, schwer, sich zu erinnern, warum damals gerade dieses Jahr als das schlimmste von allen erschienen und alle Hoffnung geschwunden war. Hayes' Amtseinführung hatte keine Wunder nach sich gezogen. Die Regierung war gelähmt durch den Kampf zwischen dem neuen Präsidenten, der die Vergabe öffentlicher Ämter reformieren wollte, und Conkling samt seinen Parteigängern, die dagegen waren. Nun galt es, die Hoffnung nicht aufzugeben; John Sherman, der neue Finanzminister, arbeitete im stillen, wenn nicht gar heimlich, sein Rückvergütungs-Programm aus, um für den großen

Tag gerüstet zu sein, aber das Gesetz zur Wiederaufnahme der Barzahlungen sollte erst zweieinhalb Jahre später in Kraft treten.

Am schlimmsten waren die Arbeiterunruhen, die im Juli mit Eisenbahnerstreiks begannen, sich zu Krawallen steigerten und schließlich in Baltimore und Pittsburgh in Belagerungen und Straßenschlachten ausarteten, in deren Verlauf die Niederlassung der Pennsylvania-Eisenbahngesellschaft in Pittsburgh in Flammen aufging. Diese Gewaltakte versetzten die Zeitungsleser in maßlose Empörung; sie waren gewohnt, alle möglichen Berichte über Aufstände jenseits des Atlantiks mit Fassung zu tragen, wurden jedoch kopflos, sobald Pennsylvania oder Ohio in den Schlagzeilen auftauchten. Europa war eine andere Welt. Dort waren die »unteren Klassen« tatsächlich benachteiligt, und es fiel nicht schwer zu glauben, daß diese Leute am Hungertuch nagten, ausgenutzt und unterdrückt wurden. Aber die Arbeiter in Amerika sollten doch wissen, daß sie von Glück sagen konnten, während einer Depression überhaupt eine Stelle zu haben, statt ihre ohnehin hart bedrängten Arbeitgeber um Lohnerhöhungen anzugehen. Wenn die Zeiten sich besserten, würden sie schon ihr Teil abbekommen und konnten den ersehnten Aufstieg beginnen. Wer indessen einer Gewerkschaft beitrat, schien damit sagen zu wollen, daß er auf der untersten Sprosse der Leiter zu bleiben gedenke. Die Amerikaner des alten Schlages waren verwirrt, denn warum kam ein Mann überhaupt nach Amerika, wenn er nicht den Ehrgeiz hatte, sich emporzuarbeiten? Und die Einwanderer drängten sich selbst in schweren Zeiten im Zwischendeck eines jeden Schiffes, das den Atlantik überquerte. Amerika würde ihnen ihre Chance geben, sobald es wieder aufwärts ginge, aber sie – und ganz besonders das Land – wären entschieden besser daran, wenn sie ihren Sozialismus und Anarchismus in Europa zurückließen.

So argumentierte man in Drugstores, auf den Bänken des Gerichtsgebäudes und am Familientisch; doch wer immer solche Theorien vorbrachte und dabei tat, als seien die Streikenden eine fremde, rätselhafte Menschenrasse, verbarg dahinter unbewußt seinen Kummer und das Gefühl, man habe ihn schmählich hintergangen. Denn sie alle wußten nur zu gut, daß sich unter den Gewerkschaftsmitgliedern Männer befanden, die sie als Freunde betrachtet hatten, oder doch zumindest als gute Bekannte: die Lokomotivführer und Heizer, die ihnen gestern noch so freundlich zugewinkt hatten, als ihr Zug die Straße kreuzte; die Schrankenwärter und Weichensteller aus dem Westen der Stadt, aufrechte Iren wie Tim O'Reilly. Es war schrecklich, sich vorstellen zu müssen, der fröhliche, gutmütige und hilfsbereite Tim O'Reilly habe sich womöglich in einen ebenso mörderischen Teufel verwandelt wie die Männer, die in Pittsburgh gegen die Eisenbahngesellschaft gekämpft hatten. Der arme Tim, dem sich vor kurzem erst sein langgehegter Traum, wieder als Lokomotivführer durch die Lande zu fahren, erfüllt hatte, beteiligte sich wie alle anderen an dem Streik. Er tat es nicht gern, aber, so versicherte er John Gordon, er würde sich »nie nicht nachsagen lassen, daß ich meine Frreunde verraten hab«. John hatte ihn eines Tages unter einem Vorwand aus dem Zigarrenladen herausgelockt und ihm unter vier Augen ein Darlehen angeboten. Doch Tim hatte sich für den Notfall etwas beiseitegelegt. »Aberr wärrr meglich«, sagte er mit rollenden Augen und rollendem »R«, »daß Sie werrn missen ein bißchen warrrten auf das Geld firrr das zweite Baby.« Ansonsten würde er es den anderen Lokomotivführern gleichtun und ohne fremde Hilfe ausharren. Als John sich nach seiner Frau erkundigte, erklärte Tim, sie sei »starrrk wie ein Fels, und tapferrr wie ein Mann. Sie ham uns einmal auf die Beine geholfen, Dock, nu werrrn werrr fest drrrauf stehnbleiben, egal was kommt. Aberrr die Heiligen solln Sie schützen, Dock, Sie und Ihrrr gutes Herz.«

DIE MITGLIEDER DES FRAUENKLUBS VON WAYNESBORO

Miß Eliza Ballard
Mrs. Mary Ballard
Mrs. Esther Beattie
Miß Christina Blair
Mrs. Louisa Deming
Mrs. Katherine Edwards
Miß Caroline Gardiner
Miß Lavinia Gardiner
Mrs. Anne Gordon
Mrs. Rhoda McKinney
Mrs. Laura Maxwell
Miß Agatha Pinney
Mrs. Sarah Rausch
Miß Amanda Reid
Mrs. Thomasina Travers

IN MEMORIAM
Miß Susan Crenshaw
Mrs. Mary McCune

1878

»Und wieder durfte der Klub eine Braut ehren...«

Das Jahr 1877 hatte Waynesboro soviel Kummer bereitet, daß alles erleichtert aufatmete, als es zu Ende ging. Aber als die Bürger im Januar '78 auf das alte Jahr zurückschauten, stellten sie fest – oder lasen es vielmehr in Mr. Bonners Nachlese –, daß bereits im letzten Sommer die ersten Anzeichen eines wirtschaftlichen Aufschwungs sich bemerkbar gemacht hatten. Die durch den Streik ausgelösten Krawalle waren beigelegt, die Ordnung im Lande wiederhergestellt. Eine ungewöhnlich reiche Weizenernte war mit einer Hungersnot in Europa zusammengetroffen; amerikanisches Getreide mußte auf dem Schienen- oder Wasserwege zu den Häfen an der Atlantikküste verfrachtet werden. Die Schiffahrt auf den Seen hatte zugenommen, und die Werften bekamen neue Aufträge. Die Eisenbahngesellschaften holten ihre entlassenen Arbeiter zurück und rollten lange unbenutzte Güterwagen aus ihren Schuppen.

Ludwig Rausch hatte diesen Zeichen wiederkehrenden Wohlstands vertraut; bereits im Herbst '77 hatte er begonnen, seinen so lange aufgeschobenen Plan in die Tat umzusetzen, und den Neubau auf seinem Werksgelände in Angriff zu nehmen. Er kaufte ein Stück Land hinzu, das an seinen Firmenhof grenzte, und versetzte den Zaun: Ein nicht sonderlich kostspieliger erster Schritt. Aber für die Finanzierung des Erweiterungsbaus fehlte es ihm an Kapital. Er hatte zwar seinen Entschluß verwirklicht und keinen einzigen Arbeiter entlassen, obgleich ihn das zwang, unter Preis zu verkaufen und überschüssige Ware auf unbestimmte Zeit zu lagern, doch nun waren die Reserven der Firma erschöpft. Ein unerwartet großer Auftrag Bindegarn für das noch nicht einmal gesäte Wintergetreide hatte seine finanzielle Lage zwar verbessert, aber eine Seilerei braucht flüssiges Kapital: Die Zahlungen für Ludwigs Waren erfolgten binnen sechs Monaten nach Lieferung, den Hanf aber mußte er einkaufen, sobald die Preise niedrig standen, auch wenn er ihn monatelang nicht benötigen würde. Ludwig wollte kein Bankdarlehen aufnehmen und war entschlossen, seine Firma nicht in eine freie Aktiengesellschaft umzuwandeln, deren Papiere von Börsenmaklern an jedermann verkauft werden konnten. Mr. Cochran kam ihm zu Hilfe und erwarb in Sallys Namen genügend Anteile, um das nötige Kapital bereitzustellen.

Ludwig hatte einen Großteil des letzten Winters damit zugebracht, die Ausstattung der Seilereien an der Ostküste zu studieren, und er hatte viel dabei gelernt. Die Geschäftsführer der großen Betriebe hatten ihn liebenswürdig empfangen; sie hatten veranlaßt, daß Ludwig sich ungehindert überall umsehen durfte. Er hatte den Eindruck, sie seien sogar ein wenig geringschätzig mit dem Besitzer einer kleinen Seilerei aus dem mittleren Westen umgegangen, weshalb er sie für kurzsichtig hielt. Sie fabrizierten erstklassige Schiffstaue für einen schrumpfenden Markt; für seetüchtige Fahrzeuge wurde zunehmend Stahl verwendet, und der Dampfer verdrängte die alten Segler. Die großen Firmen dachten nicht daran, sich im Landesinnern einen neuen Markt zu erschließen: Als Ludwig einen Verwalter auf Bindegarn ansprach, entgegnete der ihm, dafür sei auf Jahre hinaus kaum Nachfrage zu erwarten, und er bezweifle, ob sich das *je* ändern werde. Ludwig hatte sich nicht genötigt gesehen, dem Mann zu erzählen, was der selbst hätte wissen müssen, daß nämlich Appleby an einer kombinierten Mäh- und Dreschmaschine arbeitete und schon bald alles fruchtbare Prärieland unter dem Pflug sein würde. Er merkte, daß die Herren an der Ostküste jene unendlichen Weiten immer noch mit dem Namen belegten, den sie als Kinder im Erdkundeunterricht gelernt hatten: Die Große Amerikanische Wüste. Ludwig erwähnte auch nicht, daß die Schiffahrt auf den Großen Seen stetig zunahm; Weizen wurde auf dem Wasserwege von Chicago nach Buffalo verfrachtet, Eisenerz gelangte über den Oberen See nach Cleveland.

Ausgerüstet mit den Erfahrungen, die er auf seiner Reise gesammelt hatte, und mit dem Geld der Cochrans, lud er im Herbst '77 einen Bauunternehmer aus Cincinnati nach Waynesboro ein, damit der Ludwigs Pläne kennenlernen und ihm ein Preisangebot machen könne. Der Mann versprach zu kommen und einen technischen Berater mitzubringen. Ludwig hatte den Eindruck, daß er zu jedem Zugeständnis bereit sei, um sich den Auftrag zu sichern, denn sein Schreiben war eine beredte Klage über die Schwierigkeiten der Bauwirtschaft in diesen schweren Zeiten.

Die beiden Männer kamen, nahmen das Gelände und die Gebäude in Augenschein, studierten Ludwigs Pläne in seinem Kontor, und der Bauunternehmer fuhr mit dem Vertrag in der Tasche wieder ab. Noch vor Jahresende, und ehe der erste Frosteinbruch Bodenarbeiten unmöglich machte, wurde der Grundstein gelegt, und die Arbeiter zogen die ersten Backsteinmauern hoch. Im Januar '78 konnte Ludwig von seinem Kontorfenster aus das neue Werk wachsen sehen: Am Flußufer, im rechten Winkel zu der alten Präparieranlage, entstand ein langgestrecktes Gebäude, die neue Seilerbahn, in der die Seillitzenspinnmaschine ihren Platz finden sollte. Auf der Straßenseite baute man ein kleines Bureau für den neuen Verwalter; auf dem neu erworbenen Land wurde eine Maschinenhalle für die bereits bestellte Corliss-Maschine errichtet. Von der Seilerei, die Ludwig einst gekauft hatte, würden nur der Teerschuppen übrigbleiben (der sich in seiner Baufälligkeit recht malerisch ausnahm, im übrigen aber weit genug von den anderen Gebäuden entfernt stand, um jegliche Brandgefahr auszuschließen) sowie die ursprüngliche Seilerbahn, wo Taue und Garne für Sonderaufträge weiterhin von Hand gefertigt werden sollten.

Ludwig beschäftigte seine Fachkräfte den Winter hindurch mit der Verarbeitung des Hanfs von der Rohfaser zu glatten, geölten und geteerten Silberfäden, und die Leute auf der Seilerbahn erledigten die kurzfristig eingehenden Bestellungen. Die schwarzen und die ungelernten weißen Arbeiter hockten in den Ecken am Boden, zupften Werg und fertigten aus zerfaserten Seilenden Fender für die Schiffe auf den Großen Seen. Ludwig konnte einen Teil seiner Waren in Cleveland absetzen, ein Erfolg, den er vielleicht zum Teil seiner Bekanntschaft mit Mark Hanna von Rhodes & Kompanie verdankte. Aber ob die Freundschaft, die sich zwischen den beiden anbahnte, nun seiner Firma zugute kam oder nicht, Ludwig hatte jedenfalls großen Gefallen an der Gesellschaft Mark Hannas gefunden. Die Männer hatten nicht nur gemeinsame Geschäftsinteressen, sondern waren auch beide treue Anhänger der Republikanischen Partei, setzten sich für eine stabile Währungspolitik ein und teilten die Hoffnung auf eine gewinnbringende Entwicklung der Schiffahrt auf den Großen Seen.

Ludwig hatte jeden ausgelacht, der ihn 1877 während der Streiks in Pittsburgh fragte, ob seine Leute ihm denn keinen Ärger machten. Die Spinner betrachteten sich kaum als »Fachkräfte«, und was die ungelernten Arbeiter anging, so kannten sie nicht einmal die Bedeutung des Begriffs »Gewerkschaft«. Ludwig nannte seine Männer – gleich ob schwarz oder weiß – beim Vornamen und war über ihrer aller Familienverhältnisse und Verpflichtungen im Bilde; er hatte stets auf gutem Fuß mit ihnen gestanden und legte Wert auf einen zwanglosen Umgangston: Für sie war er der »Cap'n« oder einfach der »Chef«. Deshalb sah Ludwig der Ankunft Captain Bodiens mit einiger Besorgnis entgegen, mußte er doch befürchten, daß nach der Fertigstellung des neuen Werks, wenn zwischen ihm und seinen Leuten außer den Vorarbeitern auch noch ein Verwalter stände, das Verhältnis seiner Belegschaft zu ihm nicht mehr so unkompliziert sein würde wie bisher.

Captain Bodien traf am ersten Februar in Waynesboro ein. Die Bauarbeiten waren zur Hälfte abgeschlossen. Die Familie des Captains würde erst im Juni nachkommen, wenn für seine Kinder das Schuljahr zu Ende ging. In der Zwischenzeit wollte er sich nach einem geeigneten Haus umsehen.

Gleich am ersten Tag, den der Captain in der Firma zubrachte, rief Ludwig um die Mittagszeit seine Arbeiter zusammen und stellte ihnen den neuen Verwalter vor. Die Männer versammelten sich in dem gepflasterten Hof, wo hinter ihnen der Teerkessel rauchte und blubberte. Ludwig erklärte ihnen, daß Captain Bodien seit seiner Entlassung aus der Armee anno '65 für eine der größten Seilereien des Landes gearbeitet habe und daß Seilerwaren Rausch & Kompanie sich glücklich schätzen dürfe, einen so erfahrenen Mann zu bekommen. »Ich glaube, ich habe inzwischen genug von unserem Handwerk gelernt, um die Firma zu leiten, aber es hilft weder euch noch mir, wenn wir mit Verlust arbeiten. Um das zu verhindern, muß ich herumreisen können und Kunden werben. Währenddessen wird Captain Bodien die Arbeit hier überwachen. Er versteht sich auf die Herstellung der meisten handelsüblichen Seile und Taue, und wenn ich einen Auftrag für eine neue Sorte ergattern sollte, wird er lernen, auch die zu machen. Wir werden alle miteinander lernen.«

Die Arbeiter akzeptierten Captain Bodien ohne Murren als ihren direkten Vorgesetzten, vermutlich mit mehr Bereitschaft, als sie einem ihrer Vorarbeiter entgegengebracht hätten, wäre der plötzlich zum Verwalter befördert worden. Sie gewöhnten sich nicht zuletzt deshalb so rasch an Captain Bodien, weil sie alle (mit Ausnahme der Jüngsten unter ihnen) in der Armee mit vielen seinesgleichen in Berührung gekommen waren. Er war ein untersetzter, krummbeiniger Artillerist, der beständig einen Priem in der Backentasche kaute, einen langen schwarzen Schnurrbart trug und eine Glatze hatte. Aus seinem von Blessurnarben gezeichneten Gesicht blickten klare blaue Augen freimütig in die Welt. Ludwig merkte bald (und die Entdeckung schmerzte ihn), daß die Schwarzen sich unter dem neuen Verwalter mehr anstrengten, als sie es je für ihn getan hatten. Sie brachten ihm offenbar auch mehr Respekt entgegen.

Er sprach Captain Bodien darauf an, als sie eines Nachmittags von einem Rundgang durch die Seilerei ins Kontor zurückkehrten.

»Mich versuchen sie dauernd hinters Licht zu führen«, sagte Ludwig. »Nicht aus Böswilligkeit, nein... Nur um auszuprobieren, wie weit sie's wohl treiben dürfen. Manchmal hab' ich mich schon gefragt, ob ich die Männer bei einem schadenfrohen Grinsen ertappen würde, wenn ich mich nur schnell genug umdrehte. Aber sie machen brav ihre Arbeit, und ich mag sie gern. Und«, setzte er wie zur Verteidigung hinzu, »ich glaube, die Burschen mögen mich auch.«

»Und ob sie das tun!« Captain Bodien spuckte in den Kanal. Die beiden waren einen Moment stehengeblieben und blickten nun gedankenvoll auf das ruhig dahinfließende Wasser. Bodien musterte Ludwig verstohlen. »Sie haben nicht viel Erfahrung mit Niggern, stimmt's?«

»Vor dem Krieg hab' ich kaum welche gekannt. Und im Krieg... Da wurden sie bloß als Diener gehalten. Im Lager ganz nützlich, hieß es, aber im Kampf völlig unbrauchbar... So schätzte man sie damals ein.«

»Mein Vater war Sklavenhalter. Ich bin mit Niggern aufgewachsen, und Ihre Männer spüren das.«

»Sie leben wohl noch nicht lange genug in Freiheit, um wirklich zu begreifen, daß sie jetzt für sich selbst arbeiten. Sie versuchen immer noch, den Aufseher übers Ohr zu hauen – und der Aufseher, das bin ich.«

»Es liegt ihnen im Blut, daran wird sich nie was ändern – jedenfalls nicht bei dieser Generation. Aber soviel sie auch über ihre Befreiung jubeln mögen, sie kommen nach wie vor besser mit den Südstaatlern zurecht.«

»Haben Sie mir nicht erzählt, Ihr Vater sei gestorben, als Sie noch ein Kind waren?«

»Ja. Ich kann mich kaum an ihn erinnern. Er war Hutmacher in Baltimore – einer der letzten, die hohe Biberhüte anfertigten. Seine Arbeiter wurden nach seinem Tode verkauft, aber wir hatten noch ein Haus voller Diener, mehr als wir brauchten, und die wollte meine Mutter nicht verkaufen. Statt dessen brachte sie uns heim zu ihrer Familie, mitsamt den Sklaven. Machen Sie sich wegen der Nigger nur keine Gedanken: Ich hab' mit ihresgleichen gespielt und gearbeitet, und sie schätzen mich um so mehr, weil ich sie durchschaue. Auch um die weißen Arbeiter brauchen Sie sich nicht zu sorgen. Sind meistens Veteranen, stimmt's?«

Im Juni, als das neue Werk fertiggestellt war, holte Captain Bodien seine Familie nach Waynesboro und bezog mit ihr ein Haus im Westen der Stadt, das älter war als die irische Siedlung in diesem Viertel. Früher hatte der Lohgerber hier gewohnt, und die Gerberei stand immer noch auf dem Grundstück, wenn sie auch inzwischen völlig verfallen war. Da niemand in Riechweite einer Gerberei leben wollte, war das weitläufige Grundstück erst in Bauland umgewandelt und parzelliert worden, als die Gerberei nicht mehr in Betrieb war. Dann hatten die Erben eine Reihe von Baugrundstücken entlang der Straße an der Nordgrenze des Besitzes und eine zweite im Westen, an der Landstraße nach Cincinnati, verkauft. Kleine Siedlungshäuser, die auf diesen Parzellen errichtet wurden, verdeckten alsbald die Sicht auf das große Haus, das inzwischen fast in Vergessenheit geraten war. Captain Bodien hoffte, dieses würdevolle Relikt der Neugotik ohne große Mühen wieder instand setzen zu können; das brachliegende Land hinter dem Haus wollte er in einen Obst- und Gemüsegarten verwandeln. Die Nachbarschaft hier war freilich katholisch – Grund genug für aufrechte Waynesboroer Protestanten, sie aus ihrem Bewußtsein zu streichen. Captain Bodien hatte sich für dieses Haus entschieden, weil seine Frau sich dort heimisch fühlen würde. »Sie mag's, wenn ihr die Kirchenglocken den lieben langen Tag in den Ohren klingen«, erklärte er Ludwig. »Sie weiß, und meine Kinder wissen's auch, was ich von der katholischen Kirche halte. Ich laß sie das Mädchen auf die Klosterschule nach Baltimore schicken, aber der Junge wird hier in Waynesboro zur Schule gehen. Ich kenne mich mit den Katholiken aus.« Er schnitt eine Grimasse. »Und wie! Ich bin ja schließlich in ihrem Glauben erzogen worden. Doch meine Frau mag ich so, wie sie ist, und wenn's ihr gefällt, beim Pfaffen um die Ecke zu wohnen, mir soll's recht sein – jedenfalls solange er mich in Ruhe läßt.«

Ludwig hatte wenig Interesse am häuslichen und religiösen Leben seines neuen Verwalters. Für ihn zählte nur Captain Bodiens Geschicklichkeit als Seiler. Der Captain hatte all seine Kenntnisse in einer Seilerei in Baltimore erworben. Die Industrie in den Hafenstädten am Atlantik litt nicht nur unter der allgemeinen Wirtschaftsdepression, auch der Rückgang der Segelschiffahrt sowie die kürzlich eingeführte Neuerung, hanfene Takelagen durch solche aus Draht zu ersetzen, machten ihr zu schaffen. Die Hersteller an der Küste konnten in anderen Gewerbezweigen kleinere Aufträge ergattern, doch es machte ihnen keinen Spaß, sich derart »abzunarren«, wie sie es ausdrückten. Seilereien, zu deren Kontorfenstern die Meeresbrise hereinwehte, gaben sich nicht gern mit kleinen Bestellungen von seiten der holzverarbeitenden Industrie, der Farmer oder (seit kurzem erst) der Ölfirmen ab. Ludwig war sich dafür nicht zu schade; er hatte Förderseile und Zugseile, Sprengseile und Taue für den Derrickkran hergestellt und auch kleine Posten Bohrseile an unabhängige Ölfirmen verkauft. Gegenwärtig vergrößerte Standard Oil und kaufte Ölquellen auf, um künftig eigene Rohstoffe in ihren Raffinerien zu verarbeiten. Ludwig war es bei seinem letzten Besuch in Cleveland gelungen, von der Standard Oil einen Auftrag für Bohrseile zu erhalten. Er wollte gute Arbeit leisten, denn, so erklärte er Bodien, es sah ganz danach aus, als werde Standard Oil bald alle Ölquellen in Ohio und Pennsylvania besitzen.

Captain Bodien hatte noch nie Bohrseile angefertigt. Ludwig begleitete ihn in sein Bureau, und gemeinsam gingen sie die der Bestellung beigefügten Anweisungen durch, Ludwig breitete eine Handvoll eng mit Tabellen beschriebener Papiere auf dem Schreibtisch seines Verwalters aus.

»Dieses Seil muß straff geschlagen werden, damit es dem durch Reibung bedingten Verschleiß standhält«, erklärte Ludwig, während er auf die hohe Knotenzahl in den Litzen hinwies. »Es läuft in einem Eisenzylinder auf und ab. Ein weich geschlagenes Tau wäre da im Handumdrehen durchgescheuert.«

»Die Ölfritzen werden über kurz oder lang auch Drahtseile benutzen.« Ludwig wußte nicht recht, ob Bodien das als Frage oder als Feststellung gemeint hatte, auf jeden Fall klang es ziemlich bitter.

»Sie fangen schon damit an«, gab er zu. »Für Seile von dieser Länge werden wir nicht mehr viele Aufträge bekommen. Aber selbst nach der Umstellung auf Draht wird man am Ende noch einen fünfundsiebzig Meter langen Hanfstrick als ›Schmitze‹ brauchen. Bohrseile müssen elastisch sein. Das Drahtseilende wird am Bohrer befestigt, der wird durch den Eisenzylinder auf den Stein hinuntergelassen, den es zu durchstoßen gilt. Ist das Seil nicht elastisch, bleibt der Bohrer im Stein stecken. Die Hanfleine dehnt sich, springt dann zurück und zieht den Bohrer mit.«

»Verstehe. Aber straff geschlagenes Seil ist nicht so stark wie weiches.«

»Nein, aber für diesen Zweck ist es besser. Fünfundsiebzig

Meter Hanfstrick an einem Drahtseil reichen aus, um die gewünschte Elastizität zu gewährleisten: Man muß den Strick wohl alle paar Wochen erneuern, aber eine Zweihundert-Klafter-Rolle reicht schon ein Weilchen. Die verdammte Depression hat die Suche nach neuen Ölquellen verzögert. Ich werde bald wieder nach Cleveland fahren, zu Rhodes und Kompanie und auch zu den Schiffslieferanten. Selbst die Dampfer auf den Großen Seen werden künftig Ankertaue, Fracht- und Schleppnetze und Treidelleinen benötigen. Sehen Sie zu, daß eine Probe dieses Bohrseils geschlagen ist, bevor ich abreise. Dann kann ich's mitnehmen und den Leuten von Standard Oil zeigen. Wenn sie damit zufrieden sind, könnte das viel für uns bedeuten.«

Während die Männer sich unterhielten, trug der schwüle Wind, der vom Kanal herüberwehte, die vertrauten Klänge des Werks zu ihnen herein: das Rattern der Maschinen, die Stimmen der Männer im Hof und Hufschlag auf dem Pflaster. Eine Ladung Taue wurde auf einen Karren verfrachtet, der sie zum Güterbahnhof bringen sollte. Die Männer waren zu sehr an solche Geräusche gewöhnt, als daß sie sich dadurch in ihrem Gespräch hätten stören lassen; ohne dem Treiben draußen Beachtung zu schenken, setzten sie ihre Beratung fort. Doch plötzlich schwoll die Lautstärke an: Das Hufgetrappel wurde rascher, so als scheuten die Pferde vor etwas, Warnungsrufe gellten über den Hof, man hörte einen dumpfen Aufschlag und dann einen Schrei, der sich zu wildem Schmerzensgebrüll steigerte. Aber da war Ludwig schon aufgesprungen und rannte hinaus; Captain Bodien folgte ihm. Doch die Arbeiter hatten draußen einen Kreis gebildet und versperrten ihnen die Sicht. Der Rollfuhrmann zog die Pferde am Zaumzeug vorwärts. Als die Männer Ludwig erkannten, machten sie ihm Platz.

»Zack!«

Ein riesiger Schwarzer lag mit verdrehten Augen auf dem Kopfsteinpflaster. Er schien immer noch lautlos zu schreien, obwohl er die Lippen zusammenpreßte. Auf seinen Beinen lag eine umgekippte Seilrolle, an der sich zwei oder drei verzagte Männer zu schaffen machten.

»Heda! Packt mit an und hievt die Rolle hoch. Aber nicht zerren! Sachte, Männer, und jetzt los!«

Noch nie hatte Ludwig in solchem Ton zu seinen Leuten gesprochen. Es war gewissermaßen das Echo der Stimme, mit der Captain Rausch vom Sechsten Regiment aus Iowa einst den Befehl zum Angriff gegeben hatte. Die Männer gehorchten im Nu. Der riesige Schwarze am Boden richtete den Blick auf ihn. Das Bein, auf das die Rolle gefallen war, lag seltsam verdreht auf dem Pflaster, und Zacks Segeltuchhose war blutgetränkt. Von der Taille aufwärts war er nackt; seine Haut glänzte wie poliertes Ebenholz. Der Angstschweiß überlagerte mit seinem Dunst in diesem dichtgeschlossenen Kreis sogar den sonst allgegenwärtigen Teergeruch.

»Zurück, Männer! Ihr drückt ihm ja die Luft ab. Nur ruhig, Zack. Wir kümmern uns schon um dich.« Ludwig ließ sich auf die Knie nieder und legte Zack beruhigend die Hand auf die Schulter. »Simmons, hol Dr. Gordon. Aber lauf wie der Teufel, verstanden?«

Mit seinem Taschenmesser versuchte Ludwig da, wo das Blut aus Zacks Hose floß, die steife Leinwand zu durchtrennen. Ein Arbeiter hielt ihm stumm ein Messer entgegen, mit dem er für gewöhnlich die Hanfballen öffnete. Mit einem hastig gemurmelten Dankeschön nahm Ludwig das Messer entgegen. Er schnitt das Hosenbein auf und schob mit äußerster Vorsicht den blutigen Stoff zurück. Die Männer hatten auch bisher schweigend dabeigestanden, doch jetzt senkte sich eine solche Grabesstille über den Hof, daß Zack aufs neue Angst bekam und wieder zu stöhnen begann.

»Nicht doch, Zack! scht! Ich denke, dein Bein ist gebrochen. Aber du wärst nicht der erste, der einen Beinbruch überlebt. Und du weißt doch, daß ich für dich sorgen werde, solange du nicht arbeiten kannst.«

Noch während er sprach, zog Ludwig sein Taschentuch heraus, warf einen Blick darauf, schüttelte den Kopf und steckte es wieder ein. »Nicht groß genug. Bringt mir ein Seilende und etwas Werg zum Auspolstern. Ich mach ihm eine Aderpresse.«

Alle regten sich und traten zurück, so als seien sie erleichtert, von dem gräßlichen Anblick erlöst zu werden, zögerten aber gleichwohl, sich zu entfernen. Die Kante der Seilrolle hatte den Oberschenkel getroffen; er war gebrochen. Ein zersplittertes Knochenstück hatte das Fleisch durchstoßen und ragte nun aus Zacks schwarzer Haut hervor. Blut rann aus der Wunde auf die Pflastersteine.

Jemand brachte Seil und Werg; Ludwig wand das Seil über der Bruchstelle um Zacks Bein, stopfte Werg darunter und zog die Enden fest zusammen. Mehr konnte er vor Docks Eintreffen nicht tun. Ohne den Blick von dem langsam fließenden Blutstrom zu wenden, tastete er nach Zacks Hand. Und seltsam, einen Moment lang verschwamm die Szene vor seinen Augen und war wie ausgelöscht. Er spürte nichts, als die uralte Vertrautheit mit der kraftlosen Hand eines starken Mannes – die Nachwirkung aller Kämpfe und Schlachten. Dann hob sich der Nebel, und sein Kopf war wieder klar; er sah wieder den Hof und das Pflaster, sein Pflaster, blutverschmiert. Er lehnte sich zurück, ließ aber Zacks Hand nicht los. »Ich bleibe bei dir, Zack, bis der Doktor kommt.« Dann wandten seine klaren blauen Augen sich mit drohendem Blick auf die Männer, die noch geblieben waren. »Wie ist das passiert?«

»Zack haben aufgeladen. Simmons sein auf Wagen. Sie wissen, Zack sein *sehr* stark, er schieben Rollen ganz allein auf Rampe. Gäule wohl haben Angst... Fahrer vielleicht nicht haben gehalten Zügel richtig fest... Gäule springen, Rolle fallen wieder runter von Rampe... fallen auf Zack.«

Ludwig wußte, daß er nie mehr in Erfahrung bringen würde. Ein Unfall, weiter nichts. Vielleicht war jemand unvorsichtig gewesen... der Fuhrmann oder ein Arbeiter, der den Pferden zu nahe gekommen war. Er blieb unter der sengenden Sonne auf den Steinen hocken, im Dunst von Schweiß und Blut, bis er hinter sich Schritte durchs Hoftor kommen hörte. Da stand er steifbeinig auf.

»Jetzt wird alles gut, Zack. Der Doktor ist da.«

John trat neben ihn, stellte seine Tasche ab und beugte sich über den Verletzten. Für Ludwig schien eine Ewigkeit zu vergehen, ehe Dock wieder zu ihm aufblickte. »Komplizierter Oberschenkelhalsbruch.« Mehr brauchte John nicht zu sagen: Ludwig wußte so gut wie er, daß »komplizierter Bruch« in den meisten Fällen gleichbedeutend war mit Amputation.

»Bringt mir Wasser. Wir müssen ihn zuerst einmal säubern.« John lockerte die Aderpresse und zog sie nach einem prüfenden Blick wieder fest. »Und dann brauche ich noch etwas, um die Wunde mit Karbol zu reinigen. Ein bißchen Werg dürfte genügen.«

Er holte eine glänzende Spritze aus seiner Tasche und eine Morphiumtablette. Die meisten der Männer hatten nie zuvor eine Spritze gesehen; vor Schreck gebannt sahen sie zu, wie er die Tablette auflöste und die Spritze aufzog.

Zack stöhnte und hob abwehrend die Hand. »Dock...« Seine Stimme war ein heiseres, entsetztes Flüstern. »Nicht abhacken, Dock... mein Bein... Gott... was...«

»Ruhig, Mann. Ich nehme dir doch das Bein nicht ab. Ich gebe dir nur was zum Einschlafen, damit du auf dem Transport keine Schmerzen spürst.«

Er stieß die Nadel in Zacks Arm und wartete, bis die Wirkung des Morphiums einsetzte. Dann richtete er den Knochen notdürftig wieder ein, tränkte eine Handvoll Werg mit Karbol, legte es auf die klaffende Wunde und schiente das Bein mit Latten und Seilen, die man ihm schweigend reichte.

»Jetzt können wir ihn nach Hause schaffen.« Er warf einen Blick auf den Karren. Ludwig begriff sofort, was er im Sinn hatte.

»Ihr da – Bill Emmons und Jake – schafft die Rollen aus dem Wagen. Aber vorsichtig! Zwei Mann pro Rolle, hört ihr? Ihr beiden« – er winkte zwei Schwarze heran, die zitternd vor Angst aus sicherer Entfernung zugesehen hatten – »bringt die Tür vom Teerschuppen her. Der ist sowieso nie verschlossen. Es genügt ein kräftiger Ruck, um sie aus den Angeln zu heben.«

Der Fuhrmann hatte die ganze Zeit über furchtsam abseits gestanden, doch seine Neugier war größer gewesen als die Angst; vielleicht hatte er sich auch ein wenig für den Unfall verantwortlich gefühlt. Jetzt beruhigte er die Pferde, während man Zack auf die Tür legte und auf den Karren hob. Dann kutschierte er den Verletzten, begleitet von Ludwig und John, zu seiner Hütte im Osten der Stadt.

Ludwig hatte jemanden vorausgeschickt, der Zacks Frau vorbereiten sollte. Die Ärmste saß in einem Schaukelstuhl, völlig zusammengebrochen, als der Karren vor ihrer Hütte hielt. Ludwig mußte die Nachbarn, die sich bereits vor dem Lattenzaun versammelt hatten, um Hilfe bitten. Zack war zu schwer, als daß Dock und er ihn allein hätten vom Wagen heben können. Sie brachten ihn in die elende Behausung, die nur aus zwei Räumen bestand, und legten ihn samt der Tür auf die mit Maisstreu gefüllte Matratze im dunklen Hinterzimmer. Zack, der durch die Erschütterung das Bewußtsein wiedererlangt hatte, stöhnte, öffnete die Augen und flüsterte: »Doktor?«

»Ich bin hier, Zack. Schlaf nur weiter, ich will dich erst einmal gründlich untersuchen.«

Während Zack auf das harte Holz zurücksank, blickte John sich suchend um. Zacks Frau würde ihm keine Hilfe sein. Er winkte Ludwig, Zack bei den Schultern festzuhalten. Unruhig warf der riesige Schwarze den Kopf hin und her.

»Doktor... Sie versprochen haben... Sie nicht hacken fort mein Bein... Zack nichts können tun ohn sein Bein, Doktor... nichts...«

»Ich werde dir das Bein nicht abnehmen, wenn es nicht sein muß. Zack, hör mir zu: Bist du soviel wert wie die weißen Männer, die für deine Befreiung gekämpft haben? Wenn du's nämlich nicht bist, dann haben sie vergebens ihr Leben in die Schanze geworfen. Aber wenn du ihrer wert bist, dann kannst du ebensogut auf ein

Bein verzichten wie die verkrüppelten Soldaten, die du tagtäglich über die Straße humpeln siehst.«

»Ja, Sir. Aber weiße Männer sein gewöhnt an Tapferkeit... schwarze Männer nicht, Sir. Doktor... Sie mein Bein retten, oder Zack sterben... ich wissen, Doktor...«

»Ich will alles tun, um dein Bein zu retten, das verspreche ich dir.«

Als sie sehr viel später aus der Hütte traten, waren Ludwig und John geisterbleich und erschöpft von der Anstrengung, den Verletzten zu beruhigen und seine Frau wieder soweit zur Vernunft zu bringen, daß sie Docks Anordnungen für die Pflege ihres Mannes verstand.

»Das arme unwissende Ding... Sie wird es nicht befolgen können. Ich wünschte, wir hätten ein Krankenhaus in Waynesboro.«

»Mußt du amputieren?«

»Ich fürchte ja... über kurz oder lang.«

»Zack war immer so stolz auf seine Bärenkräfte, der arme Teufel. Kein Wunder, er hatte ja sonst auch nichts, worauf er stolz sein konnte.«

»Ich werde alles tun, um sein Bein zu retten. Bisher hat man bei komplizierten Brüchen unweigerlich amputiert, doch ich glaube nicht, daß es so sein muß. Lister hat ein oder zwei Patienten retten können, ich hab' seine Berichte darüber gelesen. Ich werde seiner Empfehlung folgen und Karbolumschläge machen. In ein, zwei Tagen werde ich wissen, ob Zack eine Blutvergiftung hat. Aber es ist riskant, verstehst du? Meine Kollegen... wenn's schiefgeht, werden sie mich als gewissenlosen Kurpfuscher brandmarken.«

Ludwig hielt den Atem an. »Wenn du glaubst, daß du sowieso amputieren mußt, um den Mann zu retten, dann tu's doch gleich, Dock.«

»Das würde ihn nicht retten. Hast du je einen einbeinigen Schwarzen gesehen? Er würde an dem Schock sterben. Gerettet wäre allein mein Ruf, weil ich getan hätte, was von der herkömmlichen Medizin als notwendig erachtet wird.«

»Dock...«

»Meiner Meinung nach haben wir nur eine Chance, das Leben des Mannes zu retten: Wir müssen ihm sein Bein erhalten. Also werde ich es versuchen.«

John kam an diesem Tag spät zum Mittagessen heim, aber er brauchte nichts zu erklären. Johnny hatte nach Art kleiner Jungen die Geschichte von Zacks Unfall aufgeschnappt und seiner Mutter Bericht erstattet. Ungeduldig wartete er auf die Rückkehr seines Vaters. Als Anne ihrem Mann das Essen gebracht hatte, konnte Johnny sich nicht länger zurückhalten.

»Papa, wirst du ihm das Bein absägen müssen?«

»Johnny, nicht bei Tisch!« schalt seine Mutter.

»Und auch sonst nicht«, sagte John barsch. »Ich werde mein Bestes für Zack tun, mehr braucht dich nicht zu kümmern.«

»Aber Papa, ich will doch Arzt werden, so wie du. Ich muß es wissen!«

»Nicht jetzt, Johnny.«

Johnny trottete mit hängendem Kopf davon. John beendete seine Mahlzeit und ging ohne ein weiteres Wort durch die Küche zur Hintertür hinaus und über den Hof in seine Praxis. Während der nächsten Tage hielt er sich fast ständig in Zacks ungetünchter Hütte auf, bekämpfte die kindlichen Ängste des starken Mannes und versprach ihm immer wieder, nur im äußersten Notfall zu amputieren.

»Dock, Zack nix gute Nigger ohne Bein.«

»Schon gut, Zack.«

»Nigger ohne Bein nicht besser wie tote Nigger.«

»Das darfst du nicht sagen, Zack. Dein Chef würde dir weiter Arbeit und Brot geben, du mußt doch an deine Frau denken.«

Er kämpfte gegen die Hitze, die den kleinen Raum zum Erstikken durchglühte, kämpfte gegen den Karbolgeruch, der sich mit dem Angstschweiß der Hüttenbewohner mischte; und er versuchte, Zacks Frau zu beruhigen: »Du sagst, ich soll ihm das Bein nicht abnehmen. Jeder andere Doktor hätte gleich amputiert. Wenn er an Blutvergiftung stirbt...«

John versuchte, ihr die Gefahr zu erklären: »Wenn sein Blut vergiftet wird, bleibt mir nichts anderes übrig, als das Bein abzunehmen. Was meinst du, was passiert, wenn ich zu lange warte?«

»Sie nur warten, Dock, nur warten. Zack dann sowieso sterben, ob Sie hacken Bein fort oder nicht. Sie nur warten, Dock, bitte, Sir...«

Dann, eines Morgens, als John die Hütte betrat, roch er es. Gangrän, feuchter Brand. Eine Blutvergiftung hatte er befürchtet, aber Gangrän... diese nie vergessene... Er kämpfte seine Übelkeit nieder und erteilte äußerlich ruhig und gefaßt seine Anordnungen. Nachbarn mußten Zack festhalten, während er ihn betäubte; man trug ihn in die Küche, wo die Tür, auf der sie ihn heimgebracht hatten, mit kochendem Wasser abgeschrubbt und auf den Tisch gelegt worden war. Auch seine Instrumente mußten abgekocht werden: die Messer und die Säge, die er nie mehr hatte benutzen wollen. John öffnete seine abgewetzte Instrumententasche.

Wieder kam er zu spät zum Mittagessen, und wieder hatte Johnny die Neuigkeit vor ihm heimgebracht.

»Mama, dieser Zack, du weißt schon... Papa hat ihm das Bein abgesägt, und nun ist er tot.«

Anne sank das Herz. »Wer hat dir das erzählt?«

»Bob Wright. Er ist in der Pause heimgegangen, um irgendwas zu holen. Sein Großvater hat gesagt, *er* hätte das Bein gleich abgesäbelt und nicht gewartet, bis was... was Grünes sich gebildet hätte.«

»Was Grünes... Du meinst doch nicht etwa Gangrän?«

»Was ist das?«

»Nicht bei Tisch, Johnny.«

Binny, die verständnislos zugehört hatte, war mit dem Essen fertig und wurde zu Martha in die Küche geschickt. Johnny und Anne warteten. Als John hereinkam, setzte er sich zu Tisch, ohne mehr als eine unverständliche Begrüßung vor sich hin zu murmeln. Sobald Anne ihm sein Essen gebracht hatte, nahm er Messer und Gabel zur Hand und starrte einen Moment lang geistesabwesend auf seinen Teller. Dann legte er das Besteck wieder hin und schob den Teller von sich. Wortlos stand er auf und ging über die Seitenveranda hinaus ins Freie. Anne klingelte nach Martha und ließ den Tisch abräumen. Sie schickte Johnny zum Spielen nach draußen, ging ins Wohnzimmer und setzte sich in ihren Schaukelstuhl vor dem Kamin. Sie ängstigte sich, ängstigte sich so sehr, daß sie weder lesen noch stricken konnte. All das, dachte sie, all das noch einmal durchmachen? Weder Zack noch irgendein anderer Patient – egal ob schwarz oder weiß – hätte den Seelenfrieden ihres Vaters gefährden können, sofern er alles in seiner Macht Stehende für ihn getan hätte. Aber John... Und die anderen Ärzte würden ihn jagen, wie die Bluthunde ein angeschossenes Kaninchen; sie hatten auf solch ein Unglück des jungen Kollegen gehofft, nun ja, vielleicht nicht *gehofft*, aber jedenfalls hatten sie auf der Lauer gelegen.

Als John zurückkehrte und nach ihr suchte, war es mittlerweile vier Uhr geworden; sie saß immer noch im Schaukelstuhl und hielt ihr Strickzeug auf dem Schoß; ein vertrautes Alltagsbild, das sie um seinetwillen inszenierte. Er trat vor sie hin, stellte einen Fuß auf den Kaminvorsetzer und stützte sich mit dem linken Arm auf den Sims. »Ich wollte dich um Verzeihung bitte, Anne, weil ich heute mittag einfach so davongelaufen bin.«

»Johnny hat mir das mit Zack erzählt.« Anne sprach leise und musterte dabei aufmerksam sein Gesicht. »Aber du hattest keine andere Wahl, nicht wahr?«

»Nein.«

»Hätte es einen Unterschied gemacht, wenn das Bein sofort amputiert worden wäre?«

»So was kann man nie mit Bestimmtheit sagen, aber nein, ich glaube nicht. Zack ist vor Angst gestorben ... am Schock ... jedenfalls nicht an der Amputation. Trotzdem, ich habe versagt.« Er schlug ein paarmal mit der Faust auf den Kaminsims. »Versagt bei dem, was ich beweisen wollte. Man wird mich sicher angreifen und tadeln, weil ich es überhaupt versucht habe. Aber das kann ich verkraften. Ich würde ein nächstes Mal genauso handeln. Doch es sollte ein Ende haben! Es dürfte nicht nötig sein, Arme und Beine abzuhacken, bloß weil ... Ach, Anne als ich heute morgen hinkam und es gleich beim ersten Atemzug wußte ... dieser drückende Fäulnisgeruch ... Gangrän. Ich werde diesen Gestank nie aus der Nase bekommen ... Mein Leben lang wird er mich verfolgen.«

Während Anne sich noch über seine ungewohnte Offenheit wunderte, wandte er sich vom Kamin ab und legte ihr im Vorbeigehen die Hand auf die Schulter. Doch sein Gesicht hellte sich nicht auf, es war bleich und hager, so als sei John an einem einzigen Vormittag abgemagert.

Anne hielt ihn zurück. »Vor deiner Nachmittagsvisite mußt du dich ein wenig stärken. Laß mich dir einen Tee kochen, und iß eine Scheibe Roastbeef dazu. Seit dem Frühstück hast du keinen Bissen mehr zu dir genommen.«

Er hatte kaum gegessen und ausgetrunken und war in seine Praxis hinübergegangen, als Sally erschien. Sie sei gekommen, erklärte sie, damit sie sich gegenseitig darüber hinwegtrösten könnten, daß ihre Männer sich so leicht aus dem Gleichgewicht bringen ließen. Auch Ludwig hatte sich Zacks Tod sehr zu Herzen genommen.

»Dabei kann ich mir nicht vorstellen, wieso er sich oder Dock die Schuld gibt. Es war eben ein Unfall, für den niemand verantwortlich ist. Und wenn ihn jemand hätte retten können, dann Dock, das weiß ich gewiß. Ludwig sagt das auch. Zum Glück verreist Ludwig bald wieder, dann wird er schon auf andere Gedanken kommen.«

Ludwig sorgte für Zacks Witwe: Er setzte ihr eine Jahresrente aus für die Zeit, bis ihre Kinder groß genug sein würden, um zu arbeiten, und dann verbannte er den Unfall aus seinen Gedanken. Ihm fiel es leichter als John. Ludwig bereitete wieder eine Reise nach Cleveland vor, wo er weitere Aufträge von der Standard Oil zu bekommen und seine Bekanntschaft mit Mark Hanna zu vertiefen hoffte. Rhodes & Kompanie besaßen unter anderem eine eigene kleine Flotte, die Eisenerz vom Oberen See nach Cleveland schaffte. Sowohl für diese Erz- als auch für die Weizentransporte aus Chicago wurden Taue benötigt.

Ludwig brachte genügend Aufträge aus Cleveland mit, um die Seilerei auf Monate hinaus gewinnbringend arbeiten zu lassen. Trotzdem war er nicht zufrieden. Das gestand er Sally eines Abends, nachdem sie zu Bett gegangen waren und, während sie nebeneinanderlagen, eine jener behaglichen Unterhaltungen »zum Tagesausklang« führten, bei denen sie von kleinen häuslichen Ereignissen und er von der Firma berichtete, wobei einer dem anderen mit halbem Ohr zuhörte und sich im übrigen darauf zu besinnen suchte, was es noch zu erzählen gab.

»Ich muß irgendwo einen größeren Markt finden. Ich habe mich so gut wie entschlossen, es mal in New Orleans zu versuchen. Sollte uns eigentlich gelingen, die Burschen aus dem Osten da zu schlagen. Wir sind näher dran, werden also niedrigere Transportkosten haben, vor allem, wenn wir die Waren auf dem Schiffsweg transportieren.«

Sally war verblüfft. »Sagtest du *New Orleans?«*

»Allerdings. Warum nicht? Im Süden gibt's keine Seilereien. Dafür aber einen regen Schiffshandel. Ich könnte mir denken, daß ein Vorstoß sich lohnt. Außerdem würde ich Vicksburg gern wiedersehen und Duckport Landing auch.«

»Wo du im Lazarett gelegen hast? Und wo Dock stationiert war?«

»Ach, der arme John! Er mußte die Verantwortung für das ganze Lazarett tragen; eine Handvoll Rekonvaleszenten war seine einzige Hilfe. Und das mitten im ungesunden Klima der Louisianischen Sümpfe. Dabei war er damals noch ein halbes Kind. Er hätte leicht vor Verzweiflung ins Gras beißen können. Aber ich wüßte doch gern, wie's heute da unten aussieht... kann mir die Gegend gar nicht ohne Armee vorstellen. Hättest du nicht Lust mitzukommen, Sally? Es ist wirklich an der Zeit, daß wir beide mal zusammen verreisen.«

»Ob ich *Lust* hätte? Oh, ich wüßte nicht, was ich lieber täte! Aber...« Empört richtete Sally sich auf. »Mußt du mich das ausgerechnet an dem Tag fragen, wo ich mir vorgenommen hatte, morgen zu Dock zu gehen? Ich glaube, ich bekomme wieder ein Baby. Ich wollte dir's eigentlich nicht sagen, solange ich mir nicht ganz sicher war.«

»Sally! Der kleine Ludwig ist also unterwegs!« Auch er setzte sich auf, nahm sie in die Arme und küßte ihr die Unmutsfalten von der Stirn. »Du bist doch nicht wirklich böse darüber, mein Liebes?«

»Nein, natürlich nicht. Ich wollte immer eine große Familie, und ich will's hinter mich bringen. Aber eines Tages« – sie drohte ihm mit dem Finger – »da wird es mir leid tun, daß ich in meiner Jugend soviel versäumt habe. Ludwig«, setzte sie in verändertem Ton hinzu, »warum bittest du nicht Dock, dich zu begleiten?« Sie vergaß ihren gespielten Zorn, löste sich aus seinen Armen und sank in die Kissen zurück. »Er braucht dringend Abwechslung, der Ärmste hat ein furchtbares Jahr hinter sich. Mrs. McCune... und dieser Dr. Wright hat gräßlichen Klatsch in Umlauf gesetzt, weil die Blairs zu Dock gehen statt zu ihm, und Dr. Edwards ist auch nicht gut auf ihn zu sprechen.«

»Na ja, er ist schließlich Sheldons Onkel – trotzdem ist Kitty zu Dock gegangen...«

»Du glaubst also, das Gerede wird Dock nicht schaden?«

»Nein, aber es wird ihm zu schaffen machen. Er hat wieder diesen Blick. Gequält. Unruhig.«

»Unruhig?«

»So würde ich's nennen, ja.«

»Glaubst du, daß er in New Orleans weniger ›unruhig‹ wäre?«

»Vielleicht könnte er einen Teil von der Qual abschütteln, die ihn vergiftet, wenn er Vicksburg und Duckport heute wiedersähe – vielleicht...«

»Du selbst hast doch gesagt, es sei der Alptraum des Krieges gewesen, der aus ihm...«

»... der aus ihm einen Mann gemacht hat, den es manchmal bis zum Äußersten treibt, damit er sich selbst entfliehen kann, ja. Du meinst, wenn er den Ort, der ihn in seinen Alpträumen verfolgt, im hellen Tageslicht wiedersähe, würde er vielleicht bei Nacht wieder ruhig schlafen können? Schon möglich. Nur... er wird nicht mitkommen.«

Aber John fuhr doch mit. Er nahm Ludwigs Einladung dankbar an. Zu diesem Zeitpunkt wäre er so gut wie überall hingefahren, nur um seinem Bett daheim zu entfliehen und Anne, der er die Nachtruhe raubte, gleich ob er im Schlaf stöhnte oder stundenlang rauchend draußen auf und ab ging. Außerdem wollte es der Zufall, daß er nicht lange, bevor Ludwig ihn auf die Reise ansprach, einen beunruhigenden Brief vom Vetter seines Vaters erhalten hatte, der unweit von Memphis eine Plantage besaß. John hatte dort anno '62 (als nach Shiloh das in der Nachbarschaft stationierte Fünfzehnte Korps mehr oder minder zur Untätigkeit verurteilt gewesen war) stets gastfreundliche Aufnahme gefunden. Der alte Mann hatte starrköpfig zur Union gehalten, weshalb seine Plantage nicht nur verschont geblieben, sondern auch ausdrücklich unter den Schutz der Nordarmee gestellt worden war, sobald deren Truppen weit genug nach Süden hatten vordringen können. Und bis dahin hatte man die Plantage ungeschoren gelassen, weil die Söhne des Alten für die Konföderierten kämpften. Sie waren bei Shiloh gefallen. '62 lebte die Witwe des einen mit ihrer kleinen Tochter bei ihrem Schwiegervater. Doch John hatte sie bei keinem seiner Besuche zu Gesicht bekommen. Vetter Robert hatte ihn für die Verbitterung der jungen Frau um Nachsicht gebeten. Nach Shiloh und dem Tode ihres Mannes wollte sie mit ihrem Kind heim nach New Orleans. Doch dann kam die Nachricht, daß die Stadt gefallen sei, und sie saß in der Falle: Sie konnte ihren Feinden nicht mehr entfliehen. Das kleine Mädchen lernte John zwar kennen, doch gab es sich abweisend und feindselig. Es war ein mageres kleines Ding mit gelblicher Gesichtsfarbe und bösen Fieberanfällen, die John mit dem Chinin zu kurieren versuchte, das eigentlich für ihn selbst bestimmt war. Wenigstens stahl er auf diese Weise nichts von den Medikamenten, die seine Regierung ihm anvertraut hatte. Dem Kind nahm er seine Feindseligkeit nicht übel, war sie ihm doch anerzogen worden, und seine Unartigkeit schrieb er der Krankheit zu. Er bedauerte Mutter und Tochter und vergab ihnen selbst dann noch, als er eines Abends auf dem Rückweg ins Lager aus dem Hinterhalt angegriffen wurde und sicher war, daß nur jemand von der Plantage die Partisanen, die in der Gegend herumlungerten, auf seine Spur gehetzt haben konnte. Dank seines schnellen Pferdes war er unversehrt davongekommen, andernfalls hätte er den Verrätern vielleicht nicht so großmütig verziehen.

Nach dem Krieg hatte er noch ein paarmal von Vetter Robert gehört. Er wußte, daß die Witwe mit ihrem Kind nach New Orleans zurückgekehrt und wenig später das Opfer einer Gelbfieberepidemie geworden war, und daß Vetter Robert das Kind, seinen einzigen noch lebenden Erben, zu sich auf die Plantage geholt hatte und es dort aufzog, so gut er konnte. Der Brief, der im August kam, war der erste seit mehreren Jahren. John machte sich Vorwürfe, weil er die Gordons aus dem Süden vergessen und sich nicht weiter um ihr Wohlergehen gekümmert hatte. »Die einzigen Blutsverwandten, die mir geblieben sind«, sagte er zu Anne.

Vetter Robert schrieb von den Schwierigkeiten, die er mit seiner Plantage habe, seit das Wiederaufbau-Programm der Bundesregierung eingestellt worden sei. Unter den Feindseligkeiten (von seiten des Staates sowie seiner Bürger im allgemeinen und des Ku-Klux-Klan im besonderen) gegenüber den Anhängern der Union, den Freunden der Republikaner und den Kriegsgewinnlern hatte auch Vetter Robert arg zu leiden. Kein Weißer wagte es, eine Stellung auf seiner Plantage anzunehmen. Er hatte sich schließlich gezwungen gesehen, einen Veteranen aus der Armee der Konföderierten als Aufseher anzuwerben (»einen von dem niederen Pack, das jetzt bei uns das Sagen hat«), der, so vermutete Vetter Robert, selbst dem Klan angehörte. Daraufhin hatte er eine Weile Ruhe gehabt. Doch jetzt war er mit seinen Steuerzahlungen im Rückstand, seine Gläubiger in New Orleans rannten ihm die Türen ein, und er sah nur noch einen Ausweg, um die Plantage zu retten: Seine Enkelin sollte den Aufseher heiraten, und er würde ihr das Land überschreiben. Ein Veteran der Konföderierten konnte sich Kredite beschaffen, die man ihm nie gewähren würde.

»Klingt wie das reinste Schmierentheater, nicht? Das verpfändete Gut, der Schurke, der bereit ist, für die Hand der schönen Unschuld als Retter aufzutreten, und was sonst noch so dazugehört.« Anne reichte John den Brief, den er ihr zu lesen gegeben hatte. »Glaubst du, das stimmt auch alles? Oder ist er am Ende nicht ganz richtig im Kopf?«

»Es könnte wahr sein, wenn man an die Zeitungsmeldungen denkt. Andererseits mag er inzwischen auch schon ein bißchen verrückt sein. Doch als ich ihn kannte, war er's nicht. Es ist auch möglich, daß er gegen den Aufseher voreingenommen ist: Vetter Robert sah sich gern als so was wie'n Aristokraten.« John lachte. »Ein Wahn, dem die Gordons aus Ohio nie verfallen sind.«

»Aber was erwartet er von dir?«

»Ich hoffe, nichts. Er muß wissen, daß ich nicht in der Lage bin, für anderer Leute Schulden geradezustehen. Ich stell mir vor, er mußte sich einfach mal alles von der Seele reden, hatte aber niemanden, von dem er Mitgefühl erwarten durfte. Ich wünschte nur, ich wüßte, wie's wirklich um ihn steht. Zum Teufel auch! Ich bin ihm wahrhaftig Dank schuldig.«

Sein Wunsch, sich Gewißheit zu verschaffen, war so groß, daß Ludwigs Vorschlag, ihn nach New Orleans zu begleiten, und unterwegs die Schlachtfelder von damals in Augenschein zu nehmen, ihm nicht ungelegen kam; er zauderte zwar, doch Anne hatte wenig Mühe, ihn zu überreden. Man kam überein, daß er in Memphis vom Schiff gehen, seinen Vetter besuchen und in New Orleans wieder mit Ludwig zusammentreffen würde. Von dort wollten sie nach Vicksburg fahren und sich Shiloh vielleicht auf dem Rückweg anschauen. Auf den Vorschlag, Vicksburg zu besuchen, ging John ein, als handele es sich um eine harmlose Kinderei. Duckport hingegen, erklärte er mit Nachdruck, hoffe er diesseits der Hölle nicht wiederzusehen. Und Shiloh. Barsch lehnte er

Johnnys Bitte, ihn mitzunehmen und ihm die Schlachtfelder zu zeigen, ab; dort gab es nichts wiederzuentdecken, wovon er dem Kind hätte sagen mögen: »Ich war dabei.«

Während die Männer unterwegs waren, lud Anne die Damen des Klubs zur ersten Sitzung dieses Herbstes in ihr Haus ein. Sie hatte sich um so lieber dazu entschlossen, als die Vorbereitungen sie auf andere Gedanken bringen würden. Sie war in letzter Zeit fast ebenso bedrückt gewesen wie John. Er hatte den Trost ihrer Liebe und ihre Zärtlichkeit zurückgewiesen, und sie, die halb krank gewesen war vor Furcht und Sorge um ihn, hatte ihre bösen Ahnungen nicht auszusprechen gewagt, aus Angst, das Unglück damit erst recht herbeizulocken. Um von seiner Qual erlöst zu werden, mußte er irgendwo Zuflucht suchen; bei ihr aber fand er statt dieser Zuflucht nur sein eigenes Ich wieder, denn sie beide waren eins. Er war ihr Mann, war ihr Geliebter – *und* John Gordon. Ein Paar Strümpfe? Ein Zehndollarschein? Sie hatte ihn überredet, Ludwig zu begleiten. Dann würde es wenigstens nicht in Waynesboro passieren; sie brauchte nie etwas davon zu erfahren. Aber sie spürte wieder jenen brennenden Schmerz, den würgenden Ekel. Um beides zu vertreiben, stürzte sie sich mit Vehemenz auf den Hausputz für ihren Klubnachmittag.

Auf dieser Sitzung stimmten die Damen dafür, Frau Professor Beattie anstelle »unserer lieben Mrs. McCune« als neues Mitglied aufzunehmen. Der Tod der Pfarrersfrau hatte Anne und Sally allen Kampfgeist geraubt, zumindest für den Augenblick; nicht einmal unter vier Augen echauffierten sie sich darüber, eine weitere Theologengattin in ihren Kreis einziehen zu sehen.

Weder Sally noch Anne wußten freilich, daß Amanda es für ungerecht gehalten hatte, zwei Neulinge unter den Professorenfrauen in den Klub einzuladen, Mrs. Beattie aber, deren Mann schon lange vor der Zusammenlegung der beiden Seminare in Waynesboro gelehrt hatte, zu übergehen. Mrs. Beattie, die alle Klubmitglieder zumindest vom Sehen kannten, war klein und untersetzt, sehr häuslich, um nicht zu sagen, eine richtige Stubenhockerin. Ihre beiden heranwachsenden Söhne gingen in Amandas Lateinklasse und erinnerten sie gewissermaßen an die Existenz ihrer Mutter. Sie unternahm die notwendigen Schritte, um das Unrecht wiedergutzumachen, verfaßte eine Eingabe an den Klubvorstand, unterschrieben von ihr selbst, Christina Blair und Laura Maxwell, in der sie Mrs. Esther Beattie als neues Mitglied empfahl; auf der nächsten Sitzung sollte über den Vorschlag abgestimmt werden. Amanda wußte, daß es sich in diesem Fall erübrigte, bei Mrs. Beattie »vorzufühlen«, ob sie willens sei, dem Klub beizutreten, und auch um das Abstimmungsergebnis brauchte sie nicht zu bangen. Bisher war jede Kandidatin einstimmig gewählt worden.

Anne, die in diesem Herbst zu kritteliger Pedanterie neigte, dachte bei sich: Eine Tages-Bibliothekarin mehr! Mrs. Beattie hatte sich nie freiwillig für dieses Amt gemeldet, aber als Klubmitglied würde der Büchereidienst zu ihren Pflichten gehören. Anne war es gründlich müde, soviel Zeit für die Bibliothek opfern zu müssen. Jetzt begehrte sie im Geiste auf und schwor sich: Schluß damit! Und auf der Sitzung, die in ihrem Hause stattfand, meldete sie sich tatsächlich zu Wort: Sie habe lange genug Bibliothekarsdienste verrichtet. Sie nehme an, ihre Altersgenossinnen seien gleich ihr willens, der jüngeren Generation Platz zu machen. Die älteren Klubmitglieder, die wie Anne seit Gründung der Subskriptionsbücherei das Ausleihamt betreut hatten, stimmten ihr von Herzen zu, und die jüngeren beugten sich ihrer Pflicht, allerdings unter der Bedingung, daß jemand eingestellt werde (eine ältere Schülerin beispielsweise), der zurückgegebene Bücher einstellen und die Bibliothek auch sonst in Ordnung halten solle.

Dadurch sah sich das Kuratorium gezwungen, mehr Geld zu beschaffen, denn der Subskriptionsfonds durfte nur zum Ankauf neuer Bücher verwendet werden. Man sah voraus, daß der Tag nicht mehr fern sei, an dem die freiwilligen Bibliothekarsdienste der Vergangenheit angehören würden. Die nächste Generation der Damen von Waynesboro war vielleicht nicht mehr bereit, ihre Zeit unentgeltlich zur Verfügung zu stellen. Das Kuratorium hielt es daher für vernünftig, genügend Kapital zu sammeln, um beiden Anforderungen gerecht zu werden, der augenblicklichen und der zukünftigen.

Zu dieser Zeit bestand der gängige Weg, Geld zu beschaffen, in der Stiftung einer Vortragsreihe. Einen solch verdienstvollen Beitrag zum Kulturleben Waynesboros erhoffte das Bibliothekskuratorium sich vom Theologischen Seminar, denn die dort lehrenden Professoren waren von ihren jeweiligen Fachgebieten so fasziniert, daß sie gewiß mit Freuden die Gelegenheit ergreifen würden, vor einem größeren Publikum darüber zu sprechen, auch wenn kein Honorar winkte.

Professor Maxwell, ein ausgezeichneter Archäologe, zeigte sich, als man ihn fragte, geehrt, einer so achtbaren Institution wie der Bibliothek dienen zu können. Er bot an, eine Vortragsreihe über »Die Geschichte Jerusalems« zu halten. Fast alle, die zu den gebildeten Kreisen Waynesboros gehörten, kauften Eintrittskarten. Sally und Anne waren auch dabei: Sie nahmen je zwei Karten, obgleich sie nur zu gut wußten, daß keine zehn Pferde ihre Männer zu einem solchen Thema ins Opernhaus bringen würden.

Andere Bürger der Stadt zeigten freilich mehr Begeisterung für Jerusalem und seine wechselvolle Geschichte. Pfarrer McCune hatte nach dem Tode seiner Frau seine Hirtenpflichten keineswegs vernachlässigt. Längst hatte er Amanda den ihrer Mutter versprochenen Besuch abgestattet und auch später noch gelegentlich vorbeigeschaut, um sich als gewissenhafter Pastor nach seinem Pfarrkinde zu erkundigen. Er war nicht der Mann, eine willensstarke Frau zu erkennen; und der Respekt vor seinem Amt war zu tief in Amanda verwurzelt, als daß sie sich ihm als solche offenbart hätte. Demütig hatte sie ihm darin zugestimmt, daß alles Weltliche aus der Kirche ferngehalten werden müsse, daß »unsere jungen Leute« sich nur zu leicht beeinflussen ließen; daß es schwierig zu werden beginne, sie zur Einhaltung des Sabbats vom Sonnenuntergang am Samstag bis Montagfrüh zu bewegen, weil so viele Eltern samstagsabends in den Läden arbeiten mußten. Mr. McCunes fixe Idee aber galt dem Theater: Es sei besonders verderblich für junge Leute, zuzuschauen, geschweige denn mitzuspielen. Eines Abends, als Amanda noch Lateinhefte zu korrigieren hatte und ungeduldig darauf wartete, daß er sich endlich verabschiedete, sagte sie ihm endlich ihre Meinung; sie sprach in dem Ton, in welchem sie gewöhnlich einen Schüler nach Schluß einer Strafpredigt entließ.

»Ich bin sicher, Sie trauen mir nicht zu, daß ich auch nur je daran denken würde, eine professionelle Theateraufführung zu besuchen. In *Fahnenwache* bin ich nur gegangen, weil ich glaubte, es durch den guten Zweck rechtfertigen zu können.«

»Ein wohltätiger Zweck, allerdings. Aber man hätte ihm doch gewiß ebensogut mit einer Sonderkollekte in den Kirchen dienen können?«

»Dann hätte jede Gemeinde ihr Geld für *ihre* Witwen und Waisen verwenden wollen. Dabei wäre so mancher Bedürftige leer ausgegangen. *Fahnenwache* hat zum erstenmal seit der Musterung der Soldaten vor dem Krieg wieder die ganze Stadt zusammengebracht. Und es ist gewiß nur recht und billig, daß die gesamte Bürgerschaft sich *gemeinsam* für die Witwen und Krüppel ihrer Regimenter verantwortlich fühlt, nicht wahr?«

»So? Glauben Sie das?« Unerbittlich preßte er die Lippen zu einer schmalen Linie zusammen. »Ich persönlich habe nicht das Verlangen, mich eins mit den Papisten zu fühlen, und ich fände es sehr betrüblich, wenn ein Mitglied meiner Gemeinde anders dächte. Mag es Ihnen auch entgangen sein, ich merke wohl, welchen

Schaden dieses Theaterstück angerichtet hat. Die Atmosphäre der Bühne, sowohl hinter den Kulissen als auch vor der Rampe, hat einen demoralisierenden Einfluß, der besonders unerfahrene junge Mädchen dazu verführt, ihre Berufung und ihre Prädestination zu vergessen.«

Sie unterdrückte die Antwort, die ihr auf der Zunge lag: Wie können sie sich denn helfen, wenn ihnen doch alles vorherbestimmt ist? Erschrocken wehrte sie sich gegen diesen plötzlichen Einfall: Die Prädestination war ein Dogma und als solches unantastbar. Sie wußte wohl, worauf er hinauswollte: Alle, die Christina Blair und Henry Voorhees als Liebespaar auf der Bühne gesehen hatten, waren in Alarmbereitschaft, und Amanda hatte wie jeder andere bemerkt, daß der junge Mann Christina »den Hof machte«. Natürlich wäre es empörend, wenn Christina einen Andersgläubigen heiratete, aber wäre nicht auch das Vorherbestimmung? Amanda zog es vor, sich auf keine weiteren Diskussionen mit Mr. McCune einzulassen; statt dessen mimte sie die folgsame Zuhörerin, bis er sich endlich verabschiedete.

Monate waren seit der Aufführung von *Fahnenwache* vergangen, aber was das Verhältnis zwischen Henry und Christina betraf, war noch immer nichts entschieden. Henry verbrachte vielleicht seine Abende häufiger im Salon der Blairs, aber sonst hatte sich nichts geändert. In der Stadt wurden unterschiedliche Vermutungen angestellt: Die R.P.'s sagten, Christina werde auf keinen Fall jemanden heiraten, der kein bekennender Christ (mit anderen Worten kein reformierter Presbyterianer) sei. Die Bekannten der Blairs glaubten, Christina wolle unter keinen Umständen ihren kranken Vater alleinlassen; den meisten in Waynesboro fiel es schwer, sich Henry als leidenschaftlichen Freier vorzustellen. Doch gerade als man übereingekommen war, die Romanze sei festgefahren, und das werde auch so bleiben, traten gleich mehrere Veränderungen ein.

Henry Voorhees begann die Kirche der reformierten Presbyterianer zu besuchen. In der Bank wurde er zum Assistenten des Kassenverwalters befördert, was ihn nach weltlichen Maßstäben zu einem ebenbürtigen Gefährten für Miß Blair machte. Und schließlich ging er zu Mr. McCune und bat ihn um Aufnahme in seine Gemeinde: Seine Befragung durch die Kirchenältesten endete zufriedenstellend, und so wurde er ordnungsgemäß in die Gemeinschaft der reformierten Presbyterianer aufgenommen. Kurz nachdem die religiöse Hürde überwunden war, gab Dr. Blair die Verlobung seiner Tochter mit Mr. Henry Voorhees bekannt, und die Hochzeit folgte fast unverzüglich. Es war eine stille Feier:

Die Trauung fand im Salon der Blairs statt, und als Gäste waren nur die Trauzeugen – Professoren des Seminars und deren Gattinnen – anwesend. Die Zeremonie war nach wenigen Minuten vorbei. Henry gab sein möbliertes Zimmer auf und zog zu den Blairs: Es war durchaus zutreffend, daß Christina ihren Vater nicht alleinlassen wollte.

Die Hochzeit fand im September statt. Zu diesem Zeitpunkt ließ sich Sallys Schwangerschaft kaum noch verheimlichen. Auf den Klubsitzungen, an denen sie weiterhin teilnahm, begegnete sie fragenden oder kritischen Blicken mit dem ihr eigenen Selbstbewußtsein. Sie war entschlossen, sich nicht eher aus der Öffentlichkeit zurückzuziehen, als bis sie die neue Klub-Braut mit einer feierlichen Teestunde geehrt hatte; schließlich bestand eine recht prekäre Beziehung zwischen ihr und Christina: Henry Voorhees war leitender Angestellter in der Bank ihres Vaters. Die Gattinnen der Seminarprofessoren hatten bereits einen Nachmittagsempfang zu Ehren der Braut gegeben: ein ziemlich steifes Ereignis, bei dem die Damen der reformierten presbyterianischen Gemeinde gerade lange genug verweilten, um Christina Glück zu wünschen und eine Tasse Tee zu trinken, bevor sie sich wieder empfahlen. Dieser Empfang und Sallys Nachmittagstee waren die einzigen gesellschaftlichen Ehrungen, die Christina anläßlich ihrer Vermählung zuteil wurden; die Braut nahm alle guten Wünsche mit ihrem eigentümlich sanften Lächeln entgegen.

Sally zog sich nun aus der Gesellschaft zurück. Sie beklagte insbesondere die Notwendigkeit, auf die Weihnachtsfeier des Klubs verzichten zu müssen, aber nicht einmal sie hatte den Mut, die ehernen Konventionen zu mißachten. Nach dem Empfang zu Ehren Christinas zeigte sie sich nicht mehr in der Öffentlichkeit.

Pfarrer McCune besuchte Amanda auch weiterhin. Als er das erste Mal nach der Hochzeit erschien, begrüßte Amanda ihn mit so viel Humor, wie ihr zu Gebote stand: »Sehen Sie nun, daß der Einfluß des Theaters mehr Gutes als Böses bewirkt hat? Auch Mr. Voorhees war offenbar ausersehen, zu den Erwählten zu gehören.«

»Amanada... äh... Miß Reid!« Er musterte sie streng. »Es steht uns Menschen nicht zu, über die Prädestination zu urteilen. Das ist kein Thema, über das man scherzt.«

Er gab ihr seinen Hut und folgte ihr ins Wohnzimmer, wo Mrs. Reid unter der Lampe saß und Leinenservietten ausbesserte. Amandas Bücher und Hefte lagen auf dem Mitteltisch verstreut. Sie hatte sich nie gefragt, warum Mr. McCune seine abendlichen Besuche zur Gewohnheit werden ließ: Der persönliche Kontakt mit seinen Gemeindemitgliedern gehörte nun einmal zu den Pflichten eines Pastors, und sie war nachmittags nicht zu Hause. Es wäre undenkbar gewesen, ihren Pfarrer nicht jederzeit und so oft er wollte willkommen zu heißen. Hätte sie darüber nachgedacht, wäre sie vermutlich zu dem Schluß gelangt, daß er sich daheim gewiß nicht mehr wohl fühle, seit Mrs. McCunes magere Cousine dort den Platz seiner Frau einnahm.

Jetzt sagte sie: »Setzen Sie sich doch bitte hier drüben hin, ja? Und unterhalten Sie sich ein wenig mit Mutter, während ich die letzten Hefte korrigiere. Ich bin gleich fertig.«

»Oh, aber bevor Sie sich in Ihre Arbeit vertiefen, habe ich eine Bitte. Würden Sie mich zu Dr. Maxwells Vorträgen über Jerusalem begleiten? Ich meine, es wäre äußerst lehrreich, dieser geistigen Erbauung gemeinsam zu lauschen.«

Amanda war höchst erstaunt. Sie blickte kurz zu ihm auf, vermied es jedoch, ihre Mutter anzusehen, die sie gewiß über den Rand ihrer Brille hinweg musterte.

»Und... und Ihre Cousine?«

»Die Cousine meiner Frau wird die größeren Kinder zu den Vorträgen begleiten. Dies ist eine Gelegenheit, ihren jungen Geist zu bilden, die sie nicht versäumen dürfen.«

»Aber ich habe bereits Karten für Mutter und mich gekauft.«

»Ihre Mutter findet bestimmt jemanden, der sich glücklich schätzen wird, als ihr Gast an der Vortragsreihe teilzunehmen. Bitte, sagen Sie nicht ›nein‹. Ich freue mich auf den intellektuellen Genuß, Dr. Maxwell in Ihrer Gesellschaft zu lauschen.«

Mrs. Reid räusperte sich. »Amanda, um meinetwillen brauchst du gewiß nicht abzulehnen.« Es klang fast heiter. »Ich kann Mrs. Forbes bitten, mich zu begleiten. Es würde mir Freude machen, zur Abwechslung einmal etwas für andere tun zu können.«

Amanda waren die Einwände ausgegangen. »Also gut. Und vielen Dank auch. Ich glaube, die Vortragsreihe beginnt am Freitagabend?«

Er dankte ihr seinerseits, dann zog er sich einen Stuhl heran, setzte sich zu Mrs. Reid und begann ein betont leise geführtes Gespräch mit ihr. Amanda konnte sich indes nicht mehr auf ihre Arbeit konzentrieren, weshalb sie vom Tisch aufstand und zu den beiden hinüberging. Aber sie trug so wenig zur Unterhaltung bei und brachte dieses wenige so widerwillig vor, daß der Pfarrer sich bald darauf verabschiedete.

Amanda begleitete ihn hinaus. Als sie ins Wohnzimmer zurückkam, sagte ihre Mutter, ohne den Blick von ihrer Näherei zu wenden: »Ich weiß, daß es unerträglich für dich sein muß, keinen

Raum zur Verfügung zu haben, in dem du deine Besucher allein empfangen kannst. Aber ich konnte nicht zu Bett gehen, bevor diese Servietten ausgebessert sind. Amanda, ich wünschte, du würdest dir ein bißchen mehr Mühe geben, selbst wenn du dich beobachtet fühlst.«

»Was soll das heißen, Mutter? Mr. McCune hat doch nicht nur mich besucht.«

»Zier dich nicht so, Amanda. Du bist schließlich kein kleines Schulmädchen mehr. Es ist doch ganz offensichtlich, daß er sich umzuschauen beginnt.«

»Aber Mutter!« Amanda war entsetzt. »Wie kannst du nur! Mary McCune ist noch nicht mal ein halbes Jahr unter der Erde.«

»Sechs Monate können einem Mann mit fünf mutterlosen Kindern sehr lang vorkommen.«

»Seine Kinder sind versorgt.« Amanda trat an den Tisch, legte die Hand auf ihre Bücher und runzelte die Stirn. »Wenn ich auch nur eine Sekunde lang annehmen müßte, daß du recht hast, würde ich nicht mit ihm zusammen zu den Vorträgen gehen.«

»Ach Kind«, warf ihre Mutter hastig ein, »vielleicht bilde ich mir das auch bloß ein. Geh du nur mit ihm zu den Vorträgen und unterhalte dich recht gut.«

»Etwa mit ihm?« Plötzlich begriff Amanda erschrocken, daß es einen großen Unterschied machte, sich Mr. McCune als ihren Pastor oder als Mann vorzustellen. »Er ist ohne jeden Zweifel der langweiligste Mensch, mit dem ich je einen Abend verbracht habe.« Damit wandte sie sich ab und ging, ohne sich um den Protest ihrer Mutter zu kümmern, hinauf in ihre niedrige Schlafkammer. Sie hockte sich auf den Fußschemel unter dem winzigen Fenster und vergewisserte sich, daß der Sternenhimmel draußen noch derselbe war. Allmählich legte sich ihre Bestürzung; sie lachte sogar über sich, weil sie den phantastischen Vorstellungen ihrer Mutter um ein Haar Glauben geschenkt hätte. Ich war seit jeher entschlossen, nie einen Theologen zu heiraten und meine Bücher aufzugeben, dachte sie. Und nun gar einen Pfarrer mit fünf Kindern! Welch ein Unsinn – Mutter hat sich von ihren Wünschen zu dieser Einbildung hinreißen lassen. Die Sterne am nächtlichen Himmel funkelten zum Greifen nahe, und Mr. McCune schrumpfte vor ihrem Glanz zu einem Nichts zusammen. Der Lichtschein über den Baumkronen zeigte an, daß gleich der Mond hinter dem Haus aufgehen würde, ein fast voller Mond, der seine silbrigen Strahlen über die herbstlich gelichteten Zweige ergoß. *Traditur dies die nova eque pergunt interire lunae.* Ganz unvermittelt kam ihr dieser Spruch in den Sinn: »Ein Tag vergeht nach dem anderen, und immer wieder stirbt ein neuer Mond.« Es gab so viele Monde bei Horaz: *errantem lunem* und *nox erat et caelo fulgebat luna sereno.* Sie zog ihre Bücher jeder Eheschließung vor. Während ihr noch die Horazischen Verse durch den Kopf gingen, dachte sie: Meine Bücher! Was bedeutet das im Grunde? Caesar und Cicero und Vergil. Und ein weiteres passendes Zitat fiel ihr ein, während sie sich vom Fußschemel erhob, um zu Bett zu gehen: *Amphora coepit Instituti: currente rota cur urceus exit?* Sie schnitt eine Grimasse und mußte unwillkürlich über sich selbst lachen: Was für einen Weinkrug hätte sie wohl abgegeben? Allein, die Töpferscheibe oder ihr Meister hatten sie vermutlich eher zur brauchbaren und nützlichen Wasserkanne bestimmt: Caesar, Cicero, Vergil. Niemand und ganz gewiß nicht Mr. McCune konnten etwas anderes in ihr sehen.

Doch nach dem ersten Vortrag war sie sich nicht mehr so sicher; und auf dem Heimweg nach dem zweiten mußte sie einsehen, daß ihre Mutter recht gehabt hatte. Es war ein unfreundlicher Abend; der erste kühle Dauerregen dieses Herbstes rauschte hernieder; die Blätter fielen zu Hunderten von den Bäumen und bedeckten den Gehweg. Mr. McCune nahm fürsorglich ihren Arm – beinahe zärtlich, dachte Amanda angewidert –, während er seinen großen Schirm über sie hielt und sie den unebenen Hügel der Linden Street hinabführte. Sie hatte sich noch nie so hilflos eingesperrt gefühlt, wie jetzt mit ihm unter diesem Schirm. Er war im übrigen kein geschickter Kavalier; nicht selten, wenn er über eine Pfütze stieg, stieß er dabei an ihre Haube und sandte ihr einen Regenguß in den Nacken.

Verzweifelt suchte sie nach einem unverfänglichen Gesprächsthema, das ihm aber gleichwohl die Distanz zwischen ihnen beiden klarmachen würde. »Gefallen Ihren Kindern die Vorträge? Letztesmal war mir, als seien Dr. Maxwells Ausführungen ein wenig zu hoch für sie. Besonders Ariana schien mir etwas unruhig.«

»Oh, Ariana! Ein schwieriges Kind in einem schwierigen Alter! Sie trauert ihrer Mutter sehr nach.«

»Das ist doch nur natürlich. Allerdings hatte ich den Eindruck, daß sie sich – abgesehen von dem Schmerz um ihre Mutter – bei den Ballards recht wohl gefühlt hat. Ich will damit sagen... ich glaube, die Ballards fanden sie nicht ›schwierig‹.«

»Ich hätte sie nie dorthin lassen dürfen. Damit fing der ganze Ärger an. Sie wäre bestimmt glücklich gewesen, wieder heimzukommen, wenn ihre Mutter sich erholt hätte. Mir fällt es schwer, ihr Vertrauen zu gewinnen oder sie dazu zu bringen, den Verlust ihrer Mutter als Gottes Willen zu akzeptieren.«

»Wie traurig, daß sie ihren Schmerz mit sich allein herumträgt! Nach den wenigen Malen, die ich mit ihr zusammen war, hätte ich sie nicht für so verschlossen gehalten. Aber nun ja, ich verstehe nicht viel von Kindern.«

»Sie und nichts von Kindern verstehen! Wie können Sie so etwas sagen, Amanda, wo Sie sie doch unterrichten?«

»In meiner Klasse sind keine Kinder. Ich würde keinen Augenblick daran denken, Kinder zu unterrichten. Sie mögen mich nicht, und ich mache mir nichts aus ihnen.«

»Amanda, das kann doch nicht wahr sein. Sie setzen sich selbst herab.« Seine Stimme war nicht minder zärtlich als seine Hand unter ihrem Arm.

»Nein, nein! Es ist so, wie ich sage. Glauben Sie mir.«

»Dann würden Sie also die Möglichkeit nicht in Betracht ziehen, an fünf Kindern Mutterstelle vertreten zu wollen? Auch dann nicht, wenn Sie als Dreingabe mich zum Ehemann bekämen?« Sein salbungsvoller Ton verriet, wie sicher er sich wähnte, als »Dreingabe« willkommen zu sein.

Amanda blieb wie angewurzelt stehen und verlor dadurch den Schutz seines Schirmes. Augenblicklich durchnäßte der Regen ihre Haube und den Umhang. Typisch für mich, dachte sie, daß ich mir einen solchen Antrag ausgerechnet an einem Abend wie heute anhören muß.

»Bitte ... ich bitte Sie ...« flehte sie mit halb erstickter Stimme. »Bitte hören Sie auf. Ich meine es ernst. Kinder sind mir fremder als die Tiere der Wildnis, und ich kann mir nicht vorstellen ...«

»Sie wollen mir also wirklich zu verstehen geben ...?« Mr. McCune war fassungslos und aufgebracht. »Sind Sie ganz sicher, daß Sie nicht noch einmal mit Ihrer Mutter darüber sprechen möchten?« Er hielt den Schirm wieder über sie und beugte sich vor, um durch die Dunkelheit in ihr Gesicht zu spähen. Doch sie wich ihm aus und setzte brüsk ihren Weg fort, abermals schutzlos dem Regen ausgeliefert, der ihr unerbittlich ins Gesicht schlug. Sie war zornig, und das Herz tat ihr weh.

»Ich werde mit Mutter sprechen.« Ihre Stimme war schneidend und voller Bitterkeit. Wie konnte sie dieser Qual ein Ende machen? Sie war überzeugt, daß er bereits mit ihrer Mutter gesprochen und sich ihrer Zustimmung versichert hatte. Sie würde also wieder einmal eine jener betrüblichen Auseinandersetzungen über ihr Recht auf ein eigenes Leben führen müssen. »Aber ich bin mir ganz sicher. Ich unterrichte lieber.« Endlich hatten sie den Zaun der Reids erreicht, ihren Gartenweg, ihre Türschwelle. Amanda war nicht gewillt, den Pfarrer hereinzubitten. »Es tut mir leid, wenn ich Sie enttäuscht haben sollte. Und natürlich«, setzte sie eingedenk ihrer guten Erziehung hinzu, »natürlich bin ich dankbar für die hohe Meinung, die Sie von mir haben ... Ich fühle mich sehr geehrt. Doch ich wäre ganz und gar unfähig, Marys Platz einzunehmen, und würde Sie und die Kinder am Ende nur unglücklich machen. Es ist unmöglich. Ich danke Ihnen für Ihre Gesellschaft bei diesen beiden Vorträgen. Die restlichen werden Sie gewiß mit jemand anderem besuchen wollen.«

»Aber nein! Es besteht kein Grund...«

»Unter den gegebenen Umständen wäre es mir unmöglich, Sie weiterhin zu begleiten.«

Sie machte kehrt und ging ins Haus. Das Blut stieg ihr in die Wangen angesichts der Erkenntnis, welche Verpflichtung sie womöglich in den Augen der Öffentlichkeit eingegangen war, als sie diese beiden Vorträge in seiner Gesellschaft besucht hatte. Ganz Waynesboro dachte vermutlich wie ihre Mutter: Mr. McCune hat angefangen, sich umzuschauen... Amanda Reid, genau die Richtige für ihn, sie hat ein gewisses Alter und ist die geborene Pfarrersfrau.

Ohne Haube und Umhang abzulegen, betrat sie das Wohnzimmer. Ihre Mutter, die in Richter Ballards Kutsche heimgekommen war, saß trocken und adrett in ihrem Sessel und erwartete sie.

»Amanda, du bist ja völlig durchnäßt!«

»Mr. McCune hat nicht sehr viel Übung darin, eine Dame zu beschirmen«, versetzte Amanda spöttisch.

»Warum hast du ihn denn nicht hereingebeten?«

»Weil ich für einen Abend mehr als genug von ihm hatte.«

»Amanda, was soll das heißen?« Mrs. Reids Haar war straff zurückgekämmt, und der Knoten in ihrem Nacken saß tadellos; dennoch vollführte sie jene ihrer Tochter wohlvertraute Geste, welche sie sich in der Küche angewöhnt hatte, und fuhr sich mit dem Handrücken über die Stirn, als striche sie eine verirrte Strähne glatt.

»Du hast seine Absichten ganz richtig erkannt«, sagte Amanda brüsk, fast feindselig. »Hätte ich dir nur geglaubt, dann wäre mir eine im höchsten Grade lächerliche Unterredung erspart geblieben.«

»Willst du damit sagen, du habest dich geweigert, einen ehrbaren Antrag – noch dazu vom Pastor deiner Kirche – anzunehmen, und du fändest diesen Antrag lächerlich?«

»Er hat mir nicht direkt einen Heiratsantrag gemacht. Nur ein paar Andeutungen fallenlassen. Doch das hat mir genügt.«

»Du stellst dich an wie eine Siebzehnjährige. Warum bist du nur so hochfahrend? Du wirst ihn noch entmutigen, bevor er sich richtig erklärt hat.«

»Genau das war meine Absicht. Mutter, du kannst doch nicht im Ernst wollen... Du weißt, wie wenig ich mit Kindern umzugehen verstehe. Und ich habe nichts übrig für Mr. McCune.«

»In deinem Alter kannst du dir keine romantischen Schwärmereien mehr leisten. Was paßt dir nicht an Mr. McCune?«

»Seine ganze Art... Und außerdem solltest du inzwischen wissen, daß ich kein Verlangen danach habe, mich zu verheiraten. Schon gar nicht mit einem Mann, der fünf Kinder in die Ehe bringt, mit denen er nichts anzufangen weiß. Siehst du denn nicht, wie widerlich diese ganze Situation ist?«

»Hast du denn gar keine weiblichen Regungen?« Mrs. Reid war aufgestanden und trat nun dicht vor ihre Tochter hin. Ihr Kinn zitterte vor Kummer über ihre fehlgeschlagene Hoffnung. »Wenn du einmal alt bist, wirst du dich womöglich damit brüsten, daß du aus freien Stücken zur alten Jungfer geworden bist. Aber insgeheim wirst du dich bemitleiden.«

»Vielleicht werde ich es bedauern, allein zu sein, aber Mr. McCune abgewiesen zu haben, wird mir gewiß nie leid tun.« In sanfterem Ton setzte sie hinzu: »Mutter, hast du denn gar nicht daran gedacht, was aus dir würde? Es würde dir nicht gefallen, allein hierzubleiben, aber du würdest auch nicht gern zu den McCunes ziehen, stimmt's?«

»Ich käme schon zurecht. Ich habe immer für mich allein sorgen können. Und ich wäre stolz darauf, die Schwiegermutter des Pfarrers zu sein.«

Zornbebend ging Amanda nach oben. Wenigstens habe ich nicht die Beherrschung verloren, dachte sie. Trotzdem hatte sie – ohne zu wissen, ob zu Recht oder zu Unrecht – das Gefühl, ihre Mutter sei schuld daran, daß sie heute abend in eine so lächerliche Situation geraten war. »Lächerlich!« Sie sagte es laut und wütend vor sich hin, als sie den Trepppenabsatz erreichte. Doch bei dem Gedanken daran, wie ihre Freundinnen sie belächeln würden, wenn sie davon wüßten, zuckte sie zusammen; selbst Thomasina, die womöglich dächte, sie hätte Mr. McCune um Arianas willen heiraten sollen, würde sich im stillen amüsieren. Niemand durfte je etwas von diesem Antrag erfahren. Sie mußte ihre Mutter zum Schweigen verpflichten – um Mr. McCunes willen; um seinen Ruf zu wahren, würde ihre Mutter den Mund halten, denn der Mann war offenbar entschlossen zu heiraten, und zwar bald. Was sie betraf, so hatte sie ihren Lebensweg gewählt; er mochte kärglich sein (nur eine Wasserkanne statt des Weinkrugs), aber wenigstens war es ein würdiger Weg, und sie hatte die Gewißheit, sich ihren Platz in der Gemeinde aus eigener Kraft erobert zu haben.

Mr. McCune beehrte die Reids fortan nicht mehr mit seinem Besuch. Er heiratete schon bald die Cousine der ersten Mrs. McCune aus Indiana. Seine Gemeinde mochte der Ansicht sein, er hätte noch ein Weilchen warten sollen, aber man verzieh ihm die Eile, weil alle überzeugt waren, er habe »zum Wohle der Kinder« geheiratet. Die Kinder (mit Ausnahme von Ariana) fanden sich rasch mit der Hochzeit ihres Vaters ab; sie hatten sich an Cousine Belle gewöhnt, und im Haushalt änderte sich nichts, außer daß Belle in Vaters Schlafzimmer zog. Ariana freilich paßte sich der neuen Situation im elterlichen Hause nicht an; sie war in Gegenwart ihrer Stiefmutter stumm wie ein Fisch und verbrachte soviel Zeit wie möglich bei den Ballards; gleich nach der Schule lief sie zu ihnen, kam selten vor dem Abendessen heim und blieb oft bis zur Schlafenszeit aus. Bei Thomasina beklagte sie sich nie. Für gewöhnlich huschte sie leise nach oben ins Wohnzimmer der Travers', wo sie sich still in eine Ecke setzte und den Musikstunden im »Studio« nebenan lauschte. Thomasina war zu schüchtern, um dem Kind ihre Liebe offen zu zeigen, aber sie war doch glücklich und geschmeichelt über seine Gesellschaft; sie hieß Ariana mit sanften Worten willkommen, bot ihr aus der Sammlung ihrer Lieblingskinderbücher etwas zum Lesen an, und sobald Ariana es sich bequem gemacht hatte, fuhr sie mit ihrer eigenen Lektüre oder ihren Schreibversuchen fort. Sobald die Uhr fünf schlug, legte das Kind sein Buch beiseite, zog sein Mäntelchen an, küßte Thomasina wohl auch bisweilen mit plötzlich aufwallender Zärtlichkeit und sagte dann: »Ich will nur schauen, ob Tante Eliza heimgekommen ist, bevor ich gehe.« Und wenn Eliza tatsächlich schon aus der Kanzlei ihres Vaters zurück war, nahm sie das Kind mit in ihr Zimmer und ließ es erzählen. Ariana war klug genug zu wissen, daß sie Eliza gegenüber Dinge aussprechen konnte, die sie zu Thomasina nicht hätte sagen dürfen, ohne getadelt zu werden. Sie war indes weder ungestüm noch heftig. Sie pflegte mit baumelnden Beinen und zwischen den Knien gefalteten Händen auf Elizas hochlehnigem Schreibtischstuhl zu sitzen. Und manchmal schimmerten Tränen an ihren Wimpern.

»Ich werde weglaufen. Ich kann es nicht ertragen, daß *sie* da ist.«

»Na schön, solange du nirgendwo anders hinrennst als zu uns. Was tut sie denn so Schreckliches?«

»Sie tut überhaupt nichts. Aber sie ist... sie ist da... wo meine Mutter...«

»Sie schlägt dich doch nicht etwa?«

An dem Abend, als Eliza das fragte, verschlug es Ariana im ersten Moment die Sprache. »Natürlich nicht. Das sollte sie sich nur mal unterstehen! Nein, sie sagt es nur Papa, und der verprügelt uns dann. Aber...« fügte sie zögernd hinzu, »so war's schon immer. Es war immer Papa, der uns verprügelt hat. Aber das Schreckliche ist« – ihre Stimme war nur noch ein Flüstern, und die Tränen kullerten ihr nun unaufhaltsam über die Wangen –, »sie will, daß wir sie ›Mama‹ nennen. Und Ruhamah und die Buben *tun* es! Ruie ist noch so klein, und Luke... vielleicht haben sie Mama schon vergessen. Aber Matt und Mark... *Ich* sage ›Cousine Belle‹ zu ihr«, schloß sie stolz.

Dies war einer der Abende, an denen Eliza sie zum Essen dabehielt, um ihr jedwede Erklärung zu ersparen, die man im Pfarrhaus womöglich für ihre geschwollenen Augen verlangt hätte. Statt dessen schickte sie Johann mit einer Nachricht zu der neuen Mrs. McCune. Und ob Mr. McCune Elizas Eigenmächtigkeit nun billigte oder nicht, er verhielt sich jedenfalls still. Was für Befürchtungen er auch immer für das Seelenheil seiner Tochter hegen mochte, es wäre schwergefallen, in Waynesboro einen annehmbaren Grund dafür zu finden, dem Kind seine Besuche bei den Ballards zu verbieten. Außerdem herrschte am Abendbrottisch der McCunes entschieden eine angenehmere Stimmung, wenn das blasse, stumme Persönchen nicht zugegen war.

Amanda hatte recht gehabt mit der Befürchtung, ihr Erscheinen in Begleitung Mr. McCunes bei zwei von Dr. Maxwells Vorträgen sei nicht unbemerkt geblieben. Brauen hatten sich gehoben, ein paar lächelnde Mienen waren zu beobachten gewesen, einige Vermutungen waren angestellt worden. John Gordon und Ludwig Rausch waren inzwischen von ihrer Reise in den Süden zurückgekehrt, aber wie ihre Frauen vorhergesehen hatten, lehnten beide es ab, Dr. Maxwells erbaulichen Belehrungen zu lauschen. Der erste Vortragsabend fiel bereits in die Zeit, da Sally nicht mehr ausging, weshalb sie ihre Karten an Miß Pinney weitergab. »Sie ist zu arm, um sich auch nur eine einzige kaufen zu können«, sagte sie später wie entschuldigend zu Anne. »Sie wird mit Freuden hingehen, besonders, wenn sie jemanden einladen kann. Was mich betrifft, so bin ich heilfroh, von diesen langweiligen Veranstaltungen verschont zu bleiben.«

Anne berichtete natürlich, daß sie Amanda und Mr. McCune bei den ersten beiden Vorträgen zusammen gesehen habe, und die Freundinnen stellten vergnügt allerhand Mutmaßungen an. Doch als Amanda zum dritten Vortrag in Begleitung ihrer Mutter erschienen war, sagte Sally: »Sie hat genug gesunden Menschenverstand, um sich nicht von ihm ködern zu lassen. Ich hab's gleich gewußt, daß sie zu vernünftig ist, um auf ihn hereinzufallen.«

»Sie ist zu vernünftig, um irgend jemanden zu heiraten«, gab Anne barsch zurück.

Sally war verdutzt über die Bitterkeit, mit der sie das sagte, stellte indes keine Fragen. Im stillen aber machte sie sich so ihre Gedanken. Ludwig hatte ihr aus New Orleans geschrieben, nachdem Dock wieder zu ihm gestoßen war. Sie erinnerte sich noch gut an den Wortlaut seines Briefes: Dock sei in New Orleans aufgetaucht »wie die sprichwörtliche Katze, die den Rahmtopf leergeschleckt hat«; er sei »seltsam aufgeregt« gewesen, aber: »Er hat seine Sorgen vergessen.« Die beiden Männer waren nach Vicksburg gefahren, wovon Ludwig seiner Frau im nächsten Brief berichtete. Sie hatten die ganze Festungsanlage durchstreift, um nach den Gräben zu suchen, in denen ihr Regiment während der Belagerung Schutz gefunden hatte. »Du wärest überrascht zu sehen, wie sehr ein Ort sich in fünfzehn Jahren verändern kann: Einst unvergeßliche Wahrzeichen sind heute von Gestrüpp überwuchert und unkenntlich gemacht. Ich glaube, es war wirklich heilsam für Dock, sich das Schlachtfeld noch einmal bei Tageslicht anzuschauen. Er hat von sich aus den Vorschlag gemacht, auf dem Rückweg auch noch in Shiloh haltzumachen.«

Von dem Ausflug nach Shiloh erzählte Ludwig nach seiner Rückkehr. Er gestand, daß es ein merkwürdiges Erlebnis gewesen sei. »Als wir die Uferfelsen passiert hatten, konnten wir rein gar nichts Vertrautes mehr entdecken. Diese Straße, jene Straße, hier ein Wasserlauf und da einer, hüben Bäume, drüben Sträucher – nichts, woran ich hätte erkennen können, daß ich je dort gewesen war. Natürlich kämpften wir alle wie in einem Alptraum, damals in Shiloh... wir kamen uns vor wie Kinder, die sich im Wald verirrt haben. Dock hatte ausnahmsweise Glück: Die Verwundeten – sofern sie fortgeschafft werden konnten, bevor die Rebellen über sie hinwegtrampelten – wurden zum Fluß zurückgebracht. Die Ärzte brauchten also nicht zwischen Gefecht und Rückzug, Stellungskampf und Rückzug hin und her zu hetzen.«

»Die Herren Doktoren verbrachten vermutlich einen friedlichen Tag... hatten nichts weiter zu tun, als Arme und Beine abzusägen.«

Ludwig lachte wehmütig. »War sicher nicht schön für die Jungs.« Mochte Sally ruhig denken, daß es sich nur um Arme und Beine gehandelt habe. »Jedenfalls glaube ich nicht, daß Dock mehr unter diesem Wiedersehen mit Shiloh gelitten hat als ich.

Was damals passierte, wird keiner von uns je wirklich begreifen. Dabei gibt es eigentlich nicht mehr zu sehen als ein abgelegenes Waldstück... aber alles schien noch so, wie wir es verlassen hatten. Wo immer man sich durchs Gestrüpp zwängt, stößt man auf Feldflaschen und zerbrochene Gewehre und Säbel und Patronenhülsen. Wir haben beide 'n paar Sachen mitgebracht... als Souvenirs für die Kinder. Doch mit Dock ist alles in Ordnung, das Problem ist aus der Welt.«

Anne hätte ihren Mann nicht als »Problem« bezeichnet. Sie lebte nun schon seit geraumer Zeit mit diesem dunklen Abgrund in John, und sie hatte ihn akzeptiert, wenngleich sein Heilmittel dagegen nie aufgehört hatte, ihr weh zu tun. Eines Tages würde er sich vielleicht ändern, wenn sie einmal so alt wären, daß es nichts mehr ausmachte, oder wenn er sich an den Gedanken gewöhnt hätte, nicht jeden seiner Patienten retten zu können. Jetzt aber war er wie er war; es gab Zeiten, in denen er sich selbst nicht ertragen konnte und nach etwas suchte... War es Vergessen? Sie liebte ihn und würde ihn immer lieben, zum Teil gerade weil er sich so sehr plagte und alles so schwernahm. Und wenn er sich aus eigener Kraft aus dem Abgrund befreien mußte, in den er bisweilen fiel, so konnte sie nur abseitsstehen und warten. Denn sie erinnerte sich an das Versprechen, das sie ihm abgenommen hatte (wie lange das doch schon her zu sein schien!) und das er halten würde: Wie stark das Verlangen, seiner erdrückenden Qual zu entfliehen, auch sein mochte – nie würde er Kates Ausweg wählen. Mehr konnte sie nicht erwarten. Sie mußte still sein und durfte nie auch nur durch ein Wimpernzucken verraten, wie zornig sie war, wie verletzt und angeekelt. Die scharfe Bemerkung Sally gegenüber, daß es töricht sei zu heiraten, war ein Funke gewesen, der unerwartet aus einem Feuer aufgesprungen war, das sie gewaltsam erstickt hatte, um es zu löschen.

Aber sie hatte sich nie eingeredet, daß sie aufhören würde, unter Johns Seitensprüngen zu leiden, und so war sie denn auch wütend und verletzt gewesen, als er ihr nach seiner Rückkehr aus New Orleans zum erstenmal unter die Augen trat.

Kurz vor der Ankunft des Zuges aus Cincinnati war sie mit den Kindern zum Bahnhof gefahren. Es war ein regnerischer Tag, und sie hatte das Verdeck des Einspänners hochklappen lassen; schon während der Fahrt fühlte sie sich ein wenig wie eine arme Farmersfrau, die am Samstag in die Stadt kommt, und als sie Sally in vollem Staat erblickte, verstärkte dieses Gefühl sich noch. Sally ließ sich in Mr. Cochrans Kutsche zum Bahnhof bringen, und neben Reuben auf dem Bock saß ein kleiner Junge, der abspringen und den

Pferden die Köpfe halten mußte, sobald sie vor einem Zug scheuten. Die Rauschs blieben im Wagen sitzen, aber Johnny entwischte, während Anne die alte Molly festband: Der Zug nach Indianapolis hielt am Bahnsteig, und Johnny wollte sehen, ob Tim O'Reilly der Lokführer sei. Anne war so damit beschäftigt, ihn wieder einzufangen, bevor ihm etwas zustoßen könnte, daß sie beinahe die Ankunft des Zuges aus Cincinnati auf dem anderen Gleis verpaßt hätte. Sie eilte zurück zum Wagen, um Binny zu holen; als sie – an jeder Hand ein Kind – naßgeregnet, windzerzaust und atemlos auf dem Bahnsteig anlangte, sah sie Ludwig aus dem Zug springen, seine drei Kinder beiseiteschieben und Sally ungestüm in die Arme schließen, wobei er eins seiner unverständlichen deutschen Koseworte von sich gab.

John stieg als nächster aus. Sobald Anne ihn erblickte, wußte sie es. Sie hätte nicht erklären können, warum oder woran sie es erkannte, es sei denn an seinem Zögern, sie zu begrüßen. Im ersten Augenblick schien er sich fast vor dem Wiedersehen mit ihr zu fürchten. Er hob Binny hoch, schwang sie durch die Luft und küßte sie; dann fuhr er Johnny durchs Haar und drückte ihn an sich, ehe er sagte: »Nun, Anne, wie steht's?« und sie auf die Wange küßte. In diesem Augenblick fürchtete sie, ohnmächtig zu werden, so elend und verloren kam sie sich vor. Als sie bald darauf im Wagen saßen und sich alle vier unter dem Verdeck zusammendrängten, gab das aufgeregte Schnattern der Kinder ihr Gelegenheit, sich ein wenig zu fassen. Später, daheim in ihrer Diele, dachte sie: Ich könnte es nicht ertragen, in ihm noch einmal diesen Widerwillen gegen mich zu spüren. Doch er nahm wie selbstverständlich seinen breitkrempigen Hut ab, der so militärisch wirkte, hängte seinen Umhang auf und sagte: »Ach Anne, ich bin ja so froh, wieder zu Hause zu sein!«

»Die Reise hat dir also nicht gefallen?« Der bohrende Schmerz in ihrem Herzen ließ nach, aber sie fühlte sich noch immer ein wenig benommen.

»Die Tage mit Ludwig waren schön. Wir haben unserer Soldatenzeit nachgespürt.« Sie gingen ins Wohnzimmer. Johnny klammerte sich mit beiden Händen an den Arm seines Vaters; Binny tanzte ausgelassen und vor Freude kreischend um ihn herum, daß ihre kurzen schwarzen Locken nur so flogen.

»Setz dich da auf die Fußbank, Binny. Mir ist schon ganz schwindlig von deinem Gehopse. Du wirst noch krank werden vor lauter Aufregung. Ich glaube fast, du hast zuviel Freiheit, wenn ich nicht daheim bin.«

Das Kind gehorchte augenblicklich; kleinlaut setzte es sich aufrecht hin und faltete die Hände im Schoß. In seinen Augen schwammen Tränen.

»Nicht weinen, Kleines«, sagte John, während er sich in seinem Ledersessel niederließ und Anne zu sich auf die Lehne hinunterzog. »Ich wollte dich nicht auszanken, aber du bist manchmal wirklich zu wild.«

»Du bist vorher noch nie von zu Hause fort gewesen«, erinnerte Anne ihn. »Die beiden haben die Tage bis zu deiner Rückkehr gezählt.«

Johnny hing über der anderen Lehne von Johns Sessel. »Papa! Papa!«

»Und ich werde auch nicht mehr verreisen, jedenfalls nicht ohne dich. Johnny, kannst du meinen Koffer reinbringen, oder ist er zu schwer für dich?«

Johnny machte wortlos kehrt, sauste hinaus, und als er wiederkam, schleppte er mit beiden Händen den Koffer vor sich her, der ihm bei jedem Schritt gegen die Knie schlug. Keuchend vor Anstrengung ließ er ihn seinem Vater vor die Füße plumpsen.

»Papa, was hast du uns mitgebracht?«

»Schäm dich, Johnny«, schalt seine Mutter. »Gib's ihm nicht, John. Er weiß, daß er nicht betteln darf.«

»Aber warum wollte Papa denn sonst den ollen Koffer haben?«

»Binny darf immerhin ihr Geschenk anschauen.« John lächelte seiner kleinen Tochter zu, die zwar immer noch brav auf ihrem Fußbänkchen saß, aber jetzt erwartungsvoll das Köpfchen reckte. Die Tränen waren vergessen, ihre dunklen Augen strahlten.

»Oh, Papa!« Johnny, der neben dem Koffer hockte, ließ sich auf die Fersen zurücksinken und musterte prüfend das Gesicht seines Vaters. Er war so ernst, daß sogar die Grübchen aus seinen Wangen verschwanden.

»Nein, nein, deine Mutter hat's nicht so gemeint. Ich hab' euch soviel mitgebracht, daß ich beinahe meine Hemden hätte über dem Arm heimtragen müssen.« Er öffnete den Koffer. »Hier ist erst mal eine Puppe für Binny. Eine richtige französische! Sie kommt direkt aus Paris, Binny.« Er öffnete eine Schachtel und nahm eine Wachspuppe heraus, die nach der neuesten Mode mit Rüschen und Turnüre gekleidet war.

»John, ist die aber schön! Doch Binny ist noch zu klein dafür. Sie wird sie kaputtmachen.«

»Gewiß. Aber dann wird sie eine andere bekommen. Doch diese hier wird sie nie so sehr lieben wie jetzt im Augenblick.« Damit reichte er Binny die Puppe. Sie lächelte nicht, als sie das Geschenk entgegennahm; statt dessen vollführte sie einen aufgeregten kleinen Hopser, hielt den Atem an, und ihr Gesicht leuchtete wie verklärt. Sie rutschte auf ihrem Schemel so weit nach hinten, daß ihre Beinchen ausgestreckt in die Luft ragten, und wiegte die Puppe im Arm, während sie mit einem Finger behutsam über ihre Wange, ihre Haube und die winzigen Händchen strich. Wie sie so dasaß, bot sie ein Bild seliger Verzückung.

Als nächstes kam eine Seilrolle zum Vorschein. Johnny machte ein verdutztes Gesicht.

»Das ist ein Lasso, mein Sohn. Onkel Ludwig hat seinen Buben auch welche mitgebracht. Es sieht so aus, als sei New Orleans inzwischen zur Endstation von Texas geworden. Mit diesem Lasso fangen die Cowboys das Vieh in den Weidegründen ein. Du hast doch schon mal vom Chisholm-Pfad gehört, nicht, westlich vom Rio Pecos, hm?« Lächelnd befühlte er das harte, cremefarbene Seil. »Ludwig hat sich sehr dafür interessiert«, fuhr er zu Anne gewandt fort. »Ein Handelsvertreter, den er dort unten beauftragen wollte, für ihn Seilerwaren zu verkaufen, hat ihn auf die Idee gebracht. ›Warum fabrizieren Sie eigentlich keine Lassos?‹ fragte er, und Ludwig kaufte prompt ein paar von den Dingern als Muster für die Firma und auch welche für die Buben zum Spielen.«

»Sind die Kinder nicht noch ein bißchen zu klein dafür?«

»Ach, die wachsen schnell. Ludwig meinte, daß vielleicht Captain Bodien weiß, wie man damit umgeht. Er war nämlich vor dem Krieg im Westen stationiert.«

»Danke, Papa.« Ein wenig unschlüssig nahm Johnny die Seilrolle in Empfang.

»Hier ist eine Schachtel Pralinen für euch alle. Aber die soll Mama erst mal aufheben. Und hier ist noch ein Geschenk für dich, Johnny. Das heißt, wenn du lesen kannst. Hast du bei der alten Dame, zu der du in die Schule gehst, überhaupt Lesen gelernt?«

»John!« protestierte Anne. »Er ist acht Jahre alt!«

»Du weißt, daß ich lesen kann«, entgegnete der Junge vorwurfsvoll.

»Ich hab' doch bloß Spaß gemacht. Dieses Buch handelt von einem Jungen, der in einer Stadt am Mississippi wohnte. Ich glaube kaum, daß unsere Damenbibliothek es anschaffen wird, also habe ich dir ein Exemplar gekauft.«

Wieder sagte Anne: »Er ist noch zu klein dafür.«

»Vielleicht bist du, meine Liebe, zu klein für das, was ich dir mitgebracht habe. Was meinst du, Johnny? Sollen wir's ihr geben?« Er öffnete eine weiße Schachtel und zog aus der Wattepolsterung eine anscheinend endlose Kette hervor: Runde Amethyste, die mit Bergkristalltropfen abwechselten, waren so angeordnet, daß die Steine an beiden Enden winzig klein begannen und zur Mitte hin immer größer wurden.

»John! Wie herrlich! Aber das wäre nicht nötig gewesen. Wo hast du sie gefunden?«

»In einem kleinen Laden in der Royal Street. Hat wahrscheinlich mal einer schönen, stolzen Kreolin gehört. Diese armen Teufel! Kaum einer von ihnen versteht es zu arbeiten. Sie hatten's natürlich auch nie nötig, und jetzt halten sie sich von Monat zu Monat dadurch über Wasser, daß sie Stück für Stück ihren Besitz verkaufen.«

»Es würde mir das Herz brechen, wenn ich dieses Halsband verkaufen müßte. Aber wenn du recht hast, dann dürfte ich es eigentlich gar nicht tragen.« Anne ließ die Steine von einer Hand in die andere gleiten.

»Warum denn nicht? Wer immer die Kette verkauft hat, war gewiß sehr froh über das Geld, das er dafür bekam. Du warst doch nicht schuld an dem Krieg, nicht wahr? Leg sie an und trag sie.« Noch einmal griff er in den Koffer. »Und hier ist ein Souvenir für Johnny. Eine Feldflasche, über die ich gestolpert bin, als ich das Schlachtfeld von Shiloh durchstreifte.«

Johnny ließ Buch und Lasso fallen und streckte andächtig beide Hände nach der verrosteten, zerbeulten Feldflasche aus.

»Glaubst du, die hat einem Soldaten gehört?« Er zeichnete mit dem Finger die Buchstaben U.S.A. nach. »Ob man ihn erschossen hat?«

»Mag sein. Aber vielleicht hat er auch einfach seine Flasche weggeworfen und Reißaus genommen.«

»Da ist ein Loch drin.« Johnny steckte seinen Zeigefinger durch den dreieckigen Riß im Metall. »Kommt das von einer Kugel?«

»Kann schon sein. Aber eine Feldflasche mit 'nem Loch drin taugt jedenfalls nicht viel. Wahrscheinlich hat man sie deshalb weggeworfen.«

»Danke, Papa. Dieses Geschenk gefällt mir am allerbesten.« Johnny lächelte sein mutwilliges Lächeln, und die Grübchen spielten in seinen Wangen.

»Das hab' ich mir fast gedacht. Jungen in deinem Alter sind nun mal blutrünstig.«

»Warst du in Shiloh wirklich dabei?«

»Ja, ich war dort. Zwei Tage und eine Nacht haben wir versucht, die Verwundeten fortzuschaffen und sie wieder zusammenzuflikken. Aber darüber sprechen wir ein andermal.« Er stand auf. »Komm mit mir nach oben, Anne, ich muß mich erst mal gründlich waschen. Es war sehr schmutzig im Zug.«

Anne ließ die Kette durch ihre Finger gleiten, während sie hinter ihm die Treppe hinaufstieg. Was auch geschehen sein mag, dachte sie, die Reise hat ihm gut getan. Nie zuvor hatte er Johnny gegenüber aus freien Stücken den Krieg erwähnt, ja er war bisher auch all seinen Fragen barsch ausgewichen, Fragen wie jeder kleine Junge sie nach den Kriegserlebnissen seines Vaters stellte.

Als sich die Schlafzimmertür hinter ihnen geschlossen hatte, nahm John seine Frau in die Arme; sie legte ihm die Hände auf die Schultern und schmiegte ihre Wange unter sein Kinn. »Dein Bart piekst, wenn du ihn so kurz geschoren trägst«, sagte sie, ohne sich zu bewegen, und er zog sie noch fester an sich.

»Ich bin froh, wieder daheim zu sein.«

»Du hast mir gefehlt.«

Aber als sie einander schließlich losließen, sahen sie sich nicht an. Anne dachte: Ich will's nicht wissen. Ich werde nicht über das hinausdenken, was er mir erzählt. Ich kann nicht noch einmal so leiden wie beim ersten Mal, ich kann's einfach nicht! Sie verleugnete vor sich selbst das Herzweh, das sie vorhin am Bahnhof bei seinem Anblick überkommen hatte.

Sie wandte sich ab und lehnte sich gegen den hohen Bettpfosten. »Erzähl mir von deinem Vetter«, bat sie. »Steht es sehr schlecht um ihn? Du hast ihn und seine Plantage in keinem Brief erwähnt.«

Er ging ihr nach, setzte sich aufs Bett und lehnte sich seitwärts an den bestickten Schonbezug über seinem Kopfkissen.

»Das Haus wäre der richtige Schauplatz für eine Edgar-Allan-Poe-Geschichte. Dekadent. Verfallen. Morsche Türrahmen. Undichtes Dach. Überall Schimmel und Feuchtigkeit. Wenn man ein Haus in diesem Klima fünfzehn Jahre lang vernachlässigt, muß so was passieren, aber es war trotzdem ein schrecklicher Anblick. All die herrlichen alten Kostbarkeiten sind immer noch da, nur völlig verschimmelt. Die Spiegel trübe, die Möbel geborsten. Mit dem nötigen Geld könnte man das Haus vermutlich wieder herrichten. Aber der Verfall geht tiefer. Zweiundsechzig war Vetter Robert so, wie der Süden sich gern selbst präsentierte: die vollkommene Blüte der Zivilisation. Weltmännisch und gewandt, ein richtiger Kavalier. Obendrein Besitzer einer riesigen Plantage: Er herrschte über viele tausend Morgen Baumwolle. Jetzt ist er ein gebrochener alter Mann, der an seinem Schreibtisch sitzt und in Papieren blättert, obgleich er vom Whisky viel zu benebelt ist, um ihren Inhalt zu verstehen. Weil er die Sezession bekämpfte, hatte er keinen einzigen Freund mehr, als die Union siegte. Ein geschlagenes Volk kann verdammt rachsüchtig sein. Seine Söhne waren beide gefallen. Der Ku-Klux-Klan jagte Vetter Roberts Niggern solche Angst ein, daß sie auf und davon gingen. Er konnte nichts mehr anpflanzen und bekam nirgends Kredit. Und dann fand er diesen Aufseher, der wahrscheinlich selbst im Klan ist, jedenfalls hat der Klan ihn seither in Frieden gelassen und die Nigger sind nach und nach zurückgekommen. Aber das Geld reicht nicht, um Hausdiener anzustellen. Sie haben nur eine Köchin.«

Anne dachte: Das hab' ich doch alles schon mal gehört. Aber er hat noch nie so viele Worte gemacht, um so wenig zu sagen. Was will er verschweigen? Wen? Seine Cousine Jessamine? »Wie ist denn dieser Stevens?« fragte sie. »Hat deine Cousine ihn geheiratet?«

John rutschte vom Bett, ging hinüber zum Waschtisch und goß Wasser aus dem bereitstehenden Krug in die Schüssel...

»Ein schlaksiger, blasser Kerl. Gehört zu den ›armen Weißen‹: Nicht mehr jung. Weil er im Krieg war, hatte ich angenommen, er sei wie die meisten von uns noch in den Dreißigern. War natürlich dumm von mir. Er ist mindestens Mitte Vierzig, wenn nicht gar fünfzig.« Er hatte seinen Überrock ausgezogen, die Manschettenknöpfe abgenommen und die Hemdsärmel aufgekrempelt.

»Hat sie ihn geheiratet?«

»Ja. Ich wünschte, ich hätte früher von ihrem Elend erfahren. Aber selbst wenn ich's versucht hätte... ich wäre wohl kaum in der Lage gewesen, ihnen zu helfen. Durch diese Heirat konnten sie wenigstens das Land retten, verstehst du?« Er hörte einen Moment auf zu planschen und sah reglos auf seine Hände im Wasser nieder. Seine Stimme hatte so trocken und heiser geklungen, als sei seine Kehle ausgedörrt und das Sprechen verursache ihm Schmerzen.

Anne beobachtete ihn und spürte, daß ihr Verdacht sie auf die rechte Spur geführt habe. Es wäre leichter zu ertragen, dachte sie, wenn ich, was ihn angeht, nicht so hellseherisch wäre. Wenn er mich doch nur täuschen könnte. Laut fragte sie: »Und Vetter Roberts Enkelin? Wie ist sie eigentlich?«

»Blutjung! Als ich sie zum erstenmal sah, war sie höchstens vier oder fünf, demnach dürfte sie jetzt knapp zwanzig sein. Und an diesen elenden Tunichtgut gekettet! Wenn Vetter Robert nicht so dem Alkohol verfallen wäre, hätte er dieser Heirat nie zugestimmt.«

»Ist sie hübsch?«

»Nein. Aber sie wär's, wenn sie in einem gesunden Klima lebte und anständig zu essen bekäme. Schwarzes Haar, hungrige Augen... feingliedrig. Dünn und gelblich im Gesicht... natürlich Malaria.«

Was auch geschieht, immer spricht der Arzt aus ihm, dachte sie. Der bittere Schmerz, der in ihr aufwallte, drängte sie, ihn zu fragen: *John, wie ist es passiert?* Statt dessen zwang sie sich zu einem gelassenen Ton und versuchte, auf seine oberflächliche Schilderung einzugehen. »Warum hat sie ihn denn geheiratet?«

»Ihr blieb keine andere Wahl. Heutzutage sind die Freier rar in Mississippi, und zu Vetter Robert kommt sowieso kein Mensch. Ich denke, man hofft, dieser Mensch wird nächstes Jahr eine gute Ernte einbringen, so daß wenigstens etwas Geld ins Haus kommt.«

Anne schwieg, und John erzählte unbekümmert weiter. »Sie haßt die Plantage, und so, wie's heute dort aussieht, kann ihr das keiner verübeln. New Orleans hat sie als ein Paradies in Erinnerung – sogar in den ersten Nachkriegsjahren, an die sie sich freilich kaum erinnern kann, gefiel es ihr dort. Sie konnte sich nicht länger gegen die beiden Männer durchsetzen; keine hätte das gekonnt, die noch so jung ist wie sie und so anämisch und vom Fieber geschwächt. Was hätte ich also für sie tun können, wenn ich's früh genug erfahren hätte? Nichts, als sie mit Eisenpräparaten und Chinin vollstopfen.«

Seine letzten Worte stieß er so voller Abscheu hervor, daß Anne unwillkürlich lächeln mußte. »Du hättest sie vielleicht entführen können, so wie der edle Ritter im Märchen.«

»Um Gottes willen, nein! Es kam mir vor, als schüttele ich einen Alptraum ab, sobald ich dieses Haus verließ. Aber sie tut mir leid.« Etwas Feindseliges zuckte über ihr Gesicht; sie hielt die Lider gesenkt, so daß er ihr nicht in die Augen sehen konnte. »Hör mal«, versuchte er sie zu überzeugen, »noch vor ein paar Minuten hattest du Mitleid mit einer frei erfundenen Kreolin, die ihren Schmuck verkaufen mußte. Wieso kannst du dann keine Anteilnahme für ein Mädchen wie Jessamine aufbringen? Ich habe ein paar Abende dort verbracht, und das hat gereicht.«

Er trocknete sich Gesicht und Hände ab und begann, seinen Koffer auszupacken. Die schmutzige Wäsche warf er auf den Fußboden; seine Bürsten, die Schachtel mit den Kragenknöpfen, seine Krawatten und das Rasierzeug verstaute er in der Kommode. »Wenn du sie an diesem ersten Abend gesehen hättest, so jung und so gedemütigt...«

Anne, die ihm zugesehen hatte, brannte mit einemmal lichterloh vor Haß. Sie war entsetzt; nie hätte sie geglaubt, daß sie so empfinden könne. Ihre Eifersucht würgte sie in der Kehle und hinterließ einen bitteren Geschmack. »Wenn dir soviel daran liegt«, sagte sie leise, »dann werde ich sie bemitleiden.«

»Das würdest du bestimmt, wenn du wüßtest... Dieses muffige alte Haus und zwei verblödete alte Männer.«

»Vielleicht bekommt sie bald ein Kind, dann wird ihr die Umgebung nicht mehr soviel ausmachen.«

»Sie wird keine Kinder kriegen«, platzte John heraus. »Der Mann ist impotent.« Fast im selben Moment sah sie die Panik in seinen Augen aufleuchten, er preßte die Lippen zusammen, ließ die Backenmuskeln spielen, und Anne erkannte mit der Klarsicht, die ihr der Schock verlieh, daß er seine Worte liebend gern zurückgenommen hätte. Sie blickte ihn durchdringend an. »Aber John! Willst du damit sagen, *sie* hat dir das erzählt?«

Anne hatte sich während des ganzen Gesprächs nicht vom Fleck gerührt; nun kam auch John vom Bett zurück und lehnte sich wieder in die Kissen.

»Versteh doch, Anne: Sie hat keine Menschenseele, der sie sich anvertrauen kann. Ich bin in ihren Augen ein gesetzter Doktor in mittleren Jahren. Ich hab' versucht, ihre Malaria zu kurieren, als sie kaum älter war als Binny. Zu wem könnte sie darüber sprechen, wenn nicht zu ihrem Arzt? Es war nach dem Essen an jenem ersten Abend; die Männer waren beide sinnlos betrunken. Vetter Robert hatte den Kopf auf die Arme gebettet. Stevens räkelte sich in seinem Sessel und beäugte uns mit hämischem Grinsen. Später dann im Wohnzimmer – wir saßen auf einem moderig riechenden Roßhaarsofa – brach sie in Tränen aus, und um sie zu trösten, sprach ich – wie du gerade – von Kindern. Da hat sie's mir erzählt. Sie sagte auch, Vetter Robert würde Stevens töten, wenn er je die Wahrheit erführe. Und das würde er wohl wirklich, denn er wollte seinen Besitz nur zusammenhalten, um ihn eines Tages seinen Urenkeln vererben zu können.«

»Wünscht sie sich denn Kinder?«

»Glaub schon«, sagte John kurzangebunden.

Anne fühlte den Boden unter ihren Füßen wanken: Sollte sie sich geirrt haben? Diese Kaltblütigkeit... Sie schauderte.

John hatte sie beobachtet. »Ich weiß«, versetzte er seufzend, »es klingt melodramatischer als die kühnsten Phantastereien der guten Mrs. Wood in *East Lynne.*«

»Könnte er seine... könnte er es nicht überwinden?«

»Ich weiß nicht. Hängt von der Ursache ab. Wenn's von 'ner Verwundung herrührt: nein. Wenn Unterernährung, Fieber und Schüttelfrost schuld sind: vielleicht.«

»Gütiger Gott.«

»Ein Alptraum.« Er sah die Frage in Annes Augen und lächelte beruhigend, aber er war dankbar für seinen Kinn- und Schnurrbart: Bisweilen konnte ein Zucken der Mundwinkel allzu verräterisch sein.

Ein lautes Krachen aus dem Erdgeschoß enthob ihn der Notwendigkeit, sich noch länger dem eindringlich forschenden Blick seiner Frau auszusetzen. Es hatte wie das Klirren von Glas geklungen, und dann war es auf einmal furchtbar still.

Anne stammelte: »Dieses Seil... die Lampe...« und wirbelte zur Tür hinaus, ehe er noch vom Bett aufspringen konnte. Er folgte ihr, aber sie war bereits die Treppe hinuntergestürmt, wobei sie mit beiden Händen ihre Röcke raffte. Im Salon fand er sie und Johnny einander gegenüberstehen. Der Junge hielt den Kopf gesenkt, die Augen niedergeschlagen und die Hände hinterm Rükken verschränkt; das Lasso hatte er auf den Teppich fallen lassen. Eine Muschel und die Flasche mit Jordanwasser von der Etagere lagen in Scherben am Boden. John empfand Mitleid mit seinem Sohn: Schuldgefühle von einer Frau eingeflößt zu bekommen, die im Recht war, gehörte zu den schwersten Prüfungen des Lebens. Außerdem erschien ihm der Verlust nicht weiter schlimm. Allein, im Haus hattte Anne zu bestimmen, und sie schien außer sich vor Zorn.

»Ausgerechnet im Salon!« Johnny stammelte etwas wie: »Mehr Platz«. »Das ist kein Spielzeug für drinnen! Dein Vater hätte mehr Vernunft haben sollen, das muß ich schon sagen.«

Sie war nicht nur wütend, es kümmerte sie nicht einmal, ob alle davon erfuhren. John wunderte sich über den sechsten Sinn der Frauen: Schuld und Scham lagen in der Luft, und Anne tadelte sie beide, ihn und seinen Sohn, am meisten aber ihn. Er trat ins Zimmer, schlang ihr von hinten den Arm um die Taille und sagte über ihre Schulter hinweg zu Johnny: »Ein Lasso benutzt man im Freien und nur im Freien. Roll es auf, und dann holst du einen Besen und eine Kehrschaufel und räumst die Scherben weg.«

»Wegräumen! Das ist alles, woran ein Mann denkt. Das waren Erinnerungsstücke von meiner Mutter, die lassen sich nicht ersetzen. Das Jordanwasser!«

»Ach was, Anne... Füll eine Flasche mit unserem guten Brunnenwasser, kleb ein Etikett drauf und kein Mensch wird den Unterschied merken.«

»Und was ist mit mir? Mama war so stolz darauf. Der alte Mr. Ely... er hat sie und Papa getraut... brachte es ihr aus dem Heiligen Land mit... mit seinen eigenen Händen hat er es aus dem Jordan geschöpft.« Tränen erstickten ihre Stimme.

Eine Frau übertrifft wirklich alles, dachte er. Annes unverwüstlicher Sinn für Humor, wo ist er jetzt? Tränen wegen einer solchen Lappalie! »Tu, was ich dir gesagt habe, Johnny. Kehr's zusammen. Wo ist Binny?«

»Martha ihre Puppe zeigen.«

»Bring sie mit, wenn du Schaufel und Besen holst. Ich hab' das Kind ja kaum richtig begrüßt.«

Als Johnny eilfertig hinausgegangen war, drehte er Anne sanft zu sich herum und hielt sie noch einmal Wange an Wange in seinen Armen.

»Verzeih mir, Liebes. Es war wohl ein dummes Geschenk für einen kleinen Jungen.«

Sie machte sich von ihm los und putzte sich die Nase. »*Ich* bin's, die sich entschuldigen muß. Aber ich hab' mich so erschreckt... dieser furchtbare Krach – und dann plötzlich Totenstille. Ich hatte auf einmal Angst, Binny könnte sich verletzt haben, oder eine Lampe wäre umgefallen und das Petroleum auf dem Teppich ausgelaufen.«

»Binny würde sich schon melden, wenn ihr was zustieße. Sie hat ganz ausgezeichnete Lungen: Du weißt doch, wie sie brüllen kann. Komm, setz dich und erzähl mir, was du inzwischen gemacht hast. Was gibt's Neues in Waynesboro? Wie viele von meinen Patienten sind mir treu geblieben? Ich muß gleich mal rüber zu Edwards und fragen, ob Hausbesuche anliegen.«

An diesem Abend hielt er seine reguläre Sprechstundenzeit ein. Das Leben im Hause der Gordons nahm bald wieder seinen gewohnten Gang. Abgesehen von dem, was in Kopf und Herz begraben lag, schien es ganz so, als sei John nie fortgewesen.

Äußerlich und unmittelbar spürten die Rauschs die Folgen der Reise ein wenig mehr. Ludwig und Captain Bodien nahmen das Lasso auseinander, um es in allen Einzelheiten zu studieren, und kamen zu dem Schluß, sie könnten dergleichen ohne große Mühen selbst herstellen. Aber Lassoseil würde gewiß nicht mehr als ein weiteres Nebenprodukt werden. Wichtiger war dagegen die Bekanntschaft, die Ludwig mit dem jungen Thibaudeau gemacht hatte. Es war dies ein tüchtiger und zielstrebiger Kreole, der sich *nicht* vor der Arbeit fürchtete und – kaum war er mündig geworden – ein Maklerbureau im Verein mit einer Schiffsbedarfshandlung eröffnet hatte. Er versprach, auch dann ausschließlich Ludwigs Taue zu verkaufen, wenn die Geschäfte schlechtgingen, und sobald der Markt sich erholte, würde man weitersehen. Zwar handelten auch andere Firmen mit Seilerwaren aus dem Osten, aber Thibaudeau hatte zum einen den Vorteil niedriger Transportkosten, und im übrigen versprach der junge Kreole, gute Geschäfte mit den Cajun-Fischern (den Akadiern französischer Abstammung in Louisiana) zu machen, denn er kannte ihr Land und war auch ihrer Sprache mächtig. Zum erstenmal würde Ludwig einen Kommissionär haben, der keine anderen Erzeugnisse verkaufte, als die von Seilerwaren Rausch & Kompanie.

DIE MITGLIEDER DES FRAUENKLUBS VON WAYNESBORO

Miß Eliza Ballard
Mrs. Mary Ballard
Mrs. Esther Beattie
Mrs. Louisa Deming
Mrs. Katherine Edwards
Miß Caroline Gardiner
Miß Lavinia Gardiner
Mrs. Anne Gordon
Mrs. Rhoda McKinney
Mrs. Laura Maxwell
Miß Agatha Pinney
Mrs. Sarah Rausch
Miß Amanda Reid
Mrs. Thomasina Travers
Mrs. Christina Voorhees

IN MEMORIAM
Miß Susan Crenshaw
Mrs. Mary McCune

1879

»Die Klubmitglieder sorgen sich um die Erziehung ihrer Kinder.«

Im Winter 1879 war Ludwig Rausch ein glücklicher und zufriedener Mann. An einem Februarmorgen saß er ausnahmsweise müßig in seinem Kontor und dachte über die Vergangenheit nach, die unmittelbare Vergangenheit und die Gegenwart. Sein und Sallys viertes Kind, ihr dritter Sohn, Ludwig junior, war fast einen Monat alt und gedieh prächtig. Die anderen Kinder waren gesund, leidlich gescheit und wuchsen schnell heran. Das neue Werk, dessen Ziegelmauern die Brandgefahr eindämmten, war inzwischen fertig. Nun wurde die gesamte Herstellung in den beiden großen Gebäuden mit modernsten Maschinen abgewickelt. Auf der ursprünglichen Seilerbahn entstanden nur mehr Werg und Netzgarn. Der Teerschuppen auf dem gepflasterten Hof war stehengeblieben: Sollte er Feuer fangen und abbrennen, so würde das keinen großen Schaden anrichten, und da Netzgarn nun einmal geteert werden mußte, schien es wirtschaftlich, dies im alten Schuppen nahe der ersten Seilerbahn zu besorgen. Um aus Hanf Garn zu spinnen, waren nach wie vor einige Arbeitsgänge erforderlich, die nur von Hand erledigt werden konnten: Eine gute Gelegenheit, die Lehrlinge von den erfahrenen Spinnern anlernen zu lassen, denn Netzgarn war kein Endprodukt. Unter den wachsamen Augen ihrer Vorarbeiter schritten die Lehrlinge nach rückwärts die Länge des verwitterten Schuppens ab, während Halbwüchsige, die sich ihr erstes Zubrot verdienten, die Räder für sie drehten.

Von den unverputzten, aber in Ludwigs Augen schön und klar proportionierten Backsteingebäuden mit den in gleichmäßigen

Abständen angeordneten Fensterreihen drang das muntere Dröhnen und Stampfen der Maschinen ins Kontor herüber. Die Firma hatte sich vergrößert; die Seilerei war an allen sechs Werktagen je zehn Stunden in Betrieb. Eine Dampfsirene, welche die Leute zur Arbeit rief, ihnen Mittagspause und Feierabend ankündigte, ertönte um halb sieben, halb zwölf, halb eins und um halb sechs. Ihr durchdringender, an- und abschwellender Pfeifton war weithin vernehmbar, und es dauerte nicht lange, da begannen außer den Arbeitern im Werk auch andere sich nach ihr zu richten: »Eßt rasch auf, Kinder, sonst kommt ihr zu spät in die Schule zurück! Das ist schon der Halb-eins-Pfiff« oder: »Ja, du darfst nach der Schule zu deinen Freunden gehen und spielen. Aber daß du mir gleich heimkommst, wenn du den Feierabendpfiff hörst!«

Ludwig hatte mittlerweise die Aufsicht über den eigentlichen Fertigungsbetrieb und die Leitung der Seilerei an Captain Bodien abgetreten. Mit Ausnahme gelegentlicher Stichproben, bei denen er sich davon überzeugte, daß eine Sonderanfertigung Taue auch den Anordnungen entsprechend geschlagen wurde, arbeitete Ludwig teils im Kontor, teils jagte er auf seinen Reisen immer neuen Aufträgen nach oder widmete sich mit Energie und Tatkraft seinen politischen Pflichten.

1878 war für die Republikaner ein schlechtes Jahr gewesen. Wie oft, wenn keine Präsidentschaftswahl anstand, hatte die öffentliche Meinung sich gegen die Regierungspartei gewandt. Präsident Hayes war nicht der Mann, der um die Gunst des Volkes buhlte; schon vor seiner Wahl hatte er angekündigt, daß er nicht länger als eine Amtsperiode im Weißen Haus zu bleiben gedenke, und folglich hatte er wenig Einfluß auf divergierende Gruppen innerhalb der Partei. Die Reform der Vergabe von öffentlichen Ämtern, eines seiner Wahlversprechen, hatte kaum Fortschritte gemacht, ihre Gegner im Kongreß behielten nach wie vor die Oberhand, und die ehemaligen Liberalen, die in die Reihen ihrer Partei zurückgekehrt waren, um für Hayes zu stimmen, zeigten sich bekümmert und enttäuscht. John Sherman, der Finanzminister, hatte einen strengen Deflationskurs eingeschlagen und hoffte so den Weg für die Wiederaufnahme der Barzahlungen zu ebnen. Die *Greenback*-Bewegung, die dafür plädierte, das während des Bürgerkrieges von der Bundesregierung gedruckte Papiergeld (die *greenbacks)* weiterhin als vollgültiges Zahlungsmittel kursieren zu lassen, fühlte sich durch Shermans Politik benachteiligt und rächte sich, indem sie im Herbst zur Niederlage der Republikaner beitrug: Zum ersten Mal seit dem Krieg errangen die Demokraten die Mehrheit in beiden Häusern des Kongresses. Sherman hatte sich jedoch nicht beirren lassen, obwohl er im Dezember in seinem eigenen Staat ausgepfiffen und verspottet worden war, als er dort eine Rede halten wollte. Er hatte darauf bestanden, die Schulden zurückzuzahlen, und schließlich war es ihm auch gelungen, das Vertrauen in den Dollar wiederherzustellen; als das Barzahlungsgesetz endlich in Kraft trat, hatte Sherman genügend Goldreserven angehäuft, um Papiergeld in jeder beliebigen Menge eintauschen zu können. Da jedoch Geldscheine leichter zu handhaben waren als Goldmünzen, kursierten die *greenbacks* vorerst weiterhin zum Nennwert. Was immer der demokratische Kongreß auch vorbringen mochte, dieser sinnvolle Schritt konnte nicht rückgängig gemacht werden: Das Land hatte die Goldwährung wieder, seine Finanzen waren saniert, und John Sherman verdiente es, der nächste Präsident der Vereinigten Staaten zu werden. Ludwig hatte zumindest sein Teil dazu beigetragen; der Siebente Bezirk war – vielleicht sogar ohne daß es dazu seiner Hilfe bedurft hätte – der Republikanischen Partei treu geblieben und hatte Mr. Liddell für eine weitere Amtsperiode ins Repräsentantenhaus entsandt.

Im Sommer und Herbst '78 war – wie schon im Jahr zuvor – wieder eine Rekordernte herangereift, während Europa abermals von Mißernten heimgesucht wurde, so daß erneut Weizen über den Atlantik verschifft wurde und Gold zurückfloß. Hätte die Wahl nicht stattgefunden, bevor die Farmer in den Genuß ihrer reichen Ernteerträge kamen, wäre die *Greenback*-Bewegung vielleicht nie wirklich zum Leben erwacht. Ludwig war überzeugt, daß sie auch so bis zum Jahre 1880 wieder von der politischen Bühne verschwinden würde. Ihn bekümmerten nicht einmal die Wahlergebnisse sonderlich: In allen Ämtern des Siebenten Bezirks saßen gute Männer, zumindest aufrechte Republikaner, und einer von ihnen war Douglas Gardiner, den Ludwig überredet hatte, sich um die Staatsanwaltschaft zu bewerben. Ludwig war schon seit geraumer Zeit der Ansicht, daß der junge Mann sich durchaus einen Namen machen könne, und er war nur zu gern bereit gewesen, ihn anfangs ein wenig zu protegieren. Gardiner würde mit der Zeit sogar ein guter Politiker werden, wenn er nur lernen wollte, seine Zunge im Zaum zu halten, seinen Sarkasmus und sein verächtliches Gebaren in der Öffentlichkeit zu zügeln. Die Staatsanwaltschaft sah er als Vorstufe zum Richteramt. Er und Ludwig hatten eines Abends im Oktober, als Ludwig in der Kanzlei von Merrill, Ballard & Gardiner zu tun hatte, ein langes Gespräch über die Mißstände des herrschenden Justizsystems geführt: Es fehlte ein Appellationsgericht als Instanz zwischen Kreisgericht und Oberstem Gerichtshof eines jeden Bundesstaates. Seit der Gründung des Staates Ohio waren die Mitglieder des Obersten Gerichtshofes gezwungen gewesen, paarweise auszuschwärmen und in verschiedenen Bezirken die dort anstehenden Fälle zu verhandeln; nur einen kleinen Teil des Jahres verbrachten sie in Columbus als vollzähliger und damit beschlußfähiger Gerichtshof.

Ende der siebziger Jahre war der Oberste Gerichtshof mit seiner Prozeßliste vier Jahre im Rückstand, und die anhängigen Verfahren häuften sich weiter. Der Konvent für die Revision der Staatsverfassung hatte die Gründung eines ordentlichen Gerichts vorgeschlagen, das zwischen den bereits bestehenden Institutionen fungieren sollte. Aber über die Anträge zur Verfassungsänderung wurde nicht Artikel für Artikel, sondern pauschal abgestimmt, und die Wählerschaft hatte abschlägig beschieden.

»Der Oberste Gerichtshof muß unweigerlich im Rückstand sein«, hatte Douglas gesagt. »Die traurige Wahrheit ist, sie sind so weit im Rückstand, daß sie nie aufholen werden. Tausende von Fällen warten auf ihre Verhandlung. Stellen Sie sich nur vor, wie sehr das die Verantwortlichen belasten muß! Richter Ballard ist dadurch vorzeitig gealtert, und es hätte sein Tod sein können, wäre er nicht von seinem Amt zurückgetreten. Ich begreife nicht, wie die Wähler die vorgeschlagene Verfassungsänderung ablehnen konnten. Die eine oder andere Novelle verstieß wohl gegen zu viele Sonderinteressen. Die Temperenzler stellten sich gegen eine Konzession für die Gastwirte, weil dadurch der Alkoholausschank legalisiert worden wäre; die Gegner der Prohibition schlossen sich ihnen an, weil sie die Restriktionen fürchteten, die eine solche Konzession ihnen auferlegt hätte. Die Handelsinnungen widersetzten sich jeder Reform der korporativen Rechtsprechung, die ihren Freiraum hätte einschränken können.«

Als Ludwig bei einer früheren Gelegenheit angeregt hatte, Douglas könne vielleicht von einem Bezirksamt in den Kongreß aufsteigen, war dessen Antwort ihm unverständlich erschienen: »Ich würde es vorziehen, in Ohio zu bleiben. Hier könnte ich vielleicht einiges Gute bewirken.« An dem Abend, da sie über das mangelhafte Rechtssystem des Staates sprachen, begann Ludwig die Haltung des jungen Mannes zu begreifen. Im übrigen hatte Douglas sich einverstanden erklärt, für das Amt des Staatsanwalts zu kandidieren, weil dieser Posten ihm Zeit lassen würde, sich nebenher weiterhin der Kanzlei zu widmen. Dort trug er inzwischen die Hauptarbeitslast: Der alte Jake Merrill hatte sich zurückgezogen, sein Enkel war noch ein Knabe; Richter Ballard übernahm nur mehr wenige Fälle von der Eisenbahn oder anderen großen Gesellschaften.

Diese und andere Gedanken gingen Ludwig in ungetrübter Tagträumerei durch den Kopf, während er rauchend an seinem Schreibtisch saß. Als er draußen Schlittengeläut vernahm, stand er auf, um Hut, Mantel und Handschuhe zu holen. Sobald die kalte Jahreszeit einsetzte, ließ Ludwig sein Pferd tagsüber nicht mehr vor dem Kontor stehen: Reuben kutschierte ihn morgens in die Firma, brachte ihm um die Mittagszeit das Pferd und vertrieb sich die Zeit zwischen der Halb-zwölf- und der Halb-eins-Sirene mit seinen schwarzen Freunden, die im warmen Teerschuppen ihr Essen verzehrten. Wenn Ludwig nach der Mittagspause ins Werk zurückkehrte, brachte Reuben das Pferd wieder heim und kam um halb sechs zurück, um Ludwig abzuholen.

Ludwig, der immer noch nachdenklich gestimmt war, fuhr gemächlich die Chillicothe Street hinauf, wobei er seinen braunen Wallach energisch zügeln mußte, denn für das kräftige Tier war der leichte Schlitten kaum schwerer zu ziehen als ein Kinderwagen. Als er hügelabwärts der Stadt zu kutschierte, erkannte er in einem Schlitten weiter vorn Dock Gordon, im festlichen Gehrock, den Zylinder auf dem Kopf; John kam wohl von einer Konsultation mit dem alten Edwards oder Dr. Wright. Die ruhige, zuverlässige Molly zockelte bedächtig vor Docks Schlitten her.

Ludwig lachte stillvergnügt in sich hinein, ließ die Zügel locker und streifte Tecumseh spielerisch mit der Peitsche. Der langsame Rhythmus des Schlittengeläuts verwandelte sich in ein stürmisches Gebimmel, als *Cump* schnaubte, den Kopf zurückwarf und in Trab fiel. Sie überholten Dock an der nächsten Ecke – Molly hätte ebensogut stillstehen können. Bei der nächsten Querstraße bog Ludwig nach links in die Linden Street ein, fuhr einmal ums Karree und überholte Dock abermals, als er gerade vor seiner Praxis anlangte. Ludwig machte kehrt und salutierte grinsend mit der Peitsche.

»Schönes Pferd, was, John?«

»Was fällt dir ein, die arme alte Molly so zu beschämen?« John stieg aus dem Schlitten, klopfte Molly besänftigend den Hals und band sie fest. »Das hättest du nicht gewagt, wenn ich heute morgen mit Becky unterwegs gewesen wäre.«

»Hab' schon viel gehört von deiner Stute, ein Fuchs, nicht? Wie wär's mit 'nem Wettrennen?«

»Abgemacht!« Die Stute war auf der Gordon-Farm geboren und aufgewachsen, wo ein alter Neger sie zugeritten hatte, der zwar ein rechter Tunichtgut war, sich jedoch ausgezeichnet auf Pferde verstand. John war sehr stolz auf Becky. Nun verabredeten die beiden Freunde rasch die Bedingungen für das Rennen, worauf Ludwig davonfuhr, während John in die Praxis ging, seine Tasche abstellte, den Gehrock über den Arm nahm, die Post einsteckte und durch die Seitentür ins Freie trat. »Lonzo!« rief er über den Hof, bekam jedoch keine Antwort. Kopfschüttelnd ging er weiter und betrat durch die Küchentür das Wohnhaus.

»He, Martha! Wärmt sich dieser Nichtsnutz Lonzo etwa bei dir auf?«

Martha saß in ihrem Schaukelstuhl am Herd; Lonzo hatte rittlings auf einem Küchenstuhl Platz genommen und die bestrumpften Beine auf den Nickelbesatz des riesigen Kohlenkastens gestemmt. Als er Johns Stimme hörte, sprang er hastig auf.

»Ja, Sir. Is' mächtig kalt im Stall heut morgen, Sir.« Unerschrocken grinste er John an, während er mit einem Fuß unter dem Herd nach seinen Stiefeln angelte.

»Geh und bring Molly rein. Spann sie aus und reib sie ordentlich ab. Und wenn du fertig bist, spannst du Becky vor den Schlitten. Ist das Essen wenigstens fertig, Martha?«

»Ja, Sir. Martha für Sie halten warm in Röhre, Sir.«

»Ich brauche Becky um eins. Wir beide werden heute nachmittag ein Wettrennen veranstalten.«

Johnny, der mit seiner Mutter und Binny im Wohnzimmer am Feuer gesessen hatte, erkannte die Stimme seines Vaters und kam in die Küche hinausgerannt. Er hatte Johns letzte Worte gehört.

»Oh, Papa!« Alle Hoffnung eines Knabenherzens schwang in seiner Stimme mit. »Darf ich dabeisein? Bitte, Papa, nimm mich doch mit! Mit wem hast du gewettet, Papa?«

»Und was ist mit der Schule? Ach, richtig, heute ist ja Mittwoch. Schön, warum eigentlich nicht, wenn du glaubst, daß du dich ordentlich festhalten kannst. Und wenn Mama nichts dagegen hat. Becky und ich, wir treten gegen deinen Onkel Ludwig und seinen General William Tecumseh Sherman an.«

»Oh, Papa! Glaubst du wirklich, Becky kann *Cump* schlagen?«

Sie waren an der Wohnzimmertür angelangt.

»Was habt ihr vor?«

»Mama! Bitte! Unsre Becky gegen *Cump* Rausch, und Papa sagt, ich darf mit.«

Binny rutschte von ihrem Kinderstühlchen. Ihre kurzen Locken flogen, die weit aufgerissenen Augen strahlten.

»Ich auch, Papa!«

John warf seinen Gehrock aufs Sofa und nahm sie auf den Arm.

»Du kleine ›Ich-auch‹! Nein, diesmal geht's nicht, Binny. Junge Damen haben beim Pferderennen nichts zu suchen, weißt du. Können wir essen, Anne? Ich treffe mich um eins mit Ludwig an der Sycamore Street beim Bahndamm. Von da wollen wir die Sycamore Street rauf. Drei Durchgänge sind vorgesehen.«

Die Sycamore Street war die breite, ruhige Wohnstraße jenseits der Chillicothe Street, die zum Bahnhof hinunterführte. Weil auf ihr nur wenig Verkehr herrschte, wurden dort im Winter mit Vorliebe Schlittenrennen ausgetragen.

»Die Straße ist so buckelig und hat lauter Löcher... Bist du sicher, daß ihr nicht umkippt oder Johnny womöglich aus dem Schlitten fällt?« Nachdem sie so ihrer Rolle als besorgte Ehefrau und Mutter Genüge getan hatte, erhob sich Anne, um ihre Familie zu Tisch zu führen.

Binny hatte stumm, aber untröstlich auf dem Schoß ihres Vaters gesessen, die Augen niedergeschlagen, das eben noch strahlende Gesichtchen düster umwölkt.

»Sei nicht traurig, Spätzchen.« Ihr Vater schob ihr einen Finger unters Kinn und hob ihr Gesicht, so daß sie ihn anschauen mußte. »Wenn du magst, machen wir heute nachmittag eine Schlittenpartie aufs Land – zusammen mit Mama –, gleich nach meiner Sprechstunde.«

Binny warf ihm jubelnd die Arme um den Hals.

»Weißt du was?« sagte er zu Anne. »Am späteren Nachmittag kommst du mit den Kindern zu mir in die Praxis. Lonzo soll Molly vor den großen Schlitten spannen. Ich muß nach der Sprechstunde nur zwei Hausbesuche auf dem Land machen. Der alte Phillips hat Hexenschuß, und Mrs. Irving... na, jedenfalls nichts Ansteckendes, nichts, was mich lange aufhalten wird.« Er merkte, wie Johnny unschlüssig auf seinem Stuhl herumrutschte. »Du hast doch nicht etwa was Wichtigeres vor, hm?« fragte er scherzhaft.

»Och... ich... äh... ich hab 'ne Verabredung. Ich hab Shaney versprochen, daß ich rüberkomme, wenn ihre Großmutter ihren Mittagsschlaf hält. Wir bauen nämlich ein Fort in ihrem Garten, Shaney und ich und noch 'ne Menge andere.«

»Oh, Johnny! Die arme Mrs. Cochran!« rief seine Mutter vorwurfsvoll. »Warum baut ihr eure Festung nicht in unserm Garten, wo niemand durch euren Lärm gestört wird?«

»Weil der Feind hier nicht vorbeikommt.«

»Feind? Und wer ist der Feind?« Sein Vater hielt die Gabel in der erhobenen Hand und dachte stirnrunzelnd an die Kinder der Schwarzen, deren Viertel nicht allzu weit entfernt von den Cochrans im Osten der Stadt lag.

Aber Johnny hatte ein reines Gewissen. Er wand sich zwar ein bißchen vor Verlegenheit, doch dann platzte er feixend heraus: »Die Studenten!«

»Ach, du meine Güte!« Annes Gesicht war starr vor Schreck. »Du meinst, ihr werft mit Schneebällen auf die *Theologen*?«

»Aber die werfen ja auch zurück! Und sie sind in der Überzahl, selbst wenn Char Bonner, Sophie Klein und Bill Thirkield bei uns mitmachen.«

»Ich denke, die Studenten können ganz gut auf sich selbst achtgeben, Anne. Im übrigen sind sie ja noch keine Priester.«

»Und dann«, fuhr Jonny fort, »wenn Mr. Cochran von der Bank heimkommt und Shaneys Großmama zu einer Schlittenpartie abholt, gehen wir alle ins Haus, wärmen uns auf und rutschen den Wäscheschacht runter.«

»Ihr rutscht...« Dagegen hätte sein Vater Einspruch erhoben, wäre Anne ihm nicht zuvorgekommen.

»Sally und ich sind als Kinder auch da runtergerutscht. Diese Schütte ist wie geschaffen dafür! Es geht nicht steil runter, sondern in sanfter Neigung, am Gemüsekeller vorbei, zur Waschküche. Sie werden sich nicht den Hals brechen, höchstens Mrs. Cochran um den Verstand bringen.«

»Aber wenn sie doch gar nicht da ist! Außerdem«, fuhr Johnny strahlend fort, »Shaney hat um vier 'ne olle Klavierstunde, und es ist 'n langer Weg zu den oll'n Traverses. Sie wird zeitig losmüssen. Ich denk', ich werd' um halb vier zu Hause sein.«

»Na schön. Wenn du hier bist, nehmen wir dich mit, sonst hast du eben Pech gehabt. Anne, was ist mit dir?«

Sie schüttelte den Kopf. »Klubsitzung.«

»Kannst du das nicht absagen?«

»Nein. Es wäre eine kümmerliche Entschuldigung, wenn ich sagte, ich ginge lieber Schlittenfahren. Im übrigen tagen wir heute auch noch bei den Gardiners.«

»Kann ich dich dann wenigstens hinbringen? Es ist zu kalt für einen Spaziergang, und ich habe zwischen unserem Wettrennen und meiner Sprechstunde genügend Zeit.«

Lonzo hatte Becky und den Schlitten vors Haus geführt, die Stute jedoch nicht angebunden: Er hielt sie am Zügel, bis Johnny und sein Vater herauskamen. Der Junge war so aufgeregt, daß seine Mutter ihn kaum hatte bewegen können, Mantel und Fäustlinge anzuziehen und seine runde Pelzmütze aufzusetzen. John hatte in der Diele sein altes Cape übergeworfen und von der Hutablage eine ähnliche Mütze wie die von Johnny heruntergeangelt, die er, wenngleich sie schon ziemlich schäbig und von Motten zerfressen war, winters bei seinen Fahrten aufs Land am liebsten trug. Sie kletterten in den Schlitten, und Lonzo übergab John die Zügel.

Auf der Sycamore Street passierten sie zwei oder drei Schlitten. Die Luft, welche selbst jetzt um die Mittagsstunde so kalt und trocken war, daß sie ihnen die Nasenflügel verklebte, hallte wider von hellem Schellenklang und dumpfem Hufschlag auf verharschtem Schnee. Ludwig wartete am Bahndamm. Er hielt die Zügel straff, um seinen ungeduldigen Wallach zu bändigen, der den Kopf zurückwarf, tänzelte und übermütige Sprünge vollführte, mit dem Schweif die frostklare Luft peitschte, aufstampfte und bockte, wozu die Glöckchen an seinem Geschirr ein unrhythmisches, schrilles Gebimmel vollführten. Als Johns Schlitten neben ihm zum Stehen kam, rief Ludwig hinter einem Mann her, dessen Gefährt gerade weiter oberhalb auf der Sycamore Street wendete: »Coppard! Seien Sie doch so gut und geben Sie die Straße frei, ja? 's geht um 'ne Wette! Wir brauchen freie Bahn, verstehn Sie?«

Der Mann salutierte mit der Peitsche, ließ sie dann auf den Rücken seines Pferdes niedersausen und kutschierte im Trab die Straße entlang. »Eine Wettfahrt!« rief er übermütig. »Bahn frei! Den Weg frei für zwei prächtige Rennpferde! Der braune Wallach gegen die Fuchsstute!«

Während sie noch warteten, saß Johnny zitternd vor Aufregung neben seinem Vater. Ludwig hob scherzhaft die Hand an die Mütze, so als parodiere er einen militärischen Gruß. »Cap'n Gordon, Sir! Freut mich zu sehen, daß Sie soviel Sportsgeist besitzen, sich durch zusätzliche Gewichtsbelastung den Sieg zu erschweren.«

Die wenigen Passanten, die stehengeblieben waren, um zuzuschauen, lachten verständnisinnig: Der braune Wallach war groß und kräftig und Ludwig so breitschultrig, daß er allein fast den Schlitten füllte; die Stute dagegen schien zart und feingliedrig, Dock Gordon war schlank und drahtig, und der Junge schlug ihm nach. Alles deutete auf einen höchst ungleichen Kampf hin. Im Gegensatz zu dem rastlosen Wallach stand die Stute ganz ruhig; nur ihre bebenden Nüstern und der wachsam erhobene Kopf deuteten darauf hin, daß sie Gegner und Publikum überhaupt wahrnahm.

»Papa, glaubst du, wir haben 'ne Chance?« flüsterte Johnny. Er hatte auf einmal Angst um Becky und wäre um ein Haar lieber nicht dabeigewesen, als mitzuerleben, wie man sie und seinen Vater beschämte.

»Ich denke doch: Becky ist besser trainiert. Aber Cump ist schon ein prächtiger Gaul. Falls wir verlieren, ist das also kein Grund zum Flennen, verstanden?«

»Ja, Papa.«

Ludwig, der ihrem Herold nachgeschaut hatte, bis der außer Sichtweite war, sagte: »Jetzt kann's losgehen!« Er beugte sich aus dem Schlitten und warf einem der Jungen am Straßenrand eine Münze zu. »Gib uns das Startzeichen, Kleiner, ja? Zähl bis vier!«

Der Bub gehorchte mit Vergnügen! »*Eins* – fürs Geld, *zwei* – fürn Spaß, der nichts kost'!«

Sehnige Fäuste schlossen sich fester um die Zügel. Johnny klammerte sich an die Seitenwand des Schlittens.

»*Drei* – aufgestellt, *vier* – und ab die Post!«

Schlittenglöckchen klingelten. Als ihre Herren die Zügel locker ließen, warfen die Pferde den Kopf zurück. Die stampfenden Hufe schlugen Klumpen gefrorenen Schnees los, und Kiesel stoben auf. Becky gelang der schnellere Start, sie hielt den Kopf hoch und wiegte ihn im Takt ihres raschen Trabes. Johnny federte tüchtig auf seinem Sitz: Sie flogen nur so dahin; ebensogut hätten sie durch die Luft sausen können wie über den spiegelglatten verharschten Schnee unter den Kufen. Das Geläut des anderen Schlittens fiel zurück und blieb hinter ihnen, nicht mehr als ein Ansporn für die lebhafte kleine Stute. Sie jagten die Sycamore Street hinauf; alles rannte ihnen aus dem Weg, bis der sanft ansteigende Hügel schließlich menschenleer war, mit Ausnahme der Zuschauer auf den Gehsteigen. An der Ecke zur Main Street lag Becky immer noch in Führung. Dort konnte man die Pferde nicht anhalten; selbsternannte Ordnungshüter standen mitten auf der Straße und brachten den ohnehin mäßigen Verkehr von Lieferwagen, Droschken, Rollwagen und Schlitten zum Stehen. Inzwischen hatte sich an allen Ecken Publikum eingefunden. Johnny konnte niemanden erkennen, während sie pfeilschnell dahinsausten, aber als sein Vater Becky zügelte, erspähte er ein paar Freunde in der Menge. Er riß die Mütze vom Kopf, schwenkte sie triumphierend durch die Luft und jubelte: »Juchhe!«

»Gib acht, daß du Becky nicht erschreckst!« Doch auch sein Vater lächelte übers ganze, für gewöhnlich so undurchdringlich ernste Gesicht. Er schaute hinüber zu der Gruppe, die Johnny begrüßt hatte: Darunter war ein Mädchen in Schottenrock, kurzer Jacke und einer karierten Mütze mit flatternden Bändern, die es keck über ein Ohr gestülpt hatte und unter der ihr honigfarbenes schulterlanges Haar hervorquoll – das war Elsa Rausch, Johnnys »Shaney«. Aber der verstohlene Blick des Jungen, der sich hingerissen zurückwandte, solange er auch nur das mindeste von dem entzückenden Bild erhaschen konnte, dieser Blick hatte nicht auf Elsa geruht, sondern auf einem der Mädchen neben ihr: Es war zierlicher und wirkte auch kleiner als Elsa in seiner roten *Pelisse* (oder wie auch immer das törichte Weibervolk in diesem Winter einen Mantel zu nennen beliebte); sein silbrig schimmerndes Haar floß seidenweich unter einem kleinen Pelzbarett hervor, in dem genau über der Stirn des Mädchens eine Feder steckte. Passend zum Hütchen trug es einen runden Muff, in dem es die Hände verborgen hielt, während Elsa dem vorbeisausenden Schlitten unbefangen zuwinkte.

Als Becky die Sycamore Street hinunter und auf den Bahndamm zutrottete, fragte John: »Wer waren denn die jungen Damen, die Elsa bei sich hatte?«

»Char Bonner...«

»...ist das die mit der Pelzmütze?«

»Oh, nein! Das war Julia Deming.« Johnny seufzte beinahe ehrfürchtig.

»Ah... und baut sie auch mit an eurem Fort? Und rutscht den Wäscheschacht runter?«

»Nein.« Johnny musterte seinen Vater aufmerksam, wie um festzustellen, ob er ihn necken wollte. »Sie mag unsere Spiele nicht besonders. Sie sagt, Buben seien zu ungestüm. Aber« – und wieder erklang der innige Seufzer – »sie ist hübsch, nicht wahr?«

»Zumindest hat sie hübsches Haar... das war übrigens so gut wie alles, was ich von ihr sehen konnte.«

Im zweiten Durchgang nahm Ludwig den Wallach beim Start fester an die Kandare; die Kraft des mächtigen Braunen verschaffte ihm hügelaufwärts einen Vorsprung vor Becky, den er bis zur Main Street behaupten konnte. Als die Schlitten abermals kehrtmachten, war es an Elsa, ihr Schottenmützchen zu schwenken und »Juchhe!« zu rufen. Johnny winkte zurück und versuchte krampfhaft zu lächeln. Elsa war zu weit entfernt, als daß sie hätte erkennen können, wie der Enttäuschungsschmerz sein Lächeln zur kläglichen Grimasse verzerrte. Doch vielleicht hatte Ludwig es bemerkt. Denn im dritten Rennen lag Cump anfangs zwar erneut in Führung, wechselte jedoch auf halbem Wege die Gangart, so daß die Stute rasch aufholte. Noch ehe Ludwig den Wallach wieder in Trab setzen konnte, war Becky schon vorbeigesaust und ließ sich nicht mehr einholen. Die inzwischen beträchtlich angewachsene Menge an der Ecke zur Main Street jubelte der zierlichen Stute zu, und Rufe wie »Gut gemacht, Dock!« wurden laut. Johnny aber unterdrückte ein letztes triumphierendes »Juchhe!«, weil sein Vater ihm zuflüsterte: »Prahl jetzt nicht, hörst du?«

Als die Schlitten ein gutes Stück oberhalb der Main Street zum Halten kamen, übergab John seinem stolzgeschwellten Sohn die Zügel und ging hinüber, um einen Händedruck mit Ludwig zu wechseln, der ebenfalls ausgestiegen war und seinem Pferd begütigend den Hals klopfte.

»Hast du das mit Absicht gemacht?«

»Was denn?« Ludwig schien ehrlich erstaunt. »Etwa Cump zurückgehalten? Absichtlich ein Rennen verloren? Bei dem Namen, den mein Wallach trägt? Mal ganz zu schweigen von den Wetten, die das Publikum womöglich abgeschlossen hat?«

»Natürlich würdest du so was nicht tun. Ich dachte nur... vielleicht... dem Jungen zuliebe.«

»Donnerwetter! Dock, du solltest mich besser kennen. Ich hab' Johnny gern, aber ich würde Cump nicht seinetwegen um den Sieg betrügen. Dieser Wallach ist mein Augapfel. Ich versteh mich bloß nicht so gut auf Pferde wie du, das ist alles. Hättest du meinen Schlitten gelenkt, wäre Cump als erster durchs Ziel gegangen. Das heißt... nicht unbedingt. Deine Stute ist ein Juwel und obendrein gut trainiert. Mit Absicht verlieren! Nicht um alles in der Welt würd' ich so was tun!«

John gab sich damit zufrieden, war aber dennoch froh, daß zumindest sie beide keinen Preis für die Wettfahrt ausgesetzt hatten. Wieder daheim, schickte er Johnny zu Anne und ließ ihr ausrichten, er werde um zehn vor zwei mit dem Schlitten vorm Haus warten, um sie zur Klubsitzung zu fahren.

»Wenn du das deiner Mama bestellt hast, kannst du meinethalben zu den Rauschs gehen und mit Elsa und den anderen Kindern euer Fort bauen. Aber daß du mir nicht den schadenfrohen Sieger spielst! Um ein Haar hätte nämlich Cump gewonnen, und ich bezweifle, daß Becky wirklich besser ist als er.«

»Sie ist aber doch *gut,* nicht wahr?« fragte Johnny gespannt.

»Sogar sehr gut, und allein darauf kommt es an.« Damit folgte er Lonzo in den Stall, um sich zu vergewissern, daß Becky auch aufs beste versorgt wurde, während Johnny ins Haus stolzierte, um seiner Mutter den Triumph zu verkünden. Er machte einen Umweg über die Speisekammer und stibitzte einen Apfel aus dem Obstgestell, ehe er durchs Eßzimmer in die Wohnstube ging. Anne hörte ihn kommen und blickte erwartungsvoll auf. Als er zur Tür hereintrat, brachte er seine Freude in der ihm eigenen Jubelgeste zum Ausdruck: Mit hoch über den Kopf gereckten Armen warf er den Apfel von einer Hand in die andere, wobei sein ganzer Oberkörper sich leicht hin und her wiegte. Lächelnd nahm Anne das Bild in sich auf: den strahlenden Jungen, die Anmut seines Körpers, den Flug des roten Apfels.

»Wie ich sehe, habt ihr gewonnen.«

»Ja, das haben wir! In zwei von drei Durchgängen sind wir

Sieger geblieben.« Er biß herzhaft in den Apfel. »Papa schickt mich. Ich soll dir sagen, er holt dich um zehn vor zwei ab. Darf ich jetzt gehen?«

Kurz vor zwei kutschierte John die ruhige, alte Molly gemächlich durch das Gäßchen zwischen Praxis und Wohnhaus und hielt vor dem Gartentor. Gleich darauf erschien Anne, und John half ihr in den Schlitten.

»Johnny hat mir erzählt, daß ihr das Rennen gewonnen habt. Der Junge war ganz aus dem Häuschen.«

»Ja. Johnny und ich, wir sind beide in Becky vernarrt. Aber ich würde mich mehr über den Sieg freuen, wenn ich sicher sein dürfte, daß Ludwig das Beste aus seinem Wallach herausgeholt hat.«

Auf der Main Street, unweit des Gerichtsgebäudes, sahen sie Kitty Edwards aus dem Textil-Emporium von Sheldon & Edwards treten.

»Da ist ja Kitty! Die will auch in den Klub. Nimm sie mit, John, dann braucht sie nicht zu Fuß zu gehen.«

»Mit Freuden, falls zwei elegante Damen sich auf diesen Sitz zwängen können, ohne ihre Rüschen und Falten unwiderruflich zu verderben.«

Im Nu hatte der Schlitten Kitty eingeholt, und John hielt am Rinnstein. Als Anne die junge Frau anrief, zuckte Kitty zusammen wie eine Schlafwandlerin; der Abglanz eines mutwilligen Lächelns spielte um ihren Mund und ließ ihre schmalen Wangen voller erscheinen.

»Ich war ganz in Gedanken«, sagte sie fast geistesabwesend, als sie näher kam. »Anne... Dock... wie nett von Ihnen!«

John schlang die Zügel um die Peitsche, da Anne abwehrend ihre weißbehandschuhte Rechte erhoben hatte, zum Zeichen, daß sie sie nicht übernehmen könne, stieg aus und ging auf die andere Seite des Schlittens, um Kitty beim Einsteigen zu helfen.

»Wie geht's Ihnen, Kitty? Ich hab' Sie lange nicht mehr gesehen.« Er nahm sie beim Arm.

»Mir fehlt nichts.« Sie lachte ihn an und zog sich die Reisedecke aus Büffelfell über die Knie. »Beweist das nicht, daß ich Ihnen brav gehorcht habe?«

Kitty hatte im letzten Jahr eine zweite Fehlgeburt erlitten und war sehr krank gewesen. John hatte ihr nachsichtig und mitfühlend zur Seite gestanden, doch nur, bis sie wiederhergestellt war. Dann hatte er sie gescholten, ihr gedroht und abermals ein ernstes Wort mit Sheldon gesprochen. Als er jetzt wieder seinen Platz im Schlitten einnahm und die Zügel löste, sagte er: »Ich weiß nicht recht.

Sie kommen mir auffallend selbstgefällig vor ... wie die Katze, die den Kanarienvogel verschluckt hat.«

Sie lachte hellauf. »Wenn dem so ist, dann hat's nichts mit mir zu tun. Ich hab' bloß ... Sheldon & Edwards geht blühenden Zeiten entgegen. Wußten Sie schon, daß dort jetzt das hübscheste Mädchen der Stadt hinterm Ladentisch steht – Captain Bodiens Tochter. Ich frag' mich nur, warum sie das tut. Er müßte eigentlich genug verdienen. Aber das geht mich nichts an«, setzte sie rasch hinzu. »Dock, meinen Sie nicht, daß ich's jetzt bald wieder wagen kann?«

»Nicht ehe ich Sie noch mal gründlich untersucht habe, mein Kind.«

»Aber, aber«, mahnte Anne. Kittys Offenheit machte sie verlegen. »Ihr seid doch hier nicht in der Praxis!«

»Erzählt Dock dir denn nicht von den Sorgen deiner Freunde? Das hab' ich mich schon oft gefragt. Also nein? Doch in meinem Fall spielt das keine Rolle. Du darfst es ruhig wissen.«

Anne wechselte das Thema. Aber als John sie vor dem Gartentor der Gardiners abgesetzt hatte und Anne vorsichtig die vereiste Klinke herunterzudrücken versuchte, kam Kitty noch einmal auf ihre Herzensangelegenheit zu sprechen.

»Weißt du, was immer Dock auch dazu sagen mag ...« Unter dem modischen Hütchen mit der aufgebogenen Krempe fiel ihr das strähnige, hellbraune Haar wie gewöhnlich ganz und gar undamenhaft in die Stirn, doch ihr schmales Gesicht hatte Farbe bekommen, und ihre blauen Augen strahlten vor Fröhlichkeit und innerem Feuer. »Mir ist's gleich, was Dock dazu sagt«, wiederholte sie. »Ich werde Kinder kriegen, und wenn's mich das Leben kosten sollte.«

Anne streckte die Hand aus und strich Kitty das Haar aus den Augen, so als wäre sie ein Kind. »Kitty, hör auf das, was er sagt.« Ihre Worte klangen beiläufig, obwohl es Anne beinahe den Atem verschlagen hätte. Das war einer *jener* Augenblicke, und sie wußte es wohl; sie hatte ein Gespür dafür, und es war meist ein unheilvolles Omen, wenn sich ihr ein Bild einprägte wie dieses: der Winternachmittag, das vereiste Tor, der verharschte, schmutzige Schnee auf dem Gehweg, und Kittys schmächtige Gestalt, die sich mutig aufrichtete, um ihrer Hingabe Nachdruck zu verleihen.

Das Tor sprang auf, und die beiden Frauen schritten hindurch. Sie waren schon auf halbem Weg zum Haus, ehe Kitty sich darauf besann, wo sie sich befanden, und wessen Schwelle sie gleich übertreten würden.

»Oh, Anne! Ich wollt's dir eigentlich erzählen, sobald Dock uns allein gelassen hatte, aber jetzt bleibt keine Zeit mehr... Ach, ganz Waynesboro wird kopfstehen, wenn's herauskommt!«

Lachend betätigte Anne den Türklopfer. Das klang schon eher nach Kitty und ihren altvertrauten Streichen: Sie hatte einen unstillbaren Hunger nach Dramatik. »Du kannst es mir ja nach der Sitzung erzählen.«

»Nicht hier, das geht nicht. Kein Wort mehr davon. Vielleicht ein andermal.«

Aber als Kitty sich während der Sitzung unwillkürlich in eine aufmerksame Charakterstudie der beiden Misses Gardiner vertiefte, schien es ihr dringend ratsam, überhaupt nichts auszuplaudern und nicht einmal Anne, die gewiß keine Klatschbase war, einzuweihen. Miß Lavinia und Miß Caroline Gardiner: zwei durch und durch kalte Geschöpfe, dachte sie, deren Leben vom Stolz regiert wird, dieser schrecklichsten aller sieben Todsünden. Zwei Frauen, die sich in eisigem Hochmut vor der Welt zurückgezogen haben, einem so gebieterischen Hochmut, daß er ihrer eigenen Selbsteinschätzung auch in den Köpfen anderer Geltung verschafft hat. Miß Lavinia flößte er die Kraft ein, ohne eine Spur von Befangenheit an ihren Reifröcken festzuhalten: Freilich trug sie keine umgearbeiteten Vorkriegsgewänder mehr, seit ihr Neffe ein erfolgreicher Anwalt geworden war, sondern neue, wogende Krinolinen aus Rippseide oder Moiré *antique,* entworfen vom besten Schneider der Stadt.

Miß Lavinia hatte sich zwar nie dazu geäußert, warum sie auch Ende der siebziger Jahre noch an diesem längst aus der Mode gekommenen Kleidungsstil festhielt, doch Kitty hatte angenommen, sie bevorzuge ihn ganz einfach – so wie sie offenbar alles und jedes, was noch aus der Vorkriegszeit stammte, der Gegenwart vorzog. Jetzt aber kam ihr plötzlich die Erkenntnis, daß die altmodischen Reifröcke nur ein weiterer Beweis ihres unbeugsamen Stolzes waren. Wenn Miß Lavinia bis zu ihrem Tode nicht von den Krinolinen abließe, würde sich niemand mehr daran erinnern, daß es einmal eine Zeit gegeben hatte, da sie zu arm gewesen war, um sich etwas anderes leisten zu können: Sie hatte damals ihre alten Gewänder auftragen müssen, während modebewußte Frauen ihre Reifröcke – zumindest die kreisrunden – in die Bodenkammer verbannten und erstmals in Röcken erschienen, die vorn enganliegend geschnitten waren. Miß Lavinia brachte es vermutlich sogar fertig, sich einzureden, die neue Mode sei unschicklich. Kitty lächelte verstohlen, während sie die alte Dame betrachtete, die steif wie ein Ladestock auf einem vergoldeten Stühlchen saß, den gebauschten Rock aus schwerer schwarzer Seide in weitem Bogen um sich herum drapiert. Auf der anderen Seite der Tür saß ebenso aufrecht Miß Caroline, auch sie auf einem jener unbequemen vergoldeten Rokokostühle; doch sie trug immerhin ein modisches Kleid mit schmaler Taille, drapiertem Überrock und Turnüre. Die Schwestern hatten ihre Gäste an der Tür zum Salon empfangen und sich dann wie Wachtposten rechts und links davon postiert.

Wachtposten – Hüter des Hauses! Genau so sehen sie sich, dachte Kitty, allzeit bereit, unliebsame Eindringlinge abzuwehren. Wenn sie nur wüßten! Doch sie, Kitty, wollte auf keinen Fall schuld daran sein, daß die beiden es erfuhren; was sie vor kaum einer Stunde noch amüsant, ja erfreulich gefunden hatte, nahm plötzlich ernste Züge an.

Kitty war an diesem Nachmittag frühzeitig von zu Hause fortgegangen, weil sie sich vor der Klubsitzung noch ein Paar weiße Handschuhe kaufen wollte. Sheldon & Edwards entzückte sie stets aufs neue mit seinem dämmrigen Geschäftsgewölbe, wo es immer ein wenig nach den Wollstoffen roch, die in Ballen die Regale füllten oder auf dem dunklen, von Scheren zerkratzten Ladentisch ausgebreitet lagen; wo Spitzen und Stickereien in Glasvitrinen zum Kauf lockten und wo man die Wahl hatte zwischen Seide, Satin und Brokat. Die Angestellten waren teils ältliche Jungfern und Hagestolze oder arme Witwen, die sich etwas darauf zugute hielten, in einem so respektablen Etablissement zu arbeiten, auch wenn sie nur einen bescheidenen Lohn empfingen. Jahrein, jahraus blieben sie auf ihrem Posten; Miß Allie, Miß Amanda, Mr. Arthur und so weiter – beaufsichtigt von den beiden Inhabern: Mr. Sheldon, groß, schlank, mit schmalem Kopf, babyblauen Augen, einer Adlernase und gelblichweißem Bart, der bis auf den obersten Knopf seiner Weste herabreichte; und Mr. Edwards, kleiner, breitschultriger und mit bulligem Gesicht, das durch seinen Backenbart noch eigens betont wurde. Gleich den Angestellten hatten auch diese beiden sich, soweit Kitty zurückdenken konnte, nicht verändert. Sheldon Edwards, der unter den Augen der Verkäufer vom Knaben zum Manne herangereift war, galt als Neuling im Geschäft: Er arbeitete seit fünf Jahren dort – eine verschwindend geringe Zeit in den Augen derer, die seit einer Generation im Laden standen. Nach seiner Lehrzeit als Verkäufer war Sheldon zum Buchhalter aufgestiegen; inzwischen hatte er ein Bureau auf der Galerie am hinteren Ende des Ladens, wo er durch ein vergittertes Schalterfenster den Verkäufern Wechselgeld aus der Ladenkasse zuteilte und an einem Stehpult die Bücher führte. Kitty dachte, er müsse seine Arbeit sehr eintönig finden, aber Sheldon beklagte sich nie; es wäre auch töricht von ihm gewesen, dem

Geschäft den Rücken zu kehren und sich anderswo nach einer Stellung umzusehen: Mr. Sheldon und Mr. Edwards waren verschwägert, und der einzige Sohn der Sheldons – genauer gesagt, ihr einziges Kind – war im Krieg gefallen. Falls Sheldon sich langweilte, so behielt er das für sich: Er zog es einfach vor, nicht vom Geschäft zu reden, wenn er abends heimkam.

Wann immer Kitty in der Stoff- oder in der Galanterie- und Kurzwarenabteilung erschien, ließen Mr. Sheldon und Mr. Edwards alles stehen und liegen (es sei denn, sie bedienten gerade eine von Waynesboros einflußreichen Matronen) und hießen sie aufs höflichste willkommen. Sie versicherten ihr stets aufs neue, der Laden sei ganz der ihre, und Kitty wußte, daß dies in gewissem Sinne sogar zutraf; sie hätte sich gern einmal eine extravagante Caprice geleistet, und sei es nur, weil sie in ihrem bisherigen Leben nie Gelegenheit dazu bekommen hatte, doch ihre Vernunft hinderte sie daran, diesem Verlangen nachzugeben. Sie war nun schon fast drei Jahre mit Sheldon verheiratet, wurde aber den Verdacht nicht los, einige jener Waynesboroer Matronen, die vielleicht ihre Töchter im College ihres Vaters hatten erziehen lassen, lauerten aus dem erhabenen Gefühl der eigenen finanziellen Sicherheit heraus noch immer darauf, daß eine emporgekommene Lowrey eines Tages den Kopf verlöre. Im stillen amüsierte es sie, diese Damen zu enttäuschen, und im übrigen war sie es durchaus zufrieden, nach den Wertmaßstäben zu leben, die ihr Vater ihr eingeprägt hatte. Sie pflegte den beiden älteren Herren zu danken und hinauf in Sheldons Bureau zu gehen, wo sie vor dem Schalter wartete, bis er sich von den Büchern abwandte und die Hand auf die Lade mit dem Wechselgeld legte, weil er die Person draußen, die er bemerkt hatte, auch ohne aufzusehen, mechanisch für einen Verkäufer hielt. Dann lachte Kitty; er blickte auf und lachte ebenfalls, öffnete von innen die Tür und komplimentierte sie mit den Worten herein: »Und was kann ich heute für Sie tun, Mrs. Edwards?«

An diesem Nachmittag war sie den Gang zur Rechten entlanggeschritten, an den Galanteriewaren vorbei, um wie üblich den Weg zum Bureau ihres Mannes einzuschlagen. Doch vor dem Handschuhstand wäre sie um ein Haar über ihre eigenen Füße gestolpert, so verdutzt war sie, hinter dem Ladentisch ein neues Gesicht zu sehen, und dieses Gesicht war nicht nur neu, sondern auch jung und sehr hübsch. Rasch faßte sie sich wieder und ging weiter, aber sie war äußerst beeindruckt von dem zarten Teint, den rosig überhauchten Wangen, dem dunklen, lockigen Haar, den schwarzen Brauen und Wimpern, den veilchenblauen Augen und der herzförmigen Linie, die Stirn, Wangenknochen und Kinn verband. Das konnte doch nur ein irisches Gesicht sein?

Diesmal wartete sie nicht, bis Sheldon von den Aktenordnern aufblickte, die vor ihm auf dem Pult ausgebreitet waren. »Psst!« rief sie ungeduldig. »Laß mich rein!«

Er wandte sich um und sagte lächelnd: »Welch willkommene Überraschung! Aber warum dieser Verschwörerton?« Und als er ihr die Tür öffnete, setzte er wie üblich hinzu: »Und was kann ich für Sie tun, Madame?«

»Ein Paar weiße Handschuhe... hast du's etwa vergessen? Doch zuerst will ich wissen, wer die strahlende Schönheit da unten ist. Und warum... warum hast du mir nichts von ihr erzählt?« Die letzten Worte flüsterte sie mit Grabesstimme. Sheldon legte den Arm um sie und zog sie an sich.

»Gänschen! Mein liebes Gänschen, du!«

»Nein, bitte, sag's mir doch!«

»Ich weiß nicht, warum ich die Neue bisher nicht erwähnt habe, aber wenn ich hier bin, dann konzentriere ich mich aufs Geschäft, und wenn ich heimkomme, möchte ich's am liebsten vergessen.«

»Ist sie nicht Irin? Warum, um Himmels willen?«

»Muterspaugh hat eine Irin eingestellt, um uns die Kunden aus dem Westviertel wegzuschnappen.« Muterspaugh war der Konkurrent von Sheldon & Edwards; er hatte seinen Laden in der Chillicothe Street, gegenüber dem Gerichtsgebäude. »Er war so erfolgreich mit diesem Trick, daß wir's ihm nachmachen mußten, um unsere Kunden zurückzulocken. Und wir haben die hübschere gefunden.« Sheldon blickte so selbstgefällig drein, daß Kitty lachen mußte.

»Das will ich meinen!« Sie kannte die dralle, rothaarige Norah McDonnell vom Sehen, die Muterspaugh als Verkäuferin engagiert hatte. »Wie heißt sie?«

»Barbara Bodien.«

»Bodien? Ist das nicht der Verwalter in der Seilerei? Hat sie's denn nötig zu arbeiten?«

Er zuckte die Achseln. »Das kann ich mir nicht vorstellen. Vielleicht hat sie sich daheim gelangweilt. Oder sie wollte einfach aus dem Westviertel raus.«

»Warum wohnt die Familie denn eigentlich dort? Er ist doch nicht katholisch, oder?«

»Ich glaube nicht. Aber seine Frau – es heißt, sie sei sehr fromm. Kann sein, daß er ihretwegen hingezogen ist, oder einfach, weil er's von dort näher zum Werk hat. Er hat eines der hübschesten Häuser der Stadt gekauft und hergerichtet. Du erinnerst dich doch an die alte Gerberei, die früher draußen auf dem Land war? Inzwischen hat das Westviertel sie ringsum eingeschlossen. Ich weiß nicht, wie's um die Kirchentreue des Mädchens bestellt ist, aber ich habe so meine Zweifel. Hör zu, Kitty, was ich dir jetzt erzähle, darfst du niemandem...«

Sie hatte gerade nach Kinderart drei Finger zum Schwur erhoben, als die Tür zur Straße hin so heftig zugeschlagen wurde, daß sie es oben im Bureau hören konnten. Sheldon spähte durchs Schalterfenster.

»Versteck dich da hinter dem Pfosten. Nun brauch ich's dir nicht mehr zu erzählen... du wirst gleich sehen.«

Statt hinter dem Pfosten verbarg Kitty sich hinter ihrem Mann und spähte ihm über die Schulter. Der Schnee vor den Straßenfenstern reflektierte die Sonnenstrahlen und ließ das Zwielicht im Ladeninnern noch dämmriger erscheinen als gewöhnlich, aber Kitty erkannte den Mann, der hereingekommen war, unfehlbar an seinem Hinken. Niemand sonst in der Stadt ging wie er.

»Doug Gardiner? Aber warum denn nicht? Ich weiß, es kommen kaum Männer zu euch, es sei denn, sie müssen eine Besorgung für die Frauen ihrer Familie machen, aber... oder willst du etwa andeuten...?«

»Er ist schon letzte Woche hiergewesen. Kaufte ein Paar Handschuhe für seine Tanten. Wahrscheinlich will er sie heute umtauschen.«

Douglas blieb vor dem Handschuhstand stehen, zog ein Päckchen aus der Tasche seines Überziehers und reichte es dem jungen Mädchen. Sie steckten die Köpfe zusammen, wie zu einer wichtigen Beratung.

»Aber er ist so alt wie wir«, empörte sich Kitty leise. »Und sie ist noch ein Kind.«

»Achtzehn. Hältst du es für unsere Pflicht, sie zu beschützen?«

Kitty kicherte in seine Schulter. »Vor Doug? Glaubst du, er hat sich wirklich in sie verliebt?«

»Das weiß ich beim besten Willen nicht. Aber ich kenne ihn. Wir haben schließlich zusammen bei Mr. McMillan die Schulbank gedrückt. Wenn er in sie verliebt ist, dann wird er sie auch heiraten.«

»Oh, das wäre unmöglich! Wie könnte er sie denn *heiraten*?«

»Warum nicht? Sie ist ein sehr nettes Mädchen, und sie wäre gewiß ein erfreulicheres Gegenüber am Frühstückstisch als seine Tanten. Aber natürlich könnte sie auch nein sagen.«

»Sheldon, ich bitte dich...« Kitty trat zurück, hielt sich aber hinter ihrem Mann, bis sie vom Handschuhstand aus nicht mehr gesehen werden konnte. Dann sagte sie mit lauter Stimme: »Sheldon, ich muß mich beeilen, wenn ich noch die Handschuhe kaufen will, sonst komme ich zu spät zu meiner Klubsitzung.«

Er wandte sich zu ihr um und legte den Finger an die Lippen. Doch Kitty schüttelte den Kopf und wäre an ihm vorbeigegangen, wenn er sie nicht am Arm zurückgehalten hätte.

»Du brächtest die beiden nur in Verlegenheit.«

»Ich habe meiner Lebtag noch niemanden in Verlegenheit gebracht.« Lächelnd zwinkerte sie ihm zu.

»Da hast du vermutlich recht.« Rasch beugte er sich zu ihr nieder, gab ihr einen Kuß auf die Wange und flüsterte: »Zu niemanden ein Wort, hörst du? Das könnte nur alles verderben.«

»Glaubst du denn im Ernst«, und wieder senkte sie die Stimme, »daß die alten Damen da unten nicht alles haarklein weitererzählen, was sie hier im Laden zu sehen kriegen?«

»Das stimmt allerdings. Aber sie sind nur Publikum, Kit, genau wie die, denen ihr Klatsch zu Ohren kommt.« Beide gedachten flüchtig der alten Väter und Mütter, der unpäßlichen Gatten und Anverwandten, die das Bett hüten mußten und den Abend herbeisehnten, der die Neuigkeiten vom Tage aus *DEM LADEN* bringen würde. »Die Leute hingegen, die du kennst, sind unmittelbar betroffen: Sie könnten sich bemüßigt fühlen einzugreifen. Laß die beiden das allein ausmachen. Doug hat's verdient.«

Nun küßte Kitty ihren Mann auf die Wange. Es klang fast demütig, als sie sagte: »Ganz wie du meinst.« Im Geiste aber machte sie eine Ausnahme zugunsten von Anne Gordon, die nie einem Dritten weitererzählte, was man ihr anvertraute, Sally Rausch ausgenommen, doch auch der gegenüber würde sie schweigen, wenn Kitty sie darum bat. Aber nachdem sie die Gelegenheit verpaßt hatte, mit Anne zu plaudern, ehe sie das Haus der Gardiners erreichten, saß sie nun hier in deren Salon und stellte sich das junge Paar, wie sie es am Handschuhstand gesehen hatte, so lebhaft vor, daß die Klubsitzung unbemerkt an ihr vorbeirauschte, während sie die Misses Gardiner auf ihren steifbeinigen Stühlen zu beiden Seiten der Tür musterte. Sheldon hat recht, entschied sie: An gewisse Dinge sollte man nicht rühren; schon ein unbedachtes Wort könnte alles verderben.

Sie war auf dem kürzesten Weg von Sheldons Bureau hinunter zum Handschuhstand gegangen. Der Mann und das Mädchen auf der anderen Seite des Ladentisches hatten das Päckchen, welches zwischen ihnen lag, ganz vergessen, aber sie tauschten keineswegs romantische Schwärmereien aus. Doug berichtete vielmehr von einem Trabrennen, das heute auf der Sycamore Street stattgefunden habe.

»Guten Tag, Doug«, grüßte Kitty. »Und Miß Bodien, wenn ich nicht irre? Mein Mann – hier im Laden nennen ihn alle den ›jungen Edwards‹ –, also mein Mann hat mir von Ihnen erzählt. Könnten Sie mich wohl mit einem Paar weißer Handschuhe versorgen, damit ich mich auf der Sitzung meines Klubs nicht zu genieren brauche? Wir tagen heute übrigens bei Ihnen zu Hause, Doug.«

»Ich weiß.« Er lächelte und schnitt eine Grimasse. »Man könnte fast glauben, das Haus meiner Tanten sei für gewöhnlich das schmutzigste in der ganzen Stadt. Jedenfalls schrubben sie's vom Keller bis zum Dachboden, wenn sie die Damen des Klubs erwarten.« Doug griff nach seinem steifen, runden Filzhut, den er neben sich auf den Drehstuhl gelegt hatte. »Ich muß mich jetzt auf den Weg machen. Ich denke, *diese* Handschuhe werden Tante Caroline besser passen.«

»Und wenn nicht, werde ich sie Ihnen gern noch einmal umtauschen.« Miß Bodien schien verwirrt. Kitty war sicher, daß die Handschuhe überhaupt nicht ausgetauscht worden waren. Sie unterdrückte ein Lächeln, aber vielleicht bemerkte Miß Bodien das Zucken um ihre Lippen, denn ihre rosigen Wangen erglühten. Doch so verwirrt sie auch sein mochte, sie trug es mit Würde.

»Gehen Sie noch nicht, Doug.« Kitty nahm auf dem Stuhl Platz, auf dem eben noch sein Hut gelegen hatte, stützte den Ellbogen auf den Ladentisch und streckte dem Mädchen ihre Hand zur Anprobe hin. »Größe sechs, glaube ich. Ich hatte schon immer den Verdacht, daß ihr Anwälte zwischen den Verhandlungen durch die Stadt flaniert, euch amüsiert und überall eure Nase reinsteckt. Aber erzählen Sie doch weiter: Wer war an diesem Rennen beteiligt, und vor allem: Wer hat gewonnen?«

Douglas beschrieb die drei Durchgänge des Rennens, das Dock Gordon mit seiner jungen Stute gewonnen hatte. Barbara Bodiens veilchenblaue Augen hingen unverwandt an seinen Lippen; selbst als sie den engen weißen Handschuh über Kittys schmale Hand streifte, ihn glattstrich und zuknöpfte, wandte sie den Blick nicht von seinem Gesicht. Kitty beobachtete sie: Ihre schönen Augen leuchteten verzückt, und ihr lächelnder Mund war leicht geöffnet, so als sei sie ein wenig außer Atem. Als Douglas zu Ende war, unterbrach sie für einen Moment ihre flinke Geschäftigkeit und sagte mit ihrer leisen Stimme: »Ich wünschte, ich wäre dabeigewesen. Haben Sie meinen Vater gesehen? Er ist doch so ein Pferdenarr. Aber es hätte ihm leid getan, daß Mr. Rausch verloren hat. Er hätte bestimmt auf ihn gewettet.«

»Um ein Haar hätte ich selbst auf den braunen Wallach gesetzt«, gestand Douglas lachend. Die zynische Maske war von seinem Gesicht gefallen, und er pfiff durch die Zähne: »Wer hätte auch gedacht, daß Docks schmächtiger Gaul dieses kraftstrotzende Pferd schlagen könnte?«

Die letzte Öse war zugehakt, der Handschuh saß wie angegossen. »Der paßt wunderbar«, sagte Kitty. »Würden Sie mir auch den zweiten anziehen?« Sie stützte den anderen Ellbogen auf den samtgepolsterten Ladentisch. »Nicht immer gewinnt das beste Pferd. Manchmal liegt's auch an dem, der die Zügel hält. Und Dock verbringt schließlich ein Gutteil jedes Tages damit, in der Gegend rumzukutschieren.«

Später, im Salon der Gardiners, fragte sie sich, warum diese kleine Szene ihr so sehr zu Herzen gegangen war. Es lag gewiß nicht nur daran, daß sie Gefallen an Liebespaaren hatte. Ihr umherschweifender Blick blieb an Mrs. Henry Voorhees haften. Christina hielt die schweren, schläfrigen Lider gesenkt und lächelte still in sich hinein, so selbstzufrieden... Kein Zweifel, sie war rundlicher geworden. Wahrscheinlich erfüllt sie ihre eheliche Pflicht und trägt das Kind ihres Mannes unter dem Herzen. In einer plötzlichen Anwandlung stellte Kitty sich vor, wie Christina und dieser Stockfisch Henry Voorhees in seliger Hingabe beieinanderlagen und ein Kind zeugten. Sie spürte, wie ihr angesichts der Unschicklichkeit ihrer Gedanken das Blut in die Wangen schoß. Nein, so wäre es gewiß nicht; für Christina würde es Pflichterfüllung bedeuten. Kitty verspürte einen Stich in der Brust, einen regelrechten körperlichen Schmerz; sie kämpfte ihn nieder und zwang ihre Gedanken zurück zu dem Bild, das sie noch vor einer Stunde so entzückt hatte. Die Vermählung Blair-Voorhees hatte sie nicht sonderlich bewegt, dazu war es eine viel zu normale Verbindung gewesen: Keinerlei Hindernisse hatten sich den beiden in den Weg gestellt. Aber Douglas Gardiner, den sie gern hatte, so mürrisch und verbittert er auch sein mochte – Doug und die Tochter eines ehemaligen Artilleristen und jetzigen Werksverwalters nebst seiner irisch-katholischen Frau: Da würde es nicht nur Hindernisse geben, sondern ein veritables Feuerwerk! Kitty holte tief Luft und rief sich zur Ordnung: Sie war eine erwachsene, verheiratete Frau, und doch gebärdete sie sich noch ebenso sensationslüstern wie einst als Kind. Aber legte sie nicht viel zuviel in eine harmlose Szene hinein? Schließlich hatte sie nichts weiter gesehen als einen Mann und ein junges Mädchen, die sich unterhielten. Sheldon hatte recht: Sie durfte mit niemandem darüber sprechen. Kitty seufzte und zwang sich, ihre Aufmerksamkeit auf den Vortrag zu richten.

Auch Anne fiel es schwer, sich auf die Sitzung zu konzentrieren.

All diese alten Damen, dachte sie gereizt und wunderte sich dabei über sich selbst. Nie zuvor hatte sie empfunden, daß dies alles vielleicht nur Zeitverschwendung sei. Von ihrem Platz aus konnte sie durch die Vorderfenster sehen, wie der samtene Schnee im Sonnenlicht glitzerte und die kahlen Bäume bläuliche Schatten warfen. Statt hier zu sitzen, wäre sie viel lieber mit John und den Kindern aufs Land hinausgefahren; statt der Rednerin hätte sie lieber dem Schlittengeläut gelauscht, das Mollys gemächlichen Trott schneller erscheinen ließ, als er war. Die Luft wäre frisch und kalt: Allein bei dem Gedanken daran weiteten sich ihre Nasenflügel. Hier in dem ganz in Weiß und Gold gehaltenen Salon dagegen war die Luft so trocken und abgestanden, daß Anne angewidert die Nase rümpfte. Nicht, daß es etwa schlecht gerochen hätte: Dafür waren die Misses Gardiner viel zu perfekte Hausfrauen. Aber dieser faden Leblosigkeit hätte sie eine anständige Prise Landluft entschieden vorgezogen. Um die plötzliche Anwandlung von Atemnot zu bekämpfen, wandte Anne ihre Aufmerksamkeit ihren Klubschwestern zu. Mrs. McKinney verlas in ihrer phlegmatischen Art eine farblose »Huldigung an Bayard Taylor«. Mr. Taylor war gerade gestorben, als das Programmkomitee im letzten Frühjahr zusammengetreten war, und man war übereingekommen, daß er Anspruch auf einen würdigen Nachruf habe. Mrs. Ballard machte der Rheumatismus allmählich zum Krüppel: Ihre Hände waren bereits entstellt, die Gelenke rot, steif und geschwollen, und manchmal konnte sie am Ende einer langen Sitzung nicht mehr ohne Hilfe aufstehen. Aber wenn sie sich auch nur mühsam fortbewegte, war sie doch durchaus noch in der Lage, Papiere oder das Ordnungshämmerchen zu halten, und sie leitete die Sitzungen wie eh und je mit einem gewissen parlamentarischen Gespür. Die meisten Mitglieder waren anwesend, nur Amanda gab noch Unterricht, und Miß Pinney fehlte. Vielleicht, dachte Anne, bin ich auch deshalb so schwermütig, weil mich mein schlechtes Gewissen plagt. Sie hatte freilich nicht gewußt, daß Miß Pinney an Ischias litt, bis Mrs. Deming sie heute entschuldigte, als die Anwesenheitsliste verlesen wurde. »Miß Pinney bat mich, den Damen des Klubs ihr Bedauern auszurichten, ihr Ischias macht ihr wieder zu schaffen. Ich hatte schon den Verdacht, daß sie selbst diesen kurzen Fußweg nicht bewältigen würde, und deshalb gab ich Julia heute morgen eine Nachricht für sie mit in die Schule, worin ich ihr anbot, General Deming werde sie mit der Kutsche abholen. Doch sie lehnte ab: Sie fühlte sich der Anstrengung nicht gewachsen.«

Anne und Sally hatten einen schuldbewußten Blick gewechselt, als die kühle Stimme verstummte. Da auch ihre Kinder in Miß

Pinneys Schule gingen, hätten sie von ihrer Krankheit wissen müssen, und als ihre ehemaligen Schülerinnen hätten sie ihr eine Fahrgelegenheit anbieten sollen, statt die Ärmste der einschüchternden Jovialität des Generals auszuliefern. Miß Pinney führte ein so eintöniges Leben, daß der Klub ihr mehr bedeutete als den meisten von ihnen. Noch einmal ließ Anne den Blick über ihre Klubschwestern gleiten – manche waren ihr vertraut, andere kannte sie nur flüchtig – und versuchte herauszubekommen, was der Frauenklub von Waynesboro jeder einzelnen bedeuten mochte. Zumindest sie und Sally und Kitty Edwards wüßten Besseres mit ihrer Zeit anzufangen. Aber Sally machte der Klub großen Spaß, denn hier fand sie eine Plattform für ihr Talent zur Menschenführung und Organisation.

Erst als der Vortrag beendet war, die Präsidentin Mrs. McKinney gedankt hatte und die anschließende, im übrigen recht ziellose Diskussion der Verdienste Bayard Taylors langweilig zu werden begann, ereignete sich etwas Unplanmäßiges. Amanda Reid, die hereingeschlüpft war, während Mrs. McKinney noch las, wartete, bis alles zum Lobe Bayard Taylors gesagt war, was den Anwesenden einfiel; dann lenkte sie die Aufmerksamkeit der Vorsitzenden auf sich, und Mrs. Ballard erteilte ihr das Wort.

»Frau Präsidentin, meine Damen. Wie Ihnen allen bekannt ist, hat man mich gebeten, den Vorsitz des Programmkomitees für das kommende Jahr zu übernehmen. Wir haben bereits mit der Arbeit angefangen. Es war bisher nicht üblich, das Plenum unseres Klubs zur Programmberatung hinzuzuziehen; man ging vielmehr davon aus, daß die mit dieser Aufgabe Betrauten annehmbare Resultate vorlegen würden. Wir aber glauben, daß Sie alle das Recht haben sollten, über einen Vorschlag für eine unserer Herbstsitzungen abzustimmen. Es wurde angeregt, einen Nachmittag den Kindern der Klubmitglieder zu widmen, oder vielmehr: die Kinder zu überreden, *uns* etwas vorzuführen. Meines Erachtens sollten zuvor diejenigen von Ihnen, die Kinder haben, darüber nachdenken, ob sie willens wären, bei der Verwirklichung eines solchen Programms mitzuhelfen.«

Mrs. Maxwell, die keine Kinder hatte, fand die Idee »einfach reizend«. Mrs. Beattie, Mutter zweier halbwüchsiger Söhne, hegte die Befürchtung, daß vielleicht nicht genügend Kinder zur Verfügung ständen, die alt genug seien für ein solches Unterfangen.

Anne, in der sich unvermittelt der Widerspruchsgeist regte, entgegnete hierauf: »Frau Präsidentin, meine Damen. Wenn wir uns überhaupt zu dieser Veranstaltung entschließen, dann sollten wir sie noch in diesem Jahr durchführen. Unsre kleinen Buben werden nämlich schon bald nicht mehr willens sein, vor einer Damengesellschaft Gedichte aufzusagen oder etwas vorzusingen.« Dann schämte sie sich plötzlich und lächelte Mrs. Beattie besänftigend zu.

Thomasina ergriff unaufgefordert das Wort; sie war viel zu erregt, um sich um parlamentarische Gepflogenheiten zu kümmern. Vergebens pochte ihre Mutter mit dem Hämmerchen auf den Tisch, um sie zur Ordnung zu rufen. »Wir vom Programmkomitee haben die Kinder schon gezählt.« Thomasina so ungehemmt in ihrem Eifer zu sehen, war in der Tat ein rares Erlebnis. Anne schloß daraus, daß der Vorschlag ursprünglich von ihr ausgegangen war. Thomasina, Amanda und Christina Voorhees bildeten in diesem Jahr das Programmkomitee. »Zwei Gordons, und von den Rauschs sind drei alt genug, um mitzumachen«, fuhr Thomasina hastig fort. »Die kleine Deming, zwei Beatties, Mrs. McKinneys kleines Mädchen« – sie ließ ihren Klubschwestern nicht die Zeit, Einwände gegen ein Negerkind in ihrer Mitte zu erheben – »und die McCunes, alle fünf.« Thomasina verstummte. Als jedoch keine Wortmeldung erfolgte, setzte sie zögernd hinzu: »Gewiß betrachten auch Sie die Kinder unsrer lieben Mrs. McCune als Klubkinder?« Ohne weitere Diskussionen und wie es schien nicht unwillig einigten sich die Damen darauf, einen Nachmittag den Kindern zu widmen, sofern Thomasina die Vorbereitungen übernehmen würde.

Nur die Ballards wußten von dem Kampf, den Ariana nach dem Tode ihrer Mutter ausgefochten hatte, bis sie ihrem Vater die Erlaubnis abgetrotzt hatte, den Musikunterricht fortsetzen zu dürfen, den Samuel Travers aus Liebe zu ihr abhielt. Doch die meisten der Damen errieten auch so, daß Thomasina um Arianas willen ihr Herz an einen »Kindernachmittag« gehängt hatte. Sally sagte: »Meine Kinder machen bestimmt liebend gern mit. Sie haben großen Spaß daran, sich vor Publikum zu produzieren.« – »Für Belinda kann ich mich noch verbürgen«, erklärte Anne, »und bei Johnny will ich mein möglichstes versuchen.« Mrs. Deming versetzte gelassen: »Julia wird tun, was immer man von ihr verlangt.«

Damit schien dieser Punkt abgehandelt; ohne offizielle Abstimmung bekundeten die Mitglieder ihre Bereitschaft, ins Programm des nächsten Jahres einen Kindernachmittag aufzunehmen. Als der Klub sich vertagt hatte und die Damen sich von ihren Plätzen erhoben, steuerten Sally und Anne auf Mrs. Deming zu.

»Das mit Miß Pinney tut uns so leid. Wir hatten keine Ahnung.«

»Julia sagt, sie bringt eine Wärmflasche mit in die Schule und hält sie den ganzen Vormittag auf dem Schoß. Das müssen Ihre

Kinder doch auch bemerkt haben?« Mrs. Deming zeigte sich leicht amüsiert, so als entbehre es nicht der Komik, daß die beiden jungen Mütter sich erwachsen genug glaubten, die Verantwortung der Elternschaft zu übernehmen. Sally und Anne sträubten sich gegen diesen herablassenden Ton.

»Es dürfte ihnen wohl kaum entgangen sein. Sie sind schließlich nicht blind«, entgegnete Sally schnippisch.

»Johnny spricht nie mit uns über das, was in der Schule vorgeht. Er hütet es wie ein tiefes, dunkles Geheimnis.«

»Zum Glück darf ich sagen, daß Julia sich stets ihren Eltern anvertraut: Es gibt kaum etwas, das wir nicht früher oder später erfahren. Aber wie Sie wissen, geht sie nur vormittags in Miß Pinneys Schule. Wir fühlen uns gewissermaßen verpflichtet, ihr Gemeinschaft mit Kindern ihres Alters zu gewähren. Sie lernt allerdings rascher unter meiner Aufsicht an den Nachmittagen.«

»Julia ist bestimmt ein sehr aufgewecktes Kind.« Ganz beiläufig brachte Sally dieses Kompliment vor. »Aber sie hätte mehr von der Gesellschaft der anderen, wenn sie morgens daheim bliebe und nachmittags zur Schule ginge. *Nach* dem Unterricht haben die Kinder ihren Spaß miteinander.«

»Zum Beispiel, wenn sie den Wäscheschacht runterrutschen«, ergänzte Anne mit unbewegter Miene.

Mrs. Deming war offenbar entschlossen, sich ihr Entsetzen nicht anmerken zu lassen. »Ich fürchte, Julia ist zu zart für solch wilde Spiele. Doch zurück zu Miß Pinney: Auf dem Weg hierher habe ich bei ihr hereingeschaut und sie in der Tat sehr elend vorgefunden. Sie hatte schon letzten Winter einen Ischiasanfall, wie Sie sich gewiß erinnern. Aber sie sagt, diesmal sei es schlimmer. Sie hält sich indes sehr tapfer. Ihr Haus ist in einem Zustand, der keinen Zweifel daran läßt, wie begrenzt ihre Kräfte nur noch sind, doch sie besteht darauf, daß sie durchaus in der Lage sei, ihre kleine Schule weiterzuführen – Ischias wirke sich schließlich nicht auf den Geist aus, und im übrigen habe Dr. Wright ihr eine Medizin verschrieben, welche die Schmerzen lindere.«

»Die arme Seele«, flüsterte Anne. »Natürlich schließt sie die Schule nicht, wenn's nicht unbedingt sein muß. Ich glaube kaum, daß sie sich etwas hat auf die Seite legen können. Wovon sollte sie also leben?«

Damit war das Thema beendet, denn im Augenblick gab es dazu nichts weiter zu sagen. Anne und Sally wünschten Mrs. Deming einen guten Tag, gratulierten Mrs. McKinney zu ihrer »Huldigung«, dankten den Misses Gardiner für ihre Gastfreundschaft und gingen über den Flur ins Wohnzimmer, um Hut und Mantel zu holen. Anne sah sich nach Kitty Edwards um, aber die war anscheinend während ihres Gesprächs mit Mrs. Deming gegangen. »Vorhin konnte sie's nicht erwarten, mir etwas zu erzählen. Ach, aber du kennst ja Kitty: Vermutlich war's ganz unwichtig, und sie hat es nur im ersten Moment für lustig gehalten.«

Keine Mutter war so unklug, bereits im Januar eine Veranstaltung zu erwähnen, bei der ihre Kinder im nächsten Oktober mitwirken sollten: Es lohnte sich weder, derart verfrüht einen Aufstand heraufzubeschwören, noch Begeisterung zu wecken, die sich bis zum Herbst womöglich abkühlen würde. Thomasina jedoch sprach mit ihrem Mann darüber, als die beiden nach dem Abendessen allein waren. Samuel hatte den schwarzen Gehrock nebst Weste mit seiner Hausjacke aus grauem Flanell vertauscht, die er für gewöhnlich in solchen Stunden trauter Zweisamkeit trug.

»Du mußt etwas mit Ariana einüben, das sie den Damen vorspielen kann. Das wäre doch eine große Chance für sie!«

Samuel strich sich über das schüttere Haar, eine Geste, die seine Unschlüssigkeit zum Ausdruck brachte.

»Was würde ihr Vater dazu sagen? Du weißt, wie schwer es war, ihn davon zu überzeugen, daß Klavierspielen Bestandteil der Erziehung einer jeden jungen Dame sei und keine Kapitulation vor der sündigen Welt oder gar vor dem Teufel. Meinst du, er würde ihr erlauben, in der Öffentlichkeit zu spielen?«

»Von ›Öffentlichkeit‹ kann gar keine Rede sein. Sie soll doch nur vor den Mitgliedern des Klubs spielen, dem ihre Mutter angehört hat. Ich wünsche mir so sehr, daß die Damen begreifen, wie begabt das Kind ist.« Thomasina betrachtete ihren Mann mit jenem sehnsüchtigen Ausdruck, der so gar nicht zu ihrem länglichen, grobknochigen Gesicht zu passen schien. Samuel war fülliger geworden; er scheitelte sein mausgraues Haar dicht über dem Ohr, um die kahle Stelle am Oberkopf zu verdecken. Thomasina hatte sich damit abgefunden, daß nie ein amerikanischer Schubert aus ihm werden würde; doch sie war überzeugt, daß er es als Lehrer mit jedem Professor eines Konservatoriums aufnehmen könne und die Stadt ihn nicht mit dem Respekt behandele, der ihm gebühre. Eines Tages würde einer seiner Schüler ihn berühmt machen. Dieser Traum, in dem Thomasina in ihrem eintönigen Leben endlich ein Ziel sah, war nicht ohne Einfluß auf die Pläne geblieben, die sie für Ariana schmiedete. Ariana würde sich eines Tages als Genie entpuppen. Was aus dem Kind werden sollte, wenn dieser Fall tatsächlich einträte, bekümmerte sie nicht weiter. Genies ließen sich nicht von strengen kalvinistischen Vätern an ihrer Berufung hindern, und überdies würde sie, Thomasina, der

Kleinen helfen, sich von ihren Fesseln zu befreien. »Sie ist begabt, Samuel«, wiederholte sie.

»In mancher Beziehung ist sie das, ja. Sie hat eine überaus rasche Auffassungsgabe, gepaart mit viel Phantasie; sie ist sensibel und hat vielleicht sogar eine schöpferische Ader.« Doch Samuel hütete sich, die Träume seiner Frau zu nähren. »Aber all das macht sie noch lange nicht zur Musikerin. Was ihr fehlt, sind Ausdauer und Beharrlichkeit – die körperliche und nervliche Kraft – oder wie immer du es nennen willst, die einen wahren Musiker auszeichnen. Sie ist schwer faßbar... beinahe wie Quecksilber: Einen Moment lang ist sie da... ihre Aufmerksamkeit, meine ich... doch schon im nächsten beschäftigt sie sich mit etwas anderem. Sie spielt nicht halb so gut wie Elsa Rausch, obwohl die noch ein Jahr jünger ist.«

Thomasina stellte sich das rotwangige, windzerzauste Kind vor, das stets in letzter Minute die Treppe hinaufhastete, wenn es zur Musikstunde kam, immer atemlos, so als wolle es den Unterricht möglichst schnell hinter sich bringen. »Ich kann mir nicht denken, daß Elsa irgendwas ernst nimmt.«

»In ihrem Alter? Nein. Sie ist ein ungestümer Wildfang. Wenn sie hier heraufkommt, denkt sie nur an all den Spaß, den sie während der Stunde versäumt, und wünscht sich, so schnell wie möglich wieder fortzukommen. Aber sie liebt die Musik, und wenn sie erst einmal am Klavier sitzt, ist sie wie verwandelt. Die Musik liegt ihr im Blut – vermutlich ihr deutsches Erbteil. Sie spielt kraftvoll, mit Gefühl und Nachdruck. Und einfach, weil Musizieren für sie ebenso natürlich ist wie das Atmen, probiert sie gern schwierige Stücke, die sie herausfordern. Und sie hat auch Geduld, Geduld und deutsche Gründlichkeit. Sie übt fleißig.«

»Ich möchte wissen, wann. Sie scheint dauernd mit anderen Kindern herumzutollen. Amanda sagt, die Theologen beklagen sich darüber, wie die Buben und Mädchen auf der Market Street ihren Schabernack mit ihnen treiben.«

»Diese jungen Herren nehmen sich viel zu wichtig.«

»Ich finde es unfair. Elsa hat... ich meine, sie kann alles haben, was sie sich nur wünscht. Und Ariana...«

»Ich werde etwas für Arianas Vortrag heraussuchen, etwas Auffallendes – und ich werde es mit ihr einüben. Aber ich kann Elsa in der letzten Woche vor eurem Kindernachmittag etwas Schwierigeres geben, und sie wird's besser spielen.«

»Oh, Samuel! Und ich hatte *so* gehofft...«

»Gehofft? Was denn, meine Liebe?«

»Daß Ariana den Klub von ihrem Talent überzeugen würde, so

daß wir alle miteinander etwas für sie tun könnten. Ihre Ausbildung fördern. Eliza und ich würden das mit Freuden übernehmen, wenn wir nur die erforderlichen Mittel hätten. Aber wir können's nicht und ihr Vater auch nicht, selbst wenn er wollte.«

»Es kostet nicht viel, die Tochter eines Pfarrers auf ein kirchliches College zu schicken. Im übrigen ist sie ja noch ein kleines Mädchen. Wenn sie größer ist und weiß, welchen Beruf sie ergreifen möchte, können wir sie vielleicht unterstützen. In der Zwischenzeit ist es uns immerhin vergönnt, ihr kostenlos Musikunterricht zu geben.«

»Ja. Aber ich hatte *so* gehofft, daß sie eines Tages berühmt werden würde. Dann würdest auch du berühmt, denn du hast sie ausgebildet.«

»Ich habe dich enttäuscht, Thomasina, nicht wahr, weil ich's zu nichts gebracht habe und mich als kleiner Musiklehrer durchschlagen muß?«

»O nein! Ich möchte dich gar nicht anders haben. Es geht mir nur um dich. Verschwommene Tagträume, wie gewöhnlich. Du weißt, daß ich eine Traumtänzerin bin: Wenn ein Traum verblaßt, hänge ich schon einem anderen nach. Außerdem könnte der Ruhm dir womöglich den Kopf verdrehen.« Unter Tränen lächelte sie ihm zu.

»Es ist jammerschade...« Samuels rundes, gelassenes Gesicht wurde rot bis zum Ansatz seines schütteren Haars. »Es ist sehr betrüblich, daß unsere Ehe nicht mit Kindern gesegnet wurde.«

»Es ist Gottes Wille: Ich habe mich schon lange damit abgefunden. Das ist einer der Gründe dafür, daß ich dachte, es sei mir bestimmt, etwas für Ariana zu tun.«

»Laß dir diesen Traum nicht nehmen, meine Liebe. Vielleicht geht er ja doch in Erfüllung. Du selbst könntest sie lehren, wie du zu schreiben. Möglich, daß ihre Begabung auf diesem Gebiet liegt. Übrigens, ist denn jemand in deinem Klub, der für ihre Ausbildung aufkommen könnte? Alle, die begütert sind, haben doch selbst Kinder.«

»Ich dachte, wir könnten alle zusammenlegen. Ich weiß, die meisten unserer Damen haben eigene Kinder, und Mrs. McKinney hat schon ein kleines Mädchen angenommen. Samuel, ist dir je aufgefallen, wie seltsam das ist? Für gewöhnlich bemerken Pfarrer oder Leute, die für wohltätige Zwecke eintreten und die Öffentlichkeit aufrufen, Gutes zu tun, einfach nicht, daß es ja auch in ihrer unmittelbaren Umgebung Menschen gibt, denen sie helfen könnten. Mama zum Beispiel... Oh, nicht, daß ich sie für hartherzig hielte, nein! Wahrscheinlich glaubt sie einfach nur, es sei zu langwierig, den Menschen einzeln und einem nach dem anderen zu helfen, und man könne auf diese Art keine wirklichen Probleme lösen. Ich hingegen bewundere Leute, die *handeln,* und sei es auf so bescheidene Weise wie die McKinneys. Sie hätten nach dem Tod der alten Mrs. McKinney ohne weiteres ein weißes Kind adoptieren können – sie hätten gewiß mehr davon gehabt –, doch statt dessen übernahmen sie die Vormundschaft für dieses heimatlose kleine Negermädchen aus dem Bezirksheim, das bei ihnen im Dienst stand, und sorgen nun dafür, daß es eine gute Erziehung bekommt.«

»Aber sie schicken das Kind bloß auf die Schule der Farbigen im Osten der Stadt. Das kostet sie keinen Pfennig.«

»Ich weiß. Sie wollten die Kleine eben nicht von ihren Kameraden trennen. Und sie darf ihre Freunde mit in die Pfarrei bringen, so oft sie mag: Es ist ihr Zuhause. Und die McKinneys haben versprochen, sie aufs College zu schicken, wenn sie in der Schule gute Noten bekommt.«

»Mir scheint es besser, keine solchen Versprechungen zu machen. Doch was Ariana betrifft: Die hat noch einen weiten Weg vor sich bis zum College. Und in der Zwischenzeit gebe ich ihr Musikstunden.«

Gegenwärtig verdankte Ariana ihrem Musikunterricht die Bekanntschaft mit Elsa Rausch. Die beiden Mädchen waren sich zuvor fast nie begegnet: Ihre Familien gehörten nicht derselben Kirchengemeinde an, und sie besuchten verschiedene Schulen. Ariana war die Ältere von beiden, aber Elsa sprudelte vor Lebendigkeit und übernahm unter ihren Spielgefährten stets die Führung – Eigenschaften, die Ariana gänzlich fremd waren. Nachdem die beiden Mädchen einander durch ihre Begegnungen auf der Treppe der Ballards und in Mr. Travers' Studio nähergekommen waren, führte Elsa die scheue Ariana in den Kreis ihrer Freunde ein, mit denen sie spielte, sich balgte und Ränke schmiedete. Die Streiche, welche die phantasiebegabte Ariana ausheckte und die man den Theologiestudenten im Frühling des Jahres 1879 spielte, waren neu, wirksam und ungemein lustig – zumindest für die kleinen Übeltäter.

Dem Grüppchen, das Elsa anführte, hatten sich auch Sophie Klein und diejenigen ihrer jüngeren Geschwister angeschlossen, die bei den Spielen der Größeren mitmachen konnten. Die Kleins hatten sich beharrlich emporgearbeitet: Der Hausiererkarren war erst mit einem kleinen Lebensmittelladen vertauscht worden, dem später das stattliche Geschäft an der Ecke Main und Sycamore Street folgte, über dem ein großes Schild hing mit der Aufschrift

FEINKOST und vor dessen Auslagen den Vorübergehenden das Wasser im Munde zusammenlief. Aus der Wohnung über dem ersten bescheidenen Laden, die Fritz Klein vor nunmehr einem Jahrzehnt für seine Braut eingerichtet hatte, war die Familie zuerst in Miß Crenshaws Häuschen und dann in ein nagelneues Backsteingebäude gezogen, das man an Stelle eines Holzhauses auf dem großen Grundstück den Rauschs gegenüber errichtet hatte. Mochte Sally Rausch auch noch skeptisch sein, was die Vorfahren der neuen Nachbarn betraf – ein Onkel, ehemaliger Gastwirt und nun Bäcker, der Großvater ein Gemüsehändler, bei dessen Sohn sie ihre Lebensmittel einkaufte –, so verbot sie ihren Kindern doch nicht den Umgang mit den Kleins, deren Sprößlinge ebensogut erzogen waren wie ihre eigenen und diesen an tadellosen Manieren in nichts nachstanden. Elsa und ihr Bruder Ernest, Johnny Gordon und der Sohn der Thirkields, Charlotte Bonner und ihr jüngerer Bruder erschienen nachmittags oft genug in Mrs. Kleins Küche, und als der Frühling ins Land zog, gesellte sich auch Ariana McCune dazu. Mrs. Fritz Klein, geborene Hoffmann, die einst in der Schenke ihres Bruders Bierkrüge geschleppt hatte, war zur Gastfreundschaft erzogen worden, und so hieß sie denn die Freunde ihrer Sophie nicht nur in ihrem Hause willkommen (solange sie sich aus dem Salon fernhielten), sondern traktierte sie auch mit Plätzchen, Brezeln und jenen besonders köstlichen Keksen aus Mr. Hoffmanns Bäckerei: Runde, knusprige Kekse, bestrichen mit frischer Landbutter, die an den Rändern heruntertroff, wenn man hineinbiß. Die meisten Hausfrauen von Waynesboro kauften diese Kekse bei Mr. Hoffmann, wenn sein hoher, schmaler Bäckerkarren vor ihrem Gartentor hielt, aber nirgends gab es einen so unerschöpflichen Vorrat davon wie bei den Kleins. Ganz besonders schmeckten sie den Kindern, wenn sie hungrig aus der Schule kamen; dann bestrich Mrs. Klein sie mit der Butter aus dem gelben Steinguttopf, den Sophie vom großen Faß im Keller heraufbrachte. Mrs. Klein, deren eigene Sprößlinge wohlgenährt und rosig waren, strengte sich besonders an, die schmächtige Ariana herauszufüttern. »Komm, mein Kind, wir wollen dich mal tüchtig mästen«, pflegte sie zu sagen und drückte ihr noch ein Plätzchen und ein weiteres Paar mit Butter bestrichener Kekse in die Hand, bevor die kleine Schar zum Spielen in den Garten hinauslief. Ariana war freilich nicht jeden Nachmittag mit von der Partie: Sie wurde nur allzu oft daheim bei der Hausarbeit gebraucht oder mußte auf ihre jüngeren Geschwister aufpassen; aber seit die Sonne höher stand und der Einbruch der Dunkelheit sich so lange verzögerte, daß die Kinder auch nach dem Abendbrot noch im Freien spielen konnten, war sie immer mit dabei, denn wenn das Geschirr abgewaschen war, brauchte man sie im Pfarrhaus nicht mehr.

In diesem Frühjahr stießen die Studenten, die bei Mrs. Reid Kostgänger waren und sowohl auf dem Hin- als auch auf dem Rückweg am Haus der Kleins vorbeikamen, zum erstenmal auf Schlangen, die in der Dämmerung über den Weg huschten, und ließen sich durch den Schlüsseltrick täuschen. Solche Spiele waren wie geschaffen fürs Zwielicht, wenn die Konturen verschwammen und man die Welt nur noch ungenau erkennen konnte. Ein Schlüssel wurde an einer langen Schnur über einen Ast geworfen, der bis auf die Straße hinausragte; diese Schnur führte man nun über den Ast eines anderen Baumes in den Garten der Kleins, und sein Ende steckte in der schmutzigen Faust eines der Kinder, die sich dicht am Zaun hinter Flieder und falschem Jasmin versteckt hielten. Wenn die Dämmerung sich über das junge Grün senkte und die Baumkronen in geheimnisvolle Schatten hüllte, wenn die letzten Studenten paarweise vorbeiflaniert waren, dann durften die fest zusammengepreßten Finger sich lösen, und die Schnur lief hindurch, bis der Schlüssel mit metallischem Klirren dicht hinter den angehenden Theologen auf den gepflasterten Gehsteig fiel. Doch ehe die bedauernswerten Opfer sich noch umdrehen konnten, hatte man den Schlüssel schon wieder hochgezogen; ein armer Pechvogel, der wähnte, ihm sei etwa eine Münze aus der Tasche gefallen, begann dann für gewöhnlich eine ebenso unermüdliche wie nutzlose Suche; ließ sich vielleicht gar auf Hände und Knie nieder und klopfte die Steine ab oder strich mit den Fingern durchs Gras am Rande des Gehwegs. Solange nicht eines der Kinder, die sich im Gebüsch versteckt hielten, die Beherrschung verlor und losprustete, funktionierte der Schlüsseltrick immer, denn kein mittelloser Theologiestudent konnte es sich leisten, auf ein Geldstück zu verzichten, ganz gleich welcher Konfession.

Die meisten Studenten – schlecht genährte, schmalbrüstige und pickelige Jünglinge mit ernsten Gesichtern – waren leichte Beute, aber einige von ihnen entpuppten sich als Gegner, die der scharfsinnigsten Angriffstaktik würdig waren. Unter ihnen stach besonders ein Kanadier schottischer Abstammung hervor, ein gewisser McCallum, den die Kinder heimlich »Red«, den Roten, getauft hatten. Er war ein hoch aufgeschossener, spindeldürrer und schlaksiger junger Mensch, dessen feuriges Wesen durchaus zu seinem Haar paßte und der ebensoviel Vergnügen an den Balgereien mit den Kindern hatte wie sie, wenn er schwungvoll über den Zaun der Kleins setzte und ihnen im Garten nachjagte. An einem

Abend Anfang Mai hatte Elsas Bande eine neue Falle für »Red« vorbereitet. Ariana hatte in Erfahrung gebracht, daß er einem R.P.-Mädchen im heiratsfähigen Alter den Hof machte. Heute abend war er nicht unter den Studenten, die von Mrs. Reid zurückkamen; Johnny Gordon und Billy Thirkield wurden als Kundschafter ausgeschickt und erspähten ihn tatsächlich im Salon der jungen Damen, die Ariana angegeben hatte. Die Kinder hatten keine Ahnung, wie lange er sich dort aufhalten würde; es mochte gut und gern bis neun oder gar halb zehn dauern; aber es bestand immerhin die Möglichkeit, daß er ins Seminar zurückkehrte, ehe sie nach Hause mußten, und so bereiteten sie sich denn auf den Ernstfall vor. Einer der Jungen kletterte am Stamm eines Baumes hinauf, der nah am Gehsteig stand, und zerrte einen vollen Wassereimer an einem Strick hinter sich her; dieser Eimer wurde sorgfältig ausbalanciert in eine Astgabel gehängt, die über das Pflaster hinausragte. Dann wand man den Strick einmal um den Baumstamm herum und zog ihn weiter zu einem anderen Baum im Garten der Kleins, wo er in der Höhe festgebunden wurde, in welcher die Kinder den Adamsapfel ihres Opfers schätzten. Der Eimer war so gefährlich plaziert, daß man sicher sein konnte, er würde beim kleinsten Stoß umkippen; die Frage war aber, ob er lange genug in der Schwebe blieb. Als alle Vorkehrungen mit Sorgfalt und andächtiger Spannung getroffen waren, suchte sich jedes der Kinder ein Versteck unter den Büschen und machte sich auf eine lange Wartezeit gefaßt. Manche lagen auf dem Bauch, andere saßen mit untergeschlagenen Beinen im Gras; sie plapperten nach Kinderart, doch wenn jemand vorüberkam, waren sie mucksmäuschenstill und hielten den Atem an. Sie hatten eine übertriebene Vorstellung von »Red« McCallums Größe: Unter den wenigen Passanten war keiner groß genug, um gegen den Strick zu stoßen, alle gingen darunter hindurch, ohne ihn auch nur zu erblicken. Die Zeit verstrich; es wurde dunkel und schließlich stockfinster unter den Bäumen. Die Rathausuhr schlug neun, und Ariana wurde unruhig: Keines der Kinder durfte länger als bis neun ausbleiben, aber nur Ariana drohte für ihren Ungehorsam Schlimmeres als eine Strafpredigt; während sie sich noch darüber klarzuwerden suchte, ob die Prügel, die sie in jedem Fall beziehen würde, wohl um so härter ausfielen, je länger sie die festgesetzte Stunde überzog, hörte man abermals Schritte den Hügel heraufkommen.

»Seid still!« Johnny Gordon kauerte in der Zaunecke unter einer Klettertrompete, in deren Schutz er die Straße bis zum schwachen Licht der Gaslaterne an der Ecke überblicken konnte.

»Da kommt er!« Eine männliche Gestalt überquerte unter der Laterne die Straße. »Nein, er ist's nicht. Bleibt ruhig! 's is' bloß der olle Dr. Blair.« Bei diesen Worten ging ihm die Ungeheuerlichkeit dessen auf, was gleich passieren würde; Schrecken und Freude durchzuckten ihn gleichermaßen und versetzten ihn derart in Ekstase, daß er zu zittern begann. Er unterdrückte jedoch seinen Heiterkeitsanfall und flüsterte: *»Er hat 'nen Zylinder auf!«* Dann vergrub er das Gesicht in den Händen. Ariana wollte aufspringen, aber Elsa hielt sie zurück. Es war zu spät; das Unheil nahm seinen Lauf.

Die bedächtigen Schritte näherten sich wie das leibhaftige Verhängnis. Dr. Blair keuchte bei jedem Schritt, und manchmal stöhnte er auf. Die Kinder hinterm Zaun preßten sich entweder die Hand vor den Mund oder stopften ein Taschentuch hinein. Zum Glück saß die Angströhre recht locker auf Dr. Blairs wuchtigem Schädel. Als er unter dem Strick hindurchging, fiel ihm der Hut vom Kopf, er rollte die Straße hinunter, und dabei flatterten nach allen Himmelsrichtungen Papiere heraus. Dr. Blair aber machte aus der Bewegung heraus noch ein, zwei Schritte, und das Wasser aus dem umgekippten Eimer schwappte hinter ihm aufs Pflaster.

Er blieb mit einem vielsilbigen Ausruf stehen, den die Kinder für eine Art geistlichen Fluch hielten; dann stemmte er die Arme in die Hüften und musterte, soweit die Dunkelheit es zuließ, das zusammengeschrumpfte schwarze Etwas, das sein Zylinder gewesen war, die verstreuten Papiere, über die das Wasser lief, sowie den leeren Eimer, der am Baumstamm hin und her schaukelte, dabei einen flüchtigen Lichtstrahl auffing und zurückwarf. Wie er so dastand, vernahm der Rektor leises Scharren und unterdrücktes Kichern auf der anderen Seite des Zauns.

Er schnappte keuchend nach Luft und stieß dann mit Donnerstimme hervor: »Satan fuhr aus« – schnauf – »vom Angesicht des Herrn« – schnauf – »und schlug ihn mit bösen Schwären« – schnauf – »von der Fußsohle an bis auf seinen Scheitel.« Dann, nach einem längeren Hustenanfall, dröhnte er: »Kommt raus da, ihr Otterngezücht!«

Das aufgeregte Kichern verstummte mit einem Schlag.

»Kommt raus, hab' ich gesagt!«

Ariana flüsterte: »Ich geh lieber. Prügel krieg ich sowieso, weil's schon so spät ist.« Sie krabbelte auf allen vieren unter dem Fliederbusch heraus und machte sich auf den Weg zum Tor. Entsetzt schauten die anderen ihr nach. Als sie mit zögernden Schritten den alten Mann erreichte, hatte der eine Streichholzschachtel aus der Tasche gezogen, riß ein Zündhölzchen an einem Zaunpfahl an und betrachtete die kleine Missetäterin im flackernden Licht des winzigen Flämmchens.

»Ach du meine Güte! Bist du nicht Pfarrer McCunes...?«

Ariana brachte kein Wort heraus. Ihre Augen blitzten wild im unsteten Licht der Streichholzflamme; ihre leicht abstehenden Ohren, hinter die sie das Haar zurückgestrichen hatte, wirkten noch elfenhafter als gewöhnlich. Wenn ihr Vater von diesem Streich Wind bekäme, würde er sie nicht nur verprügeln, sondern auch noch öffentlich für ihre sündhafte Seele beten, ein Schicksal, schlimmer als der Tod. Johnny wußte das: er durfte es nicht zulassen. Mit einem Satz war er am Zaun, schwang die Beine darüber und sprang auf der anderen Seite wieder zu Boden.

»Bitte, Sir! Sie war's nicht. Sie kann keinen Baum raufklettern. Bitte verraten Sie sie nicht, Sir! Sie würde sonst ganz fürchterlich bestraft.«

»Und du etwa nicht? Darfst du ungestraft einem harmlosen alten Mann einen Eimer Wasser über den Kopf schütten? Wer ist dein Vater?«

»Doktor Gordon. Nein, Sir. Ich werde wohl auch bestraft.«

Es folgte eine neuerliche Explosion der gepeinigten Bronchien. Als der Hustenanfall vorbei war, versetzte Dr. Blair: »Gordon! Die Gordons waren schon immer wilde Kerle, seit den Tagen der Edomiter desselben Namens. Du hättest eine ordentliche Tracht Prügel verdient, mein Junge. Aber wenn du meinen Hut und die Papiere da aufhebst, wollen wir nicht mehr davon sprechen.«

Johnny bückte sich und sammelte hurtig die verstreuten Dokumente ein.

»Es... es war nicht für Sie bestimmt, Sir. Wenn Sie nicht den Zylinder aufgehabt hätten...«

»Wäre ich nicht dran gestoßen? Hmhm! Leuchtet mir ein, ja.«

Johnny reichte ihm die Papiere nebst dem reichlich verbeulten und feuchten Hut.

»Und für wen war diese mörderische Falle bestimmt?«

Johnny trat von einem Fuß auf den anderen, schüttelte den Kopf, verschränkte die Arme auf dem Rücken und sagte schließlich: »Für einen... einen... von den Studenten.«

»Für einen *meiner* Schüler? Aber von denen ist keiner einsachtzig groß... ha, natürlich: Donald McCallum, stimmt's? Hmhm! McCallum kann zweifellos auf sich selbst achtgeben, und die McCallums standen schließlich seit jeher mit den Gordons auf Kriegsfuß. Doch von nun an achtet gefälligst darauf, daß ihr keine unschuldigen Passanten mehr in die Falle lockt, verstanden?«

Dr. Blair schob seine Papiere wieder in den Hut, setzte ihn auf und wandte sich zum Gehen. Ariana war schon längst heimgerannt, und nun liefen auch die übrigen Kinder auseinander.

Vermutlich hätten die Eltern der kleinen Übeltäter nie von dem Zwischenfall erfahren, wenn Johnny nicht die Neugierde geplagt hätte: Was mochte es nur mit dem seltsamen Fluch auf sich haben? Tagelang grübelte er darüber nach und murmelte ihn vor sich hin, wenn er allein war. Aber eines Abends beim Essen platzte er mit der Frage heraus, die er schon so lange hatte stellen wollen; sie entschlüpfte ihm ganz spontan, fast ungewollt, ja er bedauerte seine Unbesonnenheit gleich wieder. Wenn es sich nämlich tatsächlich um einen Fluch handelte, würde Mama ihn vom Tisch schicken.

»Papa, was ist ein athema mare?«

Das Schweigen, welches auf seine Frage folgte, deutete eher auf Verwirrung denn Entsetzen.

»Was ist was?«

»Ein athema mare, ein athema...«

»Ich glaube, da hast du dich verhört. Du hast das doch irgendwo gehört, nicht?«

»Ich dachte, es is'n Schimpfwort. Ich hab' bloß mal so gefragt.« Er beugte sich wieder über seine Erdbeeren, so als habe er das Ganze schon vergessen.

Aber seine Mutter ließ sich nicht so schnell ablenken. »Johnny, du sollst dich *nicht* mit Leuten herumtreiben, die grobe Ausdrücke benutzen. Das hab' ich dir oft genug gesagt. War's Mr. Bodien?«

»O nein, bestimmt nicht, Mama!« Johnny blickte seine Mutter so ernsthaft an, daß die Grübchen aus seinen Wangen zu verschwinden drohten. »Cap'n« Bodien war für die Buben von Waynesboro eine Art Rattenfänger geworden, seit John und Ludwig die ersten Lassos in die Stadt gebracht hatten. Er faszinierte sie mit seinen Geschichten von der alten Armee, den Indianerkämpfen und dem Bürgerkrieg. Den Umgang mit ihm verboten zu bekommen, war unvorstellbar. »Cap'n Bodien flucht niemals, wenn wir dabei sind.«

Sein Vater, der mit dem Essen fertig war, rollte die Serviette zusammen, steckte sie in den Ring und schob seinen Stuhl zurück. »Raus damit, Johnny! Wenn ich dich recht verstehe, dann *hat* irgendwer in deiner Gegenwart geflucht. Wie hieß das Wort doch gleich?«

»Ich hab mich *nicht* mit Leuten rumgetrieben, die häßliche Wörter benutzen«, versicherte Johnny wahrheitsgemäß. »Und ich dachte, es wär'n athema mare oder 'n anathema...«

Anne hielt sich rasch die Serviette vors Gesicht. Sie konnte vielleicht ihre Augen beherrschen, jedoch nicht ihre Mundwinkel. Sobald sie sich gefaßt hatte, sagte sie hinter der Serviette: »Ich weiß, was er meint, John. ›Anathema maranatha‹. Das hat er wahrscheinlich von einem der Studenten aufgeschnappt. Was habt ihr wieder angestellt?«

»Es war kein Student. Was bedeutet es?«

»Genau weiß ich's auch nicht. Es ist ein Fluch aus der Bibel.«

Sein Vater ließ sich nicht ablenken. »Es war doch hoffentlich nicht Mr. McCune? Oder Mr. McKinney?«

»Nein, Papa.«

Sie nahmen ihn ins Kreuzverhör und brachten schließlich die ganze Geschichte ans Tageslicht. Doch als seine Mutter ihn vom Tisch verbannte, hatte er seine Erdbeeren aufgegessen. Binney brauchte länger; sie trödelte und verfolgte den letzten Sahneklecks rund um den Teller und wieder zurück. Als sie endlich bat, aufstehen zu dürfen, und von ihrem Stuhl herunterrutschte, schlüpfte sie ins Wohnzimmer, wo Johnny warten sollte.

Sie trat neben den Sessel, in den er sich verkrochen hatte, das Kinn auf die Brust gedrückt, und zupfte ihn am Ärmel. »Ich glaub' nich', daß du Haue kriegst«, flüsterte sie. »Mama und Papa haben gelacht und gelacht und gelacht.« Johnny wandte sich um; die beiden braunen Augenpaare, die sich so sehr glichen, waren aufeinander gerichtet, und die seinen fanden in den ihren den Trost, den sie suchten. »Sie waren nicht *furchtbar* böse.«

Doch als seine Eltern ein paar Minuten später ins Zimmer traten, wirkten sie bedrohlich ernst. Sie waren übereingekommen, daß Johnny sich bei Dr. Blair entschuldigen müsse. Ferner dürfe er sich nicht mehr an Streichen wie dem von neulich beteiligen, denn die seien gefährlich. »Ferner« wurde auf den Lippen seines Vaters zu einem gewichtigen Wort. Johnny schreckte vor dem Gedanken an eine Entschuldigung zurück: Noch ein Schicksal, das schlimmer war als der Tod.

»Es war überhaupt nicht gefährlich. War doch bloß 'n kleiner oller Eimer. Aus Blech.«

»Wie würde es denn dir gefallen, einen Eimer voll Wasser über den Kopf geschüttet zu bekommen?«

»Wenn wir ihn aber doch gar nicht getroffen haben! Und außerdem hat er gesagt: ›Wir wollen nicht mehr davon sprechen.‹«

»Keine Widerrede, Johnny. Die Entschuldigung ist fällig, tu, was ich dir sage.«

»Du meinst, ich muß am hellerlichten Tag zu ihm nach Hause gehen und die Türglocke ziehen?«

»Nein, das nicht. Du könntest ihn daheim womöglich stören. Komm heut abend rüber in die Praxis: Möglich, daß er vorbeischaut, um eine Partie Schach zu spielen. Wenn er heute nicht kommt, versuchst du's morgen wieder und dann jeden Abend, bis du deine Entschuldigung anbringen kannst.«

Diese Aussicht war kaum erfreulicher als die Vorstellung, mutterseelenallein auf Dr. Blairs Türschwelle zu stehen. Aber er mußte wohl oder übel gehorchen.

Er verbrachte den Abend auf einem harten Stuhl im Korridor vor dem Sprechzimmer seines Vaters: äußerlich gefaßt, innerlich zitternd. Aus dem Warteraum hörte er das Scharren unruhiger Füße, und aus dem Behandlungszimmer drang die Stimme seines Vaters. Der mittlere Raum, in dem für gewöhnlich das Schachbrett aufgestellt war, blieb eine Stunde lang, die Johnny freilich wie eine Ewigkeit dünkte, leer. Er war heilfroh, daß sein Vater gerade einen Patienten untersuchte, als Dr. Blair schließlich doch den Korridor betrat und dicht an ihm vorbeiging, ohne ihn auch nur eines Blickes zu würdigen. Johnny folgte ihm ins Mittelzimmer und wartete mit angehaltenem Atem, bis der Rektor ihn zum Sprechen aufforderte.

Die Entschuldigung war rasch vorgebracht und ebenso rasch angenommen, worauf Johnny sich erleichtert trollte. Aber die Affäre mit Dr. Blairs Zylinder setzte der unbekümmerten Fehde der Kinder gegen die Studenten einen Dämpfer auf, zumindest für einige Zeit. Und der Zwischenfall blieb auch nicht ohne Folgen. Nachdem Dr. Blair Johnny mit einem nicht unfreundlichen: »Hähm! Entschuldigung angenommen! Wie ich schon sagte, unnötig, noch ein Wort darüber zu verlieren«, entlassen hatte, beugte er sich schwerfällig über das Schachbrett, keuchte, zog die Stirn in Falten, nahm eine Figur nach der anderen zur Hand und musterte sie eingehend, ehe er sie an ihren Platz zurückstellte.

John, der seinen Patienten über den Korridor hinausbegleitete, blieb an der Tür zum Mittelzimmer stehen: »Gestatten Sie? Nur einen Moment«, sagte er und trat auf Dr. Blair zu.

»Hat mein Sohn, dieser Schlingel, sich bei Ihnen entschuldigt?«

Dr. Blair blickte unter buschigen grauen Brauen zu ihm auf, ohne den Kopf zu heben; das Kinn hielt er auf den Kragen gepreßt.

»Ja. War aber gar nicht nötig.«

»Ich glaube nicht, daß die Kinder die Absicht hatten, Sie zu ärgern.«

»Nein, nein. Gewiß nicht. Und Ihr Junge hat sich sogar freiwillig gestellt... Kam über den Zaun gesprungen...« Dr. Blair lachte; das Lachen blieb ihm im Halse stecken; er bekam einen Hustenanfall, der kein Ende nehmen wollte. Unterdessen war Ludwig hereingekommen, hängte seinen Hut an den Haken und wartete, bis John dem Rektor ein Glas Wasser mit einer Arznei reichte. Dr. Blair trank einen Schluck, bat die beiden Männer mit schwerfälliger Geste um Geduld, bekam seine Bronchien wieder frei und fuhr fort: »Er sprang über den Zaun, um die kleine McCune vor meinem Zorn zu retten. Nahm wohl an, ich würde sie mit Haut und Haar verschlingen. Oder das arme Wurm an seinen Vater verraten. Bestimmt hab' ich mich auch gebärdet wie ein blutrünstiger Menschenfresser, und sei's auch nur vor Schreck. Na, jetzt hat er sich entschuldigt und damit basta.«

John ging hinaus, um den nächsten Patienten ins Sprechzimmer zu rufen. Ludwig nahm dem Rektor gegenüber am Spieltisch Platz; Dr. Blair knurrte ihm einen Gruß zu.

»Was war eigentlich los?«

»Haben Sie denn noch nicht gehört, daß die Kinder einen Eimer Wasser über meinen Hut gekippt haben?«

Ludwigs Mundwinkel zuckten, während er den arg mitgenommenen Zylinder betrachtete, der verkehrtherum neben Dr. Blairs Stuhl stand und in dem immer noch die Papiere voller Wasserflekke steckten.

»Nein, davon hab' ich nichts gewußt. So was verschweigen Kinder ihren Eltern. Oder hab' ich Sie eben richtig verstanden: Johnny Gordon hat's seinem Vater erzählt?«

»Das muß er wohl. Kam sich entschuldigen... hier, heut abend... hat er gewiß nicht freiwillig getan.«

»Waren meine Kinder auch dabei?«

»Weiß ich nicht, und will ich auch nicht wissen. Damit wir uns recht verstehen: Den kleinen Missetätern hab ich ausdrücklich verziehen, und ihr Streich hat nichts mit dem zu tun, worüber ich jetzt mit Ihnen sprechen will.«

»Und das wäre?« Ludwig spürte an sich die intuitive, wenn auch beherrschte Feindseligkeit, mit welcher Eltern für gewöhnlich Kritik an ihren Kindern entgegennehmen.

»Nur keine Aufregung, Mann! Ich würde Ihre Kinder selbst dann nicht erkennen, wenn sie direkt vor meiner Nase herumtanzten. Hab' auch den kleinen Gordon nicht gekannt, bis er mir an dem Abend seinen Namen sagte. Aber die ganze Rasselbande geht doch bei dem alten Mädchen auf dem Seminargelände zur Schule, stimmt's?«

Ludwig nickte. »In unsrem Fall war's die Idee meiner Frau. Und ich dachte, solange sie noch so klein sind, könnt's ihnen nicht schaden. Zumindest, sagte ich mir, werden ihnen da keine Frechheiten anerzogen.«

Dr. Blair keuchte und wälzte seinen mächtigen Körper von einer Seite des Sessels auf die andere. »Unsinn, Mann! So was brauchen Kinder nicht erst zu lernen. Wohl noch nie von der Erbsünde gehört, was? Aber das hat nichts mit meinem Anliegen zu tun. Vielleicht hätte ich schon viel früher den Mund aufmachen sollen. Doch Sie kennen ja die Vereinbarung: Solange das alte Mädchen – wie heißt sie doch gleich? Richtig: Miß Pinney –, also solange sie rüstig genug ist, um ihren Unterricht zu halten, darf sie das Schulzimmer auf unserem Gelände benutzen. Ich wollte mir nicht nachsagen lassen, ich hätte sie mit hinterhältigen Methoden verdrängt, aber nun, wo wir den Raum tatsächlich benötigen...«

»Was ist los mit Miß Pinneys Schule?« fiel Ludwig ihm ungeduldig ins Wort.

»Die Kinder mögen nichts Böses oder Niederträchtiges bei Miß Pinney lernen, doch sie lernen auch nichts anderes von ihr. Ausgeschlossen! Sie hat nicht die mindeste Kontrolle über die Kinder. Die meiste Zeit spielen sie draußen im Hof. Ich nahm an, wenn Sie wüßten, daß man Jahre der Erziehung Ihrer Kinder und ein Gutteil Ihres Geldes vergeudet, würden Sie der Sache auf den Grund gehen wollen.«

Ludwig schien teils erschrocken, teils amüsiert. »Ich werde mich drum kümmern. Die Kinder würden natürlich einem solch paradiesischen Zustand nie dadurch ein Ende setzen, daß sie ihren Eltern reinen Wein einschenken. Es hätte unbegrenzt so weitergehen können. Ich bin Ihnen zu Dank verpflichtet, Sir.«

Gleich am nächsten Mittag begann Ludwig mit seiner Untersuchung. Das Mittagessen war die einzige Mahlzeit, bei der er sicher sein konnte, die Familie im engsten Kreis um sich versammelt zu finden. Beim Frühstück waren alle in Eile. Abends störten vor und nach dem Essen zuviel Kommen und Gehen, zuviel Rein und Raus und Marsch-ins-Bett-mit-dir. Im übrigen speisten Mr. und Mrs. Cochran abends mit den Rauschs zusammen und präsidierten, wie es sich gehörte, am oberen und unteren Ende der Tafel; für die Kinder bedeutete dies eine quälend lange Stunde sittsamen, guten Betragens, in der man nur sprechen durfte, wenn man gefragt wurde, und so tun mußte, als sähe man nicht, wie ungeschickt die fast blinde Großmutter mit dem Besteck hantierte. Man unterhielt sich in gedämpftem Ton über Belanglosigkeiten, falls die Männer nicht von Geschäften oder über Politik redeten. Mittags aber brachte Mr. Cochran seiner Frau ein Tablett aufs Zimmer, denn sie pflegte diese Mahlzeit im Bett einzunehmen. Den Rauschs bot das Mittagessen eine der seltenen Gelegenheiten, zwanglos miteinander umzugehen; die Kinder durften Freunde einladen, bei Tisch richtig zulangen und sich ungeniert unterhalten.

An diesem Tag hatte Elsa Johnny mitgebracht. Nach dem peinlichen Zwischenfall am Vorabend war es Johnny nur recht, heute mittag nicht seinem Vater gegenübersitzen zu müssen. Er aß ohnehin etwa einmal in der Woche bei den Rauschs, was er seiner Mutter durch einen Klassenkameraden ausrichten ließ, der auf dem Heimweg bei den Gordons vorbeikam. Nun wurde rasch noch ein Gedeck aufgelegt, und Johnny nahm Platz. Es war sein Pech, daß er im Bestreben, dem Tadel seiner Eltern zu entgehen, ausgerechnet Ludwig in die Arme lief, der diesen Tag auserkoren hatte, um »der-Sache-auf-den-Grund-zu-gehen«. Und zu allem Überfluß war es auch noch Johnny, der Ludwig das gewünschte Stichwort lieferte. Im Schutz des allgemeinen Gesprächsgemurmels glaubte er sich sicher und raunte der zwischen ihm und ihrem Vater sitzenden Elsa zu: »Die Rechenaufgaben für morgen hab' ich in der Tasche. Bill Thirkield hat sie für uns abgeschrieben.«

Ludwig brach mitten im Satz ab und wandte sich mit finster zusammengezogenen Brauen an die beiden Kinder zu seiner Rechten. »Warum habt ihr denn die Aufgaben nicht selber mitgeschrieben?«

Schreckensbleich sah Elsa zu ihm auf, wagte indes nicht, ihm die Anwort schuldig zu bleiben. Wie so oft sprach sie auch jetzt deutsch mit ihrem Vater, um ihren Anspruch auf seine besondere Vorliebe für sie geltend zu machen und die Verbundenheit zwischen ihnen beiden zu betonen. »Wir waren grade mal kurz rausgegangen.«

»Hattet ihr vielleicht Pause? Und Billy blieb in der Klasse, um die Aufgaben abzuschreiben?« Sally wollte den Kindern zu Hilfe kommen, doch die schuldbewußte Miene der beiden ließ sie innehalten.

Elsa rief: »O Papa! Es ist doch bloß noch eine Woche bis zu den Ferien. Und das Wetter ist viel zu schön, um in der ollen Klasse zu hocken.«

»Das ist noch lange kein Grund, den Unterricht zu schwänzen. Behält Miß Pinney euch denn nicht drinnen? Wie ist das überhaupt? Steht ihr etwa einfach auf und geht raus?« Sein bohrender Blick heftete sich auf Johnny.

Johnny lachte. Seine Grübchen blitzten auf und verschwanden wieder. Der da fragte, war schließlich Onkel Ludwig, nicht sein Vater. »Nein, Sir. Nicht direkt.« Doch der strenge Blick des Erwachsenen wich nicht von seinem Gesicht und ließ ihm keine Möglichkeit, der Frage auszuweichen. »Wir rutschen von der Bank und kriechen auf allen vieren rückwärts den Gang runter und zur Tür raus. Aber wir hauen nicht alle auf einmal ab«, setzte er tapfer hinzu. »Wir wechseln uns ab.«

»Außer«, fiel Elsa ein, deren Mut zurückkehrte, nun, da das Eis gebrochen war, »außer wenn sie einschläft.«

»*Einschläft?* Wer? Miß Pinney?«

»Ja. Ihr Kopf rutscht immer tiefer und wackelt so, daß ihr die Haare ins Gesicht fallen. Dann gehen wir meistens alle raus... bloß Julia Deming nicht.«

»Heute ist Julia auch mitgekommen«, verteidigte Johnny die hübsche Musterschülerin.

»Aber bloß, weil du ihr 'nen Kranz aus Gänseblümchen versprochen hast. Das war überhaupt die albernste...«

Ein entschiedener Streit schien erneut aufzuflammen, doch Ludwig legte sich ins Mittel.

»*Was redet ihr da?* Kann Miß Pinney etwa nicht wach bleiben, solange der Unterricht dauert?«

Johnny und Elsa, ja selbst der kleine Ernest, der im zweiten Schuljahr war, blickten erstaunt zu ihm auf. Es wäre ihnen nie in den Sinn gekommen, daß ihren Eltern, die doch alles wußten, bis auf das wenige, was ihre Kinder vor ihnen geheimhalten konnten, Miß Pinneys Schwäche verborgen geblieben war. Ernest, der dem Verhör bisher stumm und mit weit aufgerissenen Augen gefolgt war, konnte sich nicht genug darüber wundern, daß die Schule anscheinend ganz anders sein sollte, als er sie kannte. Er balancierte eine Gabel voll Kartoffeln und Soße in der Luft, ohne sie zum Mund zu führen. »Sie ist eben rauschgiftsüchtig«, erklärte er seinem Vater.

Ludwig warf die Serviette auf den Tisch und schob den Stuhl zurück. *»Was?«* rief Sally aufgebracht und setzte dann ruhiger hinzu: »Ernest, so was darfst du nicht sagen. Du weißt ja nicht einmal, was das Wort bedeutet.«

Elsa erhob Einspruch. »Aber Mama, das sagen alle! Hast du's denn nicht gewußt? Sie döst die ganze Zeit vor sich hin, und manchmal...«

»Du mußt nämlich wissen, Tante Sally«, erklärte der Sohn des Arztes, »daß sie Ischias hat. Sie hat's uns selbst gesagt, als sie das erste Mal mit 'ner Wärmflasche in die Schule kam. Un' da hat sie wohl arge Schmerzen, un' da nimmt sie... wenigstens dachten wir...«

»Ist sie eine Patientin deines Vaters?«

»Ich glaube nicht. Jedenfalls sind wir nie bei ihr gewesen, wenn Papa mich zu seinen Hausbesuchen mitgenommen hat.«

»Natürlich ist sie nicht bei ihm in Behandlung, Ludwig. Glaubst du etwa, Dock hätte das zugelassen? Wenn an der albernen Geschichte überhaupt was dran ist. Kinder erfinden nun mal gern Geschichten. Sie schläft ja auch in unsrem Klub nicht während der Sitzungen ein.« Doch bei den letzten Worten beschlich sie ein banger Zweifel: Miß Pinney nahm schon seit geraumer Zeit nicht mehr an den Klubsitzungen teil. »Armes Ding!« schloß sie seufzend.

»Sie mag ein armes Ding sein«, entgegnete Ludwig. »Aber was ist mit unseren Kindern? Elsa, komm mal her.« Er drehte seinen Stuhl um und nahm Elsa zwischen die Knie. »Wir wollen doch mal sehen, was du gelernt hast. Wieviel ist siebenundvierzig und neununddreißig?«

»Oh, Papa, aber doch nicht im Kopf!«

»Was denn? Ist das etwa zu schwer? Also schön: Wieviel ist sieben und neun?«

Elsa hielt die Hände hinter dem Rücken verschränkt. Johnny sah, wie ihre Finger sich bewegten. Auch ihre Mutter am unteren Tischende bemerkte es, sagte jedoch nichts. Endlich hatte Elsa die Summe herausgebracht.

»Sechzehn.«

»Neun und fünf?«

Das ging schneller. »Vierzehn.«

Sally lachte. Sie konnte nicht länger an sich halten. Als Ludwig sich fragend nach ihr umwandte, schüttelte sie zwar den Kopf, doch er erriet den Grund ihrer Heiterkeit und nahm Elsas Hände fest in die seinen. »Acht und sieben?«

Vergeblich versuchte Elsa, ihre Finger aus seinem festen Griff zu befreien. Sie zuckte mit den Schultern.

»Allmächtiger! Also schön: Wo liegt Madagaskar?«

Johnny, der mit Vorliebe Landkarten betrachtete, wußte die Antwort. »Im Indischen Ozean«, flüsterte er.

Ludwig beugte sich vor und blickte ihn über Elsas Schulter hinweg tadelnd an. »Nicht vorsagen, Freundchen! Nun, Elsa: Wo liegt Nowaja Semlja?«

»Aber Ludwig, sei doch vernünftig«, bat Sally eindringlich. »Wer weiß denn schon, wo Nowaja Semlja liegt?«

»Ich zum Beispiel. Und ich wußte es bereits in Elsas Alter. Aber meinetwegen, versuchen wir's mit Geschichte. Wann war die Schlacht von Saratoga, und wer führte das Kommando?«

Doch Geschichte war Elsas Lieblingsfach, und so blieb sie ihm die Antwort nicht schuldig. Nach einigen weiteren Fragen ließ Ludwig es genug sein.

»Ab mit euch! Zurück in die Schule. Und daß ihr mir ja in der Klasse bleibt! Und Schluß mit diesem Gerede von ›süchtig‹ und ›Rauschgift‹. Habt ihr mich verstanden, Elsa? Ernest? Johnny?«

Sie nickten tapfer und trollten sich. Nachdem Cassie den kleinen Charles und das Baby schlafen gelegt hatte, saß das Ehepaar sich allein an der langen Tafel gegenüber.

»Woher wußtest du das, Ludwig? Es muß dich jemand drauf gebracht haben.«

»Stimmt. Ich hab' auf der Lauer gelegen. Dr. Blair erzählte mir, sie spielten den ganzen Tag draußen auf dem Seminargelände. Er meinte, wir sollten das wissen. Ich hätte schon gestern abend mit dir darüber gesprochen, bloß...«

»Du wolltest die Kinder ohne mein Beisein ins Kreuzverhör nehmen...«

»Hattest du denn gar keinen Verdacht, Sally?«

»Du kannst doch unmöglich glauben... natürlich nicht! Ich wußte, daß Miß Pinney im Winter Ischias hatte. Mrs. Deming hat das auf einer Klubsitzung erwähnt, um Miß Pinneys Fehlen zu entschuldigen. Von ihr weiß ich auch, daß Miß Pinney ihre Wärmflasche in die Schule mitnimmt. Julia hatte ihr das erzählt. Richtig, jetzt fällt's mir wieder ein: Das war an dem Tag, als sie uns weismachen wollte, Julia habe *keine* Geheimnisse vor ihr! Ha! Ich bin neugierig, ob sie ihr auch erzählt, daß sie auf allen vieren rückwärts aus der Klasse kriecht, um sich von Johnny Gordon einen Kranz winden zu lassen.« Plötzlich schien ihr das Ganze doch recht albern, und sie fing lauthals an zu lachen. »Ach, Ludwig! Und du warst so streng mit Elsa!«

»Streng? Das Kind kann nicht mal *addieren*! Und dieses Gerede von ›Rauschgift‹ und ›Sucht‹... Glaubst du, die alte Dame nimmt Laudanum oder so was? Oder hält der Ischias sie nachts wach, und sie nickt deshalb tagsüber in der Schule ein?«

»Ich will sehen, was ich in Erfahrung bringen kann. Ich werde mit Anne reden, obwohl die bestimmt auch nicht mehr weiß als wir. Dock ist bestimmt nicht Miß Pinneys Arzt. Aber Anne und ich könnten sie besuchen.«

»Woran's auch liegen mag, es ist sonnenklar, daß die Kinder bei ihr nichts lernen. Im Herbst wechseln sie auf die öffentliche Schule.«

»Um Himmels willen, Ludwig! Was soll denn dann aus ihren Manieren werden? Und wer weiß, was sie sich dort holen... wenn sie nun die Krätze kriegen?«

»Die Kinder gehen im Herbst auf die öffentliche Schule. Benehmen lernt man zu Hause. Außerdem scheint deine Furcht vor Ungeziefer einschleppenden Mitschülern mir reichlich übertrieben. Frag doch mal deine Freundin, Miß Reid.«

»Aber was wird aus der armen Miß Pinney?«

»Es widerstrebt mir, irgendeinem Menschen Kummer zu bereiten. Doch sie hat offensichtlich unter Vorspiegelung falscher Tatsachen unser Geld kassiert.«

»O nein! Das würde sie nie tun. Ich meine: sie denkt natürlich, daß sie den Kindern was beibringt. Na, jedenfalls werde ich gleich heut nachmittag mit Anne darüber sprechen.«

Im Aufstehen läutete sie die Tischglocke, um der ungeduldigen Tishy anzuzeigen, daß sie abdecken könne. Ludwig machte seiner Schwiegermutter einen kurzen Besuch; Mr. Cochran verließ mit ihm das Haus, denn bis zur Bank wollten die beiden zusammen fahren. Sobald die Männer fort waren, richtete Sally alles für das Mittagsschläfchen ihrer Mutter her, wies das schwarze Mädchen an, in Hörweite zu bleiben, und eilte nach oben, aber Charles saß noch mit Cassie im Wohnzimmer; er lief seiner Mutter ins Schlafzimmer nach und spielte zu ihren Füßen mit Pferd und Wagen, während sie sich umkleidete. Cassie half ihr mit den Unterröcken, der Turnüre und den zahlreichen Haken und Ösen. Zum Schluß holte Sally Hut und Handschuhe aus dem Schrank. Charles erkannte dies als untrügliches Zeichen dafür, daß seine Mutter gleich fortgehen würde, womit er ganz und gar nicht einverstanden war. Sally suchte ihn zu beschwichtigen.

»Du legst dich jetzt schön brav ins Bettchen, und wenn du ausgeschlafen hast, bin ich schon wieder da. Du wirst gar nicht merken, daß ich fort war.«

»Gehst du zu Binny?«

»Nein.« Gerade noch rechtzeitig war ihr eingefallen, daß Anne heute nachmittag Bibliotheksdienst hatte. »Sei ein lieber Junge, Charles, und ich verspreche dir, dich ein andermal zu Binny zum Spielen zu bringen.«

Sally war fertig. Der flotte kleine Strohhut saß streng über ihrer Stirn, vor den aufgesteckten Flechten; vorsichtig raffte sie mit der behandschuhten Linken ihren langen Rock mit den breiten Volants am Saum und dem üppig gebauschten, mit Falbeln verzierten Gesäßpolster und stieg die Treppe hinunter. Als sie einen Blick ins Zimmer ihrer Mutter warf, fand sie die alte Dame schlafend. Auch Rosie, das Stubenmädchen der »jungen Leute«, das sich in Abwesenheit der Familie um Mrs. Cochran kümmerte, war eingenickt. Sie hockte zusammengesunken in einem

Schaukelstuhl und schien es ziemlich unbequem zu haben, doch Sally weckte sie nicht auf; Rosie würde es schon hören, wenn Mrs. Cochran sich rührte. Auf Zehenspitzen schlich sie hinaus und machte sich auf den Weg.

In der Bibliothek fand sie Anne auf einer Stufenleiter stehen und Bücher einordnen.

»Madam, darf ich bei Ihnen ein Buch ausleihen?«

»Sally! Hast du mich aber erschreckt!« Anne ließ sich vorsichtig auf der obersten Sprosse der Leiter nieder und faltete die Hände im Schoß. »Nein, wie ich dich bewundere!« Sie musterte die elegant gekleidete Freundin von Kopf bis Fuß. »Machst du irgendwo Visite? Oder hast du dich eigens für die Bibliothek so herausgeputzt? Du kommst daher wie aus Godeys Damenalmanach. ›*Soignée*‹ ist, glaube ich, das richtige Wort dafür.«

»Es ist die Pflicht einer jeden Frau, stets und überall gepflegt zu erscheinen«, entgegnete Sally geziert. Und mit einem Anflug von Galgenhumor fügte sie lachend hinzu: »Aber du kannst versichert sein, daß ich mich heute nachmittag herzlich wenig um meine Toilette gekümmert habe; ich komme einzig und allein als ängstlich besorgte Mutter zu dir. Sei so gut und steig von diesem lächerlichen Ding runter, damit ich ernsthaft mit dir reden kann. Was um Himmels willen machst du eigentlich da oben?« Wenn Sally Bibliotheksdienst hatte, saß sie den ganzen Nachmittag hinterm Schalter und las, sofern sie nicht von Lesern gestört wurde.

Anne erhob sich, raffte mühsam Rock und Unterkleid, drehte sich um und stieg rückwärts die Leiter hinab.

»Die Misses Gardiner hatten als letzte vor mir Dienst. Du weißt doch, daß die beiden an ihren Nachmittagen immer gemeinsam kommen; die eine setzt sich an den Schalter, die andere staubt die Bücher ab. Sie sind wirklich vom Putzteufel besessen! Ist dir nie aufgefallen, wie reinlich unsere Bücher immer sind? Nie muß man den Staub fortblasen, so wie's zumindest bei mir daheim manchmal nötig ist. Aber den Misses Gardiner ist's gleich, wo die Bücher landen, wenn sie nur abgestaubt sind. Ich war gerade dabei, sie wieder richtig einzuordnen.«

Die Bibliothek war nicht mehr so kahl und freudlos wie in den ersten Jahren ihres Bestehens. Am Ende des Raums stand quer vor den Fenstern ein langer Tisch mit Stühlen ringsherum und einem Stapel Zeitschriften darauf; ein zweiter, der aussah, als habe man ihn aus einem Eßzimmer ausrangiert und ihm die Beine abgesägt, war zwischen Ofen und Wand geschoben; auf ihm befanden sich ein Stereoskop nebst einem Stapel Bilder: Ein Zeitvertreib für Kinder an verregneten Nachmittagen. Alle Fenster standen offen, und der scharfe Luftzug wirbelte die zerlesenen Zeitschriften durcheinander.

»Solltest du nicht besser die Fenster schließen, bevor der Wind diese Hefte noch vollends zerfetzt?«

»Ich brauche frische Luft, wenn die Gardiners hier aufgeräumt haben. Ist dir nie aufgefallen, wie sie alles Frische, Lebendige in einem Raum ersticken? Und sie verstehen den Sinn dieser Bibliothek nicht. Ständig verfassen sie Beschwerdezettel, auf denen sie das Kuratorium darüber informieren, daß dieses oder jenes Kind Schmutzflecken auf einem Buch hinterlassen hat. Was mich betrifft, so war ich immer hocherfreut, wenn ich auf ein Buch stieß, dem man ansah, daß es viel gelesen wurde. Je länger ich diese beiden Schwestern kenne, desto mehr wundert es mich, daß Douglas sich zu einem halbwegs normalen Menschen entwickelt hat.«

Anne holte einen Stuhl vom Zeitschriftentisch hinter den hufeisenförmigen Schalter, damit Sally sich neben sie setzen konnte.

»Dir macht die Arbeit hier richtig Spaß, stimmt's?«

Anne erstarrte und wandte Sally ein sonderbar verzerrtes Gesicht zu, dessen Mundpartie plötzlich von scharfen Linien gezeichnet war. Doch gleich darauf entspannte ein Lächeln ihre Züge. »Ja, ja, du hast recht. Ich fühle mich hier inzwischen fast wie zu Hause. Aber eigentlich habe ich nicht die Zeit für den Büchereidienst. Ich sollte lieber daheim die Erdbeeren einwecken. Wie steht's übrigens mit dem Bibliothekfonds?«

»Er wächst, langsam zwar, aber stetig.« Über diesen Punkt wußte die Tochter des Bankiers Bescheid. »In ein paar Jahren dürften wir genug Geld beisammen haben, um eine Bibliothekarin einstellen zu können. Doch seit uns die Schüler das Einordnen der Bücher abnehmen, ist der Dienst längst nicht mehr so beschwerlich. Wenn wir ihnen alles Notwendige beigebracht haben, können wir die Bücherei getrost den Jüngeren im Klub anvertrauen.«

»Was meintest du vorhin mit ›ängstlich besorgte Mutter‹? Erzähl's mir schnell, bevor jemand reinkommt. Hat Johnny womöglich was angestellt?«

»Nicht nur Johnny. Die ganze Bande.« Sally wirkte auf einmal so gesetzt, daß Anne sie überrascht musterte; sie war auf nichts wirklich Ernsthaftes gefaßt gewesen. »Du weißt doch, daß Miß Pinney an Ischias leidet.«

»Ja, ich weiß es und du auch. Mrs. Deming hat es uns erzählt, erinnerst du dich?«

»Ja, ich erinnere mich. Ich hatte vor, die arme alte Seele zu besuchen, doch es kam immer wieder was dazwischen. Die Zeit rinnt mir unter den Fingern fort.«

»Ich war vor einiger Zeit mal oben bei ihr ... oh, das war so Mitte Mai, glaub ich, als sie im Klub so oft fehlte.«

»Warum hast du mir nichts davon erzählt?«

»Ich wollte nicht darüber sprechen ... Es war ein gar zu erbärmlicher Anblick.«

»Sie ist also wunderlich geworden?«

»›Wunderlich‹? Sie ist krank. Ich bin eines Nachmittags nach der Schule zu ihr gegangen. Sie hatte sich gerade hingelegt, ihr Haar war ganz zerzaust, das Kleid zerknittert, und sie wirkte ganz verschlafen. Sie entschuldigte sich für die Unordnung in ihrem Haus.« Anne schluckte unwillkürlich, als sie sich an den üblen Geruch in dem ungelüfteten Häuschen erinnerte. »Sie sagte, ich könne mir vielleicht nicht vorstellen, wie anstrengend es manchmal sei, gerade die Kleinen zu unterrichten: Sie müsse sich nach der Schule immer ein Stündchen ausruhen. Dann führte sie mich in ihren Salon. Ich hatte den Eindruck, daß seit Monaten niemand mehr dort drin gewesen war. Wahrscheinlich ißt sie in der Küche und geht abends früh schlafen. Jedenfalls lag überall fingerdick der Staub. Und die *Spinnen*!«

»Spinnen?«

»Ja doch ... sie waren überall ... auf den Fenstern, den Simsen, in den Ecken ... große Spinngewebe und riesige, fette, ekelhafte Spinnen. Alle Möbel waren von den Wänden fortgerückt und in die Mitte des Zimmers geschoben. Sie sagte, sie fürchte sich vor den Spinnen.«

»Und das kam dir nicht merkwürdig vor?« fragte Sally nüchtern.

»Nein, ich hab's ganz anders gesehen.« Anne runzelte die Stirn. »Ich könnte mir vorstellen«, fuhr sie langsam fort, »daß es mir genauso gehen könnte, und eine Lage, in die man sich hineinversetzen kann, mutet nicht mehr allzu sonderbar an, hab' ich recht? Erst krabbelt nur eine einzige Spinne an der Wand entlang, und wenn einem das Gehen arge Schmerzen bereitet, kümmert man sich vielleicht nicht weiter darum, sondern denkt: ›Die stirbt sowieso bald von selber.‹ Aber dann kommt noch eine dazu, und noch eine und noch eine. Man hat das Gefühl, sie kreisen einen langsam ein. Anfangs zieht man die Möbel von der Wand, macht alle Ecken frei und sitzt in der Mitte des Zimmers. Doch sie kommen näher und näher, so daß einem schließlich gar kein anderer Ausweg bleibt, als aus dem Zimmer zu gehen und die Tür hinter sich zu schließen.«

»Und was hast du gemacht?«

»Eine Nachmittagsvisite. Zwanzig Minuten, wie es sich gehört.«

»Mitten zwischen all diesen Spinnen?«

»Ich habe dran gedacht, sie um einen Besen zu bitten und auf die

Biester Jagd zu machen, aber ein solches Ansinnen von seiten eines Gastes schien mir eher beleidigend. Also habe ich tags darauf einen Kuchen gebacken, Lonzo damit zu ihr geschickt und ihm eingeschärft, er solle die Unterhaltung irgendwie auf Spinnen bringen und ihr im Laufe des Gesprächs anbieten, sie von der Plage zu befreien; dann die Möbel wieder an ihren Platz rücken und die Büsche draußen vor den Fenstern zurückschneiden. Da sind die Spinnen nämlich hereingekommen: Aus all diesen wild wuchernden Büschen, deren Zweige gegen die Fensterscheiben schlagen; der Salon liegt in einem grünlichen Dämmerlicht, so als wäre man tief unter Wasser. Na ja, Lonzo kam zurück und versicherte mir, er habe meinen Auftrag bis ins kleinste ausgeführt. Seitdem hatte ich noch nicht die Zeit, wieder nach ihr zu sehen.«

»Worüber hast du denn mit ihr gesprochen, zwischen all diesen Spinnen?«

»Hauptsächlich über die Kinder... Sie sind ihr ganzer Stolz.«

»Und sie wußte, wovon sie sprach?«

»Aber gewiß doch. Sally, willst du etwa andeuten, sie sei nicht mehr ganz richtig im Kopf? Unsinn! Sie ist alt und krank und schwermütig... weil sie so allein ist. Ich hätte heulen können, als ich wieder draußen vor der Gartenpforte stand. Aber sie ist vollkommen normal. Wie kommst du nur auf so abwegige Ideen?«

»Was für ein naives, gefühlsduseliges Gänschen du doch bist! Natürlich sind alte Menschen bedauernswert. Das erfahre ich daheim jeden Tag aufs neue, und auch mich stimmt es traurig, daß man so machtlos gegen die Gebrechen des Alters ist. Aber man muß sich nun mal damit abfinden: Wir alle müssen das Alter erdulden, es sei denn, wir sterben vorher. Würdest du nicht lieber recht lange leben, selbst wenn du eines Tages schwermütig würdest, statt jung zu sterben?«

»Ich weiß nicht«, entgegnete Anne zögernd. »Wahrscheinlich würde ich mir selbst nicht einmal bedauernswert vorkommen. Aber so ganz allein zu sein... Ein wahrer Segen, daß Miß Pinney die Schule hat.«

»Nein, es ist durchaus kein Segen, Anne. Das versuche ich dir schon die ganze Zeit klarzumachen, aber du stellst dich mit Absicht dumm. Sie ist nicht fähig... nicht tauglich, die Schule zu leiten.«

»Du meinst, ihr Ischias beeinträchtigt ihren Unterricht?«

»Beeinträchtigt!« Sally wiederholte in kurzen Worten, was Dr. Blair ihrem Mann erzählt hatte, und vergaß auch nicht, das Kreuzverhör am Mittagstisch zu erwähnen.

»Oh, diese Racker!« Annes Augen weiteten sich vor Entsetzen. »Diese niederträchtigen Wichte!«

Sie tauschten einen wehmütigen Blick, doch dann lächelten sie, gegen ihren Willen amüsiert.

»Was sollen wir jetzt nur machen, Sally?«

»Ich weiß schon, was ich mache... Ludwig hat's mir gesagt. Wenn er einen gewissen Ton anschlägt... Wir schicken Elsa und Ernest im Herbst auf die öffentliche Schule.«

»Wahrscheinlich wird uns nichts anderes übrigbleiben. Welch ein Jammer! Ich hab Binny versprochen, daß sie nach den Sommerferien zu Miß Pinney darf. Doch sie wird erst fünf; vielleicht kann ich sie noch ein Jahr daheim behalten. Aber wir dürfen nicht nur an uns denken, nicht wahr? Was ist mit den Bonners? Den Thirkields? Und Julia Deming?«

Verständnisinnig lächelten sie einander zu. Wenigstens diesen kleinen Triumph bescherte ihnen die traurige Enthüllung.

»Julia hat keine Geheimnisse vor ihrer Mutter«, versetzte Sally honigsüß. »Die Demings scheinen also keinen Anstoß an den Zuständen in der Schule zu nehmen.«

»Natürlich, Julia geht ja auch nur wegen der Gesellschaft Gleichaltriger zur Schule; unterrichtet wird sie zu Hause. Aber Scherz beiseite: Du weißt so gut wie ich, daß der ›olle Teepott‹ keine Ahnung hat von Rauschgiftsucht und Blumenkränzen und was du mir sonst noch erzählt hast. Eigentlich bin ich ganz froh darüber. Ich fing nämlich schon an, Julia für ein höchst unnatürliches Kind zu halten.«

»Also lassen wir die Demings mal beiseite. Aber was wird mit den anderen?«

»O Sally! Das Schuljahr ist doch fast vorüber, und dann kommen Juli und August...«

»Und du glaubst, sie könnte in der Zwischenzeit sterben, und damit sei das Problem aus der Welt geschafft?«

»Wenn du allen reinen Wein einschenkst und ihr keine Schüler mehr übrigbleiben, was soll denn dann aus Miß Pinney werden? Wir dürfen ihr das nicht antun.«

»Aber so wie bisher darf es auch nicht weitergehen, sowohl um ihret- als auch um der Kinder willen. Auf dem Weg hierher hab' ich nachgedacht...« Sallys Stimme klang auf einmal lebhafter, und Anne schloß daraus, daß sie bereits einen Plan im Kopf hätte, den sie auch ausführen wollte. »Als erstes müssen wir feststellen, ob sie wirklich Rauschgift nimmt.«

»Wie willst du das herausbekommen?«

»Könnte Dock nicht...«

»Fragen stellen? Über die Patientin eines Kollegen? Nein!« Sally hatte die Freundin an einem wunden Punkt getroffen; wenn sie sich nicht dagegen wehrte, würde Mrs. McCunes Bild vor Annes innerem Auge erscheinen.

»Ich bezweifle, daß an der Geschichte was dran ist«, versetzte Sally beschwichtigend. »Wie wollen unsre Küken so was beurteilen? Wahrscheinlich nickt sie in der Schule bloß ein, weil sie nachts vor Schmerzen nicht schlafen kann.«

»Die Kinder könnten freilich auch recht haben. Die älteren Ärzte verschreiben ziemlich großzügig Laudanum. John...« Als ihr bewußt wurde, daß sie im Begriff war, eine Indiskretion zu begehen, brach Anne ab.

»Wir müssen einfach ihren Arzt ausfindig machen. Das dürfte nicht allzu schwer sein. Jedenfalls steht fest, daß sie nicht mehr in der Lage ist, den Unterricht zu führen. Was meinst du: Angenommen, sie wäre gezwungen, die Schule zu schließen, wenn wir unsere Kinder anderswohin schicken – ob ihr wohl genug zum Leben bliebe?«

»Bestimmt nicht. Ich bezweifle, daß sie je genug verdient hat, um sich was beiseitelegen zu können.«

»Dann müssen wir dafür sorgen, daß sie keine Not leidet. Eine Sammlung unter ihren alten Freunden und Schülerinnen veranstalten... genug, um ihr monatlich eine anständige Rente auszusetzen.«

»Und wer soll's ihr beibringen? Daß sie ein für allemal abgewirtschaftet hat? Daß wir ihr unsere Kinder nicht länger anvertrauen können? Daß sie am Ende ist? Ach, Sally, wie schrecklich!«

»Vielleicht läßt sich das schonend regeln. Dr. Blair hat Ludwig erklärt, er habe so lange geschwiegen, weil er nicht in den Verdacht geraten wollte, die Vereinbarung mit den Lowreys zu brechen und ihr das Klassenzimmer wegzunehmen. Aber jetzt braucht das Seminar den Raum.«

»Sie könnte sich woanders einen mieten.«

»Oh, Anne! Du glaubst doch nicht im Ernst, daß sie dafür noch genügend Energie hat? Und wer weiß, wenn wir für sie sammeln und ihr eine Leibrente in Aussicht stellen, ist sie womöglich ganz froh, sich zur Ruhe setzen zu können.«

»Kümmere du dich darum. Ich mische mich nicht in anderer Leute Leben ein.«

»Du würdest also Johnny aus ihrer Schule nehmen, ohne einen Grund dafür anzugeben? Aber du hast ihr doch die Bonners und viele andere erst zugeführt! Außerdem weißt du ganz genau, daß es früher oder später sowieso rauskäme; warum du Johnny auf eine andere Schule schickst, meine ich. Solche Geschichten sprechen sich unweigerlich rum und werden dabei nur aufgebauscht. Das würde sie erst recht vernichten.«

»Such dir jemand anders, Sally. Mit Geld will ich helfen, so gut ich kann, aber... Sag jetzt nichts mehr.«

Schritte draußen auf dem Gang hatten sie gewarnt. Sally stand auf, stellte ihren Stuhl an seinen Platz zurück, trat vor den Schalter und blätterte angelegentlich im Katalog.

»Mrs. Sheldon und Mrs. Edwards. Gütiger Himmel! Ich verschwinde. Aber du redest heute abend mit John, ja?«

Anne nickte. Sally wechselte ein paar Worte mit den älteren Frauen; dann verabschiedete sie sich, ohne ein Buch auszuleihen. Den Rest des Nachmittags war Anne vollauf damit beschäftigt, sich um die Besucher zu kümmern: Die Damen von Waynesboro, welche »geschniegelt und gebügelt« (wie John zu sagen pflegte) unterwegs waren, um Bekannten ihre Aufwartung zu machen, ihre Karten abzugeben oder in der Bibliothek ihre und ihrer Gatten Bücher umzutauschen. Nach Schulschluß kamen auch Kinder vorbei; paarweise, zu dritt oder allein. Anne konnte sie anhand der Bibliotheksausweise ihrer Eltern unterscheiden, die Kinder aus der öffentlichen Schule, von denen sie nicht recht wußte, ob sie zu Johnnys Freunden zählten: Sophie Klein, die alle zwei, drei Tage ein Katy-Buch verschlang; ein kleiner Lichtenstein, der kaum alt genug schien, um lesen zu können, sich aber offenbar darauf verstand; Ariana McCune, die für Märchen schwärmte. Auch ein paar Zöglinge der Mittelschule, wie etwa Kurt Mueller, besuchten die Bibliothek, doch sie interessierten sich nur für ernsthafte Themen, vornehmlich für Geschichte, und zwar die römische.

Als es fünf schlug, war Anne regelrecht erleichtert; sie komplimentierte die letzten Besucher hinaus, schloß die Fenster, räumte auf, nahm Hut und Handschuhe und sperrte von draußen ab. Rasch ging sie den Korridor entlang. Der Schlüssel wurde in der Kanzlei von Ballard, Gardiner & Merrill aufbewahrt; manchmal, wenn man sich verspätete, waren deren Bureauräume jedoch schon geschlossen. Dann blieb einem nichts weiter übrig, als den Schlüssel an den Haken vor der Tür zum Bibliothekssaal zu hängen – nicht gerade ein sicherer Platz. Erleichtert sah Anne, daß die Tür zum Vorzimmer noch offen stand.

Weil sie offen war, blieb Annes Eintritt unbemerkt. Eliza Ballard war allein im Zimmer. Sie saß indes nicht wie gewöhnlich über ihre Akten gebeugt, sondern stand seitlich am Fenster, in leicht gebückter Haltung, so als spähe sie angestrengt nach draußen.

»Ich bringe den Schlüssel zur Bibliothek.« Anne warf ihn über die Barriere auf den Schreibtisch, wo er klirrend gegen den Brieföffner schlug. Eliza fuhr herum, die Hand an der Kehle.

»Hast du mich aber erschreckt!«

»Verzeih, ich dachte, du hättest mich kommen hören.« Anne war sicher, daß das Klappern ihrer Absätze im Korridor laut genug widergehallt hatte. Was mochte Eliza wohl durchs Fenster gesehen haben? »Ist auf der Straße was passiert?« Von hier oben hatte man einen weiten Blick.

Eliza hatte ihr den Rücken zugekehrt und sah wieder hinaus. »Nein. Ich hab' nur zufällig Douglas Gardiner am Fenster seines Bureaus drüben im Gericht gesehen und wollte wissen, ob er noch mal in die Kanzlei zurückkommt. Wenn nicht, kann ich zusperren und nach Hause gehen. Mein Vater vertritt eine Eisenbahngesellschaft in einem Prozeß in Columbus. Er wird über Nacht dortbleiben.«

Wie Eliza da am Fenster stand, den Kopf wachsam zur Seite geneigt, erinnerte sie Anne merkwürdig an einen Raubvogel, der auf Beute lauert. Anne, die vor der Schranke stehengeblieben war, konnte weder die Straße noch den Platz vor dem Gerichtsgebäude überblicken, wohl aber den Portikus, die Freitreppe und den breiten, gepflasterten Markt, der sich hügelabwärts bis zur Chillicothe Street erstreckte. Soeben trat Douglas Gardiner aus dem Gericht und kam die Stufen herunter. Eliza erstarrte und drückte sich ein wenig zur Seite, behielt ihn jedoch im Auge. Douglas bog nach rechts in die Chillicothe Street ein. Die beiden Frauen sahen ihn an der Ecke die Main Street überqueren, die große Flügeltür von Sheldon & Edwards aufstoßen und im Laden verschwinden.

Als Eliza sich aufrichtete und vom Fenster zurücktrat, spielte ein spöttisches Lächeln um ihre Mundwinkel; ihre Miene drückte halb Zufriedenheit, halb Verachtung aus. Ihre Neugier hatte Annes Interesse geweckt, aber sie dachte: Eliza wollte bestimmt nur wissen, ob Douglas in die Kanzlei zurückkommt. »Du kannst deine Akten wegräumen«, sagte sie. »Wenn er eine Besorgung für seine Tanten machen muß, geht er sicher gleich nach Hause. Willst du mich nicht begleiten? Wir könnten ein Stück zusammen gehen?«

»Seine Tanten?« Eliza lächelte, wie um anzudeuten, daß sie ein großes Geheimnis hüte, doch sie sagte nichts weiter als: »Du meinst, ich soll einfach abschließen und das alles hier offen rumliegen lassen?« Mit besitzergreifender Geste deutete sie auf die Akten, Briefordner und Schriftsätze. »Vieles davon ist streng vertraulich. Wäre Papa hier, hätten diese Papiere nicht den ganzen Tag rumgelegen. Aber Douglas ist ständig unterwegs, und wenn er in die Kanzlei kommt, will er immer alles da vorfinden, wo er's hingelegt hat.«

Sie mag ihn nicht, dachte Anne. Ist ja auch kein Wunder: Zwei Leute mit spitzer Zunge im selben Bureau, die müssen sich einfach in die Quere kommen.

Eliza fuhr fort: »Mir ist es gar nicht recht, daß Papa fort mußte, nicht bloß...« Ihre Miene verdüsterte sich. Falls sie Anne hatte verleiten wollen, sie mit Fragen zu bestürmen, so hatte sie das jetzt vergessen; wenn sie von ihrem Vater sprach, war sie ganz bei der Sache. »In seiner Abwesenheit lastet einfach zuviel Verantwortung auf meinen Schultern. Seit Douglas zum Staatsanwalt ernannt wurde, verbringt er die meiste Zeit im Gericht. Aber mehr noch fürchte ich, daß Papa den Strapazen nicht mehr gewachsen ist. Er ist zu alt, um Prozesse zu führen. Ich mache mir Sorgen um ihn, doch daheim lasse ich mir nichts anmerken: Mama und Thomasina sind völlig ahnungslos, warum also sollte ich sie aufregen? Aber ich wünschte, ich könnte Papa überreden, zum Arzt zu gehen. Er war doch nicht bei Dock, oder?«

»Nicht daß ich wüßte. Aber John spricht nicht mit mir über seine Patienten.«

Der Nachdruck, mit dem Eliza ihre Rede begonnen hatte, war von Wort zu Wort schwächer geworden. Anne spürte, daß es ihr nur darum zu tun war, sie abzulenken. Sie denkt, ich hätte sie beim Spionieren ertappt, und das ist ihr peinlich; sie will, daß ich es vergesse. Laut sagte sie: »Dann werde ich jetzt gehen. Der Schlüssel zur Bibliothek liegt auf dem Schreibtisch.«

Vor der Tür hielt sie inne und sah Eliza wieder ans Fenster treten. Kopfschüttelnd ging sie den Korridor entlang und die Treppe hinunter. Eliza ist sonderbar, dachte sie. Aber das war sie eigentlich schon immer; für niemanden hat sie ein gutes Wort. Andererseits: wer wäre nicht exzentrisch geworden, hätte er wie Eliza inmitten von Reformen aufwachsen müssen, nie die Rechte der Frau vergessen und nie vergnügt sein dürfen, weil man ihn stets zur Ernsthaftigkeit anhielt? Es schien wie ein Wunder, daß Thomasina sich in dieser Familie zu einem halbwegs normalen Menschen hatte entwickeln können. Anne verbannte Eliza aus ihren Gedanken, während sie den Platz überquerte und denselben Weg einschlug, den Douglas Gardiner vor wenigen Minuten genommen hatte. Doch statt in die Main Street einzubiegen, ging sie die Chillicothe Street hinunter: Sie hoffte, John allein in seiner Praxis anzutreffen, denn sie wollte ihm über Miß Pinney berichten und sein Urteil ohne ungebetene Lauscher einholen. Aber John war nicht in der Praxis. Anne nahm die übliche Abkürzung zum Wohnhaus: über den Hof, durch das schmale Gäßchen und die Seitenveranda.

Die Kinder waren mit Martha in der Küche; das bedeutete, John war auch nicht im Haus. Johnny und Binny hörten sie kommen und folgten ihr ins Wohnzimmer. Sie ließ das Buch, das sie aus der Bibliothek mitgebracht hatte, auf den ovalen Tisch mit der braunen Decke fallen, der in der Mitte des Zimmers stand und auf dem sich alles mögliche anzusammeln pflegte: Zeitungen, Schulbücher, Johnnys runde Mütze und seine durch Eselsohren verunzierte Ausgabe des Westminster-Katechismus, den er widerwillig auswendig lernte; stockend quälte er sich von einer Frage und Antwort zur nächsten.

»Häng deine Mütze draußen auf, Johnny. Der Tisch ist auch so schon voll genug.«

Anne legte Hut und Handschuhe auf die geschweifte Sofalehne – sie würde die Sachen nachher mit hinaufnehmen. Sie hob die Arme und richtete ihr Haar, das der Hut plattgedrückt hatte, dann setzte sie sich in ihren Schaukelstuhl und ließ Binny auf ihren Schoß klettern. Johnny kam aus der Diele zurück und trat neben sie – er schien etwas auf dem Herzen zu haben: Unruhig stellte er erst einen, dann den anderen Fuß auf die Kufe ihres Schaukelstuhls. Sie legte den Arm um ihn und zog ihn an sich, doch als sie spürte, wie sein schmächtiger Körper sich gegen die Umarmung sträubte, ließ sie ihn los und strich sich mit der Hand eine widerspenstige Locke aus der Stirn.

»Mama?« Seine Stimme klang ängstlich. »Hast du Tante Sally getroffen?«

»Allerdings, das habe ich. Findest du es richtig, daß ihr eine kranke, alte Frau quält, die immer gut und freundlich zu euch gewesen ist?«

»Wer ist krank?«

»Miß Pinney.«

»Es macht ihr nichts aus, Mama. Sie merkt nicht mal was davon. Sie nimmt nämlich Rauschgift. Das sagen alle.«

»Und wer genau sind ›alle‹, mein Sohn?«

»Och, du weißt schon… Bill Thirkield. Er hat oft gesehen, wie sie sich das Zeug bei seinem Vater abholt. Und in der Schule schläft sie dauernd ein. Sie wäscht sich nicht mal mehr.« Er lachte, doch es klang eher wie ein schauriges Krächzen. »Mama, sie *riecht*!«

»Johnny!« Anne war zutiefst entrüstet. »Wie kannst du nur so

ordinär sein! Nein. Ich will nichts mehr davon hören. Du setzt dich jetzt da aufs Sofa und versuchst dir vorzustellen, wie's wäre, alt und krank und arm und ganz allein auf der Welt zu sein. Doch zuvor gib mir Binnys Buch – die Kleine Fibel –, es liegt da auf dem Tisch. Ich will mit ihr Lesen üben.«

Als John heimkam, gab Anne ihrem Sohn durch einen Blick zu verstehen, daß seine Ächtung aufgehoben sei. Doch Johnny blieb mit sorgenvoller Miene auf dem Sofa sitzen.

»Papa, was ist Ischias?«

John erklärte ihm die Krankheit, so gut er konnte.

»Was für eine Arznei verschreibst du dagegen?«

»Das hängt ganz von den Ursachen ab. Manchmal ist es eher ein Symptom als eine wirkliche Krankheit. Warum fragst du? Wer hat denn Ischias?«

»Miß Pinney. Ich dachte, du gibst ihr vielleicht Opium.«

»Ich gebe Miß Pinney überhaupt nichts. Sie ist nicht meine Patientin. Aber wie kommst du auf Opium?«

»Das macht doch müde, nicht?«

»Ja. Aber müde wird man auch, wenn man die ganze Nacht vor Schmerzen nicht schlafen kann.«

John hatte die *Fackel* mit hereingebracht. Nun setzte er sich, schlug die Zeitung auf und warf Anne über den Rand des Blattes hinweg einen fragenden Blick zu.

Sie schüttelte den Kopf, so als wolle sie sagen: Später. »Lauf in die Küche, Johnny«, bat sie ihren Sohn, »und sag Martha, daß dein Vater heimgekommen ist. Sobald das Essen fertig ist, soll sie auftragen.« Binny hatte das Buch zurückgeschoben, das ihre Mutter für sie hielt, und wollte ihrem Vater offenbar über Johnnys Schandtat berichten. Anne kam ihr zuvor: »Jetzt nicht, Binny.« Und um das Kind am Sprechen zu hindern, begann sie selbst zu erzählen. Als erstes kam ihr Eliza Ballard in den Sinn, wie sie lauernd am Fenster der Kanzlei gestanden hatte. Diese kleine Episode, der sie im Grunde kaum Bedeutung beimaß, kam ihr wie von selbst über die Lippen. Sie hätte nicht gedacht, daß John sich sonderlich dafür interessieren würde, doch ihre Schilderung brachte ihn zum Lachen.

»Ich wüßte gern, wie viele Leute überhaupt keine Ahnung davon haben, daß Elizas durchbohrender Blick auf ihnen ruht.«

»Also heute nachmittag hat sie nur einen einzigen beobachtet: Douglas Gardiner. Ich kann mir nicht denken, warum. Er ging zu Sheldon & Edwards, wahrscheinlich um eine ganz harmlose Besorgung für seine Tanten zu machen.«

Johnny kam zurück und rief sie zum Essen. Bei Tisch wandte sie das Gespräch anderen Themen zu. Doch Annes scheinbar nebensächliche Beobachtung wurde in Form einer Warnung weitergegeben: Gleich beim nächsten Mal, als John und Douglas Gardiner einander im Tabakladen über den Weg liefen, sagte der Doktor im Schatten der holzgeschnitzten Indianerfigur zu dem jungen Anwalt: »Ach, übrigens, Gardiner, ich hab' von meiner Frau gehört, daß Eliza Ballard von ihrem Bureaufenster aus ein wachsames Auge auf die Einkaufsgewohnheiten ihrer männlichen Bekannten hat. Anne konnte sich keinen Reim darauf machen und ich auch nicht, aber ich dachte, es könnte nichts schaden, wenn Sie's erfahren.« Er legte scherzhaft einen Finger an den Hut wie zum militärischen Gruß, zwinkerte dem jungen Mann vergnügt zu und ging seiner Wege. Douglas stützte sich schwer auf seinen verkrüppelten Fuß in dem orthopädischen Schuh, biß fest auf den Stiel seiner Pfeife und stieß einen Fluch zwischen den Zähnen hervor. Als Kitty Edwards an einem Nachmittag etwa zwei Wochen später im Laden vorbeischaute, sagte Sheldon zu ihr: »Doug war schon 'ne ganze Weile nicht mehr bei uns. Es ist wohl aus zwischen den beiden.« Kitty schien enttäuscht, doch sie sagte nichts weiter als: »Bloß gut, daß ich mit niemand darüber gesprochen habe, nicht wahr?«

DIE MITGLIEDER DES FRAUENKLUBS VON WAYNESBORO

Miß Eliza Ballard
Mrs. Mary Ballard
Mrs. Esther Beattie
Mrs. Louisa Deming
Mrs. Katherine Edwards
Miß Caroline Gardiner
Miß Lavinia Gardiner
Mrs. Anne Gordon
Mrs. Rhoda McKinney
Mrs. Laura Maxwell
Mrs. Sarah Rausch
Miß Amanda Reid
Mrs. Thomasina Travers
Mrs. Christina Voorhees

IN MEMORIAM
Miß Susan Crenshaw
Mrs. Mary McCune
Miß Agatha Pinney

1879

»Der Klub verlor ein rechtschaffenes und treues Mitglied ...«

In der Zwischenzeit hatten die Damen Miß Pinneys Angelegenheit in die Hand genommen. Dr. Blair bestätigte auf entsprechende Anfrage, daß sein Seminar das Klassenzimmer in der Tat gut gebrauchen könne, sofern dadurch keinerlei Verpflichtungen Miß Pinney gegenüber verletzt würden: Die Seminarbibliothek, derzeit in einem einzigen Raum im Obergeschoß untergebracht, sei bereits zum Bersten voll. Vorausgesetzt, die guten Bürger der Stadt würden ihn nicht der Grausamkeit zeihen, sei er bereit, sich mit Miß Pinney ins Benehmen zu setzen, sobald das Damenkomitee in der Lage sei, die Verantwortung für Miß Pinneys Lebensunterhalt zu übernehmen.

Anne gehörte diesem Komitee nicht an: Sie verspürte eine unüberwindliche Abneigung dagegen, sich an den Vorkehrungen zu beteiligen, die für Miß Pinneys erzwungenen Ruhestand getroffen wurden. Für die Sammlung zu ihren Gunsten spendete sie eine großzügige Summe, doch weiter wollte sie nichts mit der Sache zu tun haben; sie überließ es Sally, Mrs. Deming und Mrs. Bonner, als Bittsteller zu anderen Müttern, Lehrern und Geistlichen zu gehen sowie mit den übrigen Damen des Klubs zu sprechen. Die drei Frauen, die sich zum Komitee für den Pinney-Leibrenten-Fonds ernannt hatten, hofften auf genügend Spenden, um Miß Pinneys Lebensabend zu sichern, und falls ihnen das nicht auf einmal gelingen sollte, würden sie in einem der nächsten Jahre erneut eine Sammlung veranstalten.

Als die Zeit kam, Miß Pinney mitzuteilen, daß die Tage ihrer kleinen Schule gezählt seien, waren die drei freilich nicht mehr so eifrig. Doch es mußte sein. Sally und Mrs. Bonner boten ihre Begleitung an, aber Mrs. Deming sollte die Rolle der Sprecherin übernehmen; schließlich waren sie und Miß Pinney zu Zeiten der Lowreys Kolleginnen gewesen. Mit kühler Verachtung für die beiden Feiglinge in ihrem Schlepptau führte Mrs. Deming sie eines Nachmittags kurz vor Schuljahresschluß zu Miß Pinneys Häuschen. Die alte Dame empfing sie mit einiger Verwirrung und führte sie in den Salon. (Die Spinnen hält sie offenbar in Schach, dachte Sally, die bemerkte, daß die Möbel hübsch ordentlich an der Wand standen. Doch obgleich jetzt im Juni alle Fenster geöffnet waren, roch es unangenehm im Zimmer.)

Als die üblichen Höflichkeiten ausgetauscht waren, gab Miß Pinney ihnen schüchtern ein Stichwort. »Das sieht mir aus wie eine Delegation«, wagte sie sich mit zittriger Stimme vor. »Kann ich etwas für Sie tun, meine Damen?«

»In gewissem Sinn, meine liebe Miß Pinney, kommen wir tatsächlich als Abgesandte zu Ihnen. Die Mütter Ihrer kleinen Schützlinge und Ihre Freunde haben uns beauftragt, Ihnen zu sagen, wie sehr wir alle Ihre Tapferkeit bewundern: Trotz Ihres schweren Leidens haben Sie Ihre Lehrtätigkeit dieses Jahr nicht unterbrochen. Wir fürchten indes, ein weiteres Unterrichtsjahr könnte Ihre Gesundheit allzusehr gefährden.«

Miß Pinneys Miene – ihre verschwommenen blauen Augen – drückten nichts als Verwirrung aus. »Aber im nächsten Jahr ist es bestimmt schon wieder besser mit meinem Ischias. Dr. Wright hat gesagt...« Ihr versagte die Stimme.

Mrs. Deming nahm einen zweiten Anlauf, diesmal in eher geschäftsmäßigem Ton. »Sie wissen vielleicht nicht, daß Dr. Blairs Seminar sehr daran gelegen ist, den Raum für eigene Zwecke nutzen zu können.«

»Aber man hat mir doch versprochen, ich könne das Klassenzimmer behalten, solange ich es brauche.«

»O ja, und das Versprechen gilt natürlich auch. Aber wir dachten, es würde Sie vielleicht freuen, daß die Theologen gewillt sind, Ihnen die Bürde abzunehmen... Angesichts Ihres bedauerlichen Leidens wäre es vielleicht eine Erleichterung für Sie, die Mietbelastung loszuwerden.«

»Ich zahle meine Miete pünktlich. Ich war noch nie im Rückstand.« Ihr Stolz verleitete sie dazu, den Sinn des Vorschlags falsch zu deuten. »Wenn meine kleine Schule allerdings im Wege ist, werde ich den Raum natürlich an das Seminar abtreten.«

Von diesem Moment an marterte sie ihr armes, zerrüttetes Hirn – während des Besuchs der Damen und noch lange danach –, indem sie im Geiste die Stadt absuchte, Straße für Straße, in der Hoffnung, einen Raum zu finden, in den sie ihre Schützlinge umquartieren könne. Aber Mrs. Deming glaubte zuversichtlich, sie habe ihren Auftrag erfüllt und Miß Pinney davon überzeugt, daß ihre Tage als Lehrerin gezählt seien. Man hatte sich im vorhinein darauf geeinigt, die Pension nicht zu erwähnen: Das wollte man sich als große Überraschung aufsparen, die erst nach Abschluß der Prüfungen am letzten Schultag enthüllt werden sollte.

Nur Sally war ein wenig im Zweifel. Als sie die Gartenpforte passierten, fragte sie: »Ob sie wohl verstanden hat, worauf wir hinauswollten?«

»Mir schien sie im Vollbesitz ihrer geistigen Kräfte. Ich wüßte nicht, wie sie uns hätte mißverstehen können.« Doch Sally konnte sich Mrs. Demings Meinung nicht recht anschließen; sie teilte Anne ihre Befürchtungen mit, und die stieg am letzten Schultag mit zitternden Knien den Hügel zur alten Schule hinauf. Hätte Johnny nicht etwas vorzutragen gehabt, wäre sie liebend gern daheim geblieben. Im nachhinein erschien ihr diese Abschlußprüfung als die bedrückendste Veranstaltung, der sie je beigewohnt hatte.

Das Klassenzimmer schien für die, welche aus der Junihitze hereinkamen, angenehm kühl zu sein. Aber nachdem man eine Weile auf einem der harten, steiflehnigen Stühle gesessen hatte, die Miß Pinney für diesen feierlichen Anlaß aus den Unterrichtsräumen des Seminars geborgt worden waren, wurden die Glieder steif, und die Luft drang feucht und dumpfig durch Schuhsohlen und Kragen. Das Licht war trüb. Miß Pinney, die nervös an ihrem Pult hantierte, hatte sich festlich mit Spitzenkragen und Rüschen geschmückt, doch ihre Frisur war in Unordnung, ihr Gesicht verquollen und ausdruckslos. Wie die Gewohnheiten der alten Dame sonst auch sein mochten, an diesem Tag hatte sie jedenfalls kein Laudanum genommen: Sie war hellwach und aufs äußerste gespannt; wenn sie die Hände hob, erkannte man das krampfhafte Zucken der Finger. Die blankgeschrubbten Knaben und die Mädchen in ihren gestärkten Röcken brachten ihre Vorträge und Lieder mit nicht mehr als dem üblichen Quantum an Versprechern und falschen Tönen hinter sich. Als die Kinder fertig waren, erhob Miß Pinney sich mühsam und klammerte sich am Pult fest, während sie wie üblich ein Lob auf ihre Schüler ausbrachte und Dankesworte an die Eltern richtete. Dann erklärte sie in kurzen Worten, daß Dr. Blairs Seminar die Nutzung des Raumes wünsche, in dem sie eben versammelt seien, weshalb sie genötigt sei, ihre Schule anderswo unterzubringen. Bis zum Herbst werde sie eine geeignete Stätte finden und die Familien ihrer Schüler rechtzeitig benachrichtigen.

Sally und Anne tauschten einen erschrockenen Blick; alle übrigen schienen bestürzt. Doch während Miß Pinney noch dastand und darauf wartete, daß Eltern und Kinder gemeinsam »America« anstimmten, erhob sich Mrs. Deming, rauschte den Gang hinunter und bat Miß Pinney, Platz zu nehmen, damit sie im Auftrage der Elternschaft und voller Dankbarkeit all das würdigen könne, was Miß Pinney für ihre Kinder getan habe. Die Worte waren herzlich, doch in einem kühlen Ton hervorgebracht, hinter dem sich die Verachtung verbarg (oder vielmehr nicht verbarg, dachte Anne), welche Mrs. Deming für das menschliche Wrack neben sich empfand. Sie wirkte immer ein wenig so, als störe sie ein unangenehmer Geruch (die eigenartige Wölbung ihrer Nasenflügel rief diesen Eindruck hervor); jetzt, während ihrer Rede, verstärkte sich dieser Zug zu unverhohlenem Ekel. Und sie war unbeschreiblich herablassend. Anne wand sich vor Scham: Jede andere hätte das besser und taktvoller gemacht, aber wer außer Mrs. Deming wäre überhaupt dazu bereit gewesen? Sie jedenfalls nicht. Es stand ihr also auch nicht zu, Kritik zu üben.

»Ich glaube, Sie alle wissen«, sagte Mrs. Deming vom Podium herunter, »daß Miß Pinney ihre Schule in diesem Jahr unter extrem schwierigen Bedingungen geleitet hat. Trotz Krankheit und großer Schmerzen hat sie tagtäglich unsere Kinder unterrichtet, und zwar mit einer Standhaftigkeit, die an Heldenmut grenzt. Nun werden ihre mannigfachen Bürden noch durch eine weitere vermehrt, die sie so willig zu tragen bereit ist, um dem Seminar gefällig zu sein, und die sie zwingt, ihrer Schule eine neue, passende und zweckmäßige Bleibe zu suchen. Wir können uns nicht vorstellen, daß sie sich anderswo als in diesem vertrauten Rahmen je wohl fühlen würde, der uns allen lieb und wert ist, die wir seit Jahren mit ihr und ihrer Schule verbunden sind. Wir sind übereingekommen, daß wir von einem Menschen, der so lange und so großartig seine Pflicht getan hat, kein weiteres Opfer annehmen können: Wir dürfen nicht zulassen, daß sie, krank, wie sie ist, in fremder Umgebung noch einmal von vorn anfängt.«

Miß Pinney riß erschrocken die Augen auf und begann am ganzen Körper zu zittern, während Mrs. Deming das Echo ihrer gefühlvollen Rede in der dumpfigen Luft des Klassenzimmers verhallen ließ. Komm endlich zur Sache, du Närrin – merkst du denn nicht, daß du ihr Angst machst und sie noch immer nicht begreift? Anne hielt den Atem an; vielleicht taten die meisten Zuhörer es ihr gleich. Womöglich waren auch Mrs. Deming Zweifel gekommen. Nach einigem Zögern beugte sie sich über Miß Pinney, wobei ihre Miene noch deutlicher als zuvor Abscheu und Ekel widerspiegelte, und sagte ohne Umschweife, alle Eltern, deren Kinder unter ihrer Obhut gestanden hätten, seien sich darin einig, daß man kein weiteres Unterrichtsjahr mehr von ihr fordern dürfe. Dann richtete sie sich auf und fuhr, halb an Miß Pinney, halb an ihr Publikum gewandt, in ihrer Rede fort. Weil man Miß Pinney übergroßen Dank dafür schulde, daß sie den Kindern nicht nur Schreiben, Lesen und Rechnen beigebracht, sondern sie auch Anstand und gutes Benehmen gelehrt habe, führte sie aus, sei man hocherfreut, ihr heute diese Börse nebst Inhalt überreichen zu dürfen. Der Inhalt sei freilich nur ein Unterpfand des eigentlichen Präsents. Solange sie lebte, würde ihr jeden Monat der gleiche Betrag von der Bank ausbezahlt werden. Dort sei der Hauptteil dieses Abschiedsgeschenks, dieses Zeichen der Wertschätzung nicht nur der Eltern, sondern auch ihrer ehemaligen Schüler und Kollegen, der Mitglieder ihres Klubs und ihrer Kirchengemeinde deponiert.

Mr. Cochran und Mr. Voorhees hätten sich freundlicherweise bereit erklärt, als Treuhänder zu fungieren. Sollte Miß Pinney in Zukunft irgendwelche Fragen haben, möge sie sich vertrauensvoll an einen der beiden Herren wenden, und die würden ihr alles erklären.

Die verwirrte kleine Miß Pinney versuchte nicht, sich zu erheben. Sie streckte die Hand nach der Börse aus. Ihre Lippen zitterten, Tränen netzten die Säcke unter ihren Augen. Die Kinder saßen verstört auf ihren Plätzen, während ihre vertraute kleine Welt um sie herum zerbrach. Die Mütter und die wenigen Väter im Publikum applaudierten höflich. Miß Pinney rang nach Worten, biß sich auf die Lippen, fuhr sich mit der Hand übers Kinn und stammelte endlich: »Mrs. Deming und liebe Freunde... Ich bin außerstande... Erlauben Sie mir... Ich danke Ihnen.«

Nach kurzem Schweigen klatschten die Zuschauer erneut Beifall, wozu Mrs. Deming sie mit einer von Miß Pinney unbemerkten Handbewegung aufgefordert hatte. Anne dachte verzweifelt: Warum gehen die Leute nicht nach Hause und lassen sie in Frieden? Und schließlich stand sie als erste auf und brach den Bann. Andere Mütter folgten ihrem Beispiel. Als ihre Kinder die Schritte hörten, wandten sie sich um und liefen den Erwachsenen nach, ohne das Absingen von »America« abzuwarten. Johnny kämpfte sich mit den Ellbogen durch die Grüppchen von Kindern und Erwachsenen im Gang und holte seine Mutter auf der Schwelle ein.

»Warum hast du nicht bis zum Schluß gewartet? Wir waren doch noch gar nicht fertig.«

»Ich dachte, Miß Pinney habe genug.«

»Oh.« Und weil er merkte, daß seine Mutter mit ihren Gedanken ganz woanders war, fragte er: »War ich gut?«

»Wie? Oh, ja, sehr gut, Johnny! Ich hab' jedes Wort verstanden, und du hast nichts ausgelassen.«

Schweigend gingen sie zum Tor, das Johnny für seine Mutter aufhielt. Dann, als er sich ihr wieder anschloß, wollte er wissen: »Das mit dem Geld ... Julias Mutter ... heißt das, Miß Pinney wird keine Schule mehr halten? Aber was wird dann aus uns?«

»Ihr kommt in die öffentliche Schule.«

»Die unten in der Chillicothe Street? Wo Sophie und die McCunes hingehen? Wir alle? Shaney? Julia?«

»Ja, ihr alle. Elsa, die Bonners und Bill Thirkield auch. Wie's mit Julia ist, weiß ich nicht. Macht's dir was aus?«

»Mir? Nein, ich denke, es ist besser so, oder nicht?« Er gab sich ernst und vernünftig wie ein kleiner Erwachsener. Doch dann holte er tief Luft, und der an einem solchen Tag nur natürliche Überschwang brach sich Bahn: »Aber bis dahin ist's ja noch *sooo* lange? Bis September. *Die Schule ist aus!*«

Die Schule war aus. Das Seminar schloß für die Sommerferien, und die Theologen zerstreuten sich. Oben auf dem Hügel der Market Street und den Hang hinunter, vorbei am Haus der Kleins auf der einen und dem der Cochrans auf der anderen Seite, schien es plötzlich wie ausgestorben, so still war es dort an den langen Sommernachmittagen und -abenden. Die Buben waren sich selbst überlassen und gingen ihrer Wege. Die Mädchen übten und gingen zur Musikstunde oder spielten im Garten friedliche Spiele wie »Vater-Mutter-Kind«. Elsa nahm außerdem noch Nachhilfeunterricht im Rechnen bei einem Lehrer von der öffentlichen Schule, und weil sie es nicht ertragen konnte, von ihrem Vater getadelt zu werden, strengte sie sich an, bis sie beim Addieren nicht mehr die Finger zu Hilfe nehmen brauchte.

Johnny Gordon war verantwortlich für den neuen Zeitvertreib, dem die Kinder sich an so manchem freien Abend widmeten. Als er eines Tages in Thirkields Drugstore kam, um eine Besorgung für seinen Vater zu machen, ließ eine Bemerkung, die er ganz zufällig aufgeschnappt hatte, sein Herz höher schlagen: Mr. Bonner und Captain Bodien, die am Zigarrenstand lehnten, führten einen freundschaftlichen Disput darüber, ob die Potomac-Armee oder die westamerikanischen Heeresverbände den Krieg gewonnen hätten. Johnny war ganz Ohr. In jenen Tag waren die meisten

Veteranen zu sehr damit beschäftigt, ihren Lebensunterhalt zu verdienen, und zu froh, sich abends hinter ihrer Zeitung zu entspannen, als daß sie viel über den Krieg erzählt hätten; und John Gordon erwähnte ihn so gut wie gar nicht. Aber die Feiern zum vierten Juli, die Ansprachen der Politiker, die mit militärischen Ehren zelebrierte Beisetzung ehemaliger Soldaten des Bürgerkriegs wirkten wie ein Echo der Schlachten von damals und stachelten die Neugier der Kinder an.

An jenem Abend nun erblickte Captain Bodien den kleinen Johnny just in dem Moment, als er »Gettysburg« sagte.

Atemlos wagte Johnny die Frage: »Waren Sie in Gettysburg, Captain?«

Mr. Thirkield lehnte sich über die Theke. »Wie steht's, Johnny, braucht Dock diese Medizin hier nicht?«

»Mach dich lieber auf den Weg, mein Sohn«, versetzte Captain Bodien. »Wenn du was über Gettysburg erfahren willst, dann komm Samstag abend zum Platzkonzert. Du findest mich auf der Bank bei der Kanone. Da werd' ich dir von Gettysburg erzählen.«

Waynesboros wöchentliche Platzkonzerte fanden vor dem Gerichtsgebäude statt. Im Jahre '79 hatte man den alten schmiedeeisernen Zaun niedergerissen: Die Bezirksregierung war zu der Einsicht gelangt, daß seine Instandhaltung zu kostspielig sei. Kaum war der Zaun gefallen, da stellte der zum Gedenken an den Bürgerkrieg gegründete Ortsverein in einer irregeleiteten Aufwallung patriotischer Gefühle eine im letzten Krieg erbeutete Kanone auf den Platz, deren Mündung auf die Kreuzung Wood und Market Street gerichtet war. Dahinter plazierte man im Schatten einer mächtigen Platane eine eiserne Bank.

Die Kapelle (Veteranen und deren Söhne) war beliebt, und am Samstagabend widmete man sich der Muße und Entspannung, ausgenommen die reformierten Presbyterianer, die nach wie vor bei Sonnenuntergang ihren Sabbat einläuteten. Für gewöhnlich kamen ganze Familien zum Platzkonzert, doch die Gruppen lösten sich bald auf: Die Kinder zeigten wenig Neigung, den Abend auf den harten Klappstühlen zu verbringen, die in langen Reihen vor dem Orchesterpodium aufgeschlagen waren; sie schlichen sich bald davon und gingen ihren eigenen Vergnügungen nach, begleitet von der elterlichen Ermahnung: »Aber bleibt auf dem Platz. Wir treffen uns nachher hier wieder.«

An jenem Abend, für den er Johnny die Geschichte von Gettysburg versprochen hatte, wurde Captain Bodien neben der Kanone von einer ganzen Kinderschar erwartet, zu der sowohl Buben wie Mädchen gehörten und von denen er längst nicht alle kannte.

Captain Bodien hatte nichts gegen ein größeres Publikum einzuwenden, und dieser Abend sollte den Auftakt einer langen Reihe bilden. Der Captain saß auf der Bank und zeichnete die Pläne seiner Schlachten in Staub und Kies: Johnny und seine anderen kleinen Zuhörer würden diese Kämpfe für immer als schwankende Linien Tausender namenloser Soldaten vor sich sehen, die entweder vorwärtsstürmten oder auf dem Rückzug waren, in deren Mitte aber die Batterie B des Vierten US-Artillerie-Regiments stand wie ein Fels in der Brandung, stark wie eine Brigade oder eine Division. In einem Gehöft in Antietam hatten sie sich verschanzt, und am ersten Tag der Schlacht von Gettysburg räumten sie den Eisenbahntunnel.

Vom Sezessionskrieg reichten die Erinnerungen des Captains zurück in die Vorkriegszeit, als seine Batterie in Utah bei der Kavallerie stand, weil die unwegsamen Berge dort keinen Artillerieeinsatz erlaubten, und gegen die Indianer kämpfte. Die Kinder waren so hingerissen von all den Geschichten über Indianer, Mormonen und den Pony-Expreß, jenem ersten Schnellpostdienst im Westen der Staaten, daß der Captain sie zu sich nach Hause einlud und ihnen seine Erinnerungsstücke zeigte: Indianerdecken, Tomahawks, Pfeifen und Waffen aus dem Sezessionskrieg; seinen Karabiner, seinen eigenen Säbel und den, welchen er einem zu ungestümen jungen Kavalleristen der Konföderierten Armee abgejagt hatte. Seit jenem aufregenden Abend fand sich mehrmals die Woche eine wechselnde Kinderschar bei Captain Bodien ein und lauschte seinen Geschichten, mal auf der hinteren Veranda, mal in seinem Arbeitszimmer.

Von den Eltern erhob einzig Sally Rausch Einspruch. Die übrigen gaben sich damit zufrieden, daß ihre Kinder keinen Unfug trieben und vor Einbruch der Dunkelheit wohlbehalten wieder daheim waren. Eines Abends jedoch kam Elsa ungewöhnlich spät nach Hause, weshalb sie sofort zu Bett geschickt wurde; Sally folgte ihr wenig später, um ihre Tochter ins Gebet zu nehmen.

»Was fasziniert euch Kinder nur so an diesem Captain Bodien?«

»Oh, Mama! Er hat einfach *alles* erlebt. Er war schon vor dem Krieg bei der Armee und hat gegen Indianer und Mormonen gekämpft. Einmal wurde er sogar mit dem Tomahawk verwundet, und für den zerschmetterten Schädelknochen hat man ihm eine Silberplatte eingesetzt.« Als Elsa dem ungläubigen Blick ihrer Mutter begegnete, setzte sie hinzu: »Man sieht noch die Narbe. Dem Captain sind seitdem an der Stelle keine Haare mehr gewachsen.«

»Das leuchtet mir ein.«

»Seine Batterie stand in Utah, als der Krieg ausbrach. Sie hatten schon lange keine Vorräte mehr bekommen, weil der olle Minister ein oller Rebell war, bloß hatte er das niemandem erzählt – er schickte ihnen einfach keinen Proviant mehr. Und den Soldaten schwollen die Zungen ganz dick an und wurden schwarz, und dann sind ihnen die Zähne ausgefallen. Der olle Minister machte sich aus dem Staub und ging in den Süden, als Lincoln Präsident wurde. Sie wurden nach Washington zurückbeordert, aber der Marsch von Utah nach St. Joe, Missouri, dauerte so lange, weil sie doch die schweren Waffen schleppen mußten, daß die Schlacht von Bull Run geschlagen wurde, während sie noch unterwegs waren – sie haben rein gar nichts davon gewußt.«

Sally lachte. »Du kannst das ja alles runterleiern wie am Schnürchen. Dieser Captain Bodien muß mindestens so unterhaltsam sein wie Baron von Münchhausen.«

Elsa verstand die Anspielung nicht. »Und er hat mit seiner Batterie den ganzen Krieg durchgestanden; einmal, als er die Kanone der feindlichen Kavallerie erbeuten wollte, haben sie ihn niedergesäbelt.« Die zweifelnde Miene ihrer Mutter entging ihr nicht. »Es ist wahr, Mama«, versicherte sie ernsthaft. »Er hat davon eine Narbe zurückbehalten, die ganze Backe runter! Die Narbe kann jeder sehen, sogar, wenn er einen Hut auf hat.«

»Es hört sich an wie Geschichten aus einem Buch, nicht wahr? Aber du darfst ihm nicht nachlaufen wie die Buben, hörst du?«

Später, im eigenen Schlafzimmer, berichtete Sally ihrem Mann, was Elsa ihr erzählt hatte. »Mit dem Tomahawk verwundet! Und geschwollene Zungen, die schwarz anlaufen!«

»Es könnte wahr sein. Skorbut, weißt du. Und Floyd hat tatsächlich alles darangesetzt, dem Berufsheer zu schaden, solange er noch in Buchanans Kabinett war.«

»Nun, eins steht fest: Dein Captain hat die Kinder gründlich verhext. Aber Elsa darf ihm nicht nachlaufen. Ich will nicht, daß sie sich verhexen läßt.«

Eines Abends kam Johnny früher als gewöhnlich nach Hause und war überdies auffallend schweigsam. Seiner Mutter, die auf der Seitenveranda saß, während Binny im Garten umhersprang und auf Glühwürmchen Jagd machte, schien der Junge recht niedergeschlagen.

»Was ist los, Johnny? Sind Captain Bodien etwa die Geschichten ausgegangen?«

»Nein. Das wär' ja auch unmöglich. Der Krieg hat ganze vier Jahre gedauert, abgesehen von den Indianerkämpfen. Aber heute abend erwartet man bei ihm zu Hause Besuch. Er hat gesagt, wir müßten hübsch leise sein in seiner Stube. Und da ham wir gedacht, wir sollten vielleicht besser heimgehen.«

Er hockte sich auf die Verandastufen; seine Mutter beugte sich vor und legte ihm die Hand auf die Schulter. »Ach, du meine Güte, Johnny! Ihr seid ihm doch nicht etwa lästiggefallen?« Der Schaukelstuhl quietschte unter ihrer Bewegung. »Womöglich war das bloß ein Versuch, euch auf höfliche Art beizubringen, daß er nicht dauernd von euch Kindern belagert sein will.«

»O nein, Mama, bestimmt nicht! Er hat gesagt, dieser Besuch sei was Besonderes. Ein junger Mann, der zu seiner Tochter kommt.«

»Zu diesem wunderhübschen Mädchen, das bei Sheldon und Edwards als Verkäuferin arbeitet? Nun, das überrascht mich nicht.«

»Und ich weiß auch, wer's ist!« Johnnys Stimme klang jetzt lebhafter. Wie alle Menschen, groß und klein, genoß er es, eine Neuigkeit verkünden zu können. »Doug Gardiner.«

»*Mister* Gardiner für dich, du Naseweis!« korrigierte Anne mechanisch, ehe ihr die Bedeutung des eben Gehörten aufging. »O nein!« rief sie dann. »Johnny, das ist ganz ausgeschlossen.«

»Er kam uns auf der anderen Straßenseite entgegen, als wir von Captain Bodien weggingen. Wir ham ihn genau gesehen: *Mister* Gardiner erkennt man doch immer an seinem Hinkefuß. Außerdem weiß jeder, daß er ihr nachsteigt.«

»Johnny, was ist nur in dich gefahren? Was für ordinäre Reden führst du da? Und was wißt ihr Knirpse schon von solchen Dingen?«

»Also weißt du ... wir ham ihn um sie rumscharwenzeln sehen. Ich wette, Papa hat's auch bemerkt ... Frag ihn doch, wenn du mir nicht glaubst.«

»Ich glaube dir ja.« Anne fiel plötzlich wieder jener Nachmittag ein, an dem sie Eliza so angestrengt durch ihr Bureaufenster hatte spähen sehen. Ein wohliger Schrecken durchzuckte sie bei der Vorstellung, wie schockiert ganz Waynesboro sich gebärden würde. »Ganz Waynesboro« ... Das hatte Kitty Edwards schon letzten Winter gesagt, also wußte auch sie Bescheid. Anne riß sich gewaltsam aus ihren Gedanken und konzentrierte sich auf das vordringliche Problem. »Weißt du, Johnny, es ist vielleicht nichts Ernstes. Ein Mann kann vielen jungen Damen seine Aufmerksamkeit schenken, bevor er eine davon zur Frau nimmt. Und deshalb darfst du nicht darüber sprechen. Verstehst du? Du könntest sonst eine Menge Unheil anrichten. Besonders für Miß Bodien wäre das sehr schlimm. Versprichst du mir, nichts zu verraten?«

»Ja, Mama. Großes Ehrenwort. Ich mag Barb'ra.« Und nach einigem Zögern setzte er hinzu: »Miß Bodien.«

»Das klingt schon besser.«

»Ich glaub', ich schau' mal in die Praxis rüber und frag' Papa, ob ich ihm helfen kann, für morgen alles herzurichten.«

Johnny rappelte sich auf, warf sich in die Brust und lief die Verandatreppe hinunter durch den Garten zur rückwärtigen Pforte. Es wurde gerade erst richtig dunkel, so daß man die Glühwürmchen gut sehen konnte, aber Anne rief Binny zu sich. Sie mußte über sich selber lachen, und doch hatte ein jäher Schmerz sie durchzuckt, als Johnny durchs Tor davongegangen war: Wie es schien, brauchten Jungen nicht sonderlich lange, ehe sie ihre Unabhängigkeit geltend machten und Besseres zu tun fanden, als bei den Frauen zu sitzen. In einer zärtlichen Aufwallung zog sie Binny an sich. »Wir haben nicht viel von seiner Gesellschaft, hm? Macht nichts! Komm, erzähl mir eine Geschichte über die Glühwürmchen.«

Aber sie lauschte nur mit halbem Ohr auf das fröhliche Geplapper des Kindes auf ihrem Schoß. Sie dachte an Johnny, der drüben in der Praxis seinem Vater half. Und das war keine eitle Prahlerei. Mancher Junge war sich schon frühzeitig darüber klar, was er einmal werden wollte. Johnny würde im kommenden Herbst erst zehn, aber er wollte Arzt werden. Er verbrachte ein Gutteil seiner Freizeit in der Praxis, wo er Instrumente abkochte, Binden aufwickelte und in einem verglasten Bücherschrank stapelte, den man aus dem Zimmer seines Großvaters heruntergeholt hatte. Und John bestärkte ihn in seinem Vorsatz, woraus Anne schloß, daß ihr Mann – ungeachtet jener dunklen Zeiten, in denen er sich als hilfloser Versager fühlte – mit seinem Beruf nicht so unglücklich war, wie sie befürchtet hatte.

Die meisten Buben von Waynesboro suchten sich nach ein paar Wochen der Freizeit, in denen sie in Fluß und Kanal geschwommen oder auf Fischfang gegangen waren, eine Verdienstmöglichkeit für die Sommermonate; darin bestand kein Unterschied zwischen den Kindern von der öffentlichen Schule und denen, die bisher bei Miß Pinney gewesen waren. Sie verteilten am Spätnachmittag die *Fackel* in den verschlafenen Straßen der Stadt, arbeiteten im Geschäft ihres Vaters mit (so wie Billy Thirkield im Drugstore), oder sie verdingten sich als Radjungen auf der Seilerbahn. Im Werk herrschte während der Sommermonate immer Mangel an Arbeitskräften. Viele Schwarze blieben einfach weg, weil sie sich anderweitig bequemer durchschlagen konnten: Sie gingen fischen, zogen ein paar Hühner auf, bauten ein wenig Gemüse an und verdienten sich ein paar Cents hinzu, indem sie bei den weißen Familien den Rasen mähten. Captain Bodien besetzte die freigewordenen Plätze mit besonders großen und kräftigen Jungen und stellte andere ein, die für die Spinner auf der Seilerbahn die Räder drehten. Die Arbeit war schwer und anstrengend, denn die Räder mußten mit stets gleichbleibender Geschwindigkeit gedreht werden, damit die Spinner immer neue Fasern herausziehen und mit den ersten zusammendrehen konnten, während sie rückwärts die Bahn abschritten. Vielleicht aber war gerade deshalb dieser Posten der begehrteste von allen Sommeraushilfen.

Miß Pinneys ehemalige Schüler sowie andere Jungen von Waynesboro waren glücklich beschäftigt, der Sommer lag vor ihnen, eine goldene, sonnendurchflutete, endlose Zeitspanne. Sie vergaßen das zurückliegende Schuljahr und dachten nur selten an das kommende. Auch ihre Eltern beschäftigten sich nicht weiter mit Miß Pinney: Das Problem war für sie gelöst. Die Demings verbrachten den Sommer in Massachusetts. Mrs. Ballard trotzte ihrem Rheumatismus und begleitete ihren Mann zu einem Konvent in Sachen Frauenstimmrecht. Die Hausfrauen, welche daheim geblieben waren, kochten Marmelade und Gelee und weckten Erbsen und Bohnen für den Winter ein. Miß Pinney war allein gelassen in ihrem zerfallenen Häuschen, dessen ungetünchte Wände hinter wild wuchernden Büschen und Stauden verschwanden. Anne und Sally waren eines Nachmittags zu ihr hinaufgepilgert, um ihr Gewissen zu beruhigen und der alten Dame einen Besuch abzustatten, doch auf ihr Klopfen hin hatte niemand geöffnet. Fragend blickten die beiden einander an, während sie ihre Karten unter der Tür durchschoben: Sollten sie besorgt oder erleichtert sein? Erleichtert darüber, so rasch wieder davonzukommen, oder besorgt, daß Miß Pinney womöglich von Laudanum betäubt dort drinnen lag? Die Erleichterung trug den Sieg davon: Falls sie krank wäre, hätte sie gewiß einen Weg gefunden, jemanden zu benachrichtigen, und die beiden brauchten auch nicht zu befürchten, daß sie Mangel litt. Da das Haus ihr gehörte und die Steuerlast verschwindend gering war, konnte sie von den fünfundzwanzig Dollar, die ihre Treuhänder ihr monatlich auszahlten, sorgenfrei leben. Die beiden jungen Frauen machten kehrt; anfangs gingen sie nur langsam auf dem überwucherten Pflasterweg zurück, doch zusehends beschleunigten sie ihre Schritte. An der Haustür waren sie noch unschlüssig gewesen; als sie das Gartentor öffneten, waren sie nur mehr darauf bedacht fortzukommen, und als es hinter ihnen ins Schloß fiel, wuschen sie gewissermaßen ihre Hände in Unschuld. Keine von beiden war bereit, sich an Miß Pinneys Stelle zu versetzen und nachzuempfinden, wie schmerzlich es sein müsse, in ihrer umnebelten Welt zu leben.

Für gewöhnlich kam kein Weißer an ihrem Haus vorbei, schon seine Lage machte es leicht, Miß Pinney zu vergessen. Die Straße jenseits der Hügelkuppe gehörte zum ältesten Teil der Stadt: Die ersten *Covenanter* hatten hier eine Niederlassung gegründet. Als Miß Pinneys Mutter seinerzeit das leerstehende Häuschen ausfindig gemacht hatte, war es ringsum von Negerhütten eingekreist, weshalb sie es für einen Spottpreis hatte erwerben können. Sie hatte als Schneiderin für die Damen von Waynesboro gearbeitet und sich die Finger wund genäht, um für sich und das Kind zu sorgen. Miß Pinneys Vater war Anfang des Jahrhunderts als methodistischer Wanderprediger durchs Land gereist; da er auf seinen Fahrten meist schutzlos der Witterung ausgesetzt war, hatte er sich die Schwindsucht geholt und war schon in jungen Jahren gestorben. Einmal hatte er für ein Weilchen mit seiner Frau in Waynesboro Rast gemacht, wo die Methodisten der Stadt, denen er predigte, ihnen Unterkunft gewährten. Mrs. Pinney erkor den Ort später zu ihrem Witwensitz: Sie war mit den Freunden, die sie damals hier gewonnen hatte, in Verbindung geblieben. Durch Nähen bestritt sie ihren Lebensunterhalt, und die kleine Agatha unterrichtete sie selbst, bis sie in einem der Methodistenseminare für Mädchen aufgenommen wurde, wo man die Töchter von Predigern besonders förderte und wo sie Unterkunft, Verpflegung und Schulgeld als Lehrerin der unteren Klassen verdienen konnte. Agatha hatte ihre Lehrtätigkeit im Alter von fünfzehn oder sechzehn Jahren begonnen; als die Lowreys ihre Schule in Waynesboro eröffneten, boten sie ihr eine Chance und ließen sie die Vorschulkinder unterrichten. Doch das war alles schon sehr lange her. Noch ehe die Lowreys fortzogen, war Miß Pinneys Häuschen (welches im übrigen so alt war, daß sich womöglich eine Blockhütte unter den Schindeln verbarg) eine Art Vorposten der weißen Stadt geworden. Jetzt hatte Miß Pinney nur noch schwarze Nachbarn. Ihr machte das nichts aus: Die Leute waren freundlich; und auch wenn sich hinter ihren unergründlichen Mienen vielleicht eine gewisse Neugier verbarg, so zog sie es vor, unter Fremden zu wohnen, statt von Bekannten überwacht und bespitzelt zu werden. Nie entdeckte sie, wieviel die Menschen um sie herum von ihr wußten, wie genau sie ihre Stellung unter ihren weißen Mitbürgern einstufen konnte; ebensowenig lernte sie ihre Freundlichkeit kennen, ihr Mitgefühl und ihre Hilfsbereitschaft. Sie hielt ihr Gartentor verschlossen und die Haustür verriegelt.

In den ersten Wochen nach der Auflösung ihrer Schule blieb

Miß Pinney daheim; sie machte sich nicht die Mühe, die Tür zu öffnen, wenn ein seltener Besucher an dem Griff zog, der drinnen die Klingel in Bewegung setzte. Sie biß die Zähne zusammen, bis wieder Stille einkehrte. Ihren bescheidenen Lebensmittelbedarf deckte sie in einem baufälligen Negerladen an der nächsten Ecke, und manchmal kaufte sie auch Brot und ein paar Kekse bei Mr. Hoffmann, wenn der mit seinem Bäckerkarren vorbeikam. Sie hätte niemandem begreiflich machen können, was für ein Leben sie in ihrer dämmrigen Welt führte. Von dem Moment an, da ihr Klassenzimmer sich zum letztenmal geleert hatte und sie wußte, daß ihr Leben im eigentlichen Sinne vorüber wäre, hatte sie sich nicht mehr viel Mühe gegeben, die Nebelschleier fortzuwischen und das Waynesboro, welches sich nun von ihr abgewandt hatte, deutlich zu sehen.

An jenem letzten Schultag, als alle anderen schon gegangen waren, hatte Mrs. Deming auf sie gewartet und ihre Hilfe angeboten.

»Kann ich noch irgendwas für Sie tun, Miß Pinney? Dem General und mir wäre es ein Vergnügen, Sie heimzufahren.«

Die kleine alte Dame hatte sich nach ihr umgewandt, wobei sie sich fahrig über die Stirn wischte, als sei sie durch Spinnweben gelaufen.

»Meine liebe Louisa! Mrs. Deming! Ich kann Ihnen gar nicht genug danken für das, was Sie getan haben. Ich verstehe... die Damen waren alle beteiligt... doch ich bin sicher, es war *Ihre* Idee... Nein, wenn Sie erlauben, bleibe ich noch ein Weilchen ruhig hier sitzen, bis ich mich wieder gefaßt habe, und dann muß ich meine Sachen packen.« Sie deutete auf die Bilder an den Wänden, den Globus, die Bücher und Hefte auf den Fenstersimsen.

»Meine liebe Miß Pinney, ich weiß, daß dies ein besonders anstrengender Tag für Sie war. Erlauben Sie mir, morgen früh unseren Stallburschen herzuschicken. Er wird alles für Sie erledigen.«

»Zu freundlich«, murmelte Miß Pinney und wand sich vor Schmerzen auf ihrem harten Stuhl. »Zu aufmerksam. Ich will nur alles zusammenräumen, bevor ich gehe, damit er weiß, was er mitnehmen soll. Ich hinterlege den Schlüssel beim Pförtner des Seminars, da kann Ihr Bursche ihn sich morgen abholen. Ist er auch ehrlich? Und wird er vorsichtig mit meinen Sachen umgehen?«

Mrs. Deming bejahte beide Fragen und verabschiedete sich.

Als Miß Pinney sich nach diesem schier endlosen Nachmittag

allein fand, zog sie ein schmutziggraues Taschentuch aus ihrem Täschchen und betupfte sich die Augen, die abermals überzuquellen drohten. Dann nahm sie eine große Flasche und einen Löffel aus der Schreibtischlade. Erst als der Schmerz nachließ und ihre armen Nerven sich entspannten, betastete sie die Börse, die vor ihr auf dem Pult lag. »Zu gütig von den Damen«, murmelte sie vor sich hin. Was hatte Louisa doch gleich gesagt? Jeden Monat würde sie eine ebenso große Summe erhalten, ihr Leben lang. Eine Pension, wie die Soldaten sie bekamen oder die Geistlichen im Ruhestand. Endlich würde sie ihre Rechnungen bezahlen können, vor allem die bei Mr. Thirkield, der sich bereits zu sträuben begann, wenn er ihre Arzneiflasche auffüllen sollte. Sie vergaß, daß sie sich vorhin noch wie eine lebendig Begrabene gefühlt hatte, weil man ihre Schule geschlossen und ihr damit alles genommen hatte, was sie noch am Leben hielt. Jetzt dachte sie: Nie mehr unterrichten oder sich mit ungezogenen Kindern abmühen müssen; sich morgens nie mehr zum Aufstehen zwingen und gegen die Schmerzen ankämpfen müssen; sich nie mehr zu verstecken brauchen, um vor der Welt geheimzuhalten, daß man sich nur mit Hilfe der Arznei von einer Stunde zur anderen quält.

Sie öffnete die Börse und entnahm ihr fünf Fünfdollarstücke, fein säuberlich in Seidenpapier eingeschlagen. Goldstücke! Vor dem Krieg hatte sie die letzten zu Gesicht bekommen. Sie legte die Münzen in einer Reihe vor sich aufs Pult und berührte eine nach der anderen mit zitterndem Zeigefinger. Aber diese fünf Goldstücke waren nur fünfundzwanzig Dollar. Ein kalter Lufthauch streifte ihren Nacken und fuhr ihr den Rücken hinab. Wie oft konnte sie sich für fünfundzwanzig Dollar die Arzneiflasche auffüllen lassen? Natürlich hatten die Damen sich das nicht klargemacht. Es war ja auch wirklich eine sehr teure Medizin, aber dafür von unschätzbarem Wert. Unschätzbar, weil sie die Schmerzen verscheuchte, das Alter vergessen machte und jenen schläfrigen Frieden schenkte, der unbegrenzt schien und so erquickend wie einst die farbenfrohen Träume der Kindheit.

Noch ehe der Monat um war, hatte Miß Pinney, obgleich sie nur wenig für Nahrungsmittel ausgab, die Goldstücke verbraucht. Als das Laudanum zur Neige ging, hatte sie kein Geld mehr, um die Flasche auffüllen zu lassen. Ihr blieb nur eins: Sie mußte Mr. Thirkield bitten, ihr – wie schon des öfteren – gefällig zu sein. Oder sie konnte ihm wortlos die Flasche über den Ladentisch reichen und, wenn er sie ihr voll zurückgab, einfach sagen: »Setzen Sie's bitte auf meine Rechnung.« Sie kannte den Spruch; oft genug hatte sie gehört, wie andere Damen ihn benutzten. Sie säuberte sich so gut es ging, richtete ihr Haar, zog ihr ansehnlichstes Sommergewand an, setzte ihre Haube auf und nahm den Spazierstock ihres Vaters mit dem geschwungenen Griff aus dem Schirmständer hinter der Tür. Welch ein Glück, daß sie ihn all die Jahre behalten hatte. Ohne seine Hilfe hätte sie nicht mehr in die Stadt hinuntergehen können, jetzt, da ihre Glieder ihr den Dienst zu versagen drohten.

In Thirkields Drugstore setzte sie eine selbstbewußte Miene auf, winkte das Personal beiseite und verlangte Mr. Thirkield persönlich zu sprechen. Zu ihm sagte sie: »Ich habe doch wohl wieder Kredit, seit ich mit den Zahlungen nicht mehr im Rückstand bin? Würden Sie mir...« Sie schob ihm die leere Flasche hin.

Noch bevor sie ihre Bitte ausgesprochen hatte, schüttelte er den Kopf. Sie geriet ins Stocken und ließ den Satz unbeendet in der Luft hängen.

»Tut mir leid, Miß Pinney, aber da ist nichts zu machen.« Es klang ernst und respektvoll. Er hatte um Miß Pinneys willen eine Menge Vorwürfe über sich ergehen lassen müssen: Die Damen von Waynesboro – sogar seine eigene Frau – begriffen nicht, daß ihm entgangen war, wie es um sie stand, besonders, da Billy auch zu ihren Schülern gehört hatte. »Ich darf niemandem mehr Kredit gewähren. Von jetzt ab nur noch Barzahlung. Neue Vorschrift. War auch nötig, denn ich steckte schon bis zum Hals in Schwierigkeiten.« Hoffentlich würde sie nie erfahren, daß diese Vorschrift allein für sie galt. »Außerdem haben die Ärzte mir so lange zugesetzt, Laudanum nur noch auf Rezept zu verkaufen, bis ich mich hab' breitschlagen lassen.«

»Aber ich hatte doch mal ein Rezept. Ist es denn nicht in Ihrem Buch?«

Er schüttelte den Kopf. »Längst verfallen. Sie müssen sich ein neues besorgen oder Ihren Arzt um eine Flasche bitten. Er hat bestimmt einen Vorrat in seiner Praxis. Entweder das, oder Sie kommen mit einem neuen Rezept und dem Geld wieder her.«

Miß Pinney taumelte ein wenig, ehe sie an ihrem Stock Halt fand. Entsetzt schaute sie Mr. Thirkield an. Noch nie im Leben war sie vor aller Öffentlichkeit so gedemütigt worden. Doch es war niemand da, der ihre Schmach hätte bemerken können, außer einer Gruppe von Jugendlichen vorn beim Eingang, und die waren so fasziniert von Mr. Thirkields neuem Mineralwasserausschank, daß sie ihr keinerlei Beachtung schenkten. Sie schlich an ihnen vorbei zur Tür hinaus und humpelte die wenigen Schritte bis zur Bank an der Ecke. Dort verlangte sie Mr. Cochran zu sprechen. In seinem Bureau, wo er sie neben seinem Schreibtisch Platz nehmen ließ, fühlte sie sich gleich ein wenig besser. Sie kannte Charles Cochran von klein auf. Er war zwar um einiges jünger als sie, trotzdem mußte auch er inzwischen das Alter spüren; er würde ihre Not besser verstehen als der jüngere Mr. Thirkield. Sie bat ihn, ihr eine kleine Summe von der Kapitaleinlage vorzustrecken, aus der ihr monatlich eine Rente ausbezahlt würde. »Wissen Sie, ich mußte einige aufgelaufene Rechnungen bezahlen. Deshalb haben die fünfundzwanzig Dollar nicht für den ganzen Monat gereicht. Aber nächsten Monat...«

Wie Mr. Thirkield schüttelte auch er den Kopf, noch bevor sie mit ihrer Erklärung zu Ende war, doch diesmal ließ sie sich nicht beirren. »Ich lebe gewiß nicht mehr lange genug, um das ganze Geld aufzubrauchen, glauben Sie mir, ich bin alt und krank.«

Er war freundlich zu ihr, sprach ihr Mut zu und gab sich beinahe jovial, soweit das einem Mann von seiner Korrektheit überhaupt möglich war. Daß er es immerhin versuchte, war vielleicht ein Zeichen seiner großen Verlegenheit.

»Wer weiß, Miß Pinney, am Ende überleben Sie uns alle. Es ist doch bekannt, daß Frauen wie Sie, die ihr Leben lang hart und fleißig gearbeitet haben, außerordentliche Widerstandskraft besitzen. Es tut mir sehr leid, aber Sie werden mich gewiß verstehen: Mr. Voorhees und ich sind nur die Treuhänder des Fonds, den man uns anvertraut hat, damit er nicht verlorengeht oder womöglich gar gestohlen wird. Bei seiner Verwendung müssen wir uns strikt nach den Anweisungen richten. Wenn wir das in uns gesetzte Vertrauen mißbrauchen, könnte Mr. Gardiner uns vor Gericht zitieren.« Ihr verzweifelter Blick ging ihm zu Herzen, und er fügte hinzu: »Aber der Monat ist ja bald rum. Ich bin sicher, ihr Kaufmann gibt Ihnen bis zum Ersten Kredit. Soll ich für Sie mit Mr. Klein sprechen?«

Sie schüttelte den Kopf. Sie tappte völlig im dunkeln. Wer war Mr. Klein? So viele neue Namen... »Haben Sie vielen Dank für Ihre Freundlichkeit. Ich fürchte, es lag ein Mißverständnis vor. Ich dachte, das Geld gehört mir.«

»Gewiß, genauso ist es! Aber es wird treuhänderisch verwaltet, damit niemand Sie übervorteilen oder es Ihnen wegnehmen kann. Und Mr. Voorhees und ich, wir müssen uns den Bestimmungen des Fonds fügen.«

Miß Pinney erhob sich mühsam, indem sie sich mit den Händen am Stock hochzog, der sie im Sitzen überragte. Mr. Cochran geleitete sie unter höflichen Verbeugungen aus seinem Bureau – die sonderbare, humpelnde, schäbig gekleidete und schmuddelige kleine Frau. Dann trat er durch eine andere Tür in den Kassenraum und stellte sich hinter den Kassierer an den Schalter, um zu sehen, ob sie auch sicher durch die schwere Flügeltür ins Freie gelangte.

»Sam!« Er beugte sich über die Schulter des Kassierers und winkte dem Schwarzen, der vor dem Eingangsportal nachlässig seinen Besen schwang. »Halt Miß Pinney die Tür auf, Sam!« Und fast ebenso laut sagte er zu Henry Voorhees, der rechts von ihm an der Hauptkasse stand: »Das arme Ding! Sie halten sie mit Absicht knapp, um sie vom Opium wegzukriegen.«

Miß Pinney war nicht taub, und wenn ihre Nerven so angespannt waren wie an diesem Nachmittag, hatte sie sogar ein außergewöhnlich scharfes Gehör. Das Wort »Opium« hatte sie aufgeschnappt, und es hallte in ihrem Kopf wider wie ein Ball, der in einem leeren Raum auf und nieder hüpft. *Opium!* Das dachten sie also! Und dabei war es doch nur Laudanum, das ihr obendrein der Doktor verschrieben hatte. Ob es etwas nützte, wenn sie ihnen das erklärte? Aber es war schon möglich, daß sie zuviel davon nahm – manchen passierte das –, hatte es nicht geheißen, auch Dr. Alexander...? Doch es war eine vollkommen seriöse Arznei, und es gab schließlich nichts anderes, um ihre Schmerzen zu lindern. Sie hatte auch etwas von »knapphalten« verstanden. Wie konnten sie nur so grausam sein? Sie würde Douglas Gardiner aufsuchen. Sie hatte irgendwie den Eindruck gewonnen, er sei letzten Endes für alles verantwortlich. Vor gar nicht so langer Zeit war Douglas Gardiner einer ihrer Schüler gewesen; zusammen mit Sheldon Edwards hatte sie ihn, als die Buben statt der Beinkleider noch ihre Kinderröckchen trugen, in der Vorschule auf Pfarrer McMillans exklusives Etablissement für die Söhne angesehener Familien vorbereitet. Was, so überlegte sie, ist wohl aus Mr. McMillan geworden? Aus Waynesboro war er schon vor langer Zeit fortgezogen. Gewiß ist er inzwischen auch alt geworden, womöglich gar gestorben – tot und in Sicherheit. Ja, sie würde zu Douglas Gardiner gehen. Wenn ihr das Sprechen nur ebenso leichtfiele wie das Denken: Beim Denken stellten sich die Worte wie von selbst ein – »Kinderröckchen« und »Beinkleider« zum Beispiel. Zittrig trat sie vom Gehsteig aufs staubige Pflaster der Chillicothe Street hinunter, ohne die schweren Gäule zu bemerken, die ihr vor dem Gerichtsgebäude entgegenpolterten; sie zogen den Petroleumwagen, der immer noch von Haus zu Haus rumpelte und den Bürgern der Stadt das Öl für ihre Lampen brachte. Miß Pinney mußte mitten auf der Straße stehenbleiben, bis das Fuhrwerk vorüber war. Während sie so im Staub stand, neben sich einen Haufen Pferdeäpfel, an denen die Spatzen pickten, fiel ihr auf, daß der

Zapfen nicht richtig im Spund saß und Petroleum aufs Pflaster hinuntertropfte, wo es schwarze, wellige Kreise im Staub hinterließ und einen durchdringenden Geruch, der in der Nase brannte. Petroleum brauchte sie auch noch, aber nicht so dringend: Es war ja um diese Jahreszeit noch hell draußen, wenn sie schlafen ging. Endlich hatte sie die Straße überquert und stand auf dem Bordstein vor dem Gericht. Das Pflaster des Gehwegs war uneben, und sowohl der Stock als auch ihre strauchelnden Füße machten ihr zu schaffen, doch in Gedanken beschäftigte sie sich schon wieder mit »Kinderröckchen und Beinkleidern«. Ich kenne Sie von Kindesbeinen an... damals haben Sie mir immer brav gefolgt, so werde ich zu ihm sprechen.

Sie erreichte die Wood Street, überquerte sie, kam an die schmale Treppe, die zur Bibliothek und zu den Bureaus – unter anderem der Kanzlei von Ballard, Gardiner & Merrill – hinaufführte, und zog sich die Stufen empor. Den Stock über die Schulter gehängt, klammerte sie sich mit beiden Händen am Geländer fest, hob schwerfällig ihr gesundes Bein von einer Stufe zur nächsten und schleppte das kranke nach. All die Lauferei hatte ihr arge Schmerzen verursacht; ihr Herz pochte dumpf, ihre Knie drohten unter ihr nachzugeben, sie zitterte am ganzen Leib, und in ihrer Wange zuckte ein Nerv ebenso rasend wie ihr das Herz in der Brust klopfte. Und einzig und allein ihre Medizin würde den Schmerz lindern.

Im Vorzimmer der Kanzlei suchte sie an der Brüstung Halt und lehnte sich dagegen, um das Zittern zu unterdrücken. Erstaunt sah sie eine Frau hinter dem Schreibtisch aufstehen und auf sich zukommen. Eine Anwaltspraxis – kein Platz für eine Frau.

»Guten Morgen, Miß Pinney. Möchten Sie Papa sprechen?«

»Oh, Eliza! Guten Morgen. Ich hatte vergessen, daß Sie hier arbeiten. Nein, ich bin gekommen, um mit Douglas zu reden. Wenn Sie so freundlich sein würden, ihm Bescheid zu sagen...«

»Douglas ist heute in seinem Bureau im Gericht. Sie wissen doch, er ist Staatsanwalt.«

»Staats... nein, das wußte ich nicht. Oder ich habe es vergessen.«

»Sie könnten's drüben versuchen. Vielleicht hat er Zeit.«

»O nein, nein. Ich brauche keinen Staatsanwalt. Ich bin nur wegen meines Geldes hier. Ich dachte, man könnte mir vielleicht einen kleinen Vorschuß auszahlen. Ich bin nämlich diesen Monat gewissermaßen ein wenig knapp.« Sie probierte ein reumütiges Lachen, so wie es jemand angeschlagen hätte, der einfach ein bißchen leichtfertig mit seinem großzügigen Wechsel umgegangen war.

»Aber da kann Ihnen Mr. Gardiner nicht helfen. Mr. Cochran und Mr. Voorhees sind, glaube ich, die Treuhänder. Wenden Sie sich doch an einen dieser beiden Herren.«

Miß Pinney suchte ihr schmuddeliges Taschentuch hervor und wischte sich über die feuchte Nase und das zuckende Gesicht. »Ja... gut... Eliza... danke.«

Sie schaffte es bis vor die Tür, doch weiter kam sie nicht. Sie lehnte sich an die Wand und klammerte sich mit der knochigen Rechten an den Türrahmen: Sie würde sich einen Moment ausruhen, nur so lange, bis sie genug Kraft geschöpft hatte, um die Treppe hinuntersteigen zu können. Und während sie noch so dastand, vernahm sie zum zweitenmal an diesem Morgen Worte, die nicht für ihre Ohren bestimmt waren. Aus dem Bureau hinter dem Vorzimmer ließ sich polternd eine männliche Stimme vernehmen: Wahrscheinlich Richter Ballard, der mit Eliza sprach. Eliza sagte: »Miß Pinney. Sie will einen Vorschuß auf ihr Monatsgeld. Aus irgendeinem Grund hatte sie sich in den Kopf gesetzt, Douglas Gardiner könne das für sie erledigen. Sie scheint zu glauben, daß ein großer Batzen auf ihren Namen auf der Bank liegt.«

Die ferne Stimme sagte wieder etwas, und Eliza antwortete. »Aber du weißt doch, daß sie grade genug gesammelt haben, um sie ein Jahr lang durchzubringen. Wenn sie noch länger lebt, werden sie eine zweite Sammlung veranstalten müssen. Dumm und töricht! Das hab ich gleich gesagt, und ich kann's nur wiederholen. Töricht und obendrein grausam. Ich wußte, was geschehen würde. Sie bewilligen ihr nicht genug, um das Laudanum kaufen zu können, das ihre Schmerzen erträglich machen würde, bis es sie schließlich umbrächte, und ohne das Zeug bricht sie zusammen.«

Als Miß Pinney ihre Umgebung wieder wahrnahm, erklomm sie den Hügel der Market Street, freilich ohne die geringste Ahnung, wie sie das geschafft hatte. Als sie aufblickte und neben sich den schmiedeeisernen Zaun der Cochrans sah und gegenüber das neue Backsteinhaus, kam ihr alles so fremd und unbekannt vor wie die verzerrten Konturen in einem Alptraum. Was mache ich hier? dachte sie. Ich gehöre nicht hierher. Wie bin ich nur in diese Gegend geraten? Sogar als sie zum Seminar kam und in alter Gewohnheit die Hand aufs Tor legte, hatte sie nicht den Eindruck, jemals hier gewesen zu sein. Als das Seminar hinter ihr lag und sie fast schon daheim war, schienen alle Gedanken ausgelöscht, und sie konnte sich nur noch darauf konzentrieren, einen Fuß vor den anderen zu setzen und nicht hinzufallen. Nicht weit von ihrem Häuschen sprach ein kleiner Negerjunge sie an, der einen Kreisel über den festgestampften Lehm trieb. Um ein Haar wäre sie über ihn gestolpert.

»Bitte, Ma'am, Sie nicht wohl? Ich Ihnen helfen, Ma'am?«

Verwirrt und mit trübem Blick schaute sie ihn an. »Vielen Dank. Ich fürchte, ich habe nicht auf den Weg geachtet. Aber mir fehlt nichts... nur mein Fuß lahmt ein bißchen.«

Der kleine Junge starrte sie an. »Ach so... Ma'am, ich... ich denken, Sie sind blind.«

Nach dieser zufälligen Begegnung stolperte sie weiter, bemüht, möglichst gerade und aufrecht zu gehen und nicht hin und her zu schwanken. Sie wußte, daß der Kleine ihr nachsah. Dachte er etwa, sie würde zusammenbrechen? Die Scherben aufsammeln... Sammlung... noch eine Sammlung im nächsten Jahr... wie die Kollekten für die Missionare. Steuere dein Scherflein bei für die arme alte Agatha Pinney. Die Damen waren so darauf bedacht gewesen, ihre Gefühle zu schonen, daß sie ihr das Gefühl gegeben hatten, ihr stehe von Rechts wegen eine Pension zu. Aber Eliza – ihre Nase lief wieder, und Tränen strömten ihr über die Wangen, doch sie hatte ihren Zaun erreicht und tastete sich an den Staketen bis zur Pforte vor. Sie war immer bereit gewesen, den Menschen Glauben zu schenken, sogar Louisa Tucker, als die ihr weisgemacht hatte, wie sehr sie von jedermann geschätzt werde. Und dabei machten sie sich hinter ihrem Rücken alle über sie lustig – wie Eliza: »Glaubt, sie hätte einen großen Batzen Geld, während wir in Wirklichkeit mit der Sammelbüchse für sie betteln gehen müssen.« Wenn nur die Lowreys nicht gegangen wären... gegangen? Wohin? Oder waren sie am Ende tot? Am Tor angelangt, sagte sie mit lauter Stimme: »Mrs. Lowrey! Mrs. Lowrey!« So als rufe sie nach jemandem.

Der kleine Negerjunge, der ihr unbemerkt gefolgt war, da seine bloßen Füße lautlos über die ungepflasterte Straße huschten, spähte zum Haus hinüber. Aber wen sie auch gerufen haben mochte, niemand kam. Mit Mühe gelang es der alten Dame, das Tor zu öffnen, und sie stolperte den Gartenweg hinauf zur Tür, die ganz von Büschen und Sträuchern überwuchert war. Er wartete, bis sie wohlbehalten im Haus verschwunden war, dann trollte er sich mit seinem Kreisel.

Er war der letzte, der Miß Pinney lebend sah. Er gehörte zu dem Häuflein Schwarzer, die sich am nächsten Morgen vor ihrem Tor einfanden, als der Leichenbeschauer, der Staatsanwalt und der Doktor kamen. Die Großen schubsten ihn nach vorn, damit er seine Geschichte erzähle. Der Doktor gab ihm einen Penny, aber keiner sagte etwas zu ihm außer: »Schon gut, mein Junge, und jetzt mach den Weg frei!«

Das geschah gegen elf Uhr vormittags. Wenige Minuten zuvor war Johnny Gordon mit kalkweißem Gesicht und in heftiger Erregung ins Haus gestürzt und hatte nach seiner Mutter gerufen.

»Mom! Oh, Mama!« Er fand sie in der Küche, starrte sie einen Moment lang keuchend an und platzte dann heraus: »Miß Pinney ist tot!«

»Miß Pinney? Oh, Johnny! Das kann doch nicht sein?«

»Sie haben Papa geholt. Ich war dabei, ich hab's selbst gehört.«

Anne ging nach rückwärts zu dem Schaukelstuhl am Fenster, ließ sich hineinfallen und preßte die Hand vor den Mund. Binny, die auf der Veranda mit ihren Puppen gespielt hatte, kam zur Tür, um zu erfahren, was passiert sei. »Geh und spiel draußen«, sagte Anne. »Ich rufe dich zum Essen.« Sie zog Johnny an sich und fühlte, wie er zitterte; sie durfte ihn nicht merken lassen, wie elend sie sich fühlte.

»Was ist geschehen, Johnny? Hatte sie einen Herzanfall? Sie war immerhin schon recht alt. Aber warum hat man Papa geholt? Er war doch nicht ihr Arzt.«

»Mr. Crawford war da.« Mr. Crawford war Leichenbeschauer und -bestatter in einer Person. »Sie konnten ihren Arzt nicht finden. Mr. Crawford wußte bloß, daß 'ne Schwarze sie entdeckt hat. Glaubst du, sie hat zuviel genommen?«

»›Zuviel‹?«

»Na, Rauschgift! Süchtige tun das doch manchmal, oder?«

»Johnny!« Sie schob ihn von sich und sah ihm prüfend ins Gesicht. Vielleicht war er weder entsetzt noch erschrocken, sondern bloß aufgeregt, weil er ein Unheil verkünden konnte. »So was darfst du nicht sagen. Du weißt nicht, wovon du sprichst.«

»Aber es kommt doch vor, daß Süchtige eine Überdosis nehmen, nicht wahr?«

»Hör auf! Das ist ja greulich.« Es bestand kein Zweifel. Johnny fand tatsächlich Gefallen an seiner Geschichte, und das Grausen, welches ihn im ersten Moment gepackt hatte, tat dem keinen Abbruch.

»Aber Mama, ich muß solche Sachen wissen, wenn ich Arzt werden will.«

»Bis dahin ist noch viel Zeit. Jetzt bist du nur... Johnny, du darfst nie, nie wieder so etwas sagen oder auch nur denken – über keinen Menschen, hörst du? Nicht einmal, wenn's wahr sein sollte. Ärzte tun so was nicht.«

Johnnys altkluge Miene machte einem niedergeschlagenen

Ausdruck Platz. Als seine Mutter schwieg, wandte er sich um, schlüpfte durch die mit Fliegendraht bespannte Tür und lief zurück in die Praxis.

Martha, die am Herd stand und die Kirschen für den Winter einkochte, brummte tadelnd: »Er noch zu klein. Er nicht hätte wissen sollen von arme Miß.«

»Und du, Martha? Was weißt du über sie? Kennst du ihre Nachbarn?«

»Ja, Ma'am. Sie gern gewesen gut zu kleine Miß, wenn sie nur hätte wollen. Aber sie immer bleiben für sich. Manchmal sie was Gebackenes auf ihre Treppen stellen. Brot oder Kekse oder Stück Kuchen. Sie wissen, kleine Miß essen wie Spatz, weil sie kaufen bei Elmo am Eck. Sie ihr Bestes tun, damit kleine Miß nicht verhungern.«

»Ich bin sicher, daß sie das tun... getan haben. Sie haben sich mehr um sie gekümmert als die unter uns, die ihre Freunde waren. Aber man merkt irgendwie gar nicht, daß...«

»Nein, Ma'am. Nur Nachbarn wissen, was los in Haus nebenan.«

Anne erhob sich. »Sei so gut und halt das Essen warm, wenn wir uns verspäten, ja? Ich denke, der Doktor wird wohl aufgehalten werden.« Sie ging zur Verandatür. »Und gib auf Binny acht, ja? Nein, Binny, du bleibst bei Martha. Ich geh nur rasch rüber in Papas Praxis.«

Mit etwas Glück würde sie in der Praxis niemanden antreffen: Die Patienten hatten sicher nicht gewartet, als sie erfuhren, daß der Doktor zu einem Notfall abberufen worden war. Johnny rollte Binden auf und stapelte sie im Schrank. Bis zur Rückkehr des Doktors kam niemand vorbei. Johnny hielt den Kopf gesenkt und überließ das Fragen seiner Mutter.

»Ist es wahr, John? Miß Pinney ist tot?«

»Ja, es ist wahr. Johnny, bist du denn mit dem Verbandszeug immer noch nicht fertig?«

»Erzähl uns, was geschehen ist«, bat Anne. »Johnny soll's auch hören. Ich bin sicher, er macht sich falsche Vorstellungen.«

»Ihre Nachbarin ging ins Haus, um nach ihr zu sehen. Wie's scheint, achtete sie immer darauf, ob Miß Pinney morgens aus dem Haus kam und hinten im Garten aufs Klosett ging; wenn sie die alte Dame sah, wußte sie, Miß Pinney war noch auf den Beinen. Aber heute morgen hielt sie vergeblich nach ihr Ausschau.«

»War's Laudanum?« Anne wagte kaum zu atmen.

»Nein! Auf gar keinen Fall. Johnny, deinen rohen Kameraden, die sie als ›rauschgiftsüchtig‹ verschrien haben, kannst du ausrichten, daß Miß Pinney nicht an einer Überdosis Laudanum gestorben ist. Das ließ sich leicht feststellen: Du mußt nämlich wissen, daß Opium Spuren hinterläßt.«

»Was denn für Spuren?«

»Schlag's nach.« Er deutete mit dem Kopf auf das Bücherregal, das mit umfangreichen Folianten vollgestopft war.

»Woran ist sie denn dann gestorben?«

»Herzversagen. Sie hatte irgendwas aus einem Wandschrank holen wollen, und die Tür schlug hinter ihr zu und verklemmte sich. Sie hat sich wohl gefürchtet, als sie merkte, daß sie nicht mehr raus konnte und wahrscheinlich auch nicht mehr genügend Luft bekam... sie war alt und krank... ihr Herz setzte aus. Ich glaube, niemand von uns sollte wünschen, daß sie noch länger gelebt hätte, wo sie doch so große Schmerzen leiden mußte. Dabei wollen wir's bewenden lassen und nicht weiter davon sprechen.«

Anne sah ihn aus tränenverschleierten Augen an, machte kehrt und lief hinaus, durch das Gäßchen zwischen den beiden Pforten und hinauf zum Wohnhaus. In der Praxis sagte John: »Ich muß zu deiner Mutter. Sie hat Miß Pinney ihr Leben lang gekannt, und ihr Tod geht ihr sehr nahe. Ich möchte, daß du hier bleibst und die Binden fertig aufrollst. Wir warten mit dem Essen auf dich.«

Er folgte Anne ins Wohnzimmer. Binny war noch bei Martha in der Küche.

»Das ist nicht alles, nicht wahr?«

»Nein...« Er zögerte. »Das war die Version für die Kinder. Aber wenn möglich, werden wir dabei bleiben. Die schwarze Nachbarin wußte Bescheid. Als sie Miß Pinney nicht aufs Klosett gehen sah, holte sie ein bißchen Gemüse aus dem Garten, um eine Ausrede zu haben, und ging nachsehen, ob sie vielleicht krank sei. Sie konnte Miß Pinney nicht finden, aber die Schranktür war fest verschlossen. Dann schickte sie einen Jungen zu Doug Gardiner.«

»Aber warum?«

»Sie arbeitet manchmal bei den Gardiners, wenn dort 'ne Aushilfe gebraucht wird. Daher wußte sie, daß Doug irgendwas mit dem Gesetz zu tun hat, und wahrscheinlich war er ihr lieber als die Polizei. Sie ließ ihm ausrichten, sie sei sicher, daß Miß Pinney tot sei, also schnappte Doug sich Crawford, und Crawford holte mich.«

»Aber was hat das mit dem Schrank zu tun? Ich meine nur, weil Miß Pinney da drin war, brauchte sie doch nicht tot zu sein.«

»Miß Pinney war mit einer brennenden Kerze in den Schrank gegangen und hatte sich darin eingeschlossen. Sie wollte die Kleider, die dort hingen, anzünden, das Haus in Brand stecken und ihrem Leben ein Ende machen. Der Gestank angesengter Wolle und verbrannten Holzes führte die Negerin zu dem Schrank. Die Türkanten waren verkohlt, aber das Schloß gab nicht nach. Wir mußten es schließlich aufbrechen.«

Stumm blickte Anne zu ihm auf; ihr Gesicht war kreidebleich.

»Sieh mich nicht so an, Anne. Natürlich würde niemand, der seine fünf Sinne beisammen hat, so etwas planen. Das Feuer hat im übrigen nicht viel Schaden angerichtet und auch nicht lange gebrannt ... In dem Schrank war kaum Luft, und so sind die Flammen einfach erstickt ... Zum Glück war kein Tropfen Petroleum im Haus. Wir haben nachgesehen, weil wir uns die Kerze nicht erklären konnten. Sie hatte kaum Verbrennungen, nur ihre Kleider waren ein bißchen angesengt. Sie starb an Herzversagen ... wahrscheinlich war sie schon bewußtlos, ehe das Feuer ausging.«

»Du meinst, sie hat's absichtlich getan? Es war Selbstmord?« Anne flüsterte das Wort; in ihren Augen spiegelte sich namenloses Entsetzen. »Aber könnte es denn nicht auch ein Unfall gewesen sein?«

»Der Schlüssel steckte von innen.«

»Aber John ... absichtlich Feuer legen ... O nein, das glaub ich nicht! Wenn sie ... bestimmt hätte sie einfach eine Überdosis Laudanum genommen. Warum ...«

»Aus zwei Gründen: Sie hatte kein Laudanum im Haus. Wir haben bei Thirkield nachgefragt. Er sagte, sie sei gestern bei ihm gewesen, um sich welches zu holen, aber er habe ihr nichts gegeben. Und wenn das Haus in Flammen aufgegangen wäre, hätte man's für einen Unfall gehalten – niemand hätte je die Wahrheit erfahren. Ein kläglicher Rest von Stolz.«

»Aber warum? Ich meine, warum hat sie's überhaupt getan? Ist sie denn nicht mit dem ausgekommen, was wir für sie gesammelt haben?«

»Das Laudanum, Anne. Sie hatte keins mehr, aber sie konnte nicht ohne das Mittel auskommen. Sie hat sogar versucht, von Cochrans einen Vorschuß zu erbetteln. Doug wußte davon. Das Geld, das sie bekam, reichte einfach nicht für die teure Arznei.«

»Ich weiß ... das war Mrs. Demings Idee: Sie meinte, man müsse Miß Pinney entwöhnen. Ich hätt's nicht getan. Es war grausam.« Ihre Stimme war nur mehr ein Flüstern. »Ich kann mich nur zu gut an Papa erinnern. Ich weiß, wie so was ist.«

Ihre jammervolle Miene ging John zu Herzen. Er zog sie an sich und setzte sich mit ihr aufs Sofa am Fenster; er hielt sie mit einem Arm umschlungen, bettete ihren Kopf an seine Schulter und lehnte seine Wange an ihr hellbraunes Haar.

»Glaub mir, Anne, es ist besser so.«

»Nein«, rief sie aufgebracht. »Sie hätte sich an jede von uns wenden können.«

»Nach allem, was ihr schon für sie getan hattet, sollte sie hergehen und ihre verzweifelte Abhängigkeit eingestehen? Schau, Anne, kannst du denn nicht ein wenig Respekt und Bewunderung für sie aufbringen? Arm, alt, krank, halb von Sinnen, durch ein Übermaß an Drogen heruntergekommen – und doch ließ sie sich vom Leben nicht gänzlich unterkriegen. Sie war stolz und mutig.«

Anne zitterte in seinen Armen. Er war sicher, daß sie ihm nicht zuhörte: Sie hing ihren eigenen Gedanken nach. »Herzzerreißend ist nicht unbedingt der Tod, den ein Mensch stirbt«, sagte sie, »sondern das Leben, das er gelebt hat.«

»Der Tod ist überhaupt nicht herzzerreißend. Je länger ich lebe, desto mehr respektiere ich diese arme Kreatur, den Menschen. Das Leben – ich meine bloß den ganz alltäglichen Überlebenskampf – kostet ihn scheinbar alles. Jeden Funken Charakter, den er je in sich hatte; aber am Ende erkennt man, daß es doch nicht so war. Er hat noch immer die Kraft, dem Tod ins Gesicht zu sehen ... ihn sogar willkommen zu heißen ... der Finsternis die Stirn zu bieten.«

»John ...«

»Ja, ich weiß. Du glaubst, am Ende dürfe nicht die Finsternis stehen. Also, wenn's einen Himmel gibt, dann kommt Miß Pinney auch hinein. Sie hat's verdient.«

»Aber sie war eine so gute Christin. Methodistin durch und durch. Sie kann nicht geglaubt haben, daß ihr Ausweg in den Himmel führen würde.«

»Sie konnte nicht mehr denken. Eines der Opfer, die das Leben sie gekostet hat. Sie hat vermutlich aus einem Impuls heraus gehandelt: verwirrt, aber beherzt.« Er hielt sie mit einem Arm umschlungen, während er ihre beiden Hände in ihrem Schoß mit seiner freien Hand bedeckte. »Hör mal, Anne, abtrünnig, wie ich bin, scheine ich dennoch der bessere Methodist von uns beiden zu sein. Des Menschen Leben wird nicht an dem Glück gemessen, das ihm auf Erden zuteil ward; nicht Glück und Leid werden am Jüngsten Tag gegeneinander aufgewogen, vielmehr wird gemessen, wie gut einer sein Leben genutzt hat. Und Miß Pinney hat ihre bescheidenen Talente aufs beste genutzt.«

»Und danach wird sie gerichtet werden? Das mag wohl sein, aber glaubst du, daß sie ... oder irgend jemand ... glaubst du, daß sich ein Mensch im Angesicht des Todes daran erinnert, wie nützlich er gewesen ist?«

»Meist denken Sterbende überhaupt nicht über ihr Leben nach. Sie konzentrieren sich auf den nächsten Atemzug. Doch selbst wenn du recht hättest, wer kann das Glück im Leben eines anderen ermessen? Nach Gottes unerforschlichem Ratschluß ist der Mensch zum Leiden geboren – steht das nicht irgendwo in der Bibel? Kummer, Schmerz, Leid, das sind große Dinge – die Welt kann sie sehen und wägen. Sogar Scham, denn wir sind schließlich alle nur Menschen, doch die bleibt den Augen der Welt eher verborgen.« John seufzte. »Aber es sind die kleinen Dinge, die das Glück ausmachen. Die Liebe ist natürlich nichts Kleines... doch jene Kleinigkeiten, in denen die Liebe zum Ausdruck kommt, bedeuten unser eigentliches Glück, nicht die glühende Leidenschaft. Und manche gehen auch ohne Liebe glücklich durchs Leben... jedenfalls ohne unsre Art von Liebe. Glück – das können Sonnenstrahlen in den Baumwipfeln sein, ein grünes Weizenfeld im Frühling, ein freundlicher Blick, ein Lächeln... selbst etwas so Unwichtiges wie ein blauer Himmel und ein Sommerwind. Wer kann solche Momente im Leben eines Menschen zusammenzählen? Nicht einmal der Sterbende selbst könnte das; er hat nämlich die meisten davon schon längst vergessen.«

Ohne sich aus seiner schützenden Umarmung zu lösen, griff Anne nach Johns Hand. Es war höchst ungewöhnlich, ihren sonst so verschlossenen Mann in dieser Weise reden zu hören: Nie zuvor hatte er ihr derart rückhaltlos seine innersten Gedanken offenbart, und wahrscheinlich würde er es auch nie wieder tun. Sie wollte diesen kostbaren Moment nicht zerstören. Aber den wirklichen Grund ihres Kummers hatte er nicht getroffen.

»Es war alles unsere Schuld«, sagte sie. »Hätten wir uns nur nicht eingemischt.«

»Aber du hast doch vorhin gesagt, du seiest gar nicht in dem Komitee gewesen?«

»Ich war nicht dabei, nein. Aber ich habe ihnen geholfen... mit Geld.«

John entzog ihr seine Hand, berührte ihre Wange und spürte die Tränen.

»Nicht doch, Anne. Du darfst dir nicht die Schuld geben. Und den anderen auch nicht. Was habt ihr denn getan, das du jetzt ungeschehen machen möchtest? Hättet ihr die Kinder weiter zu ihr in die Schule schicken können? Oder anderer Leute Kinder? Hättet ihr sie von der Schule nehmen sollen, ohne daran zu denken, was aus ihr wird? Wir haben das doch schon mehr als einmal durchgesprochen.«

»Ich weiß. Wir wollten nur ihr Bestes. Das wollen die Leute ja meistens, und so oft stellt sich später alles als falsch heraus. Kommt es in die Zeitung? Müssen die Kinder es erfahren?«

»Doug und ich sind bei Bonner gewesen. Seine Kinder gingen ja auch in Miß Pinneys Schule, deshalb hat er sich ausnahmsweise bereit erklärt, seinen Bericht abzumildern. Der Leichenbeschauer wird Unfall als Todesursache angeben, und die *Fackel* wird sich an diese Version halten. Trotzdem können wir's wohl nicht ganz vor den Kindern geheimhalten: Diese Nachbarin weiß ziemlich genau, was vorgefallen ist. Aber die Kinder werden sich nicht lange damit befassen. In ihren Augen war Miß Pinney uralt, und was alten Menschen zustößt, nehmen Kinder nicht sonderlich wichtig.«

Er drehte ihren Kopf zu sich und wischte ihr die Tränen ab. Sie ging sich das Gesicht waschen, und dann trafen sie sich im Eßzimmer wieder; Martha holte die Kinder herein und trug das Essen auf.

Johnny musterte seine Eltern aufmerksam, während er den Ring von seiner Serviette streifte.

»Martha sagte, sie glaubt's nicht, aber Lonzo hat mir erzählt, Miß Pinney hätte sich umgebracht.«

»Woher will Lonzo das wissen? Er war doch den ganzen Vormittag im Stall.«

»Ist es wahr?«

»Johnny, niemand weiß, warum Miß Pinney mit einer brennenden Kerze in diesen Schrank gegangen ist. Daraus kann man höchstens schließen, daß sie kein Petroleum hatte und folglich keine Lampe mitnehmen konnte.«

»Und glaube nie«, fiel seine Mutter stockend ein, »daß jemand sich das Leben genommen hat, wenn die Möglichkeit besteht, daß es ein Unfall war.«

»Aber Mama, es gibt doch Leute, die sich umbringen, wenn sie krank sind oder verrückt, oder so, nicht wahr?«

»Du weißt doch, es heißt: Im Zweifelsfalle für den Angeklagten. Man stempelt einen Menschen nicht vorschnell zum Feigling.«

»Feigling?« Johnny schüttelte sich in gespieltem Grausen. »Ich hätte viel zuviel Angst...«

»Selbstmord ist feige, weil wir unser Leben nehmen sollen, wie Gott es uns bestimmt hat, und nehmen, was kommt. Vielleicht ist ›feige‹ nicht ganz das richtige Wort; eine solche Tat erfordert schon einen gewissen Mut. Aber sie löscht unwiderruflich alles aus, ist eine Verneinung des Lebens und all dessen, was gut darin war: all der Glaube, all die Liebe, jeder Augenblick des Glücks.« Fast schien es, als führe Anne ein Selbstgespräch. Stumm vor

Staunen lauschten ihre Familie und die schwarze Dienerin der für gewöhnlich so zurückhaltenden Frau. »Es ist, als gäbe es nicht genug Erinnerungen... als sei nichts im Leben gut genug gewesen... um einen bösen Moment auszugleichen. Aber wer auf Gott vertraut, der darf getrost glauben, daß die bösen Augenblicke vorübergehen und die guten Erinnerungen ihren Wert behalten.«

Johnny, der seine Mutter noch nie so hatte sprechen hören, fast wie einen Prediger, senkte vor Verlegenheit den Kopf. Sein Vater sah sie unverwandt an, und als ihre Blicke sich trafen, las John in ihren Augen außer der Ablehnung seines Urteils mit Erstaunen auch rasch aufblitzende und ebenso rasch verhüllte Furcht.

Ihre Finger waren schneeweiß, so fest umklammerten sie die Tischkante und zerknitterten dabei das Tafeltuch. Die alte Furcht, dachte er, um mich. Aber das liegt doch schon Jahre zurück.

»Sag deinen Freunden«, wandte er sich mit all seiner Autorität als Vater und Arzt an Johnny, »daß man mich als medizinischen Gutachter hinzugezogen hat. Und Miß Pinney starb an Herzversagen, ausgelöst durch einen Unfall. Und nun will ich nichts mehr davon hören, vor allem nicht bei Tisch. Und du«, fuhr er zu seiner Frau gewandt fort, »hör auf, dich um andere Leute zu grämen. Manche ertragen ihr Leben trotz Alter, Krankheit und Einsamkeit. Mehr kann man von keinem Menschen verlangen.«

Miß Pinney wurde zwei Tage später von der Methodistenkirche begraben. Die Gemeinde war vollzählig versammelt; die Damen des Klubs, die den Sommer daheim verbrachten, nahmen pflichtgetreu am Trauergottesdienst teil. Ein Schwarm Negerinnen drängte sich auf den hinteren Kirchenbänken. Einige Mütter brachten Miß Pinneys Schüler mit, aber die meisten ließen wie Anne die Kinder zu Hause, in der Hoffnung, sie würden bald vergessen, auf welche Weise ihre Lehrerin von ihnen gegangen war.

Es fiel nicht schwer zu vergessen. Der Höhepunkt des Sommers, der vierte Juli, stand vor der Tür; Buben und Mädchen gebärdeten sich sehr patriotisch und sehr militärisch und exerzierten in den Straßen der Stadt: Angeführt von Captain Bodien, der sie im Artilleriedrill unterwies, wenn sie nicht gerade mit Knallerbsen und Feuerwerkskörpern Unfug trieben.

Nach dem vierten Juli wurde der Sommer ruhiger, eine schläfrige Trägheit senkte sich über die Stadt. Unter Geburten, Hochzeiten und Todesfällen war nichts Aufregendes zu verzeichnen, außer daß Christina Voorhees einen Sohn zur Welt brachte, der nach seinem Großvater auf den Namen Blair getauft wurde. Im August, der die größte Hitzewelle brachte, begleitet von heftigen Gewitterstürmen, wurden Sonntagsschul-Picknicks und Gartenfeste veranstaltet und Jahrmarkt abgehalten. Die Ferienzeit, die anfangs so endlos lang erschienen war, verrann auf einmal wie im Flug; die öffentliche Schule nahm in der ersten Septemberwoche ihren Unterricht auf. Miß Pinneys Schüler wurden geprüft und eingestuft – sogar Julia Deming, die ihre Eltern irgendwie dazu überredet hatte, dem Beispiel der anderen zu folgen. Johnny, Elsa und Billy Thirkield kamen zusammen mit Julia in die fünfte Klasse, obwohl Julia ein Jahr jünger war. Doch diese Demütigung ließ sich leichter ertragen als der Umstand, daß Charlotte Bonner mit Ariana McCune, Sophie Klein und Rudy Lichtenstein in die sechste Klasse gehen durfte.

Die Lehrer waren erleichtert, daß Miß Pinneys ehemalige Schüler aufgeteilt wurden; so brauchte man ihren aufrührerischen Einfluß nicht allzusehr zu fürchten. Und in strenger Zucht fügten sie sich bald ebenso wie die anderen: Kinder einiger neuer deutscher Einwanderer und die schon zuvor gezähmten Zöglinge der Anstalt, die jetzt aus den Ferien zurückkehrten. Alte und neue Schüler schlossen Frieden miteinander und hielten ihn auch. Die wenigen Kinder, deren Mütter dem Frauenklub von Waynesboro angehörten, hatten ihre eigenen Sorgen. Der »Kindernachmittag«, der diesen Herbst auf dem Programm stand, rückte bedrohlich näher; Söhne und Töchter wurden ermahnt und zum Üben angehalten.

Die erste Klubsitzung dieses Herbstes war dem Andenken Miß Pinneys gewidmet. Mrs. Deming verlas einen Nachruf; Mrs. Sheldon Edwards brachte eine knappe Würdigung ihrer Lehrtätigkeit zu Gehör, die Professor Lowrey verfaßt und seiner Tochter geschickt hatte; Mrs. Ballard sprach kurz über sie als lebenslange Freundin und Angehörige ihrer Gemeinde. Manche der Damen waren traurig; manche heuchelten Trauer und hätten nicht zugegeben, daß sie die Feierstunde eher mechanisch als wahrhaft betrübt über sich ergehen ließen. Und Sally Rausch sagte auf dem Heimweg zu Anne, sie halte es zwar selbst nicht für schicklich, aber dieses eine Mal werde sie den reformierten Presbyterianerinnen nicht nachgeben: »Wenn sie unbedingt Theologenfrauen im Klub haben wollen, meinetwegen. Doch diesmal soll's zur Abwechslung eine Baptistin sein. Ich hab Mrs. Ballard einen Namen zugesteckt... Wenn sie schon so eine Vorliebe für Pfarrersfrauen haben, können sie Mrs. Evans an Miß Pinneys Stelle in den Klub aufnehmen.«

»Wie ist sie eigentlich, Sally? Ihre Buben waren ein paarmal bei uns zum Spielen. Sie sehen aus, als könnten sie nicht bis drei zählen. Aber ich glaube, einer von ihnen – Gilbert, der Neffe? –

hat sich gleich bei der ersten Begegnung mit Johnny in die Haare gekriegt. Jedenfalls kam Johnny mit 'nem blutigen Hemd nach Hause.«

»Und Gilbert hatte ein blaues Auge. Soweit ich's mitbekommen habe, hat er Elsa ›Shaney‹ gerufen, und sie war gewillt, es ihm zu gestatten. Elsa hat die Evans-Kinder anfangs nachgerade adoptiert... es gibt doch so wenige Baptisten bei uns. Aber ich glaube, Gilbert sagt jetzt ›Elsa‹ zu ihr. Du würdest Johnnys blutiges Hemd doch nicht etwa Mrs. Evans ankreiden?«

»Mich in Kindergezänk einmischen? Gott bewahre! Pfarrerskinder sind sowieso für ihre Raufereien bekannt. Aber erzähl mir doch von ihr.«

»Oh... sie erinnert mich ein bißchen an einen kleinen Vogel... sehr walisisch, zierlich und flink. Schwarzes, streng zurückgekämmtes Haar, dessen Ansatz in der Stirnmitte spitz zuläuft. Beim Sprechen neigt sie ständig den Kopf zur Seite. Kleidet sich quäkerhaft. Aber hinter ihrer bescheidenen Miene lodert ein verborgenes Feuer. Sie ist intelligent und, wie ich glaube, auch gebildet. Ihre beiden Buben sehen ihr ähnlich, aber Gilbert – der Sohn von Mr. Evans' verstorbenem Bruder – ist anders: Größer, bedächtiger, ein blonder Junge, und wie mir scheint, von sanftem Temperament, ungeachtet seiner Rauferei mit Johnny. Wie wär's, wenn wir die Buben beim Kindernachmittag mitmachen ließen? Es wird Zeit, daß wir uns um das Programm kümmern.«

»Bist du nicht etwas zu voreilig? Sie ist doch noch nicht einmal Mitglied.«

»Aber du weißt, daß sie's werden wird. Also warum nicht?«

In der Tat, warum eigentlich nicht? Mrs. Ballard stellte ihren Namen auf der nächsten Sitzung zur Diskussion, und zwei Wochen später wurde sie ordnungsgemäß in einstimmiger Wahl in den Klub aufgenommen. Ihren Söhnen blieb indes keine Zeit mehr, »Vortragsstücke« für den Kindernachmittag einzuüben, denn der war für die Sitzung Mitte November vorgesehen, und die stand unmittelbar vor der Tür.

Stolze, zum Teil strenge Mütter und ein übergewissenhafter Musiklehrer hatten hart gearbeitet für dieses große Ereignis, und doch standen auch ihnen noch Überraschungen bevor. Die Sitzung fand im Hause der Cochrans statt, weil deren zweiflügeliger Salon mittels Wandschirmen so leicht in Bühne und Zuschauerraum unterteilt werden konnte. Thomasina, die nicht minder aufgeregt war als die Kinder, führte die Aufsicht; sie war keine strenge Lehrerin, aber sowohl die Kleinsten, die das Programm eröffneten, als auch die Größeren, die nach der Schule dazustießen, waren von der Wichtigkeit der Veranstaltung durchdrungen. Selbst diejenigen, welche den ganzen Nachmittag im Schulhaus gewesen waren, erschienen einigermaßen sauber und ordentlich.

Niemand hätte erraten, daß es anfangs Ärger mit Binny Gordon gegeben hatte: Als Anne ihr erklärte, was man von ihr erwartete, hatte sie schlankweg abgelehnt und zu weinen angefangen; unglücklicherweise war John an diesem Abend zu Hause und nannte sie »Kleine Regenmacherin«, wie er es manchmal tat, wenn ihre tränenreichen Gefühlsausbrüche ihn störten. Anne hatte ihn mit Blicken zum Schweigen gebracht und versucht, Binny umzustimmen. »Du kannst das ›Kindergebet‹ für den Klub auswendig lernen, Binny. Du möchtest doch nicht, daß ich die einzige Mutter bin, die sagen muß: ›Mein kleines Mädchen kann es nicht‹.«

»Ich kann schon. Ich will aber nicht.«

»O Binny! Johnny trägt doch auch was vor, und ihm macht's nichts aus.«

»Und ob's mir was ausmacht! Na ja«, lenkte er auf den flehenden Blick seiner Mutter hin ein, »ich kann ›Sheridans Ritt‹ schon auswendig, und das Aufsagen dauert bloß 'ne Minute.«

»Das ›Kindergebet‹ lern ich nicht. Es ist zu lang. Und außerdem isses albern.« Bei den letzten Worten warf Binny ihrem Vater unter tränenreichen Wimpern einen finsteren Blick zu. »Könnte ich nicht das von dem Wanderer aufsagen, der nie zurückkam?«

Zunächst wußte keiner, wovon sie sprach, doch dann erinnerte sich Johnny: Er holte sein Buch hervor und blätterte darin, bis er die richtige Seite gefunden hatte. »Es heißt ›Ebbe und Flut‹.«

»Aber warum gerade das, Binny?«

»Es ist sooo ein trauriges Gedicht und so *geheimnisvoll.*« Ein solches Urteil aus dem Munde einer Fünfjährigen hatte Gewicht; Anne ließ ihr ihren Willen.

Binny war als erste an der Reihe. »Am besten bringt sie's hinter sich«, hatte Anne zu Thomasina gesagt, »ehe die Größeren aus der Schule kommen.«

Sie war klein für ihr Alter; mit ihren kurzen dunklen Locken und den wilden schwarzen Augen – wild zumindest in einem solch aufregenden Moment – verkörperte sie den Kindertyp, der von Erwachsenen mit Vorliebe als »ungemein originell« bezeichnet wird. Als sie jetzt ihre Mutter im Publikum erkannte, huschte ein Lächeln über ihr Gesicht, dann machte sie einen Knicks und schüttelte die Locken. Ihre Stimme klang ernst und weich; sie ließ sich Zeit mit ihrem traurigen, »geheimnisvollen« Gedicht. »Es sinkt die Ebbe, es steigt die Flut. Die Dämmrung naht, die Erde ruht.« Sie verlor sich in der Musik der Verse und in ihrem Klang;

und als sie zum Schluß kam, weiteten sich ihre Augen und wurden dunkel vor Ergriffenheit: »Doch nimmermehr an diesem Strand den Wanderer man wiederfand. Es sinkt die Ebbe, es steigt die Flut.« Schweigend stand sie einen Moment lang vor der Versammlung, dann klatschten die Damen Beifall, sie lächelte, als erwache sie aus einem Traum, knickste, und ohne auf Cassies Winken zu achten, die draußen in der Diele wartete, lief sie zu ihrer Mutter und zwängte sich neben sie auf ihren Stuhl, denn, so äußerte sie vernehmlich, sie wollte mit zuschauen.

Charles und Ernest Rausch, anzusehen wie blankgeschrubbte blonde Cherubim, stellten sich neben das Klavier, verschränkten die Hände auf dem Rücken und sangen, begleitet von Elsa, den »Erlkönig«. Ihre Stimmen waren klar und rein; wie alle Rauschs hatten auch sie die Musik im Blut. Sie sangen noch eine Zugabe, strahlten ihr Publikum an und verschwanden in der Diele, wo Cassie sie in Empfang nahm.

Elsa aber spielte weiter. Sie sollte die Pause überbrücken, bis die größeren Kinder aus der Schule kamen. Die Widerstrebenden hatte man mit der Aussicht auf Erfrischung bestochen, und im Grunde waren sie alle stolz darauf, sich zur Schau stellen zu dürfen, selbst wenn ihre Knie ein wenig zittern mochten. Sogar Rachel Tobias, das kleine Negermädchen, das bei den McKinneys aufwuchs, fand sich pünktlich ein. Mrs. McKinney hatte Thomasina vorsichtshalber gefragt, ob Rachel beim Kindernachmittag mitwirken könne. »Aber gewiß doch«, hatte Thomasina mit Nachdruck, wenn auch nicht ohne Herzklopfen geantwortet. Sollte jemand etwas dagegen haben, Rachel singen zu hören oder sie mit den anderen Kindern wie mit ihresgleichen verkehren zu sehen, so mochte er daheim bleiben. Aber niemand erhob Einwände, nicht einmal die Gardiners. Die Kinder kannten Rachel und akzeptierten sie ohne weiteres; wenn jemand Anstoß nahm, dann höchstens Cassie.

Die Buben und Mädchen erschienen alle auf einmal; Rachel, deren Schule näher lag als die der Cochrans, hatte am Tor auf die anderen gewartet. Lärmend stürzte die kleine Schar in die vordere Halle, wo das Klavierspiel sie zum Schweigen brachte. Außer Thomasina hatte niemand die Störung bemerkt. Wenn Elsa Klavier spielte, mußte man einfach zuhören: Kraftvoll und gemäßigt, mit Nachdruck und Gefühl trug sie die Stücke vor, die Mr. Travers für sie ausgewählt und mit ihr einstudiert hatte. Sie entfaltet eine Meisterschaft, dachte Thomasina, zwischen Bedauern und neidloser Bewunderung schwankend, mit der sich keiner von Samuels Schülern messen kann. Er hat recht gehabt wie immer, wenn es um

Musik und Musiker geht. Sie spielt besser als Ariana, obwohl die ein Jahr älter ist; andererseits muß man berücksichtigen, daß Elsa aus einer Familie stammt, in der Musikalität gefördert wird, und vielleicht lassen die Damen sich ja täuschen: Arianas Spiel ist grandioser, aufregender. Thomasina wagte es freilich nicht, ihren Schützling gleich hinter Elsa auftreten zu lassen. Statt dessen folgte zunächst Johnny Gordon: Unbefangen wie ein Vogel in freier Natur trat er auf, kam vor bis zur Bühnenmitte, grinste verschmitzt und stürzte sich unverzüglich in seine Rezitation, die er mit ausladenden Gesten begleitete und mit dramatischem Pathos intonierte: »Und Sheridan noch fünfzehn Meilen von hier.« Als er sich verbeugt hatte, machte er auf dem Absatz kehrt und lief hinaus in die Diele, wobei er mit Julia Deming zusammenstieß, die an ihm vorbei auf die Bühne wollte. Mit triumphierendem Gelächter entschwand er Annes Blicken, die nur hoffen konnte, daß die umsichtige Cassie ihn draußen in Empfang nehmen würde.

Julia, zart und hellhäutig, in einem fließend weißen Gewand mit blauen Bändern, das goldblonde Haar offen auf die Schultern herabfallend, trug »Die Dame von Shalott« vor, und zwar in ganzer Länge, ohne Stocken, mit klarer, kühler, lieblicher Stimme. Auf sie folgte Rachel Tobias – der Gegensatz hätte größer nicht sein können: Rachel, schwarz wie Ebenholz, war sichtlich verängstigt, das Weiße in ihren Augen blitzte wie bei einem scheuenden Pferd. Aber sie erhob ohne Zögern ihre warme, kehlige Stimme und sang, ohne auch nur der Hilfe einer Stimmgabel zu bedürfen: *Go Down, Moses* und *Swing Low, Sweet Chariot.* Die Damen applaudierten so begeistert, daß Rachel noch einmal auftreten mußte: Thomasina holte sie aus dem sicheren Hafen der Diele auf die Bühne zurück. Mrs. McKinney lächelte ihr Doppelkinnlächeln und sagte: *»Old Black Joe,* Rachel«, und Rachel hätte womöglich den gesamten Stephen Foster absingen müssen, wäre Thomasina nicht dazwischengetreten. »Sie überanstrengen das Kind, meine Damen. Und außerdem wollen ja auch die anderen noch zum Zuge kommen.« Rachel lächelte dankbar zu ihr auf und schlüpfte hinaus.

Nach ihr betraten Mrs. Beatties Söhne die Bühne: Sie hatten eine dramatische Szene für die Damen einstudiert. Da ihnen von selbst nichts eingefallen war, hatten sie ihre Mutter um Rat gefragt, und die hatte einen Auszug aus »Julius Cäsar« vorgeschlagen. »Das habt ihr doch durchgenommen, nicht wahr?« Wie bei den meisten Theologenfrauen war ihre Freizeit knapp bemessen, und sie hatte die Buben sich selbst überlassen. Daher folgte sie ihrer Darbietung jetzt ebenso erstaunt und belustigt wie die übrigen Damen. Die beiden Jungen trugen Bettlaken (von denen ihre Mutter nur hoffen konnte, daß es nicht ihre besten waren) als Togen, hatten statt der Helme Bratpfannen auf dem Kopf, deren Stiele ihnen im Rücken bis zwischen die Schulterblätter reichten, und verwandelten die Streitszene zwischen Brutus und Cassius am Vorabend der Schlacht von Philippi in eine solche Burleske, daß die meisten ihrer Zuhörer zum Taschentuch greifen mußten, um sich die Lachtränen abzuwischen.

Die aufsehenerregendste Darbietung bildete eine weitere Probe dramatischer Kunst, die Ariana inszeniert hatte und in der alle Kinder der McCunes mitwirkten. Ariana hatte Thomasina die Erlaubnis zu diesem Unterfangen abgeschmeichelt. »Etwas aus der Bibel«, hatte sie angekündigt. »Das wird Papa gefallen, und vielleicht wird er gar nicht daran denken, daß ich Klavier spiele.« Nicht einmal Thomasina wußte, was die Kinder aufführen würden. »Wenn der Tag kommt, wird es schon klappen«, hatte Ariana gesagt. »Ich helfe den Kleinen. Es soll eine Überraschung werden.«

Hätte ihr Vater die Aufführung miterlebt, er wäre ebenso verblüfft gewesen wie Thomasina. Ariana hatte zukünftigen Auseinandersetzungen vorgebeugt und ihn um Erlaubnis gebeten, mit ihren Geschwistern Bibelverse einüben und sie den Damen aus dem Klub ihrer Mutter vortragen zu dürfen. Er wurde nicht gern an den Klub erinnert; stets spürte er Arianas Feindseligkeit. Sie war ihm rätselhaft wie eine Fremde, doch da jede religiöse Regung ihrerseits ihm willkommen war, gab er ohne weiteres seine Zustimmung und bemerkte lediglich: »Du hast wohl an einen Psalm gedacht? Die Kleinen können eine ganze Reihe davon auswendig.« Ariana hatte freilich keineswegs an einen Psalm gedacht. Von allen biblischen Geschichten gefiel ihr am besten die von König Ahab und seinem Weib Isebel, von welcher der Herr sprach: »Die Hunde sollen Isebel fressen an der Mauer Iesreels.« Aber sie sah ein, daß sie diese Szene unmöglich aufführen konnten: keine Mauer, keine Hunde. Statt dessen wählte sie jene Kapitel aus dem Buch der Richter, die von der Prophetin Debora erzählten. Sie teilte das Geschehen in eine erste Szene: Debora mit Barak, dem Sohn Abinoams (Ruhamah und ihr ältester Bruder Matthew, in Kostümen, die verdächtig nach Bettvorlegern aussahen, und einem Geschirrtuch als Baraks Kopfschmuck); eine zweite Szene, in der Sisera ins Zelt von Heber, dem Keniter, kommt, um sich bei seiner Frau Jael zu verstecken: Matthew als Sisera, Mark als Ehemann Heber (eine bloße Randfigur) und Ariana als Jael, die den Sisera willkommen heißt: »Da tat sie auf einen

Milchtopf und gab ihm zu trinken und deckte ihn zu.« Dann holte sie hinter dem Wandschirm einen Krocketschläger und einen Absteckpflock hervor, schwenkte beides durch die Luft, um ihre Absicht zu verdeutlichen, plazierte sich zwischen Publikum und Sisera vor seinem Lager am Fußboden und ließ den Schläger mit solch dröhnenden Hieben auf den Pflock niedersausen, daß Sally befürchtete, Arianas Kraftanstrengung werde womöglich Löcher im Teppich ihrer Mutter hinterlassen. Die Damen waren so überwältigt von dem wilden, lodernden Feuer in ihren Augen und dem offenkundigen Genuß, mit welchem sie den Schläger handhabte, daß der Beifall am Ende der zweiten Szene auf sich warten ließ. Gegenstand der dritten Szene war Deboras und Baraks Triumphlied, das Ruhamah und Matthew im Duett vortrugen. Es war Ariana nicht gelungen, Ruhamah ein echtes Gefühl für Dramatik einzuflößen, obgleich das Kind folgsam alle einunddreißig Verse auswendig gelernt hatte; am liebsten hätte Ariana Debora *und* Jael gespielt, doch da sie wählen mußte, hatte sie sich für Jael entschieden, sosehr sie es auch bedauerte, nun nicht ausrufen zu können: »Die Sterne in ihren Bahnen stritten wider Sisera.« Sie war völlig verblüfft, als Ruhamah für ihren Vortrag mit Lob überschüttet wurde, bloß, weil sie die Verse auswendig gelernt hatte; dabei war das gar keine Leistung: Die Kinder konnten schließlich sprechen, also vermochten sie sich auch ein paar Kapitel aus der Bibel einzuprägen. Aber wenn die Damen ihre Vorstellung als Jael auch kaum erwähnten, so nahmen sie Arianas musikalische Darbietung mit um so größerem Beifall entgegen. Arianas Klavierspiel bildete den Abschluß des Programms: Sie spielte so schwungvoll, daß Thomasinas Hoffnung sich erfüllte und die Unsauberkeiten von virtuosen Glanzlichtern überdeckt wurden. Als sie fertig war, eine Zugabe gespielt hatte und der Applaus verebbte, wurde die offizielle Sitzung des Frauenklubs vertagt, aber die Damen blieben noch zu Sallys »Geselligem Beisammensein«. Die Kinder (mit Ausnahme der Beattie-Buben, die entwischt waren) wurden zusammengerufen und unter Cassies Aufsicht um den Eßzimmertisch plaziert. Rose reichte den Damen, die im Salon plauderten und schwatzten, Tee und Kuchen. Man nannte Ruhamah McCune ein »Phänomen«, und als die Rede endlich auf Ariana kam, konnte Thomasina sich freuen: Die wilde Jael hatte sie peinlich berührt, doch darüber wurde zum Glück nicht gesprochen. »Ein musikalisches Genie.« »Wenn nur ihre Mutter das noch erlebt hätte.« »Sie gereicht Ihnen zur Ehre, Thomasina, Ihnen und Mr. Travers; wir alle wissen doch, wie sehr Sie sich bemüht haben, das Kind zu fördern.« Eliza Ballard, die einzige unter ihnen, der die Jael-

Ariana sympathisch war und die sie zu verstehen glaubte; saß mit säuerlicher Miene dabei, als Thomasina, die Wangen vor Freude gerötet und ein Leuchten in ihren freundlichen blauen Augen, die Lobeshymnen so glückstrahlend entgegenahm, als sei Ariana ihr eigen Fleisch und Blut. »Die Kinder waren alle großartig«, sagte sie, »aber wir sind tatsächlich der Meinung, daß Ariana außerordentlich begabt ist. Leider besteht herzlich wenig Aussicht, ihr Talent zu fördern. Aber vielleicht findet sich doch noch ein Weg.«

Als die Damen sich verabschiedeten, blieb Anne, wie fast jedesmal, wenn der Klub sich bei Sally traf, noch ein Weilchen, und die beiden Freundinnen tauschten ihre Eindrücke über den Nachmittag aus. Sallys Kommentare waren lebhaft wie gewöhnlich: »Ariana McCune! Die arme Thomasina ist so vernarrt in die Kleine, daß sie in ihr halb Engel, halb Genie sieht. Dabei ist sie eher ein Wechselbalg, jedenfalls nicht ganz menschlich. Stell dir nur vor, wie sie Ruhamah, dieses arme Küken, gedrillt haben muß, bis sie all die Verse auswendig konnte! Und was ihr Talent betrifft – sie hat zweifellos das Zeug zur Schauspielerin. Hast du ihr Gesicht gesehen, als sie Sisera mit dem Zeltpflock durchbohrte?«

»Ich habe Christinas Gesicht gesehen: Sie war kreidebleich. Glaubst du, sie sieht sich als den Stein des Anstoßes, der diese ganze Schauspielerei ins Rollen gebracht hat?«

Sally lachte. »Oh, Christina! Nun, sie könnte es vielleicht so auffassen. Anne, meine Elsa hat ihre Sache gut gemacht, nicht wahr? Ihr Vater meint, sie könnte eine richtige Musikerin werden. Aber was würde das schon ausmachen, abgesehen davon, daß wir alle uns an ihrem Spiel erfreuen könnten? Sie würde nie auf einer Konzertbühne auftreten, und ich hoffe, sie wird es nie nötig haben, sich ihren Lebensunterhalt mit Musikstunden zu verdienen. Ach, ich wünschte nur, die Ballards zeigten ein bißchen mehr Einsicht, was Ariana betrifft. Sie haben ihr Herz darangehängt, ein Wunderkind aus ihr zu machen, aber sie werden mit Sicherheit eine Enttäuschung erleben. Die Kleine hat etwas ungemein Anziehendes und eine blühende Phantasie, aber wer sich an sie bindet, dem könnte sie wohl das Herz brechen.«

»Ich weiß. Sie ist wie Quecksilber: Niemand wird sie je festhalten können. Wer sich in sie vernarrt, wird nicht viel Freude ernten. Aber sie ist schließlich keine Ballard. Und ihr Vater wird schon dafür sorgen, daß sie ihm und seiner Kirche nicht entwischt.« Dann wechselte Anne unvermutet das Thema. »Die Kinder haben ihre Sache gut gemacht, aber weißt du, Sally, ich war heute nachmittag trotzdem traurig. Wie schnell wächst doch Gras über die, welche von uns gegangen sind! Die meisten der Kinder – zumindest eine ganze Reihe von ihnen – waren Miß Pinneys Schüler, aber obwohl ich besonders achtgegeben habe, hörte ich den ganzen Nachmittag über nicht ein einziges Mal ihren Namen.«

»Jammerst du immer noch, weil niemand das arme Wesen betrauert? Eines von deinen, zwei von meinen Kindern und Julia Deming – das waren Miß Pinneys Schüler. Und dieses Programm hast du mit deinen Kindern eingeübt, der ›olle Teepott‹ hat mit Julia gelernt und Samuel Travers mit meinen beiden. Warum hätte also jemand an Miß Pinney denken sollen?«

»Aber sie hat die Kinder doch erst dazu gemacht. Ihr verdanken sie es, daß sie zumindest wissen, wie man sich benimmt. Und sie hätte sich so gefreut, ihre Darbietung zu sehen.«

»Vor zehn Jahren vielleicht. Mag sein, auch noch vor fünf. Aber wenn sie heute dabeigewesen wäre, hätte sie das ganze Programm verschlafen. Ich würde sie nicht wieder lebendig machen wollen. Das ist immer ein Fehler, Anne. Das Leben geht nun mal weiter.«

»Schon möglich.« Dann lächelte Anne. »Ich muß versuchen, mich daran zu erinnern, daß ich eine verheiratete Frau von dreißig Jahren bin, zu alt für sentimentale Gefühle. Aber ich kann mir nicht helfen, es stimmt mich trotzdem traurig, daß niemand an die arme, alte Miß Pinney gedacht hat.«

DIE MITGLIEDER DES FRAUENKLUBS VON WAYNESBORO

Miß Eliza Ballard
Mrs. Mary Ballard
Mrs. Esther Beattie
Mrs. Louisa Deming
Mrs. Katherine Edwards
Mrs. Gwen Evans
Miß Caroline Gardiner
Miß Lavinia Gardiner
Mrs. Anne Gordon
Mrs. Rhoda McKinney
Mrs. Laura Maxwell
Mrs. Sarah Rausch
Miß Amanda Reid
Mrs. Thomasina Travers
Mrs. Christina Voorhees

IN MEMORIAM
Miß Susan Crenshaw
Mrs. Mary McCune
Miß Agatha Pinney

1880

»Eine Hochzeit sorgt für Aufregung unter den Damen...«

An einem Mittwochmorgen im Januar des Jahres 1880 kamen Eliza Ballard und ihr Vater auf dem Weg zur Kanzlei früher als gewöhnlich am Gericht vorbei. Es war ein unfreundlicher Tag; Schneeregen hatte die Straßen in Rutschbahnen verwandelt, weshalb der Richter sich und seine Tochter ausnahmsweise von Johann in die Oberstadt fahren ließ. Für gewöhnlich gingen sie zu Fuß, denn der Richter behauptete, Bewegung sei gesundheitsfördernd, aber an diesem Morgen stand ihm eine Testamentsanfechtung bevor, und er wollte zeitlich nicht in Bedrängnis geraten. Eliza hatte heute geradezu erleichtert das Haus verlassen. Am Nachmittag würde dort der Klub tagen, und sie hatte gestern abend geholfen, den Salon herzurichten. Sie duldete es nicht, daß ein anderes Mitglied der Familie oder einer der Bediensteten, die alle schon recht betagt waren, auf eine Treppenleiter stieg, die hoch genug war, damit man den Staubbeutel von dort aufknüpfen könnte, der für gewöhnlich den Kronleuchter schützte. Das hatte sie selbst besorgt und auch geholfen, die Schonbezüge von Sofas und Stühlen zu entfernen; das Saubermachen konnte heute vormittag ohne sie erledigt werden. Da der Salon ausschließlich für die Sitzungen verschiedener Organisationen geöffnet und benutzt wurde, bedurfte es jedesmal eines erheblichen Aufwands, ihn auszufegen, zu lüften und zu heizen sowie die Möbel abzustauben, und Eliza war froh, daß ihre Anstellung in der Kanzlei es ihr erlaubte, diese Arbeit Thomasina und Johanns Frau zu überlassen, die von Mrs. Ballard ziemlich nachlässig beaufsichtigt wurden. Sie war bester Laune, als der alte Zweispänner bei der Wood

Street um die Ecke bog und hielt, bis die Kinder, die auf dem Weg hinunter zum Schulhaus in der Market Street in Scharen die Fahrbahn überquerten, vorüber waren. Und dann sah sie mitten in dem Gedränge Ariana McCune.

Ariana war groß für ihre dreizehn Jahre und ausgesprochen mager, nur Arme und Beine, so daß ihre Knöchel bei jedem Schritt aneinanderzustoßen schienen; achtlos sprang sie über die vereisten Pfützen und hatte nur Augen für den Jungen neben sich, einen hochaufgeschossenen, schlaksigen Burschen, der hitzig und wild gestikulierend auf sie einredete. Arianas Gesicht war wie von einer inneren Flamme erhellt. Eliza durchzuckte ein scharfer Schmerz. Seit Mrs. McCunes Tod kam Ariana einmal in der Woche zum Musikunterricht zu den Ballards und besuchte sie auch zwischendurch, so oft sie ihren häuslichen Pflichten entkommen konnte, um auf Samuels Klavier zu üben. Häufig blieb sie zum Essen oder zumindest für die Dauer einer Unterhaltung, und sie war glücklich und zufrieden; wenigstens hatte Eliza das angenommen. Da sie tagsüber fast nie zu Hause war, sah sie Ariana nicht so oft wie Thomasina, aber sie glaubte, wenn auch unbewußt, einen besonderen Anspruch auf das Kind zu haben, einfach weil sie ihm auf ihre spröde Art und nur durch ihren herzlichen Willkommensgruß erkennbar so innig zugetan war. Wie Thomasina träumte auch sie von einer besseren Zukunft für Ariana als der Verbindung mit einem gewöhnlichen Mann. Ihre vielfältigen Talente schienen durchaus zur Hoffnung auf eine ansehnliche Karriere des Mädchens zu berechtigen. Der Stich, den Eliza beim Anblick von Arianas strahlendem Gesicht empfunden hatte, eine Art Eifersucht darauf, daß sie anderswo als bei ihrer Familie glücklich sein konnte, machte blankem Entsetzen Platz, als der Junge den Kopf wandte und sich als Abby Mercers Bankert zu erkennen gab. Wütend gestattete sie sich, in Gedanken diesen Ausdruck zu gebrauchen, fühlte sich aber dadurch nur noch elender. Ariana war zu fein, zu außergewöhnlich, um irgendeinen Jungen derart anzuhimmeln, und nun gar den unehelichen Sohn von Abby Mercer! Dabei war sie erst dreizehn. Es war noch gar nicht lange her, daß die Ballards eine Geburtstagsfeier für sie veranstaltet hatten: Richtig festlich mit Kuchen und Kerzen, und all ihre Brüder und ihre Schwester Ruhamah waren dazu eingeladen.

Hätte Eliza nur geahnt, daß Ariana in diesem Moment weniger von Ben Mercer hingerissen war als von seiner erklärten Absicht, auszureißen. Im Frühling oder im Sommer, wann immer der Zirkus in die Stadt käme, würde er mit ihm weiterziehen; er hatte Waynesboro und seine strengen Großeltern gründlich satt. Über seine näheren Lebensumstände ließ er sich Ariana gegenüber nicht weiter aus: Seine Mutter war davongelaufen, nachdem sie Schande über ihre Eltern gebracht hatte; es ging das Gerücht, daß sie in einer anderen Stadt sei, in der niemand sie kannte. Seine Großeltern hatten sich der Verantwortung für ihren Enkel zwar nicht entzogen, ihn aber spüren lassen, daß er für sie eine Last war, die sie aus Pflichtgefühl trugen und nicht etwa aus Zuneigung. Ihre einzige Sorge schien zu sein, daß er nicht gleich seiner Mutter Schande über die Familie brächte; so nachsichtig sie mit Abby gewesen waren, so streng und unerbittlich erzogen sie ihn, aber er wußte, daß er fortlaufen würde. Heute hatte er zum ersten Mal jemandem von seinem Entschluß erzählt: Er brüstete sich vor Ariana mit seinem unerschrockenen Mut, ohne freilich zu ahnen, daß sie liebend gern mit ihm ausgerissen wäre und nur darum mit angehaltenem Atem und leuchtenden Augen an seinen Lippen hing.

Als Eliza sie in Gesellschaft dieses Jungen, für den sie so Feuer und Flamme zu sein schien, sah, empfand sie Zorn und Schmerz darüber, daß Ariana sich für irgend jemand außer den Ballards derart begeistern konnte. Im Innersten aufgewühlt, folgte sie ihrem Vater hinauf in die Kanzlei und wartete schweigend, bis er den Schlüssel hervorgekramt hatte und aufsperrte. Sie holte die Post aus dem Körbchen unter dem Türschlitz und sah zu, wie er die Papiere, die er benötigte, von seinem Schreibtisch nahm und in seiner Mappe verstaute. Als er gegangen war, sortierte sie die Post, verteilte sie auf die Schreibtische der Adressaten und setzte sich an ihren Platz, alles mechanisch, ohne mit den Gedanken bei der Sache zu sein. Eliza hatte Abby Mercer gekannt: Die Mercers waren Methodisten wie die Ballards, und Abby war im College mit Thomasina in eine Klasse gegangen. Eliza versuchte sich jetzt an das zu erinnern, was sie seinerzeit über Abbys Schande gehört hatte. Es war nicht viel: Selbst die radikalsten Reformerinnen, die durchaus in der Lage waren, »die Übel der Prostitution« in der Öffentlichkeit zu diskutieren, schirmten ihre Sprößlinge vor jedem konkreten Fall weiblicher Schwäche ab, besonders, wenn es sich bei der Betroffenen um eine bekannte Familie handelte.

Eliza erinnerte sich, wie verächtlich sie damals auf die koketten Schülerinnen herabgesehen hatte, die im Frühling 1861 jede sich bietende Gelegenheit nutzten, um mit den jungen Soldaten zusammenzutreffen, ehe der Krieg sie ihnen fortnahm. Heimliche Botschaften waren hin und her geschmuggelt worden, und die Mädchen waren des Abends aus dem Fenster geklettert. Aber Abby hatte ihren Fehltritt viel später begangen, nach dem Krieg und nachdem die Schwestern Ballard ihre College-Ausbildung beendet hatten. Die beiden pflegten kaum Kontakt zu ihren ehemaligen Schulkameradinnen, doch Eliza erinnerte sich, daß ihre Schwester einen Asthma-Anfall erlitten hatte, als Abby Mercers Schande ruchbar wurde: Sie war buchstäblich daran erkrankt, aber Eliza hatte nichts als Verachtung für Abby empfunden. So eine dumme Gans! Doch jetzt fiel ihr ein, daß sie an dem Morgen, als das Baby getauft wurde, in der Kirche gewesen war. Da hatte Abby sich schon aus dem Staub gemacht und ihren Sohn den Großeltern überlassen. Die Leute erzählten, Abby habe den Kleinen nach dem Vorbild der sterbenden Rahel Ben-Oni, »Kind des Leids«, nennen wollen, aber am Taufbecken hätten seine Großeltern wie einst Jakob ihm den glücklicheren Namen Ben-Jamin gegeben. Wie sich später herausstellte, änderte das nicht viel, denn der Junge wurde nie anders gerufen als »Ben«. Er war in dem Jahr zur Welt gekommen, da die Soldaten zurückkehrten – 1865? Dann mußte er jetzt fünfzehn sein: zu alt, um Ariana Geschichten zu erzählen. Zum erstenmal machte Eliza sich Gedanken darüber, wer wohl sein Vater gewesen sein mochte. Es war damals zu einem Vergleich gekommen. Die Vaterschaftsklage war außerhalb des Gerichts geregelt worden. Eliza hob den Kopf, ihre Nasenflügel weiteten sich, und ihr Atem ging rascher. Der alte Mr. Merrill hatte seinerzeit die Interessen der Mercers vertreten, daran erinnerte sie sich noch. Merrill war inzwischen gestorben, aber er war der Partner ihres Vaters gewesen; die Akten seiner Fälle wurden noch in der Kanzlei aufbewahrt.

Sie erhob sich, öffnete den Safe, nahm ihre Notizbücher heraus und legte sie aufgeschlagen zur gestrigen Post und den Konzepten der Antwortbriefe, die sie ausformulieren und abschreiben mußte, auf ihren Schreibtisch. Sollte Douglas Gardiner in der Kanzlei vorbeischauen, ehe er in sein Bureau im Gericht ging, würde er sie über ihre Arbeit gebeugt finden. In der Zwischenzeit konnte sie die Akte Mercer heraussuchen. Sie hätte selbst nicht zu sagen gewußt, warum sie plötzlich wissen wollte, wer den Jungen gezeugt hatte: Aus reiner Neugier oder weil sie dadurch eine Waffe in die Hand zu bekommen hoffte. Als sie die Tagesarbeit fein säuberlich auf ihrem Schreibtisch ausgebreitet hatte, stand sie auf und lauschte einen Moment lang. Douglas hielt sich vormittags für gewöhnlich im Bureau des Staatsanwalts oder im Gerichtssaal auf; sollte er wider Erwarten doch in die Kanzlei kommen, würde sein hinkender Schritt sie rechtzeitig warnen. Und im übrigen hatte sie als Sekretärin durchaus das Recht, sich Akteneinsicht zu verschaffen.

Rasch ging sie zu dem großen Schrank hinüber, in dem sich die Urkunden und Dokumente vergangener Jahre in verstaubten Stahlkassetten stapelten. Es dauerte eine Weile und erforderte ein Gutteil beschwerlichen Hin- und Herrückens, bis sie endlich die Kassette mit der Aufschrift MERCER gefunden hatte. Sie stellte alles wieder an seinen Platz, ehe sie das Gesuchte an sich nahm und mit schmutzigen Händen und zerzaustem Haar vor den Schranktüren auftauchte. Die Kassette war verschlossen, doch das bedeutete kein Hindernis für Eliza; sie hatte zu oft etwas aus diesem Schrank holen müssen, um nicht zu wissen, wo ihr Vater die Schlüssel aufbewahrte. Minuten später lag der Inhalt vor ihr auf dem Schreibtisch.

Alle erforderlichen Daten waren aufgeführt: Der Name, die ausbezahlte Summe. Aber sie hatte nie zuvor von dem Mann gehört: Er war Angestellter des Grand Hotels gewesen und hatte die Stadt noch vor der Geburt des Kindes verlassen. Sie war so enttäuscht, daß sie sich kaum mit dieser faden Wahrheit abfinden konnte. Sie blätterte immer noch gedankenverloren in den Papieren, als sie Doug den Korridor entlangkommen hörte. Es war zu spät, um die Kassette zurückzustellen, doch wenn sie sich unbefangen gab, achtete er vielleicht nicht auf das, was sie tat; oft schaute er nicht einmal zu ihr hin, es sei denn, er hatte ihr Arbeit aufgetragen.

Seine Arbeit! Eliza war entsetzt über ihre Vergeßlichkeit. Er hatte ihr gestern nachmittag eine Liste mit Präzedenzfällen gegeben, die sie nachschlagen sollte. Sie saß ganz still, die Hände über den Papieren gefaltet, als er hinter sie trat.

»Nun, Eliza? Betreiben Sie Nachforschungen? Wollen Sie etwa den Mercers eine Lektion in ›Geheimnisse aus der Geschichte Waynesboros‹ erteilen?«

Jegliche Farbe wich aus ihrem ohnehin blassen Gesicht. »Ich wollte bloß die Wahrheit wissen. Es hat mich interessiert.«

»Das sehe ich. Aber es wäre vermutlich klüger, wenn Sie Ihr Interesse auf anstehende Fälle beschränkten. Haben Sie mir die Liste zusammengestellt?«

»Nein.« Eliza machte gar nicht erst den Versuch, sich zu entschuldigen.

»Wären Sie dann wohl so freundlich, das Versäumte nachzuholen? Ich muß alle diese Präzedenzfälle überprüfen, ehe der Fall Ohio gegen Bromley morgen vor dem Kreisgericht verhandelt wird. Diese Unterschlagungsfälle können sehr knifflig werden, wenn Grundstücks- und Familienzwistigkeiten eine Rolle spielen. Ich kann leider nicht bleiben, um Ihnen zu helfen. Auf meinem Schreibtisch türmen sich die Akten.«

»Ich muß erst all diese Briefe für Ballard, Gardiner und Merrill schreiben. Ich fürchte, ich werde heute nicht mehr zu Ihrer Liste kommen.« Ihr Ton war ebenso kühl und schroff wie der seine. »Sie haben vermutlich vergessen, daß der Frauenklub heute nachmittag bei uns zu Hause tagt und daß ich an den Klubnachmittagen nicht arbeite.«

»Eliza, wenn Sie den Vormittag nicht mit Dingen vertrödelt hätten, die Sie nichts angehen, wären Sie jetzt schon halb fertig mit Ihrer Arbeit. Stellen Sie die Kassette wieder dahin, wo sie hingehört, und wir wollen kein Wort mehr über Ihre eigenmächtigen Nachforschungen verlieren. Aber Klub hin, Klub her, meine Liste muß heute noch fertig werden. Ich hoffe, Sie sind sich der Pflichten einer Privatsekretärin in einer Anwaltskanzlei bewußt? Das ist eine Vertrauensstellung.«

Eliza schäumte vor Wut; das Blut kehrte in ihr Gesicht zurück und brannte in zwei Zornesflecken auf ihren Wangen. Sie legte die Papiere wieder in die Mercer-Kassette, die sie verschloß und an ihren Platz zurückstellte; dann holte sie die für Douglas' Liste erforderlichen Nachschlagewerke aus dem Bücherschrank und legte sie auf ihren Schreibtisch. Sekretärin – nicht zu fassen!

Doug öffnete inzwischen drinnen in seinem Bureau die Post. Sie konnte die Papiere rascheln hören. Das bedeutete ohne Zweifel noch mehr Antwortbriefe, die sie würde schreiben müssen. Doch als er herauskam, gab er ihr keine weiteren Anweisungen, sondern verließ wortlos die Kanzlei.

Eliza markierte die Eintragung, die er benötigte, legte das Buch beiseite und wandte sich dem nächsten zu. »Wir wollen kein Wort mehr darüber verlieren«, klang fast wie eine verhaltene Drohung. Aber was konnte er ihr schon zur Last legen? Glücklicherweise bedurfte es keiner geistigen Anstrengung, Verweise in Gesetzesbüchern nachzuschlagen. Als Eliza endlich die ganze Liste abgehakt und jeden gewünschten Artikel mit einem Zettel markiert hatte, war sie wieder soweit gefaßt, daß sie sich an die Beantwortung der Briefe machen konnte. Aber sie war noch längst nicht fertig, als ihr Vater gegen Mittag in die Kanzlei kam, um sie mit nach Hause zu nehmen. Sie erklärte ihm, sie müsse ihre Mittagspause opfern, um rechtzeitig zur Klubsitzung mit ihrer Arbeit fertig zu werden: Wenn man ihr daheim eine Kleinigkeit warm stellen würde... Sie versprach, sich zu beeilen. Eliza wußte wohl, daß keiner der Briefe, die sie zu beantworten hatte, besonders dringlich war, aber ihre Stimmung war umgeschlagen und sie gefiel sich jetzt in der Rolle der Märtyrerin. Als sie endlich heimkam, war es bereits nach zwei, und der lange Fußmarsch durch Schneematsch und Pfützen hatte nicht dazu beigetragen, ihren Groll zu besänftigen. Leise schlüpfte sie durch die Seitentür ins Haus. Die Sitzung hatte bereits begonnen: Sie konnte die Stimme der Protokollführerin im Salon hören. Sie ging in die Küche und nahm den Teller mit Fleisch und Kartoffeln, den man für sie warm gestellt hatte, aus der Bratröhre; das Essen war völlig trocken geworden und hatte jeglichen Geschmack verloren. Sie knöpfte ihre nassen Stiefeletten auf, zog sie aus und aß in Strümpfen am Küchentisch. Dann stellte sie den Teller ins Spülbecken unter den tropfenden Hahn, nahm ihre Schuhe in die Hand und ging über die Dienstbotentreppe in ihr Zimmer hinauf. Sie hatte es jetzt nicht mehr eilig, sich zu den Damen des Klubs zu gesellen; das Prinzip hatte sie zornig gemacht, und nicht etwa ein besonderes Verlangen, Miß Caroline Gardiners Essay zu hören. Sie verscheuchte den Gedanken an die durch Douglas Gardiner erlittene Demütigung, zog ihr Bureaukleid aus und schlüpfte in das neue Gewand, welches sie sich eigens für die Klubsitzungen hatte machen lassen: Silbergraue Faille, bis zur Taille hinauf verschwenderisch gefälbelt, der Überrock aus veilchenfarbener Foulardseide, vorn in geschwungenem Faltenwurf gerafft und im Rücken mit einer wahren Kaskade bauschiger Volants geschmückt. Es war eine weitaus prunkvollere Toilette, als man sie bei den Ballards gewöhnt war; Eliza mochte eine kürzlich bewilligte und im übrigen recht bescheidene Gehaltserhöhung zu Kopf gestiegen sein, aber sie hatte sich nun einmal vorgenommen, heute nachmittag aufs vorteilhafteste zu glänzen und durch ihre Erscheinung das Gerede über die finanziellen Schwierigkeiten der Ballards Lügen zu strafen. Thomasina und ihre Mutter wußten entweder nichts von diesen Gerüchten oder kümmerten sich nicht darum, Eliza aber ärgerte sich gewaltig darüber. Obwohl der Tag so schlecht begonnen hatte, fühlte sie sich schon wesentlich besser, als sie jetzt ihre Frisur gerichtet, das schützende Handtuch von den Schultern genommen und sich im Spiegel begutachtet hatte.

Sie griff nach ihrem Taschentuch und ging aus dem Zimmer. Auf dem Treppenabsatz blieb sie lange genug stehen, um aus Miß Gardiners gleichmäßigem Redefluß unten im Salon erraten zu können, daß sie noch mitten in ihrem Vortrag war: Ihre Stimme hatte noch nicht jenes schnellere Tempo angenommen, das auf ein nahes Schlußwort hinzudeuten pflegte. Eliza seufzte, strich ein letztes Mal ihren Rock zurecht, schlich auf Zehenspitzen hinunter und bis vor die Tür zum Salon. Sally Rausch saß auf dem Sofa gleich beim Eingang; sie rückte näher an Kitty Edwards heran, um Eliza Platz zu machen. Doch obwohl sie ihr ein besonders liebenswürdiges Lächeln schenkte, hob sie merklich die Brauen, und Eliza, die den Damen mit ihrer Eleganz hatte imponieren wollen, verübelte ihr diesen scheinbaren Beweis spöttischer Verwunderung. Es versöhnte sie keineswegs, daß Sally sich, sobald Miß Gardiners Vortrag beendet war, herüberbeugte und ihr zuflüsterte: »Wie reizend Sie aussehen, Eliza! Aber so weltlich!«

Endlich wurde das Programm für die nächste Sitzung verlesen, und der Klub vertagte sich; Eliza stand auf, ging von einem Mitglied zum anderen und hieß die Damen willkommen, wie sie es schon eingangs an der Seite ihrer Mutter und ihrer Schwester hätte tun sollen. Als sie bis zum Kamin vorgedrungen war, hatte ihre Mutter den Vorsitz bereits geräumt und sich an der Tür postiert, um jene zu verabschieden, die unverzüglich nach Hause mußten. Thomasina folgte ihr auf den Fersen. Aber die Misses Gardiner standen noch am Feuer; Miß Caroline nahm beifällige Kommentare zu ihrem Essay entgegen, und Miß Lavinia begrüßte Eliza.

»Miß Ballard, wie schön, Sie zu sehen. Welch ein Jammer, daß Sie den ersten Teil des heutigen Vortrags versäumt haben. Aber« – und sie maß Eliza mit einem raschen Blick vom Scheitel bis zur Sohle, während ihre behandschuhte Rechte flüchtig über ihre wogende Krinoline strich – »wir sollten gewiß froh und dankbar sein, daß Ballard, Gardiner und Merrill eine so vielbeschäftigte Kanzlei ist. Es muß eine Ehre sein, für Ihren Herrn Vater zu arbeiten: So ein vornehmer Mensch! Und natürlich hoffen wir, daß Sie auch den Umgang mit unserem Douglas als angenehm empfinden.«

»Sehr angenehm«, stieß Eliza zwischen zusammengebissenen Zähnen hervor. Das war der sprichwörtliche Tropfen, der das Faß zum Überlaufen brachte. »Wir haben tatsächlich gerade sehr viel zu tun. Ich sehe Mr. Gardiner eigentlich kaum: er verbringt den größten Teil des Tages im Bureau des Staatsanwalts. Doch für Sie muß es eine Erleichterung sein zu wissen, daß er im Augenblick keine Zeit hat, seinen Interessen an einer gewissen jungen Person zu frönen.«

Sie hatte leise gesprochen, aber die Bitterkeit ihres Tons war unverkennbar. Miß Caroline wandte sich nach ihr um, während die Damen in ihrer Nähe verstummten und starr vor sich hinsahen: Sally, Anne und Kitty, die in der Mitte des Zimmers beisammenstanden, sowie Amanda und Mrs. McKinney, die sich auf der anderen Seite des Kamins unterhalten hatten.

Miß Caroline stand zwar für gewöhnlich im Schatten ihrer Schwester, war aber gleichwohl in mancher Hinsicht die gewitztere von beiden. Sie hörte den beißenden Unterton aus Elizas Stimme heraus und versuchte ihre Unkenntnis in Sachen »junge Person« zu kaschieren.

»Junge Männer schlagen nun mal hin und wieder ein wenig über die Stränge. Es wäre ja auch jammerschade...«

Doch Miß Lavinia fiel ihr ins Wort. »Unser Neffe hat keine jungen Mädchen im Kopf, Miß Ballard, wenn es das ist, was Sie andeuten wollten. Andere Männer mögen über die Stränge schlagen, wie meine Schwester sich auszudrücken beliebt, aber Douglas hat noch nie etwas getan, dessen er sich vor uns zu schämen brauchte.«

»Oh? Wenn das so ist und Sie von nichts wissen, dann muß ich mich wohl getäuscht haben.« Eliza kostete den süßen Nektar der Vergeltung. »Als er den ganzen letzten Sommer hindurch täglich zu Sheldon und Edwards ging, machte er also nur Besorgungen für Sie? Und ich dachte schon, er besuche die hübsche kleine Bodien. Wie so viele alte Jungfern wähnte ich eine Liebesgeschichte, wo es gar keine gibt.«

Eliza lachte, ein gekünsteltes Gesellschaftslachen, welches an ihr so befremdlich wirkte, daß Kitty sich nicht länger den Anschein gab, Sally zuzuhören, sondern sie neugierig anstarrte. Eliza, die ihren Blick wohl spürte, wandte sich nach ihr um und fragte: »Wie ist es, Kitty, wird Douglas bei Sheldon und Edwards nicht vermißt, jetzt, wo er dort keine Besorgungen mehr zu machen hat?«

Kitty war so überrascht von diesem Ausfall, daß es ihr nicht gelang, Eliza glauben zu machen, sie habe nicht zugehört; spontan sagte sie das Falsche. »Miß Bodien arbeitet nicht mehr bei Sheldon und Edwards.« Sie bediente sich des schroffsten Tons, der ihr zu Gebote stand, und den niemand mehr von ihr gewohnt war, seit sie als Lehrerin aufsässige Schüler damit zum Schweigen gebracht hatte. Aber Eliza ließ sich von Kitty Edwards nicht zum Schweigen bringen.

»Oh?« Aus ihrem Munde klang das sehr bedeutungsvoll. »Zweifellos wurde es unerträglich, daß sie ihre Verehrer im Laden empfing. Aber ihr wird diese Geselligkeit gewiß fehlen, es sei denn...«

Diese letzten drei Worte sprachen Bände. Den Misses Gardiner wich das Blut aus den Wangen, und ihre Mienen gefroren vor Entsetzen. Eliza fuhr unbeirrt fort: »Im Geschäft müßte man sie doch eigentlich auch vermissen. Sie zog so viele Kunden an. Oder waren es am Ende *zu* viele?«

»Bestimmt nicht! Wer hätte je von zuviel Kundschaft gehört? Sie wird im Laden vermißt, doch man konnte sie nicht zum Bleiben überreden. Sie brauchte eigentlich nicht zu arbeiten. Ich denke, sie hat aus purer Langeweile damit angefangen. Aber sie ist noch so jung, gewiß wurde sie des langen Stehens im dunklen Laden bald überdrüssig und sehnte sich danach, wieder frei über ihre Zeit verfügen zu können. Papa Edwards hat an ihrer Stelle Miß Tiernan eingestellt, damit das Geschäft die Kunden aus dem Westviertel nicht verliert.«

»Was Sie nicht sagen? Miß Rose Tiernan? Wie angenehm für Ihren Herrn Onkel, daß sie schon in reiferen Jahren ist, nicht wahr?« Und damit ging Eliza zur anderen Seite des Kamins und begann ein Gespräch mit Amanda und Mrs. McKinney.

Sally nahm ihren Platz bei den Misses Gardiner ein. »Ich hoffe, Sie machen mir die Freude und lassen sich von mir heimbringen? Das Wetter ist so unfreundlich, daß ich Reuben gebeten habe, die Kutsche aus der Remise zu holen. Anne und Kitty kommen zwar auch mit, aber der Wagen ist so geräumig, daß wir gewiß alle darin Platz finden werden.«

»Haben Sie vielen Dank. Wir sind in einer Mietkutsche hergekommen, wollten den guten Mann jedoch nicht den ganzen Nachmittag warten lassen.«

Die fünf Damen verabschiedeten sich so schnell wie möglich. Der Stallbursche sah sie in der überdachten Wageneinfahrt stehen, sagte Reuben Bescheid und half den Damen beflissentlich beim Einsteigen. Die Misses Gardiner und Kitty kamen auf den nach vorn gerichteten Sitz, Anne und Sally nahmen gegenüber Platz.

»Sag Reuben«, befahl Kitty dem Burschen, als er eben die Tür schließen wollte, »zuerst die Misses Gardiner, dann Mrs. Edwards.« Sie wußte, daß Reuben, der die Pferde als sein Eigentum betrachtete, ungehalten sein würde, weil er nun durch den vereisten Schneematsch bis hinauf zur Sycamore Street fahren mußte, dann zurück zu den Edwards', den Linden-Street-Hügel hinunter und wieder bergan bis zu den Gordons und weiter den Market-Street-Hügel hinauf, während es keinerlei Umweg bedeuten würde, erst Kitty und dann Anne heimzubringen.

Für gewöhnlich nahm Sally sowohl auf die Dienstboten als auch auf die Pferde Rücksicht, aber heute machte sie eine Ausnahme. Jemand anders hätte an ihrer Stelle vielleicht die Szene im Salon der Ballards ignoriert: Es war turbulent genug zugegangen, bis alle fünf endlich im Wagen Platz gefunden hatten, und in der Zwischenzeit hätte man ganz zwanglos das Thema wechseln können, allein, das war nicht Sallys Art. Als die Pferde durchs Tor der Ballards trotteten, fragte sie mit der ihr eigenen natürlichen Unbefangenheit: »Was hatte dieser ganze Unfug zu bedeuten? Ich meine Elizas seltsame Andeutungen.«

»War es denn Unfug, Mrs. Rausch?« Miß Lavinias Lippen waren immer noch blutleer. »Ich fürchte, ich konnte ihr nicht recht folgen.«

»Wir anderen auch nicht, dessen dürfen Sie gewiß sein. Ich könnte mir vorstellen, daß sie auf Douglas ärgerlich war, weil der sie in der Kanzlei aufgehalten hat. Eliza neigte schon immer zu... Reizbarkeit.«

Anne reagierte wie aufs Stichwort. »Es ist zu schade, daß sie nicht mehr eigene Interessen hat, die sie davon abhalten, sich in die Angelegenheiten anderer Leute einzumischen.«

Diese unbedachte Äußerung wurde mit eisigem Schweigen quittiert: die Misses Gardiner saßen starr wie Salzsäulen. Keine der jungen Frauen wagte einen neuerlichen Versuch. Statt dessen begann Kitty über Miß Carolines Essay zu reden. Alle waren erleichtert, als Reuben vor dem Tor der Gardiners hielt und der Junge vom Bock kletterte, einen Schirm aufspannte und den Damen beim Aussteigen behilflich war. Sobald er, ohne einer der beiden Schwestern den Schirm ins Auge zu stoßen, das Tor geöffnet hatte und sie zum Haus hinauf eskortierte, seufzte Anne wie von einer schweren Last befreit.

»Sally, würdest du mir bitte erklären, warum du die Sache nicht hast auf sich beruhen lassen?«

»*Warum?*« fragte Sally erstaunt zurück. »Natürlich weil ich Doug helfen wollte. Seine Tanten werden ihn ordentlich ins Gebet nehmen, wenn er heimkommt. Leider ist es mir nicht gelungen, sie zu überzeugen, und ihr könnt nicht behaupten, daß ihr mir sehr geholfen hättet. Eliza verbreitet so unverschämte Andeutungen, und alle fallen drauf rein.« Die schuldbewußten Mienen ihr gegenüber nahmen Sally den Wind aus den Segeln: Anne und Kitty sahen aus wie zwei Kinder, die man beim Naschen ertappt hat. »Ihr wollt mir doch nicht etwa weismachen, daß ihr diesen Verleumdungen Glauben schenkt?«

Der Junge kam wieder, kletterte zu Reuben auf den Bock, und die Kutsche wendete, um zur Linden Street zurückzufahren.

»Oh, Sally«, jammerte Anne, »du wirst schrecklich böse mit mir sein...«

»Wovon redest du?«

»Ich hab' von dieser Geschichte letztes Jahr gewußt...«

»Was! Du glaubst also auch, Doug Gardiner habe ein Auge auf Captain Bodiens Tochter geworfen? Unsinn! Warum hast du mir nicht gleich erzählt, was dir damals zu Ohren gekommen ist? Ich hätte dir diese Flausen ausreden können. Sieh mal: das Mädchen ist *katholisch*. Zumindest ist's ihre Mutter, und die Kleine ist obendrein noch Irin. Außerdem ist sie Verkäuferin, und ihr Vater arbeitet in der Seilerei.«

»Was hat das damit zu tun?« Kittys Augen sprühten Funken. »Was das betrifft, so ist Sheldon schließlich auch Verkäufer.«

»Das läßt sich wohl kaum vergleichen. Ich meine, Doug Gardiner würde so ein Mädchen bestimmt nicht heiraten, und ich kann mir nicht vorstellen, daß er ihr aus einem anderen Grund nachstellt... Er ist ein durch und durch anständiger Kerl! Oh, mag sein, daß er ein-, zweimal in den Laden gegangen ist, um sich mit ihr zu unterhalten, aber...«

»Sally, hör zu, es war nicht nur ein-, zweimal.«

»Ich hätte es dir sagen sollen«, fiel Anne ein. »Dann wärest du jetzt nicht so schockiert. Aber ich wußte ja nicht, daß du dich den Bodiens gegenüber so erhaben fühlst, als stünden sie nachgerade außerhalb der Gesellschaft. Und außerdem habe ich die Geschichte letzten Sommer über Miß Pinneys Tod glatt vergessen. Und sie hat ja auch ihre Stelle bei Sheldon und Edwards aufgegeben, und deshalb... Doch du weißt ja, daß die Buben an Captain Bodien hängen wie die Kletten und ihm jedes Wort von den Lippen ablesen...«

»Die Mädchen auch«, räumte Sally ein, »sofern sie Gelegenheit dazu bekommen. Ich verstehe nicht, was die Kinder an ihm finden. Er ist so gewöhnlich... und dieser gräßliche Kautabak!«

»Er hat die Jungs zu sich nach Hause eingeladen und ihnen seine Kriegstrophäen gezeigt – Säbel, Indianerpfeile und was weiß ich noch alles. Den ganzen letzten Sommer sind sie abends zu ihm gegangen und haben sich Geschichten erzählen lassen. Aber dann war auf einmal Schluß damit. Johnny hat mir erzählt, warum: Doug und das Mädchen trafen sich bei ihr daheim und da war eine Horde lärmender Kinder selbst im Arbeitszimmer des Captains nicht mehr erwünscht. Ich weiß auch, warum sie den Handschuhstand bei Sheldon und Edwards mit Captain Bodiens Wohnzimmer vertauschten. Das hab' ich nicht mal dir erzählt, Kitty.« Und dann schilderte sie den Freundinnen, wie sie an jenem Nachmittag mit dem Bibliotheksschlüssel in die Kanzlei von Ballard, Merrill & Gardiner gekommen war und Eliza überrascht hatte, als sie Douglas Gardiner vom Fenster ihres Bureaus aus beobachtete. »Ich glaube, das war der Nachmittag, an dem du mich in der Bücherei aufgesucht hattest, um mir von Miß Pinney und den Kindern zu erzählen, Sally. Vielleicht verstehst du jetzt, warum ich den Vorfall damals so schnell vergessen habe. Immerhin dünkte mich Elizas Benehmen so sonderbar, daß ich es John gegenüber erwähnte. Ich wußte nicht, warum sie ihn beobachtete, aber John hatte wohl eine Ahnung, was sich abspielte. Männer wissen irgendwie immer über so was Bescheid.«

»Sheldon war natürlich ebenfalls im Bilde, und nach einer Weile merkte auch ich, was vorging. Aber ich mußte ihm versprechen, daß ich niemandem davon erzählen würde.«

»Wie die Männer doch zusammenhalten! Vermutlich hat John dem guten Doug einen Wink gegeben, und sobald der wußte, daß Eliza ein Auge auf ihn hatte, ließ er sich nicht mehr im Laden blicken.«

»Und ich glaubte allen Ernstes, es sei aus zwischen den beiden, als er nicht mehr zu Sheldon und Edwards kam«, sagte Kitty.

»Wann hat sie denn ihre Stelle dort aufgegeben?«

»Irgendwann im Herbst. Ich bin jedenfalls froh, daß er sie in ihrem Elternhaus besucht – so gehört es sich schließlich – und ich möchte bloß wissen, warum er sie nicht heiraten sollte?« Kitty war ganz Abwehr, denn sie hatte nicht vergessen, wie minderwertig sie sich vorgekommen war, als Sheldon sie zur Frau nahm.

Sally versuchte vergebens, ihre Freundinnen zur Vernunft zu bringen. Die Debatte dauerte an, bis sie erst Kitty und dann Anne abgesetzt hatte. Doch auch als sie allein war, grübelte sie weiter über die Geschichte nach und nahm sich vor, bei der ersten Gelegenheit mit Ludwig darüber zu sprechen.

Und die Misses Gardiner nahmen sich vor, ein ernstes Wort mit Douglas zu reden. Untereinander sprachen sie nicht viel; nur als der Negerjunge der Rauschs sie vor ihrer Tür allein gelassen hatte, sagte Miß Caroline: »Ich denke, wir sollten Douglas warnen, daß man hinter seinem Rücken über ihn klatscht.«

»Ja. Nach dem Abendessen.«

Unterdessen war Anne ins Haus geeilt. Sie brannte darauf, John von der Gardiner-Bodien-Affäre zu erzählen, aber sie fand keine Gelegenheit dazu. John erwartete sie mit einem Brief von seiner Cousine Jessamine.

Sie erstarrte bei seinen ersten Worten, wandte jedoch den Blick nicht von seinem Gesicht.

»Vetter Robert ist tot. Und Jessamine hat ein Baby, vier Wochen alt, also muß Stevens sich wohl erholt haben. Vielleicht trinkt er nicht mehr soviel, und sicher haben sie jetzt auch wieder besseres Essen. Wie's scheint, hat ihnen eine gute Baumwollernte auf die Füße geholfen. Vetter Robert hatte im Herbst einen Schlaganfall, aber er war so glücklich, weil sie endlich schwanger war, daß er sich mit allen Fasern ans Leben klammerte, bis das Kind zur Welt kam. Sie hätte mich schon früher benachrichtigt, aber mit dem Baby und ihrem kranken Großvater hatte sie natürlich alle

Hände voll zu tun. Sie schreibt ganz so, wie es sich für eine junge Dame aus den Südstaaten gehört. Lauter Untertreibungen.« Als er Anne den Brief reichte, überkam ihn plötzlich eine große Erleichterung, so als sei eine Last von seinen Schultern genommen, von der er nicht einmal gewußt hatte, daß er sie trug.

Anne las den Brief zum Teil laut vor: »Es wird dich betrüben zu erfahren, daß Großvater vor zwei Wochen *von uns gegangen ist.* Für ihn war es eine Erlösung, denn er war *vollkommen hilflos,* seit ihn letzten November ein Schlaganfall *niedergestreckt* hatte. Er klammerte sich *verzweifelt* ans Leben. Er war so *glücklich,* mich endlich *guter Hoffnung* zu wissen, und wollte das Baby *unbedingt* sehen – den Erben seiner Plantage. Dies, lieber Vetter, ist meine zweite Neuigkeit für dich: Ich habe einen Sohn! Er heißt Rodney nach seinem Vater.«

»Der Tod ihres Großvaters scheint ihr nicht sehr nahegegangen zu sein«, sagte Anne kühl, und ein wenig Verachtung schwang in ihrer Stimme mit.

»Aber du hast doch gelesen, was sie schreibt: er war hilflos und gelähmt. Wie sollte sie seinen Tod nicht als Erlösung empfinden?«

»Seltsam, daß sie dich nicht gleich benachrichtigt hat. Du hast gar nichts mehr von ihr gehört, nicht wahr?« fragte sie rundheraus, aber es klang unbeteiligt, so als sei es nicht weiter wichtig. »Ich meine, seit du dort warst?«

»Nicht eine Silbe. Vetter Robert hat mir einmal geschrieben, als Antwort auf ein Billett, in dem ich mich für ihre Gastfreundschaft bedankt habe. Das war alles. Aber es freut mich, daß sich für sie nun alles zum Guten gewendet hat.« Er lachte. Überschwenglicher Jubel stieg ihn ihm auf. Keinerlei Folgen. War das nicht Jessamines Botschaft? »Wahrscheinlich brauchten sie, um diese schaurige Edgar-Allan-Poe-Atmosphäre aus dem Haus zu vertreiben, nur genug Geld, um das Dach neu zu decken und den Schimmel entfernen zu lassen. Wie's scheint, hat der neu erworbene Wohlstand sogar aus einem verkommenen Säufer einen anständigen Ehemann gemacht.«

»Hat Mr. Stevens bemerkt, was du von ihm hältst? Vielleicht hat sie dich deshalb nicht zeitig genug benachrichtigt, daß du am Begräbnis ihres Großvaters hättest teilnehmen können.«

»Schon möglich. Aber ich wäre sowieso nicht hingefahren. Also kann's uns egal sein.« Es sah Anne nicht ähnlich, so lange auf einem Thema herumzureiten. »Wünschen wir ihnen Glück, und vergessen wir das Ganze.« Warum, dachte er, hat sie mich nicht um Hilfe gebeten, als sie welche brauchte? Wollte mich wahrscheinlich nie wiedersehen. Die ganze Affäre – bloß weil sie sich ein Kind wünschte!

»Du wirst ihr schreiben müssen.«

»Ja, das werd' ich wohl müssen. Beileidsbrief und Gratulation in einem. Und damit ist's vorbei. Womöglich hören wir nie mehr von ihr. Was wolltest du mir vorhin, als du reinkamst, übrigens so Wichtiges erzählen? Du warst ja ganz aus dem Häuschen...«

Im selben Moment wurde die Vordertür zugeschlagen. »Johnny ist heimgekommen«, sagte Anne. »Wer weiß, wo er sich nach der Schule wieder rumgetrieben hat. Es ist schon fünf Uhr. Binny ist wohl bei Martha in der Küche?«

»Ich bin durch den Seiteneingang reingekommen.«

»Ach ja, was ich dir erzählen wollte... War eigentlich nichts Wichtiges. Es hat Zeit, bis die Kinder im Bett sind.« Damit ging sie in die Küche und holte Binny, um sie vor dem Essen zu waschen und zu kämmen.

Im Hause der Gardiners ging es beim Abendessen sehr formell zu. So hatte man es selbst in den Tagen gehalten, als die Familie jeden Penny zweimal umdrehen mußte und eine einzige liederliche Person als Köchin, Servier- und Stubenmädchen gedient hatte. Jetzt stand eine junge Negermamsell mit gestärkter Haube und Schürze respektvoll neben dem Büfett, wenn sie nicht auf- oder abdeckte. Das Tischgespräch beschränkte sich auf harmlose Tagesthemen. Douglas fragte seine Tante, wie man im Klub ihren Essay aufgenommen habe, und neckte sie wegen ihres Lampenfiebers. Die beiden Schwestern erkundigten sich nach seiner Arbeit bei Gericht und nahmen seine Antworten völlig desinteressiert entgegen. Hin und wieder geriet die Unterhaltung ins Stocken, aber Douglas schien die steife Befangenheit seiner Tanten nicht zu bemerken. Als die Dessertteller abgeräumt waren, schenkte das Mädchen Douglas sein Glas Portwein ein und stellte die Karaffe neben ihn auf den Tisch. Er erhob sich und öffnete seinen Tanten, die sich nun zurückzogen, die Tür. Sie hatten die alten Virginia-Sitten ihres Vaters nie vergessen und dafür gesorgt, daß auch er sie nicht vergaß.

Die Schwestern gingen ins Wohnzimmer und setzten sich zu beiden Seiten des Kamins, in dem ein kräftiges Feuer brannte. Sie nahmen weder ein Buch noch ihre Stickrahmen zur Hand, sondern saßen mit gefalteten Händen da und warteten. Für gewöhnlich leistete Douglas ihnen hier ein halbes Stündchen Gesellschaft, ehe er sich in sein Arbeitszimmer zurückzog. Wenigstens hatten sie ihn bisher immer in seinem Arbeitszimmer vermutet. Aber dieser Raum, der auf der anderen Seite des Hauses, hinter dem Salon gelegen war, hatte eine Außentür. Und es wäre ihnen nie eingefallen, ihn zu stören, wenn er die Tür zum Flur hin geschlossen hatte. Als die beiden ein paar Minuten in feierlichem Schweigen verharrt hatten, kam das Mädchen herein, um Kohlen nachzulegen. Miß Lavinia nahm einen Fächer von dem Tischchen neben ihrem Sessel und hielt ihn sich vors Gesicht, um die Hitze abzuwehren.

»Lutie, sei so gut und bitte Mr. Gardiner, einen Augenblick hereinzukommen, wenn er im Eßzimmer fertig ist.«

Nach einer Weile streckte Douglas seinen schmalen Kopf zur Tür herein; sein meist zynisch wirkendes Gesicht hatte einen fragenden Ausdruck angenommen. Seine Tante Lavinia deutete auf einen niedrigen samtgepolsterten Sessel zwischen ihr und ihrer Schwester, dem Kamin direkt gegenüber. Sie schluckte und räusperte sich: Diese Unterredung würde nicht leicht werden.

»Douglas, seit du in unsre Obhut kamst, hatten wir kaum Grund, uns über dein Benehmen zu beklagen. Aber wir werden wohl nie ganz aufhören, uns für dich verantwortlich zu fühlen.«

Douglas hob die Brauen. »Ich bin erwachsen. Wovon sprichst du, Tante Lavinia?«

»Uns ist zu Ohren gekommen, daß es... daß du... daß dein Betragen Anlaß gegeben hat zu... *Klatsch.*« Beim letzten Wort verzog sie angewidert die Lippen.

Über Douglas' Gesicht legte sich eine eisige Maske. »Eliza Ballard? Ich habe sie heute morgen sehr gegen mich aufgebracht, als ich sie dabei überraschte, wie sie in Sachen schnüffelte, die sie nichts angingen.« Er wußte, was auf ihn zukam: Dock Gordon hatte ihn schließlich gewarnt. Er hatte seinen Tanten erst von Barbara erzählen wollen, wenn sie ein bißchen älter wäre und mehr Zeit gehabt hätte, sich Gewißheit zu verschaffen. Er war nicht auf die Auseinandersetzung vorbereitet, die jetzt auf ihn zukam, aber er würde sein Bestes tun. Er verschanzte sich hinter seiner Staatsanwaltsmiene – von der er hoffte, daß sie recht furchteinflößend wirkte – und wartete.

Tante Caroline fragte unsicher: »Du meinst, sie hat dich absichtlich verleumdet? Die junge Mrs. Rausch hat auch mit allen Mitteln versucht, uns das glauben zu machen, aber...«

»Sally Rausch? Hat etwa euer ganzer feiner Klub diesen Klatsch gehört?«

»Nein... nein, Douglas. Nur ein paar... Aber ist denn etwas Wahres daran?«

»Was Eliza Ballard auch sein mag, Tante Caroline, ich halte sie nicht für eine kaltblütige Lügnerin. Doch nun heraus damit: Was wirft man mir eigentlich vor?«

Seine Tante Lavinia ergriff wieder das Wort. »Du sollst angeblich einer jungen Verkäuferin bei Sheldon und Edwards nachgestellt haben. Ferner wurde angedeutet, daß dein Interesse an dieser Person mit ihrem Ausscheiden aus dem Laden in Verbindung stehen könnte.«

»Es mag ja sein«, versuchte seine Tante Caroline zu vermitteln, »daß du gelegentlich ein Wort mit ihr gewechselt hast. Das würde schon genügen...«

Es war nicht auszumachen, ob Douglas ihr überhaupt zugehört hatte. Seine Nasenflügel bebten vor Zorn, doch seine Stimme hatte er in der Gewalt, als er seine Tante Lavinia fragte: »Soll das heißen, ich hätte ein unschuldiges junges Mädchen durch meine Nachstellungen in Verruf gebracht? Glaubst du das?«

Ein paar Minuten lang herrschte Schweigen. Douglas dachte: Das kann nicht wahr sein. Halten sie etwa Romanwelten wie die von *East Lynne* für *real?* Spielen sie vorgegebene Rollen?

Seine Tante Caroline ertrug das Schweigen nicht länger. »Wir waren entsetzt, Douglas«, sagte sie. »Wir wissen natürlich, daß junge Männer dergleichen tun, aber du bist nie so gewesen.«

Douglas streckte seinen verunstalteten Fuß aus. »Du hast ganz recht. Und sei's auch nur deswegen« – spöttisch drehte er den Fuß hin und her – »ich war nie so und bin's auch jetzt nicht. Ich habe nicht die geringste Absicht, Barbara Bodien zu verführen.«

Bei diesem Wort, das womöglich zum erstenmal in ihrer Gegenwart ausgesprochen wurde, hielten beide Tanten den Atem an. Miß Lavinia nahm wieder den Fächer vors Gesicht. »Solch juristischen Ausdrücke sind zu grob, um sie im Familienkreis zu verwenden.«

»Also schön: Ich habe sie nicht entehrt. Ich glaube, so wird das gewöhnlich am häuslichen Herd umschrieben.«

Hinter seinen Worten verbarg sich ein tieferer Sinn. Seine Tante Caroline rutschte unbehaglich in ihrem Sessel hin und her. »Du warst also mit ihr bekannt? Aber du bist nicht verantwortlich für...«

»Ich bin dafür verantwortlich, daß sie ihre Stellung aufgegeben hat. Sie hatte es nicht nötig zu arbeiten, aber ich bin froh, daß sie es tat, denn sonst hätte ich sie womöglich nie kennengelernt.«

»Zweifellos hat sie genau darum die Stelle angenommen! Damit sie ihre Netze nach einem...«

Douglas fuhr fort, ohne den Einwurf zu beachten. »Ich bin verantwortlich dafür, daß sie den Laden verlassen hat. Ich überredete sie, von Sheldon und Edwards fortzugehen, weil ich weiß, wie in Waynesboro der Klatsch blüht. Und weil ich wußte, welches

Wort ihr gebrauchen würdet, wenn ich zu euch käme, um mit euch zu sprechen; und ihr habt's ja eben auch gebraucht: ›Verkäuferin‹.«

Beide Damen erstarrten. Miß Lavinia beugte sich in dem armlosen Sessel vor, der ihrer wogenden Krinoline genügend Raum ließ. »Mit uns sprechen? Worüber?«

»Tante Lavinia, du bist unglaublich! Wir sind hier in Amerika und leben obendrein im neunzehnten Jahrhundert.«

»Lavinia, er versucht uns zu erklären« – Miß Carolines Blick wich nicht von seinem Gesicht –, »daß er vorhat, diese ... diese ... junge Person ... zu heiraten.«

»Heiraten? *Heiraten*? Aber das ist ganz und gar unmöglich. Warum, Douglas?«

»Weil ich sie liebe.«

»Du *liebst* die ungebildete Tochter eines ungebildeten Fabrikarbeiters? Wo es in der Stadt nur so von guten Partien wimmelt? Du hast dich bloß in ein hübsches Gesicht vergafft. Laß dir Zeit, und du wirst sehen, das geht vorüber.«

Douglas lächelte spöttisch. Nach seiner Meinung herrschte in Waynesboro ein entschiedener Mangel an »guten Partien«. »Erstens sind weder Barbara noch ihr Vater ungebildet. Sie stammt aus einer anständigen und kultivierten Familie. Gewiß, sie ist schön – andernfalls wäre sie mir vielleicht nie aufgefallen. Aber das ist nicht wichtig. Für mich zählt nur dies: Sie ist das einzige Mädchen, das ich je kennengelernt habe, das mich nie mitleidig angesehen hat.«

»Mitleidig!« echoten die beiden Schwestern empört.

»Glaubt ihr etwa, viele Mädchen könnten mich ansehen, ohne an das da zu denken?« Mit einer Handbewegung wies er auf seinen mißgestalteten Fuß in dem hochgeschnürten Schuh. »Barbara denkt nie daran. Sie schaut *mich* an.«

»Dann triffst du dich also weiterhin mit ihr? Miß Ballard ließ durchblicken, es sei vorüber.«

»Habt ihr mir denn nicht zugehört? Natürlich treffen wir uns weiterhin, im Salon ihrer Mutter, wie es sich gehört. Ich hoffe, sie wird mich heiraten.«

»Douglas, du kannst sie nicht heiraten. Ein Gardiner und die Tochter eines Fabrikarbeiters. Es ist undenkbar. Wir haben unsere gesellschaftliche Stellung während einer ganzen Reihe von dürren Jahren aufrechterhalten. Außerhalb seiner Klasse zu heiraten ...«

»Du sprachst von ›hoffen‹«, unterbrach seine Tante Lavinia. »Soll das heißen, du hast sie noch nicht gefragt? Du mußt also selbst Bedenken haben. Es ist noch nicht zu spät ...«

Finster schaute er die beiden an und versuchte, Zorn und Verachtung niederzukämpfen. »Was mich angeht, so war es schon bei unserer ersten Begegnung zu spät. Entweder ich heirate sie und führe ein glückliches Familienleben, oder ich bleibe allein und verbittere zusehends.«

Falls er an ihr Mitgefühl appellierte, so hatte er keinen Erfolg. Miß Caroline hielt an ihrem Standpunkt fest. »Aber es muß doch einen Grund dafür geben, daß du so lange gezögert hast. Vielleicht bist du dir dessen nicht bewußt, aber deine bessere Einsicht versucht dich offenbar vor einem schwerwiegenden Fehler zu bewahren.«

»Mein Zögern hat sogar mehrere Gründe. Sie ist noch sehr jung. Ich bezweifle, ob sie abgesehen von ihrer Familie viele Männer kennengelernt hat. Sie sollte die Möglichkeit haben zu wählen, und ich biete ihr schließlich nur schadhafte Ware. Sie wird diesen Sommer erst achtzehn. Sie kam zur Welt, als ihr Vater mit seiner Batterie in der Nähe von Washington stationiert war, im Jahre zweiundsechzig.«

Miß Lavinia hatte sich in eisiges Schweigen zurückgezogen, aber Miß Caroline gab nicht auf. »Habe ich recht gehört, daß die Bodiens katholisch sind?«

»Gib dich keiner falschen Hoffnung hin, Tante Caroline: Römisch-katholisch, irisch, Fabrikarbeitertochter – ich werde um ihre Hand anhalten. Aber weil ich es euch so leicht wie möglich machen möchte, will ich euch schildern, was ich von ihrer Familie weiß – nur dies eine Mal, wohlgemerkt, denn Barbara bedarf keiner Rechtfertigung. Ihre Mutter ist katholisch, und obendrein noch Irin. Die Familie ihres Vaters ist ebenfalls katholisch, mißbilligte aber als alteingesessene Bostoner Sippe seine Heirat mit einer Irin. Der Captain ist kein praktizierender Katholik.« Douglas lächelte in Gedanken an Captain Bodiens scharfe Angriffe auf die Kirche. »Seine Mutter ist nichts weniger als die Cousine ersten Grades eines Erzbischofs. Als sie nach dem Tode ihres Mannes mit ihren Kindern ins Elternhaus zurückkehrte, wollte sie ihren jüngsten Sohn Priester werden lassen. Er aber hatte andere Pläne. Mit siebzehn lief er von zu Hause fort und trat in die Armee ein. Er hat die Kirche sein Leben lang gehaßt, weil sie solche Macht über seine Mutter hatte. Und wie ich vermute, auch über seine Frau. Seine beiden Kinder gehören nominell der katholischen Kirche an. Ihre Mutter hat natürlich dafür gesorgt, daß sie getauft wurden. Der Junge ist vielleicht auch gläubig, aber Barbara nicht. Sie begleitet ihre Mutter wohl gelegentlich zur Kirche, doch sie geht weder zur Messe noch zur Beichte. Ich bezweifle, daß ihr auch nur ein einziges Dogma der Kirche heilig ist: Ihr Vater hat alles darangesetzt, um seinen Kindern Skepsis und Zweifel einzupflanzen.«

»Warum erzählst du uns das alles? Aus welchem Grund hat Captain Bodien dir seine ganze Familiengeschichte anvertraut? Damit du ihn verteidigen kannst?«

»Wogegen? Er weiß, daß ich die Hoffnung habe, eines Tages sein Schwiegersohn zu werden. Warum sollte er mir also nicht von sich und seiner Vergangenheit erzählen?« Douglas war fest entschlossen, seinen Tanten den wahren Grund für Captain Bodiens Freimütigkeit zu verheimlichen. Er hatte ihn warnen wollen, um Barbaras und auch um seinetwillen, indem er ihm vor Augen führte, was jenen bevorstand, die gegen den hartnäckigen Widerstand ihrer Familie heiraten. Douglas hörte ihn im Geiste auf sich einreden: »Tess... Theresa MacDonald war ihr Mädchenname... sie war... nun, ein Grund dafür, daß ich nicht Priester werden wollte. Ich war noch sehr jung damals... sechzehn, siebzehn... aber doch schon alt genug, um meinen eigenen Kopf zu haben. Und als unsere Batterie im Sommer einundsechzig aus dem Westen zurückkehrte, da hab' ich sie gleich während meines ersten Urlaubs geheiratet. Ich dachte, der Krieg würde meine Mutter weich stimmen und sie würde uns verzeihen. Sie verzieh alles andere: Daß ich ihrer Meinung nach in der falschen Armee kämpfte, sogar meinen Austritt aus der Kirche, obschon sie diesbezüglich die Hoffnung bestimmt nie aufgegeben hat. Tess übrigens auch nicht. Aber meine Heirat hat Mutter mir nie verziehen. Iren waren und blieben für sie Menschen zweiter Klasse. Ich warne Sie, mein Junge, Frauen können verdammt hart und unerbittlich sein.«

Nach der letzten trotzigen Frage, die Douglas seinen Tanten entgegengeschleudert hatte, herrschte eine ganze Weile Schweigen. Endlich sagte seine Tante Lavinia, ohne ihn anzusehen: »Natürlich wäre es verwerflich gewesen, das Mädchen zu... verführen. Aber heiraten! Die Ehe bindet einen Mann fürs ganze Leben.«

»Genau das habe ich vor.«

»Lavinia, der Junge sagt doch, er hat dem Mädchen keinen Antrag gemacht... Sie ist noch zu jung. Vielleicht wäre es besser, das Thema erst einmal ruhen zu lassen.«

»Ich hatte allerdings nicht die Absicht, Barbara sofort einen ›Antrag‹ zu machen«, entgegnete Douglas bitter, »obwohl ich ihrem Vater meine Absichten offen dargelegt habe. Aber wenn über uns geklatscht wird, dann müssen wir so rasch wie möglich heiraten. Ich werde sie noch heute abend um ihre Hand bitten.«

»O Douglas! Du wirst doch an einem solchen Abend nicht ausgehen wollen? Die Straßen sind ja spiegelglatt...«

Er lachte ein wenig über diese Antiklimax seiner Tante Caroline. Der Kommentar seiner Tante Lavinia hingegen war keineswegs zum Lachen.

»Wenn du das tust«, sagte sie mit spöttisch herabgezogenen Mundwinkeln, »wird es heißen, du habest sie heiraten müssen.«

»Die Zeit, Tante Lavinia, würde eine solche Verleumdung widerlegen.«

»Du beabsichtigst doch nicht etwa, sie *hierher* zu bringen, in unser Haus?«

»Es ist mein Haus.«

»Du kannst uns nicht vor die Tür setzen. Es war deines Vaters Wille, daß wir bis an unser Lebensende hier wohnen bleiben.« Tante Carolines Stimme zitterte.

»Sei nicht albern, Tante Carrie. Niemand will euch vor die Tür setzen! Ich erwarte nur, daß ihr Barbara hier aufnehmt und sie willkommen heißt. Aber wenn ihr sie nicht als meine Frau und Herrin dieses Hauses anerkennen könnt, sollte ich mich vielleicht lieber von Ludwig Rausch in den Kongreß schicken lassen, wenn das möglich ist. Seit Liddell seinen Rücktritt angekündigt hat, liegt Rausch mir in den Ohren, mich für die Bezirksversammlung aufstellen zu lassen. Bisher habe ich abgelehnt, weil sich dadurch mein Einkommen verringern würde, und ich euch neuerliche Einschränkungen ersparen wollte. Doch ich werde meiner Frau nicht zumuten, Feindseligkeit oder Herablassung erdulden zu müssen. Wenn wir die ersten zwei Jahre unserer Ehe hauptsächlich in Washington verbrächten, hättet ihr reichlich Zeit, euch mit dem Gedanken an unsere Heirat vertraut zu machen.« Und Barbara, dachte er, könnte währenddessen genügend Sicherheit und Selbstvertrauen gewinnen, um mit den Tanten fertig zu werden. »Und nach zwei Jahren würdet ihr euch vielleicht sogar über unsere Heimkehr freuen.«

Sehr hoffnungsvoll klangen seine letzten Worte freilich nicht. Schweigend begegneten sie seinem Blick, kalt und mit unbewegter Miene. Er erhob sich, schaute noch einmal von einer zur anderen, zuckte die Schultern und wandte sich zum Gehen. Seinen hinkenden Abgang empfand er als demütigend: Nach einer solchen Szene sollte man hoch aufgerichtet hinausschreiten können. Allein in Barbaras Gegenwart vergaß er seine Mißbildung und fühlte sich nicht anders als andere Menschen. Er zog seinen Überzieher an, setzte den Hut auf und nahm seinen Stock aus dem Schirmständer. Er benutzte nur selten einen, doch nachdem heute den ganzen Tag Schneeregen niedergegangen war, mochten die Gehsteige vereist sein. Nachdrücklich, aber leise schloß er die Vordertür hinter sich.

Am nächsten Vormittag überquerte Captain Bodien um die

elfte Stunde den kopfsteingepflasterten Fabrikhof, betrat das Kontor und präsentierte sich polternd in Ludwigs Bureau, wo er ein zwei Fuß langes Seilmuster auf den Schreibtisch legte.

»Frisch geschlagen! Das Tau für Burns und Hadley.« Die Schifffahrtsgesellschaft der Großen Seen hatte eine Rolle schadhaften Seils aus Cleveland zurückgeschickt. Ludwig und Captain Bodien waren empört gewesen, daß die Fabrik, auf die beide so stolz waren, schlampige Arbeit geleistet haben sollte. Jetzt diente das neue Tau Captain Bodien als willkommener Vorwand, um Ludwig unter vier Augen zu sprechen.

Ludwig zerrte probeweise an dem Stück Seil. »Das ist schon besser. Bestimmt stark genug für den Derrickkran. Was ist eigentlich bei der ersten Ladung schiefgelaufen?«

»Ein Strang war nicht straff gespannt, und dadurch hat sich das ganze Seil gelöst. Reine Nachlässigkeit! Aber so was wird nicht wieder vorkommen. Jim Stowe ist die längste Zeit Vorarbeiter gewesen.« Er nahm das Muster wieder an sich. »Sie sind also einverstanden, daß wir so weitermachen?«

»Ja, ich bin zufrieden.«

Captain Bodien nickte. »Ich werd's den Männern sagen. Und wenn Sie Zeit haben, würd' ich gern noch was in eigener Sache mit Ihnen besprechen.« Er trat an das hintere Fenster und gab jemandem draußen am Fabriktor ein Zeichen. Ludwig zog einen Windsor-Stuhl hinter den Schreibtisch und bedeutete dem Captain, neben ihm Platz zu nehmen.

»Ich möchte Ihren Rat hören. Es handelt sich um meine Tochter.«

Lachend lehnte Ludwig sich in seinem Drehstuhl zurück, der quietschend protestierte; Ludwig war mit den Jahren etwas beleibt geworden. Er zog seine Schublade auf, nahm ein Stück Kautabak heraus und reichte es dem Captain. Diese Geste hatte sich zwischen den beiden Männern zum Ritual entwickelt: Captain Bodien entledigte sich jedesmal seines Priems, bevor er das Bureau des Chefs betrat, doch wenn er sich zu einer Unterhaltung niederließ, bekam er von Ludwig einen neuen. Ludwig selbst steckte sich eine Pfeife an.

»Da meine eigene Tochter noch ein Kind ist, fehlt es mir an Erfahrung für einen solchen Rat. Aber schießen Sie nur los.«

»Der junge Gardiner möchte Barbara heiraten. Er hat's mir schon vor 'ner ganzen Weile gesagt, aber er wollte noch warten, bis sie ein wenig älter ist... vermutlich, um ihr Zeit und Gelegenheit zu geben, sich 'n bißchen umzuschauen. Zuerst war ich ganz sprachlos; für mich ist sie immer noch ein halbes Kind. Im Juni zweiundsechzig wurde sie geboren, als unsere Batterie vor Washington lag. Man hatte uns Johnny Popes Armee zugeordnet, und dieser Esel ließ uns durch Nord-Virginia marschieren, bis uns die Seele aus dem Leib hing, dann hat er uns in ein Desaster reinmanövriert, das dem Gefecht am Bull Run in nichts nachstand. Hol mich der Teufel, aber mir kommt's vor, als sei's erst gestern gewesen! Und warum erinnere ich mich so gut daran? Weil dieser Esel Pope schuld daran war, daß ich erst nach der Schlacht von Antietam, im September, nach Baltimore konnte, um das Baby zu sehen. Douglas' Geständnis behielt ich für mich, hatte aber von da an ein Auge auf das Mädchen. Merkte bald, daß sie nur ihn im Kopf hatte. Soweit wäre also alles in schönster Ordnung, aber...«

»Ja?«

»Douglas war gestern abend bei uns. Erzählte mir, daß über ihn und das Mädel geklatscht wird. Dann hat er Barbie in den Salon geführt und ihr einen Antrag gemacht. Ganz auf die altmodische Art. Sollte mich nicht wundern, wenn er vor ihr gekniet hätte. Als sie wieder rauskamen, waren alle beide wie verzaubert. Und nun frag' ich mich, soll ich sie einfach gewähren lassen?«

»Für die Frage scheint's mir ein bißchen zu spät; da hätten Sie Doug schon früher abwimmeln müssen. Im übrigen, warum nicht? Gegen Doug ist nichts einzuwenden, außer seinem Klumpfuß, und wenn der sie nicht stört...«

Captain Bodien sah seinen Arbeitgeber unverwandt an. »Sie wissen verdammt gut, warum ich zögere. Weil ich nicht will, daß sie unglücklich wird. Ich hab' allerhand über seine beiden gefühllosen Tanten gehört. Wenn die dagegen sind, werden sie dann die ganze Stadt hinter sich haben?«

Ludwig antwortete nicht gleich. Er hatte am Abend zuvor in einem ausführlichen und recht heftigen Gespräch mit Sally die Meinung vertreten, daß die Bodiens durchaus gut genug seien für die Gardiners. Bruchstücke dieser Unterredung kamen ihm jetzt wieder in den Sinn: »Hergelaufene Iren! Seine Tanten werden sie niemals akzeptieren.«

»Bodien ist kein Ire. Ich weiß nicht, woher sein Vater stammt; das weiß er selber nicht. Möglicherweise aus dem Elsaß, viele von dort haben sich in Maryland angesiedelt. Seine Mutter war eine geborene Archer, und soviel ich weiß, hat der Name da oben einen sehr guten Klang.« – »Nie und nimmer wirst du mich davon überzeugen, daß dieser krummbeinige, tabakkauende kleine Kerl blaues Blut in den Adern hat.« – »Kanoniere mit Artilleriemunition auf dem Wagen haben sich im Krieg alle das Kauen angewöhnt, weil sie nicht zu rauchen wagten.« Er hatte versucht, das Thema zu wechseln, aber Sally hatte ungerührt auf ihrem Standpunkt beharrt: »Jedenfalls hat er eine irische Katholikin geheiratet.«

Jetzt drehte Ludwig seinen Stuhl so, daß er aus dem Fenster schauen konnte, und setzte abermals seine Pfeife in Brand.

»Mit der ›ganzen Stadt‹ meinen Sie vermutlich Dougs Freunde und deren Frauen. Das ist nicht gerade die ganze Stadt. Aber wie dem auch sei: Nein, alle werden sich bestimmt nicht gegen Ihre Tochter stellen. Ich nicht. Die Gordons nicht und die Sheldon Edwards' ebensowenig. Und die anderen werden auch bald zur Vernunft kommen.

»Ich war ein verdammter Narr«, brummte der Captain schroff. »Ich zog hierher, um dem gleichen Dilemma zu entfliehen. Wollte meine Frau glücklich machen, deshalb hab' ich sie von meiner Familie fortgebracht. Ist es nicht seltsam, wie die Zeit uns im Kreis herumführt – so als wäre das Leben eher ein Strudel als ein Strom. Als wir nach Waynesboro kamen, hätte ich mich überall niederlassen können, aber meiner Frau zuliebe hab' ich die alte Gerberei gekauft, weil die im irischen Viertel lag, wo sie Freunde finden konnte, auch wenn mir dafür morgens, mittags und abends diese gottverdammten Kirchenglocken in den Ohren dröhnten. Nur habe ich dabei überhaupt nicht an die Kinder gedacht – die beiden hatten einfach keine Chance.«

»Mir scheint, Ihre Tochter hat selbst dafür gesorgt, daß sie ihre Chance bekommt.«

»Aber wenn sie unglücklich wird...«

»Wenn sie Douglas liebt, wird sie nicht unglücklich sein. Ich wette, Ihre Frau hat's auch nicht bereut, daß sie Sie geheiratet hat!«

»Na ja... ich könnte die beiden wohl sowieso nicht zurückhalten. Wollen im Frühling heiraten. Was meinen Sie, Chef: Sollten sie sich in aller Stille vom Prediger trauen lassen, oder soll ich dem Kind eine erstklassige Hochzeit ausrichten?«

»Also kein Priester?«

»Nein, verdammt! Dann finge ja der ganze Firlefanz von vorne an... sie müßten versprechen, daß sie ihre Kinder katholisch erziehen und zur Kirche schicken... Nein, Sir! Douglas' Pfarrer wird die beiden trauen. Hab' ihm reinen Wein eingeschenkt: Es wird ihm kaum gelingen, eine richtige Presbyterianerin aus ihr zu machen. Dazu hab' ich sie zu atheistisch erzogen. Aber von mir aus kann er ruhig versuchen, sie zu bekehren.«

»Also dann würde ich eine große Hochzeit vorschlagen – ganz tipptopp! Laden Sie all die selbsternannten hohen Herrschaften ein und zeigen Sie's ihnen, aber gründlich!«

»Ich kenne keine hohen Herrschaften«, versetzte der Captain mit ironischem Unterton. »Mutters Vetter, der Erzbischof, würde mich alten Ketzer nicht besuchen, und meine Schwestern haben mir nie verziehen, daß ich auf seiten der Union gekämpft habe. Sie müssen wissen, daß einer meiner Brüder, der bei den Rebellen stand, vor Gettysburg gefallen ist. In den Augen meiner Schwestern könnte ich nicht schlechter dastehen, wenn ich ihn selbst umgebracht hätte. Und auch, daß ich Tess geheiratet habe, tragen sie mir immer noch nach. Zwei meiner Brüder, die ebenfalls für die Rebellen gefochten haben, sind mit dem Leben davongekommen, aber auch die haben mir nie verziehen. Und meine beiden anderen Brüder, die gleich mir in der Unionsarmee gedient haben, sind in den Westen gezogen – zu weit fort. Der Alte würde vielleicht kommen, wenn ich ihn einlüde, aber er gehört nicht grade zur großen Gesellschaft.«

Ludwig wußte aus manch früherem Gespräch, daß sich hinter dem »Alten« der einstige Major Stewart aus Cincinnati verbarg, der vor dem Krieg Stabsfeldwebel der Batterie gewesen war, in welcher August Bodien damals als Feldwebel Dienst tat. Als dann 1861 Captain Gibbon, der kommandierende Offizier der Truppe, zum Brigadegeneral ernannt wurde, beförderte man Stewart zum Leutnant und Bodien zum Stabsfeldwebel. Nach vielen Kämpfen und Verwundungen stieg Stewart zum Hauptmann auf, wurde Batteriechef, und Bodien avancierte zum Leutnant. Während der langwierigen und hartnäckigen Belagerung von Petersburg hatte Stewart aufgrund seiner zahlreichen Verwundungen den Dienst quittiert, war im Rang eines Majors aus der Armee entlassen worden und hatte die Batterie unter den Befehl des inzwischen zum Hauptmann beförderten August Bodien gestellt. Major Stewart war nur ein einziges Mal zu seiner Batterie zurückgekehrt, und zwar um sie bei der großen Truppenparade in Washington anzuführen.

»Ich würde ihn einladen.« Ludwig grinste. Wenn die beiden Veteranen in Gegenwart der zynischen Zweifler von Waynesboro (Sally eingeschlossen) ihre Erinnerungen austauschten, würden die ihre Skepsis vielleicht aufgeben. »Wo steckt eigentlich General Gibbon? Warum laden Sie nicht auch ihn ein?«

»Das wäre ziemlich vermessen, nicht wahr? Er kämpft im Westen gegen die Indianer. Aber Stewart hat mir zufällig vor kurzem geschrieben, daß der General aus irgendeinem Grund nach Washington müsse und ihn auf dem Rückweg besuchen wolle. Wenn ich von dem Alten erfahren könnte, wann genau das sein wird, und wenn es mir gelingt, Barbie zu überreden, das Hochzeitsdatum danach auszurichten... mein Gott, womöglich käme er tatsächlich!« Ein seltsam verschmitztes Lächeln huschte über sein kantiges Gesicht. »Als Barbie zur Welt kam, befehligte er nicht nur unsere Batterie, sondern die ganze Brigade. Trotzdem würde er sich bestimmt an mich erinnern. Ein Mann wie er vergißt nicht die Unteroffiziere, mit denen er gegen die Indianer gekämpft hat oder zwölfhundert Meilen weit marschiert ist. Wenn er und der Major ins Reden kämen, könnte sich herausstellen, daß ich nicht geflunkert habe, wenn ich den Jungs vom Krieg erzählte, so wie das manche hier zu glauben scheinen – jedenfalls nicht mehr, als jeder Soldat es tut, der sich nach einer Schlacht zu erinnern versucht, wie's wirklich war. General Gibbon wäre bestimmt eine große Hilfe für mich.«

»Ich weiß, was Sie meinen. Mir ist es auch nie gelungen, meine Erinnerung an Shiloh mit der meiner Kameraden oder auch nur mit den Karten in Einklang zu bringen. Ja, nicht mal das Schlachtfeld hab' ich wiedererkannt, als ich nach dem Krieg noch mal hingefahren bin.«

Captain Bodien, der in Gedanken immer noch bei jenem Frühling vor achtzehn Jahren verweilte, lachte stillvergnügt in sich hinein. »Ja, vielleicht würde der General wirklich zu Barbies Hochzeit kommen. Bei uns im Feld hieß sie nämlich damals wegen ihres Namens immer nur das ›Baby der Batterie‹. Ihre Mutter hatte schon lange vor ihrer Geburt darauf bestanden, daß das Kind – ob Junge oder Mädchen – auf jeden Fall den Namen eines Heiligen tragen solle. Also sagte ich zu ihr: ›Wenn's ein Mädchen wird, nennst du's Barbara, nach der Schutzheiligen der Artilleristen!‹ Sie kennen sicher das Bild von der heiligen Barbara, wie sie von ihrer Festungsmauer herunterblickt, von Geschützen umrahmt und die Arme voller Kanonenkugeln... Eins dieser Ammenmärchen, an die Priester und Weiber glauben. Na, jedenfalls hab' ich Tess gesagt, die einzige unter allen Heiligen, die mich beschützen könne, sei Barbara.«

»Und es hat tatsächlich geholfen?«

»Sie hat zumindest daran geglaubt. Ich hab' ja auch nichts weiter abgekriegt, als den einen Säbelhieb beim Handgemenge um unsere Kanonen am Cedar Creek.« Er berührte die wulstige Narbe, die vom Wangenknochen bis hinunter zum Kinn verlief. »Den hat man mir verpaßt, als ich zu General Sheridan ins Valley abkommandiert war. An die Geschütze der Batterie B sind die Rebellen nie so nahe rangekommen. Stewarts Kanonen waren bei Appomattox sozusagen noch jungfräulich.«

Er ließ das Seilende zwischen seinen Knien baumeln und starrte gedankenverloren darüber hinweg in die Vergangenheit.

»Sie sollten das alles aufschreiben.«

Diese Worte holten den Captain in die Gegenwart zurück. »Ich kann nicht mit der Feder umgehen. Außerdem« – er grinste – »habe ich nicht die Muße eines General Deming. Übrigens finde ich sein Buch wirklich gut.« Er stand auf. »Verzeihen Sie, daß ich Sie so lange aufgehalten habe. Aber ich wollte wissen, was Sie von dieser Hochzeit halten. Sie kennen schließlich all diese Leute, die Barbara das Leben angenehm machen können oder auch nicht.«

»Mit diesen Misses Gardiner bin ich so gut wie gar nicht bekannt. Was sie betrifft, wage ich nicht mal zu raten. Aber mit dem restlichen Waynesboro werden die beiden schon fertig werden. Warten Sie's nur ab.«

Als Captain Bodien gegangen war, saß Ludwig eine Weile grübelnd am Schreibtisch, ehe er sich wieder seiner Korrespondenz zuwandte. Er mußte Doug Gardiner noch einmal auf die Kandidatur für den Kongreß ansprechen: Nun da er ein Mädchen heiraten wollte, mit dem seine Tanten nicht einverstanden waren, ließ er sich vielleicht doch überreden. Ludwig wünschte ungeduldig, die kürzlich gegründete Waynesboroer Telephongesellschaft würde recht bald die Leitungen verlegen: Es wäre unglaublich bequem, ein Telephon zu haben. Dann müßte er nicht bis zum Nachmittag warten und darauf hoffen, Doug im Gericht anzutreffen. Er hatte nicht die Absicht, eine solch delikate Angelegenheit in der Kanzlei zu besprechen.

Seine Unterredung mit Doug verlief mehr als zufriedenstellend. Ludwig hatte ihn kurz vor Schließung des Gerichts abgepaßt und wartete, bis der Staatsanwalt den letzten Fall erledigt hatte und den letzten lästigen Anwalt losgeworden war, ehe er zu ihm ging. Als sie endlich allein waren, setzte er sich auf den Besucherstuhl vor Douglas' Schreibtisch, offerierte ihm eine Zigarre und zündete sich gleichfalls eine an. Er rauchte zwar eigentlich lieber Pfeife, doch aus einem unerfindlichen Grund gehörten Zigarren zu politischen Konferenzen.

»Ich bin nur vorbeigekommen«, begann er, »weil ich hoffte, Sie würden Ihre Meinung vielleicht doch noch ändern und an Liddells Stelle kandidieren. Wir haben nicht mehr viel Zeit bis zur Bezirksversammlung.«

»Liddells Gesundheit ist also wirklich angegriffen? Meine Kandidatur würde in der Partei keinen Ärger verursachen?«

»Er hat's am Herzen. Er wird auf keinen Fall wieder kandidieren.«

»Der Wahlbezirk Boone ist eine Hochburg der unentwegten Republikaner, nicht wahr? Lauter Grant-Anhänger?«

»Na ja, vielleicht nicht durch die Bank. Aber republikanisch würden sie wählen, das ist richtig – egal, wer kandidiert.«

»Möchte Deming nicht gern wieder in den Kongreß zurück?«

Ludwig schaute ihn verdutzt an. »Natürlich möchte er. Und seine Frau nicht minder. Er versucht ja auch, seine politischen Interessen zu wahren. Haben Sie sein Buch gelesen?«

»Das über die Brigade aus Ohio? War das nicht ein Privatdruck? Muß ihn 'ne schöne Stange Geld gekostet haben.«

»Ich denke, er hat sich im vorhinein genügend Subskribenten gesichert, um die Druckkosten zu decken. Und dann hat er arbeitslose Veteranen, einbeinige oder einarmige Veteranen, wohlgemerkt! – mit dem Buch von Haus zu Haus geschickt. Damit hat er ihnen und sich geholfen. Wer weigert sich schon, einem Kriegsversehrten ein Exemplar abzukaufen?«

»Das Buch ist übrigens gar nicht schlecht.«

»Nein. Allerdings sind das Beste darin die Anekdoten, die seine ›liebenden Kameraden‹ beigesteuert haben. Ich wette, er hat jeden Überlebenden aus dieser Brigade angeschrieben, ihn um seine Erinnerung gebeten und ihm dann ein Exemplar des Buches angedreht.«

»So wird's wohl gewesen sein. Aber manche dieser Erinnerungsbilder waren so lebendig, daß man die Schlachten direkt vor sich sah... Das Buch liest sich wirklich wie die Memoiren eines alten Soldaten, der keinen persönlichen Vorteil im Auge hat. Die Frage ist bloß: Gesetzt den Fall, ich lasse mich für den Kongreß aufstellen, wird er meine Kandidatur dann auf der Bezirksversammlung anfechten?«

»Nein, seien Sie unbesorgt: Deming ist durch und durch Parteimann. Wie ich höre, würden ein paar eingefleischte Grant-Anhänger aus dem Wahlkreis Boone ihn gern kandidieren lassen. Aber woran ihm nach all den Jahren am meisten liegt – seiner Frau übrigens auch –, das ist eine Ehrenrettung, die Wiederherstellung seines guten Rufs. Diesem Ziel würde aber eine Rückkehr in den Kongreß, die er den unentwegten Republikanern verdanken würde und die ihn mit der Conkling-Platt-Cameron-Runde in Verbindung brächte, gewiß nicht dienlich sein. Ich glaube, das kann ich ihm klarmachen. Doch wir sollten den finanziellen Aspekt nicht außer acht lassen. Sie würden Ihren Anteil aus den Einkünften der Kanzlei auch dann beziehen, wenn Sie in Washington wären, stimmt's?«

»Theoretisch ja, aber dieses Recht würde ich nicht in Anspruch nehmen. Wenn Richter Ballard schon die ganze Arbeit tut – und Sie wissen ja, daß er alle großen Fälle nach wie vor selbst übernimmt –, dann soll er auch die gesamten Honorare bekommen. Natürlich könnte ich zwischendurch hier praktizieren.«

»Ohne weiteres. Der Kongreß tagt ja Gott sei Dank nicht das ganze Jahr hindurch.«

Die beiden Männer lachten. Während ihres ungezwungenen Gesprächs hatte Ludwig den Jüngeren aufmerksam beobachtet: Das glattrasierte, schmale, spöttische Gesicht, welches ihm während der letzten zehn Jahre so vertraut geworden war, hatte sich unmerklich verändert: Die nervöse Spannung war verflogen, die Brauen wölbten sich nicht mehr so streng, der verächtliche Zug um den Mund war verschwunden. Und Ludwig, der Douglas gestern noch als »schmallippig« beschrieben hätte, nahm zum erstenmal dessen volle Unterlippe wahr. Er hat ein leidenschaftliches Temperament, dachte Ludwig. Für gewöhnlich versteckt er es zwar hinter seinem Sarkasmus, aber jetzt, wo der Mann entspannt und glücklich ist, kommt seine wahre Natur zum Vorschein.

Douglas rutschte unter dem prüfenden Blick auf seinem Stuhl hin und her. »Warum liegt Ihnen eigentlich soviel an meiner Kandidatur?«

»Das hab' ich Ihnen doch schon mehrmals erklärt: Ich schätze Ihre republikanischen Prinzipien, Ihre Redlichkeit und Ihren wachen Verstand.«

»Ich weiß. Sagen Sie's noch mal, und zwar so, daß es mich überzeugt.«

»Außerdem glaube ich fest an Ihren Erfolg.«

»Falls ich kandidiere.«

»Sie unterstellen mir doch nicht gar Hintergedanken? Etwa daß ich darauf rechne, Sie nach meiner Pfeife tanzen zu lassen? Sie können sicher sein, daß ich nicht die geringste Absicht habe, Sie zu beeinflussen. Die Partei erwartet von ihren Abgeordneten nichts weiter, als daß sie ihre Prinzipien wahren und sich nach besten Kräften für ihren Wahlbezirk einsetzen, natürlich nur, wenn sie damit nicht gegen die Interessen des Landes verstoßen.«

»Das hieße also in meinem Fall, daß ich mich zum Beispiel für den Zolltarif starkmachen könnte?«

»Ja, zum Beispiel.«

»Die Prinzipien einer Partei ändern sich von Zeit zu Zeit und von Fraktion zu Fraktion.«

»Die Fraktion, für welche ich spreche, wünscht Frieden mit den Südstaaten, und den haben wir ja, dank Hayes. Ferner eine ehrliche Regierung, und auch die haben wir, soweit es Hayes möglich war, sie gegen die Opposition im Kongreß und die Erzrepublikaner durchzusetzen, die sich gegen die Reform der Vergabe öffentlicher Ämter wehren. Sind wir da einer Meinung?«

»Allerdings. Fahren Sie fort.«

»Darüber hinaus vertrete ich die fundamentalen Prinzipien, denen alle repulikanischen Fraktionen anhängen: Gesunde Währungspolitik, Schutzzölle. Einverstanden?«

»Einverstanden!«

»Also dann?«

Douglas schnitt eine Grimasse. »Als Sie mich das letzte Mal fragten, hab' ich Ihnen gesagt, ich könnt's mir nicht leisten. Und das kann ich jetzt noch weniger – ich will mich nämlich verheiraten. Sie haben doch davon gehört, nicht wahr?«

Ludwig nickte. »Cap'n Bodien hat davon gesprochen. Aber ich wußte nicht, daß die Hochzeit schon so bald sein würde.«

»Im Frühling, ja. Ob ich's mir nun leisten kann oder nicht, ich nehme Ihr Angebot an! Falls es keine Streitereien in der Partei gibt, werde ich kandidieren. Ich bitte Sie nur, sich nicht gegen eine Opposition ins Zeug zu legen.«

»Dazu wird es bestimmt nicht kommen. Ich werde lediglich Ihren Namen auf der Bezirksversammlung vorschlagen. Sollten die Delegierten einen anderen Kandidaten vorziehen, so ist das ihr gutes Recht.«

Sein Ton ließ freilich keinen Zweifel daran, daß er sicher war, die Delegierten würden nur auf einen Vorschlag von ihm warten. Douglas dachte: Was er in der kurzen Zeit alles erreicht hat! Er ist nicht nur Parteiführer, sondern auch der mächtigste Mann im Siebenten Bezirk – es genügt, wenn er einen Namen vorschlägt! Ihn selbst verlangte es nicht nach solcher Macht. Ludwig hatte vielleicht anfangs ebensowenig danach gestrebt; Douglas hielt den ehemaligen Soldaten für aufrichtig bis zur Naivität. Er war aus Patriotismus in die Politik gegangen, und wenn er dazu neigte, die Interessen des Landes untrennbar mit denen des Fabrikanten zu verknüpfen, wer wollte es ihm verübeln? Jetzt allerdings, dachte Douglas, hat die Freude am Spiel um des Spielens willen das patriotische Motiv wohl doch ein wenig überlagert. Laut sagte er: »Wenn es im Bezirk keinen Ärger gibt, können Sie meinen Namen vorschlagen.« Er stand auf und reichte Ludwig über den Schreibtisch hinweg die Hand. Als er seinen Besucher wenige Minuten später zur Tür begleitete, fragte er unvermittelt: »Meine Eheschließung wird keinen Einfluß auf das Votum der Delegierten haben?«

»Da junge Damen, die sich vielleicht lieber von Junggesellen repräsentiert sähen, kein Wahlrecht haben« – Ludwig zwinkerte vergnügt – »kann ich mir nicht vorstellen, daß sich durch Ihre Heirat irgendwas ändert. Und in Washington wird es Ihnen zugute kommen, eine Frau zu haben, die als Gastgeberin auftreten kann. Aber vielleicht sollte ich Ihnen sagen...« Ludwig blieb zögernd in der Tür stehen und runzelte die Stirn. Er wollte diesem eher reservierten jungen Mann keineswegs das Gefühl geben, er dränge sich in sein Vertrauen, aber wie, wenn Bodien ihm nun von ihrer Unterredung erzählte?

»... Ihr zukünftiger Schwiegervater war heute morgen bei mir. Er wollte meine Meinung hören... macht sich Gedanken, ob seine Tochter mit Ihnen glücklich werden, oder ob man sie von oben herab behandeln wird. Sie dürfen's ihm nicht verübeln... Sie wissen ja, was er und seine Frau durchmachen mußten.«

Lächelnd legte er dem Jüngeren die Hand auf die Schulter. »Gott im Himmel! Schlimm genug, daß es in Baltimore solche Dummheiten gibt. Aber hier bei uns wäre das unmöglich, darauf gebe ich Ihnen mein Wort.«

Die beiden Männer schüttelten einander noch einmal die Hand, und Ludwig ging hinaus. Nachdenklich schaute Douglas die geschlossene Türe an; er stützte sich auf seinen gesunden Fuß und ließ den anderen nachschleifen, während er versuchte, sich Klarheit über die widerstreitenden Gefühle in seinem Innern zu verschaffen: Es ärgerte ihn, daß über seine Braut gesprochen wurde, daß man auch nur zu denken wagte... Gleichzeitig bewunderte er Ludwigs Scharfsinn. Er wußte, daß ich meine Meinung ändern würde und warum. Und während er das dachte, mußte er sich eingestehen, daß Ludwig klüger war, als er es ihm zugetraut hatte. Die Fähigkeit, anderer Menschen Beweggründe zu erraten, mochte das Geheimnis seiner wachsenden Macht sein. Er hat eben sein Wort dafür verpfändet, daß man Barbie akzeptieren wird, ging es ihm durch den Kopf. Zorn und Verachtung regten sich in ihm. Barbara hatte es nicht nötig, daß man sie verteidigte. Doch dann korrigierte er sich: Sie *sollte* keine Verteidiger brauchen. Das war ein schwerwiegender Unterschied, und Ludwig Rausch war als Verbündeter nicht zu verachten. Aber verstand er Frauen auch so gut wie Männer, und konnte er sie lenken? Unwillkürlich mußte Douglas über sich selbst lachen: Wenn's ihm nicht gelingt, dürfte ich das weder erstaunlich finden noch kritisieren, denn schließlich werde ich nicht einmal mit zwei altjüngferlichen Tanten fertig!

Am nächsten Abend erschien in der *Fackel* auf der Seite mit den Gesellschaftsnachrichten (die man in der Stadt die »Klatsch-Seite« nannte) eine Meldung, die der Redaktion zugesandt worden war: »Captain und Mrs. Augustus P. Bodien geben die Verlobung ihrer

Tochter Barbara mit Mr. Douglas Gardiner, Sohn des verstorbenen Ehepaars Ralph Gardiner, bekannt.« Hierauf wurde eine halbe Spalte lang die Geschichte der Familie Gardiner aus Waynesboro referiert sowie die militärische Laufbahn Captain Bodiens, der »erst kürzlich aus Baltimore in unsere schöne Stadt übersiedelte, um als Geschäftsführer und Verwalter in die Firma Seilerwaren Rausch & Kompanie einzutreten«.

Viele Bürger von Waynesboro lasen diesen Absatz mit Erstaunen, und einige waren regelrecht empört darüber: Die Misses Gardiner, Eliza Ballard und Sally Rausch.

Sally schwenkte kampflustig die Zeitung, als ihr Mann vor dem Abendessen hinauf zu ihr ins Wohnzimmer kam und sich über sie beugte, um ihr einen Kuß zu geben.

»Ludwig Rausch! Er wird sie tatsächlich heiraten! Willst du wohl so gut sein und mir erklären, woher *Mr.* Bodien das Recht nimmt, sich ›Captain‹ und ›Geschäftsführer‹ zu nennen? Er ist nicht mehr ein Captain als du oder Dock Gordon!«

»Er hat im Berufsheer gedient, Sally. Das ist ein Unterschied. Dock und ich, wir legen keinen Wert auf militärische Ränge. In der Fabrik nennen mich allerdings die meisten auch ›Captain‹. Oder einfach ›Cap‹.« Ludwig lachte. »Und was den ›Geschäftsführer‹ angeht, so hat es damit auch seine Richtigkeit: Bodien leitet schließlich die Firma.«

»Ich hasse es, wenn solche Leute sich aufs hohe Roß setzen. Diese Hochzeit wird vermutlich deine Hoffnungen auf eine politische Karriere für Doug zunichte machen?«

»Aber was fällt dir denn ein? Im Gegenteil, er wird einen besseren Kandidaten abgeben. Ich hätte nie gedacht, daß er als Wahlkämpfer brauchbar sein würde – er war einfach zu nüchtern und sarkastisch. Aber du wirst dich wundern, wie locker er auf einmal ist. Und er kann sie auf seinen Wahlreisen mitnehmen: Sie ist hübsch, und ein Hauch von Romantik hat noch keinem Mann geschadet.«

»Ludwig, du bist hoffnungslos! Soll das etwa heißen, du billigst diese Heirat?«

»Doug ist alt genug, um zu wissen was er tut, und sie ist ein liebes, guterzogenes Mädchen.«

»Hoffentlich ist er sich darüber klar, daß niemand sie empfangen wird!«

»Sally! Von dir hätte ich das nicht erwartet! ›Empfangen‹ – was für ein Ausdruck! Als Gast? Als Freundin? Die Misses Gardiner mögen ihr die kalte Schulter zeigen, aber die zählen ohnehin fast nicht mehr und geben kaum noch Gesellschaften. Du und ich dagegen und unsere Bekannten... Sally, mach dich nicht zum Gespött, und schaff dir auch nicht unnötig Feinde. Natürlich werden wir sie ›empfangen‹. Du wirst ihr zu Ehren ein Dinner veranstalten.«

»Ein... Dinner?«

»Allerdings. Wenn alles gutgeht, wird Douglas als Abgeordneter des Siebenten Bezirks in den Kongreß einziehen. Wir haben doch auch für Liddell und seine Frau eine Gesellschaft gegeben. Wer war sie denn vor ihrer Heirat? Weißt du das?«

»Das war etwas anderes... eine Verpflichtung.«

»Die haben wir Doug gegenüber auch, und zwar eine noch viel größere.«

Ludwig hatte während des ganzen Gesprächs hinter ihrem Stuhl gestanden; als er jetzt vor sie hintrat, um ihr ins Gesicht zu sehen, erkannte er zu seiner Verwunderung Tränen in ihren Augen. Er zog einen ledernen Armsessel heran und setzte sich ihr gegenüber, den Rumpf vorgebeugt, die Hände zwischen den Knien. »Liebchen, ich kenne dich besser: Wenn du nicht ohnehin schon so aufgeregt wärest, würde es dir nicht soviel ausmachen. Aber du bist halb krank vor Sorge um deine Mutter, und da gerätst du bei jeder Kleinigkeit aus dem Häuschen. Wenn sie morgen die Untersuchung bei dem Spezialisten in Cincinnati hinter sich hat, wirst du dich gewiß besser fühlen.« Er legte eine Hand über ihre beiden. Dankbar klammerte sie sich daran und hielt sie fest. Es bedurfte keiner weiteren Worte. Alles war schon so oft gesagt worden. Mrs. Cochrans Augen waren inzwischen so sehr vom grauen Star befallen, daß sie sich kaum noch in ihrem eigenen Zimmer zurechtfand, und sie hatte sich schon so häufig an Stühlen und bisweilen auch an Tischen im übrigen Hause gestoßen, daß sie ihr Reich nur noch ungern verließ. Sie nahm inzwischen all ihre Mahlzeiten auf ihrem Zimmer ein, lag stundenlang wie abwesend auf dem Bett und duldete nicht einmal, daß man ihr vorlas; ja selbst zur täglichen Ausfahrt mit ihrem Mann konnte man sie nur mehr mit Mühe überreden. Dock Gordon befürchtete, sie könne in Melancholie verfallen; seit langem schon versuchte er die alte Dame zu bewegen, sich den Star stechen zu lassen. Aber sie wollte nichts davon hören: nicht solange sie Hell und Dunkel unterscheiden könne. Zu viele Staroperationen – oder zumindest die, von denen sie gehört hatte – waren tragisch fehlgeschlagen. Doch eines Abends, als Ludwig auf eine Partie Schach in Docks Praxis gekommen war, hatte John ihm in einer medizinischen Fachzeitschrift einen Artikel über einen gewissen Dr. Julius Jacobson aus Königsberg gezeigt, der sich über ein Jahrzehnt lang nur mit Staroperationen beschäftigt hatte, und der nach Johns Ansicht der »beste Augenspezialist der Welt« war. Wenn der Familie daran lag, Mrs. Cochrans geistige Gesundheit zu erhalten, dann solle ihr Mann sie zu Jacobson bringen. Die Reise würde sie nicht überanstrengen: Ihr Herz sei zwar nicht sonderlich stabil, doch das ließe sich mit vorsichtig dosiertem Digitalis für die Dauer einer solchen Unternehmung regeln. Das Herz sei leichter zu kurieren als Seele und Geist. Dieser Rat hatte Mrs. Cochrans Familie aufgeschreckt. Es war eine Sache, als junger Mensch und zu seinem Vergnügen eine Auslandsreise zu unternehmen, aber im Alter und noch dazu kränklich Tausende von Meilen zurückzulegen, das war ganz etwas anderes. Wider Erwarten zeigte sich Mrs. Cochran indessen, als man ihr den Vorschlag unterbreitete, durchaus angetan davon. Allerdings war sie nicht gewillt, die Reise anzutreten, ohne einen erfahreneren Arzt zu konsultieren als »den jungen Gordon«. John hatte daher an den Augenarzt geschrieben, bei dem er vor Jahren studiert hatte und ihn gebeten, Mrs. Cochran zu untersuchen. Mr. Cochran ordnete seine Geschäfte so, daß sie auch in seiner Abwesenheit reibungslos weitergeführt werden konnten: Ludwig übernahm einen Sitz im Direktorium der Bank, um die Interessen seines Schwiegervaters zu wahren und ihn auf Konferenzen zu vertreten; Briefe mußten geschrieben werden, einer an Dr. Jacobson und – sobald die Antwort eingetroffen war – ein zweiter an Ludwigs Tanten, Onkel, Vettern und Cousinen in Sachsen, die, obgleich weit von Königsberg entfernt lebend, sich mit Freuden bereit erklärten, Mr. Cochran und seine Frau auf dem Hin- und Rückwege zu einer Unterbrechung ihrer Reise einzuladen.

Zur Erleichterung aller Beteiligten war der Spezialist in Cincinnati mit John einer Meinung, äußerte vollstes Vertrauen in Dr. Jacobson und empfahl die Fahrt nach Königsberg. Man buchte die Überfahrt für Mr. und Mrs. Cochran sowie für deren Zofe Rose und brachte die drei zum Zug nach New York. Als sie bei dessen Abfahrt auf dem Bahnsteig standen und winkten, hatte Sally Tränen in den Augen. Ludwig umfaßte mit beiden Händen die ihre. »Sei ganz ruhig, Liebchen, sie kommen schon zurecht.«

»Das hoffe ich. Aber als sie vorhin einstiegen, da kamen sie mir mit einemmal so winzig und alt vor... Ich hätte sie bis New York begleiten sollen.«

»Und allein mit dem Zug zurückkommen? Nur, wenn ich dich hätte begleiten können.«

Auf dem Heimweg war Sally traurig und bedrückt, doch im Haus schlug ihr unvermutet die lange unterdrückte, lebhafte Munterkeit ihrer Kinder entgegen. Ludwig war ins Kontor zurückgegangen, und so betrat Sally allein und unbemerkt die Halle, wo Elsa im selben Augenblick, da sie die Tür vom Vestibül her öffnete, das Treppengeländer heruntergerutscht kam und mit einem dumpfen Plumps gegen den Pfosten prallte.

»Elsa!« Als Sally auf sie zueilte, schob oben an der Brüstung gerade Charles sein pummeliges Beinchen übers Geländer. »Charles! Runter mit dir, aber auf der Stelle! Du brichst dir ja den Hals, Kind!«

»Aber Mom, er ist doch schon ein Dutzendmal da runtergerutscht!«

Sally fuhr mit dem Finger an einem tiefen, frischen Kratzer entlang, den die Knopfleiste von Elsas Kleid auf dem Geländer hinterlassen hatte.

»Wie konntet ihr nur! Und dabei sind eure Großeltern kaum aus dem Haus! Wenn Großmama zurückkommt und ihre Augen wieder heil sind und sie sieht, wie ihr das Geländer zerkratzt habt – was meint ihr wohl, wird sie da sagen? Nein, wirklich, Kinder, das war sehr ungezogen von euch – man könnte meinen, ihr freut euch, daß die Großeltern fort sind!« Aber dann war ihr mit einemmal, als sei auch ihr eine Last von den Schultern genommen, und eine sorgenfreie, unbeschwerte Zeit liege vor ihr. »Pah!« machte sie verächtlich. »Was ist schon dabei. Macht ruhig weiter, nur paßt auf, daß ihr euch nicht das Genick brecht. Und du, Elsa, bind dir eine Schürze um – wegen der Knöpfe, ja?«

Zumindest diesen Winter über wurde das Haus der Cochrans zum Treffpunkt von Elsas Freunden; Charles und Ernest und bisweilen auch Binny Gordon durften sich manchmal – mehr oder weniger geduldet – anschließen und wurden dann bei allen Spielen mit den Rollen betraut, die sonst niemand übernehmen wollte. Auch Sally und Ludwig machten sich die Abwesenheit der alten Herrschaften zunutze: Sie luden ihre Freunde zum Essen ein und veranstalteten Whist-Abende. Doch Sally schob den Gedanken an einen festlichen Empfang zu Ehren der Neuverbundenen hinaus, obgleich sie insgeheim wohl wußte, daß Ludwig darauf bestehen würde, wann immer es ihm an der Zeit schien.

Als Captain Bodien von seinem Freund Major Stewart erfahren hatte, wann General Gibbon in Cincinnati sein würde, setzte er die Hochzeit auf Ende April fest. Eines Morgens erschien er in Ludwigs Bureau und zeigte ihm ein kurzes Schreiben des Generals, das es eben erst empfangen hatte: »Major Stewart hat mir Ihre Einladung zur Hochzeit Ihrer Tochter übersandt und mir mitgeteilt, daß es sich um die Eheschließung der kleinen Barbara, weiland Maskottchen unserer Batterie, handelt. Ich beabsichtige, auf dem Rückweg von Washington zu meiner Garnison ein paar Tage in Cincinnati zu verbringen und werde mich glücklich schätzen, den Major nach Waynesboro zu begleiten. Vielleicht gibt der freudige Anlaß uns Gelegenheit, unsere Erinnerungen an vergangene Tage auszutauschen.« Captain Bodien machte keinen Versuch, seine Genugtuung zu verbergen.

»Ich habe zwar nicht gedacht, daß er die alten Zeiten vergessen hätte«, sagte er strahlend, »aber daß er sich die Mühe machen und eigens herkommen würde, hätte ich doch nicht erwartet. Wir wollen niemandem etwas davon sagen, ja? Es soll eine Überraschung sein.«

Sobald das Hochzeitsdatum festgesetzt war, bestand Douglas darauf, daß Barbara zusammen mit ihm das Haus der Gardiners besichtige: es war renovierungsbedürftig, und er wollte alles nach ihrem Geschmack herrichten lassen. Sie hatte Einwände erhoben: »Das Haus gehört doch deinen Tanten. Ich möchte nichts darin ändern.«

»Es ist dein Heim. Natürlich sind die beiden dort zu Hause: Selbst wenn ich wollte, könnte ich sie nicht hinaussetzen, und natürlich will ich das nicht. Sie sind meine einzigen Verwandten und haben alles geopfert – sogar ihre Bequemlichkeit, fürchte ich –, um mich aufs College und zur Universität zu schicken.«

Barbara sagte nichts mehr. Sie liebte Douglas sehr und vertraute darauf, daß er ihr den Weg ebnen würde. Sie würde keine Veränderungsvorschläge machen, sondern das Haus in seinem jetzigen Zustand belassen. Dann würden die Tanten sich ihrer Heirat vielleicht nicht gar so sehr widersetzen. Aber der Nachmittag, an dem Douglas seine Braut durch ihr zukünftiges Heim führte, wurde ungeachtet ihrer guten Absichten zu einer schmerzvollen Erfahrung für Barbara. Die Misses Gardiner hatten Douglas und sie im Salon erwartet und wie zwei Fremde empfangen.

Den Verlobten wurden zwei der vergoldeten Stühlchen angeboten; das Mädchen servierte auf einem Tablett Sherry in zierlichen Gläsern und Biskuits.

Miß Lavinia sagte: »Douglas hat uns erzählt, er wolle Ihnen das Haus zeigen. Wir haben Verständnis dafür, daß Sie sich erst damit vertraut machen müssen ... so ein großes Haus. Dies ist der Salon. Hier wurde nichts verändert, seit unsere Eltern, Douglas' Großeltern, das Zimmer mit ihren Schätzen aus Virginia einrichteten.«

Barbara spürte, wie ihr die Zornesröte ins Gesicht stieg. Douglas lehnte sich zu ihr hinüber und ergriff ihre Hand.

»Du mußt verstehen, Tante Lavinia, daß wir nun, da Barbara

hier die Hausherrin wird, auf ihren Geschmack und ihre Wünsche Rücksicht nehmen müssen. Es wird ohnehin höchste Zeit für eine Renovierung: Sieh dir nur die Vorhänge an, die sind schon ganz zerschlissen. Und die Tapeten...«

»Wenn es nicht zu teuer wird«, sagte Barbara in dem Versuch, es allen recht zu machen, »könnte man vielleicht wieder die gleichen Stoffe und Tapeten verwenden.«

Miß Caroline lächelte, ein höflich starres Lächeln. »Wir hatten gehofft, daß Sie erkennen würden, wie sehr die Ausstattung mit dem Stil dieses Hauses harmoniert. Moderne Möbel sind so vulgär überladen und prunkvoll. Aber natürlich haben wir Verständnis dafür, daß Sie sich ein Zimmer wünschen, in dem Sie sich mit Ihren eigenen Sachen einrichten und wie zu Hause fühlen können. Wir glauben, das Gästezimmer gleich über dem Salon würde eine sehr hübsche Wohnstube für Sie abgeben.«

Nun wurde auch Douglas ärgerlich, und er sah keinen Grund, es zu verheimlichen. Er erhob sich und stellte sein Sherryglas auf den nächststehenden Tisch.

»Nein, Tante Caroline. Du hast ganz und gar falsche Vorstellungen. *Dies* wird der Salon meiner Frau. Hier wird sie ihre Gäste empfangen, oder im Wohnzimmer oder in der Bibliothek, ganz wie es ihr beliebt. Für größere Gesellschaften werden wir das Speisezimmer benutzen. Ihr seid uns jederzeit willkommen, doch wenn ihr es vorziehen solltet, separat zu wohnen, so könnt ihr euch gern oben ein Wohnzimmer einrichten. Und um auch das gleich klarzustellen: Meine Frau wird den Haushalt führen, die Dienstboten beaufsichtigen und den Speiseplan festsetzen.«

Miß Lavinia hüllte sich in feindseliges Schweigen. Miß Caroline versetzte spitz: »Oh? Sie scheint mir ein wenig jung und unerfahren für soviel Verantwortung.« Und zu Barbara gewandt fuhr sie fort: »Trauen Sie sich zu, mit schwarzen Dienstboten umzugehen? Oder würden Sie irisches Personal aus dem Westviertel vorziehen?«

Das Rot in Barbaras Wangen brannte heftiger, aber ihre Stimme verriet keinerlei Gemütsbewegung. »Ich bin in Baltimore aufgewachsen, und zwar mit schwarzen Dienstboten. Großmutter Bodiens Hausklaven blieben auch nach ihrer Freilassung in Großmamas Diensten. Sie haben mich aufgezogen. Ich weiß also, wie man mit Schwarzen umgeht.«

»Dann komm, Barbara, und laß mich sie dir vorstellen. Wir haben übrigens nur zwei: die Köchin und unser Hausmädchen, das auch bei Tisch serviert. Ihr entschuldigt uns, Tante Lavinia? Tante Caroline?«

Als sie aus der Küche kamen, kehrten sie nicht in den Salon zurück. Douglas führte sie überallhin, oben und unten, außer ins Schlafzimmer seiner Tanten. Barbara sagte kaum etwas, wiederholte nur, sie habe nicht den Wunsch, irgend etwas zu verändern. Ihr Schweigen bekümmerte ihn. Als sie die schwere Eingangstür hinter sich geschlossen hatten, fragte er: »Verlange ich zuviel von dir, Barbie? Wir müssen nicht hier wohnen.«

»Natürlich müssen wir das, zumindest für ein Weilchen. Bis du nach Washington gehst. Oder willst du etwa klein beigeben?«

»Ich möchte nur nicht, daß du unglücklich bist.«

»Ich komme schon zurecht«, erwiderte sie schroff.

Als sie beim Tor anlangten und er sich mit ihr hügelabwärts wandte, trat sie einen Schritt zur Seite.

»Geh du nur zurück in deine Kanzlei, Doug. Ich finde allein nach Hause.«

»Aber...«

»Laß mich, der Spaziergang wird mir guttun.« Brüsk wandte sie sich um und ließ ihn stehen. Sie wollte ihn nicht merken lassen, wie verräterisch es um ihre Lippen zuckte und wie ihr Kinn bebte. Sie war so fröhlich gewesen, als sie in jugendlichem Stolz mit ihm die Sycamore Street hinaufging. Nun würde sie mit Tränen in den Augen denselben Weg zurückschleichen.

Doug sah ihr nach. Er wußte immer, wie ihr ums Herz war, ganz gleich, was sie sagte. Als sie außer Sichtweite war, schritt er in entgegengesetzter Richtung hügelabwärts. Vielleicht hätte er mit ihr gehen sollen, doch sie wollte offenbar wirklich allein sein, und für einen Lahmen war dies kein Tag für unnötige Fußmärsche. Barbaras Zorn würde sich im Kampf mit der unwirtlichen Witterung womöglich rasch verflüchtigen. Dem Kalender nach war es März, aber der Winter hatte sein Regiment noch nicht abgetreten: Tief und schwer hingen die Wolken über der Stadt, und es wehte ein feucht-kalter Wind; der hohe Schnee wurde allmählich weich und fiel von den Bäumen, zwar nicht mehr hart gefroren, doch er taute auch nicht. Auf dem Gehsteig hatte er sich festgetreten, war holprig, dabei aber hart und rutschig, von Schmutz und Ruß geschwärzt. Mühselig bahnte Barbara sich einen Weg bis zur nächsten Ecke und bog dann nach links in die College Street ein. Hier traf sie auf ebenes Gelände, was das Fortkommen erleichterte. Bei der Market Street wandte sie sich abermals nach links und begann den Abstieg in Richtung auf das Haus der Cochrans.

Der Cochran-Besitz (Haus, Stallungen, Hof und Garten) erstreckte sich über einen halben Häuserblock; nach Westen zu trennte ihn ein Durchgang von den nächsten Nachbarn, der so breit war, wie manche Straße im irischen Westviertel. Das Grundstück war eingezäunt: zur Straße hin und zur Hälfte an den Seiten hinauf mit schmiedeeisernen Gittern, von dort bis zum Eingang der Stallungen mit hohen Staketen. Das Eisengitter war mit kunstvoll geschmiedeten Toren versehen: zweiflügelig dort, wo die Auffahrt an der vorderen Veranda vorbeiführte, einfach da, wo der rote Ziegelweg in der Mitte des Vorgartens sich auf Verandatreppe und Haupteingang zuschlängelte. Im Gehen hörte Barbara Kinder lärmen, die hinter dem hohen Lattenzaun unsichtbar blieben. Je näher sie kam, desto klarer wurden ihre Stimmen: Zuerst ertönte eine Blechtrompete, die annähernd das Artillerie-Signal zum Abmarsch nachahmte, dann erteilte eine klare Knabenstimme die Kommandos: »Fahrer, aufsitzen! Kanoniere, aufsitzen! Achtung! Vorwärts, marsch!« Eine Gruppe von Kindern bog um die nächste Hausecke: vorneweg ein Junge, der ein hölzernes Schwert durch die Luft schwang und Kommandorufe ausstieß; hinter ihm zogen einige ein Fahrgestell (Deichsel und Räder eines ausrangierten Einspänners), auf dessen Achse eine große Kiste (vielleicht einst zur Verwahrung der Krocket-Schläger bestimmt?) festgebunden war; auf ihr saßen oder vielmehr schwankten zwei Buben, die bei jedem heftigen Ruck an der Deichsel die Balance zu verlieren drohten, aber die Arme eisern über der Brust gefaltet hielten, wie es sich für Kanoniere geziemt; johlend und kreischend liefen die anderen Kinder nebenher. Als die Räder auf dem gepflasterten Gehweg leichter rollten, hob der Junge an der Spitze – in dem Barbara jetzt Johnny Gordon erkannte – sein Schwert, brüllte: »Trab! Galopp!«, und der ganze Troß donnerte durch den Vorgarten der gegenüberliegenden Hausecke zu.

»Trab! Schritt!«

Die Räder liefen aus. Die Deichsel fiel zu Boden, die Kiste wurde losgebunden und heruntergelassen. Hart daneben, in einem Schnee-Fort, war bereits eine Abflußrohr-Kanone drohend auf die Straße gerichtet. Die beiden Jungen, die auf der Kiste gesessen hatten, öffneten deren Deckel und begannen eine Ladung Schneebälle auf der Erde aufzutürmen.

»An die Geschütze! Fertigmachen zum Gefecht!«

Barbara hatte manchmal zugesehen, wenn ihr Vater diese Jungen im letzten Sommer zu seinem und ihrem Vergnügen gedrillt hatte. Sie hatten ihre Lektion brav gelernt und offenbar auch ein paar Mädchen darin unterwiesen. Barbara kannte die Mädchen nicht, von denen jetzt drei eifrig damit beschäftigt waren, die Kanone feuerbereit zu machen: ein Richtschütze mit Ladestock, ein Kanonier mit Munition und ein kleiner Soldat neben dem Rad, der im rechten Augenblick die Abzugsleine ziehen würde. Alles, was jetzt noch fehlt, dachte Barbara und vergewisserte sich mit einem Blick die verlassene Straße hinauf und hinunter, ist der Feind. Sie wußte, daß jedes lebende Wesen für diese Rolle würde herhalten müssen, und beschloß zaghaft, wieder umzukehren. Allein, es war zu spät: Johnny hatte sie gesehen.

»Hallo!« rief er und befahl dem Mädchen neben sich: »Feind in Sicht! Blast das Signal!«

Die Blechtrompete erscholl aufs neue. Johnny erteilte seine Befehle. »Laden – Kartätsche – dooppelt! Kappt die Zündschnur!«

Zwei weiche Schneebälle landeten zu ihren Füßen. Zumindest spielten sie fair: eine Kanone, ein Schneeball oder eine Doppelkartätsche, also höchstens zwei. In der Stellung vollführten jetzt wieder alle die vorgeschriebenen Handgriffe; der Richtschütze mit seinem Ladestock, die Kanoniere mit der Munition und ein kleiner Junge, der im sicheren Schutz des Forts die Abzugsleine hielt.

»Achtung! Fertig! Feuer frei!«

Barbara suchte Schutz hinter dem nächsten Baum; durch den tiefen Schnee stapfte sie bis zu der kahlen Stelle rings um seinen Stamm. Sie zog ihre blütenweißen Handschuhe aus, stopfte sie in den Muff, der jetzt an ihrem Handgelenk baumelte, und formte zwei wohlproportionierte, mittelharte Schneebälle. Und ehe man sich's versah, war Barbara Bodien, die zukünftige Mrs. Douglas Gardiner, in eine zünftige Schneeballschlacht mit einer jubelnden Kinderschar verwickelt. Sie zielte nicht besonders gut, brachte aber trotzdem einen Treffer zustande und rief: »Erster Kanonier fällt! Tödlich verwundet!« Am Geschütz kam es zu einem stürmischen Wortwechsel, doch dann trottete ein kleiner Junge beiseite; offenbar hatte man ihn vom Gefecht ausgeschlossen. Barbara warf ihre Schneebälle, während die Kanone geladen wurde, und ging hinter dem Baum in Deckung, wenn der Feind sein Geschütz abfeuerte. Sie rechnete sich aus, daß ihr zwischen zwei Salven Zeit genug bliebe, den nächsten Baum hügelabwärts zu erreichen, wurde jedoch durch den Schnee und ihre langen Röcke behindert, daß sich schon auf halbem Wege ein Schneeball in den Volants ihrer Turnüre verfing. Sie war mittlerweile überhaupt ziemlich aufgelöst und zerzaust, tauchte aber noch immer blitzartig hinter ihrem Baum auf und beschoß die feindliche Stellung, als sie Mrs. Sheldon Edwards den Hügel heraufkommen sah. Kitty war so vornehm herausgeputzt, angetan mit Gehpelz und Muff, gefältelt und plissiert, daß sie nur zu einer formellen Nachmittagsvisite unterwegs sein konnte. Barbara wäre am liebsten im Erdboden versunken. Sie kannte die junge Mrs. Edwards nur flüchtig als die Frau ihres früheren Arbeitgebers. Was sie von ihrem kindischen Benehmen halten würde, war nicht auszudenken. Aber wenn sie sich vor Mrs. Edwards hinter dem Baumstamm versteckte, würde sie sich vollends den erbarmungslosen Kanonieren aussetzen. Also hielt sie die Stellung und wartete ab.

Kitty, die mehrere Höflichkeitsbesuche absolviert hatte, kam in der Hoffnung den Hügel herauf, den Nachmittag mit einem gemütlichen Plauderstündchen bei Sally zu beenden. Im Näherkommen erblickte sie zuerst die Kinder im Garten und dann die Gestalt hinter dem Baum. Barbara Bodien warf mit Schneebällen wie ein ausgelassener Wildfang! Und das, nachdem es eben erst mühsam gelungen war, Douglas' Freunden ihre Voreingenommenheit gegen sie auszureden. Im Haus gegenüber bewegte sich ein Spitzenvorhang. Mrs. Klein beobachtete das Schauspiel, aber Mrs. Klein war nicht ausschlaggebend. Doch auch Sally konnte zusehen, und das *war* ausschlaggebend.

Als Kitty den Baum nächst dem erreichte, der Barbara zur Deckung diente, schlüpfte sie kurzentschlossen dahinter.

»Verstärkung!« rief sie. »Ich hab' seit Jahren keine Schneeballschlacht mehr mitgemacht. Was für ein unverhoffter Spaß!« Auch sie streifte ihre weißen Handschuhe ab, verstaute sie in ihrem Muff und hängte ihn in eine Astgabel.

»Aber Sie sind so... Sie werden Ihren schönen Pelz ruinieren.«

»Meine obligaten Visiten habe ich bereits hinter mir. Ich wollte hier nur schnell guten Tag sagen.« Sie deutete mit dem Kopf auf das Haus der Cochrans.

Barbara lächelte dankbar. »Nur weil ich meinen Ruf so schändlich aufs Spiel gesetzt habe, wollen Sie es mir gleichtun?«

Kitty glaubte sie noch nie so schön gesehen zu haben: die Veilchenaugen strahlten, ihre Wangen glühten, das verrutschte Hütchen gab ihr etwas Verwegenes, die schwere Haarkrone schien wie gepudert.

»Sie müssen wissen«, fuhr das junge Mädchen atemlos fort, »das da vorn ist die Batterie meines Vaters. Er hat sie nach bestem Vermögen gedrillt, und nun bin ich sozusagen ihr Manöveropfer geworden. Aber Sie...«

»Ich werd's ihnen schon zeigen«, versprach Kitty. Sie zielte sicherer als Barbara: gleich der erste Schneeball traf Elsa an der Schulter.

»Hornist ist verwundet!« rief Barbara, und Elsa zog sich zurück. »Du bist nicht zu schwer verwundet, um für Munitionsnachschub zu sorgen«, hörten sie Johnny sagen, und Elsa begann gehorsam

Schneebälle zu formen. Das Gefecht ging von beiden Seiten munter weiter. Bald schon war Kitty ebenso atemlos und voller Schnee wie Barbara. Sie feuerte ein letztes hartes Geschoß ab, das Johnny mitten an der Brust traf.

»Kommandierender Offizier tödlich getroffen!«

Kitty reckte sich und zog ein Taschentuch aus ihrem Muff, das sie neben dem Baum auf und nieder schwang. »Die Parlamentärsfahne«, rief sie. »Laßt uns Waffenstillstand schließen. Wir sind zwar erheblich in der Minderzahl, aber ihr habt Verwundete, um die ihr euch kümmern müßt. Einverstanden?«

»Einverstanden.« Johnny rappelte sich auf und klopfte sich die Spuren seiner tödlichen Verletzung von der Jacke. »Und Ihnen ist auch nichts geschehen?« fragte er und besann sich auf einmal, was sie angerichtet hatten: Es gehörte sich nicht, junge Damen mit Schneebällen zu bewerfen.

»Nein, uns ist nichts geschehen. Ich hab' keinen solchen Spaß mehr gehabt, seit... nun, wahrscheinlich seit ich in eurem Alter war.« Kitty kam hinter ihrem Baum hervor und ging Barbara entgegen. Sie richtete dem jungen Mädchen den Hut, klopfte es ab und wurde ihrerseits abgeklopft. Barbara erklärte, was sie hier vorbeigeführt hatte, und dann verabschiedeten sie sich voneinander; Kitty wandte sich dem Haus der Cochrans zu, Barbara ging den Hügel hinunter. Sie war immer noch angeregt, ihr Herzschlag ging rasch, ihr Atem kam stoßweise. Ihre Verstimmung war wie weggeblasen – sie fühlte sich allem gewachsen, selbst diesen Tanten. Sie würde bei Douglas vorbeigehen und ihm sagen, wie leid es ihr täte, so schnippisch gewesen zu sein. Sie war noch nie in einem seiner Bureaus gewesen, weder in dem bei Ballard, Gardiner & Merrill, noch in dem des Staatsanwalts bei Gericht. Sie wußte, daß Damen das Gerichtsgebäude für gewöhnlich nicht betraten – es sei denn in einer juristischen Angelegenheit oder am Gedenktag für die gefallenen Soldaten, an dem sie Kränze und Bouquets für die Gräber der Soldaten in den Fluren und Korridoren des Gerichts aufbauten. Aber dies eine Mal, dachte Barbara, kann ich gewiß eine Ausnahme machen. Sie blickte an sich hinunter, um sich zu vergewissern, daß ihre Röcke wieder ordentlich saßen, und erkannte zum erstenmal, wie ungeheuerlich sie sich aufgeführt haben mußte. Bis zu den Knien herauf hatten sich ihre Falten und Volants mit Feuchtigkeit vollgesogen. Statt ins Gerichtsgebäude zu gehen, mußte sie sich einen Umweg nach Hause suchen. An der unteren Ecke des Cochran-Grundstücks bog sie nach links ab und schlüpfte durch eine enge Gasse; vorbei an Chillicothe und Sycamore Street zu jenem verlassenen Sträßchen, das am Verschiebebahnhof entlang im Schatten des Viaduktes verlief, welcher die Schienenstränge von einem Hügel zum anderen und zur Zugstation führte. Auf diesem Wege konnte sie ungesehen ins Westviertel und nach Hause gelangen. Aber ob ungesehen oder nicht, ihr war schmerzlich bewußt, wie wenig ihr Benehmen der zukünftigen Mrs. Douglas Gardiner angestanden hatte. Sie mußte sich zur Damenhaftigkeit zwingen, oder auf die Heirat mit Doug verzichten, welch letzteres ganz und gar undenkbar war.

Kitty Edwards hatte sich lediglich die Hände an ihrem Spitzentüchlein abgewischt und ihre Handschuhe angezogen, ehe sie das Gartentor öffnete und über den ziegelgepflasterten Weg aufs Haus zuschritt. Die Kinder blickten ihr ängstlich und erwartungsvoll nach. Und obwohl sie ihnen ermutigend zuwinkte, zogen sie sich zaghaft in Richtung der Ställe zurück. Elsa blies ihre Trompete nur noch halbherzig; zwei Kanoniere spannten sich vor die Deichsel und trotteten langsam mit dem Munitionswagen davon.

Lächelnd zog Kitty die Klingel. Vielleicht wäre es den Kindern gegenüber freundlicher gewesen, ihren beabsichtigten Besuch zu unterlassen, aber vielleicht hatte Sally auch die ganze Szene von einem Fenster aus beobachtet. Das Mädchen öffnete, nahm ihre Karte auf einem Tablett entgegen und bat sie, im Salon Platz zu nehmen. Kitty setzte sich auf einen steifen Rosenholzstuhl dicht beim Fenster, mit dem Rücken zum Licht, doch als Sally eintrat, mußte sie aufstehen und ihre durchnäßten Röcke ließen sich nicht mehr verbergen.

»Kitty, welch reizende Überraschung an einem so langweiligen Nachmittag! Komm mit hinüber in die Bibliothek; dort brennt ein Feuer, und wir können's uns bequem machen.«

Kitty mußte vor ihr hergehen und erst die eine, dann die zweite Tür passieren; die Nachwirkung der Schneeballschlacht war unübersehbar.

»Kitty! Du bist ja förmlich durchgeweicht. Heißt das etwa, diese unartige Brut... Ich habe gehört, daß sie vor dem Salon tüchtig Lärm machten, konnte sie aber von hier drinnen nicht sehen. Außerdem ist es eine solche Wohltat, daß sie laut sein *können,* solange Mama und Papa fort sind. Und ich habe mir Notizen für meinen Klub-Essay gemacht.«

»Die Kinder waren nicht schuld. Eine Artillerie-Batterie braucht einen Feind, und Barbara Bodien und ich kamen eben zufällig vorbei. Wir hatten genausoviel Spaß wie die Kinder.«

»Komm, setz dich ans Feuer und trockne deine Kleider und deine Stiefeletten. Du kannst dir in den nassen Sachen ja den Tod holen! Ich sag Tishy, sie soll uns Tee bringen.« Sie schob zwei

Schaukelstühle dicht vor den Kamin, nahm Kitty Muff, Handschuhe und Mantel ab und legte sie über die Lehne des Sofas am Fenster. Dann ging sie hinaus, um dem Mädchen die entsprechenden Anweisungen zu erteilen, und kehrte gleich darauf zurück.

»Und jetzt erzähl einmal der Reihe nach. Was hattest du mit Miß Bodien zu schaffen? Sie wollte mich doch nicht etwa besuchen?«

»O nein! Sie stand bereits mitten im Gefecht, als ich auf der Bildfläche erschien. Ich habe ihr nur aus der Verlegenheit geholfen.« Kitty hielt die Hände übers Feuer; klamm waren sie, rot und steif. »Ich habe mich nicht mehr so nach Herzenslust vergnügt, seit... Ich hab' mich einfach kopfüber hineingestürzt und alles ringsum vergessen.«

»Wie taktvoll von dir!« Sally lachte. »Dachtest du etwa, ich sehe vielleicht zu und fälle ein vernichtendes Urteil über das Mädchen?«

Kitty wich der Frage aus. »Als ich näher kam, dachte ich, sie steht diesen Kindern im Alter näher als Doug. Wenn sie also hin und wieder in kindlichen Übermut zurückfällt... Es heißt, jeder Junge in der Stadt sei mit Captain Bodien bekannt; daher nehme ich an, sie kennen auch seine Tochter.«

»Natürlich. Als ihresgleichen, als Spielkameraden. Ich kann mir nicht erklären, was Doug Gardiner sich denkt. Diese Verbindung ist höchst unpassend, im Alter wie in jeder anderen Beziehung.«

»Soweit ich verstanden habe, hatte Doug sie zum Antrittsbesuch bei seinen Tanten mitgenommen. Das war gewiß kein sehr angenehmes Erlebnis. Sie wollte vermutlich nur ihrem Ärger Luft machen.«

»Hat sie dir das erzählt?«

»Natürlich nicht. Nur daß sie dort gewesen sei. Mich wundert's, daß sie den Mut hat, ihn zu heiraten.«

»Pah! Sie heiratet ihn wegen seiner gesellschaftlichen Stellung, das ist doch ganz klar.«

»Sie liebt ihn. Ich habe gesehen, wie sie ihn anschaut, wenn sie nicht merkt, daß man sie beobachtet. Kannst du dir vorstellen, daß Doug je zuvor geliebt worden ist? Aber nicht auszudenken, was ihre Hingabe von den Gardiner-Tanten wird erdulden müssen, wenn sie von Dauer sein soll. Dem armen Mädchen steht ein langer Leidensweg bevor.«

Tishy brachte das Teegeschirr herein, stellte es auf den Tisch mit der Marmorplatte neben dem Kamin und holte gleich darauf die Teemaschine. Sally rückte ihren Stuhl an den Tisch und hielt eine Tasse unter den Hahn.

»Ludwig meint, ich solle eine Gesellschaft für das Brautpaar geben.«

»Und du, hast du was dagegen? Ich dachte immer, es mache dir Spaß, Feste auszurichten. Sheldon will auch, daß ich die beiden einlade – er und Doug sind ja schon seit ihrer Kindheit miteinander befreundet –, aber für mich ist das ein ungewohntes Unterfangen; ich hab' regelrecht Angst davor.«

Sally schweifte unvermutet vom Thema ab. »Müssen wir sie in unseren Klub aufnehmen?«

Kitty lachte. »Ich kann mir nichts vorstellen, was ihr weniger am Herzen läge. Nein, nein, vergiß es: Die Tanten würden wahrscheinlich ohnehin gegen sie stimmen.«

»Werden deine Sachen allmählich trocken, Kitty? Wahrhaftig, ich muß ein ernstes Wort mit den Kindern reden, sie schlagen entsetzlich über die Stränge. Andererseits haben sie sich so lange wie die Mäuschen verhalten müssen ... Charles und Ernest haben nie etwas anderes gekannt als Gehorsam, und sie sind viel zu brav. Manchmal kommen sie mir direkt schwerfällig vor. Versteh mich nicht falsch, sie sind unser eigen Fleisch und Blut, und natürlich habe ich sie von Herzen lieb, nur möchte ich nicht, daß sie zu *Duckmäusern* heranwachsen. Aber Ludwig junior (Cassie ist gerade mit ihm oben) hat mit seinen zwei Jahren schon mehr Teufeleien ausgeheckt als die beiden anderen zusammen.«

»Und Elsa?«

»Oh, Elsa! Sie betet ihren Vater an, und in seinen Augen ist sie fehlerlos. Ich denke, sie ist das gescheiteste von unseren Kindern. Sie haßt es, ein Mädchen zu sein, aber sie wird sich nun mal damit abfinden müssen. Ich sollte anfangen, sie an häusliche Pflichten zu gewöhnen.«

»Ach, wie ich dich beneide! Ich wäre mit jedem Kind zufrieden, egal ob es nun schwerfällig, artig, ungezogen oder gleichgültig wäre. Ich ... Dock hat mir grollend und widerwillig die Erlaubnis gegeben, es wieder zu versuchen.«

Die beiden Frauen senkten ihre Stimmen und steckten über den Teetassen die Köpfe zusammen. Teils in Andeutungen, teils in aller Ausführlichkeit verbreiteten sie sich über die eher greulichen Aspekte der weiblichen Konstitution und ihre Schwächen. Das Tageslicht schwand, und die aufsteigende Dämmerung senkte sich über den Raum. Das laute Rufen der Kinder, die sich am Straßentor voneinander verabschiedeten, drang von fern auch in die Bibliothek. Kitty erhob sich und stellte ihre leere Teetasse just in dem Moment auf den Tisch, als Elsa und ihre beiden Brüder die Diele betraten und ihre Mäntel aufhängten.

»Kommt rein, Kinder, und laßt mich sehen, wie naß ihr geworden seid.«

Elsa zögerte an der Schwelle, als sie den Gast erblickte. Kitty wandte sich ab, um Muff und Handschuhe vom Sofa zu nehmen, und lächelte den Kindern dabei über die Schulter zu. Gefolgt von ihren Brüdern trat Elsa näher. »Wir sind nicht naß, Mama. Wir waren bei den Kleins und haben uns getrocknet.« Elsas goldblondes Haar, das allmählich nachdunkelte, fiel ihr wirr auf die Schultern, Augen und Wangen leuchteten. »Mama, bekomme ich ein Signalhorn? Ein richtiges?«

»Wozu um alles in der Welt?«

»Na, um zu spielen. Ich könnte es. Hör mal!« Sie hatte ihre Blechtrompete mit hereingebracht; jetzt hob sie das Spielzeuginstrument an die Lippen und blies erkennbar die Reveille.

»Elsa, nimm Rücksicht! Was für ein Krach.«

»Das kann sonst keiner spielen, deshalb lassen sie mich den Hornisten sein. Aber ich wünsche mir ein richtiges Horn. Johnny will immer kommandieren; er hat ja auch den Drill beim Captain gelernt, aber die Jungs sagen, ich kann nicht gut genug zielen wie ein Kanonier.«

»*Für* einen Kanonier«, korrigierte ihre Mutter mechanisch. »Lern du nur, dich wie ein braves, sittsames Mädchen zu benehmen, mehr verlangt niemand von dir. Aber wenn du schon mit den Buben spielen mußt, dann sei froh, daß sie dich mitmachen lassen, und komm nicht auf die Idee, sie herumkommandieren zu wollen. Und den Gedanken an das Horn schlag dir gefälligst aus dem Kopf! Wo kämen wir denn da hin? Deine Halsmuskeln würden sich aufblähen wie Ballons! Kitty, mußt du etwa schon gehen? Ludwig wird gleich heimkommen; er könnte dich doch nach Hause fahren. Du hast so einen weiten Weg, und außerdem wird's schon dunkel.«

»Das ist nicht nötig. Ich treffe mich nach Ladenschluß mit Sheldon im Geschäft. Wir essen bei seiner Familie zu Abend. Sheldon möchte ein Pferd anschaffen«, fügte sie rasch hinzu, so als müsse sie ihren Mann verteidigen, »aber ich würde mich nicht trauen zu kutschieren. Das habe ich noch nie gemacht.«

Als Kitty zur Vordertür hinausging, kam Ludwig eben durch den hinteren Flur herein. »Besuch?« fragte er Sally, als sie in der Diele zusammentrafen.

»Bloß Kitty Edwards.«

Er ging mit ihr in die Bibliothek und strahlte, als er seine Kinder sah. »Die ganze Familie beisammen, hm? Wie gemütlich!«

Elsa begann in schnellem Deutsch auf ihn einzureden, während er in seinem Sessel am Kamin Platz nahm und die Zeitung aufschlug.

»Elsa, wie oft muß ich es noch sagen? In Gegenwart deiner Mutter hast du englisch zu sprechen. Und nein, du darfst dir kein Horn wünschen. Was für ein Einfall! Hat deine Mutter nicht schon ›nein‹ gesagt? Ein Horn ist kein Instrument für eine junge Dame.«

»Das hab' ich ihr auch schon erklärt. Kinder, geht und wascht euch vor dem Essen die Hände. Und du, Elsa, kämm dir die Haare. Sag Cassie, sie soll das Baby herunterbringen.« Als die Kinder draußen waren, versetzte sie ungehalten: »Das ist der Einfluß von deinem Captain Bodien!«

Ihr Mann lächelte ihr über den Rand seiner Zeitung zu. »Ich glaube eher, Elsa hat den Wunsch, sich vor den anderen Mädchen mit etwas Ausgefallenem hervorzutun.«

»Ich weiß nicht recht. Kitty ist vorhin wie eine Wilde hier hereingeschneit.« Sie erzählte ihrem Mann von der Schneeballschlacht. »Sheldon möchte auch, daß sie eine Gesellschaft für Barbara Bodien gibt. Kitty ist genausowenig erpicht darauf wie ich.«

»Aber es gehört sich nun mal, Sally.«

»Ich werde ein Dinner für das Brautpaar geben, wenn die beiden verheiratet sind – Doug zu Ehren, sobald man ihn für den Kongreß aufgestellt hat.«

Ludwig drang nicht weiter in sie; amüsiert durchschaute er den Grund für diesen langen Aufschub: Vor ihrer Vermählung würde Miß Bodien nur in Begleitung ihrer Eltern auf einer Gesellschaft erscheinen können.

Mrs. Kitty Edwards nahm ihr Problem nicht lange nach diesem Wintertag in die Hand; sie lud ihre Freunde und die ihrer Schwiegermutter zu einem Nachmittagsempfang, bei dem sie Miß Bodiens Bekanntschaft machen konnten. Barbara kam mit ihrer Mutter, die auch während der Begrüßungszeremonie neben ihr stand, wo freilich nicht mehr als: »Wie geht es Ihnen?« und »Sehr erfreut« aus ihr herauszubekommen war. Mrs. Edwards senior, die wenig Vertrauen in Kittys *savoir faire* als Gastgeberin bei einem solch offiziellen Anlaß hatte, nahm die Organisation selbst in die Hand, regelte alles erfahren und umsichtig, worüber Kitty sich sehr erleichtert zeigte, und das nicht nur, weil sie sich in der Tat vor einer solch großen Aufgabe gefürchtet hatte, sondern auch, weil Sheldons Mutter so erfreut darüber war, eine Gesellschaft geben zu können, ohne die Kosten tragen zu müssen (Mrs. Edwards galt als etwas »knauserig«), daß all ihre Einwände verstummten und sie sich mit Anmerkungen wie dieser begnügte: »Nein, so viele Leute! Ich bin nicht sonderlich erbaut... wer *sind* nur all diese Herrschaften, meine Liebe?« In Anwesenheit der Gäste verströmte sie Güte und Liebreiz, und alle folgten ihrem Beispiel – alle bis auf die Misses Gardiner, die den Empfang nur kurz mit ihrer Gegenwart beehrten, keine falsche Herzlichkeit an den Tag legten, sondern sich kühl und korrekt aus der Affäre zogen.

Nach dieser Gesellschaft trat das junge Paar in den Hintergrund. Waynesboro wandte seine Aufmerksamkeit dem politischen Geschehen zu. Auf dem Bezirkskonvent im Vorfrühling ernannte der Siebente Distrikt Douglas Gardiner erwartungsgemäß zu seinem Kandidaten für das Abgeordnetenamt. General Deming verweigerte den »Unentwegten Republikanern« aus dem Wahlkreis Boone das Recht, ihn als Gegenkandidaten aufzustellen. Der General mochte ein alter Schwätzer und Schaumschläger sein, aber seine Partei konnte auf seine unbedingte Unterstützung zählen und sich darauf verlassen, daß er die eigenen Interessen den ihren unterordnen würde.

Mrs. Deming hatte die Beweggründe ihres Mannes verstanden und ihn in seinem Entschluß bestärkt, obgleich die »Unentwegten« ihm vielleicht seinen Sitz im Kongreß hätten zurückerobern können; sie erhob keine Einwände, als er ihr seinen Entschluß mitteilte. »Ich denke nicht daran«, hatte er stolz erklärt, »mich wieder zum Werkzeug für Conkling und seine Spießgesellen machen zu lassen. General Grant bemitleide ich zutiefst: Sie wollen ihn nur deshalb ein drittes Mal auf den Präsidentenstuhl hieven, um Blaine aus dem Feld zu schlagen, und weil sie sich einbilden, Grant für ihre Zwecke einspannen zu können. Der General ist ein aufrechter Mann, aber seine sogenannten Freunde haben ihn zu Fall gebracht.«

»Du hast dich ganz richtig entschieden«, versicherte sie. »Es wäre zu schade, wenn du jetzt nach Washington zurückkehren müßtest, wo deine Biographie gerade so gute Fortschritte macht.«

Mit seinem Buch kann er sich noch eine ganze Weile amüsieren, dachte sie; doch nein, »amüsieren« darf ich es eigentlich nicht nennen, das wäre ungerecht. Schließlich hat er mit seinem ersten Buch, der Geschichte der Brigade aus Ohio, erstaunlich viel Geld verdient und außerdem noch seinen arbeitslosen oder kriegsversehrten ehemaligen Waffenbrüdern geholfen.

Ludwig würde der Parteiversammlung der Republikaner von Ohio im April als Mitglied des Staatskomitees beiwohnen; seine Wahl zum Delegierten des Nationalkonvents war so gut wie beschlossen. Mit einer Flut von Briefen bereitete er schon jetzt den Kampf für eine geeinte Delegation vor, die sich in Chicago geschlossen hinter John Sherman stellen sollte. Sogar jene, die sich selbst nicht politisch betätigten, begannen die Erregung zu spüren, die dem vierjährigen Turnus der Präsidentschaftswahl vorausging. Ganz Ohio einte der Wunsch, Hayes durch einen anderen Bürger des Staates zu ersetzen. Der Präsident hatte in diesem letzten Jahr seiner Amtsperiode viele frühere Anhänger verloren; er hatte von Anfang an keinen Zweifel daran gelassen, daß er kein zweites Mal kandidieren wolle; folglich war seine politische Zukunft ihm gleichgültig, und er hatte mit einer den Kongreß irritierenden Hartnäckigkeit auf der Durchsetzung seines Wahlversprechens, der Reform der Vergabe öffentlicher Ämter, bestanden. Er erreichte damit freilich nur, daß sich die Fronten zwischen Exekutive und Legislative derart verhärteten, daß keine wichtige Gesetzesnovelle mehr verabschiedet werden konnte. Zynisch veranlagte Bürger sahen darin kein allzu großes Übel: Nun, da die Wiederaufnahme der Barzahlungen beschlossene Sache war, brauchte das Land ihrer Meinung nach nichts weiter als eine ruhige Phase ohne tiefgreifende Änderungen. Aber die Regierung konnte nicht auf unbestimmte Zeit in ihrer Sackgasse verharren: Das Volk verlangte nach einem Präsidenten, der es verstand, sich mit dem Kongreß zu arrangieren. Der Unerbittliche mit dem langen grauen Bart mußte durch einen geschickteren Politiker ersetzt werden. Waynesboro und der umliegende Wahlkreis bezeugten dem Präsidenten die gleiche Hochachtung wie eh und je, und die Bürger vertrauten darauf, daß er gleich ihnen John Sherman als seinen Nachfolger akzeptieren und unterstützen würde: Hatte Präsident Hayes seinem Finanzminister nicht durch dick und dünn die Treue gehalten? Im Zigarrenladen, im Drugstore, im Gerichtsgebäude und in John Gordons Praxis wurde heftig diskutiert, und die Damen, weniger kompromißbereit als die Männer und eher geneigt, Gegner zu Feinden zu erklären, fielen in gerechtem Zorn über Zeitungskarikaturen und Leitartikel her. Wie die meisten Republikaner war auch die Schachrunde in Johns Praxis sich einig: Die Parteigänger der Grant-Partei mit Conkling als Anführer und Grant als Galionsfigur würden sich im Kampf gegen die Blaine-Anhänger aufreiben, und schließlich würde ein Kompromiß die Wahl entscheiden müssen. Sie setzten ihre Hoffnung auf John Sherman, und manche von ihnen – allen voran Ludwig – erwärmten sich für ihren Kandidaten mit einer Loyalität, wie sie nicht selten aus der Parteinahme für eine gute Sache erwächst, der man sich ursprünglich aus reinen Vernunftsgründen verschrieben hat.

»Nur schade«, sagte Ludwig eines Abends in Johns Praxis, als er, Lichtenstein und Dr. Blair sich dort versammelt hatten, »daß Sherman die Leute so wenig zu begeistern versteht. Dabei mangelt es ihm keineswegs an Wärme und Herzlichkeit, er ist nur so reserviert, genau wie Hayes.«

»Alle Welt weiß, daß Hayes ein gefühlvoller Mensch ist.« Dr. Blairs Bewunderung für den Präsidenten und seine Frau, die Temperenzlerin Lucy, hatte kein Jota eingebüßt.

»Ja. Aber wußte man es auch, bevor er gewählt wurde? Sherman wird jedenfalls einen besseren Präsidenten abgeben«, versetzte Ludwig mit Nachdruck. »Er hat mehr Erfahrung im Umgang mit dem Kongreß, und auch die Jahre als Finanzminister werden ihm zugute kommen. Er ist ein ausgezeichneter Wirtschaftsexperte: Gegen heftige Widerstände und sogar Drohungen hat er seine Politik der ›gesunden‹ Währung durchgesetzt. Mir imponiert ein Mann, der es um seiner Überzeugung willen in Kauf nimmt, sich unbeliebt zu machen.«

John, der aus seinem Sprechzimmer herübergekommen war, als die Männer eben ihre Partie beendeten, warf ein: »Wer es wagt, sich unbeliebt zu machen, wird selten gewählt.«

»Aber die wirtschaftliche Entwicklung hat doch gezeigt, wie richtig es war, daß er sich für die Wiederaufnahme der Barzahlungen starkmachte. Sollte dieser Erfolg nicht Wasser auf seine Mühle sein?«

»Uns brauchen Sie nicht zu bekehren, Rausch«, knurrte Dr. Blair. »Wir sind ganz Ihrer Meinung. Es tut mir nur leid, daß Garfield die Delegation anführen wird. Er ist im Herzen ein Blaine-Anhänger.«

Dieses Gespräch fand nach dem Parteikonvent statt, auf dem Ludwig unter großen Schwierigkeiten um die Stimmen von Blaines Getreuen gekämpft hatte. Jetzt nickte er dem Rektor bestätigend zu. »Ich hätte ihn auch nicht gewählt. Garfield ist Blaine zu sehr verpflichtet. Aber Sherman wollte ihn haben. Der Delegation aus Ohio werden zwei, drei von Blaines Parteigängern angehören, aber ich kann mir nicht vorstellen, daß Garfield es wagen würde...«

»Sein Gewissen ist... wie sagt man?... flexibel.« Mr. Lichtenstein hatte die Vergangenheit nicht vergessen.

»Er und Blaine sind aus demselben Holz geschnitzt«, stimmte John zu.

»Ich hoffe nur, Sherman weiß, was er tut.«

»Wenn schon ein schwarzes Schaf gefunden werden muß, dann sollte man nicht vergessen, daß auch über Garfield selbst allerhand gemunkelt wird.« Das war Dr. Blair. »Er ist ein braver und gottesfürchtiger Mann, doch Politiker können manchmal Böses tun und sich trotzdem einreden, ihre Handlungsweise sei ehrbar.«

»Ich glaube nicht, daß er eine ernsthafte Verfehlung wagen würde«, wandte Ludwig ein.

So debattierten die Männer, die Tage verstrichen, das Leben ging seinen Gang; aber selbst wirklich wichtige Ereignisse – Geburten, Hochzeiten, Todesfälle – tilgten den Gedanken an die bevorstehenden Parteikonvente nicht ganz und gar aus dem allgemeinen Bewußtsein. Nicht einmal die bevorstehende Vermählung von Douglas Gardiner mit Barbara Bodien konnte die Politik aus den Spekulationen und Mutmaßungen der Leute verdrängen, wenngleich sie bei den meisten Bürgern von Waynesboro ungewöhnlich großes Interesse erregte. Und als am letzten Apriltag die Hochzeitsglocken läuteten, da geriet tatsächlich alles andere in Vergessenheit – zumindest für ein paar Stunden.

Douglas hatte all seine Freunde und Kollegen zur Trauung eingeladen, darunter die Rauschs, die Edwards', die Gordons und die Ballards. Mit gemischten Gefühlen hatte er den hübsch gravierten Tafelaufsatz gemustert, der seiner Auserwählten von den Ballards zugedacht worden war, aber er hatte Barbaras Vergnügen daran mit keinem Wort getrübt. Ihn überraschte weder die Flut der Geschenke (Waynesboro fügte sich unter allen Umständen dem, was üblich war) noch die Bereitwilligkeit, mit der die Einladungen zur Trauung und dem anschließenden Empfang angenommen wurden. Seine Freunde waren willens, ihrer Neugier den erforderlichen Tribut zu zollen und seine Frau anzuerkennen. Barbaras Vater hingegen schwelgte in naiver Freude. »Barbara wird schon zurechtkommen«, versicherte er seiner Frau, »wart's nur ab. Der Chef hat's mir versprochen, und auf ihn kann man sich verlassen. Die alten Tanten mögen ihr noch eine Weile die kalte Schulter zeigen, aber alle anderen werden gut zu ihr sein.«

»Und warum auch nicht, wenn ich fragen darf?« Mrs. Bodien hatte Doug zwar recht gern, mißbilligte aber dennoch diese Verbindung. »Außerdem ist es gleichgültig, was die Leute in der Stadt denken. Du machst dir viel zu viele Sorgen, Gus. Die beiden lieben einander. Ist denn das nicht genug?«

»Ist es das? Hat es dir genügt, all die Jahre?«

»Die Liebe entschädigt nicht für alles, das weißt du so gut wie ich. Wenn nur...« Aber sie war klug genug, ihren Mann nicht mit den Ängsten um ihrer beider Seelenheil zu behelligen: des seinen und Barbaras (Stewart stand noch unter ihrem Einfluß), und außerdem, sofern es Gott gefiel, war es ja für Mann und Tochter nicht zu spät. »Wenn nur«, wiederholte sie in gefaßterem Ton, »nicht die Gefahr bestünde, daß wir das Kind verlieren.«

»Das werden wir nicht. Deine Familie hat dich doch auch nicht verloren.«

Sie dachte: Diesmal ist es etwas anderes, laut aber sagte sie: »Ja, und bei der Hochzeit werden sie mir eine große Stütze sein, Jim und Dan und die Ihren. Ohne sie hätte die Familie der Braut kaum Gäste in ihrer Kirchenbank – nur deine Kameraden von der Armee.«

Captain Bodien schmunzelte. General Gibbon wäre wohl kaum erbaut gewesen, hätte er gewußt, daß man ihn als seinen »Kameraden« bezeichnete. Aber er würde kommen: Er hatte es versprochen, und daraus schöpfte der einstige Artillerie-Feldwebel des einstigen Artillerie-Hauptmanns ungetrübte Freude.

Die Familie des Bräutigams und seine Freunde waren auf die Brüder MacDonald nebst Frauen und Kindern vorbereitet, und Barbaras Onkel, Tanten, Vettern und Cousinen enttäuschten sie nicht: Die vierschrötigen Iren mit ihrer rauhen Herzlichkeit, ihre drallen Frauen und die strammen Kinder waren genau so, wie man sie sich vorgestellt hatte. Manch einer wunderte sich darüber, im Salon der Bodiens nicht deren irische Nachbarschaft aus dem Westviertel anzutreffen, ohne in seiner Unkenntnis zu begreifen, daß kaum ein gläubiger Katholik einer so ketzerischen Handlung wie der Trauung einer der Ihren (und sei es auch nur dem Namen nach) mit einem Protestanten und durch einen presbyterianischen Geistlichen beiwohnen würde. Mehr noch wunderte man sich über das Haus der Bodiens, das keiner von Dougs Gästen je zuvor betreten hatte. Wären nicht die Kinder gewesen und hätten den Erwachsenen über ihr Erstaunen hinweggeholfen, so wären sie womöglich gar in Verlegenheit geraten. Aber da auf den Einladungen gestanden hatte »und Familie«, waren nebst anderen auch die drei größeren Rausch-Kinder und die beiden Gordons mitgekommen und halfen ihren Eltern, indem sie sich von Diele und Salon der Bodiens durchaus nicht beeindrucken ließen.

Als Captain Bodien das baufällige Gerberhaus erwarb, hatte er dies nicht nur seiner Frau zuliebe getan, sondern auch, weil es ihn – trotz seines heruntergekommenen Zustands – an die Häuser erinnerte, die er als Kind gekannt hatte: die Häuser seiner Großeltern, seiner Onkel und Vettern im ländlichen Maryland. Und das mit gutem Grund: Das Gerberhaus sah ihnen ähnlich. Ein Architekt aus Maryland hatte es in den zwanziger Jahren als einstöckigen Mittelbau mit ebenerdigen Seitenflügeln errichtet. Stukkaturen und Ornamente, Karnies, Eingangstür und Eckpfeiler waren gemäß der damaligen Mode gestaltet. Captain Bodien hatte sich mit den notwendigen Reparaturen und einem frischen Anstrich begnügt, den Stil aber unberührt gelassen. Die weißgetünchten Ziegelmauern, die grünen Fensterläden sowie die hohen und breiten Schornsteine verliehen dem Haus nachgerade das Aussehen eines südstaatlerischen Plantagensitzes, was ihm nach Meinung manch eines mißgünstigen Hochzeitsgastes durchaus nicht zustand. Drinnen waren die Tische mit Flieder geschmückt; Fliedersträuße standen auch in jeder Ecke, verdeckten aber weder die Schönheit der geschwungenen Treppen noch die der niedrigen Räume mit ihren klassizistischen Türen und Kaminen oder der alten Mahagonimöbel, die man im Salon an die Wände gerückt hatte. Dort hinein wurden die Gäste von Stewart Bodien geführt, der – auch dies eine Überraschung – mit seinen fünfzehn Jahren ein kräftiger hübscher Junge war; wie Barbara hatte er graue Augen und schwarzes Haar, doch sein Gesicht mit den hohen Wangenknochen und der kantigen Kinnpartie wirkte herber. Die Gäste aus Waynesboro versammelten sich auf einer Seite des mit bunten Bändern markierten Brautgangs, der von der Diele bis zum fliedergeschmückten Kamin verlief; auf der anderen Seite hatten sich die MacDonalds und Captain Bodiens Armeefreunde zusammengefunden. Messingknöpfe funkelten und goldene Tressen glitzerten. Der feingliedrige Offizier, dessen kurzgeschorenes Haar und der wohlgestutzte Schnurrbart die würdevolle Erscheinung noch betonten, sowie der untersetzte, rotwangige Veteran neben ihm, dessen Uniform ganz den Eindruck machte, als werde sie nur am Heldengedenktag getragen, erweckten Aufmerksamkeit. Als Johnny Gordon ihrer ansichtig wurde, umklammerte er die Hand seiner Mutter. »Das ist General Gibbon«, flüsterte er vernehmlich, woraufhin aller Augen sich mit erhöhter Neugier auf den schmächtigen alten Herrn richteten. Anne gebot ihrem Sohn zu schweigen. Aus dem Wohnzimmer ertönte Klaviermusik; Pfarrer McKinney postierte sich vor dem Kamin: In seinem Sonntagsgehrock, einen Finger als Merkzeichen zwischen den Seiten seiner Bibel, gab er sich ganz gefaßt, wobei er freilich ein bißchen übertrieb und eher blasiert wirkte. Douglas Gardiner humpelte aus der Diele herein, neben sich Sheldon Edwards, seinen Trauzeugen, und beide traten vor den Geistlichen hin; Doug stand so, daß er den Treppenabsatz und die Dielentür im Blick hatte; seine Zähne waren so krampfhaft aufeinandergepreßt, daß die Kinnmuskeln hervorsprangen. Doch niemand achtete auf ihn. Barbara kam die Treppe herunter, die lange Schleppe über die Stufen nachziehend; in der Diele wurde sie von ihrem Vater in Empfang genommen und schritt an seinem

Arm in den Salon. Lächelnd schwebte sie herein, und als Douglas an ihre Seite trat, erwiderte er dieses liebende, vertrauensvolle Lächeln und entspannte sich. Die Zeremonie war im Nu vorüber. Wie Johnny Gordon später klagte: »Es hat nicht lange genug gedauert.« – »Lange genug wofür?« fragte sein Vater. »Um unsere aufgeputzte Maskerade zu rechtfertigen? Da stimme ich dir zu. Aber ich hoffe, eure Mutter hat uns nicht nur für diesen Anlaß so ausstaffiert.«

Braut und Bräutigam gingen unter den bunten Bändern hindurch und stellten sich in Erwartung der Gratulationscour mit dem Ehepaar Bodien am Fuß der Treppe auf; Barbaras Bruder schickte sich an, die Bänder zu entfernen. In die Reihen der Gäste kam Bewegung; man stellte sich in Zweierreihen auf, und ein jeder wartete, bis er seine Glückwünsche ausgesprochen hatte, um sich anschließend ins Eßzimmer zu begeben. Anne spürte die Erregung ihrer Kinder, die sie an den Händen hielt. Es ist ja auch ihre erste Hochzeit, dachte sie. Für Binny mochte diese Erklärung ausreichen, doch sie ahnte, daß Johnnys Ergriffenheit von der ihm Ehrfurcht einflößenden Erkenntnis herrührte, mit Captain Bodiens General Gibbon und seinem »Alten«, jenem Major Stewart, den Johnny nachahmte, wenn er kommandierte: »Fahrer, aufsitzen!«, unter einem Dach zu weilen. In seinem Eifer verlor Johnny seine Mutter im Gedränge, stieß auf die Rauschs und stellte sich neben Elsa in die Reihe; General Gibbon stand direkt vor ihnen. Als er Barbara die Hand schüttelte, beugte er sich über sie, und mit den Worten: »Das Vorrecht eines alten Soldaten, meine Liebe«, gab er ihr einen Kuß auf die Wange. »Schließlich waren Sie einmal das ›Baby der Batterie‹ und erhielten den Namen Barbara, auf daß Ihre Schutzheilige über uns Kanoniere wache.«

Barbara, die in ihrem weißen Kleid und dem zarten Schleier, mit vor Erregung dunklen Augen und glühenden Wangen noch schöner aussah als gewöhnlich, hielt ihr herzförmiges Gesicht immer noch so emporgereckt, wie sie es dem General zum Kuß dargeboten hatte, als sie jetzt zur Antwort gab: »Es war sehr gütig von Ihnen, daß Sie zu uns gekommen sind, Herr General. Damit haben Sie Papa eine große Freude gemacht, und mir auch. Es kommt mir fast so vor, als erinnerte auch ich mich an damals, denn seit meiner Kindheit habe ich immer wieder davon erzählen hören. Darf ich Ihnen meinen Mann vorstellen? Mr. Gardiner wird unser nächster Kongreßabgeordneter.«

Der Mund des Generals straffte sich, und seine Miene verriet, daß Abgeordnete wohl nicht seine rückhaltlose Bewunderung genossen. Allein, er schüttelte Doug die Hand und wechselte ein paar freundliche Worte mit ihm, ehe er sich abwandte und auf Captain Bodien zusteuerte.

»Tja, Sergeant, das ist lange her.«

Captain Bodien ergriff die ausgestreckte Hand des Generals und drückte sie herzlich. »An die fünfzehn Jahre her, daß Sie zu unserem Abschnitt der Petersburger Front kamen und mit uns exerzierten, nur um in Übung zu bleiben.«

»Um euch auf Vordermann zu bringen, meinen Sie wohl! War auch verdammt nötig bei einem Haufen, wo einer wie Sie so aus dem Stegreif den Hauptmann spielte! Sie hätten sonst womöglich noch alles vergessen, was Sie je über leichte Artillerie gelernt haben.«

»Ganz recht, Sir. Nachdem man den ›Alten‹ als Invaliden aus der Armee entlassen hatte« – damit reichte der stolze Brautvater Major Stewart die Hand – »war die Batterie nicht mehr dieselbe. Ich konnte den Major nicht ersetzen. Wollen Sie sich noch einen Moment gedulden, Sir? Ich bin gleich fertig mit dieser Prozedur.«

Und wirklich war die Gratulationscour bald darauf zu Ende. Das Brautpaar, die Sheldon Edwards', Barbaras Bruder Stewart und ein paar Vettern und Cousinen nahmen an der Hochzeitstafel Platz. Die übrigen Gäste wurden im Stehen bewirtet. Johnny und Elsa, die man mittlerweile bis an die Wand zurückgedrängt hatte, bahnten sich hartnäckig einen Weg durch die Menge bis hin zum Arbeitszimmer des Captains in einem der Seitenflügel des Hauses: Sie folgten den Uniformen, wobei sie sich hier mit den Ellbogen Platz schafften, dort in gebückter Haltung unter einem Hindernis hindurchrobbten. Hinter ihnen führte Captain Bodien die Ehepaare Rausch und Gordon, die ihre Kinder einzuholen versuchten, demselben Refugium zu und überließ alle weitere Verantwortung für die übrigen Gäste seiner Frau und ihren Helfern.

»Tut mir leid, daß ich Ihnen statt der Limonade, die rumgereicht wird, keinen kräftigen Schluck anbieten kann, aber ich werde dafür sorgen, daß man uns zumindest etwas zu essen herbringt.« Er streckte den Kopf zur Tür hinaus, wechselte ein paar Worte mit jemandem, wandte sich dann wieder seinen Besuchern zu und schloß die Tür. »Unter unseren Gästen sind ein paar Temperenzler, und um Barbaras willen darf ich es mit denen nicht verderben. Später, wenn alle fort sind... Aber zuerst einmal möchte ich Sie mit diesen Herrschaften hier bekannt machen: Mrs. Rausch und Captain Rausch, vormals Sechstes Regiment von Iowa. Mrs. Gordon und Captain Gordon, vormals Stabsarztassistent bei Ohios Sechsundvierzigern.«

Johnny, der noch nie gehört hatte, daß jemand seinen Vater mit

»Captain« anredete, lauschte mit offenem Mund den üblichen Begrüßungsfloskeln. Dann packte Captain Bodien ihn und Elsa am Kragen und schob sie mit sanfter Gewalt geradewegs vor die beiden Offiziere hin.

»Sir, hier bringe ich Ihnen zwei Kanoniere. Der junge Leutnant Gordon befehligt eine Abteilung der Batterie, und Hornist Rausch beherrscht sämtliche Artillerie-Signale. Die beiden sind erstklassig ausgebildet, General; ich habe den ganzen letzten Sommer hindurch mit den Kindern exerziert. Major Stewart, darf ich auch Ihnen meine beiden Freunde vorstellen: Leutnant Gordon und Hornist Rausch.«

Elsa schien ein wenig verwirrt, hielt indes mutig die Stellung und schüttelte die Hände, die sich ihr entgegenstreckten. Johnny wagte nicht, sich umzublicken – er glaubte die elterlichen Hände, die sich ausstreckten, um ihn aus dem Rampenlicht zu ziehen, förmlich auf seinen Schultern zu spüren. Er hatte Angst, wußte aber gleichzeitig, daß er es sein Leben lang bereuen würde, wenn er jetzt schwieg; dies war seine einzige Chance.

»General Gibbon, Sir: Erinnern Sie sich an South Mountain? Und an Antietam?«

»Johnny!« donnerte sein Vater dazwischen.

»Lassen Sie ihn ruhig fragen, Captain. Ich werde alt, wissen Sie, und ein alter Mann weiß es zu schätzen, wenn er Zuhörer für Geschichten aus seiner Jugendzeit findet. Ja, ich erinnere mich an den Sturm unserer Brigade auf Turners Gap, wenn du das meinst, mein Junge. Stewart führte seine Abteilung der Batterie bis hinauf zur Übergangsstelle, während die Infanterie im Tal Aufstellung nahm, zwei Regimenter an jeder Flanke. Es war ein prachtvoller Anblick! Eine Parade, die in Gala in die Schlacht marschierte, und General McClellan und mit ihm die meisten Offiziere der Armee sahen von den umliegenden Hügelkuppen aus zu. Unsere braven Soldaten sind gradewegs in die Schlucht reinmarschiert. Und erst Antietam – niemand, der zugegen war, könnte je vergessen, wie meine Brigade dort gekämpft hat und was sie für Schläge einstekken mußte, nicht wahr, Stewart? Die Batterie war auf der Tenne zwischen den Heuschobern verteilt, und im Kornfeld, nur durch eine Einfriedung von den Unseren getrennt, schien die gesamte Rebellenarmee auf der Lauer zu liegen.«

»Und Sie haben selbst eins der Geschütze abgefeuert, als nicht genug Kanoniere zur Hand waren, Sir?«

»Richtig! Ich hatte dieses Geschütz auf die Straße schaffen lassen, um uns den Weg freizuhalten. Ja, ich erinnere mich. Der Boden war abschüssig, und die wenigen Kanoniere, die man bei dem Geschütz zurückgelassen hatte, waren zu aufgeregt, als daß sie bemerkt hätten, wie sich mit jedem Rückstoß die Richthöhe veränderte und die Kugeln einfach über die Köpfe der Rebellen hinwegsausten. Ich verstellte die Höhenrichtschraube und zog ein- oder zweimal selbst die Abzugsleine. Aber bei den armen Jungs hinter den Heuschobern ging's noch viel heißer her: Schrot, Granaten und alle nur erdenklichen Geschosse prasselten auf sie nieder, pfiffen über die Köpfe unserer Männer hinweg, die aus dem Kornfeld zurückkamen und die Rebellen auf den Fersen hatten. Aber Leutnant Stewart hat dem Feind den Garaus gemacht.«

Die leuchtenden Kinderaugen richteten sich auf den »Alten«. Sein gezwirbelter Schnurrbart sträubte sich, die blauen Augen in seinem frischen Gesicht zwinkerten vergnügt. »Wir haben den Rebellen mit Doppelkartätschen heimgeleuchtet, so schnell wir nur laden und die Abzugsleine ziehen konnten. Das hielt sie uns lange genug vom Leib, um uns mit den paar Pferden, die uns noch geblieben waren, aus dem Staub zu machen. Es war höchste Zeit für die Unseren.«

»Sie haben auch die Geschütze mitgenommen?« Johnny wußte es, wollte jedoch die ganze Geschichte von dem verantwortlichen Offizier persönlich hören.

»Und ob wir unsere Kanonen mitgenommen haben! Auf Befehl vom General hier.«

»Waren sowieso nicht mehr genug Männer übrig, um die Geschütze zu bedienen.«

»Wir mußten uns mächtig beeilen, um den Rebellen zu entkommen. Wir hatten in wenigen Minuten vierzig Mann und dreißig Pferde verloren. Wäre der Kampf noch weitergegangen, hätte die Batterie nicht genug Pferde übrigbehalten. Und die ganze Brigade verlor... wie viele, Sir?«

»Jedenfalls so viele, daß sie nie mehr ganz die alte wurde. Sie hieß zwar immer noch die ›Eiserne Brigade‹, und wir machten Soldaten aus dem neuen Regiment, das man uns zuteilte. Das haben die Männer bei Gettysburg bewiesen, aber zu viele der Besten waren weg. Junge Freiwillige wie dein Vater. Die alten Berufssoldaten dagegen – Burschen wie Stewart und Bodien –, die sämtliche Kriegslisten und Ränke kannten, haben überlebt.«

»Aber Major Stewart wurde verwundet.«

»Ja. Bodien, Sie hat's doch bei Antietam auch erwischt, nicht wahr? Hätte ich beinahe vergessen. Wissen Sie, seit ich wieder draußen im Westen bin und gegen die Indianer kämpfe, scheint mir der Bürgerkrieg weiter zurückzuliegen als das Jahr in Camp Floyd oder die Scharmützel mit den Mormonen und den Indianern. Wenn mich jemand nach Bodiens Wunde gefragt hätte, wäre ich womöglich auf den Gedanken gekommen, ihm zu antworten: ›Ja, das war 'n Indianer-Tomahawk, der nicht tief genug in den Schädel drang, um ihn zu töten. Also entfernte man ihm im Lazarett einfach die Knochensplitter und setzte ihm eine Silberplatte ein.‹ Darum ist sein Hinterkopf so glattpoliert wie eine Billardkugel. Immer noch zufrieden mit dem Ding, Bodien?«

»Hab' mich dran gewöhnt, wie an meinen eigenen Schädel, Sir.«

»Erinnern Sie sich noch an einundsechzig und den Marsch nach Missouri? Zwölfhundert Meilen mit Gewehren, Kanonen und Pferden... Ihre Kanoniere konnten wenigstens reiten. Aber die armen Teufel von der Infanterie mußten den ganzen Weg zu Fuß zurücklegen. Und wir mußten damit rechnen, unterwegs angegriffen zu werden. Und als wir endlich St. Joe erreichten, erfuhren wir als erstes, die Schlacht am Bull Run sei gewonnen. Da kriegten wir Angst, der Krieg könne aus und vorbei sein, ehe wir auch nur einen Schuß Pulver gerochen hätten. Dann hieß es auf einmal, die Unseren hätten die Schlacht verloren, die Armee sei in alle Winde zerstreut, und nun befürchteten wir, daß wir zu spät kämen, um das Land zu retten. Na, Bull Run haben wir jedenfalls verpaßt. Aber vielleicht waren Sie dabei?« fragte er John und Ludwig.

Ludwig schüttelte den Kopf. John sagte: »Ja, ich war dabei. Mit dem Ersten Regiment von Ohio. Und ich wurde von meiner Truppe abgesprengt. Hab' mich die Nacht über unter einer Brücke versteckt.«

Alle lachten. General Gibbon erkundigte sich: »Dann waren Sie also zu der Zeit noch nicht im Feldlazarett beschäftigt?«

»Nein. Einundsechzig hatte ich meine medizinische Ausbildung noch nicht ganz abgeschlossen. Nach der Schlacht am Bull Run bin ich ins Zweite Regiment übergewechselt, weil dort die meisten meiner Waynesboroer Freunde standen. Doch im nächsten Frühjahr wurde ich beurlaubt, um meinen Doktor zu machen. Die Armee brauchte dringend Ärzte. Nach Abschluß meiner Studien wurde ich dann zu Ohios Sechsundvierzigern geschickt.«

»Das war natürlich bei der West-Armee. Die Potomac-Armee konnte Sie also kein drittes Mal reizen? Ach, wenn man so ins Erzählen kommt, scheint's mir, als sei das alles erst gestern gewesen, und dabei ist es doch schon eine ganze Weile her.«

»Seitdem haben Sie schon oft wieder im Gefecht gestanden, nicht wahr, Sir?« Captain Bodien war ebenso gespannt wie die Kinder. »Was haben Sie denn inzwischen alles erlebt?«

»Na, Sie wissen ja, wie's im Krieg gegen die Indianer zugeht. Gerissen sind sie, diese roten Teufel! Nie weiß man genau, wo sie stecken. Mein Stab wurde nach Custers Massaker zum Little Big Horn geschickt, um dort Ordnung zu schaffen.« Vielleicht aus Rücksicht auf die Kinder sprach er nicht weiter. Gleich darauf ließ erwartungsvolles Raunen draußen in der Halle erraten, daß die Braut sich anschickte, die Treppe hinaufzusteigen und ihr Bukett zu werfen. Das Grüppchen in Captain Bodiens Arbeitszimmer verließ die behaglich männliche Atmosphäre, die zwischen den dunklen Möbeln, Ledersesseln und vollgestopften Bücherregalen herrschte, wo Säbel und Karabiner nach altem Soldatenbrauch den Platz über dem Kamin zierten, und kehrte in die fliederduftende Diele zurück. Nicht lange danach zog das Brautpaar in einem Schauer von Reis davon, die Gäste aus Waynesboro verabschiedeten sich einer nach dem anderen und ließen den Captain mit seinen Kameraden und Offizieren allein.

Als gesellschaftliches Ereignis war die Hochzeit zumindest oberflächlich ein Erfolg gewesen: Zwei, wenn nicht gar drei Welten (oder doch zumindest Bruchstücke davon) waren zusammengetroffen und hatten liebenswürdig miteinander verkehrt; nur die Misses Gardiner hatten ihre Zurückhaltung deutlich gemacht; ansonsten aber hatte niemand den Eindruck erweckt, die anderen auch nur neugierig zu beäugen, abgesehen von den wenigen, die nicht an Miß Lavinias ausladende Krinolinen gewöhnt waren. Doch mit der möglichen Ausnahme des Brautpaares sowie gewiß mit der des Brautvaters waren die Kinder bei diesem Fest am meisten auf ihre Kosten gekommen.

Die Gordons fuhren in dem leichten Kutschwagen davon, den sie für Familienausfahrten zu benutzen pflegten; Johnny und sein Vater auf dem vorderen, Anne und Binny auf dem rückwärtigen Sitz. Die alte Molly trottete so gemächlich dahin, daß andere Kutschen herandrängten und sie zu überholen versuchten. Während John mit den Zügeln knallte und Molly an die Seite zu dirigieren versuchte, ließ sich zum erstenmal Binnys feines Stimmchen vernehmen; bei der Zeremonie im Salon hatte sie geschwiegen und sich später im Arbeitszimmer des Captains dicht an ihre Mutter geschmiegt, auf daß die Männer mit den dröhnenden Stimmen sie nicht bemerkten. »Mama«, fragte sie jetzt, »war Papa auch Soldat?«

Anne erwiderte: »Ja, natürlich war er Soldat.« Johnny rief: »Was bist du doch für ein dummes Ding, wenn du das nicht weißt!« und John sagte: »Nein.«

»Bring sie nicht durcheinander, John. Ja, Binny, Papa war Soldat.«

»Aber ich habe nicht mit der Waffe gekämpft wie die anderen, sondern nur nach den Schlachten die Verwundeten wieder zusammengeflickt, so gut ich konnte.«

»Der Krieg war schrecklich, und Papa spricht nicht gern darüber. Aber manchmal muß ein Mann für sein Land kämpfen.«

Binnys Stimmchen wurde noch leiser. »War es ein *großer* Krieg?«

»Nein, wirklich, du *bist* eine...«

»Das will ich nicht noch einmal hören, Johnny.«

»Es war ungefähr der größte Krieg in der ganzen Weltgeschichte, nicht wahr, Papa?«

»Von der Anzahl der Kämpfenden her gesehen – vielleicht.«

»Der General vorhin, war das *dein* General?« bohrte Binny weiter. »Oder war er wenigstens ein so großer General wie deiner?«

John lächelte, hielt den Blick aber starr auf Mollys Ohren gerichtet. »Nein, so groß war er nicht. Mein General war der beste von allen: General Sherman. Merk dir den Namen. Kann sein, daß du ihn eines schönen Tages zu sehen bekommst. Er befehligt jetzt die gesamte Armee.«

»Aber jetzt ist doch kein Krieg?«

»Nein, nur der Kampf gegen die Indianer, draußen im Westen.«

»Wenn wir ihn mal treffen, deinen General, wird er sich dann an dich erinnern?«

»Nein. Ich war nur einer von Tausenden; ich kann mir nicht vorstellen, daß er auch nur meinen Namen kennt. Es sei denn, er erinnert sich daran, wie hartnäckig ich dem Oberkommando zugesetzt habe, damit sie dieses Lazarett in Duckport schließen. Ohne seinen Befehl wäre das vielleicht nie geschehen.«

»Das reicht, Binny«, befand ihre Mutter. »Beeindrucken dich goldene Tressen denn gar so sehr? Hat dir die Braut etwa nicht gefallen?« Sie glättete die zerzausten Haare des Kindes und beruhigte mit dieser Geste gleichzeitig sein aufgeregtes Gemüt. Binny war sechs, ein wenig älter als Charles Rausch, der zur Zeit die von Elsa verschmähte Blechtrompete blasen lernte. Binny würde sich nun bald den anderen Kindern anschließen wollen. Im Herbst sollte sie eingeschult werden, und das bedeutete stets den ersten Schritt zur Unabhängigkeit eines Kindes. Anne erinnerte sich an ihre eigene Kindheit und daran, wie anhänglich sie ihrem Bruder Rob nachgelaufen war und wie oft der ihr eine Abfuhr erteilt hatte. Sie wollte nicht, daß Binny von den Jungs ebenso zurückgestoßen würde, aber natürlich ließ sich das nicht verhindern. Jedem kleinen Mädchen mit älteren Brüdern widerfährt dieses Schicksal.

Sie waren bereits zu Hause und saßen müßig im Wohnzimmer,

als Johnny plötzlich aufseufzte und sagte: »Nur eines hätte ich mir noch gewünscht: daß wir Major Stewart und dem General hätten zeigen dürfen, wie gut wir exerzieren können!«

»Aber du warst doch auf keinem Veteranentreffen, Kind, sondern auf einer *Hochzeit!*«

Die Rauschs, die sich von Reuben kutschieren ließen, waren vor den Gordons daheim. Doch erst als sie in ihrem Schlafzimmer allein waren (Sally hatte die Kinder fortgeschickt, damit sie die Festgewänder aus- und ihre Alltagskleider anzögen), tauschten die Eheleute ihre Eindrücke in mehr als nur oberflächlichen Kommentaren aus.

Aber ehe Ludwig und Sally sich noch eingehend mit ihren unterschiedlichen Standpunkten zu dieser Hochzeit befassen konnten, erschien Elsa in Chemise und gestärktem Unterrock im Türrahmen.

»Wird es wieder Krieg geben, Papa?«

»Grundgütiger Himmel, Kind!« fuhr ihre Mutter energisch dazwischen. »Davor möge uns Gott bewahren!«

»Ich wünschte, es gäbe Krieg.«

»Du weißt ja nicht, wovon du sprichst. Krieg ist etwas Furchtbares.«

»Aber General Gibbon und Major Stewart und Captain Bodien, denen hat's gefallen. Sie waren Helden. Es muß aufregend gewesen sein. Und abenteuerlich.«

»Du hättest nichts von den Abenteuern, mein Kind. Du würdest bloß daheimsitzen und warten und warten. Du glaubst doch nicht etwa, daß junge Damen am Heldentum teilhaben, oder?«

Elsa lehnte sich gegen den Türpfosten und schwieg. Wenn sie vom Krieg träumte, sah sie sich nie als junge Dame. Sie würde sich verkleiden, ihre Haare abschneiden und mit ins Feld ziehen.

Da ergriff ihr Vater zum erstenmal das Wort. Er bemühte sich so sehr, seine Meinung klarzulegen und seiner Tochter den gewünschten Eindruck zu vermitteln, daß seine Worte beinahe gestelzt klangen. Diese gewichtige Redeweise wirkte so ungewohnt an ihm, daß Elsa ihren Vater mit einem erstaunten Seitenblick maß.

»Alte Soldaten! Elsa, General Gibbon und die anderen – denen hat der Krieg nicht *gefallen.* Und mir auch nicht, keinen Augenblick lang. Dein Onkel Dock wird fast krank, wenn er nur daran denkt. Diese Männer vorhin... was ihnen gefällt, ist die *Erinnerung.* Sie sind mittlerweile im vorgeschrittenen Alter, und in der Rückschau denken sie: ›Dieser Krieg war das größte politische Ereignis in unserem Lande, und wir hatten teil daran. Damals hat sich das Leben noch gelohnt.‹ Ihr jetziges Leben verläuft dagegen ziemlich eintönig; vielleicht sogar für General Gibbon draußen in der Prärie. Es hat nicht mehr die rechte Würze, weiß man doch, daß es weitergehen wird und nicht von einem Moment zum anderen vorbei sein kann. Diese Männer merken, daß ihr Kriegshandwerk im Vergleich zu früher nicht mehr sonderlich wichtig ist, und darum erinnern sie sich gern an damals und sagen: ›Ich war dabei.‹ Aber keiner von ihnen würde dem eigenen Sohn wünschen, daß er durchmachen müsse, was sie erduldet haben.«

»Erinnerst du dich auch gern, Papa?«

Fassungsloses Schweigen vertrieb den ernsthaften Ausdruck von seinem Gesicht. »Aber ich bin doch nicht... Gott im Himmel!« Er seufzte, dann schmunzelte er. »Wahrscheinlich komme ich tatsächlich in die Jahre. Das Alter sitzt mir im Nacken. Aber mein Leben hat Würze genug.« Er beugte sich zu Sally hinüber und ergriff ihre Hand. »Außerdem bin ich viel zu beschäftigt, um meine Zeit an Erinnerungen zu verschwenden; und das wird auch noch ein Weilchen so bleiben.«

»Zieh dir was an, Elsa. Es schickt sich nicht, wie du herumläufst.«

Als die Eheleute wieder allein waren, sagte Sally: »Dein Captain Bodien ist sehr gewitzt. Doch mit dem Auftritt von General Gibbon und diesem Major wie-heißt-er-doch-gleich hat er *mich* nicht täuschen können – das war ein abgekartetes Spiel, und ich wette, du weißt es.«

»Aber warum sollte er so etwas tun?«

»Um zu beweisen, daß wir uns alle in seiner Familie geirrt haben.«

»Und hat er diesen Beweis nicht erbracht?«

»Er hat bewiesen, daß er kein so großer Lügner war, wie wir dachten. Wenn General Gibbon sagt, daß all diese gräßlichen Dinge wie die Geschichte mit dem Tomahawk passiert sind, dann stimmt das auch. Und ich nehme an, sein Haus und die Einrichtung entsprechen dem, woran er als Kind gewöhnt war – sonst könnte er sich nicht so selbstverständlich dazwischen bewegen und sich in seinem Heim so wohl fühlen. Aber das ändert alles nichts daran, daß er vor dem Krieg als gemeiner Soldat in die Armee eingetreten ist, und zu der Zeit waren doch die meisten Berufssoldaten ausgemachte Halunken, oder etwa nicht? Und als er dann auch noch unter seinem Stand heiratete...«

»Scht, Sally! ›Stand‹ – was heißt das schon? Wer weiß denn von irgendeinem Fremden, der sich in unserer Stadt niederläßt, aus welchen Kreisen er stammt? Hier und jetzt ist ›Stand‹ ein Wort ohne Bedeutung. Wir beurteilen einen Mann einzig und allein nach seinen Verdiensten.«

»Unsinn! Du weißt sehr wohl, daß man Leute, die einem nach Herkunft und Erziehung ebenbürtig sind, immer und überall erkennt.«

»Wirklich? Nun, wenn Captain Bodien also unter seinem Stand geheiratet hat, darf er dann nicht hoffen, daß seine Kinder es besser machen?«

»Er hätte vorher an seine Kinder denken sollen. Der Junge ist ein hübscher Bursche, aber seine Züge verraten die irische Abstammung noch deutlicher als die seiner Schwester.«

»Ich kann zwischen Stewart und den MacDonalds keinerlei Ähnlichkeit entdecken.«

»Bleibt nur zu hoffen, daß ihr Erbgut nicht in Dougs Kindern durchschlägt.«

Ludwig schmunzelte. »Ich muß zugeben, daß ich keinem der MacDonalds eine Wahlurne anvertrauen würde; trotzdem sind's liebenswerte Kerle. Und den Gardiners kann ein wenig frisches Blut ebensowenig schaden wie ein bißchen Herzenswärme und Fröhlichkeit.«

»Arme Miß Lavinia! Arme Miß Caroline!«

»Arme Erste Hexe! Arme Zweite Hexe! Trotz Seide und Atlas kamen sie mir vor wie aus *Macbeth* entstiegen. Und du kannst sie im Grunde doch auch nicht leiden, Sally.«

»Sie sind gar nicht so übel, wenn man sie erst einmal näher kennenlernt. Im Klub...«

»Jedenfalls werden sie sich nach der Wahl eine Zeitlang nicht über ihre neue Nichte zu ärgern brauchen. Und wer weiß, vielleicht werden alle kleinen Gardiners in Washington geboren.«

»Du warst es, der mir eingeredet hat, ich müsse lernen, alle Mitglieder unseres Klubs gern zu haben! Oder hast du das schon vergessen? Mrs. McKinney machte ein Gesicht, als hätte sie in eine unreife Pflaume gebissen, während der Pfarrer die Trauung vornahm.«

»Ich weiß. Mit Katholiken im selben Raum – welche Zumutung! Aber sie wird drüber wegkommen, wenn die junge Mrs. Gardiner ihrer Kirche beitritt.«

»Sie will also...«

»Ihr Vater hat es ihr geraten. Mehr weiß ich auch nicht.«

»Aber glaubt dieses Mädchen denn an rein *gar* nichts? Hängt es kein bißchen an seiner eigenen Kirche?«

Ludwig warf ihr einen spöttischen Blick zu. »Hat eine Frau nicht die Pflicht, den Glauben ihres Mannes anzunehmen? Ich meine mich zu erinnern ... Doch um deine Frage zu beantworten: Nein, ich bezweifle, daß sie sehr gläubig ist. Ihr Vater ist Freidenker, um es gelinde auszudrücken, und er hält sich was darauf zugute, seiner Tochter alle frömmelnden Flausen ausgetrieben zu haben.«

»Du magst Captain Bodien, nicht wahr?«

»Ja, ich hab' ihn gern. Aber ich habe nicht vor, ihn in unsere Kreise einzuführen, falls es das ist, was dir Kopfzerbrechen macht. Für mich zählt seine Arbeit in der Firma. Er kennt sich mit Seilen aus wie kein zweiter. Das Werk ist bei ihm in guten Händen – jeder Arbeiter leistet doppelt soviel wie früher –, und mir bleibt Zeit genug, mich um neue Aufträge zu kümmern. Du weißt, wie unsere Umsätze gestiegen sind.«

»Ich dachte, das läge daran, daß die Zeiten sich gebessert haben.«

»Zum Teil auch daran, gewiß. Außerdem verdanken wir den Aufschwung den Rekordernten der letzten Jahre. Früher war die Landwirtschaft als Markt für uns so gut wie nicht vorhanden, weil nur altmodische Farmer ihre Garben von Hand binden ließen, die Mäh- und Bindemaschinen dagegen verwendeten Draht. Jetzt hat Deere eine Maschine entwickelt, die mit Bindegarn arbeitet, und dank meiner Weitsicht haben wir davon ein ganzes Lagerhaus voll bereitliegen. In erster Linie aber ist es Bodiens Verdienst, daß in der Firma alles so reibungslos vonstatten geht. Und ich hoffe, seine Familie wird sich in Waynesboro wohl fühlen, denn dann wird er hier bleiben.«

»Ich verstehe. Also gut, nach dem Parteikonvent werden wir für die Gardiners ein Essen geben.«

DIE MITGLIEDER DES FRAUENKLUBS VON WAYNESBORO

Miß Eliza Ballard
Mrs. Mary Ballard
Mrs. Esther Beattie
Mrs. Louisa Deming
Mrs. Katherine Edwards
Mrs. Gwen Evans
Miß Caroline Gardiner
Miß Lavinia Gardiner
Mrs. Anne Gordon
Mrs. Rhoda McKinney
Mrs. Laura Maxwell
Mrs. Sarah Rausch
Miß Amanda Reid
Mrs. Thomasina Travers
Mrs. Christina Voorhees

IN MEMORIAM
Miß Susan Crenshaw
Mrs. Mary McCune
Miß Agatha Pinney

1880–1881

»Wir nehmen unsere Politik ernst...«

Als die Bodien-Gardiner-Hochzeit vorüber war, wandte Waynesboro sich einem neuen Thema zu: Jetzt kamen die Politik und der Nationalkonvent nebst seinen Aussichten und Möglichkeiten an die Reihe. Mr. und Mrs. Bonner wollten nach Chicago reisen, damit Mr. Bonner gewissermaßen als sein eigener Korrespondent für die *Fackel* berichten könne; die beiden kleineren Kinder würden sie mitnehmen, und die Zeitung sollte während ihrer Abwesenheit der älteste Sohn, ein Bursche von zwei- oder dreiundzwanzig Jahren, leiten. General Deming hatte ein Billett für die Besuchergalerie ergattert; aber es wäre ihm nicht eingefallen, seine Frau der derb-männlichen Atmosphäre einer politischen Versammlung auszusetzen. Die Rauschs verließen als erste die Stadt. Sie brachten ihre Kinder nach Burlington zu den Großeltern Rausch, wo auch Tante Minna mit ihrer Familie lebte; Sally wollte sie nicht allein mit den Dienstboten in dem großen Haus zurücklassen. Die Eltern, ihre vier Kinder und Cassie brachen schon eine ganze Weile vor dem Konvent nach Iowa auf, damit Sally und Ludwig Zeit für ein Wiedersehen mit seiner Familie bliebe. Elsa wehrte sich hartnäckig dagegen, wie ein Kind behandelt zu werden: Charlotte Bonner durfte mit nach Chicago, warum also nicht auch sie? Außerdem würde Charlotte in einem Hotel wohnen, warum konnte sie das nicht auch? Der Unterschied, auf den die Eltern hinwiesen, überzeugte sie nicht: Ihr Vater, hieß es, gehöre zu den Delegierten, folglich würde man von ihrer Mutter erwarten, daß sie gleich den übrigen Damen der Delegation aus Ohio die Rolle der Gastgeberin übernähme; da bliebe ihr keine Zeit für

Elsa. Außerdem hatte Sally (die sich durch derb-männliche Atmosphäre nicht schrecken ließ) fest vor, jeder Sitzung des Konvents beizuwohnen; sie wollte sich kein einziges Wort entgehen lassen. Elsa beteuerte vergeblich, daß auch sie die Reden hören wolle. Sie reiste nach Burlington.

Waynesboro wirkte seltsam leer, nachdem die Politiker abgereist waren – seltsam, wenn man bedachte, wie gering ihre Zahl eigentlich war. Doch den Zurückgebliebenen wurde die Zeit lang: Man schien nichts weiter tun zu können als auf die Abendzeitung zu warten. Mr. Bonners Berichte aus der Vorphase des Konvents waren anschaulich, voller Vorurteile, gewürzt mit Satire und Sarkasmus, aber alles, was die Leser der *Fackel* entnehmen konnten (und das galt ebenso für die Zeitungen aus Cincinnati), war, daß die beiden bitterlich verfeindeten republikanischen Fraktionen – hier Grants unentwegte Parteigänger, befehligt von Conkling und seinen Getreuen, dort die Anhänger von »Blaine aus Maine« – sich jede in ihrer Stellung verschanzt hatten und nicht vom Fleck wollten. Die Delegation aus Ohio, die vom Konvent ihres Staates die Weisung erhalten hatte, für Sherman zu stimmen, war das Zünglein an der Waage und würde vielleicht bei der Wahl den Ausschlag geben. Jedenfalls umwarben Blaines Anhänger sie nach allen Regeln der Kunst. Der Konvent begann am Dienstag, den 2. Juni; doch schon am Samstag zuvor kam das Gerücht auf, Mr. Conkling und Simon Cameron beabsichtigten, jene Gepflogenheit der Demokratischen Partei durchzusetzen, wonach die innerhalb einer Delegation erzielte Mehrheit die insgesamt abgegebenen Stimmen dieser Gruppe diktierte. Mr. Bonner erläuterte den Vorgang in der Montagsausgabe der *Fackel.* Waynesboro war daher auf den zeitaufwendigen, nervenaufreibenden, aber triumphalen Wettstreit vorbereitet, der sich entspann, als Garfield die Delegation aus Ohio dazu überredete, gemeinsam mit Blaines Anhängern zu stimmen und so Conklings Resolution abzuschmettern. Mr. Bonner war zufrieden; die scharfsinnigeren unter seinen Lesern erkannten zwar, daß Conklings Einheitsbeschluß, soweit er die Delegation aus Ohio betraf, Sherman eher genutzt als geschadet hätte, aber auch sie sahen ein, daß die Resolution hatte verhindert werden müssen, damit Grants Unentwegte den Konvent nicht in den Dienst ihres Kandidaten stellten.

Mr. Lichtenstein, Dr. Blair und John Gordon hielten am Dienstagabend in der Praxis des Doktors eine ernsthafte Beratung ab; vor ihnen auf dem Tisch lagen die *Fackel* und der *Cincinnati Enquirer.*

»McLean issst Demokrat, uns also kann sein egal, was schreiben der *Enquirer*. Aberrr esss mir nicht gefällt.« Der Deutsche mit dem ausladenden Kinn und dem Hängeschnurrbart warf einen finsteren Blick auf die Schlagzeilen. »Delegation von Ohio wird geben manche Stimme an Blaine, dasss man erwartet, oderrr nicht? Und Garfield issst zu sehrrr Bewunderer von Blaine, nicht wahrrr?«

»Aber dafür mag Sherman ihn nicht besonders. Solange die Delegation unter seinem Befehl steht, wird Ohio nicht zu Blaine überlaufen.« Dr. Blair versuchte, den beiden anderen Mut zuzusprechen. »Wir werden allerhöchstens ein paar Stimmen einbüßen.«

»Derrr Finanzministerrr, John Sherman, ich ihn habe gesehen. Guterrr Kopf, wie ein Falke. Aberrr denkt nur mit sein ... wie heißt das Wort ... Schädel? Nein: Hirn. Kein Herz, dieserrr Mann.«

»Er hat ein eher kühles Temperament«, stimmte John zu. »Allein, ich glaube, das ist nur nach außen hin. Er ist seinem Bruder völlig ergeben, und der General ist alles andere als kühl. Jedenfalls bin ich für ihn, schon um seines Bruders willen.«

Da keiner der Hauptkandidaten dem Konvent beiwohnte, erfuhren die Zeitungsleser schon bald, was ihnen die Delegierten aus eigener Anschauung hätten bestätigen können: Garfield, der die Interessen Shermans vertrat, war der einzige Rivale Conklings, der sich eindrucksvoll neben dem Senator behaupten konnte. Diese beiden gutaussehenden Hünen, einer wie der andere meisterhafte Rhetoriker, versuchten einander den Sieg streitig zu machen, wobei der eine seine Anhänger mit zündenden Schmähreden anfeuerte, während der andere durch Maß und Vernunft Stimmen gewann. In der vierten Sitzung am Samstagabend wurden die Kandidaten offiziell nominiert. Wie üblich begrüßte die Menge jeden Namen mit donnerndem Applaus. Die eigentliche Wahl begann am Montag, und zwei Tage hindurch folgte in zermürbendem Gleichklang ein Durchgang dem anderen. Conklings Männer, die dreihundert Unentwegten, setzten wieder und wieder auf Ex-Präsident Grant, aber die verstreuten Stimmen der Ungebundenen schienen sich auf Sherman zu konzentrieren, und das gab seinen Anhängern eine Zeitlang Hoffnung. Doch nach drei weiteren unentschiedenen Wahlgängen wechselte Wisconsin zu Garfield über; beim nächsten Durchgang tat Iowa es ihm gleich; und als im sechsunddreißigsten Wahlgang durchsickerte, Sherman habe seinen Delegierten freie Hand gegeben, begann eine nachgerade panische Fahnenflucht. Eine Delegation nach der anderen schwenkte um, und die Flaggen der Einzelstaaten wurden im Triumphzug vor Garfields Sitz aufgebaut.

Die Nominierung des Vizepräsidenten ging rasch vonstatten,

und der Konvent fand einen nahezu zynischen Abschluß, aufgelockert nur durch einen Anflug von Humor. Um die Unentwegten zu besänftigen, wählte man einen aus ihrer Mitte: Chester Arthur, den Mann, mit welchem Präsident Hayes im Zuge seines Kampfes um die Reform der Vergabe öffentlicher Ämter sich so lange auseinandergesetzt hatte, bis es ihm endlich gelungen war, ihn von seinem Posten als Hafeneinnehmer in New York zu entfernen. Conkling befahl dem Kandidaten, das ehrenvolle Amt zurückzuweisen, aber zum erstenmal in seiner politischen Laufbahn weigerte sich Arthur, einer Weisung dieses Gewaltigen zu folgen. Mit ihrer Niederlage schien auch die Uneinigkeit unter den Unentwegten besiegelt, und selbst die hartnäckigen Dreihundert konnten daran nichts ändern.

Zumindest gründete sich darauf die Hoffnung, welche Mr. Bonner bei seiner Rückkehr aus Chicago für seine Mitbürger bereithielt. Bonner, der gewohnheitsmäßig eher gegen als für eine Sache war, maß Garfields Nominierung weniger Bedeutung bei als dem Umstand, daß Conkling (und damit indirekt auch Grant) unterlegen waren. Zwar erwähnte er in seinem Leitartikel in der *Fackel* den Schatten, der anläßlich der *Credit-Mobilier*-Affäre auf Garfield gefallen sei, legte indes wesentlich mehr Gewicht auf den Kriegsruhm des Generals, billigte ihm ungewöhnliche Tapferkeit zu und rief seinen Leuten ins Gedächtnis, wie Garfield seinerzeit die Soldaten aufgehalten habe, die vor Chickamauga fliehen wollten.

General Deming kehrte stolzgeschwellt aus Chicago zurück und sang unaufhörlich Lobeshymnen auf Garfield: Seine edle Gesinnung, seine Großmut und Liebenswürdigkeit seien ohne Beispiel; mit ihm als Bannerträger würde die Partei das Land im Sturm erobern. »Sogar Präsident Hayes«, versicherte er seinen aufmerksamen Zuhörern im Tabakladen, »hat gesagt, daß es leichter sein werde, die Wahl mit Garfield zu gewinnen als mit Sherman, denn er habe weniger Feinde.« Im übrigen sei ihm zu Ohren gekommen, daß Sherman und Garfield vor dem Konvent ein Abkommen getroffen hätten: Garfield würde für Sherman kämpfen, solange der eine Chance habe; war die dahin, sollten Shermans Delegierte zu Garfield überwechseln.

Trotz seiner lautstark geäußerten Zuversicht hatten Ludwigs Freunde und Shermans Anhänger den Eindruck, der General halte sich in der Defensive; manch einem kam der Gedanke, Deming sonne sich gewissermaßen stellvertretend im Triumph eines Mannes, dessen Ruf (wenn auch noch so geringfügig) unter dem Skandal gelitten hatte, dem seine eigene politische Karriere zum Opfer gefallen war. Als John Gordon seiner Frau die Haltung des Generals beschrieb, versetzte Anne: »Wahrscheinlich hat er zu den Claqueuren auf der Galerie gezählt, die Garfield jedesmal, wenn er ans Rednerpult trat, hochleben ließen. Hältst du es für möglich, daß Garfield all diese Beifallsstürme im voraus inszeniert hat?« Solch schamlose Verräterei überstieg Annes Fassungsvermögen.

»Politiker haben nicht mehr Ehrgefühl als Räuber und Diebe. Aber wir werden erfahren, was sich wirklich abgespielt hat, sobald Ludwig nach Hause kommt – vorausgesetzt, er ist dann in der Stimmung, über den Konvent zu reden.«

Die Rauschs kehrten als letzte heim, da sie unterwegs Station machen und ihre Kinder einsammeln mußten. Sally hatte vor ihrer Abreise alles Nötige veranlaßt, um gleich nach dem Konvent das Bankett für die Gardiners veranstalten zu können. Jetzt verlor sie keine Zeit, sondern schickte Reuben unverzüglich mit den offiziellen Einladungen – »zu Ehren von Mr. und Mrs. Douglas Gardiner« – zu den Gordons, den Sheldon Edwards', zu den Voorhees' und Dr. Blair, zu Richter Ballard und zu General Deming. Die beiden letzteren Herren nebst Gattinnen lud Sally eher um Douglas' denn um des Vergnügens ihrer Gesellschaft wegen ein. Richter Ballard war der Seniorchef in Dougs Kanzlei, und General Deming hatte Dougs Wahl zum Kandidaten für das Abgeordnetenamt wahrhaft großmütig hingenommen. Der Einladung an die Gordons fügte Sally eine handschriftliche Bitte bei: »Kommt früher als die übrigen Gäste, damit wir euch erzählen können, was wir vor den anderen nicht offen aussprechen dürfen.«

Und so kam es, daß die Gordons ins Wohnzimmer der Rauschs geführt wurden, noch ehe Ludwig seine Toilette beendet hatte. Doch Sally war zu ihrer Begrüßung zur Stelle. Sie war prächtig anzuschauen (»aufgedonnert«, wie John das respektlos nannte): Ihr Haar, im Nacken zu einem kunstvollen Chignon geschlungen, wurde von juwelenbesetzten Kämmen gehalten; das Kleid aus olivgrünem Brokat hatte ein enges, tiefausgeschnittenes Mieder; der Rock war vorn eng und bauschte sich hinten zu einer schier übermäßig betonten Turnüre aus gerafften Volants, die in eine Schleppe ausliefen. An ihren Ohren funkelten Juwelen, und an ihren Handgelenken klirrten kostbare Armbänder. Sie verströmte noch immer ein wenig das Flair der *grande dame,* die nicht nur selbst in der großen Welt zu Hause, sondern auch daran gewöhnt ist, anderen die Scheu vor den höheren Gefilden zu nehmen.

Sie und Anne küßten einander behutsam: Eine reisgepuderte

Wange streifte die andere. »Ludwig hat Ärger mit seinen Manschettenknöpfen«, sagte Sally. »Er wird gleich herunterkommen.«

»Schön, daß du wieder bei uns bist!« Anne lächelte die Freundin an. »Aber nach all den Aufregungen in Chicago wird dir Waynesboro furchtbar kleinkariert erscheinen.«

»Es war wirklich aufregend – die aufregendste Woche meines Lebens!« Ihre Augen funkeln, dachte Anne, als spiegelten sich noch immer die flackernden Gaslampen des Versammlungssaals in ihnen. »Ich habe das alles sehr genossen – meine Rolle als Gastgeberin der Delegation aus Ohio, die Gelegenheit, die Gattinnen von Ludwigs Parteifreunden wie Mrs. Foraker und Mrs. Hanna kennenzulernen. Und um die Wahrheit zu sagen, muß ich gestehen, es fiel mir nicht immer leicht, daran zu denken, daß Garfield nicht mein Kandidat ist. Er sieht so nobel aus, ist so groß und stark und doch voller Anmut in all seinen Gesten: ein Mann, der mit einem Lächeln und einem freundlichen Wort mühelos die Herzen seiner Zuhörer gewinnt.«

»Genau das meint auch General Deming«, neckte John sie.

»Dann verratet Ludwig nur nicht, daß ich es gesagt habe. Im übrigen habe ich ja nicht wirklich vergessen, wer *mein* Kandidat war.«

Während Sally noch sprach, hörten sie Ludwig die Treppe herunterkommen. John ging ihm bis zur Tür entgegen.

»Willkommen daheim, Herr Präsidenten-Macher!«

»Verschone mich, Dock! Soll ich denn zu allem Schaden nun obendrein noch den Spott ertragen? Das wäre doch wirklich zu arg!«

»Verzeih mir, Ludwig.« Die beiden Männer schüttelten einander die Hand. »Aber nun rasch, ehe die anderen kommen: Erzähl uns, wie das passieren konnte.«

»Der Kerl war mit dem Satan im Bunde, Potzsakrament!« rief Ludwig unwirsch auf deutsch.

»Hat er nicht Glück, daß er immer unverstanden in seiner Muttersprache fluchen kann?« scherzte Sally.

»Ich kann's genausogut auf englisch sagen. Die ganze Sache war ein teuflischer Betrug.«

»Du glaubst also, daß Garfield von Anfang an auf seinen Sieg hingearbeitet hat?«

Ludwig stöhnte, streckte die gekreuzten Beine von sich und rutschte bis an die Kante des Rosenholzsessels vor, in dem sein mächtiger Körper kaum Platz fand.

»Ich weiß es nicht. Sagen wir lieber, er schien bereit, jede sich bietende Gelegenheit zu nutzen. Eindeutig wird sich das wohl nie klären lassen. Aber wer war für die Claque auf der Galerie verantwortlich, die unter jedem nur erdenklichen Vorwand ›Garfield‹ in den Saal schrie? Ich bin sicher, er hat diese Leute nicht selber angeheuert, doch wer weiß, ob er nicht davon gewußt hat...«

»Laß mich den Anfang erzählen, Ludwig. Du gibst ja gar keinen Eindruck von der Atmosphäre.« Sallys Schilderung war so lebendig, daß Anne und John jenen Samstagabend förmlich vor sich sahen, an dem die großen Wahlreden gehalten wurden: der fahnengeschmückte Saal, die flackernden Lichter, das Gedränge im Parkett und die überfüllte Galerie, hier die vor Aufregung taumelnden Delegierten, die aufgesprungen waren, um Blaine zuzujubeln, und dort jene, die für Grant stimmten. Und dann das Publikum auf der Galerie: »Fünfzehntausend Menschen«, sagte Sally mit ehrfürchtiger Stimme. »So was hat es noch nie gegeben. Das haben sogar die bestätigt, die schon öfter auf einem Konvent waren. Die Leute haben geschrien und mit den Füßen getrampelt. Endlich war Garfield an der Reihe und sollte Sherman zur Wahl vorschlagen. Das mußt du erzählen, Ludwig.«

»Habt ihr seine Rede gelesen? Dann wißt ihr ja, wie überzeugend und vernünftig sie klang. Er hat eine wunderbare Stimme, und er weiß sie richtig einzusetzen. Zu Anfang beschwor er das Bild vom ›menschlichen Ozean im Sturm‹ herauf. Dann führte er aus, daß die Naturgewalt der brausenden Wogen selbst die Gleichgültigsten unter uns aufzurütteln vermag: ›Aber erst wenn der Sturm sich gelegt hat, bestimmt der Astronom die Horizontale, von der aus er alle terrestrischen Höhen und Tiefen mißt.‹ Die Analogie war nicht schlecht gewählt, und er verdeutlichte auch gleich die Moral: Das Schicksal der Republikanischen Partei werde nicht in dieser Stunde der Begeisterung von uns siebenhundertsechsundfünfzig Delegierten entschieden, sondern durch vier Millionen Republikaner, die mit Frau und Kindern am häuslichen Herde, und so weiter und so fort. Dann brachte er Gott ins Spiel, steuerte auf den Spruch zu: ›Was wir heute abend hier beschließen...‹, brach unvermittelt ab und schnitt ein neues Thema an. Er vollbrachte eine rhetorische Glanzleistung, kein Redner der Antike hätte ihn übertroffen. Sein nächster Satz lautete: ›Doch nun, meine Herren, gilt es, sich zu fragen, was wir eigentlich wollen!‹ Er hielt inne, und von der Galerie ertönte der Ruf: ›Garfield!‹ Seine winzige Pause erweckte den Eindruck, als habe er darauf gewartet. Natürlich fuhr er, ohne auf den Zwischenruf einzugehen, in seiner Rede fort, und die Delegation aus Ohio huldigte Sherman mit einem wahren Beifallssturm. Aber unter uns gesagt, John, ich fühlte mich furchtbar elend. Alles, was Garfield vorgebracht hatte, traf – mit Ausnahme der biographischen Details – auf ihn genauso zu wie auf Sherman, und wir waren ihm ohnmächtig ausgeliefert.« Ludwig brach ab und zerrte mit derber Hand an seinem feingezwirbelten Schnurrbart. »Ich fühlte mich genau wie an jenem ersten Morgen in Shiloh. Erinnerst du dich, Dock? Gleich beim ersten Angriff fiel unsere linke Flanke. Sherman zog die restlichen Truppen zurück und formierte sie in neuer Schlachtordnung. Die Toten und Verwundeten wurden auf Karren geladen und weggeschafft; du hast sie wohl in einem provisorischen Lazarett in Empfang genommen? Na, jedenfalls brachten wir eine neue Front auf die Beine – mit lauter Grünschnäbeln ohne gescheite Ausbildung –, aber wir gaben unser Bestes, und die Rebellen stürzten uns brüllend aus Wald und Flußbett entgegen. Man schickte uns eine Batterie zur Verstärkung, damit wir die Stellung halten konnten, aber ihr Hauptmann wurde gleich bei der ersten Attacke erschossen, worauf seine Kanoniere Fersengeld gaben und uns im Stich ließen.«

»Und trotzdem habt ihr die Stellung gehalten. Wir konnten unsere Verwundeten bergen und zum Fluß zurückschaffen.«

»Wir hielten die Stellung, ja: anderthalb Stunden lang! Aber um welchen Preis? Zwei Regimenter an einem einzigen Tag aufgerieben! Mir ist nie recht klargeworden, wie's zu Ende ging.«

Sally hob flehend die Hände. »Ludwig, wir schreiben das Jahr 1880. Was hat Shiloh mit dem Konvent zu tun?«

»Nichts, außer daß ich mein Leben lang nicht vergessen werde, was ich empfunden habe, als diese Kanoniere das Hasenpanier ergriffen. Und genau das gleiche Gefühl hatte ich während Garfields Rede: Jetzt verlieren wir unsere besten Geschütze.«

Die Türglocke ertönte, und Reuben meldete Mr. und Mrs. Voorhees. Alle erhoben sich zur Begrüßung. Um Christina Voorhees' Lippen spielte ihr wohlbekanntes sanftes Lächeln, als sie Ludwig von oben bis unten musterte. »Sie haben über Politik gesprochen. Das sehe ich auf den ersten Blick.« Tatsächlich hatte Ludwig sich so in Hitze geredet, daß seine Erscheinung nicht mehr so frisch und gepflegt wirkte wie bei seinem Eintritt. Sein Gesicht war gerötet, das Haar zerzaust, der Schnurrbart schief und die gestärkte Hemdbrust zerknittert. »Sie hätten auf uns warten sollen. Papa wird darauf bestehen, daß ich ihm Ihren Bericht von Chicago Wort für Wort wiederhole.«

Sally mischte sich ein. »Wir bedauern unendlich, daß Dr. Blair unpäßlich ist und Sie nicht begleiten konnte.«

In Wirklichkeit hätte ein einzelner Herr ihre Tischordnung arg durcheinandergebracht. Ludwig wiederholte aufrichtig das Bedauern seiner Frau und setzte hinzu: »Wenn General Deming kommt, wird er Ihnen versichern, welch gute Wahl der Konvent getroffen hat.«

»Aber Papa sagt, es müsse Verrat im Spiel gewesen sein.«

»Hat er nicht auch gesagt« – John schlug einen ebenso ernstfeierlichen Ton an wie Christina – »die Politik sei eben ein schmutziges Geschäft?«

Ludwig versetzte ungehalten: »Anschuldigungen und Spekulationen! Das ist alles, was wir haben. Es fehlen die Beweise. Am besten vergessen wir das Ganze, ehe es zu Streitigkeiten innerhalb der Partei kommt.«

In rascher Folge trafen die übrigen Gäste ein. Reuben meldete, es sei angerichtet, und man begab sich ins Speisezimmer; allen voran die junge Mrs. Gardiner an Ludwigs Arm; den Schluß bildeten Sally und Douglas. Bei Tisch kreisten die Gespräche eine Weile um allgemeine Themen, doch General Deming brachte die jüngste politische Entwicklung bald wieder aufs Tapet. Statt in großer Runde unterhielt man sich fast nur paarweise, und Richter Ballard versicherte Barbara, er sei froh, daß der neue Kongreß erst im Herbst gewählt und nicht vor seiner Amtseinführung im kommenden März einberufen werde. »Ich verliere nämlich meine rechte Hand, wenn Douglas nach Washington geht. Der junge Merrill legt diesen Sommer seine Anwaltsprüfung ab und wird anschließend in unsere Kanzlei eintreten: Wir haben ihm den Platz seines Großvaters freigehalten. Ich bin froh, daß Douglas noch ein Weilchen bei uns bleiben und den Jungen einführen kann. Ich bin allmählich zu alt und habe außerdem zuviel zu tun, als daß ich einen solchen Grünschnabel unter meine Fittiche nehmen und ihn in die Tücken der Gerichtsbarkeit einweisen könnte.«

General Deming, der dem Richter ein wenig weiter unten an der Tafel gegenübersaß, hatte seine Worte mitangehört. »Sie sind also zuversichtlich, was die Wahl der republikanischen Kandidatenliste betrifft?« fragte er nun über den Tisch hinweg.

Der Richter hob die Brauen. »Auf nationaler Ebene maße ich mir hierüber kein Urteil an. Aber unser Distrikt steht wie immer geschlossen hinter der Republikanischen Partei.«

»Drüben im Wahlkreis Boone hat Grant eine ganze Menge ergebener Anhänger. Die könnten aus purer Rachsucht für die Demokraten stimmen. Aber was den Siebenten Bezirk angeht, bin ich eigentlich Ihrer Meinung: der ist den Republikanern sicher.« Und in feierlichem Ton fuhr der General fort. »Ich persönlich vertraue voll und ganz darauf, daß wir auch landesweit siegen werden. Der Süden wird sich uns natürlich entgegenstellen, da man zugelassen hat, daß die Rebellen dort unten die Macht wieder an sich reißen, aber in den übrigen Staaten wird es General Garfield dank seiner eindrucksvollen Persönlichkeit gelingen, die strittigen Parteien zu versöhnen.«

»Auch Grants Gefolgsleute? Haben Sie nicht eben angedeutet, diese Gruppe könne im Wahlkreis Boone gefährlich werden?« fragte Kitty, die Tischnachbarin des Generals, mit hinterhältigem Lächeln. »Doch worauf wir alle gespannt sind«, setzte sie ernsthaft hinzu, »ist eine Erklärung für Garfields Nominierung. Hat er etwa die ganze Zeit darauf hingearbeitet?«

»Gewiß nicht. Er hat sich nach besten Kräften für Sherman eingesetzt, aber das war eine aussichtslose Sache. Als sich der Meinungsumschwung bemerkbar machte, war Garfield wie vor den Kopf geschlagen. Er erhob sich, um den Saal zur Ordnung zu rufen, konnte sich jedoch in dem Tumult kaum Gehör verschaffen. Zum Glück wies der Vorsitzende seinen Antrag zurück – andernfalls wären die Delegierten womöglich immer noch nicht mit der Abstimmung fertig.«

Die ganze Tischgesellschaft hatte in der *Fackel* von diesem Vorfall gelesen, doch nun blickten alle fragend auf Ludwig, so als könne nur er die Meinung bestätigen.

»Es stimmt, daß er zu sprechen versucht hat. General Garfield ist beileibe nicht gewissenlos. Natürlich wollte er kandidieren, welcher Politiker möchte das nicht? Aber die Frage ist doch wohl, inwieweit er über den geplanten Umschwung unterrichtet war. Sherman vertraute dem Anführer der Delegation aus Ohio, aber Gouverneur Foster war von Anfang an für Garfield. Soweit ich weiß, haben die Delegationsleiter anderer Bundesstaaten ihn wissen lassen, daß sie Stimmen für Sherman hätten; wenn der rechte Augenblick gekommen sei, solle er ihnen ein Zeichen geben. Er hat von diesem Angebot allerdings keinen Gebrauch gemacht. Einmal stiegen die Stimmen für Sherman bis auf einhundertundzwanzig; noch ein paar verstreute Einzelstimmen von anderen Staaten, und der Erfolg wäre ihm sicher gewesen.«

»Also, warum, Ludwig?« Anne war entsetzt: Vorsätzlicher Vertrauensbruch war in ihren Augen eine noch größere Sünde als illoyales Verhalten. »Warum leiteten Foster und Garfield die Delegation·für Sherman, wenn sie ihn eigentlich gar nicht haben wollten?«

»Sie wurden auf Shermans ausdrücklichen Wunsch an die Spitze der Delegation gestelllt. Und etwa dreißig Wahlgänge hindurch haben sie ihm immerhin die Treue gehalten. Aber auch Gouverneur Foster ist Politiker. Garfield wird nun seinen Sitz im Senat aufgeben müssen, nachdem die Legislative ihn gerade erst gewählt hatte. Garfields Wünsche werden in der Legislative Gehör finden. Es heißt, der Gouverneur hofft auf eine Chance, wenn die Wahl für Garfields Nachfolger ansteht.«

»Also ein Handel, wie?« Richter Ballard schnaubte verächtlich.

»Das wissen wir erst, wenn und falls es geschieht. Ich persönlich bin der Ansicht, Sherman sollte in den Senat zurückkehren. Da bewegt er sich auf vertrautem Boden und kann gegebenenfalls wirklich etwas ausrichten.«

»Sie glauben also, er wird unter Garfield nicht Finanzminister bleiben?« Christina war schockiert. Als Frau eines jungen Bankfachmannes brachte sie John Sherman Respekt entgegen.

Ludwig lächelte über ihre Naivität. »Ich glaube nicht, daß er seinen Ministersessel behält, nein. Garfield würde sich in solch enger Gemeinschaft mit Sherman nicht wohl fühlen.«

»Der Meinung bin ich auch«, versetzte Richter Ballard. »Der Mensch fühlt sich nie so unbehaglich wie in Gegenwart derer, denen er Unrecht getan hat. Und ob der Vorsitzende Garfield nun das Wort abgeschnitten hat oder nicht – er hätte die Kandidatur ausschlagen können. Aber ich hatte schon immer den Verdacht, daß Garfield – ungeachtet seiner stattlichen Erscheinung und seiner eindrucksvollen Persönlichkeit – ein Charakterschwächling ist. Er war mir seit diesem *Credit-Mobilier*-Skandal suspekt.«

Mrs. Deming, die zur Linken des Richters saß, warf ihrem Mann schräg über den Tisch hinunter einen warnenden Blick zu. Der General hatte einen hochroten Kopf und schickte sich eben an, etwas zu erwidern; doch seine Frau brachte das, was er heftig geäußert hätte, in kühlem Ton hervor.

»Wie mir scheint, ist keiner der Herren auf den Gedanken gekommen – ihr Politiker entwickelt euch zu regelrechten Zynikern –, daß General Garfield die Kandidatur vielleicht im Interesse der Partei und des Landes angenommen hat, selbst wenn er dadurch Gefahr lief, seinen Ruf als Ehrenmann aufs Spiel zu setzen; denn er wußte sicher, daß man ihm eigennützige Motive unterstellen würde. Vielleicht tat der Vorsitzende gut daran, ihn nicht zu Wort kommen zu lassen: Wenn Shermans Sache hoffnungslos war, Garfields Nominierung indessen eine Versöhnung zwischen Blaines Anhängern und Grants Unentwegten herbeiführen konnte...?«

Ludwig bedachte sie mit einem dankbaren Lächeln, obgleich er bezweifelte, daß die Unentwegten den Frieden wahren würden, sobald es nicht mehr nach ihrem Willen ging. Mögen sie Garfield im Augenblick auch Blaine vorziehen, dachte er, am Ende werden sie ihm doch die gleichen Schwierigkeiten in den Weg legen wie vormals Hayes. Laut aber sagte er: »Ich glaube, Sie haben recht, Mrs. Deming. Wir alle werden General Garfield nun, da man ihn nominiert hat, nach besten Kräften unterstützen, und es steht uns jetzt nicht mehr zu, seine Motive anzuzweifeln.«

Richter Ballard machte Miene, ihm zu widersprechen. Vielleicht wollte er gegen das »wir« protestieren, allein Ludwig ließ ihn nicht zu Worte kommen. »Und alles, was General Deming und mit ihm viele andere über Garfield gesagt haben, trifft zu: er ist ein Mann von großer persönlicher Anziehungskraft. Ihm zu widerstehen, dürfte jedermann schwerfallen, und ich bezweifle, daß es Grants Unentwegten gelingen wird.«

Mrs. Ballard, die auffallend schweigsam gewesen war, seit das Gespräch sich der Politik zugewandt hatte, hob jetzt den Kopf wie ein Schlachtroß, das den Feind wittert, und schnaubte Feuer. »Politiker, daß ich nicht lache! Ihr verzeiht also aus purer Berechnung einigen sehr zweifelhaften Herren ihre zweifelhaften Aktivitäten und seid nun sogar gewillt, im Interesse der Partei einen zweifelhaften Kandidaten zu unterstützen. Was die verantwortlichen Parteiführer betrifft, so habt ihr nichts für sie übrig, und trotzdem verweigert ihr uns Frauen das Wahlrecht, weil ihr wißt, daß *wir* solche Machenschaften unter der Hand nie dulden würden. Ich möchte denjenigen von euch sehen, der mir auch nur einen vernünftigen Grund gegen das Frauenstimmrecht nennen kann. Den wirklichen Grund werdet ihr sowieso nie und nimmer zugeben: Ihr habt Angst, daß ihr eure Parteien dann nicht mehr so mühelos beeinflussen könntet wie bisher, denn Frauen sind ja bekanntlich unberechenbar – ist es nicht so?«

Ludwig lachte. »Der Tag kommt bestimmt, Mrs. Ballard, an dem auch die Frauen das Wahlrecht erhalten. Ich muß zugeben, daß ich ihn nicht gerade herbeisehne: Politische Entscheidungen würden dadurch gewiß noch komplizierter – aber ich bezweifle auch, ob ihr Stimmrecht das bewirken würde, woran Sie glauben. Die Frauen werden weiterhin so denken, wie man sie zu denken gelehrt hat, und dementsprechend wählen, wie das die meisten von uns Männern auch tun.« Er hielt inne und blickte in die Runde, wobei ein schelmischer Funke in seinen Augen aufblitzte. »Seien Sie ehrlich, meine Damen, wie immer Sie auch über die jüngsten Vorgänge in Chicago denken mögen, würde auch nur eine von Ihnen (Mrs. Ballard vielleicht ausgenommen) einen Demokraten wählen?«

Mrs. Ballard stimmte in das allgemeine Gelächter ein. »Eines muß man Ihnen lassen, Rausch: Sie verstehen es, den Spieß umzudrehen. Aber ich hab's nicht besser verdient. Eine Festtafel – und noch dazu eine solch prächtige – ist nicht der rechte Ort, um sein Steckenpferd zu reiten.« Sie nickte Ludwig wohlwollend zu, und wieder lachten alle erleichtert auf, denn sie erinnerten sich noch gut der Zeit, als Mrs. Ballard, die damals noch nicht zur Milde des Alters herangereift war, niemandem zuliebe von ihrem Steckenpferd gelassen hätte.

Als die Gäste sich verabschiedet hatten, kamen die Rauschs nicht wieder auf die Politik zu sprechen. Statt dessen gratulierte Ludwig seiner Frau zum Erfolg ihres Festes, und Sally räumte ein, daß der Abend alles in allem zufriedenstellend verlaufen sei.

»Und ich muß zugeben«, fuhr sie anerkennend fort, »daß die Gardiners einen glücklichen Eindruck machen. Doug ist es nicht gewöhnt, daß man ihn anhimmelt, so wie sie's tut. Es bekommt ihm: Er ist nicht mehr so sarkastisch wie früher.«

»Und kann sie sich in der Gesellschaft behaupten?«

»Du meinst im Gespräch? Nun, sie redet sehr wenig. Vielleicht ist sie schüchtern. Aber du mußt zugeben, daß die Frauen kaum Gelegenheit hatten, sich an der Unterhaltung zu beteiligen, nicht wahr?«

»Jedenfalls hat sie sich mühelos zwischen dem Silberzeug zurechtgefunden, und wem das an *deinem* Tisch gelingt – Gabeln für dies, Gabeln für das, Suppenlöffel, Dessertlöffel, Kaffeelöffel, Fischmesser, Fleischmesser –, meine Liebe, der hat die Feuerprobe bestanden.«

»Du weißt ganz gut, wie sehr gerade du auf einen ordentlich gedeckten Tisch Wert legst. Ich fragte mich nur, wie es Dougs Tanten gehen mag, seit das junge Paar zurück ist. Ich kann mir nicht helfen, aber ich hätte es besser gefunden, wenn sie mit ihrem ersten Baby gewartet hätten, bis sie nach Washington ziehen. In dieser Gruft von einem Haus ist eine Schwangerschaft gewiß kein Vergnügen.

»Ihr Weiber! Wie lange sind die beiden jetzt verheiratet?«

»*Das* dauert nicht lange, wie du dich vielleicht erinnerst. Oh, ich weiß, man sieht's ihr noch nicht an, aber es sollte mich wundern, wenn ich unrecht hätte. Und sie wird sich im übrigen leicht tun. Die arme Kitty Edwards dagegen...«

»Kitty auch?«

»Ja. Und sie sieht einfach erbarmungswürdig aus. Sie hat mir erzählt, Dock habe ihr befohlen, nach unserem Fest strikte Bettruhe einzuhalten, wenn sie diesmal ihr Baby behalten wolle.«

Sally hatte sich nicht geirrt, weder was Barbara Gardiner noch was Kitty Edwards betraf. Die beiden jungen Frauen zogen sich schon bald aus der Gesellschaft zurück: Kitty verbrachte ihre Tage fortan im oder auf dem Bett, und John Gordon wachte ängstlich über sie; Barbara, ein gesundes junges Geschöpf, widmete sich ihrer Babyausstattung, schmückte viele lange Kinderkleidchen mit Ziernähten und säumte unzählige Windeln. Douglas war häufig auf Reisen, um sowohl in eigener Sache als auch im Dienste der Partei den Wahlkampf zu führen. Wenn er aber daheim war, mußte er sich um seine ansonsten vernachlässigte Anwaltspraxis kümmern und abends Schriftsätze verfassen oder den jungen Merrill unterweisen. Barbara hatte es nicht leicht. So glücklich sie auch war, weil sie Doug liebte und er sie und weil sie sich auf das Baby freute – insgeheim sehnte sie den Tag herbei, an dem sie aus Waynesboro fortziehen würden. Manchmal drückte sie sogar richtig die Daumen, obgleich jedermann sicher war, daß Doug gewählt werden würde. Tagsüber war es nicht so schlimm; was die Dienstboten betraf, so hatte sie ganz recht gehabt: Sie verstand mit ihnen umzugehen, und die Schwarzen waren ihr treu ergeben; wann immer es nicht regnete oder zu heiß war, arbeitete sie mit dem alten, grauhaarigen Tobe (den Doug erst kürzlich als Gärtner angestellt hatte) im Freien und versuchte die verwahrlosten Beete erneut zum Blühen zu bringen. Doch die Abende stellten ihre Geduld auf eine harte Probe. In ihrem jugendlichen Selbstvertrauen war sie sicher gewesen, daß es ihr gelingen würde, die Abneigung der Tanten zu überwinden, doch als es auf den Hochsommer zuging, war aus dem lebhaften Mädchen eine stumme Dulderin geworden. Wenn Doug nicht daheim war, saß Barbara mit seinen Tanten im Wohnzimmer; das Nähzeug auf ihrem Schoß diente als Entschuldigung dafür, daß sie den Kopf gesenkt hielt, während die beiden von ihren Plätzen rechts und links des Kamins über sie hinwegredeten. Sie hatte rasch gelernt, daß sie besser daran tat, jeden Versuch, am Gespräch teilzunehmen, zu unterlassen: All ihre Bemerkungen wurden ignoriert; für die Tanten war sie einfach nicht vorhanden. Und überdies wählten sie stets Themen, bei denen Barbara ohnehin nicht mitreden konnte: ihre Kindheit in Virginia, ihre Vorfahren, Dougs längst verstorbene Eltern. Sie hätte nach dem Abendessen gleich nach oben gehen können, allein sie war entschlossen, nicht aufzugeben; und um Doug glauben zu machen, alles sei in schönster Ordnung, begleitete sie die alten Damen weiterhin Abend für Abend ins Wohnzimmer.

Eines Abends war Doug frühzeitig mit seiner Arbeit fertig geworden und freute sich darauf, ein gemütliches Plauderstündchen mit den Seinen zu verbringen. Der dicke Teppich in der Diele verschluckte selbst seinen schleppenden Schritt, und so näherte er sich unbemerkt der Tür zum Wohnzimmer. Da er Barbaras Stimme nicht hörte, nahm er an, sie sei bereits hinauf ins Schlafzimmer gegangen; er würde seinen Tanten eine gute Nacht wünschen und ihr folgen. Doch da erkannte er durch die halb offene Tür ihre Gestalt; sie saß im selben Sessel wie gewöhnlich und hielt den Kopf über eine Näharbeit gebeugt. Doug stand ganz still, selbst sein Herzschlag schien einen Moment lang auszusetzen: Er liebte sie so innig, und sie wirkte so jung, so schutzlos und verletzbar – wie ein Kind, das erwachsen spielt; das Haar trug sie nach der letzten Mode hochaufgetürmt, so daß ihr schlanker Schwanenhals sich entblößt seinem Blick darbot. Doug war ganz von Zärtlichkeit erfüllt; er blieb einen Augenblick reglos stehen, nur um sie zu betrachten. Und so belauschte er einen Teil des Gesprächs, das seine Tanten allein bestritten.

Tante Lavinia sagte gerade: »Erinnerst du dich noch an Cousine Willie Sues Besuch, als wir klein waren? Wie alle jungen Herren aus der Nachbarschaft ihr den Hof machten? Und wie einmal das Seil an der Schaukel riß, als einer sie zu kräftig anstieß?«

»Und ob! Sie kümmerte sich nie um die guten Sitten, aber bei der Gelegenheit hätte sie sich gewiß selbst nicht gefallen: mit geblähter Krinoline und fliegenden Röcken... Sogar ihre Pantalons waren zu sehen!«

»Und sie sauste in hohem Bogen über den Brunnenrand und plumpste direkt ins Wasser! Als man sie rausfischte, sah sie aus wie eine ertränkte Ratte.«

»Es war ihre eigene Schuld – hätte sie den Herren nicht solche Freiheiten gestattet, wäre das nicht passiert. Im übrigen hatte sie Glück, daß sie sich nicht am Brunnenrand das Rückgrat gebrochen hat.«

»Ach ja«, Tante Caroline lachte, »die gute Cousine Willie Sue! Manchmal erinnert mich die junge Mrs. Edwards an sie... eine gewisse Ähnlichkeit... Aber sie ist natürlich nicht so kokett.«

»Da du Mrs. Edwards erwähnst: Ob es stimmt, was man sich erzählt, daß sie wieder *enceinte* ist?« Tante Lavinia betonte das französische Wort mit geradezu überempfindlichem Widerwillen. »Wenn es damit seine Richtigkeit hat, wird sie den nächsten Winter über nicht an unseren Klubsitzungen teilnehmen können.«

»Und wenn es stimmt, daß Professor Beattie vorhat, das Seminar zu verlassen, werden wir uns nach einem neuen Mitglied umsehen müssen.«

»Das ist der Nachteil bei den Theologenfrauen: Sie sind meist nicht lange genug bei uns, um Nennenswertes zu unserem Programm beitragen zu können.«

»Aber Lavinia, wer hätte denn wohl noch den nötigen geistigen Hintergrund und die intellektuellen Fähigkeiten, deren ein Mitglied unseres Klub bedarf?«

Doug hatte genug gehört. Er trat ins Zimmer. »Ach, da bist du ja, Barbie! Ich habe dich nicht sprechen hören, und so dachte ich, du seiest schon hinaufgegangen. Ich fürchte, meine Tanten halten dich für taubstumm, oder aber sie denken, sie säßen mit deinem Astralleib beisammen.«

Er brachte dies in durchaus scherzhaftem Ton vor, doch Barbara wurde bange – Doug war leichenblaß vor Wut. Sogar seine Tanten blickten erschrocken drein.

Miß Lavinia sagte: »Unter unseren Erinnerungen sind kaum welche, die deine Frau interessieren könnten. Das ist nur natürlich.«

»Und natürlich gibt es keine anderen Themen für eine Abendunterhaltung.«

»Wir reden über das, was uns beschäftigt.«

»Es ist höchst unnatürlich für meine Frau, den ganzen Abend stumm dazusitzen wie ein Geist.«

»Deiner Frau steht es frei, sich zurückzuziehen, wenn unsere Gesellschaft sie langweilt.«

»Nein, Tante Lavinia.« Er hinkte bis zu dem runden Mitteltisch, beugte sich darüber und preßte die Knöchel seiner geballten Faust auf die Tischplatte. Er hätte nie geglaubt, daß seine Tanten absichtlich grob und rücksichtslos sein könnten; was gutes Benehmen betraf, so waren sie ihm stets wie verkörperte Idealfiguren aus *Godey's* Damenalmanach erschienen. »Nein«, wiederholte er mit steinerner Miene, »wenn ihr eure Abende in Erinnerung an eure Jugendzeit verbringen müßt, dann könnt *ihr* euch zurückziehen und euch unter vier Augen oben in eurem Wohnzimmer unterhalten. Dies hier ist Barbaras Zimmer, und es gibt keinen Grund, warum sie sich nicht Gäste einladen sollte, die ihr Abwechslung bringen, wenn euch das nicht gelingt. Ihre Eltern zum Beispiel.«

Seine Tante Lavinia erhob sich. »Komm, Caroline«, sagte sie nur und segelte davon. Als die beiden Schwestern die Treppe hinaufgestiegen und außer Hörweite waren, trat Doug hinter Barbaras Stuhl, legte ihr die Arme um die Schultern und schmiegte seine Wange an ihr Haar.

»Meine Barbie, ich liebe dich von ganzem Herzen, aber du bist noch so jung. Es war nicht recht von mir... nie hätte ich dich einer solchen Tortur aussetzen dürfen.«

»Doug...« Ihre Stimme zitterte. »Ich liebe dich auch. Aber

eben hast du mich erschreckt. Solltest du je so zu mir sprechen – ich würde vergehen.«

»Aber das würde ich nie tun, das könnte ich gar nicht!«

»Ich könnte dich erzürnen, ohne es zu wollen. Oder unsere Kinder könnten dich verärgern: Ich glaube, das würde mir genauso weh tun. Du solltest Mitleid mit deinen Tanten haben, Doug. Ich habe dich, und du hast mich, und bald werden wir das Baby bekommen. Sie dagegen haben gar nichts. Sie hatten dich, doch nun haben sie dich verloren.«

»Mich hatten sie nie – nicht, wenn du meinst, ich hätte so an ihnen gehangen wie du an deiner Familie. Dankbarkeit, ja, Respekt, sogar Zuneigung brachte ich ihnen entgegen. Aber jetzt...«

»Ich wünschte, du würdest das nicht tun, Doug.« Sie löste seine Arme von ihren Schultern und zog ihn vor ihren Sessel, so daß sie ihm in die Augen sehen konnte. »Dich einmischen, meine ich. Laß es mich weiter versuchen. Es ist eine Art Herausforderung. Vielleicht kann ich sie wenigstens dazu bringen, mich zu akzeptieren. Natürlich werden sie mich nie gern haben. Warum sollten sie auch? Ich bin nicht gut genug für dich, geschweige denn klug genug, aber wenn sie erst einmal erkennen, daß an unserer Heirat nichts mehr zu ändern ist...«

»*Ich* bin es, der nicht gut genug ist. Fünfzehn Jahre älter und über das Leben verbittert.«

»Was für ein Unsinn!«

»Vielleicht werden sie von nun an zumindest höflicher zu dir sein.«

»Es wäre mir lieber, sie betrügen sich höflicher gegen mich, weil ich bewiesen habe, daß ich's verdiene, und nicht weil du sie ausgezankt hast.«

»Aber ihre unglaubliche Arroganz! Ich hätte es nicht für möglich gehalten. Sitzen einfach da und sagen in deiner Gegenwart, niemand in Waynesboro sei würdig, in ihren Klub aufgenommen zu werden!«

Ihre Augen weiteten sich vor Staunen, und dann begann sie zu lachen, ein ungekünsteltes Lachen, so verwundert war sie.

»Der Frauenklub von Waynesboro? Oh, Doug! Ich dächte nicht im Traum daran, dort Mitglied zu werden. Dann würde ich mich tatsächlich langweilen – falls ich mich nicht vorher zu Tode gefürchtet hätte. Gott bewahre! Nicht nur, daß ich nicht in diesen Klub passe, er paßt auch nicht zu mir! Ich kann mir ein glückliches Leben vorstellen, auch ohne daß ich mich intellektuell gebärde.«

»Du hast mehr Verstand als all diese Klubdamen zusammen«, wandte er ein.

»Gewiß, mein Verstand ist hoffentlich in Ordnung. Aber deswegen bin ich noch längst keine Intellektuelle. Ihr Gerede über mögliche neue Klubmitglieder hat mir nichts ausgemacht. Was mich schmerzt, ist einzig und allein ihr eisige Ablehnung. Aber wenn ich die nicht überwinden kann, Doug, dann muß ich lernen, sie nicht zu fühlen. Misch dich nicht ein und laß mich nur machen. Ich hab' mehr Courage als du glaubst.«

Er nahm ihr das Nähzeug vom Schoß, legte es auf den Tisch, zog sie aus ihrem Sessel hoch und führte sie zu Bett. Seit diesem Abend machte er es sich, wann immer er daheim war, zur Regel, sie nach dem Essen ins Wohnzimmer zu begleiten und ein allgemeines Gespräch anzufangen, ehe er die Damen allein ließ und sich in sein Arbeitszimmer zurückzog. Er hegte zwar den Verdacht, daß die Unterhaltung versiegte, sobald er den Rücken gekehrt hatte, allein dagegen war er machtlos. Seine Pflichten als Bezirksstaatsanwalt, Rechtsbeistand, Tutor des jungen Tim Merrill und Kandidat für das Abgeordnetenamt überforderten ihn ohnehin fast, obgleich er oft bis tief in die Nacht hinein arbeitete. Notgedrungen mußte er es also Barbara selbst überlassen, sich ihrer Herausforderung zu stellen.

Im Laufe des Monats August belebte sich der Wahlkampf. Ludwig widmete seiner Firma immer weniger Zeit (es waren genug Aufträge vorhanden, um den Betrieb aufrechtzuerhalten, und unter Captain Bodiens Leitung schienen alle Arbeitsgänge reibungslos abzulaufen) und konzentrierte sich mehr und mehr auf die Politik. Die Rauschs bewirteten John Sherman, als der auf dem Weg nach Cincinnati, wo er seine erste Rede für Garfield halten sollte, in Waynesboro Station machte. Ludwig begleitete ihn in die Stadt und hatte das Vergnügen, Mr. Foraker und andere Republikaner aus Cincinnati wiederzutreffen; er hörte sich Shermans Rede an, und als er nach Hause zurückkehrte, berichtete er nicht nur Sally darüber, sondern auch seinen Bekannten im Drugstore und seinen Freunden in Docks Praxis.

Dr. Blair gab ihm das Stichwort: »Wie man liest, greifen die Demokraten jetzt Ihren Freund Sherman an. Es heißt, er habe sich mit seiner Rede eindeutig als ›Partisan‹ entlarvt.«

»Ja, natürlich hat manches danach geklungen. Was haben die Brüder denn erwartet? Aber sie beißen sich am letzten Absatz fest und vergessen geflissentlich alles übrige, was ihnen nicht in den Kram paßt: die unterschiedlichen Ziele, Prinzipien und Leistungen der Parteien. Sie sollten sich vor Augen halten, was die gegenwärtige Regierung alles erreicht hat: die wirtschaftlichen Maßnahmen wie Wiederaufnahme der Barzahlungen, Rückzahlung und Begrenzung der Staatsschulden, wodurch das Land wieder auf eine gesunde finanzielle Basis gestellt worden ist. Sherman erörterte die Gesetzesvorschläge der Demokraten und zeigte auf, was ihr Inkrafttreten für das Land bedeuten würde. Am Ende kam er auch auf die Ausschreitungen des Ku-Klux-Klans zu sprechen und auf die schändliche Behandlung der Schwarzen in den Südstaaten; daran beißen sich die Demokraten dann fest, brüllen ›Partisan‹ und vergessen alles übrige. Dummerweise haben sie ja auch keinen anderen Aufhänger. Der Wohlstand im Lande gedeiht, und die Regierung Hayes hat den empörenden Korruptionsfällen ein Ende gemacht. Also bleibt den Demokraten nichts weiter übrig, als alte Wunden wieder aufzureißen und um Sympathie für den Süden zu werben, während Garfield den überlegenen Mentor spielt und seinen Mitstreitern erzählt, sie sollten mit den Themen gesunde Währungs- und Zolltarifpolitik in den Wahlkampf ziehen. Ich wünschte, das könnten wir, aber es wird nichts nützen: Die ehemaligen Rebellen im Kongreß haben zuviel Lärm gemacht. Wir werden mehr und mehr von Hampton und dem Ku-Klux-Klan zu hören bekommen.«

»Falscher Weg, um durrrchzusetzen rrrichtigen Mann, wie? Wenn überrrhaupt er issst rrrichtige Mann!« Mr. Lichtenstein zählte nicht zu Garfields größten Bewunderern.

»Ja. Wir hätten dem Land eine Menge Aufregung und Sorgen erspart«, versetzte Dr. Blair langsam und nachdenklich, »wenn wir die Wiedereingliederung der Südstaaten nicht eher abgeschlossen hätten, als bis die Rechte der Schwarzen gesichert waren.«

Ludwig seufzte. »Stimmt, aber wie hätte man das bewerkstelligen sollen? Ohne den Kompromiß bei der Wiedereingliederung wäre Hayes' Amtseinführung wohl kaum friedlich vonstatten gegangen. Und Tilden hätte als Präsident weder den Schwarzen noch sonst jemandem geholfen – mit Ausnahme eben dieser ehemaligen Rebellen. Die Republikaner können jetzt nur dafür Sorge tragen, daß die Bevölkerung nicht vergißt, wie brutal die Schwarzen mißhandelt werden. Die öffentliche Meinung ...«

»Die öffentliche Meinung hier in den Nordstaaten wird den Süden nie zwingen können, den Negern das Wahlrecht zu geben«, fiel John ihm barsch ins Wort. »Und wenn man ihre erschreckende Unwissenheit bedenkt – selbst hier bei uns –, bin ich mir nicht einmal sicher, ob sie es bekommen sollten.«

»Ich weiß.« Ludwig stand auf und wandte sich zum Gehen. »Unser Land hat zur Zeit Probleme, die vordringlicher sind, aber ich sage euch: Wir werden den Bürgerkrieg noch mal durchfechten müssen. Mit General Hancock – ›Hancock der Große‹ –, dem demokratischen Kandidaten. Wenn das keine Ironie ist!«

Ludwig sollte recht behalten. Es dauerte nicht lange, da hatten sogar die Kinder das Marschlied vom Fackelzug der Demokraten aufgeschnappt und sangen es bis zum Überdruß:

> Verrat erhebt sein schnödes Haupt, heißa, juchhe,
> und drängt erneut zur Macht.
> Doch unser Jim steht kampfbereit, heißa, juchhe,
> Straft seine Niedertracht.
> Noch einmal wird zermalmen er, heißa, juchhe,
> Die Feinde allesamt.
> Dem Sieger winkt, heißa, juchhe,
> Das Präsidentenamt.

Der Brigadegeneral der Miliz, James A. Garfield, stützte seinen Wahlkampf auf seine Heldentaten im Bürgerkrieg. Und Generalmajor Hancock, der unvergleichlich mehr als sein Gegner dazu beigetragen hatte, »die Feinde zu zermalmen«, konnte dennoch nicht wie dieser von seinem Ruhm Gebrauch machen, weil so viele seiner potentiellen Wähler in der Armee der Konföderierten gestanden hatten. Wozu sie an Gettysburg erinnern? Aber auch unter den Veteranen der Potomac-Armee liebten und verehrten viele den General Hancock; kein Republikaner war wirklich guter Dinge, bis nicht die Wahlen in Ohio und den übrigen Staaten, die im Oktober zur Abstimmung schritten, zugunsten der Republikaner entschieden waren, womit dem Triumph der Partei im November kaum noch etwas im Wege stand. Es wurde indes nur ein knapper Sieg: Garfield erhielt neunundfünfzig Wahlmännerstimmen mehr als Hancock, aber nur etwa siebentausend allgemeine Stimmen mehr als sein Rivale. Diese Ergebnis dämpfte die Hoffnung der Republikaner auf eine rosige Zukunft.

Die Mitglieder des Frauenklubs von Waynesboro waren weniger besorgt um den Ausgang der Präsidentschaftswahl als um Kitty Edwards, deren Schwangerschaft sich ihrem Ende zuneigte. Mitte November schenkte sie einem Sohn das Leben; dieses langersehnte Kind wurde ihrer Familie zu Ehren auf den Namen Lowrey getauft. Die Geburtsanzeige in der *Fackel* las sich wie eine schlichte, nüchterne Tatsachenmeldung. Von den Damen des Klubs wußte nur Anne, in welcher Gefahr die junge Mutter geschwebt und welch grenzenlose Angst (die im übrigen durch die Geburt noch nicht völlig gebannt war) John ausgestanden hatte; wie selig Kitty sich trotz ihrer Schwäche fühlte und wie groß Sheldons Erleichterung und Freude waren.

Für alle, die sich den beiden jungen Frauen verbunden fühlten, bedeutete die Geburt von Barbara Gardiners Kind eine Antiklimax: Niemand hatte ihretwegen Grund zur Besorgnis gesehen, außer ihrem Mann vielleicht. Für Douglas war die Geburt seines ersten Kindes das mit Abstand bedeutendste Ereignis seines bisherigen Lebens – weitaus wichtiger als seine kürzlich erfolgte Wahl zum Abgeordneten des Siebenten Bezirks für den Siebenundvierzigsten Kongreß der Vereinigten Staaten. Barbaras Tochter kam Ende Dezember zur Welt, und da die Geburt mitten in der Nacht stattfand, konnten Miß Lavinia und Miß Caroline, obwohl sie von dem unvermeidlichen Tumult aus dem Schlaf gerissen wurden, die peinliche Prozedur ignorieren. Am nächsten Morgen erschienen sie zur gewohnten Zeit am Frühstückstisch. Douglas gesellte sich ein wenig verspätet zu ihnen; er wirkte blaß und übernächtig und verlangte nach einer Tasse Kaffee.

Tante Lavinia, die vorübergehend ihren alten Platz an der Kaffeemaschine zurückerobert hatte, erfüllte seinen Wunsch, sagte jedoch kein Wort. Mit zitternder Hand nahm er die Tasse entgegen.

»Tante Lavinia? Tante Caroline? Ihr könnt doch den Lärm und das Durcheinander letzte Nacht unmöglich verschlafen haben. Wollt ihr euch denn nicht wenigstens erkundigen?«

»Wir haben selbstverständlich angenommen, du würdest uns in Kenntnis setzen, wann immer du es für angemessen hältst.«

Tante Caroline zeigte sich etwas interessierter. »Wir hoffen, du hast den Doktor rechtzeitig erreicht?«

»Ja. Meine Frau wurde von einer Tochter entbunden. Mutter und Kind sind wohlauf.«

»Eine Tochter? Ich darf annehmen, du bist nicht zu sehr enttäuscht.«

»Nein! Ich freue mich. Und ich bin erleichtert, daß Barbara...«

»Wie Schwester Watkins so treffend bemerkte: Es ist ein natürlicher Vorgang. Ach, übrigens, wie lange wird Schwester Watkins bei uns bleiben?«

Unwillkürlich mußte Douglas lachen. Auch er duldete Schwester Watkins nur widerwillig. »Mindestens zehn Tage, hat Dock gesagt. Bis Barbara wieder bei Kräften ist und sich selbst um das Baby kümmern kann. Es wird übrigens ›Lavinia‹ heißen«, setzte er wie beiläufig hinzu.

»Ah! War das deine Idee oder ihre? Eine hoffnungsvolle Geste?«

Wieder spürte Douglas den kalten Zorn in sich aufsteigen, der sein Herz gegen die Tanten verhärtete. Barbara hatte sich so lange bemüht und sich so diplomatisch verhalten – reifer, als es ihren Jahren entsprach, wie ihm schien –, und doch wurde sie immer noch abgelehnt.

»Ich sehe keine Notwendigkeit für eine solche Geste. Wenn ihr euch um das Vergnügen bringt, mit uns eine Familie zu sein, dann ist der Verlust auf eurer Seite. Was den Namen betrifft, so hätte ich ›Teresa‹ vorgezogen – ein weit hübscherer Name und obendrein der von Mutter Bodien, wie ihr zweifellos wißt. Barbara besteht indes darauf, daß man dem ersten Kind einen Namen aus der Familie des Vaters geben müsse. Und ›Lavinia‹ hieß meine Großmutter. Du, Tante Lavinia, wurdest nach ihr benannt.«

»Wie dem auch sei, jedenfalls ist es – soweit ich weiß – nicht der Name einer Heiligen. Wie Teresa... Will die Familie deiner Frau das Kind in ihrer Kirche taufen lassen?«

Doug erhob sich wortlos von seinem Platz und ging wieder nach oben. Soviel Haß, dachte er, und ganz ohne Grund. Außer, daß die beiden sich damit einen Lebensinhalt schaffen. Ich hätte es nie für möglich gehalten. Vielleicht werde ich den Rest meines Lebens in Washington verbringen müssen.

Ein wenig später, als er noch einmal das Baby bewundert hatte (von dem er im stillen hoffte, daß es bald menschliche Züge annehmen würde), setzte er sich zu Barbara aufs Bett und fragte: »Sag mal, Barbie, wird deine Mutter sehr unglücklich sein wegen des Kindes?«

Sie erriet gleich, was er meinte. »Ich weiß nicht, Doug. Je mehr sie es liebt, desto unglücklicher wird sie sein. Was uns betrifft, Papa, Stewart und mich, ist sie eigentlich ganz zuversichtlich. Stewart ist immer noch ein ziemlich braver Katholik. Papa und ich wurden in der katholischen Kirche getauft: Wir brauchen also nichts weiter zu tun, als an den Altar zurückzukehren und unsere Sünden zu bereuen. Mutter setzt all ihre Hoffnung darauf – jeden Tag geht sie zur Messe und betet für die Errettung unserer Seelen. Aber das Baby – wenn ihm etwas zustieße, und es hätte nie die heilige Taufe empfangen... Oh, Doug: Ist das nicht albern? Da versuchen wir nun alle in den Himmel zu kommen, falls es einen Himmel gibt... Was spielt es dabei schon für eine Rolle, ob man mit dem Zug fährt oder... oder auf einem Pferd reitet? Es ist so töricht und verursacht doch soviel Traurigkeit.« Sie mußte innehalten, weil ihr der Atem stockte, und gleich eilte Schwester Watkins ans Fußende des Bettes. Doch Barbara hob abwehrend die Hand. »Mir fehlt nichts. Müde und schläfrig bin ich, aber auch froh, daß ich's überstanden habe und das Baby gesund ist. Das Baby *ist* doch gesund?«

Die beiden beruhigten sie. »Du sprichst zuviel«, sagte Doug. »Versuch ein wenig zu schlafen. Ich bleibe noch ein Weilchen bei dir. Schwester, wollen Sie nicht hinuntergehen und sich von Lutie Ihr Frühstück machen lassen? Ich hab' ihr von dem Baby erzählt, aber sie würde bestimmt gern alle Einzelheiten von Ihnen hören.«

Schwester Watkins schlich auf Zehenspitzen hinaus. »So, Barbie.« Er griff nach ihrer Hand. »Nun schlaf schön.«

Sie schüttelte den Kopf in den Kissen und zerzauste ihr ohnehin wirres schwarzes Haar noch mehr. »Nicht, solange du bei mir bist.«

»Und gräm dich nicht wegen deiner Mutter. Ich möchte dich so glücklich sehen wie ich es bin.«

»Du bist also glücklich?«

Er lächelte sie an und küßte sie auf die Stirn. »Ja, das bin ich. Und darum möchte ich, daß alle anderen es auch sind. Deine Mutter ist eine gute, warmherzige, liebevolle Frau.«

»Ja. Ich bin froh, daß du das spürst.« Dann setzte sie lächelnd und wie es schien ein wenig unschlüssig hinzu: »Aber ich weiß wohl, was Mama täte, wenn wir das Baby je allein bei ihr ließen. Wenn es dir wirklich nichts ausmacht, könnten wir das irgendwann tun. Eines Tages, wenn du und ich irgendwohin müssen... Und es würde nicht gegen uns sprechen, denn es geschähe ja ohne unser Wissen und ohne unsere Einwilligung.«

Und so brachten sie eines Morgens Mitte Januar ihr warm in Schals und Decken eingehülltes Baby zu den Bodiens und nahmen selbst kurz darauf den Zug nach Columbus. Die Legislative trat zusammen, um einen Senator zu wählen, der Garfields Platz einnehmen sollte, und es war nur natürlich, daß Douglas bei dieser Wahl zugegen sein wollte.

Mrs. Bodien wartete kaum ab, bis das junge Paar aus dem Haus war; sie hatte schon im vorhinein entschieden, was sie tun müsse. Sie würde unverzüglich handeln und es hinter sich bringen. Sie setzte ihre Haube auf, hüllte sich in ihren Umhang, wickelte das Baby wieder sorgsam ein und ging mit ihm zum Haus ihres Priesters. Das Köpfchen des Kindes war nicht so schnell entblößt, wie die Taufe vonstatten ging; Mrs. Bodiens Enkeltochter wurde auf den Namen »Lavinia Anne« getauft, und die Großmutter weinte vor Freude, Erleichterung und aus reiner Nervosität. Als Barbara und ihr Gatte zurückkehrten und sie gestand, was sie in ihrer Abwesenheit getan hatte, waren die beiden beileibe nicht so schockiert, wie sie befürchtet hatte; und böse waren sie schon gar nicht mit ihr. »Lavinia Anne ist ein hübscher Name«, sagte Doug, und Barbaras einzige Ermahnung lautete: »Wenn du darüber reden mußt, dann stell bitte von vornherein klar, daß du das Kind ohne mein Wissen hast taufen lassen.«

Mrs. Bodien verspürte indes nicht das geringste Bedürfnis, darüber zu reden. Sie konnte jetzt das Baby ebenso in ihre Gebete einschließen wie die übrige Familie, und wenn ihm etwas zustoßen sollte, solange es noch im Säuglingsalter war (was die Heiligen verhüten mochten), so würde zumindest seine Seele gerettet werden.

Doug und Barbara hatten in Columbus miterlebt, wie die Legislative John Sherman erneut in den Senat wählte. Die Rauschs waren auch zugegen, und beide Paare fuhren gemeinsam nach Hause zurück. Doug und Ludwig sprachen im Zug über die Wahl, der sie eben beigewohnt hatten; sie stimmten darin überein, daß Foster mit dem Rückzug seiner Kandidatur zugunsten Shermans den Gerüchten über einen Handel zwischen Garfield und dem Gouverneur etliches von ihrer Glaubwürdigkeit nahm. Als nächstes spekulierten sie über mögliche Kabinettsumbildungen, die der neue Präsident vornehmen könnte, und einigten sich darauf, daß Blaine gewiß Außenminister werden würde. Einigkeit herrschte auch darüber, daß John Sherman völlig zu Recht wieder in den Senat aufgenommen sei.

Die beiden Frauen schwiegen die meiste Zeit und ließen das Gespräch der Männer an sich vorüberrauschen. Um Barbaras Mund spielte ein kleines Lächeln, während sie an ihre Mutter und das Baby dachte und an Dougs belustigtes Verständnis für die Situation. Sally, die sie beobachtete, dachte bei sich, wie hübsch die junge Frau doch sei und von welch tadelloser Haltung, wenngleich sie selten unaufgefordert das Wort ergriff. Die Launen der Politik mochten sie in Zukunft häufiger miteinander in Berührung bringen; schon jetzt sprachen die beiden Männer davon, gemeinsam zur Amtseinführung des Präsidenten nach Washington zu fahren, und sie, Sally, hatte nicht die Absicht, dieses festliche Ereignis zu versäumen. Mrs. Douglas Gardiner würde natürlich auch dabei sein; ihr Mann war schließlich Mitglied des neuen Kongresses, den der scheidende Präsident Hayes für den 4. März, den Tag des Amtsantritts seines Nachfolgers, zu einer Sondersitzung einberufen hatte.

Die Inauguration, der die Rauschs und die Gardiners beiwohnten, war allein um des feierlichen Anlasses willen bemerkenswert. Aufregendes ereignete sich dabei nicht. Nicht einmal ein »Was nun?« hing in der Luft oder geisterte durch die Presse, da Hayes sein Amt einem Parteifreund übergab, dem er auch privat herzlich zugetan war: Nichts stand in Frage außer der Haltung, welche die Unentwegten zur Reform der Vergabe öffentlicher Ämter und zur Aufgabenverteilung im neuen Kabinett einnehmen würden. Vielleicht war es etwas Besonderes, auf dem Ball zu Ehren des neuen Präsidenten getanzt zu haben, doch das war auch schon alles, was diesem Tag in Sallys Augen an Bedeutung zukam.

Als der Kongreß sich am 20. Mai vertagte, war er über das Debattierstadium nicht hinausgekommen. Aber Conkling und Platt waren aus Wut darüber, daß Garfield ihre Pläne für die Ämtervergabe in New York durchkreuzt hatte, aus dem Senat ausgeschieden. Als sie sich nach New York zurückgezogen hatten und ihre Nachfolger ernannt waren, seufzte man im Lande erleichtert auf. Nun würde Garfield freie Bahn haben.

Die Kongreßferien verbrachten die Gardiners daheim in Waynesboro. Barbara, die sich nach überstandener Schwangerschaft wieder in der Öffentlichkeit zeigen durfte, befolgte den Rat ihres Vaters und erschien zum Gottesdienst in der Kirche ihres Mannes. Doug, der es bisher nicht für notwendig gehalten hatte, sich Pferd und Wagen anzuschaffen, änderte seine Meinung hierüber auch jetzt nicht, da er voraussichtlich nur einen Teil des Jahres in Waynesboro verbringen würde. Aber seit geraumer Zeit bestellte er allwöchentlich für den Sonntag einen Wagen nebst Kutscher im Mietstall. Vor der presbyterianischen Kirche pflegte Doug vom Bock zu klettern, während der Mietskutscher die Pferde hielt, um den Damen beim Aussteigen behilflich zu sein. Die Kinder der Presbyterianer hatten sich angewöhnt, in der Pause zwischen Sonntagsschule und Gottesdienst vom Vorplatz aus dieses Ritual mit nimmermüdem Interesse zu verfolgen. Die ältere Miß Gardiner faszinierte sie besonders: die ausladende, glockenförmige Krinoline, der Schal, die Haube, die langen, fingerlosen Handschuhe – alles Relikte einer Mode, die fünfzehn, wenn nicht gar zwanzig Jahre zurücklag und jedenfalls in die Zeit vor ihrer Geburt gehörte. In ihren Augen war Miß Lavinia Gardiner eine wahre Exzentrikerin.

Miß Lavinias Reifröcke beengten die Damen in der Kutsche ein wenig, als Barbara sich zu ihnen gesellte, doch niemand verlor ein Wort darüber. Als man vor der Kirche anlangte und Doug wie gewöhnlich als erster abstieg, spähten die Kinder hinter den Türflügeln hervor. Gleichzeitig mit den Gardiners trafen auch einige andere Gläubige vor dem Gotteshaus ein, aber die Kinder verbreiteten als erste die Kunde von dem Neuling in ihren Familienbänken. Manche kannten die junge Mrs. Gardiner überhaupt nicht, andere wußten nur, wie sie hieß, und manche (wie Johnny Gordon) kannten sie gut. Er schlüpfte in die Bank seiner Mutter und zwängte sich auf den Platz, den sie am Ende der Reihe für ihn freigehalten hatte. Binny, zu Annes anderer Seite, blätterte in ihrem Sonntagsschultext und achtete nicht auf den Bruder.

»Mama!« flüsterte er. »Rat mal, wer hier ist... Barbara!«

Sie warf ihm einen strengen Blick zu. »Scht! Der Organist fängt schon an zu spielen. Wir sind in der *Kirche.* Also schau nach vorn und setz dich anständig hin. Und wie oft muß ich dir noch sagen, daß du Mrs. Douglas Gardiner nicht ›Barbara‹ nennen sollst?« Sie wußte sehr wohl, von wem er gesprochen hatte.

Nach dem Gottesdienst eilte Anne den Mittelgang hinunter und in die Vorhalle. Sie war nicht sicher, wie viele Brüder und Schwestern ihrer Gemeinde eine konvertierte Katholikin willkommen heißen würden. Sie selbst begrüßte Barbara mit fast gekünstelter Herzlichkeit, ehe sie die junge Frau an Mr. McKinney weiterreichte, der vor dem Eingangsportal die Hände seiner Schäflein schüttelte, um ihrerseits ein paar Worte mit Douglas und seinen Tanten zu wechseln.

Auf dem Heimweg von der Kirche wandte Johnny, der mit Binny vorn sprach, sich unvermittelt nach seiner Mutter um und fragte über die Schulter: »*Mögen* diese alten Damen Barbara eigentlich nicht?«

»Johnny! Ich hab' dir oft genug gesagt...«

»Dann eben Mrs. Gardiner. Aber ich hab' sie immer Barbara genannt, und es hat ihr nie was ausgemacht. Doch nun sag schon, Mama: Haben die Damen was gegen sie?«

»Ich wüßte nicht, warum. Du etwa?«

»Nein. Aber sie sehen nicht aus, *als wenn* sie sie mögen.«

Johnny hatte das dunkle Gefühl, seine Mutter habe seine Frage nicht beantwortet, spürte jedoch gleichzeitig, daß er besser daran täte, nicht weiter in sie zu dringen. Er war Barbara, die ihn im Hause ihres Vaters stets wie ihresgleichen behandelt hatte, innig zugetan. Sein Herz schwoll vor Mitgefühl, wenn er daran dachte, daß sie diesen... diesen alten... Drachen ausgesetzt war. Er brannte darauf, ihr durch irgendeine außergewöhnliche Tat seine Zuneigung zu beweisen; gern hätte er nach Ritterart ein Abenteuer bestanden, um es den alten Damen zu *zeigen.* Den ganzen Heimweg über träumte er unerfüllbare Träume.

Johnny war nicht der einzige, der es den beiden alten Damen gern »gezeigt« hätte. So gestand Anne beispielsweise ihrem Mann, während sie aufs Abendesssen warteten und die Kinder draußen in der Küche bei den Vorbereitungen zusahen, daß die Misses Gardiner sie am Morgen beinahe erschreckt hätten, so eisig seien ihre Mienen gewesen. »Ich hatte mir vorgenommen, irgendeine nette Bemerkung darüber zu machen, wie erfreulich es sei, sie alle zusammen zu sehen. Aber dann war ich froh, daß ich wenigstens ein ›Guten Morgen‹ über die Lippen brachte. Es kam mir beinahe so vor, als seien sie über ihre Anwesenheit verärgert.«

»Und bestimmt waren sie das auch.«

»Warum denn? Weil sie mit zur *Kirche* ging?«

»Das beraubt sie eines ihrer Anklagepunkte gegen die junge Frau. Ihnen war es doch nur recht, sie als Angehörige dieses niederen Menschenstandes, der ›irischen Katholiken‹, brandmarken zu können. Ich wette, das arme Ding hat kein leichtes Leben mit diesen beiden Hyänen im Haus.«

Johnny gab die Hoffnung nicht auf, etwas Außergewöhnliches vollbringen zu können, um es den alten Damen zu »zeigen«. Aber all seine unsinnigen Träume – wie Barbara aus einem brennenden Haus zu retten, die Tanten jedoch ihrem Schicksal zu überlassen – hielten dem nüchternen Tageslicht nicht stand; sie waren auf die kurze Zeitspanne beschränkt, die, wenn er des Abends den Kopf aufs Kissen legte, bis zum Einschlafen verging. Aber den Entschluß, etwas für Barbara zu tun, gab er nicht auf: Was genau er den alten Damen »zeigen« wollte, war ihm selbst nicht so klar, daß er es etwa hätte in Worte fassen können, doch seinen Willen und seine Absicht spürte er um so deutlicher, und eines Tages im Juni bot sich ihm immerhin die Gelegenheit zu einer Geste.

Es war einer jener Mittsommertage, wie sie im Süden Ohios nur selten vorkommen, an denen die Sonne vom wolkenlosen Himmel lacht, ohne daß es unerträglich heiß wird. Eine angenehme Brise bewegte die Baumkronen, der Geruch frischen Grüns würzte die Luft, und aus nicht zu weiter Ferne drang der Duft blühender Kleefelder herüber. Die altmodisch zurechtgestutzten Rosenbüsche standen in voller Blüte; die letzten Päonien des Jahres warfen ihre schalenförmigen rosa Blütenblätter ab, und der leichte Wind trieb sie vor sich her über den Rasen. Die Kirschen waren reif. Johnny hatte die Aufgabe, all die zu pflücken, welche noch an den Bäumen der Gordons hingen. Anne hatte so viele eingemacht, wie sie nur konnte, und von den restlichen ihrer Familie so viele wie möglich in Kuchen und Fruchtpasteten vorgesetzt oder roh, aber gut gezuckert, zum Nachtisch in der großen Kompottschale ihrer Mutter serviert. Nun pflückte Johnny für diejenigen von Annes Freunden, die zu wenig eigene Kirschen ernteten; viele waren es nicht, da in jedem Garten mindestens ein Kirschbaum wuchs, aber sie stellte gewissenhaft eine Liste zusammen, während er von Ast zu Ast kletterte und sie gelegentlich das Knicken eines Zweiges oder das Schnurren eines Fußes hören konnte. Binny war auch irgendwo dort draußen; vielleicht schmollte sie immer noch, weil ihr verboten worden war, zusammen mit Johnny auf den Baum zu klettern. Statt dessen hatte Anne ihr ein altes Schälmesser in die Hand gedrückt und ihr gesagt, wenn sie sich nützlich machen wolle, könne sie das Unkraut auf dem Ziegelpfad im Garten hinter dem Haus ausziehen und an der Biegung unter der Weinlaube, die das Klosett verdeckte, das Moos in den Spalten stechen. Anne versprach ihr einen Penny für jeden Meter, den sie säuberte, erwartete jedoch nicht ernsthaft, daß Binny eine solche beschwerliche Aufgabe lange durchhalten würde.

Anfangs hatte es Binny sogar Spaß gemacht, in der feuchten, kühlen Ecke im Schutz der Laube das Moos zu stechen. Der Anblick der sauberen, tiefen, schwarzen Risse verschaffte ihr eine gewisse Befriedigung. Aber ehe sie auch nur einen Meter weit gekommen war, begannen ihre Knie zu schmerzen; sie probierte es in der Hocke, dann legte sie sich flach auf den Bauch und kroch auf allen vieren rückwärts, wobei sie ihre Schürze vom Latz bis zum Saum mit feuchter Erde und Moos beschmutzte; und als sie sich die kurzen Locken aus den Augen strich, verschmierte sie auch noch das Gesicht. Der Gedanke an die vielen Pennys, die sie verdienen könnte, verlockte sie nicht länger: Sie blickte zurück auf das, was sie geschafft hatte, und schätzte, es werde ihr mindestens drei Pennys einbringen, wofür sie sich in Mrs. Feeleys kleinem Laden drei Rollen Lakritz würde kaufen können. Das genügte. Seufzend stand sie auf und spähte durch die Weinreben nach oben in die Krone des Kirschbaums, wo Johnny herumkletterte. Gern wäre sie auch dort oben gewesen und hätte den Wind gespürt. Über die Weinlaube hatte Mama nichts gesagt. Von der Gabelung eines kräftigen Rebstocks, gut einen Fuß über dem Boden, konnte sie sich zur ersten Sprosse des Spaliers hinaufziehen, das an der Laube entlanglief; wieder mit Hilfe des Weinstocks konnte sie auch die zweite und dritte Sprosse erreichen. Dann verließ sie der Mut: Höher hinaufklettern konnte sie nicht, und sie hatte Angst, daß sie nicht wieder hinunterkäme. Sie würde Johnny bitten, ihr runterzuhelfen, wenn er mit dem Kirschenpflücken fertig war. Inzwischen gefiel es ihr ganz gut hier, so wie saß.

Zu ihrem Pech kam, gerade als Johnny sich mit seinem wie ihm schien millionsten Eimer vom Baum schwang, ihr Vater zum Mittagessen heim. John betrat den Garten durch das Tor bei den Stallungen. Möglich, daß er erschrak, als er Binny so klein und so gefährlich hoch auf ihrem luftigen Sitz balancieren sah, doch sein Ausruf klang eher zornig.

»Binny! Was machst du denn da oben? Komm sofort runter!«

»Ich kann nicht.«

Er stellte sich vor das Spalier, faßte sie unter die Arme, ließ sie mit einem Plumps zu Boden gleiten und betrachtete sie von oben bis unten mit finster mißbilligendem Blick.

»Ich muß schon sagen, ich habe noch nie ein so schmutziges kleines Mädchen gesehen. Was um Himmels willen hast du nur angestellt?«

»Mama hat gesagt, ich soll auf dem Weg das Unkraut ausrupfen.«

»Was denn? Von der Weinlaube herunter?«

»Ich war auf einmal so müde.«

»Komm rein und wasch dich. Es ist eine Schande, wie du aussiehst.« Und mit nicht zu sanfter Hand zerrte er sie über den ungejäteten Weg ins Haus. Drinnen übergab er sie Martha, hieß sie, sich unter der Küchenpumpe zu waschen, und zog Anne mit sich ins Wohnzimmer.

»Dieses Kind wird sich noch mal den Hals brechen. Weißt du, wo ich sie gefunden habe? Oben in der Weinlaube...«

»Ich hatte ihr aufgetragen, den Gartenweg zu jäten, aber ich dachte mir schon, daß sie nicht lange durchhalten würde. Die Weinlaube, sagst du? John, du kannst die Kinder nicht davon abhalten, in der Laube rumzuturnen. Als ich klein war, sind wir ständig am Spalier rauf und runter geklettert.«

»Ich wette, du hast dich dabei nie so schmutzig gemacht wie Binny.«

Ehe sie noch antworten konnte, kam Johnny herein, Martha trug das Essen auf, und die drei gingen zu Tisch, wo die frisch geschrubbte Binny bereits schmollend an ihrem Platz saß. Während der Mahlzeit erklärte Anne, was sie mit den Kirschen vorhabe, die nun jeden Eimer und jede große Schüssel im Haus füllten; Johnny sollte zwei Schmalzeimer voll machen, die Kirschen abliefern, zurückkommen, die Eimer aufs neue füllen und wieder losziehen. »Und hier ist die Liste der Familien, zu denen du gehen wirst.«

Widerstrebend blickte Johnny auf den Zettel. »Woher soll ich wissen, wo all die Leute wohnen?«

»Du kennst das Haus der McKinneys und auch das von Dr. Blair. Geh die Liste durch. Wenn du eine Adresse nicht weißt, kannst du mich ja fragen.«

Brummig nahm Johnny den Zettel entgegen, doch seine Miene

hellte sich auf, und sein Herz tat einen Sprung, als er den Namen Deming las.

»Ich denk', ich nehm' die Demings als letzte«, sagte er und hoffte, daß seine Stimme die freudige Erregung nicht verriet. »Sie wohnen ja nicht weit weg.« Dann fiel ihm etwas ein. »Darf ich einen Eimer für eine Freundin haben? Ich hab' doch die Kirschen gepflückt, Mama.«

»Was denn für eine Freundin? Nein, laß nur, ich brauch's nicht zu wissen. Du hast dir wirklich einen Eimer verdient. Aber daß du ihn nicht zu Elsa bringst. Die Rauschs haben mehr Kirschen als wir.«

Wie leicht er doch zu durchschauen ist, dachte Anne, als Johnny sich auf den Weg gemacht hatte. Ist bereit, Kirschen in der ganzen Stadt zu verteilen, nur um am Ende vielleicht Julia Deming zu begegnen; soweit Anne die Gefühle ihres Sohnes erraten konnte, schwebte Julia als blonde Märchenprinzessin durch seine Träume. Wer wohl die »Freundin« sein mochte? Ariana McCune fiel ihr ein, doch sie dachte nicht weiter darüber nach. Johnny trottete in der Wärme des frühen Nachmittags mit seinen Eimern voll Kirschen durch die Stadt, bis er endlich alle Namen auf Annes Liste abhaken und zu den Demings gehen konnte – zu ihnen und zu den Gardiners. Es war gegen vier, als er bei den Gardiners läutete; weit und breit war kein Mensch zu sehen, weder im Hof noch im Garten, und ganz gegen die Gepflogenheiten von Waynesboro, wo den Sommer über die Haustüren hinter eingehakten Fliegengittern offenstanden, war die Vordertür verschlossen. Sein Herz begann dumpf und ängstlich zu schlagen; er fürchtete beinahe, etwas Unrechtes zu tun. Wie, wenn nun eine der alten Damen ihm aufmachte? Aber auf sein Klingeln hin erschien ein Negermädchen in frisch gestärkter Schürze.

»Ist... ist Barbara zu Hause?« stotterte er und vergaß vor lauter Aufregung das »Mrs. Gardiner«. »Ich... ich bringe ihr 'n paar Kirschen.«

»Botenjungen müssen hintenrum.« Damit schlug sie ihm die Tür vor der Nase zu. Johnny durchlitt einen Moment schrecklicher Erniedrigung, am liebsten wäre er im Erdboden versunken, allein ihm blieb nichts weiter übrig, als »hintenrum« zu gehen, und das tat er denn auch, hielt dabei aber den Kopf vor Scham so tief gesenkt, daß er die Kirschbäume der Gardiners nicht bemerkte, deren Äste sich unter der Last ihrer Früchte bogen.

Orillia hatte ihn nicht demütigen wollen. Wie alle Dienstboten überall (und Farbige ganz besonders) war sie sich der Spannungen im Hause ihrer Herrschaft wohl bewußt und stand leidenschaftlich auf seiten ihrer jungen Herrin. Bei Johnnys Anblick hatte sie nur den einen Gedanken gehabt, ihn so schnell wie möglich außer Sichtweite zu schaffen – ein kleiner Junge, der ausgerechnet mit einem Eimer voll Kirschen daherkam – ein Junge, der Miz Douglas »Barbara« nannte – das beste war, ihn abzuwimmeln, ehe Miß Lavinia oder Miß Caroline ihn zu Gesicht bekamen und womöglich Fragen stellten. Sie hakte das Fliegengitter vor der Küchentür auf und ließ ihn eintreten.

»Wir nix brauchen Kirschen.«

Lutie, die inzwischen zur Köchin aufgestiegen war, labte sich gerade am Küchentisch mit einer Tasse Kaffee »zwischendurch«. Sie musterte Johnny aufmerksam.

»Du schicken den Jungen an Hintertür, Rilly? Du nix gut gemacht, Rilly: das sein Dock Go'dons Junge!«

Johnny mochte nicht wissen, wer Lutie war, aber sie kannte ihn: Sie und Martha waren miteinander befreundet. »Nur immer rein, Kind, wenn du mal da sein. Du sagen olle Lutie, für wem daß die Kirschen solln sein.«

»Ich weiß, Sie haben keine bestellt. Es sollte ein Geschenk sein. Wir hatten so viele... Ich dachte, Mrs. Gardiner würde sich vielleicht darüber freuen. Ich hab' sie ganz frisch gepflückt, und es sind auch keine Würmer drin.«

»Wir ganze Bäume voll Kirschen haben – aber macht nix, Kind, macht nix. Mir isses, wie wenn Miz Gardiner bestimmt sich werden freuen über dein Geschenk.«

»Ist sie nicht da?«

»Doch, sie sein hier. Rilly, du sagen Miz, sie haben Besuch... draußen in Küche, weil du so dumm. Und du, Kind... wie heißt du? Johnny. Ruh dich aus da aufn ollen Stuhl.«

Nicht lange danach erschien Barbara, die kleinlaute Orillia im Schlepptau. »Johnny! Na, das ist aber eine Überraschung! Ich freue mich über deinen Besuch. Wir beide haben uns lange nicht gesehen, hm? Aber was... warum...?«

»Orillia sein schuld«, meldete sich das Mädchen zu Wort. »Ich denken, er Botenjunge.«

»Ich hab' Ihnen Kirschen mitgebracht. Ich wollte Ihnen etwas schenken, weil Sie doch jetzt verheiratet sind und das Baby haben und so... Ich meine«, Johnny schluckte, »ich wollte Ihnen zeigen, daß ich nicht vergessen habe, wieviel Spaß wir zusammen hatten, als Sie noch daheim waren. Aber sie sagt«, und er deutete mit dem Kopf auf Lutie, »daß Sie selber genug Kirschen hätten.«

»Unsere Kirschen hängen noch am Baum. Und wir haben niemanden zum Pflücken. Tobe mit seinem schlimmen Rheuma kann's nicht mehr. Hat Lutie dir das nicht gesagt? Also werden wir mit deinen Kirschen eine Fruchtpastete fürs Abendessen machen. Hast du gehört, Lutie?«

»Ja, Ma'am.«

Ein Sonnenstrahl huschte über Johnnys Gesicht. »Ich werde für Sie pflücken. Das mach' ich gern.« Doch dann fiel ihm etwas ein. »Bloß nächste Woche, da muß ich raus auf die Farm und bei der Weizenernte helfen.« Er bemühte sich zwar, eine bedauernde Miene aufzusetzen, doch der Stolz in seiner Stimme ließ sich nicht ganz unterdrücken. »Die Ernte beginnt dieses Jahr ziemlich früh, weil wir einen besonders milden Frühling hatten.« Er fand, das klang schon sehr erwachsen.

Barbara lächelte ihm zu. »Ich weiß, daß die Weizenernte wichtiger ist als unsere Kirschen. Irgendwie werden wir sie schon gepflückt kriegen. Wenn du vielleicht ein paar Buben kennst...«

»Ich werd' sehen, was sich machen läßt«, versprach er feierlich; die Demütigung von vorhin war vergessen. Er trug den leeren Schmalzeimer nach Hause, füllte ihn und stellte sich gegen halb fünf damit bei den Demings ein, wo er ein paar idyllische, wenn auch nicht besonders aufregende Stunden mit Julia beim Damespiel verbrachte. Er ließ sie ein, zwei Partien gewinnen und brüstete sich damit, daß er in der nächsten Woche auf der Farm als Erntehelfer arbeiten würde. Julia schien nicht recht zu begreifen, daß es ein Privileg sei, die Weizengarben zu bündeln und aufzuschichten, dafür bat sie aber wenigstens nicht darum, mitkommen zu dürfen, so wie Shaney es getan hatte. Johnny hatte einen furchtbaren Streit mit Shaney gehabt: Mädchen halfen zur Erntezeit nicht mit auf den Feldern. Es war seine Farm, und er würde es ihr nicht erlauben. Aber wie bei den meisten ihrer Auseinandersetzungen hatte sie ihn untergekriegt und mit ins Haus geschleift, um ihre Mutter zu fragen. Gottlob war wenigstens Tante Sally vernünftig.

»Du willst also Johnny bei der Ernte helfen? Ja, ich weiß, daß die Farm ihm gehört, trotzdem stellt nicht er die Arbeiter ein, nicht bis er volljährig ist. Doch, ich weiß auch, daß sie unser Bindegarn für ihren neuen Binder benutzen, aber deswegen brauchst du nicht dabei zu sein. Weißt du, was Mädchen auf der Farm während der Ernte tun? Sie schälen Kartoffeln und rupfen Hühner und kochen und kochen in einem fort, und hinterher waschen sie das Geschirr ab. Wenn du also Lust hast, eine Woche lang Küchenarbeit zu verrichten...«

Natürlich zeigte Shaney nicht die geringste Neigung, in einer überhitzten Farmküche zu kochen und abzuwaschen. Johnny triumphierte und fuhr allein auf die Farm hinaus, um eine Woche lang bei der Weizenernte zu helfen. Er folgte dem Bindemäher, lernte unter Anleitung die Garben so aufzuschichten, daß der Regen ablief und sie fürs anschließende Dreschen gut durchtrockneten. Wenn er sich abends ins Bett legte, war er zu müde, um Spreu und Häcksel aus seinen Kleidern zu schütteln.

Elsa hatte seine Zurückweisung sehr gewurmt. Es kam ihr vor, als hasse sie das ihr auferlegte Schicksal mit jedem Tag mehr: den Zwang, eine junge Dame zu werden. Wenn Johnny eine Farm hatte, besaß sie dann nicht gewissermaßen eine Seilerbahn? Sie verfiel auf den Gedanken, sich das Haar abzuschneiden, ein Paar Hosen zu borgen – vielleicht von Johnny, obwohl sie größer war als er – und eine Arbeit im Werk anzunehmen. Aber nicht allein, Johnny mußte mitmachen.

Als er von der Farm zurückkehrte, ließ er sich erstaunlich leicht von Elsa zu dem Streich überreden, den sie zunächst nur für einen Tag geplant hatte, von dem sie jedoch insgeheim hoffte, er möge ihr eine Dauerbeschäftigung verschaffen. Johnny hatte mit seiner Erntearbeit ein wenig Geld verdient, und das war eine ganz neue Erfahrung für ihn. Sein Vater bezahlte ihn nie für seine Hilfe in der Praxis. Kein Arzt verdiene während seiner Lehrzeit Geld, sagte er: Man arbeite, um Erfahrungen zu sammeln; das sei Lohn genug. Daher war es eine ungewöhnliche Annehmlichkeit für Johnny, Geld in der Tasche zu haben, und wenn es ihm gelänge, sich als Radjunge zu verdingen…

Eines Morgens schlich er sich vor Sonnenaufgang aus dem Haus und wartete im Stall auf Elsa, für die er ein Hemd und eine Latzhose bereithielt, seine Arbeitskleidung von der Farm. Sie erschien pünktlich und kletterte auf den Heuboden, um sich umzuziehen und ihr Haar unter einer Schirmmütze zu verstecken (es abzuschneiden, hatte sie schließlich doch nicht gewagt). Johnny hatte bereits mit zwei Radjungen (Brüder, die sie von der Schule her kannten) ausgehandelt, daß sie ihm und Elsa einen Tag lang ihre Plätze überlassen würden. Die beiden sollten ihre fünfzig Cent Tageslohn pro Nase bekommen, gerade so, als hätten sie selbst auf der Seilerbahn gestanden. Die Brüder waren nicht abgeneigt, sich einen freien Tag zu gönnen, und da sie wußten, daß Elsa die Tochter des obersten Chefs war, willigten sie ohne viel Federlesens ein. Als um halb sieben die Fabriksirene ertönte, mischten sich vor dem Firmentor zwei bemützte und behoste Neulinge unter die Belegschaft.

Als Ludwig um acht Uhr, anderthalb Stunden, nachdem das Werk den Betrieb aufgenommen hatte, sein Bureau betrat, wartete dort Captain Bodien auf ihn.

»Chef, ich möchte Sie um einen Gefallen bitten. Gehn Sie doch mal einen Sprung rüber zur alten Seilerbahn... Werfen Sie 'n Blick auf die Radjungen.«

»Die Radjungen? Was...?«

»Nein, nein!« Captain Bodien bemühte sich erfolglos, den Schalk zu verbergen, der in seinen Augen blitzte. »Ich werd' Ihnen nichts verraten. Sehen Sie nur selbst!«

Ludwig ging, schaute sich um und bemerkte im ersten Moment nichts Ungewöhnliches. Die Reihe der Radjungen am Kopf der Bahn stand mit dem Rücken zu den Seilern, die sich – in der Hand ihre Spinnlappen – nach rückwärts fortbewegten, während die Jungen die Räder antrieben. Dann – sei es, weil die beiden Gestalten ganz am Ende merklich kleiner waren als die übrigen, sei es, weil die Räder sich nicht so gleichförmig drehten, wie sie sollten – richtete sich sein Augenmerk auf eben diese zwei. Johnny erkannte er sofort, Elsa erst nach gründlichem Hinsehen: Die Latzhose und die Mütze, die ihr Gesicht halb verdeckte und oben merkwürdig ausgebeult war, veränderten ihr Aussehen gründlich; und überdies schien ihm ihre Anwesenheit auf der Seilerbahn so unfaßbar, daß er den donnernden Zuruf, der ihm schon in der Kehle saß, unterdrückte und unbemerkt von den Kindern, deren ganze Aufmerksamkeit ihrer ungewohnten Arbeit galt, ins Kontor zurückkehrte.

Captain Bodien erwartete ihn schmunzelnd. Finster musterte Ludwig seinen Verwalter. »Zum Teufel auch!« rief er. »Haben Sie die beiden eingestellt?«

»Nein. Sie kamen einfach mit den anderen rein. Schätze, sie hofften, der Vorarbeiter würde sie nicht bemerken. Und als er's doch tat, erzählten sie ihm, die Bradley-Jungen hätten heute nicht kommen können, und sie sollten sie vertreten. Soll ich die beiden heimschicken?«

Ludwig blies die Backen auf und zwirbelte seinen Schnurrbart. »Die Bradleys sind wahrscheinlich zum Fischen gegangen. Wir hätten also ohne die beiden zwei Radjungen zuwenig. Ein Tag Arbeit wird ihnen wohl nicht schaden – vielleicht lernen sie sogar draus. Nur, es ist ziemlich heiß auf der alten Bahn: Sagen Sie dem Vorarbeiter, falls sie Miene machen umzukippen, soll er sie aus der Reihe nehmen. Ansonsten schicken Sie die zwei nach dem Feierabendsignal zu mir.«

»Mach' ich, Chef. Aber vergessen Sie nicht: Die Kinder sind meine Freunde. Ich hab' Ihnen also nichts erzählt, abgemacht?«

»Na gut. Ich halt' Sie da raus.« Ludwig erwiderte das verschwörerische Lächeln des Captains.

Um halb sechs präsentierten sich zwei erschöpfte Kinder – die Gesichter unter der Öl- und Schweißschicht schreckensbleich – an der Tür zu Ludwigs Bureau. Er warf ihnen nur einen flüchtigen Blick zu und bedeutete ihnen mit einer Handbewegung einzutreten. »Setzt euch, und dann raus mit der Sprache: Was habt ihr euch dabei gedacht?«

»Papa, woher wußtest du ...?« Es klang fast wie ein Wimmern – und das von Elsa, die bisweilen zwar aufbegehrte, aber nie jammerte. »Hat Captain Bodien es dir gesagt?«

»Ich hab' euch gesehen. Denkst du etwa, ich gäbe nicht auf meine Firma acht? Aber nun will ich wissen, warum ihr das getan habt.«

»Ich wollt's ihm zeigen!« Elsas Stimme klang schon ein wenig mutiger. »Mädchen sind genauso tüchtig wie Buben. Er mit seiner Farm!«

Ludwig musterte sie von oben bis unten. Sie war groß für ihr Alter, größer als Johnny, und in der strammsitzenden Latzhose wirkte sie auch kräftiger.

»Woher hast du diese Sachen?«

»Von Johnny. Ich hab' mich bei den Gordons auf dem Heuboden umgezogen. Die Mütze hab' ich mir selbst gekauft. Im Kramladen am Marktplatz.«

»Meine Tochter in einer solchen Aufmachung! Unglaublich! Na, Johnny, und was ist mit dir?«

»Ja, Sir.« Johnny schluckte. »Ich dachte, wenn ich beweise, daß ich's kann, dürfte ich vielleicht während der Ferien in der Seilerei arbeiten.«

»Verstehe. Und möchtest du das immer noch?«

Die Grübchen spielten flüchtig in Johnnys Wangen. »Nein, Sir, ich glaube nicht. Jeden Tag – von morgens bis abends – rauf und rüber, runter und rum, und immer nur antreiben, ohne daß man was sieht außer dem Rad und dem Seil, das die Dinger dreht, wo die Fäden dranhängen.«

»Die Spindeln«, erklärte Ludwig mechanisch. »Und es heißt nicht ›Fäden‹, sondern ›Fasern‹. Hast du etwa an einem einzigen Tag das Prinzip des Garnspinnens begriffen?«

»Ja, Sir, ich glaube schon. Die Enden der Fäden ... Fasern ... sind an den, äh ... Spindeln befestigt, und das Rad setzt diese Spindeln in Bewegung, und dadurch werden die Fasern zusammengedreht.«

»Zu Garn. Die zusammengedrehten Fasern nennt man Garn.«

»Ja, Sir. Garn. Und der Spinner geht rückwärts die Seilerbahn lang und paßt auf, daß das Garn sich ordentlich zusammendreht, und jedesmal, wenn eine, äh ... Faser zu Ende ist, fängt er mit 'ner neuen an.«

»So ungefähr, ja. In der Hauptsache sorgt er für eine gleichmäßige Stärke des Garns. Erfordert viel Geschick, dieser Beruf, und Fingerspitzengefühl.«

»Ja, Sir.«

»Mag sein, daß du tatsächlich was über die Seilerei gelernt hast. Etwas, worüber du eigentlich gar nicht Bescheid zu wissen brauchst. Aber nur deswegen hab' ich euch diesen einen Arbeitstag zu Ende bringen lassen, euch alle beide: weil ich hoffte, daß ihr draus lernen würdet. Und sei's auch bloß, was für ein Glück ihr habt, daß ihr nicht die Arbeit eines Tagelöhners zu verrichten braucht, Johnny. Selbst wenn du den Posten als Radjunge noch wolltest, würde ich ihn dir nicht geben. Erstens, weil du ihn im Gegensatz zu den anderen nicht nötig hast. Für die Bradley-Jungs beispielsweise bedeuten die sechs Dollar Wochenlohn den Unterschied zwischen genug zu essen haben oder hungern müssen. Ich nehme doch an, daß sie morgen wieder zur Arbeit kommen? Und zweitens, weil du Arzt werden willst, stimmt's? Weißt du denn nicht, daß du dir als Radjunge die Hände ruinieren könntest? Sei es, daß du sie verletzt oder daß sie durch die schwere Arbeit steif und ungelenk werden. Ein Arzt muß auf seine Hände achtgeben.«

»Ja, Sir.«

»Elsa, was ist mit dir? Wolltest du auch einen Posten für die Ferien ergattern?«

»Nein. Ich wußte nicht, daß Johnny das vorhatte. Ausgemacht war's nur für heute.«

»Was glauben eure Mütter, wo ihr den Tag verbringt?«

»Wir haben zu Hause erzählt, wir gingen picknicken. Und das haben wir auch gemacht, Papa. Wir haben uns was mitgebracht und mittags unter den Weiden am Treidelpfad gegessen. Also war's nicht gelogen.«

»Nur eine Verdrehung der Tatsachen. Aber nun ab nach Hause. Wäret ihr wirklich Radjungen, dann müßtet ihr zu Fuß heimgehen, doch ihr seht mir beide nicht so aus, als würdet ihr das noch schaffen.«

»Aber ich muß erst noch zu Johnny und mich umziehen.«

»Du wirst so, wie du bist, mit nach Hause kommen. Hast du etwa geglaubt, du könntest deiner Mutter diesen Streich verheimlichen? Deine Röcke kannst du ein andermal abholen.«

Daheim benutzten Ludwig und Elsa den Seiteneingang; er wechselte im rückwärtigen Flur seine Schuhe, wie er es immer zu tun pflegte, wenn er über die geteerte Seilerbahn gegangen war, bedeutete Elsa, ihre Stiefel neben die seinen zu stellen, und schob sie dann wortlos auf Strümpfen ins Wohnzimmer.

Sally blickte beim Eintritt der beiden von ihrem Buch auf. Nach kurzem, ungläubigem Staunen erkannte sie – gleichermaßen verwundert wie entsetzt – ihre Tochter.

»Elsa? Was...? Kommst du *so* vom Picknick?«

»Sie hat den ganzen Tag in der Seilerei gearbeitet. Als Radjunge. Cassie soll sie zu Bett bringen und ihr was zum Essen rauftragen. Sie ist zu müde, um auch nur ein Wort von dem aufzunehmen, was du ihr zu sagen hast. Warte damit bis morgen früh.«

Als Elsa sich ohne einen Muckser die Treppe hinaufgeschleppt hatte, erzählte Ludwig seine Geschichte.

»Sie werden so was kein zweites Mal versuchen«, schloß er. »Ihr Anblick schnitt einem ins Herz, so erschöpft waren die beiden: wie zwei arme kleine Waisen aus einem Dickens-Roman.«

»Du bist viel zu nachsichtig mit dem Kind.« Sally preßte die Lippen zusammen. »Unsere Tochter verbringt den ganzen Tag in Männerkleidern zwischen gewöhnlichen Arbeitern in der *Fabrik!* Und du bist wahrscheinlich noch der Meinung, sie habe keine Schelte verdient?«

»Das hab' ich nicht gesagt. Natürlich gebührt ihr ein strenger Verweis. Morgen früh, wenn sie sich richtig ausgeschlafen hat. Und was die Hosen angeht, so bezweifle ich, daß irgend jemand außer mir und Captain Bodien sie als Mädchen erkannt hat. Sie ist schließlich noch ein Kind; ganz ohne Rundungen. Und die ›gewöhnlichen Arbeiter‹ haben ohnehin anderes zu tun, als auf die Radjungen zu achten. Der Vorarbeiter hätte sie natürlich gar nicht erst auf die Seilerbahn lassen dürfen. Sie sind noch zu klein für eine solche Arbeit. Kinder in dem Alter dulde ich nicht in der Fabrik. Wenigstens«, er zögerte, »sehen die anderen größer aus. Vielleicht sollte ich eine Altersgrenze festsetzen.«

Am nächsten Morgen ging Sally ins Zimmer ihrer Tochter, noch ehe Elsa richtig aufgewacht war, und hielt ihr eindringlich die Ungeheuerlichkeit ihres Benehmens vom Vortag vor Augen: wie anstößige Kleidung, schlechter Umgang und unziemliche Beschäftigung ihrem Ruf als junger Dame schadeten; wie frevelhaft es sei, die eigene Mutter zu hintergehen, und wie falsch, die Gesellschaft von Jungen der ihrer Freundinnen vorzuziehen.

»Ich nehme an, das gestern war Johnnys Idee. Du solltest dich in Zukunft nicht mehr so oft mit ihm treffen.«

»Nein, Mama!« Bisher hatte Elsa die Strafpredigt widerspruchslos über sich ergehen lassen; das meiste davon hatte sie schon öfter gehört, und sie war darauf gefaßt gewesen, wenngleich die Mutter noch nie so streng mit ihr ins Gericht gegangen war wie heute. Aber die letzte Drohung erregte ihren Protest. »Es war meine Idee. Ich mußte ihn sogar überreden! Ich wollte ihm doch bloß zeigen, daß Mädchen genauso stark sind wie Buben. Und das stimmt auch. Er war abends müder als ich!«

»Aber Elsa, du irrst dich! Mädchen sind nicht so ›stark‹ wie Buben. Jedenfalls nicht in der gleichen Weise. Mädchen... Frauen... sind nicht so gebaut, daß...« Beim Gedanken an das Leben, zu dem Elsa heranwuchs, stiegen Rührung und Zärtlichkeit in Sally auf. Vom Fußende des Bettes, wo sie wie ein rächender Engel gestanden hatte, trat sie an Elsas Seite und setzte sich neben sie. Sally dachte: Sie ist noch nicht alt genug dafür, aber irgendwie muß ich sie bändigen; und weiter: Gut, daß sie diesen Sommer auf einen solchen Streich verfallen ist, wer immer davon hört, wird es als harmlose Kinderei abtun und nur darüber lachen. Und während ihr diese Gedanken halb unbewußt durch den Kopf gingen, erklärte sie der entsetzten Elsa ausführlich und in aller Deutlichkeit die besonderen Funktionen und Unzulänglichkeiten des weiblichen Körpers.

»Verstehst du nun«, schloß sie, »daß du dich in acht nehmen mußt und dich nicht überanstrengen darfst?«

Die Vorstellung dessen, was sie als Frau erwartete, erfüllte Elsa mit Abscheu. Sie war nicht sicher, ob sie jemals wieder einem Jungen begegnen wollte, nicht einmal Johnny. Den Rest des Sommers war sie wenn nicht gebändigt, so doch sorgsam darauf bedacht, nicht noch einmal Anstoß zu erregen: Sie wollte keinesfalls an die Schrecken erinnert werden, auf die ihre Mutter sie vorbereitet hatte. Johnny sah sie kaum, außer wenn alle Kinder abends zusammenkamen, um sich mit altvertrauten Spielen wie Fangen, Verstecken und Nachlaufen zu vergnügen, oder wenn sie gemeinsam zu den Bodiens gingen, um den Geschichten des Captains zu lauschen.

Am selben Morgen, an dem Elsa über die unerfreulichen Dinge des Lebens aufgeklärt wurde, bestellte Ludwig den Vorarbeiter von der Seilerbahn zusammen mit Captain Bodien in sein Bureau.

»Ich will Sie nicht tadeln«, sagte er zu dem Vorarbeiter. »Ich weiß, Sie haben die beiden Kinder gestern nicht erkannt. Aber darum geht es auch gar nicht. Der springende Punkt ist der, daß sie zu klein waren, um sich als Radjungen zu verdingen. Es gibt zu viele Buben, die, besonders wenn ihre Väter in der Fabrik arbeiten, im Sommer hier aushelfen, obwohl sie nicht kräftig genug dafür sind. Es hat bei uns nie eine Vorschrift über Kinderarbeit gegeben, aber jetzt wollen wir eine erlassen. Stellen Sie in Zukunft keinen Radjungen mehr ein, selbst im Sommer nicht, der zu jung ist, um seine Arbeitsausweispapiere zu bekommen. Und auch von denen will ich nur die hier sehen, die groß genug sind, um das Rad drehen zu können, ohne daß sie sich überanstrengen müssen.«

»Ja, Sir. Und was ist mit denen, die schon auf der Seilerbahn arbeiten?«

»Diesen Sommer dürfen sie noch bleiben. Ich weiß, daß ihre Familien auf den Lohn der Kinder angewiesen sind.«

Captain Bodien hatte schweigend zugehört. Erst als der Vorarbeiter gegangen war, sagte er: »Ach, übrigens, Cap'n, ich hab' einen Sohn, der gern in der Firma anfangen möchte.«

»Aber ich dachte, Sie wollten den Jungen nach West Point schicken? Um seine Aufnahme dort brauchen Sie sich doch wohl keine Sorgen zu machen?«

»*Ich* hätte ihn gern in West Point gesehen, ja. Aber *er* will Ingenieur werden. Ich hab' ihm gesagt, das kann er auch in West Point, doch für eine solche Ausbildung müßte er sich verpflichten, drei Jahre in der Armee zu bleiben. Wenn er einen Sommer lang in die Fabrik käme, würde er seine Meinung vielleicht ändern, vielleicht auch nicht. Er meint, er könnte hier was über Maschinen lernen, und ich meine, er könnte womöglich doch feststellen, daß die Armee vorzuziehen sei... Pardon, Cap'n... Jedenfalls hab' ich ihm noch nichts versprochen, weil ich erst hören wollte, ob's Ihnen recht ist.«

»Unsinn, Mann! Meinen Sie etwa, weil er Ihr Sohn ist, will ich ihn nicht haben? Wir müssen unseren Söhnen eine gute Ausbildung mitgeben, denn wer sollte sonst unsere Arbeit übernehmen, wenn wir mal nicht mehr können? Ich hab' vor, meine Jungs in die Seilerei zu holen, sobald sie alt genug sind, ein Rad anzutreiben. Stewart ist jetzt – wie alt? – fünfzehn?«

»Sechzehn. Und ein kräftiger Bursche. Es wäre auch nur für den Rest der Sommerferien. Er muß noch ein Jahr zur Schule gehen.«

»Sie wissen doch selbst, wie's mit den Radjungen ist, Bodien: Die kommen und gehen, da wird sich bald ein Platz für ihn finden. Es würde nur böses Blut schaffen, wenn wir einen entlassen, um Ihrem Sohn Platz zu machen.«

Es dauerte nicht lange, da wurde Stewart Bodien Radjunge bei Seilerwaren Rausch & Kompanie, und falls in Waynesboro außer den Werksangehörigen überhaupt jemand Notiz davon nahm, so fand man es ganz natürlich. Wenn die Jungen der Stadt sich in den Sommerferien eine Verdienstmöglichkeit suchten, dann taten sie dies gewöhnlich am Arbeitsplatz ihrer Väter; und außerdem: War einer Fabrikarbeiter, so wurde sein Sohn es auch – Arbeiter blieb schließlich Arbeiter, und wenn man es recht bedachte, so war doch dieser Captain Bodien nichts anderes, ungeachtet all seiner Titel, seines stattlichen Gehalts und seiner Großspurigkeit.

Ende Juni senkten sich Hitze und Schläfrigkeit über die Stadt. Sally Rausch behielt ihre Tochter im Auge, fand indes nichts an ihr auszusetzen, außer daß Elsa ungewöhnlich still und ihr gegenüber sehr zurückhaltend war. Die Kinder waren vollauf mit den Vorbereitungen für den Unabhängigkeitstag beschäftigt; sie sparten für Feuerwerk, Knallerbsen und »Bomben« und schmiedeten Pläne für den Tag, der in ihren Augen den absoluten Höhepunkt des Sommers bildete. Mr. und Mrs. Cochran kehrten von ihrer ausgedehnten Europareise zurück, und die Rausch-Kinder durften daheim nicht länger ungehindert spielen und lärmen. Mrs. Cochran mußte zwar eine Brille mit sehr starken Gläsern tragen, die ihr Gesicht ziemlich entstellte, dafür aber hatte sie ihr Augenlicht wiedergewonnen. Sie konnte sich anziehen, herumgehen und bei Tisch ohne Hemmungen mit ihrer Familie speisen. Und als Mrs. Sheldon und Mrs. Edwards sie besuchten, gab sie sogar der Hoffnung Ausdruck, ihr gesellschaftliches Leben wieder aufzunehmen. Sie war voll des Lobes, wann immer die Rede auf den Arzt kam, der sie operiert hatte, doch Sally fand ihre Mutter schwach und hinfällig; sie grämte sich heimlich um ihretwillen, bedauerte aber gleichzeitig, die Kinder, sobald sie ins Haus kamen, in ihre Zimmer verbannen zu müssen. Weil sie ihr leid taten, erlaubte sie Elsa und den beiden größeren Buben oft, bei den Gordons zu spielen.

Eines Nachmittags legte Sally nicht lange nach dem Essen eine feine Handarbeit in ihren Nähkorb und ging selbst zu den Gordons hinunter. Sie hatte Anne den ganzen Sommer über kaum gesehen, und heute konnten sie in aller Ruhe miteinander plaudern, während Rose Mrs. Cochrans Mittagsschlaf bewachte. Im Garten der Gordons war ein geräuschvolles Spiel im Gange: Nicht nur die beiden Gordons und die drei Rauschs waren da, sondern auch die Bonners, Charlotte und ihr Bruder, Sophie Klein, Billy Thirkield, Ariana McCune, der kleine Evans (der verwaiste Neffe des Pfarrers) und Rudi Lichtenstein. Sally beobachtete die Kinderschar durchs Fenster, ehe sie sich auf dem Sofa niederließ und ihre Handarbeit hervorholte.

»Elsa macht mir Sorgen«, sagte sie. »Sie wächst so schnell heran, und nach jenem Vorfall in der Fabrik hatte ich das Gefühl, ich müsse ihr erklären, warum sie sich nicht überanstrengen darf und wie Mädchen gebaut sind.«

»Ist das dein Ernst? Dieses Küken! Wie schnell sie groß werden, unsere Babys! Ich kann's gar nicht fassen.«

»Besser, sie erfährt's zu früh als zu spät: Ich werde nie vergessen, was für einen Schock ich bekam, als... Aber jetzt ist eine Wand zwischen uns. Falls sie befürchtet, ich könnte noch einmal auf die Unannehmlichkeiten zu sprechen kommen, die ihr bevorstehen, so ist ihre Sorge überflüssig: Ich habe meine Pflicht getan.«

»Das schlimmste mit euch beiden ist, daß ihr einander so ähnlich seid. Wenn ihr zusammenstoßt, sprühen gleich Funken.«

»Elsa mir ähnlich? Aber nein! Ich war nie so ein Wildfang...«

»Hast du schon vergessen, wie wir als Kinder meinem Bruder Rob und seinen Freunden hinterherliefen? Aber das hab' ich eigentlich gar nicht gemeint. Ich dachte eher an eure Veranlagung, euren Charakter.«

»Sie kann mich durchaus in Wallung bringen, das muß ich zugeben.« Sally lachte. »Vielleicht war ich als Kind genauso ungestüm wie sie – aber ich habe mich nie dagegen aufgelehnt, ein Mädchen zu sein, und ich hätte mir nie etwas anderes gewünscht, als eines Tages zu heiraten und eine Familie zu gründen. Elsa wäre am liebsten ein Junge, damit sie Soldat werden und in den Krieg ziehen könnte. Leider verwöhnt ihr Vater sie nach Strich und Faden, weshalb sie all ihre Wünsche ihm anvertraut; zu mir kommt sie nicht.«

»Sie gleicht dir eben zu sehr. Genau wie Binny ihrem Vater zu sehr gleicht – oder seiner Schwester. Ich muß ständig zwischen den beiden vermitteln. Zum Beispiel heute, wenn die Kinder alle draußen spielen, muß ich Binny hereinholen, sie waschen und ihren Übermut dämpfen, ehe John heimkommt. Sie ist sein Augapfel, aber wie soll sie begreifen, daß sie gerade deswegen vollkommen zu sein hat, nicht wie seine Schwester Kate.«

Sally verstand wohl, was sich hinter diesen wenigen, hastig hingeworfenen Sätzen verbarg: Dock wollte verhindern, daß sein Kind zu einer Frau heranwuchs, die wie seine unglückliche Schwester war.

»Ich wußte von Anfang an, daß sie Kate nachschlägt«, fuhr Anne fort, »doch ich glaube, John ist das erst vor ein paar Wochen aufgefallen.« Sie erzählte Sally von jenem Morgen, an dem John seine kleine Tochter aus der Weinlaube ins Haus geschleppt hatte. »Da erriet ich aus der Art, wie er sie ansah, was in ihm vorging. Männer!« setzte sie spöttisch hinzu. »Das Kind wird im Herbst erst sieben – ein bißchen zu früh, sich um ihre Zukunft zu sorgen. Außerdem: der beste Weg, sie wunderlich werden zu lassen, ist der, sie unglücklich zu machen. Bis zu diesem Morgen neulich ging's nur um die Manieren – Tischmanieren – und saubere Hände und ein ordentlich gewaschenes Gesicht. Daß er sie seit jenem

Vorfall durch sein dauerndes Herumnörgeln quält, ist ihm nicht bewußt. Verzeih mir, Sally, aber ich mußte meinem Herzen einfach einmal Luft machen, und du weißt ja auch, wie's gemeint ist.«

»Und vielleicht war's gut für mich, das alles einmal zu hören – vielleicht habe auch ich an meiner Tochter herumgenörgelt, ohne es zu merken.« Sie wechselten das Thema, sprachen eine Weile über dies und das, bis Sally schließlich sagte: »Ich muß gehen: Mutter hat gewiß schon ihren Mittagsschlaf beendet, und ich hatte versprochen, mit ihr auszufahren. Ich rufe die Kinder und nehme sie mit.«

Die beiden Frauen traten auf die Seitenveranda hinaus, als John eben die Pforte zum Durchgang öffnete und aufs Wohnhaus zuschritt. Er schien die Kinder gar nicht zu bemerken. Anne sagte mit einem Blick auf sein Gesicht: »Es ist etwas passiert. Er schließt die Praxis sonst nicht so früh.«

Sally, die neben ihr stand, sah, wie bleich er war, erschüttert und entsetzt. »Schlechte Nachrichten?« John hob den Kopf und sah die besorgten Blicke der beiden Frauen auf sich gerichtet.

»Wißt ihr's denn noch nicht?« Er wartete nicht erst, bis er außer Hörweite der Kinder war. »Habt ihr den Zeitungsjungen nicht ausrufen hören? Bonner hat schon ein Extrablatt rausgebracht. Man hat auf Garfield geschossen!«

Die Kinder hielten unvermittelt in der Bewegung inne. Die beiden Frauen standen wie gebannt; auf ihren Gesichtern kämpften Zweifel und Bestürzung.

»Sag uns...«

»Fragen sind zwecklos, denn ich weiß auch nichts Näheres. Nur, daß auf Garfield ein Mordanschlag verübt wurde. Johnny« – er warf ihm einen Penny zu – »lauf und besorg ein Extrablatt.«

»Er ist also nicht tot?« Sally hatte sich als erste wieder gefaßt.

»Es heißt, nein.«

»Ich muß gehen. Ludwig hat's bestimmt auch schon erfahren.« Sie rief ihre Kinder und machte sich mit ihnen auf den Heimweg. Die anderen zerstreuten sich, rasch und leise, ein bedrücktes Häuflein. Auf einmal schien es einen jeden nach Hause zu ziehen.

An jenem zweiten Juli fand das gewohnte sommerliche Treiben ein jähes Ende. Die nächsten beiden Monate verliefen ruhig. Alle Vorbereitungen, die Kinder und Erwachsene für einen fröhlichen Vierten Juli getroffen hatten, wurden abgebrochen: Niemandem stand mehr der Sinn nach Festlichkeit; man würde weder Knallfrösche noch Feuerwerkskörper zünden, solange der Präsident mit dem Tode kämpfte. Jeder heiße Tag begann mit der Frage: »Lebt er noch?« und schleppte sich dann mit zäher Langsamkeit dahin, bis die Abendzeitung ausgetragen wurde. Selbst jene, die sich von Garfields Beredsamkeit nicht hatten beeinflussen lassen und die einst an seiner Charakterstärke gezweifelt hatten, zeigten sich jetzt über das Unglück betroffen und im Innersten verwirrt: Warum – wie – hatte dies geschehen können? Die Ermordung Lincolns hatte im Volk größeren Schmerz ausgelöst, doch der Anschlag auf ihn war verständlich gewesen: Die Rebellen hatten ihn gehaßt, manche sogar bis zum Wahnsinn. Garfield hätte indem kaum jemand als seinen »Feind« bezeichnet, und das ganze Konzept des politischen Mordes war überhaupt ein Import aus Europa. Den Anarchismus als Glaubensrichtung hatten die Immigranten eingeschleppt. Irgendwie schien alles darauf hinzudeuten, daß Amerika von nun an anders werden und sein Volk weniger Vertrauen in die Sicherheit seiner Regierung haben würde: ein beunruhigender Gedanke.

Die Nation hielt den Atem an, während der starke Mann im Sterben lag, den Tod aber auf Armeslänge von sich fernhielt, solange der Sommer dauerte. Und als das Ende kam und die offiziellen Trauerfeierlichkeiten vorüber waren, als man die Leiche des Präsidenten zur Beisetzung nach Ohio überführt hatte, da blickten die Republikaner einander kleinmütig an und murmelten: »Chet Arthur«. Der Mann, den Hayes seines Postens als Hafeneinnehmer von New York enthoben hatte, weil er seinen Untergebenen »Unregelmäßigkeiten« hatte durchgehen lassen – er war nun Präsident.

Garfield starb am achtzehnten September. Arthur wurde unverzüglich vereidigt und berief sofort eine Sondersitzung des Kongresses ein. Die Douglas Gardiners packten ihre Koffer und rüsteten sich zur Rückkehr nach Washington, während die Misses Gardiner das Haus zum Empfang des Frauenklubs herrichteten.

DIE MITGLIEDER DES FRAUENKLUBS VON WAYNESBORO

Miß Eliza Ballard
Mrs. Mary Ballard
Mrs. Esther Beattie
Mrs. Louisa Deming
Mrs. Katherine Edwards
Mrs. Gwen Evans
Miß Caroline Gardiner
Miß Lavinia Gardiner
Mrs. Anne Gordon
Mrs. Laura Maxwell
Mrs. Sarah Rausch
Miß Amanda Reid
Mrs. Thomasina Travers
Mrs. Christina Voorhees

IN MEMORIAM
Miß Susan Crenshaw
Mrs. Mary McCune
Miß Agatha Pinney

1884–1885

»Waynesboro ist erschüttert über den Verlust seines hervorragendsten Bürgers...«

An einem regnerischen Novembernachmittag – am zwölften, um genau zu sein, und somit acht Tage nach der Wahl des Jahres 1884 – traf sich der Frauenklub von Waynesboro bei Mrs. Deming. Um die Stunde, da die Damen sich versammelten, saß Amanda Reid noch an ihrem Pult in der Lateinklasse der Mittelschule und beaufsichtigte eine Übungsarbeit. Die Klasse, die im zweiten Jahr Lateinunterricht hatte, mühte sich damit ab, englische Sätze ins Latein der römischen Kaiserzeit zu übertragen und die dazugehörigen grammatikalischen Regeln zu erklären. Amandas Miene war so furchteinflößend, während sie den Blick von einer Bankreihe zur nächsten schweifen ließ, daß ihre Schüler nicht ahnen konnten, wie wenig sie sich in Gedanken mit ihnen befaßte. Gewiß, sie verfolgte jeden unsteten Blick und jede verräterische Pose, die ihr auffielen, aber ihr Denken war weit mehr von der erschreckenden Erkenntnis in Anspruch genommen, daß sie sich heute morgen zu einem Entschluß hatte hinreißen lassen, den sie vielleicht schon bald bereuen würde.

Elizabeth Talmadge würde bei ihr einziehen. Die junge Englischlehrerin, die erst seit kurzem an der Schule war, hatte Amanda vor einigen Wochen um Rat bei der Wohnungssuche gebeten: Das Haus, in dem sie ein Zimmer gemietet habe, sei sehr beengt; und die übrigen Logiergäste, mit denen sie die Mahlzeiten einnahm, seien griesgrämige Witwen und alte Jungfern. Amanda, die sich nur zu gut mit Kostgängern auskannte, sagte ohne zu zögern (was sie selbst überraschte, da sie durchaus nicht zu impulsiven Entschlüssen neigte): »Ziehen Sie doch zu mir.«

Jetzt rutschte sie unruhig hinter ihrem Pult hin und her und unterdrückte einen Seufzer. Die Schüler vor ihr, oder doch die meisten von ihnen, schienen ganz auf ihre Arbeit konzentriert, aber die Atmosphäre im Raum wirkte nicht gerade beflügelnd. Es war dies die letzte Unterrichtsstunde; die Luft war stickig, dumpf von Kreidestaub und der Ausdünstung nasser Wolle. Hätte sie ein Fenster geöffnet, wären Klagen über Zugluft laut geworden, und zwar am ehesten von seiten Julia Demings. Amanda streifte Julia mit einem kurzen Blick: Sie war in letzter Zeit sehr gewachsen, aber immer noch schlank und blaß, ihr langes weizenblondes Haar trug sie immer noch offen und nur über der Stirn und hinter den Ohren von einem Band gehalten. Sie arbeitete zuverlässig, wenn auch nicht eben flink: Ihre Mutter sorgte dafür, daß sie ihre Lektionen lernte. Und doch hätte Julia, die noch keine vierzehn Jahre zählte, nicht mit den Fünfzehnjährigen in dieselbe Klasse gehen sollen. Sie wirkte so zart und anfällig, daß selbst die rauflustigsten Buben sie wie eine zerbrechliche Porzellanpuppe behandelten. Und Julia tat zwar so, als bemerke sie es nicht, machte sich jedoch in Wahrheit die Haltung der Jungen zunutze. Sie war die Märchenprinzessin, anmutig und freundlich, aber irgendwie fehl am Platz zwischen ihren Klassenkameraden. Amanda zumindest nahm Julias Selbstdarstelllung nicht sonderlich ernst.

Die Buben hatten in diesem Herbst wenig Zeit gehabt, sich mit den Mädchen zu beschäftigen: jedenfalls nicht bis zur Wahl in der letzten Woche. Während die Kampagne dem Ende zuging, hatten sie an nichts anderes mehr gedacht, von nichts anderem geträumt und gesprochen. Blaine versuchte abermals sein Glück, diesmal im Kampf gegen einen schlauen und erfahrenen Rivalen. Amanda war froh, daß Spannung und Tollheit endlich ausgestanden waren, auch wenn der Schock der Enttäuschung und die Reaktion auf all die Aufregungen ihre Schüler müde, gleichgültig und teilnahmslos zurückgelassen hatten. Die Buben hatten sich mächtig angestrengt und alles lose Nutzholz gesammelt, dessen sie habhaft werden konnten (vornehmlich die Dauben der Teerfässer auf der Seilerbahn), um damit in der Wahlnacht ein Freudenfeuer zu veranstalten. Doch dann war alle Plagerei vergeblich gewesen, und die Söhne der Demokraten aus dem Westviertel hatten das Privileg genossen, das Freudenfeuer entzünden und ihren Sieg feiern zu dürfen. Amanda, die von Anfang an nicht geglaubt hatte, daß es einen großen Unterschied machen würde, ob Blaine oder Cleveland im März den Amtseid leisteten, war ganz einfach erleichtert darüber, daß zusammen mit den Ansteckwnadeln auch die Spannung aus ihrer Klasse gewichen war. Sie verstand wohl, warum gerade diese Jungen sich so aufgeregt gebärdet hatten: Präsidentschaftswahlen fanden schließlich nur alle vier Jahre statt, und bloß einmal hatte man das richtige Alter; zuerst hieß es, man sei zu jung, um beim Freudenfeuer inmitten der Stadt mehr als den Zuschauer zu spielen, und dann war man für immer und ewig zu alt, um auf der Suche nach Brennmaterial die Straßen zu durchstöbern. Amanda hegte den Verdacht, daß ihre Schüler, die genau im richtigen Alter waren, den Beinamen »siegreicher Held« nur allzu wörtlich genommen und mehr Begeisterung für Blaine aufgebracht hatten als ihre Väter. Sie mochte sich irren; möglich, daß sie den Männern fälschlicherweise die gleiche Haltung Blaine gegenüber unterstellte, die sie selbst einnahm. Seine öffentlichen Reden, die sie gewissenhaft las, sobald sie im Druck erschienen, hatten sie jedenfalls nicht beeindruckt, wie mitreißend sie auch direkt auf das Publikum wirken mochten. Waynesboro, das wie immer geschlossen hinter den Republikanern stand, hatte nur einen Parteilosen hervorgebracht, der sich freimütig zu seiner Unabhängigkeit bekannte, und das war Mr. Lichtenstein. Allein so unorthodox seine politischen Ansichten auch sein mochten, er war immer noch Vorsitzender der Schulaufsichtsbehörde, und sie hofften, daß seine republikanischen Freunde nicht gegen ihn stimmen würden, wenn er sich das nächste Mal zur Wiederwahl stellte. Er saß nun schon seit Jahren in der Aufsichtsbehörde und hatte unermeßlich viel zur Verbesserung der Schule beigetragen, aber würde das die parteitreuen Mitglieder der Schulbehörde beeindrucken? Amanda hätte gern gewußt, ob Männer wie Doug Gardiner, der sich im Wahlkampf nicht nur für die eigene Kandidatur, sondern für das gesamte republikanische Programm mächtig ins Zeug gelegt hatte, oder wie Ludwig Rausch, der die Wähler am Ort bei der Stange gehalten und vermutlich Fäden gezogen hatte, die weit über die Grenzen des Wahlbezirks hinausreichten, den Unabhängigen gegenüber Rachegefühle hegten. Schließlich hatten beide – im Verein mit anderen Parteiführern aus Wahlkreis und Distrikt – auf dem Konvent im Juni nicht Blaine, sondern Sherman unterstützt.

Die Buben jedenfalls zeigten sich durch den Ausgang der Wahl wie vor den Kopf geschlagen und begannen sich erst allmählich zu erholen und wieder normales Interesse an den Mädchen zu bekunden. Amanda beobachtete Johnny Gordon einen Moment lang: Er bewältigte die ihm gestellte Aufgabe ebenso mühelos wie Julia, arbeitete allerdings wesentlich schneller; er würde rechtzeitig mit seiner Übersetzung fertig werden, und sie würde ihm kaum Fehler nachweisen können. Johnny war ein eifriger Lateinschüler; er hatte ihr mit ernster Miene erklärt, daß Lateinkenntnisse für einen Arzt unerläßlich seien. Elsa Rausch schrieb nicht minder flink als Johnny, aber sie würde mehr Fehler machen; sie war immer noch ein bißchen fahrig und ungestüm, außer wenn es um ihre Musik ging. Zur Zeit, dachte Amanda, kann nur zweierlei ihre Aufmerksamkeit fesseln: Johnny Gordon, den sie herumkommandiert als sei er ihr Eigentum (und Johnny lächelte dazu und gehorchte oder auch nicht – ganz wie es ihm gefiel), und ihr Klavierunterricht in Cincinnati: ein neues und abenteuerliches Erlebnis für Elsa. Diesen Herbst hatte Samuel Travers den Eltern Rausch eröffnet, er habe ihre Tochter alles gelehrt, was in seinen bescheidenen Kräften stehe, und empfohlen, Elsa zu einem besseren Lehrer zu schicken. Und so fuhr sie nun jeden Samstag nach Cincinnati; nicht allein, versteht sich, sondern chaperoniert von Rose, die bis zum Tod Mrs. Cochrans im letzten Frühling erst Zofe und dann Pflegerin der alten Dame gewesen war. Amanda seufzte, als sie sah, wie Elsa mit ungeduldiger Hand ihre langen Ponyfransen zerzauste. Diese jungen Damen und ihre Ponys! Von all ihren Schülerinnen hatten nur zwei darauf verzichtet, die Hälfte ihres Haares bis auf wenige Zentimeter zu stutzen und so zu legen, daß es ihnen über die Stirn und bis auf die Augenbrauen fiel: Julia Deming, der ihre Mutter nicht erlaubt hätte, die goldene Pracht zu opfern, und Ariana McCune, die solch weltlichen Neigungen nicht frönen durfte und ihr zu Zöpfen geflochtenes Haar straff aufgesteckt trug. Zumindest war es straff, wenn Ariana morgens zur Schule kam; jetzt lockerten sich indes die Flechten und verwandelten im Verein mit losen Strähnen die strenge Haarkrone in einen rechten Krauskopf. Ariana hatte etwas »Ungezähmtes« – das wäre wohl das richtige Wort dafür, dachte Amanda. Obgleich älter als ihre Klassenkameraden: *Nondum subacta ferre iugum cervice* – »Noch war sie nicht reif, das Joch zu tragen.« Amanda beobachtete das Mädchen, welches ein paar Worte hinkritzelte und dann mit wilder Gebärde die Feder ins Tintenfaß stieß, das im oberen Rahmen ihres Pultes eingelassen war. Amanda empfand Mitleid mit ihr: Sie wirkte halb krank, und in den tiefen Ringen unter ihren Augen lagen dunkle Schatten. Aber Ariana war der Grund für ein Zerwürfnis zwischen ihr und den Ballards gewesen: Eliza hatte mit ihr gebrochen, und sogar Thomasina, die ihr doch ein Leben lang eine treue Freundin gewesen war.

Amanda wußte, wie Arianas Übersetzung aussehen würde: unleserlich und voller Tintenklekse. Miß Pinneys Schüler hatten zumindest gelernt, mit der Feder umzugehen: Johnny, Elsa, Julia, Bill Thirkield, sie alle hatten eine hübsche, flüssige Handschrift, die sich auf den ersten Blick von jenem Gekritzel abhob, das die Zöglinge der öffentlichen Schulen von Waynesboro produzierten. Vor allem Johnnys Schrift war sorgfältig und ordentlich, fast wie gestochen; er war überhaupt ein ordentlicher Junge, mit klarem Verstand und geschickten Fingern – zumindest kommt er des Morgens ordentlich zur Schule, korrigierte Amanda sich in Gedanken angesichts seines zerknitterten Hemdes und der nassen Hosenaufschläge. Aber er hatte weder etwas von der schlaksigen Tolpatschigkeit anderer Fünfzehnjähriger, noch ließ sich an ihm der launische Eigensinn entdecken, den man den Gordons nachsagte. Amanda hatte seinen Vater als Mädchen nie näher kennengelernt, und daran hatte sich bis heute nichts geändert, von unverbindlichen Tischgesprächen anläßlich der Klub-Weihnachtsfeiern abgesehen. Die Reids waren seit jeher Dr. Wrights Patienten gewesen. Sogar als ihre Mutter im Sterben lag, in jenen furchtbaren Tagen im letzten Sommer, duldete sie nicht, daß Amanda einen anderen Arzt hinzuzog. Amanda schreckte vor der Erinnerung zurück; sie musterte Johnny und überlegte, was er wohl für ein Arzt werden würde. Sie hatte nicht vergessen, wann sie ihn das erste Mal bewußt als Anne Gordons Sohn wahrgenommen hatte: auf dem Kindernachmittag des Klubs. Wie viele Jahre war das jetzt her? Sie erinnerte sich auch, wie Ariana damals als Jael den Mord an Sisera dargestellt hatte. Amanda wandte sich von Johnny wieder zu Ariana; ihre Blicke trafen sich, und einen Moment lang funkelten die Augen des Kindes fast mörderisch. Tatsächlich wie Jael. Amanda lächelte mit zusammengepreßten Lippen in sich hinein: Ariana war gewiß der Meinung, ihre Lehrerin habe sie »auf der Pieke«. Und leider dachten das auch Eliza und Thomasina, obgleich sie nicht diesen Schülerausdruck gebraucht hätten. Und alles nur, weil Amanda sich letztes Frühjahr geweigert hatte, Ariana in die dritte Lateinklasse zu versetzen. Sogar jetzt bereitete es Ariana offenbar noch Schwierigkeiten, einen einfachen Text in lateinische Prosa zu übertragen, ungeachtet der Tatsache, daß sie ihren Cäsar bereits zum zweitenmal durchackerte. Bei der Zeugnisverteilung letzten Juni war Ariana außer sich gewesen. Wie nicht anders zu erwarten, hatte das Mädchen bei den Ballards Zuflucht gesucht, ehe es sich nach Hause wagte, um seine sichere Strafe entgegenzunehmen.

Was Amanda indes nicht vorausgesehen hatte, war, daß die Schwestern Ballard für das Mädchen Partei ergreifen würden. Eliza und Thomasina waren auf der Schwelle der Reids erschienen, in den Salon marschiert und hatten gefordert (Eliza) respektive gebeten (Thomasina), sie möge Ariana nachträglich die Versetzung in die dritte Lateinklasse zugestehen.

Amanda hatte vor Erstaunen und Empörung vielleicht etwas zu schroff reagiert. »Wenn die Zeugnisse einmal vergeben sind, können sie nicht mehr geändert werden«, sagte sie streng.

»Jede Regel hat ihre Ausnahme. Oder du könntest so tun, als sei dir beim Übertragen der Noten ein Fehler unterlaufen.«

»Eliza! Was verlangst du von mir?«

»Ich bin sicher«, versuchte Thomasina zu vermitteln, »wenn du alles Erwägenswerte in Betracht ziehst...«

»Was sollte ich in Erwägung ziehen außer der Tatsache, daß sie zu schwach ist in Latein, um in einer Klasse mitzuhalten, die nächstes Jahr Cicero lesen wird?«

»Nicht einmal, wenn ich ihr den Sommer über Nachhilfeunterricht gebe?«

»Das würde vielleicht etwas nützen.« Amanda fragte sich, ob Thomasinas Lateinkenntnisse für eine solche Aufgabe noch ausreichten, war indes klug genug, ihre Zweifel für sich zu behalten. »Ihre Note kann ich nicht mehr ändern. Aber wenn sie im Herbst die Aufnahmeprüfung für die dritte Lateinklasse besteht, braucht sie das Jahr vielleicht nicht zu wiederholen.«

»Aber das schlimmste ist ihr *Mißerfolg,* Amanda. Sie schämt sich deswegen.«

»Das geht nicht nur ihr so. Wäre es gerecht, ihre Note zu ändern, die der anderen dagegen nicht? Oder wollt ihr, daß ich alle Zensuren aufbessere?«

»Die anderen haben nicht Arianas Vater. Er ist ein Gelehrter und *dein* Seelsorger, Amanda.«

»Was hat das damit zu tun?« Amanda preßte die Lippen zusammen. »Sie hat es am nötigen Fleiß mangeln lassen, und dafür hat sie nun die Quittung bekommen. Ich glaube nicht, daß es ihr etwas ausmacht; nur ihr Stolz ist verletzt. Daheim wird man ihr arg zusetzen. Aber dafür wird sie sich in der nächsten Klasse bestimmt wohler fühlen: Dort wird sie die meisten ihrer Freunde wiedertreffen, und das sind nicht alles Musterschüler. In ihrer bisherigen Klasse mußte sie sich mit Charlotte Bonner und Sophie Klein und Rudi Lichtenstein messen. Dieser Wettstreit war so aussichtslos, daß sie aufgab, bevor sie noch recht angefangen hatte. Wenn sie dasselbe Pensum noch einmal mit Elsa Rausch und Johnny Gordon und Julia Deming und Miß Pinneys übrigen Schützlingen durchnimmt, wird sie sich vielleicht mehr Mühe geben. Ich zweifle allerdings daran«, hatte Amanda zum Schluß gesagt.

»Du bist voreingenommen gegen sie. Ariana ist nicht dumm. Wieso hat sie kein Interesse am Unterricht? Bist du nicht Lehrerin? Warum kannst du Ariana nichts beibringen?«

Das von Eliza zu hören, tat weh, besonders deshalb, weil Amanda sich diese Frage selbst schon gestellt hatte. Sie hatte ihr Gewissen erforscht, um festzustellen, ob die Spannungen zwischen ihr und Ariana womöglich aus jenen Tagen herrührten, als Mr. McCune... Doch Ariana hatte davon nichts gewußt; es war also ganz unsinnig zu denken, daß...

»Ich kann ihr nichts beibringen, weil ihr nichts am Lernen liegt. Und darum hoffe ich, daß sie in der Klasse ihrer Freunde...«

»Aber sie ist ein so begeisterungsfähiges Geschöpf! Ich kann mir keine Aufgabe vorstellen, der sie sich nicht mit Feuereifer widmen würde.«

»Für Caesars *De bello Gallico* hat sie sich nicht begeistert, das dürft ihr mir glauben.«

»Wofür denn?« Eliza sah aus, als wolle sie sich auf sie stürzen. »Jungen etwa?«

»Nein, das glaube ich nicht. Jedenfalls hat sie wohl bisher keiner interessiert. Ich sehe sie auch nie mit einem allein – zumindest nicht mehr, seit dieser Mercer mit dem Zirkus auf und davon ist. Die beiden haben letztes Jahr hin und wieder die Köpfe zusammengesteckt, aber ich bin sicher, dahinter verbarg sich nur die Anziehungskraft eines Freigeistes für den anderen.«

»Was meinst du mit ›Freigeist‹?« fragte Eliza so grimmig, daß Amanda sie verdutzt anstarrte.

»Nun, eine Art Rebell, denke ich. Einen, der wider den Stachel löckt. Einen Traumtänzer, der sich nach Freiheit sehnt. Ihr Pech, daß sie ein Mädchen ist. Jungen, die wirklich frei sein wollen, können fliehen: Wenn sie eingesperrt werden, dann sind sie selbst dran schuld.«

»Denkst du dabei an diesen Mercer? Was ist denn das für eine Freiheit: im Zirkus! Doch ich bin froh, daß er sich aus dem Staub gemacht hat. Vielleicht wird Ariana sich nun im nächsten Jahr ganz ihren Studien widmen. Thomasina und ich, wir werden ihr einen Weg in die ›Freiheit‹ öffnen, wenn die Zeit reif ist: Das Kind bekommt eine gediegene Ausbildung.«

Das war Eliza; Thomasina mischte sich ein:

»Wovon sprichst du, Amanda: ›eingesperrt‹? Warum sollte sie sich unfreier fühlen als andere?«

»Wir sind alle unfrei, wir Frauen, Thomasina – in gewissem Sinne sind wir alle eingesperrt. Ariana hatte das Pech, es bereits in sehr jungen Jahren herauszufinden.«

»Aber das ist doch Unsinn«, widersprach Thomasina. »Ich bin nicht eingesperrt. Ich habe mein Leben frei gewählt.«

»Womöglich wünscht sich Amanda, daß Ariana von zu Hause

wegläuft.« Eliza sagte es eiskalt und mit verkniffenem Gesicht. »Damit ihre Gegenwart sie nicht mehr tagtäglich daran erinnert, daß sie einmal gehofft hat, Mr. McCune würde *sie* aus *ihrem* Gefängnis befreien.«

Amanda spürte, wie ihre Züge erstarrten; ihre Knie drohten unter ihr nachzugeben; ihre innere Stimme mahnte: »Sag es nicht, sag es nicht!« Thomasina kam ihr zu Hilfe: Heftig wandte sie sich gegen die Schwester.

»Das war höchst unschicklich, Eliza! Du hast dich hinreißen lassen. Du kannst doch unmöglich glauben, daß Amanda diesen schrecklichen kleinen Mann genommen hätte. Du mußt dich bei ihr entschuldigen.«

»Ich bitte um Verzeihung. Das hätte ich nicht sagen dürfen.« Eliza sah nicht sonderlich reumütig aus, aber Thomasina versuchte ihre Taktlosigkeit wettzumachen.

»Wir sind bloß gekommen, Amanda, um dich zu *bitten,* ihr die Versetzung zu gewähren. Andernfalls würde sie nur noch unglücklicher werden und noch mehr zum Rebellieren neigen.«

»Ich kann unter *keinen* Umständen eine Ausnahme machen, Thomasina. Beim Abschluß der zweiten Lateinklasse wird von meinen Schülern erwartet, daß sie ihren Cäsar abgeschlossen haben und die lateinische Grammatik beherrschen – jedenfalls gut genug, um Cicero lesen zu können. Und Ariana« – Amanda versuchte zu lächeln – »frag sie nur einmal nach einer periphrastischen Konjugation: sie wird nicht wissen, wovon du sprichst, geschweige denn, wie man eine solche verwendet.«

Thomasina, die längst alle periphrastischen Konjugationen vergessen hatte, kämpfte weiter: »Du führst das nur an, um uns weiszumachen, daß wir ihr nicht helfen können. Aber ich bin sehr wohl imstande, meine lateinische Grammatik zu wiederholen.«

»Und du kannst versuchen, Ariana darin zu unterweisen. Ich wünsche dir viel Vergnügen dabei.«

»Ich hätte nie gedacht, daß du so hart bist. Hast du denn gar kein Mitleid mit dem Kind?«

»Ich fühle mit jedem mutterlosen Kind. Doch Ariana ist nicht die einzige Halbwaise unter meinen Schülern. Und die anderen benutzen es nicht als Entschuldigung, um ihre Aufgaben zu vernachlässigen.«

»Aber tut sie denn das in allen Fächern?« Eliza ließ sich diese Angriffsmöglichkeit nicht entgehen. »Du hast sie als einzige durchfallen lassen.«

»Das mag schon sein. Ob sie in anderen Fächern ihre Aufgaben macht, ob andere Lehrer ihre Bewertung korrekt vornehmen oder nicht, geht mich nichts an. Meine eigene Integrität liegt mir dagegen sehr wohl am Herzen: Meine Noten haben ihre Berechtigung. Es wundert mich, daß gerade ihr das nicht versteht. Ich dachte immer, die Ballards seien eifrige Verfechter der Unbestechlichkeit.«

»Oh, Amanda, was für ein großes Wort für eine solche Kleinigkeit.«

»Kleinigkeit? Mag sein. Aber es ist nun einmal meine Aufgabe, gerecht und ohne Ansehen der Person zu zensieren. Und ich erwarte, daß dies mein Leben lang so bleiben wird.«

»Dann wirst du Ariana also auch uns zuliebe nicht versetzen?«

»Nein. Nicht einmal euch zuliebe. Ihr habt kein Recht, so etwas von mir zu verlangen.«

Das war Amandas letztes Wort gewesen. Der unangenehme Zusammenstoß hatte sie so aufgewühlt, daß sie sich nachträglich wunderte, wie es ihr gelungen war, sich den beiden zu widersetzen, ohne sie ihren eigenen Zorn spüren zu lassen. Dann war ihre Mutter von einer todbringenden Krankheit heimgesucht worden und hatte Amandas Aufmerksamkeit so nachhaltig beansprucht, daß der Streit mit den Ballards darüber verblaßte. Sie hatte die Schwestern bis zum Tode ihrer Mutter nicht wiedergesehen. Dann waren die Ballards – als Familie – ihr auf jede erdenkliche Weise behilflich gewesen. Aber Thomasina war während Mrs. Reids Krankheit nicht gekommen, um sich nach ihrem Befinden zu erkundigen und Amanda beizustehen, wie sie es früher unter ähnlichen Umständen gewiß getan hätte. Diese Entfremdung ging wesentlich tiefer als jene, die Thomasinas Hochzeit gefolgt war. Amanda wußte jetzt nicht einmal, ob Thomasina den Versuch unternommen hatte, Ariana Nachhilfeunterricht in Latein zu geben: Jedenfalls war Ariana im September nicht zur Nachprüfung angemeldet worden.

Während sie nun in ihrem Klassenzimmer das Ende des Unterrichts abwartete, durchlebte Amanda noch einmal jene Auseinandersetzung mit den Ballards; allerdings war es nicht Elizas schier unerträgliche Beleidigung, die in ihrem Kopf widerhallte, sondern Thomasinas Formulierung »Kleinigkeit«. Daran habe ich mein Leben verschwendet, dachte sie – an Kleinigkeiten. Jede Bagatelle habe ich wichtig genommen, nur um dem Gefühl des Eingesperrtseins zu entkommen. Wie viele Jahre hatte sie so zugebracht? Jetzt war sie frei. Ihre Mutter brauchte sie nicht mehr. Sie weigerte sich, in Gedanken noch einmal jene furchtbaren Stunden zu durchleiden, während derer die alte Frau sich so bitterlich gegen den Tod zur Wehr gesetzt hatte. Aber jetzt (wie übrigens schon oft, seit sie nach dem Begräbnis vom Friedhof in das leere Haus gekommen war) wunderte sie sich darüber, wie sehr sie ihre Mutter doch vermißte: diese alte Frau, der sie eine gehorsame Tochter gewesen, die zu lieben ihr indes schwergefallen war. Trotzdem fürchtete sie sich auch nach all den Monaten noch davor, abends in das finstere und leere Haus zurückzukehren. Sogar die Klagen und Vorwürfe der Mutter fehlten ihr; sie vermißte die Stimme eines anderen Menschen, an den sie mit unauflöslichen Fesseln gebunden gewesen war. Sie hatte sich nach der Freiheit gesehnt – nun war sie frei, doch wohin sollte sie sich wenden? Sie war vierzig. Sie wußte nicht genug oder hatte doch zuviel vergessen, um an einem College unterrichten zu können, obgleich es inzwischen genügend Colleges an der Ostküste gab, in denen Frauen von Frauen unterrichtet wurden. Allein, dafür würde sie einen höheren akademischen Grad erwerben müssen, und sie scheute nicht nur vor dem Gedanken zurück, ihren Verstand mit dem jüngerer Studenten messen zu müssen, sondern sie besaß auch nicht das Geld für eine Weiterbildung. Sie hatte nie etwas beiseite legen können, da sie schon seit langem für Steuern, anfallende Reparaturen und tausend andere Kleinigkeiten aufgekommen war. Ihre Mutter hatte ihr ein kleines Erbe hinterlassen: eine erstaunlich große Summe, wenn man bedachte, wie das Geld verdient worden war, doch um Amandas Freiheit zu erkaufen, reichte sie nicht aus. Wenigstens stolpere ich daheim nicht mehr über die Studenten vom Seminar, dachte sie. Die Theologen wurden nun von einer anderen Witwe der reformierten Presbyterianer verköstigt. Amanda hatte das Haus jetzt ganz für sich allein. Sie brauchte auf niemanden mehr Rücksicht zu nehmen, und dieser Gedanke war ihr sehr angenehm. Aber wenn sie nachmittags heimkam, hörte sie den ganzen Abend lang keines Menschen Stimme.

Nun hatte sie unbesonnen und voreilig Elizabeth Talmadge angeboten, mit ihr zusammenzuwohnen. Die Einladung war kaum ausgesprochen, da begriff Amanda, welches Eingeständnis sich damit verband (wahrscheinlich hatte außer ihr nie jemand daran gezweifelt): Sie würde den Rest ihres Lebens in Waynesboro verbringen. Wie zum Schutz gegen diese Erkenntnis hatte sie sich eilends bemüht, Elizabeth abzuschrecken: »Wie schon gesagt, Sie hätten Ihr eigenes Schlafzimmer und könnten die unteren Räume mit mir teilen. Aber das Haus hat keine Heizung – nur Herd und Kamin. Und an Regentagen oder wenn's schneit, ist der weite Schulweg sehr beschwerlich.«

Auf Elizabeths Antwort war sie freilich nicht gefaßt gewesen: »Ich dürfte also die Küche benutzen und selbst für mich kochen?«

Amanda traute ihren Ohren nicht. »Soll das heißen, Sie kochen gern? Ja, Sie könnten sich natürlich Ihr Essen selbst zubereiten, oder wir könnten zusammen essen und uns mit dem Kochen abwechseln.« Und dann hatte sie hastig hinzugefügt: »Aber überlegen Sie sich's noch einmal in aller Ruhe – sehen Sie sich noch ein wenig um – es würde Ihnen womöglich ganz und gar nicht gefallen.«

Und Elizabeth hatte nachgedacht und sich umgeschaut und war heute morgen zu ihr gekommen, um ihr zu sagen, daß sie gern bei ihr einziehen würde.

Soviel also zur Freiheit, dachte Amanda jetzt. Wenn ich wieder eingesperrt bin, so durch eigene Schuld. Natürlich, falls wir nicht miteinander auskommen sollten... aber... die Falle ist zugeschnappt. Und zu ihrer eigenen Verwunderung schlug sie mit der geballten Faust aufs Pult.

Ihre Klasse fuhr erschrocken hoch. Amanda faßte sich schnell wieder und blickte hinauf zur Wanduhr über der Tafel. »Ihr habt nur noch zehn Minuten. Wenn ihr fertig seid, seht eure Arbeit noch einmal sorgfältig durch und korrigiert eventuelle Fehler. Und diejenigen, die noch nicht fertig sind, sollten sich sputen und die verbleibende Zeit nützen. Ich lasse die Hefte einsammeln, sobald es klingelt.«

Dieser Berg von Heften! Sie würde den ganzen Stoß mit zur Klubsitzung schleppen müssen. Sie tagten heute bei den Demings. Darum war Julia auch so herausgeputzt: Sie würde den Tee herumreichen. Den Kindern der anderen Klubmitglieder wurde von ihren Müttern bedeutet, sich rarzumachen, wann immer die Sitzung in ihrem Hause stattfand (eine Bitte, der die Buben und Mädchen nur zu gern Folge leisteten). Aber bei den Demings wurde stets Tee serviert, obgleich das Anbieten von Erfrischungen gegen eine ungeschriebene Regel des Klubs verstieß. (»Wir wollen uns nicht dazu verführen lassen«, hatte Mrs. Ballard einmal gesagt, »darum zu wetteifern, wer wohl den köstlichsten Kuchen backen kann.«) Mrs. Deming betonte indes mit ihrer Teezeremonie immer wieder, daß sie aus Boston stammte.

Es läutete. Sobald die Hefte eingesammelt waren, entließ Amanda ihre Klasse und holte Hut und Mantel aus dem Schrank, wobei sie nur einen flüchtigen Blick in den Spiegel auf der Innenseite der Tür warf. Die kurzen Haare im Nacken und über den Ohren hatten sich aus ihrer Frisur gelöst. Während sie noch versuchte, sie festzustekken und ihren Hut richtig aufzusetzen, trat Julia in Stiefeln und Umhang neben sie; unter dem flachen, runden Hut floß ihr das helle Haar auf die Schultern; glatt wie gesponnenes Glas.

»Miß Reid, ich hatte noch keine Gelegenheit, mit Ihnen zu

sprechen. Papa meinte, da das Wetter so schlecht sei, werde er uns im Wagen zur Klubsitzung bringen. Er wartet draußen mit dem Einspänner. Wollen Sie mit uns fahren?«

Amanda nahm dankend an, ungeachtet der Tatsache, daß sie nie recht wußte, worüber sie mit dem General reden sollte. Als sie jetzt vor Julia den verhängten Einspänner bestieg, dankte sie für seine Aufmerksamkeit.

»Konnte doch nicht zulassen, daß zwei Damen naß und kotbespritzt in mein Haus kommen. Ziehen Sie sich die Decke über die Knie – so ist's recht.«

Amanda hatte den General schon lange nicht mehr so aus der Nähe gesehen. Er sieht älter aus, dachte sie; die einst rosig frischen Wangen waren jetzt von einem Netz bläulicher Adern durchzogen, und sein Schnurrbart schimmerte weiß. Wie alt mochte er sein? Der Krieg war schon fast zwanzig Jahre vorbei, und er ist damals gewiß schon an die Vierzig gewesen. Also ging er jetzt auf die Sechzig zu und machte im übrigen seine dritte Karriere. Soldat, Politiker und nun Historiker – ein selbsternannter freilich nur.

»Ich hörte von Mrs. Deming«, sagte sie, »Ihre Geschichte unseres Bezirks sei so erfolgreich gewesen, daß Sie sich hätten überreden lassen, nun auch über den Wahlkreis Boone zu schreiben.«

»Das ist richtig. Diese Arbeit macht mir großes Vergnügen: die Nachforschungen, das Schreiben. Aber im Gegensatz zum letzten Buch erfordert das jetzige sehr viele Recherchen außerhalb, was ich sehr bedaure, weil ich Louisa und Julia gern täglich um mich habe.«

»Du fehlst uns auch, Papa«, fiel Julia wie aufs Stichwort ein. Doch dann fügte sie ungebeten einen Nachsatz hinzu, der ihres Vaters Selbsteinschätzung als Gelehrter und Autor empfindlich trüben mußte. »Aber vielleicht verdienst du diesmal eine Menge Geld.«

»Die Arbeit eines Historikers wird in der Regel nicht mit Reichtümern belohnt, mein Herz. Natürlich hoffe ich auf eine angemessene Entschädigung für meinen Zeit- und Arbeitsaufwand. Aber ob diese Hoffnung sich erfüllen wird, liegt im Schoße der Götter.«

Wohl eher bei den wohlhabenden Bürgern von Boone, dachte Amanda, die das Werk »subskribieren« sollen, um ihr Bild und ihre Biographie in der Geschichte ihres Kreises verewigt zu finden. Natürlich war es denkbar, daß sich eines schönen Tages jemand dafür interessieren würde, wer zu welcher Zeit zu den tonangebenden Bürgern des Bezirks gehört hatte. Sie überlegte, was für ein Leben Louisa wohl an der Seite dieses freundlichen Wichtigtuers, dieses liebevollen Egoisten führen mochte, und ihre Überlegungen bewirkten, daß sie sich dem Klub in unverhofft heiterer Stimmung präsentierte. Es gab schlimmere Schicksale als Einsamkeit, schlimmere Arten des Eingesperrtseins. Wessen Leben – das Leben welcher Frau, korrigierte sie sich rasch – wurde nicht langweilig, wenn die Jugend erst einmal überschritten war?

So leise wie möglich schlüpfte sie in den Salon der Demings, nachdem sie ihre Bücher und Hefte auf der Fensterbank im Erker verstaut, Mantel, Hut und Schirm an der Garderobe abgelegt hatte. Mrs. Beattie verlas ihren Essay über die Kreolen-Romane von George Washington Cable. Das übergreifende Thema dieses Jahres lautete: »Die Renaissance der Südstaaten-Literatur«. Amanda vertrat im stillen die Ansicht, das, was nie geboren worden sei, könne auch nicht wiedergeboren werden, und folglich verschwende der Klub nur seine Zeit. Wie einfältig doch Frauen sind! dachte sie. Dieser rasche Sinneswandel ist verabscheuungswürdig. Wir alle waren Gegner der Sklaverei und haben uns für ihre Abschaffung eingesetzt. Nun schildern diese neuen Autoren die Zustände vor dem Bürgerkrieg wie das reinste Arkadien, und wir lassen uns von ihnen betören und verzaubern. Sie richtete den Blick auf Mrs. Ballard, die streng und aufrecht in ihrem steiflehnigen Stuhl hinter einem Tisch präsidierte, auf dem ihr Hämmerchen, verschiedene Papiere, das Sitzungsprogramm und ihre Brille lagen: Mrs. Ballard hatte gegen die Sklaverei gekämpft, solange Amanda denken konnte. Jetzt war ihr Gesicht ausdruckslos, aber sie wirkte zumindest aufmerksam. Amanda setzte sich zurecht, um ebenfalls zuzuhören. Vielleicht würde sie etwas lernen, da sie zur eigenen Unterhaltung nie Romane las. Allein, es gelang ihr nicht, sich auf Mrs. Beatties Vortrag zu konzentrieren. Elizabeth Talmadge. Elizabeth war jung und hübsch und würde sich eines schönen Tages verheiraten; andererseits war sie eine hervorragende Lehrerin mit ausgezeichneter Vorbildung (Oberlin, Jahrgang 1880) und in klassischer Literatur ebenso bewandert wie in der englischsprachigen (das wußte Amanda, weil die aufgeweckteren unter ihren Schülern immer wieder mit dem Einwand daherkamen: »Aber Miß Talmadge hat gesagt...«). Sie hatte tadellose Manieren, wirkte gefällig und anpassungsfähig und würde vermutlich eine angenehme Gesellschafterin abgeben. Zu zweit würde es leichterfallen, am Ende eines langen Arbeitstages das düstere Haus zu betreten, als allein dem leeren Stuhl im Salon gegenüberzusitzen. Doch warum hatte sie dieses Gefühl des Eingesperrtseins überhaupt aufkommen lassen? Amanda besaß generell wenig Verständnis für Selbstmitleid, und an der eigenen Person duldete sie es erst recht nicht. Ihr Los war nicht härter als das anderer, nicht schwerer zu ertragen als – ihr Blick wanderte über die Versammlung – das der Misses Gardiner, die sich (davon war Amanda überzeugt) selbst unglücklich machten und dies in jedem Falle getan hätten, ganz gleich wie ihr Leben verlaufen wäre. Oder das von Eliza Ballard, die so verbittert war; oder selbst Thomasina, die in ihrem Samuel immer noch den vielversprechenden jungen Künstler zu sehen schien, als den sie ihn geheiratet hatte, obgleich sie, wenn sie ehrlich mit sich war, wissen mußte, daß er nie etwas Großes vollbringen würde, sondern im Gegenteil eine lächerliche Figur war, ein geckenhafter kleiner Stutzer, dem die Haare ausfielen. Mrs. Ballard, die im Kampf für jeden nur würdigen Zweck ihr Glück gefunden hätte, jetzt aber so verkrüppelt und schmerzgeplagt war, daß sie sich an keinem neuen Kreuzzug mehr beteiligen konnte. Sally Rausch: Sally wirkte wohlhabend, gesund und zufrieden; mit vier Kindern fehlte es ihr gewiß nicht an Abwechslung, und doch würde ihr Leben jeden Menschen mit intellektuellen Neigungen zu Tode langweilen. Mrs. Christina Blair Voorhees machte ebenfalls den Eindruck, als sei sie mit sich und der Welt rundum einverstanden: Sie war immer noch das jüngste Klubmitglied, aber als Gattin eines erfolgreichen Mannes und Mutter zweier Kinder behauptete sie einen sicheren Platz in der Gesellschaft von Waynesboro. Allein, ihre Selbstzufriedenheit hatte sie träge gemacht: Was nützten ihr nun Verstand und Gelehrsamkeit? Anne Gordon hätte vermutlich mit keiner der Anwesenden tauschen mögen. Kitty Edwards hatte sich in den letzten paar Jahren verändert. Die sprühende Vitalität der Lowreys war ihr verlorengegangen; ihr Gesicht war ein wenig aufgedunsen und käsig. Kittys Sohn mußte etwa vier Jahre alt sein: Ob sie es etwa wieder versuchte? Amanda hatte den Eindruck, daß jeder bei Kittys Anblick diese Überlegung anstellte, so als sei sie einfach ein nicht sehr erfolgreiches Zuchttier. Voller Ekel wandte sie sich ab. Amanda hatte keine besonders hohe Meinung von den meisten ihrer Klubschwestern; sie erinnerte sich jetzt mit jenem Anflug von Traurigkeit, der alle verlorenen Illusionen begleitet, an den Eifer, mit dem sie einst die Gründung dieses Klubs betrieben hatte, in der Hoffnung, dadurch einen geistigen Stimulus in der Stadt auszulösen, in der sie nun einmal ihr Leben verbringen mußte. Aber so unzulänglich er auch sein mochte, der Klub war alles, was Waynesboro zu bieten hatte, seine Mitglieder waren die intelligentesten und gebildetsten Frauen der Stadt: Sie mußte das Beste daraus machen. Und sie hätte um nichts in der Welt mit einer der anderen tauschen mögen. Gewiß, was einige von ihnen *hatten,* hätte sie auch gern besessen, aber eine von ihnen *sein* – niemals! Und von den anderen hätte keine Amanda Reid sein mögen oder sonst jemand außer sie selbst. Merkwürdig: Niemand wollte je ein anderer sein. Es war eine Frage der Identität: Man konnte sich einfach nicht vorstellen, ein anderer *sein* zu wollen, selbst wenn man gern das Leben eines anderen geführt hätte. Solange einer er selbst blieb, würde sein Leben sich auch für ihn eignen. Ich mag mir ein Leben fern von Waynesboro erträumen, ein Leben als Gelehrte in Gesellschaft von Gelehrten, aber ich wäre auch dann noch Amanda Reid. Also könnte ich mich genausogut mit dem Leben abfinden, das Amanda Reid vorherbestimmt ist: muffige Klassenzimmer, endlose Korrekturen, dumme Schüler, doch hin und wieder einer, der die Mühe lohnt. Für Amanda Reid taugt dies besser als das Leben, das all die anderen hier führen. Insbesondere die Hausfrauen. Wenn es etwas gab, das sie von Grund auf verabscheute, so war es Hausarbeit. Ich sollte froh sein, daß Elizabeth diese Last in Zukunft mit mir teilen wird. Bei dem Gedanken lächelte Amanda – lachte innerlich sogar – über sich selbst; da fing sie Anne Gordons Blick auf und der ernüchterte sie sogleich. Bestimmt wundert sie sich, worüber ich wohl lächele. Mrs. Beatties Vortrag ist gewiß nicht erheiternd. Noch vor einer Stunde hätte auch ich mich gewundert. Jetzt sitze ich hier und fühle mich den anderen überlegen, weil ich mir nicht vorstellen kann, wie es sich mit manchen dieser Spatzenhirne leben ließe. Aber natürlich wüßte man an ihrer Stelle nicht, welch öder Langeweile man ausgesetzt ist: man wäre ganz zufrieden.

Als die offizielle Sitzung geschlossen war und die Damen sich – ehe der Tee serviert wurde – nach dem langen Sitzen auf harten Stühlen ein wenig Bewegung verschafften, trat Amanda angelegentlich neben Anne und versuchte, ihr Lächeln von vorhin zu erklären.

»Ich wollte dir schon längst einmal sagen, wieviel Freude ich in meiner Cäsar-Klasse an deinem Sohn habe.«

»Latein macht ihm großen Spaß. Er ist nicht in allen Fächern so gut. Aber wir haben seinetwegen noch nie Kummer gehabt.«

Erst im nachhinein kam ihr der Verdacht, daß ihre Antwort womöglich unfreundlich geklungen habe. Ehe sie sich trennten, legte sie begütigend eine Hand auf Amandas Arm. »Verzeih, daß ich so kurz angebunden war. Ich hätte zumindest ›Danke schön‹ sagen sollen. Jede Mutter hört gern das Lob ihres Kindes. Aber weißt du: Wir sind in großer Sorge um Binny. Sie liegt zu Bett; wieder dieses furchtbare Halsweh – vielleicht hat sie Mandelentzündung. Es geht ihr schon besser, doch ich muß nach Hause: Martha kümmert sich rührend um sie, aber Binny wird ihr womöglich nicht folgen und herumtollen.«

Anne hatte Angst gehabt, Binnys Halsentzündung könne zu der allseits gefürchteten Diphtherie werden. Wenn dieser junge Warren, der neue Doktor, den Hals des Kindes nicht mit seinem grauenhaften Silbernitrat ausgepinselt hätte, wären etwaige Anzeichen von Diphtherie leichter festzustellen gewesen, andererseits hatte das Silbernitrat Binny vielleicht vor einer Mandelentzündung bewahrt. Im stillen hielt Anne die Weigerung ihres Mannes, seine eigene Familie zu behandeln, für einen wunderlichen Aberglauben seiner Zunft, aber sie war froh, daß Dr. Warren sich in Waynesboro niedergelassen hatte. Nun brauchte sie Binny wenigstens nicht mehr einem der alten Umstandskrämer anzuvertrauen. Zum Glück mochte Binny Dr. Warren, einen linkischen Bauernburschen, der auch ein Mädchen vom Land geheiratet hatte: Groß war er, grobknochig und aschblond, auf den ersten Blick alles andere als imponierend anzuschauen, aber ein starker Mann, tüchtig und von unerschöpflicher Güte. Anne wandte sich zur Tür, erklärte Mrs. Deming, sie habe ein krankes Kind daheim und könne leider nicht zum Tee bleiben, sagte liebenswürdig zu den Misses Gardiner, während sie sich an Miß Lavinias lächerlichem Reifrock vorbeizwängte, daß sie sich gewiß sehr einsam fühlen würden, wenn Douglas und seine Familie demnächst nach Washington zurückkehrten, beglückwünschte sie im übrigen zu seiner Wiederwahl, winkte Sally über die Köpfe der anderen hinweg ein Lebewohl zu und eilte hinaus. Kitty Edwards war ihr in die Diele gefolgt.

»Anne, ich hab' dein Pferd draußen gesehen. Hättest du Zeit, mich nach Hause zu bringen? Dock wird Pferd und Wagen wohl brauchen, wenn seine Sprechstunde aus ist.«

»Falls er über Land fahren muß, kann er die Stute nehmen. Er würde es bestimmt nicht gutheißen, wenn ich dich bei diesem scheußlichen Wetter zu Fuß heimgehen ließe.«

»Sheldon wollte, daß ich eine Droschke bestelle, aber ich hab' mir gleich gedacht, daß du mich mitnehmen wirst.«

»Du hättest die Teezeremonie abwarten sollen, dann hättest du mit allem Pomp daheim vorfahren können. Sally und die Ballards werden von ihren Kutschern abgeholt.«

»Nein. Mir reicht's. Ich bin müde.«

Anne sah sie scharf an, sagte aber nichts, bis sie Kitty in den Einspänner geholfen, Molly losgebunden hatte und selbst unter den Wachstuchvorhängen hindurch auf ihren Sitz geschlüpft war. Erst dann rückte sie – vorwurfsvoll und zaghaft zugleich – mit der Sprache heraus: »Hat John dir nicht gesagt, daß du im Bett bleiben oder wenigstens wieder flach auf dem Rücken liegen mußt.«

»Erst in ein paar Wochen. Ich glaube, er war richtig böse auf mich.«

»Auf euch beide, du Gans. Nach allem...«

»Nein, Sheldon kann nichts dafür! Ich habe ihm so lange in den Ohren gelegen... Und ich fühlte mich wieder ganz bei Kräften, und Dock sagte damals, wenn ich es mir denn partout in den Kopf gesetzt hätte... Also warum nicht?«

Anne bezweifelte, daß John seine Zustimmung gegeben hatte. »Und nun?« fragte sie.

»Ach... morgens ist mir natürlich immer übel. Aber wenn ich erst mal das Bett hüte, wird's schon erträglicher sein. Einerseits graut mir davor – so eine Zeitverschwendung! Von einem eher selbstsüchtigen Standpunkt aus freue ich mich aber auch auf diese Zeit: Dann werde ich nicht mehr in den Laden gehen und Sheldons Onkel die unbekümmerte Nichte vorspielen müssen. Gestern war ich dort, und Onkel John – er ist immer so gut zu mir gewesen, und ich hab' ihn von Herzen lieb – aber diesen Bart zu sehen und seine blutbespritzte Hemdbrust und dabei so tun zu müssen, als habe man nichts bemerkt... Ich war ganz krank vor Mitleid.«

»Ich weiß.« Jeder in Waynesboro wußte es. Mr. Sheldon hatte Krebs; Kehlkopf- oder Schilddrüsenkrebs; Anne war sich nicht ganz sicher, und für den alten Herrn war es wohl auch nicht mehr wichtig: Sein Schicksal war besiegelt, und das wußte er. Aber er bestand darauf, weiter ins Geschäft zu gehen wie bisher, und seine alten Freunde und Kunden hatten die Wahl, fortzubleiben oder den blutbefleckten Bart zu ignorieren.

»Und dabei ist Tante Mattie Sheldon eine so überempfindliche Person. Fast noch schlimmer als Mutter Edwards. Sein Anblick muß ihr furchtbar zusetzen. Aber sie hält sich sehr tapfer, zeigt keinerlei Abscheu, zuckt nicht einmal mit der Wimper. Anne, ist es nicht merkwürdig? Anscheinend muß der Mensch immer gerade das erdulden, wofür die Natur ihn am wenigsten ausgestattet hat.«

»Wir werden eben in unseren Schwächen geprüft, oder in einer übertriebenen Tugend – so erkläre jedenfalls ich es mir. Es scheint eine regelrechte Absicht dahinterzustecken. Ich hab' all die Jahre darüber nachgedacht, während Sally soviel Geduld für ihre Mutter aufbrachte. Sally ist von Natur aus beileibe nicht geduldig.«

»Nein. Anne, kann man denn gar nichts tun?«

»Für Mr. Sheldon? John ist zwar nicht sein Arzt, aber ich glaube, es besteht kaum noch Hoffnung. Doch du darfst dir das jetzt nicht so zu Herzen nehmen, Kitty. Du wirst bald genug eigene Sorgen haben.«

»Ach wo, ich komme schon zurecht. Aber wäre es nicht wunderbar, wenn wir alle friedlich sterben könnten, wenn unsere Zeit gekommen ist? So wie meine Eltern. Einer nach dem anderen. Ich glaube, Papa hat einfach aufgehört zu atmen, als Mama starb. Verzeih mir, Anne.«

»Warum solltest du mir nicht von deinen Kümmernissen erzählen?« Der Einspänner hielt vor dem Tor der Edwards'; Sheldon, Kitty und der kleine Lowrey wohnten noch immer draußen in der Linden Street, in dem Haus, das sie von den Rauschs gemietet hatten; irgendwie hatten sie immer den rechten Zeitpunkt verpaßt, um das Haus zu bauen, von dem vor ihrer Hochzeit die Rede war: ein großes Haus am Rande der Stadt mit weitläufigen Veranden und riesigem Garten für eine große Kinderschar.

»Daß du mir über solch düsteren Grübeleien ja nicht melancholisch wirst, wenn du demnächst das Bett hütest, Kitty. Du hast den kleinen Lowrey, um dich aufzuheitern, und Sheldon; ich werde vorbeischauen, so oft ich kann, und dich über den Klatsch in Waynesboro auf dem laufenden halten.«

Im Salon der Demings hatte Eliza Ballard Annes Abschiedsworte an die Misses Gardiner gehört, und da sie wußte, daß die Douglas Gardiners bereits nach Washington abgereist waren, deutete sie den höflichen Versuch zur Wahrung des gesellschaftlichen Scheins als pure Heuchelei. Obwohl Anne es besser wissen mußte, hatte sie so getan, als hielte sie die Gardiners alle miteinander für eine glückliche Familie. Die Douglas Gardiners hatten indes nicht einmal gewartet, bis der Kongreß zum ersten Dezember wieder einberufen wurde, ehe sie in die Hauptstadt zurückkehrten; Douglas wäre womöglich überhaupt nicht heimgekommen, hätte er nicht die Kampagne für seine Wiederwahl leiten müssen. Und wahrscheinlich hatte er auch in der Kanzlei nach dem Rechten sehen wollen. Tim Merrill, dem man den Platz seines Großvaters freigehalten hatte, war gleich nach seinem Examen in die Kanzlei eingetreten und gewann allmählich Boden unter den Füßen: Er kannte sich aus mit Verträgen, Urkunden, Schenkungen, testamentarischen Klauseln und dergleichen; auch vor Gericht hatte der junge Anwalt (seiner äußeren Erscheinung zum Trotz) erste Erfolge zu verzeichnen, jedenfalls in den kleineren Zivil- und Strafrechtsverfahren, die der Kanzlei übertragen wurden. Tim sah jünger aus als er war: Mit seinem runden Gesicht und den lockigen Haaren erinnerte er fast an einen rosigen Barockengel, weshalb seine Widersacher im Gerichtssaal ihn womöglich für gutmütig, leichtgläubig und sogar für dumm hielten. Dumm war er nicht, wenngleich die komplizierten Feinheiten des Korporationsrechts ihm noch manche Falle stellten. Richter Ballard dagegen brillierte gerade auf diesem Gebiet und verdiente damit den Löwenanteil der Erträge von Ballard, Gardiner & Merrill. Es war dies eine merkwürdige Entwicklung, hatte es doch eine Zeit gegeben, da der Richter Korporationen mißtraute und angewidert war von den Bestechungsmethoden der Eisenbahngesellschaften. Vielleicht war allerdings die von Pennsylvania nicht korrupt, oder aber sie betraute ihren Rechtsbeistand nur mit ehrbaren Aufträgen. Soweit Eliza es beurteilen konnte, waren die Fälle, welche über die Kanzlei gingen, juristisch einwandfrei, und sie hatte es sich zum Prinzip gemacht, einen jeden zu studieren, der ihren Schreibtisch passierte. Aber das Anwaltshonorar war ein Tropfen auf den heißen Stein, verglichen mit den Gehältern, welche die Gesellschaften ihren Vorstandsmitgliedern zahlten. Und jetzt, dachte Eliza mit einem mißgünstigen Blick auf Sallys kostspielig elegante Toilette, erarbeiten Ballard, Gardiner & Merrill sogar einen Antrag, in dem Ludwig Rausch und seine Teilhaber sich um eine Konzession für die Elektrische-Eisenbahngesellschaft-Columbus-und-Südwest-Ohio bewerben. Wenn es Richter Ballard gelang, die Konzession zu erwirken, würde er dafür das übliche Anwaltshonorar bekommen, während Ludwig Rausch und seine Freunde von außerhalb – in ihrer Eigenschaft als Vorstand und Aktionäre – Tausende, wenn nicht gar Zehntausende von Dollar einstecken würden. Natürlich bestand die Möglichkeit, daß die Gründer des Unternehmens an der Kapitalbeschaffung scheiterten. Eliza zumindest schien der Gedanke völlig absurd, daß, nur weil Mr. Hanna in Cleveland eine elektrische Straßenbahn einsetzen wollte, ein ähnliches Projekt auch über Land rentabel sein könne, selbst wenn man alle kleinen Orte ins Streckennetz einbezöge, die keinen Eisenbahnanschluß hatten. Zugegeben, bisher war Ludwig erfolgreich gewesen, und ihr Vater setzte Vertrauen in den Plan. Sie sah darin indes nur einen verrückten Traum; nicht einen Penny hätte sie in ein solches Unternehmen investiert, und sie hoffte, ihr Vater werde ebenso vernünftig sein. Trotzdem konnte sie nicht umhin, einzugestehen, daß das Telefon und die elektrische Straßenbeleuchtung erfolgreich funktionierten.

Eliza holte sich ihre Tasse Tee von Mrs. Deming, die das Einschenken übernommen hatte, und setzte sich dann neben Sally Rausch ans eine Ende des Sofas, gleich neben dem kleinen, steiflehnigen Stuhl, den Miß Lavinia Gardiner gewählt hatte, weil er ihren bauschigen Röcken genügend Platz bot.

»Zur Zeit ist dein Mann recht häufig bei uns in der Kanzlei. Ich hoffe doch, er ist mit Papas Arbeit zufrieden und mit den Fortschritten, die er macht?«

»Ludwig spricht mit mir nie über seine Geschäfte.« (Und das, dachte Eliza, ist wahrscheinlich eine faustdicke Lüge. Sally war nicht auf den Kopf gefallen, ihr Vater leitete fast seit ihrer Geburt die Bank, und so hatte sie vermutlich von Kindesbeinen an eine Menge über Finanzpolitik zu hören bekommen.) »Aber ich wüßte von keiner Klage über Ballard, Gardiner und Merrill. Und im übrigen hängt in der Geschäftswelt momentan ohnehin alles mehr oder weniger in der Schwebe, weil man abwarten will, bis Mr. Cleveland seine Karten aufdeckt. Du weißt ja, worum es geht: Zolltarife und so weiter.« Damit beugte Sally sich vor und fragte über Eliza hinweg Miß Lavinia: »Da wir gerade von Zolltarifen sprechen – wann fährt Douglas eigentlich nach Washington zurück?«

Sallys direkter Frage konnte Miß Lavinia sich nicht so geschickt entziehen, wie sie zuvor Annes Glückwunsch zur Wiederwahl ihres Neffen ausgewichen war. »Sie sind schon fort. Mrs. Gardiner erwartet ein Kind, wissen Sie.« Sally wußte es, und Eliza ebenfalls: Solche Nachrichten verbreiteten sich in Waynesboro immer sehr schnell. Dies würde das dritte Kind der Gardiners werden: jeweils im Abstand von zwei Jahren.

»Ja, sie sind alle abgereist, Douglas, seine Frau, die Kinder und ihre *Bonne*«, fuhr Miß Lavinia fort. »Eine richtige *Entourage*. Sie fuhren natürlich in einem Privatabteil. Trotzdem schien es nicht ganz passend, daß sie sich in der Öffentlichkeit zeigte, noch dazu in der Eisenbahn – sie ist so überaus auffallend *enceinte*. Caroline und ich, wir sind zweifellos altmodisch. Douglas hatte jedenfalls Bedenken, bis zum ersten Dezember zu warten, wenn der Kongreß erneut zusammentritt: Das Baby wäre dann womöglich hier geboren, und dann hätte er nicht fort gekonnt oder hätte Frau und Kinder in Waynesboro zurücklassen müssen. Trotz der Unansehnlichkeit der jungen Frau waren wir froh, daß mein Neffe mit seiner Familie in ihr Häuschen in Georgetown zurückgekehrt sind. Ihr erstes Kind kam in unserem Haus zur Welt – vielleicht erinnern Sie sich? Caroline und ich waren durch all die Aufregung aufs betrüblichste inkommodiert, und im Haushalt ging alles drunter und drüber. Die Kinderschwester nahm sogar zusammen mit uns ihre Mahlzeiten ein, stellen Sie sich das vor! Jetzt sind endlich wieder Ruhe und Frieden bei uns eingekehrt.«

Das war eine lange Rede für die sonst so wortkarge Miß Lavinia. Sie läßt keine Gelegenheit aus, dachte Sally, aller Welt kundzutun, wie sie und ihre Schwester zu Mrs. Douglas Gardiner stehen. Nun, da sie aller Ängste enthoben war, Captain Bodiens Tochter in die Gesellschaft von Waynesboro einführen zu müssen, hatte Sally Doug seine Heirat mit Barbara verziehen: Sie war ihm eine gute Frau, schenkte ihm gesunde Kinder und milderte mit ihrer Hingabe sein schroffes Wesen. Sally nahm ein Plätzchen von dem Teller, den Julia herumreichte, und setzte sich zurück, um ein wenig mit Amanda auf dem Stuhl zu ihrer Rechten zu plaudern. Als die Unterhaltung in Gang kam, merkte sie, daß Amanda durchs Alleinsein gesprächiger geworden war. Einmal in vierzehn Tagen hatte sie Gelegenheit, sich mit ihren Freundinnen zu unterhalten. Sonst nur Schulkinder, Kollegen und ein-, zweimal die Woche die Gemeinde der reformierten Presbyterianer. Nach Sallys Meinung gab es in keiner dieser Gruppen anregende Gesprächspartner, und so beschloß sie, die arme Amanda durch besondere Liebenswürdigkeit zu entschädigen.

Und tatsächlich fand Amanda, seit sie ihrer Verdrießlichkeit Herr geworden war, Gefallen an diesem Klubnachmittag. Angenehm überrascht war sie auch, als, sobald die Versammlung sich auflöste und Richter Ballards Johann meldete, die Kutsche sei vorgefahren, Mrs. Ballard sie aufforderte, mit ihr und ihren Töchtern heimzufahren. Amanda hätte sich noch mehr gefreut, wäre die Einladung von Thomasina ausgegangen, aber...

Als die Kutsche sich in Bewegung setzte, erkundigte Mrs. Ballard sich nach der Schule. Amanda antwortete knapp, ohne einen ihrer Schüler namentlich zu erwähnen. Statt dessen erzählte sie den Damen, daß Elizabeth Talmadge bei ihr einziehen werde. »Ich glaube, wir werden gut miteinander auskommen. Sie ist sehr intelligent und belesen und meines Erachtens auch eine talentierte Lehrerin.«

Johann hielt vor dem Tor der Reids und begleitete Amanda unter Mrs. Ballards Schirm den Fußweg zum Haus hinauf. In der Kutsche sagte unterdessen Eliza: »Das klang aber ganz und gar nicht nach Amanda.«

»Einer Freundin in ihrem Haus Obdach zu gewähren, meinst du das? Mir scheint es nur natürlich: Es ist gewiß nicht angenehm für sie, ganz allein zu leben.«

»Aber Mama! Ein junges Mädchen, das nur halb so alt ist wie sie und das sie erst seit ein paar Wochen kennt – das findest du natürlich? Amanda weiß nichts über sie, außer daß sie belesen ist und intelligent. Das macht sie aber noch lange nicht zu einem angenehmen Menschen! Im übrigen hat mich eigentlich mehr dieses ganze Gerede befremdet: Amanda wird geschwätzig.«

»Sei nicht herzlos, Eliza. Du darfst nicht vergessen, daß Amanda sich den lieben langen Tag mit keiner Menschenseele unterhalten kann.«

»Aber Mama: In der Schule hat sie wahrhaftig genug Gelegenheit zum Reden. Ich hätte gedacht, sie wäre nach dem Unterricht so müde, daß sie die Ruhe daheim willkommen hieße.«

»Und in ihrer Einsamkeit zu einer zweiten Miß Pinney würde? Nein, Eliza! Schon die Bibel lehrt uns, daß es nicht gut sei für den Menschen, allein zu sein.«

Eliza hätte darauf verschiedenes erwidern können: daß Gott sich geirrt habe; daß Adam allein ein besseres Leben geführt hätte; daß ihre Mutter, nachdem sie Darwin gelesen und für gut befunden hatte (von Huxley und Spencer nicht zu reden), schlechterdings nicht behaupten könne, sie nähme die ersten Kapitel der Genesis für bare Münze. Aber sie unterdrückte diese und ähnliche Antworten, die ihr in den Sinn kamen, sagte nur, Amanda wisse hoffentlich, was sie tue, und ermahnte Johann, der eben wieder auf den Bock geklettert war, die Pferde ein wenig anzutreiben, damit er rechtzeitig in die Kanzlei käme, um den Richter abzuholen. »Sonst macht er sich womöglich noch zu Fuß auf den Weg, und das sollte er bei diesem Wetter auf keinen Fall. Er ist abends immer so müde.«

Soweit Eliza es beurteilen konnte, war sie die einzige in der Familie, die sich um ihren Vater sorgte. Was die Kanzlei betraf, so war alles im Lot: Sie brauchten nicht mehr mit jedem Penny zu geizen, wie sie es eine Zeitlang hatten tun müssen; Johann und seine Frau hatten ihren rückständigen Lohn bekommen und wurden nun Woche für Woche pünktlich bezahlt. Das schien alles zu sein, was Thomasina und ihre Mutter bemerkten; sie erwarteten offenbar, daß ihr Leben nun auf unbestimmte Zeit so ruhig und angenehm seinen Gang gehen würde. Eliza war anderer Meinung: Ihr war aufgefallen, wie zittrig der Vater geworden war, wie ungeschickt und vergeßlich – oder scheinbar vergeßlich, denn in Wahrheit konzentrierte er sich oft nicht auf die Papiere oder Probleme, die es zu bearbeiten galt; es war, als lausche er auf etwas in weiter Ferne, das dennoch wichtiger schien als die unmittelbare Gegenwart – zumindest machte er bisweilen diesen Eindruck auf seine älteste Tochter, die indes nicht den Mut aufbrachte, Mutter und Schwester zu fragen: »Habt ihr's denn nicht bemerkt?« Sie machte den beiden keinen Vorwurf: Der Richter schien immer noch über die nötigen Kraftreserven zu verfügen, um sich, sobald er heimkam, zusammenzunehmen und beim Dinner sowie während des abendlichen Beisammenseins mit seiner Familie ganz der alte zu sein. Genau wie er sich jedesmal zusammennimmt, räumte Eliza

ein, wenn er eine Unterredung mit einem Klienten hat; dann wirkt er jedesmal klar, entschlossen und fest.

Aber selbst Eliza sorgte sich am nächsten Morgen nicht um ihren Vater: Er war in sein Privatbureau gegangen, um an den Konzessionsverträgen für Ludwig Rausch zu arbeiten. Sie konnte ihn zwar von ihrem Schreibtisch im Vorzimmer aus nicht sehen, obgleich die Tür einen Spalt offen stand, hörte jedoch das rasche Umblättern der Seiten und das Kratzen seiner Feder auf dem Papier. Vater und Tochter waren allein in der Kanzlei: Tim Merrill war bei Gericht, Doug wieder in Washington; also konnte das Papiergeraschel nur von ihrem Vater kommen. Eliza, die an der Buchführung arbeitete, freute sich zwar über die Anzeichen reger Betriebsamkeit aus dem rückwärtigen Bureau, hörte jedoch nur mit halbem Ohr hin, weshalb denn auch, als das Rascheln und Kratzen verstummte, ein Moment verging, ehe sie sich der plötzlichen Stille bewußt wurde. Mit gezücktem Federhalter wartete sie darauf, erneut ein Blatt knistern zu hören. Statt dessen vernahm sie nach einem Schweigen, das ihr eine Ewigkeit zu dauern schien, einen erstickten, abgerissenen Schrei, das Knarren des Drehstuhls, den Aufprall eines Buches, das zu Boden fiel. Einen Augenblick lang war sie unfähig, sich zu bewegen; sie konnte nicht einmal einen klaren Gedanken fassen, und doch hallten Worte in ihrem Kopf wider: »Jetzt ist es soweit. Du hast dich immer gefragt, ob du wohl einem Notfall gewachsen wärest.« So deutlich spürte sie ihr Herz in der Kehle klopfen, daß sie unwillkürlich die Hand um den engen Kragen preßte. Aber sie kämpfte den namenlosen Schrecken nieder und zwang sich, ins andere Zimmer zu gehen.

Kopf und Schultern ihres Vaters lagen auf dem Schreibtisch, die Arme hingen pendelnd herunter. Sein Atem ging langsam, unregelmäßig und rasselnd. Ohne zu überlegen, stemmte sie sich instinktiv gegen die Lehne seines Stuhls, damit der sich nicht bewegen könne, und bog unter gewaltiger Anstrengung vorsichtig die Schultern des alten Mannes zurück. Sein Kopf rollte hilflos von einer Seite auf die andere. Eliza legte ihm den Arm um die Schulter, faßte ihn unters Kinn und richtete ihn auf. Mitsamt dem verblichenen Afghan, auf dem er gestanden hatte, schob und zerrte sie den Stuhl hinüber zu dem alten Ledersofa. Sie hatte furchtbare Angst, doch obwohl ihr übel war und die Knie unter ihr nachzugeben drohten, gelang es ihr, den Vater aufs Sofa zu schleifen (wie einen Sack Kartoffeln, dachte sie verzweifelt). Sie drehte ihn auf den Rücken, lockerte seine Krawatte, knöpfte ihm den Kragen auf, bettete seinen Kopf auf die geschwungene Lehne, zog den Teppich unter dem Stuhl hervor und breitete ihn dem Richter

über die Füße. Dann begann sie auf einmal zu zittern; ihre Beine versagten den Dienst und sie sank auf einen Stuhl. Das Gesicht ihres Vaters war gerötet, er hielt die Augen halb geschlossen, doch so, daß man das Weiße sehen konnte, sein Mund stand offen. Sein Atem war mehr ein Röcheln, und Speichel rann aus seinem Mund. Mit ihrem Taschentuch wischte sie ihm das Gesicht ab. Er brauchte unverzüglich einen Arzt. Eliza erhob sich und lief zur Tür – jemand in den anderen Bureaus – doch nein, keiner: weder Akzidenzdrucker, noch Versicherungsagent oder Notar – würde um diese Zeit ein Pferd bei der Hand haben. Zu Fuß dauerte es zu lange. Sie wandte sich um und lief ans Fenster. Bestimmt fuhr irgend jemand draußen vorbei. Sie riß beide Flügel auf. Doch als sie sich, die Handflächen auf den Sims gestützt, hinauslehnte, war die Straße leer. Enttäuscht wollte sie sich zurückziehen, als sie ein vertrautes Glöckchen bimmeln hörte: Mr. Hoffmanns Bäckerkarren bog an der Chillicothe Street um die Ecke. Mr. Hoffmann, drinnen auf seinem hohen Sitz, war ihrem Blick verborgen, aber sie sah seine Hände die Zügel halten, die vom Rücken seines Pferdes straff zu dem Fensterchen an der Frontseite des Karrens hinaufführten. Egal, welche Rolle die Ballard-Frauen einst im Kreuzzug gegen seine Bierschenke gespielt hatten – er würde ihr helfen, wenn es ihr nur gelang, ihn auf sich aufmerksam zu machen. Jetzt schlug das Pferd eine schnellere Gangart an; sie würde Mr. Hoffmann nicht mehr einholen, wenn sie über die Treppen auf die Straße hinausliefe. Sie mußte aus dem Fenster rufen. Die Neugierigen würden angerannt kommen und Maulaffen feilhalten, doch ihr blieb keine andere Wahl. Eliza schlug alle Schicklichkeit in den Wind, lehnte Kopf und Schultern aus dem Fenster, klammerte sich fester an den Sims und rief aus Leibeskräften. Mr. Hoffmann saß auf der anderen Seite des Karrens, aber er hörte sie. Eliza dankte Gott, als sie sah, wie er sich zu dem Fensterchen an seiner Rechten beugte und hinaufspähte.

»Mr. Hoffmann« – Elizas Stimme versagte vor dem Wort »Papa«. Sie mußte es zurückdrängen, durfte es nicht in alle Winde schreien; wer weiß, wer es hörte und weitertrug, womöglich gar heim zu ihrer Familie, bevor sie Gelegenheit fand, Mutter und Schwester zu warnen. »Ich brauche Hilfe, Mr. Hoffmann. Würden Sie bitte zu mir heraufkommen?«

Er nickte sein Einverständnis und hob die Hand zum Zeichen, daß er verstanden habe, worauf sie sich vom Fenster abwandte, im Vorbeigehen einen Blick auf ihren Vater warf und durchs Vorzimmer auf den Korridor hinaustrat. Als sie den untersetzten kleinen Deutschen die Treppe heraufkommen sah, schwindelte ihr vor

Erleichterung; sie lehnte sich gegen die Wand und umklammerte das Geländer.

»Meinem Vater geht es sehr schlecht. Ich bin allein in der Kanzlei. Könnten Sie für mich zu Dr. Gordon gehen?«

»Natürlich! Sofort. Aber Sie... Ich nichts können tun für Sie zuerst? Sie nicht haben Telefon?«

»Nein, kein Telefon. Bitte beeilen Sie sich.« Nebelhaft stieg die Erinnerung an die Installation des Waynesboroer Telefonnetzes in Eliza auf: Die beiden jüngeren Mitglieder der Kanzlei waren für den Anschluß gewesen, aber der Richter hatte sie überstimmt. Er hielt es für reine Geldverschwendung: »Niemand braucht gar so dringend einen Anwalt«, hatte er gesagt. Eliza fand sich in den Räumen der Kanzlei wieder, ohne zu wissen, wie sie hingelangt war. Der Zustand ihres Vaters war unverändert: Sie empfand es jetzt fast als Erleichterung, seinen rasselnden Atem zu hören. Sie hatte das Fenster offengelassen, damit die frische Luft ihm Linderung verschaffen möge, doch sie hielt sich seitlich davon auf, so daß sie von der Straße aus nicht gesehen werden konnte. Mr. Hoffmann hatte bereits gewendet, zog dem Pferd die Zügel über den Rücken und knallte mit der Peitsche, worauf der Gaul sich in Trab setzte und um die Ecke in die Chillicothe Street einbog. »Oh, edler Wagenlenker!« Eliza lachte hysterisch auf und preßte erschrocken die Hand vor den Mund.

Da Mr. Hoffmann sonst nie die Peitsche gebrauchte, blieben die wenigen Passanten und Müßiggänger auf dem Platz vor dem Gericht verwundert stehen und schauten ihm nach. Neugierige Gesichter erschienen an den Fenstern des Gerichtsgebäudes. Bestimmt würde gleich jemand kommen und sich erkundigen, was vorgefallen sei. Eliza haßte die menschliche Rasse um ihrer schändlichen Neugier willen; rasch ging sie hinaus ins Vorzimmer und verschloß die Tür zum Korridor. Wenn sie am Fenster wartete, würde sie den Doktor kommen sehen, oder Tim Merrill, falls jemand wagen sollte, ihn aus dem Gerichtssaal zu holen. Sie wandte sich nach ihrem Vater um. Er lebte noch; seine Brust hob und senkte sich mühsam, in seinem Antlitz staute sich das Blut. Sie senkte die Lider und versuchte zu beten. Statt dessen wanderte ihr Blick über die Risse im Leder der Sofalehne hinter seinem Kopf und blieb auf der gerahmten Photographie an der Wand über ihm haften: Ein fleckiges, verblichenes Bild des Obersten Gerichtshofs im Staat Ohio; aufgenommen vor langer Zeit, damals, als ihr Vater noch zu seinen Richtern zählte. Nicht hier, nicht so! dachte sie angesichts der verstaubten Aktenordner in den Schränken, der vergilbten Bücher in den Regalen und seines zerkratzten, abgenutzten Schreibtisches. Sie begann auf und ab zu gehen, zwang ihre zitternden Knie, sie zu tragen; sie ging vom Sofa zum Fenster, vom Fenster zur Tür, spähte auf die Straße hinunter, lauschte auf Schritte aus dem Treppenhaus, während ihre innere Stimme unablässig aufbegehrte: »Er war ein großer Mann, und nun dieses schäbige Bureau, diese Nichtigkeiten.« Sie wagte nicht stehenzubleiben, aus Angst, die Beine könnten ihr nach einer noch so kurzen Rast den Dienst versagen. Furcht und abgrundtiefe Hoffnungslosigkeit schwächten sie, und eine böse Vorahnung lastete wie Blei auf ihren Schultern. Ihr Vater atmete immer noch in diesen furchtbaren, krampfartigen Stößen. Sie tastete unter dem Teppich nach seiner Hand. Er spürte die Berührung nicht; schlaff lag seine Hand in der ihren. Nicht einmal diesen Trost vermochte sie ihm zu geben: eine Hand, an die er sich klammern konnte. Sie trat wieder ans Fenster, gerade noch rechtzeitig, um den Einspänner des Doktors in raschem Trab die Chillicothe Street heraufkommen zu sehen. Erst jetzt dachte sie daran, was wohl geschehen wäre, hätte Mr. Hoffmann Dock Gordon nicht in seiner Praxis angetroffen. Sie bewegte sich plötzlich sehr langsam, suchte Halt an Pulten und Stühlen sowie am Absperrgitter im Vorzimmer und schloß die Tür zum Korridor auf. Tim Merrill war offenbar in der kurzen Zeitspanne, während sie sich vom Fenster entfernt hatte, vom Gericht herübergekommen und die Treppe hinaufgestiegen; er stand gleich hinter dem Doktor, als sie ihm die Tür öffnete.

»Es ist Papa.« Sie sperrte wieder ab. Die beiden Männer blieben unbeweglich hinter ihr stehen und lauschten auf den rasselnden Atem, der eine Ewigkeit lang jeden anderen Laut ausgelöscht hatte.

Dann, als der Doktor eben wortlos auf die Verbindungstür zuschritt und sie im Vorbeigehen mit einem teilnahmsvollen Blick streifte, verstummte das Röcheln. Alle drei hielten inne, blieben wie angewurzelt stehen, lauschten – und hörten nichts. Eliza tastete nach dem Gitter und klammerte sich daran fest. »Was...?« John Gordon betrat das rückwärtige Bureau und schloß leise die Tür hinter sich. Tim Merrill nahm ihren Arm und stützte sie, während er den Sessel hinter ihrem Pult zurückschob und sie mit sanfter Gewalt hineindrängte. Sie hatte kaum Platz genommen, äußerlich starr und gefaßt, sosehr sie im Innern auch bebte, als John zurückkam, die Tür bis auf einen Spalt hinter sich zuzog und – die Hand noch auf dem Griff – den Kopf schüttelte.

»Sie meinen«, fragte der junge Merrill hilflos, »der Richter...? So schnell?«

»Barmherzig schnell. Wahrscheinlich hat er überhaupt nichts gespürt.«

»Er schrie auf...«

»Dann höchstens einen Moment lang. Sie müssen sich vorstellen, Eliza, was ihn erwartet hätte: gelähmt sein, womöglich ohne das Bewußtsein wiederzuerlangen. Das hätten Sie ihm gewiß nicht gewünscht.«

»Nein.« Sie schauderte. »Aber so hätte es nicht sein dürfen. Sein Leben hätte nicht in einem schäbigen Bureau in einer erbärmlichen Kleinstadt enden sollen. Er war ein großer Mann.«

»Darin wird Ihnen ein jeder beipflichten. Ganz Waynesboro und seine Freunde überall im Land.« Tim legte ihr sanft die Hand auf die Schulter. Er hätte die Kanzlei von Ballard, Gardiner & Merrill vielleicht nicht so geschildert wie sie, aber er war noch jung, seine Karriere lag vor ihm. Er konnte fort von hier.

»Alles, was er aufgab, hat er für *uns* geopfert.« Wenn sie das Bedürfnis hat, sich auszusprechen, dachte John mit einem prüfenden Blick auf ihr Gesicht, vielleicht soll sie ruhig ein Weilchen reden – vielleicht hilft ihr das über den Schock hinweg. »Er ist in Armut aufgewachsen«, fuhr sie fort. »Wußten Sie, daß sein Vater starb, als er noch klein war, und er und seine Geschwister wurden unter die Verwandten aufgeteilt. Er wollte uns vor einem solchen Schicksal bewahren. Er wollte genug Geld verdienen, um Mama und uns versorgen zu können. Darum gab er sein Richteramt auf und kam hierher zurück, in dieses...«

»Eliza, Sie dürfen sich nicht so quälen. Er schied aus dem Obersten Gerichtshof aus und kam nach Waynesboro zurück, weil es etwas gab, das ihm wichtiger war als das Prestige jenes Amtes. Er wollte euch, seine Familie, glücklich und in gesicherten Verhältnissen sehen.«

Für sein Alter zeigt Tim sich der Situation erstaunlich gut gewachsen, dachte John. Allein, es war keine Zeit zu verlieren, und so nahm er die Sache selbst in die Hand.

»Eliza, Ihr Vater war hier in Waynesboro nicht unglücklich. Ich habe ihn ebensogut gekannt wie jeder andere, und ich versichere Ihnen, er war kein unglücklicher Mann. Wenn Sie ihn durchaus bemitleiden müssen, dann sparen Sie sich's bis heute abend auf; weinen Sie um ihn, wenn sie allein sind und im Bett liegen. Aber nicht jetzt. Wir brauchen Ihre Hilfe.«

»Ich weiß.« Doch sie schwankte auf ihrem Stuhl.

John war sofort bei ihr; Tim trat zurück, als der Doktor ihr die Hände auf die Schultern legte und ihren Oberkörper nach vorn beugte. »Kopf runter! Gleich geht's Ihnen wieder besser.«

Eliza ließ den Kopf auf die Knie sinken und dachte: Ärzte! Für sie wird alles gleich wieder besser.

Die beiden Männer hinter ihr unterhielten sich mit gedämpfter Stimme. John sagte eben: »Wir müssen ihn hier rausschaffen, bevor die Neugierigen eintreffen. Welchen Leichenbestatter?«

»Crawford, denke ich. Er und die Ballards gehören derselben Kirchengemeinde an. Eliza?«

»Ja.« Sie hob den Kopf. »Aber Mama?«

»Ich weiß. Sie muß sofort benachrichtigt werden, damit sie es nicht auf anderem Wege erfährt. Soll ich zu ihr gehen?«

»Nein, ich muß es ihr selbst sagen. Sie darf es nicht von einem Außenstehenden erfahren. Natürlich sind Sie kein Außenstehender, Tim, und Sie auch nicht, Dock. Aber…«

»Schon gut, Eliza.« John trat vor sie hin und schaute auf sie herab. »Es wird Ihre ganze Kraft in Anspruch nehmen, und Sie haben einen schweren Schock erlitten, doch ich muß Ihnen recht geben. Ihre Mutter und Ihre Schwester werden beide bei Ihnen Halt suchen.«

(Soviel zu Samuel Travers, dachte Eliza. Keinem fällt ein, in ihm eine Stütze zu sehen. Sie selbst hatte bis zu diesem Moment überhaupt nicht an ihn gedacht.) »Aber ich habe keinen… Johann sollte uns erst zur Mittagszeit abholen.«

»Ich fahre Sie selbstverständlich nach Hause.« John hatte seinen brüsken Ton wiedergefunden. »Vielleicht werden die Damen mich brauchen. Tim, geben Sie uns ’nen gehörigen Vorsprung, und gehen Sie dann zu Crawford. Er soll den Richter hier rausschaffen. Die Familie wird ihn später wissen lassen, wo er aufgebahrt werden soll: daheim oder in der Kirche.«

»Oh… bitte bei uns zu Hause.«

John faßte Eliza mit festem Griff unterm Ellenbogen und half ihr auf die Füße. Im Aufstehen erhaschte sie durch den Türspalt einen Blick auf die Gestalt ihres Vaters unter dem Teppich und auf seinen Schreibtisch. Kurz entschlossen ging sie in sein Bureau. Sie hob den Afghan nicht auf, um noch ein letztes Mal sein Gesicht zu sehen, ja sie schaute nicht einmal in seine Richtung. Statt dessen trat sie an den Schreibtisch, öffnete eine Schublade, warf die umherliegenden Papiere hinein und verschloß sie. Dann setzte sie den Hut auf, zog ihren Mantel an, nahm Johns Arm und ließ sich von ihm die Treppe hinunter und in seinen Einspänner helfen. Den ganzen langen Weg die Main Street stadtauswärts schwieg sie. Doch dann konnte sie die Frage nicht mehr zurückhalten, die unablässig in ihrem Kopf hämmerte.

»John, bitte sagen Sie mir… Wenn ich schneller gewesen wäre

– wenn wir ein Telefon gehabt hätten –, wäre er dann noch am Leben?«

»Das hätte nicht das mindeste geändert. An so was dürfen Sie gar nicht erst denken, Eliza. Als es einmal geschehen war, hätte ihm niemand mehr helfen können. Es war eine starke Gehirnblutung. Apoplexie. Oder Schlagfluß, falls Ihnen ein weniger medizinisch klingender Ausdruck lieber ist.«

»Wenn wir geahnt hätten – ich meine, wären wir darauf gefaßt gewesen –, hätten Sie es verhüten können?«

Verstohlen betrachtete er Eliza von der Seite. Sie sah alt und abgehärmt aus, ihr Gesicht war bleich. Sie ist keine junge Frau mehr, dachte er, und doch ist sie ein paar Jahre jünger als ich. In den Vierzigern. Zum erstenmal im Leben sah er sich als Mann mittleren Alters. Sie alle waren in die Jahre gekommen, er und seine Altersgenossen. Reife Männer und Frauen waren sie, die dem Leben die Stirn bieten sollten – so wie Eliza es tat.

»Ich wüßte nicht womit«, antwortete er auf ihre Frage. »Was die sogenannten ›Apoplektiker‹ angeht – Menschen, die zuviel essen und trinken, zuviel Gewicht ansetzen und zu auffallender Gesichtsröte neigen –, ja, denen können wir raten, mäßiger zu leben, und wenn sie gehorchen, gelingt es ihnen wohl auch, das Ende hinauszuzögern. Aber Ihr Vater hatte keines dieser Symptome. Er hat nicht sonderlich üppig gelebt. Ich meine, er hat zu schwer gearbeitet, zuviel von sich verlangt. Allein wir wissen viel zuwenig über den Schlagfluß – genau wie über eine Menge anderer Krankheiten. Ich vermute, Ihr Vater hätte sich gewünscht, so aus dem Leben zu scheiden, an seinem Schreibtisch, statt ein nutzloser Greis zu werden. Wie alt war er eigentlich? Ein-, zweiundsiebzig? Und er hat ein erfülltes Leben gehabt, Eliza. Er hatte Glück, einen raschen Tod zu finden, ohne lange dahinsiechen zu müssen. Nur ein Arzt kann ermessen, wie segensreich ein solcher Tod ist. Glauben Sie mir.«

Eliza, die John Gordon von Kind auf kannte – wenn auch nur oberflächlich –, hatte ihn noch nie eine so lange Rede halten hören. Seine Fähigkeiten als Arzt hatte sie stets respektiert, seine Charakterstärke hingegen in Zweifel gezogen. Und die Ballards, dachte sie bitter, legen großen Wert auf Charakterstärke. Sein Beruf hat ihn trauriger gemacht, als er als Junge gewesen ist, aber er hat ihn auch zum »Schatten eines Felsens in der Wüste« reifen lassen (die biblischen Worte kamen ihr wie von ungefähr in den Sinn).

Als sie das Tor der Ballards passierten und sich der überdachten Wageneinfahrt näherten, fragte John: »Werden Sie's auch durchstehen, Eliza?«

Sie holte tief Luft. »Ich werde es schaffen, weil ich muß. Erst heute morgen habe ich das über mich gelernt. Ich hab' mich immer gefragt, ob und wie ich wohl mit einer solchen Notlage fertig würde.«

»Sie haben sich sehr gut gehalten, Eliza. Trösten Sie sich mit dieser Gewißheit.« John brachte den Wagen zum Stehen, half ihr beim Aussteigen und beschwerte Mollys Halfterriemen mit einem Gewicht. Dann folgte er Eliza ins Haus.

»Mama wird an ihrem Schreibtisch im Wohnzimmer sein«, flüsterte Eliza. »Trotz der Schmerzen in ihren Händen erledigt sie ihre Korrespondenz noch selbst.«

Als sie in der Tür zum Wohnzimmer innehielten, blickte Mrs. Ballard von den unordentlich auf ihrem Schreibtisch verstreuten Papieren auf. Erschrocken über das unvermutete Erscheinen der beiden fuhr sie hoch: Eliza so bleich, der Doktor so ernst.

»Eliza! Was ist geschehen? Bist du krank?«

»Nicht ich, Mama.«

Mrs. Ballard sank in ihren Stuhl zurück. »Dein Vater?«

Eliza nickte. Sie brachte kein Wort heraus.

»Wo ist er? Hast du ihn heimgebracht? Soll ich Johann zu Hilfe rufen?«

»Nicht nötig, Mama. Er wird nicht... heimkommen.« Das Wort »lebend« wollte ihr nicht über die Lippen.

Mrs. Ballard bedurfte des Wortes nicht. Schweigend starrte sie die beiden an. John nahm Eliza abermals beim Arm – sie zitterte wieder; er führte sie zu einem Sessel und drückte sie hinein.

»Er hatte einen raschen Tod und brauchte nicht zu leiden, Mrs. Ballard. Eliza hat sofort nach mir geschickt. Sie tat, was sie konnte, aber ihm war nicht mehr zu helfen... Ihr Gatte starb an einem Schlaganfall – ein barmherziger Tod, denn wenn er überlebt hätte, wäre er gelähmt geblieben, hätte weder gehen noch sprechen können.« (Ihr zum Trost mochte er das ruhig behaupten, obgleich man in der Medizin bei Gott keine sicheren Prognosen stellen konnte.) »Ein solches Leben hätten Sie ihm gewiß nicht gewünscht.«

Mrs. Ballards Blick wanderte von Eliza zu John und auf ihre verkrüppelten Finger, die sie nicht mehr ausstrecken konnte und die sich bis zu ihrem Tode wie Klauen in ihre Handflächen pressen würden. Wie benommen sagte sie schließlich: »Ich dachte immer, ich würde als erste gehen. Ich war in Sorge deswegen. Er wäre so verloren gewesen. Jetzt bin ich es...« Sie zögerte und fuhr dann mit fester Stimme fort, so als spräche sie nun ebenso zu den beiden wie zu sich selbst: »Jetzt bin ich es, die ihm nachfolgen wird. Der

Himmel wird ein wenig... ein wenig heimeliger sein, wenn Thomas dort auf mich wartet.«

Johns geübtes Ohr hörte Schritte auf der Treppe; Thomasina und ihr Mann. Sie blieben auf halbem Wege stehen, als John ihnen bis zum Treppenpfosten entgegenkam. Thomasina nahm die Hand vom Mund und klammerte sich ans Geländer.

»Was ist geschehen?« flüsterte sie. »Ist etwas mit Papa?«

»Ja.«

»Tot?«

»Ja.«

»Aber beim Frühstück war er doch noch wohlauf.« Thomasinas Kinn zitterte, ihre blaßblauen Augen füllten sich mit Tränen.

»Ein Schlaganfall. Er ging rasch und ohne Schmerzen hinüber.« Zum drittenmal hatte er nun schon diese Versicherung geben müssen. Aber Thomasina mit ihrem jährlichen Heuschnupfen und dem chronischen Asthma war seit Jahren seine Patientin; ihr gegenüber fühlte er sich nicht nur berechtigt, offen zu sprechen, sondern spürte, daß er es tun mußte. »Was Sie auch empfinden mögen, Thomasina, Sie müssen stark bleiben, um Ihrer Mutter beizustehen. Sie wird Ihre Hilfe brauchen, wenn der erste Schock vorbei ist. Und Eliza auch: Das war sehr schwer für sie. Ihre Schwester war nämlich dabei.« Ungeachtet seiner eindringlichen Worte war er halb und halb darauf gefaßt, daß sie sich umdrehen und ihrem Samuel in die Arme sinken würde. Aber welchem Impuls sie auch hätte nachgeben mögen, Samuel legte ihr fest die Hände auf die Schultern und führte sie so in die Diele hinunter.

»Wir müssen zu ihr gehen, meine Liebe. Sie trifft es am schwersten, das weißt du.«

Sie durchquerten die Diele und betraten das Wohnzimmer. Während John noch zögerte und überlegte, ob er warten oder still hinausschlüpfen solle, kam Samuel zurück und schloß die Tür hinter sich.

»Sie weinen miteinander. Es wird ihnen doch nichts geschehen?« Samuels Hände zitterten, und er war bleich, sprach aber ruhig und gefaßt.

»Sorgen Sie nur dafür, daß sie sich nicht zu sehr in ihren Kummer hineinsteigern. Und vergessen Sie nicht, daß es Eliza am schwersten getroffen hat. Sie war ganz allein mit ihm. Wenn Sie Anzeichen eines verspäteten Schocks an ihr entdecken, lassen Sie mich rufen. Ich könnte ihr auch ein Beruhigungsmittel geben, bevor ich gehe.«

»Ich denke, sie würden es lieber so durchstehen.«

»Eliza könnten ein paar Stunden Schlaf guttun; wenn es Ihnen also gelingt, sie zu überreden... Ich habe eine Flasche Bromid draußen in meiner Tasche. Davon kann ich ihr eine Dosis dalassen, oder auch zwei. Könnte ich sonst noch etwas tun? Ich habe Merrill zum Leichenbestatter geschickt. Der wird den Richter heimbringen.«

»Danke, Doktor. Ich wüßte sonst nichts mehr. Es sei denn, eine der Damen bräche zusammen. Dann würde ich natürlich Ihren Rat befolgen und Sie rufen. Doch ich kenne die Frauen der Ballards nun schon geraume Zeit: Es sähe ihnen nicht ähnlich, sich gehenzulassen. Wenn der erste Schock abklingt, kann ich sie beschäftigen und mit den Vorbereitungen für das Begräbnis ablenken. Mr. Bonner wird in der *Fackel* einen Nachruf bringen wollen: Ich kann zwar helfen ihn aufzusetzen, aber sie werden mir die nötigen Angaben machen müssen. Dann gilt es, Freunde und Bekannte zu benachrichtigen: Ich kann die Telegramme verschikken, aber sie müssen Namen und Adressen zusammenstellen. Mrs. Ballard wird den Pfarrer sprechen wollen, und der Salon muß hergerichtet werden, damit wir den Richter aufbahren können. Das werde ich Johann überlassen; er und seine Frau müssen sowieso gleich unterrichtet werden. Dann gilt es auch, die Zeiten für die Beileidsbesuche festzulegen. Und Mrs. Ballard wird ein kirchliches Begräbnis haben wollen.«

John hörte mit wachsendem Erstaunen zu. Sam Travers war anscheinend doch nicht so unbrauchbar. Er behielt jedenfalls einen klaren Kopf.

»So ist's recht; sorgen Sie dafür, daß die Damen beschäftigt sind. Aber ich warne Sie: Erst wenn der Druck und die Aufregung des Begräbnisses vorbei sind, werden sie ihren Verlust wirklich zu spüren bekommen. Ist die Beerdigung erst einmal vorüber und der Alltag kehrt wieder ein, wird es ihnen schwer werden, sich zu erinnern, daß der Richter nicht mehr da ist. Und wann immer es ihnen wieder einfällt, wann immer sie unbewußt auf seinen Schritt auf der Treppe lauschen und ihn nicht hören, wird die Erkenntnis sie so schmerzlich treffen wie am ersten Tag.«

»Sie kennen das also auch? Wie man Eindrücke sammelt, um sie einem vertrauten Menschen zu erzählen, und dieser Mensch ist nicht da, wenn man heimkommt? Ich weiß noch, als meine Mutter – macht etwa jeder von uns diese Erfahrung? Ich machte mir damals Vorwürfe, wenn ich auch nur einen Moment lang vergessen hatte, daß sie... Aber die Ballards haben wenig Erfahrung mit dem Tod. Mutter Ballards Eltern sind schon vor so langer Zeit gestorben, daß sie sich wohl kaum noch daran erinnert, und ihre Töchter haben sie...«

»Trotzdem werden Sie mich vielleicht brauchen. In dem Fall schicken Sie Johann zu mir. So, und jetzt hole ich das Beruhigungsmittel.« Nachdenklich ging John hinaus zum Wagen und kehrte mit seiner Medikamententasche zurück. Er füllte mehrere Dosen Bromid aus einer großen Flasche in das kleine Gefäß, welches Samuel ihm reichte; John schwieg, seine Hand war ruhig, und er verschüttete keinen Tropfen. Als er fertig war, sagte er: »Drei Teelöffel voll genügen zum Einschlafen; die Damen könnten alle eine Dosis vertragen, aber Eliza ganz besonders.« Dann ließ er die ärztliche Fürsorge beiseite und fragte mit der für ihn charakteristischen Unverblümtheit: »Sagen Sie mal, Travers, waren Sie eigentlich im Krieg?«

Auf Sams blassen Wangen erschienen häßliche rote Flecke. »In gewissem Sinne schon, ja. Allerdings nicht bei der kämpfenden Truppe. Ich gehörte einer Militärkapelle an. Ich spreche sonst nicht darüber: In meinen Augen ist es nichts Rühmliches. Warum fragen Sie?«

»Ich verstehe Sie gut. Auch ich war nicht bei der kämpfenden Truppe, und auch *ich* rede nicht über den Krieg. Aber wenn Sie einer Regimentskapelle angehörten, dann waren Sie doch Krankenträger, wenn Ihr Regiment ins Gefecht geriet. Unter Beschuß. Ich habe damals gesehen, wie... Jedenfalls haben Sie meines Erachtens keinen Grund, diese Zeit zu verschweigen. Ach ja – warum ich danach fragte? Ich wollte nur wissen, wo Sie gelernt haben, in einer plötzlichen Notlage so klar zu denken und so umsichtig zu handeln.«

Sam lächelte. »Nicht das, was man von einem kleinstädtischen Musiklehrer erwartet, hm?«

Die beiden Männer gaben sich die Hand – zwei Männer, die einander oft, aber stets gleichgültig begegnet und nun auf einmal Freunde waren. John nahm seine Tasche und verließ das Haus, während Samuel in die Küche ging, um nachzusehen, ob Johanns Frau oder auch Johann selbst dort sei.

Richter Ballards Begräbnis war die ehrwürdigste Beisetzung, welche die Stadt je erlebt hatte. Ihre Bürger brachten dem Toten mehr Respekt entgegen als der Lebende ihnen eingeflößt hatte, da nun der Beweis seiner Größe augenfällig war: Waynesboro hatte ein paar Tage lang mehr vornehme Männer und Frauen gleichzeitig zu Gast als je zuvor in seiner Geschichte. Die noch lebenden Führer der Bewegung zur Abschaffung der Sklaverei kamen, ihm die letzte Ehre zu erweisen, und mit ihnen jene Freunde der Ballards, die einst und heute an der Spitze von Reformbewegungen wie Frauenliga und Prohibitionspartei gestanden; es kamen ehemalige Liberale Republikaner, die er unterstützt hatte, wie Carl Schurz und Godkin. Richter Stanley Matthews vom Obersten Gerichtshof hatte sogar den weiten Weg von Washington nicht gescheut, um seinem alten Freund das letzte Geleit zu geben; und Ex-Präsident Hayes nebst Gattin waren aus Freemont angereist. All diese Berühmtheiten mischten sich unter die Männer, Frauen und Kinder von Waynesboro und defilierten mit ihnen am Sarg vorbei, der unter der Kanzel der Methodistenkirche aufgebahrt war. Am Nachmittag des Begräbnisses blieben die Amtsstuben im Gericht sowie die meisten Läden geschlossen; die Kirche war bis zum Bersten gefüllt. Die Mitglieder des Obersten Gerichtshofes von Ohio gaben dem Sarg das Ehrengeleit, getragen wurde er indes von jüngeren und kräftigeren Männern. Auf dem Weg zum Friedhof wurde der Leichenzug von Fenstern und Veranden aus mit großem Interesse verfolgt: Das da waren Präsident Hayes und seine Frau; im Wagen hinter der Kutsche der Familie saß Richter Matthews; und da kamen Mr. Schurz und Mr. Godkin mit den Rauschs. (Ein seltsames Bündnis: Erstaunte Ausrufe derer, die sie erkannt hatten, wurden laut. In Wahrheit verhielt es sich so, daß Sally Rausch den Ballards am Tage nach dem Tod des Richters folgende Nachricht übersandt hatte: Sie und Ludwig würden ihr Haus gern jenen Gästen zur Verfügung stellen, welche die Ballards nicht beherbergen konnten.)

Nach der Beisetzung verweilten die distinguierten Gäste plaudernd auf dem herbstlich kahlen Friedhof. Sie waren alte Freunde, die einander nur noch selten trafen. Die Minuten verstrichen; immer weniger achteten sie auf die klaffende Grube hinter ihnen, und ihre Stimmen wurden lauter, während sie einen fröhlicheren Ton anschlugen. (Eliza beobachtete sie von der wartenden Kutsche aus und hoffte, ihre Mutter würde nichts bemerken. Das ist das Schrecklichste an einer Beerdigung, dachte sie. Ist der Sarg erst einmal in der Erde, werden die Leute so fröhlich, als feierten sie ein Familientreffen. Sie *amüsieren* sich.)

Ludwig und Sally Rausch nebst ihren beiden Gästen blieben auf ein Wort bei Mr. Hayes und seiner Gattin stehen. »Das ist ein schmerzlicher Verlust für uns, Sir.«

»Ein Verlust, ja. Sein Tod bedeutet das Ende – das nachdrückliche Ende – einer gewissen Ära in der Geschichte unseres Landes. Nun sind nur noch wenige übrig, um für die Prinzipien und Ideale zu kämpfen, denen Richter Ballard aus tiefster Seele verpflichtet war. Freilich gibt es Ausnahmen – so wie meine beiden Freunde hier.« Er deutete auf das Ehepaar Rausch. »Ich fürchte« – und er lächelte wehmütig – »die Macht – und damit meine ich politische

Macht – ist von Männern wie Richter Ballard in die Hände derer übergegangen, hinter denen das große Geld steht. Jedesmal, wenn wir einen unserer alten Freunde verlieren, spüren wir es deutlicher: Eine Ära ist zu Ende.« Er legte Ludwig die Hand auf den Arm. »Ihr jungen Männer müßt dafür sorgen, daß die Liebe zum Geld den Staat nicht vollends korrumpiert.« Dann schüttelte er Ludwig und Sally die Hand, ebenso Mr. Schurz und Mr. Godkin, und wandte sich im Gehen mit einer Entschuldigung an seine Frau und Richter Matthews: »Tut mir leid, daß ihr hier in der Kälte warten mußtet. Aber ich hatte das Gefühl, ich müsse ein paar Worte mit Ludwig Rausch wechseln.«

»Politisch? Selbst bei einem solchen Anlaß?«

»Ganz besonders bei einem solchen Anlaß. Wir haben einen mutigen und prinzipientreuen Mitstreiter verloren. Ich wollte Rausch klarmachen, daß ich die jüngsten Enwicklungen in unserem Lande mißbillige. Seine Macht und sein Einfluß in diesem Bezirk sind nicht unbeträchtlich. Eine Ära ist zu Ende gegangen; nun sind Männer seines Schlages und seines Alters an der Reihe.«

Mehr wurde nicht gesagt: Die drei bestiegen die Kutsche und fuhren – gefolgt von den Ballards – zurück zum Haus in der Main Street. Dort wurde noch einmal kondoliert und Abschied genommen; die Damen Ballard zogen sich auf ihre Zimmer zurück; Samuel Travers ließ den Gästen einen Imbiß servieren, worauf erneut die Kutsche vorgefahren wurde, um den hohen Besuch an die Bahn zu bringen. Die Damen hatten womöglich gehofft, die Herrschaften würden länger bleiben und so die Stunde hinauszögern, da sie sich dem Alleinsein stellen mußten und der Stille im Haus. Samuel wußte, wie erschöpft die Frauen waren; er hoffte, sie würden Schlaf finden. Bis zu diesem Punkte hatte er Wort gehalten und ihnen keine Zeit zum Nachdenken, zum Trauern oder Wünschen gelassen. Als die Dämmerung hereinbrach, schickte er Johanns Frau hinauf und ließ fragen, ob die Damen zum Essen herunterkommen wollten, oder ob man ihnen ein Tablett nach oben bringen solle. Die Vorstellung, daß irgend jemand Tabletts schleppte, um drei gesunde und kräftige Frauen zu bedienen, widerstrebte ihnen; sie wankten hinunter ins Eßzimmer. Eliza und Thomasina aßen, um den Schein zu wahren, ein wenig von den Speisen, die ihre Waynesboroer Freunde ins Haus gebracht hatten und die nun ihre Teller füllten. Mrs. Ballard starrte nur blicklos auf ihr Gedeck und hielt sich die Serviette vor den Mund.

»Mama, du mußt etwas essen, damit du bei Kräften bleibst. Versuch doch einmal diesen Schinken – Anne Gordon hat ihn uns von ihrer Farm geschickt. Er schmeckt sehr gut.« Aber Thomasinas inständige Bitten blieben fruchtlos.

»Heute abend kann ich nicht. Morgen mag es leichtergehen. Wenn ihr mich nun entschuldigen wollt – ich denke, ich werde mich zurückziehen.«

»Möchtest du, daß ich mit dir nach oben komme?«

»Nein, iß du nur zu Ende, Thomasina. Ich kann mich sehr wohl allein zu Bett bringen. Falls es Samuel nichts ausmacht, mir auf der Treppe behilflich zu sein.«

Als die Schwestern allein waren, schauten sie einander verzweifelt an: Nie zuvor hatte ihre Mutter eingestanden, daß ihr das Treppensteigen Mühe machte.

»Es war zuviel für sie; sie wird daran zerbrechen.«

»Sie ist schon seit geraumer Zeit eine gebrochene Frau. Hast du denn keine Augen im Kopf, Thomasina? Du weißt, wie sehr ihr Rheuma sie quält. In ihrem Alter würden immerwährende Schmerzen die Kraft eines jeden brechen; und wenn ein solcher Schlag hinzukommt... Aber ich hoffe, sie wird gut schlafen und sich morgen besser fühlen. Es gibt verschiedenes zu regeln.«

Thomasina sah sie entgeistert an. »Mit ›verschiedenes‹ meinst du wohl Papas Hinterlassenschaft: sein Testament, seinen Besitz? Eliza, wie kannst du nur? Er ist doch grade erst unter der Erde!«

»Ich kann, weil ich muß. Ohne Douglas Gardiner wissen wir nicht, wie es um uns steht: Er hatte Papas Testament in seinem Tresor. Er ist nur zur Beerdigung heimgekommen. Seine Frau erwartet bald ihr Baby, und deshalb will er so rasch wie möglich nach Washington zurück. Aber er hat versprochen, uns morgen zur Verfügung zu stehen.«

»Du magst Douglas nicht, hab' ich recht?« Thomasina reagierte mehr auf den Ton als auf die Worte ihrer Schwester. »Papa aber vertraute ihm und hielt ihn für einen ausgezeichneten Juristen.«

»Meine Gefühle für Douglas tun nichts zur Sache. Er ist unser Anwalt, Papa hat ihn selbst dazu ernannt.«

»Wirst du weiter für Doug und Tim arbeiten?«

»Wer weiß? Im Augenblick ist nicht einmal der Fortbestand der Kanzlei gesichert.«

Douglas Gardiner verbrachte den Abend bei den Rauschs, wo er mit Ludwig in dessen Arbeitszimmer dieselbe Frage diskutierte.

»Tut mir leid, Ludwig, aber Sie müssen verstehen, daß mir keine andere Wahl bleibt, als mein Abgeordnetenamt niederzulegen.«

»Sie sind doch eben erst wiedergewählt worden.«

»Ich weiß. Aber die Anwaltskanzlei hier am Ort muß weitergeführt werden. Tim Merrill schafft das nicht allein, wenn ich ein Gutteil des Jahres in Washington bin. Ich will nicht behaupten, daß die Kanzlei mir wichtiger sei als mein Sitz im Kongreß oder daß es mir keine Freude gemacht habe, den Bezirk zu vertreten, aber...«

»Merrill ist noch sehr jung. Und er hat kaum Erfahrung mit Korporationsrecht. Sie wissen natürlich, daß der Richter in meinem und im Auftrag meiner Teilhaber an einem Gesuch arbeitete, das wir bei der Staatsregierung einreichen wollen, damit sie uns die Konzession für die elektrische Eisenbahn erteilt. Tim könnte ein solches Projekt nicht zu Ende führen, da bin ich ganz Ihrer Meinung. Aber Sie stehen am Anfang einer vielversprechenden politischen Karriere. Falls Sie zurücktreten und eine Sonderkommission einberufen werden muß, um Ihren Nachfolger zu bestimmen – das wäre vermutlich nächsten Herbst –, dann würde er, wer immer die Wahl gewinnt, Ihren Sitz für mehr als eine Amtsperiode beanspruchen.«

»Darüber bin ich mir völlig im klaren. Wenn ich nach Waynesboro zurückkomme und mich als Anwalt niederlasse, dann werde ich für den Rest meines Lebens hier bleiben. Aber es ist schlicht und einfach eine Frage des Geldes. Unsere Kanzlei hat bisher einen alleinstehenden Mann ernährt, nämlich Tim; ferner eine Familie, die Ballards; und zum Teil hat sie auch meine Familie unterhalten. Natürlich hatte ich außerdem mein Abgeordnetengehalt, doch selbst wenn wir davon leben könnten: Ich muß auch für meine Tanten sorgen, und was soll aus den Ballards werden? Nein, die Kanzlei müssen wir weiterführen, und zwar rühriger und mit mehr Unternehmungsgeist als bisher; und große Honorare winken nun mal nur im Korporationsrecht.«

»Können Sie den Ballards ihren Anteil abkaufen, oder werden Sie den Gewinn auch in Zukunft durch drei teilen müssen?«

»Das hängt ganz von den Ballards ab. Ich habe keine Ahnung, was sie vorhaben. Vertragsrechtlich steht es ihnen frei, ob sie an uns verkaufen oder als stille Teilhaber in der Kanzlei bleiben wollen.«

»Ich kann mir nicht vorstellen, daß Eliza ein sonderlich gutes Gehalt bekommt. Da wäre also kaum etwas einzusparen.«

»Wenn wir sie entlassen? Nein. Sie wurde nicht zuletzt deshalb eingestellt, weil ihr bescheidener Verdienst in der Familie blieb. Aber selbst mit Sam Travers' Hilfe – und ich nehme an, er steuert seinen Teil bei – könnte Eliza ihre Familie und das große Haus nicht unterhalten.«

»Sie wollen das Haus also nicht verkaufen?«

»Nein – selbst wenn die Familie einen solchen Schritt in Erwägung zöge, würde ihnen die Pietät dem Vater gegenüber das verbieten. Der Richter war vermutlich auf nichts in seiner Karriere so stolz wie darauf, seinen Frauen einen solchen Prachtbau zu hinterlassen. Nein, nein, diese Last werden sie ihr Lebtag nicht mehr los. Es gibt keinen anderen Ausweg: Ich muß zurücktreten und heimkommen und da weitermachen, wo der Richter aufgehört hat. Was nun Eliza betrifft – in der Kanzlei ist nicht Platz für uns beide. Auch dieses Problem werde ich irgendwie lösen müssen. Es geht nicht nur um die Antipathie zwischen uns beiden; im Bureau, wo sie Einsicht in vertrauliche Akten nehmen kann, ist sie einfach eine Bedrohung.«

»Bedrohung?« Ludwig schien belustigt. Er wußte, daß Eliza als verbitterte alte Jungfer galt, die vielleicht auch ein wenig geschwätzig war, aber er konnte nicht glauben, daß sie unzuverlässig sei. »Sie meinen doch nicht etwa, daß sie vertrauliche Mitteilungen weitergeben würde?« Ludwig fand, man dürfe Douglas' Bedenken nicht wörtlich nehmen. Er wußte wohl, daß der junge Mann mitunter recht schwierig sein konnte.

»Nun, ich weiß nicht, ob sie ihr Wissen weitergibt. Aber ich ließe es nicht gern darauf ankommen – wer weiß, was ihr in einem Moment der Erregung herausrutschen könnte? Ob sie nur aus Neugier in den Akten stöbert – um brisante Informationen zu sammeln und sich daran zu weiden, was sie ausplaudern *könnte* – oder ob sie ihr Wissen für eigene Zwecke benutzt, vermag ich nicht zu sagen. Doch ich weiß, daß sie herumschnüffelt.«

»Aber, aber, ich bitte Sie! Von einer Ballard kann ich das kaum glauben.« Nachdenklich hielt Ludwig inne, dann fragte er in lebhafterem Ton: »Ist sie anstellig?«

»O ja, eine ausgezeichnete Kraft. Sie führt die Bücher peinlich genau, erledigt unsere Korrespondenz, kopiert unsere Schriftsätze. Es wird schwer werden, Ersatz für sie zu finden. Und ich weiß auch nicht, wie ich ihr beibringen soll, daß...«

»Vielleicht kann ich Ihnen helfen. Ich trage mich schon seit langem mit dem Gedanken, eine Sekretärin einzustellen, die unsere Firmenkorrespondenz übernimmt. Dem Buchhalter bleibt dafür keine Zeit. Ich muß jeden Brief selbst beantworten. Mit einer Sekretärin würde ich viel Zeit sparen. Außerdem könnte sie die Lohnlisten führen und eine Menge anderen Kleinkram erledigen. In der Fabrik würde Eliza kein Unheil anrichten; wir machen weder Geschäfte am Ort, noch haben wir privaten Schriftverkehr – nichts, worüber sich zu klatschen lohnt.«

»Die Arbeit könnte sie ohne weiteres bewältigen. Aber würden Sie es aushalten, Eliza Tag für Tag um sich zu haben?«

Ludwig lachte. »Sie bekäme einen Schreibtisch draußen im

Kontor, im Bureau des Buchhalters. Was meinen Sie – ob sie bereit wäre, sich mit einer dieser neumodischen Schreibmaschinen zu befassen? Die meisten Briefe, die bei uns eingehen, sind mittlerweile maschinengeschrieben.«

»Ich weiß nicht. Diese Dinger erfordern gewiß große Fingerfertigkeit. Aber wie dem auch sei: Wir brauchen Eliza zumindest noch so lange, bis ich endgültig meine Zelte in Washington abgebrochen habe. Das kann bis ersten Januar dauern, womöglich sogar bis März.«

»Ein Jammer, daß Sie Ihre politische Karriere opfern müssen. Aber vielleicht kommt der Tag, da Sie sie wieder aufnehmen können.«

»Wenn überhaupt, dann jedenfalls nicht in nächster Zukunft. Tim und ich werden uns mächtig ins Zeug legen müssen, um zu verdienen, was nötig ist.«

Aus dieser letzten Bemerkung schloß Ludwig, daß die beiden Partner, wenn sie die Wahl hätten, den Anteil der Ballards aufkaufen würden. Und so kam es auch.

Am nächsten Morgen ging Douglas mit einer Mappe voller Papiere zu den Ballards. In Gegenwart der Familie verlas er das Testament: Mrs. Ballard wurde der gesamte persönliche Besitz des Richters zugesprochen sowie lebenslanger Nießbrauch des Hauses. Bei ihrem Tode würde das Haus an Eliza fallen – bis auf die Wohnung der Travers' im Obergeschoß, die ausschließlich Thomasina gehören sollte. Die Ausgaben – Reparaturen und Steuern – sollten von den Geschwistern gemeinsam bestritten werden. Die Schwestern lauschten dieser Verfügung stumm, Eliza mit steinerner Miene, Thomasina das Taschentuch vor die Augen gepreßt. Douglas konnte ihre Gedanken nicht erraten, wenngleich er ziemlich sicher war, daß ihr Vater den beiden eine beschwerliche Zukunft beschert hatte. Von den Schwestern ahnte indes jede sehr wohl, was in der anderen vorging: Eliza, daß Thomasina sich im stillen gratulierte, weil nichts und niemand sie und ihren Samuel mehr vertreiben konnte, ja nicht einmal Samuel allein, falls er sie überlebte: dafür würde Thomasinas Testament sorgen; Eliza war fortan so unabänderlich an diesen Mann gebunden, als hätte sie ihn selbst geheiratet. Thomasina ihrerseits war sicher, was Eliza übelnahm. Eliza hatte so viel für ihren Vater – und für die ganze Familie – getan, daß sie das Haus sehr wohl verdiente, aber Thomasina fragte sich, ob Vater gewußt habe, daß sie ohne Elizas Erlaubnis nicht einmal den Salon würde benutzen dürfen. Er wurde freilich ohnedies nie benutzt, außer für Klubsitzungen oder Trauerfeiern. Und im übrigen, solange ihre Mutter noch lebte...

Nachdem Douglas den noch immer benommenen Frauen Zeit gegeben hatte, sich mit den einzelnen Verfügungen des Testaments vertraut zu machen, ging er zur Liste des persönlichen Besitzes über, der Mrs. Ballard zufiel – bis auf zweitausend Dollar »für meinen treuen Johann Kleinschmidt und seine Frau Herta«.

»Ferner haben wir hier eine Lebensversicherungspolice über fünftausend Dollar. Außerdem fast fünfzehntausend in Staatsanleihen, die der Richter in den letzten paar Jahren erwarb. Keinerlei Aktienpapiere.«

Mrs. Ballard seufzte. »Dann hat er sein Versprechen also gehalten.« Sie fing Douglas' fragenden Blick auf und erklärte kurz: »Er spielte früher an der Börse, obwohl ich glaube, daß er es nicht als Spiel ansah. Jedenfalls erlitt er schwere finanzielle Verluste durch Aktien, die plötzlich ihren Wert verloren. Ich bin froh, daß jetzt keine vorhanden sind. Ich für meinen Teil halte nichts von derartigen Spekulationen.«

Douglas war skeptisch. Möglich, daß der Richter – hätte er seine Aktien behalten – seiner Frau ein größeres Erbe hätte hinterlassen können.

»Außer den genannten Summen wäre da noch der Anteil Ihres Gatten an der Kanzlei.«

Ihr Staunen setzte ihn in Verlegenheit. »Wußten Sie denn nicht, daß dergleichen vererbbar ist? Bei Gründung der Kanzlei wurde für den Todesfall eines der Partner vertraglich festgesetzt, daß seine Erben seinen Anteil entweder behalten oder an die verbleibenden Partner verkaufen könnten. Als der alte Merrill starb, wurde sein Anteil treuhänderisch für Tim verwaltet und der Ertrag zur Deckung seiner Studienkosten verwandt, bis er volljährig wurde und entweder verkaufen oder aktiver Teilhaber werden konnte. Nun ist es an Ihnen zu entscheiden, ob Sie uns Ihr Teil abtreten oder weiterhin ein Drittel der Erträge beziehen wollen.«

»Wir setzen unbedingtes Vertrauen in Sie, Douglas. Wozu raten Sie uns?«

»Ich danke Ihnen.« Er sah Eliza nicht an. »Beide Möglichkeiten sind mit Vor- und Nachteilen verbunden. Die Kanzlei könnte ihre Erträge steigern, und Ihr Drittel würde mit den Jahren wachsen. Andererseits wäre es auch sehr wohl möglich, daß unsere Einnahmen zurückgehen – ohne den Richter –, Eliza wird mir da gewiß zustimmen. Wie Sie sehen, ist es eine Frage der Spekulation. Wenn Sie sich zum Verkauf entschließen, so würde die Abschlagssumme jetzt festgesetzt und über einen Zeitraum von sechs Jahren in zweijährigem Turnus ausbezahlt. Auch diese Maßnahme – die Auffächerung in Teilzahlungen – ist vertraglich festgelegt.«

»Wir könnten nicht gleich den gesamten Betrag verlangen?« fragte Eliza scharf. Sie glaubte tatsächlich, daß die Kanzlei ohne ihren Vater Bankrott machen würde, vielleicht schon innerhalb der nächsten sechs Jahre.

»Nein, Eliza, das könnten Sie nicht. Sie müßten doch am besten wissen, daß Tim und ich den vollen Betrag im Moment auch gar nicht aufbringen könnten.«

»Mir scheint « – ein flüchtiges Lächeln huschte über Mrs. Ballards Züge – »Eliza möchte mir alles sofort zugute kommen lassen, für den Fall, daß ich keine sechs Jahre mehr zu leben habe. Das ist Unsinn, Eliza. Ich habe mir nie viel aus Geld gemacht. Es wäre sicher recht angenehm... man könnte viel Gutes tun... doch sonderlich wichtig finde ich es nicht. Und wir könnten mit der Lebensversicherung und den Wertpapieren sehr gut auskommen, bis die Kanzlei ihre drei Zahlungen leistete. Zwanzigtausend Dollar sind in meinen Augen eine stattliche Summe: viel mehr als ich je erwartet hätte.«

Doug sah sie an, als habe er ein naives Kind vor sich. »Sie müssen verstehen, Mrs. Ballard: Diese zwanzigtausend plus Ihr Anteil an der Kanzlei – das ist Ihr *Kapital.* Darin besteht jetzt und in Zukunft Ihr gesamtes Vermögen. Sie sollten also nach Möglichkeit von den Zinsen leben.«

»Trotzdem scheint es mir eine Menge Geld.« Mrs. Ballard war verwirrt. »Sie meinen, wenn wir die Versicherungssumme auch in Wertpapieren anlegen, könnten wir von den Zinsen leben?«

»Staatsanleihen haben keinen sehr hohen Zinssatz«, entgegnete Douglas ausweichend.

Mit einer ungeduldigen Handbewegung, so als wolle sie die treuherzige Einfalt der Mutter vertuschen, mischte Eliza sich abermals ins Gespräch. »*Wenn* wir Papas Anteil an der Firma verkaufen, wer würde dann seinen Wert bestimmen? Sie und Tim?«

»Sie müßten selbst über den Schätzwert der Kanzlei im Bilde sein. Schließlich haben Sie die Bücher geführt. Sie wissen, was wir pro Kalenderjahr eingenommen haben. Nehmen Sie etwa den Durchschnittsertrag der letzten fünf Jahre, deklarieren Sie das gewissermaßen als Zinsen, beziffern Sie demzufolge das Kapital, und teilen Sie's durch drei. Aber um Ihre Frage zu beantworten: Nein, natürlich wären Sie nicht auf unser Wort angewiesen. Wir täten uns ja selbst keinen Gefallen, wenn wir uns dem Vorwurf preisgäben, Witwen und Waisen zu berauben! Wir müssen selbstverständlich einem Außenstehenden die Prüfung der Bücher überlassen. Was halten Sie von Henry Voorhees oder Mr. Cochran?«

»Mr. Cochran, wenn's recht ist. Thomas hielt ihn für einen

Ehrenmann und hat ihm sein Leben lang vertraut. Nicht daß ich auch nur einen Augenblick lang an Ihrer Ehrlichkeit zweifele, Douglas. Doch ich verstehe, daß Sie die Verantwortung nicht allein tragen wollen.« Mrs. Ballard zauderte. »Aber Sie meinen, wir könnten besserfahren, wenn wir als – ›stille Teilhaber‹ ist die Bezeichnung dafür, nicht wahr? –, also, wenn wir unseren Anteil behielten und das jährliche Einkommen mit Tim und Ihnen teilten?«

»Das könnte günstiger für Sie sein oder schlechter – je nachdem.«

»Ich denke nur an die Mädchen.«

»Ich bitte dich, Mama! Du würdest ein ebenso waghalsiges Spiel treiben wie Papa früher mit seinen Aktien.«

»Ich hoffte, du würdest nicht mehr zu arbeiten brauchen, Eliza. Mit soviel Geld...«

Eliza hatte auf einmal die traurige Vision eines Lebens, das Tag für Tag in Langeweile und Untätigkeit verstrich. »Natürlich werde ich auch in Zukunft arbeiten. Zuerst einmal muß ich die Bücher für die Revision in Ordnung bringen. Bis wann brauchen wir die Abrechnungen?«

»Ich fahre heute nachmittag zurück nach Washington. Lassen Sie Tim die nötigen Vereinbarungen mit Mr. Cochran treffen und legen Sie ihm die Bücher vor. Wenn ich wieder nach Hause komme, können wir über den Preis verhandeln.«

Eliza war froh, daß sie die Bücher selbst geführt hatte. So wußte sie, daß jeder Vorgang eingetragen und kein Honorar, so gering es auch sein mochte, vergessen worden war. Gleich am nächsten Morgen ging sie hinauf in die Kanzlei. Tim hatte einen Termin bei Gericht; wäre sie daheim geblieben, hätte man das Bureau einen halben Tag lang schließen müssen. Sie nahm all ihren Mut zusammen und schloß die Tür auf. Alles war noch genauso, wie sie es verlassen hatte. Die Papiere, welche sie so hastig in die Schreibtischschublade gestopft hatte, lagen unberührt an ihrem Platz. Halb verwundert, halb fassungslos strich sie die zerknitterten Blätter glatt. Daß er sie nie wieder zur Hand nehmen, daß er nicht im nächsten Augenblick von einem kurzen Besuch im Gericht zurückkehren und zur Tür hereinkommen würde – sie blickte über die Schulter auf das zerschlissene Ledersofa und schauderte. Nie mehr würde sie es ansehen können, ohne ihren Vater dort liegen zu sehen; jedesmal würde sie das Echo seines Röchelns im Zimmer hören. Eliza hatte noch nicht erfahren, wie rasch die Zeit die Verbindung zwischen dem leblosen, unveränderlichen Objekt (wie einem Möbelstück – sei es Bett, Stuhl oder Sofa) und einem

Moment des Kummers auflösen kann. Hastig kramte sie die Papiere aus der Schublade, schloß die Tür zum Bureau ihres Vaters hinter sich und nahm an ihrem Pult im Vorzimmer Platz. Sie war eben dabei, die Blätter zu ordnen, und zwang sich zur Konzentration, als Ludwig Rausch hereinkam.

»Guten Morgen, Eliza. Ich hatte kaum zu hoffen gewagt, daß ich Sie hier antreffe, aber nun hätte ich gern mit Ihnen gesprochen. Tim ist wohl bei Gericht?«

Sie nickte und sah ihn fragend an.

»Das sind doch die Papiere, an denen Ihr Vater zuletzt gearbeitet hat? Die Konzession für die elektrische Eisenbahn für Columbus und den Südwesten Ohios?«

»Ja, ich wollte sie gerade ordnen und wegschließen, bis...«

»Schon gut. Unser Gesuch wird warten müssen, bis Douglas heimkommt. Diese Unterlagen sind übrigens mehr oder weniger vertraulich, also legen Sie sie am besten in Ihren Tresor. Aber darüber wollte ich eigentlich nicht mit Ihnen sprechen.«

»Kann ich etwas für Sie tun?«

»Tja... ich weiß nicht recht.« Er holte sich einen Stuhl und nahm neben ihr am Pult Platz; dabei fiel ihm ein, wie erstaunt und entsetzt Sally gewesen war, als er ihr von seinem Vorhaben erzählte, Eliza als Sekretärin einzustellen.

»Sie ist bösartig«, hatte sie ihm aufbrausend entgegengehalten, »eine Intrigantin. Und sie hat eine Zunge wie ein Rasiermesser.«

»Du magst recht haben«, hatte er eingeräumt, »aber wenn sie anstellig ist – und Doug verbürgt sich dafür –, dann werden ihre schlechten Eigenschaften in unserem Kontor nicht ins Gewicht fallen. Wir würden sie zum Buchhalter ins vordere Bureau setzen, und sie käme mit nichts in Berührung, worüber sich zu klatschen lohnte: Briefe von Kunden oder Hanfhändlern, die Lohnlisten, nichts weiter. Und wenn ich sie einstelle, helfe ich damit drei Menschen auf einmal: mir, weil unsere Geschäfte sich so ausgedehnt haben, daß ich die Korrespondenz nicht mehr bewältigen kann, ohne daß ich anderweitig kostbare Zeit verliere; Eliza, weil ich ihr mehr zahlen kann als sie bisher bekam; Doug...«

Wie ein Habicht stürzte Sally sich auf diesen letzten Namen. »*Doug!* Er will sie also loswerden?«

»Ja. Aus irgendeinem Grund sind die beiden mal aneinandergeraten, und seither ist Eliza bei ihm nicht gerade gut angeschrieben.«

»Kein Wunder! Beide haben scharfe Zungen.«

Jetzt lehnte Ludwig sich in seinem Stuhl zurück, kreuzte die Beine und musterte Eliza. Unansehnlich war sie, gewiß – reizlos genug, um allein deswegen eine scharfe Zunge zu entwickeln –, aber ihre blauen Augen blickten klar und ruhig.

»Eliza, beabsichtigen Sie auch weiterhin in der Kanzlei tätig zu sein?«

»Ich muß hier bleiben, bis Mr. Gardiner aus Washington zurückkommt.« Was ging das Ludwig Rausch eigentlich an? »Wir können nicht einfach zusperren, wenn Tim anderswo zu tun hat. Was später geschieht, weiß ich nicht. Darüber wurde noch nicht gesprochen.«

»Ich brauche eine Sekretärin. Ich kenne außer Ihnen keine Frau in Waynesboro, die Erfahrung in Bureauarbeit hat. Würden Ihre beiden Anwälte mich als Dieb und Räuber verschreien, wenn ich Sie bäte, zu Rausch und Kompanie zu wechseln?«

Eliza war im ersten Moment so verblüfft, daß sie sich auf die Zunge beißen mußte, um nicht damit herauszuplatzen, daß zumindest Douglas heilfroh wäre, sie loszuwerden. Schließlich sagte sie: »Ich hatte mir schon überlegt, was ich anfangen könnte, falls Ballard, Gardiner und Merrill keine Verwendung mehr für mich haben sollten. Ich dachte, vielleicht könnte ich bei der Telefongesellschaft unterkommen. Wie ich höre, beschäftigt man Damen in der Vermittlung. Aber eine Fabrik – ich weiß nicht, was Mama dazu sagen würde.«

»Ihre Mutter ist doch eine Verfechterin der Frauenemanzipation, nicht wahr?« Ludwig verbiß sich das Lachen, als er sich Sallys Gesicht vorstellte, wenn sie erführe, was Waynesboro erspart geblieben war: Sollte Eliza wirklich die Klatschbase sein, für die Sally sie hielt, dann war die Telefonvermittlung entschieden kein Platz für sie. Ludwig hatte als einer der ersten in Waynesboro Telefonanschluß bekommen – sowohl daheim als auch in der Firma –, aber er war ungemein vorsichtig mit dem, was er über den Draht weitergab. Nun zwang er sich zu einer ernsten Miene und fuhr fort: »Ich denke, ich kann Ihnen ein besseres Gehalt bieten als die Telefongesellschaft.«

»Aber Gesetze und juristische Klauseln sind alles, worin ich mich auskenne. Von Geschäftskorrespondenz verstehe ich nicht das geringste.«

»Geschäftsleute sprechen eine weit einfachere Sprache als Juristen; Sie hätten sich bald eingearbeitet. Ich brauche jemanden, der die Post öffnet und sortiert, meine Briefe schreibt und die Gehaltsliste zusammenstellt, wenn Captain Bodien die Kontrollzettel vorlegt. Nichts davon ist sonderlich kompliziert, nur zeitaufwendig. Es wäre natürlich hilfreich, wenn eine Sekretärin stenographieren und mit einer Schreibmaschine umgehen könnte. Haben Sie schon mal eins von diesen neumodischen Dingern gesehen?«

Eliza schüttelte den Kopf. »Papa hat mir hin und wieder etwas diktiert, aber das habe ich nie in Kurzschrift aufgenommen. Und Sie sehen ja selbst, daß wir keine Schreibmaschine haben.« Die Vorstellung, sie solle eine Maschine bedienen, erschien ihr als der albernste Teil dieses ganzen albernen Angebotes.

»Ich bin sicher, daß Sie lernen könnten, auf so einem Ding zu schreiben. Wenn Sie sich entschließen sollten, mein Angebot anzunehmen, würde ich eine Schreibmaschine kaufen und vorübergehend hier aufstellen, damit Sie darauf üben können, wann immer Sie Zeit haben. Was den Lohn angeht, so weiß ich natürlich nicht, wieviel Sie hier verdienen. Jedenfalls wäre ich bereit, Ihnen für den Anfang fünfzehn Dollar die Woche zu zahlen.«

Eliza blinzelte vor Aufregung. Das Angebot dünkte sie auf einmal gar nicht mehr so albern. Ihr Gehalt in der Kanzlei hatte fünfundzwanzig Dollar im Monat betragen; natürlich war sie bereit gewesen, dafür zu arbeiten, solange es galt, den Gewinn ihres Vaters zu mehren und ihm die Kosten für einen Kanzlisten zu ersparen. Aber sechzig Dollar im Monat!

»Und natürlich« – Ludwig lächelte verschmitzt – »jeden zweiten Mittwoch frei. Ich weiß, wie sehr unsere Damen an ihrem Klub hängen.«

»Haben Sie vielen Dank«, brachte Eliza schließlich heraus. »Das ist ein großzügiger Vertrauensbeweis. Natürlich muß ich erst mit meiner Mutter darüber sprechen. Sie bestehen doch nicht auf einer sofortigen Entscheidung?«

»Nein. Lassen Sie sich Zeit. Daß Sie sich mit Ihrer Familie beraten wollen, ist selbstverständlich. Aber bitten Sie Ihre Mutter und Ihre Schwester, mein Angebot für sich zu behalten.« So, dachte er, kann ich ihre Vertrauenswürdigkeit prüfen. Um einen plausiblen Grund für seine Bitte um Geheimhaltung anzugeben, fügte er hinzu: »Ich möchte nicht, daß sämtliche jungen Frauen in Waynesboro mich um einen Posten angehen.« Er würde Sally bitten, die Ohren offenzuhalten: Wenn die Neuigkeit durchsickerte, erfuhr sie bestimmt davon als eine der ersten.

»Gewiß. Ich verstehe. Und ich werde Ihnen sobald als möglich Bescheid geben.«

Als Ludwig gegangen war, starrte Eliza verwirrt auf die geschlossene Tür. Natürlich war dieser ganze Vorschlag lächerlich; sie konnte ihn keinesfalls annehmen. Die Fabrik lag praktisch im Niemandsland. Und sie würde den ganzen Weg zu Fuß zurücklegen müssen. Johann und seine Frau wollten sich mit ihren zweitausend Dollar zur Ruhe setzen; das Pferd sollte verkauft werden: darüber hatte man sich bereits geeinigt. Sie dachte an den Winter und die verschneiten Wege und an die sommerliche Hitze, die noch ärger war. Nein. Sie konnte das Angebot nicht akzeptieren, aber sie würde ihre Mutter und Thomasina um Rat fragen, und sei es nur, um sie wissen zu lassen, wie sehr man ihre Dienste schätzte.

Aber die Reaktion ihrer Schwester weckte unvermittelt ihren Oppositionsgeist. Thomasina lachte – wahrhaftig, zum erstenmal seit dem Tode ihres Vaters lachte sie.

»Oh, Eliza! Du zwischen all den ungehobelten Arbeitern! Eine *Fabrik!* Das könntest du nicht aushalten. Mama, sag ihr, sie darf es nicht tun. Denk an Papas guten Namen, Eliza, und laß dich von dem Geld nicht in Versuchung führen.«

Eliza hätte ihr vielerlei entgegenhalten können: sei es, daß sie die Schwester daran erinnerte, wie sie einst selbst Seite an Seite mit Fabrikarbeiterinnen für die Rechte der Frau gekämpft habe; sei es, daß sie ihr den Glauben der Familie ins Gedächtnis riefe, wonach es keinen Platz gab, den eine Frau nicht ausfüllen könnte. Doch sie schwieg. Ihre Mutter sagte: »Das muß Eliza selbst entscheiden. Sie ist eine erwachsene Frau.« Dabei schaute sie ihre Tochter an, als sei ihr dies eben erst bewußt geworden. (Und ich bin über vierzig, dachte Eliza.)

Thomasina gab sich noch nicht zufrieden. »Du weißt, daß Papa es dir verbieten würde. Hast du vergessen, wie sehr er Ludwig Rauschs Politik mißbilligte? Und seinen Widerstand gegen die Prohibition? Oder den Abend damals, als die Republikaner Papa *verhöhnten?*«

»Das ist längst vergeben und vergessen. In den letzten Jahren haben Mama und Papa die Einladungen der Rauschs stets gern angenommen – und ich übrigens auch. Und als Papa starb, arbeitete er an einem Konzessionsgesuch für Ludwig Rausch. Wenn er sich nicht schämte, sein Geld zu nehmen, warum sollte ich es tun?«

»Aber Eliza! Stell dir doch mal vor, was du auf dich nehmen müßtest: jeden Tag den langen Weg zum Westviertel; zusammensein mit den Fabrikarbeitern, die so furchtbar nach Teer riechen; Umgang mit einem Rauhbein wie diesem Captain Bodien pflegen! Wie kannst du nur daran denken?«

»Ich habe nie Nachteiliges über Captain Bodien gehört. Er ist immerhin Douglas Gardiners Schwiegervater.«

»Vor Douglas' Hochzeit hattest du eine Menge gegen die Familie seiner Braut einzuwenden.«

Eliza fuhr fort, als habe sie Thomasinas Einwurf nicht gehört. »Der einzige Mann, mit dem ich Umgang haben werde – weil ich das Bureau mit ihm teilen muß –, ist der kleine Mr. Ashton, der Buchhalter. Es dürfte dir nicht entgangen sein, daß er unserer Kirche angehört.«

»Natürlich kenne ich Mr. Ashton.« Einen Moment lang ruhte der Streit, während die Schwestern sich im Geiste das Bild des stillen, grauen Männchens vor Augen hielten, wie er mit seiner verhuschten Frau und den Kindern in der Kirchenbank saß.

»Und ich bezweifle sehr« – Eliza kam auf den ersten Punkt von Thomasinas letztem Einwand zurück –, »daß Mr. Rausch oder Mr. Ashton morgens um halb sieben mit den Arbeitern zusammen in die Fabrik gehen.« Im Verlauf der Auseinandersetzung hatte Eliza unvermutet beschlossen, auf Ludwigs Angebot einzugehen. »Ich werde Mama natürlich Kostgeld und Miete zahlen.«

»Sei nicht albern, Eliza«, widersprach ihre Mutter aufgebracht und in etwas barschem Ton. »Du kannst deinen Teil zu den Einkäufen für Haus und Küche beisteuern, aber ›Miete‹ – nein! Falls du diese Stellung wirklich annehmen willst, würde das, so fürchte ich, bedeuten, daß du dich mit allem verbünden müßtest, was liberalen und reformfreudigen Geistern widerstrebt: unterbezahlte, überbelastete Werktätige und Kinderarbeit. Nicht daß ich etwa Ludwig Rausch für schlimmer hielte als irgendeinen anderen Unternehmer. Er persönlich ist gewiß gut und freundlich.«

»Jedenfalls muß ich euch bitten, zu niemandem ein Wort über die Sache zu verlieren. Mr. Rausch war einverstanden, daß ich mit euch Rücksprache nehme, aber bis ich Papas Bücher für die Revision fertig habe und zur Firma Rausch überwechseln kann, muß das Angebot vertraulich behandelt werden. Das hat er ausdrücklich verlangt. Also zu niemandem ein Wort, Thomasina.«

»Du weißt sehr gut, daß ich vor Samuel keine Geheimnisse habe.« Während sie innehielten und über alles nachdachten, drang von oben das Klimpern seines für heute letzten Musikschülers an ihr Ohr.

»Samuel ist kein Schwätzer. Aber bitte lauf nicht zu Amanda ... oder zu irgend jemand sonst« – fügte Eliza hinzu, als ihr einfiel, wie selten sie Amanda in letzter Zeit zu Gesicht bekamen – »und geh nicht damit hausieren, daß du meinen Entschluß mißbilligst.«

»Wie sehr ich auch dagegen sein mag – und ich bin dagegen! –, du weißt, daß ich kein Wort darüber verlieren werde, wenn du mich darum bittest.« Thomasina erhob sich mit einiger Würde und ging nach oben. Wenig später hörten Eliza und ihre Mutter ein Kind die Treppe herunterpoltern und durch den Nebeneingang hinauslaufen. Samuel würde nun Muße haben, die Tränen seiner Frau zu trocknen.

»Der Tod ihres Vaters hat sie sehr getroffen, Eliza. Hab' Nachsicht mit ihr.«

»Du verlangst keine Nachsicht, und auf dir lastet der Verlust doch am schwersten.«

Ihre Mutter überlegte einen Moment. »Ich werde nie aufhören, ihn zu vermissen, obwohl dieses Gefühl der Betäubung – so als lebte nur noch ein Teil von mir – sich wohl mit der Zeit verlieren wird. Aber ich werde nicht lange allein bleiben. Für Thomasina war ihr Vater wie ein Fels in der Brandung.«

Eliza wußte, daß ihre Mutter recht hatte; sie wußte auch, daß sie dem Vater in den letzten Jahren nähergestanden hatte als Thomasina, einfach weil sie für ihn und mit ihm gearbeitet hatte. Sie sagte nichts mehr. Doch am nächsten Morgen schrieb sie Ludwig ein paar Zeilen, in denen sie sein Angebot in aller Form akzeptierte. Sie zöge es vor, erklärte sie, erst zu kündigen, wenn Mr. Gardiner aus Washington zurück sei; und er wünsche vielleicht, daß sie bei Gardiner & Merrill bliebe, bis man Ersatz gefunden habe. Würde Mr. Rausch daher die Angelegenheit auch weiterhin vertraulich behandeln?

Ludwig zeigte Sally den Brief. »Wahrscheinlich will sie's Doug ins Gesicht sagen. Bildet sich womöglich ein, ihre Kündigung sei ein harter Schlag für ihn. Ich möchte bloß wissen, was in dieser Kanzlei vorgefallen ist, daß die beiden so miteinander verfeindet sind.«

»Die Kanzlei hat nichts damit zu tun. Es war auf einer Klubsitzung. In ihrem Übereifer erwähnte Eliza, daß Doug sich für die hübsche kleine Bodien interessiere – oh, sie brachte es so beiläufig vor, als seien die Misses Gardiner selbstverständlich über alles im Bilde. Die beiden sprühten Funken, als ich sie heimbrachte, und wahrscheinlich haben sie Douglas nicht eben sanft zur Rede gestellt. Jedenfalls hat er dem Mädchen unmittelbar darauf einen Antrag gemacht. Und dabei wäre die ganze Geschichte vielleicht eingeschlafen, wenn Eliza sich nicht eingemischt hätte.«

»Aber Liebes, selbst wenn du recht hättest – das liegt doch Jahre zurück!«

»Es war im Winter vor dem Konvent von 1880. Erinnerst du dich? Vier Jahre ist das jetzt her... viereinhalb. Oh, ich könnte mir vorstellen, daß seitdem in der Kanzlei kräftig Öl ins Feuer gegossen wurde.«

»Aber aus welchem Grund sollte sie...?«

»Aus reiner Gehässigkeit. Ich hab' dir doch gesagt, sie stiftet überall Unheil!«

»Über mein Angebot hat sie jedenfalls mit niemandem gesprochen.«

»Anscheinend nicht. Bestimmt hatte sie ihre Gründe. Ich muß den Ballards bald einen Besuch machen.« Sally wechselte unvermittelt das Thema, als ihr bewußt wurde, daß sie ebenso abscheulich über Eliza hergezogen war, wie die es über andere zu tun pflegte. »Mrs. Ballard und Thomasina werden gewiß daheim sein, auch wenn Eliza zur Arbeit geht. Ach, ich hasse Kondolenzbesuche.«

»Gibt's in diesem Jahr keine Klub-Weihnachtsfeier?«

»Nein. Es wäre unschicklich, so kurz nach dem Tode des Richters, nicht wahr? Und mit den drei Ballards in Trauer wäre es auch kein sehr fröhliches Ereignis. Christina wird jedenfalls zufrieden sein: Sie hält Weihnachten für ein heidnisches Fest.«

DIE MITGLIEDER
DES FRAUENKLUBS
VON WAYNESBORO

Miß Eliza Ballard
Mrs. Mary Ballard
Mrs. Esther Beattie
Mrs. Louisa Deming
Mrs. Katherine Edwards
Mrs. Gwen Evans
Miß Caroline Gardiner
Miß Lavinia Gardiner
Mrs. Anne Gordon
Mrs. Rhoda McKinney
Mrs. Laura Maxwell
Mrs. Sarah Rausch
Miß Amanda Reid
Mrs. Thomasina Travers
Mrs. Christina Voorhees

IN MEMORIAM
Miß Susan Crenshaw
Mrs. Mary McCune
Miß Agatha Pinney

1885–1886

»Der Klub nimmt mit Bedauern den Rücktritt seiner ersten Vorsitzenden entgegen.«

Nach einer angemessenen Frist, in der man die Ballards allein um ihren Toten trauern ließ, erschienen Freunde und Bekannte, hinterlegten ihre Visitenkarten auf dem Präsentierteller in der Diele, sprachen der Familie ihr Beileid aus, drückten Thomasinas schlaffe Hand und ergriffen vorsichtig die von Mrs. Ballard. Für Thomasina waren diese Besuche ein Alptraum: Ihre besten und ältesten Freunde benahmen sich völlig unnatürlich, saßen stocksteif im kalten Salon, der so düster und unbewohnt wirkte, sprachen so wenig und in solch gestelzten Worten, daß keine wirkliche Unterhaltung in Gang kam. Die Damen der Methodistengemeinde machten ihre Aufwartung, und Mrs. Edwards vom Textilgeschäft, die Frau von Dr. Edwards und Mrs. Sheldon; die Cochrans, die Mitglieder der Temperenzler-Vereinigung; und die Damen des Klubs: Amanda, Anne und Sally gemeinsam; die Gattinnen der Seminarprofessoren, die Pfarrersfrauen und Christina Voorhees, die ihren Besuch auf einen Sonntagnachmittag legte, als Henry daheim bei den Kindern war. Mrs. Ballard, Thomasina und Eliza empfingen sie miteinander, stumm und verärgert darüber, daß man sie an ihrem einzigen freien Tag störte; Thomasina sprach nur, wenn sie dazu aufgefordert wurde, und so mußten Mrs. Ballard und Christina die Unterhaltung praktisch allein bestreiten.

Christinas Abschiedsworte berührten die Präsidentschaft des Frauenklubs. Sie hatte die vorgeschriebenen zehn Minuten ausgeharrt und war schon im Gehen begriffen, als sie sagte: »Ich bin sicher, meine liebe Mrs. Ballard, daß Ihr Glaube Ihnen Trost und Kraft geben und Ihnen helfen wird, diesen großen Schmerz zu ertragen, damit Sie Ihr tätiges Leben bald wieder aufnehmen können. Wir vermissen Sie sehr im Klub.«

Mrs. Ballard sah hinunter auf ihre verkrüppelten Hände, die in ihrem Schoß lagen. »Ich fühle mich körperlich nicht schlechter als gewöhnlich. Aber mein Leiden verstärkt sich mit zunehmendem Alter. Ich bin zu der Überzeugung gelangt, daß ich den Vorsitz über den Klub nicht länger führen kann.«

»Oh, aber meine *liebe* Mrs. Ballard!« Christina war verzweifelt. Im vergangenen Januar hatte man Sally Rausch zur Vizepräsidentin gewählt – so beiläufig, wie man dieses Amt gemeinhin behandelte, und ohne daran zu denken, daß sie je wirklich den Vorsitz übernehmen würde, außer wenn Mrs. Ballard verhindert war. »Ich bin sicher«, sagte Christina, »daß niemand sich den Klub ohne Sie vorstellen kann.« Ihre schläfrigen Katzenaugen weiteten sich. »Und eine neue Vorsitzende wäre gänzlich undenkbar.«

»Ich habe nicht vor, aus dem Klub auszutreten. Sogar jetzt geschieht es nur widerwillig, daß ich mich den Konventionen und der öffentlichen Meinung beuge und den Sitzungen für einige Monate fernbleibe. Mir erscheinen solch augenfällige Beweise der Trauer durchaus unnötig: Warum sollte ich der Öffentlichkeit demonstrieren, was ich empfinde? Das geht niemanden etwas an. Was hingegen eine neue Präsidentin betrifft, so bin ich sicher, daß Mrs. Rausch die wenigen Sitzungen bis zu unserer ersten Zusammenkunft im Januar umsichtig leiten wird. Und wenn der Zeitpunkt für die Wahl neuer Vorstandsmitglieder gekommen ist, werde ich meinen Entschluß kundtun, und der Klub kann eine neue Vorsitzende wählen.«

»Halten Sie es nicht für denkbar, daß man aus Gleichgültigkeit oder mangelndem Engagement Mrs. Rausch Ihr Amt übertragen könnte?«

»Das wäre in der Tat möglich. Aber warum auch nicht?« Mrs. Ballard hob die Brauen; ihr Blick konnte einen Gesprächspartner entschieden das Fürchten lehren, wenn sie es darauf anlegte. »Sie ist eine äußerst tüchtige junge Frau und hat sehr viel für den Klub getan.«

»Sie meinen ihre Weihnachtsfeiern? Ich bin froh, daß sie einsichtig genug war, in diesem Jahr keine zu veranstalten; ich hoffe, es geschah nicht nur um Ihretwillen. Eine derartige Verherrlichung eines heidnischen Festes scheint mir höchst unpassend für unsere christliche Vereinigung.«

»Aber Christina!« Thomasina war selbst erstaunt über ihren spontanen Einwurf. »Du hast doch immer Gefallen daran gefunden. Und wieviel Spaß hat es dir gemacht, in den Aufführungen mitzuwirken und zu singen!«

»Ich habe eingesehen, nun, da ich zwei Kinder habe, für deren moralische Erziehung ich verantwortlich bin, welchem Irrtum ich verfallen war. Ein schwerwiegender Irrtum, Thomasina! Doch ich muß zugeben, daß Mrs. Rausch eine anmutige und liebenswürdige Gastgeberin ist. Ich bitte um Verzeihung: Ich hätte nicht zeigen dürfen, wie sehr es mir widerstrebt, sie *Ihren* Platz einnehmen zu sehen, Mrs. Ballard. Allein, Sie haben Ihr Amt mit soviel Würde ausgeübt, daß mir scheint, eine ältere Dame mit mehr Erfahrung, vielleicht eine, die fester im Glauben verwurzelt ist...«

»Sally ist ein gläubiges Mitglied der Baptistengemeinde.«

»Oh, gewiß. Aber interpretiert sie die Lehren ihrer Kirche nicht ein wenig freizügiger, als es anderen Baptisten lieb sein kann? Ich weiß, daß die Kirchenältesten sie nicht tadeln können: Ihr Vater ist wohl der einzige einflußreiche Gönner, der...«

»Meine liebe Christina, bitte nehmen Sie den Rat einer alten Frau an und lassen Sie Ihre Meinung von Mrs. Rausch nicht über diesen Raum hinausdringen. Der Frauenklub ist schließlich keine Missionsgemeinschaft; wir müssen unterschiedliche Ansichten tolerieren. Wenn Sie lieber jemand anderen auf dem Präsidentenstuhl sähen, können Sie das bei der Abstimmung geltend machen. Aber ich darf Sie bitten, keinen Wahlfeldzug zu veranstalten; nichts könnte dem Klub mehr schaden als seine Aufspaltung in rivalisierende Fraktionen.«

»Bitte verzeihen Sie mir. In meiner Verwirrung habe ich gedankenlos dahergeredet.« Christina war unter Mrs. Ballards strengem Blick errötet. »Ich kam einzig in der Absicht, Sie in Ihrem Kummer zu erquicken, und nun habe ich Sie statt dessen betrübt. Es würde mir nicht im Traum einfallen, eigenmächtig Schritte zu unternehmen oder auch nur eine Äußerung zu tun, die dem Klub schaden könnte.«

Nachdem man sie hinausbegleitet hatte, begaben die drei Ballards sich ins Wohnzimmer, wo es weniger kühl war als im Salon. Erst, als sie es sich in dem warmen Raum mit seinen gepolsterten Schaukelstühlen bequem gemacht hatten, wagte eine von ihnen das Wort zu ergreifen. Diese eine war Thomasina: Die erklärte Absicht ihrer Mutter hatte sie zutiefst erschreckt, und sie versuchte nun, sie umzustimmen. Doch Eliza ergriff die Partei ihrer Mutter: »Mama ist vernünftig. Sie hat den Klub seit seiner Gründung geleitet, und es ist hohe Zeit, daß sie die Verantwortung an jemand anderen abtritt. Der richtige Augenblick dafür ist, wie Mama schon sagte, der Wahltag des Vorstandes im Januar.« Unvermittelt ließ sie ihre förmliche Redeweise fahren und schlug einen lebhafteren Ton an: »Wenn sie abwartet, bis die obligate Trauerzeit ihr erlaubt, wieder an den Sitzungen teilzunehmen, hat Christina Voorhees womöglich schon etwas ausgeheckt.«

Diese Bedenken riefen zwei Entgegnungen auf den Plan; als erstes und mit besonderem Nachdruck sprach ihre Mutter: »Du weißt sehr wohl, Eliza, daß ich nichts von diesem sogenannten ›Trauerzeremoniell‹ halte. Ich sehe keinen Sinn darin, sich monatelang vor aller Welt zu verkriechen und dann in wallendem Schwarz in der Öffentlichkeit zu erscheinen: Für mich beweist das gar nichts, außer daß man mit den Geboten der Gesellschaft vertraut ist. Mir scheint fast, als leugne man durch solches Verhalten den Glauben daran, daß ein geliebter Mensch die Bürde des Erdendaseins mit dem Frieden eines glücklicheren Lebens im Jenseits vertauscht hat. Nur weil euer Vater in dieser Gemeinde hochgeachtet war und ich nicht möchte, daß man mir mangelnden Respekt vor seinem Andenken vorwirft, beuge ich mich dem Diktat der Gesellschaft. Aber ich werde zu Beginn des neuen Jahres wieder an den Klubsitzungen teilnehmen.«

Thomasina hatte gewartet, bis ihre Mutter mit ihrer Rede zu Ende war; dann sagte sie in ungewohnt schroffem Ton zu Eliza: »Du glaubst also, Sally Rausch wäre für den Vorsitz geeignet?«

»Warum nicht? Sie hält gern die Zügel in der Hand, und sie macht ihre Sache sehr gut.«

»Die Rauschs haben dich *gekauft.*«

»Thomasina, das war ungehörig!« Mrs. Ballard brachte ihre Rüge in so strengem Ton vor, daß ihre beiden Töchter sie verwundert anschauten. »Diese Zänkereien über Bagatellen, so bald nach Vaters Tod, nein wirklich! Ich möchte dich bitten, deine Gefühle zu ergründen, bevor du sie in Worte faßt. Du hast Sally Rausch immer gern gehabt. Sie und ihr Mann haben viel für uns getan. Sie haben ihre Kinder zu Samuel in die Musikstunde geschickt: Elsa bis zu diesem Jahr, die Buben auch weiterhin. Kannst du mir irgendeinen Grund nennen, warum du dich plötzlich gegen sie stellst, außer weil du Elizas Entschluß mißbilligst, in der Fabrik zu arbeiten?«

»Du hast wohl recht, Mama.« Thomasina wischte sich Augen und Nase; seit ihrer Kindheit war sie nicht mehr so gescholten worden. »Verzeih mir.«

»Und versuch ja nicht, eine andere Klubvorsitzende zu finden: Überlaß die Wahl den Damen. Bitte! Ich weiß, wir sind alle noch sehr mitgenommen, aber hör auf zu weinen, Thomasina. Und schweigt beide über das, was wir mit Christina besprochen haben. Erwähnt es erst gar nicht, weder hier noch anderswo.«

Aber Eliza erwähnte es, als Ludwig das nächste Mal in der Kanzlei vorbeischaute, um sich zu erkundigen, wie sie mit der Schreibmaschine zurechtkäme, die er ihr besorgt hatte. (Ein wuchtiges Monstrum, das furchtbaren Krach machte und Eliza anfangs regelrecht Angst eingejagt hatte. Doch sie übte fleißig, studierte gewissenhaft die beigefügten Instruktionen und machte allmählich Fortschritte.) Ludwig lobte ihren Eifer und nickte anerkennend, als sie ihm einen sauberen, fehlerlosen Brief zeigte.

»Aber mit der Hand hätte ich ihn schneller fertig gehabt«, gestand sie kleinlaut.

»Das ist nur eine Frage der Übung. Und außerdem wirkt ein maschinengeschriebener Brief besser. Wie ich sehe, erledigen Sie beim Üben gleich die Geschäftskorrespondenz Ihrer Mutter?« Der Brief, den sie ihm gezeigt hatte, war die Antwort auf das Beileidsschreiben irgendeiner Funktionärin von der Frauenrechtsbewegung.

»Sie kann kaum noch eine Feder halten, so steif sind ihre Finger geworden. Sie diktiert mir abends ihre Briefe, und ich bringe sie dann mit ins Bureau und schreibe sie ab. Ich dachte, es sei unwichtig, woran ich übe, und in der Kanzlei gibt's zur Zeit nicht viel zu tun.«

»Natürlich können Sie schreiben was Sie wollen. Wie geht es Ihrer Mutter sonst?«

»Sie ist heiter und gelassen. Papas Tod scheint sie nicht als so schmerzlichen Verlust zu empfinden wie Thomasina und ich. Thomasina zerfließt bei der kleinsten Provokation in Tränen. Aber Mama kann sich nicht dazu aufraffen, wieder an Dingen des täglichen Lebens Anteil zu nehmen. Sie wird alt; sie stellt sich wohl vor, daß Papa an einem goldglänzenden Gestade auf sie wartet und daß es nicht mehr lange dauern wird, bis er sie zu sich holt.«

»Ihre Mutter ist von Natur aus eine tatkräftige Frau, die sich zeitlebens aller erdenklichen Probleme angenommen hat. Diese Phase geht bestimmt vorüber. Ihre Mutter wird ihre Energie schon zurückgewinnen.«

»Mag sein. Aber erst einmal will sie den Vorsitz über den Klub niederlegen.«

Ludwig lachte. »Ist das wichtig?«

»Eigentlich nicht. Jedenfalls nicht für sie, aber es zeigt mir, daß sie anfängt, nachzulassen. Manche Klubmitglieder sehen das vielleicht ebenso. Sally... ist Vizepräsidentin, wissen Sie. Aber ich glaube, ich darf noch nicht über Mamas Absicht sprechen.« Eliza preßte die Lippen zusammen; was sie ihm hatte mitteilen wollen, war gesagt, und mehr würde er nicht aus ihr herausbekommen.

Ludwig ging verwundert davon.

Gleich am selben Tag berichtete er seiner Frau von der seltsamen Unterredung. »Sie hätte allerdings wohl nicht darüber sprechen sollen. Also erzähl es besser nicht weiter.«

»Ludwig, du bist doch wirklich zu einfältig!«

»Wieso? Meinst du, sie wollte, daß du's erfährst? Was kann es dir denn schon ausmachen, wer im Klub den Vorsitz führt? Ich dachte, es sei ihr nur so rausgerutscht.«

»Eliza rutscht nichts ungewollt heraus. Mir ist es tatsächlich nicht wichtig, aber ich bin sicher, sie denkt, das wäre es. Sie stiftet gern Unheil, weißt du. Ich habe dich doch gewarnt.«

Ludwig schüttelte den Kopf über das mißtrauische Wesen selbst der gutherzigsten Frauen. Aber als er nach dem Mittagessen zurück in die Fabrik gegangen war, nahm Sally Hut und Mantel und legte zu Fuß den kurzen Weg bis zu den Gordons zurück. Sie und Anne gewöhnten sich allmählich an das Telefon und riefen einander morgens oft an, nur um in Verbindung zu bleiben. Aber man tratschte nicht über den Draht, da immer damit zu rechnen war, daß die Mädchen in der Vermittlung mithörten.

»Ich weiß eine Neuigkeit«, sagte sie, sobald sie am Kamin der Gordons Platz genommen hatte. »Ich hab's von Ludwig, und dem hat's Eliza erzählt. Anne, leg nicht noch mehr Scheite nach, du erstickst ja das Feuer. Komm, gib mir den Blasebalg.«

»John sagt, ich hätte eine geniale Begabung zum Feuer*aus*machen.« Sie sah zu, wie Sally, deren Wangen noch von der Kälte gerötet waren, mit geöffneten Lippen vor dem Kamin niederkniete und sich mit dem Blasebalg abmühte. »Was denn für eine Neuigkeit? Und wo ist Ludwig ausgerechnet Eliza begegnet? Um Himmels willen, leg den Blasebalg weg! Laß das Feuer doch ruhig ausgehen. Es ist auch so warm genug hier drin.«

Sally hatte Anne nichts von Elizas bevorstehendem Wechsel in Ludwigs Kontor erzählt und hatte auch nicht vor, das jetzt nachzuholen. Einmal wäre Ludwigs Bemühen, Elizas Zuverlässigkeit auf die Probe zu stellen, zunichte gemacht worden, wenn seine Frau Vertrauliches ausplauderte (sie hielt die Probe im übrigen für ziemlich sinnlos: natürlich konnte Eliza ein Geheimnis für sich behalten, das für sie wichtig war, es waren die Angelegenheiten anderer Leute, über die sie klatschte); was Sally jedoch vorrangig zum Schweigen veranlaßte, war der Umstand, daß sie es nicht ertragen konnte, wenn Ludwig sich in den Augen irgendeines Menschen zum Narren machte – selbst Anne bildete da keine Ausnahme. Und so sagte sie denn: »Er war heute morgen in der Kanzlei. Du weißt doch, daß Eliza noch dort arbeitet, bis der

Nachlaß des Richters geregelt ist. Sie hat Ludwig erzählt, daß ihre Mutter den Vorsitz über den Klub niederlegen will. Aus irgendeinem Grund will ihre Mutter aber noch nicht, daß es bekannt wird; also muß Eliza gewollt haben, daß ich davon erfahre. Doch warum? Ich nehme an, Mrs. Ballard wird sich nicht mehr zur Verfügung stellen, wenn wir den Vorstand im Januar neu wählen. Aber warum sollte sie das geheimhalten wollen. Und was liegt Eliza daran, daß gerade ich Bescheid weiß? Ich kann Mrs. Ballard ihren Entschluß nicht verübeln: Sie ist so verkrüppelt und leidet solche Schmerzen, daß sie sich schon längst hätte zurückziehen sollen. Aber glaubt Eliza womöglich, weil ich Vizepräsidentin bin...?«

Anne schaute sie fragend an. »Du meinst, sie denkt, du könntest das Amt ihrer Mutter übernehmen wollen? Aber das kannst du unmöglich wollen? Oder«, setzte sie gedehnt hinzu, »möchtest du's am Ende doch?«

»Vor zehn Jahren hätte ich mich über den bloßen Gedanken lustig gemacht. Jetzt bin ich eine reife Frau, habe alle Hände voll zu tun, vier lebhafte Kinder, ein großes Haus und eine Menge Pflichten als Gastgeberin für Ludwigs Geschäftsfreunde von außerhalb; doch so albern es auch klingen mag, ich würde den Vorsitz gern übernehmen. Mit der Zeit ist mir der Klub sehr ans Herz gewachsen, wahrscheinlich einfach, weil er ein wenig Abwechslung zur Hausarbeit bietet. Zumindest einmal im Jahr müssen wir unseren Verstand gebrauchen.«

Anne enthielt sich jeglichen Kommentars zu Sallys sonderbarem Wunsch; kein Zweifel, sie hatte Spaß daran, Menschen zu führen und Feste zu veranstalten. »Aber warum sollte Eliza sich darum kümmern, ob du die Nachfolge ihrer Mutter übernehmen möchtest?«

»Ach, du kennst doch Eliza«, erwiderte Sally obenhin. »Sie blüht geradezu auf, wenn sie irgendwo Unfrieden stiften kann. Das einzig Aufregende in ihrem öden Leben. Und sie vermutet wohl, daß noch jemand nach dem Vorsitz schielt.

»Wer könnte das sein? Mrs. Deming?«

»Oder Christina Voorhees. Ich weiß nicht, wie ich darauf komme, außer weil es mir zuwider wäre, wenn sie den Klub leitete. Falls indes niemand im voraus von Mrs. Ballards Absicht erfährt, wäre es denkbar, daß die Damen mich aus schierer Trägheit von der Vizepräsidentin zur Präsidentin befördern. Sollte dagegen Christina Bescheid wissen, dann wühlt Eliza vielleicht nicht nur im Schlamm, sondern versucht mich womöglich zu warnen. Vielleicht sähe sie lieber mich auf dem Platz ihrer Mutter als Christina.«

»Ist das nicht eher unwahrscheinlich? Christina paßt doch viel besser zu den Ballards als du. Warum bist du übrigens so schlecht auf sie zu sprechen? Davon wußte ich ja gar nichts.«

»Ach, ich mag sie eigentlich ganz gern. Nur eben nicht als Klubvorsitzende. Sie ist so bigott. Sieh mich nicht so verwundert an, ich weiß, wie gern sie früher geschauspielert hat. Aber jetzt sieht sie im Theater eine Falle für die Leichtsinnigen und weigert sich, es zu unterstützen. Sie hat mich tatsächlich gebeten, bei den Weihnachtsfeiern keine Stücke mehr aufzuführen – und das mit allem Nachdruck! Auch sonst ist sie furchtbar voreingenommen. Ist dir denn nie aufgefallen, daß sie jede Klubsitzung schwänzt, auf der ein Buch besprochen wird, in dem eine Liebesaffäre vorkommt, besonders wenn sie obendrein noch verboten ist. Oh, für die Tochter des Rektors eines R.P.-Seminars mag sie tolerant sein, aber ist sie je in die Bücherei gekommen, wenn du dort Dienst hattest? Sie kam vor einiger Zeit, als ich am Schalter saß, und sah ein Exemplar von *Tom Sawyer* auf dem Tisch liegen. Sie hat das Buch angeschaut, als sei es eine... eine Puffotter! Hast du *Tom Sawyer* gelesen?«

»Nein. Ich dachte, es sei ein Kinderbuch. Johnny liebte es heiß und innig, als er noch klein war.«

»Christina liest jedes einzelne Jugendbuch, bevor es ins Regal kommt. Die Mühe macht sie sich vermutlich um anderer Leute Kinder willen, denn ihre sind ja wohl noch zu klein zum Lesen.«

»Blair muß inzwischen fünf oder sechs sein. Binny konnte auch schon lesen, ehe sie in die Schule kam. Das kleine Mädchen – Jane? – dürfte zwischen zwei und drei sein. Ich bin sicher, Christina wird versuchen, Wunderkinder aus den beiden zu machen.«

»Du solltest *Tom Sawyer* unbedingt lesen, wenn du mal Zeit hast; für manche Kinderbücher ist man nie zu alt. Dann kannst du dir selbst ein Urteil darüber bilden, wie verderblich der Einfluß dieses Abenteuerromans ist. Da du das Buch nicht kennst, kann ich dir wohl kaum begreiflich machen, warum Christina und ich so aneinandergerieten. Wahrscheinlich empfindet ein Christ ihrer Sorte ein solches Buch wirklich als Sakrileg: Es erzählt sehr lustige Geschichten über Kirche und Sonntagsschule in einem hinterwälderischen Kaff. Na, jedenfalls fragte ich Christina, was mit dem Buch los sei – ich dachte, vielleicht habe jemand ein paar Seiten rausgerissen – und sie antwortete – richtig heftig, wenn man bedenkt, wie beherrscht sie sich sonst immer gibt – ›*Alle* Seiten gehören raus! Dieses Buch ist von Übel. Kein Kind sollte es lesen dürfen. Hätte man mich nicht dazu erzogen, das Eigentum anderer zu respektieren, dann hätte ich das Buch gleich beim ersten Durchblättern zerrissen!‹«

»Großer Gott, Sally! Ist es so arg?«

»Aber keine Spur! Das versuche ich dir doch die ganze Zeit klarzumachen. Ich hab' zu Christina gesagt, daß es in der Heiligen Schrift schlimmere Stellen gebe als in *Tom Sawyer,* ja daß die Bibel voller Geschichten steckt, die wir für unschicklich halten würden, wenn wir sie anderswo läsen.«

»Sally, das hast du nicht wirklich gesagt?«

»O doch! Ich hab' mich ganz schön in Hitze geredet.«

»Und sie blieb natürlich völlig kühl.«

»Erraten! Sie stand bloß da und schaute sanft und überlegen auf mich herab. Ich kann mir vorstellen, was sie seither von mir hält, aber das ist mir egal. An dem Nachmittag haben wir beide die Sache auf sich beruhen lassen, und es war ja auch nicht wirklich wichtig. Es ist schon schwer genug, die Bücherei weiterzuführen, ohne daß wir untereinander zerstritten sind. Aber ich bin froh, daß sie nicht im Kuratorium ist oder in dem Ausschuß, der über die Neuanschaffungen bestimmt. Sie würde sonst die Moral der Stadt ebenso hüten wie bisher die des Klubs. Ich war letztes Jahr mit ihr zusammen im Programmkomitee. Mein Vorschlag war, daß wir uns ein Jahr lang mit den russischen Romanciers beschäftigen: du weißt, Tolstoi, Dostojewski, Gogol... Wir wissen so gut wie nichts über sie, dabei sind es *wichtige* Autoren, zumindest, wenn man den Roman als Kunstform ernst nimmt. Aber Christina war entrüstet, und die übrigen Mitglieder des Komitees schlugen sich auf ihre Seite, und darum verschwenden wir jetzt ein Jahr an die Renaissance der Südstaatenliteratur.«

In diesem Moment kam Binny ins Zimmer gehüpft und brachte einen kalten Luftzug mit herein.

»Mama! Oh, ich hab' dich nicht gesehen, Tante Sally.«

»Ich wünschte, du würdest endlich lernen, ›Guten Tag‹ zu sagen, wie es sich gehört, Binny. Wolltest du etwas?«

»Wo ist Johnny?«

»Noch nicht zu Hause. Zieh dein Mäntelchen aus und häng es draußen auf. Dann geh und wasch dir Gesicht und Hände. Ich verstehe wirklich nicht, wie du dich in der Schule so schmutzig machen kannst. Nachher darfst du dich dann mit deinem Katechismus zu uns setzen. Du hast diese Woche noch keine einzige Frage und Antwort gelernt.«

Das Leuchten verschwand von Binnys Gesicht, und an seine Stelle trat ein aufrührerisches Schmollen. »Ach, Mama, ich habe den Katechismus nicht mehr. Das Buch ist so klein, daß es einfach verschwindet. Ich hab's nirgendwo gesehen. Außerdem tun mir die Beine weh.«

»Dann setz dich hin und ruh dich aus, das wird ihnen guttun. Aber du scheinst immer dann Schmerzen zu bekommen, wenn du etwas tun sollst, was dir keinen Spaß macht. Wenn du deinen Katechismus nicht finden kannst, dann hol deine Hohlsaumstickerei und setz dich zu uns wie eine Dame. Aber wasch dir zuerst die Hände und kämm dich.«

Binny trollte sich; die beiden Frauen hörten sie langsam die Treppe hinaufsteigen.

»Bist du nicht ein wenig zu streng mit ihr, Anne?« Sally hätte es zwar nie ausgesprochen, aber sie fand, Binny ähnele Johns längst verstorbener Schwester so sehr, daß kaum Hoffnung bestehe, sie zu ändern. »Stell dir vor, wie schlimm das sein muß: nachmittags nach der Schule noch den presbyterianischen Katechismus zu lernen!«

»Wenn ich nicht streng mit ihr bin, wird John sie hart anfassen, wenn er heimkommt.«

»Ich kann mir nicht denken, daß Dock sich auch nur das geringste aus dem Katechismus macht.«

»Tut er auch nicht. Aber wenn er ins Haus kommt, erwartet er, daß sie sauber und adrett dasitzt und sich still mit etwas beschäftigt.«

»Ach, die Männer und ihre Vorstellungen davon, wie wir Frauen sein sollten!«

»Es geht nicht nur darum. Mir scheint da so eine Art Zwiespalt zu bestehen.« Anne zögerte. »John verhöhnt sie beinahe, wenn er mit ihr schimpft. Ich weiß, daß er nicht merkt, wie das klingt, aber sie reagiert halsstarrig und zieht sich in ihr Schneckenhaus zurück. Und am Ende sind beide mißgelaunt und unglücklich.«

»Hast du mir nicht einmal gesagt, Elsa und ich seien einander so ähnlich, daß wir uns unweigerlich gegenseitig vor den Kopf stoßen müßten? Mit Binny und ihrem Vater ist's genauso.«

»Ich weiß. Wahrscheinlich hätte ich nichts sagen sollen. Es wird schon vergehen.«

»Mir macht Ludwig junior Kummer. Ein Mädchen kann man letztlich immer bändigen, aber einen starrköpfigen Buben ... Doch wir sollten uns keine unnötigen Sorgen machen! Ich muß gehen: Meine Kinder sind bestimmt auch schon aus der Schule zurück.«

Binny kam wieder, jetzt reinlich und schmuck anzuschauen; aber im Arm trug sie einen unordentlich vollgestopften Nähkorb, obenauf ein schmutziges Taschentuch mit halbfertiger Hohlsaumstickerei.

»Ich wette«, maulte sie schmollend, »Johnny ist draußen und pflückt Dattelpflaumen.«

»Und selbst wenn es so wäre – ich würde dich ohnehin nicht rauslassen: es ist zu kalt und zu feucht. Komm, zieh deinen Schaukelstuhl ans Feuer und zeig mir, wie du mit dem Taschentuch vorankommst. Soll das nicht ein Weihnachtsgeschenk werden?«

»Ja. Für Martha.«

Sally erhob sich. Binny, nun ganz mustergültiges kleines Mädchen, schob Stickerei und Nähkorb beiseite, stand auf und knickste.

»Auf Wiedersehen, Tante Sally.«

»Auf Wiedersehen, Belinda.« Sally verzog keine Miene. »Auf Wiedersehen, Anne.«

»Warte doch! Du hast mir noch nicht gesagt, was wegen des Klubvorstands unternommen werden soll.«

»›Unternommen‹?« Erstaunt blickte Sally sie an. »Nichts! Oje, dachtest du etwa, ich wollte dich bitten, für mich zu werben? Das wäre ganz nach Elizas Geschmack.«

»Ich könnte mit ein paar Mitgliedern sprechen. Kitty zum Beispiel – sie muß zwar jetzt wieder das Bett hüten, aber sie könnte ihre Wahl ja auch schriftlich einreichen. Amanda vielleicht.«

»Ich kann dich direkt hören!« Sally lachte. »Du würdest sie alle mit dem Holzhammer bearbeiten. ›Sally Rausch möchte gern Vorsitzende des Frauenklubs werden: Wollt ihr für sie stimmen?‹«

»Wie denn sonst?«

»Berechtigte Frage! Nein, es ist einfach nicht zu machen, weder auf diesem noch auf einem anderen Weg, ohne daß der Klub in Fraktionen zerfiele. Nein.« Sie lächelte ihrer alten Freundin zu. »Du solltest gar nichts tun. Ich wollt's mir nur von der Seele reden.«

»Du willst einfach dasitzen und abwarten?« fragte Anne zweifelnd. »So kenn' ich dich ja gar nicht. Du gibst doch sonst nicht kampflos auf, wenn du dir etwas wirklich wünschst.«

»In diesem Fall würde ich mich nur erniedrigen. Am besten, du vergißt das Ganze.«

Anne vergaß in den nächsten Wochen tatsächlich sowohl Sally als auch die Klub-Präsidentschaft und den Klub selbst. Im Dezember, wenige Tage nach Sallys Besuch, erkrankte Binny: plötzlich und furchtbar.

Anne wurde in der Nacht von einem Wimmern geweckt, das fast schon ein Schrei war; der Ruf »Papa« war kaum aus dem verängstigten Schluchzen herauszuhören. Im Nu war Anne wach und aus dem Bett. Binny war krank: Sie weinte vor Schmerz und nicht über die Schrecken eines Alptraums. John lag zusammengerollt unter seiner Decke und schlief. Ihn weckte nichts außer der Nachtglocke. In all den Jahren hatte sie die Kinder beruhigt, wenn sie nachts weinten. Sie würde erst nachsehen, bevor sie ihn aufweckte. Barfuß und im Nachthemd ging sie über den Flur, ohne auch nur das Nachtlicht von seinem Sockel am Kopf der Treppe zu nehmen. In Binnys Zimmer war es nie völlig dunkel, weil an der Ecke eine Straßenlaterne brannte, und jetzt, da die Bäume entlaubt waren, konnte Anne das Kind reglos in dem großen Bett liegen sehen, mit angewinkelten Knien, die Augen weit aufgerissen und glänzend, den Mund wie zu einem erneuten Schrei geöffnet.

»Binny, ich bin ja hier. Was hast du denn?« Anne beugte sich nieder und wollte Binny die Arme unterschieben, um den Kopf des Kindes an ihre Schulter zu betten – die uralte Geste einer Mutter. Aber Binny wehrte ihre ausgestreckten Hände mit wilden Gebärden ab.

»Nein! Nein!« schrie sie. »Papa? Ich will Papa!« Und plötzlich strömten Tränen über ihre Wangen. »Ist er nicht da?«

»Doch, er ist hier. Ich wecke ihn. Nicht weinen.«

Anne trat wieder auf den Korridor hinaus, griff nach dem Nachtlicht und rief energisch: »John! Binny hat Schmerzen!« Durch die offene Tür sah sie Binny in gekrümmter Haltung daliegen, jeden Muskel steif und gespannt.

»Binny! Was hast du nur? Nicht weinen, Papa kommt gleich.«

Gleich darauf stand John hinter ihr und nahm ihr das Nachtlicht aus der Hand. Als Anne ihn gerufen hatte, war er aus dem Bett gesprungen und hastig in seinen Morgenmantel geschlüpft, während er schon auf den Flur hinauseilte. »Ich bin hier, Binny. Was fehlt dir? Geh und zieh dir was über, Anne; so kannst du dir ja den Tod holen!« Dann hob er die Lampe in die Höhe, und der Lichtschein fiel auf den verkrümmten Leib des Kindes.

Anne stand dabei, als er mit der Linken Binnys ausgestreckte Hände ergriff und ihr mit der Rechten die feuchten, zerzausten Locken aus der Stirn strich. Einen Moment lang schaute er forschend in ihr erhitztes Gesicht, dann schlug er, ohne ihre Hände loszulassen, die Decke zurück und berührte sacht eines ihrer angewinkelten Knie. Sie schrie aufs neue.

»O John! Was hat sie nur?«

»Akute Polyarthritis. Es besteht kein Zweifel. Rheumatisches Fieber.« Er deckte das Kind wieder zu. »Halt noch eine Minute durch, Binny. Ich hole was, das dir die Schmerzen nehmen wird. Anne, setz dich nicht aufs Bett – wackle nicht dran. Bleib ruhig hier stehen und laß sie deine Hand halten. Ich bin gleich zurück.« Leise ging er aus dem Zimmer, ohne die Tür zu schließen. Anne, die Binnys Hände in den ihren hielt, hörte ihn die Treppe hinuntereilen, um seine Tasche zu holen, die stets griffbereit in der vorderen Diele stand. Nach unglaublich kurzer Zeit war er wieder oben. »Bring mir eine hellere Lampe, Anne, damit ich sehen kann, was ich tue. Und reich mir das Glas dort vom Waschtisch.« Er hatte die Tasche geöffnet und tastete zwischen den klirrenden Flaschen nach der, die er suchte.

»Oh, John, doch nicht Laudanum?«

»Ich muß ihre Schmerzen lindern. Morphium würde rascher wirken, aber... Hol mir die Lampe aus unserem Schlafzimmer. Dann geh runter und mach Wasser heiß. Warme Umschläge könnten ihr guttun.«

Anne brachte die Lampe aus ihrem Zimmer herüber und zündete sie an, dann hastete sie zur Treppe, immer noch barfuß, den Morgenmantel hinter sich herschleifend, den sie im Laufen überzuziehen versuchte. Flüchtig dachte sie an Johnny, dessen Zimmer am Ende des Flurs lag: Jungen in seinem Alter hatten einen ungemein festen Schlaf. Im Haus war es dunkel; zum Glück kannten ihre Füße jeden Schrittbreit Boden. In der Küche zündete sie die Lampe über dem Herd an, schürte das niedergebrannte Feuer, öffnete die Zugklappe, nahm die Ringe von der Herdplatte und stellte den vollen Wasserkessel übers offene Feuer. Sie ließ ihn keine Minute aus den Augen, doch das Wasser kochte nicht, wollte nicht kochen; sie lief in der Küche auf und ab, ihre Füße erstarrten auf den kalten Dielen zu Eis. Aber sie wagte nicht, hinaufzugehen und ihre Hausschuhe zu holen. Das Wasser mochte kochen, bevor sie zurück war. Endlich war es soweit; sie riß den Kessel vom Herd, hielt ihn in gehörigem Abstand von sich und machte sich auf den langen Rückweg durch die Diele und die Treppe hinauf.

»In die Waschschüssel damit, Anne. Tauch ein Handtuch hinein, wring es aus und bring's mir. Ihre Beine martern sie entsetzlich!«

Binny hatte sich nicht gerührt; nur ihre Augen standen nie still. Anne sah, daß sie schweißgebadet war; selbst die Laken waren durchgeweicht. John hielt wieder ihre Hände. »Noch ein kleines Weilchen, und dann geht's dir besser. Glaub mir, Binny, es wird besser werden.« Er sprach tröstend auf sie ein, während er ihre Hände losließ, Anne das Handtuch abnahm, wartete, bis sie die Decke zurückgeschlagen hatte, und es dann sanft um die Knie des Kindes legte – alles ohne sein beruhigendes Gemurmel zu unterbrechen. »Nur ein kleines Weilchen noch, du wirst sehen.«

»Papa...« Es klang wie ein langgezogener Seufzer.

»Ich bin ja da. Ich gehe nicht fort: ich bleibe bei dir.«

Er zog die Decke über sie und nahm ihre Hände abermals in die seinen. Langsam, ganz allmählich entspannte sie sich; nur ihre Finger umklammerten weiter die seinen.

»Hol ein paar trockene Handtücher. Ihr Nachthemd ist völlig durchgeweicht – ich werd' versuchen, es ihr auszuziehen. Bis morgen früh können wir sie in Handtücher eingewickelt lassen. Die Laken sollten auch gewechselt werden – kannst du die andere Seite des Bettes beziehen? Ich leg sie rüber, sobald ich ihr das Nachthemd ausgezogen habe, und dann kannst du die Laken auf dieser Seite feststecken.«

Gemeinsam gelang es ihnen, dem Kind das nasse Nachthemd auszuziehen und das Laken zu wechseln.

»Geh jetzt wieder zu Bett, Anne: Du mußt dich ausruhen; morgen wird ein schwerer Tag für dich sein, und viele solcher Tage werden folgen. Du wirst also all deine Kraft brauchen. Ich werde heute nacht bei ihr bleiben. Sie ist bestimmt gleich eingeschlafen.«

»Ich weiß, sie hat nach dir verlangt. Aber ich glaube nicht, daß ich schlafen kann. Und du mußt dich morgen um deine Patienten kümmern.«

»Ich hab' schon viele Nächte an Krankenbetten verbracht; du brauchst dir also um mich keine Sorgen zu machen. Wenn du nicht schlafen kannst, gebe ich dir ein Pulver. Aber zuvor mußt du noch mehr Wasser aufsetzen. Und rück mir den Stuhl hier herüber.«

»Du kannst nicht die ganze Nacht in Binnys Stühlchen sitzen.« Sie eilte über den Flur und schleifte den großen Schaukelstuhl aus ihrem Schlafzimmer herbei. Als sie ihn über die Schwelle zu Binnys Zimmer wuchtete, stöhnte und zuckte das Kind im Halbschlaf.

»Ich nehme ihn, Anne.« Er hob den Sessel hoch und setzte ihn behutsam neben dem Bett nieder. »Mein armer Liebling, du hast noch nie jemanden gesehen, der an rheumatischem Fieber erkrankt war, hm? Ich hab' schon Kinder erlebt, die schrien, wenn man nur aus Versehen ans Bett stieß, so unerträgliche Schmerzen bereitete ihnen das. Was ich nicht verstehe...« Wieder blickte er auf das Kind herab, das unter der Wirkung des Laudanums vor sich hindämmerte. »Gab es denn keinerlei warnende Anzeichen? Ich hab' sie nie über Schmerzen in den Beinen klagen hören.«

»Ich schon«, flüsterte Anne. »Oh, John, ich hab' sie ausgelacht. Ich dachte, es seien nur Ausreden, die sie erfand, um sich vor den Aufgaben zu drücken, die ich ihr stellte.«

»Und mir hat sie sich nichts zu sagen getraut.«

»Ja. Sie hatte Angst, auch du könntest über sie lachen, das arme Lämmchen!«

»Es hätte nichts geändert, außer daß wir vorgewarnt wären. Mir ist kein Mittel zur Vorbeugung rheumatischen Fiebers bekannt.

Wir wissen nicht einmal genau, wodurch es verursacht wird. Gleich morgen früh werde ich Dr. Warren hinzuziehen.«

Seit dieser Nacht war das Leben der Gordons ein Alptraum, bestehend aus Schmerz und dem Kampf dagegen. Anne war nicht sonderlich damit einverstanden, daß John Dr. Warren holte, aber sie wußte, daß er die Verantwortung für seine Tochter weder allein tragen konnte noch durfte. Wenn ihr etwas zustieße – nicht einmal in Gedanken wagte sie es deutlicher in Worte zu fassen: wenn Binny etwa zustieße und ihr Vater hätte sie behandelt, wäre das ein unerträglicher Schlag für ihn. Doch Binny duldete nur John in ihrer Nähe. Als Anne ihn darauf ansprach, wies er das Argument entschieden zurück. »Anne, wir haben keine andere Wahl. Warren kann gut mit Kindern umgehen. Bei ihrer Mandelentzündung ließ sie sich gern von ihm verarzten, und sie wird auch diesmal Vertrauen zu ihm fassen. Ich weiß, er wird das gleiche verordnen, wie ich es an seiner Stelle täte: morgens Kalomel, dann Rhabarber und kohlensaures Natron. Du und Martha, ihr werdet alle Hände voll zu tun haben, ständig ein schreiendes Kind auf die Bettpfanne zu setzen und wieder runterzuheben. Im übrigen wird sie noch Salizylsäure bekommen und ständig heiße Umschläge.«

»Wie lange wird das dauern?«

»Ich weiß nicht. Vielleicht sind's nur ein paar Wochen, bis die Schmerzen völlig abgeklungen sind. Doch danach wird sie noch sehr lange das Bett hüten müssen – womöglich den ganzen Winter –, bis sie fieberfrei ist. Es wird schwer werden für dich, Anne. Soll ich versuchen, eine Krankenschwester zu engagieren?«

»Schwer für *mich?* Ich dachte an Binny. Nein, wir kommen schon zurecht. Martha wird mir helfen, sofern das Kind eine von uns an sich heranläßt.«

»Das wird es, sobald die Schmerzen nachlassen. Jedesmal, wenn Binny die Bettücher durchschwitzt, muß sie gebadet werden; die heißen Umschläge an ihren Knien müßt ihr ständig wechseln. Ich werde Wachstuch aus der Praxis herüberbringen; das könnt ihr über die Handtücher legen.«

»Wir kommen schon zurecht, John. Ich werde Pearl mehr als einmal pro Woche zum Waschen brauchen, aber sonst...«

Allein, es stellte sich schon bald heraus, daß sie es nicht schafften – nicht allein: Bäder, Bettpfannen, heiße Umschläge, Mahlzeiten kochen und Besucher hereinlassen. Eines Morgens, als Binny noch besonders starke Schmerzen litt, fand John Mutter und Kind in Tränen vor.

»Was ist los, Anne?« Er trat ans Bett und schaute von einer zur anderen.

»Sie schreit, sowie ich das Zimmer betrete, selbst wenn ich in Hausschuhen herumgehe. Das tut mir so... so weh. Martha, du und Dr. Warren, ihr könnt hereinkommen; nicht einmal gegen Johnny wehrt sie sich – er kann sie viel besser umbetten als ich.«

Binnys Tränen rannen über ihre Schläfen nach rückwärts ins Haar. »Du hüpfst so, und alles wackelt«, flüsterte sie.

»Martha hat einen schlurfenden Gang, Anne. Du dagegen trittst fest auf. Aber wenn Dr. Warren das nächste Mal kommt, können wir Binnys Knie schienen. Wenn wir die Beine ruhigstellen, wird sie die Erschütterung von Boden und Bett nicht mehr so spüren. Einverstanden, Binny? Wir werden's dir so bequem wie möglich machen. Es ist doch nicht so, daß du deine Mama nicht bei dir haben möchtest, nicht wahr?«

Erschrocken sah Binny zu ihm auf. »O nein, Mama soll hierbleiben... wenn sie mir nicht die Haare kämmt.«

John blickte auf die zerzausten schwarzen Locken. »Weißt du was? Die schneiden wir einfach ab. Dann braucht man sie nicht mehr zu kämmen. Hol mir eine Schere, Anne.«

Sie gehorchte widerspruchslos, aber als sie John die Schere in die Hand gedrückt hatte, rannte sie fluchtartig aus dem Zimmer.

»Dreh den Kopf zur Seite, Binny. Du wußtest wohl nicht, daß ich auch barbieren kann, hm? Oder daß die Ärzte vor vielen hundert Jahren als Barbier angefangen haben? Zuerst hießen sie auch Barbier, dann Barbier-und-Feldscher, und schließlich wurden beide Berufe voneinander getrennt – der Barbier schnitt die Haare, der Arzt kurierte die Kranken. Aber ein ordentlicher Doktor kann auch heute noch mit der Schere umgehen.«

So und ähnlich sprach er auf sie ein, während er ihr das Haar dicht über dem Ansatz abschnitt. Er sammelte die Locken in seine hohle Hand. »So! Und nun soll Mama mal versuchen, dich zu kämmen!«

Die geschorene Binny brachte ein klägliches Lächeln zustande. »Darf ich's sehen?«

»Wenn's dir bessergeht – sobald du dich aufsetzen und einen Spiegel halten kannst. Ich bin gleich wieder da.«

Ihr Haar in den Händen, ging er hinüber ins eheliche Schlafzimmer, wo ein Papierkorb stand. Anne lag auf ihrem Bett, hatte den Kopf in die Kissen gedrückt und weinte still vor sich hin.

»Oh, John!« Sie hob den Kopf und sah, was er vor sich hertrug. »Laß mich eine Locke davon behalten!«

»Mein liebes, törichtes Weib! Ihre Haare werden im Handumdrehen nachwachsen.« Er ließ das wirre schwarze Knäuel in den Papierkorb gleiten und setzte sich dann zu ihr auf die Bettkante.

»Anne, du bist völlig erschöpft, sonst würdest du nicht wegen einer solchen Geschichte zusammenbrechen.« Sein Ton klang halb zärtlich, halb gereizt. »Du brauchst Hilfe – wenn schon keine Schwester, dann zumindest jemand, der Martha bei der Hausarbeit entlastet. Du wirst bald all deine Kräfte brauchen: Sobald es Binny wieder bessergeht, wird sie dich nicht mehr von ihrer Seite lassen; du wirst mit ihr spielen müssen, ihr vorlesen – was dir nur einfällt, um sie im Bett zu halten. Und sie wird mürrisch und streitlustig sein. Das wird schwerer für dich werden als all die Arbeit mit Bädern und Bettpfannen. Ich hab' das in meiner Praxis schon öfter erlebt: Mütter, die vor Angst um ihr Kind ganz außer sich waren, reagieren auf einmal vor lauter Erschöpfung mißgelaunt, gerade wenn auch ihre Kinder quengelig werden, einfach weil sie wieder die Kraft dazu haben. Wie wär's mit dieser Nichte von Martha? Wie heißt sie doch gleich? Lou irgendwas. Eine von Marthas zahlreichen Nichten und Neffen, die sie vor allem aus unseren Küchenvorräten versorgt.«

»Louline«, sagte Anne. »Sie ist noch schrecklich jung, aber ich werde Martha fragen. Ist da nicht jemand an der Tür?«

»Bleib du nur ruhig liegen. Das wird Dr. Warren sein. Ich mach ihm auf. Diese Louline könnte zumindest die Besucher hereinlassen.«

Martha beschwerte sich unter anderem darüber, daß sie den ganzen Tag lang an die Vordertür laufen müsse, wann immer jemand läute. Die Leute meinten es gut: Sie kamen, um sich nach der kleinen Patientin zu erkundigen und Leckereien für sie abzugeben; alle kamen sie, angefangen von Annes Freundinnen aus dem Frauenklub und der presbyterianischen Gemeinde, über Johns Patientinnen von den umliegenden Farmen, bis hin zu den Nachbarn und Binnys Schulkameraden. Mr. Klein erschien eines Morgens, um persönlich einen Korb mit Früchten abzugeben, statt ihn durch den Botenjungen überbringen zu lassen. Anne, die diesmal selbst die Tür geöffnet hatte, war fast zu Tränen gerührt.

»Mr. Klein! Wie freundlich von Ihnen!«

»Bestimmt nicht, nein. Wir doch Freunde, die Frau Doktorin und ich, viele, viele Jahre Freunde – seit ich angefangen in Waynesboro mit meine Karren, und Sie und meine Berta – wie sie sagen? – waren in Hoffnung, alle beide. Und nun, Ihre Johnny und meine Sophie, sie sein Freunde. Warum nicht ein klein Obst für die kranke Mädchen?«

Anne nahm den Korb in Empfang, dankte Mr. Klein, und als er gegangen war, trug sie das Obst in die Küche, wo sie es zu den Kuchen und Puddings und Gelees der anderen Besucher stellte.

Martha musterte die Köstlichkeiten mit düsterem Blick. »Johnny müssen helfen essen diese Zeug. Weiße Leute denken, ich nix können kochen für meine Baby?«

»Sie denken nichts dergleichen, und das weißt du auch. Sie wollen dir nur Zeit sparen helfen, damit du dich mehr um Binny kümmern kannst. Sie läßt sich ohnehin lieber von dir betreuen als von mir.«

»Aber, aber, Miz Anne: Sie nur soviel schnell, Miz!«

Anne nahm eine Apfelsine aus Mr. Kleins Korb und roch daran. »Weihnachtsapfelsinen! Wie gut sie duften. Martha, Weihnachten steht vor der Tür. Was können wir für Johnny tun?«

»'sselbe wie immer. Truthahn zum Essen, mit allen Drumrum.«

»Es wäre trotzdem nicht wie sonst. Wenn's Binny schon besserginge, könnten wir ein Bäumchen in ihrem Zimmer schmücken – aber so... Sie würde keinen Anteil daran nehmen. Armer Johnny!«

Johnny machte tatsächlich eine schwere Zeit durch. Wenn das wenige, was er von seinem Vater über Patientenbetreuung gelernt hatte, verrichtet war: Binny umbetten und die heißen Umschläge wechseln, pflegte er sich bis zur Tür zurückzuziehen, wo er sich dann mit so verlorenem Blick gegen den Pfosten lehnte, daß Anne ihn mitleidig fortschickte.

»Hab' Dank für all deine Hilfe, Johnny. Aber jetzt kommen wir allein zurecht. Wenn's Binny wieder bessergeht, werden wir dich sehr oft brauchen, um ihr die Langeweile zu vertreiben und sie ruhigzuhalten. Also amüsier dich, solange du noch Zeit dazu hast – geh rauf zu Elsa, wenn dir nichts Besseres einfällt. Du weißt, daß Tante Sally gesagt hat, du kannst kommen, wann immer du willst, und bleiben, solange du Lust hast.«

Und Johnny murrte zwar, daß »die olle Shaney immer kommandiert«, trollte sich aber doch und tauchte meist erst zum Abendessen wieder auf. Weihnachten daheim war – trotz seiner Geschenke und Marthas Truthahn – so unweihnachtlich, daß er den ersten Feiertag teils bei den Rauschs zubrachte, wo es dort so lärmend und fröhlich zuging wie jedes Jahr, und teils in der Praxis seines Vaters. Dort kuschelte er sich im Mittelzimmer in den tiefen Ledersessel vorm Kamin, in dem kein Feuer brannte, und las in medizinischen Lehrbüchern, die er aus den verglasten Bücherschränken holte: viele noch von seinem Großvater Alexander, andere von seinem Vater sowie ein paar neuere Ausgaben. Von diesem Tage an kehrte er oft hierher zurück und suchte sich alle Informationen über rheumatisches Fieber zusammen, deren er habhaft werden konnte. Es war keine sonderlich angenehme Lektüre. Einmal, als sein Vater gerade den letzten Patienten verabschiedet hatte und zu ihm ans Feuer trat, ehe er zu seinen Hausbesuchen aufbrechen mußte, blickte Johnny von dem schweren Folianten in seinem Schoß auf und sagte: »Papa, hier steht, als Folge rheumatischen Fiebers könne ›maligne Endokarditis‹ auftreten. Ich weiß, was ›maligne‹ bedeutet. ›Endokarditis‹ ist eine Art Herzerkrankung, nicht wahr?«

»Stimmt. Aber mach dir keine Sorgen. Bis jetzt ist Binnys Herz ganz gesund.«

»Wie kannst du dir da sicher sein?«

»Sagen wir, ich bin mir so sicher, wie ein leidlich guter Arzt es sein kann. Dr. Warren und ich, wir hören sie beide jeden Morgen mit dem Stethoskop ab. Medizinische Bücher bieten nie besonders erfreulichen Lesestoff; sie sollen ja auch die Studenten auf das Schlimmste vorbereiten. Ich würde dir raten, dich nicht mit ihnen abzugeben, aber du hast uns bei Binnys Pflege sehr geholfen. Ich denke, du wirst eines Tages ein viel besserer Arzt werden, als ich es je gewesen bin.«

Johnny widersprach heftig, doch sein Gesicht leuchtete vor Stolz. »Nein, ich kann doch bloß… jedenfalls, Binny geht es besser?«

»Ich denke schon. Du etwa nicht? Das Fieber ist gesunken, die Schmerzen haben nachgelassen. Ach, Johnny, erzähl deiner Mutter nicht, was du da eben gelesen hast, sie ängstigt sich auch so schon genug.«

Aber Anne war nicht umsonst die Tochter und die Frau eines Arztes. Sie hatte nur deshalb nicht gefragt, wie es um Binnys Herz bestellt sei, weil sie sich vor der Antwort fürchtete. Und sie hielt ihre Frage zurück, bis die Schmerzen abgeklungen waren und das Kind sich unverkennbar auf dem Wege der Besserung befand: Binny schrie nicht mehr auf, wenn jemand an ihr Bett stieß oder wenn die heißen Umschläge gewechselt wurden. John sah nicht mehr so starr und angespannt aus. Seine Frau wußte, daß die letzten Wochen für ihn noch schwerer gewesen waren als für sie, weil er seine Praxis hatte weiterführen und zu jeder Tages- oder Nachtzeit verfügbar sein müssen, gleichgültig, wie früh er am nächsten Morgen aufstand. Doch dann kam der Tag, da sie ihn morgens beim Frühstück nach dem Befinden derjenigen unter seinen Patienten fragte, mit denen sie befreundet oder gut bekannt war, und er ihr so kurz angebunden antwortete, wie es für gewöhnlich seine Art war.

»Dr. Blair? Sein Asthma plagt ihn schon zu lange. Er hat ein Emphysem. Wenn du nicht weißt, was das ist, wird Johnny es für dich nachschlagen.« Er zwinkerte seinem Sohn zu. »Und Kitty – der geht's den Umständen entsprechend.«

Anne drang nicht weiter in ihn. Da Louline unten in der Küche half und Martha sich um Binny kümmern konnte, würde sie bald Gelegenheit finden, Kitty zu besuchen. Jetzt, dachte sie, kann ich ihn wegen Binny fragen.

»John, ich weiß, daß es Binny bessergeht. Ich ängstige mich nicht mehr so sehr um sie wie in den letzten Wochen. Aber ich erinnere mich an einiges, was ich über rheumatisches Fieber gehört habe. Sag mir die Wahrheit: Besteht die Gefahr, daß sie einen Rückfall bekommt? Und bleibt von dieser Krankheit immer ein Herzfehler zurück?«

»Ein Rückfall ist natürlich nie auszuschließen, ist im Gegenteil sogar wahrscheinlich. Niemand weiß, wodurch rheumatisches Fieber entsteht, aber wir können trotzdem ein paar Vorsichtsmaßnahmen treffen. Achte darauf, daß sie sich nicht überanstrengt oder zu lange Kälte und Feuchtigkeit ausgesetzt wird.«

»Wird sie eine Herzschwäche zurückbehalten?«

»Soweit Warren und ich es beurteilen können, gibt es keinerlei Anzeichen dafür. Jetzt, da Binny sich soweit erholt hat, daß einer gründlichen Untersuchung nichts mehr im Wege steht, werde ich an Dr. Krebs nach Cincinnati schreiben und ihn um eine Konsultation bitten. Er ist der beste Herzspezialist unserer Gegend. Ich möchte mir selbst gern Gewißheit verschaffen.«

An dem Tag, als John an den Spezialisten schrieb, erhielt er einen Brief von seiner Cousine Jessamine, den er jedoch gleich wieder vergaß. Erst als er vor dem Schlafengehen seine Taschen leerte, fiel ihm das Schreiben abermals in die Hände, und während er es in den Papierkorb warf, berichtete er Anne davon. Gegenwärtig schien ihm neben der Genesung seiner Tochter alles andere von untergeordneter Bedeutung. Jessamine hatte geschrieben, um den Tod ihres Mannes mitzuteilen. »Nur das und sonst nichts«, sagte er zu Anne. »Kein Wort darüber, woran er gestorben ist. Sie scheint unter dem Verlust nicht sehr zu leiden, selbst wenn er die Plantage wieder hochgebracht hat.«

»So darfst du nicht reden. Sie ist vielleicht einsam jetzt, wo beide Männer heimgegangen sind.«

Dr. Krebs kam, untersuchte Binny und bestätigte die Diagnose der jüngeren Ärzte: keinerlei Anzeichen für einen Herzklappenfehler. Die Tage verstrichen; Binny erholte sich zusehends, wenn auch ihre noch immer erhöhte Temperatur sie ans Bett fesselte. Um allen das Leben ein wenig zu erleichtern, wurde Binny tagsüber in das Schlafzimmer im Erdgeschoß gebracht: John trug sie jeden Morgen hinunter und legte sie ins Bett; Anne und Martha mußten nicht mehr unzählige Male treppauf und treppab laufen. Jeden Abend brachte ihr Vater sie zurück in ihr Zimmer, damit Anne nicht allein unten bei dem Kind auf einem Feldbett übernachten mußte. Seit das Krankenzimmer unten war, wurde es auch für Binnys Freunde einfacher, auf dem Heimweg nach der Schule hin und wieder vorbeizuschauen. Wie John vorausgesagt hatte, wurde Binny ausgesprochen schwierig: Sie tyrannisierte ihre Mutter, Martha war ihre Sklavin, und Louline, Marthas hübsche junge Nichte, die stolz darauf war, dem Haushalt des Doktors anzugehören, ließ sich von »der jungen Miz« klaglos bald hierhin, bald dorthin schicken. Johnny, der nun nicht länger als Arzthelfer gebraucht wurde, spielte stundenlang Dame mit seiner kleinen Schwester. Vor Erleichterung war er ganz aus dem Häuschen: Er verscheuchte jene furchtbaren Worte ›maligne Endokarditis‹ aus seinem Gedächtnis, und wenn er nicht still in Binnys Zimmer saß, spielte er draußen *Shinny* oder etwas anderes, wobei man möglichst viel Lärm machen konnte. Eines Nachmittags brachte er Elsa und Julia nach der Schule mit heim.

»Mama, ich dachte, Binny würde sich vielleicht freuen, wenn Shaney und Julia sie besuchen. Und außerdem wollte ich fragen...«

Die Mädchen wünschten Anne artig »guten Tag«. Elsa trat ans Bett und sagte: »Hallo, Binny. Ich bin so froh, daß es dir wieder bessergeht. Kann ich dir irgendwas bringen? Oder was für dich machen? Hast du irgendeinen Wunsch?«

Aber Julia trat nur dicht ans Kopfende des Bettes und legte eine schmale, weiße Hand auf Binnys kurze Locken. »Wie niedlich du aussiehst mit deinem kurzen Haar. Und was für hübsche Locken du hast. Möchtest du, daß ich sie dir bürste?« Ohne die Antwort abzuwarten (oder mich auch nur mit einem Wort um Erlaubnis zu fragen, dachte Anne), nahm Julia eine Bürste von der Kommode und strich Binny sanft das krause Haar aus der Stirn. Gereizt sah Anne ihr zu: Sie wußte selbst nicht, wieso sie sich nie hatte für Julia Deming erwärmen können, doch jetzt ärgerte sie sich über die kühle Selbstverständlichkeit, mit der das Mädchen die Initiative ergriff; und das schwärmerische Leuchten in Binnys Augen, die unverwandt auf Julias hübschem Gesicht ruhten, stachelten sie zu unchristlichen Gedanken an. Sie sieht sich selbst als helfenden Engel, dachte sie. Dabei spielt sie bloß eine Rolle – aber nicht für Binny, und auch nicht für mich. Nein, für die beiden anderen, und ganz besonders für Johnny! Laut sagte sie: »Wolltest du mich nicht was fragen, Johnny?«

»Ja. Ein paar aus unserer Klasse veranstalten ein Schlittenrennen, und hinterher gibt's Austernragout. Das macht Mrs. Bonner, und Billy Thirkields Vater hält es uns auf dem Ofen in seinem Drugstore warm. Miß Talmadge ist als Chaperon dabei, und Julias Mutter sagt, sie darf mit, und Tante Sally hat's Shaney auch erlaubt.« Atemlos hielt er inne, und seine Mutter lachte.

»Was glaubst du, wie froh ich bin, daß du endlich wieder was anderes tun möchtest, als dich hier im Haus rumzudrücken. Natürlich darfst du mit, wenn's sicher ist, daß Miß Talmadge euch begleitet.«

Doch da rief Binny mit lauter Stimme: »Nein!« Julia hielt vor Verwunderung mitten im Bürsten inne. »*Ich* hab' nie ein Schlittenrennen mitgemacht. Johnny kann ruhig warten, bis ich wieder gesund bin.«

»Sei nicht albern, Binny«, schalt ihre Mutter. »Selbst wenn du schon wieder ganz gesund wärest, könntest du nicht mit zu einem Schlittenrennen gehen: dafür bist du noch zu klein.«

Aber Julia legte ruhig die Bürste auf die Kommode zurück und sagte: »Mach dir nichts draus, Binny. Nächstes Jahr nehmen wir dich mit zum Schlittenfahren und aufs Ahornzuckerfest, das versprech' ich dir.«

»Es wäre klüger, Julia, keine Versprechungen zu machen, die du nicht halten kannst. Binny ist noch ein kleines Mädchen: für solch ausgelassene Spiele ist sie auch nächstes Jahr noch nicht groß genug. So, und nun raus mit euch! Binny muß sich ein wenig ausruhen. Elsa, richte deiner Mutter meinen Dank dafür aus, daß sie sich Johnnys so lieb angenommen hat.«

Seit diesem Nachmittag war Johnny in seiner Freizeit nicht mehr so oft daheim, sondern traf sich wieder häufiger mit seinen Freunden. Anne verbrachte ihre Tage und Abende in der Hauptsache damit, Binny vorzulesen. Sie nahm sich all ihre alten Lieblingsbücher vor; *Lady Jane, Der schwarze Hengst, Die fünf kleinen Peppers, Katys Geheimnis* und sämtliche Bücher von Louise Alcott, die Binny zum Teil auswendig konnte. Als sie die Mädchenbücher ausgelesen hatten, begann sie mit denen, die für Jungen geschrieben waren und die sie teils von Johnny, teils aus der Bibliothek entlieh.

John hatte inzwischen seinen üblichen Sprechstundenplan wieder aufgenommen und war abends nicht oder jedenfalls nur selten zu Hause. Eines Tages, zum erstenmal seit geraumer Zeit, kamen Ludwig und Mr. Lichtenstein auf eine Schachpartie in die Praxis. Ludwigs Vitalität wirkte auf John wie ein belebendes Tonikum.

»Wie geht's Binny, Dock? Kannst du sie jetzt schon allein lassen?«

»Sie ist wieder recht munter, aber nun langweilt sie sich natürlich im Bett. Ludwig, würdest du rübergehen und ihr ein wenig Gesellschaft leisten? Es würde ihr guttun, mal ein anderes Gesicht zu sehen. Wir stellen in der Zwischenzeit die Figuren auf; bis du zurückkommst, hat sich gewiß schon jemand im Wartezimmer eingefunden, und du kannst meinen Platz übernehmen.«

Als die Türglocke läutete, trat Anne aus dem Krankenzimmer in die Diele hinaus, um nachzusehen, wer gekommen sei. Martha öffnete Ludwig die Tür und hätte ihn in den Salon geführt, wäre er nicht Annes ansichtig geworden. Er gab Martha Hut und Mantel und durchquerte die Diele.

»'n Abend, Anne. Dock hat mich gebeten, Binny zu besuchen. Er dachte wohl, das Kind könne ein wenig Abwechslung gebrauchen – er meint, sie sei jetzt kräftig genug, um ein Rauhbein wie mich zu ertragen.« Er drückte Anne die Hand. »Das waren harte Wochen für dich, Anne.«

»Binny wird sich über deinen Besuch freuen.«

Binnys Gesichtchen leuchtete auf, als sie den Eintretenden erkannte. »Oh, Onkel Ludwig! Erzählst du mir was vom Krieg? Papa tut das nämlich nie. Er sagt, du hättest gekämpft und er hätt' nur zusammengeflickt.«

»Sie ist wie besessen« – Anne seufzte –, »seit ich *Die Kadetten von '61* aus der Leihbücherei mitgebracht habe. Ich fand das Buch zwar nicht sonderlich geeignet für ein Mädchen, aber...«

»Es ist *prima!*« rief Binny dazwischen. »Ich versteh' nicht, warum nur die Jungen was über den Krieg erfahren sollen.«

»Ich seh' auch keinen Grund dafür, wenn's dich interessiert.« Ludwig setzte sich in den Schaukelstuhl neben ihrem Bett, der unter seinem Gewicht ein wenig knarrte. »Was möchtest du denn hören? Anne, geh und ruh dich ein Weilchen aus. Binny und ich kommen schon allein zurecht. Wir werden uns über den Krieg unterhalten.«

Anne strich die Laken glatt und schüttelte Binnys Kissen auf, dann ließ sie die beiden allein.

»Also, womit soll ich anfangen?«

»Ich möchte von General Grant hören und von General Sherman. Hast du sie gekannt? Glaubst du, ich werde sie je zu sehen kriegen?«

Ludwig dachte an General Grant, der zu dieser Zeit mit dem Tode rang. Er antwortete auf den ersten Teil ihrer Frage.

»Tja... ich hab' sie nicht direkt gekannt. Sie waren große

Tiere, weißt du, hohe Generäle, und die kennen keinen einfachen Hauptmann. Aber General Grant haben wir bei der Belagerung von Vicksburg manchmal gesehen, wenn er unsere Linien überprüfte. Doch er hatte den Oberbefehl über die gesamte Armee; General Sherman sind wir schon öfter begegnet, weil ihm nur unser Korps unterstand. Und er hat uns ganz schön an der Kandare gehabt.«

»Erzähl mir von dem Treffen mit ihm, an das du dich am besten erinnerst.«

Ludwig überlegte. »Ich glaube, das war kurz vor der Schlacht von Chattanooga. Hast du davon schon mal gehört?«

»Ich weiß, daß die Schlacht ›Über-den-Wolken‹ zuerst kam, und dann kämpfte die ganze Armee in der Schlacht von Chattanooga, und sie jagten die Rebellen aus den Bergen fort und die *rannten* wie die Hasen!«

»So ähnlich war's, ja... Aber für diesen Feldzug mußten wir all unsere Truppen zusammenziehen. Der Fluß bildet ungefähr so eine Schleife, siehst du, und ringsum sind überall Berge.« Ludwig bildete aus den Bettüchern eine Art Reliefkarte. »Hier verläuft eine S-Kurve, und Chattanooga liegt genau in dieser Schleife. Die Stadt konnten wir einnehmen, aber die Berge nicht. General Shermans Korps führte den Hauptangriff, hier auf dieser Seite, wo eine Hügelkette namens Missionary Ridge bis ans Flußufer vorstößt. Der General mußte seine Leute in weitem Bogen von der anderen Seite aus heranführen, damit die Rebellen keinen Verdacht schöpften. Also setzten wir etwa an *dieser* Stelle über den Fluß, marschierten am anderen Ufer an der Stadt vorbei bis *hierher,* wo wir abermals den Fluß überquerten, um zum Missionary Ridge zu gelangen. Und wir mußten bei Nacht marschieren, damit die Kundschafter der Rebellen uns nicht entdecken konnten. Es war schon Mitternacht, als wir die Boote bestiegen – an die hundert kleine Nußschalen –, und als wir uns im Dunkeln zu ihnen runtertasteten und unseren Männern die letzten Anweisungen gaben, ohne zu wissen, was uns am anderen Ufer erwartete, tauchte auf einmal dieser Offizier mit einem auffallend weiten, schwarzen Umhang auf. Er ging von Boot zu Boot und sagte immer wieder: ›Ruhig, Jungs, ruhig.‹ Und nachdem er gesprochen hatte, hörte man nur noch die Wellen gegen die Boote plätschern. Da wußte ich, das konnte nur General Sherman sein. Und als er schließlich an mein Boot herantrat, war er es wirklich, unser General, der sich selbst davon überzeugte, daß alles gut ablief. Und ich glaube, so was Ähnliches hab' ich damals auch zu meinen Soldaten gesagt – ungefähr: ›Der General ist hier. Es wird alles gut, Jungs. Bleibt nur ruhig.‹ Und plötzlich hatten wir keine Angst mehr.«

Die beiden schwiegen einen Moment lang, dann fragte Binny: »Und ist alles gutgegangen?«

»Oh, wir hatten am nächsten Tag einen hö... einen gehörigen Kampf zu bestehen, ohne daß wir was erreicht hätten; General Thomas und seine Armee haben schließlich Missionary Ridge eingenommen. Und doch: immer, wenn Sherman dabei war, wußten wir, daß uns nichts geschehen würde.«

Nachdenklich blickte er auf das Kind herab. »Weißt du was, Binny, vielleicht gelingt es mir, zum Beispiel bei einem Veteranentreffen, dir General Sherman einmal zu zeigen. Aber freu dich nicht zu früh, denn versprechen kann ich's nicht.«

»Ich... ich weiß.« Binny atmete mit offenem Mund. »Aber *wenn* du's schaffst...«

»Dann natürlich.«

Seit diesem Abend erschien Ludwig etwa einmal die Woche im Krankenzimmer, um Binny von seinen Schlachten zu erzählen. Und eines Nachmittags folgte Sally Annes Einladung auf einen »ausgiebigen Plausch«. Binny maß den Gast mit finsterem Blick.

»Mama liest mir vor. Nicht aufhören, Mama!«

»Du entwickelst dich zu einem furchtbar ungezogenen kleinen Mädchen. Sag Tante Sally ›guten Tag‹, wie es sich gehört. Und dann gehe ich mit ihr ins Wohnzimmer, damit wir uns ein Weilchen unterhalten können. Ich hab' sie seit Tagen nicht mehr gesehen, und außerdem hab' ich schon gar keine Stimme mehr.« Sie hielt das Buch hoch, aus dem sie vorgelesen hatte, um Sally den Titel zu zeigen. *Tom Sawyer.* »Wir haben sämtliche Mädchenbücher durch. Jetzt lesen wir dies.«

Sally lachte. »Sei ehrlich, *du* warst neugierig drauf! Findest du es nun skandalös?«

»Es ist ein wundervolles Buch. Aber es könnte Kinder natürlich schon auf dumme Gedanken bringen. Über die Sonntagsschule zum Beispiel. So, Binny: Tante Sally und ich, wir gehen jetzt rüber. Du kannst inzwischen mit deinen Puppen spielen.«

»Nein, ich mag nicht! Gib mir das Buch!«

Anne schob ihr noch ein Kissen in den Rücken, reichte ihr *Tom Sawyer* und ging mit Sally ins Wohnzimmer hinüber.

»Man ist jedesmal richtig erleichtert, wenn sie das quengelige Stadium erreichen, nicht wahr? Ich hab' gleich gemerkt, daß es ihr schon viel bessergeht. Aber du siehst aus wie ein Gespenst, Anne. Du solltest versuchen, mehr an die frische Luft zu kommen.«

»Bald werde ich wieder ausgehen können. Doch nun erzähl mir

erst einmal, was sich inzwischen alles zugetragen hat. Ich habe so viele Pflichten vernachlässigt – meinen Bibliotheksdienst, zum Beispiel.«

»Oh, darum mach dir keine Gedanken: wir haben uns an deinen Tagen abgelöst; es war nicht weiter schlimm. Obwohl ich wirklich der Meinung bin, daß es an der Zeit ist, jemanden zu suchen – vielleicht ein Mädchen aus der Mittelschule –, der am Spätnachmittag kommt und die Bücher einsortiert. Unser Fonds für ein Bibliothekarengehalt wächst nicht sonderlich rasch. Was die Neuigkeiten in der Stadt betrifft, so hast du von Dock wahrscheinlich schon alles erfahren, was ich dir erzählen könnte. Ich finde, bei uns geschieht kaum etwas, wovon die Männer nicht Wind bekommen, sei es im Zigarrenladen, beim Barbier oder im Drugstore. Weißt du schon, daß die Gardiners wieder zu Hause sind und daß sie ihr Baby bekommen hat?«

Anne nickte. Die junge Mrs. Gardiner hatte in Georgetown ihr drittes Mädchen zur Welt gebracht; Doug war aus dem Repräsentantenhaus ausgeschieden, und der Kongreß würde in einer Sonderwahl seinen Nachfolger bestimmen. »Die beiden haben sich wahrscheinlich diesmal einen Jungen gewünscht.«

»Wahrscheinlich. Über Kitty weißt du gewiß besser Bescheid als ich. Der arme, alte Mr. Sheldon geht immer noch in den Laden. Die Kunden weichen ihm natürlich aus, wo sie nur können – wer mag schon dem Tod ins Gesicht sehen? Aber Sheldon bringt's nicht übers Herz, ihm zu sagen, er solle daheimbleiben.«

»Ich weiß. Lange kann's ja nicht mehr dauern. Und Dr. Blair...«

»Was ist mit Dr. Blair?« fragte Sally heftig.

»Ich hab' das nicht so gemeint, wie du's vielleicht aufgefaßt hast... Ich hätte ihn nicht im selben Atemzug mit Mr. Sheldon nennen dürfen. Aber er hat Asthma, und er wird auch nicht jünger.«

Sally musterte sie nachdenklich, ohne jedoch weiter in sie zu dringen. »Christina hat gestern auch so was angedeutet. Anne, du hast dich noch mit keinem Wort nach der Klubsitzung erkundigt.«

»Natürlich! Gestern wurde ja der neue Vorstand gewählt! Wie ist es ausgegangen?«

»Der Vorstand!« wiederholte Sally in gutmütigem Spott. »Mrs. Ballard reichte ein schriftliches Gesuch ein, in dem sie um ihren Rücktritt bat. Die Schriftführerin verlas es. Dann hielt Christina eine Rede – eine sehr hübsche, reizende kleine Rede, in der sie den Damen vor Augen führte, wieviel ich für den Klub getan hätte und dazu aufrief, mich per Akklamation zur Vorsitzenden zu ernennen.«

»Nein, so was, Sally! Dann hatte sie sich also doch nicht in den Kopf gesetzt, selbst... Oh, wie schön für dich, wenn du's dir wirklich wünschst.«

»Vielleicht wollte sie nur nicht unterliegen. Und das wäre passiert. Frag mich nicht, wie oder warum! Jedenfalls unterstützte Mrs. Deming Christinas Antrag, und das hätte sie nicht getan, wenn nicht alles vorher verabredet gewesen wäre. Keine Ahnung, wie das vor sich gegangen ist! Ich habe nirgendwo intrigiert. Ich denke, Eliza steckt dahinter. Wie oder warum, weiß ich freilich nicht.«

»Eliza? Ich hatte nie den Eindruck, daß sie dir besonders freundschaftlich zugetan sei. Ihre Mutter und ihre Schwester übrigens auch nicht.«

»Das stimmt wohl. Aber du hast vielleicht noch nicht gehört, daß Eliza die Stellung in der Kanzlei ihres Vaters aufgegeben hat? Es ist noch nicht offiziell, aber... Sie wird Ludwigs Sekretärin.«

»*Eliza?* Was um Himmels willen ist...«

»...in ihn gefahren? Ich weiß es nicht. Er hat nur gesagt, er brauche jemanden, und Eliza sei gescheit und anstellig. Ich glaube, sie hat schon gelernt, auf einer Schreibmaschine zu schreiben. Ich hab' ihm gesagt, er würde den Tag bereuen, an dem er sie ins Kontor nimmt, aber er wollte nicht auf mich hören.«

»Also bist du jetzt die Vorsitzende des Klubs?«

»Ja. Und Mrs. Deming ist Vizepräsidentin, Mrs. Evans und Mrs. Maxwell sind Schriftführerinnen und Eliza wurde zur Schatzmeisterin ernannt.« Sally fing unvermittelt an zu lachen. »Ich schäme mich fast, dir das zu erzählen, aber wenn ich nicht so skrupellos gewesen wäre, hätte ich gestern aufstehen und die Wahl ablehnen müssen. Nach all den Jahren... wo ich schon im gesetzten Alter bin – falls man mit fünfunddreißig im gesetzten Alter ist – ich fühle mich durchaus noch jung, du nicht auch?«

»Im Augenblick komm' ich mir vor wie eine Achtzigjährige, aber das legt sich wieder. Doch nun spann mich nicht länger auf die Folter!«

»Mit fünfunddreißig bekomme ich noch ein Kind. Ein Baby, wo meine Tochter fast fünfzehn ist. Ich erröte wahrhaftig über mich selbst. Ich hab' noch nicht den Mut gehabt, zu Dock zu gehen.«

»Oh, Sally! Du schämst dich? Und die arme Kitty!«

»Ich weiß. Ja, das Leben ist voller Widersprüche. Aber erzähl mir von Kitty. Was meint Dock? Ich fand, sie sah schlecht aus, als ich sie das letzte Mal traf.«

»Er sagt, es geht ihr den Umständen entsprechend ganz gut, aber er hat ihr wieder Bettruhe verordnet. Wenn ich's irgend einrichten kann, möchte ich sie noch diese Woche besuchen.«

Gleich am folgenden Nachmittag ließ Anne die protestierende Binny in Marthas Obhut zurück und machte sich auf den langen Weg zu den Edwards'; sie ging rasch und freute sich an der frischen Luft, die ungeachtet der Kälte schon ein wenig nach Frühling roch. Bei den Edwards' wurde sie in den Salon geführt, den man als Krankenzimmer für Kitty hergerichtet hatte. Auf halbem Weg sagte das Mädchen: »Lange Zeit, daß wir nicht haben gesehen Miz Go'don. Ihr kleines Mädchen, sie wieder gesund, Miz? Miz Edwards bestimmt sehr sich freuen, Sie zu sehen, Miz. Ich haben ihr gebracht kleinen Lowrey, aber ich ihn gleich holen, damit haben schöne Besuch zusammen, Miz Edwards un' Miz Go'don.«

»Nein, laß ihn nur da, zumindest noch ein Weilchen. Ich möchte ihn gern begrüßen.«

Im Krankenzimmer, das Anne nach ihrem Spaziergang besonders stickig fand, waren Mutter und Kind in einträchtigem Schweigen, ihrem jeweiligen Zeitvertreib nachgehend, zusammen.

Der fünfjährige Lowrey, ein Blondschopf mit blauen Augen und dem schmalen Kopf seines Vaters, baute auf dem Fußboden mit abgenutzten Dominosteinen eine Mauer. Kitty saß, von mehreren Kissen gestützt, hoch aufgerichtet im Bett und las; ihre Augen waren geschwollen, ihr bleiches Gesicht mutete fast wächsern an. Das weiche Haar war hinter die Ohren zurückgekämmt, doch die kürzeren Strähnen hatten sich gelöst und fielen ihr in die Stirn und über die Wangen. Als sie aufblickte und Anne sah, klappte sie das Buch zu und sprach ein paar freundliche Worte zu dem Kind. Der Kleine stand auf, wobei er etliche Dominosteine umwarf, und streckte dem Gast seiner Mutter eine schmale, weiche Hand entgegen.

»Ich freue mich, dich zu sehen, Lowrey«, sagte Anne ernsthaft. »Du hilfst also mit, deine Mama zu pflegen?«

»Mama ist nicht krank«, widersprach der Junge, doch in seinen Augen flackerte momentanes Entsetzen. »Sie ruht sich nur aus.«

»Ich weiß. Ist es nicht schön, daß sie sich ausruhen kann, und du leistest ihr Gesellschaft?«

»Er war jetzt lange genug bei mir, Netty«, rief sie dem Mädchen zu, das auf der Türschwelle stehengeblieben war, »geh mit ihm nach draußen – es ist ein so schöner Tag. Riecht es nicht schon nach Frühling, Anne?«

»O ja, aber du weißt, daß wir den Winter noch nicht los sind – es ist noch zu früh. Auf Wiedersehen, Lowrey.« Und als das

Mädchen mit dem Jungen hinausgegangen war, sagte sie zu Kitty: »Was für ein ernstes und altmodisches Kind du in die Welt gesetzt hast! Und wie sehr der Kleine Sheldon ähnlich sieht.«

»Er sieht nicht nur so aus, er *ist* auch ganz wie sein Vater. Ich kann wirklich zufrieden sein. Hol dir einen Stuhl ans Bett und setz dich zu mir, Anne.«

»Du scheinst ganz gern hier zu liegen, solange man dich nur mit Lektüre versorgt. Was liest du denn gerade?« Sie deutete auf das Buch, das aufgeschlagen auf dem Nachttisch lag.

»Sidney Laniers Gedichte. Ich hab' versucht, mit dem Pensum des Klubs Schritt zu halten. Das bringt mich auf andere Gedanken. Lowrey hab' ich nämlich gar nicht so oft bei mir. Du meinst, er sei ernst für sein Alter, aber du weißt ja, wie fünfjährige Buben sind. Lebhaft, voller Tatendrang. Ich hoffe nur, Netty, sein Vater und die Großeltern verwöhnen ihn nicht gar zu sehr.«

»Ich kenne nur sehr wenige kleine Jungen, die so gehorsam sind und so gute Manieren haben.«

»Das Erbe der Edwards'! Ach, Anne, ich bin so froh, daß du gekommen bist! Erzähl mir von deiner armen kleinen Binny. Wie geht es ihr?«

»Im Augenblick der reinste Satansbraten. Aber das bedeutet, Gott sei Dank, daß sie auf dem Wege der Besserung ist. Nicht mehr lange, und sie wird wieder aufstehen und herumtollen können. Ich komme mir vor, als ginge ich auf Wolken – hätte keinen festen Boden unter den Füßen. Es stand lange Zeit so schlecht um sie, weißt du...«

»Du siehst müde aus.«

»Ich erhole mich allmählich wieder. John leidet zur Zeit mehr unter der Anspannung als ich. Wahrscheinlich die Reaktion. Und natürlich hat er selbst während der schlimmsten Krise seine Praxis weitergeführt.«

»Ich weiß. Er nimmt es so schwer, wenn er auf ein Leiden trifft, daß er nicht lindern kann. Obwohl er so eine wunderbare, aufmunternde Art hat, mit Patienten umzugehen, habe ich manchmal doch gespürt, wie verzweifelt er innerlich war. Und dann habe ich ihm aus Papas Marc Aurel vorgelesen – das ist meine einzige Zuflucht, wenn mich die Schwermut überkommt. Er hat mir schon früher geholfen. Diesmal habe ich ihn nach Maximen durchgeblättert, die mir helfen könnten, meinen Mut zu stählen. Wie diese« – Kitty beugte sich vor, kramte unter den Büchern auf dem Nachttisch den Band heraus, nach dem sie suchte, und öffnete ihn an einer markierten Stelle: »›Die Zukunft darf dich nicht beunruhigen; wenn es nötig werden sollte, wirst du sie im Besitz derselben

Vernunft erreichen, die dir jetzt die Gegenwart erträglich macht.‹ Natürlich leugnete Dock, daß die Gegenwart erträglich sei. Also las ich ihm dies vor: ›Erinnere dich auch, was du alles hast durchmachen müssen, und was für Schweres du zu ertragen vermochtest.‹ Und: ›Keinem Menschen widerfährt etwas, was er nicht infolge seiner Naturanlage zu tragen vermöchte.‹«

Anne lächelte über ihren Eifer. »Ich kann mir nicht vorstellen, daß John den Maximen eines römischen Philosophen viel abgewinnt. Er ist nicht sehr geduldig. Er denkt an Binny und an dich und... andere.«

Kitty sah sie forschend an. »Nein, geduldig ist er nicht. Aber mit mir hat er Geduld geübt. Es wäre viel leichter für ihn – als Arzt, meine ich –, wenn er sich nicht alles gar so sehr zu Herzen nähme. Doch ich möchte andererseits, daß er sich meinen Fall zu Herzen nimmt, und natürlich wünschen seine anderen Patienten sich das gleiche. Das war übrigens nicht das erste Mal, daß ich mit ihm über Philosophie diskutiert habe, wenn er es wohl auch nicht so nennen würde. Er glaubt, der Mensch solle ein nützliches Leben führen; solle seine Gaben, welcher Art sie auch sein mögen, bis zum Äußersten ausschöpfen. Ich stimme ihm zu. Und die einzige Gabe, über die ich verfüge, ist, meiner Familie zu dienen, indem ich ihr Kinder schenke. Das hab' ich Dock gesagt, und er hat geantwortet, wenn ich wirklich so empfände, dann solle ich meinem Gefühl folgen und es wieder versuchen, selbst wenn es mich das Leben kosten würde. Ich glaube nicht, daß er im Ernst meint, es könne so schlimm kommen, und ich denk schon gar nicht daran. Und schau Lowrey an: es hat sich doch gelohnt, nicht wahr?«

Anne, die im stillen dachte, John habe sich gewiß darauf verlassen, daß Sheldon Kitty ein zweites Kind verweigern würde, legte ihre Hand auf die der jungen Frau, welche immer noch auf Marc Aurels *Selbstbetrachtungen* ruhte. »Lowrey ist ein reizendes Kind, und ich bin sicher, dieses wird genauso wunderbar. Doch nun haben wir für heute genug philosophiert. Ich wünschte mir auf dem Weg hierher etwas weniger Hochfliegendes: ein ganz alltägliches Plauderstündchen! Du weißt ja, seit Binny krank wurde, habe ich mit kaum jemandem mehr als ein paar Worte gewechselt. Aber dich besuchen doch alle. Also erzähl mir, wie es zuging, daß Sally zur Klubvorsitzenden gewählt wurde, und das auch noch per Akklamation!«

»Das kann ich dir verraten. Amanda hat mir die ganze Geschichte erzählt.« Kitty lachte, seufzte und legte ihren Marc Aurel zurück auf den Nachttisch. »Mrs. Deming – der ›olle Teepott‹ persönlich – ist zu Amanda gegangen, um sie für Sally zu gewinnen. Sie hat ihr erzählt, Eliza Ballard habe ihr geschrieben und ihr nahegelegt, daß Sally von allen Mitgliedern in jeder Hinsicht die qualifizierteste Anwärterin auf das Präsidentenamt sei, die meiste Erfahrung hätte, am ehesten bereit sei, Mühen auf sich zu nehmen, eine richtige Führernatur sei. Jedenfalls (das vermute ich allerdings bloß) wußte der ›olle Teepott‹ natürlich, daß Amanda den Vorschlag aufgreifen mußte, denn sonst hätte Eliza dafür gesorgt, daß Sally von ihrer Weigerung Wind bekäme. Und wie die Demings und die Rauschs auch zueinander stehen mögen, der General verdankt Ludwig tatsächlich eine ganze Menge. Amanda war bereit, sich an der Wahlkampagne für Sally zu beteiligen und um meine Stimme zu werben. Möglich, daß sie selbst den Wunsch hatte, Sally zu unterstützen, aber ich glaube eher, sie hofft auf eine Gegenleistung. Sie möchte, daß diese Freundin, die zu ihr gezogen ist – Miß Talmadge, nicht wahr? –, in den Klub aufgenommen wird.«

»Und Amanda hat die R.P.s für Sally geworben, einschließlich Christina?«

»Würde mich nicht wundern. Ach je, Anne: Warum sollten Frauen das Wahlrecht zugesprochen bekommen, wenn sie politisch doch genauso vorgehen wie Männer? Die Bühne, auf der sie bisher agieren, ist so klein, daß es nichts ausmacht, aber kannst du dir vorstellen, *wie* sie auf politischen Versammlungen wüten würden?«

»Was du mir da erzählst, kommt so unerwartet, daß ich's kaum glauben kann. Eliza sollte sich herablassen, um eine solche Gefälligkeit zu bitten?«

»Sie hat sich doch damit nicht erniedrigt, oder? Du meinst, weil sie meine Stimme für Sally wollte? Ich hätte sie sowieso gewählt. Oh, ich weiß, worauf du hinauswillst – unter Druck handeln: das paßt freilich nicht zu Eliza. Aber da hast du's. Es kann jeden erwischen.«

»Dann ziehen die Beatties also wirklich aus Waynesboro fort?«

»Ich glaube schon. Er hat den Wunsch, wieder mehr als Seelsorger tätig zu sein. Er hat eine Pfarrstelle angenommen und wird zum Ende des Trimesters aus dem Seminar ausscheiden.«

Die beiden jungen Frauen mochten noch so eifrig spekulieren: Ein Faktor, der Amanda bewogen hatte, sich Elizas Wunsch zu fügen, blieb ihnen dennoch verborgen. Es hatte sie zunächst verletzt, daß Eliza indirekt, auf dem Umwege über Mrs. Deming, an sie herangetreten war. Sie und Eliza waren enger und seit längerem befreundet als sie und Mrs. Deming. Aber ihr Streit, falls man es so nennen konnte, über Ariana war nie ganz beigelegt worden.

Wenn Eliza sie nun trotzdem um einen Gefallen bat (und sei es auch nur durch eine Mittlerin), dann konnte dies nur bedeuten, daß sie die Vergangenheit endlich ruhen lassen wollte. Und Amanda fiel es nicht schwer, ihr gefällig zu sein, da auch sie Sally für die geeignetste Nachfolgerin von Mrs. Ballard hielt. Amanda hatte zwar keine sonderlich hohe Meinung von Sallys intellektuellen Fähigkeiten, aber sie schätzte ihre praktische Begabung und Lebenstüchtigkeit, Talente, an denen es ihr selbst völlig mangelte. Das einzig Zweckmäßige, was sie vielleicht jemals getan hatte, war, Elizabeth Talmadge zu sich ins Haus zu nehmen. Denn nach anfänglichem Beschnuppern hatten beide gemerkt, daß sie sich wohl fühlten miteinander. Elizabeth gefiel es, im Haus schalten und walten zu können, statt in einem Pensionszimmer eingesperrt zu sein; sie kochte gern und freute sich jedesmal auf ihre Woche Küchendienst, während Amanda, wenn die Reihe an ihr war, mit der grimmigen Duldermiene einer christlichen Märtyrerin am Herd stand. Falls Elizabeth geneigt war, ihr die ungeliebte Arbeit abzunehmen und ständig zu kochen, so unterdrückte sie diesen Wunsch: Undenkbar, Amanda nahezulegen, daß es Gebiete gab, auf denen sie zu zweitklassig war; diese Erkenntnis, nicht die Furcht davor, der Älteren gegenüber in eine Bedienstetenrolle zu schlüpfen, bewog Elizabeth, stumm die angebrannten Bratkartoffeln und das trockene Fleisch zu verzehren, die ihr so oft und so reumütig vorgesetzt wurden.

Trotz des Altersunterschiedes und ihrer ungleichen Herkunft (Elizabeth war in Cleveland aufgewachsen, in einer weitaus anspruchsvolleren Atmosphäre als Amanda), kamen sie nicht nur gut miteinander aus; eine hatte entschieden Freude an der Gesellschaft der anderen. Die Abende verbrachten sie am runden Tisch im Wohnzimmer, wo einst Mrs. Reid mit ihrem Flickkorb gesessen hatte; Elizabeth benotete Englischaufsätze, Amanda korrigierte Lateinarbeiten; sie lasen sich gegenseitig lustige Fehler und Stilblüten vor und amüsierten sich köstlich darüber.

Eines Abends, kurz nachdem Elizabeth in Amandas Haus gezogen war, hatte sie von einem Heft aufgeschaut und gefragt: »Diese Ariana McCune: kennst du sie, ihre Familie? Sie hat eine ganz erstaunliche Phantasie!«

»Ja, die hat sie. Ich wünschte nur, sie würde sich ein bißchen mehr für ihre Lateinaufgaben interessieren.« Amanda beschrieb Ariana so gut sie konnte und schloß mit den Worten: »Es wäre ein großer Segen für das Mädchen, wenn es sich in irgendeinem Fach wirklich hervortun könnte.«

»Sie hat Talent zum Schreiben: zwar ist sie nachlässig, und ihre

Hefte sind voller Tintenkleckse, aber sie verfügt über eine nahezu poetische Einbildungskraft. Ein bißchen hochtrabend vielleicht. In der leidigen englischen Grammatik ist sie nicht so gut bewandert. Warum möchtest du, daß sie sich irgendwo auszeichnet? Weil sie dir leid tut?«

»Wahrscheinlich hängt es damit zusammen, ja. Aber man hofft doch immer, daß die Schüler es zu etwas bringen. Doch Ariana liegt mir besonders am Herzen, weil Freunde von mir sich des Mädchens angenommen haben. Ihre Mutter gehörte dem Frauenklub an, und als sie im Sterben lag, haben sich die Mitglieder abwechselnd um die Kinder gekümmert. In der Zeit wurde Ariana für die Ballards fast so etwas wie ... wie eine Nichte.«

»Ja, ich verstehe.« Im stillen hielt Elizabeth die Ernsthaftigkeit, mit der Amanda sich ihrem Klub widmete, für eine überspannte Kleinstadt-Laune; sie hatte die Damen nie auf einer Sitzung erlebt und bisher nur wenige von ihnen persönlich kennengelernt, aber sie war beiläufig der Meinung, daß sie den Klub komisch finden würde, zumindest in seiner Gesamtheit, wenn auch nicht die einzelnen Mitglieder. »Ich könnte mir vorstellen«, sagte sie jetzt, »daß die Damen sonst nicht viel Ablenkung hatten – in ihrem Alter und noch dazu meist solche Blaustrümpfe.«

Amanda, die Hände ruhig über den Heften gefaltet, sah ihre neue Freundin verwundert an, ehe sie lächelnd sagte: »Du bist noch so jung! Dir müssen sie wohl wie ältere Damen erscheinen. Aber« – und rasch ging sie im Geiste die Mitglieder durch – »nur drei oder vier können über fünfzig sein, manche sind etwa in meinem Alter, und mindestens vier sind jünger. Und die Misses Gardiner und Eliza Ballard sind die einzigen Blaustrümpfe im Klub.«

»Die Damen sind gewiß alle sehr liebenswert – jede für sich genommen. Aber zusammen, bei den Sitzungen, langweilen sie dich da nicht?«

»Manchmal schon«, gab Amanda ehrlich zu. »Der Klub ist nicht eben reich an intellektuellen Geistern. Du wärest ein großer Gewinn für uns, Elizabeth.«

»Ich?« Das junge Mädchen war erstaunt. »Seid ihr denn nicht vollzählig?«

»Im Augenblick, ja. Aber Professor Beattie vom Seminar zieht im Juni nach Indiana, um sich dort irgendwo als Gemeindepfarrer niederzulassen. Wenn seine Frau austritt, wird im Klub ein Platz frei.«

»Plant ihr immer so weit voraus, wenn es gilt, neue Mitglieder zu wählen?«

»Wenn wir darauf vorbereitet sind, schon. Es lohnt sich, seinen Vorschlag frühzeitig einzureichen – befürwortet von zwei Mitgliedern.«

»Und wer würde meine Aufnahme befürworten? Ich kenne doch niemanden aus dem Klub.«

»Mrs. Rausch und Mrs. Gordon kennen dich als Englischlehrerin ihrer Kinder. Im übrigen glaube ich, daß die Ballards für dich stimmen würden, wenn ich sie darum bitte.«

»Diese ›Misses Gardiner‹, sind sie mit dem Mr. Gardiner verwandt, der kürzlich aus dem Kongreß ausgeschieden ist und sich hier als Anwalt niedergelassen hat? Wird seine Frau denn nicht Klubmitglied werden?«

»Das bezweifle ich. Die Misses Gardiner sind seine Tanten, aber die junge Frau ... Nun, zum einen hat sie gerade ein Baby bekommen, und die beiden anderen Kinder sind auch noch sehr klein ...«

»Es eilt doch nicht, oder? Ich möchte gern über deinen Vorschlag nachdenken. Und sicher sein, daß die Damen mich wirklich haben wollen.« Der Ton, in dem Amanda von den ›Misses Gardiner‹ gesprochen hatte, war irgendwie abschreckend gewesen, und Elizabeth wollte keine Wahl verlieren, nicht einmal im Frauenklub von Waynesboro.

»Der Klub verlangt nur zwei Qualifikationen: Intelligenz und Bildung. Du würdest bestimmt gewählt. Und du könntest Gefallen an den Mitgliedern finden – jedenfalls an einigen von ihnen. Waynesboro ist eine Stadt, die es Neulingen nicht gerade leichtmacht, sich einzugewöhnen. Die Stadt ist alt, viele Familien sind seit ihrer Gründung hier ansässig, und ihnen genügt es durchaus, nur mit den Leuten zu verkehren, die sie schon ihr Leben lang kennen.«

»Ja, ich weiß.« Bisher hatte sich Elizabeths gesellschaftliches Leben in Waynesboro auf die Veranstaltungen der Schule beschränkt. Sie war mit Amanda zur Kirche gegangen, doch die Damen der Reformierten Presbyterianer verabscheuten offenbar jedes leichtfertige Vergnügen. »Vielleicht wäre es wirklich nett, die Damen des Klubs kennenzulernen. Gut, Amanda. Wenn du es für richtig hältst.«

»Ich würde mich jedenfalls sehr freuen, wenn du bei uns Mitglied würdest. Aber ich mußte deine Einstellung dazu erkunden. Es ginge nicht an«, und Amanda lächelte spöttisch, »jemandem die Mitgliedschaft anzubieten und einen Korb zu bekommen. Nicht im Frauenklub von Waynesboro. Albern, nicht wahr?«

»Und nachdem du mir auf den Zahn gefühlt hast, wirst du dich nun bei den Mitgliedern umhören?«

»So ungefähr«, gab Amanda zu. »Falls von irgendeiner Seite Einwände erhoben werden, läßt man den Vorschlag stillschweigend fallen. Bei uns ist noch keine Wahl verloren worden. Natürlich würde ich dir das nicht alles erzählen, wenn ich nicht wüßte, daß in deinem Falle alles in Ordnung ist.«

Also hast du dich schon bei den Mitgliedern erkundigt, dachte Elizabeth. Laut wiederholte sie: »Gut, Amanda.«

Rechtzeitig vor Mrs. Beatties Ausscheiden erhielt die Schriftführerin ein vertrauliches Schreiben von Amanda, in dem Elizabeth Talmadge zur Mitgliedschaft im Frauenklub von Waynesboro vorgeschlagen wurde, wann immer ein Platz frei würde. Unterstützt wurde der Antrag von Mrs. Samuel Travers und Mrs. Voorhees.

Mrs. Beattie trat auf der ersten Sitzung im Mai aus dem Klub aus, »um den Damen Muße zu geben, noch vor den Sommerferien an meiner Stelle ein neues Mitglied zu wählen«. Zu diesem Zeitpunkt hatte Sally sich bereits aus der Öffentlichkeit zurückgezogen, und Mrs. Deming führte den Vorsitz. Mit Bedauern nahmen die Damen Mrs. Beatties Rücktrittsgesuch an; Mrs. Deming bat die Schriftführerin, den Namen der neu Vorgeschlagenen zu verlesen (ein Name, den in Wahrheit bereits alle Anwesenden kannten), und Amanda erläuterte kurz die Verdienste von Miß Talmadge. Vierzehn Tage später schritt der Klub zur Abstimmung, und das neue Mitglied wurde einstimmig gewählt.

Inzwischen waren die Ballards, wenngleich immer noch nicht in der Lage, an gesellschaftlichen Veranstaltungen teilzunehmen, zumindest bei den Klubsitzungen wieder anwesend. Kitty Edwards hatte – unter großer Gefahr für ihr eigenes Leben – ihren zweiten Sohn zur Welt gebracht; John Gordon hatte fast eine Woche lang Nacht für Nacht auf einem Sofa vor Kittys Zimmer geschlafen, um im Notfall sofort bei der Hand zu sein. Aber schließlich wurde sie von einem gesunden Kind entbunden, und mochten ihr Arzt und ihr Mann sich auch ganz elend fühlen (während der Geburt vor Angst und hernach vor Erschöpfung) – Kitty war außer sich vor Glück.

Als das Frühjahr vorrückte, nahm Binny Gordon ihr normales Leben wieder auf; ihre Mutter hatte sogar das Herz, sie auszuschimpfen, als sie eines Tages all die »verlorenen« Exemplare ihres Katechismus fand. Im Haus hatten seit Binnys Genesung große Veränderungen stattgefunden; ihre Krankheit hatte deutlich gemacht, wie nötig die Familie ein Badezimmer brauchte. Und es war nur sinnvoll, gleichzeitig Leitungen für die Gasbeleuchtung zu verlegen, mit Anschluß in jedem Raum. Und statt eines Badezimmers konnten sie sich genausogut zwei leisten. So hatten denn Schreiner, Fliesenleger und Klempner das Haus auf den Kopf gestellt und wochenlang schier unbewohnbar gemacht; als sie wieder abzogen, war aus dem nie benutzten Mädchen- oder Nähzimmer am Ende des Korridors im Obergeschoß ein wunderschönes Badezimmer geworden. Die walnußgetäfelte Wanne war groß wie ein Sarkophag, das Waschbecken blitzte, und über der Toilette hing ein Kasten, von dem eine lange Kette herunterbaumelte: die Wasserspülung. Im Erdgeschoß war eine Kammer neben dem Gästezimmer zu einem kleineren Bad umgebaut worden: Waschbecken und Toilette, aber keine Wanne. Als nächstes galt es, die Schmutzspuren dieses Umbaus zu beseitigen: Gipsreste, Sägemehl, Ziegelstaub, Splitter und Nägel schienen in jede Ritze gedrungen zu sein, und ein gründlicher Hausputz war dringend vonnöten. Annes Familie mußte zwei weitere Wochen Unbequemlichkeiten in Kauf nehmen. Alle Teppiche wurden aufgerollt und im Garten geklopft. Als Anne und Martha und Louline, die immer noch bei den Gordons war und sich auf eine Dauerstellung einzurichten begann, auf Händen und Knien im Salon herumrutschten und den Teppich von den Dielen lösten, war es Martha, die durch einen unbedachten Ausruf Binnys Geheimnis verriet.

»Was sein das, huch, Miz Anne? Hier alle Nägel locker!« Martha, die in einer Ecke unter dem Klavier hockte, zerrte den Teppich von der Wandleiste los. »Miz Anne, was glauben, was ich finden?«

»Ich weiß nicht. Was denn?«

»Meine Seele, so was!« Martha war nicht auf den Kopf gefallen. »Och, Miz Anne, ich denken, sein nichts als olle Papier.«

»Laß mich mal sehen!« Anne wandte sich um und spähte durchs Zimmer.

Da man den Teppich nachher in Gegenwart ihrer Mutter aufrollen würde, bestand keine Hoffnung, Binny schützen zu können. Martha seufzte. »Ganze Kirchenbücher, wo unsre kleine Mä'chen immer verlieren tut. Wie die nur dahinkommen, Miz Anne?«

Anne rappelte sich auf und ging hinüber zu Martha. Unter dem zurückgeschlagenen Teppich lagen in einer Reihe ein halbes Dutzend verstaubter Ausgaben des *Kleinen Westminster Katechismus*.

»Wie die dahingekommen sind? Ich nehme an, Binny hat sie versteckt. Diese hinterlistige kleine Kröte! Wie oft hat sie mir erzählt, sie habe ihren Katechismus...« Anne zögerte vor dem

Wort »verloren«. Sie erinnerte sich zwar nicht mehr genau, glaubte aber, Binny habe für gewöhnlich gesagt: »Mein Katechismus ist verschwunden.« Und »verschwunden« war er tatsächlich. Allein wenn das Kind auch nicht ausdrücklich gelogen hatte, so war doch die Absicht, zu betrügen, unverkennbar.

»Aber, Miz Anne, Sie nicht dürfen hauen unsre kleine Mä'chen. Sie *sehr* kranke Kind!«

»Jetzt nicht mehr, Martha. Im übrigen ist sie zu groß für eine Tracht Prügel. Aber ob sie will oder nicht, sie wird ihren Katechismus lernen. Diese kleine Heidin!«

Den Beweis ihrer Missetat in Händen, lauerte Anne ihrer Tochter auf, als sie von der Schule heimkam; vorläufig durfte sie nur unter der Bedingung am Unterricht teilnehmen, daß sie gleich nach der letzten Stunde heimkam und sich hinlegte. Als sie übermütig hereinsprang, hielt Anne ihr schweigend die »verschwundenen« Katechismen entgegen.

»Oh! Du hast sie gefunden?«

»Natürlich habe ich sie gefunden. Wir nehmen im Salon den Teppich raus. Was ist nur in dich gefahren? Wie konntest du mich so hintergehen?«

»Ich hatte nie Zeit, sie wieder vorzuholen«, jammerte Binny. »Dauernd war jemand im Zimmer.«

»Das klingt nicht gerade sehr reumütig.«

»Oh, Mama, ich kann dieses ganze Zeug nicht lernen!«

»Zeug!« Anne errötete vor Zorn. »Deine Vorfahren haben ihr Blut vergossen und ihr Leben gelassen, um sich das Recht zu erkämpfen, die Glaubensartikel bekennen zu dürfen, die du ›Zeug‹ nennst. Und wenn du auch nicht direkt gelogen hast, so hast du's doch drauf angelegt, mich hinters Licht zu führen. Jetzt wirst du deinen Katechismus Wort für Wort auswendig lernen!«

»Mama ...«

»Wenigstens eine Frage und Antwort pro Tag. Geh rauf in dein Zimmer, leg dich ins Bett und memoriere das erste Paar, bis ich dir dein Abendbrot raufbringe.«

Wenn Binny während ihrer langen Krankheit verzogen worden war, so mußte sie rasch etwas dagegen unternehmen. Als John zum Dinner heimkam und nach Binny fragte, erfuhr er von ihrem sündigen Streich. Unglücklicherweise fand er ihn komisch.

»Ich möchte wissen, warum sie die Dinger nicht verbrannt hat. Dann wäre sie sie doch ein für allemal losgewesen.«

»Ich denke« – Anne mußte unwillkürlich lächeln – »das wäre ihr zu frevelhaft erschienen, das hätte sie nicht gewagt. John, ich weiß, du nimmst den Katechismus nicht ernst, aber ihren Schwindel kannst du deshalb noch lange nicht gutheißen. Also wag es ja nicht, raufzugehen und sie merken zu lassen, daß du's lustig findest!«

»Keine Sorge! Ich werde hinaufgehen und ihr klarmachen, wie ungehörig es ist, die eigenen Eltern anzuschwindeln.«

»Nein, das nun auch wieder nicht. Ich hab' sie schon genug gescholten.« Anne war überglücklich, weil der Zwist zwischen John und Binny endlich beigelegt war, und sie wollte ihn um keinen Preis wieder aufleben lassen. Um das zu verhindern, war sie sogar bereit, in Binnys Augen als die strenge Zuchtmeisterin dazustehen, die sie mit Kleinigkeiten wie Haare kämmen, Hände waschen und Tischmanieren plagte.

Und so lernte Binny ihren Katechismus. Die Wochen verstrichen, das Schuljahr ging zu Ende, der Sommer begann; er war kaum anders als andere Sommer vor ihm, außer daß alle ein wenig älter und ein bißchen ruhiger waren als gewöhnlich. Denn das Gemüt der Erwachsenen trübte die Gewißheit, daß General Grant im Sterben lag, obwohl er im Augenblick noch seine Memoiren zu Ende brachte. Als er dann im Juli starb, gab es unter seinen ehemaligen Soldaten keinen, der sich nicht plötzlich älter fühlte.

»Ein Stück von uns ist mit ihm gegangen. Ein Stück unseres Lebens«, sagte Ludwig eines Abends in Docks Praxis zu John.

»Ja. Zwanzig Jahre ist das jetzt her. Die Zeit vergeht, ohne daß man's merkt. Und dann, plötzlich, wird einem bewußt... Ich bin's leid, die Leute sagen zu hören, nichts in seinem Leben sei so würdig gewesen wie sein Ende. Mit den Jahren haben sie vergessen, was er einmal geleistet hat. Damit will ich nicht sagen, daß er dem Tod nicht tapfer ins Auge gesehen hätte: Keiner weiß besser als ich, daß er ein Held war. Aber das ist auch der arme, alte Mr. Sheldon; der sitzt im gleichen Boot. Ein beherzter Tod ist nicht so wichtig wie ein fruchtbares Leben. Haben denn alle Vicksburg und Appomattox vergessen?«

»Ich dachte, du vielleicht. Das sind ja ganz ungewohnte Töne aus deinem Mund!«

»Natürlich habe ich nichts vergessen. Gewisse Erinnerungen werden uns bis aufs Totenbett verfolgen.«

»Weißt du, daß ein Veteranentreffen geplant ist? Ein Zeltlager der Sherman-Brigade am Odell's See in der letzten Augustwoche. Der General wird auch dabeisein. Er versäumt keine Veteranentreffen.«

»Du fährst hin? Möchtest ihn wohl noch einmal sehen, bevor's zu spät ist?«

»Ich möchte, daß wir alle zusammen fahren. Nicht für eine

ganze Woche natürlich; nur einen Tag, um den General wiederzusehen. Du, Anne, eure Kinder und ich mit meiner ganzen Familie. Sogar Sally, falls sie sich den Strapazen gewachsen fühlt. Das Baby wird dann etwa einen Monat alt sein. Wir könnten nach Mansfield fahren, im Hotel übernachten, am nächsten Tag am Odell's See die Ansprache des Generals hören, nach Mansfield zurückkehren und am übernächsten Tag wieder heimkommen.«

»Du hast ja schon alles geplant! Aber sechs Kinder auf eine solche Reise mitschleppen?«

»Wenn ihr beide, du und Anne, dabei seid, werden wir schon zurechtkommen. Wenn ich allein fahren müßte, könnte ich nur ein Kind mitnehmen, und das wäre dann Binny, denn der hab' ich versprochen, daß sie General Sherman eines Tages zu sehen bekommt.«

»Das hast du Binny versprochen?«

»Du glaubst doch nicht, daß die Fahrt zu anstrengend wäre für sie?«

»Und eure Kinder müßten zu Hause bleiben?«

»Wie gesagt, wenn ihr beide mitkommt, könnten alle dabei sein. Johnny und Elsa sind schließlich schon ziemlich erwachsen.«

John schnaubte verächtlich. »Nicht so erwachsen, wie sie glauben. Aber es geht nicht an, daß vier Rauschs hinter einer Gordon zurückstehen. Ich werde mit Anne sprechen.«

Als bekannt wurde, daß General Sherman tatsächlich von einer Familienfeier bei seinem Bruder in Mansfield an den Odell's See fahren und zu den Veteranen sprechen würde, schmiedeten die Erwachsenen heimlich Reisepläne. Binny und den anderen Kindern wurde nichts verraten, damit sie nicht enttäuscht wären, wenn in letzter Minute doch noch etwas dazwischenkäme. Man mußte Sallys Niederkunft abwarten und sehen, ob sie so kurz danach den Strapazen der Reise gewachsen sein würde, und sie sich von ihrem Baby losreißen könnte. Im Augenblick hatte Sally nichts anderes im Kopf als den kleinen Sohn, den sie so widerwillig ausgetragen hatte. Als man ihr das schreiende Würmchen zum erstenmal zeigte, rief sie aus: »Nein so was, Papa wie aus dem Gesicht geschnitten!« Ludwig fand das sehr komisch, doch Sally bestand darauf: »Ich habe dir vier blonde Rauschs geschenkt. Der hier ist ein Cochran.«

»Aber du bist doch selber blond. Und Elsa ist...«

»Sag ja nicht, Elsa käme nach mir. Wäre es so, könnte ich besser mit ihr fertig werden.«

»Hat Elsa dir Kummer gemacht? Ich dachte, sie führe sich mittlerweile ganz vernünftig auf.«

»Ach nein, Kummer nicht. Sie will bloß immer das Gegenteil von dem, was ich ihr sage. Ich möchte nicht, daß sie jetzt, wo sie bald aus der Mittelschule kommt und endlich eine junge Dame werden müßte, weiter hinter Johnny Gordon herläuft, so als wäre sie noch ein Wildfang in kurzen Röcken. Nein, es ist eigentlich nichts, Ludwig, bestimmt. Aber dieses Baby werde ich verstehen, da bin ich mir ganz sicher!«

Später am Nachmittag, als Dock kam, um nach Sally und dem Baby zu schauen, bat Ludwig ihn auf ein Wort in die Bibliothek, bevor er ging. Er berichtete, Sally habe sich etwas widerstrebend mit ihren Plänen einverstanden erklärt. »Im Augenblick ist das Baby der Mittelpunkt ihrer Welt. Sie will den Kleinen Paul nennen. Ich hoffe nur, sie verzieht ihn nicht. Ich brauche Söhne als Nachfolger, die keine Flausen im Kopf haben.«

»Deine Interessen sind so vielfältig, du kannst bestimmt jedes Talent deiner Kinder nutzen.«

Ludwig schuftete in diesem Sommer für drei. Er führte die Seilerei (oder kümmerte sich zumindest darum, daß der Betrieb lief); leitete alles für den Bau der elektrischen Eisenbahn in die Wege (dank Douglas' Hilfe hatte er inzwischen die Konzession erworben); er kaufte Land und erwirkte das Durchfahrtsrecht, ließ die kürzeste und gewinnträchtigste Strecke ausmessen und jede Stadt und jedes Dorf daraufhin überprüfen, ob sich eine Haltestation lohne. Und nebenher arbeitete er noch mit seinen politischen Freunden an einer Strategie, die John Foraker, der '83 unterlegen war, diesmal den Wahlsieg sichern und ihn zum Gouverneur von Ohio machen sollte. Bei alledem verlor er nie sein heimliches Ziel aus den Augen, John Sherman 1888 als republikanischen Präsidentschaftskandidaten zu sehen.

Vor allem Ludwigs Einfluß auf die Politik des Staates Ohio und nicht so sehr der Umstand, daß er und John Gordon beide in Shermans Brigade gedient hatten, verschafften den Rauschs und den Gordons beim Veteranentreffen bevorzugte Behandlung. John Sherman und seine Verwandten fuhren von ihrer Familienfeier in Mansfield mit dem Zug zum Odell's See, mit demselben Zug, in dem auch die Waynesboroer Abordnung saß. Senator Sherman erkannte Ludwig auf dem Bahnsteig und machte sich lange genug von seiner Familie frei, um ihm die Hand zu schütteln, ein paar Worte mit ihm zu wechseln und ihn einzuladen, nachher auf der Rednertribüne Platz zu nehmen. Der Schaffner kommandierte: »Alles einsteigen!«, ehe Ludwig noch etwas einwenden oder seine Begleiter vorstellen konnte. Binny, die in stummem Freudentaumel schwebte, seit sie zum erstenmal von der bevorstehenden Reise gehört hatte, klammerte sich jetzt an den Arm ihrer Mutter und lugte hinter deren Röcken hervor.

»Mama, das ist doch nicht der General?«

»O nein! Dort, der Große in Uniform.«

Aber Binny wurde in den Zug geschoben, ehe sie Gelegenheit fand, richtig hinzuschauen. Als sie alle Platz gefunden hatten, legte John ihr mahnend die Hand aufs Knie. »Binny, du darfst dich nicht so aufregen. Wenn du dich jetzt nicht beherrschen kannst, wirst du hinterher sehr müde sein. Und vielleicht sogar krank werden. Du willst doch nicht noch einen Winter im Bett verbringen, oder?«

Sie preßte die Lippen aufeinander und schüttelte den Kopf.

»Dann sitz still und schau aus dem Fenster. Aber bleib mit den Händen von dem rußigen Fensterbrett weg! Ich wünsche mir, daß du auch bei unserer Ankunft noch wie eine kleine Dame aussiehst!«

Binny kümmerte sich nicht darum, ob sie *hinterher* müde sein würde; auf das *Jetzt* kam es an. Aber sie hielt den Blick gehorsam auf die vorbeifliegende Landschaft gerichtet, die aufblitzenden Telegraphenmasten und die Drähte zwischen ihnen, die sich in so raschem Wechsel hoben und senkten, daß einem ganz schwindelig wurde. Doch innerlich bebte sie im Überschwang ihrer Vorfreude. Nur einmal drehte sie sich fragend um, als Ludwig aufstand; er winkte ihr zu, durchmaß dann schwankend die Länge des Wagens, öffnete die Tür und verschwand im angrenzenden Abteil. Als er nach einiger Zeit zurückkehrte, beugte er sich über ihre Schulter und sagte: »Es klappt, Binny. Du wirst den General begrüßen dürfen, wenn wir nachher aussteigen. Er hat's mir versprochen.«

Binny konnte nur lächeln. Sie wollte etwas sagen, brachte jedoch kein Wort heraus. Sie hoffte, Onkel Ludwig würde nun nicht denken, daß sie womöglich ein undankbares Kind sei, sie ahnte nicht, daß ihr Gesicht ganz verklärt war vor Freude.

Als der Zug den See erreichte und hielt, wäre Binny über ihre eigenen Füße gestolpert und hätte auch noch ihre Mutter umgerannt, wenn Johns Hand sie nicht zurückgehalten hätte.

»Kein Grund zur Eile.«

Wie konnte Papa das wissen? Der General vergaß vielleicht sein Versprechen angesichts der großen Menschenmenge, die ihn erwartete, und von der mindestens die Hälfte in Uniform war. Aber er hatte es nicht vergessen. Als Ludwig die jungen Leute in einer Reihe aufgestellt hatte, führte er sie in den nächsten Wagen, wo die Shermans sich eben zum Aussteigen bereit machten. Sobald der General sie kommen sah, trat er zur Seite und wartete. Binny erblickte einen hochgewachsenen Mann in verknitterter Uniform, den Hut in der Hand; sie sah ein zerfurchtes Gesicht und schütteres Haar, das im Luftzug wehte.

Ludwig salutierte. »Captain Rausch vom Sechsten Iowa, Sir.«

»Corse's Regiment!« Das zerfurchte Gesicht strahlte auf. »Erinnern Sie sich noch an Allatoona?«

»Gewiß, Sir. ›Haltet das Fort!‹ Darf ich vorstellen: Captain Gordon, Assistenzarzt bei Ohios Sechsundvierzigern.«

General Sherman musterte John einen Moment lang. »Der Name kommt mir bekannt vor, junger Mann. Ich weiß nicht, ob wir uns je begegnet sind, aber ich erinnere mich noch an Ihre Eingaben: Sie haben jeden Stabsarzt bis hinauf in die höchsten Ränge mit Berichten über dieses Lazarett in Duckport gequält.«

»Ganz recht, Sir!« John schien verlegen. »Es war die reinste Pesthöhle. Aber erst als Sie den Befehl gaben, wurde es geschlossen. Ich habe den Brief immer noch: Ihr Adjutant schickte mir damals eine Kopie. Sie schrieben: ›Ist wegen des Lazaretts in Duckport immer noch nichts unternommen worden? Veranlassen Sie unverzüglich seine Schließung, und sorgen Sie dafür, daß die Kranken und Verwundeten verlegt werden.‹ Dieser Befehl war ein Gottesgeschenk für mich, aber ich hätte nie gedacht, daß Sie sich noch daran erinnern, Sir.« Die beiden Männer drückten einander die Hand. Johnny stand kerzengerade neben seinem Vater, und Binny, an der Hand ihrer Mutter, reckte sich auf die Zehenspitzen. John stellte Anne vor. General Sherman verneigte sich und blickte von ihr auf die Kinder. »Und das sind Ihre Sprößlinge?« Er beugte sich nieder und streckte Binny die Hand hin; als sie sich nicht recht traute, diese zu ergreifen, bückte er sich und küßte sie auf die Wange. »Haben sie dir das nicht erzählt? Ich küsse immer die hübschen Mädchen.« Er schüttelte Johnny die Hand und wandte sich dann an die Rausch-Kinder, die neben Ludwig angetreten waren. »Und diese Flachsköpfe gehören Ihnen, Captain Rausch?« Er küßte auch Elsa, und sie, die ihr Haar zu einem Knoten aufgesteckt hatte, ein kokettes Hütchen schräg über dem linken Auge trug und sich sehr erwachsen vorkam, errötete bis zu den Ponyfransen. Der General gab Ludwigs Söhnen die Hand, verabschiedete sich dann und trat grüßend vor die Menge hin, die das Grüppchen auf dem Bahnsteig zu erdrücken drohte.

»Ich muß mit unserer Eskorte auf die Rednertribüne, wenn ich auch viel lieber nach meinen Kameraden Ausschau hielte. Vielleicht sehen wir uns später noch, wenn die Ansprachen vorbei sind?«

Binny ließ die Hand ihrer Mutter los und wäre dem General

blindlings gefolgt, ein winziger Nachzügler der Eskorte, die sich eben formierte; doch ihre Mutter hielt sie zurück. »Nein, nein! Du bleibst schön bei uns. Ludwig, wohin jetzt?«

»Wir werden uns ein Plätzchen in der Nähe der Rednertribüne suchen, damit wir alles gut verstehen. Aber ich fürchte, ihr werdet auf dem Rasen sitzen müssen. Es wird eine Menge Vorgeplänkel geben, ehe der General an der Reihe ist. Dock, hättest du Lust, mit mir durch die Menge zu flanieren, wenn wir einen Platz für unsere Familien gefunden haben? Es sind viele alte Freunde von uns dabei.«

John lachte. »Ich bleibe wohl besser bei den Kindern. Wir könnten uns sonst womöglich in diesem Gedränge verlieren.«

Ludwig führte sie unter einen Baum, wo sie im Schatten sitzen und zuhören konnten, solange der Tumult nicht zu arg wurde. »Ich komme zurück, bevor der General seine Ansprache hält«, versprach er und ging davon. Das Programm begann mit den üblichen Einführungsreden: General Finley stellte den Senator vor, der wiederum seinen Bruder vorstellte. Beide faßten sich kurz. Ludwig kam gerade noch rechtzeitig, um es sich neben seiner Gruppe auf dem Rasen bequem zu machen, ehe der General zu sprechen begann. John hatte sich gegen einen Baumstamm gelehnt und war offenbar in Gedanken weit fort.

Er ist ebenso verzückt wie Binny, dachte Anne, nur weil General Sherman sich an seinen Namen erinnert hat. Ihr Blick fiel auf Johnny und Binny: Sie lauschten dem General mit gespannter Aufmerksamkeit, als er auf die »alten Kriegskameraden« zu sprechen kam und dazu aufrief, zusammenzukommen und miteinander zu reden »solange wir leben und sooft wir können; denn wenn wir die Erinnerungen an jene glorreichen Tage auffrischen können, wird uns das guttun, uns und vor allem unseren Kindern, die zu uns aufsehen und sich ein Beispiel an uns nehmen werden« – so und ähnlich ging es noch eine gute Viertelstunde weiter. Endlich kam er zum Schluß. Die Menge drängte sich vor zur Rednertribüne, um ihm die Hand zu schütteln.

»Mama, komm! Wir wollen auch hin! Papa?«

»Binny, nein, du würdest im Gedränge ersticken. Komm, es wird Zeit für uns, zum Bahnhof zurückzugehen.« John nahm Binnys Hand fest in die seine und bahnte sich und den anderen energisch einen Weg gegen den Strom der Männer in Uniform und in Zivil. »Wir haben unseren großen Moment gehabt. Und du hast General Sherman nicht nur gesehen, er hat dich sogar *geküßt.*«

»Ja, Papa. Und er hat sich an dich erinnert. Freust du dich

nicht? Heute ist der glücklichste Tag meines Lebens! Das muß ich Onkel Ludwig sagen.«

»Ja, das mußt du – er hat alles in die Wege geleitet. Und... ja, Binny, ich freue mich.«

Als sie wohlbehalten in ihrem Hotel in Mansfield eingetroffen und die erschöpften Frauen und Kinder zu Bett gegangen waren, setzten John und Ludwig sich noch auf einen Drink in die Bar. John war auffallend schweigsam.

»Es tut dir doch nicht leid, daß du mitgekommen bist, Dock?«

»Ob es mir...? Ach so, nein! Für die Kinder wird das eine bleibende Erinnerung sein. Ich bin dir dankbar, daß du das alles arrangiert hast. Und es hat mir geschmeichelt, daß der General sich an meinen Namen erinnerte – oder hast du etwa die Rede darauf gebracht, als du dich vor dem Einsteigen mit den Shermans unterhieltest?« Ludwig wies diesen Verdacht entschieden von sich, wie John es nicht anders erwartet hatte. Aber an das Lazarett in Duckport mußte der General sich immerhin erinnert haben, und sei es auch nur als an den Gegenstand eines lästigen Papierkriegs. Nach einer Weile fuhr John fort: »Ich bin mir nur nicht sicher, ob ich ihn so hätte wiedersehen wollen, Ludwig. Er ist ein alter Mann geworden und redet auch so. ›Erinnerungen an jene glorreichen Tage.‹ Das ist nicht der General Sherman, für den wir gekämpft haben.«

»Nein. Aber das Alter macht uns alle sentimental.«

Die beiden Männer tranken aus und gingen in ihre Zimmer. Ehe John das Gaslicht abdrehte, betrachtete er einen Moment lang seine Tochter, die im Schlaf lächelte. Zumindest für Binny war dies ein Tag reiner, ungetrübter Freude gewesen.

Das Veteranentreffen der Sherman-Brigade hatte keinen politischen Charakter gehabt, und doch schien es den Beginn einer neuen Wahlkampagne beschleunigt zu haben: Gouverneur Hoadley und der Mann, den er '83 besiegt hatte, kämpften erneut um das Gouverneursamt von Ohio. Mr. Foraker kam nach Waynesboro, um eine Rede zu halten; als die Musikkapelle ihn zum Bahnhof geführt und die meisten Bürger der Stadt heimgegangen waren, um sich schlafen zu legen, bestieg Ludwig mit Mr. Foraker den Zug, um ihn nach Cleveland zu begleiten. Die *Fackel* erwähnte diesen Umstand eigens in ihrem Bericht über den Verlauf des hohen Besuches: »Bei seiner Abreise aus Waynesboro wurde Mr. Foraker von Mr. Ludwig Rausch begleitet, der gleich ihm bei Mr. Marcus Hanna in Cleveland zu Gast sein wird, wo die Strategien des künftigen Wahlkampfes beraten werden.«

Amanda Reid, die wieder einmal die Aufsicht über eine lateinische Klassenarbeit führte, lächelte ein wenig in der Erinnerung daran, welchen Eindruck diese Notiz am Vorabend auf ihre Freundin Elizabeth gemacht hatte. Sie hatten sich die *Fackel* am Wohnzimmertisch geteilt, und Elizabeth konnte sich nicht enthalten, die Artikel, welche sie interessierten, laut vorzulesen, bevor Amanda noch Gelegenheit bekam, sie selbst anzuschauen. Als sie den fraglichen Absatz beendet hatte, fragte Elizabeth: »Das ist doch der Mann unserer Klubvorsitzenden, nicht wahr? Kennt er denn Mr. Hanna?«

»Gewiß. Schon seit Jahren, glaube ich. Kennen die Politiker sich denn nicht alle untereinander?«

»Aber Mr. Hanna! Ich könnte mein Leben lang in Cleveland wohnen, so wie meine Familie es getan hat, ohne Mr. Hanna auch nur zu Gesicht zu bekommen.«

»Du bist beeindruckt?«

»Ja, irgendwie schon. Hältst du mich jetzt für naiv? Waynesboro ist bedeutsamer, als es auf den ersten Blick scheint.«

Ihre Offenheit und ihr leicht zu beeindruckendes Wesen hatten Amanda zum Lachen gebracht; jetzt, hier an ihrem Pult, lächelte sie in der Erinnerung. Elizabeths Schwächen waren sehr menschlich, sehr von ihrer Jugend diktiert und leicht in Kauf zu nehmen. Sie lebten nun schon fast ein Jahr zusammen. Vor einem Jahr hatte Amanda die Richtigkeit ihrer Entscheidung bezweifelt, hatte fast bereut, eine so enge Gemeinschaft mit einem anderen Menschen eingegangen zu sein: Zu oft schon war sie durch angebliche Freundschaft enttäuscht worden. Aber ihre Besorgnis war völlig unbegründet gewesen. Ihr Zusammenleben hatte sich sehr harmonisch entwickelt. Elizabeth war eine ausgezeichnete Lehrerin; sie hatte einen klaren Verstand; sie hatte Gefallen am Klub gefunden (sie und Sally waren bereits mitten in den Vorbereitungen für die nächste Weihnachtsfeier: Als Olivia und Viola probten sie zusammen mit anderen wichtigen Darstellern Szenen aus *Was ihr wollt*), und sie und Elizabeth Talmadge waren die besten Freundinnen.

Und doch war Amanda froh gewesen, den Sommer über allein zu sein, während Elizabeth die Ferien bei ihrer Familie verbrachte: es war erholsam, sich eine Weile nicht gesellig geben zu müssen. Im übrigen war sie sicher, daß Elizabeth nach diesem Schuljahr ohnehin ausziehen würde. Tim Merrill verbrachte zu viele Abende in ihrem Salon und begleitete sie zu oft in Gesellschaft, um nicht ernste Absichten zu verfolgen. Elizabeth würde die nächste Freundin sein, die sie an den Ehestand verlor.

DIE MITGLIEDER DES FRAUENKLUBS VON WAYNESBORO

Miß Eliza Ballard
Mrs. Mary Ballard
Mrs. Louisa Deming
Mrs. Katherine Edwards
Mrs. Gwen Evans
Miß Caroline Gardiner
Miß Lavinia Gardiner
Mrs. Anne Gordon
Mrs. Rhoda McKinney
Mrs. Laura Maxwell
Mrs. Sarah Rausch
Miß Amanda Reid
Miß Elizabeth Talmadge
Mrs. Thomasina Travers
Mrs. Christina Voorhees

IN MEMORIAM

Miß Susan Crenshaw
Mrs. Mary McCune
Miß Agatha Pinney

1886

»Und wieder das schicksalhafte Zeichen des Todes...«

Das Programmkomitee für 1886/87 wurde, wenn auch widerwillig, von Eliza Ballard geleitet, mit Elizabeth Talmadge und Mrs. McKinney als Beisitzerinnen. Eliza entschied (sie hatte diesem Punkt einen beträchtlichen Teil ihrer Gedanken gewidmet), daß es für den Klub höchste Zeit sei, sich mit zeitgenössischer Literatur zu beschäftigen, wie undamenhaft oder unchristlich deren Inhalt auch immer sein möge. Bevor ihre beiden Assistentinnen erschienen, um mit ihr einen Abend zu verbringen, verfertigte sie eine Liste möglicher Themen. Von einigen wußte sie, daß sie nicht akzeptiert werden würden, doch war sie sich sicher, daß wenn sie bei diesen bereits zu kompromißbereit nachgeben würde, andere, die sicherlich weit weniger anstoßend wären, dem gleichen Weg folgen könnten. Als sie die Liste der Autoren und ihrer letzten Werke vorstellte, konnte sie mit Vergnügen beobachten, wie sich bei der Nennung von Zolas »Nana« und Maupassants »Ein Leben« Mrs. McKinneys Augenbrauen in die Höhe zogen. Mit scheinbarem Widerstreben stimmte sie dann jedoch zu, den ersten durch »Ben Hur« von Wallace zu ersetzen und den anderen mit Olive Schreiners »Geschichte einer afrikanischen Farm«. Dadurch gelang es ihr, Hardys »Die Rückkehr«, Merediths »Diana vom Kreuzweg« und Henry James' »Bildnis einer Dame« für ihre Aufstellung zu retten. Mrs. McKinney las so wenig schöngeistige Literatur, daß sie nur wußte, welche Bücher als anrüchig galten. Darüber hinaus kannte sie nur das Thema von Predigten. Sie meinte tatsächlich, es sei eine Schande, daß derart frivole Autoren offensichtlich unfähig wären, ein anderes Thema zu finden als das der ehelichen Untreue. Sie beklagte desgleichen, daß so viele Poeten – wie Matthew Arnold – augenscheinlich durch die neuzeitlichen Lehrsätze der Wissenschaft in ihrem Glauben wankend gemacht worden wären. Selbstverständlich stehe es jedem, der über Matthew Arnold schriebe, frei, dessen Schwäche zu kritisieren. Die Einbeziehung von Alfred Lord Tennyson allerdings erfreute sie.

»Thomasina«, sagte Eliza, »würde liebend gern einen Aufsatz über den Poeta laureatus schreiben.«

Elizabeth wartete und ließ Eliza ausreden, bevor sie ihren einzigen Widerspruch formulierte: »Warum Tourgée? Alle anderen auf der Liste sind doch große Schriftsteller.«

»Ich habe ihn wegen meiner Mutter aufgenommen. Sie ist der Überzeugung, daß er ausgezeichnete Arbeit gegen den Klan und für die Sache der Neger geleistet habe.«

Als Mrs. McKinney ausdrücklich ihre Zustimmung bekundete, zog Elizabeth ihren Einspruch zurück. »Ich hoffe nur«, sagte Eliza zu Elizabeth, »daß du einwilligen wirst, die Leitung der Weihnachtsvorstellung zu übernehmen. Ich dachte eventuell an einige Lieder von Gilbert und Sullivan? Die Sitzung dafür ist am fünfzehnten Dezember, und Christina könnte sicherlich helfen.«

Elizabeth fand nur schwache Einwände, erwähnte jedoch, daß sie sicher sei, Christina würde nicht mitmachen. »Seit sich der Zustand ihres Vaters derart verschlechtert hat, verbringt sie den größten Teil ihrer Freizeit mit ihm. Und darüber hinaus hat sie, seit sie selbst Kinder hat, für deren moralische Grundsätze sie sich verantwortlich fühlt, eine gewisse religiöse Bedenklichkeit entwickelt. Sie ist davon überzeugt, daß ihre eigene Jugend verschwendet worden ist. Jetzt hält sie Theateraufführungen nicht nur für Zeitverschwendung, sondern für unbedingt verwerflich. Ich bin sicher, bei der Weihnachtsaufführung werden wir ohne sie auskommen müssen.«

»Natürlich solltest du es am ehesten wissen, schließlich gehst du ja in die gleiche Kirche«, sagte Eliza. »Ich kann aber nicht glauben, daß ihr Vater so engstirnig ist. Nun, immerhin, sieh zu, was du ausrichten kannst.«

Das Komitee kam dann überein, es sei nicht mehr notwendig, sich ein weiteres Mal zu treffen, und daß die Themen den Damen in der alphabetischen Folge ihrer Namen zugewiesen werden könnten.

Als dann im Hochsommer den einzelnen Klubmitgliedern die gedruckten Programme zugeschickt worden waren, gab es zwar durchaus entrüstetes Stöhnen, doch keine großartigen Versuche, den einen Autor für einen anderen auszutauschen: Es war noch zu früh, sich um Aufsätze für den Klub zu kümmern, außer für die, die bereits im Dezember fertig sein sollten. Die Programme wurden vorerst in Schreibtischschubladen verstaut; man würde darüber nachzudenken beginnen, wenn es soweit wäre.

Die erste Klubzusammenkunft stand ganz im Zeichen von Geschäftlichem: Berichte der Vorstandsmitglieder, eine Einführung in das Programm durch Eliza (die auf diese Weise der Pflicht entging, einen Aufsatz schreiben zu müssen) und ein Pianosolo von Thomasina, der höflicherweise eine Zugabe abverlangt wurde. Das zweite Treffen fand dann am 22. September in Anne Gordons Haus statt. Man befand sich durchaus in entspannter Stimmung, bereit, sich eher unterhalten als belehren zu lassen, und Tourgée als Schriftsteller verlangte auch durchaus wenig geistige Anstrengung, als wie ernsthaft er auch immer von Mrs. Ballard betrachtet wurde. Nur für einen Augenblick wurden alle Gesichter feierlich ernst, als bei der Verlesung der Namensliste auf »Mrs. Katherine Edwards« keine Antwort kam. Kitty hatte sich nach der Geburt ihres zweiten Sohnes die Brightsche Krankheit zugezogen. Die Schriftführerin beeilte sich, zum nächsten Namen auf der Liste zu kommen, und damit war dann das Tagesprogramm vorgestellt. Mrs. Ballard war außerstande, sich aus dem Sessel, zu dem man sie geführt hatte, zu erheben, und verlas deshalb ihren Aufsatz – den sie der immer hilfsbereiten Thomasina diktiert hatte, denn ihre verkrüppelten Hände konnten keinen Bleistift mehr halten – im Sitzen.

Nachdem sie geendet hatte und ihr gedankt worden war, vertagte sich die Versammlung, und die Damen gingen auseinander. Sally Rausch verweilte gerade lange genug im Gesellschaftszimmer der Gordons, um einige Bemerkungen über Mrs. Ballards Aufsatz und ihre bedauerliche Behinderung auszutauschen, wie auch um ihrem Bedauern für die schwerer Erkrankten, Dr. Blair und Kitty, Ausdruck zu verleihen und letztlich erfreut festzustellen, es sei ein ruhiger Sommer gewesen: keine größeren Unruhen, weder in der Welt noch in Waynesboro.

Kurz danach lief Ariana McCune von zu Hause weg.

Einige Tage blieb – natürlich nicht für die Mitglieder der Familie – ihr Verschwinden unbemerkt. Freitags wurde in der Schule (Ariana war nicht mit ihrer Klasse im Frühjahr 1886 graduiert worden; sie hatte in Latein ein Jahr Rückstand und erledigte auf ihren eigenen Vorschlag hin einige Schreibarbeiten für Miß Talmadge) angenommen, daß ihre Abwesenheit auf eine Erkrankung zurückzuführen sei, und weder ihre Brüder noch Ruhamah sagten irgend jemandem etwas anderes.

Auch am Samstagmorgen wurde Ariana nur in beiläufigen Bemerkungen erwähnt; sie nahm durchaus keine vorrangige Position in irgend jemandes Bewußtsein ein. Es war ein schöner, warmer Septembertag, und vielleicht würde es nicht mehr viele derartige schöne Samstage geben. Johnny hatte sich mit einigen Freunden für ein spontanes Picknick entschieden: Sie planten, mit den Pferdewagen von Rauschs und Demings auf die Gordon-Farm hinauszufahren und den Tag mit Nüssesammeln in den nahen Wäldern zu verbringen, und sie würden ein Picknick mitnehmen, das von Mrs. Rausch und Mrs. Deming beziehungsweise von deren Köchinnen vorbereitet worden war. Julia Deming erschien zusammen mit Johnny, um darum zu bitten, Binny mitnehmen zu dürfen. Binny, die man natürlich vorher von dem Vorhaben in Kenntnis gesetzt hatte, war bei der Verhandlung zugegen und erwartete den Gerichtsspruch ohne ein Wort zu sagen, doch der Ausdruck von gespannter Erwartung stand auf ihrem Gesicht geschrieben.

»Aber ihr seid doch alle viel zu groß für Binny, ihr werdet sie völlig erschöpfen. Und warum solltet ihr euch überhaupt mit ihr belasten? Sie hat doch genug gleichaltrige Freunde.«

»Wir möchten, daß sie mitkommt«, sagte Julia, »weil wir uns wünschen, daß sie dabei ist. Und *ich* werde sie nicht ermüden, ich verspreche es: Ich habe überhaupt nicht vor, durch das Unterholz zu kriechen und meine Röcke an Dornensträuchern zu zerreißen. Binny und ich werden sicherlich ein hübsches sonniges Fleckchen finden, wo wir Vaters Büffelfell auf der Erde ausbreiten und den wundervollen Tag genießen können.«

Es war tatsächlich ein so sommerlicher Tag, daß er für Binny keinesfalls schädlich sein konnte. Binny versprach überglücklich, bei Julia sitzen zu bleiben, obwohl ihre Mutter wußte, daß sie gewöhnlich liebend gern durch das Gebüsch kriechen würde, ob es Dornen gäbe oder nicht.

»Einverstanden«, sagte Anne schließlich, »aber nur, wenn du Johnny versprichst, darauf zu achten, daß sie sich nicht übermüdet. Wer geht denn überhaupt auf diese Picknicktour mit?«

»Julia und Binny und ich fahren in Julias Einspänner. General Deming hat gesagt, ich könnte ihr Pferd kutschieren. Elsa fährt mit ihrem eigenen Buggy mit Bill Thirkield und Gib Evans. Ich wette, sie läßt die nicht kutschieren.«

»Ihr brauchtet noch ein Mädchen. Was ist überhaupt mit Ariana McCune passiert? Sie war doch sonst immer dabei.«

»Na ja, ich weiß nicht. Ihr Vater hat ihr nie erlaubt, etwas mit uns zu unternehmen, wie zum Beispiel Bobfahren oder Freitag nachts zum Strand am South Hill fahren oder Ahornsirup-Kamp-Partys – drum haben wir's irgendwie aufgegeben, sie zu fragen. Davon abgesehen, Ariana ist ziemlich komisch: Früher ist sie nie so ein Angsthase gewesen, aber jetzt tut sie ja nichts anderes, als für Miß Talmadge Gedichte zu schreiben. Es ist ungefähr so, als hätte sie sich in sich selbst eingeigelt und drehte jedem den Rücken zu. Außerdem muß sie auch krank sein – sie war gestern nämlich nicht in der Schule.«

Anne dachte eine Weile darüber nach: Mädchen im Alter Arianas verpaßten gewöhnlich den einen oder anderen Schultag. Sie half den drei jungen Leuten in den Einspänner und rief ihnen einen Abschiedsgruß nach: »Viel Spaß«, verbunden mit einer letzten Ermahnung: »Paßt auf, daß sich Binny nicht zu sehr anstrengt, und wenn ihr wollt, daß euch Martha nächste Woche Apfelkuchen und Klöße macht, dann denkt daran, von der Farm Äpfel mitzubringen.« Mittlerweile hatte sie Ariana völlig aus den Gedanken verloren und kehrte ins Haus und zu ihren samstäglichen Haushaltspflichten zurück.

An diesem Sabbatmorgen wurde die Gemeinde der Reformierten Presbyterianer von dem eisigen bitteren Zorn überrascht, mit dem Reverend McCune seine Predigt hielt. Gewöhnlich waren seine Ansprachen derart langweilig, daß sie eine gewisse Entspannung erlaubten, ein bißchen Dösen und sogar regelrechte Nickerchen in den Kirchenbänken direkt vor ihm. An diesem Morgen jedoch schlief niemand. Die Erkenntnis, daß etwas Ungewöhnliches vorgehe, kam zuerst bereits mit der Wahl des Textes, den der Geistliche aus der Heiligen Schrift lesen wollte: aus dem ersten Kapitel des Briefs des heiligen Paulus an die Römer, Vers 18 bis 32:

Gottes Zorn wird vom Himmel her offenbar über alle Gottlosigkeit und Ungerechtigkeit der Menschen, die durch ihre Ungerechtigkeit die Wahrheit Gottes unterdrücken... Während sie sich für Weise ausgaben, wurden sie zu Toren. Sie vertauschten die Herrlichkeit des unvergänglichen Gottes mit Abbildern von vergänglichen Menschen, von Vögeln und von vierfüßigen und kriechenden Tieren.

Darum gab sie Gott durch die Gelüste ihres Herzens der Unlauterkeit preis, so daß ihre Leiber an ihnen geschändet wurden. Sie vertauschten den wahren Gott mit falschen Göttern und verehrten und beteten das Geschöpf an anstatt den Schöpfer, der da hochgelobt ist in Ewigkeit. Amen. Deshalb gab sie Gott schändlichen Leidenschaften preis. Ihre Weiber verkehrten den natürlichen Verkehr in den widernatürlichen. Ebenso gaben die Männer den natürlichen Verkehr mit der Frau auf und entbrannten in ihrer wilden Gier zueinander. Männer trieben Schamloses mit Männern und empfingen so an sich die verdiente Strafe für ihre Verirrung.

Nach dem ersten lähmenden Schock, den diese vergleichsweise ungewohnte, freimütige Schmährede des Apostels Paulus bewirkte, die so eindringlich von der Kanzel verlesen wurde, saßen die meisten Mitglieder der Gemeinde mit niedergeschlagenen Augen da: So gespannt sie sich auch fragten, welcher ihrer Burschen es denn nun sei, der im Verdacht stand, sich diese besondere Form der Sünde zuschulden habe kommen lassen, sie wagten es nicht, auch nur einen Blick zur Seite auf ihren Nachbarn zu werfen. Amanda jedoch, die in ihrer Bank im Mittelschiff neben Elizabeth Talmadge saß, erriet in der eisigen Stimme des Pfarrers eine zurückgedrängte Glut, ein Brennen, wie das Brennen, das man fühlt, wenn man an einem frostigen Morgen ein eisernes Tor anfaßt. Irgend etwas mußte geschehen sein. Sie ließ ihren Blick von dem Geistlichen zu der weit vor ihr zur Linken liegenden Kirchenbank schweifen, in der Mrs. McCune saß: genauer gesagt, die zweite Mrs. McCune; Matt, der Älteste, der Theologe geworden war, saß am anderen Ende und zwischen ihnen die jüngeren Kinder Mark, Ruhamah und Luke. Nur Ariana war nicht dabei. War sie womöglich eher in Ungnade gefallen als erkrankt? Was aber könnte das Kind getan haben, um den gewaltigen Zorn des heiligen Paulus zu verdienen? Mit zunehmender Übelkeit hörte Amanda der Predigt zu. Indem er sich auf die Autorität des Paulus berief, erklärte Mr. McCune, daß alle anderen Sünden aus diesen »eitlen Lüsten« erwüchsen, wie dem Mißbrauch des Körpers, der der Tempel Gottes ist. Und in der Art, in der Paulus an die Gläubigen der römischen Kirche und nicht an heidnische Götzenanbeter geschrieben hatte, fühlte sich der Pfarrer gezwungen, auch mit seiner Herde zu sprechen, falls sich in ihr »Gesetzesbrecher« befänden. Laßt sie die Wege ihrer Kinder erforschen, damit unter den Töchtern Zions und unter den Söhnen des Heiligen Bundes keine widernatürlichen Gelüste seien, Befriedigung von Begierden, die sie gänzlich der Verdammnis preisgeben würden, »des Todes würdig«.

Amanda saß wie versteinert, während der letzte Psalm gesungen wurde und während der Segnung; selbst als die Gemeinde schließlich aus der Kirche strömte und Eliza neben ihr aufstand und ihr einen fragenden Blick zuwarf, konnte sie sich einen Augenblick lang nicht rühren. Dann flüsterte sie heftig: »Zur Seitentür«, und schob Elizabeth an der Bank lang in die andere Richtung. Sobald sie draußen auf den Stufen in der frischen Luft standen, sah Elizabeth sie wiederum an: Amanda hatte noch nie zuvor versäumt, die Kirche durch das Hauptportal zu verlassen, wie es die Regeln des Anstands verlangten, und ihren Platz in der Reihe einzunehmen, die an Mr. McCune vorbeidefilierte und seine Hand schüttelte.

»Ich könnte jetzt nicht *Hände schütteln* – nicht heute morgen.«

»Es war wirklich ziemlich furchtbar. Ich hatte schon immer den Verdacht, daß der heilige Paulus vom Fleische besessen sei. Die Vorstellung von... Hat dein Pfarrer den gleichen Tick?«

»Paulus hatte es mit den Römern zu tun – eine gänzlich andere Sache.« Amanda konnte die Kritik an dem Apostel nicht ungetadelt durchgehen lassen. »Du weißt, wie es mit dem Leben in Rom zu seiner Zeit stand: Da war Unmoral in jeder schrecklichen, lasterhaften Form an der Tagesordnung. Ich nehme sogar an, daß sie von den ersten Christen durchaus nicht als unmoralisch erkannt wurde. Und wie Paulus schon sagte, hatte sich in ihrer Seele der Begriff des unbestechlich richtenden Gottes zu einem Gott ihres eigenen Bildes gewandelt; Paulus mußte sie aus ihrer Verirrung herausführen. Aber gerade das erste Kapitel des Römerbriefes kann unmöglich auf die hiesigen Kirchenmitglieder Anwendung finden: Sie mögen alle Sünder sein, aber sie wurden im Zustand der Gnade geboren, sie sind mit der Vorstellung eines unerbittlich richtenden Gottes aufgewachsen.«

»Was hat ihn deiner Meinung nach zu diesem Ausbruch veranlaßt?«

»Ich weiß es nicht«, sagte Amanda kurz angebunden. »Ich will es auch gar nicht wissen. Wir hätten Mr. McCune vor langer Zeit loswerden sollen. Als Seelsorger taugt er wenig und als Prediger erst recht nicht.«

Das war das Ende des Gespräches. Ungeachtet der Tatsache, daß sie »nichts wissen wollte«, hatte Amanda vor, am nächsten Tag einen der McCunes zu fragen, ob Ariana krank sei. Mark war in ihrer Lateinklasse, Ruhamah besuchte die zweite Klasse; sie würde wohl einen von beiden auf dem Wege von oder zu dem Unterricht beiseite nehmen können.

Doch gerade weil es Amanda, die normalerweise von anderen Gemeindemitgliedern umringt gewesen wäre, nicht möglich war, Mr. McCune entgegenzutreten und nach Ariana zu fragen, wurde Dr. Blair als erster außerhalb der Familie in das Verschwinden Arianas eingeweiht. Obwohl Dr. Blair als Präsident des Seminars zurückgetreten war, wohnten er wie auch die Voorhees' immer noch im Haus des Präsidenten: Mr. Maxwell war zum amtierenden

Präsidenten ernannt worden, wohnte jedoch weiterhin gegenüber von Gardiners, wo er schon lebte, seit er nach Waynesboro gekommen war; es bestand für niemanden ein Grund, umzuziehen, bis nicht eine endgültige Berufung erfolgt war. Dr. Maxwell war für den jungen Matthew McCune durchaus nicht die Idealvorstellung eines Mannes, zu dem man geht, wenn man sich in Schwierigkeiten befindet. Dr. Blair jedoch, wenn auch arbeitsunfähig, würde vielleicht verstehen, wie er sich fühlte. Nach einem steifen und schweigsamen Mittagessen im Pfarrhaus ging Matt zum Seminar zurück, aber anstatt zu seinem Zimmer im Schlaftrakt zu gehen, lenkte er seine Schritte zum Haus des Präsidenten, den Ziegelweg hinauf und die Stufen hoch, langsam, aber entschlossen. Die Haushälterin, die ihm öffnete, fragte er: »Dr. Blair? Könnte ich mit ihm sprechen?«

»Sie sind einer seiner Studenten, nicht wahr? Dann wissen Sie es wahrscheinlich nicht: der Doktor kann das nicht mehr.«

»Dann bitte Mrs. Voorhees. Es ist dringend.«

Sie bat ihn in den halbverdunkelten Salon. Christina kam einen Augenblick später herein. Er erhob sich von dem Sessel, in den er sich gesetzt hatte; ein Hosenbein, das sich im Oberteil seines Stiefels verfangen hatte, hing faltig um seine Waden. Er drehte seinen Hut ständig in seinen grobknochigen Händen herum. Ein tapsiger Bursche, dachte Christina, wie die meisten Studenten: ein Landjunge, der irgendwie zu Ungezwungenheit und Würde erzogen werden soll. Matt erinnerte sehr an seinen Vater mit seinen sandfarbenen Haaren, es fehlten ihm jedoch Mr. McCunes gemeine, verkniffene Gesichtszüge; seine blauen Augen waren weit, offen und sahen sie in diesem Augenblick flehend an.

»Kann ich irgend etwas für Sie tun?«

»Ich hatte gehofft, ich könnte Ihren Vater sprechen. Ich brauche seine Hilfe.«

Christina schüttelte langsam den Kopf. »Wie Sie wissen, ist es für ihn bereits sehr schwer, zu atmen, ohne auch noch reden zu müssen. Sie könnten es nicht mir erzählen?«

»Sie könnten mir nicht helfen.«

»Könnten Sie es ihm wohl sagen, und ihn seine Antwort schreiben lassen?«

Matts Gesicht leuchtete auf. »Wenn ich es ihm auch nur erzählen könnte, wüßte er vielleicht, was zu tun ist.«

Sie führte den Jungen in das vollgepfropfte Studierzimmer ihres Vaters. In dem Zimmer war es heiß; die Luft roch nach Medizin und war erfüllt von dem Geräusch des schweren Atmens des alten Mannes. Er wurde mit Kissen in einem alten Ledersessel in einer aufrecht sitzenden Position gehalten; ein schwerer ledergebundener Band lag geöffnet auf dem Lesegestell über seinen Knien. Als die beiden in der Tür standen, schob er seine Brille hoch auf seinen Kopf und klappte das Buch zu. Einen Finger beließ er zwischen den Seiten. Christina nahm das Buch und legte es offen auf seinen Schreibtisch; sie ergriff einen Bleistift und einen Notizblock und legte sie auf das Schoßpult.

»Matthew McCune, Papa. Er braucht deine Hilfe. Ich habe ihm gesagt, er könne dir seine Probleme erzählen, und wenn du ihm einen Ratschlag geben wolltest, würdest du es aufschreiben. Du darfst dich nicht aufregen und zu reden anfangen.«

Sie war dabei, von seiner Seite wegzugehen, als er sie mit einer Bewegung aufhielt. »Willst du, daß ich bleibe? Aber vielleicht hat Matthew etwas zu sagen, von dem er nicht möchte, daß ich es höre.« Auch Christina war zu diesem Zeitpunkt schon zu dem Schluß gekommen, daß die Predigt an diesem Morgen, die sie zuerst nur schrecklich gefunden hatte, einer drängenden, persönlichen Ursache entsprungen sein mußte. Wäre es möglich, daß Matt – ?

Er nahm ihr jedoch sogleich ihren Verdacht, als er sagte: »Es macht nichts. Heute nacht wird sowieso ganz Waynesboro davon wissen. Ariana ist von zu Hause weggelaufen.«

Beide Zuhörer konnten einen Ausruf nicht unterdrücken. Christina sagte: »Mit jemandem zusammen? Ist sie mit einem Geliebten durchgegangen?«

»Das glaube ich nicht. Ich weiß nicht. Aber mit wem könnte sie durchbrennen? Jungs haben sie nicht die Bohne interessiert. Kannten Sie Ariana, Dr. Blair?«

Dr. Blair nickte und kritzelte einige Worte auf seinen Notizblock. »Einmal. Kleines Mädchen. Ein Wildfang.«

Selbst in seinen Schwierigkeiten brachte Matt noch ein Lächeln zustande. »Sie war wirklich einmal eine richtige Range. Aber als sie größer wurde, hat irgend etwas ihr das Herz herausgerissen. Sie war nur noch aufsässig.«

Dr. Blair nickte; dazu brauchte er keinen Kommentar abzugeben. Er schrieb jedoch: »Wie alt? Könnte das ein Kinderstreich sein?«

»Nein. Sie ist jetzt schon achtzehn.«

Der alte Mann sah ihn ungläubig an. Nur vor so kurzer Zeit! Wie wenige Jahre ein Kind brauchte, um erwachsen zu werden. Und wieder sah er in seiner Erinnerung das magere, verängstigte Mädchen und seinen Zylinder in einer Regenpfütze; Johnny Gordon kam gerade über den Zaun. »Großjährig also«, schrieb er auf seinen Block.

Matt nickte kläglich. »Man könnte sie nicht zwingen zurückzukehren, und jedenfalls hat Papa gesagt, daß sie nicht zurückkommen darf. Seine Haustür ist für sie für immer geschlossen.« Er sah den grimmigen Ausdruck auf Dr. Blairs Gesicht. »Das ist, was sein Gott ihm zu tun befohlen hat: Er hat den ganzen Samstag in seinem Studierzimmer verbracht und gebetet. Oder wie er sagt im Gebet gekämpft. Als er wieder herauskam, sagte er uns, daß wir Ariana vergessen müßten und zitierte Levitikus: ›Und die Tochter eines jeden Priesters, wenn sie sich entweiht und eine Hure abgibt, entweiht ihren Vater: Sie soll im Feuer brennen.‹«

Dr. Blair zog heftig die Luft ein, mußte um Atem ringen und begann zu husten. Christina ergriff schnell eine Medizinflasche vom Tisch neben ihm und flößte ihm einen Löffel voll ein.

»Es tut mir leid, Dr. Blair. Ich habe versprochen, Sie nicht aufzuregen. Aber sie *war nicht* – sie *hat nicht* – wie könnte sie? Sie war die ganze Zeit zu Hause und half bei der Arbeit: sie wusch und bügelte und kochte. Wann soll sie nicht zu Hause oder bei Ballards gewesen sein?«

»Aber«, sagte Christina zögernd, »das Urteil deines Vaters – beruht es nur darauf, daß sie weglief, oder hat sie vorher etwas getan?«

»Ich weiß nicht. Da muß etwas gewesen sein, aber Mama will nichts darüber sagen, sie hält nur die Lippen fest aufeinandergepreßt. Papa hat befohlen, daß nicht darüber gesprochen wird. Die Kinder wissen gar nichts. Ruie sagt, Ariana sei in jener Nacht früh zu Bett gegangen. Sie müssen wissen, seit ich hier in das Seminar gezogen bin, hatte sie ein Zimmer ganz für sich allein. Als Ruie heraufkam – wir müssen alle unsere Hausaufgaben unten im Studierzimmer machen, weil es oben keine Lampen gibt, als Ruie heraufkam, ging Mama mit einer Lampe in Arianas Zimmer, und es habe sich schrecklich angehört, sagte Ruie, wie Mama sie ausgescholten habe.«

»Vielleicht«, schlug Christina vor, »vielleicht hat sie im Bett ein verbotenes Buch gelesen.«

»Sie hat noch nicht einmal eine Lampe, um lesen zu können. Habe ich nicht erwähnt, daß wir die Studierlampe benutzen mußten? Jedenfalls, am nächsten Morgen war sie weg. Ich nehme an, Papa und Mama dachten, sie sei zu einem Spaziergang hinausgegangen – sie tat das manchmal. Jedenfalls wußten sie erst an jenem Abend, Freitag abend, daß sie wirklich weg war. Den Samstag verbrachte Papa mit Gebeten und dem Verfassen seiner Predigt. Und nun ist Ariana bereits drei Tage fort und – *wo ist sie?* Ich wüßte so gern, daß sie in Sicherheit ist, auch wenn wir sie nicht mehr nach Hause bringen können. Ariana und ich sind die einzigen von uns, die sich an unsere eigene Mutter erinnern können, und die war so anders.«

»War sie deshalb so widerborstig gegen ihre Stiefmutter?«

»Sie und Papa dachten, Ariana sei flatterhaft und weltlich orientiert. Sie waren immer hinter ihr her – und dieser ganze Musikunterricht. Ich glaube, sie nahmen ihr das übel.«

Dr. Blair schrieb für Christina eine Frage auf: »Könnte sie zu den Ballards gegangen sein?«

Christina schüttelte den Kopf. »Sie würden sie aufgenommen haben, wenn sie sehr verzweifelt wäre, aber sie würden ohne Zögern ihren Vater verständigt haben. Papa, wie kann man wissen, was sie in den Volksschulen aufgegabelt hat? Oder welche Bekanntschaften sie geschlossen hat? Ich bin mehr denn je entschieden: Meine Kinder werden zu Hause unterrichtet.«

Ihr Vater schrieb in Großbuchstaben auf seinen Block: »VERURTEILE NICHT!«

Fast unzusammenhängend rang sich Matthew seine Worte ab, denn jetzt war man dem Kern des Problems nahegekommen. »Verurteilen Sie mich, nicht Ariana. Ich hätte auf sie aufpassen sollen, obwohl ich im Seminar studierte. Aber« – und wie jeden jungen Menschen trieb es ihn dazu, sich selbst zu rechtfertigen, wie sehr ihn auch sein Gewissen drücken mochte – »man ist so zusammengedrängt in diesem Haus – so schwierig zu arbeiten, mit uns allen im Studierzimmer – und ich hab' mir das Geld letztes Jahr verdient – und Ariana sagte: ›Mach, daß du rauskommst, jetzt wo du es kannst‹, und ich dachte, sie wollte mein Zimmer ganz für sich selbst haben. Wir haben nur vier Schlafzimmer, wissen Sie, und wir sind zu siebt, und sie hat immer ein Zimmer mit Ruhamah teilen müssen. Und nun kann ich an nichts mehr denken als ›Gib acht, daß diese deine Freiheit auf keinen Fall zum Stolperstein für die wird, die schwach sind‹.« Der Junge vergrub seinen Kopf in den Händen.

Dr. Blair sah ihn voller Mitgefühl an. Er nahm seinen Bleistift, schrieb einige Minuten lang, stupste Matt mit einer Ecke seines Blocks an und bedeutete ihm, daß er selbst lesen solle: »Mach dir keinen Vorwurf. Was geschah, hat geschehen müssen. Erinnere dich, daß Paulus auch schrieb, daß wir ›vorbestimmt sind, in seinem Sinne, der alles nach der Weisheit seines eigenen Willens leitet‹«; dann, unterstrichen mit zwei dicken schwarzen Strichen: »Was glaubst du, könnte ich tun?«

»Ich bitte Sie nicht, an Papa zu appellieren. Er würde nicht zuhören. Aber wenn ich nur wüßte, wo ich nach ihr suchen müßte, nur um sicherzustellen, daß mit ihr alles in Ordnung ist. Sie hat schon immer davon geträumt, zum Theater zu gehen, aber wie?«

Christina ließ einen Laut des Entsetzens hören. Dr. Blair schüttelte den Kopf und schrieb: »Geld?«

»Sie meinen, ob sie welches hat? Das glaube ich nicht. Ich kann mir nicht einmal vorstellen, wie sie überhaupt weggekommen ist.«

Dr. Blair tippte gedankenverloren mit seinem Bleistift auf seinem Block herum; dann schrieb er: »Am Sabbat kann ich gar nichts tun. Morgen werde ich mich mit Freunden beraten, die mehr von der Welt wissen als ich. Sie können uns vielleicht einen Rat geben, wie wir ihre Spur finden können. Doch sprich davon zu niemandem, bis du von mir hörst.«

Matthew sagte: »Jawohl, Dr. Blair«, und »Vielen Dank, daß Sie mir zugehört haben«, und verließ mit Christina das Zimmer.

Doch leider fand sich keine Gelegenheit, den jüngeren Geschwistern einzuschärfen, vor dem nächsten Morgen »nichts zu sagen«, und sie waren nicht gewandt genug, gewissen Fragen aus dem Wege zu gehen. Mark zumindest antwortete prompt, als Amanda ihn am nächsten Morgen nach der Stunde anhielt und ihn fragte, ob Ariana krank sei.

»Nein. Sie ist weggelaufen.«

»*Weggelaufen!* Aber Mark – warum? Wohin?«

»Weiß nicht wohin. Weiß auch nicht warum. Eigentlich nicht. Außer daß sie von Mama neulich abends eine fürchterliche Standpauke bekommen hat. Das war am Donnerstag. Am Morgen war sie dann weg. Das war am Freitag, und wir wußten nicht, daß sie wirklich weggelaufen war, bis gestern nacht. Sie ist nicht nach Hause gekommen, und Papa sah im Flurschrank nach dem Koffer. Er war weg.«

Amanda hielt den Atem an. »Aber das ist schon drei Tage her. Sie könnte nun schon überall sein. Nun, Mark, rede nicht zu anderen davon. Die Leute werden es gewiß als schlimmer darstellen, als es in Wirklichkeit ist. Sie wird sicherlich jemandem gesagt haben, wohin sie gehen wollte.«

Nachdem sie den Jungen hatte gehen lassen, merkte Amanda, wie sie in grotesker Weise zitterte, sie mußte sich einen Augenblick lang gegen den Türrahmen lehnen und dachte: »Warum sollte mich das derart berühren? Was bedeutet mir Ariana Mc Cune schon? Eine schwache Schülerin weniger.« Aber sie wußte, warum sie zitterte: Mr. McCunes Predigt, das Vorlesen aus der Heiligen Schrift: »Denn selbst die Frauen –« und, weniger gräßlich, und doch mehr gefürchtet, die Gewißheit, daß Eliza und Thomasina ihr eine gewisse Verantwortlichkeit nicht ersparen würden.

Hätte Ariana nur dieses eine Jahr Latein bestanden und wäre so zusammen mit der gesamten Klasse graduiert worden – vielleicht war sie, Amanda Reid, wirklich verantwortlich. Sie würde unbedingt sofort zu den Ballards gehen müssen, gleich nach der Schule. Sie könnten eventuell wissen, wohin oder zu wem oder mit wem Ariana geflüchtet war.

Als sie aber auf der Schwelle des Traversschen Hauses am Fuße der Treppe stand, die von den Musikschülern benutzt wurde, und Thomasina, die ihr die Tür aufmachte, unumwunden fragte: »Weißt du, wohin Ariana McCune weggelaufen ist?«, sah sie schon an Thomasinas bestürztem Gesicht, daß die noch nichts von der Neuigkeit gewußt hatte.

»Komm herein, Amanda. Komm mit hoch. Nein. Gewöhnlich kommt Ariana ja zu uns gelaufen, wenn sie unglücklich ist. Sie ist letzten Freitag nicht zu ihrer Musikstunde gekommen. Wir dachten, sie sei krank. Was ist geschehen?«

Thomasina führte sie die Treppe hinauf in das Wohnzimmer der Travers'; und nicht bevor sie sich dort in der Sicherheit eines Sessels niedergelassen hatte, brachte Amanda heraus: »Sie ist fortgelaufen. Fort von Waynesboro, am letzten Freitag. Ich dachte, du wüßtest vielleicht –«

»*Ariana?* Aber warum? Sie wußte doch, daß wir sie für das Konservatorium anmelden wollten.«

Amanda hatte nicht die geringste Absicht, mehr preiszugeben, als unbedingt notwendig war. »Ich glaube, ihre Stiefmutter hat sie einmal zu oft gezankt. In jedem Fall hat Mark erzählt, sie sei am Donnerstagabend ausgescholten worden, und am Freitagmorgen sei sie weggewesen.«

»Ohne ein Wort!« Thomasinas Augen füllten sich mit Tränen. »Und nach alledem, was wir für sie zu tun versucht haben. Ausgerissen mit irgendeinem Jungen, nehme ich an. Samuel fürchtete immer, daß es ihr an Standfestigkeit fehle.«

»Das ist alles, was du – hör zu, Thomasina: Der springende Punkt ist Arianas Sicherheit. Du kennst niemand außerhalb der Stadt, bei dem sie Zuflucht suchen könnte?«

»Sie hat keine Verwandten. Wir sind alles, was sie hat. Das hat sie selbst immer gesagt. Sie muß also doch Geheimnisse vor uns gehabt haben.«

»Jedes Kind hat vor jedem Erwachsenen Geheimnisse. Daran erinnerst du dich doch wohl sicherlich noch aus deiner eigenen Kindheit. Du scheinst der Ansicht zu sein, daß es demnach nicht unsere Sorge sein sollte zu versuchen, sie zu finden.«

»Sie ist achtzehn, und wenn sie durchbrennt, was können wir

dagegen machen? Und ich dachte, sie würde mehr für uns empfinden – für uns alle –, als daß sie weglaufen könnte ohne ein Wort.«

»Sie ist plötzlich weggelaufen, ich nehme an, sie folgte einer augenblicklichen Eingebung: sie hätte wohl gar keine Zeit für eine Nachricht gehabt. Vielleicht werdet ihr noch von ihr hören, falls ja, laßt es mich wissen. Ich bin besorgt, daß ihr etwas zustoßen könnte, auch wenn ihr es nicht seid. Sprich mit Eliza; womöglich hat sie eine Idee.«

Amanda ging von Thomasinas Reaktion völlig überrascht nach Hause, erleichtert, daß die Schuld für Arianas unerhörte Flucht nicht auf ihre Schultern gewälzt worden war. Und dennoch war sie noch nicht ganz im reinen mit ihrem eigenen Gewissen.

Ungefähr zur gleichen Zeit, als Amanda durch ihre Haustür trat, beobachtete Anne Gordon, die den Nachmittag die Verantwortung für die Bibliothek gehabt hatte, die kleine Ruhamah McCune, wie sie mit einem Armvoll Bücher, die in die Regale eingeordnet werden sollten, lustlos von einem Bücherregal zum anderen trödelte. Ruhamah war von dem Bibliothekskuratorium verpflichtet worden, dort nachmittags nach der Schule zu arbeiten; jetzt gab es mehr zu tun, als nur Bücher wieder einzuordnen und auch sonst Ordnung zu machen. Die Mädchen von der höheren Schule, die zuerst angestellt worden waren, hatten wenig mehr getan, als zu kichern und einander »Mach weiter!« zuzurufen. Ruhamah aber hatte Verantwortungsbewußtsein, sie arbeitete wirklich. So wurden die anderen Mädchen entlassen, und ihr gab man eine feste Anstellung.

Generell war sie eine gute Arbeiterin. Vielleicht war die Krankheit, die Ariana gezwungen hatte, von der Schule wegzubleiben, ansteckend. In einem Moment, als der große Saal ohne Ausleiher und Leser war, fand Anne Gelegenheit, das kleine Mädchen zu fragen: »Fühlst du dich nicht gut, mein Kind? Oder ist irgend etwas los? Du siehst so –«

»Oh, nein, Mrs. Gordon. Mir geht es gut.« Ruhamah sah sie mit bedrückten Augen an.

»Ich dachte vielleicht, du hättest die gleiche Krankheit, die Ariana letzte Woche von der Schule ferngehalten hat.« Ruhamahs niedergeschlagener Blick ließ sie doppelt aufmerksam werden. »Oder war sie gar nicht krank? Hat sie nur die Schule schwänzen wollen?«

Genau wie Mark bei Amanda, platzte auch Ruhamah heraus: »Ariana ist weggelaufen.« Und zu Annes Bestürzung brach sie in Tränen aus.

»Nun sieh mal, mein Liebes. Vielleicht fühlst du dich besser, wenn du mir alles erzählst. Nimm das.« Anne kramte in ihrer Schreibtischschublade nach dem Taschentuch, das da irgendwo sein mußte, gab es dem Mädchen und sah dann über die Schulter nach der Wanduhr. »Besser noch, wir warten bis fünf Uhr, dann schließen wir die Tür ab, und niemand kann uns unterbrechen.«

Ruhamah schluchzte immer noch, ging aber weiter daran, Bücher einzusortieren, während Anne Karten ordnete, sie abheftete und ihren Schreibtisch aufräumte. Um fünf Uhr stand sie auf, verschloß die Tür und ging zu einem der Tische, indem sie Ruhamah bedeutete, sie solle sich zu ihr setzen. Neben ihr an der Seite des Tisches zu sitzen, würde das Mädchen sicher weniger einschüchtern, als ihr über das Katheder ins Gesicht sehen zu müssen.

»Nun, denn, falls Ariana in Schwierigkeiten sein sollte – wenn es irgend etwas geben sollte, mit dem ich ihr helfen kann, dann sag mir das. Du weißt, Ariana ist seit vielen Jahren mit Johnny befreundet, und sie ist sehr oft bei uns gewesen.«

»Papa hat uns befohlen, nicht darüber zu sprechen. Aber irgendwer sollte das alles wissen, der nicht einfach denkt, es sei Gottes Wille.«

Bevor Anne genügend Zeit fand, sich zu überlegen, ob sie denn wohl vertretbar handele, wenn sie das Kind zum Ungehorsam gegen den Vater verleitete, war die ganze Geschichte auch schon draußen. Ruhamah hatte offensichtlich, während sie auf den Dienstschluß wartete, das ganze in ihrem kleinen Kopf in irgendeine Ordnung gebracht.

»Es begann alles am Donnerstagabend. Ariana ging schon früh zu Bett. Ich weiß auch nicht warum, es war noch gar nicht richtig dunkel – Sie wissen, sie hat jetzt Marks Zimmer ganz für sich allein, seit er im Seminar wohnt. Ich machte noch meine Hausaufgaben im Studierzimmer. Ich war gerade auf dem Weg ins Schlafzimmer, als ich Mama in Arianas Zimmer gehen sah. Sie hatte eine Lampe in der Hand und hielt sie hoch, damit sie richtig sehen konnte, und sie sagte ›Ariana!‹ mit einer ganz schrecklichen Stimme und ging dann ganz hinein und machte die Tür hinter sich zu. Ich ging auf mein Zimmer. Ich wollte gar nicht zuhören, aber ich konnte gar nicht anders, zumindest bei einigen Worten.« Ruhamah begann zu zittern. Sie stemmte die Ellbogen auf den Tisch und ließ ihren vorgebeugten Kopf auf ihren geballten Fäusten ruhen. »Was kann es nur gewesen sein, das Ariana so Schlimmes und ganz allein im Dunkeln getan haben könnte? Ich kann das nicht verstehen.«

Anne fing an zu wünschen, sie hätte nie den Gedanken gehabt, das Kind zu fragen.

»Ich hörte«, fuhr Ruhamah fort und holte tief Luft, »irgend etwas von ›schändlich‹ und ›ekelhaft‹, und Ariana schrie sie an ›Ekelhaft bist du!‹, und dann sagte Mama: ›Weißt du nicht, daß du auf dem besten Wege bist, welcher da nicht nur führt zu ewiger Verdammnis, sondern auch zum Wahnsinn?‹« Und wieder wurden die mageren, gebeugten Schultern von heftigem Schluchzen geschüttelt. »Ich habe all das ganz deutlich gehört, das hat sie wirklich gesagt. Glauben Sie, daß Ariana wahnsinnig wird?«

»Nein.« Anne schloß ihre Augen für einen Augenblick und kreuzte ihre Arme vor der Taille, als ob sie dort einen starken Schmerz zurückdrängen mußte. »Das arme Kind«, dachte sie, »hat keine Mutter, die es ihr sagt – ohne Worte wie ›schändlich‹ und ›ekelhaft‹ zu gebrauchen –, die nur sagt: ›Laß dein Nachthemd bloß immer schön unten an den Füßen, wie eine richtige Dame‹.« »Nein«, sagte sie wieder und mußte eine Welle von Übelkeit unterdrücken, »ich glaube, Mrs. McCune war so wütend, daß sie nicht wußte, was sie sagte. Könnte Ariana nicht vielleicht etwas gelesen haben, das ihr als Lektüre verboten war?«

Ruhamah schüttelte nur den Kopf. »Wir haben gar keine Lampen in unseren Zimmern. Nur einfache Kerzen, zum ins Bett gehen. Und ihr Zimmer war dunkel, bis Mama hineinging.«

»Vielleicht schien dir das nur so. Vielleicht kennt Ariana Johnnys Trick: Er macht mit Bettüchern über einem Stuhl eine Art Zelt und kauert sich dann darunter mit einem Buch und einer Kerze. Wenn das der Fall war, dann wundert es mich natürlich nicht, daß deine Mutter böse war: das ist nämlich ungemein gefährlich. Johnnys Vater hat ihn einmal fürchterlich verhauen, als er noch klein war.«

Ruhamah schien das keineswegs zu überzeugen. »Ich glaube nicht, daß Papa deswegen eine Predigt wie die heute morgen gehalten hätte –.«

Anne, der noch nichts von Mr. McCunes Predigt zu Ohren gekommen war, sagte: »Vielleicht hat er über das Weglaufen von Kindern gepredigt. Und das ist doch das eigentlich Wichtige, meinst du nicht? Du möchtest doch, daß sie gefunden wird und zurückkommt.«

»Papa sagt nein – wir sollen sie vergessen. Er glaubt, sie sei mit einem Geliebten durchgebrannt. Vielleicht hofft er, daß sie so schrecklich unglücklich sein wird, daß sie ihn bittet, zurückkommen zu dürfen wie der verlorene Sohn. Aber ich weiß, daß sie nicht mit einem Mann fortgelaufen ist. Wer sollte das denn sein, den sie kennen würde? Und ich möchte nicht, daß sie unglücklich ist. Und ich habe Angst.«

»Weißt du denn, wo sie hingelaufen sein könnte?«

Wieder schüttelte Ruhamah den Kopf. »Papa glaubt nicht, daß sie weit kommt. Ich hörte, wie er zu Mama sagte, daß sie kein Geld habe. Das wußte ich besser. Sie hat mir einen Zettel hinterlassen; ich fand ihn am Morgen auf meinem Kissen. Ich habe es niemand anderem gesagt, damit niemand bis zur Nacht wissen würde, daß sie tatsächlich fortgelaufen war. Ich wollte ihr einen guten Vorsprung verschaffen. Das war wohl sehr böse, aber das macht mir nichts aus. Aber angenommen, irgend etwas Schreckliches ist ihr widerfahren?«

»Ich könnte mir nichts in der Art vorstellen. Viele junge Frauen von achtzehn Jahren stehen auf eigenen Füßen in der Welt und sind absolut fähig, für sich selbst zu sorgen.« Und falls es ihr unwahrscheinlich erschien, daß Ariana zu dieser Art Frauen zu zählen wäre, würde sie das jetzt nicht sagen. »Wie war das mit dem Geld? Du wolltest mir gerade erzählen –«

Ruhamah knöpfte einen Teil ihres engen, hochgeschlossenen Kleides auf und zog ein zerknittertes Stückchen Papier hervor. »Der Zettel...«

Anne nahm ihn. »Liebe Ruie«, (es war ein derartiges Gekritzel, daß es durchaus im Dunkeln geschrieben worden sein könnte), »ich muß sorgen, daß ich wegkomme. Es tut mir leid, daß ich nicht warten kann, um auf Wiedersehen zu sagen. Ich borge mir dein Geld aus. Ich schulde dir 28 Dollar und 50 Cent. Ich werde es zurückschicken, sobald ich kann. Es tut mir wirklich sehr leid, daß ich dir das antun muß, aber es wird nicht für lange sein. Auf Wiedersehen – Deine Dich liebende Schwester Ariana McCune.«

Anne gab das Stück Papier zurück. »Welch eine Schande! Dein ganzes Erspartes.«

»Das Geld meinen Sie? O nein. Sie wußte genau, daß ich es ihr gegeben hätte, wenn sie eine Gelegenheit gehabt hätte, mich darum zu fragen. Ariana konnte hier nie Geld verdienen oder sparen. Aber mit achtundzwanzig Dollar fünfzig konnte sie fast überallhin gelangen, nicht wahr?«

»Sie könnte zumindest ziemlich weit damit kommen.« Aber wohl nicht lange davon leben. »Ich kann mir vorstellen, daß man sie aufspüren wird.«

»Sie wollte immer schon zum Theater.«

»Das ist wohl doch nicht ganz so einfach, gleich vom Fleck weg. Sieh mal, Ruhamah, sag nichts zu irgend jemand anderem, besonders nicht über das Ausschimpfen – sollen die Leute doch ruhig glauben, sie sei mit einem Mann ausgerissen, wenn sie überhaupt irgend etwas glauben müssen. Ich werde meinem Gatten mitteilen, daß sie weggelaufen ist und ihn fragen, ob er eine Idee hat, wie wir sie finden können. Hat sie niemanden außerhalb Waynesboros, zu dem sie gegangen sein könnte?«

Ruhamah zögerte einen Augenblick. »Sie hat mir oft erzählt – aber das war noch, als wir ein gemeinsames Zimmer hatten –, wie sie und Ben Mercer eines Tages zusammen weglaufen würden. Das war aber, bevor er ganz allein weggerannt ist. Er hat nicht auf sie gewartet.«

»Haben sie sich vielleicht geschrieben?«

Wieder schüttelte Ruhamah den Kopf. »Papa geht die Post immer selbst holen. Wenn nicht Ben die Briefe für sie an jemand anders geschickt hat.«

»Seine Freunde kennst du wohl nicht?«

»Ich kannte ihn nicht einmal vom Sehen.«

»Nun, dann lauf mal schön nach Hause und sag nichts mehr und mach dir keine Sorgen. Ich werde sehen, was ich herausfinden kann.«

Ruhamah strahlte vor Dankbarkeit, nickte und ging, um ihren Mantel und Hut zu holen. Anne wartete, bis sie gegangen war, verschloß dann die Tür und brachte den Schlüssel hinunter in das Büro von Mrs. Gardiner und Mrs. Merrill, wo er immer aufbewahrt wurde. Auf dem Heimweg versuchte sie ihre Gedanken zu ordnen und die Trauer, ja die Gewißheit darüber zu unterdrükken, daß hier ein junges Leben bereits ruiniert war. Sie mußte sich darüber klarwerden, wieviel sie John eigentlich mitteilen dürfte, um ihn noch überreden zu können, etwas zu unternehmen: Er würde bestimmt behaupten, daß das Ganze ihn nichts anginge. Zu Hause fand sie dann jedoch nur die Kinder im Wohnzimmer.

Johnny blickte kurz von der Zeitung auf, die er gerade las. »Paps mußte zu irgendeinem Dorf wegen einer Entbindung. Er läßt ausrichten, wir sollten nicht mit dem Essen warten, er würde wohl den größten Teil der Nacht dortbleiben müssen.«

Alle ihre vorbereiteten Reden mußten demnach warten, und wie es sich dann ergab, mußten sie auch für weitere vierundzwanzig Stunden warten. Denn, als John endlich nach Hause kam, ging er gleich, um sie nicht zu stören, unten zu Bett, und weder während des Frühstücks noch während des Mittagessens, als die Kinder da waren und Louline ständig kam und ging, bot sich auch nur die geringste Gelegenheit für irgendwelche vertraulichen Gespräche. Als er jedoch am Nachmittag von seinen Krankenbesuchen zurückkam, waren die Kinder weg, mit ihren eigenen Angelegenheiten beschäftigt, und die beiden Eltern hatten das Wohnzimmer ganz für sich alleine. Wie aus einem Munde fragten sie sich gegenseitig: »Hast du schon gehört – Ariana?«

»Hat mir Ruhamah gestern in der Bibliothek erzählt. Aber wie hast du denn –«

»Zuerst gestern morgen, als ich beim alten Dr. Blair mal vorbeiguckte. Es scheint, Matt McCune hat an ihn appelliert, und er appellierte an mich. Ich wollte nicht gern irgend etwas vor den Kindern sagen, zumindest nicht, bevor ich nichts Genaueres wußte. Dann ist heute nachmittag Ludwig vorbeigekommen.«

»Ludwig? Woher weiß denn der das schon?«

»Eliza Ballard.«

»Oh, Eliza. Hätte ich mir denken können. Natürlich. Es kommt mir immer noch komisch vor, daß gerade sie für Ludwig arbeitet.«

»Nach allem, was er sagt, ist sie eine sehr tüchtige Person. Und er will nicht, daß sie durch irgend etwas beunruhigt wird.«

Eliza hatte ihm die ganze Geschichte erzählt, als sie an diesem Donnerstagnachmittag zur Arbeit kam. Er hatte sofort gesehen, daß mit ihr etwas nicht stimmte oder daß irgend etwas passiert war: Sie war sehr blaß und hatte Ringe unter den Augen, und ihre Hände zitterten, als sie ihm die Post auf den Schreibtisch legte.

»Was ist los, Eliza? Sind Sie krank? Oder Ihre Mutter?«

»Nein. Uns geht's wie immer. Hier ist der Brief von dem Hanfverkäufer, auf den Sie gewartet haben.«

»Legen Sie ihn nur hin. Sie sehen aus, als ob Sie durch ein Astloch gezogen worden wären. Kann ich Ihnen irgendwie helfen?«

Sie sah ihn mit einem erschöpften Ausdruck nachdenklich an. »Ich wüßte nicht wie. Ariana McCune ist von zu Hause weggerannt.«

»Ariana? Oh, natürlich, Ihr kleiner Schützling – Ihr Schützling und der Ihrer Schwester und der von Travers. Wohin ist sie denn abgehauen? Und mit wem? Sie muß ungefähr so alt wie Elsa sein. Etwas mit einem Mann?«

Eliza schüttelte den Kopf. »Zumindest mit niemandem aus Waynesboro. Sie kannte keinen. Nein: Sie ist wohl einmal zu viel ausgescholten worden und dann einfach mitten in der Nacht ohne Geld von zu Hause ausgerissen. Warum ist sie nicht zu uns gekommen?«

»Weil die Pflicht Sie gezwungen hätte, sie wieder nach Hause zu schicken. Wollen Sie nun, daß man sie zurückholt?«

Eliza schüttelte den Kopf. »Niemand will sie zurück – außer mir. Ihr Bruder erzählte Amanda Reid, ihr Vater habe gesagt, sie käme ihm nicht mehr über die Türschwelle. Klingt wie in einem Melodrama, nicht?«

(Und Ludwig, als er John informierte, hatte gesagt: »Kannst du dir dieses hartherzige, scheinheilige alte Ekel vorstellen? Jedes meiner Kinder könnte immer nach Hause kommen, was es auch immer getan haben mag!«)

»Und Thomasina«, fuhr Eliza fort, »fühlt sich hintergangen. Sie kann ja nie etwas verstehen, was über ihre eigenen Gefühle hinausgeht. Sie hatten Pläne geschmiedet, sie und Samuel. Sie wollten eine Konzertpianistin aus Ariana machen. Es ist ihnen wohl nie in den Sinn gekommen, daß sie sich überhaupt nicht für ihre Pläne interessieren könnte. Wissen Sie«, sagte sie gedankenvoll, »ich kann wirklich nicht glauben, daß sie Ariana je angesehen haben, um festzustellen, wie sie eigentlich tatsächlich ist. Thomasina zumindest nicht. Ariana war ein solch liebenswürdiges kleines Kind. Ich kann mir denken, daß es ziemlich einfach war, sie so umzuformen, daß sie dem entsprach, wie man sein eigenes Kind gern gehabt hätte. Und jetzt muß Thomasina den Unterschied zwischen der wahren Ariana und dem Bild von ihr erkennen. Sie erwartete Dankbarkeit – von einem jungen, gedankenlosen, unglücklichen Mädchen. Thomasina ist eine Närrin!«

»Und Ihre Mutter?«

»Oh, Mama! Wenn sie gerade nicht zu viel Schmerzen hat, um überhaupt denken zu können, dann denkt sie an das Problem des Frauenstimmrechts. Sie ist weit darüber hinaus, über irgendwelche persönlichen Sorgen nachdenken zu können. Für sie ist nur noch der Himmel nahe. Ist Ihnen nicht aufgefallen, daß alle alten Leute in dieser Beziehung ähnlich sind – sie warten in aller Ruhe und wollen auf keinen Fall durch irgendeine Art von Gefühl gestört werden.«

Ludwig nickte, denn er erinnerte sich gerade an seinen Schwiegervater, der gleichfalls seine letzten Tage in seinem Studierzimmer absaß und nichts tat, als zu warten. Seine letzte Verbindung mit der wirklichen Welt stellten die Börsenberichte dar und die Frage, wie das die Bank betreffen würde. »Und wie ist es mit Ihnen?« sagte er.

»Ich habe nicht die Angewohnheit, Leute als besser anzusehen, als sie sind«, entgegnete Eliza trocken. »Nein, es ist die wirkliche Ariana, die ich gern hatte. Gern habe. Ich habe keine großen Erwartungen in sie gesetzt. Ich bin nicht dumm genug zu erwarten, daß sich die Leute so verhalten, wie ich es gerne von ihnen hätte, und das aus Dankbarkeit. Aber ich mag das dumme Kind sehr, und ich würde zu gern wissen, daß alles in Ordnung ist.«

»Es sollte nicht allzu schwer sein, das herauszufinden. Wohin würde sie aller Wahrscheinlichkeit nach wohl laufen?«

»Sie hat davon geträumt, Schauspielerin zu werden. Sogar Samuel hatte nicht wirklich den Eindruck, daß sie ihre Musik so liebte, wie es hätte sein sollen. Aber wenn du achtzehn bist, allein, niemanden kennst und kein Geld hast, wie willst du es dann anfangen, auf die Bühne zu kommen?«

»Hört sich ziemlich hoffnungslos an, nicht?« Ludwig stöhnte insgeheim: Nur der Himmel weiß, wo das Mädchen hingeraten sein könnte. »Hat sie nicht irgendeinen Verwandten? Irgendeinen, zu dem sie gehen könnte?«

»Keinen Verwandten, von dem sie gewußt hätte.« Eliza holte tief Atem. »Es gab da mal einen Jungen, den Sohn von Mercers. Amanda versicherte, daß sie nichts gemeinsam hätten, außer daß sie beide ziemlich rebellisch seien. Ich aber habe sie mal zusammen mit ihm gesehen, und ich sah auch, wie sie ihn ansah. Aber er ist schon vor drei oder vier Jahren mit einem Zirkus durchgebrannt.«

»Und gegen jeden gesunden Menschenverstand nehmen Sie an, daß sie mit ihm zusammen ist?«

Eliza nickte. »Vielleicht war es auch für ihn eine völlige Überraschung. Andererseits könnten sie auch korrespondiert haben. Aber selbstverständlich kann ich auch gänzlich danebenliegen. Vielleicht ist sie ganz woanders und alleine. Das ist es, was mich wirklich beunruhigt: alles mögliche könnte ihr passieren.«

Und so kam es, daß Ludwig John Elizas Geschichte wiedererzählte. John meinte danach: »Es ist ein entsetzlicher Gedanke, weißt du. Ein unerfahrenes Mädchen – völlig ahnungslos – allein in irgendeiner Stadt, und versucht, Theateragenten anzugehen. Ich verspreche dir, daß ich versuchen werde herauszufinden, wohin sie ausgebüxt ist. Findest du, wir sollten Doug Gardiner einweihen? Ich kann mir nicht vorstellen, daß Eliza das gerne sähe.«

»Laß uns das Gesetz erst einmal aus der ganzen Sache heraushalten – für alle Fälle.«

Als John endlich eine Gelegenheit gefunden hatte, mit Anne reden zu können, sagte er: »Du siehst also, wir sind beide mit der Sache befaßt. Ludwig und ich. Es sollte aber wirklich nicht allzu schwer sein herauszufinden, wo sie ist, denn der einzige Weg, die Stadt zu verlassen, ist ja die Eisenbahn. Eliza hat Ludwig gegenüber irgend etwas von dem jungen Mercer erwähnt, und nachdem wir uns einige Zeit hilfesuchend hinter den Ohren gekratzt hatten, erinnerten wir uns beide an die Zeit in jenem Sommer, als der Zirkus hier in der Stadt war und der Bursche von Mercers auf und davon ging. Unsere Familie und die von Ludwig waren doch zusammen in einer Vorstellung, erinnerst du dich? Es war Robinsons Zirkus, und Robinsons Winterquartiere sind in Cincinnati. Höchstwahrscheinlich sind sie jetzt bereits für den Winter eingerichtet. Morgen geht um vier Uhr dreißig der erste Zug nach Cincinnati. Er fährt irgendwann im Laufe des Vortages in New York ab und erreicht Cincinnati früh genug für die Geschäftsleute, die einen vollen Arbeitstag nutzen können. Ich habe bereits mit dem Bahnhof telefoniert: Der Zugführer wird heute in New York zurückerwartet. Aber Tim O'Reilly ist der Maschinist. Er übernimmt den Zug hier für die Strecke nach Cincinnati und fährt auch die Strecke bis hierhin zurück. Er sollte heute nacht zu Hause sein. Ich werde Johnny mal mit einem kurzen Brief rüberschicken und ihn zu mir ins Büro bitten. Eventuell könnte er sie gesehen haben. So früh werden wohl nicht allzu viele Leute auf dem Bahnsteig gewesen sein. Wenn er sie nicht gesehen hat, kann er immer noch den Zugführer fragen.«

Ein ziemlich verdutzter Tim O'Reilly, der sich seinen besten blauen Serge-Anzug angezogen und einen steifen Filzhut keck über eine Augenbraue gezogen hatte, erschien an diesem Abend in der Praxis des Doktors: ein Tim O'Reilly, der mit den Jahren rundlich geworden war, so daß die Knöpfe seiner Jacke bereit schienen, jeden Augenblick abzuspringen, ein Tim O'Reilly, dessen Gesicht von Sonne und Wind rotgebrannt worden war, weil er Tag für Tag aus seinem Maschinenstand hervorlugen mußte.

Er nickte Ludwig, der gleichfalls anwesend war, zu und wandte sich an John. »Sie ließen mir sagen, ich könnte Ihnen einen Gefallen tun, Doktor. Sie wissen, Sie brauchen bloß zu fragen.«

»Danke, Tim. Wie geht es Ihnen? Ich habe Sie schon länger nicht mehr bei mir gesehen.«

»Wir sind eine starke und gesunde Truppe. Dank sei allen Heiligen.«

John stellte ihn Ludwig vor, die beiden Männer schüttelten sich die Hände. Ludwig sagte: »Wir kennen uns gut genug, daß wir uns zuwinken, wenn ich seinen Zug benutze. Und sein Ältester arbeitet in der Mühle.«

»Nur bis er das Alter für die Eisenbahn hat.«

»Das ist klar.« Ludwig zwinkerte ihm zu. »Die Eisenbahnerfamilien halten es mit der Eisenbahn.«

»Was wir Sie fragen wollten, Tim: Ist letzten Freitag ein junges Mädchen ohne Begleitung in Ihren Zug eingestiegen? Ich weiß, das ist schon einige Tage her, aber –«

»Klar, die hab' ich gesehen, Doktor. Klar hab' ich die gesehen mit einem Koffer und in ein großes Schultertuch gehüllt. Würd' ich nicht vergessen, ist nämlich was, was man nicht häufig zu sehen kriegt. Man konnte sofort sehen, daß sie jung war, mit oder ohne Schultertuch, und es passiert eben nicht an jedem Tag der Woche, daß wir so eine um die Stunde am frühen Morgen einsteigen sehen. War doch hoffentlich keine von Ihnen, die ausreißen wollte?«

»Nein, nicht eine von unsern. Es war die Älteste von Reverend Mr. McCune. Wir haben versprochen, wir würden versuchen, sie zu finden. War sie allein? Ist sie von jemandem abgeholt worden?«

»Allein, jedenfalls hier aufm Bahnhof. Im Bahnhof von Cincinnati hab' ich natürlich nicht drauf geachtet, hab' die Maschine nur dem Bahnhofsmaschinisten übergeben und bin für 'ne Tasse Tee reingegangen. Mit wem soll sie sich denn wohl getroffen haben?«

Sie erklärten ihm den Zusammenhang mit dem Jungen der Mercers. Ludwig und John sahen sich kurz an. John sagte: »Jemand sollte ihn ausfindig machen und ihn fragen. Leider kann ich selbst augenblicklich nicht weg; ich habe Patienten, von denen ich jetzt unmöglich weg kann.«

»Kann ich mir denken.« Beide Männer dachten an Kitty Edwards, an Dr. Blair. »Es bleibt also wieder mal an mir hängen, wie es aussieht.«

»Hören Sie mal, Doktor. Die Zirkusleute halten zusammen wie Pech und Schwefel, und Leute wie Sie sind die nicht gewöhnt. Die halten die Klappe. Lassen Sie mich das machen. Hab' in Cincinnati sowieso immer zwischen den Zügen Zeit totzuschlagen. Was Sie also wissen wollen, ist, ob sie bei diesem Burschen namens Mercer ist und ob sie – falls überhaupt – irgendwelche Pläne ausgeheckt hat?«

»Genau richtig, Tim. Sollten Sie sie ausfindig machen, sagen Sie ihr, ich würde ihr das Geld, das sie von ihrer Schwester geborgt hat, zurückgeben: sinnlos, das Kind in Schwierigkeiten zu bringen. Ihr Vater würde von jedem Brief, der ankäme, Wind bekommen und ihn wahrscheinlich auch aufmachen. Ariana kann es mir zurückerstatten, wenn sie irgendwann eigenes Geld hat. Sie sind sicher, daß Sie für diese Sache Ihre Zeit opfern wollen?«

»Kein Problem, Doktor, für Sie würd' ich noch ganz andere Sachen tun.«

Tim meldete sich bereits am nächsten Morgen in der Praxis des Doktors. »Hab' ihn gefunden – den Burschen. Überhaupt kein Problem, die Winterqartiere zu finden. War dabei, beim Füttern der Tiere zu helfen. War zuerst ziemlich naßforsch, wollte wissen, was mir einfiele, ihm mit Fragen zu kommen. Glaubte schon für einen Augenblick, er würde mit einem kurzen ›Hey, Jimmy!‹

rauskommen, und dann würde es Ärger geben, aber ich machte ihm klar, daß niemand sie von ihm wegreißen würde, falls er wüßte – ihre Freunde wollten nur wissen, ob sie in Sicherheit sei. Da meinte er: ›Sie ist sicher genug. Wir sind auf die andere Seite vom Mississippi gefahren und haben geheiratet.‹«

»Also war es doch wegen eines Mannes.«

Tim grinste. »Vielleicht, wenn man nach der Redensart geht. Ich würd' sagen, er war genauso überrascht wie Sie es sind, als das Mädchen aufkreuzte. Er sagte, es wäre der einzige Weg gewesen, sie bei sich zu behalten und den harten Jungs vom Zirkus sagen zu können ›Hände weg!‹. ›Sie ist noch ein richtiges Kind‹, meinte er, ›die hat überhaupt keine Ahnung. Ne, wegen der braucht sich keiner auch nur die geringsten Sorgen zu machen: nicht mal anrühren darf ich die!‹ ›Gib ihr Zeit‹, sag' ich, ›sie wird schon damit fertig werden.‹ Ich wollte aber noch rauskriegen, ob er auch Kleider und Lebensmittel für sie beschaffen könnte, und er kam wieder mit: Es gehe mich überhaupt nichts an, aber ich könne mich drauf verlassen, daß er könne und so, und im übrigen hätte sie schon Arbeit, würde der Garderobenfrau beim Nähen der Kostüme für das nächste Frühjahr helfen.«

»Dann hat sie also doch etwas Nützliches von ihrer Stiefmutter gelernt.«

»Es macht ihr Spaß, sagt er; es ist anders als das Nähen, das sie bisher gemacht hat. Dann hab' ich ihm also noch das gesagt, was Sie von den achtundzwanzig Dollar und fünfzig Cent gesagt haben.« Tim zog seine Brieftasche hervor und nahm zwei Zehndollarscheine heraus. »Er meinte, alles, was sie verbraucht hätte, bis sie ihn fand, war für die Fahrkarte und ein paar Mahlzeiten. Sie sollen das ihrer Schwester geben, und er schickt die achtfünfzig, wenn er den nächsten Lohn ausbezahlt kriegt.«

»Stolz, wie? Vielleicht schaffen sie es. Die Großeltern des Jungen waren zu streng mit ihm – ich hoffe nicht, daß er das vergißt –, aber zumindest haben sie ihn gut und böse zu unterscheiden gelehrt. Hat er etwas davon gesagt, daß sie zur Bühne gehen will? Nähen wird sie wohl nicht lange befriedigen.«

»Er sagte, das Nähen wäre nur, um ihm Zeit zu geben. Zirkusleute würden immer Theaterleute kennen. Sie würden schon die richtigen Beziehungen kriegen. Waynesboro wird sich wundern, wenn sie eines Tages wieder da ist und in ›Onkel Toms Hütte‹ spielt. Denen werden wir's noch zeigen, meinte er.«

»Großer Gott! Ich hoffe nicht – ihren Alten würde der Schlag treffen.«

John bedankte sich bei Tim und brachte ihn zur Tür. Als er

wieder allein war, rief er Ludwig an. Die beiden stimmten darin überein, daß alles, was sie tun konnten, getan worden war. John würde Matt McCune durch Dr. Blair informieren lassen, während Anne Ruhamah das Ergebnis erzählen und ihr die zwanzig Dollar aushändigen sollte. Ludwig könnte Eliza ins Bild setzen. Danach wäre für sie die ganze Geschichte wohl abgeschlossen.

Am nächsten Abend druckte die *Fackel* in ihrer Ausgabe eine Anzeige, die weitere Spekulationen und Klatsch im Keim erstickte: Die Überschrift lautete »Hochzeit in Kentucky«. Der Artikel berichtete: »Miß Ariana McCune von hier und Mr. Ben Mercer, früher hier ansässig und jetzt Mitglied des ›John Robinson Zirkus‹, sind in Covington, Kentucky, den Bund der Ehe eingegangen. Die Freunde von Miß McCune, die – wie es das Gerücht will – wegen ihres mysteriösen Verschwindens in Sorge gewesen waren, werden zweifellos erfreut sein, von dieser romantischen Liebesflucht zu hören. Die Information der *Fackel* beruft sich auf unanfechtbare Quellen.« Mr. McCune kündigte sein Abonnement.

Der Urteilsspruch von Arianas ehemaligen Spielkameraden wurde stellvertretend für alle von John Gordon ausgesprochen: »Ariana verheiratet! Mein Gott, ist die verrückt! Die hat doch überhaupt noch keinen Spaß gehabt!« Die Abschlußklasse der höheren Schule von Waynesboro gefiel sich in einer gewissen Melancholie, da ja alles, was sie nun gemeinsam tun würden, so zum letzten Male geschähe, und versuchten deshalb, so viel Spaß wie möglich in diesen Herbst und Winter zu packen.

Ohne jeden Grund fühlte sich Amanda Reid dennoch als in gewisser Weise für Arianas Schicksal verantwortlich. Auf der anderen Seite war sie jedoch von der Last befreit, sie in Latein über die Hürden bringen zu müssen. Elizabeth Talmadge bedauerte den Verlust eher gefühlsmäßig. Mit dem Optimismus und der Begeisterung eines jungen Lehrers hatte sie sich selbst davon überzeugt gehabt, in ihren Händen einen jungen Poeten heranreifen zu sehen oder zumindest einen jungen Schriftsteller; und jetzt war diese Gelegenheit natürlich verloren.

Christina Voorhees war entsetzt und von einem leisen Schuldgefühl heimgesucht. Sie hatte das Kind zwar kaum gekannt, aber sie hatte sie immer am Morgen des Sabbat in der Bank ihrer Familie sitzen sehen. In der Gemeinde wurde nun geflüstert, Ariana wäre mit der Absicht weggelaufen, zur Bühne zu gehen. Und was sonst hätte ihr eine derartige Idee in den Kopf setzen können als das Wissen, daß sie, Christina Voorhees, jahrelang für den Klub Rollen in Schauspielen übernommen hatte – und sogar in der Öffentlichkeit aufgetreten war? Selbstverständlich hatte sie dieses leichtfertige Treiben aufgegeben, nachdem sie Kinder bekommen hatte. Sie konnte nur von Glück sagen, daß sie diesem sündhaften Treiben abgeschworen hatte, zwar zu spät im Falle von Ariana, aber nicht – so hoffte sie zuversichtlich – zu spät für ihren Blair und ihre Jenny. Dann jedoch, nach dem ersten Schock, erinnerte sie sich, daß Ariana vor langer Zeit als Jael Sisera ermordet hatte, und nun besänftigte sie ihre Schuldgefühle, indem sie entschied, Arianas Schicksal müsse aus irgendeinem mysteriösen Grund vorherbestimmt gewesen sein.

Wie sehr allerdings Thomasina unter dem treulosen Weglaufen Arianas litt, erfuhr niemand als ihr Ehemann: nach außen hin schien sie so glücklich wie immer zu sein, nur ihr Asthma machte ihr während des gesamten Herbstes mehr zu schaffen als üblich. Und so war es letztlich nur Eliza, die sich hartnäckig dagegen wehrte, Arianas Namen aus jeder Realität zu verbannen. Zum einen fühlte sie sich in ihren pessimistischen Einschätzungen das Mädchen betreffend bestätigt, zum anderen konnte sie nicht einfach durch das Zerbrechen von Illusionen aus dem Gleichgewicht geworfen werden. Sie hatte Ariana als das gesehen, was sie war, und so hatte sie sie geliebt. Sie schrieb einen kurzen Brief an Mrs. Ben Mercer, wohnhaft im John-Robinson-Zirkus, aber sie formulierte keine Vorwürfe, gab nicht ihrer Enttäuschung Ausdruck, sondern schrieb einfach nur, Ariana solle nicht vergessen, daß, wann immer sie in Schwierigkeiten sei oder ein Zuhause brauche, sie sich frei fühlen solle, zu ihr zu kommen; sie fände die Tür immer unverriegelt. Sie erwartete auf dieses ziemlich kurze Schreiben keinerlei Antwort und bekam auch keine. Tief im Unterbewußtsein vergrub sie jedoch den Glauben, wenn nicht die Hoffnung, daß Ariana sie eines Tages brauchen werde. Sie erwähnte ihren Namen, nachdem sie von Ludwig über Tims Besuch bei Ben Mercer erfahren hatte, nie wieder. Wenig später erlangte sie ihre ziemlich säuerliche Grundverfassung wieder und ging weiter ihren täglichen Geschäften nach. Und auch John und Ludwig, die Ariana für mehr als eine Stunde oder zwei den ersten Platz in ihrem Bewußtsein eingeräumt hatten, kehrten zu ihren jeweiligen Tätigkeiten zurück: für John waren das seine Patienten, für Ludwig seine Geschäfte. Das politische Leben war ausgeglichen, soweit das von Ohio jemals gelten konnte; Foraker war dabei zu beweisen, daß er trotz seiner weit auffallenderen Qualitäten (nämlich gerade denen, die ihn bei den Wählern populär werden ließen) ein durchaus fähiger Verwaltungschef war, und seine Amtszeit würde noch ein weiteres Jahr dauern. Noch stand ein Sitz im Senat auf dem Spiel. Für Ludwig zeigte sich allerdings am Geschäftshorizont eine dunkle Wolke. Das Gerücht ging um, daß gerade ein Tauwerkkonzern organisiert werde. Ein derartiges Unternehmen würde natürlich versuchen, so viele Hanfmühlen wie möglich im ganzen Land in seinen Zusammenschluß einzubeziehen oder sie aus dem Geschäft zu drängen, genau wie »Standardöl«. Die Republikaner von Ohio waren immer noch verbittert über den fast unverblümten Kauf einer US-Senatorenschaft durch »Standardöl« für den langjährigen, aber nicht sehr respektierten Demokraten Henry Payne. Ludwig war entschlossen, das Unternehmen, das er selbst aufgebaut hatte, nicht ohne weiteres aufzugeben, aber er sah schlechte Zeiten heraufziehen.

Auf dem Klubtreffen vom sechsten Oktober verlas Mrs. Deming ein sehr kluges Referat über Thomas Hardys »Die Rückkehr«. Tatsächlich hätte sie jedoch vorgezogen, sich kritisch mit Howells »Die große Überraschung« zu beschäftigen. Sie glaubte nämlich nicht, daß ein Romancier aus dem mittleren Westen Boston gut genug kennen könnte, um darüber zu schreiben. Da der Howell-Essay jedoch erst für das Frühjahr auf dem Programm stand, hatte sie Mrs. Maxwell nicht darum gebeten, das Thema mit ihr zu tauschen. Sie hatte zwar auch im Augenblick alle Hände voll zu tun, doch konnte sie keinesfalls sicher sein, daß sie im Frühling mehr Zeit haben würde.

Was den ersten Platz in ihren Gedanken einnahm, war allerdings Julia. Julia mit ihrem aschblonden Haar, ihren klaren, wohlgeformten Gesichtszügen und einer gewissen Grazie könnte eine bessere Partie machen, als ausgerechnet jemand zum Mann nehmen, der an eine muffige kleine Stadt wie Waynesboro gebunden war. Welche Chance hätte sie allerdings, den vornehmen jungen Mann kennenzulernen, den sie eigentlich heiraten sollte? Julia war immer schon ein Muster von Wohlerzogenheit gewesen und ihren Eltern absolut ergeben, aber sie war hartnäckig, wenn es galt, ihren Willen durchzusetzen, und auch ihr Vater würde ihre Wünsche immer unterstützen. Ihre Mutter wünschte nichts sehnlicher, als daß man sie an die Ostküste in eine wirklich renommierte Schule schicken könnte anstatt nur auf die städtische höhere Schule. Denn anscheinend war es üblich, daß die Abschlußschüler der höheren Schulen gewisse Freundschaften pflegten und sie dann auch weiterführten. Und Julia war mit ihren erst sechzehn Jahren entschieden zuviel mit Johnny Gordon zusammen.

Mrs. Deming drückte einige ihrer schlimmen Befürchtungen dem General gegenüber aus und erhielt für ihre quälenden Sorgen nur geringschätzige Bemerkungen. »Und was soll los sein mit Johnny Gordon?« wollte er wissen. Er faltete seine Zeitung zusammen und legte sie zur Seite. Sie waren an diesem Abend allein im Wohnzimmer, denn Julia war ausgegangen. »Er ist doch dabei, sein Doktorexamen zu machen, nicht wahr?« Er verschränkte seine Arme vor seinem wohlentwickelten Bauch und wandte ihr seine volle Aufmerksamkeit zu. Wenn es um irgend etwas ging, das mit Julia zusammenhing, war er immer bereit zuzuhören.

»Soweit ich weiß, ist an dem Jungen nichts auszusetzen. Aber ich habe einfach etwas gegen diese Pärchen, solange sie noch zur Schule gehen. Und diese Geschichte mit Ariana McCune könnte sie auf dumme Gedanken bringen.«

»Ach, Unsinn, meine liebe Louisa! Julia ist doch immer noch ein Kind. Und was die ›Pärchen‹ betrifft, mir scheint es doch, als ob sie immer in Cliquen zu Partys, Picknicks oder zum Spazieren im Wald gehen. Johnny kommt doch nicht her und verbringt den ganzen Abend im Gesellschaftszimmer, oder doch?«

Mrs. Deming konnte ein Lachen nicht unterdrücken. »Nein. Manchmal kommt er an einem Samstagnachmittag, um mit ihr Dame zu spielen. Nein, es geht nur darum, daß ich möchte, daß Julia etwas von der Welt sieht – daß sie Gelegenheiten hätte, distinguiertere junge Männer mit einem weiteren Horizont kennenlernen zu können. Ich will nicht, daß sie sich zufriedengibt, hier in diesem Provinznest klebenzubleiben mit einem Burschen, der einfach nicht gut genug für sie ist.«

»Das hat doch alles noch viel Zeit; wir werden schon dafür sorgen, daß sie ihre Gelegenheiten bekommt. Ich habe allerdings nie gewußt, daß du Waynesboro als ›Provinznest‹ betrachtest.«

»Natürlich nicht für mich«, beeilte sich seine Frau zu erwidern. »Ich bin hier immer glücklich gewesen. Für Julia würde ich allerdings einen großzügigeren Gesichtskreis vorziehen.«

»Warum sollte sie hier nicht genauso glücklich sein, wie du es gewesen bist?« fragte er, dankbar für ihre Bestätigung. Er persönlich hoffte durchaus, daß Julia einen jungen Mann aus Waynesboro heiraten und in der Stadt bleiben würde, so daß er sie möglichst jeden Tag besuchen könnte.

»Jedenfalls«, führte Mrs. Deming ihren Gedankengang fort, »ist die Zeit des Herumtollens im Wald nun wohl bald vorbei.« Die letzte Nußexpedition hatte sie doch recht unruhig gemacht. Sie konnte nicht die ungetrübte Dankbarkeit für die Walnüsse aufbringen, die sie sonst gezeigt hätte: Sie waren auf dem hinteren Flachdach der Gordons getrocknet und ritterlich von Johnny von ihren grünen Schalen befreit worden, damit Julias Hände nur nicht fleckig würden. Julias Mutter erkannte sofort, daß Johnny Julia als ein höheres Wesen ansah; nie im Traum hätte er daran gedacht, die Walnüsse eines anderen Mädchens aus den Schalen zu holen.

»Ich hätte mir natürlich noch weit mehr Sorgen gemacht«, fuhr Mrs. Deming fort, »wenn sie nicht immer so entschieden dafür wäre, Johnnys kleine Schwester mitzunehmen.«

»Tatsächlich? Klingt irgendwie seltsam, nicht?«

»Ach, das ist ganz natürlich.« Mrs. Deming verstand ihre Tochter manchmal ausgesprochen gut. »Sie versichert sich Johnnys Ergebenheit durch ihre Zärtlichkeit für seine kleine, empfindliche Schwester und hält ihn damit doch zur gleichen Zeit auf Abstand.«

»Und worüber muß man sich dann noch Sorgen machen?« Das Interesse und die Neugier des Generals waren geweckt worden. »Sollten wir sie nicht einmal für einen Abend herüberholen? Ich meine die ganze Bande? Vielleicht eine Party?« Er erkannte jedoch sofort an ihrem entsetzten Gesichtsausdruck, daß das nicht sein bester Vorschlag gewesen war.

»Du weißt genau, George, ich liebe es, Gäste zu empfangen, wenn es gesellschaftlich angemessen geschehen kann: zum Beispiel die Damen des Klubs, die Damen des Hilfsvereins, die Missionsgesellschaft. Aber du hast wahrscheinlich nicht die geringste Ahnung, wie aufreibend eine derartige Schülerparty sein kann – der Lärm, das Nachjagen durch das ganze Haus – und das Essen. Das ist alles ganz gut und schön für Mrs. Rausch, deren Dienerschaft ihr auf den leisesten Wink zur Hand geht. Und was Anne Gordon angeht, sie hat offensichtlich nichts dagegen, ihr Haus in Schutt und Asche legen zu lassen. Da nämlich findet die Party des heutigen Abends statt, zudem noch eine Toffeeparty!«

»Wie du es sagst, klingt es, als wären Julias Klassenkameraden total unerzogen.«

»Das wollte ich nicht. Ich glaube, daß die unerzogenen Kinder zuvor aus der Schule ausgeschieden sind. Es ist nur, weil sie alle noch so jung und ungemein lebhaft sind, und ich will nicht, daß in meinem Haus überall Toffeemasse klebt.«

Anne Gordon war eine weit weniger gewissenhafte Hausfrau als Mrs. Deming; nichtsdestoweniger hatte auch sie einiges Widerstreben verspürt, als Johnny sie um die Party gebeten hatte. Vor einiger Zeit hatte eine Toffeeparty einmal die ganze Küche mit Bonbonmasse bekleistert, vom Herd zum Tisch zu den Wänden zu den Türklinken, und das alles hatte auch noch bei Martha zu einem ›schlimmen Leiden‹ im Rücken geführt, das sie die ganze Woche mürrisch hatte sein lassen. Aber seit es für Johnny und seine Freunde das letzte Jahr zu Hause war, fand sie, sie hätten ein Recht auf ein bißchen Spaß. Sie gab ihre Zustimmung unter der

Bedingung, daß sie selbst den Candy kochen würde, um sicherzustellen, daß es ziehbar würde und nicht eine halbflüssige Masse bliebe. Eine weitere Bedingung war, daß sie unter allen Umständen in der Küche blieben, bis sie die ganze Masse gezogen hätten. Sie gab Binny sogar Erlaubnis, etwas länger aufzubleiben, allerdings nicht, ohne sie zu warnen: »Du wirst sehen, bevor du dich versiehst, rufen sie dich wieder mit deinem Spitznamen.« Es kümmerte Binny überhaupt nicht, wie sie sie rufen würden, solange sie auf Julias Lächeln hoffen durfte, auf ihre leichte, zarte Berührung an ihrem Haar oder ihrer Schulter, wenn sie hin und wieder vorbeiging.

Die Küche der Gordons war voller Jungen und Mädchen – und Lärm natürlich –, während Anne das Toffee in einem großen Kessel auf dem Kohlenherd kochte. Gleichzeitig, während sie die Masse rührte, beobachtete sie die Bande, ohne daß es auffiel. Einige vertraute Gesichter fehlten: Sophie Klein, Charlotte Bonner, Rudy Lichtenstein, lauter Schulabgänger des vorigen Juni, die nun bereits auf dem College waren. Die meisten Mädchen waren nur deshalb hübsch, weil sie jung waren, nur Julia und Elsa bildeten eine Ausnahme: die zartgliedrige Julia mit ihrem silberblonden Haar und die robustere Elsa, deren Blond zwar nachzudunkeln begann, aber immer noch einen warmen Goldton zeigte, wenn das Licht im Haar spielte. Elsa – Anne seufzte –, Elsa flirtete auf unerhörte Weise mit Bill Thirkield, der das ganze offensichtlich als spielerisches Vergnügen nahm, und mit Gilbert Evans, der es ebenso offensichtlich nicht richtig begriff. Aber viel zu oft wanderten Elsas Augen von ihren Opfern zu Johnny. Und Johnny – und desgleichen Binny – hatte nur Augen für Julia. Wie verdreht die Jugend doch sein konnte!

Als die Bonbonmasse fertig zum Ausziehen war, übergab Anne sie der Bande in der Hoffnung, sie am nächsten Morgen nicht an der Zimmerdecke wiederzufinden, und ging ins Wohnzimmer, um nach John zu sehen: Es war bereits nach neun Uhr, und seine Praxis sollte also geschlossen sein.

Sie fand ihn in dem niedrigen Schaukelstuhl beim Kamin, genüßlich zurückgelehnt, die Füße auf dem Kamingitter, die Hände über dem Bauch verschränkt und die ausgebreitete Zeitung über das Gesicht gelegt. Doch er schlief nicht. Als sie hereinkam, legte er die Zeitung weg, nahm die Füße artig von dem Kamingitter und setzte sich gerade in den Schaukelstuhl.

»Laut, was?«

»Na ja, schon. Aber es macht ihnen Spaß. Hattest du einen anstrengenden Tag?« Sie fand, er sähe doch sehr erschöpft aus, als ob seine ganze Lebenskraft aufgebraucht wäre.

»Ziemlich anstrengend. Hatte beim Mittagessen keine Gelegenheit, es dir zu sagen, wegen dieser fürchterlichen Aufregung um diese Party. Ich mußte Kitty heute wieder punktieren. Ich glaube nicht, daß es noch lange gehen wird.«

Nach einem Augenblick des Schweigens sagte Anne: »Glaubst du, daß sie es ahnt? War sie bei Bewußtsein?«

»Mehr oder weniger. Ja, sie ahnt es. Schenkte mir ihren Mark Aurel heute, der ihrem Vater gehört hatte. Sagte irgendwas, daß ich ihn dringender brauchen würde als Sheldon. Ich frage mich wieso?«

»Weil du so ein Heide bist.« Anne wurde ein wenig scharf. »Sheldon ist ein guter Christ; sein Glaube –«

»– wird ihn stärken? Das hoffe ich. Er nimmt es sehr schwer – klagt sich selber an – kann es nicht ertragen, das Kind auch nur anzusehen.«

Dann drang urplötzlich das Klingeln des Telefons durch das laute Gelächter aus der Küche. John stand auf und sagte: »Manchmal glaube ich, daß es die größte Erfindung des Jahrhunderts und manchmal, daß es sein größter Fluch ist.«

Einen Augenblick später kehrte er in das Wohnzimmer zurück – mit Hut und Tasche in der Hand und den Mantel über dem Arm.

»Sheldon. Kitty liegt in Krämpfen. Nierenversagen. Ich sattele die Stute und reite hin. Geht schneller als anzuspannen.«

»John, ich käme gerne mit. Wegen Sheldon. Er wird jemanden brauchen – eine Frau – besonders danach. Er weiß, was ich für Kitty empfinde.«

»Davon bin ich überzeugt, trotz seines Glaubens. Aber du kannst diese junge Horde nicht allein lassen. Vielleicht wenn sie weg sind.« Er durchquerte das Wohnzimmer und ging durch die seitliche Verandatür auf den Stall zu. Er rannte nicht, aber seine Bewegung war von kontrollierter Geschmeidigkeit, daß man erkennen konnte, wie seine Lebensgeister zurückgekommen waren.

Anne hatte durchaus nicht im Sinn, auf das Ende der Party zu warten: Sie hatte Mitternacht als Zeitpunkt für das Ende bestimmt, und sie verspürte keinerlei Neigung, den Spaß vorzeitig zu beenden, was auch immer ihre eigenen Gefühle wären. Sie ging zum Telefon in der Eingangshalle, nahm den Hörer von der Gabel, drehte heftig an der Kurbel und gab der Vermittlung die Telefonnummer der Rauschs. Das Mädchen war flink, dachte Anne: sie hatte wohl bei Johns Telefonat zugehört und wußte, worum es ging. Und Ludwig war fast ebenso schnell am Telefon.

»Ludwig, ist Sally da? Macht sie gerade irgend etwas Dringendes? Könnte sie nicht bitte zu mir kommen?«

»Was ist los, Anne? Irgendwas auf der Party passiert? Kann ich dir helfen?«

»Die Party? Nein, nein. Aber ich brauche eine Anstandsdame. Kitty – John ist gerade zu ihr hin – sie liegt in Krämpfen; er glaubt, es geht dem Ende zu. Ich würde gerne hinfahren, um zu helfen – um es Sheldon so leicht wie möglich zu machen.«

»Hol mal tief Luft, Anne. Ich rufe Sally, und während du ihr alles sagst, wecke ich Reuben auf, damit er mir beim Anschirren des Einspänners hilft. Natürlich kommt Sally.«

»Wäre es nicht schneller, wenn sie eben zu Fuß gehen würde?«

»Bis zu euch, ja. Aber wie stellst du dir vor, daß du raus zu den Edwards' kommst?«

Während sie darauf wartete, daß Sally ans Telefon kommen würde, bewunderte sie im stillen Ludwigs schnelles Erfassen der Situation und die Geschwindigkeit, mit der er reagiert hatte. Wie John – in Notlagen konnte man sich stets auf ihn verlassen. Nachdem sie Sally ihr Anliegen etwas zusammenhängender erklärt hatte und sich deren bereitwilliger Kooperation versichert hatte, ging sie durch die hintere Diele zur Küchentür. Einen Atemzug lang hielt sie an, bevor sie eintrat. Wie glücklich sich das anhörte! Nur die Jungen – aber »glücklich« war wohl kaum das richtige Wort. Glücklich sein konnte man in jedem Alter. »Leichten Sinnes« – so unbeschwert konnten dann doch nur die Jungen sein. Sie rief Johnny ins Eßzimmer zu sich.

»Sobald deine Tante Sally hier eintrifft, um als Anstandsdame aufzupassen, muß ich weg. Kitty Edwards. Aber laßt euch nicht den Spaß verderben. Das Abendessen steht schon fertig auf dem Tisch. Ich hatte eigentlich vor, überbackene Käseschnitten zu machen. Aber ich glaube, daß auch die Brote ausreichen werden.«

Sie holte ihren Hut und Mantel und war startbereit, als die Rauschs am Koppelpfosten anhielten; sie war durch die Tür, den Weg hinunter und durch das Tor, bevor Sally noch ganz aus dem Buggy ausgestiegen war.

»Tut mir so leid, daß ich dich in Anspruch nehmen muß, aber ich bin dir so dankbar. Ich hätte sie nicht alleine lassen können. Paß auf, daß sie sich nicht danebenbenehmen, und schick sie um zwölf nach Hause und warte nicht auf mich. Die Meinen sind Gott sei Dank groß genug, daß man sie alleine lassen kann. Die vordere Haustür ist unverschlossen. Schließ sie nicht ab – ich habe meinen Schlüssel nicht mit, und ich weiß nicht, ob ich mit John zusammen nach Hause kommen werde.«

Sie schwang sich in den Einspänner. Ludwig sagte nur: »Eile mit Weile, Anne« und lenkte den Buggy in die Linden Street.

»Die kleine Kitty Edwards«, sagte er traurig. »Sie ist noch viel zu jung zum Sterben. Man wird sie sehr vermissen.«

»Wir ›werden ihresgleichen nicht mehr sehen‹. Das ist ein Zitat von irgendwem – aber von wem nur?« sagte Anne stumpf. »Sollte ich eigentlich wissen – So was wie Kitty gibt's auf dieser Welt wohl kaum noch mal, hochherzig und liebevoll, sie war immer für alle da, für ihre Freunde, ihre Kinder, ihren Gatten, ihren Gott. Und weißt du, ich glaube, sie hat nie das Gefühl überwunden, sie sei Sheldons nicht ganz würdig.«

»Es wird jetzt sehr schwer für ihn sein, auch wenn er gewußt haben muß, daß es so enden würde.«

»Das ist's, warum ich dabeisein will. Seine Mutter – na ja, du kennst sie ja – und außerdem muß sie für die Jungs sorgen.«

Am Koppelpfosten der Edwards' fanden sie dann allerdings nicht nur Johns gesattelte Stute vor, sondern auch noch ein anderes Gespann. Anne sah es sich etwas genauer an. »Das von Doug Gardiner. Welch eine Erleichterung: Sheldon ist also nicht allein gewesen.«

Ludwig sprang ab und half ihr, aus dem Buggy zu klettern.

»Vielen Dank, Ludwig. Und sorge dich nicht darum, wie ich nach Hause komme. Falls wir nicht die ganze Nacht hierbleiben, wird mich sicher Doug nach Hause bringen.«

Sie zögerte einen kurzen Augenblick an der Haustür, drehte dann den Türknopf, schlüpfte geräuschlos hinein und blieb dann, als sie die Tür wieder geschlossen hatte, einen Atemzug lang stehen und lauschte. Die geschlossene Tür zum Schlafzimmer, in dem Kitty so oft krank gelegen hatte und diesmal bereits so lang, konnte die Geräusche nicht völlig dämpfen. Geräusche wie von einem Kampf, einem fürchterlichen Herumschlagen und dazwischen Johns ruhige Stimme.

Ein kurzer Blick durch die geöffnete Tür zur Linken zeigte ihr ein leeres Zeichenzimmer; sie ging auf Fußspitzen durch die Eingangshalle zum Salon, der außerhalb der Reichweite dieser herzzerreißenden Geräusche lag. Dort fand sie nicht nur Doug Gardiner und dessen Frau, sondern auch den alten Mr. Edwards. Doug stand sofort auf, als sie hereinkam, und sagte ihr ein paar Worte mit unterdrückter Stimme. Doch der alte Mann sah nicht einmal auf; er starrte weiterhin ins Feuer, und die Tränen auf seinen Wangen glänzten im Licht der Flammen.

»Ich bin so froh, daß du hier bist, Doug. Wie hast du es erfahren?«

»Sheldon hat mich angerufen. Aber er hat das Zimmer noch nicht verlassen, seit wir hier sind.«

»Er wird dich brauchen, wenn alles vorbei ist.«

Der Klang der Stimmen riß Mr. Edwards aus seinen Gedanken; er drehte sich um und sah sie über die Schulter an. »Das ist lieb von Ihnen, daß Sie gekommen sind«, murmelte er. »Sie hatte so viele Freunde, unsere kleine Kitty.« Er suchte nach einem Taschentuch und wischte sich die Wangen ab. »Und noch so viel in ihrem Leben vor sich. Ich fühle mich wie Hiob, der mit seinem Gott rechten will. ›Denn des Allmächtigen Pfeile stecken in mir, schon hat mein Geist getrunken ihr Gift. Mich befehden Schrecknisse Gottes...‹ Ich bete, und mein Gebet wird nicht erhört: sie wird nicht verschont, und mein nutzloses Leben –...«

Anne ging zu dem alten Mann hinüber und sprach zu ihm mit einer klaren und sanften Stimme: »Hiob sagte, ›Der Mensch, vom Weibe geboren, kurzen Lebens, an Sorgen satt, blüht auf wie eine Blume, verwelkt, flieht hin wie ein Schatten und bleibt nicht...‹, aber er sagt auch ›Gott der Herr gibt und Gott der Herr nimmt, gelobet sei der Name des Herrn.‹ Und der Psalmist sagte: ›Der Mensch –: wie Gras so sind seine Tage, wie die Blume des Feldes so blüht er auf. Weht ein Lüftchen über sie hinweg, ist sie dahin, selbst der Ort, wo sie stand, kennt sie nimmer.‹ Für mich sind das die traurigsten Worte der Welt. Aber Sie wissen ja auch, wie es weitergeht: ›Doch des Herren Erbarmen währt immer und ewig für die, die ihn fürchten. Seine Güte reicht bis auf Kindeskinder für jene, die seinen Bund bewahren und seine Befehle sorgsam erfüllen‹ und ›Wunderbar ist in den Augen des Herrn der Tod seiner Heiligen‹.«

Annes Herz zog sich zusammen, als sie auf den alten Mann herunterblickte. Als sie Mr. Edwards zuletzt in seinem Geschäft gesehen hatte, freute sie sich noch, wie munter und lebhaft er war. Nun war er ein gebrochener Mann. Aber er lächelte, so gut er konnte, und seufzte wie ein Kind, das lange geweint hat. »Sie hatte ein fröhliches Herz«, sagte er, und dann nach einem Augenblick: »Sie wird Freude in das Leben der Heiligen bringen.«

Er wandte sich wieder der Betrachtung des Feuers zu, und Anne setzte sich zu den Gardiners in einen leichten Schaukelstuhl, den sie nahe an das Sofa heranzog, auf dem sie sich niedergelassen hatten.

»Das war sehr gut von dir, mit Doug hierherzukommen«, sagte sie zu Barbara. Barbara war wieder schwanger und würde kurz vor Weihnachten ihr viertes Kind zur Welt bringen.

»Kitty ist immer sehr gut zu mir gewesen. Sie hat es nie merkwürdig gefunden, daß Doug mich heiraten wollte.«

»Meine Liebe –«

»Ich wollte damit nicht sagen, daß Dougs Freunde nicht alle nett zu mir gewesen sind. Sie haben – du hast –, aber ich bin sicher, daß außer Kitty alle seine Wahl befremdlich fanden. Und es gab einmal einen Augenblick, bevor wir verheiratet waren, als aller Augenbrauen fast in die Höhe gezogen worden wären, wenn sie nicht zu meiner Ehrenrettung gekommen wäre.« Sie erzählte Anne von diesem Nachmittag, als Kitty in einer Schneeballschlacht mit den Kindern ihre Partei ergriffen hatte. »Das ist schon so viele Jahre her, aber es scheint mir, als sei es erst gestern gewesen.«

Anne lächelte sie an. »Scheint mir auch völlig unmöglich. Diese Kinder, Johnny, Elsa, sind jetzt so alt, wie du damals warst.« Aber diese Jahre hatten für Barbara gezählt, dachte sie. Sie war so hübsch wie immer, aber der verletzliche Ausdruck der Jungen war aus ihrem Gesicht verschwunden, sie war tatsächlich zur ›Matrone‹ geworden. Das herzförmige Antlitz war nun etwas rundlicher, sie war jetzt etwas pummeliger, als sie damals gewesen war, und natürlich schwer von dem ungeborenen Kind, und ihre Haltung war weit sicherer.

Keiner der vier in dem Zimmer fühlte sich verpflichtet, die Konversation aufrechtzuhalten; so saßen sie schweigend und warteten. Als sie hörten, wie die Schlafzimmertür geöffnet wurde, wurden alle starr vor Angst. Anne, die in ihrem Schaukelstuhl in die Halle sehen konnte, sagte leise: »Es ist John«, stand auf und ging ihm entgegen.

Er hielt sein Taschentuch in der Hand und wischte sich die Stirn und die schweißnassen Wangen. »Sie liegt jetzt in einem Koma. Das Schlimmste ist vorbei. Aber man kann nie wissen, wie lange es noch dauern wird, bist du sicher, daß du bleiben willst? Kann sein, daß du die ganze Nacht aufbleiben mußt.«

»Wenn es vorbei ist, wird es manches geben, das getan werden muß, und das Sheldon lieber uns tun lassen wird als die alte Mrs. Stroud. Eben Dinge, die man nicht gerne Fremde tun läßt.«

John hätte einwenden können, daß die Krankenschwester, die beste, die Waynesboro hatte – eine verwitwete Farmersfrau, freundlich, gehorsam, aber nur mit der Ausbildung jahrelanger Erfahrung –, Kitty bei weitem zu lange gepflegt hatte, um als Fremde gelten zu können, aber er sagte nichts. Er wußte, was Anne meinte: Sheldon würde sicherlich vorziehen, daß Kitty von wirklich liebenden Händen für den Beerdigungsunternehmer fertig gemacht würde. Er ging in das Schlafzimmer zurück; Anne wandte sich wieder den anderen zu.

»Hat es irgendeine Veränderung gegeben?« flüsterte Barbara.

»Ja, sie liegt jetzt in einem Koma.«

»Ich denke, ich gehe und sehe nach, ob das Feuer im Ofen brennt und ob heißes Wasser im Boiler ist.«

»Heißes Wasser?« Doug war verwirrt.

»Sie muß doch gewaschen werden.«

»Du bist zu jung für eine derartige Prozedur«, protestierte Anne. »Ich schaff' das schon allein.«

»Wir werden es beide zusammen machen.« Barbara lächelte kurz. »Vergiß nicht, daß ich unter Iren aufgewachsen bin.«

Nach einer weiteren langen, langen Wartezeit drang das Geräusch des sich drehenden Türknopfes, das Klicken des Schlosses an die vom Lauschen strapazierten Ohren. Mr. Edwards, der einen völlig benommenen Eindruck gemacht hatte, kämpfte sich auf die Füße und war kurz darauf in der Halle, um Sheldon entgegenzugehen. Mit ausgestreckten Armen erwartete er ihn. Wortlos umarmten sich die beiden Männer, Sheldons Kopf ruhte einen Augenblick lang an der Schulter des Alten. Hinter ihnen erschien nun John in der Eingangshalle und schloß die Schlafzimmertür; er nickte den Frauen zu, seine Hand immer noch auf dem Türknopf. Anne, der Barbara auf dem Fuße folgte, ging in die hintere Halle zurück und von dort in das Schlafzimmer. Mrs. Stroud zog gerade die Bettlaken zurück, um sie über das Fußende des Bettes zu schlagen.

»Wir werden das tun. Wenn Sie so nett wären, uns heißes Wasser, Waschlappen und Handtücher zu bringen. Und Schürzen und saubere Bettücher.« Anne sah auf das zerwühlte Bett und nicht nach Kittys Gesicht, nachdem ein kurzer Blick ihr bestätigt hatte, daß ihre Augen geschlossen waren: John hatte ihr wohl diesen letzten Liebesdienst erwiesen.

»Ja, natürlich«, sagte Mrs. Stroud, »und eine Serviette, um sie ihr ums Gesicht zu binden, bis kurz bevor – Sie werden ein sauberes Nachtgewand dort in der zweiten Schublade finden. Es wird ein Trost für ihren armen Mann sein, zu wissen, daß ihre Freunde das Letzte für sie getan haben, das auf Erden getan werden kann.«

Nachdem die drei ihren letzten Dienst an der Toten verrichtet hatten und Kitty ordentlich und friedlich dalag mit dem Bettlaken über dem Gesicht, kehrten Anne und Barbara in das Wohnzimmer zurück. Sheldon saß zitternd in einem Sessel nahe am Feuer, Mr. Edwards und Doug wo sie auch zuvor gesessen hatten, und John stand, einen Ellbogen auf den Kaminsims gestützt, und beobachtete Sheldon. Während Barbara in der Tür einen Augenblick zögerte und sich dann wieder zu ihrem Gatten setzte, ging Anne quer durch den Raum zu Sheldon und legte ihre Hand auf seine Schulter. Er hob den Kopf und sah sie an; sein Gesicht sah von Gram ganz entstellt aus.

»Sie ist –? Ihr habt –? Anne, ich werde euch ein Leben lang nicht vergessen, was ihr für mich getan habt, du und Barbara. Kann ich zu ihr zurückgehen?«

»Ja, Sheldon. Kitty war zu jung, um schon sterben zu müssen, ich weiß. Aber gräme dich nicht zu sehr: Sie hat alles gehabt, was sie im Leben wollte. Was bedeuten Jahre, wenn sie leer bleiben? Ihre waren so voll: Sie hat dich und die Jungs gehabt und Liebe und Glück genug für ein langes Leben.«

»Und ich sollte zudem noch froh sein, daß ihr Leiden endlich zu Ende ist? Wenn ausgerechnet ich es war, der –« entgegnete Sheldon bitter.

»Das habe ich nicht gesagt. Nur daß du in die andere Waagschale gegen deine Trauer das große Glück werfen mußt, das sie im Leben mit dir gefunden hat. Und doch, ja, ich finde auch, daß du froh sein solltest, daß ihre Leiden nun vorüber sind. Es bedeutet ja nicht, daß alles zu Ende ist, sie ist einfach – heimgegangen.« Anne stolperte über die Worte, die sie so oft aus dem Munde des Pfarrers gehört hatte.

Sheldon verlor ein bißchen diesen entsetzlichen teilnahmslosen Gesichtsausdruck und brachte sogar kurz ein Lächeln zustande. »Anne, all das werde ich auch noch von Mr. McKinney zu hören bekommen. Alles, was ich jetzt zu fühlen imstande bin, ist, daß sie weg ist – und ich bin allein, ohne sie, für immer und ewig.«

»Nicht ›für immer und ewig‹«, sagte Anne hartnäckig. »Nur bis...«

»Ich weiß.« Er sah sie etwas sanfter an. »Bis ich mit ihr wiedervereinigt werde. Ich glaube daran. Aber die Jahre werden mir sehr lang werden.«

»Du hast die beiden Jungs aufzuziehen, und Kinder werden so schnell erwachsen, im Handumdrehen. Eines Tages wirst du erstaunt feststellen, wie schnell die Jahre verflogen sind.«

Sheldon stand auf, richtete seine Krawatte und zog sein zerknittertes Jackett glatt. »Ich werde jetzt zu ihr zurückgehen. John, würdest du Papa mitnehmen? Nein, Papa, es ist wirklich nicht notwendig, daß du den Rest der Nacht in diesem Sessel verbringst. Und John, würdest du bitte den Beerdigungsunternehmer benachrichtigen? Crawford, würde ich sagen.«

»Selbstverständlich. Aber ich bin hierher geritten. Doug, würdest du –?«

Doug sagte: »Natürlich. Und ich werde zurückkommen und die Nacht hier mit Sheldon verbringen. Was ist mit Mrs. Stroud? Ich nehme an, sie ist zu Bett gegangen? Sie ist auch sonst über Nacht geblieben.«

»Ja«, sagte Barbara ruhig. »Sie ging, sobald wir fertig waren, nach oben. Wir sollten jetzt gehen.«

John war einen Augenblick mit Anne in der Eingangshalle allein, als er ihr in den Mantel half. Er war erschüttert gewesen von der Leichtigkeit und Sicherheit der Kommunikation zwischen ihr und Sheldon. Er hatte schon immer gewußt, daß ein Teil von Annes Wesen von ihm unerreicht geblieben war, ihr Glauben, der seinen Unglauben zurückwies. Aber erst jetzt hatte er erlebt, wie sie und Sheldon sich auf einer Ebene trafen, auf der sie, Mann und Frau, sich nie treffen würden. Er drängte die spöttischen Worte, die ihm auf der Zunge lagen, zurück – »Glaubst du wirklich all diesen Unsinn?« – und fühlte, wie sie zitterte, als er seine Hände auf ihre Schultern legte. Statt dessen sagte er: »Das war eine ziemliche Belastung für dich. Ich werde dir eine Beruhigungspille geben, wenn wir zu Hause sind.«

Und Anne dachte traurig: »Das Heilmittel eines Arztes für Gram: eine Beruhigungspille.« Und nun begann sie, auch wenn sie während der ganzen Nacht keine Träne vergossen hatte, geräuschlos zu weinen. Worte kamen ihr in den Sinn: »Nicht Mohn, nicht Alraun, noch ein Schlummertrunk des Fernen Ostens –«

John drehte ihr Gesicht zu sich hin und trocknete ihre Wangen mit dem karbolgetränkten Taschentuch. Er hielt sie für einen Augenblick zärtlich in den Armen, brachte sie dann zur Tür hinaus und half ihr in Gardiners Kutsche.

Sie kam vor ihm zu Hause an. Er würde natürlich beim Bestattungsunternehmer halten. Die Haustür war unverschlossen, die Gasbeleuchtung heruntergedreht, sie brannte aber immer noch im Leuchter in der Eingangshalle, obwohl draußen bereits der Tag anbrach. Sie fand eine Notiz von Sally: »Party vorbei, Kinder im Bett, Küche gesäubert und Geschirr abgewaschen. Geh sofort ins Bett, schlaf so lange du kannst, und ruf mich an, wenn du morgen aufwachst.«

Als Anne am nächsten Morgen mit Sally am Telefon sprach, faßte sie sich, was die vorige Nacht betraf, so kurz wie möglich; sie mochte nicht darüber sprechen. Sally drängte sie auch nicht; statt dessen schlug sie vor, zusammen zur Beerdigung zu gehen. Danach sprach sie von der Klubsitzung in der folgenden Woche: Es müsse natürlich eine Gedenkfeier für Kitty werden. Sie würde Amanda, die vor Zeiten den Lowrys sehr nahegestanden hatte, bitten, über Kitty als Schulkind zu schreiben. Würde sie etwas über Kitty als Ehefrau und Mutter beitragen?

Anne unterbrach sie. »Frag mich um Gottes willen nicht. Ich würde sofort zusammenbrechen. Mach es selbst.«

»Und wer verfaßt dann die letzte Ehrung, Kitty als Mitglied des Klubs?«

»Mrs. Ballard. Wer sonst?«

Die Gedenkfeier für Kitty fand statt: Tränen wurden vergossen. Die junge Kitty Edwards wurde aufrichtiger betrauert als andere verstorbene Mitglieder. Ihr Tod hinterließ eine spürbare Lücke, die es allen schwermachte, eine Nachfolgerin zu wählen, als ob ihr Platz für ihre Rückkehr freibleiben sollte.

DIE MITGLIEDER DES FRAUENKLUBS VON WAYNESBORO

Miß Eliza Ballard
Mrs. Mary Ballard
Mrs. Louisa Deming
Mrs. Gwen Evans
Miß Caroline Gardiner
Miß Lavinia Gardiner
Mrs. Anne Gordon
Mrs. Rhoda McKinney
Mrs. Laura Maxwell
Mrs. Sarah Rausch
Miß Amanda Reid
Miß Elizabeth Talmadge
Mrs. Thomasina Travers
Mrs. Christina Voorhees

IN MEMORIAM
Miß Susan Crenshaw
Mrs. Katherine Edwards
Mrs. Mary McCune
Miß Agatha Pinney

1886–1887

»Waynesboro beklagt den Verlust von Dr. Blair, des großen Bürgers und Gelehrten; wir alle trauern mit seiner Tochter.«

Der Vortrag von Mrs. Demings Aufsatz war wegen der Gedenkfeier verschoben worden. Da er jedoch für den vorgesehenen Termin fertig war, hatte sie nun ein wenig Zeit. In Gedanken beschäftigte sie sich wieder vorwiegend mit Julias Zukunft. Sie hatte immer gehofft, sie für ein Jahr an die Ostküste schicken zu können. Die Demings befanden sich nun in weit weniger eingeschränkten Verhältnissen, als sie bislang gewesen waren. Es war immer noch überraschend, daß die Bücher des Generals so viel Geld einbrachten. Das kam ihr sehr gelegen, denn wenn sie sich ein wenig einschränkten, könnten sie Julia ein Jahr in einem Internat ermöglichen; aber Julia selbst war dagegen. Ihre Mutter hatte nie geglaubt, daß man sie im College unterbringen könnte. Zwar war sie in ihren Schulfächern ganz gut, jedenfalls mit ein wenig Nachhilfe, aber sie zeigte doch kaum Interesse an diesen Dingen. Doch war sie jedenfalls eines Platzes in den höchsten Gesellschaftsschichten würdig, und man hätte annehmen sollen, sie würde mit beiden Händen zupacken, wenn sich eine Gelegenheit böte, junge Damen aus vornehmem Hause kennenzulernen. Statt dessen hatte sie sich ausgerechnet die Kunstakademie in den Kopf gesetzt! Julia, die noch nie einen Pinsel auch nur in der Hand gehalten hatte! Ihre Mutter wußte auch warum: Johnny würde im nächsten Jahr an der Universität Cincinnati Medizin studieren, und Elsa Rausch würde das Musikkonservatorium besuchen. Julia wollte Johnny nicht an Elsa verlieren. Mrs. Deming verstand ihre Tochter: Elsa hatte alles, was mit Geld zu bezahlen war, und außerdem auch noch Talent (zumindest sagte man das); während Julia genau das eine hatte, was Elsa so ganz offensichtlich unbedingt wollte. Diese dummen, kindischen Eifersüchteleien! Julia würde dadurch alle Gelegenheiten verpassen, einen für sie geeigneteren Mann zu finden, nur um weiter die Spielverderberin abgeben zu können. Und sie war natürlich gerissen genug (keiner konnte Julia nachsagen, dumm zu sein, wenn es darum ging zu kriegen, was sie wollte), zuerst ihren sie vergötternden Vater zu umgarnen, und der fand die Idee natürlich gar nicht so schlecht: die Vervollkommnung von künstlerischen Fähigkeiten war genau das, was eine junge Dame brauchte. Sie wäre nicht fern von zu Hause und könnte ihre Wochenenden in Waynesboro verbringen, und was ihre Einquartierung in einer Pension angeht – ohne Chaperon –, darauf würden sie ihr ganz besonderes Augenmerk haben. Die Rauschs ließen ihre Tochter auf das Konservatorium gehen, nicht wahr? Er könne einfach nicht verstehen, warum seine Frau so darauf versessen sei, daß Julia irgendeinen dieser reichen Kerle von der Ostküste heirate – und dann würde sie wahrscheinlich nach New York ziehen, so daß sie beide sie oder ihre Kinder wohl nie besuchen könnten.

Mrs. Deming seufzte. Der General konnte in seinen Entscheidungen über die meisten Dinge durchaus beeinflußt werden; tatsächlich bat er auch des öfteren um Rat; aber sobald es um Julia ging, konnte er äußerst starrsinnig sein, und im übrigen hatte er das Mädchen derart verzogen, daß sie nun genauso starrköpfig war, wenn es darum ging, ihren Willen durchzusetzen. Das einzige, was für Mrs. Deming arbeitete, war die Zeit: der nächste September war noch in weiter Ferne, und es konnte noch viel passieren. Sie müsse danach trachten, die Ostküste reizvoller erscheinen zu lassen. Deshalb beklagte sie die neu eingerichtete Tanzschule, die ausgerechnet in Waynesboro aufgemacht worden war! Ein Tanzlehrer kam einmal pro Woche von Cincinnati (veranlaßt wohl von den Rauschs, zu einem solch unangebrachten Ort zu kommen, wahrscheinlich durch eine Garantie oder so etwas). Die Tanzstunden wurden im Old-Fellows-Saal abgehalten, einem großen scheunenähnlichen Raum über der Metzgerei Fritz Kleins, und von gerade den jungen Leuten aus Waynesboro besucht, die man nicht gelehrt hatte, daß der Tanz eine der Sünden des Tages sei, eine Falle des Teufels. Julia war natürlich gestattet worden mitzumachen, genau wie Elsa und Johnny Gordon. Mrs. Deming war nur widerstrebend bereit gewesen, die Gebühr zu bezahlen, schließlich hätte das Geld dafür benutzt werden können, außergewöhnliche Ausgaben im Internat zu bestreiten. Aber leichtfüßig und grazil tanzen zu können, war für eine angehende junge Dame in besserer Gesellschaft absolut unentbehrlich. Mit noch größerer Besorgnis beklagte sie die Einführung einer jeden neuen Zerstreuung in Waynesboro, die die jungen Leute dazu verleiten könnte, am Ort zu bleiben.

Die Tanzstunde beschäftigte auch Mrs. Evans an dem Nachmittag, den sie sich freigehalten hatte, um mit dem Aufsatz für den Klub anfangen zu können. Sie stellte ein Problem dar, wenn auch ein unbedeutendes. Mrs. Evans kleidete sich immer noch wie ein Quäker: dunkle, einfache Seide mit Rüschen und Faltenbesatz, das schwarze Haar streng in einem Knoten im Nacken zusammengenommen. Sie war solch eine eifrige, aufgeschlossene, vogelähnliche kleine Frau mit einem Verstand, der sich wie mit Pfeilen auf sein Ziel stürzte, ungefähr so, wie ein Flughörnchen fliegt, daß die anderen Klubmitglieder sie schätzengelernt hatten, obwohl sie nur mit Sally Rausch außerhalb der Sitzungen verkehrte. Sie waren sich natürlich ständig bewußt, daß sie die Frau eines Pfarrers war, obgleich sie selbst diese Tatsache nicht zu beachten schien, anders als Mrs. McKinney und Mrs. Maxwell, und sie wären erstaunt gewesen (sogar Sally), hätten sie bemerkt, daß Mrs. Evans sich jeder Mitwirkung bei den einfachen Anlässen und Empfängen, Nachmittagstees, Essen der sogenannten Waynesboroer Gesellschaft fernhielt, weil sie diesen Aspekt des Stadtlebens als weltlich und schlimmer, als wertlos ansah. Und nun nahm der verwaiste Neffe ihres Mannes, den sie wie einen Sohn bei sich aufgenommen hatte, Tanzstunden!

Eines Nachmittags im November hatte sie sich mit »Porträt einer Lady« nach oben zurückgezogen. Das Buch war aufgebläht durch unzählige Papierstückchen, die als Lesezeichen dienten. Sie nahm einen Packen Papier, Bleistifte und ihr Schoßpult mit sich und ließ sich im vorderen Schlafzimmer nieder, wo sie arbeiten konnte, ohne ständig vom Kommen und Gehen der Männer unterbrochen zu werden. Es war kalt, es sah sogar nach Schnee aus, und der unbeheizte Raum war wie ein Eisschrank. In ihr Tuch eingewickelt, kauerte sie sich auf der harten Bank zusammen, die am Fußende des großen Doppelbettes stand, und versuchte einen einführenden Satz auszubrüten, während sie beobachtete, wie schnell die Blätter der Ahornbäume vor dem Fenster abfielen. Das bedeutete, daß man bald die Auffahrt fegen müßte und daß auch der Hof zu rechen wäre. Bald mußten sie wohl auch wieder Schnee schippen. Das Pfarrhaus war ein sehr, sehr altes Gebäude, aber so nahe am Bürgersteig gelegen, daß die Treppenstufen sogar zum Teil auf ihn hinausragten, dadurch hatten die Evans' natürlich weniger Wegstrecke freizuhalten als andere Familien. Auf der anderen Seite hatten sie hinter dem Haus einen großen Garten, und die Blätter stellten im Herbst ein echtes Problem dar. Es war wirklich mehr, als David schaffen konnte, obwohl er das nie zugeben würde. Diesen Nachmittag war er ausgegangen, um Gemeindesachen zu erledigen. Sie hoffte, daß einer der beiden Jungs, entweder Gilbert aus der höheren Schule oder Owen vom Priesterseminar, früher als ihr Mann nach Hause kommen und das Fegen und Rechen erledigen würde.

Sie wandte sich wieder ihrem Buch zu, doch bevor sie auch nur anfangen konnte, sich darauf zu konzentrieren, hörte sie, wie die Haustüre geöffnet und gleich wieder geschlossen wurde. Das war wohl Owen; sie erkannte sie alle an ihrem Gang. Sie ging schnell hinaus zum oberen Ende der Treppe, bevor er sich die Winterkleidung ausziehen konnte, und rief hinunter, er möge bitte den Weg fegen und den Hof rechen, bevor es zu regnen oder zu schneien begänne. Er sah herauf, lächelte, salutierte und ging durch das Haus zum Geräteschuppen, wo die Gartenwerkzeuge aufbewahrt wurden. Owen war ein guter Sohn, wie sein älterer Bruder, der nun eine eigene Pfarrei weiter unten im walisischen Tal des Kohlengebietes des Landes hatte. Nicht einem der Mitglieder der Evans-Familie erschien es im geringsten seltsam, daß die Jungen ein reformiertes Presbyterianerseminar besuchten. Griechisch und Hebräisch waren gleich, wo immer sie gelehrt würden, und was die systematische Theologie anging, die Grundlage von beiden war kalvinistisch, und bei Fragen wie der Kindertaufe konnten sich die jungen Evans' ihre eigene Meinung bilden. Die schlichte Wahrheit war, daß man einfach nicht genug Geld hatte, sie auf eine auswärtige Schule zu schicken: nicht, wenn sie zu Hause wohnen konnten und eine so gute Erziehung so günstig bekommen konnten.

Owen hatte für gesellschaftliches Leben so wenig Bedarf wie seine Eltern und würde als Pfarrer vollständig glücklich sein. Bei Gilbert war sie sich dessen nicht ganz so sicher. Er war ein reizender Junge ohne großen Ehrgeiz und ohne große Fähigkeiten. Er hatte eine eher negative Form von Ausdauer: Wozu immer es ihn trieb, er würde fest dabei bleiben und womöglich alleine durch die Zeitdauer erreichen, was er durch Wagemut und Vorstellungskraft nie vollbracht hätte. Auf die Art könnte er sogar zu einer Pfarrei kommen. Sie stellte sich vor, daß es wohl viele Kirchen mit Geistlichen aus diesem Holz gäbe, und sie mochte diesen Gedanken überhaupt nicht. Ihre Kirche brauchte niemand, der nicht unwiderstehlich den Ruf Gottes gefühlt hatte und der nicht bereit war, sein Leben seinem Dienst zu weihen.

Als sie schließlich Gilbert hereinkommen hörte, eilte sie in den Flur und rief über das Treppengeländer hinab. Er kam sofort die Treppe heraufgesprungen, auf deren unterste Stufe er seine Bücher geworfen hatte, und folgte ihr in das Schlafzimmer.

»Großer Gott, Tante Gwen. Was machst du denn hier in dieser Kälte? Spielst du Verstecken?«

Sie legte den Kopf auf die Seite und lächelte ihn an. »Was für affektierte Redensarten von einem großen Kerl wie dir!«

»Du würdest es sicher noch weniger gern sehen, wenn ich mit stärkerem Tobak käme.«

»Sicher nicht. Und für den Fall, daß du annimmst, ich sei hier heraufgegangen, um dich für ein Gespräch unter vier Augen in einen Hinterhalt zu locken, bist du im Irrtum. Ich bin heraufgegangen, um den Anfang für mein Essay zu schreiben. So ein langes Buch zu lesen und zu beurteilen! Und solche Charaktere!«

Beim Essen hatte es oft genug Gespräche über Henry James gegeben, so daß er jetzt wußte, wovon seine Tante sprach. »Sieh zu, daß du schnell damit fertig wirst, damit wir nicht wochenlang kaltes Essen auf dem Tisch haben, wenn du wie eine Eule über deinem Aufsatz sitzt.«

»Übertreib nicht so, Gilbert. Bislang hab' ich doch wohl immer noch meine Familie anständig versorgt. Nein, ich bin zwar zum Arbeiten raufgekommen, aber du hast in Gedanken immer zwischen mir und dem Buch gestanden. Ich mach mir deinetwegen Sorgen.«

»Die Tanzstunden? Aber Tante Gwen, wir haben doch schon darüber gesprochen, und du hast gesagt, man müsse den Geboten des eigenen Gewissens gehorchen. Und ich habe es mit meinem eigenen Geld bezahlt, das ich in diesem Sommer verdient habe.«

»Ich weiß. Du hast uns nie um etwas gebeten, von dem du wußtest, daß wir es uns nicht leisten konnten oder das wir für verschwenderisch hielten.«

»Tante Gwen, Rauschs geben einen Silvesterball im Old-Fellows-Saal. Elsa hat es mir heute erzählt. Bald werden schriftliche Einladungen verschickt. Wäre es dir lieber, ich würde nicht hingehen?«

Also das war es, weshalb er so unbekümmert und unbeschwert war. Sie durfte es ihm nicht verderben, indem sie ihm sagte: »Es geht mir nicht ums Geld. Ich sorge mich nur, daß du in eine Welt hineingezogen wirst, die nie die deine sein kann.«

Statt dessen sagte sie: »Nein. Du mußt tun, was du für richtig hältst.«

»Es wird auch nicht ein richtiger Ball sein. Die ganze Tanzklasse wird eingeladen, sogar Ludwig Rausch junior. Und alle ihre Eltern, nehme ich an.«

Und wahrscheinlich noch ein paar Jungs, die nicht in der Tanzstunde waren, um die Überzahl der Mädchen auszugleichen. Ein ungebundener Mann wurde oft auf Partys eingeladen, nur weil er eben das war, mehr brauchte er gar nicht zu sein. Sie war ein bißchen bitter wegen Gilbert: Er befand sich am Rande einer Welt, die ihn auf jeden Fall früher oder später rigoros ausschließen würde. Aber sie war sich klar darüber, daß es keinen Sinn hatte, ihn zu warnen: Er würde den Schmerz ertragen müssen, wenn er ihm zugefügt worden wäre. Statt dessen sagte sie: »Bist du es zufrieden, nächstes Jahr mit Owen auf das Priesterseminar zu gehen?«

»Ja. Warum nicht? Es ist eine gute Ausbildung. Ich habe doch dir und Onkel David schon gesagt: Ich fühle mich nicht zum Geistlichen berufen. Bis jetzt zumindest nicht. Aber ich weiß auch noch nicht, was ich gerne werden möchte. Es ist also noch Zeit, daß ich die Berufung verspüre. Sollte das eintreten, habe ich sicherlich nichts dagegen, die Freunde aufzugeben, gegen die du etwas hast.«

Sie schüttelte ihren Kopf. »Ich habe nichts gegen sie. Es sind nette, junge Leute. Aber du wirst sie wohl nicht mehr oft sehen, wenn du einmal deine Ausbildung beendet hast.«

»Möglich. Die meisten werden irgendwo auf ein College gehen. Aber in den Sommerferien werden sie zu Hause sein.« An diesem kalten Novembernachmittag freute er sich bereits auf die Sommerabende auf dem Tenniscourt der Rauschs oder auf ihrer Veranda. »Selbst wenn ich dann arbeite, habe ich doch ein bißchen Zeit.«

Er hatte im letzten Sommer einen Job in der Anzeigenabteilung der *Fackel* bekommen und erwartete, daß er ihn dieses Jahr wieder bekäme und daß er den gleichen Spaß mit den gleichen Freunden haben würde. Seine Tante Gwen liebte ihn und war doch recht traurig; sie hoffte, daß sein Selbstvertrauen nie zerstört werden würde. Sie entließ ihn und sagte nichts von ihren Gedanken. Als kurz danach tatsächlich seine Einladung zu dem Ball an der Haustür abgegeben wurde, zusammen mit einer Karte, die den Namen »Miß Elsa Rausch« trug, entschied sie, daß sie sich unnötigerweise über seine Zukunft Sorgen gemacht hatte. Sie war absolut überzeugt davon, daß Sally Rausch trotz ihrer sorglosen Haltung nichts ohne angemessene Überlegung und Voraussicht geschehen ließe. Sie bat also Gib, Elsa zu begleiten, entweder, weil sie ihn für so unbedeutend hielt, daß man ihn nicht ernst nehmen könne, wobei Elsa gerade in dem Alter war, in dem sie jemanden ernst nehmen wollte, oder sie stufte ihn als annehmbar – war »Verehrer« ein zu starkes Wort? – für Elsa ein. Falls das der Fall wäre, würde jeder, der Mrs. Rausch kannte, ahnen, daß das Unmögliche dennoch möglich werden könnte.

Der Klub traf sich bei den Gardiners zur letzten Sitzung des Jahres. Anne hatte Barbara seit der Nacht, in der Kitty gestorben war, nicht mehr gesehen, abgesehen von dem freundlichen Nicken über die versammelte Kirchengemeinde hinweg am Sonntagmorgen. (Es war schon merkwürdig, wie nahe man jemandem sein konnte und ihn dann doch für Wochen nicht sah.) Sie hoffte, zumindest einige Augenblicke mit ihr allein zu haben im Haus ihrer Tanten (für Klubmitglieder würde das Haus für immer das Haus der Tanten bleiben). Nicht daß Barbara je bei Klubversammlungen, die dort abgehalten wurden, erschienen wäre, wie gewöhnlich tauchte in der Eingangshalle nur das farbige Zimmermädchen auf, mit weißer Haube und weißer Schürze, und dann die Misses Lavinia und Caroline in der Tür zum Salon.

»Ist Mrs. Gardiner zu Hause, Lutie?« fragte Anne das Mädchen.

»Nein, Madame. Sie is' mit den Kindern zu den Edwards'.«

Miß Caroline hatte das von der Salontür aus mitgehört. Als Anne ihren Mantel in der Bibliothek »deponiert« hatte und auf die Schwestern zuging, sagte Miß Caroline: »Sie fragten nach Mrs. Gardiner? Ihr Zuhause hat selten die Freude ihrer Anwesenheit in diesen Tagen. Selbst in ihrem Zustand, obwohl es höchst unpassend für sie ist, das Haus zu verlassen, betreut sie zwei Kinderzimmer. Die meiste Zeit verbringt sie bei den Edwards'. Natürlich könnten wir hier nicht so viele Kinder herumtollen haben. Aber dort gibt es niemand, der gestört werden könnte, wenn Mr. Edwards nicht zu Hause ist.«

Anne ignorierte das Ende dieser schroffen, kleinen Rede und dachte nur, typisch Barbara: Kittys anderen Freunden taten deren mutterlose Jungen vielleicht leid, aber Barbara, in welchem Zustand sie sich selbst auch immer befinden mochte, tat, was sie konnte. Mit einigen vordergründig höflichen Worten über die Freude, in ihrem wundervollen Heim sein zu dürfen, schlüpfte sie an den beiden Damen vorbei und setzte sich in einen der schrecklich unbequemen, vergoldeten Stühle neben Mrs. McKinney und bereitete sich innerlich darauf vor, zumindest mit einem halben Ohr Mrs. Evans zuzuhören, die glücklich darüber war, daß zwei weitere Sitzungen und die Weihnachtsparty sich dazwischenschieben würden, bevor ihr Aufsatz fällig würde.

Sie wurde in unerfreulicher Weise überrascht. Nachdem Sally, die den Vorsitz führte, dem Klub alle Tagesordnungspunkte vorgelegt hatte, die erledigt wären, und nachdem die Schriftführerin eine Karte von Sheldon Edwards vorgelesen hatte, in der er seiner Dankbarkeit für die Kondolenzbezeugungen des Klubs zum Tode seiner Frau zum Ausdruck brachte, war sie zu neuen Aspekten übergegangen. Sie lud den Klub in ihr Haus ein für den Nachmittag des fünfzehnten Dezember zu einer Weihnachtsparty mit Weihnachtsprogramm, das zur Zeit von Miß Talmadge und ihrem Komitee vorbereitet werde. Es gab von Sallys Seite nicht die leiseste Verpflichtung, sich dafür zu entschuldigen, daß sie den Klub nicht zu einer Abendgesellschaft eingeladen hatte, mit Ehemännern und verschiedenen ungebundenen Männern, und dennoch fand sie, eine Erklärung sei vonnöten. Sie sagte: »Die Damen werden sicherlich von dem Programm, das gerade geprobt wird, entzückt sein, und ich hoffe, daß sie diese Nachmittagsgesellschaft durchaus nicht zu langweilig finden werden. Um der Wahrheit die Ehre zu geben«, sagte sie ganz offen, »mir stand einfach nicht der Sinn danach, so kurz nach dem Ableben von Mrs. Edwards. Wir würden nur an die vielen Rollen, die sie für uns gespielt hat, erinnert werden.« Fast hätte sie mit der Verlesung der Tagesordnung begonnen und fragte nur aus Gewohnheit »nach irgendwelchen anderen Anliegen«, als sie von einem beharrlichen »Madame Präsident« von Miß Lavinia Gardiner unterbrochen wurde. Nachdem ihr von Sally das Wort erteilt worden war, stand die Dame auf, zupfte den Rock zurecht und richtete ihr Wort an die Vorsitzende.

»Frau Präsidentin und meine Damen des Klubs, meine Schwester und ich befinden uns in einem Dilemma. Bislang haben wir versucht, unseren Verpflichtungen dem Klub gegenüber so gut wir konnten nachzukommen. Dennoch sind wir zu der Auffassung gekommen, daß wir den Anforderungen, die die Essays diesmal an uns stellen, nicht gewachsen sind. Wir haben einige Zeit damit verbracht, Mr. Merediths ›Diana vom Kreuzweg‹ und die Werke von Pierre Loti zu lesen, und wir müssen gestehen, daß wir den einen als moralisch verwerflich und den anderen als zu exotisch für unser Auffassungsvermögen bewerten. Wir bitten sie deshalb um Nachsicht. Zu Beginn des diesjährigen Programms wurde uns gesagt, wir sollten uns frei fühlen, die zugewiesenen Titel zu tauschen; und nun würden wir gerne vorschlagen, daß meine Schwester ihr Thema mit Mrs. Gordon, die uns in der Liste folgt, tauscht, und daß ich Mrs. Rauschs Sujet ›Trollope‹ übernehme. Unsere gelehrte Präsidentin liest Französisch so gut, daß sie sicherlich einen viel verständigeren Essay über Monsieur Pierre Loti halten kann als ich. Oder wir könnten Essays durch andere ersetzen, erinnern an ›Kindertage im Vorkriegs-Virginia‹. Es wäre uns jedoch viel lieber, wenn wir erst dann studieren und unsere Essays schreiben könnten, wenn der Tumult um die zu erwartende Kindgeburt in unserem Haus endlich vorbei und vergessen sein wird.«

Ob Klubmitglieder diese Rede peinlich fanden, ist ungewiß, aber es war offenkundig, daß die beiden ausgewählten Opfer wütend waren. Anne Gordon hatte sich bereits auf Christina Rossetti gefreut und las schon seit Ferienende, und darüber hinaus schätzte sie Meredith nicht sehr. Sally Rausch auf der anderen Seite zuckte innerlich beim bloßen Gedanken an »Childhood Days in Antebellum Virginia« zusammen, war aber noch mehr verärgert durch die Annahme, sie könne so spät im Frühling erfreut sein, über Pierre Loti zu reden statt über ein verhältnismäßig leichtes Thema wie Trollope. Aber Sally wuchs an der Notlage. Mit einem völlig gelassenen präsidentialen Gesicht sagte sie: »Ich bin absolut sicher, daß das Programmkomitee diesen Änderungen zustimmen wird, wenn alle Betroffenen einverstanden sind. Wir können nicht von Ihnen verlangen, daß Sie ganze Kapitel aus der Erinnerung aufbereiten müßten, so interessant das auch wäre. Ohne Zweifel kann Mrs. Gordon einen Aufsatz über Mr. Meredith für die nächste Sitzung vorbereiten?« Zum ersten Mal sah sie Anne direkt an, die ihr kurz und ohne Lächeln zunickte. »Für die nächste Sitzung nach Weihnachten.«

»Diese überheblichen alten Soundso«, dachte Anne, »und welche Gemeinheit, in dieser Art von dem zu sprechen, was Barbara vor sich hat – ganz abgesehen davon, daß von einem erwartet wird, daß man sich im frühen Januar mit Meredith beschäftigt –«

Als Anne nach Hause kam, war sie immer noch in aufrührerischer Stimmung, der Klub und seine Probleme waren aber sofort wie weggefegt aus ihrem Bewußtsein, als sie John auf sie warten fand. Er war in recht düsterer Stimmung und hielt ihr einen Brief seiner Kusine Jessamine Gordon Stevens entgegen. Anne nahm den Umschlag, stand stockstill für einen Augenblick, Hut, Handschuhe und Mantel immer noch an, und sah, daß er noch ungeöffnet war.

»Du hast von ihr doch schon jahrelang nichts gehört, nicht wahr? Nicht, seit sie dir mitgeteilt hat, daß ihr Mann gestorben sei. Was ist denn nun los?«

John knurrte: »Lies. Dann wirst du's sehen.«

Anne zog sich die Handschuhe aus, hängte ihren Mantel über

einen Stuhlrücken, faltete den Brief auseinander und las ihn laut vor:

Lieber Vetter John!
Da ich Deine einzige lebende Verwandte bin, hoffe ich, daß ich mich an Dich um Hilfe oder doch zumindest um einen Ratschlag wenden kann. Mir ist mitgeteilt worden, daß ich meinen Sohn Rodney aus diesem Klima entfernen muß. Er ist ein sehr zartes Kind und hat es bislang leider nicht geschafft, einen Anfall von Malaria, die er seit letztem Sommer hat, abzuwehren. Der Arzt ist so daran gewöhnt, daß jedermann Malaria hat, daß er es schon für selbstverständlich hält. Er hat Rodney so mit Chinin vollgestopft, daß der arme kleine Kerl kaum noch stehen konnte. Aber der Pfarrer der Kirche, zu der wir gehören, hat uns diese Woche seinen Besuch abgestattet und war doch ziemlich schockiert. Er hat mir gestanden, daß Kinder an Malaria STERBEN können, daß ich den Jungen sofort von hier wegbringen muß. Ist das wahr? Ich habe nie gewußt, daß man an Malaria sterben kann. Falls das wahr ist, müssen wir von hier wegziehen. Aber wohin? Ich habe einige Freunde in New Orleans, aber vor dem Gelbfieber habe ich noch mehr Angst als vor Malaria. Könnten wir nach Waynesboro ziehen? Würdest Du uns dazu raten? Gibt es bei Euch Malaria? Wenn ich die Plantage verkaufe, werden wir genug Geld zum Leben haben. Ich habe mich mit Großvaters Rechtsanwalt in Memphis beraten, und er meint, wir würden keine Schwierigkeiten haben, sie zu verkaufen. Falls keiner unserer Nachbarn unsere Tausende Morgen mit dem zusammenlegen will, was er schon hat, wird das Syndikat dieser Yankees, die überall so viel Baumwolland aufkaufen, sicherlich mit beiden Händen zugreifen. Nach all den Opfern, die von allen gemacht worden sind, um das Land in der Familie zu halten, bricht es mir das Herz, es verkaufen zu müssen, zumal es Rodneys Erbe hätte sein sollen. Aber aus der Ferne könnte ich es nicht bewirtschaften; ich habe einen guten Aufseher, aber niemand weiß, wie gut er sein wird, wenn ich nicht hier bin, um ein Auge auf ihn zu haben.

Ich hoffe, daß Du willens bist, mich zu beraten. Wäre Waynesboro, Ohio, eine gute Gegend für meinen kleinen Jungen? Falls Du der Ansicht sein solltest, daß wir von diesem Klima gen Norden wegziehen sollten, würdest Du uns helfen, etwas zu finden, wo wir leben können? Voller Spannung erwarte ich Deine Antwort.
Deine Cousine Jessamine Gordon Stevens

Gedanken, Gedankensplitter flogen durch Annes Kopf, als sie den Brief John zurückgab. »Ein ziemlich – emphatisches – Sendschreiben, nicht wahr? Der arme kleine Junge! Du willst sie aber nicht hier in Waynesboro haben, oder? Warum nicht? Ist das wahr, kann ein Kind an Malaria sterben?«

»Jeder kann unter bestimmten Bedingungen an Malaria sterben. Ein Kind, ja, natürlich, wenn es ein schlimmer Fall ist. Aber, Gottverdammtnochmal, warum will sie gerade hierhin?«

»Weil du ihr einziger Verwandter bist. Sie braucht einen Mann, auf den sie sich verlassen kann. Ein Rechtsanwalt ist da doch wohl kaum ausreichend.«

»Ich will einfach keine gottverdammten Verwandten am Hals haben.«

»Wo sind denn die Kinder, daß du hier so unbedacht herumfluchst?«

»Tut mir leid, meine Liebe. Johnny ist in meiner Praxis und macht etwas Ordnung nach all den Patienten, die ich heute nachmittag behandelt habe. Ich werde ihn gleich mit mir nehmen. Ich muß vor dem Abendessen noch ein paar Visiten machen. Wo Binny ist, weiß ich nicht.«

»Das ist in Ordnung. Ich habe ihr gesagt, sie könne nach der Schule mit den Jungs der Rauschs spielen gehen, wenn sie mir verspräche, im Haus und nicht im Schnee zu spielen. Wenn du also unbedingt fluchen mußt –«

»Bei Gott! Ich fühle mich ganz danach. Hier geht alles seinen glatten und angenehmen Gang, eine friedliche Art Leben. Ich will keine Komplikationen.«

Anne dachte verständnislos: »Welche Art von Komplikationen?« Sie sagte: »Du kannst ihr unmöglich schreiben, sie solle wegbleiben von Waynesboro. Welchen Grund könntest du dafür anführen. Und mit dem Leben eines Kindes in der Waagschale –. Aber, würde sie wirklich hier heraufziehen und von dir erwarten, daß du für sie ein Haus findest? Ich könnte mir eher vorstellen, daß wir sie zu einem Besuch einladen.«

»Zu einem Besuch? Hier in unser Haus?«

»Warum nicht?« sagte Anne trocken. »Schon andere Leute haben ihre Verwandten eingeladen.« Es war bereits acht oder neun Jahre her, daß John jene Reise nach Mississippi gemacht hatte, und sie hatte es fast vergessen; aber nun wurde sie von der gleichen Gewißheit erfaßt, die sie bei seiner Rückkehr empfunden hatte, gleich als sie ihn das erste Mal gesehen hatte. Warum sonst dieses seltsame Widerstreben? Ihr Mund war voller Bitterkeit, aber sie fuhr fort: »Du kannst ihren Brief beantworten, wie es dir genehm erscheint. Ich werde ihr schreiben und sie für Weihnachten zu uns einladen und ihr sagen, sie soll Rodney mitbringen. Ich werde ihr auch mitteilen, daß sie nicht daran *denken darf,* im tiefsten Winter umzuziehen – auch ich kann ja emphatische Betonungen setzen –, und daß wir *entzückt* wären, wenn sie uns über die *Ferien* besuchen kämen, so daß sie selbst herausfinden kann, was sie von Waynesboro hält.«

»Aber Weihnachten!«

»Es wird viel los sein wegen der Party. Es wird dann gar nicht so schwer sein, sie zu unterhalten. Und wenn sie nicht an Schnee gewöhnt ist, wird sie vielleicht entscheiden, daß dies keine Gegend ist, in der sie leben möchte.«

»Und jedenfalls«, dachte sie, als sie sich umdrehte, um ihren Mantel aufzuheben und sich anschickte, ihr bestes Nachmittagskostüm auszuziehen, »es hat überhaupt keinen Anhaltspunkt gegeben, daß John – nur diese seltsame Gewißheit –«, eine Gewißheit, von der sie nun entdeckte, daß sie im Laufe der Jahre nicht schwächer geworden war. Worauf ließ sie sich da ein?

Die Vorausschau auf das, was vor ihr lag, mußte aus ihren Gedanken verbannt werden, während sie sich auf »Diana vom Kreuzweg« konzentrierte. Zumindest hatte sie es gelesen, und sie empfand keinerlei Bedenken, ihrer Meinung darüber Ausdruck zu verleihen. Sie mußte sehen, daß es fertiggeschrieben war, bevor Gäste ankommen könnten.

Inzwischen hatte Anne an die Cousine Jessamine geschrieben. Aber noch bevor sie auf ihren Brief eine Antwort erhalten konnte, wurde Mrs. Douglas Gardiner von ihrem vierten Kind entbunden. Sobald Anne glaubte, daß sich Barbara in der Lage fühlte, Besuch zu empfangen, ließ sie sich bei ihr anmelden. Zu ihrer Verblüffung öffnete ihr Miß Lavinia Gardiner die Tür.

»Mrs. Gordon! Wie geht es Ihnen? Kommen Sie doch bitte herein. Wie Sie feststellen können, finden wir uns augenblicklich der Dienste des Personals beraubt: Lutie hat die Kinder zu den Großeltern gebracht, und hier steht alles auf dem Kopf. Und das alles für noch ein kleines Mädchen: vier, mittlerweile.«

Ohne Anne Gelegenheit zu geben, sich nach Barbara zu erkundigen, führte Miß Lavinia sie in das Empfangszimmer.

»Nehmen Sie doch bitte Platz. Wenn Sie mich einen Augenblick entschuldigen wollen, werde ich meine Schwester herbitten.«

»Aber ich bin wirklich nur gekommen –«

Miß Lavinia war schon fort, bevor Anne auch nur die Chance gehabt hatte, ihren Satz zu beenden; Anne ergab sich nunmehr in die Unvermeidlichkeit eines fünfzehnminütigen, korrekten Nachmittagsbesuchs. Die Schwestern tauschten Floskeln über das Wetter aus, erkundigten sich nach dem Befinden der Familie und konnten dann ihrer Enttäuschung, daß Douglas' viertes Kind wiederum ein Mädchen war (eine Fehlleistung von Barbaras Seite, wie impliziert wurde), nicht genug Ausdruck geben.

»Und natürlich muß es vor allem für ihn eine bittere Enttäuschung gewesen sein. Ich bin sicher, daß er auf einen Sohn gehofft hat, der unseren Namen in die kommende Generation getragen hätte.«

Anne sagte: »Dazu bleibt ja noch Zeit.«

»Fünf Kinder. Aber sicher nicht. Sogar jemand, der als Katholik aufgewachsen ist, muß irgendwo eine Grenze ziehen.«

»Dann müssen Sie sich mit dem Gedanken trösten, daß kleine Jungs sehr viel lauter im Haus sind als kleine Mädchen.«

Anne harrte mit ihnen die fünfzehn erforderlichen Minuten aus, fragte dann, ob sie Barbara sprechen dürfe, und wurde ohne Begleitung hinaufgeschickt. In Barbaras Zimmer wurde das Baby aus der Wiege gehoben, um gebührend bewundert werden zu können, worauf die für einen Monat engagierte Kinderschwester mit ihm verschwand. Anne blieb nur einige wenige Minuten; es wurde nichts Besonderes zwischen den beiden besprochen, doch Anne wurde, was Dougs ›Enttäuschung‹ betraf, durchaus beruhigt.

»Ich bin sicher, daß er auf einen Jungen gehofft hatte«, sagte Barbara. Sie lehnte sich in ihren Kissen zurück, mit zerzaustem Haar, aber strahlend vor Glück und Gesundheit. »Jetzt will er es natürlich nicht mehr zugeben. Er sagt, er sei stolz auf seinen ›Bienenkorb voller Mädchen‹.«

Anne dachte daran zurück, wie Douglas Gardiner in seiner Jugend gewesen war: bitter und sarkastisch; daß daraus nun der stolze Vater von vier Töchtern geworden war, kam ihr fast phantastisch vor. Wie das Leben Menschen verändern konnte. »Natürlich ist er stolz«, sagte sie. »Ich habe noch nie so viele hübsche Mädchen in einer Familie gesehen.« Die älteste, Lavinia, fand sie, war wirklich eine kleine Schönheit: mit veilchenfarbenen Augen und dunklem Haar; Veronica, die noch nicht ganz zwei Jahre alt war, war ein hellerer Typ mit blonden Haaren und blauen Augen, vielleicht nicht schön, aber doch recht hübsch.

»Und es sind auch gute Kinder. Aber Douglas meint, jetzt ist es genug. Mehr als vier Kinder kann sich wohl niemand leisten. Ich glaube, er hatte ein bißchen Angst – du weißt, Kitty...«

»Ich weiß. Und ich stimme ihm zu, obgleich du geradezu ein Bild von Glück und Gesundheit bist. Aber vier sollten wirklich genug sein. Denk nur mal daran, was es dich allein an Hochzeiten kosten wird.«

Das brachte beide zum Lachen: Es war absolut absurd, an diesem Nachmittag schon daran zu denken, die vier kleinen Mädchen verheiraten zu wollen, denn die Älteste war wohl kaum älter als sechs. Als Anne Barbara verließ, war sie sich ziemlich sicher, daß Vater und Mutter vollständig mit dem kleinen Dingelchen in der Wiege zufrieden waren.

Kurz darauf wurde Annes Einladung an Jessamine und ihren kleinen Rodney angenommen. Mit *großem* Vergnügen! Allerdings mußte Jessamine zugeben, derartige *Angst* bei der Aussicht zu haben, in einer *fremden Stadt* wie Cincinnati von einem Bahnhof zu einem anderen wechseln zu müssen, daß sich John, der wegen der ganzen Sache immer noch ziemlich mürrisch war, gezwungen fühlte, in die Stadt zu fahren und sie abzuholen. Dazu wurde er von Anne ermutigt: Sie sollten sich zuerst allein, ohne sie, treffen. An ihrem Ankunftstag ließ sie dann allerdings von Lonzo die Stute vor die Kutsche spannen, um zum Bahnhof zu fahren. Zwar wurde die Kutsche recht selten aus dem Stall genommen, aber diese Sache hier würde sie stilvoll angehen, und wenn es sie umbrächte.

Als Anne sie dann aus dem Zug steigen sah, John und die hübsche dunkle Frau, die noch so jung aussah, und der bläßliche, magere, kleine Junge, der dennoch etwas von einem alten Mann an sich hatte und der für seine sieben Jahre recht groß war, schlug ihr Herz wild gegen das enge Band, das es zusammenzuschnüren schien. Dennoch ging sie unbeirrt auf sie zu. Nichts in der Haltung der Erwachsenen zueinander hatte sie getroffen. Wohl aber das Kind mit Johnnys und Johnnys Vaters Augen, mit seiner Haltung und als er seine Mütze zog, um sie zu begrüßen und ihr die Hand zu geben, auch noch mit der Art, wie sein Haar wuchs. Er war in allem – und in nichts, auf das man den Finger hätte legen können – Johns Sohn. Die Daten, sein Alter, da fehlte ein ganzes Jahr. Es machte nichts. Seine Mutter machte ihn ein ganzes Jahr jünger, als er wirklich war, so daß niemand – nicht einmal John – es erkennen würde. Als sie dann seine Hand in der ihren hielt, lächelte sie Rodney schüchtern und vertrauensvoll an, und ihr Herz schlug sich auf seine Seite. Wie die Wahrheit auch immer aussehen sollte, sie würde die Sache gänzlich aus ihrem Herzen verbannen müssen, denn niemand könnte dieses Kind nicht mögen oder indifferent zu ihm bleiben. Wie Johnny, so war auch er ein Junge, den man einfach liebhaben mußte.

Sie zwang sich, herzlich zu Jessamine zu sein und ihren Kuß als

Cousine zu dulden; dann führte sie sie zur Kutsche. Sie hatte sich das alles selbst zuzuschreiben: Sie würde nicht nur Rodney, sondern auch dessen Mutter akzeptieren und das Beste daraus machen müssen.

Die Zeit des Besuchs verlief überraschend gut. Jessamine machte es ihnen mit ihrem sanften Akzent, ihrem unaufhörlichen Geplapper, ihrer Fröhlichkeit und ihren Anekdoten auch leicht. Und sie war so hübsch: ihr ovales Gesicht, mit einer Haut wie sanftbraune Oliven, mit leichtgeschwungenen Augenbrauen und Augen, die wie die der Gordons angeordnet waren, nur hell in der Farbe, Haselnuß oder Bernstein, und mit schönem, seidigem, glattem schwarzem Haar, das über ihren Augenbrauen in einem Ponny gekräuselt und in seiner Fülle in einem Flechtwerk auf ihrem Kopf angeordnet war. Sie war so hübsch, daß die Kinder unwiderstehlich von ihr angezogen wurden. Und sie waren tolerant (Johnny) und freundlich (Binny) zu dem kleinen, teilnahmslosen Jungen. Was John anging, so war er freundlich in einer beiläufigen, lässigen Art, wenn er dazu gezwungen war, überhaupt zu erscheinen. Anne entwarf für sich die Rolle der älteren Schwester, voller Weisheit und guter Ratschläge. Sie nahm Kusine Jessamine auf Sallys Weihnachtsessen für den Klub mit, um Elizabeth Talmadge und ihre Truppe bewundern zu können, wie sie einige Songs aus »Pinafore« sangen und spielten. Natürlich waren alle Damen von »Ihrer entzückenden Cousine« bezaubert – »diese unwiderstehlichen Frauen aus dem Süden« –: »Wir haben gehört, daß Mrs. Stevens daran denkt, nach Waynesboro umzuziehen. Das wäre ja ein wundervoller Zuwachs für unsere Gesellschaft!«

Weihnachten selbst blieb Familienangelegenheit: gefüllte Strümpfe, ein Weihnachtsbaum, Geschenke für jeden und ein großes Truthahnessen. Nach dem Essen verlangte Rodney, der sonst ein ziemlich schweigsamer kleiner Junge war, mit großen Augen sein Feuerwerk.

»Feuerwerk?« Die Gordons waren verblüfft.

»Wir haben Weihnachten zu Hause immer ein Feuerwerk. Ihr hier oben nicht? Wegen des Schnees?«

»Am vierten Juli«, erklärte Binny.

Rodney blickte die Runde verwirrt an. Seine Mutter lachte. »Keine Vierte-Juli-Feiern in Mississippi seit dem Krieg. Mach dir nichts draus, Rodney, du kriegst dein Feuerwerk, wenn wir nach Hause kommen. Widme dich ein bißchen deinem Vetter und deiner Kusine. Spielt doch irgend etwas Schönes drinnen. Vielleicht Parcheesi?«

Aber Rodney, der sich wie eine Klette an Johnny gehängt hatte und über alle Maßen, wie es von einem Schüler der höheren Schule zu erwarten war, toleriert worden war, hatte nicht die richtige Stimmung für Parcheesi.

»Maman, s'il vous plaît –«

»Sei nicht ungezogen, Rodney. Was es auch immer ist, sag es auf englisch.«

»Bitte. Ich möchte im Schnee spielen.«

Seine Mutter warf John einen Blick zu, der darauf sagte: »Wickle ihn gut ein und laß Johnny Binnys Schlitten mit ihm drauf ziehen. Das wird ihm wohl kaum schaden.«

Rodney hatte, seit er bei den Gordons war, nur einen Anfall von Erkältung und Fieber gehabt. Und dieses eine Mal war für Anne völlig ausreichend gewesen, um Jessamines Sorge zu verstehen. Aber John meinte, es sei für die Jungs völlig in Ordnung, hinauszugehen, und auch Johnny war durchaus bereit: Alles eher als Parcheesi. Binny brachte einige schwache Einwände vor, weil sie genau wußte, daß ihr das Spielen im Schnee verboten war. Doch letztlich wandte sie sich den Büchern zu, die sie an diesem Morgen bekommen hatte, und die Jungs holten den Schlitten.

»Ich muß schon sagen, euer Johnny ist ein *prachtvoller* Kerl. Du sagst, er macht im kommenden Juni seinen Schulabschluß?«

»Ja. Nächstes Jahr soll er an der Universität Medizin studieren. Und Binny kommt in die Oberstufe der höheren Schule. Und Rodney, falls ihr nach Waynesboro ziehen solltet?«

»Kann ich noch nicht genau sagen. Bislang habe ich mit Nachbarn unserer Plantage einen Privatlehrer geteilt. Ich weiß, daß er lesen kann. Ich glaube, sie müssen eben herausfinden, in welche Klasse er gehört. Er hat mächtig wenig von der Schule gesehen, aber er ist ja erst sieben, bald acht.«

»Aber er spricht Französisch?«

»New-O'leans-Französisch.« Jessamine lachte. »Ich bin mit dieser Sprache aufgewachsen. Mutter war Kreolin, weißt du. Ich habe auch mit Rodney oft so gesprochen; für Kinder ist es so leicht.«

»Ich weiß. Nur in Waynesboro ist es meist Deutsch, wenn ein Kind zweisprachig aufgezogen wird.«

Die Unterhaltung drohte einzuschlafen, aber Jessamine belebte sie wieder: Kein längeres Schweigen konnte in ihren Augen ein angenehmes Schweigen sein. Diese liebenswürdige Freundin von Cousine Anne, Mrs. Rausch, war sie auch Deutsche? Oh, nur Mr. Rausch. Und was für eine entzückende Tochter sie hatten, nicht wahr? Und sehr musikalisch, wenn man von ihrem Klavierspiel für die Damen des Klubs beim Tee urteilen könne. Natürlich erwarte man geradezu von den Deutschen, daß sie musikalisch seien – und so weiter und so weiter. John, der nicht mehr als ein ermutigendes Ja oder Nein zu der Unterhaltung beigetragen hatte, drohte einzunicken; er war erleichtert, als das Telefon klingelte, und er sich entschuldigen konnte.

Zwischen Weihnachten und Neujahr suchten die beiden Frauen nach einem annehmbaren Haus, das Jessamine als ein mögliches Heim in Erwägung ziehen könnte. Das Sheldon-Haus, in dem der verstorbene Mr. Sheldon von Sheldon und Edwards gewohnt hatte, war das einzige gute und solide Ziegelhaus der Stadt, das augenblicklich unbewohnt stand. Mrs. Sheldon war schließlich zu den älteren Edwards' gezogen, weil sie sich den Qualen des tagtäglichen Alleinseins nicht weiter aussetzen wollte. Das Haus befand sich etwa auf der halben Strecke den Hügel auf der Linden Street herauf, es hatte einen schönen Hof, eine Menge Bäume und eine großzügige Ziegelsteinscheune sowie ein Kutschhaus. Falls sich Jessamine dafür entscheiden sollte, würde sie das erste Geschoß des Kutschhauses wohl für die Dienerschaft ausbauen lassen wollen: ein Kindermädchen für Rodney, ein Koch und ein Pferdeknecht.

»Soll ich mein Reitpferd mitbringen?«

»Nach Waynesboro? Du kannst zwar reiten, wenn du unbedingt willst, aber du wirst alleine reiten. Hier reitet niemand.« Anne enthielt sich der Bemerkung, daß John bei Nachtvisiten oft ritt, er behauptete, es sei so viel schneller, ein Pferd zu satteln und aufzuzäumen, als den Einspänner anzuschirren. »Aber du wirst dir eine Kutsche anschaffen wollen und ein Kutschpferd oder gar ein Gespann.« Anne war durchaus gewillt, Jessamines Bedürfnis, eine gute Figur abzugeben, Vorschub zu leisten.

Die Gordons nahmen sie zusammen mit Binny am Silvesterabend mit auf den Ball bei den Rauschs. (Johnny war wie gewöhnlich Julia Deming als Begleitung zugeteilt worden.) Der Ball war ein informelles Ereignis mit nur drei Musikern von außerhalb der Stadt für die ganze Gesellschaft: die Mitglieder der Tanzstunde, der Tanzlehrer selbst (ein kleiner kahlköpfiger Mann, der für seine Jahre noch recht flink war) und einige andere, die tanzen konnten, wie etwa Charlotte Bonner und Sophie Klein, die gerade von ihren Colleges an der Ostküste für die Ferien nach Hause gekommen waren, und Elizabeth Talmadge und Tim Merrill, den man gebeten hatte, sie zu begleiten. Die verschiedenen Elternpaare, die man als Publikum eingeladen hatte, saßen aufgereiht auf Stühlen an der Wand, und nur Sally und Ludwig und Elizabeth und Tim und Jessamine, die sich hervorragend amüsierte, tanzten.

Das war an einem Samstagabend. Die Stevensens starteten zu

ihrer Rückfahrt nach Memphis am darauffolgenden Montagmorgen. Jessamine war überzeugt gewesen, sie und Rodney könnten Cincinnati ohne Gefahr in einem Taxi durchqueren; John und Anne setzten sie demzufolge im Bahnhof von Waynesboro in den Zug und fuhren danach wortlos und erschöpft nach Hause zurück. Sobald sie in ihrem Wohnzimmer waren, das noch immer von der Unordnung der Ferien gezeichnet war, zogen sie Schaukelstühle an den Kamin heran und sanken müde drauf nieder. Die Kinder waren nicht zu Hause, nicht einmal Binny mit einem ihrer neuen Bücher.

»Wahrscheinlich bei Martha«, dachte Anne. Sie war zu müde, um nachzuforschen.

John sagte: »Na, willst du sie immer noch in Waynesboro haben?«

»Wir sind dazu verpflichtet. Und ich will ganz sicher nicht, daß Rodney stirbt.«

»Komisch, er sieht nicht ein bißchen wie seine Mutter aus. Oder wie sein Vater, zu seinem Glück. Ein Rückfall auf die Gordons, scheint mir.«

Annes Hände, die bislang schlaff in ihrem Schoß gelegen hatten, krallten sich krampfhaft zusammen. Er wußte es *tatsächlich* nicht. Wenn er nur einen Verdacht hegen würde, hätte er über Rodneys Äußeres geschwiegen. Waren Männer doch blinde Eulen! Augenscheinlich hatte Jessamine es ihm nie erzählt; und wenn sie es ihm nicht erzählt hatte, würde sie es nie jemandem erzählen. Warum sollte sie auch? Ein uneheliches Kind. Es würde ein Geheimnis bleiben, von dem eine Frau wußte, an das eine andere Frau glaubte, das zu vergessen jedoch beide Frauen ihr Bestes geben würden. Und Anne würde versuchen, sich selbst zu überzeugen, daß sie unrecht hätte.

Sie sagte: »War sie schon immer so? Ich meine, ein derartiges Plappermaul?«

»Das einzige andere Mal, daß ich sie überhaupt getroffen habe – im Sommer siebenundsiebzig –, war sie eine leidgeplagte junge Frau, die mit zwei Trunkenbolden auf einer heruntergekommenen Plantage lebte. Seitdem ist das Haus – sobald das Baumwollgeschäft zu florieren begann, nehme ich an – in seinem ganzen vormaligen Glanz restauriert worden, Emporen und Säulen und keine Lecks im Dach. Die beiden Männer sind gestorben, und jetzt hat sie einen Sohn, den sie vergöttert, ich nehme also an, daß es sich für sie am Ende gelohnt hat. Allerdings ist sie wohl nicht mehr die gleiche Frau. Ich habe den Eindruck, daß sie ein einsames Leben führt, selbst wenn ihre Nachbarn ihr ihren Großvater vergeben haben:

Die Plantage ist abgelegen – die meiste Zeit hat sie wohl niemanden, mit dem sie sich unterhalten könnte, außer dem Jungen und der Dienerschaft. Ich habe genug Einsamkeit gesehen. Ich weiß, du lachst innerlich, weil meine Visiten bei denen, die du alte Damen, Witwen und alleinlebende Jungfern nennst, so viel Zeit in Anspruch nehmen. Aber ihr Bedürfnis danach, daß ihnen jemand mal zuhört, ist genauso groß wie ihr Bedürfnis nach Medizin. Jessamine wird ewig Angst vor Stille haben, vermute ich, aber sobald sie Nachbarn hat, wird sie sich das aus der Seele reden können.«

»Vielleicht, aber es fällt mir schwer, es zu glauben. Wer hätte gedacht, daß das bloße Zuhören so strapaziös sein kann.« Natürlich war es keineswegs das Hören auf Worte, das sie derart zermürbt hatte, es war eine gänzlich andere Art von Lauschen. Aber irgendwie war das Gefühl von Abneigung, der ununterdrückbare Schauder, den sie empfunden hatte, als Jessamine ihr zum ersten Mal nahe gekommen war, verschwunden. Sie war müde, todmüde, aber das war alles.

Anne war froh, als die Ferien vorüber waren und die Klubtreffen wieder begannen, daß ihr Aufsatz völlig fertig und erledigt war. Es zeichnete sich ein umtriebiger Frühling ab mit dem Umzug der Stevensens nach Waynesboro und Johnnys Abschluß auf der höheren Schule. Der Kauf des Sheldon-Hauses wurde von Jessamines Rechtsanwalt in Memphis und Tim Merrill in die Hand genommen; sobald das Eigentumsrecht übertragen wäre, würde man sehen, was alles getan werden mußte, um aus dem Haus ein wohnliches Heim zu machen. Für jemanden aus Mississippi bedeutete das wohl einen neuen Kamin, bessere Wasserleitungen und die Installation eines neuen Badezimmers, wie auch Rohre für Gaslicht und letztlich den Ausbau des oberen Stockwerks, des Kutschhauses für die Bediensteten: eine Wohnung, wo bislang der Heuboden gewesen war. (Martha hatte zum Thema Dienerschaft durchaus einen Kommentar abzugeben: »Möglich, daß die Lady bißchen überrascht sein wird. Möglich, die woll'n nich' in ner Scheune wohnen. Sind wohl noch Sklaven in Mizizippi, abber nich' hier – nee, nee, Madame, hier nich', un' das werden Sie noch bald rausfinden!«) Es machte Anne nichts aus, die Verantwortung für alles, was zu tun war, zu übernehmen. Nachdem sie erst kürzlich die gleiche Prozedur im eigenen Hause veranstaltet hatte, kannte sie die Installateure, die Zimmerleute und die anderen Handwerker, die man zu dieser Arbeit heranziehen wollte. Es würde weit besser sein, sich um diese Dinge selbst zu kümmern, als Jessamine wochenlang bei ihnen wohnen zu haben, während die Renovierung ihren Lauf nahm. Und ganz abgesehen davon, keine

Frau würde dem Reiz widerstehen können, ein altes Haus wieder herzurichten, für wen auch immer.

Als der Winter vorbei war, begannen sie mit der Arbeit: Gleich zu Beginn wurde ein neuer und größerer Kamin installiert, so daß das Haus geheizt werden konnte und die Installateure und Gasarbeiter nicht behindert wurden. Anne führte in der Zeit eine rege Korrespondenz mit Cousine Jessamine. Es gab Rechnungen, die übersandt werden mußten, und Proben von Tapeten; auf der anderen Seite waren Fragen über den Küchenherd und die Badezimmereinrichtung zu beantworten; denn schließlich sollte das Haus fertig sein, wenn es warm genug geworden wäre, den Umzug durchführen zu können. Sally Rausch beschwerte sich, sie sähe Anne überhaupt nicht mehr außerhalb der Klubtreffen.

»Ich hoffe, du bist nicht so bezaubert von der jungen Mrs. Stevens, daß du für deine alten Freunde keine Zeit mehr hast.«

Anne sah sie voller Verblüffung an. »Ich bin nicht im geringsten von ihr bezaubert. Ich kenne sie nicht einmal richtig, und ich finde dieses ewige, entzückende Palaver unglaublich ermüdend. Sie ist aber Johns Cousine – und sie hat niemand anderen, an den sie sich wenden könnte, und sie hat ein krankes Kind. Ich fühl' mich einfach verantwortlich.«

»Ich werde richtig froh sein, wenn du wieder den gesellschaftlichen Rummel mitmachst. Nicht, daß ich in den nächsten paar Wochen selbst allzuviel Freizeit haben werde; für mich wird's Zeit, einen Angriff auf ›Monsieur Pierre Loti‹ zu machen.«

Zu dieser Zeit, am zweiten März, hatten die Schwestern Gardiner ihre Essays über ihre ausgewählten Themen bereits gehalten; und Mrs. McKinney hatte gesagt, was sie über »Ben Hur« hatte sagen wollen. Mrs. McKinney war eine glückliche und etwas selbstgefällige Frau, die in völliger Zufriedenheit mit ihrer kleinen Welt lebte: Kirche, kirchliche Organisationen, Klub, ihr Gatte und ihr so gut wie adoptiertes Kind. Rachel, die sie nach Tuskegee geschickt hatten, war nun Lehrerin im Süden, und ihr Fortkommen erfüllte ihre Stiefeltern mit Stolz und der tiefen Befriedigung, eine gute Tat getan zu haben. Und Mrs. McKinney hatte den Aufsatz über Lea Wallace so sehr genossen, als hätte sie ihn selbst erfunden.

Mrs. Maxwells Gemüt hingegen war nicht so gänzlich friedlich. Sogar in ihrem Alter, in dem ihr Mann vielleicht beginnen sollte, an den Ruhestand zu denken, hörte sie nicht auf, ihn mit Ehrgeiz zu verfolgen: Sie hoffte, er könne seine Dienstzeit als Präsident des theologischen Seminars beenden. Er war immer noch geschäftsführender Präsident. Eine endgültige Berufung konnte nicht vor der jährlichen Zusammenkunft der Generalsynode getroffen werden. Mr. Blair, in seinem siechen Zustand, konnte wohl kaum zugemutet werden, aus dem Haus des Präsidenten auszuziehen, aber Mrs. Maxwell ertappte sich hin und wieder bei dem Gedanken, welche Veränderungen sie gerne vornehmen würde, sollte sie je dort einziehen. Sie fühlte sich dann jedoch schuldig, weil sie wußte, wie ungemein schockiert ihr Gatte darüber sein würde. Sie war froh, William Dean Howell zu haben, auf den sie alle ihre Gedanken richten mußte, wie schwer es auch immer war, sie dort zu lassen.

Mrs. Maxwells Aufsatz über »Die große Versuchung« wurde ordentlich präsentiert. Christina Voorhees war bei dem Treffen nicht anwesend und Mrs. Maxwell schätzte sich nicht weniger hoch, weil sie nicht umhin konnte, sich zu fragen... Als die Damen nach dem offiziellen Treffen beisammensaßen und wie gewöhnlich Mrs. Demings Tee und ihr Gebäck genossen und eine freundliche Art von Klatsch austauschten, wurde sie von mehreren, nach gebührenden Komplimenten an den Essayisten des Tages, über Dr. Blairs Gesundheitszustand befragt; sie konnte ihnen allerdings nichts Neues mitteilen, nämlich, daß er nur um Haaresbreite vom Tod entfernt sei. »Es kann sein, daß es eine plötzliche Wendung zum Schlimmeren gegeben hat. Vielleicht hat es seiner Tochter widerstrebt, da sie ja seinen Zustand kennt, ihn wenn auch nur für kurze Zeit allein zu lassen.«

Anne und Sally gingen von diesem Treffen zu Fuß nach Hause. Der März kam ins Land gezogen wie das sprichwörtliche Lamm: Es blies ein warmer klarer Wind, und er rollte Haufenwolken über den strahlend blauen Himmel. Der Ziegelweg war noch feucht vom letzten schmelzenden Schnee, und die Damen sahen sich gezwungen, ihre Röcke mit den behandschuhten Händen zusammenzuraffen und vorsichtig zu gehen. Sally meinte, indem sie mit ihren Falten kämpfte: »Heute braucht man jemand, in Büchern oder nicht in Büchern, wenn man ihn verdammen will, nur ›reich‹ zu nennen. Das impliziert immer ungesetzliche Gewinne, als ob es unmöglich wäre, Geld auch ehrlich zu erwerben.«

»Johnnys Vater hat ihm über genau dieses Thema an einem der letzten Abende seine Meinung gesagt: Johnny war mit irgendwelchen sozialistischen Bemerkungen angekommen, die er irgendwo aufgeschnappt hatte. Sein Vater machte ihm klar, daß jeder, dem es gelänge, dort zwei Grashalme wachsen zu lassen, wo vorher nur einer wuchs, seinem Land gedient habe; denn er habe den Menschen etwas verschafft, das unbedingt gebraucht würde, er habe seinen Arbeitern Beschäftigung gegeben und er habe einen Profit, den er für seine weitere Produktion wieder investieren müsse. Er sagte: ›Dein Onkel Ludwig ist dafür ein gutes Beispiel.‹«

Sally lachte. »Das werde ich Ludwig erzählen, es wird ihn freuen. Ich wollte aber nicht sagen, daß *er* reich ist. Weit gefehlt: er sorgt sich diesen Frühling, weil er meint, die kleinen Familienbetriebe seien in Gefahr. Das Geschäft geht nicht gut – so viele der großen Seilerwarenhersteller haben die Cordage-Gesellschaft verlassen, daß er denkt, sie werde aufgelöst.«

»Die Cordage-Gesellschaft?«

»Das ist eine Verbindung von Cordage-Firmen, mit einem Gentleman's Agreement in bezug auf Preisunterbieten und ähnliche Dinge. Wenn die großen Unternehmer aufkommen und anfangen, den Preis zu unterbieten – unter Herstellungskosten verkaufen –, so können die den Verlust für einige Zeit verkraften. Aber nicht die kleinen Betriebe. Sie würden einfach aus dem Markt herausgedrängt, besonders wenn die großen Unternehmer einen Konzern gründen, wie es im Augenblick der Fall zu sein scheint. Du weißt schon, wie zum Beispiel die Standardöl.«

»Ich kann verstehen, daß das beunruhigend sein kann. Aber Ludwig wird es schon schaffen. Ich habe felsenfestes Vertrauen in ihn.«

»Oh, ich natürlich auch.« Aber Sally seufzte. »Es könnte sein, daß es für eine ganze Zeit ernst wird. Ich sage ihm immer wieder, er solle sich keine Sorgen machen, die wichtigen Dinge sind alle in Ordnung: fünf junge, gesunde, leidlich gutgeratene Kinder. Sogar Papa geht es ziemlich gut, obwohl er ein bißchen rechthaberisch wird. Ludwig junior bringt ihn nahezu um den Verstand, weil er Violine übt oder in anderer, weniger vergebungswürdigen Weise fürchterlich laut ist. Aber Papa vergöttert den kleinen Paul: er verwöhnt ihn schrecklich.«

Anne lachte. »Ihr verwöhnt ihn alle. Es ist nur gut, daß er eine so glückliche Veranlagung hat.« Der jüngste Rausch, jetzt ein und ein halbes Jahr alt, glich den anderen Jungen in seiner äußeren Erscheinung überhaupt nicht: ein Rückschlag auf die Cochrans möglicherweise; er war dunkelhaarig, hatte veilchenblaue Augen und war insgesamt ein koboldhaftes Kerlchen mit unwiderstehlichem Charme.

»Ich glaube nicht, daß Paul so unlenkbar werden wird wie Ludwig junior«, sagte seine Mutter. »Ludwig ist erst acht Jahre alt, aber wenn er nicht gerade auf seiner Geige übt, ist er auf und davon, und der Himmel weiß wohin.«

Die beiden Frauen trennten sich am Tor der Gordons. Sally ging gleich nach Hause, weil sie ihren Pierre Loti am Morgen in Angriff nehmen wollte, sie hatte bereits alles, was sie finden konnte, gelesen und hatte sich Notizen gemacht. Bevor sie jedoch die Haustür hinter sich geschlossen hatte, wurde ihr klar, daß sie den nächsten Tag nicht verbringen könnte, wie sie es geplant hatte.

Elsa, die sie bereits mit der für Kinder normalen oder zumindest menschlichen Lust, eine schlimme Neuigkeit mitteilen zu können, erwartet hatte, kam zur Tür und begrüßte sie mit: »Mama, Dr. Blair ist tot.«

»Bist du sicher? Woher weißt du das?«

»Ich wollte mit Johnny kurz in Onkel Docks Büro, er hatte nämlich irgendwelche Knochen, die er gerade zusammensetzt und die er mir zeigen wollte. Und da kam sein Vater herein und hat es uns erzählt. Ich nehme an, Onkel Dock kannte Dr. Blair wohl irgendwie – spielte Schach mit ihm oder so was.«

»Wir waren alle Freunde von Dr. Blair«, sagte Sally. »Es ist ein großer Verlust für die ganze Stadt. Er war ein so gelehrter Mann, daß er ganz Waynesboro ein gewisses Ansehen verliehen hat. Aber es ist eine Erlösung für ihn und kein Grund zu trauern. Sag es deinem Vater, ja, wenn er hereinkommt. Ich muß mir diese unbequemen Kleider ausziehen.«

»Das bedeutet noch ein Begräbnis«, dachte sie, als sie langsam und traurig die Treppen hinaufstieg. »Eins nach dem anderen in den letzten paar Jahren. Bevor man sich umsieht, gehören wir selbst zu den alten Leuten.« Dann lachte sie über sich selbst. Das Alter war ihr nicht ganz so nahe, schließlich hatte sie ein Kind, das kaum zwei Jahre alt war. Sie kleidete sich um und wählte ein saloppperes und nicht so empfindliches Kleid und ging anschließend in das Kinderzimmer, um Cassie den kleinen Paul abzunehmen und ihn zum Herumtollen vor dem Abendessen herunterzubringen.

Der Begräbnisgottesdienst für Dr. Blair füllte die kleine Kirche der reformierten Presbyterianer bis an ihre Grenzen. Nicht viele von außerhalb der Stadt waren anwesend: der Staatssekretär und der Vorsitzende der Generalversammlung und einige wenige Theologiekollegen, Freunde und Verwandte aus Pennsylvanien; aber sonst war fast die gesamte Stadt anwesend, und jedermann fühlte ehrlich, daß Waynesboro einen führenden Bürger verloren hatte. Die Studenten waren in Scharen gekommen und saßen in den ersten Reihen, die stärksten von ihnen agierten als Sargträger. Ehrensargträger waren die Seminarprofessoren, Dr. Gordon, Ludwig Rausch und Mr. Lichtenstein zur Überraschung von denen, die nichts von den Schachduellen in Johns Büro gewußt hatten. Mr. McCune, der ohne aufzufallen, irgendwo mit seiner

Frau und seinen Kindern in einer Kirchenbank saß, fühlte sich besonders vor den Kopf gestoßen: er war nicht gebeten worden, beim Begräbnisgottesdienst eines Mitglieds seiner eigenen Gemeinde zu predigen. Diese Aufgabe wurde – vielleicht verständlicherweise – von Dr. Maxwell wahrgenommen; aber von den drei Männern, die so bemerkenswert geehrt wurden – ohne jeden Zweifel auf Dr. Blairs Wunsch –, waren zwei Atheisten und der dritte mit ziemlicher Sicherheit ein Jude. (»Dreht den Fanatikern noch eine lange Nase«, hatte John gesagt.) Mr. McCune hatte das Gefühl, seine Zeit in Waynesboro sei abgelaufen: Seine Gemeinde, deren Mitglieder ihren Pfarrer nie anderen gegenüber offen kritisieren würden, war ihm während der letzten Monate mit so etwas wie Mißbilligung entgegengekommen. Etwa wegen Ariana? Seine Gedanken scheuten von der Beschäftigung mit dieser Frage zurück und kehrten zu der rätselhaften Haltung derer zurück, die doch immer noch zu seiner Herde gehörten, die nicht nur ehrerbietig sondern auch großzügig sein sollten. Aber es war ein bemerkbarer Rückgang in der Zahl der Farmer zu beklagen, die Nahrungszuwendungen auf der Schwelle seines Hauses hinterließen, und ebenso in der Zahl der Kaufleute und Berufstätigen, die bislang der Kirche den Zehnten überlassen hatten. Wenn es ihm gelänge, den Staatssekretär alleine zu sprechen, während er in Waynesboro war, würde er ihn fragen, ob es vielleicht in einer anderen Gemeinde eine unbesetzte Kanzel gäbe.

Eine Berufung, um Dr. Blairs Position auszufüllen, würde noch einige Monate auf sich warten lassen. In der Zwischenzeit amtierte Dr. Maxwell weiterhin als geschäftsführender Präsident. Christina brachte, als Mrs. Maxwell ihren Kondolenzbesuch abstattete, das Thema Umzug zur Sprache. »Ich dachte«, sagte sie in ihrer gewohnten ernsthaften Haltung, »daß Sie vielleicht mit uns die Häuser tauschen wollten.«

»Meine liebe Christina! Wirklich ein Gedanke zum falschen Zeitpunkt!« Mrs. Maxwell war streng mit ihr, weil sie mit sich selbst streng sein und sich verbieten mußte, sich in dem Zimmer, in dem sie sich befanden, umzusehen. »Es gibt keinerlei Grund dafür, sicher zu sein, daß mein Gatte die Position Ihres Vaters bekommen wird; vielleicht gibt es in der Kirche noch andere Gelehrte, die sich noch mehr ausgezeichnet haben als er. Nein, wir wollen alles beim alten lassen, bis sich die Generalversammlung getroffen hat.« Und dementsprechend blieben die Maxwells in dem Haus auf der anderen Straßenseite gegenüber den Gardiners, und die Voorhees' wohnten weiterhin im Haus des Präsidenten, allerdings mit einer Veränderung: Dr. Blairs pennsylvanien-deutsches Paar, das ihm so viele Jahre treu zur Seite gestanden hatte, kehrte zu den Seinen nach Hause zurück. Obgleich sie diese Entscheidung in aller Ruhe akzeptierte, fühlte sich Christina davon doch tief getroffen. Sie wußte nicht, wie sie ohne sie fertig werden sollte: zwei Kinder, ein Gatte, das Haus und der Koch. Sie betrachtete ihre eigene Ausbildung mit Wehmut: Ja, sie konnte Hebräisch lehren, aber sie konnte nicht einmal ihre eigene Familie ernähren. Natürlich gab es farbige Frauen, die kochen konnten, aber sie schreckte vor dem Gedanken zurück; sie hatte noch nie in ihrem Leben den geringsten Kontakt mit Schwarzen gehabt. Sie entschied sich zu der Haltung: Was andere Frauen können, kann ich auch. Und sie wollte ein Klubtreffen bei sich abhalten, solange das Haus nach dem Hausputz für das Begräbnis noch sauber war. Sie würde die Damen beim nächsten Treffen einladen. Sie blätterte den Kalender durch: das wäre dann also der Dreißigste. Würden es die Damen für unangemessen kurz nach dem Ableben ihres Vaters halten? Waynesboro war sehr konventionell. Aber sie würden sicherlich verstehen: Auch wenn sie über die Vergangenheit trauerte, die nun endgültig – außer in ihrer Erinnerung – vorbei und erledigt war, als ihr Vater noch in seinen besten Jahren war, konnte sie doch nicht über seinen Tod trauern, nicht nachdem sie über so viele qualvolle Jahre tagtäglich den Kampf um jeden Atemzug miterlebt hatte. Der Tod und das Leiden waren von Gott geschickt worden, sie wurden mit christlicher Resignation ertragen. Eines Tages hatte er sogar auf seinen Block geschrieben, und der Bleistift hatte in seinen müden Händen gezittert: »Trauere nicht um mich. Wie Hiob werde ich geprüft und wie bei Hiob wird mein Glaube überleben. ›Der Herr kennt meinen Weg; wenn er mich geprüft hat, werde ich hervortreten strahlend wie Gold.‹ Stell die Bibel jetzt weg und schieb mir den Schachtisch heran, darauf steht noch das Dock-Problem vom Morgen.« Das war nachdem er ganze Tage und Nächte in seinem Sessel verbracht hatte, unfähig sich hinzulegen und zu schlafen; er wußte, daß sein Ende nahe war. Sie hatte ihn wohl mißbilligend angesehen, denn er fügte in seinem zittrigen Gekritzel die Worte hinzu: »Sorge dich nicht um meine Seele. Entweder bin ich ›auserwählt gemäß der wunderbaren Voraussicht Gott des Vaters‹ oder ich bin es nicht, und herzlich wenig kann ich dazu tun.«

»Natürlich bist du erwählt«, sagte sie, als sie seine Schrift entziffert hatte, »›zu einem Erbe unvergänglich und unbefleckt, das nicht entschwindet und dir im Himmel vorbehalten ist‹.«

Er nahm wieder Bleistift und Block: »Wenn du das glaubst,

dann darfst du nicht um mich trauern. Kein Schwarz. Kein jammervolles Drum und Dran.«

Christina ging zu dem Klubtreffen, das bei den Ballards stattfand, trug herausfordernd den Rock, in dem sie gewöhnlich auf den Treffen erschien, und lud die Damen ein, sich bei ihr am dreißigsten März zusammenzufinden. Auf dem gleichen Treffen bei den Ballards las Sally ihr Essay über Pierre Loti. Wie leicht es ihr auch immer fallen mochte, französisch zu lesen, ihr Unverständnis für Exotisches und Sinnenfrohes machten ihre Behandlung des Themas für die Zuhörerschaft in gewissem Maße verwirrend. Zudem war es ihr nur gerade eben gelungen, die Arbeit in den kurzen Zeiten zwischen Familienangelegenheiten und gesellschaftlichem Leben fertigzustellen. In diesem Frühjahr wurde ihr Haus von jungen Leuten förmlich überrannt: Elsa und ihre Klassenkameraden kamen und gingen, spielten auf dem Piano und sangen, bis Sally wirklich glaubte, wenn sie noch ein einziges Mal »In the Evening by the Moonlight« hören müßte, würde sie sofort das Haus verlassen. Aber Ludwig gefiel es, daß sie sich in seinem Haus versammelten, und nur der Großvater wurde ernstlich durch den Tumult und das ständige Durcheinander gestört.

Anne war an dem Tag, als Sally ihren Essay vorlas, nicht beim Klubtreffen gewesen. Sie drückte schriftlich ihr Bedauern aus: Sie war unabkömmlich, weil sie Jessamine beim Umzug in das Sheldon-Haus helfen mußte. Sally bedauerte ihre Abwesenheit, obwohl sie froh war, daß Anne sensibel genug war, nicht einen Fremden als Gast mitzubringen. Sally war selbst nicht sonderlich stolz auf ihre Bemühung, Pierre Loti zu erklären und zu verteidigen, und darüber hinaus hätte Cousine Jessamine dann wohl als sicher angenommen, sie könnte Mitglied werden. Und Sally wollte sich doch eine ausführlichere Gelegenheit vorbehalten, um sie sich genauer anzusehen, bevor ein derart unabänderlicher Schritt getan würde.

Zu diesem Zeitpunkt war der eigentliche Umzug bereits bewerkstelligt worden, und das Haus war fast vollständig eingerichtet. Es waren nur noch Antiquitäten und einiges an Krimskrams zu erledigen. Jessamine hatte vor einer halbleeren Kiste gekniet, stand jetzt auf und kam auf Anne mit einer Daguerreotypie in der Hand zu.

»Findest du, daß ich das in dieser Yankee-Stadt aufstellen kann?«

Anne öffnete die Schachtel und hielt sie so, daß sie das Foto besser sehen konnte. Sie hielt den Atem an. »Das ist dein Vater? Das könnte fast John sein, wenn es eine andere Uniform wäre –

nur daß John eben jünger war, als er in den Krieg zog. Natürlich, kannst du es aufstellen. Der Krieg ist schon Jahre vorüber. Glaub mir, es gibt keine feindseligen Gefühle mehr, außer vielleicht in Wahlperioden. Wir Yankees sind zu sehr von Onkel Remus und anderen bezaubert worden.« »Stell es unbedingt auf«, dachte Anne, »wo jeder es sehen kann, damit sie wissen, wem Rodney ähnlich sieht.«

»Es ist seltsam«, Jessamine nahm die Daguerreotypie und sah sie traurig an. »Ich hab' ihn nie gesehen, zumindest kann ich mich nicht an ihn erinnern. Er zog in den Krieg, als ich noch ein kleines Baby war, und er ist nie nach Hause zurückgekehrt: zuerst, weil Großvater der Union anhing, und dann, weil die Plantage in dem Teil Mississippis lag, den die Yankees besetzt hatten. Ich war erst vier, als er erschossen wurde. Und nun habe ich einen Sohn, der ihm wie aus dem Gesicht geschnitten aussieht – eine ganze Generation überschlagen: Rodney kommt überhaupt nicht auf mich oder auf seinen Vater, aber auf seinen Großvater.« Sie stellte die Daguerreotypie auf den Kaminsims. »Ich hoffe nur, daß er ihm auch nachgerät, wenn er erwachsen wird.«

Die beiden Frauen fuhren mit ihrer Arbeit fort und plauderten über belanglose Dinge, bis Jessamine sagte: »Du und Vetter John, ihr geht wohl in die Presbyterianerkirche, vermute ich? Die ganze Gordon-Familie, nicht? Sicher sind die meisten netten Leute in dieser Kirchengemeinde. Ich frage mich gerade, wie ich hier im Norden Kontakt finden werde.«

»Die Gemeinde ist in Ordnung. Du wirst schon Bekanntschaften machen.«

»Wie steht es mit dem Klub, dessen Zusammenkunft du heute meinetwegen verpaßt?«

Anne lachte. »Manche der Mitglieder sind meine Freunde, aber ich würde sie nicht unbedingt als gesellschaftlich führend bezeichnen. Es ist wahrscheinlich eine intellektuelle Gruppe, die sich trifft, um das kulturelle Verständnis seiner Mitglieder zu kultivieren. Aber niemand läßt öffentlich verlauten, daß man gern Mitglied werden möchte, man tut so was einfach nicht. Jeder, der nicht Mitglied ist, tut so, als ob der Klub überhaupt nicht existiert oder als ob man noch nie von ihm gehört hat.«

»Warum wird ihm denn eine derartige Bedeutung beigemessen?«

»Ich bin mir gar nicht sicher, daß er so bedeutend ist. Nur–«, Anne dachte nach, »komisch, es ist mir nie bewußt geworden, daß ich das so empfinde. Es ist bloß, daß wir alle schon so lange Mitglieder sind und daß wir uns so gut kennen und daß wir gut miteinander auskommen...« Sie fügte hinzu: »Wir verlesen unsere Essays und kritisieren sie dann gegenseitig. Und wir übernehmen die Verantwortung für die Leihstelle der Bücherei, weil wir sie ins Leben gerufen haben. Ich fürchte, du würdest das alles fürchterlich langweilig finden. Partys wie die von Sally, auf die ich dich mitgenommen habe, gibt es nur einmal oder zweimal im Jahr.«

Jessamine hatte die Damen auf Mrs. Rauschs Party und Weihnachtsvorstellung insgeheim wirklich als eine recht unmoderne Gesellschaft angesehen, aber sie war entschlossen, nicht nur um Rodneys willen, sondern auch um ihrer selbst willen am Gesellschaftsleben in Waynesboro teilzunehmen: Sie war noch nicht zu alt – noch nicht einmal dreißig –, um dem privaten Bereich des Lebens abgeschworen zu haben. Der Frauenklub könnte als Start dienen, selbst wenn die meisten der Mitglieder alte Frauen zu sein schienen.

»Falls du im Frauenklub Mitglied werden willst«, fuhr Anne fort und fand den Gedanken unwillkürlich belustigend, »dräng nicht darauf: gib vor, du hättest nie davon gehört, erwähn ihn nie, aber halt dir eines der Mitglieder warm. Wenn ich dich vorschlagen sollte, würdest du wohl hineingewählt werden, aber es könnte sein, daß es nur mit Murren geschähe, weil jeder glauben würde, ich hätte es nur getan, weil wir verwandt sind.«

Jessamine neigte den Kopf auf eine Seite. »Ja«, sagte sie langsam, »ich kann verstehen, daß es so aussehen könnte. Wen würdest du vorschlagen?«

Anne lächelte immer noch und dachte: »Sie meint es wirklich ernst!« Sie sagte: »Laß mich mal nachdenken – « und ging in Gedanken die Liste der Mitglieder durch, verwarf Namen, zögerte. Elizabeth Talmadge wäre Jessamine altersmäßig wahrscheinlich am nächsten, aber sie war selbst noch kein langjähriges Mitglied. Und Sally kam ganz und gar nicht in Frage. »Die einzige, die ich mir als ganz natürliche Busenfreundin von dir vorstellen könnte, wäre Christina Voorhees. Ihr Vater war entschieden gegen die Rebellen, seine Söhne starben im Krieg. Aber er ist jetzt tot, und ich glaube nicht, daß Christina ähnlich denkt. Ihr Mann ist Kassierer bei der Bank. Du hast wahrscheinlich in Geschäftsdingen bereits mit ihm zu tun gehabt.« Anne fügte noch eine kurze Beschreibung von Christina, ihrem Hintergrund und ihrer Persönlichkeit an.

»Sie ist eine reformierte Presbyterianerin? Dann scheint mir, sollte ich vielleicht in diese Kirche gehen. Würde dir das was ausmachen?«

»Mir? Überhaupt nichts. Warum sollte es? Wenn du es aushalten kannst. Sie sind fürchterlich streng. Keine Spiele, kein Tanzen, keine warmen Mahlzeiten am Sabbat. Nicht alle Mitglieder folgen den Regeln, Christina aber tut es.«

Mrs. Stevens übertrug sehr bald danach ihre Mitgliedschaft von ihrer Mississippigemeinde zur Reformierten Presbyterianergemeinde in Waynesboro. Das war nur kurz vor dem Abdanken von Reverend Mr. McCune, der im westlichen Pennsylvanien eine kleine Stadt gefunden hatte, deren Kanzel leerstand und deren Gemeinde willens war, ihn auf die Stelle zu berufen. Bis ein neuer Geistlicher gewählt wäre, würde die Gemeinde von Waynesboro von Vertretern abhängig sein, zumeist Theologen des Seminars. Die Kirchenmitglieder fanden es übrigens seltsam, daß der einzige Student, der die Chance, das Predigen zu üben, zurückwies, Matthew McCune war. Mark, der noch ein Jahr zur höheren Schule gehen mußte, und Luke, der ja noch ein Kind war, setzten dem Umzug keinen Widerstand entgegen. Ruhamah, die stille, gehorsame Ruhamah aber, betonte hartnäckig, daß sie bleiben würde. Sie verdiente in der Bibliothek genug Geld, um davon – wenn auch nur bescheiden – leben zu können; sie würde sich in Waynesboro ein Zimmer suchen und ihre Ausbildung in der höheren Schule beenden. »Ich weiß, ich bin nicht volljährig. Ihr könnt mich zwingen mitzukommen. Ich würde aber sofort zurückkommen, wenn ich eine Gelegenheit fände.«

Das Mädchen, das gerade erst fünfzehn Jahre alt war, fügte dem nichts mehr hinzu, aber ihr Vater erzitterte vor der anklingenden Drohung, auch sie könnte weglaufen. Darüber hinaus sagte ihrem Vater ihr kalter feindseliger Gesichtsausdruck mehr, als sie je auszudrücken vermocht hätte. Seit Arianas Flucht war er sich Ruhamahs Antagonismus bewußt geworden; damit ließ sich nicht allzu angenehm leben.

Er brachte dennoch Protest vor: »Ich wüßte nicht, wer gewillt wäre, für ein fünfzehnjähriges Mädchen die Verantwortung zu übernehmen.«

»Mrs. Dunbar. Wie du weißt, hat sie ein Haus voller Mädchen vom Lande, die hierher zur höheren Schule kommen und bei ihr wohnen und auch fünf Tage in der Woche Mahlzeiten bekommen. Ich bin sicher, sie würde mich auch für sieben Tage annehmen. Ich habe sie bereits gefragt, wieviel es kosten würde, und ich kann es gerade bezahlen.«

Mrs. Dunbar war Mitglied der reformierten Presbyterianergemeinde; er kannte sie gut, und das, was Ruhamah gesagt hatte, war wahr. Er gab sich bereitwilliger geschlagen, als Ruhamah erwartet hatte; sie hatte natürlich noch nicht die Erfahrung, zu wissen, daß ein Mann wie ihr Vater es schwierig fand, mit stummer, aber offensichtlicher und unerbittlicher Ablehnung, die er nicht überwinden oder mit der er nicht in einer anderen Weise fertig werden konnte, zu leben. Und so zogen alle McCunes außer Ruhamah und Matt, der im Seminar blieb, aus Waynesboro weg; Ruhamah war der Aufsicht ihres Bruders übergeben worden.

Zu dieser Zeit arbeiteten Amanda Reid und Elizabeth Talmadge zusammen an ihren Klubaufsätzen; ihnen waren derart ähnliche Themen zugewiesen worden, daß sie fast gemeinsam arbeiten konnten: Amanda, die viel lieber eine Kritik über »Ben Hur« geschrieben hätte, arbeitete nun an Howes »Geschichte einer kleinen Stadt«, während Elizabeth Egglestons »Schulmeister von Flat Creek« zu bearbeiten hatte – Realismus in der amerikanischen Literatur I und II. Amanda machte in diesen Märzwochen einen besonders zufriedenen Eindruck; sie war weit davon entfernt, traurig zu sein, Mr. McCune auf Nimmerwiedersehen verschwinden zu sehen, denn es war ihr doch wichtig, mit ihrem Geistlichen übereinzustimmen. Sie war immer noch sorgenfrei und sogar glücklich mit Elizabeth, obwohl sie sich keinerlei Illusionen in bezug auf die Dauerhaftigkeit des Arrangements hingab. Seit Rauschs Ferientanz war der junge Mr. Merrill nur zu aufmerksam gewesen: So manchen Abend verbrachte das Paar in Amandas Salon, während sie allein am Mitteltisch in ihrem Wohnzimmer Lateinhefte korrigierte. Sie hatte den Verdacht, daß ihre Zusammenarbeit über realistische Literatur des mittleren Westens die letzte Gelegenheit sein würde, so kameradschaftlich mit Elizabeth zusammenzuarbeiten.

Als Amanda endlich ihr Essay vollendet hatte, dachte sie trübselig, daß sie wohl kaum jemals in ihrem Leben mit etwas derart Trivialem, wie sehr es ihr auch gefallen hatte, so viel Zeit verschwendet hatte.

In diesen letzten Märztagen war der Frühling bereits überall zu spüren: Krokusse, Schneeglöckchen und sogar einige wagemutige Narzissen waren in ihrem Vorgarten bereits in der Blüte. Die Schüler waren im Frühling immer besonders ruhelos, und Amanda freute sich bereits auf die Ferien, obgleich Elizabeth dann für den Sommer nach Hause nach Cleveland fahren würde. Und eventuell würde sie nicht zurückkommen, zumindest nicht, um zu unterrichten und mit ihr zu leben. Amanda hatte ihre Abneigung der Ehe gegenüber nie abgelegt, sie hatte so etwas wie einen Freibrief zur Unzucht. Sie verstand den Standpunkt des heiligen Paulus, aber sie hatte den Verdacht, daß sie in gewisser Hinsicht etwas wunderlich sei, da die meisten Frauen an nichts anderes dachten, als daran, wie sie dieses Ziel erreichen könnten. Soviel sie wußte, gab es in ganz Waynesboro nur einen möglichen, ungebundenen Mann, nämlich den jungen Tim Merrill, und den schien Elizabeth umgarnt zu haben. Und natürlich war da auch Sheldon Edwards. Wahrscheinlich würde er eines Tages eine Mutter für seine beiden Jungen suchen, wie klösterlich sein Leben augenblicklich auch sein mochte: Geschäft und Heim und der lange Weg zwischen beiden, am Sabbat die Kirche mit dem älteren Jungen, Lowrey. Amanda sah sie manchmal auf ihrem Weg, wenn sie den Hügel auf der Linden Street heraufging.

Amanda hatte Elizabeth gern genug, um zu hoffen, sie möge erfolgreich sein, falls das Erringen eines Ehemannes von ihr als Erfolg angesehen werden sollte. Und sie war froh, daß sie vor Mrs. Stevens, die sich offensichtlich auch (so schien es zumindest für Amanda) »umsah«, wie man sagt, den ersten Schritt getan hatte. Amanda konnte sich mit Mrs. Stevens nicht anfreunden und sie fand es nicht natürlich, daß sie sich ihrer Kirche, wie sie es getan hatte, anschließen wollte. Sie verdächtigte Jessamine irgendeines Hintergedankens, obwohl sie sich nicht vorstellen konnte, was das wohl sein könnte: In der Gemeinde gab es keine in Frage kommenden unverheirateten Männer, sondern nur Bauern und Theologen. Es war seltsam, wie sie sich gleich um Christina Voorhees' Freundschaft bemühte. Amanda tadelte sich in ihrem Innersten dafür, daß sie diese hartherzigen Urteile fällte.

Im Gegensatz zu Eliza Ballard gab sie ihnen jedoch keine Wichtigkeit, indem sie sie aussprach. Eliza warf, wie man es wohl auch erwarten konnte, ein neidvolles Auge auf Mrs. Jessamine Stevens: Sie war einfach zu charmant, um wahr zu sein. Eliza hatte sie zwar nur einige Male getroffen, aber sie ahnte voraus, wohin die Vertraulichkeit zwischen ihr und Christina Voorhees führen würde: Im Herbst, wenn der Klub den Verlust von Kitty Edwards verwunden hätte, würde er wohl die Notwendigkeit erkennen, ein aktives neues Mitglied aufzunehmen. Sie fragte sich, wie das Anne gefallen würde. Sie fand, Anne sei ein Narr, ganz egal, ob sie nun tatsächlich eine so vertrauensvolle Ehefrau war oder es nur vorgab. Eliza spielte darauf am Nachmittag des elften April im Gespräch mit Sally Rausch an, nachdem auf dem Klubtreffen Miß Elizabeth Talmadge ihren Aufsatz »Realismus in Indiana: ›Der Schulmeister von Flat Creek‹ von Edward Egglestone« vorgelesen hatte.

Die Damen des Klubs gratulierten Elizabeth, nachdem die Sitzung beendet war, und einige bemitleideten sie auch, weil sie ihre Zeit mit einem so »stumpfsinnigen und langweiligen Buch« hatte verbringen müssen, sie hatte das Beste daraus gemacht, »obgleich derartiger eintöniger Realismus wohl kaum nach ihrem Geschmack sein konnte«. Als sich die Mitglieder anschickten abzufahren, gab es einiges Gemurmel über die Möglichkeit, diese »entzückende Mrs. Stevens« einzuladen, als Mitglied dem Klub beizutreten. Eliza sagte zu Sally, als sie einen Augenblick lang zusammenstanden, während sie darauf warteten, mit dem Autor des Tages sprechen zu können, daß, falls der kleine Stevens wirklich so krank sei, wie es den Anschein habe, sie kaum glauben würde, daß Mrs. Stevens die notwendige Zeit aufbringen könnte, um ein sehr aktives Klubmitglied zu werden.

»Der kleine Rodney? Er hat Malaria, ein Überbleibsel vom letzten Sommer, aber die wirklich schweren Anfälle kommen nur selten. Er wird sie im Laufe der Zeit loswerden.«

»So? Ich dachte, es wäre etwas wirklich Ernstes, der Einspänner des Doktors ist so oft an ihrem Tor angebunden, wenn ich morgens zur Arbeit gehe.«

»Es ist ganz offenkundig, daß du nie Kinder großgezogen hast, sonst würdest du wissen, daß sie sich immer die schlimmste Stunde der Nacht aussuchen, um krank zu werden. Eine Witwe mit nur einem Kind neigt natürlicherweise zu übertriebener Besorgnis, und Dock ist ihr einziger Verwandter, zweifellos ist er ihr eine große Hilfe.«

»Oh, ohne jeden Zweifel.« Eliza verzog ihren Mund in der Imitation eines Lächelns, skeptisch und spöttisch, und ging weg.

»Und genauso ohne jeden Zweifel gehst du über die Linden Street statt über die Main Street, nur um das beobachten zu können.« Eliza mußte um neun Uhr morgens im Büro der Rausch-Cordage-Gesellschaft sein, ziemlich früh für Dock, um schon außer Haus zu sein und Visiten abzustatten. Sally nahm Elizas Stichelei nicht wirklich ernst, obwohl es sie wütend gemacht hatte: Das war eine »weltweit anerkannte Wahrheit«, daß eine junge Witwe mit einem Kind gerne einen Ehemann bekommen und eine respektable Ehe eingehen würde. Sicherlich würde jede besonnene Frau (und Sally war sich sicher, daß Jessamine Stevens jenseits ihrer Süßholzmanieren genügend besonnen war), sich in Waynesboro nicht auf ein verbotenes Territorium wagen.

Das nächste Klubtreffen war ein musikalischer Nachmittag bei Rauschs. Thomasina spielte für die Damen. Elsa und Ludwig junior trafen nach der Schule ein und boten zusammen ein Stück für Piano und Geige dar. Auf der letzten Zusammenkunft des Jahres, die am dreizehnten Mai in Mrs. McKinneys Haus stattfand, beehrte Christina die Mitglieder mit einer Abhandlung über »Zeitgenössische amerikanische Historiker«. Sie war weit kürzer (zur Erleichterung von nicht wenigen), als der Klub gewöhnlich von der Autorin zu hören bekam. Christina, die immer noch ohne Diener war, hatte diesen Frühling alle Hände voll zu tun. Zusätzlich zu ihrer Bemühung – umsonst, wie sie sich wohl bewußt war –, ihr Haus annehmbar sauberzuhalten, ihrer Familie Mahlzeiten aufzutischen, von denen sie wußte, daß sie nicht sehr appetitanregend waren, ihren Kindern die Aufmerksamkeit zu widmen, die sie haben sollten (sie war nicht eine, die Kinder der Dienerschaft überantwortete, wie einige, die sie hätte nennen können), hatte sie auch noch begonnen, ihres Vaters Bücher und Papiere durchzusehen. Sie legte die meisten der Theologiefachbücher zur Seite, um sie der Seminarbibliothek zu schenken, sortierte Papiere aus, die vernichtet werden sollten: alte persönliche Briefe, Rechnungen, Quittungen, Predigten, Korrespondenz mit anderen Geistlichen und Professoren. Denn wer auch immer als Nachfolger von der Generalversammlung auf die Position ihres Vaters gewählt werden würde, über kurz oder lang würde die Voorhees-Familie mit Sicherheit umziehen müssen. Sie hatte einfach für die Historiker nicht genügend Zeit gefunden.

Sally Rausch dachte, als sie aus dem steifen Salonstuhl in dem steifen Salon von Mrs. McKinney aufstand, daß Anne, die nicht anwesend war, nicht viel verpaßt hatte. Sie dankte Mrs. McKinney für ihre Gastfreundschaft und bugsierte ihre beiden Mitfahrer, die Gardiner-Schwestern, zur Tür hinaus zu ihrer Kutsche, fast noch während sie die Autorin des Tages beglückwünschte.

Sie erwischte sich bei einem Seufzer, als sie dem höflichen Gemurmel der Misses Gardiner zuhörte: Arme Anne! Die vor ihr liegenden Feiertage, mit dem Schulabschluß ihrer jungen Leute, sollten für Anne wohl ausfallen, es schien eine weitere schwierige Saison für die Gordons zu werden: Binny war wieder krank und lag im Bett, und ihre Mutter befand sich in tiefer Verzweiflung. Sally hatte die Worte »rheumatisches Fieber« noch nicht gehört, hatte aber keinen Zweifel daran, daß es sich letztlich als genau das herausstellen würde. »Das arme Ding!« dachte Sally. »Aber es ist ihr eigener Fehler.« Anne hatte ihr nämlich erzählt, daß Binny im Morgengrauen hinausgegangen war, um für Julia Deming zum ersten Mai Veilchen zu suchen. »Ich kann das gar nicht verstehen«, hatte Anne gesagt, »daß meine beiden Kinder von diesem Mädchen so verzaubert sind. Ich kann bloß hoffen, daß Johnny Vernunft annimmt, wenn er erst mal zum Medizinstudium auf der Universität ist.« Was Anne Sally nicht mitgeteilt hatte, war der heftige Wortwechsel zwischen John und seiner Tochter an jenem Morgen. Am ersten Mai gingen alle Kinder in den Wald, um

Blumen für ihren Maikorb zu pflücken, nicht aber – zumindest die Mehrheit nicht – im Morgengrauen. John war in die Küche gekommen, als er von einer Visite auf dem Land nach Hause kam, und hatte Binny in der Küche über einem großen Haufen Veilchen, Wasserkresse und einigen Sumpfringelblumen gefunden.

»Was hast du denn hier zu dieser gottlosen Stunde zu suchen? Du willst doch wohl nicht sagen, daß du schon draußen gewesen bist?«

»Ich bin schon früh rausgegangen, um sicher zu sein, daß ich genug Veilchen finden würde, bevor sie alle weggepflückt sind. Für einen Maikorb.«

»Einen Maikorb? Es gibt doch wohl genug Veilchen für all deine Freunde. Oder ist etwas derart Besonderes an einem Maikorb?«

»Er ist für Julia«, sagte Binny stolz, aber wachsam zugleich. »Sie ist so *nett* zu mir, Papa.«

»Aber du weißt genau, daß du so etwas weder für Julia noch für jemand anderen tun darfst. Willst du wieder krank werden? Du siehst aus wie ein Landstreicher, dein Haar ist völlig durcheinander und deine Hände sind blau vor Kälte. Und deine Füße! Man kann einfach in dieser Jahreszeit zu dieser frühen Stunde keine Blumen pflücken gehen, ohne klitschnasse Füße zu bekommen.«

Ihre hochgeschnürten Stiefel waren tatsächlich bis oben hin völlig durchgeweicht. Binny zog sie aus, gehorsam, aber grollend, damit ihr Vater sie begutachten könne.

»Großer Gott! Sogar deine Unterröcke! Geh dich sofort ausziehen und leg dich bis zum Frühstück ins Bett. Hast du noch andere Schuhe, die du zur Schule anziehen kannst?«

»Heute ist Samstag.«

»Ah, ja, tatsächlich. Um so besser. Geh also ins Bett und bleib da. Ich werde Martha bitten, dir das Frühstück hinaufzubringen.«

»Aber Papa! Die Veilchen!«

»Sie werden sich schon halten. Wo tut Martha denn immer ihren großen Topf hin? Oh, da –«

Er ließ Wasser in den großen Topf laufen und fegte die ganze unsortierte Menge von Blumen und Grünzeug hinein. »Und laß mich bloß nicht hören, daß du einen derartigen Narrenstreich noch einmal machst.«

Eine in Tränen aufgelöste Binny kroch die Treppen hinauf. Ihr Vater schürte den Ofen, öffnete den Zug, legte Holzspäne und Kohle auf die Glut und machte sich daran, sich eine Kanne Kaffee zu kochen. Bevor der Kessel allerdings Zeit gehabt hatte zu kochen, kam Anne herein, bereits völlig angezogen. Sie fand einen mürrischen Ehegatten vor, der blind auf den Herd starrte.

»Was ist los? Ich hörte dich und Binny –«

»Dieser höllische Herd! Fängt der immer so langsam zu brennen an?« Dann deutete er auf den Topf voller Blumen in der Spüle. »Deine Tochter ist schon draußen gewesen und hat das ganze Zeug mitgebracht; sie muß also schon stundenlang in dieser Feuchtigkeit durch die Gegend getapst sein. Wegen eines Maikorbes für Julia Deming. Ich schwöre, sie ähnelt täglich meiner Schwester Kate mehr. Was, um Gottes willen, ist eigentlich so Besonderes an Julia Deming?«

»Ach, John! Es ist nur ein Schulmädchenschwarm. Julia war sehr lieb zu ihr, als sie krank war, und Julia entmutigt sie in ihrer Zuneigung nicht. Binny wird daraus herauswachsen. Wo ist sie denn?«

»Sie war tropfnaß ziemlich genau bis zur Taille. Ich habe sie ins Bett geschickt – Martha kann ihr ja das Frühstück hochbringen –, in der Hoffnung, daß sie sich keine Erkältung holt. Sie darf einfach kein Risiko eingehen.«

»Ich weiß. Es tut mir leid, daß ich nicht gehört habe, wie sie aufgestanden ist.« Anne begann, die Blumen zu retten und steckte sie in Vasen. Binny, die in ihrem Bett bequem zusammengerollt lag, verbannte die Schelte ihres Vaters aus ihren Gedanken: Das einzige, was überhaupt in diesen Tagen da Platz hatte, war ihre spielerische Bewunderung für Julia. Und nun triumphierte sie bei dem Gedanken an all diese Veilchen, genug, einen Maikorb zu flechten, wie er noch nie gesehen worden war. Sie war so abgrundtief verliebt, daß nichts anderes für sie von Bedeutung war, sicherlich nichts so Irdisches wie Heim, Familie, sogar Schelte. Und heute konnte sie geduldig auf den Abend warten. An den meisten Samstagen, wenn ihre Familie glaubte, sie befinde sich in der Bücherei, spazierte sie um die Häuserblocks in der Hoffnung, Julia zu sehen, oder sie ging an Demings Haus vorbei. Und manchmal war Julia wirklich da: auf der Veranda mit Freunden, oder manchmal traf man sie auch, wenn sie mit Freunden in die Stadt spazierte. Dann belohnte sie Binny manchmal mit ihrem strahlendsten Lächeln, oder wenn sie allein war, kam es sogar vor, daß sie Binny berührte, am Arm oder an der Schulter, so, daß ihr Schauer den Rücken herunterliefen, oder sie blieb für einen Augenblick oder zwei stehen und unterhielt sich mit ihr oder strich über Binnys Haar mit einem zögernden, zarten Blick aus den Augen.

An diesem Samstag wurde Binny erlaubt, für das Mittagessen aufzustehen, und sie verbrachte den Nachmittag damit, ihren Korb zu füllen, eine Komposition aus gefranstem und gewelltem lavendelfarbigem Kreppapier, das spiralenförmig zusammengeklebt worden war in der Form eines weitgeöffneten Füllhorns mit einem geflochtenen Kreppapiergriff. Am Abend, gerade zur Dämmerung – die ersten Sterne wagten sich schon hervor –, machte sich Binny auf den Weg die Straße hinunter zu den Demings. Unter dem Arm hatte sie einen Maikorb, den sie sehr vorsichtig trug, um die so kunstvoll arrangierten Veilchen nicht durcheinanderzubringen. Sie schwebte geradezu, und wünschte sich bei dem ersten Stern, den sie erspähte, verzückt, daß Julia – nun, daß sie zumindest den Maikorb mögen würde. Sie hatte nie zuvor etwas ähnlich Erhebendes gekannt; es wogte über sie hinweg, vom Scheitel bis zur Sohle. Bei den Demings angekommen, hing sie den Korb vorsichtig an den Türknopf der Verandatür, klingelte und huschte weg, wie es die Maikorbkonvention verlangte. Sie lief jedoch nicht allzu weit: gerade bis zu dem großen Ahornbaum am Straßenrand. Julia machte die Tür auf: Sie würde natürlich Maikörbe erwarten, obgleich die Jungs und Mädchen ihres eigenen Alters nicht herauskommen würden, bevor es nicht wirklich Nacht und völlig dunkel wäre – zumindest diejenigen, die das Schenken von Maikörben nicht als gänzlich kindisch aufgegeben hatten. Binny konnte sie im Licht der Eingangshalle sehen, sie hob den Maikorb vom Türknopf hoch, und Binny konnte den Ausruf ihres Entzückens hören, als sie ihn mit hineinnahm. Binny hätte sich keine schönere Belohnung erbitten können – jetzt zumindest nicht –, sie erwartete allerdings, Julia in einem Tag oder zweien sagen zu hören: »Der schönste Maikorb! *Wer* glaubst *du,* könnte ihn – ?« Aber Julia hatte hinter der immer noch halboffenen Tür einen Augenblick gewartet, gerade lang genug, um die Blumen niederzulegen, nun kam sie zurück und rief: »Binny! Binny Gordon! Nein, lauf nicht weg. Es hat keinen Zweck. Ich weiß, daß er von dir ist. Niemand sonst in der ganzen Welt –«

Binny, die sich hinter den Stamm des Baumes zurückgezogen hatte, kam nun ein wenig einfältig hervor; plötzlich war sie von Schüchternheit überwältigt worden. Julia trippelte über die Veranda zum Tor hinunter, legte eine Hand auf Binnys Schulter, um sie näher an sich heranzuziehen und strich ihr mit der anderen die Locken aus der Stirn.

»Liebste Binny! Natürlich wußte ich, daß du es warst. Niemand sonst hätte diese *Millionen* Veilchen nur für mich gepflückt. Es ist der schönste Maikorb, den ich je gesehen habe, und ich danke dir so sehr, Binny, Liebling!« Sie lehnte sich über das Tor, neigte den Kopf des Kindes etwas zurück und küßte sie voll auf den Mund. Binny, vor Erstaunen wie gelähmt, wurde plötzlich von einer

Ekstase überflutet, die sie förmlich schüttelte, und konnte Julia nur mit strahlenden Augen anstarren. »Sieh mich nicht so überrascht an, Liebling! Wußtest du denn nicht, daß ich wahnsinnig begeistert sein würde? Der wundervolle Korb und all die Mühe, die du dir gemacht hast – und all diese Veilchen. Ich wußte nicht, daß es in der ganzen Welt so viele gibt. Wo hast du sie denn gefunden?«

Eine verwirrte Binny glaubte, sie wolle das wirklich wissen. »Am Rand des Krematoriums bei der Eisenbahn. Dort wachsen die größten. Ich bin so froh, daß du sie magst – es ist eigentlich nichts, wirklich.«

Sie ging nach Hause, ohne daß sie wirklich wußte, daß sie nach Hause ging, sie war sich nur eines Zitterns bewußt und einer seltsamen Sehnsucht, die ihren Körper durchflutete und durch das Gefühl von Julias Lippen auf den ihren hervorgerufen worden war. Zu Hause schlüpfte sie nach oben, ohne vorher zu ihrer Mutter ins Wohnzimmer zu gehen. Sie wollte allein sein, so daß sie den Augenblick wieder und wieder durchleben könnte. Sie sagte nur ja, als ihre Mutter rief, um festzustellen, ob sie es sei, und dann »Gute Nacht, Mama. Ich gehe zu Bett«.

»Gute Idee. Du warst so früh auf heute morgen.« Anne war zu klug, um in die Eingangshalle zu gehen und sie die Treppen hochsteigen zu sehen oder um zu fragen, ob der Korb Julia gefallen habe; daß das Kind vor Freude geradezu schwebte, hatte sie bereits am erregten Ton ihrer Stimme festgestellt.

Eine Woche verging, zehn Tage, und Binny zeigte keinerlei Anzeichen einer Erkältung; die Wachsamkeit ihrer Eltern ließ nach. Eines Nachmittags dann, als sie von der Schule nach Hause kam, überraschte sie ihre Mutter damit, daß sie einen Apfel ablehnte – nein, auch kein Stück Pfefferkuchen, und sie begleitete ihr Kopfschütteln mit etwas, das ganz offensichtlich ein schmerzvoller Schluckversuch war.

»Binny! Hast du einen wehen Hals?«

Binny zögerte. Sie hatte ihren Zustand, so gut sie eben konnte, verborgengehalten, denn sie hatte Angst gehabt, es zuzugeben, und gleichfalls Angst davor, das es etwas Schlimmes sein könne; sie hatte Stillschweigen bewahrt und gehofft, es würde wieder weggehen. Aber es wäre eine Erleichterung, jemandem seine Ängste anvertrauen zu können, sie mit jemandem teilen zu können. »Ja«, sagte sie, »so ungefähr.«

»Und Gliederschmerzen?«

Trotz der Größe, zu der sie heranwuchs – zu groß, um sich ihrer Mutter in den Schoß zu werfen –, fiel sie neben dem Schaukelstuhl ihrer Mutter nieder, legte den Kopf auf die Brust ihrer Mutter, ließ ihre Arme hilflos hängen und begann nach einem langen schlukkenden Atemzug leise zu weinen. Die Tränen liefen ihr die Wangen herunter.

»Mama, ich will nicht wieder krank sein. Und Papa wird schimpfen.«

»Hat dich dein Vater je ausgescholten, wenn du krank warst?« Ihre Mutter nahm ein Taschentuch von ihrem Gürtel, um ihr das tränennasse Gesicht abzuwischen.

»Nein. Aber – «

»Der Schmerz kann nicht so schlimm sein wie das letzte Mal. Erinnerst du dich, wie du geschrien hast?« Annes Herz war schwer, sie war fast einer Ohnmacht nahe vor Angst. Aber sie riß sich zusammen, um das Kind zu trösten.

»Es ist nicht so schlimm – nur meine Beine schmerzen.«

»Komm, wir bringen dich ins Bett. Vielleicht ist es nur eine schwere Erkältung.«

Als John kam und Anne es ihm berichtete, war auch er entsetzt.

»Schimpf nicht mit ihr, John.«

»Sie ausschimpfen? Das arme Kind, bin ich ein solches menschenfressendes Ungeheuer? Wie auch immer, ihr Streich am ersten Maimorgen hat wahrscheinlich damit nichts zu tun – zu lang her. Aber ein zweiter Stoß von rheumatischem Fieber... Hast du ihre Temperatur gemessen?«

»Sie hat Fieber. Aber die Schmerzen sind bei weitem nicht so schlimm wie letztes Mal. Macht es nicht einen Unterschied, daß wir früher darauf aufmerksam werden? Und auch bei einer Erkältung können einem die Knochen weh tun. Könnte es nicht nur das sein?«

»Wie lange hat sie schon den schlimmen Hals?«

Anne konnte nur ihren Kopf schütteln.

»Na ja, wir werden sehen, was wir tun können. Ich habe Salizylsäure in meiner Tasche in der Eingangshalle.«

Sie gingen hinauf und fanden Binny fiebernd und mit glänzenden Augen. Ihr Vater hatte Tabletten und ein Glas Wasser dabei.

»Hier – nimm die – vielleicht können wir die Schmerzen stoppen, bevor sie wirklich schlimm werden. Und sorg dich nicht wegen irgendwelcher Schelte. Ich glaube nicht, daß du das erwischt hast, als du deine Veilchen gesammelt hast, außer du hattest den wehen Hals schon länger. Aber du mußt dich wohl damit abfinden, noch eine Weile im Bett zu bleiben – noch eine Woche oder so, nachdem das Fieber und der ganze Schmerz weg sind.«

»Oh, Papa! Zwei Wochen? Drei Wochen?«

»Oder vielleicht einen Monat.«

Tränen quollen aus ihren Augen. »Dann werde ich nicht die Commencement-Feiern sehen können? Johnny und Elsa und Julia?«

»Möglich, mach dir also nicht zu viele Hoffnungen. Auf der anderen Seite kann es auch recht schnell vorbeigehen. Dr. Warren und ich werden unser Bestes tun.«

Sie lächelte ihn an. »Ich hätte lieber dich als Dr. Warren.«

»Vier Augen sehen mehr als zwei, weißt du.«

Die Gordons hatten also einem weiteren Fall von Krankheit in ihrem Hause entgegenzutreten und ihn zu erdulden. Diesmal war es leichter, damit fertig zu werden, schon wegen der neuen Gaslichter und der Badezimmer, und Binny litt auch nicht so sehr wie beim letzten Mal. Aber das Fieber zog sich hin, und sie wurde mehr und mehr teilnahmslos und apathisch. John warnte Anne: »Durch einen Anfall von rheumatischem Fieber durchzukommen und keine Endocarditis zurückzubehalten ist durchaus nicht an der Tagesordnung. Ein zweiter Anfall verursacht aller Wahrscheinlichkeit nach wirklichen Schaden: Sie kann für den Rest ihres Lebens ein rheumatisches Herz behalten.«

Er und Dr. Warren hörten sie mit ihren Stethoskopen jeden Morgen ab und sahen so ernst drein, daß Anne schreckliche Angst bekam. Eines Morgens sagte sie: »Sollten wir nicht den Doktor aus Cincinnati bitten, sie zu untersuchen?«

»Natürlich würde er kommen. Wir werden ihn ein bißchen später hinzuziehen. Augenblicklich ist es noch zu früh, um etwas sagen zu können.«

Und Anne hatte noch mehr Angst. Sie war sicher, daß John und Dr. Warren keine Notwendigkeit sahen, einen Spezialisten hinzuzuziehen: Ihre eigenen Stethoskope sagten ihnen genug. Für Johnnys Abschlußfeier konnte sie wenig Begeisterung aufbringen. Und das war traurig für ihn: Binnys Krankheit und die Sorgen ihrer Eltern überschatteten diese Tage für ihn, die er als wichtigste seines Lebens hätte erleben sollen.

Am Morgen der Abschlußfeier kamen Julia und Elsa zu den Gordons, um Binny ihre neue Ausstattung zu zeigen: gekräuselte und mit Volants besetzte weiße Kleider, Hüte aus weißem Stroh, tief über ihrer Stirn und über ihrem großen Haarknoten; lange weiße Handschuhe bis über die Ellbogen und in ihren Armen große Sträuße aus wundervollen Rosen. Und Binny nahm gar keinen großen Anteil daran, nicht wie sie es noch ein paar Monate zuvor getan hätte.

Die Gordons wohnten der Abschlußzeremonie bei, so schwer es auch immer für John mitten am Vormittag war, seine Praxis zu verlassen. Anne war müde, wie müde sie war, kam ihr erst zu Bewußtsein, als sie, sobald sie in der Oper Platz genommen hatte, ihre Hände in den Schoß legte und versuchte, ihre ganze Aufmerksamkeit dem Verlauf der Feier zu widmen. Es war ein heißer Junimorgen, und der Opernsitz war hart. Sie versuchte ihr Unruhe zurückzudrängen, als eine endlose Zahl von Ansprachen einander folgte; tatsächlich bekam sie nur recht wenig mit: Johnnys lateinische Begrüßungsrede, von der sie kaum ein Wort verstand (Was war nur mit ihrem Latein passiert? Sie hatte das doch einmal gekonnt!), die sie aber freute sowohl um Johnnys als auch um Amandas willen, seine Ansprache »Der medizinische Fortschritt im neunzehnten Jahrhundert«, von der sie hoffte, daß John stolz darauf sein würde, Elsas moralische und ernsthafte »Mühe als Preis des Erfolgs« und Julias fließende Rede »Kindheit in der Literatur«, von der Anne fand, daß sie mehr ausließ, als sie enthielt, und letztlich Billy Thirkields Abschiedsrede. Man konnte nicht wirklich von dem Programm gelangweilt werden. Die eifrigen jungen Gesichter zu beobachten war zu erfreulich. Es war noch nicht einem von ihnen in den Sinn gekommen, daß sie in den Jahren, die vor ihnen lagen, vom Leben nicht alles bekommen würden, was sie wollten und worauf sie rechneten, oder daß diese Jahre von vielen und unausweichlichen Sorgen verdunkelt werden könnten. Sie hätte für sie weinen können, als sie ihre Diplome von Mr. Lichtenstein in Empfang nahmen, ihren Dank lächelten und so glücklich und sicher der Zukunft entgegenblickten.

Was die jungen Graduierten selbst anbelangte, so wurde ihr Erwachsenenleben, wenn man es so nennen kann, fröhlich genug eingeläutet: Die Rauschs gaben einen Abschlußball an diesem Abend nach dem Festessen der Klasse für die Graduierten und anderen Schüler der höheren Schule, denen es erlaubt war und die tanzen konnten. Danach würden sie sich zerstreuen, einige würden gleich zu arbeiten beginnen, einige würden nach einem langen Sommer voller Nichtstun irgendwo auf eine Universität gehen, und nach einem Jahr oder zwei würden sie sich verwundert fragen, warum sie gedacht hatten, daß sie sich an diesem letzten Tag so viel bedeutet hatten.

DIE MITGLIEDER DES FRAUENKLUBS VON WAYNESBORO

Miß Eliza Ballard
Mrs. Louisa Deming
Mrs. Gwen Evans
Miß Caroline Gardiner
Miß Lavinia Gardiner
Mrs. Anne Gordon
Mrs. Rhoda McKinney
Mrs. Laura Maxwell
Mrs. Elizabeth Merrill
Mrs. Sarah Rausch
Miß Amanda Reid
Mrs. Jessamine Stevens
Mrs. Thomasina Travers
Mrs. Christina Voorhees

IN MEMORIAM
Mrs. Mary Ballard
Miß Susan Crenshaw
Mrs. Katherine Edwards
Mrs. Mary McCune
Miß Agatha Pinney

1887 – 1888

»Die Kinder, die wir die ›unseren‹ nennen, beginnen ihren Weg in der Welt der Erwachsenen.«

In Waynesboro spielte sich ein Sommer – oberflächlich konnte es zumindest so scheinen – ähnlich wie der andere ab: Für einen nachlässigen Beobachter waren die Kinder, die auf den großen Höfen hinter den eisernen Zäunen spielten, immer die gleichen wie die Jungs und Mädchen im Jahr davor und im Jahr vor dem. Aber die Spiele eines Jahres wurden von einer anderen Generation gespielt als drei oder vier Jahre zuvor; so schnell geht Kindheit in Jugend über und Jugend in Erwachsenenalter. Die jungen Mädchen, die noch kürzlich durch die Sommertage getollt waren, spielten nun in gelassenerem Stil Tennis auf dem Court der Rauschs, saßen nachmittags auf den Veranden mit Palmwedelfächern und eisgekühlter Limonade. Die Abende verbrachten sie auf den gleichen Veranden mit jungen Gentlemen, die auf ihren Banjos und Gitarren herumklimperten oder lange gemächliche Spazierfahrten und Ritte auf das Land unternahmen. Sie alle, die graduierten Schüler der höheren Schule wie auch Sophie Klein und Charlotte Bonner, die für die Ferien von ihren Colleges an der Ostküste nach Hause gekommen waren, sahen sich als Erwachsene an, bereit für die große Welt. Das galt auch für die Jungen, allerdings mit etwas mehr Rechtfertigung. Die, die ihre Schulausbildung bereits im Frühjahr beendet hatten, gingen schon nüchtern ihrer Arbeit nach: einige in Jobs, von denen sie hofften, daß sie zu einer festen Anstellung werden könnten, andere bekamen von ihren Vätern bescheidene Stellen, denn sie würden später auf das College gehen. So war zum Beispiel Rudy Lichtenstein nach seinem ersten Jahr an der Universität bei seinem Vater im Büro,

Billy Thirkield würde im Herbst auf das Pharmazie-College in die Stadt gehen, war aber in der Zwischenzeit Schreiber, Hausmeister und Faktotum in der Apotheke seines Vater, wo er alles und jedes zu tun hatte, mit der einen Ausnahme, Rezepte auszufüllen. Johnny Gordon, der von den meisten Patienten als Assistenzdoktor akzeptiert wurde, agierte unter den Augen seines Vaters als ein sehr vorsichtiger Diagnostiker und lernte, wie man Wunden bandagierte und gebrochene Knochen schiente, er kutschierte die Stute für seinen Vater auf dessen täglichen Visitenrunden durch die weitere Umgebung und trug dessen zerbeulte alte Tasche, nachdem er – unter Aufsicht – bereits die Medikamente, die am Tag zuvor aufgebraucht worden waren, ersetzt hatte. Sogar Ernest Rausch, der in diesem Sommer erst fünfzehn wurde, war in die Mühle als Radjunge gegeben worden. Denn selbstverständlich würde er, wenn er irgendwann das Geschäft seines Vaters erben sollte, das ganze von der Pike gelernt haben müssen. Ludwig hätte ihm das erlassen können: In einem Jahr oder so würde man ohnehin von dem alten Seilgang wenig Gebrauch mehr machen. Jetzt schon wurde Garn nur noch für die anspruchsvollsten und wichtigsten Kunden gesponnen; bald würde man Radjungen überhaupt nicht mehr brauchen. Ludwig sah jedoch den Prozeß des Handspinnens als einen wichtigen Teil der Ausbildung seines Sohnes an, und Ernest war ein stämmiger, gut gewachsener Bursche. Ein Sommer mit harter Arbeit würde ihm nicht schaden.

Ernests nächstjüngerer Bruder, Charles, war noch frei wie der Wind: alt genug, um dem Kindermädchen zu entgehen, nicht alt genug, um schon arbeiten zu müssen. Ludwig junior hingegen wurde nicht so viel Unabhängigkeit erlaubt, aber er kümmerte sich nicht immer um die morgendliche Anordnung einer jeden Mutter in Waynesboro, deren Kinder mehrere Jahre lang unbeaufsichtigt zur Schule gegangen waren und die nicht länger innerhalb der häuslichen Umzäunung gehalten werden konnten, denen man aber immerhin sagen konnte: »Geh nicht weiter weg, als du mich hören kannst!« oder »Lauf nicht weg, ohne mich vorher zu fragen!«, Anordnungen, die genauso gewohnheitsmäßig gehört, wie in Wirklichkeit nicht gehört wurden. Und glücklicherweise (oder vielleicht unglücklicherweise für ihn) war das Kind mit einem unglaublichen Charme auf die Welt gekommen, und sein Lächeln war unwiderstehlich. Zu der Gruppe von Kindern in der Altersklasse von Ludwig junior gehörten Lowrey Edwards, Lavinia Gardiner (die manchmal die erst fünfjährige Caroline hinter sich herschleppte), ein Klein, ein Lichtenstein und verschiedene andere, was von der Gegend abhing, die sie für ihre Treffen gewählt hatten: auf der Linden Street bei den Edwards', auf der Chillicothe Street bei den Gardiners oder am Markt bei den Kleins oder den Rauschs. Die langen Sommerabende wurden von den meisten von ihnen bei den Gardiners verbracht in der Hoffnung, Kapitän Bodien könnte vorbeischauen, um seine Töchter und Enkelkinder zu besuchen, und könnte dazu gebracht werden, ihnen Geschichten vom Wilden Westen, den Indianern, den Mormonen und dem Pony-Expreß zu erzählen. Selbst Ludwig junior, der von diesen Geschichten so verzaubert war, wie seine Schwester und sein älterer Bruder es gewesen waren, erschien immer an diesen Abenden, wie weit er auch auf seinen täglichen Heldenfahrten durch das Land gekommen war. Er machte seiner Mutter viel zu schaffen und gleichfalls der treuen Cassie, die jetzt nur noch ein Kind hatte, um das sie sich mit aller Energie kümmern konnte, das sie ausschimpfen konnte, um das sie sich sorgen konnte: den kleinen Paul.

Später im Sommer wurde auch Rodney Stevens in die Gruppe aufgenommen. Er hatte vollkommene Anerkennung gefunden an einem Abend, als er in Anwesenheit von Kapitän Bodien ihnen allen mutig die Stirn geboten hatte. Er war, so hatten sie es gesehen, nicht geeignet für die Geschichten des Kapitäns, und sie verhöhnten ihn: »Dein Vater war ein Rebell! Dein Großvater war ein Rebell! Johnny Reb!« Er hatte, obwohl er mit seinen acht oder neun Jahren wenig wußte, was das alles bedeuten sollte, erwidert: »Sie waren keine Rebellen! Sie waren gute Soldaten. Und mein Großvater ist im Krieg gefallen. Und alle eure Großväter waren verfluchte Yankees!« Zur Verwunderung und Zerknirschung der anderen Kinder griff der Kapitän zu seiner Unterstützung ein. »Ihr werdet jetzt diesen ›Rebellen‹-Blödsinn mal vergessen. Ich weiß, daß wir sie so genannt haben, aber es waren mächtig gute Soldaten, und wir sind oft genug vor ihnen weggelaufen. Ich bin stolz auf Rodney, der keine Angst hat, euch allen die Stirn zu bieten.« Sie entschieden sich, wohl am besten auch stolz auf Rodney zu sein.

Die Kinder der Voorhees' aber wurden nie als Freunde und Gleichgestellte akzeptiert. Ihre Eltern hatten mit den Maxwells die Häuser getauscht, als der Professor endlich zum Präsidenten des Seminars berufen worden war. Das neue Heim der Voorhees' gegenüber dem der Gardiners schien mehr zur Stadt zu gehören als ihr altes Haus auf dem Gelände des Seminars. Wie sehr Christina auch sich und ihre Kinder abseits hielt, die Voorhees' waren mehr in den Gesichtskreis gerückt. Waynesboros Urteil war, daß Blair und Jane Voorhees ungemein merkwürdig aufwuchsen: Es wurde ihnen nicht gestattet zur Schule zu gehen, statt dessen wurden sie zu Hause von ihrer Mutter unterrichtet, sie »spielten« nie wirklich mit ihren Altersgenossen, und nur gelegentlich wurde ihnen erlaubt, später am Tag, wenn das andere junge Gemüse vom Nachmittag »weggeräumt« worden war, zu den Gardiners hinüberzugehen; und dann war das ausgelassenste Spiel das wohlanständige Der-Plumpsack-geht-um.

Rodney Stevens' erster Nachmittag »draußen zum Spielen« war bei den Voorhees' gewesen. Obwohl er immer noch dann und wann Anfälle von Malaria hatte, war er bereits ein viel gesünderes Kind, als zu der Zeit, als ihn seine Mutter zum erstenmal nach Waynesboro gebracht hatte. Als Christina Voorhees nach ihm mit einer Einladung schickte, er möge doch ihre Kinder besuchen, hatte Jessamine ihn der Aufsicht des schwarzen Kindermädchens überantwortet und brachte sie beide bis zur Straße. Am späten Nachmittag bemühte sie sich selbst zu den Voorhees', um sie abzuholen. Da war er aber nicht mehr bei den Voorhees', sondern auf der gegenüberliegenden Straßenseite bei den Gardiners, in einer lautstarken Gruppe, die in einem Kreis herumsaß, auf dem Rasen der Gardiners. Miß Lavinia und Miß Caroline waren schon seit langem zu der Einsicht gelangt, daß Barbara sich nicht allzu lange damit einverstanden erklären würde, ihre Kinder irgendwoanders hin zum Spielen zu schicken. Die Misses Gardiner hatten den Eindruck gewonnen, daß ihr Heim der beliebteste Spielplatz der Stadt sei. Sie konnten Barbara nicht wegen des Benehmens ihrer kleinen Mädchen tadeln: Die älteren waren den Alten gegenüber respektvoll, machten einen adretten Knicks, wenn sie vorgestellt wurden, und sprachen nur, wenn sie angesprochen wurden. Aber mit anderen Kindern waren sie genauso laut und ungebärdig wie nur irgendwer; sogar Veronika, die erst zwei Jahre alt war, konnte mit den besten von ihnen im Schreien mithalten, während sie kopfüberpurzelte vor Anstrengung, es ihnen gleichzutun. Sie stand jedoch immer wieder auf, manchmal mit einem Lachen, manchmal mit einem Geheul. Die Tanten sahen mit Schaudern den Zeiten entgegen, wenn das Baby Mary aus seinem Kinderwagen herauswachsen würde. Sie konnten nur froh sein, daß ihre Zimmer im ersten Stockwerk auf der dem großen Hof abgewandten Seite des Hauses lagen, und daß sie die Fenster gegen den Lärm schließen konnten.

An dem Nachmittag, an dem Rodney kühn genug gewesen war, sich ihnen anzuschließen anstatt bei den Voorhees' zu bleiben, wo er vermutet wurde, war Christina wohl ein wenig verärgert, als Jessamine erschien, um ihn abzuholen: Die Kinder, ihre und Rodney, hatten angefangen, sich über irgend etwas zu streiten, und als sie sie hereinrief, um dem Ganzen ein Ende zu bereiten, war Rodney einfach zum Tor hinaus und quer über die Straße zu den Gardiners spaziert. Sie wußte nicht, was den Streit hervorgerufen hatte, hielt es aber durchaus für möglich, daß er eventuell ein wenig verzogen sei, schließlich war er ja so viel krank gewesen. Keine Mutter kann einen ärgerlichen Kommentar über ihr Kind vertragen, aber Jessamine unterdrückte jedes Anzeichen von Ärger: Sie hatte sich zu sehr anstrengen müssen, um die Freundschaft Christinas zu erringen, als daß sie sie nun gefährden würde. Sie sagte also in ihrer zuckersüßesten Stimme mit dem stärkstmöglichen Mississippi-Akzent: »Er ist zu viel allein gewesen. Er braucht die Gesellschaft von anderen Kindern. Wir lebten auf der Plantage so isoliert. Keine Schule – nur ein Privatlehrer für ihn und die anderen Jungen da. Es war sehr freundlich von Ihnen, ihn einzuladen, und furchtbar ungezogen von ihm, nicht zu kommen, als Sie ihn gerufen haben. Sie müssen Ihren Kindern erlauben, ihn einmal zu besuchen, ich werde aufpassen, daß er sich dann mehr wie ein Gentleman benimmt.« Sie trank eine Tasse Tee mit Christina, schickte nach dem Kindermädchen in die Küche, wo sie ganz offensichtlich den ganzen Nachmittag mit dem »Koch-und-Zimmermädchen-und-Mädchen-für-alles« der Voorhees' verbracht hatte, und überquerte die Straße, um Rodney zu holen. Dann ging es nach Hause mit den beiden hinter ihr im Schlepptau. Sie hatte ihnen klargemacht, daß sie in Ungnade waren, und ging nach Hause ohne einen offen ausgesprochenen Tadel, bis sie mit ihnen im Wohnzimmer war.

»Cally, ich habe dich mit Rodney geschickt, damit du darauf acht gibst, daß er sich anständig benimmt.«

»Die hab'n mich in die Küche eingeladen, während die spielten. Kinder werd'n hier nich' so bewacht.«

»Von dir wurde erwartet, daß du auf ihn aufpaßt.«

»Ja, Madame. Ich wußte schon, daß die am Balgen waren, aber ich hatte keine Ahnung, daß Rodney so einfach abgehauen war. Ich dachte, der käme, wenn Mrs. Voo'hees ruft.«

»Mama, ich brauche wirklich nicht –«

»Du bist noch viel zu klein, um zu wissen, was du brauchst. Ganz offensichtlich, da du deine Gastgeber einfach verlassen hast und irgendwo anders hingegangen bist. Wenn man zu jemandem nach Hause eingeladen worden ist, um mit den Kindern zu spielen, dann ist das genau das, was von einem erwartet wird. Und wie kam es dann, daß ich dich auf der anderen Straßenseite fand?«

»Da gab es mehr Spaß.«

»Aber du kennst doch diese Kinder gar nicht. Blair und Jane kennst du aber aus der Sabbatschule.«

»Dieser Blair, der spielt zu rauh. Und ich kenne sie gar nicht: Lowrey Edwards aber lebt hier in der Straße.« Er senkte seine Stimme. »Er – hast du gewußt, Mama –, *er hat überhaupt keine Mutter?* Und ich kenne Vinny Gardiner.«

»Spielt jetzt keine Rolle. Vielleicht sind es nette Kinder, aber du warst nicht zu ihnen nach Hause eingeladen, sondern du warst bei Blairs eingeladen.«

»Mama, darf ich im Herbst in die Schule gehen? Blair sagt, daß er *nie* in die Schule geht – seine Mutter wisse mehr als irgendein alter Lehrer.«

»Ich bin sicher, daß sie mehr weiß. Ich aber nicht, und deshalb wirst du natürlich in die Schule gehen, wenn es dir gut genug geht. Aber präg dir das ein: Mrs. Voorhees ist meine Freundin, die ich sehr schätze, und Mr. Voorhees ist mein Bankier. Und sowieso darfst du unter keinen Umständen zu irgendwem ungezogen sein.«

Sie schickte ihn in sein Spielzimmer in dem Gefühl, ihn genügend gestraft zu haben, und wandte sich der jungen Negerin zu, die wartend, mit gefalteten Händen, vor ihr stand.

»Cally, du weißt doch sicher, was passiert ist?«

»Ja, Madame. Rodney war zu nett, um es Ihnen zu sagen. Dieser Blair hat ihn mit 'nem Ziegel geschlagen, bloß weil Rodney ihn mit 'nem kleinen ollen Zweig vom Appelbaum geschlagen hat. Dieser Blair! Der weiß nich', wie man spielt. Der glaubt wohl, das is' Spaß, einen mit 'nem Ziegel zu hauen. Hab ich wirklich nich' gewußt, daß Rodney so einfach abgehauen is', aber ich kann es ihm nich' verübeln. Un' das sind nette Kinders: die kleine Lowrey un' die kleinen Gardiner-Mädchen. Lutie hat mir erzählt, die spielen nett, und auch Rubina hat gesagt – «

»Wer ist Lutie? Und wer ist Rubina?«

»Lutie is' das Hausmädchen von den Gardiners; Rubina is' die von Mrs. Voo'hees.«

»Großer Gott, Cally, kennst du schon alle Bediensteten in der Stadt?«

»Die meist'n. Das sin' Zion-Baptist'n wie ich. Die Rubina, wiss'n Sie, was ich glaube? Ich glaube, Mrs. Voo'hees is' nich' an Dienerschaft gewöhnt. Sons' würde Rubina nich' so respektlos über sie red'n.«

»Unsinn. Mrs. Voorhees ist an weiße Diener gewöhnt, nicht an nichtsnutzige Nigger. Und du solltest es besser wissen, als irgendeinen Bediensteten schlecht von einer Freundin von mir reden zu lassen.«

»Ja, Madame. Bloß, weil Sie gefragt hab'n. Rubina sagt, sie arbeit' für die erst seit kurzem, seit die umgezog'n sin'. Die hab'n vorher in dem kleinen ollen Haus unter den Bäumen gewohnt, da wo all die Studenten sin'. War keiner da für die Kin'er mit zu Spiel'n – deshalb ist's, daß dieser Blair glaubt, es wär' bloß Spiel, wenn er einen mit 'nem Ziegel haut. Rubina sagt, die Mutter hat es drauf abgeseh'n, sie unbefleckt von der Welt zu halt'n. Ich sag' Ihnen, Mrs. Jessamine, wenn Sie versuch'n sollt'n, Rodney unbefleckt zu halt'n, werd'n Sie seh'n, wie die andern alle ihn auslach'n. Die glaub'n, sie sin' schon zu alt fürn Kindermädchen.«

»Das reicht, Cally. Es interessiert mich überhaupt nicht, was Rubina sagt. Und ich will nicht, daß du dir die Art dieser nichtsnutzigen Nigger angewöhnst. Wenn das doch der Fall sein sollte, schick ich dich nach Mississippi zurück.«

»Ja, Madame.« Cally rollte ihre Augen von ihrer Herrin weg. Sie hatte keinerlei Verlangen, nach Mississippi zurückzukehren, ihr gefiel die freiere Luft in Waynesboro viel besser. Sie hatte noch nicht mitbekommen, daß die Drohung ihrer Herrschaft völlig leer war, daß sie überhaupt nicht nach Mississippi würde gehen müssen, nur weil sie »geschickt« würde.

Nach diesem Tag war es Rodney erlaubt, mit den Kindern zu spielen, die sich in dem einen oder anderen Hof versammelten, manchmal auch in ihrem Hof. Und es wurde ihm auch erlaubt, ohne die Begleitung von Cally zu gehen, obwohl seine Mutter nie zugeben würde, daß sie von ihrem Kindermädchen einen Rat angenommen hätte. Gelegentlich wurde den kleinen Voorhees-Kindern erlaubt, über die Straße zu kommen und sich den anderen anzuschließen, die im Hof der Gardiners spielten. Wenn das passierte, wanderten viele nach kurzer Zeit ab: »Ich muß jetzt gehen.« Sie hatten nichts gegen Jane, sie war erst fünf; ein harmloses, blasses, blondes, schweigsames, kleines Mädchen (das die farbigen Hausgehilfinnen und Kindermädchen ein »magres, kleines olles Ding« nannten und das sie im Verdacht hatten, ein Klatschmaul zu sein); es war Blair, mit dem die anderen nicht mehr als nur ein paar Minuten friedlich spielen konnten: Er liebte es, ihnen zu befehlen, und wenn sie nicht gehorchten, wurde er böse und begann mit Steinen zu werfen oder mit anderen Dingen, die gerade zur Hand waren. Er hat keine *Vernunft*, sagten die protestierenden Erwachsenen. Christina aber war durchaus erfreut darüber, daß ihre Kinder keine Lust hatten, mit den anderen zu spielen, besonders mit diesem »rohen kleinen Rausch-Jungen«, der ein Jahr älter als Blair war und fähig, mit ihm und zwei anderen zur gleichen Zeit fertig zu werden.

Die Mutter von Ludwig junior sorgte sich um ihn. Sie war sicher, er würde dagegen aufbegehren, in die Mühle gehen zu müssen. Nicht daß sie selbst das für ihn wollte: sie sah ihn vor ihrem inneren Auge als berühmten Konzertviolinisten. Eines mußte man ihm zugute halten: Wenn man ihn festnageln konnte, bevor er sich verdrückte, und ihn dazu bekam, auf der Geige zu üben, rieß es ihn mit, er vergaß sich selbst und spielte weiter, bis er zu einer Mahlzeit gerufen wurde. Aber es gab auch andere Zeiten, in denen er die starke Hand am Zügel brauchte. Sally war noch nicht soweit, zuzugeben, daß ihre Hand nicht stark genug war; und sie war noch nicht bereit, seinen Vater mit disziplinären Problemen zu Hause zu belästigen, er hatte diesen Sommer genug am Hals. Zumindest verfügte Ludwig junior über eine unbändige Gesundheit; etwas, das ihn zu einem schwer zu leitenden Kind machte, war sein Überfluß an Energie. Sie dachte an alle die Mütter, die änemische, teilnahmslose Kinder hatten oder wirklich kranke – wie Binny Gordon –, und war wieder froh in ihrem Glück.

Auch Ludwig senior fand trotz der finanziellen Probleme, die ihm Kopfschmerzen verursachten, in diesem Sommer Zeit, an Binny, die Ende Juni immer noch im Bett lag, zu denken. Er sah eines Nachmittags kurz in Johns Praxis vorbei, um sich zu erkundigen, ob er sie besuchen dürfe, wie er es schon einmal getan hatte. Es war nach der offiziellen Sprechstunde, und alle Patienten waren bereits behandelt und nach Hause entlassen worden. Er fand die beiden Gordons im mittleren Behandlungsraum, in dem der Schachtisch zur Seite gerückt worden war. Man befand sich in einem ernsten Gespräch. Johnny sah verdächtig nach Tränen aus und schien sich dessen zu schämen; er drehte sich weg, als Ludwig eintrat, und begann, die verstreuten Schachfiguren einzupacken.

Ludwig grüßte sie und sagte: »Macht ihr euch über Binny Sorgen? Ich dachte doch, dies sei ein leichterer Anfall als das letzte Mal.«

»Sie leidet nicht so schwer. Die Schmerzen sind nicht so schlimm.«

»Aber?«

»Das Herz ist in Mitleidenschaft gezogen worden. Kein Zweifel mehr möglich.«

»Ernst?« Ludwig war schockiert. Daß ein Kind ...

»Es kann sehr ernst werden. Wir hatten Dr. Krebs aus Cincinnati hier: Er bestätigte unsere Diagnose und stimmte zu, daß Warren tut, was menschenmöglich ist.«

»Du findest, Warren ist ein guter Mann?«

»Sehr gut. Er sieht vielleicht aus wie ein überlanger Bursche vom Land, aber mit der Medizin kennt er sich aus.«

Ludwig hatte noch nie in bezug auf den großen Dr. Warren, der grobknochig und dünn war, an »überlang« gedacht. Aber das war natürlich, wie er Dock erschien, der nämlich selbst schlank und gut gebaut und kräftig war. »Freut mich, daß du ihn für fähig hältst. Die Stadt könnte mehr Ärzte gebrauchen. Ich bin eigentlich hereingekommen, um dich zu fragen, ob ich nicht hin und wieder einen Abend mit Binny verbringen könnte. Sie muß sich doch mächtig langweilen, seit sie die ganze Zeit im Bett liegen muß.«

»Aber selbstverständlich. Danke. Nur, reg sie nicht auf.« John seufzte. »Du wirst sie nicht so aufgeschlossen finden wie zuvor. Oder so interessiert an deinen alten Soldatengeschichten. Sie ist an nichts sonderlich interessiert, nicht einmal daran, aus dem Bett zu kommen. Ich vermute stark, daß sie sich ständig beklommen fühlt: Eine Herzunregelmäßigkeit kann furchterregend sein, selbst wenn sie nicht ernsthaft ist.«

»Wenn es ihr bessergeht, wird sie darüber hinwegkommen. Sag ihr, ich werde mal hereinsehen, wenn ich an einem Abend Zeit hab'. Im Augenblick bin ich absolut eingespannt, ich bin gerade auf dem Weg zu Doug Gardiner, wir sind verabredet, um eine Patentsache zu diskutieren. Stewart Bodien ist draußen im Buggy und wartet auf mich. Dieser Knabe wird für mich einmal sein Gewicht in Gold wert sein.«

Stewart Bodien war nach seiner Graduation von Sheffield zur Rausch-Cordage-Company zurückgekehrt. Er hatte sie West Point vorgezogen, wovon sein Vater natürlich tief enttäuscht war. Er blieb lange genug, um Erfahrung im Industrie-Ingenieurwesen zu sammeln, erwartete aber, sich bei der ersten Gelegenheit zu verändern. Nun sah es jedoch so aus, als ob er endgültig in der Seilmühle bleiben würde. Man hatte ihm die Verantwortung über die ganze Mühlenmaschinerie übertragen, sogar über die Corliss-Dampfmaschine, die die Energie lieferte, mit der die Mühle betrieben wurde, und die Ludwigs ganzer Stolz und seine ganze Freude war. Man hatte Stewart eine Schlosserwerkstatt eingerichtet: eine improvisierte, rohgebaute Erweiterung des Maschinenhauses. Der Produktionsprozeß war immer komplexer geworden. Weniger Arbeiter wurden benötigt, da arbeitssparende Maschinen erfunden worden waren. Sie hatten allerdings noch ihre Launen und brauchten mehr Pflege als ein Baby. Stewart hatte in seiner kleinen Werkstatt jedoch Zeit, seinen Verstand zu nutzen, und er hatte (im Gegensatz zu seinem Vater) keinerlei Befürchtungen, was den ständig steigenden Einsatz von Maschinen anging. Als er begriffen hatte, was von Maschinen so gut oder gar besser getan werden konnte als mit Menschenkraft, hatte er sich der Verteerung zugewandt. Noch immer zogen zwei Arbeiter das gesponnene Garn durch den Teertank, während zwei andere Kohlen in die rotglühende Feuerstelle darunter schaufelten, um den Teer flüssig zu halten. Er hatte den Winter zuerst mit Nachdenken, dann mit Zeichnen und schließlich mit dem Basteln eines Modells verbracht, und er hoffte, bald könnte man mit seiner Maschine Garn verteeren. Wenn das der Fall wäre, könnte man den primitiven Teerschuppen abreißen. Als sein Modell fertig war, ging er in das Büro zu Ludwig, um ihm zu sagen, er habe etwas, das er ihm zeigen müsse, wenn er mal einen Augenblick in die Schlosserwerkstatt kommen könne.

Stewart sah seinem Vater ähnlich: die gleiche Hakennase, nur war sein Gesicht nicht so breit angelegt, etwa in der Stirn, den Wangen oder in der Kieferpartie. Er hatte schwarze Augenbrauen, schwarze Haare und sah gewöhnlich mit einem gelassenen, an Indianer erinnernden Blick in die Welt. Ludwig blieb, als er neben ihm auf die Schlosserwerkstatt zuschritt, die unterdrückte Aufregung in dem jungen Mann nicht verborgen. In seiner Notbehelfwerkstatt schlug Stewart die Plane von dem Modell auf seiner Werkbank.

»Meine erste Erfindung«, sagte er mit einem Versuch, möglichst gelassen zu erscheinen. »Ich weiß nicht, ob Sie sie brauchbar finden werden.«

Ludwig sah es sich einen Augenblick an: ein rechteckiger Tank, vielleicht fünfunddreißig Zentimeter lang und ein Drittel so breit, mit Kupfer eingefaßt und mit einer Menge von Kupferrohren am Boden. Weiterhin sah er an einem Ende ein weit geöffnetes Rohr und an dem anderen eines mit einem kleineren Durchmesser, an dem ein doppelt verzahntes Rad angebracht war, und an den Seiten in gewissen Abständen eine Reihe von Haken, die offensichtlich beweglich waren. Ludwig stand vor einem Rätsel.

»Es ist eine Verteerungsmaschine.« Stewart war ein bißchen perplex: Sein Boß hätte mit einem Blick sehen können, was es sein sollte. »Es ist kein Modell, das wirklich funktioniert. Lassen Sie es mich Ihnen zeigen.« Er nahm eine Handvoll Garn aus seiner Hosentasche, fädelte es durch die größere Röhre ein, zog es längs durch den Tank und stieß es durch die kleinere Röhre durch.

»Natürlich. Wie dumm! Ein einziger Mann kann das bedienen: Seil hier einbringen, und der Zugmechanismus zieht es durch. Die Rohranlage im Tank symbolisiert einen Dampfboiler, nehme ich an? Das ist nichts Neues: die meisten Unternehmen verteeren, soviel ich weiß, auf diese Art.«

»Ja, Sir. Ich weiß. Es ist eine wirtschaftliche Methode. Ein Untergrundrohr leitet Dampf vom Zentralboiler, wodurch das Risiko von Feuer ausgeschaltet wird. Aber etwas ist doch neu. Die Gangschaltung ermöglicht, daß die Seile in der richtigen Geschwindigkeit durchgezogen werden, so daß sie die korrekte Menge Teer abbekommen. Und die kleine Rohröffnung am Ende der Wanne soll das überflüssige Teer ausdrücken und die Seile in Kanister lenken.«

»Ja, der Dampf stellt kein Problem dar. Und ein weiteres Problem ist gelöst: die Schwierigkeit mit dem überschüssigen Teer. Das ziehende Ende muß ziemlich stark sein. Geteertes Seil ist schwer.«

»Deshalb ist dieses Rad auch doppelt verzahnt.« Stewart ließ jetzt seinen Eifer erkennen und seine Freude über Ludwigs schnelles Verständnis.

»Wohin würdest du sie stellen?« Ludwig warf einen Blick zum Fenster hinaus auf das fernere Ende des gepflasterten Hofes, wo in der alten, baufälligen, an den Seiten offenen Baracke zwei Neger Seil in den Tank über der rotglühenden Feuerstelle einführten und es wieder herauszogen, während zwei weitere Kohle ins Feuer schaufelten.

»Es brauchte gar nicht so weit wie das da weg zu sein. Es gäbe keine Feuergefahr mehr. Sagen wir mal zwischen der Spinnmühle und dem Formenhof. Das Seil könnte von den Spinnern zum Teeren gebracht werden und wenn es getrocknet ist, zum Formen geholt werden. Die Kanister könnten von Jungs bewegt werden.«

»Ja. Aber wir teeren doch bei weitem nicht alle unsere Seile.«

»Ich weiß. Nur Seile für die Schiffahrt, Maschinenseile und andere Arten, die dem Wetter ausgesetzt sind.«

»Meint Captain Bodien, daß das praktikabel ist?«

»Ich habe ihm noch überhaupt nichts davon gesagt, weil ich Angst habe, er denkt, daß die herkömmliche Art zu teeren gut genug ist, und ich nur meine Zeit vergeude.«

Ludwig lachte. »Du darfst über uns alte Käuze nicht zu hart urteilen. Du hattest wahrscheinlich auch über mich gewisse Zweifel.«

»Nein, Sir, Sie haben bei weitem zuviel neue Maschinerie gekauft, als daß ich Ihre Bereitwilligkeit angezweifelt hätte.«

»Sieh mal zu, ob du deinen Vater finden kannst, ja? Ich würde ihn doch gern fragen, was er davon hält.«

Captain Bodien war zu stolz auf seinen Sohn, als daß er gesagt hätte, er fände eine Teermaschine überflüssig, obgleich er sicher dachte, daß sie während vieler Tage nicht benutzt werden würde. Aber dann konnte der Dampf natürlich abgedreht werden und erst wieder aufgedreht, wenn die Maschine gebraucht würde. Das würde sogar weniger lange dauern, als ein Kohlefeuer anzuschüren, das den Teer auf die notwendigen 220 Grad heizen könnte.

»Ich bin sicher«, sagte er, »daß es, wenn es funktioniert, sowohl Arbeitskraft wic auch Energie sparen würde.«

Ernest war wahrscheinlich der einzige seiner Söhne, dachte Ludwig, der je als ein Radjunge arbeiten würde. Die anderen könnten gleich damit beginnen, Kanister zuerst zur Teermaschine zu schleifen und dann zurück zur Formmühle. Vor seinem inneren Auge sah er es schon im Arbeitsprozeß. »Könntest du diese Maschine hier in deiner Werkstatt herstellen?«

»Nun, nein, Sir. Ich habe wohl kaum die notwendigen Einrichtungen. Ich werde die Zeichnungen mit in die Stadt nehmen müssen.«

»Und die Konstruktion doch wohl höchstpersönlich überwachen, hoffe ich. Bodien, je zuvor eine Teermaschine gesehen?«

»Nicht wie die. Verteeren ist eben einer dieser dreckigen Jobs, die einfach getan werden müssen.«

»Und manchmal wird es in einer schlampigen Art gemacht, so daß der Teer hier dick und da dünn ist, und das Seil weggeworfen werden muß oder nur noch für Werg oder für Schiffskamine zu gebrauchen ist. Kommt mal zum Büro mit mir, ihr beiden, und wir werden mal die Bedingungen besprechen.«

Bis sie sich endlich gesetzt hatten, hatte sich Stewart etwas von seinem Erstaunen erholt. »Ich versteh' nicht, Mr. Rausch. Ich habe das für das Unternehmen gemacht und auch während meiner Arbeitszeit.«

»Ich weiß. Und für die erste Maschine wird das Unternehmen die Fabrikationskosten übernehmen, und sie wird uns gehören. Aber (Ludwigs Verstand war weitaus kühner als Stewarts), es gibt gar keinen Grund, warum wir nicht – mit einer vernünftigen Schlosserei und einigen Schlossern – ein paar mehr produzieren und verkaufen sollten. Wenn es funktioniert, natürlich nur. Es gibt also Dinge, die genau überlegt sein wollen. Wenn jemand vor dir bereits diese Idee hatte, wird es uns Washington wissen lassen, aber das werden wir klären, bevor wir die Zeichnungen oder das Modell irgendwem zeigen. Du hast doch Zeichnungen?«

»Ich kann die Arbeitszeichnungen, die ich mir gemacht habe, kopieren.« Stewart grinste. »Die sehen mittlerweile ziemlich mitgenommen aus.«

»Wir lassen ein Patent anmelden und produzieren erst einmal eine Maschine. Wenn es funktioniert, gibt es eigentlich nur noch einen Grund, weshalb wir nicht eine Schlosserei bauen könnten und mehr produzieren: nicht genug Grundkapital. Wie dein Vater weiß, habe ich das ganze Reservekapital der Firma angelegt, um Hanf zu kaufen. Das Materialhaus ist bereits so voll, daß ich Lagerkapazitäten werde mieten müssen. Ich habe Grund, einem Gerücht, das im Umlauf ist, Glauben zu schenken, nach dem die größten New Yorker Seilhersteller sich in einem Konzern zusammenschließen wollen. Ihr wißt, wie Konzerne ans Werk gehen?«

»Man senkt die Preise unter die Kostengrenze, was die kleinen Unternehmer nicht mitmachen können. Sobald sie aus dem Wettbewerb ausgeschieden sind, kann man die Preise so erhöhen, wie man will.«

»Genau. Und in diesem Falle muß der erste Schritt, um die Konkurrrenz loszuwerden, der Versuch sein, alles Rohmaterial unter Kontrolle zu bekommen. Das ist durchaus möglich, da amerikanischer Hanf nicht mehr angebaut wird und alles importiert werden muß. Deshalb habe ich soviel Hanf, sowohl harte wie auch weiche Faser, gekauft, wie ich mir leisten konnte. Falls ich das Falsche vorausgeahnt habe und der Preis von Hanf fallen sollte, würden wir ziemlich schlecht dastehen, wir wären gezwungen, Seil unter Selbstkosten zu verkaufen, um unseren Markt zu behalten. Im Augenblick kommt also eine neue Schlosserei nicht in Frage.«

»Ja, Sir.«

Captain Bodien warf ein: »Ich habe einige Ersparnisse, die ich investieren könnte. Könnte man die Schlosserei nicht gesondert in die Seilfirma inkorporieren?«

»Rausch und Bodien? Ich wüßte nicht, warum nicht. Aber das muß warten. Zum einen wegen des Patents, dann wegen der Maschine und des Gebäudes, in dem sie stehen soll. Bis dahin werden wir dann auch etwas mehr über die Überlebenschancen der Mühle wissen. Wie auch immer, wenn es funktioniert, hat Stewart zumindest eine Gehaltserhöhung verdient. Und daß wir uns nicht über Erfindungen mißverstehen, Stewart: solange wie du bei Seilmaschinen bleibst und deine Vorstellungen während der Arbeitszeit ausarbeitest, gehören alle Ergebnisse der Firma. Wenn es sich aber als vermarktbar herausstellt, wirst du für jede Maschine, die an ein anderes Unternehmen verkauft wird, deinen Gewinnanteil bekommen. Das wird dich wohl kaum reich machen: so viele Seilfabriken sind leider nicht übriggeblieben.«

»Und die meisten führen Maschinen ein. Hergestellt in Glasgow!« sagte Captain Bodien. »Wäre mir lieb, wenn mehr Maschinenhersteller in diesem Land Maschinen für Seilfabriken produzieren würden. Die Briten haben eine falsche Vorstellung, sie machen ihre Maschinen so schwer und unzerstörbar, daß sie ewig halten. Und so teuer, daß sie auch fast ewig halten müssen. Maschinen sollten nicht soviel kosten, daß man sie nicht abschaffen kann, wenn eine bessere und effektivere erfunden wird. Ich weiß, du hast die beste Maschinerie gekauft, die man kriegen konnte, als du sie bei Come, Barker und Combe in Glasgow bestellt hast, aber wie lange wird es dauern, bevor du dir leisten kannst, sie zu ersetzen?«

Ludwig antwortete: »Das wird ein Leben lang dauern. Ich mußte aber einfach das Beste nehmen, das ich kriegen konnte. Ich sah diesen Existenzkampf schon heraufziehen.«

»Weiß ich, ich wollte dich auch nicht kritisieren. Es gibt augenblicklich einfach nicht viel amerikanische Maschinerie, aber ich nehme an, daß ein Konzern auch diesen Bereich für sich mit Beschlag belegen könnte. Wenn aber mehr hergestellt werden sollte, dann meine ich, sollte es mit einem grundsätzlich anderen Verständnis davon sein, was Maschinen eigentlich sein sollen.«

»Dieser Tag wird ohne Zweifel kommen. In der Zwischenzeit, Stewart, zurück zu deinen möglichen Erfindungen. Was du auch immer zusammenbraust in deiner Freizeit und mit Material, das du selbst gekauft hast, und das nichts mit der Seilherstellung zu tun hat, gehört ausschließlich dir; du kannst damit tun, was du willst: du kannst es verkaufen oder deine Erfindung selbst vermarkten. Wenn ich dich aber die Schlosserei der Firma nutzen lasse, wirst du mir dann – nicht aus Verpflichtung, sondern aus Höflichkeit – erstes Ankaufrecht zubilligen, auf alles, mit dem du ankommst? Es könnte der Tag kommen, an dem ich wieder Gewinn investieren möchte.«

»Wie wär's mit dieser Columbus- und Südwest-Städte-Linie, Capt'n Rausch?«

Ludwig verzog das Gesicht. »Da komme ich im Augenblick nicht raus. Die Vermessungen für den besten Weg sind schon beendet, und das Land ist schon gekauft. Sie werden bald anfangen, den Boden zu planieren und die Schienen zu legen. Es wird aber noch einige Zeit dauern, bevor wir einen Gewinn aus unserer Investition erhalten werden. Und ich kann mich nicht herauskaufen: Zu viele andere Leute haben ihr Geld aufgrund meiner Empfehlung hineingesteckt. Warum, Bodien? Hast du auch Aktien gekauft?«

»Ein paar. Ich bin jedoch niemandem verpflichtet, sie zu behalten, wenn ich das Geld benutzen will, um Stewart zu helfen.«

»Sicher nicht. Tu es aber trotzdem nicht. Du würdest im Moment keinen guten Preis erzielen, und wenn diese Linie einmal in Betrieb ist, wird sie eine Goldmine sein.«

»Schade, daß diese Bedrohung gerade jetzt kommen mußte.«

»Oder überhaupt. Wie wahr, aber man kann nichts daran machen. Wir müssen den Sturm so gut durchstehen, wie wir können. Ich habe keinerlei Absicht, die Mühle an den Konzern zu verkaufen, und ich werde jeden Versuch, uns aus dem Geschäft zu drängen, bis zum letzten bekämpfen. Jedenfalls, zuerst kümmern wir uns nun um das Patent.«

Einiges hiervon hatte Ludwig an dem Nachmittag, als er in der Praxis hereinsah, den beiden Gordons erzählt: Er war gerade lang genug geblieben, um sich nach Binny zu erkundigen, seiner Freude an Stewart Bodien Ausdruck zu geben und den Grund für die Verabredung mit Doug Gardiner klarzustellen. Als er gegangen war, sah ihm John lächelnd nach. »Das ist ein Mann, der alles bekommen hat, was er vom Leben erwartet: eine wundervolle Frau, eine gesunde Familie und ein erfolgreiches Geschäft. Er wird es noch zum Millionär bringen, bevor er sich zur Ruhe setzt. Johnny, ich will dich zum letztenmal fragen: Bist du sicher, daß du Arzt werden willst? Noch ist es nicht zu spät.«

»Aber du weißt doch, daß ich Arzt werden wollte, seit ich denken kann. Ich würde lieber Arzt werden als Millionär.«

»Na ja, ich bezweifle, daß du überhaupt Millionär werden würdest; die Gordons haben den Kniff nicht raus. Wenn du aber in die Medizin gehen willst mit der romantischen Vorstellung, das Leid der Menschen zu erleichtern, Leben zu retten, von dankbaren Patienten – dann vergiß das alles und sieh dir die andere Seite der Medaille an.«

John wanderte mit großen Schritten durch seine Praxis. Johnny beobachtete ihn, und fragte sich, was dahinterstecken konnte, sein Vater sprach nicht oft so allgemein über seinen Beruf.

»Setz dich, Johnny, und hör zu: es ist mir ernst.« John ging zu seinem Schreibtisch, wirbelte seinen Schreibtischstuhl herum und ließ sich hineinfallen. »Hast du an das Leiden gedacht, das du wirst beobachten müssen und das du nicht lindern kannst? An all die Leben, die du vielleicht retten könntest – gute, nützliche Leben –, wenn du nur mehr wüßtest? Wir wissen noch immer so schrecklich wenig.«

»Wie bei Binny, meinst du?« Die Worte fanden kaum einen Weg durch Johnnys zusammengeschnürte Kehle.

»Wie bei Binny«, wiederholte sein Vater traurig. »Falls sich ihr Zustand bessern sollte, ist es nicht, weil Dr. Warren oder ich irgend etwas wüßten, das Endocarditis heilen könnte.« Mit einer Handbewegung über die Schulter weg deutete er auf die Bücher und Fachzeitschriften auf dem Schreibtisch hinter sich. »Das ist das eine, dem du immer wieder gegenüberstehen wirst: Frustration, Hilflosigkeit, die man als Arzt empfindet, wenn man mit einem hoffnungslosen Fall konfrontiert wird, den man heilen könnte, wenn man nur mehr wüßte. Aber das ist noch nicht das schlimmste. Das schlimmste ist, wenn ein Fall hoffnungslos wird, weil der Arzt zu Beginn das Falsche angenommen hat.«

Johnny sah ihn mit Verwunderung an. »Aber du hast doch noch nie einen Fall verloren, weil du dich geirrt hast!«

John lächelte düster. »Ich habe den Eindruck, du glaubst das wirklich. Ich bin dir dankbar. Aber ja: Ich habe auch falsch gelegen oder alles aufs Spiel gesetzt, um eine neue Behandlungsmethode auszuprobieren.« Er dachte an den Neger, dessen Bein er vor langer Zeit hatte retten wollen, an Kitty Edwards, die, wenn er nur ein energischeres Machtwort gesprochen hätte... »Und ich habe Patienten verloren, die ich nicht hätte verlieren sollen. Damit zu leben, ist schrecklich. Und man muß damit leben, man muß sich daran gewöhnen, sich nicht davon berühren lassen, denn, wenn du das tust, bist du nichts mehr wert. Das nächste Mal, wenn du dann den Tod aus einer Zimmerecke hervorkommen siehst, wie er sich neben das Bett stellt, mußt du wieder kühn genug sein, alles aufs Spiel zu setzen, wenn es nötig sein sollte.«

»Ich nehme an«, sagte Johnny langsam, ein wenig blaß um die Nase, »daß – der Tod« – er stolperte über das Wort – »nie weiter weg ist als die Zimmerecke. Und am Ende doch immer siegt.«

»Ja. Der unabänderlich triumphierende Gegner. Aber noch etwas lernst du nach einer Weile: Ein Arzt bekämpft den Tod bis zum Ende, aber er erkennt auch, daß sein Gegner nicht immer etwas ist, wovor man sich fürchten muß. Der Tod kann sogar ein Freund sein.«

»Aber nun hör mal, Papa.« Johnny nahm sich zusammen und sprach nun sicherer. »In den letzten Jahren hat man doch viel gelernt. Ärzte wissen jetzt mehr als vorher. Über Mikroben, meine ich. Wird es nicht einfacher sein, Krankheiten zu heilen, wenn man weiß, was sie verursacht?«

»Seit dem achtzehnten Jahrhundert wissen wir, wie man die Blattern verhindert, ohne zu wissen, was sie verursacht. Und nun wissen wir, was Typhus und Diphtherie und Tuberkulose verursacht, und wir können sogar etwas tun, um die Ausbreitung zu verhindern, aber wir wissen noch immer nicht das geringste mehr, wie die Krankheiten zu heilen sind. Tuberkulose ist immer noch unser Feind Nummer eins. Auf der anderen Seite, das gebe ich zu, sind chirurgische Eingriffe heute viel weniger gefährlich als früher, jetzt da wir wissen, daß Wunden keimfrei gehalten werden müssen. Und es kann sein, daß in den Tagen, wenn du Arzt sein wirst, alle diese Probleme gelöst sind. Ich will dich nicht entmutigen; ich will nur, daß du erkennst, was auf dich zukommt.«

»Tu' ich, Papa. Aber ich bin nicht entmutigt.« »Wer weiß«, das sagte er allerdings nicht, »aber vielleicht bin ich ein neuer Lister, ein neuer Virchow.«

John dachte immer noch an all die jungen Leute, die man nicht zu ihm gebracht hatte, bis ihre Tuberkulose weit fortgeschritten war, nur weil ihre verängstigten Eltern nicht das Wort »Schwindsucht« akzeptieren konnten.

»Du hast gerade jetzt zwei Patienten, nicht wahr, wo der Tod aus der Zimmerecke gekrochen kommt.«

»Mehr als das.« John dachte an die todgeweihten Jungen und Mädchen. Er konnte einen Klimawechsel oder das neue Sanatorium Dr. Trudeaus am Lake Placid empfehlen, und wenn Geld genug vorhanden war, würde der Patient vielleicht zu dem einen oder andern Ort gebracht, aber gewöhnlich mit keinem guten Ausgang, weil die Krankheit zu weit fortgeschritten war, bevor sie je ein Arzt zu sehen bekam. »An welche zwei dachtest du?«

»Mr. Cochran. Mrs. Ballard.«

»Das sind Fälle, wo der Tod Freund wie auch Feind ist. Sie haben ausgefüllte Leben, nützlich und glücklich, hinter sich, und das Skelett in der Ecke kann nicht für immer zurückgehalten werden. Sie wissen beide recht gut, daß das Ende nicht mehr weit sein kann, obgleich wir es uns nicht voreinander zugeben. Sie sind bereit und auch guter Dinge, und warten nur noch. Mr. Cochrans altersbedingte Herzmuskelentzündung ist nicht schmerzhaft; er kann in ziemlich annehmbarem Zustand gehalten werden. Mrs. Ballard auf der anderen Seite leidet doch sehr, läßt sich jedoch von mir keine schmerzlindernden Mittel geben. Ich habe den Eindruck, sie glaubt daran, daß Schmerzen dazu da sind, ertragen zu werden – eine Art Test. Und sie ist eine echte Kämpfernatur, diese alte Dame. Sie hat Mrs. Johann – wie sie sie nennt –, die sicherlich so alt wie sie ist, die ihr jeden Morgen aus dem Bett in den Rollstuhl hilft. Sie zieht es vor, daß die Mädchen (»Mädchen!« dachte Johnny mit Verblüffung) nicht sehen, welche Schmerzen das mit sich bringt. Recht bald wird der Tag kommen, an dem sie nicht mehr aus dem Bett wird steigen können, und doch kann es sein, daß sie noch eine ganze Weile hilflos liegen wird. Ich habe keine Ahnung, warum sie so kämpft, außer daß es ihre Natur ist.«

John hatte sich selbst in Verdacht, daß er noch einen weiteren Grund wußte, einen Grund, den er vor Johnny nicht in Worte bringen konnte, auch nicht vor Mrs. Ballard selbst oder vor irgendwem: Wenn sie stürbe, wie würden sich dann ihre Töchter benehmen, aneinandergekettet und gekettet an das Haus durch das Testament ihres Vaters? John hatte das Thema eines Tages zur Sprache gebracht, als er Sam alleine traf und Sam ihn »vertraulich« um die Wahrheit gebeten hatte.

»Sam, sie hängt nur noch am Leben durch ihre Willensstärke, was sie auch immer an Leiden kosten mag. Warum? Das Leben enthält für sie nichts mehr als Qualen. Sie hat doch keine Angst vor dem Tod. Wovor hat sie Angst?«

»Sie dürfen aber nichts von all dem Thomasina sagen. Jeder Tag, den ihre Mutter aufstehen kann, ist in ihren Augen ein gewonnener Tag. Und natürlich sind es ihre Töchter, deretwegen sich Mutter Ballard Sorgen macht. Wie sie sich wohl in einem aufgeteilten Haus benehmen werden. Eliza hat mich und Thomasina immer ganz offen verächtlich behandelt. Ich verstehe durchaus, warum sie das so empfindet, aber Thomasina und ich sind immer sehr glücklich zusammen gewesen.«

John antwortete: »Ich weiß das, und ich weiß auch warum. Sie sind genau die Art Mensch, die sie braucht. Sie hat ihren Vater vergöttert, aber sie ist, als sie noch klein war, auf zu vielen Bahnhöfen herumgezerrt worden, und das mit ihrem Asthma und allem. Sie brauchte wirklich keinen Reformierten als Ehemann, davon hatte sie bereits genug. Was Eliza angeht, glaubt ihre Mutter, es könnte nach ihrem Tod Ärger geben?«

»Ich vermute das. Eliza ist ihrer alten Beziehung zu Thomasina doch sehr entwachsen – besonders seit Ariana McCune weggelaufen ist, obgleich Thomasina damit gar nichts zu tun hatte.«

John gab einen ungeduldigen Ton von sich. »Wie Frauen... Sieh mal, Travers: Können Sie sich nicht irgend etwas ausdenken und Mrs. Ballard irgendwas vorspielen? Geben Sie ihr ein bißchen Seelenfrieden. Ich kann mir doch nicht vorstellen, daß sie sich in Ihrer Gegenwart streiten.«

»Sie streiten sich überhaupt nicht. Sie sprechen einfach nicht mehr miteinander.«

»Hat sie die Mädchen denn nie gleichzeitig um sich?«

Samuel war von dem Wort »Mädchen« nicht im geringsten verblüfft; auch er sah sie so. »Kaum, Eliza besucht ihre Mutter und spricht mit ihr, bevor sie zur Arbeit geht. Thomasina verbringt den Tag mit ihr und Eliza wiederum den Abend.«

»Falls sie etwas für die alte Dame empfinden, und ich weiß, daß es so ist, dann machen Sie, daß die beiden Hand in Hand in das Schlafzimmer gehen. Machen Sie das Thomasina klar, und sie soll es Eliza klarmachen.«

Sam lachte über das absurde Bild, versprach aber trotzdem, es zu versuchen. Und wegen seines ständigen Drängens begannen die Schwestern, ihre Abende gemeinsam im Zimmer ihrer Mutter zu verbringen. Auch wenn sie es schwer fanden, miteinander auszukommen, sie ließen es sich nicht anmerken. Und sie hatten ein gemeinsames Interesse, das sie besprechen konnten: den Frauenklub von Waynesboro. Sollte der schon lange freigebliebene Platz, der durch das Ableben von Kitty Edwards entstanden war, an diese Mrs. Stevens vergeben werden, die jedermann so charmant fand?

Eliza konnte der Versuchung eines geschliffenen Kommentars nicht widerstehen. »Ich glaube nicht, daß Mrs. Stevens auch nur einen Gedanken in ihrem Kopf hat oder das besitzt, was wir Erziehung nennen. ›Charmant‹ mögen sie manche finden, aber es gibt...«

»Eliza, bitte«, Thomasina bat sie wortlos, davon abzulassen. »Wir haben ja noch bis zum Herbst, um darüber nachzudenken.«

»Und bis zum Herbst wird es zwei freie Plätze geben. Ich möchte, Thomasina, daß du für mich einen Abschiedsbrief an Mrs. Rausch schreibst. Morgen früh. Solange ich noch lesen und dir einen Aufsatz diktieren konnte, hatte ich das Gefühl, meinen Beitrag für den Klub zu leisten. Aber nun wäre es unfair von mir, meine Mitgliedschaft noch länger aufrechtzuerhalten. Nein, widersprecht nicht. Es hat mir in der Vergangenheit wirklich etwas bedeutet, manchmal sogar sehr viel. Erstaunlich, welches Zusammengehörigkeitsgefühl man für eine Gruppe von so verschiedenen Frauen entwickeln kann. Jetzt aber bedeutet es mir nur noch sehr wenig. Wenn ich gelegentlich an die Vergangenheit denke, dann an eine, die schon länger zurückliegt und die viel bedeutungsvoller ist. Bitte laßt das Programmkomitee wissen, daß mein Name nicht mehr geführt werden soll.«

Sally Rausch traf mit gewohnter Tatkraft schnell und umsichtig ihre Entscheidungen: Eine ihrer ersten Aufgaben war die Berufung eines neuen Programmkomitees. Sie wählte Mrs. Maxwell als Vorsitzende; jetzt könnte sie so intellektuell sein, wie sie wollte. Mrs. Evans und Amanda würden die beiden anderen Komiteemitglieder sein. Es war eine ernsthafte Gruppe mit sehr verschiedenen Personen, dennoch stimmten sie alle überein, daß sie ein Thema wählen müßten, das die Damen lohnend fänden; es sollte nicht mehr literarisch sein, damit wollten sie ihre Zeit nicht mehr verschwenden. Aber niemand brachte eine Idee vor, bis Mrs. Maxwell, die den Eindruck hatte, sie habe den anderen genügend Zeit zugestanden, ihren eigenen Vorschlag unterbreitete: »Wir haben im Klub eine Menge über viele Aspekte der Literatur gelernt, aber wir haben uns noch nie, glaube ich, mit den bedeutenden Historikern beschäftigt.«

Amanda dachte: »Sie hat wahrscheinlich von ihrem Gatten Geschichte aufgesaugt, bis sie voll war und überlief.« Laut sagte sie: »Eine großartige Idee! Es gibt mehr als genug Historiker: die Griechen, die Römer, Gibbon.«

Da das Gebiet nun feststand, hatte das Komitee wenig Mühe, jeder Dame ein Thema zuzuweisen: Historiker waren so ziemlich einer wie der andere – mit Ausnahme von Gibbon. Und von Froissart: Mrs. Maxwell verwandte einige Zeit darauf, zu erwägen, ob ein derart leichtverdaulicher Autor wie Froissart überhaupt einbezogen werden sollte. Aber im Hochsommer wurde es ziemlich sicher, daß Mrs. Jessamine Stevens im Herbst in den Klub gewählt werden würde. Froissart würde dann ein annehmbares Thema für sie abgeben: ein leichtfertiger Historiker und eine leichtfertige Frau. Aber ganz davon abgesehen, waren die Südstaatler nicht immer schon von den Zeiten des Rittertums fasziniert gewesen? Da man aber Mrs. Stevens kaum darum bitten konnte, gleich nach ihrer Aufnahme in den Klub einen Aufsatz zu schreiben, mußte Froissart aus der chronologischen Reihenfolge herausgenommen werden. Man konnte ihn mit Green und »Kurze Geschichte des englischen Volkes« zusammen behandeln, selbst wenn Green der Auffassung war (sie fand die Textstelle), daß Froissart zu ungenau gearbeitet habe, um als Autorität anerkannt zu werden. Sie würde den Namen für die Aufsatzschreiberin offenlassen; tatsächlich würde es zwei Leerstellen geben, da auch noch jemand gewählt werden mußte, der Mrs. Ballards Platz einnehmen sollte.

Als sie ihr Programm vollständig ausgearbeitet hatte, traf sich das Programmkomitee noch einmal und akzeptierte, was sie zusammengestellt hatte, mit nur einer geringen Abweichung: die griechischen Geschichtsschreiber Herodot und Thukydides. Amanda erinnerte die anderen Komiteemitglieder daran, daß Anne ein krankes Kind habe.

»Das ist ein Grund, weshalb ich ihr den ersten Aufsatz zugeteilt habe. Die kleine Belinda ist immer noch bettlägerig, nicht wahr, und ihre Mutter deshalb ziemlich an das Haus gebunden! Vielleicht hat sie gerade jetzt mehr Zeit als später, und auch der Junge ist noch zu Hause; er kann ihr die Bücher besorgen, die sie braucht. Aber natürlich kann jemand ihre Meinung zu dieser Frage einholen. Wir müssen allerdings das Programm zuerst der Präsidentin vorlegen.« Sie wußten, daß Sally, da sie ja das Komitee eingesetzt hatte, seine Arbeit billigen würde; aber es war korrekt, es ihr zur Genehmigung zu unterbreiten. Mrs. Evans wurde beauftragt, Mrs. Rausch in dieser Sache zu besuchen.

Pflichtgemäß erschien Mrs. Evans bei Sally mit dem Programm in ihrer Tasche. Es war ein heißer Nachmittag, und Sally bot ihrem Gast auf der Veranda einen Stuhl an und ließ Rose einen Krug mit eisgekühlter Limonade, Gläser und Teegebäck bringen. Nachdem Rose die Gläser gefüllt und sich zurückgezogen hatte, tauschten die beiden Frauen die üblichen Liebenswürdigkeiten aus, bevor sie zu dem offiziellen Teil übergingen. Eine höfliche Erkundigung nach Mr. Cochrans Gesundheit wurde ebenso höflich beantwortet. Nachdem man das hinter sich hatte, fragte Mrs. Evans nach »der Kleinen von Gordons«.

»Sie hat immer noch Fieber und liegt im Bett.«

»Ich frage, weil unser Komitee Mrs. Gordon den allerersten Essay zugewiesen hat.« Mrs. Evans tastete in ihrer Tasche herum und zog schließlich ein zerknittertes Blatt Papier hervor. »Wir haben uns für die ›großen Historiker‹ entschieden, und deshalb beginnt das Programm selbstverständlich mit den Griechen. Ein interessantes Thema, aber es verlangt viel Arbeit, und ich persönlich fand, daß es für Mrs. Gordon doch vielleicht zu viel würde.«

»Ich werde sie selbst fragen, bevor Sie das Programm zum Druck wegschicken. Es wäre gut für sie, wenn sie an etwas denken müßte, das sie von Binny ablenken könnte, selbst wenn sie einen Nachmittag oder zwei in der Bibliothek verbringen müßte, um die Nachschlagewerke benutzen zu können. Sie hat ja zwei Mädchen, die, wenn es notwendig sein sollte, auf Binny aufpassen können.«

Mrs. Evans übergab Sally das Programm.

»Wir glauben, daß es ein lehrreiches Jahr wird. Viel lohnender, als unsere Zeit mit Literatur zu verbringen. Die Leerstellen stehen für die neuen Mitglieder, die noch zu wählen sind. Ihre Namen müssen noch eingetragen werden.«

Nachdem Mrs. Evans gegangen war, holte sich Sally gleich ihren Hut und ihre Handschuhe; sie würde sich sofort mit Anne beraten. Im Wohnzimmer der Gordons erkundigte sich Anne zuerst nach Mr. Cochran. Sallys Antwort klang anders und sehr viel besorgter als die, die sie Mrs. Evans gegeben hatte.

»Er sitzt in seinem Zimmer und wartet. Du weißt, er ist jetzt unten in dem Zimmer, was wir für Mama fertiggemacht hatten. Er will nicht im Bett bleiben: Ludwig hilft ihm, morgens aufzustehen und sich anzukleiden, dann sitzt er den ganzen Tag da bis zum Abendessen. Bislang schafft er es immer noch – mit Ludwigs Hilfe –, zum Tisch zu kommen. Dann geht er wieder ins Bett. Sein einziges Interesse gilt den Mahlzeiten. Es ist schrecklich mit anzusehen, wie jemand so überdauert – und seinen Verstand benutzen will. Aber niemand kann ihm helfen, man kann nur hoffen, daß, das Ende schnell und leicht für ihn sein wird. Wie geht es Binny?«

»Es geht ihr besser, sagen Dr. Warren und auch John. Sie hat nur noch ganz wenig Fieber. Aber selbst wenn ihre Temperatur wieder normal ist, wird sie noch weitere zwei Wochen im Bett bleiben müssen, bevor sie versuchen kann, sich in einen Lehnstuhl zu setzen. Die Ärzte behaupten, daß ein Kind manchmal ein rheumatisches Herz auswächst oder damit zu leben lernt. Aber ich –«

Sally fand, daß Anne sehr müde und mitgenommen aussah, ja sogar abgehärmt. »Aber natürlich machst du dir Sorgen.«

Anne hörte sich in ihrem Innern als Echo sagen: »Natürlich sorge ich mich.« Sally hatte keine Vorstellung, wie es wirklich war, seine Tage mit dieser Angst verbringen zu müssen, am Morgen bereits mit einem sorgenvollen Herzen aufzustehen und zu denken: Warum? Was?... und dann eine Woge auf sich zurollen zu fühlen.

»Ja, ich sorge mich«, sagte sie. »Aber ich glaube, Dr. Warren ist ein fähiger Mann – einen besseren könnten wir nicht haben, wenn schon jemand neben John dasein muß. Binny mag ihn, glücklicherweise. Seltsam: Er sieht irgendwie so grün aus, selbst in seinem Alter – so unbeholfen und linkisch. Diese großen und ungepolsterten Knochen sind das, nehme ich an. Er ist aber sehr sanft mit ihr und freundlich und er ist so stark, daß er sie bewegen kann, ohne ihr weh zu tun.«

»Binny hat sich in ihren Arzt verliebt, wie die meisten Frauen. Scheint mir normal.«

»Na ja, das eigentlich kaum. Sie hätte wohl lieber ihren Vater. Aber ich glaube, John ist ein bißchen eifersüchtig: Das letzte Mal, als sie krank war, ließ sie sich von kaum jemand anderem als ihm anfassen. Sie akzeptierte Dr. Warren, ohne überhaupt wirklich wahrzunehmen, daß er da war. Und nun horcht sie auf die Türklingel. Du und Ludwig, ihr seid die einzigen Besucher gewesen. Ich halte Mr. McKinney hier unten zurück, wenn er vorbeikommt, und die jungen Leute habe ich gar nicht hereingelassen. Dein Charles war eines Nachmittags mal da, um sich nach ihr zu erkundigen. Hat er es dir gesagt? Das war sehr lieb von ihm:

Gewöhnlich ist das ein so gedankenloses Alter. Natürlich ist Johnny jeden Tag mit seinem Vater beschäftigt, daher hat er also weder Julia noch Elsa mitgebracht.«

»Warte mal, Anne«, dachte Sally. »Sie würde nicht so unaufhörlich reden, wenn sie nicht nach jemandem, mit dem sie reden könnte, lechzen würde. Es sieht Anne gar nicht ähnlich, so zu plaudern.« Sie sagte: »Ich bin gekommen, um dir das neue Klubprogramm zu zeigen. Die Damen haben dich für das erste Essay vorgesehen, aber sie waren sich nicht sicher, ob du das annehmen könntest.«

Anne warf einen Blick auf das Blatt Papier, das Sally ihr gegeben hatte. »Die griechischen Geschichtsschreiber! Sally, ich weiß überhaupt nichts über die griechischen Geschichtsschreiber. Außer Xenophon. Erinnerst du dich, wir mußten immer soviel pro Tag übersetzen?«

»Es ist doch kaum die Zeit wert, über etwas zu schreiben, das man schon kennt. Ich meine, wieso sollte sich das für dich lohnen? Abgesehen davon, niemand sonst – außer Amanda, und die soll die Römer übernehmen – hat die geringste Ahnung von den griechischen Geschichtsschreibern. Du wirst es dir wohl anlesen müssen, nehme ich an. Wenn du glaubst, daß du es augenblicklich nicht machen kannst, kann es sicher für einen späteren Termin festgesetzt werden. Anne, für dein eigenes Bestes, mach es; du mußt an etwas anderes denken, außer immer an Binny, und du mußt auch mal rauskommen, und wenn es nur in die Bibliothek ist.«

»Vielleicht hast du recht. Ich könnte mir den Essay genausogut jetzt erarbeiten. Es wird wohl nicht der größte Aufsatz werden, zumindest nicht, wenn man Amandas Maßstab anlegt.« Anne dachte: »Ich weiß, wie dieser Sommer ist mit Binnys Krankheit, aber wie werden Herbst und Winter werden?« Sie konnte sich nicht von den Vorahnungen befreien, die ihr manchmal die Knie zittern ließen. »Richte dem Komitee aus, daß ich das Thema übernehme. Sollte irgend etwas passieren, wirst du es übernehmen müssen.«

»Nichts wird passieren, Anne. Du wirst es sehen.«

Das Programm für das nächste Klubjahr wurde dem Drucker zugesandt, und es würde in der ersten Sitzung im Herbst zur Verteilung fertig sein. Ein Name mußte noch geändert werden: Elizabeth Talmadge würde in diesem Sommer noch Tim Merrill heiraten. (Es gab einige, die »Endlich« oder »Zumindest kennen sie sich ja recht gut« sagten. Doch das war ziemlich unfair, sie waren nicht länger als nur zwei oder drei Jahre miteinander gegangen.) Es schmerzte Elizabeth sehr, den Lehrerberuf, den sie sehr liebte, aufgeben zu müssen. Tim – der fröhliche, unbeschwerte Tim – hatte sie nicht gedrängt oder sie zu einer Entscheidung getrieben; er wußte, daß ihr Intellekt seinem überlegen war, und daß sie deshalb etwas opfern mußte. Es war aber der Tag gekommen, an dem Elizabeth entschieden hatte, daß es gar kein Opfer wäre: Sie wollte nicht länger ohne ihn weitermachen. Die Hochzeit fand in Cleveland bei ihr zu Hause statt, ohne ihre Freunde aus Waynesboro. Tim hatte keine Verwandten, Doug Gardiner konnte sich nicht freimachen, und Amanda lehnte ihre Einladung ab.

Der Sommer ging vorüber, langsam für manche, viel zu schnell für andere. Mr. Cochran starb friedlich im Schlaf und wurde von der Baptistenkirche beerdigt. Die gesamte Geschäftswelt der Stadt und alle Freunde von Sally und Ludwig wohnten dem Begräbnis bei.

Für Ludwig war es eine unangenehme Saison gewesen, seit die Bedrohung durch ein Monopol aus dem Osten in der Luft hing. Der Schlag fiel im August, als vier der größten Seilhersteller aus New York den Zusammenschluß zum Nationalen Tauwerkkonzern bekanntgaben. Wie beunruhigend die Nachrichten auch immer waren, man hatte sie erwartet, und sie rechtfertigten Ludwigs Hanfspekulation, als der Preis für Faserstoffe hochging. Später, als der Konzern versuchte, die Hanfproduktion der Welt in den Griff zu bekommen, und als andere Unternehmer Rohmaterial nur noch über einen Londoner Makler bekommen konnten, stieg der Preis von den sieben und siebeneinhalb Cents, die Ludwig bezahlt hatte, auf neun Cents im September, dann gar auf zwölf. Bereits am ersten August wußte Ludwig, daß er, auch wenn er genügend Hanf hatte, um die Mühle für einige Zeit laufen lassen zu können, einen harten Kampf vor sich hatte.

Sally erklärte ihrem Gatten ein paar Tage nach der Beerdigung ihres Vaters, daß nun der Besitz ihr gehöre und Ludwig auf das Kapital zurückgreifen könne.

»Das ist dein Geld, Liebes. Ich werde es nicht anfassen.«

»Sei nicht so edel. Was mein ist, ist auch dein, und ich werde nicht zusehen, wie du die Mühle verlierst.«

»Ich werde die Mühle nicht verlieren. Wir können es durchstehen, auch ohne dein Geld.« Ludwig hatte sich entschieden; und dennoch war es ein gutes Gefühl, das nicht unbeträchtliche Vermögen seines Schwiegervaters – zumeist in Bank- und Eisenbahnaktien – hinter sich zu wissen, falls es einmal als Nebenbürgschaft in einer Notlage verwendet werden müßte.

Die Mühle war allerdings nicht Ludwigs einziges Problem: Im

Oktober würde es eine neue Landeswahl geben. Foraker würde für eine zweite Amtszeit als Gouverneur kandidieren; er war ein ausgezeichneter Verwaltungschef gewesen, und es war ihm gelungen, einige dringend nötige Gesetze durchzubringen, aber seine Taktik als Politiker beunruhigte weniger wagemutige Republikaner. Auf Präsident Clevelands Vorschlag, daß erbeutete konföderierte Kriegsflaggen den Südstaaten zurückgegeben werden sollten, antwortete Foraker mit einer Art »Nur-über-meine-Leiche«-Trotz: von Ohio würden, während er Gouverneur sei, keine »Rebellenflaggen« zurückgegeben. Diese Feststellung wurde von der Bevölkerung mit derartigem Applaus begrüßt (wie Foraker sich ausdrückte: »Sie schlürften es gierig in sich ein«), daß er die blutige Flagge im Wahlkampf '87 so heftig schwenkte, wie sie noch nie geschwenkt worden war, und deshalb – auch durchaus verdient – den Spitznamen »Feueralarm-Foraker« bekam. Seine Wiederwahl war so sicher, daß Ludwig sich nur in dem Maße engagierte, wie dies von einem Vorsitzenden des Landeszentralkomitees verlangt wurde, aber er erwartete mit einigen bösen Ahnungen den Präsidentschaftswahlkampf des nächsten Jahres. Cleveland war in seiner Steuerpolitik und in seiner Behandlung von Arbeiterproblemen so konservativ, daß es den Republikanern schwerfallen würde, einen Aspekt zu finden, an dem sie ihre Opposition festmachen könnten und dann müßten sie eventuell 1888 wieder nach der »blutigen Flagge« greifen.

Wie ein Sommertag dem anderen folgte, schien Mrs. Ballard in unverändertem Zustand. Binny ging es langsam besser: sie konnte schon in dem bequemen Sessel sitzen, der nahe an ihr Schlafzimmerfenster herangerückt worden war, und dann konnte sie sogar für einen Teil des Tages nach unten. Ihr Vater trug sie, wenn er am Morgen nach ihr sah, und legte sie auf die Couch im Wohnzimmer, und Dr. Warren trug sie wieder hinauf, wenn er sie am Nachmittag untersuchte. John war allerdings leicht verdrießlich und schweigsam, und Binny schien es gleichgültig zu sein, ob sie aus dem Bett durfte oder nicht. Anne empfand keinerlei Beruhigung. Sie erinnerte sich an den plötzlichen Überschwang, den sie in ihrer Kindheit empfunden hatte, als sie erfuhr, die quälende Krankheit sei nun vorbei, obwohl es noch lange dauerte, die Eltern davon zu überzeugen. Jetzt hatte sie nicht das geringste davon bei Binny gesehen, die nur teilnahmslos war, geduldig und gehorsam. John, wenn man ihn darauf festnagelte, sagte nur: »Das kann man noch gar nicht wissen. Sie wird aber wahrscheinlich für immer einige Probleme mit den Herzklappen haben.« Anne wurde von Herodot und Thukydides überhaupt nicht abgelenkt, mit viel Wohlwollen waren sie höchstens ein Gegen-Reizmittel zu nennen, denn ihre Materialsuche in der Bibliothek war absolut frustrierend. Zugegeben, in der Enzyklopädie fand sich einiges an Material, aber sie wollte die Schriften selbst. Schließlich schickte sie Johnny, um von Dr. Maxwell zu entleihen, was er über das Thema hatte. Danach versuchte sie, sich in der Lektüre von Thukydides und dem »Peloponnesischen Krieg« zu verlieren, einer verheerenden Katastrophe, an die sie sich vage aus Professor Lowreys lang zurückliegenden Geschichtsstunden erinnerte.

Im September gingen alle Kinder von Waynesboro – außer Binny – wieder zur Schule. Binny ging immer noch nicht weiter als vom Bett zum Sessel oder ins Eßzimmer, um mit der ganzen Familie die Mahlzeiten einzunehmen. Einige der älteren Jungen und Mädchen, die im Juni ihren Schulabschluß gemacht hatten, behielten ihre Sommerjobs und nahmen damit ihre Lebensstellungen auf, oder, wenn es ein Mädchen war, lebten sich als Tochter des Hauses ein und warteten auf den Zeitpunkt, zu dem ein Verehrer auftauchen würde. Die Glücklicheren gingen weiter auf eine Schule oder ein College: unter anderem Johnny, Elsa und Julia. Keines der Mädchen wagte es, wie Charlotte Bonner oder Sophie Klein, auf ein richtiges College zu gehen. Julia, wie ihre Mutter vorhergesehen hatte, hatte keine Schwierigkeiten, ihren Vater zu überreden, sie die Kunstschule in Cincinnati besuchen zu lassen: General Deming sagte wie immer »Warum eigentlich nicht?« Sie könnte ja an den meisten Samstagen und Sonntagen nach Hause kommen, das war sicherlich besser, als sie weit weg zu wissen. Malen mit Wasserfarben war eine hervorragende damenhafte Beschäftigung, und wenn sie zusammen mit Elsa Rausch ein Zimmer nähme, was könnte ihr dann passieren? Elsa hatte sich geweigert, bei dem Vetter ihres Vaters wohnen zu sollen: Sie beabsichtigte, ihre Freiheit zu genießen. Schluß mit dem Unsinn »Keine junge Dame geht allein durch die Stadt«, und wenn die Strafe sein würde, mit Julia Deming ein Zimmer teilen zu müssen, dann würde sie diese Strafe bezahlen. Zumindest gingen sie zu verschiedenen Schulen, und was immer Julia aus ihren Kunststunden machen würde, Elsa hatte vor, am Konservatorium hart zu arbeiten und gelegentlich Johnny zu sehen (so oft wie möglich, gestand sie sich selbst), obwohl er sicherlich über seinen Büchern am medizinischen Seminar büffeln würde, genau wie Billy Thirkield am College für Pharmazie.

Ihre Eltern, die sich an Wochenenden ihre lebhaften Berichte über ihren Tagesablauf anhörten, mögen sich wohl gefragt haben, ob sie überhaupt arbeitete: Auf ihren Lippen lagen, jedesmal wenn sie nach Hause kam, weitere unbekannte Namen. Die Jungen aus Cincinnatis Vorstadt, die sie auf dem Bummelzug Montag morgens traf oder die sie vom Bahnsteig aus grüßten und sie baten, auszusteigen und mit ihnen zum Frühstück nach Hause zu gehen, argumentierten: »Was macht es schon aus, wenn du dies eine Mal eine Stunde verpaßt?« Die Gordons aber wußten, daß ihr Johnny tatsächlich im medizinischen Seminar war: Er redete immer am Mittagstisch davon, wenn fast jedes andere Thema abgehandelt worden war.

»Ich habe diese Woche meine erste Operation gesehen: eine Unterleibsoperation, und der Bursche, der neben mir im Operationssaal saß, sah so krank aus, daß ich dachte, er würde ohnmächtig. Er hat es durchgehalten, sagte aber immer wieder: ›Wenn ich nicht schon das Schulgeld bezahlt hätte, würde ich zu Jura wechseln!‹«

Alle lachten darüber, aber nicht als er erzählte, wie die Studenten des dritten Studienjahres beim Sezieren von Leichen die Ohren abschnitten und sie an Telefonmaste nagelten. Anne gab ihrem Abscheu augenblicklich Ausdruck; später, nachdem Johnny ausgegangen war, zeigte sein Vater mehr Verständnis. »Die Streiche von Medizinstudenten sind generell grausig«, versicherte er ihr. »Es ist ihre Art von Reaktion. Sie bekommen soviel Schreckliches zum erstenmal in ihrem Leben zu sehen. Es ist Teil des Abhärtungsprozesses.«

»Müssen sie denn hart sein?«

»Wäre schon besser, in einem gewissen Maß, oder sie werden nie fähig sein, das durchzustehen, was vor ihnen liegt.«

»John, hat es dir jemals leid getan? Du bist doch überhaupt nicht hart.«

»Nur eine dünnhäutige alte Frau? Falls ich das bin, bist du der einzige, der das weiß«, sagte er. »Wenn du aber meinst, ob es mir leid tut, daß ich wieder in die Medizin gegangen bin, nein. Ich bin das, was ich immer sein wollte. Ich wäre nicht einen Deut wert gewesen in irgendeinem anderen Beruf. Ich hoffe nur, daß Johnny in meinem Alter das gleiche empfinden wird; er ist auch dünnhäutig, weißt du.«

Es war vielleicht seine Fähigkeit, mitfühlen zu können, oder sein Gefühl für Freundschaft, die Johnny mit Elsa diese Exkursion zu den Slums von Cincinnati, wie ihre Mutter sie trotz Elsas heftigen Widerspruchs nannte, unternehmen ließ. Sally hatte von der Heldentat bis zum zwölften Oktober, dem Klubtreffen bei Mrs. Deming, noch nichts gehört. Jessamine Stevens war als neues Mitglied gewählt worden und wurde auf einer der Teegesellschaften von Mrs. Deming willkommen geheißen. Zu diesem Zeitpunkt hatte Anne das Thema der griechischen Geschichtsschreiber nach dem Urteil ihrer Klubfreunde schon vollkommen angemessen behandelt, und Amanda hatte die Römer erschöpfend und bis zur Erschöpfung diskutiert. An diesem Tag las Christina ihr Essay über Josephus. Nachher, als die Damen ihren Tee tranken, wisperte Jessamine Anne zu, die sie als ihr neues Mitglied vorstellte: »Großer Gott! Ich habe fürchterliche Angst vor euch Damen! Ihr wißt alle so viel!«

»Du hättest Amandas letzten Aufsatz hören sollen; er war wirklich gelehrt – in der Länge. Aber erinnere dich: Ich habe dich gewarnt, du könntest dich langweilen.«

»Das stimmt. Ich bin aber nicht gelangweilt, ich bin nur beeindruckt und fürchte mich.« Anne dachte: »Sie auf Kittys Platz! Sie kann ihn nicht ausfüllen, nicht wenn sie hundert Jahre alt wird. Es wird immer Kittys sein.« »Ich finde, es war schrecklich interessant.«

Und Anne dachte: »Wie übertrieben ›Mississippi‹ wird, wenn es gilt, Eindruck zu machen.« Sie gab Cousine Jessamine weiter an Christina, die nun erleichtert war, daß die Last des Vortrags hinter ihr lag. Anne kämpfte sich gerade rechtzeitig an Sallys Seite vor, um ihre Gastgeberin sagen zu hören: »Ich habe vernommen, daß Elsa sich Teile von Cincinnati angesehen hat, die nicht unbedingt als für Damen geeignet angesehen werden.«

»Was willst du damit sagen?« fragte Sally frei heraus.

»Oh, ich nehme an, du hattest deine Einwilligung gegeben. Es war in der Woche, als die jungen Leute nicht nach Hause kamen; wir haben Julia gesagt, sie soll nicht kommen, wenn die anderen nicht kommen, wir möchten sie nicht allein im Zug wissen. Am nächsten Wochenende fragte ich sie natürlich, warum sie nicht gekommen waren. Sie antwortete, daß Elsa gesagt hatte, sie ginge an diesem Samstag auf eine Expedition in die Slums mit Johnny, und daß sie ihre ältesten Kleider anziehen würde.«

»Oh, Mrs. Deming!« lachte Anne. »Ich fürchte, sie hat Julia aufgezogen.« (»Und ich weiß auch warum«, dachte sie; »zumindest dies eine Mal wollte sie einen Nachmittag mit Johnny verbringen, ohne Julia mitschleppen zu müssen.«) »Sie und Johnny suchten das Mietshaus auf, in dem die Mercers wohnten, sobald der Zirkus in die Winterquartiere eingezogen war, um zu sehen, ob Ariana McCune und ihr Ehemann dort seien.«

»Aber – wo?«

»Sie hatten die Adresse von irgendwem bekommen, von John oder Ludwig oder vielleicht von Eliza.«

»Elsas Idee«, sagte ihre Mutter scharf. »Sie konnte schon immer Johnny um den kleinen Finger wickeln.«

»Weiß ich nicht«, sagte seine Mutter, »Johnny hat Ariana immer gemocht, vielleicht hat er sie aus eigenem Antrieb aufgesucht. Aber ich glaube nicht, daß er Elsa mit zu einem Zirkusmietshaus genommen hätte, wenn sie nicht darauf bestanden hätte. Jedenfalls, der Trip war ganz umsonst: Die Mercers waren nicht da. Irgend jemand – ein Dompteur, glaube ich, der den Mercer-Jungen kannte – sagte ihnen, Ariana hätte sich eine Stelle in einer Tourneetheaterkompanie verschafft als Näherin und, wie ich verstanden habe, als eine Art von Ersatz für alle weiblichen Rollen. Ihr Mann ging natürlich mit ihr, ich glaube als Kulissenarbeiter und Mädchen für alles.«

»Wie traurig«, sagte Mrs. Deming. »Ariana McCune, ausgerechnet!«

»Sie ist wahrscheinlich glücklich«, gab Anne zurück. »Soviel ich weiß, wollte sie schon immer zur Bühne. Tut mir leid, daß ich dir das noch nicht gesagt habe, Sally – ich nahm an, Elsa hätte es erzählt. Ich habe Eliza und Ruhamah darüber berichtet, ich fand, sie hätten ein Recht, es zu wissen. Sie hatten den Kontakt zu ihr gänzlich verloren, nachdem der Zirkus im letzten Frühjahr wieder auf Tournee gegangen war. Ich konnte ihnen nicht den Namen des Stammzirkus geben: Johnny hat ihn nicht erfahren. Zirkusleute sind Fremden gegenüber ziemlich vorsichtig.«

»Zumindest kann ich froh sein, daß sie nicht Julia mitgenommen haben«, sagte Mrs. Deming.

»Ich bin sicher, es ist ihnen nichts Schlimmes geschehen«, antwortete Sally gleichmütig. Aber sie hatte Schelte auf Lager, wenn Elsa das nächste Mal nach Hause kommen würde.

Das nächste Wochenende brachte die Gelegenheit. Elsa protestierte: »Es war kein Slum, Mama. Es war ein absolut sauberes Mietshaus.«

»Aber *Zirkus*leute! Mit ihnen freundschaftlich zu verkehren, in einem doch immerhin nicht wünschenswerten Teil der Stadt.«

Unglücklicherweise für den Effekt von Sallys Schelte, kam in diesem Augenblick Ludwig früh für einen Samstagnachmittag von der Mühle nach Hause.

»Schimpfst du Elsa aus, weil sie versucht hat, eine alte Freundin zu finden, um sie zu fragen, wie es ihr geht?«

»Genau. Es gibt Orte, die sehr ungeeignet sind für eine Tochter von uns. Aber es hat nie Zweck, Elsa auszuschimpfen, wenn du in der Nähe bist.«

»Oh, Mama, ich bin erwachsen. Und Johnny war bei mir.«

»Und«, sagte Ludwig, »Mr. John Robinson ist ein hochrespektierter Bürger von Cincinnati.«

»Das bedeutet nicht, daß seine Arbeiter unbedingt respektiert sind.«

»Dieses ganze Theater meinetwegen«, sagte Elsa. »Niemand weiß, wohin Ariana gegangen ist, und niemand scheint es zu interessieren.«

Elsa hatte recht: Wenige waren interessiert. Ariana war letztes Jahr bei einem Zirkus gewesen, dieses Jahr war sie bei einer Theatergruppe, und was war letztlich der Unterschied? In jedem Falle ging sie Waynesboro nichts mehr an. Aber Eliza Ballard war beunruhigt und lag mit ihren Sorgen nachts wach; Ruhamah weinte sich ihr junges Herz aus in dem Zimmer, das sie bei Mrs. Duncan bewohnte, seit sie sich an die Hoffnung klammerte, daß Ariana eines Tages nach Hause kommen würde, und sie war entschlossen, ein Zimmer für sie zu haben, das sie mit ihrem Bibliotheksgeld bezahlt hatte. Und nun war Ariana außer jeder Reichweite.

Das Klubtreffen bei Demings war Annes letztes für einige Zeit. Ein paar Tage später, nachdem Binny von Dr. Warren nach oben getragen worden und bequem in ihre Decken eingepackt worden war, saß Anne neben ihr in einem Sessel, las und dachte schon, daß Binny bereits eingeschlafen sei, als ein ersticktes Keuchen sie aufschreckte. Sie sah auf: Binny, weiß wie die Bettlaken und mit weit aufgerissenen Augen, saß kerzengerade im Bett und rang nach Atem. Augenblicklich war Anne neben ihr und hielt ihre Hand.

»Was ist los, Binny? Nein, versuch nicht, es mir zu sagen. Leg dich nur wieder hin.« Anne ließ ihre Hand fallen und nahm das Handgelenk. Trotz mehr als reichlicher Erfahrung war sie kein Experte im Pulsmessen, aber die Unregelmäßigkeit des Herzschlages war erschreckend offensichtlich. Das Kind begann zu husten: schnelles, trockenes Husten. Anne ging schnell zum Nachttisch, nahm die alte Messingglocke, die dorthin gestellt worden war für Binny, damit sie, wenn sie einmal allein gelassen worden war, nach jemandem schellen konnte, lief damit schnell zum Treppengeländer und schellte so laut sie konnte. Zurück in Binnys Schlafzimmer, schob sie Kopfkissen unter Binnys Kopf und stützte sie damit.

»Mama – «, das Husten hatte aufgehört, aber Binnys Atem ging schnell und oberflächlich.

»Nein, sprich nicht, Binny. Lieg nur ruhig, und versuch Luft zu bekommen. Ich werde Louline nach Vater schicken. Es wird alles gut werden. Hab' keine Angst.«

Anne hörte Loulines eilende Schritte in der Eingangshalle und lehnte sich über das Treppengeländer.

»Louline, lauf schnell zur Praxis und sag dem Doktor, daß wir ihn brauchen!«

»Ja, Madame.« Louline sah verängstigt aus, aber sie drehte sich um und lief. Es wäre vielleicht schneller gewesen, dachte Anne, wenn sie telefoniert hätte, aber sie hätte nicht nach unten gehen und Binny allein lassen können. Wenn Martha und Louline nur ihre Angst vor dem magischen Apparat in der Wand des Durchganges überwinden würden!

Noch bevor der Gedanke zu telefonieren durch ihren Kopf gegangen war, kniete sie schon wieder neben dem Bett. »Binny, kannst du nicht langsamer und tiefer atmen? Ich glaube, dein Herz würde sich dann beruhigen.« Sie nahm wieder das dünne Handgelenk in ihre Hand. »Wenn ich den dreiundzwanzigsten Psalm aufsage, als ob es ein Gedicht wäre, würdest du dann versuchen, mit ihm im Rhythmus zu atmen?«

Mit weit aufgerissenen Augen, aus denen das Entsetzen ein wenig gewichen war, nickte Binny.

»›Der *Herr* ist mein *Hirt: Nichts* wird mir *mangeln!*‹« Anne wiederholte den Psalm langsam. Als sie fertig war, sagte Binny, »Das Kapitel über ›Gedenke nun deines Schöpfers‹, Mama. Ich mag das lieber.«

Und deshalb war es, daß John, als er die Treppe heraufgestürmt kam, Anne in einem besänftigenden Singsang sagen hörte: »Und *nie* wird die *güldene* Schale *zerbrochen* oder der *Krug* –«

Er dachte: »Wie trostlos! Warum hat sie denn gerade diese Passage gewählt?« – und war auch schon in Binnys Zimmer und sah Binny an und Anne neben ihr, den Finger noch auf ihrem Puls.

»Geht es ihr besser?«

»Ich glaube ja, ruhiger jedenfalls.«

»Was war das, Binny?« Von der anderen Seite des Bettes nahm er ihr anderes Handgelenk.

»Alles – hielt plötzlich an – in mir. Und das Bett und der Boden und das Haus fielen unter mir weg. Und dann konnte ich nicht mehr atmen.«

»Nichts hielt wirklich an, weißt du. Es hat sich nur für einen kurzen Augenblick so angefühlt. Und nun fühlt es sich an, als ob dein Herz manchmal einen Schlag ausläßt, nicht? Tut es aber nicht wirklich – hin und wieder ist nur ein Schlag so schwach, daß du ihn nicht fühlen kannst. Und ich habe dir eine Medizin mitgebracht.« Er nahm die Pillenflasche aus seiner Tasche – und erklärte Anne »Digitalis« –, schüttelte zwei der kleinen Tabletten in Binnys

Hand, griff nach dem Wasserglas auf dem Tisch und hielt es für sie, während sie die Pillen hinunterschluckte. »Waren gar nicht so schlimm, nicht? Weißt du, Binny, ich glaube, du wirst noch etwas warten müssen, bis du ein bißchen stärker bist, bevor du mit uns im Eßzimmer speisen kannst. Jedenfalls bleibst du jetzt besser im Bett.«

Binny hielt sich an seiner Hand fest. »Ist mir recht, Papa. Aber ich war im Bett.«

»Ich weiß. Aber du bist schon unten gewesen.« Er legte ihre Hand sanft auf die Bettdecke. »Du wirst dich jetzt gut fühlen. Du darfst dich nicht ängstigen. Mama wird bei dir bleiben, und vielleicht kann sie sich ein etwas lustigeres Gedicht einfallen lassen.«

Ein Schimmer von Übermut leuchtete in Binnys Augen auf. »Oh, Papa! Die *Bibel,* kein Gedicht.« Sie stimmte feierlich an: »Und es werden sich *Sonne* und *Licht* und *Mond* und *Sterne* nicht *verdunkeln* – «

»Was immer du gerne magst, aber bleib still liegen, bis ich zurück bin oder Dr. Warren kommt.«

»O John! Mußt du wirklich gehen?«

»Ich fürchte schon, und wenn es nur ist, um eine Praxis voller Patienten loszuwerden. Ich werde mich beeilen und Dr. Warren anrufen. Sie ist jetzt in Ordnung, Anne. Falls Warren kommt, bevor ich zurück bin, sag ihm, daß ich ihr Digitalis gegeben habe.«

Als Dr. Warren dann kam und John zurückkehrte, war Binny schon eingeschlafen. Sie hatte sogar etwas Farbe im Gesicht. Anne blieb in ihrem Zimmer, sie wollte hören, was sie sagten. Aber sie warteten, bis sie hinunter zur Haustür gegangen waren. Als John wieder nach oben kam, ging sie ihm in der Halle entgegen.

»Was hat er gesagt?«

»Daß sie ein Beruhigungsmittel nehmen soll, wenn sie aufwacht, damit sie eine ruhige Nacht hat. Eine kleine Dosis Chloralhydrat wird ihr besser bekommen als Bromid. Ich werde eine Dosis fertigmachen, wenn ich runtergehe. Sie wird es nicht mögen – schmeckt fürchterlich – aber es wird sie die Nacht gut durchschlafen lassen. Die arme Kleine hat sich gefürchtet. Diese ›Wegfall‹-Sinnesempfindung – was die hohen Tiere ›Gefühl drohender Auflösung‹ nennen – ist bei Herzproblemen nicht ungewöhnlich.«

»Du gehst schon *wieder* weg?«

»Ich muß. Das Mädchen von Taylors hat einen Blutsturz gehabt, ich habe versprochen, zu kommen, so schnell ich kann. Und ich weiß nicht, wie lange ich weg sein werde. Gib Binny zum Abendessen nur sehr wenig – Eiercreme oder was ähnliches – und dann das Chloral. Und du gehst auch zu Bett, wenn es seine

Wirkung tut. Ich werde nicht länger weg sein, als es unbedingt sein muß. Und Taylors haben ein Telefon – sie haben es installieren lassen, als Lily so schlecht dran war. Es ist einer dieser Landanschlüsse mit einem Dutzend Farmen dran, aber ich bin sicher, die Vermittlung würde mich bekommen, wenn es notwendig wäre. Oder du erreichst Warren, falls der nicht auch außerhalb ist.«

Anne aß ein einsames Abendessen – aß es eigentlich nur, um die alte Martha zu erfreuen, die angefangen hatte, zu murren und zu schelten, als ob Anne immer noch das Kind wäre, das sie einstmals gekannt hatte. Louline saß bei Binny und schmeichelte ihr die Schale Eiercreme Löffel für Löffel ein. Als Anne ihre Mahlzeit beendet hatte, nahm sie Loulines Platz ein und gab Binny das Beruhigungsmittel. Sie setzte sich in den Sessel und wartete darauf, daß Binny einschlafen würde, was sie auch bald tat, plötzlich und tief. Anne blieb bei ihr, bis sie sich selbst beim Einnicken ertappte; es war immer noch früh, aber sie war so müde, daß sie aufstand und sich fertigmachte, um ins Bett zu gehen. Aber das Ausziehen, Waschen und Kämmen ihres Haares weckte sie wieder aus ihrer Schläfrigkeit auf; sie lag hoffnungslos wach in ihrem Bett und strengte ihre Ohren an, jeden Ton aus dem Zimmer jenseits der Halle zu hören. Als John hereinkam, sah er zuerst nach Binny und fand dann in ihrem Schlafzimmer Anne bewegungslos mit geschlossenen Augen in ihrem Bett liegen. Weil das Licht der Nachttischlampe so schwach war, fand er erst, als er sich neben sie legte, heraus, daß sie wach war und daß ihre Wangen naß vor Tränen waren.

»Anne –«

»Sie wird nicht wieder gesund, nicht?«

Er antwortete nicht, selbst als er einen Arm unter sie geschoben und sie nahe an sich herangezogen hatte, so daß ihre nasse Wange auf seiner Schulter lag.

»John?«

»Nein. Seit heute wissen wir es mit Sicherheit. Du darfst nicht denken, daß wir irgend etwas vor dir geheimgehalten hätten. Wir wußten es selbst nicht. Aber, ja: Es liegt ein Versagen der Kompensation vor. Was bedeuten schon Namen? Wein nicht, Anne. Wir haben alles Menschenmögliche getan.«

»O John! Ich mache doch niemandem Vorwürfe. Nur...« Die Tränen durchnäßten Johns Nachthemd; er wischte ihr Gesicht mit einem Taschentuch ab, so gut er konnte. »Sie ist noch so jung. Es bricht mir das Herz, sie so voller Angst wie heute nachmittag zu sehen. Wird das wiederkommen?«

»Es ist ein Symptom, das wir ›Herzangst‹ nennen. Der Patient weiß irgendwie, daß etwas völlig falsch ist. Das Digitalis kann helfen, Beruhigungsmittel helfen sicher.«

»Wie lange?«

Er schwieg; er konnte nicht antworten.

»Nicht lange, dann?«

Er zog den Arm unter ihr etwas an und drehte sie mit der anderen Hand auf die Seite, so daß sie gegen ihn lehnte; er nahm ihre Hand in seine und hielt sie gegen seine Wange.

»John?«

»Ich glaube – nicht lange. Wir können das natürlich nicht genau wissen.«

Nach dieser Nacht blieb Anne bei Binny; sie weigerte sich auszugehen, sie konnte kaum überredet werden, zum Essen herunterzukommen. Manche Nacht, wenn John in schwerem Schlaf neben ihr lag, kroch sie aus dem Bett und ging, um die Stunden der Nacht in dem Sessel an Binnys Seite durchzusitzen. Während des Tages, wenn Binny wach war, war sie ruhig und fröhlich, nachts weinte sie. John protestierte ohne jeden Erfolg; schließlich sandte er eine Nachricht an Sally und bat sie, zu kommen und Anne aus dem Haus zu schleppen. Aber auch Sallys Bitten hatten keinen Erfolg.

»Komm doch zum Klubtreffen diese Woche, Anne. Du schuldest es dir und deiner Familie. Ich weiß, daß Binny sehr krank ist, aber –«

»Sie stirbt, Sally. Wie kann ich meine Zeit von ihr entfernt verbringen? Wie würde ich nachher fühlen? ›Da war jener Nachmittag‹ oder sogar ›jene Stunde‹, in der ich bei ihr hätte sein können.«

Johnny kam immer noch an den Wochenenden nach Hause, wenn er es sich leisten konnte, seine Bücher zu verlassen. Es waren trostlose Wochenenden, aber er bemühte sich, seinen eigenen Kummer zu unterdrücken und seiner Mutter zu helfen. Auch auf ihn wollte sie nicht hören. Und so war es Anne, die, als das Ende kam, bei Binny war. Sie war in ihrem großen Sessel fast im Halbschlaf mit dem Nachtlicht hinter ihr, als sie durch das Geräusch einer Bewegung aufgeweckt wurde. Binny war hoch auf Kissen aufgestützt; seit einigen Tagen konnte sie nicht mehr im Liegen schlafen; als Anne sie ansah, bewegten sich ihre Hände ruhelos über die Steppdecke. Dann setzte sie sich plötzlich gerade auf, warf ihren Kopf für einen letzten keuchenden Atemzug zurück und fiel vornüber seitlich auf das Bett.

»Binny! O nein!« Anne hatte sie im Nu in ihren Armen, hob sie, um ihre Schultern zu stützen, und rief gleichzeitig nach John.

Er kam sofort, nahm Binny aus Annes Armen, legte sie nieder mit dem Kopf auf die Kissen und fühlte nach ihrem Puls.

»Sie ist tot, nicht wahr? Und ich hab' ihr noch nicht einmal die Hand gehalten.«

»Anne.« John, der plötzlich sehr abgehärmt und alt aussah, sprach mit fester und unerschütterlicher Stimme.

»Sie schlief, nicht? Sie hatte nicht einmal Zeit, sich zu ängstigen. Es ist die beste Art zu sterben.« Er sah, wie sie auf ihren Beinen schwankte. »Geh jetzt. Überlaß mir jetzt alles. Geh zu Bett und schlaf, wenn du kannst. Jetzt gibt es nichts mehr, auf das du horchen mußt.«

»Aber es sind so viele Dinge...«

»Ich werde das erledigen. Hier.« Er schüttete ihr eine Dosis Chloral in Binnys Glas, fügte etwas Wasser hinzu und reichte es Anne; sie trank es gehorsam und wunderte sich über seine Ruhe, als wäre Binny nur irgendein anderer Patient gewesen.

Sie schleppte sich, während John sie am Ellbogen stützte, zu ihrem Bett zurück, ließ sich hineinfallen und sank fast gleichzeitig in einen tiefen, betäubenden Schlaf. Sie verschlief den halben Morgen und wachte verwirrt auf, bis ihr alles wieder einfiel. Als sie in Binnys Zimmer sah und das Bett leer und abgezogen erblickte, zog sie sich an und ging nach unten, um John zu finden.

Er sagte: »Ich habe alles getan, was zu tun ist. Alles außer Mr. McKinney anzurufen.« Seine Kiefer preßten sich einen Augenblick aufeinander; er war blaß um die Mundwinkel.

»Ich werde das tun. Nicht über das Telefon. Ich könnte das nicht. Ich werde von einem der Bediensteten ein paar Zeilen hinüberbringen lassen.«

»Zuerst mußt du aber frühstücken. Martha hat schon alles für dich fertig. Du weißt, Anne, sie liebte Binny auch, und die einzige Art, die sie hat, um es zu zeigen, ist nun, daß sie manche Dinge für dich tut. Du darfst sie nicht enttäuschen.«

Einen Augenblick später hörte er sie mit Martha im Eßzimmer sprechen, ja sie sogar trösten. »Sie wäre für den Rest ihres Lebens ein Invalide gewesen. Vielleicht ist es besser so.«

»Sie war zu jung.«

»Sie ist dem Kummer und den Sorgen, die uns alle erwarten, Männer und Frauen gleichermaßen, entkommen. Sie ist im Himmel, Martha, für immer jung. Glaubst du das?«

»Ja, Madame.«

John, der zugehört hatte, wußte, daß sie mit ihm, einem Ungläubigen, nie so sprechen würde. Wie könnte sie auch? Aber sie würde sich jetzt unter Kontrolle haben und den Verlust Binnys als

Erlaß des Himmels akzeptieren. Eine Welle von Verzweiflung schlug über ihm zusammen. Er ging durch das Eßzimmer zur Küchentür und sagte zu Anne, als er vorbeiging: »Ich kann es jetzt nicht ertragen, irgend jemanden sehen zu müssen. Ich bin in meiner Praxis.«

Die beiden unglücklichen Frauen sahen ihm nach.

»Es ist schlimm für ihn.«

»Ja. Er konnte sie nicht retten. Er wird sich selbst die Schuld für ihren Tod zuschreiben.«

»Kein Grund dafür.«

»Nein.« Anne dachte: »Aber ein Grund, warum ich mich zusammenreißen muß.«

Martha brauchte nicht auf die Türglocke zu reagieren. Sowohl Sally Rausch wie auch Jessamine Stevens waren gekommen, um die Besucher zu empfangen, während oben Anne mit Mr. McKinney sprach, der für die Beerdigung zuständig war und der mit ihr betete und ihr seine christliche Tröstung anbot. Am Nachmittag war sie allein in ihrem Schlafzimmer, als die Männer des Beerdigungsinstituts den Sarg brachten, ihn im Salon absetzten, den Deckel öffneten und wieder gingen, nachdem sie die Haustür mit Kreppapier behängt hatten. Johnny kam nach Hause (und brachte Elsa und Julia für das Begräbnis mit), blieb eine Weile im Salon und kam mit rotgeränderten Augen hoch zu seiner Mutter. Anne war froh, daß John in seine Praxis entflohen war, wollte aber nicht, daß er alleine sei; sie war erleichtert, als Johnny ging, um sich zu ihm zu setzen. Unten herrschte rege Geschäftigkeit: Nachbarn und Freunde schickten Kuchen und Pasteten an Martha, die alles zur Küchentür bringen ließ, um die Familie nicht unnötig zu stören. Kondolenzbesucher kamen zur Haustür und wurden ruhig begrüßt, von wem, interessierte Anne nicht. Am Abend setzte sich eine erschöpfte Familie hin, um, was sie konnte, von den Geschenken ihrer Nachbarn zu essen. Anne ging danach sofort zu Bett, und die beiden Männer kamen auch kurz danach herauf; John kroch neben ihr ins Bett, genauso betäubt wie sie, dachte sie. Als sie mitten in der Nacht aufwachte und er nicht da war, war sie verblüfft: Er war doch sicherlich nicht in einer solchen Nacht zu einer Visite gegangen? Dann sah sie beim Licht der Straßenlampe an der Ecke, daß seine Kleider noch auf dem Stuhl waren, auf den er sie gelegt hatte. Sie stand auf, nahm Hausschuhe und Hausmantel und ging geräuschlos die Treppe zum Salon hinunter.

Dort brannte ein Nachtlicht. John war da: Er hatte einen steifen Salonstuhl nahe an den Sarg herangezogen und seinen Kopf auf seine gekreuzten Arme gelegt.

Vielleicht hätte sich Anne wieder umgedreht und wäre wieder hinaufgegangen, um ihn mit seiner Trauer allein zu lassen, aber er hörte ihre sanfte Bewegung und sah auf. Sein Gesicht war von Schmerz gepeinigt, die Gesichtszüge, tief wie Furchen, wurden durch den Schatten des düsteren Lichts noch akzentuiert.

»John.«

»Anne, hab' ich dich gestört?«

Sein Gesicht war so eingefallen, daß sie sofort zu ihm ging und seine Schulter berührte.

»Für mich gibt es keinen Trost«, sagte er voller Bitterkeit. »Zitier bitte nicht die Heilige Schrift.«

»O John!«

Er stand fast ungestüm auf, kippte dabei den leichten Stuhl um, so daß Anne ihn auffangen mußte, nahm sie in seine Arme und hielt sie fest – eine Hand preßte ihren Kopf an seine Schulter.

»Vergib mir, du meine Liebste. Hilf mir, mir selbst zu vergeben: Binny ist tot. Es ist zu spät. Wenn ich nur gewußt hätte...«

»Das ist, was man immer denken muß«, murmelte sie: »Könnte ich nur die Zeit zurückschrauben und alles noch einmal tun.« Sie wußte kaum, was sie sagte, sie erkannte nur die Tiefe seiner Trauer. »Du darfst dich nicht dafür verantwortlich machen. Du hast es versprochen.«

»Nicht für ihren Tod. Aber für die Leiden ihres kurzen Lebens. Wenn ich nur hätte vorhersehen können...« Er ließ seine Hände von ihr gleiten, ging zurück und sah auf das friedliche Gesicht des Kindes nieder. »Ich wollte, daß sie zu einer glücklichen Frau heranwachsen würde. Wenn ich gewußt hätte, daß die Kindheit das einzige bliebe, das sie je haben würde – es bricht mir das Herz, wenn ich an all die Tränen denke, die sie vergossen hat, weil es immer hieß ›Geh, wasch deine Hände!‹ oder ›Geh, kämm dein Haar!‹.« Seine Hand schien nach den kurzen dunklen Locken greifen zu wollen, die für diesmal so ordentlich zurechtgelegt waren.

Anne sah, daß er es nicht ertragen konnte, sie anzufassen. Sie dachte: »Du wolltest, daß sie vollkommen sei«; sie sagte es allerdings nicht: Es wäre die Bestätigung all dessen gewesen, für das er sich verantwortlich machte. Er hatte hier mit allen diesen Dingen in seinem Kopf gesessen, und jetzt waren sie herausgestürzt. Er hatte nicht vorgehabt, davon zu sprechen, und wenn sie nicht heruntergekommen wäre...

»Sie hatte eine glückliche Kindheit. Wenn du sie um Vergebung gebeten hättest, würde sie nicht gewußt haben, wovon du redetest. Ein paar Tränen, die sofort trockneten und vergessen waren. Was ist Schelte für ein Kind? Und ich habe sie auch ausgezankt. Erinnerst du dich an den Katechismus? Sie ging ihren Weg ungeachtet aller Schelte. Und sie zeigte ihr Gefühl für dich, als sie krank war und sich von jedem anderen abwandte: Du mußtest es sein, kein anderer hat ihr genügt. Sie klammerte sich an dich mit der völligen Hingabe, die nur auf Vertrauen und Liebe beruht.« Sie legte ihre Hand auf eine der seinen. »Sie war ein glückliches Kind. Erinnere dich nicht an die gelegentlichen Tränen; erinnere dich, wie offenkundig fröhlich sie wegen irgendeines unbedeutenden Anlasses sein konnte. O John! Sie war mein Baby, und ich habe sie mit meinem ganzen Herzen geliebt. Ich kann es nicht ertragen, daran zu denken, was unser Leben ohne sie sein wird. Aber vielleicht wäre sie nicht zu einer glücklichen Frau herangewachsen.«

»Du glaubst, sie wird ewig dreizehn sein und auf himmlischen Wiesen herumrennen mit dem Wind in ihrem Haar, und sie sammelt –«

»Amaranth und Asphodel?« »Also erinnerst auch du dich«, dachte sie, »an Kate.«

»Veilchen«, korrigierte er sie. »Was wäre der Himmel ohne Veilchen?« Dann brach er zusammen und begann zu weinen, die unterdrückten, rauhen Schluchzer eines Mannes, der seit vielen Jahren keine Tränen mehr vergossen hatte. Anne wartete. Er bekam sich wieder unter Kontrolle. »Geh wieder zurück ins Bett, Anne, bitte. Laß mich die Nacht neben ihr verbringen, dieses letzte Mal.«

Sie seufzte. »Es tut mir leid, daß ich dir nicht helfen kann.«

»Du hast mir geholfen. Geh zu Bett, liebe Anne, laß mich nur hier mit ihr zusammen sitzen, um ihr zu versprechen, daß ich andere nicht enttäuschen werde, wie ich sie enttäuscht habe.«

»Du hast sie nicht enttäuscht«, insistierte Anne hartnäckig.

»Auch dich nicht, nehme ich an? Oder meine Schwester Kate? Wie kann man lieben und doch so ohne Verständnis sein? Und nun gibt es nur noch dich und Johnny. Ich verspreche, ich werde euch in keiner Weise, wenn ich kann, enttäuschen.«

Noch einmal nahm er sie in die Arme und küßte sie. Sie wandte sich zur Tür und zum Treppenhaus. Sie wußte, was er meinte, was er versprach, und glaubte ihm. Mitten in all ihrem Gram verspürte sie einen gewissen Frieden. »Aber«, dachte sie, »ich hätte Frieden nicht zu einem so hohen Preis gekauft. Um Binny in völliger Gesundheit hier zu haben, hätte ich das andere bis zum Ende aller Tage ertragen.«

Der nächste Tag zog sich unendlich hin. John ging allein in seine geschlossene Praxis. Anne verbrachte ihn, der Konvention entsprechend, in ihrem Schlafzimmer. Kusine Jessamine kam am frühen Nachmittag, um die Familie zu vertreten, als die Kondolenzbesucher erschienen.

»Ich bleibe den ganzen Tag hier. Ruht euch nur aus.«

Anne konnte nicht schlafen: Im Stockwerk tiefer gab es zu viel Kommen und Gehen. All diese Leute, die ihr Mitgefühl in der einzigen Art, die sie kannten, ausdrückten. Und seltsamerweise, obwohl sie so erschöpft war, fand sie einen gewissen Trost. Die Leute waren freundlich.

Unten schloß sich Sally Rausch Jessamine an; zusammen dirigierten sie die Kondolenzbesucher an dem Sarg vorbei: Fritz Klein und seine Frau, Mr. Lichtenstein und seine Frau, alle sagten, was gesagt werden mußte, in ihrem mit starkem fremdländischem Tonfall behafteten gutturalen Englisch, Tim O'Reilly mit seiner Frau, Ludwig und Elsa, die Demings, der General rauhbeinig in seinen Manieren, aber liebenswürdig: »Laßt mich meinem Mitgefühl Ausdruck geben. Julia hat die kleine Belinda so sehr gemocht.« Julia ließ ihren Vater für sie sprechen und wandte die Augen von dem Sarg ab. Sheldon Edwards kam: »Sag Anne, falls es irgend etwas in der Welt gibt, das ich tun kann –« Und die Familie von Douglas Gardiner: »Laßt uns helfen, wenn es irgend etwas geben sollte.« Klubmitglieder, Presbyterianer, Johns Patienten, von denen manche Jessamine und Sally unbekannt waren. Schließlich hatte auch dieser lange Tag ein Ende, und die Gordons wurden allein gelassen.

Der Begräbnisgottesdienst wurde am nächsten Nachmittag im Salon gehalten. Die drei Gordons blieben oben mit aufeinandergepreßten Lippen allein. Es war ein strahlender Tag für Dezember, nur ein kalter Wind blies. Niemand kam in Versuchung stehenzubleiben und auf dem Friedhof Kondolenzbekundungen abzugeben; die Leute zerstreuten sich schnell. Die Gordons wurden nach Hause gefahren in ein Heim, mit dessen Leere sie zu leben lernen mußten.

An diesem Abend gab es in Waynesboro eine ganze Anzahl von Familien, die ihre gesunde Nachkommenschaft rund um den Tisch ansahen, sich freuten und sich dann schämten. Sheldon Edwards beobachtete seine beiden, der Kleine saß noch auf seinem Hochstuhl, gedankenvoll und traurig. Seine Haushälterin, die Witwe eines Farmers, die John für ihn gefunden hatte, verstand sofort.

»Sie brauchen sich wirklich nicht um sie zu sorgen«, versicherte sie ihm. »Das sind nun wirklich kerngesunde kleine Jungs.«

»Würde ich wohl auch sagen«, er lächelte sie an. »Aber falls einer von ihnen mal einen wehen Hals haben sollte –«

»Darum werde ich mich schon kümmern – machen Sie sich keine

Sorgen – Gänseschmalz und Kampfer hat meine Mutter immer genommen.«

»Rufen Sie dann auch bitte sofort den Doktor«, sagte Sheldon. »Die herkömmlichen Heilmittel mögen zwar ihre Wirkung tun, aber ich möchte nichts versäumen.« Er fragte sich, ob irgend jemand merken könnte, daß er zwischen sich und Richie eine Schranke – sein Schuldgefühl – empfand.

Bei den Gardiners sahen Douglas und Barbara mit Zufriedenheit ihre vier an: zwei auf jeder Seite, das Kleinste immer noch in seinem Hochsitz festgeschnallt, Veronica auf einem dicken Wörterbuch am Tischende ihres Vaters. An den meisten Abenden nahmen die Tanten ihr Abendessen in ihrem Wohnzimmer im oberen Stockwerk ein, obgleich deshalb Tabletts hinauf- und wieder heruntergetragen werden mußten. Vier Kinder bedeuteten eine gewissen Menge von ›Schmutzerei‹, erklärten sie Douglas, und das würde man zu oft hören, wie zu oft sehen. Barbara schlug zögernd vor, daß sie vielleicht den Kindern ihr Essen früher geben sollte; Douglas verbot das aber kategorisch und ohne Zögern: Wie sollten sie je Tischmanieren lernen oder wie sollten sie lernen, sich anständig zu unterhalten, wenn sie nicht formell mit ihren Eltern speisen würden? »Formell« war nicht unbedingt das Wort, um die Tischstunde der Gardiners exakt zu beschreiben. Die jüngeren Mädchen waren unbezweifelbar unsauber, und die älteren bei weitem zu eifrig, über alles und jedes, das am Tag passiert war, zu berichten. Manchmal begannen sie sogar zu zanken, dann wurden sie entweder zur Ordnung gerufen oder vom Tisch weggeschickt. Douglas war gewöhnlich schnell dabei, zu sagen: »Ihr müßt lernen, euch zu beherrschen!«, aber an diesem Abend nach dem Begräbnis ließ er sie weitermachen, und es wurde lauter und lauter, bis Barbara einschritt: »Ruhe, Kinder! Ihr wißt doch genau, daß man am Tisch nicht so schreit!«

Douglas lächelte sie an. »Ich dachte, nur dieses eine Mal nach diesem Nachmittag wäre es gut, sie zu hören.«

»Ja, aber sie wissen nicht warum, und sie könnten sich besser benehmen.«

Der Abendtisch bei Rauschs war ruhiger: Sally ließ Cassie immer den kleinen Paul füttern und sie schickte auch manchmal Ludwig junior zu ihnen, wenn er sich schlecht benahm. Aber an diesem Abend herrschte eine gedrückte Stimmung: Binny Gordon hatten sie alle gut gekannt, und sie war Charles liebste Spielkameradin gewesen. Die Blicke der Eltern trafen sich über den Tisch, nachdem sie die unglücklichen Blicke ihrer gesunden Kinder aufgefangen hatten.

Ludwig sagte auf deutsch: »Wie schön, daß unsere Kinder solche Apfelgesichter haben...«

Sally sagte fromm: »Gott sei Dank.« Wenn Elsa mit ihren achtzehn Jahren auch Einspruch erheben wollte, »Apfelgesicht« gerufen zu werden, so sagte sie nichts, sondern spielte nur düster mit ihrem Abendessen. Binny war so jung und so lebenslustig gewesen. Man konnte jung sterben: Das war ein Schock für Elsa. Jedenfalls hatte sie den Mut gehabt, das zu tun, dem Julia ausgewichen war, Binny in ihrem Sarg anzusehen. Auf dem Friedhof hatte sie Johnny »Shaney« genannt – zum erstenmal seit langer Zeit. Er hatte verstanden, was sie empfand.

Beim Essen an diesem Abend war Ludwig zu sehr mit seinen eigenen Gedanken beschäftigt, um seinen Kindern die gewohnte Aufmerksamkeit widmen zu können und ihre Teller zu füllen und ihnen Nachschlag zu geben, wenn Rose sie ihm anreichte. »Ich hatte noch keine Gelegenheit, es dir zu sagen«, teilte er schließlich Sally mit. »Vertreter des Nationalen Tauwerkkonzerns werden morgen kommen, um mit mir zu sprechen.«

»Mit einem Kaufangebot?«

»Das vermute ich. Damit waren sie überall woanders schon. Wenn das der Fall sein sollte, lasse ich sie einen Blick auf die Mühle werfen, um ihnen zu zeigen, was für eine Art von Wettbewerb wir ihnen bieten können, und sage dann nein, höflich aber deutlich. Kann sein, daß sie von der Mühle überrascht sind. Stewart Bodiens Verteerungsmaschine ist bereits in Betrieb, und er ist gerade auf dem Weg, von unserer Konkurrenz Aufträge entgegenzunehmen.«

»Wenn es uns einen Vorteil bietet, hättest du es doch geheimhalten sollen.« Das war Ernests Beitrag: Zwar war er in der Mühle nur ein Radjunge, aber zu Hause war er Seilhersteller.

»Nein. Wenn du etwas Brauchbares hast, laß es sofort patentieren und bring es auf den Markt. Wenn du es geheimhältst, denkt sich jemand anders eine ähnliche Maschine für den gleichen Zweck aus. Und die Verteerungsmaschine funktioniert gut. Das einzige, worüber ich mir Gedanken mache, ist der Mangel an Kapital. Aber keiner der Nationalen Tauwerk-Leute wird meine Geschäftsbücher einsehen.«

»Aber da sind doch Papas Bankaktien. Du könnest doch sicher darauf einen Kredit aufnehmen.«

»Bei der hiesigen Bank? Nein. Das ist eine tüchtige, konservative Bank, und fast das ganze Land ist dort Kunde. Ich würde meine Stellung als Präsident nicht mißbrauchen, selbst wenn ich es könnte. Davon abgesehen ist es eigentlich nur eine kleine Bank. Wenn ich etwas leihen müßte, würde ich nach Cincinnati fahren und dort auf den Vermögenswert der Mühle borgen. Die Schulden könnten fundiert werden und über die Jahre abbezahlt werden. Ich werde die Aktien deines Vaters nicht brauchen – jedenfalls jetzt noch nicht. Das kann natürlich ein Kampf werden, der sich lange hinzieht.«

Die Abordnung des Nationalen Tauwerkkonzerns erschien am nächsten Morgen in Ludwigs Büro. Sie bestand zum einen aus einem Mr. Simpson, dem Vorstandsmitglied einer Firma, die vor kurzem in dem Konzern aufgegangen war, einem Mann, den Ludwig gelegentlich bei der Tauwerkgenossenschaft getroffen hatte, und zum anderen aus zwei, wie Ludwig vermutete, Finanzexperten. Alle drei sahen aus wie Bankiers: feine Wollstoffmäntel und Hüte aus Seide. Ludwig lächelte darüber im stillen: Wenn sie erwarteten, die kleinen Hersteller auf dem Lande damit einzuschüchtern, würden sie eine Überraschung erleben; er war nicht ohne Grund an diesem Morgen in seinem gröbsten Arbeitszeug in der Mühle erschienen, sogar mit seinen schweren, dickbesohlten, teerigen Schuhen. Eliza schämte sich ein bißchen für ihn. Er hatte darauf bestanden, daß ihre Tür zu seinem Büro hin offen blieb; sie konnte sich überhaupt nicht vorstellen, warum.

Als sie ankamen, erhob sich Ludwig und begrüßte sie herzlich mit Handschlag. Er nahm ihnen die Hüte ab und legte sie auf die Ablage neben seinen verbeulten Derby und lud sie ein, auf den Stühlen, die er für sie bereitgestellt hatte, Platz zu nehmen.

»Ich fühle mich durch Ihren Besuch sehr geehrt, meine Herren, aber ich fürchte, Sie sind vergeblich gekommen.«

»Vielleicht nicht.« Mr. Simpson begann die Unterredung. »Ich weiß, Sie haben uns geschrieben, daß die Firma nicht zum Verkauf steht, aber wir hoffen, Sie überreden zu können, Ihre Meinung zu ändern. Wir sind bereit, Ihnen eine hübsche Summe – eine sehr hübsche Summe – zu zahlen. Aber vertraulich – sehr vertraulich, Sie verstehen.« Er wies auf die offene Tür, hinter der Elizas Schreibtisch stand, an dem Eliza vorgab, mit Briefen beschäftigt zu sein.

»Ah? Oh, meine Sekretärin, meinen Sie. Ich versichere Sie, die Geheimnisse dieser Firma sind bei ihr absolut sicher, sie genießt mein völliges Vertrauen. Sie kennt sich in den Finanzen der Firma so gut aus wie ich.«

»Ihr Ruf, Ihr sehr guter Ruf, ist uns bekannt, und wir haben die Zahlen des alten Seilgenossenschaftsfonds genau studiert. Sie haben beständig über ihrer Quota verkauft und sie haben zwei Cents pro Pfund in den Fonds gezahlt.«

»Ich habe immer versucht, meine Kunden zufriedenzustellen, ohne den Fonds zu beachten. Ich weiß, daß einige Firmen es vorzogen unterzuproduzieren, um ihre zwei Cents Entschädigung einstreichen zu können, eher als ein bißchen härter zu arbeiten.«

»Und nun, da die Seilgenossenschaft zusammengebrochen ist, sind Sie heute in einer hervorragenden Position. Sie haben Ihre Kunden behalten?«

»Mein Profit und mein Verlust sind zahlenmäßig nie veröffentlicht worden. Die Firma ist eine geschlossene Gesellschaft: Alle Aktien sind in der Hand von Familienmitgliedern, die Mehrheit in meiner eigenen. Wollen Sie sagen, Sie sind bereit, mir ein Angebot auf der Basis der Fondsberichte zu machen?«

»Das wohl kaum.« Einer der Finanzexperten übernahm die Gesprächsleitung. »Wir werden in einige Details in bezug auf den Wert Ihrer Fabrik gehen müssen: ihre Produktionsmenge, ihre offenstehenden Angebote, ihre Schulden.«

»Natürlich. Unser größtes Kapital ist die Mühle. Eine Führung wäre angebracht, denke ich.«

Mr. Simpson, der neugierig war und sicher verstehen würde, was er zu sehen bekäme, stand mit Eifer auf, die anderen mit geringerer Neigung. Ludwig dirigierte seine Gäste zu der Tür, die auf den gepflasterten Hof führte. Eliza war bestürzt: Dachte er nach allem doch daran zu verkaufen? Aber hinter seinem Rücken gab er ihr und dem Buchhalter, der sich neben ihren Schreibtisch gestellt hatte, um das Ganze beobachten zu können, mit den Fingern ein Zeichen.

»Er hält sie zum Narren«, Eliza freute sich diebisch: »Das ist auch der Grund, weshalb er sich so angezogen hat.«

Draußen kannte Ludwig keine Gnade: Er begann, indem er auf den Kanal wies, auf dem die alte Seilerbahn stand, und erklärte, daß sie zu Beginn dort gebaut worden sei wegen der niedrigen Kosten des Transports auf dem Wasserwege. »Jetzt wird der Kanal natürlich nicht mehr benutzt, aber immerhin versorgt er uns mit reichlich Wasser. Die Hauptlinie der Eisenbahn ist auf der anderen Seite des Kanals; es gibt einen Brückenbogen, der den Kanal überquert, und einen Nebenanschluß zu unserem Lagerhaus.«

»Sehr praktisch. Aber sind Sie nicht in Gefahr, zwischen dem Kanal und dem Fluß überflutet zu werden?«

»Vielleicht. Bislang ist es noch nie geschehen. Und hier der Vorbereitungsraum: zuerst die Erweichungsmaschinen.« Die Luft bei diesen Maschinen, wo der Hanf geölt wurde, war schwer von widerlichem Geruch. Ludwig drängte ein Lächeln über den Ausdruck von Angewidertsein auf den Gesichtern der beiden

Fremden zurück und beschränkte sich darauf, sie zur Vorsicht zu warnen, damit sie nicht selbst von dem Öl bespritzt würden. Danach zeigte ihnen Ludwig die Spinnmaschinen, wo der Manilahanf von oben in einem großen honigfarbenen Wasserfall zu den wirbelnden Spulen geleitet wurde, und die Verteerungsmaschine, deren Erfindung und Funktion Ludwig erklärte und ihre Sparsamkeit und Brauchbarkeit hervorhob. »Einer unserer Angestellten, der Sohn des Oberaufsehers der Mühle, hat das erdacht. Wir haben ein paar dieser Verteerungsmaschinen für den Verkauf hergestellt. Sie sind natürlich patentiert«, fügte Ludwig mit einem Zwinkern hinzu. Danach führte er sie zu der eigentlichen 200 Fuß langen Seilmühle und stellte Captain Bodien als »Oberaufseher und Seilexperten« vor. Zu allerletzt zeigte er ihnen im Stromhaus die Allis-Corliss-Tandem-Horizontal-Dampfmaschine, die die Pferdestärken lieferte, mit der die ganze Maschinerie in Bewegung gehalten wurde.

Als sie, eine lange Zeit, nachdem sie das Büro verlassen hatten, dorthin zurückkehrten, warf Ludwig ein paar Stücke Sackleinen auf den Boden, damit sie ihre einmal unbefleckten Schuhe daran abwischen könnten. »Tut mir leid, meine Herren, eine Seilmühle ist nicht der Ort für formelle Kleidung. Aber ich finde immer, es gibt nichts so Überzeugendes, als mit eigenen Augen zu sehen. Wie fanden Sie unsere Anlage, Mr. Simpson?«

»Ziemlich modern und effizient. Aber die tatsächliche Fabrikation von Seil ist von geringerer Bedeutung als der erzielte Profit. Die Größe unseres Angebots würde selbstverständlich davon abhängen.«

»Die Wahrheit hinter der ganzen Sache ist«, Ludwigs herzlicher Ton kühlte sich mit jedem Wort ab, »der Nationale Tauwerkkonzern versucht nicht, diese Mühle zu kaufen, um sie selbst in Betrieb zu nehmen, was auch immer der Profit sein mag, sondern um sie stillzulegen. Die gute Maschinerie, die woanders brauchbar wäre, würde entfernt und die Produktion hier gestoppt.«

Es trat Schweigen ein. Schließlich sprach eine der Hintergrundfiguren. »Kleine Mühlen wie diese sind unrentabel. Das Land kann auch ohne sie mit genügend Tauwerk versorgt werden. Von dem Nationalen Tauwerkkonzern. Wir kontrollieren bereits achtundzwanzig Spulen und etwa dreißig Prozent der Landesproduktion.«

»Glauben Sie, Sie können die Mühlen übernehmen, die die anderen siebzig Prozent beisteuern?«

»Wir haben augenblicklich keine derart ehrgeizigen Pläne.«

»Falls doch, können Sie sie genausogut vergessen. Einige von uns wollen unabhängig im Geschäft bleiben. Ich habe Ihnen die Mühle gezeigt, um Sie zu überzeugen, daß sie keine unrationelle, veraltete Sache ist, die ich gerne los wäre. Können Sie mir sagen, warum ich eine Mühle verkaufen sollte, die so gut ausgerüstet ist wie die, die Sie gesehen haben, und so ertragreich, wie sie es bislang war, und warum ich zweihundert oder mehr Leute entlassen sollte? Nein, meine Herren, ich habe diese Firma aufgebaut und ich habe vor, sie weiter zu behalten.«

»Es könnte schwierig für Sie werden, mit uns zu konkurrieren.«

»Vielleicht. Aber der Nationale Tauwerkkonzern wird vielleicht herausfinden, daß er sich auf einen gefährlichen Weg einläßt. Zufällig weiß ich, daß Senator Sherman in der nächsten Sitzung des Kongresses vorschlagen wird, eine Anti-Konzern-Gesetzesvorlage einzuführen, um die Beschränkung von Handel zu verhindern. Ohio ist bereits schmerzlich bewußt geworden, welche Macht ein Konzern in seiner Hand vereinigen kann, seit die Standardöl-Kompanie den Senatorenstuhl für den ehrenwerten Henry B. Payne gekauft hat.« Ludwig hoffte nur allzusehr, daß sie das gerahmte Bildnis von John Sherman, das an der Wand hinter seinem Schreibtisch hing, bemerkt hatten. Es trug die Aufschrift: »Für einen treuen Freund, mit Dank, John Sherman.«

Einer der Finanzexperten sagte: »Senator Sherman ist ein großer Mann und sehr verdient um dieses Land. Aber in diesem Punkt glaube ich nicht, daß er den Kongreß auf seiner Seite hat. Wir haben demnach zu akzeptieren, daß die Rausch-Seilfirma für keinen Preis zum Verkauf steht?«

»Das ist mein fester Entschluß.«

»Dann, wenn oder falls Sie Ihre Meinung ändern, sagen Sie uns Bescheid, damit wir in die Verhandlung einsteigen können.«

Sie standen auf, gaben sich wiederum die Hände und gingen. Ludwig ging hinüber zu Eliza. »Diesmal, Eliza, dürfen Sie die Angelegenheit der Firma weitertragen und auch den Ton dieser Unterredung: Ich möchte, daß sich die Stadt versichert fühlt, daß ihr nicht binnen kurzem zweihundert Arbeitslose aufgehalst werden, um die sie sich dann zu kümmern hat. Es ist durchaus möglich, daß Ihr Bericht dieser Unterredung weit überzeugender ausfällt als irgendeine Erklärung, die ich abgeben könnte.«

»Ich kann nicht verstehen, warum Sie so höflich zu ihnen gewesen sind. An Ihrer Stelle, glaube ich, hätte ich sie rausgeworfen, bevor sie überhaupt angefangen haben.«

Ludwig sah sie überrascht an. »Ich dachte, daß ich da drin am Ende doch angedeutet hätte, daß mir etwas heiß unter dem Kragen wurde, und daß das ein Fehler war. Man gewinnt nichts dabei, sich umsonst Feinde zu schaffen. Sie werden mich und alle anderen Seilhersteller, die sie nicht kaufen können, bekämpfen. Und ich werde gegen sie kämpfen mit allem, was ich habe. Das bedeutet aber nicht, daß wir uns für immer gegenüberstehen werden. Eines Tages könnten wir vielleicht auf der gleichen Seite stehen.«

»Scheint nicht sehr wahrscheinlich.« Eliza rümpfte die Nase, um zu zeigen, was sie von dem Nationalen Tauwerkkonzern hielt, und Ludwig dachte: »Wie typisch für eine Frau: ein Gegner ist notwendigerweise ein Feind.«

An diesem Mittag kam er so spät zum Essen nach Hause, daß Sally, die normalerweise auf ihn wartete, schon gegessen hatte und, um den Nachmittag mit ihr zu verbringen, zur »armen Mrs. Gordon« gegangen war, wie Rose erklärte, als sie Ludwig das Essen servierte. Ludwig aß also in aller Eile allein, und vor dem Abend hatte er damit keine Gelegenheit mehr, Sally zu berichten. Die Stunde, die die beiden gewohnheitsmäßig jeden Tag vor dem Abendessen in der Bibliothek miteinander verbrachten, allein oder mit den Jungen, die kamen und gingen, war für beide eine der angenehmsten des Tages. An diesem späten Nachmittag brannte ein Feuer im Kamin; Sally saß auf der einen Seite mit einem neuen französischen Roman offen in ihrem Schoß, Paul saß auf dem Teppich vor dem Kamin und spielte mit seinen Bauklötzchen. Ludwig kam herein, hob ihn auf, gab ihm einen schmatzenden Kuß und umarmte ihn kräftig, setzte ihn wieder hin, nahm die *Fackel* vom Tisch, wo Sally sie für ihn hingelegt hatte, und setzte sich in den Klubsessel ihr gegenüber.

»Dein Besuch war da, nehme ich an?«

Er lachte und erzählte ihr ausführlich von den Geschehnissen des Morgens und schloß mit seinen Worten an Eliza. »Die Abgesandten des Nationalen Tauwerkkonzerns hätten es gerne gesehen, daß ich die Tür zu ihrem Büro geschlossen hätte. Ich habe ihnen gesagt, sie sei meine Privatsekretärin.« Ludwig lachte in sich hinein. »Ich will nämlich nicht, daß irgendwer in Waynesboro in bezug auf meine Absichten die leisesten Zweifel hat – und glaube mir, ganz Waynesboro wird sich wundern: Diese drei Herren verbrachten die letzte Nacht im Ewing-Haus. Ich könnte behaupten, daß ich nicht die geringste Absicht hätte zu verkaufen, bis ich blau im Gesicht wäre, und einige würden immer noch zweifeln. Aber wenn Eliza jedem – deinen Klubmitgliedern, Miß Allison von der Poststelle, der Methodistenkirche – einen ausführlichen Bericht gibt, werden sie überzeugt sein.«

»Es geht Waynesboro gar nichts an, was du tust. Warum hast du – ?«

»Doch, es geht sie etwas an. Ich habe eine gewisse Verantwortlichkeit gegenüber der Stadt, jetzt, da die Mühle so vielen Familien Unterhalt bietet. Abgesehen davon könnten einige der Arbeiter in die Städte abwandern, wenn sie annehmen würden, daß sie ihre Stelle verlieren könnten. Eliza wird eine schöne Geschichte daraus machen: Sie hat nicht verstanden, warum ich sie so herzlich behandelt habe, sie fand, man hätte ihnen die Tür zeigen sollen, nachdem sie ihren Vorschlag gemacht hatten. Frauen verstehen eben nicht, selbst die besten von ihnen, daß es sich nicht auszahlt, einem Gegner gegenüber grob zu werden.«

»Ich verstehe den Zweck nicht, vorzugeben, man sei freundlich. Manchmal muß man das natürlich, aber das kann schwierig sein.«

Sallys Stirnrunzeln war, als sie sprach, derart unheilverkündend, daß Ludwig wieder lachen mußе. »Wer ist es, der dir nun so sehr mißfällt?«

Ihr Gesicht hellte sich auf; sie lächelte ihn an. »Das klingt, als ob ich die Angewohnheit hätte, die Leute nicht zu mögen. Stimmt eigentlich nicht, aber – ich weiß, sie ist jetzt ein Mitglied des Klubs, und ich sollte *alle* Klubmitglieder mögen, besonders, da ich Präsidentin bin. Und«, fügte sie langsam hinzu, »es ist seltsam, ich mag sie auch alle in gewisser Weise, es gibt ein verbindendes Etwas, das wir alle gemeinsam haben. Aber Mrs. Jessamine Gordon Stevens kann ganz schön irritierend sein. Die Art, wie sie bei den Gordons alles in die Hand genommen hat...«

Ludwigs Blick ruhte liebevoll auf ihr: »Sie ist eifersüchtig«, dachte er, »und hat sich selbst noch nicht unvoreingenommen genug betrachtet, um es zu erkennen.« Laut sagte er: »Du mußt dran denken, die Südstaatler messen der Blutsverwandtschaft große Bedeutung bei, und sie hat keine Verwandten, zumindest nicht auf der Seite ihres Vaters. Und weder Dock noch Anne haben außer ihr auch nur einen Vetter, nicht wahr? Sie fühlt sich wohl in dieser Familie und ihr Junge ist ja Johnny in diesem Alter wie aus dem Gesicht geschnitten.«

»Er ist ein ernstes Kind. Ich nehme an, weil er so viel krank gewesen ist. Johnny war nicht so, er war ein fröhlicher kleiner Junge. Rodney ist Jessamines Vater wie aus dem Gesicht geschnitten: Sie hat eine Daguerreotypie von ihm auf dem Sims in ihrem Salon, natürlich in der Uniform der Konföderierten.«

»Das ist ja, was ich gesagt habe. Ich würde einen Gordon erkennen, wenn ich ihn in Timbuktu träfe: Sie haben diese ganz bestimmten runden tiefdunklen Augen. Was war es denn, das dich heute so geärgert hat?«

»Ich wollte Anne besuchen, und Mrs. Stevens sagte mir – und

du würdest es nicht für möglich halten, daß sie die Tür aufmacht, wo Martha und Louline doch da sind –, daß Anne gerade ruhe, sie würde nachfragen, ob sie sich danach fühle, Besuch zu empfangen. Und die alte Martha, Gott segne sie, kam in die Eingangshalle, um die Tür aufzumachen, und sagte: ›Miß Sally, Sie laufen nur direkt rauf wie immer. Klar will sie Sie sehen.‹ Und das tat ich dann auch. Ich fand sie in Binnys Zimmer. Sie sortierte gerade die Kleider der Kleinen und legte sie in Bündel zusammen: einige für Martha und Louline, um sie mitzunehmen, einige für Mrs. McKinney, um sie der Missionarsgesellschaft der Kirche zu geben. Kusine Jessamine mag geglaubt haben, daß Anne ruhe. Ich machte ihr Vorwürfe und sagte, all dieses Ausräumen könne warten. Sie meinte aber, es sei besser, es gleich zu tun, oder sie würde sich überhaupt nicht dazu bringen können: Es würde dann alles wieder wachrufen. Und natürlich hat sie recht. Sie war unheimlich angespannt. Sie rieb immer wieder den einen Handrücken mit der anderen Innenhand, als ich sie endlich dazu überredet hatte, sich zu setzen. Aber als ich sagte, daß sie und Dock am besten irgendwohin reisen sollten, um ein wenig zur Ruhe zu kommen, sah sie mich an, als ob sie glaube, ich hätte den Verstand verloren. Sie sagte: ›Und dann hierher zurückkommen in dieses leere Haus? Nein, wir müssen uns irgendwann daran gewöhnen, und es wäre besser gleich jetzt.‹«

»Johnny ist heute morgen mit den Mädchen zur Stadt zurückgefahren?«

»Ja. Anne sagte, er habe bleiben wollen, aber sie fanden, er solle besser fahren – er würde zu viele Stunden verpassen. Aber der wahre Grund, sagte sie, sei, daß er, wenn er geblieben wäre, auch noch neben seiner eigenen Trauer die Last ihres Grams hätte ertragen müssen. Und dafür sei er zu jung – sie und John wären erwachsen, und was sie ertragen müßten, würden sie ertragen.«

»Da spricht der wahre Presbyterianer.«

»Ja. Und weiter sagte sie – sie sagte mir Dinge, die sie Dock nicht sagen kann – sie sagte, sie glaube, daß Binny im Himmel glücklicher sei, als sie auf Erden je geworden wäre. Du weißt, die orthodoxe Einstellung, nur sie glaubt daran. Sie fuhr fort: Binny sei so jung gewesen, und das Leben in diesem Alter sei gut, sie könne nicht anders als trauern, daß das Kind nicht mehr davon gehabt habe, schließlich sei der Himmel für die Ewigkeit, er hätte noch warten können. Und sie sagte, daß sie natürlich nichts davon zu John gesagt habe: Sie würde ihm nur immer wieder erzählen, daß Binny jetzt frei von Schmerzen sei, vom Gram errettet, glücklich und für immer jung.«

»Ich zweifle daran, daß Dock weitergehen würde, als zuzustimmen, daß das Kind jetzt frei von Schmerzen und vom Gram errettet ist.«

»Oh, sie weiß das. Sie sagt, er lese gerade Mark Aurel. Es sieht so aus, als habe ihm Kitty Edwards, bevor sie starb, das Exemplar ihres Vaters gegeben. Anne glaubt aber anscheinend nicht, daß er darin viel Trost findet. Und sie sagte, sie sei so froh, daß ich gekommen sei: Sie könne mir solche Sachen sagen. ›Stell dir vor, so was zu Kusine Jessamine zu sagen!‹ sagte sie. Ich fragte sie, ob Kusine Jessamine nicht ein wenig die Herrschaft an sich gerissen habe. Darüber lächelte sie, das erste Mal, daß ich sie lächeln sah, so sah sie natürlicher aus. Du weißt, Anne war nie das, was man unter einer Schönheit versteht, aber sie hatte einen schönen Mund: breit, aber so geformt wie bei einer Statue. Und sie ist durch diese letzten Monate mit aufeinandergebissenen Zähnen gegangen, nehme ich an; das hat ihren Mund dünner gemacht, jetzt ist er kaum mehr als eine Linie.«

»Anne ist immer noch eine junge Frau: Ihre Zähne werden sich wieder voneinander lösen. Und was war mit Kusine Jessamine?«

»Sie sagte, Cousine Jessamine fände, sie solle eigentlich für einige Zeit in Abgeschiedenheit leben, das sei das korrekte Benehmen, wenn man in Trauer sei, und Cousine Jessamine ist sehr korrekt. Aber – und ich hätte sie schütteln können – sie sei froh, daß Cousine Jessamine unten sei, um Besucher zu begrüßen: sie möchte niemanden sehen und sich den Kondolenzbesuchen nicht unterziehen. Und, wenn immer sie höre, wie Jessamine die Treppe heraufkäme, ginge sie in ihr Zimmer, schlösse die Tür und gäbe vor zu schlafen, damit sie nicht mit ihr reden müsse.«

»Aber das ist der schlimmstmögliche Weg – «

»Ich weiß. Es ist so einfach, für andere Leute vernünftig zu sein, nicht wahr? Ich habe, seit ich wieder zu Hause bin, mir das Hirn gemartert, um einen Weg zu finden, wie man Jessamine dort rauskriegt, und ich glaube, ich habe den Schimmer einer Idee. Ich hatte gedacht, ich würde dieses Jahr keine Weihnachtsfeier für den Klub arrangieren, mit Vaters Tod und jetzt auch noch Binnys und Mrs. Ballards nun möglicherweise jeden Tag. Aber ich finde, wir könnten vielleicht eine Nachmittags-Teegesellschaft geben, so wie letztes Jahr, ohne Bühnenvorführung, nur mit Musik. Ich habe von Christina gehört, daß Jessamine eine sehr angenehme Altstimme hat. Wir könnten ein Quartett zusammenstellen: diese zwei und Mrs. Evans, die wie ein Vogel singt, und Elizabeth Merrill, die zumindest den Ton halten kann. Vielleicht ein Nachmittag mit Weihnachtsliedern, man könnte sogar die Kinder in Kostümen beteiligen. Etwas wie von Dickens.« Sally baute die

Idee aus, während sie sie noch aussprach. »Christina glaubt zwar nicht an Weihnachten, aber sicherlich würde sie sich nicht weigern, Weihnachtslieder zu singen. Natürlich müßten dann von jetzt an Tag und Nacht Proben stattfinden, weil es ja schon bald ist. Es würde Jessamine beschäftigen. Der Klub trifft sich morgen: Ich werde das vorschlagen.«

»Gute Idee.« Ludwig gab seine geistesabwesende Billigung, als er die *Fackel* aufschlug. »Die Botschaft des Präsidenten an den Kongreß soll heute abend in der Zeitung stehen.« Der Kongreß war vor einigen Tagen zusammengetreten.

»Stimmt. Aber du wirst sie nicht mögen. Mr. Bonner hat's auch nicht getan.«

»Oh, natürlich.« Ludwig machte sich zum Lesen bereit. Sally hob Paul von dem Kaminvorleger auf. »Es ist Abendessenszeit für dich, mein Süßer. Komm, wir wollen Cassie suchen.«

Als sie zurückkam, fand sie einen strahlenden Ludwig vor, das Bildnis reinen Entzückens.

»Was –?«

»Dieser Demokrat hat sich selbst gehängt. Er schlägt vor, den Zolltarif zu reduzieren, weil in den vergangenen drei Jahren ein gefährlicher Überschuß, einhundertundzweiundzwanzig Millionen Dollar, sich im Finanzministerium angesammelt habe, ein Mehrbetrag über staatliche Ausgaben. Und die einzige Art, wie wir uns von dieser Gefahr befreien können, ist: durch Kürzung des Tarifs. Der Mann hat uns ein Wahlkampfthema auf einem Silbertablett serviert, und das war sicher nicht als Witz gemeint.«

»Du meinst, ihr hattet vorher keine Kernthemen?« Für Sally war es Kernthema genug, daß Cleveland Demokrat war.

»Eigentlich nicht. Präsident Cleveland ist nicht so verschieden von Garfield und Arthur gewesen: konservativ in Fragen der Steuer und der Ordnung im Lande. Und mit Männern wie Gouverneur Foraker und, sagen wir mal, Bonner, die ihm die Wahlansprachen und Zeitungsartikel schreiben, hätte es sein können, daß wir auf die ›blutige Flagge‹ hätten zurückgreifen müssen.«

»Es hat dem Gouverneur im Wahlkampf letzten Herbst gute Dienste getan. Und ich stimme Mr. Bonner völlig zu, daß die Entrechtung der Neger in den Südstaaten eine wahre Schande ist.«

»Ich vermute, wenn du ein Jahr in Andersonville verbracht hättest, würdest du die blutige Flagge für den Rest deines Lebens schwenken. Aber ich habe nicht gewußt, daß die Entrechtung der Neger eine deiner Herzensangelegenheiten war.«

»War es auch nicht«, gab Sally zu. »Ich bin nie jemand gewesen, der sich auf solche ›Angelegenheiten‹ festlegen ließ. Ich habe aber

Mrs. McKinney vor einigen Tagen nachmittags besucht. Sie hatte gerade einen Brief von Rachel Tobias bekommen. Du erinnerst dich an das kleine farbige Mädchen, das sie aufgezogen haben? Sie unterrichtet Negerkinder in etwas, das in Alabama wohl unter Schule verstanden wird. Ein so verzweifelter Brief; Mrs. McKinney hat mir Teile davon vorgelesen: sie war fürchterlich aufgeregt. Die Schule wird durch Spenden finanziert; es gibt wenig oder nichts, mit dem die Lehrer bezahlt werden können, und keine Verpflichtung für die Kinder, zum Unterricht zu kommen. Die Neger – nach Rachels Meinung – sind in den letzten zehn Jahren wirkungsvoll entrechtet worden, und wenn sie nicht wählen dürfen, welche Hoffnung gibt es dann, daß sie anständige Schulen bekommen könnten? Sie sind nämlich alle kleine Farmpächter und werden ihre Schulden an den Landeigner nie los. Ich verstand sofort, daß sie recht hatte: Was war der Sinn von all diesen Kämpfen, wenn die Neger jetzt überhaupt nicht besser dran sind als zuvor?«

»Du vergißt, daß ›all diese Kämpfe‹ uns ein vereintes Land bleiben lassen. Oh, in gewisser Weise sehe ich selbst, daß die radikalen Republikaner recht hatten, obgleich ich damals nicht dieser Ansicht war: Wir hätten uns um diese Sache während der gesamten Wiederaufbauzeit kümmern sollen und nicht die Truppen aus dem Süden abziehen, bevor die Rechte der Neger genügend geschützt waren. Aber dann hätten wir Tilden als Präsident anstatt von Hayes gehabt. Und nun wird es unmöglich sein, diesen Rechten Geltung zu verschaffen, ohne Truppen einmarschieren zu lassen, und wer kann das wollen?«

»Mrs. McKinney ist nicht so weit gegangen, sie hoffte nur, die Republikaner könnten ein unbestimmtes Etwas tun, falls sie die Wahl von achtundachtzig gewännen. Aber Mrs. Ballard – ich besuchte sie am selben Tag, ich habe die Runde gemacht – ich brachte das Thema wieder darauf, weil ich über irgend etwas reden wollte außer darüber, wie sie sich fühlte. Mrs. Ballard reagierte ziemlich heftig. Sie hatte gerade einen Brief an ein Kongreßmitglied in Indiana diktiert, wegen einer Rede über den Mißbrauch, den die Neger erdulden müssen.«

»Mrs. Ballard! Das ist eine Abwechslung für dich! Es gab niemanden, der entschiedener dafür gewesen war, dem Wiederaufbau und den Radikalen ein Ende zu machen, als die liberalen Republikaner. Hat sie vergessen, daß der Richter die Republikaner zweiundsiebzig nicht unterstützte, weil er die Radikalen nicht mochte? Und war er ein ›Rebell‹ vierundachtzig?«

»Sei ehrlich, Ludwig: Das war alles wegen der Korruption der Republikaner, nicht wegen der Rechte der Neger.«

»Das ist schon wahr, nichtsdestoweniger ist es seltsam, Mrs. Ballard in einer Linie mit den Blutigen-Flagge-Jungs zu sehen. Persönlich bin ich froh, daß uns der Präsident ein wirkliches Wahlkampfthema gegeben hat: Das Negerproblem ist unlösbar, soweit ich sehen kann. Ich kann mir nicht vorstellen, daß Mrs. Ballard sich für Schutzzölle für importierte Güter interessiert: Wie die meisten sogenannten Liberalen versteht sie unter Protektion einen Weg, durch den sich die Unternehmer bereichern, nicht aber den Arbeitern mehr bezahlen. Und was die ›Bedrohung‹ dieser einhundertzweiundzwanzig Millionen angeht: Ich freue mich schon darauf, Senator Sherman über dieses Thema reden zu hören. Kommt es diesem Idioten im Weißen Haus eigentlich nicht in den Sinn, daß das auf die öffentlichen Schulden beziehbar ist: Zinszahlungen reduziert, Zollverschlüsse zurückgezogen?«

»Fürchtest du eine Zollsenkung?«

»Natürlich fürchte ich eine Zollsenkung. Aber ich habe gar keine große Angst, daß eine Gesetzesvorlage zur Zollsenkung vom Kongreß angenommen wird. Falls doch, wird das Gesetz sein tödliches Werk zwischen jetzt und nächstem November beginnen, und das wäre der Gewinn der Wahl.«

Ludwig blätterte in der Zeitung zurück, um nochmals die Botschaft des Präsidenten zu lesen, wie sie dem Kongreß ausgehändigt und in der *Fackel* in voller Länge gedruckt worden war; Sally wandte sich wieder ihrem Roman zu. Die Jungs kamen zusammen heim, Ernest, der wegen der Schule nun von seiner Mühlentätigkeit entbunden, aber noch immer voll von seiner Würde war, mit Charles und Ludwig, die hinter ihm herzogen und miteinander einen kleinen Boxkampf austrugen.

»Abendessen fertig?« fragten sie wie mit einer Stimme.

»Ruhe, Jungs, zum Teufel noch mal! Wenn ihr so hungrig seid, dann geht rauf und eßt mit Cassie und Paul.«

Sie waren nicht sehr angetan von dieser Idee, aber wenn sie zu warten gezwungen waren, würden sie während dieser Überbrükkungszeit gesprächig sein, und ihre Eltern mußten wohl oder übel zuhören.

Beim Treffen des Frauenklubs am nächsten Nachmittag trug Sally ihre Idee einer Weihnachtsteegesellschaft bei sich zu Hause am einundzwanzigsten vor: ein Nachmittag voller Weihnachtsmusik mit Elizabeth Merrill wiederum als Vorsitzender eines Komitees, das das Programm zu planen hatte. Da dafür nur noch ein paar Tage vor ihnen lägen, hätte man nicht viel Zeit zu Vorbereitungen, aber sie sei ziemlich sicher, daß ›unsere Musiker‹ fähig wären, dem Klub einen angenehmen Nachmittag zu bescheren.

Nach dem Treffen drängte Sally Elizabeth in eine Ecke und machte ihr detailliertere Vorschläge: Sie hätte gehört, daß Mrs. Stevens eine entzückende Stimme habe, sie wisse, daß Mrs. Evans singen könne, Christina sei eventuell bereit und sie, Elizabeth, würde doch die vierte abgeben? Thomasina würde für sie spielen, und sicherlich wüßten sie doch genügend Weihnachtslieder?

Während der nächsten Woche waren jene Mitglieder des Frauenklubs, die musikalisch waren (mit der Ausnahme von Christina, die bestimmt abgelehnt hatte, daran teilzunehmen), nachmittags und abends vollauf beschäftigt. Mrs. Stevens hatte keinerlei freie Tage mehr, die sie bei den Gordons verbringen konnte, um Anne zu beschützen, und Anne zwang sich, zu einem mehr oder weniger normalen Leben zurückzukehren, obgleich sie wenig Sinn dafür hatte und selbst ein- oder zweimal die seltsame Fremdheit in einer wunderlichen Welt empfand, die Kinder manchmal fühlen: »Was soll ich nur hier? Warum bin ich Anne Gordon? Wie seltsam, daß ich Anne Gordon sein soll.« Aber wie entschieden sie auch immer dem Normalen entgegensah, sie blieb doch Sallys Weihnachtsparty fern, nicht weil sie den Anstandsregeln für Trauernde Bedeutung beimaß, sondern weil sie es nicht ertragen konnte, alle diese Kinder, Binnys Freunde, beobachten zu müssen, wie sie sich gesund und glücklich ihrer Welt erfreuten.

Der Nachmittag stellte sich letztlich als erfreulich heraus: Die Weihnachtsliedersinger kamen hereindefiliert, drei Erwachsene in hohen Seidenhüten, feinen Wollstoffmänteln, wollenen Schals und Biedermeierhosen. Die Stimmen der drei Frauen paßten gut zusammen. Sie sangen allein die schwierigeren Weihnachtslieder, wie »Adeste, fideles« auf Latein, dann ein mittelalterliches Lied und schließlich »Christ ist uns geboren«, und wandten sich dann den einfacheren, bekannteren Melodien zu, bei denen die Kinder ihre piepsigen Stimmchen zugesellten. Als das Programm und die Zugaben vorbei waren, wurden die Mädchen und Jungen von Cassie für einen Schmaus um den großen Eßzimmertisch versammelt, und den Damen wurde ein üppiges Mahl im Zeichenzimmer der Rauschs serviert.

Danach traf sich der Klub bis zum vierten Januar, an dem Sally die Damen mit ihrem Essay über Macaulay erleuchten würde, nicht mehr. Zwischenzeitlich war Weihnachten, jubelnd wie immer in den meisten Familien in Waynesboro gefeiert, gedämpft bei den Gordons und den Ballards, wo Mrs. Ballard todkrank lag. Und es kam Neujahr, an dem die jungen Männer, anstatt einzeln ihre Besuche abzustatten, einen kleinen Bierwagen mieteten, auf dessen Ladefläche sie die Küchenstühle ihrer Mütter in Reihen aufstellten, und die Runde von Haus zu Haus, wo die jungen Damen »zu Hause« waren, gemeinsam machten. Johnny schloß sich ihnen an: Seine Eltern hatten darauf bestanden. Mit all dem Bier bei den Bonners und Kleins, wo Sophie für die Ferien nach Hause gekommen war, und Wein bei Rauschs und sogar bei den Demings, wo dieses eine Mal der General seine Frau überstimmt hatte (schließlich war es ja Tradition, oder nicht?), waren die Jungs alle ein wenig beschwipst, und ihr Fahrer lud sie, als der Nachmittag seinem Ende zuging, jeden an seiner Haustüre ab und paßte auf, daß jede Mutter auch ihren eigenen Küchenstuhl wiederbekam. Johnny, der so naiv war, daß er hoffte, sein Zustand bleibe seinem Vater verborgen, entging der anstehenden Schelte, weil sein Vater die ganze Angelegenheit komisch fand. Nachdem er hinaufgegangen war, um sich für ein Nickerchen, das er bitter nötig hatte, hinzulegen, konnte er seines Vaters Stimme immer noch aus dem Wohnzimmer hören. Er wäre überrascht gewesen, hätte er die Worte verstehen können: »Wird ihm guttun, Anne. Er ist so lange traurig gewesen, er mußte zwangsläufig irgendwo, irgendwann einmal ausbrechen, und das ist ein guter Ort und eine gute Zeit: nämlich hier und zu Hause.«

»Aber *betrunken*! Wie haben sie das nur tun können?«

»Seine Gastgeber, meinst du? Ich nehme nicht für einen Augenblick an, daß sie das gemerkt haben; es hat diese dummen Jungen wahrscheinlich nicht getroffen, bis sie nach ihrem letzten Besuch in die Kälte draußen kamen. Und überhaupt, wenn Johnny nie betrunkener sein wird, als er es eben war, hast du keinen Grund, dir Sorgen zu machen.«

Aber diese Neujahrseskapade wurde eine der Lieblingsgeschichten von Waynesboro, sie wurde mit Fröhlichkeit oder mit Entsetzen erzählt, was von dem jeweiligen Erzählerstandpunkt abhing. Und General Demings Ansehen in der Gemeinde stieg oder verminderte sich, ebenfalls abhängig davon, aus welchem Blickwinkel man die Sache sah. (Natürlich wußte jedermann, was man von diesen anderen Häusern zu erwarten hatte, aber die *Demings*!) Unter seinen politischen Freunden hatte General Deming, der sehr darauf erpicht war, einer der Repräsentanten seines Kreises für die Republikanische Nationalversammlung im Juni zu werden, keinerlei Boden verloren, indem er sich als »echter Kerl« erwiesen hatte. Enthaltsamkeit und Alkoholverbot waren im letzten Jahrzehnt ein heißes Eisen im Staat gewesen, und General Deming hatte mit seiner Partei und Gouverneur Foraker alleingestanden, als er für den Zusatzartikel zur Staatsverfassung eintrat, die der Gesetzgebung erlaubte, Gesetze zum Besteuern des

Alkoholhandels passieren zu lassen: ein Zusatzartikel, der zuvor von der seltsamen Kombination der Prohibitionisten überstimmt worden war, die die Ansicht vertraten, daß ein derartiges Gesetz den Verkauf von Alkohol sanktioniere, und die »Alkoholinteressierten«, die weder Besteuerung noch Lizensierung wollten, entschuldige. General Demings Haltung enttäuschte einige seiner Freunde, brachte ihm aber bei den treuen Parteianhängern Sympathien ein.

Als das Jahr 1888 seinem Ende entgegenging, begann die Politik wieder einmal die dominierende Angelegenheit zu werden, zunächst bei denen, die direkt damit beschäftigt waren, und dann bei der allgemeinen Wählerschaft, und wie Ludwig vorhergesehen hatte, wurde die Zollfrage das Hauptthema. Die Parteien stimmten überein, daß die Steuern gesenkt werden sollten, aber Senator Sherman machte in einer Rede im Senat als Antwort auf die Botschaft des Präsidenten klar, welche Position die Republikaner bezogen: Industrieschutz durch Einfuhrzölle, Senkung von internen Steuern. Der Zollgesetzvorschlag wurde am einundzwanzigsten April im Weißen Haus beraten. Wenige Tage zuvor hatten sich die Republikaner Ohios in einer Parteiversammlung in Dayton einstimmig entschieden, Senator Sherman als ihren Präsidentschaftskandidaten zu unterstützen. Da sich Blaine aus dem Rennen zurückgezogen hatte, würde es auch keine Blaine-Unterstützer geben, die die Delegation spalten könnten; zumindest zu Beginn nicht, obgleich Hanna, der Shermans Manager war, sich in bezug auf die Loyalität Gouverneur Forakers nicht wohl gefühlt haben mag, weil der natürlich ein ungebundener Delegierter war, wie auch William McKinley, der berühmte Zollexperte und Freund Mark Hannas. Welche Fragezeichen auch immer hinter dem Gouverneur gestanden haben mögen, auf der Oberfläche war die Delegation geeinigt und würde im Juni zur Nationalversammlung reisen, um, wenn möglich, Sherman zu nominieren. Ludwig behielt seine Zweifel, ob sich das verwirklichen ließe, für sich, obgleich er fand, Sherman sollte zum Kandidaten ernannt werden, und obgleich er für ihn bis zum Ende kämpfen würde, wie er schon so oft zuvor für ihn gekämpft hatte. Er engagierte sich diesmal nicht mit ganzem Herzen, weil er gänzlich in den Kampf mit dem Nationalen Tauwerkkonzern verwickelt war, dessen Einflußnahme wuchs, und der die Preise der unabhängigen Hersteller unterbot. Ihr Versuch, die Hanfbelieferung in ihre Hand zu bekommen, schlug allerdings fehl: In diesem Frühjahr begann der Preis von Manilahanf zu fallen, es wurde offensichtlich, daß der Nationale Tauwerkkonzern sich übernommen hatte und nun gezwungen war, seine Unterstützung des Hanfmarktes zurückzuziehen. Ludwig, der in Cincinnati auf kurzfristiger Basis Geld geliehen hatte, konnte dadurch sein Lager wiederum mit Fiber zum Preis von sechseinhalb Cents füllen, also für weniger, als er im Jahr zuvor bezahlt hatte. Zu dieser Zeit wurde der Gesetzentwurf zur Zollsenkung immer noch im Repräsentantenhaus beraten; selbst wenn er dort angenommen werden sollte, sah Ludwig kaum eine Chance, daß er auch den Senat passieren sollte. Im Juni fuhr er in der Gesellschaft von General Deming zur Parteiversammlung, gelöster als er seit einigen Monaten gewesen war, aber ohne die Erwartung des Sieges, die ihn '80 so lebhaft und '84 nur um ein Geringes weniger froh gemacht hatte. Er riet Sally davon ab, ihn zu begleiten, und sie war auch durchaus bereit, zu Hause zu bleiben: Die Jungs waren doch eine zu anstrengende Bande, um sie Tante Minna in Burlington zu übergeben oder sie mit Cassie alleine zu Hause zu lassen.

Einmal auf der Versammlung, wurde Ludwig von der vierjährlich wiederkehrenden und sich jetzt auf ihrem Höhepunkt befindlichen Aufregung, die während dieser Tage von Begrüßungsansprachen und Nominierungsreden bis zum tatsächlichen Höhepunkt, der Stimmabgabe, anstieg, eingefangen. Zumindest, dachte er, hielt dieses Jahr Ohio zusammen. Foraker und McKinley könnten es vielleicht werden und waren wohl auch eifersüchtig aufeinander, und als nach mehreren unterschiedlichen Stimmgängen das Gerücht umlief, daß sich Blaine trotz allem bereit erklärt habe, zu kandidieren, ließ Foraker, der schnell den Verdacht hegte, daß die Delegation zu McKinley überlaufen würde, sobald Shermans Kandidatur als hoffnungslos erkannt werden würde, durchsickern, daß er den »gefiederten Ritter« unterstützen würde. Als dann aber die entschiedene Ablehnung von Blaine kam, kehrte Foraker schnell zu seiner eingeschworenen Allianz zurück und gab vor, sie nie verlassen zu haben. McKinley auf der anderen Seite, als er weiterhin ein paar Stimmen bei jedem Wahlgang bekam, unterbrach den Namensaufruf, um vor der Versammlung zu sprechen: Seine Loyalität Sherman gegenüber und seine eigene Integrität forderten es, daß er darum bäte, keine weiteren Stimmen für ihn abzugeben. Er hatte auf einem Stuhl gestanden, um sprechen zu können, und niemand, der ihn gehört hatte und seine Blässe und seine innere Bewegung gesehen hatte, konnte seine Ernsthaftigkeit in Frage stellen, und die abgehärteten Politiker und zynischen Zeitungsreporter waren ehrlich bewegt. Sieben Wahlgänge fanden statt, bevor man sich Samstag nacht vertagte: Sherman bekam die Mehrheit der Stimmen, aber nichts, das einer

Mehrheit ähnlich sah. Vielleicht, wenn Sonntag nicht dazwischengekommen wäre – aber nach einem von vielen geglaubten Gerücht war an diesem Tag ein Handel zwischen Tom Flatt, der die New Yorker Delegation immer noch fest im Griff hatte, und dem Indiana-Manager für Benjamin Harrison abgeschlossen worden. Jedenfalls wurde Harrison nominiert. Und Ludwig, der sich selbst versprochen hatte, daß er dieses Mal nicht enttäuscht sein würde, blieb wieder mit dem bitteren Geschmack der Niederlage im Mund zurück. An diesem letzten Tag wechselte er ein paar Worte mit Mr. Hanna, bevor sich die Delegation auflöste und jeder seiner eigenen Wege ging. Sie stimmten überein, daß es für den Senator die letzte Chance gewesen war: Falls Harrison gewählt werden sollte, würde er wohl eine zweite Amtszeit wollen, und 1896 sei Sherman wohl ein alter Mann. »Er hat mehr verdient für sein Land«, sagte Mark Hanna. »Aber«, und sein Gesicht hellte sich auf, »was halten Sie von Major McKinley? Auch er ist ein Mann von Integrität und gesunden Prinzipien und Politik, und er ist ein Mann mit mehr Wärme als der Senator. Auch er verdient unsere Loyalität und unsere besten Dienste. In der Zwischenzeit werden wir unsere eigene Arbeit wohl zurückstellen müssen, wenn wir General Harrison wählen wollen.«

»Wenn es nicht wegen des Zolltarifs wäre...« Ludwig wollte ausdrücken, daß es ihm ziemlich egal wäre, wenn es nicht um die Zollfrage ginge, aber Mr. Hanna unterbrach ihn.

»Ja, der Zolltarif – das ist der Punkt, mit dem er die Wahl gewinnt.«

Ludwig hatte Sally nicht informiert, wann er zurückzuerwarten sei, und daher war niemand am Bahnhof in Waynesboro, um ihn abzuholen; er hatte nicht gewollt, daß man ihn in der Öffentlichkeit bemitleide. Zu Hause wurde er mit der sicheren Wärme seiner Familie, die ihn vermißt hatte, begrüßt, und es gab nur Aussprüche wie: »Schade, Ludwig!« und »Was für eine Schande, Papa!« Dann sagte Sally: »Dieser Harrison, was ist das für einer? Oh, ich weiß, daß er im Kongreß gesessen hat und Reden über die Zollfrage und die Negerfrage im Süden gehalten hat. Aber wie ist er eigentlich wirklich?«

Ludwig zitterte und klapperte mit den Zähnen in einem gespielten Frösteln.

»Was soll das heißen, um Gottes willen?«

»Nur daß, wenn General Harrison in ein Zimmer eintritt, die Temperatur um zwanzig Grad sinkt.«

»Wird es nicht schwierig sein, einen solchen Mann zum Sieg zu bringen?«

»Wir werden ihn wählen, wir müssen es oder wir werden sehen, wie die Dinge vor die Hunde gehen. Wir wählen nicht ›einen Mann wie den‹, sondern einen Republikaner. Die verdammenswürdige Ironie der Politik: Der Einwand gegen Senator Sherman war immer, er sei zu kalt, ohne Anziehungskraft auf den einfachen Wähler. Und dann drehen wir uns um und wählen einen Mann wie Harrison.« Er schüttelte sich wieder. »Aber er ist ein integrer Mann: Ich weiß wirklich nicht, was Tom Platt sich aus diesem Handel verspricht.«

Und so bauten die Republikaner ihren Wahlkampf auf der Zollfrage auf, und zum erstenmal seit dem Bürgerkrieg hörte man nicht die Anrufung der gefühlsgeladenen »blutigen Flagge«. Wahlkampfansprachen waren nicht so aufrüttelnd wie in anderen Jahren, und der Kongreß blieb bis Oktober versammelt. Die meisten führenden Republikaner wurden durch die Notwendigkeit gezwungen, in Washington zu bleiben, denn immer noch wurde die Zollgesetzvorlage, die dem Haus im April vorgelegt worden war, debattiert. Aber es war auch das Jahr der Marietta-Abkommen, und die Feiern, die überall im Lande stattfanden, und die dazugehörenden Reden waren zum großen Teil »unpolitischer« Natur. Im August wurde das nationale Feldlager der Großen Armee der Republik in Columbus abgehalten. Das war wahrscheinlich auch »unpolitisch«, obgleich die G.A.R. seit ihrer Gründung eine Hauptunterstützungsquelle der Republikanischen Partei gewesen war (waren halt alles Unionssoldaten). Am Tage der Parade waren zur großen Entrüstung möglicher anwesender Demokraten siebzigtausend überhitzte Marschierer mit Fähnchen, die Harrisons Bild trugen, ausgerüstet worden. Ludwig war einer dieser Marschierer; er war viele Jahre lang nominell Mitglied der G.A.R. – aus politischen Gründen – gewesen, hatte aber selten an irgendwelchen Treffen teilgenommen. Aber in diesem August, da das Zeltlager so nahe bei Waynesboro war, entschied er sich mitzumachen. Er hatte versucht, John Gordon zu überreden, mitzukommen. Eines seiner Argumente war, daß General Sherman alt würde und sie vielleicht keine Gelegenheit mehr hätten, ihn nochmals zu sehen. Aber John sagte: »Ich will den General nicht als alten Mann sehen. Ich behalte lieber die Erinnerung an das letzte Mal.« Ludwig verstand, versuchte aber dennoch zu argumentieren: Nie wieder gäbe es so viele Veteranen, die an der Parade teilnähmen, von jetzt an wären es jedes Jahr weniger. Aber John blieb unnachgiebig. Bei Ludwigs Rückkehr wurde ihm jedoch ein glühender Bericht des Ereignisses nicht erspart.

»Der General sieht älter aus – da hattest du recht. Aber sein

Gedächtnis ist so gut wie je. Er erinnerte sich« – Ludwig zögerte, gestoppt durch Johns zusammengebissene Zähne –, »er fragte nach dir, und wo die ›kleinen Mädchen‹ seien. Ich hab' ihm von Binny erzählt. Er bat mich, dich daran zu erinnern, daß auch er wisse, was es bedeutet, ein Kind zu verlieren.«

»Das weiß er. Erinnerst du dich, wie Willy Sherman in Memphis mitten im Vicksburg-Wahlkampf an Typhus starb? Das war hart. Ich frage mich nur, wie er überhaupt hat weitermachen können?«

»Er wollte, daß man dich von ihm mit seinem herzlichen Beileid grüße.«

Johns Augen wurden feucht. Er konnte sich nicht dazu bringen, mehr als ein gemurmeltes »Danke« hervorzustoßen.

Die Wahl im November war in einem Sinne wohl kaum ein »überwältigender« Sieg für die Republikaner: Harrison hatte die größte Zahl der Wahlmännerstimmen, aber Cleveland die Mehrheit der Volksstimmen. Auf der anderen Seite hatten die Republikaner zum erstenmal seit sechzehn Jahren nicht nur die Exekutive in der Regierung gewonnen, sondern auch die Legislative: In beiden Teilen des Kongresses würde es eine republikanische Mehrheit geben, und keinen weiteren Unsinn, so hoffte man, über Zollsenkungen.

Mrs. McKinney war glücklicher über die Entscheidung für Harrison als mancher treue Republikaner. »Er ist ein guter Mann«, schrieb sie an Rachel, »und er wird etwas tun, um das Leiden deiner Leute zu vermindern.«

Und Mrs. Ballard starb, glücklich in der gleichen Illusion. Bis zum bitteren Ende hatte sie einen völlig klaren Verstand behalten; selbst als sie körperlich hilflos war und Tag und Nacht Pflege brauchte, klammerte sie sich an ihr Interesse an den Problemen der Menschheit. Sie ließ Thomasina ihr die Zeitung Zeile für Zeile vorlesen, und wenn eine neue Grausamkeit gegen einen Neger in den Südstaaten begangen worden oder eine hilflose Frau mit der Ungerechtigkeit in den Gerichten konfrontiert worden war, raffte sie sich auf, Briefe zu schreiben, die Thomasina tagsüber von ihr diktiert bekam und die Eliza im Büro abtippen mußte: Briefe an den Herausgeber, ob es nun Mr. Bonner von der *Fackel* war oder Mr. McLean vom *Cincinnati Enquirer* oder Whitelaw Reid von der *New York Tribune,* und Briefe an Politiker, von denen sie einige scharf zurechtwies und andere lobte.

John war etwas im Zweifel, was die Wirkung ihrer fieberhaften geistigen Aktivität auf ihren gesundheitlichen Zustand anbelangte. Er sprach von seinen Bedenken eines Abends zu Eliza, als er mit seiner Visite spät dran und sie bereits von der Arbeit nach Hause gekommen war.

»Sie erschöpft sich selbst, wenn sie sich so über diese Dinge, und zudem noch sinnlos ärgert. Und sie erschöpft Sie auch.«

»Ich weiß. Wenn es darum geht, wieviel Gutes ihre Briefe bewirken, könnte ich sie gleich in die Zisterne werfen. Aber ich kann ihr das nicht sagen. Und was macht es schon aus? Zu diesem Zeitpunkt?«

Er konnte ihr nur sagen, daß Ärzte sich bemühen, ihre Patienten so lange wie möglich am Leben zu erhalten, er wisse, letztlich könne es nicht mehr lange sein. Er war überrascht, daß sie sich diese ganze Zeit so an das Leben geklammert hatte, und er war überhaupt nicht überrascht, als ihn Sam eines Abends nicht lange nach der Wahl holen kam.

»Sie hat uns verlassen«, sagte ihm Sam, als er mit John in dessen Buggy kletterte, »aber ich weiß, daß Sie kommen müssen, um es uns zu bestätigen. Komische Sache, kaum daß die Wahlergebnisse heraus waren und Harrisons Wahl sicher war, ließ sie sich einfach gehen. Sie war so sicher, daß er auf der Seite der Engel stand – ihrer Engel – und daß er Wunder vollbringen könne.«

»Er ist ein kaltblütiger Bursche. Ehrlich genug, vermute ich, aber weder wirklich bewegt von der Notlage der Neger noch wirklich anders als seine Vorgänger.«

»Wie entsetzt wir auch immer über jeden einzelnen Lynchmord sein mögen, man kann jetzt gar nichts mehr tun: Es ist zu spät. Und was das Leiden der Frauen angeht, werden wir in unserem ganzen Leben keine Änderung sehen. Mutter Ballard und all die alten Freunde, mit denen sie korrespondierte, wie Mrs. Stanton, haben das Zeitalter der Reformen überlebt.«

Mrs. Ballards Beerdigung war ein ausschließlich lokales Ereignis. Die Kirche war überfüllt, und zwar von Methodisten aus Waynesboro und Mitgliedern des Frauenklubs. Es schien denen seltsam, die sich an Richter Ballards Begräbnis erinnerten: In ihrer Blütezeit war Mrs. Ballard auch außerhalb eine ebenso bekannte Persönlichkeit gewesen wie er.

Der Frauenklub von Waynesboro zollte Mrs. Ballard gebührende Ehrenerweisung als einem Gründungsmitglied und seiner ersten Präsidentin. Zu diesem Zweck unterbrach man das Programm der 1888/89-Saison »Neue Bücher von alten Freunden«. Sally, die vielleicht Schuldgefühle hatte, weil sie Mrs. Ballard nicht so geliebt hatte, wie sie es hätte tun können, plante umsichtig ein Treffen, das alle Aspekte ihres Lebens abdecken würde. Amanda: ein Aufsatz über die Bewegung zur Abschaffung der Sklaverei und

Mrs. Ballard; Mrs. McKinney: Die Mäßigkeitsbewegung und Mrs. Ballard; Mrs. Deming: Das Problem des Leidens der Frau und Mrs. Ballard; sie selbst sprach über Mrs. Ballard als Klubmitglied und Klubpräsidentin, und Anne Gordon sprach über Erinnerungen an Mrs. Ballard. Die Achtungsbezeigungen wurden unterbrochen von angemessener Musik, gespielt vom sogenannten »Klubtrio«. Es war schon so lange her, daß Mrs. Ballard ein aktives Mitglied des Klubs gewesen war, daß neuere Mitglieder sie gar nicht kannten, und selbst einige ältere sie nie in ihren besten Jahren gesehen hatten. Und immerhin, hatte Sally gesagt, als sie versuchte, Anne zu einer Rede zu veranlassen, war Mrs. Ballard bei weitem das großartigste Mitglied, das der Klub je gehabt hatte und nach aller Wahrscheinlichkeit je haben wird. »Ich muß gestehen, sie hat mich oft gereizt: Sie war so darauf aus, die ganze Welt zu verbessern, mich eingeschlossen. Aber wenn ich zurückdenke, glaube ich doch, daß der Klub wohl nie die ersten Jahre überlebt hätte, wenn sie uns nicht auf einem gewissen Niveau gehalten hätte: Wir hätten uns vor ihr geschämt, hätten wir nicht unser Bestes getan.«

»Ich habe die Mädchen immer bedauert. Aber es schien ihnen nichts auszumachen, auf Treffen und Zusammenkünften herumgeschleift zu werden. Und ich glaube, sie war freundlich, wenn sie aktiv sein konnte. Ich meine, ich glaube nicht, daß sie je absichtlich unfreundlich war. Schade, daß Eliza nicht nach ihr kommt.«

»Ludwig hält auf Eliza als Sekretärin große Stücke. Komisch, nicht wahr? Aber es gibt mehr, das man über Mrs. Ballard sagen kann, als nur daß sie freundlich in einer geistesabwesenden Art war, und ich habe vor, es zu sagen.«

Das Treffen war dann das längste und formellste, das der Klub je für ein verstorbenes Mitglied abgehalten hatte, und mit all der Musik und den Ansprachen waren einige der Damen zu Tränen gerührt, die meisten hatten feuchte Augen (und gaben damit den jüngeren, die sie nicht gekannt hatten, zu Verwunderung Anlaß), und Thomasina, rührend dankbar für die Wertschätzung ihrer Mutter, weinte ganz offen.

»Alles in allem«, sagte Anne zu John beim Abendessen an diesem Abend, »war es eine feuchte, unangenehme Angelegenheit. Sie selbst hätte es gehaßt.«

»Ich bin nicht sicher«, antwortete er langsam. »Jeder in der ganzen Welt mag es, wenn er gepriesen wird. Es ist nur menschlich, und viele von uns hören nicht allzuviel davon in ihrem Leben. Ich habe Mrs. Ballard ziemlich gut kennengelernt. Eine heftige alte Frau in vielerlei Hinsicht, aber sie hat den Tod so lange sie konnte abgewehrt, weil sie sich sorgte, daß die Mädchen sich ohne sie nicht verstehen würden. Sie verlangte ein Versprechen von Eliza, bevor sie starb – Eliza hat es mir selbst gesagt –, daß sie sich um Thomasina kümmern werde. Mrs. Ballard hat nie daran gedacht, es herumzudrehen.«

»Du meinst, Thomasina zu bitten, auf Eliza aufzupassen?« Anne war erstaunt.

»Ich weiß, Eliza macht einen selbstgenügsamen Eindruck. Vielleicht ist sie es auch. Aber ich glaube, sie ist nur einsam.«

»*Eliza*? Sie ist die Geschäftigste und Übereifrigste in der ganzen Stadt. Sie hat in ihrem Verstand überhaupt keinen Platz für Einsamkeit. Und nur vor einem Jahr – John.« Sie sah ihn traurig an. »Es kommt einem gar nicht wie ein Jahr vor, nicht wahr?«

»Nein.« John knüllte seine Serviette zusammen, warf sie auf den Tisch und stieß seinen Stuhl zurück. »Solange wir leben, wird es uns immer so scheinen, als sei es gerade gestern gewesen.«

DIE MITGLIEDER DES FRAUENKLUBS VON WAYNESBORO

Miß Eliza Ballard
Mrs. Louisa Deming
Mrs. Gwen Evans
Miß Caroline Gardiner
Miß Lavinia Gardiner
Mrs. Anne Gordon
Mrs. Rhoda McKinney
Mrs. Laura Maxwell
Mrs. Elizabeth Merrill
Mrs. Sarah Rausch
Miß Amanda Reid
Mrs. Jessamine Stevens
Mrs. Thomasina Travers
Mrs. Christina Voorhees

IN MEMORIAM
Mrs. Mary Ballard
Miß Susan Crenshaw
Mrs. Katherine Edwards
Mrs. Mary McCune
Miß Agatha Pinney

1892

»Eine unserer Töchter kehrte nach Hause zurück...«

An einem kalten, stürmischen Februarabend sah Ludwig Rausch zu einem kurzen Geplauder mit John Gordon in der Praxis des Doktors vorbei. Das Wartezimmer war leer, obgleich es erst acht Uhr war: John war in dem mittleren Behandlungszimmer allein und starrte mißgelaunt auf ein Schachproblem, das er sich auf dem Brett zurechtgestellt hatte. Der Doktor war überrascht, Ludwig zu sehen; wenn jemand in seiner Familie krank gewesen wäre, hätte er gewiß telefoniert.

»Was treibt dich denn bei diesem Wetter heraus?«

»Es ist ein Jahrestag, und ich dachte, ich würde ihn gern mit dir verbringen. Du hast doch nicht vergessen?«

John nickte zu dem großen Kalender hinüber, der an der Bürowand hing. »Wenn ich's vergessen hätte, das hätte mich wieder daran erinnert.« Er wischte die wenigen Schachfiguren von dem Schachbrett. »Zieh dir einen Stuhl heran, und wir spielen eine Partie. Nein, ich hatte es nicht vergessen. Dieser Tag war eine Art Meilenstein für mich und für dich auch, nehme ich an.« Er stopfte sich seine leere Pfeife und steckte sie an. »Und so plötzlich, der letzte aus unserer Jugend weg.«

John und Ludwig sahen mit ihren fünfzig Jahren nicht länger wie junge Männer aus: Ludwigs blonde Haare wurden langsam grau und schon ein wenig schütter, aber er hatte eine Figur, die zu seinen mittleren Jahren paßte: er war schwerer, als er je gewesen war und sichtbar dicker um die Taille. John hatte nicht viel an Gewicht zugelegt, gerade genug, um eher als untersetzt beschrieben werden zu können, sein Gesicht war jedoch tiefer von Furchen durchzogen als das von Ludwig, und sein Bart und sein Haar begannen einen grauen Schimmer zu bekommen. Aber jung auszusehen und sich jung zu fühlen sind zwei verschiedene Dinge; unbewußt hatte sich jeder der beiden Männer genauso gefühlt wie der Junge, der '61 in den Krieg gezogen war, bis zu dem Winter vor einem Jahr, dem Winter von 1891.

An diesem vierten Februar war General Sherman in New York gestorben. Auf eigenen Wunsch hielt der Begräbniszug, der seinen Leichnam nach Hause brachte, nicht für letzte Ehrenbezeigungen und Feierlichkeiten an. Aber wo immer alte Soldaten, die in seinen Armeen gekämpft hatten, die Eisenbahnlinie erreichen konnten, versammelten sie sich, um zuzusehen – nur um zuzusehen, wie der Zug vorbeifuhr. Und um sich zu verabschieden, nicht nur von dem General, sondern auch von etwas, das ein Teil ihrer selbst gewesen war. Zwei oder drei, die sich an einem Übergang trafen, wo das Signal hell anschlug, standen und salutierten, eine Handvoll vielleicht mit einer Flagge, vielleicht mit einem Signalhorn in jedem Dorf. Und in den Städten gab es Bahnsteige, überfüllt mit Männern im mittleren Alter, einige von ihnen in schlechtsitzenden Uniformen, alle in Achtungsstellung, kerzengerade, und sie salutierten, als der Zug langsam durchfuhr. John und Ludwig waren unerwartet vor dem Bahnhof in Waynesboro zusammengetroffen; keiner von beiden hatte von seiner Absicht hinzugehen etwas gesagt; beide hatten impulsiv gehandelt, halb widerstrebend, ein bißchen verschämt. Sie standen wortlos nebeneinander zusammen mit anderen Kriegsveteranen und spähten den Schienenstrang entlang, um den Rauch der Lokomotive zu entdecken. Als sie in Sicht kam, versteifte sich alles zur Achtungshaltung, und ihre Arme wurden im militärischen Gruß gehoben, ihre Gesichter unbewegt, und als der letzte Waggon das Gesichtsfeld verlassen hatte, waren beider Augen nicht völlig trocken geblieben. Als eine schweigende Menschenmenge sich aufzulösen begann, sagte Ludwig: »Reuben ist mit dem Buggy hier. Ich laß dich an deiner Praxis heraus.«

»Ich würde lieber gehen. Trotzdem, vielen Dank. Fühlst du auch so ganz plötzlich die Summe der Jahre, die hinter uns liegt? Es ist ein alter Mann, den sie nach Hause bringen, nicht der General.«

»Ja. Und wir sind nicht mehr Jungs, Dock. Mit diesem Zug ist etwas für immer aus unserem Leben verschwunden.«

Kein Wort wurde mehr gewechselt, es hätte auch keinen Grund dafür gegeben: Man hatte genug gemeinsamer Erinnerungen, um gemeinsame Gefühle heraufzubeschwören, nicht nur Erinnerungen an Märsche, Kämpfe und Belagerungen, sondern auch an einen Tag mit einem Picknick, als der General so liebenswürdig zu einer bezaubernden Binny war. Davon sprach John an diesem Abend ein Jahr später, als sie dabei waren, die Schachfiguren aufzustellen.

»Erinnerst du dich an diesen Tag bei Odells Grove? Die vielen Kinder: In gewisser Weise scheint es so lange her zu sein wie Vicksburg. In einer anderen Weise scheint es wie gestern. Wie konnte es geschehen, daß wir so schnell Väter von erwachsenen Männern und Frauen geworden sind? Jetzt ist Johnny schon ein examinierter Arzt und praktiziert bereits.«

»Wo ist eigentlich dein junger Mann? Draußen auf Visite?«

»Er ist, wo er abends meistens ist, seit die Demings wieder zu Hause sind. In ihrem Empfangszimmer. Funken werfen.«

»Wartet diese Angelegenheit nicht schon seit langer Zeit auf Feuer? Was ist mit Johnny los? Er ist doch sonst ein unternehmungslustiger Junge.«

»Es ist die junge Dame, die zögert. Und die Demings. Sie haben diese lange Reise ins Ausland letztes Jahr in der Hoffnung unternommen, die beiden trennen zu können, nehme ich an. Vielleicht haben sie nach einem Prinzen für sie Ausschau gehalten.«

Ludwig schnaubte, und John lachte. »So zumindest empfinde ich es«, sagte er. »Es wäre kein Verlust für Waynesboro gewesen, wenn es ihnen gelungen wäre. Johnny wäre das Herz gebrochen, aber es wäre wieder geheilt. ›Männer sind gestorben, und Würmer haben sie gefressen...‹«

»›Aber nicht für Liebe.‹ Gott, wie mich das an die Vergangenheit erinnert. Erinnerst du dich, wie Kitty Edwards in einer dieser Weihnachtsvorstellungen des Klubs Rosalinde gespielt hat? Und das ist auch schon eine lange, lange Zeit her. Arme Kitty – so jung – aber sie wußte, was lieben heißt. Du und ich, Dock, haben Glück gehabt. Mehr Glück als unsere Kinder.«

John, der sehr viel zurückhaltender war als Ludwig, sprach nicht von seinem eigenen Glück. Statt dessen sagte er: »Diese sich hinziehenden, uneingestandenen Verlöbnisse sind vom Teufel. Ich habe den Verdacht, das Mädchen scheut vor der Ehe in jungfräulicher Abneigung zurück. Ich muß zugeben, ich bin von dieser Aussicht ziemlich beunruhigt. Und du? Machst du dir Sorgen um Elsa? Doch sicherlich nicht – zumindest noch nicht – um deine Jungs.«

»Nein. Kaum.« Darüber hinaus antwortete Ludwig nichts für eine lange Minute; er studierte das Schachbrett. Dann seufzte er und sagte: »Ja, Elsa. Sie wird bald nach Hause kommen. Sie ist nun schon zwei Jahre weg, bei weitem zu lang. Ich konnte sowieso nicht verstehen, warum sie das eigentlich tat.«

Elsa hatte in Dresden Klavier studiert, lebte bei einem von Ludwigs Vettern und widmete sich mit der ganzen Konzentration, die sie aufbringen konnte, der Musik. Niemand – nicht Ludwig, nicht ihre Mutter –, niemand außer Elsa selbst wußte, warum sie so plötzlich entschieden hatte, das Konservatorium von Cincinnati könne ihr nichts mehr bieten und sie müsse ihre Studien in Deutschland fortsetzen. Die Entscheidung war in der Nacht in ihrem Mietshaus gefallen, als Julia spät mit strahlenden Augen nach Hause gekommen war und ihr anvertraut hatte, daß Johnny um ihre Hand angehalten habe. Elsa hatte mit Haß auf sich selbst und krank vor Verzweiflung gesagt: »Und natürlich hast du angenommen.«

»Natürlich *nicht*, du Dumme. Na hör mal, er ist doch noch nicht mit der Medizin fertig. Ich kann mir nicht vorstellen, was Papa sagen würde. Ich habe ihm gesagt, er solle warten, bis er als praktizierender Arzt etabliert ist, und mich dann noch einmal fragen. Ich wünschte, er würde in Erwägung ziehen, hier in Cincinnati eine Praxis aufzumachen. Ich lebe so gern in der Stadt.«

»Wird er aber nicht. Er wird Partner seines Vaters.«

»Ich weiß. Und natürlich wird es das für ihn leichtermachen am Anfang. Aber ich finde Waynesboro wirklich langweilig.«

»Nun, ich werde meine guten Wünsche aufsparen, bis du ja gesagt hast.« Dann war Elsa doch schärfer mit Julia geworden, als sie es sich je vorher erlaubt hatte. »Ich finde es aber wirklich grausam von dir, Johnny so hängenzulassen.«

»Er hängt schon geraume Zeit, und es hat nicht den Anschein, als ob es ihm etwas ausmacht.«

Und das war durchaus wahr – so wahr, daß Elsa die Tränen zurückkämpfen mußte. Sie würde weit, weit weggehen ... nach Deutschland, damit sie nicht auch noch Zeuge sein müßte.

Wenn ihre Mutter nicht um das besondere Ereignis wußte, das Elsas Verlangen, ins Ausland zu gehen, plötzlich herbeigeführt hatte, so ahnte sie es doch. Als Elsa ihrem Vater vorgeschlagen hatte, sie nach Deutschland zu schicken, um ihre musikalische Ausbildung zu vervollkommnen, war er bestürzt gewesen und drauf und dran, es zu verweigern. Wie sollte er ohne sie weitermachen? Und überhaupt, er könnte es sich nicht leisten: Er mußte sogar Spinnmädchen entlassen, das Geschäft ging so schlecht. Ihre Mutter war zu ihrer Rettung gekommen. »Du willst mein Geld nicht in deiner Mühle verwenden, jetzt werde ich es Elsa für ihre Reise ins Ausland zur Verfügung stellen.«

»Sie kann so eine Reise nicht allein unternehmen, und ich bin nicht abkömmlich.«

»O Papa! Viele Mädchen . . . Und sowieso, Sophie Klein und ich können zusammen reisen. Sie geht nach Berlin, um an der Universität zu studieren.« Sophie, die seit zwei Jahren ihre Collegeausbildung beendet hatte, lehrte an der höheren Schule Deutsch und sparte ihr Geld, indem sie zu Hause wohnte. Falls Elsa allerdings erwartet hatte, ihre Mutter würde die Tochter Fritz Kleins als annehmbare Reisegenossin akzeptieren, irrte sie sich. Sally hatte gesagt: »Ich finde, es wäre klug, sie gehenzulassen, Ludwig.«

Und Ludwig, der sich fragte, was seine Frauen wieder vorhatten, ließ das Thema fallen. Es war nur ein paar Wochen her, daß Sally vorgeschlagen hatte, Gib Evans eine Stelle als Verkäufer in der Firma zu geben. Sobald Gib das Priesterseminar verlassen hatte, hatte er für die *Fackel* als Anzeigen- und Werbemanager gearbeitet. Seit dem Tod von Mr. Bonner war die Zeitung in der Hand seiner beiden älteren Söhne, und Charlotte hatte nach ihrem Collegeabschluß auch eine Stelle bei der Zeitung angenommen. Angeblich war sie Herausgeber der Gesellschaftssparte, tatsächlich aber Mädchen für alles, und sie verfaßte Artikel über alles, von Leitartikeln bis zu Gerichtsnachrichten. Die Position eines Werbemanagers war neu eingerichtet worden: Zu seiner Zeit hatte der alte Mr. Bonner sich selbst um die Werbung gekümmert, die die *Fackel* trug. Gilbert Evans hatte mit dem Eifer des Anfängers überall nach möglichen neuen Werbeaufträgen gesucht und war unter anderem auch zur Rausch-Firma gekommen. Ludwig hatte sich amüsiert gezeigt: Sie unterhielten natürlich keinen direkten Verkauf, aber er hatte Sally anvertraut, daß Gib, der jahrelang um ihr Haus gespukt war, wann immer Elsa zu Hause war, mehr Unternehmungsgeist zeigte, als er vermutet hatte. Es war genau zu diesem Zeitpunkt gewesen, daß seine Frau diesen überraschenden Vorschlag machte: Auf jeden Fall – hatte sie vernünftigerweise gesagt – könne Ludwig nicht für immer die zwei Tätigkeiten des reisenden Vertreters und des Herstellers ausfüllen. Und nebenbei würde es Ludwig die Gelegenheit geben, sich Gib genauer anzusehen.

»Warum sollte ich? Der Junge bedeutet mir gar nichts.«

»Aber sicherlich weißt du – er liebt Elsa schon seit Jahren.«

»Das kann man wohl kaum übersehen. Jedesmal, wenn ich die Tür zum Empfangszimmer aufgemacht habe, bin ich über ihn gestolpert. Aber sie waren Kinder und gingen noch auf die höhere Schule. Ich weiß nicht, wie er jetzt fühlt. Ich bin sicher, Elsa interessiert sich keinen Deut für ihn.«

»Ich bin sicher, er empfindet noch wie damals. Und Elsa wird es sich vielleicht im Lauf der Zeit noch überlegen – sonst gibt es niemanden – nicht hier.«

Ludwig hatte nichts mehr gesagt. Da er geschlossen hatte, daß Sally Gib als annehmbaren Ehemann für Elsa ausgewählt hatte, gab er ihm die Position eines Vertreters für die Produkte der Mühle. Und nun, nur wenige Wochen später, war seine Frau hier und wollte, daß Elsa für ganze zwei Jahre wegginge. Er fand, Elsa verdiene einen besseren Gatten als Gib Evans, und deshalb wäre es vielleicht eine gute Idee, sie ziehen zu lassen.

Sobald er seine Zustimmung gegeben hatte, verlor Sally keine Zeit mehr; sie verfolgte Elsa am gleichen Abend in ihr Schlafzimmer.

»Du wirst so vernünftig sein, nicht hierzubleiben und die Demütigung erdulden, zuzusehen, wie Julia Deming dir Johnny Gordon unter der Nase wegschnappt.«

»Mama!« Elsa, die ihr schweres Haar herunterließ, lehnte sich vor, um ihrer Mutter im Spiegel in die Augen sehen zu können. »Was willst du damit sagen?«

»Sei keine Gans. Du weißt genau, was ich sagen will. Warum sollte ich es nicht unverblümt sagen? Ich bin doch immerhin deine Mutter.«

»Ist es so offensichtlich?«

»Nur für mich, hoffe ich. Vielleicht noch für Anne. Ich habe nie mit ihr darüber geredet. Dein Vater ist so blind wie eine Fledermaus.«

»Wie kommt es denn, daß du das nicht mit Tante Anne beredet hast?« fragte Elsa voller Bitterkeit, denn sie hatte geglaubt, daß sie ihre hoffnungslose Liebe vor den Augen der Welt verborgen hätte. »Ich dachte, ihr beiden redet über alles.«

»Ich habe es nicht mit ihr diskutiert, weil ich nicht wollte, daß ausgerechnet Anne wissen sollte, daß ich ihren Sohn als schlechten Ehemann ansehe.«

»*Johnny*? Und warum das?« Elsa hatte sich auf ihrem Stuhl umgedreht und starrte ihre Mutter an.

»Es gibt einen sonderbaren Zug in den Gordons. Sie geben einfach keine guten Ehemänner ab.«

»Onkel Dock? Aber ich dachte –«

Angesichts von Elsas unschuldiger Verblüffung machte Sally einen eiligen Rückzieher. »Er ist der beste Freund deines Vaters und einer meiner besten. Er ist ein sehr guter Doktor. Aber Ärzte geben keine guten Ehemänner ab: zu allen Zeiten außer Haus, nie pünktlich zu den Mahlzeiten zu Hause. Und darüber hinaus ist Dock auch noch eigenwillig. Launisch. Sogar melancholisch. Niemand kann wissen, welche Mühen es Anne gekostet haben mag, ihn zu unterstützen.«

»Wenn es niemand weiß, dann hat sie vielleicht gar keine gehabt. Und Johnny ist nicht launisch oder eigenwillig. Vielleicht kommt er nach seiner Mutter.«

»Darum geht es ja auch überhaupt nicht. Johnny Gordon ist zeit seines Lebens in Julia verliebt gewesen. Darum geht es – und ich will, daß du auf mich hörst: Ich habe gesagt, daß ich glaube, du hast recht, wenn du jetzt weggehst, und das Klavierstudium in Dresden ist eine gute Ausflucht. Aber was dann? Du kannst keine Konzertpianistin werden, wie gut du auch immer sein magst. Das steht außer Frage. Du könntest natürlich Klavierstunden geben, du würdest aber eine derartige Schinderei nicht mögen. Was dann?«

Elsa schwieg und bürstete ihr Haar mit einer Konzentration, die ihre Mutter nicht zu täuschen vermochte.

»Soll ich es dir sagen? In ein paar Jahren wirst du darüber hinweg sein; du wirst nach Hause kommen und heiraten und dich hier niederlassen.«

»Ich habe den Verdacht, du hast schon einen Mann für mich ausgesucht.«

»Es gibt einen. Gib Evans. Er ist in dich verliebt, seit ihr in der höheren Schule wart.«

»Gib! Oh, Mama! Er ist nichts. Gott, ich würde lieber sterben!«

»Er ist ein besserer Mann, als du glaubst. Dein Vater sagt...«

»Also deshalb hat er die Stelle in der Firma bekommen. Teilt Papa deine Hoffnungen in dieser Beziehung?«

»Er weiß überhaupt nichts davon. Und es ist auch kaum eine Hoffnung. Ich könnte mir nur denken, daß dir Gib, wenn du nach Hause zurückkehrst, ganz anders erscheinen wird, falls du nicht einen Märchenprinzen in Deutschland findest.«

Elsa machte keine weiteren Einwände: Wenn sie einmal weg wäre, könnte ihre Mutter Pläne schmieden, so viele sie wollte. Und Sally war sehr zufrieden; sie wußte, Gib würde Elsa schreiben – sie wahrscheinlich mit Briefen bombardieren –, und von Johnny würde sie kein Wort hören. Zeit und Abwesenheit würden bei Elsa ihre Wirkung haben.

Es war nach dem Klubtreffen bei den Evans' gewesen, daß Mrs. Evans Sally gebeten hatte, einen Augenblick zu bleiben, als sich die anderen Damen verabschiedeten. »Ich würde wirklich gerne mit Ihnen reden«, sagte sie.

Sally sah aus dem Salonfenster hinaus und sah Reuben und die Kutsche an der eisernen Einfassung. Die Stirnwand des Pfarramtes der Baptisten stand auf der Kante des Bürgersteiges (ein Umstand, der einige Damen, die nicht sonderlich an dem Aufsatz, der vorgelesen wurde, interessiert waren, dazu verführt hatte, an den Vorbeigehenden Zerstreuung zu finden). Sally konnte mit Reuben von der Tür aus sprechen.

»Nur eine Minute«, sagte sie zu Mrs. Evans. »Ich habe Thomasina und die Gardiners mitgenommen. Ich werde Reuben bitten, sie nach Hause zu fahren und mich dann hier abzuholen.«

Sie war in einer Minute zurück, setzte sich auf das glatte Roßhaarsofa von Mrs. Evans und sagte: »Sie hatten etwas...«

»...etwas sagen wollen? Ja, das stimmt.« Mrs. Evans setzte sich neben sie und legte ihren Kopf ein wenig schräg, um die größere Frau mit strahlenden schwarzen Augen ansehen zu können. »Was haben Sie mit Gilbert vor?«

»Vorhaben?«

»Ich kenne Sie seit einer ganzen Anzahl von Jahren, Sally Rausch. Sie tun nichts ohne Absicht.«

»Ach, Sie meinen die Position in unserer Firma? Man brauchte einfach einen Vertreter.«

»Aber warum Gilbert? Ich bin sicher, man kann bessere Vertreter finden, und Gilbert weiß nicht das geringste über Tauwerk. Ich habe oft die Stirn gerunzelt, als Gilbert noch auf die höhere Schule ging: Sie haben es geschafft, daß er sich heimisch fühlte auf einer – einer Ebene so weit über seiner und außer seiner eigenen Reichweite. Er war glücklich, aber ich machte mir Sorgen, weil ich glaubte, wenn die jungen Leute die Schule verlassen haben würden, ließe man ihn fallen und würde ihn vergessen und, daß es zu dieser Zeit nur bequem war, eine Begleitung für Elsa zu haben.«

Sally war aufrichtig verletzt. »Das ist sehr unfair. Gilbert war ein guter Junge, von guter Herkunft. Es interessiert uns nicht, wieviel unsere Freunde in ihren Taschen haben, auch lassen wir sie nicht fallen, weil...«

»Nein«, beeilte sich Mrs. Evans zu sagen, »ich weiß, daß Sie das nicht tun. Und wir haben auch lange genug in Waynesboro gelebt, um zu wissen, daß sich die jungen Leute, die als vertraute Freunde miteinander durch die Schuljahre gegangen sind, nahebleiben – für eine Weile. Es war nur, daß Gilbert diese Art Leben nicht würde aufnehmen können, zumindest nicht, solange er nicht in eine Stellung geschoben würde, durch die er Geld verdienen könnte. Und jetzt fange ich an, mich zu wundern. Sollte es möglich sein, daß Sie willens wären – würden Sie Gilbert als Schwiegersohn akzeptieren? Es tut mir leid, wenn ich anmaßend sein sollte, aber...«

»Erscheint Ihnen das so absurd?« Sally lächelte schwach. »Das ist eine groteske Unterhaltung, aber ich hoffe doch, eine vertrauliche?«

»Selbstverständlich. Ich sage meinem Gatten nicht alles, und Männer verstehen den Gang der weiblichen Gedanken sowieso nicht. Ich bin mir im klaren darüber, daß ich gehe, wo die Engel nicht zu treten wagen würden, aber ich möchte, daß Gilbert glücklich wird. Und ich glaube nicht, daß er ein glückliches Leben führen kann, als Gatte einer reichen Frau und als eines reichen Mannes...« Sie zögerte. »Lakai« war ein zu starkes Wort, um es vor Sally benutzen zu können, aber das war es, was sie meinte.

Sally unterbrach sie. »Sagen Sie es nicht, Gwen Evans. Sie und ich sind seit einer ganzen Zahl von Jahren Freunde. Sie sollten von uns nicht eine derart niedrige Meinung haben. Daß Ludwig irgendeinen Mann als ›Lakai‹ benutzen sollte – und das war doch das Wort, an dem Sie gewürgt haben –, ist so außerhalb seines Charakters, daß es schon komisch ist. Ist das alles, weil sie uns für ›reich‹ halten? Wo es in Wirklichkeit auf der Kippe steht, ob Ludwig die Mühle wird halten können wegen des Kampfes gegen den Tauwerkkonzern? Ich sage Ihnen, er brauchte einen Vertreter.«

Mrs. Evans dachte daran, welch relative Sache Reichtum sei. Mit dem Maßstab der Evans' waren die Rauschs zweifellos reich. »Wenn Gilbert bei der *Fackel* geblieben wäre, hätte er dort wohl für den Rest seines Lebens gearbeitet, ein gewöhnlicher Bürger, der morgens zur Arbeit geht und abends nach Hause kommt. Ist es nicht das, was Sie gedacht haben? Und daß er mit der Rausch-Firma die Chance hat weiterzukommen? Aber vielleicht wäre er glücklicher geworden, wenn er nicht weitergekommen wäre. Und Sie haben meine Frage immer noch nicht beantwortet.«

»Über Gib als Schwiegersohn? Die Vorstellung ist Ludwig noch nicht in den Sinn gekommen.« Sally sagte allerdings nicht, daß sie versucht hatte, sie dort einzupflanzen. »Und was Elsa angeht, leidet sie augenblicklich die Qualen unerwiderter Liebe. Wir schicken sie aber für zwei Jahre nach Deutschland: Sie will ihr Musikstudium fortsetzen. Und zwei Jahre im Ausland, falls sie so lange bleibt, werden sie kurieren. Ob Gib im Laufe der Zeit Eindruck auf sie machen wird, wer kann das voraussagen? Aber da Sie sicherlich wissen, daß er sie schon seit langem liebt, glauben Sie sicher auch, daß er glücklich sein würde, wenn er sie heiraten könnte?«

»Sie heiraten, ja. Aber mit ihr verheiratet zu sein, weiß ich nicht. Er hat einen guten Charakter, aber er ist leicht zu beeinflussen. Und Elsa...«

»Ist sie stärker? Vielleicht. Aber ich kenne Elsa gut genug, daß ich sagen kann, wenn sie ihn je heiraten sollte, würde sie ihm eine gute und treue Frau und seinen Kindern eine gute Mutter sein.«

In den zwei Jahren, die seit diesem Tag vergangen waren, war das Thema von keiner der beiden Frauen wieder berührt worden. Und es hatte auch keine weitere Diskussion zwischen Sally und Ludwig darüber gegeben, was ihm völlig unmöglich für Elsa erschien: all ihre Talente, ihr Charakter und ihr Verstand, ihr umwerfend gutes Aussehen verschwendet an eine Null wie Gilbert Evans.

Nun, als er in John Gordons Praxis über ein Schachbrett gebeugt saß, wußte er es besser: Er hatte Elsas Brief, den er erst kürzlich erhalten hatte, in der Tasche. Er zog mit dem Turm, setzte sich zurück und sagte: »Weißt du, daß Elsa die Demings in Dresden getroffen hat? Vielleicht hat sie dadurch Heimweh bekommen. Wir haben heute morgen einen Brief von ihr erhalten: Sie kommt nach Hause, sobald ich ihr das Geld für die Überfahrt schicke.«

»Das sind gute Nachrichten. Wir haben Elsa vermißt.« Johns Gedanken waren in Wirklichkeit beim Spiel; er sprach geistesabwesend weiter. »Und was sind ihre Pläne? Kommt sie nach Hause, um hierzubleiben?«

»Sie hat Pläne. Und die gefallen mir nicht.« Ludwigs Ton ließ John aufhorchen. Er nahm seine Hand von der Figur, die er gerade hatte ziehen wollen. »Sie kommt nach Hause, um Gib Evans zu heiraten.«

»Gib!«

»Du kannst gar nicht verblüffter sein als ich. Er hat mich, als er das erste Mal zu uns zum Arbeiten kam, gefragt, ob er Elsa den Hof machen dürfe. Gebrauchte wirklich diese Worte, wie ich mich erinnere. Ich sagte: ›Nur zu.‹ Warum nicht? Hätte es mir nie träumen lassen... Ich glaube nicht, daß sie damals allzuviel dafür gegeben hätte, ihn je wiederzusehen oder nicht. Er muß ein sehr überzeugender Briefeschreiber sein. Sie sagt, daß sie fest entschlossen ist: Wir sollen ihre Verlobung in der *Fackel* bekanntgeben und sagen, daß die Vermählung im April ist, in der ersten Woche. Sie haben sogar schon das Datum festgesetzt. Und mir paßt das gar nicht.«

»Irgendein Grund, außer daß ein liebevoller Vater nicht gern seine Tochter verliert? Er ist ein guter junger Mann.«

»Überaus ehrenwert«, sagte Ludwig trocken. »Ein enthusiastischer Vertreter und ein guter, weil er eine angenehme Art und gute Manieren hat und weil er weiß, was er verkauft: Darauf habe ich selbst ein Auge gehabt, bevor ich ihn auf den Weg schickte. Aber keine Phantasie, keine eigenen Ideen, und langweilig.« Er fügte auf deutsch hinzu: »Mein Gott! Wie Elsa... Natürlich freue ich mich, daß ihr Heim hier sein wird. Es war überhaupt ein absonderlicher Brief: Ich werde das Gefühl nicht los, als ob sie über meinen Kopf hinweg mit ihrer Mutter reden würde; zunächst sagte sie, ihre Mutter habe recht gehabt, das Musikstudium sei eine Sackgasse, sie hätte sich entschlossen, nach Hause zu kommen. Dann erzählte sie, sie habe die Demings auf ihrem Weg von Wien nach Hamburg, weil sie von dort aus nach Hause segeln wollten, getroffen, und Julia habe es als selbstverständlich angenommen, daß sie ihre Brautjungfer sein würde. Und ihre Eltern hätten noch nicht einmal ihre Verlobung angekündigt. Und sie, Elsa, hätte keinesfalls die Absicht, die Rolle der Confidante in weißem Linnen zu spielen. Ich fragte Sally, was sie damit meine, und Sally erinnerte mich, wie in einem Winter vor ein paar Jahren der Frauenklub ein Stück von Sheridan als Wohltätigkeitsveranstaltung für den Büchereifonds gespielt habe. Ich konnte mich an nicht viel erinnern, außer daß es zu jener Zeit ziemlich komisch schien – der Versuch der Damen, anständig auszusehen und doch Kniehosen zu tragen, und ihre Schauspielerei. Jedenfalls, Elsa fuhr fort und sagte, daß sie Gib nicht länger unter Spannung halten wolle: Sie hatte ihm geschrieben, und ihm angekündigt, sie komme nach Hause, um ihn zu heiraten, sie hoffe mit unserem Segen. Und dann all das mit der Bekanntmachung und dem Datum. Und ob es Sheldon Edwards nicht zu sehr verärgern würde, wenn er das Haus in der Linden Street verlassen müsse – das Haus, in dem Sally und ich wohnten, nachdem wir geheiratet hatten, und in dem Elsa geboren wurde –, damit sie und Gib es haben könnten. Das ist natürlich Unsinn: In unserem Haus ist genug Platz, und Gib ist so viel auf Reisen.«

»Sie ist klüger, Ludwig. Weit besser, daß die beiden alleine einen Anfang machen. Und auch für Sheldon wird es gut sein, aus diesem Haus herauszukommen. Zu viele traurige Erinnerungen, die die glücklichen überdecken.«

»Komisch, daß er nicht wieder geheiratet hat. Die meisten Männer, deren Ehe glücklich war, können es nicht ertragen, allein zu bleiben.«

»Anne sagt, er wird nie wieder heiraten, oder zumindest nicht bevor die Jungs nicht groß und aus dem Haus sind und er einsam genug ist, sich nach Gesellschaft zu sehnen. Wie Frauen so sicher in diesen Dingen sein können, ist mir zu hoch.«

»Jedenfalls, mit dem Haus wird es keine Schwierigkeiten geben.

Beim letzten Mal, als er mir den Scheck für die Miete schickte, sagte er, er wisse nicht, wie lange er noch bleiben könne. Sein Vater und seine Mutter werden immer schwächer, und obwohl sie Diener haben, die zumindest tagsüber nach ihnen sehen, glaubt Sheldon, daß er über Nacht dort sein sollte. Aber weshalb würdest du sagen, hat Elsa nach all dieser Zeit auf einmal so große Eile?«

John lachte. »Klingt für mich, als ob sie durch das Zusammentreffen mit den Demings an zu Hause erinnert worden ist, und als ob sie nicht vor hat, Julia die erste Braut sein zu lassen.«

»Aber sie würde doch keinen Mann heiraten, den sie nicht mag, nur um Julia eins auszuwischen. Nicht Elsa.«

»Natürlich nicht. Es ist alles eine Zeitfrage. Ich denke, daß sie schon vor langer Zeit, nachdem sie sich ausgetobt hatte, die Entscheidung gefällt hat, Gilbert zu heiraten. Es läßt sich nicht darüber streiten, welche Leute sich in welche Leute verlieben, und es ist auch nichts Schlechtes an Gilbert Evans.« (»Außer«, dachte John, »daß er jemanden braucht, der ihm auf die Sprünge hilft: Er wäre zufrieden, sein ganzes Leben ein Vertreter zu bleiben. Aber Elsa könnte das tun, ohne daß er selbst es merken würde.«) »Ich glaube nicht, daß du überhaupt einen Grund hast, dir Sorgen zu machen«, fuhr er fort. »Besser Gilbert Evans als...« Wenn er vorgehabt hatte, »Julia Deming« zu sagen und sich aus Loyalität zu Johnny zurückgehalten hatte, dann ließ seine Pause und das Schweigen, das zwischen sie fiel, das Geräusch der äußeren Praxistür noch klarer als gewöhnlich hören.

»Ein Patient so spät in einer solchen Nacht? Ich muß mal nachsehen.«

Er öffnete die Tür zwischen Praxis und Wartezimmer. Gerade innerhalb des äußeren Eingangs stand ein stämmiger, junger Mann, der mit seinem Hut in der Hand dastand und zögerte.

»Ich hab' Ihr Licht gesehen, hatte gehofft, daß Sie noch hier wär'n. Ich hab' nur mal angehalten auf dem Weg zum Bahnhof.«

»Ich bin noch hier.« John unterbrach den nervösen Redefluß. »Kann ich irgend etwas für Sie tun?« Der junge Mann schien ihm irgendwie bekannt zu sein, er mußte ihn wohl vor einiger Zeit gekannt haben, aber nicht in diesem Zusammenhang: Er war noch nie in der Praxis gewesen und war auch kein Patient.

»Nicht für mich, für meine Frau.«

»Kenne ich Ihre Frau?«

»Sie haben sie gekannt. Sie ist Ariana McCune.«

»Ariana! Ich werde verrückt! Sie ist hier?«

»Sie ist krank, und ich konnte mich nicht um sie kümmern.« Der barsche junge Mann schien den Tränen nahe zu sein. »Ich habe immer geglaubt, ich würde es schaffen. Mich um sie zu kümmern, meine ich. Aber als sie nicht mehr spielen konnte, hat mich das Tourneetheater auch gefeuert. Ich war Kulissenarbeiter.«

»Sie sind der junge Mercer, natürlich. Ben, nicht wahr?«

»Ja. Ich habe vor, zum Zirkus zurückzukehren. Ich kann ganz gut mit Tieren umgehen, deshalb werden die froh sein, mich wieder einzustellen. Aber dieses Leben ist nichts für Ariana. Jetzt nicht, in dem Zustand, in dem sie ist. Ich kann genug verdienen, um dafür zahlen zu können, daß man sie versorgt, bis sie wieder in Ordnung ist.«

»Lassen Sie das jetzt mal gut sein. Wo haben Sie sie hingebracht? Zu Ruhamah?«

»Nein. Ich wußte nicht einmal, daß Ruhamah hier ist oder wo sie hin ist. Ich hab' sie zu den Ballards gebracht. Eine von ihnen hat ihr geschrieben, als wir geheiratet hatten, sie könne immer zu ihr kommen, wenn sie wollte. Sie wäre immer willkommen.«

»Sie haben sie Eliza Ballard untergeschoben, ohne sie auch nur vorher zu warnen?«

»Ja, Sir.« Ein unschönes Erröten schlich sich in die Wangen des jungen Mannes. »Ich hatte Angst, wenn ich geschrieben hätte, könnte sie ihre Meinung über das Willkommen vielleicht ändern. Und ich war irgendwie so verzweifelt. Ariana wollte von einem Krankenhaus nichts hören. Und Mrs. Ballard schien wirklich froh, sie aufnehmen zu können. Mich wollten sie natürlich nicht da, ist mir klar, selbst wenn ich zu meinem Job zurückgemußt hätte. Deshalb habe ich sie dagelassen und hab' gesagt, daß ich 'nen Arzt holen würde. Sie war da auch schon fast ohnmächtig. Ich habe eine Mietkutsche draußen – nehmen Sie die. Ich werde zum Bahnhof laufen.«

»Geben Sie mir Ihre Adresse, damit ich Sie informieren kann.«

»John Robinsons Zirkus wird genügen. Ich hab noch kein Zimmer gefunden. Sie werden Ihr Bestes für sie tun, nicht wahr, Doktor? Wir kamen so gut zurecht, bis sie krank wurde. Ich werde Sie irgendwie bezahlen.«

»Machen Sie sich darum keine Sorgen. Ich habe Ariana immer gemocht, und sie war eine Freundin von meinem Sohn. Wir werden sehen, was mit ihr los ist, und ich werde es Sie wissen lassen. Ich werde mein Bestes für sie tun.« In einer plötzlichen Eingebung streckte er seine Hand aus. Ben Mercer schüttelte sie kurz und ging. John fing die äußere Tür auf bevor sie zuschlug, und sagte zu dem Kutscher: »Warten Sie auf mich...« Dann ging er in das innere Behandlungszimmer zurück, wo Ludwig immer noch auf die Schachfiguren starrte.

»Ben Mercer«, sagte John und fügte, als er Ludwigs verständnislosen Gesichtsausdruck sah, hinzu: »Der Mann von Ariana McCune. Du erinnerst dich doch sicherlich?«

»Du meinst, sie sind nach Waynesboro zurückgekommen?«

»Genau. Und sie ist krank. Er hat sie hergebracht und Eliza Ballard aufgehalst.«

»Eliza wird entzückt sein, sie wiederzuhaben. Sie hat immer daran geglaubt und darauf gehofft.«

»Tut mir leid, daß ich so weglaufen muß. Aber zuerst muß ich Anne anrufen.« Er ging zum Wandtelefon, drehte die Kurbel, gab seine Nummer durch und verständigte Anne in aller Kürze, wobei er ihre erstaunten Ausrufe abwürgte. »Werde ich dir erzählen, wenn ich sie gesehen habe. Sag Lafe, er soll den Buggy einspannen und zu den Ballards herausbringen, damit ich irgendwie zurück kann.« Er legte den Hörer auf und brummte mürrisch: »Ich frage mich, warum ich überhaupt Arianas Namen erwähnt habe. Das war Lou Green an der Vermittlung; morgen wird ganz Waynesboro die Neuigkeit wissen.« Er nahm seinen Hut und seine Tasche und wartete, daß Ludwig vor ihm hinausgehen würde, damit er das Licht ausmachen und die Tür verschließen könne.

Auf seinem Weg über die Linden Street, während das Pferd über das Kopfsteinpflaster klapperte und John sich in dem feuchten, nach Stroh riechenden Inneren der Kutsche eingesperrt fühlte, stimmte er sich auf die Situation, so gut er konnte, ein und hatte sich in einem gewissen Maße mit ihr abgefunden. Er hatte eine ziemlich gute Vorstellung, was auf ihn warten würde: Bei ihrer Herkunft konnte man von Ariana nicht erwarten, das Durchhaltevermögen zu haben, mit einer Tourneegesellschaft über die Straßen ziehen zu können. Welche Verschwendung eines potentiell glücklichen Lebens!

Als die Mietkutsche unter der Wageneinfahrt der Ballards anhielt, öffnete Eliza die Tür. Da sie im Gegenlicht stand, konnte John ihren Gesichtsausdruck nicht erkennen. Er war mit dem Kutscher kurz angebunden: »Kommen Sie im Büro morgen wegen des Fahrgelds vorbei. Ich bin sehr in Eile.« Er wandte sich der Tür zu. Eliza wartete bereits auf ihn. »Es ist Ariana.« Sie holte tief Luft und stieß sie als Seufzer wieder aus. »Vielleicht war es töricht, noch heute nacht nach Ihnen zu schicken: Es geht ihr viel besser, jetzt, wo sie weiß, daß sie willkommen ist und daß sie ein bißchen Ruhe haben kann. Sie war dem Zusammenbruch nahe, als er sie hierher brachte: schwach und weiß wie ein Bettuch.«

»Da ich jetzt einmal hier bin, will ich sie mir mal ansehen.«

Eliza führte ihn die Treppe hinauf und durch die Halle zu ihrem eigenen Schlafzimmer. »Ich habe sie hierher bringen lassen. Keins der anderen Schlafzimmer war warm, und es war überhaupt kein Bett gemacht.«

Die Tür stand offen. John folgte Eliza in das Zimmer und fand Ariana, wie sie, auf Kissen gestützt, ihn halb rebellisch, halb bittend ansah. Sie war blaß bis fast zur Durchsichtigkeit, mit Ausnahme der münzengroßen Fieberflecken auf ihren Wangen. Ganz offensichtlich war sie erschöpft. Ihr Haar fiel in hübschen Wellen über die Schultern. Wäre ihr Gesicht nicht so dünn gewesen, hätte sie wie sechzehn ausgesehen. Aber sie war verändert, die ganze elfische Schalkhaftigkeit war weg. Er drehte einen geraden Stuhl an ihre Seite und stellte seine Tasche auf den Boden.

»Nun, verlorene Tochter?«

»Nennen Sie mich nicht so.« Sie runzelte die Stirn. »Ich habe nicht zurückkommen wollen, aber ich konnte diese Erkältung nicht loswerden. Ich wollte Waynesboro nie wiedersehen.«

»Sagen Sie das nicht, Ariana, wo Eliza doch die ganze Zeit gehofft hat, daß Sie wiederkehren würden. Wie lange haben Sie diese ›Erkältung‹ schon?«

»Den ganzen Winter, mal mehr, mal weniger. Ich konnte sie nicht loswerden; wackelige Opernhäuser, kalte Hotelzimmer, Bahnsteige.« Als ob sie das demonstrieren wollte, begann sie mit einem trockenen, würgenden Klang zu husten. Sie hielt beide Hände vor den Mund. John nahm ihr Handgelenk und legte ihren Arm auf das Bett, während er ihren Puls suchte. Als sie aufgehört hatte zu husten, schlug er ein Thermometer herunter und steckte es ihr in den Mund.

»So, und nun wagen Sie nicht zu husten. Versuchen Sie nicht zu reden – das ist es nämlich, was einen solchen Anfall hervorruft. Lassen Sie mich das Reden übernehmen, Sie nicken nur mit dem Kopf oder schütteln ihn. Haben Sie Schmerzen?«

Sie nickte mit dem Kopf und legte ihre Hand seitlich hoch auf den Brustkorb.

»Eine kleine Rippenfellentzündung, vermute ich.« John nahm das Stethoskop aus seiner Tasche und drückte es für einen Augenblick an ihre Seite, dann nahm er das Thermometer aus ihrem Mund und warf einen Blick darauf. »Was Sie brauchen, ist nicht so sehr Medizin als unbedingte Bettruhe für eine ganze Weile.«

»Aber...«

»Kein Aber. Eliza wird das schon schaffen, nicht wahr, Eliza?«

»Aber natürlich.«

»Aber da ist natürlich auch noch Ruhamah.«

»Ruhamah? Ist sie nicht mit Papa und den anderen weggezogen?« Aber sie schien fast teilnahmslos, unfähig, sich dafür zu interessieren, als ob sie das schon wieder strapazieren könnte. »Ben hatte einem Freund geschrieben, um zu erfahren, ob Papa noch hier ist; er sagte, er wäre weg. Ich wäre sonst auch nicht gekommen.«

»Eliza hat, wie ich vermute, noch keine Zeit gefunden, Ihnen alles zu erzählen. Ruhamah wollte nicht mit ihnen ziehen. Sie arbeitet in der Bibliothek, Sie erinnern sich? Nun, die Damen wurden es müde, ihre Nachmittage opfern zu müssen, und organisierten deshalb einen regelrechten Kreuzzug vor einem Jahr oder so, um genügend Geld aufzutreiben – Wiesenfeste, Spiele, Vorträge, Rechtschreibwettbewerbe –, damit sie eine Bibliothekarin einstellen könnten. Natürlich gaben sie Ruhamah die Stelle – sie war zu jener Zeit mit der Schule fast fertig. Ihr Gehalt ist aber nur klein. Sie wohnt in einem einzigen Zimmer. Sie sind hier besser untergebracht. Aber würden Sie sie gern sehen?«

»Die kleine Ruhamah als Erwachsene? Aber ja.«

»Eliza wird sie benachrichtigen lassen. Sonst noch jemand? Johnny?«

Sie nickte und lächelte: »Ja.«

»Wissen Sie, er ist bereits ein regelrechter Arzt. Vielleicht möchten Sie, daß er die Behandlung übernimmt?«

Sie sah ihn erstaunt, zweifelnd und amüsiert an, dann schüttelte sie den Kopf.

»Sehr gut. Ich werde morgen wieder hereinschauen und Sie gründlich untersuchen. Heute nacht ist es zu spät; Sie brauchen Schlaf. Ich werde Eliza etwas für Sie geben.«

Er stand auf, schob einige Kissen unter ihren Kopf, damit sie besser atmen könnte, steckte ihre Arme unter die Decken, die er bis zu ihren Ohren heraufzog, hob seine Tasche auf, sagte »Gute Nacht« und folgte Eliza aus dem Zimmer. Als sie auf der Türschwelle anhalten wollte, winkte er mit dem Kopf die Treppe hinunter.

»Ich muß mit Ihnen reden, Eliza«, und als sie den Flur entlanggingen, fügte er hinzu: »Außer Hörweite.«

Sie wirbelte herum und sah ihn an. »Aber...«

»Unten. Wenn Lafe draußen mit dem Buggy wartet, darf ich ihn in die Küche bitten? Das Pferd wird stehenbleiben, es ist sehr kalt.«

Nachdem Lafe versorgt war, kehrten sie zum Eßzimmer zurück und setzten sich auf zwei an der Wand nebeneinander stehende Stühle.

»Es sieht nicht gut aus, Eliza.«

»Aber Rippenfellentzündung? Das ist doch nicht wirklich gefährlich, oder?«

»Das wird sie überstehen, ja. Aber diese trockene Rippenfellentzündung begleitet häufig Tuberkulose.«

Das bißchen Farbe verschwand völlig aus Elizas Gesicht; sie sah sehr fahl aus. »Schwindsucht! Aber Sie haben sie kaum angesehen.«

»Ich weiß. Sie war zu erschöpft. Aber das Fieber, der erhöhte Pulsschlag, der Husten. Wenn Sie so viele Fälle gesehen hätten wie ich, und dann noch ihre erbliche Belastung...«

»Aber ihr Vater ist so zäh wie ein Hickory-Stock. Und ihre Mutter starb im Kindbett. Und Ariana würde nicht... Ich habe den Mercer-Jungen gefragt, ob sie je Kinder gehabt hat, und er sagte, daß sie die bloße Vorstellung schon wegen ihrer Mutter entsetze.«

»Mrs. McCune starb im Wochenbett, weil sie an Tuberkulose im vorgeschrittenen Stadium litt. Das wird ein Problem für Sie sein, Eliza. Sie müssen das genau überdenken. Sie hierbehalten, sie hier versorgen oder sie zu Dr. Trudeau schicken? Hier würden Sie Hilfe brauchen und jede Vorsichtsmaßnahme treffen müssen, Sie und Thomasina, um sich nicht selbst anzustecken. Wo ist Thomasina? Ich hätte erwartet –«

»Stirbt wahrscheinlich vor Neugierde, fragt sich, was los ist. Aber sie kommt nicht in meine Seite des Hauses, wenn ich sie nicht ausdrücklich bitte.«

»Dann fangen Sie mal besser an, sie zu bitten.« Er dachte: »Die verdammten närrischen Weiber – und das alles, weil Eliza nicht viel von Sam Travers hält. Und Sam ist ein besserer Mann, als sie glaubt.«

»Thomasina ist schon immer sehr empfindlich gewesen.«

»Sie hat Anfälle von Asthma, wenn auch vergleichsweise gelinde Anfälle. Und aus irgendeinem Grund sind Asthmakranke weniger in Gefahr, sich Tuberkulose zuzuziehen, als Sie das wären. Ich meine, was ich über Vorsichtsmaßnahmen sage, Eliza. Bringen Sie sie in ein anderes Zimmer, aber lassen Sie sie die Kissen behalten, auf denen sie heute nacht schläft.« Im weiteren gab er ihr detaillierte Anweisungen in bezug auf die Sicherheitsvorkehrungen, die zu treffen seien, und die Versorgung, die Ariana brauche: kräftige Nahrung, absolute Ruhe, weit geöffnete Fenster. »Das wäre für heute nacht alles«, schloß er abrupt. Er kramte in seiner Tasche herum und zog die unausweichliche Flasche Bromid hervor. »Holen Sie mir ein Glas Wasser und einen Teelöffel.« Er schüttete drei Teelöffel der Flüssigkeit in das Glas. »Sehen Sie zu, daß sie das trinkt. Das ist nur für heute nacht, verstehen Sie. Sie ist in einem überreizten Zustand – hatte wahrscheinlich Angst, zurückzukommen. Jedenfalls muß sie heute nacht schlafen. Ich werde am Morgen zurückkommen.«

Er ging zu der Pendeltür zur Küche, rief Lafe und sagte gute Nacht zu Eliza, die das Glas in einer unsicheren Hand hielt, als sie da am Fuße der Treppe stand. »Wir finden schon selbst hinaus. Geben Sie ihr das nur und sehen Sie zu, daß die Fenster offen sind, stellen Sie einen Wandschirm wegen des Zugs auf und sparen Sie sich alles Reden bis morgen.«

Eliza ging nach oben und verabreichte den Trunk einem ruhelosen Patienten, machte ein Fenster weit auf, hing einen Unterrock über den Stuhl, der immer noch am Bett stand, nahm ein großes Nachtgewand aus leichtem Baumwollstoff aus einer Schublade und sagte: »Laß mich dir das anziehen: Du wirst sonst nicht warm genug sein hier.« Und als sie umgezogen war, sagte sie: »Und nun schlaf, Ariana. Mach dir keine Sorgen, ruh dich nur aus. Wir reden morgen früh über alles.« Sie drehte den Docht in der Lampe herunter, fragte sich einen Augenblick, ob sie bleiben sollte, entschloß sich eines Besseren und verließ das Zimmer. Sie ging zu der Tür am Ende des Flurs, die ihre Haushälfte von der Thomasinas trennte, schloß sie auf und öffnete sie. Sie war verblüfft, Thomasina in Nachtgewand und Frisiermantel mit einer Lampe in der Hand zu sehen, wie sie gerade vor der Schwelle zögerte.

»Eliza, was ist los? Ich sah den Buggy des Doktors die Einfahrt hinauffahren und dachte, du seist krank.«

»Ich nicht. Ariana.«

»Ariana McCune?«

»Mercer.«

»Aber warum? Warum hier?«

»Warum nicht? Ich habe ihr zu verstehen gegeben, als sie gerade geheiratet hatte, daß sie bei mir immer willkommen wäre. Komm herein, Thomasina, steh nicht in der Kälte. Wir wollen nach unten gehen, wo wir sie nicht stören.«

»Kann ich sie nicht sehen?«

»Nicht heute nacht. Der Doktor hat ihr einen Schlaftrunk gegeben. Fand, daß sie überreizt sei.« Eliza ging nach unten voraus. Dort brannten die Lampen noch: ein Gaslicht im Leuchter in der Eingangshalle, eine Kerosinlampe im Eßzimmer. Auf halbem Weg die Treppe hinunter fragte Eliza über die Schulter weg: »Willst du sie wirklich sehen?«

»Oh, Eliza! Natürlich will ich sie sehen. Ich weiß: Als sie weggelaufen war, dachte ich, daß sie uns abscheulich behandelt hätte, besonders Samuel, er hatte so viel für sie getan. Aber wenn sie krank ist und niemanden hat, an den sie sich wenden kann – Ihre Ehe ist demnach schiefgegangen?«

»Mach die Lampe aus, stell sie ab! Du brauchst sie hier drinnen nicht.« Sie wartete, bis Thomasina sich von der Lampe befreit und sich einen Stuhl an den Eßtisch herangezogen hatte. Sie beobachtete ihre Schwester geistesabwesend – das abgespannte, schlichte Gesicht, das hängende ergraute Haar, an dem Thomasinas ruhelose Hände ständig zupften. »Ich glaube eigentlich nicht, daß sie schiefgegangen ist – zumindest scheint er gut zu ihr gewesen zu sein. Natürlich hat das Leben, das sie geführt haben, ihre Gesundheit ruiniert, aber er hat sein Bestes getan, sich um sie zu kümmern, da bin ich sicher, nachdem er ihr eine Chance verschafft hatte, das zu tun, was sie am meisten in der Welt tun wollte: Schauspielerin auf einer richtigen Bühne. Aber als sie krank wurde, wurde es zu viel für ihn: Er konnte nicht sie beide versorgen und sie auch noch pflegen. Deshalb ist er zum Zirkus zurückgegangen, und er hofft, daß er die Kosten wird erstatten können, während sie hier ist.«

»Das ist auch nicht mehr, als er tun sollte, und es wäre eine Hilfe, bis sie wieder zu ihm zurückkehren kann.« Sie brach ab und starrte Eliza an »Was ist los? Was ist denn?«

»John Gordon denkt, daß es Schwindsucht ist.«

»*Schwindsucht!* Dann wird sie hier...«

»Wollen wir sagen, sie wird ›auf unbestimmte Zeit‹ hierbleiben? Du kannst dich genausogut gleich an die Vorstellung gewöhnen. Du weißt sehr gut, wir haben nicht das Geld, sie in Dr. Trudeaus Sanatorium zu schicken, was John als eine Möglichkeit vorschlug.«

»Wie kann er so sicher sein? Nach nur einem Besuch?«

»Er wird am Morgen für eine gründliche Untersuchung zurückkommen. Aber laß dich nicht täuschen: Er ist sich seiner Sache sicher. Er gab mir ausdrückliche Instruktionen, wie eine Infektion zu vermeiden wäre.«

»Dann...« Thomasina holte tief Atem. »Du mußt mich helfen lassen.«

»John sagt, ich müsse jemanden haben, der bei ihr bleibt. Wenn wir jemanden für die Nächte finden könnten und wir uns abwechseln... Wenn ich arbeite, könntest du ihr Frühstück und Mittagessen machen? Ich würde mich dann um das Abendessen kümmern.«

Thomasina errötete. »Ich bin nicht so hilflos, wie du glaubst. Ich mache Samuel seit langer Zeit schon das Essen. Aber wieder durch all das gehen zu müssen! Erinnere dich, wie es mit Mama war.«

»Ich weiß. Es ist einfacher, rauszugehen und Geld zu verdienen, als zu Hause zu bleiben und die Kranke zu pflegen.«

»Aber Ariana ist jung. Vielleicht übersteht sie es, wenn sie sich gut ausgeruht hat. Es wird dann nicht nur Warten sein. Und John könnte unrecht haben. Schwindsucht ist das erste, an das ein Arzt denkt, wenn ein junger Mensch krank ist; und sie haben nicht immer recht.«

Eliza dachte: »Laß sie nur hoffen, solange sie kann.« Sie wartete, während Thomasina ihre Lampe wieder entzündete und nach oben ging, dann löschte sie den Gasleuchter, hob ihre eigene Lampe auf und folgte ihrer Schwester. Sie fühlte sich total erschöpft, und das um so mehr, als sie sich so zusammengenommen hatte; sie würde in einem kalten Gästezimmer schlafen müssen, nachdem sie ein paar Bettücher und Kissenbezüge herausgekramt und das Bett gemacht hätte, aber sie war nur allzu bereit, sich sofort hineinfallen zu lassen, kalt oder nicht.

John hatte es Lafe überlassen, das Pferd und den Buggy auszuschirren, und ging ins Haus. Er fand Anne allein, ihre Füße auf dem Kamingitter vor einem völlig ungenügenden Feuer mit einem Buch auf ihrem Schoß, das sie ganz offensichtlich gerade erst in diesem Augenblick niedergelegt hatte. Sie hielt ihre Hände zu dem Feuerrost hin, als sie zu ihm aufsah, als hätte sie erst gerade gemerkt, daß es kalt war.

»Was ist mit Ariana, John?«

»Die Nachricht wird wie eine Bombe in Waynesboro einschlagen, nicht wahr? Anne, wenn du nicht so versunken lesen würdest, hättest du auch nicht wieder das Feuer vergessen. Man muß hin und wieder ein wenig Kohle auflegen.«

»Ich brauchte es wirklich nicht: Es ist gar nicht kalt hier drinnen.« Aber sie wartete, während er die Feuerzange aufnahm und das Feuer wieder entfachte.

»Nun, wenn du nur nicht drin rumstocherst...«, sagte er, während er die Zange mit Geklapper zurücklegte. »Na ja, Arianas Mann hat sie zu Eliza Ballard zurückgebracht, die ihr anscheinend einen Zufluchtsort angeboten hatte, wenn sie je einen brauchen würde. Er hat sie zurückgebracht, weil sie krank ist und weil er sich nicht um sie kümmern und gleichzeitig auch noch den Lebensunterhalt verdienen kann.«

»Aber wie hat Eliza... ich hoffe, sie hat sie willkommen geheißen, armes Kind. Wird sie lange krank sein?«

»Ludwig hat gesagt, Eliza hätte immer gehofft, daß sie zurückkommen werde: wollte wohl ›Hab ich es dir nicht gesagt?‹ zu der Verlorenen sagen können, nehme ich an. Ludwig war in der Praxis und spielte mit mir Schach, als der junge Mercer hereinkam.«

»Arme Eliza! Sie ist nicht so gemein, John. Sie hat niemand, der ihre Zuneigung möchte oder braucht. Und sie hat Ariana immer gemocht. Aber Ariana ist eher wie ein untergeschobenes Kind in einem Märchen, unfähig, wirklich zu lieben ... zumindest, seit ihre Mutter tot ist. Ich hoffe, sie wird ein wenig Wärme für Eliza empfinden können. Wie lange muß sie denn da bleiben? Ich nehme an, ihr Mann will sie zurückhaben, wenn sie wieder in Ordnung ist.«

»Oh, ohne jede Frage. Sein Kummer war unbezweifelbar. Es wird aber lange dauern ...«

»Falls überhaupt, wolltest du sagen? John, geht sie den gleichen Gang, den ihre Mutter gehen mußte?«

»Sie ist nicht schwanger. Ich weiß nicht, warum ich das so mit Sicherheit sage: Ich habe sie eigentlich kaum untersucht. Aber durch das, was er sagte, bin ich sicher.«

»Weich doch bitte nicht aus. Du weißt, ich sage nie ein Wort über deine Patienten und ich werde es auch jetzt nicht tun. Ist sie schwindsüchtig?«

»Ich habe gesagt, daß ich sie nicht untersucht habe. Aber es sind alle Anzeichen dafür vorhanden.«

»Wie schrecklich! ... für Eliza auch, aber für sie – ein verschwendetes Leben; sie hatte wirklich Talent, weißt du. Ich habe nie vergessen, wie sie in einem Jahr die Jael für den Klub spielte. Wenn sie nur an einem anderen Ort, in einer anderen Familie geboren wäre, aber ›die Sterne in ihrem Lauf –‹. Weiß es Ruhamah schon? Sie ist eine treue, kleine Seele: sie ist hier in Waynesboro geblieben, damit Ariana einen Ort hätte, wo sie hingehen könnte. Aber sie haben schon lange keinen Kontakt mehr gehabt.«

»Ja. Ariana wußte nicht einmal, daß Ruhamah hier ist. Natürlich waren die Ballards ein Fixpunkt in ihrem Denken. Aber Ruhamah kann sich nicht um sie kümmern. Je weniger sie von ihr sieht, desto besser. Und wenn sie nicht wissen sollte, daß Ariana hier ist, wird sich das bald ändern: Es tat mir nachher leid, daß ich Arianas Namen dir gegenüber am Telefon erwähnt hatte.«

»Man sollte es ihr eigentlich sagen, bevor sie es in irgendeiner unschönen Art hört. Warte, da kommt gerade Johnny herein.«

Sie lauschten auf das Schlagen des Tores, die Schritte auf der Veranda, das Drehen des Türknopfes. Dann kam Johnny hereingerannt, ohne anzuhalten, um seinen Mantel abzulegen. Seinen Derbyhut hielt er in der Hand. Er sah aus, als wäre er nicht nur draußen im scharfen Wind eines Februarabends, sondern in dem noch schärferen Wind der Ekstase gewesen. Sein Gesicht strahlte, seine Augen waren verzückt.

»Endlich!« rief er. »Unsere Verlobung wird in Kürze bekanntgegeben. Julia wird meinen Ring tragen, wenn ich einen für sie finde. Im Juni werden wir schon verheiratet sein.«

»Viele Glückwünsche, mein Sohn.« Anne brachte es heraus. Sie stand auf, zog sich mit einer Hand auf jeder Schulter zu ihm herauf und küßte ihn. »Ich hoffe nur, daß du so glücklich wirst, wie du es verdienst. Du bist so geduldig wie Jakob gewesen: Ich hoffe nur, daß du eine Rachel gefunden hast.«

Johnny sah ein bißchen verwirrt aus. »Papa? Du nimmst es kühl, wie es scheint.«

»Natürlich beglückwünsche ich dich gleichfalls. Aber es ist nicht gerade eine Überraschung, weißt du. Und du kannst nicht erwarten, daß es uns zu deinem wonnevollen Zustand erhebt.«

»Nein. Aber ihr seid beide gewöhnlich nicht so... was ist geschehen? Irgend etwas ist doch passiert.«

»Ja. Ariana McCune ist zurück.« John erzählte ihm vom Abend.

Johnny verstand augenblicklich, was sein Vater nicht gesagt hatte. »Du meinst, es ist Tuberkulose? Kein Wunder. Sie muß ein turbulentes Leben geführt haben, wenn sie mit einer drittklassigen Wanderbühne herumgezogen ist.«

»Wir können natürlich nicht sicher sein, bevor ich sie morgen nicht gründlich untersucht habe.«

»Wenn es irgend jemand anders als Ariana gewesen wäre, würdest du es auf den ersten Blick diagnostiziert haben. Du versuchst nur, die Hoffnung noch aufrechtzuhalten. Das arme Mädchen – so jung. Die anderen von uns fangen erst richtig an. Ich würde sie gern besuchen.«

»Sie will dich auch gern sehen. Aber nicht als Doktor.«

Johnny lächelte. Andeutungen seiner Grübchen zeigten sich in der Form von Linien in seinen Männerwangen. »Natürlich nicht. Für Ariana bin ich ein Schuljunge? Hat jemand ihre Schwester benachrichtigt?«

»Das beunruhigt mich auch«, sagte seine Mutter. »Morgen früh wird es die ganze Stadt wissen. Ich werde versuchen, bei ihr vorbeizusehen, bevor sie zur Arbeit geht.«

»Glaubst du nicht, daß Eliza...«

»Es wäre besser, wenn es von mir käme. Sie hat mit mir einmal über Ariana gesprochen. Und ich kann ihr sagen, daß sie nicht daran denken darf, sie zu sich in das Mietshaus zu holen. Wegen der Ansteckungsgefahr.«

»Ja. Sie wird die gleiche Veranlagung geerbt haben.«

»Ich bezweifle das. Sie ist ein drahtiges kleines Ding, eher wie ihr Vater. Aber natürlich muß sie vorsichtig sein.«

Johnny hatte seinen Mantel abgelegt; er ließ ihn und seinen Hut auf das Sofa fallen und setzte sich selbst daneben. In seinen Gedanken hatte er Ariana schon verlassen. Nun stand er auf und sagte: »Ich glaube, ich gehe hoch. Es ist ein langer Tag gewesen.«

»Warte einen Augenblick«, sagte sein Vater. »Ich habe noch eine Bombengeschichte für dich. Zumindest glaube ich nicht, daß du es schon gehört hast.« Und zu seiner Frau: »Du hast Sally heute noch nicht gesprochen?« Anne schüttelte den Kopf. »Diese Sache mit Ariana hat es glatt aus meinen Gedanken verdrängt. Ludwig sagte, sie hätten heute einen Brief von Elsa bekommen. Sie kommt nach Hause.«

»Das ist keine Bombengeschichte. Sie mußte ja eines Tages zurückkommen, und Julia sagte, als sie sie in München getroffen hat...«

»Warte, sag ich dir. Sie möchte, daß ihr Vater und ihre Mutter sogleich in der *Fackel* ihre Verlobung bekanntgeben: Sie kommt nach Hause, um Gilbert Evans zu heiraten. Im April.«

»Shaney! Gib Evans! Dieser Schlappschwanz!« Johnny setzte sich wieder. »Das hat ihre Mutter eingefädelt, wette ich.«

»Elsa ist schon zwei Jahre in Deutschland. Wie sollte ihre Mutter bei dieser Entfernung irgend etwas einfädeln können? Und was soll mit Gib Evans los sein?«

»Eigentlich nichts. Nur hätte Shaney jeden heiraten können – jemand mit mehr Persönlichkeit als Gib zumindest. Aber es wird klappen, könnte ich mir denken: Sie kann ihn nach Lust und Laune herumkommandieren, und ihm macht es nichts aus. April, sagtest du? Das nenne ich schnell!«

Anne sagte nicht ein Wort, nur zu sich selbst sagte sie: »Wie unendlich traurig. Alle diese fehlgeleiteten jungen Leute ruinieren ihr Leben.« Sie wußte, weshalb Elsa so bald heiraten wollte: Sie würde nicht wollen, daß ganz Waynesboro denken könnte, daß sie sich vor Gram nach Johnny Gordon verzehre.

»Nun, Mama?« Johnny grinste sie an. »Bist du verblüfft?«

»Nein. Ich finde, es ist eine sehr passende Verbindung: sie sind lange genug zusammen gegangen, um sich gegenseitig gut genug zu kennen. Und warum nicht April? Warum warten?«

»Kein Grund, würde ich sagen. Nur Julia wird denken, daß sie es absichtlich getan hat, nur um die erste zu sein. Sie wollte, daß Shaney ihre erste Brautjungfer sein würde.« Er hob seinen Derby auf und ließ seinen Mantel über die Schulter baumeln. »Gute Nacht, Papa. Gute Nacht, Mama.« Er ging und küßte seine Mutter auf die Wange. »Ihr seid glücklich für mich, nicht wahr?«

»Johnny, ich will, daß du hast, was immer du brauchst, um

glücklich zu werden, und ich habe schon sehr lange gewußt, daß es Julia ist. Ja, ich bin glücklich für dich.«

Als er außer Hörweite war, sagte sein Vater mit versuchter Leichtfertigkeit »Was für eine Lügnerin du bist!«

»Ich will wirklich, daß er glücklich wird.«

»Wir haben schon oft genug darüber geredet: Du glaubst nicht, daß Julia die Frau ist, die ihn glücklich machen wird.«

»Ich bin sicher, sie glaubt, sie liebe Johnny...«

»Wenn ich als Arzt sprechen sollte, würde ich sagen, daß sie eine frigide Frau ist.«

»Und Johnnys warmes Herz verschwendet für nichts. Wir werden wohl das Beste daraus machen müssen.«

»Die unausweichliche Wahl von Eltern hirnverbrannter Kinder: Widersetz dich und verdirb die Beziehung zu deinem Kind oder finde dich damit ab.«

»Ich frage mich, wie die Rauschs über Elsa und Gib Evans denken.«

»Was Sally angeht, habe ich nur Vermutungen. Ludwig leidet an gemischten Gefühlen: er findet, daß Gib nicht gut genug für sie ist, aber er sieht keinen anderen in Waynesboro und er freut sich, daß sie hier wohnen wird.«

Am nächsten Morgen stand Anne früh auf, frühstückte allein und ging in der Kälte zu Fuß zu Mrs. Duncans Mietshaus. Sie traf Ruhamah am Frühstückstisch an, gab ihr ein Zeichen und führte sie in das Empfangszimmer, das zu dieser Zeit leer und dunkel war, die Vorhänge waren noch geschlossen.

»Was ist passiert? Irgend etwas ist passiert.«

»Ja. Ich fand, du solltest es wissen, bevor die Neuigkeit über die ganze Stadt verbreitet wird. Ariana ist zurückgekommen. Sie ist bei den Ballards.«

Nach einer plötzlichen eisigen Stille fand Ruhamah ihre Sprache wieder: »Aber warum? Die ganze Zeit habe ich auf sie gewartet. Ist sie in Ordnung?«

»Sei fair, Ruhamah. Anscheinend hat ihr Eliza Ballard, als sie weggelaufen ist, geschrieben und ihr versprochen, sie würde ihr immer willkommen sein. Konnte sie denn wissen, daß du auf sie wartest?«

»Nein, natürlich nicht«, sagte Ruhamah langsam. »So einen Brief konnte ich ihr damals nicht schreiben. Papa... und ich ging noch zur Schule. Nachher konnte ich keinen Kontakt mehr zu ihr aufnehmen; ich hatte keine Adresse. Aber warum ist sie zurückgekommen? Ist ihr Mann...« Ruhamah würgte an der Frage; Anne legte eine Hand auf ihren Arm.

»Er hat getan, was er konnte. Er hat sie gestern nacht zurückgebracht, weil sie krank ist und er keine Möglichkeit hatte, sich um sie zu kümmern. Auf seinem Weg zum Bahnhof schaute er beim Doktor rein, um ihn zu bitten, sich Ariana anzusehen.«

»Ah, daher wissen Sie es. Ich muß zu ihr hin – ihr sagen, daß ich jetzt arbeite.«

»Die Bibliothek ist heute morgen geöffnet? Falls ja, könnte ich für dich einspringen. Aber beeil dich nicht, zu ihr hinzukommen, der Doktor hat vor, sie zu untersuchen, und ich bin sicher, er wird nicht wollen, daß sie aufgeregt ist. Laß ihm Zeit.«

»Dann ist sie wirklich krank? Was meint er?«

»Er hat sie noch nicht untersucht. Du kannst ihn fragen, wenn die Untersuchung vorbei ist. Er wird nicht gleich weggehen. Komm doch mit mir nach Hause, du kannst dann mit ihm zusammen hinfahren. Und wenn er fertig ist, kannst du mit ihm reden.«

Als sich John und Johnny auf den Weg zum Haus der Ballards machten, saß eine vermummte Ruhamah zwischen ihnen eingequetscht auf dem Buggy-Sitz. Eliza ließ sie herein, wünschte Ruhamah ziemlich steif: »Guten Morgen« und sagte zu den beiden Ärzten: »Sie ist heute morgen schon viel besser dran, nachdem sie die Nacht gut geschlafen hat. Wollen Sie sie beide sehen?« Sie führte sie nach oben in das Schlafzimmer, während Ruhamah auf einem der steifen Stühle in der Eingangshalle Platz nahm. Ariana saß aufgerichtet und auf Kissen gestützt, die sich hinter ihr gegen das hoch aufragende geschnitzte Kopfende des Walnußbettes türmten. Ihr Haar war ordentlich zurechtgemacht, ihre Augen strahlten, und auf den Wangen hatte sie die Röte von aufgeregtem Schwatzen.

»Johnny! Ich bin so froh! Und du bist wirklich erwachsen geworden und bist schon Arzt? Aber ich habe deinem Vater gesagt...«

»Ich weiß, was Sie mir gesagt haben. Aber Johnny ist weit mehr auf dem laufenden als ich es bin: Ich habe ihn mitgebracht, damit er mir bei der Diagnose helfen kann.« John schob ihr sein Thermometer in den Mund und nahm ihr Handgelenk, das so zerbrechlich wie Eierschalen schien; die drei warteten schweigend, bis er ihre Hand wieder hinlegte, das Thermometer herausnahm und sie ansah. »Jedenfalls besser als gestern nacht. Wenn Sie sich nun aufsetzen würden. Eliza, können Sie das Nachtgewand heraufziehen, so daß wir unsere Stethoskope benutzen können?« Aber die Masse dieses schweren Nachtgewandes auf einem derart ausgezehrten Körper vereitelte das Unterfangen. »Nein, ich sehe schon, das können Sie nicht.«

»Ich kann ihr eins von meinen anziehen«, Eliza errötete ein wenig. »Ihre waren so zart, und mit diesem Husten...«

»Sehr vernünftig von Ihnen. Aber jetzt ziehen Sie es aus – halten Sie es vor sich.« Die zwei Männer drehten sich um: John schloß das noch immer weitgeöffnete Fenster.

»In Ordnung; sie ist fertig.«

Die beiden Ärzte untersuchten sie eingehend. Ariana beugte sich jämmerlich über ihre angezogenen Knie, hielt ihr Gesicht verborgen und das abgelegte Nachtgewand krampfhaft vor ihre Brüste und Schultern. Ihr Rückgrat war wie eine Gebirgskette, ihre Rippen wie Reihen von niedrigeren Gebirgszügen mit Tälern dazwischen. Johnny schaffte es gerade noch, bei diesem Anblick nicht den Atem anzuhalten; er lehnte sich über sie und folgte mit seinem Stethoskop dem seines Vaters, hielt an, wo sein Vater verweilt hatte, manchmal sogar länger; er kehrte, als Eliza schon dachte, sie müßten sicherlich fertig sein, zu einer Stelle an der Seite zurück. Schließlich sagte John: »Das wär's. Ziehen Sie das Nachthemd wieder an und legen Sie sich hin. Knöpfen Sie es aber nicht zu: Wir müssen auch noch über Ihre Brust gehen.«

»Bitte, nicht Johnny.«

»Ariana, Sie sind eine verheiratete Frau, und Johnny ist ein Arzt, aber gut.«

Er untersuchte also ihren Thorax allein, wobei er ihre kindlich flachen Brüste kaum zu verschieben brauchte. Als er fertig war, zog er die Bettdecken hoch und steckte sie an der Seite ein. Sie begann zu husten und kämpfte, um sich aufsetzen zu können; er schob einen Arm unter sie und half ihr.

»Johnny, das Kodein. Eliza, einen Teelöffel.«

John wartete eine Pause des Anfalls ab, verabreichte ihr dann die Dosis und sagte: »Seien Sie ein gutes Mädchen. Bleiben Sie nur einen Augenblick liegen, während ich mich mit Johnny zurückziehe, um über Sie zu sprechen. Ich lege Wert auf seine Meinung, selbst wenn Sie es nicht tun. Sie bleiben bei ihr, Eliza.«

Im Korridor brauchten sich die Männer nur einen Blick zuzuwerfen.

»Es gibt keinen Zweifel, nicht wahr?« sagte Johnny schließlich.

»Nicht den geringsten. Das Ganze kompliziert duch eine Rippenfellentzündung. Wir können ihr sagen, sie habe Rippenfellentzündung. Vielleicht hilft das: Sie wird sich nicht aufregen. Nun ja, wir wollen es sagen.« Sie kehrten zum Schlafzimmer zurück.

Ariana sagte nichts, auch nicht Eliza; sie sahen John nur erwartungsvoll an. Johnny dachte: »Der schlimmste Augenblick für einen Arzt: er weiß, daß er nichts tun kann, muß aber trotzdem etwas Beruhigendes sagen.«

Was John letztlich sagte, war folgendes: »Genau wie ich dachte: Sie haben eine Rippenfellentzündung am rechten Lungenflügel. Nicht übermäßig schmerzhaft, nicht wahr? Aber Sie haben den Husten schon seit längerem? Was Sie brauchen ist strikte Bettruhe, flach auf dem Rücken. Viel kräftige Nahrung, frische Luft und Kabeljaulebertran, damit Sie ein bißchen Fleisch auf die Knochen kriegen. Am wichtigsten aber: frische Luft. Offene Fenster vierundzwanzig Stunden am Tag, ob es Winter ist oder nicht.«

»Doktor: Wie lange? Ben wird sich Sorgen machen. Ich muß ihm schreiben.«

»Lassen Sie Eliza schreiben. Und ich weiß nicht, wie lange. Bis es Ihnen eben bessergeht.«

»Es geht mir schon besser. Ich werde sogar den Kabeljaulebertran einnehmen.«

»Hm! So wie ich Eliza kenne, werden Sie ihn wirklich einnehmen. Haben Sie sich nun von dieser Tortur genügend erholt, um einige gute Neuigkeiten hören zu können?«

»Gute Neuigkeiten?« Sie wiederholte die Worte, als ob sie keine Bedeutung hätten.

»Ich hoffe, sie sind gut. Ruhamah wartet unten, um Sie zu besuchen.«

»Ach, Ruhamah – hatte ich völlig vergessen. Ich kann gar nicht glauben, daß sie hier ist und nicht bei Papa. Ja, das sind wirklich gute Neuigkeiten.«

»Wir werden sie heraufschicken.«

Im Korridor sagte Eliza: »Nun?« und John sagte laut: »Rippenfellentzündung« und fügte leise hinzu: »Warten Sie!«

Auf der Treppe, der Schlafzimmertür abgekehrt sagte sie wiederum: »Nun?«

»Die Rippenfellentzündung ist wirklich da. Genau wie die Tuberkulose.«

»Oh, nein! Ich kann es nicht glauben: Sie schien heute morgen so viel besser dran zu sein. Arme Ariana! Demnach ist alles das, die ganze Zeit über in der frischen Luft zu sein, die neueste Behandlung für Schwindsucht?«

»Es ist das Beste, was wir bislang gefunden haben, sowohl für die Rippenfellentzündung wie auch für die Tuberkulose: frische Luft, absolute Ruhe und kräftige Nahrung.«

»Und wieviel bringt das eigentlich alles zusammen?« Eliza klang bitter und traurig, und John gab ihr keine Antwort.

Ruhamah, die Mantel und Hut abgelegt hatte, stand am Endpfosten des Treppengeländers und wartete auf sie, als sie herunterkamen, und wandte ihnen ihr bebrilltes Gesicht zu.

»Was ist es?« Ihre Stimme zitterte beim Sprechen. »Kann ich jetzt zu ihr?«

»Natürlich: Sie freut sich sehr darauf, dich zu sehen. Und was es ist, wir glauben, es ist chronische Rippenfellentzündung. Du mußt jede Vorsichtsmaßnahme treffen, dich nicht bei ihr anzustecken. Du darfst ihr keinen Kuß geben, setz dich auch nicht zu nahe zu ihr. Wenn du etwas berührst, das sie berührt hat, wasch dir nachher gründlich die Hände. Du darfst nicht auch noch krank werden. Ich bin sicher, daß Eliza froh sein wird, wenn du ihr helfen kannst in deiner Freizeit.«

»Natürlich. Ich habe viel Zeit: Die Bibliothek ist nicht sehr lange geöffnet, nur drei Nachmittage und drei Vormittage und am Samstag abend. Es gibt jetzt allerdings immer viel zu tun, wenn auch nicht geöffnet ist, aber ich werde das schon einrichten. Ich weiß, daß ich nicht krank werden darf – wie sollte ich dann arbeiten können? Darf ich jetzt hinaufgehen?«

»Ja. Aber, Ruhamah, noch ein Wort: Ihr Aussehen wird dich erschrecken. Sie ist sehr dünn. Laß sie nicht deine Reaktion sehen. Wir müssen sie fröhlich halten. Laß sie nicht zu viel sprechen: sie muß dann husten. Eliza, bleiben Sie hier, da sind noch einige Instruktionen, die ich Ihnen geben möchte. *Seien Sie vorsichtig,* geben Sie ihr alte Lumpen, die sie als Taschentücher benutzen kann – sie soll sie in eine Papiertasche werfen, und dann verbrennen Sie das Ganze, Tasche und alles.« Er fuhr mit genauen Anweisungen für weitere Vorsichtsmaßnahmen fort.

Ein Stockwerk höher beachtete Ruhamah ihr pochendes Herz nicht und marschierte mit festem Schritt durch den Korridor auf die Türe zu, aus der sie die anderen hatte herauskommen sehen; sie klopfte vorsichtig an, öffnete und ging hinein.

»Ruie! Bleib da stehen und laß mich dich ansehen.« Ariana lag flach auf den Kissen, aber sie folgte ihrer Schwester mit den Augen zum Fußende des Bettes. »Du bist groß geworden! Alle sind sie groß geworden. Und Johnny praktiziert schon als Arzt. Und du siehst genauso aus, wie ich schon immer gewußt habe, daß du aussehen würdest: genau wie eine kleine alte Jungfer. Die Brille und dein Haar, in so einen Knoten frisiert, machen das. Und du bist doch immer noch ein junges Mädchen!«

Ariana sah nicht so krank aus, wie es Ruhamah erwartet hatte: mager, ja, aber sie hatte eine gesunde Farbe und ihre Augen strahlten. Und sie neckte sie immer noch: sie eine alte Jungfer zu nennen, das war die Ariana, die sie als Kind gekannt hatte.

»Dr. Gordon hat gesagt, daß du nicht reden sollst, daß du dann husten mußt. Er hat gesagt, daß du nicht gewußt hast, daß ich hiergeblieben bin, damit du einen Platz hättest...«

Ariana schüttelte den Kopf. »Wie ist es gekommen, daß Papa dich gelassen hat?«

»Ich habe nur gesagt, daß ich nicht weggehen würde. Ich hatte Arbeit, ich konnte selbst für mich sorgen. Papa hätte natürlich vielleicht zum Gericht gehen können, ich war ja noch minderjährig. Aber er wußte, daß ich weglaufen würde, und weggelaufene Kinder fördern den Ruf eines Seelsorgers nicht gerade, oder? Ich war sicher, daß er daran denken würde, und so blieb ich einfach.« Ruhamah zog ein Gesicht und reckte ihr Kinn hartnäckig vor. »Und ich habe etwas Geld gespart, das du haben kannst. Aber solange du krank bist, kannst du wohl kaum in einem Mietshaus wohnen.«

»Ist deins ein nettes Haus? Ich habe Mietshäuser gesehen...«

»Du mußt viele Dinge gesehen haben und an vielen Orten gewesen sein. Wenn es dir bessergeht und du wieder reden darfst, mußt du mir von deinen Abenteuern erzählen.«

»Keine Abenteuer, Ruie. Nur harte Arbeit. Aber Schauspielen – ich liebe das. Ich könnte die Entbehrungen vergessen, alles.«

»War dein Mann gut zu dir?«

»Ja. Er hat getan, was er konnte. Bis ich ein zu großes Problem für ihn wurde. Aber du machst dir ja keine Vorstellung! Dieses Zimmer ist wie der Himmel für mich.« Sie umarmte mit einer ausladenden Geste den Wandschrank, die Spiegelkommode mit den drei großen Schubladen darunter, dem beweglichen Spiegel und den zwei kleineren Schubladen darüber und der marmornen Fläche dazwischen. »Und ein bequemes Bett, ganz für mich allein! Ich werde wohl in das freie Zimmer gebracht, aber ich bin sicher, es wird auch ein netter Raum sein.« Sie begann zu husten, kämpfte, um den Anfall unter Kontrolle zu bekommen und stützte sich auf einen Ellbogen, um von dem Tischchen neben ihr ein Taschentuch nehmen zu können.

»Ariana, du hast schon zu viel geredet. Der Doktor hat gesagt, ich soll dich nicht reden lassen. Kann ich dir irgend etwas holen?«

Ariana schüttelte den Kopf, kam wieder zu Atem und legte sich auf ihre Kissen.

»Bitte, Ariana, laß nur mich reden. Willst du was von den Jungs hören? Matt hat eine Gemeinde in Pennsylvanien bekommen. Mark wollte nicht zum Priesterseminar gehen: er arbeitet als Farmer in Indiana, er wird sich eigenes Land kaufen, wenn er genug Geld gespart hat. Luke ist noch zu Hause und geht zur Schule.

Matt ist verheiratet, ein allerliebstes Mädchen, sagt er, und eine große Hilfe bei der Arbeit für die Gemeinde. Ich habe sie nie gesehen. Mark auch noch nicht.«

»Schreibst du ihnen?«

»Ich versuche, den Kontakt aufrechtzuerhalten. Wir standen uns einmal so nahe. Von Luke höre ich aber nur von den anderen Jungs. Papa läßt ihn nicht zurückschreiben.«

»Du bist also auch verstoßen? Natürlich wußte ich, daß ich verstoßen bin, aber ich wollte nicht...«

»*Bitte,* rede nicht, Ariana. Laß mich nur noch eine Minute hier sitzen, und dann muß ich gehen; ich muß alles in der Bibliothek vorbereiten, damit ich um ein Uhr öffnen kann.«

Unten hatten die Traverses gewartet, bis sie an der Reihe wären, Ariana sehen zu dürfen. Sam war ruhig, Thomasina ängstlich, sie drehte ihr Taschentuch um ihre Finger, bis es ganz lappig war.

Sam lächelte sie an. »Thomasina, wieviel Hilfe wirst du sein, wenn du so weitermachst?«

»Ich werde nicht ›weitermachen‹. Ich gebe zu, ich bin ein bißchen nervös, aber ich werde in Ordnung sein, sobald ich sie gesehen habe.«

Eliza unterbrach sie: »Thomasina, würdest du bitte kommen und mir helfen, das Fremdenzimmer fertig zu machen? Ich habe schon die Bettücher angewärmt, nun müssen wir noch die Laken heraussuchen und lüften. Die Fenster müssen Tag und Nacht offen sein.«

Als sich Ruhamah endlich von Ariana losriß, war das andere Zimmer bereits fertig: nicht nur war das Bett gemacht, auch die Möbel waren abgestaubt und die Fenster geöffnet. Der Wind blies als eisiger Zug durch das Zimmer. Thomasina protestierte: »Es wird sie umbringen, wenn sie in einem so kalten Zimmer liegt.«

»Nicht, wenn sie warm genug eingewickelt ist. Nicht mit einer zusätzlichen Decke unter dem Laken und weiteren Decken obendrauf. Anordnung des Doktors. Da ist Ruhamah.« Sie ging zur Türe. »War es ein schöner Besuch?«

Ruhamah nickte. »Es tut mir leid, aber ich muß jetzt gehen. Ich kann aber dreimal in der Woche am Morgen kommen: Montag, Mittwoch und Freitag und an allen Abenden.«

»Morgens wäre sehr hilfreich. Ich muß jeden Tag arbeiten, und Thomasina kann nicht alles schaffen. Abends bin ich selbst da, und wir werden schon noch jemand für nachts finden.«

»Sie darf also überhaupt nicht alleine gelassen werden?«

»Niemand kann lange bei ihr in diesem eiskalten Zimmer sitzen bleiben. Aber es sollte jemand in Rufweite sein, falls sie etwas braucht oder zu husten anfängt. Und jemand muß darauf achten, daß sie vernünftig ißt und ihre Medizin nimmt.«

Ruhamah sagte nichts mehr. Wie sollte sie auch, da sie nicht wußte, was der Doktor den Ballards gesagt hatte? Aber die weitgeöffneten Fenster hatten bei ihr alle Fragen beantwortet. Sie, die alles, was in die Bibliothek kam, las, wußte von Dr. Trudeau und seinen Theorien. Dr. Gordon glaubte, Ariana habe Schwindsucht. Sie nahm sich zusammen, bis sie aus dem Haus heraus war, dann ließ sie die Tränen die Wangen herunterrollen, ohne auf die stechende Kälte zu achten.

Drinnen im Haus nahm Sam Travers den Arm seiner Frau und sagte: »Nun, Thomasina...« und führte sie den Korridor entlang zu der Schlafzimmertür. Ariana drehte den Kopf auf dem Kissen und starrte sie an und dachte, wie alt doch jeder aussieht. Sie schloß die Augen und sagte: »Kommen Sie nicht herein, wenn Sie mir nicht vergeben haben.«

»Ariana, sag das nicht«, Sams Stimme war ruhig. »Was gäbe es denn da zu vergeben?«

»Natürlich vergeben wir dir«, sagte Thomasina fast im gleichen Augenblick. »Nur am Anfang dachte ich, wie du uns behandelt hättest... besonders meinen Mann... so undankbar: Er hat so hart gearbeitet, und wir hatten so hohe Hoffnungen auf dich gesetzt. Aber...«

»Ich weiß. Ich schulde Ihnen so viel, und ich glaube nicht, daß ich je danke gesagt habe. Aber, daß Ihre Hoffnungen enttäuscht wurden, das war am schlimmsten, nicht wahr?« Ariana sprach langsam, vorsichtig, sie wollte alles sagen, ohne von einem Hustenanfall unterbrochen zu werden. »Aber Sie wären enttäuscht gewesen, was ich auch immer getan hätte. Ich hatte es nie wirklich in mir, ich wäre nie ein richtiger Musiker geworden. Aber Ihre Schwester, die mochte mich... *mich,* nicht irgend jemand, der seinem Lehrer eines Tages Ehre machen würde.«

»Sei nicht so hart mit uns.« Thomasina war den Tränen nahe. »Wir haben dich alle gemocht.«

»Oh, ich weiß: ›armes, mutterloses Kind...‹«

»Ariana, jetzt bist du unfair. Wenn du wüßtest, wie wir dich geliebt haben. Ja, sogar der Klang deiner Schritte, wie sie die Treppe hinaufjagten...«

»Aber es war Eliza, die mir schrieb und sagte, ich könnte immer ein Heim bei ihr haben. Daher wußte ich, daß Sie mir nicht vergeben haben.«

»Wir haben dir schon lange vergeben, was immer zu vergeben war.«

Sam war fester. »Ariana, wir sind froh, daß du zurückgekommen bist. Vielleicht sind wir bei dem Examen, das Eliza bestanden hat, durchgefallen. Aber wir lieben dich beide aufrichtig. Das ist wahr. Es ist wohl besser, wenn wir alle die Vergangenheit vergessen, außer daß du zu uns als ›ein armes, mutterloses Kind‹ gekommen bist und wir dich willkommen geheißen haben. Und nun heißen wir dich wieder willkommen, und wir bitten dich um nichts, als daß du versuchen sollst, wieder für uns zu empfinden, was du einmal empfunden hast.«

»Dann vergeben Sie mir?«

»Wenn es etwas gegeben hat, das zu vergeben war, dann habe ich es vergessen.«

Ariana sah Thomasina durch gesenkte Wimpern an. »Sie auch?« fragte sie unerbittlich.

»O Ariana! Ja. Ich habe immer an dich gedacht, als ob du mein eigenes Kind wärst.« Sie wäre auf sie zugeeilt, um sie zu umarmen, aber Ariana hielt sie davon ab.

»Halten Sie Abstand, hat der Doktor befohlen. Ich habe nicht gewußt, daß Rippenfellentzündung ansteckend ist, aber er sagt es.« Sie schloß die Augen und wandte den Kopf ab.

Samuel sagte: »Wir müssen Eliza helfen, sie in das andere Zimmer zu bringen, und dann braucht sie Ruhe. Sie hat einen anstrengenden Morgen hinter sich.« Er ging in den Korridor, um Eliza zu rufen, die bereits mit Nachtmütze und Flanellmantel wartete. Sie half Ariana auf und zog sie an, nahm dann die Kissen, auf denen sie gelegen hatte, sagte: »Nur eben den Korridor entlang« und ging selbst voran. Ariana ging allein und verschmähte jede Hilfe, die übergroßen Nachtgewänder schleppte sie hinter sich her über den Boden des Korridors.

DIE MITGLIEDER DES FRAUENKLUBS VON WAYNESBORO

Miß Eliza Ballard
Miß Charlotte Bonner
Mrs. Louisa Deming
Mrs. Elsa Evans
Mrs. Gwen Evans
Miß Caroline Gardiner
Miß Lavinia Gardiner
Mrs. Anne Gordon
Mrs. Julia Gordon
Mrs. Rhoda McKinney
Mrs. Laura Maxwell
Mrs. Elizabeth Merrill
Mrs. Sarah Rausch
Miß Amanda Reid
Mrs. Jessamine Stevens
Mrs. Thomasina Travers
Mrs. Christina Voorhees

IN MEMORIAM
Mrs. Mary Ballard
Miß Susan Crenshaw
Mrs. Katherine Edwards
Mrs. Mary McCune
Miß Agatha Pinney

1892 – 1893

»Das fünfundzwanzigste Jubiläumsjahr unseres Klubs erhielt seine Glanzpunkte durch die Eheschließungen zweier unserer Töchter.«

In der *Fackel* wurden eines Abends, kurz nachdem Ariana nach Waynesboro zurückgekehrt war, drei kurze Artikel veröffentlicht, die Charlotte Bonners »Gesellschaftsnotizen« vorangingen und einen Großteil der Stadt interessierten:

»*Mrs. Ben Mercer auf Besuch zurückgekehrt.* Ihre alten Freunde werden entzückt sein zu erfahren, daß Mrs. Ariana McCune Mercer für einen Besuch bei Eliza Ballard nach Waynesboro zurückgekehrt ist. Sie werden andererseits betrübt sein, hören zu müssen, daß sie zur Stärkung und Erholung nach einer langen Krankheit gekommen ist und augenblicklich keine Besuche empfängt.«

»*Verlobungen:* Captain Ludwig Rausch und Frau geben die Verlobung ihrer Tochter Elsa und ihre baldige Vermählung mit Mr. Gilbert Evans von hier bekannt. Captain Rausch ist ein weitbekannter Unternehmer, Förderer der sehr erfolgreichen elektrischen Columbus- und Cincinnati-Eisenbahnlinie, Fabrikbesitzer, Industrieller und Präsident der Firma Rausch-Seilwaren, Hersteller von Tauwerk und Schnur und des weiteren Mitglied des republikanischen Staatskomitees, seine Frau, Mrs. Rausch, ist die Tochter des verstorbenen Mr. Charles Cochran, Präsident der Nationalbank von Waynesboro und der ebenfalls verstorbenen Mrs. Cochran. Mr. Evans, Neffe von Reverend Mr. David Evans, Pfarrer der Baptistenkirche, und Mrs. Evans, ist in leitender Funktion bei der Firma Rausch angestellt. Die Hochzeit wird Anfang April stattfinden.

General George Deming und Frau geben die Verlobung ihrer Tochter Julia und ihre baldige Vermählung mit Dr. John Alexander Gordon von hier bekannt. Der General ist einer unserer bekanntesten Bürger, der im letzten Krieg bis zum Rang eines Brevet-Brigade-Generals aufstieg und später Repräsentant des siebten Distrikts im Repräsentantenhaus in Washington war und seit seinem Ausscheiden aus der Politik weiterhin als Historiker seiner Brigade und verschiedener Bezirke Ohios auf sich aufmerksam gemacht hat. Dr. Gordon, der kürzlich am medizinischen College von Ohio seine Promotion abgelegt hat, ist danach in die medizinische Praxis seines Vaters in dieser Stadt eingetreten. Das glückliche Paar wird im Juni in den Stand der Ehe treten.«

Als Johnny an diesem Abend zu den Demings kam, um Julia zu besuchen, begrüßte sie ihn bereits an der Tür mit der Abendzeitung in der Hand. Noch bevor er seinen Mantel ausziehen konnte, schwang sie sie ihm drohend vor dem Gesicht herum.

»Warum hast du mir das nicht gesagt?«

»Was gesagt, Liebling? Ich habe heute keinerlei Zeit gehabt, um irgendwem irgendwas zu erzählen, angefangen mit Ariana McCune. Ist es das, was dich so verstimmt? Ich habe nicht gewußt, daß sie zurückgekehrt ist, bevor ich gestern nacht nach Hause kam.«

»Ariana McCune? Nein. Warum sollte mich das verstimmen? Nein, ich meine Elsa Rausch. Und erzähl mir nicht, du hättest das auch nicht gewußt: Ihr habt immer schon wie Pech und Schwefel zusammengehalten.«

»Julia, Liebling, laß uns in den Salon gehen. Glaubst du, ich will, daß dein Vater und deine Mutter hören, daß du mich jetzt bereits auszankst.«

»Ich wollte dich nicht auszanken«, sagte sie mit sanfterer Stimme, bevor sie die Salontüre öffnete. »Und ich muß zugeben, daß Vater von der Anerkennung, die er in der *Fackel* gefunden hat, überaus geschmeichelt ist: Über ihn stand viel mehr drin als über Mr. Rausch.« Sie nahm ihren angestammten Platz auf dem Brokat-Empire-Sofa ein und zog ihren Rock nahe zu sich heran, um anzuzeigen, daß er sich neben sie setzen dürfe. »Es ist nur, daß Elsa so provozierend ist. Sie hat nicht ein Wort darüber verloren, daß sie sich verloben wolle, als wir sie in München trafen.«

»Es kam für mich so überraschend wie für dich, glaube mir.« Er legte seinen Arm um ihre Schulter und zog sie zu sich heran, unbekümmert, ob er ihre Puffärmel zerdrücken könnte, bis ihr Kopf an seiner Schulter lag. »Ich habe gar nichts von Sh –, von Elsa gehört, nur durch ihre Familie. Wir haben uns nie geschrieben. Warum sollten wir auch? Und um dir die Wahrheit zu sagen, ich glaube, daß auch die überrascht waren. Sobald sie sich entschieden hatte, hat sie bestimmt nicht mehr gefragt – nicht Elsa –, sie hat sie höchstens von ihrer Entscheidung informiert.«

»Gib arbeitet für ihren Vater, nicht wahr? Sie müssen eine leise Ahnung gehabt haben.«

»Vielleicht. Was macht uns das schon aus?«

»Oh, nichts, natürlich. Nur daß es provozierend ist. Ich wollte sie als erste Brautjungfer haben und –, ich weiß, daß es irgendwie kindisch von mir ist – aber ich wollte so sehr die erste sein.«

Johnny lachte. »Du bist eine liebe kleine Gans! Wessen Fehler ist es, daß du nicht die erste bist? Meiner nicht, auf keinen Fall.« Er verstärkte den Druck seines Armes, drehte sich, bis er seine Wange einen Augenblick an ihre legen konnte, küßte sie zärtlich und lehnte sich dann zurück. »Ich habe dir etwas mitgebracht. Bist du denn gar nicht neugierig?« Er griff in seine Tasche, um die Schachtel des Juweliers zu finden. Falls sie enttäuscht war, auf ihr den Namen eines örtlichen Juweliers zu sehen, ließ sie sich nichts anmerken.

»Oh, mein Ring! Ich hatte nicht gedacht, daß du ihn so schnell bekommen würdest.«

»Er ist der schönste, den Mr. Weller hatte. Oder wäre es dir lieber, wenn du ihn selbst auswählen dürftest? Wir können ihn umtauschen. Der Diamant ist nichts Besonderes, wenn man es so sieht, aber du weißt...«

»Lieber Johnny! Natürlich weiß ich. Und ich weiß, daß du ihn mit Liebe ausgesucht hast.« Sie hielt ihm ihre Hand entgegen, und er steckte ihr den Ring an.

Für Johnny war es ein durch und durch zufriedenstellender Abend gewesen, sogar der Abschied an der Haustür, nachdem er ins Wohnzimmer gegangen war, um ein paar Worte mit ihren Eltern zu wechseln. Um ihr einen Gutenachtkuß zu geben, legte er ihr erst seine Hände um ihre zierliche Taille und nahm sie dann in seine Arme. Überwältigt von einer unwiderstehlichen Sehnsucht, legte er eine Hand auf ihre Brust, preßte sie mit seinem anderen Arm noch näher an sich und beugte ihr seine Wange zu. Sie entzog sich ihm, zwar nicht hastig, aber doch entschieden.

»*Nicht,* Johnny, ich mag solche – Freiheiten – nicht, nicht hier und nicht jetzt.« Wenn sie vielleicht etwas ängstlich, vielleicht sogar etwas angeekelt klang, schrieb er das ihrem jungfräulichen Schamgefühl und der Nähe ihrer Eltern zu, die nur über der Eingangshalle hinter der geöffneten Wohnzimmertür saßen; er zog seinen Arm zurück, küßte sie zart und wünschte ihr in der Art eines perfekten Gentlemans gute Nacht.

Sobald sich die Tür hinter ihm geschlossen hatte, ging sie hinein, um ihrer Mutter und ihrem Vater den Ring zu zeigen. Als sie ihn mit so viel Begeisterung, wie sie nur aufbringen konnten, bewundert hatten, sagte Mrs. Deming: »Wenn du jetzt nach oben gehst, komme ich mit. Ich möchte mit dir reden.«

In Julias rosa drapiertem Schlafzimmer setzte sie sich auf die Bettkante, eine Haltung, die sie gewöhnlich nicht schätzte, und zog Julia neben sich. Wie sie so Seite an Seite saßen, sahen sie unverkennbar wie Mutter und Tochter aus. Julia schien nichts von ihrem Vater geerbt zu haben; sie war eine verfeinerte Ausgabe ihrer Mutter: weniger groß und noch leichter, mit noch delikateren Gesichtszügen und blonderen Haaren. Jetzt wartete sie, und ihre Augen blickten in das Gesicht ihrer Mutter mit einer unangenehmen Vorahnung.

»Julia, ich habe dich vorhin in der Eingangshalle gehört. Du findest Johnny doch nicht abstoßend, oder doch?«

»Johnny? Aber sicher nicht. Papa hat doch nichts gehört, nicht wahr? Das würde er wohl überhaupt nicht mögen: schon die Vorstellung, jemand *umarmte*...«

Mrs. Deming lachte ein bißchen. »Das hätte er wohl vor langer Zeit gar nicht gern gesehen. Er wollte, daß du wie ein kleines Mädchen gehalten würdest. Aber jetzt bist du offiziell verlobt. Dein Vater hat sehr entschiedene Vorstellungen von den Rechten eines Ehemannes.« Sie stand auf, ging ruhelos zu Julias Frisierkommode, nahm die silberne Haarbürste und legte sie wieder hin. Einige Dinge sagten sich leichter mit abgewandtem Gesicht. »Julia, du mußt auf die körperliche Seite der Ehe vorbereitet sein.«

»Mama, muß das sein?« Julia errötete. »Ich bin nicht umsonst auf die Kunstakademie gegangen, ich weiß, wie Männer und Frauen gebaut sind.«

»Ja, ich vermute, du weißt das. Ist dir klar, daß die Eheschließung dem Mann durch das Gesetz gewisse Rechte zubilligt? Und daß, wenn Männer – erregt – sind, sogar in den besten von ihnen etwas Animalisches ist? Die Ausübung ihrer Rechte muß jeder jungen, guterzogenen Frau zwangsläufig abstoßend erscheinen.«

Julia hatte ihre Augen auf ihre Hände gerichtet, die verschränkt in ihrem Schoß lagen. »O Mama, mußt du wirklich..?« sagte sie wiederum.

»Julia, das ist für mich so unangenehm wie für dich. Es ist aber völlig falsch, ein junges Mädchen unvorbereitet in die Ehe gehen zu lassen.«

»Mama?«

»Ich war kein junges Mädchen mehr, als ich heiratete. Ich wußte, was ich tat, und ich bin immer eine pflichtbewußte Ehefrau gewesen. Ich will dir nur aus meiner Erfahrung etwas sagen: Wenn du eine glückliche Ehe willst, dann füge dich ohne jede Klage jeder legitimen Forderung. Wenn du die körperliche Seite der Ehe widerwärtig findest, laß es Johnny nicht merken. Laß ihn gewähren.«

»Mama, wird es weh tun?«

Mrs. Deming drehte sich vom Frisiertisch weg und stellte sich vor ihre Tochter, zum erstenmal mit dem Ausdruck von Mitgefühl. »Wahrscheinlich. Zuerst. Aber vergiß nie: Die Belohnung, sich gefügt zu haben, ist das Kind, das vielleicht empfangen wird.«

Sie kehrte sich wieder ab. Das Gespräch, für beide so peinlich, war damit zu Ende; Julia war in die gesamten Pflichten einer Ehefrau eingeführt worden. Mrs. Deming wechselte abrupt das Thema. »Ein Bediensteter der Gordons hat heute abend einen Brief gebracht: Wir sind eingeladen, mit ihnen am Dienstag zu dinieren.«

»Das ist anstandsgemäßes Benehmen, nicht wahr? Trotzdem wird es schrecklich sein, zur Begutachtung herumgezeigt zu werden.«

»Unsinn. Die Gordons kennen dich schon, seit du auf der Welt bist.«

Julia, die zumindest für einen Augenblick erfolgreich von dem peinlichen Thema abgelenkt hatte, sagte: »Johnny findet, ich wäre eine Gans, weil ich mich wegen Elsa ärgere.«

»Das bist du auch. Du hast doch Johnny, nicht? Ich nehme an, Elsa wollte nicht bemitleidet werden; sie wollte nicht, daß ihre Freunde glaubten, sie würde darauf warten, daß eure Eheschließung im letzten Augenblick abgeblasen würde. Ich würde ihm das übrigens nicht sagen. Es bringt nichts ein, Männern Ideen in den Kopf zu setzen.«

Julia lachte. »Johnny ist eine Art Mann, der das nicht einmal glauben würde, selbst wenn ich es ihm sagte. Er würde sich nie vorstellen können, daß ein Mädchen – irgendein Mädchen – nur darauf wartet, in seine Arme fallen zu können. Und wie auch immer Elsa empfinden mag, Johnny sieht sie wie eine Art herrische Schwester.«

Die Dinnerparty, auf der drei Gordons drei Demings empfingen, war so steif, wie solche Angelegenheiten zu sein pflegten. Mrs. Deming zeigte sich von ihrer vornehmsten Seite, zeigte ihre gesellschaftliche Würde und machte mit Anne und den jungen

Leuten Konversation, während sich der General mit John über Politik unterhielt. Ganz zum Schluß des Martyriums drohte allerdings eine Enthüllung diese Trivialitäten zum Fenster hinauszublasen und den Abend unangenehm zu unterbrechen. Der General sagte, während er sich über sein Dessert hermachte, mit einem liebevollen Blick auf seine Tochter: »Julia ist ziemlich verstimmt, daß Elsa Rausch es vor ihr zum Altar geschafft hat. Na ja, nun gib's doch zu, Liebchen: Du hast natürlich erwartet, die erste zu sein. Aber wir werden bis Juni brauchen, um das Haus umgebaut zu bekommen, damit eure Wohnung fertig ist.«

Diese Neuigkeit wurde von seiten der Gordons mit verblüfftem Schweigen aufgenommen. Johnny tat ungeschickt sein Bestes, um den Riß zu überbrücken. »Ich fürchte, Sie werden hohe Kosten auf sich nehmen, Sir. Ziemlich unnötig. Wir könnten...«

»Unsinn, mein Junge. Die Kosten kommen bald wieder herein, wenn du darauf bestehst, Miete zu zahlen. Und es bedeutet mir und Mrs. Deming alles, Julia unter unserem Dach behalten zu können. Nicht...« und er zwinkerte mit einer empörenden Grimasse Johnny, der sich sehr unbehaglich fühlte, zu. »Nicht daß wir euch Liebesvögel stören wollen. Nein, nein. Außer der Eingangshalle und den Treppen werdet ihr alles für euch allein haben. Die Pläne sind schon aufgezeichnet worden.«

Nachdem sich die Demings verabschiedet hatten, zogen die Gordons vom Salon in das gemütlichere Wohnzimmer um, und Johnny fand sich, wie er bereits vorhergesehen hatte, mit einer entsetzten Mutter konfrontiert. Sein Vater entfernte sich aus dem Zentrum des Sturms, holte sich eine Zeitung vom Tisch und nahm sie mit zum Kamin; er würde sie durchblättern und dann zu seiner Praxis hinübergehen, an der er ein Schildchen »Werde mich verspäten« an der Glastüre angebracht hatte. Dennoch war er der erste, der das Wort ergriff.

»Ich will verdammt sein, wenn ich nicht froh bin, daß das vorüber ist. Diese beiden sind die vollkommensten Langeweiler in Waynesboro – sie so kultiviert und er so aufgeblasen.«

Anne mischte sich ein und sprach ihren Sohn an. »Was hat dich eigentlich dazu veranlaßt zuzustimmen, unter dem gleichen Dach mit ihnen zu wohnen? Ich dachte, du wolltest mit ganzem Herzen darangehen, das alte Bauernhaus der Gordons aufzumöbeln?«

Johnny wischte diesen schönen Traum weg als nichtig und unsinnig. »Das hätte nicht geklappt, Mama. Es war dumm, daran zu denken. Zum einen hätte ich das alte Dienerhaus für die Browns umbauen müssen nach all diesen Jahren.« Die Farm, die für Johnny während seiner Minderjährigkeit treuhänderisch verwaltet worden war, war ihm an seinem einundzwanzigsten Geburtstag übergeben worden. Glücklicherweise war die Pacht von einem alternden Vater auf einen Sohn in mittlerem Alter übertragen worden. »Und ich hatte gar nicht bedacht, wie schwer es für Julia werden würde. Ihr seht doch selbst: Sie wäre da draußen allein, draußen auf dem Land, und das nicht nur an den Abenden, sondern manchmal ganze Nächte.«

»Eine Frau erwägt diese Aspekte, wenn sie sich überlegt, ob sie einen Arzt heiraten will. Mir machte es nichts aus. Und dann wart ihr Kinder auch schon da, um mir Gesellschaft zu leisten.«

»Du hast ja auch nicht draußen auf dem Land gelebt. Julia gibt zu, daß sie sich ängstigen würde, und ich weiß, daß das stimmt. Sie hat nicht sehr viel... Selbstvertrauen, denke ich, ist das Wort.«

»Wird sie auch nie haben, wenn sie immer in dem gleichen Haus wie ihre Eltern wohnt. Sie könnte in der Stadt in einem anderen Haus leben. Du müßtest dann nicht bei den Demings wohnen.«

»Wir haben ja quasi unser eigenes Haus, darauf läuft es ja hinaus. Und wenn ich nachts zu einer Visite muß, dann weiß sie, daß ihr Vater und ihre Mutter direkt unter ihr sind.«

»Wer hat das vorgeschlagen, die Eltern oder Julia?«

»Sie wollen es und sie will es. Ich weiß nicht, wessen Idee es zuerst war.«

»Du hast es uns nicht gesagt, weil du wußtest, daß wir der Ansicht sind, ein junges Paar sollte sein eigenes Heim haben?«

»Und weil ich wußte, daß ihr nicht sehr begeistert vom General und Mrs. Deming seid. Sie sind nicht wirklich so schlimm, Mama.«

Sein Vater legte die Zeitung weg. »Du bist doch erwachsen, Johnny. Du mußt deinen eigenen Weg gehen. Ob wir finden, daß du klug handelst oder nicht, spielt jetzt keine Rolle mehr.«

»Papa, sicherlich...« Johnny sah sehr betroffen, verletzt und sehr jung aus, wie er dort stand. »Ihr mißbilligt doch nicht *Julia?«*

Seine Mutter ging schnell zu ihm hinüber. »Wir würden deine Wahl akzeptieren, mein Sohn, wer es auch immer sein sollte. Nein, natürlich mißbilligen wir Julia nicht: Du würdest nicht glücklich werden... du würdest nie für jemand anderen empfinden, was du für sie empfindest. Wir wissen das, und wir sind glücklich für dich. Sie ist ein sehr schönes Mädchen.«

Johnnys Gesicht hellte sich auf, wurde sanfter. »Julia ist wundervoll, Mama, und so großzügig in so vielen Dingen. Ihr dürft es ihr nicht übelnehmen, daß sie dort wohnen will, wo sie immer gewohnt hat. Erinnert euch, wie gern sie Binny gemocht hat, und wie lieb es von ihr war, sie immer mitnehmen zu wollen, sogar wenn ich fand, daß die arme Binny nur eine Plage sei. Ich war so froh darüber, nachher.«

»Natürlich erinnern wir uns. Binny liebte sie abgöttisch.« Annes Augen wurden feucht. »Sie würde jetzt so glücklich für dich sein. Du solltest vielleicht besser zuerst zur Praxis gehen, um nach dem Rechten zu sehen, wenn du noch zu den Demings gehen willst.«

Als er gegangen war, ließ John seine Zeitung sinken, beobachtete gedankenvoll das Feuer und sagte: »Du weißt, daß dieses Mädchen alle möglichen Schwierigkeiten in Kauf genommen hat, um Binny glücklich zu machen, um ihr Freude zu machen. Warum?«

»Ich weiß es nicht. Vielleicht sah sie sich als dienender Engel.« Zum erstenmal ging Anne zu ihrem eigenen Schaukelstuhl auf der anderen Seite des Kamins. »Ich glaube, ›Egoist‹ ist das richtige Wort. Egoistisch ist eine Person, die sich selbst immer als Zentrum sieht. Nichts und niemand hat irgendwelche Bedeutung für ihn außer in der Beziehung zu ihm selbst. Natürlich will auch ein Egoist, daß jeder Anwesende ihn als Zentrum ansieht, und deshalb nimmt er die Mühe auf sich, ein wenig für seine Sympathie einzusetzen. Und die Mühe, die Rolle, die er gerade spielt, bis zur Perfektion auszugestalten. Ich glaube, das ist es, weshalb Julia Binny gern hatte – und ich glaube, sie hat sie gemocht in dieser Art und hat Mühe auf sich genommen, weil Binny sie ganz offen anbetete. Und auch auf Johnny hatte das durchaus seine Wirkung: Es hat ihn an sie gebunden. Hast du den Eindruck, daß irgendwas davon für dich Sinn ergibt? Ich drücke mich wohl nicht verständlich aus. Und ich könnte natürlich ganz falsch liegen.«

»Es ergibt soviel Sinn: Johnny ist nicht...«

»Sag es nicht, bitte. Solange er sie in das Zentrum seines Universums stellt, hat er keinen Grund, sie so zu verstehen, wie ich das tue.«

»Ein Mann, dessen ganzes Leben sich um seine Frau drehen muß, damit er sie glücklich machen kann, wird nicht gut in seinem Beruf sein. Johnny ist bis jetzt ein guter Arzt: Er ist mit Herz und Seele bei der Sache.«

»Wenn er es hinter sich läßt an der Haustür, sobald er nach Hause kommt, wird sie nie erfahren, daß er nicht den ganzen Tag an sie gedacht hat. Ich finde eigentlich nicht, daß Julia sehr scharfsichtig ist.«

Es war nicht lange nach diesem Abend, daß die Rauschs, Mutter, Vater und die Jungen mit Ausnahme von Ernest, der bereits an einem College im Osten studierte, zum Bahnhof fuhren, um Elsa abzuholen. Sie war für ganze zwei Jahre weggewesen, und Ludwig, der sie viel lieber schon von New York abgeholt hätte, gab nur widerstrebend Sallys Drängen nach, das Gib Evans zu überlassen, den seine Vertreterreisen sowieso gerade in diese Gegend führten und der sie daher leicht am Schiff treffen konnte. In Waynesboro stiegen die beiden zusammen aus dem Zug und kamen Hand in Hand auf die Familie zu, um sie zu begrüßen. Gib strahlte; er ließ kaum ihre Hand los, als sie ihre Arme um ihren Vater werfen wollte.

»Lieber Papa! Wie gut du aussiehst!« Ihre Umarmung war glühend; sie verweilte einen langen Augenblick in seinen Armen mit ihrem Kopf an seiner Schulter. »Wie ich dich vermißt habe!«

»Und wessen Fehler ist das?« Ludwig war von ihrer Erscheinung verblüfft: schlank, elegant, winzige Taille, Puffärmel, ein großkrempiger Hut mit vielen Bändern, und wenn man von den Kleidern absah, bemerkte man ein feingeschnittenes Gesicht und einen zarten Körper. Sein Mädchen war älter geworden, sie war ohne Zweifel eine Frau. Aber ihre ungehemmte Herzlichkeit versicherte ihm wieder: sie hatte sich nicht allzusehr geändert. Er machte sich aus ihren Armen frei und gab sie für weitere Küsse und Umarmungen an ihre Mutter weiter, während er Gibs Hände schüttelte und dann zum Schlafwagenschaffner ging, um ihren Koffer zu holen, den er mit den Gepäckscheinen Reuben übergab. Zu diesem Zeitpunkt war Paul an der Reihe, Elsas Begrüßungsküsse und -umarmungen zu empfangen. Ihr Erstaunen über seine Größe war nur halb gespielt: Als sie von zu Hause weggegangen war, hatte er noch wie ein pausbäckiger Fünfjähriger ausgesehen; jetzt mit fast sieben war er entschieden ein Schuljunge; er hatte sein Babygesicht verloren. Wie alle Rauschs betete sie ihn an, und dennoch hätte sie ihn vielleicht nicht erkannt, wenn er nicht mit der Familie dagewesen wäre. Mit einem plötzlichen Stich fühlte sie, daß sie zu lange weggewesen war. Sie sagte das sogar, als sie sich abwandte, nachdem sie ihn geküßt hatte. »Aber jetzt bin ich für immer zurückgekommen.«

Sie gingen auf die Kutsche zu, Gib an ihrer Seite mit ihrer Hand auf seinem Arm. »Danke, daß du so gut auf mich aufgepaßt hast. Sehe ich dich heute abend?«

»Ja, heute abend. Du wirst wohl jetzt erst mit deiner Familie allein sein wollen.« Sie schüttelte Reubens Hände, der darauf wartete, ihr in die Kutsche helfen zu können und fast so froh war wie ihre Familie, sie wiederzusehen. Er ließ Gib ihr helfen und trat zurück, um Mrs. Rausch seinen Arm zu bieten. Ihr Vater und die Jungs stürzten Hals über Kopf hinter den Damen drein. Gib winkte auf Wiedersehen. »Ich kümmere mich um dein Gepäck.«

Dem folgte ein ermüdender Tag mit dem Auspacken der Geschenke für die Jungs und dem Ausrichten aller Nachrichten, die Ludwigs Vettern ihr mitgegeben hatten, und mit Erörterungen des Klatschs von Waynesboro in kleinen Happen mit ihrer Mutter. So diskutierte sie zum Beispiel mit ihr die Angelegenheiten des Frauenklubs und die gegenwärtige Lage seiner Mitglieder und mit ihrem Vater die Zustände in Deutschland: »Das einzige, das ich nicht gemocht habe, ist die Arroganz der Universitätsstudenten und der Militärs; sogar eine Dame muß den Bürgersteig frei machen, wenn sie mit zwei oder drei Offizieren, die vor ihr gehen, zusammentrifft«, und sie hörte gleichzeitig seinem Murren über Preußen und den Militarismus zu und ihrer Mutter, die über den Klub plauschte.

»Wenn nur die achtundvierziger Revolution Erfolg gehabt hätte«, sagte ihr Vater.

»Wenn sie Erfolg gehabt hätte, wärst du jetzt nicht hier, sowenig wie einer von uns.« Und so kamen sie vom Kritisieren Deutschlands zu einer Erklärung Ludwigs über den Stand in der Union, der Politik und der Wirtschaft. »Gib sagt, die Firma hält sich über Wasser.« Dann folgte ein lautstarkes Abendessen und danach mit Gib im Familienkreis im Wohnzimmer die Erörterung ihrer Pläne für die Hochzeit im April. Erst nachdem er gegangen war, und Elsa ihrer Familie gute Nacht gewünscht hatte und bereits die Treppe hinaufging, folgte ihr ihre Mutter mit der festen Absicht, zu sagen, was ihrer Meinung nach gesagt werden mußte. Sally schloß die Schlafzimmertür und lehnte sich dagegen, während Elsa zum Frisiertisch ging, um ihren Halsschmuck und ihre Ohrringe abzulegen.

»Elsa, bist du sicher, daß du weißt, was du tust?«

»Das ist es doch, was du wolltest, nicht wahr? Bekommst du zu diesem späten Zeitpunkt Gewissensbisse?«

»Warum? Ich habe niemand unter Druck gesetzt.« Sally ging durch das Zimmer zu dem niedrigen Sessel beim Kamin, in dem ein kleines anheimelndes Feuer knisterte. »Es war deine Entscheidung. Aber du scheinst so eisig, fast als gingest du mit der unbeugsamen Selbstkontrolle eines Märtyrers den Weg zum Scheiterhaufen.«

»O Mama! Du machst dich lächerlich. Ich werde nicht gerade von den Flügeln der Ekstase getragen, falls du das meinst. Aber ich fühle mich nicht im geringsten als Märtyrer. Du hattest natürlich recht: Das einzige Leben, das mir bleibt, ist das einer Ehefrau und Mutter. Und ich kannte Gib gut genug, um zu wissen, daß wir gut miteinander auskommen würden. Er wird ein guter Mann sein, und ich habe vor, ihm eine gute Frau zu sein: ihm seine Socken zu stopfen und sein Essen zu kochen und ihm Kinder zu schenken.«

»Ehe ist mehr als das.«

»Ich weiß, ich weiß. Was du und Papa hattet. Habt, soviel ich weiß.«

Sally errötete. Wie alt erschien sie dieser jungen Tochter trotz all ihrer modernen Ansichten. »Laß mich und deinen Vater beiseite. Wir sind außergewöhnlich glücklich gewesen. Aber viele Mädchen haben sich verheiratet, wie du es tust, nur um verheiratet zu sein, ohne zu wissen, was es alles einschließt.«

»Glaube mir, Mama, ich weiß, was es einschließt. Ich beabsichtige nicht, vor Gibs Umarmungen zurückzuscheuen, und wenn ich sie nicht wirklich erwidern kann, kann ich immer noch so tun. Stellt dich das zufrieden?«

Ihre Mutter seufzte. »Was für eine direkte Ausdrucksweise! Du hättest das nicht sagen sollen!«

»Weil du dich von jetzt an immer danach fragen wirst? Brauchst du nicht. Ich kann und ich werde Gib glücklich machen. Und ich werde so auch selbst eine gewisse Art von...«

»... von Glück finden? O Elsa. Ich habe mir etwas viel Besseres für dich erwünscht.« Sally stand auf. Elsa ging zu ihr hin und umarmte sie.

»Es ist in Ordnung, Mama.«

Sally sagte in einem normaleren Ton, indem sie Elsa liebevoll auf den Rücken klopfte: »Ich glaube wirklich, daß es das sein wird in einiger Zeit. Es gibt Dinge, die überdauern... da sind Freundlichkeit, Verständnis, ein Heim, eine Familie. Ich bin froh, daß du nicht hier wohnen willst. Es ist besser, wenn ihr auf eigenen Füßen steht.«

»Ist das mit dem Haus in der Linden Street in Ordnung?« Der emotionale Augenblick war vorbei.

»Ja. Sheldons Mutter und Vater werden immer schwächer; sie müssen beide weit über achtzig sein. Er weiß, daß er mit ihnen in einem Haus wohnen sollte. Und die Jungs sind keine Kleinkinder mehr: Lowrey ist sicher schon zehn oder elf.«

»Es wird schwer für sie werden.«

»Du hast es auch überlebt, bei deinen Großeltern zu leben. Geh jetzt zu Bett, Elsa; du mußt sehr müde sein und du mußt morgen bei dem Klubtreffen als Gast dabeisein: Jessamine Stevens lädt zum Tee ein zu Ehren von dir und von Julia.«

Bei dem vorherigen Klubtreffen, gleich nachdem die beiden Verlobungen bekanntgegeben worden waren, hatte Mrs. Evans in schriftlicher Form, wie es von der Satzung gefordert wurde, einen Vorschlag für einen Zusatzartikel zu diesem Dokument unterbreitet. Sie regte an, daß die Mitgliedschaft des Klubs auf zwanzig erhöht würde. Es galt als sicher, daß die Satzungsänderung einstimmig angenommen würde, denn es war unvorstellbar, daß die Töchter zweier Gründungsmitglieder nicht aufgefordert werden sollten, dem Klub beizutreten. Nachdem die Präsidentin das Ergebnis der Abstimmung bekanntgegeben hatte, mußte die Schriftführerin die Namen der drei neuen Mitglieder vorlesen: Julia, Elsa und Charlotte Bonner, die durch den Erwerb ihres B.A. an einem führenden Frauencollege an der Ostküste bewiesen hatte, daß sie einer Gruppe von intellektuellen Frauen würdig ist. In dem Zusatzvorschlag aber stand nichts davon, daß es zwanzig Mitglieder sein müßten: Es gab also keine Eile, die beiden anderen vakanten Plätze zu besetzen. Julia und Elsa, die als Gäste anwesend waren, könnten vielleicht durch das Verlesen ihrer Namen verlegen werden, aber das war nicht zu ändern: Mrs. Stevens war entschlossen, als erste die Bräute zu ehren.

Ohne das Taktgefühl von zwei Damen wäre die Teegesellschaft tatsächlich fast noch peinlich geworden, zumindest für Julia. Zuerst war Anne Gordon am Morgen zu den Rauschs gegangen, um Elsa mit der ganzen Wärme und Zuneigung und allen ihren Wünschen für ihr Glück zu begrüßen, die sie vielleicht in Julias Anwesenheit unterdrückt hätte. Dann, nach dem Treffen, als die Damen alle mit Elsa redeten, die sie schon so lange nicht mehr gesehen hatten, wandte Jessamine ihre Aufmerksamkeit Julia zu und rief ihr mit ihrer weichen Stimme zu, daß sie sie bald »Kusine« nennen werde, bewunderte ihren Ring und machte in jeder Weise um sie viel Aufhebens.

Anne Gordon amüsierte diese Vorstellung, die Jessamine aufführte, ungemein und gleichzeitig war sie überrascht über ihr Einfühlungsvermögen. Schon seit langem hatte sie sich daran gewöhnt, Jessamine als Verwandte und eine Art Freundin zu akzeptieren, wie man eben Verwandte trotz ihrer Unzulänglichkeiten akzeptiert; und davon abgesehen, welche Fragen in ihren Gedanken offen standen, würde es doch in den Gedanken anderer den Argwohn beschwichtigen, wenn sie sich mit ihr auf vertrauten Fuß stellte. Sie mochte Rodney ehrlich gern, der mit dreizehn schon fast so wie Johnny früher war, daß er sich einen Platz in ihren Gefühlen erobert hatte: Er besaß nicht Johnnys sorgloses Herz und seine fröhliche Art – er war für ein Kind bei weitem zu ernst –, aber in anderen Dingen war er ihm gleich, besonders in seiner beständigen Bereitschaft, in der Praxis des Doktors Bandagen aufzurollen, Instrumente zu sterilisieren und medizinische Journale zu lesen – all die Dinge, die Johnny einst getan hatte. Er hatte sich in den Kopf gesetzt, Arzt und Partner der Gordons zu werden. Aber er hatte auch Züge seiner Mutter: er war nicht so verletzlich, wie es Johnny und sein Vater waren; er würde mehr innere Distanz zu den Problemen anderer haben und er war empfindsamer, wenn es um andere Leute ging. Hatte er auch das von seiner Mutter geerbt? Als sie Jessamine mit Julia beobachtete, erkannte Anne, daß sie zwar bisher wenig Gelegenheit gehabt hatte, das Mädchen kennenzulernen, aber doch dessen Egoismus schon Nahrung bot. Einmal drehte Julia sich um und sah über ihre Schulter hinweg Anne mit einem Blick an, der nur als verschwörerisch beschrieben werden konnte. Und plötzlich empfand Anne einen großen Unwillen, mit Jessamine zu konspirieren, zu versuchen, ihre baldige Schwiegertochter geschickt anzufassen. Immerhin hatte Anne Julia noch nie anders als wohlerzogen und angenehm gesehen. Beide Frauen, Julia und Jessamine, präsentierten sich ständig, zumindest in Gesellschaft, so wie sie gerne gesehen werden wollten. Vierundzwanzig Stunden am Tag? Oder vergaßen sie manchmal den Spiegel? Oder war es möglich, eine Rolle so lange und so glaubwürdig zu spielen, daß man am Ende auch so wurde? Jedenfalls konnte sie keine Neigung für Julia bei sich voraussetzen, sie würde sie entwickeln müssen. Und warum auch nicht? Sie hatte es auch mit Jessamine geschafft.

Als das Programm zu Ende war und die gesellige Stunde gerade beginnen sollte, drängte sich Anne an einigen kleinen Gruppen von Frauen vorbei an Julias Seite und ging dabei an Julias Mutter vorbei.

»Lassen Sie mich dafür sorgen, daß Julia ihren Tee bekommt, Mrs. Deming. Sie haben sie jeden Tag um sich, und ich habe so wenig Gelegenheit, sie zu treffen.« Als Mrs. Deming, die wohlwollend gelächelt hatte, bereits etwas entfernt war, sagte Anne zu Julia: »Ich würde gerne öfters mit dir zusammentreffen, ich habe kaum ein Wort von deiner Reise durch Europa gehört.«

Julia lachte. »Das ist genau, was es war: eine Reise. Als wir alle Galerien in Italien und Deutschland und den Louvre in Paris hinter uns hatten, gab es in meinem Kopf ein derartiges Durcheinander, daß ich mich jetzt kaum daran erinnern kann, welches Bild wo hing. Mama war entschlossen, mich zu bilden. Und eines hab' ich auch gelernt: Ich werde nie eine Malerin sein. Ich schäme mich, daß ich je eine Leinwand verdorben habe. Falls Johnny die Vorstellung hat, ich würde meine Staffelei aufbauen und meine Farben auspacken, kann er sie gleich wieder vergessen.«

An diesem Punkt führte sie Anne mit liebevollem Eifer quer durch die Halle zum Eßzimmer, wo Christina Voorhees aus Jessamines silbernem Service Tee ausschenkte und Jessamine selbst den Damen ein ausgesuchtes Sortiment von Bonbons und Teegebäck des Südens aufdrängte: gesalzene Pekannüsse und Bonbons, die sie und Cally am Tage zuvor gemacht und zusammengestellt hatten. Indem sie um den Tisch und von ihm weg gingen, lösten sich Gruppen auf, teilten und formierten sich in anderer Zusammensetzung neu; jeder versuchte, die Ehrengäste zu erreichen; Stimmen wurden lauter, das Lachen wurde leichter. An einem Punkt fand sich Anne mit Eliza Ballard in einer Ecke, einem sicheren Platz, so hatte sie gedacht, um einen Teller und eine Teetasse jonglieren zu können.

»Ich nehme an«, sagte sie, »das, was für uns ein glücklicher Anlaß ist, ist für Sie ein trauriger. Wie geht es Ariana?«

»Sie meinen, weil sie nicht hier sein kann? Aber das hindert mich nicht, mich am Glück anderer zu freuen.« Eliza sah nicht aus, als freute sie sich, aber das tat sie ja nie. »Und wie es ihr geht: sie hat ein bißchen Gewicht zugelegt; sie sieht besser aus. Sie glaubt, sie würde nächste Woche schon wieder herumlaufen können. Sie hustet aber immer noch so hart wie vorher.«

»Ist sie glücklich, hier zu sein? Oder vermißt sie ihren Mann?«

»In gewisser Weise ist sie wohl zufrieden. Sie findet, daß sie im Schoß des Luxus lebt.« Eliza seufzte ein verächtliches »H'mmph.« »Sie war einem Kollaps so nahe, als sie hier eintraf, daß sie sich nur gehenließ – und schlief und schlief. Nun redet sie aber schon darüber, daß sie zurückgehen will. Sie schreibt ihm jeden Tag, eine Zeile oder zwei, und er schickt ihr alles an Geld, das er entbehren kann, daran habe ich keinen Zweifel. Er kommt am Sonntag herauf, um sie zu besuchen. Die Zugverbindung ist so gut, daß er es hin und zurück schaffen kann mit ein paar Stunden dazwischen für den Besuch. Ich glaube nicht, daß sie so für ihn empfindet, wie Sie erwarten, daß eine Frau für ihren Mann empfinden sollte, aber es könnte sein, daß das nur so ist, weil sie so krank ist. Was sie wirklich fühlt, ist Dankbarkeit und so etwas wie Verpflichtung.«

Und du, dachte Anne, würdest es liebend gerne sehen, wenn er einfach aus dem Bild herausfallen würde, Geld oder kein Geld. Sie sagte Eliza, daß sie wisse, John würde gerne mit Ben reden, und hoffe, daß sie das einrichten könne. Sie trank ihren Tee aus und ging weg, um ihre Tasse abzustellen.

Die Klubtreffen, denen Elsa danach durch den letzten Teil des Winters und den Vorfrühling beiwohnte, waren lediglich Unterbrechungen ihrer eigenen Aktivitäten: Sheldon war mit seinen Jungs und seinem Kindermädchen in das Haus seiner Mutter gezogen und hatte das Haus in der Linden Street leerstehen lassen. Er gab zu, daß das Mobiliar auf dem Dachboden seiner Mutter verstaut werden müsse mit Ausnahme des großen Walnußbettes, das seins und Kittys gewesen war: dafür hätte er Verwendung. Die anderen Möbelstücke seien auch Kittys gewesen, und es könne ja sein, daß einer der Jungs sie eines Tages haben möchte; jedenfalls brachte er es nicht fertig, sich von ihnen endgültig zu trennen. Elsa fand es traurig, sogar ziemlich morbid: Ein Mann mittleren Alters wie Sheldon Edwards behält das Bett, in dem Kitty gestorben war, und alles, das ihr gehört hatte. Eines Tages, vor seinem Umzug, als sie in das Haus gekommen war, um die Fenster zu vermessen, hatte sie zu ihm gesagt: »Eigentlich wollen Sie gar nicht weggehen, nicht wahr, Mr. Edwards? Vielleicht können wir ja ein anderes Haus finden.«

»Ich hätte sowieso bald wegziehen müssen. Ich kann meine Mutter und meinen Vater nicht in ihrem Alter in der Obhut von Bediensteten lassen.« Er lächelte sie an. »Aber ich hätte es vielleicht aufgeschoben, und daher ist es gut, daß Sie mir diesen kleinen Rippenstoß gegeben haben. Ich hoffe nur, daß Sie hier so glücklich sein werden, wie wir es waren, und wie Ihre Mutter und Ihr Vater es vor uns waren.«

»Ich bin in diesem Haus geboren worden, wissen Sie.«

»Und es scheint auch noch nicht einmal so lang her zu sein.« Er sah sie fast überrascht an, als wolle er sagen: »Wie ist das alles eigentlich geschehen?«

Als das Haus leer stand, sahen Elsa und ihre Mutter es sich genau an, um festzustellen, welche Renovierungsarbeiten vorgenommen werden mußten, und bald waren die Tapezierer, Maler und Installateure geschäftig an der Arbeit. Die letzteren rissen den Fußboden des ganzen zweiten Stockwerks auf, um ein Badezimmer einzubauen: »Das wirst du brauchen, wenn du Kinder hast«, sagte Sally. »Ich erinnere mich, welche Plage es damals war.« Sie waren voll beschäftigt mit Teppichen, Vorhängen (neu) und Möbeln (zumeist alt). »Gib kann es sich nicht leisten, das Mobiliar für ein ganzes Haus auf einen Schlag zu kaufen, und ich weiß, wieviel auf unserem Dachboden steht. Ich habe lieber Großmutters Vierpfostenbett als irgendeins dieser neumodischen Messingbetten. Ich finde sie schrecklich.«

Gib aß mit den Rauschs zu Abend, wenn er in der Stadt war,

aber bei diesen Gelegenheiten wurde weniger über Hochzeitsvorbereitungen gesprochen als über die Lage des Tauwerkgeschäfts im allgemeinen und die der Firma Rausch im besonderen. (»Du kannst dich am besten gleich daran gewöhnen«, sagte Sally. »Wenn es nicht das Geschäft ist, dann ist es die Politik.« Und Elsa hatte der Wahrheit entsprechend eingewandt, daß sie an beidem interessiert sei.)

Zu Beginn des Jahres 1892 hatte der Nationale Tauwerkkonzern ungefähr neunzig Prozent der Seil- und Tauwerkproduktion des Landes unter seiner Kontrolle. Er war ein mächtiger Industriegigant geworden und versessen darauf, sich aller seiner Konkurrenten zu entledigen. Nachdem es fehlgeschlagen war, das gesamte Rohmaterial in seine Hand zu bekommen, hatte der Konzern seine Aufmerksamkeit der Seilmaschinerie zugewandt. Er hatte Verträge mit amerikanischen und englischen Werkzeug- und Maschinenherstellern gemacht und zahlte ihnen Unterstützungsgelder als Gegenleistung für deren Weigerung, ihre Maschinen an andere Tauwerkhersteller zu verkaufen. Ludwig hatte Grund, den Tag zu segnen, als er für Stewart Bodien eine Schlosserwerkstatt gebaut hatte. Nicht nur wurde die Maschinerie der Firma in tadellosem Zustand gehalten, repariert und ständig verbessert, sogar neue Maschinen wurden hergestellt. Darüber hinaus war die Schlosserei ständig damit beschäftigt, Aufträge von anderen Seilereien, die dem Konzern immer noch widerstanden, zu erfüllen. Der Nationale Tauwerkkonzern saugte weiterhin kleine unabhängige Fabrikanten auf. Als Mittel dazu dienten ihm Drohungen, Gerüchte, Versprechen an Aktionäre, Warnungen an Arbeiter, daß sie bald ihre Stellen verlieren würden, wenn ihre Chefs bankrott gingen, und sogar das Errichten von rivalisierenden Mühlen in den Städten, in denen Tauwerk hergestellt wurde. Die Drohungen und Einschüchterungen ängstigten Ludwig nicht sehr: Die Kontrolle der Aktien war in seiner eigenen Hand, und er hatte sogar seine Vettern in Cincinnati überredet, ihm ihre Anteile zu überantworten mit der Befugnis, die Firma in jedweder Weise, die er notwendig fand, zu beschützen. Selbst Warnungen, in Form von Handzetteln, daß sie für eine zusammenbrechende Firma arbeiteten, glaubte er in den Griff zu bekommen. Er rief seine Leute eines Mittags in dem gepflasterten Hof zusammen, hielt eines der gedruckten Blätter, das Captain Bodien für ihn aufgehoben hatte, in die Höhe, und erklärte ihnen die Lage. Er machte klar, daß falls der Nationale Tauwerkkonzern ihn wirklich aus dem Geschäft drängen würde, er für sie keine Verwendung mehr hätte. Er sagte, er hoffe, daß sie ihm nach all diesen Jahren vertrauen würden und daß sie glaubten, daß die Firma den Sturm überstehen könnte, wenn sie zu ihm hielten. Wenn sie ihn im Stich ließen, müßte die Firma wohl schließen. Was dann? Sie kannten sich mit Tauwerk aus und nur mit Tauwerk; um andere Jobs zu finden, müßten sie von Waynesboro wegziehen. Die Ansprache war für die durchschnittlichen ungelernten Mühlenarbeiter, Neger und Weiße, sogar auf die Spinnmädchen, die mit großen Augen am Rande der Gruppe herumstanden, gedacht. Ludwig wußte, daß sich, was er sagte, nicht auf seine spezialisierten Seilmacher anwenden ließ: Sie wären nicht nur willkommen, sie würden wohl auch von dem Nationalen Tauwerkkonzern eingestellt werden. Aber er war sicher, und das aus gutem Grund, daß Bodien mit der gelernten Arbeiterschaft klarkäme. Nur drei oder vier von ihnen waren von dem Nationalen Tauwerkkonzern weggelockt worden.

Was wirklich Schaden anrichtete, ja sogar tödlichen Schaden anrichten konnte, war die Dumpingpreispolitik des Konzerns. Um im Wettbewerb zu bleiben, mußte Ludwig unter Selbstkosten verkaufen, und drei Jahre lang hatte die Firma, auch wenn sie die meisten ihrer Kunden wegen der Qualität ihrer Produkte halten konnte, mit Verlust abgeschlossen. Bald mußte Ludwig von den Banken in Cincinnati Geld leihen, und die einzige Nebenbürgschaft, die ihm geblieben war, zuzüglich zu dem Aktienbestand der Firma, waren seine Anteile an der elektrischen Columbus- und Cincinnati-Eisenbahn-Gesellschaft; es widerstrebte ihm, diese Anteile als Nebenbürgschaft anzubieten, solange er Hoffnung hatte, die Kontrolle behalten zu können. Der einzige Sonnenstrahl der Hoffnung waren die überzogenen Finanzierungen des Nationalen Tauwerkkonzerns, die ihn in Schwierigkeiten bringen konnten. Das Jonglieren des Konzerns mit Finanzen war so groß geschrieben, daß es jeder lesen konnte. Der Zuwachs an Kapital von einer Million auf fünfzehn Millionen Dollar in Vorzugsaktien, die mit acht Prozent verzinst waren, sollte an die Öffentlichkeit verkauft werden. 1891 waren für zehn Millionen Dollar normale Aktien in die Hand eines New Yorker Finanziers gegeben worden, unter dessen fachkundiger Manipulation der Aktienbestand im Preis von dreiundsiebzig auf über einhundert Dollar stieg und daher 1891 eine Dividende von zehn Prozent abwarf. Ludwig waren über politische Freunde mit Kanälen zur Wall Street Informationen zugekommen, die ihn überzeugten, daß die Finanzierung anfechtbar sei. Das Thema wurde eines Abends beim Essen diskutiert, als nicht nur Gib, sondern auch Stewart Bodien und Douglas Gardiner und seine Frau anwesend waren.

Sie waren auf das Thema gekommen nach einer der unumgänglichen Diskussionen über Politik. Das Land würde im Herbst einen neuen Präsidenten wählen; bereits im März waren die Erwartungen Thema von Debatten an vielen Abendtischen in Waynesboro. Harrison würde wieder kandidieren: Er würde die Versammlung kontrollieren und wäre wohl kaum zu stoppen, selbst wenn man einen besseren Kandidaten präsentieren könne. Einige von Harrisons Gegnern oder von McKinleys Freunden schlugen dessen Namen vor, aber Gouverneur McKinley war ein loyaler Mann, was er bereits in den Tagen der Kandidatur von John Sherman bewiesen hatte. Davon abgesehen hatte McKinleys Freund Mark Hanna mehr politischen Verstand, er riet, der Gouverneur solle warten, bis Harrison aus dem Weg sei. Da sowohl Sherman wie auch Hanna mit Foraker uneins waren, fand sich eine ziemliche Anzahl von Republikanern aus Ohio, die der ewigen Zwietracht müde waren, bereit, Harrison zu akzeptieren, wie auch immer die Konsequenzen ausfallen würden. Harrison war ehrlich und ein guter Verwaltungschef, er würde keinen schlechten Präsidenten abgeben, aber er war nicht populär. Ihm fehlte es an Anziehungskraft – er hatte tatsächlich eine recht bedrückende Art von Persönlichkeit; er war wohl kaum ein Typ, der einen Kampfschrei provozieren könnte, obgleich er während des gesamten Krieges gekämpft hatte und vom Leutnant eines Indiana-Regiments bis zum Brevet-Brigade-General befördert worden war, ganz im Gegensatz zu Cleveland, der sich einen Ersatzmann dingte, als er für den Kriegsdienst gezogen wurde. Aber eine Kriegsvergangenheit bedeutete fast dreißig Jahre nach Appomattox weniger, als sie früher bedeutet hatte.

Cleveland, der auf der anderen Seite sicher sein konnte, daß er von den Demokraten nominiert werden würde, besaß unbestreitbar die Zuneigung des Landes. Er war auch kein schlechter Präsident gewesen und war ein gewiefter Finanzmann, aber wenn sein Wahlsieg einen demokratischen Kongreß an die Macht bringen sollte, dann würden die Zolltarife gesenkt und es würde eine ungeheure und dringende Forderung nach freiem Prägerecht von Silber geben, und der Reichtum des Landes wäre in Gefahr.

»Aber«, sagte Ludwig, als alle diese Punkte durchdiskutiert worden waren, »ein demokratischer Kongreß würde uns vielleicht ein stärkeres Anti-Konzern-Gesetz bescheren als das, was sich aus der Sherman-Novelle entpuppt hat, die ja völlig verhunzt worden ist, bevor sie schließlich von einem Kongreß verabschiedet wurde, der entschlossen war, sie so weit wie möglich zu schwächen.«

»Selbst wie es augenblicklich ist«, steuerte Doug Gardiner bei, »glaube ich nicht, daß der höchste Gerichtshof sie aufrechterhalten würde. Denn hier greift die Bundesregierung in die Zuständigkeit des einzelnen Landes ein.«

»Vielleicht ist das der Grund, weshalb es kaum einen Versuch gegeben hat, das Gesetz durchzusetzen«, gab Ludwig zu. »Obgleich die meisten Konzerne interstaatlich sind. Der Nationale Tauwerkkonzern ganz sicher. Aber in der Form, in der das Gesetz geschrieben ist, läßt es sich gar nicht auf den Konzern beziehen, weil er sich selbst eine Firma und nicht einen Konzern nennt. Deshalb habe ich gehofft, das Gesetz könnte verstärkt werden.«

Als Anwalt der Firma Rausch wie auch als Ludwigs privater Anwalt war Doug ziemlich vertraut mit Ludwigs Schwierigkeiten. »Ist der Nationale Tauwerkkonzern denn wirklich eine Bedrohung?«

Sally schaltete sich ein. »Er hat vergessen, was eine wirkliche Bedrohung ist. Erinnere dich an die siebziger Jahre, Ludwig. Du hast alles und jedes in der Fabrik gemacht, nur um sie in Betrieb zu halten. Bettseile, stellt euch vor! Schiffsfender, Werg, Griffe für Kisten. Und mußtest daneben deine Arbeiter noch mit Kohle versorgen.«

Ludwig lachte. »Bettseile und Griffe für Kisten – dafür haben wir in diesen Tagen keine Verwendung mehr. Aber alles, was wir billig herstellen und was wir uns leisten können, auch billig zu verkaufen, produzieren wir. Qualitätsseil machen wir mit größerem Verlust, aber wir müssen unsere Kunden halten; Ölfeldseile, Marinetaue, Übersetzungsseile. Sogar Lassos. Wir können das natürlich nicht ewig aufrechterhalten, aber der Nationale Tauwerkkonzern ist in einige ziemlich wilde Finanzierungen verwikkelt.«

»Dann wollen wir also Daumen drücken«, sagte Sally, »und hoffen, daß sie bankrott gehen, bevor wir es tun. Ich weiß gar nicht, wie ich euch Männern nur gestatten konnte, ein solches Thema aufzugreifen. Elsa und ich sind ja daran gewöhnt, aber die arme Mrs. Gardiner muß sich schrecklich gelangweilt haben.«

»Gelangweilt?« Barbara war erstaunt. »Nein. Ich habe eine Menge über die Hochfinanz nur durch das Zuhören dazugelernt. An unserem Abendtisch gibt es selten etwas anderes als ›Denk an deine Manieren!‹«

»Jedenfalls können die Herren ohne uns weitermachen. Ich glaube, sie hatten geplant, nach dem Abendessen in der Bibliothek eine Geschäftskonferenz abzuhalten. Also Kaffee im Zeichenzimmer für uns drei, Rose; und servier den Männern ihren Kaffee hier.« Sie stand auf und mit ihr die anderen Frauen. »Vielleicht wird Elsa etwas für uns spielen, während die Männer sich unterhalten.«

Sally hatte Barbara Gardiner nie gut kennengelernt; sie freute sich darauf, zu Elsa und ihrem Klavierspiel als Nachmittagsunterhaltung Zuflucht zu nehmen. Sie hatte ganz vergessen, daß sie und Mrs. Gardiner Freundinnen waren, als Elsa noch ein Kind war. Als Sally ihren Platz hinter dem Tisch einnahm, wo Rose das Tablett mit der Kaffeekanne und den Mokkatassen abstellte, setzten sich Elsa und Barbara Seite an Seite auf die brokatbestickten Salonstühle. Barbara hatte viel Zeit gehabt, Elsa in ihrer neuen Würde eingehend zu beobachten: hoch aufgetürmtes Haar und ein Pariser Kleid aus honigfarbenem Satin mit einem rechteckigen Dekolleté und gebauschten Ärmeln. Sie lächelte Elsa an und sagte: »Und sich vorzustellen, daß du einmal der Signalbläser für die Batterie B gewesen bist! Ich kann es kaum mehr glauben.«

»Das ist es«, Elsa wies mit einer Handbewegung auf die Länge ihres Kleides, »das ich nicht glauben kann. Manchmal glaube ich, daß ich in Mamas Sachen in einem Theaterstück mitmache, daß es gar nicht wirklich sein kann.«

»Du wirst bald verheiratet sein und du wirst feststellen, das ist wirklich genug.«

»Ich hoffe, daß mir der Stand der Ehe so gut bekommt wie Ihnen. Sie sind immer noch ein hübsches Mädchen.«

»Welcher Unsinn! Ich bin die matronenhafte Mutter von vier Kindern: Lavinia ist jetzt elf, und dann geht es wie die Orgelpfeifen.«

»Und sie sind alle so hübsch. Ich sah Sie alle zusammen mit dem Kutschwagen durch die Stadt fahren, und er sah so voll aus, als ob sie gleich herauspurzeln wollten. Und es ist erst gestern gewesen, daß Sie geheiratet haben. Ich erinnere mich so gut daran, und wieviel interessierter Johnny Gordon und ich an den Soldatenfreunden Ihres Vaters als an der eigentlichen Hochzeit waren.« Als sie sich an deren grimmige Mienen bei der Hochzeit erinnerte, fragte sie: »Wie geht es den Tanten von Mr. Gardiner?«

»Sie verändern sich nicht sehr, außer daß sie nun sehr alte Damen werden. Ich vermute, sie erscheinen Ihnen auch so bei den Klubtreffen?«

»Ja. Aber so sind sie mir auch immer schon erschienen, fürchte ich.« Und sie sagte nicht: »Und nun darüber hinaus auch nicht sehr saubere alte Damen«, weil sie kaum ihrem eigenen Verdacht Glauben schenken konnte: Es war unvorstellbar, daß die anspruchsvollen Gardiner-Schwestern in die Nachlässigkeit des Alters abrutschen konnten.

Barbara fuhr fort: »Wir sehen sie in diesen Tagen wirklich nicht sehr oft: Unsere chaotischen Mahlzeiten waren zuviel für sie; nun nehmen sie ihr Essen oben ein. Sie halten sich in ihren eigenen Zimmern auf. Doug findet, wir sollten ein weiteres Mädchen, das nach ihnen sehen soll, einstellen: Sie mögen Lutie nicht – lassen sie kaum herein, um ihre Zimmer sauberzumachen. Das Alter ist sehr traurig.«

»Und Ihrer Mutter geht es gut? Ich weiß, daß es Ihrem Vater gutgeht: sein Name ist ständig in Papas Mund.«

Barbaras Gesicht hellte sich auf. »Es geht ihnen beiden gut, danke. Und so wie immer. Papa durchlebt mit meinen Kindern den ganzen Krieg noch einmal. Sie werden nicht älter.«

Elsa sagte: »Die Kinder lassen sie nicht älter werden.«

Barbara dachte, halb amüsiert und halb verärgert: Das würde ich auch nicht hoffen wollen. Papa kann nicht viel älter als Mrs. Rausch sein! Sie sagte: »Doug und ich sind, vermute ich, mittleren Alters.«

Sally, die ganze zweiundvierzig Jahre alt war, mochte diese Vorstellung nicht, obgleich sie sich damit tröstete, daß man für lange, lange Zeit mittleren Alters bleiben konnte. Sie gab ihr Grübeln über diese Idee auf und unterbrach die Unterhaltung, die auf der anderen Seite des Zimmers von ihr stattfand. »Würdest du bitte nach Rose läuten, Elsa; sie kann das Tablett jetzt wegholen. Dann hoffe ich, daß du uns etwas vorspielst. Man kann nie wissen, wie lange die Männer in der Bibliothek bleiben.«

Ludwig hatte viel daran gelegen, die drei Männer zusammen zu haben: Douglas, der sein Rechtsanwalt war, Stewart Bodien und Gib Evans. Stewart, von dem man hätte erwarten sollen, daß er mit der Seilmaschinerie genug zu tun hätte, um noch über freie Zeit zu verfügen, hatte nachts an einem Modell für eine Papiermaschine gebastelt, und zwar eine, die beide Seiten einer Papierrolle in einem Arbeitsgang anstatt in zweien beschichten konnte. Ludwig hatte sich die Maschine genau angesehen und sofort ihre Möglichkeiten erkannt: Papier konnte so in der Hälfte der Zeit hergestellt werden, die mit der alten Methode erforderlich war, auch mit der Hälfte der Maschinerie und Arbeitskraft und könnte weiterhin weit unter dem bisherigen Preis und dennoch gewinnbringend verkauft werden. Aber wie sollte er das Ganze finanzieren?

In der Bibliothek erklärte er den jungen Männern die Situation: Die Erfindung des jungen Bodien würde eine große Sache werden, sobald eine Fabrik gebaut, Maschinen installiert und Arbeiter angestellt seien. Nach der Vereinbarung, die sie vor einem halben

Dutzend Jahren getroffen hatten, sei Stewart völlig frei, mit seiner Erfindung zu tun, was er wolle. Da er sie habe patentieren lassen, warte er darauf, ob Ludwig mit soviel Hilfe, wie er bekommen könne, es schaffen würde, eine neue Gesellschaft ins Leben zu rufen. »Er könnte die Erfindung an jede Firma verkaufen, die beschichtetes Papier macht – es steht ihm absolut frei, das zu tun –, und es wäre sehr einträglich, ob er sich nun direkt auszahlen oder Tantiemen geben ließe. Aber der Gewinn wäre viel größer, wenn wir unsere eigene Fabrik aufziehen könnten, falls er willens ist, zu warten. Ich sehe nicht, wie wir es jetzt ohne neues Kapital machen könnten.«

»Ich wäre schon bereit zu warten«, sagte Stewart langsam, »wenn ich Präsident der neuen Gesellschaft werden könnte.«

»Das wäre nichts anderes als fair«, räumte Ludwig ein. »Ich könnte auch gar nicht die Zeit aufbringen, die so etwas erfordern würde. Man müßte einen Vorstand von Direktoren einrichten, aber wenn Sie und ich mitmachten, würden wir das schon schaffen. Ich wäre gerne Vorsitzender des Vorstands. Aber über all das können wir in der Zukunft noch reden. Die Frage ist nur, wie wir das Geld aufbringen wollen und ob wir uns für die Gründungsurkunde einer Gesellschaft bewerben wollen.«

Gib, der bei weitem der jüngste der vier Männer war, schlurfte verlegen unter dem Stuhl mit seinen Füßen herum. »Entschuldigen Sie, Sir, aber wollen Sie mich wirklich hier dabeihaben? Ich weiß nicht das geringste über Finanzierungen oder Gesellschaftsrecht.«

»Das kannst du nicht früh genug lernen: Du wirst mein Schwiegersohn werden und vielleicht wirst du meine Interessen einmal vertreten müssen, bevor meine eigenen Söhne dazu alt genug sind.«

Gib gab sich geschlagen und ließ seinen Wunsch, sich zu Elsa im Salon gesellen zu können, fahren. Doug schob seine Brille über den Nasensattel zurück. »Sie glauben, daraus wird eine große Sache? Wird denn viel beschichtetes Papier gebraucht?«

Ludwig sah ihn voller Erstaunen an. »Um das herauszubekommen, braucht man wohl kaum irgendwelche Zahlen nachzuschlagen. Sieh dir das an!« Er stand auf und griff sich ein schweres in Kalbsleder gebundenes Buch aus dem Regal hinter ihm. »›Schlachten und Führer des Bürgerkriegs‹. Der erste Band einer vierbändigen Ausgabe, alles auf beschichtetem Papier, genau wie es zuerst im Magazin abgedruckt worden war. Wie viele Exemplare, glaubst du, sind davon im ganzen Land verkauft worden? Und wie hoch ist die Auflage des Magazins? Alle großen Magazine werden auf beschichtetem Papier gedruckt.«

»Sie haben mich überzeugt.« Douglas lächelte den aufgeregten

Ludwig an. »Dennoch werden wir einige Zahlen brauchen, bevor wir fertig sind. Aber wenn es eine so große Sache ist, wie können dann Sie und Stewart das finanzieren?«

Stewart lachte, und Ludwig entgegnete: »Augenblicklich könnte ich nicht einmal eine Schmiedewerkstatt finanzieren. Die Frage ist, wollen wir es probieren? Es müßte eine offene Gesellschaft sein mit Aktien, die der Öffentlichkeit angeboten würden. Und ich investiere nicht gerne Zeit, Gedanken und harte Arbeit in eine Gesellschaft, die ich nicht unter Konrolle habe, oder Stewart und ich zusammen.«

»Wenn Sie und Bodien zusammen dreißig Prozent der Aktien in Ihrer Hand behalten, sollte es Ihnen die Kontrolle garantieren, wenn Außenstehende investieren. Wo wollen Sie denn diese Fabrik aufbauen? Hier gibt es doch gar keine verfügbaren Arbeitskräfte mehr.«

»Keine, von denen zu reden sich lohnt, so lange wie die Firma noch in Betrieb ist und Hoffmanns Bäckerei und die Gießerei.« Ludwig schnaubte verächtlich. »Nein, aber Arbeitskräfte kämen schon hierher, wenn es hier Arbeit gäbe. Und sobald die Bewegung einsetzt, könnte vielleicht aus Waynesboro ein neues Madison City werden. Nur würde es schlechter riechen. Wollt ihr das für euch und eure Kinder? Es würde mehr Geld in vielen Taschen bedeuten, auch in euren.«

Doug schüttelte den Kopf. »Nein. Das ist Geld, ohne das Waynesboro auskommen kann. All diese Immigranten aus Osteuropa. Und wenn es einmal eine neue Wirtschaftskrise geben sollte, stellt euch das vor – nein.«

»Wir haben unser Augenmerk auf einem Stück Land in den Randgebieten von Madison City nahe der Eisenbahnlinie. Ich gebe zu, daß es besser ist, dorthin zu gehen, wo die Arbeitskräfte sind oder zumindest schnell hinkommen. Stewart und ich können den Kaufpreis des Landes aufbringen. Und wenn ihr meint, daß wir direkt loslegen sollen, dann werden Gebühren für die Gesellschaftspapiere an den Staat zu zahlen sein. Der springende Punkt ist, Doug, wenn sie jetzt aufgesetzt werden und die Gründungsurkunde wird genehmigt, dann sind wir startbereit. Willst du das übernehmen und sie uns zeigen? Dann, wenn wir alle Vorbereitungen hinter uns haben, werde auch ich meinen Weg hoffentlich klarer vor mir sehen. Aber da ist auch noch eine andere Frage. Sollten wir nur allgemeine Aktien ausgeben mit einer Stimme pro Aktie? Oder auch einige Vorzugsaktien, ohne Stimme, aber mit feststehenden Dividenden, die sich steigern würden, bis sie gezahlt werden könnten?«

Die Unterhaltung mit den beiden jungen Männern, die versuchten, die komplizierten Aspekte zu verstehen, ging noch einige Zeit weiter, schließlich sagte Ludwig: »Setz die Papiere auf, Doug. Stewart und ich werden sie uns ansehen, wenn sie fertig sind. Und über all das kein Wort nach draußen, nicht für einige Zeit zumindest – das wäre noch viel zu riskant.«

Die Männer gesellten sich dann zu den Damen, und Gib ging geradewegs zum Piano, wo er sich auf die Bank neben Elsa setzte; Stewart zog einen Stuhl nahe an seine Schwester heran, um mit ihr plaudern zu können; Doug und Ludwig setzten sich zu Sally. Für den Rest des Abends war das Geschäft vergessen und wurde später auch tatsächlich beim Abendessen der Familie nicht mehr aufgenommen, wie viele sorgenvolle Gespräche es auch zwischen Ludwig und Sally in deren Schlafzimmer gegeben haben mag.

In den nächsten fünf Wochen hatte Ludwig seinen eigenen Hauptbeschäftigungen nachzugehen (Geschäft und Politik); die Gedanken der Frauen, nicht nur der Frauen der Familie Rausch, sondern der eines großen Teils der weiblichen Gesellschaft von Waynesboro konzentrierten sich auf das Thema der Themen, das garantierte, sie alle zu interessieren: Hochzeiten. Es gab Hochzeitsangelegenheiten aller möglichen Art zu Ehren der Bräute; zusätzlich gab es auch noch Familienessen. Mrs. Voorhees gab eine Teegesellschaft, Mrs. Gordon einen Nachmittagsempfang, an den sich ein Essen für die beiden Paare anschloß; die Rauschs gaben einen Ball im »Old-Fellows-Saal«, zu dem jeder der Jungen und mäßig Jungen, den sie in Waynesboro kannten, eingeladen wurde, und zu dem alle außer den reformierten Presbyterianern und den strengeren Methodisten kamen.

Elsa hätte eine kleinere Hochzeit vorgezogen, aber ihre Mutter wollte davon nichts hören. »Wir wollen keine heimliche Sache daraus machen«, sagte sie. »Der ältere Sohn der Evans wird wohl Gibs Brautführer, nehme ich an, und damit bist du nicht mehr verpflichtet, Julia zu fragen, Ehrenbrautjungfer zu werden. Brautjungfer schon. Aber bitte doch eine deiner Rausch-Kusinen, Ehrenbrautjungfer zu werden: Ottilie in Cincinnati oder Tante Minnas Greta; die Burlington-Rauschs haben vor, zur Hochzeit zu kommen.«

»Was für ein Aufwand, Mama. Müssen wir wirklich? Wo wirst du sie alle unterbringen? Ernest wird auch für seine Frühjahrsferien zu Hause sein.«

»Die Jungs können zu zweit zusammen schlafen. Und Anne hat uns angeboten, ihre freistehenden Schlafzimmer zur Verfügung zu stellen, wenn wir sie brauchen. Es gibt für dich gar nichts, worum du dir Sorgen machen müßtest. Das einzige, woran du denken mußt, ist, welche Farben deine Brautjungfern tragen sollen. Shillito wird uns Stoffproben schicken. Und Mrs. Woodman hat versprochen, die Kleider zu nähen, jetzt, da das deine schon fast fertig ist.«

Und so wurden Elsa und Gilbert Evans eines Aprilabends in einer fliedergeschmückten Kirche getraut; Elsa und ihrem Vater gingen eine Ehrenbrautjungfer und zwei Reihen Brautjungfern durch die Sitzreihen voran und die jüngste Gardiner-Tochter als Blumenmädchen. Elsa war eine prächtige Braut und sehr würdevoll, wenn auch ein bißchen bleich; die Zeremonie war schnell vorbei, und die Verwandten und nahen Freunde gingen zu den Rauschs für den Hochzeitsempfang hinüber. Johnny Gordon, der als Platzanweiser fungiert hatte, kam in der Gratulationsreihe nach Julia, die in dem blassen Grün des Brautjungferkleides mit ihrem blonden Haar wundervoll aussah. Er blieb so lange mit Elsas Hand in der seinen stehen, daß er die Reihe hinter ihm aufhielt; für einen langen Augenblick starrte er sie an. Dann beugte er sich vor, küßte sie sanft auf ihre Wange und sagte plötzlich: »Gott segne dich, Shaney, sei glücklich!« – dann drückte er kräftig Gibs Hand und folgte Julia durch das vollgestopfte Zeichenzimmer in die Eingangshalle.

»Elsa sah todmüde aus«, sagte Julia, als sie eine ferne Ecke unter der Treppe erreicht hatten. »War es das, was dich so lange stehenbleiben ließ? Das Auge des Arztes?«

Johnny lachte. »Nein. Natürlich ist sie müde, aber sie ist stark wie ein Pferd. Nein. Was mich stehenbleiben ließ, war ihr Gesichtsausdruck. Sie sah so – so *süß* aus. Das ist ein Wort, das Frauen gebrauchen, und es läßt sich gewöhnlich auch gar nicht auf Elsa anwenden, aber ich weiß kein anderes, um das zu beschreiben. Ich glaube, daß sie Gib wirklich liebt.«

»Das hoffe ich«, sagte Julia tugendhaft. »Sie mußte ihn ja nicht heiraten: Es war ihre Entscheidung. Aber ich hätte nicht ›süß‹ gesagt – schön vielleicht, aber irgendwie starr.«

Johnny widersprach ihr nicht. Vielleicht weil er und Elsa einander so gut kannten, hatte nur er die Lieblichkeit um ihren sanften Mund und ihre blauen Augen bemerkt. Er sagte nur: »Wir sollen am Tisch der Braut sitzen, glaube ich. Wir sollten wohl schon anfangen, uns unseren Weg dahin zu bahnen.«

Endlich wurden sie mit den anderen Geladenen der Hochzeitsgesellschaft durch die Tür des Eßzimmers getrieben. Alle lachten und waren in bester Stimmung, besonders die beiden ältesten Rausch-Brüder, die Platzanweiser gewesen und nun mit Kusinen in etwa ihrem eigenen Alter paarweise zusammengesetzt worden waren. Als schließlich Gib und Elsa zu ihnen stießen und alle ihre Plätze am Tisch einnahmen, steigerte sich die ausgelassene Stimmung noch. Johnny, der ein wenig langsam war, weil er Julia den Stuhl hinschob, fand seinen eigenen Platz durch die riesigen Keulenärmel von Julia und Kusine Ottilie, die sich in der Mitte über seinem Stuhl berührten, versperrt.

»Tut mir leid, meine Damen«, sagte er, »aber ich habe vor, mich hier niederzulassen, auch wenn ich eure Ärmel zusammendrücken muß.«

Elsa, die am Kopfende des Tisches saß, sanft gerötet und aufgeregt, sagte: »Ist diese Mode nicht absurd? Mama hat mir erzählt, daß der Rock ihres Hochzeitskleides unten fünf Meter Umfang hatte, und die Ärmel und die Taille waren hauteng, aber ihr Rockbund ließ sie wenigstens atmen. Meiner leider nicht.«

»Heutzutage müßt ihr alle den Atem anhalten«, sagte Johnny, »damit ihr überhaupt in eure Kleider kommt. Meine beiden Hände gehen fast ganz um Julias Taille. Fünfundvierzig Zentimeter waren es, nicht wahr, Julia? Wie glaubst du eigentlich, soll da dein Inneres vernünftig arbeiten können –«

»Hört euch den Arzt an!« sagte irgend jemand. »Strebst du eine Modereform an, Johnny?«

»Ich werd's mir überlegen.«

Mit derart unsinniger Neckerei brachten sie einen Toast auf Braut und Bräutigam mit Ludwigs Champagner aus, aßen ihr Dinner und applaudierten pflichtschuldigst, als Elsa aufstand, um den Kuchen anzuschneiden. Danach war es dann bald vorbei: Gib schlüpfte die Hintertreppe hinauf, um aus seinem Festanzug herauszukommen, und Elsa verschaffte sich ihren Abgang über die vordere Treppe, warf ihren Hochzeitsstrauß Julia zu und raffte ihre Schleppe für den Aufstieg zusammen. Kurz darauf erschienen die beiden wieder, diesmal in Reisekostümen, und wurden mit dem üblichen Reis bombardiert. Als sie ihre Abschiedsumarmungen hinter sich hatten, klammerte sich Elsa einen Augenblick an ihren Vater und ging dann in die Nacht hinaus zu der wartenden Kutsche, die immer noch von dem alten Reuben gefahren wurde.

Die älteren Gordons spazierten nach Hause. Sie beeilten sich nicht: Es würde noch eine Weile dauern, bevor sich die Kusinen, die sie beherbergten, würden losreißen können. Johnny hatte das Pferd und die Kutsche der Gordons für Julia. Als sie eingestiegen waren und Johnny die Zügel aufgenommen hatte, stieß Julia einen Seufzer aus und ließ ihren Kopf auf seine Schulter sinken.

»Glaubst du, daß wir das auch alles machen müssen?«

»Na ja, ich habe mich schon mehr oder weniger damit abgefunden. Werden deine Mutter und dein Vater es nicht wollen? Willst du es denn nicht?«

»Ich will nicht so müde sein, wie Elsa aussah.«

Johnny, der gar nicht gefunden hatte, daß sie besonders müde ausgesehen habe, stimmte Julia trotzdem zu.

»Ich will auch nicht, daß du müde bist, mein Schatz. Aber bis zu unserer Hochzeit sind es noch zwei Monate, und jetzt wird es nicht mehr so viele Partys geben.«

Sie hob abrupt ihren Kopf: »Was willst du damit sagen?«

Er hatte ganz offensichtlich das Falsche gesagt. »Liebe Gans! Ist es dir denn nicht klar, daß jeder, der für dich und Elsa eine Gesellschaft gegeben hat, das ganz wirtschaftlich zusammengelegt hat: eine Party anstatt von zweien?«

»Aber ich habe doch noch einige Freunde, weißt du. Und natürlich haben Papa und Mama vor, einen Ball für mich zu geben.«

Johnny stöhnte. »Tu alles, um sie davon abzubringen, Julia. Vor deinem Vater liegt noch die Versammlung der Republikaner – an sich schon genug, um einen Mann umzubringen, der halb so alt ist wie dein Vater.«

»Johnny!« Ihre Stimme war schärfer geworden. »Ist irgendwas los mit Vater?«

»Nein, nein, aber absolut nichts.« Dann, als er sich an das gerötete Gesicht des Generals erinnerte, modifizierte er seine Feststellung mit der Vorsicht eines Arztes: »Nicht soweit ich weiß. Er ist nur nicht mehr so jung, wie er einmal war.«

»Ich werde versuchen, sie zu überreden, den Ball zu vergessen, denke ich.« Ein durchaus sicherer Versuch, da sie den Ball eben erst erfunden hatte in dem Wissen, daß sie ihn bekommen würde, wenn sie ihn wollte. »Aber er wird eine große kirchliche Hochzeit haben wollen. Du weißt, wie er ist: nichts zu gut, keine Kosten zu hoch.«

»Das weiß ich nicht nur, dem zolle ich auch uneingeschränkten Beifall. Ich glaube, eines dieser großen Gelage wie dieses können wir schon durchstehen.«

Mit einem hatte Julia recht gehabt: Es gab immer noch ein paar Freunde ihrer Mutter, zum großen Teil Mitglieder der Methodistenkirche, die Elsa Rausch nicht kannten, aber Julia Deming ehren wollten, und daher gab es weitere Teegesellschaften und Empfänge, die durchgestanden werden mußten. Dann kamen Elsa und Gib von ihrer Hochzeitsreise zurück, und Elsa gab ein Essen (ihr erster Versuch, in ihrem eigenen Haus zu empfangen) für Julia, lud einige der Freunde Julias von der Kunstschule in Cincinnati ein, die ihre Brautjungfern werden würden, wie auch die Mitglieder des Frauenklubs. Elsa akzeptierte kein Lob für das Gelingen der Party – und es war ein Erfolg trotz der unüblichen Mischung der Gäste –, da sie Koch und Serviererin von ihrer Mutter ausgeliehen hatte. (Sie war entschlossen, keine eigenen Bediensteten anzustellen, bevor nicht klar war, daß sie es sich leisten konnten, und Gib hatte, wenn er zu Hause war, einige sehr seltsame Mahlzeiten mit Lächeln zu erdulden.)

Johnnys und Julias Hochzeit war für den ersten Juni festgesetzt, damit sie noch einige kurze Flitterwochen in Neuengland haben könnten. (»Wir könnten alle unsere Kusinen in Boston besuchen«, eine Aussicht, die Johnny nicht gerade freudig erregte.) Der General und Mrs. Deming würden für die Versammlungswoche, die am siebten begann, in Minneapolis sein und dann eine gemächliche Rückfahrt über die Großen Seen machen und von Duluth mit einem der Schiffe der Hanna-Gesellschaft segeln. Für die ersten paar Wochen würden die jungen Gordons das Haus ganz für sich haben: »Wenn ihr in eurem Salon Fandango tanzen wollt, braucht ihr euch keine Sorgen zu machen, daß ihr jemanden stören könntet. Nur seht zu, daß ihr den Putz nicht zum Abbröckeln bringt.« Der Humor des Generals war etwas schwerfällig.

Die Hochzeit von Gordon und Deming war fast genauso wie die Hochzeit von Rausch und Evans (und sie war tatsächlich wie fast jede moderne kirchliche Hochzeit) mit der Ausnahme, daß die Methodistenkirche größer war und deshalb mehr Gäste zur kirchlichen Trauung und weniger zum anschließenden Empfang eingeladen wurden, weil das Haus der Demings kleiner als das der Rauschs war. Johnny und Julia gingen auf ihre Hochzeitsreise, kehrten zurück und begannen, ihren Hausstand einzurichten. Die Demings kamen nach Hause zurück und berichteten von der Versammlung, die langweilig gewesen war. Harrison war, wie erwartet, wieder nominiert worden. Es hatte einen Augenblick gegeben, in dem Gouverneur McKinley eventuell hätte eingreifen können (es hatte 162 Stimmen für ihn gegeben), aber wieder wies er – wie 1888 – seine Anhänger zurück, und sein Name wurde gestrichen. General Deming kehrte zu der Geschichte seines Landes zurück, die er gerade mit der Assistenz seiner Frau bearbeitete. Johnny stürzte sich in seine Praxis, Julia amüsierte sich, wie sie es auch zuvor getan hatte, und wie es auch alle anderen Mädchen taten: Sie spielte damenhaftes Tennis auf dem Court von Rauschs, ging auf Radtouren auf den Landstraßen und verbrachte lange Nachmittage auf der einen oder anderen Veranda. Noch bevor der

Sommer vorbei war, machte Johnny dem Tennis und den Radtouren ein Ende: Julia war schwanger. Ihre Mutter war erstaunt, als Julia gestand, »in anderen Umständen« zu sein. »Jetzt schon?« sagte sie mißbilligend. Aber Julia beharrte: »Ich wollte das. Möchtest du kein Enkelkind?« Was sie allerdings nicht sagte (und es auch Johnny nicht gesagt hatte, als sie ihm ihren Wunsch bereits in ihren Flitterwochen erklärte: »Laß uns doch gleich ein Kind haben wollen«), war, daß ihr dann für fast ein Jahr erspart bliebe, was sie in ihren eigenen Gedanken »all das« nannte. Die Unannehmlichkeiten einer Schwangerschaft würde sie leichter ertragen können, dachte sie, als Johnnys Leidenschaft (obgleich sie in dieser Hinsicht bald ihre Meinung ändern sollte), und dieses eine Mal zumindest würde sie vor Elsa Rausch Evans ihr Ziel erreichen. Aber als Julia ihr Geheimnis Elsa anvertraute, indem sie gekünstelt erklärte: »Ich werde in diesem Herbst wohl nicht viel ausgehen«, hatte Elsa sie fast bemitleidet: »Mein Gott! So früh! Kein Spaß mehr, wenn erst Babys da sind. Mama hat mich gewarnt: Jedesmal, wenn sie mit Papa irgendwohin gehen wollte in jenen frühen Jahren, war sie in anderen Umständen oder hatte ein Baby und mußte zu Hause bleiben. Und dann, fünf Kinder! Stell dir das vor! Ich habe gar nicht vor, daß mir das passiert.«

»Ich kann verstehen, daß du nicht in anderen Umständen sein willst, wo Gib so viel außer Haus ist. Hast du keine Angst, nachts alleine zu sein?«

»Angst? Nein, natürlich nicht. Es ist eher eine Wohltat, diesem ganzen Gekreisch zu Hause entkommen zu sein: Ludwig versucht nicht nur, selbst Violine zu spielen, er bringt es auch Paul bei. Paul will alles tun, was Ludwig macht, und Ludwig ist unglaublich geduldig mit ihm. Sonst ist er mit niemand anderem geduldig. Sie kommen oft hierher, damit ich sie begleiten kann. Papa hat mir als Hochzeitsgeschenk einen Flügel geschenkt.«

Elsa verbrachte ihre Zeit unter anderem mit kurzen, aber häufigen Besuchen bei Ariana McCune Mercer, die immer noch leidend bei den Ballards lag. (Johnny hatte Julia diese Besuche verboten.) Manchmal schien es Ariana viel besser zu gehen: Sie saß dann in einem Schaukelstuhl mit einer Afghanen-Decke über ihren Knien und einem Tuch über ihren Schultern. Dann war sie fröhlich und aufgeregt und voller Pläne: sie würde in null Komma nichts wieder auf der Bühne sein; sie würde wieder mit Ben zusammensein, der immer so gut zu ihr gewesen war. Bei anderen Gelegenheiten war sie im Bett und in sehr melancholischer Stimmung: »Diese dummen Ärzte glauben, daß ich nicht weiß, was mit mir los ist, obwohl ich jedesmal, wenn ich huste, Blut spucke.

Meine Zeit ist kurz, und ich habe noch nichts von all dem getan, was ich tun wollte.«

Jeder, der ihr nahe war, wußte, welche Stimmung die realistische war, obgleich sich jeder erleichtert fühlte, wenn man sie in ihren fieberigen, erregten Augenblicken antraf. Ruhamah verbrachte die meisten Morgen bei ihr und folgte ohne Protest den Instruktionen des Arztes, was die Vorsichtsmaßnahmen betraf, und ging auch in kurzen Abständen in seine Praxis zur Untersuchung.

»Wenn wir Arianas Infektion in einem frühen Stadium zur Behandlung bekommen hätten, wäre es uns vielleicht gelungen, etwas dagegen zu tun«, hatte John Gordon eines Tages zu ihr gesagt.

»Sie erwarten nicht, daß sie wieder gesund wird, nicht wahr?«

»Du weißt das doch sicherlich!« entgegnete John barsch. »Kannst du nicht sehen, wie sie abrutscht? Ben hat es beim letzten Mal als er hier war, gesehen. Es war das erste Mal, daß er hatte kommen können, seit der Zirkus die Winterquartiere verlassen hat.«

»Ich weiß. Armer Ben, er macht sich solche Vorwürfe. Das sollte er nicht. Es war Arianas Schuld.«

»Er ist ein guter Junge. Er hat sein Bestes für sie gegeben. Sie hätte früher einen Arzt konsultieren sollen.«

In dem Fabrikbüro sagte Eliza eines Nachmittags das gleiche zu Ludwig. Er war diesen Sommer so viel wegen des Geschäfts und der Politik unterwegs gewesen und war so sehr mit seinen eigenen Sachen beschäftigt, wenn er an seinem Schreibtisch saß, daß er kaum je an Eliza gedacht hatte. An diesem Nachmittag aber, als sie ihm die Briefe zum Unterzeichnen brachte, schwankte sie tatsächlich auf den Beinen und mußte sich am Schreibtisch stützen. Er sagte: »Ganz ruhig, Eliza«, als er aufsprang und den Besucherstuhl für sie um den Schreibtisch schob. »Setzen Sie sich, bis Sie sich besser fühlen.« Als sie sich in den Stuhl fallen ließ, bemerkte er nicht nur das Grau in ihrem farblich nicht bestimmbaren Haar und die Falten in ihrem Gesicht, sondern auch die leichte Schäbigkeit ihrer schmucklosen Kleidung: ein langer, schlichter, blankgetragener Rock, der am Saum, wo er über den Boden geschleift war, schmutzig war; ein passendes Leibchen mit hohem Kragen und Reihen von Knöpfen von oben bis unten, und Ärmel, hauteng von der Schulter bis zum Handgelenk. Sie mußte dieses Kleid seit Jahren getragen haben; es mußte schon eine lange Zeit her sein, daß er seine Frauenzimmer mit irgend etwas anderem als diesen absurden Ärmeln gesehen hatte, die sich zwischen Schulter

und Ellbogen wie ein Ballon ausweiteten. Er fand, daß Elizas Stil eigentlich besser aussähe, aber er nahm auch an, daß selbst sie wohl hin und wieder gern ein neues Kleid haben würde. »Sind Sie krank?« fragte er, als er beobachtete, wie ein wenig Farbe in ihr Gesicht zurückkehrte.

Sie schüttelte den Kopf und hielt den Mund fest zusammengepreßt. Sie hatte ihn seit so vielen Jahren streng verschlossen gehalten, daß ihre Lippen zu einer dünnen Linie geworden waren.

»Nur müde. Es ist nichts.«

»Ich dachte, Sie hätten jemand, der Ihnen hilft. Jemand, der nachtsüber bleibt, so daß Sie schlafen können.«

»Ja. Aber letzte Nacht war eine schlimme Nacht. Ariana hatte einen Blutsturz. Mrs. Hopkins rief mich, aber wir konnten es nicht zum Stehen bringen. Ich mußte Samuel schicken, den Doktor zu holen. Wir sind fast die ganze Nacht auf gewesen.«

»Blutsturz! Dann geht es ihr nicht besser. Ich dachte...«

Eliza schüttelte den Kopf. »Sie hustet Blut – oh, nur ein bißchen – aber die ganze Zeit. Sie versucht, es zu verheimlichen, aber wir wissen es. John Gordon wußte es von Anfang an, glaube ich. Dieser Junge, den sie geheiratet hat, hat sie eben nicht rechtzeitig zu einem Arzt gebracht.«

»Das ist eine zu große Belastung für Sie gewesen.«

Eliza schüttelte wiederum den Kopf. »Ich hätte es in keiner anderen Art haben wollen. Sie ist nach Hause gekommen, selbst wenn es nur um zu sterben war. Sie hat mir so weit vertraut.« Ihre Gesichtszüge wurden weicher. »Ich habe sie so sehr gemocht.«

»Und das hat Ihnen viel bedeutet.«

»Alles.« Sie blinzelte Tränen zurück. »Ich hatte niemand sonst...«

»Natürlich.« Ludwig unterbrach sie, er wollte kein Geheule in seinem Büro; Eliza Ballard so unerwartet in einem Gefühlsausbruch sehen zu müssen, war entnervend. »Aber Sie dürfen sich nicht ganz verausgaben. Gehen Sie nach Hause und schlafen Sie ein bißchen. Und wenn Sie das nächste Mal die ganze Nacht auf sind, nehmen Sie sich den Morgen frei. Wir werden das schon irgendwie schaffen.«

Als sie gegangen war, fragte er sich, wie hoch Elizas Kosten wohl seien und wer letztlich die Beerdigung bezahlen würde. An diesem Abend kam er scheinbar absichtslos in Johns Praxis vorbei, fand dort Mr. Lichtenstein am Schachtisch und setzte sich für eine Partie zu ihm, während er darauf wartete, daß John frei würde. Mr. Lichtenstein erschien auch nicht mehr so häufig, wie er es einmal getan hatte; Ludwig freute sich, ihn zu sehen. Die beiden

Männer begannen sofort, über die Lage im Lande und die bevorstehende Wahl zu sprechen; Mr. Lichtenstein, der immer noch Vorsitzender des Schulvorstandes war, hatte praktisch eine nicht existierende Anwaltspraxis aufgegeben und war Versicherungsagent und öffentlicher Notar geworden. Mit diesen Einkünften verdiente er den Lebensunterhalt für seine Familie, wenn auch keinen aufwendigen. Rudy Lichtenstein hatte das College hinter sich und studierte Jura. Max war in Ludwig juniors Schulklasse, und Ludwig senior war zu Hause in einige Debatten gegen Lichtensteinsche Ideen verwickelt worden. Ludwig ging Mr. Lichtenstein sofort an, halb verärgert, halb im Spaß.

»Es ist schon lange her, daß wir uns hier getroffen haben, und ich habe Sie und Ihre Ansichten ganz aus den Augen verloren. Mein Junge kommt mit einigen halb ausgegorenen Ideen aus der Schule, die er von Ihrem Jungen aufgeschnappt hat, und ich muß sie ihm dann wieder ausreden. Populismus. Freies Silber. Eine abgestufte Einkommensteuer. Und wenn man sich vorstellt, daß Sie einmal Republikaner waren!«

Mr. Lichtenstein nahm seine Meerschaumpfeife aus dem Mund und lächelte Ludwig an. »Und Sie waren mal ein richtiger Revolutionär, *nicht wahr*? Und Ihr Vater, 1848?« sagte er mit schwerem deutschem Akzent.

»Mein Vater, ja. Ich war 1848 gerade sechs Jahre alt. Aber das war der Staat der Vergangenheit, in dem es für die Menschen keine Möglichkeit gab, ihre Meinung zu äußern.«

»Die Leute hier leiden auch – die Armen, die Arbeiter, die Farmer. Und die Reichen haben die Macht. Und wenn ein Arbeiter seinen ganzen Mut zusammenkratzt und streikt, wird er niedergeschossen.«

»Nicht oft. Sie denken an den Homestead-Streik? Das war eine beunruhigende Sache, da stimme ich Ihnen zu. Aufrührerische Amerikaner, die schießen und auf die geschossen wird. Und Frick selbst von fremden Anarchisten erschossen.«

»Acht Wachen und elf streikende Arbeiter getötet. Ist das für Sie Recht?«

»Nein. Amerikaner sollten sich nicht gegenseitig umbringen, selbst wenn die Streikenden sehr neue Amerikaner waren wie diese Sklaven in den Stahlmühlen. Aber das Parteiprogramm der Demokraten bietet dafür keine Lösungsmöglichkeit. Gesenkte Zölle würden Wettbewerb mit ausländischen Löhnen bedeuten. Und freies Silber würde nicht die Armen reicher und die Reichen ärmer machen. Wir würden uneingeschränkte Inflation bekommen, und die hat noch nie einem armen Mann geholfen. Sehen Sie

sich das Übel an, das das Sherman-Gesetz jetzt bereits angerichtet hat: Der Preis von Silber ist gefallen anstatt gestiegen, und weil das Finanzministerium gesetzlich verpflichtet ist, jedes Jahr zu einem festgesetzten Preis vierundfünfzig Millionen Unzen zu kaufen, verliert die Regierung jährlich zehn Millionen, und der Wert des Dollars sinkt weiterhin. Die Republikaner werden die Aufhebung dieses Gesetzes fordern.«

»Aber Sie haben doch immer geglaubt, daß Senator Sherman nichts Falsches tun könnte.«

»Der Name des unglücklichen Senators ist dieser Gesetzesvorlage angeheftet worden, weil er damals Vorsitzender des Ausschusses war, der einen Kompromiß zwischen den beiden Versionen des Hohen Hauses und des Senats schaffen sollte. Die Gesetzesvorlage, über die schließlich abgestimmt wurde, war die beste, die man erreichen konnte, und der Senator war für freies Silber. Es war bereits ein gewisser Triumph, den Betrag, für den das Finanzministerium zu kaufen verpflichtet ist, zu beschränken. Nein, die Forderung der Populisten nach freiem Silber und niedrigen Zöllen ist schiere Demagogie: Freies Silber wird nur die Minenbesitzer reicher machen, und niedrigere Zölle bedeuten niedrigere Löhne oder bankrottgehende Industrien und weniger Arbeitsstellen.«

»Vielleicht haben Sie recht. Und deshalb«, ertönte es in akzentschwerem Englisch, als Mr. Lichtenstein Ludwig durch eine Rauchwolke von seiner großen Pfeife ansah, »deshalb ist die Antwort: staatliche Eigentümerschaft der Industrie, staatliches Management des Geldmarktes.«

»Großer Gott, Mann! Sie sind ja durch und durch Sozialist.«

»Das stimmt wohl, ja.«

»Dann hat es wohl keinen Sinn, weiter zu debattieren, nicht? Wir wollen unsere Partie aufnehmen.« Aber Ludwig konnte es doch nicht dabei belassen. »Und Sie ziehen eine Brut junger Sozialisten auf?«

»Versuche es. Aber Rudy im Jurastudium – ich glaube, er wird bei den Demokraten hängenbleiben. Und Max in der Schule mit Ihrem Ludwig: Er hört auf Ihren Jungen, und ich habe mich mit diesen Ideen auseinanderzusetzen.« Sie mußten beide lachen. »Das ist doch gut, nicht wahr, daß wir über diese Dinge disputieren können ohne Ärger?«

»Sehr gut«, stimmte Ludwig liebenswürdig auf deutsch zu, auch wenn er schockiert war, unter seinen Freunden tatsächlich jemanden zu finden, der sich selbst als Sozialist bezeichnete. Aber er hatte keine sonderliche Angst, daß der Sozialismus in Amerika Fuß fassen könne. »Aber die meisten in Waynesboro unterscheiden nicht zwischen Sozialismus und Anarchismus. Wenn ich Sie wäre und im Schulvorstand bleiben wollte, würde ich darüber bis nach den Wahlen den Mund halten.«

Sie ließen ihre Auseinandersetzung an diesem Punkt fallen und führten ihr Schachspiel fort. Als Johns letzter Patient gegangen war, gesellte er sich zu den beiden Männern im mittleren Behandlungszimmer. Sie waren mit dem Endspiel befaßt, das Ludwig verlor. Mr. Lichtenstein stand auf und verabschiedete sich. »Sie sehen, Politik und Schach vertragen sich nicht. Ich sollte Sie jedesmal, wenn wir zusammen spielen wollen, vorher so beunruhigen. Ihre Gedanken waren nicht beim Spiel.«

Als er weg war, sagte John: »Und wo waren deine Gedanken?«

»Er hat gerade zugegeben, daß er Sozialist ist. Großer Gott!«

»Wird bei den Sozialisten in zehn Jahren oder so ein hohes Tier sein. Was macht das schon? Er ist ein Träumer. Wenn er ein Mann wäre, der Geld machen könnte, dann wäre er nicht so willig, es an andere zu verteilen.«

»Und was die Schulen angeht, hat er mit guter Absicht geträumt. Ich vergebe ihm. Ich möchte mit dir über Ariana McCune reden. Eliza war heute einem Zusammenbruch nahe.«

»Sie hatte eine harte Nacht hinter sich. Sie wird wieder in Ordnung kommen.«

»Ariana stirbt?«

»Langsam. Aber unaufhaltsam.«

»Wie steht es mit Geld? Das muß doch einiges kosten?«

»Ben Mercer schickt, was er entbehren kann, für die Behandlungkosten. Und du weißt, daß ich ihn nicht dränge. Viele meiner Patienten können nicht bezahlen. Ich ziehe es aus dem Fell der Reichen. Aber wie Eliza auskommt, weiß ich nicht. Mrs. Hopkins muß bezahlt werden und die ganze zusätzliche Nahrung.«

»Und bald auch noch die Beerdigungskosten?«

»Ja. Ich vermute, daß Ruhamah ihr Erspartes dazugeben will.«

»Ich glaube, das richtigste wäre es, Eliza eine Gehaltserhöhung zukommen zu lassen. Das heißt natürlich auch dem Buchhalter.« Von allen Büroangestellten war nur der Buchhalter so lange bei ihm wie Eliza. »Es kommt mir finanziell zwar ungelegen, aber sie haben es verdient, und ich bin zu beschäftigt und zu besorgt mit meinen eigenen Sachen gewesen, um ihren Problemen auch nur einen Gedanken zu widmen, fürchte ich.«

»Ich bin froh, daß Eliza zu deiner Befriedigung arbeitet. Die Frauen fürchten ihre spitze Zunge so sehr. Ich vermute, du kennst alle Skandale von Waynesboro?«

»Könnte ich. Die Mundwerke gehen im Büro fast den ganzen

Tag wie die Klapperschlangen, aber ich höre nie zu. Manchmal erzählt mir der Buchhalter ein besonders kitzliges Anekdötchen weiter. Eliza würde nicht im Traum daran denken, mit mir zu tratschen. Auch nicht über mich oder über Geschäftssachen: Wer wäre auch daran interessiert?«

Das einzige Mal, daß Eliza Ludwig in diesem Sommer erwähnte, war zu Hause am Abend des Tages, als er ihr mitgeteilt hatte, daß er ihr Gehalt erhöhen würde. Sie traf Thomasina und Sam, die gerade einige Minuten mit Ariana verbringen wollten. »Ich habe eine Gehaltserhöhung bekommen«, verkündete sie plötzlich. »Es wird uns helfen. Samuel hat schon mehr als seinen Anteil beigetragen.«

»Das Problem mit dir ist, daß du alles allein tun willst. Du verdienst die Gehaltserhöhung nach all diesen Jahren, aber du weißt, daß ich Klavierstunden gebe: Ich werde auch weiterhin meinen Beitrag leisten.« Für seine Verhältnisse war Sam fast schon sarkastisch.

»Mr. Rausch will großzügig sein: Er kann sich augenblicklich eigentlich gar nicht leisten, die Gehälter anzuheben, gerade jetzt, wo er mit dem Kampf gegen den Nationalen Tauwerkkonzern alle Hände voll zu tun hat.« Aber Sam und Thomasina war die Situation in der Mühle nicht bekannt, und Eliza beeilte sich, dem Eindruck, den sie vielleicht gemacht hatte, die Spitze zu nehmen und ein anderes Thema anzuschlagen. »Wenn die Demokraten die Wahl wegen der niedrigen Zölle, die sie versprechen, gewinnen, dann könnte es Schwierigkeiten geben.«

»Papa glaubte an den freien Handel.«

»Papa verstand sehr wenig vom Geschäft.«

»Aber sicherlich wird doch Präsident Harrison siegen«, wandte Thomasina ein. »Er ist ein guter Mann. Und Cleveland! Wir wissen doch alle, was er ist.«

»O Thomasina! Falls du auf diesen alten Skandal über sein uneheliches Kind anspielst, das ist doch Schnee von gestern. Er ist doch trotzdem beim letzten Mal gewählt worden, und es wird auch jetzt keinen Einfluß haben. Ich bin sicher, Mr. Rausch glaubt, daß Harrison verlieren wird, obwohl er seinen Anteil an der Arbeit im Wahlkampf leistet.«

»Die Zusammenarbeit mit all diesen Männern im Büro läßt dich sehr grob werden, Eliza. Papa und seine politischen Freunde waren nie so, und Mama würde dein Verhalten sicher sehr undamenhaft finden.«

»Du machst aus unseren Eltern etwas, was sie nie waren. Mama war eine Dame, aber es hätte sie nie interessiert, als ›damenhaft‹

zu gelten. Sie wäre nicht erbleicht, als ich ›uneheliches Kind‹ sagte, wenn es das ist, was dich verstimmt: Du vergißt ihren Feldzug gegen die Prostitution. Und sie glaubte, daß Frauen frei sein sollten, zu arbeiten, zu wählen, ihr eigenes Leben zu leben und sich zu emanzipieren. Sie glaubte an die Emanzipation zuerst für die Sklaven, dann für die Frauen. Papa glaubte an Gerechtigkeit, was nicht ganz dasselbe ist; dennoch glaube ich nicht, daß er meine Arbeit und meine Unabhängigkeit mißbilligt hätte.«

»Während Papa noch lebte«, sagte Thomasina, die Elizas Bemerkungen ignorierte, »hatten wir immerhin ein Fenster zur Welt. Es berührt mich seltsam, nicht mehr über die nationalen Angelegenheiten auf dem laufenden zu sein.«

Sie gingen in Arianas Zimmer, und das Thema wurde fallengelassen. Die Travers' wechselten einige Worte mit Ariana und gingen dann; Eliza machte es sich neben dem Bett für den Abend bequem.

Eliza hatte recht gehabt, was Ludwigs Wahlvorhersage anging; er war nicht sehr hoffnungsvoll. Er tat alles, was von ihm erwartet wurde, aber er war nicht mit vollem Herzen dabei. Er fühlte sich erleichtert, als der Kongreß am fünften August wieder zusammentrat: Sie würden ganz offensichtlich das Silber-Gesetz nicht außer Kraft setzen, aber wenn sie die Beratungen fortführten, würden sie wohl die Situation eher verschlimmern, als sie so zu lassen, wie sie augenblicklich war. Es machte ihn auch um keinen Deut glücklicher, beobachten zu müssen, wie die Aktien des Nationalen Tauwerkkonzerns im Wert anstiegen, bis sie über einhundert standen; er sagte sich ständig selbst, daß jemand den Markt manipulieren müsse, daß es eine Seifenblase sei, so stark aufgeblasen, daß sie irgendwann platzen müsse, aber er war nicht sicher, daß sein Wunsch nicht Vater des Gedankens war. Seine größte Freude waren in jenen Tagen, wenn er in Waynesboro war, die Gesellschaft Elsas und die Gespräche über ihre Jahre in Deutschland und über seine Vettern, an die er sich kaum erinnern konnte. Elsa aß oft mit ihrer Familie zu Abend, wenn Gib auf Geschäftsreisen war, und Ludwigs Herz wurde warm vor Freude, alle seine Kinder wieder um einen Tisch versammelt zu sehen. Ernest, der vom College zu Hause war, verbrachte wieder seine Sommerferien als Arbeiter in der Mühle, ebenso wie Charles mit seinen fünfzehn Jahren, allerdings nicht als Radjunge. Radjungen gehörten der Vergangenheit an; die Burschen waren nun Spulenjungen, die die schweren Garnspulen von den Feinspinnmaschinen zu der Formungsmaschine oder zu dem Verteerungskessel brachten. Ein Spulenjunge war am Ende des Tages nicht weniger müde, als es ein

Radjunge gewesen war. Charles, den alle Welt für robust gehalten hatte, kam erschöpft nach Hause. Er beneidete Ernest um seinen höheren Status, weil der nun neben den Mädchen an den Feinspinnmaschinen sitzen konnte, um den Prozeß der Seilherstellung von Anfang bis Ende aus eigener Hand zu erfahren. Er beobachtete, wie das Garn in die Maschine lief, und verband den Kammzug je nach Notwendigkeit. Ernest verabscheute die Feinspinnmaschinen, weil sie von Mädchen gehandhabt wurden, und er freute sich bereits auf seine Beförderung zu den Formungsmaschinen. In Wirklichkeit wäre er froh, wenn seine Ausbildung in der Herstellung von Tauwerk endlich beendet wäre; er konnte sich als Seilverkäufer wie Gib vorstellen. Bis dahin verabscheute er das alles und hoffte, daß seine College-Freunde nie herausfinden würden, wie er seine Sommer verbrächte. Aber er war zu klug, um über sein Schicksal zu murren, und sein Vater wußte glücklicherweise nichts über seine Gefühle. Ludwig konnte zur Mittagszeit, wenn Elsa da war, über den Tisch gucken und denken: »Genau wie in alten Zeiten« und selbst über sich lachen, denn die »alten Zeiten« lagen ja immerhin nur ein paar Jahre zurück. Wie bedauerlich schnell Kinder aufwuchsen!

Der Sommer ging vorbei. Die Rausch-Jungen wurden von ihrer Plackerei erlöst und kehrten zu ihren Büchern zurück: Charles zu seiner höheren Schule, Ernest auf sein College an der Ostküste. Sie gehörten zu den wenigen, die den Herbst angenehmer fanden, als der Sommer es gewesen war. Die Rausch-Familie war weniger fröhlich als gewöhnlich. Ludwig machte sich Sorgen; das hatte zur Folge, daß er, wenn er zu Hause war, in sich gekehrt und geistesabwesend erschien und das Kreuzfeuer der Neckerei am Abendtisch unterbrach, wenn er plötzlich quasi wieder lebendig wurde und mit einem »Was soll denn das?« allem einen Dämpfer aufsetzte. Die Planung der neuen Papiergesellschaft hing in der Schwebe; die Papiere waren von Gardiner und Merrill aufgesetzt worden, und um eine Gründungsurkunde hatte man sich beworben, aber die Kapitalisierung war augenblicklich unmöglich. Gardiner und Merrill in den Personen von Doug Gardiner und Tim Merrill waren nicht besonders verstimmt wegen der Schwierigkeiten ihres Klienten: Doug war glücklich mit seiner Familie, und Tim und seine Frau, die frühere Elizabeth Talmadge, lebten in dem alten Merrill-Haus am Südende der Stadt in einem Zustand von Seligkeit und waren täglich erstaunt ob der Vollkommenheit ihrer zweijährigen Tochter. Elizabeth war noch nicht so weit, daß sie hätte zugeben können, einem Leben mit Babypflege und des Windelwechselns fehle irgendwie der intellektuelle Stimulus; sie war nur leicht verstimmt, daß sie wegen des Babys von ihrem ansonsten unkomplizierten Gatten verboten bekommen hatte, ihrer einstigen Lieblingsschülerin einen Krankenbesuch abzustatten.

Sie versuchte ihr schuldhaftes Versäumnis eines Nachmittags nach dem September-Klubtreffen Amanda Reid zu erklären, wurde jedoch von ihr schnell unterbrochen. Zufällig waren sie in der Eingangshalle der Voorhees' zusammengetroffen, während sich die anderen Damen noch bei Christina für deren Gastfreundlichkeit bedankten und sich in aller Höflichkeit verabschiedeten.

»Auch ich habe sie noch nicht besucht. Eliza und Thomasina machen mich immer noch verantwortlich für die unglückliche Verkettung von Umständen: Wenn nur Ariana ihr Latein bestanden hätte und mit den anderen ihrer Klasse ihren Abschluß bekommen hätte, wäre sie nicht weggelaufen. Das ist alles ziemlich irrational«, sagte Amanda böse, »es schließt zu viele ›Wenns‹ ein. Jedenfalls bezweifle ich, daß mich Ariana gerne sehen möchte. Nicht, daß sie mir nicht leid tut, aber ich finde nicht, daß ich zu tadeln bin.«

Elizabeth fragte sich, ob Amanda nicht ihre Anforderungen an die Lateinstunden inzwischen heruntergeschraubt hatte, und ob ihr Gewissen sie in Beziehung auf Ariana nicht ein wenig plage. Sie hätte das besser wissen sollen: Amanda wurde stetig weniger flexibel. Nach Elizabeths Fahnenflucht (die Eheschließung von jedem ihrer Freunde war immer noch »Fahnenflucht« in Amandas Augen) war sie überrascht, welche Erleichterung es in gewisser Weise war, das ganze Haus wieder für sich allein zu haben, selbst um den Preis, ihre eigene Haushälterin und Köchin sein zu müssen: Nach so vielen Stimmen während des ganzen Tages Stille zu haben, sich ununterbrochen auf ihr Unterrichten konzentrieren zu können, war schieres Vergnügen. Amanda unterrichtete gerne, nicht weil sie junge Leute besonders mochte, sondern weil sie völlig durchdrungen und überzeugt war von der Wichtigkeit ihres Faches; es war eine einzigartige Belohnung, eine Reaktion in jemandem erwecken zu können (fast jede Klasse hatte zumindest einen Schüler, dessen Augen selbst über einer Passage aus Cäsars »Gallischem Krieg« aufleuchteten). In diesem bestimmten September hatte sie unter ihren Schülern nur eins der Kinder ihrer Klubmitgliedskolleginnen: Charles Rausch, der in ihren Augen ein langweiliges, aber gewissenhaftes Arbeitstier war, der früher oder später aufnehmen würde, was zu wissen von ihm erwartet wurde. Blair Voorhees, der sicherlich bereits das Alter für die höhere Schule erreicht hatte, wurde immer noch von seiner Mutter unterrichtet. Die Schüler, die Amanda entzückten, waren die jungen

Deutsch-Amerikaner: Klein, Hoffmann, Lichtenstein und die Söhne und Töchter von verschiedenen Metzgern, Bäckern und Lebensmittelhändlern. Kein Zweifel: diese Amerikaner der zweiten Generation würden berufliches Ansehen erlangen und einige von ihnen sogar hohes Format. Amanda war in diesem Herbst weder glücklich noch unglücklich. Sie akzeptierte die Gegenwart und fand in ihr einiges Vergnügen; mit Gleichmut sah sie die Zukunft voraus, wie sie unzweifelhaft sein würde: genau wie die Gegenwart und wie die Vergangenheit.

Beim ersten Klubtreffen im September fiel die jüngere Mrs. John Gordon durch ihre Abwesenheit auf. Zwar hätte niemand ihren Zustand von ihrer Erscheinung her erraten können, aber sie hatte große Not mit ihrer Schwangerschaft: jeden Morgen Erbrechen, und sie verhielt sich Johnny gegenüber gereizt, weil er ihr nicht helfen konnte, und weil er darauf bestanden hatte, daß sie Dr. Warren konsultiere. Trotz ihrer Versicherungen, wie sehr sie ihm und ihrem Vater vertraue, war er fest geblieben: Ärzte versorgten nie Mitglieder ihrer eigenen Familien.

»Aber ich kenne Dr. Warren gar nicht«, jammerte sie.

»Dann wirst du ihn bald kennenlernen. Er ist ein netter Mann und sehr kompetent.«

»Ich mag seine Frau gar nicht. Sie ist so – so *drängend.*«

Dr. Warren hatte den großen Fehler begangen, ein Mädchen aus seiner Heimatstadt zu heiraten, anstatt eine der in Frage Kommenden aus Waynesboro zu erwählen. Mrs. Warren war immer noch »von auswärts« nach all den Jahren ihrer Ehe, und das würde sie wohl auch bleiben, obgleich sie in ihrer Kirche und in verschiedenen anderen Gruppen akzeptiert wurde. Die Warrens hatten mehrere Kinder; Dr. Gordon senior hatte Mrs. Warren vom ersten entbunden, einem Jungen etwa im Alter Rodneys, und Johnny von den anderen, da sein Vater ihm diese Arbeit überlassen hatte, weil er da schon begonnen hatte, alle geburtshelferischen Fälle zu übernehmen. Johnny verbesserte die Sachlage nicht, als er Julia erzählte: »Ich fand Mrs. Warren angenehm, und geradezu das Modell einer Frau, wie sie in den Augen eines praktizierenden Arztes sein sollte: eine, die ihre Schwangerschaften spielend schafft und ihre Kinder ohne Theater bekommt. Nun, Julia, sieh mich nicht so an. Ich weiß, der ganze Verlauf ist für manche Frauen höllisch; sie können nichts daran machen: das ist eben die Art, wie sie erschaffen sind, und du darfst nicht glauben, daß ich deine Leiden herunterspiele.«

Tatsächlich machte sich Johnny um Julia Sorgen, obgleich sowohl sein Vater wie Dr. Warren darauf bestanden, daß sie völlig gesund sei oder es wieder sein würde, wenn sie ihr Morgenerbrechen überwunden hätte. Sie wissen nicht, dachte Johnny, wie eng sie gebaut ist. Sie könnte vielleicht Probleme bekommen. Den ganzen Herbst über lauerte beständige Furcht in seinem Hinterkopf. Natürlich machten sich auch Julias Mutter und Vater Sorgen, und Julia fühlte sich weiterhin jämmerlich.

Johnnys Vater sorgte sich über Ariana McCune, wie auch andere in diesem Herbst: Ruhamah und ihre Schulfreunde, für die der heraufziehende Tod einer ihrer eigenen Kameradinnen wie ein furchteinflößender Ring war, der das Herz umschloß; die Travers' und Eliza, obgleich sie sich in bestimmten schnell vergehenden Augenblicken fast durch Arianas Anwesenheit getröstet fand; ihr Kummer wurde gelindert durch den glücklichen Gedanken, daß sie es gewesen war, zu der Ariana in der Not gekommen war, und daß sie nicht mehr weggehen würde. Sie war nach Hause gekommen.

Anne Gordon konnte um Ariana trauern – so jung und schon sterben –, aber in ihrem privaten und persönlichen Leben war sie zufrieden: Johnny war mit seiner Frau trotz ihrer augenblicklichen Sorgen glücklich, und Julia schien seine Liebe zu erwidern und klammerte sich fest an ihn. Bald würde sie ein Enkelkind bekommen. Anne begann tatsächlich, ihre Schwiegertochter gern zu haben oder zumindest mit ihr zu fühlen. Sie wußte auch, daß Julia trotz ihrer offensichtlichen Furcht keine wirkliche Vorstellung von der Qual hatte, die ihr bevorstand: Anne mußte sie bemitleiden, was zu der Zuneigung, die sie empfand, beitrug. Vor allem aber lief John nicht weg, trotz der Frustration, die er im Falle von Ariana ertrug, er zog sich nicht zurück und war nicht unerreichbar: Er akzeptierte die unausweichliche Niederlage mit einem gewissen Maß an Gleichmut, zu dem er zuvor nicht imstande gewesen wäre, außer wenn es sich um alte Leute handelte, die ein volles Leben hinter sich hatten. Mit fünfzig hatte er nun endlich den inneren Abstand gefunden, der für einen Arzt so lebensnotwendig ist.

Der Herbst glitt vorbei, fast ohne bemerkt zu werden. Während des ganzen Oktobers, normalerweise der schönste Monat im Jahr, regnete es unablässig, ein langsamer, stetiger Regen. Die Blätter fielen von den Bäumen, ohne je scharlachrot gewesen zu sein. Sie lagen auf den Ziegelstein-Bürgersteigen und waren von dem stehenden Regenwasser völlig zusammengepappt. Über die Wahl gab es wenig Aufregung, aber ihr Ergebnis lag wie ein Gewicht auf der Stimmung der Waynesboroer. Präsident Harrison nahm Ohio, aber nicht das Land. Ludwig war über die Vollständigkeit des Sieges der Demokraten schockiert: Cleveland hatte '84 Blaine mit so etwa sechzigtausend Volksstimmen und einhundertundzweiunddreißigtausend Stimmen der Wählerschaft geschlagen. Es war nur ein kleiner Trost, zu wissen, daß Cleveland ein vernünftiger Finanzexperte war, konservativ in allen Finanzangelegenheiten: Wer könnte schon vorhersagen, was ein demokratischer Kongreß vollbringen würde? Sobald Cleveland in sein Amt eingeführt worden wäre, würde er sicher die Außerkraftsetzung des Sherman-Silber-Gesetzes verlangen, das sich als so kostspielig für das Land erwiesen hatte, aber würde der Kongreß ihm folgen? Zusätzlich zu dem ärgerlichen Problem des Silbers wußte man von dem Kongreß, daß er die Zölle reduzieren und wahrscheinlich eine abgestufte Einkommensteuer einführen würde.

Eines Tages kurz nach der Wahl erklärte Ludwig beim Abendessen seinen Söhnen die schreiende Ungerechtigkeit des Silber-Gesetzes. Er hatte den Eindruck, daß ihnen bereits bekannt sei, wie er in dieser Hinsicht empfinde, aber das hinderte Ludwig nicht daran, das Bild noch einmal auszuführen. Das Gesetz verlange, so erklärte er, daß das Finanzministerium jeden Monat zwei Millionen Unzen ungemünztes Silber zu Standard-Dollars präge, soundso viele Unzen auf den Dollar. Die Senatoren der Silberstaaten hatten erwartet, dies würde den Preis von Silber stützen, und wenn es das auch tatsächlich getan hätte, gäbe es gar kein Problem. Aber der Silberpreis sei gefallen, und die Regierung müsse immer noch ungemünztes Silber zu dem vom Kongreß festgesetzten Preis akzeptieren: ein Dollar für 412½ Gran. Das Ergebnis sei ein Überschuß an Geld im Umlauf, was wiederum zu Inflation führe: Je mehr Geld es gebe im Verhältnis zu Verkaufsgütern, desto höher sei der Preis dieser Güter.

»Aber warum sollte das jemand wollen?« Charles runzelte die Stirn bei dem Versuch, diesen Unterrichtsstunden in Ökonomie seinem Vater folgen zu können.

»Schuldner wollen das. Sie haben Geld geliehen, als es einen bestimmten Wert hatte; sie können es mit Geld, das nur noch den halben Wert hat, zurückzahlen. Sie und die Senatoren der Staaten, die Silber fördern, wollten freie und unbeschränkte Münzprägung von Silber – von dem ganzen Silber, das an der Münzstätte vorhanden ist. Der Kompromiß von Senator Sherman hat uns davon errettet, sonst wäre der Zustand der Staatsfinanzen in einem völligen Chaos.«

»Und du würdest dann warten müssen, um die Rausch-und-Bodien-Papierfabrik gründen zu können? Ich hätte gedacht, daß auch du dann doppelt soviel Geld hättest.«

»Mit Kosten, die doppelt so hoch sind? Niemand kann neue

Industrien beginnen oder ausbauen, während die finanzielle Situation derart unsicher ist.«

Und sie blieb unsicher. Der Lahme-Enten-Kongreß kam zum letztenmal in der ersten Woche des Dezembers zusammen, tat aber auch nicht viel, bevor er am vierten März endgültig aufhörte zu existieren. Senator Sherman stellte im Januar einen vom Finanzkomitee begünstigten Gesetzesentwurf vor, das Silber-Gesetz außer Kraft zu setzen; der Antrag, seinen Vorschlag aufzunehmen, wurde abgelehnt, und seitdem gab es keine weitere Aktion oder Debatte über diese Frage. Die Angelegenheiten des Landes waren während der letzten Monate des Jahres im Zustand aufgeschobener Lebendigkeit. Das tägliche Leben ging weiter wie bisher. Familien gingen zur Kirche, Männer gingen zur Arbeit, Frauen sorgten für das Haus, Damen gingen in ihrer Freizeit auf Partys, Teegesellschaften und Empfänge, und die Mitglieder des Frauenklubs bereiteten die Aufführung eines Dramas vor.

Elizabeth Merrill wurde als Vorsitzende des Komitees benannt, ein Drama auszuwählen, die Rollen zu verteilen und die Probenarbeit zu beaufsichtigen. Jessamine Stevens und Anne Gordon waren die anderen Mitglieder im Komitee. Die Treffen wurden im Haus der Gordons auf der halben Strecke zwischen den beiden anderen abgehalten. Nach einigen Diskussionen, ob das Stück für Damen geeignet sei, einigten sie sich auf Szenen aus »Viel Lärm um nichts« und verbrachten dann den Rest des Abends damit, die einzelnen Rollen aufzuteilen. Es wurden einige Doppelbesetzungen notwendig; es gab viele Rollen und wenige Schauspieler, da einige Mitglieder zwangsläufig übergangen werden mußten: die Misses Gardiner, die sich niemand auf einer Bühne vorstellen konnte, Julia Gordon wegen ihres »Zustandes«, Christina wegen ihrer unerbittlichen Weigerung, irgend etwas mit Theaterspielen zu tun zu haben oder Weihnachten anzuerkennen. Die voraussehenden Damen hatten Bedenken, Elsa in die Besetzungsliste einzuschließen, stimmten dann jedoch überein, daß zu diesem Zeitpunkt »sich noch nichts zeige« und daß das weitröckige elisabethanische Kostüm ihre Figur auf jeden Fall überdecken würde. Sie sollte als Beatrice besetzt werden, und Elizabeth (nach einigen Protesten) als Benedikt. Jessamine könnte die Hero geben, und Mrs. Deming wurde überredet, den Claudio zu spielen.

»Charlotte Bonner ist eine Generation jünger als Mrs. Deming«, gab Elizabeth zu, »aber ich kann mir nicht vorstellen, daß Charlotte eine romantische Rolle spielen könnte.« Sie lachten: Charlotte war ein großes, linkisches Mädchen mit starken, knochigen Gelenken und mit einem Sinn für Humor, der sie wohl Dogberry dem Claudio würde vorziehen lassen. »Und falls Mrs. Evans überredet werden könnte, den Verges zu spielen, wäre sie perfekt besetzt. Ich weiß, sie ist die Frau eines Geistlichen, aber...«

»Ich bin ein wenig beunruhigt wegen Christina«, sagte Jessamine. »Wir sind einmal Freundinnen gewesen, aber sie verurteilt mein Tun jetzt, und ich sehe sie kaum noch. Ich bedauere es zu sehen, wie sie sich zurückzieht.« Jessamine, die in ihrem ersten Jahr in Waynesboro Christina gebraucht hatte, wollte weder undankbar sein, noch war sie bereit, schon aufzugeben.

Elizabeth sagte: »Vielleicht könnten wir sie überreden, daß sie uns beim Kürzen des Stückes hilft. Da gibt es Worte, die ich nicht kenne. Wenn die unanständig sind, werden die Männer sicherlich lachen.«

»Weshalb glauben Sie, daß Christina sie kennt?«

»Ich bin sicher, daß sie sie kennt, wenn man sich ansieht, wie sie die neuen Bücher der Bibliothek daraufhin überprüft, ob sie auch geeignet sind, gelesen zu werden.« Anne lachte. »Nicht daß viele moderne Bücher anstößige elisabethanische Wörter enthalten. Aber Christina hat eine akademische Ausbildung genossen, und sie liest alles. Sie könnte die Aufgabe übernehmen. Aber ich verstehe sie nicht. Sie ist viel frömmlerischer, als ihr Vater je war.«

»Sie fühlt sich – zumindest zum Teil – für Ariana McCune verantwortlich. Wenn sie nicht die dramatischen Aufführungen unterstützt hätte, wäre Ariana vielleicht nicht zur Bühne gegangen.«

»Welcher Unsinn!« sagte Anne heftig. »Ariana hat sich entschieden, zum Theater zu gehen, sobald sie auch nur die Bedeutung des Wortes richtig verstand. Ihr beiden wart noch nicht hier in dem Jahr, als wir dieses Stück aufführten, und als Ariana und einer ihrer Brüder Jael und Sisera spielten. Kalte Schauer liefen uns den Rücken herunter, als wir ein Kind in diesem Alter sahen, das Haß und Gift so darstellte, wie es dieses Kind tat.«

Elizabeth sagte: »Wir bevollmächtigen Jessamine, sie zu fragen, und dann treffen wir uns wieder. Nur die, die im ersten Akt auftreten. Wir können nicht alles bei einer Probenzusammenkunft lesen.«

Sie einigten sich auf ein Datum in der kommenden Woche, wieder bei den Gordons. Dann brachen sie auf, nachdem sie einen ganzen Nachmittag mit etwas verbracht hatten, das in einer Stunde hätte erledigt werden können, wenn es nicht so viele Abschweifungen gegeben hätte.

Die erste Zusammenkunft derer, die gezwungen worden waren, eine Rolle in »Viel Lärm um nichts« anzunehmen, und die bereits im ersten Akt ihren Auftritt hatten, war bei Anne Gordon an dem bestimmten Abend im November. Sie hatten das Haus ganz für sich allein, zumindest bis neun Uhr und wahrscheinlich noch länger, da Johns Praxisstunden oft nicht pünktlich endeten. Jede der Damen hatte ihr Exemplar von Shakespeares »Gesammelten Dramen« oder eine Einzelausgabe von »Viel Lärm« mitgebracht. Christina war als Zensor gekommen, Sally Rausch um Leonato zu spielen, Anne übernahm alle kleineren Rollen, Elsa las Beatrice, Elizabeth Benedikt, Mrs. Deming war Claudio und Jessamine Hero. Thomasina war überredet worden, die Rolle von Don Pedro zu übernehmen, man hatte sie bedrängt, mitzuspielen, aber tatsächlich war es so, daß Eliza Elizabeth gesagt hatte, daß sie sehr hoffe, sie könnten sie in dem Drama einsetzen: »Thomasina verläßt das Haus nur für die Klubnachmittage und um in die Kirche zu gehen, und sie ist so nervös. Man kann nicht von ihr erwarten, daß sie die ständige Belastung, sich um Ariana kümmern zu müssen, aushält. Sie muß tagsüber bei ihr sein; es gibt keine andere Möglichkeit. Wir dürfen sie nicht zusammenbrechen lassen. Ich dachte, wenn sie abends proben könnte, dann hätte sie etwas, worüber sie sich andere Gedanken machen könnte.«

»Und wie steht es mit Ihnen?« hatte Elizabeth gefragt.

»Ich komme zurecht. Ich bin den ganzen Tag weg und nur am Abend bei Ariana. Davon abgesehen, habe ich nicht Thomasinas empfindliche Konstitution.« Man hatte eine Andeutung von Verachtung in Elizas Stimme hören können.

»Ariana gleitet weg?«

»Es ist kaum zu verstehen, wie jemand, der so ausgezehrt ist, sich so am Leben festklammern kann. Aber der Doktor sagt, es ist überraschend, wie stark der letzte ungebrochene Faden sein kann. Aber ja, Ruhamah hat Matt und Mark geschrieben. Es hat wohl nicht viel Zweck, ihrem Vater zu schreiben, und Luke ist ja noch zu Hause.«

Christina, die nahe dabei stand, hatte sich in die Unterredung eingeschaltet. »Die Jungen kommen? Versuchen Sie nicht, auch sie noch bei sich aufzunehmen, Eliza. Sie sind auch völlig erschöpft. Lassen Sie sie bei uns bleiben. Ich kannte diese Jungs ja immerhin recht gut, als ihr Vater noch unser Pfarrer war, und Matt war ein Lieblingsschüler Papas am Seminar.«

Eliza war aufrichtig dankbar, wenn auch überrascht. Die Voorhees' bewirteten nie Gäste. Christina war eine derart notorisch nachlässige Hausfrau (viel wichtigere Dinge in ihren Gedanken, sagten ihre Freunde), daß man den Verdacht hatte, sie fände es zu viel Mühe, das ganze Haus für eine Gesellschaft vom Staub zu befreien.

Bevor sich die drei Frauen trennten, waren sie übereingekommen, daß Thomasina dazu bewegt werden sollte, eine Rolle in dem Drama anzunehmen, daß die Proben abends stattfinden sollten und daß die McCune-Jungs, falls sie kommen sollten, bei den Voorhees' übernachten könnten.

Am Abend ihrer ersten Zusammenkunft begleitete Sam Travers seine Frau (Don Pedro) zu den Gordons und schlug vor, sie an der Schwelle zu verlassen. Anne wollte davon allerdings nichts wissen.

»Kommen Sie doch nur rein, es regnet ja fürchterlich. Haben Sie jemals einen so trüben Herbst erlebt? Sie werden doch wohl nicht den ganzen Weg nach Hause und zurück laufen wollen.«

Sam, der daran gedacht hatte, weiter in die Stadt zum Drugstore für einen Abend mit männlichen Gesprächen gehen zu können, ließ sich leicht überstimmen. Immerhin könnte er Männer treffen, denen er nicht wirklich willkommen wäre: Er wußte, daß er von den meisten Männer Waynesboro als weibisch angesehen wurde.

»Kommen Sie ins Wohnzimmer zum Feuer«, Anne brachte ihn bis an die Tür und sah das Feuer voller Zweifel an, »das heißt, wenn Sie es am Leben halten können. Suchen Sie sich etwas zum Lesen. John wird irgendwann hereinkommen. Sonst weiß niemand, daß Sie hier sind.«

Sam hob die Morgenausgabe des *Enquirers* vom Wohnzimmertisch auf und machte es sich für einen, wie er erwartete, durch und durch langweiligen Abend gemütlich: Statt dessen ertappte er sich dabei, wie er mit wachsendem Amüsement zuhörte, als die anderen Damen ankamen, in den Salon begleitet wurden und sich für die Arbeit des Abends niederließen.

Christina verlor keine Zeit: Szene zwei und drei des ersten Aktes konnten beide ausgelassen werden; sie seien nur zu dem Zweck im Drama, die Handlung voranzutreiben, und ihre Funktion könnte summarisch von einem Erzähler übernommen werden. Die erste Szene müsse man jedoch spielen, aber man solle beachten, was auszulassen sei: natürlich die ganze Blasphemie wie auch die Unanständigkeiten seien zu streichen. Sie würden auf keinen Fall den Namen Gottes mißbrauchen, was auch immer Shakespeare für richtig gehalten habe. Als sie endlich die Lesung begannen, ging der erste Wortwechsel zwischen Leonato, dem Boten und Beatrice schnell vonstatten. Elsa las die Rolle der Beatrice mit Emphase, bis sie über »Gott hilf dem edlen Claudio«

stolperte und fragte: »Was soll ich denn hier sagen? ›Der Himmel helfe‹?«

»Das wäre fast genauso unehrerbietig. Laß den ganzen Satz aus.«

Als die Lesung Fortschritte machte, wurde es einem nun vergnügt in sich hineinlachenden Sam klar, daß die Damen mit dem Reinigen des Textes einige Schwierigkeiten bekommen würden, weil sie zum einen unterschiedliche Ausgaben des Dramas vor sich hatten, und weil sie zum anderen nicht immer den Sinn des Textes verstanden. Als Anne mit dem Lesen des Botenberichtes fertig war, schlüpfte sie aus dem Zimmer, um ihrem Gast im Wohnzimmer für einen Augenblick Gesellschaft zu leisten. Sie hatte sich kaum hingesetzt, da hörten sie Thomasina den Don Pedro lesen: »›Ich glaube, das ist Ihre Tochter‹«, und Sally antwortete prompt: »›Ihre Mutter hat mir das viele Male bestätigt.‹« Die nächste Zeile wäre Elsas gewesen: »›Hattet Ihr darüber Zweifel, Sir...‹«, aber Christina unterbrach sie unverzüglich: »Oh, meine Damen, bitte! Wir wollen diese Rede, die von manchen für witzig gehalten wird, übergehen! Streichen Sie von Don Pedros ›Ich glaube, das ist Ihre Tochter‹ bis unten ›Seid glücklich, meine Dame, denn Ihr seid wie ein ehrenwerter Vater‹ alles und fahren Sie fort mit der Stelle ›Gott gebe es‹, was Sie bitte in ›Mag die Dame dieser Ansicht bleiben‹ ändern wollen.«

Die Besetzung kam bis zum Abgang von allen mit Ausnahme von Benedikt und Claudio durch, aber die Damen blieben auf ihren Stühlen: Es hatte keinen Zweck abzutreten, bevor sie nicht wüßten, was und wieviel sie zu sagen hätten. Bevor Benedikt und Claudio in ihren Dialog ausbrachen, hörte Anne John an der Tür zum Eßzimmer und ging hinaus, um ihn zu begrüßen.

»Du bist früh zu Hause.«

»Scheußliche Nacht – sozusagen keiner dagewesen. Johnny ist auch nach Hause gegangen. Falls mich jemand sucht – ich bin hier drinnen.«

»Die Damen sind im Salon und lesen ›Viel Lärm‹. Du kannst mitkommen und dir mit mir und Sam Travers anhören, ›wie Shakespeare anständig gemacht wird.«

John lächelte, legte einen Finger auf seine Lippen, warf seinen Hut und sein feuchtes Cape auf das Sofa und zog sich einen Stuhl heran, um den beiden Gesellschaft zu leisten. Sie konnten Elizabeths Stimme deutlich vernehmen, als sie sagte: »›Seht Ihr, Don Pedro ist zurückgekehrt, um nach Euch zu suchen.‹« Dann wieder Christina, bevor Don Pedro sprechen konnte: »Meine Damen, lassen Sie die Blasphemie aus, wenn Sie an die Stellen kommen.

Vielleicht wäre es am besten, alle Textteile auszulassen, die ›Gott bewahre‹ beinhalten. Claudio sagt: ›Wenn das so wäre, wäre es nun gesagt‹ und dann Don Pedro: ›Amen, wenn Ihr sie liebt, denn das Fräulein ist dessen sehr würdig.‹«

»All dieses Auslassen…« beschwerte sich Thomasina, »ich finde es schwierig, die Textstelle zu behalten. Ah, ich verstehe, aber sollte ich nicht besser das ›Amen‹ auch auslassen? Nur das ›Wenn Ihr sie liebt‹ und so weiter?«

Die Lesung wurde wieder aufgenommen, Shakespeare wie er geschrieben stand, abgesehen von aller Blasphemie, bis Benedikts Rede kam: »›Daß mich ein Weib geboren hat, dafür dank ich ihr; daß sie mich aufzog, auch dafür sag ich ihr meinen demütigen Dank –‹«, da wurde Elizabeth vorsorglich von Christina angehalten. »Gehen Sie gleich hinunter bis zur Rede Don Pedros – ›Ich erlebe es noch, bevor ich sterbe, dich einmal ganz blaß vor Liebe zu sehen.‹«

Eine längere Pause folgte; Christina sagte wieder »Don Pedro« in einem leicht tadelnden Tonfall. Thomasina klang total verwirrt.

»Aber ich weiß gar nicht, wo wir sind! Ich finde gar nicht, daß ich mich weigere, ihn zu heiraten, und dann ist hier all das mit dem Hatzende, das in meinem Kopf geblasen wird. Was in der Welt ist ein Hatzende?«

Im Wohnzimmer sagte Sam Travers und schüttelte sich vor Lachen: »Hört euch meine unschuldige Frau an. Sie hat keine Ahnung, was das Ganze bedeuten soll.«

Auch Anne lachte und sagte: »Genausowenig wie ich. Es scheint mir ziemlich unverständlich zu sein.«

Allerdings blieb es ihr erspart, all das verstehen zu müssen: »Übergeht das alles«, kam Christinas feste Stimme. »Fangen wir wieder an mit ›Ich erlebe es noch, bevor ich sterbe, dich einmal ganz blaß vor Liebe zu sehen‹. Passen Sie nur auf, Thomasina: Wir werden Benedikts beanstandete Passagen auslassen. In der nächsten Rede wird nur eine Zeile seines Ausbruchs gesprochen: ›Vor Zorn, vor Krankheit oder Hunger, mein Fürst; aber nicht vor Liebe.‹«

Ein weiteres Schweigen folgte: Vielleicht las Thomasina gerade die gestrichene Rede. Christina gab ihr wieder das Stichwort: »Sie sind dran, Don Pedro.«

»Ja, ich sehe. ›Nun ja, wenn du je von diesem Glauben abfällst, so mach dir keine Rechnung auf unsre Barmherzigkeit.‹«

Jessamine las Benedikts harmlose Erwiderung, und Thomasina antwortete mit mehr Selbstvertrauen in ihrer Stimme: »›Nun wohl, die Zeit wird kommen, wo sich der wilde Stier dem Joche fügt.‹«

Dann Jessamine: »›Das mag der wilde Stier; wenn aber der verständige Benedikt sich ihm fügt…‹«

Christina unterbrach sie. »Das ist genug. Lassen Sie aus bis zu Don Pedros nächstem Einsatz.« Man hörte das Blättern umgeschlagener Seiten. Thomasina sagte: »Aber der nächste Einsatz ist Claudios.«

»Überspringen Sie ihn!«

»Sehr gut!« Thomasina wurde immer ärgerlicher. »Wenn ›hörnertoll‹ für Sie irgend etwas bedeutet: ›Nun, wenn nicht Cupido seinen ganzen Köcher in Venedig verschossen hat, so wirst du in kurzem dafür beben müssen.‹«

»Das ist's. Der Rest der Szene geht ganz glatt. Ich hoffe, Sie haben die Worte und Passagen, die ausgelassen werden, markiert. Thomasina…«

Anne stand von ihrem Schaukelstuhl auf. »Sie sind fast durch. Ich muß wieder rein.«

Die zwei Männer lächelten einander hinter ihrem Rücken zu. Sam stand auch auf. »Thomasina wird gleich nach Hause gehen wollen. Wissen Sie, diese Passagen, die Mrs. Voorhees gestrichen hat, waren ihr wohl völlig fremd.«

John lachte. »Das ging wohl den meisten Damen so, vermute ich. Aber Mrs. Voorhees wußte Bescheid, damit sie die anderen beschützen konnte. Ihr kann natürlich kein Schaden zugefügt werden; sie ist eine der Auserwählten. Armer verstümmelter Shakespeare!«

Nach diesem Abend widmeten sich die Mitglieder des Frauenklubs den Proben, dem Nähen von Kostümen und verschiedenen anderen Vorbereitungen für die Aufführung der »Szenen von ›Viel Lärm um nichts‹« im Haus der Rauschs am Samstagabend, dem neunzehnten Dezember, vor einem Publikum, das sich aus nichtspielenden Mitgliedern, allen Ehepartnern und gewissen anderen Gästen, die noch eingeladen worden waren, zusammensetzte. Ständige abendliche Probenarbeit brachte verschiedenen Haushalten in Waynesboro Unannehmlichkeiten. Ehemänner von langjährigen Mitgliedern des Klubs waren an Stürme von Aktivitäten schon gewöhnt; die meisten von ihnen zuckten nur mit den Schultern und ließen ihre Damen ihren Spaß haben. Jüngere, Gatten von neueren Mitgliedern murrten, eher aus Verblüffung als aus Ärger, etwa so, wie Gib zu seinem Schwiegervater sagte: »Man würde glauben, das sei das bedeutendste Ereignis des Jahres: Elsa kann kaum noch an irgend etwas anderes denken.«

»Du wirst dich daran gewöhnen, mein Junge. Und ich würde nicht sagen, daß es das nicht wert sei. Warte, bist du es siehst.«

»Und da ist die arme Ariana –«

»Du bist zusammen mit Ariana in die Schule gegangen, nicht wahr? Weißt du, ich würde das nicht zu Sally oder Elsa sagen, aber ich wäre nicht überrascht, wenn die Damen nicht weiter Daumen drücken würden. Wenn Ariana jetzt sterben sollte, wäre ihr Spaß verdorben.«

Und das enthielt einen Kern von Wahrheit. Außer Thomasina verwendeten die Klubmitglieder nicht viele Gedanken an Ariana: sie konzentrierten sich darauf, ihren Text zu lernen, Auftritt und Abgang und andere Dinge. Die arme Mrs. McKinney, die man geradezu gezwungen hatte, Borachio neben Mrs. Maxwell als Conrade zu spielen, stellte sich als so unfähig heraus, ihren Text auswendig zu lernen, wie es Mrs. Ballard je gewesen war: Welche Rolle sie auch immer gespielt hatte, sie brauchte das Buch in der Hand. Mrs. McKinney bat darum, ihr zu erlauben, mit Amanda die Rollen zu tauschen (Borachio hatte mehr Text, und viele der Szenen mit Don John konnten gekürzt oder gänzlich gestrichen werden). Elizabeth, die sich schon darauf gefreut hatte, Amanda als Hauptbösewicht zu sehen, mußte sich gezwungenermaßen zufriedengeben, die Rolle in den Händen der unerschütterlichen Mrs. McKinney zu sehen. Elizabeth leitete die Proben, aber es war nicht so effektiv, wie sie es sich gewünscht hatte: Die Damen redeten zuviel und lachten zuviel und brachten zuwenig zustande; allerdings wurden sie sich aufgrund der gemeinsamen Arbeit und des gemeinsamen Lachens immer vertrauter, so daß in Zukunft immer dieses gemeinsame Band existieren würde. Charlotte Bonner zum Beispiel, die erst seit kurzem Mitglied und vorher nicht vielen gut bekannt gewesen war, bewirkte mit ihrer Darstellung von Dogberry, daß sie sich vor Lachen bogen, und mit der kleinen Mrs. Evans als Verges war das Spektakel so gut, daß auch die Kritischsten absolut entzückt waren. Niemand hatte je bezweifelt, daß Charlottes Verstand wach war, aber daß auch so viel Humor in ihr war, daß sie so unbefangen den Narren spielen konnte, war für manche eine Überraschung. In früheren Tagen wäre sie wohl ein Blaustrumpf genannt worden; jetzt war sie im Bewußtsein ihrer Klubkameradinnen eine »Gelehrte«, und wer würde von einem Gelehrten schon erwarten, daß er komisch sein könnte? Und so schlossen sie Charlotte in ihre Herzen.

Es war wiederum Charlotte, die nie vergaß, Thomasina nach Arianas Gesundheitszustand zu fragen, und es war durch sie (immerhin arbeitete sie bei einer Zeitung) und nicht durch Thomasina, daß die Damen erfuhren, daß zwei von Arianas Brüdern gekommen waren, sie zu besuchen.

Durch ihren Anblick vor Schock stumm geworden, hatten sie nicht viel sagen und nichts tun können, außer jeder einige Minuten neben ihr zu sitzen. Matt, der sich an Ariana besser erinnerte, als es Mark vermochte, und dessen Herz für sie blutete, war der einzige, der den Mut hatte, mit Mark und Ruhamah über das zu sprechen, von dem sie alle wußten, daß es unausweichlich war.

»Ariana soll neben Mama beerdigt werden. Arme Ariana! Mama hat sie am liebsten gemocht, und nichts von alledem wäre geschehen, wenn sie am Leben gewesen wäre.«

»Papa würde das nie erlauben.«

»Ruhamah, er ist nicht hier. Es macht ihm gar nichts, daß sie im Sterben liegt. Ich habe es ihm gesagt. Mit welchem Recht...? Er wird auch nicht hier beerdigt werden wollen. Er hat eine andere Frau, neben der er beerdigt werden wird.«

»Er hat das Grab gekauft. Er hat die Urkunde. Er müßte seine Einwilligung geben.«

Matt biß seine Zähne zusammen, bis die Muskeln um die Kiefer heraustraten. »Dann wird er eben seine Einwilligung geben. Dafür werde ich schon sorgen, und wenn ich ihn damit erpressen müßte, daß ich sonst die ganze Geschichte in seiner Presbyterianergemeinde verbreiten würde. Kein Gottesmann darf es wagen, so unversöhnlich zu sein.« Er entspannte sich ein wenig. »Mach dir keine Sorgen, Ruhamah. Ich werde ihn auf meinem Weg zurück nach Sweetwater besuchen.«

Denn Matt konnte nicht in Waynesboro bleiben, er hatte eine eigene Gemeinde seelsorgerisch zu betreuen. Aber Mark, der als Bauer im Winter sowieso wenig zu tun hatte, solange jemand nach seinem Vieh sah, blieb weiterhin und wohnte bei den Voorhees'. Ihre Brüder gesehen zu haben, belebte Ariana für kurze Zeit. Bevor Matt abreiste, versicherte ihm Dr. Gordon, daß es noch einige Zeit dauern würde, er könne zu seiner Gemeinde zurückkehren, man könne nach ihm schicken. Ben könne höchstens an Sonntagen kommen. Mark gab ihm wenn auch widerwillig nach, da er nie verstanden hatte, warum Ariana weggelaufen war, wenn sie nicht verleitet worden war, mit einem Geliebten zu entfliehen. Eines Sonntagnachmittags, als John in Arianas Zimmer kam, fand er Ben immer noch anwesend mit Arianas Hand in der seinen. Er sah säuerlich und schlechtgelaunt aus, ein Ausdruck, den er, wie John glaubte, aufgesetzt hatte, um jedes andere Gefühl zu überdecken. Als er aufblickte und John sah, hellte sich seine Stirn auf.

»Sollte ich nicht bleiben, Doktor? Ich möchte hier sein, wenn sie mich braucht.«

John schüttelte den Kopf. Es war ziemlich offensichtlich, daß sich Ben, der gegen jede Vernunft noch Hoffnung gehabt hatte, jetzt die Wahrheit eingestand. »Nicht jetzt«, sagte John leise. »Es geht ihr wunderbarerweise etwas besser. Ich werde Sie benachrichtigen. Und machen Sie sich keine Sorgen wegen eines Platzes, wo Sie über Nacht bleiben können, wenn Sie wollen; wir haben ein unbenutztes Zimmer im Erdgeschoß mit Badezimmer und allem. Sie sind willkommen, wenn Sie es benutzen wollen.«

Ariana hielt die ersten Wochen im Dezember durch. Der Frauenklub von Waynesboro führte »Szenen von ›Viel Lärm um nichts‹« im Salon der Rauschs zum großen Vergnügen einer vornehmlich männlichen Zuschauerschaft auf, deren Fröhlichkeit, die sich in schreiendem Gelächter löste, wenn auch nicht immer im angemessenen Augenblick, einigen der Schauspielerinnen doch etwas übermäßig vorkam. Andere Schauspielerinnen, die die Absurdität der Aufführung richtig einschätzten, ließen sich ganz gehen und warfen sich mit absoluter Hemmungslosigkeit in ihre Rollen: Die Dogberry-Verges-Szenen brachten das Haus zum Wanken. Bis die Vorstellung zu Ende war, die Akteure von ihren Kostümen befreit und bereit waren, sich für eins von Sallys Festessen niederzulassen, hatte eine Menge Gelächter die Atmosphäre geklärt. Unzufriedenheit mit der Gegenwart und Beunruhigung in Beziehung auf die Zukunft war aus den Gedanken derjenigen gewischt worden, die ihnen noch Herberge gaben, und die Lust zusammen zu lachen, hatte alle – Ehemänner, Gäste und Schauspielerinnen – zumindest für Augenblicke zu einer Gemeinschaft werden lassen. Im Verlauf der Jahre hatten die Damen des Klubs gelernt, ihrer Kunst, Gäste zu bewirten, genug zu vertrauen, daß sie diesmal auch nicht gezögert hatten, neben ihren Gatten auch noch andere Gäste einzuladen: Mrs. Bonner und Charlottes Brüder waren anwesend, Douglas Gardiner und seine Frau, die von Mrs. Tim Merrill eingeladen worden waren, Sheldon Edwards, von Jessamine Stevens eingeladen, und Dr. Warren und seine Frau als Annes Gäste. Sie fanden Platz für das Abendessen, wie es schon häufiger geschehen war, seit der Klub vergrößert worden war: so viele wie möglich an Sallys Tisch, der zu diesem Zweck bis zu seinem Maximum ausgezogen worden war, der Rest an Kartentischen im hinteren Salon oder in der Bibliothek. Klubmitglieder und ihre Gäste wurden nebeneinandergesetzt und alleinstehende Frauen unter sie verteilt. Amanda Reid saß bei den Bonners, Eliza bei den beiden älteren Evans' und ihrem Sohn Owen, der für Weihnachten nach Hause gekommen war. Auf Ludwigs Wunsch hatte Sally Elsa und Gib an den Eßzimmertisch gesetzt: Ludwig hatte sich beschwert, weil er seit Wochen nichts von Elsa gesehen hätte. Und deshalb, weil sie an seiner rechten Seite saß, hörte sie eine Neuigkeit mit an, die sie sonst wohl an diesem besonderen Abend nicht gehört hätte.

Elsa hatte ihren Vater sehr genau angesehen, als er sich an den Kopf des Tisches gesetzt hatte: Sie fand, daß er immer noch der am eindrucksvollsten aussehende Mann sei, den sie kenne, trotz der runderen Taille und dem Grau in seinem blonden Haar.

»Du siehst glücklicher aus, als ich dich seit langer Zeit gesehen habe«, sagte sie mit gedämpfter Stimme, indem sie sich zu ihm herüberlehnte. »Das ist doch nicht nur, weil du so laut über uns gelacht hast, oder?«

Ludwig entgegnete ihr auf deutsch: »Schöne Elsa, warum nicht? Es ist ein fröhlicher Abend gewesen.«

»Papa, sei nicht unausstehlich.«

»Die Firma beendet das Jahr in den schwarzen Zahlen. Stellt dich das zufrieden?«

»Für den Augenblick. Ich wußte, daß du dir Sorgen gemacht hast.« Elsa sah den Tisch hinunter auf die rechte Seite von ihrer Mutter: Gib war dann doch von einigem Nutzen gewesen – er mußte es gewesen sein. Papa hatte nicht nur einen Platz für ihn eingerichtet, weil sie... Sie unterbrach ihren eigenen Gedanken und wandte sich Douglas Gardiner zu, der auf der anderen Tischseite saß.

Sobald das Weihnachtsspiel aus ihrem Sinn war, hatten die Klubmitglieder wieder mehr Zeit, ihre Aufmerksamkeit Dingen zu widmen, die um sie herum vorgingen. Weihnachten wurde im Kreis der Familie gefeiert, und als der Fünfundzwanzigste vorbei war, mit der gesamten Runde von Kirche, Nachmittagsbesuchen, guten Taten – gab es auch wieder Ariana McCune. Das Jahr war noch nicht ganz vorbei, als Dr. Gordon Ruhamah mitteilte, daß sie besser nach Matt schicken sollte; er selbst schickte ein Telegramm an Ben in Cincinnati. Als er direkt vom Zug zu seiner Praxis kam, nahm ihn John mit nach Hause und übergab ihn Anne, die ihn willkommen hieß und ihm das Gästezimmer im Erdgeschoß zeigte.

»Wenn Sie unten sind, stören Sie uns nicht durch Ihr Kommen und Gehen. Ich gebe Ihnen einen Haustürschlüssel, wenn Sie dann bei Ariana die Nacht über sitzen wollen oder auch nur die halbe Nacht, können Sie das tun.«

Er blieb nicht lange in Waynesboro. Ariana starb eines Nachts in aller Stille; sie war zu schwach für einen letzten Kampf. Ben war bei ihr und Eliza, aber es gab keine letzten Worte, nicht einmal bewußte Blicke. Beide fühlten sich verloren, als ob es irgend etwas hätte geben sollen, ein Wort, ein Erkennen.

Ben und Arianas Brüder blieben bis nach dem Begräbnis. Eliza und Thomasina wollten sie in ihrem Familiengrab beerdigen, nahe dem eindrucksvollen Monument Richter Ballards, aber sie konnten das Recht der McCunes und Bens, ihre eigene Entscheidung zu fällen, nicht bestreiten. Matt war nach Waynesboro mit der Urkunde für das Familiengrab der McCunes gekommen. Ruhamah hätte ihn gerne ausgefragt, wenn er nicht so grimmig geblickt hätte, als sie ihren Mund aufmachte, um ihn darauf anzusprechen.

»Es ist ein großes Grab«, sagte er, als er ihr das Dokument gab. »Ich nehme an, Papa glaubte, wir würden alle hier begraben werden. Nun scheint mir, macht er Mama in seinem verrückten Kopf dafür verantwortlich, daß Ariana Ariana gewesen ist. Er selbst will hier nicht beerdigt werden. Damit wäre dann Platz genug für dich, Ruhamah, und für Ben, wenn der es will. Er hat noch das meiste Leben vor sich, und wer weiß...?«

Nachdem das Begräbnis vorbei war, und der schwarz-drapierte Leichenwagen und die wenigen Kutschen in dem Schlamm, Schneematsch und Schlick des elenden Jahresendewetters davongefahren waren, trafen sich Matt und Ben in der Praxis des Doktors. Sie waren gleichzeitig zu der gleichen Frage gekommen: Wieviel schuldete man ihm noch? John sagte nur: »Ben hat mir die ganze Zeit Geld geschickt. Ihr schuldet mir nichts mehr. Dem Beerdigungsunternehmer, natürlich...«

»Ich habe das erledigt«, sagte Ben rauh. »Ich werde ihn abbezahlen, wir haben uns auf die Bedingungen geeinigt.«

»Sie sollten Eliza erlauben, etwas beizusteuern. Ich weiß, daß sie das gerne möchte«, widersprach John.

»Nein, sie hat genug getan. Ariana war meine Frau.«

»Es war gut von Ihnen«, sagte Matt, indem er Ben unsicher ansah, »zuzustimmen, daß sie neben Mama bestattet würde. Würden Sie mich den Grabstein kaufen lassen?«

»Wissen Sie«, sagte Ben langsam, »Ariana und ich kamen gut miteinander aus; wir hatten viel Spaß zusammen, bis sie krank wurde. Aber ich habe es immer gewußt. Sie war ein kleines Mädchen, als ihre Mutter starb, aber sie konnte sie nicht wirklich sterben lassen; sie empfand mehr für die Erinnerung, selbst als sie schon eine erwachsene Frau war, als sie je für mich fühlte. Nein, ich habe nichts dagegen, wenn Sie ihr einen Grabstein kaufen, einen wie ihre Mutter auch hat.« Sie dachten alle an die schlichte, verwitterte Sandsteintafel, die das Grab der ersten Mrs. McCune bezeichnete.

Matt errötete wütend und platzte los: »Ich könnte einen besseren als den kaufen. Papa hätte...«

Ben schüttelte den Kopf. »Ich mag ihn. Nur ihren Namen und

die Daten. Und vielleicht, wenn ich nicht so lange lebe, daß ich sie vergesse... Natürlich werde ich sie nicht vergessen, ich meine das gar nicht. Eines Tages...«

Matt sagte: »Sie würden gerne neben ihr auf der anderen Seite liegen? Sie haben sich das Recht verdient, wenn Sie es immer noch wollen, wenn die Zeit da ist. Sie sind besser zu Ariana gewesen als ihre eigene Familie.«

»Ich war ihre Familie.«

»Ich weiß. Ich habe es nicht so gemeint. Papa ist ein grausamer Mann. Er hat zwei Frauen so sicher getötet, als hätte er sie erschossen.«

»Nun, Matt«, sagte John, um ihn zu beruhigen, »Sie wissen, daß Sie das nicht meinen. Glauben Sie nicht, daß ihr Tod vorbestimmt war?«

Matt war zum Schweigen gebracht. Ben sagte: »Nun, ich glaube das nicht!«

»Aber dennoch waren sie es, wissen Sie. Ob Sie es Vorbestimmung oder Vererbung nennen: ihr Tod war von Beginn an festgesetzt, sie waren mit dieser Anfälligkeit geboren worden. Natürlich gibt es immer Wenns. Wenn ihr Leben anders gewesen wäre – aber ich glaube nicht, daß sie ihrem Schicksal entkommen wären. Und ihr Jungs müßt auf Infektionen achten, die ihr euch hier vielleicht geholt habt. Geht in ein paar Wochen zu einem Arzt und laßt euch gründlich untersuchen. Und Matt, wenn Sie Kinder haben, beobachten Sie sie genau.«

Ben Mercer und die Brüder McCune verließen Waynesboro; Ariana wäre in ihrer Heimatstadt bald vergessen worden, wenn es nicht Ruhamah gegeben hätte und Eliza, die nach der Bestattung zur Arbeit zurückkehrte und fahl, abgezehrt und alt aussah. Als sie in Ludwigs Büro erschien, um ihm zu melden, sie sei wieder da, betrachtete er sie mit Mitgefühl.

»Sie sind durch eine schreckliche Zerreißprobe gegangen, Eliza. Sie hätten zu Hause bleiben sollen, bis Sie sich ausgeruht haben.«

»Es geht mir besser, wenn ich arbeite. Da habe ich keine Zeit zum Denken.«

»Sie war glücklich, jemanden zu haben, zu dem sie kommen konnte.«

»Ich war die Glückliche. Dieses eine Mal in meinem Leben konnte ich jemandem helfen – den ich mochte.«

»Jetzt sind Sie aber töricht. Sie waren doch die rechte Hand Ihres Vaters und Ihrer Mutter.«

»Ich habe sie natürlich gemocht. Aber auch wenn ich das nicht getan hätte, es wäre immer noch meine Pflicht gewesen. Das hier war anders.«

»Reine Nächstenliebe, meinen Sie?«

»Ich habe gesagt, ›jemand, den ich mochte‹. Es war überhaupt nicht Nächstenliebe. Ich war glücklich, alles für Ariana zu tun, was ich konnte. Und sie ist eben zu mir gekommen.«

Eliza konnte es nicht über sich bringen zu sagen, daß da Liebe gegeben und Liebe erwidert worden war; »Liebe« war kein Wort, das allzu häufig über ihre Zunge kam. Aber Ludwig verstand, was sie empfand und nicht sagen konnte.

»Ich glaube immer noch, daß Sie Ruhe brauchen, aber wenn Sie lieber arbeiten wollen, hier sind Briefe, die beantwortet werden müssen.«

Im Januar war Ludwig nicht mehr so hoffnungsvoll, wie er noch vor Weihnachten gewesen war; sicher, seine Firma hatte in einem Jahr, das sehr schwierig war, überraschenderweise Geld gemacht; er konnte die Rechnungen der Firma begleichen, wenn sie fällig würden, aber er konnte das Reservekapital der Firma nicht wieder beschaffen. Die normalen Dividenden waren an seine Cincinnati-Vettern, die den Aktienbestand ihrer Väter geerbt hatten, zu zahlen; seine eigenen Dividenden mußten als flüssige Aktiva zurückgehalten werden, um Schulden zu bezahlen, Rohmaterial zu kaufen, die Versicherung für ein Lagerhaus voll von unverkauftem Tauwerk und Schnur zu bezahlen – und tausend Dinge mehr.

Und der Nationale Tauwerkkonzern, dessen Aktien im Wert im Dezember bis auf einhundertzweiundvierzig gestiegen waren, bezahlte jetzt im Januar einhundert Prozent Aktiendividenden. Ludwigs erster Gedanke, als er die kurze Notiz auf der Finanzseite des *Enquirers* las, war die abgenutzte Platitüde: »Wen die Götter vernichten wollen...« Einen Augenblick lang spielte er mit der Idee, ein Wagnis einzugehen: Wenn er die Aktien des Nationalen Tauwerkkonzerns zu ihrem jetzigen aufgeblähten Wert ohne Dekkung verkaufen würde, könnte er eine Menge Geld machen; auf der anderen Seite, wenn ihr Preis auch nur für kurze Zeit heraufgedrückt würde, könnte man von ihm Deckung verlangen. Ludwig war von Natur aus kein Spielertyp, er ging fast nie ein Risiko ein, nur dann, wenn er aufgrund von harter Arbeit und guter Beurteilung das Ergebnis kontrollieren konnte: bei der Rausch-Firma und der elektrischen Columbus- und Cincinnati-Eisenbahnlinie. Er konnte wirklich nicht wissen, daß der Nationale Tauwerkkonzern nicht genug Gewinn machte, um seine hochfliegenden Finanzierungen zu rechtfertigen. Er lächelte leise vor sich hin, als er daran dachte, was sein Schwiegervater dazu gesagt haben würde, irgendwelche

Aktien ohne Deckung zu verkaufen: Charles Cochrans Investitionen waren in Bankaktien gewesen, in der W.W.-Eisenbahngesellschaft und in Regierungspapieren. Er hätte nie daran gedacht, an der Börse zu spekulieren. Nein, der Nationale Tauwerkkonzern würde ohne Hilfe von Ludwig Rausch auf das Fiasko zutreiben. Er würde sich an seine Firma halten.

Er wandte seine Gedanken dem zukünftigen Management zu. Bodien und er wurden nicht jünger. Man könnte vielleicht jemand in der Mühle finden, der Bodien als Oberaufseher nachfolgen könnte; was seinen eigenen Nachfolger anging, war er bei weitem unsicherer. Gib Evans war jetzt in der Lage, die Vermarktung ziemlich erfolgreich zu betreiben. Der Vertrag, den er mit dem bedeutendsten Großhändler in Chicago abgeschlossen hatte, war ein Geschenk des Himmels gewesen. Aber ob Gib die Stärke und Entscheidungsfähigkeit hätte, die Mühle zu leiten, bezweifelte er. Seine eigenen beiden älteren Söhne waren offensichtlich nicht mit Geschäftstüchtigkeit und Finanzgeschick begabt, und sie zeigten wenig Interesse an der Herstellung von Seilwaren. Dieser Mangel beschämte Ludwig, der nie in die Mühle ging, ohne das Gefühl zu haben, daß sich der Horizont öffne und seine Phantasie angefeuert würde. Kabelseil und Trossen, Binnenschiffe und Barkassen, sogar seetüchtige Lastschiffe, Lassos: Cowboys unter dem blauesten der Westernhimmel; Schnur: Sein inneres Auge sah die großen Getreidefelder der Präriestaaten, wie das reife Getreide in der Sommerbrise wogte, Übersetzungsseile für die Getriebe, die das Land vorwärtsbrachten, und für die sich schnell entwickelnden Ölquellen. Aber seine Jungen waren einfach nicht daran interessiert. Und was Ludwig junior anging: vielleicht würde er, wenn er größer wäre, ansprechbarer sein, als es jetzt den Anschein hatte; bislang machte er sich aus nichts etwas außer aus seinen Streichen und seiner Musik. Es war eine Schande, daß von allen nur Elsa die richtigen und notwendigen Begabungen hatte, um ein Geschäft zu führen. Vielleicht würde ihr Sohn (Ludwig war sich sicher, daß das Kind, das sie unter dem Herzen trug, ein Junge sein würde) mehr ihr nachschlagen als Gib, aber auf einen Enkelsohn zu warten, bis er groß genug geworden wäre, würde bedeuten, daß er noch viele Jahre die eigene Schulter an das Steuerrad stemmen müßte. Jedenfalls, so dachte er, im Augenblick erfreute er sich noch bester Gesundheit – die besten Jahre seines Lebens eigentlich –, und er fühlte sich noch absolut in der Lage, den Nationalen Tauwerkkonzern zu bekämpfen. Es würde noch in seinen Tagen sein, nicht in denen seines Sohnes oder Enkels, daß diese Schlacht gewonnen werden müßte.

Dennoch ließ er eines Abends, als sie zu Hause aß, Elsa gegenüber kurz anklingen, woran er schon so oft gedacht hatte. Er hatte über das Geschäft im allgemeinen gesprochen: die wachsende finanzielle Krise des Marktes, die Schwierigkeit, Geldmittel zu beschaffen. Er sagte: »Schade, daß du nicht ein Junge geworden bist, Elsa. Du hättest das Ganze übernehmen können.«

Elsa dachte ziemlich enttäuscht: Dann glaubt er also nicht, daß Gib... Sie sagte vorwurfsvoll: »Du weißt, daß du das gar nicht wirklich meinst, gerade wenn ich dabei bin, dir einen Enkelsohn zu präsentieren. Ludwig III.«

»Schöne Elsa, natürlich meine ich es nicht.« Und er fügte auf deutsch hinzu: »Es freut mich sehr, eine Tochter zu haben.«

Elsa antwortete in der gleichen Sprache: »Danke schön – aber...«

»Hallo«, sagte Sally, die darin nicht firm war, vom anderen Ende des Tisches her. »Auf englisch bitte.«

»Ich wollte nur sagen, daß Papa sich nicht für lange Zeit über einen Nachfolger Gedanken zu machen braucht. Und er hat vier Söhne. Er braucht auch nicht noch zu wollen, daß ich einer sei. Ich bin mit meinem Geschlecht recht zufrieden.«

»Freut mich zu hören«, gab ihre Mutter trocken zurück. »Ich meine mich erinnern zu können, daß es eine Zeit gegeben hat, als das nicht der Fall war.«

Und es war wirklich so, daß Elsa »zufrieden« war – und mehr als das, sie war in einer ruhigen Art durchaus glücklich: sie hoffte und glaubte, daß Gib in seinem Leben mit ihr nichts ermangelte; sie war zuversichtlich, daß es ihm mit seinem Kind in ihren Armen an nichts mehr fehlen würde.

Aber als sie zuerst den Verdacht hatte, sie könne schwanger sein, war sie zu Dr. Gordon senior gegangen. Als er sie in seine Praxis bat, sagte sie: »Ich weiß, daß du jetzt, da Johnny hier ist, keine Schwangerschaften mehr übernehmen wolltest, aber...«

Er grinste sie an, als er über ihr im Behandlungsstuhl stand. »Du glaubst, du bist schwanger? Was erwartest du denn, wenn du anfängst, dich mit Männern herumzutreiben?«

»Onkel Dock! Da komme ich zu dir mit vor Glück glänzenden Augen und irgendwie emporgehoben...«

»Und du willst, daß ich das Baby auf die Welt befördere? Was Johnny an Erfahrung fehlt, das macht er mit modernen Techniken wieder gut.«

»Bitte, Onkel Dock! Ich habe Johnny mein ganzes Leben lang gekannt. Es wäre mir peinlich, wenn er mich auch in dieser Art kennen würde.«

»Ich verstehe.« Aber er sah verdutzt aus. Elsa dachte, Tante Anne würde wohl verstehen, was er ganz offensichtlich nicht verstand. Er erklärte sich jedoch bereit, ihren Fall zu übernehmen, und schickte sie mit vernünftigen Ratschlägen nach Hause. »Leg dich nicht die ganze Zeit ins Bett oder auf das Sofa, nur weil du in sechs Monaten, von jetzt an gerechnet, ein Kind bekommen wirst. Du bist ein völlig gesundes, junges Tier: leb ein möglichst normales Leben; werd nicht kapriziös und eitel und mach Gib nicht unglücklich, nur weil er dann meint, er sei verantwortlich dafür. Du bist genauso verantwortlich wie er.«

»Natürlich. Und wir sind beide vor Freude ganz weg, verantwortlich zu sein.« Als sie aber seine Praxis verließ, fragte sie sich, ob die meisten schwangeren Frauen, mit denen er es zu tun hatte, »kapriziös« seien oder ob er an Johnny und seine Julia gedacht habe; sie war mit ihrer eigenen Situation glücklich genug zu hoffen, daß Johnny nicht unglücklich darüber sei, daß man ihm das Gefühl gegeben habe, »verantwortlich« zu sein.

Es war tatsächlich wahr, daß Julia, als sie sich ihrer Zeit im späten Februar oder frühen März näherte, jeden in ihrer Nähe leiden ließ. Aber nur ihr Vater war wahrhaft mitfühlend und verhätschelte sie wie ein Baby, obgleich er sich vom Anblick ihres geschwollenen Körpers abgestoßen fühlte. Ihrer Mutter, die sie vor der unangenehmen Seite des Ehestandes gewarnt hatte, jammerte sie vor: »Warum hast du mir das nicht gesagt? Dieser – aufgeblähte Bauch – diese Peinlichkeit – ich wünschte, es wäre vorbei.« Und ihre Mutter entgegnete ihr: »Sei nicht dumm, Julia. Auch andere Frauen vor dir haben schon Babys bekommen: Das ist wirklich kein außergewöhnlicher Zustand.« Und Johnny gegenüber, wenn sie in seinen Armen lag, führte Julia die gleiche Beschwerde an: »Oh, wie ich wünschte, das wäre vorbei! Ich widere mich selbst jedesmal an, wenn ich in den Spiegel schaue«, und dann kam die Antwort: »Dann sieh doch einfach nicht hin. Für mich hast du nie schöner ausgesehen, aber mach dir keine Sorgen, du wirst bald wieder meine schlanke Julia sein, Wespentaille und so weiter.« Johnny wollte nicht gefühllos sein: er meinte, er müsse sie in guter Stimmung halten, deshalb spielte er ihre Ängste und ihre Unannehmlichkeiten herunter. Aber er selbst machte sich fast unerträgliche Sorgen: Sie hatte so fragile Knochen, einen so zerbrechlichen Körperbau, und Frauen starben wohl auch im Kindbett. Als ihre Stunde gekommen war und er sie dem Arzt übergab, wollte er das Zimmer verlassen: Er glaubte nicht, daß er es ertragen könnte, sie leiden zu sehen. Sie wollte ihn allerdings nicht gehenlassen. »Nein – nein, Johnny! Halt meine Hand! Wenn irgend etwas schiefgeht, will ich dich hierhaben.«

»Nichts wird schiefgehen, Julia. Halt meine Hand, wenn du willst, je fester desto besser. Ich werde gleich hier sein. Es wird jetzt bald vorbei sein.«

Es war nicht vorbei für einige lange Stunden, quälende Stunden trotz des Chloroforms, das man ihr gegeben hatte; als das Kind endlich auf der Welt war, war Julia völlig zerschlagen, ein geschlagenes Tier, mit wirrem Haar auf den zerwühlten Kissen. Johnny ging es kaum besser: sein Gesicht war naß vor Schweiß; er fühlte sich wie gemartert und völlig verbraucht. Nur Dr. Warren und seine Hebamme waren weiterhin normal und gingen bis zum Ende ihren routinemäßigen Handhabungen nach. Als die Hebamme das sich windende Würmchen in Johnnys Arme legte, sog er tief den Atem ein und untersuchte dann sein Kind, einen Sohn, wie er schon so viele andere untersucht hatte: zehn Finger, zehn Zehen, keine Mißbildungen, nicht einmal Muttermale. Er gab das Baby der Hebamme zurück, die sich in der Zwischenzeit um Julia gekümmert hatte, sie gewaschen und ihre Bettücher glattgezogen hatte. »Lassen Sie sie jetzt schlafen. Wenn sie erholt aufwacht, werde ich sie zurechtmachen.«

Aber Julia machte eine letzte Anstrengung, bevor sie in den Schlaf sank: Sie griff nach Johnnys Hand; er beugte sich vor und küßte sie.

»Es ist alles in Ordnung, Julia. Es ist alles vorbei, und wir haben ein hübsches Baby, völlig gesund und normal. Ein Sohn.«

»Oh? Ich hatte auf ein Mädchen gehofft.« Aber Julia war insgesamt nicht sehr an dem Baby interessiert. »Johnny, wenn ich das gewußt hätte! Versprich mir – nie wieder.«

Johnny hielt den Atem an: »Ich würde nicht wollen, daß du noch einmal all das mitmachen mußt. Ich verspreche es dir: Nie wieder!«

»Na, na! Das ist doch Unsinn«, sagte die Hebamme fröhlich und geschäftig. »Sie wissen, in ein paar Jahren werden Sie mit dem nächsten soweit sein. Sie werden das hier ganz vergessen haben.«

Julia öffnete ihre Augen, die verstört vor Medikamenten und Erschöpfung waren, und starrte sie an. »Ich werde das nicht vergessen. Sowenig wie Johnny.«

Dr. Warren, der an der Wiege gestanden, in die die Hebamme das Neugeborene gelegt hatte, und das Baby begutachtete, wandte sich um und sagte: »Sie wird wieder völlig in Ordnung sein, wenn sie sich ein wenig ausgeruht hat. Und dem Baby geht es auch gut. Sollten wir nicht besser ihre Leute informieren?«

»Natürlich. Und ich muß auch meine Mutter anrufen.«

Als sie hinausgingen, erreichte das Geräusch der sich schließenden Schlafzimmertüre das Wohnzimmer im unteren Geschoß; General Deming und seine Frau traten in die Eingangshalle. Der General schwankte halb, ein Mann, der stundenlang mit allen Muskeln angespannt gesessen hatte; er erfaßte den Endpfosten des Treppengeländers und sah zu ihnen herauf.

»Ist es –? Ist sie –? Ich habe noch nie so ein Schreien gehört.«

»Sie ist völlig in Ordnung. Das Baby ist auf der Welt, ein gesunder Junge. Sie hat genug Chloroform bekommen, daß sie nicht wußte, daß sie überhaupt schrie.«

»Dann hat sie gar nicht gelitten?«

»Natürlich hat sie gelitten. Frag deine Frau: Aber nicht annähernd soviel, wie du wahrscheinlich gedacht hast. Laßt sie einige Zeit schlafen: Mrs. Milburn wird euch rufen, wenn sie für euch fertig ist, und dann könnt ihr hinaufgehen und sie und ihren Sohn sehen.«

»Ein Enkelsohn!« Die Krämpfe des Generals lösten sich, er ließ den Endpfosten los. »Ist er in Ordnung?«

»Absolut. Ich habe eine ziemliche Anzahl von neugeborenen Babys gesehen, weißt du. Es fehlt gar nichts: Er hat alle Finger und Zehen und gesunde Lungen – habt ihr ihn nicht gehört?« Johnny, der in jenem Augenblick nur an Julia gedacht hatte, erinnerte sich jetzt an dieses erste dünne Wimmern. »Es wird nicht lange dauern, bis ihr hochgehen und ihn begutachten könnt. Ich muß jetzt aber unbedingt meine Mutter anrufen: Sie wird sich Sorgen machen.«

Der General sagte: »Was, keine Zigarren? Kommen Sie herein, Dr. Warren, und lassen Sie mich Ihnen eine geben.« Er hatte seine Munterkeit wiedergefunden.

Mrs. Deming, die in das Wohnzimmer vorangegangen war, dachte: Männer! Sie sind doch alle gleich! Sobald es vorbei ist, denken sie, daß es eigentlich gar nicht so schlimm gewesen ist: Der ganze Wirbel um nichts. Aber Julia wird das nicht vergessen, nicht Julia, was sie auch immer über die Natur, die den Schmerz aus der Erinnerung einer Frau auslöscht, sagen mögen, um ihre Willigkeit sicherzustellen. Und sie hatte recht: Julia vergaß es nicht. Genausowenig wie Johnny.

Das Baby wurde ordnungsgemäß in der Kirche der Presbyterianer getauft: Julia war ihrem Mann in seine Konfession gefolgt, auch wenn er kein sehr strenger Kirchengänger war. Alexander Tucker Gordon. Julia, die mit einem Mädchen gerechnet hatte, war entschlossen gewesen, es nach ihren beiden Großmüttern »Anne Louise« zu nennen. Das Beste, was sie mit einem Jungen anfangen konnte, war, ihm den Familiennamen ihrer Großmütter zu geben. Johnny hatte wegen des Namens keine Einwände erhoben: ein weiterer John würde doch zu verwirrend sein. Er hoffte, daß seine Mutter nicht verletzt sein würde, weil Julia ihn schon »Tuck« nannte, obwohl auch »Alex« gegangen wäre, wenn auch »Alexander« ein ellenlanger Name war. Anne, wie die meisten Großmütter, verliebte sich sofort in das Baby und verbrachte ein gut Teil ihrer Zeit in Johnnys Wohnung, als Julia noch im Bett lag. Julia stillte das Baby: Anne dachte mit Belustigung daran, daß sie nun die »liebende Mutter« anstatt der »pflichtbewußten Gattin« sein werde. Und ehe sie wieder heraus durfte, hatte sie ihre schlanke Figur wie auch ihre Schönheit und ihre gute Gesundheit wiedergewonnen. Die Hebamme würde bei ihnen bleiben, bis sie ein schwarzes Kindermädchen gefunden hätten, dem sie das Kind anvertrauen konnten. In der Zwischenzeit nahm Julia das Kind überallhin mit, wo es eben ging. Sie und Johnny brachten es eines Tages, als sie zu den älteren Gordons für den Nachmittag und für das Abendessen eingeladen worden waren, auch mit.

»Ist er nicht ein Liebling?« fragte Julia fordernd und zeigte auf das Baby in Johnnys Armen, das in seinem langen Flanellmantel, seinem engen Häubchen und einer alles umschließenden Decke so eingehüllt war, daß es völlig unmöglich war, festzustellen, ob er das wirklich sei oder nicht, falls man das nicht anhand einer schwach winkenden Hand, die sich losgearbeitet hatte, entscheiden wollte.

Anne nahm ihn von ihrem Sohn. »Laß mich ihn doch halten, Johnny. Ich werde ihm sein Mäntelchen und sein Häubchen ausziehen.«

»Ich weiß, daß du uns nicht ausdrücklich gebeten hast, ihn mitzubringen, aber er muß jeden Augenblick gefüttert werden.«

John war gerade hereingekommen, als das Baby lautstark nach seinem Abendessen zu verlangen begann. Anne wäre vielleicht amüsiert gewesen von dem Bild, das Julia jetzt bot, aber John war mit Abscheu erfüllt, als Julia, ohne auch nur ihren Stuhl abzuwenden oder sich in ein anderes Zimmer zu begeben, das Baby in ihre Arme nahm, ihr Leibchen aufknöpfte, ihre Brust entblößte und dem Baby zum Saugen hinhielt. Ihr Schwiegervater nahm die Abendzeitung auf und hielt sie ostentativ zwischen sich und das abstoßende Schauspiel. Anne wagte nicht zu lächeln: sie fand, Julia und das an ihrer Brust schmatzende Baby gäben ein wundervolles Bild ab, und sie war sich wohl bewußt, daß Julia das gleiche dachte. Sie wünschte, John würde sich benehmen und nicht mit der Zeitung durch die Gegend fuchteln, wie er es gerade tat, um auf seine Mißbilligung aufmerksam zu machen: Er hatte zweifellos schon vor einiger Zeit das letzte bißchen in diesen zwei Seiten der *Fackel* gelesen. Aber er ließ sie nicht um einen Zentimenter sinken, bis Julia Anne das Baby übergab und sagte: »So, das wär's, Tuckems, geh jetzt zur Großmama. Er wird nun sofort schlafen, wenn du ihn auf das Bett im Gästezimmer legst. Laß die Tür auf, daß wir ihn hören können, für alle Fälle. Und nun bin ich in einer kleinen Sekunde«, ihre Stimme klang sanft und selbstzufrieden, »auch wieder ganz anständig zugeknöpft.«

John lugte vorsichtig über seine Zeitung hinweg, sah, daß sie sich wieder ordentlich angezogen hatte, faltete die Zeitung zusammen und legte sie zur Seite. »Was war das? Wie hast du ihn genannt? Tuckems?«

»Es ist nur ein Babysprachenname. Wir nennen ihn natürlich Tucker. Es ist ein wundervoller Name.«

Anne, die gerade zurückkehrte, nachdem sie das Baby zu Bett gelegt hatte, hob die abgelegte Zeitung auf und legte sie auf den Tisch in der Mitte des Raumes auf den ganzen Stoß, der sich dort im Laufe des Tages zusammengefunden hatte, und sagte: »Louline bringt gerade das Essen auf den Tisch, wir könnten eigentlich schon hinübergehen.«

Nach dem Essen verließ John sie, um seine Praxiszeiten einzuhalten; Johnny würde ihm folgen, wenn er seine Frau und sein Kind nach Hause gebracht hätte. Es war spät in der Nacht, bevor John und Anne Gelegenheit fanden, miteinander zu reden. Er kam in das Schlafzimmer und fand sie bereits im Bett. Sie lag auf dem Rücken, wurde von Kissen hochgehalten, hatte die Bibel in der Hand, dicke, ordentliche Zöpfe über ihren Schultern und sah bei weitem zu jung aus, um Großmutter zu sein. John zog sich schnell und mit mürrischem Schweigen aus, und ließ seine Kleider, wo er sie leicht zur Hand hätte, wenn er nachts herausgerufen würde. Erst als er sich neben sie gelegt hatte, sagte er: »Was hältst du von diesem widerwärtigen Schauspiel?« Anne antwortete ihm für einige Augenblicke nicht; er konnte fühlen, wie sie sich vor Lachen schüttelte. »Hast du es etwa *komisch* gefunden?«

»O John! Ich finde dich komisch. Du hast Hunderte von Brüsten von Frauen angesehen, ohne mit der Wimper zu zucken.«

»Die Brust einer Patientin ist ein Teil ihrer Anatomie, ob erkrankt oder gesund. Aber eine Frau ihr Kind in der Öffentlichkeit stillen zu sehen, wie eine Wilde . . . und Julia ist immer so affektiert und ordentlich gewesen!«

»Du kannst doch wohl kaum im Kreis der Familie ›in der Öffentlichkeit‹ nennen. Es war ein liebenswertes Bild, und Johnny war so stolz und zärtlich.«

»Ich hoffe, ich habe es klargemacht, daß das ein Bild war, das mich nicht allzusehr begeisterte?«

»Absolut klar.«

»Sie hätte genausogut ins Schlafzimmer gehen können, um das Baby zu stillen. Sie hat absichtlich so posiert. Weiß sie denn nicht, daß wir nicht alle in sie verliebt sind?«

»Sie wollte einfach die perfekte Mutter sein, als die sie sich sieht. Und nein: Ich glaube nicht, daß sie erkennt, daß wir nicht alle in sie verliebt sind. Sie ist immer im Mittelpunkt ihrer Welt gewesen, sie kann sich nicht in einer anderen Rolle sehen.« Dann wechselte Anne das Thema: »Sally ist nach dem Mittagessen mal kurz hereingekommen. Sie sagt, Elsa ist sicher, daß ihr Baby ein Junge werden wird. Sally hofft, daß sie recht hat: Die beiden Jungs würden zusammen aufwachsen und Freunde sein: die dritte Generation.«

Sally Rausch hoffte tatsächlich, ihr erstes Enkelkind würde ein Junge, aber nicht genau aus dem Grund, den sie angegeben hatte; den ausschlaggebenden Grund hatte sie für sich behalten, und sein Hauptgedanke war: Nicht noch einmal soll sich ein Gordon in einen Rausch verlieben oder ein Rausch (Evans) in einen Gordon, erwidert oder unerwidert.

Elsas erstes Kind wurde im späten Frühling ohne Theater oder übertriebenes Leiden geboren, obgleich es Gib, der für das Martyrium zu Hause geblieben war, schwer wurde. Auch dieses Baby wurde ein Junge, was jeden entzückte und Sally erleichterte: Ludwig Evans. »Ludwig« war ein Name, der allen Beteiligten so geläufig von der Zunge glitt, daß es niemand auffiel, daß er eine seltsame Kombination mit »Evans« ergab.

In der Zwischenzeit waren im Winter und zu Beginn des Frühlings – zumindest für Ludwig – im ganzen Land und in der Wall Street große Dinge passiert. Der Präsident, der am vierten März rechtskräftig in sein Amt eingeführt worden war, forderte in seiner Antrittsrede die Außerkraftsetzung des Sherman-Gesetzes; er sprach auch von der Notwendigkeit, die Zölle zu senken, aber in so allgemeinen Worte, daß es unmöglich war vorauszusehen, was er vom Kongreß fordern würde. Die Ansprache machte eine unsichere Wall Street noch unsicherer. Es gab keinen Zweifel, daß die zwangsweise Münzung von Silber wegen des Sherman-Gesetzes die Finanzen des Staates unterminierte; Banknoten des Finanzministeriums und die monatlich ausgegebenen Silberdollars wurden aufgrund des Gesetzes umgehend zurückgebracht und in Gold umgetauscht. Das Finanzministerium wurde in einem alarmierenden Maße erschöpft. Panik lag in der Luft. Der Nationale Tauwerkkonzern, der immer die verbürgten acht Prozent auf seine Vorzugsaktien ausgezahlt hatte und ungefähr zehn Prozent auf seine normalen Aktien, fand sich im Frühjahr 1893 in großen Schwierigkeiten, wie es Ludwig vorausgesehen hatte. Seine enormen Bankschulden in Form von Zahlungsaufforderungen und kurzfristigen Wechseln, die auf seinen immensen Bestand an Seil, Schnur und Rohmaterial ausgestellt waren, wurden fällig, und zweieinhalb Millionen Dollar in neuen Vorzugsaktien wurden der Öffentlichkeit angeboten, damit die Wechsel bezahlt werden konnten. Die Direktoren hatten jedoch die Stimmung des Marktes falsch beurteilt. Die Anteile begannen, sich langsam zu bewegen, und der Preis von Vorzugsaktien wie auch der von normalen Aktien fiel schlagartig bis auf fast null. Die auf seinem Bestand ausgestellten Wechsel des Konzerns wurden nicht weiter honoriert: Das bedeutete Konkurs. Am vierten Mai wurde ein Konkursverwalter benannt.

Ludwig hatte das erwartet, ja sogar gewünscht, er gestand sich das selbst. Nichtsdestoweniger war er froh, daß er nicht an dem Untergang teilgehabt hatte. Nach einem Augenblick des Überlegens kehrten jedoch böse Vorahnungen zurück.

Sally war, als er von der Mühle an jenem Donnerstagnachmittag nach Hause kam, von seiner düsteren Miene überrascht. Er winkte mit der Zeitung, bevor er in das Zimmer kam, um ihr den ehelichen Abendkuß zu geben.

»Hast du die Neuigkeiten schon erfahren?« fragte er sie. »Der Nationale Tauwerkkonzern ist zusammengebrochen.«

»Ich weiß. Ich dachte, du würdest auf der Straße tanzen. Ich dachte, deine Sorgen seien jetzt vorbei.«

»Sally, sich über jemandes Niederlage zu freuen, ist nicht gut. Denk an all die Aktionäre und die Arbeiter. Einige der Einzelfirmen in dem Zusammenschluß können vielleicht als Unabhängige überleben, obwohl ich das bezweifle. Es stimmt, daß wir jetzt etwas leichter atmen können: Unsere Firma wird nicht weiter von Versuchen beunruhigt werden, sie aus dem Geschäft zu drängen.« Ludwig setzte sich schwer in einen Ohrensessel, die Zeitung auf seinem Knie. »Aber unsere Schwierigkeiten sind bei weitem noch nicht vorbei. Der Nationale Tauwerkkonzern hat jahrelang überproduziert – mußte überproduzieren, um alle seine Mitgliedsfirmen beschäftigen zu können. Es war sein enormer Bestand an Seil und Schnur am Lager, der ihn letztendlich zu Fall gebracht hat: Er konnte es nicht verkaufen; das war die Nebenbürgschaft, auf die er

Kredit genommen hatte, und er konnte die Wechsel nicht bezahlen, als sie fällig wurden. Und was vermutest du, wird jetzt mit dem ganzen Seil geschehen?«

»Es wird Eigentum der Schuldner werden, nehme ich an. Ich habe gelesen, ein Konkursverwalter ist schon eingesetzt worden. Es wird verkauft werden.«

»So schnell wie möglich für soviel, wie man dafür bekommen kann. Es wird auf den Markt geworfen für einen kleinen Teil seines tatsächlichen Wertes. Der Nationale Tauwerkkonzern war einer der größten Konzerne des Landes; sein Untergang wird aller Wahrscheinlichkeit nach eine Panik auslösen.«

»O Ludwig! Nicht wie die Panik in den Siebzigern?«

Diese schwierigen Zeiten standen beiden noch allzu intensiv vor Augen. »Ich hoffe nicht, daß es soweit kommen wird. Ich glaube es eigentlich nicht: Das wird eher eine Finanzpanik werden. Wenn wir das Silber-Gesetz endlich vom Tisch bekommen, kann das alles bald vorbei sein.«

Seine Hoffnungen erfüllten sich nicht. Präsident Cleveland rief den Kongreß für eine Sondersitzung im August 1893 zusammen, und das Sherman-Gesetz wurde außer Kraft gesetzt. Aber die wirtschaftliche Lage des Landes besserte sich nicht; die Finanzpanik verursachte den Untergang vieler Industrien, die Schließung von Banken und einen Anstieg der Arbeitslosigkeit. Für Ludwig war die Ursache für die Verlängerung der schlechten Zeiten kristallklar: Der Kongreß brachte einen Gesetzentwurf zur Senkung der Zölle ein; solange dieser Entwurf in der Schwebe hing, würde jeder Importeur seine Hände falten in der Hoffnung, seine Kosten senken zu können, und in der Zwischenzeit konnte der Staat, der auf die Zölle für die Staatseinkünfte angewiesen war, seinen Haushalt nicht erfüllen. Der Staat mußte Schulden machen, und jeder Bürger, der seine Zahlungsunfähigkeit bezweifelte, forderte für sein Silber und sein Papiergeld Gold.

Daß die Panik im Grunde finanzieller Art war, verminderte nicht ihre Wirkung. Männer verloren ihre Arbeit; sie fanden niemand, den man hätte verantwortlich machen können, als ihre Arbeitgeber; sie begannen, gegen kleine und große Industrien zu streiken; es gab kriminelle Handlungen und sogar Aufruhr. Finanziers und Industrielle bebten vor der neuen Grausamkeit der Arbeitermassen, sie sahen darin eine schlimme Vorbedeutung der Dinge, die da kommen würden: All diese Fremden, die Ungarn und Pollacken, waren von ihren Heimatländern her an Gewalt gewöhnt. Ludwig hatte Grund sich darüber zu freuen, daß seine Arbeiterschaft sich aus den am wenigsten unbeständigen Männern zusammensetzte: Außer den Experten der Seilherstellung und den Mechanikern von »Rausch und Bodien« waren sie zum größten Teil Neger, die dafür dankbar waren, ihre Jobs so lange behalten zu können, wie das schlechte Wetter andauerte. Die Firma Rausch fuhr fort, Seil herzustellen und es für alles, was sie dafür bekommen konnte, zu verkaufen. Sie gaben nicht auf und es gelang ihnen sogar, einen geringen Profit zu erwirtschaften. Aber Pläne für eine Rausch & Bodien-Gesellschaft für beschichtetes Papier hingen für den Augenblick weiterhin in der Schwebe. Sogar Stewart Bodien, der natürlich, jung wie er war, ungeduldig wurde, erkannte, daß dies nicht der geeignete Augenblick sei, ein neues Unternehmen in Gang zu bringen.

Die Frauen der Bankiers und Industriellen, Geschäftsleute, Unternehmer und Geschäftsinhaber lasen auch die Zeitung und auch sie, besonders die etwas älteren, die sich an die Siebziger erinnern konnten, fühlten die kalten Finger der Angst in ihrem Nacken. Aber immerhin hatten sie auch andere Dinge, um die sie sich kümmern mußten, und im Verlauf des Sommers 1893 ging das Leben ziemlich den gleichen Gang, den es immer trotz schlechter Zeiten gegangen war.

Sally Rausch setzte als Präsidentin ein Komitee zur Vorbereitung des Klubprogramms für das Jahr 1893/94 ein und erinnerte alle daran, daß das erste Klubtreffen im September zum Gedenken an das erste Klubtreffen vor fünfundzwanzig Jahren stattfinden würde. Das bedeutende Ereignis wurde von dem Komitee in angemessener Weise begangen: Das Klubtreffen am sechsten September wurde ganz dem Verlesen zweier Essays gewidmet. Zum einen sprach Amanda Reid über »Erinnerungen an fünfundzwanzig Jahre« und zum anderen Anne Gordon über »Erinnerungen an von uns gegangene Freunde«. Während des restlichen Jahres umfaßte das Programm amerikanische Lyrik der letzten fünfundzwanzig Jahre. Ein Tag wurde reserviert für ein Weihnachtsprogramm und ein weiterer, der letzte, für ein Jubiläumsessen im Hause der Präsidentin.

Als die gedruckten Programme den Damen zu Hause zugestellt wurden, seufzten sie entweder mit Bedauern, weil sie nun sofort mit der Arbeit beginnen mußten, oder mit Erleichterung, weil die ihnen übertragene Aufgabe erst nach Weihnachten bewältigt werden mußte, und weil sie deshalb für einige Zeit nicht daran zu denken brauchten, Gott sei Dank. Alle Damen stimmten in ihrem Urteil überein, wenn sie sich zufällig bei den Sommerfesten in Waynesboro trafen, daß es ein interessantes Programm sei und daß es sich lohnen würde: Es sei unbedingt erforderlich, mit der zeitgenössischen Literatur in Kontakt zu bleiben. Nur Sally Rausch und Eliza Ballard, die sich wohl der Lage im ganzen Land, bedingt durch ihre Nähe zur Firma Rausch, bewußt waren, fragten sich – Sally tolerant und Eliza voller Verachtung –, ob ihre Freunde überhaupt die Zeitungen lasen oder sie verstanden.

DIE MITGLIEDER DES FRAUENKLUBS VON WAYNESBORO

Miß Eliza Ballard
Miß Charlotte Bonner
Mrs. Louisa Deming
Mrs. Elsa Evans
Mrs. Gwen Evans
Miß Caroline Gardiner
Mrs. Anne Gordon
Mrs. Julia Gordon
Miß Sophie Klein
Mrs. Rhoda McKinney
Mrs. Laura Maxwell
Mrs. Elizabeth Merrill
Mrs. Sarah Rausch
Miß Amanda Reid
Mrs. Jessamine Stevens
Mrs. Thomasina Travers
Mrs. Christina Voorhees

IN MEMORIAM
Mrs. Mary Ballard
Miß Susan Crenshaw
Mrs. Katherine Edwards
Miß Lavinia Gardiner
Mrs. Mary McCune
Miß Agatha Pinney

1894–1895

»Der Klub spricht sein Mitgefühl aus … und entbietet seine Glückwünsche …«

Im Frühsommer 1894 stolperte Miß Lavinia Gardiner in ihrem Wohnzimmer im zweiten Stockwerk über einen Vorleger, fiel über ein Fußbänkchen, brach sich eine Rippe und bekam eine Lungenentzündung. Eine Zeitlang war sie fast hoffnungslos krank; Dr. Gordon befand sich in ständiger Bereitschaft, und als er die Krise kommen sah, traf er mit Barbara Vorkehrungen, seine Nächte in ihrem Hause auf einer Ledercouch im oberen Vorraum, auf der er wenn möglich ein wenig ruhen konnte, verbringen zu können, bis alles vorbei sei, entweder so oder so.

Die Kinder waren zu den Bodiens geschickt worden, sogar die ruhige vierzehnjährige Lavinia, damit das Geräusch ihrer Füße auf der Treppe die Patientin nicht störe. Barbara hatte alle Hände voll zu tun, obwohl die Misses Gardiner ihr eigenes Mädchen hatten, und der Doktor eine der Farmersfrauen mitbrachte, die manchmal die Krankenpflege der ernsteren Fälle übernahm. John brachte Miß Lavinia durch die Krise, oder sie brachte sich selbst durch. Er hatte nie aufgehört, sich über die Hartnäckigkeit dieser armen, gequälten Menschen zu wundern, die das Leben so entschieden festhielten, wenn man hätte annehmen sollen, daß ihnen der Tod willkommen gewesen wäre. Miß Lavinia würde nie wieder völlig genesen. Sie machte jedoch Fortschritte, und John verbrachte seine Nächte fortan wieder zu Hause. Eine große Erleichterung für ihn: In dieser Wohnung im ersten Stock hatte er seine Augen immer auf die Patientin gerichtet, seine Ohren waren nur für sie dagewesen, und seine Nase hatte sich an den widerlichen Geruch von ungewaschenem Alter, das in einer unsauberen Umgebung lebt, gewöhnt. Er hatte oft schmutzige Patienten vorgefunden, die überraschend krank geworden waren, aber daß die einst so anspruchsvollen Misses Gardiner auf ein so tiefes Niveau gesunken waren, bewies ihren schlechten Zustand. Sie konnten nicht älter als sechsundsiebzig oder siebenundsiebzig sein, aber Senilität schlägt in verschiedenem Alter zu. Während der Zeit, als Miß Lavinia hilflos war, konnte die Krankenhelferin sie waschen, in saubere Sachen kleiden und sie zwischen sauberen Bettüchern halten. John wünschte, er könnte Mrs. Wilkins auch auf Miß Caroline loslassen, die sich vom Krankenbett so weit wie möglich entfernt hielt. Er hatte die Krankenpflegerin gebeten, den Mund über die Zustände, die sie vorgefunden hatte, zu halten, und er wußte, daß sie das auch tun würde, denn wenn sie sich als nicht vertrauenswürdig erweisen würde, könnte er sie wohl nicht mehr beschäftigen. Und falls er oder Mrs. Wilkins zuerst geneigt gewesen sein sollten, Barbara für diesen Zustand verantwortlich zu machen oder sich auch nur über deren Nachlässigkeit zu wundern, so fanden sie sehr bald heraus, daß sie nichts dafür konnte. Nicht einmal Douglas, ganz abgesehen von Barbara oder irgendeinem der Kinder wurde der Zutritt in die Wohnung im zweiten Stockwerk erlaubt, so weit hatten die unseligen alten Frauenzimmer ihre Fehde getrieben. Selbst wenn Douglas und Barbara einen Verdacht in bezug auf den Zustand der Dinge hinter diesen verschlossenen Türen hegten, sie waren absolut außerstande, Abhilfe zu schaffen. Lutie, das Hausmädchen, war instruiert worden, das Tablett für die Tanten außen vor der Tür auf einen Tisch zu stellen. Glücklicherweise für Barbara und den Koch hatten sie immer die gleichen Mahlzeiten wie die Familie eingenommen, ihre Teller wurden von Douglas am Eßzimmertisch gefüllt. Bis zu Miß Lavinias Krankheit mußten also keine besonderen Speisen zubereitet werden. Eine der Aufgaben des Mädchens der Tanten war, ihnen die Tabletts hereinzubringen, wenn Lutie an die Tür geklopft hatte, und wenn sie gegessen hatten, das Geschirr wieder hinunter in die Küche zu tragen. Ihre anderen Pflichten bestanden darin, die Wohnung sauberzuhalten und für die Kleider zu sorgen. Da die beiden Tanten aber auf beides keinen Wert legten und es übelnahmen, wenn sie gestört wurden, wurden diese Aufgaben ziemlich unvollständig erfüllt.

John hatte nie über die Misses Gardiner reden hören: Dougs Kinder mußten sehr gehorsam oder Doug ein strenger Vater (nicht unmöglich, fand John) sein. Oder sie glaubten vielleicht, daß ihr Haushalt ganz normal sei. Falls sie ihren Großeltern das eine oder andere erzählt hätten, die Bodiens waren verschwiegen. Aber dennoch wunderte sich John: Waynesboro wußte generell alles, was es zu wissen gab, und noch mehr. Vor Miß Lavinias Unfall hatten die Schwestern weiterhin am öffentlichen Leben teilgenommen: Kirche und Frauenklub. Der Doktor fragte sich, wie jemand nahe bei ihnen sitzen konnte. Anne hatte nie ein Wort darüber verloren, aber zum Extrem ausgeweitete Loyalität war eine ihrer Tugenden, und die Misses Gardiner waren zudem nicht nur ihre Kameradinnen im Frauenklub, sondern gehörten auch der Gemeinde der Presbyterianer an. Vielleicht wuschen die Schwestern aber auch für diese öffentlichen Gelegenheiten ihre Gesichter und Hälse. Seltsam, dachte John eines Abends, als er sich gerade darauf vorbereitete, den Stuhl beim Krankenbett zu verlassen, wie viele Formen der Verfallsprozeß annehmen kann: Die Schwestern Gardiner waren immer gewesen, was Waynesboro »ekelhaft-nett« genannt hatte, und nun konnte man sie überhaupt nicht mehr »nett« nennen. In diesem Augenblick sah er auf Miß Lavinia, die gerade einnickte, herab; sie war so sauber, als wäre sie fast weggewaschen worden: ihre Blässe, ihre strähnigen Haare (was das Fieber davon übriggelassen hatte), ihre blaugeäderten, papierdünnen Augenlider. Es war in gewisser Hinsicht ein Triumph, so sagte er sich, sie durchgebracht zu haben. Mrs. Wilkins nannte es »Gottes Wille«, er fand jedoch, daß ein wirklich barmherziger Gott sie ihm aus seinen Händen weggeschnappt hätte. Als er der Krankenpflegerin die Instruktionen für die Nacht gegeben hatte, brachte Miß Caroline ihn durch die Wohnungstür bis zur Eingangshalle und verschloß und verriegelte hinter ihm.

Von der Treppe aus konnte er durch die geöffnete Haustür Stimmen vom Rasen her hören: Die Kinder waren also wieder nach Hause gebracht worden. An der Wohnzimmertür hielt er einen Augenblick inne, um ein paar Worte mit ihren Eltern zu wechseln. Er fand Barbara allein, Douglas war irgendwohin ausgegangen. Er blieb nur für ein paar Worte stehen: »Sie wird es jetzt schaffen mit guter Pflege. Aber das ist alles eine riesige Belastung für ihr Herz gewesen. Sie darf sich auf keinen Fall mehr erschöpfen. Nein, danke, ich darf mich nicht aufhalten: Ich muß Johnny in der Praxis helfen – nein, bleiben Sie sitzen, ich finde selbst hinaus und ich weiß, daß Sie müde sind.«

John ging in die Dämmerung eines Mittsommerabends hinaus. Die Stimmen, die er gehört hatte, kamen von einer Gruppe unter den Bäumen: Captain Bodien auf einem Liegestuhl und Kinder um ihn herum auf dem Gras ausgestreckt. Nur die kleine Mary rannte hin und her in der Verfolgung von Leuchtkäfern, die so leicht, wie sie gefangen wurden, so leicht auch in einer kleinen, heißen Kinderhand zerdrückt wurden. Die anderen hörten Captain Bodien zu. John lächelte: Schlachtengeschichten ohne Zweifel, die gleichen Geschichten, die sich auch Johnny einmal angehört hatte und die jetzt unbezweifelbar im Verlauf der Zeit noch dramatischer geworden waren. Die Größe der Gruppe zeigte an, daß nicht nur die vier Gardiners anwesend waren, sondern auch verschiedene Freunde, Jungen und Mädchen, die an diesem Sommerabend, der zu schön war, um ihn drinnen im Hause zu verbringen, der elterlichen Obhut entkommen waren. Er erkannte Rodney Stevens und Lowrey und Richard Edwards. Richy mußte mittlerweile acht oder neun sein. John tat sowohl der Junge wie auch sein Vater leid: Er wußte, daß Sheldon, wie gewissenhaft er sich auch mühte, sich beiden gegenüber gleich zu verhalten, den einen liebte und den anderen kaum ohne ein Schuldgefühl ansehen konnte.

In diesem Augenblick brauchte sich John allerdings wohl kaum Sorgen zu machen wegen Richy. Der kleine Junge war vollkommen glücklich; sein Kopf war voll von dem, was er einmal tun würde, wenn er erst groß wäre. Sheldon hatte immer beide Jungs (nie den einen ohne den anderen, nirgendwohin, ohne Ansehen des Alters) mitgenommen, um sich die Vorträge von Reverend Dr. Maxwell über die Ausgrabungen im Heiligen Land anzuhören (für den Bibliotheksfonds). Richy hatte gespannter zugehört als Lowrey: er war völlig bezaubert gewesen. Zu graben und zu graben und längstvergessene begrabene Städte und Werkzeuge und Sachen zu finden, die zeigten, wie die Leute vor so vielen, vielen Jahren gelebt hatten. Das war es, was er machen würde, wenn er erst groß wäre. Für Richy mit acht Jahren waren fünfzig oder zwei- oder dreitausend ziemlich das gleiche wie »vor langer Zeit«. An diesem Abend im Hof der Gardiners bestand er darauf, von den Indianern erzählt zu bekommen, die Captain Bodien gesehen und gegen die er gekämpft hatte, und er konnte nicht gänzlich überzeugt werden, daß Captain Bodien nie einen Pueblo gesehen hatte, in denen die Kliff-Bewohner ihr Leben verbrachten. Captain Bodien wußte nichts über Indianer außer als kämpfende Männer. Aber Rodney Stevens (der gleichfalls die Geschichten des Captains über den Wilden Westen lieber hatte als die über den Bürgerkrieg) errettete Richy vor völliger Enttäuschung. »Die Kliff-Bewohner waren weit weg von hier«, flüsterte er, »aber die Grabhügelbauern waren hier überall. Es könnte sogar ein Grabhügel auf der Gordon-Farm sein. Vielleicht können wir mal eines Tages dort graben.« All das mit gedämpfter Stimme, um den Captain nicht zu unterbrechen. Richy sagte mit großen Augen: »Wartest du auf mich? Nur bis ich groß genug bin, um eine Schippe halten zu können?« Und Rodney flüsterte zurück: »Ich werde auf dich warten, ich verspreche es.«

Von seinem Stuhl auf dem Rasen aus hatte Captain Bodien den Weggang des Doktors beobachtet. Er beendete die Anekdote, die zu spinnen er gerade begonnen hatte, und sagte: »Das ist alles für heute abend. Und es ist auch schon Marys Bettzeit. Komm schon, Snooks!« Er schwang sie hoch, setzte sie sich auf die Schultern und trug sie bis an die Treppe, wo er sie herabgleiten ließ. Hand in Hand stiegen sie dann zur Haustür hinauf und öffneten die Gittertür gerade rechtzeitig, um eine mürrische Stimme vom oberen Ende der vorderen Treppe rufen zu hören.

»Mrs. Gardiner, Sie könn' jetzt die Tabletts hol'n komm'.«

Captain Bodien war am Fuß der Treppe, bevor Barbara aus dem Wohnzimmer hatte kommen können. Sein Gesicht war scharlachrot, er zitterte vor Wut, und seine Stimme war bedenklich unverändert. Zu dem kleinen Mädchen sagte er: »Geh hinein zu Mama, Liebchen«, und dann zu der Negerin oben an der Treppe: »Hatten Sie gerade meine Tochter angesprochen?« Sie starrte stumm zu ihm herunter; er wiederholte im Ton eines Exerzierplatzkommandos. »Antworten Sie mir: Hatten Sie gerade meine Tochter angesprochen?«

»Ja. Ich trag' keine Tabletts.«

»Ja, *Sir*«, korrigierte er sie. Sie sagte nichts und er wiederholte: »Ja, *Sir*.«

»Ja, Sir.«

»Und jetzt heben Sie diese Tabletts auf und bringen Sie sie über die hintere Treppe in die Küche.«

»Is' nich' mein Job.«

Barbara, die im Eingang stand, sagte: »Papa, bitte.«

Er beachtete sie nicht, winkte sie nur zurück. »Sie sind angestellt worden, um sich um die beiden Damen zu kümmern. Wie heißen Sie?«

»Finde nich', daß Sie das was angeht: Abby Washington.«

»Es geht mich was an. Es wäre Mr. Gardiners Sache, wenn er hier wäre, aber er ist nicht hier. Sie sind Charley Washingtons Frau?«

»Ja – Sir.«

»Sie wissen, daß die Zeiten schlecht sind? Daß wir in diesem Sommer Arbeiter entlassen müssen? Nicht Charley, noch nicht. Aber wenn ich Sie wäre, würde ich versuchen, meinen Job zu behalten. Und jetzt tragen Sie diese Tabletts über die Hintertreppe hinunter.«

»Papa...«

»Du hältst dich da raus. Wenn du nicht mit diesem nichtsnutzigen, unverschämten Nigger fertig werden kannst, ich kann es.« Er wartete, während Abby die Tabletts durch den oberen Korridor auf die Treppen zutrug. Dann drehte er sich zu Barbara um: »Weiß Doug, daß so etwas hier passiert, daß du Befehle von einem Hausmädchen bekommst?«

»Natürlich nicht. Wenn er zu Hause ist, ist sie auch respektvoll genug, wenn sie überhaupt Gelegenheit hat, hinter dieser verschlossenen Tür hervorzukommen. Und ich sage es ihm nicht. Es ist zu schwer, jemanden zu bekommen.«

»In Zeiten wie diesen? Unsinn!«

»Du weißt nicht, was es heißt, für die Tanten arbeiten zu müssen. Und natürlich stiften sie sie zu solchem Benehmen an durch ihr Beispiel oder durch direkte Anordnung.«

»Wenn sie kündigt, suche ich jemanden für dich. Aber das wird sie nicht, glaube mir. Und jetzt geh zurück in dein Wohnzimmer: Ich will mit ihr reden.«

Abby kam aus der Küche zurückstolziert, zögerte dann aber, als sie ihn am Pfosten der Treppe stehen sah.

»Ich hätte gerne ein Wort mit Ihnen geredet, Abby Washington. Von jetzt an werden Sie Mrs. Gardiner mit Respekt behandeln oder Sie können gehen.«

»Sie hat mich nich' angestellt, sie kann mich auch nich' entlassen.«

»Ihr Gatte aber kann das und wird das, wenn ich ihm erzähle, was hier vor sich gegangen ist. Sie sind das Zimmermädchen für die Misses Gardiner?«

»Ja, Sir.«

»Es wird von Ihnen erwartet, ihre Wohnung sauberzuhalten, sich um ihre Kleider zu kümmern und auf sie aufzupassen?«

»Ja, Sir.«

»Sie haben keinen Pfennig von Ihrem Geld wirklich verdient. Jedesmal, wenn ihre Tür offensteht, stinkt das ganze Haus.«

Abby rollte ihre Augen. »Sie haben es nicht gern, wenn ich saubermache. Es ist ihnen schon zu lästig, sich selbst zu waschen.«

»Dann wird es in Zukunft Ihnen nicht zu lästig sein. Sie kümmern sich um diese beiden alten Damen: tun Sie die Arbeit, für die Sie bezahlt werden! Und jetzt machen Sie, daß Sie wieder hinaufkommen, und von jetzt an werden Sie die Tabletts tragen – über die Hintertreppe. Und wenn Sie nicht cinc andere Saite aufziehen, können Sie gehen.«

Abby drückte sich an ihm vorbei und verschwand die Treppe

hoch. Captain Bodien ging in das Wohnzimmer. Barbara war allein und kauerte in einem Schaukelstuhl; er glaubte, daß sie weinte, gab aber vor, es nicht zu bemerken.

»Wo ist Mary?«

»Lutie hat sie heute abend zu Bett gebracht. Es ist ja nur, weil mir auf einmal alles zuviel scheint.«

»Barbie, ich weiß, daß du dir viel von den Tanten gefallen lassen mußtest, aber von unverschämten Bediensteten? Nein.«

»Sag Doug nichts, bitte, Papa. Er hat genug...«

»Ich habe diesem Niggerweib eine Standpauke gehalten, an die sie sich erinnern wird, hoffe ich. Zumindest wird sie sich daran erinnern, daß sie besser ihren Job behält, für den Fall, daß ihr Mann ihn nicht behält.«

»Das klingt fast wie Erpressung. Du würdest doch nicht...?«

»Wir entlassen Leute, weil wir es müssen, nicht weil wir es wollen. Charley ist ein guter Arbeiter. Wir werden ihn behalten, so lange wir können. Aber das brauchst du ihr ja nicht zu erzählen. Es ist eine Schande, daß Dock Miß Lavinia durchgebracht hat.«

»Oh, Papa! Das darfst du nicht sagen! Er hat Nächte auf dieser unebnen alten Couch verbracht.«

»Barby, du hast keine leichte Zeit hinter dir, ich weiß. Wenn du das hättest voraussehen können – hat es dir je leid getan?«

»Leid getan?«

»Daß du Doug geheiratet hast?«

»Doug? O Papa, natürlich nicht!« Vor lauter Überraschung hatte sie große runde Augen. »Ich habe nie erwartet, daß das Eheleben nur ein Honigschlecken sein würde. Doug und ich sind all diese Jahre zusammen glücklich gewesen. Und die Mädchen sind unsere ganze Freude. Das einzige... manchmal wünschte ich, er wäre nicht so erpicht darauf, kleine Ladys aus ihnen zu machen.«

»Ansonsten ist er perfekt?« Captain Bodien lachte, sein aufgebrachtes Temperament war endlich besänftigt. »Mach dir wegen der Mädchen keine Sorgen. Vielleicht sind sie kleine Damen in der Gesellschaft von Erwachsenen, aber glaube mir, wenn sie mit den anderen Kindern zusammen sind, sind sie genau wie die – genauso laut wie die Edwards-Jungen.«

»Du bist mir ein Trost, Papa. Ich bin mir nicht sicher, daß ich sie nun unbedingt laut haben wollte. Sheldon tut das: Wenn seine Jungs nicht fürchterlichen Krach machen, glaubt er, daß etwas nicht in Ordnung ist.«

»Seltsam, daß er nach all diesen Jahren nicht wieder geheiratet hat.«

»Sheldon? Oh, nein. Er hat Kittys Söhne. Vielleicht wenn sie erwachsen und aus dem Haus sind, der Gesellschaft wegen.«

Ihr Vater tat das Thema ab. »Wo ist Doug eigentlich heute abend?«

»Irgendeine Konferenz mit Mr. Rausch. Wegen der Papiermühle.« Ihre Gedanken wechselten zu ihrem Bruder. »Wie geht es Stewart? Wann kommt er denn mit seiner Braut nach Hause?«

»Nächste Woche, glaube ich.« Der Captain sprach ein wenig scharf. So stolz er auch auf Stewart sein mochte und wie er sich freute, daß er gegenüber seiner Mutter so hingebungsvoll war, er konnte nicht verstehen, wie jemand, der so intelligent war, noch als erwachsener Mann ein frommer Katholik sein konnte. Und nun heiratete er ein irisch-katholisches Mädchen, das im West-End von Waynesboro aufgewachsen war. Wieder wechselte Captain Bodien das Thema. Ihre Konversation blieb unzusammenhängend, bis der Captain aufstand, um zu gehen. Barbara ging mit ihm bis an das Tor, wo sie ihm gute Nacht wünschte. Als sie zurückkehrte, bemerkte sie, daß einige Kinder, drei Mädchen und drei Jungs, immer noch mit überkreuzten Beinen im Gras saßen. Es war noch früh. Sie brauchte ihre Töchter noch nicht hereinzurufen, denn sie schienen sich auch aus den Moskitos nichts zu machen. Sie schlug selbst nach einer, eilte ins Haus und schloß die Türe fest hinter sich. Als Douglas nach Hause kam, hatte sie sich entschieden, ihm nichts von der Standpauke ihres Vaters an Abby zu erzählen. Es war ihr zur Gewohnheit geworden, ihm häusliche Schwierigkeiten soweit wie möglich zu ersparen. Statt von ihrem Abend zu sprechen, erzählte sie ihm von ihrem Bruder.

»Papa sagt, Stewart wird in einer Woche zurück sein. Er und seine Kathleen werden bei Papa und Mama zu Hause bleiben, bis sie nach Madison City umziehen, um die Rausch & Bodien-Papiergesellschaft aufzubauen. Ich freue mich für sie, wenn sie wegziehen können. Kathy ist ein so nettes Mädchen wie sie hübsch ist, und Mama ist endlich glücklich, daß Stewart eine gute Katholikin geheiratet hat und damit sicherlich gute katholische Enkelkinder produzieren wird. Aber ihr Vater ist nur ein Vormann in der Schlosserwerkstatt.« Barbara schwankte einen Augenblick und hätte fast gesagt: »Und in Waynesboro wird sie immer nur eine Arbeitertochter bleiben.« Aber sie unterdrückte das, damit sich Doug nicht fragen sollte, ob sie sich selbst als »nur die Tochter eines Oberaufsehers von der Mühle« abgetan fühlte. Sie fuhr fort: »Das Problem ist, sie hat eine Horde Vettern, die reine Vorstadtiren sind. Man kann die Hallorans nicht einmal ›vornehme Iren‹ nennen. Und sie werden Stewart am Halse hängen, solange er hier ist. Hat Mr. Rausch Hoffnung, die Papiermühle in Betrieb nehmen zu können? War es das, worüber ihr heute abend die Konferenz abgehalten habt? Ich weiß, daß die Zeiten so schlecht sind, daß sie an der Seilerbahn Arbeiter entlassen.«

»Ludwig hat vor, ihre Arbeitsstunden und ihren Lohn zu kürzen, anstatt noch mehr Leute zu entlassen: acht Stunden anstatt zehn für alle und fünf Tage anstatt sechs pro Woche. Was die Papiermühle angeht, so weiß ich nicht viel. Ludwig kann es kaum erwarten anzufangen: Die Baupläne sind schon gezeichnet, und Stewart hat auch schon einiges an Maschinerie hier in der Schlosserei gemacht. Aber die Finanzlage im Land entwickelt sich von schlecht zu schlechter. Das Gold fließt immer noch aus dem Finanzministerium ab, obwohl das Silber-Gesetz widerrufen worden ist. Die letzten staatlichen Wertpapiere mußten mit Gold bezahlt werden, aber die Leute, die bereit waren, die Wertpapiere zu kaufen, tauschten sie an der Bank gleich für Gold ein, so daß fast genausoviel Gold das Reservoir des Landes verließ wie hereinkam. Wenn das Gold weg ist und es nur noch Silber gibt, um das Papiergeld abzusichern, dann wird der Dollar nicht mehr fünfzig Cents wert sein. Und die Arbeiterschaft wird immer aufsässiger. Sieh dir den Pullman-Streik an: Angefangen hat er im Mai und geht immer noch weiter, trotz der Truppen des Präsidenten.«

»Aber du hast doch geglaubt, daß der Präsident recht hätte.«

»Natürlich glaubte ich das. Die Post muß weiterbefördert werden können, und ein Streik, der den Eisenbahnverkehr unterbricht, kann nicht hingenommen werden. Aber desgleichen glaube ich, daß George Pullman ein Narr ist: Er hat seine Arbeiter in firmeneigenen Häusern untergebracht und kürzt nun ihren Lohn, ohne auch ihre Miete zu reduzieren, und dann weigert er sich, sich mit ihren Führern zu treffen, um mit ihnen ihre Probleme zu besprechen. Es ist das gleiche überall im Land. Bislang ist Ohio gut weggekommen: Gouverneur McKinley ist als arbeiterfreundlich bekannt. Das einzige Problem ist hier bislang der Streik der Stark-Bergleute gewesen, und der Gouverneur hat derart schnell Kompanien der Nationalgarde hingeschickt, daß Gewalttätigkeiten im Keim erstickt wurden, bevor es zu Blutvergießen kommen konnte. Und die Gesetzgebung ist kooperativ gewesen: Da hat es ein Gesetz gegeben, das Unternehmern Geldstrafen auferlegt, weil sie ihren Arbeitern nicht erlaubt hatten, Gewerkschaften beizutreten, und es gab das Industrie-Schiedsverfahren-Gesetz. Aber unsere Städte füllen sich geradezu mit Ungarn, Polen, Slaven, die Gewalttätigkeiten nicht gerade abgeneigt sind.«

»Aber glaubst du, daß die Firma Rausch durchkommen wird?«

»Ja. Ludwig ist ein vernünftiger Mann, der seine Leute fair behandelt. Und er hat Glück: Die Mehrheit von ihnen ist ungelernt und obendrein sind es auch noch Neger: die am meisten gefügigen, die am wenigsten unbeständigen. Ich zweifle sogar, ob es ihnen überhaupt etwas ausmacht, daß ihnen ein Arbeitstag verlorengeht jetzt im Sommer. Sie bestellen ihren Garten, sie fangen Fische, ihre Frauen haben Arbeit. Für sie ist es ein angenehmer Ferientag. Die Arbeiterschaft stellt für ihn kein Problem dar. Das ist für ihn die Frage von Verkauf und Preis. Der Nationale Tauwerkkonzern hat ihn fast ruiniert. Dessen Zusammenbruch hat die ganze Panik ausgelöst.«

»Ich weiß. Papa hat sehr viel über dieses Thema geredet. Demnach gibt es also für ein neues Unternehmen kein Geld?«

»Ludwig will keinen Profit, den er durch den Verkauf von Seil macht, für irgend etwas anderes verwenden, als die Finanzreserven der Firma wiederherzustellen. Aber er muß eine Menge aus der Columbus- und Cincinnati-Eisenbahn geholt haben. Ironisch, nicht wahr? Es schien am Anfang ein derartig verwegenes Unternehmen zu sein. Da gab es welche, die meinten, es würde ihn die Seilerbahn kosten.«

Waynesboro hatte sich an die Schnellzüge gewöhnt, die zuerst wie Mammute auf der ruhigen Chillicothe Street erschienen waren, und laut ihren Weg einmal in der Stunde durch die Stadt machten mit klingelnden Glocken, kreischenden Rädern und aus dem Schornstein hoch auffliegenden Funken. Desgleichen hatten sich die Bürger daran gewöhnt, sie zu benutzen. Sie taten es auch gewöhnlich, wenn sie nach Columbus oder nach Cincinnati mußten, obgleich es sie mehr kostete; aber für kürzere Fahrten in die benachbarten Städte oder Dörfer, die der Zug nur umfuhr oder durch die er fuhr, ohne anzuhalten, war dieser Schnellzug nicht nur eine Annehmlichkeit, sondern eine Notwendigkeit geworden. Und eine sehr gewinnbringende Investition für seine Besitzer.

»Ich bezweifle«, fuhr Douglas fort, »daß er sich selbst dazu überwinden kann, seine C. & C.-Aktien für das Kapital der Papiermühle zu verkaufen, aber er kann natürlich immer Anleihen auf sie als Nebenbürgschaften aufnehmen. Ja, um zu deiner ersten Frage zurückzukehren: Er ist dabei, den Bau der Mühle durchzuziehen.«

»Du glaubst, es wird alles in Ordnung kommen? Ich würde mich so für Stewart freuen.«

»Glaube ich schon«, sagte Douglas langsam. »Ludwig rechnet damit, genug Kapital zu haben, um die Mühle bauen zu können, bevor die Aktien ausgegeben und der Öffentlichkeit angeboten werden. Er hofft, daß zu der Zeit, wenn das Gebäude fertig ist, die Öffentlichkeit wieder Geld hat und willens sein wird, es zu investieren. Natürlich – ich nehme an, ich bin zu vorsichtig: Ludwig hätte es nie zu etwas gebracht, wenn er nicht bereit wäre, Risiken einzugehen. Ein großes Mühlengebäude könnte zu einer Belastung werden: Die Steuern können ein ganzes Vermögen auffressen. Aber er argumentiert, daß in einer Wirtschaftskrise die Bauindustrie am härtesten getroffen wird, weil niemand bereit ist, den Bau einer neuen Fabrik oder die Vergrößerung einer bestehenden oder selbst einen Hausbau zu riskieren. Er rechnet damit, daß er arbeitslose Bauarbeiter, Zimmerleute, Mörtelträger und Maurer in Massen in Madison City bekommt. Stewart hat, wie ich schon gesagt habe, einige der Maschinen hergestellt, während die Dinge im Seilgeschäft nur schleppend gingen. Mit Ludwig, der ihm den Rücken stärkt, könnte er hier ein gutes Maschinen- und Werkzeuggeschäft aufbauen, ohne... Jedenfalls wird es eine Papiermühle geben, wenn auch nicht schon morgen. Die Lage wird sich nicht verbessern, solange der Kongreß noch tagt und den Zollgesetzentwurf debattiert. Wenn diese Sache entschieden ist, so daß amerikanische Produkte gegen billige Importe geschützt sind, wird die Fabrik gebaut. Ludwig hatte mich gebeten, heute abend zu ihm zu kommen, nicht um ihn zu beraten, sondern um den bei ihm Versammelten zu erklären, welches Procedere eingehalten werden müsse beim Ausstellen von Aktien und so weiter.«

»Wer war denn sonst da? Ich hatte gedacht, daß alles ganz geheim bleiben sollte.«

»Nicht zu diesem Zeitpunkt. Jetzt brauchen wir Werbung, um die Leute vorzubereiten. Voorhees war da; ich weiß nicht genau warum, da Ludwig sich weigert, von der Bank Geld zu leihen, deren Präsident er ist, wie er sich auch weigert, die Bankaktien seiner Frau selbst als Nebenbürgschaft zu benutzen. Voorhees hat vielleicht eigenes Geld, das er investieren könnte. Das trifft auf jeden Fall auf Sheldon Edwards zu. Dock Gordon kam herein, bevor wir gingen. Ich weiß nichts über seine finanzielle Situation oder die von General Deming.«

»Er war da? Ich hätte nie gedacht, daß er ein solcher Freund von Mr. Rausch ist. Natürlich stehen sie sich politisch nahe. Was hat Mr. Rausch eigentlich gemacht? Hat er Leute zusammengerufen, die eventuell in Zukunft bei ihm investieren könnten?«

»Man braucht ja jemanden, der investieren wird, nicht persönlich gern zu haben. Ludwig glaubt jedoch ehrlich, daß er seine Freunde schon im Vorfeld an etwas partizipieren läßt, das einmal sehr gut werden wird.«

»Und du?«

»Ich werde ein paar Aktien nehmen. Um Stewarts willen und wegen deines Vaters. Ich kann nicht viel riskieren. Irgendwie schien mir General Deming nicht die Idealvorstellung eines zukünftigen Kunden zu sein: Heute abend war er rot im Gesicht und hatte dicke Gelenke und hustete und prustete, wie ein Mann, der gerade ein Rennen hinter sich hat. Und ich sah, wie der Doktor ihn in einer Art beobachtete, die man nur als mit ›dem Auge des Arztes‹ bezeichnen kann. Aber er hat seinen Namen auch für einige Aktien gegeben.«

Es war absolut richtig, daß sich John um den General Sorgen machte. Er sagte das am nächsten Tag zu Johnny in der Praxis.

»Ich habe das auch bemerkt, Paps. Er hat eine apoplektische Natur, wenn ich je eine gesehen habe: Arteriosklerose, natürlich. Er kann jeden Tag einen Schlaganfall oder eine Gehirnblutung haben. Ich habe mein Bestes getan, um ihn zu überreden, er solle mal für eine Untersuchung vorbeikommen, aber da geht er ja lachend darüber hinweg. Oder er sollte zumindest seine Mahlzeiten etwas einschränken.«

»Wie steht es mit seinen Frauenzimmern? Haben sie keinen Einfluß bei ihm?«

»Er betet den Boden an, auf dem sie wandeln, aber wenn es sich um einen guten Braten handelt, nein. Julia könnte ihn vielleicht überzeugen, aber beim einzigen Mal, da ich versucht habe, sie zu warnen, hat sie sich geweigert, mir zu glauben. Sie sagte nur: ›Oh, Johnny: Papa ist schon immer so gewesen – hör doch auf, die ganze Zeit den Doktor zu spielen.‹ Ich habe den Eindruck, sie glaubt, er würde ewig leben.«

Kurz danach fiel der Schlag. Johnny rief eines Abends an, um mitzuteilen, daß der General einen Anfall gehabt hätte; würde sein Vater bitte, sobald er könne, zu ihnen kommen? Dr. Warren sei da, aber Julia hätte kein Vertrauen zu ihm.

John heftete eine Notiz an die Tür seiner Praxis: »Bin herausgerufen worden. Heute abend keine Sprechstunden«, und machte sich zu Fuß zu den Demings auf den Weg; die paar Straßen wäre er schon gegangen, ehe er ein Pferd angeschirrt hätte.

Die Haustür der Demings war unverschlossen. Er ging hinein und fand Julia am Treppengeländer zusammengekauert mit ihren Fingern in den Ohren. Vom Schlafzimmer durch die Eingangshalle drang das Geräusch des harten Atmens des Generals. Es war schrecklich anzuhören. Als Julia bemerkte, wie sich die Haustür schloß, was das Eintreffen des Arztes ankündigte, sah sie auf, nahm ihre Finger aus den Ohren, horchte mit wilden Augen und sagte in einem unnatürlichen Flüsterton: »Das ist Papa! Kannst du ihn hören?«

»Ja. Ich höre ihn. Ist deine Mutter da drin?«

»Ja.« Julia stand auf und klammerte sich an den Pfosten des Geländers, er konnte sehen, wie sie wankte, und hielt ihren Ellbogen mit einer stützenden Hand. »Ich sollte auch eigentlich da drin sein. Ich sollte gehen – vielleicht will Papa mich da haben. Er würde es wollen, letztendlich. Aber ich habe Angst. Er würde doch nicht so atmen, nicht wahr, wenn es nicht das Ende wäre?«

»Vielleicht doch. Warte hier einen Augenblick, bis ich hineingesehen habe. Sag mir zuerst: Du bist heruntergekommen, als du ihn fallen hörtest?«

»Er lag auf dem Boden. Er war nach vorne gefallen und lag auf einer Gesichtsseite und er *sabberte.* Es war schrecklich.« Sie zitterte wie ein hartgespannter Draht: »Und Johnny war entschlossen, Dr. Warren zu rufen. Ich wollte das nicht. Ich wollte, daß er sich um Papa kümmert. Wenn Papa stirbt, werde ich ihm das nie vergeben.«

»Na, na! Du darfst solche Dinge gar nicht sagen; du weißt, daß du das gar nicht meinst. Warte hier nur einen Augenblick, bis ich einen Blick hineingeworfen habe.«

Er ging zum Schlafzimmer. Mrs. Deming, die am Fenster stand und in die Nacht hinausstarrte, drehte sich um, als sie ihn hörte. Sie sah mitgenommen und weiß aus, aber in keinem Fall verwirrt. »Wo ist Julia?«

»Sie wartet draußen. Ich wollte zuerst selbst mal nachsehen, bevor ich sie hereinbringe.« Was er sah, waren zwei Ärzte: Johnny am Fußende des Bettes und Dr. Warren an einer Seite. Beide sahen den General, der innerhalb der letzten Stunde ein alter Mann geworden war, völlig hilflos an. Er war ohne Bewußtsein und lag bewegungslos, abgesehen von dem Heben und Senken seiner Brust, wie er um Atem kämpfte. Es war ein Anblick, bei dem John sehr oft Zeuge gewesen war: Für ihn war es mitleiderregend, nicht abstoßend oder beängstigend. »Ich werde sie hereinholen«, sagte er plötzlich. Julia lehnte in der Halle immer noch am Pfosten des Geländers.

»Dein Vater ist nicht bei Bewußtsein«, sagte er. »Ich glaube nicht, daß er merken wird, daß du da bist. Aber um deiner Mutter willen und um deiner selbst willen mußt du jetzt deinen ganzen Mut zusammennehmen. Wenn du das nicht tust, wirst du dich ein ganzes Leben daran erinnern, daß du deinen Vater ganz zum Schluß im Stich gelassen hast.«

Sie nickte. »Hilf mir.«

Er führte sie zur Tür, sie wankte so sehr, daß sie kaum gehen konnte. An der Türschwelle hob sie ihre Hände und legte die Fingerspitzen in einer Geste des Entsetzens auf ihren Mund; aber sie ging an die Seite des Bettes, wo sie auf ihre Knie fiel.

»Papa! Papa! Kannst du mich nicht hören? Papa, ich bin es, die dich ruft: Julia. Ich hätte nie gedacht, daß du mich einmal irgendwann nicht hören würdest, wenn ich dich riefe.« Tränen strömten ihr die Wangen herunter; sie stieß einen Seufzer wie einen Schluckauf aus.

Dr. Warren sagte sanft: »Er kann Sie nicht hören. Er hat das Bewußtsein verloren«, und fragte sich, als er das sagte, wie sie daran glauben könne, daß eine geliebte Stimme Wunder bewirke.

Ihre Augen wirbelten durch das ganze Zimmer. »Warum tut ihr denn gar nichts? Drei Ärzte und ihr steht da und tut nichts.« Ihr Gatte sah sie mit liebevollen, mitleidigen Augen an. Ihre Mutter ging zu Dr. Warren an die andere Seite des Bettes.

»Julia, reiß dich zusammen. Damit hilfst du deinem Vater nicht.«

»Und tut ihm genausowenig weh«, sagte Johnny. Er wandte sich seinem Vater zu. »Sie sollte nicht hier sein. Sie ist so sensibel. Kannst du sie nicht hinausbringen?«

Auch sie wandte sich ihrem Schwiegervater zu. »Kannst du ihm auch nicht helfen? Er stirbt doch! Du kannst andere Leute retten wie die nutzlose alte Miß Gardiner, aber bei Papa stehst du nur da und läßt ihn sterben.«

»Julia, das reicht. Siehst du nicht, daß hier nichts mehr getan werden kann außer warten und hoffen?« Mrs. Deming drehte sich nach John um. »Ich glaubte, sie sollte hier sein in diesem Augenblick. Ich hatte unrecht. Können Sie sie oben zu Bett bringen?«

John sagte mit Bestimmtheit, die ganze Autorität seiner langen Erfahrung in seiner Stimme: »Steh sofort auf. Du kannst hier nichts mehr tun. Komm jetzt mit mir, aus dem Weg.«

Gehorsam kämpfte sie sich auf die Füße und stolperte gegen das Bett, weil sie in ihren langen Rock getreten war.

»Komm jetzt mit«, sagte John und führte sie in die Eingangshalle. »Laß die Ärzte sehen, was sie tun können. Wir gehen nach oben. Wo ist das Baby?«

Sie wischte ihr seidenes, blondes Haar aus dem Gesicht; es war aus dem hochgebundenen Knoten gerutscht und hing wirr herum wie bei einem Kind. »Es schläft. Das Mädchen ist bei ihm. Johnny hat es gebeten, die Nacht über zu bleiben.«

Johnny war ihnen in die Halle gefolgt; er sagte zu seinem Vater: »Mach, daß sie schläft, selbst wenn du ihr etwas geben mußt. Das ist ein fürchterlicher Schock für sie gewesen, und sie ist so sensibel und überempfindlich.«

»Sie wird schon in Ordnung kommen. Ich werde ihr etwas zum Schlafen geben.« Er drehte sich nach Julia um. »Wir wollen nachsehen, ob das Baby in Ordnung ist.«

Auf halber Strecke die Treppe hinauf begannen wieder ihre hysterischen Vorwürfe. »Wenn Johnny nur – wenn Papa stirbt, werde ich ihm nie vergeben. Läßt Mama Dr. Warren anrufen.«

Er ließ sie murmeln und brachte sie in das Schlafzimmer. Dann ließ er sie in ihren Nähsessel plumpsen.

»Hör mich an, mein Mädchen. Wenn du wieder hysterisch wirst, werde ich dir ein paar Ohrfeigen verpassen müssen. *Also hör zu!* Du sagst, Johnny hätte nichts getan. Hat er nicht deinen Vater umgedreht, ihm den Kragen aufgemacht, seine Kleider geöffnet, ihn ins Bett gebracht? Natürlich hat er das getan.«

»Dr. Warren war rechtzeitig hier, um ihm zu helfen, ihn ins Bett zu bringen.«

»Sehr gut. Dein Vater ist ein schwerer Mann.«

»Er hätte es selbst tun sollen.«

»Was hätte er tun sollen?«

»Papas Leben retten. Dr. Warren taugt nichts. Erinnere dich an die Schwierigkeiten, die ich hatte, als Tucker geboren wurde. Denk an die arme kleine Binny.«

»Dr. Warren ist so gut wie ich oder Johnny und vielleicht sogar besser. Und Ärzte nehmen einfach ihre eigenen Familienmitglieder nicht als Patienten an. Und überhaupt habe ich schon bei weitem zuviel von diesem ›nie vergeben‹ gehört. Sag es nicht noch einmal. Es ist alles getan worden, was man tun kann.«

»Woher willst du das wissen? Du hast ihn doch gar nicht angesehen.«

Er entschied sich, es ihr geradeheraus zu sagen. »Ich habe genug Männer im Zustand deines Vaters gesehen. Er hat eine Gehirnblutung, einen Schlaganfall.«

Julia wurde ganz bleich, ihre Augen weiteten sich und wurden ganz leer. Es war, als hätte sie bis zu diesem Zeitpunkt, wie echt ihre Furcht auch immer gewesen sein mochte, ihre Krise mindestens zur Hälfte gespielt. »Dann stirbt er *wirklich*?« Und sie begann zu stöhnen.

John hielt ihr die Hand über den Mund. »Hör sofort damit auf!«

Sie kämpfte gegen seine Kraft an, gab sich dann völlig geschlagen und brach abermals in Tränen aus. »Aber *Papa*! Ich kann ohne ihn nicht fertig werden... Niemand hat sich je so viel darum gesorgt, was mit mir passieren würde. Was soll ich nur tun?«

»Was jeder tut, wenn die Stunde gekommen ist. Du bist eine erwachsene Frau mit einem Ehemann und einem Baby. Und trotzdem benimmst du dich so.«

»Dann stirbt Papa also?«

»Weiß ich nicht. Der Tod kann eine glückliche Sache sein. Wenn er am Leben bleibt, wird er vielleicht gelähmt bleiben. Würdest du das für ihn wollen?«

»Er würde am Leben sein wollen, selbst wenn es in einem Rollstuhl wäre. Ich will, daß er lebt. Alles ist besser, als daß er stirbt.« Sie hatte wieder angefangen, sich zu schütteln; ihr Kinn zitterte, und sie war kaum zu verstehen.

»Er könnte wie ein Holzklotz dort im Bett liegen und nie das Bewußtsein wiedererlangen.«

»Es ist besser, als unter der Erde zu sein. Er könnte sich wieder erholen.«

»Dann klammere dich an diese Hoffnung. Die Nacht wird die Entscheidung bringen. Und nun mach dich fertig und geh ins Bett, während ich mit deinem Kindermädchen spreche. Wenn sie die Siebensachen des Kleinen einpackt, nehme ich ihn für ein paar Tage mit mir nach Hause. Dann brauchst du dich nicht um ihn zu sorgen, und das Mädchen kann sich um dich kümmern.«

»Aber ich kann nicht einfach ins Bett gehen, als ob...«

»Dann zieh dieses Kleid aus. Zieh etwas Leichtes an und leg dich auf das Sofa; wenn es eine Änderung im Zustand deines Vaters gibt, wird dich jemand rufen.« Seine Absicht war es, sie in so tiefen Schlaf zu bringen, daß sie durch keinen Ruf aufzuwecken wäre. Sie durfte den Ärzten unten nicht noch einmal zur Last fallen. Er ging durch die Wohnung zur Küche, wo er ein verängstigtes farbiges Mädchen fand, das mit aufgestützten Ellbogen am Tisch saß und ihr Gesicht in die Hände gestützt hatte. Er trug ihr auf, Tuck fertig zu machen und dann den Kinderwagen zu holen, wo immer er auch aufbewahrt werde; er würde das Baby dann herunterbringen, wenn er Mrs. Gordon zu Bett gebracht habe. Dann kehrte er zu Julia zurück. Sie hatte sich nicht bewegt und saß noch immer in ihrem Schaukelstuhl und stierte ihn mit glasigen Augen an.

»Steh auf, Julia.« Er sprach jetzt sanfter mit ihr als zuvor. »Ich werde dein Kleid aufmachen.« Als es auf den Boden gefallen war, suchte er einen Hausmantel im Kleiderschrank und legte ihr den um die Schultern.

»Julia, hörst du mir zu?«

»Ja. Ich soll mich hinlegen. Du wirst Tuck mit dir nach Hause nehmen. Man wird mich rufen.«

»Keine Hysterie mehr?«

Sie atmetete tief durch; ein langer, matter Seufzer. »Nein. Ich bin ganz in Ordnung.«

Sie legte sich auf die Couch; er zog die Afghan-Decke über ihre Füße und ging dann, um die Spritze vorzubereiten. Als er damit zurückkam, sagte er: »Das wird nicht mehr weh tun als ein Nadelstich, und es wird deine Nerven beruhigen.«

»Ich möchte aufwachen, wenn sie rufen.«

Ohne Antwort setzte er ihr die Spritze in den Arm, zog dann die Afghan-Decke herauf und beobachtete sie einen Augenblick. Als er sah, daß sie ruhiger wurde, ging er hinunter. Johnny traf mit ihm an der Krankenzimmertür zusammen.

»Hat sie sich hingelegt?«

»Ja. Vielleicht kann sie sich morgen früh noch daran erinnern, daß ich recht grob zu ihr war. Versuch sie zu überzeugen, daß das die einzige Art war, ihre Hysterie zu behandeln.«

»Was hast du ihr gegeben?«

»Eine kleine Injektion Morphium. Sie wird gleich einschlafen. Ich nehme das Baby mit nach Hause.«

»Wenn ihr Vater während der Nacht stirbt und sie schläft, wird sie mir nie vergeben.«

John dachte: Wie leicht es manchen ist, »nie vergeben« zu sagen. Er sagte aber: »Du hast es ja nicht getan. Ich habe es getan, wenn es irgend etwas gibt, das nicht vergeben werden kann. Du kannst sie nicht in dieser Nacht in einem akuten Schockzustand auch noch auf Händen tragen. Nicht heute nacht. Deine Mutter wird froh sein, den kleinen Tuck ein paar Tage bei sich zu haben, und bei ihr ist er auch gut versorgt. Wenn es hier nichts mehr geben sollte, das ich tun kann, hole ich ihn jetzt.«

Mrs. Deming war beim Klang ihrer Stimmen in die Eingangshalle gekommen. Johnny kehrte auf seinen Posten im Krankenzimmer zurück. Sie sagte zu dem älteren Mann: »Besteht noch eine Chance?«

»Ich weiß nicht. Ich bin nicht nahe genug dran gewesen.«

»Kneifen Sie nicht. Sie haben so einen Fall auch vorher schon gesehen.«

»Ja. Manchmal erholen sich die Patienten fast vollständig. Manchmal nur teilweise, und sie bleiben teilweise mehr oder weniger gelähmt, manchmal gänzlich. Manchmal sterben sie. Das sind die Möglichkeiten. Er ist nicht sofort gestorben. Die Blutung im Gehirn kann eventuell gerinnen und das Gerinsel absorbiert werden. Ich weiß nicht.«

»Was haben Sie unternommen, um Julia zu beruhigen? Ich habe

sie noch nie zuvor so gesehen, wie sie so vollständig ihre Selbstbeherrschung verloren hat. Aber sie hat ihrem Vater immer sehr nahegestanden.«

»Ich habe ihr ein wenig Morphium gegeben. Sie sollte die Nacht über schlafen. Wenn ihr Vater stirbt, glaubt Johnny, daß sie es ihm vorwerfen werde – ihm das nie vergeben werde, was für ihr Bestes geschehen ist.«

»Sie würde sich selbst überreden, daß das nicht so sei«, sagte Mrs. Deming trocken. »Sie würde sich selbst nie ihre Erleichterung zugestehen, nicht Augenzeuge des Endes sein zu müssen. Sie haben gesehen, wie entsetzt sie war: sie hat noch nie jemanden sterben gesehen. In kurzer Zeit wird sie ihre heftige Reaktion vergessen haben und sich nur noch daran erinnern, daß sie eine gute Tochter – und sie war eine gute Tochter – am Sterbebett ihres Vaters hätte sein und seine Hand hätte halten sollen.«

»Sie wird mich dafür verantwortlich machen, daß sie nicht da war. Und Johnny und Dr. Warren dafür, daß sie ihn haben sterben lassen. Aber Ihnen ist klar, daß mit einer Gehirnblutung...«

»Ich weiß. Sie haben alles in ihrer Macht Stehende getan.«

Er wünschte gute Nacht und erklärte noch einmal, daß er das Baby für ein paar Tage mitnehmen würde, und ging dann auf die Treppe zu. Das Mädchen war gerade dabei, mit Tuck in seinen Armen herunterzukommen. John hielt es an.

»Warten Sie, er ist zu schwer für Sie. Ich werde ihn tragen.« Er ging hinauf, indem er jeweils eine Stufe übersprang, dann nahm er das Kind von ihr. Tucker war im Alter von achtzehn Monaten ein stämmiger Brocken und so unbändig wie der Märzwind, wenn er wach und auf den Beinen war. Jetzt, wo er schlief, war er wieder in seinen Kleinkinderzustand zurückgekehrt. Er wurde halb wach, als sein Großvater ihn übernahm, glitt aber sofort wieder in den Schlaf zurück. Er kuschelte sich in Johns Arme, ließ den Kopf auf seine Schulter sinken und hob eine Hand zur Wange seines Großvaters. Diese Geste des Vertrauens war seltsam rührend.

Mit seiner Tasche, dem Koffer und dem Baby hatte John alle Hände voll, aber über eine so kurze Strecke würde es gehen; der Kinderwagen wäre nur lästig. Plötzlich wollte er das Kind gar nicht mehr loslassen. Tucker (lächerlicher Name) war ihm immer als Julias Kind erschienen, und vielleicht weil er sie nicht so unbedingt gern haben konnte, hatte er sich auch nicht besonders zu dem Kind hingezogen gefühlt; und Tucker, der von dem schroffen, mit unbewegtem Gesicht vorgebrachten Necken seines Großvaters zurückgehalten wurde, hatte auch nie große Zuneigung zu ihm bekundet, obgleich er Anne gegenüber ein lieber kleiner Junge war. Aber jetzt, als er mit dieser vertrauensseligen warmen Hand auf seiner Wange ging, erkannte John, erkannte er zum erstenmal wirklich, daß das auch Johnnys Sohn und sein eigenes Fleisch und Blut war, wie unähnlich er den Gordons auch sein mochte: Er hatte einen starken Körperbau wie der General, blondes Haar wie Julia, aber er hatte auch zum Entzücken seiner Großmutter die Augen der Gordons. Er war ein stark gebauter Junge und hübsch; er widerstand entschlossen jeder Babybehandlung und war so unabhängig, wie ein Kind in diesem Alter nur sein konnte. Er war wirklich ein durch und durch befriedigendes Kind. Das zumindest hatte Johnny, das konnte ihn glücklich machen. Als er sich umdrehte, um das Tor wieder zu schließen, sah er, daß Mrs. Deming zur Haustür gekommen war, die er gedankenlos offengelassen hatte. Seine Gedanken kehrten zu der unglücklichen Szene, deren Zeuge er gerade gewesen war, zurück. Armer Johnny, der nicht glauben würde, selbst wenn es ihm jemand sagte, daß er einem leid tun könnte. John gab sich Mühe, die Unruhe aus seinem Bewußtsein zu verbannen. Die Schönheit dieser Nacht, einer Augustnacht in ihrer erfrischenden Kühle nach einem heißen Tag, machte ihm das leichter. Das Mondlicht fiel in Flecken durch die Bäume; Insekten und Laubfrösche stimmten einen lauten Chor an, der fortschreitend und für einen Augenblick verstummte, als seine Schritte unter den tiefhängenden Ahornzweigen echoten. Wie viele Augustnächte wie diese würde wohl ein Mann in seinem Leben haben? Sicher nicht viele, würde man sie zählen, aber kein Mann hatte wirklich gelebt, der sie nicht kannte wie vom Anfang der Welt her.

Als er zu Hause ankam, war keine Erklärung notwendig. Anne sagte: »Ich werde Tuck im Erdgeschoß-Schlafzimmer einquartieren; sollte er wach werden, bevor wir zu Bett gehen, würden wir ihn hören. Vielleicht sollte ich lieber bei ihm schlafen. Er könnte sich ängstigen, wenn er an einem fremden Ort wach würde. Wenn ich ihn schlafen gelegt habe, erzählst du mir, was passiert ist.«

»Da gibt's nicht viel zu erzählen. Der General hat einen Schlag gehabt. Bezweifle, ob er die Nacht übersteht. Julia war ganz aus dem Häuschen, aber ich habe sie mit einer Dosis Morphium ins Bett abgeschoben.«

Seine Voraussage war in diesem Falle ziemlich korrekt; General Deming starb in der Nacht. Julia erwachte spät am Morgen und fand Johnny mit geröteten Augen und unrasiert, auf der Kante ihres Bettes sitzen. In diesem Zustand hatte sie ihn oft genug zuvor gesehen, wenn er irgendwo die ganze Nacht Wache gehalten hatte; es dauerte einen Augenblick, bis der Nebelschleier von ihrem Bewußtsein gezogen war. Dann saß sie kerzengerade im Bett.

»Wie geht es Papa?« Johnny antwortete nicht. »Er – er ist gestorben? O Johnny! Und niemand hat mich gerufen! Dock hat es doch versprochen!«

»Julia, er war in einem Koma. Es gab nichts, was du hättest sagen oder tun können, das ihn erreicht hätte. Weine nicht, mein Liebling.« Er nahm sie in seine Arme und ließ sie an seiner Schulter weinen.

»Aber – aber was soll ich denn jetzt tun? Ich kann nicht ohne ihn auskommen ... er war immer da. Oh, Papa ...«

»Liebling«, sagte er wieder, »es ist traurig, aber es ist auch natürlich: Die ältere Generation stirbt und verläßt die jüngere, die dann lernen muß, alleine fertig zu werden; und bevor du dich umgedreht hast, sind sie die alten Leute. Wenn ein alter Mann stirbt, wie er gestorben ist, schnell und ohne zu leiden, sogar ohne es zu wissen, dann ist er wahrlich gesegnet. So mußt du dran denken. Bitte, Julia, versuch, dich zusammenzunehmen. Deine Mutter braucht dich.«

»Kann ich ihn sehen?«

»Jetzt nicht. Der Leichenbestatter ist schon hiergewesen. Dein Vater wird hierher zurückgebracht, obgleich deine Mutter findet, daß es ein kirchliches Begräbnis geben sollte. Gerade im Augenblick ist der Schneider da wegen der Trauerkleider.«

»So viele Dinge, die erledigt werden müssen, nicht wahr? Er soll ein richtiges Begräbnis bekommen: Er war ein bedeutender Mann.«

»Um all das wird sich das Beerdigungsinstitut kümmern. Sie haben schon Kreppapier an die Tür geheftet.«

»Sie verschwenden keine Zeit, was? Unter die Erde mit Beeilung.«

»Aber Julia.« Er hielt sie engumschlungen, bis sie sich von ihm losmachte.

»Sag Mama, ich sei in einer Minute unten.«

Johnny, der nie die geringste Rechtfertigung für die weitschweifigen Totenfeiern, die üblich waren, gefunden hatte, erkannte nun einen sehr guten Grund dafür: Sie lenkten die Gedanken der Hinterbliebenen von ihrem Gram ab. Er lächelte fast, als er Julia in ihre Kleider half. Laß ihnen ihre Show, dachte er und wies sich dann selbst zurecht; die Echtheit der Trauer von Gattin und Tochter stand außer Frage.

Waynesboro machte das Begräbnis von General Deming zu einem Ereignis. Dreißig Jahre nach dem Krieg hatten nicht mehr viele Städte einen General, den sie beerdigen konnten. Die *Fackel* druckte mehrere Spalten Biographie und Lobpreisung, der Artikel wurde allgemein Charlotte Bonner zugeschrieben, die als der einzige wirkliche Schreiber in der Redaktion der Zeitung anerkannt war. Natürlich gab es auch Zyniker, die sich an die ätzende Behandlung erinnerten, die General Deming in den Tagen seiner politischen Betätigung von seiten Mr. Bonners erfahren hatte. Man murrte: »Man braucht nur lange genug zu leben« oder »Die ›Fackel‹ wird weich – hat Angst, einen Abonnenten zu verlieren«. Aber im allgemeinen wurde der Artikel als eine angemessene Würdigung eines führenden Waynesboroer Bürgers akzeptiert.

Die Beerdigung selbst lag ganz in den Händen des Bestattungsinstituts und der örtlichen G.A.R. Der General wurde mit allen militärischen Ehren begraben, sogar mit dem Gewehrsalut am offenen Grab und dem Zapfenstreich eines Trompeters. Captain Bodien hatte sich darum gekümmert, daß Ankündigungen des Ereignisses an die Zeitungen des Landes geschickt wurden, die die Veteranen von General Demings Brigade einluden, sich den Waynesboroern Mitgliedern in einem Begräbniszug anzuschließen. Alte Uniformen wurden aus den Mottenkisten herausgeholt und Nähte wurden aufgetrennt; eine überraschend lange Reihe von Männern in Blau zog vor dem Leichenwagen auf; Männer, die so weit und so lange in ihrer Jugend marschiert waren, daß sie in ihren mittleren Jahren immer noch eine gerade Linie halten konnten und im Gleichschritt zu dem »Sons-of-Veterans«-Bestattungsmarsch marschieren konnten. Das einzige, was fehlte, war ein Geschützwagen. Der Sarg wurde in dem Leichenwagen des Bestattungsinstituts zum Friedhof gefahren, der von zwei schwarzen Pferden gezogen wurde. Ihm folgten die Kutschen von schwarzgekleideten Trauernden. Die ganze Stadt war auf den Beinen, um zu bestaunen, was eher einer Parade als einem Begräbnis ähnelte, und alle genossen es durch und durch. (Der Tod und das Begräbnis von Miß Lavinia Gardiner, die ein paar Tage später folgten, bildeten dazu eine derartige Antiklimax, das sie von der Öffentlichkeit mit Ausnahme ihrer Kameradinnen des Frauenklubs fast völlig unbemerkt blieben.)

Ein paar Tage nach dem Begräbnis ging Tim Merrill eines Nachmittags zu der Witwe und der Tochter des Generals, um ihnen das Testament zu eröffnen. General Deming war im Besitz eines bescheidenen Auskommens, das er sich durch seine Bücher verdient hatte, gestorben. Er hatte das Haus und ein Drittel seines Besitzes seiner Witwe vermacht, die anderen zwei Drittel Julia. Mrs. Deming würde nicht nur ein Drittel des persönlichen Besitzes, sondern auch ihre Pension als Witwe des Generals bekommen und dazu die Miete für die Wohnung, in der Johnny und Julia lebten. Sie war lange von seinen Absichten unterrichtet gewesen: Das Ergebnis war absolut zufriedenstellend für sie. Aber sie hielt Tim Merrill mit einer letzten Frage zurück.

»Ein paar Wochen, bevor George verschied, hat er mir erzählt, er hätte zugestimmt, in einem neuen Unternehmen zu investieren, das Ludwig Rausch aufzubauen plant. Wie die meisten in Waynesboro erachtete er Mr. Rausch als unfehlbar, und er hoffte um unseretwillen, Julia und mir, dann reicher zu sein, als er war. Viele Jahre lang hat er nichts als staatliche Wertpapiere – irgendwas dieser Art – gekauft, und der Gewinn daraus ist recht klein. Ich haßte es, ihn mit etwas Spekulativem befaßt zu sehen – gebrannte Finger, wissen Sie. Und ich werde zu wenig besitzen, um es zu wagen, ein Risiko einzugehen. Glauben Sie, daß von mir erwartet wird, die Verpflichtung meines Gatten einzulösen?«

»Wenn er eine Kauferklärung unterschrieben haben sollte, könnten Sie rechtlich dazu verpflichtet sein, aber ich kann nicht glauben, daß Mr. Rausch Sie daran bindet. Davon abgesehen wird es Monate dauern, bis die Papiermühle in Betrieb genommen wird und die Aktien auf den Markt kommen. Warum reden Sie nicht mit ihm? Oder mit Doug? Er müßte das wissen. Er kümmert sich um die rechtliche Seite der Gesellschaft in unserer Partnerschaft.«

»Nach dem, was mir George erzählt hat, bekam ich den Verdacht, Mr. Rausch wende sich zuerst an seine Freunde, um das notwendige Kapital aufzubringen, weil er weiß, daß sie ihn nicht zurückweisen können.«

Tim Merrill war erstaunt. »O nein. Es war überhaupt nicht so. Sie haben keine Vorstellung, wie unumstößlich Rausch an diese neue Entwicklung des jungen Bodien glaubt. Er ist überzeugt, er tut seinen Freunden einen Gefallen, indem er sie bei dieser Sache mitmachen läßt.«

»Kaufen Sie selbst?«

»Ich habe Doug gebeten, meinen Namen für einige Aktien aufzuschreiben. Ich kann nicht viel erübrigen. Doug nimmt die Vorbestellungen an.«

»Ihre Situation ist nicht wie die meine: Sie können Geld verdienen, um zu ersetzen, was Sie verlieren, falls Sie es verlieren. Ich kann das nicht.«

Am nächsten Tag ging sie in die Stadt, um mit Douglas Gardiner zu sprechen. In ihrer schweren Trauerrobe, verschleiert und den Rüschenrock mit beiden Händen zusammenraffend, stieg Mrs. Deming die staubigen Treppen hinauf und ging den Korridor entlang zum Gardiner-Merrill-Büro. Dort versicherte ihr Doug, man würde keine finanziellen Forderungen an sie stellen. Ludwig selbst hatte tatsächlich gefunden, es sei unklug für sie, irgendwelches Kapital zu riskieren.

»Er findet es demnach riskant?«

»Da ist immer ein bestimmtes Risiko, wenn man ein neues Unternehmen aufbaut, besonders in schlechten Zeiten wie unseren. Er glaubt, daß das Unternehmen gewinnbringend sein wird, aber vielleicht nicht gleich zu Beginn; er kann keine Versprechungen machen. Er wird sicherlich nicht erwarten, daß Sie Aktien kaufen, jetzt, wo der General verschieden ist.«

»Würden Sie ihm bitte von mir danken? Das Geld kann bleiben, wo es ist, in staatlichen Wertpapieren. Und ich nehme an«, Mrs. Deming lächelte ein wenig, denn sie glaubte eigentlich nicht wirklich, was sie sagte, »daß es mir einmal leid tun wird. Aber ich habe so gar nichts von einem Spieler an mir; und nebenbei, der General hat einmal sehr viel verloren, und ich war wirklich erstaunt...«

»Daß er beabsichtigte, von Ludwig Aktien zu kaufen? Ich glaube, daß er das Gefühl hatte, der Natur der Dinge nach nicht mehr viel Zeit zu haben, um Geld zu verdienen.«

»Sie meinen«, Mrs. Deming war verblüfft, »daß er eine Vorahnung hatte? Daß er wußte, daß seine Gesundheit in Gefahr war?«

»Nein, nein, nein. Ich habe nur einfach sagen wollen, daß er älter wurde – die Zeitung hat sein Alter nicht verraten, aber er muß weit über siebzig gewesen sein. Er war General, was bedeutet, daß er kein Kind mehr war, als er vor mehr als dreißig Jahren in den Krieg zog.«

Mrs. Deming stimmte zu und lächelte höflich. Sie hätte es gehaßt, glauben zu müssen, George habe gewußt, was auf ihn zukam, und seine Kenntnis vor ihr verborgen, obgleich er nie sonderlich gut war, irgend etwas vor ihr zu verbergen. »Er fühlte sich jung, da bin ich sicher«, sagte sie. »Sie wissen, er arbeitete gerade an einem weiteren Buch über die Geschichte des Landes. Ich beabsichtige, seine Notizen und sein Manuskript durchzusehen um festzustellen, ob ich es nicht vollenden kann.«

Douglas merkte, daß sie nicht wußte, daß die Stadt ihr das Verdienst zuschrieb, der tatsächliche Autor – oder zumindest Herausgeber – von allen Büchern des Generals zu sein. Und sie ging ein wenig verärgert weg: Immerhin hätte ihr Gatte Douglas Gardiner nicht so alt erscheinen sollen, schließlich näherte er sich ja selbst bereits den Vierzigern. Sie war wegen George verstimmt, und nicht wenig wegen sich selbst: Natürlich war sie nicht annähernd so alt wie George. Ungefähr in Dock Gordons Alter, nahm sie an. Sie fragte sich, ob Johnny vorhatte, wie es sein Vater tat, Geld in diese Rausch-Papiergesellschaft zu stecken. Sie mußte mit Julia über die Verfügung ihrer Erbschaft sprechen.

Julia, die pflichtbewußte Ehefrau, wandte sich, nachdem sie von ihrer Mutter beraten worden war, an ihren Mann, damit er das Vermögen verwalte. Aber Johnny weigerte sich, das zu tun.

»Liebling, was du von deinem Vater geerbt hast, soll ausschließlich dir gehören. Ich werde dir nicht sagen, was du damit tun sollst. Es gibt zwei Alternativen, du mußt eine von ihnen wählen. Laß es, wo es ist, und du weißt, daß es da absolut sicher ist, aber nie seinen Wert vermehren wird. Oder verkaufe die Wertpapiere und investiere das Geld in Aktien – die von Onkel Ludwig oder einer anderen Firma – und riskiere, daß du das Geld verlierst oder aber eine reiche Frau wirst.«

Julia seufzte. »Ich würde liebend gerne eine reiche Frau sein. Wann wird Mr. Rausch das neue Unternehmen in Betrieb nehmen? Was werden die Aktien kosten?«

»Das kann niemand wissen, bis die Unterzeichner die Aktien auf dem Markt anbieten. Das wird sicherlich nicht gleich sein, denn wie es im Augenblick aussieht, kann er nicht schon morgen anfangen. Das Land geht vor die Hunde, wie es aussieht.«

Julia seufzte wiederum. »Dann glaube ich, daß ich besser die Wertpapiere behalte.«

Das Land war in einem nicht ganz so beängstigenden Zustand, wie Johnny angedeutet hatte. Im späten August wurde der Pullman-Streik beendet, und die Arbeiter gingen geschlagen zurück an die Arbeit; das Land atmete ein wenig leichter und hoffte, daß es keine Gewalttätigkeiten mehr geben würde. Auf der anderen Seite hatte der Kongreß im frühen Juli das Wilson-Gorman-Gesetz verabschiedet, das einen derart monströsen und widersprüchlichen Kompromiß zwischen Repräsentantenhaus und Senat darstellte, daß Präsident Cleveland sich weigerte, es zu unterzeichnen; er ließ es auf seinem Schreibtisch liegen, und innerhalb von zehn Tagen wurde es das Gesetz ohne seine Unterschrift. Das Haus hatte einen Gesetzesentwurf geschrieben, der Zoll nur für Nutzungen vorschlug, der Senat verlangte Protektion für gewisse Rohstoffe, wie Zucker zum Beispiel, um den Zuckerkonzern zu besänftigen, nicht aber für Wolle, eine Konzession an die Wollverarbeiter, aber eine Maßnahme, die sehr leicht die Schafhalter Amerikas ruinieren konnte. Der Gesetzentwurf, wenn er in dieser Form verabschiedet würde, sah nicht genug Steuereinkünfte vor, um die Regierung weiterzuführen, obgleich er eine Einkommensteuerbestimmung enthielt: zwei Prozent auf Einkommen über viertausend im Jahr, was nicht einen Tropfen auf den heißen Stein bedeutete in bezug auf notwendige Einkünfte und sicherlich vom Obersten Gerichtshof als verfassungswidrig und konfiszierend bezeichnet werden würde. Die Wollbestimmung und der Widerruf von gegenseitigen Übereinkünften verärgerte die Farmer, die Abschaffung von Zöllen auf einige Rohstoffe, aber nicht auf andere, ließ die nicht begünstigten Hersteller angriffslustig werden. Insgesamt würde die Wirtschaftskrise nicht durch ein derartiges Gesetz gemildert, aber die Republikaner könnten dadurch einen Vorteil gewinnen. Wenn die Partei die Wahlen im Herbst gewinnen und den neuen Kongreß bestimmen könnte, würde das Zollgesetz mit absoluter Sicherheit durch eines ersetzt, das den Wohlstand des Landes wiederherstellen würde. Ludwig hatte, nachdem er die Vor- und Nachteile, so gut er konnte, abgewogen hatte, entschieden, daß er die Pläne für eine Rausch & Bodien-Gesellschaft für beschichtetes Papier GmbH in die Tat umsetzen würde. Ende August war sein Vorhaben in Waynesboro allgemein bekannt.

Eines Nachmittags früh im September rief Sheldon Lowrey Ludwig in seinem Büro an, um ihn zu fragen, ob er eine Delegation von Bürgern empfangen würde, um den Standpunkt der Fabrik zu diskutieren.

»Da ich selbst Kaufmann bin und dazu ein Freund von Ihnen, hat man mich dazu gezwungen, ich komme also als Sprecher. Wenn Sie nicht mit uns reden wollen, dann sagen Sie es nur.«

»Selbstverständlich werde ich mit Ihnen reden. Bei mir zu Hause heute abend. Ich bin heute nachmittag hier unabkömmlich. Sagen wir um acht Uhr. Wer und wie viele?«

»Unsere guten soliden Bürger: Hoffmann, Klein, Thirkield. Und ich glaube Voorhees. Warum?«

Ludwig lachte in sich hinein. »Wollte nur wissen, wieviel Bier ich zu besorgen hätte.«

An diesem Abend nahm Ludwig seine Gäste mit in sein Arbeitszimmer, schenkte allen außer Mr. Voorhees, der es ablehnte, Bier ein, setzte sich neben seinen Schreibtisch und drehte sich halb von ihm weg, ließ aber seinen Bierkrug in Reichweite.

»Nun, meine Herren? Sie wollten mich sprechen?«

»Ja«, sagte Sheldon. »Wir sind alle Kaufleute in der einen oder anderen Branche, selbst Voorhees hier, der mit Geld handelt. Das Wachstum und der Wohlstand von Waynesboro würde durch eine neue Industrie gefördert. Wir möchten Sie gerne fragen, ob es zu spät ist, die neue Papierfabrik hierher zu bringen, anstatt sie nach Madison City zu vergeben.«

Ludwig lächelte: Sheldon, der sich verpflichtet hatte, Aktien des neuen Unternehmes zu kaufen, sobald sie ausgestellt würden, wußte sehr gut, daß es zu spät war: Der Bau in Madison City war bereits im Gange. Sheldon sagte, was er von den anderen zu sagen gebeten worden war.

»Selbst wenn es nicht zu spät wäre, würde ich nicht meine Meinung ändern. Glauben Sie mir, der junge Bodien und ich haben uns hierauf sehr gewissenhaft vorbereitet, und wir haben uns dagegen entschieden, hier eine Fabrik aufzubauen. Zum einen gibt es hier bereits eine Arbeiterschaft, die groß genug ist.«

»Aber sicherlich, Mr. Rausch...« Mr. Thirkield wagte, jetzt, da das Eis gebrochen war, den Sprung. »Arbeiter würden hierherkommen, wenn sie gebraucht würden. Waynesboro würde wachsen.«

»Und der Handel würde zunehmen? Ist das Ihre Vorstellung? Haben Sie daran gedacht, welche Art von Arbeiterschaft das wäre? Nicht die Art, die hierherkam, als die Eisenbahnlinie verlegt wurde: Iren, Deutsche. Sind Sie kürzlich einmal in Madison City gewesen? Osteuropäer: Slovaken, Ungarn, Polen. Waynesboro ist, wie es jetzt ist, eine gute Stadt, ein netter Flecken, wo man leben und Kinder aufziehen kann. Madison City ist bereits verdorben: dreckig, rauchig, voll von dunklen Fremden, die von ihren Heimatländern her Gewalt nur zu sehr gewohnt sind. Und die Papierherstellung – sind Sie je in einer Stadt gewesen, in der es eine Papiermühle gibt? Die Säuren, die benutzt werden – der Geruch ist faulig und durchdringend, glauben Sie mir. Nein, wenn Sie mit der Rausch & Bodien-Papiergesellschaft Geld machen wollen, dann kaufen Sie Aktien, wenn sie auf den Markt kommen.«

»Man gewöhnt sich an Gerüche und bemerkt sie dann gar nicht mehr.« Mr. Thirkield hatte das Empfinden, daß er nicht das stärkste Argument ins Feld führte, aber man mußte den letzten Punkt des Gegenübers beantworten, nicht den vorletzten oder den davor.

»Das trifft für Madison City, wo es bereits Gerüche genug gibt – Seife, Stahl – zu. Hier würde es nicht stimmen. In Waynesboro können Sie noch die Veilchen riechen, wenn sie blühen. Nicht so in Madison City. Und wie Sie selbst ganz genau wissen: Die Zeiten sind schlecht. In Madison City gibt es in gerade diesem Augenblick genug Arbeitslose, um eine vollständige Belegschaft sicherzustellen. Bis dahin muß sich das Land oder die Wohlfahrt um sie kümmern. Das ist ein Problem, mit dem ich Waynesboro nicht gerne konfrontiert sähe.«

Mr. Hoffmann, der langsam sprach und vielleicht auch langsam dachte, sagte mit starkem deutschem Akzent: »Sie entlassen Arbeiter in der Seilmühle, nicht? Diese Farbigen kommen den Sommer über allein zurecht. Aber wenn der Winter kommt, werden wir dann nicht ein Problem haben? Und nicht alle ihre Arbeiter sind Farbige.«

»Die meisten ungelernten Arbeiter. Die Facharbeiter, die Mädchen an den Feinspinnmaschinen und so weiter, sind weiß, und natürlich die Vorarbeiter. Aber die Stadt wird meine Arbeiter nicht vor dem Verhungern retten müssen: Wir werden uns den Winter über um sie kümmern. Wir haben es schon zuvor getan, und wir können es wieder tun, wenn es sein muß.«

»Ich sehe mehr von dieser Stadt als irgendeiner von Ihnen. Ich fahre meinen Brotkarren die eine Straße hinauf und die andere hinunter.« Mr. Hoffmann runzelte nachdenklich die Stirn. »Im West-End lungert eine ganze Zahl von weißen Männern herum, die von der Eisenbahn entlassen worden sind und keine Arbeit finden können. Sie wissen auch nicht, wie viele Laibe von dem gestrigen Brot ich für einen Penny den Laib verkaufe.«

Ludwig dachte: Da fährt er immer noch diesen Brotkarren, wo er doch die besten harten Crackers macht, die zu Bier und Käse gehören, die ich je gegessen habe. Er sagte langsam: »Wir glauben, wenn diese Mühle mal in Betrieb sein wird, kann es eine ganz große Sache werden. Das Verfahren ist durch Patente abgesichert. Für einige Zeit wird es keine Konkurrenz geben. Wir fangen klein an, aber die Zahl der Arbeitslosen hier in Waynesboro, selbst wenn sie nicht zur Eisenbahn zurückgehen, wenn sie können, würde nie den Bedarf decken, den wir vorsehen.«

»Das ist nicht gut.« Mr. Hoffmann war hartnäckig; er dachte nicht nur daran, wie ein Zuwachs an Bevölkerung sein Einkommen aufbessern würde. »Es ist nicht gut, daß eine Stadt mit nur einer Industrie lebt. Hier gibt es nur Ihre Seilfabrik und Schlosserei, neben dem Eisenbahngeschäft und Verschiebebahnhof und der kleinen Gießerei.«

»Sie haben recht«, sagte Ludwig. »Das ist nicht gut. Die Stadt wäre ernstlich getroffen gewesen, wenn es dem Nationalen Tauwerkkonzern gelungen wäre, uns in den Bankrott zu zwingen. Aber denken Sie doch, Mann! Sie haben doch selbst die Möglichkeiten, eine Industrie aufzuziehen, mit Ihrer eigenen Bäckerei. Wenn Sie klein anfingen und Erfolg hätten, könnten Sie sich vergrößern. Patentieren Sie doch Ihre Cracker und verkaufen Sie sie im großen Stil. Sie sprachen doch von dem Arbeiterpotential, das hier ist. Er ist ein guter Kunde der Bank, was, Voorhees? Oder ziehen Sie eine Gesellschaft auf, lassen Sie Ihre Freunde investieren.«

Mr. Hoffmann starrte ihn mit offenem Mund an: »Eine Biskuitfabrik! Warum nicht? Ein kleines bißchen Spaß.« Nach all den Jahren, die er schon in Waynesboro lebte, neigte er immer noch dazu, in stark akzentuiertes Englich zurückzufallen, wenn er aufgeregt war. »Das würde der Stadt nicht weh tun – nein, nein – könnte es nicht. Der Geruch wäre ein guter Geruch, die Arbeiter für derartige Jobs sind hier: die jungen irischen Mädchen. Aber ich wüßte gar nicht – würden Sie mir helfen?«

»Mit Geld? Kann ich nicht, nicht im Augenblick. Mit Rat, mit meiner Erfahrung, was immer sie wert ist, selbstverständlich. Besuchen Sie mich an irgendeinem Abend, und wir reden darüber. Das sollte euch allen helfen: Voorhees kann die finanzielle Seite übernehmen, Fritz hier kann Ihnen Äpfel für Ihren Apfelstrudel verkaufen, Sheldon kann Ihren Arbeitern die Kleidung verkaufen und Thirkield die Medizin.« Sie alle lachten, wenn auch ein wenig trübselig. »Auf der anderen Seite – es tut mir leid, daß ich Sie enttäuschen muß. Rausch & Bodien geht nach Madison City. Und wenn Sie immer noch nicht wissen warum, fahren Sie mal hin und sehen Sie sich die Stadt an.«

Ludwig glaubte nicht tatsächlich, daß Mr. Hoffmann sein Bäckereigeschäft, das eine sichere Quelle eines kleinen, aber anscheinend ausreichenden Einkommens war, für eine so unsichere Sache wie eine Biskuitfabrik riskieren würde. Er hatte unrecht: Mr. Hoffmann kam eines Abends nach dem Essen vorbei und bat ihn um seine Hilfe. Rose machte die Tür auf und kam zur Bibliothek, wo Ludwig es sich mit Sally und seiner Zeitung bequem gemacht hatte.

»Mr. Hoffmann möchte Sie sprechen, Sir.«

»Hoffmann?« Sally sah von ihrem Buch auf. »Wie seltsam! Was auf der Welt...«

»Ich weiß. Er möchte mich in einer Geschäftsangelegenheit sprechen. Es wird nicht lange dauern.«

»Er wäre sicher nicht sehr glücklich im Salon. Möchtest du, daß ich woanders hingehe? Paul...« Paul lag bäuchlings auf dem Sofa und las. »Deine Geschäftsfreunde sollten sich anmelden. Wir hätten Gäste zum Abendessen haben können.«

Ludwig lachte. »Ich werde mit ihm in mein Arbeitszimmer gehen. Bringen Sie uns bitte ein Bier, Rose. Und was die Anmeldung betrifft: Mr. Hoffmann ist ein einfacher Mann, das würde ihm nie in den Sinn kommen. Wenn ich jetzt keine Zeit gehabt hätte, würde er einfach an einem anderen Abend wiedergekommen sein.«

In Ludwigs Arbeitszimmer hatten die beiden Männer ihre Besprechung. Mr. Hoffmann erklärte, daß er das Geld, das für einen Anfang notwendig sei, aufbringen könne: Fritz Klein, der ja immerhin sein Schwager sei, würde mitmachen und verschiedene Metzger und Lebensmittelhändler, alle von der gleichen deutsch-amerikanischen Gruppe.

»Lichtenstein?« fragte Ludwig und lachte in sich hinein.

»Sie wissen, daß er kein Geld zur Verfügung hat. Warum?«

»Er glaubt nicht an Kapitalismus, wissen Sie. Es würde mir Spaß machen, zu sehen, wie er selbst ein Kapitalist wird.« Bei Mr. Hoffmanns vorwurfsvollem Blick fuhr er fort: »Ich wollte mich darüber nicht lustig machen. Ich weiß, das ist ein ernsthafter Schritt für Sie; niemand weiß das besser. Ich erinnere mich, wie ich mich fühlte, als ich die Seilerbahn 1868 kaufte. Ich hatte wahnsinnige Angst. Denken Sie an eine offene oder geschlossene Gesellschaft? Alle Aktien in Ihren Händen und denen Ihrer Freunde oder auch Verkauf an die Öffentlichkeit?«

»Ich kenne den Unterschied«, sagte Mr. Hoffmann in seinem akzentschweren Englisch vorwurfsvoll. »Eine geschlossene Gesellschaft, zu Beginn zumindest. Ein bißchen mehr als die Hälfte in meiner eigenen und Fritzens Hand – sagen wir dreißig Prozent in meiner und fünfundzwanzig Prozent in Fritzens – und der Rest verteilt. Was ich nicht weiß, ist, wie man das anfängt.«

»Gehen Sie zu einem Rechtsanwalt. Gardiner und Merrill sind für das Gesellschaftsrecht die besten. Das wird Sie etwas kosten, aber Sie können kaum ohne auskommen. Patentieren Sie Ihr Rezept oder den Herstellungsprozeß, erfinden Sie ein Markenzeichen und lassen Sie es registrieren. Ihr Rechtsanwalt wird eine Gesellschaftsurkunde aufsetzen, und der Staat wird sie bestätigen. Dann können Sie anfangen. Aber wenn Sie die Wirtschaftskrise beenden wollen, dann wählen Sie im Herbst die Republikaner.«

Während sich die Männer von Waynesboro so auf Geschäft und Politik konzentrierten, waren die Frauen wie immer, außer daß sie jeden Pfennig in ihrem Portemonnaie zweimal umdrehen mußten, mit – wie es ihnen schien – weit fundamentaleren Fragen beschäftigt: Geburten, Hochzeiten, Todesfälle und den anstehenden Skandalen. Und Anne Gordon konnte zum erstenmal in ihrem Leben an kaum etwas anderes denken als an ihren physischen und psychischen Gesundheitszustand. Eines Abends, als sie von einer Besprechung mit Martha über die mögliche Verwendung der Reste nach dem Abendessen ins Wohnzimmer gekommen war, fühlte sie sich ganz unerwartet von einem Schwindel und einer plötzlichen Blindheit überfallen, die sie zwangen, sich am Kaminsims festzuhalten. Sie mußte irgendein Geräusch gemacht haben, denn

John, der noch nicht in seine Praxis gegangen war, sah von seiner Zeitung auf, ließ sie fallen und eilte zu ihr hin.

»Was ist los, Anne?«

Sie schüttelte ihren Kopf und wartete darauf, daß die sie umschließende Schwärze sich wieder auflösen würde. »Ich weiß nicht. Mir war auf einmal so schwindlig...«

Er führte sie zu ihrem Schaukelstuhl, half ihr, sich zu setzen und nahm ihr Handgelenk, um ihren Puls zu fühlen.

»Wie schrecklich von mir«, sie atmete tief. »Ich bin nie krank. Was...«

»Ich glaube nicht, daß es wirklich etwas ist. Dein Puls ist ein bißchen erhöht, aber normal. Ich möchte trotzdem, daß du morgen zu Warren zur Untersuchung gehst. Nur um sicherzugehen. Schieb es nicht auf.«

»Ich bin schon wieder in Ordnung. Ein Anflug von einem verdorbenen Magen, nehme ich an.«

Aber sie fühlte sich an den folgenden Tagen so jämmerlich, und John war so unerbittlich, daß sie Dr. Warren besuchte. Er fand zu Johns Erleichterung und ihrem eigenen Ärger, daß alles in Ordnung sei. Ärzte sind doch alle gleich, dachte sie: Wo tut es Ihnen weh? und wenn es tatsächlich nirgendwo weh tut, dann ist es eben psychisch bedingt. Sie war nicht ganz fair zu Dr. Warren, der ihr versichert hatte, daß sie einfach durchmache, was Frauen in ihrem Alter durchzustehen hätten. Er gab jedoch zu, daß das auch eine physische und nervliche Belastung sein könnte. Anne entschloß sich, alles, was sie fühlte, zu verbergen – vor John, vor jedem. Die kurzen Schwindelanfälle, die heißen Wallungen kamen und gingen, und sie wartete in ihrem Schaukelstuhl am Schlafzimmerfenster, bis sie vorbei waren, und versuchte soviel wie möglich Ablenkung in der einfachen Schönheit der Straße zu finden: das Spiel von Sonne und Schatten in den hohen Ahornbäumen am Straßenrand und die unregelmäßigen schrägen Linien von fliegenden Amseln gegen den blauen Nachmittagshimmel.

Sie zwang sich dazu, mit Johnny und Julia zur Kirche zu gehen, weil ihr der Kirchgang eine Gewohnheit war. Eines Morgens predigte Mr. McKinney im Verlauf einer Serie von Predigten über die sieben Todsünden über den geistigen Tod in einem lebendigen Körper: die Sünde, die das Mittelalter »Accidia« genannt hatte, wie er erklärte. »Faulheit ist als Wort nicht stark genug, weil es mittlerweile nur noch einfach Trägheit bedeutet.«

Und für einen schrecklichen Augenblick hatte Anne den fast unwiderstehlichen Drang aufzustehen und zu schreien: »Schuldig.« Denn »Accidia« war das Wort für ihren inneren Zustand, falls »Verzweiflung« dem, was sie fühlte, nicht näher kam. Ihr Leben fühlte sich wie Staub und Asche in ihrem Mund an: halbvergangen, und sie hatte nichts getan, nichts in all den Jahren, die sie hatte durch die Finger gleiten lassen. Manchmal erwachte sie am frühen Morgen in dem ihr vertrauten Bett, in dem neben ihr John schlief, sah das Zimmer an, das plötzlich phantastisch fremd geworden war, und konnte sich nur fragen: »Was tue ich hier? *Ich,* mit dem Namen Anne Gordon. Der Name bedeutet nichts, und das ist nicht, wo ich hingehöre.« Und wenn die Welt wieder im rechten Lot saß und sie ihren Weg zurückgekämpft hatte, dachte sie: Ich verliere sicher meinen Verstand.

Und am seltsamsten war, daß sie nicht beten konnte. Sie hatte nicht ihren Glauben verloren, sie glaubte an Gott und an die Auferstehung. Aber plötzlich war Gott nichts Einzelnes mehr, kein Wesen, das man gesondert ansprechen konnte: er war in ihre Entfremdung von ihrem eigenen Namen eingeschlossen. Gott war eins mit ihr, mit der ganzen Welt. Wie konnte man von ihm erwarten, daß er sich teile und zurückstehe und die Gebete von einem so unendlich kleinen Bruchstück seiner Schöpfung beantworte? Nein. Es gab einen Himmel, es gab einen Gott, aber er war die Summe von allem: den kreisenden Sphären der Unendlichkeit, der Ewigkeit und den Seelen der Menschen.

Der Sommer ging zu Ende. Im September begannen wieder die Klubtreffen. In diesem Jahr würden die Damen einen »Blick auf die deutsche Literatur« werfen. Anne nahm an den Treffen im frühen Herbst teil. Aber sie erzitterte bei dem Gedanken, für den neunundzwanzigsten Oktober ein Essay über Heine schreiben zu müssen. Und die Vorstellung, aufstehen und es vorlesen zu müssen, war geradezu entsetzlich.

Sally Rausch, so hoffte Anne, war neben John der einzige Mensch, der eine Ahnung hatte, wie sie sich fühlte; als Sally eines Nachmittags in ihr Schlafzimmer kam, um sie zu besuchen, sagte Anne, daß sie, bevor sie ein Essay schreiben und es dem Klub vorlesen würde, lieber zurückträte.

Sally nahm ihre Drohung ruhig auf. »Das kannst du nicht tun. Denk mal daran, wie sehr du ihn vermissen würdest, sobald du dich wieder wie du selbst fühlst.« Sally, die durch die mittleren Vierziger mit einem Minimum an Schwierigkeiten fegte, war kaum anteilnehmender als John. Sie war hartherzig genug, zu lachen. »Das ist es, was du davon hast, wenn du hier oben sitzt und grübelst.«

Dann war sie reumütig. »Es tut mir leid, aber es ist solch ein *Unsinn.* Du wirst dich nicht immer so fühlen. Du darfst diesem

Gefühl jetzt nicht nachgeben. Der Tag, an dem eine Frau feststellt, daß sie diese vertrackte Sache endgültig hinter sich hat, sollte der glücklichste Tag in ihrem Leben sein. Und was diese alten Großmütterchen immer davon reden, wie ein alter ausgetrockneter Stecken zu werden, ist solch ein Unsinn. Ich fühle mich nicht ausgetrockneter, als ich es je getan habe. Ich fühle mich auch in meinem Inneren nicht älter.«

»Ich weiß. Ich fühle mich auch nicht besonders alt. Aber irgendwie sehe ich alles auf einer schiefen Ebene, aus einem seltsamen, verrückten Blickwinkel. John sagt, ich sei völlig in Ordnung.«

»Ach, Männer! Die wissen nichts und können sich auch nichts vorstellen, nicht einmal Ärzte. Halt nur für ein paar Monate durch. Schreib dein Klubessay und beweise dir selbst, daß dein Verstand immer noch richtig funktioniert. Und kein Unsinn mehr über Rücktritt.« Sally bewegte sich in ihrem Sessel und lehnte sich mit den Ellbogen auf ihren Knien vor. »Es ist eine komische Sache – erinnerst du dich, wie wir uns fühlten, als der Klub ins Leben gerufen wurde? Wir hätten etwas zu tun, dachten wir, und es könnte Spaß machen – und all diese alten Damen. Jetzt sind wir im mittleren Alter, und der Klub bedeutet ein bißchen mehr, als nur etwas zu tun. Irgendwie gibt es ein Verbindungsglied – etwas zwischen uns – zwischen Frauen, die sich sonst nie sehen würden, wenn es nicht den Klub gäbe. Ich freue mich sogar, nun sagen wir, Mrs. McKinney zu treffen – einmal innerhalb von zwei Wochen. Und du solltest alle diese älteren Damen bewundern: Sie sind durch das durchgegangen, was du jetzt durchmachst, ohne auch nur den geringsten Ton von sich zu geben. Ohne Zweifel hast du Stolz genug, das zu tun, was Amanda und die Ballards geschafft haben? Und Mrs. Deming, was das betrifft.«

Anne sagte aufrührerisch: »Vielleicht haben sie sich nicht so schrecklich gefühlt.« Aber sie brachte ein Lächeln zustande. »Es ist nur, weil ich immer gedacht habe, das Leben sei gut, der Himmel das größte Geschenk, und man solle alles mit Freude erleben. Die tagtägliche Langeweile wäre es wert durch die kleinen Freuden – wie die Veilchen im Frühling blühen zu sehen. Und jetzt scheint es nichts mehr zu geben.«

»Welche Dummheit du sagst! Ich habe den Verdacht, du bist nicht einmal interessiert an dem bevorstehenden Wechsel in der Klubmitgliederschaft. Aber gib wenigstens vor, interessiert zu sein. Miß Lavinia Gardiners Tod letzte Woche läßt einen Platz frei. Aber ich nehme an, daß Miß Caroline weiter bei uns bleibt. Es wird also nur einen Platz neu zu besetzen geben. Die jüngeren

Frauen – Elsa, Charlotte Bonner, Elizabeth Merrill – haben vor, Sophie Klein vorzuschlagen.«

»Demnach ist sie wieder zu Hause?«

»Wird in Kürze erwartet, glaube ich. Mit dem Titel des Doktors der Philosophie von der Universität Berlin.«

»Wird sie in Waynesboro bleiben? Sie könnte wohl überall unterrichten, denke ich.«

»Sie hat ihrer Familie ein Jahr zu Hause versprochen, sagt Elsa.«

»Dann gibt es keinen Grund, weshalb sie nicht Mitglied des Klubs werden sollte, oder doch?«

»Fritz Kleins Tochter? Du und ich können uns doch wohl daran erinnern, wie er noch Hausierer war.«

»Er ist ein guter Bürger und ein sehr freundlicher Mann, gutherzig und großzügig. Und Sophie ist ein brillantes Mädchen, eine *wirkliche* Gelehrte. Der Klub soll doch angeblich eine intellektuelle Gruppe sein.«

»Ich weiß. Ich habe nicht die Absicht, ihre Mitgliedschaft abzulehnen. Elsa würde mir nie vergeben. Sie und Sophie sind zeit ihres Lebens Freundinnen gewesen, besonders seit sie zusammen in Deutschland waren. Aber es zeigt, wie sich Waynesboro verändert.«

»Doch zum Besseren. Ein Mitglied wie Sophie könnte unsere Treffen interessanter werden lassen.«

»Du erwartest also, daß du teilnimmst trotz deiner Depression? Ich werde dir die Bücher, die du brauchst, bringen, falls sie nicht in der Bibliothek sind. Wir haben nicht genug Geld, um Bücher zu kaufen, die die meisten unserer Abonnenten nicht lesen würden. Wenn wir nur nicht von Abonnenten abhängig wären. Viele Städte haben öffentliche Büchereien, die mit Steuern unterstützt werden. Ich verstehe gar nicht, warum wir kein Geld bekommen sollten.«

»Mit den Männern, die wir im Stadtrat haben?«

»Das sind Nichtstuer, das gebe ich zu, und sie hassen es, das Geld des Steuerzahlers auszugeben, außer für Dinge, die *sie* als absolute Notwendigkeiten ansehen, besonders in einem Wahljahr. Aber wenn man genug Druck auf sie ausüben würde – und wir haben diese Bibliothek schon bei weitem zu lange auf unseren Schultern gehabt. Es hängt mir absolut zum Halse heraus, ständig versuchen zu müssen, Ruhamahs Gehalt und das Geld zum Bücherkaufen durch Vorträge, Konzerte und Rasenfeste zusammenzubringen. Es ist höchste Zeit, daß die jüngeren Leute diese Sache übernehmen. Ich habe Charlotte Bonner schon vor ein paar Tagen davon etwas angedeutet. Sie war es übrigens, die sagte, es sei lächerlich, daß Waynesboro nicht eine richtige, mit Steuermitteln unterstützte Bücherei habe. Ich überlasse es also ihnen: Elsa, Charlotte, Elizabeth Merrill und, ich nehme an, Julia, wenn sie ihre Trauer vergessen kann.«

»Es hat Vorteile, nicht zu der jüngeren Generation zu gehören.«

»Neben manchen Nachteilen. Faß dir ein Herz, Anne: Wenn du nur vorgibst, daß du dich besser fühlst, wird es dir auch schon etwas bessergehen. Dock muß ein Hundeleben führen, wenn er jeden Abend zu so einer Schwermut nach Hause kommt.«

Sallys herzhafter gesunder Menschenverstand hatte Annes Entschlossenheit geweckt, nicht als sonderlich zu erscheinen, sosehr sie sich auch aus dem Gleichgewicht geworfen fühlen mochte. Und Stolz war ein Ansporn, wie Sally ihr gesagt hatte: Könnte sie sich selbst zugeben, daß sie weniger Charakterstärke besäße als jene anderen Mitglieder des Klubs, die sich nie vor der Verpflichtung drückten, wie langweilig der daraus entstandene Essay letztlich auch sein mochte? Sie würde ihren Aufsatz schreiben! Mit Konzentration zu lesen und Notizen zu machen, würde ihr etwas geben, das ihre Gedanken ablenken könnte. Wenn die Sonne schien, ging sie auf den Hof; da Lafe die meiste tatsächliche Arbeit verrichtete, war das Laub zusammengeharkt und verbrannt, das Unkraut ausgezupft und die Blumenbeete für den Winter vorbereitet worden.

Aber selbst im Hof konnte sie völlig unvernünftig von Panik überfallen werden, von der Angst, sterben zu müssen zum Beispiel, die die meisten Leute früher oder später erleben. Tot zu sein, könnte ein wünschenswerter Zustand sein, aber zu sterben, vergeblich Atem holen zu wollen – sie gab sich ihre Feigheit zu: Millionen und Millionen waren vor ihr gestorben, ruhig, ohne Theater, Feiglinge wie auch tapfere Männer; es kann gar nicht so entsetzlich sein, weil so viele es mitgemacht haben. Dann erinnerte sie sich wieder an Binny und an das wilde Entsetzen in ihren Augen. Und sie weinte lautlos: um Binny, um sich selbst, um die Blumen auf dem Feld, über die der Wind hinzog und dann weg war.

Als der Klub sich für das letzte Treffen im Oktober versammelte, war Anne anwesend, um ihr Essay vorzulesen, und sie war entschlossen, niemand wissen zu lassen, was es sie gekostet hatte. Falls ihre Knie gezittert haben sollten, verdeckten ihre langen Röcke diese Tatsache; sie hielt ihr Notizbuch, so daß niemand sehen konnte, wie feucht ihre Handflächen waren. Zuerst war ihre Stimme nicht sicher: Diese Schwäche konnte sie nicht verbergen.

Aber sobald sie ganz in ihr Lesen versunken war, stellte sich heraus, daß es nicht die Qual werden würde, die sie vorausgesehen hatte.

Eine große Anzahl von Waynesboroer Frauen verbrachte einen guten Teil dieses Herbstes in ihren Schaukelstühlen. In der Stadt passierte recht wenig, was ihr Interesse erregte. Die Männer wurden wieder von der kommenden Wahl angesteckt, in der ein neues Repräsentantenhaus zu wählen war. Auf nationaler Ebene war die Zusammensetzung des neuen Kongresses von ausschlaggebender Bedeutung: Die Demokraten mußten durch die Republikaner ersetzt und die Bedrohung durch die ungebärdigen demokratischen Anordnungen eliminiert werden. Es wurde aber als selbstverständlich angenommen, daß, wie knapp der Kampf auch woanders ausgehen könne, der »Old Seventh« seine gegenwärtigen Vertreter wiederwählen werde: Der Kreis war republikanisch gewesen, seit die Partei gegründet worden war, und würde es aller Wahrscheinlichkeit nach bleiben. Und es schien allen Lesern von Zeitungen, daß die Wahl sicherlich mit einer Rückkehr der Republikaner an die Macht enden würde, soweit der gesetzgebende Zweig betroffen sei. Die Demokraten waren tief gespalten: auf der einen Seite Cleveland und die Unterstützer des Gold-Standards, auf der anderen Seite die Silber-Unterstützer und Populisten. Und die Republikaner hatten ein Wahlkampfthema: die Ungeheuerlichkeiten des Zollgesetzes der Demokraten. Wie gleichgültig die Damen des Frauenklubs von Waynesboro und ihre Gatten auch immer waren, die Politiker gingen kein Risiko ein. Ludwig Rausch vernachlässigte seine Pflichten als Staatskomiteemann in keiner Weise und er ließ in der Mühle wissen, daß er glaube, der Wohlstand kehre in das Land zurück, wenn eine gesunde Finanzpolitik fest etabliert sei und wenn der Zolltarif auf Fabrikationsgüter wiederhergestellt werde. Oder in einfacheren Worten, wenn die Demokraten aus dem Kongreß seien. Handzettel wurden in der Mühle angeschlagen mit Zahlen, die belegten, daß unter dem gegenwärtigen Gesetz europäische Länder und die Briten Seil und Schnur in New Orleans billiger verkaufen könnten als die Firma Rausch.

Sobald die Wahlkampfpläne in Bearbeitung waren, hörte Ludwig auf, sich noch große Sorgen über die Wahl zu machen – auch ihm schien das Resultat sicher. Die Republikaner stellten ihre Punkte im großen und ganzen wirksam dar – trotz des lauten Geschreis über freies Silber und die Bedrohung durch die Populisten. Senator John Sherman nahm aktiv am Wahlkampf in Ohio teil; und noch bedeutender für die Zukunft waren die unzähligen

Forderungen von überall im Land nach den Diensten von Gouverneur McKinley, einem Befürworter des Schutzzolles. Er hielt Ansprachen in sechzehn Staaten, und viele davon vor angeblich gegnerischen Zuhörerschaften, und wurde doch mit soviel Enthusiasmus empfangen, daß '94 nicht nur sicher ein republikanisches Jahr sein würde, sondern daß McKinley auch dem Land insgesamt so gut wie Ohio als wahrscheinlicher Kandidat für 1896 erschien.

Für diesmal war die Überzeugung der Republikaner gerechtfertigt: Die Vertretung der beiden Parteien im Repräsentantenhaus wurde mit überwältigender Mehrheit umgekehrt, und da die Republikaner fast jede Landeswahl im Norden gewannen, reduzierte sich die Mehrheit der Demokraten im Senat drastisch, als dessen Amtszeit vorbei war und die Landeslegislatur Ersatzleute auswählte. Ein republikanischer Triumph 1896 begann wie die sicherste Sache auszusehen. Mark Hanna äußerte diese Ansicht auch gegenüber Ludwig, als sie beim Treffen des Staats-Zentral-Komitees zusammenkamen. »'96 wird unser Jahr werden, und der Gouverneur unser Mann.« Ludwig stimmte zu, aber doch mit Vorbehalten, wegen der Dinge, die noch geschehen könnten, bevor der neue Kongreß zum erstenmal 1895 zusammenträte. Aber betäubt von seiner Niederlage tat der Lahme-Enten-Kongreß während seiner restlichen Amtszeit nichts mehr, und das Land trieb weiter dahin. Die Wirtschaftskrise schritt fort, und der Goldabfluß wurde zu einer wegschwemmenden Ebbe. Im Januar 1895 rief der Präsident den Kongreß zu sofortigen Abhilfemaßnahmen auf, bekam allerdings keine Antwort. Der Präsident und sein Finanzminister wurden zu einem Bündnis mit der Wall Street gezwungen; nach vielen Notstandsgesprächen stimmten Morgan und Belmont in New York zusammen mit Rothschild und Morgan in London zu, das benötigte Gold im Ausland zu beschaffen und die Reserven des Landes an ungemünztem Gold wieder aufzufüllen; die Anleihe würde mittels staatlicher Wertpapiere, die im Ausland verkauft werden sollten, zurückgezahlt. Wie die panische Nachfrage bei einer Bank im Lande durch die Ankunft eines Geldsackes gestoppt wird, hörte die Nachfrage nach dem Goldschatz des Landes sofort auf, als die Nachrichten veröffentlicht wurden. Der Präsident und die Bankiers hatten zusammen das Land vor dem Bankrott gerettet. Kaufleute, Bankiers und Industrielle konnten wieder Atem holen. Aber der unglückliche Präsident, der die Sicherheit des Landes vor seine eigenen Interessen gestellt hatte, fand sich als Zielscheibe einer Flut von Beschimpfungen anderer Demokraten – Silberisten, Populisten, Farmer und Schuldner –, denen Wall Street ein Anathema war und als

Quelle ihrer Schwierigkeiten angesehen wurde. Präsident Cleveland und diejenigen Amtsinhaber, die mit ihm übereinstimmten, waren politisch ruiniert, aber das Ende der Panik wegen des Goldes bezeichnete den Beginn des Aufschwungs, der zwar zögernd einsetzte, um sicherzugehen; aber das Vertrauen kehrte zurück, und Vertrauen war, was gebraucht wurde, um das Geschäft und die Räder der Industrie wieder anzutreiben.

Während dieser ganzen Zeit war der Bau einer Mühle für die Rausch & Bodien-Gesellschaft für beschichtetes Papier vollendet worden. Es war ein viel größeres Gebäude, als man es zu Beginn brauchen würde: Zuerst sollte das zu beschichtende Papier von eingesessenen Papierherstellern gekauft werden, zu gegebener Zeit, so hoffte man, würde die Gesellschaft ihre eigene Maschinerie kaufen und das Papier selbst herstellen können. Ludwig nahm die Wahl eines Unterzeichners und die Festsetzung von Verkaufsbedingungen der neunundvierzig Prozent der vorgeschlagenen Kapitalisation, alles in normalen Aktien, auf sich. Den Restbetrag mußten er und Stewart in Händen halten, um die Kontrolle ausüben zu können. Sie würden auf die eine oder andere Art das Geld beschaffen müssen, um das zu bezahlen. Das Problem, den Herstellungsprozeß einzuleiten, war in Stewarts Verantwortlichkeit; er sollte qualifizierte Papierfachleute einstellen, die die Produktion überwachen konnten, sobald die Maschinerie aufgebaut wäre. Die Maschinen waren in der Rausch-und-Bodien-Schlosserei hergestellt und in einem Lagerhaus der Seilerfirma untergebracht worden. Aber die tatsächliche Produktion würde auf die Bereitstellung von Kapital warten müssen; es könnte einige Zeit dauern, die Aktien zu verkaufen, obgleich Ludwig und der Unterzeichner eine vielversprechende Subskriptionsanzeige aufgegeben hatten.

Und was die Seilereiwarenfirma anging, wurde deren Geschäft immer noch durch den unverkauften Aktienhaufen des eingegangenen Nationalen Tauwerkkonzerns behindert. Ludwigs Mühle warf nicht viel ab, aber er konnte seine Rechnungen bezahlen, die Löhne auszahlen und den Vettern, die immer noch Aktien besaßen, ihre Dividenden zukommen lassen. Ludwig war sehr froh darüber, daß einiges von diesem Aktienbestand in besseren Zeiten zurückgekauft worden war. Die Dividenden, die ihm selbst zugestanden hätten, steckte er wieder in das Unternehmen, um dessen Reserve aufzubauen, und brauchte für sich und seine Familie nur das Gehalt, das er sich als Präsident auszahlte.

Wie groß auch immer seine geschäftlichen Sorgen sein mochten, Ludwig war ein Familienmann, und wenn er seine Hintertür öffnete, seine öligen und teerigen Stiefel austrat und seine Hausschuhe anzog (eine Angewohnheit, die er immer noch aufrechterhielt), dann warf er auch alles Geschäftsdenken ab und wandte seine Aufmerksamkeit nur der Familie zu. Ernest war noch zu Hause, obwohl er seine Zeit in der Mühle schon fast abgeleistet hatte; er war den ganzen Weg gegangen und arbeitete nun als Verschiffungssekretär. Er war mit einem Mädchen verlobt, das er im Osten kennengelernt hatte, einem Mädchenpensionats- und New-Yorker-Vorstadt-Produkt, das in diesem Winter Debütantin gewesen war. Die Hochzeit war für den Frühling geplant. Ernest hatte nur zu ihrem ersten Ball hinfahren können, aber seine Abwesenheit von allen anderen Zerstreuungen, die den Debütanten dieser Saison angeboten wurden, hatte die Zuneigung seiner Verlobten nicht schwächen können (vielleicht zu Ludwigs Enttäuschung). Ludwig war zu der harten Entscheidung gekommen, daß Ernest die Firma nie werde leiten können, selbst wenn seine Braut willens gewesen wäre, in Waynesboro zu wohnen. Aber wie Gib einmal vorgeschlagen hatte, wurde in Kansas City, von wo aus Schnur schnell zu den Getreidefeldern geschafft werden konnte, ein Lagerhaus und ein Versandbüro gebraucht. Schnur war ein saisonbedingtes Produkt; bevor die Ernte nicht abgeschätzt werden konnte, konnte auch niemand sagen, wieviel Schnur gebraucht werden würde, aber sobald die Ernte fast reif zum Einbringen war, würden die Großhändler die Schnur dringend brauchen, um die Aufträge der örtlichen Eisenwarenhandlungen erfüllen zu können, und diese Anforderungen mußten direkt beliefert werden unter Umgehung der Großhändler. Ernest machte sofort klar, daß er nicht der Mann in Kansas City sein würde, ob er nun fachkundig sei oder nicht. Ludwig hatte es ganz nebenbei vorgeschlagen, bevor sich die ganze Familie in der Bibliothek versammelte, um auf das Abendessen zu warten; Ernests Antwort war ein entsetzter Ausruf gewesen: »Kansas City! Emily würde nicht in *Kansas City* leben wollen! Gibt's denn nichts im Osten?«

»Du bist doch lange genug Versandsekretär gewesen, um zu wissen, daß unsere Kunden nicht im Osten sind.«

»Könntest du nicht Gib nach Kansas City schicken und mich...? Ein Vertreter kann fast überall leben.«

»Nein, kann ich nicht. Gib ist ein guter Vertreter und muß nahe genug zu Hause leben, um zu wissen, was in der Mühle vorgeht.«

Ludwig erkannte mit einem plötzlichen Stich, daß er viel leichter Ernests Weggang von Waynesboro als dem von Elsa entgegensehen könnte: Sie würde mit Gib gehen, wenn der nach Kansas City müßte. Weil ihm sein Gewissen keine Ruhe ließ, und weil ihm der Gedanke kam, daß Emilys Vater, ein Effektenmakler, sehr leicht etwas für Ernest im Osten finden könnte, das ihn reizen und seine Braut befriedigen würde, sagte Ludwig, um dieser Möglichkeit zuvorzukommen: »Was hältst du von New Orleans als einer Möglichkeit? Wir haben einen sehr guten Vertreter da, aber er kümmert sich um andere Produkte zusätzlich zu unseren. Ich kann Toussaint unser Geschäft nicht einfach entziehen; er ist lange Jahre für uns ein guter Mann gewesen. Aber er könnte vielleicht einer Partnerschaft zustimmen, wenn ihm genug geboten würde, und du könntest dich auf Seil konzentrieren.«

Sally mischte sich ein: »Warum habt ihr beiden denn nicht Ernests Zukunft früher schon geplant? Das sieht euch gar nicht ähnlich.«

»Das ist eine Familiensache. Ich hatte es aufgeschoben, weil ich gehofft hatte, Ernest würde hierbleiben und eines Tages meine Stelle einnehmen. Aber er ist nicht interessiert. Er soll darüber nachdenken, sich mit Toussaint zusammenzutun.«

Der Name »New Orleans« hatte einen gewissen Glanz in der Zeit, als George Washington Cable noch schrieb. Nach einiger Überlegung stimmte Ernest zu, daß es seiner Emily genehm sein könnte, und daß sie es auf jeden Fall versuchen würden.

»Wenn ich dich in eine Partnerschaft einkaufe, und du entscheidest dich, daß du sie dann doch nicht willst, dann stehst du allein da. Also überleg es dir gut.«

Nach postalischer Beratung verkündete Ernest, daß Emily zugestimmt habe, mit ihm nach New Orleans zu gehen. Er würde deshalb das Angebot seines Vaters annehmen.

Ludwig, der sich fragte, wie er je derartige Aufgeblasenheit hatte zeugen können, traf die notwendigen Vereinbarungen mit Mr. Toussaint. Braut und Bräutigam würden direkt von ihrer Hochzeitsreise nach den Bermudas (das Hochzeitsgeschenk von Emilys Vater) nach New Orleans reisen; sie würden die Fahrt dorthin per Schiff machen, anstatt erst nach New York zurückzukehren. Damit hatte sich Ludwig zufriedenzugeben; das Kansas-City-Lagerhaus konnte warten, bis Charles seine College-Ausbildung beendet und etwas von der Vermarktungsseite des Seilgeschäftes gelernt hatte. Ludwig aber sagte zu sich selbst, daß Charles bei Gott besser ein Mädchen aus dem mittleren Westen heiraten sollte, die Kansas City nicht als einen Vorort des Fegefeuers betrachtet. Und was Ludwig junior anging, er war ein Problemfall. Es gab keinerlei Hoffnung, einen Geschäftsmann aus ihm machen zu können; er war nicht so gefügig wie die älteren Söhne: Als man ihn im Sommer in die Mühle steckte, damit er den Fabrikationsteil des Geschäfts erlerne, hatte er seine Arbeit so schlecht gemacht, daß der Vorarbeiter sich hatte beschweren müssen, und man ihn letztlich gehenließ. In der Schule war er ständig in Schwierigkeiten; seine Kameraden waren ihm, was Sally als unerwünscht bezeichnete. Er schien nichts wirklich zu mögen, nur seine Musik; deshalb entschieden seine Eltern im Frühjahr 1895, daß er im Herbst nach New York auf ein Pensionat geschickt werden sollte, um unter einem wirklich kompetenten Lehrer Geige zu lernen.

Ernests Hochzeit im Mai des gleichen Jahres wohnte die gesamte Rausch-Familie bei, außer Elsa, die nicht hatte mitfahren können. Sie hatte gerade ihr zweites Kind zur Welt gebracht, ein Mädchen, das trotz Sallys Protest Jennifer genannt werden sollte: »So ein altmodischer Name! Wie sonderbar! Sie wird ihren Namen hassen, wenn sie aufwächst.« Elsa sagte einfach: »Uns scheint er nicht sonderbar zu sein. Es war der Name von Gibs Mutter, und er mag ihn.« Elsa mußte den Bericht ihrer Mutter von der Hochzeit abwarten, bis die Rauschs nach Hause zurückkehrten. Eine glänzende Angelegenheit, nannte es Sally; sie hoffte, Emilys Vater würde weiterhin vom Glück begünstigt. »Dein Vater ist der Ansicht, daß ein Börsenmakler die niedrigste Form des männlichen Tieres ist«, sagte sie. »Ich weiß nicht, warum; er könnte jetzt auch nicht mehr ohne einen auskommen. Natürlich *produziert* ein Börsenmakler nichts. Aber irgend etwas fehlte doch, was unsere Hochzeiten in Waynesboro haben: eine gewisse Wärme, die daher kommt, daß wir uns alle so gut kennen, nehme ich an. Es war nicht so, daß wir uns wie Enten außerhalb des Wassers gefühlt hätten, haben wir gar nicht – wir haben alle unsre Aufmerksamkeit erhalten. Aber man hat empfunden, daß diese Leute, wie miteinander vertraut sie sich auch immer gaben, sich doch noch nicht sehr lange kannten.«

»Du meinst, daß niemandes Großeltern die Großeltern der anderen kannten?« Elsa, die sich nicht vorstellen konnte, daß ihre Mutter sich in irgendeiner Lage wie eine Ente auf dem Lande fühlen könnte, lachte sie nun aus.

»Genau. Sie waren alle *neue* Leute, doch irgendwie schienen alle auf der Hut zu sein. Sie waren absolut nett, gut erzogen, vornehm und unbezweifelbar reich, aber...«

»Aber, wo kamen sie her?«

Sally konnte immer noch über sich selbst lachen. »Das spielt überhaupt keine Rolle, nicht wahr? Wir werden nie wieder einen von ihnen treffen mit Ausnahme, so hoffe ich, von Ernests Emily. Sie ist in einer amazonenhaften Art sehr hübsch; ein großes, stark aussehendes Mädchen, wie ich mit Freude sagen kann. Man denkt bei Mädchen aus der Gesellschaft an der Ostküste immer an blaß und schwächlich.«

»Zweifellos fähig, dir weitere Enkelkinder zu schenken.« Ihre Mutter war, wie Elsa wußte, über ihre Entscheidung, nicht mehr als zwei Kinder zu bekommen, verstimmt; jetzt hatte sie sie, und damit war sie fertig.

»Das hoffe ich. Obwohl kleine Familien heutzutage in Mode zu sein scheinen. Wie auch immer – ich nehme an, du bist bei den Klubtreffen gewesen, die ich verpaßt habe?«

»Ja. Das letzte Treffen des Jahres. Die Damen drückten ihr Bedauern wegen deiner Abwesenheit aus. Mrs. Voorhees hat den Vorsitz geführt und das sehr genossen.«

»Sei nicht sarkastisch. Du weißt sehr gut, daß ich bei jeder Wahl des Vorstandes versuche, meinen Namen zurückzuziehen, und daran gehindert werde.«

»Die Damen glauben, daß sich niemand sonst die Mühe machen würde wie du. Beim Treffen gab es eine Neuigkeit, die dir nicht sehr gefallen wird: Sophie wird Rudi Lichtenstein heiraten. Sie hat es den Leuten erzählt. Eine formelle Ankündigung kommt für Sophie nicht in Frage.«

»*Lichtenstein! Heiraten!*« Sally hätte nicht sagen können, ob sie darüber mehr erstaunt war, daß Sophie, die sie als eine weitere Amanda Reid ansah, altes Mädchen und geborene Gelehrte, überhaupt heiraten wollte, oder welche Wahl sie getroffen hatte.

»Ich wußte, du würdest nicht begeistert sein. Du hast immer gedacht, Sophie würde nur ein Jahr oder zwei in Waynesboro bleiben.«

»Sophie ist ein sehr wertvolles Klubmitglied. Ich weiß gar nicht, warum du das in diesem Ton sagst, ich mag Sophie recht gern.«

(Komisch, dachte Elsa, sobald eine im Klub ist, beginnt Mama, sie zu mögen. Eine gute Sache, natürlich; ansonsten würde sie wohl keine sehr gute Präsidentin sein.)

»Aber ein Lichtenstein!« sprach Sally weiter. »Sein Vater ist durch und durch ein *Sozialist*! Aber vielleicht... man sagt, Rudi sei ein glänzender junger Mann. Ohne Zweifel gibt es aber für ihn in Waynesboro keine Zukunftsaussichten.«

»Warum nicht? Er *ist* hervorragend. Er hat sein Juraexamen bestanden – du hast das verpaßt, es stand in der *Fackel*, während ihr weg wart. Er hat vor, hier eine Praxis aufzumachen.« Besser vorsichtig sein, dachte Elsa, und nichts davon preisgeben, daß er hofft, in einiger Zeit in die Politik zu gehen. »Ich glaube nicht, daß Rudi ein Sozialist ist. Ein Demokrat, ja. Vielleicht ein Populist.

Ein Silberist. Er will den Fuß der Reichen vom Nacken der Armen bekommen.«

»Was für ein Unsinn!«

»O Mama, er wird darüber hinwegkommen. Glaube mir, die Kleins sind nicht radikal.«

»Mr. Lichtenstein, so glaubt jeder, ist zumindest zum Teil Jude.«

»Und wenn er das wäre? Die nettesten Leute, die ich in Deutschland kennengelernt habe, waren Juden. Ich glaube nicht, daß das einen Deutschen wie Mr. Klein stören würde. Mr. Lichtenstein ist bei weitem deutscher als er jüdisch ist.«

»Ich gebe zu, die Deutschen halten zusammen.« Ihr Ton zeigte an, daß es immerhin nur Fritz Kleins Tochter war, die einen Lichtenstein heiratete.

»Sie sind nicht deutscher als Papa. Er hat nur einen gewissen Vorsprung. Ich wußte, du würdest schockiert sein. Aber erinnere dich bitte, Mama: Sophie ist eine Freundin von mir. Ich habe nicht vor, sie aufzugeben, nur weil du ihren ehelichen Namen nicht magst.«

»Du mußt tun, was du für richtig hältst. Ich habe nie einen Lichtenstein in mein Haus eingeladen.« Sie hielt inne: Wie konnte sie sagen »und werde es auch nie tun«, wenn Sophie ein Mitglied des Klubs war? Statt dessen fragte sie scharf: »Wie lange hast du das schon gewußt?«

»Mama! Sophie und Rudi waren schon in der Schule Freunde und sind es seither gewesen. Sie haben sich erst in diesem Frühjahr verlobt. Ich weiß, was du denkst: Wenn ich das die ganze Zeit gewußt habe, hätte ich ihren Namen nicht für den Klub vorschlagen sollen. Ich muß feststellen: Du wirst von Tag zu Tag ein größerer Snob!«

Die beiden Frauen hatten in Sallys Wohnzimmer im oberen Stock geredet, das Baby schlief in der Wiege, die vom Dachboden heruntergeholt worden war.

»Da kommt dein Vater gerade herein und Charles. Es ist schon fast Abendessenszeit. Du wirst das Baby aufwecken müssen. Sein Großvater hat es nicht gesehen, seit wir zurückgekommen sind.«

»Jetzt kann er es nicht länger als eine Minute ansehen. Ich muß nach Hause und für Gib das Abendessen kochen.«

»Welch ein Unsinn. Ruf ihn an, und sag ihm, er soll herkommen.«

»Nein, Mama. Das werde ich gar nicht erst anfangen. Davon abgesehen, ist der kleine Ludwig mit Cassie alleine.«

»Du hast Glück, daß Cassie noch fähig und willens ist, diese Aufgabe zu übernehmen, jetzt wo wir sie nicht mehr brauchen.«

»Sie ist nicht mehr so flink, wie sie mal war, aber sie liebt die Babys. Ich muß mich jetzt beeilen. Du und der Großvater könnt ja mal zum Abendessen zu uns kommen.«

Elsa hob schnell das Baby auf, das wach wurde und zu wimmern begann, und die beiden Frauen begannen, die Treppe hinunterzusteigen. Elsa ging ihrer Mutter voran und hielt das Baby an der Schulter, während sie mit der anderen Hand ihren langen Rock zusammenraffte.

Am Fuß der Treppe sagte ihre Mutter zu Charles: »Geh schnell und sag dem Stalljungen, er soll das Pferd nicht ausschirren: Er kann das Kind und Elsa nach Hause fahren.«

»Laß nur, Charles. Ich habe den Kinderwagen dabei, und der ist für den Buggy zu sperrig.« Elsa gab das Baby ihrem Vater und stellte sich auf die Zehenspitzen, um ihm einen Kuß zu geben. »Bewundere deine Enkeltochter, aber nur für einen Augenblick, wir müssen uns nämlich beeilen. Du erzählst ihm, Mama, von Sophie. Ich kann mich jetzt nicht aufhalten, um ihn explodieren zu hören.«

Sie ließ Charles den Kinderwagen die Verandatreppe herunterheben und legte dann das Baby, das jetzt in eine Decke eingewikkelt und mit einer gekrausten Kappe verschönert war, auf die Kissen, winkte auf Wiedersehen und machte sich auf den Heimweg.

Sobald sie wieder drinnen waren, sagte Ludwig: »Und worüber soll ich explodieren?« Als sie es ihm gesagt hatte, nahm er die Neuigkeit teilnahmslos auf, weil er sie nicht als für ihr Leben relevant ansah. »Warum sollte ich explodieren? Sein Vater ist ein Freund von mir, und die Jungs sind ziemlich klug. Ich glaube nicht, daß Lichtenstein einen Groschen hätte, den er gegen einen anderen reiben könnte, außer was er an Notargebühren verdient. Er ist nie daran interessiert gewesen, Geld zu verdienen, was einem Mann mit seinem Verstand leichtfallen sollte.«

Sie gingen zusammen in die Bibliothek, nahmen ihre gewohnten Sitzplätze ein, und Ludwig schlug seine Zeitung auf. Sally war jedoch noch nicht fertig mit dem, was sie sagen wollte.

»Elsa glaubt nicht, daß Rudi ein Sozialist ist, aber er glaubt, daß die Reichen die Armen unterdrücken.«

»Er ist nicht der einzige, der das glaubt. Mit solchen Vorstellungen wird er es in Waynesboro nicht weit bringen... nicht in unseren Zeiten jedenfalls.«

Die Republikaner in Ohio waren im Frühling und Sommer 1895 weniger wegen der Populisten und Silberisten beunruhigt als wegen einer Spaltung in ihren eigenen Reihen. Mark Hanna, der sich

McKinleys Heimstärke sicher war, hatte den Winter im Süden verbracht, um sich der Unterstützung für McKinley für den Parteitag 1896 zu versichern. Republikanische Organisationen konnten in einer Wahl keine Stimmen abgeben, hatten aber in Nominationsversammlungen Mitspracherecht. Die Kontrolle der republikanischen Parteiversammlung in Ohio wurde von Foraker und Foraker-Unterstützern an sich gerissen: Sie stellten die Bedingungen und schrieben die Grundsätze vor. Forakers Freund Bushnell wurde bestimmt, um sich um den Gouverneursposten zu bewerben, wenn McKinleys Amtszeit zu Ende ging. McKinleys Unterstützer bestätigten deshalb enthusiastisch, daß Foraker 1896 zum Senator gewählt werden solle, und sie bestätigten als eine völlig selbstverständliche Sache, aber mit wenig Enthusiasmus, ihre Unterstützung für McKinley als Präsidentschaftskandidat. Diese recht halbherzige Geste ließ die Möglichkeit einer gespaltenen Ohio-Delegation beim 96er republikanischen Konvent zu. McKinley-Männer traten in Aktion, von Hanna geleitet, was dem Gouverneur die Aufgabe übrig ließ, seine große Popularität mit dem Volke so offensichtlich zu machen, daß die Delegierten von Ohio nicht wagen würden, ihn im kommenden Juni im Stich zu lassen. In diesem Sommer sprach McKinley in vielen Städten und Metropolen des Landes vor vielen verschiedenartigen Zuhörern, einschließlich Bergarbeitern und Arbeitern und immer zugunsten von Forakers selbst ausgewählten Kandidaten für den Gouverneursposten. Überall erhielt er ein herzliches und einhelliges Willkommen; er war ein Mann, dem man kaum seine Zuneigung entziehen konnte. Der Standpunkt wurde ganz emphatisch ausgedrückt: Seine Popularität war so offensichtlich, daß es für eine Delegation von Ohio unmöglich sein würde, auf dem 96er Konvent nicht einstimmig hinter seiner Kandidatur zu stehen.

DIE MITGLIEDER DES FRAUENKLUBS VON WAYNESBORO

Miß Eliza Ballard
Miß Charlotte Bonner
Mrs. Louisa Deming
Mrs. Elsa Evans
Mrs. Gwen Evans
Miß Caroline Gardiner
Mrs. Anne Gordon
Mrs. Julia Gordon
Mrs. Sophie Lichtenstein
Mrs. Rhoda McKinney
Mrs. Laura Maxwell
Mrs. Elizabeth Merrill
Mrs. Sarah Rausch
Miß Amanda Reid
Mrs. Jessamine Stevens
Mrs. Thomasina Travers
Mrs. Christina Voorhees

IN MEMORIAM
Mrs. Mary Ballard
Miß Susan Crenshaw
Mrs. Katherine Edwards
Miß Lavinia Gardiner
Mrs. Mary McCune
Miß Agatha Pinney

1895–1896

»Der Klub ist entschlossen – Waynesboro soll eine freie, öffentliche Bücherei bekommen.«

Während sich die Männer, die sich mit Politik beschäftigten, auf diese bedeutenden Kontroversen konzentrierten, führte eine Gruppe von jüngeren Mitgliedern des Frauenklubs ihren eigenen Wahlkampf. Elsa Evans, Charlotte Bonner, Elizabeth Merrill und Sophie Klein (seit kurzem verheiratet und jetzt Mrs. Lichtenstein) beabsichtigten, dem Stadtrat mit allen Mitteln genügend Steuerunterstützung für die neue Bücherei abzukämpfen. Aufgrund von Ludwigs amüsiertem Ratschlag (wie Elsa behauptete, wußte er einfach alles über Wahlkampf), hatten sie gegen Ende des Winters von 1895 versucht, das Bewußtsein der Leute vorzubereiten, wie Ludwig es Elsa gesagt hatte: »Artikel in der *Fackel,* Petitionen, Sachen dieser Art.« Elsa hatte ihren Freundinnen nicht berichtet, daß er auch gesagt hatte, er bezweifle, ob sie im Wahljahr etwas erreichen würden: Das Geld des Steuerzahlers auszugeben, sei sicherlich das letzte, was ein Stadtratsmitglied zu diesem Zeitpunkt tun wolle. »Vielleicht«, hatte Elsa erwidert, »können wir ihnen mit unseren Petitionen fürchterliche Angst einjagen.«

Das selbsternannte Komitee war zuerst an das Kuratorium der Subskriptionsbücherei von Waynesboro herangetreten; es wäre unmöglich gewesen, sich über dessen Köpfe hinwegzusetzen, zumal der Vorschlag dahin ging, die neue öffentliche, Bücherei, auf die man hoffte, solle die existierende Subskriptionsbücherei mitübernehmen. Das Kuratorium setzte sich zu jener Zeit aus Amanda Reid, die den Frauenklub vertrat, Sheldon Edwards, Präsident Maxwell vom Theologischen Seminar, dem Methodistenpfarrer und einem weiteren Geistlichen, Mr. Craig von der presbyterianischen Gemeinde, zusammen. Nach Mr. McCunes Weggang war die Seelsorge in dieser Gemeinde von einer ganzen Reihe erst kürzlich graduierter Studenten des Seminars ausgeübt worden, die gerade lange genug blieben, so schien es den R.P.s, um sich eine Braut aus der Gemeinde angeln zu können, und die dann einen Ruf meist in fremde Gefilde annahmen. Als man des ständigen Wechsels müde wurde, hatte die Gemeinde endlich einen alternden, pensionierten Missionar ausfindig gemacht, den Reverend Mr. Craig, der überaus froh war, eine Kanzel zu finden, auf der er seine letzten Tage verbringen konnte. Unglücklicherweise schien er in den Augen der Leute aus der Stadt, die nicht dieser Kirche anhingen, ein noch größerer Frömmler zu sein, als es Mr. McCune gewesen war. Es lag auch eine bemerkenswerte Übereinstimmung seiner Ansichten mit denen von Christina Voorhees vor.

Als die vier jungen Damen eines Abends im Frühsommer einer Zusammenkunft des Kuratoriums beiwohnten – man hatte darum gebeten und hatte Erlaubnis erhalten –, wartete Mr. Craig schon mit Spannung auf sie. Sie waren nicht darauf vorbereitet, eine Opposition für ihren Vorschlag anzutreffen, die Bücherei der Stadt zu überantworten, denn sie zu führen, war eine undankbare Aufgabe gewesen, unbezahlt, aber keineswegs unkritisiert. Und was mehr zählte, sie wußten, daß sie der Unterstützung von Amanda und Sheldon, die ihre Pläne kannten, gewiß sein konnten. Um so verblüffter waren sie, feststellen zu müssen, daß alle Kirchenleute gegen sie waren, Mr. Craig am heftigsten. Wie die Dinge standen, so erklärte er ihnen freundlich, sei das Kuratorium durchaus in der Lage, entscheiden zu können, welche Bücher Waynesboro in aller Sicherheit zu lesen erlaubt werden könnte, ohne daß seine Moral vergiftet werde. Mit einer öffentlichen Bücherei unter der Kontrolle von Kuratoriumsmitgliedern, die vom Stadtrat bestellt würden, könne niemand mehr wissen, welche aufhetzenden und subversiven Bücher ihren Weg in die Regale finden könnten, um von harmlosen Bürgern gelesen zu werden. Natürlich, versicherte sie Mr. Craig mit einiger Herablassung, könnten die jungen Damen nicht davon abgehalten werden, sich um die Gelder für eine öffentliche Bücherei zu bemühen. Aber persönlich bezweifle er, ob die Stadtväter interessiert seien, die Öffentlichkeit mit Literatur zu versorgen, und er zumindest würde seinen Einfluß gegen solche Narretei geltend machen. Jedenfalls würde die Subskriptionsbücherei in der Art, in der sie augenblicklich eingerichtet sei, weiterarbeiten für solche, die Bücher vorzögen, die in jedem Sinne des Wortes sauber seien.

Da Mr. Craig in seiner Meinung von den anderen hochwürdigen

Herren unterstützt wurde, hatte es nicht einmal Sinn, sie um eine Abstimmung zu bitten. Aber Elsa verließ die Sitzung nicht, ohne ihre Meinung gesagt zu haben: »Wir hatten gehofft, daß mit Ihrer Einwilligung eine öffentliche Bücherei in genau diesem Raum hier eingerichtet werden könnte mit einer bereits beachtlichen Sammlung von Büchern. Wenn das jetzt nicht geht, dann nehme ich an, daß wir von Null anfangen müssen. Aber Sie erinnern sich bestimmt, daß es die Mitglieder des Frauenklubs waren, die das Geld für die Unterstützung dieser Bücherei aufgebracht haben über den schmalen Betrag hinaus, den die Subskribenten hereinbrachten. Unsere Mütter meinen, daß sie ihren Teil getan haben; sie sind bereit, uns die Bücherei zu übertragen. Das ist eine Verantwortung, die anzunehmen wir nicht vorhaben – nicht wenn es das legale Recht der Stadt ist, eine durch Steuern unterstützte Bücherei zu bekommen.«

Als sie ihre langen Röcke zusammenrafften und die staubige Treppe hinuntergingen, sprach niemand außer Elsa, die immer wieder mit Verblüffung vor sich hin murmelte: »Also wer hätte je gedacht...? Wer hätte je gedacht...?« Als sie den Bürgersteig betraten, war es draußen noch nicht ganz dunkel. Ihre Zusammenkunft hatte nicht lange gedauert. Bevor sie auseinandergingen, hielten sie einen Augenblick an, um ihre unglücklichen Kommentare auszutauschen. Es war Charlotte, die sagte: »Ein kleiner Mann, der sein kleines Quentchen Macht genießt. Er wird das nicht ohne Kampf aufgeben.«

»Und die anderen? Sind sie alle so frömmlerisch? Dr. Maxwell muß doch wissen, wie hart seine Frau in all diesen Jahren gearbeitet hat.«

Charlotte sagte: »Ich kann einfach kein weiteres Mal hingehen und Dr. Maxwell zuhören, wie er das Heilige Land aufgräbt.«

»Na ja«, Sophie war nicht so hitzig. »Ich vermute, er hat all diese Vorträge gern gehalten. Geistliche lieben es eben, ihre eigene Stimme zu hören.«

Elsa ignorierte den leichtfertigen Kommentar. »Wenn wir Steuermittel bekommen, um eine öffentliche Bücherei aufzubauen, werden sie einlenken. Sie können die Subskriptionsbücherei ohne unsere Hilfe nicht aufrechterhalten. Sie werden sich nicht überanstrengen, das notwendige Geld aufzubringen, und mit einer freien Bücherei in der Stadt werden die gegenwärtigen Subskribenten wie die Fliegen abfallen, sobald das Gitter geöffnet wird.«

»Da stimme ich zu. Aber was unternehmen wir als nächstes?«

»Weitere Artikel in der Zeitung. Das ist dein Bereich, Charlotte. Und Petitionen an den Bürgermeister und den Stadtrat. Wir sollten jede eine aufsetzen, uns dann wieder zusammenfinden und sehen, was wir haben.«

Die Artikel erschienen. Petitionen wurden an verschiedene Geschäfte verteilt: Man hoffte so, die Aufmerksamkeit der Kunden auf das Vorhaben zu lenken und Unterschriften zu bekommen. Sie wurden ebenfalls in den besseren Teilen der Stadt von Haus zu Haus getragen: bei dem warmen Wetter ein ermüdendes Unterfangen, aber es wurden viele Unterschriften gesammelt.

Als man den Eindruck hatte, die öffentliche Meinung sei genügend vorbereitet, wurde an einem Sommernachmittag zur Diskussion des nächsten Schritts ein Treffen bei Elsa anberaumt; die ziemlich beängstigende Aussicht, sich in das Rathaus zu wagen, stand an. Elsa schloß Julia in ihre Einladung ein, sie hatte ja schließlich ihrer Gruppe angehört.

Johnny fuhr seine Frau eines frühen Nachmittags vor seinen Sprechstunden zur Linden Street hinaus. Julia, immer noch eine trauernde Gestalt in ihrem schwarzen Kleid, den schwarzen Handschuhen und dem schwarzen Hut, grollte ein wenig wegen Elsas Annahme, daß sie auf ihren Ruf hin erscheinen würde, war aber zu neugierig, um dem Treffen fernzubleiben. Sie sagte selbstgefällig: »Seit ich ein kleines Kind war, hat sie immer versucht, mir zu sagen, was ich tun soll, aber ich habe dem kaum Aufmerksamkeit geschenkt.«

»Ich hoffe, was sie auch immer vorhat, daß du daran teilnehmen wirst. Ich sehe es nicht gern, daß du dich die ganze Zeit zu Hause einsperrst. Strapazierst du diese ganze Trauersache nicht irgendwie zu Tode?«

»Ich würde dich bitten, dich daran zu erinnern, daß Papa noch nicht ein Jahr tot ist.«

Wegen Johnnys unfreundlicher Bemerkung war Julia schon vor Zorn geladen, als er ihr aus dem Buggy half, sie war bereit, gegen alles zu sein, das Elsa im Sinn haben mochte. Sie erschien als letzte; die anderen waren zu Fuß in die Linden Street gekommen.

Als Julia angekommen war, konnten sie beginnen. Elizabeth sollte die Führung der Diskussion übernehmen; zwischen ihr und den anderen, obwohl sie nur fünf oder sechs Jahre älter sein mochte, gab es immer noch eine gewisse Lehrer-Schüler-Beziehung.

»Wir wollen nicht allzu formell sein«, wandte sie ein. »Ihr wißt alle, was uns hier zusammenführt: Wir wollen Pläne entwerfen, um Steuermittel für eine öffentliche Bücherei zu bekommen.«

»Eine öffentliche Bücherei? Für jedermann?« sagte Julia. »Wollt ihr damit sagen, daß ihr für all diese Artikel in der Zeitung verantwortlich seid?«

»Hauptsächlich. Wir haben natürlich einige Hilfe gehabt. Sieh mal, Julia, du weißt, daß unsere Subskriptionsbücherei nie genug Geld gehabt hat, die benötigten Mittel jedes Jahr aufzubringen.« Elizabeth glitt im Gespräch mit Julia leicht in einen pädagogischen Ton ab.

»Und«, sagte Elsa, »unsere Mütter sind es leid, sich dafür abzumühen. Sie haben es viele Jahre lang gemacht. Ich kann mich sogar noch daran erinnern, wie sie reihum als Bibliothekarinnen gearbeitet haben. Jetzt haben sie uns das Ganze übertragen. Willst du dein Leben damit verbringen, Rasenfeste und Konzerte aufzuziehen?«

»Nein, ich kann wirklich nicht sagen, daß ich das will.« Julia lächelte. »Es klingt schrecklich. Und ich weiß sehr gut, wie hart Mama gearbeitet hat, um Gelder sicherzustellen, damit die Bücherei offengehalten werden konnte. Aber wenn wir eine Menge neuer Subskribenten bekommen könnten, würde das doch sicherlich reichen.«

»Nein«, sagte Charlotte kurz angebunden, »das würde es nicht.« Sie war zu dem Treffen direkt vom Büro der *Fackel* gekommen, sie hatte noch Tinte an den Händen, die sie nicht hatte abwaschen können, und sie trug einen schwarzen Rock mit Jackett über einer weißen Hemdbluse, was so etwas wie ihre Tagesuniform darstellte; sie saß bequem zurückgelehnt auf Elsas Sofa und streckte ihre langen Beine vor sich aus, ihr knochiges Gesicht strahlte vor Enthusiasmus. »Gib uns keine kalte Dusche. Wir werden das durchsetzen. Es gibt keinen Grund, weshalb Waynesboro nicht eine freie, von Steuergeldern unterstützte Bücherei haben sollte. Eine richtige öffentliche Bücherei.«

»Aber«, Julia war verblüfft, »du meinst *frei* – die jeder in der Stadt benutzen kann?«

»Hast du unsere Artikel nicht gelesen? Natürlich, wenn sie mit Steuermitteln unterstützt wird, würde sie auch kostenlos sein müssen. Und warum nicht? Jedermann sollte Bücher bekommen können.«

»Jeder Tom, Dick und Harry? Sogar die Farbigen? Stellt euch vor, wie viele Bücher gekauft werden müßten! Und wie *schmutzig* sie würden! Die Kinderbücher jedenfalls. Ich würde sie nicht in meinem Haus haben wollen.«

Elsa lachte. »Du könntest dann tun, was Christina Voorhees tut: Kauf dir deine eigenen Kinderbücher und näh die Seiten zusammen, wenn sie Dinge zeigen, von denen du nicht willst, daß Tuck sie sieht, oder radier die anstößigen Passagen aus.«

»Was?« Charlotte setzte sich mit Verwunderung auf.

»Wußtest du das nicht? Ich weiß es zufällig, weil sie die Bücher der Bücherei gibt, wenn ihre Kinder mit ihnen fertig sind, und Ruhamah gibt sie Mama zum Auftrennen: sie traut sich nicht, das selbst zu tun. Die Annahme der Bücher kann nicht verweigert werden – man kann sich das nicht leisten; sie werden dankbar akzeptiert, selbst wenn einige Passagen mit einem dicken schwarzen Stift überdeckt sind.«

»Ist sie nicht...« Sie lachten alle, denn sie waren in buchfreundlichen Haushalten aufgewachsen und hatten ohne Einschränkung gelesen, was immer in den Regalen ihrer Eltern ihr Interesse erregt hatte. Aber nach einem Augenblick brachte sie Elizabeth zu dem vorliegenden Problem zurück. »Ihr wißt alle, daß Steuergelder nur vom Bürgermeister und vom Stadtrat bewilligt werden können. Wie werden wir es anfangen, sie zu überzeugen?«

»Ihnen in der Höhle des Löwen entgegentreten?« Julia war wie entgeistert. »Ihr wollt wirklich ins Rathaus gehen? Mit ihnen diskutieren?« Ihr Gesichtsausdruck hätte jemanden glauben machen können, daß sie etwas Widerwärtiges riechen würde – Spucknäpfe etwa oder Tabaksaft oder die ungewaschene Menschheit.

»Und warum um Gottes willen nicht?« Das war wieder Charlotte. Elsa war absolut bereit, ihr das Argumentieren zu überlassen, und Charlotte war über Julias Haltung ehrlich erstaunt. »Ich gehe immer hin, wenn unser Reporter nicht da ist, und rede mit ihnen wegen unserer ›Was gibt's Neues im Rathaus?‹-Spalte. Die beißen nicht. Sie sind wirklich immer sehr freundlich, nicht nur zu ihren Wählern, sondern auch zu Damen. Nebenbei, Julia, die meisten dieser Männer sind Busenfreunde deines Vaters.«

Julia wurde rot vor Zorn. »›Busenfreunde‹ sind das nicht; das sind Männer, die er aus politischen Gründen kennen mußte. Er hat Mutter und mich immer sehr umsichtig vor ›rauhen Politikern‹, wie er sie nannte, geschützt. Und davon abgesehen, wozu sollen wir eigentlich nötig sein – Elsas Vater braucht doch nur ein Wort zu sagen.«

Jetzt war Elsa an der Reihe, wütend zu werden. »Laß Papa aus dieser Sache. Er beschäftigt sich jetzt nicht – und hat sich nie mit Stadtpolitik beschäftigt. Seiner Meinung nach verändert es das Land weder so noch so, ob in Waynesboro die Bürger einen irisch-katholischen West-End-Demokraten als Bürgermeister wollen oder nicht.«

»Wie ist Dan Ryan überhaupt erst gewählt worden, ein Demokrat in dieser Stadt?« Es war Sophie, die sich das fragte, und Charlotte, die es ihr sagte.

»Er ist sehr beliebt. Sogar bei den Republikanern. Als Bürgermeister war er durchaus in Ordnung, deshalb wählen sie ihn immer weiter. Um Waynesboro könnte es viel schlimmer stehen.«

»Dir macht es vielleicht nichts aus, ihn zu deinen Bekannten zu zählen«, sagte Julia. »Mir aber schon. Und ich bin mir nicht sicher, daß ich die Idee einer öffentlichen Bücherei mag. Und ich werde mich mit Sicherheit auf nichts einlassen, das so – so *erniedrigend* ist wie eine derartige Kampagne.«

»So unweiblich?« fragte Charlotte mit einer Spur von Drohung in ihrer Stimme.

»Was hat das mit ›weiblich‹ zu tun? Ich nehme an, ihr seid sogar für das Frauenstimmrecht.«

»Aber selbstverständlich«, sagte Elsa kurz. »Und wenn wir es bekommen, habe ich auch vor, es auszuüben.«

»Aber deine Mutter...«

»Oh, ich weiß. Sie hat immer gemeint, die alte Mrs. Ballard sei irgendwie seltsam. Aber auch sie wird wählen, wenn sie eine Gelegenheit bekommt – glaub bloß nicht, daß sie das nicht tut.«

Elizabeth Merrill mischte sich ein. »Das hat alles nichts mit der Sache zu tun. Es tut mir leid, Julia, daß du uns nicht helfen willst. Dein Name – der Name deines Vaters – hätte bei den Männern, die wir zu überzeugen haben, so viel bedeutet. Und denk an den Eindruck, den du in deinem Schwarz gemacht hättest: Dan Ryans Herz hätte geblutet. Aber wenn du nicht mit uns zusammenarbeiten willst, entschuldigen wir dich, und wir werden es dir nicht nachtragen.«

»Danke«, sagte Julia. »Immerhin seid ihr meine nächsten Freunde – es täte mir sehr leid, wenn ihr es mir nachtragen würdet –, aber ich kann euch in diesem Punkt nicht zustimmen. Wenn ich mal dein Telefon benutzen darf, Elsa, werde ich Johnny anrufen: Sobald er eine Minute Zeit hat, wird er mich abholen.«

Nach kurzer Zeit fuhr Johnny am Tor der Evans' vor. Elsa ging mit Julia noch den Gartenweg hinunter, sagte auf Wiedersehen, winkte Johnny zu, als er vom Buggy sprang, um seiner Frau hineinzuhelfen; dann kehrte sie zu der Zusammenkunft zurück. Als sie wieder bei den anderen war, sagte sie: »Ich hatte schon gefürchtet, daß das ihre Haltung sein würde, aber ich fand, daß man sie dazu bitten mußte; niemand wird gerne übergangen. Davon abgesehen, sie ist so hübsch und sieht so besonders aus, sie würde die Männer glatt umwerfen. Julia wäre in einer Sache wie dieser viel besser als ich: Sie würde schmeicheln und wäre unwiderstehlich. Ich fürchte, ich werde ihnen plötzlich einfach sagen, was getan werden sollte, und das wird ihre Nackenhaare zum Stehen bringen.«

»Du hast dich verändert, Elsa«, sagte Sophie nachdenklich. »Du bist nicht mehr so bestimmend, wie du es noch als junges Mädchen warst.«

»Nein? Der besänftigende Einfluß von zwei Kindern, ohne Zweifel.«

Sophie dachte: Der besänftigende Einfluß... So macht sie in loyaler Art das Beste aus dem Zweitbesten. Sie wußte sehr gut, daß es nur das Zweitbeste war; sie kannte Elsa zu lange, um das nicht erkannt zu haben. Aber Elsa hatte ihr ganzes Herz und ihren ganzen Sinn darangesetzt, Gib glücklich zu machen und selbst glücklich zu sein; und es hatte irgendwie eine Veränderung bewirkt. »Wenn man sie jetzt erst kennenlernen würde«, sagte sich Sophie in ihren Gedanken, »könnte man sie eine ›süße Frau‹ nennen – doch welch ein Wort wäre das für Elsa Rausch!«

Und Elsa selbst strafte es Lügen, indem sie kurz angebunden sagte: »Kommt, wir wollen weitermachen. Wo waren wir gerade?«

Nachdem Johnny Elsa vom Straßenrand her zugewinkt hatte, sagte er zu Julia: »Können wir sonst noch jemand nach Hause bringen? Wir könnten noch jemand hineinzwängen.«

Julia, die gerade mit Johnnys Hand unter ihrem Arm von der steinernen Kutschenstufe in den Buggy kletterte, sagte: »Sie sind noch nicht ganz fertig.«

»Was planen sie denn? Etwas, das dir nicht gefällt?«

»Sie führen einen Feldzug für Steuerunterstützung einer öffentlichen Bücherei – haben doch tatsächlich vor, den Bürgermeister und den Stadtrat um eine Geldbewilligung zu bitten. Nein, ich finde das gar nicht gut.« Dann fügte sie hinzu, da Johnny keine Antwort gab: »Du würdest das doch sicherlich nicht von *mir* wollen?«

»Nicht, wenn du meinst, daß du das nicht kannst.« Johnny lächelte nicht, er schien ziemlich betrübt.

»Sie haben mich nur gebeten, damit sie Papas Namen gebrauchen könnten. Ihm hätte diese Sache wohl überhaupt nicht gefallen. Jedenfalls, selbst wenn ich mich dazu bringen könnte, in das Rathaus zu gehen und mit Männern wie Dan Ryan zu sprechen, würde ich es trotzdem nicht tun. Ich finde, daß eine öffentliche Bücherei, die jedem freisteht, Schwarzen und Weißen, eine schreckliche Vorstellung ist. Denk nur mal daran, wie schmutzig die Bücher werden würden.«

»Ich bin sicher, du würdest Dan Ryan als vollkommenen

Gentleman kennenlernen. Unabhängig, was seine Meinung darüber wäre, er würde euch alle sicherlich wie Damen behandeln. Und die Mitglieder des Stadtrates sind vollkommen ehrenhafte Bürger.«

»Johnny! Du findest, daß ich etwas Falsches getan habe?«

»Ich glaube, daß du einen Fehler gemacht hast. Du setzt dich von allen Aktivitäten deiner Freunde ab, weil du noch trauerst. Nun, das ist ja fast vorbei...«

»Ich werde um Papa trauern, solange ich lebe.«

»Natürlich. Aber du brauchst doch nicht Schwarz zu tragen, damit es dich daran erinnert. Und er hätte es nicht gern gehabt, wenn du unglücklich bist. Ich habe mir deinetwegen Sorgen gemacht, weil du seit fast einem Jahr außerhalb der Kirche und deinem Klub und zu Hause nichts getan hast. Du kümmerst dich um das Baby und mich und tust sonst nichts als häkeln, häkeln, häkeln. Das ist kein Leben. Und glaubst du, deine Freunde behalten zu können, wenn du sie nie besuchst? Sie werden sich daran gewöhnen, alles ohne dich zu unternehmen. Und Liebling, du bist so jung – du solltest dich amüsieren.«

»Wenn mich meine Freunde vergessen, dann kann ich auch ohne sie auskommen, vielen Dank. Verglichen mit meinem Heim und meiner Familie sind sie mir völlig schnuppe.« Und sie fügte ziemlich gehässig hinzu: »Wenn du dir Sorgen machen mußt, dann sorge dich um deine Mutter. Sie ist schon seit längerer Zeit äußerst seltsam. Sie schließt sich selbst ohne Grund ein, geht nicht mehr aus, besucht keine Leute und spricht nicht, wenn sie mal zufällig jemanden sieht.«

Eine kalte Hand umklammerte Johnnys Herz, aber er sagte gleichmütig: »Sie geht durch eine sehr kritische Phase, sowohl körperlich wie auch seelisch. Sie wird sich selbst herausreißen. Ich habe nie jemand gekannt, der das Leben so liebt – es so genießt – wie meine Mutter. Selbst die kleinen Dinge, wie die ersten Veilchen.« Er hatte sie zufällig eines Nachmittags zu Beginn des Frühlings getroffen, wie sie sich über die Veilchen beugte, die entlang des Seitenzaunes unter dem Flieder wuchsen. Sie schob die Blätter vom letzten Herbst beiseite, um sie ihm zu zeigen und um ihn an ihrer Freude teilhaben zu lassen. Die Veilchen, dachte er, erinnerten sie an Binny. »Sie kommt wieder in Ordnung«, sagte er fest.

»Das hoffe ich auch. Sie schien mir nicht unbedingt in das Leben verliebt zu sein, als ich sie das letzte Mal traf.«

»Warum? Was hat sie gesagt?«

»Oh, nichts, eigentlich. Nur, daß im Leben eines jeden einmal der Zeitpunkt kommt, an dem man sich fragt, welchen Sinn das Ganze habe.«

»Und das ist auch so«, sagte Johnny jetzt etwas fröhlicher. »Das erscheint mir gar nicht als eine so abwegige Feststellung von jemandem, der sich nicht ganz auf der Höhe fühlt.«

Und trotzdem, als Johnny seine Nachmittagsvisiten beendet hatte, band er sein Pferd am Zügelpfosten der Gordons an und ging hinein, um seine Mutter zu besuchen. Er fand sie in ihrem Schlafzimmer in ihrem Schaukelstuhl am Fenster.

»Mama, es ist ein so schöner Tag. Ich dachte, du würdest vielleicht gerne mit mir aufs Land fahren.«

»Ich glaube eigentlich nicht. Vielen Dank, Johnny. Ich müßte mich umziehen. Warum nimmst du nicht Julia mit?«

»Sie ist heute schon mal weggewesen. Ich werde dir davon erzählen, wenn ich dich erst im Buggy habe. Wer soll dich denn sehen? Du brauchst bloß deine Haube aufzusetzen.«

»›Haube‹, nun wirklich. Schwarz umrandet wohl auch noch, nehme ich an? Männer sind wirklich – weißt du denn nicht, daß nur die alten Damen heutzutage noch Hauben tragen? Reich mir doch bitte meinen Hut von der Hutablage.«

Als sie dann erst einmal im Buggy saß und Johnny mit seinem jungen, temperamentvollen Pferd dahinflitzte, dachte Anne nur noch daran, wie sie wieder sicher nach Hause kommen würde, nahm sich aber um Johnnys willen zusammen. »Was hatten den Julia und ihre Freunde vor?«

»Julias Freunde haben nach ihrer Meinung nichts Gutes vor: Sie will davon nichts wissen. Sie planen, Dan Ryan und den Stadtrat zu belagern, um Steuergelder für eine öffentliche Bücherei zu bekommen.«

»Steuergelder? Ich erinnere mich, daß Sally schon vor längerer Zeit mal etwas davon gesagt hat. Dann sind sie es also, die diese ganzen Artikel in der Zeitung geschrieben haben und mit den Petitionen herumlaufen. Ob das möglich ist? Denk an all die Jahre, in denen wir uns damit abgemüht haben und alles allein tun mußten. Wäre das denn legal?«

»Eine von ihnen ist Mrs. Tim Merrill. Tim wird sicherlich wissen, ob das zu machen ist oder nicht.«

»Und Julia will nicht mitmachen? Warum denn nicht? Wenn sie so viele Rasenfeste und Vorträge organisiert hätte wie ihre Mutter und ich...«

»Sie glaubt, sie wollten nur den Namen ihres Vaters ausnutzen. Das ist natürlich Unsinn: Er kann weder jemandem helfen noch jemandem schaden. Und sie hat keine sehr hohe Meinung von unserem Rathaus. Das ist wohl noch der Einfluß ihres Vaters: Er hat seine Frauen von den Politikern ferngehalten, als ob sie alle Lepra hätten.«

»Ich kenne keinen, der sie besser kannte«, sagte Anne trocken. »Vielleicht hatte er Grund dafür.«

»Und sie kann sich nicht mit der Vorstellung einer öffentlichen Bücherei befreunden, die alle unsere Bürger benutzen könnten. Sie sieht voraus, daß die Bücher schmutzig würden – regelrechte Bakterienträger wären.«

»Du und dein Vater, ihr seid wie verrückt bei dem Thema Bakterien. Ein Buch kann doch sicher keine tragen?«

»Aber natürlich. Bakterien gibt es überall: in der Luft, die wir atmen, und im Wasser, das wir trinken. Natürlich würden wir vielleicht Tucker Bücher kaufen müssen.«

»Du hast manch ein Buch aus der Bibliothek gelesen, als du noch klein warst.«

»Deren Umlauf war auf den Teil der Stadt mit sauberen Händen beschränkt. Aber mißversteh mich nicht. Ich finde, daß es eine sehr gute Sache wäre. Und ich wünschte, Julia fände das auch und würde dabei helfen. Sie ist schon so lange von ihren Freunden abgeschnitten. Ich kann sie nicht überreden, mit ihnen auszugehen, nicht einmal, um Krocket zu spielen. Sobald jemand lacht, glaubt sie, das Andenken an ihren Vater wird mißachtet. Gott, ich wäre froh, wenn sie endlich dieses Schwarz ablegen würde. Ich nehme an, ihre Mutter wird es noch ein weiteres Jahr tragen, und Julia wird dann Weiß oder Blaßlila oder irgendwas tragen. Ich kenne die Regeln nicht, aber wie immer sie sind, sie wird sie einhalten. Und in kurzer Zeit werden sich ihre Freunde daran gewöhnt haben, daß sie nein sagt, und werden aufhören, sie noch zu fragen. Sie ist jung, Mama. Sie sollte etwas Spaß am Leben haben. Kannst du mir nicht helfen?«

»Wie denn? Eine Frau im mittleren Alter, die selbst nicht ausgeht?«

»Verdammt noch mal, Mama!«

»Johnny!«

»Ich entschuldige mich. Es tut mir leid. Aber das reicht, um auch einen Heiligen zum Fluchen zu bringen. Du mußt damit aufhören, eine ›Frau mittleren Alters, die nicht ausgeht‹ zu sein. Ich weiß, daß du dich nicht wohl fühlst und daß du dich bemitleidest, aber du solltest dir Mühe geben. Niemand als man selbst kann Nerven heilen.«

»Ich verstehe«, sagte Anne und entspannte sich ein bißchen. »Dr. Johnny Gordon heilt zwei Vögel mit einer Medizin.«

»Es ist jetzt schon ein Jahr. Paps ist verstimmt.«

Sie hielt den Atem an. »Johnny, es ist nicht so lange. Ich bin während des ganzen letzten Winters ausgegangen. Zu Klubtreffen und in die Kirche.« Sie hatte den Besuch der Kirche wieder aufgenommen, weil sie Mr. McKinneys Predigten weniger ärgerlich fand als seine seelsorgerischen Besuche, die er immer mit einem Gebet für sie beendete.

»Es scheint mir, daß ich dich immer oben in deinem Schaukelstuhl finde.«

Sie antwortete nicht. Sie dachte: Ich habe fast ein Jahr meines Lebens vertan und ein Jahr von Johns Leben verdorben. Den Rest des Weges fuhren sie schweigend; sogar als Johnny auf einen Farmweg abbog und an einem weißen Lattenzaun anhielt, der den Hof von den Feldern trennte, sagte sie nichts. »Ich muß hier mal kurz zur Visite hineinschauen. Es wird nicht lange dauern.« Als er dann seine Tasche herausgehoben, das Tor geöffnete hatte und den Weg hochging, war sie, abgesehen von dem im Gras weidenden Pferd, allein und saß hoch und ein wenig schwindlig auf ihrem Buggy-Sitz. Sie krallte ihre Finger um dessen Rand und hielt sich verzweifelt fest, schloß die Augen und fürchtete, herunterzufallen. Sie wartete, bis dieser Anfall von Schwindel vorbei war. Als sie nicht länger das Gefühl hatte, der Buggy schwanke unter ihr, öffnete sie wieder ihre Augen und sah nicht eine sich drehende Erde, sondern Stoppelfelder, wo gerade die Ernte eingefahren worden war, und grüne Felder mit hohem Korn, auf einer entfernteren Wiese an einem Hang weidendes Vieh und wie ein Kreis den Horizont abschließend dunkel in der Sommersonne Bäume – überall Bäume.

Als Johnny wieder herauskam, richtete sie sich gerade auf und holte tief Atem. Als er neben sie in den Buggy kletterte, sagte sie: »Ich habe nachgedacht. Ich muß es besser machen. Was Julia angeht: Erinnerst du dich an die Familienpicknicks, die wir oft auf der Farm hatten, als ihr noch klein wart? Würde sie an so etwas Spaß haben?«

»Vielleicht. Ich werde sie fragen. Danke. Ich weiß, daß es dir schon Anstrengung kostet, diesen Vorschlag zu machen. Aber es wäre ein Anfang für euch beide.«

»Wir wollen das mal ins Auge fassen. Wie wär's, wenn wir auch Kusine Jessamine und Rodney fragen? Das würde es in der Familie halten, und sie ist immer eine angenehme Gesellschaft. Und«, sie zögerte, »Mrs. Deming?«

»Wir werden sie natürlich fragen müssen, aber sie wird nicht kommen. Und Rodney hat vielleicht was Besseres vor, als zu einem Familienpicknick zu kommen.«

Sie schwiegen weiterhin, bis sie am Pfosten der Gordons anhielten. Johnny stieg aus und half ihr aus dem Buggy. Dann sagte sie: »Danke, daß du mich dazu gebracht hast, mit dir zu kommen. Es hat mir einige Spinnweben aus den Gedanken geblasen. Sie werden zurückkommen, fürchte ich: Ich bezweifle, daß ich alle Spinnen losgeworden bin. Aber beim nächsten Mal wird es vielleicht schon einfacher. Sag mir wegen des Picknicks Bescheid.«

Falls sie sich gefragt hatte, ob John sich als zu alt für ein Picknick halten würde, hätte sie sich keine Sorgen zu machen brauchen. Er war so erleichtert, daß sie die Initiative ergriff, selbst in der kleinsten Sache, daß er ohne Zaudern zustimmte. An einem warmen, goldenen Sommertag fuhren sie alle zur Farm der Gordons hinaus: die älteren Gordons in der Familienkutsche, John und Anne auf den Vordersitzen, Jessamine und Rodney hinten. Jessamine war dem Anlaß angemessen in eine weiße Hemdbluse und einen dunklen Rock gekleidet und trug einen steifen Seemannshut aus Stroh, der ihr weit hinten flach auf dem Kopf saß. Rodney steckte in einer weißen Entenhose und einem auffallend gestreiften Blazer, er trug einen Hut wie seine Mutter. Mit sechzehn schon war Rodney ein ziemlicher Geck und sah, so dachte Anne, gar nicht mehr so wie Johnny aus, wie er es einmal getan hatte. Er war jetzt bereits größer, mit einem schmalen Körperbau wie alle Gordons, aber so dünn, daß er nur aus Knoten, Knien und Ellbögen zu bestehen schien. Auch sein Gesicht war dünn, und der typische Gordon-Ausdruck war weg, abgesehen von seinen Augen. Johnny und Julia mit Tuck zwischen ihnen auf dem Buggy-Sitz waren nahe genug hinter ihnen, um den ganzen Staub schlucken zu müssen, etwas, woran Julia sicher nicht gedacht hatte, als sie sich ankleidete. Sie hatte, nachdem sie das Schwarz endlich abgelegt hatte, ein weißes, gestreiftes Oberteil an mit Keulenärmeln und einen langen, ausgestellten Rock. Dazu trug sie einen breitkrempigen Strohhut, der von einem Blumenstrauß auf jeder Seite und weiten Schleifen aus drahtverstärkten hohen Bändern verziert wurde. Die anderen Frauen konnten sich nicht enthalten, sich gegenseitig einen Blick zuzuwerfen; aber immerhin, dachte Anne, das Mädchen wollte ihren Putz eben irgendwo tragen, und sie sah bezaubernd hübsch aus, auch wenn ihre »Takelage«, wie John es nennen würde, wohl kaum die passende Ausstaffierung für ein Picknick war.

An der Farm hielten sie kurz an, um den Pächtern zu erklären, weshalb sie gekommen seien, banden dann die Pferde an den Zaun und ließen die Männer die Körbe und die Kutschendecken, auf denen man sitzen konnte, tragen. Dann machte sich alles auf, den

Hügel zu besteigen; Rodney trug Tuck, der einen hübschen kleinen Matrosenanzug anhatte, huckepack. Zusammen stapften sie den langen Hang zum Gipfel des Hügels hinauf, den die Gordons schon vor langer Zeit als ihren Picknickplatz erwählt hatten.

Für die Frauen war es eher Vortäuschung von Vergnügen als wahre Freude: Anne hielt aus, weil sie wußte, daß sie bald wieder zu Hause sein würde, Julia, die sich nichts aus Landschaften machte, war kein enthusiastischer Picknicker und konnte Ameisen, Heuschrecken und alle anderen krabbelnden, springenden und fliegenden Insekten nicht ausstehen; selbst wenn man Decken hatte, auf denen man sitzen konnte, fürchtete Jessamine die Abendfeuchtigkeit für Rodney, der immer noch von Zeit zu Zeit einen Anfall von Malaria hatte. Die Männer waren gelöster: Sie breiteten sich entspannt auf dem Gras aus, während die Frauen das Essen arrangierten. Am glücklichsten waren die beiden Jungs: Rodney liebte das Land und gutes Essen mit gleicher Leidenschaft; soweit es das Essen betraf, war er ein bodenloses Faß. Als er sah, wie die gebratenen Hühnchen aus den Körben genommen wurden, wußte er, daß es soviel gäbe, wie ein Bursche nur würde essen können. Und Tucker, der bereits ganze zweieinhalb Jahre war, ohne je die Farm gesehen zu haben, und dem auch nie erlaubt worden war, nach eigenem Willen herumzutollen, jagte Heuschrecken und pflückte Blumen für seine Mutter und Großmutter; all das war für ihn ungetrübte Glückseligkeit.

Nach dem Essen nahm Rodney Tucker zu dem Weidezaun am Fuße des Hügels mit, über den ein neugieriges Pflugpferd seine Nase streckte. Rodney hatte einige Zuckerklümpchen vom Picknickproviant stibitzt; das Pferd knapperte eifrig an seiner Handfläche. Er hob den kleinen Jungen auf den obersten Balken des Zauns: Von diesem Thron konnte Tuck unter Aufbringung allen seines Mutes die Nüstern des Pferdes und seinen Nacken und seine Mähne streicheln, und als Rodney ein weiteres Stückchen Zucker hervorbrachte, konnte er nach mehreren Fehlversuchen sogar das Pferd dazu bringen, das Zuckerstück von Tucks Handfläche zu nehmen. So vertraut dem Kind auch das rückwärtige Ende, der sausende Schweif des Pferdes seines Vaters, war, er war ihm noch nie wirklich so nah gewesen; dieses Abenteuer, bei dem Rodney ihn sicher hielt, war der Höhepunkt einer besonderen Angelegenheit. Er hatte keine Angst, im Gegensatz zu seiner Mutter. Auf der Decke zusammen mit den anderen Erwachsenen protestierte sie: »Johnny, bist du sicher, daß das Pferd nicht beißt?« Johnny lachte. »Das ist ein Farmpferd, nicht im geringsten gefährlich«, und Jessamine sagte: »Es ist in Ordnung, Rodney ist ja bei ihm, er ist sehr gut mit Kindern.« Und John, zwischen dem und dem kleinen Jungen während des letzten Jahres eine enge Freundschaft entstanden war, fügte hinzu: »Er muß ein Pony bekommen, wenn er ein bißchen größer ist.«

»Will Rodney immer noch Arzt werden?« fragte Julia träge. »Wenn er doch so gut mit Kindern ist...«

»Chirurg, das ist augenblicklich, glaube ich, seine Vorstellung, nicht wahr, Vetter Dock?«

»Das wäre auch besser«, seufzte Julia. »Dann würde er wenigstens nicht zu jeder Tages- und Nachtzeit wegen der geringfügigsten Gründe herausgerufen.«

Johnny lachte über sie. »So schlimm ist es nun auch nicht.«

Nach diesem ehelichen Geplänkel waren sie schweigsam und beobachteten, wie sich die Dämmerung über den Kornfeldern und den Wiesen vertiefte. Es wurde nur hin und wieder ein vereinzeltes Wort gesprochen, bis am Horizont entlang die Lichter der Stadt, die nur ein paar Meilen entfernt war, wie verstreute Punkte zu glimmen begannen. Da stand Julia auf, schüttelte ihren Rock und sagte: »Ich werde von Mücken gebissen. Ich glaube, ich gehe zum Buggy zurück. Ruf doch Rodney, bitte, Johnny. Sag ihm, daß Tucks Bettzeit schon vorbei ist.«

»Ich werde sie holen. Könnt ihr beide die Decken tragen?« Julia war bereits auf halbem Wege den Hügel hinunter. »Wir bringen dann die Körbe.«

Und so fuhren sie in der hereinbrechenden Dunkelheit nach Hause. Und welche Vorbehalte die beiden Gordon-Frauen vorher auch gehabt haben mochten, zumindest hatten sie die Genugtuung, ihre Gatten erfreut zu haben; und die Männer waren glücklich, weil der Schatten über ihrem Leben sich gelichtet zu haben schien.

Und zu einem gewissen Maß traf das auch zu. Die Programme des Frauenklubs wurden verteilt: »Römische und griechische Dichter«. Es gab immer noch Morgen, an denen sich Anne zwingen mußte, sich an den Schreibtisch zu setzen, zu lesen und Aufzeichnungen über Theokrit zu machen; aber sie fand, daß, sobald sie begonnen hatte, ihr Verstand arbeitete und daß die Idyllen ein wahres Lesevergnügen waren: Sie konnte sich Zeit nehmen und sie genießen. Verzweiflung war endlich nur noch eine Erinnerung. Dieses Mal machte ihr das Schreiben ihres Essays wirklich Vergnügen.

Julia, deren Trauerjahr zu Ende war, erinnerte Johnny nicht so oft an ihre Ansicht, der Tod ihres Vaters sei Dr. Warrens Fehler (und, was darin impliziert war, Johnnys). Sie langweilte sich und war bereit, an andere Dinge zu denken. Sie war absolut willens, bei Krocketspielen mitzumachen oder Fahrradtouren mit andern jungen Damen in das Land zu unternehmen. Unglücklicherweise waren ihre nächsten Freunde nun mit dem Feldzug für die neue Bücherei beschäftigt.

Sie brachten ihre Petitionen zum Rathaus und ließen sie da, damit sie genau untersucht werden konnten; sie unterbrachen die Ratsherren bei ihrer Arbeit, um sie um ihre Bewilligung zu bitten. Sophie Lichtenstein, so klein und mausgrau sie war, konnte Feuer entwickeln; ihre braunen Augen konnten blitzen, und ihr Temperament flammte auf, wenn sie die deutschen Freunde ihres Vaters ansprach. Elsa legte manchmal eine besänftigende Hand auf ihren Arm. Sie sagte dann zu den Männern: »Ärgern Sie sich nicht über Sophie, sie erregt sich so, weil sie sich daran erinnert, wieviel besser Deutschland Kultur und Bildung verbreitet.« Und erfreut, das Land, das sie voller Abscheu und Verzweiflung verlassen hatten, gelobt zu hören, stimmten sie zu, die Petitionen zu unterzeichnen, und, falls es nötig sein sollte und die Gelegenheit sich bieten würde, auch für die Bücherei zu stimmen.

Elizabeth Merrill, weniger heißblütig als die jüngeren Frauen, drückte eines Abends nach dem Essen ihrem Mann gegenüber ihre Mutlosigkeit aus. Todmüde, weil sie den ganzen Nachmittag durch die Straßen gelaufen, dann auch noch den ganzen Weg nach Hause gegangen war, um das Abendessen für ihre Familie zu kochen, hatte sie endlich ihre kleinen Kinder zu Bett gebracht – drei bereits, ein Mädchen und zwei Jungen –, aber sie konnte sie in den Schlafzimmern herumbalgen hören und würde also bald wieder hochgehen müssen, um sie zur Ruhe zu bringen, ihre Gebete zu hören und eine gute Mutter zu sein. Sie betrachtete mit einiger Verärgerung ihren entspannten Gatten, der es sich in seinem Hausrock und Pantoffeln, Pfeife im Mund in seinem Morris-Sessel gemütlich gemacht hatte und die *Fackel* las.

»Tim, glaubst du, daß wir mit all dieser harten Arbeit überhaupt etwas für die Stadt erreichen? Warum sollten diese Männer im Rathaus uns irgendwelche Beachtung schenken? Sie wissen doch, daß wir nicht wählen können.«

»Ihr hattet aber die Unterschriften von Wählern auf euren Petitionen, nicht?« Tim sah sie über den Rand seiner Zeitung an.

»Ja. Aber wir wissen beide, und das Rathaus weiß es auch, daß die Bücherei den Unterschreibern nicht bedeutend genug sein wird, um ihre Stimmabgabe zu beeinflussen. Trotz der Artikel in der *Fackel.*«

»Wenn ihr mit Dan Ryan und seinen Kerls nicht weiterkommt,

gibt es auch noch einen anderen Weg, über den ihr es anpacken könnt. Versucht es mit dem Schulrat.«

»Mit dem *Schulrat*?«

»Schulräte sind gesetzlich ermächtigt, Schuldistriktbüchereien aufzubauen.«

»Oh – für Kinder.«

»Nein. Öffentliche Büchereien, die jedermann offenstehen.«

»Tim Merrill! Ich könnte dich erwürgen! Die ganze harte Arbeit, wenn alles, was wir tun mußten...«

»Glaubst du, es wird mit dem Schulrat leichter sein? Niemand sollte besser als du wissen, wie knapp der Schulrat mit Geldmitteln ist.«

»Wie immer dem auch sei, der Schulrat ist Mr. Lichtenstein. Natürlich wäre das leichter. Er *glaubt* an Bücher.«

»Versucht es zuerst bei Dan Ryan. Es wäre nicht fair, zum Schulrat zu gehen, bevor euch die Stadt abgewiesen hat.«

»Und wir haben Sophie, die mit einem Sohn von Mr. Lichtenstein verheiratet ist.«

»Schickt nicht Sophie. Er würde ihr kein Nein sagen wollen, aber vielleicht müßte er es. Es würde ein höheres Schulbudget bedeuten, gerade jetzt, wo sie über einen neuen Schulbau in diesem Teil der Stadt diskutieren, und Gott weiß, wie dringend wir ihn brauchen. Das kleine Ziegelsteingebäude mit gerade vier Räumen gab es schon, als ich in die erste Klasse ging.«

»Aber ein neues Schulgebäude würde eine Obligationsausgabe bedeuten, nicht wahr? Oder eine besondere Steuererhebung, über die abgestimmt werden müßte?«

»Sicher. Deshalb besucht zuerst Dan Ryan.«

Am nächsten Nachmittag versammelte Elizabeth ihr hart arbeitendes Komitee und berichtete ihm, was ihr Mann ihr erst jetzt erzählt habe. »Und Tim sagt, wir sollen Sophie da heraushalten: Es wäre wohl hart für Mr. Lichtenstein, ihr ein Nein sagen zu müssen. Es ist schwer genug für den Schulrat, Geld zu bekommen, um die Schulen zu finanzieren.«

Die anderen drei überlegten, schweigsam für einen Augenblick, dann sagte Sophie: »Danke, daß ihr mich nicht zu Papa Lichtenstein schickt; selbst in diesem Fall würde ich ihn sehr ungern um einen Gefallen bitten, besonders um einen, bei dem er nicht nein sagen will. Ich gehe mit Charlotte zu unserem Bürgermeister Dan Ryan, und dann entscheiden wir, je nachdem, was er gesagt hat, was unser nächster Schritt sein soll. Dir würde es nichts ausmachen, Elsa, mit Papa Lichtenstein zu sprechen, nicht?«

»Nein. Er ist immer schon ein Freund von Papa gewesen, obgleich sie politisch verschiedene Wege gegangen sind. Und Elizabeth kann mit mir gehen. Das macht dir doch nichts aus, Lib?«

»Nein. Ich habe Mr. Lichtenstein immer äußerst kooperativ gefunden, als ich noch unterrichtete. Natürlich habe ich nur um Schulbücher für arme Schüler gebeten. Ich weiß, er scheint manchmal recht rauh, aber er meint es nicht wirklich so. Er ist sehr freundlich.«

Am folgenden Tag gingen Sophie und Charlotte bereits früh zum Rathaus, so früh, daß Bürgermeister Ryan noch die Polizeigerichtsfälle anhörte und sie warten mußten. Endlich platzte er in sein Büro herein, wie von einem steifen Wind des Zorns getragen, und fluchte, als er hereinkam: »Dieser« – Auslassung, Auslassung – »Präsident Burns! Wirklich ein ›Präsident‹! Von allen tauben Nüssen...« Als er die jungen Damen erblickte, die auf einer Bank außerhalb der Absperrung, die den heiligen Raum um seinen Schreibtisch umrahmte, auf ihn warteten, lachte er reumütig. »Ich bitte um Verzeihung. Aber ich muß zugeben, es ist schon recht überraschend, zwei reizende junge Damen zu so früher Stunde hier auf mich wartend zu finden. Und unser Polizeipräsident ist wirklich ein Ärgernis. Aber kommen Sie doch durch meinen kleinen Zaun hier, und wir gehen in mein Privatbüro. Privatschrank, sollte ich eigentlich sagen, aber er hat Platz für drei Stühle.«

Er bat sie mit einer galanten Geste, Platz zu nehmen, zog sich selbst zu seinem Drehstuhl hinter seinen Schreibtisch zurück und fuhr fort: »Sie sind aus dem gleichen Grund hier, nicht wahr? Sie wollen mich weiter piesacken, was? Ich bewundere die Ausdauer des weiblichen Geschlechts.« Er war in mittlerem Alter, sah übertrieben irisch aus, hatte weißes Haar und sah zwar nicht gut aus, aber angenehm.

»Wir haben bislang noch keine Antwort von Ihnen trotz all der Petitionen, die wir Ihnen übergeben haben. Werden wir die Bücherei, auf die wir ein Anrecht haben, bekommen oder nicht?«

»Ihr Damen benutzt mächtig starke Worte. Das Gesetz *ermächtigt* uns – es gibt Ihnen aber kein *Anrecht.* Und Sie haben natürlich noch nicht begriffen, wie schlecht die Zeiten sind – Sie sind davon wohl nicht betroffen, nehme ich an. Aber die Stadt Waynesboro wird vielleicht diesen Winter Suppenküchen einrichten müssen. Wie können wir da noch Geld für Luxus ausgeben?«

Auch wenn Charlotte entschieden von der Wirtschaftskrise betroffen war (die Abonnements und die Werbung der *Fackel* waren beide ziemlich heruntergegangen), stritt sie nicht mit ihm über Finanzen, sondern sagte: »Wir betrachten eine Bücherei, die zum

Gebrauch von jedermann ist, nicht als Luxus. Sie ist eine Notwendigkeit, wenn wir gebildete Bürger haben wollen. Interessiert es Sie nicht, ob Ihre Kinder Bücher bekommen?«

»Meine Kinder sind schon aus der Schule. Ich kann nicht sagen, daß sie große Leser sind. Aber, ja, es interessiert mich sehr, daß die Kinder in ihren Schulen die richtigen Bücher bekommen. Die Schwestern haben eine Bücherei für die Jüngsten in St. Anne.«

»Die Zeiten sind nicht so schlecht, wie Sie sie darstellen«, sagte Sophie schneidend. »Mr. Rausch baut eine neue Fabrik in Madison City; er muß also glauben...«

»Und das bringt Waynesboro unheimlich viel Gutes, entschuldigen Sie.«

»Und Mr. Hoffmann erbaut hier eine Backwarenfabrik.«

»Hoffmann? Ist er nicht Ihr Onkel? Sind Sie nicht Fritz Kleins Tochter?«

»Ja. Sie beide glauben also, daß die Lage besser wird. Was natürlich von dem Wahlausgang abhängt.«

»Der Wahlausgang, natürlich!« sagte Bürgermeister Ryan leichthin. »Und Sie beten um einen guten soliden republikanischen Sieg, damit Sie sicher sind mit Ihren Geldsäcken, was? Ich habe gehört, daß die Kleine von Rausch auch emsig mit den Petitionen beschäftigt war: Warum kommt sie nicht, um mit mir zu sprechen? Es gäbe da Fragen, die ich ihr gern stellen würde.«

»Fragen Sie doch Mr. Rausch, wie wäre denn das?« Sophie begann langsam warmzuwerden. »Der beißt nicht. Und ich kann Ihnen sagen, weshalb seine Tochter nicht zu Ihnen gekommen ist: Sie sagt, ihr Vater habe nie seine Hand im Spiel gehabt, wenn es um Stadtpolitik ging, und er schwört, daß er das auch nie tun wird, aber wenn sie käme, um mit Ihnen zu reden, könnten Sie es so interpretieren, als ob es eine... eine...«

»Drohung wäre? Wäre möglich. Und das ist auch tatsächlich wahr: Er hat sich nie herabgelassen und seinen Einfluß eingesetzt, wenn es darum ging, die Wahl eines Beamten unter Landesniveau zu beeinflussen. Und es tut mir leid, daß ich Sie so angefahren habe – es war nicht in meiner Absicht. Soviel ich weiß, ist Rausch ein netter Kerl und ein ehrlicher Mann in der Politik, was mehr ist, als man von manchen sagen kann. Und ich bin froh, daß er mir nicht und dem Stadtrat nicht erzählen will, wie man eine Stadt leitet. Weil ihr Damen eure Bücherei nämlich nicht kriegen werdet. Nicht dieses Jahr. Wenn die Dinge besserstehen – wenn wir in diesem Herbst einen Demokraten als Gouverneur bekommen –, dann kommen Sie wieder zu mir, und vielleicht finden Sie mich dann großzügiger.«

»Wenn man Sie reden hört«, sagte Charlotte, stand auf und reckte sich zu ihrer ganzen ungraziösen Länge auf, »würde jeder glauben, daß Sie Ihr Geld meinen und nicht das der Stadt. Das, was die Stadt will...«

»Ich bin mit der Verwaltung dieses Geldes betraut, ich und der Rat. Und wenn die Stadt was will, was nun eben nicht möglich ist, dann hängt es an uns, für sie zu entscheiden.« Er war wie Charlotte aufgestanden.

»In Ihrer höheren Weisheit?« Sophie konnte dem nicht widerstehen. Auch sie war jetzt aufgestanden.

»Sie meinen das irgendwie sarkastisch, wie? Aber ja, in unserer höheren Weisheit: Wir wissen, was die Stadt braucht, und wieviel Geld wir dafür bezahlen müssen. Tut mir leid, ich kann eben nicht jedem Bürger geben, was er gern hätte. Das ist unmöglich. Ich hoffe, daß Sie diese abschlägige Antwort mir nicht zu sehr zur Last legen werden. Miß Bonner hat uns für eine republikanische Zeitung immer fair in der *Fackel* behandelt. Ich hoffe, Sie werden versuchen, auch unsere Seite des Problems zu sehen, Miß Bonner.«

Er führte sie aus seinem Büro hinaus mit einem Haufen Schmus, wie Charlotte es auf dem Weg die Treppe hinunter nannte. Er sei entzückt, sie kennengelernt zu haben, eine Gelegenheit gehabt zu haben, mit ihnen zu reden, er versuche, das zu tun, was das Beste für die Stadt sei. Er hoffe, sie würden ihn wieder unter günstigeren Umständen besuchen kommen.

»Und diese Zeit wird nie kommen«, schloß Charlotte. »Die Stadt ist nicht so mit Armut geschlagen, wie er uns weismachen wollte. Mitleid mit den armen Steuerzahlern, ja, aber alle Steuerzahler sind nicht so arm: Die Eisenbahn zahlt Steuern und die Firma Rausch und all die anderen. Der Schulrat wird es wahrscheinlich leichter haben, an Geldmittel heranzukommen. Wenn er nur nicht ein Katholik wäre; Katholiken fürchten sich vor freiem und unbeschränktem Lesen.«

Sophie seufzte. »Tut mir leid, daß ich nichts habe ausrichten können. Besonders weil ich all diese öffentlichen Auftritte werde aufgeben müssen.«

Charlotte sah sie lächelnd an: »Ich habe mich schon gefragt, wie lange du das würdest aufrechterhalten können. Man sieht es jetzt, aber wie lächerlich, sich hinter verschlossene Vorhänge zurückziehen zu müssen! Wie lange noch?«

»Bis November, nehme ich an und hoffe ich. Ich wäre froh, wenn es schon vorbei wäre.«

(Ihr Wunsch wurde erfüllt. Sophie brachte früh im November

einen Jungen zur Welt und gab ihm einen deutschen Namen: Friedrich, der bald und für seine gesamte Lebenszeit zu Fritz verkürzt werden sollte.)

Am nächsten Tag waren Elsa und Elizabeth Merrill an der Reihe; sie gingen zu Mr. Lichtenstein. Zusammen stiegen sie die abgenutzte, hölzerne Treppe zu dem Korridor empor, von dem man in sein Büro kam. Dort agierte er als öffentlicher Notar, handelte ein wenig mit Versicherungen, leitete die Schulen von Waynesboro und schaffte es nebenbei, noch viel zu lesen. Rudis neue Rechtsanwaltspraxis lag auf der gegenüberliegenden Seite der Eingangshalle; er war nicht in das Büro seines Vaters gegangen, denn er zog Unabhängigkeit vor.

Mr. Lichtenstein stand schwerfällig auf, als sie eintraten. und spähte durch die dicklinsige Brille, die er nun zu tragen gezwungen war, zu ihnen hin. Seine Begrüßung sprach er mit starkem deutschem Akzent und mit aufsteigender Modulation. »Guten Morgen, die Damen. Was...?« Aber dann, als sie näher kamen, sagte er: »Ach, nu ja, diese hier kenne ich doch wohl«, er zeigte auf Elizabeth. »Sie haben einmal auf der höheren Schule Englisch unterrichtet. Talmadge? Mrs. Timothy Merrill?«

Elizabeth schüttelte seine Hand. »Es ist schmeichelhaft, von Ihnen nach all diesen Jahren erkannt zu werden.«

»Und diese Dame? Würden Sie uns vorstellen?«

»Entschuldigung – ich nahm natürlich an – Elsa, darf ich dir Mr. Lichtenstein vorstellen? Mrs. Gilbert Evans.«

Er schlug sich die Hand gegen die verschwitzte Stirn. »Dummkopf! Allerdings. Mein alter Freund Ludwigs Tochter«, radebrechte er. »Aber Sie habe ich nicht mehr gesehen, seit Sie noch zur Schule gingen. Ihren Vater sehe ich jetzt auch nicht mehr oft.«

»Ich weiß. Er bedauert das. Nur wegen der Politik...«

»Bitte setzen Sie sich«, sagte er wiederum auf deutsch. Er wartete, bis sie Platz genommen hatten, und ließ sich wieder auf seinem Stuhl nieder. »Sie wollen sagen«, seine Augen zwinkerten hinter den Brillengläsern, »er würde sich freuen, mich zu sehen? Aber ich habe mich doch jenseits der Grenzen des Erlaubten gestellt. Es war schlimm genug, zu sein, was sie einen ›Hausierer‹ nannten, aber ein Sozialist, das ist doch ein bißchen zuviel.«

»Papa macht seine Freundschaften nicht von Politik abhängig. Er und Onkel Dock vermissen Sie am Schachtisch.«

»Ach, nun, nun, dann werde ich mal in der Praxis des Doktors vorbeigucken müssen und eine Partie mit ihnen spielen. Nun, die Damen«, er strahlte sie förmlich an, »erlauben Sie, bitte, daß ich rate, was Sie zu mir führt? Ich habe nämlich jemanden erwartet.«

»Sie wissen, was wir wollen?«

»Ja. Von der kleinen Sophie, von den Petitionen, von der *Fakkel,* ich weiß, was Sie zu erreichen versuchen. Und von dem, was ich von unserem Bürgermeister weiß, werden Sie es von ihm nicht bekommen.«

»Sie wußten die ganze Zeit, daß wir wahrscheinlich zu Ihnen würden kommen müssen? Daß das Gesetz gestattet...«

Er faltete seine Hände über seinem ansehnlichen Bauch, lehnte sich zurück und seufzte: »Ja. Ich kenne das Gesetz. Ich kenne das ganze Schulgesetz und Steuergesetz. Ich hatte nur gehofft, daß Sie es nicht herausfinden würden.«

»Mein Mann ist Rechtsanwalt.«

»Ja, weiß ich. Und ich weiß, daß diese Stadt eine freie Bücherei braucht. Aber die Schulen: sie brauchen auch sehr viel.«

»Werden Sie uns helfen?« Elsa hatte die verständnisvollen Anklänge in seinen gutturalen Tönen gehört, die anzeigten, daß jetzt, wo sie zu ihm gekommen waren, er ihnen Antwort geben mußte.

»Ich werde Ihnen helfen. Sie werden Ihre Bücherei bekommen. Wenn die anderen Mitglieder des Schulrates zustimmen. Wir werden sehen müssen, wieviel das kosten wird.«

Die beiden jungen Frauen waren so perplex über die Leichtigkeit, mit der sie letztlich in ihrer Sache gewonnen hatten, daß sie hätten heulen können, als sie daran dachten, wieviel Zeit und Energien sie verschwendet hatten; dennoch: Er hätte nicht zugestimmt, wenn sie nicht zuerst ihr Glück beim Bürgermeister versucht hätten. Sie hielten den Atem an und fuhren fort, ihn über die Zahlen, die sie mittlerweile so gut kannten, zu informieren: der Raum, mietfrei (wenn sie die Zirkulation der Subskriptionsbücherei erreichen würden). Mr. McKay, der Drucker, dem das Gebäude, in dem die Bücherei nun eingerichtet war, gehörte, hatte versprochen, kein Geld dafür zu verlangen, wie auch immer die Bücherei unterstützt würde: Der Raum hatte für so viele Jahre keine Miete eingebracht, daß er ihn kaum als Vermögenswert betrachtete. Er müsse im Winter natürlich geheizt werden. Das würde bedeuten, Kohle für den Ofen kaufen zu müssen, und Ruhamah McCune müsse ihre fünfundzwanzig Dollar im Monat bezahlt bekommen.

»Das ist nicht genug, oder? Wie viele Stunden ist sie da?«

»Die Bücherei ist an drei Nachmittagen in der Woche und an Samstagabenden geöffnet. Aber was die Frage betrifft, wie viele Stunden sie da ist: Ich nehme an, den größten Teil von jedem Tag. Sie hat sonst kein Interesse, soviel ich weiß, und es gibt immer Arbeit, die getan werden muß, wie zum Beispiel Bücher katalogisieren und Rechnungen und Karten ausstellen. Ich weiß, daß Mama mehr Zeit dort verbracht hat als nur ihren Nachmittag am Ausgabetisch. Ich muß schon sagen«, fügte Elsa hinzu, »ich habe nie daran gedacht, aber ich habe keine Ahnung, wie Ruhamah damit auskommt. Sie trägt natürlich Jahr für Jahr die gleichen Kleider.«

»Und würde vielleicht hin und wieder gern mal was Neues haben? Sie muß mehr kriegen, damit sie etwas Spaß am Leben haben und sich etwas für das Alter beiseite legen kann.«

»Dann«, sagte Elizabeth, »sind da noch die Bücher. Das ist bislang das wirkliche Problem gewesen. Viele sind ganz kaputtgelesen worden, und wir haben nicht das Geld, um sie zu ersetzen, ganz abgesehen von Neuanschaffungen. Wir sollten viel mehr Geld für Bücher haben, als es bislang der Fall war. Das meiste, was der Bücherei zugeführt wird, kommt vom Dachboden von Familien.«

»Ich weiß. Die Sachen, die meine Jungs mit nach Hause bringen! Neue Bücher müssen sein! Ich werde ein außerordentliches Treffen des Schulrates einberufen. Es wird Widerstand geben, wissen Sie. Die, die bei der Bücherei subskribieren, sehen vielleicht die Notwendigkeit ein. Die anderen aber, die lesen nicht, weshalb sollte es sie also interessieren?«

»Aber Sie glauben, daß alles in Ordnung kommt?«

»Es wird in Ordnung kommen, oder ich werde damit drohen zurückzutreten. Das tue ich schon mal hin und wieder. Dann ziehen sie ihre Hörner ein, sie wollen damit nicht belästigt werden. Gelegentlich zu einem Treffen zu kommen, das ist ihnen genug.« Er lachte, daß es ihn schüttelte. Die jungen Damen lachten mit ihm und standen auf, um sich zu verabschieden und sich bei ihm von ganzem Herzen zu bedanken. Auf der Treppe draußen lehnten sie sich jeweils gegen eine der staubigen Wände und sahen sich gegenseitig an. Die ganze Arbeit, und am Ende – so leicht! Aber als sie sich ein wenig von ihrem Schock erholt hatten, sagte Elsa: »Vielleicht hatte Papa recht: vielleicht hat die Basisarbeit, auf der er bestanden hat, doch mehr damit zu tun, als wir jetzt sehen. Nun, beim nächsten Mal wissen wir, wie man einen Feldzug für das, was wir wollen, führt.«

Als der Herbst fortschritt, wurde die öffentliche Bücherei von Waynesboro zur Gewißheit: Das Geld für ihren Unterhalt wurde vom Schulrat bewilligt, und ein Treuhänderausschuß wurde ernannt. Als ein Mitglied wurde Mrs. Timothy Merrill ausgewählt – eine Geste gegenüber dem Frauenklub. Die Treuhänder der Subskriptionsbücherei gaben schließlich nach: Sowohl Amanda wie auch Sheldon Edwards traten zurück und sagten, es gäbe wohl keine weitere Notwendigkeit für ihre Dienste; die drei Pfarrer bekamen Angst bei dem Gedanken, welche Mühen es sie kosten würde, weiterhin die notwendigen Finanzmittel aufzubringen, besonders weil so viele Subskriptionen zurückgezogen worden waren. Die beiden Ausschüsse trafen sich, und nach einer ziemlich kühlen Diskussion wurden alle Besitztümer der Subskriptionsbücherei (Kataloge, Karteikästen, Bücher und weiteres Mobiliar) dem neuen Ausschuß zusammen mit den Schlüsseln übergeben. Endlich war die öffentliche Bücherei von Waynesboro eine Realität.

Der Klub hatte im September wieder seine zweiwöchentlichen Treffen aufgenommen; Anne war im Oktober dabei, um ihr Essay über Theokrit vorzulesen. John arbeitete in diesem Herbst bis zur völligen Erschöpfung, um Fälle von Diphtherie unter den Schulkindern zu bekämpfen, und versuchte zu verhindern, daß es eine richtige Epidemie würde. Er ließ Johnny seine anderen Fälle betreuen, weil er wußte, wie empfindlich Julia reagieren würde, wenn ihr Gatte in Kontakt mit der Krankheit kommen und sie eventuell nach Hause zu Tucker mitbringen würde. Sie mochte die Vorstellung einer solchen Möglichkeit auch für sich selbst nicht sehr. John war absolut sicher: Er hatte als Junge bereits Diphtherie gehabt.

Wenn Männer wie John Gordon, die mit ihren eigenen Angelegenheiten so beschäftigt waren, sich nicht sehr über die heraufziehenden Gouverneurswahlen aufregten, war das nicht erstaunlich. Wie anstrengend der Wahlkampf auch sein mochte, die Ergebnisse waren im Bewußtsein der Republikaner nicht zu bezweifeln. Und Waynesboro trat nur einmal in ganzer Stärke auf, um einem Redner zuzuhören: Gouverneur McKinley blieb über Nacht bei den Rauschs und sprach am Nachmittag von den Stufen des Gerichtsgebäudes zu den dort versammelten Bürgern und am nächsten Morgen zu den Arbeitern der Firma Rausch, die in dem kopfsteingepflasterten Hof versammelt waren und ihm zuhörten. Der Gouverneur erhielt die gleiche stürmische Reaktion, als er von einem Ende des Landes zum anderen reiste, selbst von Bergleuten und anderen Arbeitern, wie auch von Farmern und Geschäftsleuten. Als der dritte November dann kam und vorbei war, schienen die tabellarisch angeordneten Ergebnisse der Wahl fast eine Antiklimax zu sein: Der Republikaner Bushnell, Forakers Mann, war mit einer noch größeren Mehrheit zum Gouverneur gewählt worden als McKinley 1893; die neue Legislative, die im Januar zusammentreten würde, war so überwältigend republikanisch, daß sie die

Wahl Forakers zum Senator nach Ablauf der Amtszeit des Demokraten Brice sicherstellte.

In den entspannten Tagen nach der Wahl, als es schien, der Winter würde ohne aufregendes Ereignis kommen und vorübergehen, erkrankte Paul Rausch an Diphtherie. Sally, die zuerst nur geringe Befürchtungen zugeben wollte (Kinder hatten ständig irgendwelche Halsschmerzen), hielt einen widerspenstigen Jungen von der Schule zu Hause, steckte ihn ins Bett und rief den Arzt. John war im West-End beschäftigt; es war also Dr. Gordon junior, der hinfuhr.

Johnny brauchte Paul kaum zu untersuchen; sein Atem war genug. Aber er tupfte seinen Hals ab, maß seine Temperatur und sagte: »Es gibt keine Zweifel, Tante Sally, er hat irgendwo Diphtherie gefangen.«

»*Diphtherie!*« Sallys Hand faßte an ihren Hals. »Ich wußte, daß es in der Stadt Krankheitsfälle gegeben hat, aber ich dachte, es sei beschränkt auf Kinder.«

»Wir haben ein paar Fälle in der Volksschule. Hab' keine Angst: Diphtherie ist nicht mehr so gefährlich, wie sie mal war, bevor wir das Antitoxin bekamen. Glücklicherweise haben wir genügend Vorrat, um zu bekämpfen, was anfängt, wie eine Epidemie auszusehen. Laß mich nur das Büro anrufen: Rod Stevans ist da, er wird ein Fläschchen bringen.«

Als Johnny zurückkam, nachdem er Rodney angerufen hatte, berichtete er, daß sein Vater das Telefon beantwortet und angeboten hatte, die Behandlung zu übernehmen. »Würdest du dich sicherer fühlen, wenn Paul in seinen Händen wäre? Seine Diphtheriebehandlungen scheinen alle gut anzuschlagen.«

Während Sally noch zögerte, brachte Paul, der bis zu diesem Punkt kein Wort gesagt hatte, ein krächzendes »Johnny« hervor.

»Aber Paul! Du magst doch Onkel Dock.«

»Johnny lieber.«

Sally sah ihr Kind zweifelnd an. »Was ist denn in ihn gefahren? Dein Vater kümmert sich um die Diphtheriefälle? Wegen des kleinen Tucker? Vielleicht sollten wir dann ihn lieber nehmen.«

Paul, der unter seinem Bettzeug verblüffend lang aussah, begann seine Knie anzuziehen und unten aus dem Bett zu treten. »Nein. Nein. Ich will Johnny.«

»Hör damit auf, Paul. Du bist doch kein Baby mehr. Du bist zwölf Jahre alt. Du wirst dich nur noch kränker machen.«

»Ich fange an zu schreien.«

»Besser nicht, junger Mann. Das würde deine Temperatur nur hochschnellen lassen.« Johnny legte eine besänftigende Hand auf die sich hochziehenden Knie. »Wenn es dir so wichtig ist, werde ich dein Arzt sein. Sehr schmeichelhaft für mich. Glaub mir, die meisten unserer Patienten ziehen den älteren Doktor dem jüngeren vor. Eigentlich gibt es keine wirkliche Gefahr, es mit nach Hause zu schleppen, Tante Sally, wenn ich vorsichtig bin. Und Tucker ist geimpft worden. Vielleicht ändert Paul seine Meinung, wenn ich ihm sage, daß wir die medizinische Behandlung mit einer Dosis Kalomel beginnen, um ihn ganz leer zu kriegen. Und er muß alle anderthalb Stunden gurgeln – das wird er auch nicht mögen. Zuerst Wasserstoffsuperoxyd und dann Kaliumkarbonat-Chlorat. Ich rufe Thirkield an, bevor ich gehe, damit er es herschickt. Wie steht es mit einer Krankenschwester?«

»Ich werde mich um ihn kümmern.«

»Bade ihn, gib ihm zu essen und sieh zu, daß er gurgelt.«

»Ja. Aber wie steht es mit Quarantäne?«

»Natürlich. Nimm die Vorhänge von den Fenstern. Rose soll sie abkochen. Paul braucht viel frische Luft, und halte ihn warm eingepackt. Ihr müßt ihn vom restlichen Haushalt strikt isolieren.« Er hakte die Vorsichtsmaßnahmen, die zu treffen waren, ab. »Du kannst von Glück sagen, daß Paul als einziger zu Hause ist. Aber was ist mit Onkel Ludwig? Du kannst ihn wohl kaum zu Shaney schicken mit den beiden Babys.«

»Ich glaube, er hat schon Diphtherie gehabt.«

»Dann ist er sicher. Nur laß ihn nicht in das Zimmer, damit er es nicht herumschleppen kann. Laß nichts den Raum verlassen außer den Tabletts. Kannst du dich auf deine Köchin verlassen, daß sie sie abkocht? Manchmal sehen sie einfach die Notwendigkeit nicht ein.«

»Ich kann mich auf die Köchin und auf Rose verlassen.«

Es klingelte an der Haustüre: Rodney brachte das Antitoxin. Sally rief Rose, die Tür aufzumachen und die Phiole heraufzubringen. Johnny, der sich bereits die Hände im Badezimmer geschrubbt und das Gesäß des Kindes mit Alkohol abgetupft hatte, nahm das Fläschchen, durchstieß das Siegel mit einer Nadel und zog die Spritze auf. Sally sah bei den Vorbereitungen voller Zweifel zu. »Johnny, bist du sicher? Es ist so neu – kann nichts schiefgehen?«

»Nein. Ich bin sicher. Das würde auch Paps als allererstes tun. Dieses Antitoxin ist ein Geschenk des Himmels. In nicht allzu vielen Jahren wird Diphtherie ausgerottet sein.« Er stach die Nadel ein, ließ das Antitoxin langsam ausfließen, bis die Spritze leer war, zog die Nadel heraus, drückte einen alkoholgetränkten Baumwollbausch auf die Einstichstelle und klebte ihn mit einem Pflaster fest.

»So, das war nicht so schlimm, oder?« Die unumgängliche Frage des Arztes.

»Es hat weh getan, aber ich habe nicht geschrien. Wird es schlimm werden?«

»Könnte sein, für einen Tag oder zwei. Vielleicht wirst du auf deinem Bauch liegen wollen.«

Er zog die Bettdecke hoch, schärfte Sally noch ein, was der Junge essen dürfe und was nicht, und verabschiedete sich.

Paul war zu keiner Zeit ernsthaft krank: Die Zeit der Quarantäne schien seinen Eltern und Elsa allerdings endlos lang; er selbst war damit zufrieden, Bücher zum Lesen zu haben (sie wurden später desinfiziert); er verbrachte seine Tage damit, auf Johnnys Erscheinen zu warten. Diese offenbar plötzliche und – für seine Mutter – unerklärliche Anhänglichkeit hielt an und war tatsächlich die einzige bleibende Konsequenz seiner Krankheit. Er sagte sogar zu seiner Mutter eines Tages, daß er glaube, er würde Arzt, wenn er groß sei. »Vielleicht läßt mich Onkel Dock in der Praxis helfen wie Rodney, wenn ich wieder gesund bin.«

»Welcher Unsinn! Du hast nicht den leisesten Hang in diese Richtung. Was ist denn mit deiner Geige?«

Er sah sie vom Kissen aus ernst an. »Glaubst du nicht, daß es wichtiger ist, das Leben von Menschen zu retten, als Violine zu spielen?«

»Ärzte retten nicht immer das Leben von Menschen. Und ich glaube, daß Musik in gewissem Sinne genauso wichtig ist. Jede Kunst eigentlich, wenn es eine wirkliche Kunst ist.«

Paul sagte nichts mehr. Er liebte seine Geige wirklich. Die Jungs, mit denen er zur Schule ging, fanden, daß es eine Mädchensache sei, Violine zu spielen. Er wollte sich vor seiner Mutter nicht beklagen: Sie hätte gesagt, wenn sie seinen Bruder Ludwig je ein »kleines Mädchen« genannt hätten, wäre dem das völlig egal gewesen. Aber Paul wußte, daß Ludwig dem Ganzen hätte ein Ende bereiten können, nur weil er so groß und stark war, daß er jeden Jungen verprügeln konnte, der es je gewagt hätte, etwas Derartiges zu versuchen. Er wünschte, Ludwig junior wäre zu Hause anstatt weit weg auf der Schule.

Paul wurde auf Anordnung des Arztes noch eine Weile zu Hause gehalten, bis er sich aller Wahrscheinlichkeit nach von den möglichen Auswirkungen erholte haben würde. Johnny machte sie darauf aufmerksam, daß selbst ein schwacher Fall von Diphtherie Anämie oder ein in seiner Funktion gestörtes Herz nach sich ziehen könnte. Solange er ans Haus gebunden war, verbrachte Paul seine Stunden mit der Geige; und sein Lehrer, der einmal die

Woche aus der Stadt kam, ermutigte Sally in dem Glauben, daß dieses letzte ihrer Kinder der musikalische Genius sein könnte, auf den sie gehofft hatte: Paul hatte noch nicht die gefühlsmäßige Reichweite von Ludwig junior; technisch aber war er hervorragend und durfte sich auf eine glänzende Karriere freuen. Aber als man Paul wieder Bewegungsfreiheit erlaubte und er draußen herumtollen konnte, begann er die Praxis des Doktor heimzusuchen. Er bot sich an, die Bandagen aufzurollen, Rodney beim Sterilisieren der Instrumente zu helfen, Medizin auszufahren, und er fuhr auch mit dem einen oder anderen der Ärzte auf deren Nachmittagsvisiten mit. Diese Periode dauerte nicht lange an, aber Paul verlor nie mehr die Überzeugung, daß Johnny nichts Falsches tun könnte.

Sally nahm ihre Verpflichtungen als Präsidentin des Frauenklubs von Waynesboro wieder auf. Das war gerade noch rechtzeitig, um die Weihnachtsparty zu planen, und sie ernannte dafür ein Komitee. Es war bei einem dieser Treffen, als Julia Gordon eine Bemerkung fallenließ über Pauls plötzliches Interesse an der Medizin. »Ich dachte, er würde Musiker werden.«

»Das ist nur eine vorübergehende Grille. Er war so sehr daran interessiert, selbst behandelt zu werden.«

»Ich kann die Faszination nicht verstehen«, fuhr Julia fort. »Zuerst war es Johnny selbst, dann Rodney Stevens, jetzt Paul.«

»Rodney ist alt genug, zu wissen, was er will. Paul wird darüber hinwegkommen.«

»Ich dachte, du würdest ihn von da weghalten wollen. Er könnte sich da alles mögliche fangen.«

»Oh, du kannst einem Jungen seines Alters nicht verbieten, seinen eigenen Neigungen zu folgen, ob es nun Schmetterlingsammeln ist oder Arztspielen. Es würde ihn nur noch halsstarriger machen.«

Julia lächelte. »Ich kann mir vorstellen, daß Paul im allgemeinen seinen Willen durchsetzt.«

»Was willst du damit sagen?« Einer Mutter anzudeuten, daß ihr Kind verwöhnt ist, heißt augenblicklichen Groll herauszufordern.

»Oh, nichts. Nur weil Johnny mir erzählt hat, daß ihr beide, als er zuerst krank war, Papa Dock rufen wolltet, und er nichts davon wissen wollte.«

»Das stimmt. Aber du kannst einem Kind mit Fieber nicht entgegentreten. Hattest du Angst, Johnny würde die Diphtherie mit nach Hause bringen? Du hast keine Vorstellung, wie er sich jedesmal geschrubbt hat, bevor er weggegangen ist.«

»Bis zu einem gewissen Grad habe ich immer Angst.« Julia

zuckte die Schulter. »Das gehört wohl zu der Frau eines Arztes. Ich weiß, daß Mama Gordon mich für übertrieben nervös hält, aber sie war ja auch die Tochter eines Arztes: sie war immer schon daran gewöhnt.«

»Du wirst es noch schwerhaben, wenn Tucker in der Praxis seines Vaters herumstöbern will.«

»Das verbiete der Himmel!« Julia schüttelte sich. »Ich will absolut nicht, daß er sich der Medizin zuwendet. Jura oder ein Kaufmannsberuf.«

»Tucker ist noch nicht ganz drei, nicht? Da brauchst du dir noch eine ganze Weile keine Sorgen zu machen.«

»Ich mach mir keine Sorgen. Ich habe vor, es so einzurichten.«

Sally lachte und wechselte das Thema. Julia hatte noch viel zu lernen, was das »Einrichten« des Weges anging, den man für die Jungen erhoffte und plante. Da war Ludwig, der damit gerechnet hatte, daß zumindest einer von vier Jungs ihm in der Firma folge, und der bislang enttäuscht worden war: Die älteren Jungs hatten nicht den Verstand – sie würden die Welt nie in Brand stecken, wenn sie auch angenehme junge Männer sein mochten – und Ludwig junior hatte nicht das Durchhaltevermögen, dachte sein Vater, daß aus ihm je viel werden könnte. Sally hatte immer noch Hoffnungen für den kleinen Ludwig: Vielleicht verwöhnte sie Paul, aber Ludwig war der einzige mit Feuer, eine Charaktereigenschaft, die ihn ihr so wertvoll machte wie ihren eigenen Augapfel, wie sehr sie auch versuchte, das zu verbergen. Ludwig seniors Hoffnungen waren jetzt auf Paul konzentriert. Und Paul hatte Verstand, aber hatte er auch genug Charakterstärke? Sie war sich dessen nicht sicher. Sie dachte wieder daran, wie Ludwig sich aufgeregt hatte während jener Tage, als er nur in der Tür von Pauls Schlafzimmer stehen und nicht weiter hineingehen durfte; noch bevor alles völlig vorbei war und die Quarantäne aufgehoben wurde, sah er ziemlich abgezehrt aus.

Das Frühjahr '96 war ereignisreich, und Ludwig hatte an viele Dinge zu denken. Die Firma konnte problemlos in Bodiens Verantwortung gelassen werden, aber er mußte darauf achten, daß das, was produziert worden war, auch von Gib verkauft würde, selbst wenn sich die Wirtschaftskrise hinschleppte. Er war damit beschäftigt, Pläne für Charles zu machen, der immer noch ein Jahr an der staatlichen Universität zu absolvieren hatte: Nachdem er seine Sommer in der Mühle in Waynesboro verbracht hatte, wollte er ihm die Verantwortung für das Lagerhaus in Kansas City übergeben. Gib sollte Verkaufsleiter mit einem Büro in Waynesboro werden, und die erste Filialagentur würde an Charles gehen. »Ich weiß, Charles ist nicht der klügste Bursche in der Welt«, gab Ludwig gegenüber seiner Frau zu, »aber Versandaufträge aus einem Lagerhaus sollten in seiner Reichweite liegen.«

Ludwig war außerdem sehr mit der Rausch & Bodien-Gesellschaft für beschichtetes Papier GmbH beschäftigt, deren Aktien trotz eines schwerfälligen Marktes mit gutem Erfolg in Umlauf gebracht worden waren. Man hatte jetzt genug Kapital in der Hand, um mit der Produktion beginnen zu können; Maschinerie war installiert worden, und Stewart hatte auch brauchbare Männer für das Papiermachen gefunden und angestellt. Es gab keinen Mangel an Arbeit. Die Produktion war in Gang gesetzt worden, und die neue Gesellschaft hatte Aufträge erhalten. Stewart leitete das Geschäft, aber Ludwig fuhr einmal in der Woche mit dem Schnellzug nach Madison City, um sich zu überzeugen, daß die Produktion problemlos ablief und daß nichts schiefgegangen war.

Er war von einer dieser Kurzreisen lachend nach Hause gekommen und sagte zu Sally – sie hatte irgendwie den Eindruck, daß er den ganzen Weg nach Hause gelacht habe –: »Rate mal? Stewart hat sich eine dieser neumodischen, pferdelosen Kutschen angeschafft.«

»Wirklich! Ist er nicht ein kleiner Phantast und verstiegener Träumer?« Dann gewann aber ihre Neugierde die Oberhand. »Wie sieht das denn aus? Ich habe noch nie eine gesehen. Ist es wirklich so komisch?«

»Es ist mächtig komisch, eine Kutsche ohne Pferde die Straße herunterfahren zu sehen. Ich habe aber gelacht, weil er mich mitnehmen wollte, auf etwas, was er ›eine Spritztour‹ nannte. Ich war durchaus bereit, obgleich mir das Ding wie ein ziemlich lärmender komischer Apparat erschien, und tatsächlich, wir waren noch nicht einen Block weit gekommen, als irgend etwas schiefging und wir mitten auf der Straße stehenblieben. Ich habe ihm gesagt, ich würde noch eine Weile bei den Pferden bleiben.«

»Ich hoffe, du hast ihn damit nicht verletzt.«

»Unmöglich. Er hat nicht einmal gemerkt, daß ich über ihn lachte. Er glaubt ehrlich, daß der Verbrennungsmotor die größte Erfindung des Jahrhunderts ist, und daß wir alle binnen kurzem Motorwagen fahren werden. Und vielleicht hat er recht. Vielleicht wird das Pferd bald abgeschafft.«

Vor allem aber arbeitete Ludwig, der immer noch ein Mitglied des republikanischen Staatskomitees war, mit Mr. Hanna und anderen McKinley-Freunden, um sicherzustellen, daß richtigdenkende Delegierte ausgewählt wurden, um zum Nationalkonvent zu gehen; es wurden auch schon für die Wahl selbst vorsorglich

Pläne geschmiedet. Ludwig hatte immer schon geglaubt, daß das Wohlergehen des Landes abhängig sei von der Präsidentschaftswahl, aber er war nie davon so überzeugt gewesen wie dieses Jahr. Es hingen alle möglichen radikalen Vorstellungen in der Luft: freies Silber und freier Handel und andere Populistenideen, die nicht nur ihn, seine Mühlen und seine Arbeiter in den Ruin treiben konnten, sondern die ganze Industrie und den ganzen Arbeitsmarkt des Landes. Und auch die Farmer, wie sie noch herausfinden würden, wenn sie ihr Getreide für Körbe voll Geld, das nichts mehr wert war, verkaufen würden.

Seine Frau sah wenig von Ludwig, als der Frühling andauerte, oder sie sah ihn nur in der Gesellschaft von Männern, die er nach Waynesboro gebeten hatte, um Kriegsrat zu halten – Hannas Stellvertreter, McKinleys Freunde: Charles Dick, zum Beispiel, der eines Tages Senator werden würde, William Day, der letztendlich zum Obersten Gerichtshof gehen würde, und Myron Herrick, der zukünftige Gouverneur und Botschafter, der in jenen frühen Jahren zu einem treuen Freund Ludwigs wurde. Sally bewirtete sie alle, auch Mark Hanna selbst, sie fuhr auch mit Ludwig die Hannas in Cleveland besuchen, wie sie es bereits schon zuvor getan hatte. Die siegesgewisse Atmosphäre, in der sich die Männer bewegten, hatte sie dazu bestimmt. Sie war auf nationalen Parteitagen gewesen, deren Ausgang, um das mindeste zu sagen, enttäuschend gewesen war, sie würde auch zu diesem gehen, um Ludwig und seine Leute dieses eine Mal triumphieren zu sehen.

Der Parteitag in Ohio im März war ein mitreißender Erfolg für die McKinley-Männer; die Delegierten für den nationalen Parteitag, die vom Staatskonvent ausgewählt worden waren, wurden zwei und zwei zwischen den Hanna- und Foraker-Leuten aufgeteilt; Foraker selbst, der gewählte Führer der Ohio-National-Delegierten, gab sich alle erdenkliche Mühe, die Hanna-Leute seines guten Glaubens und seiner festen Absichten nochmals zu versichern. Zuspruch für McKinley folgte bald auch aus anderen Staaten. Bis zum Juni blieb nur noch ein möglicher Rivale im Feld: Tom Reed aus Maine, der wohl die Unterstützung der Neu-England-Delegierten haben würde, wie er auch die beiden gewaltigen Bosse, Quay aus Pennsylvanien und Platt aus New York, hinter sich hatte, die McKinleys unerbittliche Feinde waren, seit er gesagt hatte, »daß er das Amt annehmen würde, wenn es ihm angeboten werden sollte, ohne vorherige Hypotheken«, und der sich geweigert hatte, Männern ihrer Wahl Kabinettsposten für ihre Unterstützung zu versprechen. Der offensichtliche Vorsprung, den McKinley schon so früh im Jahr verzeichnen konnte, ließ die

Boulevardpresse von New York sich mit lautem Kläffen an seine Fersen heften. Da aber Mark Hanna ein verletzlicheres Zielobjekt war als sein Kandidat, machte man mittels unflätiger Artikel und Karikaturen die schändlichste Figur in der Geschichte der Politik aus ihm; Davenport, der Karikaturist des Hearst-Journals, machte aus Mark Hanna die bekannte aufgeblasene Figur, die auf Geldsäcken saß, das Bild der Habgier, ein Feind des arbeitenden Mannes, der die Fäden in der Hand hielt, nach denen McKinley tanzen mußte. Diese verdrehten Darstellungen eines liebenswürdigen Mannes, der zufällig ein Organisationsgenie war, und der immer einer der aufgeklärtesten und liberalsten Arbeitgeber des Landes gewesen war, hatte Hanna tief verwundet. Empört drohte er sogar dem *Journal* eine Verleumdungsklage an. Ludwig war fast genauso erbost: »Dieses Bild von McKinley als Marionette ist die eklatanteste Lüge. Mark Hanna respektiert und liebt ihn, und er ist auch so klug, nicht mit ihm zu argumentieren, wenn er einmal nein sagt – denn er sagt es und meint es.«

Alle Schmähungen, die von Platt angestiftet worden waren, blieben ohne große Wirkung; McKinleys Nomination war, als sich der Konvent traf, fast schon zur Sicherheit geworden. Im Juni fuhren die Rauschs zusammen nach St. Louis. Sally sollte ein weiteres Mal eine der Hostessen der Ohio-Delegation sein. Sie fuhr mit leichtem Herzen hin, weil Ludwig sich des Ergebnisses so sicher war. Sie kehrte im Triumph nach Waynesboro zurück, voll von Erlebnissen und begierig, mit jemandem darüber zu reden. Sie bat Anne Gordon und Elsa Evans am Nachmittag, nachdem sie zu Hause angekommen war, zu sich zum Tee. Sie war allein; Ludwig war mit unzähligen anderen nach Canton gegangen, um den ernannten Kandidaten offiziell davon in Kenntnis zu setzen und zu beglückwünschen.

»Das Drama fing eigentlich an«, berichtete Sally, »mit der Diskussion des Resolutionskomitees: das ist die Frage des Goldstandards. Als darüber positiv abgestimmt worden war, standen die Silbermänner auf und verließen die Versammlung. Das anzusehen, war irgendwie eine traurige Sache; einige von ihnen waren alte Männer, die ihr ganzes Leben Republikaner gewesen waren. Aber jeder wußte, daß die fernen Westener freies Silber wollten, und wir können es uns eher leisten, sie zu verlieren als den industriellen Osten.«

»Ich will nichts über das Prinzip sagen«, unterbrach Elsa. »Ich glaube aber nicht, daß Papa irgend jemand aufgrund von Zweckdienlichkeit unterstützen würde, nur um die Wahl zu gewinnen.«

»Natürlich nicht. Ich habe das auch gar nicht so gemeint. Wir müssen den Goldstandard aufrechterhalten, oder wir werden eine noch größere Inflation bekommen, und das Land geht vor die Hunde. Nun, am Donnerstag begannen dann die Nominationsreden. Habt ihr Senator Forakers Rede in der Zeitung gelesen? Er ist eine richtige Silberzunge aus alter Zeit: Es gelang ihm, auch dann noch die Spannung aufrechtzuerhalten, als jeder davon wußte, worauf es hinauslief, und als er endlich zu McKinleys Namen kam, wurde der Konvent völlig verrückt. Es war wie in einem Irrenhaus. Als er sich endlich wieder Gehör verschaffen konnte, sagte er: ›Ihr scheint den Namen meines Kandidaten schon mal gehört zu haben‹ und das Ganze ging wieder los. Man hätte da und dort schon sagen können, wie die Wahl ausgehen würde. Dennoch, der spannendste Teil eines jeden Konvents kommt eigentlich mit der Aufrufung der einzelnen Staaten: ›Alabama, achtzehn Stimmen‹ – ›Alabama gibt achtzehn Stimmen für McKinley ab‹. Jedermann wußte natürlich, daß Hanna die südlichen Delegierten organisiert hatte, aber dennoch, es wirklich zu hören... Und danach stieg die Stimmenzahl so schnell an, daß jeder, der addieren konnte, sich ausrechnete, daß Ohios Stimmabgabe die Wahl entscheiden würde. Und natürlich kam es auch so, und das ließ den Tumult wieder aufsteigen. Aber schließlich war es ihnen doch möglich, mit der Aufrufung der Namen fortzufahren; zum Schluß hatte McKinley sechshundertsechzig Stimmen auf sich versammelt und Mr. Reed nur vierundachtzig.«

»Und Ludwig ist außer sich vor Freude?«

»Natürlich. Es ist das erste Mal in all den Jahren seiner Politisiererei, daß sein Mann nominiert worden ist. Und er glaubt, daß die Wahlerklärung das Ende der schlimmen Zeiten sein wird.«

»Sie hören jetzt schon auf«, sagte Elsa, »vielleicht nur in der Vorahnung, aber McKinley muß noch gewählt werden.«

»Oh, er wird schon gewählt werden. Die Demokraten sind tief gespalten, und die Wirtschaftskrise ist so gut wie vorbei. Wenn McKinley verlieren sollte, und das wissen alle außer den Populisten und diesen wilden Männern im Westen, kommt der Fortschritt der Industrie und der Banken und alles zu einem plötzlichen Ende.«

Die Republikaner behielten ihre gelassene Sicherheit in bezug auf das Ergebnis der Wahl für genau einen Monat. Sie warteten mit herablassender Neugier die Entscheidungen des demokratischen Konvents in Chicago im Juli ab: Die Partei war von Uneinigkeit zerrissen; Cleveland und seine soliden Finanzunterstützer waren ein Anathema für die freien Silber-Männer; und es waren genügend Populisten von den Farmerstaaten anwesend, um das

Gleichgewicht von Macht und Kontrolle im Konvent zu halten. Aber sie hatten nur wenige prominente Führer und niemand, den das Land insgesamt kannte; die anerkannten Führer unterstützten Cleveland.

Die Rednerbühne stellte sich als noch radikaler heraus, als befürchtet worden war; ein Resolutionskomitee wählte einen gewissen William Jennings Bryan aus Nebraska (ein junges Exkongreßmitglied, das kürzlich in den Präriestaaten Vorträge gehalten hatte) für die Eröffnungsansprache der Tagung. Die Partei hatte verkündet, er spräche für die Massen, fordere vor allem freies und uneingeschränktes Münzrecht sowohl für Gold wie auch für Silber in einem Verhältnis von sechzehn zu eins, brandmarke den Schutzzoll, fordere stärkere staatliche Kontrollen von Eisenbahn und Konzernen, verurteile das Eingreifen der Regierung bei Streiks (ein Blick zurück auf Clevelands Einsetzen von Truppen beim Pullman-Streik) und das Erwirken von gerichtlichen Verfügungen, und er empfehle Einkommensteuer angesichts der erst kurz zurückliegenden Entscheidung des Obersten Gerichtshofes, daß eine solche Steuer verfassungswidrig sei. Es war eine Diskussion, die Konservative in ihren Schuhen wanken machte, und noch Schlimmeres sollte folgen. Nachdem der Bericht verlesen worden war, sprach Bryan vor der Versammlung. Er hatte nichts Neues zu sagen, nichts, das er nicht auch schon zuvor in seinen Reden irgendwo im Land gesagt hatte, aber jetzt hörte die gesamte Nation zu. Selbst die abschließende Metapher, die die Delegierten geradezu elektrisierte, war bereits benutzt worden: »Ihr dürft diese Dornenkrone nicht auf die Stirn der Arbeiter pressen; ihr dürft die Menschheit nicht an ein Kreuz aus Gold schlagen.« Aber, wenn es nicht neu war, so war es doch vielen, die es hier zum ersten Mal hörten, neu, es rief bei dem Konvent einen Erdrutsch hervor, machte Bryan zum Präsidentschaftskandidaten und wurde zum Schlachtruf der Demokraten im Wahlkampf.

Für die Republikaner und die konservativen Demokraten gleichermaßen war dies die unglaublichste Torheit. Viele glaubten, es sei die Rote Revolution, die das Land mit Verderben bedrohe, wie es seit 1860 nicht mehr bedroht worden war. Nur McKinley blieb gelassen und zuversichtlich, er glaubte, daß wenn die Hysterie vorbei sei, die Leute die richtige Entscheidung treffen würden, sobald sie die zugrundeliegenden Prinzipien verstanden hätten. Er blieb in Canton und empfing Abordnungen auf seiner Veranda, während sich Hanna daran machte, eine systematische Sammlung von Geldern von Bankiers, Finanziers und Industriellen zu organisieren – zusätzliche Geldmittel, die durch Bryans Nominierung notwendig geworden waren. Das Problem, die Wählerschaft über die »zugrundeliegenden Prinzipien« zu unterrichten, konnte nicht allein McKinley auf seiner Veranda überlassen bleiben. Es mußten noch größere Ausgaben als gewöhnlich für Plaketten, Paraden und Versammlungen aufgebracht werden; man brauchte Spesengelder für Redner, die selbst noch in ländlichen Schulhäusern zu Farmern sprachen; und das Land mußte mit Tonnen von Informationsmaterial überschwemmt und jeder Klingelknopf gedrückt werden. Inflation wurde jedem, der selbst nur ein kleines bißchen Eigentum oder ein wenig Geld auf der Bank hatte, mit kurzen, klaren Worten erklärt. William Allen White schrieb ein antipopulistisches Traktat »Was ist los mit Kansas?«, und Millionen Exemplare wurden gedruckt und von dem republikanischen Komitee verteilt.

McKinleys Wahlkampf stellte sich als überraschend wirkungsvoll heraus; er war ein einfacher und unkomplizierter Redner und konnte seinen Standpunkt in Hinsicht auf freies Silber und den Zolltarif vielen Tausenden klarmachen, die in Abordnungen nach Canton kamen, um ihm zuzuhören. Die Republikaner atmeten ein wenig freier, als der Herbst näher kam. Nichtsdestoweniger erkannten sie, daß Bryan unvermeidbar den Süden und den fernen Westen für sich gewinnen würde, und sie fuhren mit ihrem Wahlkampf im mittleren Westen und im industriellen Osten beharrlich fort. Die Erregung der Nation über die Wahl stieg in einem ständig anwachsenden Crescendo.

Auf der Höhe des Wahlkampfes bewies Rudi Lichtenstein, der für Bryan arbeitete, daß er bereit wäre, seine in der Entwicklung befindliche Anwaltspraxis aufs Spiel zu setzen. Eines Morgens kam er zu Ludwig ins Büro und erbat dessen Erlaubnis, vor den Mühlenarbeitern eine Ansprache halten zu dürfen – »sich in die Höhle des Löwen zu wagen«, wie er es so wenig originell formulierte.

»Ich habe keinen Einwand, wenn Sie zu ihnen in ihrer Mittagsstunde im Hof reden. Ich werde Bodien sagen, er möge Sie ankündigen. Aber ich warne Sie: Sie werden nicht weit mit ihnen kommen. Sie wissen, daß diese Mühle und ihr Lohn von der Wahl McKinleys abhängen.«

»Sie haben ihnen das zweifellos gesagt.«

»Natürlich habe ich das, und warum auch nicht? Ich versuche sie ja nicht hereinzulegen: ich glaube das selbst. Ein paar Jahre mehr freier Handel, und wir werden untergehen. Sie glauben das nicht? Nun, ich habe mit ihrem Vater viele Male diskutiert und habe nichts erreicht; ich werde nicht auch noch mit Ihnen streiten. Sie sehen Bryan nicht als einen gefährlichen Mann an?«

»Nein.«

»In Ordnung, gehen Sie nur und halten Sie Ihre Rede und sehen Sie sich an, welche Reaktion Sie bekommen werden.«

Und wie Rudi nachher seiner Sophie erzählte, war es hoffnungslos gewesen. Die Männer hatten ihm kaum zugehört. Sie seien, so sagte er, ungebildet und dumm und glaubten natürlich, was ihnen ihre Arbeitgeber erzählten. »Und so sieht es überall im Land aus: Die Arbeiterschaft wird von den Unternehmern genötigt.«

»Bist du wirklich sicher, daß sie keinen Schaden erleiden, wenn Bryan gewählt wird?« Sophie war immerhin in einem republikanischen Haushalt aufgewachsen.

»Was hilft ihnen denn der Schutzzoll? Er bringt Geld in die Taschen ihrer Bosse. Der Goldstandard hilft den Reichen und schadet den Armen, denen, die irgendwelche Schulden haben, denen...«

»Aber wenn ihre Arbeitgeber Konkurs machen wegen der ausländischen Konkurrenz, oder ihr Lohn gekürzt wird... Oh, ich weiß, was du denkst, und außerhalb dieses Hauses bezweifle ich deine Weisheit auch nicht, glaube mir, Rudi. Fang nur nicht an mit Papa zu streiten.«

»Die Republikaner werden diese Wahl gewinnen. Weil sie das Geld haben, nicht weil sie recht haben.«

In diesem Herbst arbeiteten viele Dinge neben Hannas Organisation für McKinley: Dinge, so zufällig wie der hochschießende Getreidepreis, so natürlich wie das Erwachen des kleinen Geschäftsmannes, der merkte, daß er so gut wie ein Bankier ein Kapitalist sei, der durch freies Silber großen Schaden nehmen würde. Die Reaktion auf den ansteigenden Radikalismus in den Reden Bryans kehrte die Wähler unweigerlich gegen ihn, und die Demokraten wußten, daß die Silbermagnaten, die ihn unterstützten, nicht gerade arme Leute waren. Trotzdem gingen viele Republikaner an diesem Novembermorgen angstvoll und zitternd zur Wahlurne und erwarteten die Auszählung in fast unerträglicher Spannung.

Es dauerte nicht lange, bis die Wahlergebnisse bekanntgegeben wurden: Bereits spät noch am Wahltag wurden offizielle Verlautbarungen im Fenster der *Fackel*-Redaktion angeschlagen. Um Mitternacht war allseits bekannt, daß McKinley über eine sichere Mehrheit der Wahlmänner verfüge und sogar eine größere Mehrheit der Volksstimmen auf sich vereinige als irgendein Kandidat seit Grant. Alle Republikaner gingen erschöpft und erleichtert ins Bett: Die Bedrohung des Landes war durch den gesunden Menschenverstand der Leute abgewendet worden; dem »freien Silber-Unsinn« war damit ein für allemal ein Ende bereitet worden; die

Erholung von der langen Wirtschaftskrise würde nun ungehindert weitergehen, da Geschäftsleute und Industrielle wußten, daß sie vor ausländischem Wettbewerb geschützt würden.

Ludwig war mit diesen Wahlresultaten vollkommen zufrieden, bis im Januar John Sherman von seinem Sitz im Senat zurücktrat, um den Posten eines Außenministers in der neuen Regierung, den man ihm angeboten hatte, anzunehmen. Sein Rücktritt sollte nach deren Amtseinführung wirksam werden.

»Aha, der Königsmacher will also König werden«, rief Ludwig in einer Art angewiderter Wut vor Sally aus. Er gestattete seinem Zorn nicht, sich außerhalb des Hauses zu artikulieren, aber irgendwo mußte er seiner Wut ja Ausdruck verleihen. »Nach all diesen Jahren, in denen er Sherman unterstützt hat – Hanna will den Senatssitz, und Sherman ist geopfert worden, um für ihn den Platz freizumachen.«

»Aber um Außenminister zu werden ... ist das nicht eine Ehre? Eine Beförderung?«

»Ich bezweifle sehr, ob er das so sieht. Er ist ein alter Mann, der keine Erfahrung in auswärtigen Angelegenheiten hat. Er wird diesen Posten keinen Monat halten können: er ist einfach nicht dazu befähigt. Den Senat kannte er wie den Rücken seiner eigenen Hand: Da wäre er für den Rest seines Lebens sicher gewesen.«

»Willst du damit sagen, daß McKinley einen unfähigen Mann einsetzen würde, nur um Hanna einen Gefallen zu tun?«

»Ich nehme nicht an, daß McKinley weiß, daß er nicht dazu befähigt ist. Aber mit all diesen Schwierigkeiten wegen Kuba, die sich gerade zuspitzen – nehme ich an, Hanna hat ihm eingeredet, daß es eine Ehre für Sherman ist. McKinley ist Sherman gegenüber in seinem gesamten politischen Leben loyal gewesen und er würde sicher gerne etwas tun, um ihn zu ehren.«

»Aber McKinley kann Hanna doch nicht zum Senator machen.«

»Nein. Und deshalb kann es eventuell auch noch Ärger geben. Gouverneur Bushnell ist ein Foraker-Mann, und er und Foraker können zusammen der Gesetzgebung so ziemlich vorschreiben, was sie zu tun hat.«

Und tatsächlich wehrte die Gesetzgebung von Ohio mehr als sechs Wochen die Ernennung ab, bis der gewählte Präsident sie selbst forderte. In der Zwischenzeit war Hanna durch das Widerstreben, ihn zu bestallen, erbost, und Foraker und seine Leute waren empört, sich eines Mannes »annehmen« zu müssen, den sie als ihren Feind betrachteten; ihre Rache erfolgte in den weitverbreiteten Gerüchten um Shermans Senilität und in Anspielungen auf eine mögliche politische Intrige. Das Ganze machte Ludwig so krank, und der ganze Ablauf der Geschehnisse enttäuschte ihn so sehr (er hatte immer Mark Hannas Desinteresse als selbstverständlich erachtet), daß er schwor, er wolle mit der Politik nie wieder etwas zu tun haben, und sich vom Zentralstaatskomitee zurückzog. Nichtsdestoweniger nahm er für sich und Sally eine Einladung zur Amtseinführung und dem dazugehörigen Ball an, ein Ereignis, das Sally später als schrecklichen Rummel bezeichnete.

Ludwig, der den Ball mit Freuden ausgelassen hätte, frohlockte, als er die Amtseinführungsansprache hörte, in der McKinley sagte, seine Regierung werde Washingtons Politik der Nichteinmischung in die Angelegenheiten von fremden Nationen folgen. »Ein Krieg sollte nie eingegangen werden, bis nicht alle friedlichen Möglichkeiten versagt haben.« Was bedeutete, daß, solange der Präsident nicht von Ereignissen und Männern, die den Krieg wollten, dazu gedrängt würde, es keinen Krieg mit Spanien wegen Kuba geben werde, auch wenn beide Parteien ihrem Verständnis für die Unabhängigkeit Kubas Ausdruck gegeben hätten. Der Kongreß hatte eine Resolution verabschiedet zugunsten der Anerkennung der Rebellen als aggressiv, und Cleveland hatte in seiner Abschiedsbotschaft an den Kongreß vor den Grenzen der amerikanischen Geduld gewarnt: »Die Vereinigten Staaten sind kein Land, für das der Frieden unabdingbar ist.« Ludwig war fest davon überzeugt, daß trotz der Meldungen von Übergriffen und Grausamkeiten der Spanier in Kuba, Spanien von dort ohne Krieg vertrieben werden könnte. Krieg mit Spanien wäre lächerlich, absurd, zu jeder Zeit, aber besonders zu diesem Zeitpunkt, zu dem das Land gerade wieder dabei war, auf die Füße zu kommen.

DIE MITGLIEDER DES FRAUENKLUBS VON WAYNESBORO

Miß Eliza Ballard
Miß Charlotte Bonner
Mrs. Louisa Deming
Mrs. Elsa Evans
Mrs. Gwen Evans
Mrs. Anne Gordon
Mrs. Julia Gordon
Mrs. Sophie Lichtenstein
Mrs. Rhoda McKinney
Mrs. Laura Maxwell
Mrs. Elizabeth Merrill
Mrs. Sarah Rausch
Miß Amanda Reid
Mrs. Jessamine Stevens
Mrs. Thomasina Travers
Mrs. Christina Voorhees

IN MEMORIAM
Mrs. Mary Ballard
Miß Susan Crenshaw
Mrs. Katharine Edwards
Miß Caroline Gardiner
Miß Lavinia Gardiner
Mrs. Mary McCune
Miß Agatha Pinney

1898

»Am Unabhängigkeitstag feiern wir einen Jahrestag des Klubs, einen Einzug und einen großen Sieg.«

Ludwig Rauschs Landhaus, dessen Bau ein Jahr zuvor begonnen worden war, wurde spät im Frühjahr 1898 fertiggestellt und auch gleich eingerichtet, abgesehen von einigen letzten Dingen wie Teppichen und Vorhängen. Wenn alles fertig wäre, würde die Familie, was Elsa, Gib, ihre Kinder einschloß, für den Sommer nach Hillcrest umziehen. Das Haus stand auf der Kuppe eines Hügels einige Meilen außerhalb Waynesboros an der alten Landstraße nach Madison City; seine Architektur war nicht sehr bemerkenswert: nur ein viereckiges weißes Balkenhaus, das von der Straße aus wegen der großen Rasenflächen ringsum und der überragenden Eichenbäume, die man stehengelassen hatte, weniger groß aussah, als es wirklich war. Von dort aus hatte man Aussicht über den langen Hang mit seinem terrassenförmig angelegten Steinweg, die staubige Landstraße, zu der der Weg führte, und jenseits der Straße über die Nahverkehrslinie der Eisenbahn, den Kanal und dessen Zufluß, an dessen Seite eine Reihe Platanen standen. Der träge fließende Fluß lag in einer größeren Entfernung hinter dem Haus; Scheunen und Ställe befanden sich weiter rechts, so daß man von der rückseitigen Terrasse eine herrliche Aussicht hatte: Fluß mit Weiden, Felder, Weideland und bewaldete Hügel. Es war ein Ort, der für den Aufenthalt draußen vorgesehen war, er hatte eine sieben Meter breite Terrasse auf allen vier Seiten, deren Dach von schlanken Pfosten getragen wurde, zwischen denen sich ein Geländer befand, außer an den Stellen, wo es von Treppen unterbrochen wurde: am vorderen Steinweg, dem Pfad zur Küche, bei der Anfahrt rechts am Haus, die zu den Ställen führte, und zum Rasen und dem Hain von Eichenbäumen hin auf der vierten Seite des Hauses. Eine Eingangshalle, die so breit wie die meisten Räume war, erstreckte sich von der Haustüre an der Stirnseite bis zur hinteren Türe und lag zwischen den Zimmern im Erdgeschoß, die alle sehr hohe Decken hatten. Ein gewundenes Treppenhaus führte zur oberen Diele und den Schlafzimmern auf der zweiten und dritten Etage. Schlafzimmer waren genug vorhanden für alle Gäste, die man sich wünschen konnte: Ernest mit seiner Familie, Charles und seine Familie, Elsa und die ihre, Ludwigs Schwester Minna, eingeschlossen deren Kinder, deren Ehepartner und ihre Enkelkinder.

Ludwig plante ein Einzugsfest für den vierten Juli, an dem sie eingezogen zu sein hofften. An einem Nachmittag Mitte Juni saß Sally mit einer Namenliste an ihrem Schreibtisch im Stadthaus und wollte eine Anzahl von informellen Einladungen schreiben: Ihre energische Haltung war eine Zurückweisung ihrer Abneigung, sich damit beschäftigen zu müssen. Ein Großteil der Waynesboroer sollte eingeladen werden, einen Nachmittag und Abend in Hillcrest zu verbringen: es sollte eine Kombination von Einzugsfest, »Vierter-Juli«-Feier und dreißigster Jahrestagsfeier des Frauenklubs sein. Sally war mit achtundvierzig das perfekte Abbild einer würdevollen Matrone, weit darüber hinaus, sich wegen gesellschaftlicher Anlässe aufzuregen. Ihr Haar, das sie wie eine Acht gewunden und mit einer Haarnadel aus Schildpatt befestigt hatte, war dunkler als zu der Zeit, als sie noch ein Mädchen gewesen war. Es war kein Grau in ihm zu finden, und auch ihr Gesicht war ziemlich faltenlos. Im Laufe der Jahre hatte sie zugenommen, und ihr fest geschnürter Körper war unzweifelbar matronenhaft; sie war geworden, was ihre männlichen Bekannten durchaus zu Recht »das Bild einer Frau« nennen könnten. Jetzt saß sie an ihrem Schreibtisch und knabberte wie ein Schulmädchen an ihrem Bleistift, eine Entgleisung, da sie sich gewöhnlich meisterhaft beherrschte. Die Wahrheit war, daß sie sich unsicher fühlte, ob sie die bevorstehende Feier würde bewerkstelligen können.

Die Idee eines Landhauses war ihr, als Ludwig es zuerst vorgeschlagen hatte, wie eine ziemliche Absurdität erschienen. Waynesboro selbst war ländlich genug: man konnte überall in der Stadt zur Zeit der Heuernte stehen und den süßen Klee riechen oder, wenn das Getreide gemäht wurde, die Unannehmlichkeit zu erleiden haben, daß Getreideinsekten von den umliegenden Feldern hereingeblasen wurden und in Arme und Gesichter bissen, was oft einen Schmerz verursachte, der in keinem Verhältnis zu ihrer

Größe stand. Aber Sally hatte seinen Plänen zugestimmt, denn sie fragte sich, ob Ludwig nicht in all diesen Jahren in seinem Hinterkopf, vielleicht unbewußt, ein Unbehagen darüber empfunden hatte, den größten Teil seines verheirateten Lebens in einem Haus wohnen zu müssen, das in Wirklichkeit (und auch für die Zungen der meisten Stadtbewohner) das Cochran-Haus und ihr Eigentum war.

Was die Kosten anging, gab es keine Gründe zu Einwänden: Der Wohlstand war nach McKinleys Amtseinführung vor zwei Jahren im Sturm zurückgekommen, denn ein neuer Schutzzoll war eingeführt worden, die Freie-Silber-Irrlehre war zumindest für die gegenwärtige Zeit zu einem Ende gekommen, und Rekordernten hatten die Forderungen der Populisten zum Verstummen gebracht. Und mit dem Wohlstand des Landes war Ludwig von der umgangssprachlichen Phrase »wohlhabend« zu unleugbar reich vorangeschritten. Die Rausch & Bodien-Gesellschaft für beschichtetes Papier hatte über die Erwartungen von allen – außer den Gründern – Erfolg gehabt und war tatsächlich bereits ein »großes Ding« geworden; die C. & C.-Schnellzug-Linie beförderte Jahr für Jahr mehr Passagiere; die Rausch-Seilwarenfirma mit der dazugehörigen, untergeordneten Schlosserei war eine kleine Goldmine: klein, wenn man sie mit der Papiergesellschaft verglich, aber groß, verglichen mit dem, was sie vor einigen Jahren noch gewesen war. Eine neue Mühle war der Fabrik zugefügt worden, ausgerüstet mit der neuesten Maschinerie für die Produktion von besonderen Arten Seil, die die Mühle jetzt herstellte. Gib war nicht nur Verkaufsleiter, sondern hatte jetzt drei reisende Vertreter unter sich, er verbrachte daher kaum noch Zeit unterwegs. Das andere Büro war voll von Schreibtischen: Der Buchhalter war zum Revisor befördert worden, und andere Pflichten, die sonst der Verantwortung von Captain Bodien oder Ludwig unterstanden, waren nun auf einen Zahlmeister, einen Betriebsinspektor und einen Einkaufsleiter verteilt worden. Eliza war Ludwigs Privatsekretärin, und eine neu eingestellte junge Frau kümmerte sich um die Arbeit des Stenographierens. Aber die Firma war immer noch eine geschlossene Gesellschaft, und der Profit wurde nur unter wenigen aufgeteilt. Im Frühling 1898 waren bereits Wagenladungen voller Schnur an das Lagerhaus in Kansas City übersandt worden, und seitdem sich das Land im Krieg befand, kamen Aufträge der Regierung für starkes Tauwerk – Kabeltaue und Ankertaue – so schnell herein, wie sie erfüllt werden konnten.

Nicht, daß Ludwig den Krieg gewollt hätte. Er war den ganzen letzten Sommer und Herbst in einem Zustand von Empörung gewesen, verärgert über die Jingos, die im Kongreß von Senator Lodge und im Kriegsministerium von dem jungen Staatssekretär Roosevelt geführt wurden; verärgert auch über die Boulevardpresse, die alles daranzusetzen schien, den Präsidenten, dessen Wahl sie nicht hatte verhindern können, zu zerstören; verärgert aber vor allem über die träumerischen Reformatoren, die meinten, die Kubaner sollten frei sein, und wenn ein Krieg nötig wäre, um das durchzusetzen. Ludwig war sich sicher, daß der Präsident, wenn man ihn gewähren ließe, mit Spanien verhandeln könnte. »Er will keinen Krieg. Er hat in einem gekämpft; er weiß, was das bedeutet. Warum sollte irgend jemand in diesem Lande Krieg wollen mit keiner besseren Ausrede als ein paar Kubanern?«

Als McKinley fortfuhr, mit Spanien trotz des Geschreis zu verhandeln, und sogar Zugeständnisse bis zum Versprechen der Autonomie für Kuba erreichte, ließ die Spannung ein wenig nach. Dennoch hörte Ludwig nicht damit auf, Manilahanf zu kaufen, was der auch immer koste; falls ein Krieg ausbrechen sollte und die Philippinen daran beteiligt wären, gäbe es keinen Hanf, den er für die dicken Taue brauchen könnte. Seine Spekulation stellte sich als begründet heraus: Kaum hatten nüchterne Bürger begonnen, freier zu atmen, als das Schlachtschiff *Maine* im Hafen von Havanna zur Explosion gebracht wurde oder einfach explodierte. Danach war ein friedliches Übereinkommen nicht mehr möglich; Rache für die *Maine* war im Bewußtsein des Kongresses, der Boulevardpresse und der Bürgerschaft mit der Freiheit für Kuba verbunden. Der Präsident, der immer noch zu vermitteln versuchte, verlor bei der Legislative so viel Einfluß, daß der Kongreß, hätte der Präsident es versäumt, ihm im April eine Botschaft zu schicken, in der er um die Kriegserklärung bat, sein verfassungsmäßiges Recht in Anspruch genommen und ohne sein Ersuchen gehandelt hätte.

Es mag auf seiten einiger Mitglieder der Regierung Befürchtungen gegeben haben, was die anderen europäischen Nationen wohl tun würden, aber es wurde nicht erwartet, daß dieser Krieg, verglichen mit anderen, allzu bedeutend werden würde, und die Erwartung schien durch den leicht errungenen Sieg von Dewey in Manila Bay am ersten Mai bestätigt zu werden. Zugegeben, die Armee, die zuvor auf eine Größe beschränkt worden war, die gebraucht wurde, um unter den Indianern im Westen Ordnung zu halten, war unvorbereitet und unfähig, die große Zahl von Männern und Jungen, die sich hatte rekrutieren lassen, auszubilden und auszurüsten. Aber Mitte Juni wurde die Flotte Cerveras im Hafen von Santiago eingeschlossen, und es sah so aus, als würde von der

Armee viel mehr gefordert, als die Städte zu besetzen, die leicht in die Hände der Amerikaner fielen, sobald die Flotte sie von Spanien abgeschnitten hatte.

Den meisten Leuten in Waynesboro hatte der Krieg bislang nicht mehr als Schlagzeilen in der Zeitung bedeutet; eine gewisse Zahl von Jungs aus der Stadt hatte sich freiwillig gemeldet, war aber bislang noch nicht weiter als bis nach Tampa gekommen. Auch Rodney Stevens, der zur Zeit auf der Universität Medizin studierte, hatte den Drang verspürt, sich rekrutieren zu lassen (waren nicht sein Vater und sein Großvater Soldaten gewesen?), aber er war von seiner Mutter, der Malaria eine furchterregende Möglichkeit und Gelbfieber eine noch schrecklichere war, zurückgehalten worden. Auch John Gordon hatte ihm rundweg gesagt, daß er als Soldat nicht gebraucht würde, allerdings vielleicht als Arzt – er solle also zuerst seinen Abschluß machen, dann sei er womöglich von einigem Nutzen. Als Rodney eingewandt hatte, daß zu der Zeit der Krieg schon vorbei sein könnte, antwortete sein Onkel Dock nur barsch: »Um so besser!« John, der sich an seine eigene bittere Hilflosigkeit vor ungefähr dreißig Jahren erinnerte, hatte wirklich wenig Vertrauen in die Wirksamkeit eines Arztes auf dem Schlachtfeld oder im Kamp; die Medizin hatte in den letzten Jahrzehnten Fortschritte gemacht, aber soweit er aus Zeitungsartikeln unterrichtet war, gab es nichts gegen Ruhr, Typhus und Malaria, die sich 1898 immer noch als geradeso tödlich herausstellten, wie sie in den Linien um Vicksburg gewesen waren.

Den Rauschs bedeutete der Krieg allerdings mehr als die dramatischen Berichte der Kriegsberichterstatter in den Zeitungen. Ludwig junior war in die Astor-Batterie eingerückt. Sein Vater war äußerst wütend gewesen: Er hatte lange bereits den Verdacht gehegt, daß der Junge sich nicht zielstrebig genug seiner Karriere auf der Konzertbühne widmete, obgleich er schon einer der vielen Geiger der New Yorker Philharmoniker war und sich so der Disziplin von langen Stunden des Übens und Probens unterwerfen mußte. Aber der hübsche, junge Ludwig war als ein gerngesehener Junggeselle der, was Ludwig »Wall-Street-Gesellschaft« nannte, durch seine Schwägerin, Ernests Frau, akzeptiert worden, die ihn ihrer Familie und ihren Freunden vorgestellt hatte. Seine Eltern wußten, daß er bei weitem zu viele Bälle besuchte und zu vielen anspruchsvollen Debütantinnen Kavaliersdienste leistete, vielleicht sogar spielte oder noch Schlimmeres; warum sollte er denn sonst immer verschuldet sein? Trotz einer finanziellen Zuwendung, die sicherlich angemessen war, und dem, was ihm von der Philharmonie gezahlt wurde, schrieb er immer seiner Mutter wegen Geld nach Hause, und manchmal, wenn sein Problem keinen Aufschub duldete, kam er auch für einen Tag oder zwei selbst, um seinen Fall persönlich darzustellen. Er wurde von seiner Familie mit gleichbleibender aufgeregter Freude willkommen geheißen: Ludwig junior, jungenhaft, fröhlich und mit gefährlichem Charme ausgestattet, war fast unwiderstehlich, und das total, wenn er an einem Abend auf der Geige für sie spielte, manchmal solo, manchmal mit Paul und mit Elsa, die sie auf dem Piano begleitete. Alle waren dann so tief bewegt und von einer gewissen Größe überzeugt, daß er sich dann am Morgen mit dem Scheck des Vaters in der Tasche und wenig beeindruckt von den Ermahnungen, die das Geschenk begleiteten, wieder auf den Weg machen konnte.

Immer wenn er gegangen war, kam sein Vater wieder auf den Boden der Wirklichkeit zurück und knurrte: »Er wird es nicht einmal zu einer Reihe von Nägeln bringen. Er spielt die Rolle eines Millionärssohnes so vollkommen, um mit den anderen in dieser Gesellschaft, mit denen er sich eingelassen hat, mithalten zu können.« Ludwig senior wäre vielleicht nicht derart böse über die Rekrutierung seines Sohnes gewesen, wenn er sich zu einer anderen Einheit als der Astor-Batterie gemeldet hätte, aber er spielte immer noch den Sohn des Millionärs, wie die Kosten der Ausrüstung bewiesen. Welcher Schatten von bösen Ahnungen auch immer im Kopf seiner Mutter schlummern mochten, sein Vater hatte wenig Sorge um seine Sicherheit und war zynisch davon überzeugt, daß er wenig oder keine Kampfhandlungen sehen würde; aber er war schmerzlich enttäuscht, daß der Junge es so einfach fand aufzugeben, was seine Hingabe an die Musik hätte sein sollen.

Ludwig junior sollte der einzige Rausch werden, der seines Vaters Einzugsfest verpaßte; sogar die Familien aus Cincinnati und Burlington, denen schon vor langer Zeit geschrieben worden war, hatten es sich so eingerichtet, daß sie kommen konnten. Es war eine gute Sache, dachte Sally, die immer noch untätig an ihrem Schreibtisch saß, daß Ludwig dieses neue Haus hatte, das seine Gedanken in Anspruch nahm und ihm Freude machte. Es würde nicht lange dauern, bis er genügend Familienleben um sich hätte, das seine Gedanken von Ludwig junior ablenken würde. Normalerweise zog Ernests Frau mit ihren beiden Babys in das Sommerhaus ihrer Familie auf Thode Island, um sie vom Wetter, der Malaria und womöglich dem Gelbfieber in New Orleans zu entfernen; gewöhnlich machte der ganze Begleitzug mit Kindermädchen und allem auf dem Weg in Waynesboro Station. Dieses Jahr wollten sie ihren Aufbruch so lange verschieben, bis Ernest mit ihnen bis Waynesboro mitkommen konnte; sie würden daher über den vierten Juli bleiben. Auch Charles kam mit seiner Frau und seinem Baby. Sally seufzte, als sie darüber nachdachte: Die beiden jungen Frauen waren so verschieden, daß es ihnen unmöglich sein würde, über eine oberflächliche Höflichkeit miteinander hinauszukommen. Charles hatte seine Greta in Burlington durch seine Vettern kennengelernt; sie war so deutsch wie – na ja, wie die Rauschs selbst – eine junge Frau, hübsch wie ein Illustriertenmädchen, die Charles vergötterte und nie einen anderen Ehrgeiz für ihn hegen würde, als er selbst, und Charles schien völlig damit zufrieden, ein verherrlichter Versandleiter des Warenlagers in Kansas City zu sein. Für Greta war es selbstverständlich, einmal ihr Kind aufzuziehen, ihren Mann zu verwöhnen und eine gute Frau zu sein. Ihre Schwiegermutter hatte den Verdacht, daß sie sich ihrer Schwägerin, die all das nicht tat, überlegen fühlte. Was Ernests Frau anging, konnte es gar keinen Zweifel geben, daß sie sich Greta überlegen fühlte. Sally überlegte, daß sie, wenn sie vor Jahren hätte vorhersehen können, welch unterschiedliche Frauen ihre beiden ältesten Söhne, die sich doch so ähnlich waren, heiraten sollten, erwartet hatte, mehr mit Emily gemein zu haben als mit der sanften, wenig aufregenden Greta. Sie gab sich Mühe, unparteiisch und beiden gleichermaßen zugeneigt zu erscheinen, aber es war Greta, für die sie echte Zuneigung empfand: Sie war weich und gutmütig, ohne Ecken und Kanten. Beide älteren Rauschs waren sich wohl bewußt, daß Emily mit ihrer finanziellen wie auch mit ihrer sozialen Position in New Orleans nicht zufrieden war. Zumal ihr Vater, der Teilhaber in einem Maklerbüro war, dort so einfach eine Stelle für Ernest hätte finden können. Emily nörgelte nie und kritisierte Ernest auch nie, wenn sie in Waynesboro waren, aber Ernest zeigte in seiner abweisenden Haltung seiner Frau gegenüber das Resultat von ständiger Nörgelei. Wenn er einlenken würde – und er würde einlenken –, dann würden Ernests Eltern wohl mehr und mehr den Kontakt mit ihrem ältesten Sohn verlieren. Armer Ludwig! Vier Söhne, und nicht einer willens oder fähig, seine Stelle zu übernehmen, wenn die Zeit kommen sollte. Falls nicht Paul – aber Paul war wie Ludwig junior ein geborener Musiker, und – so hoffte sie – ein beständigerer Charakter. Ihm fehlte sicherlich der fatale Charme; Paul war mit fünfzehn Jahren ein netter Junge, fand seine Mutter, aber eher geneigt zu trotzen als zu schmeicheln, wenn er auf Widerstand stieß. Er hatte sich teilnahmslos ergeben, seit sein Vater sich geweigert hatte, ihn den Sommer als Spulenträger in der Mühle verbringen zu lassen, weil er sich dort die Hand verletzen könnte. Augenblicklich befand er sich in einer aufrührerischen Phase gegen diese endlosen Geigenstunden. Sally, die immer noch überzeugt war, daß einer ihrer Söhne ein bedeutender Mann werden würde, zollte Ludwigs Unnachgiebigkeit Beifall. Davon abgesehen, sagte sein Vater, hatte der Junge einen guten Kopf für Zahlen, was ihm einmal dienlich sein würde, sollte er sich gegen seine Violine entscheiden. Musik und Mathematik seien grundlegend gleich, sagte Ludwig, und Sally, die in beiden nicht firm genug war, um das beurteilen zu können, akzeptierte sein Urteilsvermögen.

Nachdem sie einige Augenblicke mit der Betrachtung nationaler Angelegenheiten, familiärer und persönlicher, verbracht hatte, nahm Sally ihren Stift mit einem Gesichtsausdruck, der Entschlossenheit widerspiegelte, wieder auf, um dann jedoch nur zu seufzen, als sie die Namenliste, die ihr Ludwig gegeben hatte, überflog. Es würde ein sehr lockeres Ereignis werden. Das Seufzen war unangemessen: Es widerstrebte ihr, mit dem, was ihr bevorstand, beginnen zu müssen. Es mußten Briefe an Familien geschrieben werden, die mehr oder weniger vertraute Freunde von ihr und Ludwig waren: wie zum Beispiel Sheldon Edwards und seine Jungen, Douglas Gardiner mit Frau und Töchtern, Tim Merrills Familie und Dr. Warren und die seine; aber da waren auch noch all die anderen, die Ludwig einladen wollte, Freunde, die sie nie in ihr Stadthaus eingeladen hatte: Captain und Mrs. Bodien, wie auch Stewart und seine Familie aus Madison City, alle Büroangestellten der Firma, wie auch die ganzen Bankangestellten, vom Kassierer abwärts, diese ehrenhaften Bürger: die Kleins, die Hoffmanns, die Thirkields, die Bonner-Söhne mit ihren Familien – jeder, der Ludwig nur einfiel, hatte sie den Eindruck, einschließlich Mr. Lichtenstein und Frau und Familie (und sie kannte Lichtenstein nicht einmal vom Sehen her!). Aber Hillcrest war Ludwigs Haus, das sollte sein Einzugsfest werden, und wenn er ganz Waynesboro dahaben wollte, dann war das sein gutes Recht. Er lud allerdings, Gott sei Dank, keinen seiner politischen Freunde von außerhalb der Stadt ein – nicht einmal Mark Hanna, dem er nach außen hin vergeben hatte, daß er John Sherman aus dem Senat gedrängt hatte; und wie er vorhergesehen hatte, war der alte Mann als Außenminister zurückgetreten. Diese »Würdenträger«, wie Ludwig sie nannte, könnten der ungehemmten Freude, die er seinen Waynesboroer Freunden wünschte, einen Dämpfer aufsetzen.

Es war dieses »ungehemmt«, das Sally beunruhigte. Ihr Mann hatte vorgeschlagen, so viele Feuerwerkskörper für die Kinder bereitzustellen, wie sie in der Zeit überhaupt abfeuern könnten, wie auch Kühlschränke voll von Eiskreme und Fässer voll Limonade auf der Terrasse, wo sie sich selbst bedienen dürften. Für seine männlichen Freunde plante er, ein Faß oder Fässer mit Bier auf die rückwärtige Terrasse bringen zu lassen. Sally konnte sich nicht vorstellen, daß ein Gast genügend Bier trinken würde, um auch nur albern werden zu können, aber sie fürchtete, daß einige ihrer Freunde (Mitglieder des Frauenklubs) sich zutiefst beleidigt fühlen würden. Das war ein Dilemma, das sie nicht würde lösen können, wenn sie auch ihr Bestes tun würde.

Endlich begab sie sich an die Arbeit und schüttelte in ihrer fließenden Handschrift eine Einladung nach der anderen aus dem Ärmel. Sie lud jeden Gast zu dem Einzugsfest am Nachmittag ein, mit einem anschließenden Abendessen auf dem Rasen (oder auf der Terrasse, falls es regnen sollte; sie drückte die Daumen, um eine solche Katastrophe abzuwehren). Nach dem Abendessen gäbe es, sobald es dunkel genug wäre, ein Feuerwerk und Tanz. Die Beförderung sollte durch besondere Waggons der Nahverkehrslinie erfolgen. Und was den Frauenklub anging, so würde sie zu einem ganz besonderen Jubiläumsessen einladen, das im Eßzimmer serviert werden sollte, wobei es Reden oder die Geschichte des Klubs oder irgend etwas Ähnliches geben sollte. Dieses Programm sollte sie lange genug festhalten, bis sich alle anderen verstreut und Plätze gefunden hätten, um das Feuerwerk in sicherem Abstand von den für die Damen reservierten Stühlen auf der Terrasse zu beobachten.

Sie hatte sich das alles sehr sorgfältig ausgedacht, wie sie Anne Gordon vor einigen Tagen erzählt hatte, als die sie fragte, warum sie in aller Welt diese zusätzlichen Schwierigkeiten auf sich nehmen wolle, wenn sie ihre Hände so schon voll genug habe.

»Es wäre die seltsamste Dinnerparty, die je gegeben worden ist, nur Frauen am Tisch, während deren Männer draußen picknicken. Und wo die Geistlichen und Theologieprofessoren auch immer sitzen werden, ich bin sicher, daß sie ein bieriges Aroma bemerken werden, das von verderbten Sündern wie deinem und meinem Mann ausgehen wird. Und nein – lach darüber, wenn du mußt –, ich kann kaum auf ihre Einladungen schreiben ›Es wird Bier ausgeschenkt‹ oder auch nur ein Gerücht in Umlauf setzen. Sie würden sich wegen ihres Pflichtgefühls gezwungen sehen, die Einladung abzulehnen. Ich will nicht, daß sie das tun. Wir haben vor, es ein wirklich festliches Ereignis werden zu lassen. Stell dir nur vor, wie langweilig ihr Leben sein muß. Nimm zum Beispiel die Voorhees': Glaubst du denn wirklich, daß diese beiden unglücklichen Kinder je in ihrem Leben auf einer richtigen Party waren? Mit Spielen wie Tellerdrehen oder Drittenabschlagen – so etwas meine ich. Und was die Männer betrifft, wenn wir betonen, daß es ein Jubiläum ist mit einem Rückblick auf dreißig Jahre Klubgeschichte und vielfältigen Reminiszensen, glaubst du dann wirklich, daß es ihnen leid tun wird, das zu verpassen?« Beide Frauen lachten, als sie an ihre Männer dachten. Sally sagte zum Schluß: »Ich habe Amanda gebeten, einen Aufsatz über ›Die Höhepunkte der ersten dreißig Jahre‹ zu schreiben.«

Jetzt, als sie sich an diese Unterhaltung erinnerte, begann sie die Einladungsschreiben an die Mitglieder des Klubs, längere Briefe, als die anderen gewesen waren, da sie erklären mußte, daß es zusätzlich zu dem Einzugsfest für den Frauenklub das dreißigjährige Jubiläumstreffen mit einem Festdinner gäbe. Indem sie die alphabetische Reihenfolge einhielt, begann sie mit Eliza Ballard und dachte, während sie schrieb, daß Eliza zumindest nicht, da sie Sekretärin bei der Firma Rausch geworden war, der reformierende Geist geworden war, zu dem sie ihre Mutter gerne gemacht hätte. In anderer Hinsicht war Eliza nicht weicher geworden, obwohl sie auf die Sechzig zuging: Ihre Zunge war so beißend wie immer. Sie schien nicht älter geworden zu sein, sah auch nicht älter aus, außer daß sie, wie man es gemeinhin ausdrückte, den »Umfang der mittleren Jahre« entwickelte. In der Einladung an Eliza hatte sie alles im einzelnen erwähnt: die extra bereitgestellten Eisenbahnwagen, die die Nahverkehrsstation alle halbe Stunden für einen »Besuchs«-Nachmittag und der Feier zum vierten Juli verließen, das Dinner, das Feuerwerk und den Tanz danach. Eliza würde aller Wahrscheinlichkeit nach nicht zum Tanz bleiben, aber sie mußte dazu eingeladen werden. Es würden auch noch andere kommen, die nach dem Feuerwerk nach Hause gehen wollten, und Ludwig hatte versprochen, eine Draisine für sie auf dem Nebenanschluß auf der anderen Seite der Straße bereitzustellen. Ludwig, der immer noch Präsident der C. & C.-Linie war, hatte sich auf eigene Kosten den Nebenanschluß bauen lassen, um einen bequemen Zugang zu Hillcrest zu haben. Es würden auch andere kommen, die nicht länger wie die Ballards ihre eigenen Pferde und Kutschen fuhren; und die, die noch welche hatten, würden sie nicht gerne am Vierten benutzen wegen der Gefahr eines sich aufbäumenden oder durchgehenden Tieres, das von einer Rakete oder einem Kracher, der ihm zwischen die Hufe geworfen worden war, in Panik versetzt würde. Stewart Bodien würde seine Familie von Madison in diesem lärmenden, neumodischen Apparat herüberbringen; zumindest, dachte Sally, würde das nicht bei jedem Knall auf den Hinterbeinen stehen.

Charlotte Bonner war die nächste auf ihrer Liste; die anderen

Bonners, Charlottes Mutter und Brüder, würden an einem der Tische draußen plaziert und wahrscheinlich mehr Spaß haben als Charlotte. Arme Charlotte, so unscheinbar und hochaufgeschossen, nur Knochen und Gelenke: Sally konnte sich nicht vorstellen, daß sie für den Tanz bleiben werde, wenn nicht in ihrer Eigenschaft als Herausgeberin der Gesellschaftsspalte der *Fakkel.* Aber bei Charlotte konnte man nie wissen: Sie war so unberechenbar, daß sie an einem lebhaften Galopp über die Terrasse Spaß finden könnte. Sie war ein Gottesgeschenk für den Klub und gab der allzu spießigen Gruppe einen lockeren Anstrich. Sally, die in ihrem Wohnzimmer allein war, mußte laut lachen, als sie sich an Charlotte im letzten Weihnachtsspiel erinnerte. Die jüngeren Mitglieder hatten eine spielbare Version von »Alice im Wunderland« erarbeitet, und Charlotte war der Tausendfüßler gewesen, in einem engen grünen Kleid mit paarweise vorne angeordneten Tausendfüßlerfüßen; sie hatte auf einem Tisch Stellung bezogen, der keineswegs standfest war und der mit einem großen bettuchüberzogenen Kissen einem Pilz (in etwa) ähnlich sein sollte. Dort schmauchte sie oder gab das zumindest vor, eine orientalische Wasserpfeife, die ein Tabakwarenhändler in Waynesboro für seine Werbung benutzt und die er ihr als Leihgabe zur Verfügung gestellt hatte.

Nach Charlotte kam Mrs. Deming, die wahrscheinlich für den Tanz, wenn auch nur als Zuschauer, bleiben würde, denn Julia würde dableiben, und sie würde wohl nicht allein nach Hause fahren wollen. Mrs. Deming hatte eine gewisse Wichtigkeit im Klub erlangt: sie war sein neuer »Autor«, denn sie hatte die Geschichte des Landes, die der General bearbeitete, als er starb, erfolgreich vollendet (und auch durch Subskriptionen und Agenten verkauft). Es hatte lange Zeit und eine reichliche Anzahl von Expeditionen in das zur Debatte stehende Land in Anspruch genommen: Man bekam augenscheinlich ein Buch nicht über Nacht geschrieben und veröffentlicht. Mit Grund strahlte Mrs. Deming, wenn sie mit anderen Klubmitgliedern zusammen war, eine gewisse Aura von Bedeutsamkeit aus; man muß es nicht mögen, aber man kann sie kaum tadeln: Wer sonst von ihnen hatte schon ein Buch geschrieben?

Sally kreuzte ihren Namen an und ging zu dem der Evans' über. Elsa und Gib, die Hausgäste sein würden, konnte sie auslassen, aber Gibs Onkel und Tante, der Reverend Mr. Evans und seine Frau, waren mit angemessenem Respekt zu behandeln. Sally hatte seit dem Tag, an dem Gibs und Elsas Beziehung diskutiert worden war, nicht wieder mit Mrs. Evans vertraut geredet. Sie hoffte, seine Tante wäre nun zufrieden und fände, Gib habe eine glückliche Wahl getroffen und die Ehe sei gut.

Als nächste kamen die Gordons: Anne, die ihr altes, gelassenes und glückliches Selbst wiedergefunden zu haben schien, Dock, Johnny, Julia und deren Tucker. Man konnte Julia kaum »gelassen« nennen, auch wenn sie mit ihrem Leben zufrieden schien und eine wirklich bezaubernde Alice im Weihnachtsspiel abgegeben hatte. Dennoch konnte Sally nicht umhin, sich zu fragen, wie glücklich Julia wirklich sei. Gemütsruhe, so nahm sie an, entsprang wohl im Geist oder im Denken einer Person. Sie zweifelte daran, daß Julia mit allzu viel Verstand und Geist ausgestattet sei. Armer Johnny! Sie hätte ihn wegen seiner Blindheit bemitleiden können, jetzt, da Elsa außer Gefahr war. Johnny würde kommen, wie auch sein Vater und die beiden Evans-Männer. Sophie würde ihren Rudi mitbringen, der, um ehrlich zu sein, ein präsentabler Gentleman, ja sogar unterhaltend war, obgleich Ludwig einen scheelen Blick auf seine politischen Ambitionen warf. Rudi hatte vor, als Demokrat in der nächsten Wahl um das Amt des Staatsanwalts gegen Tim Merrill anzutreten; Ludwig fürchtete nicht, daß sich ein Demokrat in das Gerichtshaus einschleichen würde: Er konnte einfach nicht verstehen, wie ein vielversprechender und ehrgeiziger junger Mann so etwas tun konnte.

Von Lichtenstein zu Merrill: Tim und Elizabeth und ihre Kinder. Reverend Mr. McKinney und Reverend Dr. Maxwell würden mit ihren Frauen kommen. Dann Amanda Reid. Man begann Amanda ihr Alter anzusehen. Das ließ sie für einen Augenblick innehalten: immerhin war Amanda nur wenige Jahre älter als sie; unglücklicherweise war ihr Geist von Trivialitäten, wie es das persönliche Erscheinungsbild ist, weit abgehoben. Amanda hatte an Gewicht zugelegt, wie auch sie selbst, bei weitem zu viel; aber Ludwig mochte sie, wie sie war, und zumindest war sie fest und vornehm geschnürt. Amandas Rundungen an den falschen Stellen quollen ungehemmt; ihre Handgelenke und Knöchel waren merkwürdig dünn, ihr Gesicht faltig, ihr Haar mit Grau durchsetzt, hing schlaff herunter. Vielleicht wäre sie eine bessere Lehrerin, dachte Sally, wenn sie etwas mehr darauf achten würde, wie sie aussähe. Für ihre Schüler war sie die »alte Mandy Reid« geworden. Wie entschieden Paul von seiner Mutter, der jetzt im zweiten Jahr Latein hatte, auch verboten wurde, diesen Beinamen zu gebrauchen, sie war sicher, daß ihre Anordnung außerhalb des Hauses kein Gewicht hatte. Es war eine Schande, weil in bezug auf Amandas Verstand nichts alterte oder veraltet war: Sie war ein genauso scharfsinniger (und strenger) literarischer Kritiker, wie sie es immer schon gewesen war, und es gab keinen Klubessayisten, der ihrem Kommentar nicht mit Zittern entgegensah.

Mit der Erledigung des Briefes an Amanda verblieben noch Jessamine Stevens, die Travers' und die Voorhees'. Die Voorhees' würden nicht nur gehen, bevor der Tanz begänne, sie würden auch die jungen Leute mitnehmen. Sally zog eine Grimasse, als sie über Blair und Janey nachdachte: Sie würden von niemandem unter den jungen Leuten vermißt werden, und das war irgendwie eine Schande. Christina sollte merken, daß sie nie Freunde in ihrem eigenen Alter bekämen, wenn es ihnen nicht erlaubt würde, mit ihnen umzugehen, wie ausgebildet ihr Geist auch sein mochte und wie fleckenlos ihr Charakter. Sally konnte sich durchaus vorstellen, daß zumindest Janey liebenswürdig sein mochte, aber wer sollte das je erfahren? Und was die Travers' anging: Thomasina, Gott segne sie, hatte sich nicht geändert, abgesehen davon, daß sie ein wenig asthmatischer und ein wenig schlaffer geworden war. Und falls Sam Travers für das Tanzen bleiben wollte – und vielleicht, während das Orchester das Abendessen einnahm, selbst spielen würde? –, bliebe wohl auch Thomasina gern, obgleich sie noch nie in ihrem Leben einen Schritt getanzt hatte und auch sicherlich zu alt war, um damit noch anfangen zu wollen.

Dann, die Schwestern Gardiner – mit Gewissensbissen erinnerte sie sich: Miß Caroline Gardiner hatte endlich ihre Belohnung bekommen, nachdem sie alles getan hatte, um Barbaras Leben in den letzten neunzehn oder zwanzig Jahren zur Hölle auf Erden werden zu lassen. Nicht daß irgend jemand das von Barbara selbst erfahren hätte, die sehr verschwiegen war; aber Verschwiegenheit bedeutete in Waynesboro wenig, wenn man Diener im Hause hatte. Es war generell angenommen worden, daß man, nachdem Miß Lavinia gestorben war, einfacher mit Miß Caroline klarkommen würde, aber jedermann wußte, daß dies nicht der Fall gewesen war. Als der Teppich in ihrem Wohnzimmer und der Bodenbelag in ihrem Schlafzimmer herausgenommen worden waren und der Boden gestrichen und lackiert wurde, erfuhr jeder, daß das alles sein mußte, weil Miß Caroline sich angewöhnt hatte, auf den Boden zu spucken, wo immer und wann immer sie sich danach fühlte, und Teppich und Mattengeflecht waren nicht so einfach zu schrubben wie bloßer Holzboden. Es war seltsam, wie ein Charakter herunterkommen konnte, wenn die Kontrolle schwächer wurde. Man hätte doch annehmen können, die Misses Gardiner wären bis an ihr seliges Ende übersanft gewesen.

Nachdem sie ihre Briefe beendet hatte, brachte sie sie zum Tisch in der Eingangshalle hinunter, wo sie sie für Ben, den Sohn des alten Reuben, der der gegenwärtige Haus- und Kutschenmann war, ablegte, damit er sie dem jeweiligen Adressaten überbringe.

Ganz gegen ihre Gewohnheit grübelte sie weiterhin über die Gästeliste nach, als sie darauf wartete, daß Ludwig für das Abendessen nach Hause käme. Man würde wegen der Sitzordnung vorsichtig sein müssen. Viele der Gäste waren wie die Rauschs im Grunde genommen »echt deutsch«, obwohl das nach all den Jahren so ziemlich vergessen worden war. Selbst finanzielle Unterschiede waren fast nahezu ausgewischt worden: Fritz Kleins »Delikateß-Lebensmittel« hatten sicherlich Wohlstand gebracht; sie wußte, daß er sich für eine ansehnliche Aktienzahl der Rausch & Bodien-Gesellschaft für beschichtetes Papier hatte anmelden lassen, als sie auf den Markt kamen, und zweifellos hatte er auch in die Bäckerei seines Schwagers investiert, als Mr. Hoffmann seine Kracker hatte patentieren lassen, eine Fabrik baute, mit dem Großhandel begann und über die wildesten Träume von jedermann hinaus Erfolg gehabt hatte. Das ordentliche Ziegelgebäude am südlichen Ende der Stadt war bereits einmal vergrößert worden, und er hatte von anderen größeren Herstellern (ein sicheres Zeichen seiner Bedrohung als Konkurrent) Angebote, ihn aufzukaufen, erhalten. Bei solchen Gelgenheiten kam er immer zu Ludwig, um dessen Rat zu hören, allerdings, wie Ludwig sagte, mit bereits gefaßtem Entschluß; er wollte nur eine erneute Versicherung, bevor er sich halsstarrig weigerte zu verkaufen. Von dieser ganzen, in enger Beziehung zueinander stehenden Gruppe rackerten sich nur die Lichtensteins wirklich ab, aber da die Lichtensteins das Leben so gut wie jeder andere zu genießen schienen, ja sogar mehr als manche, spielte niemand ihre Armut gegen sie aus, auch wenn die Jungen ihren eigenen Weg gehen mußten, wie Rudi es getan hatte, durch das College in einen Beruf.

Die erste Generation der Deutschen stellte keine Probleme dar. Jeder in der Stadt kannte und mochte sie und hätte sich über ihre Gesellschaft beim Abendessen gefreut. Ernest und Elsa würden Gastgeber und Gastgeberin am Tisch sein; Charles und Greta könnten über die Jüngeren die Aufsicht führen. Die Kinder würden mit Rose einen Tisch für sich allein haben, um eine gewisse Ordnung aufrechtzuerhalten, während Cassie bei den Babys aufpassen konnte, die im dritten Geschoß (so hoffte sie) schlafen würden. Sally vertraute darauf, daß Emily nicht zu offensichtlich vornehm und herablassend zu Ludwigs Freunden sein würde; wenn die Gardiners nahe bei ihr säßen und Mr. und Mrs. Lichtenstein so weit wie möglich entfernt, könnte alles gutgehen. Sally wußte, daß Emily die Einzugsfeier als eine merkwürdige gesellschaftliche Angelegenheit ansehen würde; sie würde eben das Beste daraus machen müssen. Und tatsächlich, als Ernest mit seiner Familie angekommen war und seine Frau erfuhr, was von ihr erwartet würde, zögerte sie nicht, Elsa mitzuteilen, sie betrachte die ganze Affäre als »outriert«, aber es war vor allen Dingen die Ehrenbezeigung an den Frauenklub, die sie verwunderte. »Ist deine Mutter wirklich diesen Frauen so zugetan, daß sie im Winter noch nicht genug von ihnen sieht? Ich fand sie sehr seltsam und nachlässig, als ich sie zuerst beim Empfang deiner Mutter kennenlernte.« Elsa antwortete darauf: »Sie mag sie wirklich, so seltsam dir das erscheinen mag. Mama ist schon so lange Präsidentin, das verbindet. Ich nehme an, sie fühlt sich in gewisser Weise dafür verantwortlich, daß sie Freude am Klub haben. Und das tun sie und wir alle auch, weißt du, selbst wenn es alle zwei Wochen schrecklich lästig ist. Es sind Papas Freunde, über die sie sich Sorgen macht. Aber ich glaube, du wirst sie ganz umgänglich finden.« Und auf deutsch fügte sie hinzu: »Gemütlich, eigentlich.« (Wenn Emily mit Fremdwörtern herumwarf, würde sie das auch tun.)

Sallys Einladungen wurden empfangen und angenommen. Die Leute aus Waynesboro fuhren nicht in den Sommerurlaub; die Männer hatten zu tun, und ihre Frauen würden nicht einmal davon träumen, ihre Kinder mitzunehmen und ihre Männer zurückzulassen. Nicht einmal Julia dachte länger als einen Augenblick daran. Sie hatte versucht, Johnny zu überreden, mit ihr, ihrer Mutter und Tucker für ein paar Wochen an die See zu fahren, aber ihr Vorschlag war einem klaren »Nein« begegnet.

»Julia, das würde ich ja gerne. Ich wünschte wirklich, ich könnte. Aber du weißt, ich bin im Sommer nicht entbehrlich. Es ist unsere arbeitsreichste Jahreszeit, in der alle Kleinkinder krank werden, sobald es eine Hitzeperiode gibt. Aber es gibt keinen Grund, warum ihr anderen nicht fahren solltet.«

»Ohne dich?« Sie schüttelte den Kopf. »Du hast keine Vorstellung, wie schwierig es sein würde, mit einem lebhaften, kleinen Jungen und all den Koffern und keinem Mann, der helfen könnte, zu reisen. Wenn Papa noch bei uns wäre, würde es anders sein. Ich nehme an, ich muß diese – entsetzliche Einladung zum Einzugsfest der Rauschs annehmen?«

»Entsetzlich? Ich verstehe nicht...«

»Johnny, du weißt, daß es schrecklich sein wird. Heiß, überfüllt und der *Lärm*...«

»Es wird in der Stadt genauso laut sein, wenn in jedem Hinterhof Feuerwerkskörper explodieren.«

»Tucker wird schreckliche Angst haben, wenn all diese großen Jungs Kanonenschläge herumwerfen. Und wenn er keine Angst hat, dann wird er überaufgeregt sein. Und es wird eine solch langgezogene Qual: Nachmittag, Dinner mit den Mitgliedern des Frauenklubs, von denen ich in neun Monaten des Jahres durchaus genug sehe, Feuerwerk, Tanz, während irgendein farbiges Mädchen Tucker auf dem Dachboden schlafen legt.«

»›Irgendein farbiges Mädchen‹ wird die alte, zuverlässige Cassie sein und wen sie noch zur Hilfe mitbringt. Und du tanzt doch gern. Wenn ich es richtig verstanden habe, wird es sogar ein Orchester von außerhalb geben, nicht nur einen Klavierspieler aus Waynesboro.«

»Zu dieser Zeit werde ich schon zu erschöpft sein, um mich noch auf dem Tanzboden herumschleifen zu lassen. Und ich wußte gar nicht, daß du deine Freundin Elsa als ›nur ein Klavierspieler aus Waynesboro‹ betrachtest.«

»Elsa? Sie ist eine so gute Musikantin, wie nur irgend jemand, den sie herbringen könnten, aber du wirst doch wohl nicht erwarten, daß sie den Abend damit verbringt, für andere auf der Party ihres Vaters zum Tanz aufzuspielen? Natürlich nicht: Sie tanzt genauso gerne wie jeder andere. Sei nicht verstimmt, Julia, Liebling, nur weil ich nicht mit euch zum Strand fahren kann. Dieses Einzugsfest wird ein richtiges Ereignis werden. Onkel Ludwig hat es schon seit Wochen geplant. Manchmal habe ich mich gefragt, ob er das Haus nicht nur gebaut hat, damit er es mit einer solchen Feier einweihen kann. Du mußt ihm schreiben und für uns alle annehmen. Deine Mutter kommt auch mit?«

»Oh, natürlich. Der Frauenklub ist aus irgendwelchem Grund wichtig für sie.«

»Ich verstehe auch, warum, und das würdest du auch, wenn du dich um so viele einsame Frauen zu kümmern hättest wie ich. Es gibt ihr Kontaktmöglichkeiten außerhalb der Familie, ein Zugehörigkeitsgefühl. Als Mitglied ist sie mit etwas außerhalb ihrer selbst verbunden. Mit *Menschen*. Das ist der Grund, weshalb so viele alleinstehende Frauen bei irgendeinem guten Zweck mitmachen.«

»Gehen deine Mutter und dein Vater auch hin?«

»Aber du weißt doch, sie würden einen Rausch-Schwof nicht für gutes Geld verpassen wollen. Obwohl ich annehme, daß Paps den Nachmittag draußen mit den anderen Männern verbringen und um den Frauenklub einen möglichst großen Bogen machen wird.«

Er hatte völlig recht mit seinen Eltern: sie schlugen nie eine

Einladung der Rauschs aus. Andere Freunde, die häufig bei den Rauschs eingeladen gewesen waren, dachten genauso, und die, die noch nie zu ihnen gebeten worden waren, zitterten fast vor gespannter Erwartung. Der Frauenklub akzeptierte ihre Einladung, und Amanda, die man gebeten hatte, den Jubiläumsaufsatz zu verfassen, ging ihren Kleiderschrank durch und entschied, daß sie ein neues Kleid haben müsse, obgleich das wieder langweilige Anprobestunden bedeuten würde und Ausgaben, die sie sich eigentlich schlecht leisten konnte.

Das einzige Mitglied, dessen Antwort nur zögernd kam, war Christina Voorhees; sie sagte erst nach längerem Zaudern zu. Zuerst hatte sie gestutzt, weil ihre Tochter und ihr Sohn eingeschlossen waren. Sie hatte gehört, daß alle möglichen Leute eingeladen worden seien. Sie hatte die Sache nicht mit Henry besprochen, bis die beiden eines Nachts wach im Bett lagen, weil es zu heiß zum Schlafen war. Und auch dann noch hatte Henry den Weg zu dem Thema bahnen müssen. Die Fenster an der Stirnwand waren weit geöffnet, die Vorhänge hinter die zurückgeschlagenen Fensterläden gesteckt. Von den Treppenstufen der Gardiners auf der anderen Seite der Straße drang der Klang von jungen Stimmen, einem Banjo, Singen und Lachen herüber.

Henry, der ordentlich und gerade, mit den Händen hinter dem Kopf verschränkt unter seinem Laken lag, sagte plötzlich: »Es klingt, als ob die jungen Leute auf der anderen Straßenseite eine Menge Spaß haben. Unsere beiden sollten auch dabeisein.«

»Was willst du damit sagen? Sie sind noch vor uns zu Bett gegangen.«

»Es ist zu heiß zum Schlafen. Und irgendwie scheinen sie den Spaß zu verpassen, den sie in ihrem Alter haben sollten.«

»Sie gehen nicht irgendwohin, wo sie nicht eingeladen worden sind.«

»Ich bezweifle, ob irgend jemand da drüben *eingeladen* worden ist. Ist dir noch nicht aufgefallen, daß es sich die jungen Leute angewöhnt haben, quasi absichtslos bei den Gardiners anzukommen, sowohl Jungen wie Mädchen? Heute abend hat irgendein Junge sein Banjo mitgebracht, und die anderen haben sich ganz natürlich zusammengefunden. Ich wünschte, Blair und Janey hätten genauso viele Freunde.«

»Willst du darauf hinaus, mir sagen zu wollen, ich sollte sie zu diesem Einzugsfest bei den Rauschs mitnehmen? Du und ich müssen gehen, weil es zum Teil eine Jubiläumsfeier für den Klub ist und wegen deiner Position in der Bank. Aber ich sehe keine Notwendigkeit, die Kinder in ein derart gemischtes Publikum, wie es sich da zusammenfinden wird, mitzunehmen. Und dann auch noch am Vierten mit all den Feuerwerken und Tänzen, wo die Party so leicht außer Kontrolle geraten kann.«

»Außer Kontrolle bei Mr. und Mrs. Rausch? Das ist sehr unwahrscheinlich. Ich habe doch sehr stark das Gefühl, daß Blair und Janey mit uns kommen sollten. Sie sind zu unerfahren im Umgang mit Jungen und Mädchen in ihrem Alter.«

»Aber ich finde nicht...«

»Daß ich merke, wie sie bei allem ausgelassen werden? Vor ein paar Tagen sind mir die Augen geöffnet worden. Christina, ich habe nie deine Vorstellung, sie zu Hause zu erziehen, kritisiert, und ich tue das auch jetzt nicht: Ich wußte, du konntest dich darum besser kümmern als irgendein Schullehrer in Waynesboro. Aber sie haben das ganze Geben und Nehmen zwischen Kindern, die miteinander aufwachsen, verpaßt.«

»Sie haben Freunde. Sie gehen oft zu den Gardiners rüber.«

»Gelegentlich, nicht ›oft‹. Kommen die Gardiners hierher?«

»Wohlerzogene Mädchen stellen den Jungs nicht nach.«

»Janey ist doch im gleichen Alter wie eine von ihnen, nicht? Kommen sie sie je besuchen?«

»Ich dachte an Blair, weil er die Älteste – bewundert.«

»Die das ganze vergangene Jahr von zu Hause weg auf einem College war und die in dem Stevens-Jungen, wenn beide zu Hause sind, einen ständigen Beau hat? Er ist ein Jahr oder so älter als Blair und studiert Medizin – fast schon ein Mann, könntest du sagen – und hat so einen unüberwindlichen Vorteil.«

»Henry, wo hast du denn diese vulgäre Ausdrucksweise aufgeschnappt? ›Beau‹, also wirklich! Und dieser ganze Klatsch?«

»Die Bank ist ein großartiger Ort für Klatsch. Jeder kommt an dieser Ecke vorbei und nicht ohne bemerkt zu werden.« Dann sagte er abrupt und wieder ernsthaft: »Findest du nicht, Blair sollte auf ein College gehen?«

»Aber er braucht kein College. Er ist soweit, daß er im Herbst im Seminar anfangen kann.«

»Schulisch, ja. Aber bist du auch sicher, daß er sich zum Geistlichen berufen fühlt? Schicken wir ihn doch auf eines unserer Presbyterianer-Colleges, da kann er nicht zu Schaden kommen, und es gibt ihm Zeit zu entscheiden, was er will. Er sollte seine Zukunft selbst wählen.«

»Er hat noch nie gesagt, daß der Beruf des Geistlichen nicht seine Wahl ist. Was wolltest du sagen, als du vor einer Minute davon redetest, dir seien die Augen geöffnet worden?«

Henry seufzte. »Ich nehme an, ich hätte es nicht erwähnen

sollen. Aber ich war vor ein paar Tagen in meinem Büro, und die Tür stand offen. Am Kassiererkäfig standen zwei Jungs, als Blair gerade draußen vorbeiging. Ich vermute, sie konnten mich nicht sehen, da, wo sie standen.«

»Was haben sie gesagt?«

»Blair ging um die Ecke und an meinem Fenster vorbei. Er sah schäbig aus. Sein Haar mußte geschnitten werden. Es hing hinten über den Kragen herunter und sah ungepflegt aus. Er ging mit krummem Rücken und schlurfte so schlaksig daher.«

»Was haben sie gesagt?«

»Zuerst habe ich es nicht genau mitbekommen. Etwas über sein Haar, nehme ich an, weil der andere Bursche sagte, ›er sollte es mit einem Band zusammenflechten, er ist solch ein Muttersöhnchen.‹ Und der erste sagte: ›Muttersöhnchen! Du bist immer an der Schürze festgebunden.‹ Tut mir leid, Chrissy.«

Nach einem Augenblick voller Betroffenheit sagte Christina mit einer unnatürlich gezwungenen Stimme: »Wer war das?«

»Niemand, den du kennst. Nimm es nicht schwer. Es war auch für mich ein Schock. Ich nehme an, daß es die Ansicht der Stadt ist.«

»Ich habe nie die Notwendigkeit verspürt, die Ansicht der Stadt irgendwie zu berücksichtigen. Du weißt, daß ich die Kinder hierbehielt und sie selbst unterrichtete, weil ich wollte, daß sie *gebildet* werden.«

»Und das hast du großartig gemacht. Sie sind gut unterrichtet und gut erzogen. Aber irgendwie ist diese Absonderung über das Lernen aus Büchern hinausgegangen. Wir sind so besorgt gewesen, sie von allem Kontakt mit dem Bösen fernzuhalten, daß wir sie davon abgehalten haben, ein volles Leben zu führen.« Er betonte das »wir«, um sie zu schonen. »Und jetzt frage ich mich, ob jemand ein guter Geistlicher, ja selbst ein guter Mann sein kann, der keine Erfahrung mit Gut und Böse hat. Die Grenze dazwischen ist so verschwommen, manchmal. Ich frage mich, was dein Vater davon gehalten hätte.«

»Oh, Papa! Ich war Papa ganz verschrieben, wie du weißt, aber er verzieh vieles, das schlimm war; zumindest seine Freunde waren Männer, die Böses verziehen. Sein Geschmack war katholisch, um es harmlos auszudrücken. Ich habe das nie richtig gefunden.«

»Dein Vater war ein guter Mann, wirklich gut: freundlich und großzügig und tolerant. Es gibt keinen Grund, warum du inflexibler sein solltest, als er es war. Laß uns doch die Zügel etwas lockerer nehmen – nimm Blair und Janey zu der Party bei Rauschs am Vierten mit.«

»Wir kommen dann aber nach dem Feuerwerk nach Hause.« Sie hatte nicht vor, Blair und Janey in einer nicht wünschenswerten Art von dem Anblick der anderen Jungen und Mädchen in enger Umarmung auf der Tanzfläche aufregen zu lassen. »Die Rauschs wissen, daß wir nicht tanzen.«

Dankbar für das, was er als Zugeständnis erkannte, wünschte Henry seiner Frau gute Nacht, drehte sich auf seine Seite und schlief bald ein. Christina war zu beunruhigt, um es auch nur zu versuchen. Nie zuvor in ihrem Eheleben hatte Henry auch nur angedeutet, daß seine Kinder vielleicht anders erzogen werden könnten. Wenn er an einen Fehler bei ihr geglaubt hatte, dann hätte er das schon vor langem sagen sollen. (Sie hatte keine Vorstellung von dem Mut, den er hatte aufbringen müssen, um jetzt mit ihr zu sprechen. Henry war immer ein »sicherer«, ein vorsichtiger Mann gewesen; als er ein Alter erreicht hatte, das er für die Ehe als richtig einschätzte, hatte er in seinen Gedanken ein Mädchen aus Waynesboro nach dem anderen abgewogen; in Christina hatte er so viele wünschenswerte Eigenschaften entdeckt, daß er daran zweifelte, sie gewinnen zu können, aber er zweifelte überhaupt nicht daran, daß er sie liebte. Er hatte sie in der Überzeugung geheiratet, daß sie ihm in jeder Hinsicht überlegen sei. Wie kalt und unbeweglich er auch immer in der Bank sein mochte, sobald er zu Hause war, unterwarf er sich Christina und akzeptierte ihre Art, die Dinge zu handhaben, als unumgänglich richtig.) Christina, die sich nie einem anderen Mann als ihrem Vater, und dem auch nicht immer, untergeordnet hatte, betrachtete Henrys Haltung ihr gegenüber keineswegs als seltsam oder ungewöhnlich: Mütter waren verantwortlich, für das Heranwachsen der Kinder zu sorgen, wenn nicht, wie in ihrem eigenen Falle, die Mutter starb und der Vater aus Notwendigkeit diese Aufgabe übernehmen mußte. Als sie wach und besorgt dalag, lange nachdem Henry trotz der Hitze eingeschlummert war, überdachte sie noch einmal ihre Unterhaltung. Es war schlimm genug, daß Blair sein Haar hatte so lang werden lassen, aber es schien ihr ein geringfügiger Fehler und einer, dem man leicht abhelfen konnte. Aber »Muttersöhnchen«; dieser Beiname tat wirklich weh. Sie würde sich, was die Party bei Rauschs betraf, fügen; Blairs Anwesenheit könnte helfen, sie zu widerlegen. Aber das College war eine gänzlich andersgeartete und weit ernstere Frage. Sie war immer noch hellwach und grübelte, als sie von der anderen Straßenseite sehr hörbar die Verabschiedungen vernahm, ein letzter Griff in die Banjosaiten, das Klacken des Gartentores und der Klang von jungen Schritten und Stimmen, die sich den Hügel hinunter entfernten.

Die Einladung zu der Einzugsfeier auf Hillcrest war bei den Gardiners ganz anders aufgenommen worden; dort hatte es einstimmige Freude gegeben. Lavinia würde in ein paar Tagen aus dem College nach Hause kommen; sie würden sie mit den Neuigkeiten von den bevorstehenden Vergnügungen begrüßen. Die Gardiners waren immer eine glückliche Familie gewesen; die Mädchen waren an die Neigung ihres Vaters zu sarkastischen Äußerungen gewohnt, wenn jemand einen grammatikalischen Schnitzer oder eine andere Unrichtigkeit verbrach; ihre Mutter hatte es geschafft, ihnen Belastungen, die ihnen durch die Anwesenheit der beiden Tanten, letztlich noch der einen, die über viele Jahre oben hinter verschlossenen Türen lebte, aufgezwungen worden waren, weitgehend zu ersparen. Erst nachdem Tante Caroline gestorben und beerdigt war, erfuhren sie von den Beschränkungen, die ihnen auferlegt worden waren. Sie alle versuchten zu trauern; sie sagten »arme Tante Caroline«. Aber Doug entspannte sich und sorgte sich nicht länger darüber, was Barbara durchmachen müsse, sagte sich nicht länger, daß er sie nie hätte heiraten dürfen, und Barbaras Last glitt von ihren Schultern. Als es keinen Grund mehr gab, darauf zu achten, daß das Leben der Mädchen sich nicht unter einem düsteren Schatten abspielte, wurde sie auch selbst wieder jung und vergaß, daß sie im Alter von fünfunddreißig Jahren für lange Zeit schon mittleren Alters gewesen war. Die drei Mädchen, die noch zu Hause waren, machten innerhalb eines Monats all die Jahre gut, die sie hatten ruhig sein müssen: Sie riefen einander von oben nach unten und unten nach oben zu, sie machten einen Höllenlärm beim Schließen der Türen und mit ihrer Rennerei, und Mary, die bereits zwölf war und damit wirklich zu alt für ein derart kindisches Gehabe, begann das Treppengeländer herunterzurutschen.

Aber am allerbesten war natürlich, daß die Wohnung der Tanten für die älteren Mädchen instand gesetzt wurde: gesäubert, neu tapeziert, das Holz neu lackiert, die Böden mit neuen Teppichen belegt. Wie Mary nun offen sagen konnte: Der Geruch war endlich weg. In das Badezimmer wurde noch eine Tür gebrochen, so daß es von beiden Schlafzimmern aus betreten werden konnte – eine Tür, die dadurch möglich wurde, daß der alte zinkbeschichtete, walnußeingefaßte Badezuber durch eine moderne Porzellanbadewanne ersetzt wurde, die auf vier Klauenfüßen stand und deren oberer Rand gebogen war, damit man sich mit der Hand festhalten konnte. Die beiden Mädchen würden ein Badezimmer ganz für sich alleine haben, ein nicht zu verachtendes Privileg in einem Haushalt mit sechs Menschen, aber eins, das sich nach der ersten

Woche oder so als illusorisch herausstellte, da keines der jüngeren Mädchen zögerte, es mit Beschlag zu belegen, wenn das Familienbadezimmer besetzt war. Die Zimmer waren noch nicht eingerichtet und warteten auf Lavinias Rückkehr. Sie sollte bei der Auswahl der Möbel mitreden können.

Am Tage von Lavinias Rückkehr fuhr Doug seine Familie in der großen Kutsche zum Bahnhof. Für alle sechs würde es allerdings ein echtes Gedränge werden, aber Lavinias Koffer und Truhe konnten Sam Million anvertraut werden; er würde sicher mit seiner Lastkutsche am Zug sein. Sie tobten auf dem Weg zum Bahnsteig, während Doug losging, um mit Sam, den das Kommen und Gehen in Waynesboro gleichgültig ließ, zu sprechen. Dieser sagte ihm jetzt: »Miß Lavinias Gepäck? Aber sicher kann ich danach sehn. Sie ham da aber ein Haufen hübscher Mädchen, Mister Douglas.« Doug lachte.

Er fand selbst, daß Lavinia und Caroline mit ihren schwarzen Haaren und Augenbrauen und ihren veilchenblauen Augen wie ihre Mutter bildschön seien; die flatterhafte Veronika, wenn sie je lange genug stehenblieb, daß man sie richtig ansehen konnte, hatte die feingeschnittenen Gesichtszüge der Gardiner-Tanten, ihre haselnußbraunen Augen und leider auch ihr seidenfeines, aschfarbenes Haar. Und die arme Mary war wie ihr Großvater Bodien: ein stämmig gebautes Mädchen mit unbestimmbaren hellen Haaren und blauen Augen, lebhaft, aber zu hell, um schön zu sein. Douglas sah ihr gerade zu, wie sie an der Kante des Bahnsteiges auf und nieder sprang und die Geleise entlang nach dem ersten Zeichen von der Maschine spähte, und er lächelte über sich selbst. Sie hätte das »arme Mary« entrüstet zurückgewiesen. Ihr Großvater Bodien war ihr die liebste Person auf der Welt; sie hätte nichts dagegen, wie er auszusehen.

Als der Zug endlich einfuhr und Mary von der Kante vertrieb, war Lavinia der erste Passagier, der herauskam; sie konnte es kaum abwarten, daß die Stufen an die richtige Stelle gebracht wurden. Sie warf sich zuerst in die Umarmung des weiblichen Teiles der Familie, löste sich dann und ging zu ihrem Vater, der ein bißchen zurückgetreten war, um Barbara die erste Chance zu lassen.

»Papa! Es ist wundervoll, wieder zu Hause zu sein!«

Mary sagte: »Wir ham eine Überraschung für dich.«

Doug rügte sie: »Wir haben, nicht wir ›ham‹.« Und Veronika, so irrwischhaft sie auch sein mochte, versuchte sie zum Schweigen zu bringen: »Willst du alles verderben?«

Lavinia drehte sich wieder zu ihrer Mutter und Schwester um:

»Wenn ihr das Einzugsfest und den Ball bei Rauschs meint, das ist keine Überraschung. Rod hat mir geschrieben. Ich hoffe, ihr habt nichts dagegen, wenn ich mit ihm hingehe? Ich nehme an, wir sind alle eingeladen?«

»Natürlich sind wir eingeladen – sogar Veronika und ich. Aber das ist kein...«

Barbara hielt ihr eine Hand über den Mund und sagte: »Nun kommt, klettert in den Surrey. Gib Papa deinen Gepäckschein, Vinnie, damit er ihn an Sam weitergeben kann. Er wird dein Gepäck bringen. Was hast du denn mit deinem Koffer gemacht?«

»Dem Wagenschaffner überlassen. Er hat ihn herausgestellt.«

»Sam wird ihn schon auf seinem Lastkarren ham.«

Doug ignorierte Marys »ham« diesmal. Er sagte: »Nun los, ihr alle.«

Sobald sie zu Hause waren, gingen alle gemeinsam hoch. Als sich Lavinia dem hinteren Schlafzimmer zuwenden wollte, daß sie immer mit Caroline geteilt hatte, schwangen sie sie herum auf die einst so fest verschlossene Tür zu.

»Ihr meint...? Ich hatte mich schon gefragt, was ihr tun würdet.«

Barbara machte die Tür zu dem Zimmer auf, das jetzt das vordere Schlafzimmer geworden war. »Es soll jetzt dir gehören, dir und Caroline, ein Zimmer für jede von euch – ihr könnt unter euch entscheiden, wer welches bekommt. Sie sind beide zurechtgemacht worden, wie du siehst.« Das Zimmer strahlte, so daß es unmöglich zu übersehen war, spiegelnde Fenster mit Stores und mit Chintz drapiert, Fensterläden und alles Holz neu lackiert und ein prächtiger neuer Teppich.

»Oh, Mama! Wie wundervoll! Ich danke dir so sehr. Und dir, Papa!« Sie stellte sich auf die Zehenspitzen, um ihn auf die Wange zu küssen, eine Freiheit, die man sich bei ihrem zurückhaltenden Vater nicht oft nahm.

Ihre Mutter sagte: »Das andere Zimmer ist genauso, und ihr könnt das Bad gemeinsam benutzen. Die Zimmer müßt ihr auslosen.«

»Es ist mir wirklich egal, welches Zimmer ich bekomme. Ist das der Grund, weshalb noch keine Möbel drin sind?«

»Nicht allein. Wir konnten das Mobiliar noch nicht aus deinem alten Zimmer herausbringen: es wird jetzt Marys. Wenn du eins dieser modischen Messingbetten haben möchtest und einen neuen Frisiertisch, könnten wir das wohl einrichten. Und dann ist ja auch noch auf dem Dachboden so einiges.«

»Oh, kein Messingbett«, erklärte Lavinia mit Nachdruck. »Ihr habt schon genug ausgegeben, und nebenbei finde ich auch gar nicht, daß sie hübsch sind. Aber auch diese geschnitzte Walnußmonstrosität von Tante Lavinia nicht. Haben wir oben nicht noch Betten mit vier Pfosten? Und eine Kommode? Wäre das nicht etwas, was du möchtest, Carrie? Großmutter Bodiens Schlafzimmer ist das hübscheste, das ich kenne. Familienstücke, sagt sie, von Maryland mitgebracht. Ich hätte gerne einige alte Gardiner-Sachen, die noch aus Virginia stammen.«

Veronika sagte: »Vinnie! Ich muß schon sagen, du bist genauso wie die Tanten. Papa hat immer gesagt, sie wären glücklicher gewesen, wenn sie Virginia ein bißchen vergessen hätten. Ich würde das Messingbett jederzeit nehmen.«

»Du wirst in dem Bett schlafen, in dem du immer geschlafen hast, meine junge Dame; du kannst dankbar sein, daß du es in Zukunft mit niemandem mehr teilen mußt. Lavinia, du und Caroline, ihr könnt morgen auf dem Dachboden suchen gehen. Benutz in der Zwischenzeit dein altes Zimmer – Veronika kann sich bei Mary für ein paar Tage einrichten und *vice versa*. Pack deine Sachen, wenn sie Sam bringt, dort drinnen aus, und sieh zu, daß alle deine schmutzigen Kleider zu Mitty in die Waschstube gebracht werden. Hast du etwas, das du bei den Rauschs anziehen kannst? Caroline hat glücklicherweise noch ein gutes weißes Kleid. Wir können gleich nach deinen Sachen sehen. Der Vierte ist schon in ein paar Wochen, wenn du also irgend etwas gemacht haben mußt...«

»Ich habe noch vom letzten Sommer genügend Kleider. Das Abschlußballkleid von der höheren Schule sollte noch gut genug sein. Rod hat gesagt, es sei fast eine ganztägige Angelegenheit – nicht ein formeller Ball. Wie kommen wir denn da hin? Rod wird wohl sein Pferd mitnehmen wollen, aber Papa doch nicht, nicht am Vierten. Und ich nehme auch nicht an, daß es Rod erlaubt wird.«

»Würde ich auch hoffen«, sagte ihr Vater mit Nachdruck. »Als Mrs. Stevens das letzte Mal mit diesem Pferd draußen war, trafen sie auf eines dieser infernalisch lärmenden Automobile, und das Pferd stand kerzengerade auf seinen Hinterbeinen. Glücklicherweise kann sie mit Pferden umgehen, sonst wäre der Buggy umgekippt. Ich will gar nicht daran denken, was passieren würde, wenn ein Kracher unter seiner Nase hochginge. Nein, Mr. Rausch stellt Transportmittel zur Verfügung: besondere Wagen der C. & C., die stündlich jeweils zur halben Stunde abfahren, um nicht den regulären stündlichen Fahrplan zu behindern. Ihr jungen Leute werdet dringend gebeten, den Zug um zwei Uhr dreißig zu nehmen, weil sie wohl annehmen, daß ihr eine Vierter-Juli-Feier, die von zwei

Uhr nachmittags bis zwei Uhr morgens dauert, durchstehen könnt, vermute ich.«

»Es klingt wie ein riesiger Spaß.«

Und so klang es für einen großen Teil von Waynesboro. Es mag vielleicht einige gegeben haben, die es unstatthaft fanden, eine derart fröhliche Angelegenheit zu planen, wenn sich das Land im Krieg befand, besonders als am ersten und zweiten Juli die Nachrichten von der Schlacht am San Juan Hill einzutreffen begannen. Dann kam spät in dieser Sonntagnacht des Dritten – oder sehr früh, lange vor dem Morgengrauen am Vierten – die Nachricht zur *Fackel* durch, und von da aus zu jedem Bürger, der noch wach war, daß die spanische Flotte in der Bucht von Santiago zerstört worden sei. Wie das ganze Land, so triumphierte auch Waynesboro: Bevor die Sonne aufging, explodierten nicht nur Kracher in allen Richtungen, sondern es läuteten auch die Glocken, sogar die Feuerglocke, und die Dampfpfeife der Firma Rausch blies mit voller Macht die Tonleiter rauf und runter. Nur wenigen, die an diesem Morgen des Vierten ihren Kopf unter die Kissen steckten, blieb dieser Sieg verborgen. Für die Jüngeren würde das der größte Vierte aller Zeiten sein, für die Älteren der größte seit Vicksburg und Gettysburg.

Jungen und Mädchen und junge verheiratete Paare mit ihren Kindern trafen sich am Nahverkehrsbahnhof für den ersten Zug nach Hillcrest. Die meisten von ihnen waren so aufgeregt, daß sie sich kaum noch angemessen benehmen konnten, als sie den Sommerzug bestiegen, den Ludwig für sie bereitgestellt hatte. Er hatte Sitze, die von einer offenen Seite bis zur anderen verliefen, so daß man, sobald man einen freien Platz gefunden hatte, dort blieb, wenn man nicht wie der Schaffner kühn genug war, draußen auf den Trittbrettern zu gehen. Die Jungs (Rodney, die beiden Edwards', ein Lichtenstein und ein Hoffmann mit verschiedenen Schülern und Studenten der höheren Schule oder der Colleges) waren bei weitem zu aufgeregt, um auf ihren Sitzen zu bleiben. Sie standen draußen mit dem Mädchen, mit dem sie gerade zusammen waren, und riefen jedem, an dem sie auf der Straße vorbeifuhren, zu: »Haben Sie schon gehört? Die *ganze* spanische Flotte! Das sollte es denen aber gezeigt haben!« – wobei das »denen« nicht nur die Spanier meinte, sondern die ganze Welt. Die kleinen Kinder, die sicher zwischen ihre Eltern gequetscht saßen, wurden von der Krankheit angesteckt und riefen: »Santiago!« und »Hurra für die Marine!« mit sehr geringem Verständnis für den Grund der Hochrufe.

Der Zug hatte noch nicht den Rand der Stadt erreicht, als eine

Salve von Knallern unter seinen Rädern ertönte. Einige der Kinder kreischten, aber Tucker Gordon, der sich an dem gegenüberliegenden Sitz festhielt, zeigte nicht das geringste Zeichen von Furcht. Er sah sich fragend nach seinem Vater um.

»Nur Torpedos, die jemand auf die Gleise gelegt hat. Teil der Feier.«

»Das wird ein furchtbarer Tag werden«, seufzte Julia, »laut zumindest, aber wenn er keine Angst hat, wird es leichter sein. Ich wünschte, er säße ruhig zwischen uns.«

»Aber mit deinen Knien und meinen Knien kann er gar nicht fallen.«

»Ich glaube immer noch, wir hätten es im Buggy bequemer gehabt.«

»Und wenn ein paar Feuerwerkskörper nach der Stute geworfen worden wären, hätten wir einen Durchbrenner gehabt. Davon abgesehen, hätte Tucker den ganzen Spaß, den er jetzt hat, verpaßt.«

»Ich mag es gar nicht, wenn er so überreizt wird.«

Es gab keinen Zweifel, daß Tucker aufgeregt war, aber das waren auch alle anderen. Die Wagen ratterten mit großer Geschwindigkeit über die Geleise; gelegentlich wurden von Bengeln vom Straßenrand aus Kracher unter seine Räder geworfen. Die Geschwindigkeit, mit der sie sich fortbewegten, brachte einen Fahrtwind mit sich, der die breitkrempigen Hüte der Mädchen, die mit Blumen überladen waren, schief- und Haarlocken hervorblies, aber wem machte das was aus? Santiago!

Die Fahrt nach Hillcrest war nur kurz. Die zuerst angekommenen Gäste drängten heraus, den meisten machte ihr vom Wind angerichtetes zerzaustes Äußeres nichts aus. Sie zu begrüßen, kamen verschiedene Rauschs den Hügel heruntergerannt: Paul an der Spitze hielt einen Augenblick an, um einen riesigen Kanonenschlag anzuzünden und ihn lässig zur Seite zu werfen. Das gab den Eltern von kleinen Kindern zu denken; ältere Mädchen und Jungen liefen sorglos voraus. Ludwig Evans, der hinter Paul gewesen war, stürmte an Tucker Gordons Seite. »Komm mit, Tuck! Wir haben Millionen Kracher!«

Johnny hielt seinen Sohn zurück. »Moment mal, du mußt erst noch deinen Diener machen.« Und er fügte hinzu, indem er über Ludwigs Gesichtsausdruck lachte: »Das wurde uns immer gesagt, als ich noch ein kleiner Junge war.«

»Ich weiß. Cassie sagt es auch. Aber...«

»Tucker muß zuerst deiner Großmutter und deinem Großvater guten Tag sagen, bevor er für den Nachmittag verschwindet.«

Ludwig III. drehte sich um und ging mit ihnen den Hügel hinauf. Und als alle Gäste herausgekommen waren, riefen die Jüngeren, die bereits weit voran waren: »Santiago! Habt ihr schon gehört?«

Natürlich hatten sie gehört: selbst die Flagge, die hoch an der Mastspitze in der Mitte der von der Auffahrt umgebenen Rasenfläche wehte, schien zu triumphieren und zeigte ihre prächtigen Farben, wenn die Brise ihre Falten in der Julisonne bewegte.

Ludwig und Sally kamen strahlend heraus, um ihre Gäste zu begrüßen; sie waren heiter und gelassen, keinerlei Zeichen von bösen Vorahnungen lag auf Sallys freudestrahlendem Gesicht. Sie führte die Herde Mädchen die Treppe hinauf und lud sie ein, in das vordere Schlafzimmer zu gehen, wo Rose die Aufsicht hatte, um dort ihre Hüte abzulegen und mögliche Unordnungen ihrer Haare zu beheben. Dort könnten sie auch ihre Tanzschuhe, die sie in Samttaschen an Bändern von ihren Handgelenken hatten baumeln lassen, ablegen, so daß sie sie später, wenn sie gebraucht würden, wiederfänden.

Ludwig Evans tanzte bereits vor Ungeduld, als seine Großeltern endlich dazu kamen, die Gordons mit Handschlag zu begrüßen.

»Mach weiter, Tuck!«

Die beiden kleinen Jungs machten sich, so schnell sie konnten, aus dem Weg und achteten nicht auf das Heulen von der Veranda, wo Jennifer Evans ruhig auf dem Schoß ihrer Mutter gesessen hatte; jetzt wand sie sich in ihren Armen, um loszukommen.

»Nein, Jennifer. Du kannst nicht mitgehen. Du könntest dir weh tun.«

Gib reckte sich in seinem gewöhnlichen Zeitlupentempo von seinem Verandastuhl neben Elsa zu ganzer Länge auf, langte hinüber und schwang seine Tochter auf seine Schulter. Jennifer lächelte ihrer Mutter in schelmischem Triumph zu. Mit drei Jahren war sie schon ein Elfenkind (auf jeden Fall in ihrer Erscheinung) mit dunklem Haar so fein wie Spinnweben, das die Hitze in Locken gelegt hatte, die an ihrer feuchten Stirn klebten. Und wie ein Wunder und wie Zauberei im Vergleich zu den blauäugigen Rauschs hatte sie Gibs braune Augen, die in ihrem kleinen feingeschnittenen Gesicht ungemein groß erschienen.

»Ich nehm sie mit, Elsa. Sie soll nicht den ganzen Spaß verpassen. Ich paß schon auf, daß ihr nichts geschieht.«

Elsa gab sich geschlagen. »Sie wird in kürzester Zeit völlig unleidlich sein, sie hat keinen Mittagsschlaf gehabt. Aber geht nur, ihr beiden. Kleine Hinterherläuferin! Die Jungs sind vielleicht nicht so entzückt, dich zu sehen. Verdirb ihnen nicht die Feier.«

Gib ging die Treppe hinunter und ließ Jennifer auf seinen Schultern reiten. Jemand sagte auf der Terrasse: »Er vergöttert das Kind, nicht wahr?«

Und Elsa sagte, indem sie zufrieden lächelte: »Beide. Er ist ein sehr zufriedener Elternteil.« Außer daß er sie verwöhnt, dachte sie. Wie Papa, als ich noch klein war. Und ich habe sie dann wieder zurechtzubiegen. Ich hoffe, wir werden uns nicht in die Quere kommen, wie es bei Mama und mir geschehen ist. Sie sah zu der stattlichen Figur ihrer Mutter oben an der Treppe hinauf. Ich verstehe es jetzt besser. Und ich liebe sie sehr, aber da gibt es immer noch Erinnerungen, die am Herzen nagen.

Zu dieser Zeit waren die Mädchen wieder heruntergekommen, und die Jungs, die auf sie gewartet hatten, wurden von Paul zu seinem sicher versteckten Hort von Kanonenschlägen geführt. Die kleinen Kinder waren von ihren Eltern getrennt und der Verantwortung von Ben und Cassies Enkel Aaron übergeben worden, der sich darum kümmern sollte, daß sie ihre Feuerwerkskörper abfeuern konnten, ohne daß jemand zu Schaden käme. Cassie hatte die Kleinkinder mit nach oben genommen, um sie schlafen zu legen oder zumindest, um sie ruhig und aus dem Weg zu halten. Als die letzten Kracher explodiert waren, durften die kleinen Kinder im Sandkasten spielen oder sich auf der Schaukel hin und her schwingen (in zwei oder drei der Eichenbäume hing das allerbeste Manilatau der Firma Rausch); die farbigen Jungs konnten sie schaukeln und aufpassen, daß jeder gleichmäßig an die Reihe kam. Inzwischen hatten sich auch die älteren Kinder abreagiert und ihre Torpedos und Kracher aufgebraucht, und sie konnten jetzt Krocket spielen oder irgend etwas anderes. Für alle gab es Kühlschränke voll von Eiskrem und Kübel voll Limonade, die oben an der Seitentreppe standen. Ihre Eltern, sogar die jungen Eltern waren froh, daß sie sich setzen konnten und die Verantwortung für einen Augenblick abgenommen bekamen. Sie schlossen sich der Gruppe an, die sich schon auf der Terrasse zusammengefunden hatte. Johnny fand seine Mutter und seinen Vater dort bereits vor. Ludwig erklärte gerade: »Dock meinte, einer von euch sollte ein Pferd hier haben, falls er gerufen würde; man weiß nie, was am vierten Juli alles passiert. Und der alte Klepper, den er immer noch hat, würde nicht mal bei einem Kanonenschuß hochgehen.«

Einige der Männer gingen mit Stewart, um sich seine pferdelose Kutsche anzusehen. Johnny sagte: »Und er kam den ganzen Weg von Madison City her, ob ihr es glaubt oder nicht.« Und er dachte bei sich selbst: »Wenn man ein verläßliches Automobil herstellen könnte, wäre das vielleicht eine gute Sache für Visiten auf dem Lande.«

Als die restlichen Gäste angekommen waren (es schien, als ob ganz Waynesboro hier sei), wurde es etwas ruhiger. Die bereits da waren, hatten sich, wie es bei Familientreffen oder auch bei großen zusammengewürfelten Versammlungen immer geschieht, in einzelne Gruppen aufgeteilt, und sie redeten von ihren recht verschiedenen Interessen.

Auch die Neuankömmlinge wurden auf den Stufen zur Terrasse von Ludwig und Sally begrüßt und von ihren erfahrenen Gastgebern schnell integriert.

Alle Damen wurden dazu eingeladen, ihre Hüte in dem vorderen Schlafzimmer zu lassen und sich dann zu ihren Freunden zu gesellen. Mary Gardiner warf ihren Hut ihrer Mutter zu, und sie und Franz Lichtenstein waren schnell wie eine Rakete verschwunden; Janey Voorhees ging hinter ihren Eltern die Treppe hinauf; ihr Bruder zögerte und sah seine Mutter an. Es war allerdings sein Vater, der das Wort ergriff: »Seht zu, daß ihr eure Freunde findet, Blair, und du auch, Janey, ihr braucht den Nachmittag nicht mit uns alten Leuten zu verbringen. Seid nicht so schüchtern, alle eure Freunde sind hier.«

Janey, eine dünne, blasse, blonde Ausgabe ihrer Mutter, ging langsam in Blairs Fußtritten weg. Als die Damen getan hatten, wozu Damen immer einen Spiegel brauchen, und wieder herunter in das Zeichenzimmer gekommen waren, sagte Ludwig: »Ich glaube, wenn Sie auf die Limonade verzichten wollen, dann zeigen wir Ihnen das Haus. Meine Frau kann es kaum noch abwarten. Die Herren können ihren Hut in der Eingangshalle ablegen, und die das Haus sehen wollen, können sich den Damen anschließen. Ich fürchte, unsere Gäste, die bereits hier waren, sind sträflich vernachlässigt worden – die meisten Männer sind losgezogen, um das Automobil des jungen Bodien zu bewundern. Vielleicht würden einige von Ihnen es auch gerne sehen; wenn nicht, finden Sie vielleicht einige der Männer auf der hinteren Terrasse.«

Die Anspielung war für die Biertrinker klar genug, sie ließen sich einer nach dem anderen der Gruppe zutreiben, die bereits vor ihnen da war und an oder auf den Treppenstufen nahe am Bierfaß und dem Mundschenk saß, der am Zapfhahn alle Hände voll zu tun hatte. Die Abstinenzler wurden von Sally gedrängt, sich den Damen für ein Glas Limonade anzuschließen. »Ich weiß nicht, warum das so ist«, sagte sie klagend, »bei jeder größeren Versammlung ist es unmöglich, die Damen und Herren zu überreden, sich nicht in zwei Gruppen aufzuteilen. Ich frage mich oft, worüber sich die Männer denn unterhalten wollen.«

Daher gingen einige Männer aus Höflichkeit in das Zeichenzimmer zu ihren Frauen. Als sie ihre Limonade getrunken und ihr Teegebäck gegessen hatten, begann Sally mit ihrer Tour durch das Haus; immerhin war das der Grund für ihre Anwesenheit. Die Damen waren begierig, es in Augenschein zu nehmen; die Männer, zumindest einige von ihnen, zottelten hinter ihnen her, andere zogen es vor, ruhig neben dem Krug mit eisgekühlter Limonade in dem kühlen Zimmer zu warten und gegen den Tumult draußen ihre Konversation fortzuführen.

Der Nachmittag ging mit viel Lärm, aber ohne Unfall vorbei; die letzten Kracher waren explodiert, und eine vergleichsweise Ruhe schloß sich an; die Schaukeln und das Krocket-Feld wurden mit Beschlag belegt. Mary Gardiner und Franz Lichtenstein versammelten die jüngeren Kinder bis zu dem fünfjährigen Tucker und Ludwig Evans und überredeten sie halb, halb nötigten sie sie, Soldaten zu spielen und den Gemüsegarten hinunter und zwischen den Reihen von Stachelbeerbüschen hin und her zu marschieren. Rodney Stevens, der noch vom Schaukeln der Mädchen erhitzt war, spazierte zur rückwärtigen Terrasse, ließ sich auf eine Treppenstufe fallen und bat um ein Glas Bier. Blair Voorhees war ihm direkt gefolgt und hielt auch seine Hand ausgestreckt; zwei Steinkrüge wurden gefüllt und den beiden Jungs von Mr. Lichtenstein zugereicht, der wie ein fetter, glücklicher Buddha auf der Kante der Terrasse saß, seine Füße auf einer tieferen Stufe und seine Knie weit auseinander, um seinem Bauch genügend Platz zu verschaffen. Rodney und Blair nahmen die Steinkrüge, Rodney trank das Bier sofort aus, während Blair nach dem ersten Mundvoll mit den Augen rollte, die Kiefer zusammenbiß, den Krug abstellte und steif wie eine Statue saß, in der Hoffnung, er könne es schlucken, ohne sich erbrechen zu müssen. Mary Gardiner kam den Ziegelweg hoch, sie war erhitzt, ihr Haar hatte sich unordentlich aus den Zöpfen gelöst, ihr Kleid war zerdrückt und schmutzig. Sie appellierte an Captain Bodien, der in gemessener Entfernung von der Treppe entfernt saß und mit Stewart Geschäftliches besprach. »Großpapa, kannst du uns helfen? Franz und ich versuchen, den kleinen Kindern das Marschieren beizubringen, aber wir können es nicht in ihre dummen Köpfe kriegen, daß sie Soldaten darstellen sollen, die die Kubaner befreien.« Noch während sie sprach, hatte ihr Blick die Szene aufgenommen. »Was trinkt ihr denn, Bier? Darf ich es probieren? Bitte, Papa – bitte, Großpapa – nur um zu sehen, wie es schmeckt.«

Blair, der endlich einen krampfhaften Schluck zustande gebracht hatte, schob seinen Krug entschieden in Rodneys Richtung. »Hier. Vielleicht mag sie es. Ich jedenfalls nicht.« Er stand auf und schlurfte in Richtung auf die Stimmen der Mädchen und das Geräusch der Krocketschläger, die auf Holzbälle trafen, davon.

Rodney hielt den Krug außerhalb von Marys Reichweite und sagte nachdenklich mit der ganzen Überlegenheit eines abgehärteten Medizinstudenten: »Weißt du, ich bezweifle, ob er je zuvor Bier probiert hat.«

Mr. Lichtenstein sagte in seinem akzentschweren Englisch: »Wer war dieser Junge? Hab' ich ihn schon mal gesehen?«

Hinter ihm hörte man ein unterdrücktes Prusten. Sein Sohn Rudi sagte: »Das ist der Voorhees-Junge. Wir wollen hoffen, daß seine abstinenten Eltern nichts davon zu hören bekommen, oder du hast mir einen Teil der Wählerschaft vergrault.«

»Diese Leute! Sie würden sowieso nicht für dich wählen.«

John Gordon sagte: »Mach dir keine Sorgen, Rudi. Es ist höchste Zeit, daß der Junge von den Schürzenbändern losgeschnitten wird.«

Auf einer tieferen Stufe hielt Rodney immer noch den Krug, den ihm Blair in die Hand gedrückt hatte. Marys Großvater sagte: »Laß sie es probieren, Rodney. Es wird ihr nicht schaden – sie wird es nicht mögen.«

Mary nahm einen Mundvoll, starrte Rodney an, als ob er ihr einen grausamen Streich gespielt hätte, und spukte alles über den Rand der Treppe aus, eine Ungezogenheit, deren sie ihr Vater augenblicklich nicht tadeln konnte; er mußte zu sehr lachen. »Ich mag es wirklich nicht. Ich finde es ekelhaft. Großpapa?«

»Ja, ich komme sofort.« Captain Bodien, der Mary immer auf den leisesten Wink gehorchte, stand auf und lächelte immer noch über die verzerrte Grimasse, die um ihren Mund zuckte. »Gentlemen, Sie sehen eine Darbietung der besten Abschreckung der Neigung, zuviel zu trinken: lassen Sie die Kinder Bier probieren, wenn sie noch zu jung sind, als daß ihre Geschmacksnerven es akzeptieren würden.« Und der gesetzte, krummbeinige Captain ging den Weg zu den Stachelbeerbüschen hinunter.

Die anderen Männer blieben sitzen, redeten ruhig weiter und kümmerten sich um ihre Steinkrüge, die sie gelegentlich zurückreichten, um sie wieder gefüllt zu bekommen. Das Krocketspiel wurde fortgeführt, bis einer der Diener zu dieser einzigen ebenen Stelle auf der Kuppe des Hügels ging und darum bat, daß sie geräumt werde, damit man die Tische für das Abendessen aufstellen könne. Es würde um sechs Uhr serviert, damit das Essen beendet und alles weggeräumt sei, bevor es dunkel genug für das Feuerwerk wäre. Die jungen Leute schlenderten weg, einige zu zweit, andere in Gruppen. Rodney schloß sich, nachdem er seine Männlichkeit bewiesen hatte, wieder Lavinia Gardiner an und befreite sie von der schweigenden Beschattung Blair Voorhees'.

»Ich dachte, du würdest überhaupt nicht mehr zu meiner Rettung kommen. Ich kann mich mit diesem Jungen nicht unterhalten. Was soll ich auch sagen? Und jetzt ist es Abendessenszeit, und ich muß hinaufgehen und nach meinem Haar sehen.«

»Dein Haar ist in Ordnung. Komm, wir wollen uns die Pferde ansehen.« Rodney fiel nichts anderes ein, was sie sich ansehen könnten und wo sie alleine wären. Die Pferde waren frei auf der Weide auf der anderen Seite des weißgestrichenen Pfosten- und Lattenzaunes, der das Ende der Hillcrest-Ställe, des Hofes und des Gemüsegartens bezeichnete. Als sie Hand in Hand den Hügel hinuntergingen, sagte Lavinia: »Wo bist du hingegangen?«

»Ich bin aufgehalten worden, tut mir leid.«

»So was habe ich schon mal gehört. Aufgehalten von einem Krug Bier. Kann es mir ernst sein mit einem *trinkenden* Mann? Das will Blair wissen.«

»Hat er dir erzählt, daß er es selbst probiert hat? Er hat es nicht gemocht, daher kann er jetzt so weitermachen wie sein Papa und seine Mama und über trinkende Männer in diesem Ton reden. Wo wir gerade davon sprechen, dein Großvater ist ein trinkender Mann und auch dein Vater. Du hast sie noch nie trinken gesehen, wie?«

Lavinia kicherte. »Ich kann mir Papa einfach nicht betrunken vorstellen. Was Blair für einen Unsinn redet!«

Sie lachten zusammen, gingen wortlos weiter und schwangen ihre beiden Hände, die sich fest umschlossen. Es gab keine große Notwendigkeit für Worte zwischen den beiden. Sie wußten, was sie wußten, und bewahrten Stillschweigen darüber angesichts der elterlichen Ermahnungen: »Ihr seid noch zu jung, um zu wissen, was ihr wollt« von Rodneys Mutter; Barbara hätte nicht gewagt, dieses Argument ins Feld zu führen: Sie war noch nicht einmal so alt wie Lavinia gewesen, als sie geheiratet hatte. Aber sie konnte sagen: »Entscheidet euch nicht, bevor ihr nicht das College hinter euch habt« oder: »Warte, bis sich Rodney in seinem Beruf etabliert hat.« Und so waren sie zufrieden, sich über den Weidenzaun zu lehnen und die weidenden Pferde zu betrachten, bis die Farmglocke sie zum Abendessen rief.

Ernest Rausch am Kopfende eines Tisches und seine Frau an dessen anderem Ende und Charles am zweiten Tisch mit seiner Frau warteten stehend, bis alle ihren Platz mit ihrer Karte gefunden hatten. Zuvor waren die Kinder, die von den farbigen Jungen, die sie den ganzen Nachmittag über beaufsichtigt hatten und die nun unter der Oberaufsicht von Rose standen, bedient worden und schon zu einem guten Teil mit ihren gebratenen Hühnchen fertig; sie hielten einen Augenblick inne, einige von ihnen noch mit Hühnchenschenkeln in den Händen, und hörten mit Verwunderung dem Geplapper von den anderen Tischen zu.

Ernest sagte, als er sah, daß seine Gesellschaft bereit war, sich zu setzen: »Zuerst einige Trinksprüche, findet ihr nicht? Selbst wenn wir nur Limonade haben.« Und er rief zu Charles hinüber: »Laßt uns alle zusammen trinken: Auf Hillcrest, auf daß alle seine Stunden glücklich sein mögen!« Gläser wurden erhoben, Limonade verschüttet, zustimmende Rufe erklangen. »Auf unser Land und seinen Präsidenten!« Ein Geschrei stieg von beiden Tischen auf. »Auf die Marine und ihren Sieg!« Verdoppeltes Geschrei, und dann: »Auf die Flagge – daß sie auf immer im Winde wehe!« Der letzte Trinkspruch wurde mit so lärmendem Beifall bedacht, daß das Geschirr zu klappern begann.

Als sich das Geschrei gelegt hatte, setzte sich die Gesellschaft an beiden Tischen und wurde auch gleich bedient; sie machten sich sofort über das traditionsgemäße Vierte-Juli-Essen her. Ludwig hatte zu seiner Frau mit Bestimmtheit gesagt: »Nichts Ausgefallenes – nur gebratene Hühnchen, Kartoffelpüree, Soße, Lima-Bohnen und die ganzen Beilagen und Erdbeerkuchen.« Und wenn es ein Problem sein sollte, so vielen Leuten so weit von der Küche heißes Essen zu servieren, dann war das das Problem der Diener und nicht Sallys.

In dem langen Eßzimmer im Hause begann das Dinner viel ruhiger; Mrs. Evans sprach den Segen. Sie beugten ihren Kopf unter dem glitzernden Kronleuchter (»Elektrisches Licht im ganzen Haus, vom hauseigenen Stromgenerator« – das war eines der Wunder, die die nachmittägliche Tour durch Hillcrest offenbart hatte) und lauschten den Worten von Mrs. Evans, die dem allmächtigen Gott dankte, daß er in seiner Gnade dem Land einen großen Sieg gewährt habe, die um seinen fortwährenden Segen für die Vereinigten Staaten und ihren Präsidenten bat und weiterhin Dank sagte für seinen lange währenden Segen auf dem Frauenklub von Waynesboro, der sich dreißig Jahre Bemühung um die intellektuelle und moralische Vervollkommnung seiner Mitglieder und weiterhin der ganzen Stadt erfreue; und letztlich erflehte sie den

Segen auf das neue Haus, dessen Fertigstellung sie zu feiern gekommen waren, und für die Familie und ihre Gastfreundschaft, die ihre Freunde so dankbar annahmen.

Sally wunderte sich, daß Gwen Evans so langatmig war, tröstete sich jedoch bei dem Gedanken, Mrs. McKinney oder Mrs. Maxwell hätten noch einige Dinge zusammenträumen können, für die dem Herrgott zu danken wäre, an die sich Mrs. Evans nicht erinnert hatte. Nachdem dieser Konvention Genüge getan worden war, konzentrierte Sally die Aufmerksamkeit der Damen auf die Reminiszenzen der Klubereignisse, weil der Klub das einzige war, was alle Frauen miteinander verband.

Anne kam zu ihrer Unterstützung und sagte in einer plötzlichen Gesprächspause, so daß sie jeder hören konnte: »Dreißig Jahre ist eine lange Zeit – fast eine Generation, nicht wahr? Und dennoch, wenn ich zurückblicke, trotz allem, was geschehen ist, scheint es mir nicht so lange her zu sein: unsere Abschlußfeier und wie Mrs. Lowrey uns zusammenrief, Sally und mich, zu einem Treffen, als wir wirklich frei waren und nicht länger ihren Anordnungen zu folgen hatten. Aber ich bin froh, daß wir ihr gehorcht und uns ihren Plänen angeschlossen haben. Der Klub hat uns allen etwas Besonderes bedeutet, glaube ich.«

Eliza Ballard sagte von der anderen Seite des Tisches: »Vor dreißig Jahren! Mir scheint es ein Leben lang. Alles hat sich so geändert. Ist euch klargeworden, daß von den Gründungsmitgliedern nur noch sechs da sind?«

Alle Augen gingen schnell von einem Ende des Tisches zum anderen. Es stimmte: die Ballard-Schwestern, Amanda, Mrs. Deming und Anne und Sally. Es war Sally, die fröhlich sagte: »Wir waren die jungen Mitglieder in diesen Tagen und wir sind auch jetzt noch nicht so alt: wir sollten noch für weitere dreißig Jahre gut sein.«

Alle lachten, und die Unterhaltung war jetzt weniger auf ein Thema konzentriert und wurde vielseitiger. Als die Langsamste von ihnen mit dem letzten Bissen Erdbeerkuchen fertig geworden war, stand Sally auf und sprach wiederum die Tischgemeinschaft an. »Der Klub wird jetzt hier ein informelles Treffen abhalten und freut sich darauf, Miß Reids Essay über ›Die ersten dreißig Jahre‹ zu hören.«

Draußen stand in diesem Augenblick Ludwig auf, um die Vorbereitungen für das Feuerwerk zu kontrollieren.

»Ich glaube, alles ist fertig«, sagte er zu John Gordon. »Ich will nur sichergehen. Ich werde diese Show selbst beaufsichtigen.« Dann, als er bemerkte, daß die Gäste von den anderen Tischen draußen aufgestanden waren und sich in Richtung auf die Terrassen in Bewegung setzten, sagte er: »Eines könntest du noch tun, Dock. Man kann nicht vorhersagen, wann die Damen mit ihrem Programm im Eßzimmer fertig sind. Kannst du auf der Terrasse genug Stühle für sie bereitstellen und sie reservieren?«

»Werde ich in die Hand nehmen.« So viele Stühle wie möglich waren auf dem Teil der Terrasse zusammengestellt worden, von dem man den langen Abhang, die Straße, die Schienengleise und den Kanal überblicken konnte, und waren in Reihen arrangiert worden. John rief den Männern, die ihm folgten, zu: »Hey, Johnny, Ruda, Sam Travers – ihr verheirateten Männer da! –, schnappt euch zwei Stühle, jeder von euch, für euch und eure Frauen und haltet sie fest. Ich kümmere mich um die alleinstehenden Frauen.« Er ging zu der letzten Stuhlreihe rechts von der Türe und begann, Stühle gegen die Wand zu lehnen. Während er das tat, murmelte er vor sich hin: »Eliza, Amanda, Jessamine, Charlotte Bonner, Mrs. Deming –« Er hatte sich nie dazu bringen können, die Schwiegermutter seines Sohnes »Louisa« zu nennen, trotz der unvermeidlich engen Verbindung. »Und Anne und ich. Das wird reichen.« Es spielte keine Rolle, in welcher Reihenfolge die Damen sitzen würden. Er ließ sich in den nächsten Stuhl fallen, hielt den daneben für Anne frei und hoffte, daß Amanda nicht allzu langatmig sein werde: Die Dämmerung vertiefte sich schnell, und Ludwig würde ungeduldig werden.

Die freien Stühle wurden bald von denen besetzt, die vom Rasen heraufkamen; sie saßen ruhig, und nur die Mütter von kleinen Kindern sorgten sich ein wenig über deren Verbleib. Aber bald erschien Cassie mit ihnen im Schlepptau und mit der schläfrigen Jennifer Evans in ihren Armen.

»Ich hab' die Kleinen ins Bett gebracht, als Sie am Essen waren. Mrs. Ernests hat ihrs und das von Mrs. Charles genommen. Un' hier is' noch eins, das soweit wär'. Soll ich sie alle raufbringen, oder woll'n Sie, daß sie aufbleiben dürfen wegen dem Feuerwerk?«

In diesem Augenblick erschien Sally in der Tür. »Bring sie alle rauf«, sagte sie fest. »Die, die noch wach sind, können das Feuerwerk von den Fenstern des dritten Stockwerks besser sehen als von hier.«

»Un' wenn welche wegen der dicken Knaller richtig Angst kriegen?«

»Wenn du mit irgendeinem Kind nicht fertig wirst, dann schick eines der anderen Mädchen nach seiner Mutter herunter.«

Elsa sagte »Gib«, und Gib stand ruhig auf.

»Du darfst das schwere Kind nicht den ganzen Weg bis zum dritten Stockwerk tragen, Cassie. Ich nehme sie«, und er nahm sie von einer bereitwilligen Cassie, die ihr Alter in Form ihres »Elends im Kreuz« fühlte, aber es sich nicht eingestanden hätte, daß sie nicht mehr fähig wäre, ein Kind nach oben zu tragen. Tim Merrill hob sein Jüngstes von der vorletzten Treppenstufe auf und folgte Gib in die Eingangshalle. Ludwig Evans und Tucker Gordon sahen stumm, aber aufrührerisch drein: sie fühlten sich so fähig aufzubleiben wie jeder andere, aber Elsa schüttelte ihren Kopf. »Du hast gehört, was deine Großmutter gesagt hat«, sagte Julia bestimmt. »Nun geh schon, Tuck. Wenn die großen Kracher dir Angst einjagen, dann komme ich hoch und halte deine Hand.«

Als Tuck sie verächtlich ansah, sagte Johnny sanft zu seiner Frau: »Warum es ihm nahelegen?« und zu seinem Sohn: »Du wirst keine Angst haben, nicht? Das ist ein Haufen Frauen-Unsinn. Du hast auch keine Angst wegen der Kracher gehabt, nicht?«

»Natürlich nicht. Ich mag es, Kracher abzufeuern.« Und die beiden Jungs, die sich mit fünf Jahren schon ihr ganzes Leben kannten, gingen gehorsam zusammen in das Haus und ließen die Fliegengittertür hinter sich zuschlagen.

Zu diesem Zeitpunkt hatten die Älteren und die mittleren Alters ihre Plätze auf der Terrasse eingenommen, die jüngeren Leute näherten sich, ob zu zweit oder in Gruppen, mit langsameren Schritten und beschleunigten ihre Gangart nur ein wenig, als sie unter den Bäumen hervorkamen und sahen, wie dunkel es bereits geworden war: Glühwürmchen, so zahlreich wie die Sterne am Himmel, wurden nun über dem Rasen sichtbar und versammelten sich unter den Zweigen der Bäume. Die Bummler gaben sich nicht damit ab, nach Stühlen zu suchen, sondern übernahmen die Treppe oder ließen sich auf das Gras fallen und blieben da sitzen, die Jungen mit überkreuzten Beinen, die Mädchen mit den Füßen unter ihren langen Röcken.

Um ihre Aufmerksamkeit auf die Pracht zu lenken, die sie erwartete, feuerte Ludwig eine Rakete ab, die hoch über der Straße aufstieg, dann mit einem richtig »großen Krach« auseinanderplatzte und den Himmel und den ihn reflektierenden Kanal mit einem Schauer fallender Kometen füllte. Danach folgte eine ununterbrochene Kette: Feuerräder, Raketen, römische Kerzen, rotes Feuer, daß der Kanal selbst durch Wolken von Rauch in Flammen zu stehen schien, dann Raketen, die immer spektakulärere Effekte brachten, bis endlich das Ende erreicht war, ein sorgfältig geplantes Finale, Ludwigs ganzer Stolz, das zu beobachten er auf die Terrasse zurückkehrte: an einem Ende der Präsident und an dem anderen ein Kriegsschiff, das gegen die Wellen ankämpfte mit Rauch, der aus den Schornsteinen quoll, und den Worten »Manila« darüber und »Dewey« darunter und im Zentrum die Flagge. Bevor noch die wallende Flagge in vollem Glanz erstrahlte, waren alle außer den Alten auf ihren Beinen und jubelten: »McKinley! Dewey! Manila Bay! Santiago! Ein Hurra auf die Flagge!« mit so lauter Stimme, wie es am Ende eines lauten Tages noch möglich war.

Als alles wieder dunkel war, begannen die japanischen Leuchter von den unteren Zweigen der Bäume zu glimmen. Ludwig stand von seinem Sitz auf einer Treppenstufe auf, und Sally kam von ihrem Platz und stellte sich hinter ihn. Sie war es, die das Schweigen brach: »Es tut mir leid, daß das Feuerwerk nicht die ganze Nacht weitergehen kann, aber ich fürchte, das war das Ende. Würdet ihr jetzt alle für eine kleine Weile reinkommen? Die Stühle müssen entfernt und der Boden eingewachst werden. Die jungen Damen werden, wie ich mir denken kann, nach oben gehen, ihre Tanzschuhe anziehen und noch einen Blick in den Spiegel werfen wollen. Wir würden uns sehr freuen, wenn ihr alle hierbleiben würdet – selbst die, die nicht tanzen, werden vielleicht schon das Zuschauen genießen. Aber wenn ihr wirklich gehen müßt, dann wartet die Bahn, die das Orchester hergebracht hat, an der Haltestelle, um in die Stadt zurückzufahren.« Die Musiker waren bereits auf den Hügel gestiegen, und der Eisenbahnwagen stand auf dem Nebengleis. Es gab keine Überraschungen für Sally oder für irgend jemand anderes, der die Stadt kannte, über die, die blieben – all die, die tanzen wollten oder die die anderen dabei beobachten wollten (und Sam Travers, der in den Ruhepausen des Orchesters auf dem Piano spielen wollte, mit Thomasina) –, und denen, die sich verabschiedeten: die Älteren und die meisten der Leute in mittleren Jahren und alle die, die glaubten, daß das Tanzen ein Instrument des Teufels sei. Sie gaben ihrer Dankbarkeit für den entzückenden Tag Ausdruck und verabschiedeten sich. Von den heranwachsenden Jugendlichen wurden nur Blair und Janey von ihren Eltern herbeizitiert.

Henry war einen Augenblick stehengeblieben, um einen der Kassierer aus der Bank zu begrüßen, und beeilte sich dann, um seine Familie wieder einzuholen; Janey hatte sich im Arm ihrer Mutter eingehängt, und Blair folgte ihnen nach. Henry ging gerade neben seinem Sohn her, als er hörte, wie Janey sagte: »Ich finde, du solltest das wissen, Mama: Blair hat heute nachmittag ein Glas Bier getrunken.« Christina erstarrte bei diesen Worten, daß sie einen Augenblick lang nicht weitergehen konnte; dann, als sie von herannahenden Stimmen daran erinnert wurde, daß sie sich in der Mitte einer Prozession befanden, sagte sie: »Nicht jetzt, bitte. Wir werden das zu Hause diskutieren, wo andere nicht mithören können.«

Henry erkannte an ihrer Stimme, wie hart sie der Schock getroffen hatte. Er hätte vielleicht seine Familie nach Hause bringen können, als er erkannte, was die Männer zusammengeführt hatte, aber wie hätte er das bewerkstelligen sollen, ohne die Rauschs zu beleidigen, die immerhin sein Schicksal in ihren Händen hielten? Er warf Blair neben ihm einen Blick zu. Die japanischen Leuchter hingen auch entlang des Weges, aber sie gaben kaum genügend Licht, um den Gesichtsausdruck des Jungen erkennen zu können, außer daß das Beben der Muskeln seiner Kinnlade zeigte, daß er die Zähne aufeinanderbiß. Er murmelte etwas über »diese Janey« – und dann zu seinem Vater, indem sich seine Züge entspannten und er tief Atem holte: »Ich wollte nur wissen, wie es schmeckt. Ich habe nur einen Schluck genommen. Es war ekelhaft.«

Erst, als die vier die Straße zu ihrem Haus hinaufgingen und von allen anderen Passagieren des Wagens weit genug entfernt waren, fragte Christina ihren Mann: »Wußtest du, was da vorging? Daß *Bier* in diesem Haus ausgeschenkt wurde?«

Diese Unschuld! dachte er. Sie würde Bier nicht erkennen, wenn sie es riechen würde. Er sagte: »Ich habe es geahnt.«

»Wir hätten in dem Augenblick gehen sollen, in dem du es bemerktest.«

»Meine liebe Chrissie, du kannst nicht jemandes Gastfreundschaft annehmen und dann abmarschieren, weil du deren Qualität nicht billigst. Es wäre beleidigend gewesen. Und man beleidigt seinen Chef nicht.«

»Es war eine Beleidigung, uns und eine Anzahl anderer Abstinenzler zu dieser Angelegenheit einzuladen. Es muß absichtlich geschehen sein.«

»Eine absichtliche Beleidigung? Oh, nein, das wäre beiden Rauschs absolut unähnlich. Sie gaben ihren Gästen nur, was diese gerne hatten.«

Später, als sie zu Hause in ihrem Wohnzimmer waren und Christina ihren Sohn und ihre Tochter, die Seite an Seite vor ihr standen, befragte, dachte Henry, daß sie aussähen, als ob sie erst zehn Jahre alt wären. Und anstatt Blair einfach zu fragen, ob diese schreckliche Beschuldigung wahr sei oder nicht, begann sie wie ein Staatsanwalt die Zeugin zu vernehmen.

»Nun, Janey, wenn das wahr sein sollte, wie ist es denn gekommen, daß du das weißt? Warst du anwesend?«

»Nein, natürlich nicht. Als Rodney zurückkam, hat er es uns erzählt. Er lachte und fand, es sei so komisch.«

»*Komisch?* Daß dein Bruder...«

»Komisch, weil er es nicht gemocht hat, nehme ich an, und weil er so gräßliche Gesichter geschnitten hat, bis er es heruntergewürgt hatte. Lachte, weil er meinte, Blair sei ein Weichling, vermute ich. Jeder tut das – denkt das, meine ich.«

Blair, der blasser und blasser geworden war, holte mit einer ungeschickten, halbgeballten Faust aus und schlug Janey an die Schulter und warf sie herum gegen den Türpfosten.

Und zum sprachlosen Entsetzen ihrer Eltern tobte Janey: »Und das ist, weshalb er keine Freunde hat – sie wissen, daß er Leute *schlägt.*« Und sie drehte sich um, ging hinaus und die Treppe hinauf.

»Blair! Blair!«

Zum Entsetzen seiner Mutter fiel Blair in seinen kindlichen Ton zurück. »Und *das ist,* warum sie keine Freunde hat: sie ist eine Petze und eine Klatschtante.«

»Sich vorzustellen, daß du deine Schwester schlägst!« Der Schock seines Vaters kehrte sich flugs in Zorn um. »Oder irgendein anderes Mädchen! Hast du keine Selbstkontrolle?«

»Die beste Verteidigung ist der Angriff, sagt man.« Christina war nun durch und durch kalt. Henry war heiß. »Wenn du nichts Schlimmes getan hättest, gäbe es auch keine ›Petzerei‹, wie du es nennst. Ich nehme deshalb an, daß das, was Janey uns erzählt hat, wahr ist. Ist dir das Glas Bier aufgezwungen worden? Bist du herausgefordert worden? Oder hast du darum gebeten?«

»Keins von beiden.« Blair hielt es für das beste, seine ausgestreckte Hand zu vergessen. »Ich war mit Rodney Stevens zusammen. Er bat um ein Glas, und sie nahmen ganz selbstverständlich an, vermute ich... jedenfalls füllten sie zwei Steinkrüge und gaben sie uns. Wir waren nur so da rüberspaziert – wir hatten die Mädchen geschaukelt, und es war uns heiß.«

»Aber du wußtest, was diese Männer taten. Warum also in die Versuchung ›spazieren‹?«

»Nun, Rodney wollte...«

»Ohne Zweifel kennt jedermann in Waynesboro unsere Haltung in bezug aufs Trinken. Wer hat den Krug für dich gefüllt?«

»Mama, ich weiß nicht, wer die Krüge füllte. Einer der Diener, nehme ich an. Er kannte mich auch nicht. Wie sollte er auch? Es war Mr. Lichtenstein, der ihn mir herübergereicht hat. Auch er kennt mich nicht. Ich kenne ihn nur, weil er so... so...«

»›Ungeschlacht‹, glaube ich, ist das Wort. Weshalb hast du es getrunken? Warum hast du es nicht weggestellt?«

»Ich wollte wissen, wie es schmeckt. Und ich wollte nicht, daß sie denken... sie haben mich ausgelacht, trotzdem, weil ich es nicht gemocht habe. Es war so ekelhaft, daß ich kaum diesen einen Schluck herunterbringen konnte. Aber was hätte ich tun sollen? Ich konnte es ja nicht wie ein Kind ausspucken. Wie es Mary Gardiner getan hat, nehme ich an... ich war zu der Zeit schon gegangen, aber Rod erzählte mir, daß sie das getan hat.«

»Willst du damit sagen, daß sie der kleinen Mary Gardiner ein *Glas Bier* gaben?«

»Sie wollte es probieren. Niemand hatte etwas dagegen. Ihr Vater und ihr Großvater waren da. Rodney gab ihr den Steinkrug, den ich weggestellt hatte. Mama«, sagte er verzweifelt, »es war nur eine Art Scherz: sie wußten, daß sie es nicht mögen würde.«

»Damen trinken kein Bier. Und auch Gentlemen nicht, wenn es darum geht. Wer waren die Männer, die es komisch fanden, einem Kind ein alkoholisches Getränk anzubieten? Neben Mr. Lichtenstein?«

»Christina«, schaltete sich ihr Mann ein, »frag ihn das nicht. Du weißt sehr gut, wer, wenn das von Bedeutung sein sollte, und ich finde nicht, daß er ermutigt werden sollte zu klatschen. Ich mag es auch nicht, wenn Janey das tut. Es ist eine Haltung, die ich verabscheue. Geh jetzt zu Bett, Blair. Die Erfahrung, Bier probiert zu haben, wird dir nicht schaden, wenn du dich immer daran erinnerst, daß du es nicht mochtest. Aber knie nieder und bete um Hilfe, daß du deine Wut kontrollieren lernst.«

Nur allzu gerne verzog sich Blair. Als das Geräusch seiner Füße auf der Treppe weniger laut zu den beiden Horchenden drang, drehte sich Henry zu seiner grimmig aussehenden, schweigsamen Frau um. »Mach aus dieser Sache nicht zuviel. Du mußt daran denken, daß die meisten dieser Leute deutschstämmig sind und bereits von Kindesbeinen daran gewöhnt sind, Bier zu trinken.«

»Blair weiß, daß es eine Sünde ist zu trinken. Aber er war nicht fähig, der Versuchung zu widerstehen.«

»Er hat sehr wenig Erfahrung mit Versuchungen und er ist schon fast ein erwachsener Mann.«

»Zu wenig Männer können dieser besonderen Versuchung widerstehen. Die Anti-Alkohol-Liga muß härter dafür arbeiten, daß der Verkauf von Alkohol weitgehend verboten wird. Aber das ist jetzt nicht ausschlaggebend. Du hast beteuert, daß deine Kinder so wenige Freunde in ihrem Alter haben. Ich bin froh. Wenn Blair im Seminar anfängt, wird er passendere Freunde als Rodney Stevens finden.«

Henry, den Blairs rücksichtsloser Wutausbruch todunglücklich machte – er hatte Janey nicht weh getan, aber er hätte es können –, fand immer noch, er sollte das Nehmen und Geben des College-Lebens haben, bevor er zum Seminar ginge. Aber er hatte nicht die Absicht, dieses Thema in dieser unglücklichen Nacht anzuschneiden.

»Wie recht ich hatte«, fuhr Christina fort, »es unklug zu finden, die Kinder in eine so gemischte Gesellschaft mitzunehmen. Jeder Hinz und Kunz...«

»Es war ein bißchen so. Aber alle diese Männer sind Ludwig Rauschs Freunde. Angestellte, einige von ihnen, aber auch Freunde. Und jedenfalls wird es keine Partys dieser Art mehr geben: Einzugspartys kommen nicht so häufig vor.«

»Ich habe mich ein wenig über die Jubiläumsfeier des Klubs gewundert. Jetzt verstehe ich es sehr gut. Es war ein Ausweg für Sally Rausch, um ihre Freunde von den seinen getrennt zu halten. Wußtest du...?«

»Von dem Bier? Im voraus? Nein, sicher nicht. Zum Zeitpunkt des Abendessens, ja. Immerhin hat ja Bier einen gewissen Geruch. Ich konnte nicht umhin, mich zu fragen, ob Mrs. Rausch sich so amüsierte wie ihr Gatte. Ich würde es doch für sehr unwahrscheinlich halten, daß sie diese Hinz und Kunz und ihre Frauen mag.«

In der Zwischenzeit konnte niemand in Hillcrest noch Zweifel haben, daß Sally die Party ihres Mannes genoß. Zerkrümeltes Wachs war auf die Terrasse auf ihrer ganzen Länge rund um das Haus gestreut worden; japanische Lampions waren an der Decke aufgehängt worden, die zu jenen in den Bäumen paßten. Das Orchester, dessen Mitglieder inzwischen gegessen hatten, nahm die Plätze neben dem Piano in dem vorderen Zeichenzimmer ein, stellte die Notenständer auf und stimmte die Instrumente. Alle Türen und die vom Boden bis an die Decke reichenden Fenster waren weit geöffnet in der Hoffnung, daß die Musik an allen Seiten des Hauses gehört werden könnte. Die Diener hatten schon seit längerem die Überreste des Abendessens weggeräumt und bereiteten in der Küche den Mitternachtsimbiß vor; die Bierfässer waren weggetragen worden und die Stühle desgleichen, damit die Tänzer genügend Platz hätten. In den Zeichenzimmern und in der Bücherei fanden die, die sich als Zuschauer beim Tanz betrachteten, Stühle vor den Fenstern aufgestellt, deren Vorhänge und Draperien hinter die geöffneten Läden zurückgeschlagen worden waren. Die jungen Leute hatten sich in der Halle paarweise zusammengefunden. Tanzkarten baumelten an seidenen Schnüren von den Handgelenken der Mädchen; sie alle warteten darauf, daß die alten Rauschs den Ball eröffneten.

Ludwig, der plötzlich eine Idee hatte, die die Stimmung des Tages auszudrücken schien, hielt ein, um ein paar Worte mit dem Orchester zu sprechen, bevor er Sally weiter zur Tür auf die Terrasse hinausgeleitete. »An einem solchen Vierten sollten wir mit einem großen Marsch um das ganze Haus beginnen. Spielt uns die Stars-and-Stripes-Hymne, ja? Und Charles, du sorgst dafür, daß alle diese Faulpelze von ihren Stühlen aufstehen, und sag ihnen, sie sollen sich anschließen.«

Selbst ohne Bläser ließen die schwungvollen Akkorde jedermanns Füße in Bewegung geraten; Ludwig trat mit Sally an seinem Arm hinaus und die jungen Leute marschierten zwei-und-zwei hinter ihm her; bei jedem Fenster, an dem er vorbeikam, rief er denen drinnen zu: »Schließt euch an! Schließt euch an!« und nur wenige gehorchten ihm nicht. Selbst Dougs Klumpfuß und sein plumper Schuh konnten ihn nicht davon abhalten mitzugehen. Das Orchester spielte, bis sie zweimal um das ganze Haus waren und alle Tanzformationen eines großen Marsches hinter sich hatten, an die Ludwig sich erinnern konnte: »Grand links und rechts!« Dann gingen die Musiker über zu »When Johnny Comes Marching Home Again«, das Tempo steigerte sich, die Älteren und die Atemlosen gaben auf, während die Jugendlichen ihre Würde vergaßen und der Marsch zu etwas Ähnlichem wie einem Cakewalk wurde. Als die Anführer wieder zur Haustür kamen, hörte das Orchester zu spielen auf, und alle konnten wieder Atem schöpfen. John Gordon sagte, während er Annes Ellbogen hielt, bis sie sich gesetzt hatte: »Es ist so lange her, daß ich eine solche Tollerei mitgemacht habe, ich hatte ganz vergessen, wie anstrengend... hatte wohl mein Alter vergessen, glaube ich.«

»O John! Welcher Unsinn! Sieh dir Ludwig an!«

Das Orchester hatte begonnen, einen Walzer zu spielen; Ludwig hatte Sally in seine Arme genommen und wirbelte sie nach deutscher Manier herum, drehte bei jedem Schritt, so daß sich ihre Röcke um ihre Fußgelenke wickelten und dann wieder davon abfielen.

»Sie sind ein stattliches Paar, nicht wahr? Ich wundere mich, daß der Terrassenboden nicht knarrt. Es macht Spaß zuzusehen.« John grinste Anne an. »Aber ich könnte das nicht. Ich würde vielleicht einen gesetzteren Walzer schaffen, obwohl ich schon dachte, meine Tanztage seien lange vorbei. Darf ich um die Ehre bitten?« Er stand auf, verbeugte sich und bot Anne seinen Arm. Als sie diesen Tanz absolviert hatten und zu ihren Stühlen zurückgekehrt waren, während das Orchester gerade lange genug pausierte, damit die Tanzpartner gewechselt werden konnten, brachte

Johnny Julia herüber, damit sie bei seinem Vater sitzen könne, und führte seine Mutter auf die Terrasse. Ludwig brachte Sally zu Doug Gardiner, während er mit Barbara tanzte. Die jungen Leute würden vielleicht langsam sein, wenn es darum ginge, die Partner zu wechseln, aber Ludwig wollte sicherstellen, daß jede Dame, die Lust zu tanzen hatte, die Gelegenheit bekäme. Die Tanzkarten der Mädchen füllten sich schnell, und sie schienen bereit zu sein, die Nacht durchzutanzen; aber die meisten in den mittleren Jahren wollten sich hinsetzen. Als Johnny seine Mutter zu ihrem Stuhl zurückbrachte und wieder mit Julia loszog, sagte Anne, daß sie genug hätte. Sie schüttelte sogar ihren Kopf, als sich Ludwig in ihre Richtung drehte; sie würde lieber nur dort sitzen und zusehen. Sie schickte John, um mit Barbara zu tanzen, aber die Kavaliere ihrer Töchter waren pflichtbewußt: Sowohl Lowrey Edwards wie auch Rodney Stevens näherten sich ihr vor John; er kehrte zu seinem Stuhl zurück, und er und Anne saßen zusammen und waren völlig zufrieden zuzusehen. Sie sahen, wie Johnny mit Elsa vorbeitanzte und Julia mit Gib; Rodney Stevens und Lavinia Gardiner tanzten langsam, mit träumerischen Augen, die weit weg waren, und zärtlichem Gesichtsausdruck. Jessamine Stevens und Sheldon Edwards tanzten vorbei, und John sagte: »Warum nicht...?« Und Anne sagte: »Vielleicht eines Tages, um Gesellschaft zu haben, wenn die Jungs verheiratet und ausgezogen sind.« Sally blieb bei Doug Gardiner sitzen: sie bestand darauf, sie habe gerade so viel getanzt, wie sie konnte; ein wilder Walzer-Wirbel mit Ludwig wäre ihr für die Nacht genug. Und so saßen sie und andere und sahen den jungen Leuten zu: denen, die ineinander verliebt waren, und denen, die in das Tanzen verliebt waren. Die kurzen Ballonärmel der Mädchen, die ihre dünnen Arme so verwundbar jung erscheinen ließen, ihre üppigen weißen oder pastellfarbenen Röcke, die um ihre und die Beine der Jungen wirbelten, die Sanftheit ihrer Gesichter, die Verzauberung in ihren Augen, und das alles im Licht der japanischen Laternen an der Decke und den Rechtecken von Licht, das aus den geöffneten Fenstern fiel. Irgendwie hatte es etwas sehr Rührendes – ihre Jugend, ihr Glück.

John sagte in Annes Ohr, so daß seine Stimme für andere über der Musik nicht hörbar war: »Sie sind so jung! Sind wir auch so jung gewesen in ihrem Alter?«

»Vor dreißig Jahren? Ich weiß nicht. (Sie wußte es wohl, wollte es aber nicht sagen: John war nie so jung gewesen. Nicht nach dem Krieg.) In meinem Inneren fühle ich mich um nichts älter. Ich bin immer noch *ich.*«

»Ich habe mich heute nacht umgesehen: Ist dir klargeworden, daß du und ich, Ludwig und Sally ganz plötzlich zur älteren Generation gehören? Erinnere dich, wie es einmal war: Richter Ballard und seine Frau, Professor Lowrey und seine Frau, die Misses Gardiner, deine alten unverheirateten Schullehrer, sie sind alle nicht mehr da. Und diesen jungen Leuten da draußen erscheinen wir ohne Zweifel so alt, wie die lieben Verschiedenen uns einmal erschienen sind.«

»So alt wie die arme Miß Pinney? Oder Richter Ballard? Guter Gott, John! Wir sind nicht die ältere Generation! Da sind noch die Maxwells und die McKinneys – sie waren in mittlerem Alter, als sie sich dem Klub anschlossen, und Sally und ich waren noch Mädchen.«

»Ich habe den Verdacht, daß die Gordons und die Rauschs – alle Großeltern, wenn ich dich daran erinnern darf – diesen Jungen und Mädchen in der gleichen Altersklasse zu sein scheinen wie die McKinneys.«

»Eine entsetzliche Wahrheit, wenn es so ist. Warum bist du so melancholisch, ausgerechnet heute nacht?«

»Melancholisch? Aber überhaupt nicht. Ich genieße das durch und durch. Aber es gibt einem zu denken. Und was ich denke, ist, daß dies für Ludwig wohl der Höhepunkt seines Lebens ist. Er hat alles erreicht, was er je erreichen konnte oder was er je erhofft hat. Er hat noch Jahre vor sich, aber er wird nie wieder so auf dem Gipfel sein.«

»Du glaubst, daß es von jetzt an ›den ganzen Weg bergab‹ geht? Sei doch nicht so miesepetrig.«

»Ludwig und ich – vielleicht sogar du und Sally – werden von jetzt an hinabgleiten, ich hoffe natürlich, ganz langsam, wie auf einer langen Schräge. Ich will nicht sagen, daß die Jahre, die noch vor uns liegen, keine guten sein werden, nur daß wir über die Kuppe des Hügels hinweg sind. Das Land wird auch nicht mehr ganz dasselbe sein; dieser vierte Juli markiert das Ende einer Ära.«

»Was willst du denn damit sagen?«

»Der Krieg mit Spanien kann nicht mehr viel länger dauern. Aber wir werden neue Probleme haben – Kuba und Puerto Rico, die Philippinen – alles wird in unseren Händen liegen, und was werden wir damit tun? Wir haben schon Hawaii aufgenommen. Wir können noch nicht einmal die Vielschichtigkeit der Probleme vorhersehen, die auf uns zukommen. Aber man kann die Uhr nicht zurückdrehen. Amerika wird anders sein.«

»Ich glaube das nicht.«

»Du willst nicht, nicht wahr? Du willst nicht, daß es sich ändert.«

»Nicht für dich und mich, nein. Der ganze Rest – die Probleme – werden uns nicht betreffen.«

»Vielleicht nicht.« Er lächelte sie an. »Jedenfalls können wir uns an diesen vierten Juli als an *einen* Höhepunkt, wenn nicht *den* Höhepunkt unseres Lebens erinnern – wie es der von Ludwig ist. Er hat seine Träume erfüllt. Das ist so, wenn man einfache Träume hat, nehme ich an.«

Anne sehnte sich danach zu sagen: »Und deine Träume?« Sie wünschte, sie hätten eine andere Zeit und einen anderen Ort gewählt, um sich so deutlich auszusprechen. Zu Hause, nachts, im Bett. Aber er war immer so müde, zu müde, um zu reden, um darüber nachzudenken, was er vom Leben erwartete. Vielleicht hatte er keine Träume mehr, jetzt, wo er schon über fünfzig war – vielleicht hatte er sie mit anderen kindischen Sachen weggepackt. Vielleicht wäre es besser, nicht zu fragen – vielleicht hatte er deshalb so leicht darüber gesprochen, weil er sicher war, daß sie nicht nachhakte.

Um Mitternacht legte das Orchester seine Instrumente für die Essenspause weg, ein Stehimbiß, der auf dem langen Eßzimmertisch und der großen Kommode serviert wurde. Danach waren die, die beim Tanz Zuschauer gewesen waren, soweit, nach Hause und in ihr Bett zu gehen. Ludwig war darauf vorbereitet und hatte einen Eisenbahnwagen auf dem Nebengleis warten lassen. Mary Gardiner wurde von ihren Eltern mitgenommen und protestierte, obgleich sie nicht so viel dagegen hatte: Sie hatte noch nicht wirklich tanzen gelernt, und da Franz Lichtenstein von seinen Eltern nach dem Feuerwerk mit nach Hause genommen worden war, konnte sie sicher sein, daß jeder, der sie zum Tanzen aufforderte, nur nett zu ihr sein wollte – ein erniedrigender Gedanke. Veronika protestierte aber ernsthaft, schließlich hatte Paul Rausch sich den ganzen Abend um sie gekümmert. Das war schon ein Unterschied. Kinder wurden halb wach oder noch schlafend heruntergebracht und wie Mehlsäcke über elterliche Schultern gehängt. Als Johnny Gordon, um Tuck zu holen, nach oben gehen wollte, sagte sein Vater: »Du bleibst, Johnny, du und Julia. Ich habe Ludwig gebeten, das Pferd mit dem Buggy herzuschicken; wir können den Jungen diese Nacht mit uns nach Hause nehmen.«

»Oh, laß uns doch bleiben, Johnny.« Julia, errötet und gar nicht so kühl wie sonst, legte eine Hand auf Johnnys Arm. Johnny sah sie erstaunt und – spöttisch an, dachte sein Vater. Julia fuhrt fort: »Ich habe seit Jahren nicht mehr so viel Spaß gehabt. Und Gib und

Elsa sind hier, und Sophie und Rudi bleiben auch, wir sind nicht das einzige verheiratete Paar. Papa Dock, könntest du Mama in den Buggy zwängen, wenn sie Tuck auf dem Schoß hält? Sie haßt diesen Eisenbahnwagen, und dann bräuchtet ihr Tuck nicht über Nacht zu behalten.«

Deshalb brachte Johnny Tuck herunter und übergab ihn den Armen seines Großvaters; und den vieren gelang es, im Buggy Platz zu finden. Als sie in Richtung Stadt losfuhren, begann das Orchester wieder zu spielen, und die jungen Paare kehrten mit neuer Energie zum Tanz zurück. Die Melodien waren jetzt lebhafter. Bald begannen die japanischen Lampions über ihren Köpfen zu wackeln. Das Orchester spielte einen Strauß-Walzer und dann noch einen, und schließlich ging es ohne Warnung über zu »Home, Sweet Home«. Die Tänzer wurden langsamer und blieben endlich stehen. Der vierte Juli war vorüber. Nach ausgedehnten Verabschiedungen und angemessenen Danksagungen an Gastgeber und Gastgeberin gingen sie alle den langen Weg den Hügel hinunter und auf die andere Seite der Straße zu dem letzten Eisenbahnwagen, der in dieser Nacht fahren würde. Sie waren sich irgendwie bewußt, auch wenn sie wohl kaum John Gordons Gewißheit teilten, daß sie einen vierten Juli erlebt hatten, wie sie ihn wohl nie wieder erleben würden. Und Ludwig und Sally gratulierten sich gegenseitig zu diesem großartig erfolgreichen gesellschaftlichen Ereignis, während Gib und Ernest und Charles herumgingen, um die Lampions auszublasen. Sie hatten nicht die geringste Idee, daß eine Familie tief in Sorgen und unglücklich von Hillcrest weggegangen war.

Nach diesem besonders ruhmreichen Vierten folgte eine schmerzliche Enttäuschung für das Land. Santiago fiel trotz der Vernichtung der spanischen Flotte und der zwar verlustreicheren, aber dennoch siegreichen Schlacht am San Juan Hill nicht wie ein reifer Apfel in die Hände der Amerikaner. Erst am siebzehnten Juli ergab sich die Stadt. Der Triumph wurde nur kurz gefeiert; Mitte Juli begann die Presse Berichte von den Qualen der amerikanischen Armee zu publizieren, die schlecht ernährt und krank in einem ungesunden Land wäre und deren Soldaten zu Hunderten Opfer von Typhus und Malaria würden. Alle sähen mit Entsetzen den Monaten August und September entgegen (die Gelbfieber-Monate), die sie in ihren erbärmlichen kubanischen Camps würden verbringen müssen. Entlassene Genesende bestätigten die Berichte. Die Einnahme von Puerto Rico im späten Juli hellte die düstere Stimmung nur geringfügig auf. Am dritten August wurde das Kriegsministerium darüber informiert, daß die amerikanische

Armee eine Armee von Kranken sei und unverzüglich nach Hause transportiert werden sollte.

Friedensverhandlungen, die am sechsundzwanzigsten Juli eingeleitet worden waren, wurden vom französischen Botschafter während einer Welle öffentlicher Entrüstung über die Unfähigkeit und schlechte Führung des Kriegsministeriums weitergeführt. Die Marine hatte Spanien gezwungen, Frieden zu suchen; die Armee hatte soviel wie nichts erreicht; sie hatte zwar Santiago schließlich genommen, die spanische Hauptarmee aber nie zu Gesicht bekommen. Spanien war zu Verhandlungen bereit in der Hoffnung, Kuba gegen einen amerikanischen Abzug von den Philippinen austauschen zu können, und stimmte am zwölften August einem Waffenstillstand zu, der die Vereinigten Staaten berechtigte, die Stadt, die Bucht und den Hafen von Manila zu halten, bis ein endgültiger Friedensvertrag ausgehandelt sei, der über das Schicksal der Insel entscheiden würde.

Innerhalb von vier Monaten hatten die Amerikaner die verstreuten Überreste des spanischen Großreiches erobert; aber, auch wenn dieser Erfolg die Bürger bewegte, waren doch Millionen von ihnen im Zweifel über die Weisheit des eingeschlagenen Kurses. Wütende Auseinandersetzungen fanden über zwei der Aspekte des Krieges und die Konsequenzen statt: die Unfähigkeit des Quartiermeisters, des Nachschubs und der Sanitätsabteilung; und die Frage, welchen Status die spanischen Kolonien haben sollten. Der Friedensvertrag würde nicht vor dem zehnten Dezember unterschrieben werden, aber es bestanden bei niemandem Zweifel darüber, daß Spanien gezwungen sein würde, nicht nur Kuba und Puerto Rico, sondern auch die Philippinen aufzugeben. Und was sollte dann damit geschehen? Bei den kleineren Inseln gab es keinen Widerstand gegen die amerikanische Besetzung, aber Aguinaldo und seine Truppen würden mit Sicherheit für ihre Unabhängigkeit kämpfen. Die Männer in Waynesboro argumentierten über die Alternativen so hitzig wie überall sonst: in Dock Gordons mittlerem Behandlungszimmer, in Thirkields Apotheke und um den rotglühenden Ofen im rückwärtigen Teil von Kleins Lebensmittelgeschäft. Die Inseln konnten eine nach der anderen außer Manila und seinem Hafen, den die Amerikaner unter ihrer Kontrolle halten mußten, wie jedes andere Besitztum verkauft werden, sie konnten den Filipinos übergeben werden, damit sie sie, so gut sie konnten, verwalteten, oder sie konnten von den Vereinigten Staaten behalten werden. Im ersten Falle, so stimmte man überein, würden die Deutschen den Besitz erwerben; wenn die Inseln ohne weitere festgelegte Bedingungen befreit würden, würde absolutes Chaos einsetzen und Deutschland einmarschieren. Deutschland, das verspätet auf der Weltbühne erschien, hatte Kolonien an sich gerissen, wo es nur konnte; seit dem Beginn des Krieges waren seine Absichten eine der Hauptsorgen der amerikanischen Regierung. Ludwig Rausch, wie düster er auch immer die Möglichkeit von Schwierigkeiten in dieser Richtung beurteilte, war in seinem »Ich habe es euch doch gesagt« bestätigt, denn er hatte schon zu der Zeit, als Bismarck abgesetzt wurde, vorhergesagt, daß der junge Kaiser ein unbesonnener Abenteurer sei, den es nach Ruhm gelüste. Wenn Deutschland sich nach einer von Amerika eingesetzten Philippinen-Regierung festsetze, würde diese Regierung erduldet werden müssen. Es wäre leichter und für die Vereinigten Staaten weniger gefährlich, dort zu bleiben, als Schwierigkeiten mit Deutschland zu riskieren. Unglücklicherweise wurde es täglich offensichtlicher, daß Aguinaldo und seine Truppen mit dieser Lösung weniger glücklich waren.

Die Debatte war vor und nach der Unterzeichnung des Friedensabschlusses hitzig; sie wurde im Kongreß fortgeführt, bis der Friedensvertrag ratifiziert wurde, und wäre vielleicht dann noch nicht beendet gewesen, wenn die Stimme des Vizepräsidenten nicht ein Patt gebrochen hätte. Gerade jetzt wurden die Amerikaner auf Luzon von Rebellen angegriffen. Gegenanschuldigungen folgten sofort von allen, die fanden, es sei eine ruchlose Abkehr von amerikanischen Prinzipien, sich diese Kolonien einzuverleiben, ein Ausbruch in den Imperialismus. Die, die der Regierung das Recht dazu zusprachen, waren der Ansicht, daß es auf längere Sicht der Friedenserhaltung im Pazifik helfen würde, und daß es den Handel mit dem Orient fördern würde. Selbst Ludwig, der zu Beginn so entschieden gegen den Krieg gewesen war, fand, daß es die beste von schlechten Alternativen sei, die Oberhoheit über die Philippinen zu behalten, und räumte ein, daß es sich zum Vorteil der Seilhersteller auswirken würde: Es gäbe dann keinen Zoll mehr auf irgendein Produkt (Manilahanf zum Beispiel) zwischen den einzelnen Besitztümern der Vereinigten Staaten.

Außer als Thema für Debatten berührte die Philippinen-Frage Waynesboro kaum. Einige wenige Familien hatten Söhne in den Expeditionstruppen; alle, die mit der Firma Rausch verbunden waren, würden vielleicht finanzielle Gewinne machen. Nur die Voorhees' waren wirklich direkt betroffen – tragisch betroffen, wie sie es sahen. Blair hatte im Herbst das College verlassen und sich von der Armee rekrutieren lassen, ohne auch nur dazwischen nach Hause zu kommen. Er hatte die Philippinen rechtzeitig für den

Angriff der Rebellen erreicht und würde sicherlich in Kampfhandlungen verwickelt werden. So viel wußte Waynesboro. Die Stadt wußte nicht, und wenn Christina es verhindern konnte, würde sie es auch nie erfahren, was zu dieser Rekrutierung geführt hatte.

Die elterliche Diskussion über Blairs Benehmen und seine Zukunft hatte sofort nach der schrecklichen Nacht begonnen, als er seine Schwester Janey geschlagen hatte. Seine Mutter war um seine unsterbliche Seele besorgt, und Henry war ein zu weiser Ehemann, um sie daran zu erinnern, daß sie sich nicht zu sorgen brauchte, da das Heil der Seele vorherbestimmt wäre. Aber er bestand hartnäckig darauf, daß der Junge zum College geschickt werden und eine Gelegenheit bekommen sollte, sich gegenüber den Jungs seines Alters zu beweisen. Natürlich in einem reformierten Presbyterianer-College, dessen Studenten vermutlich in guten Elternhäusern aufgewachsen waren.

»Aber wenn er der Versuchung nicht zu Hause widerstehen konnte, wie können wir dann erwarten, daß er ihr fern von uns widersteht?«

»Er muß ihr begegnen, bevor er ihr widerstehen kann.«

Henry setzte sich im Bett weiter auf und zog die Kissen hinter sich höher. Diese Sitzungen im Bett waren die Regel geworden; schließlich konnte über Blair nur in privater Abgeschlossenheit diskutiert werden. »Ich nehme an, die moralischen Muskeln eines Mannes brauchen genauso Übung wie seine körperlichen. Und wenn er ein- oder zweimal fehlt, wird das zu vergeben sein. Die meisten Jungs tun das und wachsen doch zu rechtschaffenen Männern heran.«

»Ich ziehe es vor, ihn von jedem Schaden fernzuhalten. Er kann hier zum Seminar gehen. Sobald er zum Diener Gottes geweiht ist, wird er vor der Versuchung sicher sein.«

»O Chrissy! Hast du dir überlegt, wieviel Schaden ein Geistlicher anrichten kann, der unvorbereitet war, der Versuchung zu widerstehen, und der jetzt seiner Gemeinde erzählen soll, wie man widersteht? Davon abgesehen, bist du sicher, daß Blair eine wirkliche Berufung zum Geistlichen hat? Daß er eine wahrhafte Notwendigkeit empfindet, sein Leben der Schöpfung Gottes zu widmen? Oder wird er, wenn er zum Seminar geht, nur den Weg des geringsten Widerstandes gehen?«

Die Debatte ging weiter durch viele heiße Sommernächte. Am Ende gab Christina nach und kapitulierte schließlich vor dem Argument, daß sie als Christin nicht verantwortlich sein dürfe, der Kirche einen so wenig versuchten und vielleicht unwerten

Kandidaten für den geistlichen Stand aufzuhalsen, wie es ihr Sohn zu sein schien.

Blair wurde vom Ende der Diskussion am nächsten Morgen beim Frühstückstisch informiert. Er akzeptierte den Urteilsspruch mit Gleichmut, ohne jedes Anzeichen von Freude oder Bestürzung. Sein Vater, der so hart um seine Freiheit gerungen hatte, war enttäuscht und erbost.

»Nun, sag irgendwas«, fuhr er ihn an. »Wenn du nicht gehen willst, bleib hier und tritt in das Seminar ein.«

Blair starrte ihn kalt an. »Natürlich will ich gehen. Wer würde sich schon für diese armselige Stadt entscheiden.«

»Eine ganze Reihe von Leuten bleiben und finden das Leben hier ganz angenehmn. Wie auch immer, wir schicken deine Bewerbung sofort ab. Wir sehen keine Schwierigkeiten für deine Zulassung. Obgleich es spät ist, wird Aberdeen schon für Dr. Blairs Enkel Platz finden.«

»Eine kirchliche Schule also? Immer noch besser als das Seminar.«

»Und beträchtlich teurer, mit Verpflegung und Zimmer, das zusätzlich zu den Schulgebühren zu zahlen ist. Wenn du also nicht hingehen willst...«

Christina schaltete sich ein, obgleich sie durch seine Verachtung für das Seminar verletzt war. »Natürlich will er gehen. Er ist nur in dem Alter, in dem er es für unter seiner Würde hält, Enthusiasmus zu zeigen.«

Sobald das Aberdeen-College zugestimmt hatte, ihn aufzunehmen, begann Christina, ganz nebenbei ihre Entscheidung zu erklären. Er wäre ihnen etwas jung für das Seminar erschienen, sagte sie. In einigen Fächern würde er sich seinen Klassenkameraden voraus finden, in den klassischen Sprachen, Hebräisch, Geschichte, englische Literatur; aber auf der anderen Seite habe er vielleicht nicht eine so solide Basis in Mathematik und in den Wissenschaften, wie es sein sollte. »Nicht meine Fächer, fürchte ich«, sagte sie mit einem abwertenden Lächeln.

Amanda war überrascht; wie viele andere hatte sie Berichte, die natürlich übertrieben waren, über die Episode bei Rauschs Einzugsfeier gehört. Sie hatte vermutet, daß die mütterlichen Zügel stärker angezogen würden, nicht daß man den Jungen würde gewähren lassen. »Es muß eine schwere Entscheidung für dich gewesen sein. Ich weiß, daß du ihn darauf vorbereitet hast, ihn direkt auf das Seminar zu schicken. Dort würde er Mathematik und Wissenschaften nicht brauchen. Wenn du gedacht hättest, daß er sie brauchen würde«, fügte sie mit Bitterkeit hinzu, »hättest du ihn zu den ausgezeichneten Lehrern für diese Fächer auf unserer höheren Schule geschickt.« Amanda hatte schon immer Christinas Unterstellung, daß niemand sonst ihre Kinder unterrichten könne, ein wenig übelgenommen.

»Es ist nur, weil ich annehme, Aberdeen wird von ihm erwarten, daß er sich damit beschäftigt. Für das Seminar ist er gut genug vorbereitet, aber sein Vater und ich haben uns entschieden, daß er zuerst etwas mehr Erfahrung braucht, besonders im Umgang mit anderen jungen Männern seines Alters.«

Amanda dachte, sagte es aber natürlich nicht, daß es dazu wohl ein wenig zu spät sei. Sie hatte lange genug unterrichtet, um zu wissen, daß die Beziehungen am meisten bedeuteten, die in der ersten Klasse begannen und zwölf Jahre andauerten. Blair hatte viel verpaßt. Aber jetzt empfand sie Mitleid mit seiner Mutter. Als Mädchen war Christina von ihrem Vater zu nachsichtig behandelt worden, der es, wie gut und gelehrt auch er gewesen sein mochte, als Präsident eines Reformierten-Presbyterianer-Seminars nichtsdestoweniger als angebracht angesehen hatte, sich Männer als Freunde auszusuchen, die man nicht »gottesfürchtig« nennen konnte; und die Christina, zugetan, wie sie ihm auch war, vielleicht verurteilt hatte. Nun war sie in das andere Extrem gefallen. »Wer Pech berührt« – könnte Christina ihren Vater vielleicht als befleckt empfunden haben? Oder sogar sich selbst, da sie so vertraut mit den weit weltlicheren Mitgliedern des Frauenklubs war?

Amanda sprach das Thema Blair Voorhees eines Abends an, als sie Eliza Ballard zum Abendessen in Mrs. Dunbars Pension traf. Obgleich sie sich den Ballard-Schwestern nicht mehr so nahe fühlte wie zu der Zeit, als sie noch jung waren, schien es ihnen völlig natürlich, nachdem sie sich dort einmal zufällig getroffen hatten, dienstags und freitags zusammen zu essen: Sie lebten beide allein, keine von beiden kochte gern, und sie waren aneinander gewöhnt. Und so stellte Mrs. Dunbar zweimal die Woche für sie einen Tisch im Eßzimmererker auf, wo sie sich so vertraulich, wie sie wollten, unterhalten konnten, und wo ihre Worte von dem Geschnatter an dem langen Pensionstisch, der ganz in der Nähe stand, überdeckt wurde. Und daher sagte Amanda, als sie sich gesetzt hatten und die Servietten aus ihren Ringen nahmen: »Sie haben schon gehört, daß die Voorhees' Blair im Herbst auf das College schicken? Christina tut mir leid. Sie hatte so entschiedene Pläne für seine Zukunft, und ist jetzt gezwungen, sie zurückzustellen.«

»Das Törichtste, was ein Mensch tun kann, ist, für das Leben eines anderen hoffnungsvoll zu planen«, sagte Eliza bitter. »Die meisten von uns lernen früher oder später, daß es sich nicht auszahlt. Aber was meinen Sie denn mit ›gezwungen‹? Von Henry? Das scheint doch kaum wahrscheinlich.«

»Von den Umständen eigentlich, nehme ich an. Blair hat sich als ziemlich unbeständig erwiesen, nicht wahr? Oder zumindest als zu unreif, um sich am Seminar für das Amt des Geistlichen vorbereiten zu können. Obgleich ich in diesem Falle finde, daß dem auch ein gewisser Tadel gebührt, der ihm die Versuchung in den Weg gestellt hat. Ich habe nie verstanden, warum Dr. Blair mit diesem gottlosen Mann so verbunden war.«

»Sie reden vom vierten Juli und von Mr. Rausch? Kein Grund, so geheimnisvoll zu tun – niemand kann uns hören. Ich nehme an, Mr. Rausch ist, was Sie ›gottlos‹ nennen würden, obgleich ich noch nie gehört habe, daß er eine gemeine oder kleinliche Tat begangen hat. Und ich habe noch nie von Ihnen, Amanda Reid, gehört, daß Sie eine Einladung zu den Rauschs ausgeschlagen haben.«

»Ich empfinde eine gewisse Verpflichtung Sally gegenüber, immerhin ist sie Präsidentin des Klubs, und alle Einladungen, die ich je erhalten habe, betrafen Klubangelegenheiten. Und als ›gemein‹ und ›kleinlich‹ empfinde ich es, wenn man seine Gäste nicht im voraus wissen läßt, daß man vorhat, auf der hinteren Terrasse eine Bar aufzustellen. Eine ganze Anzahl von uns wäre dann ferngeblieben, einschließlich der Voorhees'. Und ich nenne es ›gemein‹, Jungen und kleinen Mädchen ein alkoholisches Getränk zu servieren. Sie nicht? Ihre Mutter würde sich im Grabe umdrehen.«

»Die Geschichte scheint größer geworden zu sein, indem sie verbreitet worden ist. ›Jungen und kleinen Mädchen!‹ Im Dutzend, nehme ich an? Und Ludwig war gar nicht da – wußte gar nichts davon, bis es uns Captain Bodien am nächsten Tag im Büro der Mühle erzählte. Er fand es komisch genug, es weiterzuerzählen. Und weder Blair noch Mary Gardiner haben das Zeug wirklich getrunken.«

»Ich kann mir vorstellen, daß Captain Bodien das für komisch hält. Aber Christina muß darüber sehr erbittert gewesen sein. Ich bezweifle, ob die Voorhees' noch eine weitere Rausch-Einladung annehmen.«

»Dann wird das nur ihr Schaden sein«, erwiderte Eliza kurz angebunden.

Sie berichtete Ludwig von dieser Unterhaltung am nächsten Morgen mit der perversen Genugtuung, die so typisch für sie war. »Es muß schon durch die ganze Stadt sein«, schloß sie, »daß Sie Kindern alkoholische Getränke servieren.«

»Das überrascht mich nicht«, Ludwig grinste sie an, »ich kenne doch Waynesboro.«

»Ich habe ihr erzählt, wie es wirklich war. Sie erinnern sich, Captain Bodien hat es uns erzählt.«

»Ja. Und Sie und ich glauben ihm. Aber niemand sonst wird das tun, niemand, der gerne das Schlimmste glauben will. Lassen Sie es gut sein, Eliza. Je weniger Theater, desto schneller wird es wieder vorbei sein. Ich würde es bedauern, wenn diese Geschichte zu Sally zurückgetragen würde. Sie wäre verärgert, weil sie glaubt, die Party sei ein solcher Erfolg gewesen.«

»Die Voorhees' schicken Blair im Herbst auf das College. Ich habe aus dem, was Amanda gesagt hat, den Eindruck gewonnen, daß sie hoffen, er werde durch die Konfrontation mit weiteren Versuchungen befähigt, ihnen zu widerstehen.«

»Dann hat das doch zum Guten geführt, nicht wahr? Es war doch die höchste Zeit, daß diesen Kindern ein wenig Spielraum gewährt wurde. Aber was für einen Sturm wegen eines Schluckes Bier! Wir wollen die ganze Sache einfach vergessen.«

»Die Voorhees' werden das sicher nicht.« Dann erinnerte sie sich, daß Ludwig in gewissem Sinne Henrys Arbeitgeber sei, und fügte hinzu: »Zumindest Christina nicht.«

»Wissen Sie, Eliza, Christina Voorhees ist mir gar nicht so schrecklich wichtig. Lassen Sie sie denken, was sie will. Hier ist die Morgenpost, ich bin sie schon durchgegangen. Diese Briefe sollten gleich beantwortet werden – die Notizen am Rande sind für Sie, damit Sie wissen, was Sie schreiben sollen.«

Eliza widerstand der Versuchung, zu entgegnen, daß, obgleich Christina ihm nicht wichtig sei, sie doch Sally wichtig sein könnte. Falls sie vorhabe, »einen Standpunkt einzunehmen«, könne sie nicht nur auf Amanda auf ihrer Seite rechnen, sondern auch auf Mrs. McKinney und Mrs. Maxwell – vielleicht sogar auf Thomasina. Dann tat Eliza die ganze Sache mit einem Schulterzucken ab. Es gab ja auch noch all diese jungen Frauen (»gottlose« junge Frauen, würde Amanda sagen) im Klub, die sich wohl nicht von Christina beeinflussen lassen würden. Aber es war eine Schande: Bislang war es dem Klub immer gelungen, über Meinungsverschiedenheiten hinwegzugehen. Aber war das nur eine »Meinungsverschiedenheit«? Sie war sich dessen nicht sicher.

Im September wurde Blair mit genügend Ermahnungen, um ganze Seiten damit zu füllen, zum College abgeschickt: arbeite hart, schreib uns oft, halt uns auf dem laufenden, ob du Fortschritte machst und welche Freunde du hast, paß auf deine Gesundheit auf, sieh zu, daß du genug Schlaf und Bewegung bekommst, und vor allem benimm dich gemäß den Prinzipien, nach denen du erzogen worden bist, *vermeide alkoholische Getränke:,* starke Getränke waren der Niedergang von vielen potentiell guten Männern.

In den ersten Wochen schrieb Blair pflichtgemäß, wenn auch immer nur kurz nach Hause, er fand seine Kurse leicht, außer die in Mathematik, er hatte nicht viel für seinen Zimmergenossen übrig, nahm aber an, er würde es mit ihm für das restliche Jahr aushalten, könnte seine Mutter ihm nicht ein bißchen Gebäck oder irgendwas schicken, die Mahlzeiten seien schrecklich. Als die Briefe spärlicher wurden, schlossen seine Eltern, daß er viel zu studieren habe, daß er Freunde gefunden habe und sich amüsierte, wie immer Jungs in Aberdeen das tun konnten.

Der Brief, den sie im frühen November vom Präsidenten des Colleges bekamen, traf sie daher wie ein Schlag, der die Grundfesten ihrer Welt zum Schwanken brachte. Glücklicherweise für Christina war der Brief an Henry adressiert, und er nahm ihn am Morgen mit der anderen Post aus dem Postfach der Bank und brachte ihn mittags todunglücklich nach Hause, damit Christina ihn lesen könne. Als alle drei mit ihrem Mittagessen fertig waren, folgte er seiner Frau in das Wohnzimmer. Er ging zum Fenster und starrte auf die Straße, bis Christina, die sah, daß etwas nicht stimmte, Janey in den Salon schickte, damit sie wie gewohnt zwei Stunden Klavier übte. Dann sagte er: »Setz dich, und ich werde dir diesen Brief über Blair vorlesen.«

»Was? Er ist doch nicht krank?«

»Nein. Ich werde ihn lesen. Er war an mich adressiert.« Er zerknitterte das Papier, als er den Brief auffaltete; seine Hand zitterte. »›Ich bedauere, Sie informieren zu müssen, daß Ihr Sohn Blair wegen des Vorwurfs von unschicklichem Benehmen für einen Studenten des Aberdeen-Colleges vor das disziplinäre Fakultätskomitee gebracht worden ist. Er ist von dem Komitee schuldig befunden und für den Rest des Jahres suspendiert worden.‹«

»*Blair?* O nein, da muß irgendein Fehler vorliegen.« Christina setzte sich auf die Kante des Stuhls und streckte ihre Hand nach dem Brief aus.

»Es war auch noch ein Brief drin, der an dich adressiert war. Ich nahm an, er enthielte irgendwelche Erklärungen, und in der Hoffnung, den Schlag erleichtern zu können, nahm ich mir die Freiheit, ihn zu lesen. Ich fürchte, es gibt keinen Fehler. Hier – du liest ihn besser selbst.« Er reichte ihr das Blatt herüber:

»Sehr geehrte Mrs. Voorhees!
Meine lange Freundschaft mit und mein großer Respekt für Ihren verstorbenen Vater, der einer der verehrten Gelehrten unserer Kirche war, verbieten mir, daß ich Ihrem Gatten diese formelle Benachrichtigung der Entscheidung unseres Komitees schicke ohne ein Wort der Erklärung.

Wenn Dr. Blair nicht Blair Voorhees' Großvater gewesen wäre, fürchte ich sehr, daß die Strafe wohl eine Verweisung und nicht eine Suspension gewesen wäre. Unglücklicherweise ist das Vergehen, dessen er beschuldigt wird, ein sehr ernstes. Unter unseren örtlichen Gesetzen, die den Alkoholverkauf verbieten, ist unsere Gemeinde ›trocken‹, aber unglücklicherweise gibt es hier wie woanders ›Schnapsschmuggler‹, die bereitwillig an jeden, der weiß, wohin er gehen muß, Alkohol verkaufen. Wir sind unfähig gewesen festzustellen, welcher Student den Schnaps in den Schlaftrakt geschmuggelt hat; alle, die sich jedoch daran beteiligt haben, sind gleichermaßen schuldig.

Keiner der Studenten, die darin verwickelt sind, ist an die Wirkung von starken Getränken gewöhnt. Ein Streit begann, der in einem Kampf zwischen Blair und seinem Zimmerkollegen kulminierte und erst beendet wurde, als Blair ein schweres Buch nach dem anderen Jungen warf, das ihn an der Schläfe traf – durch Zufall, wie ich überzeugt bin. Aber es ließ ihn stolpern und seinen Kopf auf die Kante eines Schreibtisches aufschlagen, so daß er bewußtlos war. Der Krach und die Notwendigkeit, für den verletzten Jungen Hilfe herbeizurufen, führten natürlich zur Entlarvung. Lassen Sie mich sogleich hinzufügen, daß der junge McClary keinen bleibenden Schaden erlitten hat und bereits vollständig von seiner leichten Gehirnerschütterung genesen ist.

Selbstverständlich sind auch die anderen daran beteiligten Jungen suspendiert worden. Es ist uns nicht gelungen, weder von ihnen noch von den beiden Haupttätern den Grund für den Kampf zu erfahren; es ist möglich, daß sie sich wegen des Zustandes, in dem sie waren, nicht mehr daran erinnern können. Ich kann ein gewisses Mitgefühl für Blair nicht unterdrücken. Er hatte, ich bedauere es sagen zu müssen, nicht viele Freunde unter seinen Klassenkameraden, er war ihnen in den akademischen Fächern zu überlegen und in anderer Hinsicht zu unreif. Ich habe den Verdacht, daß sie, als ihre Zungen vom Alkohol gelöst waren, den Jungen in nicht auszuhaltenden Maßen schikaniert haben.

Ich fühle, daß das College und ich als sein Präsident sehr zu tadeln sind; wir müssen jetzt erfahren, daß schon seit längerer Zeit getrunken worden ist; wir hätten das früher herausfinden sollen.

Aus diesem Grunde und um der Familien willen wird das Komitee keine öffentlichen Verlautbarungen der Suspensionen herausgeben; es wird Ihnen daher erspart, die Rückkehr Blairs nach Hause erklären zu müssen, außer daß Sie sagen, er sei im College nicht glücklich gewesen – was, wie ich überzeugt bin, der Wahrheit entspricht.

Wir müssen Ihnen dringend raten, nicht nach Aberdeen zu kommen. Ihre Anwesenheit hier würde nur Bemerkungen provozieren, und keine Fürsprache von Ihrer Seite würde irgendeine Wirkung auf die Entscheidung des Komitees haben. Sollte sich Blair entscheiden, im Herbst 1899 nach Aberdeen zurückzukehren, würden wir ihn mit Freude willkommen heißen. Ich kann nicht anders als glauben, daß mit Ihrer Hilfe dieses unglückliche Geschehnis dem Jungen hilft, reifer zu werden.

Das wird für Sie und Mr. Voorhees ein harter Schlag sein, aber ich bin sicher, daß Ihre christliche Seelenstärke sie befähigen wird, dies zu überwinden.«

Dieser wohlmeinende Brief fiel wie ein Fels auf Christinas Herz. Alle Farbe war aus ihrem Gesicht gewichen; am Ende ließ sie die Seiten fallen und wankte auf ihrem Stuhl. Henry dachte, daß er noch nie jemand so weiß gesehen habe. Als er aufstand, sagte er: »Halt deinen Kopf nach unten.« Aber sie riß sich zusammen und sagte: »Blair? Unser Sohn? Ich kann es nicht glauben. Daß er jemand hätte töten...«

»Es war nicht so schlimm. Dr. Moffett denkt ganz eindeutig, es sei ein Unfall gewesen, daß der Junge überhaupt getroffen wurde. Aber wie seltsam, daß er zu Hause nie gewalttätig gewesen ist. Außer in der Nacht, als er Janey geschlagen hat.«

»Niemand hat ihn zu Hause je schikaniert.«

»Oder wird es je tun. Er kann hier einen neuen Anfang machen. Du hattest recht und ich unrecht, Christina. Wir hätten ihn nie wegschicken sollen.«

»Welche Art Anfang? Er kann nicht auf das Seminar gehen, wenn es wahr ist, daß er zum Trinken neigt und daß er einen anderen Jungen mit einem so schrecklichen Schlag getroffen hat. Ich kann es nicht glauben. Wenn alle Jungen betrunken waren, wie können sie dann wissen, wer gekämpft hat? Wir sollten nach Aberdeen gehen und das untersuchen.«

»Dr. Moffett hätte im Zweifelsfall zu seinen Gunsten entschieden. Für ihn gibt es keine Zweifel. Und ich fürchte, ich kann es glauben, wenn ich mich daran erinnere, wie er seine eigene Schwester im Zorn schlug.«

»Dann findest du nicht, daß wir hinfahren sollten, um bei ihm zu sein in seinen Schwierigkeiten?«

»Nicht, wenn Dr. Moffett so entschieden davon abrät. Liest du nicht zwischen den Zeilen? Je weniger Theater, desto besser. Wenn wir es mit Ruhe nehmen, braucht es niemand zu wissen. Blair kommt nach Hause zurück, weil ihm das College nicht gefällt.«

»Wir hätten es von Blair selbst hören sollen. Ohne Zweifel schämt er sich zu sehr, uns zu schreiben.«

»Er wird nicht schreiben. Er wird heute oder morgen einfach hereinspaziert kommen.«

Aber sein Vater hatte unrecht. Er kam nicht nach Hause und er schrieb doch, um ihnen zu sagen, daß er von Aberdeen nach Chicago gegangen wäre und sich dort als Soldat der regulären Armee hatte anwerben lassen. Er hatte seine Koffer per Expreß nach Hause geschickt. Es täte im leid, sie enttäuscht zu haben, aber das wolle er nun tun. Und er sei ihr Sohn Blair.

Diese Nachrichten waren ein fast noch größerer Schock für Christina als seine Entlassung aus dem College. Zu Hause hätte er sich vielleicht bessern können, aber nun nicht mehr, mit rüden und ungebildeten Männern »zusammengeworfen für *fünf Jahre,* ein *professioneller Killer* wird er werden. Das war ein gottloser Krieg von Anfang an. Aber warum, warum ist er nicht nach Hause gekommen?«

»Er wollte nicht in Ungnade nach Hause zurückkommen. Und was den Krieg angeht, er ist fast völlig vorüber. Sobald das Friedensabkommen unterschrieben ist, wird es nur eine zeitlich begrenzte Notwendigkeit für Besatzungstruppen geben. Die Armee wird bald auf ihre normale Stärke reduziert; vielleicht wird er sogar entlassen. Oder vielleicht können wir ihn herauskriegen – er ist ja erst achtzehn. Ludwig Rausch könnte helfen, er hat Freunde in einflußreichen Positionen.«

»Er hat noch nicht einmal seinen eigenen Sohn herausgekriegt oder es versucht, soviel ich weiß. Jedenfalls ziehe ich es vor, Ludwig Rausch nicht verpflichtet zu sein. Es ist seinetwegen, daß wir in diesen bitteren Schwierigkeiten sind.«

»Laß uns bitte nicht wieder darauf zurückkommen, Christina. Am Vierten haben wir, und das nur indirekt durch die Rauschs, etwas über Blairs Charakter erfahren, was wir schon immer hätten wissen sollen. Schwachheit und Unbeherrschtheit. Und ich bestand auf dem falschen Heilmittel dafür. Tadele mich, falls überhaupt jemanden. Zumindest können wir helfen, indem wir nicht darüber reden. Ich dachte, daß ein Junge lernen müsse, der Versuchung ins Angesicht zu sehen, um ihr widerstehen zu können, und ich war sicher, Blair würde seine Schwäche überwinden. Er hätte das gemußt, wenn er das Beispiel einer Gemeinde hätte sein wollen. Das Beste, was wir für den Jungen jetzt tun können, ist, es zu verschweigen. Nur Janey werden wir es sagen müssen, weil wir ihr erzählt haben, daß wir ihn zu Hause zurückerwarten. Und ich nehme an, daß er, wenn er Urlaub hat, hier in Uniform auftauchen wird.«

»Ja. Wir werden das Beste daraus machen müssen. Er war auf dem College unglücklich und hat sich, ohne uns zu fragen, rekrutieren lassen.«

Blairs Flucht in die Armee verursachte ein lauteres Raunen in Waynesboro als sein Verlassen des Colleges. Diejenigen, die bereits im September ihre Mißbilligung geäußert hatten, sagten nun: »Ich hab' es euch doch gesagt«, und die, die von den Schürzenbändern gesprochen hatten, sagten jetzt mit Genugtuung: »Sie wird ihn nie wieder nach Hause kriegen.« Ludwig Rausch gehörte keiner dieser Gruppen an. Ihm tat Mr. Voorhees leid, den der Schlag ganz offensichtlich im Herzen getroffen hatte. Henry, dachte er, war immer schon von Natur aus ein kleiner, grauer Mann gewesen; seit kurzem aber hatte er auch noch begonnen, grau auszusehen: nicht daß sein Haar wie in Schauergeschichten weiß geworden war, aber sein Gesicht hatte seine Farbe verloren und sah abgespannt und kummervoll aus. Ludwig versuchte eines Morgens im Büro des Kassierers, Henry aus seiner Hoffnungslosigkeit aufzurütteln.

»Kann ich Ihnen irgendwie helfen, Voorhees? Ich weiß, daß ihre Frau das wahrscheinlich für das Ende der Welt hält, aber es hat auch schon andere Kriege gegeben und andere Soldaten. Die meisten Männer in dieser Stadt waren ja einmal Soldat. Es hat uns nicht zugrunde gerichtet. Und jetzt mein Sohn.«

»Ich weiß. Aber es war ein schwerer Schlag für Christina. Sie hatte solche Hoffnungen und Pläne, und ich habe sie zerstört. Ich habe sie nämlich überredet, ihn auf das College gehenzulassen.«

»Tadeln Sie sich nicht. Es ist die natürlichste Sache der Welt, daß Jungs zu den Soldaten gehen wollen, aber wenn jemandem die Schuld zugeschoben werden soll, dann war es doch sicherlich Ihre Frau, die für sein unnatürliches Aufwachsen verantwortlich war.«

»Es ist mir nie als unnatürlich erschienen. Christina ist eine gute Lehrerin.«

»Ja, natürlich. Tut mir leid, Voorhees. Nehmen Sie es nicht so schwer.«

»Da ist noch etwas.« Henry zögerte; Christina würde nicht wollen, daß er einen Gefallen von Ludwig Rausch erbäte. Dennoch setzte er alles auf eine Karte. »Wir haben noch nichts von Blair gehört, seit er uns geschrieben hat, er habe sich anwerben lassen. Wir wissen nicht, in welchem Regiment er ist oder wo er ist. Glauben Sie, Sie könnten das für mich herausfinden? Ohne Christina wissen zu lassen, daß ich Sie darum gebeten habe?«

Ludwig sah ihn wissend an, was ihn verwirrte. Henry wand sich. Der Gedanke lag unausgedrückt zwischen ihnen: Christina hatte diesen einen Schluck Bier nie vergeben oder vergessen. Schließlich sagte er fröhlich: »Die einfachste Sache der Welt, wenn er sich unter seinem eigenen Namen hat einschreiben lassen, und wenn Sie mir den Ort und das Datum seiner Anwerbung sagen. Ich werde Hanna schreiben, und er kann die Nachforschung an die zuständige Dienststelle weiterleiten. Sie können es über Ihren Kongreßmann versuchen – dann können Sie Mrs. Voorhees zumindest sagen, Sie hätten ihn darum gebeten. Nur erwähnen Sie mich nicht. Und um Himmels willen, fassen Sie Mut, oder Sie vertreiben alle Kunden von der Bank.«

Christina, indem sie »das Beste daraus machte«, spielte tatsächlich gekonnt Theater: Niemand hätte das Gewicht auf ihrem Herzen vermuten können, obgleich ihr einst sanfter Gesichtsausdruck starr geworden war und die freundliche Liebenswürdigkeit aufgesetzt wirkte. Sie folgte ihrem gewöhnlichen tagtäglichen Rhythmus und nahm die Erkundigungen von Besuchern mit einem kühlen »Ja, er ist wie alle Jungs – konnte dem Wirbel der Trommeln nicht widerstehen« entgegen. Aber sie konnte sich nicht dazu überwinden, Sally Rausch gegenüberzutreten: sie entschuldigte sich für das nächste Klubtreffen wie auch für die folgenden mit Bedauern. Kein Wort kam, solange sie lebte, über das verhängnisvolle Ende von Blairs Collegekarriere über ihre Lippen; aber sie konnte die Tiefe ihrer Verzweiflung nicht gänzlich für sich behalten, und so gestattete sie, in ihrem Bedürfnis, von Schuld freigesprochen zu werden, zwei Freunden einen flüchtigen Einblick: ihrem Pfarrer und Amanda Reid. Und irgendwie wuchs und verbreitete sich unter den Kirchenfrauen von Waynesboro eine Stimmung gegen die Rauschs.

Und noch einmal im späten November konnte Eliza Ballard sich nicht enthalten, Amanda mit diesem Thema zu attackieren. Wie gewöhnlich aßen sie gemeinsam in Mrs. Dunbars Eßzimmer. Eliza fragte: »Haben Sie für die Erntedankfestferien Pläne gemacht? Oder wollen Sie mit mir hier speisen? Ich weiß, daß Sie gewöhnlich zu den Voorhees' gehen, aber ich nehme an, Christina ist für dieses Jahr nicht sehr dankbar.«

»Seien Sie nicht ungehörig. Christina ist äußerst unglücklich.«

»Sie scheint dem Ganzen bemerkenswert gut gegenüberzutreten, zumindest nach außen hin. Ich nehme an, sie empfindet nicht den Schatten von Schuld wegen Blairs Flucht?«

»Warum sollte sie auch? Sie hat ihn nie in Versuchung geführt. Ohne Zweifel gebührt die Schuld zum Teil dem Versucher wie auch dem Versuchten.«

»Blair ist dann wohl der ›Versuchte‹ und irgendein Rekrutierungsoffizier der Armee der ›Versucher‹?«

»Sie wissen sehr gut, daß der Rekrutierungsoffizier das Ende der Geschichte darstellt, nicht ihren Anfang.«

»Sie kommen doch sicherlich nicht auf den vierten Juli zurück? Nach all diesen Monaten?«

»Ursache und Wirkung. Auf dieser Party wurde Jungen und sogar Kindern Alkohol serviert. Blair konnte der Versuchung nicht widerstehen, und Christina hatte ein zu ausgeprägtes Gewissen, um jemanden, der so unfertig für das Studium war, auf das Seminar zu schicken; sie ließ es zu, daß man sie überredete, ihn auf das College zu geben.«

(Seltsam, dachte Eliza, Amanda ist in so vieler Hinsicht so tolerant, daß man manchmal diesen innersten Felsen calvinistischer Bigotterie vergißt.) Sie sagte: »Und was war mit dem College?«

»Es hat ihm nicht gefallen. Ich glaube, die anderen Jungs haben ihn gequält. Und vielleicht hat er zuviel davon erwartet – mehr Freiheit vielleicht.«

»Und deshalb ist er weggelaufen und hat sich anwerben lassen. Wenn er jetzt mehr Freiheiten beim Militär erwartet, wird das ein böses Erwachen geben.«

»Ich will Blair gar nicht lossprechen. Er ist sehr schwach gewesen und ist sicherlich nicht ein geeigneter Kandidat für das Seminar – jetzt noch nicht zumindest. Aber wenn es nicht diesen Vorfall am vierten Juli gegeben hätte, wäre er jetzt zu Hause in Sicherheit. Christina hat es nicht über sich gebracht, zu den Klubtreffen zu kommen; sie redet sogar davon zurückzutreten. Schließlich hat der Klub wohl kaum das intellektuelle Niveau früherer Tage beibehalten. Er muß Christina sehr oberflächlich erscheinen und für ihr Leben sehr unbedeutend sein.«

»Welcher Unsinn! Wie viele wirklich intellektuelle Mitglieder haben wir verloren? Mrs. Lowrey, nehme ich an. Meine Mutter, wie Sie mir sicher zustimmen werden. Nicht die kleine Miß Pinney. Nicht die Gardiners. Wir haben immer noch Sie, Ihre Freundin Elizabeth Merrill und Sophie Lichtenstein, die eine wirkliche Gelehrte ist. Ich bin sicher, Sie stimmen mir da zu?«

»Ja. Eine vollkommene Gelehrte, deutsch erzogen. Verschwendet jetzt ihren scharfen Verstand mit Babys und einem Haushalt.« Amanda konnte einer Frau, die einen scharfen Verstand hatte, nie vergeben, geheiratet zu haben.

»Charlotte Bonner schreibt immer gute Aufsätze. Und wenn es darum geht, auch Sally Rausch, die wahrscheinlich die am besten Belesene von uns allen ist.«

»Sie hat auch die Zeit dafür. Jedenfalls scheint der Schwerpunkt im Klub jetzt anders zu sein: fast leichtfertig. Und wenn Christina zurücktritt, könnten das auch noch andere tun.«

Und wie sie es schon zuvor getan hatte, erzählte Eliza von dieser Unterhaltung am nächsten Morgen Ludwig. Er sagte, während er sich in seinem Drehstuhl zurücklehnte und sie über seinen Schreibtisch hinweg ansah: »Warum erzählen Sie mir das, Eliza? Ist es nur Klatsch, oder erwarten Sie, daß ich etwas deshalb unternehme?«

Eliza errötete verlegen. »Ich weiß, Sie glauben, ich mache aus Mücken Elefanten. Aber das bin gar nicht ich. Das sind diese verflixten reformierten Presbyterianer. Und Sally bedeutet dieser Frauenklub von Waynesboro sehr viel, auch wenn Sie und ich uns manchmal fragen, warum. Wenn Christina zurücktritt, werden das andere auch tun. Der Klub könnte vielleicht zusammenbrechen. Ich finde, man sollte Sally warnen, obgleich ich nicht weiß, was sie unternehmen könnte.«

»Sally hat bislang noch kein Wort von all diesem Unsinn gehört, soviel ich weiß. Sie wäre mir mit einem ›Ich hab' dir das doch gesagt‹ gekommen, weil sie so dagegen war, daß ich meinen Freunden Bier ausschenkte. Ich werde Elsa und Anne bitten, deren Männer ja auch am Schauplatz waren, ihr nichts zu sagen. Ich war sicher, daß niemand anderer sich erlauben würde, es zu erwähnen. Sollte es Ärger geben, dem man vorbeugen kann, werde ich mit Elsa reden. Sie ist einfallsreich. Und was mein Gefühl für den Klub angeht, obwohl ich eine Menge Vergnügen und einige sehr nette Abende durch die Festivitäten des Klubs gehabt habe, würde es mich nicht wirklich berühren, wenn er mit einem lauten Krach auseinanderflöge. Und ich zweifle nicht daran, daß es noch andere Ehemänner in Waynesboro gibt, die das gleiche empfinden – deren Frauen in einen Zustand verfallen, der dem der Trance recht ähnlich ist, wann immer sie ein Essay schreiben müssen. Aber Sally würde sich etwas daraus machen. Sie würde sich verantwortlich fühlen – und nebenbei, dieser Klub scheint ihr wirklich viel zu bedeuten.«

Zu dieser Zeit waren die Rauschs, und Sally im besonderen, damit beschäftigt, Pläne für ein weiteres Gala-Ereignis zu schmieden. Nachdem sie das Einzugsfest am vierten Juli gemäß Ludwigs Anweisungen gestaltet hatten, bereitete sich Sally jetzt in Gedanken auf eine weitere Feierlichkeit vor, die so sein sollte, wie sie sich ein gesellschaftliches Ereignis vorstellte: In ihrem Stadthaus sollte es im Januar einen Empfang und einen Ball zur Feier ihres und Ludwigs dreißigjährigem Ehejubiläum geben. Ihr fünfundzwanzigstes war unbemerkt, außer von den Kindern, vorübergegangen; der harte Winter von 1894 war keine angemessene Zeit für irgendwelche Extravaganzen gewesen; Ludwig konnte nicht mit Anstand (oder so glaubte er zumindest) seine Halbtagsarbeiter mit Kohle und Körben voller Lebensmittel versorgen, was gerade ausreichte, um sie am Leben zu erhalten, und sich dann umdrehen und eine ausgedehnte und aufwendige Unterhaltung für seine Freunde organisieren; er konnte es sich auch wirklich nicht leisten, so viel Geld auszugeben. Aber der Winter 1898/99 war anders: Sie hatten gegenüber vielen Freunden von außerhalb der Stadt Verpflichtungen. Sie würden die Parteiführer einladen, mit denen sie über Jahre hinweg gesellschaftlich verkehrt hatten, wie natürlich auch deren Frauen, Söhne und Töchter, wenn sie schon halbwegs erwachsen waren: die Senatoren Foraker und Hanna, von denen man trotz ihrer politischen Differenzen erwarten konnte, daß sie liebenswürdig sein würden, wenn sie im Haus eines Freundes zusammenträfen (falls sie überhaupt kommen könnten; der Kongreß war immer noch versammelt und wartete darauf, daß der Friedensvertrag abgeschlossen, unterzeichnet und zur Ratifikation vorgelegt würde). Dann waren da noch Myron Herrick und seine Frau, Gouverneur Bushnell und verschiedene andere kleinere Leuchten. Zu den Paaren aus Waynesboro gehörte niemand, der bei einem Glas Wein erbleichen würde: vier Gordons, Douglas Gardiner und Frau, Sheldon Edwards und Jessamine Stevens (es kam gelegen, daß sie Witwe und Witwer und in passendem Alter waren), die Merrills, die älteren Evans' wegen Gib – denen würde er raten abzulehnen, wenn sie das für besser hielten – und all die jungen Leute, die für die Ferien zu Hause sein, und alle Gäste, die sie für das Tanzvergnügen mitbringen würden.

Für die Zeit, in der Sally mit ihren grandiosen Plänen beschäftigt war, hatte sie Elsa gebeten, als Vorsitzende eines Planungskomitees die Weihnachtsfeier des Klubs vorzubereiten; sie und Ludwig würden natürlich das Dinner zur Verfügung stellen. Elsa hatte Einspruch erhoben: »Mama, ich verstehe nicht, warum du dir derart viel Arbeit machst, wo du doch an so viel zu denken hast. In der Klubverfassung steht nichts, daß wir eine Weihnachtsunterhaltung und noch dazu ein Dinner haben müssen.«

»Wir haben immer eins gehabt. Ich habe noch kein Jahr ausgelassen, und ich will das auch weiterhin nicht.«

Also benannte Elsa ein Komitee: Anne Gordon und Elizabeth Merrill; und eines Nachmittags im November, als sich der Klub in ihrem Haus traf, bat sie die beiden Damen nach der Beendigung der Zusammenkunft, noch für eine Tasse Tee und eine Komiteeberatung zu bleiben.

Als der Tee getrunken und die Tassen entfernt worden waren, ging das Gespräch vom zwanglosen Geplauder zur ernsten Beratung über. Elizabeth sagte: »Ich sollte, bevor wir konkrete Pläne machen, herausfinden, auf wie viele Mitglieder wir als Teilnehmer zählen können. Ich kann das in aller Kürze sagen: Elsa hier, Charlotte und Julia Gordon und Mrs. Deming, nehme ich an. Sophie natürlich nicht, sie erwartet wieder ein Kind.«

»Was ist denn mit den anderen los? Mrs. Stevens? Mrs. Voorhees?«

»Mrs. Stevens ist bereit zu singen. Sie sagt, sie kann nicht schauspielern und sie würde sich nicht wieder zum Narren machen. Wir könnten ein musikalisches Programm aufstellen, denke ich. Mrs. Travers ist immer bereit mitzuspielen. Aber Mrs. Voorhees wird nicht einmal zugegen sein. Sie war sehr kühl, als ich sie besuchte. Sie sagt, sie sei bislang zu lax gewesen, weil sie geduldet habe, was die Kirche verdammt. Und was Weihnachten angehe, habe sie ein sehr schlechtes Beispiel gegeben, indem sie an den Klubfeierlichkeiten für diesen Feiertag teilgenommen habe, obwohl doch die reformierten Presbyterianer seine Anerkennung als einen papistischen Brauch betrachteten. Wir haben das jetzt schon seit einer ganzen Zahl von Jahren von ihr gehört. Aber diesesmal klang es ziemlich leidenschaftlich.«

Anne seufzte. »Es ist zu schade. Sie hat es immer geliebt, vor einer Zuschauerschaft glänzen zu können.«

Elsa sagte zur gleichen Zeit, offen wie immer: »Wie dumm! Wie frömmlerisch! Glaubt sie, daß Blairs Weglaufen das Ergebnis unserer Klub-Theateraufführungen ist?«

»Nicht wirklich.« Elizabeth formulierte mit Bedacht. »Sie ist tief getroffen. Blairs Weglaufen ist ein Schlag für sie gewesen. Und wie bei den meisten von uns, will sie, weil sie selbst getroffen ist, nach jemand anderem schlagen, den sie verantwortlich machen kann. Und es ist deine Mutter, nach der sie schlagen will, Elsa, sie kommt immer wieder auf den Genuß des Bieres zurück, das Blair am Vierten auf Hillcrest zu Beginn seiner Rebellion bekommen hat. Natürlich tut sie das nicht bewußt, daß sie deine Mutter verletzen will, meine ich. Sie hat sich nur selbst davon überzeugt, daß sie durch das Zulassen von so weltlichen Aktivitäten wie denen des Klubs zum Stolperstein für die Schwachen geworden ist. Sie sprach von Rücktritt.«

»Du meinst, sie redet immer noch vom Vierten? Mama hat ja nicht einmal etwas davon gewußt; Papa hat mich und Paul zum Schweigen verurteilt, weil Mama es nicht mochte, daß er für seine Busenfreunde Bier ausschenkte. Er hat vor nicht allzu langer Zeit etwas davon gesagt, daß Mrs. Voorhees auf dem Kriegspfad sei, aber ich habe dem nicht so viel Aufmerksamkeit geschenkt, sondern nur gedacht, daß es etwas sei, das wahrscheinlich Eliza Ballard zusammengeträumt habe. Wenn Mrs. Voorhees zurücktreten will, um sich an Mama zu rächen, wüßte Mama wirklich nicht, was die ganze Sache überhaupt solle. Stellt euch vor, nach all dieser Zeit! Ich habe geglaubt, jeder hätte es schon lange vergessen.«

»Nicht Christina. Ich habe den Verdacht, auch Amanda nicht, sowenig wie Mrs. McKinney und Mrs. Maxwell.«

»Dann ist es das, was Eliza sagen wollte. Sie hat Papa erzählt, und er mir – nur Mama nicht, glaube ich, obgleich er es komisch fand –, daß Eliza gesagt habe, Amanda und einige andere Klubmitglieder fänden, der Klub sei seit Mrs. Ballards Tagen heruntergekommen – und sie fragten sich, ob es noch der Mühe wert sei. Nehmt ihr an, Christina Voorhees hat diese Frauen dazu überredet zurückzutreten? Mama wäre so verstimmt! Sie hat sich selbst gerühmt, daß der Klub dreißig Jahre lang ohne jede wirkliche Entzweiung trotz vieler Meinungsverschiedenheiten bestanden hat.«

»Wir dürfen es nicht geschehen lassen.« Anne ergriff zum erstenmal nach ihrem Ausruf zu Beginn das Wort. »Arme Christina! Sie tut mir leid. Blairs Weglaufen hat sie nicht nur ihren Sohn gekostet, sondern auch ihr Lebensziel. Sie wollte, daß er ein großer Geistlicher ihrer Kirche würde.«

»Tante Anne, du hast aber auch für jeden Mitgefühl. Rede von Mücken und Elefanten! Er wird eines Tages aus der Armee kommen, und wahrscheinlich um so besser dran sein, weil er drin war. Und wenn seine Mutter hundert Jahre alt wird, sie wird sich selbst gegenüber nie zugeben, daß die Art, wie sie ihn aufwachsen ließ, der wahre Grund für all diese Probleme ist.«

»Das ist vielleicht wahr.« Anne lächelte sie an. »Aber betrachte es vom Standpunkt der Mutter aus. Sie war so sicher, daß Blair einer der Auserwählten sei.« Elizabeth Merrill lachte. Anne fuhr fort: »Für Calvinisten ist das nichts zum Lachen, meine Liebe, besonders nicht für reformierte Presbyterianer. Weil er, wenn er nicht zu den Auserwählten gehört, für alle Ewigkeit verdammt ist.«

»Haben die Auserwählten nie einen Fehler gemacht? Ich dachte, wenn du ein Ausgewählter bist, könntest du so ziemlich alles tun, was immer dir gefällt, und du wärst immer noch sicher.«

»Die einzige Art, in der irgend jemand, einschließlich deiner selbst, auch nur eine dunkle Ahnung davon bekommen kann, ob du zu den Auserwählten gehörst oder nicht, ist durch die Art deines Benehmens. Und Blair – ich bin sicher, daß Christina sehr unglücklich ist und es seit dem Vierten gewesen ist. Wie, glaubt ihr, hat sie überhaupt von dieser Bierepisode erfahren?«

»Oh, das ist einfach«, sagte Elsa. »Rodney, da bin ich sicher, fand das einen tollen Witz und ergötzte seine Freunde mit der Geschichte, wahrscheinlich mit einer phantasievolleren Übertreibung. Und Janey könnte mitgehört haben. Sie war den ganzen Nachmittag über mit den anderen Mädchen zusammen.«

»Janey ist das, was Onkel Dock eine ›Schleicherin‹ nennen würde.«

»Sie ist eine Petze und eine Klatschtante. Zumindest nach Pauls Meinung, der sie nicht nahe an sich heranläßt, wenn er es vermeiden kann.«

»Das Kind tut mir leid.«

»Tante Anne! Sie nicht auch noch!«

»Sie ist so ein farbloses, irgendwie *dumpfes* Mädchen. Ich kann mir vorstellen, daß das, was ihr ›Petzen‹ nennt, ihr einziger Weg ist, auf sich aufmerksam zu machen. Niemand will eine Null sein. Und das hat ihre Mutter aus ihr gemacht. Blair muß noch einen Funken in sich gehabt haben, daß er fähig war auszubrechen. Manchmal sind die Folgen von Torheit – Christinas in diesem Falle – so unheilvoll wie die von absoluter Schlechtigkeit. Und ich zweifle nicht daran, daß Christina das als Unheil ansieht und untröstlich ist. Natürlich hat Elizabeth recht: Man kann nicht erwarten, daß sie sich selbst verantwortlich macht oder daß sie zu diesem späten Zeitpunkt erkennt, daß ein junger Mann, der noch nie mit der Versuchung konfrontiert worden ist, wohl kaum fähig ist, ihr zu widerstehen. Sie sollte sich an Milton erinnern, den sie in der Schule wie wir alle gelesen hat: irgend etwas darüber, daß man eine unechte und von der Welt abgeschlossene Tugend, die sich dem Wettkampf mit Staub und Hitze entzieht, nicht preisen soll. Aber das hat jetzt gar nichts mit dem Ausgangspunkt zu tun. Was sollen wir wegen Christina unternehmen und was wegen der Weihnachtsfeier des Klubs?«

»Laßt uns die Idee einer Theateraufführung für dieses Jahr aufgeben.« Elizabeth, die einmal zurückgewiesen worden war, wollte nicht vorschlagen, die anderen Klubmitglieder noch einmal anzusprechen. »Laßt uns nur einen musikalischen Abend machen mit oder ohne Christina. Weihnachtslieder, so nach Dickens. Wir haben das doch schon mal gemacht, und es war schön. Weihnachtssänger, die im Schnee mit Zylinder und Schals wie Lincoln herumgehen.«

»Oder Schals, wie sie mein Vater zu tragen pflegte, gute zwei Meter lang. Wir müssen noch welche auf unserem Dachboden haben«, steuerte Anne bei. »Reifröcke für die Mädchen und Hauben und Schals. Es wäre sicher kein Problem, solche Sachen aufzutreiben.«

»Das wäre leicht«, sagte Elsa, die wußte, wie viele volle Truhen auf dem Dachboden im Haus ihrer Mutter standen. »Und jeder kennt einige Weihnachtslieder.«

»Einverstanden. Aber ich finde nicht, daß wir Mrs. Voorhees' Gemütszustand so leicht abtun sollten. Es war ihr mit dem Rücktritt ernst.«

»Tante Anne, du hast gesagt, es dürfe nicht geschehen. Kannst du nicht mit ihr reden?«

»Ich will zwar nicht, aber ich kann es, wenn ihr meint, daß ich es versuchen soll. Ich bin nie sehr vertraut mit ihr gewesen. Jessamine kennt sie besser, aber natürlich war es Rodney – nun gut. Ich will sie besuchen und mich nach ihrer Gesundheit erkundigen, schließlich weiß ich sonst keinen Grund, weshalb sie die letzten Klubtreffen verpaßt hat. Ich kann auch mit ihr über eine Neuwahl sprechen, denn es ist immer noch eine Ehre, gebeten zu werden, Mitglied des Frauenklubs von Waynesboro zu werden. Wir haben jetzt drei Reformierte Presbyterianer als Mitglieder. Könnten wir noch einen aushalten? Wir haben nie den Platz von Miß Caroline Gardiner wieder besetzt. Wahrscheinlich nur, weil niemand Geeignetes da war. Es wäre gut, wenn wir ein weiteres junges Mitglied hätten, aber Lavinia Gardiner ist der einzige mögliche Kandidat, der mir einfällt, und sie wird nicht vor zwei oder drei Jahren mit dem College fertig sein. Kennt jemand Miß Campbell? Ihr wißt, wen ich meine: die Schwester des neuen Pfarrers der Reformierten Presbyterianer-Gemeinde, die ihm den Haushalt führt.«

Die beiden jüngeren Frauen schüttelten den Kopf. Elizabeth, die bei ihrer Heirat zu den ›einfachen Presbyterianern‹ gewechselt war, sagte: »Ich habe sie eines Abends in der Bücherei gesehen und Ruhamah gefragt, wer sie sei. Nachdem sie gegangen war, sagte Ruhamah, sie sei eine der besten Stammkunden der Bücherei.«

»Eine Leserin? Das hört sich hoffnungsvoll an. Ich frage mich, was sie liest. Macht nichts: Ich werde deine Mutter darüber aushorchen, Elsa. Ich habe sie sowieso zu konsultieren, bevor ich Christina nahelege, ihren Namen als Kandidatin vorzuschlagen.«

Am folgenden Nachmittag ging Anne, nachdem sie Sally gesehen hatte, in ihrem besten Nachmittagskostüm einschließlich Sonntagshut, weißen Handschuhen und Schildpatt-Kartenetui los, um Christina zu besuchen. Auf dem ganzen Weg, während sie dahinfegte, ihre Röcke und Unterröcke mit der gewohnten weiblichen Geste anhob, wenn sie die Straßen überquerte, sie sonst aber ohne Beachtung um ihre Füße schweifen ließ, entwarf, verwarf und zog sie mögliche andere Varianten von Annäherungen im Plauderton in Betracht, die sie bei jemandem anwenden könnte, den sie wohl doch als Gegner betrachten mußte und der für ihre Seite gewonnen werden sollte.

An der Tür der Voorhees' ließ man sie einen langen Augenblick warten. Alle ihre geprobten einführenden Phrasen waren wie weggeblasen. Als Christina endlich die Tür öffnete, sagte Anne: »Ich dachte, Sie seien vielleicht krank – oder putzten den Staub auf den Stühlen ab. Erinnern Sie sich daran, wie ich, als ich Sie vor Jahren besuchte, warten mußte: als Sie die Tür öffneten, sagten Sie, wenn Sie gewußt hätten, wer es sei, hätten Sie sich überhaupt nicht bemüht, aber Sie hätten bemerkt, wie staubig die Stühle in der Diele gewesen wären, und so hätten Sie sich auf dem Weg zur Tür auf jeden hingesetzt? Sie erinnern sich nicht? Und wie wir gelacht haben! Und ich war von dem ›sich nicht bemühen‹ so erfreut, weil es bedeutete, daß wir nicht formell zueinander sein müßten. Und ich war so beeindruckt von Ihrer Gelehrsamkeit.«

»Wir haben in jenen Tagen leichter gelacht«, Christina brachte immerhin ein Lächeln zustande. »Aber kommen Sie doch bitte herein.«

»Ich bin froh, daß Sie zumindest nicht krank sind.« Anne legte eine Karte in die Schale auf dem kleinen Tisch gleich hinter der Tür und folgte Christina in den Salon. »Wir haben Sie bei den letzten Klubtreffen vermißt. Ich dachte, ich sollte mal vorbeikommen und mich nach Ihrer Gesundheit erkundigen.« Sie setzte sich auf den geraden Stuhl, auf den Eliza wies, die sich selbst auf die Kante des schmalen Roßhaarsofas niederließ.

»Nein, ich bin nicht krank gewesen. Mir stand nur wirklich nicht der Sinn danach.«

»Ich kann das verstehen. Es gibt Tage, sogar Wochen, in denen man nicht auf der Höhe ist, und nichts scheint wert, daß man es tut. Glücklicherweise erholen wir uns davon immer wieder. Ich weiß, daß Sie Blair sehr vermissen, und ich bedauere seine impulsive Tat.« Dann, ohne eine Antwort abzuwarten, die nur langsam kommen wollte, fuhr sie fort: »Ich hoffte, daß Sie nicht krank sein würden, weil ich Sie konsultieren wollte. Wie Sie wissen, ist dem Klub für Miß Caroline Gardiners Platz noch kein neues Mitglied vorgeschlagen worden. Wir haben diese freie Stelle nun schon seit einiger Zeit; sie sollte besetzt werden. Unsere jungen Leute – Ihre Janey zum Beispiel – sind noch nicht alt genug. Mehrere von uns haben sich gefragt, ob Miß Campbell ein gutes Mitglied wäre und ob sie an dem Klub Gefallen hätte? Sie ist neu in der Stadt und, wie ich gehört habe, nicht sehr jung: Sie hat sicher nicht viele Möglichkeiten, Leute außerhalb der Kirche zu treffen.«

»Sie ist liebenswürdig und angenehm. Ich habe keine Gelegenheit gehabt, etwas über ihre intellektuellen Fähigkeiten herauszufinden. Aber ich bezweifle, ob ich diejenige sein soll, die sie prüft. Ist es das, was Sie vorschlagen wollten? Ich bin selbst dazu gekommen, in Frage zu stellen, ob die Mitgliedschaft im Frauenklub von Waynesboro für einen reformierten Presbyterianer schicklich ist. Er hat uns zu Leichtfertigkeit und Weltlichkeit verführt. Ich glaube, daß ich ihn wirklich aufgeben muß.«

Anne dachte: »Womöglich ›leichtfertig‹ – aber ›weltlich‹? Der Frauenklub von Waynesboro?« Sie ging nicht auf die Adjektive ein, sondern sagte geradeheraus: »Sehen Sie, Christina, ich weiß, Sie haben wahrscheinlich Sorgen. Aber Sie können sicherlich den Frauenklub nicht dafür verantwortlich machen, daß Blair das College verlassen und sich beim Militär gemeldet hat. Und Sie wissen, daß unsere Aktivitäten Ihnen eine Menge harmlosen Vergnügens gegeben haben.«

»Ich bin nicht sicher, wie harmlos. Es hat mich leichtfertig sein lassen, und ich fürchte, daß ich ein schlechtes Beispiel für meine Kinder gewesen bin. Sie erinnern sich an die Ermahnung des heiligen Paulus: ›Gebet acht, daß diese eure Freiheit nicht unter Umständen denen zum Stolperstein wird, welche da schwach sind.‹«

»Wir verlieren alle unsere Kinder früher oder später auf die eine oder andere Art; wir müssen das akzeptieren. Aber wenn sie einen Weg erwählen, den wir für sie nicht gewählt haben würden, müssen wir uns dann die Schuld geben, weil wir ein schlechtes Beispiel gegeben haben? Am Ende haben wir ihre Entscheidung zu akzeptieren, das Beste daraus zu machen und weiter fortzufahren. Das Leben kann immer noch reich und lebenswert sein.«

»Ein Kind zu verlieren, wie Sie es mußten, ist eine Sache; wie ich es mußte, eine andere. Ihr kleines Mädchen ist zumindest sicher.«

»›Sicher‹? Irgendwie ein seltsames Wort für Binny. Ich glaube, sie ist glücklich, in welchem Sinn unsterbliche Seelen auch immer glücklich sein mögen. Aber Blair hat sein Leben noch zu leben. Nur weil er zu den Soldaten gegangen ist, müssen Sie doch nicht fürchten, er sei nicht ›sicher‹. Viele Männer sind im Verlauf von Jahrhunderten Soldaten gewesen. Sicherlich sind sie nicht alle verdammt worden.«

»Blair hat der Versuchung nicht widerstehen können, bevor er von zu Hause weggegangen ist.«

»Es war nicht so sehr Versuchung als reine, einfache Neugierde, wenn Sie auf den vierten Juli anspielen. Oder vielleicht wollte er wie viele Jungs nur das tun, was andere gerade taten. Und wenn Sie denken sollten, daß ihm jemand absichtlich einen Krug Bier aufgedrängt habe, weil er seine Erziehung kannte und seine Prinzipien testen wollte, dann liegen Sie falsch, wirklich! John war dabei. Es tut mir leid, sagen zu müssen, daß er es komisch fand, weil Blair von dem schrecklichen Geschmack so angewidert war und solch ein Gesicht zog. Die kleine Mary Gardiner spuckte es aus; gardinersche Anstandsformen fielen dieses eine Mal aus. Aber was Blair angeht, es wäre wohl für ihn zu demütigend gewesen, es auch auszuspucken – er hat es endlich herunterbekommen. Und weder der Diener, der ihm den Krug füllte, noch Mr. Lichtenstein, der ihn ihm herüberreichte, hatten die leiseste Ahnung, wer er war. Ich bezweifle, ob überhaupt einer der anwesenden Männer ihn kannte: Er ist nie mit den anderen Jungen in der Stadt herumgelaufen.«

»Die Versuchung hätte vom Weg der jungen Leute ferngehalten werden müssen.«

»Das fand Sally auch«, sagte Anne, indem sie die Wahrheit ein wenig zurechtbog. »Sie war dagegen, daß Ludwig Bier vom Faß hatte. Aber seine Freunde sind keine jungen Leute mehr, und viele von ihnen sind Deutsche, die mit Bier großgeworden sind. Und es war wirklich Ludwigs Einzugsfest, und Sally glaubte, die beiden Gruppen würden sich getrennt halten – der Klub und Ludwigs Freunde. Es tut mir leid, wenn Sie sie im geringsten für Ihre Schwierigkeiten verantwortlich machen, aber ich kann wirklich nicht verstehen, warum Sie jetzt meinen, den Klub verlassen zu müssen. Sie haben so viel dazu beigetragen, daß wir es uns nicht leisten können, Sie zu verlieren, und Sie wissen, daß Sie ihn sehr genossen haben.«

Christina lächelte ihr frömmlerisches Lächeln, fand Anne erbost. »Ich bin recht eindringlich daran erinnert worden, daß Vergnügen nicht der Zweck des Lebens ist.«

Anne war so verblüfft, daß sie einen langen Augenblick zögerte, bevor sie unter möglichen Erwiderungen wählte. Schließlich sagte sie langsam: »Nicht der *Zweck* des Lebens. Aber glauben Sie, daß es Sünde ist, sich am Leben zu freuen?«

»Ja, wenn dieses Freuen der Stolperstein für jemand anderen ist.«

»Aber sicherlich glauben Sie, daß wir uns an allem freuen sollen, das uns gegeben worden ist? Das Leben selbst ist das größte Geschenk. Sie danken tagtäglich für diesen Segen. Wie können Sie dankbar dafür sein, wenn Sie es nicht genießen?« Christina blickte wegen dieses Ausbruchs so erstaunt, daß sich Anne beeilte fortzufahren. »Ich weiß, daß ich anmaßend bin, wenn ich gerade Ihnen solche Dinge sage. Ich kenne keine weitere Theologie als den Katechismus; aber den kenne ich. ›Der Hauptzweck des Menschen ist, Gott zu verherrlichen und sich auf alle Zeit an ihm zu erfreuen.‹ Es ist nur sehr wenigen Menschen – den Mystikern vielleicht – gegeben, sich direkt an ihm zu erfreuen, mit ihm eins zu sein. Die meisten von uns können sich in diesem Leben an ihm nur durch seine Geschenke erfreuen.«

»›Sich alle Zeit an ihm erfreuen‹, so wurde mich gelehrt, meint nicht in diesem Leben, sondern in der Ewigkeit.«

Anne sah sie verständnislos an. »Nur in einem anderen Leben? Nein, ich glaube nicht, daß mich das gelehrt worden ist. Oh, ich weiß genausogut wie Sie, daß wir als sterbliche Wesen zum Leiden geboren worden sind. Niemand kann für viele Jahre leben, ohne Schläge zu erleiden, die ihm unerträglich erscheinen. Aber wir halten es durch. Und Leben – das einfache tagtägliche Leben – kommt wieder zurück, wie das Gras über verbranntem Boden. Und wir genießen es. Ich fühlte oft Mitleid bis zu Tränen für Menschen, die sterben, ohne daß sie je gelebt zu haben scheinen. Jetzt bin ich mir nicht mehr sicher. Ich frage mich, ob irgend jemand auf sein eigenes Leben zurückblickt und für länger als nur einen kurzen verzweifelten Augenblick empfindet, es sei leer. Die Ärmsten und Einsamsten von uns haben zumindest noch die Welt, die uns umgibt. Zum Beispiel die Vögel, die früh an einem Frühlingsmorgen singen – oder Flieder in der Blüte oder Veilchen oder die Süße von Petunien, die den ganzen Tag in der Sonne waren, an einem Mittsommerabend. Das sind gar nicht so geringe Dinge.«

»Dann sind Sie zu der Schlußfolgerung gekommen, daß es keine unglücklichen Leben gibt?«

»Für wie dumm Sie mich halten müssen. Natürlich gibt es unglückliche Menschen, geboren, unglücklich zu sein – nie zufrieden und sich ständig selbst bemitleidend. Für mich sind sie die wahren verlorenen Seelen, obgleich auch sie Augenblicke haben müssen ... nun, es gibt Leben, die allem Anschein nach tragisch sind, wie die arme Ariana McCune. Aber hätte irgend jemand am Ende lieber nicht gelebt?«

»›Nie geboren worden zu sein, ist am besten.‹« Dann über Annes ausdruckloses Gesicht erfreut: »Sophokles«.

»Oh? Nun, Hiob verfluchte den Tag, an dem er geboren worden war. Aber er hat diesen Standpunkt geändert.«

»Sie glauben, es sei die Pflicht des Menschen glücklich zu sein?«

Obgleich sie sich fragte, wie sie nur in diesen unmöglichen Dialog verwickelt worden war mit jemandem, der ihre Gedanken und ihr Herz so wenig kannte wie Christina Voorhees, blieb sie dennoch fest. »›Glücklich‹ ist nicht das richtige Wort und ›Pflicht‹ auch nicht. Ich glaube, uns ist die Verpflichtung auferlegt worden, selbst wenn wir traurig oder voller Gram sind, uns an den Dingen zu erfreuen, die das Leben lebenswert machen. ›Entzücken‹ ist das Wort des Psalmisten, nicht wahr? ›In der Vielfalt meiner Sorgen entzückt deine Erquickung meine Seele.‹ Das Leben ist gut, und ist bestimmt, bis zum letzten gelebt zu werden, oder es wäre ein Geschenk, das des Gebers nicht würdig wäre. Wenn ich das nicht glauben würde, könnte ich auch nicht an Gott glauben.«

»Mich wurde gelehrt zu glauben, daß uns das Leben als Test gegeben worden sei, ob wir des Himmels wert seien. Nicht es zu genießen.«

»Mich desgleichen. Aber bestehen wir den Test, wenn wir unsere Sorgen nicht ertragen können und wirklich leben? Wenn wir nicht das Beste aus dem Leben machen – uns ihm zukehren – dafür eintreten bis zum Tag des Jüngsten Gerichts – wie können wir hoffen – ? O Christina, ich weiß, wie oberflächlich und kindisch das für Sie klingen muß. Und Sie mögen sich nur zu sehr fragen, was das alles mit dem Frauenklub zu tun hat. Aber ich glaube daran, daß Freunde zu haben, etwas ist, das man genießen soll. Das ist es, weshalb ich hoffe, daß Sie nicht zurücktreten. Vielleicht haben wir Ihnen nicht viel zu bieten, aber Sie haben uns viel zu bieten. Es tut mir leid, wenn ich ein Thema berührt haben sollte, daß so heilig ist, daß es nicht diskutiert werden kann, aber ich habe nicht verletzend sein wollen.«

»Sie wären vielleicht ein sehr guter Prediger geworden.« Christina lächelte wieder, aber zum erstenmal ein echtes, ungezwungenes Lächeln. »Sie glauben, daß die Mitgliedschaft im Klub eine Art Verpflichtung ist und etwas, das ich ohne Befürchtungen genießen sollte?«

»Natürlich. Und ich glaube, daß Sie ohne Befürchtungen am Weihnachtsliedersingen unserer Weihnachtsfeier teilnehmen können. Unser Singen war ohne Sie die letzten Jahre recht traurig.« Anne erklärte, was das Komitee geplant habe, und fuhr dann fort und spann den Faden weiter, während sie sprach: »Janey auch. Wir bringen die jungen Leute mit, um alle Altersgruppen im Chor vertreten zu haben.«

»Janey hat keine Stimme.«

»Sehr wenige von uns haben eine, es macht also gar nichts aus. Natürlich wird von Janey erwartet, in nicht allzu vielen Jahren Mitglied im Klub zu werden. Das wird ihr neue Freunde bringen, wie das auch bei uns war.« Und das, so hoffte Anne, würde Christina Nahrung für weitere Gedanken geben. »In der Zwischenzeit, was meinen Sie zu Miß Campbell?«

»Ich kann ja mal an sie herantreten. Herausfinden, ob sie gerne Mitglied werden würde. Ob sie sich daran erfreuen würde. Sie wären bereit, als zweiter Befürworter für sie einzutreten?«

»Selbstverständlich. Ich war es, die sie zu allererst vorgeschlagen hat.«

Anne verließ die Voorhees' und fühlte sich nicht nur erschöpft, sondern auch peinlich berührt und irgendwie gedemütigt. Ihren tiefsten Glauben entblößt zu haben – einen Glauben, den sie selbst nie in Worte gefaßt hatte, nicht vor Sally, nicht vor John, vielleicht nicht einmal vor sich selbst – ausgerechnet vor Christina Voorhees, war sehr kostspielig, um Sally Rausch ein paar kleine Sorgen zu ersparen. Als von Natur aus eher zurückhaltend schauderte Anne bei dem Gedanken, daß Christina ihr in gewisser Weise nun zwangsläufig näherstehen würde als irgend jemand von denen, für die sie sehr viel mehr empfand.

Als Henry Voorhees an diesem Abend von der Bank nach Hause kam, erzählte Christina ihm, Anne habe sie besucht, um sie zu überreden, nicht von ihrer Klubmitgliedschaft zurückzutreten, und daß sie schließlich zugestimmt habe. »Sie schien fast schokkiert zu sein, daß ich Blairs Weglaufen so schwernahm.«

»Ich bin froh. Ich habe nichts sagen wollen – aber jeder, der mit mir geredet hat, sagte: ›Aber andere Jungs sind schon zuvor zu den Soldaten abgehauen, nehmen Sie es nicht so schwer.‹ Ich habe mich gefragt, ob die Leute nicht binnen kurzem anfangen würden zu glauben, daß mehr dahinterstecken müsse, etwas Ernsteres. Weitermachen, wie wir es immer getan haben, nicht uns zurückziehen, ist ein Schutz für Blair.«

Und so war Christina beim nächsten und den folgenden Klubtreffen wieder anwesend; und Miß Campbell wurde Mitglied. Augenscheinlich wurden Christinas Befürchtungen vom Pfarrer ihrer Kirche nicht geteilt. Das erste Treffen, dem Miß Campbell beiwohnte, war das Weihnachtsessen und das Weihnachtsliedersingen bei den Rauschs, zu dem auch ihr Bruder als Gentleman der Familie eingeladen worden war. Ruth Campbell, die in den frühen Vierzigern war, sah wie die geborene alte Jungfer aus, knöchern um die Ellbogen und die Schulterblätter, mit einem langen Gesicht, mausfarbenem Haar und unmodisch gekleidet. Aber sie hatte hinter ihrer stahlgefaßten Brille ein Paar strahlende, kluge Augen. Diejenigen, die sie vorher nicht gekannt hatten und an diesem Abend keine Gelegenheit fanden für mehr als die gewöhnlichen herzlichen Willkommensworte, blieben mit verschiedenen Meinungen zurück, was irgendwie von dem Alter der Betreffenden abzuhängen schien: das neue Mitglied war ein altes Mädchen, das dem Klub wenig außer seiner Anwesenheit bringen würde; das neue Mitglied hatte einen scharfen Verstand, wenn es ihn nur gebrauchen würde, wäre es ein Gewinn für den Klub.

Das Weihnachtsliedersingen war so gelungen wie immer; bei den Weihnachtssängern war eine Anzahl junger Leute: Janey Voorhees und wen immer Elizabeth Merrill hatte dazu bewegen können mitzumachen, um zu verhindern, daß Anne wie eine Lügnerin dastehen würde. Der Abend verlief erfreulich, wenn nicht ausgelassen, das Abendessen war hervorragend, und es gab keine negativen Nachklänge.

Und es gab auch keine Nachwirkungen nach dem Empfang anläßlich des dreißigsten Ehejubiläums der Rauschs.

Nach einigem Zögern hatte sich Sally entschieden, daß die Voorhees' eingeladen werden müßten: sie zu übergehen ginge sicher zu weit. Wenn sie vorher das Gerücht verbreiten ließe, Ludwig habe Wein bestellt und Rum für den Punsch, würden die Voorhees' sowieso ablehnen. Was sie dann auch taten.

Alle was Christina von dem ganzen Ereignis erfuhr, war der Bericht in der *Fackel,* in dem Charlotte richtig losgelegt hatte, und den Christina mit selbstgerechter Genugtuung und gelegentlichen Zwischenbemerkungen Henry laut vorlas. Der arme Henry war eigentlich nicht sehr interessiert, tat aber sein Bestes, zuzuhören, während er darauf wartete, die Titelseite des Blattes in seine eigenen Hände zu bekommen.

Im März 1869 wurde Miß Sarah Cochran von hier im heiligen Stand der Ehe mit Hauptmann Ludwig Rausch, der noch vor kurzem in der US-Freiwilligen-Armee gedient hatte und zu der Zeit mit seiner Familie in Burlington, Iowa, lebte, verbunden. Die Feierlichkeit wurde in der Baptistenkirche von Reverend Mr. Evans durchgeführt.

Gestern abend feierten Mr. und Mrs. Rausch in ihrem eleganten Heim in der East Market Street im Kreise ihrer Familie und ihrer Freunde ihr dreißigstes Ehejubiläum.

Der Empfang war ein großartiges gesellschaftliches Ereignis, das sich ohne Zweifel als das größte der Saison herausstellen wird. Man traf Schönheit und Mode, und die Ausstellung von prachtvollen Kleidern war einfach blendend.

»Ich kann mir einfach nicht vorstellen, daß Charlotte Bonner so schreiben würde, wenn sie es nicht ironisch meinte«, steuerte Christina bei.

Der Wohnsitz, palastartig in seinen Ausmaßen, strahlte mit Licht und Farben und exquisiten Blumendekorationen, und der Gastgeber und die Gastgeberin, die beide zu den Lieblingen der Stadt zählen, wissen, wie man eine große Gesellschaft vollkommen bewirtet; und gestern abend, während sie die Glückwünsche ihrer Freunde entgegennahmen, hatte es allen Anschein, als ob diese dreißig Jahre ehelicher Gemeinschaft einfach über sie hinweggegangen seien.

Mr. und Mrs. Rausch wurden bei dem Empfang von ihren Söhnen Ernest und Charles und deren Frauen assistiert und von ihrer Tochter und deren Gatten, Mr. und Mrs. Gilbert Evans. Eine unerwartete Ergänzung der Gesellschaft – eine Ergänzung, die das Fest noch glänzender gemacht haben muß – war der dritte Sohn von Mr. und Mrs. Rausch, Ludwig junior, der vom Dienst bei der Astor-Batterie gerade rechtzeitig entlassen worden war, um sein Zuhause für dieses Ereignis zu erreichen. Dieser junge Musiker, ein großer Favorit für alle, die ihn kennen, leistete seinen Beitrag zu dem Genuß des Abends, indem er sich bereit erklärte, nach dem Dinner für die versammelte Gesellschaft auf der Violine zu spielen.

»Also *er* ist zu Hause, sicher und gesund – und so nutzlos wie immer, wie ich nicht bezweifle!«

»Chrissy, wäre es dir denn lieber, wenn er *nicht* nach Hause zurückgekehrt wäre?«

»Nein. Aber es tut weh – aber laß nur. Ich mache mit Charlottes Adjektiven weiter.«

Die Gastgeberin sah in einem prachtvollen Kleid aus Brokat mit einer Schleppe wundervoll aus. Das Oberteil war dekolletiert und mit einem großen Volant aus Spitze besetzt; die Puffärmel waren aus gelbem Samt und die Taille bestickt mit unzähligen Perlen. Sie trug Diamantohrringe und am Hals einen hübschen Diamantanhänger, der als Geschenk ihres Gatten diese prachtvolle Abendrobe vollendete.

Wilson und Reeder aus Cincinnati hatten einen hervorragenden Imbiß vorbereitet, der den jungen Leuten im dritten Stockwerk ihres Hauses, das zu diesem Anlaß in einen Ballsaal verwandelt worden war, serviert wurde. Der Raum war mit seinen rosa und grünen Girlanden und den zierlichen Kandelabern und farbigen Wachskerzen in ein wirkliches Märchenland verwandelt worden. Großblumige Chrysanthemen zierten die Mitte der Tische. Im Eßzimmer und der Bibliothek schmückten die gleichen federartigen Blumen die Tische, an denen die älteren Gäste Platz nahmen.

Die Blumendekorationen waren im ganzen Hause außergewöhnlich hübsch und riefen viele Bemerkungen der Gäste hervor. Große, wundervolle Chrysanthemen sah man auf den Kaminsimsen, auf denen auch noch grüne Weinreben angeordnet waren. Der Effekt war wirklich wundervoll; Worte sind zu arm, das zu beschreiben; es war eine dieser verzaubernden Szenen, die man gesehen haben muß, um sie würdigen zu können.

(Aber Charlotte tat in jedem Falle ihr Bestes!)

Webers Orchester lieferte die Tischmusik für dieses Ereignis, und später genossen die jungen Leute einen langen Tanzabend.

»Es folgt eine Aufstellung der anwesenden Gäste – und die Liste füllt anderthalb Spalten: die üblichen Paare aus Waynesboro und Gäste von außerhalb – laß mich mal sehen –, von Burlington, Iowa, von Washington, D.C., unsere beiden Senatoren, aus Cleveland Myron Herricks und seine Frau, aus Columbus der Gouverneur, kein geringerer, und aus Cincinnati, Chicago, Madison City – Mr. und Mrs. Stewart Bodien. Ich hätte nicht gedacht, daß sie Sallys Niveau entsprechen.«

»Oh, nun hör mal! Er ist ein recht präsentabler Bursche, und er hat Ludwig zu seinem Wohlstand verholfen.«

»Nun, ich habe keinen Zweifel, daß es das gesellschaftliche Ereignis der Saison war, wenn man in Betracht zieht, was Waynesboros gesellschaftliche Saison überhaupt ist, aber ich bin froh, daß wir nicht hingegangen sind. Es war sicherlich nicht unser Geschmack. Das Leben könnte für Sally nun sehr fade werden: es wird nun wie ein Absinken sein, wenn sie an nichts anderes mehr zu denken hat als daran, den Frauenklub von Waynesboro zu leiten.«

DIE MITGLIEDER DES FRAUENKLUBS VON WAYNESBORO

Miß Eliza Ballard
Miß Charlotte Bonner
Miß Ruth Campbell
Mrs. Louisa Deming
Mrs. Elsa Evans
Mrs. Gwen Evans
Mrs. Anne Gordon
Mrs. Julia Gordon
Mrs. Sophie Lichtenstein
Mrs. Rhoda McKinney
Mrs. Laura Maxwell
Mrs. Elizabeth Merrill
Mrs. Sarah Rausch
Miß Amanda Reid
Mrs. Jessamine Stevens
Mrs. Lavinia Stevens
Mrs. Christina Voorhees
Miß Jane Voorhees

IN MEMORIAM

Mrs. Mary Ballard
Miß Susan Crenshaw
Mrs. Katherine Edwards
Miß Caroline Gardiner
Miß Lavinia Gardiner
Mrs. Mary McCune
Miß Agatha Pinney
Mrs. Thomasina Travers

1900–1902

»Die Jahrhundertwende! Die ersten Jahre bringen Veränderungen mit sich: der Verlust von Mitgliedern und Freunden, neue Mitglieder, Töchter des Klubs, die jetzt erwachsen sind...«

Die Jahrhundertwende. Der Begriff fordert eine Erklärung. Als der erste Januar des Jahres 1900 herannahte, engagierte sich die Presse in Disputen über dessen Bedeutung. Endete das neunzehnte Jahrhundert mit dem einunddreißigsten Dezember 1899 oder dem einunddreißigsten Dezember 1900? Die, die darauf bestanden, daß das Jahr 1900 erforderlich sei, um die hundert Jahre auszufüllen, und deshalb zum neunzehnten Jahrhundert gezählt werden müßte, hatten die Logik auf ihrer Seite, aber jeder, der wußte, wie schwer es sein würde, sich daran zu erinnern, Schecks und Briefe mit 19- anstatt 18- zu datieren, empfand daß das zwanzigste Jahrhundert mit dem Neujahrstag beginnen müßte. Diese verschiedenen Positionen mißachtend, widmete die Presse im Dezember '99 viele Seiten den Fortschritten, die dem neunzehnten Jahrhundert zugeschrieben wurden – den großen Erfindungen, die in diesem Jahrhundert einen größeren Fortschritt möglich gemacht hatten als in allen anderen Jahrhunderten zuvor: das Dampfschiff, die Eisenbahn, die städtischen elektrischen Bahnen und jetzt das Automobil, der Telegraf, das Telefon, das elektrische Licht, die Aufzählung schien endlos zu sein. Frieden, Fortschritt und Wohlstand, verkündeten die Schlagzeilen, kennzeichneten das Ende der Achtzehnhunderter. Was den Wohlstand in den Vereinigten Staaten betraf, gab es wenige, die keinen Fortschritt erkennen konnten. Einige mochten wohl skeptisch sein, was den Frieden anging, wenn jedes Land in Europa jedes Jahr seine Rüstung und die Größe seiner Armeen verstärkte. Wenn man auch von denen, die ›Frieden‹ schrien, nicht erwarten konnte, daß sie die Boxer-Rebellion hätten vorhersehen können, die im Frühling ausbrechen würde, so hätten sie sich doch zumindest daran erinnern können, daß Großbritannien den Boxer-Krieg führte und die Amerikaner gegen die philippinischen Aufständischen kämpften.

Die Prophezeiungen der Zeitungsreporter über die in den nächsten hundert Jahren zu erwartenden Erfindungen waren über jeden Glauben hinaus phantastisch: Marconi hatte bewiesen, daß Schall ohne Drähte durch die Luft geschickt werden konnte, und seine Erfindung könnte zu einem gänzlich neuen Kommunikationssystem führen, Edison hatte Walzen erfunden, auf denen man Töne aufzeichnen konnte, anderen Erfindern war es gelungen, in Gleitern in der Luft zu bleiben, es lag nicht mehr jenseits der Möglichkeiten, daß der Mensch in weiteren fünfzig Jahren tatsächlich würde fliegen können.

Niemand in Waynesboro sehnte sich leidenschaftlicher danach, lange genug zu leben, um diese Wunder sehen zu können, als Gordons Martha. Martha regierte immer noch in Annes Küche; sie wollte nicht aufgeben und im Bett bleiben, wie zittrig sie sich auch immer fühlte. Und so kam Anne mit Loulines Mann, dem Kutscher der Stadt, überein, daß er beide Frauen morgens zum Haus bringen und sie abends wieder holen sollte. Louline, für die der Weg zum East-End und zurück nichts war, ging, wenn das Geschirr vom Mittagessen abgewaschen war, nach Hause und kehrte rechtzeitig zurück, um das Abendessen zu kochen, aber Martha verbrachte den ganzen Tag in der Gordon-Küche in einem Schaukelstuhl, den sie dicht an den glühenden Küchenherd herangezogen hatte. Anne wies alle Beschwerden Loulines – »Int'ressiert mich nich', was sie denkt, die is' nich' mein Boß« – mit einem bestimmten »Sei geduldig, Louline. Sie ist ihr ganzes Leben gut zu uns gewesen; jetzt sind wir an der Reihe« ab und schaffte es gewöhnlich, einen Teil des Nachmittags mit Martha in der Küche zu verbringen, zu reden und zuzuhören und darauf zu warten, daß die alte Frau aufwachen würden, wenn sie in ein Nickerchen fiel. Sie redeten unausweichlich von der Vergangenheit: Annes Vergangenheit. Martha hatte nie geheiratet (»Aber ich würd' nich' woll'n, daß Sie denk'n, ich hätt' keinen Mann gekriegt.«), und es gab wenig in ihrem eigenen Leben, worüber man hätte reden können. Aber was in dem Haus, in dem sie so viele Jahre gedient hatte, geschehen war, wußte sie, und sie erinnerte sich an Details, die Anne schon lange vergessen hatte: die Kindheit ihres Bruders Rob und die Jahre, als er und Dock zu Dr. Alexander in die Lehre gegeben wurden. »Un' dann mußten sie zun Soldaten gehn, un' das war's Ende. Rob is' nie zurückgekommen. Die hab'n nich' mal genug getaugt, seinen Körper zurückzuschick'n, un' das hat Ihre Mama umgebracht.«

»Martha, er ist in einer Schlacht getötet worden und wurde begraben, wo er fiel, mit all den anderen. Und Mama starb an der Brightschen Krankheit.«

»Ja, Madam. Aber sie hätt' es weggekämpft, wenn nich' der arme Rob totgeschoss'n word'n wär'.«

Und es wurde auch über den armen alten Doktor gesprochen und die arme Binny. Anne war, als erlebe sie das ganze Leid ihres Lebens noch einmal, aber es war eine Art melancholischen Genusses in den Tränen, die sie in der Küche in Marthas Gesellschaft vergoß. Manchmal versuchte sie, Martha dazu zu überreden, von ihrer eigenen Kindheit zu erzählen, aber sie sagte jedesmal nur: »Ich kann mich nich' erinnern« oder »Ich red' nich' gern drüber«, so daß alles, was Anne je erfahren hatte, war, daß Martha und ihre Mutter von Kentucky geflohen waren, als sie noch ein kleines Kind war. Es war das Mitleiden, in dem Martha gerne schwelgte, bis Anne eines Abends, nachdem sie die Zeitung in die Küche gebracht hatte, von dort ein Geschnatter hörte, daß sie zurückging, um zu hören, was geschehen sei. Louline hatte Martha eine der Prophezeiungen vorgelesen, nämlich, daß im neuen Jahrhundert der Mensch wahrscheinlich lernen würde zu fliegen.

»Fliegen!« sagte Martha. »Als ob's nich' genug is', daß die schon diese Kutsch'n hab'n, die ohne Pferde rumrennen. Glauben Sie, Miz Anne, daß Menschen anfangen zu fliegen?«

»Es würde mich nicht wundern. Sie versuchen es schon.«

»Es kommt wohl der Tag vom Jüngsten Gericht zusammen mit dem neuen Jahrhundert, von dem jeder red't. Ich wär' verdammt gern hier, um das zu seh'n – wie sich die Gräber öffnen und wie die Toten draus hochkommen.«

»Du würdest es gar nicht mögen, Martha. Du würdest dich zu Tode ängstigen.«

»Nein, Ma'am, nich' mit'm Sohn Gottes Jesus, der in all seinem Ruhm niedersteigt.«

Danach konnte nichts Martha davon überzeugen, daß der Tag des Jüngsten Gerichts nicht nahe sei; sie redete weniger mit Anne über die Vergangenheit als über die Wunder, die kommen würden. Und sie wurde auch nicht enttäuscht: Anne kam eines Nachmittags im Januar von einem Klubtreffen nach Hause, gerade als Louline durch die Durchgangstür in die Küche ging; Loulines grenzenloses Jammern brachte Anne zum Laufen, obgleich sie gut genug wußte, was passiert war. John hatte sie gewarnt: »Es kann jeden Tag sein, Anne.« Marthas zusammengefallener Körper sah in dem rohrgeflochtenen Schaukelstuhl friedlich aus. Anne sagte: »Ruhig, Louline. Siehst du denn nicht, wie leicht sie gestorben ist, im Schlaf? Sie hat nicht einmal gemerkt, was geschah. Du läufst jetzt los und holst den Doktor; ich bleibe hier bei ihr.«

Die Gordons sorgten genau für die Art Begräbnis für ihren lebenslangen Freund und Diener, die sie sich gewünscht hätte. Es fand in der Zion-Baptisten-Kirche statt, die bis zur letzten Bank von Marthas Freunden, die die Haushälterin genausolange gekannt hatten, wie sie deren Herrin kannten, gefüllt war. Der mit Seide ausgeschlagene Sarg stand für die letzten Abschiedsgrüße offen, Blumen in Körben umgaben ihn; dann gab es eine lange Lobpreisung von ihrem Pastor, und ihre beiden Doktor Gordons waren unter den Sargträgern. Anne wünschte, sie könnte glauben, Martha blicke vom Himmel hernieder und sähe das. Und dann dachte sie: »Und warum nicht? Solcher Glaube sollte belohnt werden; vielleicht bekommen wir alle den Himmel, an den wir glauben.«

Das neue Jahr, ob es jetzt ein neues Jahrhundert war oder nicht, wurde Zeuge eines Regimewechsels in Annes Küche: Louline war nun frei, sie unter Annes Anweisungen zu übernehmen, ohne eine Vermittlerin, die ihr Befehle gab. Sie war in ihrem Element und donnerte in der Küche herum und stürzte zur Tür, wenn es geschellt hatte, bevor Anne dorthin gelangen konnte.

Es würde auch Veränderungen in den Praxen der Ärzte und der Medizin geben. Wenn irgendein berufstätiger Mann Grund hatte, sich zu dem neuen Jahrhundert zu beglückwünschen, dann war es der Arzt. Die Presse versäumte nicht, die medizinischen Errungenschaften aufzulisten zusammen mit anderen Beweisen von Fortschritt: die Krankheiten, die man gerade dabei war, durch die Arbeit von Lister und Pasteur zu besiegen, und die Wissenschaftler, die nach ihnen gekommen waren (gerade zu dem Augenblick untersuchten Walter Reed und seine Kollegen die Ursachen des Gelbfiebers). Die beiden Gordons sprachen eines Januarabends in ihrer Praxis darüber, als der letzte ihrer Patienten untersucht und nach Hause entlassen worden war. Sein Vater versicherte Johnny – nicht zum erstenmale –, daß er sich nicht vorstellen könne, wie der Zustand der Medizin in den Sechzigern gewesen sei. Jetzt sei vielleicht weiteres Forschen nach den Ursachen und Heilungsmöglichkeiten von Krankheiten nicht mehr wichtiger als die Verbesserung der Behandlung und Betreuung der Patienten. Er war froh, daß sie inzwischen schon übereingekommen waren, in Partnerschaft mit Dr. Warren und Rodney ihr langerträumtes Krankenhaus zu bauen. Rodney, der seine Ausbildung am medizinischen Institut in Cincinnati beendet hatte, machte seinen Facharzt in Chirurgie bei John Hopkins, während er als Assistent an dem dortigen Krankenhaus tätig war.

Das hiesige Krankenhaus bestand bisher nur in Bauzeichnungen; die Partner hatten das Land dafür bereits erworben, ein freies Grundstück etwas außerhalb auf der Linden Street, das groß genug war für Erweiterungen zu dem bescheidenen Anfang, den sie geplant hatten: ein eingeschossiger Ziegelbau in Form eines ›L‹ mit Büros und einem kleinen Operationszimmer in dem kurzen Flügel und zehn Krankenzimmern für Patienten in dem längeren. Weder die Gordons noch Dr. Warren nannten sich Chirurgen, aber sie hatten in den Tagen vor der Spezialisierung auch darin praktiziert und würden tun können, was getan werden mußte, bis Rodney zurückkehrte.

Vieles wartete auf die Vervollkommnung seiner Ausbildung. An seinem einundzwanzigsten Geburtstag hatte ihm seine Mutter die Hälfte des Geldes aus dem Verkauf der Plantage übergeben, das sie im Verlauf der Jahre wohlberaten von Henry Voorhees investiert und wieder investiert hatte. Die anderen drei Ärzte hatten für ihr Unternehmen nur, was sie selbst zu verdienen und zu sparen vermocht hatten: John, der seit dreißig Jahren praktizierte, hatte eine ansehnliche Summe, Dr. Warren weniger und Johnny vergleichsweise am wenigsten. Julia sah dem Vorhaben eher mürrisch entgegen. Es würde eine enorme Ausgabe bedingen; es müsse ja nicht nur gebaut und eingerichtet werden, man müsse auch Personal einstellen: Sie brauchten Krankenschwestern, nicht wahr? Wo würden sie sie finden? Und niemand würde daran denken, in ein Krankenhaus zu gehen, außer denen, die kein Heim hätten, in dem sie krank sein könnten, und die würden auch nicht fähig sein, einen Cent zu zahlen.

Johnny versuchte, sie zu überzeugen, daß Patienten, die sich einer Operation unterziehen müßten (und Blinddarmentzündungen waren um die Jahrhundertwende in Mode gekommen), dazu in ein Krankenhaus gehen müßten, und nein, sie würden nicht alle nach Cincinnati gehen, um sich operieren zu lassen: Rod würde ein sehr guter Chirurg werden. Ernstlich kranke Patienten fänden bald heraus, daß es besser sei, in einem Krankenhaus zu sein, wo sich professionelle Krankenschwestern um einen kümmerten und Ärzte ständig zur Hand seien, als zu Hause; und natürlich würden andere Ärzte, von denen es um 1900 in Waynesboro ein halbes Dutzend oder so gab, ihre Patienten auch in das örtliche Krankenhaus schicken können. Das wirkungsvollste Argument für Julia war Johnnys Beharren darauf, daß den Ärzten viel Zeit und Ermüdung erspart werde, wenn sie alle ihre gefährlich kranken Patienten an einem Ort hätten. Aber sie war nie genügend überzeugt zu glauben, daß es gut sei für Johnny, sein Gespartes zu investieren. Sie schlug vor, er könne vielleicht eher die Farm verkaufen als sein Geld von der Bank abheben, aber sie erhielt eine überraschende Abweisung: »Die Farm? Oh, nein, die Farm muß eines Tages auf Tucker übergehen. Sie ist vom ersten Gordon, der in diesem Lande seßhaft wurde, weitergegeben worden, und Paps hat die Übereignungsurkunde, die Präsident Jackson unterzeichnet hat.«

»Ich dachte, es seien nur die Südstaatler, die mit dieser Besessenheit an einem Stück Land hängen wie der grimmige Tod. Aber Jessamine schien es gar nichts auszumachen.«

»Die Gordon-Plantage in Mississippi ist nicht älter als die Gordon-Ländereien hier. Die Brüder verließen Nord-Carolina zusammen, aber Paps' Großvater mochte die Sklaverei nicht und kam deshalb hoch bis nach Ohio.«

»Wie konnte sie es überhaupt verkaufen, wenn es doch zur Hälfte Rodney gehörte?«

»Gehörte es gar nicht. Ihr Großvater setzte sein Testament auf und hinterließ ihr alles, bevor Rodney geboren wurde, und er hat es nie geändert. Und was den Verkauf angeht, sie hat es getan, um Rodney aus dem Klima zu bringen, das ihn umgebracht hätte.«

»Du meinst, sie hätte Rodney nicht dieses Geld übergeben müssen? Sie ist sehr großzügig.«

»Es gab keinen gesetzlichen Zwang, nein. Aber Cousine Jessamine wollte, daß er es bekäme, wenn es ihm noch etwas bedeuten würde. Sie wird auch so nicht verhungern, weißt du, und es würde am Ende sowieso alles auf Rodney übergehen.«

»Ich nenne es ›großzügig‹, es ihm jetzt zu geben für ein solch verrücktes Projekt.«

Nichts weniger als ein rauschender Erfolg würde Julia beweisen, daß der Plan der Ärzte alles andere als »verrückt« sei. Johnny gab auf. Er sagte: »Ich nehme an, daß sie froh ist, daß er sich als verantwortungsbewußter Bürger beweist und bereit ist, sich hier in Waynesboro anzusiedeln und seine Kinder hier aufzuziehen. Nicht alle Eltern haben soviel, wofür sie dankbar sein können. Vermutlich kämpft Blair Voorhees noch auf den Philippinen, und was Ludwig Rausch junior angeht...«

»Oh, Ludwig junior hat so viel Charme und Anziehungskraft, daß er immer auf die Füße fiele, selbst wenn sein Vater jeden Penny verlieren würde. Und sieh dir die Heirat an, die er zuwege gebracht hat.«

Julia liebte es, über die extravaganten Affären von New York zu lesen; sie würde für sich selbst ein solches Leben ablehnen, ja sie mißbilligte es sogar; aber man mußte doch alle Berichte lesen, um zu wissen, was man mißbilligte.

»Heirat oder nicht, der Junge ist für Onkel Ludwig eine bittere Enttäuschung gewesen. Er hätte ihn lieber hier in der Mühle. Du mußt es bemerkt haben: Seit einiger Zeit hat es kein Gerede mehr über eine Musiker-Karriere von Paul gegeben.«

Nicht einmal Johnny, der mit der Empfindsamkeit eines guten Arztes ausgestattet war, ahnte, wie bitter die Enttäuschung Ludwigs über den jungen Ludwig war. Zugegeben, als er von der Armee entlassen worden war, ging er nach New York und zu seiner Musik zurück und spielte im Orchester der Metropolitan Opera Geige. Aber er gab sein gesellschaftliches Leben nicht auf und nicht seine sorglose Haltung dem Geld gegenüber. Seine Eltern hörten selten von ihm, außer wenn er in Schwierigkeiten war. Aber nachdem Ernest Emilys Wünschen nachgegeben hatte, mit seiner Familie nach New York umgezogen war und dort die Position eines Kundenvertreters in der Maklerfirma, in der sein Schwiegervater ein Teilhaber war, angenommen hatte, hörten die Rauschs etwas mehr über Ludwigs Karriere. Ernest war kein Briefeschreiber, er schickte höchstens mal eine Postkarte; aber Emily war huldvoll genug, nachdem es ihr gelungen war, ihren Kopf durchzusetzen, mit ihren angeheirateten Verwandten mittels langer, wenn auch nicht sehr erfreulicher Briefe in Verbindung zu bleiben. Alles stand gut mit ihnen, berichtete sie, aber sie wären so klug, nicht versuchen zu wollen, in Mrs. Astors Vierhundert einzubrechen, wie es Ludwig getan habe. Er hätte es auch nicht sehr hart zu versuchen brauchen: ein präsentabler junger, alleinstehender Mann, dem nie das Geld zu fehlen schien, würde überallhin eingeladen. Sie beschrieb oft und ausführlich die verrückten und extravaganten gesellschaftlichen Ereignisse, bei denen sich Ludwig einfand, aber manchmal schrieb sie nur: »Ihr könnt davon in der Zeitung lesen.«

Ludwig senior seufzte über jeden Brief. Einmal sagte er zu Sally: »Aus unseren Jungs wäre mehr geworden, wenn wir arm gewesen wären.« Und dann wieder: »Ludwig kann das nicht durchhalten, weißt du. Er hat bereits einen guten Teil von dem Betrag bekommen, den er vielleicht erben wird. Er nimmt am besten seine Chance war und heiratet ein wirklich reiches Mädchen.«

Und genau das schaffte Ludwig auch. Sein Vater und seine Mutter fuhren zur Hochzeit an die Ostküste; sein Vater kam angewiderter denn je nach Hause zurück. Er sagte zu Sally, die sich noch immer unter dem Einfluß von Ludwig juniors Charme befand und deshalb gegen Ludwig seniors Beurteilung protestierte: »Dieses Mädchen hat sich ein unterhaltendes und dekoratives Spielzeug gekauft. Das wird nicht halten.« (Er hatte recht. Nach einem weiteren Jahr war sie bereit, ihr Spielzeug auszurangieren; Ludwig junior, immer noch charmant und unbeschwert, suchte sich die Tochter eines anderen Millionärs, die ihn mit nach Europa schleppte, um dort mit ihm zu leben. Seine Eltern, die die Schande der Scheidung empfanden, wurden mit Bedauern davon in Kenntnis gesetzt, daß er auch nur für eine Weile nach Waynesboro kommen würde.)

Nach der Rückkehr Ludwig seniors von der ersten Hochzeit hatte er Paul mitgeteilt, er habe jeden Gedanken an eine musikalische Karriere aufzugeben und statt dessen in die Mühle einzutreten. Wenn er mit der Schule fertig sei, würde er von Grund auf wie Ernest und Charles als Spulenjunge anfangen. Paul, der nur mit halbem Herzen seine Musik weiterbetrieben hatte, war gutwillig genug zuzustimmen, solange ihm sein Vater erlaube, auf seiner Violine zu spielen, wenn er sich danach fühle. Ludwig hätte nicht davon geträumt, ihm seine Musik zu verbieten. Niemand hätte die Abende mehr genießen können, wenn Elsa und Paul im Heim der Rauschs zusammen spielten.

Ludwig fand die größte Freude im Jahre 1900 und den ersten Jahren des zwanzigsten Jahrhunderts in Elsa und ihrer Familie. Eine Zeitlang hatte er bedauert, daß Elsa eine Tochter war: sie hatte den besten Verstand von allen seinen Kindern, fand er. Jetzt aber war er zufrieden: sie war nicht nur eine gute Ehefrau und Mutter, sie war auch eine interessante und angenehme Frau, mit der man gern zusammen war, und er hatte keinen Zweifel, daß ihre beiden Kinder ihren Verstand geerbt hatten. Wenn Paul ihn im Stich lassen würde, könnte Ludwig Evans eines Tages in seine Fußstapfen treten, wenn er es nur noch so lange schaffen würde. Es würde eine lange Wartezeit werden: Ludwig Evans war gerade in diesem Herbst zusammen mit Tucker Gordon in die erste Klasse eingeschult worden.

Zum erstenmal in vielen Jahren war Ludwig nicht Abgesandter zur Republikanischen Nationalversammlung im Juni. Er hielt immer noch eine feste Hand auf die örtliche Parteiorganisation der Republikaner, hatte aber die überregionale Politik aufgegeben. Und es würde sowieso keine Kontroverse geben; Präsident McKinley würde für eine zweite Amtszeit nominiert werden, wahrscheinlich durch Akklamation, und seine Wiederwahl war

ausgemachte Sache. »Eine volle Schüssel« war mehr als ein Slogan, für die meisten Bürger des Landes war es eine Tatsache. Aber Ludwig wie auch sein Freund und einstiger Mentor Senator Hanna mochten die Wahl der Partei für das Amt des Vizepräsidenten nicht. Zugegeben, der Mann, der die Rough Riders (zu Fuß) den San Juan Hill hinaufgeführt hatte, war in den Augen des Volkes noch immer ein Held und würde viele Stimmen bekommen. Aber Ludwig hatte seinerzeit heroische Offiziere gekannt, die ihren Ruhm in der Schlacht auf Kosten ihrer Soldaten erworben hatten. Er empfand Theodore Roosevelt als Wichtigtuer, der immer willens sein würde, ein auf Effekt berechnetes Spiel einzugehen. Er hoffte, daß der Mann in seiner Vizepräsidentschaft begraben würde, aber Gott verhüte, daß McKinley irgend etwas zustoßen sollte.

Aufgrund von beständigem Wohlstand genoß das ganze Land ein reges gesellschaftliches Leben, jede Stadt in ihrer eigenen Art. Außer in den größeren Metropolen gab es keine Versuche, New Yorks Vierhundert und seine extravaganten Ereignisse nachzuahmen; Waynesboro war zufrieden mit seinen Rasenfesten, Garten- und Tennis-Partys und Nachmittagsempfängen und den gelegentlichen Tänzen für die jungen Leute. Das Ereignis aber, dessentwegen Waynesboro die Ohren spitzen sollte, war Janey Voorhees' Debütanten-Empfang eines Nachmittags im Juni. Niemand in Waynesboro war zuvor eine »Debütantin« gewesen: Mädchen waren »debütiert«, wenn sie zum erstenmal zusammen mit einem Jungen auf irgendeine Hochschulparty gegangen waren. Schon die Vorstellung eines Debütanten-Empfanges (eine reine Damenangelegenheit) war für die ganze Stadt außer für einige von Christinas Freunden, denen sie leid tat, und auch für Janey eine absolut komische Sache.

»Es hat nicht den geringsten Sinn; Christina kann Janey nicht nach all dieser Zeit in eine Debütantin verwandeln – sie hat kaum Freunde,« sagte Sally eines Nachmittags zu Anne, als sie im Wohnzimmer der Gordons zusammen waren und mit feinen Handarbeiten für ihren Damen-Hilfsbazar beschäftigt waren. »Janey ist es ganz augenscheinlich vorherbestimmt, einen Theologen zu heiraten und als Frau eines Geistlichen an irgendeinen gottverlorenen Ort zu ziehen.«

»Und das ganze Griechisch und Latein vergeudet? Aber das ist gemein von mir. Christina versucht – sie versucht für Janey zu tun, was sie für Blair nie getan hat, Freunde für sie zu finden – ihre eigenen Freunde.«

»Sie hat alle alten Damen der Stadt eingeladen.«

»Ich weiß, daß es eine seltsame Art ist, die ganze Sache anzu-

packen. Aber du wirst sehen, daß sie auch alle jungen Mädchen, die sie kennt, gebeten hat – die Gardiners zum Beispiel –, und alle Regeln der Etikette fordern, daß Janey zum Gegenbesuch in deren Haus eingeladen wird.«

»Janey ist wieviel – achtzehn? Und sicherlich sehr gebildet. Wir werden sie bitten müssen, in den Klub einzutreten. Und dann ist da auch noch Lavinia Gardiner, die mit einem Collegetitel nach Hause gekommen ist und darauf wartet zu heiraten. Wie lange nur?«

»Bis Rodney genug weiß, nehme ich an, um mit dem Praktizieren von Chirurgie zu beginnen. Nicht vor dem nächsten Jahr, würde ich denken. Sie kann warten. Sie ist jung.«

Der Debütanten-Empfang war als gesellschaftliches Ereignis zwar gelungen; aber außer daß Janey neben ihrer Mutter stand, um ihre Gäste zu empfangen, ganz in Weiß gekleidet war und einen Strauß weißer Rosen vorsichtig über ihren linken Arm gelegt hatte, war es genau wie jeder andere Nachmittagsempfang in Waynesboro. Auf dem Eßzimmertisch waren auf einem schneeweißen Damasttischtuch kleine Kuchen und Makronen mit Servietten und Tellern arrangiert, eine Teekanne stand an einem Ende des Tisches und der Kaffee am anderen. Die, die für vier Uhr geladen worden waren, befanden sich auf ihrem Weg nach draußen, als die, die für fünf Uhr gebeten worden waren, eintrafen: Die Gäste blieben gerade lange genug, um einen Augenblick mit der Gastgeberin und ihrer Tochter zu plaudern, in das Eßzimmer weitergeleitet zu werden, wo Miß Campbell und Jessamine Stevens ausschenkten, eine Tasse zu trinken, an einer Makrone zu knabbern, ein wenig mit denjenigen, die gerade an ihrer Seite standen, Konversation zu führen, den Voorhees' für einen entzükkenden Nachmittag zu danken und sich in Richtung auf die Tür in Bewegung zu setzen. Einige schafften es in weniger als einer Stunde. Zum Beispiel Barbara Gardiner und ihre beiden ältesten Töchter: Lavinia, die nun endgültig nach Hause gekommen, und Caroline, die für die Sommerferien zu Hause war.

Caroline fand es die dümmste Party, auf der sie je gewesen wäre, und drückte es auch so aus, noch bevor sie auch nur das Tor erreicht hatten, was ihr einen mütterlichen Verweis einbrachte. »Caroline, man nimmt einfach nicht jemandes Gastfreundlichkeit an und kritisiert ihn dann, bevor man noch zur Tür heraus ist. Ich bin wirklich entsetzt über so viel Unschicklichkeit.«

»Tut mir leid, Mama. Aber wenn das die Art ist, in der sich in Waynesboro die Erwachsenen unterhalten, dann bin ich wirklich froh, noch eine Weile davon entfernt zu sein.«

»Du und Lavinia seid nun aber Janey Voorhees gegenüber verpflichtet, vergeßt das nicht. Ich wünschte, ihr wärt ein wenig freundlicher zu ihr.«

Das brachte selbst Caroline zum Schweigen; sie gingen ohne weitere Worte über die Straße zu ihrem eigenen Tor hinüber. Die Schwestern waren jedoch nicht ohne List; die einzig wirkliche Party, die sie diesen Sommer gaben, war ein Lunch mit anschließendem Bridge-Whist-Nachmittag, und sie wußten sehr gut, daß Janey Voorhees nicht erlaubt werden würde, daran teilzunehmen; trotz der schriftlichen Einladung warteten sie nicht einmal ihre Antwort ab, bevor sie die vier Kartentische einteilten.

Im Herbst wurden Janey Voorhees und Lavinia Gardiner eingeladen, in den Frauenklub einzutreten, was die Mitgliedschaft, wenn sie akzeptieren würden, bis auf eine an die Grenze von zwanzig heranbrächte, einen Platz, den Sally als für Caroline Gardiner reserviert betrachtete. Lavinia hatte die Einladung ablehnen wollen, da es die Damen nie für angebracht gehalten hatten, ihre Mutter einzuladen, aber Barbara brachte sie durch Lachen davon ab. »Ich hätte mich dort wie ein Fisch auf dem Trockenen gefühlt. Sie wußten das, und ich wußte das. Davon abgesehen, hätten die Tanten mir fröhlich ihre Gegenstimme gegeben, wenn mein Name aufgestellt worden wäre. Aber ich bin sicher, daß ihr so ziemlich bis zu ihrem Niveau gebildet seid. Wozu glaubt ihr, haben wir euch aufs College geschickt?«

»Selbstverständlich, um mich zu befähigen, mich als Mitglied für den Frauenklub von Waynesboro zu qualifizieren. Wie komisch du sein kannst!«

»Aber ernsthaft, Vinnie, du wirst in Waynesboro deinen Platz als Rodneys Frau einnehmen. Es wird dir nicht schaden, dem Frauenklub anzugehören.« Und so schrieb Lavinia einen richtiggehenden Annahmebrief an die Korrespondenzsekretärin.

Janey Voorhees nahm es als Selbstverständlichkeit hin; sie folgte bei den Treffen ihrer Mutter auf dem Fuße, ein blasser Schatten von Christina. Der Herbst ging vorbei; die Damen befaßten sich reihum mit den »Renaissancekünstlern Italiens«. Und während sie mit ihren Aufsätzen beschäftigt waren, kam die Wahl und ging vorbei; McKinley wurde ordnungsgemäß wiedergewählt, ohne große Aufregung. Das kalte Wetter begann sehr früh. Es gab nicht oft vor Weihnachten Schnee, aber dieses Jahr war der Boden bereits vor dem Erntedankfest damit bedeckt.

Thomasina Ballard Travers begann, die Klubtreffen zu verpassen. Da sie immer eine zuverlässig Anwesende gewesen war, vermuteten ihre Freunde, sie sei krank, aber alles, was Eliza als

Antwort zu den besorgten Anfragen beisteuerte, war, daß sie glaube, ihre Schwester leide mehr als gewöhnlich an ihrem Asthma. Da sich alle bewußt waren, daß sich die Tür zwischen den beiden Seiten des Ballard-Hauses seit dem Tod Ariana McCunes selten, wenn überhaupt je, geöffnet hatte, hörten sie auf, Eliza zu fragen. Statt dessen sprach Anne darüber mit John, der seit vielen Jahren der Arzt der Ballards war.

»Ja, sie hat Asthma«, stimmte er zu. »Dieses teuflische Wetter ist natürlich keine Hilfe.«

»Ich habe gedacht, Asthma sei bei heißem Wetter schlimmer.«

»Asthma allein, ja. Aber jedes zusätzliche ernste Bronchialproblem ist bei feuchtem Wetter schlimmer. Sie hat ein Emphysem entwickelt und hat ein schwächer werdendes Herz.«

»O John! Wie Dr. Blair?«

»Wie Dr. Blair, nur hat sie nicht mit seinem Gewicht zu kämpfen und ist nicht so alt. Auf der anderen Seite hat sie nicht seine Widerstandskraft, das Durchhaltevermögen, das er hatte.«

»Du meinst, sie wird den gleichen Weg gehen?«

»Früher oder später. Vielleicht wird sie diesen Winter noch durchkommen. Das bleibt zwischen dir und mir, verstehst du; trag es nicht zu diesen alten Weibern deines Klubs. Thomasina hat keine Ahnung, wie ernst ihr Zustand ist, und ich will auch nicht, daß sie das weiß; nervöse Anspannung, Aufregung könnte leicht einen Anfall hervorrufen.«

Anne starrte ihn in schockiertem Entsetzen an. »Aber ich glaube nicht, daß Eliza die leiseste Ahnung hat...«

»Eliza weiß alles. Ich habe es ihr selbst gesagt.«

»Aber macht es ihr denn gar nichts aus?«

»Sie hat nicht geweint und gejammert, aber ich nehme an, daß es ihr was ausmacht. Wenn sie es sich nicht hat anmerken lassen, ist es wahrscheinlich am besten so. Ich habe ihr die gleichen Auflagen gemacht wie dir.«

»Sollte sie nicht zu Hause bleiben und sich um sie kümmern?«

»Sam Travers kümmert sich exzellent um seine Frau. Wenn Eliza auch noch hereinplatzen würde, wäre das in jeder Hinsicht zu aufregend.«

Anne als gute Frau eines Arztes sagte niemandem etwas über Thomasinas Zustand. Sie fühlte sich allerdings erleichtert, als sich nach dem Erntedankfest das Wetter besserte. Der Schnee schmolz; der Boden war durchweicht, aber die Sonne schien; jeder nahm an, daß die Jahreszeit zum Normalen zurückgekehrt sei. Weihnachten ging ohne Schneeflocke auf dem Boden oder in der Luft vorbei – zur Enttäuschung des jungen Volkes. Aber Weihnachten war kaum vorbei, als Waynesboro von dem schlimmsten Schneesturm selbst in der Erinnerung der ältesten Bürger heimgesucht wurde. Morgens kam Wind auf, ein kalter, rauher Wind von Nordwesten, und unheilverkündende schwere Wolken krochen über den Himmel. Als John zum Mittagessen nach Hause kam, sagte er, daß es wohl sicherlich zu schneien beginnen würde, und wenn der Wind weiter so blies, könne es einen richtigen Sturm geben. Er wünschte, das Krankenhaus sei schon gebaut und in Betrieb, dann könnten er und Johnny ihre bettlägerigen Patienten dort zusammenholen: Es wäre so viel leichter, als sie zu Hause erreichen zu müssen. Aber das Krankenhaus war noch nicht fertig; das Gebäude war zwar vor dem schlechten Wetter im Herbst vollendet worden, aber es war noch nicht eingerichtet, und es gab auch kein Personal. Rodney war noch in Baltimore, und sie wollten, daß er die Ausstattung des Operationszimmers selbst beaufsichtigen solle; die Krankenhausbetten waren bestellt, aber noch nicht geliefert worden; und was das Personal anging, gab es wenig Hoffnung, vor Juni, wenn die nächsten ihre Ausbildung beendet hätten, Krankenschwestern zu finden.

Anne, die aus dem Eßzimmerfenster sah, bemerkte, daß es zu schneien begonnen hatte, und es schneite heftig, die Flocken fegten horizontal über die Ebene. »Dein Sturm hat angefangen – sieht wie ein Blizzard aus. Ich hoffe wirklich, daß du die Visiten auf dem Lande Johnny machen läßt. Du siehst todmüde aus, und er ist viel jünger als du.«

»Ich bin immer müde. Ich bin daran gewöhnt. Ich hatte gedacht, als Johnny mit mir zu praktizieren anfing, würde die Last halbiert; statt dessen hat er so viele neue Patienten angezogen, daß wir jetzt doppelt so viele haben wie zuvor. Und dann sind da noch ein paar ältere Leute, um die ich mich schon so lange gekümmert habe, daß sie Johnny als wenig mehr als einen Lehrling ansehen. Aber soviel ich jetzt absehen kann, wird es keine Landvisiten geben. Es werden auch nicht viele Patienten in die Praxis kommen bei diesem Wetter. Ich werde versuchen, früh zu Hause zu sein.«

Um zwei Uhr schneite es so sehr, daß die Welt draußen hinter einem Vorhang von Flocken unsichtbar war, und Verwehungen häuften sich auf der Freitreppe; ein feiner Schnee war unter der vorderen Haustür auf den Teppich der Eingangshalle geblasen worden. Um vier Uhr war der vordere Zaun begraben, obgleich Anne, als sie durch die Ecke eines Fensters spähte, eine freie Stelle auf der Straße ausmachen konnte, eine Ecke, wo der Schnee gefangen und aufgewirbelt wurde. Nicht lange nach drei Uhr kam John herein über den Weg durch die Küche, stapfte seine Schuhe ab und schüttelte seinen Übermantel innerhalb der rückwärtigen Verandatür aus. Als er ins Wohnzimmer kam, fand er Anne, wie sie versuchte, ein im Sterben liegendes Kaminfeuer wieder zu beleben, indem sie die Asche aus dem Gitter schüttelte und was an halbverbrannter Kohle noch vorhanden war, in einem kleinen Haufen zusammenfallen ließ. Er nahm ihr den Schürhaken ab, kratzte die Kohle auseinander, knüllte etwas Zeitungspapier aus der Kienspankiste dazwischen, fügte etwas Anmachholz hinzu und hatte bald eine kleine Flamme. Anne blieb auf dem Kaminvorleger auf ihren Knien und beobachtete ihn; er legte ihr eine Hand gönnerhaft auf den Kopf und sagte: »Als Feuermacher schießt du wirklich den Vogel ab.« Dann fügte er hinzu: »Das ist ein Sturm, der in die Geschichte eingehen wird. Es gibt schon mannshohe Verwehungen und keinerlei Anzeichen für ein Nachlassen.«

»Mußtest du aufs Land hinaus?«

»Alles, was ich tun konnte, war, in der Stadt herumzukommen. Ich hatte den Buggy mit; ich nehme an, der Pferdeschlitten wäre vernünftiger gewesen, aber es gibt Flecken, die so blank wie deine Hand sind, da wo der Wind den Schnee weggefegt hat. Und es ist sehr kalt und wird wahrscheinlich noch kälter.«

»Hast du Johnny in der Praxis gelassen?«

»Nein, er mußte noch ein paar Visiten machen, dann wollte er nach Hause gehen. Ist die Zeitung schon gekommen?«

»Wie sollte der Zeitungsjunge denn da durchkommen?«

»Das war dumm von mir. Wir werden wahrscheinlich keine Zeitung bekommen. Oben in der Stadt war keine Menschenseele auf der Straße. Nun, das ist mal was anderes, ein Mittagsnickerchen, bevor jemand anruft. Weck mich, wenn das Telefon klingelt.«

Er streckte sich auf der Couch aus, breitete sein Taschentuch über das Gesicht und begann in wenigen Minuten zu schnarchen. Er hatte letztlich zu viele Nachtrufe gehabt, dachte Anne mit Besorgnis. Thomasina – alle ihre Nächte waren schlecht. Und es waren auch noch andere gewesen. Als Louline hereinkam, um zu sagen, daß das Abendessen fertig sei, weckte sie ihn nur ungern auf. Aber wie immer, wenn er gerufen wurde, war er sofort hellwach. Er ging zum Fenster. Es schneite noch so stark wie zuvor. Die Bogenlichtlampe an der Ecke schien vage durch den Schneewirbel; die elektrischen Leitungen waren immerhin noch nicht heruntergekommen – noch nicht. Im Eßzimmer, als er die Serviette aufschlug und sie über seine Knie breitete, sagte er zu Louline, die darauf wartete, Anne ihren Teller zu bringen, nachdem serviert worden war: »Wie hast du es denn geschafft, heute nachmittag wieder hierherzukommen?«

»Als ich sah, wie es ist um zwei Uhr ungefähr, bin ich nich' nach Haus' gegangen. Nich' da durch. Nee, vielen Dank.«

»Du kannst heute nacht nicht nach Hause gehen, soviel steht fest. Du kannst dich in dem hinteren Schlafzimmer oben hinlegen. Kannst du deine Leute zu Hause benachrichtigen?«

»Ja, Sir. Ich kann den Leichengräber nebenan anruf'n. Der kann's ihnen ausrichten. Ich bin wirklich froh, daß ich hierbleiben kann, inner Nacht wie die.«

Einen Augenblick später hörte er sie in der Eingangshalle am Telefon. Also waren auch die Telefondrähte nicht kaputt, noch nicht. John wußte nicht, ob er erleichtert oder bekümmert sein sollte.

Das Abendessen war vorbei, und er und Anne saßen im Wohnzimmer neben einem krachenden Feuer, als der Telefonanruf kam. Es war Julia: Wußte er von diesem Fall von Johnny – das Baby, das so starke Kehlkopfdiphtherie hatte? Das Baby von Farneys draußen auf der Petersville Road? Sie hatten gerade angerufen, dem Baby ging es viel schlechter; sie glaubten, es habe Lungenentzündung. Und Johnny war zu den Travers' gegangen – Mr. Travers hatte angerufen: Er wisse, daß seine Frau Docks Patientin sei, aber aus irgendeinem Grunde wollte er Johnny, und Johnny hatte gesagt, als er ging, es würde eine Wache für die ganze Nacht werden, kein Zweck zu versuchen, nach Hause zurückzukehren. Daher fragte sich Julia, ob sein Vater versuchen wolle, zu den Farneys durchzukommen, oder sie anrufen wolle?

John kehrte ins Wohnzimmer zurück, um die Sachlage zu erklären. »Julia. Johnny ist bei den Travers', und einem Patienten auf dem Lande geht es schlechter.«

»John, du kannst nicht gehen.«

»Ich muß es versuchen. Es ist ein Baby, Anne. Sie glauben, es sei Lungenentzündung.«

»Ruf sie zumindest zuerst an – versuch herauszufinden, warum sie das glauben.«

Um sie zufriedenzustellen, kehrte er zum Telefon zurück. Er bekam keine Antwort, die Leitung war also auf dem Lande unterbrochen. Es war Glück gewesen, daß die Farneys vorhin mit ihrem Anruf durchgekommen waren, sagte er zu Anne, als er von der Eingangshalle zurückkam.

»Dann nimm zumindest Lafe mit. Ich würde mich sicherer fühlen.«

»Wozu? Ich kenne diese Landstraßen besser als er. Ich werde

ihn den einspännigen Schlitten anspannen lassen – kleinere Chance steckenzubleiben. Wo ist mein alter Armee-Umhang? Ich werde ihn über den Übermantel ziehen.«

»Ganz hinten im Schrank in der Eingangshalle. Da, wo er immer gewesen ist. Und deine Pelzkappe mit den Ohrenschützern liegt auf dem Regal.«

Er ging in die Eingangshalle und hielt dann auf seinem Weg nach draußen für einen Augenblick in der Tür an, derart eingewickelt in seinen Umhang, den wollenen Schal und die Pelzkappe, daß von seinem Gesicht wenig zu sehen war. »Erwarte mich nicht vor dem Morgen zurück: Das ist keine Fahrt, die man in einer Nacht zweimal macht. Und mach dir keine Sorgen.«

Anne hörte, wie er die Tür hinter sich schloß; darüber hinaus war jeder Ton in dem Röhren des Windes verloren. Als sie wartete und horchte, hörte sie nicht einmal die Schlittenglöckchen. Vielleicht hatte er sich nicht einmal darum gekümmert, sie anzubringen, obwohl, wenn er von der Straße abkommen und sich in dem ganzen Schnee und dem röhrenden Wind verirren würde, könnten die Glöckchen helfen. (Sagt mir, ich soll mir keine Sorgen machen! dachte sie. Könnte genausogut dem Wind sagen, er solle zu blasen aufhören, oder dem Schnee, er solle nicht mehr fallen.) Er konnte nicht einmal anrufen, um sie wissen zu lassen, er habe die Farneys erreicht. Sie konnte zumindest Julia mitteilen, daß er auf dem Weg sei. Sie ging zum Telefon draußen an der Wand der Wohnzimmertür, nahm den Hörer ab und wirbelte die Kurbel herum: während sie wartete, dachte sie, sie könne der Vermittlung – Mabel Drake war es doch nachts, oder? – mitteilen, daß die Leitungen kaputt waren. Mabel war kaum so anerkennend, wie sie es hätte sein können. »Drähte sin' runter im ganzen Land, Mrs. Gord'n. Petersville Road? Nein, das is' noch nich' gemeldet word'n. Reparaturmannschaften sind raus, aber sie könn' ja kaum was tun vor'm Morgen, solang' das so weitergeht.«

»Nein, das glaube ich auch nicht. Mein Mann ist auf dieser Straße auf dem Weg zu den Farneys. Ich würde nur gerne mit ihm in Kontakt treten, um sicher zu sein, daß er es dorthin schafft.«

»Der Doktor? Tut mir wirklich leid, Ma'am. Ich hoffe, er packt es. Entsetzliche Nacht, für ein Menschenskind, um krank zu sein, nich'?«

Anne gab ihr Johnnys Nummer, erreichte auch tatsächlich Julia und sprach kurz mit ihr: der Doktor war auf dem Weg zu den Farneys; sie hatte verstanden, daß Johnny nicht vor dem Morgen zurückerwartet würde, aber wenn er nach Hause käme, würde Julia es ihm bitte sagen? Nach diesem kurzen Kontakt war Anne mit ihrer Angst allein. Nach einiger Zeit dämmte sie das Feuer ein, das fast ausgebrannt war, und hoffte, daß Lafe nicht den Kamin vergessen hätte (sie hatte ihn nicht schaufeln hören, aber würde man das bei diesem Wind?), und ging zu Bett. Es hatte keinen Sinn, für John aufzubleiben. Aber es schien ihr, als hörte sie den Wind die ganze Nacht, durch ihre Träume hindurch, falls sie überhaupt geschlafen hatte, und sie hörte den Schnee an die Fensterläden peitschen. Als sie sich am Morgen aus dem Bett schleppte, war sie vom ersten Blick auf die Welt draußen entsetzt. Es hatte aufgehört zu schneien außer einer vereinzelten Schneeflocke oder zweien, aber alles war tief begraben: das Dach der vorderen Terrasse hatte einen zwei Fuß hohen Schneeüberhang, der über die Dachrinne gerutscht war; Hof, Zaun und Bürgersteig waren voneinander nicht zu unterscheiden; nur fleckenweise war die Straße vom Wind freigelegt worden. John würde es nie schaffen, nach Hause zurückzukehren, bis die Straßen freigelegt wären, und das könnte tagelanges Schaufeln bedeuten.

Während sie beim Frühstück saß und ein Stück Toast zerkrümelte und eine Tasse Kaffee trank, kam Johnny durch die Küchentüre herein, stapfte seine Schuhe ab und wischte den Schnee von seiner Hose.

»Versuch nicht, die Haustür aufzumachen«, sagte er, »oder du hast eine Lawine in der Eingangshalle.«

»Bist du gerade erst von den Travers' zurückgekommen? Du siehst schrecklich aus.« Was stimmte. Er war unrasiert, blaß und abgespannt. »Hast du eine schlimme Nacht gehabt?«

»Eine schlimme Nacht, ja, wirklich. Mrs. Travers ist gestorben.«

»Thomasina? O Johnny...«

»Ich weiß. Ich mußte Eliza hereinrufen. Thomasina wollte sie aus einem Grunde dahaben, den sie nie aussprechen konnte.«

»Warum nicht? Sie war ihre Schwester. Johnny, dein Vater hatte nicht viel Hoffnung, Thomasina durch den Winter zu bekommen. Ihr Tod hätte dich nicht so aufgeregt wie... ist was nicht in Ordnung? Hat Julia dir gesagt, daß dein Vater gestern nacht zu den Farneys hinausgefahren ist?«

»Ja. Hast du heute morgen dort angerufen?«

»Die Leitungen sind kaputt.«

»Jetzt nicht mehr. Sie haben sie repariert. Glück gehabt, daß du die Unterbrechung gemeldet hast. Es waren die Leitungsarbeiter, die ihn gefunden haben.«

»Ihn *gefunden* haben? Dann ist er nie dort angekommen? Er war draußen die ganze...«

»Er ist dort nie angekommen. Das Pferd ist von der Straße

abgekommen – keine Anhaltspunkte, wonach man sich hätte richten können, verstehst du –, alle Zäune waren begraben und ein blindmachender Schnee. Der Schlitten prallte auf das Ende eines Wasserabzugkanals und überschlug sich. Papa wurde herausgeschleudert.«

»Und konnte nicht aufstehen? Dann war er verletzt...«

»Muß benommen gewesen sein. Hat vielleicht seinen Kopf an irgend etwas angeschlagen. Ja, er war verletzt. Die Leitungsarbeiter, die durch den Schnee pflügten, sahen das Pferd. Farneys waren am nächsten. Sie richteten den Schlitten auf und brachten ihn irgendwie dahin.«

»*Wie schlimm ist er verletzt?*«

»Farney glaubt, er hat den Arm gebrochen – ziemlich nahe an der Schulter. Er hat Vaters Übermantel und Jacke aufgeschnitten und ihn zu Bett gebracht. Aber natürlich kann er nichts mit dem Arm machen. Ich muß zu ihnen fahren.«

»Geht das, da durch?« Anne war ein wenig erleichtert: ein gebrochener Arm war eine vergleichbar geringfügige Geschichte.

»Bei Tageslicht, jetzt, wo der Schneefall aufgehört hat, ja. Reiten wäre am besten. Ist der alte Sattel noch in der Scheune? Das wäre am schnellsten.«

»Genau, wo er immer gewesen ist. Johnny, du machst dir Sorgen wegen mehr als nur einem gebrochenen Arm. Sag es mir.«

»Das ist alles, was ich weiß, Mama. Aber er muß stundenlang ohne Bewußtsein im Schnee gelegen haben. Er war also lange dem Wetter ausgesetzt. Aber mach dir nicht mehr Sorgen, als du unbedingt mußt. Ich werde dich von den Farneys aus anrufen.«

Als er gegangen war, ging Anne im Zimmer auf und ab; sie konnte sich nicht länger als einen Augenblick hinsetzen, aber es gab nichts, das sie hätte tun können außer warten. Sie versuchte nicht, »Lungenentzündung« zu denken – sie verbannte das Wort aus ihren Gedanken. Sie dachte statt dessen an Thomasina, arme Thomasina, die in ihrem Leben kaum gewußt hatte, was es heißt, frei zu atmen. Aber sie war mit ihrem Samuel glücklich gewesen. Davon war Anne überzeugt. Sie fragte sich, ob Sam und Eliza weiterhin jeder auf seiner Seite des Ballard-Hauses bleiben würden, auch nach der Beerdigung. Beerdigung? Sie hielt in ihrem Hin- und Herschreiten einen Augenblick inne, um wieder aus dem Fenster zu schauen. Für eine Weile würde es wohl keine Beerdigung geben – wie sollte man überhaupt graben...?

Als das Telefon klingelte, war sie wie ein Blitz in der Halle. Es war Johnny. Sie versuchte, ihre Stimme unter Kontrolle zu halten. »Wie geht es ihm? Ist er bei Bewußtsein?«

»Ja. Ich habe mir den Arm angesehen. Er hat Fieber, aber er will nach Hause gebracht werden.«

»Ich will ihn auch zu Hause haben. Aber ist es vernünftig, es zu versuchen? Wie...?«

»Ich glaube, ja. Wir können uns zu Hause besser um ihn kümmern. Farney hat einen Schlitten, den er benutzt, um Baumstämme zu schleppen, wenn er gefällt hat – wir werden seine Farmgäule vorspannen. Wir können eine Matratze auf den Boden legen und ihn gut einwickeln. Wir werden es schaffen, aber es wird langsam gehen. Ruf Julia für mich an, ja?«

»Wie steht es mit dem Baby?«

»Das Baby? Oh, Farneys Baby. Bronchitis, vielleicht bronchiale Lungenentzündung, aber es wird in Ordnung kommen.«

Anne ging in ihr Wohnzimmer zurück und ließ sich in ihren Schaukelstuhl fallen, alle Kraft schwand aus ihren Beinen, jetzt, da die Anspannung ein bißchen nachließ. Nach einer kurzen Weile, als sie dachte, sie könne wieder gehen, wankte sie hinaus, um Julia anzurufen, und dann in die Küche.

»Du hast mich am Telefon gehört, Louline? Dann weißt du auch, daß sie den Doktor nach Hause bringen. Wir müssen das Schlafzimmer hier unten fertig machen – das wird leichter sein, als ihn die Treppe hinaufzutragen. Und stell ein paar Kessel Wasser zum Kochen auf.«

Durch das Schlafzimmer hetzen, das Bett mit sauberen, angewärmten Bettlaken ausstatten, saubere Handtücher an das Waschbecken hängen, Louline das Badezimmer putzen lassen, Wärmflaschen füllen und sie ins Bett legen – all diese Dinge ließen die Zeit schneller vergehen. Als alles geschehen war, sagte Anne: »Glaubst du, daß du heute nacht nach Hause gehen kannst?«

»Ja, Ma'am. Mein Mann kommt für mich. Wenn Sie mich nich' hier woll'n?«

»Wenn der Doktor unruhig oder krank ist, wird Johnny bleiben. Und deine Kinder werden dich brauchen – eine Nacht von ihnen weg ist genug.«

Als der Schlitten mit seinem Vorreiter – Johnny auf dem Rükken eines der Pferde, um die anderen so zu führen – das Haus der Gordons erreichte, dirigierte er Mr. Farney und seine Leute in den Verbindungsgang, durch den er auch am Morgen in das Haus gekommen war. Er rief Lafe, ihnen helfen zu kommen, aber selbst mit vier Männern war es nicht leicht, die Notbehelfsbahre – die Matratze und den darauf Liegenden – durch das hintere Tor zu bekommen, denn jeder Schritt bedeutete, daß man knietief im Schnee einsank. Schließlich schafften sie es aber doch, über die

Treppe zur hinteren Terrasse und durch die Küche in die hintere Eingangshalle und in das Schlafzimmer zu kommen. Anne wachte über ihren Fortschritt von Tür zu Tür und hatte das Bett fertig aufgeschlagen und ein Nachthemd für John bereitgelegt.

»Halt dich jetzt nicht damit auf, Mama. Er kann seinen Arm sowieso nicht hineinbekommen. Wir ziehen nur die Kleider aus, die wir noch nicht heruntergeschnitten haben, und wickeln ihn zusammen mit Wärmflaschen ein. Oh, du hast die Wärmflaschen schon fertig. Gutes Mädchen.«

»Auf dem Küchenherd kocht noch mehr Wasser.«

Als sie John aus seinem Kokon von Farney-Decken, in die er eingewickelt war, befreit hatten und ihn zwischen die Bettücher und von Wärmeflaschen umgeben und mit Steppdecken und Daunen zugedeckt hatten, hatte Anne zum erstenmal Gelegenheit, ihren Mann richtig anzusehen. Seine Augen waren geschlossen, seine Wangen gerötet, sein Atem ging nur schwer.

»Ich dachte, du hättest gesagt, er sei bei Bewußtsein?«

»Er ist bei Bewußtsein. Nur erschöpft, was, Pop?«

Mit ungeheurer Anstrengung öffnete John seine Augen und murmelte: »Wird alles klar. Mach dir keine Sorgen.«

Es war diese letzte Verfügung, die zu hören Anne müde war. Sie drehte sich blindlings um und ging in die Halle, wo sie auf Mr. Farney stieß, der dort verlegen stand und seine gestrickte Mütze in den Händen drehte.

»Oh! Ich glaubte schon, Sie seien gegangen, ohne daß ich Gelegenheit gehabt hätte, Ihnen zu danken.«

»Sie brauchen mir nicht zu danken, Mrs. Gordon. Wenn's nicht wegen uns gewesen wär', wär' das nicht passiert.«

»Sie dürfen das nicht denken. Ein krankes Baby braucht Hilfe, und John wollte fahren. Es ist zu schade, daß er nicht bei Ihnen angekommen ist.«

»Dem Baby geht es besser. Dr. Johnny sagt, es wird in Ordnung kommen. Aber wir hatten beide Angst. Es ist unser erstes, wissen Sie, möglich, daß wir uns deshalb zu sehr ängstigen. Vermute, wär' nicht nötig gewesen – falls es was gibt, womit wir Ihnen helfen können, lassen Sie's mich wissen.«

»Sie haben getan, was am wichtigsten war – ihn nach Hause gebracht.« Dann, als sie sah, daß der gutherzige, junge Mann nicht wußte, wie er sich losreißen sollte, fügte sie hinzu: »Richten Sie bitte Mrs. Farney aus, daß wir sie in keiner Weise verantwortlich machen und daß wir Ihnen sehr dankbar sind, daß Sie ihn nach Hause gebracht haben. Und danken Sie ihr für die Decken.

Sie nehmen sie jetzt besser und machen sich auf den Weg, sonst wird Ihre Frau sich um Sie sorgen.«

Während sie ihn auf den Weg drängte, war Johnny am Telefon und sprach mit Dr. Warren. Sie ging zurück und stellte sich neben das Bett. Es gab kein Anzeichen, daß John sich ihrer Anwesenheit bewußt war. Er hustete, leicht, aber unaufhörlich, und bewegte seinen Kopf immer von einer Seite auf die andere. Bis Johnny zurückkehrte, hatte sie die ganze Beruhigung, die ihr sein früherer Telefonanruf gegeben hatte, verloren. Sie sagte: »Lungenentzündung, Johnny?«

»Ich fürchte, ja. Kein Mann seines Alters kann in diesem röhrenden Winterwind in einer Schneeverwehung liegen und nicht die Konsequenzen daraus zu ertragen haben.«

»Er ist sicherlich nicht zu alt? Mit sechzig? Er hat Miß Gardiner mit Lungenentzündung durchgebracht, als sie weit älter als das war.«

»Bronchiale Lungenentzündung. Die Lungenentzündung der sehr Jungen und sehr Alten. Zieht sich länger hin als die kleinlappige Lungenentzündung, ist aber nicht so... so...«

»So tödlich?«

»Mama, ich werde nicht versuchen, es besser klingen zu lassen, als es ist. Du würdest das auch nicht von mir wollen, nicht?«

»Nein, sicher nicht.«

»Niemand kann so hart unter so großer Anspannung arbeiten, wie es Papa getan hat, und sich viele Jahre lang so erschöpfen, wie ich es manchmal gesehen habe, und dennoch das Herz eines jungen Mannes behalten. Und der Arm ist eine Komplikation. Wenn die Betäubung abklingt, wird er die Schmerzen empfinden, und das wird seine Stärke weiterhin auf eine harte Probe stellen. Ich nehme an, daß Dr. Warren ihm Morphin gibt, falls er nicht glaubt, es würde die Schmerzen in seinen Lungen verschleiern, und daß wir darüber Bescheid wissen sollten, wenn wir eine Diagnose stellen.«

Anne verließ das Zimmer, als Dr. Warren hereinkam; danach schien eine Ewigkeit zu vergehen, bis sie John wieder bei Bewußtsein und bei klarem Verstand sah. Man hatte sich so eingerichtet, daß Johnny die Nächte bei seinem Vater verbrachte und als Krankenschwester fungierte und seine Patienten von Dr. Warren oder einem anderen Arzt ihrer Wahl betreut wurden; er würde tagsüber in seinem alten Zimmer im oberen Stockwerk schlafen, von wo aus er seine Mutter hören würde, wenn sie ihn riefe. Anne würde nachts zu Bett gehen und sich tagsüber um den Kranken kümmern. Falls Julia gegen dieses Arrangement Einwände erhob, erfuhr Anne es nicht; sie war ganz Besorgnis, als Wege durch den

Schnee geschaufelt worden waren und sie jeden Nachmittag zum Haus kommen konnte, um sich nach dem Befinden des Kranken zu erkundigen und jede in ihrer Kraft stehende Hilfe anzubieten – ein Angebot, das unweigerlich mit Dank abgelehnt wurde: Anne konnte sich nicht vorstellen, wie Julia die Arbeiten in einem Krankenzimmer erledigen könnte.

Nach der ersten Nacht war John wieder er selbst, wenn auch mit Schmerzen von seinem gebrochenen Arm und seinen Lungen. »Was zum Teufel...?« beschwerte er sich bei Anne. »Wie bin ich denn hierhergekommen? Ich erinnere mich, daß ich im Sturm losgefahren bin und daß der Schlitten sich überschlagen hat. Verdammtes, närrisches Pferd – hab' ihm seinen Kopf gelassen – ich konnte nichts sehen – und es hat mich in den Graben gebracht. Wünschte, ich hätte die alte Molly noch.«

»Rede nicht, John.« Sie erzählte ihm, wie die Telefonarbeiter ihn zu den Farneys gebracht hatten, und wie er am nächsten Tag nach Hause geschafft worden war. »Und nun mußt du völlig still liegen, bis du die Nachwirkungen des Schocks und des Wetters überwunden hast.«

»Deine ›Nachwirkungen‹ seien verdammt, mein Mädchen. Meinst du, ich hätte vierzig Jahre lang Medizin praktizieren können und würde eine Lungenentzündung nicht erkennen, wenn sie in mir drin ist?«

»Ärzte sind berüchtigt dafür, daß sie ihre eigenen Gebrechen nicht diagnostizieren können. Sie neigen genaugenommen ziemlich zur Hypochondrie.«

Er sah sie schräg an und lächelte: »Ganz wie du willst. Ich hätte auch viel lieber keine Lungenentzündung.«

»John, du darfst deine Energie nicht durch Reden verschwenden. Mach deine Augen zu und ruh dich aus.«

»Das ist vielleicht mein letzter klarer Augenblick. Hast du daran gedacht?«

»Nein, hatte ich nicht. Das ist Unsinn.« Aber sie hatte den Atem angehalten und ballte die Hände, daß sie schmerzten.

»Laß mich nur, während ich bei klarem Verstand bin – es ist eine gute Ehe gewesen, nicht, Anne? Trotz – allem, hast du ein gutes Leben gehabt?«

»John, es ist noch nicht vorbei – red' nicht, als ob es schon so wäre. Ja, wir haben eine gute Ehe gehabt.«

Während der ersten paar Tage rasierte Johnny seinen Vater und schnitt seinen Bart. Einmal, als sie in das Zimmer kam, als Johnny da war, mußte sie den Atem anhalten. Die eingefallenen Wangen, die sorgenvolle Stirn – sie hatte John genau so schon einmal gesehen: etwas mehr als dreißig Jahre vorher. Alte Erinnerungen fegten durch ihr Gedächtnis, und ihre Augen füllten sich mit Tränen.

»Was ist los, Mom?«

»Genauso hat er ausgesehen, als er aus dem Krieg nach Hause kam.«

»Nicht so alt und sorgenvoll, hoffe ich?«

»Alt und sorgenvoll. Und krank im Herzen, weil so viele Jungen gestorben waren trotz allem, was er tun konnte. Er wollte nicht mehr Arzt sein, weißt du. Er hat drei Jahre gebraucht, um sich zu entscheiden, dazu zurückzukehren.«

»Zu dieser Zeit, nehme ich an, hatte er sein Selbstvertrauen zurückgewonnen.« Johnny, der die Geschichte seines Vaters schon viele Male zuvor gehört hatte, war daran weniger interessiert als an seinem Patienten.

»Jedesmal, wenn er einen Patienten verlor, empfand er die gleiche Verzweiflung. Du wirst dich daran nicht erinnern, vermute ich.«

»Er war nie sehr mitteilsam, was seine Praxis oder seine Patienten betrifft. Aber so weit meine Erinnerung zurückgeht, war er ein glücklicher Mann. Zu Hause, jedenfalls. Erinnere dich, wie wir oft beim Abendessen gelacht haben über irgend etwas Komisches, das er gesehen oder gehört hatte, oder über etwas Dummes, das Binny oder ich getan hatten. Es war schön, mit dir und Pop aufzuwachsen.«

»Zu dieser Zeit hatte er wohl erkannt, nehme ich an, daß es nicht so sehr seine Unkenntnis als die Unkenntnis des Berufsstandes im allgemeinen war. Er resignierte leichter als früher. Aber zu Anfang...« Sie konnte Johnny nicht sagen, wie sie sich manchmal gefürchtet hatte, wegen seiner Verzweiflung, daß er den gleichen Ausweg hinaus wie seine Schwester Kate nehmen könnte. Und wie sie aus diesem Grunde seine verzweifelten Seitensprünge akzeptiert hatte – nicht glücklich, aber sie hatte sie akzeptiert: sie konnte verstehen, daß es ein Weg war, knapp vor dem Weg, den Kate gewählt hatte. Arme Kate! Sie hatte seit Jahren nicht mehr an sie gedacht – nicht seit Binny –, sie hatte ihre Gedanken vor diesem Weg abgeschottet. »Du bist ein großer Trost für mich, Johnny. Ich habe nur an mich selbst gedacht... falls ich allein zurückbleibe... aber du hast recht: Er hat ein gutes Leben gehabt, alles in allem, und hat das Beste daraus gemacht. Und dafür bin ich dankbar.«

Ihre Unterhaltung war mit gedämpfter Stimme geführt worden; sie hatte den kranken Mann nicht gestört, der im Schlaf hätte liegen können, so ruhig war er. Von diesem Tag an ging es ihm schnell immer schlechter; sein Fieber stieg, er warf sich ruhelos herum, murmelte und hustete unaufhörlich. Später war Anne nicht mehr sicher, wie viele Tage vergangen waren, in denen sie an der Bettkante saß und versuchte, ihn ruhigzuhalten, seine verkrusteten Lippen und seinen Mund abzutupfen, sein Gemurmel aufzufangen und sich zu fragen, was er wohl in seinem Delirium wieder durchlebte.

Eines Nachmittags kam Louline in die Schlafzimmertür, um sie zu holen. John schlief zu diesem Augenblick gerade, und nur sein mühsames Atmen legte Zeugnis für seinen Zustand ab.

»Dieser Mistah Trave's, er will Sie sehen. Nur 'ne Minute, sagt er. Ich kann beim Doktor bleib'n.«

»Oh, mein Gott, Louline! Thomasina! Ich habe das ganz vergessen, selbst Johnny zu fragen, wie sie es denn geschafft hätten...«

»Sie hatten ein' Begräbnisgottesdienst in'ner Kirche, dann hab'n sie sie in'ne Gruft auf'm Friedhof getan, bis der Schnee schmilzt. Stand alles in'ner Zeitung.«

»Natürlich. Nur daß ich natürlich nicht die Zeitung gelesen habe. Ich werde zu ihm gehen, Louline. Du bleibst hier und rufst mich...«

»Ja, Ma'am.«

Anne ging zum Wohnzimmer. Sam war nicht da. Louline hatte ihn in den Salon gebracht.

»Sam, kommen Sie doch, setzen Sie sich, wo ein Feuer ist. Manchmal glaube ich, das Mädchen hat überhaupt keinen gesunden Menschenverstand.«

Er ging quer durch die Halle, stand da und beobachtete sie, wie sie zu ihrem Schaukelstuhl ging und ihn mit einer Geste einlud, in dem anderen Platz zu nehmen.

»Ich will mich nicht länger als für eine Minute aufdrängen. Ich hatte das Gefühl, ich müsse kommen und Ihnen sagen, wie leid es mir tut. Wissen Sie, ich habe schuld.« Anne sah ihn so erstaunt an, daß er sich beeilte, das zu erklären. »Das war eine so schreckliche Nacht, als sich Thomasinas Zustand verschlechterte, als sie nicht mehr zu Atem kam – da dachte ich, ich sollte Dock eigentlich nicht mehr rausrufen. Ich habe statt dessen Johnny gerufen und meinte, ich könnte es seinem Vater ersparen. Irgendwie, was ich auch immer in der besten Absicht tue, es kommt immer das Falsche dabei heraus.«

»Sam, kommen Sie, setzen Sie sich, bitte. Ich habe Ihnen noch nicht gesagt, wie traurig ich wegen Thomasina bin, und wie dankbar, daß Sie auf John Rücksicht nehmen wollten. Es war nicht Ihr Fehler, daß der andere Anruf kam. Es tut mir leid, daß ich nicht zu

Thomasinas Beerdigung gehen konnte. Ich habe dieses Schlafzimmer nicht verlassen... Thomasina und ich sind unser ganzes Leben lang Freunde gewesen, fast... jedenfalls seit ich erwachsen genug war, um ihr ebenbürtig zu sein. Ich meine, ebenbürtig im Sinne von Alter – Reife. Ich war das nie in bezug auf ihre reine Güte.«

Sams hellblaue, hinter den Brillengläsern rotgeränderte Augen waren voller Tränen. Anne fühlte, wie ihre eigenen Augenlider zu kribbeln begannen. Dann weine, dachte sie, weine für uns alle – und sie machte keinen Versuch, ihre Tränen zurückzuhalten. »Ich wußte, daß John sich wegen ihres Zustandes Sorgen machte, aber ich hatte keine Idee... kam das Ende plötzlich? Oder würden Sie lieber nicht darüber reden?«

»Ja und nein. Dock hatte mich gewarnt. Er hat gesagt, man könne nicht als Mädchen Heuschnupfen gehabt haben und Asthma, als man älter wurde, ohne schließlich mit einem Emphysem und einem schwächer werdenden Herz zu enden. Bitte, weinen Sie nicht um Thomasina. Wenn sie zu mir zurückkommen könnte, wie sie immer war, würde ich mir das wünschen. Aber ich würde sie nicht zurückwünschen, wie sie litt. Für sie war es eine Erlösung, und ich glaube, der Tod enthielt kein Entsetzen für sie. Sie war eine gute Christin.«

»Ich weine nicht nur um Thomasina, obgleich ich sie vermissen werde... schrecklich. Oder um John. Sondern um die Menschheit im allgemeinen.«

Sam war bestürzt. »Sie meinen, Dock...?«

»Ich weiß nicht. Alles mögliche ist getan worden. Aber Lungenentzündung... er ist sehr krank.«

»Wegen meiner fehlgeleiteten Freundlichkeit.«

»Verbannen Sie das sofort aus Ihren Gedanken, Sam. Was sein soll, wird sein, und nichts, das irgendwer getan hat oder nicht getan hat... Sie sehen, manchmal hilft es, ein Presbyterianer zu sein.«

Sam Travers war neben Julia und Jessamine Stevens, die als Mitglieder der Familie ein und aus gingen, der einzige Besucher. Sally Rausch kam nicht und rief sie auch nicht an: Anne hatte sie gebeten, es nicht zu tun. »Jedesmal, wenn es klingelt, hört er es und versucht aufzustehen, selbst wenn wir glauben, daß ihm gar nichts bewußt wird. Er hat die meiste Zeit seines Lebens auf diese Klingel gehorcht und kann jetzt nicht damit aufhören. Ich verspreche dir, ich rufe dich jeden Tag an.«

Aufgrund dieses Versprechens wußte Sally, daß es John ständig schlechterging. Er phantasierte fast unaufhörlich; sie erfuhr es sofort, als er begann, nach Ludwig zu rufen.

»Würde er kommen?« fragte Anne, und Sally am anderen Ende der Leitung wußte, daß sie weinte. »John wird ihn vielleicht nicht erkennen, aber er leidet so unter seinen ... seinen Träumen, oder was es auch immer ist ... Johnny glaubt, er will Ludwig, es könnte ihn beruhigen.«

Ludwig war da, so schnell er kommen konnte. Anne führte ihn die Eingangshalle herunter und sagte: »Vielleicht erkennt er dich gar nicht. Manchmal erkennt er niemanden. Und wenn es am besten steht, ist er verwirrt. Wenn er schläft, ist es eher wie ein Koma, aber gerade eben hat er nicht geschlafen. Johnny ist bei ihm: er steht mittlerweile eine fast vierundzwanzigstündige Wache durch.«

Ludwig ging hinein und stand am Fuße des Bettes. Falls ihn Johns Erscheinung schockierte, gelang es ihm, sein Gesicht unter Kontrolle zu halten. Die Augen des kranken Mannes waren offen, aber umwölkt und unstet. Nach einem Augenblick sagte Ludwig: »Hier bin ich, Dock. Du wolltest mich sehen?«

Johns Augen richteten sich auf ihn, er runzelte die Stirn, und schloß sie wieder. »Nein. Es war Hauptmann Rausch, den ich haben wollte. Rausch von der sechsten Iowa.« Dann öffnete er die Augen wieder; er kämpfte um Atem, aber seine Augen wurden klar. »Ludwig! Ja, natürlich. Ich wollte ...« Dann nach einem langen Augenblick, während alle warteten, fuhr er fort. »Du bist ein Freund von John Sherman. Sag ihm, er soll dem General sagen ... dieses Lazarett ... die Jungs sterben, und *ich kann ihnen nicht helfen.* Sag ihm, er soll uns aus diesem gottverlassenen Sumpf verlegen.«

Die letzten Worte erstarben in einem fast unhörbaren Gemurmel. Ludwig schwieg für einen Augenblick. Dann sagte er: »Du willst, daß ich mit dem General durch den Senator Kontakt aufnehme, ihn bitte, dein Lazarett aus Duckport zu verlegen. So gut wie schon geschehen: der Senator schuldet mir noch etwas. Schlaf ein, Dock, und hör auf, dir darüber Sorgen zu machen.«

John murmelte: »Ich wußte ... daß du es tun würdest.« Und sie sahen ihn alle an, als er hinüberglitt in einen Zustand, der Schlaf oder Bewußtlosigkeit sein konnte. Anne und Johnny gingen mit Ludwig in die Halle. Er sagte: »Ich hoffe, das hilft. Vielleicht vergißt er, daß ich hiergewesen bin, und fängt an, das Ganze wieder durchzugehen.«

»Zumindest hast du verstanden, woran er dachte«, sagte Johnny, »obwohl es so konfus war.«

»Ich habe das verstanden. Er hat jeden Zeitbegriff verloren. Die Jahre, die vergangen sind, bedeuten nichts mehr. Er hat mich anfänglich nicht erkannt, weil er einen jungen ›Hauptmann Rausch‹ suchte. Dann hat er mich erkannt, alt und gesetzt, wie ich bin, aber er erlebte immer noch die Leiden dieses Lazarettes in Duckport 1863, und er ist immer noch dort, aber ich bin der Ludwig Rausch, der ein Freund von Senator Sherman ist – es spielt keine Rolle, daß der letztes Jahr gestorben ist und der General 1891.« Ludwigs Augen schimmerten in unvergossenen Tränen; er nahm sein Taschentuch heraus und schneuzte sich heftig. »Zeit...« sagte er, »unsere Jugend... es geht nie wirklich vorbei, nicht wahr? Es wird alles in unserer Erinnerung festgehalten. Aber man sollte sich lieber an die glücklichen Jahre erinnern.«

»Der Krieg«, seufzte Johnny. »Ich nehme an, es spielt keine Rolle, wie viele Jahre, wie viele Errungenschaften, Ereignisse und Veränderungen, es war die größte Sache im Leben eines jeden, der in ihm gekämpft hat, und am Ende...«

»Es war unsere Jugend, Johnny. Dein Vater und ich sind viele Jahre lang Freunde gewesen, aber am bedeutsamsten ist, daß wir eine gemeinsame Jugend hatten.« Er schneuzte sich ein letztes Mal, schüttelte Johnnys Hand, küßte Anne auf die Wange, sagte: »Falls Sally oder ich irgend etwas tun können...« und machte sich auf den Weg.

»Er hat recht. Es sollten die glücklicheren Jahre sein, an die man sich erinnert«, sagte Johnny, »aber im Delirium sind es die Greuel. Der Krieg. Er hat ihn so gehaßt, und jetzt, wo er sich im Fieber verzehrt, ist es alles, woran er sich erinnert.«

»Mach dir nichts draus, Johnny. Du möchtest, daß er an mich denkt. Aber am Ende seines Lebens geht ein Mann zum wichtigsten Ereignis zurück. Und gib nicht vor, daß das nicht das Ende ist.«

Und sie ging in das Krankenzimmer zurück und nahm ihre Wache an der Seite des Bettes wieder auf.

Johnny überredete sie, in dieser Nacht zu Bett zu gehen, mit dem Versprechen, sie bei jedem Anzeichen von Veränderung zu rufen. Er weckte sie irgendwann nach Mitternacht; sie kam schnell herunter in ihrem Nachthemd und ihrem Morgenmantel und fand nicht nur Johnny, sondern auch Dr. Warren hilflos neben dem Bett stehen, in dem John krampfhaft um Atem rang. Sie ging zur anderen Seite, kniete sich auf den Boden und nahm seine Hand; der unverletzte Arm hatte sich völlig aus den Bettdecken befreit. Sofort öffnete er seine Augen und sah in die ihren, für einen Augenblick klar trotz aller Verwirrung. »Anne«, sagte er, und dann fragend: »Binny?«

»Binny ist in Ordnung«, sagte sie tapfer. »Sorg dich nicht mehr darum.« Sie weinte nicht; ihre Tränen waren jetzt alle in ihr, wie Blut, das aus ihrem Herzen tropft. Sie legte ihren Kopf auf das Bett und wartete mit seiner Hand immer noch in der ihren. Als sie nicht mehr die geringste Reaktion spürte, setzte sie sich auf, ließ seine Hand los und griff am Fußende des Bettes unter die Decken. »Seine Füße sind kalt.«

In diesem Augenblick hörte das geräuschvolle Atmen auf – nach einem entsetzlichen Ringen um Luft. Die Stille war nach so langer Zeit wie ein Schock. Anne blieb einen bestürzten Augenblick lang sitzen, langte dann hinauf und schloß Johns Augen. Als Johnny das Bettlaken über sein Gesicht ziehen wollte, unterbrach sie ihn.

»Laß mich nur hier, Johnny – nur einen kleinen Augenblick.«

»Mom, Dr. Warren und ich werden uns um... um alles kümmern. Du brauchst nicht...«

»Schon gut. Nur laßt mich einen kleinen Augenblick allein.«

Gehorsam verließen sie sie. Als sie schließlich aus dem Schlafzimmer herauskam, wartete Dr. Warren auf sie mit einem Wasserglas und einem Schlafmittel. »Trinken Sie das«, sagte er, »wie ekelhaft es auch schmecken mag.«

Sie nahm es und schluckte es ohne Grimasse hinunter. »Nicht daß ich schlafen werde, was ich auch immer nehme. Nein, bemüh dich nicht, Johnny, ich kann ohne deine Hilfe nach oben und zu Bett gehen. Ich werde nicht zusammenbrechen oder irgend etwas Törichtes tun. Bleib nur – und tu, was du tun mußt.«

Die beiden Männer sahen ihr nach, wie sie die Treppe hinaufging, bevor sie in das Schlafzimmer zurückkehrten. Dr. Warren sagte: »Du brauchst wirklich nicht zu tun, was, wie ich mir denken kann, schmerzlich für dich sein muß. Der Unternehmer wird sich um alles kümmern.«

»Sie können ihn rufen, wenn Sie wollen. Aber es gibt einige Dinge, die die Pietät von einem Sohn verlangt, und ich bin froh, daß ich sie tun kann. Wissen Sie... ›die letzten Dienste für den Toten‹.« Johnny sah auf seinen Vater herunter, die eingesunkenen Augen und Schläfen, die eingefallenen, unrasierten Wangen, der immer noch schwarze Bart. »Ich muß ihn rasieren. Niemand hat ihn je ungepflegt gesehen. Merkwürdig, nicht wahr, wie alt er aussieht, so plötzlich. Und er war nicht wirklich alt. Einundsechzig an seinem nächsten Geburtstag.«

»Ärzte, wirkliche Ärzte, werden nicht alt.«

»Ich weiß. Und er war so an den Tod gewöhnt. Ich glaube nicht, daß er ihn geängstigt hat. Ich erinnere mich, wie er einmal, als ich anfing zu praktizieren, mit mir darüber geredet hat, daß der ›große

Feind Tod‹ immer in der Zimmerecke lauert. Aber ich bin mit ihm an so vielen Totenbetten gewesen, daß ich weiß, er sah den Tod nicht immer als Feind, wie verbissen er auch gegen ihn gekämpft hat.«

Oben legte sich Anne hin, immer noch überzeugt, daß sie in der Nacht nicht würde schlafen können, aber selbst zu erschöpft, um sich hinzuknien und zu beten. Sie hatte so viele Nächte inbrünstig gebetet – selbstsüchtig. Als das Beruhigungsmittel jedoch zu wirken begann, gingen ihre Gedanken wie durch einen Nebel, und sie erinnerte sich nicht, es überhaupt eingenommen zu haben: »Ja, natürlich, es gibt nichts mehr, für das ich wach bleiben und lauschen müßte. Nicht das Telefon oder ein Klopfen, nicht Schlittenglöckchen oder Pferdehufe oder wie sich die Haustür schließt. Ich kann für immer schlafen. Würde aber lieber wach liegen und warten –« Und als der Schlaf sie übermannte, waren ihre Wangen und das Kissen von Tränen naß, die sie vorher nicht vergossen hatte.

Sie erwachte spät am nächsten Morgen, des bleiernen Gewichts auf ihrer Seele und des Unglücks in ihrem Herzen nur halb bewußt. Es dauerte einen Herzschlag lang, bevor sie sich erinnerte, warum. Der Klang von Stimmen und von Bewegungen kam von unten. Welche Geschäftigkeit! Sie blieb einen Augenblick liegen und versuchte zu überlegen, warum ihr dieses Wort eingefallen war: Es war ein Gedicht von Emily Dickinson, das bei irgendeinem Klubtreffen zitiert worden war. Sie kämpfte, um es sich in das Gedächtnis zurückzuholen, weil es ihren eigenen Empfindungen Worte verliehen hatte, als ihr Vater gestorben war. Und Binny. Aber es fiel ihr nicht mehr ein als »welche Geschäftigkeit im Haus«.

Schließlich stand sie auf, badete sich und kleidete sich an und ging dann die Treppe hinunter. Sally und Jessamine warteten unten neben der Treppe.

»Warum kommst du herunter, Anne? Hier gibt es nichts, was du tun könntest.«

»Überlaß uns zu tun, was getan werden muß, Cousine Anne. Die Besucher empfangen – es ist die einzige Art, wie wir sagen können, wie sehr wir mit dir trauern.«

»Ich bin in Ordnung«, sagte Anne kurz. »Und es gibt Dinge, die ich tun kann.«

»Ich habe Rodney telegrafiert«, sagte seine Mutter, »und er hat zurückgekabelt. Er wird den Nachtzug nach Hause nehmen. Ich hoffe, du hast nichts dagegen, daß ich das auf mich genommen habe.«

»Dagegen? Ich bin froh.« Anne sah sie fest an: Jessamine blickte nicht weg. Alles, was in mehr als zwanzig Jahren hätte gesagt werden müssen, lag in diesem Blick. »Rodney wird für Johnny eine große Hilfe sein, und ich bin froh, ihn um mich zu haben. Ich mag ihn, weißt du.« Anne brach ab, um sich Sally zu widmen.

»Kann ich Rosa herschicken, um Louline zu helfen? Zu helfen, die Leute zu empfangen? Du weißt, es wird einen beständigen Strom von Besuchern geben. Falls du nicht willst, daß wir bleiben.«

»Danke, Sally. Aber Louline und ich kommen schon zurecht. Ich bin gerade auf dem Weg zur Küche, um mit ihr zu reden. Ich habe sie kaum gesehen, seit – seit der Nacht mit dem Sturm.«

»Es ist ein Segen, daß der Schnee so gut wie weg ist.«

»Weg?« Anne ging in das Wohnzimmer, um aus dem Fenster zu sehen. Außer in den Ecken, wo die tiefsten Verwehungen hingetragen worden waren, war der Boden schneefrei, aufgeweicht und trostlos. »Ich habe das gar nicht bemerkt. Wie ist das so schnell geschehen? Kommt heute nachmittag zurück, Sally und auch du, Jessamine, wenn ihr mir helfen wollt die Besucher zu empfangen. Aber ich werde mich nicht nach oben abschieben lassen. John hatte so viele Patienten, die ihr nicht kennt. Sie werden vielleicht nicht kommen, aber wenn sie es tun, glaube ich, würden sie es schätzen, wenn ich da wäre, um ihnen zu danken.«

An diesem Nachmittag kamen nicht viele Besucher. Reverend Mr. McKinney kam und betete mit Anne; sie hatte sich mit der Zeit so daran gewöhnt, ihm nicht wirklich zuzuhören, daß es ihr nicht allzuviel ausmachte, daß über sie weggebetet wurde. Johns Todesanzeige war an diesem Abend in der Zeitung mit der Bekanntmachung, daß Besuchsstunden am nächsten Nachmittag im Hause abgehalten würden. Am Ende dieses nächsten Tages war Anne steif vor Erschöpfung. Sie war froh, daß sie es geschafft hatte, durch diese sich endlos hinziehenden Stunden neben dem Sarg zu stehen. Aber erst als sie in dieser Nacht im Bett war, wurde ihr bewußt, wie viele Hände sie geschüttelt hatte, schwarze und weiße, wie viele Kondolenzwünsche sie angenommen hatte, wie oft sie gehört hatte: »Er war ein guter Freund und ein guter Arzt« oder »Wir werden nie vergessen, daß er unsere Mary gerettet hat« oder »unseren Tom« oder demütig »Ich mußte einfach kommen, um Sie wissen zu lassen... wir wissen gar nicht, wie wir ohne ihn auskommen sollen«. An einzelne Personen erinnerte sie sich nicht, nur an Tim O'Reilly und seine Frau und wie sie beide Hände nach Tim ausgestreckt hatte. Warum? Sie hätte es nicht sagen können. Er war nicht mehr der junge Ire, dem sie vor so vielen,

vielen Jahren geholfen hatten: er war wohlbeleibt, silberhaarig und rotgesichtig; und obgleich er immer noch Maschinist bei der Eisenbahn war, sah er in seinem besten blauen Anzug und seinem Gesicht voller Selbstvertrauen wie jedermann in Waynesboro wie ein Millionär aus. Aber sie hatte sich in ihrer Geste nicht geirrt: Er hatte ihre Hände in einen festen Griff genommen, und als sie die Phrase gemurmelt hatte, die schon automatisch geworden war, »Sehr nett von Ihnen, daß Sie gekommen sind«, sagte er: »Wie hätten wir nicht kommen sollen? Haben Sie je gedacht, wir hätten es vergessen? Er hat uns unser Selbstvertrauen wiedergegeben, und das ist mehr, als unsere Gebrechen zu heilen, obwohl er auch das getan hat.« Und Mrs. O'Reilly, schüchterner als Tim, legte eine zarte Hand auf ihren Arm und sagte: »Wir werden für ihn beten und eine Kerze anzünden.« An eine andere einzelne Person erinnerte sie sich: Christina Voorhees. Anne hatte fast kehrtgemacht und wäre entflohen, als sie die Voorhees' sich nähern sah, aber sie blieb fest stehen, und Christina ersparte ihr alle Philosophie; sie sagte: »Ich kann mich nach all den Jahren nur daran erinnern, welch ein guter Freund er Papa war und wieviel Freude sie zusammen mit ihrem Schach hatten.« Ihre Augen – Christinas! – hatten sich mit Tränen gefüllt, als sie völlig spontan hinzufügte: »Wenn wir nur die Uhr zurückdrehen könnten!«

Am nächsten Morgen, dem Morgen des Begräbnisses, hatte Anne völlig vergessen, daß sie in ihrem Gedächtnis nach dem Gedicht herumgesucht hatte – einem Gedicht, von dem sie empfunden hatte, daß es eine Wahrheit ausdrücke, die sie hören mußte. Sie dachte nicht wieder daran, bis die Beerdigung vorbei war. Sie hatte die Einladung von Johnny und Julia, mit ihnen nach Hause zu gehen, abgelehnt, als sie in der Kutsche saßen und vom Friedhof zurückkamen. »Von jetzt an werde ich alleine sein. Ich glaube, ich würde lieber sofort damit beginnen. Aber komm morgen früh vorbei, und wir werden die Sachen deines Vaters durchsehen. Er hatte nicht viel an Kleidung, aber einiges davon ist gut und wird noch für jemanden nützlich sein. Je länger man es vor sich herschiebt, desto schwerer wird es.«

Sie ging in das Haus, dann in das Wohnzimmer, wandte sich ihrem Schaukelstuhl zu und sah sofort den traurigen Zustand des Feuers, das im Kamin zu Asche wurde. Ganz ohne eigenen Willen erinnerte sie sich an die Worte, die sie so viele Male gedacht hatte: »John wird mich auslachen, aber wenn er hereinkommt, wird er es anfachen. Und ich kann ihm von heute nachmittag erzählen...« Dann wogte das erste wirkliche Erkennen des Verlustes über sie hin, und sie ließ sich voller Verzweiflung auf das Sofa fallen. Und das Gedicht, nach dem sie am Morgen nach Johns Tod gesucht hatte, fiel ihr zu ihrem Erstaunen, denn sie hatte es nie auswendig gelernt, wieder ein:

Die Geschäftigkeit in einem Haus
Am Morgen nach dem Tod
Ist die ehrwürdigste aller Tätigkeit,
Die auf Erden je geschieht–

Das Aufräumen des Herzens
Und das Verstauen der Liebe
Werden wir nicht wieder erfahren wollen
Für alle Ewigkeit.

Das brachte ihr Tränen, eine bittere Flut. Sie konnte über ein Gedicht weinen. Louline, die gerade mit Lafe von der Beerdigung zurückkam, hörte sie und kam, um sich neben sie zu setzen. »So ist es richtig, Miz Gordon – weinen Sie, bis ihr Kopf ganz leer ist. Is' nich' natürlich, sich überhaupt nich' aufzureg'n.« Sie legte einen kräftigen Arm um Anne und hielt sie, bis Anne sich aufsetzte, sich die Tränen abtrocknete und sagte: »Danke, Louline. Ich bin schon wieder in Ordnung. Was sollen wir nur mit all den Lebensmitteln machen, die die Leute uns gebracht haben? Nimm mit nach Hause, was du willst, ich kann es nicht essen.«

Die folgenden Tage waren voller Geschäftigkeit, zu ausgefüllt, um zu grübeln, wenn Anne hätte grübeln wollen. Da gab es Johns persönliche Habseligkeiten, über die verfügt werden mußte; unbezahlte Rechnungen von Patienten, mit denen sich Johnny beschäftigen sollte, und ein nicht unbeträchtliches Besitztum, das geschätzt und aufgeteilt werden mußte: eine Verantwortlichkeit, die Johnny ablehnte, weil ein Drittel davon, das Drittel, das ihr rechtlich zustand, das einzige war, das seine Mutter akzeptieren wollte. Anne erklärte Tim Merrill die Situation. Sie nahm an, er würde es merkwürdig finden, daß ausgerechnet ein Doktor ohne Testament gestorben war, aber das war Johns Entscheidung. Sie empfand kein Bedürfnis, Tim zu erzählen, daß John in einem seiner häufigen Ausbrüche von Verbitterung wegen Julia kurz nach ihrer Hochzeit mit Johnny gedroht hatte, ein Testament aufzusetzen und alles Anne zu vermachen. Sie hatte ihm das ausgeredet. Nichts war eher geeignet, ihre Schwiegertochter gegen sie aufzubringen. »Und denk daran, ich wäre diejenige, die die Hauptlast zu tragen hätte.« Und während Johnny zweifellos alles Geld würde gebrauchen können, das er erbte, war das bei Anne anders: sie würde einfach leben, sie würde über die Witwenpension aus dem Bürgerkrieg verfügen, und sie hätte die Eisenbahnaktien, die so gut wie Gold waren, und das Haus, das sie von ihrem Vater geerbt hatte. Das wäre genug. John solle alles über das Aufsetzen eines Testamentes vergessen; nach dem Gesetz würde ihr ein Drittel seines Besitzes zustehen, und zwei Drittel würden an Johnny gehen: eine Teilung, die gerecht sei, wie sie Tim erklärte. Warum sich mit einem Testament belasten? Aber jetzt erkannte sie, als sie in Tims Büro saß und sich daran erinnerte, daß sie beide von dem instinktiven Unglauben aller Sterblichen an ihre Sterblichkeit beeinflußt worden waren. Die Monate, Wochen, Jahre vergehen in der gleichen Weise, wie sie immer vergangen sind; wenn man aber mit dem Verstand denkt und nicht mit dem Instinkt, dann weiß man, daß mit dem Vergehen eines jeden Tages das Ende unausweichlich näher rückt. Sie war töricht gewesen, es für selbstverständlich zu halten, daß sie und John gemeinsam älter würden, aber soweit es seinen Besitz betraf, wußte sie, daß sie recht gehabt hatte. Sie wollte, daß Julia glücklich wäre, denn nur dann würde es auch Johnny und dem Jungen gutgehen. Und ihr war noch nicht ganz wohl wegen Julia.

Das erste Klubtreffen, zu dem sie nach Johns Tod ging, war bei Mrs. Deming. Anne hatte ihr normales Leben wiederaufgenommen, ihr normales aktives Leben, nicht nur weil sie es selbst so wollte, sondern auch weil sie wußte, wie sehr John demonstratives Trauern verabscheut hatte; sie machte sich wenig aus den Meinungen der anderen: Julia und ihre Mutter könnten die Augenbrauen hochziehen, wenn sie wollten. Sie war nicht nur in ihrer Kirchenbank an jedem Sonntagmorgen, sondern erledigte auch wie immer ihre Markteinkäufe und die anderen Besorgungen, die zu machen waren. Und als der Klub sich bei Mrs. Deming traf, war sie da.

Sie ging früh hin mit der Absicht, einen Stuhl im Hintergrund mit Beschlag zu belegen und so Kondolenzbekundungen zu vermeiden, die ja bereits einmal ausgesprochen worden waren. So kam sie an Mrs. Demings Tür so früh an, daß Julia noch nicht heruntergekommen war. Mrs. Deming, die Anne nicht zum erstenmal seit der Beerdigung sah, grüßte sie herzlich und ohne sie auf ihren schmerzlichen Verlust anzusprechen. »Wie nett, daß Sie so früh gekommen sind! Wollen Sie hinaufgehen und nachsehen, was Julia so lange aufhält? Vielleicht hat sie Schwierigkeiten, beim Ankleiden Haken und Ösen zusammenzubringen. Ich kann jetzt nicht gehen – die anderen könnten jeden Augenblick kommen.«

Anne fand Julia in dem Schlafzimmer mit dem großen Erkerfenster in ihrer Wohnung. Sie hatte, wie ihre Mutter vermutet hatte, Schwierigkeiten mit ihrem Leibchen, das am Rücken zusammengehakt wurde.

»Mama Gordon! Du rettest mein Leben! Wirf deinen Mantel nur auf das Bett.«

Während Annes flinke Finger sich Julias Rücken hinaufbewegten, sah sie sich in dem makellosen Schlafzimmer mit seinen weißen Stores, dem weißbezogenen Frisiertisch, der weißen Bettdekke um. Diese Sterilität ließ einen bis auf die Knochen frösteln. Es gab nichts, was darauf hinwies, daß Johnny je hier war. Als die beiden sich auf die Treppe zu in Bewegung setzten, schielte Anne in das Zimmer, das einmal das Gästezimmer gewesen war. Johnnys Haarbürsten lagen auf der Kommode, sein Pfeifenregal hing an der Wand, eine Pfeife zur Seite gekippt auf dem Nachttischchen, und Asche war wie immer verschüttet.

»Johny ist hier hingezogen?«

Julia errötete ein wenig. »Es war seine Idee. Er hat so viele Nachtrufe. Mehr denn je, seit Papa Dock uns verlassen hat. Ich finde es so schwierig, wieder einzuschlafen, wenn ich einmal aufgeweckt worden bin.«

(Dann kannte Julia also nicht, oder wollte es nicht kennen, die Wohltat, die Sicherheit – das Alles-ist-in-Ordnung-Gefühl, das sich einstellt, selbst wenn man im Halbschlaf ist, wenn dein Mann in dein warmes Bett gleitet, um neben dir zu liegen.) »Johnny würde natürlich nicht wollen, daß deine Nachtruhe gestört wird.«

Annes Stimme hatte eine sarkastische Spitze. Julia warf ihr einen argwöhnischen Blick von der Seite her zu. »Johnny ist sehr rücksichtsvoll.«

»Dessen bin ich sicher«, gab Anne zurück. »Er nimmt auf jeden Rücksicht, nur nicht auf sich selbst. Er sieht die ganze Zeit so müde aus. Und er war sonst so unbeschwert.«

»Er hat den Verlust seines Vaters so schwergenommen. Du erwartest doch sicher nicht, daß er jetzt schon wieder ›unbeschwert‹ ist?«

»Ich würde gerne denken, daß er lachen könnte – ja, jetzt schon.« Anne sagte nichts mehr, dachte aber noch viel. Getrennte Betten, ganz zu schweigen von getrennten Schlafzimmern waren in ihren Augen ein Zeichen einer nicht wirklichen Ehe. Welchen Sinn könnte es haben, besonders für ihren warmherzigen, liebenden Johnny, in einer Ehe zu leben, die wenig mehr bedeutet als gemeinsam eingenommene Mahlzeiten mit der Anwesenheit eines Kindes? Danach begann sie, ihn mit einem besorgten Auge auf seinen kurzen, aber täglichen Besuchen zu beobachten – zu besorgt, tadelte sie sich selbst, denn sein dünnes Gesicht ohne Lächeln, sein verzehrter Gesichtsausdruck könnten tatsächlich die Auswirkung von Trauer und zu viel Arbeit sein und nicht von einem – Mangel an Zuhause.

Für den Rest des Januars schienen die Tage länger zu werden und langsamer zu vergehen. Sally Rausch kam an zwei oder drei Nachmittagen in der Woche vorbei, nicht, um Anne vom Trübsalblasen abzuhalten, sondern um sie mit den Vorgängen in der Stadt in Verbindung zu halten. Anne war nie jemand gewesen, die ihre Morgen in Untätigkeit verbracht hatte; es waren die späten Nachmittage, die einsamen Abendessen und die Abende, die ihr so endlos erschienen. Lesen war immer das vorrangigste ihrer Vergnügen gewesen; jetzt verschlang sie ein Buch nach dem anderen und war dankbar, daß sie sich nie übersättigt fühlte.

Dann erschienen eines Nachmittags, als es draußen bereits zu dunkeln begann, Johnny und Tucker an der Haustür, Tucker, der einen jungen Hund an sich schmiegte und so tat, als habe er nicht geweint, trotz seiner nassen, roten Wagen, seiner laufenden Nase und seinen schluckaufähnlichen Schluchzern, mit denen er Atem bekommen wollte.

Anne führte sie schnell herein und sagte: »Was...? Ist das ein neuer kleiner Hund, Tuck?«

»Ja.« Der Ton seiner Stimme war eine Kombination aus Trotz und Düsterkeit.

»Um Gottes willen, Kind, ich werde dir das Gesicht abwischen, sonst wird es ganz rissig.«

Johnny nahm sein Taschentuch heraus, das in bezug auf seine Größe ihres beschämte, und wischte die Wangen und die Nase des Jungen ab. »Es ist ein Foxterrier-Welpe. Der Junge von Perkins' gab es ihm. Es war so gutes Wetter für eine Schlittenfahrt, daß ich ihn mit auf die Farm hinausgenommen habe. Julia brauchte Eier und ein Huhn, aber sie mag die Kälte nicht. Wenn sie mitgekommen wäre...«

»Er gehört mir«, sagte Tucker. »Vater hat mich ihn behalten lassen. Wir haben ihn unter der Büffeldecke nach Hause gebracht. Aber Mutter sagt, daß ich ihn nicht behalten darf.« Wieder quollen die Tränen herauf und flossen in kleinen Rinnsalen aus seinen Augenwinkeln. »Vater sagt, du magst Hunde...«

»Ich verstehe.«

»Julia hat in gewissem Sinne recht, Mom«, mischte sich Johnny eilig ein. »Eine Wohnung im ersten Stockwerk ist kein Platz für einen Hund: sie würde ständig herauf- und hinunterlaufen müssen, um ihn herein- oder herauszulassen.«

»Da es mitten im Winter ist und das Hündchen nicht älter als ein paar Wochen sein kann, wird es wohl für einige Zeit nicht viel rauswollen.«

Tucker legte den Hund vor dem Feuer ab, hockte sich daneben und glättete mit einer zarten Hand das immer noch so wuschelige Haar. »Sein Name ist Major. Wegen Präsident McKinley. Vater hat gesagt, daß sie ihn so genannt haben, bevor er Präsident wurde.«

Major zappelte vor Vergnügen und wedelte mit seinem kleinen Schwanz und machte den Kaminvorleger naß. Tucker sah seine Großmutter angstvoll und bestürzt an und wußte überhaupt nicht, was er sagen sollte.

»Geh und bitte Louline um einen Putzlappen und komm wieder und wisch das auf.«

Tucker rannte in die Küche. Johnnys Mund zuckte, aber er wagte nicht zu lächeln – noch nicht. »Julia versteht nicht das geringste von Hunden... sie hat nie im ganzen Leben ein Haustier gehabt. Ich hätte mehr Verstand haben sollen und ihn Tucker nicht behalten lassen dürfen. Für Julia ist die Vorstellung, einen Hund stubenrein zu machen...«

»Manchmal denke ich, Julia ist für die alltägliche Welt zu heikel. Du stellst dir also vor, nehme ich an, daß ich ihn aufziehe?«

»Mom, es gibt entweder das oder ihn zurückbringen und Tucks Herz zu brechen.«

Der Junge kam mit einem Putzlappen zurück, scheuerte auf Händen und Knien den Kaminvorleger und sah hin und wieder durch seine Wimpern auf.

»Wenn er es das nächste Mal tut, dann reibe seine Nase hinein und bring ihn dann raus. Dann wird er es schnell lernen.«

»Dann kann ich ihn hierbehalten? O Großmutter!«

»Wie viele Hunde hast du seinerzeit erzogen, Mom? Erinnerst du dich an meinen ersten – den langhaarigen Streuner, der wie ein Fußbodenmop aussah, als ich ihn hereinbrachte? Den, den ich ›Lyss‹ nach General Grant nannte?«

»Sicher erinnere ich mich. Er war ein sehr liebebedürftiger Hund, besonders wenn es donnerte. Ihn und Rags und Binnys Dicky. Ich habe sie alle aufgezogen. Kinder versprechen immer, sich um ihre Lieblinge zu kümmern, und tun es dann doch nicht.«

»Ich werde es aber, Großma. Großes Ehrenwort.«

»Ja, ich weiß, du wirst jetzt den ganzen Tag in der Schule sein und du wohnst einige Blocks die Straße hinunter. Du mußt verstehen, Tuck: Wenn ich die Erziehung des Hundes übernehme und ihn füttere und mit ihm spiele, dann wird er mein Hund sein, jedenfalls in seinen Augen. Hunde sind so.«

»Sie sind wirklich so«, sagte Johnny. »Aber Tuck kann mit ihm spielen, wenn er will, nicht? Und ihm Tricks beibringen. Und wenn der Frühling erst da ist, kann der Hund mit ihm herumrennen.«

»Großma?«

»Oh, ja, ich werde ihn für dich behalten. Ihn stubenrein machen. Aber du wirst helfen müssen. Du mußt lernen, dich um uns beide zu kümmern.«

»O Großma!« Tucker richtete sich auf seine Knie auf, warf seine Arme um die Beine seiner Großmutter und stieß sie fast um.

»Tucker!«

»Es ist in Ordnung. Geh, Tucker, bitte Louline, einen Korb für ihn im Keller zu finden und ihn mit einigen alten Decken auszulegen. Und wenn er die ganze Nacht nach seiner Mutter ruft – jedenfalls mehr als eine Nacht –, dann geht er zurück.«

In den folgenden Tagen kam Anne der Gedanke, daß Johnny die ganze Sache vielleicht eher zu ihrem Wohl als dem Tuckers geplant hatte: Es gab nichts, was wie ein Welpe jemanden auf Trapp hält und die Gedanken ablenkte. Aber sie empfand Major als wunderbare Gesellschaft: Es war besser, mit einem ekstatisch mit dem Schwanz wedelnden Welpen zu reden, als stumm Dialoge in den eigenen Gedanken zu führen; und sie sah ihren Enkel häufiger als je zuvor. Er kam jeden Nachmittag nach der Schule, spielte mit Major je nach der Wetterlage drinnen oder draußen und versuchte, ihm beizubringen, einen Ball zurückzuholen, um sein Futter zu bitten und ihm dicht auf den Fersen zu folgen.

Anne hatte sich vorgestellt, während der Schnee noch hoch lag, daß sie, wenn der Frühling erst käme, ernsthaft im Garten arbeiten würde. Sie wollte alle Blumen, die sie noch nie gehabt hatte, anpflanzen. Aber einen kleinen Hund zwischen den Füßen zu haben, machte diesem Ehrgeiz ein Ende. Sie würde zufrieden sein müssen, wenn sie ihn aus ihren gewöhnlichen Erbsen, Petunien, Löwenmäulchen, Astern und Verbenen halten könnte. Nach dem harten Winter stellte sich der Frühling frühzeitig ein, und dieses eine Mal gelang es Anne, das zu tun, was man nach dem Aberglauben der Gärtner immer tun sollte: am St.-Patricks-Tag nahm sie ihre Erbsensamen heraus und fing an, sie in dem Graben, den Lafe für sie angelegt hatte, auszulegen. (Lafe hatte jetzt mehr Zeit für ihre Arbeiten, nun da er nicht mehr Johns Pferd den ganzen Tag an- und abschirren mußte.)

Mitten am Nachmittag, als sie fast fertig war, kam Sally die Straße herunter und, als sie Anne vom Bürgersteig aus sah, kam sie durch das Tor und um das Haus herum, anstatt zur vorderen Haustür zu gehen.

»Was auf der Welt tust du denn hier auf dem nassen Boden? Du bist ja von Kopf bis Fuß mit Matsch bespritzt.«

»Das ist, weil Major mich immer wieder anspringt. Ich bin fast fertig. Ich habe süße Erbsen ausgelegt. Du weißt, man soll sie...«

»Ja, ich weiß: am St.-Patricks-Tag mit dem Risiko, Lungenentzündung zu bekommen. Ihr Gärtner!« Sally, deren Gärtnern sich darauf beschränkte, ihrem Stallarbeiter zu sagen, um die Terrasse Lobelien und Geranien zu pflanzen, betrachtete die, die sich die Hände bereitwillig schmutzig machten, mit herablassendem Humor. »Pflanzt du auch – oder pflanzt du eben nicht, wie auch immer es sein muß – bei Mondfinsternis?«

»Sei keine Gans. Geh herum zur Haustür und laß Louline dich anständig willkommen heißen. Ich gehe durch die Küche herein und werde bei dir sein, sobald ich meine Hände geschrubbt und meine Schuhe gewechselt habe.«

»Und steck dir auch dein Haar auf, um Gottes willen.«

Anne hatte immer noch einen vollen Haarschopf, auch wenn es die goldenen Flecken, die es einmal gehabt, verloren hatte und nun durchgehend tiefbraun war. Sie fühlte mit ihrer Hand nach ihrem unordentlichen Nackenknoten, sagte »Guter Himmel«, sammelte ihre Gartengeräte auf und setzte sich in Richtung auf die Küchentür mit Major, der ihr um die Fersen sprang, in Bewegung.

Nach einigen Minuten leistete sie Sally, nun um ein Beträchtliches sauberer und ordentlicher, in ihrem Wohnzimmer Gesellschaft und entließ Louline, die ihren Gast mit Klatsch vom East-End unterhalten hatte. »Nimm den Hund, Louline, und halt ihn in der Küche, bis Tucker kommt.«

Als Louline den Hund weggezogen hatte, sagte Sally: »Warum du dich in aller Welt in deinem Alter noch mit einem Welpen belastest, kann ich nicht verstehen.«

»Fühlst du dich so alt? Ich kann das nicht glauben.«

»Eigentlich nicht. Würde ich aber vielleicht mit einem Welpen auf dem Arm; sie sind so lästig.«

»Du und ich, wir leben jetzt in verschiedenen Welten. Ich glaube, du würdest wahrscheinlich keine Zeit haben.«

»Welch ein Unsinn! Verschiedene Welten, also wirklich! Vor allem, wo du in ganz Waynesboro die einzige weibliche Person bist, mit der ich reden kann. Klubmitglieder zählen nicht, zumindest nicht, wenn es um ernste Dinge geht.«

»Um welche ernsten Dinge geht es dir denn heute nachmittag?«

»Um nichts, eigentlich. Alles scheint gutzugehen.«

»Nur ›scheint‹?«

»Ludwig hat ein sorgenvolles Auge auf den in die Höhe schnellenden Aktienmarkt.«

Allem Anschein nach war das Land noch nie so reich gewesen. Ludwig hatte so viel in der Mühle zu tun und fuhr zumindest einmal pro Woche nach Madison, um in der Papiergesellschaft nach dem Rechten zu sehen, daß er und Sally nicht einmal für McKinleys zweite Amtseinführung am vierten März nach Washington gefahren waren. Aber es gab so etwas wie einen unvernünftigen, ja sogar leichtsinnigen Glauben an das grenzenlose Ansteigen des Geschäftslebens im Lande und in den hochschießenden Aktienmarkt, den Ludwig als bei weitem zu hoch fand.

»Er sorgt sich um Ernest. Es schien ihm als Agent in der Maklerfirma, in der sein Schwiegervater Geschäftspartner war, sehr gutzugehen, aber wir haben in ihm nie den hellsten Jungen der Welt gesehen. Ludwig hat Angst, daß er sich am Markt die Finger verbrennt.«

Anne lachte. Sie war nicht im geringsten am Aktienmarkt interessiert; es wäre ihr nie in den Sinn gekommen, die Aktien, die sie hatte, zu verkaufen und dann in etwas anderes zu investieren. Und sie empfand nur ein gelindes Interesse an Ernests Wohlergehen. Sie sagte: »Ernest ist mir nie wie ein Spielertyp vorgekommen.«

»Fieber ist ansteckend.« Aber Sally wechselte das Thema, um nicht zu kritisch über ihren eigenen Sohn zu reden.

Und wie der Frühling fortschritt, wurde Ludwigs Interesse am Aktienmarkt zu wirklicher Sorge für seinen Sohn, in dessen Urteil er wenig Vertrauen hatte. Während des ganzen Aprils beobachtete er, wie der Preis von Northern-Pacific-Aktien hochkroch: am zweiundzwanzigsten 101, am siebenundzwanzigsten 109, am neunundzwanzigsten 119.

»Die Finanzexperten tun so«, sagte er und schlug zornig auf seinen *Enquirer,* »als ob sie nicht wüßten, wer die Northern-Pacific ausplündert.« Er war mit Sally eines Abends nach dem Essen in der Bibliothek.

»›Ausplündert‹?«

»Alle verfügbaren Aktien aufkauft. Als ein Investment ist es keine 119 Dollar pro Aktie wert.«

»Warum dann – ?«

»Um die Kontrolle darüber zu bekommen, natürlich. Wer hat jetzt die Kontrolle? Hill und J.P. Morgan. Wer will sie? Ich vermute Harriman, um die C.B.&Q. für die Union Pacific in die Hände zu bekommen mit einem Anschluß nach Chicago. Die Northern-

Pacific endet in St. Paul, die Union-Pacific in Omaha. Aber Hill und Morgan haben im Januar die Burlington unter Kontrolle bekommen.«

»Du denkst also, Harriman versucht, die Northern-Pacific und die Burlington von Morgan wegzubekommen? Komisch, wir sind auf dieser Linie nach Burlington schon so oft gefahren und haben nie einen Gedanken daran verschwendet, wem sie gehört. Und es spielt für uns auch jetzt keine Rolle, nicht wahr?«

»Nicht direkt, weil wir von denen keine Aktien haben. Aber es treibt den Aktienmarkt zur Raserei. Jeder in Wall Street muß wissen, daß N.P.-Aktien überbewertet sind; sie spekulieren auf Baisse in der Absicht, sie zu kaufen, wenn sie auf ein vernünftiges Niveau gefallen sind. Wenn die Narren nicht verstehen können, was passiert, dann werden sie aus dem Ganzen nur mit einem hinkenden Bein hervorgehen. Hill und Morgan oder Harriman werden sich durch überhöhte Aktienpreise nicht stoppen lassen. Ohne Deckung verkaufen, wenn diese Leute auf dem Markt sind, und kaufen, ist so sicher, wie deine Hand in eine unserer Häckselmaschinen zu stecken. Manchmal glaube ich, daß zu nahe an der Wall Street zu sein, einem Mann Scheuklappen vor den Augen einbringt.«

Sally lachte und sagte dann schnell: »Es tut mir leid. Ich habe nicht über dich gelacht, nur über deine Metaphern. Ich weiß, daß es nicht komisch ist. Du glaubst, Ernest – ? Aber sein Schwiegervater würde ihn doch sicher davon abhalten?«

»Ich glaube, daß Ernest genau der Junge ist, der das tut, was alle anderen tun. Ich werde ihm morgen früh ein Telegramm schicken. Ich habe keine Lust, ihn nachher heraushauen zu müssen.«

Das Telegramm wurde abgeschickt: »Verkauf NP nicht ohne Deckung! Kann es mir nicht leisten, für dich zu bürgen.« Ludwig war froh, daß er es geschickt hatte, als am sechsten Mai der Preis von Northern-Pacific 127 erreichte und die Spieler und Spekulanten einzugreifen begannen. Das war an einem Montag, am Dienstag kletterte die Aktie auf 143 ½, und weitere Aktien wurden ohne Deckung verkauft. Gegen Mittag waren die Verkäufer, die montags ohne Deckung verkauft hatten, in Schwierigkeiten: Der Preis stieg immer noch, und die Aktien, die sie verkauft hatten, waren fällig. Gegen Abend war es offensichtlich, daß die Aktien spekulativ aufgekauft worden waren. Aktien konnten nicht mehr gekauft, sondern nur noch zu absurden Leihsätzen ausgeliehen werden. Mittwoch begann die Balgerei; Verkäufer ohne Deckung waren in der Falle gefangen. Sie mußten Aktien zu astronomischen Summen borgen oder brachten es nicht fertig zu liefern und gingen bankrott. Bei dem Versuch, das Geld aufzubringen, um Leihbeträge zu zahlen, von 35 bis schließlich sogar 85 Prozent, waren Besitzer von anderen Aktien gezwungen zu verkaufen. Am Donnerstag, als bekannt wurde, wer die konkurrierenden Mächte waren, war es zu spät: Der Preis für die Northern-Pacific-Aktien schoß auf 650 hoch, und die Aktien von anderen Gesellschaften fielen in entsprechender Geschwindigkeit. Mitten in dem Zusammenbruch des Markts wurden 300 Aktien der Northern-Pacific für eintausend Dollar pro Aktie verkauft.

An diesem Nachmittag erhielt Ludwig eine verspätete Antwort auf sein Telegramm: Ernest hatte es wahrscheinlich übelgenommen, dachte er, daß ihm Ratschläge gegeben wurden, aber zumindest war er vernünftig gewesen. Das Telegramm war kurz und bündig und direkt auf den Punkt: »Dank für Rat. Keine NP verkauft. Kaufe Stahl.« Ernests Vater atmete leichter; er war sogar fähig, in sich hineinzulachen, als er sein Heim erreichte und Sally das dürftige Stückchen Papier zum Lesen übergab. »Der Junge ist heller, als ich dachte.«

»Ist es klug, jetzt Stahl-Aktien zu kaufen, mitten in diesem Trümmerfeld?«

»Stahl ist ein Gelegenheitskauf bei diesem Preis. Die Meldungen kamen am späten Nachmittag über den Telegrafen – ich bin im Büro der *Fackel* gewesen und habe das letzte Bulletin bekommen: Harriman hat mit Hill und Morgan einen Kompromiß geschlossen. Sie werden das Direktorium der Northern-Pacific unter sich aufteilen, und sie geben den Käufern Zeit, zu einem Preis von 150 pro Aktie auszulösen. Es wird nicht viele Aktien geben, die zu diesem Preis abgeholt werden können: das bedeutet viele Bankrotte, da habe ich keinen Zweifel.«

Ein Brief von Ernest, der dem Telegramm folgte, bestätigte Ludwigs Vermutung. Nicht nur waren viele fremde Männer ruiniert, auch sein Schwiegervater war einer von ihnen: er hatte alles verloren; sogar das Stadthaus und das Sommerhaus in Rhode Island mußte verkauft werden. »Und bis er wieder auf die Füße kommt, müssen er und Emilys Mutter in einer kleinen Wohnung in der City leben.«

Ludwig schnaufte: »Und ich dachte, er sei einer der *großen* Spekulanten!« Er empfand ein gewisses erbarmungsloses und hartherziges Vergnügen über den Niedergang von Ernests Schwiegervater, hatte aber Mitgefühl mit Ernest und Emily. Zumindest zogen Emilys Eltern nicht zu ihnen. Er fragte sich, ob er nicht nach New York fahren und die Situation aus nächster Nähe betrachten solle, aber Sally redete es ihm aus: »Zum einen würden sie es dir wahrscheinlich nicht danken. Und zum anderen wird es ihnen nicht weh tun oder den Kindern, sich für einige Zeit arm zu fühlen. Solange Ernest noch den Job hat...«

»Es war ein privater Bankrott. Die Maklerfirma war nicht darin verwickelt. Natürlich wird die Partnerschaft zusammen mit allem anderen verkauft werden müssen, aber ich sehe keinen Grund, warum Ernest seinen Job verlieren sollte. Er könnte daraus vielleicht als scharfsinniger junger Mann hervorgehen.«

Zu Beginn des Sommers war Anne wieder mit den Angelegenheiten von Ruhamah McCune und der öffentlichen Bibliothek von Waynesboro beschäftigt. Die Institution war seit den Tagen der alten Subskriptionsbücherei beträchtlich gewachsen, war aber unter Hinzufügung von freistehenden Stahlregalen im rechten Winkel zu den Wänden immer noch wie schon seit je in den gleichen Raum im zweiten Geschoß gepfercht. Die Bibliothekskommission hatte sich um eine Carnegie-Subvention beworben mit allen Hoffnungen, sie auch wirklich zu bekommen. Ruhamah, wie immer gewissenhaft und übertrieben ihrer Unzulänglichkeit bewußt, hatte vor der Aussicht Angst, sosehr sie auch ein neues Gebäude erhoffte. Als sie zuerst von der Kommission der alten Subskriptionsbücherei eingestellt und ihr von den freiwillig helfenden Damen die Leitung übertragen worden war, hatte sie deren Methoden angewandt. Aber mit Steuergeld, das ausgegeben werden konnte, mit vielen neuen Anschaffungen und vielen, vielen neuen Kunden (die ihre Mitgliedskarte gratis bekamen) wurden die alten Methoden zeitraubend. Ruhamah wollte wissen, wie eine Bibliothek in einer vernünftigen, professionellen Art geleitet würde; sie hatte Geld gespart in der Hoffnung, nach Albany gehen zu können und einen Sommer lang an der Bibliotheksschule in New York zu studieren. Aber die Treuhänderkommission, die sicher war, daß sie ihr ein angemessenes Gehalt zahlte, schlug ihr einen Urlaub mit halbem Gehalt ab, wenn sie nicht einen Ersatz stellen würde. Ruhamah gab ihren Traum auf: Sie hatte nicht genug Geld, irgend jemand für sich arbeiten zu lassen.

Anne wußte von alledem nichts. Ruhamah hatte sich ihr nicht anvertraut, irgendwie drängten sich immer zu viele Kunden um ihren Schreibtisch, um eine vertrauliche Mitteilung zu ermöglichen. Anne war so häufig wie jede andere da, aber sie fand ihre Bücher selbst, ließ Ruhamah ihre Karte mit dem Fälligkeitsdatum stempeln und ging wieder. Erst auf der Gardiner-Stevens-Hochzeit im Juni erfuhr sie von Ruhamahs Enttäuschung.

Rodney und Lavinia Gardiner wurden im Zeichenzimmer der Gardiners im späten Juni 1901 getraut. Rodney war von Baltimore nach Hause gekommen und bereit, als Chirurg zu praktizieren. Das Gordon-Warren-Stevens-Krankenhaus war fertig eingerichtet, und es gab bereits genügend examinierte oder in der Praxis erfahrene Krankenschwestern. Zu Anfang schien es, als wäre Julias Prophezeiung richtig gewesen: Nur die, um die man sich zu Hause nicht hatte kümmern können, waren bislang in das Krankenhaus gekommen. Julia war jetzt weniger der Spielverderber, als sie es gewesen wäre, bevor Johnny den Löwenanteil des Geldes seines Vaters bekommen hatte. Sie brauchte sich kaum Sorgen zu machen, ob sich ein privates Krankenhaus tragen würde. Niemand wußte wirklich, was Mrs. Warren dachte, weil niemand sie wirklich kannte. Sie war nicht nur »von auswärts«, sondern auch das, was Waynesboro einen »Stubenhocker« nannte, obgleich die Kinder der Warrens in den öffentlichen Schulen der Stadt ihre Ausbildung erhielten. Anne und Lavinia Gardiner, die immer noch so verliebt in Rodney war wie seit jeher, glaubten enthusiastisch an die Möglichkeit, daß Waynesboro ein Krankenhaus würde unterstützen können und einen Chirurgen mit dazu. Rodney hatte für Lavinia gleich neben dem scheunenartigen, eingeschossigen, schmucklosen Krankenhaus ein Haus gebaut, so daß er immer gerufen werden könnte: ein anspruchsloses zweigeschossiges Balkenhaus mit einer weiten Terrasse und vielen Fenstern. Es war zum größten Teil mit den Überflüssigkeiten der Gardiner- und Stevens-Wohnungen möbliert worden, wenn auch die alten Möbel, zumeist aus dem Empire, schlecht zu dem Jahrhundertwende-Haus paßten, so machte das niemandem etwas aus, am wenigsten von allen der Braut und dem Bräutigam.

Die Hochzeit war eher klein, wenn man die Größe der Gardiner-Familie und die Zahl ihrer Verwandten und Freunde in Betracht zog. Die Mehrzahl der Gäste waren junge Leute, Lavinias und Rodneys Freunde: Schulkameraden aus Waynesboro und Jungen und Mädchen, die sie auf dem College gekannt hatten.

Ihr überschäumendes Temperament ließ die Hochzeit fröhlich werden, und sie war auch sehr schön. Die Braut, die ihren beiden jüngsten Schwestern als Brautjungfern und Caroline als Ehrenbrautjungfer folgte, kam die breite Treppe herunter, wo ihr Vater auf sie wartete; an seinem Arm folgten sie dem Zug durch die Halle in den Salon, wo Mr. McKinney, der bereits ihre Eltern getraut hatte und nun ein alter Mann war, mit dem Rücken zum Kamin stand. Ein nervöser Bräutigam mit Lowrey Edwards als Brautführer nahm ihre Hand, als sich ihr Vater zurückzog, und in wenigen Minuten war es vorbei.

Anne, die die Prozession beobachtete, wurde unweigerlich an

die Hochzeit von Barbara und Doug erinnert, besonders weil sie meinte, Mrs. Bodien zwischen damals und heute nicht gesehen zu haben. Sie war von der Veränderung in ihrem Aussehen betroffen: so dünn und bläßlich war sie geworden. Auch bei Doug kam es ihr vor, als hätte sie ihn seit langer Zeit nicht mehr gesehen, er hinkte stärker, als er das als junger Mann getan hatte; manchmal schien es, als schleppe er den schlimmen Fuß nach. Er hatte auch an Gewicht zugenommen – ein Fremder hätte ihn vielleicht als »wohlbeleibt« beschrieben –, aber wenn jemand so lahm wie Doug sein mußte, wäre es wohl immer schwierig, sein Gewicht niedrigzuhalten. Nur Barbara, wie matronenhaft sie auch wirkte, und ihr Vater schienen von der Zeit unberührt und unverändert. Nicht erst, als die notwendigen Worte gesprochen worden waren, hob Lavinia ihre Augen zu Rodney, so daß Anne sich an den vierten Juli auf Hillcrest erinnerte und daran, wie offensichtlich die beiden jungen Leute damals schon ineinander verliebt gewesen waren, eine Liebe, die sich dort bereits in ihren verzückten Augen und in der Art, wie sie sich berührten, gezeigt hatte. John hatte es auch gesehen und über ihre Jugend gelächelt. Die Erinnerung verursachte Anne einen körperlichen Stich, sie vermißte ihn so sehr und fand es so falsch, daß er nicht anwesend war, um dieses Märchenende für den Jungen und das Mädchen, die sich zeit ihres Lebens gekannt hatten, sehen zu können. Die Aura von Verzückung, die um sie war, schien fremd und schön.

Lowrey Edwards und Caroline Gardiner hatten etwas von dem gleichen Ausdruck in ihren Augen. Nachher, als die Gruppe aufbrach, um mit ihren Eltern zusammenzustehen, sagte Anne, als sie zufällig bei dem Empfang auf Sheldon traf und sie Teller und Teetassen in den Händen balancierten: »Ich nehme an, Caroline und der junge Lowrey werden die nächsten sein? Ich habe Sie schon so lange nicht besucht, daß ich kaum weiß, was Sie und die Jungen machen.« Sheldon war nach Johns Tod sehr freundlich gewesen; seitdem aber hatte sie ihn nur noch kurz gesehen in seinem Geschäft oder wenn er an einem Sonntagmorgen den Teller in der Kirche weiterreichte. Jetzt errötete er wegen ihrer Bemerkung.

»Lassen Sie uns doch unseren Weg durch diese Menschenmenge bahnen und jetzt miteinander plaudern. In Dougs Arbeitszimmer vielleicht...«

Sie fanden das Arbeitszimmer hinter geschlossenen Türen leer vor; es störte sie nicht, daß es offensichtlich als ein Abstellzimmer für alles, das man an anderen Orten augenblicklich nicht brauchte, benutzt wurde. Sie fanden Stühle, zogen sie an den Tisch am Fenster und stellten ihre Teller und Tassen ab.

Sheldon begann, wo er aufgehört hatte. »Ich wollte Sie nicht vernachlässigen. Ich weiß nur zu gut, wie einsam Sie sein müssen. Die Tage gehen so schnell vorüber.«

»Ich wollte Sie nicht tadeln. Es geht mir gut. Ich wollte nur erklären, warum ich fragen mußte.«

»Wegen Lowrey und Caroline? Ich zweifle daran, daß sie die nächsten sein werden: strenge Eltern auf beiden Seiten sagen, daß sie zuerst das College beenden müssen.«

»Und dann?«

»Oh, ich denke, dann sicher. Lowrey wird in das Geschäft als Partner einsteigen – seine eigene Wahl. Vererbung ist eine seltsame Sache, nicht wahr? Diese beiden älteren Mädchen sind ihrer Mutter so ähnlich: schwarzes, irisches Haar und Augenbrauen und Wimpern und Amethystaugen. Obwohl sie nicht so hübsch sind, wie sie es war.«

»Immer noch ist mit – wieviel? Etwas über vierzig?«

»Und sie haben nicht ihren Schmiß. Sie sind wie Doug, was ihren Scharfsinn angeht, vielleicht auch in ihrem Charakter. Veronika ist völlig Gardiner – das feine Gesicht mit den interessanten Gesichtszügen und die Wolke von flatterndem Haar.«

»Ja, sie ist nicht wirklich hübsch, aber es gelingt ihr, den Eindruck hervorzurufen, sie sei es. Sie ist mit Paul Rausch heute abend zusammengesetzt worden, aber ich zweifle daran, ob irgend etwas daraus entstehen wird.«

»Anne, sie sind Kinder.«

»Siebzehn, achtzehn – ungefähr.«

»Und dann ist da noch die kleine Mary: mehr Charakter als irgendeine der anderen, habe ich den Eindruck, aber unglücklicherweise im Aussehen wie ihr Großvater.«

»Sandfarbenes Haar und untersetzt«, stimmte Anne zu. »Es muß schmerzlich sein mit all diesen hübschen Schwestern.«

»Wissen Sie, ich habe nicht den Eindruck, daß Mary viel Zeit darauf verschwendet, sich über ihr Aussehen Gedanken zu machen. Sie hat einen wachen Verstand.«

Anne lächelte ihn an. »Sind Sie zu einem Gedankenleser geworden?«

»Zu einem Beobachter. Ich habe viele dieser Mädchen gesehen, wie sie aufwuchsen. Doug und ich haben uns immer sehr nahegestanden, und Barbara hat alles in ihrer Macht Stehende getan, um meine Jungs glücklich zu machen. Um aber zu ihnen zurückzukehren... es war eigentlich ihre Vererbung, über die ich sprechen wollte. Lowrey ist trotz seines Namens wie ich: sanftmütig und anpassungsfähig.«

»Ruhig, vielleicht, und freundlich und liebenswürdig.«

»Danke. Aber eine Schlafmütze. Und auch ein Edwards. Absolut bereit, hierzubleiben, Geschäftsinhaber zu sein, und eine Familie in der althergebrachten Art zu führen. Und eines Tages vielleicht bestürzt darüber zu sein, wie das Leben an ihm vorbeigegangen ist.«

»O nein, Sheldon, er wird ein glückliches Leben haben, selbst wenn... Oh, ich glaube, wir denken alle irgendwann mal: ›Und das soll alles sein? Wo ich nur ein Leben zu leben habe?‹ Aber der Augenblick geht vorbei, und wir sind zufrieden. Ich meine, Lowrey wird glücklich sein, wenn er Ihren Charakter geerbt hat. Wie steht es mit Richard?«

»Er ist wie die Lowreys. Wie Kitty: Lebensgeister genug für zwei. Und wenn er mit dem College fertig ist, wird er auf und davon sein. Schon seit er ein kleiner Junge war – erinnern Sie sich an Dr. Maxwells Vorträge über das Heilige Land? –, von der Zeit an und seit er gelesen hat, wie Schliemann Troja ausgegraben hat, ist er mit ganzem Herzen entschlossen, Archäologe zu werden.«

»Oh, mein Gott! Ich kann diese Faszination verstehen. Aber er ist noch ein kleiner Junge und immer noch auf der höheren Schule, nicht?«

»Ich weiß. Und ich wollte auch nicht über meine Kinder oder die von Doug reden, und habe Sie deshalb hier hereingelockt. Ich wollte mit Ihnen über etwas anderes reden.« Und Sheldon, der immer noch in der Treuhänderkommission der Bibliothek war, erzählte ihr von Ruhamahs Bitte um Urlaub. »Ich finde es gut, daß sie ihren Beruf lernen will«, schloß er, »aber es ist völlig richtig, daß die Kommission, wenn sie ihr einen Urlaub auch mit nur halbem Gehalt gestattet, keine Mittel mehr hat, einen Ersatz einzustellen. Und sie hat das Geld ganz sicher nicht. Es ist schlimm, Enthusiasmus auf diese Art frustriert zu sehen.«

»Das arme Kind! Sie hat nie viel Hilfe bekommen.«

»Ein solches Kind ist sie nicht mehr. Sie muß etwa dreißig sein. Sie ist in der Bibliothek, seit sie fünfzehn ist. Vielleicht ist es ihre letzte Chance.«

»Und keine der Hilfskräfte wäre dazu fähig? Nein, natürlich nicht. Ich weiß, daß sie ja alle noch zur Schule gehen.«

»Jedem, der das übernehmen würde, müßte man ein richtiges Gehalt zahlen.«

»Ich verstehe, worauf Sie hinaus wollen. Sie hätten gerne einige freiwillige Bibliothekare für den Sommer?«

»Die Damen des Frauenklubs haben sich doch jahrelang um die Bücherei gekümmert.«

»Es ist jetzt eine ganz andere Einrichtung, nicht wahr? Aber wenn die Öffnungszeiten etwas eingeschränkt werden könnten, so, wie sie damals waren – wenn Ihre Kommission sich damit einverstanden erklären würde, dann ja. Ich würde es selbst sehr gerne machen, auch um etwas Sinnvolles tun zu können. Und ich bin sicher, ich könnte jemanden überreden, für mich einzuspringen, wenn irgend etwas passieren sollte.«

Und so bekam Anne Gordon in diesem Sommer viel zu tun. Ihre Schwiegertochter mißbilligte das, fand, daß Anne ihre Tage als trauernde Witwe zu Ende leben sollte. Julia fürchtete vor allem, daß man in der Stadt glauben könnte, sie bräuchte finanzielle Hilfe, die ihr Sohn und ihre Schwiegertochter ihr nur ungern gäben. Daß sie die Rolle nicht ausfüllen konnte, die ihr Julia zugedacht hatte, machte Anne nichts aus, aber da sie wußte, wie eifrig die Zungen in Waynesboro waren, fand sie, daß in Julias anderem Einwand ein Element von Wahrheit sei. Sie sah im Büro der *Fackel* vorbei, redete mit Charlotte Bonner und erklärte, die Stadt solle wissen, daß die Bibliothek für den Sommer zu dem alten Freiwilligensystem zurückkehre. Julia gab zu, daß sie mit der Notiz in der Zeitung zufrieden sei, aber Anne fragte sich manchmal, wenn Julias Gereiztheit hinter der unaufhörlichen Lieblichkeit offensichtlich wurde, ob sie ihre eigene Rolle als perfekte Ehefrau und Mutter nicht ganz befriedigend fände. Entgegen Annes Erwartungen war Julia, die besitzergreifende Mutter, immer bereit, Tucker soviel Zeit, wie er wollte, bei seiner Großmutter und mit dem Hund verbringen zu lassen oder ihm zu erlauben, jetzt, da die Schule vorbei war und die Rauschs und Evans' für den Sommer nach Hillcrest gewechselt waren, so oft, wie er wollte, dahin zu fahren und solange zu bleiben, wie er eingeladen war. Anne hatte den Verdacht, daß der Vater des Jungen ihn mehr vermißte als Julia, obgleich Johnny darauf bestand, daß die Besuche auf Hillcrest gut für Tucker seien, da er dort ungehindert mit Spielgefährten in seinem eigenen Alter über die Wiesen und Gärten streifen, ungehindert in dem Fluß hinter Hillcrest, in der Niederung oder in dem Kanal hinter den Schnellzug-Gleisanlagen, wo die alte nicht mehr betriebene Schleuse tiefes Wasser garantierte, angeln konnte.

Anne genoß ihre Stunden in der Bibliothek, wie sehr sie auch befürchtete, daß sie Ruhamahs übergenaue Listenführung durcheinanderbrachte. Der Sommer war eine weniger geschäftige Zeit, besonders während der ersten Wochen, in denen die Kinder ihre Stunden mit anderen Dingen ausfüllten, als mit Lesen, bevor sie von den endlosen Ferien gelangweilt wurden. Sie verbrachte einige Nachmittage, nur von einem gelegentlichen Kunden unterbrochen, damit, mit dem Programmkomitee des Frauenklubs – Amanda Reid, Christina Voorhees und Mrs. McKinney – die Hilfsmittel der Bibliothek über das Thema griechische Zivilisation zu erkunden; sie hatte gelegentlich die Möglichkeit, mit der einen oder anderen von ihnen, die zufällig zuerst erschien oder die nach der Tagung des Komitees noch blieb, ein wenig zu plaudern. Sie machte den Versuch, Amanda ihr Mitgefühl über den Verlust ihrer Freundin Thomasina auszudrücken, wurde aber mit dem traurigen, aber endgültigen Ausspruch zurückgewiesen: »Thomasina und ich haben uns seit ihrer Heirat auseinander entwickelt. Ich war danach für sie nie mehr so wichtig.« (Als ob Thomasina erst eine Woche oder so verheiratet wäre, in Wirklichkeit war es doch seit – nun, seit den frühesten Tagen des Klubs so gewesen. Amanda hätte sich daran gewöhnen sollen, dachte Anne. Oder gewöhnte man sich nicht an den Verlust eines Freundes?) Christina kam eines Nachmittags früher und fand Anne vor, wie sie mit zwei kleinen Negerjungen lachte, die kaum über die Tischkante sehen konnten und die auf Annes Necken mit breitem Grinsen antworteten. Als sie für sie Bücher gefunden hatte, wandte sie sich Christina zu, die sagte: »Ich sehe, Sie praktizieren, was Sie predigen. Sie schaffen es, sich am Leben zu erfreuen.«

»Christina, ich hätte nie predigen sollen. Es tut mir leid, daß ich es getan habe. Aber ja, ich bin trotz allem froh, am Leben zu sein.« (Wenn sie mich daran erinnern muß, dachte Anne, erinnere ich sie auch.) Sie sagte: »Ich nehme an, jetzt wo Aguinaldo sich ergeben hat, wird auf den Philippinen nicht mehr lange gekämpft. Haben Sie etwas von Blair gehört? Wird er bald zu Hause sein?«

»Ich glaube, es gibt immer noch Guerillakämpfe. Aber wir hören nichts von Blair. Wir haben die Tatsache akzeptiert, daß er nicht wieder nach Waynesboro zurückkehren wird. Wir haben aufgehört, über seine Zukunft zu spekulieren.«

Dann war es das also? Hatten die Voorhees' Blair abgeschrieben, ihn aus ihrem Gedächtnis getilgt? Ihren einzigen Sohn? Jedenfalls hatte Christina deutlich genug gesagt, daß sie lieber nicht nach ihm gefragt werden wollte. Und Anne würde nicht weiter nachforschen.

Was Anne am meisten an der Bibliothek genoß, war ihre wachsende Bekanntschaft mit denen, die sie »junges Gemüse« nannte, die zuvor für sie nicht mehr als Namen gewesen waren: die Merrill-Kinder zum Beispiel: Becky, sommersprossig, mit ordentlichen Zöpfen und ernst, zehn oder zwölf Jahre alt, die immer zwei kleinere Jungen im Schlepptau hatte, deren jüngeren Anne als einen bislang anonymen Spielkameraden Tuckers erkannte. Sie fühlte sich nicht ganz so wohl mit den Heranwachsenden, von denen einige, sowohl Mädchen wie Jungen, in der Bibliothek für ein paar Cents die Stunde einräumten. Der einzige, mit dem sie es leicht fand zu reden, war Franz Lichtenstein, der nun für das College sparte. Rudy und der mittlere Junge, Max, hatten es geschafft, sich ihre Ausbildung zusammenzuverdienen; Max, der jetzt dreiundzwanzig war, hatte das Jurastudium schon halb hinter sich, und wenn sie es einrichten könnten, sagte Franz, so würde er auch studieren. Franz war von seinem Vater politisch stark beeinflußt worden und liebte es, seine Ansichten kundzutun. Er belustigte Anne mit seinem herablassenden Gesichtsausdruck; er hielt sie offensichtlich intellektuell für naiv und wahrscheinlich für einen Sentimentalisten ohne Kenntnis der Welt jenseits ihrer Türe. Er begann sie zu bilden und drängte ihr die Schriften von Männern auf, von denen sie bisher nur vage gehört hatte, wie Karl Marx, die Reden von Männern wie Eugene Debs, den Anne wie die meisten Amerikaner mit einer Mischung von Furcht und Mißbilligung betrachtete. Franz' feuriges Reden von der Notwendigkeit einer Revolution war recht beängstigend, falls man sich nicht immer wieder ins Bewußtsein zurückrief, daß er noch sehr jung sei. Als er eines Tages wieder mit einer Schmährede gegen die Reichen loslegte, gegen Ungleichheit und Armut und für eine gleichmäßige Verteilung des Besitzes, ging sie ihn an.

»Wie viele reiche – wirklich reiche – Männer kennst du?«

»Nun, Mr. Rausch. Zumindest Papa kennt ihn.«

»Und saugt er die Armen aus?«

»Er läßt seine Arbeiter zehn Stunden am Tag sechs Tage in der Woche schuften. Dadurch ist er reich geworden. Und wenn die Zeiten schlecht sind, dann kürzt er ihre Arbeitszeit und ihren Lohn.«

»Ist das nicht besser, als sie zu entlassen und die Mühle zu schließen, wenn er Geld verliert?«

Franz nahm Zuflucht zu jugendlichem Sarkasmus. »Er ist ein sehr mildtätiger Herr, wie ich höre. Er schenkt seinen Arbeitern Erntedankfest- und Weihnachtskörbe. Er läßt sie zu Selbstkosten Kohle von den Mühlenhalden haben. Das ist Paternalismus und ganz falsch. Sie haben *verdient,* was er ihnen als milde Gabe zukommen läßt.«

»Ich nehme an, das ist eine Art, wie man es sehen kann. Aber wie steht es mit den untätigen Armen? Wie viele von ihnen kennst du? Kennst du wirklich?«

»Hier in Waynesboro? Ich weiß nur, daß sie in die Armenhäuser des Landes weggekarrt werden, um dort zu sterben.«

»Einige leben dort lange Zeit, mit Essen und Kleidung versorgt und mit ärztlicher Fürsorge. Ich weiß das: mein Mann hat sich nämlich jahrelang um sie gekümmert. Und glaube es oder glaube es nicht, die meisten sind zufrieden, auch wenn es ihre Hauptbeschäftigung zu sein scheint, sich zu beschweren. Aber ich meinte die Armen, die es schaffen, nicht in das Landesheim zu kommen; die armen Weißen, die am Rande des Kanals leben und die sich irgendwie durchschlagen ohne auch nur die Hand zur Arbeit zu rühren. Du kannst sie nicht einmal für Aushilfsarbeiten anstellen. Sie belästigen die Kirchen, die Presbyterianer, solange wie die Presbyterianer sie füttern und kleiden, dann für eine Weile die Methodisten. Wie die alte Maggie Mulvaney. Sie war stadtbekannt – vor deiner Zeit natürlich. Eine völlig freie und unabhängige Seele, die nichts darum gab, was irgend jemand über sie dachte. Sie hing in der Stadt herum, stramm und drall, in einem primitiven Kleid, das sie aus Kartoffelsäcken gemacht hatte, mit einem Seil um ihre Taille. Und natürlich barfuß. Einmal in ihrer Methodistenperiode ging sie zu den Ballards, nicht lange nachdem der Richter gestorben war, um Kleider zu erbetteln. Du erinnerst dich nicht an Mrs. Ballard, nehme ich an? Sie war immer recht männlich gekleidet, eine Verfechterin der Frauenrechte unter anderem. Sie trug immer einen Filzhut wie ein Mann: ein weicher Filzhut mit einer gebogenen Krempe an den Seiten und einem Kniff oben in der Mitte. Als Maggie bei ihr klingelte, brachte Mrs. Ballard einen ganzen Arm voll Kleider für sie heraus, mit einem dieser Hüte oben drauf. Maggie nahm den Hut von dem Haufen und warf ihn vor Mrs. Ballards Füße. Sie sagte: ›Sie sin' vielleicht willens, die abgelegten Hüte vom Richter zu tragen. Ich nich'.‹«

Franz fand die Anekdote höflicherweise komisch. Als er sich ausgelacht hatte, sagte Anne: »Was würde jemand wie sie in deinem sozialistischen Utopia tun? Werden Nichtstuer toleriert?«

»Solche Leute wird es nicht mehr geben, wenn jeder etwas gelernt hat.«

Anne sah ihn mitleidsvoll an. »Es wird keine Maggie Mulvaneys geben. Es gibt sie auch jetzt nicht. Aber ich habe dich von einer ›klassenlosen Gesellschaft‹ sprechen hören. Wie lange, glaubst du, wird sie ›klassenlos‹ sein? Nach einer gleichmäßigen Verteilung des Besitzes würde das Geld bald wieder in den Händen der ursprünglichen Besitzer sein. Oder, wenn die Regierung Industrie und Handel regulieren wollte, um das unmöglich zu machen, wäre alle Macht bald in Händen von Bürokraten. Sie wären die Herren.

Nein, wovon du als Paradies träumst, das wäre eine Welt, in der man unmöglich leben könnte. Niemand könnte seine Seele sein eigen nennen. Und wenn du planen solltest, daß das Proletariat alles übernehmen soll – ich würde sehr ungern von irgendeinem der Proletarier, die ich kenne, regiert werden. Wer genau sind denn die Proletarier überhaupt? Glaubst du wirklich, irgendein Amerikaner würde zugeben, zu dieser Klasse zu gehören? Nicht solange sie planen, für ihre Kinder eine höhere Stufe zu erreichen.«

»Bildung...«

»...ist die Antwort auf alles? Glaube mir, Franz: Es ist ein unmöglicher Traum. Zu vielen Leuten kann man nichts beibringen. Und wenn du darangehen willst, jeden dazu erziehen zu wollen, daß er einen Job will... Armut wird nicht abzuschaffen sein, solange es Leute gibt, die lieber arm sind als arbeiten. In fünfzig, sechzig, sogar einhundert Jahren von jetzt an werden junge Leute immer noch davon reden, die Welt von der Armut zu befreien.«

Jetzt war Franz an der Reihe, sie mitleidsvoll anzusehen. »Frauen sind alle gleich. Sie können nicht abstrakt denken: Sie bringen es immer wieder auf die Ebene von Individuen, die sie gekannt haben, und die wahrscheinlich gar nicht typisch sind. Sie wollen keine Veränderung und deshalb weigern Sie sich zu glauben, daß sie kommt. Aber Sie haben unrecht. Glauben Sie, die gegenwärtigen Zustände werden weitere hundert Jahre toleriert werden? Ich will Sie nicht ängstigen«, versicherte er ihr ernst, »aber die Revolution kommt. Marx' Revolution, in der der Kapitalismus weggefegt wird und die Früchte aus seiner Arbeit dem Menschen gehören.«

»Mit Ausnahme von dem, was er für die Unterstützung der Schmarotzer beizutragen hat.«

»Aber es wird keine Schmarotzer geben, reich oder arm. Niemand, der von seinem Kapital lebt, das er aus der Arbeit der Menschen herausgequetscht hat. Niemand, der von dem leben muß, was er erbetteln kann.«

»Nichtstuer werden also beseitigt?«

Er wand sich ein bißchen, sagte aber dann fest: »Jeder, der nicht entsprechend seiner Fähigkeit zum Wohle aller beiträgt, wird beseitigt oder in Arbeitslager gesteckt.«

»Du ängstigst mich, Franz. Gibt es viele junge Leute, die denken wie du?«

»Die meisten jungen Leute denken nicht.« Er kräuselte die Lippen verächtlich. »Ich nehme nicht an, daß die Revolution morgen kommen wird. Aber in der Zwischenzeit kann ein richtiger Bursche wie Debs darangehen, die Situation des arbeitenden Menschen zu verbessern: höherer Lohn, kürzere Arbeitszeit, Krankenversicherungen, Pensionen im Alter. Diese Forderungen sind in Deutschland alle schon Wirklichkeit.«

»Der Kaiser gibt und der Kaiser kann nehmen. Du würdest Deutschland doch keinen sozialistischen Staat nennen, oder?«

»Nein. Obwohl es leichter ist, zu geben, als zu nehmen. Aber ich garantiere Ihnen... nein, ich glaube nicht, daß der Sozialismus in Deutschland Einzug gehalten hat. Die Treue der arbeitenden Klasse dem Kaiser gegenüber ist gekauft und wird mit den Maßnahmen, die ihnen Sicherheit geben, bezahlt.«

»Glaubst du, daß Sicherheit so wichtig ist?«

»Für Millionen, die sich ihrer nächsten Mahlzeit nie sicher waren. Glauben Sie das nicht?«

»Ich schätze andere Dinge höher ein. Ich weiß, daß du denkst, ich könne das nicht beurteilen, weil ich immer Sicherheit gehabt habe. Und das stimmt, wenn du Sicherheit in einem materiellen Sinne meinst: ein Dach und Nahrung und Bekleidung. Aber niemand ist wirklich sicher – nicht gegen die Unglücksfälle, die viel wichtiger sind: Krankheiten, Enttäuschungen, Trauer.«

Sie hatte zu offen gesprochen: das Wort »Trauer« hatte Franz verlegen gemacht. Er sagte: »Ich nehme an... nun, ich wünschte, Sie hätten Marx gelesen, weil ich es nicht sehr gut erklären kann. Aber ich habe den Eindruck, ich verdiene mir besser meine zehn Cents die Stunde, indem ich diese Bücher in die Regale sortiere.« Und er ging weg.

Der junge Franz war solch ein Trauerkloß, wenn er sich mit ihr unterhielt, doch Anne stellte erleichtert fest, daß er in der Gesellschaft Gleichaltriger so ausgelassen wie sie sein konnte und bei dem unvermeidlichen Unsinn mitmachte, der *sotto voce* abgehalten wurde und unbemerkt bleiben sollte, aber meistenteils in Kicheranfällen, fallenden Büchern und Regalen in Unordnung endete. Sie bemerkte auch, daß Mary Gardiner ihre Bücher immer kurz vor Feierabend zurückbrachte und andere abholte, und daß sie und Franz dann zusammen weggingen. Sie fragte sich, ob Mary mit ihren fünfzehn Jahren von den Ansichten des jungen Franz bekehrt würde, und sie konnte sich bei dem Gedanken, daß ein Gardiner zu einem Sozialisten würde, eines Lächelns nicht enthalten. Immerhin war das Blut der Bodiens bei Mary klar erkennbar, und Captain Bodien hatte gegen seine Familie rebelliert, war weggelaufen und hatte sich mit siebzehn bei der Armee einschreiben lassen. So hatte er den Kindern jedenfalls in vergangenen Tagen erzählt.

Am Ende eines jeden Bibliothektages, wieviel Genugtuung sie in der Arbeit oder ihren jungen und alten Kunden auch gefunden hatte (selbst die überkritischen, nie zufriedenen waren manchmal der Grund von Amüsement), war Anne immer rundum müde: müde, der Öffentlichkeit gegenübertreten zu müssen, und ziemlich erleichtert, keine weitere Notwendigkeit zur Kommunikation außer mit Johnny zu haben, der fast immer nach den Sprechstunden abends vorbeischaute. Zum erstenmal verstand sie, wie es Amanda Reid ertragen konnte, so viele Jahre allein zu leben, wie sie sogar Vergnügen daran finden konnte, nach Hause zu einem leeren, schweigenden Haus zu gehen, nachdem sie den ganzen Tag unterrichtet hatte. Anne war halb froh und halb traurig, als Ruhamah von Albany zurückkehrte und die Arbeit wieder übernahm.

Gegen Ende des Sommers hatten die meisten Leute vergessen, daß von dem neuen Jahrhundert erwartet worden war, es würde ganz anders und viel besser als das alte werden. Und doch traf es zu: Jahr für Jahr wurden mehr Straßen gepflastert: Chillicothe Street zuerst vom East End bis zur Kanalbrücke, dann Main Street, und jetzt wurden Kopfsteine auf der Market Street verlegt und jenseits des Seminars an den Rauschs verbei am Gericht und der Oper vorbei, dem Rathaus, vorbei an der Presbyterianerkirche und den Gordons – den ganzen Weg bis zum Kanal. Bürgersteige wurden angelegt und Bäume geopfert, aber es blieben so viele übrig, daß die gefällten von der allgemeinen Öffentlichkeit nicht vermißt wurden, und es war auf jeden Fall ein Segen, festen Boden unter den Füßen zu haben, anstatt knöcheltief im Matsch zu stehen. Das Leben an der Market Street und ein oder zwei anderen war nunmehr insofern anders, als es viel lärmender geworden war: Das Klappern des Milchmannes mit seinen Milchkannen, als altvertrauter Klang, war jetzt nicht lauter als das Getrappel der Pferdehufe auf dem Kopfsteinpflaster; der Eismann schien einen viel schwereren Wagen auf seiner täglichen Runde zu fahren. Er ratterte von Tor zu Tor, und die Hufe seines Gespanns stampften auf dem Pflaster, hielten an jedem Haus an, so daß die Kinder, die ihm nachfolgten, Eisstückchen, die von seiner Picke abgeschlagen wurden, leicht erbeuten konnten. Auch hatten einige Bürger aus Waynesboro, unter ihnen auch Ludwig, sich einen Motorwagen gekauft, und obwohl sie für die meisten Beobachter zuvor nicht nur widerlich, sondern auch zu laut gewesen waren, stellten sie sich auf gepflasterten Straßen als viel leiser als Pferde heraus, deren beschlagene Hufe manchmal auf dem Kopfsteinpflaster Funken sprühen ließen.

Im September geschah dann das, was die Hoffnung auf ein

besseres zwanzigstes Jahrhundert aus den Gedanken von jedermann verbannte. Am späten Nachmittag des sechsten September wurde auf Präsident McKinley bei der Ausstellung in Buffalo geschossen. Da Waynesboro immer noch mit der Sonnenzeit lebte, hatte die *Fackel* eine Extraausgabe auf der Straße, als die Tragödie noch kaum geschehen war; Hausfrauen, die die verstümmelten Rufe der Zeitungsjungen hörten, kamen an ihre Tore gelaufen und konnten ihren Ohren kaum glauben. McKinley ausgerechnet! Der liebenswürdige Mann, der gute Mann, den jeder liebte, und über den jetzt die Frauen weinten. Ihre Männer und Ernährer, die später als gewöhnlich von der Arbeit nach Hause kamen, weil sie in der Stadt angehalten hatten, um die Bulletins in den Fenstern der *Fackel* zu lesen oder um entsetzte Ausrufe mit ihren Bekannten an den Straßenecken auszutauschen, kamen zum Abendessen fröhlicher oder weniger realistisch als ihre Frauen: Die Bulletins der Ärzte waren hoffnungsvoll, der Präsident hatte jede Chance zu überleben. Die Frauen aber, die sich an Garfield und seine lange Qual erinnerten, lehnten es ab, sich davon trösten zu lassen. Die Wirklichkeit gab ihnen recht: McKinley starb, und selbst starke Männer weinten. Wie schrecklich andere Attentate auch gewesen sein mochten, sie waren nicht ganz so verrückt erschienen. Selbst die, die McKinley nur wenig schätzten, hatten ihn nicht gehaßt; ihn zu hassen, war unmöglich. Er war nicht wegen seiner Art oder seinen Taten getötet worden, sondern einfach, weil er für einen Anarchisten Regierung repräsentierte, und jede Regierung mußte zerstört werden. Es dauerte lange, bevor der Schock abklang. Anarchisten gehörten in die gottverlassenen europäischen Städte, nicht nach Amerika.

Und obgleich Theodore Roosevelt, der als Präsident neu vereidigt wurde, für die meisten seiner Landsleute immer noch ein Held war, gab es welche, die die Meinung von Mark Hanna teilten: »Dieser Cowboy!« Ludwig war einer von ihnen, obwohl er ein anderes Epitheton wählte: »Dieser Angeber! Er wird impulsiv reagieren, wann immer er eine Chance erkennt, wieder als Held dastehen zu können. Das ist immer falsch, selbst bei den besten Motiven.«

»Nein, Ludwig.« Sally versuchte, ihn zu besänftigen; sie selbst empfand heimlich Bewunderung für den jungen Präsidenten. »Vielleicht ist er gar nicht so schlecht.«

»Dann wollen wir sagen – vielleicht will er das Richtige tun, aber es wird in der Art, wie er es tut, spektakulär sein, und deshalb wird es alles ganz falsch werden.«

»Das ist doch nicht logisch.«

»Warte lange genug, und du wirst sehen, was ich meine!«

Wie skeptisch Ludwig auch sein mochte, der neue Präsident besänftigte die Besorgten des Landes, indem er ankündigte, daß er McKinleys Politik weiterführen werde. Die Krise der Wall Street im Frühjahr gehörte der Vergangenheit an, und man erinnerte sich nur daran, als der Kompromiß zwischen der Northern-Pacific- und der Burlington-Linie ausgearbeitet worden war: die Northern-Security-Company wurde im November ins Leben gerufen, eine Tochtergesellschaft, die die Aktien von beiden Eisenbahngesellschaften übernahm und als Gegenleistung ihre eigenen Aktien ausgab. Harriman wurden drei Positionen im Vorstand zu seinem Schutz gegeben. Ernests Schwiegervater hatte es trotz allem geschaft, in gewisser Weise zu überleben. Er arbeitete für die Maklerfirma, in der er einmal Partner gewesen war. Sie lebten unauffällig, er und seine Frau, in einer Wohnung in New York. Ernest schrieb mit unerwartetem Humor, daß sich sein Schwiegervater jetzt gelegentlich seinem Urteil beuge, und weiterhin schrieb er: »Ich habe ihm nie von deinem Telegramm erzählt: Du bist es, der die Anerkennung für gute Beurteilung einstecken sollte. Aber ich hätte sowieso nicht mit dem wenigen, das ich mir hatte ersparen können, gespielt. Ich habe zu viele Männer, die ohne Deckung verkauften, sich ihre Finger verbrennen sehen.« Ludwig war willens, Ernest die Anerkennung für finanziellen Scharfsinn zu überlassen; er hoffte nur, daß Emily, die bislang die dominierende Hälfte der Ehe darstellte, auch zu der Einsicht gelangt war, daß Ernest mehr Verständnis für die Hochfinanz hatte, als ihm je zugestanden worden war.

Während der Herbsttage hatte Anne die Zeit als endlos empfunden, aber als der Dezember endete und die Zeitungen wieder Artikel und Bilder vom Großen Schnee zur Feier seines Jahresjubiläums druckten, wurde sie von der Erkenntnis verblüfft, daß John schon ein Jahr tot war. Sie hatte schon immer geglaubt, daß die Jahre, wenn man älter würde, schneller vorbeigingen, aber sie war nicht so alt – noch nicht: 1901 erst einundfünfzig. Vielleicht war es am besten, wenn die kommenden Jahre schnell vorbeigingen, aber es war dennoch ziemlich erschreckend, daß einem das Leben mit einer solchen Geschwindigkeit weggerissen wurde.

Das Erntedankfestdinner fand mit Johnny Gordon und seiner Frau am Tisch von Mrs. Deming statt, und sie lud sie, wie sie es schon immer getan hatte, für das Weihnachtsfest in ihr Haus ein. Tucker brachte einen neuen Ball für Major, so daß es lebendiger als der Feiertag vor einem Jahr wurde, bis Julia Johnny erklärte, sie könne das Herumtoben durch das Haus nicht einen Augenblick länger ertragen: Entweder spiele Tucker draußen mit dem Hund oder der Hund müsse in die Küche eingesperrt werden. Johnny gehorchte unterwürfig, packte Major trotz Tuckers Einwänden und trug ihn in die Küche als Gesellschaft für Louline, die gerade das Geschirr spülte. Anne hatte sich selbst oft genug gescholten, weil sie sich so schwiegermütterlich benahm, aber sie mußte sich einfach wundern. Tucker betete seine Mutter offensichtlich an, aber ohne jede Bekundung von Zärtlichkeit: Es war wahrscheinlich ihre Kühle und ihre Schönheit, die ihn bestrickt hatten, Johnny hatte sich ja auch schon davon in Ketten legen lassen. Anne gestand ihr ihre Schönheit zu, die jetzt größer noch als in ihren jungen Tagen zum Ausdruck kam: ihre flachen Wangen und ihre leicht gebogene Nase, ihr fehlerloser Körper wie eine Skulptur, ihr aschblondes Haar wie Seide und ihre cremefarbene Haut, faltenlos und zart. Sie runzelte nie, oder doch selten die Stirn, obwohl sie gelegentlich Johnny scharf ansprach. Es war Tuckers Beziehung zu seinem Vater, die Anne unerklärlich fand: In Julias Abwesenheit zeigte der Junge Johnny seine unverstellte Zuneigung, völlige Liebe und Vertrauen; sobald Julia bei ihnen war, besonders wenn sie gereizt mit Johnny sprach, entzog sich Tucker seinem Vater aus etwas, das nur mit Furcht beschrieben werden konnte. Vor Johnny! Furcht nicht für sich selbst, sondern für seine Mutter. Anne konnte nicht glauben, daß Johnny je mit Julia in der Anwesenheit des Jungen im Zorn sprechen würde; es war natürlich möglich, daß sie sich manchmal stritten und er es zufällig hatte hören können. Aber verwirrt wie sie war und bestrebt, zu helfen, daß Tucker seinen Vater lieben sollte, wie er es verdiente – immerhin, es ging sie nichts an –, enthielt sie sich jeden Kommentars.

Das Jahr 1902 wurde mit dem gewöhnlichen Rummel eingeleitet, und wieder begann der Zyklus der Monate. Es war in nationaler Hinsicht kein langweiliges Jahr. Präsident Roosevelt, wie sehr Männer wie Ludwig Rausch nicht nur seine Taten, sondern auch die Art und Weise seines Tuns mißbilligten, gab seinen Landsleuten eine gewisse Aufregung um kleine Dinge: er versorgte sie mit mehr Unterhaltung als irgendein Präsident, an den sie sich erinnern konnten. In den Zeitungen fand sich eine beständige Folge lebendiger Berichte: Konzernzusammenbrüche (beginnend mit der Northern-Security-Company, die man so mühevoll zusammengestellt hatte, um den Kampf um die Northern-Pacific zu beenden); und »Missetäter von großem Reichtum«, der Vorschlag, den Panamakanal zu bauen, Verhandlungen mit der Regierung von Kolumbien. Irgend etwas gab es immer.

Und Waynesboro, das von der *Fackel* über die nationalen Angelegenheiten informiert wurde, ging seinen eigenen Geschäften weiterhin so nach, wie es das immer schon getan hatte, versuchte jedoch mit dem zwanzigsten Jahrhundert Schritt zu halten, indem es eine Kanalisation legte und weitere Straßen pflasterte, indem es die Wasserversorgung, die bislang in privatem Besitz gewesen war, übernahm wie auch das Alleinverkaufsrecht einer örtlich ansässigen Elektrizitäts- und Gasgesellschaft. Und für die Damen, die seit so vielen Jahren die Bibliothek geleitet hatten, war wohl die Grundsteinlegung der neuen Carnegie-Bibliothek auf dem freien Grundstück hinter dem Theologischen Seminar am wichtigsten, und die Feier zur Grundsteinlegung wurde zum Ereignis des Frühlings.

Der Frauenklub von Waynesboro traf sich weiterhin alle zwei Wochen; Sally Rausch wurde weiterhin als Präsidentin wiedergewählt: Wer sonst würde sich damit abgeben wollen oder dieser Aufgabe soviel Zeit und Aufmerksamkeit widmen? Die neuen Mitglieder wurden aufgenommen: Miß Campbell, die gute Aufsätze schrieb und Talent für Theateraufführungen hatte, zeichnete sich überraschenderweise noch durch Humor aus, und war nicht überraschenderweise sehr liebenswürdig; Janey Voorhees, deren Essays von ihrer Mutter hätten geschrieben sein können oder auch vielleicht nicht – jede Schlußfolgerung hing vom Zynismus des jeweiligen Zuhörers ab; die hübsche junge Mrs. Rodney Stevens, die unbezweifelbar den Verstand ihres Vater geerbt hatte, die aber wegen ihrer Schwangerschaft die meisten Treffen im Winter versäumte und die im Frühling 1902 ihre erste Tochter, die nach der Urgroßmutter Bodien Theresa genannt wurde, zur Welt brachte. Nach einem weiteren Jahr nach den Sommerferien 1902 wurde auch ihre Schwester, die gleichermaßen hübsche und intelligente Mrs. Lowrey Edwards, eingeladen, Mitglied des Klubs zu werden.

Der einzige Stern, der in den stillen Wassern der Stadt Wellen schlug, war im Herbst eben dieses Jahres 1902 die Eheschließung von Sheldon Edwards und Jessamine Stevens. Es war nur eine geringfügige Kräuselung des Wassers eigentlich, weil das Ereignis von so vielen ihrer Freunde schon lange erwartet worden war. Seitdem Lowrey verheiratet, und der junge Richard im College war und seine Sommer bei Grabungen im Südwesten verbrachte, war Sheldon frei, und Jessamine war bereits seit Rodneys Hochzeit allein. Im großen und ganzen wurde die Verbindung als richtig beurteilt, obwohl die junge Mrs. Stevens, als sie zuerst nach Waynesboro kam, einige hochgezogene Augenbrauen verursacht hatte, aber sie hatte viele Jahre lang ein besonnenes und zurückhaltendes Leben geführt.

Sheldon stattete Anne einen Besuch ab, bevor ihre Heiratsabsichten bekannt wurden: hatte Jessamine gebeten, es ihr sagen zu dürfen und so war er nun gekommen.

»Aber Sheldon, es gibt gar keine Notwendigkeit für eine solche Erklärung. Warum solltet ihr beiden einsam sein, wenn das nicht so sein muß?« protestierte Anne.

»Ich wollte nicht, daß Sie denken würden, ich hätte Kitty vergessen, so wie ich für sie empfunden habe.«

»Ich hätte das nie gedacht. Sie haben sie lange Zeit an die erste Stelle gestellt: Sie haben die Jungen erzogen und das sehr gut gemacht. Ich weiß, sie würde das auch sagen.«

»Kitty war immer so großmütig. Sie würde das verstehen, glaube ich. Sie würde wissen, daß ich nie mehr für jemanden empfinden kann, was ich für sie empfunden habe. Auch wird Jessamine für mich nicht fühlen, was Kitty für mich gefühlt hat. Immerhin sind wir beide bereits in mittlerem Alter. Ich hoffe, nicht zu festgelegt in unserer Art. Ich sollte diese Dinge wohl niemandem gegenüber erwähnen, aber ich wollte, daß Sie vor allen Leuten das verstehen würden.«

»Ich verstehe das. Allein zu sein, ist manchmal sehr hart.« Dann, weil sie vorzog, nicht den Eindruck zu erwecken, sie bitte um Mitleid, fragte sie abrupt: »In welchem Haus werden Sie denn wohnen?«

»Oh, in Jessamines. Ich empfinde nichts für das Haus meiner Eltern. Kitty hat da nie gewohnt; und auch wenn ich ihr – unser – Mobiliar benutzt habe, könnte ich doch nicht von Jessamine erwarten, daß sie dort einzieht und damit lebt. Lowrey und Caroline können es haben, gerade wie es jetzt da steht. Er hat ein Recht auf die Sachen seiner Mutter. Ich ziehe nur mit meinen Kleidern dort aus.«

Und so geschah es, und es klappte alles so vorzüglich, daß nichts eigentlich geschehen zu sein schien, auch wenn Mitglieder des Frauenklubs es für einige Zeit schwierig fanden, »Mrs. Edwards« anstatt »Mrs. Stevens« zu sagen. Schwierig für alle außer für die Präsidentin, die in erster Linie überaus korrekt in ihrer Vorsitzendenrolle war, und in zweiter Sheldon nicht ganz vergeben konnte, daß er sich wiederverheiratet hatte.

Anne tadelte sie deswegen. »Es ist schon Jahre her – Richard war noch ein Baby, und jetzt geht er bereits aufs College. Warum sollte er nicht heiraten, der Gesellschaft wegen, wenn aus keinem anderen Grund?«

»Sie sind nicht so alt. ›Der Gesellschaft wegen‹, also wirklich! Würdest du aus diesem Grund wieder heiraten?«

»Ich? Natürlich nicht. Aber ich brauche keine Gesellschaft. Und John und ich hatten so viele Jahre zusammen, Kitty und Sheldon nur so wenige.«

»Ich würde das auch nicht. Und wenn Ludwig es täte, würde ich ihm nie vergeben. Nicht, daß er einsam sein würde. Wenn ich sterben würde, würde er die Evans' dazu bringen, bei ihm einzuziehen.«

Anne lachte. »Du kannst dir nicht vorstellen, wie absurd du bist. Du sitzt hier und redest vom Sterben und bist doch das Bild vollendeter blühender Gesundheit. Du legst tatsächlich immer noch Gewicht zu.«

»Wenn du nicht meine älteste Freundin wärst, würde ich Anstoß nehmen, wie die Romanschreiber sagen. Dir gegenüber geb' ich es zu. Ich werde fett. Aber Ludwig mag einen gut gedeckten Tisch, und ich auch. So, jetzt weißt du es: Ich werde eine fette, alte Dame. Und du wirst eine ganz magere werden.«

»Zumindest nehme ich an...«, fuhr Sally fort und kam unerwarteterweise auf Sheldon Edwards und seine Frau zurück, »wird es keine Kinder geben. Wir haben immer zu wenig Klubmitglieder, weil so viele unserer jungen Frauen nicht ›in Gesellschaft gehen‹. Gerade wenn ich daran denke, daß wir eigentlich etwas zu Ehren unseres fünfunddreißigsten Jubiläums unternehmen müßten.«

»Wer ist es denn jetzt? Lavinia Stevens hat ihr Baby vor anderthalb Jahren gehabt. Ist sie...? Oder Sophie Lichtenstein wieder?«

»Was Sophie angeht, würde es mich nicht wundern. Aber wenn es so ist, dann ist es zumindest noch nicht augenscheinlich. Aber die erste wird Caroline Edwards sein – und dann ist Lavinia wieder an der Reihe.«

Anne lachte entzückt. »O Sally! Wie kannst du das vergessen haben? Es gab Jahre, in denen du ständig in etwas warst, was gemeinhin ein ›interessanter Zustand‹ genannt wird. Bist du nicht froh darüber, daß so nette Leute Babys bekommen – die alten Familien aus Waynesboro, wie sie sich so erfolgreich fortpflanzen?«

»Ich erinnere mich sehr gut an all diese Jahre, in denen ich zu Hause bleiben mußte, entweder weil ich bald ein Baby bekommen würde oder weil ich gerade eins gehabt hatte. Elsa hat mehr Verstand. Aber ja, ich nehme an, ich bin froh, daß so viele angehende Klubmitglieder auf der Bildfläche erscheinen. Und falls in der Zwischenzeit die Zahl der Anwesenden bei Klubtreffen zu klein werden sollte – nun, vielleicht sollten wir die Anzahl der

Klubmitglieder wieder erhöhen und einige neue Mitglieder aufnehmen. Wenn du beim nächsten Treffen einen Vorschlag in dieser Hinsicht unterbreiten...«

»Werde ich aber nicht,« sagte Anne rundweg. »Hast du an irgendwelche Kandidaten gedacht? Vergrößere die Mitgliederschaft, und jeder wird mit irgendwelchen Namensvorschlägen ankommen. Nein, laß das bleiben, Sally. Wir werden uns durch dieses Jahr hindurchquälen, und danach, wer weiß?«

DIE MITGLIEDER DES FRAUENKLUBS VON WAYNESBORO

Miß Eliza Ballard
Miß Charlotte Bonner
Miß Ruth Campbell
Mrs. Caroline Edwards
Mrs. Jessamine Edwards
Mrs. Elsa Evans
Mrs. Gwen Evans
Mrs. Anne Gordon
Mrs. Margaret Harrington
Mrs. Sophie Lichtenstein
Mrs. Rhoda McKinney
Mrs. Laura Maxwell
Mrs. Sarah Rausch
Miß Amanda Reid
Mrs. Lavinia Stevens
Mrs. Christina Voorhees
Miß Jane Voorhess
Mrs. Grace Warren

IN MEMORIAM

Mrs. Mary Ballard
Miß Susan Crenshaw
Mrs. Katherine Edwards
Miß Caroline Gardiner
Miß Lavinia Gardiner
Mrs. Mary McCune
Miß Agatha Pinney
Mrs. Thomasina Travers

1904–1905

»Wir verlieren zwei unserer Mitglieder an das ›sonnige Kalifornien‹...«

Im Frühjahr 1904 wurde der Firma Rausch über Charles in Kansas City die Nachricht übermittelt, die Getreideernte verspräche so groß zu werden, daß man wohl mit einem Engpaß an Schnur rechnen müsse: Könnte die Mühle eine Eilsendung losschicken? Das Ergebnis war vielleicht der spektakulärste der Rausch-Erfolge: Genügend Sisalhanf wurde angefordert und geliefert, vorbereitet und gesponnen und letztlich gedreht, um ein Dutzend Eisenbahnwaggons, die auf dem Nebengleis abgestellt waren, zu füllen. An dem Morgen im Mai, als der Zug beladen war und zur Abfahrt bereitstand, wurde die Mühlenpfeife geblasen, und die Arbeiter strömten aus der Mühle, um die Abfahrt zu beobachten. Der Lokführer schloß sich der Stimmung des Augenblicks an und ließ auch seine Pfeife ertönen und produzierte fortwährend triumphierende Tuts, so daß sich die müßiggängerischen Stadtleute an den Übergängen versammelten, um den »Spezialschnurzug« vorbeifahren zu sehen.

Natürlich war Ludwig hocherfreut: Die Schnur würde die Getreidefelder rechtzeitig und weit vor der von Seilfabriken weiter im Osten produzierten erreichen, die einen längeren Frachtweg hätte. Aber er war nicht übertrieben triumphierend. Ja, er sagte sogar zu Captain Bodien, als sie den Bremswagen um die letzte Kurve fahren und verschwinden sahen, er glaube, daß sie so etwas nicht mehr erleben würden. »Die Zeit der Schnur ist so gut wie vorbei. Außer kleinen Farmern mit kleinen Getreidefeldern wird bald niemand mehr die Schnitt- und Bindemaschine und die Dampfdreschmaschine benutzen. Ich erinnere mich, wie ich vor Jahrzehnten – in den Achtzigern, glaube ich – eine Photographie von einer kombinierten Mäh- und Dreschmaschine gesehen habe. Damals mußte ich lachen – man brauchte ungefähr vierzig Pferde, um das Ganze zu ziehen, und die Hälfte des Getreides muß wohl zertrampelt worden sein, wenn man zwanzig Gespanne im Stoppelfeld in einer Linie halten will – es ging einfach nicht. Aber es wird nicht mehr lange dauern, bis eine Maschinenfirma einen Verbrennungsmotor in eine solche Maschine baut, und dann wird es kein Binden und Stapeln von Getreide mehr geben. Wir werden uns was ausdenken müssen, um die Flaute aufzufangen.«

Captain Bodien, der in seinem Herzen nichts als Verachtung für ein so grobes und billiges Produkt wie Schnur empfand, sagte: »Es wird immer genügend Bedarf für gutes Seil geben.«

»Hoffen wir es. Manchmal denke ich, daß der Fortschritt uns alte Herren aus dem Geschäft verdrängen wird. Auf der anderen Seite bedeuten neue Maschinen manchmal auch neue Anforderungen. Schnur zum Zusammenballen der Baumwollernte hat nie viel ausgemacht. Aber wenn sie anfangen sollten, das Heu auf dem Feld mit der Maschine zu ernten, dann machen wir Profit: die Heuernte ist viel größer als die Baumwollernte.«

Die beiden Männer gingen schweigend weiter, bis sie an der Mühle ankamen, wo sie sich trennen mußten, Captain Bodien, um in sein Büro in der Ecke der Halle, in der die Seile gedreht wurden, zurückzukehren, Ludwig, um in sein geräumiges Quartier zu gehen. An dieser Stelle erwachte Ludwig aus seiner Zerstreutheit. »Entschuldigen Sie, Bodien, in der Aufregung habe ich ganz zu fragen vergessen. Wie geht es Mrs. Bodien?«

»Nicht gut.« Der starke, stämmige, kleine Mann schüttelte den Kopf mit dem Gesichtsausdruck eines verletzten und bestürzten Kindes. »Sie hat Schwierigkeiten, ihre Nahrung zu behalten. Ein Anflug von Gelbsucht, vermute ich.«

»Haben Sie jemanden, der bei ihr bleiben kann?«

»Barbara, meistens. Die Mädchen kommen und helfen, wenn sie können, aber sie haben beide Babys, und Lavinia wird bald noch eins bekommen. Aber es ist immer jemand da, bis ich nach Hause komme. Barbara ist sehr gut: sie versucht, ihre Mutter nicht merken zu lassen, wie beunruhigt sie ist. Ich vermute, die Gelbsucht ist die Folge, nicht die Ursache. Der Doktor will, daß sie sich einer Operation unterzieht.«

Das Wort hing für einen Augenblick in der Luft. Ludwig sagte: »Johnny Gordon?«

»Ja. Natürlich würde Rodney operieren. Aber ich mag den Gedanken gar nicht, und sie will überhaupt nichts davon hören.«

»Aber wenn die Chirurgie etwas tun kann – heilen oder helfen...«

Sie scheuten beide von dem Schreckenswort »Krebs«, das in ihren Gedanken lauerte, zurück.

»Sie meinen, sie sollte es tun? Stewart und Barbara versuchen beide, sie zu überreden.«

»Ich würde alles versuchen. Wenn es meine Frau wäre (und Gott bewahre!), würde ich versuchen, sie dazu zu bewegen. Ohne Nahrung kann sie nicht lange weitermachen.«

»Nein. Ich hoffe nur – Johnny gibt ihr etwas gegen die Gelbsucht. Sie fürchtet sich so vor dem Krankenhaus.«

»Jeder tut das wohl. Aber viele scheinen es besser zu finden, als es zu Hause durchzustehen, wenn sie sehr krank sind. Es ist fast immer belegt, wie ich höre.«

»Jeder Arzt in der Stadt schickt seine Patienten hin, scheint mir. Aber ich sage Johnny immer, der Erfolg hat nicht viel Sinn, wenn man sich zu Tode arbeitet. Er sieht mächtig müde aus, wenn er schließlich zu uns kommt. Und ziemlich aufgedreht.«

»Was macht Paul denn da?« Ludwig wechselte das Thema abrupt, als er seinen jüngsten Sohn auf die Tür der Halle zuschreiten sah. Paul, der das College im Alter von zwanzig als Ingenieur verlassen hatte – fast ein Wunderkind –, arbeitete immer noch nach eigener Wahl als eine Art von Assistenzinspektor unter Captain Bodien. Er schien Ludwig immer noch widersinnig jung für eine solche Position.

»Paul? Er ist ein heller Junge. Ein blitzschneller Rechner.«

»Dann, wenn die Additionsmaschinen oder ähnliches die Notwendigkeit von menschlichen Rechnern überflüssig machen. Wieder der Fortschritt.«

»Es wird noch mancher Tag vergehen, bevor Additionsmaschinen und ähnliches die Spannungsstärke und Bruchfestigkeit und Elastizität und den richtigen Drehmoment für die Fiber und den Zug kalkulieren können, so daß man bekommt, was man braucht. Paul ist auch ein netter Junge – er kommt an den meisten Abenden vorbei und spielt ein paar Minuten für Mrs. Bodien –, er kommt mit Johnny nach dessen Sprechstunden.«

»Komische Freundschaft, Johnny und Paul. Es war ein Fall von extremer Heldenverehrung, als Paul Diphtherie hatte. Der Junge glaubte sogar, er wolle Arzt werden. Ausgerechnet als seine Mutter Ludwig aufgegeben und sich für ihn als Musiker der Familie entschieden hatte. Selbst heute noch glaubt er, Johnny könne nichts Falsches tun.«

»Wie ich sage, er spielt seine Violine recht oft für uns, auch wenn die Violine ohne Begleitung irgendwie dünn ist. Keiner von uns ist ein Pianospieler außer Barbara, und sie ist zu der Zeit schon nach Hause gegangen. Dabei haben wir ein sehr gutes Piano.«

»Ich bin froh, daß Paul so zuvorkommend ist. Er ist sein ganzes Leben das verwöhnte Kind der Familie gewesen; es macht ihm Ehre, daß er auch an andere Leute denkt.«

Nicht lange danach wurde Mrs. Bodien überredet, für eine Operation ins Krankenhaus zu gehen. Sie hätte genausogut zu Hause in ihrem eigenen Bett bleiben können. Rodney operierte sie, fand weit fortgeschrittenen Krebs der Leber und nähte sie wieder zu. Auf seinen und Johnnys Rat hin brachte sie Captain Bodien wieder nach Hause, sobald sie transportiert werden konnte.

»Mit Leberkrebs kann man nie sicher sein.« Rodney war niemand, der sich gern geziert ausdrückte. »Sie kann eine ziemlich lange Zeit krank sein. Ich nehme an, Mutter Gardiner wird weiterhin die Tage mit ihr verbringen. Vinny und Caroline können sich abwechseln, sie abzulösen – sie können ihre Babys immer gegenseitig betreuen oder sie meiner Mutter bringen. Aber Großmutter Bodien muß eine Nachtschwester haben: Du kannst nicht bei ihr bleiben und auch noch arbeiten.«

»Aber Lavinia...« Lavinia Gardiner Stevens war zum zweitenmal schwanger, als die kleine Theresa noch nicht drei Jahre alt war.

»Ich weiß – sie wird für eine Weile verhindert sein, wenn das Baby geboren ist. Aber die Tage können sie gemeinsam schaffen. Du mußt nur eine Nachtschwester haben.«

Wenn Captain Bodien es übelnahm, daß ihm sein Schwiegerenkel Dinge vorschrieb, ließ er sich nichts anmerken. Er sagte: »Diese Cousine von Stewarts Frau – wie ist noch ihr Name – Norah – kennst du diese Familie O'Neill? Kathleens ziemlich übel beleumundete Cousine? Die älteste Tochter hat ihre Krankenschwesterausbildung beendet.«

»Ich weiß. Sie hat sich für eine Stelle am Krankenhaus beworben, aber wir haben das ganze Personal, das wir brauchen, zusammen.« Da Norah O'Neill fast eine Verwandte von ihm war, die Cousine der angeheirateten Tante seiner Frau, sagte er nicht, daß das Krankenhaus in Cincinnati das Mädchen in Hinsicht auf ihre Fähigkeiten als Krankenschwester zwar ohne Vorbehalte empfohlen hatte, daß es aber ziemlich zwiespältig in bezug auf ihren Charakter reagiert habe. Aber immerhin, welche Dummheiten sollte sie schon bei den Bodiens machen können? Und es gab eine so große Kluft zwischen dem West-End und dem Rest von

Waynesboro, daß niemand von Bedeutung ihr Benehmen in ihrer Freizeit beobachten würde.

Norah O'Neill wurde ordnungsgemäß als Nachtschwester bei den Bodiens eingestellt. Sie begann ihre Nächte spät und ließ Captain Bodien mit seiner Frau während der Abendessenszeit allein, so daß sie bis um neun Uhr am Morgen bleiben konnte und Barbara damit Zeit gab, mit ihrem Gatten zu frühstücken, bevor sie kam. Norah bekam die Gardiner-Töchter nie zu Gesicht, obgleich sie wußte, daß sie fast jeden Tag, bis Lavinia ins Krankenhaus ging, um ihr Baby zu bekommen, da waren. Norah war eine hervorragende Krankenschwester, fröhlich, sogar amüsant, geschickt und stark und bis an den Rand voll von Vitalität. Die Bodiens sahen sie nicht anders. Sie dachten sich nichts dabei, daß Paul und Johnny nicht mehr gemeinsam abends ankamen: Paul kam früher, der Doktor brachte Norah nach den Sprechstunden mit. Es war ein langer Weg von der Wohnung, die sie sich genommen hatte, und nur natürlich, daß Johnny bei ihr anhielt und sie mitnahm. Häufig kamen sie, wenn gerade Violinmusik erklang, die Paul spielte, der dann am Fuß der Treppe stand, so daß Mrs. Bodien, deren Schlafzimmertür geöffnet worden war, die Musik hören konnte.

An einem warmen Abend, an dem die Türen und Fenster offenstanden, hörte Paul zwischen Phrasen der Musik die Stimmen von Dr. Johnny und Norah, wie sie den Weg heraufkamen. Bis dahin war Mrs. Bodiens Krankenschwester wenig mehr als eine Wachsfigur für Paul gewesen, aber da war etwas – ein Ton von Wärme, von entspannter Nähe – in ihren Stimmen, der ihn seinen Bogen sinken und die Tür beobachten ließ. Die beiden kamen zusammen herein, in schicklicher Entfernung voneinander. Dennoch hing über ihnen etwas wie eine Aura von Gelöstheit, Zufriedenheit – eine gewissen Befriedigung? (Paul hatte für das, was er sah, keine Worte.) Mit einundzwanzig konnte er immer noch erröten, obwohl er erfahren genug war zu erkennen... Sollte *Johnny...?* Johnny war mit einem Eisberg verheiratet, und Norah... sie war kein hübsches Mädchen trotz ihres schwarzen irischen Haares und ihrer blauen irischen Augen, aber sie hatte eine gute, üppige Figur, was ihre Krankenschwesteruniform verriet, war um die Taille schlank und ihr Gesicht glühte vor Leben und Lebensfreude. In dem Augenblick, den das Paar benötigte, die Treppe zu erreichen, hatte Pauls Verstand diese Gedanken erfaßt. Er und Norah wechselten einen direkten, offenen Blick.

Mit keiner Spur von Verlegenheit in ihrer Stimme sagte sie: »Ihnen einen guten Abend, Mr. Rausch. Und spielen Sie doch weiter. Obwohl ich sagen muß, es würde mit Pianobegleitung besser klingen.«

»Hier spielt aber niemand Piano.«

»Sie könnten es mit meiner kleinen Schwester versuchen. Sie ist gerade von der Schule zu Hause. Die Schwestern haben ihr das Spielen sehr gut beigebracht. Zusammen mit vielen anderen Dingen, die für einen O'Neill unbrauchbar sind. Ich werde sie morgen abend mitbringen, und Sie können es dann selbst beurteilen.«

Lächelnd ging sie an ihm vorbei die Treppe hinauf, Johnny folgte ihr. Paul, der mit seinem Bogen lose in der Hand dastand, konnte sie in der oberen Halle hören: Johnnys gespanntes »Warum diese unnötige Komplikation?« und ihre Antwort »Keine Komplikation. Eine Zerstreuung. Hast du nicht gesehen? Er wußte es sofort. Ellen wird seine Gedanken ablenken von...«

Das war alles, was er hörte. Es war genug. Er legte seine Violine in ihre Hülle und glitt zur vorderen Haustür hinaus. Er wünschte verzweifelt, er hätte nichts gesehen und wüßte nichts. Der Teufel würde los sein, wenn das mit den beiden für andere so offensichtlich wäre wie für ihn. Aber natürlich, dachte er, nur die Leute im Haus der Bodiens würden sie je zusammen sehen, und die Bodiens hatten keinen Gedanken für irgend jemand oder irgend etwas als ihre sterbende Frau und Mutter. Ein nachklingender Zweifel blieb in seinen Gedanken. Wenig geschah in Waynesboro, das nicht ganz Waynesboro früher oder später wußte, und so etwas wie dieses – er hatte genug Klatsch von Männern in Zigarrengeschäften und Frisierläden gehört, um zu wissen, mit welcher Genugtuung man eine solche Geschichte aufgreifen würde.

Eine Mischung aus Abscheu und Aufregung, die er nicht kontrollieren konnte, brachte ihn am folgenden Abend wieder in das Haus der Bodiens. Norah, die heute nicht von Johnny begleitet wurde, hatte ihre Schwester mitgebracht. Paul vergaß sowohl Doktor wie auch Krankenschwester. Er hielt den Atem an, als er die junge Ellen zum erstenmal sah, schlank wie eine Weidenrute und bildschön: Sein Verstand durchwühlte seine Sammlung jungenhafter Klischees und fand nichts Passendes. Sie war lieblich, sie war schön – kein Zweck sich vorstellen zu wollen, wie lieblich: sie hatte die gleichen graublauen Augen und langen Wimpern wie ihre Schwester, das gleiche schwarze Haar, aber eine kesse Nase und einen lachenden Mund und eine reine rosa und weiße Haut, die mit Farbe überflutet wurde, als sie sich gegenseitig vorgestellt wurden.

»Miß O'Neill sagt, daß Sie meine Begleitung übernehmen werden. Sie verstehen: Ich komme hierher und spiele, weil die arme

Mrs. Bodien es zu mögen scheint. Es würde mit einem Piano besser klingen, aber ich nehme nicht an, daß es gestimmt ist.«

»Wenn Captain Bodien sein Versprechen gehalten hat«, warf Norah über ihre Schulter ein, »dann ist es gestern gestimmt worden. Versuchen Sie es.«

Es gab im Salon der Bodiens kein Licht. Mit einem Streichholz in der Hand stellte Paul Nachforschungen an: Eine Gaslampe hing an einem Wandarm gerade innerhalb der Eingangstür, und eine Kerosinlampe, deren Docht in einer vollen Schale floß, war auf einen Ständer neben das Piano plaziert worden. Paul zündete beide Lampen an und breitete einige Notenblätter auf dem Ständer über der Tastatur aus. Als Johnny eine halbe Stunde später oder so hereinkam, waren die beiden Musikanten völlig versunken auf ihrem Weg durch die irischen Melodien, die Mrs. Bodiens Lieblingsmusik waren.

Nach einer kleinen Weile hielt Johnny auf seinem Weg hinaus inne und sah in den Salon. »Mrs. Bodien schläft. Ihr könnt aufhören, falls«, er grinste sie an, »ihr nicht zu eurem eigenen Vergnügen weiterspielen wollt.«

Sie hörten sofort auf. Ellen sagte: »Oh, nein – ich meine nicht, daß es nicht Spaß gemacht hat, aber es ist Zeit, daß ich nach Hause gehe.«

Paul sagte: »Ich fahre Sie in meinem Motorwagen nach Hause: Er steht vor dem Haus.« Er legte seine Violine in ihrer Hülle auf das Klavier. »Ich lasse das hier. Ich habe sowieso keine Zeit zum Üben. Sie kommen morgen wieder, nicht wahr?«

»Wenn Captain Bodien es nicht lieber hätte, wenn wir es nicht tun. Er findet es vielleicht herzlos, daß wir solche Melodien spielen, wenn seine – wenn er solchen Kummer hat.«

Captain Bodien hatte wirklich genug Sorgen. Todunglücklich über das Leiden seiner Frau und ihren baldigen Verlust nach über vierzig Jahren glücklicher Ehe, mußte er sich zusätzlich noch den ständigen Besuchen des Priesters unterwerfen, dessen Anwesenheit seiner Frau viel zu bedeuten schien. »Stolpere andauernd über Vater Halloran«, beschwerte er sich Barbara gegenüber. »Mein Heim ist nicht mehr mein eigen.« Und dann, um seinen Kummer noch zu vermehren, kam seine Enkelin Mary – die Enkelin, die er geliebt hatte und mit der er während ihres ganzen Lebens gelacht hatte und die die einzige der vier Gardiners war, die ihm ähnelte – unglücklicherweise unscheinbar, aber unverkennbar ein Bodien –; diese Enkelin Mary kam also für die Sommerferien von ihrem Collegejahr nach Hause, nicht um das Vergnügen von Ferien in Waynesboro zu genießen mit all den anderen jungen Leuten, von denen die meisten die Welt, wie sie war, sehr mochten und sie aus ganzem Herzen genossen, sondern von dem Verlangen beseelt, diese Welt zu verändern, entschlossen, die Lage der Arbeiterschaft zu verbessern. Sie entschied sich unglücklicherweise, ihren Feldzug sofort zu beginnen, und dazu noch bei der Firma Rausch. Eines Tages marschierte sie mit Franz Lichtenstein, der ebenfalls vom College zurück war und ihr auf dem Fuße folgte, kühn in das Büro ihres Großvaters. Seit ihren Kindertagen war Mary mit diesem vollgestopften Büro vertraut, dessen dünne Wände ständig vom Dröhnen der großen Seildrehmaschinen vibrierten. Sie hatte nicht die geringsten Skrupel, ihren Großvater anzugehen, auch wenn Franz im Alter von zwanzig Jahren einige Unruhe verspürte, dem grimmig aussehenden Captain entgegenzutreten. Mary war noch nicht einmal beunruhigt, als sie Paul Rausch an einem kleineren Schreibtisch sah, der noch zusätzlich in den abgeteilten Raum gezwängt worden war. Sie kannte ihn zu gut, als einen von Veronikas Hochschulverehrern; sie sah auf die flatterhafte Veronika mit etwas wie Verachtung herab. Vielleicht tat Paul das auch, jetzt, da er erwachsen war: Sie hatte ihn den ganzen Sommer über nicht gesehen. (Und Veronika, deren Lebensziel es war, Waynesboro für immer zu verlassen, hatte irgendwie den Bruder ihrer Zimmerkameradin, einen Clevelander, an sich gefesselt.)

»Hier arbeitest du also«, sagte sie. »Ich möchte gerne mit Großvater unter vier Augen sprechen. Kannst du deine Papiere woandershin mitnehmen?«

Paul tat sein Bestes, mit stolz zurückgeworfenem Kopf auf sie herabzublicken, was schwierig war, da er, durch den beengten Raum behindert, unangenehm über seinen Schreibtisch gekrümmt war, als er den Forderungen der Höflichkeit entsprechend aufzustehen versuchte. »Das sind zufällig ziemlich wichtige Kalkulationen, wenn ich unterbrochen werde, muß ich ganz von vorne anfangen.«

»Du bist unterbrochen worden. Und ich habe nicht die Absicht, die Sache, die ich zu besprechen habe, in der Anwesenheit des Sohnes vom Boß zu besprechen.«

»O Gott! Was hast du denn jetzt vor? Irgendeinen sozialistischen Unsinn, nehme ich an. Ich mach, daß ich in das andere Büro komme und bereite Paps vor.« Er begann, seine unordentlich verstreuten Papiere zusammenzuraffen.

»Kein Wort an deinen Vater, bis ich bereit bin, mit ihm zu sprechen.«

Paul ging hocherhobenen Hauptes hinaus, sobald er nicht mehr von Schreibtisch und Wand behindert wurde.

»Was in aller Welt, Mary... Was hast du denn vor?«

»Ich möchte mit dir über die Lage der Arbeiterschaft in der Mühle reden.«

»Was ist daran auszusetzen? Eine Seilbahn ist kein sehr sauberer Platz zum Arbeiten, aber sie sind an den Teer gewöhnt – und auch an alles andere, auch wenn es ziemlich schlecht riecht. Sie sind zufrieden, soviel ich weiß.«

»Wieviel zahlt ihr ihnen?«

»Mary, das geht dich verdammt noch mal nichts an. Und die meisten von ihnen würden dir genauso antworten, wenn du sie fragen würdest. Aber für den Fall, daß du jemanden finden solltest, der das nicht für sich behalten will, kann ich es dir genausogut selbst sagen. Die Spinnmädchen, sechs Dollar die Woche. Ungelernte Arbeiter, meistens Nigger, sieben. Gelernte Arbeiter, die Männer, die das Seil legen, verschieden: acht bis zehn Dollar die Woche. Ist daran was falsch? Ein Dollar am Tag ist ein gutes Gehalt, selbst für gelernte Arbeiter.«

»Es ist abscheulich. Wie viele Stunden arbeiten sie?«

»Vierundfünfzig, weil wir samstagnachmittags zumachen. Wenn wir keine Aufträge fertigzustellen haben.«

»Und sie erkennen nicht, daß sie ausgebeutet werden?«

»Und wenn sie ihr Gehalt und ihren Lohn nicht mögen, können sie jederzeit kündigen. Um dir die Wahrheit zu sagen, die Nigger machen im Sommer in den meisten Fällen Ferien – mit einem kleinen Garten und Fischen kommen sie ganz gut ohne Arbeit zurecht –, Arbeiten ist die Sache, die sie am wenigsten gerne tun, wenn sie die Wahl haben.«

»Wenn ihnen mehr gezahlt wird, macht es ihnen vielleicht nichts mehr aus, zu arbeiten. Großvater, du merkst nicht, wie unfair das ist? Das sind die Leute, die die Waren produzieren. Dir aber wird ein hohes Gehalt gezahlt. Selbst diesem Grünschnabel Paul Rausch, nehme ich an.«

»Paul verdient jeden Cent, den er bekommt. Glaubst du denn, die Arbeiter könnten die Mühle ohne uns leiten?«

»Und was Mr. Rausch angeht: Er ist reich geworden, indem er seine Arbeiter ausgebeutet hat.«

»›Ausbeuten!‹ Du weißt nicht, wovon du redest, du undankbarer junger Dummkopf. Wieviel von deines Vaters Einkommen – und das erlaubt es dir, auf das College zu gehen – kommt von seinen Gebühren als Rechtsanwalt der Rauschs?«

»Aber er ist seit Jahren Zivilrichter. Wie kann er denn...?«

»Er hat natürlich an seiner Praxis festgehalten – soviel Zeit wie er dafür übrighatte.«

»Wenn das die Art ist, wie das Gesetz funktioniert, wäre ich lieber arm.« Sie starrte ihren Großvater herausfordernd an. Captain Bodien schwoll auch mittlerweile der Kamm an.

Sie waren sich unglaublich ähnlich, wie sie sich so anstarrten: der Mann in seinen Sechzigern, dessen Haarkranz um seinen Kahlkopf ziemlich mit Grau durchsetzt war, und das stämmige, eckige junge Mädchen.

Captain Bodien ließ einen lange angehaltenen Atemzug heraus, als er glaubte, er habe sich so weit im Griff, daß er wieder sprechen könne. »Und was ist der Zweck dieses Interviews, wenn ich fragen darf? Hast du geglaubt, du könntest hierherkommen und anordnen, daß wir den Lohn unserer Arbeiter erhöhen und ihre Stunden reduzieren und daß wir sagen würden: ›Ja, selbstverständlich. Alles, womit ich Ihnen einen Gefallen erweisen kann‹?«

»Ich bin nicht so naiv, zu erwarten, irgend etwas zu bekommen, wenn nicht unter Druck. Wir sind gekommen, Franz und ich, um euch zu bitten, uns eine Gewerkschaft organisieren zu lassen, und um euch zu warnen, daß, wenn ihr nein sagt, wir es trotzdem tun.«

»Eine *Gewerkschaft?* Im ganzen Land gibt es keine Seilfirma, die gewerkschaftlich organisiert ist. Gewerkschaften bedeuten doch nichts als Ärger: Höhere Löhne bedeuten höhere Preise – dein eigener Preis treibt dich aus dem Wettbewerb, und bevor du es weißt, bist du bankrott. Gewerkschaft, also wirklich! Das muß Hauptmann Rausch hören. Kommt mit!« Er stapfte vor den beiden her quer über den Hof zu dem Firmenbüro, warf die Tür auf und forderte sie mit einer Geste auf, einzutreten.

»'tschuldigung, Captain, wenn ich Sie bei was Wichtigem unterbreche. Aber ich möchte, daß Sie wissen, was diese jungen Leute vorhaben.«

Ludwig war gerade dabei, Eliza Briefe zu diktieren. Er sagte: »Schon in Ordnung. Eliza weiß so gut wie ich, was zu diesen Angeboten zu sagen ist. Nur, daß Sie die Hanf-Anforderungen in die Post bekommen – lassen Sie die anderen Sachen auf meinem Schreibtisch. Ich unterschreibe sie später. Schließen Sie die Tür hinter sich, bitte. Und sagen Sie Paul, er könne zu seinem eigenen Schreibtisch zurückkehren. Nun, was ist denn so überaus wichtig?«

»Diese Baby-Anarchisten...«

»Nicht Anarchisten, Sozialisten,« korrigierte Franz mit Emphase. Er hatte es Mary überlassen, mit ihrem Großvater fertig zu werden; jetzt war er bereit, diesen gewaltigen, aber (so hoffte er) weniger jähzornigen Antagonisten selbst mit Logik und Rationalität zu überzeugen.

»Ah, du bist der Lichtenstein-Junge? Natürlich. Dein Vater ist ein sehr alter Freund von mir. Ich weiß, er ist ein Sozialist, ist er schon seit Jahren. Selbstverständlich...«

Franz erkannte die Implikation. »Ein theoretischer Sozialist. Wir haben vor zu handeln, Mary und ich.«

»Mary Gardiner? Mary, ich habe dich seit Jahren nicht mehr gesehen, nicht seit du ein kleines Mädchen warst.« Er lächelte ein wenig, als er sich an einen gewissen vierten Juli erinnerte. »Was hält dein Vater denn von deinen Ansichten? Weiß er davon?«

»Sollte er eigentlich. Wir haben oft genug darüber gestritten. Aber er weiß nicht, daß wir heute hier sind, wenn Sie das meinen.«

Ludwig kippte seinen Drehstuhl zurück, stützte seine Ellbogen auf die Armlehnen und verschränkte seine Finger unter seinem Kinn. »Nun, wenn ich es richtig verstehe, glauben Sozialisten, die ganze Industrie sollte der Regierung gehören und von ihr betrieben werden, und die Regierung sollte in der Hand der Arbeiter sein. Wo werdet ihr denn in der Arbeiterschaft Männer finden, die genug wissen, um die Industriefirmen zu leiten?«

»Sie brauchen nicht aus der sogenannten Arbeiterklasse zu sein, wenn sie willens sind, für die Regierung zu arbeiten.«

»Industrie in der Hand von Bürokraten unter einer Regierung in der Hand von Arbeitern? Hm. Ich glaube, das Schlüsselwort ist ›Für jeden nach seinem Bedürfnis, von jedem nach seiner Fähigkeit‹. Wer entscheidet Bedürfnis und Fähigkeit? Regierung in der Hand der Arbeiter? Wer soll die Rechnung bezahlen? Wenn jeder nach seinen Bedürfnissen versorgt werden soll, ob er arbeitet oder nicht, dann wird es eine große Rechnung geben, das kannst du mir glauben.«

»Wir sind nicht so zynisch. Wir glauben, Menschen empfinden ein Bedürfnis zu arbeiten.«

»So lange wie es entweder arbeiten oder hungrig sein bedeutet, ja.«

»Bleiben denn selbst die Schmarotzer in Waynesboro hungrig? Sie wissen, daß das nicht so ist. Man kümmert sich um sie: Almosen oder das Armenhaus. Es ist entwürdigend.«

»Und wenn ihr Almosen abschafft, und die Regierung sich um die Schmarotzer und Untauglichen kümmert, wer bezahlt dann die Rechnung?«

»Es wird nicht so viele Nichtstuer geben, wenn die Menschen besser gebildet sind. Die Arbeitsunfähigen werden freie medizinische Betreuung haben. Die Rechnung wird natürlich durch Steuern auf die Profite der Industrie bezahlt.«

»Welche Profite, ›natürlich‹? Die Preise für Rohmaterial werden steigen, um die Löhne der Produzierenden bezahlen zu können; die Preise der Fertigprodukte werden steigen, und falls den Konsumenten nicht auch mehr gezahlt wird, werden sie nichts kaufen können. Wenn jedem mehr gezahlt wird, wirst du bald eine außer Kontrolle geratende Inflation haben. Und selbst wenn deine Arbeiter, die die Regierung bilden, Manager finden können, die wirklich etwas von ihrem Amt verstehen, wird es keine Profite geben, auf die man zurückgreifen kann. Und was Steuereinnahmen betrifft, die das Rad eigentlich antreiben, die Regierung kann wohl kaum besteuern, was ihr selbst gehört.«

»Aller privater Besitz wird vom Staat übernommen. Es wird Pachtgelder geben.«

»Pachtgelder! Das ist nicht ein Tropfen im Faß, sowenig wie es hier Eigentumssteuern sind. In dieser Stadt ist der größte Steuerzahler die Eisenbahn. Natürlich wird der Regierung auch die Eisenbahn gehören.«

Franz nickte. »Zu allererst.«

»Bums! ist auch diese Quelle von Steuereinnahmen weg. Die Firma Rausch ist der zweitgrößte Steuerzahler, nehme ich an, und der nächste ist die Bäckerei deines Onkels. Ohne sie könnte die Stadt nicht ihre Polizei, ihre Feuerwehr, ihre Lehrer bezahlen.«

Franz rückte unbehaglich auf seinem Stuhl herum. Er wußte die Antworten auf logische Argumente, falls die Ludwigs logisch wären, was er bezweifelte, aber die Standpunkte, die er darlegen wollte, schienen in seinem Verstand außer Reichweite begraben zu sein. »Wir wissen, daß der Sozialismus noch in weiter Ferne ist, Staatseigentum und so weiter. Das wird nicht morgen kommen, aber es wird kommen, und alle diese Probleme wird man lösen. Aber die Lage des ausgebeuteten Arbeiters kann man jetzt ändern mit den Mitteln, die zur Verfügung stehen. Das ist es, worüber wir mit Ihnen reden wollten. Werden Sie uns in Ihrer Mühle eine Gewerkschaft organisieren lassen? Captain Bodien glaubt nicht, daß Sie aus eigenem Antrieb den Lohn der Arbeiter erhöhen werden oder ihre Arbeitszeit kürzen.«

»Sie bekommen den üblichen Tarif bezahlt. Ihre Arbeitszeit ist kürzer als die von vielen, jetzt, da wir ihnen auch noch den Samstagnachmittag freigeben. Und außer den Spulenjungen werden sie wöchentlich bezahlt, nicht pro Stunde. Wenn sie nicht zufrieden sind, können sie kündigen. Arbeit ist eine Ware wie jede andere: Die Kosten hängen von Angebot und Nachfrage ab, und das Angebot ist groß genug.«

»›Arbeit ist eine Ware‹, aber Arbeiter, selbst Mühlenarbeiter sind menschliche Wesen.«

»Arbeiter werden menschliche Wesen, wenn sie als Individuen behandelt werden. Das hier ist eine kleine Fabrik. Ich kenne meine Arbeiter nicht nur als Menschen, ich kenne auch ihre Probleme zu Hause und sonstwo. Sie sind immer frei – und fühlen sich auch frei –, mit ihren Schwierigkeiten zu mir oder zu Captain Bodien zu kommen. Aber wenn sie nicht für uns arbeiten wollen, können sie ersetzt werden.«

»Nicht so leicht, wenn es eine Gewerkschaft gäbe: Streikbrecher würden vertrieben. Und was das ›Zu-Ihnen-Kommen‹ wegen ihrer Probleme angeht – wie werden Sie von ihnen angeredet?«

»›Boß,‹ gewöhnlich.«

»Sehen Sie: glauben Sie, daß das bedeutet, sie sehen Sie als Freund an?«

»Ich habe das immer so verstanden. Wir haben in dieser Mühle immer eine freundliche und unbeschwerte Beziehung zueinander gehabt. Hängst du auch der bösartigen Theorie an, daß der Boß und seine Arbeiter immer Antagonisten sein müssen?«

»Ein Kapitalist und seine Arbeiter sind natürlicherweise Antagonisten, weil ihre Interessen gegensätzlich sind.«

»Welcher Unsinn! Die Interessen sind identisch: eine Industrie mit Gewinn zu betreiben, damit alle ihren Lebensunterhalt verdienen können. Du hast ziemlich einseitiges Zeug gelesen. Dieser Zuchthäusler Debs?«

»Ich würde ihm meine Stimme geben, wenn ich alt genug wäre zu wählen.«

»Dann wäre deine Stimme verschwendet.«

»Marx sagt...«

»Zum Teufel mit Marx! Sieh mal: Du bist doch nicht hergekommen, um mir Sozialismus zu erklären. Was willst du?«

»Sie bitten, uns eine Gewerkschaft organisieren zu lassen.«

»Du erwartest, daß ich sage: ›Gott segne euch, meine Kinder: versammelt die Arbeiter da draußen im Hof und organisiert eine Gewerkschaft‹? Nein. Gewerkschaften haben in diesem Land schon genug Schwierigkeiten verursacht. Wir wollen hier in Waynesboro nichts von diesem Unsinn hören.«

»Wir waren uns sicher, daß Sie das sagen würden, glaubten aber, wir sollten Sie fragen –, Sie warnen – bevor wir zur Aktion übergehen. Wir werden das durchziehen. Wenn wir mit Ihren Arbeitern nicht hier sprechen können, werden wir einen Saal mieten.«

»Versucht es mit der Oper«, sagte Ludwig trocken. »Sie gehört der Stadt – was bedeutet, der Regierung. Ihr würdet nur für die Beleuchtung und den Hausmeister bezahlen müssen.«

»Das ist eine gute Idee. Vielen Dank, Sir.« Franz stand auf und die schweigende Mary mit ihm. »Sie werden noch von uns hören.« Und mit diesem Abschiedswort geleitete er Mary durch die Tür nach draußen.

»Die Unverschämtheit dieses Halunken!« Ludwig mußte lachen.

»Sie haben Ihr Temperament besser in Schach gehalten als ich.«

»Glauben Sie nicht, ich wäre nicht wütend. Diese jungen Dinger! Nicht mal trocken hinter den Ohren.«

»Glauben Sie, daß sie uns Schwierigkeiten bereiten können?«

»Das weiß Gott. Gewerkschaften haben schon anderen Firmen genug Schwierigkeiten gemacht. Aber ich bezweifle es. Unsere Arbeiterschaft kennt wahrscheinlich nicht die Bedeutung des Wortes, und wir könnten sie sowieso leicht genug ersetzen. Wir könnten eine ganz neue Belegschaft von Spinnern heranziehen, wenn das nötig sein sollte. Es geht nur um die gelernten Arbeitskräfte, die Männer, die was vom Seil verstehen müssen und wie es gelegt werden muß: Wenn sie streiken würden, wären sie schwierig zu ersetzen. Auf der anderen Seite haben sie nur diese eine Fähigkeit, und es gibt nicht so viele Seilfabriken im Land. Sie würden wohl zögern, ob sie das Risiko eingehen wollen, ihre Jobs zu verlieren.«

»Sie würden sie also streiken lassen und sie dann feuern, falls sie das tun?«

»Ich werde diesen Unsinn bekämpfen, aber natürlich. Eine Gewerkschaft, also wirklich! Und ein Ende für die freundlichen Beziehungen mit den Arbeitern. Ich würde ihnen eine Chance geben, zurückzukommen – vierundzwanzig Stunden vielleicht, oder achtundvierzig –, bevor ich sie entlassen würde.«

Am nächsten Nachmittag, als die Fünf-Uhr-dreißig-Sirene ertönte und die Tore der Firma Rausch von herauskommenden Arbeitern wimmelten, wurden sie dort von Franz und Mary empfangen, die Arme voller Handzettel austeilten. (»Besser wenn sie herauskommen«, hatte Mary gesagt. »Es würde ihren Bossen ganz ähnlich sehen, an den Türen zu stehen und sie einzusammeln, wenn die Arbeiter hineingingen. Nebenbei, wir müßten dann um sechs Uhr dreißig dasein. Stell dir vor, um sechs-dreißig an der Fabrik sein zu müssen.«) Die Handzettel luden alle Arbeiter zu einem Treffen ein, in der Oper, Donnerstag um acht (am übernächsten Abend, um ihnen achtundvierzig Stunden zum Nachdenken zu geben). Dort solle die Organisation einer Gewerkschaft diskutiert und alle Beschwerden gegen ihre Arbeitgeber zur Sprache gebracht werden. Keinem Vormann, keinem Inspektor oder Funktionär würde der Zutritt gewährt werden: Jeder könne frei sprechen.

Natürlich wurden Exemplare der Handzettel am Tor fallen gelassen, und gleichfalls selbstverständlich fanden sie ihren Weg in die Hand von Ludwig und Captain Bodien.

»Ich stelle fest, wir sind nicht eingeladen«, sagte Ludwig, als die beiden zusammentrafen.

»Haben Sie das erwartet?«

»Nein. Ich würde es gerne wissen, wenn sie wirkliche Beschwerden zur Sprache bringen, aber ich möchte mich nicht dazu erniedrigen, nach einem Spion unter meinen Leuten zu suchen.«

Der *Fackel*-Reporter (einer der Bonners) hatte darauf bestanden, der Bewegung durch Öffentlichkeitsarbeit beizustehen und war bei der Versammlung anwesend. Er war fast so gut wie ein Spion: Ein ausführlicher Bericht wurde in der freitäglichen Abendausgabe der Zeitung abgedruckt. Zu dieser Zeit wußte Ludwig jedoch schon alles, was er wissen wollte: Er war von einer Delegation von Arbeitern – »Gewerkschaftsrepräsentanten« – am Freitagmorgen in seinem Büro besucht worden. Zwei waren weiße Männer aus dem Vorbereitungsraum, und die dritte Person war eines der Spinnmädchen. Der Sprecher informierte ihn über die Gründung einer Gewerkschaft, zu deren Präsident er gewählt worden sei; weiterhin über die Sammlung von Beiträgen, die die Gewerkschaftsmitglieder unterstützen würden, wenn sie streiken müßten, und über ihre Entscheidung, gewisse Dinge von der Firma zu fordern: zuerst Anerkennung der Gewerkschaft und des Streikrechts, dann Lohnerhöhung für jeden – Männer, Frauen, Jungen – um einen Dollar pro Woche, und drittens Kürzung der Arbeitszeit pro Woche um vier Stunden.

Ludwig hörte ihn schweigend an. »Bevor ich auf diese Forderungen eine Antwort gebe, lassen Sie mich eines fragen: Hat jemand die Möglichkeit ergriffen, eine besondere Beschwerde gegen die Firma vorzubringen? Ich würde gerne wissen, ob es etwas gibt, das ich verbessern kann, wenn die Beschwerde berechtigt ist.«

»Nur Ji...« Das Spinnmädchen hatte zu sprechen begonnen, war aber streng zum Schweigen gebracht worden.

»Keine Namen, Frau. Willst du, daß man ihn feuert?«

»Habe ich je jemanden ohne triftigen Grund gefeuert? Hat es nur eines einzigen Abends der Redenschwingerei von diesen halbgaren Kindern bedurft, um euch gegen mich zu kehren? Sie selbst haben hier fünfzehn Jahre oder so gearbeitet; Sie wissen, daß wir in guten Zeiten Geld machen, und daß ich euch in schlechten Zeiten zur Arbeit lasse und wir alle möglichen Arten von billigem Seil machen und es praktisch verschenken, nur damit wir Arbeit für euch haben.«

»Sie haben uns gezeigt, wie wir – wie heißt das noch? – mißbraucht worden sind, um Sie reich zu machen. Sie schulden uns Arbeit in schlechten Zeiten.«

»Großer Gott, Pat Flannery! Lassen wir das – was war die Beanstandung des Anonymen, der sich beschwerte?«

»Daß wenn das Wetter schlecht ist, und die von uns, die ihre eigenen Brote mitbringen, können dann nämlich nicht im Hof essen – und die Kopfsteine sind sowieso verdammt hart – und dann müssen wir uns um die Maschinen herumdrängen.«

»Ich habe immer gedacht, daß ihr diese Stunde auf dem Pflaster ziemlich genießt. Aber ich stimme zu: bei schlechtem Wetter macht es nicht so sehr Spaß.« Ludwig war ein wenig bestürzt. »Warum hat das nicht mal jemand angesprochen? Das ist etwas, das ich nun wirklich eine vernünftige Beschwerde nenne: Ihr solltet irgendwo drinnen essen können. Wenn die neue Schnurmühle fertig ist, kann die alte zu einem Pausenraum umgeändert werden, anstatt daß man sie abreißt. Aber was die Bitten – Forderungen? – angeht, die vorzubringen man euch delegiert hat, ist die Antwort nein auf der ganzen Linie. Keine Gewerkschaft. Keine Lohnerhöhung. Keine Verkürzung der Arbeitszeit. Diese Forderungen werden mit dem Messer an der Kehle gemacht – ich nehme an, ihr droht mit Streik? Selbst wenn ich sie vernünftig fände, die Antwort ist nein und nein und wiederum nein.«

»Dann werden wir am Montag streiken.« Die Stimme des Repräsentanten der Gewerkschaft klang bereits halb verängstigt, selbst bei der Androhung eines solchen Schrittes.

»Ich habe keine Ahnung, wie viele von euch für diesen Unsinn abgestimmt haben. Die Sirene wird wie gewöhnlich am Montagmorgen geblasen. Jeder, der am Dienstag noch nicht wieder an seiner Arbeit ist, wird seine Stelle besetzt finden.«

»Sie können die Mühle nicht mit Streikbrechern in Betrieb halten.«

»Dann werden wir sie schließen, bis ihr zur Vernunft kommt. Ihr betrachtet mich und Captain Bodien als Männer, die als Ergebnis eurer Arbeit reich geworden sind. Versucht euch doch mal zu fragen, ob wir nicht reich genug sein könnten, daß es uns auch gutgehen würde, wenn wir hier kein Geld mehr machten. Für wen ist diese Mühle unentbehrlich? Nun, wenn das alles ist, was ihr zu sagen habt, dann geht an eure Arbeit zurück. Der Captain und ich können nicht noch mehr Zeit mit euch verschwenden.«

Drei niedergeschlagene Arbeiter gingen ziemlich verwirrt hinaus, blieben draußen stehen und steckten ihre Köpfe zusammen. Ludwig und Captain Bodien beobachteten sie durch die Scheibe in ihrer Bürotür.

»Ich fürchte, Sie haben sie jetzt wütend gemacht, Boß.«

»Sie haben mich wütend gemacht. Man sollte klüger sein, als Dankbarkeit zu erwarten, aber ich hatte ehrlich geglaubt, sie wären freundlich gesinnt.«

»Sind sie auch eigentlich. Die meisten werden nicht streiken, Sie werden es sehen. Ich könnte Mary Gardiner für diesen Unsinn den Hintern versohlen.«

Ihr Großvater war nicht der einzige, der solch eine Neigung verspürte. An diesem Abend fuhr Richter Gardiner nach Hillcrest hinaus, wo die Rauschs und Evans' den Sommer verbrachten, um sich für dieses schwarze Schaf von Tochter zu entschuldigen.

Ludwig nahm ihn mit in sein Arbeitszimmer und ließ sein Frauenvolk und verschiedene Kinder auf der Terrasse zurück. (Ludwig hatte dort eine Schaukel mit starken Seilen angebracht. An diesem besonderen Abend schaukelten zwei Evans', Tucker Gordon und der jüngste Merrill so hoch sie konnten; da alle Fenster offen standen, wurde das Gespräch der Männer nicht nur von ihrem Lachen rhythmisiert, sondern auch von dem Bumsen ihrer Füße gegen die Terrassendecke, was wohl in kurzer Zeit ein merkwürdiges Muster von Fußabdrücken, die ins Nichts führten, an den Tag bringen würde.)

Ludwig bot seinem Besuch einen Sessel an, stellte einen Steinkrug mit Bier an seinen Ellbogen, und Doug stürzte sich gleich auf sein Gesprächsthema. »Ich bin gekommen, um Ihnen zu sagen, daß ich versucht habe, Marys Unsinn zu beenden, bevor er überhaupt angefangen hat. Aber meine Kinder sind mittlerweile zu erwachsen, um einem väterlichen Rat noch viel Aufmerksamkeit zu schenken.«

Ludwig lachte. »Dieser Zeitpunkt kommt immer. Sie wählen ihren eigenen Weg, und weder Hölle noch Hochwasser können sie aufhalten.«

»Ich habe mich immer um Veronika gesorgt: Sie schien mir mit all den unsinnigen Vorurteilen, an denen meine Tanten festhielten, aufzuwachsen: sie ist zweifellos flatterhaft und entschlossen, einen reichen Mann zu heiraten und Waynesboro den Rücken zu kehren. Das ist alles, was sie braucht, um in alle Ewigkeit glücklich zu leben. Und anscheinend hat sie im Bruder ihrer Zimmerkameradin einen möglichen Kandidaten gefunden. Und jetzt spielt Mary verrückt.«

»Ich bin mir nicht sicher, ob ich nicht doch ihre Art Unsinn dem ihrer Schwester vorziehen würde. Das kann sich vielleicht auswachsen, und zumindest denkt sie an andere Leute.«

»Das wird sich nicht auswachsen«, sagte Doug pessimistisch. »Und sie wird wahrscheinlich diesen Lichtenstein-Jungen heiraten und sich der ›Sache‹ weihen. Was ich gerne wissen möchte, wieviel Schwierigkeiten macht Ihnen das Pärchen?«

Ludwig lächelte ziemlich grimmig. »Ich habe nicht die geringste Ahnung, bis ich sehe, wie viele Arbeiter am Montag statt zur Arbeit zu kommen, sich den Streikenden anschließen. Aber im besten Fall fürchte ich, daß es eine Weile dauern wird, um die Vorstellung, sie würden mit Füßen getreten und ausgebeutet, auszulöschen – und unsere alte unbeschwerte Beziehung wiederherzustellen.«

Es dauerte nicht so lange, wie Ludwig fürchtete. Ein donnerndes Lachen klärte die Atmosphäre. Er war am Montagmorgen mit Paul sehr früh in die Stadt gegangen, um in der Mühle zu sein, bevor die Sirene ertönen würde, und auch, wie er hoffte, bevor irgendwelche Streikenden eine Kette gebildet hätten. Die beiden Rauschs mit Captain Bodien und verschiedenen Vorarbeitern kamen zur gleichen Zeit mit der gleichen Absicht an und gingen durch die Bürotür in die Mühle, nachdem Ludwig die Tür zur Straße aufgeschlossen hatte. Sie machten sich alle auf den Weg zur zweiten Etage des Hanflagerhauses, dessen Fenster nahe genug und hoch genug über dem Fabriktor waren, das zu dieser Zeit immer noch von innen mit einem Vorhängeschloß versperrt war, um ihnen einen guten Aussichtspunkt für ihre Beobachtungen zu bieten. Das solide, zehn Fuß hohe Brettertor stellte die einzige Öffnung in dem ebenso hohen Bretterzaun dar, der die Mühle außer an der Rampe am Kanal umgab. Der Zaun wirkte solide, aber Ludwig sah, daß hier und da Bretter lose waren: Das müßte repariert werden, falls es einmal wirkliche Schwierigkeiten gäbe.

Bevor irgend jemand aufkreuzte, hatte sich weit vor sechs Uhr dreißig etwa ein Dutzend Streikposten, die Sperrholztafeln oder roh zusammengezimmerte Schilder trugen – »Streik! Höhere Löhne!« oder »Streik! Anerkennung der Gewerkschaft!« –, in einer Gruppe vor dem Tor versammelt. Dann erschienen Mary und Franz, Mary, die es geschafft hatte, zu dieser unerhörten Stunde hier zu sein. Sie richteten die Streikposten in einer Linie aus und ließen sie vor dem Tor hin- und hermarschieren. Es war sechs Uhr dreißig. Eine Menge männlicher Neger sammelte sich und beobachtete die Parade, sie schlurften mit den Füßen und murmelten ständig vor sich hin. Sechs Uhr dreißig – aber es ertönte keine Sirene. »Kein Heizer für den Boiler«, brummte Captain Bodien und sah auf seine Uhr. »Das ist schlecht.«

»Sie müssen alle irgendwo in der Menge sein«, sagte Ludwig. »Ich kann gar nicht glauben, daß wir so viele Arbeiter haben. Alle Faulenzer der Stadt müssen hiersein.«

»Suchen Unterhaltung. Sie wollen alle wissen, was wohl passieren wird. Selbst die Spinnmädchen.« Denn man sah einige bekannte und ziemlich schlampig aussehende Mädchen und Frauen mit Schürzen zwischen diesen Männern herumlaufen und sich schließlich zu einer Gruppe zusammenfinden.

Und dann kam das Spinnmädchen, das der ganzen Mühle als »Big Liz« bekannt war, mit großen Schritten über die Kanalbrükke. Sie war ein kräftiges irisches Weib, über einssiebzig groß, mit dazu passendem grobknochigem Körperbau, und eigentlich war sie der Boß im Spinnraum, obgleich ein Vorarbeiter vermeintlich die Aufsicht führte. Big Liz kam über die Brücke auf dem engen Pfad, der an der Mühle entlang am Ufer des Kanals vorbeiführte, griff nach dem Zaun, ohne ihre Schritte wesentlich zu verlangsamen, riß ein loses Brett ab und begann, es um ihre Schulter zu schwingen. Sie schrie die Streikposten an: »In einen Streik seid ihr getreten, ja? Ihr werdet gleich was mitkriegen, wenn ihr mir nicht sofort aus dem Weg geht. Ich will doch sehen, ob es einen noch lebenden Feigling gibt, der mich von meinem Job fernhält.« Sie marschierte drohend mit ihrem langen Brett, das sie so leicht schwang, als sei es eine Latte, auf einen Arbeiter, der ein Schild trug, zu. Der duckte sich, ließ sein Schild fallen und zog sich zurück. Der nächste Mann in der Reihe, der von einer Sperrholzplatte behindert wurde, wartete gar nicht auf ihr nächstes Ausholen, sondern machte sich aus dem Staub. So geschah es auch mit dem nächsten in der Kette und mit all den anderen. Mary und Franz beachtete sie gar nicht: Sie standen zusammen auf einer Seite und sahen mehr als nur ein bißchen niedergeschlagen aus. Während Big Liz noch die Streikposten vertrieb, öffnete der Wächter das Tor; sie ging hin, stellte sich daneben und rief: »Nun, ihr verdammten Narren, macht daß ihr hier reinkommt und daß ihr an eure Arbeit geht. Und wenn welche noch nicht hier sind, dann werden sie noch kommen, sobald dieser nichtsnutzige Les Flood ein bißchen Dampf unterm Kessel zustande bringt und die Sirene losgeht.«

Ludwig und Captain Bodien krümmten sich vor Lachen, wie die

kleinlauten Arbeiter sich an der wütenden Frau vorbeidrückten. Und Ludwig erzählte das seiner Familie beim Abendessen auf Hillcrest. Die Nigger hatten sowieso nicht die Absicht gehabt zu streiken: sie waren nur von der ganzen Sache völlig verwirrt, hatten aber Angst, die Streikkette zu durchschreiten. Sie waren froh, durch das Tor flitzen zu können, als Big Liz den Weg freigemacht hatte. Die anderen folgten dann, alle, vorbei an Big Liz, die wie ein Wächter am Tor stand. Als sie alle drinnen waren, warf sie ihr Brett weg, wischte sich die Hände ab und wandte sich den beiden Jugendlichen zu. Sie sagte: »Und mischt ihr euch nicht in anderer Leute Sachen ein, bis ihr wißt, was es heißt, einen Job zu haben, der euch und eure Kinder vorm Verhungern rettet.«

Sally lachte über seine Geschichte, war aber immer noch beunruhigt. »Glaubst du, daß das das Ende der ganzen Sache war?«

»Das war das Ende. Du hast noch nie eine so blöd dreinschauende Versammlung von Männern gesehen. Es tut mir nur leid, daß Gib nach Chicago mußte und das verpaßt hat.«

»Mary Gardiner sollte von ihrem Vater über das Knie gelegt werden.«

»Das Mädchen ist erwachsen. Wie ich schon Doug gesagt habe an dem Abend, als er hier war, es kommt die Zeit, in der du dich deinen Kindern nicht mehr entgegenstellen kannst, ohne sie zu verlieren. Er soll sich besser sogar nicht einmal mit ihr streiten. Er wird ihre Ansichten nicht ändern – jetzt jedenfalls nicht. Sie ist entschlossen, die Welt neu zu gestalten: keine Armen mehr, keine Reichen, nichts mehr hier und dort.«

»›Der Wirbel der Zeit‹«, sagte Sally, »bringt sicher seine ›Rache‹ mit sich. Ich erinnere mich noch recht gut, wie Dougs Tanten sich fast weigerten, dem Klub beizutreten, weil die Ballard-Frauen Mitglieder waren: diese unweiblichen, zu Felde ziehenden *Reformerinnen.* Glaubt Doug, daß sie aus dieser Phase herauswachsen wird? Ich glaube, das Bodiensche Erbe mußte wohl in einem seiner Kinder zutage treten.«

»Sally! Denkst du immer noch, Doug hätte unter seinem Stand geheiratet? Wartest all diese Jahre, um es bestätigt zu sehen? Das glaubst du doch nicht wirklich. Barbara ist genau die Frau gewesen, die Doug brauchte, und ich kenne kein glücklicheres Paar. Wenn du das wirklich glauben solltest, dann wird zumindest in deinen Augen noch Schlimmeres passieren. Doug glaubt, das wird alles damit enden, daß Mary Franz Lichtenstein heiratet.«

»Gütiger Himmel! Die Gardiners haben aber tatsächlich einen Hang zu Mesalliancen.«

»Übertreib nicht, meine Liebe. Die beiden ältesten Mädchen

haben alle Konventionen beachtet und sind, glaube ich, geehrte Mitglieder deines Klubs. Und Franz ist absolut lupenrein, außer in bezug auf seine wilden Ideen.«

»Mit den Lichtensteins ist alles in Ordung, Mama.« Elsa ergriff zum erstenmal das Wort. »Ihr Vater hat sie erzogen, so zu denken wie er, genau wie Papa und du uns dazu erzogen habt, auch dann noch die treue republikanische Linie zu wählen, wenn der Teufel selbst kandidieren würde. Rudi ist ein netter Kerl, und er und Sophie sind völlig glücklich und ziehen ihre Kinder mit weniger als nichts auf, und sie sind glücklich und auch gesund. Und du weißt, daß wir kein gescheiteres Mitglied als Sophie haben.« Dann wechselte sie das Thema. »Wo hängt denn Paul in diesen Tagen herum? Er kommt abends nach Hause, wenn ich schon im Bett bin, und ist schon so früh auf und weg, daß ich ihn nie sehe. Du hättest ihm nie dieses Automobil geben sollen, Mama.«

»Er ist alt genug, um unabhängig zu sein. Wenn wir auf dem Land sind, kann man nicht von ihm erwarten, daß er kommt und mit seinem Vater geht. Oder herumsteht und auf die Bahn wartet. Natürlich will er seine Abende mit jungen Leuten in der Stadt verbringen.«

»Er verbringt sie wohl nicht mit allen jungen Leuten«, sagte Ludwig. »Er geht oft zu den Bodiens und spielt für Mrs. Bodien Geige. Captain Bodien sagt, sie rechne darauf – es ist die einzige Freude, die sie noch hat, außer was sie von ihrer Religion bekommt.«

»Ludwig! Aber wie *morbid,* seine Abende mit einer sterbenden Frau zu verbringen! Du hättest mir das sagen sollen. Paul ist zu jung.«

»Nicht *mit* ihr, Sally. Unten im Salon, wo das Piano steht.«

»Wer spielt denn das Piano für ihn?«

»Woher soll ich das wissen? Irgendein Freund der Bodiens, nehme ich an.«

Falls Sally irgendwelche bösen Vorahnungen wegen dieser musikalischen Abende empfand, sagte sie doch nichts darüber. Aber als es im frühen Herbst, nachdem sie in die Stadt zurückgekehrt waren, auf die Rauschs hereinbrach, war sie froh, daß sie zu niemandem etwas über eine mögliche Gardiner-Mesalliance gesagt hatte, wenn man in Betracht zog, welchen Ärger sie und Ludwig nun zu ertragen hatten. Die schlechten Neuigkeiten wurden ihr von Ludwig überbracht, der die volle Wucht in seinem Büro am Ende des Arbeitstages selbst hatte auffangen müssen.

Captain Bodien hatte den katholischen Priester, kurz bevor die Sirene ertönte, über den Hof zu ihm gebracht und zog eine Grimasse, als er ihn vorstellte, in einer Art, die Ludwig als Warnung interpretierte.

Ludwig stand auf, gab ihm die Hand und sagte: »Was kann ich für Sie tun, Vater?«

Captain Bodien sagte: »Er möchte mit Ihnen unter vier Augen reden.«

»Unter vier Augen? Dann setzen Sie sich, und wir reden bis zum Feierabend über das Wetter. Wenn ich diese Tür zwischen diesem Büro und dem anderen schließen sollte...« Er senkte seine Hand, um auf das anschließende Zimmer zu weisen, das Eingangsvestibül, aus dem das Klappern der Schreibmaschinen und Additionsmaschinen kam. »Die Tür wird nie geschlossen; sie würden von Neugierde verzehrt. Sie werden alle in wenigen Minuten weg sein.«

Als Eliza die letzten Briefe zum Unterschreiben brachte, sprachen die beiden Männer – Captain Bodien hatte sich schnellstens verdrückt, sobald er die Vorstellung hinter sich gebracht hatte – über Mrs. Bodien, ob irgend etwas getan werden könnte, um es ihr leichter zu machen, bis das erwartete Ende käme. Eliza sah sie neugierig an, ging aber schnell weg. Als die Sirene ertönte, setzte sie ihren Hut auf, zog ihre Handschuhe an und nahm ihre Tasche; sie war als erste aus dem Gebäude heraus, sofort gefolgt von dem Buchhalter und seinem Rechnungsführungsassistenten und von Gib Evans, der in dieser Woche in der Stadt war, um seine Aufträge mit Ludwig durchzugehen. Er hielt lange genug an, um gute Nacht zu seinem Schwiegervater zu sagen, der ihn mit einem »Wir sehen uns morgen, Gib« entließ. Als die äußere Tür sich hinter dem letzten schloß, sagte Ludwig wiederum: »Was kann ich für Sie tun, Vater?«

»Ich bin mir nicht sicher, was Sie tun können«, sagte der Priester langsam. »Oder ob Sie überhaupt etwas werden tun wollen. Es ist wegen Ihres Sohnes Paul.«

»Paul?« Die wilde Idee, daß der Junge vielleicht Katholik werden wolle, schoß durch Ludwigs Gedanken.

»Ja. Ich weiß kaum, wie ich das sagen soll – vielleicht ist frei heraus am besten. Ich bin sicher, Sie haben nicht die Spur einer Ahnung... Der Junge hat ein Mädchen aus meiner Gemeinde verführt, und sie ist schwanger.«

»Paul?« Ludwig stand langsam auf und errötete vor Zorn. »Das glaube ich nicht. Ich meine, Sie müssen sich irren. Warten Sie...« Er ging zur Tür und rief den Nachtwächter, der bereits seinen Dienst angetreten hatte. »Falls Paul noch nicht nach Hause gegangen ist, sagen Sie ihm, ich will ihn augenblicklich in meinem Büro

sehen.« Er kehrte zu seinem Schreibtisch zurück. »Nun sagen Sie es mir. Wer ist das Mädchen?«

»Ellen O'Neill. Norah O'Neills jüngere Schwester.«

»Norah O'Neill? Mrs. Bodiens Krankenschwester? Aber es ist doch stadtbekannt, daß sie...«, er verbiß sich den Rest des Satzes: »mit Johnny Gordon herummacht«. Das war nicht die Art, wie man über einen Freund sprach, und es war sowieso Klatsch – wie sollte man sicher sein, daß es wahr wäre?

Vater Halloran sagte: »Ich habe nichts über Norah O'Neill zu sagen. Sie ist eine gefallene Katholikin. Ich kenne ihren Ruf. Aber die jüngste Tochter ist gerade aus der Klosterschule gekommen und immer sehr fromm gewesen. Ich habe mich schon gewundert, weshalb sie den ganzen Sommer über nicht zur Beichte gekommen war. Und jetzt dies. Norah ist heute nachmittag mit der Geschichte zu mir gekommen.«

»Sie meinen, sie ist zur Beichte gekommen? Aber wenn es ihre Schwester ist...«

»Nein, nein. Wenn es eine Beichte gewesen wäre, könnte ich es Ihnen jetzt nicht erzählen. Sie kam zum Pfarrhaus und erzählte es mir, weil sie wollte, daß ich etwas unternähme.«

»Reden Sie weiter.«

»Ellen ist im Juni von der Ursulinen-Akademie in Cincinnati graduiert worden. Ihre Ausbildung wurde durch Stewart Bodiens Frau ermöglicht, die, wie ich glaube, ihre junge Kusine sehr mag und ihr eine Gelegenheit geben wollte, von ihrer Familie zu entfliehen. Ich weiß nicht, ob Sie die Familie von Dan O'Neill kennen?«

»Ich kenne ihn. Er arbeitet gelegentlich in der Mühle, wenn er nüchtern ist. Sie wollen sagen, daß Paul und seine Tochter...?«

»Beurteilen Sie Ellen nicht nach ihrem Vater. Sie ist ein unschuldiges Mädchen, das sich Hals über Kopf verliebt hat.«

»Wenn man Norah glaubt?«

»Wenn man Norah glaubt, die sich schuldig fühlt oder es vorgibt, weil sie sie zusammengebracht hat. Es scheint, daß sie Ellen als Begleitung für Pauls Violine vorgeschlagen hat, als er für Mrs. Bodien spielte.«

»Dann geht das schon seit dem Frühling?«

»Ich glaube ja. Als Norah diese Stelle als Nachtschwester für Mrs. Bodien annahm, zog sie in eine Wohnung um – sie nennt es so –, zwei Zimmer mit einem Eingang von draußen im Haus von Mrs. Sullivan; sie brauchte eine Bleibe, wo sie tagsüber schlafen konnte, was zu Hause unmöglich war.«

»Und das jüngste Mädchen hatte ihre Erlaubnis, sie zu benutzen? Nachts, nach den Musikvorführungen? Erwarten Sie von mir zu glauben, daß Norah nicht wußte, was dort vor sich ging? Und was geschehen würde? Was womöglich geplant war?«

»Ich erwarte nicht, daß Sie irgend etwas glauben, außer daß Paul der Vater von Ellens ungeborenem Kind ist. Ich habe keine Idee, was Norahs Pläne waren. Ich will sie nicht verteidigen. Aber sie kam sehr besorgt zu mir, weil Ellen gesagt hat, sie habe es Paul noch nicht gesagt und werde es Paul auch nicht sagen und daß sie, falls Norah es ihm sagen würde, wegliefe.«

»Und was hatte sie vor?«

»Zu den Ursulinen zurückzukehren und sich ihrer Gnade auszuliefern.«

»Ich denke, wir hören besser Pauls Version der Geschichte.« Ludwig ging noch einmal zur Tür und rief den Nachtwächter: »Haben Sie Paul noch stoppen können? Dann schicken Sie ihn bitte her!«

Paul kam herein, groß, schlank, dunkel mit Ausnahme seiner grauen Augen, den anderen Rauschs völlig unähnlich. In dem Augenblick sah er mehr als nur ein wenig verängstigt aus.

»Ja, Vater?«

»Paul, du hast mich, soviel ich weiß, nie im Leben belogen. Ich will jetzt die Wahrheit von dir. Hast du diesen Frühling – diesen Sommer – die junge Ellen O'Neill verführt?«

Paul hielt plötzlich ein paar Meter vor dem Schreibtisch inne, hinter dem sein Vater zu Gericht saß. Seine Wangen röteten sich. »Das ist ein – ein schreckliches Wort. Es klingt, als ob ich das angefangen hätte, um zu erreichen ... als ob ich das geplant hätte. Es ist eben so geschehen. Wir haben uns ineinander verliebt.«

»Du bist ihr Geliebter geworden. Bist du der erste gewesen?«

»Bitte, Papa, laß es nicht so ekelhaft klingen. Das war es nicht – und natürlich war ich der einzige. Sie war gerade aus der Schule zurück, sonst hätte sie mich wahrscheinlich nicht ein zweites Mal angesehen.«

»Und ihr habt den Vorteil ausgenutzt, daß ihre Schwester eine Wohnung hat, die jede Nacht leer steht.«

»Wir – wir sind da manchmal hingegangen, ja. Manchmal haben wir nur eine Tour mit dem Auto gemacht.«

»Sie wird ein Kind bekommen. Ist es deins?«

Die Röte und alle natürliche Farbe war aus Pauls Gesicht gewichen; er ging zum Schreibtisch seines Vaters, um sich dagegenzustützen.

»Großer Gott, nein. Ich meine, ich kann es nicht glauben. Warum hat sie es mir nicht gesagt? Natürlich, wenn es wahr ist, dann ist es meins. Es hat nie jemand anderen gegeben. Warum hat sie es mir nicht gesagt?«

»Wollte dir zweifellos die Konsequenzen ersparen. Was schlägst du vor, das du in diesem Zusammenhang tun willst?«

»Tun? Sie natürlich heiraten.« Seine Haltung war herausfordernd. »Morgen – übermorgen – so bald wie möglich.«

Ludwig sah etwas weniger grimmig aus. »Dann bin ich nicht gezwungen, dich dazu zu bringen, wie ich es getan haben würde. Glaube mir: in dieser Stadt wird es keine Rausch-Bastarde geben! Aber – ich schließe das aus deiner Vehemenz – du bist auch willens?«

»Willens? Papa, vom ersten Augenblick, als ich sie gesehen habe, wollte ich sie heiraten.« Die Farbe kam in seine Wangen zurück. Er schien sich jetzt sogar zu freuen. »Papa – ich habe deine Einwilligung? Ich habe solche Befürchtungen gehabt. Ich bin doch noch nicht großjährig.«

»Du hättest es uns sagen sollen.«

»Ich weiß. Aber es hätte einen solchen Krach gegeben – ich habe es einfach nicht gewagt. Mama... und ich wußte auch nichts von...«

»Ich kümmere mich um deine Mutter. Sie wird das nicht mögen, aber – na, laß nur. Du gehst los und fragst deine Ellen, ob sie dich heiraten will, und du triffst die nötigen Vorbereitungen mit Vater Halloran. In der Pfarrei, nehme ich an, Vater?«

»Da Paul kein Katholik ist, ja. Mit den gewöhnlichen Bedingungen.«

»Daß die Kinder katholisch aufwachsen, ohne Zweifel. Die Konsequenzen hören nie auf, nicht? Nun, ich gehe nach Hause und werde es meiner Frau beibringen. Paul, du gehst besser zu Elsa essen. Gib mir eine Gelegenheit, mit deiner Mutter allein zu reden. Und Elsa kann vielleicht helfen.«

Ludwig war so mit seinen eigenen sorgenvollen Gedanken beschäftigt, daß er schon auf halbem Weg zu seinem Automobil war, bevor er sich an Vater Halloran erinnerte. Er drehte sich um und rief ihn.

»Kann ich Sie nach Hause bringen, Vater?«

»Ich habe keinen weiten Weg. Danke und Gott segne Sie.«

»Nicht einmal den Aufschub von einem Umweg«, dachte Ludwig. Er kurbelte mit einer solchen Wut sein Automobil an, daß es ihn beinahe hinwarf, als der Motor endlich ansprang. Das weckte ihn auf. Er mußte seine Gefühle unter Kontrolle bekommen. Er wußte, daß eine stürmische Unterhaltung vor ihm lag: Es war wohl besser zu warten, bis das Abendessen vorbei und die Diener aus dem Weg wären. Er fuhr mit Tränen in den Augen: Ihm würde kein Sohn nachfolgen, um die Mühle zu übernehmen, wenn er einmal nicht mehr dasein sollte. Paul könnte nicht in Waynesboro leben mit einer Tochter Dan O'Neills als Frau. Er brachte seinen Wagen in die Garage und ging seinen gewöhnlichen Weg ins Haus, rief der Köchin zu, daß er zu Hause und zum Essen bereit sei und daß Paul nicht kommen werde, wusch sich, wechselte seine Schuhe und ging Sally suchen. Er war irgendwie erstaunt, sie mit der Abendzeitung so gelassen wie immer in der Bibliothek zu finden. Er beugte sich über sie und küßte ihre Wange. Sie faltete die Zeitung zusammen und gab sie ihm.

»Ich muß schon sagen, jeden Abend steht weniger in der *Fackel*. Selbst über den Wahlkampf dieses Jahr steht nicht viel drin.«

»Von dem ist auch nichts sehr berichtenswert. Wenn Hanna nicht gestorben wäre – aber Roosevelt ist populär, wie er seine Zähne zeigt und seinen großen Stock schwingt. Und wer hat schon von Richter Parker gehört?«

»Wo ist Paul?«

»Er ist zu Elsa zum Essen gefahren.«

»Er hätte es die Köchin wissen lassen müssen. Ehrlich! Er ist ein gedankenloser Junge.«

»Ich habe es ihr eben gesagt.« Ludwig schlug die Zeitung auf und versteckte sich dahinter. Sally hatte sein Gesicht noch nicht wirklich gesehen, bis sie sich an entgegengesetzten Enden des Tisches, jetzt auf sein kleinstes Maß reduziert, indem alle zusätzlichen Teile weggenommen worden waren, einander gegenübersaßen. Aber selbst wenn er noch so groß gewesen wäre, wie er einstmals war, hätte Sally sofort gewußt, daß etwas geschehen war, das ihren Gatten aufgeregt hatte, etwas Ernstes.

»Was ist los, Ludwig? Ist es Paul? Hat er einen Unfall gehabt?«

»Nein. Seitdem du ihm dieses Automobil gegeben hast, bist du beunruhigt. Ich habe dir doch gesagt, er ist zu Elsa zum Essen gefahren.«

»Dann also was? Weiterer Ärger in der Mühle?«

»Nein, kein Ärger in der Mühle. Laß es gut sein, Sally, ja? Ich würde es lieber erst besprechen, wenn wir allein sind.«

Mit Ludwigs Befürchtung und mit Sallys Besorgnis wurde es ein schweigendes Dinner, und sie machten nur einen geringen Versuch zur Konversation, als Rose hereinkam, um die Teller zu wechseln. Sobald sie sicher zurück in der Bibliothek waren, stellte sich Ludwig an die immer noch abgedeckte Kaminstelle. Als Sally zu ihm herüberkam, drehte er sich um und sagte: »Setz dich besser.«

»Ist es so schlimm?« Sie kehrte zu ihrem Schaukelstuhl zurück.

»Es ist schlimm. Und ich weiß nicht, wie ich es dir sagen soll. Außer mit der vulgärsten aller Phrasen. Paul hat ein Mädchen in Schwierigkeiten gebracht.«

»Paul? Nicht Paul! Von allen hätte ich es bei ihm am wenigsten erwartet. Wie konnte er denn! Welche Sorgen das für dich sein werden und welche Ausgaben! Aber...« Sie holte tief Luft. »Ich hatte gedacht, jemand wäre zumindest gestorben. Das ist etwas, das man in Ordnung bringen kann. Du hast mich so geängstigt.«

»Es gibt nur einen Weg, wie das in Ordnung gebracht werden kann. Einen ehrenhaften Weg.«

»Was willst du damit sagen? Sicherlich wird Johnny jemanden kennen...«

Er sah sie mit Entsetzen an. »Eine *Abtreibung?* O Sally! Das Mädchen ist katholisch.«

»Dann schick sie weg, bis es vorbei ist. Wer ist das Mädchen?«

»Eine der O'Neills. Norahs Schwester. Ich kann mich nicht einmal an ihren Namen erinnern – aber ich will dir sagen, was ich Paul bereits gesagt habe: Ich werde nicht akzeptieren, daß es einen Rausch-Bastard gibt, auf den die Stadt mit Fingern zeigt. Und sag nicht, niemand braucht das zu wissen. Jeder würde es wissen. Ihre Familie würde sich schon darum kümmern. Es gibt wahrscheinlich nur eine anständige Lösung. Er wird sie heiraten.«

»Heiraten! Das leichte Mädchen eines Jungen.« Sallys Stimme war zu Eis, zu Stein geworden. »Nur über meine Leiche. Du meinst, du würdest ihn dazu zwingen? Er ist nicht einmal volljährig.«

»Das ist gar keine Frage von Zwang. Er will sie heiraten. Er ist verliebt. Er hat von dem Kind bis heute nichts gewußt. Er hätte auch nichts davon erfahren, wenn Norah nicht zum Pfarrer gegangen wäre.«

»Norah O'Neill! Johnny Gordon – wenn Johnny sie zusammengebracht hat, werde ich ihm das nie vergeben. Nie! Wie können wir sicher sein – wie kann irgend jemand sicher sein –, daß es Pauls Kind ist?«

»Es ist Pauls Kind. Das Mädchen – Ellen heißt sie – ist gerade mit der Klosterschule im Juni fertig geworden. Sie hat keinen anderen Jungen als Paul gekannt.«

»Du kannst nicht sicher sein. Jedenfalls war sie zweifellos bereit und willig. Der Sohn eines reichen Mannes.«

»Sie ist so jung – gerade achtzehn – sie hat wahrscheinlich nie daran gedacht. Die Schwester vielleicht schon, wenn sie sie zusammengebracht hat. Findest du es so unwahrscheinlich, daß sich ein junges Mädchen in Paul verliebt?«

»Oh, Kälberliebe! Was soll mir das ganze Geld, wenn ich es nicht dazu gebrauchen kann, aus Fehlern wie diesem herauszukommen? Gib dem Mädchen eine Abfindung und irgendein guter Katholik wird froh sein, sie zu heiraten.«

»Sally...«, stöhnte Ludwig. »Ich habe das alles ganz falsch angefangen. Ich hätte dir gleich zu Anfang sagen sollen, daß Paul verliebt ist.«

»Ich hätte Unsinn wie diesem ein Ende machen können, glaube mir.«

»Das ist es, wovor er sich gefürchtet hat, deine Opposition. Das ist es, weshalb er uns nicht erzählt hat, wie sehr er verliebt ist.«

»Ich will es nicht haben, Ludwig. Es muß aufhören. Paul mit einer dieser O'Neills verheiratet!«

»Du kannst es nicht aufhalten. Ich habe Vater Halloran berechtigt, die öffentliche Bekanntmachung zu publizieren. Sie werden so bald wie möglich heiraten.«

Sally schwieg für einen langen Augenblick. Dann sagte sie: »Vielleicht werde ich dir eines Tages vergeben können, aber ich schwöre...«

»Sag nichts Unwiderrufliches, Sally, bitte.«

Sie stand auf und ging nahe an ihn heran und sah ihm ins Gesicht. »Das ist auch unwiderruflich gemeint. Nie wird Pauls Frau, wenn dieses Mädchen seine Frau wird, meine Schwelle übertreten. Nie werde ich sie anerkennen.«

»Verbanne sie und du verbannst Paul. Könntest du das ertragen?«

Ihre Augen füllten sich mit Tränen; sie atmete schwer. »Wir haben ihn verwöhnt. Er hat immer bekommen, was er wollte, und er hatte nie die Folgen von irgendwelchen Fehlern zu tragen. Wie seine Musikkarriere aufzugeben. Für diese Grille wird er bezahlen müssen. Wenn er dieses – dieses Kind einer irischen Wäscherin seiner eigenen Mutter vorzieht, dann...«

»Sag es nicht, Sally, ich bitte dich. Denk doch. Hast du nicht den Stolz, dich darüber hinwegzusetzen? Durch unsere Haltung können wir das Gerede der Stadt beenden.«

»Wenn du das glaubst, dann kennst du diese Stadt nicht. Ich werde diese Heirat nicht unterstützen. Wenn das den Klatschmäulern Nahrung für ihr Gerede gibt, dann laß sie. Das ist mein letztes Wort.«

»Du wirst diese Heirat bis zu einem gewissen Grad unterstützen müssen: du wirst mit mir und Elsa und Gib zum Pfarrhaus gehen, um sie zu verheiraten. Ich kann dich nicht zwingen, jemanden gegen deinen Wunsch hierher einzuladen. Das ist dein Haus. Paul und seine Frau und Kinder werden aber auf Hillcrest willkommen sein.«

Neunundneunzig- von hundertmal setzte sie bei Ludwig ihren Willen durch – bis sie auf etwas traf, das ihm wichtig war. Dies war ein Fall, bei dem er die Anweisungen gab.

»Ludwig...« Sally war plötzlich von der Bedrohung durch eine Kluft zwischen ihnen verängstigt. Zwischen ihr und *Ludwig!* Sie lebte in einem Alptraum. Sie sagte in einem etwas anderen Ton: »Ich nehme an, du hast ihn zu Elsa geschickt, damit er sie auf seine Seite zieht.«

»Ich habe ihn zu ihr geschickt, um ihm zu ersparen, was zwischen dir und mir gerade vorgefallen ist. Vielleicht ist das falsch gewesen. Der Junge ist sehr verliebt. Er hätte dich vielleicht bewegt.«

»Nie.«

Ludwig wußte, daß das zutraf. Die arme Elsa war, dessen war er sich sicher, in eine lieblose Ehe hineinmanövriert worden, die, wie es sich herausstellte, gut funktionierte, aber nur, weil sich Elsa mit der ganzen Stärke ihres Charakters entschlossen hatte, daß es so sein sollte. Er war sicher, daß sie mit Paul sympathisierte, bei ihrer Mutter aber nichts ausrichten könnte.

»Sally, auch ich bin nicht glücklich hierüber. Glaub mir, eine O'Neill wäre nicht meine Wahl für Paul gewesen. Aber wir müssen das Anständige tun und es ohne Gegenbeschuldigung akzeptieren. Laß uns zumindest außerhalb dieses Hauses Schweigen bewahren.«

»Du sagst das, wo du es doch zweifellos bereits mit Captain Bodien beredet hast.«

»Ich habe mit niemandem außer mit Paul und dem Priester, der zu mir gekommen ist, darüber geredet. Bodien, da bin ich sicher, hatte keine Ahnung, was vor sich ging. Natürlich hat er sie gehört, wie sie im Salon unten auf der Geige und dem Piano spielten, aber wenn er zu Hause ist, denkt er an nichts als an seine Frau. Sie stirbt ganz langsam. Ich will dich nur noch um dies eine bitten: Sag nichts – bitte sag nichts außerhalb dieses Hauses darüber, wie du empfindest. Rede nicht einmal mit Anne darüber.«

»Anne wäre die letzte Person, mit der ich das bereden würde. Ich betrachte Johnny als verantwortlich.«

»Johnny? Du weißt doch gar nicht, daß Johnny etwas damit zu tun hat. Ich glaube das zumindest nicht.«

»Wenn er sie nicht zusammengebracht hat, dann hat er ihnen zumindest ein Beispiel gegeben.«

»Wie kannst du da so sicher sein? Ich habe nicht gewußt, daß du diesen dummen Klatsch gehört hast.«

»Ich bin mir sicher, daß es stimmt. Er sieht so zufrieden wie eine Katze aus, die viel Sahne bekommen hat. Julia hat es nie fertiggebracht, daß er so aussah. Es ist eine Schande. Paul hat immer geglaubt, daß Johnny nichts Falsches tun könnte. Wenn er mit der einen Schwester ins Bett gehen kann, warum nicht Paul mit der anderen?«

»Sally, Sally! Wie kannst du nur so...«

»Vulgär? Es ist eine vulgäre Situation. Man denkt das, wenn es jemand anderen betrifft, warum nicht wenn es einen selbst angeht? Was sollen sie nach deinem Vorschlag nach ihrer Hochzeit tun? Sich hier niederlassen, wo Paul mit den O'Neills auf intimem Fuß verbunden bleiben kann? Seine Schwäger?«

»Nein. Ich kann das nicht besser ertragen als du. Ich habe darüber auf dem Nachhauseweg nachgedacht. Ich werde Stewart Bodien bitten, eine Stelle für ihn in der Papierfabrik zu finden. Sie können in Madison City leben. Paul ist ein heller Junge – Stewart wird ihn brauchen können. Und seine Frau wird gut zu ihrer Kusine Ellen sein. Sie war es, die ihr die Klosterschule ermöglicht hat.«

»Ich habe immer schon gewußt, daß nichts Gutes von den Bodiens kommen würde. Ich wünschte, du hättest den Namen nie gehört.«

»Also nun hör mal! Wenn es nicht den Captain in der Seilmühle und Stewart in Madison City gegeben hätte, dann wären wir nicht, wo wir heute sind. Du hast diese Profite genauso wie jeder andere genossen.«

»Wir hätten es auch ohne sie geschafft. Ludwig, ich habe für heute abend genug gehabt. Ich will Paul jetzt nicht sehen. Ich gehe zu Bett.«

»Das ist vernünftig. Am Morgen fühlst du dich vielleicht besser. Ich warte noch auf Paul und dann komme ich auch hoch.«

Sie ging nach oben, zog sich langsam ihre Kleider aus und ging zu Bett. Sie schlief nicht. Sie war keine Frau, die leicht Tränen vergoß, und sie weinte auch in dieser Nacht nicht. Sie lag auf ihrem Rücken – voll Verzweiflung und Wut. Es wäre so leicht für Ludwig gewesen – sie konnte selbst in dieser Nacht nicht sagen, daß sie ihm nie vergeben würde: sie hatte ihn zu lange geliebt. Aber ob ihr absolutes Vertrauen in ihn jemals wieder das gleiche sein würde – sie hatte es zuvor schon erlebt, daß er ein Machtwort gesprochen hatte, und mit Erfolg, aber sie hatte sich nie ernsthaft gegen ihn gestellt, weil es sich nie um etwas ihr Wichtiges gehandelt hatte, nicht um etwas, was ihr wichtig war. Und obwohl sie wußte, daß er sich selbst an die strengsten Moralregeln hielt, war er immer in einer männlichen Art den Vergnügungen anderer gegenüber nachgiebig gewesen. Wer hätte erwartet, daß er ein solcher – ein solcher *Puritaner* sei? Und zu welchem hohen Preis für sich selbst! Sie wußte sehr gut, wie er sich gefreut hatte, als Paul in die Mühle gegangen war, mit der Möglichkeit, daß er sie eines Tages einmal übernehmen könnte. Und jetzt, keiner seiner Söhne – aber sie empfand kein Mitleid für ihn, weil ihr das, was er tat, so unnötig erschien.

Sie hörte, wie Paul kam und in die Bibliothek ging. Er und sein Vater redeten wohl lange Zeit miteinander. Sie hörte keine Stimmen, aber es war spät, als Ludwig zu Bett kam. Als sie ihn kommen hörte, drehte sie sich auf ihre Seite, weg von seinem Kopfkissen, und gab vor, zu schlafen. Er wußte wahrscheinlich, daß sie nicht schlief, aber er sagte nichts und ging in sein Ankleidezimmer, um sich für die Nacht vorzubereiten, damit er sie nicht störe. Und sie konnte sich nicht umdrehen und ihm den Trost geben, den er zweifellos brauchte. Sie konnte es einfach nicht. Und zum erstenmal in all den Jahren, die sie verheiratet waren, lagen sie Seite an Seite, einander fremd.

Am Morgen, als Ludwig zu der gewohnten Zeit aufwachte, sagte sie: »Ich komme nicht herunter. Laß Rose mir etwas Kaffee bringen.«

Sie blieb im Bett, bis sie sicher sein konnte, daß die Männer gegangen waren, und dann zwang sie sich aufzustehen und sich anzuziehen. Elsa würde bald erscheinen, wie sie Elsa kannte, und sie wollte für diese Unterredung lieber auf den Beinen sein. Sie war noch nicht ganz mit ihrem Haar fertig, als sie Rose hörte, wie sie die Tür öffnen ging, und dann Elsas Stimme. Sie öffnete die Schlafzimmertür, um zuzuhören.

Auf irgendeine leise gesprochene Erkundigung von Elsa hörte sie Rose sagen: »Ihre Mom fühlt sich nich' wohl, Miß Elsa. Is' noch nie passiert, daß er nich' mit der Frau zum Frühstück gekomm'n is', außer wenn sie krank is'.«

»Ich gehe rauf.«

Sally kehrte zum Frisiertisch zurück und beobachtete die Tür im Spiegel. Als Elsa hereinkam, war sie mit ihren Haarnadeln beschäftigt.

In demselben Spiegel konnte Elsa das Gesicht ihrer Mutter sehen. Sie war schockiert. Ihre Mutter war über Nacht gealtert. Elsas Absicht war es gewesen, die Schlacht für ihren Bruder zu schlagen; jetzt wurde sie jedoch weicher und erkannte zum erstenmal, welchen Kummer ihre Mutter empfand. Paul war der Benjamin der Familie gewesen, der verwöhnte, aber liebenswerte und vielgeliebte Junge. Sie selbst hatte bislang nur daran gedacht, was er empfinden müsse, hatte den Zorn, die Opposition, die Entfremdung gefühlt, der er sich gegenüberfand, und sie hatte gehofft, ihm helfen zu können. Jetzt...

Sie sagte: »Mama, ich bin gekommen, um mit dir über diese traurige Situation zu reden.«

»Ich ziehe es vor, sie nicht zu diskutieren.«

»Das kann nicht einfach unter den Teppich gekehrt werden. Ich weiß, was du empfinden mußt, aber wir müssen es akzeptieren und dazu das bestmögliche Gesicht machen.«

»Ich kann mich nicht dazu bringen, es zu akzeptieren. Ich habe keinerlei Absicht, es zu versuchen. Dein Vater hat die Sache unmöglich gemacht, indem er auf dieser Ehe bestand. Es hätte andere Wege gegeben.«

»Keinen anderen Weg, sobald Paul herausgefunden hatte, daß seine Ellen schwanger war. Oder glaubst du, man hätte sie irgendwie aus der Stadt verschwinden lassen können, bevor er es erfahren hätte?« Dann, als sie am Gesicht ihrer Mutter sah, daß sie die Wahrheit getroffen hatte, fügte sie hinzu: »Mama, kannst du es nicht von Pauls Standpunkt aus sehen? Er ist verliebt und überschwenglich glücklich, jetzt wo er sie heiraten soll. Kannst du dich nicht erinnern, wie das war, verliebt zu sein?«

»Setz dich, Elsa. Steh da nicht über mir herum.« Dann stand Sally selbst auf und begann durch das Zimmer zu gehen; ihr Morgenmantel fegte hinter ihr über den Teppich. »Liebe! Er kennt noch nicht einmal die Bedeutung dieses Wortes. Er ist doch noch ein Kind.«

»Du hast ihm ein Automobil gegeben, damit er unabhängig sein sollte, da hast du ihn nicht als Kind betrachtet, oder doch?«

»Ich wollte nicht, daß er an meinen Schürzenbändern hängt wie Blair Voorhees. Binde sie an, und sie brechen aus. Binde sie los, und sie entfliehen dir ebenso.«

»Kinder werden erwachsen, Mama, bitte. Paul will dir nicht ›entfliehen‹. Er will nur, daß du es akzeptierst und ihm vergibst.«

»Was? Daß er mir nicht zu Anfang bereits gesagt hat, was vor sich ging? Er hätte es nicht gewagt: er hat gewußt, daß ich dem Ganzen ein Ende gemacht hätte. Die Tochter einer armen weißen Familie, mit einer – einer berechnenden Hure als Schwester!«

»Mama! Wir wollen die Schwester aus dem Spiel lassen. Paul sagt, er hätte sich in Ellen verliebt, als er sie das erste Mal gesehen hat. Und sie sich in ihn.«

»Ich halte wirklich Johnny Gordon für verantwortlich.«

»Johnny hat damit nichts zu tun.«

»Nicht? Ich habe den Verdacht, er dachte, Paul käme dem näher, was er für ein Geheimnis hielt, was aber jeder in der ganzen Stadt weiß, und da spielte er ihm das Mädchen zu, um ihn abzulenken.«

Elsas Mitleid verebbte schnell. »Sag das nicht, um Himmels willen. Klatsch – und du akzeptierst es. Du hast sonst nie an Klatsch geglaubt, du hast darübergestanden. Und ob es wahr ist oder nicht, wenn Julia es hören sollte...«

»Wie gut, daß du ihn nicht geheiratet hast.«

»Johnny hat nie für jemand anderes etwas empfunden als für Julia.«

»Darf ich es wiederholen, wie gut für dich! Die Gordon-Männer sind Schürzenjäger. Wenn Anne vor Jahren mehr Mumm gehabt hätte – ach, laß nur. Gibt es keinen Weg, diese Verrücktheit Pauls und deines Vaters zu beenden? Das Mädchen ist noch ein richtiges Kind, mit dem Leben noch vor sich: Ein Ausrutscher braucht sie nicht zu ruinieren, besonders wenn sie eine Abfindung irgendeiner Art bekommt. Irgendein netter katholischer Junge würde sich doch finden lassen, der sie heiratet.«

»Mama! Bitte! Ich kann es nicht glauben. Es gibt ein paar Probleme, die Geld nicht lösen kann. Und was Ellens Kindsein angeht: sie ist achtzehn. Ich glaube mich daran zu erinnern, gehört zu haben, daß du achtzehn warst, als du Papa getroffen hast und dich auf den ersten Blick in ihn verliebt hast.«

»Mädchen waren damals mit achtzehn älter.«

»Unsinn! Mama, du bist gewohnt, deine Familie zu dirigieren. Aber du hast Ludwig junior nicht dirigieren können. Und du würdest besser zugeben, daß du Paul nicht dirigieren kannst. Willst du ihn denn auch verlieren?«

»Wenn er dieses Mädchen heiratet, dann betrachte ich ihn als verloren. Ich habe deinem Vater gestern nacht gesagt, daß sie hier nie willkommen sein wird!«

»Das kannst du nicht wirklich meinen!« Mit verzagendem Herzen erkannte Elsa, daß ihre Mutter es genau so meinte. »Du bist immer ein fürchterlicher Snob gewesen. Aber ich hätte nie gedacht, daß reiner Snobismus dich dazu bringen könnte, mit deinem Lieblingssohn zu brechen. Ich habe vor, Ellen am Sonntag zum Dinner einzuladen, damit wir sie kennenlernen können. Willst du ihr nicht einmal eine Chance geben?«

»Paul und dein Vater können gehen. Ich danke dir, aber ich lehne ab. Ich habe kein Verlangen, sie zu treffen. Dein Vater sagt, daß wir zur Hochzeit gehen werden, aber immerhin...« Sie machte mit ihrer Hand eine wegwerfende Bewegung, als sie einen Augenblick innehielt und sich dann dem Fenster zuwandte: »Ich habe deinem Vater versprochen – und jedenfalls habe ich einigen Stolz –, daß nicht ein Wort von dem, was ich empfinde, außerhalb dieses Hauses laut wird.«

»Das ist immerhin etwas. Es wäre schrecklich, wenn die ganze Stadt Pauls Frau verdammen würde, nur weil du es tust.« Sie wußte, daß dieses Entgegenkommen das einzige sein würde, das ihre Mutter machen würde. Wenn sie ihr Versprechen hielte, könnte es Johnny vor Schwierigkeiten retten. In ihrem Herzen war auch sie sicher, daß das ganze irgendwie durch Johnny gekommen war.

»Es macht nicht viel aus, ob die Stadt sie verdammt oder nicht. Dein Vater plant, Paul nach Madison City umziehen zu lassen. Aber ich will nicht, daß irgendwer sagt, daß die Rauschs ihre wohlverdiente Strafe bekommen hätten. Es wird zumindest so aussehen, als ob ich die Ehe akzeptiere.«

»Glaubst du, die Stadt haßt uns so sehr, daß sie sich diebisch freuen würde? Das ist doch Unsinn. Papa ist beliebt und wird bewundert. Und du bist beliebt.«

»Menschen sind nur Menschen. Neidisch auf jeden, der seinen Kopf über die anderen erheben kann.«

»Du kannst das doch nicht wirklich glauben! Du könntest nicht so zynisch sein. Überleg dir mal, wie viele Freunde ihr habt. Laß diese traurige Affäre dich nicht von dem abbringen, was du immer gewesen bist: wohlwollend und großzügig und den Menschen zugeneigt.«

Elsa verließ ihre Mutter mit schwerem Herzen. Die Zeit würde vielleicht ihre Haltung erweichen. Aber Elsa fragte sich, ob sie nicht selbst dabei wäre, zynisch zu werden: Wie viele der Freunde ihrer Mutter würden im geheimen über diesen Schlag gegen den Stolz der Rauschs frohlocken? Und sie erinnerte sich nur zu gut, wie nur vor wenigen Jahren Christina Voorhees die Rauschs für Blairs Weglaufen verantwortlich gemacht hatte.

An diesem Abend druckte die *Fackel* eine kurze Meldung auf ihrer Gesellschaftsseite. Sally hatte das nicht erwartet, ihr Herz setzte einen Schlag aus, als der Name Rausch ihr förmlich aus der Spalte, auf die sie kaum geblickt hatte, entgegensprang und ihre Aufmerksamkeit auf sich zog: »Mr. und Mrs. Daniel O'Neill geben die Verlobung ihrer Tochter Ellen mit Mr. Paul Rausch, Sohn des Capitains und Mrs. Rausch von hier, bekannt. Die Hochzeit ist für Mitte Oktober geplant.« Zum ersten Mal glaubte Sally wirklich, daß das Unglaubliche unausweichlich geschehen müsse. Und Ludwig war natürlich für diese Bekanntmachung verantwortlich: Es war jenseits der Fähigkeiten der O'Neills, sie aufgesetzt zu haben oder auch nur, daran gedacht zu haben.

Trotz ihres fortwährenden Zorns und ihrer Verzweiflung und obwohl sie todunglücklich war, hielt Sally ihr Wort: sie unterdrückte und verbarg ihre Gefühle in der Öffentlichkeit. Elsa, die den Atem angehalten hatte, konnte die Haltung ihrer Mutter, als sie beim nächsten Klubtreffen den Vorsitz führte, nur bewundern. Aber als das Treffen beendet war und die Damen ihre Mäntel holten, zeigte ihre abweisende Steifheit deutlich genug, daß sie es vorzog, keine Familienangelegenheiten zu diskutieren. Nur ein Mitglied – Christina natürlich – wagte es, das Thema anzuschneiden. Sie sagte: »Sie sind gerade dabei, einen Sohn zu verlieren, wie ich höre. Es muß Sie sehr geärgert haben, daß er eine Römisch-Katholische erwählt hat.«

»Paul ist nicht volljährig, wissen Sie. Aber er ist sehr verliebt. Wir stellen ihm keine Hindernisse in den Weg.« (Was, wie sie dachte, bedauerlicherweise die Wahrheit war.) Sie sah über Christinas Schulter zu Janey hin, die hinter ihrer Mutter wartete. »Du wirst bald an der Reihe sein, Janey, nehme ich an? Ich höre, daß ein gewisser Junge aus dem Seminar sehr aufmerksam ist, und diese Heiraterei ist ansteckend.« Sie bedauerte augenblicklich, eine so anzügliche Bemerkung ausgerechnet zu Janey Voorhees, deren Wesen das so fremd sein mußte, gemacht zu haben. Sie ging weg, ohne abzuwarten, daß Janeys Röte sich wieder normalisierte. Das Mädchen, sagte sie sich selbst wütend, mußte wenigstens zweiundzwanzig sein – sie war älter als Paul; sie wäre wohl gut beraten, das Beste aus ihren Chancen zu machen: Sie würde bald älter als die Theologiestudenten sein.

In der Vorhalle traf sie Elsa, sagte Anne höflich auf Wiedersehen; mit Elsa als Schutz ging sie auf die Tür zu; Elsa sorgte für Ablenkung, indem sie sich vorbeugte, um Anne auf die Wange zu küssen und zu sagen: »Wir sehen dich so selten – komm doch mal am Nachmittag zu uns«, und ihre Mutter entkam, ohne mit ihrer ältesten und liebsten Freundin Vertraulichkeiten austauschen zu müssen. Anne, die Sally so gut kannte, war nicht so verblüfft, wie sie es hätte sein sollen: sie schloß richtig, daß Sally sehr unglücklich sei, und falsch, daß sie früher oder später alles zu hören bekäme.

Die Hochzeit fand wie geplant statt, in der Anwesenheit einiger weniger unglücklicher Leute, den Rauschs und den Evans', und einiger glücklicher, den O'Neills, die Ellen als vom Glück verwöhnt betrachteten und hofften, daß das Glück auf sie abfärben würde.

Die *Fackel* ging mit der Hochzeit genauso einfach um, wie sie es mit der Verlobung getan hatte: »Heute morgen um zehn Uhr wurden Miß Ellen O'Neill und Mr. Paul Rausch in der Pfarrei St. Barnabas von Vater Halloran in der Anwesenheit der engeren Familien von Braut und Bräutigam im heiligen Bund der Ehe vereint. Mrs. Rausch, Tochter von Mr. und Mrs. Dan O'Neill von hier, ist an der Akademie der Ursulinen-Schwestern in Cincinnati, Ohio, erzogen worden. Mr. Paul Rausch hat sein Ingenieurdiplom im Juni von Case erhalten und wird nach den Flitterwochen seine neue Stelle in der Rausch & Bodien-Gesellschaft für beschichtetes Papier in Madison City, wo das Paar auch wohnen wird, übernehmen.«

Es war nach dem nächsten Klubtreffen, als Sally über jede Vorsicht hinaus verbittert von Mrs. Deming zu einem Wortwechsel gereizt wurde. Nur einige wenige Worte entschlüpften ihr, aber sie konnten nicht zurückgenommen werden, und der Schaden war angerichtet.

Elsa war in der vorderen Halle und verabschiedete ihre Gäste. Nur Anne hatte den Mut, ihr gegenüber Paul zu erwähnen. »Es tut mir leid, daß ich ihn nicht gesehen habe, ich hätte ihm gern selbst Glück gewünscht. Sag ihm, ich hoffe, daß er ›in alle Ewigkeit glücklich‹ sein möge.«

»Danke, Tante Anne. Paul ist über alle Maßen glücklich. Wie immer hat er bekommen, was er wollte, trotz allem.«

»Mach dir keine Sorgen. Wenn ihn seine Frau glücklich macht, wird ihr deine Mutter vergeben, daß sie ihr ihren kostbarsten Besitz weggeschnappt hat.« Und Anne ging zur Haustür und machte für die nächste Platz, die Elsa die Hand drücken und sich für ihre Gastfreundlichkeit bedanken wollte.

Eliza Ballard, Sally und Mrs. Deming blieben noch im Schlafzimmer. Mrs. Deming stand vor dem Spiegel und rückte ihren Hut zurecht, und Sally wartete darauf, daß sie an die Reihe käme: Hüte waren in diesem Jahr so breit und beladen mit Früchten und Blumen, daß die stärksten Haarnadeln sie nicht lange geradehalten konnten. Eliza, die sich nichts aus Mode machte und die gleichen Kleider trug, so lange sie zusammenhielten, stand neben dem Bett, zog sich ihren Mantel an und war fertig, zu gehen, sie blieb nur, weil sie neugierig war.

Mrs. Deming bewegte sich zur Seite, und Sally nahm ihren Platz ein; ihre Augen trafen sich im Spiegel, zögerten einen Augenblick und blieben aufeinander haften. Mrs. Deming sagte: »Ich nehme an, Sie vermissen Ihren Paul sehr, wo Sie und Ihr Mann jetzt in dem großen Haus alleine sind. Jungs sind unerklärliche Kreaturen, nicht? Man weiß weder, wen sie treffen werden noch wo. Wie haben sich Paul und seine Frau denn getroffen? Die O'Neills gehören wohl kaum zu Ihren gesellschaftlichen Kreisen.«

»Ihr Schwiegersohn hat sie zusammengebracht.«

»Johnny? Was meinen Sie denn damit?«

Sally drehte sich um und verließ den Raum, ohne die Frage auch nur gehört zu haben. Eliza war immer noch da.

»Ich nehme an, sie meinte, daß sie Johnny dafür verantwortlich macht, sie einander vorgestellt zu haben.« Eliza genoß es, eine Sensation heraufzubeschwören und war von der bestürzten Frage in Mrs. Demings Augen entzückt. Sie sympathisierte mit den Rauschs, war aber durch die Anzeichen, die sie gesehen hatte, die Bruchstücke des Klatsches, die sie gehört hatte, und ein wenig durch Intuition auf die Wahrheit gestoßen. »Oh, haben Sie das nicht gewußt? Johnny ist ein Freund – ein intimer Freund – der älteren Schwester.«

»Ach, Unsinn. Sie ist für einige seiner Fälle Krankenschwester. Das macht sie doch nicht zu intimen Freunden.«

Sie wischte alle weiteren Anspielungen weg, aber als Eliza gegangen war, stand sie stocksteif und starrte ihr eigenes Spiegelbild an. Sie hatte schon vor langer Zeit gehört, daß Johnnys Vater – aber Johnny war nicht sein Vater. Wenn Johnny vom rechten Weg abgekommen sein sollte, mußte Julia ihn fester an die Zügel legen. Sie hatte keine Zweifel daran, daß Julia fähig sein würde, mit einem solchen Problem fertig zu werden.

Als sie in die Vorhalle kam, hatte Julia für sich und ihre Mutter schon die Einladung der jungen Mrs. Rodney Stevens angenommen, sie zusammen mit ihrer Schwiegermutter Jessamine Stevens, die man auf dem Weg an ihrem Tor herauslassen konnte, nach Hause zu fahren. Die Kutsche wartete; Rodney hatte anscheinend seinen Kutscher mitgeschickt. Wie in vielen Familien in diesem Jahrzehnt waren Pferd und Kutsche der Frau zur Verfügung gestellt worden, als der Gatte ein Automobil kaufte. Solange es das Wetter erlaubte, stand – wenn Rodney nicht gerade seinen motorisierten Wagen in der umgewandelten Hälfte der Scheune auf Blöcken stehen hatte – Lavinia der Gebrauch seines Pferdes frei.

Als die vier Frauen in die Kutsche geklettert waren, wurde nur von Pferden und Automobilen gesprochen. Jessamine hatte zu diesem Thema eine sehr bestimmte Meinung; und wie immer, wenn sie sehr bestimmt war, war sie ganz Südstaatlerin: »Niemals, niemals, werd' ich mein Pferd für eins dieser modernen komischen, entsetzlichen Dinger eintauschen. Sie stellen eine Bedrohung auf unseren Straßen dar.« Die beiden jüngeren Frauen lachten sie aus: Wenn ihr Pferd es aufgeben würde, sich auf die Hinterbeine zu stellen, jedesmal, wenn es ein Automobil sah, würde sie sie auch nicht so hassen.

Mrs. Deming ließ sie weiter schnattern, froh über diesen Unsinn; sie überlegte sich, was und wieviel sie Julia sagen würde. Als das Pferd am Kutschstein der Demings angehalten wurde, wachte sie aus ihrem Grübeln wieder auf und dankte Lavinia für die Fahrt nach Hause. Es war wirklich ein langer Weg von den Evans' und sie war dankbar; sie wartete, daß Julia ihr folgen werde. Sobald sie durch das Tor gegangen waren, sagte sie: »Geh noch nicht hinauf, bis ich mit dir geredet habe.«

»Worum geht es denn? Du klingst so unheilvoll.« Aber Mrs. Deming sagte nichts mehr, bis die beiden, nachdem sie Mäntel, Hüte und Handschuhe in der Eingangshalle abgelegt hatten, sich vor dem Kamin niedergelassen hatten. Dann fragte Julia wieder: »Was ist denn los?« und ihre Mutter wußte trotz allen Nachdenkens nicht, wie sie anfangen sollte.

»Julia, einige beunruhigende Anspielungen sind heute nachmittag in meiner Nähe fallengelassen worden. Hast du irgendwelchen Klatsch über Johnny gehört?«

»Natürlich nicht. Wer klatscht denn?«

»Das spielt jetzt keine Rolle. Was eine Rolle spielt, ist, ob etwas dahintersteckt.«

»Welche Art Klatsch?«

»Daß er intim ist – vielleicht zu intim – mit dieser Krankenschwester, die sich nachts um Mrs. Bodien kümmert.«

»*Johnny?* Wie dumm! Wer...? Natürlich ist das nicht wahr. Glaubst du, ich würde das nicht merken?« Sie hielt plötzlich inne. Seit einiger Zeit sah sie Johnny nur noch sehr wenig, außer bei den Mahlzeiten, und selbst da kam er oft so spät, daß sie und Tucker nicht auf ihn warteten.

»Sie sagen, die Frau erfährt es immer als letzte. Und selbst wenn es nicht wahr ist, sollte Johnny gewarnt werden. Die Leute reden über ihn.«

»*Reden!* Als ob das von Bedeutung wäre!« Julia begann, etwas spitz um die Nase auszusehen.

»Julia, ich muß dir das sagen, ob du es gerne hörst oder nicht. Ich habe dich gewarnt, bevor du geheiratet hast, falls du dich erinnerst. Wenn Johnny sich... sich woanders umgesehen hat... kann es auch dein Fehler sein. Männer haben gewisse eheliche

Rechte. Und ich habe den Verdacht, daß du sie Johnny verweigert hast, indem du ihn in ein anderes Schlafzimmer verbannt hast.«

»Männer sind manchmal wie wilde Tiere. Ich kann nicht einsehen, daß diese Tatsache ihnen ein Recht gibt, zu verlangen, daß sich auch ihre Frauen wie Tiere benehmen. Wenn Johnny sich woanders umgesehen hat, wie du es so zartfühlend ausgedrückt hast – oder auf gut Englisch, wenn er Ehebruch begangen hat –, werde ich mich von ihm scheiden lassen.«

»O Julia! Mach dich doch nicht lächerlich! Scheidung! Leute wie wir lassen sich nicht scheiden. Alles, was du tun mußt, ist, ihn zu warnen.« Mrs. Deming war so entsetzt, daß sie es bereute, auch nur ein Wort gesagt zu haben.

»Ich meine das so, Mama. Ich werde nicht mit einem untreuen Mann unter einem Dach leben.«

»Aber als Geschiedene in dieser Stadt zu leben...«

»Hier? Wir gehen nach Kalifornien, du und ich und Tucker.«

Mrs. Deming wurde sich plötzlich und voller Erstaunen bewußt, daß die Vorstellung einer Scheidung Julia durchaus nicht unangenehm war. »Du scheinst das alles geplant zu haben.«

»Ich habe es nicht so sehr genossen, verheiratet zu sein. Ja, ich habe sogar daran gedacht, wie angenehm es sein könnte, wieder frei zu sein. Johnny kann so unangenehm sein.«

»Dann wärest du eher erfreut, wenn du herausfinden könntest, daß du Grund hättest?«

»Nein!« Julia sprang auf, und ihre Augen sprühten Funken. »Wie kannst du denn das sagen? Es ist erniedrigend genug zu wissen, daß über deinen Mann geklatscht wird, aber zu entdekken, daß du ihn auch an eine andere Frau verloren hast. Es ist widerlich, daß er zu dir kommen kann und vorgibt, er wolle ... es ist entwürdigend.« Sie ließ sich in ihren Stuhl zurückfallen. »Aber wenn ich darüber nachdenke, es ist schon eine ganze Weile her, daß er an meine Tür geklopft hat. Vielleicht ist es doch wahr.«

Wie auf das Stichwort wurde die Haustür geöffnet und wieder geschlossen; beide Frauen lauschten auf die festen männlichen Schritte auf der Treppe. »Er kommt früh nach Hause. Ich kann genausogut gleich hingehen und das mit ihm bereinigen. Eines muß ich sagen, Johnny würde mich nicht anlügen.«

»Wo ist Tucker?«

»Wo er immer ist, nehme ich an. Bei seiner Großmutter Gordon mit dem Hund spielen. Oder irgendwo mit Ludwig Evans und den anderen Jungs herumtollen. Johnny besteht darauf, daß er seine Freiheit hat. Ruf doch bitte seine Großmutter an, und bitte sie, ihn zum Essen dazubehalten. Wenn er jetzt nicht dort ist, wird er später zu ihr kommen, um den Hund zurückzubringen.«

In der Eingangshalle nahm Julia Mantel, Hut, Handschuhe und Tasche auf und ging fest und ruhig die Treppe hinauf. Immer noch ihre Sachen über dem Arm, ging sie in das Wohnzimmer, wo sich Johnny mit der Abendzeitung niedergelassen hatte.

»Oh, da bist du ja. Ich hatte vergessen, daß das dein Klubnachmittag war. Ich bin schneller mit meinen Patienten fertig geworden und dachte, wir könnten so eine Stunde extra zusammen haben. Was ist los, Julia?« Sie stand nahe bei ihm und sah anklagend auf ihn hinab.

»Ich sage es dir am besten, ohne um den heißen Brei herumzureden. Die ganze Stadt klatscht über dich. Dich und dieses O'Neill-Frauenzimmer. Der Frauenklub – selbst die *Damen,* so scheint es.«

Er konnte sie nur mit einer stummen, schockierten Bitte in seinen Augen anstarren, als alle Farbe aus seinem Gesicht wich.

»Nun! Sag etwas! Ist es wahr? Ist sie deine Geliebte?«

Nach langem, entsetztem Schweigen sagte er: »Es tut mir leid, Julia. Sie bedeutet mir wirklich nichts. Und ich ihr nicht.« Er stand auf, aber als er sich ihr näherte, entzog sie sich ihm.

»Dann ist es also wahr?«

»Ja. Es ist wahr, und ich schäme mich, es zugeben zu müssen. Aber es war nur etwas, das ... geschah ... zwischen zwei heißblütigen Menschen.«

»Was für eine Ausrede!«

»Es ist keine Ausrede. Aber ich hoffe, daß du mir vergibst. Du weißt sehr gut, daß ich nie jemand anderen in meinem ganzen Leben geliebt habe – daß ich dich aus ganzem Herzen, seit wir Kinder waren, geliebt habe.«

»Ich habe das geglaubt. Jetzt weiß ich, daß deine Liebe, wie du sie nennst, keinen wirklichen Test bestanden hat. Sie ist dahingeschwunden, oder dein Gewissen hätte dich krank machen müssen.«

Er stöhnte, ließ sich schwer in seinen Sessel fallen und legte seinen Kopf in die aufgestützten Hände. »Vergib mir, Julia. Natürlich macht mich mein Gewissen krank. Aber sie hat nie etwas von mir bekommen, das du gewollt hast. Ich liebe dich wirklich.«

»Ich will die Scheidung. Und ich werde sie bekommen.«

Er hob seinen Kopf hoch und sah sie mit schockiertem Entsetzen an. »Eine *Scheidung?* Wegen diesem – diesem *Nichts?«*

»Ich bin nicht die vergebende Frau, die deine Mutter war. Oh, ich habe das gehört ... dein Vater ...«

»Laß meine Eltern aus dem Spiel. Was er auch immer getan haben mag, war auch für sie auf lange Sicht nicht wichtig. Wenn er irgend etwas getan hat, das zu vergeben war, dann hat sie ihm vergeben. Liebe vergibt alles, erinnerst du dich? Du kannst das nicht wirklich meinen, daß du eine Scheidung willst? Was ist denn mit Tucker?«

»Er ist bei deiner Mutter. Du brauchst keine Angst zu haben, daß er uns hören könnte. Aber wenn du meinst, nachher, wenn ich gehe, dann werde ich ihn mitnehmen. Das Gericht wird mir das Sorgerecht geben, wenn es die Gründe in Betracht zieht.«

»Gehen! Wohin willst du denn gehen?«

»Kalifornien: Ich hasse diese Stadt, ich hasse dieses Klima, ich hasse die klatschenden alten Hexen im Frauenklub.«

»Du hast erst heute nachmittag von Norah O'Neill erfahren, und doch hast du schon deine Pläne fertig? Seit wann...?«

»Seit du mir keine Ruhe gelassen hast. Ich dachte dann, wie angenehm...«

»Du hast die ganze Zeit weggehen wollen? Julia, Julia! Dann hast du mich also nie geliebt, oder?«

»Ich habe vieles auf mich genommen, weil mir eine Scheidung so entwürdigend schien. Jetzt wäre es entwürdigender, so weiterzumachen, wenn du... Huren nachjagst.«

Johnny wurde rot vor Zorn. »Dann soll es so sein. Geh und rede mit Tim Merrill – ich werde eine Scheidung nicht anfechten. Der Fall soll im Zimmer von Richter Gardiner gehört werden: Es hat keinen Sinn, eine öffentliche Veranstaltung daraus zu machen. Ich werde eine Tasche packen und heute bei Mama übernachten. Wenn du deine Meinung ändern solltest, um Tucks und unserer aller willen, dann laß es mich wissen.«

Johnny verließ das Haus in dem Bewußtsein, daß es ihr ernst war. Als er dann das Haus seiner Mutter erreichte, hatte er die Hoffnung, daß sie sich vielleicht von dem Gedanken an Tucker umstimmen lassen würde und durch die Erinnerung seiner jahrelangen aufrichtigen Ergebenheit. Dennoch fühlte er sich, als sei er inmitten eines Erdbebens: Zäune wankten und der Bürgersteig hob und senkte sich unter seinen Füßen. Einen Moment klammerte er sich an das Tor bei seiner Mutter, bevor er es öffnete, reckte dann seine Schultern hoch und ging hinein. Er stellte seinen Koffer und seine Arzttasche in der Eingangshalle ab und ging in das Wohnzimmer, wo er seine Mutter mit Tucker fand, dessen Hund neben ihm auf der Couch lag. Sie las die Zeitung – unweigerlich zu dieser Zeit; Tucker, selbst wenn er auch mit den Ohren seines Hundes spielte, las in einem Buch, das auf seinem Schoß lag.

Er sagte, indem er Heiterkeit vorzutäuschen versuchte: »Kannst du noch einen Gast versorgen? Julia fühlt sich nicht gut.«

Erschreckt von seinem Aussehen sagte sie: »Ist sie wirklich krank? Sie schien heute nachmittag im Frauenklub völlig in Ordnung zu sein.«

»Nein, nein. Sie wird schon in Ordnung kommen.«

Tucker musterte ihn düster. »Hast du ihr weh getan, Vater?«

»Weh getan! Natürlich nicht. Ich habe ihr in meinem ganzen Leben noch nie weh getan.«

»Tucker!« sagte seine Großmutter zu dem Jungen, der seinen Vater zweifelnd ansah. »Was hat dir denn diese Idee eingegeben? Sicherlich kennst du deinen Vater besser! Lauf und sag Louline, daß wir noch eine dritte Person zum Abendessen haben werden!« Und als er gegangen war: »Was ist los, Johnny? Irgendwas ist doch passiert.«

»Später – wenn Tucker nach Hause gegangen ist.«

Die drei nahmen ihr Abendessen ziemlich schweigsam zu sich. Tuckers Aufmerksamkeit wurde glücklicherweise von Major abgelenkt, der dicht bei seinem Knie saß und bettelte. Normalerweise war ihm verboten, den Hund bei Tisch zu füttern, aber an diesem Abend schien es niemand zu bemerken. Als die Erwachsenen nicht mehr so taten, als würden sie essen, und das Eßzimmer verließen, sagte Johnny: »Lauf nach Hause, Tucker. Leiste Mutter Gesellschaft.« Und als der Junge gehorsam seine Kappe aufhob und seiner Großmutter sein Gesicht entgegenhob, um sich küssen zu lassen: »Gib mir auch einen Gutenachtkuß, mein Sohn. Ich bleibe heute hier.« Der Junge wand sich in der festen Umarmung seines Vaters, küßte ihn aber und duldete es, geküßt zu werden, bevor er sich freimachte und zur Haustür lief.

»Nun, Johnny...« Anne deutete auf den Schaukelstuhl seines Vaters und nahm ihren eigenen am anderen Ende des Kaminvorlegers ein. »Heraus damit.«

»Es ist eine schamlose Geschichte, Mom.«

»Was hast du getan, dessen du dich schämst?«

»Demnach hast du noch nicht den Klatsch gehört? Julia implizierte, der ganze Frauenklub rede über mich.«

»Du hast dich mit irgendeiner Frau eingelassen? O Johnny, wie konntest du nur? Nein, ich habe kein Wort gehört. Ich nehme an, Mütter wie Frauen hören das als letzte. Arme Julia! Sie ist so stolz; sie wird es nicht leichtnehmen. Das ist nichts, das irgendeine Frau leichtnimmt. Aber ich wußte, daß aus dieser Sache mit den getrennten Schlafzimmern nichts Gutes kommen würde.«

»Mach Julia nicht verantwortlich. Was immer ihre – Launen sind, ich hätte geduldiger sein sollen. Und Gott weiß, daß ich mich schäme.«

»Hör auf, in abgehackten Stücken zu erzählen, und sag mir endlich... ist die Frau jemand, den du wirst unterhalten müssen oder bereits unterhältst?«

»Gott, nein. Schwester O'Neill. Es hat uns beiden wirklich nichts bedeutet. Es war nur – wir waren eben da.«

»Mrs. Bodiens Krankenschwester. Die Schwester von dem Mädchen, das Paul Rausch geheiratet hat? Das ist also, weshalb Sally...«

»Was ist mit Tante Sally?«

»Sie hat sich mir nicht wegen der Heirat anvertraut. Macht dich wahrscheinlich dafür verantwortlich, sie zusammengebracht zu haben.«

»Ich nicht. Es war Norah. Ich bezweifle, daß sie einen tieferen Grund hatte. Pauls Geigenspiel bedurfte einer Pianobegleitung. Aber lassen wir die Rauschs. Im Augenblick sind sie nicht wichtig. Wichtig ist, daß Julia entschlossen ist, eine Scheidung durchzusetzen.«

»Scheidung! O Johnny! Das kann sie nicht! Das ist undenkbar.«

»Nein, nicht für sie. Sie scheint schon seit langer Zeit daran gedacht zu haben – schon bevor ihr das eine Rechtfertigung gab. Sie will mit ihrer Mutter und Tucker nach Kalifornien ziehen.«

Anne lehnte sich vor und starrte ihn entsetzt an. »Kalifornien! Oh, das kann sie nicht!«

»Sie kann es und sie wird es tun. Ich habe ihr gesagt, daß ich eine Scheidung nicht anfechten würde. Wie sollte ich auch? Besser, daß es in aller Stille geschieht mit so wenig Skandal wie möglich.« Er stand abrupt auf; er konnte nicht weiter darüber reden. »Es macht dir nichts aus, wenn ich ab heute in mein altes Schlafzimmer zurückziehe?«

»Sei nicht dumm. Aber gib auch die Hoffnung nicht auf. Ich werde morgen hingehen und mit ihr reden.«

»Es wäre mir lieber, wenn du das nicht tätest.«

»Johnny, jemand sollte sie daran erinnern: Du hast dir nie und wirst dir nie etwas aus irgend jemand anderem in deinem Leben machen.«

»Nein. Es ist eine zu alte Gewohnheit, ich werde wohl nie wieder... Aber es hat keinen Sinn, daß du an sie appellierst, und es könnte – unangenehm sein. Na ja, ich muß mich, so gut ich kann, um meine Patienten kümmern und um das Krankenhaus.

Und um Mrs. Bodien. Wenn es nichts anderes mehr gibt, hat man immer noch seine Arbeit.«

»Wie geht es Mrs. Bodien?«

»Sie stirbt. Höchstens noch ein paar Tage. Vater Halloran wird an einer Seite ihres Bettes stehen und Captain Bodien auf der anderen und ihn anstarren.«

»Diese Krankenschwester, Johnny, sie wird nicht erwarten, daß du sie heiratest, wenn du frei bist?«

»Großer Gott, nein! Mama, es ist nur geschehen, weil sie da war, und ich war da, und beide hingen wir herum, nennen wir es mal so? Ich war nicht ihr erster, glaube mir – sie hat nicht einmal vortäuschen wollen, daß es so sei. Und sie haßt Waynesboro und ihr Leben als private Krankenschwester. Sie hat bereits Pläne geschmiedet, zum Krankenhaus nach Cincinnati zurückzugehen.«

»Das ist immerhin etwas. Ich werde hinaufgehen und dir dein Bett machen. Es tut mir leid, daß du so unglücklich bist, Johnny, obgleich du es selbst zu verantworten hast.« Dabei ließ sie es bewenden: Es hat keinen Sinn, deinem Kind zu sagen, daß seine Trauer auch die deine sei, daß auch du erschüttert seist. »Aber ich freue mich, dich zu Hause zu haben.«

Am Morgen ging sie trotz Johnnys Warnung zu Julia: sie konnte nichts unversucht lassen. Sie klingelte für die obere Wohnung; das Hausmädchen kam herunter, um sie einzulassen, aber bevor sie die Treppe erreichen konnte, kam Mrs. Deming an die Wohnzimmertür. Zu ihrem Hausmädchen sagte sie: »Geh, sag deiner Mistreß, Mrs. Gordon sei hier und gleich bei ihr oben. Kommen Sie herein, Anne, nur für einen Augenblick. Sie sind hier, um mit Julia zu reden? Es wird keinen Sinn haben.«

»Aber Sie billigen das doch sicherlich nicht?«

»Diese *Scheidung?* Natürlich nicht.« Alle Betroffenen außer Julia brachten das Wort nur wie in entsetzter Kursivschrift hervor. »Die Untreue eines Ehemannes ist nicht leicht zu vergeben, aber es ist zum Teil Julias Schuld, und das habe ich ihr gesagt. Es gibt immer zwei Seiten. Nicht daß ich Johnny entschuldigen will…«

»Nein, ich genausowenig. Ich schäme mich für ihn. Aber ich muß sie bitten, ihm zu vergeben. Sonst müßte ich später immer denken ›Wenn ich nur…‹«

Julia wartete auf sie in ihrem Wohnzimmer; sie trug ihr am meisten mit Rüschen besetztes Morgengewand, ihr schönes Haar war hoch auf ihrem Kopf aufgetürmt, so daß der entblößte Nacken ihr ein verletzliches Aussehen wie das eines Kindes verlieh. Ihr Gesichtsausdruck spiegelte Traurigkeit und Wehmut. Die betrogene Ehefrau, dachte Anne.

»Mama Gordon, ist das nicht eine ganz schreckliche Sache, die Johnny getan hat?«

»Schrecklich, ja.«

»Niemand kann behaupten, daß ich ihm nicht eine gute und treue Frau und Mutter gewesen bin. Habe mich um das Haus gekümmert, sein Essen gemacht, zu allen Zeiten auf ihn gewartet, ohne ihn je sehen zu lassen, wie ärgerlich das war.«

»Es braucht mehr als nur ein Hausmädchen, um eine gute Ehe zu führen.«

»Wenn du damit sagen willst, daß ich Johnny zu seinem schlechten Benehmen getrieben habe, verschwendest du deinen Atem.«

»Ich sage das ja nicht.«

»Oder falls du gekommen bist, mich zu bitten, ihm zu vergeben und ihn frisch aus den Umarmungen einer anderen Frau zurückzunehmen...« Sie schüttelte sich vor Abscheu. »Die Antwort ist: nein.«

»Ist bei dir denn kein Gefühl für ihn übrig geblieben?« Anne konnte sich nicht dazu bringen, dieser Frau gegenüber, die so plötzlich zu einer Fremden geworden war, das Wort ›Liebe‹ zu benutzen.

»Nach all dem? Du bist vielleicht willens gewesen, Untreue zu übersehen. Ich nicht. Vergib einmal und es wird von dir erwartet, daß du siebenmal siebenmal und mehr übersiehst. Über mich wird in dieser Stadt nicht als gleichgültige Ehefrau getuschelt werden.«

Anne drehte sich auf dem Absatz um; sie fühlte sich, als hätte man sie ins Gesicht geschlagen. Sie ging blindlings die Treppe hinunter, zur Tür hinaus, über die Terrasse und durch das Tor nach Hause. Als sie dort sicher angekommen war, ging sie auf ihr Zimmer, warf sich auf ihr Bett und stieß ihren Hut gleichgültig zur Seite. Das war es also, weshalb ihr Johnny nahegelegt hatte, nicht hinzugehen: Zweifellos hatte Julia ihm seinen Vater höhnisch vorgeworfen – und sie hatte immer gedacht, Johnny hätte davon nichts gewußt. Die Stadt, so schien es – und Waynesboro war ihre Stadt und sie empfand kein Verlangen, sie zu verlassen –, die Stadt wußte alles und vergaß nichts. Wie hatte sie glauben können...? Der Klatsch wurde durch ein Untergrundsystem verbreitet: Die Köchin von Mrs. A wußte alles über Mrs. A, und falls sie nicht außergewöhnlich loyal war, würde sie alles der Köchin von Mrs. B sagen und dann der Köchin von Mrs. C und so weiter durch das ganze Alphabet. Hatte Louline nicht vor langer Zeit einmal zu ihr gesagt: »Ich hör', Mr. Johnny is' aus Miz Julias Schlafzimmer rausbugsiert word'n. Is' aber keine Art, 'nen Mann zu behandeln. Wird er aber sicher eines Tages satt hab'n.« Anne hatte sie mit einem Tadel unterbrochen; sie hörte nie auf Loulines dramatische Kommentare, aber nicht jeder war so gewissenhaft. Damals hatte Louline auch zweifellos gehört, daß Johnny die ganze Sache satt bekommen hatte, war aber zu klug gewesen, es seiner Mutter zu sagen. Und was den Frauenklub anging, sie würde nicht eine von ihnen richtige Klatschtanten nennen, außer Eliza Ballard. Und warum sollte Eliza Johnny Schwierigkeiten machen wollen? Er und auch sein Vater hatten für die Ballards ihr Bestes getan – besonders als Thomasina starb und davor Ariana McCune.

Eliza hatte tatsächlich nicht an irgendwelche Schwierigkeiten gedacht, die sie Johnny einbrocken könnte. Sie hatte Mitgefühl für Sally Rausch empfunden und war über Mrs. Deming aufgebracht gewesen und hatte deshalb impulsiv gesagt, was sie eben gesagt hatte. Aber wenn Sally nicht zuerst gesprochen hätte, wäre sie nicht hineingezogen worden. Sie war entsetzt, als sie von der Scheidung las: eine kleine unter »Gerichtsnachrichten« versteckte Notiz, Gründe wurden nicht angegeben, das Sorgerecht für das Kind werde geteilt. Gewöhnlich blieben die »Gerichtsnachrichten« von führenden Bürgern ungelesen, aber dieser kleine Absatz fand überall Aufmerksamkeit. Die Stadt war erschüttert: Mitglieder prominenter Familien waren nie zuvor geschieden worden. Es war undenkbar. Johnny wurde die Schuld gegeben; es gab Spekulationen darüber, ob es ihn die Praxis kosten würde. Im großen und ganzen war man der Ansicht, daß es nicht so weit kommen würde: Seine Patienten vertrauten ihm, und es war keine Frage, daß er ein guter Arzt war; seine Frau war nicht so bekannt gewesen, und wo sie bekannt war, nicht sonderlich beliebt. Während seine Patienten sich dafür entschieden, daß er immer noch der richtige Arzt für sie sei, verlebte Johnny, außer wenn er mit einem von ihnen zu tun hatte, seine Tage wie ein Schlafwandler; er hielt seine äußere Erscheinung unter eiserner Kontrolle, aber es war, als verblute er innerlich zu Tode.

Er ließ sich nur dann in die Scheidungssache hineinziehen, wenn es unmöglich war, ihr zu entfliehen. Tim Merrill hatte ihn in seiner Praxis besucht, nachdem Julia mit ihm gesprochen hatte. »Sie sagt, Sie hätten ihr empfohlen, zu mir zu kommen, und deshalb habe ich den Fall übernommen. Aber Sie müssen auch vor Gericht vertreten werden. Sie ist jetzt meine Klientin, und ich muß mein Bestes für sie tun, aber ob es dem Berufsethos entspricht oder nicht, ich muß Sie warnen, daß sie beabsichtigt, Ihnen alles, aber auch alles wegzunehmen, was Sie haben.«

»Lassen Sie es sie als Wiedergutmachung haben. Ich kann meinen eigenen Lebensunterhalt verdienen.«

»Sehen Sie mal, Johnny. Ich weiß so gut wie Sie, was Ihr Vater Ihnen hinterlassen hat. Testamentsberichte sind nicht geheim. Aber ich vermute, daß Sie eine Menge von diesem Geld in das Krankenhaus gesteckt haben. Wollen Sie das verlieren? Oder die Farm? Um Gottes willen, Johnny, wenn Ihnen für Sie selbst nichts mehr daran gelegen ist, dann denken Sie wenigstens an den Jungen.«

»Er muß die Farm haben – sie ist seit Generationen im Besitz der Gordons, und Julia würde sie überhaupt nichts bedeuten. Sie würde sie verkaufen. Einverstanden, ich werde zu einem Rechtsanwalt gehen. Rudi Lichtenstein? Ich kenne ihn besser als irgendeinen der anderen.«

»Rudi ist ein guter Rechtsanwalt, trotz seiner verdammt närrischen Politik.«

Und so machte sich Johnny auf, um Rudi in seinem Büro gegenüber von dem Zimmer zu besuchen, in dem sein Vater immer noch in aller Zufriedenheit als öffentlicher Notar agierte. Rudi war so überrascht, ihn bei sich zu sehen, daß es ihm schwierig wurde, einen Anfang zu finden.

»Ich freue mich, dich zu sehen, Johnny. Ich vermute, das letzte Mal war bei der Weihnachtsfeier des Frauenklubs. Ich scheine nie zu Hause zu sein, wenn Sophie dich wegen der Krankheit von einem der Kinder rufen muß. Aber setz dich doch. Was kann ich für dich tun? Ich weiß, daß alle juristischen Angelegenheiten, die du eventuell haben könntest, an Gardiner und Merrill gehen.«

Johnny betrachtete seinen alten Schulkameraden sehr aufmerksam, bevor er antwortete, und er sah ihn, wie er immer gewesen war: schmächtig, mit sehr dunklen Haaren und Augen, mit einem klugen Gesichtsausdruck und einer hervorstechenden Nase – er sah viel jüdischer aus als sein Vater.

»In diesem Falle vertritt Tim meine Frau. Sie klagt auf Scheidung.«

»Julia? Ich kenne Julia von der Schule her genau wie dich. Sie war für mich immer die am wenigsten erregbare, kühlste Person, die ich kannte, und ich habe nie einen Grund gefunden, meine Meinung zu ändern. Was ist denn geschehen?«

Johnny erzählte ihm die ganze traurige Geschichte und schloß mit Tims Andeutung darauf, was Julia von ihm haben wolle. »Ich sagte: ›Sie kann es meinetwegen haben.‹«

Rudi grinste und unterbrach ihn. »Dann verdanke ich es der Tatsache, daß du ein so guter Freund von ihm bist, daß ich einen Klienten habe?«

»Er sagte, er sei durch die Pflicht gebunden, sein Bestes für sie zu tun, und deshalb solle ich von jemandem vertreten werden – ich glaube, er meinte, von jemandem, der ihn abwehren könne. Ich hätte nicht zugestimmt. Ich hätte sie gern alle weltlichen Güter haben lassen, mit denen ich sie ausgestattet habe. Ich habe ein Einkommen, das zum Leben absolut reicht. Aber es hätte bedeutet, daß ich die Farm und was ich in das Krankenhaus investiert habe, verloren hätte, und ich glaube nicht, daß Rodney oder Warren oder beide zusammen meine Zinsen bezahlen könnten. Und da ist noch Tucker: Ich sollte es fertigbringen, etwas zu behalten, was die Gordons vor mir angesammelt haben, besonders die Farm, um es an ihn weitergeben zu können.«

»Sie will demnach eine Abfindung? Und du traust ihr nicht zu, nur von dem Einkommen leben zu können und das Kapital an den Jungen weiterzugeben?«

»Die Farm interessiert sie nicht die Bohne; sie würde sie verkaufen.« Er errötete. »Mrs. Deming ist eine besonnene Frau, aber ich bezweifle, ob sie Julia in Schach halten kann – Julia liebt hübsche Sachen und ein angenehmes Leben, und sie will auf gleicher Stufe mit jedermann, den sie kennt, sein.«

»Ich werde um Alimente anstatt einer Abfindung kämpfen. Es ist für dich eine vernünftige Sache. Es wird vielleicht eine große Unterhaltssumme werden, aber wenn sie wieder heiratet, brauchst du es nicht mehr zu bezahlen.«

»Sie wird nicht wieder heiraten.«

»Wieso bist du so sicher? Sie ist jung und eine sehr attraktive Frau. Und wie ich höre, sind die Hügel und Täler im fernen Westen voll von Junggesellen.«

»Sie hat sich nicht viel daraus gemacht – verheiratet zu sein.«

Rudi staunte wieder über die Macht der Liebe, ihre Opfer nicht blind zu machen, sondern sie zu Sklaven werden zu lassen. Johnny sah seine Frau recht klar als kalte, eigensüchtige, extravagante Frau, aber er hätte ihr sein letztes Hemd gegeben.

»Wie auch immer, ich setze mich für Unterhaltspflicht statt Abfindung ein. Wie steht es mit dem Kind? Hättest du gerne geteiltes Sorgerecht?«

»Natürlich. Ich hätte gerne, daß das Gericht bestimmt, ich könnte ihn im Sommer hier mit meiner Mutter haben. Aber ich habe keine Befürchtung, daß du dafür sehr hart wirst kämpfen müssen.«

Also eine gleichgültige Mutter – das auch noch. »Ich werde mein Bestes für dich tun. Ich glaube nicht, daß es eine sehr harte Auseinandersetzung wird. Richter Gardiner ist ein fairer und vernünftiger Mann.«

»Danke, Rudi. Ich werde nicht vor Gericht erscheinen müssen? Ich könnte das nicht ertragen.« Johnny stand auf, um zu gehen, da fiel ihm plötzlich schuldbewußt ein, daß er so gänzlich auf seine eigenen Gedanken konzentriert gewesen war, und sagte: »Ich hoffe, es geht dir gut, Rudi? Ich lese deinen Namen recht oft in der Zeitung, wenn du den und jenen verteidigst – meistens arme Teufel, die sicherlich nicht viel bezahlen können. Warum hast du nur gerade diesen Beruf ergriffen?«

»Einige von ihnen«, lachte Rudi, »müssen um der Stadt willen verfolgt werden. Und wie du schon vermutest hast, bringen viele meiner Klienten nicht viel ein. Aber ich habe mich immer vom Aktienrecht ferngehalten. Ich will damit nicht Gardiner und Merrill kritisieren. Ich empfinde einfach nur, daß ich mir mit einer derartigen Beschäftigung die Hände schmutzig machen würde. Ich komme zurecht, und da ich eine zufriedene Frau und gesunde, lebhafte Kinder habe, zähle ich mich zu den Gesegneten.«

»Ich freue mich für dein Glück.« Das klang so traurig, daß Rudi den Atem anhielt.

»Es tut mir leid. Ich entschuldige mich... Ich weiß, es ist nicht die richtige Zeit, daß ich damit dir gegenüber angebe.«

»Im Gegenteil, ich freue mich zu hören, daß es einem alten Freund gutgeht.«

Die beiden Männer gaben sich die Hand. Johnny ging weg und fühlte sich ein bißchen besser: Es traf zu, daß er froh war, daß für Sophie und Rudi alles gut war.

Nur ein einziges Mal danach war Johnny nahe daran, seine Gefühle zu zeigen, das war, nachdem sie geschieden waren und Tucker kam, um auf Wiedersehen zu sagen. Das Kind war immer noch bestürzt von dem, was geschehen war, und zeigte ohne jede Beschämung seinen Kummer. Es wollte nicht nach Kalifornien gehen. Es wollte nirgendwo hingehen. Es wollte zu Hause bleiben mit seiner Mutter und seiner Großmutter und Major – und mit seinem Vater. Und seinen Freunden. Als seine schlimmsten Befürchtungen Wahrheit wurden, und ihm gesagt wurde, daß er Major nicht mit nach Kalifornien nehmen könne, machte er nicht mehr den Versuch vorzugeben, das zu sein, was er nach den Worten seiner Mutter von jetzt an sein müsse: der Mann der Familie. Sein Weinen war so hemmungslos, seine Auflehnung so vehement, daß ihn seine Mutter voller Ungnade auf sein Zimmer schickte. »Ich kann keinen Ton mehr von dir ertragen. Das ist keine glückliche Situation für irgendeinen von uns, aber wir müssen das Beste daraus machen.« Tucker hatte seine Mutter nie gefragt, was sein Vater getan hätte, obgleich sie wohl bereit gewesen wäre, es ihm zu erzählen. »Man weiß nie«, sagte sie zu ihrer Mutter, »was durch den Kopf eines Jungen in diesem Alter geht: Sie schnappen alles mögliche in der Schule auf, und ich zweifle nicht daran, daß Ludwig Evans voller Information in dieser Hinsicht ist.«

»Ich glaube nicht, daß Elsa und ihr Mann diese Geschichte vor den Kindern besprechen.«

»Wenn sie es täte, wäre alle ihre Sympathie auf seiten des ›armen Johnny‹.«

»Es war erst gestern, als ich dich am Telefon zu ihr sagen hörte, du würdest ihr deine neue Adresse schicken, sobald du dich eingelebt hättest, und du batest sie, dir zu schreiben.«

»Natürlich will ich in Kontakt bleiben und wissen, was hier vor sich geht, wo ich so viele Freunde habe.«

Die Vorbereitungen für ihren Umzug waren weder sehr langwierig, noch verzögerten sie sich. Die Möbel, die die beiden Frauen behalten wollten, wurden verpackt und zum Güterbahnhof geschickt, um von da weitertransportiert zu werden. Der Rest wurde an einen Gebrauchtwarenhändler verkauft; das Haus wurde einem Grundstücksmakler anvertraut. Johnny nahm nur das heraus, was er auch mitgebracht hatte: seine Kleider, seine Bücher, seine Arzttasche. Mrs. Demings Reaktionen darauf, so abrupt weggerissen zu werden, wurden Anne, und nur Anne anvertraut: Sie empfand das Benehmen ihrer Tochter als völlig geschmacklos; Waynesboro war ihr Heim nach all diesen Jahren. Und doch konnte Julia, der ihr Vater mehr als alles andere in ihrem Leben bedeutet hatte, sein Haus ohne die geringsten Skrupel verkaufen. Aber sie konnte ihr nicht gestatten, allein nach Kalifornien zu gehen; ihre Mutter mußte wohl oder übel mit ihr gehen. Das Haus gehörte Mrs. Deming, aber da Johnny Unterhalt zahlen mußte anstatt einer Abfindung, würden sie den Haufen Geld, den das Haus einbrächte, nötig haben, wenn sie in Kalifornien ein neues Heim erstehen wollten. Anne fragte sich, ob Mrs. Demings finanzielle Situation nicht ebensoviel mit ihrer Bereitschaft, umzuziehen, zu tun hätte wie ihre Sorge um Julia: Sie hatte natürlich ihre Bürgerkriegspension – vermutlich eine beachtliche, da ihr Mann General gewesen war – und einiges Kapital; aber Julia war neben dem Unterhaltsgeld für Tucker ein großes Unterstützungsgeld zugesprochen worden. Sie würde als ziemlich begüterte Witwe dastehen.

Am Abend, der für ihre Abfahrt festgesetzt war, kam ein in Tränen aufgelöster Junge zu seiner Großmutter, um auf Wiedersehen zu sagen.

»Wir sind fertig zum Abfahren, scheint mir.« Er stand auf der Schwelle zum Wohnzimmer, drehte seine Kappe in seinen Händen, sah niemanden an, nicht einmal Major, der vor seinen Füßen herumkroch, mit dem Schwanz wedelte und die Zunge heraushängen ließ. Anne stand von ihrem Stuhl auf, ging neben dem Jungen auf ein Knie und nahm ihn in ihre Arme.

»Nimm es nicht so schlimm, Tuck! Du wirst Kalifornien mögen. Die Zeit vergeht auch so schnell – du weißt, daß du im Juni schon wieder bei uns zu Hause sein wirst, um den Sommer hier zu verbringen.«

»Ich weiß. Wiedersehen, Großmama.« Sie sahen einander direkt in die Augen, ein langer, liebender Blick. Schließlich warf er seine Arme um sie, küßte sie und wandte sich seinem Vater zu, der in der Tür stand.

»Auf Wiedersehen, Vater.« Die Augen des Kindes glänzten vor Tränen.

»Fertig zum Gehen, ja?« Johnny legte ihm seine Hände auf die Schultern, zog ihn nahe an sich heran, sah auf das aschblonde Haar, es war so sehr wie Julias, das er nie wieder berühren würde, wenn es auf einem Kissen ausgebreitet wie ein großer, goldener Fächer läge. Johnny küßte seinen Sohn hart und kehrte sich abrupt ab. Tucker ließ sich auf den Boden fallen und sagte: »Auf Wiedersehen, Major« und brach in eine Flut von Tränen aus. Johnny verließ das Zimmer in Richtung auf sein Refugium, seine Praxis. Anne sagte: »Major wird dich vermissen, aber ich werde mich für dich um ihn kümmern. Hier, nimm mein Taschentuch – du bist ein zu großer Junge...«

»Glaubst du, daß er mich noch erkennt, wenn ich wieder heimkomme?«

Wenn das Wort »heim« sie rührte, dann ließ es sich seine Großmutter zumindest nicht anmerken. »Hunde vergessen nie. Und wenn du zehn Jahre weggingst, er würde dich wiedererkennen, und mein Gott, es sind doch nur ein paar Monate. Wisch dir die Tränen ab. Du willst doch sicherlich nicht, daß deine Mutter weiß, daß du nicht mit ihr fahren möchtest.«

»Ich möchte bei ihr sein, aber ich möchte auch hierbleiben.«

»Es ist ein bißchen spät dafür, nicht? Zugkarten gekauft und alles verpackt. Dir wird diese lange Fahrt gefallen, Tuck, über die Prärie und durch die Berge.«

Er wischte sich gehorsam die Augen, seine Nase und die Wangen und gab das Taschentuch zurück. »Ja, der Teil wird vielleicht Spaß machen. Und du bist sicher, daß Major mich wiedererkennen wird?«

»Ganz sicher.« Sie küßte ihn nochmals, ging mit ihm zur Tür und sprach die unausweichlichen Ermahnungen: »Sei ein guter Junge. Schreib uns oft. Wir werden dich vermissen, weißt du. Wir wollen doch wissen, was du machst.«

Mrs. Bodien starb in der gleichen Woche. Johnny, der den größten Teil der Nacht bei ihr verbracht hatte, kam morgens erschöpft zum Frühstück und berichtete seiner Mutter, daß der langerwartete Tod eingetreten sei.

»Und du mußtest dasein? Und ihre Familie? Und die Krankenschwester...?«

»Nicht die Krankenschwester, Mom. Der Pfarrer war da, um die Sterbesakramente zu geben. Ziemlich schrecklich, fand ich. Und ich weiß, daß das auch der Captain fand. Jeder vielleicht, außer Stewart und seiner Frau. Die arme Seele war so voll mit Morphium, daß sie unmöglich wissen konnte, was um sie vorging, aber Vater Halloran täuschte vor, daß sie die richtigen Antworten gab, verabreichte ihr die Letzte Ölung und garantierte ihre Zulassung zum Himmel – nach einem kurzen Aufenthalt im Fegefeuer, nehme ich an. Aber sie werden sie sicher in kürzester Zeit dort herausbeten.«

»Johnny, ich habe dich nie so hart erlebt.«

»All dieser Hokuspokus, und nichts von alledem ist ein Trost für Captain Bodien. Es war eine Erlösung für sie und ein Schlag für ihn, obgleich er wußte, daß es kommen werde und obgleich er selbst glaubte, daß er es für sie akzeptierte – sogar herbeisehnte.«

»Ja. Der Tod ist so endgültig.«

»Aber das natürliche Ende von uns allen. Das muß leichter zu ertragen sein als andere Arten der Trennung.«

»Ich habe nie gehört, daß du je zuvor etwas so Selbstsüchtiges gesagt hast. Du wünschst doch nicht etwa, daß Julia gestorben wäre?«

»Natürlich nicht. Sie ist jung und hat noch ein langes Leben vor sich. Ich meine nur, ich hätte vielleicht ihren Tod – philosophischer akzeptiert.«

Seine Mutter sagte: »Du wirst darüber hinwegkommen«, obgleich sie wußte, daß das nicht stimmte. »Was uns vorherbestimmt ist, wird geschehen; es ist nur weise, das zu akzeptieren. Und die Zeit heilt unsere Wunden, auch wenn sie noch da sind und an regnerischen Tagen weh tun.«

»Du bist für mich heute morgen zu philosophisch.« Er lächelte sie an, ein Lächeln, das ihr das Herz zusammenzog. »Ich weiß nicht, ob du dich als Calvinist oder als Stoiker betrachtest.«

»Oh, als Calvinist. So ungefähr jedenfalls. Ich frage mich, was überhaupt aus Kitty Edwards' ›Marcus Aurelius‹ wurde. Sie hat ihn deinem Vater gegeben, als sie wußte, daß sie sterben mußte – sagte, Sheldon sei ein Christ und brauche es nicht. Aber deinem Vater hat er nie viel bedeutet: Er sagte, Mark Aurel blicke immer auf sich selbst, um zu sehen, wie tapfer er alles ertrüge, daß er aber in seinem Leben keine Zeit für diese Art Haltung habe.«

Johnny lachte. »Klingt ganz nach Pop.« Aber er wußte, daß es Zeiten gegeben hatte, in denen sein Vater Hilfe brauchte, Marcus Aurel oder eine andere. »Er muß das Buch zwischen den anderen in der Praxis gelassen haben. Ich werde irgendwann mal danach suchen. Und nun«, er schob seinen Stuhl vom Tisch zurück, »muß ich gehen. Ich habe Dienst im Krankenhaus. Wirst du mit mir auf Mrs. Bodiens Begräbnis gehen?«

»Ja, wenn du meinst, du müßtest gehen. Ich wußte nicht, daß Ärzte ihre Patienten auch noch beim Begräbnis begleiten.«

»Mom, du kannst mir nicht über Mrs. Bodiens Tod Schuldgefühle eingeben. Niemand hätte sie retten können – nicht der beste Arzt im Lande. Wir wissen nichts über Krebs – nicht die Ursache und nicht das Heilmittel, wenn er nicht ganz am Anfang festgestellt und herausgeschnitten wird. Und ja, ich muß zur Beerdigung gehen. Ich bin ein Freund der Bodiens – des Captains zumindest und Barbaras – seit ich ein Junge war.«

Die ernste Requiemmesse für Mrs. Bodien wurde mit allen komplizierten Ritualen der Kirche zelebriert. Außer den Gordons waren auch noch einige andere Protestanten anwesend; Anne war sich sicher, daß einige von ihnen (wie auch sie selbst) noch nie einem katholischen Begräbnis beigewohnt hatten. Und bei einigen Anwesenden, die sie erkannte, hatte sie den Verdacht, daß sie nur aus Neugierde da seien. Vielleicht war sie hartherzig, aber sie war froh, daß Johnny ihr gesagt hatte, Norah O'Neill sei bereits nach Cincinnati zurückgekehrt.

Der Frauenklub traf sich in der nächsten Woche zu seiner regulären zweiwöchentlichen Sitzung. Anne wäre lieber nicht hingegangen, aber im Angesicht von Neugierde muß man sich unerschütterlich zeigen: Wenn ihre Klubkameradinnen wissen wollten, wie sie den Schlag, der auf die Gordons gefallen war und eine Familie zerbrochen hatte, genommen habe, dann würde sie es ihnen zeigen. Vielleicht war doch etwas – und sie reckte ihre Schultern – von einem Stoiker in ihr.

Sally führte bei dem Treffen wie immer den Vorsitz und drängte die Mitglieder schnell durch die Präliminarien. Niemand hatte irgendwelche Geschäftspunkte, alte oder neue, den anderen Mitgliedern zu Gehör zu bringen. Sally sagte: »Soviel ich weiß, hat die

Korrespondenzsekretärin den Damen einen Brief vorzulesen. Mrs. Merrill?«

Elizabeth stand mit einem Blatt Papier in der Hand auf. »Frau Präsidentin, meine Damen des Klubs. Ich habe letzte Woche diese Mitteilung bekommen: ›Liebe Mrs. Merrill! Mit außerordentlichem Bedauern muß ich Ihnen mitteilen, daß meine Tochter und ich die Mitgliedschaft im Frauenklub von Waynesboro aufgeben müssen. Von allen Banden, die zerrissen werden müssen, da wir in eine neue Heimat im fernen Westen umziehen, ist dies diejenige, die ich am meisten bedauere. Mit Stolz und großem Vergnügen bin ich seit dem Tag im Jahre 1868, als die Gründung des Klubs zuerst vorgeschlagen wurde, Mitglied gewesen, und meine Tochter, so kann man fast sagen, wuchs in seinen Kreisen auf. Ich verlasse Waynesboro mit den besten Wünschen für den andauernden Erfolg des Frauenklubs. Möge er seine Mitglieder weiterhin mit intellektueller Anregung versorgen. Mit freundlicher Hochachtung, Louisa Tucker Deming.‹«

Anne hatte in ihrer trotzigen »Sollen-sie-doch-ihre-Neugierde-befriedigen«-Stimmung einen Platz in der vordersten Reihe eingenommen. Nur die Präsidentin und die Schriftführerin saßen ihr gegenüber; sie richtete ihre starr fixierten Augen in deren Richtung. Aber sie fühlte, wie sie errötete. »Von allen Banden, die zerrissen werden müssen« – wie grausam von Louisa! Nur undeutlich hörte sie, wie Sally ihre konventionelle, nette Rede hielt: »Wie sie uns erinnert hat, war Mrs. Deming ein Gründungsmitglied des Klubs, und das macht uns noch trauriger, sie verlieren zu müssen: Nur noch wenige von uns sind übrig.«

(»Eliza, Amanda, du und ich«, dachte Anne, »aber immerhin, es ist ja auch schon« – und sie subtrahierte schnell – »sechsunddreißig Jahre her.«) »Und«, fuhr Sally fort, »Mrs. Deming hat über diesen Zeitraum hin viel zu dem, was sie ›intellektuelle Anregung‹ genannt hat, beigetragen.« (Anne hätte an dieser Stelle Sally zuzwinkern mögen: Erinnerte sie sich noch, wie sie sie als Schulmädchen immer ›oller Teepott‹ gerufen hatten?) Sally redete weiter, ohne Anne in die Augen zu sehen: »Und keine von uns wird, da bin ich ganz sicher, den Charme und die Schönheit ihrer Tochter als ›Alice im Wunderland‹ und in vielen unserer anderen Klubaufführungen vergessen. Aber ich fürchte, daß wir, wie widerstrebend auch immer, diese Aufgabe der Mitgliedschaft akzeptieren müssen. Gibt es dazu einen Antrag?«

Der Antrag wurde gestellt, sekundiert und angenommen. Louisa Tucker Deming und ihre Tochter Julia Deming Gordon waren damit nicht mehr Mitglieder des Klubs. Als diese Sache beendet war, sagte Sally: »Diese Rücktritte lassen natürlich zwei Plätze im Klub freiwerden. Ich würde gerne vorschlagen, die Frage nach Neuaufnahmen mit angemessener und nicht übereilter Überlegung anzugehen. Noch nie haben wir ein unwürdiges Mitglied gewählt; ich würde es nicht gerne sehen, jetzt etwas überhastet und ohne die Fähigkeiten der Kandidatin genügend zu kennen, in die Wege zu leiten. Darf ich nun die Sekretärin bitten, das Programm des Tages zu verlesen.«

Und während die Sekretärin das Programm verlas – und auch noch halb durch den Aufsatz des Tages –, versuchte Anne herauszufinden, wen Sally abzublocken hoffte. Sally war – zumindest für sie – ziemlich leicht durchschaubar. Wahrscheinlich die Frau eines Geistlichen oder Theologen; die Präsidentin war von der Aufnahme von Miß Campbell nicht allzusehr erfreut gewesen, weil das die Reihen der reformierten Presbyterianer aufstockte. Aber Ruth Campbell war ein gutes Mitglied. Anne gab auf, aber ihr Nachgrübeln hatte zumindest ihre Gedanken abgelenkt; sie hatte völlig vergessen, weiter befangen zu sein.

Als sie sich zum Aufbruch rüstete, rief sie Sally von der Tür des großen Wohnzimmers her, in dem die Stühle nach der Beendigung des Treffens in Unordnung standen.

»Warte, Anne, ich fahr dich nach Hause. Nur noch eine Minute, ich spreche gerade mit Mrs. Merrill. Ich habe Ben aufgetragen, mit der Kutsche zu kommen, es ist ein zu kalter Tag zum Gehen.«

In der Kutsche dachte Anne: »Es ist lange her, daß Sally mit mir reden wollte, und selbst jetzt ist Ben noch da.« Und deshalb sagte sie: »Es war ein interessantes Treffen, findest du nicht? Aber ich habe nicht ganz verstanden, warum du die Wahl von neuen Mitgliedern hinauszögern willst.«

»Findest du nicht, daß das theologische Element bereits ziemlich stark vertreten ist. Ich habe mitbekommen, daß außer Mrs. Maxwell einige andere Frauen von Seminarmitgliedern in Betracht gezogen werden.«

»Du hast doch nichts gegen Miß Campbell als Mitglied, oder? Ich hab' sie dir ziemlich aufgedrängt.«

»Wie es sich herausstellt, nein. Sie hat viel Sinn für Humor, was man von vielen R.P.s nicht sagen kann. Und sie ist nicht einmal annähernd so frömmlerisch wie Christina. Sophie Lichtensteins Komitee für das Weihnachtsspiel hat sie überredet, die Hauptrolle in ›Zurück zur Natur‹ zu übernehmen.« Sie mußten beide lachen: Miß Campbell, die nur aus Knochen und knorrigen Gelenken bestand und unausweichlich Männerhüte und geschneiderte Kleider trug, deren Röcke nur bis auf den Rist reichten (schmutzverkleisterte Säume kamen für sie nicht in Frage), war in keiner Hinsicht eine sehr weibliche Figur.

»Es macht ihr nichts aus, daß man über sie lacht.«

»Sie und Charlotte, die Lord Loam spielen wird, tragen allein das ganze Stück.« Denn senkte sie ihre Stimme. »Ich bin froh, daß du den Mumm hattest, heute zu kommen. Es wird leichter nach dem erstenmal. Wer hätte je gedacht, daß unsere Söhne uns einmal so beschämen würden?«

»Ich fühle mich traurig, aber nicht unbedingt beschämt. Obwohl ich wußte, daß mich jedermann anstarren würde. Traurig wegen Johnny. Natürlich ist er zu tadeln – ich verleugne das nicht. Aber er wird es nie überwinden.«

»Er hat Julia immer geliebt. Aber ›nie‹ ist eine lange Zeit, und er ist noch jung. Sei nur froh, daß er diese Frau nicht *geheiratet* hat, wie Paul.«

»Sei nicht so bitter.«

»Ich bin bitter. Es war so wenig notwendig. Aber Ludwig...«

»Ich hatte den Verdacht, daß du Johnny verantwortlich gemacht hast.«

»Ja. In gewisser Weise stimmt das. Ich glaube nicht, daß er das Mädchen absichtlich in Pauls Weg gebracht hat. Ich bin sicher, daß dafür die Schwester verantwortlich ist. Aber du weißt, daß Paul immer geglaubt hat, Johnny könne nichts Falsches tun, und er gab selbst nicht unbedingt ein gutes Beispiel.«

»Er hat sich abscheulich benommen.«

»Aber da Paul Elsa und seinem Vater gegenüber darauf bestanden hat, daß er sich auf den ersten Blick in sie verliebt habe, kann ich Johnny kaum noch verantwortlich machen. Um zu zeigen, daß alles vergeben ist, würde ich euch zwei gerne zum Weihnachtsessen bei uns einladen. Elsa wird vielleicht auch dasein.«

»Wenn ich Johnny überreden kann. Es würde ihm guttun. Er grübelt zu viel.«

Wie es sich ergab, waren Elsa und ihre Familie doch Weihnachten bei den Rauschs. Sie hatte es zunächst aufgeschoben, die Einladung ihrer Mutter zu akzeptieren, obgleich es für die vier Evans' bereits Tradition war, an diesem Tag dort zu essen: Sie hatte Paul und seine Braut eingeladen, die Ferientage bei ihnen zu verbringen. Paul hatte abgelehnt. »Wir werden bei Stewart und seiner Familie erwartet, und da sind wir wenigstens bei allen willkommen.« In gewisser Weise war Elsa erleichtert: Sie hätte alles darum gegeben, Paul und seine Mutter zu versöhnen, aber sie war froh, daß er oder seine Ellen oder beide Stolz genug hatten, nicht zurückgekrochen zu kommen. So saßen dann acht Personen um den Truthahn der Rauschs herum, und auch nur die kleinste Tendenz bei den Erwachsenen, ein wenig melancholisch zu werden, wurde um Ludwig III. und der kleinen Jennifer willen unterdrückt.

Anne und Johnny hatten einen Brief von Tucker bekommen, seit er abgereist war: Die Schule war in Ordnung, fand er. Es sei warm und nicht Winter in Los Angeles, und die Blumen blühten, aber er fand, die Palmen seien häßlich. Es gäbe überhaupt keinen richtigen Wald. Seine Großmutter übermittelte den Inhalt dieses Briefes an die Evans-Kinder.

»Mir scheint, er vermißt die Wälder um Hillcrest herum«, sagte der kleine Ludwig. »Wenn er jetzt hier wäre, würden wir nach den letzten Dattelpflaumen suchen. Und nach Walnüssen.«

»Weißt du, wie er mich nennt?« Jennifer, ein Kind, das so schlank und dunkel war wie ihr Bruder stämmig und blond, schob die Unterlippe vor. »Anhängsel. Und Ludwig nennt mich auch so.«

»Nun, das bist du ja auch, nicht?« Ihr Vater neckte sie. »Sie hätten wohl kaum eine Möglichkeit, ohne dich Walnüsse sammeln zu gehen.«

Johnny sagte: »Macht dir das was aus? Ich habe meine Schwester immer ›Kleine Ich-Auch‹ gerufen. Und auch deine Mutter. Erinnerst du dich, Shaney?«

»Aber natürlich.«

Und Jennifer sagte klugerweise: »Es macht mir eigentlich nichts aus, weil es sie eigentlich gar nicht interessiert, ob ich mich anhänge. Aber niemand sonst dürfte mich so nennen.«

Elsa, die Johnny zufällig in die Augen geblickt hatte, fragte sich ein wenig traurig, ob die Geschichte wohl dabeisei, sich zu wiederholen. Aber Tucker war weg – zumindest bis zum Sommer.

Nach Weihnachten ging alles besser. Johnny täuschte, zumindest seiner Mutter gegenüber, vor, er habe sich auf das Leben mit ihr eingestellt, obgleich sie wußte, daß es in Wirklichkeit seine Patienten im Krankenhaus und außerhalb waren, denen er seine ganze Aufmerksamkeit und sein ganzes Leben widmete. Sie war froh, als Dr. Warrens Sohn seinen Aufenthalt an einem Krankenhaus in Chicago beendete und mit seiner Braut zurückkam, um sich seinem Vater anzuschließen: Das würde eine große Last von Johnnys Schultern nehmen. Das Jahr zog sich zu Beginn des Frühlings mit seinem langweiligen Wetter lang hin. Der Klub traf sich wie immer alle zwei Wochen, und dadurch hatte man etwas, worüber man nachdenken konnte; Anne war mit ihren alten Freunden nicht mehr gehemmt und genoß es, sie zu treffen; der

Klub bedeutete ihr mehr, als er es je zuvor getan hatte, und das galt auch für Sally, dachte sie: Beide waren mehr allein und hatten mehr Zeit zu ihrer Verfügung als früher. Aber es war Elsa, nicht Sally, die ihr im März von der Geburt von Pauls Tochter, die nach Stewart Bodiens Frau Kathleen benannt worden war, erzählte. »Sie hat so viel für Ellen und jetzt für beide getan«, sagte Elsa halb entschuldigend. »Aber ich muß schon sagen, ›Kathleen Rausch‹ paßt so wenig zusammen wie ›Ludwig Evans‹.«

Im frühen Juni warteten die Gordons auf Tucker; Johnny würde ihn in Chicago treffen, wo er den Zug wechseln mußte. Davor waren Ludwig und Sally und die Evans' nach Hillcrest hinausgezogen. Elsa hatte ihrer Mutter mit mehr als ein wenig Bitterkeit erzählt, daß sie sich nicht darum zu sorgen brauche, »dieses Mädchen« und Paul bewirten zu müssen. »›Das Mädchen‹ geht nirgendwo hin, wo es nicht von uns allen willkommen geheißen wird. Mir tut es nur leid, daß die Kinder draußen auf dem Land sein werden, wenn Tucker hier ankommt. Er wird sie vermissen.«

»Sicherlich hat er doch auch andere Freunde in seinem Alter?«

»Aber natürlich, ja. Wie Ludwig, eine ganze Herde von ihnen: Merrills und Thirkields, Bonners und Lichtensteins. Aber Tucker liebt es, hier draußen herumzuspringen, und ich nehme an, daß sein Vater und seine Großmutter ihn nicht aus den Augen lassen werden.«

In dieser Hinsicht hatte sie nicht recht: Was sein Vater und seine Großmutter am allermeisten für Tucker wünschten, war, daß er einen glücklichen Sommer verbringen solle. Als ihn sein Vater vom Zug heimbrachte, schien er zuerst seltsam steif und scheu: Er gab Anne die Hand anstatt sie zu umarmen. Natürlich war er über Erwarten gewachsen, und vielleicht fand er sich mit zwölf zum Küssen zu alt, aber sie fragte sich einfach, ob ihn seine Mutter nicht beeinflußt habe. Bevor sie diesen Gedanken zu Ende bringen konnte, hörte man von der hinteren Eingangshalle her einen gewaltigen Ausbruch von Gebell, Louline öffnete die Tür, und ein schwarz-weißer Blitzstrahl stürzte sich auf Tucker, wakkelte abwechselnd mit seinem Hinterteil und über den Boden und sprang mit lebhaftem Gebell und leckbereiter Zunge an Tucker hoch. Tucker ließ sich auf den Boden fallen, um ihn an sich zu drücken. Er war offensichtlich nicht zu alt, um von einem Hund geküßt zu werden.

»Er hat mich nicht vergessen, siehst du? Du hast gesagt, er würde mich nicht vergessen.«

»Ich wußte das. Nun, da er dich wieder hat, wird er dich nicht aus den Augen lassen. Johnny, bring Tucker und seinen Koffer hinauf auf sein Zimmer und achte darauf, daß er sich vor dem Essen wäscht. Dann kann er herunterkommen und uns alles erzählen.«

Zu allererst war da das Wunder der Zugfahrt: ganz allein in einem Pullmanwagen, was er gesehen hatte, was er gegessen hatte und auch mit wem er gesprochen hatte. Eine ganze Reihe von Sätzen begann mit: »Da war da noch dieser Mann im Zug, der sagte...« Tucker, der nie ein redseliges Kind gewesen war, überließ sich nun völlig seiner Aufregung. Es dauerte eine Weile, bevor Anne auch nur fragen konnte – die Höflichkeit verlangte es –, wie er seine Mutter und Großmutter verlassen habe.

»Oh, denen geht es gut. Sie *mögen* Kalifornien.«

»Ich nehme an, es tat ihnen leid, dich wegfahren zu sehen? Sie werden dich vermissen.«

»Sie werden mich nicht vermissen. Sie gehen auf eine Kreuzfahrt zu den Inseln.«

»Den Inseln?«

»Hawaii. Und wenn ich nicht hierhergefahren wäre, dann hätten sie mich mitnehmen müssen.«

»Aber wolltest du denn nicht mitfahren?«

»Mit all diesen Erwachsenen? Nein. Ich wollte hierherkommen, und dich und Vater und Major besuchen.« Der Hund saß direkt an seinen Knien; Tucker spielte mit einer Hand mit seinen Ohren, während er mit der anderen aß. »Und Ludwig und das ›Anhängsel‹ und Charley Merrill...«

»Tucker, du solltest Jennifer wirklich nicht mit diesem lächerlichen Namen rufen. Sie ist schon zehn Jahre alt. Sie sind draußen auf Hillcrest und können es kaum abwarten, daß du zu ihnen kommst.«

»Aber wir hätten dich zuerst gern hier bei uns für ein paar Tage«, sagte sein Vater. »Wir möchten alles über deine Schule wissen, und was du machst, wenn du nicht in der Schule bist – und ob du zum Strand gehst und schwimmen lernst.«

»Ich konnte schon schwimmen.« Tucker war von dieser Unwissenheit seines Vater überrascht. »Habe ich das nie erzählt? Ich habe es im Kanal gelernt, mit den anderen Kindern bei Hillcrest. Der Strand gefällt mir nicht sehr. Das Meer ist zum Schwimmen zu rauh, und das Salzwasser ist ekelhaft, finde ich. Auch Los Angeles gefällt mir nicht sehr. Man kann überhaupt nichts allein oder mit anderen Jungen anfangen. Es dauert so lange, bis man irgendwo ist, und immer muß ein Erwachsener bei einem sein wegen der Schlangen und Taranteln und solchen Sachen, und es gibt gar keine richtigen Wälder – nur trockene braune Hügel mit Beifuß und Kakteen.«

»Nun, unter diesen Umständen...« – Johnny sah so erleichtert aus, daß seine Mutter wußte, daß er sich Sorgen gemacht hatte – »habe ich den Eindruck, daß du hier mehr Spaß haben wirst. Laß uns nur ungefähr wissen, wohin du gehst und wann du zurück bist. Ich habe dir ein Fahrrad gekauft, so daß du unabhängig in der Gegend herumkommen kannst. Es ist ja eigentlich gar nicht so weit nach Hillcrest. Drei oder vier Meilen.«

»Ein Fahrrad! O Vater, danke. Das ist einfach phantastisch. Glaubst du, daß ich lange brauchen werde, um fahren zu lernen?«

»Nein, alle Jungen haben jetzt Fahrräder. Laß es dir von einem von ihnen zeigen.«

Das Fahrradfahren zu lernen ging schnell; nach ein paar Tagen fuhr Tucker mit Major, der hinter ihm herkeuchte, und den anderen Jungs zu Andersons Fork zum Schwimmen im tiefen Flußwasser hinaus oder er fuhr allein oder mit anderen nach Hillcrest, wo er manchmal den ganzen Tag verbrachte, manchmal auch über Nacht blieb. Alles in allem war es ein guter Sommer – besonders für Tucker, für den der Höhepunkt eine spektakuläre Vierter-Juli-Feier auf Hillcrest war. Für seinen Vater und seine Großmutter waren diese Wochen vielleicht von der Erkenntnis überschattet, daß sie so schnell vergingen. Für sie flogen diese drei Monate mit unglaublicher Schnelligkeit vorbei: sie vermißten Tucker schrecklich, als er wieder weg war – als Major teilnahmslos und einsam alle Augenblicke, wie Anne erzählte, alle Zimmer absuchte und dann zu ihr kam, sich zu ihren Füßen hinsetzte und sie trübselig ansah. Die Tage zogen sich in dem stillen Haus hin, aber die Herbstmonate glitten dann doch durch die Routine, der sie und Johnny folgten, in schneller Folge vorbei.

Der Frauenklub traf sich wie immer. Lavinia Stevens brachte zu einem der Herbsttreffen einen Gast mit: die junge Mrs. Dr. Warren. Sie war eine attraktive Frau, bezauberte die Mitglieder und, was am wichtigsten war, Sally Rausch; und bevor der Herbst vorbei war, war sie eingeladen worden, Mitglied zu werden. »Zumindest«, wie Sally es ausdrückte, »kein klerikaler Zug.« Da sie sich durchgesetzt hatte, was dieses eine Mitglied betraf, setzte sie der Wahl der Frau des Methodistenpfarrers – einer Mrs. Harrington – für die andere freie Stelle keinen Widerstand entgegen.

Bevor man sich umsah, zeichnete sich schon Weihnachten am Horizont ab, und es wurde Zeit, ein Paket für Tucker zu packen und abzuschicken. Nach Weihnachten, als die *Fackel* eine Zusammenfassung aller bemerkenswerten Ereignisse des Jahres 1905 druckte, bevor das neue Jahr begann, fragte sich Anne, wozu sie das ganze Jahr so gewissenhaft die Zeitung gelesen habe. Sie konnte sich nur an wenige der Katastrophen des vergangenen Jahres erinnern – die unvermeidlichen Minenexplosionen, Brände, Tornados, Schiffsunglücke. Es war, als wäre ihr Bewußtsein durch all das, was ihr selbst und den Ihren geschehen war, abgestumpft gewesen. Selbst der Russisch-Japanische Krieg diente nur dazu, sich Tucker an Sommerabenden in Erinnerung zu rufen: wie er sich über die Schulter seines Vater beugte trotz ihrer Mißbilligung von solch schlechtem Benehmen und wie er versuchte, die Schlagzeilen zu enträtseln und nicht nur Erklärungen verlangte über das Geschehen, sondern auch Erläuterungen, was die Betonung der japanischen und russischen Namen anbelangte, und wie Johnny geduldig selbst mit ihnen rang. Und was die Friedensverhandlungen, die in Portsmouth abgehalten wurden, anging und den Friedensvertrag, der im September unterzeichnet wurde: Natürlich hatte sie davon gewußt, so viel wie wohl jeder Zeitungsleser davon wußte; aber wenn sie über all das später nachdachte, war das einzige, woran sie sich wirklich erinnerte und worüber sie herzlich gelacht hatte, Ludwigs Explosion am weihnachtlichen Eßtisch gewesen, an dem die Gordons wieder einmal gesessen hatten. Irgend jemand hatte es heraufbeschworen, indem er seiner Dankbarkeit für den Frieden auf Erden Ausdruck gab, und Ludwig ließ eine Tirade gegen den Präsidenten vom Stapel. Jeder wußte, daß Roosevelt in seinen Augen nichts Gutes würde tun können, und jeder bezweifelte, daß er wirklich glaubte, was er da sagte: daß es den Präsidenten oder uns, Amerika, überhaupt nichts anginge; warum sollten wir intervenieren, um die Japaner von etwas zu erretten, das letztlich, wenn man Rußlands Population und Rohstoffquellen in Betracht zöge, eine Niederlage gewesen sein mußte? Roosevelt hatte eine Weltmacht aus Japan gemacht. Vielleicht würde es ihm noch leid tun – Rußland würde für unseren Überseehandel nie eine Bedrohung darstellen, »aber diese kleinen gelben Teufel können das wohl noch werden«.

Sally machte ihm ernste Vorhaltungen: »Sei nur dankbar, daß die Menschen aufgehört haben, aufeinander zu schießen. Wir wollen hoffen, daß das Jahr 1906 ein friedliches Jahr wird. Ich glaube, ich werde alt: Alles, was ich mir von dem neuen Jahr erbitte, ist, daß es ein ereignisloses Jahr wird.«

DIE MITGLIEDER DES FRAUENKLUBS VON WAYNESBORO

Miß Charlotte Bonner
Miß Ellen Bonner
Miß Ruth Campbell
Mrs. Jessamine Edwards
Mrs. Caroline Edwards
Mrs. Elsa Evans
Mrs. Gwen Evans
Mrs. Anne Gordon
Mrs. Margaret Harrington
Mrs. Sophie Lichtenstein
Mrs. Laura Maxwell
Mrs. Elizabeth Merrill
Mrs. Deborah Patton
Mrs. Sarah Rausch
Miß Amanda Reid
Mrs. Lavinia Stevens
Mrs. Christina Voorhees
Mrs. Grace Warren

IN MEMORIAM

Miß Eliza Ballard
Mrs. Mary Ballard
Miß Susan Crenshaw
Mrs. Katherine Edwards
Miß Caroline Gardiner
Miß Lavinia Gardiner
Mrs. Mary McCune
Miß Agatha Pinney
Mrs. Thomasina Travers

1908

»Alte Mitglieder ziehen fort, der Tod fordert ein weiteres Gründungsmitglied, aber neue Mitglieder werden unserer Namensliste zugefügt...«

An einem Nachmittag spät im Mai des Jahres 1908 waren die Mitglieder des Frauenklubs von Waynesboro, die soeben aus dem Haus der Stevens' kamen, gerade dabei, nach Hause zu gehen. Da es das letzte Treffen des Jahres gewesen war, hatte es auch länger als gewöhnlich gedauert, es war bereits fast fünf Uhr, als die Damen das Treffen beendeten. Sophie Lichtenstein war die Vortragende des Tages gewesen, und Sophie entwickelte jedes Thema, das ihr zugewiesen wurde, mit wahrhaft teutonischer Gründlichkeit: Diesmal hatte sie sich ausführlich mit den »Werken Thomas Hardys« beschäftigt, und als die Präsidentin zu einer Diskussion über den Aufsatz aufrief, trug Amanda Reid eine wohlbegründete, aber nicht kurze Kritik vor, in der sie ihr Lob mit einer beißenden Infragestellung der Schlußfolgerung der Vortragenden mischte.

Zu Beginn der Sitzung waren den Mitgliedern schon neue Geschäftspunkte dargelegt worden: die Korrespondenzsekretärin las eine Mitteilung von Mrs. McKinney vor, die die Bitte enthielt, ihre Aufgabe der Mitgliedschaft möge akzeptiert werden. »Wie Sie sicher wissen«, las sie vor, »ist Mr. McKinney pensioniert worden, und wir haben vor, Waynesboro zu verlassen.« Diese Ankündigung überraschte niemanden, da über Mr. McKinneys Abdankung in der *Fackel* gebührend berichtet worden war. Aber daß die McKinneys, die so viele Jahre in Waynesboro gelebt hatten, jetzt vorhaben sollten, aus Waynesboro fortzuziehen, verblüffte die Damen. Sally machte dem vielstimmigen Gemurmel gekonnt ein Ende, indem sie sagte: »Ich weiß, das ist für alle ein unerwarteter

Schlag. Zumindest war es das für mich, als die Frau Sekretärin mir von der Mitteilung Mrs. McKinneys berichtete. Wir hatten natürlich alle angenommen, daß die McKinneys, die seit so langer Zeit ein Teil von Waynesboro sind und so viele Freunde hier haben, auch ihre Tage als Pensionäre unter uns verbringen würden. Aber Mrs. McKinney hat erklärt, daß ihr Gatte« – und Sally ertappte sich, wie sie mit Anne Blicke austauschte – »schon seit langem die Hoffnung gehegt habe, nach Hause zurückzukehren, in die Stadt zurückzukehren, in der er aufgewachsen ist. Sie haben vor, nach Pennsylvanien zu ziehen, sobald ein Nachfolger für Mr. McKinney gewählt worden ist. Ich fürchte, auch mit der Bedingung, daß ihr Abschiedsgesuch erst mit ihrer tatsächlichen Abfahrt in Kraft tritt. Frau Sekretärin, haben Sie uns noch andere Mitteilungen vorzulesen?«

»Ja, Frau Präsidentin, eine, die in ihrem Inhalt ganz ähnlich ist. ›Liebe Frau Sekretärin: Da ich noch vor dem nächsten Treffen des Frauenklubs von Waynesboro zu heiraten gedenke und dann nach Indien ziehen werde, muß ich Sie bitten, mein Abschiedsgesuch, das ich nur, bitte glauben Sie mir, mit dem größten Bedauern zum Ausdruck bringe, anzunehmen. Mit der größten Hochachtung. Jane Voorhees.‹«

Diese Mitteilung ließ kein Gemurmel aufkommen: Jedermann kannte Janeys Pläne (ihren Triumph, wenn man es so nennen wollte), da ihre Eltern ihre Verlobung mit einem Seminarteilnehmer, der sich gerade graduierte, bei einem Essen für dessen Klasse, die Seminarprofessoren und deren Frauen bekanntgegeben hatten. Das einzige, was zum Staunen Anlaß geben konnte, war, daß niemand wußte, woran der zukünftige Missionar wohl gedacht haben mochte: die Vorstellung, Janey solle die Pflichten der Frau eines Missionars auf sich nehmen, überstieg jede Phantasie. Wie Caroline Edwards mit Abscheu zu Lowrey gesagt hatte: »Sie ist so sehr *nichts,* wie es ein menschliches Wesen nur sein kann. Ich weiß das. Ich bin ihnen gegenüber aufgewachsen und mußte immer zu der ›armen Janey‹ nett sein.«

Dieser zweite Rücktritt wurde gleichfalls angenommen, nachdem Sally dem üblichen Bedauern des Klubs und ihren Wünschen für ihren Weg in ein neues Leben, zu dem sie gerufen worden war, Ausdruck gegeben hatte. Nach den Präliminarien und dem Verlesen der Tagesordnungspunkte wurde das Programm des Tages vorgestellt, und Sophie Lichtenstein stand auf, indem sie »Frau Präsidentin und meine Damen des Klubs« murmelte und sich dann mit einer unsicheren zittrigen Stimme auf ihre Arbeit über Thomas Hardy stürzte. Sophie wußte sehr gut, daß sie über einen hervorragenden Verstand verfügte, der wahrscheinlich besser ausgebildet war als der von irgend jemand im Raum; dennoch gab es immer diesen ersten unsicheren Augenblick.

Als das Treffen bereits beendet war, gab es immer noch das unumgängliche Maß an Höflichkeiten zu absolvieren. Die Mitglieder drückten Mrs. McKinney gegenüber ihr Bedauern und gleichzeitig ihre Hoffnung aus, daß sie und Mr. McKinney gesund und glücklich bleiben möchten, was die mit dem allen vertrauten herablassenden Lächeln und dem eingezogenen Kinn entgegennahm. Dann mußten die gleichen Worte, vielleicht nur mechanisch, auch Janey Voorhees gegenüber gesprochen werden. Lavinia, die als freundliche Gastgeberin fungierte, wußte, daß ihre Mutter zu dieser Zeit bereits vom Hüten der beiden kleinen Stevens-Töchter und des noch kleineren Sohnes erschöpft sein mußte; sie waren von Rodney nach dem Mittagessen bei den Gardiners abgegeben worden, sie war sich also sicher, daß er zu diesem Zeitpunkt von seinem Bürofenster aus beobachtete, ob sich die Damen auf den Heimweg machen würden. Sie nahm den Dank für ihre Gastfreundschaft anmutig entgegen, drängte jedoch nur ihre Schwester Caroline, noch einen Augenblick zu verweilen, und sagte: »Kannst du nicht auf einen kleinen richtigen Klatsch hierbleiben? Rod wird bald zu Hause sein, wenn er sieht, daß die Luft rein ist.«

»Du weißt sehr gut, daß ich nicht bleiben kann. Es ist schon spät und ich kann nicht mit dem Abendessen anfangen, bevor ich nicht Romie von den Kindern befreit habe. Tut mir leid. Aber ich werde zu Mutter gehen, deine Kinder abholen und sie nach Hause bringen. Das erspart Rodney eine Fahrt.«

Caroline drängte sich an den Damen, die den Weg am Haus der Stevens' zu zweit und dritt hinunterbummelten, vorbei und warf sich in ihren neuen elektrischen Kleinwagen, das neueste Geschenk von Lowrey an seine Frau. Von den anderen war niemand in solcher Eile; Gruppen formierten sich, weil die Damen sich mitteilen wollten, was sie beschäftigte. Charlotte Bonner folgte Mrs. Rausch und Mrs. Gordon auf den Fersen. Über Sallys Schulter warf sie ein: »Glaubt Mr. Rausch, es ist wahr, daß der Präsident Mr. Taft lanciert, damit er seinen Platz einnimmt? Wird Mr. Rausch im Juni auf den Parteitag gehen?« Sally drehte sich um und lächelte sie an. »Fischen Sie nach Goldklümpchen in Form von Neuigkeiten? Nein, er hat nicht vor hinzugehen: meint, es sei alles schon fix und fertig. Taft wird nominiert werden, was Ludwig gefällt. Er sagt, er sei ein verständiger Mann, und immerhin sind die Tafts eine Familie aus Cincinnati. Er wird froh sein, diesen ›wilden Mann‹ aus dem Weißen Haus herauszubekommen. Er ist zuversichtlich, was das Resultat auf nationaler Ebene angeht, und er wird seine politischen Aktivitäten auf die Landes- und Kreiskandidatenlisten beschränken. Ich persönlich habe den Präsidenten durchaus erfreulich gefunden: Er hat die Dinge in Bewegung gehalten und uns zumindest mit Spannung unterhalten. Aber wir haben gerade erst die letzte Wirtschaftskrise hinter uns gebracht – seit langem die schlimmste –, und Ludwig macht den Präsidenten dafür verantwortlich. Er unterminiere das Vertrauen des Landes in die finanziellen und industriellen Führer – wissen Sie, ›Missetäter von großem Reichtum‹, und er hat seine Einmischungen in die Angelegenheiten anderer Staaten überhaupt nicht gemocht. Besonders jetzt, wo Japan versucht Korea zu übernehmen, sagt er: ›Habe ich euch doch gesagt‹. Wenn Sie aber irgend etwas, das Ludwig denkt, *drucken* wollen, dann gehen Sie hin und interviewen Sie ihn. Wagen Sie es nur nicht, mich zu zitieren.«

Charlotte lachte. »Großes Ehrenwort. Ich habe mich nur wegen des Parteitages gefragt.« Sie sagte den beiden älteren Frauen am Tor auf Wiedersehen und ging mit eiligen Schritten allein weiter den Hügel hinauf.

Sally sagte: »Du erwartest natürlich Tucker wieder für den Sommer. Wann denn?«

»In ein paar Wochen. Ich frage mich, ob er so sehr gewachsen sein wird wie Ludwig Evans? Dann würde ich ihn wohl kaum wiedererkennen.«

»Ludwig ist groß für sein Alter. Ich hoffe, er ist noch nicht ganz aus seinen kindlichen Vergnügungen herausgewachsen, wenn man Angeln und Schwimmen kindlich nennen kann. Jedenfalls haben die Jungs und Jennifer zwei wundervolle Sommer gehabt.«

»Hast du irgendeinen Grund anzunehmen, daß dieser Sommer anders wird?«

»Ich hoffe nicht, aber diese Jungs sind jetzt dreizehn, und der kleine Ludwig verbringt nach den Worten seines Großvaters seine ganze Zeit nach der Schule in der Mühle. Es gibt nicht viel für ihn zu tun, jetzt wo sie keine Spulenjungen mehr brauchen, aber er macht Botengänge und folgt Captain Bodien überall hin und paßt auf, wie alles gemacht wird. Sein Großvater freut sich wie ein Schneekönig darüber. Es könnte aber anders werden, wenn die Schule vorbei ist und wir wieder auf dem Land sind. Die jungen Leute freuen sich darauf, Tucker wieder bei sich zu haben. In der übernächsten Woche werden wir nach Hillcrest gehen. Sag Tucker auf jeden Fall, daß er jederzeit willkommen ist.«

Hinter den beiden gingen Eliza Ballard und Amanda Reid; sie mochten einander ja viel zu sagen haben, wenn sie in der Pension dinierten, wie sie es sich nach Klubtreffen zur Gewohnheit gemacht hatten, im Augenblick aber schwiegen sie.

Nicht so allerdings Elsa, Sophie Lichtenstein und Elizabeth Merrill, die den Weg heruntergingen.

»Amanda ist wunderbar, nicht?« murmelte Elizabeth halblaut. »Niemand hätte eine vollständigere Kritik an deinem Aufsatz anbringen können, und das alles *ex tempore.«*

»Er ist wirklich gründlich durchleuchtet worden«, sagte Sophie wehmütig. »Ich habe höllische Angst vor ihr – hatte ich schon immer, seit sie mir auf der höheren Schule Latein beigebracht hat. Aber ja, sie ist wundervoll. Nach all diesen Jahren immer noch im Klassenzimmer zu sein. Könntest du dir das vorstellen, Elizabeth?«

»Wenn ich Tim nicht getroffen hätte – ich weiß nicht. Ich habe gerne unterrichtet.«

»Du unterrichtest aber nicht deine eigenen Kinder.«

Sie hatten das Tor erreicht und blieben einen Augenblick stehen: Elsa würde sich nach links wenden und die Linden Street hinuntergehen, die anderen würden die andere Richtung einschlagen. Elsa sah den beiden anderen älteren Frauen nach, wie sie sich langsam in Richtung auf die Stadt in Bewegung setzten, und sagte: »Miß Reid ist in Ordnung. Sie hat ihre Eigenarten, aber sie ist gesund. Ich wundere mich ein bißchen über Miß Ballard.«

»Eliza Ballard! Aber sicherlich...«

»Sieh sie dir an, Elizabeth.« Elizas Figur hatte von hinten eine gewisse Ähnlichkeit mit der einer schwangeren Frau; es war selbst unter dem losen schwarzen Seidenkleid offensichtlich.

»Ich weiß. Aber sie ist schon seit langer Zeit so. Zugegeben, es wird schlimmer. Wie kann sie so nur weitermachen?«

»Du meinst, sie ist noch nicht bei einem Arzt gewesen?« Elizabeth war bestürzt.

»Glaubst du denn, daß ein Arzt, der sein Geld wert wäre, nichts unternehmen würde? Es kann kein Krebs sein, oder sie wäre schon seit langem tot, aber immerhin...«

»Es könnte nicht sein«, fragte Sophie ein bißchen schüchtern – man konnte nicht abstreiten, daß Elizas Figur sich dem Grotesken näherte –, »es könnte nicht nur die Körperfülle des mittleren Alters sein?«

»Sophie, manchmal, also wirklich! Nein, könnte es natürlich

nicht. Elsa, dein Vater muß doch einigen Einfluß auf sie haben: könnte er nicht vorschlagen...?«

»Ich habe ihn schon gefragt. Er hat gesagt, er würde sich lieber in einer Kreissäge verheddern. Ihr privates Leben und was sie damit zu tun beliebt, geht ihn nichts an.«

»Also bleiben wir so stehen, sehen uns das an und tun nichts?«

»Würdest du ihr irgend etwas sagen?«

»Du weißt, daß ich das nicht würde. Sophie?

»Himmel! Nein. Nun komm schon, Elsa, wir halten die Voorhees' auf. Wir treffen uns im Herbst wieder?«

»Ihr solltet beide mal nach Hillcrest herauskommen. Mit euren Kindern natürlich. Ich ruf euch irgendwann an, wenn wir richtig eingerichtet sind.«

Rodneys Mutter war die letzte, die Lavinia auf Wiedersehen sagte; sie verweilte einen Augenblick an der Tür, um sich nach ihren Enkelkindern zu erkundigen. Das Tor hatte sich kaum hinter Jessamine geschlossen, als Lavinia durch das Fenster Rodney wie auf Zehenspitzen näher kommen sah. Wie Agag, dachte Lavinia, und hatte zu lachen begonnen, noch bevor er vorsichtig durch die Küche eintreten konnte. In verschwörerischem Ton sagte er: »Küste klar?«

»Als ob du sie nicht beim Weggehen beobachtet hättest. Was für ein Feigling du bist! Du hättest wirklich herkommen und mit deiner Mutter sprechen können.«

»Es hätte noch einen oder zwei Nachzügler in der Eingangshalle geben können. Mein Respekt für den Frauenklub ist so groß, daß mir beim Gedanken, dort einzubrechen, die Knie zittern. Soll ich die Kinder abholen?«

»Caroline hat gesagt, sie würde sie herbringen. Sie hatte ihren kleinen elektrischen Wagen heute dabei. Den Kindern wird das gefallen.«

»Erzähl mir von deinem Treffen. War es all diese Aufregungen wert?«

»Ich frage mich, ob alle Klubfrauenehemänner ein solches Getue machen wie du. Es war ganz in Ordnung. Sophie Lichtenstein hat ihr Thema wie gewöhnlich erschöpfend behandelt. Die Werke – und ich meine *Werke* – von Thomas Hardy. Und Miß Reid hat sie danach auseinandergenommen. Zwei Abschiedsgesuche: die McKinneys gehen nach Pennsylvanien zurück, wenn er pensioniert wird; Janey Voorhees heiratet und geht mit ihrem Missionar nach Indien.«

»Kein großer Verlust, keine von beiden, würde ich sagen. Sonst nichts?«

»Hast du in letzter Zeit mal Eliza Ballard gesehen?«

»Ich sehe sie nie. Warum?«

»Alle haben zuerst sie und dann einander angesehen. Sie wird breiter und breiter unterhalb der Gürtellinie. Sieht wie zumindest im achten Monat aus.«

»Sei nicht vulgär, mein Mädchen. Ihr habt euch also alle darüber geeinigt, daß es ein Tumor ist? Könnte auch einfach Fett sein. Du hast ihre Erscheinung schon seit geraumer Zeit mit Bemerkungen bedacht, aber es geht ihr offensichtlich gut. Arbeitet immer noch, nicht?«

»Ja. Aber es ist kein Fett. Ihre Arme und Knöchel sind zumindest knochig. Ich frage mich, ob sie bei einem Arzt gewesen ist.«

»Weiß ich nicht. Warum? Du machst dir doch gar nicht so viel aus Miß Ballard, um dich ihretwegen so zu beunruhigen.«

»Ich kann es einfach nicht ausstehen, wenn jemand nichts tut, wenn es möglich wäre, etwas zu tun. Wenn es zumindest zu Beginn möglich gewesen wäre. Könntest du nicht...«

»Vinnie, meine Liebe! Du weißt sehr gut, daß ich das nicht kann. Hat sie keine Freundin, die mit ihr sprechen könnte?«

»Entweder haben sie schon mit ihr gesprochen, und sie gibt nichts darauf, oder sie wagen es nicht. Ich frage mich, was aus dem Haus werden soll, wenn irgend etwas mit Eliza passieren sollte?«

»Du schlägst großartige Brücken, ich muß schon sagen. Die Hälfte des Hauses gehört ihr, und sie kann damit tun, was sie will, und die andere Hälfte gehört dem kleinen Musiklehrer.«

»Ja. Das seltsamste Testament. Papa hat es für den alten Richter aufgesetzt – konnte ihn nicht davon überzeugen, daß es zu Ärger führen würde. Er hatte Vertrauen in das Gemeinsame zwischen seinen Töchtern.«

»Hat Eliza ein Testament gemacht?«

»Wie soll ich das wissen? Sie würde sowieso nicht zu Papa gehen. Sie sind nie Freunde gewesen, weißt du. Nicht seitdem er sie gefeuert hat, nachdem ihr Vater gestorben war. Ertappte sie, wie sie in seinen Bürosachen herumschnüffelte oder irgendwas. Sollte ich aber wahrscheinlich nicht sagen. Ich habe nie wirklich gehört, worum es da eigentlich gegangen ist.«

In diesem Augenblick kamen die Kinder hereingestürmt: Theresa, sechs Jahre; Barbara, vier, und der zweijährige Gardiner Stevens, und alle flossen vor hervorsprudelnden Neuigkeiten über: Tante Carolines neues elektrisches Automobil und das Vergnügen der Fahrt nach Hause hatten alle geringfügigeren

Geschehnisse des Nachmittags aus ihrem Bewußtsein weggewischt. Spekulationen über Eliza Ballards Zustand und ihre testamentarischen Intentionen waren vergessen, die Eltern wurden von den Kindern, die über sie herkletterten und ihre Aufmerksamkeit verlangten, überwältigt. Als sie sie ein wenig beruhigt hatten, sagte Lavinia: »Tess, lauf bitte und sag Cindy, daß wir alle hier sind – sie kann das Abendessen servieren, wann immer sie fertig ist. Ich nehme an, du mußt noch mal ins Krankenhaus, Rod?«

»Ja. Einige postoperative Fälle. Nichts Ernstes, wie ich Gott sei Dank sagen kann.« Rodney spielte mit dem kleinen Gardiner, der ihm rittlings auf dem Knie saß, Hoppe-hoppe-Reiter. Er sieht nicht einmal besonders müde aus, dachte Lavinia: er sah kaum älter aus als der gutaussehende Junge, den sie vor sieben Jahren geheiratet hatte. Wahrscheinlich verliebten sich alle seine weiblichen Patienten in ihn; aber die selbstsichere Lavinia machte sich keine Sorgen.

Als Theresa zurückkehrte, fragte sie ihre Mutter, ob sie Großvater Bodien nachmittags gesehen habe.

»Nein. Er ist nicht nach Hause gekommen, bis Tante Caroline uns abholen kam.«

»Demnach hast du nichts mehr von seinem ›Großen Krieg‹ gehört?«

»Nein. Aber du hast ja gesagt, er kommt am Sonntag zum Essen her. Um uns von den schlimmen Kerlen zu erzählen, die ihn mit einem Beil geschlagen haben.«

»Indianer«, korrigierte sie Rodney. »Und mit einem Tomahawk, nicht einem Beil.«

»Er hat gesagt, es sei wie ein Beil gewesen mit Federn, die daran befestigt waren.«

»Und ihr sollt ihn nicht immer mit Beschlag belegen, wenn er hier ist.«

»Die Geschichte wiederholt sich«, sagte Rodney. »Letztes Jahr waren es Ludwig Evans und Tucker und ihre Freunde, und jetzt ist es Theresa. Aber mach dir keine Sorgen, daß sie ihm zu lästig wird. Du weißt sehr gut, daß er Zuhörerschaft über alles liebt.«

Captain Bodien war, nachdem er einige Jahre nach dem Tod seiner Frau in dem großen Haus im West-End allein gelebt hatte, schließlich überredet worden, bei den Gardiners einzuziehen. Barbara hatte sich seinetwegen Sorgen gemacht, nicht weil er nicht absolut fähig gewesen wäre, sich um sich selbst zu kümmern, sondern weil sie überzeugt war, daß allein zu leben für ihn schlecht sei: Sein Leben war reduziert auf seine Arbeit in der Mühle und seine Erinnerungen an die Vergangenheit; er war noch nicht so alt – noch nicht sechzig –, daß er sich von der Welt absondern sollte, besonders von der Welt seiner Familie. Und immerhin gab es oben ja die Wohnung, die zuerst den Tanten und dann den Mädchen gehört hatte. Sie hatte das Thema Doug gegenüber versuchsweise und mit einigem Zögern zur Sprache gebracht, aber er fand auch, daß sein Schwiegervater sich zu sehr absonderte, und natürlich mache es ihm nichts aus, das Haus sei ja auf jeden Fall für sie beide viel zu groß. Und was mehr zählte, er mochte seinen Schwiegervater. Es wäre nicht wie...

»Er wird vielleicht sehr kindisch werden, Doug. Du weißt, körperlich ist er so stark wie ein Ochse.«

»Wenn er sehr alt wird, wird er zweifellos sehr kindisch werden. Werden wir das nicht alle? Es macht nichts. Barby, nach dem, was du so lange Jahre ausgehalten hast, warum sollte ich da etwas gegen Kindlichkeit haben?«

Captain Bodien, der über das Wort ›abgesondert‹ gespottet hätte (immerhin gab es noch die Jungs, die gern seine Geschichten vom Bürgerkrieg hörten, und eine ununterbrochene Reihe von Arbeitern an seiner Tür, die dies oder das wollten), wurde damit überredet, daß er in der oberen Wohnung völlig unabhängig bleiben könne: Er könne mit ihnen essen oder nicht, ganz wie er wolle; er könne kommen und gehen, wann er wolle (ein wichtiger Punkt, da er immer noch zur Arbeit ging, wenn die Sechs-Uhr-dreißig-Sirene ertönte), und er könne welche Gäste auch immer einladen. Der mädchenhafte Flitterkram wurde aus der Wohnung entfernt; der Captain brachte seine liebsten Möbelstücke, Bücher und verschiedene Erinnerungsstücke wie sein Gewehr und seine Säbel herüber, gab Stewart und Barbaras verheirateten Mädchen den Rest, verkaufte, was sie nicht gebrauchen konnten oder nicht wollten, und zog bei den Gardiners ein, um sogleich in den engeren Familienkreis eingeschlossen zu werden, dem nicht nur seine Enkeltöchter angehörten, sondern auch fünf Urenkelkinder, die ständig kamen und gingen.

Falls Mary die Absicht gehabt haben sollte, nach ihrem Abschluß am College nach Hause zurückzuziehen, hätte sich ihr Großvater geweigert, die Wohnung anzunehmen. Mary hatte jedoch ihre Absichten ziemlich klar geäußert: sie hatte nicht vor, gleich zu heiraten, wenn sie ihr Diplom in die Hand gedrückt bekäme, sie hatte vor, sich eine Arbeit zu suchen – in New York allerdings, nicht in Waynesboro. Sie würde mit ihren Eltern nach ihrer Abschlußfeier nach Hause kommen und sie bis zum Herbst mit ihrer Anwesenheit beehren (nicht daß sie sich so ausdrückte, aber ihre Haltung war deutlich genug); dann würde sie nach New York gehen und sich irgendeiner sozialen Arbeit widmen, wahrscheinlich im sozialen Hilfswerk. Auch in ihren Briefen nach Hause war sie nicht mitteilsamer. Sie fürchtete, man würde sie auslachen, wenn sie sagen würde, sie wolle die Welt zu einem Platz machen, an dem man besser leben könne. Nichtsdestoweniger war das ihre Absicht. Genausowenig vertraute sie dem Papier ihre Erwartung an, Franz Lichtenstein zu heiraten, wenn er sich eine Frau leisten könne; er arbeitete bereits als Gewerkschaftsfunktionär, aber für ein geringfügiges Gehalt. Mary war kein Feigling, sie wußte, daß ihre Familie das nicht mögen würde, und es schien ihr fairer, ihnen dies persönlich zu erklären.

Ihre Mutter und ihr Vater reisten zu ihrer Abschlußfeier zur Ostküste. Franz war auch anwesend: eine beunruhigende Angelegenheit für Doug und Barbara. Nicht daß sie den Jungen als tieferstehend angesehen hätten; er hatte unzweifelhaft Verstand, wie alle Lichtensteins, und er war ein gutaussehender Gentleman mit guten Manieren. Aber seine Ansichten waren in Waynesboro weit bekannt, und die Möglichkeit, daß er ihre Welt auf den Kopf stellen würde, war größer, als das bei seinem Vater der Fall gewesen war. Die Gardiners hatten etwas gegen das, was sie als Franz' unannehmbare, wenn nicht verrückte Ideen bezeichneten.

Die drei Gardiners hatten sich kaum im Südbahnhof von Boston in ihrem Pullmanwagen niedergelassen, als Doug die Angelegenheit zu erörtern begann.

»Du hast uns nicht gesagt, daß wir das Vergnügen von Franz Lichtensteins Gesellschaft bei deiner Abschlußfeier haben würden.«

»Ich nehme an, es war kein sonderliches Vergnügen für euch, ihn dabeizuhaben, meine ich, es hat meine Aufmerksamkeit irgendwie gespalten. Aber ihr könnt kaum überrascht gewesen sein. Franz und ich haben seit Jahren alles gemeinsam gemacht. Ihr habt nie etwas dagegen gehabt.«

»Es gibt nichts, was an dem Jungen zu beanstanden wäre, soweit es seinen Charakter oder seine Persönlichkeit betrifft. Es ist sein Urteilsvermögen, das ich in Frage stelle. Er ist alt genug, aus den spinnerten Ideen seines Vaters herausgewachsen zu sein. Er ist durch und durch Sozialist.«

»Dann mußt du wohl auch mein Urteilsvermögen in Frage stellen. Weil ich auch durch und durch Sozialist bin.«

»Oh, Mary!«

»Aber du wirst dem entwachsen«, sagte ihr Vater zuversichtlich. »Man erwartet, daß junge Leute an Utopia glauben.«

»Ich werde keine Zeit haben, dem zu ›entwachsen‹. Ich hatte nicht vor, euch das zu erzählen, bevor wir zu Hause wären, aber jetzt scheint ein so passender Augenblick zu sein wie nur irgendeiner. Ich habe vor, Franz Lichtenstein zu heiraten und ihm bei seiner Arbeit zu helfen.«

»Heiraten! Aber...« Dann brach ihr Vater plötzlich ab. »Weiß Franz von deiner Absicht?«

»O Papa! Ich – ich habe das ungeschickt gesagt, Franz und ich wollen heiraten, sobald wir uns das leisten können.«

»Magst du ihn? Oder nur seine Vorstellungen?«

Marys unscheinbares Gesicht verklärte sich; ihre klaren blauen Augen, die denen ihres Großvaters so ähnlich waren, wurden dunkler in ihrer Farbe, ihre Pupillen weiteten sich. »Ob ich ihn mag? Ja. Seit ich ungefähr fünfzehn war, bevor ich auch nur von seinen Vorstellungen wußte. Es ist nur Glück, daß wir gleich denken, weil ich ihn auch trotz seiner Ideen heiraten würde, wenn es sein müßte.«

»Nun, nun! Ich werde immer wieder darüber verblüfft sein, in welche Leute sich manche Leute verlieben. Ich habe an dem Jungen nie etwas so Außergewöhnliches gesehen, das diese Verzückung auslösen könnte.«

»Doug, quäl sie nicht!« Barbara, die direkt am Abteilfenster mit Mary neben ihr saß, lehnte sich vor und legte eine Hand auf das Knie ihres Mannes. »Erinnere dich, was wir – ich habe nie verstanden, was dich veranlaßt hat, mich zu wählen. Ich war als Mädchen nichts als eine Gans.«

»Es war dein hübsches Gesicht, meine Liebe.« Doug zwinkerte mit den Augen. »Es hat eine Weile gedauert, bis ich deinen lauteren Charakter zu schätzen lernte.« Dann sprach er nüchterner weiter: »Mach dir keine Sorgen, Barby. Ich werde nicht den viktorianischen Papa spielen. Du und ich, wir haben genug für mehrere Folgegenerationen gelitten.«

»O Papa! Ich dachte, du wärest so wütend – und scharf.«

»Du willst sagen, ich hätte die Neigung, scharf zu sein, wenn ich aus der Fassung gebracht werde? Mit meiner Familie? Ich nehme an, es ist der Einfluß des Gerichts, der auf die familiäre Szenerie übergreift. Nein. Ich werde nicht weitergehen, als dich zu bitten: Sag nichts von deiner Verlobung, während du diesen Sommer zu Hause bist. Wenn du im September immer noch das gleiche empfindest, werden wir sie bekanntgeben.«

»Kann ich es nicht einmal Opa und den Mädchen sagen?«

»Deinem Großvater, wenn du es wagen willst. Er wird dein Vertrauen respektieren, wenn er es auch nicht gutheißt. Er hat nie deinen und Franz' Versuch vergessen, die Mühle gewerkschaftlich zu organisieren. Aber die Mädchen würden es ihren Männern erzählen, und bevor du dich umgesehen hast, hätte es genausogut in der *Fackel* stehen können. Hat es Franz schon seiner Familie gesagt?«

»Ich habe keine Ahnung.«

»Ich werde den alten Lichtenstein mal besuchen, sobald ich etwas Zeit habe, wenn wir wieder zu Hause sind. Versuch in der Zwischenzeit, einen normalen Sommer zu Hause zu verleben, Mary. Und du darfst mich nicht tadeln, wenn ich hoffe, daß du herausfindest, daß es nicht das Richtige war, was du gefühlt hast. Ist das zu schlecht von mir?«

Mary grinste. »Verglichen mit dem, was du hättest sagen oder tun können, ist es absolut hochherzig. Ich – ich vermute, ich habe nicht gewußt, wie sehr du und Mutter unter den Tanten gelitten habt.«

»›Gelitten‹ ist ein starkes Wort, wenn man daran denkt, wie glücklich deine Mutter und ich darüber gewesen sind, einander und auch euch Mädchen zu haben. Aber ich habe bestimmt nicht die Absicht, ihren Fehler zu wiederholen, und einen Antagonismus darzubieten, der vermieden werden kann.«

Der Zug war bereits durch die Vororte von Boston gefahren. Mit dem ersten Aufruf zum Abendessen stand Mary auf. »Laßt uns gleich essen.«

Der Schlafwagenschaffner stand am Ende des Pullmanwagens und wartete auf eine Gelegenheit, die Arbeit für den Abend zu beginnen. Doug sagte: »Wenn wir jetzt gehen, finden wir unsere Betten bereit, wenn wir zurückkommen, und dann können wir nichts mehr tun, als uns hineinlegen.«

»Ich wäre dazu bereit. Ich hatte keine Ahnung, daß die Abschlußfeier so anstrengend sein würde. All diese Zeremonien und am meisten all diese Auf-Wiedersehn. Ich habe nicht geahnt, wie sehr mir meine Freunde in vier Jahren ans Herz gewachsen sind.«

Als sie gegessen hatten, gingen Doug und Barbara noch in den Salonwagen und ließen Mary ins Bett kriechen. Barbara sagte: »Du bist sehr gut mit ihr gewesen. Ich weiß, wie sehr du die Idee hassen mußt, aber ich glaube nicht, daß sie auch nur ahnt, was du empfunden hast.«

»Ich... ja... ich hasse die Idee. Aber Richter zu sein, lehrt dich, deine Reaktionen zu verbergen, wenn es sein muß. Ich konnte sie nicht merken lassen, wie ich es finde, eine Tochter zu haben, die spinnerte sozialistische Ansichten aufnimmt. Wie idealistisch sie auch immer sein mögen. Wie die alte Mrs. Ballard. Sie war Zielscheibe des Spottes für die ganze Stadt.«

»Einige Leute haben über sie gelacht, ich weiß. Aber sie war dennoch überaus respektiert. Und es ist nur natürlich, daß eins von unseren vier Kindern ein Rebell werden würde und sich weigert, das Leben zu führen, das von ihm erwartet wird. Du hast immer gesagt, Mary käme nach Papa. Er war ein Rebell – gegen die katholische Kirche und alle ihre Tätigkeiten und gegen seine Eltern, als sie einen Priester aus ihm machen wollten. Er ist von zu Hause weggelaufen, wenn du dich daran erinnerst.«

»Ich erinnere mich sehr gut daran.« Er enthielt sich, zu bemerken, wie oft er die Geschichte gehört habe. »Und ich bin mir nicht sicher, ob Marys Idealismus, wie unbegründet er auch sein mag, nicht besser ist als Veronikas Materialismus. Oh, ich weiß, sie hat einen netten Jungen geheiratet und scheint glücklich zu sein. Aber warum? Weil der junge Hunter ihr geben konnte, was immer sie wollte, und das in einem gebildeteren Flecken als Waynesboro. Jedenfalls wird es in unserer Familie keine Entfremdung geben, wenn ich es verhindern kann. Paul Rausch ist ein Beispiel, was passieren kann. Ich habe Sally Rausch gekannt, seit ich ein kleiner Junge war – sie ist einer meiner alten Freunde –, aber sie hat sich, was Paul betrifft, wie ein Narr benommen. Und der Bruch scheint nun unüberbrückbar zu sein.«

»Sie tun nicht einmal so, nicht wahr. Sie sehen sich einfach nicht mehr.«

»Nie. Wenn Paul herkommt, um geschäftliche Dinge mit seinem Vater oder mit uns – Tim oder mir – zu erledigen, fährt er zum Essen und Schlafen zu Elsa hinaus, nicht nach Hause.«

Marys Vater hatte völlig recht gehabt, als er annahm, daß es unmöglich sein würde, wenn Franz seiner Familie von seiner Verlobung geschrieben habe, das vor den Ohren Waynesboros zu verheimlichen, wie vorsichtig er es auch immer formuliert haben mochte. Das erste Mal, als Mr. Lichtenstein mit Ludwig zusammentraf, nachdem er die Neuigkeiten von Franz gehört hatte, hielt er ihn auf den Stufen zum Gericht an.

»Haben Sie eine Minute für mich? Vielleicht brauche ich nur eine Beruhigung«, und sah sich um: Rechtsanwälte, Steuerzahler, Angestellte und andere Bürger kamen und gingen auf den Stufen des Gerichtsgebäudes. »Iss' nich' so privat hier. Könnten Sie ...?«

»Mein Automobil steht hier am Randstein. Wenn wir uns hineinsetzen, sind wir so privat, wie Sie es nur wünschen können. Ich habe ein paar Minuten Zeit.«

Der korpulente Mann kletterte mit einiger Schwierigkeit auf den Vordersitz von Ludwigs Wagen. Er war noch nie zuvor in einem Automobil gewesen, aber jetzt war er nur auf sein Problem konzentriert.

»Ich war unterwegs, um mit Richter Gardiner zu sprechen, aber vielleicht ist es besser, daß ich zuerst mit Ihnen rede.«

»Richter Gardiner ist sowieso im Gerichtssaal. Also heraus damit!«

»Sie wissen es vielleicht nicht, aber mein Sohn will seine Tochter heiraten.«

Ludwig begann zu pfeifen, würgte es aber ab. »Es gibt nur noch eine Gardiner, die nicht verheiratet ist. Sie meinen also die Kleine, Mary? Und Ihr Franz?«

»Sie iss' nich' mehr so klein. Sie hat ihr College fertig gemacht.«

»Ich habe gehört, daß die Gardiners zu ihrer Abschlußfeier waren. Sind gerade zurückgekommen, glaube ich. Ihr Franz will sie also heiraten. Was meint sie denn dazu?«

»Sie empfindet dasselbe. Schon verlobt. Diese Kinder.«

»Wenn es also gegenseitig ist, was ist dann das Problem?«

»Was werden ihre Eltern denken? Eine Tochter, die einen Lichtenstein – einen Sozialisten Lichtenstein heiratet?«

»Sie haben diese Jungs als Sozialisten aufgezogen. Das ist wohl kaum Franz' Fehler, nicht wahr?«

»Nie – nie würde ich wollen, daß er seine Prinzipien vergißt. Er ist ein Gewerkschaftsfunktionär, wissen Sie.«

»Das habe ich gehört.« Und laß ihn fern von Waynesboro bleiben, dachte Ludwig.

»Mary iss' auch ein Sozialist und will für die Sache arbeiten. Das iss' es aber nich', was mir Sorgen macht.«

Der alte Mann seufzte und rang die Hände zwischen seinen Knien unter seinem gewaltigen Bauch. »Warum hat er nicht eine von uns wählen können – eine Klein, eine Hoffmann. Wie Sophie und mein Rudi. Dann hat keiner zweite Gedanken. Wird Richter Gardiner sie enterben?«

»Wenn sie sich lieben und sich einig sind, wie sie ihr Leben verbringen wollen, warum sollte er? Sie haben jedoch recht, wenn Sie mit ihm reden wollen. Gehen Sie zu ihm, wenn er frei sein sollte.«

»Dann finden Sie, daß ich nicht ein Machtwort sprechen sollte?«

»Ein Machtwort zu sprechen, wenn zwei junge Leute verliebt sind, bringt Ihnen gar nichts ein. Außer«, fügte Ludwig hinzu, »Ärger, Familienstreitigkeiten. Nein. Gehen Sie zu Doug und hören Sie sich an, was er zu sagen hat – und wenn er die Vorstellung nicht mag, wird er sich eben damit abfinden müssen!«

Bevor Mr. Lichtenstein Richter Gardiner finden konnte, kam der bereits über die staubigen Stufen zu seinem öffentlichen Notariatsbüro. Die beiden Männer stimmten überein, daß, wie sehr sie auch wünschen mochten, daß die Situation anders sein möge, sie doch nichts anderes tun könnten, als das Beste daraus zu machen. Und wenn Doug seinen Widerwillen hinter dem Sarkasmus versteckte, mit dem er Marys politische, soziale und ökonomische Ansichten als jugendliche Verirrungen abtat, als eine kindische Krankheit mit einer zu Hoffnung berechtigenden Prognose, konnte der Vater von Franz das akzeptieren. Er konnte diesen Standpunkt verstehen, wie er umgekehrt nicht den verborgenen Widerwillen, den Doug bei dem Gedanken empfand, in irgendeiner Weise mit dem unfeinen alten Mann verbunden zu sein, hätte akzeptieren können.

Marys Großvater Bodien tobte in seiner Wut und schwor (ihrem Vater gegenüber, nicht Mary), daß er ihr nie vergeben würde. Doug besänftigte ihn, so gut er konnte, aber der Captain konnte sich nicht enthalten, am nächsten Morgen Ludwig gegenüber Dampf abzulassen. Und Ludwig erzählte, als er sah, daß die Verlobung allgemein bekannt wurde, am Abend Sally davon, als er in Hillcrest eintraf. Er hatte gewartet, bis sie in ihrem großen Schlafzimmer allein waren; da die Evans' da waren und Charles' Kinder die Ferien bei ihnen auf dem Lande verbrachten, konnte man nirgendwo anders im ganzen Haus, so groß es war, ungestört sein.

Sally hielt plötzlich beim Auskleiden inne, als er es ihr erzählte. »Ich erinnere mich, daß du das schon vor Jahren vorhergesehen hast, aber wird es wirklich passieren? Eine Gardiner und ein Lichtenstein? Du willst sagen, daß ihre Eltern es gestatten? Ein Junge, der eine Karriere darin macht, anderen Leuten mit der Sache des armen Arbeiters auf die Nerven zu fallen? Die Gardiners haben eine Neigung, sich herabzulassen: zuerst Doug, jetzt Mary. Natürlich konnte er kein Machtwort sprechen, nicht wahr?«

Ludwig, der fand, er habe in letzter Zeit bei weitem zu viel darüber gehört, wie man Machtworte spreche, sagte: »Douglas Gardiner ist ein Rechtsanwalt und seit vielen Jahren Richter; er verfügt über mehr als nur eine leidliche Kenntnis der menschlichen Natur. Ich bezweifle, ob er riskieren will, eine Tochter zu verlieren. Das ist es, wozu ›ein Machtwort sprechen‹ generell letztlich führt«, schloß er mit Bitterkeit.

Sally verstand den Tadel und war verletzt; sie wußte, daß ihr Ludwig nicht wirklich, nicht in seinem Herzen, ihr Verhalten Paul gegenüber vergeben hatte, obgleich er nie darüber sprach. Sie nahm jedoch in Kauf, daß er eventuell mehr sagen werde, und insistierte eigensinnig: »Sie wird in Waynesboro nie als Franz Lichtensteins Frau empfangen werden.«

»Sei doch nicht dumm, Sally. Sophie Lichtenstein wird ›empfangen‹, nicht wahr?«

»Nun, in gewissen Grenzen. Aber Rudi ist nur Demokrat, was schlimm genug ist. Franz ist Sozialist.«

»Jedenfalls haben sie nicht vor, in Waynesboro zu bleiben, ob sie jetzt ›empfangen‹ werden oder nicht – und ich kann mir nichts vorstellen, was sie weniger beunruhigen würde. Sie wollen in New York wohnen, wo Franz einen Job hat, und mit der sozialen Arbeit dort weitermachen.«

»Je weiter weg, desto besser.«

(Und wünscht sie vielleicht, dachte Ludwig, daß Paul und seine »fröhlichen Kinder« weit weg wären, so daß ihr der Gedanke, daß sie zwar nahe, aber nie hier sind, keinen stechenden Schmerz mehr verursachen würde?)

»Vielleicht kommt die Zeit«, fuhr sie fort, »in der du nicht mehr so leichthin von der ›sozialen Arbeit‹ sprechen wirst.«

»Das kann gut sein. Nicht daß ich denke, daß alle Gewerkschaften schlecht sind. Einige Arbeiter, dort, wo es einen ständigen Strom von Immigranten gibt, die bereit sind, jeden Job zu akzeptieren, sind sicherlich unterbezahlt, überarbeitet und alles.«

»Du hast es überhaupt nicht gemocht, als die beiden die Mühle gewerkschaftlich organisieren wollten.«

Ludwig lachte. »Natürlich nicht. Das ist, was in Bodiens Hals steckengeblieben ist. Hier war es natürlich Unsinn. Wir haben nicht so viele Arbeiter, daß sie nicht mit ihren Problemen zu mir oder Bodien kommen könnten. Sie brauchen keine Gewerkschaft. Aber das war ein ziemlich amateurhafter Versuch, den Mary und der junge Lichtenstein da zuwege gebracht haben. Ich werde nie vergessen, wie Big Liz um sich geschlagen hat.«

Auch Sally lachte. Aber sie ging mit Sorgen zu Bett. Sie wußte, sie konnte nicht länger den Schatten ertragen, der zwischen ihr und Ludwig lag. Wer war sie, sagen zu dürfen, die Gardiners würden unter Stand heiraten? Das hieß geradezu, daß ein Esel das andere Langohr schilt. Ein paar Nächte später, als sie zusammen im Bett lagen, sagte sie: »Ludwig, du hast recht gehabt wegen Paul, und ich habe schrecklich unrecht gehabt. Das Leben ist zu kurz, daß Familienzwistigkeiten immer weitergehen können. Ist es zu spät? Oder glaubst du, wenn ich Ellen schriebe und sie alle für den Vierten einladen würde, daß sie kämen?«

»Ich weiß nicht. Es ist schon so lange her. Aber Liebchen...« und er drehte sich um und nahm sie in seine Arme, »versuch es! Paul wird sich über diesen Schritt freuen, glaube ich.«

Er sagte nichts mehr darüber, nahm die Gelegenheit aber wahr, Elsa zu bitten, nicht zu überrascht zu sein, wenn ihre Mutter wirklich einen solchen Brief schreiben sollte – es als selbstverständliche Sache zu nehmen, daß ihre Mutter nach einer gewissen Zeit weich würde. Und Elsa dachte: »Ein Gutes, das die Gardiner-Lichtenstein-Verlobung mit sich gebracht hat«, obgleich sie nicht wußte, wie das ihre Mutter hatte umstimmen können. Sie war vom ersten Tag, an dem sie die Neuigkeiten gehört hatte, ein Untergrundkämpfer für Mary und Franz gewesen: sie mochte Rudi und akzeptierte seinen Halbbruder als ähnliches Kaliber. Die Verlobung wurde, nachdem sie jedermann bekannt war, in aller Kürze in der *Fackel* angezeigt mit der Bemerkung: »Für die Hochzeit ist noch kein Datum festgesetzt worden.« Die Stadt war zum größten Teil nicht überrascht: Das war genau, was man von diesem wilden Paar erwartet hatte; Mary hatte sie schon zuvor schockiert und würde es zweifellos wieder tun, aber zumindest blieben sie nicht in Waynesboro. Was sie in New York tun würden, darüber konnte ihre Geburtsstadt hinwegsehen.

Soweit es die jüngeren Leute betraf, begann der Sommer so ziemlich wie immer. Tucker Gordon kam im Juni, um den Sommer mit seinem Vater zu verbringen. Mit fünfzehn Jahren wurde er als vernünftig genug angesehen, in Chicago alleine seinen Anschlußzug zu finden. Sein Vater und seine Großmutter holten ihn vom Bahnhof in Waynesboro ab; er sprang von den Pullmanstufen und stürzte zu ihnen hinüber. Wenn er das nicht getan hätte, wäre er vielleicht von ihnen nicht erkannt worden: Er war in dem Alter, in dem die Jungen am schnellsten wachsen und sich am meisten verändern; seit dem vorigen Sommer hatte er etliche Zentimeter an Größe gewonnen und war ziemlich mager geworden mit ungelenken Ellbogen und Knien, und er trug eine Brille mit einer Stahlfassung. Als man die Umarmungen und Begrüßungsworte hinter sich gebracht hatte, sagte seine Großmutter: »Mein Gott, Tucker! Du bist so groß geworden, ich habe dich kaum erkannt. Und du hast uns nie geschrieben, daß du eine Brille tragen mußt.«

»Sie ist noch fast neu.« Er fingerte auf seiner noch immer kindlichen Nase herum. »Sie ist ziemlich lästig, aber ich sehe wirklich besser. Laßt uns doch meine Sachen holen und nach Hause fahren. Ist Major...?«

»Major geht es gut. Er wird nur ein bißchen fett. Du wirst mit ihm in diesem Sommer viel herumrennen müssen.«

Johnny ging mit dem Gepäckschein los und holte Tuckers Koffer und sammelte dann sein Handgepäck auf, das der Schaffner neben den Pullmanstufen abgestellt hatte: ein kleiner Koffer, ein Tennisschläger und eine Schatulle mit einer Angelrute und der Rolle in einer Tasche.

»Das sieht nach einer mächtig guten Rute aus, Tucker.« Bei weitem zu gut, wenn man nach dem Herstellernamen urteilen wollte, dachte Johnny, für einen fünfzehnjährigen Jungen, der sich nicht so sehr in acht nehmen würde. Wie konnte seine Mutter nur –?

Anstatt stolz darauf zu sein, sagte Tucker verächtlich: »Sie ist hier völlig unbrauchbar. Wer kann schon eine Fliegenrute in dem alten Kanal benutzen? Zum Waten ist er zu tief und zu eng, um von der Seite auszuwerfen. Ich mußte sie aber mitbringen: Es war ein Geschenk.« Und dann plötzlich voller Befürchtung: »Du hast doch meine Bambusstange nicht weggeworfen, oder doch?«

Seine Großmutter beruhigte ihn. »Wir haben nichts von deinen Sachen weggeworfen. Dein Fahrrad und dein Baseball und deine Angelrute sind im Schuppen, wo du sie immer verstaut hast.«

Tucker entspannte sich. »Gott, es ist schön, wieder da zu sein. Ich nehme an, Ludwig und ›Anhängsel‹ sind draußen auf Hillcrest.«

»Zusammen mit etwa einem Dutzend Cousinen. Nach dem, was ihre Mutter sagt, sind sie es satt, Kindermädchen zu spielen, und warten voller Ungeduld auf deine Ankunft.«

Beim Abendessen kam Johnny auf die teure Rute und Rolle zurück, die Tucker in seinem Zimmer in eine Ecke gestellt und prompt vergessen hatte, da zum einen der Foxterrier wie wild an ihm hochsprang, und dann seine Großmutter sich höflich nach dem Befinden seiner Mutter und Großmutter Deming erkundigte, dann nach der Schule, seinen sportlichen Aktivitäten, seinen Freunden, seinen Hobbys: Großmutter bestand darauf, alle diese Dinge wissen zu wollen.

Johnny sagte, als die Teller gefüllt waren und Louline sich in die Küche zurückgezogen hatte: »Wie kommt es denn, daß du deiner Mutter nicht gesagt hast, daß das nicht die richtige Rute ist, um hier damit zu fischen?«

»Mutter? Oh, sie hat sie nicht gekauft. Sie hätte das nur dumm gefunden. Ich hab' dir doch gesagt, daß es ein Geschenk war. Von Onkel Robert.« Als der Junge den Namen aussprach, versteifte sich sein Gesicht und wurde ausdruckslos.

»Und wer zum Teufel«, fragte sein erstaunter Vater, »ist Onkel Robert?«

»So soll ich ihn nennen. Ich schaff das wohl nicht sehr gut: Mutter sagt, ich dürfe seine Gefühle nicht verletzen.«

»Aber wer...?«

Sein Lächeln veränderte sich zu einem Gassenjungengrinsen. »Er ist Großmutter Demings Beau.«

»Tuck, was für ein vulgärer Ausdruck!«

»Deiner Großmutter...?«

»So nennt Mutter ihn. Ich... es hört sich nicht vulgär an, wenn sie es sagt. Weil sie nur Spaß macht, nehme ich an.«

»Aber wer ist er? Warum hat deine Großmutter...?«

»Oh, er ist alt«, sagte Tucker. »Ein alter, alter Mann. Älter noch als Großmutter, würde ich sagen. Er war auf dieser Kreuzfahrt nach Alaska, die sie im letzten Sommer gemacht haben. Sie fahren jeden Sommer irgendwohin. Ich vermute, sie sind froh, mich los zu sein. Jedenfalls hängt er seitdem herum. Dinner hier und Dinner da und Dinner in unserem Haus. Und Wochenendtrips auf seiner Jacht. Nur kurze Trips«, fügte er beruhigend hinzu, als er den verblüfften Gesichtsausdruck seines Vaters erkannte. »Er hat keine eigene Familie, sagt er. Deshalb hat er es gern, wenn ich ihn Onkel Robert nenne. Und die Angelrute bedeutet eigentlich nichts, er ist nämlich stinkreich.«

»Tucker!«

»Ist das auch vulgär? Tut mir leid, Oma. Das sagt Mutter immer, wenn sie Großmutter Deming neckt.«

»Nun...« Anne sah Johnny an, der seinen Kopf schüttelte. »Es ist schön, daß sie einen Freund haben, der es sich leisten kann, ihnen Vergnügungen zu ermöglichen. Ich dachte, deine Großmutter wäre vielleicht einsam in Kalifornien.«

»O nein. Sie haben viele Freunde. Sie gehören dem Bridge-Whist-Klub an und... und diese Art Sachen. Es ist nur, daß ich Onkel Robert nicht sehr mag. Er *versucht* es zu sehr. Du weißt, was ich meine?«

Sie wußen, was er meinte. Seine Großmutter sagte leichthin: »Du wirst den ganzen Sommer nicht an ihn zu denken haben. Bis zum Herbst ist er vielleicht von der Bildfläche verschwunden.«

Tucker war jung genug, zu fühlen, wie der Sommer sich als eine fast unendliche Zeit vor ihm ausdehnte; alles mögliche konnte geschehen. Er wandte seine Gedanken dem Morgen zu und dem nächsten Tag und dem wiederum nächsten. Als der Morgen kam, holte er sein Fahrrad aus dem Schuppen, säuberte und ölte es, warf seine Bambusstange über die Schulter und machte sich auf den Weg nach Hillcrest. Major trottete neben ihm her. Spät am Nachmittag kehrte er zurück, von Schweiß völlig durchnäßt, mit nassem und zerzaustem Haar und mehreren Rotaugen und Blaukiemen, die an seinem Lenker baumelten. Seine Großmutter freute sich mit ihm über das Anglerglück, warnte ihn aber, daß, wenn er die Fische essen wolle, er sie selbst würde ausnehmen müssen: Louline würde das nicht tun.

Louline schickte ihn schnellstens in die Nähe der Abfalltonne für die Säuberungsoperation, nachdem sie über die Größe der Fische die Nase gerümpft hatte.

»Ja, du fängst mal 'nen guten, großen Katzenfisch, das wär' zumindest was.«

»O Louline! Wir haben den Katzenfisch wieder reingeworfen.«

»Junge, bis' wohl verrück, wie! Wei' wohl nich', was gut schmeckt, was! Mir scheint, in Kalifo'nien gibt's keine Katzenfisch'?«

»Ich glaube nicht. Den nächsten, den ich fange, der überhaupt groß genug ist, bringe ich dir.«

»Mach das, und ich nehm' die lumpigen Pfannenfisch' für dich aus. Aber paß auf die Stachel auf – sin' giftig.«

Tucker sagte ganz bescheiden: »Mach ich«, obgleich er natürlich sein ganzes Leben gewußt hatte, so schien es ihm, daß man sich vor Katzenfischen zu hüten habe.

Eines Abends, als er zum Dinner hereinkam, verkündete er, daß die Rausch-Kinder aus New York mit ihrem Kindermädchen nach Hause gefahren seien. »Sie konnten es kaum abwarten. Könnt ihr euch das vorstellen? Sie kommen nur her, weil ihre

Mutter und ihr Vater sie schicken, um Onkel Ludwigs Gefühle nicht zu verletzen und Tante Sallys.«

»Ich hoffe, sie sagen das nicht ihren Großeltern, oder du womöglich.«

»O Oma! Niemand will jemandes Gefühle verletzen. Trotzdem ist es komisch. Sie reden ständig von ihrem Wochenendhaus bei Watch Hill direkt am Strand, wo sie jeden Tag ins Meer gehen können, wenn sie wollen. Sie schwimmen nicht gern im Kanal. Dumme Kinder. Meerwasser ist schrecklich zum Schwimmen – ganz klebrig vor Salz. Und man kann gar nicht richtig darin schwimmen, wenn man nicht ein Lebensretter ist oder so was. Es ist zu rauh. Das einzige, was man tun kann, ist herumpaddeln und so tun, als ob man schwimmt.«

»Und wie steht es mit den Kansas-City-Kindern?«

»Sie sind vernünftiger. Sie mögen Hillcrest. Nur glaubt Tante Sally, daß sie noch zu klein sind, um mit uns im Kanal schwimmen gehen zu können.«

»Welch ein Glück – dann braucht ihr euch keine Sorgen zu machen, daß ihr sie herausziehen müßt.« Sie erinnerte sich, daß Ludwig III, Jennifer und Tucker sich an der Kanalschleuse und dem Wasser dahinter herumgetrieben hatten, lange bevor sie so alt wie Charles' Kinder waren.

Was die jungen Leute betraf, war es ein friedlicher und ziemlich ereignisloser Sommer, wenn man das sagen konnte, da ja jeder einzelne Tag neue Wonnen bereithielt. Und am vierten Juli war Paul Rausch und seine Familie zum erstenmal da. Obwohl Sally und ihre jüngste Schwiegertochter nie glücklich miteinander sein würden, war die Kluft zumindest nach außen hin repariert worden. Elsa war verblüfft gewesen, als ihre Mutter ihr sagte, daß sie kommen würden, hatte aber ihren Mund gehalten und nur gesagt: »Papa wird sich freuen.« Aber es amüsierte sie, als Ellen ihr (denn sie war der einzige Rausch, den Pauls Frau wirklich kannte) anvertraute, daß sie glaube, es sei vielleicht das beste gewesen, daß Pauls Mutter sie so lange ferngehalten habe: als Braut, die von der Welt nichts kannte, wie es damals bei ihr der Fall gewesen war, hätte sie das »alles« wohl sehr eingeschüchtert, aber durch ihre Cousine Kathleen hatte sie gelernt, wie Leute mit Geld leben.

Nach dem Vierten fand auf der Farm der Gordons die Getreideernte statt und den Jungs wurde erlaubt, sich mehr oder weniger nützlich zu machen, Getreidegarben zu stapeln, Wasser zu tragen, sich beim Essen mit den Erntearbeitern vollzustopfen und am Abend so müde nach der Stadt zurückzukehren, daß ihre Fahrräder wackelten, und Ludwig oft genug bei Tucker über

Nacht blieb, weil er nicht mehr die paar Meilen nach Hillcrest schaffte, und die beiden taumelten dann ins Bett und ließen die Weizenkörner, die aus ihren Kleidern fielen, überall auf dem Boden liegen, den Louline sauberzuhalten versuchte.

Aber die Jungen wurden erwachsener. Der kleine Ludwig, der für den Sommer seine Faszination von der Seilmühle vergessen zu haben schien, rief Tucker eines Abends zur Abendessenszeit an: Sein Großvater, der gerade hereingekommen war, sagte, sie würden am nächsten Tag Ankertaue legen. Ludwig würde es gerne beobachten, und ob Tucker nicht auch gerne käme? Dann solle er ihn um sechs Uhr dreißig an der Mühle treffen. Tucker stimmte zu, kehrte aber mit der Frage ins Eßzimmer zurück: »Was ist denn so besonderes an einer Ankertrosse? Lud will, daß ich morgen mit ihm in die Mühle gehe, um zu beobachten, wie sie eine machen.«

»›Legen‹ sagt man, nicht ›machen‹. Liebe Güte, als ich in diesem Alter war, kannte ich die Mühle von vorne bis hinten, und das ganze Spektrum der verschiedenen Seilarten. Und du wohnst gleich am Meer und fährst in einer Jacht herum, aber du weißt nicht, was eine Ankertrosse ist?«

»Ich weiß, daß es etwas ist, mit dem sie ein Schiff an den Kai anbinden, aber ich habe nicht gewußt, daß es sich von anderen Seilarten unterscheidet, außer daß es dicker ist.«

»Eine Ankertrosse besteht aus drei rechtsgelegten Tauen, die linksherum zusammengelegt werden. Mach dir nichts draus: Sie werden es dir morgen erklären. Captain Bodien wird das nur zu gerne tun.«

Als Tucker am nächsten Tag zum Mittagessen hereinkam und gefragt wurde, wie sein Morgen gewesen sei, gab er zu, es sei »irgendwie interessant« gewesen. »Jedenfalls habe ich viel über Ankertrossen gelernt. Ich habe keine Ahnung gehabt, daß es so viele Arten Seil gibt. Ölquellenseil zum Montieren des Bohrturmes und zum Drillen, mindestens ein Dutzend verschiedene. Lassos, Bergsteigerseile und Seile für den Holztransport.« Dann hielt er inne, weil ihm ein überraschender Gedanke gekommen war. »Ich frage mich, ob Onkel Roberts Holzfirma Rausch-Seil kauft.«

»Ich dachte, du hättest gesagt, daß er ein alter Mann sei. Dann geht er doch sicherlich nicht mehr Holz fällen?«

»Er hat sich zurückgezogen. Aber ich nehme an, daß ihm die Firma immer noch gehört. Er dachte, ich würde vielleicht den Sommer gerne in einem Kamp in Oregon verbringen. Ich wollte aber nach Hause kommen.«

»Um die Seilfirma Trossen legen zu sehen?«

»Nein. Ich mag eigentlich Maschinen nicht so gern. Ich werde Arzt werden.«

»Oh! Wirklich? Da brauch ich gar nicht zu sagen, wie sehr ich mich freue. Aber hast du das auch schon deiner Mutter erzählt? Sie empfindet keine hohe Wertschätzung für diesen Beruf.«

»Nun, nein. Ich meinte, dafür wäre noch genug Zeit. Aber Onkel Ludwig hat gesagt, daß du, als du so alt warst wie ich, schon lange mit Großvater zusammengearbeitet hast und Bandagen aufgerollt hast und so weiter. Und mit ihm auf Visiten gefahren bist. Kann ich nicht jetzt bei dir anfangen?«

Johnny legte Messer und Gabel hin und sah seinen Sohn aufmerksam an. Tucker hielt seinem Blick ruhig stand.

»Du meinst das wirklich ernst, nicht? Nun, wir brauchen keine Bandagen mehr zu rollen – sie kommen bereits gerollt und steril. Aber du könntest nützlich sein, Instrumente sterilisieren, solche Sachen, und wenn sonst nichts zu tun ist, ein bißchen in medizinischen Fachbüchern lesen. Ich hätte nichts dagegen, dich auf Landvisiten mitzunehmen, zumindest bei einigen: Es gibt da alte Männer und auch Frauen mit gebrochenen Knochen oder jedenfalls ans Haus gefesselt, die sich über nichts mehr freuen als ein neues Gesicht. Ich könnte ihnen erklären, daß du noch lernst.«

Und so wurde der Sommer des Jahrs 1908 anders als die früheren Sommer. Natürlich wurde noch viel Zeit für Schwimmen und Angeln und Herumtoben im Wald verwandt, aber mehr bereits für das ernste Geschäft des Lebens, wie es die Jungs verstanden. Ludwig ging zur Mühle und Tucker in die Praxis seines Vaters oder auf das Land oder manchmal sogar ins Krankenhaus. Jennifer beklagte sich so bitter darüber, daß sie sie im Stich gelassen hätten, daß Tucker einlenkte und seinen Vater bat, auch sie auf die Landvisiten mitzunehmen. »Tante Elsa hat nichts dagegen, wenn es nichts Ansteckendes ist.«

»Dein ›Anhängsel‹ schlägt der Mutter nach, die auch immer bedauert hat, ein Mädchen zu sein und sich wie eins benehmen zu müssen. Mir macht es auch nichts aus, Tucker, wenn eine Visite in dieser Richtung liegen sollte. Ich hab' aber zu viel zu tun, um über Hillcrest zu fahren, wenn ein Patient in der anderen Richtung wohnt.«

Der Sommer verging in dieser Art der Vorbereitung, die die Jungen sehr ernst nahmen. Und obgleich es in Wirklichkeit recht ereignislos war und seine Pflichten bald zur Routine wurden, kamen sich Tucker und sein Vater näher, als sie es je gewesen waren, wenn sie Johnnys Fälle und Behandlungsmethoden diskutierten.

Für die ältere Generation war der Sommer eintönig genug, abgesehen von Janey Voorhees' Hochzeit: am Abend in der Kirche der Reformierten Presbyterianer mit einem anschließenden Empfang zu Hause, so daß eine Anzahl von Waynesboroer Ehemännern, die bis zuletzt murrte und sich dagegen sträubte, gezwungen war, sich an einem Abend, der so heiß war, daß schlaffe Kragen und zerknautschte Hemden unvermeidlich waren, ihren besten Anzug und ihr bestes Smokinghemd anzuziehen. Janey, wenn sie auch keine schöne Braut abgab, war zumindest eine offenkundig glückliche. Der einzige Mißton war Eliza Ballards Erkundigung, ob Janey vorhabe, auf dem Weg nach Indien ihren Bruder auf den Philippinen zu besuchen. Janey sah sie einen Augenblick vollkommen ausdruckslos an und sagte dann hastig: »Oh, wir haben nicht vor, über die Philippinen zu fahren« und überließ es damit allen, die das zufällig gehört hatten, sich zu fragen, ob die Voorhee' auch nur die geringste Ahnung hätten, wo sich Blair augenblicklich befinde.

Anne war mit Johnny als Begleitung zur Kirche gegangen; die Rauschs hatten darauf bestanden, sie zum Empfang und danach auch nach Hause zu fahren. Bei der Hochzeit wurden einige übliche Bemerkungen gemacht, und dann sagte Anne: »Arme Janey! Ich nehme nicht an, daß sie auch nur die geringste Ahnung hat, was sie erwartet. Wenn je ein Kind unvorbereitet war, dem Leben gegenüberzutreten ...«

»Ich muß schon sagen, Anne.« Sally, die mit ihr hinten saß, war gereizt. »Du hast wirklich Mitleid mit jedem. Und so überflüssig in Janeys Fall. Reverend Mr. Simpson wird Herr über alle sein, die er überblicken kann. Sie werden vorne und hinten bedient werden, Dutzende Diener haben und sich für die heiße Jahreszeit in die Berge zurückziehen.«

»Du hast zu viel Kipling gelesen. Du denkst an britische Armeeoffiziere. Ich glaube nicht, daß Missionare so leben.«

»Ich aber. Du glaubst doch nicht, daß Janeys Kinder, falls sie welche bekommen sollte, in Lahore während der tropischen Sommer verschmachten dürfen? Ich habe darüber nachgedacht und bin zu dem Schluß gekommen, daß der gefährlichste Beruf eines Mannes – gefährlich für seine unsterbliche Seele – der des Missionars ist. Der des Geistlichen ist der nächste und danach der des Schullehrers. Lehrer und Geistliche haben mit Unterlegenen zu tun. Sie glauben nach und nach, daß sie es immer am besten wissen, und wollen schließlich jedem alles vorschreiben. Aber Missionare sind am schlimmsten, nicht nur weil sie es in bezug auf Frömmigkeit und Wissen, sondern auch in bezug auf ihre Hautfarbe mit Untergeordneten zu tun haben. Missionare eignen sich eine gottähnliche Ich-kann-nichts-Falsches-tun-Haltung an, die sie zu den tiefsten Orten der Hölle verdammen müßte. ›Durch diese Sünde fielen die Engel.‹ Du kannst lachen, Johnny Gordon, aber ist es nicht wahr?«

Johnny, der vor ihnen saß, so daß sie sehen konnten, wie sich seine Schultern vor Lachen schüttelten, sagte: »Da hast du den Nagel auf den Kopf getroffen, Tante Sally. Und was für ein angenehmer Gedanke: ein Himmel ohne Geistliche – alle im Höllenschlund mit Luzifer.«

»Johnny!« tadelte ihn seine Mutter. »Du darfst nicht Gott lästern.«

»Und sei auch nicht zu keck«, sagte Sally. »Ärzte sind nur in einer um weniges geringfügigeren Gefahr. Auch sie spielen Gott; tun sie dies, lassen sie das oder erleiden sie die Konsequenzen.«

»Aber wir haben nicht das Gefühl, daß unsere Patienten uns untergeordnet sind. Und wir bedrohen die Ungehorsamen nicht mit ewiger Verdammnis.«

»Unser neuer Pfarrer ist überhaupt nicht so«, protestierte Anne, »er ist ein intelligenter, angenehmer Gentleman, der sich niemandem übergeordnet fühlt, da bin ich sicher.«

»Warte, bis er nach Waynesboro umgezogen ist und sich eingelebt hat. Wie ist denn seine Frau?«

»Ich habe nicht die geringste Ahnung.« Anne wußte, daß Sally an den Klub dachte. »Sie war nicht bei ihm, als er hier als Kandidat predigte. War zu beschäftigt, um mit ihm zu kommen, nehme ich an, mit zwei eigenen Kindern und einer Stieftochter.«

»Irgendwas ist seltsam an dieser Ehe.« Ludwig, der sich auf das Fahren konzentrierte, sprach zum erstenmal. »Etwas, gegen das seine letzte Gemeinde etwas einzuwenden hatte. Vielleicht ist eure Kirche liberaler.«

»Jedenfalls liberaler als die Reformierten Presbyterianer. Was hast du denn gehört Ludwig? Und wie in aller Welt...?«

»Rat mal, Eliza! Sie und dieser weibliche Nachrichtengeier im Postamt haben ihre Köpfe zusammengesteckt. Miß Christy kennt jemanden in der Stadt, aus der er kommt, und hat die Geschichte erfahren. Sie hat hingeschrieben und gefragt, warum er denn, wenn er ein so guter Prediger sei, wie jedermann anscheinend meine, überhaupt wegziehe. Und nach ihrer Freundin – wohlgemerkt, Anne, an dem Ganzen braucht kein einziges Wort wahr zu sein – ist es durchgesickert, daß er anfänglich ein Geistlicher der Reformierten Presbyterianer gewesen ist, nachdem seine erste Frau aber gestorben war, seine Cousine geheiratet hat. Das ist anscheinend für die R.P.s eine schlimme Sünde, und er wurde exkommuniziert. Deshalb ist er in diese Stadt in Pennsylvanien gezogen, nachdem er als Presbyterianergeistlicher die Weihe empfangen hatte. Aber als das die Gemeinde herausgefunden hat, wandte sie sich auch gegen ihn. Seine älteste Tochter – auf ihr war natürlich nicht der geringste Schandfleck – ging zur Sonntagsschule und Kirche der Reformierten Presbyterianer, wo sie die Familiensituation erklärte.«

»O Ludwig! Schwierigkeiten, bevor er auch nur hier eingetroffen ist. Verbreitet Eliza diese Geschichte?«

»Du kennst doch Eliza. Eure Kirche exkommuniziert doch sicherlich nicht einen guten Presbyterianer, nur weil er seine Cousine geheiratet hat?«

»Nicht, daß ich je davon gehört hätte. Aber welche Chance haben sie, hier glücklich zu sein? Ich frage mich, ob der Gemeinderat das alles gewußt hat, als sie ihn eingeladen haben? Sheldon ist jetzt ein Kirchenältester, ich werde ihn fragen. Wie alt ist die Stieftochter? Es könnte sein – o du meine Güte! Ich würde Eliza gerne meine Meinung sagen. Es ist aber besser, daß die ganze Geschichte herauskommt und *nichts* daraus gemacht wird. Weil es nicht wert ist, daß man deshalb Schwierigkeiten macht. Es ist nur, weil Eliza es so liebt, Dinge aufzuwirbeln.«

»Stell dir vor, was für ein eintöniges Leben sie sonst führen würde.« Sally neckte sie: »Kannst du in deinem Herzen kein Mitleid für sie empfinden?«

»Nein, kann ich nicht. Noch nicht jedenfalls«, fügte sie hinzu, als sie sich erinnerte, wie mager und krank Eliza bei der Hochzeit trotz ihrer Größe ausgesehen hatte.

An diesem Punkt endete die Konversation: Ludwig hatte den Wagen am Tor der Gordons angehalten; Johnny stieg aus und ging herum, um die Tür für seine Mutter zu öffnen; man sagte Dank und gute Nacht, und Ludwig fuhr davon.

Am nächsten Tag ging Anne zu Sheldon & Edwards, um zu sehen, ob sie einen Augenblick unter vier Augen mit dem Besitzer sprechen könnte. Die Straße war schwindelerregend heiß und hell, das Innere des Geschäfts im Kontrast dazu so dunkel, daß sie hinter der Tür einen Augenblick stehenblieb. Die großen Ventilatoren surrten an der Decke und bewegten den Schleierstoff und den Batist, die auf der Ladentheke ausgebreitet lagen. Hinten im Laden waren ein oder zwei Kunden; sie konnte die Stimmen hören. Bevor sie einen Verkäufer ausmachen konnte, der ihr hätte sagen können, wo Sheldon sei, kam der junge Lowrey mit ausgestreckter Hand auf sie zugeeilt, um sie zu stützen.

»Mrs. Gordon! Sind Sie in Ordnung?«

Sie lächelte ihn an. Zweifellos gehörte sie für ihn in die Kategorie der hilflosen, ältlichen Witwen. »Guten Morgen, Lowrey.« Wie sehr der Junge – Junge ? – in diesem Alter wie sein Vater aussah! »Ich bin völlig in Ordnung, danke. Ich konnte nur, als ich aus dieser Sonne ins Dunkle kam, einen Augenblick lang nichts sehen. Jetzt haben sich meine Augen daran gewöhnt, und ich kann Ihre verlockende Auslage von Stoffen bewundern. Aber ich muß mich entschuldigen – ich bin heute morgen gar nicht als Kunde gekommen, sondern um ein Wort mit Ihrem Vater zu wechseln. Ist er da?«

Wenn Lowrey neugierig war, dann ließ er sich nichts anmerken. Er sagte: »Er ist in seinem privaten Studierzimmer, oben im Zwischenstock. Ich zeige es Ihnen. Hier entlang, bitte.«

»Wenn er beschäftigt sein sollte...«

»Sie können sicher sein, daß er nicht zu beschäftigt ist, um mit Ihnen zu reden.«

Sie folgte ihm den Mittelgang hinunter auf die breite, gewundene Treppe zu, die hinauf und zu einer abgetrennten Ecke im hinteren Teil, was Lowrey den »Zwischenstock« genannt hatte, obgleich es für Anne immer die »Galerie« gewesen war, wo Umhänge und Anzüge und Korsetts und andere Kleidungsstücke hinter verschlossenen Kabinentüren angepaßt wurden. Das Büro, das einmal im Parterre gewesen war, war jetzt hier oben in geräumigeren Zimmern untergebracht. Lowrey öffnete die Tür, steckte seinen Kopf hinein und sagte: »Mrs. Gordon ist da und möchte mit dir sprechen, Pop«, und mit einem Lächeln verließ er sie.

»Anne! Was bringt Sie denn an einem so heißen Morgen hierher? Ist etwas passiert?«

»Ich hoffe nicht. Ich dachte nur... sind wir hier unter uns? Ich hätte zu Ihrem Haus kommen sollen, aber ich wußte, daß sich Jessamine fragen würde, weshalb; und falls das, was ich gehört habe, kein Wort der Wahrheit enthält, braucht es nicht verbreitet zu werden.«

»Setzen Sie sich, Anne, und spucken Sie es aus. Sie jagen mir ja einen fürchterlichen Schrecken ein.«

Er lachte sie natürlich aus. Und wie leicht es war, den Jargon der jungen Leute aufzunehmen! »Spucken Sie es aus«, also wirklich!

Sie setzte sich auf den Stuhl, den er ihr angeboten hatte, glättete ihren Rock über den Knien und strich dann die Falten aus ihren Handschuhen.

»Der Grund, weshalb ich gekommen bin, geht mich wirklich nichts an. Ich mische mich wieder ein. Und vielleicht ist es gar nicht wichtig. Johnny findet es nur komisch und nichts, weswegen man Wirbel machen sollte. Wenn ich also eine Grenze überschreiten sollte, dann antworten Sie nicht, und ich werde mich nicht abgewiesen fühlen.« Und dann begann sie doch hastig. »Als der Gemeinderat Mr. Patton interviewte, hat er ihnen seine Lebensgeschichte erzählt?«

Sheldon, der aufgehört hatte zu lächeln, saß eine Sekunde lang absolut bewegungslos. Dann: »Ich glaube schon. Was haben Sie gehört?«

Sie erzählte es ihm und schloß: »Es steht doch nichts in unseren Kirchengesetzen, daß man Cousinen nicht heiraten darf, oder doch?«

Seine Lippen zuckten in ein halbes Lächeln. »Nein. Und auch nicht im Pentateuch, soviel ich weiß. Er hat es uns erzählt, ja. Wir haben ihm versprochen...«

»Es geheimzuhalten? Sheldon, das hätten Sie doch wissen können...«

»Wahrscheinlich. Wer hat es denn aufgespürt?«

»Eliza Ballard, natürlich.«

»Das ist gar nicht ihre Sache. Sie ist Methodistin.«

»Alles ist ihre Sache. Das wissen Sie doch sicher. Was glauben Sie, wieviel Schaden ist angerichtet worden?«

»Ich weiß nicht«, sagte er langsam. »Ich nehme an, er wird von den Reformierten Presbyterianern geächtet werden, und das ist die größte Gemeinde in der Stadt.«

»Und die frömmlerischste.«

»Nicht so frömmlerisch, hoffe ich, wie die Presbyterianergemeinde in Pennsylvanien, die Mr. Patton exkommuniziert hat. Er hat uns erzählt, wie er kurz vor seinen Schwierigkeiten ein älteres Paar verheiratete, Witwe und Witwer, die als junge Leute verlobt gewesen waren, von ihren Eltern aber getrennt wurden, weil die einen der einen Richtung in der Gemeinde und die andere der anderen angehörten.«

»Wie unglaublich! Aber es gibt keine schlimmeren Streitigkeiten als die, die eine Gemeinde spalten. Ich nehme an, die einen haßten die anderen mehr, als sie die Römisch-Katholischen haßten. Aber es ist schade, daß Mr. Patton keine Kirche in einer Stadt hat finden können, in der es keine Reformierten Presbyterianer gibt.«

»Das stimmt wohl. Auf der anderen Seite, Sie haben ihn predigen gehört... Sie haben ihn getroffen. Finden Sie, daß wir ihm zu diesem späten Zeitpunkt sagen sollten, daß wir unsere Meinung geändert haben? Wie schwierig wird es werden?«

»Ich weiß nicht. Aber geben Sie nicht den Neinsagern nach, bevor sie nein gesagt haben. Ich hatte nur gehofft, daß Ihnen etwas einfallen würde, das man tun könnte, um Schwierigkeiten von ihm und seiner Familie abzuwenden.«

»Es wäre vielleicht besser gewesen, wenn wir all das der Gemeinde bei dem Treffen erzählt hätten, an dem sie abgestimmt haben, ihn einzuladen. Dann hätte jedermann, der die Situation nicht akzeptieren kann, mit Nein stimmen können. Aber immerhin, sie sind nur Vetter und Cousine zweiten Grades. Es ist lächerlich.«

»Zweiten Grades? Sie meinen, es waren ihre Großeltern, die Bruder und Schwester waren, oder wie?«

»Ja. Ich wünschte, er hätte Mrs. Patton mit nach Waynesboro bringen können. Sie ist entzückend. Aber ich bin voreingenommen: Etwas an ihr erinnerte mich an Kitty. Aber die Stieftochter könnte schwierig sein.«

»Ich hoffe, niemand wird an die McCunes erinnert werden.«

»Weshalb die McCunes?«

»Sie werden sich nicht daran erinnern, nehme ich an. Eine zweite Ehe, das war absolut in Ordnung, aber eine Tochter, die weglief...«

»Ich habe immer gedacht, McCune war ein Frömmler der schlimmsten Art, und Ariana, sie hat jeder gemocht, nicht wahr? Ich meine Johnny und die anderen in ihrem Alter? Dieses Mädchen ist anders... so anders wie Mr. Patton und Mr. McCune voneinander verschieden sind. Ich habe sie natürlich nur einmal gesehen, aber sie ist unscheinbar, unattraktiv, mürrisch und im schwierigsten Alter – dreizehn oder vierzehn. Natürlich muß auch Ariana schwierig gewesen sein, aber nicht mürrisch. Bei ihren Freunden trug sie ihr Herz auf der Zunge, wie man so sagt. Das habe ich zumindest immer geglaubt.«

»Ja. Lachte schnell und weinte schnell. Mit echtem Herzen.«

»Bei diesem Mädchen gibt es kein Anzeichen dafür, daß sie ein Herz hat. Und wenn sie wirklich an der Reformierten Presbyterianerkirche festgehalten hat – war das der Teil der Geschichte, der von Eliza stammte? –, wenn das stimmt, dann werden die R.P.s hier warten und sie beobachten.« Sheldon fügte mit plötzlicher Entschlossenheit hinzu: »Ich glaube, ich werde mal mit Mr. Campbell reden. Er ist ein anständiger Kerl – engstirnig, natürlich, aber...«

»Ich bin sicher, Sie werden tun, was am besten ist. Ich habe wieder einen langjährigen Schwur gebrochen, mich nicht in das Leben eines anderen einzumischen. Ich bin nur gekommen, weil ich dachte, Sie sollten wissen, daß Schwierigkeiten bevorstehen.«

»Es ist sicher gut, daß wir vorbereitet sind. Ich bin Ihnen wirklich sehr dankbar, Anne.«

Nachdem sie die Bürotür hinter sich geschlossen hatte, kehrte Sheldon zu seinem Schreibtischstuhl zurück und seufzte und lamentierte darüber, daß er es je gestattet hatte, daß man ihn zum Kirchenältesten wählte. Und Anne ging die Treppe hinunter und dachte, Sheldon sei viel zu unbeschwert, um sich auf das Schlimmste vorzubereiten. Jedenfalls hatte sie das einzige getan, das sie hatte tun können.

Und was Eliza Ballard anging, sie hatte ihren letzten Stein in den Waynesboroer Teich geworfen, um zu sehen, wie große Kreise die Wellen ziehen würden. Eines Morgens, ein paar Wochen nach Janey Voorhees' Hochzeit, kam sie zu spät zur Arbeit, und als sie dann endlich im Büro war, ließ sie sich in den Stuhl hinter dem Schreibtisch fallen und blieb da. Ludwig, der auf sie wartete, um mit ihr die Post durchzugehen, hörte, wie jemand in dem anderen Büro sagte: »Was ist denn los, Miß Ballard?«

Er stand sofort auf und ging zur Tür. Eliza saß kerzengerade und umklammerte den Rand ihres Schreibtisches so fest, daß die Sehnen ihrer Hände wie starke Stricke hervorstanden.

»Was ist los, Eliza? Fühlen Sie sich nicht wohl?«

»Nur ein Anflug von Verdauungsbeschwerden. Aber mehr... vielleicht... akuter diesmal...«

Sie gab ihren Versuch, ihre Qualen zu verbergen, auf, krümmte sich über den Schreibtisch und preßte ihre Hände eine über der anderen fest auf das Ende ihres Brustbeines.

»Sie hätten nicht kommen sollen. Da Sie aber nicht zu Hause geblieben sind und wie eine vernünftige Frau den Arzt gerufen haben, werde ich Sie zu ihm bringen. Jemand soll mir Ihren Hut geben und mir helfen, Sie in den Wagen zu bringen.«

»Ich gehe nicht zum Arzt. Es wird – vorübergehen – bestimmt.«

»Sie gehen jetzt zum Arzt. Besonders da es scheint, daß das nicht das erste Mal ist. Johnny Gordon, nehme ich an?«

Der verängstigte, kleine Buchhalter half Ludwig, sie in sein Auto zu schaffen. Mit einigen Schwierigkeiten bekamen sie sie auf den Rücksitz. Als Ludwig den Wagen anspringen ließ, sagte er: »Rufen Sie Dr. Gordons Praxis an. Wenn er nicht da ist, bringe ich sie direkt zum Krankenhaus. Wenn er da ist, sagen Sie ihm, daß wir auf dem Weg zu ihm sind.«

Durch weiße Lippen beharrte Eliza: »Nicht ins Krankenhaus. Ich weigere mich entschieden.«

Glücklicherweise hatte man Johnny per Telefon erreichen

können: er war in seiner Praxis. Ludwig kletterte hinter das Steuerrad.

»Erstes Mal«, murmelte Eliza, »daß ich in einem von diesen Dingern fahre.«

»Und wessen Fehler ist das? Ich habe Ihnen wie oft angeboten, Sie nach Hause zu fahren.« Wenn Eliza sogar versuchen konnte, eine Unterhaltung zu beginnen, mußten die Schmerzen ein wenig nachgelassen haben; er war sich dessen sicher, als er an der Gordon-Praxis anhielt und ihr über das Trittbrett zum Randstein half. Trotzdem war er dankbar, sie Johnny übergeben zu können.

Johnny nahm sie in das hintere Behandlungszimmer mit und sagte Tucker, der im mittleren Zimmer las, er solle sich verdrükken, als sie an ihm vorbeikamen; er wußte nur zu gut, wie sich Eliza fühlen würde, wenn der Junge in der Nähe wäre. Sobald die Tür hinter ihnen geschlossen war, bat er sie, ihre Kleider aufzumachen und sich auf die Couch zu legen. Dankbar, daß sie ihren Gürtel abnehmen, ihren Rockbund aufknöpfen und ihr Korsett aufhaken konnte, sagte sie: »Wirbel um nichts. Verdauungsstörung. Schon besser.«

»Legen Sie sich hin. Flach auf den Rücken.«

Als sie so dalag, stand ihr Bauch gewaltig hervor. Johnny sagte: »Können Sie sich das ansehen und nicht wissen wollen, was mit Ihnen los ist? Sie haben wirklich vielleicht Verdauungsstörungen – Ihr Magen und Ihre Därme haben keinen Platz, um richtig zu funktionieren.«

»Eine Geschwulst, nehme ich an. Aber das ist nichts, weswegen man sich aufregen sollte. Wenn es bösartig wäre...«

»Wären Sie schon seit langer Zeit tot. Ich weiß. Aber dennoch kann schwerwiegender Schaden entstanden sein.«

Er nahm sein Stethoskop und horchte Zentimenter für Zentimeter ihre Brust ab. »Miß Ballard, das waren keine Verdauungsstörungen. Das war ein Herzanfall.«

»Herz?«

»Ohne jeden Zweifel. Sie müssen diesen Tumor herausbekommen. Sofort.«

»Eine *Operation?* Ich weigere mich entschieden.«

»Ich kann Sie natürlich nicht dazu zwingen. Und ich kann Ihnen nicht versprechen, daß es nicht zu spät ist. Ihre inneren Organe sind zusammengequetscht worden wie ein Schwamm, und das Herz hat Schaden davongetragen. Aber ich kann Ihnen versprechen, daß, wenn Sie es sich nicht herausnehmen lassen...«

»Tage gezählt? Dann, warum mich nicht in Frieden sterben lassen?«

»Sie können, was Sie heute morgen erlitten haben, ›in Frieden‹ nennen? Das würde häufiger und häufiger passieren. Davon abgesehen, haben Sie doch genügend Mumm. Ich erwarte von Ihnen, daß Sie sogar eine Hundert-zu-eins-Chance annehmen würden.« Ohne auf eine Antwort zu warten, ging er zum Telefon, rief das Krankenhaus an, trug irgendwem, der den Hörer abnahm, auf, ein Zimmer vorzubereiten und Rodney auszurichten, daß sie kämen. Er bat dann die Vermittlung, seine Mutter anzurufen und sie zu bitten, Tucker zur Praxis zurückzuschicken, damit er eventuelle Anrufe annehmen könne, falls er jedoch nicht zur Hand sei, mache das auch nichts. Dann kehrte er zurück, um Eliza zu helfen. »Lassen Sie diese verdammten Kleider«, sagte er. »Tragen Sie sie unter dem Arm.«

»Aber – Strümpfe – unschicklich.«

»Vergessen Sie es. Mein Automobil steht hinten. Niemand wird Sie sehen. Am Krankenhaus werden die Sanitäter eine Trage bringen.«

»Eine Trage?« Elizas Lippen zitterten. »Wird – wird Rodney sofort operieren wollen?«

»Heute nachmittag vielleicht? Kaum. Nach dem Herzanfall von heute morgen werden wir zuerst Ihr Herz zur Ruhe kommen lassen müssen. Machen Sie sich wegen der Operation keine Sorgen. Sie werden unter Narkose stehen – Sie werden gar nichts davon merken.« Sie antwortete nicht. Nach einem Augenblick fuhr er fort: »Wir kennen uns schon seit langem – haben einiges zusammen durchgemacht. Ich weiß, wieviel Mut Sie haben.«

»Sie erinnern sich also ... an Ariana?«

»Mich an Ariana erinnern? Natürlich erinnere ich mich. Wir sind zusammen aufgewachsen. Und nachdem sie nach Hause, zu Ihrem Haus, gekommen war, habe ich sie fast jeden Tag gesehen.«

Sie fuhren an die hintere Tür des Krankenhauses heran. Zwei junge Neger in Weiß warteten mit einer Trage; sie brachten sie in das Zimmer, das sie für sie vorbereitet hatten. Eine Krankenschwester half ihr, sich auszukleiden und sich ins Bett zu legen. Johnny sagte: »Ich muß mich mit Rodney beraten, wenn er im Operationssaal fertig sein sollte. Wir werden bald zurück sein, aber wenn Sie wieder diese Schmerzen haben sollten, sagen Sie es der Krankenschwester. Sie wird mich dann rufen.« Er ging hinaus und ließ eine wild dreinschauende Eliza zurück.

Sie sagte zu der Krankenschwester: »Er wird mir etwas geben?«

»Gegen die Schmerzen, wenn Sie eine weitere Attacke haben sollten? Ja, natürlich. Aber legen Sie sich hin und bleiben Sie ganz ruhig und es wird vielleicht nicht wiederkommen.«

Eliza blieb liegen, wenn auch nicht ruhig, so doch, wie es ihr schien, für eine Ewigkeit. Schließlich kam Rodney mit Johnny herein, und sie untersuchten sie mit und ohne Stethoskope; ihre wenigen Bemerkungen waren für Eliza völlig rätselhaft. »Behandeln mich wie eine Wachspuppe«, dachte sie aufrührerisch. Als sie fertig waren, strich sie ihr Krankenhaushemd so weit herunter, wie es möglich war, zog das Laken bis unter das Kinn und fühlte sich, als ob sie das Letzte an Demütigung erlitten habe. Sie sagte: »Nun?«

»Johnny und ich werden uns das überlegen müssen und dann entscheiden. Aber ich kann Ihnen jetzt schon sagen, daß das, was Johnny Ihnen gesagt hat, richtig war. Ihre einzige Chance ist, diesen Tumor loszuwerden. Je früher, desto besser.«

»Dann muß ich hierbleiben? Aber ohne Zahnbürste, ohne Kamm, ohne anständigen Morgenmantel...«

»Wir sind auf Notfälle vorbereitet. Neue Zahnbürsten. Neue Kämme. Mit dem Nachthemd müssen Sie sich zufriedengeben. Erleichtert es den Krankenschwestern, wenn ein Patient hilflos ist.«

»Ich werde also hilflos sein. Ich verstehe. Informieren Sie Ludwig, bitte, ja? Und Amanda Reid. Wir waren für heute abend zum Essen verabredet. Sagen Sie ihr, daß ich sie gerne gesprochen hätte.«

Draußen im Korridor sagte Johnny: »Wie stehen ihre Chancen?«

Rodney zuckte mit den Schultern. »Nicht gut. Bereits zu weit fortgeschritten. Diese verdammten närrischen alten Jungfern konsultieren nie rechtzeitig einen Arzt.«

Dann fügte er nach einem Blick in Johnnys Gesicht hinzu: »Entschuldige, ich wollte nicht herzlos klingen. Sie ist eine Freundin deiner Mutter, nicht wahr? Aber diese *Idioten,* die warten, bis es zu spät ist, frustrieren mich so sehr.«

Johnny ging hinaus, um seine Telefongespräche zu führen. Er rief Ludwig an, seine Mutter, die vielleicht Amanda Reid gegen Mittag würde erreichen können, und seine Praxis, um Tucker zu fragen, ob jemand angerufen habe. Er war sich absolut darüber im klaren, daß bis zur Dämmerung jeder in der Stadt darüber informiert sein würde, daß Eliza im Krankenhaus sei. Seine und Rodneys Einschätzung ihrer Chance behielt er für sich, denn er wußte genau, daß, wenn sie sterben sollte, immer noch einige sagen würden: »Ich habe es doch gesagt. Man geht nur zum Sterben ins Krankenhaus.« Es machte keinen Unterschied, daß viel mehr Patienten überlebten als verloren wurden. Er hoffte, daß seine

Mutter und Ludwig nicht die einzigen wären, die sagen würden: »Wie schade, daß sie so lange gewartet hat!«

Amanda besuchte Eliza noch an diesem Abend. Sie war nie zuvor im Krankenhaus gewesen und betrat es mit zitternden Knien und einem unguten Gefühl in der Magengrube. Es half, daß die Schwester am Empfang eine ehemalige Schülerin war: Amanda hatte die Situation sofort wieder unter Kontrolle.

»Miß Ballard hat mich wissen lassen, daß sie mich zu sehen wünscht. Wenn Sie mir sagen würden, in welchem Zimmer sie liegt.«

»Ich muß mit der Krankenschwester sprechen. Ich glaube, die Anordnung lautete ›Keine Besuche‹.«

»Dann tun Sie das, bitte.« Die Krankenschwester erschien, um mitzuteilen, daß die Anordnung nicht Miß Reid beträfe – daß sie Miß Ballard zehn Minuten lang sprechen könne. »Er hat gesagt, daß Sie sie so wenig wie möglich reden lassen sollen.« Die Krankenschwester ging über den Korridor voraus, Amanda folgte ihr und verachtete sich für die Art, wie sich ihre Knie benahmen. Sobald sie jedoch im Krankenzimmer war, fand sie ihre Haltung wieder. Obgleich Eliza im Bett war, sah sie so gut aus, wie sie im letzten Jahr immer ausgesehen hatte.

Die beiden Freundinnen grüßten sich unter den Augen der Krankenschwester unverbindlich. Eliza wartete darauf, daß sie gehen würde, als sie jedoch keine Anzeichen gab, daß sie das tun würde, bat sie sie in völlig unzweideutigen Worten, sie zu verlassen.

»Ich möchte mit meiner Freundin unter vier Augen sprechen«, sagte sie.

»Aber der Doktor hat gesagt, nur zehn Minuten.«

»Miß Reid ist sehr gewissenhaft. Aber wenn es ihr entgehen sollte, wenn die zehn Minuten vorbei sind, können Sie wiederkommen.«

Die Anstrengung, die für diese Worte nötig waren, ließ Eliza weiß im Gesicht werden und außer Atem kommen. Die Krankenschwester ging, sagte aber noch: »Nicht mehr reden als notwendig. Anordnung des Arztes.« Sie schloß die Tür mit Entschiedenheit hinter sich.

Die Wirkung dieses kurzen Dialoges mit der Krankenschwester auf Eliza jagte Amanda Angst ein. Sie sagte: »Es tut mir leid, daß du – Ich bin gekommen, sobald ich konnte. Kann ich irgend etwas für dich tun?«

»Sag nur nicht: ›Ich hab es dir doch gesagt.‹ Du hattest recht damit. Ich gebe es zu.« Mit einer teilnahmslosen Geste deutete sie auf das gebirgsartige Bettlaken.

»Verschwende keine Worte für solche Narreteien. Der Arzt hat gesagt, du sollst nur so wenig wie möglich reden. Sag mir also so kurz wie möglich, was ich für dich tun kann.«

»Nichts. Ich möchte dich etwas fragen. Ich habe keine Familie, wie du weißt. Du bist meine Freundin. Wie bist du versorgt?«

»Versorgt?«

»In finanzieller Hinsicht. Hast du dir genug sparen können?«

Amanda richtete sich gerade auf, verärgert von Elizas unverblümter Ansprache. »Ich bin sehr gut fähig, mich um mich selbst zu kümmern, wie du mittlerweile wissen solltest. Ich brauche nichts von dir. Davon abgesehen, warum an solche Dinge denken? So schlecht geht es dir gar nicht. Sobald dieses Gewächs entfernt worden ist, wirst du wieder in Ordnung sein – leben, um dein Geld selbst auszugeben.«

»Die Ärzte haben nicht viel Hoffnung. Ich merke das, auch wenn sie es nicht sagen. Willst du das wenige, das ich habe, oder nicht? Sei nicht zu stolz, es zu sagen.«

Amanda war zu stolz. Und außerdem kannte sie Eliza zu gut. Wenn sie ihr wirklich vermachen wollte, was sie besaß, hätte sie nicht erst gefragt: das Fragen war nur die Anerkennung einer lebenslangen Freundschaft.

»Jetzt wie auch in Zukunft kann ich mich um mich selbst kümmern, Eliza, wie ich das auch bislang immer getan habe.«

Eliza seufzte und schloß ihre Augen. Wie sie so dalag, sah sie für Amanda sehr alt und zugleich auch sehr krank aus.

»Eliza, gibt es denn gar nichts...?«

Eliza hob ihre Hand aus dem zurückgeschlagenen Bettlaken und machte eine negative Bewegung. »Das wollte ich wissen. Ich habe vor, morgen mein Testament zu machen. Ich hoffe, daß du das verstehst.«

»Ich verspreche dir – wenn es dazu kommt, daß dein Testament eröffnet wird, was ich nicht hoffe, dann werde ich es verstehen. Ist das alles? Es gibt nichts, das ich dir bringen kann? Dann ist meine Zeit zwar noch nicht vorbei, aber ich glaube, ich rufe doch besser die Krankenschwester.«

Sie öffnete die Tür und winkte. Als die Schwester flink herüberkam, drehte sich Amanda noch einmal nach dem Bett um. »Gute Nacht, Eliza.«

Eliza sagte erschöpft, aber fest: »Auf Wiedersehen, Amanda. Danke, daß du gekommen bist.«

Am nächsten Tag bat sie Johnny um einen Federhalter und um Papier. Sie war wieder mehr sie selbst und hatte keine Schmerzen mehr, war aber entschlossen, ihre Absicht auszuführen.

»Papier und Federhalter? Warum ruhen Sie sich nicht einfach aus?«

»Nachdem ich mein Testament gemacht habe. Hätte es vorher schon machen sollen. Es wird jedoch gelten, wenn es handschriftlich ist und von Ihnen und Rodney urkundlich bezeugt wird. Und wenn Sie sagen, daß ich bei klarem Verstand war.«

Er brachte ihr Papier und Federhalter, half ihr, sich aufzurichten, drehte den Nachttisch neben dem Bett so, daß sie darauf schreiben konnte, und wartete, während sie ein paar Zeilen kritzelte, faltete dann das Papier so, daß noch Platz für ihn blieb, seinen Namen darunterzusetzen, ohne daß er das Geschriebene lesen konnte.

»Da«, sagte sie. »Kurz und klar.«

Er unterzeichnete es mit seinem vollen Namen: John Alexander Gordon. »Ich werde Rodney sagen, Sie möchten, daß er unterschreibt, es kann aber sein, daß er noch nicht aus dem Operationssaal gekommen ist. Die Krankenschwester würde auch genügen.«

»Die Krankenschwester! Sie hat nicht die geringste Ahnung, daß ich *compos mentis* bin. Benimmt sich jedenfalls nicht so.« Rodney wurde bestellt, kam und unterzeichnete. Eliza sagte: »Schicken Sie es an den jungen Merrill, ja? Wenn ich wieder aufstehen und herumlaufen kann, werde ich es bei ihm erneuern.«

Eliza überlebte die Operation zwei Tage. (Ein *vierzigpfündiger* Tumor zirkulierte als ehrfurchtsvolles Geflüster in der Stadt. Doch deren Bewohner konnten von der Größe keine Ahnung haben, denn die Ärzte und eine verschwiegene Krankenschwester gaben keine Informationen weiter. Es war also ein Fall von »Ich habe gehört – Sollte das wohl möglich sein?«)

Sie überlebte die Operation, erlangte das Bewußtsein wieder und es ging ihr nicht gut; dann, zwei Tage später, hatte sie eine weitere ernstere Herzattacke und starb an Herzversagen. Sie wurde von ihrer Kirche mit den ganzen effektvollen Ritualen der Methodisten beerdigt, die alle Mitglieder des Frauenklubs je nach ihrer Natur entweder leidend durchstanden oder sie mit einer Art von Vergnügen an ihrer Perfektion akzeptierten.

Als sie sich an diesem Abend zum Essen hinsetzten, sagte Johnny zu seiner Mutter: »Ich hatte gedacht, du und Tante Sally hättet euch wegen Eliza Ballard mehr aufgeregt.«

Anne faltete ihre Serviette langsam auseinander und war dankbar, daß Tucker über Nacht in Hillcrest bleiben würde, sie könnte also frei sprechen. »Sie war natürlich ein Gründungsmitglied des Klubs, und ich habe sie jahrelang alle zwei Wochen im Winter gesehen und sie natürlich in gewisser Weise mein ganzes Leben lang gekannt. Ich werde sie vermissen.« Dann, als Louline in die Küche zurückgegangen war, nachdem sie das Gemüse gereicht hatte, sagte sie : »Ich habe noch nie eine solche Lobrede gehört. Wie der Geistliche die *Stirn* haben konnte, das über sie zu sagen. Natürlich war es mehr über ihre Eltern und daß sie ›die letzte von einer der hervorragendsten Familien von Waynesboro‹ sei. Von alledem wurde mir ein bißchen schlecht. Der einzig angemessene Text für Elizas Begräbnisrede hätte aus ›Julius Cäsar‹ genommen werden sollen.«

Johnny sah sie einen Augenblick ausdruckslos an, dann lachte er ein wenig. »Du meinst ›Das Böse, das Menschen begehen‹? Ich habe dich noch nie so unbarmherzig gehört.«

»Sie hat in ihrem Leben viel Unglück verursacht.« Hatte er nicht den Verdacht, daß es Eliza gewesen war, die Mrs. Deming gegenüber geklatscht hatte?

»Woran ich mich am besten erinnere, ist, wie sie sich während dieser ganzen langen, hoffnungslosen Krankheit um Ariana gekümmert hat. Sie war zu selbstloser Hingabe fähig.«

»Ja, das stimmt. Es tut mir leid, Johnny. Sie hat das Kind und den alten Richter geliebt und ist ein guter und loyaler Freund von Ludwig gewesen. Das Gute darf nicht umgedeutet oder vergessen werden.«

»Onkel Ludwig wird es nicht vergessen. Er gibt zu, es sei hoffnungslos, eine ebenbürtige Sekretärin finden zu wollen. Er hat ihre Krankenhaus- und Beerdigungskosten bezahlt. Ich habe ihm gesagt, daß das nicht nötig sei: Sie hat ihr Testament gemacht, kurz nachdem sie in das Krankenhaus eingeliefert wurde, und sie hätte sich wohl nicht die Mühe gemacht, wenn sie nichts zu hinterlassen hätte.«

»Zumindest ihre Hälfte des Hauses, nehme ich an. Wer wird es wohl bekommen? Sie hat keine Familie, und sie wird es wohl nicht Sam Travers überlassen. Er war nicht einmal bei dem Begräbnis, hast du das bemerkt?«

Am Tage nach der Beerdigung rief Tim Merrill Ruhamah McCune in der Bibliothek an und machte für spät an diesem Nachmittag einen Termin mit ihr aus; er rief auch Amanda Reid nach der Schule an. Amanda sagte kühl, daß, wenn es sich um Elizas Testament handle, sie ihr gesagt habe, daß sie ihr nichts hinterlassen solle, und wenn sie es doch getan habe, könne er ihr das am Telefon sagen. Tim, der erleichtert war, daß er keiner Enttäuschten gegenüberzutreten hatte, sagte: »Nur ihre Bücher und ihre Hälfte der Bibliothek ihres Vaters.« Und Amanda sagte: »Ich danke Ihnen, daß Sie mir den Weg durch die Stadt zu Ihnen erspart haben. Ich hatte nichts erwartet.«

Als Ruhamah zur festgesetzten Zeit das Büro von Gardiner & Merrill betrat, war sie verwirrt und verängstigt, sie konnte sich keinen plausiblen Grund vorstellen, aus dem sie bestellt worden war, außer daß sie etwas in der Bibliothek falsch gemacht habe – die Buchführung? Sie sagte zu der Dame am Empfangstisch, der einmal Elizas gewesen war: »Mr. Merrill? Er hat einen Termin mit mir vereinbart.« Sie zupfte an den ausgefransten Fingerspitzen ihrer Handschuhe.

»Ja, ich weiß. Kommen Sie herein.« Sie drückte auf einen Knopf, der das Schloß in der Barriere ausklinkte. »Ich sage ihm, daß Sie hier sind.«

Die junge Dame lächelte. Man stelle sich vor, wegen Tim Merrill nervös zu sein, selbst jetzt, wo er Staatsanwalt war! »Es sind keine schlechten Nachrichten, glauben Sie mir.«

Tim, der die Stimmen gehört hatte, kam an seine Bürotür. »Kommen Sie herein, Ruhamah.« Sein höheres Alter und die Tatsache, daß seine Frau sie einmal unterrichtet hatte, ließ ihren Vornamen leicht auf seine Zunge kommen, obgleich seine Kinder, die gute Kunden der Bücherei waren, gewaltigen Respekt vor Miß McCune hatten und sich auch ein wenig vor ihr fürchteten. Er sagte: »Ja, wirklich, ich habe gute Nachrichten für Sie. Kommen Sie, setzen Sie sich in einen Stuhl am Schreibtisch. Ich habe ein Dokument, das Sie lesen sollen.« Er betrachtete sie einen Augenblick lang, bevor er das Papier auf seinem Schreibtisch auffaltete: diese strenggekleidete, flachbrüstige, gebeugte kleine Gestalt mit dem unscheinbaren, eckigen, bebrillten Gesicht, das Haar in der Mitte gescheitelt und glattgekämmt und hinter dem Kopf in einem Knoten zusammengefaßt. Sie sah genauso aus, wie das Leben, das sie führte – es schien unpassend irgendwie – Elizas Testament. Er räusperte sich und sagte wieder: »Ich habe ein Dokument, das Sie lesen sollen.« Er konnte den Pulsschlag in ihrem Hals über dem engen Kragen sehen; es hatte sie nicht beruhigt. Am besten brächte man es hinter sich.

»Sie kannten natürlich Miß Eliza Ballard? Das ist ihr Testament, das sie im Krankenhaus geschrieben hat und das von den Ärzten urkundlich bezeugt ist. ›Ich, Eliza Ballard, die ich bei klarem Bewußtsein bin, erkläre, daß dies mein Letzter Wille und Testament ist. Ich verfüge, daß alle meine Schulden beglichen und meine Bestattungskosten‹ – und, es gab übrigens keine Beerdingungkosten: Mr. Rausch hat sie bezahlt. ›Da ich ohne lebenden

Verwandten bin, gebe und hinterlasse ich meinen Besitz Amanda Reid und Ruhamah McCune, ledige Damen dieser Stadt. Amanda Reid meine Bücher und meinen Anteil an der Bibliothek meines Vaters, Ruhamah den gesamten Rest: mein Sparkonto auf der Bank und meine Hälfte des väterlichen Hauses. Ich bestimme dies nicht nur in Erinnerung an ihre verschiedene Schwester, die mir lieb war und die alles, das mein war, bekommen hätte, wenn sie leben würde, sondern auch aus Bewunderung für ihren Mut und ihre entschiedene Unabhängigkeit und die Art, in der sie die Carnegie-Bücherei von Waynesboro bislang geleitet hat. Unterschrieben, Eliza Ballard; urkundlich bezeugt von John Alexander Gordon und Rodney Stevens.‹« Als er zu Ende gelesen hatte, sah er auf und bemerkte, daß sie ihn – in Verwirrung, in Bestürzung? – anstarrte. »Sie hatten keine Ahnung, daß Miß Ballard dies beabsichtigte?«

»Nein. Ich...« Ruhamah lächelte zweifelnd. »Ich frage mich, ob sie es wirklich beabsichtigte? Oder ob sie nicht jemand anderen gemeint haben könnte? Warum nicht Miß Reid? Sie sind Freundinnen gewesen...«

»Seit undenklichen Zeiten, ich weiß. Aber das ist, was sie wollte. Johnny sagt, sie schrieb es fast in einem Zug nieder, als ob sie es auswendig gelernt hätte. Und als ich Miß Reid anrief, um sie einzuladen, als eine ihrer Erben zuhören zu kommen, sagte sie: ›Eliza hat mir versprochen, mir nichts zu hinterlassen‹, und sie war sogar wegen der Bücher überrascht. Sie brauchen also keine Bedenken zu haben.«

»Aber was hat sie geglaubt, was ich mit dem Haus tun würde? Selbst mit einer Hälfte?«

»Es gibt mehrere Dinge, die Sie damit tun können. Darin leben ist eines.«

»Ganz allein, wie sie es die ganze Zeit getan hat? Und so weit von der Bücherei weg?« Ruhamah schüttelte ihren Kopf.

»Sie könnten es verkaufen. Es steht nichts im Gesetz, das das verhindern würde, obgleich es schwierig wäre, da Mr. Travers noch lebt und in der anderen Hälfte Musikstunden gibt. Oder Sie könnten es vermieten. Sie werden viel Zeit haben, sich das zu überlegen. Das Testament muß gerichtlich bestätigt werden, und ein Besitztum wird nicht über Nacht übertragen. Das Gericht wird sich um irgendwelche Schulden kümmern, oder ich werde das als Testamentsvollstrecker, und ich werde auch die Steuern bezahlen, wenn sie fällig werden, und auch darauf sehen, daß die notwendigen Reparaturen von dem Bankkonto bezahlt werden. Gestatten Sie mir, daß ich Ihnen gratuliere, Ruhamah: Sie sind jetzt verblüfft, aber bald werden Sie erkennen, daß Sie sich über die Zukunft keine Sorgen mehr zu machen brauchen.«

Nach angemessener Zeit wurde das Testament unter den »Gerichtsnachrichten« der *Fackel* veröffentlicht. Da niemand etwas von Eliza Ballard erwartet hatte, gab es auch keine Enttäuschung; von einigen Seiten (in der Mehrheit Methodisten) wurde bedauert, daß es keine Versöhnung mit ihrem Schwager auf dem Totenbett gegeben hatte, nicht jedoch von denen, denen die langjährige Situation vertraut war und die Eliza und Sam Travers kannten. Er mochte zwar wie ein mausähnlicher kleiner Mann aussehen – eine Null für einige Leute, nicht jedoch für seine Schüler (ein großer Anteil der Bevölkerung von Waynesboro, sowohl Erwachsene wie Jugendliche).

Wenige hatten sich davor retten können, daß ihnen wegen ihrer Flüchtigkeitsfehler hart auf die Finger geklopft wurde, und einer beachtlichen Anzahl von ihnen wurden sogar weitere Stunden verweigert, weil sie das Klavierspiel nicht passabel lernen würden oder lernen konnten. Er wäre nicht der Mann gewesen, von seiner Schwägerin, die nie auch nur vorgetäuscht hatte, ihn nicht zu verachten, und die ihre Schwester verachtet hatte, weil sie ihn geheiratet hatte, Größe zu akzeptieren.

Dieses eine Mal zumindest wurde der Empfänger eines ansehnlichen Vermögens nicht beneidet. Niemand mißgönnte Ruhamah diesen Glücksfall: Sie hatte ihn verdient. Es gab jedoch einige, die sich fragten, was in aller Welt sie mit ihrer Hälfte des düsteren, riesigen, altmodischen Hauses machen werde – des Hauses, das Richter Ballards Stolz gewesen war, als er es gebaut hatte, und Waynesboros Sehenswürdigkeit.

Nach Elizas Tod beschäftigte noch ein anderes Ereignis zumindest einige Waynesboroer Erwachsene: die Ankunft und Amtseinführung des neuen Pfarrers der Presbyterianer. Mr. Patton erschien zu diesem Anlaß allein: er wollte sicherstellen, daß der Skandal, der ihm von einer Stadt in Pennsylvanien zur nächsten gefolgt war, Waynesboro für seine Frau nicht unmöglich machen würde. Wenn es Wolken am Horizont geben sollte, hatte er vor, das Amt zurückzugeben, bevor er es angenommen hatte. Er besuchte deshalb gleich Sheldon Edwards, sobald er seinen Koffer bei den McKinneys abgestellt hatte, die ihn für das Wochenende gastlich aufgenommen hatten. Die lange Sitzung mit Sheldon war einerseits beunruhigend: Seine Situation war bekannt; in anderer Weise war sie beruhigend. Sheldon hatte mit Reverend Mr. Campbell, dem Pfarrer der Reformierten Presbyterianer, gesprochen, der ziemlich klar gesagt hatte, daß er das private Leben der Presbyterianergeistlichen als Sache betrachte, die nur die Gemeinde angehe, die ihn in Betracht zöge, nicht aber ihn oder seine Gläubigen.

»›Als er von unserer Kirche exkommuniziert wurde, standen wir ohne jede Gerichtsbarkeit da. Ich glaube, er ist ein guter Mann, der nichts gegen sein Gewissen getan hat‹«, zitierte Sheldon den Reverend. »Mr. Campbell hat nicht gesagt – konnte wohl nicht sagen, nehme ich an –, daß seine Kirche mit nicht notwendiger Starrheit in bezug auf überkommene Gesetze gehandelt habe.«

»Vielen Dank, Mr. Edwards, daß Sie unseren Weg glatter machen, als er hätte sein können.« Mr. Pattons Lächeln war noch zaghaft. »Wie steht es mit den Frauen? Sie könnten Deborah immer noch unglücklich machen.«

»Mr. Campbells Schwester, die ihm das Haus führt, ist nicht ohne Macht und Einfluß, soviel ich weiß, bei der Missionsgesellschaft und der Hilfsorganisation der Damen.«

»Das klingt hoffnungsvoll. Aber da ist noch etwas.« Er sah verlegen aus. »Ich bedauere sehr, das erwähnen zu müssen, aber ich habe das Gefühl, daß ich es muß. Wie Sie ohne Zweifel gehört haben, hat mir meine älteste Tochter Naomi meine zweite Heirat nie vergeben. Sie hat dazu beigetragen, daß die Sachlage schwierig wurde. Ich kann es nicht verstehen: Deborah hat tapfer versucht, ihr Vertrauen und ihre Zuneigung zu gewinnen. Naomi war erst vier, als ihre Mutter starb, und sechs, als ich wieder heiratete. Sie war natürlich älter, als unsere Schwierigkeiten begannen. Sie war bereits ein Mitglied der Kirche, was ihr natürlich Grund genug gab, sagen zu können, *sie* sei nicht exkommuniziert worden und sie würde weiterhin der Kirche ihrer Mutter angehören. Ich nehme an, ich hätte ein Machtwort sprechen sollen. Aber wie? Wenn sie glaubte, daß ihre Kirche die einzig richtige sei, wer war ich dann, etwas anderes zu behaupten? Jetzt ist sie dreizehn, ein sehr schwieriges Alter, um mit ihr zurechtzukommen. Aber ich möchte, daß meine Familie in einer Kirche vereint ist. Würden Sie sagen, daß wir mit dem Reverend Mr. Campbell in dieser Sache sprechen könnten?«

Wenn Sheldon Mr. Patton auch ein bißchen schwach fand, weil er seine Hilflosigkeit zugab, so sagte er jedoch nichts. »Sicher. Er ist ein sehr zugänglicher Mann. Wir könnten genausogut gleich gehen. Ich rufe ihn nur zuerst an.«

»Da ist noch ein Problem, das ich gerne erwähnen würde, bevor wir gehen – oh, ein geringeres, wie ich Ihnen versichern darf. Wie Sie wissen, haben mich die McKinneys freundlicherweise für das

Wochenende aufgenommen. Ich habe daher eine gute Gelegenheit gehabt, mir das Haus anzusehen. Mrs. McKinney nimmt selbstverständlich an, daß es weiterhin das Pfarrhaus bleiben wird. Aber wie ich die finanziellen Absprachen, die wir getroffen haben, verstanden habe, ist das Haus nur gemietet und die Gemeinde bezahlt die Miete?«

»Ja. Wir haben es nie für klug gehalten, ein Pfarrhaus zu besitzen: Immerhin unterscheiden sich die Familien der Geistlichen in ihrer Größe. Die McKinneys sind hier jedoch schon so lange, daß das wohl jeder als selbstverständlich ansieht. Sie mögen das Haus nicht?«

»Es ist ein schönes Haus. Aber es ist klein, und wir sind zu fünft.«

Sheldon runzelte die Stirn und trommelte mit seinen Fingerspitzen auf der Tischplatte. »Unglücklicherweise gibt es in Waynesboro sehr wenig Mietshäuser – nichts Geeignetes, das mir einfiele.« Dann klärte sich auf einmal sein Gesicht. »Da fällt mir eine Möglichkeit ein. Die Folge eines Todesfalles kürzlich.« Er faßte die Tatsachen kurz zusammen: Elizas Tod, Ruhamahs Erbschaft. »Natürlich ist der Besitz noch nicht übertragen worden. Aber das Gericht würde der Kirche erlauben, es zu mieten, da bin ich sicher. Sie verstehen, es wäre nur eine Hälfte eines sehr großen Hauses, in dessen anderer Hälfte ein Musiklehrer wohnt. Könnten Sie das ertragen? Die Wände sind ohne Zweifel dick, aber trotzdem?«

»Das scheint jetzt geringfügig.« Mr. Pattons Lächeln wirkte dieses Mal etwas gelöster. »Könnten wir es uns ansehen?«

»Ich rufe den Testamentsvollstrecker an. Ich glaube, es gibt einen Hausmeister.«

Sheldon machte seine beiden Telefongespräche, und dann gingen sie los, ihre Besuche zu erledigen. Mit einer Notiz von Tim Merrill bewaffnet, kamen sie zum Ballard-Haus, um es sich anzusehen. Eliza hatte so ausschließlich in ihrem Schlafzimmer, Eßzimmer und ihrer Küche gewohnt, daß die anderen Räume noch fast genau so waren, wie sie Mrs. Ballard verlassen hatte: die Möbel im oberen und unteren Geschoß staubbedeckt, die Kronleuchter im Zeichenzimmer und der Eingangshalle mit Säcken umhüllt.

»Das Mobiliar...« Sheldon hielt einen Augenblick angesichts der massiven Kommode und des großen Mahagoni-Eßzimmertisches inne. »Das kann natürlich nicht verkauft werden, bis der Besitz übertragen worden ist. Wenn Ihnen das Haus gefällt, könnten Sie einige Zeit damit leben.«

Dieses Mal lachte Mr. Patton tatsächlich, als er an seine ramponierten Möbelstücke dachte. »Es ist so viel besser als unseres. Deborah wäre entzückt. Und ja, ich mag das Haus, und sie würde es auch mögen. Das Beste daran ist, daß es am Rande der Stadt liegt mit diesem riesigen Hof: ein wundervoller Platz für die Kinder.«

Sie konnten das Geklimper des Klaviers von nebenan gedämpft hören. »Wenn dieses Klavier Ihnen zuviel wird, könnten Sie immerhin das Studierzimmer in der Kirche benutzen, um Ihre Predigten zu schreiben. Mr. McKinney hat das gemacht. Ich werde Merrill besuchen und zusehen, was sich machen läßt. Nun zum Reverend.«

Sheldon, der sich selbst und seiner Gemeinde gratulierte, daß Mr. Patton sich nicht einer peinlich geistlichen Redeweise bediente, merkte, daß er unweigerlich damit begann, sobald er Mr. Campbell vorgestellt worden war.

»Es ist sehr freundlich von Ihnen, Sir, einen Augenblick für mich zu erübrigen.«

»Überhaupt nicht. Es ist sehr gut von Mr. Edwards, mir Gelegenheit zu geben, Sie zu treffen und Sie willkommen zu heißen. Kommen Sie doch bitte in mein Arbeitszimmer.«

Sobald sie im Arbeitszimmer Platz genommen hatten, musterte Mr. Campbell seinen calvinistischen Glaubensbruder mit einem scharfen und nicht sehr nachsichtigen Blick. »Was kann ich für Sie tun? Ich habe Mr. Edwards bereits versichert, daß Sie von mir nicht verfolgt werden, oder, soweit ich es verhindern kann, von irgendeinem Mitglied meiner Gemeinde.«

»Er hat es mir gesagt. Ich kann nicht zum Ausdruck bringen, wie dankbar ich bin. Mehr noch für meine Gattin als für mich selbst. Ich hoffe, daß ich hier in der Lage sein werde, das Wort Gottes zu predigen, und das Gute ohne ständige Anfeindungen tun zu können, das ich zu tun fähig bin. Dennoch bleibt ein Problem.« Er erklärte die Sachlage mit seiner widerspenstigen Tochter Naomi. »Hier in Waynesboro, wo wir zu hoffen wagten, mit einer reinen Weste wieder anfangen zu können, hätte ich gerne, daß meine Familie am Sabbatmorgen in einer Kirchenbank versammelt ist. Würden Sie es als ungehörig betrachten, wenn ich Sie bäte, Naomi nicht in Ihre Gemeinde aufzunehmen? Sie wird Ihnen ihren Brief bringen und darum bitten, akzeptiert zu werden.«

Reverend Mr. Campbell, der kinderlos war, sah ihn mitleidsvoll an: ein Prediger des Heiligen Worts, der seine Familie nicht unter Kontrolle halten konnte! »Ich kann nicht verweigern – und auch der Gemeinderat kann das nicht –, jemanden in meine Herde aufzunehmen, der uns einen Brief von seiner vormaligen Gemeinde bringt. Ich bin sicher, daß Sie mir da zustimmen werden. Wenn sie jedoch zu mir kommt, werde ich mein Bestes tun, es ihr auszureden. Ich stimme Ihnen zu: Es ist richtig und schicklich für die Familie eines Geistlichen, vereinigt zu seinen Füßen zu sitzen.«

Mr. Patton hatte den Eindruck, daß selbst das so viel Weitherzigkeit auf seiten eines Geistlichen der Reformierten Presbyterianer anzeigte, daß er es als unerwartet und beruhigend empfand. Nachdem er ihm gedankt hatte, standen er und Sheldon auf, um sich zu verabschieden.

»Ich möchte Sie gerne meiner Schwester vorstellen, bevor Sie gehen. Sie ist meine Hilfe und Hauptstütze.«

Er führte sie in den Salon und stellte sie Miß Campbell vor, die sich gerade damit beschäftigte, Servietten zu umhäkeln. Mr. Patton geriet ein bißchen außer Fassung, als sie ihn so seltsam von Kopf bis Fuß abschätzte; er begriff, daß Mr. Edwards recht hatte, wenn er sagte: wenn sie eine Verbündete wäre, würde sie eine beachtliche Verbündete sein.

Diese Besuche und Entscheidungen waren am Samstag gemacht worden; am Sonntag wurde Mr. Patton offiziell in sein Amt als neuer Pfarrer der Presbyterianergemeinde eingeführt; am Montag kehrte er nach Pennsylvanien zurück, um seine Familie abzuholen und die Habseligkeiten, die es wert waren, nach Waynesboro geschafft zu werden. Was zurückbliebe, würden sie an einen Gebrauchtwarenhändler verkaufen; das Bettzeug und ähnliche Sachen konnten zusammen mit ihrer Kleidung in Truhen verpackt werden. Sie waren in Waynesboro und ließen sich so schnell in Eliza Ballards Haus nieder, daß es ihnen selbst fast nicht möglich zu sein schien.

Anne gab ihnen ein wenig Zeit, um sich von ihrem Umzug zu erholen, und besuchte sie dann mit ihrem Kartentäschchen, einem Fächer und einem Schirm bewaffnet. Johnny hatte Tucker auf seinem Weg nach Kalifornien bis nach Chicago gebracht, dort gab es eine medizinische Konferenz, an der er teilnehmen wollte. Der unbeschreibliche, ewige Sommer war also doch zu einem Ende gekommen. Anne war froh, ihr leeres Haus und einen jammervollen Major wenn auch nur für eine kurze Weile verlassen zu können, obgleich die Aussicht auf einen Besuch bei Mr. Patton angesichts der Umstände nicht gerade aufmunternd war.

Mrs. Patton öffnete selbst die Tür, sie hatte eine Schürze umgebunden, ihr Gesicht war gerötet, ihr Haar löste sich in feuchten Strähnen aus dem Knoten. »Eine hübsche Frau«, dachte Anne überrascht – und erinnerte sich, indem sie sich über ihre eigene

Überraschung wunderte, an Sheldons Bemerkung, denn sie mußte sich selbst sagen: »Sie ist aber nicht im geringsten wie Kitty.«

Sie sagte: »Entschuldigen Sie. Es scheint, ich bin zu einer ungelegenen Zeit gekommen. Ich hatte gehofft, Sie wären bereits fertig eingerichtet.« Sie trat durch die Tür, die für sie offengehalten wurde, legte eine Karte auf den Tisch und fuhr fort: »Ich gehöre der Gemeinde Ihres Mannes an – Mrs. John Gordon. Ich wollte Sie so bald wie möglich willkommen heißen.«

»Mrs. Gordon? Wie freundlich von Ihnen. Kommen Sie doch bitte in das Zeichenzimmer.« Mrs. Patton nahm ihre Schürze ab, hängte sie auf den Endpfosten der Treppe und ging voran. »Ich nehme an, Sie kennen dieses Zimmer gut. Wir haben nichts geändert. Wie ich gehört habe, kann das Mobiliar nicht verkauft werden, bis der Besitz gerichtlich übertragen ist, und so leben wir eben damit.« Unerwarteterweise lachte sie, ein Lachen von reinem Vergnügen. »Es paßt so gar nicht – zu den Pattons.«

Anne setzte sich auf einen der steifen Stühle, sah sich um und sagte: »Ich bin einmal mit alledem vertraut gewesen. Es ist Jahre her, daß ich hier drinnen war. Aber ich sehe, daß sich nichts geändert hat.« Sie hätte fast eine langverstorbene Mrs. Ballard heraufbeschwören können, die im Winkel des Kamins stand und den Vorsitz über die Klubtreffen führte. »Miß Ballard war berufstätig; sie hatte keine Zeit, Besuche abzustatten oder die Damen des Frauenklubs zu empfangen. Ich nehme an, Sie haben die Geschichte der Ballards schon von jedem, den Sie kennengelernt haben, zu hören bekommen?«

»Wir haben sie gehört«, gab Mrs. Patton vorsichtig zu. »Mr. Travers hat bei uns vorgesprochen. Wir haben ihn als äußerst freundlich empfunden.«

»Er ist ein durch und durch freundlicher und guter Mann. Es war nicht sein Fehler – ich nehme an, er oder jemand anderes hat Ihnen vom Testament des Richters erzählt –, der das Haus gespalten hat. Ich hoffe, die Musikstunden werden Sie nicht zu sehr belästigen. Und natürlich hätte ich das wissen müssen: Eliza hat diese vorderen Zimmer ja nie aufgemacht, und die Säuberungsarbeiten müssen kolossal gewesen sein. Sie konnten keinesfalls so weit sein, Besuche empfangen zu können.«

Mrs. Patton schüttelte heftig den Kopf; weitere blonde Strähnen lösten sich. »Aber ich bitte Sie.«

Sie wurde von dem Krachen von zerspringendem Glas oder Porzellan weiter hinten im Haus unterbrochen. Sie schreckte auf, sank dann aber wieder zurück. »Etwas zerbrochen. Ich hoffe, daß es kein zu wertvolles Stück war. Miß McCune hat uns gesagt, wir sollten alles benutzen, als ob es unser eigen wäre. Ich glaube, sie hofft, es bei Gelegenheit an uns verkaufen zu können.«

»Ich habe Sie also doch dabei unterbrochen, sich heimisch zu machen. Das tut mir leid. Aber sicherlich müssen Sie nicht alles abspülen, zum Beispiel dieses...«

»Dieses ganze Porzellan?« Mrs. Patton lachte wieder. »Zuerst schien es solch ein Segen zu sein, alles benützen zu dürfen. Wenn wir zwei Gläser finden können, die zu unseren eigenen Sachen passen, sind wir froh. Aber es hat wirklich den Staub von Zeitaltern getragen.«

»Natürlich. Ich nehme nicht an, daß Eliza mehr als einen Teller und eine Tasse und Untertasse benutzt hat. Zweifellos ist es nebenan das gleiche. Die beiden Mädchen haben das Porzellan und das Silberzeug ihrer Mutter aufgeteilt.«

Die großen blauen Augen ihrer Gastgeberin weiteten sich noch mehr. »Dann muß es hier genug gegeben haben, den – den Präsidenten zu bewirten.«

»Das kann durchaus möglich sein. Der Richter war ein großer Freund der Hayes', aber ich kann mich nicht mehr erinnern, ob sie ihn noch bewirtet haben, nachdem er zum Präsidenten gewählt worden war.«

»Das wird die Kinder beeindrucken – und sie vorsichtiger sein lassen. Ich habe die beiden ältesten in der Küche zurückgelassen, als die Klingel ging. Gott sei Dank ist Davie noch so klein, daß er nachmittags schläft.«

»Ich verschwende Ihre Zeit. Sie würden wohl lieber wieder an Ihre Arbeit gehen«, Anne stand auf. »Wenn Sie mir eine Schürze leihen, helfe ich Ihnen. Ich wäre wohl etwas verläßlicher als die Kinder.«

Sie folgte Mrs. Patton aus dem Zimmer und war dankbar, daß sie keinen unsicheren Protest zu hören bekam. Auf der Schwelle zur Küche hielten die beiden Frauen inne. Das kleinere Mädchen, das Abbild ihrer Mutter, blaue Augen, gelockte goldene Flechten, die sich aus ihren Zöpfen gelöst hatten, stand gebückt und hielt das Kehrblech, während die Ältere Stücke und Scherben von zerschlagenem Porzellan hineinkehrte. Beide hielten sofort inne, als sie die beiden Frauen bemerkten. Die Kleinere warf ihnen einen schelmischen Blick von der Seite zu und sagte: »Wir hatten gehofft, wir könnten das aufkehren, bevor du zurückkommst. Damit du es nicht herausbekommst.«

»Was für eine Idee! Wir konnten das bis in den Salon hören. Das ist Mrs. Gordon – Melissa, Naomi. Sie war so freundlich, uns zu besuchen, um uns willkommen zu heißen, und ist jetzt gekommen, um uns beim Abwaschen des Geschirrs zu helfen. Ich werde euch nicht ausschelten, obgleich ihr sagen könntet, daß es euch leid tut.«

Das ältere Mädchen hatte noch nichts gesagt. Jetzt sagte sie, ohne sie anzusehen: »Es tut uns leid.«

»Macht nichts – fegt es nur auf und geht woandershin. Mrs. Gordon und ich werden das hier fertig machen. Aber hol ihr bitte vorher eine Schürze, Naomi.«

In der Küche, während sie zusammen das Geschirr spülten, wurde der Dialog zwischen den beiden Frauen etwas sparsamer, aber auch freier; alle Pausen wurden überbrückt, indem sie Geschirr aufnahmen, wuschen, abtrockneten und wieder wegstellten.

»Ich glaube nicht, daß wir je vermissen werden, was gerade zerbrochen ist«, sagte Mrs. Patton. »Aber wohl die Schätzer. Aber, guter Gott, wenn sie diesen Besitz bis ins kleinste schätzen wollen, wird mehr als ein Stück zerbrechen. Vielleicht sollten wir es doch nicht benutzen.«

»Oh, benutzen Sie es nur. Wozu ist es denn da? Es hat auf diesen Regalen gestanden, seit Mrs. Ballard tot ist, und hat zu nichts gedient. Kinder sind natürlicherweise destruktiv. Aber ich will den beiden eines zugute halten: Keines hat die andere beschuldigt.«

»Petzen ist eines der Dinge, die ich nicht dulde, und sie wissen es. Es war zweifellos Melissa, die es fallen gelassen hat, sie ist mit sechs Jahren immer noch ein kleiner Tolpatsch.«

Wenn Mrs. Patton wegen des Zwischenfalles beunruhigt gewesen sein mochte, so hatte sich das gegeben. Sie stellte über Waynesboro und die Waynesboroer Leute und die neue Gemeinde ihres Mannes Fragen, als ob kein Schatten auf ihrer Seele läge, als ob sie keinerlei schlimme Befürchtungen in Hinsicht auf ihr Willkommen empfände. Anne war sicher, daß sie zum Glück von ihrem Willkommensein überzeugt sei. Mr. Patton mußte sie überzeugt haben – wahrscheinlich keine schwierige Aufgabe: Sie ist sicher leicht zu überzeugen. Ihre Ähnlichkeit mit Kitty Edwards: Anne hatte es sofort gewußt, was Sheldon nicht hatte in Worte bringen können; wie Kitty hatte Deborah Patton ein fröhliches Herz. Nach all diesen vielen Jahren konnte Anne noch hören, wie die Stimme eines alten Mannes diese Worte wie eine Segnung flüsterte. Der alte Mr. Edwards, Sheldons Vater, in der Nacht, als Kitty starb. Sie grübelte einen Augenblick, als sie das Geschirr in die Regale zurückstellten, eine angenehme Melancholie nach dieser langen Zeit. Wenn die junge Frau neben ihr Kittys Begabung hatte, war sie gut gerüstet. Sie würde das auch brauchen. Das ältere Mädchen, die Stieftochter, hatte nicht ein einziges Mal gelächelt, während sie in der Küche war. Sie war ein sehr unansehnliches Kind: Brillengläser vor klaren, aber nichts enthüllenden, grauen Augen, eine hohe, wulstige Stirn, das Haar in der Mitte gescheitelt und zu zwei festen Knoten geflochten; aber das hätte alles nichts bedeutet, wenn ihr Gesicht nicht so erstarrt gewesen wäre, wie als Reaktion auf einen schweren Schlag. Vielleicht Stiefkind zu sein, nachdem sie den Vater zunächst nur für sich hatte?

Am nächsten Nachmittag ging Naomi Patton, nachdem sie die widerstrebende Erlaubnis ihrer Mutter erhalten hatte, mit ihrem kostbaren Brief in der Hand, der ihr bestätigte, daß sie ein echtes und gläubiges Mitglied der Reformierten Presbyterianerkirche sei, zu Reverend Mr. Campbell. Die Tür wurde ihr von seiner Schwester aufgemacht.

»Mein Name ist Naomi Patton. Ich bin gekommen, um mit Mr. Campbell zu sprechen.«

»Komm doch herein. Er ist in seinem Arbeitszimmer. Ich hoffe, er hat nicht zuviel zu tun, um für dich Zeit zu haben. Setz dich doch, bis ich ihn gefragt habe.«

Naomi setzte sich auf einen steifen Stuhl in der Eingangshalle neben der Hutablage, die Füße flach auf dem Boden, die Knie zusammengepreßt, die Hände in ihrem Schoß und in einer von ihnen den Brief fest umklammert.

Miß Campbell kam sofort zurück. »Er freut sich, dir ein paar Minuten widmen zu können. Und komm doch auf deinem Weg hinaus bei mir im Zeichenzimmer auf ein paar Worte und ein Glas Limonade vorbei. Ich halte immer gern einen kleinen Plausch mit dem Besuch meines Bruders, wenn er mir die Zeit erübrigen kann.«

Naomi ging durch die Eingangshalle; die Tür zum Arbeitszimmer war offen gelassen worden. Sie ging hinein und schloß sie hinter sich. Es würde für den Pfarrer eine schmerzliche Unterhaltung werden, wie dessen Schwester wußte: Dies eine Mal in seinem Leben wurde er durch sein Wort gebunden, jemand zu entmutigen, der sich seiner Gemeinde anschließen wollte. Sie ging in die Küche, nahm einen Krug Limonade aus der Eisbox, bröckelte ein paar Stückchen Eis ab und ließ sie in den Krug fallen, den sie dann mit zwei Gläsern und einem Teller mit Gebäck auf ein Tablett stellte und in den Salon zurücktrug. Da die Erfrischung also fertig war, ging sie in ihr Wohnzimmer, um die Serviette zu holen, die sie gerade umhäkelte, und ihren Handarbeitskorb, dann eilte sie in den Salon zurück und wartete darauf, daß sich die Tür des Arbeitszimmers öffnen würde. Als sie sie endlich hörte und die Verabschiedung ihres Bruders, legte sie ihre Näharbeit zur Seite und ging sofort in die Eingangshalle. Naomi zögerte bei ihrem Erscheinen, kam dann aber auf sie zu; ziemlich offensichtlich hatte sie vorgehabt, sich durch die Haustür zu verdrücken, ohne weitere Besuche abzustatten.

»Du hast doch nicht deine Limonade vergessen, oder? Und deinen Besuch bei mir? Komm doch herein und setz dich auf das Sofa – es ist bequem und du kannst das Tischchen da für dein Glas benutzen.« Als sie Naomi dazu gebracht hatte, sich zu setzen, den Brief in der einen Hand und die Limonade in der anderen, sagte sie: »Ich hoffe, mein Bruder hat dir helfen können.« Als das Kind weiter schwieg, fügte sie hinzu: »Hast du ein befriedigendes Gespräch gehabt?«

»Nein.«

»Nein?« Miß Campbells einziges Wissen über Kinder entstammte ihrer jahrelangen Lehrpraxis in der Sabbatschule, in der die Kommunikation weitgehend darauf beschränkt blieb, den gekürzten Westminster-Katechismus rein mechanisch auswendig zu lernen. Sie wußte sich vor diesem starren Gesicht nicht zu helfen, vor diesen klaren, nichts enthüllenden Augen. Sie sah bei diesem Kind nichts, was sie bislang für kindlich gehalten hatte; sie konnte nicht von oben herab mit ihr reden. Sie sagte: »Es tut mir leid, wenn du enttäuscht worden bist. Du bist gekommen, ihn zu bitten, dich in die Gefolgschaft unserer Kirche aufzunehmen?«

»Ja.«

»Wir haben gehört, daß du nicht Mitglied der Kirche deines Vaters in Pennsylvanien warst. Aber mein Bruder glaubt nun einmal sehr stark daran, daß die Stärke einer Kirche in der Stärke der Familien liegt, die in der Verherrlichung Gottes genauso vereinigt sein sollen wie in allen anderen Dingen. Findest du es so unmöglich, Mitglied der Kirche deines Vaters zu werden? ›Ehre deinen Vater und deine Mutter‹, das kennst du doch.«

»Ja. Aber ich kenne auch: ›Der Herr dein Gott ist ein strenger Gott, der die Sünden der Väter an den Kindern vergilt.‹«

»Aber mein liebes...!« Sie hielt das Wort »Kind« gerade noch auf ihrer Zunge zurück, denn sie wußte, daß das ein Fehler wäre. »Wenn du das glaubst, wie kannst du dann glauben, daß du das vermeiden könntest, indem du dich unserer Gemeinde anschließt?«

»Indem ich eine der Auserwählten bin.«

Zwischen heftigem Ärger und dem Verlangen, zu lachen, hin- und hergerissen, sagte Miß Campbell: »Du wirst erst am Jüngsten Tag wissen, ob du eine der Auserwählten bist und nicht vorher. Das wichtige ist, daß man so lebt, als ob man es sei, und nicht, daß man Gott lästert, indem man es als Selbstverständlichkeit erachtet. Nein – unterbrich mich nicht. Ich bin noch nicht fertig. Hast du vergessen ›Richte nicht, daß du nicht gerichtet wirst!‹? Mit welcher Berechtigung klagst du deinen Vater der Sünde an? Seine Kirche hat ihn gerichtet zu Recht oder zu Unrecht und hat ihn bestraft. Gott wird ihn eines Tages richten. Laß es dabei bewenden. Die Presbyterianer glauben, daß er ein guter Mann ist, und haben ihn berufen, ihr Pfarrer zu sein. Akezptiere das und sei eine treue Tochter und ein treues Mitglied seiner Kirche.«

»Wie kann ich das, solange Cousine Deborah seine Frau ist?« Der bislang unbewegliche Mund kräuselte sich mit Verachtung, die Nasenflügel bebten.

Miß Campbell, die begriff, starrte das Mächen einen langen Augenblick an. »Also das ist es. Wie alt warst du, als deine Mutter starb?«

»Vier.«

»Dann kannst du gar keine klare Erinnerung an sie behalten haben. Wie lange ist dein Vater mit der gegenwärtigen Mrs. Patton verheiratet?«

»Sieben Jahre. Seit ich sechs Jahre alt war.«

»Demnach hattest du die ungeteilte Aufmerksamkeit deines Vaters für zwei Jahre. Du hättest es ihm übelgenommen, wen immer er auch geheiratet hätte. Die Tatsache, daß sie seine Cousine ist, hat dir nur eine Handhabe gegeben, die du gegen sie einsetzen konntest. Nein, warte – ich bin noch nicht fertig.« Sie hielt Naomi zugute, daß sie während dieser Befragung ruhig sitzen geblieben war und ihre Fragen beantwortet hatte, wie auch, daß sie ihrem Blick, ohne ihm auszuweichen, standgehalten hatte. »Ich glaube nicht, daß jemand mit einem so klaren, standfesten Blick fähig ist, sich selbst gegenüber unehrlich zu sein. Versuch es doch für einen Augenblick, ja? Sieh dich selbst an. Wenn du dich unserer Kirche anschließen willst, machst du dann nicht deine Religion zur Waffe gegen deine Eltern? Das wäre blasphemisch. Ist es Sorge um deine unsterbliche Seele oder weil du weißt, daß es deinen Vater verletzen wird? Du kannst den Herrn nicht täuschen: ›Ich, dein Herr, erforsche dein Herz.‹ Frage dich selbst, ob du ›allzusehr gerecht‹ bist, was uns das gute Buch nicht zu sein befiehlt. Ist es, weil du nicht willst, daß deine Eltern glücklich sind?«

»Sie sind glücklich.«

»Und du willst nicht, daß sie es sind? Für ein junges Mädchen kennst du deine Bibel recht gut. Erinnerst du dich an: ›Liebe ist so stark wie der Tod, Eifersucht ist so grausam wie das Grab‹? Wem tut denn Eifersucht weh? Dem, der eifersüchtig ist.« Sie sah, wie der fest verschlossene Mund zu zittern begann: Sie war so weit gegangen, wie sie konnte.

Naomi, die fast nichts gesagt hatte, platzte nun heraus: »Sie lieben sich. Nicht mich.«

»Du hast sie nicht unbedingt ermutigt, nicht wahr? Aber ich glaube, wenn du es einer Prüfung unterziehen würdest, könntest du feststellen, daß sie es in ihren Herzen aufbewahrt haben, was du bislang zurückgewiesen hast. Ich kann nicht glauben, daß du sagen könntest, selbst wenn du so empfindest, wie du es tust, daß du schlecht behandelt worden bist.«

»Nein. O nein« – und widerstrebend – »wenn Sie nicht auf die Kinder aufpassen – und Geschirrspülen – und das Haus säubern und Botengänge machen so nennen wollen.«

Miß Campbell konnte sich nicht daran hindern zu lachen; der Unmut in Naomis Stimme war mit jedem aufgezählten Mißbrauch angewachsen. »Mein liebes Kind!« Dieses Mal gebrauchte sie das Wort und fand, es sei nach Naomis Ausbruch angebracht. »Im ganzen Land gibt es keine Tochter eines Pfarrers, die aufwächst, ohne einige oder alle diese Dinge tun zu müssen oder sogar noch mehr. Und es ist besonders das traurige Schicksal der älteren. Nun, ich habe gesagt, was ich sagen wollte, und ich hoffe, du vergibst mir, daß ich das getan habe. Predigen ist das Vorrecht meines Bruders, nicht meines. Und ich hatte dich wirklich nur gebeten, für einen Besuch bei mir hereinzuschauen: Ich hatte nicht vor, so mit dir zu sprechen, wie ich es dann doch getan habe. Trink doch dein Glas aus, und laß es mich wieder auffüllen und sag mir, wie dir Waynesboro gefällt. Obgleich ich annehme, du wirst das kaum sagen können, solange die Schule noch nicht begonnen hat.«

Ein paar Minuten später, als Naomi aufstand, um zu gehen, dachte Miß Campbell: »Sie wird mich nie wieder sehen wollen. Aber das braucht sie auch nicht, und ich kann auch ohne sie auskommen, wenn sie sich nur meine Worte zu Herzen nimmt.«

Naomi verließ das Pfarrhaus und kochte vor Wut: »Wie konnte sie es nur wagen! Ich hasse sie, ich hasse sie!« Aber sie war so verängstigt wie wütend und fragte sich, ob sie anderen erschiene, wie sie Miß Campbell erschienen war, wie ein eifersüchtiges kleines Mädchen. Falls ja, dann hatten sie alle unrecht. Alles, was sie sein wollte, war, eine gläubige Christin nach den Regeln der Reformierten Presbyterianerkirche. Sie fürchtete Gott, wie es die Bibel forderte, und strebte danach, Ihm in allen Dingen zu dienen; Er allein wußte alles und würde richten. Aber da war ein gewisses Unbehagen in dieser Schlußfolgerung. Sie konnte ihn fast hören, wie Er die Worte sprach, die Miß Campbell benutzt hatte: »Eifersucht ist grausam wie das Grab.« Könnte es sein, daß sie *eifersüchtig* war?

Sie teilte bei ihrer Ankunft zu Hause mit, Mr. Campbell sei der Auffassung, es sei ihre Pflicht, sich der Presbyterianerkirche anzuschließen; sie werde mit ihrer Familie aufstehen, wenn ihre Briefe verlesen würden. Ihr Gesicht war so starr und steinern, daß ihr Vater nur sagte: »Gut. Es wäre das beste für uns alle. Danke, Naomi.«

Während des Abendessens war sie schweigsam, aber das war sie immer. Doch dann stand sie freiwillig auf, um den Tisch abzuräumen, und bot an, das Geschirr abzuwaschen. »Meliss kann abtrocknen. Du wirst dich daran erinnern, Meliss, daß es nicht unser Porzellan ist? Und Cousine Deborah kann David zu Bett bringen.«

Erst am Morgen nach dem Tag der Arbeit begann für die Kinder wieder die Schule. Unter ihnen befanden sich auch zwei Pattons: Naomi, die in die achte Klasse gehen sollte, und Melissa in die erste. In dieselbe achte Klasse dieses Herbstes 1908 ging auch zusammen mit den ältesten Kindern von Rudi und Sophie Lichtenstein und dem jüngsten Merrill Jennifer Evans, die deutlich hervorstach und von allen außer ihrer Mutter, ihrem Lehrer und ihrem Bruder »Jenny« gerufen wurde. Und Tucker nannte sie immer noch »Anhängsel«. Jennifer war mit dreizehn Jahren Königin über alle, die ihr unter die Augen kamen: beste Schülerin von mehr als dreißig in ihrer Klasse, Diktator auf der Spielwiese und beim Spielen nach der Schule. Sie hatte zarte Gesichtszüge und braune Augen und eine Fülle von schwarzem Haar, das sie nach der Mode, die bei den Jüngeren in diesem Jahr beliebt war, trug: mit einer Schleife zusammengenommen hoch oben auf dem Kopf und mit einer zweiten am unteren Ende, dazwischen hing es lose den Rücken hinunter. Sie war ein bemerkenswert aussehendes Kind, das mehr als das zu werden versprach; sie war kaum hübsch mit dreizehn: Ihr Gesicht müßte voller werden, denn ihr langes, spitzes Kinn wurde dadurch unglücklich betont. Aber niemand dachte je an ihre Schönheit oder deren Fehlen: Ihr Gesicht hatte innerhalb von zwei Minuten nicht zweimal den gleichen Ausdruck, so lebendig war es.

Naomi bemerkte sie sofort – wie hätte sie es auch vermeiden können? – und klassifizierte sie in ihrem Bewußtsein als eine wie Melissa, denen alles gegeben wurde, ohne daß sie danach streben mußten. Naomi, die für ihr Alter groß war, wurde eine hintere Bank zugewiesen; dort konnte sie sitzen und auf diesen Wasserfall von schwarzem Haar starren und ihre Entschlossenheit nähren,

»es ihr zu zeigen«; sie wußte, daß sie nicht hübsch war, aber sie könnte sie zumindest in den Schulfächern übertreffen.

Sie war in bezug auf Jennifer ziemlich im Unrecht, der wäre es nie eingefallen, daß alles, was sie begehrte, aufgrund eines Naturgesetzes ihr ohne Anstrengung zuzufallen habe. Sie hatte immer in ihren Fächern gearbeitet, um an der Spitze der Klasse zu bleiben, aber nach ein paar Wochen wurde sie sich schnell bewußt, daß sie in dem großen, reizlosen Mädchen in der hinteren Reihe eine Rivalin hatte. Sie berichtete das zu Hause: »Das neue Mädchen in unserer Klasse – Naomi soundso – ist klüger als ich. Aber sie ist merkwürdig.«

Die Evans-Familie befand sich zu der Zeit beim Abendessen. Ihr Bruder Ludwig, der ihr gegenübersaß, sprach um ein großes Stück Beefsteak, das er gerade in den Mund genommen hatte, herum: »Gut: wird die Eingebildetheit aus dir raustreiben.«

»Ich bin nicht...«

Ihre Mutter lachte. »Es wird dir nicht im geringsten schaden, ein bißchen Konkurrenz zu haben. Ich nehme an, das ist die Tochter des neuen Pfarrers der Presbyterianer. Ich habe sonst von keiner Naomi gehört.«

»Eine Pfarrerstochter? Das erklärt, warum sie so hausbacken ist. Meinst du, daß sie ihr Haar so in engen Knoten tragen muß?«

»Persönlich finde ich feste Knoten besser als all dieses lose herumfliegende Haar. Aller Wahrscheinlichkeit fliegt es sogar in dein Essen. Trotzdem, sei nett zu ihr, Jennifer. Ihre Mutter ist gestorben, als sie noch ein ganz kleines Ding war. Ihre Stiefmutter – jeder mag sie und sagt, daß sie gut ist, aber sie hat zwei eigene Kinder. Ich bezweifle, daß sie Zeit übrig hat, Naomi mit ihrem Haar zu helfen.«

»Freunde dich doch mit ihr an, Jenny.« Das Gesicht ihres Vaters war besorgt. »Wenn sie hausbacken ist, wie du sagst, und klug obendrein, ist es für sie am Anfang vielleicht nicht einfach. Und erinnere dich, bitte, daß ich von einem Pfarrer und seiner Frau zusammen mit ihren eigenen Söhnen aufgezogen worden bin, und ich glaube nicht, daß ich merkwürdiger war als die meisten anderen. Ich höre ja nicht oft, daß du unfreundliche Dinge sagst, aber ich mag es gar nicht.«

Jennifer war der Augapfel ihres Vaters und wurde selten von ihm getadelt. Sie sagte: »O Vater! Ich habe es nicht so gemeint. Ich werde mich mit ihr anfreunden, wenn sie es will.«

Ihr Vater war klug genug, nicht »sie wird wollen« zu sagen, wie er es sonst vielleicht, weil er Jennifer unwiderstehlich fand, getan hätte. »Sie wird vielleicht unnahbar sein, weißt du. In einem fremden Ort und – all das«, schloß er müde. Er und Elsa klatschten nie beim Abendessen oder wenn die Kinder anwesend waren.

Er wäre vielleicht nicht über die Motive erfreut gewesen, die Jennifer bewogen, bereits am nächsten Morgen ihren Eroberungsfeldzug zu beginnen; sie tat es nicht aus Freundlichkeit, sondern weil sie das Empfinden hatte, daß jede Rivalin (und was Bücher anging, war Naomi zweifellos eine) leichter als Freundin denn als Feindin zu ertragen sei. Den ersten Schritt unternahm sie in der Pause. Statt sich den ausgelassenen Spielen der anderen Mädchen anzuschließen, hatte Naomi diese kostbaren Augenblicke zuvor immer damit verbracht, auf einer Ecke der steinernen Stufen zu sitzen und zu lesen. An diesem Tag ging sie zu der gleichen Stelle und setzte sich mit dem Buch auf ihrem Schoß hin. Jennifer kam bis an den Fuß der Treppe heran und sprach sie an: »Hey, Naomi! Ich lese auch gerne, aber die Pause ist zum Spielen da. Wir spielen gleich Schwarzer Mann, und ich habe dich auf meine Seite gewählt.«

»Ich weiß nicht, wie man Schwarzer Mann spielt.«

»Oh, Mist! Ich dachte – oh, na ja, weißt du denn, wie man Haschen spielt?«

Das unbewegte Gesicht brach fast zu einem Lächeln auf. »Ja. Aber...«

Jennifer drehte sich zu den Mädchen um, die sich in einer Gruppe hinter ihr versammelt hatten. »Hey, Kinder! Wir spielen jetzt Haschen. Du zählst es aus, Ruby.«

Niemand kümmerte es allzusehr, was man spielte, solange es Laufen und Schreien erforderte. Das Haschen war in vollem Gange, sobald das Abzählen vorüber war; ein Kreis von Mädchen tanzte und lärmte herum. »Kann keinen Floh fangen! Kann keinen Floh fangen!« Die verwirrte Naomi war nicht sehr schnell; sie war bald gefangen und war unglücklicherweise unfähig, jemand anderen zu fangen. Als sie von dem Spott genug hatte, drehte sie sich um und ging auf die Treppe zu.

Jennifer sauste ihr nach. »Hey, was ist los?«

»Ich hör' auf. Es ist ein blödes, kindisches Spiel«

»Das geht nicht! Fang mich, es macht mir nichts.« Sie flitzte knapp an ihr vorbei, Naomi machte einen Satz vorwärts. Jennifer tanzte weg, aber nicht schnell genug. »Ich bin jetzt dran«, verkündete sie. »Wer sagt, daß ich keinen Floh fangen kann?« Aber Naomi ging weiter auf die Treppe und ihr Buch zu.

Als die Glocke ertönte, um einen Haufen atemloser Mädchen (und atemloser Jungs von der anderen Seite des Gebäudes) zum Unterricht zu rufen, nahm Jennifer Naomis Arm, lehnte sich zu ihr herüber und sagte: »Sieh mal, willst du denn nicht, daß dich die anderen mögen? Du darfst nicht jedesmal sauer werden, nur weil du dran bist.«

»Tut mir leid. Ich nehme an, ich mach mir halt nicht viel aus solch dummen Spielen.«

Jennifer fühlte sich zu heftigeren Worten provoziert. »Sieh mal, wenn du lieber die ganze Zeit nur für dich sein willst, anstatt das Risiko einzugehen, gefangen zu werden, dann bleibt dir das überlassen. Aber du wirst auf diese Art keinen Spaß haben.«

»Mir schien es ein sehr dummer Spaß zu sein.«

Sie kamen an das Ende der Treppe, wo Miß Carter mit der Handglocke stand. Die Unterhaltung hörte auf, als sie sich dem Strom der Kinder, die sich im Korridor drängelten, anschlossen. Der Rest des Morgens zog sich hin; zwei verschämte Mädchen hatten Zeit, ihren kurzen zornigen Wortwechsel zu bedauern. Jennifer erkannte, daß sie nicht unbedingt in Naomis Meinung aufgestiegen sein konnte; Naomi war entschlossen, nicht zurückzunehmen, was sie gesagt hatte, aber sie konnte sich nicht erinnern, daß sich je irgendwer darum gekümmert hatte, ob sie an einem Spiel teilnahm oder nicht, wie dumm es auch sein mochte. Sie beugte ihren Kopf über ihr Buch und schämte sich, selbst Jennifers Rücken und das jetzt verworrene Haar anzusehen.

Als die Klasse mittags nach Hause geschickt wurde, fand sie Jennifer an dem großen Tor des Schulhofes.

»Sieh mal, Naomi: Ich war nicht sehr höflich, obwohl du neu hier bist und alles. Ich nehme an, in deiner alten Schule hat man keine dummen Spiele in der Pause gespielt.«

Naomi lächelte, ihr starrer Gesichtsausdruck wurde weicher. »Es war dumm von mir, so wütend zu werden, nur weil ich keinen fangen konnte und weil alle mich anschrien. Es tut mir leid.«

»Dann können wir also Freunde sein?«

»Wenn ... wenn du immer noch willst.«

»Aber klar. Hör mal, wenn du heute nach Hause kommst, frag deine Mutter, ob du heute nachmittag nach der Schule bei mir zu Hause bleiben kannst, um mit der Bande zu spielen. Du wirst wahrscheinlich unsere Spiele blöd finden – Verstecken voraussichtlich oder ›Lauf, Schäfchen, lauf‹. Aber wir haben 'ne Menge Spaß.«

»Cousine Deborah«, verbesserte sie Naomi automatisch. »Ihr wird es nichts ausmachen, wenn sie nicht gerade will, daß ich auf die Kinder aufpasse.«

»Da sind noch andere außer Melissa?«

»David. Er ist zwei.«

Wenn sie erwartet hatte, daß Jennifer sie bedauern würde, wurde sie enttäuscht. »Willst du sagen, du hast einen kleinen Bruder? Oh, ich beneide dich. Ich würde für alles in der Welt gerne ein Baby in der Familie haben. Aber meine Mutter sagt, daß ich warten müsse, bis ich selbst welche bekomme: Sie hat jetzt alle Hände voll zu tun. Ist David süß?«

»Ja.« Und ganz plötzlich wurde sich Naomi bewußt, daß er süß war. »Sie sind beide süß. Und Cousine Deborah bittet mich nicht oft, auf sie aufzupassen. Nur, wenn es eine Kirchenversammlung gibt.«

»Laß mich nächstes Mal helfen, ja? Das wär' toll.«

Naomi blieb an diesem Nachmittag für ein ausgelassenes Spiel von »Lauf, Schäfchen, lauf« bei den Evans'. Und auf die Anregung von Cousine Deborah hin lud sie die anderen für den nächsten Nachmittag ein, zu ihnen zum Spielen zu kommen.

»Ihr wißt, wo sie wohnt«, sagte Jennifer zu den verblüfften Jungen und Mädchen, »in der anderen Hälfte von Mr. Travers' Haus.«

Selbst die, die nie von Mr. Travers Musikstunden bekommen hatten, wußten, wo er wohnte. Sie sahen Naomi mit so etwas wie Ehrfurcht an; einer sprach für sie alle: »Du meinst, du hast den *ganzen, großen, breiten Hof zum Spielen?«*

»Nun, die Hälfte, die auf unserer Seite ist.« Sie fühlte sich nicht verpflichtet hinzuzufügen, daß Cousine Deborah es zur Bedingung gemacht hatte, daß sie den Fenstern von Mr. Travers fernblieben, damit sie ihn nicht störten.

Die Spiele von Verstecken und »Lauf, Schäfchen, lauf« weiteten sich auf den ansehnlichen Rasen der Pattons, die Sträucher, die Bäume und den leeren Stall aus. Der Lärm unterbrach Mr. Patton an diesem Nachmittag beim Schreiben einer Predigt; ohne sich zu beschweren, ging er in das Arbeitszimmer in der Kirche. Er und Deborah gaben nicht vor, die Veränderung in Naomi zu verstehen, die jetzt gelegentlich hin und wieder, selbst wenn ihre Familie dabei war, lachte. Sie redete mit ihrer Stiefmutter, nicht offen und zutraulich, aber immerhin hatte sie gelegentlich etwas zu sagen. Sie schalten sie nicht und zeigten sich auch nicht besonders überrascht, als sie eines Nachmittags von den Evans' nach Hause kam und die Hälfte ihres Stirnhaares zu einem Pony abgeschnitten hatte. Sie sah sie irgendwie ängstlich an, aber bereit, trotzig zu antworten.

»Jennifer fand, ich würde besser aussehen, wenn ich ein bißchen von meiner Stirn versteckte.«

»Ich bin mir sicher, daß das so ist«, sagte Deborah verständnisvoll. »Aber ich wußte gar nicht, daß Ponys heutzutage in Mode sind.«

»Genausowenig wie Knoten, nehme ich an. Aber«, beeilte sie sich hinzuzufügen, »Ich würde mein Haar gar nicht wie die anderen tragen wollen. Das wäre doch eine Plage.«

»Wie kam es denn, daß deine Freundin äußerte, daß du – zu viel Stirn hast? Es klingt ein wenig rüde.«

»O nein. Ich habe damit angefangen, ich wünschte, ich wäre so hübsch wie sie. Sie findet nicht, daß sie hübsch ist, und sie sagte, wenn ich mein Haar anders tragen würde – und sie holte einige alte Fotografien ihrer Mutter, als sie noch ein Mädchen war, und auch sie hatte einen Pony. Es macht dir doch nichts, wenn ich nicht mit der Mode gehe, oder? Wenn es besser aussieht?«

Der lange Pony reichte fast bis zu ihren Augenbrauen, schwächte die knochige Stirn ab und betonte die klaren großen Augen. Naomi würde nie hübsch sein, aber mit der neuen Frisur und – was ihr natürlich nicht bewußt wurde – mit ihrer aufgeschlosseneren Haltung war sie schon viel weniger auffallend hausbacken als zuvor. Ihre Eltern versicherten ihr nochmals, daß ihr die Veränderung recht gut stehe, wenn es ihr nur nichts ausmache, nicht mit der Mode zu gehen. Aber wie konnte es geschehen, daß Jennifers Mutter gestattet hatte, das zu tun?

»Oh, wir haben es oben in Jennifers Schlafzimmer getan. Als wir herunterkamen, war ihre Mutter schockiert. Sagte, wir hätten dich zuerst fragen müssen. Aber ich hatte Angst, ich würde nie wieder den Mut zusammenbekommen.«

In dieser Nacht in der Ungestörtheit ihres Schlafzimmers unterhielten sich die Pattons über die Veränderungen ihres ältesten Kindes.

»Diese Jennifer Evans hat Naomi unter der Fuchtel. Weißt du, wer sie ist, Andrew?«

»Hast du sie noch nicht kennengelernt?« Ihr Mann war verblüfft; es war die Pflicht einer Mutter, die Freunde ihres Kindes zu kennen.

»Natürlich habe ich sie kennengelernt. Sie ist die halbe Zeit hier. Das Kind benimmt sich gut und ist nett mit dem Baby, aber ich würde gerne etwas über ihre Familie wissen.«

Seine Frau, so fand Andrew, hatte ihr Selbstvertrauen zurückgewonnen: Statt sich darüber Sorgen zu machen, daß sie in der Stadt akzeptiert würde, saß der Schuh jetzt am anderen Fuß. Er dankte Gott wortlos und sagte laut: »Frag Naomi. Oder ich werde es tun.«

Und er tat es gleich am nächsten Morgen beim Frühstück.

Jennifer Evans schien ein so nettes junges Mädchen zu sein. Wußte Naomi irgendwas über ihre Familie?

Einen Augenblick lang erstarrte ihr Gesicht zu der alten trotzigen Ausdruckslosigkeit. Dann sagte sie: »Ich kenne nur ihre Mutter und ihren Bruder. Er ist jemand, der einen dauernd neckt, aber ihre Mutter ist nett. Ich habe noch nie ihren Vater gesehen. Er arbeitet und reist viel. Sein Onkel – er war ein Waisenkind, und sein Onkel hat ihn aufgezogen – sein Onkel« – und sie hielt den Atem an – »ist der Baptistenpfarrer. Nun? Ist damit irgend etwas nicht in Ordnung?«

Die Lippen ihres Vaters zuckten; er mußte ein Lächeln unterdrücken. »Natürlich nicht. Sie sind gute Christen, die Baptisten. Natürlich«, fügte er ernst hinzu, »wäre es vielleicht besser gewesen, wenn du einen Presbyterianer gefunden hättest, mit dem du so dicke Freundschaft hättest schließen können.«

Am späten Nachmittag, als er vom Predigtschreiben in der Kirche nach Hause kam, ging er lächelnd in die Küche, um seine Frau zu suchen. Er nahm sie trotz ihrer beschmutzten Schürze in die Arme, küßte sie zärtlich und sagte: »Glücklicherweise habe ich in der Stadt zufällig Mr. Edwards getroffen und ihn gefragt: ›Wer sind denn die Evans'?‹. Er kann den Mund halten, sonst wären wir wohl jetzt die Zielscheibe des Spottes. Weil wir, obwohl wir schon eine Weile hier sind, immer noch fragen. Es scheint so, als ob Mrs. Gilbert Evans' Vater unser Waynesboroer Millionär ist. Und noch wichtiger: Sie ist nach Mr. Edwards Ansicht eine Frau, wie man sie sich wünschen kann. Ihre Mutter ist ein kleiner Snob, sagt er, aber das ist Mrs. Evans nicht, ist es nie gewesen und wird es auch nie sein.«

»Das Kind tut absolut nicht vornehm, das muß ich sagen. Sie hat ein Naturtalent zum Führen, aber nicht weil ihre Familie wer ist oder was hat.«

»Edwards sagt, daß sie wohl keine Vorstellung von der Bedeutung ihres Großvaters hat.«

»Und es macht ihnen nichts, daß wir – ob sie das wissen, frage ich mich?«

Es verletzte ihn, sie so bereit zu sehen, abgewiesen zu werden. »Mein liebes Mädchen, ich habe dir doch erzählt, daß jeder in dieser Stadt von uns weiß. Zuerst habe ich es als bitteren Schlag genommen, aber jetzt glaube ich, bin ich sogar froh. Kein Grund, sich darüber Sorgen zu machen, was vorgeblich freundliche Leute möglicherweise tun würden, wenn sie es herausfänden.«

Im Alter von dreizehn kann Freundschaft mit der Geschwindigkeit von Wüstenblumen in der Regenzeit wachsen; sie kann allerdings auch genauso schnell verwelken. Aber Jennifer und Naomi fanden etwas Verbindendes, das sie sicherer zusammenhielt als irgendwelche guten Absichten auf einer der Seiten. Spiele wurden vielleicht langweilig, aber sie waren beide Leseratten, fast zwanghaft abhängig vom gedruckten Wort. Das erste Mal, als Elsa an einem regnerischen Sonntagnachmittag auf sie stieß, als sie es sich mit einem Buch auf dem Sofa gemütlich gemacht hatten, protestierte sie heftig.

»Jennifer! Ist das eine höfliche Art, einen Gast zu behandeln, dazusitzen und zu lesen? Kannst du dir nichts ausdenken, um Naomi zu unterhalten? Dame oder irgendwas?«

»Aber sie würde lieber lesen, Mutter. Ehrlich. Und es macht Spaß, es zusammen zu tun.«

»Zusammen? Ihr lest noch nicht einmal dasselbe Buch.«

»Sie hat viele Bücher gelesen, die ich nicht kenne, und ich habe viel gelesen, was sie nicht kennt, wie ›Lady Jane‹ und ›Master Skylark‹ und ›Lorna Doone‹. All die Bücher, die du und Vater mir gegeben habt.«

»Aber du könntest sie ihr doch sicherlich leihen – sie ihr mit nach Hause geben?«

Das tiefe Schweigen zeigte Elsa, daß sie das Falsche gesagt hatte. Schließlich stammelte Naomi: »Ich... ich weiß nicht... wegen der Geschichten. Ich habe nie gefragt, weil ich, bevor wir hierherkamen, immer gedacht habe, es sei eine sündige Zeitverschwendung, Geschichten zu lesen.«

»Das war, als du noch ein Reformierter Presbyterianer warst?« Elsa lächelte das ernste Kind an. »Aber jetzt bist du ja ein Presbyterianer, soviel ich weiß. Das ist einer der angenehmen Unterschiede zwischen den Kirchen: Presbyterianer lesen Geschichten mit reinem Gewissen. Natürlich ist es eine Zeitverschwendung – aber wenn man jung ist, hat man viel Zeit zu verschwenden – eine ganze Menge Zeit. Laß sie etwas mit nach Hause nehmen, Jennifer, und ihren Vater fragen.«

»Oh, wir haben viele Bücher«, versicherte ihr Naomi. »Zumindest... ich lese gerne Geschichtenbücher, und wir haben einige. Und dann sind da auch noch all diese eingeschlossenen Bücher«, fügte sie hinzu, »die den Ballards gehört haben, die wir nicht lesen dürfen.«

»Gesetzbücher, nehme ich an?«

»Ja, aber auch andere. Man kann sie durch die Glastüren sehen. Alles von Scott. Alles von Dickens und Cooper.«

»Das ist zu schade... aber du kannst dir die für später aufsparen. Lies doch so lange Jennifers oder geh in die Carnegie-Bücherei, wenn dein Vater eine Benutzerkarte hat.« Elsa erinnerte sich immer wieder an das nachdenkliche Gesicht des Kindes, als sie von den Büchern hinter verschlossenen Türen sprach.

Der Frauenklub hielt sein erstes Oktobertreffen im Hause der Präsidentin ab. Nach der Beendigung der Sitzung drängte sich Elsa schnell an die Seite von Amanda Reid, die für die übliche höfliche kleine Rede bei Mrs. Rausch stehengeblieben war und ihr für ihre Gastfreundschaft gedankt hatte.

»Miß Reid! Bitte – nur einen Augenblick. Es ist wahr, nicht, daß Eliza Ballard Ihnen ihren Anteil der Bücher ihres Vaters vermacht hat?«

»Das stimmt.« Amandas Lächeln war ironisch. »Eulen nach Athen... Ich habe keinen Platz mehr für weitere Bücher.«

»Haben Sie denn irgendwelche Bestimmungen getroffen...?«

Amandas Augenbrauen zogen sich in die Höhe. »Sie wollen sie doch sicher nicht haben? Ich habe noch keine Bestimmungen getroffen, nein, aber ich habe so vage Vorstellungen, wie ich darüber verfügen werde: die Gesetzesbücher an Gardiner und Merrill, die Jurabibliothek ins Gerichtshaus und der Rest an die Carnegie-Bücherei. Natürlich erst, wenn sie mir übergeben werden.«

»Und in der Zwischenzeit gibt es ein lesehungriges Kind, das sich eine Nase an jenen Glastüren plattdrückt.«

Zum erstenmal sah Amanda interessiert aus. »Dieses älteste Mädchen von Reverend Mr. Patton? Sie hat den Ruf, ein merkwürdiges Kind zu sein: den Ruf, den sie in Waynesboro sicherlich auch deshalb haben würde, wenn sie gerne liest.«

»Sie ist eigentlich gar nicht so seltsam. War nur bis jetzt ziemlich in sich selbst eingefroren. Sie und Jennifer sind dicke Freunde, und Jennifer findet sie nicht merkwürdig. Aber natürlich, Jennifer liest ja auch.«

»Dann hat es nicht den geringsten Sinn, diese Bücher weiterhin eingeschlossen zu halten. Ich werde mit Tim Merrill darüber sprechen. Aber Sie wissen, das Gesetz könnte es verbieten – aber Tim kann den Richter fragen.«

Der Richter des Nachlaßgerichtes konnte auch keinen Sinn darin finden. »Die Bücher werden in angemessener Zeit Miß Reid gehören. Wenn ihr klar ist, daß einige verschwinden oder beschädigt werden könnten, und wenn es ihr nichts ausmacht, dann werde ich zusehen, daß sie die Schlüssel zu den Bücherschränken bekommen und sie weitergeben und den Kindern des Reverends freie Benutzung der Regale gestatten kann. In der Sammlung des Richters wird es nichts geben, was ihnen schaden könnte, aber ich vermute, daß sie zum Lesen für ein Kind ziemlich trocken sind.«

Und so wurden bald die Bücherschränke geöffnet und die Bücher gelesen, nicht nur von Naomi, sondern auch von ihrem Vater und Cousine Deborah, sobald sie etwas freie Zeit hatten.

Elsa konnte das Haus ihrer Mutter an diesem Nachmittag des Klubtreffens nicht sofort wieder verlassen; nachdem sie mit Amanda gesprochen hatte, hielt ihre Mutter sie an.

»Ich möchte mit dir reden. Mit dir auch, Anne. Geht noch nicht gleich. Setzt euch irgendwohin, bis ich mich von den letzten verabschiedet habe.«

Als Sally die Tür hinter dem letzten Mitglied geschlossen hatte, kehrte sie zum Zeichenzimmer zurück; sie fächelte sich heftig mit einem Palmenblattfächer und ging zu dem Stuhl, der während des Treffens der ihre gewesen war.

»Ist es immer so heiß im Oktober? So heiß ist es mir noch nie erschienen.«

»Wenn du etwas von deinem Gewicht herunterkriegen würdest, Mama... aber laß nur. Du hast uns nicht hierbehalten, um über das Wetter zu plaudern.«

»Nein. Es ist diese Gedenkfeier für Eliza Ballard heute in einer Woche. Ich habe Amanda um eine formelle Würdigung gebeten. Christina wird ein wenig Musik vortragen – Psalmen, nehme ich an. Aber wenn ich frage, ob ein anderes Mitglied gerne sprechen würde – ob jemand eine liebe Erinnerung an Eliza hat, die sie gerne mit den Damen teilen würde... was wird dann passieren?«

»Dann wird es ein tiefes und peinliches Schweigen geben«, lachte Elsa. »Mußt du denn fragen?«

»Das tun wir immer.«

»Dann«, sagte Anne, »bittest du uns also, die nächsten beiden Wochen damit zu verbringen, uns einige spontane und plötzlich wieder ins Gedächtnis gekommene Begebenheiten von der großen Tugendhaftigkeit Elizas auszudenken. Ich muß bitten, davon entschuldigt zu werden.«

»Aber, Anne.«

Elsa beeilte sich, einzugreifen. »Ich bin absolut bereit, mich daran zu erinnern, wie gut sie zu Ariana war und wie hingebungsvoll. Natürlich wird Amanda das alles eventuell schon ansprechen.«

»Kannst du dich nicht an etwas erinnern, das nicht jeder weiß?«

»Ihre Ergebenheit für die Firma Rausch? Der gute und treue Diener?«

»Das ginge. Es wäre auch wahr. Ich kann mich erinnern, wie ich dachte, daß dein Vater doch ein Narr sei, als er sie einstellte, aber er hat es nie bereut. Ich nehme an, sie war dankbar – niemand sonst hätte ihr eine Stelle gegeben, als sie eine brauchte. Jedenfalls war sie tüchtig und vertrauenswürdig. Hat nie auch nur ein Wort weitergesagt von dem, was sie dort hörte. Anne, kannst du dich an nichts erinnern?«

»An nichts für diesen Anlaß, glaube mir.«

»Du und ich und Amanda sind die einzigen, die sich an sie als Mädchen erinnern können.«

»Dann soll sich jemand, der sie nicht ganz so lange gekannt hat, etwas ausdenken.« Anne nahm die Handschuhe, die sie während des Treffens getragen, dann aber ausgezogen hatte, als man sie gebeten hatte, sich zu setzen und zu warten, wieder auf.

»Nein, mach dich nicht so schnell davon. Das ist nicht das einzige, was ich mit euch bereden wollte. Wie steht es mit diesen freien Plätzen im Klub? Unsere Mitgliederzahl schwindet traurigerweise dahin, und ich mag das gar nicht. Janey Voorhees, dann Eliza und bald auch Mrs. McKinney. Sie ziehen nächste Woche um. Könnt ihr keine Kandidaten vorschlagen?«

»Das Bonner-Mädchen«, sagte Elsa prompt. »Charlottes Nichte – Williams Tochter.«

»Aber ich dachte, daß sie nach New York gegangen ist und sich dort einen Job gesucht hat, nachdem sie ihren Universitätsabschluß gemacht hatte.«

»Du läßt nach, Mama. Nach Elizas Tod ist das Kommunikationssystem völlig zerbrochen. Mrs. Williams geht es nicht gut, und Esther wird zu Hause gebraucht. Charlotte sagt, sie wird das Leben hier langweilig finden, selbst wenn man ihr einen Job an der Zeitung gibt.«

»Was fehlt Mrs. Williams denn?«

»Charlotte hat es nicht gesagt, aber ihrem Ton nach nehme ich an, nichts als Einbildung und ihr Alter.«

»Wäre das Mädchen ein gutes Mitglied? Wie gut kennst du sie?«

»Ich kenne alle Bonners seit einer ganzen Reihe von Jahren. Esther ist keine zweite Charlotte. Ein bißchen schwerfällig, wie William. Aber auch nicht mehr als einige von unseren anderen Mitgliedern. Ja: ich glaube, sie könnte passen.«

»Angenommen, du schlägst ihren Namen beim nächsten Treffen vor. Charlotte könnte die zweite Befürworterin sein. Die andere Dame, über die ich euch aushorchen wollte, ist Mrs. Andrew Patton.« Daß die beiden Zuhörer überrascht gewesen wären, hieße, es mild auszudrücken; sie schwiegen verwirrt. »Nun?

Du kennst sie doch, Anne, oder nicht? Sie ist die Frau deines Pfarrers.«

Anne, die Sallys Vorschlag als Herausforderung an Christina erkannte, sagte: »Ja. Ich kenne sie ein wenig. Ich habe sie einmal besucht und habe mit ihr in der Kirche gesprochen. Ich mag sie sehr, aber...«

»Elsa?«

»Mama, ich kenne sie überhaupt nicht. Warum sollte ich auch? Sie sind erst so kurze Zeit hier.«

»Willst du damit sagen, du läßt Jennifer mit dem kleinen Mädchen befreundet sein, ohne sie auch nur zu besuchen? Um zu sehen, wie die Stiefmutter ist?«

»Das ist genau der Grund, weshalb ich nicht hingegangen bin. Die arme Frau hat Schwierigkeiten genug gehabt, ohne sich auch noch einer, wie sie es sicher sehen würde, elterlichen Inspektion auszusetzen. Ich kenne Naomi natürlich. Sie ist nicht halb so schwierig, wie die Leute zu glauben scheinen. Sie hat einige emotionale Umwälzungen ertragen müssen, aber sie braucht nur ein bißchen mehr Zeit.«

»Das sagt mir nicht viel über ihre Mutter.«

»Doch, das tut es«, sagte Anne. »Dieses Kind hat das Leben seines Vaters und dessen Frau ziemlich traurig gemacht, bevor sie hierherkamen. Du erinnerst dich, was Eliza sagte. An dem Tag, als ich sie besuchte, schien es mir unmöglich, mit Naomi zu Rande zu kommen: starres Gesicht, ausdruckslose Augen, Antworten auf ein Wort oder zwei beschränkt. Wenn, wie Elsa sagt, sie anfängt, einem normalen jungen Menschen zu ähneln – mit allem schuldigen Respekt vor Jennifer, sie kann es nicht allein bewirkt haben. Es spricht doch für die Stiefmutter und ihre Geduld und ihre natürliche Liebe und ihre glückliche Natur. Aber all das spielt keine Rolle, nicht wahr? Wie ist sie wirklich? Immerhin, wenn man die Art bedenkt, wie die Reformierten Presbyterianer die Pattons in Pennsylvanien behandelt haben, würden unsere Damen nicht gegen sie stimmen?«

»Komm, Anne, du weißt, daß ich sie aushorchen würde, bevor ihr Name vorgeschlagen werden würde. Es wird keine Gegenstimmen geben, solange ich es verhindern kann. Aber es war Miß Campbell, die mir ihren Namen vorschlug.«

»Miß Campbell! Wie kommt es, daß sie sie kennt?«

»Nur, indem sie sie besucht hat, wie Anne. Ich habe den Eindruck gewonnen – sie war zu vorsichtig, das direkt auszudrücken –, daß Mrs. Patton, nach alledem, was sie durchgemacht hat, ein wenig Rückenstärkung brauchen könnte. Und daß das, wenn nicht von der Seite der R.P.s, so dann zumindest mit deren Billigung geschehen sollte.«

Anne sagte: »Also bewegt sich die Welt doch! Stellt euch das zu Zeiten der McCunes vor! Aber wie steht es mit Christina?«

»Ich habe Miß Campbell nach Christina und Amanda und Mrs. Maxwell befragt. Sie sagte, daß Mrs. Maxwell zu alt sei, eine wirkliche Auseinandersetzung aufzunehmen, und sie sei sich sicher, auch Amanda würde das nicht tun. Sie hätte mit Christina geredet, die wohl geneigt gewesen war, Schwierigkeiten zu machen, aber sie hätte ihr gesagt, die Zeit für diese Art Unsinn sei vorbei.«

Beide, Anne und Elsa, lachten, und Elsa sagte: »Dabei hätte ich gerne zugehört.«

Und tatsächlich wäre die Unterhaltung wert gewesen, gehört zu werden. Christina war schockiert darüber, mit einem exkommunizierten Sünder umgehen zu müssen. Miß Campbell hatte gesagt: »Aber Sie tauschen mit vielen, die nicht einmal vorgeben, gute Christen zu sein, die üblichen Höflichkeiten aus: Fühlen Sie sich deshalb angesteckt? Immerhin wurde Mr. Patton für etwas exkommuniziert, über das in keiner anderen Kirche auch nur mit der Wimper gezuckt werden würde.«

»Aber er und seine Frau waren Reformierte Presbyterianer. Es war ihre Pflicht, den Gesetzen der Kirche zu gehorchen.«

»Ich dachte, Protestanten seien in gewissen Grenzen frei, ihrem eigenen Gewissen zu folgen.«

»Innerhalb der Grenzen, die von der Kirche bestimmt werden. Sie haben sich das so in den Kopf gesetzt. Kennen Sie Mrs. Patton?«

»Ich habe sie besucht, ja. Ich hatte das Gefühl, daß ich ihr eine Entschuldigung schuldete, weil ich ihrer Tochter Naomi die Meinung gesagt hatte, aber es war nicht notwendig: Ich fand sehr bald heraus, daß meine Lektion zu Hause nicht erwähnt worden war. Ich habe Mrs. Patton als eine angenehme, intelligente junge Frau empfunden, und ich werde sie für den Frauenklub vorschlagen, weil ich der Auffassung bin, daß die Reformierten Presbyterianer ihr eine gewisse Wiedergutmachung für die Schwierigkeiten, die sie ihr verursacht haben, schulden.«

»Zweifellos kann man das so sehen. Aber die Pattons haben sich ihre Schwierigkeiten selbst zuzuschreiben.«

»Und verdienen sie deshalb? Aber sehr wenige in unserer Gemeinde denken noch so engstirnig, wissen Sie. Einige von ihnen singen jetzt Kirchenlieder, wie ich höre, und alle haben Orgeln und Chöre.«

»Ich bin froh, daß mein Vater diesen Tag nicht mehr erleben mußte. In vieler Hinsicht war er, was Sie großmütig nennen würden, aber er beachtete die Vorschriften der Kirche.«

»Ihr Vater ist schon seit vielen Jahren tot. Wenn er heute noch leben würde...«

Christina lenkte widerstrebend ein. »Wenn die Ladys Mrs. Patton einladen wollen, Mitglied des Klubs zu werden, werde ich nichts tun, das zu verhindern. Wie Sie sagen, gibt es auch diejenigen, mit denen wir nicht völlig übereinstimmen, und ich habe die Erfahrung gemacht, daß Klubtreffen nicht unbedingt Vertrautheit mit anderen Mitgliedern voraussetzen. Es hat jedoch Zeiten gegeben, in denen ich Skrupel hatte, so viel Zeit einer so weltlichen Vereinigung zu widmen, wie intellektuell sie auch sein mochte.«

Während der nächsten zwei Wochen sprach Sally selbst die möglichen Opponentinnen für die eine oder andere der vorgeschlagenen Kandidatinnen an und nickte Elsa und Miß Campbell schließlich zu, als sie wußte, daß ihre Zustimmung einstimmig sein würde: Beim nächsten Treffen wurden die beiden Namen vorgestellt, zwei Wochen später sollte dann darüber abgestimmt werden. Zu diesem Zeitpunkt wurden sie ordnungsgemäß als Mitglieder in den Frauenklub von Waynesboro gewählt und beim nächsten Treffen willkommen geheißen; man schüttelte ihre Hände, und die notwendigen freundlichen Worte wurden gesprochen.

»All diese fremden Gesichter«, beschwerte sich Sally nach diesem Treffen Anne gegenüber. »Mrs. Andrew Patton. Miß Esther Bonner. Und ich habe mich noch nicht an die letzten neuen Mitglieder gewöhnt. Mrs. Harrington, die so selten erscheint. Die Methodisten halten sie auf Trab, nehme ich an. Ich hätte nie geglaubt, daß ich das sagen würde, aber ich vermisse Eliza.«

»Gib ihnen einen Monat oder zwei«, lächelte Anne sie an, »und du wirst sie tief ins Herz geschlossen haben. Tust du das nicht immer?«

»Als Präsidentin«, sagte Sally in ihrem hochmütigsten Ton, »empfinde ich eine Verpflichtung dazu.«

Und Anne dachte, daß Sally mittlerweile empfindlicher auf eine Neckerei reagierte, als sie das früher getan hatte; sie hatte ihre kleine Welt schon so lange regiert, daß sie begann, sich selbst ernst zu nehmen.

Ohne daß Waynesboro den Geschehnissen, wie sie ihren Lauf nahmen, viel Beachtung schenkte, ging das Leben dort wie auch im ganzen Lande seinen Gang. Im Oktober beugten sich Mary Gardiner und Franz Lichtenstein dem familiären Druck und kamen nach Hause, um wie ihre Schwester im Salon ihres Vaters zu heiraten, aber auf ihr Beharren hin ohne das ganze Theater und die Mühen einer großen Hochzeit: nur Mitglieder der beiden Familien waren anwesend. Großvater Bodien war bemerkenswerterweise abwesend, aber Onkel Stewart und seine Familie waren da. Sobald sie verheiratet waren, nahm das Brautpaar den ersten Zug nach New York und zu seiner selbstgewählten Arbeit zurück.

Wie Ludwig vorhergesagt hatte, rief der Präsidentschafts-Wahlkampf wenig Aufregung hervor; niemand bezweifelte, daß Taft bequem gewählt werden würde, wenn dieser wilde Mann Bryan gegen ihn antrat. Das Leben würde ohne Roosevelt auf den Titelseiten der Zeitungen langweiliger werden, aber für das Land sollten vier Jahre unter Mr. Taft eine ruhige Segelfahrt werden. Jeder in Waynesboro schien reicher zu werden: Sheldon & Edwards, Textilien; Thirkields Drogerie, die Billy von seinem Vater übernommen hatte; Fritz Klein & Söhne, Delikatessen. Die Zeit, in der die Firma Rausch den einzigen Industriebetrieb in der Stadt darstellte, war vorbei: Waynesboro hatte eine neue Schuhfabrik und eine Tabakfabrik vorzuweisen, die mit der Firma Rausch um die schwarzen Arbeiter in Wettbewerb trat. Und da war auch noch Mr. Hoffmanns Bäckerei, die bereits zweimal vergrößert worden war, seit er als Großhändler mit Cracker angefangen hatte. Offensichtlich gab es genug Arbeiter, um alle Fabriken in Gang zu halten; jeder sagte, daß Waynesboro wachsen müsse, obwohl die letzte Zählung keinen großen Anstieg in der Einwohnerzahl ausgewiesen hatte.

Mr. Hoffmann produzierte nicht nur seine Cracker in großen Mengen, verpackte sie und verschickte sie in alle Gegenden des Landes, sondern er führte auch seine Bäckerei und sein Geschäft weiter, die sich im gleichen Block wie Kleins Geschäft befanden. Viele Damen, die darauf schworen, ihre Markteinkäufe selbst tätigen zu müssen, hielten am Morgen, wenn sie wußten, daß es dort nicht nur frisches Brot, sondern auch Backwaren aller Art, wie einfache Brötchen und süße Brötchen und Zimtkringel, geben würde, an, und fanden einen Aufenthalt bei Hoffmann lohnend, nur wegen des Genusses, die verschiedenen herrlich frischen Gerüche, die vom Ofen hinter dem Geschäft hereinzogen, einzuatmen. Mr. Hoffmann wurde so schnell reicher, daß er sich auf einmal in einer verzwickten Lage befand. Wie er es schon einmal zuvor getan hatte, ging er wieder zu Ludwig Rausch. Er wurde an dem Abend, an dem er die Türklingel betätigte, so herzlich wie immer begrüßt, zu Ludwigs Arbeitszimmer geführt, mit einem Krug Bier versorgt und eingeladen, sein Herz auszuschütten. Obgleich, wie Ludwig sagte, es schwerfalle zu glauben, er könne in irgendeiner finanziellen Schwierigkeit sein.

»Nein. Alles geht noch glatt. Mein Junge bäckt für das Geschäft. Und meine Frau und meine Tochter verkaufen, was er bäckt. Und die Cracker – ich selbst beaufsichtige die Hilfskräfte – Sie würden es nicht glauben. Das ist, was mich zu dieser – dieser – Kreuzung gebracht hat, und ich komme wieder zu Ihnen wegen eines Ratschlags. Die Amerikanische Biskuit-Gesellschaft würde mich gerne aufkaufen.«

»Also treten Sie Ihnen auf die Zehen.«

»Vielleicht«, sagte er auf deutsch. »Ja. Es ist ein sehr gutes Angebot. Die Frage ist, soll ich annehmen. Ich könnte zu arbeiten aufhören, wann immer ich will. Das Geschäft in der Stadt wollen sie nicht. Ich könnte mich da beschäftigen. Aber was würden sie mit der Crackerfabrik machen?«

»Sie schließen«, sagte Ludwig mit der Bitterkeit der Erfahrung. »Sie wollen den Wettbewerb beenden.«

»Sie bieten eine Garantie, sie ein Jahr lang in Betrieb zu halten.«

»Was ihre Absichten ganz klar zeigt.«

»Ich fürchte auch. Dann wäre alles für nichts gewesen, außer für das Geld auf der Bank.«

»Wie ich mich erinnere, war doch ein Grund, weshalb Sie diese Fabrik aufgebaut haben, der, daß sie fanden, Waynesboro brauche mehr als nur einen Arbeitgeber. Das sind nette Mädchen, die für Sie arbeiten – wo würden die dann hingehen?«

»Vielleicht zur Schuhfabrik? Sie stellen einige Frauen ein. Aber ich – nein – ich würde das nicht gerne haben, nein. Das wäre, als ob ich meine eigene Familie hinauswürfe. Aber wenn ich dieser großen Gesellschaft nein sage, dann werden sie mich bekämpfen, oder?«

»Wahrscheinlich. Sie werden vielleicht Ihre Kunden unter Druck setzen und die Preise unterbieten. Ich weiß nicht genug über die Amerikanische Biskuit-Gesellschaft, um beurteilen zu können, wie weit sie gehen würden.«

»Große Gesellschaften wie die, da weiß die linke Hand nicht, was die rechte tut. Wer weiß, was geschehen könnte, wenn ich nein sage.«

»Ich glaube nicht, daß sie Sie ruinieren könnten. Ihr Geschäft würde eventuell Einbußen erleiden, aber das Crackerrezept, die Formel – wie immer Sie das nennen, gehörte immer noch Ihnen. Und Sie haben ein gutes örtliches Geschäft. Sie sind nicht zu alt, um es durchzukämpfen. Falls Sie nicht meinen, daß es mit

Ihrem Geschäft sowieso bergab geht, wenn Sie sich zurückziehen?«

»Wenn ich sterbe, meinen Sie. Dann erst werde ich mich zurückziehen. Nein, es würde nicht zu einem Ende kommen; mein Sohn Anton wird es weiterbetreiben.« Mr. Hoffmann lachte. »Er ist ein guter Bäcker; er glaubt, er ist dazu bereit, heute schon.«

»Demnach bittet Sie Ihre Familie nicht, daß Sie verkaufen?«

»Nein. Sie wollen, daß ich es nicht tue. Sie sind so stolz, wenn sie in ein Lebensmittelgeschäft gehen und Packungen von Hoffmann-Cracker sehen. Aber ich sage Ihnen, da ist dieser große Haufen Geld, als ob man es vom Baum pflückt. Genug für uns alle, für unser ganzes Leben, so lange, wie wir keine großen Ideen bekommen, wissen Sie? Und wenn sie die Crackerbäckerei ruinieren, dann würden wir wieder da stehen, wo wir zuvor gestanden haben: die Bäckerei in der Stadt, ich würde mit dem Pferd herumfahren und an der Tür klingeln.«

»Trotzdem wollen sie, daß Sie weitermachen?«

»Ja. Aber ich fürchte, sie wissen nicht – es könnte ihnen leid tun.«

»Sie sollen mehr Vertrauen zu ihnen haben. Sie sind aus gutem, robustem Material gemacht. Mein Rat, was immer er wert sein mag, ist, wenn Sie es müde sind, dann verkaufen Sie das Ganze. Wenn Sie das nicht wollen, dann sagen Sie der Amerikanischen Biskuit-Gesellschaft nein, und lassen Sie sie ihr Schlimmstes tun.«

Und wieder sagte Hoffmann auf deutsch: »Danke schön« und fuhr auf englisch fort: »Es ist gut, den Rat zu bekommen, das zu tun, wozu man sich schon fast selbst entschlossen hatte. Ich werde nein sagen.«

»Sie wollten gar keinen Ratschlag. Sie wollten nur Ihren Mut unterstützt bekommen. Viel Glück, Hoffmann.« Ludwig läutete, daß Rose mehr Bier brächte, und die beiden Männer gingen zu angenehmem Männerklatsch über die Stadt und ihre Bewohner über (Männer haben nicht den Ruf zu klatschen, aber Informationen verbreiten sich unter ihnen mit bemerkenswerter Schnelligkeit), wie auch über die Lage des Landes, die Wahl und die Eliminierung Roosevelts von der nationalen Szene. Sie genossen das durch und durch, und Sally fragte sich in ihrem bequemen Sessel nahe am Feuer in der Bibliothek, welcher weltumstürzenden Krise Mr. Hoffmann wohl entgegenzutreten habe.

Sally hatte ihre eigenen Probleme, die weit davon entfernt waren, welterschütternd zu sein. Was sollte der Frauenklub als Weihnachtsunterhaltung für die Herren vorbereiten? Wenn es so viele neue und bekannte Größen gab, mit denen man rechnen mußte. Im Komitee für das Weihnachtsspiel waren Charlotte Bonner als Vorsitzende, Mrs. Lavinia Stevens und Mrs. Caroline Edwards mit Mrs. Elizabeth Merrill als Regisseur. Konnte man ihnen vertrauen, etwas zu produzieren, gegen das auch strengere Mitglieder nichts einzuwenden haben würden? Elsa hatte über ihre Befürchtungen nur gelacht: »Sie sind doch keine Kinder, Mama. Immerhin ist Charlotte ein Jahr älter als ich, und ich gehe schon auf die Vierzig zu. Die Gardiners kamen als unverheiratete Mädchen in den Klub. Du vergißt, wie die Zeit vergeht. Sie sind jetzt Ehefrauen und Mütter und gehören schon seit Jahren dem Klub an.«

Trotz der Worte Elsas war Sally erfreut, als Charlotte anrief, um zu fragen, ob ihre Wahl von »Sie erniedrigt sich, um zu erobern oder Die Irrtümer einer Nacht« mit präsidentialer Billigung rechnen könne. Sally hatte eine der Gardiners zu der anderen sagen hören: »Wir sind zwei zu eins in diesem Komitee. Laß uns doch Miß Bonner gegenüber fest bleiben: Nicht schon wieder Shakespeare«, und hatte sich gefragt, ob sie vielleicht an Ibsen oder Tschechow dachten. Da man sich auf Charlottes Gespür für Humor verlassen konnte, erklärte ihr Sally, warum sie sich vielleicht erleichtert angehört habe. Charlotte war amüsiert: »Für sie ist natürlich jeder über fünfunddreißig eine Schlafmütze. Ich muß sie überrascht haben: ich habe gesagt, ich sei es selbst müde geworden, nach den Sternen zu greifen, und ich dachte, Goldsmith sei unseren Fähigkeiten näher, obgleich ich mich vielleicht eher für ›Die Nebenbuhler‹ entschieden hätte, in der Hoffnung, Miß Campbell überreden zu können, Mrs. Malaprop zu spielen.« Sally beeilte sich zuzustimmen, »Sie erniedrigt sich...« würde gut gehen, und sie hörte auf, darüber nachzudenken, welche Haltung Amanda und Christina und Mrs. Maxwell dazu einnehmen würden.

Die Rollen wurden vergeben, die Proben begannen quasi sofort, und der Text wurde mehr oder weniger gut gelernt. Die Besetzung begann sich bei den Rauschs zu treffen, damit sich die Mitglieder an Auftritt- und Abgangsmöglichkeiten, den Umgang mit den Kulissen und all die anderen Notbehelfs-Begleiterscheinungen von Salon-Theateraufführungen gewöhnen konnten. Sally schwelgte in diesen Aktivitäten; sie lernte so die neuen und fast noch neuen Mitglieder ihres Klubs gut kennen. Mrs. Warren mit ihren strahlenden Kinderaugen und Mrs. Patton, die nicht nur hübsch war, sondern auch eine unerwartet natürliche Begabung fürs Theaterspielen entfaltete. Es war alles ziemlich dumm und machte eine Menge Spaß und war für die Mitspieler lohnend, indem sie miteinander in einer Art vertraut wurden, die sonst nicht möglich gewesen wäre.

Sally hatte nicht vergessen, daß der Klub 1908 sein vierzigstes Jubiläum begehen werde; der Anlaß wurde würdig begangen: Die älteren Mitglieder wurden mit ihren Männern, falls sie welche hatten, an einen Tisch im Eßzimmer gebeten, die anderen »jüngeren Mitglieder« saßen an Tischen zu viert im Salon. Ihnen allen wurde eines von Sallys vollendeten Dinners serviert. Als die älteren Männer und Frauen das Eßzimmer verließen, fanden sie, daß unter Elizabeths Aufsicht die kleineren Tische weggeräumt und Stühle in Reihen angeordnet worden waren. Für dieses eine Mal hatte Sally Anne statt Amanda dazu gebracht, »ein paar Worte zu sagen«, um den Jahrestag zu würdigen. Anne war wirklich recht kurz, weil sie die Einführung zu einem Weihnachtsspiel nicht als angemessenen Zeitpunkt für Reminiszenzen betrachtete. In aller Kürze erklärte sie den jüngeren Mitgliedern, daß auch ihre Eltern schon die Theateraufführungen und die Gastfreundlichkeit der Rauschs genossen hatten; daß Ehemänner in jenen Jahren genauso laut gelacht hatten, wie sie sich sicher sei, daß die jungen anwesenden Männer auch an diesem Abend lachen würden. Doch als sie zu ihrem Stuhl zurückging, fragte sie sich, ob Johnny würde lachen können; es schien ihr, als ob er das schon seit Monaten nicht mehr getan hätte. Sie hatte darauf bestanden, daß er mit ihr kommen würde: »Du kommst viel zuwenig heraus. Du bist als meine Begleitung eingeladen«, hatte sie gesagt, »und ich erwarte, daß du mich mitnimmst, so wie du es diese letzten Jahre immer getan hast.« Aber als sie ihm, während sie sprach, zufällig in die Augen sah, schien ihr sein kurzes Lächeln so traurig, daß sie es kaum ertragen konnte.

Aber selbst Johnny konnte sich dazu bringen zu lachen, nicht nur über Goldsmiths Text, sondern auch über die komischen unvollkommenen Masken der Damen. Sie kamen durch die ausgewählten Szenen spielend durch. Elizabeth faßte die ausgelassenen Szenen zusammen, und sie verpaßten den Einsatz nicht oft und mußten selten einen Vers hervorstammeln, aber manchmal wurden sie selbst so von Lachen übermannt, daß das Publikum, das den Grund nicht kannte, wieder mit ihnen lachen mußte. Es war eine der besseren Weihnachtsfeiern des Klubs, dachte Anne, und sagte das zu Sally, als sie und Johnny sich verabschiedeten.

Kurz nach dem Weihnachtsspiel kamen die Schulferien, aufregende Vorbereitungen, und endlich (»endlich« zumindest in den Augen der Kinder) Weihnachten selbst. Die Erwachsenen ohne Kinder verbrachten es in aller Ruhe; in Familien wie der Gardiner-

Stevens-Edwards-Verbindung wurde es ohne jede Einschränkung gefeiert. Captain Bodien war mit dem Schnellzug nach Madison City gefahren, um den Tag mit Stewart und seiner Familie zu verbringen (was Paul Rausch und seine Familie einschloß); ansonsten verbrachten alle, die auch nur lose mit ihren Familien verbunden waren, den Tag bei den Gardiners mit Doug und Barbara, was selbst Richard Edwards einschloß, der von seinen archäologischen Studien nach Hause gekommen war. Bei den Rauschs waren nicht nur Gib und Elsa und ihre beiden Kinder versammelt, sondern auch die alten Evans' und Anne und Johnny Gordon. Die einzige Familie, der der ganze Wirbel um Weihnachten neu und fremd war, war die von Reverend Patton, der bislang die Ansicht der Reformierten Presbyterianer akzeptiert hatte, daß die römische Kirche einen heidnischen Feiertag übernommen hätte mit der Absicht, die erst kürzlich bekehrten Christen zufriedenzustellen, und daß das Ganze als baptistische Feier von jedem wahren Christen ignoriert werden sollte. Es war daher eine ziemliche Überraschung für Andrew Patton gewesen, als Naomi nach der Schule eines Nachmittags bei ihm im Arbeitszimmer in der Kirche hereinsah, um ihn über seine Gefühle in Beziehung auf Weihnachtsgeschenke zu konsultieren. »Jennifer«, erklärte sie, »denkt an Geschenke für die ganze Familie, sie hat aber nur Geld genug, etwas für ihre Mutter zu kaufen. Ich habe mich ganz komisch gefühlt, als sie mich gefragt hat, was ich für euch alle machen werde und ich sagte: ›Nichts.‹ Vater, wenn du nicht denkst, daß es falsch ist, würde ich es gerne versuchen. Ich glaube, ich würde gerne etwas geben, selbst wenn es zusammengebastelt ist. Ich bin nicht sehr gut mit meinen Händen.«

»Du kannst während des ganzen Jahres geben, weißt du, es muß nicht Weihnachten sein. Aber ich sehe keinen Grund, weshalb es nicht gerade dann sein sollte. Woran hattest du denn gedacht?«

»Was immer Jennifer mir zeigen kann, wie man es macht. Ich habe bereits gelernt, wie man einen Saum umhäkelt. Ich habe an ein umhäkeltes Taschentuch für Cousine Deborah gedacht.« Die Stimme versagte ihr fast den Dienst, so verlegen war sie; der überraschte Gesichtsausdruck ihres Vaters forderte eine Erklärung. »Ich habe es versucht«, sagte sie, und dann in Verzweiflung: »Habt ihr es denn nicht einmal bemerkt?«

»Natürlich haben wir es bemerkt, mein liebes Kind. Unser Zuhause ist glücklicher geworden hier in Waynesboro, aber...«

»Sie ist immer nett zu mir gewesen, selbst wenn ich nicht nett zu ihr war. Ich war schrecklich; ich nehme an, ich wollte dich nur für mich selbst haben.« Sie errötete unschön; mit einer schnellen

Bewegung strich sie ihren langen Pony zur Seite, um ihre Tränen schnell wegzuwischen, und legte damit ihre hohe Stirn offen. »Ich habe lange Zeit gebraucht, aber es tut mir wirklich leid, und ich kann... ich kann es nicht sagen. Aber ein Weihnachtsgeschenk, würde es das nicht sagen?«

»Das würde es wohl sagen, und ich finde, ein umhäkeltes Taschentuch wäre sehr passend. Und die Kinder?«

»Ich werde mir etwas ausdenken.«

»Würde dir ein Dollar helfen? Ich kann soviel erübrigen, denke ich.« Er griff in seine Tasche, klingelte mit den Münzen, zog einen Silberdollar hervor und gab ihn ihr. Sie betrachtete ihn neugierig von beiden Seiten. »Ich glaube nicht, daß ich je einen gehabt habe, den ich ausgeben konnte, wie ich wollte. Danke, Vater. Ich kann zu dem berühmten Billigladen gehen: Sie haben diese kleinen Puppen, die Melissa mag, und ich kann dort auch etwas für David finden. Stell dir vor! Stell dir vor! Ich kann Weihnachtseinkäufe machen wie jeder andere!« Dann, als ihr ein beängstigender Gedanke kam, fuhr sie fort: »Vater, du wirst aber nichts zu Cousine Deborah sagen? Oder irgend etwas, das ich gesagt habe, daß es mir leid tut oder so? Bitte! Weil ich weiß, daß ich diejenige bin, die es sagen muß... und ich kann es nicht.«

»Kein Wort. Ich verspreche es. Die Zeit wird vielleicht einmal kommen... in der Zwischenzeit, sag es mit diesem umhäkelten Taschentuch.«

Die Häkelei wurde bei den Evans' in Jennifers Gesellschaft vollbracht, und auch das Geschenk für ihren Vater; die Geschenke wurden an einem Samstagnachmittag nach langer Unschlüssigkeit in dem »berühmten Geschäft« gekauft; vier Geschenke, ziemlich unordentlich in weißes Seidenpapier eingepackt und mit einem festen roten Bindfaden umschnürt. Sie würden früh am Weihnachtsmorgen, bevor irgend jemand zum Frühstück heruntergekommen war, auf dem Eßzimmertisch angeordnet. In ganz Waynesboro gab es an diesem Morgen keine überraschtere Familie als die Pattons und auch keine glücklichere. Deborah nahm das kleine Päckchen auf, wußte sofort, daß keine Erwachsenenhand es eingepackt hatte, und sah gleich Naomi an.

»Für mich? Ein Weihnachtsgeschenk? Wie nett.«

»Ist es eigentlich nicht. Sehr nett, meine ich.« Naomi errötete, die unschöne Farbe lief ihr von den Haarspitzen bis in den Nacken. »Ich bin nicht sehr gut im Nähen, und es ist mir so schmutzig geworden... ich weiß nicht wie... ich habe immer meine Hände gewaschen.«

»Aber...« Deborah hatte das Päckchen aufgeschnürt und faltete das Taschentuch auseinander. »All diese Arbeit! Für mich! Ich... ich glaube nicht, daß ich je zuvor ein handumhäkeltes Taschentuch gehabt habe. Danke, Naomi, von ganzem Herzen.«

Von unangebrachter Sentimentalität wurde sie von dem verblüfften Blick ihres Mannes errettet, der an einem Finger ein Objekt an einer Schnur schwenkte, eine Kugel, zwölf oder vierzehn Zentimeter im Durchmesser, die aus einer Unzahl von kreisförmigen Stücken aus blaßgrünem Seidenpapier bestand, die jeweils zweimal gefaltet und zu einer nicht ganz vollkommenen Kugel zusammengefaßt worden waren. »Es ist ein sehr hübsches Ding, Naomi, aber... was...?«

»Es ist eine Rasierkugel. Jenny sagt, sie muß jedes Weihnachtsfest eine für ihren Vater machen, er mag sie so sehr. Meine ist nicht so gut wie ihre..., sie ist etwas bauchig geraten. Du kannst sie an den Spiegel im Badezimmer hängen, und wenn du mit dem Rasieren fertig bist, kannst du ein Stück Papier herausreißen und dein Rasiermesser damit abputzen.«

»Aha! Wie raffiniert! Und so praktisch. Ich fummele immer nach irgendwas herum.«

»Und es soll auch schon geschehen sein, daß du das Handtuch zerschnitten hast. Ich bin auch sehr dankbar dafür, Naomi.« Ihre Mutter sah zu den beiden jüngeren Kindern hinüber, die beide völlig von etwas gefesselt waren. »Die kleinen Puppen sind Geschenke von Naomi, Melissa, sag danke. Weißt du, Andrew, ich dachte schon neulich abends bei den Rauschs, ihr Weihnachtsbaum ist so wundervoll, vom Engel an der Spitze angefangen bis zu der Krippe darunter. Gibt es einen wirklich triftigen Grund...?«

»Jetzt wo wir einfache Presbyterianer sind, keinen einzigen auf der Welt. Wie absolut töricht einige Beschränkungen erscheinen, wenn man Abstand davon gewinnt. Wie zum Beispiel, keine Kirchenlieder zu singen. Danke, Naomi, für alles... und dafür, daß du uns die Augen geöffnet hast. Es gibt Vergnügungen in diesem Leben, die das Herz erfreuen und die niemandem Schaden zufügen. Und jetzt laßt uns, bevor wir unser Porridge essen, das in aller Wahrscheinlichkeit kalt ist, den Segen des Herrn erbitten.« Ein Teil des Gebets des Reverends war still: Er dankte Gott für seine Frau, deren Geduld und Nachsicht offensichtlich belohnt worden war, und er dankte für eine Tochter, die ihre Fähigkeit zur Liebe bewiesen hatte. »Amen, Amen«, sagte er in seinem Herzen mit der ganzen Inbrunst eines wahrhaft gläubigen Mannes.

DIE MITGLIEDER DES FRAUENKLUBS VON WAYNESBORO

Miß Charlotte Bonner
Miß Ellen Bonner
Miß Ruth Campbell
Mrs. Jessamine Edwards
Mrs. Caroline Edwards
Mrs. Elsa Evans
Mrs. Gwen Evans
Mrs. Anne Gordon
Mrs. Sophie Lichtenstein
Mrs. Laura Maxwell
Mrs. Elizabeth Merrill
Mrs. Deborah Patton
Mrs. Sarah Rausch
Miß Amanda Reid
Mrs. Lavinia Stevens
Mrs. Christina Voorhees
Mrs. Grace Warren

IN MEMORIAM

Miß Eliza Ballard
Mrs. Mary Ballard
Miß Susan Crenshaw
Mrs. Louisa Deming
Mrs. Katherine Edwards
Miß Caroline Gardiner
Miß Lavinia Gardiner
Mrs. Mary McCune
Miß Agatha Pinney
Mrs. Thomasina Travers

1909

»Wir beklagen das Hinscheiden eines weiteren Gründungsmitglieds, wenn es auch fern von seinem alten Zuhause starb, das es schon vor einigen Jahren verlassen hatte.«

Weihnachten ging vorbei, und das neue Jahr 1909 nahm seinen Anfang. Die Ferien gingen zu Ende. Aber der Winter war für die jungen Leute nie langweilig, wenn sie mit Schnee oder mit Eis bedient wurden. Die Erwachsenen kehrten zu ihren verschiedenen Routinepflichten und -vergnügungen zurück. Für einige Frauen gab es eine zweiwöchentliche Unterbrechung; die Treffen des Frauenklubs von Waynesboro.

Das erste Treffen des neuen Jahres wurde bei Mrs. Andrew Patton abgehalten, und für die meisten der Damen war es das erste Mal in diesem Haus seit dem Tod von Mrs. Ballard. Diejenigen, die das Zimmer damals kannten und Mrs. Patton noch nicht besucht hatten, waren erstaunt, den Raum genauso vorzufinden, wie er vor all diesen Jahren gewesen war. Die eher Praktischeren unter ihnen dachten: »Aber natürlich hatte Eliza für dieses Zimmer keine Verwendung; es ist die ganze Zeit über geschlossen geblieben.« Anne Gordon war nicht besonders praktisch veranlagt. Sie wurde von der Augenscheinlichkeit, daß das menschliche Leben kurz ist und daß die materiellen Dinge es lange überdauern, tief bewegt. Für einen kurzen, bitteren Augenblick wünschte sie, daß sie alle wieder in einem längst vergangenen Jahr lebten, in dem Mrs. Ballard noch den Vorsitz führte. Aber Sally war bereit, das Treffen zur Tagesordnung zu bringen: Nachdem die Anwesenheit festgestellt worden war, wurde der Aufsatz des Nachmittages von einem jener Mitglieder vorgestellt, die sicherlich nie zuvor in diesem Zimmer gewesen waren. Jedenfalls, dachte Anne, hat der Klub überlebt: zumindest in Institutionen kann es also ungebrochene Kontinuität geben. Aber es war seltsam, sich im Salon der Ballards zu treffen, obgleich alle Ballards bereits tot waren. Mit dem besten Willen der Welt konnte sie ihre Aufmerksamkeit nicht dem Essay widmen, der gerade vorgelesen wurde. Sie war irgendwie beunruhigt, und als sie darüber nachdachte, merkte sie, daß ihre Besorgnis den ganzen Weg zurückreichte, bis zu diesem Nachmittag im frühen Herbst, als sie und Elsa nach dem Treffen bei Sally geblieben und dann zusammen die Market Street hinuntergegangen waren.

Anne erinnerte sich an jedes Wort dieser scheinbar unbedeutenden Unterhaltung, die Elsa eingeleitet hatte, indem sie sagte, daß Tuckers Vater und Großmutter ihn wohl sehr vermissen müßten, jetzt, wo er nach Kalifornien zurückgekehrt wäre, aber sie nehme an, sie hörten häufig von ihm.

»Eigentlich nicht. Und du kennst ja diese Art von Briefen, die Jungs schreiben. Ein paar höfliche Sätze an mich, die zweifellos von seiner Mutter diktiert worden sind, in denen er mir für die ›Gastfreundlichkeit‹ während des Sommers dankt. Nicht Tuckers Worte, glaub mir: er betrachtet unser Haus als seine Heimat. Sein Vater hat einen Brief bekommen, den er im Zug geschrieben hatte, fast unleserlich, aber länger, in dem er von der Reise erzählte und von den anderen Mitreisenden und so weiter. Seitdem nichts.«

»Da geht es Jennifer besser. Ohne Zweifel ist es leichter, ihr zu schreiben. Sie hat heute morgen einen langen Brief von ihm bekommen. Einen ziemlich kummervollen. Er schrieb, daß seine Mutter, als er zurückgekehrt sei, gesagt habe, er sei nicht mehr zu bändigen, seit er so wild in Waynesboro herumgetollt sei, und Onkel Robert fände, daß die Militärakademie ihn schon zurechtbiegen würde. Du weißt von Onkel Robert?«

»Großmutter Demings ›Beau‹? Ja, er hat uns davon erzählt.«

»Also muß er auf die Militärakademie. Armer Tuck! Er kann die Vorstellung nicht ausstehen; er mag Onkel Robert nicht und er wünscht, er wäre hier und könnte mit seinen Freunden zur Schule gehen.«

»Glaubst du, daß an dieser Beziehung von ›Onkel Robert‹ zu Louisa etwas dran ist?«

»Tuck glaubt ganz ehrlich daran, aber nein, er ist ein zu alter Mann für sie. Wie alt, meinst du, ist er? Tuck sagt, so alt wie Louisa Deming. Aber wie alt auch immer ... nein, ich glaube nicht, daß er jemanden wählen würde, der gleichaltrig ist. Oder denkst du ... Julia? Johnny ist so sicher gewesen, sie würde nicht wieder heiraten, daß sie dem Ehestand so sehr entfliehen wollte wie ihm. Sag mir, hattest du den Eindruck, daß Tucker ›nicht mehr zu bändigen‹ war?«

Elsa lachte: »Nicht mehr als meine beiden. Natürlich sind sie immer wie wild herumgetollt, alle, draußen auf Hillcrest, aber in diesem Sommer waren sie gar nicht so häufig draußen. Glaubst du, daß Tucker seiner Mutter erzählt hat, daß er die meiste Zeit mit seinem Vater in dessen Praxis und auf Visiten verbracht hat? Sie hat den Beruf des Arztes nie sehr gemocht... wollte sogar, daß Johnny ihn aufgeben sollte. Sie könnte demnach Tucks Aktivitäten als ›nicht mehr zu bändigen‹ betrachten. Und ich nehme an, sie würde ihn gerne aus dem Weg bekommen, ihn zur Schule wegschicken.«

»Ich wünschte, das wäre so. Dann würde sie vielleicht...«

»Ihn Johnny überlassen? Das weißt du doch besser. Sie wird nichts freigeben, was sie hat und das jemand anderer gerne hätte. Besonders nicht, wenn es sich um ihren Exehemann handelt.«

Als Anne ihr Haus erreichte, fand sie Johnny mit der *Fackel* im Wohnzimmer; dieses eine Mal hatte es keine Visiten gegeben, die er hätte absolvieren müssen, nachdem er den letzten Patienten gegen vier Uhr aus seiner Praxis entlassen hatte. Er sah in dem Augenblick, als er die Zeitung niederlegte und sie anlächelte, so müde und traurig aus, daß sie sich entschloß, ihm nicht zu wiederholen, was Elsa ihr erzählt hatte, und ihn so womöglich noch mehr zu bekümmern. Aber bevor sie eine Möglichkeit hatte, sich zu setzen, fragte er sie, ob in der Nachmittagspost nichts von Tucker gewesen sei. Zu einem »Nichts« gezwungen, fuhr sie fort: »Vielleicht kann es der Junge nicht ertragen, uns zu schreiben. Elsa hat mir erzählt, daß Jennifer heute morgen einen Brief von ihm bekommen hat.« Und dann wiederholte sie ihm die Unterhaltung doch.

»Eine Militärakademie? Weil Tucker ›nicht zu bändigen‹ sei? Was für ein Unsinn. Er kann ihr nicht viel davon erzählt haben, daß er in diesem Sommer in meiner Praxis gearbeitet und mich auf meinen Visiten begleitet hat. Ich vermute, sie weiß nicht, was sie mit einem Jungen seines Alters anfangen soll. Aber sie kann sich keine gute Militärakademie leisten, und eine zweitrangige...«

»Warte es ab, Johnny«, hatte sie gesagt. »Wir werden früher oder später von ihm hören. Vielleicht stellt es sich als nicht so schlimm heraus, wie er sich das vorstellt.«

Im Januar, als sie in Mrs. Pattons Salon saß, kam Anne alles, was an diesem Nachmittag gesagt worden war, wieder in den Sinn. Bis nach Weihnachten hatten sie noch nichts von Tucker gehört. Er hatte ihnen dann einen Dankbrief für die Geschenke geschickt und hatte gesagt, daß die Militärakademie nicht so schlimm sei. Aber da war etwas Fremdes – war das möglich? – an dem Brief, das Anne beunruhigte. Ihre Erfahrung mit Männern und Jungen sagte ihr, daß sie sich in Schweigen zurückzogen, wenn etwas nicht stimmte. Wie sie sich auch bemühte, ihre Aufmerksamkeit dem Klubtreffen zu widmen, sie machte sich selbst so viele Tage später immer noch Sorgen.

Als sich die Damen nach dem Treffen auf den Weg machten, richtete es Elsa so ein, daß sie mit Anne durch die Tür und die Treppe hinunterging. »Gehst du zu Fuß? Ich auch. Ich habe den Eindruck, ich brauche etwas frische Luft, auch wenn es so kalt ist.« Die beiden gingen zusammen los und winkten Einladungen, von denen, die Kutschen oder Autos hatten, ab. Einen Augenblick lang schwiegen sie, dann, als sie durch das eiserne Tor auf die Main Street traten, sagte Elsa abrupt: »Ich habe heute morgen einen Brief von Julia bekommen.«

Anne hielt den Atem an; sie hoffte, ihre Aufregung würde sich nicht in ihrer Stimme verraten. »Ich wußte nicht, daß ihr euch noch schreibt.«

»Oh, gelegentlich. Wir halten die Fiktion einer Jugendfreundschaft aufrecht. Sie mag Neuigkeiten über die Leute in Waynesboro, und um Johnnys willen will ich gerne wissen, was sie tut. Nicht, daß er je danach fragt. Aber hin und wieder kann ich ihm ein ›Habe gerade von Julia gehört: Es scheint ihr gutzugehen‹ hinwerfen. Er ist immer noch ...«

»Er hat sie sein ganzes Leben lang geliebt, Elsa, so absurd das klingt. Und das wird er auch immer tun.«

»Ich weiß. Ich habe das vor langer Zeit akzeptiert. In diesem Brief steht eigentlich nichts drin. Sie schreibt, Tuck gehe es gut, und daß ihm die Schule gefalle. Ihre Mutter sei nicht ganz in Ordnung – klage über Schmerzen in der Seite, aber ihr Arzt könne keinen Grund dafür finden. Julia glaubt, es gebe auch keinen; sie sei nur krank vor Ärger.«

Anne schwieg einen halben Straßenzug weit, schließlich sagte sie: »Das bedeutet, daß Julia Mr. Armstrong heiraten wird.«

»Ich fürchte, ja.«

»Das hört sich überhaupt nicht nach Louisa Deming an. Sie ist eine stolze Frau. Und die letzte Person, die ich kenne, die hypochondrisch werden würde. Falls sie sich nicht sehr geändert hat. Natürlich ist sie mittlerweile eine alte Frau. Immerhin sind deine Mutter und ich zu ihr in die Schule gegangen; sie muß in den Dreißigern gewesen sein, als sie heiratete, vielleicht noch älter.«

»Glaubst du, daß Julia lügt? Ich meine, daß ihre Mutter wirklich krank ist und sie es einfach nicht zugeben will?«

»Ich glaube, Julia hat eine unendliche Fähigkeit zur Selbsttäuschung. Besonders wenn das bedeutet, Schwierigkeiten vermeiden zu können.«

»Hat sie je in ihrem Leben jemanden gern gehabt?«

»O ja.« Anne wandte ihren Kopf um und sah Elsa überrascht an. »Ihren Vater, der dachte, sie sei vollkommen. Es war die Schuld der Ärzte, daß er starb . . . John, Johnny, Dr. Warren ließen ihn sterben. Sie hat ihnen nie vollständig vergeben. Sie war freundlich und liebenswürdig mit Binny, und Johnny hat das nie vergessen. Ich habe immer gefunden, daß sie es mochte, wenn man sie vergöttert.«

»Ich hatte gehofft, sie würde Tucker gern haben, wirklich gern haben. Es ist ein so netter Junge, wie ich sonst keinen kenne.«

»Sollte sie auch. Ich hoffe, daß sie es tut. Tucker glaubt, soviel ich weiß, immer noch, sie sei perfekt. Wie schwer es für ihn auch sein mag, alles zu verstehen, er sieht keinen Fehl und Tadel an ihr. Und ich hoffe, das wird er auch nicht, bis er alt genug ist, sie so zu sehen, wie sie ist. Dann wird er hoffentlich tolerant genug sein, das zu akzeptieren, und sie immer noch zu mögen.«

»Du willst, daß er sie mag?« Elsa war bitter. »Ich würde sagen, das beste für ihn wäre, wenn er ausbrechen könnte.«

»In gewisser Weise, ja. Aber es wäre eine schreckliche Sache für einen Jungen, seine Mutter nicht lieben zu können.«

Elsa sagte nichts weiter; sie redeten von anderen Dingen und verabschiedeten sich an ihrem Tor an der Linden Street.

Anne berichtete Johnny teilweise, was Julia Elsa geschrieben hatte: daß es Tucker auf der Schule gefalle, daß ihre Mutter klage, sie fühle sich nicht gut, daß der Arzt aber nichts finden könne. Johnny bestätigte die Information mit einem Brummen und ging gleich dazu über, ihr zu sagen, er müsse am nächsten Tag nach Cincinnati, um einen Spezialisten über einen Fall zu konsultieren, der ihn beunruhige. »Ich könnte ihn für eine Konsultation hierherkommen lassen, aber das würde mehr kosten, als die Mortons zahlen können, und sie ist nicht imstande, so weit zu reisen.«

Johnny fuhr für ein paar Tage in die Stadt, und als er zurückkehrte, wurde nicht mehr über Julia oder ihren Sohn oder ihre Mutter gesprochen. Es war im Februar, als Elsa anrief, um zu sagen, sie habe einen weiteren Brief von Julia bekommen, einen, den sie lieber nicht über das Telefon vorlesen würde: ob Anne zu Hause sei, wenn sie damit vorbeikäme?

Anne glaubte zu wissen, was in dem Brief stand. Mit schwerem

Herzen hielt sie vor dem Fenster an der Haustür Wache und begrüßte Elsa mit: »Es ist also wahr, was wir vermutet hatten? Es ist nicht Tucker? Ich meine, es fehlt ihm nichts?«

»O nein. Es tut mir leid, wenn ich dich geängstigt haben sollte. Es ist nicht Tucker, über den du dir Sorgen machen mußt; es ist Johnny.«

»Komm herein und setz dich hier ans Feuer – das immer noch brennt, was ein schieres Wunder ist. Leg deinen Mantel dort hin, dann lies mir den Brief vor und bring es hinter dich.«

»Es ist typisch Julia, so schlimm, wie sie nur sein kann.« Elsa setzte sich, nahm den Brief aus ihrer Handtasche und las:

Liebe Elsa,
Du wirst überrascht sein, so bald wieder von mir zu hören. Aber als ich Dir das letzte Mal schrieb, war mein Schicksal noch völlig unbestimmt. Jetzt ist alles entschieden, und ich kann Dir berichten, so daß es ganz Waynesboro hören kann, wenn dort noch jemand einen Gedanken für mich übrig hat, daß ich Robert Armstrong heiraten werde. Eine einfache Zeremonie wird in einigen Tagen im Hause des Pfarrers abgehalten werden.

Ich nehme an, Du wirst von Tucker von ›seinem Onkel‹ gehört haben. Robert ist sehr gut gewesen, sehr nachsichtig gegen Tukker, selbst als wir dachten, es sei *Mama,* an der er interessiert sei. Natürlich habe ich seit langer Zeit gewußt, wie es jede Frau gewußt hätte, daß es nicht *Mama* war. Ihr ist es aber nie bewußt geworden, bis ich ihr meinen Diamanten gezeigt habe. Seitdem ist sie in einem Zustand von Hysterie (falls Du Dir Mama völlig außer sich vorstellen kannst!). Ich fürchte, sie beginnt, ihr Alter zu zeigen. Sie beschuldigt mich, ihr Robert gestohlen zu haben. Sie ist wirklich lächerlich, und ich muß ihr immer und immer wieder sagen, sie solle keinen Narren aus sich machen – ich fürchte so, daß sie ihm etwas sagen könnte. Ich erkläre ihr immer, daß Robert ziemlich schüchtern ist: Er hat nie viel Umgang mit Frauen gehabt, er ist nie zuvor verheiratet gewesen und war zu beschäftigt, Geld zu machen (er sagt, er wisse nun wozu – für mich!), und so hat er sich mir über Mama genähert. Er sagt, ich sei zu Beginn so unnahbar gewesen, daß ich ihn geängstigt hätte, aber von dem Augenblick an, als er mich gesehen hat, wollte er mich mit Diamanten behängen!! Aber Mama wird mir nie vergeben, nie. Sie sagt, er sei viel zu alt für mich! Wenn ich romantisch veranlagt wäre, würde ich vielleicht selbst so denken, da er nämlich so alt oder älter als sie ist. Aber ich sage ihr, *junge Männer* stellen viel zu viele Anforderungen. Es wird nichts von diesen *abscheulichen Dingen* – du weißt, was ich meine – mit Robert geben, er ist viel zu alt dazu. Ich weiß wirklich nicht, warum er mich heiraten will, wenn es nicht deshalb ist, daß er noch einen schönen Besitz seiner Sammlung einverleiben will (er findet, ich sei schön!!).

Ich freue mich auf die Jahre in meinem Leben, in denen ich mich nicht eine Minute darüber sorgen muß, mein Einkommen bis an das Ende des Monats *auszudehnen.* Johnnys Unterhaltsbeitrag schien zu Zeiten der Scheidung durchaus angemessen und wäre es vielleicht auch gewesen, wenn ich in Waynesboro geblieben wäre, aber hier in Los Angeles, wo meine Freunde alle wohlhabend sind, scheint es mir kaum mehr als Nadelgeld. Du kannst Johnny sagen (obwohl Robert seinen Rechtsanwalt gebeten hat, mit Mr. Merrill in Kontakt zu treten, damit alles offiziell und gesetzmäßig vonstatten geht), daß er nichts mehr bezahlen muß. Ich nehme an, er wird froh sein, von seiner *Last* befreit zu werden. Er kann sich auch von der Notwendigkeit, zu Tuckers Unterhalt beizutragen, befreien, wenn er will: Robert, der keine eigenen Kinder hat, würde Tucker gerne adoptieren, und ihn seinen Namen annehmen lassen. Johnny wird diese Idee wahrscheinlich nicht mögen, aber er muß großzügig genug sein, Tuckers Vorteile in Erwägung zu ziehen, der mit mir zusammen Roberts Erbe sein würde.

Robert wäre natürlich froh, Mama unterstützen zu dürfen, aber sie ist nicht in der Stimmung, irgend etwas von ihm anzunehmen. Sie hat vor, in dieser Wohnung zu bleiben und von ihrer Bürgerkriegspension, von dem, was sie für unser Haus in Waynesboro bekommen und wieder investiert hat, und von den Tropfen, die von dem Verkauf jener Landesgeschichte abfallen, zu leben. Ist es nicht unglaublich, daß die Leute das noch lesen?

Ich werde Dir meine Adresse schicken, wenn wir entschieden haben, ob wir in der Stadt oder auf Roberts Ranch (wahrscheinlich beides!) wohnen werden. Du würdest die Ranch mögen: Es war eine original spanische Landzuweisung, die der *selben Familie* seit jenen Tagen gehörte, bis der letzte spanische Grande sie an Robert verkauft hat. Das Haus ist sehr alt, sehr spanisch und malerisch, aber ich habe keine Ahnung, *wie bequem.*

Schick mir noch Nachrichten von Waynesboro und dieser wunderlichen Institution des Frauenklubs. Ich kann nicht sagen, daß ich irgendwelche Tränen über das Hinscheiden von Miß Eliza Ballard vergossen hätte, worüber jemand Mama geschrieben hat.

Die Deine, wie immer,
Julia Deming Gordon
(bald Armstrong.)

Elsa faltete den Brief mit einem kurzen heftigen Knistern zusammen und stieß ihn in ihre Tasche. Anne, die Julias Brief bis zum Ende ohne Unterbrechung angehört hatte, und zunehmend starrer und wütender geworden war, platzte jetzt weiß vor Wut heraus: »Ich könnte sie umbringen! Die – die – Unverschämtheit! Die Unanständigkeit! Ich könnte sie umbringen!«

»Oh, ich auch. Seltsam, wie sie sich in einem Brief enthüllt. Wie sie es nie in Person getan hat. Sie war sich immer des Eindrucks, den sie machte, zu sehr bewußt.«

»Einiges davon war mit Absicht beleidigend. All das über das Unterhaltsgeld, mit dem sie all diese Jahre Johnny völlig ausgeblutet hat. Ich frage mich, ob sie wirklich wußte, wie unanständig sie war: sich über ihre Mutter lustig zu machen, zuzugeben, sie heirate wegen des Geldes, und diese Stelle, daß der alte Mann sie nicht belästige. Sie wird sich vielleicht noch wundern«, schloß Anne boshaft.

»Ja. Aber er vielleicht auch.« Elsa sah Anne nachdenklich an und sagte vorsichtig: »Du stimmst mir zu, daß Julia eine völlig frigide Frau ist? Ich weiß, von Damen wird erwartet, daß sie solche Dinge nicht diskutieren, aber ich bin immer überzeugt gewesen, Johnny wäre nie, so wie er für Julia empfand, vom rechten Pfad abgekommen, wenn sie etwas wärmer gewesen wäre.«

»Sie hat sich nie wirklich etwas aus ihm gemacht. Sie wollte verheiratet sein: Jede Frau, die das nicht ist, ist eine Versagerin. Und Johnny war wie zum Gepflücktwerden bereit. Aber all das ist der Schnee von gestern. Jetzt geht es um Johnnys Seelenfrieden. Er ist sich so sicher gewesen, daß sie ein solches Vergnügen an ihrer Freiheit fände, daran, daß ihr – Aufdringlichkeiten – erspart blieben, als ob sie Diana oder die Schneekönigin sei. Er war zufrieden, daß sie ihn nicht persönlich zurückgewiesen hatte, nur die – die Verpflichtungen der Ehe. Natürlich wird Johnny nie zustimmen, daß sein Stiefvater Tucker adoptiert. Nie.«

»Hat er ihr je etwas verweigert?«

»Das wird er verweigern. Der Junge ist alles, was er noch hat. O Elsa! Für wieviel Unglück ist diese Frau verantwortlich! Johnny, du, nun auch ihre Mutter, vielleicht Tucker...«

»Laß mich aus dem Spiel, Tante Anne.« Elsa sprach schnell und ziemlich kühl. »Ich habe nicht all diese Jahre ein gebrochenes Herz gepflegt, glaube mir. Gib und ich haben eine gute Ehe gehabt; wir haben ein glückliches Familienleben. Ich weiß, daß du gesehen und gewußt hast, daß ich mir damals eingebildet habe, ich sei in Johnny verliebt: Ich habe ihn als mein Eigentum betrachtet. Jeder Mann wäre dem entflohen, Julia oder keine Julia.«

»Es tut mir leid, daß ich daran auch nur erinnert habe. Du hast wirklichen Charakter bewiesen, indem du ein gutes Leben geführt hast.« (Und wenn die junge Elsa in gewisser Weise geschwächt worden war, Eifer und Schwung verlorengegangen waren, dann war das der Preis, den man von ihr gefordert hatte; und selbst wenn sie das vorhergesehen hätte, sie würde es akzeptiert haben.) »Ich hätte die Umstände schon vor langer Zeit vergeben, wenn es nicht so bedauerlich für Johnny gewesen wäre. Es ist jedenfalls alles vorbei und vergessen.«

»Du wirst Johnny die Neuigkeiten beibringen? Willst du den Brief behalten, um ihn ihm vorzulesen?«

»Das verbiete der Himmel! Wenn er sich irgendwelche Illusionen bewahren kann, dann laß ihn.«

Elsa verabschiedete sich. Anne verbrachte den Rest des Nachmittags mit quälenden Gedanken und probte, wie sie es Johnny am besten erzählen sollte. Die Stunden zogen sich hin; fünf Uhr kam und ging. Seine Sprechstunden waren nicht immer um vier Uhr beendet: Er blieb immer, bis er alle Patienten im Wartezimmer gesehen hatte. Dann konnte es immer noch Hausvisiten und Krankenbesuche geben. Johnny arbeitete zu hart (seiner Mutter war das trotz ihrer Gedanken klar); er arbeitete so hart oder gar härter, als es sein Vater getan hatte trotz der Partnerschaft und des Krankenhauses. Sie hatte nie dagegen protestiert, weil seine Arbeit, außer in den wenigen Monaten, wenn Tucker bei ihm war, alles war, was seine Gedanken beschäftigte; sie machte ihm nicht einmal Vorhaltungen, wenn er die halbe Nacht aufblieb, obwohl er nicht herausgerufen worden war, und neue medizinische Fachbücher und medizinische Magazine studierte. Es war wohl besser, daß er keine Zeit zum Grübeln hatte.

Es war näher an sechs als an fünf Uhr, als er kam. Ein Blick in sein angespanntes Gesicht sagte ihr, daß er es wußte; sie hätte sich gar nicht all diese möglichen, unwahrscheinlichen Dialoge vorzustellen brauchen. Ihr Gesicht mußte wohl auch enthüllend gewesen sein, denn sobald er in das Wohnzimmer hereinkam, sagte er: »Du hast von Julia gehört?«

»Ich nicht. Elsa hat einen Brief bekommen. Ich glaube, sie hatte nicht den Mut, mir zu schreiben. Wie hast du es denn erfahren?«

»Es sollte keinen Mut erfordern. Sie ist absolut frei, wieder zu heiraten, wenn sie das will.«

(›Aber Johnny! Du warst dir so sicher, daß sie nie wieder heiraten würde!‹) Sie fragte wiederum: »Wer hat es dir gesagt?«

»Rudi Lichtenstein. Ich bin die letzte Stunde bei ihm und Tim Merrill gewesen. Der Anwalt des alten Mannes ist natürlich mit

Tim in Kontakt getreten, da er bereits zuvor für sie tätig gewesen ist.«

»Und was hatte sein Anwalt zu sagen?«

»Nur was ich annehme, das Julia auch Elsa geschrieben hat, nur in etwas gelehrteren Worten. Julia wird fast sofort heiraten. Tucker ist auf die Militärakademie geschickt worden, wo er sich mit Jungs aus seinem eigenen sozialen Stand anfreunden soll, Jungs, die eines Tages seine Geschäftsfreunde sein werden. Wenn ich dazu und zu Julias Wunsch meine Zustimmung gebe und ihm erlaube, daß er adoptiert wird, wird er den Namen ›Armstrong‹ annehmen.«

In seiner Stimme schwang so viel konzentrierte Bitterkeit und Verachtung mit, daß Anne bestürzt, ja fast verängstigt war. »Setz dich, Johnny, um Himmels willen. Reg dich nicht so auf: Sie können dir Tucker nicht gegen deinen Willen wegnehmen. Er ist noch ein Kind: Du müßtest deine Zustimmung geben.«

»Ich weiß.« Johnny ließ sich auf den Rand der Couch fallen, seine Schultern vornübergebeugt, seine Hände zwischen seinen Knien verschränkt. »Es hat mich so wütend gemacht, daß ich kaum – die Herablassung – diese unwahrscheinliche Frechheit! Ich dürfe nicht sogleich und nicht abweisend reagieren, sagte der Brief des Rechtsanwaltes. Ich müsse die Vorteile für Tucker erwägen – Vorteile, die ich mir nicht leisten könne, unterstellte er, da meine Zahlungen für seinen Unterhalt nie gerade überreichlich gewesen seien – und Tucker würde irgendwann auch der Erbe des alten Mannes sein zusammen mit Julia, da er keine eigenen Kinder habe.«

»Das hat er gewagt? O Johnny! Was hast du gesagt?«

»Ich habe gesagt: ›Nur über meine Leiche!‹ Bedauerlicherweise habe ich gesagt, wenn der alte Mann einen Sohn haben wolle, dann solle er einen zeugen: Julia sei nicht so alt, daß sie keine Kinder mehr bekommen könne.«

»Eines der Dinge, die Julia Elsa geschrieben hat, war, daß er so alt ist, daß es diese ›abscheulichen Dinge‹, die man sich sonst gefallen lassen müsse, nicht geben würde, was es uns überläßt, uns zu fragen, was sie mit ›abscheulichen Dingen‹ meint.«

»Sie wird vielleicht noch herausfinden, daß Männer nicht alt werden. Nicht zu alt jedenfalls, es nicht zu versuchen. Und Julia...« Er sah seine Mutter mit gequälten Augen an. »Julia war immer so angewidert. Ich dachte, sie wollte da raus... daß sie nie, nie wieder... ich bin wohl zu Beginn zu hartnäckig gewesen. Vielleicht ist der alte Mann da klüger.«

»Du weißt nicht, was du sagst. Du darfst nicht so reden. Julia wird ihn nicht in ihr Schlafzimmer lassen, fürchte das ja nicht.«

»Aber warum dann? Warum einen Mann heiraten, der für ihre

Mutter alt genug wäre, nach dem, was Tucker uns erzählt hat? Ich frage mich, wie Mrs. Deming damit fertig wird?«

»Nach dem, was Julia schrieb, mit Hysterie und Beschuldigungen. Ich vermute, als Julia sie mit ihrem ›Beau‹ neckte, hat sie sich selbst überreden lassen, es zu glauben. Julia sagt, daß er nie an ihrer Mutter interessiert gewesen sei. Es sei nur eine indirekte Annäherung gewesen. Sie weidete sich förmlich daran, daß ihre Mutter einen Narren aus sich gemacht hat.«

»O Mama! Julia ist nicht so; sie ist ihrer Mutter völlig ergeben. Ich nehme an, daß du, als du schon so viel von ihrem Brief gehört hattest, so wütend warst, daß du alles in ihn hättest hineinlesen können. Ich hoffe um der armen Mrs. Deming willen, daß sich diese Geschichte nicht herumspricht.«

»Dafür kennst du Elsa doch wohl zu gut. Und mich auch, hoffe ich. Wenn sie sich verbreitet, dann, weil Louisa Deming verrückt genug ist, sie selbst weiterzuerzählen. Ich weiß nicht, ob sie noch mit Leuten von hier korrespondiert oder nicht.«

»Das ist gleich. Ich kann immer noch nicht verstehen, warum Julia...«

»Das Geld, Johnny. Das Geld. Ich nehme an, Mr. Armstrong ist wirklich sehr reich.«

»Der Brief des Anwalts deutete so etwas an. Aber Julia war nie geldgierig. Oh, sie mochte hübsche Sachen, aber...«

»Der Anblick von enormen Reichtümern, die vor ihr baumeln, könnte sie verführt haben.«

»Ich hoffe, daß er Tucker nicht verführt.«

»Aber du weißt doch, daß er gesagt hat, daß er seinen ›Onkel Robert‹ nicht mag. Und er vergöttert seine Mutter; vielleicht ist er genau so... so entsetzt, wie du es bist.«

»Ein Junge in diesem Alter? Und was weiß er schon? Ich fürchte, sie werden ihn überreden.«

»Wenn er adoptiert werden will, würdest du dann deine Zustimmung geben?«

»Ich weiß nicht. Ich glaube nicht. Aber ich will auch nicht, daß er sich gegen mich kehrt. Ich... ich kann das einfach von Julia nicht glauben. Sie ist so schön, so unnahbar... aber nicht grausam. Nicht emotional, nicht einmal als Mädchen. Aber auch nicht grausam.«

Anne stimmte mit diesem Urteil vielleicht nicht überein, sagte jedoch nichts. Sie schwieg und erinnerte sich, wie hysterisch Julia wegen des Todes ihres Vaters gewesen war. Nach einem Augenblick fuhr Johnny in einer einigermaßen zusammenhanglosen Art fort. »Schock«, dachte sie. »Wenn ich ein Arzt wäre, würde ich sagen ›Schock‹.«

»Ich kann mir nicht vorstellen ... und ich muß es mir vorzustellen ... Julia in den Armen eines anderen Mannes ... es mir auszumalen. Das läßt die Tatsache, daß sie mich verlassen hat, eine persönliche Zurückweisung werden. Ich habe nie geglaubt, daß es so war. Ich dachte nur, daß sie frei sein wollte ... sich selbst besitzen ... für sich bleiben ... nicht geplagt von der Hartnäckigkeit eines Ehemannes. Aber wenn sie fähig ist, wieder zu heiraten, dann war ich es, den sie loswerden wollte. Sie hat nie gemocht, daß ich Arzt bin, aber ... entschuldige mich, Mom, ich gehe mein Gesicht waschen und werde mich zusammenreißen.«

Anne, die genau gewußt hatte, wie er sich fühlen würde, konnte nur dasitzen und in tiefem Jammer warten und hoffen, daß er sich nicht an die Dinge, die er gesagt hatte, erinnern würde: Er müßte sich so gedemütigt fühlen. Nach einiger Zeit kehrte er zurück, weiß bis in die Lippen, aber frischer, selbst sein Haar war mit Wasser bespritzt worden. Er hatte sich wieder unter Kontrolle.

»Ich entschuldige mich, Mama. Welch ein Schauspiel. Was ein erwachsener Mann alles aus sich macht! Immerhin ist Julia schon seit vier Jahren fort. Ich sollte mich daran gewöhnt haben. Es hat nie irgendwelche Hoffnung gegeben, daß sie zurückkommen würde. Ich werde das nicht wieder machen, ich verspreche es. Ich nehme an, Louline hält das Essen zurück, bis du ihr Bescheid sagst?«

»Zweifellos. Kannst du denn zu Abend essen?«

Er brachte ein Lächeln zustande. »Ich bin sogar hungrig, so unmöglich das auch scheinen mag. Ich habe einen schweren Tag gehabt, bevor ich zu Rudis Büro gegangen bin.«

Am nächsten Tag wurden Johnnys Befürchtungen durch einen kurzen Brief von Tucker beschwichtigt; es war ein seltsamer Brief, für seinen Vater aber völlig klar:

Lieber Vater,
ich bin hier in der Harvey-Militärschule. Hast Du das gewußt? Ich mag sie ganz gern. Wie geht es Großmama und Major und Ludwig und Anhängsel? Schreib mir doch. Mittlerweile weißt Du doch, daß es Mutter und nicht Großmutter Deming ist, die Onkel Robert heiraten will. Sie haben auch Pläne für mich, scheint mir.

Aber ich erinnere mich immer, wieviel Spaß ich diesen Sommer in Waynesboro hatte. Mit Dir. Und auf Hillcrest. Die ganze Fischerei. Und wenn es zu heiß zum Angeln war, nur im Gras zu liegen und den Kindern aus Kansas dumme Verse beizubringen, die wir immer gesagt haben, als wir noch klein waren. Zum Beispiel ›Wie ist dein Name? Pudding-Tasse. Wo wohnst du? In der krummen Gasse.‹

Ich habe immer gesagt: ›Mein Name ist Alexander Tucker Gordon. Ich wohne in der West Market Street, Waynesboro, Ohio, USA, die Welt.‹ Und der Vers, den wir immer an den Knöpfen von Kindern abzählten. Reicher Mann, armer Mann, Bettler, Dieb, Doktor, Rechtsanwalt, Kaufmann, Boß.‹ Dumm, nicht wahr, daß ich diese Verse nicht aus meinem Kopf herausbekommen kann.

Das ist ein dummer Brief. Das kommt, weil wir in einer Pause unseren Eltern schreiben müssen, und wenn es klingelt, werden sie die Briefe einsammeln und für uns abschicken, weil wir keine Möglichkeit haben, uns Briefmarken zu kaufen. Mir macht das aber nichts. Der Unterricht ist in Ordnung, und irgendwie mag ich auch den Drill. Das ist alles, was mir einfällt. Halte Großmama und Major für mich lieb.

Dein Dich liebender Sohn (vergiß das nicht!)
Alexander Tucker Gordon.

Johnny brachte diesen Brief zu seiner Mutter nach Hause und lächelte, als er ihn ihr gab. »Nun sieh zu, was du daraus machst.«

Sie las das peinlich saubere, korrekt geschriebene Sendschreiben und gab es mit einem Lachen zurück. »Welch eine Erleichterung! Was ich daraus mache, ist, daß die Briefe der Jungen gelesen werden und er es vorzog, nicht zuviel zu sagen. Immerhin nehme ich an, daß ›Onkel Robert‹ das Schulgeld bezahlt. Tucker will ganz entschieden nicht adoptiert werden, und ich hoffe, daß die Sache dadurch geklärt ist. Er betrachtet dies hier als sein Zuhause, und er hat vor, hierher zurückzukommen und Arzt zu werden.«

»Der Junge sei gesegnet! Es gibt keinen Grund, warum er nicht Arzt werden sollte, Julia oder keine Julia, wenn er dabei bleibt, bis er großjährig und frei ist, sich selbst zu entscheiden. Er würde es gut machen: er hat eine Menge in diesem Sommer gelernt und er ist ein aufgeweckter Schüler.«

Aber wenn sie geglaubt haben sollten, daß Tuckers Abneigung gegen die Adoption diesem Vorhaben ein Ende bereitet hätte, dann hatten sie den »alten Mann«, wie Johnny Julias Bräutigam nannte, unterschätzt. Etwa eine Woche später rief Rudi Lichtenstein Johnny an und machte mit ihm im Büro von Gardiner & Merrill einen Termin aus, sobald er frei sei. »Mr. Armstrong«, sagte Rudi, »hat seinen Rechtsanwalt geschickt, um uns Bauerntölpel zu überreden, ihm mit Tucker seinen Willen zu lassen.

Alles, was du zu tun hast, ist nein zu sagen. Und nein und nein. Aber ich glaube, du solltest ihn besser selbst sprechen.«

Und so erschien Johnny kurz nach vier Uhr im Büro von Gardiner & Merrill. Er kochte vor Wut, hatte sich aber gut unter Kontrolle. Er hatte langjährige Erfahrung, seine Gefühle in Krisensituationen zu verbergen. Er gab Mr. Armstrongs Abgesandtem freundlich die Hand. Der Rechtsanwalt von der Westküste war älter als die drei Männer aus Waynesboro, makellos gekleidet, höflich, mit eisgrauen, kurz geschnittenen Haaren und buschigen Augenbrauen (kein anderes Wort würde passen, dachte Johnny, wie abgedroschen es auch sein möge) über einem Paar scharfer hellblauer Augen. Wie Johnny ihn aufmerksam betrachtete, so betrachtete er Johnny, der den Urteilsspruch in dem schnellen Übergang dieser Augen von ihm auf Rudi und Tim lesen konnte: ein Landarzt und zwei Landanwälte, bis auf die Knochen Provinzler und dazu noch spießbürgerliche Typen. Selbst Tim, der in seinen Fünfzigern ziemlich eindrucksvoll war. Die vier Männer setzten sich, Tim hinter seinen Schreibtisch, Mr. DeCourcy neben ihn, die anderen beiden ihnen gegenüber auf die steifen Besucherstühle.

Tim konnte sehr höflich sein, wenn der Anlaß es erforderte. Er sagte: »Ich glaube, Mr. Armstrongs Wohnstätte ist Los Angeles. Ihre Karte gibt an, daß Sie aus San Franzisko sind.«

»Das stimmt. Mr. Armstrong hat finanzielle Interessen in San Franzisko und im Norden bis nach Oregon, obgleich er in letzter Zeit in Südkalifornien gelebt hat, weil er das Klima dort vorzieht. Ich vertrete seine Interessen seit vielen Jahren, und er hat mich zu Ihnen geschickt, weil er glaubt, Rechtsanwälten aus Los Angeles fehle die... hm... Differenziertheit, wenn ich so sagen darf, ...um mit seinen Problemen umzugehen.«

Rudi ergriff zum erstenmal, seit man gegenseitig vorgestellt worden war, das Wort. »Ich habe nicht den Eindruck, daß in bezug auf dieses Problem großes Differenzierungsvermögen notwendig ist. Wollen wir es hinter uns bringen, ja?«

Mr. DeCourcy sah Rudi von oben nach unten an. »Ihr Name, wenn ich recht verstanden habe, ist Lichtenstein? Es gibt hier in dieser Gegend des mittleren Westens viele Deutsche, glaube ich.«

Rudi grinste. »Und eine ganze Anzahl von ihnen ist jüdischer Abkunft. Hat das irgend etwas mit der Problemstellung zu tun?«

Die schweren Augenbrauen zogen sich in die Höhe: »Überhaupt nichts. Außer, daß ich noch nie jemanden mit jüdischem Blut kennengelernt habe, der nicht den Wert von Geld verstanden hat. Vielleicht können Sie Ihren Klienten überreden...«

Die drei Zuhörer lachten. Er warf seinen Kopf zurück und in die Höhe und sah sie an seiner Nase vorbei an.

Tim hielt es für seine Pflicht, eine Erklärung abzugeben. »In Waynesboro gibt es keinen Lichtenstein, der auch nur einen Penny gegen den anderen reiben könnte oder sich darum kümmern würde. Rudi hier hätte in das Aktienrecht gehen können wie mein Partner und ich, aber statt dessen wählte er das Strafrecht, und er hat Karriere darin gemacht, die Unterdrückten zu verteidigen, wie arm sie auch sind. Sein jüngster Bruder, der gerade das Jurastudium beendet hat, beginnt in New York als Gewerkschaftsfunktionär.«

»Oh? Sein Name?«

»Franz. Warum?«

Der ältere Mann lächelte eisig. »Franz Lichtenstein. Muß ich mir merken. Wir führen eine Liste von potentiellen Unruhestiftern und tun das bereits, seit es diese Organisation von Möchtegernrevolutionären gibt.« Dann räusperte er sich. »Dennoch, ich bin nicht den ganzen Weg gekommen, um Arbeiterprobleme zu diskutieren, sondern um mich mit einem bei weitem simpleren Problem zu beschäftigen. So simpel, daß mir der Trip völlig überflüssig schien, aber Mr. Armstrong wünschte die Reise. Er hat sein Herz daran gehängt, Ihren Sohn zu adoptieren, Doktor, und glaubt, wenn Sie wüßten, was das alles bedeutet, dann könnten Sie dem Jungen nicht mehr die Vorteile vorenthalten wollen, die ihm als sein Sohn und Erbe erwachsen.«

Tim hob die Hand, um Johnnys Protest abzublocken, und sagte: »Schlage vor, Sie skizzieren diese Vorteile für uns.«

»Sie wissen... oder vielleicht nicht.., daß Mr. Armstrong ein sehr reicher Mann ist?«

»So viel haben wir bereits angenommen, da die frühere Mrs. Gordon dabei ist, ihn zu heiraten.«

Mr. DeCourcy war offensichtlich verblüfft. »Sie sind oder waren ihr Rechtsanwalt. Ich erwartete Ihre Unterstützung.«

»Ich war; Ihr Rechtsanwalt in der Scheidungssache auf Wunsch ihres Gatten. Das war der Anfang und das Ende jeder Verbindung zwischen uns. Aber fahren Sie bitte fort: diese Vorteile für Tucker?«

»Nun, die besten Schulen, hier oder im Ausland, weite Reisen und zum Schluß ein enormes Vermögen.«

»Nur aus schierer Neugierde«, schaltete sich Rudi ein, »woher ist all dieser Reichtum gekommen?«

»Nicht vom Aussaugen der Armen, falls es das sein sollte, worauf Sie hinauswollen. Zu Beginn Bauholz. Dann Minen und später verschiedene verwandte Interessen.«

»Ich verstehe. Nicht das Aussaugen der Armen, aber das Ausbeuten der Rohstoffe des Landes.«

»Hör auf damit, Rudi«, sagte Johnny plötzlich. »Welchen Unterschied macht das für uns? Wir wollen weitermachen. Letzten Endes laufen die Vorteile für Tucker darauf hinaus, daß er der Sohn eines reichen Mannes wäre. Wäre er deshalb glücklicher?«

Mr. DeCourcy lächelte wieder dieses frostige Lächeln. »Geld ist nicht alles, da stimme ich Ihnen zu. Aber es macht das Leben leichter und angenehmer. Und die beste mögliche Bildung ist sicherlich wünschenswert.«

»Es tut einem Jungen nicht gut, ein leichtes und angenehmes Leben zu haben. Wir sind in dieser Stadt, undifferenziert wie wir auch sein mögen, nicht ohne Erfahrung mit den Söhnen von reichen Leuten. Es bedeutet nicht immer sonderlich viel.«

»Die Macht, die mit wirklich großem Vermögen einhergeht, ermöglicht es einem Mann, alles zu tun oder zu sein, was er wünscht.«

»Sie und Mr. Armstrong haben eine übertriebene Vorstellung von der Macht des Geldes. Ein Mann, der sich dieser Macht ergibt, ist von ihr so weit korrumpiert worden, daß er nicht mehr verstehen kann, daß es auch Grenzen für sie gibt. Sie haben jetzt eine dieser Grenzen kennengelernt. Fahren Sie nach Los Angeles zurück und sagen Sie, die Antwort ist nein.«

»Wenn ich Ihnen sage, daß es das ist, was der Junge selbst will?«

»Hat er Ihnen gesagt, das sei es, was er will?«

»Er ist auf der Schule. Ich hatte keine Gelegenheit, das mit ihm zu besprechen. Seine Mutter hat mir erzählt, daß, wenn sie es wolle, er es auch wollen würde.«

»Er ist bislang immer seiner Mutter ergeben gewesen. In dieser Frage hat sie unrecht.« Johnny griff in seine Tasche und brachte Tuckers Brief zum Vorschein. »Hier. Lesen Sie das und sagen Sie mir, ob Sie dann noch glauben, daß er es will?«

Mr. DeCourcy las ihn und lächelte. »Es ist ein sehr kindischer Brief, nicht wahr, für einen sechzehnjährigen Jungen? Unreif, wie er sein muß, wie kann er da wissen, was er will?«

»Er ist nicht kindisch. Es ist ein sehr raffinierter Brief von einem Jungen, der weiß, daß der Brief gelesen und in seinem Inhalt vielleicht von den Schulbehörden anderen übermittelt werden wird.« (Man stelle sich vor, Briefe von sechzehnjährigen Jungen zu zensieren!) »Er muß auf einer sehr strengen Schule sein. Er hat es jedoch geschafft, deren Namen, sein Zuhause – was er als sein Zuhause ansieht – hineinzubekommen und seine Hoffnung für einen zukünftigen Beruf. Wenn seine Mutter ihn nicht als Tucker

Gordon behalten will, kann sie ihn mir zurückschicken. Ich kann vielleicht mehr für ihn tun, jetzt, da ich nicht mehr Unterhaltsgeld zahlen muß. Fahren Sie zurück und sagen Sie dem alten Mann, die Antwort sei nein – ganz entschieden nein. Aber Sie dürfen ihm nicht den Eindruck geben, wir seien wildäugige Radikale, bereit, meinen Sohn umstürzlerisch zu beeinflussen. Mr. Lichtenstein ist ein alter Freund, aber politisch stimmen wir nicht miteinander überein: Merrill und ich sind so felsenfeste Republikaner wie irgendein Millionär... und wir sind durchaus damit einverstanden, daß er seine Millionen behält: Als Gegenleistung erwarten wir, in Frieden gelassen zu werden. Ich bedauere, falls meine Freunde und ich Ihnen feindlich erschienen sind. Ich weiß, daß Sie einfach nur einen Auftrag ausführen. Nun, es ist nun einmal ein erfolgloser Auftrag.« Johnny stand auf, nahm Tuckers Brief vom Schreibtisch, gab Mr. DeCourcy die Hand, berührte Rudi auf dem Weg zur Tür an der Schulter, grüßte Tim und ging mit Rudi, der ihm folgte, hinaus. Der arme Tim wurde zurückgelassen, und mußte sich entscheiden, ob er verpflichtet sei, einen mächtigen Rechtsanwalt aus San Franzisko mit nach Hause zum Essen zu nehmen, obgleich Elizabeth völlig unvorbereitet sein würde. Folglich war er erleichtert, als Mr. DeCourcy seine Uhr aus der Tasche zog und sagte, er habe gerade noch Zeit, den Nachmittagszug nach Chikago zu erreichen.

Und das war es, wie Johnny seiner Mutter berichtete. Julia gäbe nicht so leicht auf; der alte Mann war offensichtlich gewöhnt, seinen Willen durchzusetzen; sie würden vielleicht immer noch versuchen, einen Weg um sein Nein herum zu finden, aber das Gesetz sei auf seiner Seite und auf der Tuckers. »Ich muß dem Jungen heute abend schreiben und ihm sagen, daß ich seinen Namen, sein Zuhause und seinen Beruf nicht vergessen habe.«

Als die *Fackel* die Nachricht von der Eheschließung von Mrs. Julia Deming mit Mr. Robert Armstrong brachte, die in einer einfachen Zeremonie im Hause der Mutter der Braut in Los Angeles vollzogen worden sei, starrte Johnny, der Julia seit Mr. DeCourcys Besuch nicht mehr erwähnt hatte, lange auf die Zeilen. Wie er so vor seiner Mutter durch die geöffnete Zeitung verdeckt war, konnte Anne nur seine Finger sehen, wie sie durch den harten Griff in die zerknitternden Zeitungsseiten weiß wurden. Schließlich holte er tief Atem, ließ die Zeitung auf den Schoß sinken und sagte: »Wenn man es gedruckt sieht, weiß man erst, wie endgültig es ist. Das war's dann also.«

Er sagte nichts mehr, nicht an diesem Abend und nicht später. Anne wußte jedoch, wie tief die Wunde war und wie langsam sie heilen würde. Sie machte sich Sorgen um ihn: Er war nie zu Hause außer zu den Mahlzeiten und abends nach den Sprechstunden. Er verbrachte seine Tage in der Praxis, im Krankenhaus oder bei seinen Visiten. Seine Mutter war gewöhnlich zwar im Bett, wenn er heimkam, schlief aber nicht: manchmal glitt sie geräuschlos in die Vorhalle, lehnte sich über das Geländer und rief ihm eine gute Nacht zu, bevor er in das Wohnzimmer ging, um zu lesen oder hin und her zu gehen. Es gab keine Möglichkeit, ihm zu helfen; er weigerte sich zu reden und zog es offensichtlich vor, in Frieden gelassen zu werden. Sie konnte nichts tun als beten, oft wortlose Gebete auf ihren Knien am Bett; auch ohne Worte würde der Gott, zu dem sie betete, wissen, daß sie um Seelenfrieden für ihren Sohn bat.

Nicht lange danach bekam Elsa einen weiteren Brief von Julia, in dem sie sich nicht wieder auf ihre früheren Behauptungen bezog, es sei eigentlich alles in Ordnung mit ihrer Mutter. Mrs. Deming war ernstlich krank: sie schwand dahin und hatte ständige Schmerzen, wenn sie nicht mit Mitteln vollgestopft wurde. Die Ärzte hatten sich entschieden, es müsse Krebs der Bauchspeicheldrüse sein, und Julia schrieb: »Es scheint, auch wenn es Organe im menschlichen Körper gibt, auf die man verzichten kann, die Bauchspeicheldrüse ist keins davon.« Es gab selbst für eine diagnostische Operation keine Pläne; das Beste, was man erhoffen könne, sei, daß das Ende schnell und bald käme, um ihrer Mutter willen und dem jedes Betroffenen. Julia schloß: »Mama hat mich versprechen lassen, ihren Körper nach Waynesboro zurückzubringen und sie neben Papa zu bestatten. Und so warte ich auf meine erste und, wie ich hoffe, meine letzte Rückkehr in meine Heimatstadt.«

Der Brief war im April geschrieben worden; es war Mitte Mai, als die Nachricht von Mrs. Demings Tod eintraf: eine Zeitspanne, die denjenigen, die in Kalifornien das Ende erwarteten, unendlich lang erschienen sein mochte, aber für ihre Freunde in Waynesboro schockierend kurz war, da sie genug andere Dinge zu bedenken hatten und daher glaubten, es sei »doch gerade vor ein paar Tagen gewesen, daß man gehört habe...«

Der Beerdigungsunternehmer in Los Angeles traf mit Mr. Crawford in Waynesboro alle notwendigen Vereinbarungen. Es würde vor dem Begräbnis eine einfache Messe in der Methodistenkirche geben. Mr. und Mrs. Armstrong fuhren dann direkt vom Friedhof nach Madison City, wo Hotelzimmer für sie reserviert worden waren; sie würden gerade lange genug für die Beerdigung in Waynesboro bleiben.

Anne wünschte, Johnny würde wegfahren – irgendwohin –, so daß er nur nicht in der Stadt sein müsse. »Sie wird neugierig sein... ihr Gatte wird neugierig sein...«

»Ich werde neugierig sein, die ganze Stadt wird neugierig sein. Es wird eine ganze Menge Leute auf der Beerdigung geben, die keine Freunde der Verstorbenen gewesen sind.« Johnny lächelte, was die eingekerbten Linien in seinen Wangen noch vertiefte. »Ich kann nicht weglaufen. Meine Schwiegermutter ist mir immer ein Freund gewesen, und in einer Krisensituation war sie zehn Julias wert. Natürlich muß ich zumindest zum Beerdigungsgottesdienst gehen.«

Wenn er gehofft hatte, den Friedhof und die Notwendigkeit, mit Julia sprechen zu müssen, vermeiden zu können, erwartete ihn eine Enttäuschung: Der Bestattungsunternehmer rief an, um ihm mitzuteilen, daß Johnny zu denjenigen gehörte, die von Mrs. Deming als Sargträger bestimmt worden seien; Julia hoffte sehr, daß er einverstanden sei, da ihre Mutter nur noch so wenige Freunde in Waynesboro habe. Obgleich die Zustimmung bedeutete, daß er nicht nur dem Begräbnisgottesdienst beiwohnen, sondern auch mit dem Leichenwagen zum Friedhof gehen müsse, konnte er sich nicht weigern. Das war eine Verpflichtung, die einem nur eine schwere Krankheit abnehmen konnte.

Die Kirche war, wie es Johnny vorausgesehen hatte, nicht nur mit Mrs. Demings Freunden gefüllt, wie zum Beispiel den Mitgliedern des Frauenklubs, die zusammen in einer vorderen Kirchenbank saßen, und den Frauen der Methodistenkirche, mit denen sie in so vielen Unternehmungen verbunden gewesen war, sondern auch mit jenen, die den Multimillionärsgatten der Ex-Mrs. Gordon sehen wollten. Johnny ging völlig ausdruckslos durch das Martyrium. Aber er sollte nicht entkommen. Als sich die Handvoll Leute, die dem Sarg auf den Friedhof gefolgt waren, umdrehten, um zu gehen, und als die letzten Gebete gesprochen waren, die letzte Handvoll Staub auf den Sarg geworfen war, trat ihm Julia in den Weg und schlug den Schleier, der sie bis dahin vor den Neugierigen geschützt hatte, zurück.

Sie streckte ihre Hand aus. Er sah sie nicht. Der Eindruck ihrer lebendigen Gegenwart blendete ihn. Julia – Julia – schöner denn je, wunderbar in ihrem Crêpe, ohne daß irgendwelche kalifornischen Sonnenfalten um die Augen spielten oder ihr die flachen Wangen, die ihr dieses zerbrechliche Aussehen gaben, durchkreuzten.

»Johnny«, sagte sie, »gibst du mir nicht einmal die Hand?«

Da erst sah er ihre Hand, nahm sie und ließ sie wieder fallen.

»Ich wollte dir für diesen letzten Dienst danken. Das war liebenswürdig von dir.«

»Deine Mutter war immer sehr freundlich zu mir. Es tut mir leid wegen deines Verlustes.«

»Johnny, du hast keine Ahnung, was für ein Martyrium es war! Für sie... aber auch für uns. Gott sei Dank wurde das Tucker erspart, da er auf seiner Schule war.«

»Aber sie hat nicht bei dir gewohnt?«

»Nein. Sie hat sich geweigert. Natürlich hatten wir Krankenschwestern für sie, aber ich war jeden Tag bei ihr.« Sie schüttelte sich. »Wenn Robert nicht gewesen wäre... ich möchte dich meinem Mann vorstellen. Du wirst uns sicherlich Glück wünschen wollen.«

Er nahm ihren Namen nicht auf seine Zunge, damit er nicht wie ein Schrei klingen würde; die Muskeln, die sich an seiner Kinnlade entlangzogen, zeigten, wie hart er die Zähne aufeinanderbiß. Er blickte auf, sah über ihre Schulter hinweg mit einem Gefühl von Schock einen großen, aber gebeugten, alten Mann mit dünner werdendem weißem Haar, das lang genug war, um im Maiwind zu wehen, und mit einem weißen Bart und Schnurrbart. Dieser Mann war wirklich alt. Tucker hatte das in diesem Sommer, als er zum erstenmal ›Onkel Robert‹ erwähnt hatte, gesagt, aber für einen Jungen in seinem Alter stand jeder über vierzig schon mit einem Fuß im Grab. Er mußte älter sein, als es Mrs. Deming gewesen war – gerade siebzig nach der *Fackel.* Und Julia – Johnny ließ seine Augen zu der Hand sinken, die ihren Ellbogen umfaßt hielt, eine große Hand, stark geädert und mit braunen Flecken übersät: eine Hand, die einst für lange Zeit hart gearbeitet hatte. Dann hob Johnny seinen Blick von diesem besitzergreifenden Griff zu seinen Augen: rot-geändert, aber immer noch kalt-blau und arrogant.

Er brachte ein »Guten Tag, Sir« hervor und erhielt ebenfalls einen kurzen Gruß. Er konnte die Gedanken des alten Mannes lesen und fühlte sich plötzlich nicht nur unbedeutend und bäuerlich, sondern auch völlig erschöpft – bis auf die Knochen zermürbt – und er kannte die Frage in den Gedanken des anderen: »Was kann sie in ihm bloß gesehen haben?« Mr. Armstrong sagte: »Vergiß nicht, meine Liebe, du wolltest ihn noch um einen Gefallen bitten.«

Johnny schloß seine Augen und holte tief Atem. Es gab nicht mehr den Wunsch in ihm, aus dem Grund seines Herzens nach ihr zu rufen.

»Um was geht es, Julia? Du bist nie zurückhaltend gewesen, wenn du mich um einen Gefallen bitten wolltest.«

»Meine Appelle sind nicht immer beantwortet worden, nicht wahr?« Dann zarter: »Robert und ich planen eine Reise um die Welt. Im Sommer, damit wir, falls du es erlaubst, Tucker mitnehmen können, ohne ihn aus der Schule nehmen zu müssen. Es wäre eine Erfahrung, die seinen Horizont so sehr erweitern würde.«

»Versuchst du es immer noch? Gibst nie auf, was? Glaubt mir, du und auch Mr. Armstrong: Was ich in bezug auf Tucker entscheide, soweit ich irgendwelche Macht habe, Entscheidungen zu treffen, ist zu seinem Guten und nicht zu meinem Vergnügen oder dem euren. Ich habe keine Zweifel, daß eine Reise um die Welt sehr wertvoll sein würde. Wenn Tucker mitfahren will, und ich einen derartigen Brief von ihm bekomme, den ich als echten Ausdruck seines Wunsches akzeptieren kann, ohne daß man Einfluß auf ihn ausgeübt hat, dann will ich ihn euch diesen einen Sommer geben.« Dann, als er sich Julias verblüfften Gesichtsausdrucks mit Vergnügen bewußt wurde, hob er seine Augen wieder zu dem Mann, der immer noch hinter ihr stand. »Das war Ihre Idee, Sir, vermute ich?« Johnny hoffte, daß die Anrede mit ›Sir‹ den alten Mann ärgern würde. Vielleicht tat es das auch, denn er sagte: »Das Angebot hätte kaum von Julia kommen können.« (Das Geld ist immerhin das meine.) »Ich vermute, daß Sie zuversichtlich sind, daß er es vorziehen wird, hierherzukommen?«

»Ich bin in nichts zuversichtlich«, schnappte Johnny zurück. »Für einen Jungen in seinem Alter kann Geld einen unterminierenden Effekt haben. Und eine geliebte Person oder einen Ort bis zu dem Punkt herabzusetzen, wo es beschämend erscheint, sie immer noch zärtlich zu lieben, das ist einfach genug. Sagen Sie Tucker, daß dies eine ländliche, kleine Stadt ist, daß seine Einwohner Bauerntölpel sind, daß er für höhere Dinge bestimmt ist: Wenn er Ihnen glaubt, dann werde ich enttäuscht, aber nicht überrascht sein.«

Er drehte sich auf dem Absatz um und schritt über das unebene Gras des Friedhofes weg und kümmerte sich nicht um das »Aber, Johnny…«, das er beim Weggehen hörte. Er war erleichtert, als er sich schließlich umwandte und sah, daß nur noch die Totengräber um das Loch im Boden zurückgeblieben waren. Und auf der Straße die Kutsche des Beerdigungsunternehmers. Er nahm einen Seitenweg, weil er nicht überholt werden wollte, wenn sie neben dem mit Kies bestreuten Weg zum Friedhofstor stapften.

Der Brief von Tucker erreichte seinen Vater etwa zehn Tage später; er wurde mit der Praxispost abgeliefert, und Johnny brachte ihn nach Hause, damit seine Mutter ihn lesen könne.

Tucker hoffte, daß sie ihn verständen, wenn er sie um Erlaubnis bäte, mit seiner Mutter und Onkel Robert (er hielt also immer noch an dem »Onkel« fest) um die Welt reisen zu dürfen. Es gäbe eine Menge Plätze, die er gerne sehen würde. Und überhaupt, Ludwig Evans würde den Sommer wieder damit verbringen, in der Mühle zu arbeiten, und Jennifer werde von ihrer Mutter zu ihrem Onkel Ernest mitgenommen, um den Juli am Strand zu verbringen, und deshalb vermute er, daß es in Waynesboro nicht viel zu tun geben werde. Er werde die Getreideernte auf der Farm vermissen und die Landkirmes und mit seinem Vater zusammenzusein und mit Großmutter und Major, aber am meisten werde er vermissen, mit seinem Vater auf Visite zu fahren: Aber ein Jahr sei nicht so schrecklich lang, nicht? Das sei eine Gelegenheit, die er vielleicht nie wieder bekommen werde, und er wolle das Beste daraus machen, ob er also bitte mitfahren dürfe? Er werde sie alle im nächsten Sommer sehen, und in der Zwischenzeit sei er seines Vaters liebender Sohn.

Als Anne den Brief gelesen und ihn ihm zurückgegeben hatte, sagte Johnny: »Ich habe also die letzte Runde verloren.«

»Es tut mir leid – wir werden ihn vermissen. Aber er wird wiederkommen. Und ein Jahr geht so schnell vorbei.«

»Ich bezweifle, ob er je wiederkommen wird. Ich werde ihn nicht gegen seinen Willen zwingen.«

»Sei nicht ein solcher Pessimist. Ich weiß, das ist ein Schlag, aber ich traue Tucker mehr Charakterstärke zu als du.«

»Er ist zu jung, um genügend Charakterstärke entwickelt zu haben, um auf der einen Seite seiner Mutter zu widerstehen und auf der anderen der Großzügigkeit seines Stiefvaters. Das komischste ist, daß Julia mich so überrascht ansah, als ich ihr sagte, er könne mitfahren, wenn er wirklich wolle. Einen Augenblick lang hatte ich den Eindruck, sie habe darauf gebaut, daß ich nein sagen würde.«

Anne hielt den Mund: Es würde nicht helfen, ihm zu sagen, sie sei sicher, Julia hätte es vorgezogen, keinen so großen Jungen wie Tucker, der ihr Alter offenbarte, bei sich zu haben. Sie sagte nur nach einem Augenblick: »Wir haben einfach das Beste daraus zu machen. Ein langer, ruhiger Sommer nur für uns alleine. Falls... du würdest nicht irgendwohin in Ferien fahren wollen? Du hättest das dringend nötig.«

»Ich kann gar nicht wegfahren; das würde bedeuten, daß ich meine Patienten den Warrens oder irgend jemand übertragen müßte. Es gibt gar nicht so viele Ärzte in der Stadt, daß sie nicht alle viel zu tun hätten, selbst die Quacksalber. Oder besonders die Quacksalber.«

Als der Sommer begann, fuhr Johnny mit seiner aufreibenden Routine fort: morgens – Visiten und das Krankenhaus; nachmittags – Sprechstunden und wiederum Visiten; Sprechstunden nach dem Abendessen und eine Runde durch das Krankenhaus – zusätzlich zu Notfällen, die ihn oft den größten Teil der Nacht außer Haus hielten. Anne war sich sicher, daß er nicht in all diesen Stunden, die er in der Praxis verbrachte, Patienten behandeln konnte; wenn sie ihn jedoch fragte, sagte er, daß es mehr Krankenfälle als gewöhnlich gäbe: »Sommerbeschwerden« bei den Kleinkindern, Heufieber und ähnliche Schwierigkeiten bei den Erwachsenen und die übliche Zahl von Unfällen auf den Bauernhöfen und unter draufgängerischen Jungs, die in den anderen Jahreszeiten in der Schule unter Aufsicht seien.

Erst im August, nach der Landkirmes, trat etwas Ungewöhnliches ein. Als er eines Abends zum Essen nach Hause gekommen war, wurde er zum Telefon gerufen, gerade als er und seine Mutter sich an den Tisch setzen wollten. Er war lange am Telefon – so lange, daß Anne schon dachte, das Essen sei nicht mehr eßbar, ein Essen, das er bei heißem Wetter gerne hatte: gebackener Schinken, frischer Mais am Kolben, frische Limabohnen und Wassermelone.

Als er ins Zimmer zurückkam, setzte er sich schnell hin, schlug die Serviette auf und machte sich daran, den Schinken zu zerteilen. »Tut mir leid, Mama, ich muß schnell essen und dann wieder weg. Das war Dr. Collins, der anrief: er hat einen Patienten, irgendein zehn Jahre altes Kind, von dem er glaubt, das es Poliomyelitis habe.« Seine Mutter sah ihn so ausdruckslos an, daß er übersetzte: »Kinderlähmung. Collins will, daß er ins Krankenhaus kommt. Der richtige Platz dafür, natürlich. Ich habe dort angerufen, um ihnen aufzutragen, im Südflügel eine Isolierstation einzurichten. Aber ich muß hin, um das zu überwachen.«

»›Isolierstation‹? Du willst sagen, Kinderlähmung ist ansteckend?«

»Alle Anzeichen weisen darauf hin. Epidemien und so weiter. Nicht so extrem wie... nicht so wie Scharlach. Erinnere dich, wie es noch vor Jahren war: Ein Kind in der Familie bekam Scharlach, und sie bekamen es alle. Poliomyelitis trifft selten mehr als ein Kind in einer Familie, aber... ich hätte nie gedacht, daß ich das sagen würde, aber ich bin froh, daß Tucker in diesem Sommer nicht hier ist.«

»Glaubst du nicht, daß das nur ein einzelner Fall sein könnte? Es hat in Waynesboro noch nie eine Epidemie von Kinderlähmung gegeben.«

»Hängt davon ab, wo es das Kind bekommen hat und an wie viele es schon weitergegeben ist.« Zwischen Bissen von Schinken und einem derart hastigen Knabbern an dem Maiskolben, daß ihm die Butter das Kinn herunterlief, klärte er sie weiter auf.

»Verwirrende Krankheit. Niemand ist es bislang gelungen, den Urheberorganismus zu isolieren, obgleich alle Forscher glauben, daß es ihn gibt. Er muß klein genug sein, daß er durch die Filter geht, und zu klein für Mikroskope. Es ist eine der schlimmsten Kinderkrankheiten... die tödlichste, und die mit den schrecklichsten Folgen – Verkrüppelung.« Er warf seine Serviette auf den Tisch und sagte: »Warte nicht auf mich«, griff schnell nach seinem Hut in der Eingangshalle und war mit seinem Wagen weg.

Weil die Stadt noch nie eine Epidemie von Kinderlähmung erlebt hatte, konnte Anne sich nichts anderes vorstellen, als daß Johnnys Befürchtungen übertrieben seien. Aber bald gab es noch ein paar weitere Fälle; zwar waren es nicht Johnnys Patienten, aber weil sie in das Krankenhaus gebracht und in die Abteilung gelegt wurden, aus der alle postoperativen Patienten verlegt worden waren, fühlte er sich mehr oder weniger verantwortlich. Dann rief eines Abends während seiner Sprechstunde Tim Merrill an. Sein Junge Charley war den ganzen Tag nicht auf der Höhe gewesen, hatte nun Fieber und klagte über Schmerzen im Kopf, im Rücken und in den Beinen. Ob Johnny glaube, daß er ihn sich besser einmal ansehen solle? Johnny glaubte das, und so überaus dringend, daß er alle wartenden Patienten mit einem gehetzten »Notruf. Warten Sie besser nicht, wenn Sie nicht glauben, daß es absolut notwendig ist, mich zu sprechen« entließ und gleich in seinem Automobil, das für einen solchen Notfall am Randstein stehengelassen worden war, davonfuhr. Innerhalb einer Stunde war Charley Merrill im Krankenhaus in einem Zimmer der Isolierstation; sein Vater und seine Mutter waren bei ihm, warteten und waren den Ärzten und Krankenschwestern im Wege.

Tim und Elizabeth waren so verängstigt, daß es ihnen die Sprache verschlagen hatte. Ihre drei Kinder waren immer fast ungewöhnlich gesund gewesen, und den jüngeren Sohn von einer so schrecklichen Krankheit betroffen zu sehen, reduzierte sie zu sprachlosem Entsetzen: Sie konnten nur gegenseitig die Hand des anderen umklammert halten und zusehen. Als Johnny seine Untersuchung beendet und schnell ein Rezept geschrieben hatte, überließ er den Jungen den Krankenschwestern und wandte sich ihnen zu; er gratulierte ihnen in aller Eile, daß sie ihn so prompt gerufen hätten. Die Dosis Hexamethylenamin, die er als antiseptisches Mittel verabreicht habe, könne im frühen Stadium vielleicht bleibende Folgen verhindern. »Es kann ihm nicht schaden... eine Aufbereitung von Formaldehyd – und wird ihm vielleicht guttun.«

Es war Elizabeth, die schließlich den Mut fand, die Frage zu stellen: »Johnny, wird er gelähmt bleiben?«

Johnny konnte nur mit dem Kopf schütteln. »Wir werden das vielleicht in einem Tag wissen; es können auch drei Tage sein. Aber es früh entdeckt zu haben, kann eine große Hilfe sein.«

»Und wenn ich mir vorstelle«, sagte Tim, »daß ich Sie nur ungern gerufen habe – es schien gar nichts Besonderes zu sein. Aber Elizabeth wußte von den Fällen, die Sie schon hier hatten. Ich wußte nicht einmal, daß das ansteckend ist.«

»Eine Infektion, wie wir glauben. Wieso sonst die Epidemie? Ich nehme an, daß Charley wie jeder andere Junge, in der Stadt auf der Landkirmes war?«

»Natürlich«, sagte Elizabeth traurig. »Sie glauben...?«

»Es ist möglich. Eine ansteckende Krankheit braucht nur eine große Menschenmenge, um sich zu einer Epidemie zu entwikkeln.« Es gelang ihm irgendwie, sie auf den Korridor hinauszugeleiten und die Tür mit dem »Eintritt-verboten«-Schild hinter sich zuzuziehen. »Tim, bringen Sie sie nach Hause. Sie müssen beide soviel Ruhe bekommen, wie Sie kriegen können. Heute nacht wird dem Jungen nichts geschehen, und Sie werden Ihre Energie später brauchen. Und Sie müssen an Ihre anderen Kinder denken. Es ist nicht sehr wahrscheinlich, daß Sie die Infektion auf sie übertragen könnten, aber es wäre vielleicht klug...«

»Kann ich morgen kommen und bei ihm bleiben? Die ganze Zeit, meine ich, mit einem Feldbett? Ich weiß, daß er jetzt ein großer Junge ist, aber ich glaube, er würde sich vielleicht sicherer fühlen. Becky kann ein paar Tage für die anderen kochen, und ich könnte Tim durch das Fenster Bericht erstatten, nicht wahr?«

Johnny sagte: »Ich glaube, das könnte man einrichten«, und er lächelte, »wenn Tim es ertragen kann.«

Anne war schockiert und bestürzt, als Johnny endlich nach Hause kam und ihr davon berichtete. »Irgendwie habe ich nie gedacht, daß jemand, den wir kennen, davon angesteckt werden könnte.«

»Das kommt davon, weil du dich daran gewöhnt hast, anstekkende Krankheiten mit Armut und Schmutz zu assoziieren, da die Mediziner entschieden haben, daß sie durch lebende Organismen verbreitet werden. Aber das ist keine notwendige Folgerung. Das Trinkwasser einer ganzen Stadt kann mit Typhuserregern verseucht sein. Und unglücklicherweise scheint Poliomyelitis gerade Leute zu betreffen, die wir kennen, die gesunden Jüngeren zum größten Teil. Wir wissen nicht warum. Man könnte vermuten, daß Erwachsene und Kinder der armen Bevölkerung mit diesem speziellen Mikroorganismus schon einige Zeit konfrontiert worden sind, ohne zu erkranken, und dadurch eine Immunität aufgebaut haben. Wir wissen es einfach nicht.«

Mit diesem matten Zugeständnis beugte er sich über seine Mutter, um ihr einen Gutenachtkuß zu geben, eine seltene Geste. Dann ging er die Treppe hinauf.

Elizabeth Merrill zog in das Krankenhaus, wo sie sich hauptsächlich damit beschäftigte, den Schwestern aus dem Weg zu gehen und Charley laut vorzulesen, obgleich er sich zu unruhig und elend fühlte, um ihr viel Aufmerksamkeit zu schenken. Später, am zweiten Tag, als Johnny bei seiner Abendvisite hereinkam und die Bettdecken zurückschlug, um die Beine des Jungen zu untersuchen, wurde sein Gesicht so starr, daß Elizabeth sofort wußte, was passiert war.

»Johnny?«

»Ängstigen Sie ihn nicht. Es ist nicht zu ernst. Ein Bein. Du kannst es nicht bewegen, nicht wahr, Charley? Macht nichts, es wird nicht so bleiben. Es gibt alle möglichen Dinge, die wir tun können, wie Massage und warme Bäder und Sandsäcke, um zu verhindern, daß es sich verkrümmt. Nur eine Sekunde, Elizabeth, bis ich eine Krankenschwester gefunden habe.« Er war hinaus und in einem Augenblick wieder mit einer Schwester in knisterndem Weiß zurück. Der diktierte er dann seine Instruktionen, und als er fertig war, sagte er zu Elizabeth: »Draußen.« Im Korridor fuhr er dann fort: »Es tut mir leid. Ich hatte gehofft...« Und er sagte es so traurig und matt, daß Elizabeth drauf und dran war, ihn zu trösten. »Es ist nicht Ihr Fehler – wir fühlen uns nicht schuldig, um Gottes willen. Aber wie schlimm ist es?«

Er konnte nur den Kopf schütteln. »Es kann wieder ganz weggehen. Auf der anderen Seite kann es auch sein, daß er für immer verkrüppelt, vielleicht nur geringfügig, vielleicht ernsthaft. Viel wird von der Therapie abhängen. Glauben Sie, daß Sie das schaffen? Massage, warme Bäder, Übungen?«

»Natürlich werde ich es schaffen. Ich kann lernen. Alles. Und wenn er für den Rest seines Lebens lahm sein sollte – viele Leute sind lahm. Ich werde nicht zulassen, daß er aufwächst und sich bemitleidet oder bitter ist. Wie Doug Gardiner. Doug hat uns einmal erzählt, daß er seinen Klumpfuß, als er jung war, so sehr haßte, daß es ihm leicht war, die ganze Welt zu hassen, und daß ihn nur seine Liebe zu Barbara daraus errettet habe.«

»Das ist sehr aufschlußreich. Es erklärt... er kann immer noch sehr sarkastisch sein, wissen Sie.«

»Ich weiß. Er hat mir einmal in einem Moment des Vertrauens sein Herz ausgeschüttet. Ich hätte wahrscheinlich nichts sagen sollen. Aber Doug kann, wie er jetzt ist, ein Beispiel für Charley sein, wenn er denn lahm sein muß. Lahmheit muß nicht das ganze Leben verderben.« Sie brach ab, als die Krankenschwester an dem Schreibtisch am Ende des Korridors aufstand und auf sie zugeeilt kam.

»Sie werden am Telefon verlangt, Doktor: das Telefon auf meinem Schreibtisch.«

»O Johnny! Ich hoffe, nicht noch einer!«

»Weiß Gott, das hoffe ich auch. Versuchen Sie, sich nicht zu beunruhigen, Elizabeth. Ich komme heute abend wieder vorbei.«

Reverend Mr. Patton war am Telefon, ein Vater, der so erschüttert war, daß die Worte nur durcheinander aus ihm herauspurzelten: »Dr. Gordon? Andrew Patton am Apparat. Können Sie kommen? Wir haben ein krankes Kind. Sehr krank, fürchte ich. Sie ist...«

»Ich werde gleich bei Ihnen sein. Verschwenden Sie keine Zeit, es mir am Telefon sagen zu wollen.« Er legte den Hörer zurück, schnappte seine Tasche, wo er sie zu seinen Füßen abgestellt hatte, und ging durch die Tür im Südflügel des Krankenhauses, indem er den Mann segnete, der das Automobil erfunden hatte: Selbst wenn seines nur störrisch auf die Anlaßkurbel reagierte, war es schneller als jedes Pferd.

Aber als er in Naomis Schlafzimmer geführt wurde und einen Blick auf sie warf, wußte er, daß es zu spät war; seine Eile hatte keinen Unterschied gemacht. Mr. Patton hatte ihn an das Bett begleitet; seine Frau war bereits dort und stand ruhig dort mit einer Hand auf Naomis Schulter, und mit Angst in ihren Augen. Konfrontiert mit dem, was er sah, vergaß Johnny, daß er sich, als er Elizabeth verließ, gefühlt hatte, als habe er die Grenze der Erschöpfung erreicht. Jetzt am Bett schlug er ohne Präliminarien die Bettdecke zurück.

»Laß mich sehen, wie du deine Beine hochhebst, eines nach dem anderen, langsam.«

Keine Anzeichen von Bewegung. Naomi flüsterte. »Ich kann nicht.«

»Versuch dein Bestes – nein, wenn du es nicht kannst, dann weine nicht deswegen. Wie steht es mit deinen Armen?«

Naomi drehte ihren Kopf auf dem Kissen von einer Seite auf die andere.

»Beide nicht? Nun, macht nichts, wir werden dich ins Krankenhaus zu den anderen Kindern bringen ... und dann werden wir sehen, was wir tun können.« Er zog die Bettdecke wieder hoch und deutete an, daß er die Eltern draußen im Korridor sprechen wolle; sie folgten ihm. »Nur einen Augenblick, ich muß das Krankenhaus anrufen. Wo ist Ihr Telefon?« Er erledigte seinen Anruf, forderte einen Krankenwagen an und bat darum, ein Zimmer vorzubereiten; dann kehrte er zu den erschütterten Eltern zurück, die immer noch an der Schlafzimmertüre standen. Arianas altes Zimmer, erinnerte er sich mit einem plötzlichen Schmerz. »Wie lange ist sie schon so?«

Deborah Patton schüttelte den Kopf. »Wir wissen es wirklich nicht. Das macht es ja so schrecklich.« Sie wurde von einem trockenen Schluchzen wie einem Schluckauf geschüttelt. »Vielleicht haben wir alles falsch gemacht, Andrew. Und Naomi wird jetzt bestraft ... die Sünden der ...«

»Nein, sag das nicht. Ich kann nicht glauben, daß die göttliche Vorsehung so grausam sein sollte.«

»Göttliche Vorsehung«, sagte Johnny, »hat nichts damit zu tun. Sie müssen doch gewußt haben, daß es Fälle von Kinderlähmung in der Stadt gibt. Wie konnte es Ihnen denn entgehen, daß sie krank war?«

»Wir wußten natürlich von dem Merrill-Jungen; sie gehören zu unserer Gemeinde. Aber wir haben nie eine Gefahr für eins der unseren erwartet. Und als wir uns wunderten, stritt sie ab, sich krank zu fühlen. Sagte, daß sie ganz in Ordnung sei. Dann begann sie letzte Nacht zu erbrechen. Deborah hat sie ins Bett gebracht. Wir dachten ... Gallenanfall ... dann heute morgen ...«

»Ich habe ihr das Frühstück gebracht. Ihre Hände zuckten ständig, aber sie wollte sich nicht füttern lassen. Als ich wieder hereinkam, um das Tablett abzuholen, hatte sie nichts angerührt. Das gleiche mittags. Erst als ich mit dem Abendessen heraufkam, stellte ich fest, daß sie sich nicht bewegen konnte. Andrew hat seitdem versucht, Sie zu erreichen. Ich hätte besser aufpassen sollen, aber ich glaubte, sie wollte nur allein gelassen werden. Sie ... sie hat ihr Gesicht abgewandt.«

»Sie dürfen sich nicht schuldig fühlen. Es hätte auch nichts geholfen, wenn Sie mich früher erreicht hätten. Wo könnte sie sich angesteckt haben? Sie ist doch nicht auf die Landkirmes gegangen?«

»O doch. Sehen Sie, die Presbyterianerdamen haben die Mahlzeiten im Speisesaal serviert, und die Studentinnen haben sie beim Bedienen an den Tischen helfen lassen. Aber was ...?«

(Natürlich. Seine Mutter hatte doch beim Kochen geholfen.) »In jedem Falle, der aufgetaucht ist, hat das Kind die Landkirmes besucht.«

»Dann glauben Sie, daß es eine ansteckende Krankheit ist?«

»Ich bin mir ziemlich sicher. Es ist ein Segen, daß der Jahrmarkt endgültig vorbei ist; aus dieser Quelle sollten keine weiteren Fälle kommen. Kein Trost für Sie, ich weiß. Nun, das einzige, was wir tun können ist, sie sofort ins Krankenhaus zu bringen.«

»Wie sind ihre Chancen, Doktor?«

Johnny hatte die Frage, so gut er konnte, hinausgeschoben. Jetzt sah er sie einen nach dem anderen an und sagte langsam: »Ich bin nicht sehr hoffnungsvoll. Diese Lähmung wird, wenn wir sie nicht stoppen können, weiter nach oben hin fortschreiten – Verdauungsorgane – Sprache – zum Schluß die Lungen. Es tut mir leid, wenn ich zu pessimistisch erscheine, aber die Aussicht ist nicht gut. Sie müssen auf alles vorbereitet sein.«

»Sie meinen...« Deborahs Flüstern war wie ein qualvoller Schrei. »Ich dachte, das Schlimmste wäre, daß sie lahm bleiben könnte. Sie meinen, daß *sie sterben wird?*«

»Wir können immer hoffen. Und...«, er sah Naomis Vater an... »beten. Ich bin ein Skeptiker, aber Sie haben Ihren Glauben... er kann vielleicht Berge bewegen. Wir müssen sie jetzt ins Krankenhaus bringen, wo wir alle Einrichtungen haben, um tun zu können, was getan werden kann.«

»Kann ich bei ihr bleiben? Andrew wird schon mit den kleinen Kindern fertig.«

»Ja. Natürlich. Wenn Sie glauben, daß es ihr hilft. Einer von Ihnen beiden kann bei ihr bleiben... der, den sie will. Wir wollen zurückgehen.«

Sie kehrten an das Bett zurück. Naomi sagte quengelig, wie jedes kranke Kind: »Ihr seid aber lange weggewesen.«

»Wir haben versucht herauszufinden, wo du dich mit welchem Erreger angesteckt haben könntest. Dein Vater hat gesagt, du seist auf die Landkirmes gegangen.«

»O ja. Ich habe noch nie zuvor so viel Spaß gehabt. Die Anpreiser in den kleinen Schaubuden... wenn wir ihnen ein zweites Stück Wassermelone oder ein Stück Fleischpastete bringen konnten, dann ließen sie uns umsonst herein. Und auch auf dem Karussell und dem Riesenrad. Das einzige, was wir tun mußten, war, unsere Schürzen zu tragen.«

Das lange Reden hatte sie atemlos werden lassen, aber sie hatte noch nicht zu Ende gebracht, was sie sagen wollte. »Das ganze Jahr war schön. Ich bin so froh, daß wir hierhergekommen sind.

Wenn ich morgen sterben würde, hätte ich immerhin dieses Jahr gehabt.« Sie war offensichtlich so weit davon entfernt, wirklich zu glauben, sie würde sterben, daß sie, sosehr sie auch außer Atem sein mochte, gleich fragte: »Ist Jenny schon zurück?«

»Nein, noch nicht.« (Gott sei Dank! Er müßte Shaney benachrichtigen, sie solle sie nicht kommen lassen.)

»Wenn sie wieder da ist, sag ihr...« Naomi hörte erschöpft zu sprechen auf. Was er Jenny hätte sagen sollen, konnte sowieso in keinem Falle mehr von Bedeutung sein.

»Gehen Sie und packen Sie Ihre Tasche, Mrs. Patton, mit allem, was Sie im Krankenhaus brauchen werden und mit Naomis Sachen.« Mrs. Patton kam vom Fenster zurück, wo sie gestanden hatte, um ihreTränen vor Naomi zu verbergen, und ging aus dem Zimmer. »Nun werden wir dich in deine Decke einwickeln, damit du für den Krankenwagen fertig bist.«

Naomi öffnete die Augen, die eine Frage enthielten. »Aber Cousine Deborah?«

»Sie möchte bei dir bleiben. Würdest du das wollen?«

»O ja! Aber Meliss und die anderen?«

»Dein Vater wird das wohl für einige Zeit schaffen. Wir tragen dich zum Krankenwagen herunter und kommen dann in meinem Auto nach. Wenn es dir nicht lieber ist, daß dein Vater bei dir bleibt?«

Naomi sah sie einen nach dem anderen einen langen Augenblick an und entschied dann: »Nein, ich glaube nicht. Männer sind nicht... sind nicht... Richte Miß Campbell etwas für mich aus, Papa, ja?«

»Miß Campbell? Ich wußte gar nicht, daß du sie überhaupt kennst?«

»Doch. Ich kenne sie. Sag ihr, daß ich meinen Vater und meine Mutter ehre, aber daß es meine Mutter ist, die ich will, wenn ich krank bin.«

»Ich werde es ihr sagen. Du glaubst, das wird sie freuen, meinst du das?«

»Ja. Einmal...« Aber sie fühlte sich bei weitem zu krank, um lange Erklärungen abzugeben. »Sie kann das erklären.«

Johnny sagte zu ihrem Vater: »Wollen Sie mit uns fahren, bis sie richtig versorgt ist?«

»Wie kann ich das, mit zwei kleinen Kindern im Haus?«

»Gibt es denn niemanden...?« Johnny runzelte die Stirn. »Wie wär's denn mit Travers?«

»Er ist nett gewesen. Aber wir können uns ihm doch nicht aufdrängen.«

»In einem Notfall können Sie das. Ich werde rübergehen und ihn informieren.« Johnny ging zur Tür in der Eingangshalle, die eine Weile, vor langer Zeit, als Ariana hier im Bett lag, unverschlossen gewesen war. Er klopfte; das Klopfen wurde fast augenblicklich beantwortet.

»Johnny. Ich habe Ihren Wagen gesehen. Ist jemand krank? Kann ich irgendwie helfen?«

Johnny schlüpfte auf die andere Seite der Tür, um die Lage zu erklären, und kehrte dann mit Mr. Travers zurück.

»Zeigen Sie mir die Kleinen. Wir werden das schon schaffen. Ich kann das Piano für sie spielen oder irgendwas.«

In wenigen Augenblicken war alles arrangiert: Mr. Travers führte die beiden Kinder durch die Zwischentür und schloß sie hinter sich; der Krankenwagen fuhr durch die Wageneinfahrt, und eine in Decken eingepackte Naomi wurde auf einer Trage heruntergetragen und hineingehoben; Mrs. Patton warf ein paar unentbehrliche Sachen in eine Tasche, und die drei krabbelten in Johnnys Auto. Sie waren schweigsam: Johnny konzentrierte sich auf das Fahren, Deborah wischte die letzten Tränen weg, Andrew Patton war in Trübsal versunken.

Dann begann Deborah zu sprechen; zum Teil wohl als Auswirkung des Schocks und zum Teil, um ihre Seele von ihrer Last zu befreien. »Es ist das erste Mal, daß Naomi von mir als ihrer ›Mutter‹ gesprochen hat. Es kam aber so leicht heraus, sie muß schon lange so an mich gedacht, es aber zu schwer gefunden haben, von der ›Cousine Deborah‹ zu wechseln – eine Gewohnheit mittlerweile. Und irgend jemand wäre vielleicht taktlos genug gewesen, sie darauf anzusprechen. Naomi ist ein ganz anderes Kind geworden, seit wir hierhergezogen sind... oh, es war nicht leicht... sie hat gekämpft. Sie war sich so sicher, daß sie niemanden mochte, daß sie wirklich niemanden mochte. Oder es zumindest vorgab. Als sie die Vortäuschung aufgab, wurde es einfacher. Sie lernte, was die meisten von uns nicht lernen müssen. Die meisten von uns wachsen ganz natürlich auf und empfinden für andere. Ich weiß nicht, warum sie einen so verdrehten Anfang erwischt hatte. Ich habe es versucht... wirklich. Aber hier hat sie sich geändert. Ich weiß nicht, warum. Zum Teil war es Jennifer Evans, nehme ich an. Und vielleicht etwas, das Miß Campbell gesagt hat? Jennifer war nett zu ihr, ohne je bevormundend zu sein. Ich meine, sie waren gleichgestellt, und haben es genossen, zusammenzusein, und sie hat Naomi geholfen, in der Schule andere Freunde zu finden. Ich habe schon geglaubt, daß sie trotz allem noch zu einer glücklichen Frau heranwachsen würde. Sie hatte einen klaren Verstand, wissen Sie... vielleicht hätte sie sogar etwas Großartiges erreicht. Und jetzt das... und Sie glauben gar nicht, daß sie überhaupt aufwachsen wird. Sie ist erst vierzehn. Das ist zu jung.«

»Ja. Viel zu jung. Eines Tages wird die medizinische Wissenschaft diese Seuche besiegen, wie sie die Blattern und die Diphtherie besiegt hat. Aber das hilft uns heute nicht sehr viel.«

»Erinnere dich«, sagte Andrew, »und danke Gott... sie hat dieses Jahr gehabt. Ein glückliches Jahr. Ein großer Segen. Vielleicht würde sie, wenn man sie fragen könnte, sagen, daß dieses eine Jahr alle anderen aufwiegt. Vielleicht sogar die Jahre, die sie vielleicht verpassen wird: Sie würde Leid zu ertragen haben wie auch wir anderen.«

Nachdem sie noch einmal bei Naomi in ihrem Krankenzimmer hineingesehen hatten, gingen die beiden Männer auf den Korridor, der Vater so widerstrebend, daß Johnny, der einen Augenblick bei Charley Merrill verweilt hatte, ihm nachrief: »Hören Sie, Mr. Patton, wenn auch Sie gerne bleiben würden, könnte meine Mutter sicher die Nacht in Ihrem Hause verbringen und auf die Kinder aufpassen. Ich muß sie sowieso anrufen und ihr sagen, daß ich nicht nach Hause komme.«

»Das kann ich nicht verlangen. Ich kenne Ihre Mutter gut genug, um zu wissen, daß sie ja sagen würde, aber...«

»Sie würde uns nie vergeben, wenn wir sie nicht fragen und Sie deshalb heute nacht nicht frei wären.«

»Sie meinen... heute nacht?«

»Nein. Eigentlich nicht. Ich weiß es aber nicht.«

»Es gibt ja nichts, das ich tun könnte. Aber... aber... Naomi... Wissen Sie, ich habe sehr tief für ihre Mutter empfunden, so tief wie jetzt für Deborah, und war sehr unglücklich, weil ich dachte, ich hätte das Kind enttäuscht.«

»Sie müssen bleiben. Oder besser zurückkommen. Es wäre vielleicht gut, wenn Sie zu Hause wären, um meine Mutter den Kindern vorzustellen.«

»Und ihr den Schlüssel zu geben. Ich will aber warten, bis Sie mit ihr geredet haben.«

Johnny ging den Korridor hinunter zu dem Telefon auf dem Schreibtisch der Krankenschwester und kehrte zurück, um Mr. Patton mitzuteilen, daß seine Mutter bereit sei. Nachdem das erledigt war, ging er zu Charley Merrill, um ihn, wie er versprochen hatte, zu besuchen, sagte Elizabeth, die das geschäftige Treiben gehört hatte, daß sie Glück gehabt habe, schoß in die bereits dunkle Küche, goß sich eine Tasse starken, abgestandenen Kaffee ein, fand, was er für ein Butterbrot brauchte, würgte das Ganze hinunter und kehrte an das Bett, das er gerade erst verlassen hatte, zurück. Mrs. Patton saß vornübergebeugt auf dem geraden Stuhl, den sie dicht an das Bett gezogen hatte, und hielt Naomis schlaffe Hand.

»Irgendeine Veränderung?«

Sie schüttelte den Kopf. »Sie hat nicht zu sprechen versucht, ich weiß also nicht, wie sie sich fühlt oder ob sie überhaupt etwas fühlt. Ist sie denn bei Bewußtsein? Sie reagiert nicht auf meine Berührung.«

»Ich glaube doch. Daß sie gelähmt ist, bedeutet nicht, daß sie nichts fühlt.« Er beugte sich über sie und sagte sanft: »Naomi, bist du wach?«

Sie öffnete die Augen, sah von ihm zu Deborah und wieder zurück, brachte sogar die Andeutung eines Lächelns zustande.

»Kannst du reden? Kannst du uns sagen, wie du dich fühlst?« Dann fuhr er, ergriffen von ihrem Kampf, fort: »Nein, versuch es nicht, wenn dein Hals steif ist. Kannst du mit dem Kopf nicken?«

Das schaffte sie. »Und kannst du auch hören?«

Sie nickte wieder. Johnny warf Deborah einen schnellen Blick zu: Es war anzunehmen, daß jemand, der sich nicht bewegen und auch nicht sprechen konnte, gleichfalls nicht zu hören fähig sei, und er wollte Naomi nicht ängstigen. »Dann hast du gehört, was deine Mutter gesagt hat. Sie war sich nicht sicher, daß du wußtest, daß sie hier ist und deine Hand hält. Sag mir – du brauchst bloß zu nicken – hilft es, daß sie deine Hand hält?«

Die großen haselnußbraunen Augen flogen auf, in ihnen war schreckliche Angst und Flehen. Sie nickte; sie konnten das lautlose »Bitte« von ihren Lippen lesen.

»Das wollten wir wissen. Deine Mutter wird hier neben dir bleiben, und auch ich werde hier sein und aufpassen, wie es dir geht: Und jeden Augenblick wird auch dein Vater zurück sein.« Er gab über seine Schulter Deborah eine kurze Erklärung: »Meine Mutter wird die Nacht bei Ihnen zu Hause verbringen und auf die Kinder aufpassen.« Und wieder zu Naomi: »Wir werden also alle hier bei dir sein, und du kannst in Ruhe schlafen.«

Nach einer für die Beteiligten langen Zeit, in Wahrheit war es schnell gegangen, schlüpfte Mr. Patton wieder lautlos herein, sah die Anwesenden kurz an, blieb am Fußende des Bettes stehen und umklammerte das Bettgestell.

»Ziehen Sie sich einen Stuhl heran... Sie können nicht die ganze Nacht stehen.«

»Geht es ihr schlechter? Ist sie bewußtlos?«

»Nein.« Und Naomi antwortete wortlos, indem sie die Augen öffnete, ihren Vater ansah und lächelte. »Im Augenblick hat sie Schwierigkeiten zu reden, und deshalb haben wir es auch nicht versucht.«

Er verstand nur zu gut. Er wandte sich vor Tränen blind ab, ging zum Fenster und stand da und starrte in die Dunkelheit hinaus. Die Krankenschwester kam mit einem Glas Wasser und einer Tablette herein; Johnny hob Naomi mit seinem Arm auf, sie öffnete gehorsam ihren Mund, um die Pille und das Wasser zu schlucken, aber beides wurde verweigert. Das Wasser lief ihr das Kinn herunter. Johnny fühlte in ihrem Mund nach der Tablette. »Wir wollen nicht, daß du husten mußt... das würde gar nichts helfen.« Er legte sie auf das Kissen zurück und sagte zu der Krankenschwester: »Einen Tropfen Opiumtinktur in einer Spritze...«

Naomis Vater, der wieder am Fußende des Bettes stand, sagte: »Jetzt ihr Hals?« Johnny nickte. »Dann ist das Opium...«

»Nur, um sie beschwerdefrei zu machen.«

Die Wache dauerte die ganze Nacht, die Krankenschwester kam in gewissen Abständen herein und die anderen gingen zeitweise kurz hinaus. Johnny beobachtete das Ansteigen und Fallen der Brust und merkte es sofort, als der letzte Kampf begann. Er sagte: »Jetzt ihre Brustmuskeln...«

Deborah, die immer noch die schlaffe Hand in der ihren hielt, sagte zu Johnny: »Kann sie uns noch hören?«

»Ich hoffe, nicht. Ich habe ihr das Opium gegeben, um sie zu schonen. Für ein Kind, das Angst hat...«

»Dennoch, ich werde es versuchen. Naomi... Naomi...« Dann schüttelte sie den Kopf und die Tränen liefen ihr wieder die Wangen herunter. »Ich hoffe, daß sie weiß...«

Ihr Mann legte seine Hand auf ihre Schulter. »Sie weiß es, meine Liebe.« Dann ging er neben ihrem Kopfkissen auf die Knie und beugte den Kopf. Johnny, der das Handgelenk des Kindes in seinen Fingern hatte, war dankbar, daß das Gebet zumindest schweigend abgehalten wurde. Endlich, als es nicht einmal mehr das geringste Flattern in dem Puls, den er abfühlte, gab, stand er auf. Deborah sah ihn an. »Es ist vorbei«, und er nahm die Hand, die immer noch in Deborahs war, und zog das Bettuch über Naomis Arme und Schulter und über ihr Gesicht. Ihr Vater murmelte: »In deine Hände, o Herr, empfehle ich mein Kind...« und kämpfte sich auf die Beine.

Draußen vor dem Fenster brach die Morgendämmerung herein; die abgedunkelte Lampe in der Ecke war kaum noch notwendig.

In diesem merkwürdigen Licht sah Johnny schlimmer als einer der beiden Pattons aus: ausgelaugt, absolut erschöpft.

»Es tut mir leid. Es ist schwer, ein Kind zu verlieren. Meine kleine Schwester starb ungefähr im gleichen Alter. Ich kann Ihnen nicht sagen... ich habe alles getan, was ich konnte.«

»Machen Sie sich keine Vorwürfe, Doktor. Es war von Anfang an hoffnungslos. Unsere Schuld, wenn überhaupt, daß wir nicht gesehen haben... Jetzt müssen wir es akzeptieren. Der Herr gibt und der Herr nimmt.«

Die beiden Eltern standen hilflos da und wußten nicht, was sie als nächstes tun sollten. Johnny raffte sich noch einmal auf.

»Sie können jetzt nach Hause gehen. Die Krankenschwester am Empfangstisch wird Ihnen ein Taxi rufen und wird den Bestattungsunternehmer informieren. Sie würden das Begräbnis lieber zu Hause haben? Mama soll die Kinder besser mit sich nach Hause nehmen.«

Gehorsam und schweigend gingen sie auf den Korridor hinaus. Johnny blieb auf den Beinen, bis sie gegangen waren, dann fiel er in den Stuhl, in dem er den größten Teil der Nacht verbracht hatte, zurück, überfallen von einem Schmerz in seiner Brust, den er glaubte nicht überleben zu können. Unvorstellbare Schmerzen. Er hatte gesehen, wie andere davon heimgesucht wurden – Angina pectoris, natürlich – nur Angina pectoris. Jeder Arzt sollte nur ein einziges Mal Angina pectoris haben, um das selbst zu erfahren. Zerschlagen wie er war, gelang es ihm doch, die Glocke zu erreichen, um die Schwester zu rufen. Als sie kam, schnitt er ihre Fragen ab. »Nitroglyzerin. Aus meiner Tasche.«

Völlig verängstigt durch diesen weiß lippigen, gequälten Anblick, stand sie einen Augenblick stockstill. »Schnell... Tasche... Ecke.«

Da sie schon oft den Medikamentenvorrat, den er mit sich führte, aufgefüllt hatte, bewegte sie sich schnell, fand sofort, was er wollte, brachte es und zerdrückte es unter seiner Nase. Sie wartete, bis der Schmerz etwas nachgelassen hatte; dann sagte sie: »Ich werde Dr. Stevens holen. Wenn ich es wagen kann, Sie allein zu lassen.«

»Zuerst helfen Sie mir in ein leeres Bett.«

»Sie sollten so bleiben, bis ich einen Arzt geholt habe.«

»Tun Sie... was ich Ihnen sage.«

»Dann bewegen Sie sich nicht, bis ich zurück bin. Da war ein Rollstuhl im Korridor.« Wie ein Blitz war sie durch die Tür und in einem Augenblick mit dem Stuhl zurück. »Können Sie sich weit genug aufrichten, daß ich die Stühle austauschen kann?« Sie half ihm auf, riß den einen Stuhl unter ihm weg und schob den anderen an seine Stelle. »Jetzt.« Sie half ihm hinein, drehte den Stuhl und schob ihn durch die Tür und den Korridor hinunter. »Sie werden nicht in der Isolierstation sein wollen. Ich bringe Sie zum mittleren Flügel.«

»Ich brauche nur eine Stunde Ruhe oder zwei.«

Sie antwortete nicht auf das, was sie für eine Absurdität hielt, sondern rollte ihn zum Empfangstisch, wo sie zu der Stationsschwester sagte: »Rufen Sie Dr. Stevens... Notfall... er wohnt am nächsten. Sagen Sie ihm, es sei Dr. Gordon.« Nachdem sie ihn in ein Bett in einem leeren Raum geschafft hatte, begann sie, ihn auszuziehen und achtete nicht auf seine schwachen Einsprüche. Sie war ein starkes Mädchen und durchaus fähig, mit einem so leichten Mann wie Johnny fertig zu werden. Bald hatte sie ihn zwischen den Bettlaken; Johnny war zwar völlig erschöpft, entspannte sich aber mit dem nachlassenden Schmerz. Sie war kaum mit allem fertig, als Rodney mit einem Stethoskop hereinkam, das von seinem Hals baumelte. Er sah aus wie immer, gut rasiert, und bis auf die Krawatte vollständig bekleidet. Sie war nicht überrascht: Die Operationen begannen früh am Morgen, und es war – sie schielte auf ihre Uhr – kurz vor sieben Uhr. Sie war verblüfft: ihr war, als sei endlose Zeit verstrichen, seit sie von der Glocke gerufen worden war.

Jetzt wurde sie von Rodney entlassen. »Danke, Schwester. Wenn ich Hilfe brauche, läute ich nach Ihnen. Die Tagschicht sollte bald hier sein... dann gehen Sie und schlafen Sie sich aus. Die letzte Nacht war wohl hart, wie ich gehört habe, und die heute könnte es auch noch werden.«

Sie schlüpfte hinaus, wurde aber am Schreibtisch von dem menschlichen Verlangen, als erste alle Neuigkeiten, besonders schlechte, mitzuteilen, zum Stehen gebracht – und natürlich war Schwester Weldon neugierig.

»Was ist los? Sie haben gesagt: ›Notfall, rufen Sie Dr. Stevens.‹«

»Für Dr. Gordon. Zuerst dachte ich, vielleicht ein zerebraler oder koronarer – aber Nitroglyzerin half, als er danach verlangte, und dann wußte ich es.«

»Also Angina pectoris.« Die beiden Krankenschwestern sahen sich schockiert und verängstigt an, bis Mrs. Weldon sagte: »Na ja! Viele Leute haben Anfälle von Angina pectoris gehabt und haben noch jahrelang gelebt und sind an etwas anderem gestorben.«

In dem Zimmer, in dem Johnny im Bett lag, versuchte Rodney seine Bestürzung zu verbergen und beugte seinen Kopf zur Seite, um sein Gesicht nicht sehen zu lassen, als er sein Stethoskop benutzte.

»Rod, das ist sinnlos. Du weißt... ich weiß... es ist Angina pectoris.«

Rodney hängte sich sein Stethoskop wieder um den Hals. »Eine ziemlich ernste Warnung, wenn ich so sagen darf. Von Herzkranzschwierigkeiten. Ist eigentlich nicht mein Gebiet... du hättest einen der Warrens rufen sollen. Aber du weißt so gut wie ich, nach einem solchen Anfall bist du immer in Gefahr. Was hast du mit dir selbst eigentlich angestellt, Johnny? Wie lange ist es her, daß du eine ganze Nacht Schlaf in einem Bett gehabt hast?«

Johnny lächelte und schüttelte den Kopf.

»Das glaube ich dir. Du kannst dich nicht einmal erinnern. Ich wette, du weißt auch nicht, wann du die letzte vernünftige Mahlzeit gehabt hast. Nun, hier wirst du bleiben, bis Warren sagt, daß du aufstehen kannst.«

»Aber das ist...«

»Unmöglich? Nein, das ist es ganz und gar nicht. Die Warrens können sich um deine Patienten kümmern. Die Poliomyelitisfälle entwickeln sich so gut, wie man es erwarten kann, wie ich höre.«

»Das kleine Patton-Mädchen...«

»Ich weiß. Nicht dein Fehler. Und was hast du dadurch erreicht, daß du die ganze Nacht bei ihr gewacht hast?«

»Für sie nichts. Aber für ihre Eltern...«

»Es ist nicht nur der Beruf, dem du verpflichtet bist, es sind auch die Leute. Du wärst vielleicht ein besserer Arzt, wenn du nicht so verdammt mitfühlend wärst.«

»Wie mein Vater?«

»Nehme ich an. Aber Onkel Dock, wie sehr er auch innerlich gelitten haben mag, nach außen hin war er ziemlich hart und zäh. Er hat sich eine schützende Schale wachsen lassen. Jedenfalls bleibst du hier. Ich werde deine Mutter anrufen.«

»O Gott! Ich habe den Pattons gesagt, sie würde sich bis nach dem Begräbnis um deren Kinder kümmern. Ängstige sie nicht, Rod. Sag ihr nur, daß ich hier zu Bett gegangen bin, nachdem ich die ganze Nacht auf war. Ich könnte zu Hause nicht schlafen mit all den Kindern. Und daß ich meine Nächte hier verbringe, bis alles etwas ruhiger geworden ist. Versprochen?«

Rodney sah ihn zweifelnd an. »Sie wird es erfahren müssen und je eher desto besser.«

»Halt sie nur davon ab hierherzukommen. Sag ihr, ich sei in Quarantäne. Sag ihr irgendwas, aber halt sie weg von hier. Bis ich wieder in Ordnung bin. Bis man sie überzeugen kann, daß ich nicht gleich sterben werde.«

Dabei beließen sie es. Als Johnny wieder aufstehen konnte, als den Merrills gestattet worden war, Charley mit nach Hause zu nehmen, und nachdem andere ähnliche oder leichtere Fälle entlassen worden waren, als auch keine neuen Fälle mehr auftauchten und die Isolierstation nicht mehr als solche gebraucht wurde, ging Johnny nach Hause zu seiner Mutter.

Sie umarmte ihn, als ob sie ihn einen Monat lang nicht gesehen hätte, hielt ihn dann etwas von sich weg und sah ihn an. »Du siehst nicht so müde aus, wie ich das befürchtet hatte. Hast du Gelegenheit gehabt, dich auszuruhen?«

Er lachte. »In den letzten paar Tagen habe ich eine Menge Ruhe gehabt. Meine Kollegen haben mich ins Bett gesteckt und mich nicht mehr rausgelassen, nachdem ich etwas hatte, das ein Anfall von Angina pectoris gewesen sein könnte.«

»*Angina pectoris!*«

»Mach kein Theater, Mom. Ich bin in Ordnung. Ich war müde, und der Tod des Patton-Mädchens war schwer zu verkraften. Ich konnte sie aber nicht retten.«

»Du kannst sie nicht alle retten. Kein Arzt kann das. Wenn es jemand könnte, dann du.«

»Wie geht es ihren Eltern?«

»Es war ein Schlag für sie. Aber sie sind gläubige Christen und akzeptieren es als den Willen Gottes. Es würde mich nicht überraschen, wenn du es schwerer nehmen würdest als sie.«

»Weil ich nicht glaube, daß es der Wille Gottes war? Du hast recht, tue ich auch nicht. Ich glaube nicht daran, Gott für die Dummheit der Menschen oder besser für deren Unwissenheit verantwortlich zu machen. Wir sollten endlich wissen, was Poliomyelitis verursacht und einen vorbeugenden Impfstoff haben. Aber zumindest für diesen Sommer ist die Epidemie ihren Weg gegangen. Sind Shaney und Jennifer zu Hause? Es ist jetzt nicht mehr gefährlich. Hast du von Tucker gehört?«

»Postkarte von London. Mittlerweile sind sie wohl mit der Canadian Pacific auf dem Rückweg nach Kalifornien. Er schrieb, er habe eine Menge interessanter Orte gesehen, aber er hat nicht genauer angegeben, welche.«

»Ich bin froh, daß er nicht hier war.«

»Der nächste Sommer wird kommen, bevor du es merkst.« Dann, alarmiert von etwas in seinem Gesichtsausdruck, der traurig und verloren wirkte, fuhr sie fort: »Johnny, bist du sicher, daß du in Ordnung bist?«

»Ziemlich sicher.« Er lächelte sie an. »Du erinnerst dich doch sicher, daß Pop immer gesagt hat, niemand lebt so lange, wie jemand, der ein kleines Herzproblem hatte und gelernt hat, auf sich achtzugeben?«

»Ich erinnere mich daran, aber ich erinnere mich nicht, daß er je Angina ›ein kleines Herzproblem‹ genannt hat.«

»Ah, aber es war nur ein Anflug von Angina. Und ich habe wirklich vor, vorsichtig zu sein. Ich kann ja auch gar nicht anders mit dir und Rod als Aufpasser.«

Merkwürdig genug – zumindest Anne empfand es als merkwürdig –, schien Johnny nach seinem kurzen Zusammenstoß mit dem Unglück fröhlicher, als er es den ganzen Sommer über gewesen war. Aber eines Morgens, als es regnete, ging sie in sein Schlafzimmer, um die Fenster zu schließen, und sah auf seinem Nachttisch neben der Lampe das alte Exemplar von Mark Aurels »Meditationen« liegen, das Kitty Edwards vor so langer Zeit John gegeben hatte. Das beunruhigte sie: Er suchte nach irgendwas, an dem er sich festhalten konnte, dachte sie. Als sie wußte, daß er mit Gewißheit den ganzen Nachmittag in seiner Praxis sein würde, ging sie zum Krankenhaus, um mit Rodney, dessen Sprechzimmer dort war, zu sprechen. Zögernd ging sie durch den vorderen Eingang: Hinter den Türen war der Geruch von Äther alles durchdringend und ließ sie sich gleich ein wenig krank fühlen. Sie war bei Krankheiten zu Hause nie zimperlich gewesen, aber sooft sie schon im Krankenhaus gewesen sein mochte, um Freunde zu besuchen, es ängstigte sie immer noch ein bißchen. Sie hielt am Empfangstisch an und fragte nach Dr. Stevens; und sofort wurde ihr seine Praxis gezeigt. Er saß an seinem Schreibtisch und arbeitete an Berichten, immer noch in seinem Chirurgenkittel; er blickte auf und runzelte wegen der Unterbrechung die Stirn, bis er erkannte, wer es war. Dann stand er sofort auf.

»Tante Anne! Was kann ich für dich tun? Ich hoffe, du fühlst dich nicht krank?«

»Überhaupt nicht.« In dieser Umgebung, in der Anne ihn nun sah, wurde sie nicht mehr an seine Kindheit und ihre bitteren Befürchtungen erinnert. Sie dachte nur: »Er sieht nicht mehr wie Johnny aus, außer in den Augen. Er ist beeindruckender.« Zum einen war er größer als Johnny; sein Gesicht war schmaler, sein Profil hatte etwas von einem Adler. Sie wollte sich aber von der plötzlichen Fremdheit nicht einschüchtern lassen.

»Ich mache mir um Johnny Sorgen. Ich hoffe, du wirst mir die Wahrheit über seinen Zustand sagen. Er hat mir von einem Anfall berichtet, der von Angina gekommen sein könne, und ich weiß, was Angina ist, wie sehr er es auch herunterspielt. Aber ich dachte, nur alte Leute neigen zu Angina. Johnny ist noch nicht vierzig. Es scheint unmöglich.«

»Das physische Alter eines Mannes hängt unglücklicherweise nicht allein von seinem Lebensalter ab.«

»Wie schlimm war der Anfall? Wie wahrscheinlich ...?«

»Daß er wiederkommt? Da spricht sein Alter zu seinen Gunsten. Wenn er auf sich achtgibt. Es war für uns alle ein schwerer Sommer. Jetzt gehen die Dinge etwas ruhiger, aber ob irgend jemand Johnny davon abhalten kann, sich ständig weiter so anzutreiben, weiß ich nicht.«

»Er hat so hart wie immer gearbeitet, seit er nach Hause gekommen ist; er beantwortet jeden Anruf und studiert die halbe Nacht.«

»Es war die Kinderlähmung, die ihn bis an den Zerreißpunkt gebracht hat. Aber es ist nicht die harte Arbeit allein, die den Schaden angerichtet hat. Du hast nichts dagegen, wenn ich offen zu dir bin? Er ist seit seiner Scheidung kein glücklicher Mann mehr. Die, die ihm nahestehen, haben das gewußt, und es ist auch mit der Zeit nicht besser geworden. Dieses ganze Jahr ist er mir – nicht den anderen, da bin ich sicher, er hat sich so unter Kontrolle, aber ich kenne ihn so gut – wie ein Mann erschienen, dem alles geraubt worden ist, für das er gelebt hat. Mit Ausnahme seines Berufes.«

»Er ist seit Julias Hochzeit bitter unglücklich gewesen.« (Jetzt bin *ich* offen. Verrate ihn vielleicht. Aber er braucht Hilfe.) »Nachdem Julia ihn verlassen hatte, tröstete er sich ein bißchen in dem Glauben, es sei eher die Ehe selbst gewesen als irgend etwas, das er getan habe. Sie sei einfach froh gewesen, den – den Anforderungen zu entkommen. Er war sicher, daß sie nie wieder heiraten würde. Und als sie es doch tat, war seine letzte schwache Verteidigung zerstört. Und als Tucker sich entschied, um die Welt zu reisen und den Sommer nicht hier zu verbringen, erschien ihm das wie das Ende, als habe er alles verloren. Natürlich hat er das nie gesagt, aber ich wußte es. Du glaubst, daß seine privaten Sorgen zum Teil für den Anfall verantwortlich sind?«

»Da bin ich sicher. Julia ist ...« Er hätte ihr in einigen wenigen starken Worten sagen können, was er von Julia hielt: von ihrer Frigidität, von ihren Gründen, einen Mann zu heiraten, der alt genug war, ihr Vater sein zu können; doch er tat es nicht, denn er fürchtete, Johnnys Mutter zu schockieren. »Spielt jetzt keine Rolle, was Julia ist. Er hat sich vor so langer Zeit in sie verliebt, daß er sie nie mit der – sagen wir, mit dem Wissen und den Augen eines Mannes sehen wird.« Rodney dachte flüchtig an seine eigene herzlich liebende, manchmal glühend leidenschaftliche Frau, an die Fröhlichkeit, die in ihr und den Kindern war, und daran, welch ein Glück es ist, Ehemann und Vater zu sein, wenn alles zu Hause in Ordnung ist.

»Aber er ist wieder mehr sein altes Selbst, seit die Polio-Epidemie hinter ihm liegt«, fuhr Rodney fort. »Vielleicht weil Tucker an allen Gliedern gesund ist und es so leicht nicht mehr hätte sein können. Das läßt ihn vielleicht eigensüchtig erscheinen, denn in der Stadt gibt es junge Leute, die ihr ganzes Leben lang lahm sein werden, aber Johnny ist nicht selbstsüchtig. Er litt mit allen diesen Kindern und besonders mit dem Patton-Mädchen. Aber es gehört zur menschlichen Natur, sich zu freuen, wenn die Deinen der Gefahr entronnen sind. Ich weiß, daß ich das getan habe. Johnny muß lernen, objektiver mit seinen Patienten umzugehen. Und Julia zu vergessen.«

»Das wird er nie tun. Und was seine Objektivität angeht, sein Vater hat Jahrzehnte gebraucht, um das zu erreichen, falls er es je erreicht hat. Gibt es irgendwas, das ich tun kann, außer mit Tucker in Kontakt zu bleiben – und sicherzustellen, daß er seinen Vater nicht vergißt?«

»Verwöhne Johnny. Überrede ihn, sich auszuruhen. Gib ihm seine Lieblingsspeisen zu essen.«

Anne lachte. »Louline sorgt schon dafür, daß in dieser Richtung alles geschieht, was notwendig ist. Wir werden einfach sehen müssen, wie wir zurechtkommen. Nun, ich darf deine Zeit nicht weiter in Anspruch nehmen. Du bist wie alle Ärzte: du redest viel und sagst nichts. Ausweichend. Wie schlimm war dieser Anginaanfall?«

»Ich habe nicht ausweichend sein wollen. Ich war nicht hier, weißt du... sie mußten nach mir schicken. Es war so früh am Morgen. Als ich hier eintraf, war der eigentliche Anfall schon vorbei; zumindest hat er auf die Medizin, die er genommen hat, angesprochen. Woran er dann litt, war die Erschöpfung nach einem Anfall. Und deshalb kann ich dir nicht sagen, wie schlimm es war. Und jetzt überprüft er das mit Warren. Schließlich ist Angina nicht mein Gebiet. Ich nehme an, es hat keinen Sinn, dir zu sagen, du sollst dir keine Sorgen machen?«

»Wenn es um dich ginge, würde sich deine Mutter Sorgen machen?«

Er lachte. »Sie würde sich selbst und mich und jedem anderen bis zur völligen Erschöpfung Sorgen machen und fordern, daß ich das Krankenhaus aufgeben solle, meine Arbeit, alles. Aber das ist eines, was du nicht tun darfst, wenn du Johnny helfen willst. Führ dein normales Leben weiter. Wenn du dir Sorgen machen mußt, dann sag es ihm nicht, und vor allem, versuch nicht, ihn zu überreden, seine Praxis aufzugeben. Es ist alles, was er noch hat.«

Anne stand auf. »Ich danke dir, Rodney. Ich werde mich an alles erinnern, was du mir gesagt hast, und ich werde versuchen, mir nicht vorzustellen, was du hättest sagen können, aber nicht gesagt hast. Ich weiß, daß du auf Johnny achtgeben wirst.«

»Wie ein Bruder, Tante Anne. Wenige Leute bedeuten mir so viel wie er.«

Als sie gegangen war, seufzte Rodney vor Erleichterung, tupfte sich seine feuchte Stirn ab und fragte sich, ob er klug gehandelt habe. Er hatte ihr nichts gesagt, das nicht wahr war, aber er konnte Johnny immer noch hören, wie er an jenem Morgen im Krankenhaus gesagt hatte: »Noch so einer wird mich umbringen.«

Sobald sie wieder auf der Kuppe des Hügels auf der Straße war, fragte sich Anne, wieviel von der Wahrheit sie gehört habe. Rodney hatte ausdrücklich betont, daß sie Johnny nicht merken lassen sollte, daß sie sich Sorgen mache. Sie sollte ihr normales Leben weiterführen. Das würde sie sicher versuchen, wie besorgt sie auch sein mochte.

Und sie konnte sofort damit anfangen – der Nachmittag war ja noch nicht halb vorüber –, indem sie einige Besuche machte. Keine formellen Besuche, denn sie hatte keine Karten bei sich, aber sie könnte zu den Evans' gehen. Sie hatte Elsa seit ihrer Rückkehr aus dem Osten, die sich wegen ihrer Epidemie verzögert hatte, noch nicht gesehen. Sie drehte sich um und ging den Hügel hinunter in die Linden Street.

Elsa war zu Hause, froh sie zu sehen und bereit, mit ihr in das Bedauern über Waynesboros schrecklichen Sommer einzustimmen, und sich darüber zu freuen, daß Jennifer nicht in der Stadt gewesen war und daß Ludwig seine gesamte Zeit in der Mühle verbracht und wie sein Vater auf Hillcrest geschlafen hatte. So war er wenig oder gar nicht mit den Gleichaltrigen zusammengekommen. »Es ist eigensüchtig, nehme ich an, zuerst an unser eigenes Entrinnen zu denken, als die zu bedauern, die nicht entronnen sind. Arme Elizabeth! Sie und Tim machen sich solche Sorgen wegen Charley und freuen sich gleichzeitig, daß sein Leben verschont geblieben ist.«

»Wie schlimm...?«

»Er wird lahm sein. Er bekommt immer noch Massagen und Therapie, und sie sagt, Johnny glaube, er bräuchte keine Schiene zu tragen. Jedenfalls lebt er. Elizabeth sagt, daß sie sich schämt, jedesmal, wenn sie das sagt. Charley war im Nebenzimmer von

Naomi Patton, und daher konnte sie hören, wie sie sie hereinbrachten. Wie geht es Johnny? Sie sagte, es habe ein paar Nächte hintereinander gegeben, in denen er sich nicht einmal hingelegt habe.«

Anne widerstand der Versuchung, Elsa ihr Herz auszuschütten. »Er ist natürlich erschöpft: Aber er hat ein bißchen Ruhe gehabt, als das Schlimmste vorbei war. Und wie du ist er froh, daß Tucker nicht hier war. Wie geht es Jennifer? Sicher ist sie wegen Naomis Tod völlig niedergeschmettert.«

»Sie wird sie sehr vermissen. Im letzten Jahr waren sie ständig zusammen. Aber ich glaube, daß sie der eigentliche Verlust nicht so schockiert hat wie die Erkenntnis, daß ein junger Mensch sterben kann. Der Tod war eine weit entfernte Möglichkeit in ihrem Bewußtsein – unausweichlich, aber nicht etwas, dem man vor einer unendlich langen Zeit entgegenzutreten habe. Sie hat ihr Entsetzen immer noch nicht ganz überwunden.«

»Hat sie dir das alles erzählt? Ich meine, das zugegeben?«

»Meine liebe Tante Anne! Vertraut sich irgendein Mädchen in ihrem Alter seiner Mutter an? Nein. Ich kann nur Vermutungen anstellen. Ich habe sie nie zuvor so entsetzt gesehen: Jetzt ist sie es gelegentlich noch, ich merke es, wenn sie zu lesen vorgibt, aber tatsächlich ins Leere starrt. Sie wird es überwinden, und vielleicht ist es gut, daß sie etwas über die Ungewißheiten des Lebens gelernt hat.«

»Hört sie immer noch von Tucker?«

»O ja, natürlich. Postkarten aus jedem Hafen. Sie ist sehr neidisch, was er sicher beabsichtigt hat. Sie ist immer die Beneidenswerte gewesen. Er ist liebend gerne in Waynesboro, aber es wäre nicht natürlich für einen normalen Jungen, mit dem, was er gesehen hat, nicht ein bißchen anzugeben.«

Anne erkundigte sich nach Elsas Sommer und wie es Ernest und seiner Familie gehe; Elsa fragte umgekehrt nach den Freunden in Waynesboro. Sie stimmten überein, daß mit Sally auf Hillcrest und Elizas Tod der Klatsch seltener wurde.

Sie plauderten noch einige Minuten weiter. Die alten Rauschs würden bald wieder in der Stadt sein; die Klubtreffen würden in Kürze wieder aufgenommen; und die Damen würden ihren gewohnheitsmäßigen herbstlichen Weg gehen. Anne bemerkte, als sie sich verabschiedete, wie schnell und unbemerkt die Monate doch vergingen; der Gedanke verfolgte sie auf dem langen Weg nach Hause. Sechs Jahre, seit Julia weggegangen war, und Tucker war jetzt schon ein Junge von sechzehn Jahren. Es war unglaublich.

Der Sommer ging zu Ende, nachdem er sich noch, wie er das immer tat, bis weit in den September ausgedehnt hatte. Anne ging sonntags in die Kirche, tat, was hier von ihr erwartet wurde, empfing Nachmittagsbesuche und erwiderte sie, ging zu allen Klubtreffen – und beobachtete Johnny. Sie hatte sich an sein ausgezehrtes Gesicht und seine magere Figur gewöhnt, wie man das halt tut. Aber er schien sorglos und zu Hause umgänglicher, als er das seit langer Zeit gewesen war. Lange bevor sie auch nur an Weihnachten dachte, schnitt er eines Abends, als sie beim Essen saßen, das Thema »Geschenk für Tucker« an. Anne sagte, sie könne Ludwig Evans fragen, was die Jungs in diesem Jahr gerne hätten, sie selbst habe keinerlei Ahnung. Johnny verkniff es sich, darauf anzuspielen, daß Tuckers Stiefvater ihn zweifellos mit allem versorge, was sich ein Junge im Jahre 1909 auch nur wünschen könnte.

Er sagte: »Hättest du etwas dagegen, wenn ich ihm Papas Operationsmesserbesteck schicke? Das, was er im Krieg benutzt hat?«

Wenn Anne einen plötzlichen Stich empfand, ließ sie sich nichts anmerken. »Es gehört dir, du kannst damit machen, was du willst. Aber glaubst du nicht, daß er ein bißchen jung dafür ist?«

»Um zu würdigen, was das bedeutet? Immerhin hat er immer gern den Geschichten Captain Bodiens zugehört wie jeder andere Junge. Und vielleicht erinnert das Besteck ihn auch daran ...«

»Daß er Arzt werden wollte?«

»Setz das nicht in die Vergangenheit! Ich hoffe, daß er das immer noch will.«

»Sie werden Druck auf ihn ausgeübt haben.«

»Ich weiß. Deshalb will ich ja, daß er es bekommt.«

»Julia wird es wegwerfen.«

»Das wird sie nicht wagen.« Seine Kinnmuskeln spannten sich an, sein Kinn zeichnete sich hart und fest ab. »Aber um ganz sicherzugehen, schreibe ich noch einen Begleitbrief und sag ihm, wenn er seine Meinung geändert hat oder je ändern sollte, dann soll er es zurückschicken. Daß es uns sehr viel bedeutet, und daß es, wenn wir nicht mehr sind, an irgendein Bürgerkriegsmuseum oder an ein medizinisches Museum gegeben werden soll.«

Anne sagte: »Das sollte wohl reichen. Julia wird deine Wünsche in dieser Sache sowieso respektieren müssen.« Sie war davon betroffen, daß Johnny sich so ausgedrückt hatte, als seien sie beide gleichaltrig: »Wenn wir nicht mehr sind«. Es war irgendwie beunruhigend.

Ein paar Tage später brachte er das abgenutzte Etui und die

glänzenden Messer aus der Praxis herüber. Seit John Gordon begonnen hatte zu praktizieren, nach dem Krieg, hatte es in seinem Schreibtisch gelegen. Der Brief, der mitgeschickt werden sollte, war bei dem Etui.

»Du kannst es ein bißchen schön einwickeln, mit Kreppapier und so und es mit dem, was du ihm schicken willst, zusammenpakken, wenn es Zeit dafür ist.«

Während des Novembers planten die jüngeren Mitglieder des Klubs ihr Weihnachtsspiel: Szenen aus Lessings »Minna von Barnhelm«, damit wollten sie der englischen Standardkost einmal entgehen. Die, die Kinder hatten, ließen sie bei Kindermädchen oder Ehemännern, während sie ihre Nachmittage und Abende verschwendeten (in den Augen ihrer Gatten zumindest) und probten, klatschten oder einfach Spaß hatten.

Aber wieviel Zeit sie auch mit unsinnigem Plaudern vertun würden, am fünfzehnten Dezember müßten sie zur Aufführung fertig sein, die wieder im Haus der Präsidentin stattfinden sollte. Wie gewöhnlich erwartete Sally die Damen mit ihren Ehemännern oder ihrer Männerbegleitung vor der Aufführung zum Essen.

Anne nahm es als selbstverständlich an, daß Johnny sie wieder zu den Rauschs begleiten würde, aber als sie ihm das Datum sagte, meinte er, daß er unmöglich hingehen könne: Er hatte vor, an einem medizinischen Kongreß in Cincinnati teilzunehmen. Es tat ihm leid, die große Party bei den Rauschs zu verpassen, aber Rodney war zusammen mit seiner Frau, wie er wußte, gerne bereit, sie mitzunehmen. Oder auch Sheldon Edwards mit seiner Frau.

»Ich muß nicht mitgenommen werden, großer Gott! Ich bin absolut fähig, diese wenigen Straßen selbst zu laufen. Aber es tut mir leid, daß du das verpaßt. Bist du sicher, daß du dich einem medizinischen Kongreß gewachsen fühlst? Ist es wichtig?«

»Es ist für mich wichtig, und ja, ich bin sicher, daß ich dem Ganzen gewachsen bin. Es wird ein Symposion über ansteckende Kinderkrankheiten geben; ich würde gern etwas über die letzten Forschungsergebnisse und Entdeckungen, wenn es welche gibt, hören. Niemand hat bislang den Urheberorganismus nicht nur von Poliomyelitis, sondern auch von Masern, Scharlach und Keuchhusten gefunden.«

Und so packte Johnny am Dreizehnten seine Tasche und fuhr mit dem Zug nach Cincinnati, nicht allerdings, ohne seine Mutter noch einmal daran erinnert zu haben, Tuckers Weihnachtsgeschenke zur Post zu geben. Sie erledigte das prompt, obgleich es ihr schwerfiel zu glauben, daß die Post derart langsam sein sollte.

Noch vor dem Fünfzehnten rief Jessamine Edwards an, um ihr zu sagen, daß sie und Sheldon sie auf ihrem Weg zu den Rauschs mitnehmen würden, so daß sie trotz allem nicht würde laufen müssen. Das Haus der Rauschs war von vorne bis hinten, von oben bis unten beleuchtet; es gab in allen Fenstern Blumengebinde, Girlanden von Immergrün um das Treppengeländer, Weihnachtssterne und Chrysanthemen, wo Platz für sie war, und den traditionellen, wundervollen Weihnachtsbaum im vorderen Salon. Es gab auch das freudige Treiben, das eine große Party bei den Rauschs immer mit sich brachte: eine doppelte Schlange von Gästen auf der Treppe, eine aus denen, die mit ihren Wintersachen hinaufgingen, und eine aus denen, die ohne sie wieder herunterkamen, langsam sich bewegende Schlangen wegen der Pausen für Begrüßungen und gute Wünsche; Ludwig und Sally im vorderen Zeichenzimmer, um ihre ankommenden Freunde zu begrüßen und sie zu bitten, sich dem Wirrwarr in dem großen Salon anzuschließen. Zum Essen saß Anne wie immer an dem langen Tisch im Eßzimmer zusammen mit Ludwig und Sally, Gib und Elsa und den älteren Mitgliedern es Klubs: Sie fand ihre Tischkarte, ohne wirklich danach suchen zu müssen.

Alles ging wie immer während des Essens, bis ganz zum Schluß. Nachdem sie den Kaffee ausgeschenkt hatte, kehrte die Serviererin zurück und beugte sich zu Elsa, um ihr etwas ins Ohr zu flüstern. Elsas Antwort war hörbar. »An der hinteren Tür? Sehr gut, ich komme sofort. Suchen Sie Dr. Stevens, bitte.«

Die Gäste beeilten sich, ihren Kaffee auszutrinken, nachdem Elsa hinausgegangen war. Der Ruf nach einem Arzt war nicht so ungewöhnlich, aber normalerweise hatte jeder Arzt, der zu diesem Anlaß eingeladen war, jemand anderen gebeten, seine Anrufe zu übernehmen. Es war zu schade, dachten sie: Rodney würde die Aufführung verpassen, und die Herren sahen es so gern, wie ihre Frauen den Narren spielten. Es mußte irgendeine Art Notfall sein. Sie standen auf, verbannten die Sache aus ihren Gedanken und gingen zum hinteren Salon, wo Stuhlreihen auf das Publikum warteten.

Als Anne in die Halle trat, ging Rodney auf dem Weg zur hinteren Türe an ihr vorbei, sah ihr zufällig in die Augen, sah weg und ging schneller weiter. Sie hielt plötzlich an, alles hielt an: ihr Herz, ihr Atem. Irgendwie wußte sie es. Es war Johnny. Rodney hätte sie sonst nicht so angesehen und dann ihre Augen vermieden. Anstatt die Vorhalle zu durchqueren, drehte sie sich nach links um und folgte ihm. Im Küchenflur direkt bei der Tür, traf sie auf eine Dreiergruppe: Elsa, Rodney und Tim O'Reilly. Sie konnte sich nicht denken, warum Tim – sie platzte heraus: »Was ist los, Tim? Ist Johnny...?«

Er sah verängstigt aus. »Ich weiß nich', Miz Gordon. Ich platz' ungern in sone große Party rein wegen vielleicht nichts, deswegen bin ich hintenrum gegangen.«

»Hören Sie auf, sich zu entschuldigen. Sagen Sie uns, weshalb Sie gekommen sind.« Rodney war ungeduldig.

»Johnny war auf dem Zug, den ich grad aus der Stadt reingebracht hab'. Ich sah, wie er ausstieg, als ich noch in der Kabine war. Er schwankte wie, un' ich hab' Johnny nie betrunken gesehn. Ich schwang mich runter, um ihm zu helfen, aber er war schon über den Bahnsteig zu nem Taxi rüber, das da wartete. Als ich sein Gesicht sah, wußte ich, daß er krank war – vielleicht schwer krank. Tut mir leid, Miz Gordon. Aber während ich aus meinem Arbeitszeug raus bin und mich saubermachte, erinnerte ich mich an die Party heut' nacht. Sie wär'n wohl nich' zu Hause. Ich bin mit vollem Tempo hinter ihm her zu Ihrem Haus. Um nachzusehen, ob er auch richtig angekommen war. Das Licht war an, aber keiner kam an die Tür, als ich klingelte. Die Tür war verschlossen und die Vorhänge zugezogen, da konnte ich eben nich' reingucken. Ich wußte, Sie würden hiersein und vielleicht ein Arzt, da bin ich den Hügel raufgerannt, so schnell ich konnte. Un' es is' vielleicht völlig verrückt, daß ich Ihnen Angst mach'...«

»Sie haben absolut das Richtige getan, Tim.« Es war Rodneys ruhige Stimme, die jetzt, da er im Bilde war, wieder beruhigend klang. »Johnny hat zumindest eine Herzattacke gehabt, von der ich weiß, vielleicht hat er jetzt noch eine bekommen. Können Sie mit mir zurückgehen? Ich brauche vielleicht Hilfe. Wir können mit meinem Auto fahren – es steht vor der Tür.«

»Ich komme mit«, protestierte Anne. »Du kannst mich nicht hierlassen.«

»Dann hol dir einen Mantel – schnell!«

Elsa ging zu dem Wandschrank in der hinteren Halle und brachte irgendwelche alten Mäntel. »Zieh den an. Ich werde zusehen, daß du deinen eigenen später bekommst. Ich zieh den anderen an. Nein, natürlich komme ich auch. Ich würde dich nicht allein lassen – ist dein Schlüssel in dieser Tasche?«

Anne umklammerte mit beiden Händen ihre mit Perlen verzierte Abendtasche. Als sie nickte, fuhr Elsa fort: »Dann wollen wir gehen. Rod wird seinen Wagen schon angelassen haben.« Sie sagte zu der Serviererin, die mit großen Augen ein paar Meter entfernt stand: »Erklären Sie es Mam, Linny. Aber wo niemand

Sie hören kann. Sagen Sie ihr, daß ich später anrufe, wenn ich nicht gleich zurückkomme.«

Die beiden Frauen gingen zur Hintertür hinaus und den Weg zum Seitentor hinunter. Rodney hatte seinen Wagen dort abgestellt; der Motor lief bereits, so daß man ihn leichter finden konnte. Er hatte bereits den Gang eingelegt, und als die Frauen (die er überall hinwünschte, nur nicht hierhin) auf den Rücksitz geklettert waren, ließ er die Kupplung kommen und fuhr um die Ecke in die Market Street. Als sie den Hügel hinunterfuhren, sagte er zu Tim: »Ich verstehe gar nicht, woher Sie wußten, wo wir alle sind!«

»War leicht. Meine jüngste Tochter arbeitet für Bachman, den Floristen. Sie hat seit 'ner Woche über nichts andres geredet als über die Dekorationen, die Miz Rausch für heut' abend bestellt hat.«

»Was für ein Glück für Johnny. Sie haben rechtgetan, daß Sie gekommen sind.«

Anne hörte nicht zu, sie beobachtete, wie schnell sie vorwärtskamen: die Häuser, an denen sie vorbeifuhren, und dann das Gerichtsgebäude. Es war nicht mehr als eine einminütige Fahrt die Market Street hinunter und sie waren draußen am Tor der Gordons und gleich darauf an der Haustür, wo Anne Elsa ihre Tasche gab und sagte: »Such du meinen Schlüssel. Meine Hände zittern so.«

Elsa fand den Schlüssel und schloß die Tür auf. Sie traten in die dunkle Eingangshalle, die nur von der halboffenen Tür des Wohnzimmers her beleuchtet wurde.

Rodney sagte: »Ihr wartet hier einen Augenblick« und schritt auf die Tür zu. Anne sagte: »Ich komme mit« und folgte mit Elsa dicht hinter ihm. Tim hielt auf der Schwelle inne. Von der Tür aus war die andere Seite des Zimmers mit der Couch unter dem Fenster durch den großen Büchertisch, auf dem sich wie immer Stapel von Büchern, Magazinen und Zeitschriften türmten, halb verdeckt. Aber Rodney sah herunter, nicht auf die Couch, sondern auf den Boden. Anne ging um den Tisch herum und stellte sich neben ihn. Tim in der Tür bekreuzigte sich.

Johnny lag dort, sein Gesicht war in Agonie erstarrt, seine Augen offen, glasig, ein Arm ausgestreckt. Seine Mutter kniete sich auf einem Knie neben ihn hin, legte ihre Hand auf seine Wange und sagte sehr nüchtern: »Er wird kalt.« Rodney, der sich über ihre Selbstkontrolle wunderte, dachte: »Sie hat das erwartet.« Anne schloß sanft seine Augen und sagte dann wieder in diesem fragenden Tonfall: »Er war ein so glücklicher kleiner Junge« und über ihre Schulter: »Sie erinnern sich an ihn, Tim?« Dann dachte Rodney: »Schock«.

Er stützte sie mit einer Hand unter ihrem Ellbogen, half ihr auf die Beine und fühlte das Beben, das ihren steifen Körper schüttelte.

»Es tut mir leid, Tante Anne. Ich wollte nicht, daß das geschehen sollte... ich kann dir nicht sagen...«

»Hätte es einen Unterschied gemacht, wenn ich zu Hause gewesen wäre?«

An der Tür brachte Tim in würgendem Ton hervor: »Ich hätt' ein Fenster einschlagen soll'n.«

»Es hätte keinen Unterschied mehr gemacht.« Rodneys Stimme war von Trauer und Kummer schwer. »Ein Anginaanfall zuviel. Wenn er krank aussah, als Sie ihn am Bahnhof gesehen haben, dann muß er ihn im Zug gehabt haben, und er hatte noch einen, bevor er sich auch nur hinsetzen konnte. Wenn Sie mir helfen, Tim, heben wir ihn auf die Couch. Dann muß ich ein paar Telefongespräche führen.«

Als Tim in das Zimmer kam, sagte Anne: »Rodney, bist du sicher, was den Anfall angeht? Ich meine... daß er nicht... er hat nicht... was genommen?« Elsa konnte sehen, wie sie zitterte und legte ihren Arm um sie, um sie zu beruhigen.

Tim sah entsetzt über seine Schulter, als er Johnnys Beine auf der Couch geradelegte. »O Miz Gordon... Johnny, sich selbst umbringen? Das würde er nie.«

»Er war nicht sehr glücklich.«

Rodney bückte sich und hob vom Teppich eine Ampulle auf, die unter Johnny auf dem Boden gelegen hatte.

»Tante Anne, sieh dir das an. Verstehst du nicht? Er hat versucht, das Nitroglyzerin zu bekommen und hatte nicht mehr den einen Augenblick, den er noch gebraucht hätte. Deshalb liegt es auf dem Boden. Nein, Tim hat recht. Wie unglücklich er auch immer war, er hätte nie... nie solange er noch an Tucker und an dich zu denken hatte und auch nur an einen Patienten, der ihn brauchte. Johnny war ein starker Mann. Er hätte sich nicht einmal der Verzweiflung gebeugt.«

»Wird es eine Untersuchung geben müssen?«

»Sicher nicht. Ich kann seine Todesurkunde nicht unterschreiben, weil ich nicht sein Hausarzt war, aber Warren wird es tun. Ich muß ihn anrufen. Elsa, kannst du Tante Anne zu Bett bringen – weg von all dem?« Er senkte seine Stimme: »Bleib bei ihr. Sie befindet sich in einem Zustand von Schock. Gib ihr Wärmflaschen und warme Decken. Ruf mich, wenn du mich brauchst.«

»Ich bleib heute nacht hier. Ich werde Gib und Mama später anrufen. Die Party wird noch nicht vorbei sein.«

Anne protestierte: Sie war gewohnt, allein zu sein. Elsas Familie würde sich beunruhigen.

»Sie können eine Nacht ohne mich auskommen.« Als sich Anne der Tür zuwandte, sagte Elsa zu Rodney: »Du wirst mir etwas geben, das sie einschlafen läßt?«

»Ich war auf einer Party, erinnerst du dich? Ich werde Warren bitten, dir etwas zu bringen.«

Tim, der immer noch verlegen am Fußende der Couch stand, sagte: »Ich mach' mich am besten auf den Weg, Miß Elsa.«

»Oh – und niemand hat Ihnen gedankt! Ich weiß, Tante Anne wird es tun, wenn sie wieder sie selbst ist. Wenn Sie nicht getan hätten, was Sie getan haben, wäre sie nach der Party allein hereingekommen und hätte ihn gefunden. Das wäre unaussprechlich entsetzlich gewesen.« Sie streckte Tim ihre Hand entgegen.

Er schüttelte sie verlegen und sagte: »Danke, daß Sie das gesagt haben. Un' es is' auch die Wahrheit: Es wär' schrecklich gewesen. Armer Johnny! Aber er würde nie...«

»Nein. Das würde er nicht.« In Elsas Augen schimmerten Tränen, sie war sich selbst aber nicht sicher. Zumindest aber glaubte sie Rodneys Worten, daß er es nicht getan hatte. Zum ersten Mal trat sie nahe an den Kopf auf der Couch heran und legte ihren Handrücken auf seine Wange. »Auf Wiedersehen, Johnny.« Sie drehte sich blind um, als Rodney in das Zimmer zurückkam; Tränen waren auf ihren Wangen, als sie sagte: »Er war ein glücklicher Junge, weißt du. Und niemand sonst in der ganzen Welt hat mich ›Shaney‹ genannt.«

Und Rodney dachte, als er ihr nachsah: »Und Johnny hat das nie erkannt. Wie unerträglich traurig das Leben nur wegen der normalen Blindheit der Menschen sein kann.« Bis Dr. Warren eintraf, gab es für ihn nichts mehr zu tun; er folgte Elsa zur Treppe und ging hinter ihr und der jetzt bereits ruhigeren Anne, die Elsas Unterstützung zurückgewiesen hatte, die Treppe hinauf. Zumindest, dachte er, kann ich mit einem Schockzustand fertig werden.

Anne blieb am nächsten Tag im Bett, zuerst wurde sie von Elsa, dann von Sally dort festgehalten. Sie lehnte sich nicht auf, weigerte sich nur, den Arzt rufen zu lassen. Johnny war tot; sollte jemand anderes die Vorbereitungen für die Beerdigung übernehmen. Sie ließ keinen Besuch zu sich außer Mr. Patton – man konnte seinen Pfarrer nicht abweisen; sie hörte sich schweigend seine tröstenden Sätze an und seine Gebete. Sie stand nicht auf, um hinunterzugehen und die zu empfangen, die ihr Besuche abstatteten. Elsa,

Jessamine, Sally – sie würden Johnnys Freunden wahrscheinlich sagen, seine Mutter sei völlig »niedergeschmettert«. Und mit Überraschung dachte sie, vielleicht stimmt das; vielleicht war das das Wort für das, was sie empfand. Sie verließ das Bett nicht, bis es Zeit war, sich für die Beerdigung anzukleiden. Nicht viel von dem Begräbnisgottesdienst drang zu ihr durch, nicht einmal das, was Mr. Patton über Johnnys ärztlichen Dienst an seiner Tochter Naomi sagte, als ein Beispiel aufopfernder Hingabe eines Arztes an seinen Patienten.

Nach der Beerdigung gab es zuerst einen Brief an Tucker zu schreiben, der einen vollständigeren Bericht über den Tod seines Vaters enthalten sollte, als das in einem Telegramm möglich war; dann die Eröffnung von Johnnys Testament. Rudi Lichtenstein kam dann eines Nachmittags zu ihr nach Hause.

Nachdem sie ihn in das Wohnzimmer geführt und auf einen Stuhl gedeutet hatte, sagte er zuerst, daß er bei der Beerdigung keine Gelegenheit gehabt hätte, ihr sein Beileid auszudrücken und daß er das jetzt tun wolle: »Ich bin zeit meines Lebens ein Freund von Johnny gewesen und ich empfinde den Verlust sehr. Ich weiß nicht, warum er zu mir kam, um sein Testament aufzusetzen – ich weiß, daß Merrill & Gardiner immer die Familie vertreten haben, außer bei der Scheidung. Ich nehme an, Johnny hat sich ausgerechnet, daß, wie hoch meine Gebühren auch sein würden, es für mich mehr bedeuten würde als für sie.« Rudi lächelte. »Und natürlich stimmt das. Jedenfalls, hier ist es.« Er nahm einige Papiere aus seiner Aktentasche. Alles sollte für Tukker treuhänderisch verwaltet werden, bis er einundzwanzig wäre: das Geld, die Farm, die Partnerschaft im Krankenhaus mit einer freien Stelle, die für ihn offengehalten werden sollte, falls er sie je beanspruchen würde. »Er war sich sicher«, sagte Rudi mit besonderer Betonung, »daß für Sie gesorgt sein würde.«

»Ja. Für mich ist gesorgt. Es sollte alles an den Jungen gehen.«

»Sie und die Bank sollen als Treuhänder fungieren. Falls er die Kosten für das College und seine Medizinausbildung bestreiten muß, soll er das notwendige Geld haben. Johnny glaubte wohl, der Stiefvater des Jungen wäre vielleicht nicht willens, für eine medizinische Ausbildung zu bezahlen. Und...«, Rudi lächelte, »da ich den Rechtsanwalt des Herrn getroffen habe, kann ich mir vorstellen, daß er recht hat. Nun, ich glaube, das war alles. Ich werde das Testament im Nachlaßgericht registrieren, dann können wir beginnen, herauszufinden, was sein Vermögen ist.« Dann fuhr er weniger geschäftlich fort. »Ich war etwas beunruhigt, wissen Sie. Ich wollte, daß er einen jüngeren Treuhänder als Sie benennt – immerhin, dachte ich, er habe noch Jahre vor sich. Er war so hartnäckig in dieser Beziehung. Ich mußte mich einfach wundern – ich habe erst nachher von seinen Herzproblemen erfahren.«

»Ich bin sicher, er hat erwartet, zuerst dahinzugehen. Obgleich er immer darauf bestand, er sei in Ordnung, und ich wirklich glaubte, daß es ihm besser ginge – zumindest daß er seinen Seelenfrieden gefunden hatte. Und er bestand deshalb hartnäckig auf mir als Treuhänder, weil ich wußte, wie sehr er wollte, daß Tucker Medizin studieren, zurückkommen und hier seine Stelle einnehmen solle.«

Danach mußte die traurige Aufgabe erfüllt werden, alles zu ordnen, was Johnny zurückgelassen hatte: im Haus, Kleider, die man weggeben konnte, Briefe und Papiere, die man vernichten konnte; in der Praxis, sein Schreibtisch. Dr. Warren und Rodney gingen seine Kartei im Krankenhaus durch und die Bücher und Tabellen und Unterlagen in der Praxis in der Chillicothe Street. Nur der Schreibtisch dort blieb übrig, damit Anne ihn selbst, wie sie es gewünscht hatte, durchsehen könnte, sie hatte den Mark Aurel von seinem Nachttisch vermißt und daraus geschlossen, daß er ihn mit in die Praxis genommen habe, und sie wollte ihn aus irgendeinem Grunde selbst finden: Er hatte Textstellen darin angestrichen, wie sie bemerkt hatte, und sie wußte, daß Johnny gewünscht hätte, das nicht in die Hände von Rodney fallenzulassen. Sie schwankte, ob sie die Praxis an einen anderen Arzt vermieten sollte, was dann das Vermögen ein wenig wachsen lassen würde, oder ob sie die drei Räume, wie sie waren, nur abschließen sollte, falls Tucker doch einmal zurückkehren würde; ihr erschien das jetzt nicht mehr so absolut unwahrscheinlich. Jedenfalls entschloß sie sich letztlich dazu, vielleicht weil sie einfach nicht den Tumult ertragen wollte, den ein Umzug mit sich bringen würde; vielleicht weil sie emotional zu erschöpft war, daß sie es nicht ertragen konnte, daran erinnert zu werden, was alles gewesen war: ihr Vater, ihr Mann, ihr Sohn. Und was Tucker anging, so dachte sie an ihn fast mit Gleichgültigkeit; er war jetzt so weit weg in jedem Sinne: in bezug auf die Zeit, den Raum und, wie sie glaubte, auch auf seine Entfremdung.

Dann, als sie eines der Ablagefächer leerte, um die Papiere durchzugehen, die da hineingequetscht worden waren, fand sie den Brief zusammen mit dem Mark Aurel. Ein Brief an sie: »Meiner Mutter auszuhändigen im Falle meines plötzlichen Todes.« Mit zitternden Händen schlitzte sie den Umschlag auf, zog die Bögen heraus, die mit Johnnys schöner, kleiner, ordentlicher Schrift, die ihm von Miß Pinney beigebracht worden war, gefüllt waren. Ihr Herz klopfte so laut, daß sie das Lesen einen Augenblick aufschob und sich an Miß Pinney und die Ungezogenheit der Kinder erinnerte. Dann glättete sie entschlossen die Blätter auf dem Schreibtisch:

Liebe Mama,
vielleicht wirst Du das nie zu lesen bekommen: Wer weiß, vielleicht werde ich doch noch länger leben, als ich glaube? Aber falls es nicht so kommt, gibt es einige Dinge, die ich gerne niederschreiben möchte, weil ich mich nie dazu bringen könnte, sie auszusprechen.

Im letzten Sommer habe ich Tage und Nächte der Verzweiflung durchlebt. Ich ertrank in Verzweiflung, so daß ich vergaß, welche Gründe ich noch hatte weiterzuleben. Das sagt Dir nichts, was Du nicht schon weißt: Ich wußte schon von der Art, wie Du mich anschautest, daß Du meine Gedanken lesen konntest, wie Du das immer schon getan hast, als ich noch ein kleiner Junge war. Wenn ich dessen nicht sicher wäre, würde ich das alles jetzt auch nicht beichten können, denn ich bin tief beschämt, so wenig Macht über mich selbst gehabt zu haben, nicht mit mir selbst ins reine gekommen zu sein. Aber es gab Abende, wenn die Praxis endlich von Patienten leer war, an denen ich den Schreibtischstuhl herumwirbelte und auf den Giftschrank starrte. Es wäre so leicht und so schnell gewesen, und es gab nichts, weswegen ich hätte weitermachen wollen. Und ich bin nicht sicher, daß es nicht reine Lethargie war – die Trägheit der Melancholie –, die mich an meinem Stuhl gehalten hat.

Dann kam die Poliomyelitis-Epidemie, der Arbeitsdruck, die Kämpfe, die Niederlagen. Ich hatte keine Zeit mehr, an mich selbst zu denken. Die einzige Verzweiflung, die ich empfand, war, als ich sah, daß ich nichts mehr tun konnte, um Naomi Patton zu retten; ich fand dann ein Ziel – wo immer möglich, Kinder vor diesen ansteckenden tödlichen Krankheiten zu retten. Mein Beruf, der mir so viel bedeutet hatte und von dem ich empfunden hatte, daß er mich betrog, bekam wieder seine Bedeutung.

Dann – der Anginaanfall – der unbeschreiblich schockierende Schmerz. Es dauerte nur ein paar Augenblicke, aber aus irgendeinem Grund – ich glaube nicht, daß ich das erklären kann – sah nachher alles anders aus. Vielleicht war es dieser Beinahe-Zusammenstoß mit dem Tod, die Endgültigkeit – das Leben, wie schwer es auch immer sei, schien besser als der Untergang. Aber ich glaube, daß es wohl eher das Gefühl war, daß mir die Entscheidung aus der Hand genommen worden war. In gewisser Weise. Kein »Sein oder Nichtsein«. Das Ende würde kommen, vielleicht bald. Ich habe nichts getan, es einzuladen; ich habe mein Bestes getan, Warrens Anordnungen zu gehorchen, aber ich fühle mich – soll ich sagen – unsicher? Es ist nicht immer leicht gewesen, weiterzumachen trotz der Änderung in meinem Bewußtsein, und deshalb – du wirst sicher darüber lächeln können, hoffe ich – habe ich den alten Mark Aurel unter Vaters Büchern ausgegraben. Und etwas von ihm gelernt trotz Vaters Verachtung. Er redet von sich selbst und ich frage mich, ob er jemals beabsichtigt hat, daß die »Meditationen« zu einem Buch (zu einer Schriftrolle?) gemacht werden sollten? Ich habe alle Maximen, wie man als guter Mann leben soll, ausgelassen – zu spät für mich –, aber ich fand und wurde bestärkt von seiner Fähigkeit, das Leben eines Mannes in Relation und Perspektive zum Universum zu setzen: »Nichts kann mit dir geschehen, das nicht für dich wie ein Zufall ist, weil du ein Mensch bist.« Und: »In einer Weile wird die Erde uns alle bedecken, und dann soll sie selbst ihre Verwandlung haben« und »Welch kleiner Teil der unermeßlichen und unendlichen Ewigkeit es doch ist, der jedem von uns zugebilligt wird, und wie bald er in das dunkle Alter der Welt verschwindet.« Und er schrieb viel über die Bedeutungslosigkeit des Todes: vielleicht um sich selbst sicherzumachen. Wer weiß? Ich, der ich so kurz zuvor den Tod einem Leben in Verzweiflung vorziehen wollte, der ich aber irgendwie in meinem rationalen Verstand wiederhergestellt worden war, empfand diese Beruhigung als großen Trost. »Du hast ein Schiff bestiegen, du bist gesegelt, du bist an Land gekommen, geh also hin, selbst wenn es in eine andere Welt ist, auch da wirst du Götter, die überall sind, finden. Wenn alles Leben und aller Sinn aufhören sollten, dann wirst du auch aufhören, Schmerzen und Vergnügungen unterworfen zu sein« und »Tod ist das Ende der sinnlichen Erfahrungen, der Tyrannei der Leidenschaften, der Irrtümer des Verstandes und der Knechtschaft der Sinne.« Und schließlich: »Wenn dein Körper fähig sein sollte, diese Art Leben auszuhalten, dann wäre es eine Schande, wenn deine Seele zuerst schwach werden und kapitulieren sollte.«

Denk also an mich ohne Trauer, als an »einen, der sein Leben in Ordnung gebracht hat, als an einen, der nichts erwartete als den Klang der Trompete, die den Rückzug bläst, um mit dem ganzen Feldzug aus diesem Leben zu scheiden.«

Wenn Du kannst, dann halte den Kontakt mit meinem Sohn aufrecht. Du weißt, Tucker liebt dich.

Nun, nur eine Zeile von Mark Aurel, für Dich. Du brauchst keine Beruhigung: die findest Du in Deinem Glauben und in der Bibel, aber diese Zeile ließ mich an Dich denken: »Glücklich zu leben, ist die innerste Kraft der Seele.« Du hast immer diese Kraft gehabt; weil Du glücklich gewesen bist, hast Du uns glücklich gemacht: Papa und Binny und mich, als wir noch Kinder waren, und als er an der Reihe war, Tucker. Dafür haben wir Dich alle geliebt. Wenn – und falls – ich vor Dir gehen sollte, werde ich in dem Glauben sterben, daß Du immer noch so sein kannst.

Anne faltete die Bögen zusammen, steckte sie wieder in den Umschlag und legte ihn in das Buch zurück. Dann brach sie zum ersten Mal völlig zusammen; allein in der Praxis, weinte sie ungehemmt: über Johnny, der in allen Jahren ein glückliches Leben hätte haben sollen, nicht nur als Kind; wegen der Kürze seines Lebens und aller menschlicher Leben, wegen Binny, wegen John, wegen sich selbst, die sie alle verloren hatte. Außer Tucker. Den sie behalten mußte, wie Johnny sie gebeten hatte. Dieser Gedanke stoppte ihre Tränen und gab sie dem Leben zurück und machte ihrer Isolation ein Ende. Sie mußte Tucker noch einmal schreiben: einen herzlicheren Brief als den ersten schmerzvollen Bericht über das, was geschehen war. Sie mußte ihm seine Erbschaft erklären; sie mußte ihm sagen, daß die Praxis auf ihn warte, und, wie sie plötzlich erkannte, sie mußte ihm etwas über das Weihnachtsgeschenk seines Vaters für ihn sagen. Sie hatte vergessen, dieses Geschenk vorher zu erwähnen, und jetzt würde er es bereits in ein paar Tagen erhalten. Sie ließ ihr durchnäßtes Taschentuch in ihre Handtasche gleiten, schob die Papiere, die sie aus dem Ablagefach genommen hatte, auf die Seite, fand einen Block unbenutzter Rezeptformulare und begann zu schreiben.

Der Tod ihres Sohnes hatte für Anne unerträgliche Schmerzen bedeutet, aber als die Zeit verging, begann sie (und sie schämte sich, es sich selbst zuzugeben) eine gewisse jenseits aller Gefühle liegende Erleichterung und Befreiung zu empfinden. Sie würde sich nicht länger beunruhigen: Es gab niemanden mehr, dessentwegen man sich beunruhigen könnte. Sie würde tun, was sie könnte, um Johnnys »Halte den Kontakt mit Tucker aufrecht« zu gehorchen, aber er war zu weit weg für sie, als daß sie sich hätte seinetwegen Sorgen machen können. Er wurde in Kalifornien zurückgehalten, jetzt, da Julia unter keinerlei Zwang mehr stand, ihn mit seinem Vater zu teilen. »Ich habe ihn verloren«, dachte sie: »Julia und ihr Mann mit all dem Geld, um ihn in Versuchung zu führen, werden ihren Willen bei dem Jungen durchsetzen.« Sie würde ihm schreiben, aber er würde nicht weiter in ihrer Verantwortung sein. Von nun an würde sie einfach leben, ohne Sorgen, ohne irgend jemanden, um den sie sich zu kümmern hätte.

DIE MITGLIEDER DES FRAUENKLUBS VON WAYNESBORO

Miß Charlotte Bonner
Miß Ellen Bonner
Miß Ruth Campbell
Mrs. Jessamine Edwards
Mrs. Elsa Edwards
Mrs. Gwen Edwards
Mrs. Anne Gordon
Mrs. Sophie Lichtenstein
Mrs. Laura Maxwell
Mrs. Elizabeth Merrill
Mrs. Deborah Patton
Mrs. Sarah Rausch
Miß Amanda Reid
Mrs. Lavinia Stevens
Mrs. Christina Voorhees
Mrs. Grace Warren

IN MEMORIAM

Miß Eliza Ballard
Mrs. Mary Ballard
Miß Susan Crenshaw
Mrs. Louisa Deming
Mrs. Katherine Edwards
Miß Caroline Gardiner
Miß Lavinia Gardiner
Mrs. Mary McCune
Miß Agatha Pinney
Mrs. Thomasina Travers

1913

»Waynesboro und der Frauenklub bemühen sich, die Krise von 1913 zu überwinden...«

Waynesboro war wie der größte Teil des südwestlichen Ohio an Hochwasserperioden im Frühjahr, wenn die Flüsse über ihre Ufer traten und Straßen und Niederungen und selbst tief liegende Straßen und Häuser überschwemmt wurden, gewöhnt. Nach einer gewissen Zeit wichen die Wassermassen dann zurück, der Schlamm wurde weggeräumt, Schlaglöcher wurden aufgefüllt, Zäune und Brücken repariert. Nur Städte entlang des Ohio hatten wirkliche Überschwemmungen, wenn der Fluß zu toben begann und Wassermassen in jede Stadt an seinen Ufern drangen. Obgleich der März des Jahres 1913 kalt war und naß und die Flüsse bis hoch zu den Ufern gefüllt, der Boden immer noch gefroren war und das Wasser deshalb nur über Bäche und Flüsse abfließen konnte, erwarteten wenige in Waynesboro oder in anderen Städten an kleineren Flüssen richtige Katastrophen. Das schlechte Wetter diente höchstens als Ablenkung von der beunruhigenden Tatsache, daß ein Demokrat gerade als Präsident in sein Amt eingeführt worden war, etwas, was der größte Teil von Waynesboro mißbilligte. Selbst Ludwig Rausch hörte auf, über diesen »Verräter an seiner Partei« zu murren, und wechselte statt dessen zu diesem »verdammten Schullehrer im Weißen Haus«.

Am Ostersonntag setzte Rekorde brechender Regen ein; innerhalb von achtundvierzig Stunden stürzten zwischen zehn und zwanzig Zentimeter Regen hernieder; schließlich waren dreitausend Quadratmeilen mit Wasser bedeckt. Montags dann waren schon einige in Waynesboro besorgt: die, die in den kleinen eingeschossigen Häusern an der Canal Street gleich am Treidelpfad wohnten. Auf der anderen Seite des Flusses in der Front Street fühlte man sich in den gleichen Häusern hinter dem Damm noch sicher. All das lag im West-End, jenseits des eigentlichen feinen Waynesboro, das sich vor den Wassermassen am Hügel in Sicherheit befand; die Hütten waren die Quartiere der Arbeiter: der Mühlenarbeiter der Seilfabrik, der Eisenbahner und verschiedener anderer. Am Sonntag schon beobachteten sie die steigenden Fluten von ihren Fenstern aus. Ein peitschender Regen kam herunter; aber selbst da fanden sie zur Panik noch keinen Grund: ihre Haltung war eher »Da haben wir's wieder«, und sie sahen bereits voraus, wie sie den Schlamm und den Schutt von ihren Vorgärten und Veranden und vielleicht sogar von ihren Fußböden wegräumen müßten. Die Männer gingen wie gewöhnlich am Montag zur Arbeit.

Zwei sahen an diesem Morgen die Katastrophe heraufziehen. Ludwig Rausch und Captain Bodien standen gemeinsam auf der Kanalbrücke und beobachteten, wie die Strömung unter ihren Füßen vorbeitobte. Der Regen hielt ohne nachzulassen an; sowohl der Kanal als auch der Fluß führten durcheinanderpurzelnde Trümmerstücke mit sich; das Wasser plätscherte von beiden Seiten an die tieferliegenden Ufer des Fabrikgeländes. Zu ihrer Linken wirkte der alte Treidelpfad immer noch wie eine gewisse Art Barriere, die das Wasser aus der Canal Street heraushielt, aber es kroch die Rampe hinauf auf den Fabrikhof zu, der einmal dazu benutzt worden war, Lastkähne zu be- und entladen. Es durfte nicht viel höher steigen, ohne die Fabrikgebäude und die Büros zu erreichen; die Schlosserei und die Lagerhäuser, die um den kopfsteingepflasterten Hof herum lagen, würden weiterhin in Sicherheit sein.

Beide Männer hatten den gleichen Gedanken: die Reservoirs siebzig oder achtzig Meilen weiter nördlich, die vor vielen Jahren als Speicher für den Kanal gebaut worden waren. Zu jener Zeit war kein Geld damit verschwendet worden, Bäume zu fällen. Man hatte sie stehenlassen, so daß sie, als die Täler überflutet wurden, unter Wasser standen; ihre Skelette lagen oder standen immer noch in den Reservoirs. Wenn die Schleusentore absichtlich geöffnet oder von der Gewalt der Fluten aufgerissen würden, wären die entsetzlichen Auswirkungen wohl bis nach Waynesboro zu spüren. Jetzt kam das Wasser bereits bis auf wenige Zentimeter an den oberen Bogen der Kanalbrücke heran. Als die beiden Männer die Fluten beobachteten, wurde ein toter Ast von der wirbelnden Strömung heruntergespült und verfing sich im Unterbau der Brücke.

»Der kann von den Ufern des Kanals weggespült worden sein«, sagte Ludwig, »wenn er aber aus den Reservoirs kommt, sind wir in ernsten Schwierigkeiten. Wir müssen ihn von dort wieder loskriegen, bevor sich noch mehr Treibgut ansammelt und das Wasser in die Fabrik zurückstaut. Holen Sie einige Arbeiter, Captain, und genug Seil, damit man ihn wegschleppen kann. Halten Sie besser alle Arbeiten in der Mühle an. Schicken Sie die Spinnmädchen nach Hause und versammeln Sie die Männer im Hof, damit ich ihnen sagen kann, was zu tun ist.«

Ludwig überquerte die Brücke und ging in sein Büro, wo sich die Büroangestellten schweigend versammelt hatten und verängstigt warteten, daß ihnen gesagt würde, was zu tun sei. Er erledigte das in kürzester Zeit: die Sekretärinnen sollten nach Hause gehen; die anderen Büroangestellten sollten unter Gibs Aufsicht alles, was bewegt werden könnte – Unterlagen, Korrespondenz, Schreibmaschinen, Additionsmaschinen – fertig machen, damit sie auf die zweite Etage des großen Lagerhauses auf der anderen Seite der Vorbereitungshalle getragen werden könnten. Draußen im Hof hatte Captain Bodien die Arbeiter versammelt; Ludwig gab ihnen seine Anweisungen: einige sollten den Büroangestellten helfen, eine gewisse Anzahl sollte alles Fiber, alle bereits gesponnenen Stränge und alle fertigen Schnüre und Taue zu dem gleichen Lagerhaus schaffen; wenn das erledigt sei, könnten sie damit beginnen, die Fabrikmaschinen zu schmieren, um sie vor dem schlammigen Wasser und dem Rost zu schützen, sie sollten die Fässer benutzen, die zum Schmieren des Hanfs bereitgestellt waren. Die Mühle würde wie eine Schafhürde stinken, aber nichts war wasserabstoßender als eine dicke Lage Wollfett.

Als Ludwig seine Anordnungen erteilt hatte, kamen von den versammelten Arbeitern besorgte Reaktionen. Die Spinnmädchen hatten sich bereits davongemacht, denn sie waren darauf bedacht gewesen, nach Hause zu kommen. Die Männer wußten selbst sehr gut, daß man eine Flut nicht abwehren kann; aber bis sie merkten, daß der Boß eine Gefahr für die Fabrik voraussah, hatten sie nicht daran gedacht, daß ihr Zuhause auch von Wasser bedroht sein könnte.

Einer von ihnen kam endlich mit der Sprache heraus, wandte sich aber eher an Captain Bodien als an Ludwig: »Captain, glauben Sie, daß die Flut über die Türen der Fabrikgebäude klettern wird?«

Ludwig antwortete ihm: »Dieses Gelände liegt nicht sehr hoch, und diesmal sieht es nach einer richtig schlimmen Flut aus. Ich hoffe, ich habe unrecht, aber ich möchte vorbereitet sein.«

»Dann werden unsere Häuser bis zu ihren Giebelbalken unter Wasser stehen.«

Ludwig war bestürzt. »Das stimmt. Ihr zieht besser aus, alle die ihr entlang des Kanals oder des Flusses wohnt. Bringt eure Familien weg, sie sollen bei Freunden bleiben; wartet nicht, bis es zu spät ist. Macht, daß ihr vor der Nacht rauskommt.«

»Weggehen und alles zurücklassen? Alle Möbel? Alles, was wir haben?«

»Nein«, sagte Ludwig langsam. »Es wäre vielleicht nicht mehr da, wenn ihr zurückkommt. Ich habe nicht daran gedacht. Aber – hört mal – die oberste Etage des Lagerhauses dort am Nebengleis steht leer, jetzt, wo wir so viel Schnur abtransportiert haben. Ihr alle, die ihr in den Straßen in der Gegend der Canal und Front Street wohnt, warnt eure Frauen und Kinder, bringt sie aus dem Haus, dann holt euer Mobiliar zusammen und stapelt es draußen auf. Zeb! Sie wissen, wo die Rollkutscher wohnen. Sie werden an einem solchen Tag zu Hause sein. Schicken Sie sie alle zur Canal und Front Street, damit sie das Mobiliar zum Lagerhaus hier transportieren. Sag ihnen, ich würde sie für den Transport bezahlen. Nun machen Sie schon – verlieren Sie keine Zeit!« Dann wandte er sich den Männern wieder zu, die in Richtung auf das Tor drängten. »Ich weiß, wie es mit euren Frauen sein wird. Sie werden nicht gehen wollen. Ihr müßt sie zwingen. Der Fluß wird sicherlich über den Damm kommen. Wir werden unser Bestes tun, die Möbel zu retten, und sie müssen die Kinder retten.«

»Wohin können wir denn gehen? Unsere Freunde und Verwandten stecken in der gleichen Klemme.«

»Schickt sie zum Kellergeschoß des Gerichtsgebäudes, bis eine andere Vorkehrung getroffen ist. Ich werde mich darum kümmern. Nun macht weiter, sofort... und betet alle, daß es nicht so schlimm wird, wie ich befürchte.« Als sie wegdrängten, drehte er sich zu den übrigen Arbeitern um, meistens Neger, die im höher gelegenen East-End wohnten. »Nun, die restlichen... ihr werdet doppelte Arbeit tun müssen, um hier alles zu tun, was getan werden muß, ihr bekommt auch den doppelten Lohn. Bodien, schreiben Sie bitte ihre Namen auf, ja und fangen Sie an. Lassen Sie einen der Jungs die Kanalbrücke beobachten und lassen Sie es uns wissen, wenn sich Astwerk vor ihr anstaut oder wenn das Wasser so aussieht, als ob es drüberkommt. Wir wollen nicht von der Stadt abgeschlossen werden. Die Flußbrücke wird in Ordnung sein: sie ist höher und stärker.«

Nach einiger Zeit, die lang erschien, in Wirklichkeit aber unter den Umständen sehr kurz war, kamen alle klapperigen Lastkutschen vom West-End her, spritzend durch das höhersteigende Wasser gerattert. Auf jeder Ladung saß irgendwo der Besitzer, und das Mobiliar sah aus, wie es auf Umzugswagen immer aussieht, schäbiger und baufälliger als an seinen angestammten Plätzen. Es wurde von den Lastwagen abgeladen, auf dem quietschenden Frachtlift aufgestapelt und zu der obersten Etage des Lagerhauses befördert. Irgendwie wurde noch vor der Dämmerung, als das Wasser ein paar Zentimeter über der Kanalbrücke und bereits im Fabrikhof stand, alles erledigt, was erledigt werden konnte. Captain Bodien und Gib hatten den ganzen Nachmittag neben Ludwig im strömenden Regen gearbeitet und geholfen, alles Bewegliche fortzuschaffen. Schließlich wurden die restlichen Arbeiter entlassen. Bevor er ihnen nach Hause folgte, machte Ludwig einen letzten Versuch, Paul anzurufen. In Madison City durchkreuzten Fluß und Kanal, die nur von etwa einem halben Dutzend Straßenzügen getrennt waren, das zentrale Industriegebiet. Der Fluß schlängelte sich, der Kanal war gerade wie ein Pfeil. Wenn die beiden über die Ufer treten sollten, würde sich die Flut nicht nur auf die Randgebiete der Stadt beschränken: sie würde nicht nur die Geschäfte, sondern auch das Rathaus, die Feuerwache und alle Einrichtungen der Stadtverwaltung verschlingen. Die Papierfabrik war nicht sehr nahe an einem der beiden Wasserläufe, aber die ganze Stadt lag auf ebenem Grund. Und Paul hatte sich ein eingeschossiges Haus nicht sehr weit von der Fabrik entfernt gebaut, weil, wie er sagte, sich alle Arbeiter der Papiergesellschaft trauen sollten, an seiner Tür zu läuten, wenn sie einen Grund hätten, ihn außerhalb der Arbeitsstunden sprechen zu wollen; er wollte sie nicht durch ein prunkvolles Schaustück einschüchtern. Es war kein kleines Haus – es erstreckte sich über eine Menge von Quadratmetern, aber es wirkte nicht einschüchternd, wie Stewart Bodiens Villa hinter ihrem eisernen Zaun. Davon abgesehen war Stewart der Big Boß, und Arbeiter würden mit ihren Problemen wohl viel wahrscheinlicher zu Paul kommen. Ludwig hatte Zeit, an alle diese Dinge und an Pauls Sympathie für die Fabrikarbeiter zu denken, bevor er ihn am Telefon hatte. Dann weigerte sich Paul, ihn ernst zu nehmen: Es gäbe Dämme entlang des Kanals wie auch des Flusses, die Stadt zu schützen; keine Flut sei je darübergekommen. Und jedenfalls, sein Haus und die Fabrik seien nicht so nahe an einem der beiden Wasserläufe. Ludwig konnte ihn nicht überreden, zumindest die Vorsorge zu treffen, seine Familie umziehen zu lassen. Er legte den Hörer auf, gerade als Captain Bodien durch die Bürotür kam; er sagte zu ihm: »Paul glaubt, daß ich ein komischer alter Vogel bin; er will einfach nicht hören. Versuchen Sie besser, Stewart zu bekommen.«

»Wenn wir zu Hause sind. Ich komme gerade, um es Ihnen zu sagen: Die Kanalbrücke wird nicht mehr lange halten – Geäst staut sich davor – und der Hof ist schon Zentimeter unter Wasser. Wir gehen besser.«

»Die Arbeiter sind alle weg?«

»Alles klar: Sind in die Stadt rauf, um nach ihren Frauen zu sehen. Die Leute in der Front Street hatten Angst, von der Stadt abgeschnitten zu werden – und das wären sie auch über kurz oder lang.«

Ludwig schloß die Tür zu einem leeren Büro ab; sie platschten über das Kopfsteinpflaster, wo er sein Auto hatte stehenlassen, und Captain Bodien stieg neben ihm ein. »Gott sei Dank für den automatischen Anlasser«, sagte Ludwig. »Ich glaube nicht, daß ich noch die Kraft hätte, das verdammte Ding rumzudrehen. Ich sage Ihnen, Bodien, an einem Tag wie heute fühle ich doch mein Alter.«

»Einige der jüngeren werden morgen auch steife Muskeln haben. Aber wir haben getan, was wir konnten. Nun müssen wir an die Frauen und Kinder, die aus ihren Häusern vertrieben worden sind, denken.«

»Ich bezweifle, ob wir sie alle herausbekommen haben, weil ich weiß, wie sie für ihre Häuser empfinden. Aber ich nehme an, daß die meisten von ihnen – und morgen noch mehr – im Gerichtsgebäude sein werden. Wir lassen die Frauen diese Sache übernehmen: Ihre Barbara und meine Elsa und ihre Mutter zu Anfang. Es gibt in der ganzen Stadte keine Kirche, die nicht ein Sonntagsschulzimmer hat, in dem nicht ein paar Familien für eine Weile wohnen könnten, selbst wenn sie auf dem Boden schlafen müssen.«

Sein Vertrauen in die Frauen von Waynesboro war nicht auf tönerne Füße gebaut. Seine Frau, die sein Auto hatte herankommen hören, stand schon an der hinteren Tür, halb böse, halb besorgt, weil er nicht angerufen hatte, um ihr mitzuteilen, er werde später kommen.

»Was in aller Welt, Ludwig? Es ist sieben Uhr...« Dann als sie sein müdes Gesicht sah, sagte sie: »Du hattest also recht? Es wird eine Überschwemmung geben?«

»Wir haben schon eine Überschwemmung. Der Fabrikhof steht schon unter Wasser, und die Zuflußmassen vom oberen Teil des Flusses sind noch nicht da.« Immer noch in der hinteren Eingangshalle erzählte er ihr, während er seinen Regenmantel ausschüttelte und seine Stiefel auszog, von den Frauen und Kindern, die jetzt vermutlich im Gerichtsgebäude versammelt seien. »Ruf Elsa und deine Freundinnen an. Sieh zu, ob du die Kirchen dazu bewegen kannst, ihre Sonntagsschulzimmer aufzumachen. Treib Matratzen zum Schlafen auf. Laß ihnen etwas zu essen zukommen. Die Kirchen haben doch alle Küchen irgendwelcher Art, nicht wahr, für ihre sozialen Festivitäten?«

»Ich werde mich darum kümmern. Zuerst müssen wir herausfinden, wie viele es sind.«

»Ruf Barbara Gardiner an. Bodien wird ihr gesagt haben, was gebraucht wird.«

»Geh in die Küche, Ludwig – iß zu Abend. Es steht im Ofen, damit es heiß bleibt. Ich esse später.« Und sie ging zum Telefon und dachte: »Zuerst Barbara. Dann Elsa. Gib wird sie vielleicht veranlaßt haben, daß sie schon angefangen hat. Dann Anne und Jessamine für die Kirche der Presbyterianer. Dann Christina und Miß Campbell und Amanda für die der Reformierten Presbyterianer. Wenn das noch nicht genug ist, gibt es noch die Methodisten. Und die Katholiken. Fritz Klein anrufen – ihn sein Geschäft öffnen lassen, damit wir Lebensmittel für sie bekommen können, und wenn es nur Konservensuppen sind.«

Sie erreichte Barbara, die schon auf dem Weg zum Gerichtsgebäude war, gerade noch. »Sie kamen schon, als Doug noch in seinem Büro war. Er hat die Landesbevollmächtigten angerufen, um ihre Einwilligung einzuholen, damit alles in Ordnung geht. Aber bevor wir damit beginnen können, sie zu verlegen, muß eine Zählung stattfinden. Ich bin jetzt soweit, hinzugehen und das in die Hand zu nehmen.«

»Laß es mich bitte wissen, sobald du kannst, ja? In der Zwischenzeit rufe ich die Kirchenfrauen an, die ich kenne, um herauszufinden, ob die Kirchen sie aufnehmen können.«

Wie sich herausstellte, waren mehr als zwanzig Familien mit mehr als siebzig Kindern auf Anordnung ihrer Männer zum Gerichtsgebäude gegangen. Eine unruhige Nacht folgte. Sie wurden unter den Kirchen aufgeteilt, Katholiken wie Protestanten, so daß für alle genug Platz da war; Matratzen, Feldbetten und Decken wurden gesammelt und auf Lastwagen von Sheldon und Edwards gebracht, einige vom Geschäft, andere vom Krankenhaus, weitere von Freunden. Fritz Klein öffnete nicht nur sein Geschäft, sondern sammelte auch die Dosensuppen von seinen Regalen und von anderen Lebensmittelhändlern und lieferte sie an die einzelnen Kirchen; er rief seinen Schwager an und bat um Brot. Gegen zehn oder elf Uhr waren die Kinder gefüttert und zu Bett gebracht worden; ihre Eltern hatten zu essen bekommen und saßen auf ihren Notbehelfsbetten und fragten sich traurig, ob sie wirklich ihr Zuhause hätten verlassen sollen. Am Morgen waren sie überzeugt: Die Männer, die die Nacht mit Rettungsarbeiten im immer noch strömenden Regen verbracht hatten, kamen zu ihren Familien, um ihnen zu sagen, daß die Häuser, die sie verlassen hatten, unter Wasser stünden – Wasser, das mit mörderischer Schnelligkeit fließe, so daß alle, die sich geweigert hatten, am Tag zuvor auszuziehen, nur durch eine Menschenkette gerettet werden konnten; jedes Glied der Kette klammerte sich mit der einen Hand am Gürtel oder an der Jacke des nächsten Mannes fest und reichte mit der anderen Hand die Frauen und Kinder weiter. Falls noch welche in diesen Häusern geblieben wären, würde man sie nicht eher retten können, als bis sie Boote hätten, und auch dann nicht, wenn ihre Giebelbalken nicht über den Wasserspiegel hinausreichten oder nahe genug an hohen Bäumen wären, in die sie klettern könnten. Alle gesunden Männer waren am Ort geblieben, so lange man es wagen konnte; als sie weggingen, war alles, was sie tun konnten, sich selbst in Sicherheit zu bringen. Die tropfnassen Retter brachten jammervolle Frauen und Kinder, die sie gerettet hatten, zu den Kirchen, die immer noch Platz hatten; sie waren alle aufgeregt, wenn nicht hysterisch, und mußten ihr knappes Entrinnen wieder und wieder berichten. Nur Boote könnten jetzt noch von Nutzen sein, und Waynesboro, in dessen täglichem Leben der Fluß eine so geringe Rolle spielte, hatte kein einziges Boot; gewöhnlich war der Fluß zu flach, um ein Boot darin bewegen zu können; es gab ein paar Kanus, die den sportlicheren der Gemeindemitglieder gehörten, aber einem Kanu konnte man sich in diesem Strom mit seiner Ladung von alten Brettern, Ästen und Stämmen und Inseln von verflochtenen Maisstengeln nicht anvertrauen.

Die gleichen Kirchenfrauen, die die Geretteten am Abend zuvor untergebracht und versorgt hatten, kamen am Morgen wieder, um für die Erwachsenen Kaffee zu machen, Milch für die Kinder auszuschenken und das einfache Brot und die Butter auszuteilen, das Beste, was sie in dieser kurzen Vorbereitungszeit hatten zusammenbringen können. Die Schule war nicht abgesagt worden: Keines der Schulgebäude war in Gefahr; alles beruhigte sich etwas, als die Kinder in trockener Kleidung zu einem hoffentlich normalen Schultag weggeschickt worden waren. Kein Mann war willens, im Keller einer Kirche herumzusitzen, wenn er vielleicht irgendwo helfen oder zumindest die aufregende Katastrophe beobachten könnte. Ihre Frauen, die allein oder mit kleineren Kindern zurückgelassen worden waren, saßen bemitleidenswert zusammengesunken auf den harten Kirchenbänken. Die Kirchenfrauen sammelten das Geschirr ein und wuschen es ab, säuberten die Küchen und begannen an das Mittagessen zu denken.

Ludwig ging fast noch vor Tagesanbruch an den Rand des Wassers am Ende der Chillicothe Street; zu ihm stieß sofort Captain Bodien.

»Steigt schnell.« Captain Bodien hielt seine unerschütterliche Haltung aufrecht, aber er kaute seinen Tabak in einem geradezu atemberaubenden Tempo.

»Ja. Die Kanalbrücke wird bald weg sein. Sehen Sie sich das an.«

Die Brücke war vollständig unter Wasser; nur der Stau von Treibgut zeigte an, wo die Wassermassen abgeblockt wurden, so daß sie in den Fabrikhof zurückgestaut und weiter unten gegen die Flußbrücke wirbelten, die selbst schon fast nicht mehr zu sehen war.

Während sie zusahen, wurde eine große Bretterwand heruntergetrieben, zerbrochen und hinter den anderen Trümmerstücken angestaut.

»Entweder eine Scheune«, sagte Ludwig, «oder eine überdachte Brücke. Das würde schon reichen.«

Die Kanalbrücke brach zusammen und Wasser und Bretter und der angesammelte Abfall jagten mit einem Donnern weiter. Zur gleichen Zeit brach auch die alte Mühle – die ursprüngliche Seilbahn – zusammen; zerbrochene Bretter stauten sich und wurden langsam in die Strömung gezogen.

»Kein großer Verlust«, sagte Captain Bodien gemütlich.

»Nein, aber irgendwie tut es mir leid, sie verschwinden zu sehen. Da haben wir angefangen. Aber wenn das der größte Schaden ist...«

Beide waren urplötzlich still. Beide wußten, daß es noch weitere Verluste geben würde und waren sich nur zu bewußt, daß es keine Versicherung gegen Überschwemmung gab. Sie beobachteten, wie das Wasser stieg. In einer halben Stunde war es einen Meter gestiegen, und die Zuschauer waren an zwei Querstraßen vorbei bis jenseits der Eisenbahnschienen zurückgedrängt worden.

»Diese Leute sind ein bißchen spät dran mit dem Ausziehen«, sagte Captain Bodien schließlich. Von der Ecke aus, an der sie gerade standen, die sie aber bald in Richtung Chillicothe Street verlassen müßten, sahen sie in eine bereits überflutete Seitenstraße hinein; Männer trugen Frauen und Kinder auf ihren Armen oder auf ihren Schultern heraus.

»Es wird mehr Obdachlose geben, als wir brauchen können. Da

drüben steht der Bürgermeister. Ich glaube, ich werde mal hinübergehen und mit ihm reden. Es sollte ein Komitee geben. Dann werde ich noch mal Paul anrufen und prüfen, ob der verdammte dumme Junge meine Warnung ernst genommen hat.«

Bei dem Bürgermeister war Ludwigs Eingreifen nicht notwendig; er zog eine vorbereitete Liste aus der Tasche und schlug sie auf.

»Das hier ist das Komitee, das ich einsetzen werde. Ihr Name ist der erste auf der Liste zusammen mit Richter Gardiner und Lowrey Edwards und Vater Halloran.«

»Okay. Wir werden tun, was wir können. Aber zuerst möchte ich sehen, ob ich mit meinem Sohn in Madison City Verbindung aufnehmen kann. Ich bin gleich zurück.«

Nach kurzer Zeit kehrte Ludwig beunruhigt zurück. »Die Telefonleute meinten, ich sei verrückt. Die Verbindungen seien überall kaputt. Madison City ist völlig abgeschnitten: Es fahren weder Züge noch Schnellbahnen – die Geleise stehen überall unter Wasser. Viele Passagiere sind hier am Bahnhof hängengeblieben, und ich habe den Verdacht, wir werden die auch noch versorgen müssen, sobald der Speisewagen und das Bahnhofsrestaurant gesäubert worden sind.«

Er und der Bürgermeister fanden ihre Komiteemitglieder in der Menschenmenge; niemand gab an diesem Tag vor, irgendeine Arbeit tun zu müssen. Sie verabredeten, sich nach dem Mittagessen im Büro des Bürgermeisters zu treffen. Als Ludwig zu Mittag nach Hause ging, sagte er Sally, daß das Wasser dort, wo er selbst noch früh am Morgen gestanden hatte, mittlerweile zumindest drei Meter hoch war; er könne das sagen, weil er es gegen die Eckgebäude und die Lampenpfosten abgeschätzt habe. »Aber es wird nicht mehr allzu viel weiter in diese Richtung kommen; der Hügel steigt zu steil an; es wird sich über die Ebene ausbreiten.«

»Die Reservoirs?«

»Glaube ich nicht. Es ist schnell angestiegen, das weiß Gott, aber gleichmäßig. Es hätte eine echte Wasserwand gegeben, ich vermute also, daß diese Dämme halten. Du weißt, Sally, Waynesboro ist nur an den Randbezirken getroffen worden. Ich will mir nicht vorstellen, wie es in Madison City aussieht. Und wir könnten genausogut auf dem Mond sein, was das Herausfinden betrifft. Keine Verbindungen, keine Züge oder Schnellbahnen.«

»Du kannst Paul nicht erreichen?«

»Nein. Und ich kann auch nicht den Nachmittag damit verbringen, es zu versuchen.« Er erzählte ihr von dem Komitee des Bürgermeisters. »Waynesboro ist meine erste Verantwortung.

Aber ich kann nicht leugnen, daß ich mir Sorge mache. Ich habe gestern mit Paul gesprochen – ich hab es dir ja erzählt –, aber er hat über meine Warnung nur gelacht.«

»Und was ist mit Hillcrest?«

»Es liegt hoch genug, aber es wird eine Insel mitten in einem Wassermeer sein.«

Bis zum Abend waren alle Flüchtlinge gesichtet und in den verschiedenen Kirchen untergebracht und von den Damen verpflegt worden; eine Liste über die verschiedenen Familien und ihren Aufenthaltsort war angelegt worden. Da wurde eine Menge schmutziger Frauen und Kinder aus Madison City hereingebracht, sie kamen von der Seite des Flusses, auf der auch Waynesboro lag; ein Zug war von Columbus abgeschickt worden, um sie auf Umwegen aufzusammeln. Bis sie verteilt, untergebracht und mit Nahrung versorgt worden waren, war es sieben Uhr; erschöpfte Bürger aus Waynesboro wanderten langsam zu verspäteten Abendessen nach Hause. Ludwig und Sally hatten die trockene und zu lange gekochte Mahlzeit halb hinter sich gebracht, in der sie vor lauter Müdigkeit nur gestochert hatten, als das Telefon klingelte.

Ludwig warf seine Serviette hin und rief auf deutsch: »Du lieber Gott! Paul...?«

»Setz dich, Ludwig. Es kann nicht Paul sein. Linny wird abnehmen.«

Linny, die Rose als Bedienung und Zimmermädchen ersetzt hatte, verfügte zu zeiten von Streß nicht über deren Gleichmut. Als sie an die Eßzimmertür kam, sah sie ängstlich aus. »Für Sie. Mistuh Rausch.«

»Wer ist es, Linny?«

»Weiß nicht, Sir. Konnte den Nam'n nich' versteh'n. Is' nich' Mistuh Paul, das weiß ich ganz sicher.« Sie rollte ihre Augen, bis sich das Weiße zeigte. »Tut mir leid, Sir.«

Ludwig ging hinaus. Sally blieb sitzen und wartete und umklammerte die Tischkante. Als er zurückkehrte, war seine gesunde Gesichtsfarbe blasser geworden und ließ ein Netz von kleinen Adern in seinen Wangen sichtbar werden. Er stellte sich neben Sally. »Jedenfalls keine Nachrichten von Paul. Ich hatte befürchtet...«

»Aber schlechte Nachrichten?«

»Ja. Zumindest... es war Barnes... du weißt... er hat die Farm in der Fishhook Road auf der anderen Seite des Kanals bei Hillcrest. Am Rand der Flut. Er kann einen Feuerschein in der Richtung sehen. Fand, er solle mich benachrichtigen.«

»Hillcrest, Ludwig! Und es gibt nichts, daß wir tun können?«

»Nichts. Wasser überall herum. Aber ich werde zu Barnes fahren, um mich selbst zu überzeugen.«

»Ruf Gib! Du bist zu müde, um dort hinauszufahren und dann noch in einer Nacht wie dieser. Ich weiß, daß auch Gib den ganzen Tag gearbeitet hat, aber er ist jünger.«

»Ruf du ihn bitte, ja? Ich hole meinen Feldstecher.«

Als Gib am Tor vorfuhr und hupte, war Elsa bei ihm. Sally raffte einen alten Umhang auf und einen Schal vom Haken im Wandschrank der hinteren Halle und ging mit Ludwig zum Tor hinunter. Die Fahrt nach Fishhook Road hinaus war nicht einfach: stellenweise spritzte das Auto durch Wasser oder rumpelte über losgewaschene Kopfsteine. Mr. Barnes wartete am Tor; Mrs. Barnes, die ihren Kopf mit einer alten Jacke geschützt hatte, stand an der Ecke des Zaunes und beobachtete den roten Feuerschein am Himmel, der weithin von den tiefhängenden Wolken reflektiert wurde.

»Es könnten die Scheunen sein«, sagte der Farmer und bot damit alle Hoffnung an, die er selbst hatte. »Vielleicht ist es nicht das Haus. Aber niemand sonst hat irgendwelche Gebäude in genau dieser Richtung.«

»Ich bin Ihnen sehr verpflichtet, daß Sie mich gerufen haben. Ich weiß, daß man nichts tun kann, aber ich wollte es mit eigenen Augen sehen. Es ist zweifellos das Haus.«

Die beiden Rauschs und Gib sowie Elsa achteten nicht auf den Schlamm und das Wasser und gingen schnell mit Mr. Barnes an den Zaun. Mit unsicheren Händen zog Ludwig den Feldstecher aus dem Etui und hob ihn, nachdem er die Kappen von den Linsen geschüttelt hatte, an seine Augen, stellte ihn scharf ein und sagte wiederum: »Es ist das Haus.«

»Aber Papa, wie? Es war doch nichts eingeschaltet, oder?«

»Nein. Vielleicht hat irgendein Landstreicher, der Schutz suchte, ein Feuer gemacht. Was bedeutet das schon, wie? Das ist das Ende von Hillcrest. Am Morgen wird nichts davon übriggeblieben sein als Kamine.«

»Es hat dir so viel bedeutet, Papa... und uns allen. Fünfzehn Sommer lang.«

»Das scheint dir nicht mehr so lange, wenn du über siebzig bist. Ich hatte geglaubt, es würde auf die nächste Generation übergehen.«

Sally gab den Feldstecher an Gib weiter und sagte: »Ich kann es nicht ertragen zuzusehen. Und ich kann es nicht ertragen, deinen Vater wie einen alten Mann reden zu hören. Du kannst es doch wieder aufbauen, Ludwig. Die Versicherung wird doch bezahlen, oder nicht?«

»Feuerversicherung, ja. Aber ich kann nicht... nein... ich werde es nicht wieder aufbauen. Und das Geld der Versicherung wird der Mühle helfen, wenn wir wieder hineinkönnen und feststellen, wieviel Schaden dort entstanden ist.« Er nahm den Feldstecher, als Gib ihn weitergab, und beobachtete das Leuchten des Feuers. Alle standen schweigend und starrten hinüber. Eine Explosion war kurz sichtbar und flaute nach einem Augenblick ab. Ludwig ließ das Glas sinken. »Das war das Dach.« Er steckte den Feldstecher wieder in sein Etui. »Es gibt nichts mehr. Wir wollen nach Hause fahren. Ihr holt euch alle den Tod bei diesem Wetter.« Er schritt dahin zurück, wo sie Gibs Automobil stehengelassen hatten, öffnete die hintere Tür für Sally und kletterte auf den Platz neben ihr. Sie legte ihre Hand auf die seine. Selbst Elsa hatte nicht so gut wie sie gewußt, was Hillcrest ihm bedeutet hatte; sie war zu aufgewühlt, um sprechen zu können. Es blieb damit Elsa überlassen, zu versuchen, ihn mit Worten zu trösten.

»Wenn alles wieder in geraden Bahnen läuft... das Geschäft, meine ich... dann wirst du wieder bauen wollen. Oh, nicht ein zweites Hillcrest vielleicht, aber ein anderes Sommerhaus.«

»Nein. Als ich Hillcrest baute, dachte ich, es würde für die ganze Familie sein. Aber nur Pauls Kinder sind jung genug, sich noch etwas daraus zu machen. Die anderen Enkelkinder: Ernests Kinder sind nie wirklich gern gekommen; es war nur etwas, das sie tun mußten. Die von Charles mochten es, als sie noch klein waren, aber sie sind so einfachen Vergnügungen entwachsen. Selbst Ludwig und Jennifer... nein, Elsa. Es ist in Ordnung. Besser, daß Hillcrest diesen Weg gegangen ist, als verkauft zu werden, weil keiner von euch es haben will und es mit ihm bergab geht und es schäbig geworden und eingefallen wäre, weil es niemandem genug bedeutete oder niemand es sich leisten kann. Wir werden es das Ende eines Kapitels in unser aller Leben nennen.«

Schließlich antwortete Elsa und drehte sich um, um ihren Vater über die Schulter anzusehen. »In Ordnung, Papa. Aber es ist ein wundervolles Kapitel gewesen. Und ob du es glaubst oder nicht, Ludwig und Jennifer werden untröstlich sein. All diese Sommer, in denen sie frei auf dem Lande herumgelaufen sind.« Aber sie wußte so gut wie ihr Vater, daß ihre Kinder – Jennifer noch auf der höheren Schule und Ludwig auf dem College – es wirklich vorzogen, ihre Sommertage in der Stadt zu verbringen, wo es im Kreise ihrer Freunde immer etwas Aufregendes gab. Sie sagte nichts weiter. Die Fahrt nach Hause ging schweigend zu Ende.

Die Überschwemmung überschritt in dieser Nacht ihren Höhepunkt. Der Regen hatte aufgehört, und gegen Morgen hatte das Wasser langsam begonnen, zu weichen. Ludwig machte sich auf, nach Paul und seiner Familie zu suchen. Er konnte nur einen Umweg benutzen: auf einem Zug, der Lebensmittel von Columbus gebracht hatte, die dann bei den Big Four auf einen Hilfszug für das verwüstete Madison City geladen wurden. Er gab Sally gegenüber später nie zu, wie lange und vom Zufall abhängig seine Suche gewesen war, und auch nicht, wie hoffnungslos es gewesen war, als er von den geschätzten Zahlen der Ertrunkenen gehört hatte. Boote der Küstenwache waren vom Eriesee aus an den westlichen Rand der Überschwemmung gebracht worden; kein gewöhnliches Ruderboot hätte der Strömung widerstehen können. Ludwig gelang es, in einem, das sich darauf vorbereitete, Lebensmittel vom Zug durch die Stadt in ihre westlichen Randbezirke zu bringen, Platz zu bekommen. Dort hatte jedes Schulgebäude und jede Kirche ihre Quote Obdachloser zugewiesen bekommen, und sie waren nur mit dem Boot erreichbar. Er machte sich so klein wie möglich und kauerte sich zwischen die Mehlsäcke und andere Nahrungsmittel; er hielt den Atem an, als das Boot tiefes Wasser erreichte und von der Strömung erfaßt wurde, bis es sich seinen Weg über das ehemalige Flußbett gekämpft hatte und in einen Bereich kam, der aus vertrauten Straßen hätte bestehen sollen, wo die Kugeln der Straßenlaternen nur noch so eben aus den aufgewühlten schlammigen Fluten ragten. Der Regen war in Schnee übergegangen; es schien unglaublich kalt zu sein und trostlos; ganz Madison City stand, wie er vorhergesehen hatte, unter Wasser: Gerichtsgebäude, Rathaus, Bibliothek, Schulen, Geschäfte, Post, Feuerwache – über allen wirbelten drei oder vier Meter Wasser, und gewisse Teile des Industriegebietes, wo in der Nacht zuvor Feuer ausgebrochen waren, brannten noch. Nach einiger Zeit erreichte das Boot das andere Ufer, wo das Hauptquartier des Roten Kreuzes in der West Side High School eingerichtet worden war. Bislang war es unmöglich gewesen, Ordnung in das Chaos zu bringen: Alle städtischen Büros waren so tief unter Wasser, daß sie unerreichbar waren. Das Rote Kreuz hatte keine Liste von Obdachlosen: Die Zahl derjenigen, die man an bestimmten Punkten mit Lebensmitteln zu versorgen hatte, war mit einiger Sicherheit bekannt, aber nicht ihre Namen. Ludwig sah sich unter denen um, die sich für Suppe in einer Reihe am Krankenhaus aufgestellt hatten; Paul war nicht unter ihnen und auch nicht seine Frau oder seine Kinder. Es gelang ihm schließlich, eine Liste zu bekommen, auf der alle Schulen und Kirchen verzeichnet waren, in die man Obdachlose gebracht hatte, und er machte sich zu Fuß auf, seinen Sohn zu suchen. Es dauerte bis zum Nachmittag, nachdem er meilenweit gelaufen war: In einer Menschenmenge vor der Covenant Presbyterianerkirche teilte Paul einer Reihe von Kindern Suppe aus. Er hatte seinen Vater gesehen, bevor er selbst gesehen worden war.

»Pop!« Er ließ die Schöpfkelle in den Kessel fallen, so daß jemand anderes die Stelle für ihn übernehmen mußte, schob die Kinder zur Seite und kam über den Spielplatz geeilt.

»Paul – Gott sei Dank!« Die beiden Männer umarmten sich mit Tränen in den Augen. Paul hatte seinen Vater nie weinen sehen; Ludwig hatte Paul so nicht mehr gesehen, seit er ein kleiner Junge gewesen war; keiner schämte sich, daß er einen Augenblick lang nicht sprechen konnte. Dann trat Ludwig ein wenig zurück, legte seine Hände auf die Schultern seines Sohnes und sagte: »Ich hatte Angst...«

»Ich war ein Narr, nicht auf dich zu hören, als du mich gewarnt hast. Aber wir glaubten, die Dämme...«

»Seid ihr alle in Ordnung? Als ich hörte, wie schlimm es war, wußte ich, daß euer Haus...«

»Nur das Dach ragte noch aus dem Wasser.« Paul lächelte schief. »Wir sind aus der Dachbodenluke geklettert und haben gestern auf dem Giebelbalken gesessen, als das Wasser einen Meter in der Stunde stieg. Es gab sonst nichts, was wir hätten tun können – aber ja, wir alle, sogar Kathies Hündchen. Schließlich kam ein Boot und hat uns geholt. Wir waren nicht die einzigen. Einige unserer Nachbarn saßen sogar in Bäumen.«

»Gott sei Dank... Paul, deine Mutter hat gesagt: ›Hol sie nach Hause...‹«

Paul entzog sich ihm. »Das ist unmöglich, Papa, und du weißt das. Da du es irgendwie geschafft hast, von der östlichen Seite des Flusses hierher zu kommen, mußt du wissen, daß wir das nicht mit kleinen Kindern wagen können.«

»Das Wasser fällt. Langsam, wie ich zugebe.«

»Ich weiß. Wenn es weit genug gefallen ist, werden wir bei Stewart kampieren, wo die Bodiens im zweiten Stock wohnen. Bis wir nach Hause zurückkehren und den Schlamm herausbringen können. Jetzt helfe ich hier, und Ellen versucht, unter den Frauen und Kindern Ordnung zu halten.«

»Ich möchte sie alle sehen – mich selbst überzeugen.«

Paul lachte. »Den Kindern macht es Spaß.« Er drehte sich um, um nach der Schlange vor dem Suppenkessel zu sehen. »Kathie!«

Ein kleines Mädchen löste sich widerstrebend von den anderen und kam auf sie zu. Sobald sie ihren Großvater erkannte, kam sie gelaufen und umklammerte seine Knie. »Großpapa! Ich bin in der Brotschlange!«

»Ein seltener Vorzug«, sagte ihr Vater, »in einer Brotschlange zu stehen. Wo sind die anderen? Warum bist du nicht bei ihnen?«

»Drinnen mit Mutter. Sie hat die Suppe für sie geholt, sie sind so klein und es ist ihnen kalt.«

»Dann gehen wir hinein. Du gehst zurück, wo du warst, oder du wirst deine Suppe nicht bekommen.«

In der Kirche waren die vorderen Bänke mit Decken und Kissen belegt; weitere Decken lagen um die Schultern von zusammengekauerten Frauen und Kindern.

»Der Pfarrer und seine Gemeinde sind schrecklich gut gewesen. Im Keller ist zu viel Wasser, um den Ofen oder die Kochherde anzumachen, deshalb haben die Damen Decken für die Frauen und Kinder gesammelt, und wir kochen draußen – deshalb muß es hauptsächlich Suppe sein.«

Die kleinen Kinder genossen die Situation, wie sie jede Neuheit genießen: Sie liefen die Gänge hinauf und herunter und überall auf den Podesten mit den geschnitzten Stühlen und dem Altar herum.

Lange bevor Ludwig die Geschichte von Ellen und den Kindern, wie sie auf dem Giebelfirst gesessen und auf ein Boot gewartet hatten, wieder zu hören bekam, war es dunkel geworden. Ludwig, der seiner Heimkehr noch keinen Gedanken gewidmet hatte, wußte, daß er bei Nacht nicht auf dem Weg zurückkehren konnte, den er gekommen war. Er sandte dem Hauptquartier des Roten Kreuzes eine Nachricht, die der Bote versprach durchzugeben, auch wenn sie mit dem Boot bis zu dem Anschlußpunkt zurückgeschickt werden müsse, zu dem die Entlastungszüge kämen; Ludwig schrieb: »Paul, Ellen und Kinder in Sicherheit. Unmöglich, heute nacht zurückzukehren; bleibe bei Paul. Wasser fällt. Morgen zu Hause.« – und konnte nur hoffen, daß es irgendwie über den Telegraf Sally erreichen würde.

Die Kinder wurden nach und nach alle auf den vorderen Kirchenbänken zu Bett gebracht; die Kronleuchter und auch die Seitenleuchter wurden mit Ausnahme von Kerzen in einigen wenigen Wandhaltern, die das Kirchenschiff geringfügig beleuchteten, ausgemacht. Ludwig dachte, daß die vornübergebeugten Rücken kummervoller Frauen und die hoffnungslose Haltung der Männer, die den kargen Raum füllten, eine derart trostlose Szene abgaben, wie er sie nie gesehen hatte, wenn (und seine Gedanken gingen fünfzig Jahre zurück) er nicht an die Soldaten auf dem

Rückzug dachte, die sich in einer regnerischen Nacht genauso zusammengekauert ausruhten.

Es war diese Erinnerung, die ihn zu Paul sagen ließ: »Mach dir um mich keine Sorgen; ich bin ein alter Veteran«, als Paul vorgeschlagen hatte, er solle versuchen, sich eine freie Bank zu suchen und etwas Schlaf zu bekommen... »Nebenbei«, fügte er hinzu, »gibt es viel, das ich dir erzählen muß, und wir können nicht früh genug zu planen anfangen.« Und so redeten die beiden Männer bis weit in die Nacht: über den Verlust von Hillcrest, den Schaden, den die Firma Rausch zu erleiden hatte (dessen Betrag natürlich spekulativ war), die Zerstörung der Kanalbrücke und vielleicht sogar der über den Fluß, die Schäden, vielleicht sogar die Zerstörung der Häuser der Mühlenarbeiter und darüber, was für ein Geschenk des Himmels das Geld der Versicherung für Hillcrest sein würde. »Vielleicht werden wir es schaffen, die Mühle wieder auf Vordermann zu bringen, ohne Geld aufzunehmen. Ich werde es schaffen, selbst wenn ich alle Sicherheiten verkaufen muß, die ich angesammelt habe.«

»Nicht deine Aktien in der Rausch-&-Bodien-Gesellschaft für beschichtetes Papier, hoffe ich. Wir würden die Kontrolle verlieren.«

»Nein. Und genausowenig meinen Aktienanteil in der C. & C.-Schnellbahn, die wohl fast vollständig neu gebaut werden muß – neue Schienen gelegt. Für diese beiden Gesellschaften empfinde ich einige Verantwortung. Aber sie sind offene Gesellschaften: Das Direktorium wird entscheiden müssen, wieviel geliehen werden soll und zu welchen Konditionen, ob die Auszahlung der Junidividenden ausgesetzt werden soll oder nicht. Bis das Wasser weg ist und wir hineinkönnen, um sauberzumachen, werden wir keine verläßliche Vorstellung davon haben, was zu tun ist.«

Dabei beließen sie es. Beide streckten sich auf den harten Bänken aus und versuchten trotz der Kälte, Nässe und trotz ihrer Sorgen Schlaf zu finden. Am Morgen stand Ludwig mit seinen Kindern in der Brotschlange und nahm dankbar eine Schüssel dünner Haferschleimsuppe und eine Tasse Kaffee an. Die Wassermassen waren gefallen, langsam, aber so, daß er die Eisenbahn erreichen und einen Zug nach Cincinnati nehmen konnte; von dort konnte er nach Hause kommen.

In Waynesboro folgte der Flut die Aufräumungsarbeit; Familien, deren Häuser der Strömung standgehalten hatten, wühlten den letzten Rest Wasser immer wieder auf, in der Hoffnung, daß, wenn es abfließen werde, es den Schlamm mit wegtragen würde. Um denen zu helfen, deren Heim schwer beschädigt oder völlig weggeschwemmt worden war, rief Ludwig die Zimmerleute und Maurer der Stadt an, um sich mit ihnen in der Bank zu treffen, und versprach, für jedes Darlehen seiner Arbeiter zu bürgen, wenn vernünftige Verträge aufgesetzt und die Bank vernünftige Zinsen verlangen würde. Zu diesem Zeitpunkt wollte noch jeder helfen, und die Arbeiter konnten es sich leisten, zu den offerierten Konditionen Verträge zu unterzeichnen. Es wurde sofort mit der Arbeit begonnen.

Einer der Bauunternehmer hatte nach der Fabrik gefragt; ihre Wiederherstellung versprach lukrativer zu werden als das Wiederaufbauen von kleinen Häuschen.

»Meine Arbeiter können die Aufräumungsarbeiten machen, glaube ich. Und sie müssen Geld verdienen, um euch Burschen bezahlen zu können. Wir haben alle möglichen Vorkehrungsmaßnahmen getroffen. Die Eisenbahn-Nebengleisbrücke ist weg. Ich werde Hilfe brauchen – einen Ingenieur –, um sie zu ersetzen. Aber ich werde es Sie wissen lassen.«

In den nächsten Wochen und den ganzen Sommer über arbeitete Ludwig härter, als je zuvor in seinem Leben. Die Seilmühle mußte so schnell wie möglich wieder in Betrieb genommen werden, sonst würde es für die Sommergetreideernte im Nordwesten keine Schnur geben; es gab Aufträge für Seil, die noch vor der Flut hereingekommen waren; es lag bei Gib, ihre Kunden um Zeit zu bitten, um die Verträge erfüllen zu können; die Maschinerie mußte gesäubert werden, durchnäßtes Fiber mußte getrocknet oder sogar ersetzt werden. Am schlimmsten: die Strömung hatte eine Ecke des massiv gebauten Bürogebäudes weggerissen; Maurer und Stukkateure waren anzufordern. Und tausend andere Dinge. Und die Rausch & Bodien-Gesellschaft für beschichtetes Papier war in noch schlimmerem Zustand: das Rohmaterial war ruiniert und die Maschinerie beschädigt; einige Gebäude waren aufgerissen. Die Schnellbahn hatte Meilen ihres Schienenstranges verloren und viele ihrer Bahnhöfe waren unter Wasser gewesen. Ludwig ging von Vorstandstreffen zu Vorstandstreffen und plante die Zukunft dieser beiden Gesellschaften.

Seine Tochter glaubte, sie sei das einzige Familienmitglied, das seine Müdigkeit sähe, und machte sich Sorgen um ihn. Gib war die meiste Zeit auf Reisen; Paul, wenn er seinen Vater in der Papierfabrik sah, war genauso beschäftigt und überlastet wie der alte Mann. Und ihre Mutter wollte Elsa gegenüber nicht zugeben, daß es Grund zu Besorgnis gäbe.

»Dein Vater ist so stark wie ein Ochse«, spottete sie. »Er schwelgt in harter Arbeit. Natürlich, wenn er es langsamer angehen ließe, würde ich mehr von ihm sehen. Ich bin froh, wenn alles wieder in Ordnung ist und wieder problemlos läuft, weil er nicht zufrieden sein wird, bis nicht einige seiner Verluste ausgeglichen sind. Aber er ist in Ordnung.«

Elsa schüttete Anne Gordon an einem Nachmittag im späten Frühling ihr Herz aus. Sie hatte vorgegeben, einen Nachmittagsbesuch machen zu wollen, aber sie verschwendete nicht viel Zeit mit dem substanzlosen Geplauder dieser Gelegenheiten. Sie gab Anne kaum eine Chance, ihr einen Stuhl anzubieten, bevor sie zur Sache kam.

»Hast du Papa kürzlich gesehen, Tante Anne?«

»Ich glaube nicht, daß ihn seit der Überschwemmung irgend jemand gesehen hat. Ist er nicht sehr beschäftigt?«

»Zu beschäftigt. Er ist völlig ausgelaugt. Schlimmer als das: er ist gebrochen... er ist ein alter Mann.«

»Warte mal... er und John waren im gleichen Alter. Er muß dreiundsiebzig sein? Er ist mir nie alt erschienen: mit deiner Mutter verheiratet zu sein, hat ihn in ihrem Alter gehalten.«

»Hat es auch, glaube ich. Aber nicht mehr. Der Verlust von Hillcrest... du weißt, wie er dieses Haus geliebt hat... und die Sorgen um das Geld. Er hat mir gesagt, die Flut habe ihn eine halbe Million gekostet, und er ist entschlossen, sie für Mama und uns alle zurückzubekommen. Er ist so *dumm.* Mama hat genug, und der Rest von uns kommt zurecht. Das Geld spielt keine Rolle, aber er.«

»Ich nehme an, du hast mehr Einfluß auf ihn als irgend jemand.«

»Nicht mehr als Mama. Aber sie merkt nicht, daß er sich umbringt. Ich dachte, wenn du ihr sagen könntest, wie schrecklich Papa aussieht. Du kannst mehr bei ihr ausrichten als irgend jemand anderes.«

Anne lächelte. »Nicht so viel wie dein Vater. Und wenn sie glaubt, daß er tut, was er tun will... ich würde sie nicht ängstigen wollen, Elsa.«

Elsa schlug ihre behandschuhten Fäuste hart auf ihre Knie herunter; Tränen traten in ihre Augen, flossen aber doch nicht. »Er bringt sich um. Und es ist so unnütz.«

»Nicht, Elsa. Wenn ich das Thema das nächste Mal, wenn ich deine Mutter treffe, in unauffälliger Weise anschneiden kann, werde ich das tun. Ich nehme an, er würde gerne weitermachen, bis dein Ludwig so weit ist, in die Fabrik einzutreten? Sie zu übernehmen?«

»Mein Ludwig hat drei weitere Jahre an der Technischen Universität vor sich, bevor er auch nur ein gerade flügge gewordener Ingenieur ist. Natürlich kennt er die Mühle von innen und außen. Er hat seine Sommerferien dort verbracht, seit er ein kleiner Junge war, und er liebt alles an ihr, sogar den Geruch. Mehr als es meine Brüder je getan haben. Er ist aber noch nicht soweit, in Papas Fußstapfen treten zu können. Ich bin sicher, er weiß nichts über Finanzierungen.«

»Hört er immer noch von Tucker? Ich bekomme einen pflichtschuldigen Brief einmal im Monat, der nie das geringste sagt.« Sie fügte nachsichtig hinzu: »Natürlich erwarte ich von einem Jungen auf dem College keine Vertraulichkeiten.«

»Ludwig ist sicherlich kein großer Briefeschreiber. Natürlich war er in seinen Frühjahrsferien kurz einmal zu Hause, als die Mühle am schlimmsten dran war. Er wollte bleiben, aber sein Vater und Großvater legten beide ihr Veto dagegen ein: er würde zu viel Zeit verlieren. Er hat seitdem geschrieben: eine gelegentliche Postkarte, das ist alles. Seltsamerweise war er wegen Hillcrest stärker betroffen als wegen der Fabrik. Ich dachte, er und Jennifer wären den Sommern auf dem Lande entwachsen. Aber sie nahmen es schwer. Das Ende eines Kapitels auch für sie. Ich glaube, Jennifer hört immer noch von Tucker ab und zu.«

»Das kleine ›Anhängsel‹? Wenn er sie heute sehen könnte, wäre wohl Tucker das Anhängsel.«

Die beiden Frauen lächelten sich an, als sie das Bild der achtzehnjährigen Jennifer vor Augen hatten: die schlanke Figur, die feingeschnittenen Gesichtszüge, das sanfte, dunkle Haar, die schwarzen Augen. »Jennifer ist ein Rückschlag auf irgendeinen walisischen Vorfahren«, sagte ihre Mutter. »Niemand würde je vermuten, daß sie mit den Rauschs verwandt ist. Und jetzt ist sie schon fast mit der höheren Schule fertig und wird im nächsten Herbst auf das College gehen. Wir werden sie und die herumtrampelnden Heranwachsenden, die wie um den Honigtopf herumgeschwirrt sind, vermissen. Tucker wird wohl nicht für den Sommer herkommen, nehme ich an?«

»Nein. Sein Stiefvater versucht immer noch, ihn zu seinem Geschäft zu überreden. Obwohl ich nicht glaube, daß er nach seinen Jahren in Stanford auch nur ein bißchen mehr an Geschäften interessiert ist, als er das je zuvor war. Er hat mir einmal geschrieben, daß er soviel Chemie und Biologie belegen würde, wie er neben den Kursen, die zu absolvieren man ihm befohlen habe, nur hineinquetschen könne. Für diesen Sommer ist er nach Oregon geschickt worden zu einem der Holzfällercamps von Mr. Armstrong. Er kann nicht seine eigenen Entscheidungen treffen, bis er volljährig ist. Noch ein Jahr. Bis dahin hat er vielleicht dem Druck nachgegeben.«

»Es ist mehr Eisen in ihm, als in seinem Vater war. So gern ich Johnny hatte, so bin ich doch froh, daß man Tuckers Willen genausowenig beugen kann, wie man das bei Julia konnte.«

»Ich habe ihm noch nicht von der Überschwemmung und von Hillcrest geschrieben. Ich konnte es nicht ertragen. Hillcrest war seine Vorstellung vom Himmel auf Erden. Ich habe nur die *Fackel*-Ausgaben zusammengebündelt und ihm weitergeschickt.«

Nachdem sich Elsa verabschiedet hatte, ging Anne zu ihrem Schreibtisch, um den lange aufgeschobenen Brief an ihren Enkel zu schreiben. Bevor sie aber anfing, nahm sie den Brief, den Tucker ihr nach dem Tode seines Vaters geschrieben hatte, aus dem Ablagefach. Nichts, das er ihr seitdem mitgeteilt hatte, verriet so viel über die Gefühle des Jungen, und deshalb behielt sie ihn noch, obgleich er schlecht geschrieben und mit Tränenflecken übersät war, und hin und wieder las sie ihn noch einmal:

Liebe Großmutter,
vielen Dank für Deinen Brief. Ich fühle mich besser in bezug auf Vater, jetzt, da ich weiß, daß er bereits vorher einen Herzanfall hatte und daß er sich nicht umgebracht hat, weil ich im letzten Sommer nicht nach Hause gekommen bin. Mutter glaubte, es sei ihretwegen gewesen, weil sie sich von ihm hatte scheiden lassen. Ich habe eigentlich nicht geglaubt, daß er so etwas tun könnte. Weil er Dich und mich nicht hätte verlassen wollen. Ich nehme an, er dachte vielleicht, daß er einen weiteren Anfall haben könnte, oder er hätte mir Großvaters Besteck und so weiter nicht geschickt. Mutter wollte es wegwerfen, sie hatte Angst, ich würde mich schneiden und eine Blutvergiftung oder irgendwas bekommen. Aber Onkel Robert ließ das nicht zu, er hat es in seinen Safe getan. Ich kann es haben, wenn ich einundzwanzig bin. Wenn ich es nicht will, kann ich es einem Museum geben. Stell Dir vor. Ich bin froh, daß er ein bißchen Verstand hat, wenn auch nicht viel. Jetzt, wo Mutter mein einziger Vormund ist, nehme ich nicht an, daß ich über den Sommer zu Dir kommen darf. Aber was auch immer passiert, ich werde eines Tages nach Waynesboro zurückkommen, um dort zu leben und als Arzt zu praktizieren.

Vier Jahre nachdem dieser Brief geschrieben worden war, glaubte Anne kaum noch, daß er je zurückkommen werde. Und, da sie sich bemühte, gefühlsmäßig unbeteiligt zu bleiben, war sie sich auch nicht sicher, ob sie das überhaupt noch wollte. Sie glaubte, sie könnte von seiner Absicht, einmal zurückzukehren, offen reden, auch wenn sie überzeugt war, daß er dann schon ein »absoluter Kalifornier« geworden sein müsse. Und dementsprechend schrieb sie ihm einen langen, dramatischen Bericht über die Überflutung und den Brand auf Hillcrest und schloß: »Du wirst es vermissen, wenn du nach Waynesboro zurückkommst. Ludwig und Jennifer sind sehr traurig, sagt ihre Mutter, selbst wenn sie zu alt sind, um noch all die Sommerdinge zu genießen wie früher. Dein Onkel Ludwig hat den Verlust sehr schwer genommen, und deine Tante Elsa macht sich Sorgen um ihn. Die Überschwemmung war für ihn finanziell eine Katastrophe und er arbeitet bei weitem zu hart, damit alles wieder in Gang kommt.«

Bald danach rollte Anne die Bettdecke, die sie gerade häkelte, zusammen und ging zu Sally, um mit ihr den Nachmittag zu verbringen. Die beiden alten Freundinnen verbrachten viele solcher Nachmittage zusammen und waren einander nach all den Jahren so sicher, daß sie ganz offen miteinander reden konnten: sie diskutierten und argumentierten oft so, daß jeder, der ihnen zufällig zuhörte, denken mußte, daß sie verfeindete Gegner seien.

Anne hatte kaum ihre Häkelnadel in ihren Fingern, als sie sagte: »Wie geht es Ludwig? Ich vermute, du siehst nicht viel von ihm in diesen Tagen. Ich nehme an, er ist müde bis an den Rand der Erschöpfung.«

»Natürlich ist er müde. Elsa glaubt, ich sollte versuchen, ihn zu stoppen. Hat sie dich angestiftet, mit mir zu sprechen? Ich wünschte, sie würde sich um ihre eigenen Sachen kümmern. Elsa ist närrisch wegen ihres Vaters und war es schon immer. Aber wenn es wirklich darauf ankommt, verstehe ich ihn besser als sie, obwohl sie glaubt, ich sei, was seine Gesundheit betrifft, blind und lehne es ab, mir Sorgen zu machen, wo ich mich doch nur weigere, offen zu zeigen, daß ich mir Sorgen mache. Ich sorge mich jede Minute... jedesmal, wenn er zu spät nach Hause kommt, jedesmal, wenn ich nicht weiß, wo er ist.«

»Kannst du ihn denn nicht stoppen?«

»Nein. Und ich würde es auch nicht, wenn ich es könnte. Er würde krank vor Sorgen werden. Er hat sich nun einmal entschlossen, die Mühle wieder so instand zu setzen, wie sie war und auch die Schnellbahn und die Papiergesellschaft. Ich werde kein Theater machen. Und wenn du glaubst, es sei das Geld, um das es mir zu tun ist, dann bist du ein größerer Dummkopf, als ich dachte.«

»Aber warum erklärst du das Elsa denn nicht?«

»Ich will nicht, daß sie weiß, daß ich mir Sorgen mache. Sie würde geradewegs zu ihrem Vater gehen. Und sag du auch nichts zu ihr. Ich lehne es ab, jetzt eine Belastung für ihn zu sein. Er braucht ein bißchen Seelenfrieden, während er tut, was er tun zu müssen glaubt, und sein Zuhause ist, wo er das findet. Er versucht, seine Geschäftsprobleme hier zu vergessen, weil er nicht will, daß ich mir Sorgen mache.«

»Man sollte meinen, geteilte Sorgen... aber ich weiß, Männer sind komisch: sie bestehen darauf, die Frauen und Kinder zu verschonen.« Anne wußte, daß es keinen Zweck hatte, Sally zu überreden, sich Elsa anzuvertrauen: Es hatte immer schon einen gewissen Antagonismus zwischen beiden gegeben.

»Als wir noch jünger waren, teilten Ludwig und ich unsere Probleme miteinander. Aber damals war er sicher, daß er am Ende Erfolg haben würde. Nun habe ich den Verdacht, daß er sich fragt, ob er die nötige Zeit haben wird und ob sein Ende noch weit genug weg ist.«

»O Sally!«

»Man gewinnt nichts dadurch, sich gegenüber den Tatsachen zu verschließen. Er ist dreiundsiebzig und arbeitet wie ein Mann von dreißig. Aber wenn er es muß, dann muß er eben. Ich glaube, ich möchte es nicht noch einmal diskutieren.«

Der lange traurige Frühling kam zu einem Ende. Im Juni bekam Jennifer Evans' Klasse das Abschlußzeugnis der höheren Schule; Jennifer stach unter den mehr als vierzig anderen wie ein Vollblut auf einer Weide mit Ackergäulen hervor. Sie wurde von ihrem Großvater wie auch von anderen Mitgliedern der Familie mit Lobpreisungen und Geschenken überschüttet, aber sobald der Anlaß vorbei war, vergaß man sie wieder. Das Klubjahr wurde mit einem Festessen und einer Theateraufführung beendet, und Sally führte wie immer den Vorsitz. Nie hatte ihr bei irgendeinem Treffen jemand die Sorgen angemerkt oder geahnt, daß sie in Gedanken mit etwas anderem beschäftigt war, jetzt aber war sie froh, daß das letzte Treffen des Frühlings zu Ende war. Ludwig Evans kam von der Technischen Universität nach Hause und war für seine Sommerausbildung in allen Aspekten des Seilgeschäftes bereit. Während der heißen Monate wurde ihm von seinem Großvater und Captain Bodien nicht nur jedes Verfahren beigebracht, das beim Herstellen von allen möglichen Arten Seil und Schnur Verwendung findet (von denen er überzeugt war, daß er sie schon vor langem gelernt habe), sondern auch das Wann und Wie und Was des Ankaufes von feinem Manilahanf für gutes Seil, Sisalhanf für billigere Marken wie auch für Schnur. Einmal sagte Ludwig senior: »Du wirst auf das Ende der Goldgrube blicken müssen, die das Schnurgeschäft für uns gewesen ist. Wenn die neuen kombinierten Mähdrescher das Feld übernehmen, wird es keine Garben mehr zu binden geben. Halt nach etwas Ausschau, das die Flaute auffangen kann. Vielleicht Schnur für die Heuernte.«

»Aber du wirst doch...«

»Oh, ich erwarte, daß der Bedarf an Schnur mich überdauert. Aber nicht lange.«

Der Sommer ging zu Ende. Der junge Ludwig kehrte zum College zurück, und Jennifer ging auf die Universität von Cincinnati. (Kein Frauencollege für Jung-Jennifer!). Die Gleise der Schnellbahn waren neu gelegt worden; die Gesellschaft für beschichtetes Papier hatte den Betrieb wieder aufgenommen und die Firma Rausch war wieder, wie sie vor der Überschwemmung war, sogar mit einigen Verbesserungen: eine neue Brücke über den Kanal, von der Stadt erbaut, und ein neuer Brückenkopf für das Nebengleis der Eisenbahn; ein neues Bürogebäude, größer als das alte, um das erweiterte Personal – ein Transportmanager, Sekretäre und Buchhalter – aufnehmen zu können. Zum Herbst war alles fertig, und die Fabrik funktionierte wieder so reibungslos, daß Ludwig glaubte, er müsse nun gar nicht mehr dasein.

Er merkte selbst, wieviel das Jahr aus ihm herausgesogen hatte; zum ersten Mal in seinem Leben stand er morgens widerwillig auf und ging abends zu müde nach Hause, um noch am Abendessen interessiert zu sein. Widerstrebend, aber aus eigenem Antrieb und ohne ein Wort zu Sally zu sagen, zog er die Schlußfolgerung, daß er tun müsse, was er seit dem Krieg nicht mehr getan hatte: einen Arzt konsultieren. Wenn nur Dock Gordon oder selbst Johnny... in Waynesboro gab es um 1913 etwa ein Dutzend Ärzte; von diesen allen kannte er nur Dr. Warren; es gab auch den jungen Dr. Warren, erinnerte er sich, einen großen, grobknochigen jungen Mann, dessen rotblondes Haar auffällig war, und dem eine lange Haarsträhne – genau wie seinem Vater – immer über das linke Auge fiel. Als Ludwig eines Nachmittags in die Praxis der Warrens ging, war der junge Arzt gerade frei. Im Behandlungszimmer sagte Ludwig kampflustig: »Es ist ein harter Sommer gewesen. Ich bin müde. Vielleicht ein Tonikum oder irgendwas?«

»Irgendwas vielleicht. Wir werden sehen.«

Ludwig unterzog sich wortlos einer wortlosen Untersuchung. Als ihm gesagt wurde, er könne seine Kleider wieder anziehen, tat er das und erwartete den Urteilsspruch schweigend. Schließlich wurde er zu einem widerwilligen »Nun?» gezwungen.

»Nicht sehr gut, fürchte ich. Haben Sie bemerkt, wie Ihre Knöchel geschwollen sind?«

»Mußte ich wohl bemerken. Herz?«

»Sie haben ihm zu viel zugemutet für einen Mann Ihres Alters. Sie müssen ausspannen, sich Ruhe gönnen. Ich kann Ihnen eine Medizin geben, die helfen wird, für eine Weile zumindest.«

»Jetzt ist alles wieder in Ordnung, so daß ich mich ein wenig entspannen kann. Können Sie dem Ganzen einen Namen geben?«

»Was bedeutet schon ein Name? Es gibt einige Schwierigkeiten mit den Herzklappen – Versagen der Kompensation. Was zu erwarten ist, hängt aber von Ihrem Verhalten ab. Kein Tabak, kein Alkohol, eine leichte Diät. Bleiben Sie im Bett, wenn Sie sich dazu bringen können.«

»Klingt nach einem glücklichen Leben«, Ludwig ließ ein kurzes Lachen hören.

»Und sagen Sie es Ihrer Frau. Versuchen Sie nicht, sie zu schonen: Sie werden ihre Mitarbeit brauchen.« Ludwig ging gehorsam nach Hause und erzählte es Sally. Sie war vom ersten Treffen des Klubs im Herbst zurückgekehrt und nahm gerade, als er wie immer durch die Hintertür und den Flur hereinkam, ihren Hut ab. Sie war überrascht: »Willst du etwa sagen, daß du das Büro früher verlassen hast?«

Das gab ihm die Eröffnung, die er brauchte. Als sie zur Bibliothek und ihren Sesseln gingen, gab er zu, er sei zu einem Arzt gegangen, und er erzählte ihr vom Urteilsspruch des jungen Warren. Sie sagte: »Ich habe den ganzen Sommer über nichts gesagt, aber ich habe mir Sorgen gemacht. Ich bin froh, daß du den Mumm hattest, zum Arzt zu gehen... und es mir zu sagen.« Sie stand mit einigen Schwierigkeiten aus ihrem Sessel auf; sie litt an etwas, das sie verächtlich »nur ein Anflug von Rheumatismus« nannte, und ihre Knie reagierten nicht so schnell auf die Anforderung, Sallys Gewicht hochzuheben. Sie ging zu Ludwig, beugte sich über den Rücken des Sessels und legte ihre Hände auf seine Schultern. »Wir werden genau das tun, was der Doktor sagt, und du wirst wieder in Ordnung sein. Hat er dir gesagt, du müßtest ins Bett gehen?«

»Er empfahl es«, gab Ludwig lammfromm zu. »Er will sehen, wie sich vollständige Ruhe bei mir auswirkt. Er kommt in ein paar Tagen vorbei. Ich soll auch Brei essen, meine Pfeifen wegwerfen, alles Bier, das noch irgendwo stehen sollte, ausgießen...«

»Dann wirst du sofort zu Bett gehen und mit der Ruhe anfangen. Ich muß sagen, es ist wirklich Zeit. Nimm die Zeitung und auf geht's mit dir, während ich Linny sage, was sie dir zum Abendessen hochbringen soll.«

Sally hatte Angst, aber sie wollte Ludwig das nicht sehen lassen. Sie hielt ihn im Bett, solange sie konnte, aber er war wieder auf und davon und in seinem Büro, bevor der Arzt fand, daß er soweit sei; das einzige Zugeständnis an seine Schwäche war, daß er einen Chauffeur anstellte, der seinen großen Wagen fuhr. Er bemerkte verächtlich, daß er schon mit dem kleinen elektrischen Wagen, den Sally benutzte, um in der Stadt herumzufahren, fertig geworden wäre, aber der war wirklich nur etwas für Frauen. Trotz seiner Aktivitäten wußte er, daß ihm nicht mehr viel Zeit blieb; er zeigte, daß er das wußte, durch die Langsamkeit, mit der er sich bewegte. Seine Familie – Sally, Elsa, Gib, Paul, wenn er nach Waynesboro kam, um sich mit seinem Vater über das Geschäft zu beraten – hofften manchmal, daß er vorsichtiger sei, als er zu sein brauchte, aber manchmal beobachteten sie, und das Entsetzen ließ sie schwach werden, wie er sich, wie sich Ludwig Rausch wie ein alter, alter Mann bewegte. Er verbrachte den Winter damit, seine Angelegenheiten zu ordnen, während sich Elsa und ihre Mutter mit Klubtreffen und Plänen für die Weihnachtsfeier beschäftigten, die dieses Jahr bei Jessamine Edwards stattfinden sollte. Er fühlte, daß er nicht wirklich gebraucht wurde in der Fabrik; man kam recht gut ohne seine konzentrierte Aufmerksamkeit aus; er akzeptierte die banale Wahrheit, daß kein Mann unersetzlich ist. Wenn er am nächsten Tag sterben sollte, würde dennoch Seil gemacht und verkauft werden, und in einigen wenigen Jahren wäre Ludwig soweit, die Verantwortung übernehmen zu können. Aber es gab gewisse andere Dinge, die zu erledigen waren: zum einen die Bank, deren Präsident er so lange gewesen war. Eines Sonntags sagte er zu Elsa, als sie zu ihm gekommen war, um den Nachmittag mit ihm zu verbringen, er hätte es gerne, wenn sie an seiner Statt Präsident würde. »Du hast mehr finanziellen Verstand als irgend jemand, den ich kenne, außer Paul, und der ist nicht hier.«

Elsa nahm ihn nicht ernst und lachte ihn aus. »Rede nicht davon, daß irgendwer deine Stelle übernehmen soll. Und davon abgesehen... erinnerst du dich?... Ich kann nicht einmal addieren, ohne an meinen Fingern abzuzählen.«

»Genügend andere da, die das Addieren machen. Der Präsident der Bank beschäftigt sich mit Politik.«

»Du weißt sehr gut, daß niemand einer Bank mit einer Frau als Präsidenten trauen würde. Alle unsere Kontoinhaber würden zu der anderen Bank gehen.«

Die »andere Bank« war seit fünfundzwanzig oder dreißig Jahren in Betrieb; Waynesboro war groß genug und reich genug geworden, um zwei Banken beschäftigen zu können, aber die zweite wurde in einigen Stadtteilen immer noch als Emporkömmling angesehen.

»Ich glaube das nicht. Das ist ein dummes Vorurteil. Entweder man hat Geldverstand oder man hat ihn nicht. Und Paul ist sowieso im Direktorium.«

»Aber Henry Voorhess ist so lange in der Bank gewesen. Wird er nicht glauben, daß er Präsident werden sollte?«

»Er ist zu unbedeutend. Keine Durchsetzungskraft. Er würde durch die Verantwortlichkeit zu übertriebener Vorsicht eingeschüchtert. Er ist besser dran, wo er ist. Und auch die Bank.«

»Papa, du wirst uns noch alle überdauern.«

»Schöne Elsa!« begann Ludwig auf deutsch. »Sei doch realistisch. Du und Paul ihr werdet eure Mutter und mich um eine Generation überleben – oder ihr solltet es zumindest.«

Mit Paul erörterte Ludwig die Zukunft der Schnellbahn. Jetzt, da die Gleise neu gelegt, umgestürzte Maste und Leitungen ersetzt worden waren, liefen die Züge wieder nach Fahrplan und beförderten die gewöhnliche Zahl Passagiere. Aber Ludwig war vorausschauend genug, um zu wissen, daß es nicht immer so sein würde.

»Wo jeder Tom, Dick und Harry eins von Mr. Fords Automobilen kauft, wird es Straßen geben müssen, auf denen sie fahren können. Straßen mit harter Oberfläche wie Stadtstraßen. Gib den Zuglinien noch zehn bis fünfzehn Jahre und sie werden so altmodisch und nutzlos wie die Kanäle sein. Stoß meinen Aktienanteil ab, wenn sein Wert auf das gestiegen ist, was er vor der Überschwemmung wert war. Allmählich natürlich. Wenn du ihn auf einmal verkaufst, bringst du den Wert hinunter.«

»Ich weiß das«, Paul lachte. »Ich weiß, wie groß dein Anteil ist. Und ich glaube, daß du wahrscheinlich recht hast in bezug auf die Schnellbahn. Aber es wird noch eine ganze Weile keine anständigen Straßen geben. Großer Gott, Papa, die Landstraße von Madison City hat immer noch Rastplätze am Hügel von Darbytown, um die Pferde ausruhen zu lassen, die die Wagen und Kutschen hinaufziehen.«

»Es wird vielleicht nicht mehr so lange dauern, wie du denkst. Wann hast du zuletzt auf diesem Hügel ein Pferd mit einer Kutsche gesehen?«

Ludwig verkaufte das Gelände von Hillcrest, wo nur noch die großen Kamine über einem Keller voller Asche standen, die zeigten, wo das Haus gestanden hatte. In den Händen seines neuen Besitzers würde es wieder zu Farmland werden, nur die alte Scheune und die Ställe würden weiterhin benutzt werden. Als er und Sally die Papiere unterschrieben hatten und vom Büro von Gardiner und Merrill nach Hause gefahren wurden, sagte Ludwig zu ihr: »Ich hätte gern die Jungs und ihre Familien für Weihnachten zu Hause. Glaubst du, daß sie kommen würden?«

»Solch ein volles Haus wäre zu viel für dich.«

»Glaube ich nicht. Ich fühle mich wirklich besser, jetzt wo alles in Ordnung ist. Es gibt nichts mehr für mich zu tun außer Vergnügen zu haben.«

»Ludwig, bitte! Natürlich hast du jedes Recht, dir Vergnügen zu machen, aber du darfst dich nicht umbringen, indem du es tust. Davon abgesehen, du denkst vielleicht, du seist ersetzbar, aber für mich bist du das nicht.«

Sie hatte Tränen in den Augen. Er legte seine Hand auf ihre behandschuhten Hände, die gefaltet und ruhig in ihrem Schoß lagen; er sagte nicht: »Ein nutzloses Wrack eines alten Mannes, um das du dich kümmerst.« Er sagte aber: »Ich bin so vorsichtig wie ein hypochondrisches Frauenzimmer. Mach dir keine Sorgen. Erinnere dich – es ist im ›Hamlet‹, nicht wahr? –: ›Wenn es jetzt sein soll, dann wird es nicht in Zukunft sein‹ und ›Die Bereitschaft ist alles‹.«

Sally dachte: »Er hat ein paar ziemlich düstere Sachen gelesen, aber vielleicht ist etwas Trost in ihnen.« Sie machte keine weiteren Einwände gegen seinen Wunsch, Weihnachten ein Familientreffen zu veranstalten, aber sie schrieb Ernest und Charles, die über den Zustand ihres Vaters ständig informiert worden waren, Briefe, die zu beantworten sie nicht unterlassen konnten: »Er sagt es nicht, aber ich bin sicher, daß euer Vater glaubt, es sei sein letztes Weihnachten.« Sie schrieb auch an Ludwig junior in Frankreich, an die letzte Adresse, die sie von ihm hatte; er hielt immer noch, da er gelegentlich in Geldschwierigkeiten war, den Kontakt mit ihr aufrecht. Und an Paul. Obgleich die Differenzen zwischen ihr und Paul, um den Anschein zu wahren, bereits vor langer Zeit zumindest oberflächlich geglättet worden waren und seine Familie oft auf Hillcrest zu Gast gewesen war, hatte er seit seiner Hochzeit seine Familie noch nie in das Haus seiner Mutter mitgebracht; sie drängte ihn nun um seines Vaters willen, zu kommen und sie mitzubringen, und das Mitleid bewegte ihn dazu, zu akzeptieren. Weihnachten 1913 fiel auf einen Donnerstag: Sie sollten alle spätestens am Mittwoch da sein und über das Wochenende bleiben, und Ludwig junior, den sie seit vielen Jahren nicht gesehen hatten, sogar noch länger, falls er wolle. Der umherziehende Sohn schickte seiner Mutter ein Telegramm: Er werde kommen.

Ludwig war zu Hause, als der Bote der Western Union kam. Er sagte: »Du hast auch an Ludwig geschrieben?«

»Ich dachte, wenn wir schon ein Familientreffen haben, dann sollten alle Jungs zu Hause sein.«

»Ich bin froh, daß du es getan hast«, gab er zu. »Ich hätte nicht gewußt, wohin ich hätte schreiben sollen. Ich schicke seine vierteljährliche Zuwendung an seine Pariser Bank. Das wird ihm wahrscheinlich nicht den Lebensstil erlauben, an den ihn seine Frau gewöhnt hatte. Zu schade, daß er nicht eine von ihnen hat behalten können.«

»Nun, vielleicht. Ich schicke ihm Geld, wenn er darum bittet. Ich freue mich über alles, das ihn mit uns in Verbindung bleiben läßt. Ich habe es dir immer gesagt, wenn ich von ihm gehört habe.«

»Aber mir nie die Briefe zum Lesen gegeben. – Macht nichts – du hast Angst gehabt, ich würde ›Tu es nicht!‹ sagen. Aber ich habe nie versucht, dich davon abzuhalten, dein Geld auszugeben, wie du es wolltest.«

Elsa war entsetzt, als sie von den Plänen für die Weihnachtsfeier bei Rauschs hörte. »Es wird ihn umbringen, Mama. Hör mal, nicht einmal dieses große Haus hat genügend Schlafzimmer.«

»Er will es. Und wir können die Enkelkinder auf die dritte Etage bringen, in den alten Ballsaal, selbst wenn sie auf Matratzen auf dem Boden schlafen müssen. Es wird ihnen nichts ausmachen.«

»Einige von ihnen sind schon ziemlich groß, um es noch als Spaß zu betrachten, auf Matratzen auf dem Boden schlafen zu müssen. Laß mich zumindest eine Gruppe von ihnen übernehmen.«

»Nicht Pauls. Ich versuche alles um seinetwillen und um seines Vaters willen wiedergutzumachen. Selbst wenn – und ich habe nie geglaubt, daß ich den Tag erleben würde – Ellen und die Kinder in die Messe gehen müssen. Wann? Am Weihnachtsabend? Am Weihnachtsmorgen?«

»Pauls Kinder sind süß, was auch immer ihr Glaube ist. Viel netter als die jungen Snobs, die Emily aufgezogen hat. Ich werde Ernest bitten, bei mir zu wohnen. Ich bin sicher, seine Bande zieht es vor, nicht auf Matratzen zu schlafen.«

Alle Vorbereitungen wurden getroffen: extra Dienerschaft eingestellt und Betten für die jüngeren Enkelkinder auf der dritten Etage fertiggemacht. Es gab eine Menge Tumult, und Sally und Elsa waren beide dankbar, als Jessamine Edwards anbot, das Weihnachtsessen zu übernehmen. Da sie die Hilfe ihrer Schwiegertochter und Stiefschwiegertochter, Rodneys und Lowreys Frauen, hatte, war sie dem Anlaß durchaus gewachsen. (Nicht daß irgend jemand empfunden hätte, es wäre ganz das gleiche, ohne die Begrüßung von Sally und Ludwig Rausch als Gastgeber.)

Sobald die Weihnachtsfeier vorbei war, waren die Rauschs bereit. Ludwig junior, der über seine Zeit ganz frei verfügte, war der erste der Söhne, der in Waynesboro eintraf. Mit sechsunddreißig sah Ludwig wie ein Manan mittleren Alters aus. Die Ausschweifungen hatten ihre Zeichen hinterlassen; sein dünnes Gesicht war faltig, seine Augen geschwollen; er hatte sogar graue Strähnen im Haar. Aber er hatte seinen Charme behalten. Die Erwachsenen vergaben ihm seine Fehler, sobald er anwesend war, und die jüngere Generation wurde völlig für ihn gewonnen, nicht nur durch seine Persönlichkeit, sondern auch durch seine Aura von Weltläufigkeit. Jennifer Evans, die für die Ferien von der Universität zu Hause war, fiel ihm sofort zum Opfer; sie sagte ihnen offen heraus, daß er der faszinierendste Mann sei, den sie je kennengelernt habe: »Und ich hatte irgendwie den Eindruck, er sei das schwarze Schaf der Familie.«

»Der Familiengrashüpfer. Er hat in seinem ganzen Leben noch nichts Nützliches vollbracht.«

»Oh, nützlich! Was ein Mann ist, nicht was er tut, das ist entscheidend. Die anderen Männer in der Familie sind richtige Schlafmützen.«

»Schließt du womöglich deinen Vater ein?«

»O Mutter! Ich meinte die Rausch-Onkels. Vater ist Vater. Ich würde ihn nicht anders wollen. Aber Onkel Ludwig sagt, wenn ich nächsten Sommer nach Frankreich kommen kann, dann zeigt er mir Paris.«

»Ich könnte mir eine bessere Begleitung für ein junges Mädchen in Paris vorstellen.«

»Ich habe immer geglaubt, niemand sei so streng mit den Frauen seiner Familie wie ein alter Roué.«

»Ludwig ist noch nicht ganz so alt«, sagte Elsa sarkastisch. »Er ist gute acht Jahre jünger als ich.«

Wie die meisten der wirklich jungen Leute betrachtete Jennifer ihre Eltern als alt oder zumindest als ohne Alter. Sie sah ein wenig erstaunt aus und beeilte sich zu sagen: »Oh, ich denke nie an dich und Vater als alt. Ich meinte nicht... aber wie steht es damit? Kann ich fahren? Ich bin so alt, wie du warst, als du zum Studium ins Ausland gegangen bist.«

»Unter strenger Aufsicht der deutschen Tanten, Onkel und Cousinen deines Großvaters. Nein, ich glaube nicht. Die Dinge sind hier zu Hause zu unbestimmt.«

»Vielleicht sind sie dann wieder bestimmt. Aber wenn ich nicht kann, dann kann ich wohl nicht.« Sie zuckte mit den Schultern und stand vom Tisch auf, wo sie und ihre Mutter noch über ihrem Morgenkaffee herumgetrödelt hatten, als sie mehr oder weniger auf Ernests Frau und Kinder warteten, die noch nicht heruntergekommen waren. Elsa lächelte Jennifer nach, als sie das Eßzimmer verließ. Sie kannte ihre Tochter: sie würde hartnäckig bleiben; sie würde das Thema morgens, mittags und abends mit anscheinender Beiläufigkeit anschneiden, bis die ständige Wiederholung so unerträglich wie ein tropfender Wasserhahn war. Und Gib würde ihr nicht widerstehen können.

Das Weihnachtsfest bei Rauschs stellte sich genau als das heraus, was Ludwig wollte: ein wunderbarer Weihnachtsbaum, haufenweise Geschenke, laute, über alle Maßen aufgeregte Kinder. Ihre Eltern, jetzt wiedervereint, fanden es am leichtesten, über das zu sprechen, was sie alle gemeinsam hatten: ihre Kindheitserinnerungen. Ludwig senior freute sich an ihrer Anwesenheit, als er ihrem Gedenken ihrer früheren glücklicheren Tage zuhörte; er war sicher, daß sie zum letzten Male zusammensein würden. Und es machte ihnen allen Spaß, und ihre Differenzen waren vergessen. Wenn Sally mit ihrer Schwiegertochter Ellen weniger zwanglos und gelöst war als mit den beiden anderen, dann war das nicht zu merken, weil zu viele Leute im Haus waren und sie bereitwilliges Opfer der spontanen Freude der Kinder über ihren Aufenthalt war. Elsa stellte Betten und Frühstück für Ernest und seine Familie zur Verfügung; sie waren tagsüber also nur kurz im Haus der Rauschs zum Mittagessen und wieder zum Abendessen, daß Sally es möglich fand, herzlich mit Emily und Ernests Kindern zu sein und sogar Zuneigung vorzutäuschen, die sie nicht empfand.

Sobald Weihnachten vorbei war, ließ auch die Aufregung nach. Ludwig hatte genug. Er war so ganz sein altes Selbst gewesen, daß seine Söhne nach dem ersten Schock, über sein dünnes und altes Aussehen, sich zu fragen begannen, was das ganze Theater um ihn bezweckt habe. Aber sobald sie alle abgereist waren (und Sally hatte nicht einmal Ludwig junior gedrängt, doch noch zu bleiben), glitt er in die Hinfälligkeit zurück, an die sich jene, die ihn tagaus, tagein sahen, schon gewöhnt hatten.

»Es war ein großartiges Familientreffen,« sagte er zu Sally, als sie zum ersten Mal in einem Haus, das wieder leer war, zu Bett gingen. »Aber Gesellschaft ist für alte Leute wie dich und mich ermüdend. Ich nehme den Rest der Woche frei und ruhe mich aus.«

Ein paar Tage lang hielt er den Anschein aufrecht, er wäre bald wieder in der Fabrik zurück; dann entschied er sich, sein Studierzimmer in ein Büro umzuwandeln und von dort aus die Fabrik zu lenken. »Gib«, sagte er, »kann mir alle Sachen bringen, die von meiner Entscheidung abhängen. Und Judy Crawford kann die Post herbringen und sie mit mir durchgehen, bevor sie ins Büro geht. Sie ist als Sekretärin fähig genug; sie kann Briefe schreiben, die orthographisch richtig und grammatikalisch passabel sind. Aber sie ist nicht so gut wie Eliza Ballard. Ich vermisse diese Frau immer noch: Sie wußte genausoviel vom Geschäft wie ich selbst.«

»Von deinem Geschäft wie auch von den Geschäften aller anderen. Natürlich ist das Crawford-Mädchen nicht in der Position, alles über jeden zu wissen, und dich informiert zu halten.« Sally sprach leichthin trotz ihrer Bestürzung; sie wollte Ludwig nicht wissen lassen, welches Gewicht sich ihr aufs Herz gelegt hatte. »Ich sehe nicht ein, warum du die Fabrik nicht sowieso der nächsten Generation übergibst. Es ist Zeit, daß du dich vom Geschäft zurückziehst.«

»Oh, ich könnte das nicht.«

Aber in Wirklichkeit tat er es doch. Eine Weile kam die Sekretärin am Morgen mit der Post, und er diktierte die Antwortschreiben. Dann glitt er in die Angewohnheit, zu sagen: »Ach, geben Sie das doch Mr. Evans« oder »Für Captain Bodien«; nach einer kurzen Weile sagte er ihr, sie bräuchte nicht mehr zu kommen: die Fabrik könne von denen, die die Verantwortung trügen, betrieben werden; wenn Fragen aufkämen, die seine Entscheidung nötig machten, könnten sie ihm übermittelt werden. Bevor der Winter noch vorbei war, sagte der Arzt ihm, er solle nicht mehr versuchen, die Treppen hinauf- und hinunterzugehen. Ein kleiner Lift wurde am Ende der Eingangshalle, wo ehemals der Wandschrank gewesen war, installiert. Eine Zeitlang benutzte er ihn, aber bald zog er es vor, bis zur Mittagessenszeit auf seinem Zimmer zu bleiben, und bald machte er keine Anstrengung mehr, hinunterzugehen: Er und Sally nahmen ihre Mahlzeiten zusammen im Schlafzimmer ein. Die Tabletts wurden von Linny heraufgebracht, die sich nicht beklagte, weil es ja einen Lift gab, den sie benutzen konnte. Ludwig beschränkte sich zuerst auf den Bereich der zweiten Etage und dann ganz auf das Schlafzimmer, das er so viele Jahre mit seiner Frau geteilt hatte. Eine weitere Verschlechterung folgte unvermeidbar: Er konnte nicht mehr im Bett schlafen und obwohl er sich entschieden jeden Morgen an- und abends auszog, verbrachte er die meisten der vierundzwanzig Stunden des Tages in einem Ohrensessel neben dem Kamin. Nachts wurde er von Kissen gestützt, damit er schlafen konnte, während Sally hellwach im Bett lag und über ihn wachte. Sie wollte ihn nicht mehr alleine lassen. Wenn Elsa, die täglich kam, nicht bei ihm sein konnte, blieb Sally da, welche Treffen oder Besuche sie dadurch auch immer verpaßte. Also verbrachte Elsa einen Großteil ihrer Zeit mit ihrem Vater; sie und ihre Mutter nahmen abwechselnd an den Klubtreffen teil. Elsa protestierte schließlich bei ihm, nicht bei ihrer Mutter.

»Dieses Krankenschwesterdasein ist zuviel für Mama. Siehst du denn das nicht? Ich bezweifle, daß sie mehr als zwei oder drei Stunden Schlaf in einer Nacht bekommt.«

Er fügte sich der letzten Demütigung: Dr. Warren stellte eine Nachtschwester zur Verfügung. Sally brachte nur nach Protesten und nachdem sie von der Nachtschwester das feierlichste aller Versprechen erwirkt hatte, sie zu rufen, sobald sich auch nur sein Atem ändere, ihre Nachtsachen in das Schlafzimmer auf der anderen Seite des Korridors. Für ihn markierte diese Veränderung das Ende ihrer gemeinsamen Zeit. Er faßte das nicht in Worte, aber eines Nachmittags, als sie bei ihm saß, sagte er doch: »Uns sind viele Jahre gegeben worden, Liebchen, und ein gutes Leben.«

Sie antwortete nicht prompt, wie sie es manchmal tat: »Rede nicht so«, sondern legte eine Hand auf die seine, beugte sich vor und küßte ihn auf die Wange. »Es ist ein gutes Leben gewesen, und ich bin dir dankbar.«

An einem anderen Tag, als Elsa bei ihm war, schlummerte er ein, wachte dann mit einem Erschrecken auf und starrte sie verwirrt an.

»Was ist los, Papa?«

Er schloß die Augen, schüttelte seinen Kopf ein wenig, öffnete sie wieder und sagte: »Es muß ein Traum gewesen sein. Aber so wirklich! Und du weißt, ich bin nie jemand gewesen, der in der Vergangenheit lebte – selbst jetzt nicht. Oder mich an den Krieg erinnerte, wie es so viele andere Soldaten tun, wenn... das waren nicht die bedeutungsvollsten Jahre in meinem Leben. Und wenn es zu letzten Worten kommen wird, werden meine für deine Mutter sein. Aber gerade eben...«

Er hatte langsam gesprochen und holte zwischen den Sätzen Atem. Elsa versuchte, ihn zum Aufhören zu bewegen: »Sprich nicht so viel, Papa. Vergiß deinen Traum.«

»Nein. Laß mich ihn dir erzählen, solange ich mich noch erinnern kann. Es war Nacht und da war ein Fluß. Pechschwarz und nur das Geräusch des Wassers. Ich lud meine Kompanie in Ruderboote und versuchte, sie schnell hineinzubekommen. Vor Chattanooga – die Nacht vor der Schlacht – war es so: stockdunkel, die Männer bewegten sich hinauf, das Geräusch des Wassers.« Er schwieg einen Augenblick lang; als er weitersprach, wußte Elsa nicht, woran er sich erinnerte, an das wirkliche Geschehen oder den Traum. »Dann war Sherman da. Ich sagte den Jungs: ›Es ist der Alte.‹ Die meisten von ihnen hatten nie seine Stimme gehört, aber er stieg von seinem Pferd und kam nahe zu ihnen heran, um ihnen zu sagen, sie sollten sich leise bewegen. Alle wußten, wo Sherman war, würde alles in Ordnung gehen.« Nach einer weiteren Pause fügte er hinzu: »Das war dreiundsechzig. Vor mehr als fünfzig Jahren. Absurd, daß ich jetzt davon träume. Ich habe seitdem ein volles Leben gehabt und ein glückliches.«

Ludwig hatte keine Gelegenheit mehr, die Szene, die er sich vorgestellt hatte, mit Sally zu besprechen. Früh an einem Märzmorgen kam die aufgeregte Krankenschwester, um Sally zu wekken. »Ich habe überhaupt keine Chance gehabt, Sie zu rufen. Er hat nur den Kopf zurück gegen den Sessel gelegt und einmal nach Luft geschnappt – und das war's.«

Ganz Waynesboro wußte, daß Ludwig Rausch im Sterben lag, aber dennoch war das Ende wie ein Schock. Er war seit langem der führende Bürger der Stadt gewesen: nicht nur weil er wohlhabend und zum größten Arbeitgeber in Waynesboro geworden war, sondern auch weil er sie führen konnte und wußte, was zu tun war. Er war einflußreich in der Politik, ein Turm von Kraft in schwierigen Zeiten. Menschenmengen gingen, als er aufgebahrt lag, durch den Salon der Rauschs, einige Neugierige, aber die meisten Freunde. Sally, überwältigt nicht nur von Kummer, sondern auch von den Menschenmassen, zog sich nach oben zurück und wollte niemandem außer Anne Gordon gestatten, sie zu sehen. Aber Anne hatte wenig Trostreiches zu sagen. Durch Sallys Verlust wurde sie an ihren eigenen vor so langer Zeit erinnert. »Zumindest«, sagte sie, »ist das Wetter besser. Kein Schneesturm.« Sally fragte sie nicht, wovon sie rede, nahm aber unbestimmt an, es sei von der Überschwemmung im Jahr zuvor. Es stimmte, daß am Tag des Begräbnisses das Wetter besser war, als im Frühling des Jahres 1913: Auch wenn es nicht warm war, so war es doch zumindest sonnig, mit weitem klarem Himmel und frischem Wind. Der Tag wurde von der ganzen Stadt besonders begangen: nicht nur die Mühle, sondern auch die Bank, die Geschäfte und die anderen Fabriken blieben geschlossen, um Ludwig zu ehren. Von seinen alten politischen Freunden waren nur noch wenige am Leben: Myron Herrick war immer noch als Botschafter der Vereinigten Staaten in Frankreich; John Sherman, Hanna und McKinley waren schon lange tot. Aber die Führer der Partei im Lande und sogar der demokratische Gouverneur kamen in Anerkennung seiner Hilfe zur Zeit der Überschwemmung; Captain Bodien hatte mit düsterem Gesicht eine Ehrenwache unter den ortsansässigen Veteranen organisiert, die noch fähig waren, bis zum Friedhof zu gehen, und er stellte auch ein Ehrensalutkommando von freiwilligen Milizsoldaten der örtlichen nationalgardistischen Kompanie auf. Nur wenige außer den Familienmitgliedern, den engsten Freunden, den wichtigsten Bürgern, den Angestellten der Firma Rausch und den Repräsentanten der Arbeiterschaft konnten in der kleinen Baptistenkirche Platz finden, aber die Straßen waren von denen gesäumt, die die Begräbnisprozession sehen wollten. Elsa dachte unglücklich »Wie der Heldengedenktag« und protestierte gegen die konventionelle Trauer ihrer Mutter mit der Begründung, daß ihr Vater das gehaßt hätte. Sally empfand durch die vielen Ehren, die man Ludwig erwies, einen gewissen Trost; sie war sogar auf die militärischen Ehrenbezeigungen, die geschlossenen Geschäfte und Banken stolz. Da sie dem Leichenwagen in der ersten Kutsche folgte, konnte sie alles genau beobachten. »Siehst du«, sagte sie zu Elsa, »wie richtig es war, diesen Schleier zu tragen. Nicht weil es richtig und anständig ist, sondern weil alle diese Leute mich anstarren, um zu sehen, welche ›Haltung‹ ich beweise. Zumindest zeigt eine solche Menge, daß dein Vater geschätzt wurde. Ich wünschte, er könnte es sehen.« Und Elsa stimmte ihr aus Mitleid zu, obgleich sie für sich selbst dachte, daß ihr Vater mit einer solchen Show wenig hätte anfangen können.

Wenn die Bürger Waynesboros auch mitleidsvoll, kummervoll und respektvoll waren, so wollten sie doch gern wissen, wie das Vermögen der Rauschs verteilt worden war. Das Testament wurde zumindest in seinen wichtigsten Punkten, zusammen mit einer Schätzung des Besitzes in der *Fackel* wiedergegeben. Der Bericht befriedigte nicht völlig die allgemeine Neugierde: Richter Gardiner setzte seinen Einfluß ein, um die Details der väterlichen Instruktionen an Paul, der Testamentsvollstrecker des Besitzes sein sollte, wie auch an Merrill, seinen Treuhänder, unter Verschluß zu halten. Alles sollte in einen Trust gehen, dessen Zinseinkünfte zu Lebenszeit von Mrs. Rausch an sie gehen, und dann bei ihrem Tod unter die Kinder aufgeteilt werden sollten. Soviel wußten alle Leser der Zeitung, und die meisten fanden es ein dummes Testament: »Diese alte Dame hat genügend. Den ganzen Aktienanteil ihres Vaters an der Bank, dieses Haus – alles, was Cochran hatte.« Sie wußten nichts von den Einschränkungen in bezug auf den Trust; die Anordnungen an Paul waren ausführlich: eine Kontrolle garantierende Anzahl von Aktien sollte an Ludwig Evans gehen, wenn er volljährig wäre und seine Ausbildung vollendet habe; die Minderheitsanteile sollten dann zwischen seinem Sohn Charles in Kansas City und Gilbert Evans als Schwiegersohn geteilt werden. Die Rausch-Anteile an der Rausch & Bodien-Gesellschaft für beschichtetes Papier sollten beim Tod seiner Mutter an Paul gehen; in der Zwischenzeit könne er darüber bestimmen, sie aber nicht verkaufen. Ernest und Ludwig junior, die beide nie das geringste Interesse am Seilgeschäft gezeigt hätten, sollten Sicherheiten im Wert der Aktienanteile bekommen, die denen gegeben worden waren, die dafür arbeiteten, außer daß von Ludwigs Anteil der Betrag abgezogen werden sollte, der ihm über die Jahre hin als vierteljährliche Überweisung ausgezahlt worden war. Elsa sollte die Bankanteile bekommen, die ihrem Vater gehörten. Während der Existenz des Trusts sollte Paul sein fachmännisches Urteil gebrauchen, was das Kaufen und Verkaufen von Aktien (die der C. & C.-Schnellbahn, wie Paul wußte) anbelangte, aber er sollte die Kontrolle der Papiergesellschaft nicht aus seiner und der Kontrolle Stewart Bodiens gleiten lassen. Elsa sollte sofort das Haus bekommen, in dem sie ihr ganzes Leben als verheiratete Frau gewohnt hatte. Nach dem Tod seiner Frau sollten die Sicherheiten, die noch im Trust verblieben waren, zu gleichen Anteilen unter seinen fünf Kindern verteilt werden. Es war für Richter Gardiner offensichtlich, daß, wenn der Besitz sofort geteilt würde, es keinen Restbestand geben würde: sein Vater hatte sich ganz augenscheinlich auf Paul verlassen, der es zu einer Größe aufbauen sollte, die es gehabt hatte oder vor einem Jahr bereits gehabt haben könnte. Die Leute in der Stadt waren überrascht, daß die ganze Summe des Rausch-Besitzes nicht größer war, als der Betrag, den die Zeitung veröffentlichte: »Ich hätte gedacht, daß er mehr als das hätte, bei der Art, in der er gelebt hat. Ich hatte angenommen, er sei ganz sicher ein Millionär. Ich glaube, die Zeitung hat nicht alles erwähnt.« Die geschätzte halbe Million, die Ludwig die Überschwemmung gekostet hatte – die Zahl der Sicherheiten, die verkauft worden waren, um das Kapital der Seilfabrik wiederherzustellen und andere Besitztümer wiederaufbauen zu helfen –, waren Außenseitern natürlich unbekannt geblieben. Ob es zum Zeitpunkt von Sallys Tod einen größeren Restbetrag zu teilen gäbe als jetzt, würde von Pauls finanziellem Verstand abhängen.

Wie nahe sich auch eine Familie stehen mag, wenn es einen großen Besitz zu erben gibt, dann ist es wenig wahrscheinlich, daß alle Erben mit dem Testament zufrieden sind. Ernest war verletzt, seine Frau wütend: Er als ältester Sohn hätte zum Treuhänder ernannt werden sollen, und das Umgehen mit Investments war immerhin sein Beruf. Paul versuchte, ihn versöhnlich zu stimmen: »Ich bin hier, verstehst du, nur um ein Auge auf die Dinge zu haben.«

»Und die Vorstellung, die Firma Rausch in die Hände dieses jungen Gernegroß zu geben!«

»Der junge Ludwig ist in der Fabrik aufgewachsen; er wird schon zurechtkommen.«

»Und was wird mit der Bank geschehen? Wer wird Papa als Präsident nachfolgen?«

Paul sah ihn merkwürdig an. War es möglich, daß er an sich selbst dachte? Er gab den Gedanken auf: Ernests Frau würde nie New York verlassen und er wohl wahrscheinlich auch nicht. Nichtsdestoweniger ließ er sich für die Antwort Zeit, zündete sich in der Zwischenzeit eine Zigarette an und schüttelte das Streichholz umständlich aus. »Papa plante... er wollte wohl, daß Elsa Präsidentin und ich Vorsitzender des Direktoriums werden solle.«

»Elsa! Ein weiblicher Bankpräsident! Wie absurd! Natürlich war sie immer sein Liebling, und ich nehme an, sie hatte am Ende viel Einfluß auf ihn.«

»Sei nicht so, Ernest. Papa hatte ein gutes Beurteilungsvermögen: Elsa hat den besten Verstand von uns allen.«

»Werden die Kontoinhaber sich dieser Meinung anschließen?«

Paul lächelte sarkastisch. »Die, die es nicht tun, werden unterstellen, daß sie von mir Anordnungen bekommt. Völlig zu Unrecht natürlich.«

»Wenn Mama stirbt, wird ihr Anteil an der Bank keinen Pfifferling mehr wert sein.«

»Ach, Unsinn: Es wird schon klappen.« »Also das ist es«, dachte Paul. »Er spekuliert schon auf seinen zukünftigen Anteil von Mamas Besitz.« Und laut fügte er hinzu: »Davon abgesehen, Mama lebt noch mindestens zehn oder fünfzehn Jahre. Und wenn irgend etwas schiefgehen sollte, können wir immer noch eine Veränderung einbringen.«

(Und soweit es irgend jemand sehen konnte, »klappte« alles durchaus bestens. Elsa wurde zum Präsidenten der Bank ernannt und Paul zum Vorsitzenden des Direktoriums, und falls Henry Voorhees sich irgendwie gedemütigt fühlte, ließ er sich das nicht anmerken.)

Ludwig junior war nicht anwesend, um seine Verstimmung zu zeigen, falls er welche empfand. Es war für ihn unmöglich gewesen, Waynesboro termingerecht für das Begräbnis zu erreichen, aber immerhin hatte er Weihnachten auf Wiedersehen zu seinem Vater gesagt, und war von ihm gewarnt worden. »Es würde den anderen Jungs gegenüber nicht fair sein, wenn ich irgendwelche Unterschiede zwischen euch machen würde. Keiner von ihnen hat außer einem gelegentlichen Darlehen, das sie aber immer zurückgezahlt haben, je Geld von mir bekommen. Nicht seit sie von zu Hause weg sind und selbst arbeiten. Gib Evans hat nichts von mir bekommen außer seinem Gehalt, das er sich wirklich verdient hat. Ich glaube an Gerechtigkeit – im Unterschied zu dem Vater des verlorenen Sohnes.«

»Das Problem ist, ich bin nicht wirklich ein verlorener Sohn. Ich beabsichtige, zu meinem verwerflichen Lebensstil, an den ich mich gewöhnt habe, zurückzukehren. Und ich komme schon zurecht.« Und so hatte Ludwig junior das Gespräch zu diesem Zeitpunkt gut aufgenommen – zum Teil, weil er nicht glaubte, daß das Ende seines Vaters so nahe bevorstehe, wie das verängstigte Frauenvolk befürchtete. Er schien, wenn man auch wegen seines Alters Abstriche machen mußte, ziemlich genau so, wie er ihm immer gewesen war, und er genoß es in vollen Zügen, das Haus voller lärmender, junger Leute zu haben; und zum Teil, weil Ludwig wußte, daß seine Mutter auf jeden Fall die Überweisungen weiter fortführen würde; und wiederum zu einem gewissen Teil, weil er eigentlich nicht geldgierig war, keine Lust nach großen Geldsummen verspürte und nie um mehr bat, als er brauchte, um wie die Lilien auf dem Felde zu leben und keinen Gedanken an das Morgen zu verschwenden.

Ernest pflegte seine Verstimmung womöglich einige Zeit. Die anderen Rauschs akzeptierten die Entscheidungen ihres Vaters gern und verwendeten mehr Emotionen auf ihren Verlust. Das Testament gab, als es veröffentlicht wurde, einige Tage lang Anlaß zu Spekulationen unter den Bürgern der Stadt und wurde dann vergessen. Man war der Meinung, daß die Witwe eine »gute Haltung« bewahrt hatte, als sie zu ihren verschiedenen Aktivitäten zurückkehrte und es kein Anzeichen gab, daß sie aus dem großen Haus am Hügel ausziehen wolle, wo sie und anschließend ihre Kinder aufgewachsen waren, obgleich man es als ein ziemlich großes Haus für eine einsame alte Dame betrachtete.

DIE MITGLIEDER DES FRAUENKLUBS

Miß Charlotte Bonner
Miß Ellen Bonner
Miß Ruth Campbell
Mrs. Caroline Edwards
Mrs. Jessamine Edwards
Mrs. Elsa Evans
Mrs. Gwen Evans
Mrs. Anne Gordon
Mrs. Sophie Lichtenstein
Mrs. Elizabeth Merrill
Miß Rebecca Merrill
Mrs. Deborah Patton
Mrs. Sarah Rausch
Miß Amanda Reid
Mrs. Lavinia Stevens
Mrs. Christina Voorhees
Mrs. Grace Warren

IN MEMORIAM
Miß Eliza Ballard
Mrs. Mary Ballard
Miß Susan Crenshaw
Mrs. Louisa Deming
Mrs. Katherine Edwards
Miß Caroline Gardiner
Miß Lavinia Gardiner
Mrs. Laura Maxwell
Mrs. Mary McCune
Miß Agatha Pinney
Mrs. Thomasina Travers

1914–1916

»Der Frauenklub von Waynesboro schreitet auf seinem ruhigen Weg fort, während der große Krieg tobt; und wir stricken und rollen Bandagen.«

Es gelang Jennifer Evans tatsächlich, sich die Erlaubnis ihres Vaters zu sichern, für den Sommer 1914 ins Ausland reisen zu dürfen, nicht allerdings, um sich in Paris allein oder unter der Aufsicht eines unverantwortlichen Onkels an der Riviera herumzutreiben, sondern mit einer Gruppe ihrer College-Klassenkameradinnen, die von zweien ihrer Lehrer begleitet wurde. Gib und Elsa fuhren mit ihr nach New York, um sie zu begleiten; ihr Bruder Ludwig, der für den Sommer von der Technischen Universität nach Hause gekommen war, blieb bei seiner Großmutter und versuchte sich während der Abwesenheit seines Vaters im Management der Mühle. Er akzeptierte die Vorschläge von denen, die lange genug dort waren und mehr wußten als er, besonders vom alten Bodien. Der junge Ludwig hatte den Verdacht, daß sie hinter seinem Rücken über ihn lachten, wenn er mit einer Idee herauskam, die sie offenkundig absurd fanden. Aber das machte ihm nichts aus: Er hatte noch ein weiteres Jahr auf dem College, in dem er noch mehr lernen könnte, und davon abgesehen, war sein Vater seit dem Tode seines Großvaters geschäftsführender Manager der Fabrik und unter seiner Leitung ging es der Gesellschaft gut; und zweifellos würde das auch noch eine Weile so sein.

Von New York aus reisten Gib und Elsa weiter, um zwei Wochen in Ernests Rhode-Island-Sommerhaus zu verbringen. Während sie dort waren, wurde der Erbe des österreich-ungarischen Thrones in Sarajevo ermordet. Gib machte sich Sorgen; das geschah schnell, wenn ihm eines seiner Kinder in Gefahr schien. Er wünschte, Elsa hätte ein Machtwort gesprochen, als er Jennifer gestattet hatte, den Sommer in Europa zu verbringen; er war bereit, sofort nach Hause zurückzufahren, obgleich Elsa nicht verstehen konnte, welchen Unterschied es für Jennifer machen würde, ob sie nun in Ohio oder auf Rhode Island seien. »Sie könnte uns vielleicht ein Telegramm schicken«, wandte er ein.

»Weshalb denn? Oh, Gib, mach dir doch nicht solche Sorgen: es ist nur eine weitere dieser Balkan-Unruhen, und Jennifer fährt nicht auf den Balkan. Sie reisen zuerst nach Italien. Wenn Österreich so völlig aufgewühlt sein sollte, dann können sie Wien auslassen und direkt nach Deutschland fahren. Unsere Cousinen werden sich um sie kümmern.«

Trotzdem packten die Evans' ihre Sachen und fuhren nach Hause. Ihr Sohn war über ihre Rückkehr überrascht und spottete über ihre Ängste. »Jenni ist absolut fähig, auf sich selbst aufzupassen. Sie ist kein kleines Mädchen mehr. Wenn ihr euch um jemand Sorgen machen müßt, dann sorgt euch um Großmutter.« Das war am Frühstückstisch am Morgen nach ihrer Rückkehr.

»Was ist denn mit Mutter los?« Elsa war bestürzt.

»Vielleicht weißt du nicht, wie schlimm ihre Arthritis ist. In ihren Knien. Sie sollte nicht in diesem großen Haus ganz allein nur mit Dienern sein. Ich weiß, daß sie Roses Portia über Nacht bleiben läßt, aber selbst dann...«

»Ich weiß, daß sie sehr einsam sein muß; sie war immer ein volles Haus gewöhnt.«

»Darum geht es nicht. Portia ist völlig in Ordnung – ergeben und all das. Und das gilt auch für Linny, die tagsüber da ist. Aber hast du gewußt, daß Großmutters Knie so schlimm sind, daß sie nicht mehr versucht, morgens aufzustehen, bis jemand kommt, um ihr zu helfen?«

»Nein, das wußte ich nicht. Ich nehme an, daß sie, wenn ich sie sehe, die Steifheit schon überwunden hat. Sie hat mir gegenüber nie ein Wort gesagt. Ich weiß, daß sie immer noch ihren elektrischen Kleinwagen fährt. Es war dumm von ihr, den großen Wagen von Papa und den Chauffeur aufzugeben, aber sie hat seit seinem Tod einen gewissen Geiz entwickelt.«

»Es ist ein Glück, daß sie den Lift für Papa eingebaut hatten! Natürlich wußte ich, daß sie nicht mehr die Treppen benutzt. Aber was, wenn sie nachts aufstehen muß?«

»Ich habe sie gefragt. Sie hat ein Bettuch an den Bettpfosten geknotet, so daß sie sich daran festhalten und sich selbst hochziehen kann. Was aber, wenn sie mal fällt?«

»Oh, Gib!« Elsa wandte sich wehmütig ihrem Gatten zu. »Ich habe immer schon gewußt, daß wir eines Tages bei Mama würden einziehen müssen, aber ich hatte gehofft, nicht so bald. Leute werden nicht umgänglicher, wenn sie älter werden. Und wir sind hier so zufrieden und glücklich, nur wir vier.«

»Danke, Mrs. Evans! Welch ein schönes Kompliment! Aber ich bin immer gut mit deiner Mutter ausgekommen.«

»Du hast eine nettere Natur als ich: Es ist leicht, gut mit dir auszukommen. Aber tagein und tagaus...«

»Es ist unsere Pflicht; und wir sollten uns ihr besser stellen. Immerhin: hier bist du und ich, zwei in einem Haus, das viel zu groß ist, jetzt wo die Kinder den größten Teil des Jahres weg sind, und deine Mutter rasselt allein in dieser Villa herum.«

»Natürlich müssen wir das tun, wenn sie es will. Ich werde sie fragen. Sie ist wahrscheinlich genauso glücklich damit, diese farbigen Mädchen herumkommandieren zu können, wie sie es mit uns sein würde. Sie würde sich auch weigern, auf mich zu hören.«

»Wir könnten dieses Haus vermieten, bis Ludwig soweit ist, seinen eigenen Hausstand zu gründen.«

Ludwig schnaubte verächtlich. »Das wird noch eine Weile dauern. Es gibt kein Mädchen, das ich kenne, mit dem ich verheiratet sein wollte.« Er knüllte seine Serviette zusammen und ließ sie neben seinen Teller fallen. »Ich muß gehen. Ich kann nicht auf Vater warten; die Büroangestellten halten sich nicht an die Arbeitszeiten wie wir gewöhnlichen Arbeiter. Überlegt es euch nur – Großmutter, meine ich.«

Besorgt über diese häuslichen Komplikationen (obgleich der schlimme Tag durch Sallys kühles »Wenn ich euch hier brauche, werde ich es euch wissen lassen«, aufgeschoben war), verdrängten die Evans' alle Gedanken über mögliche Schwierigkeiten in Europa aus ihrem Bewußtsein, besonders, als Jennifer in ihrem ersten Brief, den sie an Bord des Schiffes geschrieben und dem sie in Genua aber ein Postskriptum zugefügt hatte, den unglücklichen Erzherzog nicht einmal erwähnte. Mit jeder transatlantischen Postsendung danach erreichten Postkarten ihre Eltern und berichteten davon, was sie tat und sah, ohne jeden Hinweis, daß die Italiener unruhig seien. Am Fünfzehnten reiste die Gruppe von Venedig nach Wien. Zu Hause hatten die Zeitungen das Thema des Mordanschlages fallengelassen; Anspielungen von ausländischen Korrespondenten, daß sich Schwierigkeiten zusammenbrauten, wurden als unerheblich abgetan: Reporter konnten immer etwas finden oder erfinden, um sich darüber aufzuregen. In den Vereinigten Staaten war man der Ansicht, daß ein größerer Krieg in modernen Zeiten mit modernen Waffen undenkbar sei. Jennifers erster Brief aus Wien unterstützte die Ansicht, daß keine

Katastrophe drohe: die Stadt sei fröhlich und unbeschwert, wie sie ihrem Ruf nach auch sein müsse; die Österreicher erschienen Jennifer als ein operettenhaftes Völkchen, das auch nur einen operettenhaften Krieg führen würde, wenn es dazu kommen sollte. Falls es in der österreichischen Hauptstadt einen Totentanz, die Atmosphäre eines letzten schnellen Tanzes in der alten Ordnung, gegeben haben sollte, dann war Jennifer zu jung und zu unerfahren, um das zu empfinden.

Zu dem Zeitpunkt, als der Brief Waynesboro erreichte, hatte sich das Blatt gewendet; düstere Schlagzeilen lenkten die Aufmerksamkeit der Amerikaner auf die Telegramme von ausländischen Korrespondenten, die von Österreichs Kompromißlosigkeit Serbien gegenüber berichteten. Einige Redakteure waren überzeugt, daß Serbien einlenken müsse, andere, daß es das nicht tun würde; in beiden Fällen war es wahrscheinlich, daß es vom österreichisch-ungarischen Reich geschluckt würde. Leser dieser Voraussagen dachten nur, daß es dann eben einen Balkanstaat weniger geben würde; während der letzten Jahrzehnte waren sie der Berichte von Kriegen in diesem Teil Europas müde geworden, die immer mit unaussprechlichen Namen von unbekannten Männern und Orten gewürzt waren. Aber es gab auch Menschen, die sich entsetzt und ungläubig fragten, ob eine Katastrophe in den Kulissen warte, während die Amerikaner Sitze im ersten Rang hätten und, ohne selbst betroffen zu sein, nur weiter zuguckten und ihren Atem anhalten konnten. Für diese Minderheit war das Erscheinen der Abendzeitung von Bedeutung. In Waynesboro wie in den meisten Städten von vergleichbarer Größe wurden die heißen Julinachmittage zumindest von den Frauen auf ihren schattigen Veranden verbracht. In der dritten Juliwoche saßen sie nicht mehr gelöst in ihren Schaukeln oder Schaukelstühlen; sie warteten und hielten nach dem Zeitungsjungen Ausschau. Am achtundzwanzigsten Juli deuteten die Schlagzeilen das erste der unwiderruflichen Ereignisse, die noch folgen sollten, an: Österreich hatte Serbien den Krieg erklärt. Erst am zwanzigsten Juli hatte Jennifer ausgerechnet aus Zürich telegraphiert: »Sicher in der neutralen Schweiz. Brief folgt.« Das Telegramm war fast so erschreckend wie beruhigend. Was geschah in Europa? Die Ausführungen in der kurzen Nachricht wurden der Reihe nach durchgegangen, in Frage gestellt und debattiert. Die Gruppe hätte von Wien nach Dresden reisen sollen, wo Jennifer ein paar Tage bei den Rausch-Cousinen hätte verbringen sollen, während die anderen in einer Pension gewohnt hätten. Warum also die Schweiz? Waren sie überhaupt nicht nach Dresden gefahren? Bedeutete die Änderung des Plans, daß Deutschland in den Konflikt hineingezogen werden würde?

Bevor Jennifers Brief Waynesboro erreichte, war, was geschehen sollte, bereits geschehen: am neunundzwanzigsten Juli bombardierten die Österreicher Belgrad; am dreißigsten befahl Rußland, das bereits Truppen an der österreichischen Grenze zusammengezogen hatte, die absolute Mobilisierung. Deutschland übermittelte dann sein Ultimatum an Rußland: innerhalb von zwölf Stunden zu demobilisieren. Und als das Ultimatum ignoriert wurde, erklärte Deutschland Rußland am ersten August den Krieg.

Zu dieser Zeit war Amerika wieder zu einer Nation von begierigen Zeitungslesern geworden. Ein großer Teil von Waynesboro, der wußte, daß »das kleine Evans-Mädchen« irgendwo im Ausland war, empfand ein persönliches Interesse an den Ereignissen. Gib berichtete, daß Männer, von denen er nicht angenommen hätte, daß sie wüßten, daß er eine Tochter habe, ihn auf der Straße anhielten und sich nach ihrem Aufenthaltsort erkundigten. Er gab ihnen allen die gleiche, beruhigende Antwort: »Sie ist in der Schweiz in Sicherheit. Wenn es keine Möglichkeit gibt, nach Hause zurückzukehren, kann sie die Schwierigkeiten in Zürich abwarten. Es kann nicht länger als ein paar Monate dauern.«

Elsa hatte eine andere Vorstellung von dem, was möglich wäre. »Vom Kaiser angefangen nach unten brannte das ganze deutsche Militär auf einen Krieg. Schon als ich in den neunziger Jahren dort war. Die normalen Bürger haben zwar mehr Verstand, aber sie haben nichts zu sagen. Ich erinnere mich, wie sie aus dem Weg zu gehen pflegten – vom Bürgersteig heruntergingen –, wenn ein oder zwei dieser arroganten preußischen Offiziere die Straße heruntergewankt kamen. Wir wollen nur hoffen, daß es nicht der leichte Sieg wird, den sie erwarten.«

Jennifers Brief aus Zürich wurde am einunddreißigsten Juli in Waynesboro ausgetragen. Ihre Eltern, ihre Großmutter, Gibs Tante Gwen (die altes Mrs. Evans) lasen ihn fast in Stücke. Charlotte Bonner hörte davon und es gelang ihr, Elsa zu überreden, sie ein paar Abschnitte für die *Fackel* abschreiben zu lassen, in denen Jennifers beleidigende Bemerkungen über die Cousinen ihrer Mutter und die Deutschen im allgemeinen ausgelassen würden. Danach wurde Jennifer oft als »Unser Korrespondent in Europa« zitiert. Jennifers Brief inklusive der Passagen, die nicht der Presse zur Verfügung gestellt worden waren, klang lebhaft und wütend:

Die ganze Welt war auf einmal verrückt geworden. Wien war zuerst, wie du es mich hattest erwarten lassen. Dann schienen die

Wiener ganz plötzlich zu merken, was ihre Regierung vorhatte, und was zuvor alles nach Spaß und Vergnügen ausgesehen hatte, war es auf einmal nicht mehr. Deshalb entschieden wir uns, nach Deutschland weiterzureisen. Es war eine lange unangenehme Fahrt von Wien nach Dresden über Prag (ich wünschte, wir hätten dort anhalten können – alle Welt sagt, es sei eine so faszinierende Stadt –, aber natürlich ging das nicht). Wir dachten, sobald wir in Deutschland ankämen, wäre alles in Ordnung, war es aber nicht. Es war noch schlimmer. Dein Vetter Heinrich, der in Deinem Alter, den Du so gern hattest, holte uns am Bahnhof ab. Ich konnte sofort sehen, daß er sich nicht im geringsten freute, uns zu sehen, obgleich er sehr höflich war – Taxis holte, um unsere Gruppe zu ihrer Pension zu fahren, und meine Taschen in ein anderes Taxi brachte und mit mir zu seinem Haus fuhr. Er erkundigte sich natürlich nach Dir, sagte, er freue sich, mich kennenzulernen, aber es sei ›unglücklich‹, daß ich mir diesen Sommer ausgewählt habe. Als wir sein Haus erreichten, stellte er mich seiner Familie vor: seiner Mutter, Witwe von Großvaters Onkel, der so gut zu Dir war, seiner Schwester und ihren Kindern. Es stellte sich heraus, daß seine beiden Söhne und der Mann seiner Schwester alle Offiziere in der deutschen Armee waren; sie waren natürlich nicht da: einberufen worden. Seine Mutter war freundlich, als sie mich begrüßte, aber sie war den Tränen nahe: Wenn ich nur zu einer anderen Zeit gekommen wäre – das Beste, was ich tun könne, wäre nach Hause zu fahren, wenn das ginge. Ich war verblüfft. Ich sagte, sie glaubten doch sicherlich nicht, daß diese österreichisch-serbische Angelegenheit irgendwelche Bedeutung bekommen werde? Ich nehme an, ich war respektlos; jedenfalls waren sie nicht sehr erfreut. Vetter Heinrich sagte: »Rußland wird die Einnahme von Serbien nicht ohne Kampf gestatten.« Und er erklärte Weltpolitik aus deutscher Sicht. »Wir haben ein Abkommen mit Österreich; wenn sich Rußland einmischt, können wir nicht beiseitestehen. Das beste ist, Deutschland zu verlassen.« Ich konnte sehen, daß sie wegen meiner Anwesenheit Angst hatten – ehrliche Angst, und deshalb sagte ich: »Natürlich, wenn ihr es klug findet, werde ich mich sofort mit meiner Gruppe in Verbindung setzen, und wir können morgen nach Paris abfahren.« Und das ließ sie völlig blaß werden. »Ach, niemals!« schien ihre Reaktion zu sein. Zugfahrten zur französischen Grenze oder zur belgischen oder holländischen – irgendwohin in westliche Richtung – kamen nicht in Frage: Die Züge transportierten Truppen, wir würden nie dorthin kommen usw. usw. Ich sagte einfältigerweise: »Aber Rußland ist in der anderen Richtung.« Ich sagte das Falsche. Vetter

Heinrich sagte düster: »Deutschland hat andere Feinde, die, die an Rußland durch Verträge gebunden sind. Wir können dem Westen nicht unseren Rücken zeigen.« Da wußte ich also, daß der Kaiser und seine fröhlichen Mannen sich noch eine Scheibe von Frankreich abschneiden wollten. (Es tut mir leid, Mutter, aber ich kann sie wirklich nicht ausstehen. Sie glauben, die Welt gehöre ihnen oder sollte ihnen zumindest gehören. Ich weiß, daß Großvater Deutschland verließ, als die 48er Revolution schiefging, aber ich bin sicher, daß sie – die Preußen – noch arroganter geworden sind, als sie es schon waren. Selbst seit Du hier warst.) Heinrichs Mutter sagte: »Es könnte sehr unangenehm für dich und deine Reisetruppe werden, Liebchen. Dein Deutsch ist passabel, aber man könnte euch für *Engländer* halten.« – »Und das wäre schlimm?« fragte ich, »*England* hat doch nichts mit diesem Tumult zu tun.« Da sagte sie, und ihr Mund war nur noch eine dünne gerade Linie: »Wir lieben die Engländer nicht. Ich wäre nicht sicher, daß es keine Unannehmlichkeiten geben würde.« Ich dachte, warum um Gottes willen sollten sie die Engländer hassen? Aber ich wußte, daß sie auch Angst hatten. Ich nehme an, sie glaubten, sie könnten verdächtigt werden, einer »Engländerin« Unterschlupf zu gewähren. Deshalb sagte ich: »Wenn ihr recht habt, muß ich sofort los, um den Rest unserer Gruppe vorzubereiten. Ich bleibe über Nacht in ihrer Pension und morgen früh fahren wir irgendwo anders hin.« – »Die Schweiz wäre am besten.« Man konnte die Erleichterung im Zimmer förmlich *fühlen.* »Zürich über München. Es wird immer noch Personenzüge in diese Richtung geben, obgleich ihr an Knotenpunkten vielleicht aufgehalten werdet.« Ich verabschiedete mich also, nachdem ich einen *sehr* kurzen Besuch bei Deinen Verwandten gemacht hatte. Am nächsten Morgen machten wir uns nach München auf den Weg, wurden aber aufgehalten! An jedem Bahnhof hielten wir wegen Truppentransporten an und mußten stundenlang in München warten, bevor es einen Zug nach Zürich gab – voll übrigens von anderen gestrandeten Amerikanern, die versuchten, nach Hause zu kommen. Alle fast ohne Geld, weil sie wie wir ihre Kreditbriefe in Deutschland nicht umgetauscht bekamen. Was für eine Geschichte! Ich habe genug von diesen steifbeinigen, stampfenden, gestiefelten *Pickelhauben,* daß es mir für ein ganzes Leben reicht. Schließlich erreichten wir Zürich und atmeten auf – in gewisser Hinsicht. Das Problem ist jetzt nur, hier wieder herauszukommen: Die Schweiz ist eine Art Sackgasse. Die meisten der Gruppe, einschließlich unserer Aufsicht, ist geteilt zwischen dem Wunsch, hierzubleiben, bis diese »Unannehmlichkeiten« vorbei sind – wenn sie ihre Kreditbriefe umgetauscht bekommen –, und dem, über Genua, wie wir auch gekommen sind, wieder nach Hause zu fahren. Ich habe nicht die Absicht, eines von beiden zu tun. Hier mit gefalteten Händen zu sitzen, wäre unerträglich, und ich fahre auch nicht nach Hause, ohne Onkel Ludwig in Paris besucht zu haben.

Am ersten August, am Tag, nach dem Jennifers Brief angekommen war, erklärte Deutschland Rußland den Krieg. Gib sagte: »Die Deutschen ziehen also nach Osten, nicht nach Westen.« Dennoch wollte er Jennifer zu Hause haben; er schickte ihr an die Züricher Pension ein Telegramm, und erhielt die Antwort, Miß Evans sei abgereist ohne eine Adresse zu hinterlassen. Elsa konnte ihn nicht beruhigen, obgleich sie ihre Tochter kannte. »Sie hat nicht die ganze Zeit, die der Brief gebraucht hat, um hierherzugelangen, in Zürich gesessen. Sie ist jetzt wahrscheinlich schon in Paris. Ich hoffe, Ludwig ist da, um ihr zu helfen. Oder sie erinnert sich, daß Myron Herrick ein Freund der Familie ist.«

Nach einem oder zwei Tagen bekamen sie ein weiteres dieser beunruhigenden Telegramme – von Jennifer aus Paris. »Auf Umwegen angekommen. Wohne in Onkels Pension. Werde schreiben.« Es war Anlaß zu neuen Mutmaßungen: Was tat Ludwig, der gewöhnlich seine Sommer in Biarritz verbrachte, in Paris? Hatte Jennifer gewußt, daß er dort sein würde? Wie hatte sie ihn gefunden und woher hatte sie das Geld gehabt, in Frankreich herumzureisen? Diese Fragen blieben lange Zeit unbeantwortet.

Am Abend des ersten August hatte die deutsche Armee, was allerdings erst in den Morgenausgaben der amerikanischen Zeitungen stand, die Grenze nach Luxemburg überschritten; am Ende des nächsten Tages war das Großherzogtum überrannt und besetzt worden; am gleichen Tag wurde der belgischen Regierung ein Ultimatum übermittelt: Die deutsche Armee sollte ohne Behinderung durch ihr Gebiet ziehen dürfen; am dritten sagte die belgische Regierung kurz und klar nein, und am Morgen des vierten durchbrachen die Deutschen die belgische Grenze. Die Reaktion der Amerikaner war die schockierter Ungläubigkeit; bis zu diesem Punkt waren trotz aller Ultimaten und Deklarationen außer bei dem Angriff Österreichs auf Serbien keine Geschütze abgefeuert worden. Und jetzt versuchte eine mutige kleine Nation dem Moloch Deutschland zu widerstehen. Belgier wurden getötet. Die Bewunderung des belgischen Heroismus kannte keine Grenzen. Hätten Frankreich und England ihr Schwurwort nicht gehalten, und Deutschland nicht den Krieg erklärt, wären sie zutiefst verachtet worden. Die Schlagzeilen der nächsten Tage waren groß und fett: »Frankreich erklärt Deutschland den Krieg« – »England erklärt Deutschland den Krieg«.

Die ersten Schlachtberichte brachten Beifall von den Amerikanern: Die Liège-Forts hielten stand; die Franzosen griffen erfolgreich im Elsaß und in Lothringen an. Dann wurden die Liège-Forts in Stücke zerschlagen, die belgische Armee und Regierung zogen sich nach Antwerpen zurück, Brüssel fiel ohne Widerstand und die Franzosen wurden auf der rechten Seite ihrer Vormarschlinien zurückgedrängt. Amerikanische Korrespondenten, denen es verboten war, britische und französische Hauptquartiere zu besuchen, strömten in Brüssel zusammen; ihre Berichte entsetzten ein bereits schockiertes Amerika. Die Deutschen, die keine Gegenwehr von den Belgiern erwartet hatten, brachen den Widerstand, auf den sie trafen, auf grausame Weise: Dörfer wurden als Vergeltung niedergebrannt; Zivilisten wurden auf Plätzen in den Städten zusammengetrieben und in Mengen erschossen; führende Bürger wurden als Geiseln genommen und dann gleichfalls erschossen; die Straßen waren mit Flüchtlingen überflutet, die mit allen Besitztümern, die sie mit sich tragen konnten, flohen.

Gib kam eines Abends von der Fabrik nach Hause und fand Elsa über einem dieser Berichte in Tränen vor. Während sie sich die Augen trocknete und ihm die Zeitung gab, sagte sie: »Ich habe nie gedacht, daß der Tag käme, an dem ich sagen würde, ›Ich bin froh, daß Papa nicht mehr da ist.‹ Aber das hätte ihm das Herz gebrochen.«

»Diese Berichte können sehr übertrieben sein.«

Sie schüttelte den Kopf. »Ich glaube nicht, daß berühmte Reporter wie Richard Harding Davies, Will Irwin, Irvin S. Cobb auf so etwas reinfallen würden. Ich kann nicht verstehen, daß die Deutschen solche Narren sind, die Korrespondenten mit sich ziehen zu lassen und sie mitansehen zu lassen, was sie tun.«

»Sie wollen die Neutralen mit ihrer Allmacht beeindrucken. Oder sie erwarten, daß alles so schnell vorbei ist, daß es keine Bedeutung mehr hat, was die Neutralen denken.«

»Oder«, Elsa war bitter, »sie glauben wirklich, sie seien im Recht und erwarten gar keine Kritik. Ich kann mir nicht vorstellen, daß nach all den Sachen, die unsere amerikanischen Berichterstatter nach Hause telegraphiert haben, unseren Zeitungsleuten erlaubt werden sollte, noch weiter mit ihnen zu ziehen.«

Nicht ganz Waynesboro (sowenig wie ganz Amerika) war so wie Elsa von dem Wahrheitsgehalt dieser Greuelmeldungen überzeugt, und auch nicht so bereit anzuklagen. Auf den Veranden fanden abends zwischen den jungen Leuten endlose und wütende Debatten statt: Die von irischer oder deutscher Abstammung prangerten die »britische Propaganda!« an, während die, die in dem Glauben aufgewachsen waren, Großbritannien sei die Quelle von allem Guten in Amerika, vor Wut rasten und das auch zum Ausdruck brachten. Die Jungen konnten es sich leisten, miteinander zu streiten, sie hatten noch viel Zeit vor sich, in der sich ihre Leidenschaft wieder legen konnte, und tatsächlich waren sie, wenn sie sich am nächsten Tag trafen, auch wieder Freunde.

Ihre Eltern, von denen so viele deutscher Abstammung waren, wagten nicht, sich zu streiten, und konnten es nicht ertragen, ihre Kinder in dieser Art reden zu hören. Sie hatten keine Angst vor physischer Gewalt, sondern fürchteten, man könne von ihnen erwarten, sie sollten sich ihres Vaterlandes schämen, und sie hatten Angst, alte Freunde zu verlieren, wenn sie das nicht tun würden. Die Frauen, besonders die Großmütter, blieben bei vorgezogenen Gardinen zu Hause und zeigten ihre Gesichter nicht außerhalb des Hauses. Ihre Männer gingen weiter ihren Geschäften nach, vermieden aber mit zusammengepreßten Lippen jedes Gespräch über den Krieg. Die meisten Städte im mittleren Westen waren so gespalten wie Waynesboro: Das Pro-Alliierten-Gefühl war am stärksten, aber viele, sogar Nichtdeutsche spotteten über die Zeitungsgeschichten und sagten: »Englische Propaganda, um uns zu überreden, ihnen zu helfen.« Die Bürger von Waynesboro, die einmal die deutsche Staatsbürgerschaft besessen hatten, fühlten sich verletzt, weil ihre ältesten Freunde derartige Dinge von einem zivilisierten Volk glauben konnten.

Sophie Lichtenstein machte spät an einem Augustnachmittag Elsa einen Besuch, und Elsa ließ sie wie gewöhnlich auf der vorderen Veranda Platz nehmen und ging hinein, um Gläser und einen Krug Limonade, der den ganzen Sommer über immer gefüllt in der Eisbox stand, und einen Teller mit Teegebäck zu holen. Als sie das Tablett auf den Korbtisch stellte, sagte Sophie: »Bist du sicher, daß wir nicht hineingehen sollten, damit die Nachbarn nicht sehen, daß du mich empfängst?«

»Wovon in aller Welt redest du?«

»Mama will nicht auf der Terrasse sitzen, bevor es nicht dunkel ist. Sie hat Angst, daß Frauen, die seit Jahren ihre Nachbarn sind, jetzt ohne Gruß an ihr vorbeigehen könnten.«

»Sophie! Wie lächerlich! Aber auch wie schrecklich. Glaubt sie, meine Mutter...? Sie haben auf der anderen Seite der Straße gewohnt, so lange ich denken kann. Fühlt sie sich so schuldig? Oder ist sie so bitter? Großer Himmel! Warum sollte sie? Sie und dein Vater sind seit mehr als vierzig Jahren amerikanische Staatsbürger.«

»Darum geht es nicht. Sie hat keine Ahnung, wie Deutschland jetzt aussieht. Sie glaubt den Geschichten, die aus Belgien kommen, nicht und will ihnen auch nicht glauben. Sie hat Angst vor einem Streit mit denen, die das alles glauben. Wie können Deutsche, die so ›gemütlich‹ sind – und ihre Brüder und Nichten und Neffen sind noch drüben –, solche Dinge tun, fragt sie. Nein. Irgendwie haben die Briten die Zeitungsleute überredet, uns diese Lügen zu erzählen. Und obwohl Papa seinen Kopf über sie schüttelt, beharrt sie darauf, daß die Invasion in Belgien gerechtfertigt war; sie hätten sich eben nicht widersetzen sollen. Es ist sonderbar, was man sich alles einreden kann. Ich will mich nicht mit ihr streiten und werde es auch nicht. Elsa, was glaubst du?«

Elsa zögerte: »Erinnerst du dich – vor langer Zeit, als du und ich in Deutschland studiert haben – wie sich die deutschen Armeeoffiziere benommen haben? Bereits in den Neunzigern nahmen sie absolut nette deutsche Jungen und drehten sie in hölzerne Soldaten ohne eigenen Willen um. Stechschritt unter den Linden. Diese Offiziere, diese Soldaten regieren jetzt in Deutschland. Ja, ich glaube die Geschichten. Unglücklicherweise finden es viele Deutschamerikaner – und einfache Amerikaner – unmöglich, glauben zu können, daß gewöhnlichen normalen Jungen die Menschlichkeit abtrainiert werden kann bis zu einem gewissen Grad, daß sie diese Greueltaten, wenn sie befohlen werden, wirklich begehen. Oder daß deutsche Offiziere sich nichts dabei denken, solche Befehle zu geben. Auf der anderen Seite sind bei weitem zu viele von uns bereit zu glauben, daß alle Deutschen wilde Monster sind, und die können den Deutschamerikanern ihre Loyalität, die sie ihrem Vaterland gegenüber empfinden, nicht vergeben. Ich kann diese Loyalität verstehen: Sie sind freundliche und anständige Menschen; sie haben freundliche und anständige Menschen zurückgelassen und haben herzliche und liebevolle Erinnerungen an ihre Kindheit. Mach dir keine Sorgen, Sophie. Diese ganze Feindseligkeit wird verschwinden, wenn der Krieg so schnell vorbei ist, wie die Leute zu glauben scheinen.«

»Wenn er schnell vorbei ist, dann, weil die Deutschen ihn schnell gewinnen, und ich kann nicht verstehen, wie das die Dinge verbessern soll.« Sophie wechselte abrupt das Thema. »Was hörst du denn von Jennifer?«

»Wir haben gestern einen Brief aus Paris bekommen, ich hoffe, den ersten und letzten von dort. Er war vom Fünften, dem Tag, nachdem die Kämpfe tatsächlich begonnen hatten. Ihr Onkel Ludwig tut sein Bestes, sie nach England zu bringen, von wo sie zusammen mit Tausenden anderer gestrandeter Amerikaner ein Schiff nach Hause nehmen kann. Er war nicht sehr erfreut, sie zu sehen, vermute ich. Seine Begrüßung war nach ihren Worten ›Guter Gott! Was zum Teufel willst du denn hier?‹ Er war in Uniform; er hatte es geschafft, als Krankenträger in eine französische Sanitätsstaffel einzutreten, er würde also nicht lange in Paris bleiben, um sich um sie kümmern zu können. Mama hat ihm ein Telegramm geschickt, er soll nach Hause kommen. Stell dir vor, Ludwig würde einem Krieg den Rücken kehren! Aber er ist bislang sehr fürsorglich zu Jennifer gewesen und hat sie zum amerikanischen Botschafter gebracht, um Geld für ihre Reise zu bekommen. Ihr amerikanischer Kreditbrief hat augenblicklich keinen Wert, jedenfalls nicht auf dem Kontinent. Mr. Herrick war ein guter Freund von Vater, als er noch Politiker in Ohio war, und Papa half ihm, zum Gouverneur gewählt zu werden. Er hat das nicht vergessen. Er wechselte ihren Kreditbrief, gab ihr französisches und englisches Geld und brachte es irgendwie zustande, einen Platz für sie auf einer Kanalfähre zu buchen. Sie scheinen immer noch in Betrieb zu sein. Sie war anscheinend überhaupt nicht begierig darauf, Frankreich zu verlassen, aber es wurde ihr befohlen, am nächsten Tag nach London abzufahren. Ich nehme an, sie ist dort angekommen. Sie hat kein Telegramm geschickt, aber Mr. Herrick hat Mama ein paar Worte zukommen lassen: Er und Ludwig haben sie nach Cherbourg gebracht, weil Calais ein bißchen nahe an der Front war und zudem noch der Einschiffungshafen für die englische Armee. Er war für den normalen Verkehr gesperrt. Mr. Herrick gab ihr einen Brief für Botschafter Page in London mit. Ihre Briefe nach Hause brauchen sehr lange. Das ist das letzte, was wir gehört haben. Sie hat gesagt, sie sei am ersten Tag, als die Mobilisierung begann, in Paris gewesen: sie und Ludwig waren auf dem Place de la Concorde, als die Reservisten zum Gare de L'Est abmarschierten mit ihren Bündeln und ihren Blumensträußen und die ganze Menschenmenge winkte und jubelte. Jennifer kann sehr anschaulich schreiben, wenn sie ein Thema hat, das sie bewegt.«

»Was die deutschen Soldaten, ihren Briefen in der *Fackel* nach zu urteilen, nicht konnten.«

»Nein, die nicht. Die waren so arrogant und so schrecklich begierig, auf die losgelassen zu werden, die sie zu ihren Feinden erklärt hatten. Und in den Bahnhöfen, wo sie so viele Truppenzüge sah, müssen sie sich von ihrer schlimmsten Seite gezeigt haben. Jedenfalls ist sie endlich auf dem Weg nach Hause, obgleich ich nicht weiß, wann sie tatsächlich ankommen wird.«

Als Sophie gegangen war, erinnerte sich Elsa traurig an die Tage, als Mrs. Klein sie beim Spielen hereinrief und ihnen Milch und die Cracker ihres Bäckerbruders gab. Aber Elsa war seit Sophies Hochzeit nicht mehr im Hause der Kleins gewesen und sie würde jetzt auch wahrscheinlich nicht willkommen sein, wenn sich Mrs. Klein von allen anderen Leuten isolierte. Es gab nichts, womit sie sie beruhigen oder trösten konnte. Sie konnte nur hoffen, daß im Laufe der Zeit in einem Waynesboro, das seinen gewohnten Gang weiterging, die arme Frau wieder leichteren Gemüts sein würde. Natürlich gab es, als der Frauenklub im September wieder seine Treffen aufnahm, niemand, der davon sprach, daß Sophies Eltern Immigranten waren und ihr Doktorat ein deutsches war.

Jennifer kam am zwanzigsten August, dem Tag, an dem die Deutschen Namur zu bombardieren begannen. Sie war in einer seltsamen Geistesverfassung, ruhelos, abwesend. Sie sei froh, zu Hause zu sein, sagte sie immer wieder, natürlich sei sie froh, bei ihnen zu sein. Aber irgendwie war es ihr unmöglich, sich wieder an die schläfrige Stadt zu gewöhnen. Sie lebte nur für die Ankunft der Zeitungen: der *Cincinnati Enquirer* am Morgen und die *Fackel* am Nachmittag. Die meiste Zeit war sie schweigsam, platzte aber gelegentlich mit langen Berichten, was sie an Truppenversammlungen gesehen hatte, heraus. Sie war in der Sicherheit eines französischen Sieges nach Hause gekommen; ihre Lebensgeister sanken von Tag zu Tag, als der Vormarsch der Deutschen auf Paris immer siegreicher aussah.

Eines Abends sagte ihre Mutter beim Essen: »Wir müssen nächste Woche deine Kleider durchsehen, feststellen, was du an neuen Sachen brauchst. Die Universität fängt in ein paar Wochen wieder an, und du hast noch nicht daran gedacht.«

»Ich habe viel daran gedacht«, und Jennifer nahm ihren ganzen Mut zusammen: »Ich werde nicht wieder hingehen.«

»Nicht zurückgehen? Was meinst du damit?«

»Ich werde mich als Krankenschwester ausbilden lassen. Ich habe eine Bewerbung an die Krankenschwesterschule in Cincinnati geschickt. Mutter«, sie flehte Elsa, die vor Schreck die Sprache verloren hatte, an, »kannst du nicht verstehen, daß dies die größte Sache ist, die je in meinem Leben geschehen wird? Ich muß einfach dabeisein.«

Ihr Bruder Ludwig, der sie halb beneidete, weil er noch ein weiteres Jahr auf der Technischen Hochschule absolvieren mußte, und der sie gleichzeitig halb verspottete, grinste sie an und sagte: »Immer noch das kleine ›Anhängsel‹. Du würdest sicher von großem Nutzen sein.«

»Das hat Mr. Herrick auch gesagt, als ich in Paris bleiben wollte, nur war er freundlicher. Er sagte, ich wäre nur noch ein weiterer Bauch, den man zu füllen hätte, falls ich nicht für etwas Nützliches ausgebildet wäre. Ich kann mir nichts Nützlicheres in Kriegszeiten denken als eine ausgebildete Krankenschwester.«

»Jennifer...«

Ludwig mischte sich ein. »Krankenschwester sein ist harte Arbeit, du Dummkopf. Du hast noch nie in deinem Leben auch nur einen Schlag Arbeit getan.«

Ihr Vater trat zwischen beide: »Laß es gut sein, Ludwig. Laß sie nur ihre Ausbildung anfangen. Wenn es für sie zu hart ist, oder wenn der Krieg bald vorbei ist, wie es augenblicklich aussieht, kann sie immer noch an die Universität zurückgehen.«

»Du hast immer gesagt, es würde ein kurzer Krieg werden«, gab Elsa zu, »und es sieht nun so aus, als ob nichts die Deutschen aufhalten könnte.«

Nach diesem wenig tröstlichen Gedanken, daß der Krieg lange vorbei wäre, bevor Jennifer ihre Ausbildung würde beenden können, gaben sie nach, wenn auch nicht ohne einen weiteren Protest von Gib: »Ich kann nicht verstehen, daß du meinst, du müßtest an etwas teilnehmen, in das Amerika nicht verwickelt ist.«

»*Noch nicht* verwickelt, meinst du.«

Ludwig unterstützte sie unerwartet. »Vater, du kannst doch nicht annehmen, daß wir beiseite stehen und diese bestiefelten Deutschen ganz Europa niedertrampeln lassen?«

»Ich weiß nicht, was wir tun sollen«, mischte sich Elsa in den Streit ein, »mit diesem *Schullehrer* im Weißen Haus, der uns immer Vorträge über die Neutralität hält. Gott sei Dank, daß Roosevelt nicht Präsident ist.«

»Mutter! Ich kann nicht glauben, daß du so gleichgültig sein kannst.«

»Jennifer, meine Liebe, ich bezweifle, ob mich irgend jemand zuvor so genannt hat. Aber so ist das, wenn du Angst um deine Kinder hast.«

»Du brauchst dir um Jennifer keine Sorgen zu machen. Sie wird in irgendeinem Krankenhaus sicher genug sein, wenn sie die Ausbildung durchhält. Und ich habe vor, wie ein guter Junge zurückzugehen und meinen Abschluß zu machen und dann nach Hause zu kommen und in der Fabrik zu helfen.«

»Du wirst den Alliierten in der Fabrik nützlicher sein als irgendwo anders, mit den vielen Aufträgen, die wir haben. Wir müssen die Produktion beschleunigen, obwohl es bereits ein Problem ist, Rohmaterial zu bekommen.«

Die letzten Zweifel an der Skrupellosigkeit der Deutschen wurden für die meisten Amerikaner durch die sechstägige Plünderung und Brandschatzung von Louvain zerstreut. Die Tatsache konnte nicht in Zweifel gezogen werden, da offiziell von der amerikanischen Legation darüber berichtet wurde. Nur verstockte Pro-deutsche, die die Meldung, die Greueltaten seien zuerst von belgischen Zivilisten begangen worden, akzeptierten, glaubten, daß die Vergeltungsmaßnahmen gerechtfertigt waren. Den anderen Extrempunkt bildeten Amerikaner, die meinten, das Land solle sich den Alliierten ohne Verzögerung anschließen, und in der Mitte standen jene, die überzeugt waren, es dürfe Deutschland nicht erlaubt werden, Westeuropa zu erobern, die aber immer noch hofften, England und Frankreich könnten eine solche Katastrophe verhindern. (Obgleich es gut war, daß Rußland auch in den Kampf eingegriffen hatte, da so viele deutsche Truppen an der Ostfront festgehalten wurden, erhoffte niemand wirklich entscheidende Hilfe von dieser Seite, besonders nicht nach den russischen Niederlagen von Tannenberg und an den Masurischen Seen.) Seit klar war, daß England und Frankreich nicht innerhalb von Tagen oder Wochen tun könnten, was sie tun müßten, löste sich die Hoffnung, der Krieg werde nicht lange dauern, langsam auf; er hatte sich zu einem Krieg ausgewachsen, der nicht durch Verhandlungen zu einem Ende gebracht werden konnte: Nur ein militärischer Sieg auf der einen oder anderen Seite würde ihn beenden.

Als es soweit war, fuhren sie Jennifer nach Cincinnati und gaben ihr am Krankenhaus widerstrebend ihren Segen. Ludwig reiste zu seinem letzten Jahr an die Technische Hochschule. Sein Vater vermißte ihn sehr: Er wurde in der Fabrik gebraucht. Wenn sie nicht den alten Captain Bodien hätten, berichtete er zu Hause, wäre es schwer geworden, mit den Aufträgen Schritt zu halten. Durch sein eigenes Beispiel und durch viele Ermunterungen drückte der Captain die Produktion jedes einzelnen Arbeiters bis an die Grenze hoch. »Er ist verbissen entschlossen, dabeizubleiben, bis die ganze Sache vorbei ist. Er ist wohl kaum unter siebzig, aber noch so tüchtig wie immer. Er sagte immer wieder: ›Unser Krieg war ein Picknick verglichen mit diesem.‹«

Zu Hause, im Wohnzimmer seiner Wohnung bei den Gardiners, hatte Captain Bodien eine große Landkarte von der Westfront an der Wand aufgehängt; nachdem er die Abendzeitung gelesen hatte, veränderte er die Positionen der Reißzwecken, um die Linien der feindlichen Truppen anzuzeigen, und es schien immer, als ob die Deutschen vorrückten und die Alliierten sich zurückzögen. Die Stevens- und die Evans-Kinder verbrachten alle Zeit, die ihnen zur

Verfügung stand, in diesem Zimmer und wurden von ihm über den Krieg unterrichtet. Theresa Stevens, die im Jahre 1914 zwölf war und seine alten Geschichten so oft und mit soviel Aufmerksamkeit gehört hatte, daß sie fast soviel über den Bürgerkrieg wußte wie er, war das einzige seiner Urenkelkinder, das alt genug war, um zu verstehen, was er ihr jetzt erzählte, und auch um mit ihm zu jubeln, als die deutsche Flut an der Marne gestoppt wurde. »Der französische Erfolg war nichts weniger als ein Wunder«, sagte er, »aber sie haben nicht die Kraft, die Deutschen zurückzudrängen. Vielleicht können sie sie aufhalten, wenn sie sich eingraben, aber das wäre wieder ein zweites Petersburg. Gräben, Splitterschutzwände, Bombardierungen, Ausfälle. Aber Petersburg dauerte nur ein halbes Jahr. Soweit ich sehen kann, könnte das immer so weitergehen. Falls wir nicht mit der Truppenstärke rübergehen, die sie brauchen.« Und Theresa wurde augenblicklich ein lauter, wenn auch unwesentlicher Befürworter einer amerikanischen Intervention.

Jennifer Evans war über das Ergebnis der Schlacht an der Marne so überwältigt, daß sie zu Hause anrief, nur um frohlockend sagen zu können: »Ich habe es euch gesagt!« und »Seht ihr, es wird nicht vor Weihnachten vorbei sein, wie ihr immer gesagt habt. Ich komme schon noch hin.«

Bei den Treffen des Frauenklubs während dieses Herbstes wurde der Krieg selten erwähnt. Kein Mitglied konnte, außer unter vertrauten Freunden, der Neutralität anderer Mitglieder sicher sein, so gut sie sich bis zum Herbst 1914 auch kennengelernt hatten. Die Mitgliedschaft des Klubs hatte sich in den letzten Jahren sehr wenig geändert. Mrs. Maxwell war im Frühling des Jahres 1913 gestorben; ihr Tod blieb fast unbeachtet, da die ganze Stadt damit beschäftigt war, die Auswirkungen der Überschwemmung zu beseitigen, aber Mrs. Maxwell war natürlich gebührend gewürdigt worden. Miß Rebecca Merrill war eingeladen worden, an ihrer Stelle Mitglied zu werden. Rebecca, die Anne Gordon in dem Sommer, als sie Ruhamah McCune in der Bibliothek vertreten hatten, als einen richtigen Bücherwurm kennengelernt hatte, war nun eine heranreifende Kennerin des Mittelalters. Sie träumte davon, wenn der Krieg einmal vorbei sei, für ihre weiterführenden Studien nach Frankreich gehen zu können. In der Zwischenzeit bewarb sie sich für eine Position auf einer höheren Schule und war glücklich, für den Posten, für den sie am besten geeignet war, angenommen worden zu sein: Sie unterrichtete im ersten Jahr alte Geschichte, und mittelalterliche und moderne Geschichte im zweiten Jahr. Es war seltsamerweise Amanda, mit der sie zuerst und am engsten in Kontakt gekommen war. Amanda erinnerte sich mit Vergnügen daran, wie Rebeccas Mutter zusammen mit ihr im Haus gewohnt hatte, und darüber hinaus gab es ja eine Beziehung zwischen römischer Geschichte sowie Cäsars Kommentaren und Ciceros Reden. Rebecca stimmte nicht mit jenen von Amandas jüngeren Kollegen überein, die es höchste Zeit fanden, daß Amanda ersetzt werde. Es traf zu, daß Amanda, die bald fünfundsiebzig war, begonnen hatte, solch unbedeutende Bagatellen wie Kleidung und andere Konventionen nicht mehr so gewissenhaft zu beachten, aber man konnte nichts Negatives über ihren Verstand sagen. Und das, so fand Rebecca, sei es, was bei einem Lehrer zählte.

Sie und Amanda trafen gewöhnlich gemeinsam bei den Klubtreffen ein, da beide aus Notwendigkeit spät ankamen und so oft einen Großteil des Aufsatzes der ersten Essayistin verpaßten.

Eines Nachmittags, als sie eintraten, war Mrs. Evans bereits halb mit ihrem Aufsatz fertig. Mrs. Evans erschien Rebecca sehr alt und gebrechlich. Aber so schien ihr letztlich eine beträchtliche Anzahl der »Damen«.

Mrs. Rausch führte zwar immer noch den Vorsitz bei den Treffen, aber sie mußte eine Krücke benutzen, auf die sie sich stützen konnte, wenn sie stehen mußte: Ihr Gewicht war bei weitem zu schwer, um auf ihren zunehmend arthritischen Knien lasten zu können. Miß Campbell sah wie die absolute, ausgetrocknete, grobknochige alte Jungfer aus. Charlotte Bonner hatte es aufgegeben, sich darum zu kümmern, was die Leute dachten. Sie hatte immer nach eigenen Gesetzen gelebt, wie sie sagen, dachte Rebecca. Jetzt kam sie zu Treffen in einem männlich zugeschnittenen Anzug und einem grauen Filzhut, was vor langer Zeit ihre Uniform als Zeitungsfrau gewesen war. Mrs. Sheldon Edwards war immer noch eine attraktive Frau mit ihrem welligen schwarzen Haar und ihren feingeschnittenen Gesichtszügen und dunklen Augen, aber sie war eine ausgesprochene Witwe.

Mrs. Gordon konnte sie nicht objektiv beurteilen, fand sie, sie würde sie immer in Erinnerung behalten, wie sie war, als Miß McCune zu irgendeiner Bibliotheksschule gefahren war, und Mrs. Gordon sie vertreten hatte. Sie war so viel weniger die strenge Vorgesetzte gewesen und hatte soviel gelacht. Miß McCune war nie sehr geneigt, zu lachen. (Aber, dachte Rebecca in aller Fairneß, sie wußte wirklich mehr über Bücher als sonst jemand.) Mrs. Gordon hatte ihren Sinn für Humor behalten: Wie alt sie jetzt auch immer sein mochte, sie konnte immer noch lachen oder zumindest lächeln, wenn man ihr zufällig ins Auge sah, wenn eine Essayistin etwas Merkwürdiges durch eine besondere Wendung oder zwei hatte erkennen lassen.

In diesem Augenblick widmete Rebecca der Aufsatzschreiberin des Tages ihre Aufmerksamkeit. Als das Treffen beendet war, bemerkte sie einen Gast, eine verblaßte Blonde, die für sie eine Fremde war. Sie wurden einander vorgestellt: Mrs. Lane, die Tochter von Mrs. Voorhees. Jeder sonst kannte Janey Voorhees, die mit ihrem Mann und ihren beiden Kindern während des Studienurlaubs ihres Mannes im Lande weilte. Janey war zu einem kurzen Besuch bei ihrer Mutter, erklärte Christina, sie hatte ihre Familie bei den Verwandten von Mr. Lane gelassen und würde dorthin in Kürze selbst zurückkehren. »Sie glaubt, die Schulen seien dort besser: es ist eine sehr wohlsituierte Vorstadt von St. Louis. Natürlich wäre ich gern bereit gewesen, sie dieses Jahr zu unterrichten«, und mit ihrem selbstgefälligsten Lächeln, »aber Janey besteht darauf, mich zu schonen.«

Die, die das hörten, wunderten sich über Janeys Mutter – man hätte es nicht von ihr erwartet. Jemand fragte: »Die öffentliche Schule?« und Janey sagte mit einem Lächeln, das dem ihrer Mutter ziemlich ähnlich war: »Oh, ja sicherlich. Sie nehmen doch nicht an, daß arme Missionare fähig wären, sich eine private Schule leisten zu können, nicht wahr?«

Die Mitglieder des Klubs gingen ihrer Wege und stellten sich mit großem Behagen die Szene vor, die zwischen ihr und Christina stattgefunden hatte; natürlich nicht eine lautstarke Szene, aber nichtsdestoweniger eine bittere über etwas, das die Zurückweisung von Christinas Vorstellung von Kindererziehung betraf. Aber denjenigen, die den Regeln der Höflichkeit gemäß einen Nachmittagsbesuch bei den Voorhees' machten, während Janey zu Hause war, kamen doch ein paar Zweifel: sie hätte keine Sorgen, sagte sie, daß ihre Kinder eine Last für die Lane-Großeltern sein könnten. »Wir haben ein hervorragendes indisches Kindermädchen, das uns allen völlig ergeben ist. Wir haben sie mit uns nach Hause gebracht. Daher kann ich einige Zeit bei Mama verbringen. Sie hat uns feierlich versprochen, sie jeden Morgen zur Schule zu bringen und sie abzuholen, wenn die Schule vorbei ist.« Das Generalurteil war: »Nur eine Stufe besser als ihre Mutter.«

Nur Elsa hatte, als sie sie besuchte, die Kühnheit, Blair zu erwähnen, und das auch nur, als Christina in die Küche gegangen war, um den Teekessel aufzusetzen. Sie sagte: »Ihr seid über die Philippinen nach Hause gekommen, nicht wahr? Habt ihr eine Möglichkeit gehabt, Blair zu besuchen? Das letzte, was hier irgend jemand von ihm erfahren hat, ist, daß er dort war.«

Janeys Antwort war abweisend.

»Ich glaube, er ist immer noch in der Armee und irgendwo im Westen. Wir haben keinen Versuch gemacht, in Kontakt mit ihm zu treten. Er hat den Weg, den er gehen wollte, gewählt, und es war nicht unser Weg; sein Name wird in unserem Haus nie erwähnt.« Und Elsa konnte sich, als sie an ihren Bruder Ludwig dachte, der immer noch geliebt wurde und dessen Missetaten ihm vergeben waren, nur über die unversöhnlich harten Herzen, die von solch unscheinbarem Äußeren verborgen wurden, wundern.

Die Wochen zogen ins Land, Weihnachten ging vorbei und 1914 wurde zu 1915, was sich in den Kalendern, die vom Bäcker, Metzger und Lebensmittelhändler verteilt wurden, niederschlug. Der Krieg dauerte an, zog aber während des Winters weniger Aufmerksamkeit der Zeitungsleser auf sich. Wie Captain Bodien vorausgesehen hatte, ließen sich die feindlichen Truppen auf einen Grabenkrieg ein; blutige Angriffe wurden geführt und abgewehrt, ohne daß ein Vorteil gewonnen und das Patt gebrochen wurde. Die feindlichen Armeen standen sich in Schützengräben gegenüber, die mühsam ausgegraben und befestigt worden waren. Es gab plötzliche Aktivitäten; das Gemetzel hielt an, aber Captain Bodien konnte die Reißzwecken auf seiner Karte nie um mehr als nur den Bruchteil eines Zentimeters versetzen. Die Frauen von Waynesboro, die in dieser Jahreszeit viel Freizeit hatten, verbrachten Stunden damit, für das Rote Kreuz zu stricken oder bei Bandagenaufrolltreffen im Keller des Gerichtsgebäudes mitzumachen. Im großen und ganzen redeten sie nicht viel über den Krieg. Die Versenkung der »Lusitania« im Frühling entfachte einen Sturm der öffentlichen Meinung, aber als klar wurde, der Präsident würde nicht mehr unternehmen, als von den Deutschen das Versprechen zu verlangen, so etwas nicht wieder zu tun, legte er sich allmählich wieder und hinterließ nur einen Rest von Zorn und ein Land, das weniger neutral war.

Tucker Gordons Stiefvater starb im späten Frühling des Jahres 1915, als der Junge Student im letzten Jahr an der Universität war. Er schrieb seiner Großmutter:

Onkel Robert war ein alter, alter Mann, aber er wußte, was er tat, als er seine Angelegenheiten in Ordnung brachte: er verkaufte alle seine Anteile an allen seinen Unternehmen und Industrien, packte den ganzen Kram in eine Stiftung, deren Zinsen, solange sie nicht wieder heiratet, an Mutter gehen; nach ihrem Tod soll alles unter einer Menge von Institutionen in Kalifornien und Oregon verteilt werden: Universitäten und so weiter. Mutter hat es verdient, nehme ich an. Es kann nicht einfach sein, mit einem alten Mann zu leben, aber sie hat ihn immer glücklich gemacht. Natürlich ist mir schon vor langer Zeit klargemacht worden, daß ich vielleicht einen ansehnlichen Brocken davon erben würde, wenn ich schließlich in eine seiner Gesellschaften eintreten und sie dann als sein Sohn leiten würde. Ich wußte, wie sehr ich das hassen würde, und deshalb habe ich es abgelehnt. Ich wollte dieses ganze Geld eigentlich sowieso nicht. Da ich jetzt über einundzwanzig bin, nehme ich an, daß ein Teil in Vaters Stiftung aufgelöst werden könnte, aber ich hätte es weit lieber, wenn die Treuhänder sich für mich weiter darum kümmern könnten. Ich habe vor, ihnen zu schreiben und sie darum zu bitten. Ich werde im nächsten Herbst hier in Stanford mit meiner Medizinausbildung beginnen, und ich kann das mit dem Einkommen aus der Stiftung schaffen. Es war genug, um mir die College-Ausbildung zu ermöglichen. Wenn ich die Medizinausbildung beendet habe (oder sollte ich nach Cincinnati wechseln?), werde ich *endlich* nach Hause kommen. Um Mutter mache ich mir nicht im geringsten Sorgen. Sie war immer absolut gegen mein Medizinstudium und hat sogar noch beharrlicher als Onkel Robert versucht, mich zu überreden, aufzugeben, was sie eine dumme Idee nannte. Aber sie wird mich nicht vermissen. Dazu habe ich nicht genug Zeit mit ihr verbracht. Sie wird alles Geld haben, das sie will, sie kann reisen oder hierbleiben und Bridge spielen, wie immer sie will. Sie ist immer noch schön und kleidet sich wie eine Königin – gibt eine ziemlich gute Figur ab –, aber ich glaube nicht, daß sie je wieder heiratet, da sie ja all das Geld nur hat, wenn sie es nicht tut. Ich will nicht kritisch klingen: Sie macht sich nichts aus Geld um seiner selbst willen, sie hat nur gerne Spaß, und sie ist am nettesten, wenn sie Spaß hat. Wie wir alle, vermute ich. Aber welch eine Art, das Leben zu verbringen – Bridge spielen!

Er schloß den Brief mit aller Liebe an sie und Grüße an seine alten Freunde und mit der Bitte, sie möge Jennifer sagen, er würde bald schreiben.

Anne war von dem Brief ziemlich erschüttert; es war der längste und informativste, den sie seit langer Zeit erhalten hatte. Sie war stolz auf Tuckers entschiedenen Widerstand gegen den Druck seiner Eltern und stolz, daß er der Versuchung von großem Wohlstand widerstanden hatte, aber trotzdem empfand sie es, jetzt da es ziemlich klar war, daß er nach Waynesboro zurückkehren würde, als einen ziemlich harten Schlag. Sie würde unweigerlich emotional verwickelt werden und hatte doch geglaubt, daß sie es nie wieder sein würde. Sie sagte sich selbst, daß es fünf oder sechs Jahre dauern werde, bevor er als fertiger praktischer Arzt zurückkommen könnte, und innerhalb dieser Zeitspanne konnte alles mögliche passieren. Dann aber sagte sie sich selber: »Was für eine Frau bin ich geworden, daß ich nichts anderes will, als allein gelassen zu werden? Ich mache mir aus niemandem etwas, und niemand macht sich etwas aus mir.« Und da das »alles mögliche« in dem Satz »alles mögliche konnte passieren« eventuell einschließen könnte, in den Kampf in einen blutigen Krieg geschickt zu werden, scheute sie davor zurück, an die Forderungen zu denken, die sicher an ihre Fähigkeit, tief zu empfinden und aus ganzem Herzen zu lieben, gestellt würden. Welch eine Art und Weise, Johnnys Verfügung nachzukommen, mit Tucker in Kontakt zu bleiben! Und sie war noch keine alte Frau; sie war erst fünfundsechzig und bei guter Gesundheit.

Nachdem sie sich geistig geschüttelt hatte, ging sie, um Elsa anzurufen und sie zu bitten, Tuckers Botschaft weiterzugeben. Dabei erfuhr sie von ihr, daß Elsa einen Brief von Julia erhalten habe, in dem sie vom Tod ihres Mannes, ihrer finanziellen Situation und der Hartnäckigkeit ihres Sohnes, wo er doch wirklich *reich* hätte werden können, berichtete.

»Wenn er nur vernünftig gewesen wäre, sagt sie, aber nein! Und sie macht dich und Johnny und Rodney und alle Evans', besonders Jennifer dafür verantwortlich. Sie zieht es vor, zu glauben, niemand würde, wenn er nicht beeinflußt worden sei, Arzt werden *wollen.«*

»Johnny ist jetzt schon so lange tot«, sagte Anne düster, »sie hat alle Erinnerung an ihn völlig aus ihrem Bewußtsein verbannt – ihn absichtlich vergessen. Ich denke auch nicht gerne an sie. Was bedeutet denn all das von einer Botschaft an Jennifer? Ich erinnere mich, daß du einmal gesagt hast, sie schrieben sich.«

»Sie haben sich auch geschrieben. Ich glaube nicht, daß sie sich jetzt sehr häufig schreiben; wenn sie es tun würden, wüßte er, daß sie nicht zu Hause ist. Ich schnüffele nicht in Jennifers persönlichen Angelegenheiten herum. Ich habe es nie gemocht, daß in meinen herumspioniert wurde, wie es natürlich geschehen ist. Was die beiden angeht, sie haben sich ja seit Jahren nicht gesehen, und falls sie sich je wieder treffen sollten, werden sie sich vielleicht überhaupt nicht mögen.«

»Man muß Jennifer einfach mögen!« Obgleich sie, dachte Anne, eine verwässerte Version von dir und ihrer Großmutter ist mit einigen unbeschwerten Zügen, die sie eventuell von Gib geerbt hat? »Warum?« sagte sie. »Wäre es dir lieber, wenn sie es nicht täten?«

Elsa lachte. »Das kommt darauf an, wieviel Tucker von seiner Mutter und seinen Deming-Großeltern hat. Er muß in gewissem Maße viel davon haben, um so hartnäckig dem Druck, dem er ausgesetzt war, widerstehen zu können. Johnny war immer so – so beeinflußbar.«

»Aber Johnny«, dachte Anne, »hat sich immer dagegen gewandt, beeinflußt zu werden, und das war einer der Gründe...« Sie sagte ziemlich schroff: »Tucker ist mir nie im gerinsten wie seine Mutter erschienen. Aber das ist zu diesem Zeitpunkt ziemlich unmaßgeblich; es wird noch Jahre dauern, bevor er zurückkommen und praktizierender Arzt werden kann.«

Das Jahr 1915 gehörte der Geschichte an. Geschehnisse auf ihrer eigenen Seite des Atlantik zogen trotz der Kriegsschlagzeilen die Aufmerksamkeit der Amerikaner stärker an als das, was jenseits des Atlantik geschah: die Fast-Vollendung des Panamakanals und die Überwindung des Gelbfiebers; die Sozialreformen, die vom Kongreß auf Wunsch des Präsidenten erlassen worden waren; das Durcheinander mit Mexiko anschließend an dessen Revolution mit der sich daraus ergebenden Besetzug von Vera Cruz durch amerikanische Truppen. Das sich anschließende Jahr war dem ziemlich ähnlich, allerdings mit der zusätzlichen Aufregung einer Präsidentschaftswahl in Kriegszeiten. Waynesboro war wie der Rest Amerikas in Gruppen gespalten, die fanden, ihr saft- und kraftloser Präsident hätte schon vor langer Zeit Deutschland fordern sollen, und die, die froh darüber waren, daß er es nicht getan hatte. Alte Damen, deren politische Vorurteile mit zunehmendem Alter selten abnehmen, wurden bei diesem Thema ziemlich heftig und vertraten vehement ihre Meinung, Wilson müsse gehen.

Leute mittleren Alters, die vielleicht gleichstarke Überzeugungen hatten, waren schweigsamer: Hitzige Argumente konnten zu dauernder Entfremdung führen.

Im Herbst des Jahres 1916 beendete Jennifer Evans ihre Krankenschwesterausbildung und wurde eine examinierte Schwester mit Haube und so weiter und bewarb sich beim Roten Kreuz, um in ein Krankenhaus nach Frankreich geschickt zu werden. Gib spottete: »Sie wollen erfahrene Krankenschwestern. Und ich hoffe, reizlose Schwestern mittleren Alters. Sie wollen sich nicht mit einem jungen Ding wie dir dort drüben abgeben.«

Als sie aber angenommen und einem amerikanischen Krankenhaus in Neuilly zugewiesen wurde, war er todunglücklich. Elsa reagierte gefaßter, weil sie das erwartet hatte, und war nur erleichtert, daß Jennifer zu einer Stelle geschickt wurde, die wohl auf jeden Fall sicher war. Sie tröstete Gib in seiner Aufregung, war aber wie er erleichtert, als sie endlich hörten, sie sei sicher in Frankreich angekommen. Sie war mit einem Krankenhausschiff hinübergefahren, aber wer konnte überhaupt noch sicher sein bei all diesen deutschen Unterseebooten, die im Atlantik herumspukten?

Und so wurde »die kleine Jenny Evans« zur Verwunderung von Waynesboro der erste Amerikaner, den sie tatsächlich kannten, der am großen Krieg teilnahm. (Wenn man nicht ihren Onkel Ludwig zählte, der nach so langer Zeit in seiner Heimatstadt fast vergessen war.) Jennifers Briefe nach Hause waren zahlreich, aber kaum mehr als kurze Notizen. Sie war voller Bewunderung für die verwundeten Poilus, und alle Anekdoten, die aufzuschreiben sie Zeit fand, wurden in der *Fackel* unter der Überschrift »Ein amerikanisches Krankenhaus in Paris« abgedruckt. Gelegentlich sah sie ihren Onkel Ludwig, wenn er in der Stadt war, und ihre Bewunderung für seinen leichtsinnigen Mut wuchs sprunghaft; mit Bedauern schrieb sie, daß er alt und erschöpft aussehe. Elsa hätte weinen mögen: Ludwig, der noch nicht vierzig war!

Im Spätherbst des Jahres 1916 wurde Ludwigs Ambulanzwagen, als er das Schlachtfeld mit einer Ladung von französischen Verwundeten verließ, von einer deutschen Granate getroffen. Die Meldung von diesem Abschnitt der Front erreichte Jenny über einen Offizier, der ein Freund ihres Onkels gewesen war, und es fiel ihr zu, die Nachricht nach Hause zu übermitteln. Sie bedauerte in ihrem Brief an ihre Mutter, daß der liebenswürdige Botschafter Herrick ersetzt worden sei (diese verdammten Demokraten!); er hatte sowohl Ludwig wie auch seine Mutter gekannt und hätte wohl einen besseren Brief geschrieben, als es ihr gelingen würde. Sie gab zu, ihrer Feigheit nachgegeben zu haben und deshalb ihrer Mutter zu schreiben, aber würde sie die Nachricht schonend weitergeben – ?

Elsa erhielt den Brief mit der Morgenpost; nachdem sie ihn gelesen hatte, ging sie sofort zu ihrer Mutter. Von ihrer eigenen Trauer und der Angst, wie ihre Mutter es aufnehmen würde, durcheinandergebracht, fühlte sie sich zu schwach in den Knien, den ganzen Weg zu gehen; sie holte ihren kleinen elektrischen Tourenwagen aus der Garage. Das war an sich schon so ungewöhnlich, daß es ihre Mutter sich aus ihrem Ohrensessel am Fenster des Zeichenzimmers auf die Beine kämpfen ließ, wo sie beiläufig das Kommen und Gehen ihrer Nachbarn beobachtet hatte. Die Verzögerung, die dadurch verursacht wurde, daß Elsa in ihrem

Auto saß und einen Augenblick brauchte, um sich zusammenzureißen, gab Sally Zeit, an die Haustür zu hinken und sie zu öffnen.

Sie wartete, bis Elsa die Stufen erreicht hatte und rief ihr dann zu: »Guten Morgen! Was bringt dich denn auf diese Weise hierher?« Als sie dann das Gesicht ihrer Tochter sah, sagte sie: »Was ist passiert? Jenny? Ludwig?«

»Nicht Jenny.«

Sally lehnte sich an den Türrahmen. Elsa kam ihr zu Hilfe, aber es wurde ihr gesagt: »Mach kein Theater. Ich kann schlechte Nachrichten besser aufnehmen als mancher. Ist es Ludwig? Nicht – getötet?« Und sie hinkte zu ihrem Stuhl zurück mit Elsa dicht hinter ihr, die eine Hand bereit hatte, sie zu stützen.

»Wir haben immer an Ludwig gedacht, nicht wahr? Weil wir von der Gefahr wußten – hier ist Jennifers Brief.«

Sally nahm ihre Lesebrille von dem Knopf unter ihrer Schulter und nahm den Brief. Als sie ihn gelesen hatte und in einer zitternden Hand in ihrem Schoß hielt, sagte sie: »Das ist nichts Offizielles. Das ist nur Klatsch. Ludwig hat es geschafft, aus jeder Klemme immer wieder herauszukommen.«

»Ich weiß nicht, welche offizielle Benachrichtigung wir bekommen könnten. Ludwig war bei der französischen Armee, nicht bei dem amerikanischen Roten Kreuz. Der Freund, den Jenny erwähnt, hat sich extra nach Neuilly bemüht, um es ihr mitzuteilen.«

»Was immer ihre Nachrichtenquelle ist, es könnte immer noch ein Fehler sein. Ich werde an Myron Herrick um Bestätigung schreiben.«

»Mama, Mr. Herrick ist seit 1914 nicht mehr in Paris gewesen.«

»Ich habe mein Gedächtnis nicht verloren, Elsa, was du auch immer glauben magst, ich weiß, daß er nicht in Paris ist. Aber er wird mit seinen französischen Freunden in Kontakt sein.«

»O Mama! Nähre keine falschen Hoffnungen! Es wäre besser, es zu akzeptieren – ihm jetzt ins Auge zu sehen –, als deiner Trauer Ungewißheit hinzuzufügen. Ich weiß, was für ein Schlag das ist. Ludwig war immer...«, sie hielt sich gerade noch selbst davon ab, »dein Liebling« zu sagen, und fuhr statt dessen fort: »ein Liebling von uns allen. Aber wir haben so wenig von ihm gesehen... er ist seit dem Winter, als Papa starb, nicht zu Hause gewesen. Du kannst nicht glauben, daß du ihn vermissen wirst.«

»Natürlich werde ich ihn vermissen. Es hat keinen Tag gegeben, an dem ich nicht an ihn gedacht habe.«

»Ich weiß.« Elsa hätte vielleicht die Aussage ihrer Mutter bezweifelt, aber ein Tag hat vierundzwanzig Stunden, und ein Gedanke kann in Sekunden durch ein Bewußtsein fahren.

»Er war der talentierteste der Jungen.«

»Vielleicht. Sicherlich der geschickteste darin, unsere Herzen zu gewinnen. Wir haben ihn alle geliebt. Aber er hat seine Fähigkeiten verschwendet. Sie weggeworfen. Dann gab ihm der Krieg die Chance, es wiedergutzumachen. Und er hat es getan. Er hat getan, was niemand von uns, nehme ich an, von ihm erwartet hat: er hat ein nobles Ende gefunden. Er hat sich selbst geopfert für etwas, das er geliebt hat.« Elsa sprach mit einer für sie recht uncharakteristischen Beredsamkeit: »Wir können um unseren Verlust weinen, aber weine nicht um ihn. Er wußte, was er tat.«

»›Es ist ein weit, weit besser Ding‹, meinst du«, schnappte ihre Mutter nach ihr. »Das stimmt für Bücher, aber nicht...« Tränen begannen ihre Wangen herunterzurollen, und sie fügte hinzu: »Ich wünschte, du wärst dir nicht so sicher.«

»Schreib Mr. Herrick, wenn du willst. Aber nähre keine falschen Hoffnungen: Es wird am Ende nur noch schwerer sein. Ich werde heute nacht die anderen Jungen anrufen, wenn ich sie zu Hause erreichen kann.«

»Ich wünschte, sein Körper könnte nach Hause gebracht werden.«

»Mama«, sagte Elsa wieder in flehentlichem Ton, »du hast doch den Bürgerkrieg miterlebt. Wie viele, die in der Schlacht fielen, wurden für das Begräbnis nach Hause gebracht? All diese Tausende Gräber überall im Süden. Und wie viele französische und englische Jungs haben beerdigt werden müssen, wo sie fielen?« Elsas Augen füllten sich, ihre Tränen tropften herunter, ob nur für Ludwig oder für die gesamte getötete Jugend, wußte sie selbst kaum.

Sobald sie wieder zu Hause war, wartete sie darauf, daß ihr Mann und ihr Sohn zum Mittagessen kämen, dann gab sie ihnen Jennifers Brief zu lesen. Keiner von beiden hatte genug von Ludwig gesehen, um die Trauer zu fühlen, die sie empfand, aber sie fühlten mit ihr und drückten ihre Besorgnis darüber aus, daß ihre Mutter sich so eigensinnig weigerte, die Nachricht zu glauben. Sie schlugen vor, daß Elsa Charlotte Bonner anrufen solle, und die Meldung vom Tod Ludwig Rauschs sofort drucken lassen solle. Es würde Wochen dauern, wenn überhaupt, bis Mr. Herrick Jennifers Brief bestätigen könne. »Wenn sie es gedruckt sieht, wird es ihr vielleicht wirklicher erscheinen – sie vielleicht überzeugen. Und wenn es sich im Falle von hundert zu eins um eine Falschmeldung handeln sollte, dann stellt euch den Jubel vor!«

»Ich werde zuerst Tante Anne anrufen. Sie soll es nicht in der Zeitung lesen, ohne es von uns vorher gehört zu haben.«

Ihre Mutter hatte Anne bereits angerufen, und die schlug vor, an diesem Nachmittag zum Haus der Rauschs zu gehen und Sally ihr Beileid auszusprechen. Elsa war erleichtert. »Sie hat es also akzeptiert. Sag ihr, bitte, daß ich Charlotte wegen der *Fackel* anrufe.«

Elsa rief das Zeitungsbüro an, sprach mit Charlotte und las ihr Teile von Jennifers Brief vor. Es war für alles außer einer kurzen Meldung auf der Titelseite zu spät. »Gerade traf die Meldung ein...«; aber am nächsten Nachmittag druckte die *Fackel* einen Nachruf auf Ludwig als ersten unter den Todesanzeigen: eine ausführliche Biographie, die seine musikalische Karriere umfaßte und seine Teilnahme am Spanisch-Amerikanischen Krieg, als er kaum mehr als ein Junge gewesen war, herausstrich, und seinen Mut und seine Bereitschaft, sein Leben dem Lande zu opfern, in dem er so lange gelebt hatte. In voller Länge wurde Jennifers zugegebenermaßen auf Hörensagen basierender Bericht von seinem Tod zitiert.

Ludwigs Mutter riß sich stolz und für sie charakteristisch zusammen und führte bei dem nächsten Treffen des Frauenklubs wieder beherrscht den Vorsitz. Vor diesem Tag hatten sie die meisten Mitglieder bereits besucht oder ihr Briefe geschrieben, so daß sie nicht mehr das Martyrium durchzustehen hatte, so viele Beileidswünsche entgegenzunehmen und beantworten zu müssen.

Ludwig Evans, den der Tod seines Onkels erschüttert hatte, war einer der jungen Leute, den die Wiederwahl von Präsident Wilson erbittert hatte. »Wir hätten eigentlich schon drüben sein und am Kampf teilnehmen sollen, seitdem die ›Lusitania‹ versenkt wurde, und das ist anderthalb Jahre her«, sagte er eines Tages am Mittagstisch. »Ich hätte mich dann der Nationalgarde angeschlossen.«

»Und den Sommer damit verbracht, Villa durch Mexiko zu jagen? Du bist hier in der Fabrik besser aufgehoben.«

»Ich bin schon halb entschlossen, nach Kanada zu fahren und mich dort bei der Armee zu melden.« Ludwig war in normalen Zeiten ein friedfertiger junger Mann, wenn nicht sogar phlegmatisch; seine Eltern hörten seine Meinung nun schon seit einigen Monaten und hatten aufgehört zu erwarten, daß er ihr gemäß handeln werde. Sie hatten den Verdacht, seine Haltung könne zumindest teilweise seiner Verstimmung zugeschrieben sein, daß Jenny, »an dem größten Ding, das zeit unseres Lebens passieren wird«, wie sie es vor zwei Jahren ausgedrückt hatte, teilnehme, während er brav zu Hause blieb. Aber die Drohung, sich in Kanada zu den Soldaten zu melden, war neu. Gib knüllte seine Serviette gereizt zusammen und ließ sie neben seinen Teller fallen.

»Kanada, also wirklich! Es ist Zeit, daß du erwachsen wirst, Junge!«

Ludwig war natürlich aufgebracht. Seit er mit seinem Ingenieurabschluß nach Hause gekommen war, hatte er beständig und vernünftig in der Fabrik gearbeitet und sich die Fertigkeit des Herstellens unter der unaufdringlichen Führung von Captain Bodien angeeignet. Sein Vater hatte ihm ständig versichert, man könne auf ihn nicht verzichten. Jetzt hörte er es, bevor er unter Beweis stellen konnte, daß er erwachsen war, wieder: »Wir werden ohne dich in der Fabrik nicht fertig. Es ist deine Verantwortlichkeit. Dein Großvater hat das so eingerichtet.«

»Gerade augenblicklich ist die Fabrik, wie du sehr gut weißt, nicht das geringste Problem und wird es auch nicht sein, solange der Krieg fortdauert. Alles, was wir zu tun haben, ist, unsere Aufträge so schnell wie möglich fertigzustellen. Captain Bodien kann besser als ich darüber wachen, daß die Qualität des Produkts aufrechterhalten bleibt. Er weiß mehr über das Seil als der ganze Rest von uns zusammen.«

»Er wird alt.«

»Ich nehme an, er ist um die Siebzig. Aber ein robustes Exemplar und immer noch geistig vollkommen auf der Höhe.«

»Ich geb' dir das zu. Aber man kann nicht damit rechnen, daß Männer um die Siebzig ewig leben.«

»Vater, ob du es magst oder nicht, wir werden in diesen Krieg hineingezogen werden trotz dieses kleinmütigen Schulmeisters im Weißen Haus. Für mich persönlich sollte es so bald wie möglich sein, aber ich gestehe, daß ich lieber unter meiner eigenen Flagge kämpfen würde. Vergeßt also Kanada. Ich werde mich der Nationalgarde hier anschließen. Das wird mich nur für ein paar Wochen Ausbildung pro Jahr von Waynesboro fernhalten. Und ich bin vielleicht fertig, wenn wir selbst eingreifen.«

DIE MITGLIEDER DES FRAUENKLUBS

Miß Charlotte Bonner
Miß Ruth Campbell
Mrs. Caroline Edwards
Mrs. Jessamine Edwards
Mrs. Elsa Evans
Mrs. Anne Gordon
Mrs. Jennifer Gordon
Mrs. Sophie Lichtenstein
Miß Renata Lichtenstein
Mrs. Elizabeth Merrill
Mrs. Deborah Patton
Mrs. Sarah Rausch
Miß Amanda Reid
Mrs. Ellen Richards
Mrs. Lavinia Stevens
Mrs. Grace Warren

IN MEMORIAM
Miß Eliza Ballard
Mrs. Mary Ballard
Miß Susan Crenshaw
Mrs. Louisa Deming
Mrs. Katherine Edwards
Miß Caroline Gardiner
Miß Lavinia Gardiner
Mrs. Laura Maxwell
Mrs. Mary McCune
Miß Agatha Pinney
Mrs. Thomasina Travers

1916–1924

»Der Frauenklub überlebt den großen Krieg ...«

Lange danach, als die Zeit mit der Erinnerung ihr Spiel gemacht hatte, war es schwer, sich ins Gedächtnis zurückzurufen, daß im Jahre 1916 in Europa ein Krieg ausgefochten wurde, daß in Amerika ein Präsident mit einem »Frieden um jeden Preis«-Slogan wiedergewählt worden war, selbst während ein Programm für etwas, das man »Bereitschaft« nannte, in Vorbereitung war. Die belanglosen alltäglichen Geschehnisse, die das Leben des einzelnen beeinflußt hatten, waren es letztlich, woran man sich erinnerte. Man dachte nicht an das Jahr 1916 als an das Jahr von Verdun, Ypern und der Somme, sondern an das Jahr, als dieser Freund heiratete, dieses oder jenes Mitglied der Familie krank war oder starb oder ein Sohn oder eine Tochter ihre Abschlußprüfung an der Universität oder am College absolvierten.

Ellen Bonner heiratete den Werbemanager der *Fackel,* Harry Richards; keiner von beiden war in der ersten Blüte der Jugend, aber es war ein glückliches Ereignis, und Ellen würde zumindest weiter in Waynesboro bleiben, weiterhin ihren Sitz bei den Klubtreffen einnehmen und Aufsätze produzieren, die immer so klangen, als seien sie zumindest teilweise aus der Feder von Tante Charlotte.

Caroline Gardiner Edwards brachte im Sommer ihr viertes und letztes Kind zur Welt, womit es ihr gelang, das für Lowrey zu tun, was Kitty nicht für dessen Vater hatte tun können: ihm eine Schar gesunder Kinder zu geben. Die ganze Edwards-Familie rechnete 1916 zu den guten Jahren, da der Krieg in Palästina und Mesopotamien archäologische Expeditionen zum Mittleren Osten unmöglich machte und daher Richie Edwards zu einem Besuch nach Hause brachte. Er war zu dünn und so zerfurcht von der Sonne, daß sein Gesicht, wenn es entspannt war, das Weiße zeigte, wo die Falten am tiefsten waren. Die Verständigung zwischen Richie und seinem Vater war immer noch schwierig, vielleicht aber leichter als zu der Zeit, als er noch zu Hause war: Er war so fremd, daß es möglich war, ihn als einen verehrten Gast zu behandeln, und sich gleichermaßen so zu benehmen. Da das Haus seines Bruders mit drei heranwachsenden Kindern und einem neugeborenen Baby voll war, blieb er bei seinem Vater und Jessamine. Was den Krieg in Mesopotamien betraf, gab er sich lakonisch bis zur Schroffheit, betrachtete ihn nur als ärgerliche Unterbrechung seiner Arbeit; über seine Ausgrabungen redete er gern, und das mit einiger Eloquenz. Er wollte auf keinen Fall in Waynesboro bleiben, um »fett gemacht« zu werden, wie ihn seine Familie bat, sondern er war bald wieder nach Yucatan unterwegs. Er ließ mehrere junge Edwards' und Stevens' zurück, die glaubten, Archäologie müsse die faszinierendste Beschäftigung in der Welt sein, vielleicht sogar dem Soldatenleben vorzuziehen.

Die ältesten Mitglieder des Klubs hatten weniger, worüber sie glücklich sein konnten, als die jüngeren. Amanda Reid war persönlich vom Krieg unberührt geblieben, da sie keine Familie hatte, um die sie sich hätte Sorgen machen können, obwohl es für sie zunehmend schwerer wurde, als sie die Nachrichten verfolgte, zu glauben, daß dieses ganze Gemetzel vorherbestimmt sei. Sally Rausch würde nie vergessen, daß 1916 das Jahr von Ludwigs Tod war. Für Anne Gordon war es das Jahr, in dem Tucker die medizinische Hochschule verließ, als er sie gerade zur Hälfte hinter sich hatte, um sich einer amerikanischen Ambulanzeinheit anzuschließen und mit ihr nach Frankreich abzureisen, ohne in Waynesboro vorbeikommen und ihr auf Wiedersehen wünschen zu können; obwohl sie mit ihm nicht in sehr engem Kontakt gewesen war, hatte der Gedanke, er könne wie Ludwig Rausch verloren sein, ihr das Herz zusammengepreßt.

Für die ältere Mrs. Evans war 1916 das Jahr, in dem ihre Sehkraft so sehr nachließ, daß sie nicht länger allein leben konnte. Gib und Elsa baten sie, bei ihnen einzuziehen oder sie zumindest jemanden suchen zu lassen, der bei ihr einziehen könne, aber sie war eigensinnigerweise entschlossen, zu dem Sohn zu ziehen, der in irgendeinem kleinen, nie gehörten Städtchen in Kansas Baptistenpfarrer war. Sie hatte, sagte sie, genug von Gib angenommen; es sei wahr, daß sie alle ihre Freunde verlasse – sie würde sie vermissen –, aber von ihrem Neffen abhängig sein, das wollte sie nicht. Wie sie dachte, aber nicht sagte, hatte sich seine Ehe gegen alle ihre Erwartungen gut entwickelt, aber wer konnte wissen, welche Wirkung es haben würde, eine alte Verwandte im Haus zu haben?

Ihre Abreise hinterließ einen weiteren freien Platz in der Mitgliedschaft des Klubs. Elsa sagte zu ihrer Mutter, daß zwei freie Plätze zu viel wären; sie könnten den Klub nicht dahinschwinden lassen.

»Ich nehme an, du hast einen Namen vorzuschlagen?«

»Ja. Sophies Renata hat letzten Juni ihre Collegeausbildung beendet.«

»Noch eine Lichtenstein? Manchmal wünschte ich, wir hätten immer noch die Frauen der Seminarleute. Sie mögen vielleicht frömmlerisch gewesen sein, aber zumindest kamen sie aus guten Familien.«

Es hatte keinen Sinn, daß Elsa ein weiteres Mal sagte: »Sei doch nicht ein solcher Snob!« Statt dessen sagte sie: »Renata kommt vielleicht nicht aus einer guten Familie, wie du das nennst, aber sie hat den Verstand der Familie. Und es wäre so gut für Sophie. Ich habe den Verdacht, daß Renata ihretwegen hierbleibt: Sophie macht eine schwere Zeit durch, denn sie ist so übersensibel wegen der prodeutschen Vorurteile ihrer eigenen Familie, und dazu kommt noch die Art der Lichtenstein-Brüder, Schwierigkeiten zu verursachen. Elsa hatte keine Probleme, die Annahme von Renata als Klubmitglied sicherzustellen, da das Fundament gelegt worden war. Renata wurde einstimmig zum Mitglied gewählt.

Sophie brauchte in diesem Herbst Rückenstärkung; sie hatte sich gefühlt, als würde sie in Stücke gerissen. Sie war aufgewachsen in dem Bewußtsein, Deutschland und seine Menschen zu lieben, und sie sympathisierte selbst bis in das dritte Jahr des Krieges mit ihren Eltern, die nicht glauben konnten, daß alle Deutschen ›Barbaren‹ seien. Auf der anderen Seite hatten sie und Rudi größte Schwierigkeiten, ihren Sohn Frederick zu überreden, auf der juristischen Hochschule zu bleiben; er wollte sich bei Plattsburg für die Offiziersausbildung bewerben; sie hatten den Verdacht, daß es ihn danach verlangte, zu beweisen, ein Amerikaner ohne Bindestrich zu sein; Sophie konnte nicht umhin, sich zu fragen, ob man ihn damit auf dem College gequält hatte, obgleich er nie etwas Derartiges hatte verlauten lassen.

Die Sachlage wurde noch durch das Benehmen ihres nun recht bekannten Schwagers in New York kompliziert. Franz und Mary Lichtenstein, Arbeiterführer und Radikale, sorgten dafür, daß sie nicht als Prodeutsche, sondern mit ihren pazifistischen Reden und Schriften als Antikriegsagitatoren auffielen. Als der alte

Mr. Lichtenstein kurz vor Weihnachten ganz plötzlich an einem Schlag starb, kamen Franz und Mary natürlich zum Begräbnis nach Hause.

Das Begräbnis war für Sophie durch und durch entsetzlich. Da sie mit der Familie in der ersten Kirchenbank saß, konnte sie den offenen Sarg, der direkt unter dem lutherischen Altar aufgestellt worden war, fast mit der Hand erreichen; nur wenn sie die Augen schloß, konnte sie es vermeiden, die Waynesboroer Schulkinder zu sehen, die in einer endlosen Reihe an dem Sarg und diesem steinernen, frostigen Gesicht vorbeimarschierten – einige von ihnen dachten über seine steinerne Härte und die zusammengepreßten Kiefer nach, andere waren unfähig, ihren Schrecken und ihr Entsetzen zu verbergen.

»Es war barbarisch«, sagte sie zu Elsa, die ihren Kondolenzbesuch abstattete, nachdem sich die Familie wieder verstreut hatte. »Er hatte verdient, für seinen Dienst an den Schulen geehrt zu werden, aber nicht auf Kosten dieser armen Kinder. Jedenfalls, es war ein großes Begräbnis – viele alte Freunde haben ihm den letzten Respekt gezollt – und zum Schluß hatte es keine Bedeutung mehr, wie deutsch er war.«

»Es hatte nie eine Bedeutung gehabt, am Anfang, in der Mitte oder zum Schluß. Manchmal könnte ich dich schütteln, Sophie. Du bist so närrisch wegen deines deutschen Blutes, deines und Rudis. Mein Vater war so deutsch wie deiner, und ich mache mir deshalb überhaupt keine Gedanken.«

»Das ist ein Unterschied: Er wurde als Kind früh genug hierhergebracht, um hier großzuwerden und im Bürgerkrieg mitzukämpfen. Und du selbst bist nur halb deutsch. Deine Mutter kommt aus einer alten eingesessenen Waynesboroer Familie. Aber wovor ich wirklich Angst hatte, war, daß Franz und Mary eventuell mit einigen Unannehmlichkeiten konfrontiert werden würden, als sie zur Beerdigung hier waren.«

»Ist aber nicht geschehen. Niemand hier würde eine solch feierliche Angelegenheit stören. Franz' Vater hat sicherlich nichts dagegen gehabt, daß er ein Pazifist ist?«

»Nein. Er hat seine Kinder als Sozialisten und Pazifisten aufwachsen lassen. Und auch die Gardiners scheinen es als völlig natürlich zu akzeptieren. Ich habe vor ein paar Tagen mit Lavinia Stevens gesprochen – sie sagte: ›Warum sich über etwas aufregen, für das Sie nicht verantwortlich sind? Wir haben uns das, was Mary betrifft, schon vor langer Zeit gesagt.‹ Dann beeilte sie sich zu erklären, sie hätte nicht sagen wollen, daß sie die Beziehung zu ihr abgebrochen hätten – ihre Familie war zu eng verwoben; aber sie hätten einfach die Tatsache akzeptiert, daß Mary ihren Weg allein gehen würde. Nur ihr Großvater Bodien hat sich anscheinend gegen sie gekehrt. Mary war immer sein Liebling, vielleicht weil sie ihm so ähnlich ist. Er läßt nicht zu, daß Marys Name genannt wird, wo er es hören kann. Das ist der Grund, weshalb sie und Franz bei uns und nicht bei den Gardiners geblieben sind, als sie zu Hause waren. Glaubst du, daß es wahr ist, daß nach all diesen Jahren in der Firma Rausch Captain Bodien im tiefsten Grunde seines Herzens immer noch ein Soldat ist?«

»Da bin ich sicher.« Elsa war emphatisch. »Als wir noch klein waren... aber das hat nichts mit dir zu tun. Ich habe Mary und Franz beim Begräbnis gesehen. Und Max. Ich hatte Max seit Jahren und Jahren nicht mehr gesehen.«

»Er war der einzige, dem zu vergeben Vater Lichtenstein schwerfiel. Ein eleganter Rechtsanwalt in Cleveland... er hat sein Allerbestes getan, sich von seiner Herkunft zu lösen. Er hat ein reiches Mädchen geheiratet und ist selbst reich geworden. Rudi und ich meinen, daß er verantwortlich war – zum Teil zumindest – für seines Vaters Schlaganfall. Weißt du, daß er seinen Namen geändert hat? Ihn anglisiert hat? Er heißt jetzt ›Lightstone‹ – ging zum Gericht und machte es legal. Wir haben versucht, es vor Papa Lichtenstein geheimzuhalten, aber er hat es in der Zeitung von dort gelesen. Wir haben immer gedacht, daß er sich diese Zeitung nur hält, um über Max auf dem laufenden zu bleiben. Rudi wird seinem Bruder – eigentlich Halbbruder – nie vergeben, daß er alles vergessen hat, was sein Vater ihm bedeutet haben muß.«

»Wie steht es mit deinem Frederick? Ludwig meint...«

»Was Ludwig denkt, ist zweifellos richtig. Fritz juckt es, in diese verheerende Katastrophe zu kommen. Bislang hat Rudi ihn überredet, auf der juristischen Hochschule zu bleiben – zumindest bis er gebraucht wird.«

»Ludwig ist noch in der Fabrik, wartet auf seine Zeit und macht die Ausbildung der Nationalgarde mit. Rudi glaubt also, daß das Land in den Krieg ziehen wird?«

»Früher oder später. Du etwa nicht?«

»Ich weiß nicht. Wilson ist so souverän gewesen, ›zu stolz zum Kämpfen‹ zu sein. Aber kürzlich ist er, was Deutschlands Wiederaufnahme des Unterseebootkrieges betrifft, eindringlich genug gewesen. Ich bin mit mir selbst uneinig. Ich verachte Wilson, aber ich will nicht, daß Ludwig mitziehen muß.«

Im Gegensatz zu 1916 ist das folgende Jahr nicht wegen der Familienereignisse in einer kleinen Stadt im Gedächtnis haften geblieben, sondern wegen des lange verspäteten Eintritts der Vereinigten Staaten in den Krieg. Das Nachlassen der Spannung, nachdem an den Nerven zu lange und zu fest gezerrt worden war, ließ den Amerikanern den Krieg vielleicht wie einen Kreuzzug erscheinen, in den man mit fröhlichem Herzen, mit Liedern und Kapellen und Militärmusik ziehen müsse. Nur die alten Damen erinnerten sich jetzt mit einem unbestimmten Gefühl von Schuld und bösen Vorahnungen an den Bürgerkrieg, weil sie ›Wo das Land nur hingerät!‹ und ›Wir waren an solche Feigheit nicht gewöhnt!‹ gesagt hatten, und sie erinnerten sich nun an die Wunden, die ihren Brüdern, Geliebten und Männern geschlagen worden waren, auch an die, die sicher und physisch gesund nach Hause gekommen waren.

Bevor die Nationalgardeeinheit von Waynesboro (mit Ludwig Evans) mit dem Rest der siebenunddreißigsten Ohio-Division einberufen und in ein Ausbildungslager nach Alabama geschickt worden war, hatte sich Frederick Lichtenstein zusammen mit mehreren anderen Jungen aus Waynesboro, die es schändlich gefunden hätten, darauf zu warten, daß sie gezogen würden – unter ihnen der ältere Merrill-Junge, Frank –, bei der örtlichen Kompanie freiwillig verpflichtet. Charlie wurde, weil er ja seit dem Polioanfall lahm war, zu Hause zurückgelassen und wurde immer bitterer. Seine Mutter sagte eines Tages zu Elsa, als sie über ihre Söhne in der Armee sprachen: »Ich habe nie geglaubt, daß ich den Tag erleben würde, an dem ich mich freue, daß Charlie ein Krüppel ist. Aber er nimmt es so schwer, daß man unmöglich mit ihm leben kann; kein Junge seines Alters kann es gelassen nehmen, körperlich behindert zu sein. Aber man würde glauben, er hätte sich daran gewöhnt. Ich bin froh, daß er mit dem College fertig ist und im Herbst weiter auf die Universität zum Jurastudium gehen kann.«

Der Rest von 1917 war für diejenigen, die es durchleben mußten, düster. Die Angriffe der Alliierten auf die Linien der Deutschen waren blutige Katastrophen. Die amerikanische reguläre Armee wurde im Juli nach Frankreich verlegt, nur um dort in kleine Einheiten auseinandergerissen und zu verschiedenen Abschnitten der alliierten Front zur Ausbildung geschickt zu werden, weshalb sie keine berichtenswerten Großtaten vollbringen konnten. Die Regenbogendivision überquerte den Atlantik im Oktober, sah aber bis zum Frühling kein Kampfgeschehen. In der Zwischenzeit wurden zu Hause Tausende Socken und Pullover gestrickt, fleischlose Tage wurden mehr oder weniger eingehalten, Wertpapiere der Regierung ge- und verkauft, Kapellen spielten weiterhin und überall wurden Irvin-Berlin-Melodien gesungen.

In Waynesboro wurde die Konzentration auf den Krieg kurzfristig durch eine Veränderung unterbrochen, die in normalen Zeiten ein Ereignis gewesen wäre. Das Theologische Seminar war schon seit mehreren Jahren im Niedergang begriffen: Die Anzahl der auszubildenden Reformierten Presbyterianer wurde immer geringer, und es gab nur noch wenige Söhne, die in Waynesboro studieren wollten; drei oder vier alternde Professoren unterrichteten alle Fächer; sein Präsident, der verwitwete Dr. Maxwell, wurde physisch, wenn nicht auch geistig, zunehmend schwächer. Nachdem im Sommer 1917 nur fünf Theologen die Abschlußprüfung absolviert hatten, entschied sich der Treuhänderausschuß, da er das Ende voraussah, sich mit dem vereinigten Presbyterianerseminar in Pittsburgh zusammenzuschließen. Christina Voorhees betrachtete diese Entscheidung als eine Tragödie und als Verrat. Sie schüttete an einem Sabbatmorgen nach der Kirche Miß Campbell ihr Herz aus und lamentierte, das Lebenswerk ihres Vaters sei zu nichts zerflossen.

Die mit gesundem Menschenverstand begabte Miß Campbell antwortete: »Das ist Unsinn, Christina. Sein Lebenswerk war die Ausbildung von Hunderten von jungen Männern für den geistlichen Beruf, und das ist ein Werk, das nicht verlorengehen kann.«

»Er hat für dieses Gebäude und die Stärkung der Institution viele Jahre seines Lebens geopfert.« Christina wollte sich nicht trösten lassen. Sie stellte eine Ausnahme dar. Da zu diesem Zeitpunkt keine Seminarehefrauen mehr im Frauenklub Mitglied waren, verlief die einzige Welle, die durch die Schließung des Seminars geschlagen wurde, unter den älteren Mitgliedern, die sich daran erinnerten, wie es noch zu seiner Blütezeit gewesen war, und die sich nun fragten, was aus dem Gebäude, in dem bereits vor der Übernahme durch das Seminar das Frauen-College etabliert gewesen war, werden solle. Selbst Amanda Reid, die mit beiden Institutionen eng verbunden gewesen war, zeigte sich nicht sehr mitfühlend mit Christina, obwohl sie doch eine strenge Reformierte Presbyterianerin war. »Diese Jungen, die das Seminar verlassen haben – oder sich nicht um die Aufnahme beworben haben –, hätten Befreiung vom Wehrdienst beanspruchen können, wenn sie es so gewollt hätten. Als Geistlicher oder als Verweigerer aus Gewissensgründen. Aber Calvinisten sind nie Pazifisten gewesen: sie sind immer nur zu gern zum Kämpfen bereit gewesen.«

»Das Seminar hätte vielleicht den Krieg überstehen können. Aber es mußte einmal enden.«

Zu Beginn des Winters von 1917 und im Frühling 1918 sah es tatsächlich so aus, als sollte der Krieg vorbei sein – in katastrophaler Art –, bevor die Amerikaner auch nur in erwähnenswerter Zahl die Schlachtreihen erreicht hätten. Spät im Frühjahr konnten sich die englische und die französische Armee nach ihren blutigen und erfolglosen Schlachten des Winters gerade noch aufrechthalten. Die Italiener waren geschlagen worden und Rußland war aus dem Krieg heraus. 1917 war die erste Russische Revolution in Amerika als das Ende des Despotismus bejubelt worden, und alle bösen Ahnungen, die man wegen eines Bündnisses mit dem Zaren empfunden hatte, machten nach seiner Abdankung einem unendlichen Enthusiasmus für die neue Regierung Platz. Die Bolschewistische Revolution im Herbst war ein Schock; der Friede von Brest-Litowsk zu Beginn des März stellte sicher, daß die deutschen Armeen an der Ostfront nach Westen verlegt werden könnten und es wurde mehr und mehr zu einer entsetzlichen Möglichkeit, daß die Franzosen und Engländer ihre Stellungen nicht länger würden halten können. Das Rennen, amerikanische Soldaten an die Front zu bekommen, wurde beschleunigt, aber als die große deutsche Offensive im März begann, waren immer noch erst einige wenige amerikanische Divisionen unter den alliierten Armeen verstreut. Woche auf Woche zog ins Land, und die Deutschen konnten nicht gestoppt werden. Zeitungen wurden mit Besorgnis in die Hand genommen; Pessimisten sagten voraus, daß die Kanalhäfen innerhalb von einigen wenigen Tagen fallen würden; die dritte deutsche Attacke trieb die Franzosen bis an die Marne zurück, wo sie seit 1914 nicht mehr gestanden hatten.

Die siebenunddreißigste Division überquerte den Atlantik im Juni und wurde an einen ruhigen Abschnitt zur weiteren Ausbildung geschickt. Vom Tag der Ankunft der Soldaten in Frankreich an wurden ihre Familien in Unwissenheit darüber gehalten, wo sie waren oder was sie taten: Briefe wurden so zensiert, daß die Jungen es aufgaben, etwas mitzuteilen, und niemand zu Hause wußte mehr, als er in den Zeitungen lesen konnte. Glücklicherweise konnte ihnen Jennifer schreiben, sie habe Ludwig und Fritz Lichtenstein getroffen, als sie kurz in Paris gewesen waren; sie hoffe, ihr nächster Urlaub würde zu einem Zeitpunkt sein, wenn auch Tucker Gordon in der Stadt sei. Ihre Familie folgerte daraus, daß sie Tucker nicht häufig zu Gesicht bekäme, aber sie stand zumindest mit ihm in Kontakt. Nach der Ankunft der zweiundvierzigsten Division in Frankreich war Tuckers Ambulanzeinheit von der amerikanischen Armee übernommen und in sie eingegliedert worden. Das bezog ihn als medizinischen Freiwilligen mit ein.

Die letzte deutsche Attacke begann Mitte Juli, kam aber bereits nach drei Tagen zu ihrem Ende. Als die Gegenattacke erfolgreich war und die Deutschen von Soissons an der Marne und im Süden von der Somme zurückgedrängt werden konnten, wurde Pershing endlich die Genehmigung erteilt, seine verstreuten Divisionen zu sammeln und sie zu einer amerikanischen Armee zusammenzustellen. Die Siebenunddreißigste war eine der truppenstarken Divisionen, die entlang der Meuse-Argonne-Linie im September zum Angriff übergingen.

Außer aus den Zeitungsmeldungen über den Feldzug der amerikanischen Truppen hatten die Leute in Waynesboro immer noch keine Ahnung, wo genau ihre Söhne sich aufhielten oder was sie nun genau unternähmen, nur daß sie schließlich mit Sicherheit ›drin‹ seien. Nicht bis zu dem Tag, als Elsa an der Tür von einem Jungen der Western-Union ein Telegramm übernahm. Bevor sie allen Mut zusammennehmen konnte, es zu öffnen, hatte sie noch Zeit zu denken: »Das wird Gib umbringen; ich werde ihn aufrechthalten müssen, während er denkt, daß er mich aufrechthält.« Sie blieb, wo sie war, in der Eingangshalle hinter verschlossenen Türen stehen. Sie zitterte so, daß sie kaum die Türe schließen und den Umschlag öffnen konnte. Sie las: »Soldat der ersten Klasse Ludwig Evans vor Montfaucon im Feld vermißt, wahrscheinlich vom Feind gefangengenommen.«

Ihre Erleichterung war so groß, daß sie einen Augenblick lang fürchtete, sie würde umsinken, und sich deshalb mit einer Hand auf einem Tischchen hinter sich abstützen wollte. Dabei stieß sie ein Silbertablett herunter, das dort für die Besuchskarten stand. Das Geklapper, das sie so verursachte, ließ Ravenna aus der Küche zur Tür am Ende der Eingangshalle kommen.

»Laß nur, Venny«, sagte Elsa, als sie sich bückte, um das Tablett aufzuheben. »Nur meine Ungeschicklichkeit.« Und dann fügte sie plötzlich hinzu: »Ludwig wird im Feld vermißt.« Sie kehrte in das Wohnzimmer zurück und setzte sich, immer noch mit dem Telegramm in der Hand hin.

Zaghaft sagte die farbige Frau: »Armer Mistuh Ludwig! Miz Evans, woll'n Sie, daß ich Mistuh Evans für Sie ruf'?«

Elsa raffte sich auf. »Nein. Ich sage es ihm lieber von Angesicht zu Angesicht, wenn er heute mittag nach Hause kommt. Es wird ein Schlag für ihn sein.«

»Ja'm. Er is' wirklich in dies'n Jung'n vernarrt. Vielleicht soll ich das Mittagessen ein bißchen zurückhalt'n.«

»Wenn du das tun willst, Venny. Gib uns ein wenig Zeit.«

Elsa saß bewegungslos, als sie alleine war, und dachte: »Gib empfindet mehr für seine Kinder als die meisten Väter«, und dann dachte sie: »Ob er es vielleicht gewußt hat?« und dann schließlich:

»Aber wir haben all diese Jahre ein gutes Leben gehabt, und ich liebe ihn für seine Güte und seine Zärtlichkeit. Und nun habe ich Angst um ihn.«

Als sie gegen Mittag das Tor zuschlagen hörte, ging sie mit dem Telegramm immer noch in ihrer Hand an die Tür. Er sah sie an, als er die Verandastufen heraufkam und sagte: »Irgendwas ist passiert!« Die Farbe verschwand völlig aus seinem Gesicht. »Ludwig?«

»Schlechte Nachrichten, aber nicht die schlechtesten. ›Vermißt im Feld, wahrscheinlich gefangengenommen‹.« Sie gab ihm das Telegramm und sah ihn, wie sie nachher dachte, vor ihren Augen altern.

»Davor habe ich von Anfang an Angst gehabt«, sagte er schließlich, »daß wir Ludwig nie wiedersehen würden.«

»Oh Gib! Natürlich werden wir ihn wiedersehen. Er wird in ein Kriegsgefangenenlager gesteckt, wo er in Sicherheit ist, selbst wenn es ihm jämmerlich geht.«

»›Vermißt im Feld‹ kann alles bedeuten. Sie haben vielleicht nur seinen Körper nicht gefunden.«

Er streifte an ihr vorbei, ging in das Wohnzimmer, ließ sich schwer in den nächsten Sessel fallen und hielt das Telegramm immer noch in den Händen zwischen den Knien umklammert. Langsam las er es noch einmal und suchte nach Hoffnung, die er nicht fand.

Elsa ging zu ihm hin und stellte sich neben ihn und lehnte sich an seinen Sessel. »Ich glaube nicht eine Minute lang – und du darfst das auch nicht –, daß er nicht gefunden worden wäre, wenn er auf dem Schlachtfeld geblieben wäre. Die Jungen aus Waynesboro – Fritz, Frank Merrill und all die anderen –, sie hätten nach ihm gesucht.«

»Sie kämpften in einer Schlacht. Wir hätten sie einfach anhalten können?«

»Die Deutschen ziehen sich zurück. Sie schleppen keine schwerverwundeten Gefangenen mit sich. Mit Sicherheit keine ... keine toten Körper. Und eure Ambulanzen müssen schnell herankommen.«

»Es ist entsetzlich, es nicht zu wissen. Hoffnung, vielleicht für Wochen oder bis der Krieg zu Ende ist, am Leben zu erhalten. Ich glaube wirklich nicht, daß ich das ertragen kann.«

»Es wird nicht Wochen dauern. Das Rote Kreuz in der Schweiz bekommt Listen von Kriegsgefangenen. Und Fritz wird nach Hause schreiben.«

»Wann? Er hat in der Feuerlinie zu tun.«

»Ich werde heute nachmittag Sophie anrufen. Und ich werde das tun, was Mama zu tun drohte, als Ludwig junior getötet wurde: Ich werde Myron Herrick schreiben. Er ist ein enger Familienfreund und er muß immer noch imstande sein, ein paar Fäden zu ziehen. Das bringt vielleicht das Rote Kreuz dazu, sich zu beeilen oder jemanden, der in der Position ist, etwas zu erfahren.«

Die Zeit verging – eine Ewigkeit, so schien es Elsa, die beobachtete, wie Gib litt, die sah, wie er sich in einen graugesichtigen, abgezehrten alten Mann von fünfzig Jahren verwandelte. Die Antwort auf ihre Bitte an Herrick kam zuerst: Ludwig war gefangengenommen worden, nachdem er in einen Gasangriff gekommen war. Zu dem Zeitpunkt, als sie die Information erhielt, war er immer noch im Feldlazarett.

Seine Familie könnte mit ihm über das Rote Kreuz in Verbindung treten. Und Mr. Herrick hatte eine ermutigende Bemerkung zugefügt. Es sei wahr, daß die deutschen Armeen zu Beginn sich wie die Barbaren benommen hätten, aber was Kriegsgefangene anging, beachteten sie die Genfer Konvention und erlaubten Vertretern des Roten Kreuzes, ihre Lager zu inspizieren.

Kurze Zeit danach bekamen Lichtensteins einen Brief von Fritz. Er enthielt nur soviel Information, wie es die Zensoren erlaubten: Als sie die zurückweichenden Deutschen bekämpften, seien sie in einen Gasangriff gerannt; Ludwig sei mit einer Patrouille vor der Front gewesen und sei zuerst von dem Gas getroffen und dann mit dem ganzen Rest der Patrouille gefangengenommen worden, als sie anhielten, um ihre Gasmasken aufzusetzen. Fritz hatte diese kurze Kampfszene nicht gesehen, wußte aber, daß Ludwig nicht unter den Toten vor dem deutschen Graben war, weil er selbst, als sich die Deutschen zurückzogen, zu dem Beerdigungs-Sonderkommando gehört habe, und sie Ludwig nicht gefunden hätten.

Selbst nach diesem Brief – selbst letztlich nach einer kurzen Mitteilung von Ludwig selbst, in der er ihnen schrieb, er wolle Essen und wollene Socken, auch wenn es die seien, die seine Mutter strickte und daß er o.k. sei – machte sich Gib noch Sorgen, und es mußte ihm immer und immer wieder gesagt werden, daß Gas nicht notwendigerweise oder wahrscheinlicherweise tödlich sein müsse, daß der Krieg bald vorbei sei und daß ein Land, das die Niederlage vor Augen habe, sich sicherlich um seine Gefangenen kümmern werde.

Gib wurde sogar gegenüber Jennifer ärgerlich, weil sie Ludwigs Unglück nicht als Katastrophe beklagte; sie hatte einen Brief von Franz Lichtenstein bekommen, der sie überzeugte, daß Ludwig nicht nur sicher, sondern »für die restliche Dauer sicher draußen« sei. Sie schrieb fröhlich, sie habe Tucker in Paris gesehen, als er eine Ladung vom Feldlazarett zum Hauptlazarett gebracht und dann ein paar Tage Urlaub bekommen habe. Sie habe mit ihm zu Abend gegessen, und er habe ihr erzählt, »irgendwo an der Front« Blair Voorhees getroffen zu haben. Blair habe einen gemütlichen Job, sagte Tucker, und chauffiere irgendeinen General, und nicht viele Generäle würden getroffen. Dieser sei aufgekreuzt, um ein Feldlazarett zu inspizieren, und habe seinen Wagen und seinen Chauffeur draußen gelassen. Jemand sei herausgekommen, um dem Chauffeur eine Meldung zu übergeben, und habe ihn mit »Voorhees« angeredet. Tuck habe ihn nie selbst gekannt – er war ein Kind, als Blair aus Waynesboro verschwand –, aber er hatte von ihm gehört, und als er den Namen auffing, hatte er sich gefragt, ob es die gleiche Person sei und ihn gefragt. Und tatsächlich, es stimmte. »Er ist all die Jahre in der Armee gewesen, und so weit hat er es gebracht: Chauffeur eines Generals. Sähe aus, als ob er ein schwerer Trinker sei, sagt Tuck: grob und häßlich wie die meisten niederen Ränge der regulären Armee. Er war nicht im geringsten an Waynesboro oder an seiner Familie interessiert. Ich vermute, die Armee ist sein ganzes Leben. Ich weiß nicht, ob du das an seine Leute weitergeben solltest oder nicht. Seine Mutter wäre vielleicht froh, zu wissen, daß er in Ordnung ist und an einem guten und sicheren Ort, aber nicht den Rest der Geschichte.«

»Jenny hat Blair Voorhees nie gekannt, Gott noch mal«, beschwerte sich ihr Vater, »und sie ist an ihm mehr interessiert als an ihrem eigenen Bruder.«

»Sie macht sich wegen Ludwig keine Sorgen. Warum sollte sie auch? Er ist draußen. Und was immer aus Blair Voorhees geworden ist, war für ganz Waynesboro seit fast zwanzig Jahren ein Geheimnis.«

»Wie verdient sich Tucker Gordon all diese Pariser Urlaube, von denen sie schreibt, wenn der Kampf doch weitergeht?«

»Er transportiert Verwundete, und ich nehme an, er bekommt einen Tag oder zwei zwischen den einzelnen Fahrten frei. Ich habe den Verdacht, sie macht sich um ihn mehr Sorgen als um Ludwig – immerhin tut er, was ihren Onkel in den Tod gebracht hat.«

»Warum zum Teufel sollte sie...? Willst du sagen, daß sie an Tucker Gordon interessiert ist?«

Elsa hätte sagen können: »Du mußt bedenken, daß sie in einer Atmosphäre von heute hier – morgen tot lebt«, aber sie hielt ihre Zunge in Schach und gab sich zufrieden mit: »Sie sind seit einer guten Zahl von Jahren Freunde.«

Nicht für einen Augenblick hätte Gib den Verdacht gehabt, Elsa sei, was das Wohlergehen ihrer Kinder betraf, indifferent, aber er betrachtete sie als unvernünftig optimistisch und merkte nicht, daß ihr Optimismus zum großen Teil zu seinem Besten vorgetäuscht wurde. Sie machte sich schweigend, aber voller Angst über die Tatsache Sorgen, daß Ludwig in einen Gasangriff geraten war, und fragte sich, ob er richtig behandelt würde. Es gelang ihr, ihre Sorgen zu verheimlichen, und nur wenige ihrer Freunde wußten, wie sehr sie gegen sie ankämpfte.

Anne Gordon war eine, die es sah, zuerst an einem Nachmittag, als sich der Klub in ihrem Haus getroffen hatte und Elsa danach blieb, um sie von Jennys Neuigkeiten über Tucker in Kenntnis zu setzen, da sie zu Recht den Verdacht hatte, sie wisse mehr von ihm als seine Großmutter.

»Ich glaube nicht, daß du dir über ihn Sorgen zu machen brauchst, Tante Anne. Er transportiert Verwundete von den vorderen Lazaretten zu den Hauptlazaretten. Und überhaupt kann es jetzt nicht mehr lange dauern: Die Deutschen befinden sich überall auf dem Rückzug und die Briten sind durch die Hindenburg-Front gebrochen.«

»Ich höre nicht oft von ihm und dann auch nur kurz. Er hat mir geschrieben, daß er Blair Voorhees getroffen hat – ich nehme an, Jennifer hat es dir erzählt. Ich weiß nicht, ob ich es Christina gegenüber erwähnen soll. Aber ich bin sicher, er hat recht, daß es jetzt nicht mehr lange dauern wird. Ich bin froh, daß unsere Jungen nicht die langen Jahre Krieg mitmachen mußten, die die Engländer und Franzosen gehabt haben. Ich glaube nicht, daß wir sie sehr verändert finden, wenn sie nach Hause kommen. Ich erinnere mich nur zu gut, Kämpfen kann einen Jungen prägen. Wenn sie nur alle gesund durchkommen.«

»Wenn! Ludwigs Einatmen von Senfgas – ich weiß nicht. Gib liest alles, was er finden kann, über das, was Gas bewirken kann. Ich versuche, ihn davon abzuhalten, aber er macht sich solche Sorgen, daß er krank wird, und ich muß vortäuschen, überhaupt nicht beunruhigt zu sein, nur um ihn zu beruhigen.«

Anne dachte, wie doch der ungestüme Wildfang, der mit Johnny herumgetobt war, zu dieser starken Frau herangewachsen war: Jahre einer Ehe mit einem Mann, in den sie nicht verliebt gewesen war – eine Ehe, die sie entschlossen zu einer glücklichen gemacht hatte –, waren die Schulung gewesen, die sie zu dem gemacht hat, was sie geworden ist. Und wenn die, die sich an sie als junges Mädchen erinnerten, den Verlust von Feuer und Spontaneität bedauerten, war das unberechtigt: Die heitere Gemütsruhe überwog bei weitem jeden Verlust, und dennoch trauerte sie um die junge Elsa: das leidenschaftliche junge Mädchen, das sich weigerte, irgend jemand anderem als Johnny zu gestatten, sie »Shaney« zu nennen.

Als das Ende des Krieges kam, erwartet und doch unerwartet plötzlich, jubilierte das Land hysterisch und lautstark. Keine Angst mehr. Keine Jungs, die erschossen wurden. Sie würden so schnell wie möglich nach Hause gebracht. Und dann schlug die Grippeepidemie zu und das Jubeln verstummte. Ironischerweise waren es nach diesem ganzen Gemetzel die jungen Leute, die starben, besonders die Jungen, die sich noch in den Ausbildungslagern befanden. In Waynesboro stapelten sich auf dem Bahnsteig die Lattenkistensärge hoch auf, die auf den Transport zum Sherman-Lager warteten.

Die Epidemie war in Europa ausgebrochen; Krankenhäuser waren mit ihren Opfern wie auch mit verwundeten Soldaten überfüllt; mit Ausnahme der Besatzungstruppen würden die medizinischen Korps oder die Krankenschwesterkorps die letzten sein, die nach Hause zurückkommen würden. Die Kriegsgefangenen würden sofort befreit.

Ludwig Evans wurde auf einem Krankenhausschiff zurückgebracht, da der Sanitätsoffizier, der ihn untersucht hatte, keine Notwendigkeit einer Einweisung in ein Krankenhaus gesehen hatte. Nach den Verzögerungen, die vom Amtsschimmel des Militärs verursacht worden waren, erhielt er seine Entlassungspapiere. Seine Eltern warteten auf dem Bahnsteig auf ihn, als er erschöpft, weiß und ausgezehrt aus dem Zug ausstieg. Sein Vater weinte, ohne sich dessen zu schämen, während Ludwig seine Mutter umarmte. Er kürzte die Begrüßung ab.

»Das Auto wartet. Willst du zu Hause ins Bett gehen oder ins Krankenhaus?«

»Pop, um Gottes willen! Keines von beiden. Ich bin in Ordnung. Eine Nase voll Gas – ich habe das ziemlich übertrieben, nur um schneller nach Hause zu kommen. Sie haben mich auch auf dem Schiff nicht im Bett gehalten. Ich glaube nicht, daß sie sich haben täuschen lassen. Aber die Siebenunddreißigste war gegen Ende in Belgien; nun versuchen sie, dort wieder normale Bedingungen herzustellen, und Gott weiß wann sie zurückkommen.«

Trotz seiner Einsprüche bestanden sie darauf, den »jungen« Dr. Warren zu rufen, der sofort kam, noch zerzauster und hagerer aussah als gewöhnlich, und völlig erschöpft war von dem vollen bis überfüllten Krankenhaus und den Patienten zu Hause im Bett, alles Opfer der Grippe. Er untersuchte Ludwig mit dem Stethoskop, sagte, er glaube, er habe nicht viel Schaden genommen, trug ihm aber auf, am nächsten Tag zum Röntgen ins Krankenhaus zu kommen.

»Ich habe keine schlimme Dosis abbekommen. Wir waren vor der Kompanie auf Patrouille. Wir wußten, daß sich die Deutschen zurückzogen, und wie Narren trugen wir keine Gasmasken. Wir kamen zu nahe an sie heran – sie waren nicht auf dem Rückzug, noch nicht –, sie gaben uns eine Dosis Senfgas und schnappten sich den Haufen. Sie haben uns in das Lazarett im Gefangenenlager gesteckt, bis wir wieder in Ordnung waren. Das einzige, was mit mir los ist, ist, daß ich vor Hunger fast umkomme.«

»Willst du sagen, die Deutschen haben euch nichts zu essen gegeben?« schaltete sich Gib ein. Er war ein besorgter Beobachter der ärzlichen Untersuchung gewesen.

»Sie konnten sich selbst nicht richtig ernähren, als es auf das Ende zuging. Ich bin sicher, sie haben ihr Bestes getan. Der Arzt war ein alter Trottel, der fünfzig Jahre hinter der Zeit war, aber er hat anständig gearbeitet. Ihre erstklassigen Mediziner waren natürlich bei der Armee.«

Dr. Warren verabschiedete sich; Ludwig wurde überredet, sich hinzulegen, schlief ein und mußte aufgeweckt werden, um zu seiner Großmutter zum Abendessen zu gehen. Sie beklagte seine hagere Erscheinung, murmelte etwas von »das zweite Andersonville«, gab ihm Mengen zu essen und begann dann mit ihren Fragen, die mit so wenigen Worten wie möglich beantwortet wurden: Ja, er hatte ein paar Tage Urlaub in Paris gehabt und hatte Jenny gesehen – hatte sie das nicht geschrieben? – und ja, es ging ihr gut: arbeitet wie ein Tier, aber es gefällt ihr. Es würde noch eine Weile dauern, bis sie nach Hause kommen könnte: das Krankenhaus in Neuilly war immer noch voll belegt. Und nein, er hatte Tucker Gordon nicht gesehen, aber er glaube, er würde bald wieder zu Hause sein: es bestehe kein großer Bedarf mehr nach Ambulanzen, und auch wenn die Ärzte noch eine Weile würden bleiben müssen, könnte man auf einige der Sanitätswagenfahrer verzichten. Und nein, er wußte nichts über Fritz Lichtenstein und die anderen Jungs von Waynesboro; wahrscheinlich seien sie immer noch in Belgien und vielleicht hätten sie Pech und gehörten zu den Besatzungstruppen.

Nach dem ersten Tag, an dem Ludwigs Familie ihn ganz für sich allein hatte, läutete das Telefon unaufhörlich und immer, so schien es, wenn er schlief. (In der ersten Woche tat er kaum etwas anderes als schlafen.) Besorgte Waynesboroer Eltern wollten Ludwig fragen, ob er etwas von ihren Söhnen wisse, und er mußte ihnen sagen: »Vom Tage meiner Gefangennahme an nichts.« »Schreiben diese Kerls denn nicht nach Hause?« brummte er. »Einige von ihnen habe ich nie wieder gesehen, seit wir drüben angekommen waren. Einige von ihnen kannte ich selbst hier in Waynesboro nicht. Aber ich kann genausogut herumziehen und all diese Leute besuchen, damit diese Telefoniererei aufhört. Dann gehe ich an die Arbeit: Ich muß wissen, was in der Fabrik vor sich geht. Ich werde Montagmorgen dasein.«

»Wir brauchen dich. Es wird für eine Weile eine harte Schlittenfahrt werden, weil viele Aufträge storniert werden und weil wir einen Überhang an Rohmaterial, den wir zu Kriegspreisen gekauft haben, auf Lager haben. Und die Regierung hat einen Vorrat an Seil, den sie zu verbilligten Preisen auf den Markt werfen wird. Wir können den Betrieb aufrechterhalten, wenn wir die Kosten reduzieren: weniger Stunden und niedrigere Löhne.«

»Sei nicht solch ein Pessimist, Pop. Eine Wirtschaftskrise, wie wir sie jetzt haben, wird nicht lange andauern – es gibt zu viel ungedeckte Nachfrage von Zivilisten, muß es geben –, das ist doch logisch. Und wir müssen doch unser Reservekapital in den letzten Jahren aufgebaut haben. Ich finde, wir sollten eine neue Fabrik bauen – eine moderne mit einer neuen Maschinerie, die durch elektrische Energie angetrieben wird. Alles, was wir haben, ist schon ganz schön alt.«

»Eine neue Fabrik! Captain Bodien wartet nur auf deine Rückkehr, um aufzuhören; der alte Mann muß schon ziemlich bald achtzig sein: er ist recht klapprig geworden und in einigen Dingen absolut kindisch. Er hat aber den jungen Henderson dazu ausgebildet, seine Stelle zu übernehmen.«

»Wenn er zu alt ist, eine neue Fabrik zu planen, werde ich Stewart holen, damit er uns mit seinem Rat hilft. Jedenfalls werde ich Montagmorgen dasein.«

Es war bereits fast Weihnachten, als Jennifer Evans sicher nach Hause kam und Gibs Sorgen um seine Kinder endlich ein Ende fanden. Seine Qualen waren ihm anzusehen: er sah aus und bewegte sich auch wie ein Mann, der zwanzig Jahre älter war, und neigte in seiner Erleichterung zu Verdrossenheit. Jennifer war mehr geschockt (sie war vielleicht sensibler), als es Ludwig gewesen war. Sohn und Vater waren wegen des Baues einer neuen Fabrik gegensätzlicher Meinung, aber da Captain Bodien und Stewart zustimmten und fanden, es sei höchste Zeit, die Anlage zu modernisieren, und da Ludwig jetzt immerhin im Geschäft war, gab es wenig, was Gib tun konnte, außer unheilverkündende Warnungen vorzubringen. Pläne wurden entworfen, Kontrakte unterschrieben, man stellte Nachforschungen an über die modernste elektrisch betriebene Maschinerie und Ludwig war erpicht darauf, sein erstes Projekt als Kopf der Gesellschaft beginnen zu können.

Ihre Erfahrung hatte auf Jennifer wie auch auf ihren Bruder ihren Eindruck hinterlassen. Sie machte zuerst den Eindruck einer höchst kultivierten jungen Dame – ein Eindruck, für den weitgehend ihr Pariser Modestil und der wie eine schwarze Kappe aussehende Bubikopf, den ihr Vater verwarf, ihr aber vergab, verantwortlich war: Immerhin würde das Haar ja wieder wachsen. Aber ihre alten Freunde fanden keinen Kontakt mehr zu ihr und hatten keine Lust, ihre alte Schulkameradinnenvertrautheit zu erneuern. Es brauchte eine Weile, bis man ihre Reife erkannte; sie hatte sich zu einer ruhigen, tüchtigen, jungen Frau entwickelt, die bereit war, über ihre Erlebnisse in Antworten auf Fragen zu reden, aber niemandem aufzwang, ihr zuzuhören. Sie übernahm mühelos die Rolle der Tochter des Hauses, aber da sie sich weigerte, ihrer Mutter zu gestatten, ihren Namen als Kandidatin für die Mitgliedschaft im Frauenklub zu präsentieren, um den freien Platz zu füllen, der so lange für sie offengehalten worden war, schloß Elsa, daß Jennifers Pläne einen ständigen Aufenthalt in Waynesboro nicht einschlossen.

Sie nahm die Einladung ihrer Großmutter, dem Weihnachtstreffen des Klubs beizuwohnen, an – Dinner und Theateraufführung und eine Feier des fünfzigsten Jubiläums, die von dem genauen Datum im Herbst zuerst wegen des Krieges und dann wegen der Grippeepidemie verschoben worden war. Sally servierte ihnen wie gewöhnlich eines ihrer vollendeten Dinners, das von Ehemännern und anderen eingeladenen Herren hoch gelobt wurde. Amanda las einen Aufsatz über die fünfzig Jahre des Klubs, und dann genossen sie alle Elizabeth Merrills Wahl der Abendunterhaltung: Szenen aus »East Lynn«, die wie die derbste Farce gespielt wurden.

Der Abend war ein uneingeschränkter Erfolg, besonders in Sallys Augen; sie liebte es, wenn man ihre Partys genoß, und sie freute sich daran, das Haus wieder voller junger Leute zu haben; nicht nur die jungen Mitglieder wie Renata Lichtenstein waren da, sondern auch ihre eigenen beiden Evans-Enkelkinder und andere, die vom Krieg zurück waren, wie Fritz Lichtenstein und Frank Merrill.

Kurz nach Weihnachten tauchte Tucker ganz unerwartet bei seiner Großmutter auf. Die Klingel an der Tür überraschte sie mit ihren Händen in der Abwaschschüssel, Seifenwasser bis zu den Ellbogen. Nach all diesen Jahren vertraute sie Louline immer noch nicht das beste Porzellan an, und sie hatte am Tag zuvor ein Sonntagsessen für Sally Rausch und die Evans-Familie gegeben. Es war eine Aufgabe, die kein Denken verlangte, und sie hatte ihre Gedanken wandern lassen: der Krieg war vorbei, aber Gib Evans würde nie zurückfinden zu seiner Jugend. Und von Gib wanderten ihre Gedanken zu ihrem eigenen Vater, der nie mehr der gleiche war, nachdem Rob irgendwo im Süden im Feld gefallen war. Sie wurde von der Klingel an der Tür in einen Anflug von Furcht gestürzt, wohl eine Folge des Themas, zu dem ihre müßigen Gedanken sie gebracht hatten. Aber als sie ihre Arme aus der Spülschüssel hob und das Seifenwasser von ihren Armen streifte, erinnerte sie sich: »So war es schon einmal – ich wusch das Geschirr ab, und die Glocke ging, und es war eine Nachricht über Rob. Sommerferien, und ich half Martha das Geschirr waschen oder dachte, daß ich ihr helfe, und die Glocke ging, und ich wischte meine Hände ab und ging zur Tür...«

Bevor sie ihre Hände fertig abgewischt hatte, wurde wieder eindringlich geläutet. Unsinnigerweise pochte ihr Herz. Sie schob den alten blinden Major mit einem Fuß aus dem Weg und ging zur Tür. Von der Küche konnte sie durch die ganze Länge der Eingangshalle sehen und auch durch die Netzvorhänge, die das kleine Fenster in der Tür überdeckten. Es war kein Botenjunge der Western-Union draußen. Sie wußte nicht, was sie erwarten sollte, aber sie entspannte sich und ihr Herz beruhigte sich.

Sie öffnete die Tür, vor der ein großer junger Mann, der eine Brille trug und tief gebräunt war, in einer zerknüllten Uniform und unordentlichen Wickelgamaschen stand. Sie sah ihn fragend an. »Was...?« Major, der ihr von der Küche auf den Fersen gefolgt war, begann zu zittern und zu winseln und versuchte, an ihr vorbeizukommen.

»Großmutter! Erkennst du mich denn nicht?«

»Tuck! Du meine Güte! Es ist so lange her... und du bist so groß geworden!« (Größer als je ein Gordon gewesen ist.) »Aber komm doch herein und laß mich dich ansehen... feststellen, ob du es wirklich bist.«

Er kam herein und lachte, aber bevor er sie umarmte, bückte er sich und streichelte den geradezu verzückten Hund. »Du hast mich erkannt, nicht wahr, mein Junge? Armer alter Major! Du hast mir nie geschrieben, daß er noch am Leben ist. Und stell dir sein Gedächtnis vor!«

»Hunde erinnern sich immer. Ich nehme an, ich habe einfach nicht daran gedacht, ihn in meinen Briefen zu erwähnen, ich bin so daran gewöhnt, daß er zwischen meinen Füßen herumläuft. Aber er ist für mich eine wunderbare Gesellschaft gewesen. Ich hatte daran gedacht – ich hätte ihn wirklich einschläfern lassen sollen. Er ist am grauen Star erblindet, er läuft gegen die Möbel und fällt von der Veranda; aber ich konnte mich nicht dazu überwinden, und jetzt bin ich froh, daß ich es nicht getan habe. Es ist ein solch glückseliger Augenblick für ihn.« Indem sie so den peinlichen Übergang von Nicht-Erkennen zu Willkommen überbrückt hatte, sagte sie: »Komm ins Wohnzimmer und nimm dir einen Stuhl und erzähl mir, was du gesehen und getan hast.«

»Oh, laß uns nicht darüber reden.«

Anne wurde an einen anderen Mediziner erinnert, der auch nicht über den Krieg hatte reden wollen. Sie sagte: »Stell deine Tasche da hin und deine Mütze und komm herein. Ich hoffe, du kannst einige Zeit bleiben.«

»Ich komme bald nach Haus, um dort zu bleiben, wo ich hingehöre. Aber im Augenblick kann ich nur über Nacht bleiben. Ich muß nach Kalifornien, um aus dieser Uniform herauszukommen und um meine Mutter zu besuchen.«

Im Wohnzimmer setzte sich Anne in ihren Schaukelstuhl und er ließ sich auf das alte Sofa fallen, wo Major neben ihm liegen konnte mit dem Kopf auf seinem Schoß. So viele Dinge, die sie sagen wollte, jagten durch Annes Kopf, daß sie nicht eines davon wirklich sagte, sondern ihn nur genau musterte: struppiger blonder Kopf, knochiges Gesicht, breite Schultern, und nur die dunklen Augen hinter den Brillengläsern, die zeigten, daß er Johnnys Sohn war.

Tucker, der von ihrer schweigenden Musterung betroffen war, sagte: »Willst du nicht, daß ich komme?«

»Oh, Tuck! Es ist nur, daß ich nie geglaubt habe, daß du es wirklich tust. Ich kann es kaum glauben. Weiß deine Mutter davon?«

»Ich habe es ihr oft genug gesagt; sie wollte es mir auch nicht glauben. Ich werde es ihr wiederum sagen, wenn ich sie sehe. Sie wird versuchen, mich davon abzubringen, weil mein Weggehen bedeutet, daß sie mich nicht behalten kann. Eine Art von Niederlage für sie. Aber es macht ihr eigentlich nichts aus. Sie führt genau das Leben, das sie mag: sie hat soviel Geld, wie sie ausgeben kann, Reisen, Partys mit anderen reichen Los-Angeles-Witwen, Bridge tagein und tagaus.» Es klang so verächtlich, daß seine Großmutter ihn tadelte.

»Nicht, Tuck! Du hast deine Mutter immer angebetet.«

»Als ich noch ein kleiner Junge war. Sie war so schön, daß es schien, sie könne nie unrecht haben. Aber wir werden alle älter.

Ich habe vor langer Zeit verstanden, daß sie eine wirkliche Schneekönigin ist. Kälte durch und durch. Onkel Robert war das egal – er wollte nur, daß sie Gastgeberin für ihn ist und diese Art Sachen. Ein weiteres schönes Besitztum. Als wir hier wegzogen und nach Kalifornien gingen, konnte ich nicht verstehen, wie Vater getan haben konnte, was er tun mußte. Jetzt, wo ich erwachsen bin, verstehe ich es.«

Anne war schockiert. »Sie ist deine Mutter, und was dein Vater getan hat, war falsch. Sie konnte es nicht verzeihen«, argumentierte sie gegen ihr Herz.

»Na, ich weiß nicht.« Seine dunklen Augen forschten im Gesicht seiner Großmutter. Er dachte: Du hast verziehen und vergeben. Du warst eine warmherzige – leidenschaftliche? – Frau. Und er erinnerte sich an den Augenblick, als er das alles begriffen hatte. Als er noch auf dem College war, hatte er ein Mädchen mit auf eine Autotour genommen und zu einem Abend, von dem er wußte, daß auch sie es erwartete, mit Petting. Sie war einverstanden, sogar begierig, als sie das Auto auf einem Aussichtspunkt parkten und auf den hinteren Sitz wechselten; sie war begierig genug, um sein Blut in Wallung zu bringen: liebkosen, küssen, seine Hand auf ihrer Brust. Aber als er seine Hose aufmachte und seine Hand unter ihren Rock schob, war es »Nein – nicht – Tuck, hör auf. Ich habe Angst, du tust mir weh.« Er hatte aufgehört. Der Aufschrei hatte ihn weit zurück in die schrecklichen, lange vergessenen Nächte seiner Kindheit gebracht. Anstatt: »Hör auf, Tuck!« hörte er: »Hör auf, Johnny – hör auf! Du tust mir weh...« und das Stöhnen seiner Mutter, das ihn aus seinem Bett getrieben hatte und ihn zitternd hinter der Tür stehen und sich fragen ließ, ob er es wage – und er hatte es doch nicht gewagt – aus Angst vor seinem Vater, aus Angst um seine Mutter, und doch hatte er dagestanden, bis in ihrem Schlafzimmer alles wieder still war. In dem Augenblick, als die Sperre von seiner Erinnerung gelöst worden war, wußte er auch den Grund für diese qualvollen Nächte und empfand mehr als nur ein bißchen Ekel. Er hatte zu dem Mädchen gesagt: »Sei ruhig. Ich werde nichts tun, was du nicht willst. Bring dich wieder in Ordnung und wir machen, daß wir hier wegkommen.« Er hatte seine eigenen Kleider geordnet, sich wieder auf den vorderen Sitz gesetzt und war mit einem wütenden Start von der Parkbucht auf der Kuppe der Klippe weggebraust. Er hatte nichts als Antwort auf das Flehen des Mädchens gesagt – »Sei nicht böse, Tuck.« – Und auf ihre Abschiedsworte: »Ich nehme nicht an, daß ich dich je wiedersehen werde« nur ein barsches »Es hat nichts mit dir zu tun«. Was es auch wirklich nicht hatte, wie er in seinen

Gedanken ständig wiederholte: Also das war es – das war es also die ganze Zeit.

Im Wohnzimmer seiner Großmutter kehrte er nach einem vielleicht langen Schweigen (wie lange braucht ein Bewußtsein wirklich, sich an etwas Vergangenes zu erinnern und die Erinnerung wieder aufzugeben?) wieder in die Gegenwart zurück. Er seufzte, bewegte seine Hände, die er zwischen seinen Knien geballt hatte, und sagte: »Sie wollte nicht, daß ich Medizin studiere. Das wußtest du.«

Anne dachte: Sie hat es ihm schwergemacht, und interpretierte so den düsteren Gesichtsausdruck und die weißen Knöchel.

Er fuhr fort: »Ich habe ihr die ganze Zeit gesagt, ich würde nach Waynesboro zurückkehren und hier Arzt werden. Sie wird es erst glauben, wenn ich aus der Uniform raus bin, meine Sachen packe und abreise. Ich muß noch zwei Jahre an der medizinischen Hochschule absolvieren. Ich werde das wie Vater und Großvater in Cincinnati tun. Wenn sie mich annehmen. Dann komme ich nach Hause und werde in ihrer alten Praxis anfangen.« Dann fügte er plötzlich hinzu, als fürchte er, er rede zuviel: »Du hast sie doch nicht verkauft, oder doch?«

Anne schüttelte ihren Kopf. »Sie gehörte ja nicht mir. Sie ist Teil deiner Erbschaft zusammen mit der Partnerschaft deines Vaters am Krankenhaus. Sie ist natürlich vermietet – deine Treuhänder haben dafür gesorgt –, aber du wirst sie ja auch noch für eine Weile nicht brauchen.«

»An einen anderen Arzt? Er wird genügend Zeit haben, eine andere Praxis zu finden.«

»Hast du genügend Geld?«

»Ja. Du weißt, es ist immer noch in der Stiftung – ich habe das so mit der Bank eingerichtet, als ich einundzwanzig wurde, weil ich wußte, daß ich mich rekrutieren lassen würde oder irgend etwas. Ich habe zwei Jahre in Stanford mit den Zinsen geschafft. Jetzt werde ich etwas von dem Kapital brauchen. Ich hoffe, die Bank oder Richter Gardiner werden sich darum kümmern – mir die Aktien und Wertpapiere lassen oder was auch immer, aber sich weiterhin um den restlichen Besitz kümmern, während ich in Cincinnati bin. Weil... Großmutter«, er holte tief Atem, »ich werde heiraten.«

»Heiraten! Aber...«

»Ich bin erwachsen, Großmutter, selbst wenn ich noch nicht mit der Universität fertig bin.«

»Ein kalifornisches Mädchen?« fragte Anne. (»Armes kleines Anhängsel!« dachte sie. »Ich bin sicher, Elsa glaubt, daß sie...«) »Oder jemand, den du in Frankreich kennengelernt hast?«

Tucker grinste. »Ich habe sie auch in Frankreich gut gekannt. Aber schon lange vorher. Sicherlich weißt du oder solltest es wissen, daß ich nie etwas für jemand anderes als für Jenny empfunden habe.«

»Du meinst – oh, Tuck! Du meinst, du und Jennifer Evans? Wie wunderbar! Ein Romancier könnte die Dinge nicht besser gefügt haben. Ich kann es kaum glauben.« Dann etwas zweifelnder: »Hast du schon alles arrangiert? Jennifer ist schon einen Monat zu Hause, und ich bin sicher, sie hat ihrer Mutter noch kein Wort gesagt.«

»Jenny hat versprochen, es niemandem zu sagen – nicht einmal Tante Elsa –, bis ich nach Hause komme und richtig um ihre Hand anhalten kann. Aber ich glaube, sie vermuten es. Ja, wir haben alles arrangiert. Ihre Familie wird nichts dagegen haben, oder meinst du doch?«

»Nicht ihre Eltern. Sie hat ihren Vater immer um den kleinen Finger gewickelt. Aber vielleicht ihre Großmutter.«

»Die alte Mrs. Rausch? Tante Sally? Sie spielt doch wohl keine Rolle.«

»Sie ist nicht ganz so alt. Nicht älter als ich.« In ihrem Innern mußte sie in sich hineinlachen. Man stelle sich vor: Sally Rausch »spiele keine Rolle« – in irgendeinem Spiel.

»Dann...« Tucker hatte einen Augenblick lang Gewissensbisse. Er hatte gerade gedacht, seine Großmutter, die er so lange nicht gesehen hatte, fange an, ihrem Alter entsprechend auszusehen. Nicht viele graue Haare in ihren braunen, kein Netzwerk von Falten, aber die Höhlen unter ihren Wangenknochen würden für den Rest ihres Lebens dasein. Er empfand einen Stich, der ihn überraschte: er hatte noch nicht gelernt, wie traurig es macht, die ersten unabänderlichen Zeichen des Alters an jemandem zu sehen, den man mag. Er sagte: »Ich weiß das, natürlich. Und wenn sie sich so gut wie du gehalten hat, glaube ich, daß man mit ihr rechnen muß.«

»Sie hat die Gordon-Männer immer als ein bißchen unbeständig angesehen. Aber Jennifers Mutter ist ihr gewachsen. Wie bald plant ihr denn, zu heiraten?«

»Sobald ich von Kalifornien zurück bin. Es gibt keinen Grund zu warten. Wir werden eine Wohnung in Cincinnati beziehen, solange ich noch Medizin studiere, und wenn Jenny will, kann sie weiter Krankenschwester sein. Sie ist gut und sie mag es.«

»Da bleibt einem ja der Atem weg. Ihr habt das alles geplant?«

»O ja. Wir wissen sogar, wo wir wohnen werden, wenn wir zurückkommen. Im alten Gordon-Haus. Wir bauen was Neues und Bequemes für den Pächter und renovieren das ursprüngliche Haus. Diese alten Ziegel können sehr schön sein.«

Das Haus hatte unglückliche Erinnerungen für John gehabt. Aber Tucker hatte wahrscheinlich nicht von seiner Großtante Kate gehört. Sie sagte: »Aber als Arzt... draußen auf dem Lande?«

»Es ist nur ein paar Meilen außerhalb der Stadt. Mit einem Auto ist das nichts. Und es wird ein wunderbarer Ort für die Kinder sein. Ich habe die Farm immer geliebt und Hillcrest. Erinnerst du dich?«

Er war bestürzt, Tränen in den Augen seiner Großmutter zu sehen. »Was ist los, Oma? Habe ich etwas Falsches gesagt?«

»Natürlich nicht. Es ist nur – ich habe nicht gewußt, an wie viel du dich erinnerst oder wie viel es dir bedeutet hat. Ich weiß, du hast immer wieder gesagt... aber mit längeren und längeren Abständen.«

»Und du konntest meinen Worten nicht glauben. Wenn ich in jenen Jahren hätte nach Hause kommen können... aber bis ich einundzwanzig war, ich.. es gab immer irgendwelche guten Gründe.«

»Ich bin sicher, daß es die gab«, sagte Anne und dachte an Julia. »Und jedenfalls ist das Schnee von gestern. Irgendwie, als du dann geschrieben hast, du würdest eines Tages zurückkommen...«, sie sah ihm direkt in die Augen, »bin ich sogar etwas zurückgeschreckt. Verstehst du... ich nehme nicht an, daß du das verstehen kannst, aber versuch es... ich hatte niemand mehr hier, um den ich mich kümmern mußte. Ich war so losgelöst und... und frei und ich wollte nicht, daß ich wieder so *empfinden* würde.«

(»Und für sie hat Empfindung«, dachte Tucker, »immer mit Kummer geendet.«)

»Ich kann es von mir selbst nicht glauben, aber es ist wahr. Ich konnte nicht zugeben, daß am Leben sein, wie leichthin auch immer, ohne jemand zu haben, um den man sich kümmern kann, nicht wirklich leben heißt. Jetzt aber, wo du hier bist auf dem alten Sofa und mit dem armen, alten, blinden Hund spielst, bin ich so froh, dich wiederzuhaben, wie er es ist. Ich kann nicht mehr sagen.«

Das Geräusch der sich schließenden Küchentür gab Tucker eine Gelegenheit etwas abzukürzen, was zu einer emotionalen Szene geworden war.

»Ist das Louline? Die kommt, um das Essen zu machen? Ich muß sie begrüßen. Falls du nicht doch ein neues Mädchen hast.«

»Es ist Louline. Sag ihr, daß du zum Essen bleibst.«

Er zögerte: »Nun, ich werde Jenny anrufen und ihr sagen, wann ich komme.« Er schwang den Hund auf seine Schulter, in der Art, wie er ihn immer getragen hatte – Majors Füße baumelten herunter, seine Hinterbeine versuchten, in dem Khaki Halt zu finden –, und ging hinaus.

Anne ging nicht mit ihm. Sie lauschte lächelnd, aber mit nicht ganz trockenen Augen auf die lautstarke Begrüßung in der Küche. Sie brauchte einen Augenblick, um wieder zu Atem zu kommen. »Diese jungen Leute«, dachte sie, »und all ihre ausführlichen Pläne.« Aber sie waren keine Kinder mehr, und was sie in den letzten Jahren gesehen und erfahren hatten, beschleunigte den Reifeprozeß. Davon abgesehen, Jennifer war fünf oder sechs Jahre älter, als sie selbst gewesen war – und sie blickte zurück auf das junge Mädchen, das so völlig und unendlich verliebt war und solche Angst hatte, wie es in der alten Wendung heißt, ihre Liebe könnte nicht erwidert werden. In gewisser Weise schien es, wenn sie jetzt zurückblickte, eine lange, lange Zeit her zu sein, daß sie achtzehn war, aber in einer anderen Art war ihre Erinnerung noch so klar und lebendig, daß es ihr wie gestern schien. Die Zeit war wie ein Akkordeon, die ganze Luft wurde herausgequetscht, wenn man älter wurde. Und wie seltsam, daß man sich in seinem Innern nicht im geringsten älter fühlte. Man war die gleiche Person, aber wo waren die Jahre geblieben?

Nach dem Abendessen ging Tucker zu den Evans' hinüber. Er war sichtbar nervös, hatte vielleicht sogar ausgerechnet vor Gib ein bißchen Angst! Aber seine Großmutter lächelte nur innerlich: Es war immerhin eine recht einschüchternde Prüfung, wer immer der Vater von welchem Mädchen sein mochte.

Wie es Anne vorausgesehen hatte, war Tucker bei Gib auf keine Opposition gestoßen, und genausowenig bei Elsa, als sie in den Salon gebeten worden war, um sich der Unterhaltung anzuschließen. Sie schienen nicht einmal erstaunt. »Schließlich«, sagte Gib, »hat sie nie einen Brief nach Hause geschrieben, ohne dich zu erwähnen.«

Als sie aus dem vorderen Zimmer in das Wohnzimmer der Familie wechselten, um sich zu Jennifer und Ludwig zu gesellen, brachte Gib seinen einzigen Einwand an. »Ich wünschte bloß, ihr hättet es nicht so eilig. Jenny ist erst seit so kurzer Zeit zu Hause. Könnt ihr nicht warten, bis du deinen Doktor hast?«

Ludwig, der offensichtlich eine Erklärung von Jenny bekommen hatte, sagte, als er aufstand, um Tucker die Hand zu geben, ihn bei den Schultern zu packen und ein wenig zu schütteln: »Das Leben ist zu kurz. Zu kurz, um mit Warten verschwendet zu werden, wenn es dazu keinen Grund gibt. Immer und ewig *warten.«*

»Du hattest davon mehr als die meisten von uns«, Tucker grinste ihn an. »Aber ich bin nicht sicher, ob du nicht Glück gehabt hast.«

»*Glück?*«

»Rausgekommen zu sein. Die Siebenunddreißigste hat schwere Verluste erlitten. Fritz und Frank Lichtenstein, sind sie heil durchgekommen? Ich nehme an, sie sind zu Hause. Und die anderen Burschen aus Waynesboro? Was du jetzt brauchst, um dem Warten ein Ende zu machen – ein Mädchen finden, heiraten und dich niederlassen zum einfachen alltäglichen Leben.«

»Ich habe mich auch ohne Mädchen niedergelassen. Bis über meinen Kopf in der Fabrik. Und ich habe noch kein Mädchen gesehen, das ich gewollt hätte. Ich werde die jungen Ableger jetzt erwachsen werden lassen müssen und abwarten, wie sie anschlagen. Und was mein Glück angeht: Die ganze amerikanische Armee hatte in gewissem Sinne Glück. Glück, daß wir nicht so sehr lange zu kämpfen hatten.«

Jennifer sagte: »Dieses Land hat keine Vorstellung davon, was wirkliche Verluste sind.«

Tucker stimmte zu. »Nein. Du und ich wissen das, weil wir dabei waren, bevor die amerikanische Armee kam. Frankreich und England – und auch Deutschland in dieser Beziehung. Sie haben die Besten und Tapfersten verloren: die Männer, die in zehn, fünfzehn Jahren ihre Führer geworden wären.«

Jenny murmelte: »›Die Blumen des Waldes sind abgemäht worden‹.«

»Beklagt nicht den Zustand der Welt in zwanzig Jahren.« Elsa unterbrach sie. »Ich möchte von euren Plänen hören. Wie ihr Vater finde ich auch, es wäre schön, wenn wir Jennifer für einige Zeit bei uns zu Hause haben würden.«

»Wir werden im Juni heiraten. Das gibt mir sechs Monate in Kalifornien. Eine einfache Trauung. Dann ziehen wir los und suchen uns ein Haus in der Stadt, damit wir uns noch vor dem Beginn des Herbstsemesters einrichten können.«

»Keine Hochzeitsreise?«

»Wir sind in letzter Zeit genug gereist. Wir sind soweit, einen Haushalt zu gründen.«

Ludwig lachte. Die Vorstellung von Jenny an einem Ofen erschien ihm lächerlich. »Wollt ihr kalt anfangen? Du hast doch nicht die geringste Ahnung vom Kochen.«

»Gebe ich zu. Kann ich aber von jetzt an bis zum Juni lernen.«

Die jungen Leute setzten alle ihre Pläne durch, nur die »einfache Hochzeit« nicht.

Sally Rausch, die immer noch trotz ihrer körperlichen Gebrechen gelegentlich ihren elektrischen Kleinwagen fuhr, besuchte Elsa am nächsten Morgen, um sie um ihre Gesellschaft bei einer Besorgung auf dem Land zu bitten. Elsa, die wußte, ihre Mutter empfände es als Beleidigung, wenn sie ihr anbieten würde zu fahren, stimmte zu und dachte: »Eine gute Gelegenheit, um ihr die Neuigkeiten beizubringen« und zog gehorsam Mantel, Hut und Handschuhe an. Sie war nie jemand, der etwas zurückstellte, das schwierig werden konnte, und hatte daher kaum die Wagentür hinter sich geschlossen, als sie Jennifers Verlobung mit Tucker verkündete. Die Reaktion ihrer Mutter war, wie sie erwartet hatte.

»Mit deiner Erlaubnis, zweifellos?«

»Tucker ist gestern abend gekommen und hat ganz anständig um ihre Hand angehalten.«

»Ich habe nicht gewußt, daß er in der Stadt war. Warum hat denn Anne nicht...?«

»Er ist erst spät gestern nachmittag angekommen und heute morgen schon wieder nach Kalifornien abgefahren.«

»Die Gordon-Männer geben keine guten Ehemänner ab, wie du sehr gut weißt.«

»Tucker ist immerhin nur ein Viertel-Gordon. Anne ist die Treue selbst, und er hat einiges von der Zielstrebigkeit seiner Mutter geerbt.«

»Man stelle sich vor! Teepotts Enkelsohn Tucker heiratet in unsere Familie!« Aber Sallys Aufregung zeigte sich weniger in ihren Worten als im unberechenbaren Fahren. Die Chillicothe Street blieb sie in der Mitte der Fahrbahn auf dem Gleis der Schnellbahn. Elsa hielt ihren Mund fest geschlossen, obgleich eine der großen Zugmaschinen nicht weit hinter ihnen war und von den Oberleitungen Funken spuckte. Als sie zu dem alten Zugweg kamen, wo die Straße abbog, blieb Sally auf dem Gleis.

Elsa konnte sich nicht mehr zurückhalten. »Mama! Was in aller Welt glaubst du, daß du hier tust?«

»Das ist eine Abkürzung«, sagte ihre Mutter äußerlich ruhig und nicht bereit, ihren Fehler zuzugeben. Ihre Kinder wollten immer, daß sie das Autofahren und ihre Unabhängigkeit aufgäbe. Als sie den Stadtrand durchquert hatten, waren Straße und Gleis von einem hohen, grasbewachsenen Erdwall getrennt; die Schnellbahn war nur ein paar Meter hinter ihnen und ließ ihre Glocke unaufhörlich anschlagen. Sally konnte an dieser Stelle aber unmöglich auf die Straße zurück.

»Es gibt überhaupt keinen Grund, so ein Spektakel zu machen. Wir wissen, daß er da ist, und er muß wissen, wer wir sind.« Sie reagierte ihre Angst in Entrüstung ab. »Hat er vergessen, daß dein Vater diese Linie gebaut hat?«

»Mama! Um Gottes willen! Vor wie vielen Jahren? Paß auf die nächste Kreuzung auf und fahr vom Gleis herunter.«

»Er würde es nicht wagen, uns umzufahren.« Aber Sally war nun völlig außer Fassung und bewegte in ihrer Aufregung das Steuerrad gerade genug, um sie von den Schienen auf die Schwellen zu werfen, die glücklicherweise in ihrer ganzen Höhe in Matsch und Kies begraben waren. So rumpelten sie den ganzen Weg bis zur ersten Kreuzung, wo es Sally endlich gelang, von der Gleisanlage auf den von Fahrspuren durchpflügten Kies zu kommen.

Elsa stieß einen Erleichterungsseufzer aus. Die Schnellbahn beschleunigte und fegte auf ihrem Weg weiter. »Paß auf, wohin du fährst. Ich schwöre, das ist das letzte Mal, daß ich mit dir fahre.«

»Unsinn! Diese Straße ist viel holpriger, als es die Schienenanlage war, und dieser Bahnführer hatte keinerlei Grund, so ein Getöse zu veranstalten. Dein Vater...«

»Ich weiß. Papa hat die Bahn gebaut.« Elsa verfiel vor Erleichterung in Sarkasmus. »Vor kaum zwanzig Jahren. Aber wir haben keinen Aktienanteil mehr seit vier oder fünf Jahren. Ich nehme nicht an, daß dieser Bahnführer je von Papa gehört hat, viel weniger seine Frau kennt. Mama, du bist wirklich...«

»Natürlich kennt er mich. Was wolltest du übrigens von einer ›einfachen Hochzeit‹ sagen? Jennifer wird ordnungsgemäß in der Baptistenkirche heiraten, so wie du und ich. Der Hochzeitsempfang wird natürlich in meinem Hause stattfinden.«

Elsa war jenseits jeder Argumentation. Tucker und Jennifer würden ihren eigenen Kampf fechten oder sich eben unterwerfen müssen. Sie sollten sich unterwerfen und froh sein, daß ihre Großmutter Rausch keinen Einwand gegen die Verbindung machte.

»Und Jenny wird natürlich in den Klub kommen.«

»In angemessener Zeit, nehme ich an. Tuck muß noch zwei Jahre auf die medizinische Hochschule und hat dann noch ein Jahr Praktikum am Krankenhaus zu absolvieren.«

»Aber sie kommen doch zurück? Tucker wird doch das Krankenhaus übernehmen?«

»Wohl kaum ›übernehmen‹. Immerhin...« Aber was hätte das für einen Sinn? »Er hat eine Partnerschaft von seinem Vater geerbt und wird seine Stelle einnehmen.«

»Sie können bei mir wohnen. Mein Haus ist zu groß für eine Person.«

»Das sagen wir dir schon seit Jahren. Wann immer du uns willst, werden Gib und ich bei dir einziehen. Jennifer und Tucker werden das alte Gordon-Haus renovieren und dort wohnen. Ludwig kann unser Haus haben, wenn es soweit ist.«

»Es *ist* soweit. Er muß heiraten und sich niederlassen. Ich hoffe, er wird besonnen genug sein, um eine kluge Wahl zu treffen.«

»Und das«, dachte Elsa, »ist etwas, daß er selbst tun wird, so sehr du dich auch nach einer angemessenen Braut für ihn umsehen magst.« Aber sie sagte nur: »Ich hoffe das auch« und ließ damit das Thema fallen. Die beiden Frauen fuhren vergleichsweise schweigend nach Hause. Elsa stieg an ihrem Tor aus und hoffte, ihre Mutter möge sicher nach Hause kommen, und war entschlossen, ihr diesen Wagen auszureden. Trotz Sallys Vorstellung von Nonchalance hatte sie jedoch selbst gesehen, daß sie das Autofahren und ihre Unabhängigkeit aufgeben müsse; das elektrische Auto wurde verkauft und für den Rest ihres Lebens, solange sie überhaupt fähig war auszugehen, wurde sie in einer großen Limousine herumchauffiert.

Tucker und Jennifer wurden im Sommer 1919 verheiratet: Die Hochzeit war laut *Fackel* ein »Juni-Ereignis«, das durch Sallys Entschiedenheit zu einem solchen gemacht worden war. Die Rauschs versammelten sich in großer Zahl: Ernest und Charles aus dem Osten und Westen mit ihren Familien und Paul und seine Frau mit ihren Kindern aus Madison City. Elsas Haus war voll von Jennifers Freunden von außerhalb der Stadt, Sallys mit ihren Söhnen und ihren Familien; es wurde also Annes Pflicht, Tuckers Mutter ihre Gastfreundschaft anzubieten. (Jessamine hatte ihr Gästezimmer angeboten, aber zugestimmt, daß es »nicht richtig aussehen« würde, weil Tucker bei seiner Großmutter wohne.) Julia war nicht nach Waynesboro zurückgekehrt, seit sie ihre Mutter begraben hatte. Ihre einstigen Freunde stimmten überein, daß sie immer noch eine sehr hübsche Frau sei, subtil und exquisit, kultiviert und kostspielig gekleidet, mit prachtvollen Juwelen, sie waren sich aber einig, daß die Sonne Südkaliforniens ihre Gesichtsfarbe schließlich ruiniert habe.

Für Anne war Julia die Anmut selbst: die sich herablassende große Dame (eine Rolle, die sie seit so langer Zeit gespielt hatte, daß sie zur zweiten Natur geworden war, dachte Anne). Und als solche würde sie nicht durch ein Wort oder irgendein Anzeichen zugeben, daß sie weder über die Verbindung erfreut war, die Gordons und Rauschs, noch, daß sie in einem Wettkampf triumphiert hatten, dessen Existenz zuzugeben sie sich überhaupt weigerte.

Die jungen Gordons richteten sich ihren Hausstand in einer Wohnung in Cincinnati ein. Jennifer arbeitete einige Zeit in dem Krankenhaus, in dem sie ausgebildet worden war, als Krankenschwester, mußte das aber gegen Ende 1919 aufgeben, da sie ihr erstes Kind erwartete: ein Mädchen, das zu Beginn des Jahres 1920 geboren wurde und das sie pflichtschuldig Sally Anne nannten. Etwa zwei Jahre später beendete Tucker seine Ausbildung und kehrte mit seiner Familie nach Waynesboro zurück, um in dem alten Gordon-Haus zu wohnen, das unter den kenntnisreichen Augen seiner Großmutter renoviert worden war: Die Wände waren von Lagen Tapeten bis auf die ursprüngliche Walnußholz-Verkleidung befreit worden; der fast zwei Meter große steinerne Kamin im Wohnzimmer wurde wieder freigelegt und repariert, das Ganze zum großen Teil mit überreich vorhandenen alten Möbelstücken ausgestattet, die auf den Dachboden der Rausch-Scheune gebracht worden waren, als sie im Haus nicht mehr gebraucht wurden. Die Tucker Gordons zogen ein, gaben eine Einweihungsfeier für ihre Familien und für Freunde wie die Stevens' und Edwards', die Gardiners und die beiden Dr. Warrens. Unter ihren eigenen Freunden gab es allgemeinen Jubel, besonders aber bei Rodney Stevens, den beiden Warrens und dem restlichen Krankenhauspersonal. Die Belastung war zu groß geworden. Der ältere Dr. Warren hatte angefangen, von Pensionierung zu träumen, und es würde bald notwendig werden, einen zusätzlichen Flügel zu bauen, um die Überfüllung zu vermindern.

Gib und Elsa waren in der Zwischenzeit bei ihrer Mutter eingezogen, die einen schreckerregenden Sturz erlitten hatte und danach überzeugt worden war, nicht mehr alleine wohnen zu dürfen, wie ergeben ihre Diener auch immer sein mochten. Ludwig blieb in dem Haus, in dem er aufgewachsen war, und zog einen Junggesellenhaushalt mit Ravenna, die ihn »versorgte«, einem Matriarchat vor.

Durch die frühen Zwanziger hielt der Klub an seinem kontroverselosen Kurs fest und vermied übereinstimmend jede Diskussion über Wilson und den Völkerbund und auch über die beiden Zusatzartikel zur Verfassung, die die Emotionen und Überzeugungen der Mitglieder weit heftiger berührten: das Prohibitionsgesetz, für das einige Mitglieder mit Herz und Seele gearbeitet hatten und das andere lächerlich fanden, und das Wahlrechtgesetz für Frauen, das alle Mitglieder des Klubs, energische alte Damen oder flotte junge als bereits lange überfällig betrachteten. Auch gab es keine große Debatte über die Wahl im Jahre 1920. Die Damen hielten es einstimmig für die höchste Zeit, daß die Demo-

kraten hinausgeworfen würden, und Harding, der Senator von Ohio war, repräsentierte sich als würdiger Kandidat: Selbstverständlich könne jeder Senator von Ohio die Präsidentschaft übernehmen.

Ein Ereignis im Herbst 1922 wurde als Neuigkeit und Stoff zum Klatschen betrachtet. Henry Voorhees zog sich von der Bank in den Ruhestand zurück und verkündete, daß er und seine Frau gleich nach Florida abreisen würden, wo sie ihre restlichen Jahre in der Wärme und dem Sonnenschein verbringen wollten. Sein Assistent wurde an seiner Statt zum Kassierer ernannt und die Bankgeschäfte gingen weiterhin mit Elsa als Präsidentin reibungslos. Als sie damals die Position ihres Vaters nach dessen Tod übernahm, hatte es verstecktes Lächeln in Waynesboro gegeben: jeder wußte, daß Elsa einen besseren Geschäftssinn als ihr Mann hatte. Und es war natürlich, daß ein Mitglied der Familie diese Position einnehmen würde; immerhin garantierten die Aktienanteile der Rausch-Familie die Kontrolle. Und da zuerst Mr. Cochran und danach Ludwig Rausch ihr eigenes Geld weise gehandhabt hatten und das ihrer Kunden desgleichen, wurde angenommen, Elsa als Präsidentin würde es mit Paul als Vorsitzendem des Direktoriums genausogut machen. Die Bank verlor keinen Kontoinhaber.

Es gab einige Mutmaßungen, weshalb Henry Voorhees auf seinem Posten als Kassierer geblieben war, nachdem er übergangen worden war. (Aber so waren Bankpositionen eben: auf Lebenszeit gesichert, aber mit geringer Chance auf Beförderung. Einmal Kassierer – immer Kassierer.) Hatte er erwartet, Elsa werde schwer auf die Nase fallen, und er würde schließlich doch noch Präsident werden? Falls das so war, hatte er bis zum Jahre 1922 alle Hoffnung aufgegeben; das erschien die einzige logische Begründung, weshalb er sich nun doch entschied, nachdem er so lange im Dienst geblieben war, in den Ruhestand zu treten; immerhin war er noch nicht ganz so alt.

Was nicht allgemein bekannt war, da der Frauenklub von Waynesboro die Öffentlichkeit scheute, war die Tatsache, daß auch Christina übergangen worden war, als Mrs. Ludwig Rausch als Präsidentin des Frauenklubs zurücktrat. Dieser Rücktritt erschütterte die kleine Gesellschaft wirklich, obwohl es für Sally sehr schwierig geworden war, an den Treffen außer an denen in ihrem eigenen Haus teilzunehmen, und Christina hatte an ihrer Stelle häufiger den Vorsitz geführt. Vielleicht hatten die Damen gefunden, Christina fehle es an Souveränität: zu steif und formell, zu unflexibel, ihre feste Kontrolle nicht von einer unerschöpflichen Natürlichkeit, Herzlichkeit und Anmut ausgeglichen, an die sich

die Klubmitglieder gewöhnt hatten. Jedenfalls rief Christina auf dem Treffen für die jährliche Wahl der Vorstandsmitglieder mit ihrem bekannten kühlen Lächeln die Schriftführerin auf, die Mitteilung vorzulesen, die sie erhalten habe – Sallys Rücktrittsgesuch als Präsidentin –, und bat um eine Nominierung von Kandidatinnen für das Amt. Da stand Charlotte Bonner auf, schlug vor, daß der Klub Mrs. Rausch, »die ihm so lange so gut gedient habe«, zur Präsidentin emeritus machen sollte und daß sie dann, anstatt sich mit schriftlichen Stimmzetteln aufzuhalten, mit einer Abstimmung durch Handheben ihre Tochter Mrs. Gilbert Evans zur Präsidentin wählen sollten. Der Antrag wurde gestellt, unterstützt, diskutiert (eine überraschte Elsa wandte sich entschieden dagegen), es wurde darüber abgestimmt und mit nur Elsas eigener Stimme dagegen befürwortet – und all das wurde von Christina mit keinem Zucken in ihrem Lächeln durchgeführt. Sie war die erste, die Elsa gratulierte. Und Elsa war überzeugt, sie werde immer denken, es sei eine abgekartete Sache gewesen.

Bald danach verkündeten die Voorhees' ihre Absicht, nach Florida zu ziehen, und Christina schrieb ihren Rücktrittsbrief an die Schriftführerin des Klubs. Es wurde bedauert und nutzlos dagegen protestiert; man gab eine Abschiedsteegesellschaft zu ihren Ehren am Ende des Programms im Hause von Mrs. Sheldon Edwards; Jessamine sagte, als sie sich zur rechten Zeit an ihr erstes, lange vergangenes Jahr in Waynesboro erinnerte: »Christina war die erste Freundin, die ich hier in Waynesboro hatte, natürlich außer Cousine Anne. Es war Mrs. Voorhees, die meinen Namen für die Mitgliedschaft im Klub vorschlug.« Während der Teestunde wurde Christina viel über ihre verschiedenen und wertvollen Beiträge gesagt: ihre immerwährende Bereitschaft, als sie noch jung war, für die Mitglieder zu singen und zu spielen. Die, die alt genug waren, Christina als Mädchen gekannt zu haben, sahen sich an und fragten sich, was in den Jahren geschehen sein mochte, das sie sich so verändert habe; jüngere Mitglieder fanden es schwer glaubhaft, daß die intellektuelle, moralisch inflexible, charakterlich ernste Mrs. Voorhees, wie sie sie kannten, je jung gewesen sei und bei leichtfertigen Beschäftigungen mitgemacht habe.

Anne und Sally Rausch hatten ihre eigenen Theorien, was den Umzug der Voorhees' anging, die sie sich allerdings nur gegenseitig anvertrauten. Kurz nach Tuckers Rückkehr von Frankreich hatte Anne versucht, Christina zu erzählen, daß er in Übersee Blair getroffen habe. Christina hatte sie unterbrochen und gesagt: »Dieser Name ist in unserem Haus seit vielen Jahren nicht mehr erwähnt worden. Ich ziehe es vor, ihn nicht zu hören.« Die schokkierte Anne berichtete Sally: »Ich kann nicht glauben, daß es auf der ganzen Welt eine Frau geben sollte, die sich nicht freuen würde zu hören, ihr lange verlorener Sohn lebe und sei gesund. Aber für sie ist er tot und begraben.«

»Sie muß wissen«, sagte Sally, »daß ganz Waynesboro weiß, daß Tuck Blair in Frankreich gesehen hat. Sie hat davon zu oft gehört. Ich habe auch mit ihr gesprochen und bekam die gleiche Abfuhr; und ich vermute, auch andere Klubmitglieder haben das getan. Und wer weiß, wie viele mit Henry Voorhees in der Bank darüber gesprochen haben? Chauffeur eines Generals: sie würde das nicht gerne haben. Deshalb will sie oder wollen beide jetzt irgendwohin ziehen, wo niemand je von Blair Voorhees gehört hat.«

Jennifer war zum Klubmitglied gewählt worden, als die jungen Gordons nach Waynesboro zurückgekehrt waren und Tucker bereit war, mit dem Praktizieren als Arzt zu beginnen. Aber Jennifer war fast soviel abwesend, wie sie anwesend war – schwanger im Jahre 1922 mit John Alexander und mit Belinda 1924.

Es hatte eines Sommermorgens, als Jennifer vorbeigeschaut hatte, um ihre Mutter zu besuchen, einen Streit mit ihrer Großmutter über den Namen des Kindes gegeben. Elsa war nicht zu Hause, und die Urgroßmutter des Babys nahm die Gelegenheit beim Schopf, ihre Einwände vorzubringen: Sie schaltete das Radio aus, um Jennifer ihre volle Aufmerksamkeit widmen zu können.

»Belinda ist ein so altmodischer Name, daß er lächerlich ist: Spitzenpapier-Valentinsgrüße und Krocket auf dem Rasen. Und davon abgesehen, ist es ein unglücklicher Name. Anne wird jedes Mal traurig sein, wenn sie ihn hört.«

»Es ist ein hübscher Name. Das Vergangene wird wieder modern, weißt du.«

»Ich wünschte, das wäre wahr«, sagte Sally, die sich zu Widerspruch und Kritik geneigt fühlte. Sie hatte dem Radiobericht von der Nationalversammlung der Demokraten zugehört und war ein bißchen über die Unterbrechung verärgert. »Röcke bis an die Knie, hochgerollte Strümpfe, Gürtel um die Hüften, Bubikopffrisuren und diese lächerlichen engen Hüte – Glocken? –, die wie Scheuklappen von einem Pferd aussehen.«

»Zumindest sitzen sie, ohne daß man Hutnadeln wie tödliche Waffen benutzt.«

»Als du zuerst von Paris nach Hause kamst mit deinen Röcken auf halbem Weg zu den Knien, dachte ich, du würdest zur Besinnung kommen. Statt dessen verunstaltet ihr jungen Dinger euch nun schrecklich.«

»Es ist die Mode. Ich nehme an, du hast dich nie so ausstaffiert, daß du lächerlich aussahst, indem du ausländische Mode getragen hast?« Da das nicht zu beantworten war, fuhr Jennifer fort: »Was Großmutter Anne angeht, ist sie hocherfreut, daß man sich an ihr kleines Mädchen erinnert: sie ist glücklich darüber.«

»Gibt es einen besonderen Grund, weshalb du deine Mutter besuchen wolltest?«

»Ja. Ich würde gerne Melissa Patton als Mitglied für den Klub vorschlagen. Wir liegen unterhalb der Zahl, die die Verfassung gestattet und wir brauchen mehr junge Leute.«

»Melissa! Dieses Baby! (Anne Gordon hätte ihr zugestimmt »Dieses Baby!« Babys wurden zwar größer, aber es war unglaublich, daß Melissa – !)

»Sie hat die Bibliotheksschule absolviert und hier eine Stelle als Miß McCunes Assistentin angenommen.«

»Und wir haben selbst Ruhamah McCune nie als Mitglied in Betracht gezogen! Natürlich hat sie wenig formelle Bildung, aber sie weiß wahrscheinlich mehr – jedenfalls, ich habe keine Einwände gegen Melissa: Mrs. Patton ist ein wertvolles Mitglied gewesen. Ich werde es deiner Mutter mitteilen.«

»Okay, Großmutter. Und danke. Sei mir nicht böse, bitte, nur weil ich in Kleidern des Jahres 1924 verrückt aussehe. Und hör deiner Jahresversammlung weiter zu – es tut mir leid, daß ich dich unterbrochen habe.«

Als sie gegangen war, schaltete Sally ihr Radio wieder ein. Zum ersten Mal in der Geschichte wurde eine Nominierungsversammlung für den demokratischen Präsidentschaftskandidaten übertragen, und überall im ganzen Land lachten sich gute Republikaner krank, während sie der Oppositionspartei zuhörten, wie sie sich selbst in Stücke riß. Als Sally zum x-ten Male den Namensaufruf der einzelnen Staaten vernahm und dann Alabamas Stimmabgabe für Oscar W. Underwood, vergaß sie Melissa Patton völlig. Der einzige Schatten auf ihrem Genuß an dem Programm war die Tatsache, daß Ludwig nicht mehr lebte, um ihr Vergnügen mit ihr zu teilen.

DIE MITGLIEDER DES FRAUENKLUBS

Miß Charlotte Bonner
Miß Ruth Campbell
Mrs. Caroline Edwards
Mrs. Jessamine Edwards
Mrs. Elsa Evans
Mrs. Anne Gordon
Mrs. Jennifer Gordon
Mrs. Sophie Lichtenstein
Miß Renata Lichtenstein
Mrs. Elizabeth Merrill
Mrs. Deborah Patton
Miß Melissa Patton
Mrs. Sarah Rausch
Mrs. Ellen Richards
Miß Amanda Reid
Mrs. Grace Warren

IN MEMORIAM
Miß Eliza Ballard
Mrs. Mary Ballard
Miß Susan Crenshaw
Mrs. Louisa Deming
Mrs. Katherine Edwards
Mrs. Gwen Evans
Miß Caroline Gardiner
Miß Lavinia Gardiner
Mrs. Laura Maxwell
Mrs. Mary McCune
Miß Agatha Pinney
Mrs. Thomasina Travers

1925–1929

»Der Klub gratuliert seiner neuen Braut…«

Captain Bodien trat kurz nach der Fertigstellung der neuen Fabrik des jungen Ludwig in den Ruhestand und bekannte, er sei von der modernen Maschinerie verwirrt. Ludwig ließ ihn nur widerwillig gehen, weniger um der Fabrik willen als wegen des alten Mannes selbst, denn er befürchtete, wenn er nichts mehr zu tun habe, würde er bald verlöschen. Aber es wurde 1925, bis er aufgab, sich in sein Bett legte und dort blieb. Der Arzt – der »junge« Dr. Gordon, den der Patient häufig mit seinem Vater oder sogar mit seinem Großvater verwechselte – konnte nichts Lebenswichtiges in Unordnung finden, außer einer Verkalkung der Arterien. Tukker sagte zu Barbara: »Er hat einfach genug gehabt. Er ist bereit aufzuhören. Immerhin ist er neunzig.«

»Siebenundachtzig.«

»Nahe genug. Es wird schwer für Sie werden, wenn Sie keine Krankenschwester finden können. Aber nicht so schwer, wie es mit einem dieser alten Männer wäre, die weglaufen und auf die man deshalb aufpassen muß oder nach denen man suchen muß. Ich nehme an, Sie haben jemanden, der die Tabletts für Sie trägt?«

»Er ißt nicht viel, obwohl er an nichts anderes zu denken scheint – ich nehme an, alles, woran er zu denken hat, ist seine nächste Mahlzeit. Machen Sie sich keine Sorgen, Tucker: ich habe zwei Töchter hier in der Stadt und mehrere Enkeltöchter. Wir kommen schon zurecht.« Sie blieb einen Augenblick stehen und sah von der Flurtüre zu dem dösenden alten Mann hinüber. »Er läßt sich jeden Morgen vom Friseur rasieren und seinen Schnurrbart in Ordnung halten.«

»Immer noch ein Soldat, und man sieht es ihm an.« Tucker fragte sich, ob sie nicht bemerkt habe, wie dünn der alte Mann sei, nur noch Haut und Knochen. Aber er glaubte, daß Barbara seinen von Tag zu Tag fortschreitenden Verfall vielleicht nicht bemerkte.

»Sollte er Gesellschaft haben? Ich frage mich, ob Mary...«

»Warum nicht, wenn die Gesellschaft jemand ist, den er sehen möchte? Es könnte ihn vielleicht aus seiner Lethargie aufrütteln... und Interesse daran wecken, am Leben zu bleiben.«

Sie schrieb noch an diesem Abend an Veronika und an Mary Lichtenstein, die Gardiner-Tochter, die ihrem Großvater einst so nahegestanden hatte. Barbaras kurzer Brief sagte: »Du bist immer sein Liebling gewesen, und seine Erinnerung ist so schlecht geworden, daß er deine unverzeihlichen Ideen vielleicht vergessen hat.«

Bevor ihre Mutter von Mary hörte, hatte sie Grund, sich zu fragen, ob sie recht gehabt hatte. Einige vorgefaßte Meinungen waren so tief im Bewußtsein ihres Vaters verwurzelt, daß sie ein unauslöschlicher Teil von ihm geworden waren. Als sie eines Nachmittags, als es geläutet hatte, zur Tür ging, fand sie den katholischen Priester auf der Schwelle. Nicht Vater Halloran, der ihren Vater so lange gekannt hatte, daß er es besser gewußt hätte, sondern sein junger Nachfolger.

»Ich bin gekommen, um Captain Bodien zu besuchen«, erklärte er, als sie ihn in die Halle gebeten hatte. »Ich betrachte ihn als zu meiner Gemeinde gehörig. Ich weiß, er ist ein gefallener Katholik, aber er ist ein Katholik. Wenn das Ende nahe ist, wollen die meisten alten Leute den Trost ihrer Religion, wie lange sie auch immer der Kirche ihren Rücken gekehrt haben mögen.«

»Ich weiß, daß das gelegentlich vorkommt. Aber mein Vater...«

»Ich habe einen kurzen Brief von ihrer Schwägerin bekommen, in dem sie mich bat, ihm diesen Besuch abzustatten. Es würde sie und Ihren Bruder sehr glücklich machen, wenn er mich empfangen würde. Werden Sie ihn fragen, ob er das tun will? Er möchte es vielleicht, selbst wenn er es nicht zugibt. Sie würden ihm nicht verweigern...?«

»Nein, ich würde es ihm nicht verweigern.« Barbara kannte ihren Vater besser als ihre Schwägerin. Überhaupt, verdammte Katherine! »Setzen Sie sich, Vater, und ich laufe rauf und seh mal zu, was er sagt.«

Als sie in das Schlafzimmer ihres Vaters eintrat, schloß sie die Tür fest hinter sich zu. Die ziegelsteinernen Trennwände des alten Hauses waren so dick, daß nur ein unbestimmtes Stimmengemurmel unten zu hören war. Was jedoch das Ohr des Priesters erreichte, war ein unverwechselbares Wutgebrüll. Seufzend nahm er seinen Hut und wartete stehend mit einer Hand auf dem Endpfosten der Treppe.

Als Barbara wieder erschien und ihm halb auf der Treppe entgegengekommen war, sagte sie: »Sie haben das gehört?« Und als der Priester nickte, fuhr sie fort: »Ich entschuldige mich für ihn, Vater. Aber er hat seine Haltung in bezug auf die Kirche nicht geändert. Es tut mir leid, daß sie einen so langen Weg vergeblich gemacht haben.«

»Vielleicht nicht vergeblich. Wie steht es mit Ihnen? Sie sind doch in die Kirche geboren worden. Beunruhigt Sie dieses unheilige Ende nicht?«

»Nein, das tut es nicht.« (Verdammt und zweimal verdammt sei diese Schwägerin von mir!) »Es tut mir leid, wenn ich barsch erscheine, aber die Antwort ist: nein. Mein Vater hat ein gutes und nützliches Leben geführt, und ich bin über sein Ende nicht im geringsten beunruhigt.«

Er sagte: »Vielleicht doch eines Tages. Jedenfalls vielen Dank, daß Sie es versucht haben.«

Mit einem höflichen, aber kalten Gruß »Guten Tag« verließ der Priester das Haus. Barbara wartete im Wohnzimmer auf Dougs Rückkehr vom Gericht. Sie traf ihn an der Türe, hob ihm ihr Gesicht zum Kuß entgegen und sagte: »Bevor du nach oben gehst...« und führte ihn in das Wohnzimmer.

Doug sah, daß sie beunruhigt war; sie sah erschöpft aus; in ihrem schwarzen Haar zeigten sich langsam weiße Strähnen. Er dachte: »Sie hat ein höllisches Eheleben gehabt: immer alte Leute auf dem Hals.« Er sagte nur: »Was ist jetzt, Barbie?«

»Papa ist wirklich abscheulich gewesen. Der katholische Priester ist heute nachmittag vorbeigekommen und hoffte auf ein Reuebekenntnis auf dem Totenbett – Beichte – Absolution – das ganze Theater. Das wenigste, was ich tun konnte, war, Papa fragen zu gehen. Er wollte ihn nicht nur nicht sehen, er wollte seinen Karabiner neben sich auf dem Bett. Er würde sich nicht von Priestern auf die Nerven gehen lassen, wie es Mama getan hatte, wobei er wohl vergaß, daß sie Vater Halloran immer dicht bei sich hatte haben wollen. Ich habe also sein Gewehr heruntergeholt, und er wird es neben sich im Bett behalten.«

Doug fand diese letzte Schrulle des alten Mannes komisch; mit einigem Widerstreben lachte Barbara mit ihm. Schließlich sagte er: »Ich hoffe, es ist nicht geladen?«

»Gesteh mir ein bißchen Verstand zu. Ich habe ihn schließlich dazu gebracht zuzugestehen, daß es seinen Zweck bereits erfüllen würde, wenn er es nur in Anschlag brächte. Ich glaube nicht, daß er stark genug ist, es wirklich hochzuheben.« Sie gestand ihm nicht, die Einmischung ihrer Schwägerin habe sie am meisten geärgert.

Als Doug hinaufging, um die Stunde vor dem Abendessen mit seinem Schwiegervater zu verbringen, öffnete er die Tür und blickte direkt auf den schwankenden Lauf eines Gewehrs. Er warf seine Arme in der üblichen Haltung hoch. »Ich bin es nur, Pop.«

»Doug, ja? Brauch' 'ne Minute, um sicher zu sein. Macht all dieses weiße Haar.«

»Er sieht mich immer noch als jungen Mann«, dachte Doug. Doug war schon seit so vielen Jahren Richter, daß er trotz seines Hinkens auch in seinem Auftreten dieser Rolle entsprach; gesetzt und würdevoll, manchmal streng und unerbittlich. Das weiße Haar trug zu diesem Bild bei. Laut sagte er: »Ich komme wie alle meine Zeitgenossen in die Jahre.«

»Du und Barbie – ihr seid verheiratet... wart' mal... ihr habt vier Mädchen, nicht?« Und dann, fast heftig: »Wo ist Mary?«

Da es das erste Mal seit etwa zehn Jahren war, daß er ihren Namen erwähnt hatte, war Doug ziemlich verblüfft: Der alte Mann hatte eine lange Zeitspanne aus seinem Gedächtnis verloren. Die Jahre, die er am liebsten vergessen würde, ohne Zweifel. Marys Vater sagte: »Mary kommt bald nach Hause, wir haben heute einen Brief von ihr bekommen.«

»Hab' doch den Eindruck, als ob sie fast mit dem College fertig sein sollte. Die Beste von der ganzen Bande, Mary. Hat 'ne Menge Mumm. Die anderen sind nur anständig aufgezogene junge Damen.«

Seine Enkeltöchter Caroline und Lavinia halfen jeden Tag, eine von ihnen verbrachte meist eine Stunde mit ihm, während die andere Barbara für eine Fahrt im Auto oder für irgendwelche Besorgungen mitnahm. Das verächtliche Abtun ihres Großvaters war unberechtigt, auch wenn Doug bezweifelte, daß er sie die ganze Zeit erkannte.

Der alte Mann fingerte an dem Gewehr, das er auf das Bett hatte fallen lassen, herum.

»Hat Barbara dir erzählt, weshalb...?«

»Ja. Aber du brauchst dir keine Sorgen zu machen. Sie wird ihn nicht hereinlassen, wenn er noch einmal kommen sollte.«

»Man kann bei diesen Kerls nie wissen. Die können durch Schlüssellöcher kriechen. Ich werd' das hier griffbereit halten. Nicht das Gewehr eines Artilleristen – Artilleriewaffe war der

Säbel, für Mann gegen Mann. Ich hab' die einem toten Kavalleristen abgenommen. Bei Gettysburg? – ich glaube schon. Frage mich, ob ich sie je Tess gezeigt hab'.«

»Zweifellos«, dachte Doug. Theresa Stevens, Dougs älteste Enkelin, hatte mehr Zeit mit Bodien verbracht als der ganze Rest von ihnen zusammen. Immer schon. Doug erinnerte sich an die Weltkriegskarte an der Wand, und an Theresa als gebannte Zuhörerin bei seinen Vorträgen und Erinnerungen. Mit dreiundzwanzig hatte sie das College hinter sich und war wieder zu Hause, zumindest für eine Weile, und widmete ihre Zeit dem alten Mann in seinem muffigen Schlafzimmer; sie hörte seinen Geschichten zu, die sie wohl schon auswendig kennen mußte, wartete, wenn er einschlummerte, und gab ihm, wenn er wieder aufwachte, das Stichwort, das ihn wieder zum Reden brachte. Doug konnte nicht verstehen, weshalb ein junges Mädchen seine Zeit so verbringen konnte, aber er war dankbar, weil es Barbara und den Captain glücklich machte. Was er nicht wußte, sowenig wie sonst jemand, war, daß Theresa von den Gardiners nach Hause ging und sich dort Notizen über das machte, was sie gehört hatte. Schon als Kind hatte sie sich entschlossen, wenn sie groß sein würde, Bücher zu schreiben, und sie hatte sich nicht geschämt, das offen zu sagen. Als sie noch ein Teenager gewesen war, hatte sie entschieden, das Leben ihres Urgroßvaters würde ein gutes Thema abgeben, aber sie war schweigsam über ihr Schreiben geworden, für den Fall, daß sie es doch nicht schaffen sollte; sie würde nichts mehr zu irgend jemandem sagen, bis das Buch fertig wäre. Es machte ihr nichts, daß Captain Bodien sie nur selten als Theresa erkannte und sie ohne Unterschied auch Barbara, Lavinia und Caroline nannte.

Doug fühlte sich seiner Enkelin Tess nahe: er hatte eine Vorliebe für Verstand. Die arme Theresa, wie ihre Tante Mary vor ihr, war kein hübsches Kind gewesen und war jetzt auch kein hübsches Mädchen: unansehnliches braunes Haar, das so dünn war, daß es immer vom Wind zerzaust war, dünne Wangen und ein etwas unsymmetrisches Kinn; aber sie hatte einen Ausgleich: die wundervollen veilchenblauen Augen ihrer Großmutter Barbara. Doug war die Tatsache nicht verborgen geblieben, daß ihr Vater und ihre Großmutter Jessamine es schwergefunden hatten, als sie klein war, ihr die kindliche Reizlosigkeit zu verzeihen, besonders wenn ihre hübsche kleine Schwester Barbara und die beiden hübschen Töchter ihrer Tante Caroline mitgekommen waren. Ihr Vater war darüber hinweggekommen, als die Zeugnisse, die sie aus der Schule mitbrachte, ihre Intelligenz bewiesen, aber es wurde von ihrer Familie und ihren Freunden als Selbstverständlichkeit erachtet, daß sie als alte Jungfer leben und sterben würde: Sie war zurückhaltend, reizlos und intellektuell.

Im Bewußtsein derer, die sie kannten, gehörte sie in die gleiche Kategorie wie Renata Lichtenstein, die zur Yale-Universität gegangen war, sobald ihre Mutter nach dem Ende des Krieges ihr Gleichgewicht wiedergefunden hatte, oder wie Rebecca Merrill, die schließlich doch ihre zwei Jahre an der Sorbonne bekommen und damit zuzüglich zu ihrem amerikanischen Doktor einen französischen Universitätsabschluß erlangt hatte; sie war jetzt zurück und arbeitete in Oberlin als Assistenzprofessorin. Sie verbrachte immer noch die meisten ihrer Sommer im Ausland und forschte und schrieb gelehrte Artikel für Universitätsmagazine. Obwohl sie sehr respektiert war, wurde sie als hoffnungsloser Blaustrumpf eingeschätzt, eine alte Jungfer, die an Karl dem Großen mehr interessiert ist als an irgendeinem lebenden Mann. Doug erschien es eine ehrenvolle Karriere – sogar eine beneidenswerte. Obgleich er sich freute, Tess um sich zu haben, wunderte es ihn, daß sie zufrieden sein sollte, in Waynesboro zu bleiben und nichts anderes zu tun, als einem senilen alten Mann zuzuhören.

Veronika kam pflichtbewußt nach Hause, um ihren Großvater zu besuchen, verbrachte ein Wochenende mit ihrer Schwester Caroline und ihrer lauten Brut junger Edwardians und war wieder weg. Als sie abgereist war, beschwerte sich ihr Großvater Barbara gegenüber: »Ich kann die Leute in meinem Kopf nicht mehr auseinanderhalten. Wer war diese hübsche, hochtrabende junge Dame, die gerade hier war? Eine von deinen?«

»Ja, Veronika. Ist nur gekommen, um dich zu besuchen.«

Er schloß seine Augen, aber er schlief nicht, er dachte nach. Schließlich sagte er: »Ich weiß. Sie hat dieses ausgestopfte Hemd aus Cleveland geheiratet. Ist sie glücklich?«

»Soviel ich weiß. Sie hat bekommen, was sie vom Leben erwartet hat.«

»Das ist alles, was man verlangen kann, nehme ich an.«

Als Mary kurz danach ankam, um für »einen richtigen Besuch« zu Hause zu bleiben, gab es im Bewußtsein ihres Großvaters keinerlei Zweifel über ihre Identität. Sie kleidete sich wie der Sozialarbeiter, der sie ja auch war, und sah also auch wie einer aus: Ihr schweres sandfarbenes Haar war zurückgekämmt und in einem Knoten im Nacken zusammengewunden, und ihr schlichtes dunkles Kleid war zumindest zwölf Zentimeter länger, als es irgend jemand sonst in diesem Jahr trug. Aber als sie an sein Bett herantrat und ihn weckte, indem sie zu wissen verlangte: »Wozu ist denn das Gewehr?« erkannte er sie sofort.

»Für den ersten Priester, der hier langkommt und seine Nase hier reinsteckt.«

Es war so offensichtlich, daß er den schweren Karabiner nicht mehr heben konnte, daß sie, auch wenn sie lachte, um ihn trauerte: Es war alles weg, die ganze Kraft, die er einmal gehabt hatte. »Laß nur, Großvater. Ich halt' sie draußen.«

»Lange nicht gesehen, Mary. Immer noch auf dem College, was?«

Die dazwischenliegenden Jahre waren also ausgelöscht worden. Besser so. Sie sagte: »Ich bin immer langsam gewesen.«

»Kann man wohl sagen. Dies Mädchen von Lavinia – Tess, heißt sie – ist schon graduiert. Sitzt manchmal bei mir. Erträgt mich mit Geduld und hört sich die Geschichte meines Lebens an. Hat es noch nicht satt, wie der Rest von euch.«

»Ich hatte es nie satt, dir zuzuhören«, dachte Mary. »Acht Jahre oder so in der Armee und danach hat er den ganzen Rest seines Erwachsenenlebens damit verbracht, Seil herzustellen, und es sind immer noch die Armeejahre, die ihm das meiste bedeuten.« Sie fragte sich ziemlich bitter, ob das für alle alten Soldaten galt. Sie leben für kurze Zeit auf des Messers Schneide und nichts sonst in ihrem späteren Leben scheint der Erinnerung so wertvoll. War es zwecklos, so hart für den Frieden zu arbeiten, so hart, wie Franz und sie es getan hatten? Sie empfand wieder die Verzweiflung, die sie gefühlt hatte, als sich der Senat geweigert hatte, die Vereinigten Staaten dem Völkerbund beitreten zu lassen. Aber sie würde nichts sagen, das ihren Großvater an ihre pazifistischen Aktivitäten erinnern könnte. Statt dessen blieb sie einen Augenblick und plauderte über die Familie, dann stand sie auf, um hinauszugehen.

Captain Bodien öffnete die Augen und sagte: »Seh ich dich noch mal?«

»Ich bleibe eine ganze Woche.«

»Gut. Aber keinen Unfug mehr, zu versuchen eine Gewerkschaft in der Mühle zu organisieren, hörst du?«

»Kein Unfug mehr in der Mühle, ich verspreche es.«

Später sagte sie zu ihrem Vater: »Ich nehme an, die Seilgesellschaft ist immer noch nicht gewerkschaftlich organisiert?«

»Nein. Solche Gelegenheitsarbeiter, wozu brauchen die eine Gewerkschaft? Ihre Arbeitszeit ist verkürzt worden, seit der alte Rausch tot ist; sie bekommen einen fairen Lohn.«

»Die Zeit wird kommen.«

»Oh, das nehme ich an«, sagte er bereitwillig. »Aber Ludwig Evans wird ein harter Mann in einem Arbeitskampf sein. Wie sein

Großvater kennt er jeden Arbeiter in der Fabrik als Person und nicht nur als Arbeitnehmer. Sehr tüchtiger Bursche, Ludwig Evans.«

»Und jung genug, um mit den Zeiten Schritt zu halten.«

»Und sehr auf Neuerungen bedacht, glaube ich. Ein neues Fabrikgebäude, die modernste Maschinerie, mit Elektrizität angetrieben anstatt mit Dampfkraft.«

»Also Neuerungen in keiner Beziehung abgeneigt, außer wenn es sich um seine Arbeiterschaft handelt. Ich nehme an, der Firma geht es gut.«

»Brauchen sich keine Sorgen zu machen.«

»Ich erinnere mich an Ludwig Evans, als er noch ein kleiner Junge war. Er schien immer freundlich und zugänglich.«

»Genau wie sein Großvater, vermute ich. Zugänglich genug in bezug auf unbedeutende Dinge, aber wenn er ein Machtwort spricht, ist es gesprochen.«

»Der Himmel helfe seiner Frau. Ich nehme an, er ist verheiratet.«

»Nein.«

»Seltsam. Niemand, der die Dynastie weiterführt.«

»Er kann noch nicht weit über dreißig sein. Noch viel Zeit.«

Obwohl es niemand wußte, er selbst nicht und viel weniger seine Familie, war Ludwig gerade dabei, sich Hals über Kopf zu verlieben – auch wenn er das Mädchen noch nicht einmal kannte. Er wußte ihren Namen, Melissa Patton, nur, weil er seine Familie nach dem »neuen Mädchen« in der Bücherei gefragt hatte.

Er war eines Abends in die Bücherei gegangen, um nach bestimmtem technischem Arbeitsmaterial zu suchen, und hatte statt Miß McCune ein junges Mädchen hinter dem Schreibtisch vorgefunden. Sie sah so jung aus, daß er zuerst zögerte, sie nach dem zu fragen, was er wollte; wie konnte irgend jemand, der so aussah – ovales Gesicht, intensive blaue Augen, kurzes Haar, nicht eigentlich rot, eher golden –, irgendwas über Technologie wissen?

Ihr Haar, das sich über der Stirn lockte, ließ den Nacken frei und gab ihr ein verletzliches Aussehen. Dieser schlanke Nacken erinnerte ihn an jemanden – an jemanden, hinter dem er einmal irgendwo gesessen hatte, aber er konnte sich nicht erinnern wo. Ihre Handgelenke sahen zu zerbrechlich aus, als daß sie diese ganzen schweren Bücher handhaben konnten, dachte er. Und dann erinnerte er sich daran. Er war mit Jennifer auf dem Dinner zum fünfzigsten Jubiläum des Frauenklubs gewesen. Es hatte bei seiner Großmutter stattgefunden, und nach dem Essen saßen sie auf Reihen von geradrückigen Stühlen, während die Damen ihr

Programm vorführten. Das Mädchen hatte in der Reihe vor ihnen gesessen, und es war ihm aufgefallen, wie verletzlich dieser junge Nacken aussehe. Es war in dem Jahr, als er aus dem Krieg zurückgekommen war – 1918, wie er sich selbst erinnerte. Nach dem Programm waren sie gleich gegangen, und er hatte nie mehr an diese kindliche Figur gedacht.

Aber jetzt gab es keinen Zweifel mehr. Er wußte, das war das Mädchen, das er heiraten wollte. Als er seine Familie über sie ausfragte, wurde ihm gesagt, sie sei Melissa Patton und jetzt Ruhamahs Assistentin. Sie war auf ein College gegangen, das junge Frauen auf verschiedene Berufe vorbereitete, hatte ihren Abschluß in Bibliothekswissenschaften gemacht und war dann zurückgekehrt, um in der Bibliothek zu arbeiten, mit der sie so vertraut war. Ohne daß er zu fragen brauchte, sagten sie ihm, die Patton-Familie lebe in der einen Häfte des Ballard-Hauses, in dessen anderer Hälfte Sam Travers schon seit so vielen Jahren wohnte.

Auch wenn er sich Hals über Kopf verliebt hatte, war Ludwigs Werbung doch eine sehr formelle und konventionelle. Und Waynesboro sah zu, wie er so viel Zeit wie er nur konnte, mit ihr verbrachte: an ihren freien Abenden, so häufig wie er es schicklich fand, besuchte er sie bei den Pattons, wo die beiden ihre Zeit wie zwei wohlanständige Viktorianer im Salon verbrachten, der einmal der der Ballards gewesen war.

Nach einer Weile dachte er, diese Abende müßten sehr langweilig für sie sein, und er lud Jenny ein, damit sie alle zu ihm zum Abendessen und für den Abend kämen.

Aber bevor dies arrangiert werden konnte, gab es einen Abend, an dem Tucker ihn anrief und fragte, ob er mal zu den Gardiners gehen könne. »Der alte Mann fragt nach dir«, erzählte er ihm, »wirst du hingehen?«

»Natürlich. Er wird mich vielleicht nicht erkennen, wenn ich da bin. Zumindest hat er das beim letzten Mal nicht getan.«

»Ich glaube doch. Einer dieser klaren Augenblicke in den letzten Minuten.«

Ludwig brachte die Entfernung über die Nebenstraßen in einem guten Tempo hinter sich. Als er am Bett stand, gab es keinen Zweifel, Captain Bodien erkannte ihn: »Jung-Ludwig, du hast die Fabrik übernommen.«

Ludwig sah mit ehrlicher Trauer auf das graue Gesicht mit den eingesunkenen Augen des kleinen alten Mannes herunter, der immer noch seinen Artilleristenschnurrbart trug. »Ja. Ich fülle Großvaters Position noch nicht unbedingt ganz aus, aber – ja.«

»Die Gesellschaft – alles klar?«

»Ja. Natürlich gehen die Dinge nicht so reibungslos, wie damals, als Sie noch da waren, aber das Geschäft geht besser als kurz nach dem Krieg.«

»Wirtschaftskrise?«

»Nein. Das Geschäft geht gut genug. Aber ich habe einige ziemlich hochtrabende Vorstellungen in bezug auf weitere Expansion aufgegeben. Lieber eine kleine Fabrik, die sich bezahlt macht, als eine große, die schwer verschuldet ist. Das Geschäft hat während des Krieges einen Boom erlebt, und jetzt stehen die Aktien völlig unsinnigerweise himmelhoch. Es wird einfach eine Reaktion geben müssen.«

»Du erinnerst dich nicht an die Siebziger, nicht? Das waren schlechte Zeiten. Dein Großvater hat die Arbeiter Werg, Bettseile, alles mögliche machen lassen, selbst wenn es nicht verkauft werden konnte.«

»Ich habe von dieser Zeit gehört.«

»Schlechte Zeiten kommen wieder. Immer so. Sechsundneunzig. Neunzehnsechs. Mach's wie Captain Rausch. Laß die Arbeiter nicht verhungern!«

Tucker, der während der kurzen Unterhaltung am Fußende des Bettes gestanden hatte, schüttelte nun seinen Kopf und sagte zu Ludwig: »Das ist genug.«

Ludwig legte seine starke Hand auf die geäderte des alten Mannes, die immer noch auf dem Kolben des Gewehrs ruhte. »Ich verspreche es, Captain Bodien. Solange ich die Fabrik leite, wird es so weitergehen. Unsere Arbeiter werden ihren Job behalten.«

Auf seinem Weg nach draußen, als er an der Wohnzimmertür vorbeikam, hielt er einen Augenblick inne und sprach ein paar Worte mit den Gardiners und Stewart Bodien und seiner Frau. Doug und Barbara standen auf und brachten ihn bis zum vorderen Vestibül.

»Wie fanden Sie ihn?«

»Schwach. Aber sein Bewußtsein war völlig klar. Hat mich nicht einmal ›Captain Rausch‹ genannt.«

»Das freut mich. Er phantasiert manchmal. Die Fabrik hat ihm aber auf der Seele gelegen. Danke, daß Sie gekommen sind. Tucker meint, es würde jetzt nicht mehr lange dauern. Stewart und ich – Kathleen – warten nur noch. Wir wollten die Mädchen nicht kommen lassen oder die Kinder. Ich halte nichts von diesen Totenbettszenen mit der ganzen Familie um das Bett versammelt. So irisch-katholisch – und Papa hätte es verabscheut.«

»Ich bin froh, daß Sie mich haben kommen lassen. Ich habe

Ihnen vielleicht die letzten klaren Augenblicke gestohlen. Danke, Mrs. Gardiner.«

Als er die Haustür hinter sich geschlossen hatte, dachte er: »Sie ist so erschöpft, daß sie schwatzt. Aber sie hat recht: Totenbettszenen sind ein Überbleibsel viktorianischer Barbarei.«

Aber Captain Bodien bekam seine Totenbettszene, wenn auch nur eine kleine. Als Ludwig gegangen war, nahm Tucker unter der widerstandslosen Hand das Gewehr weg, stellte es in eine Ecke und rief zu Barbara herunter: »Mrs. Gardiner, Sie kommen besser.«

Barbara ging als erste nach oben und hoffte, daß ihr Vater nicht bei Bewußtsein sei: Das Klicken von Kathleens Rosenkranz hätte ihn sehr verärgert. Immer noch Hoffnung auf Reue und Erlösung? Es war ihr in völlig unzweideutigen Worten verboten worden, den Pfarrer zu rufen. Barbara hätte sich keine Sorgen zu machen brauchen. Die Augen ihres Vaters waren offen, aber ausdruckslos. Er murmelte: »Captain Rausch? Hier – vor einer Minute.«

»Er ist gegangen, Papa.« Es hatte keinen Zweck, es erklären zu wollen.

»Hab' ich ihm überhaupt gesagt – kann mich nicht erinnern – Antietam? General Gibbon bediente selbst ein Geschütz. Mitten auf der Straße – alle Schützen erschossen? Aufpassen – Kornfeld – Rebs kommen zurück durch – Rauch –« Seine Stimme wurde immer schwächer. Seine Finger zupften an der Decke; seine rechte Hand kroch dahin, wo das Gewehr gelegen hatte. Er glitt in Bewußtseinslosigkeit hinein, ohne es zu merken.

Tucker sagte: »Es wird nicht mehr lange dauern. Bleiben Sie, wenn Sie wollen, aber er wird es nicht mehr merken. Antietam! Wie oft, als Lud und ich noch Jungs waren –«

Stewart sagte rauh: »Wie merkwürdig das ist! Ich nehme an, sie gehen alle zu ihrem Krieg zurück am Ende, wie lange es auch immer her sein mag.«

»Nicht so seltsam«, antwortete Tucker. »Man lebt nie so wirklich, als wenn man weiß, daß es in der nächsten Minute schon vorbei sein kann. Es bleibt in der Erinnerung lebendig. Ich kenne das.«

Dann brach er ab und lauschte nur noch auf den leisen Atem, bis er nicht mehr zu hören war. Er nahm das zerbrechliche Handgelenk des alten Mannes, fühlte nach dem Puls und zog nach einem Augenblick das Bettlaken über das Gesicht von Captain Bodien. »Der Tod eines alten Soldaten«, sagte er.

Nicht lange nach der Beerdigung besuchte Theresa Stevens Tucker, um die Einzelheiten des Sterbens ihres Urgroßvaters zu erfahren. Eines Nachmittags wartete sie in seinem äußeren Wartezimmer, bis alle Patienten entlassen worden waren, und fragte ihn dann, als er zur Tür kam, ob er Zeit habe, sich mit ihr zu unterhalten. Sie sei nicht da, weil »irgend etwas mit ihr los sei«.

Er grinste sie an. »Ich muß sagen, Sie sehen auch in Hochform aus. Aber klar, kommen Sie herein.«

Er führte sie in das mittlere Behandlungszimmer, das als Hintergrund für so vieles im Leben seines Vaters und Großvaters gedient hatte, und wies auf einen der niedrigen Lederstühle mit verstellbarem Rückenteil. Statt sich aber darin zu entspannen, saß Theresa auf der Kante und zögerte auf einmal zu sprechen.

»Nun, was kann ich für Sie tun?«

»Erzählen Sie mir«, sagte sie plötzlich, »von Großvater Bodiens Tod. Mutter war nicht dabei, und ich kann Großmutter Gardiner nicht fragen: Es wäre grausam.«

»Finden Sie das nicht ein bißchen morbide?« Er betrachtete sie neugierig. Keine Schönheit, sicherlich, nur die dunkelbewimperten veilchenblauen Augen. Obwohl sie Rodneys Kind war, eine Cousine in einem sehr entfernten Grad, kannte er sie nicht gut. Da er so viele Jahre von Waynesboro entfernt gewesen war, hatte er sie nicht aufwachsen sehen.

»Nein. Ich will nur wissen, wie er gestorben ist, woran er gedacht hat.«

»Man kann es nicht ›Denken‹ nennen. Sein Verstand irrte umher.«

»Bitte, ich möchte wissen: wohin ›irrte‹ er? Ich wollte nicht dabeisein und ihn sterben sehen. Ich hatte ihn viel zu gern. Aber ich will wissen, was er gesagt hat.« Und obwohl ihre Augen feucht geworden waren und ihre Unterlippe zitterte, kramte sie in ihrer Handtasche herum, aber nicht um ein Taschentuch zu suchen, sondern den Notizblock und einen Bleistift.

Tucker dachte: »Was für ein seltsames Mädchen! Will sie sein Umherschweifen auf dem Totenbett für die Nachwelt aufzeichnen?« Theresa war nie sehr offen gewesen, aber bisher war sie ihm völlig normal erschienen.

Während seines langen Schweigens hatte sie es sich überlegt. Sie wollte nicht, daß er glaube, sie sei merkwürdig, und es würde leicht sein, Vetter Tuck das Geheimnis anzuvertrauen, das sie vor jedem anderen verborgengehalten hatte.

»Ich werde Ihnen sagen, weshalb ich es wissen will, wenn Sie mir versprechen, nicht zu lachen oder mich für dumm zu halten – oder für so vermessen, daß ich glaube, es schaffen zu können. Und Sie dürfen es niemand anderem erzählen.«

Er lächelte sie an. Tucker verfügte über ein herzerwärmendes Lächeln. »Ich verspreche es. Sie können sich nicht vorstellen, wieviel Übung Ärzte darin haben, Geheimnisse für sich zu behalten.«

»Ich schreibe ein Buch über Großvater Bodien und ich muß es wissen.«

»Ich verstehe.« Tucker war erleichtert. »Eine Biographie?«

»Na ja, so in etwa. Zum größten Teil, woran er sich erinnerte und worüber er redete. Zu Generationen von Kindern.«

»Ich verstehe«, sagte Tucker wiederum. »Sie nennen es am besten ›Der Rattenfänger von Hameln‹. Ich war eins dieser Kinder, wissen Sie. Ludwig Evans und ich und manchmal Jennifer sind oft zur Fabrik gegangen, als wir noch klein waren, nur um mit ihm zusammen nach Hause gehen und ihm zuhören zu können.«

»Das ist ein Bild, das ich noch nicht hatte: also sogar Ihre Generation. Danke. Aber Sie werden es niemandem sagen, nicht? Bislang weiß es keiner. Oh, natürlich wissen Mutter und Dad, daß ich versuche, etwas zu schreiben. Ich verbringe meine ganzen Tage in meinem Zimmer und kritzele, und sie haben mich oft, als ich noch klein war, sagen hören, daß ich Bücher schreiben werde, wenn ich einmal groß bin. Aber sie wissen nicht, was ich schreibe. Ich könnte es nicht ertragen, wenn sie mir sagen, was ich schreiben soll, und wenn sie mich ständig fragen würden, wie ich weiterkomme. Und ich würde mich ziemlich dumm fühlen, in Waynesboro herumzugehen und zu sagen: ›Ich schreibe ein Buch‹. Es würde so eingebildet klingen – und vielleicht bin ich gar nicht dazu in der Lage.«

»Das kann ich auch verstehen.« Tucker wußte, sie könnte nicht mehr als neun oder zehn Jahre jünger sein als er, aber wie er sie dort sah, in dem alten Lederstuhl, ihr hellbraunes Haar unordentlich und vom Wind zerzaust, ihr Gesicht leuchtend und neugierig, schien sie ihm kaum »erwachsen«. »Allergrößtes Ehrenwort: ich werde es keiner Menschenseele erzählen. Jetzt nehmen Sie Ihr Notizbuch, und ich werde Ihnen seine letzten Worte sagen. Es war kein tragischer Tod, wissen Sie – es war nur deshalb traurig, weil ein langes, erfülltes Leben an sein Ende gekommen war.«

In wenigen Augenblicken hatte er die letzten Worte des Captains diktiert, so wie er sich daran erinnerte. Als sie alles aufgeschrieben hatte, sagte er: »Sie hatten recht, wissen Sie: er war bis an sein Ende ein alter Soldat. Ihre Großeltern waren anwesend und Ihr Onkel Stewart und seine Frau, die mit ihren Rosenkränzen rasselten und beteten, aber er hat nichts von ihnen gehört oder gesehen.«

»Das muß für Großmutter schwer gewesen sein.«

»Glaube ich nicht. Er wäre nur so böse über Mrs. Bodien gewesen, wenn sie den Rosenkranz gebetet hätte. Ich glaube, Ihre Großmutter war erleichtert, als alles vorbei war. Nun, viel Glück, Theresa. Und wenn es sonst noch etwas geben sollte, das ich Ihnen erzählen kann, dann lassen Sie es mich wissen.«

Tucker hielt sein Wort: Er berichtete nicht einmal Jennifer von Theresas Besuch. Er erzählte Ludwig beim nächsten Mal, als er ihn traf, Captain Bodien habe nach seinem letzten Abend bei ihm geglaubt, er habe mit Captain Rausch gesprochen. »Ihr seht euch auch ein bißchen ähnlich, weißt du. Eigentlich bist du ihm sogar ziemlich ähnlich.«

»Nicht halb, und ich werde es auch nie sein. Ich habe nicht seinen Elan.«

Tucker fand Ludwig sehr abwesend, ohne Interesse für jedes zwanglose Gespräch, und er fragte sich, ob die Geschäfte der Firma Rausch schlechtgingen. Als er etwas in der Art zu Jenny sagte, lachte sie ihn aus.

»Er ist Hals über Kopf in Melissa Patton verliebt. Ich habe es dir schon einmal gesagt.«

Nach dem ersten Essen und dem Abend bei den Gordons wechselten die Besuche bei den Pattons mit Besuchen bei Jenny und manchmal bei Tuck ab; und dann gab es Abende, die in der Gesellschaft von Fritz und Renata Lichtenstein und verschiedenen anderen verbracht wurden. Ludwig begann schließlich damit, sie für einen ganzen Tag und Abend nach Cincinnati mitzunehmen, wo sie durch den Zoo spazierten und das Museum besuchten und im Gibsonhaus dinierten. Er zeigte ihr die Rausch-Gesellschaft aber noch nicht, weil das vielleicht zu offensichtlich wäre. Sie fuhren alllerdings mehr als einmal nach Madison, um in einem Restaurant oder bei seinem Onkel Paul und seiner Familie zu speisen. Und all das in der Mitte der zwanziger Jahre, als andere junge Leute Flüsterkneipen und geheime Rasthäuser ausfindig machten, wo sie essen, trinken und tanzen konnten. Als ihre Eltern merkten, die Angelegenheit würde ernst, und sie daran erinnerten, wie weltlich die Rausch-Familie sei, konnte sie der Wahrheit gemäß sagen, Ludwig habe sie noch nie irgendwohin mitgenommen, wohin ihr Vater nicht selbst gegangen wäre.

»Außer, daß ich es mir nicht leisten könnte«, erinnerte sie Reverend Mr. Patton. »Melissa, du würdest dich wie ein Fisch auf dem Trockenen fühlen, wenn du in diese Familie hineinheiraten würdest.«

»Ich wüßte nicht warum. Ich kenne Jennifer schon so lange ich denken kann. Ich kenne seine Mutter und seine Großmutter vom Klub her – und das tut ja auch Mutter. Davon abgesehen, wer redet vom Heiraten? Er hat mich noch nicht einmal gefragt.« Und sie verließ kurz angebunden das Zimmer.

Nicht lange danach fragte er sie. An einem schönen Abend im frühen Frühling, als die knospenden Blätter in den Bäumen im Gegensatz zu dem Smaragdgrün der Getreidefelder nur schwach grün erschienen, nahm er sie auf eine Fahrt aufs Land mit. Er hielt das Auto auf einer Hügelkuppe an, von wo aus sie das Licht des Tages im Westen ersterben sahen. Dann zog die Dämmerung herauf und die Sterne kamen hervor. Er wandte sich ihr zu und wagte, was er schon so lange hatte tun wollen: seine Hand auszustrecken und die feinen Locken aus ihrer Stirn zu streichen.

»Melissa. Oh, Lissa! Kennst du mich jetzt gut genug, um zu wissen, ob du mich heiraten könntest?«

Sie lachte ihn ein bißchen aus, aber ihre Augen sahen ihn ganz zart an; da nahm er sie liebevoll in seine Arme und, als sie ihr Gesicht zu ihm erhob, küßte er sie. Und einmal war nicht genug.

»Du meinst, du willst? Oh, Lissa, ich liebe dich so sehr.«

Sie nickte mit dem Kopf an seiner Schulter. »Ja. Ich will. Ich liebe dich auch. Und wenn es mit dem Teufel zuginge, ich will dich heiraten.«

Er lachte über ihre Wahl von Schwüren, legte aber seine Arme wieder um sie; ihre zweite Umarmung hatte nichts mehr von der Zaghaftigkeit der ersten. Sie waren zwei junge Leute, die leidenschaftlich ineinander verliebt waren.

Als sie sich endlich wieder voneinander lösen konnten, sagte Ludwig: »Was hast du gemeint, ›Wenn es mit dem Teufel zuginge‹? Wird deine Familie Einwände erheben?«

»Nicht wirklich. Es ist nur, weil sie glauben werden, ich würde mich in eine andere Welt wagen – eine, in der ich mich nicht zu Hause fühlen werde. Als ob ich das nicht überall tun würde, wo du bist. Aber wie steht es mit deiner Familie? Wenn ich nicht willkommen wäre – ich bewundere deine Großmutter, wenn wir die Klubtreffen in ihrem Hause haben, ist sie wie eine Kaiserin in ihrem großen Sessel. Aber ich hätte auch vor ihr Angst, wenn sie es nicht billigen würde. Auch wenn sie nicht mehr Präsidentin ist, tut doch jeder noch, was sie will und plant.«

»Wenn du sagen willst, sie sei eine alte Tyrannin, vermute ich, daß das stimmt. Ist es auch immer gewesen, nehme ich an, aber es ist stärker hervorgetreten, seit Großvater tot ist. Oder es ist das Alter. Ist es dir nicht aufgefallen, wie Fehler im hohen Alter überstark betont werden? Vielleicht lassen die Kontrollen nach, die verbergen, wie schwierig die Leute wirklich im Innern sind. Aber die Leute lieben Großmutter, weißt du, und das ist nicht schwer.«

»Ich habe nie irgendwelche alten Leute wirklich gut gekannt.«

»Du wirst sie noch kennenlernen – glaube mir, mein Liebling, bestimmt.«

»Ludwig, warte! Wie steht es mit deinem Vater und deiner Mutter? Ich könnte es nicht ertragen, wenn sie...«

»Sie ermuntern mich schon seit Jahren, endlich zu heiraten... sie hatten Angst, ich würde zu alt, vermute ich: würde zu einem wirklichen Junggesellen.« (»Die akzeptabelste Partie in ganz Waynesboro«, sagte ihm Melissa.) Er fuhr fort: »Hast du nicht den Eindruck, ich bin alt und langweilig? Wenn ich lebhafter wäre, ein richtiger Hansdampf, könnte ich eher verstehen, warum du... liebst du mich?«

»Ja, wirklich, Ludwig«, versicherte sie ihm. »Und ich will keinen ›Hansdampf‹. Wie dumm du sein kannst! Daß meine Eltern etwas dagegen haben könnten. Aber ich kann dich noch nicht gleich heiraten. Ich muß meinen Job behalten, bis mein Bruder mit der Schule fertig ist. Meine Eltern haben alles, was sie zusammenkratzen konnten, für meine Ausbildung ausgegeben, und deshalb muß ich jetzt meinem Bruder helfen. Ich schulde ihnen das. Er muß noch ein Jahr auf das College gehen und dann auf das Priesterseminar.«

»Aber ich werde jeden Tag älter! Wir müssen natürlich jetzt heiraten. Das Geld für deinen Bruder wird schon zu beschaffen sein. Ein Darlehen, wenn du willst.«

»Nein. Das wäre alles ganz falsch. Dich zu heiraten und dann sofort Geld von dir zu nehmen.«

»Ich verstehe«, sagte er langsam. »Stolz. Ich respektiere das, mein Liebling. Aber könntest du nicht auch nach unserer Hochzeit weiterarbeiten, wenn du unbedingt willst?« (Und es war ihm verdammt egal, was seine Großmutter denken würde!)

»Du hättest nichts dagegen?«

»Liebling, ich hätte es lieber, wenn ich dir einfach das Geld leihen dürfte, aber ich wäre viel lieber mit einer arbeitenden Frau verheiratet als überhaupt nicht, für den Fall, daß du die arbeitende Frau bist.«

Sie umarmten sich wieder, lachten, dann entzog sie sich ihm und sagte: »Ich werde natürlich herausfinden müssen, ob der Bibliotheksvorstand verheiratete Frauen behält.«

»Wer ist im Vorstand?«

»Mr. Merrill, Mr. Rudi Lichtenstein, Miß Reid, Mrs. Gordon senior, Miß Bonner.«

Ludwig lachte wieder. »Falls es nicht die alte Mandy Reid ist – Gott, sie war schon verknöchert, als sie mir Latein beibrachte –, ich bin sicher, der ganze Rest von denen glaubt aufrichtig an die Ehe: Niemand in der ganzen Stadt ist ein so hundertprozentig verheirateter Mann wie Rudi Lichtenstein, falls es nicht Mr. Merrill ist. Und bei den anderen Frauen kannst du ganz sicher sein. Wenn du also überzeugt bist, daß es das ist, was du willst, dann ist alles klar. Wir fahren besser zurück, bevor dein Vater zu Bett ist, damit ich ihn wie ein richtiger Gentleman um deine Hand bitten kann.«

»Oh, Ludwig!« Melissas helles Lachen erklang. »Du bist ein richtiger junger Mann! Immerhin bin ich ein eigenverantwortlicher Erwachsener, der ein eigenes Gehalt hat. Ich kann sogar wählen. Wir werden einfach hineingehen und ihnen sagen, daß wir heiraten werden. Wann?«

»Sobald wir den Aufruf bestellt haben.«

»Unsinn! Wir brauchen Zeit, um uns vorzubereiten. Im Juni.«

»Einverstanden. Juni. Vielleicht schaffe ich es, ein paar Wochen aus der Fabrik wegzukommen. Bist du an Seil interessiert? Seiner Herstellung, meine ich?«

»War ich nie, bis du anfingst, wegen all diesem technischen Material in die Bibliothek zu kommen. Aber da du es bist, werde ich es auch zu sein lernen.«

»Für mich hat es etwas Romantisches – all die verschiedenen Verwendungsarten und die verschiedenen Orte, zu denen wir es transportieren. Es ist ein Glück, daß ich so empfinde, weil es das ist, womit ich meinen Lebensunterhalt und in gewisser Weise den der ganzen Familie verdiene. Es war mein ganzes Leben, bis ich dich zum ersten Mal gesehen habe. Ich werde dich bald einmal durch die ganze Fabrik führen.«

Und wieder umarmten sie sich; nur langsam und widerwillig lösten sie sich voneinander. Ludwig ließ den Wagen an.

Es blieb noch die für ihn furchtbare Qual, es den betroffenen Familien zu sagen. Was ihn erstaunte, war, daß niemand überrascht zu sein schien. Nicht Reverend Mr. Patton, der ihnen seinen Segen gab und nicht so pfarrerhaft war, wie Ludwig befürchtet hatte. Und nicht Mrs. Patton, die freimütig entzückt war. Nicht Jennifer, die ihren Bruder einen alten Angsthasen nannte, der aus Mangel an Mut, um die Hand anzuhalten, fast gestorben wäre.

»Ich weiß. Aber du und Tucker habt euch euer ganzes Leben lang gekannt. Lissa und ich nicht. Ich wollte, daß sie sich sicher sei.«

»Und du auch?«

»Ich bin immer sicher gewesen. Aber du kannst ein Mädchen

nicht fragen, ob sie dich heiraten will, wenn du sie das erste Mal siehst.«

»Das hast du sicher nicht getan nach eurem ersten Zusammentreffen. Du bist wirklich sehr vorsichtig gewesen.«

Tucker, der neben ihr auf der Chaiselongue saß, zwickte sie so fest, daß sie aufschrie. »Hänsele ihn nicht, Sweetie. Er hat dich auch nicht gehänselt, wie ich mich erinnere. Wir freuen uns wirklich für dich, Lud, und wir sind sicher, daß du glücklich wirst. Sie ist ein durch und durch nettes, charmantes Mädchen. Bring sie doch mal mit, damit wir ihr das selbst sagen können.«

»Morgen abend«, schlug Jennifer vor. »Ein Festessen. Ich werde sie jetzt sofort anrufen. Tuck hat am Samstagabend keine Sprechstunden.«

»Okay. Aber ruf nur nicht Mutter an. Ich bin noch nicht dazu gekommen, es ihnen zu sagen, und heute nacht ist es zu spät.«

Da die Fabrik Samstagmittag zumachte, hatte er am nächsten Nachmittag Zeit, zum Rausch-Haus hinaufzugehen. Er fand die drei Mitglieder der Familie wie gewöhnlich in der Bibliothek. Elsa und Gib waren nicht mehr überrascht als es Jennifer gewesen war: sie gratulierten ihm und wünschten ihm Glück. Und seine Großmutter, die er ängstlich angesehen hatte, sagte nur: »Eine Ankündigung, auf die ganz Waynesboro gewartet hat, glaube ich.«

Sie wartete nicht bis zum nächsten Morgen, ehe sie Elsa ihre Meinung sagte.

»Ich nehme an, du legst Ludwigs Heirat keine Hindernisse in den Weg?«

»Warum sollten wir? Sie ist ein nettes Mädchen, und er ist in sie verliebt.«

»Und sie in ihn? Oder in sein Geld und seine Position?«

»Ludwig hat gar nicht so viel eigenes Geld. Er steckt das meiste, was er an Dividenden verdient, wieder als Kapitalreserve in das Geschäft zurück und behält nur sein Gehalt. Und was seine Position angeht, wer hat eine höhere Position in dieser Stadt als ein Presbyterianerpfarrer?«

»Ein Geistlicher, der seine Cousine geheiratet hat. Nein, laß nur – protestiere nicht. Ich habe gemerkt, daß das vergessen worden ist, weil die Kinder ja normal aufgewachsen sind. Aber du weißt sehr gut, was ich meine. Sobald Ludwig verheiratet ist, sollte er die Position seines Großvaters übernehmen. Nicht nur die Fabrik, sondern auch als Mann der Öffentlichkeit. Und wie soll dieses Kind wissen, wie man distinguierte Gäste bewirtet? Die Menüs, die Weine, die Bedienung – für Männer der Regierung und deren Frauen –, eine kleine Kirchenmaus wie Melissa Patton?«

»Ludwig ist erwachsen. Er weiß, welche Art Leben er will. In mancher Hinsicht ist er wie Papa, aber er hat nicht das geringste Interesse an Politik. Und wo sind denn heutzutage diese ›dinstinguierten Männer‹ in der Regierung? Die Verhältnisse haben sich geändert, glaub es mir.«

»Mr. Cooper ist ein Gentleman. Er wird vielleicht diesen Vic Donahey im Herbst in der Wahl zum Gouverneur schlagen. Wie auch immer, Ludwig scheint nicht an Politik interessiert zu sein. Und ich weiß auch, daß Ohio nicht mehr die Bedeutung hat, wie es einmal war.« Sie wischte das Thema weg und schnitt ein anderes an. »Die Pattons sind arm, da bin ich sicher. Ich nehme an, es wird auf dich und mich zukommen, eine Verlobungsparty zu geben. Vielleicht weiß Mrs. Patton nicht, daß das die Eltern der Braut übernehmen sollten.«

»Mama, wirklich! Du sprichst von Melissas Familie, als ob sie bettelarm wären. Mrs. Patton ist seit Jahren Mitglied des Klubs. Hast du sie je in bezug auf die Konventionen unwissend gefunden? Die Etikette? Natürlich werden sie es ankündigen.«

Und sie taten es auch in der *Fackel,* aber ohne Party: »Der Reverend Mr. Andrew Patton und seine Frau geben die Verlobung ihrer Tochter Melissa mit Mr. Ludwig Evans, Sohn von Mr. und Mrs. Gilbert Evans, von hier bekannt. Die Hochzeit wird im Juni stattfinden.«

Nach dieser Anzeige gab es den gewöhnlichen Sturm von Gesellschaften. Tucker hatte protestiert, als seine Großmutter zuerst ein sonntägliches Dinner gleich nach dem Kirchgang vorgeschlagen hatte, zu dem alle Verwandten auf beiden Seiten eingeladen werden sollten. Er erinnerte Anne nicht daran, daß sie eine alte Dame sei, aber immerhin näherte sie sich in diesem Frühling des Jahres 1926 ihrem sechsundsiebzigsten Geburtstag.

»Das wird zusammen dreizehn machen.«

»Nicht am Tisch«, sagte sie schnell. »Ich setze die Kleinen an einen Extratisch. Dein Kindermädchen wird kommen, nicht wahr, und sie beaufsichtigen?«

Er lachte sie aus. »Du weißt, ich bin nicht abergläubisch. Es ist nur, daß es zuviel wird für dich, das ist alles. Louline ist auch nicht mehr so jung, wie sie einmal war.«

»Es wird komisch aussehen«, sagte Anne, »eine Party ohne Sally Rausch zu haben. Ich werde sie natürlich einladen, aber sie nimmt heutzutage selten die Mühe auf sich, das Haus zu verlassen.«

»Du darfst ihre Schwierigkeiten nicht herunterspielen, Großmutter. Sie gibt ihre Schmerzen und Qualen nicht gerne zu.«

»Genau so ist sie: es ist ihr lieber, daß wir sie alle für fett und faul halten, als daß sie irgendwelche körperlichen Schwierigkeiten zugäbe. Sie liebt Klubtreffen, wenn sie bei ihr stattfinden, weil sie dann dabeisein kann.«

»Und sich für die Treffen mit einer doppelten Dosis Schmerztabletten stärkt.«

»O Gott! Ich habe das nie bedacht. Es tut mir leid.«

»Dann also auch kein Wort! Wenn sie es selbst dir nicht gesagt hat, dann will sie auch nicht, daß du es weißt.«

»Es ist traurig, Tuck – das Alter beschränkt das Leben auf kleine und kleinere Bereiche. Früher waren Sally und ich praktisch jeden Tag im Haus der anderen, und jetzt vergehen oft Wochen. Jedenfalls, was meine Dinnerparty angeht... ich bin noch nicht gebrechlich, und Louline kann eine ihrer Nichten mitbringen, die ihr beim Kochen und beim Servieren helfen soll.«

Anne hatte ihre Dinnerparty genau, wie sie es wollte, mit Hilfe nicht nur von Louline und ihren Nichten, sondern auch von Jenny, die kam, um das gute Porzellan abzuwaschen, trotz der eifersüchtigen, ständig murrenden Louline. »Sie glaubt, ich könnt' das nich' schaff'n für Miz Gordon, wie ich das schon all die Jahr' gemacht hab'. Wer is'se überhaupt, meine Küche übernehm' zu woll'n?«

Bei dieser Dinnerparty wurden auch die Pläne für die Hochzeit und die Wahl der Kirche diskutiert.

»Manchmal glaube ich«, sagte Melissa, »es wäre besser, zu Hause, nur mit der Familie zu heiraten.«

»Es ist wegen Mama«, erklärte Elsa Anne. »Sie ist in einer Baptistenkirche verheiratet worden wie ich und auch wie Jennifer. Warum also nicht Ludwig? Daß Melissas Vater zufällig ein Presbyterianergeistlicher ist, macht keinen Unterschied. Aber sie kann nicht immer ihren Willen durchsetzen. Melissa möchte, daß ihr Vater sie traut, und wo sonst als in seiner eigenen Kirche?«

»Aus irgendeinem Grund«, sagte Anne langsam, »treten viel mehr junge Ehemänner heutzutage zu den Kirchen ihrer Frauen über als umgekehrt. Es ist nicht immer so gewesen. Es war für eine Frau richtig und anständig, sich der Kirche ihres Mannes anzuschließen. Aber ich nehme an, daß heute eine Frau ihre Kirche ernster nimmt als ein Mann. Nicht nur die Lehre, sondern auch die gesellschaftlichen Verbindungen. Zum Beispiel ist Tuck ja Baptist geworden.«

Jenny lachte. »Er ist nicht unbedingt ›Baptist geworden‹. Er geht mit mir zur Kirche, wenn er nicht die Ausrede hat, unbedingt einen Patienten besuchen zu müssen. Aber er will nicht übertreten, weil er dann wieder getauft werden müßte, und er sagt, er würde sich wie ein Narr fühlen, wenn er in diesem Tank im Keller untergetaucht würde. Aber die Presbyterianer haben ihn verloren, wenn sie ihn je gehabt haben. Er ist eigentlich ein Heide. Und jetzt bekommen sie Ludwig, damit ist es dann ausgeglichen.«

»Sie sind alle Heiden, diese jungen Leute«, dachte Anne, ein bißchen schockiert wegen Jennifers leichtfertigem Gerede. Dann ertappte sie sich selbst: Immerhin war John auch ein Ungläubiger gewesen, und Johnny desgleichen, trotz all der Jahre Sonntagsschule und Lernen des Westminster-Katechismus. Und was sie selbst anging, der Kirchgang war eine Gewohnheit, aber wieviel glaubte sie tatsächlich von der Lehre der Kirche? Nur das uralte Schicksalhafte, wie die Vorherbestimmung und die Kirchenorganisationsdinge, wie zum Beispiel »keine Bischöfe«. Was den ganzen Rest anging, so machte sie sich nichts draus und las ihre Bibel.

Ludwig und Melissa wurden an einem sonnigen Juninachmittag in der Presbyterianerkirche getraut. Da Ludwigs Großmutter in dieser Frage bereitwillig eingelenkt hatte, ließen sie ihnen in bezug auf die Größe und Pracht der Hochzeit ihren Willen; jeder, den sie in Waynesboro kannten, einschließlich auf Ludwigs Beharren der Angestellten und Vorarbeiter der Fabrik, versammelte sich in der blumengeschmückten Kirche zu einer Zeremonie, die nur einige Minuten dauerte. »Da waren ein paar sehr merkwürdige Leute bei der Trauung«, sagte Sally zu Elsa später. »Ich bin nicht sicher, daß ich einige von ihnen in meinem Hause empfangen würde.«

»Ich bin mir ziemlich sicher, daß du das nicht würdest. Das waren Ludwigs Freunde aus der Fabrik. Mach nicht die Pattons dafür verantwortlich.«

Ludwig und Melissa fuhren in ihre Flitterwochen, und Waynesboro wandte sich seinem gewöhnlichen, trägen Sommer zu.

Mrs. Ludwig Evans arbeitete ein weiteres Jahr in der Bibliothek; dann war ihr Bruder mit dem College fertig und konnte mit einem Stipendium auf das Priesterseminar gehen. Melissa trat von ihrer Position zurück; und, wie sie Ludwig mitteilte, könnten sie jetzt damit anfangen, Babys zu haben. Das erste, ein Junge, wurde im Frühjahr 1928 und das zweite, ein Mädchen, im Spätsommer 1929 geboren. Den Jungen nannten sie David; Ludwig sprach ein Machtwort, als sein Frauenvolk »Ludwig junior« vorschlug. »Es ist zu verwirrend, zwei mit dem gleichen Namen, und davon abgesehen, habe ich ihn nie gemocht.« Das kleine Mädchen nannten sie »Deborah«. »Ich hoffe, du hast nichts dagegen«, hatte Melissa gesagt, bevor das Baby geboren war. »Es ist altmodisch, aber es ist der Name meiner Mutter.«

DIE MITGLIEDER DES FRAUENKLUBS

Miß Charlotte Bonner
Miß Ruth Campbell
Mrs. Caroline Edwards
Mrs. Jessamine Edwards
Mrs. Elsa Evans
Mrs. Melissa Evans
Mrs. Anne Gordon
Mrs. Jennifer Gordon
Mrs. Sophie Lichtenstein
Mrs. Elizabeth Merrill
Mrs. Deborah Patton
Mrs. Sarah Rausch
Mrs. Ellen Richards
Mrs. Lavinia Stevens
Miß Theresa Stevens
Mrs. Grace Warren

IN MEMORIAM

Miß Eliza Ballard
Mrs. Mary Ballard
Miß Susan Crenshaw
Mrs. Louisa Deming
Mrs. Katherine Edwards
Mrs. Gwen Evans
Miß Caroline Gardiner
Miß Lavinia Gardiner
Mrs. Laura Maxwell
Mrs. Mary McCune
Miß Agatha Pinney
Miß Amanda Reid
Mrs. Thomasina Travers

1929

»Wir trauern um den Verlust eines weiteren Gründungsmitglieds, freuen uns aber mit unserer Jüngsten über die Veröffentlichung ihres ersten Buches ...

Bis zum Jahre 1929 war Elsa auch in Wirklichkeit zu dem geworden, was sie dem Namen nach bereits seit einigen Jahren war: Präsidentin des Frauenklubs von Waynesboro. Ihre Mutter saß immer wie ein lächelnder Buddha in ihrem Ohrensessel, wenn sich der Klub wie gewöhnlich in ihrem Hause traf, weil es so schwierig für sie war, das Haus zu verlassen. Elsa dachte: Das ist alles nicht richtig. Immerhin war in den Klubstatuten festgelegt, wie sie ihrer Mutter auseinanderlegte, daß »Treffen zweiwöchentlich im Haus von Mitgliedern abzuhalten sind«. Es müsse so aussehen, als hätten sie und ihre Mutter den Klub gänzlich übernommen. Also griff sie auf einen früheren Brauch zurück: Am Schluß einer jeden Sitzung fragte sie, ob ein Mitglied den Klub für das nächste Treffen einladen wollte; und nur, wenn sich niemand freiwillig meldete, sagte sie: »Sie wissen, die Präsidentin emeritus und ich sind immer sehr gerne bereit, die Damen zu empfangen.«

Elsa nahm die Verantwortung auf sich, dafür zu sorgen, daß jedes Mitglied transportiert würde. Einige waren zu alt, um noch gehen zu können, und mit dem ständig zunehmenden Verkehr waren die Straßenübergänge nicht mehr so sicher wie einst.

Ihr Beharren, sie könnten es immer noch schaffen, war vielleicht eher eine Art Selbstberuhigung; was sie mit vierzig hatten tun können, könnten sie auch noch mit siebzig tun.

Anne Gordon und Amanda Reid lachten. Sie waren ihr ganzes Leben zu Fuß gegangen und erledigten immer noch alle Einkäufe so. Nichtsdestoweniger lenkten sie ein und stimmten zu, abgeholt zu werden.

Man merkte Amanda zunehmend ihr Alter an. Sie war über achtzig und sah auch so aus: ihre Strümpfe hingen oft in Falten über ihren hochgeschnürten Schuhen, ihre Röcke waren lang und hingen ungleichmäßig, ihr weißes Haar war zu dünn, um einen Hut geradezuhalten; ihr Gesicht war papierweiß und von einem Netzwerk von Falten durchzogen. Aber glücklicherweise hatte sie ihren Verstand behalten; sie war nie schusselig oder verwirrt.

Die jüngeren Mitglieder des Klubs akzeptierten Amanda als eine Exzentrikerin, aber als eine verletzend intelligente. Sie hätten nie daran gedacht, sich um jemand Sorgen zu machen, der immer völlige Selbstsicherheit ausstrahlte. Ältere Mitglieder, die ihre Lebensumstände besser kannten, machten sich Sorgen – einmal in zwei Wochen zumindest. Wovon lebte sie? Sie hatte ein wenig von ihrer Mutter geerbt, aber das mußte seit langem aufgebraucht sein; sie war in den Ruhestand getreten, bevor den Lehrern eine Pension ausgesetzt wurde; sie hatte sicherlich seit Jahren keine neuen Kleider mehr gekauft (wie lange war es her, daß hochgeschnürte Schuhe aus den Geschäftsfenstern verschwunden waren?). Ihre Freunde mußten annehmen, daß sie es immer noch mit ihren Lebensersparnissen schaffte; ihr Name war nie auf der Liste der rückständigen Steuerzahler. Sie hofften, sie könne sich zumindest anständige Lebensmittel kaufen. Gelegentlich lud eine von ihnen, wenn der Ehemann nicht zu Hause war (denn niemand konnte Amanda einem Ehemann zumuten), sie zum Abendessen ein. Ansonsten schien sie auszukommen, aber Caroline Edwards' Geschichte über ihren Jungen Rob und das Rasenmähen, zeigte, so komisch sie auch war, den engen Spielraum, in dem sie lebte.

Die Lowrey Edwards' bekamen in den späten Zwanzigern – als erste in Waynesboro – die wirtschaftliche Notlage zu spüren und das wegen der besseren Straßen und der größeren Zahl von Automobilen. Harte Zeiten waren über Sheldon & Edwards, Textilwaren, hereingebrochen: Niemand nähte viel zu Hause; viele Schneider hatten ihre Geschäfte aufgegeben und Meterware war nicht sehr gefragt; und was fertige Kleider anging, da fuhr man einfach in die Stadt, um anspruchsvollere Kleidung, als sie Sheldon & Edwards anbieten konnten, zu bekommen.

Für kleine Dinge – Kurzwaren, Strumpfwaren, Bänder und Hausschuhe – ging man in Waynesboro immer noch zu dem örtlichen Geschäft, aber die Gewinne, die sich Lowrey und sein Vater teilten, waren nicht groß. Sheldon nahm hoffnungsvoll an, daß es eines Tages wieder bessergehen würde; Lowrey wußte, die Zeit für einen Laden wie den ihren war vorbei.

Kostspielige Eleganz war so ziemlich ein Ding der Vergangenheit. Aber er war hilflos und oft traurig über das, was sein Vater empfinden würde, um auch nur vorschlagen zu können, das Ganze zu verkaufen, für das, was sie dafür kriegen würden. Das Geschäft, das immer noch so gepflegt wurde, wie es immer gewesen war, blieb ein Fixpunkt in Waynesboro; aber Lowrey, der seine große Familie mit seinem Gehalt als Manager ernährte, behielt wenig für die Ausbildung der Kinder übrig. Katherine, die älteste, war mit dem College fertig, bereits verheiratet und nach Cincinnati gezogen; der nächste, ein Junge, war mit einem Footballstipendium auf die staatliche Universität gegangen. Es blieben also noch die jüngeren Mädchen und Robert, der allerjüngste, übrig, der, was er konnte, zu seiner Ausbildung hinzuverdiente, indem er die Zeitung austrug und im Sommer Arbeiten im Hof verrichtete und im Winter Schnee schippte. Eine seiner Heimsuchungen im Sommer war das Rasenmähen für Miß Reid. Sie ließ es nie mähen, bevor es lang war und voller Unkraut und sie fürchten mußte, ihre Nachbarn könnten sich beschweren. Wenn die Zeit dann gekommen war, bestellte sie Robert über das Telefon eines Nachbarn, und der ging dann die Linden Street hinunter, sowohl mit einer Sense wie mit einem Rasenmäher bewaffnet, weil er wußte, er müßte ihren Rasen zweimal schneiden: zum einen mit der Sense und dann mit dem Rasenmäher; dann mußte er es mit Amandas Rechen zusammenrechen. Wenn er fertig war und zur hinteren Tür ging, um dies zu sagen, ließ Miß Reid ein Fünfzigcentstück in seine Hand fallen, während sie unausweichlich sagte: »Es sieht zwar ein wenig struppig aus, aber ich nehme an, du hast dein Geld verdient.« Sobald er wieder zu Hause war mit der Sense in der Hand und dem Rasenmäher, den er hinter sich herzog, murrte er gegenüber seiner Mutter, und die gutherzige Caroline machte ihm dann Vorhaltungen: »Du mußt dir vor Augen halten, Rob: Sie ist alt und allein und arm, wie wir alle vielleicht eines Tages sein werden.« Und Rob schämte sich dann. Aber Caroline, so gutherzig sie auch sein mochte, fand es komisch und unterhielt ihre Schwester und verschiedene Freunde mit der Anekdote, so daß Amandas Fünfzigcent-Rasenmähen einen Großteil von Waynesboro amüsierte.

Glücklicherweise war Amanda in Hinsicht auf ihre Kleider nicht unsicher (anständiger als die meisten, dachte sie wahrscheinlich); jedenfalls verpaßte sie nie ein Treffen, auch nicht, bevor Elsa einen »Transportfahrplan« für die Damen entworfen hatte, nach dem Melissa nun ihre Mutter und Anne und Amanda mitnahm. Ludwig und Melissa wohnten mit ihren beiden Babys in dem Haus in der Linden Street, in dem Sallly und Ludwig senior ihr verheiratetes Leben begonnen hatten. Es machte ihr keine große Mühe, die drei Damen abzuholen.

Gewöhnlich war Amanda an Klubtagen schon bereit und wartete und hielt durch das Fensterchen in der Haustür nach Melissa Ausschau. Aber an einem bitterkalten Februarnachmittag war sie, als Melissa an dem Gartentor anhielt, nirgendwo zu sehen.

In der Annahme, sie sei noch nicht fertig, klingelte Melissa. An Amandas Tür befand sich eine altmodische Drehklingel mit dem Daumenstück draußen und der Glocke auf der inneren Seite. Melissa drehte und drehte, aber niemand kam zur Tür. Schließlich gab sie es auf und kehrte zu ihrem Auto zurück. Sie war zugleich verwirrt und beunruhigt.

»Entweder Amanda ist nicht da oder sie ist krank«, sagte sie zu Anne und ihrer Mutter, die sie zuerst abgeholt hatte. »Vielleicht hat sie mit einer der anderen Damen zu Mittag gegessen und ist gleich mit ihr zum Treffen gegangen. Sie hat kein Telefon und hätte es mich deshalb nicht wissen lassen können. Wir fahren besser. Wenn sie nicht da ist, halten wir auf dem Rückweg noch mal an.«

»Das ist ein Treffen, zu dem weder ich noch Amanda hätten zu Fuß gehen können«, sagte Anne lächelnd. Sie fuhren zwar weiter, waren aber doch alle irgendwie beunruhigt.

Amanda war nicht bei dem Treffen, und es bemerkte auch niemand, als die Namensliste vorgelesen wurde: »Miß Reid hat mich gebeten, sie zu entschuldigen.« Nach Ende des Programms sagte Anne zu Melissa: »Bring du nur deine Mutter nach Hause. Ich möchte noch bei Jenny vorbeigehen und mit den Kindern reden. Es wird ihr nichts ausmachen, mich nach Hause zu fahren, und wir werden bei Miß Reid vorbeifahren. Wenn wir sie nicht aufstöbern können, rufen wir Tucker an. Wenn sie krank ist und allein, ist es kein Problem für einen jungen Menschen, hineinzukommen.« Und Jenny war schließlich eine ausgebildete Krankenschwester und hatte sicher mit anderen schwierigen Situationen fertig werden müssen.

Auch Jennys Attacke auf die Reidsche Türklingel brachte keine vernehmlichere Antwort als Melissas. Anne, der man gesagt hatte, sie solle im Auto warten, kam zur Veranda, wo Jenny stand und zögerte.

»Du hättest im Auto bleiben sollen, Großmutter, vor dem Wind geschützt. Aber da du nun mal hier bist, klingele doch weiter, während ich um das Haus herumgehe und nachsehe, ob etwas offen steht. Gott sei Dank haben wir noch keinen Schnee.«

Nach ein paar Minuten war sie zurück und teilte mit, daß alle

Türen verschlossen und die Läden vor allen Fenstern seien. »Könnte sie weggefahren sein?« fragte sie.

»Ich bezweifle das. Wir gehen zum nächsten Nachbarn, der ein Telefon hat, und rufen Tucker an.« Anne war nicht so unerschütterlich, wie sie sich anhörte: sie erinnerte sich an das schreckliche Mal vor langer, langer Zeit, als Miß Pinney... dieser Tod stellte für Anne immer noch das Schlimmste dar, das den Alten und Einsamen passieren konnte. Aber wie zittrig sie sich auch immer fühlte, sie schaffte es, mit Jenny an den verschiedenen freien Grundstücken vorbei zum nächsten Nachbarn zu gehen. Dort ließ sie Jenny ihren Mann anrufen, während sie Fragen stellte, auf die sie aber nur wenig befriedigende Antworten bekam: Nein, die Grovers hatten Miß Reid an diesem Tag nicht vorbeigehen sehen. Das überraschte sie nicht: es war schrecklich kalt gewesen. Und nein, sie hatten nicht bemerkt, ob der Küchenkamin geraucht habe. Die anderen Kamine würden nie rauchen, weil Miß Reid nämlich kleine Petroleumheizkörper benutze, um das Haus zu heizen, einen oben und einen zweiten unten. Mrs. Grover hatte sie jedoch am Tag zuvor mit einem Arm voller Bücher aus der Bibliothek kommen sehen. Wenn sie also krank sei, könne es noch nicht lange sein.

Jenny kam vom Telefon zurück. »Tuck kommt sofort.« Sie dankten den Nachbarn; erst als sie draußen waren, fügte sie hinzu: »Er holt noch einen Polizisten ab, falls wir einbrechen müssen.«

Die beiden Frauen setzten sich in Jennys Auto, um dem Wind zu entgehen, niemand sagte etwas, aber beide dachten, nur der Tod könne ein Haus so trostlos erscheinen lassen.

Nach ein paar Minuten traf Tucker mit einem großen, jugendlichen Polizisten ein, den keine der beiden Damen kannte. Er war sich seiner selbst nicht sehr sicher, und wußte auch nicht, was er tun sollte: Er wollte, daß sie im Auto blieben, während er und der Doktor die Sache untersuchten. Tucker legte gegen diesen Vorschlag seinen Einspruch ein: »Wenn Miß Reid da drinnen krank ist, ängstigt es sie zu Tode, wenn zwei fremde Männer in ihr Haus einbrechen. Davon abgesehen ist meine Frau Krankenschwester und meine Großmutter Miß Reids älteste Freundin.«

Der Polizist ging um das Haus und fand auch keine Möglichkeit hineinzukommen. Er kam zurück und stellte fest: »Würd' sagen, das ist der beste Platz, um reinzukommen. Sie sind sicher, daß sie nicht nur irgendwohin auf Besuch gefahren ist?«

»Absolut sicher«, sagte Anne. »Sie hat niemanden außerhalb der Stadt, den sie besuchen könnte, und wenn sie in der Stadt wäre und dazu in der Lage, dann wäre sie heute zum Klubtreffen gekommen.«

Der junge Polizist zerbrach das Fenster in der Tür mit seinem Schlagstock, zog so viele Glassplitter aus dem Rahmen, daß er seine Hand hineinbringen konnte, schloß die Tür auf und öffnete sie. Anne rief von der Schwelle: »Amanda?«, ging aber nicht weiter. Sobald die Tür geöffnet war, überfiel sie ein fürchterlicher Petroleumgestank. Auf Zehenspitzen gingen sie weiter. Der Flur war eiskalt – wie ein Grab, dachte Anne zitternd.

»Sie gehen zuerst, Doktor. Ich will sie nicht ängstigen.«

Falls Tucker gedacht haben sollte, daß es der Polizist sei, der Angst habe, sagte er nichts. »Wo entlang, Großmutter?«

»Das Wohnzimmer ist rechts – diese Tür da drüben.«

Sie standen alle dicht hinter Tucker, als er die Tür öffnete. Der Petroleumgestank kam ihnen wie eine Wolke entgegen. Auf dem Boden lag nahe an dem großen Tisch in der Mitte des Zimmers der Heizkörper, umgekippt – ein schmaler, eiserner Zylinder mit einem verzierten Deckelteil. Auf dem Boden und quer über dem Heizkörper lag Amanda mit dem Gesicht auf dem kalten Eisen. Sie hatte ihren Wintermantel noch an, ihr Hut war immer noch mit Nadeln in ihrem schütteren Haar befestigt, aber grotesk auf eine Seite gerutscht. Unter ihr und um sie herum war der alte, abgenutzte Teppich mit Petroleum durchtränkt.

Tucker ging schnell hinein und kniete neben ihr nieder, um ihren Puls zu fühlen. In ihrer Hand fand er ein Streichholz. Er hielt es hoch. »Sie ist tot. Wahrscheinlich etwa vierundzwanzig Stunden tot. Man kann sehen, was geschehen ist: Sie ist von draußen hereingekommen und wollte den Heizkörper anzünden, bevor sie auch nur ihre Winterkleidung ausgezogen hatte. Sie hat den Heizkörper umgestoßen, als sie vornübergefallen ist, glücklicherweise bevor sie das Streichholz anzünden konnte.«

Im Zimmer holten einige tief Atem. Tucker, der den Teppich um sich herum befühlte, sagte: »Ja, ich würde sagen vierundzwanzig Stunden. Herr Wachtmeister, öffnen Sie doch bitte die Fensterläden, ja? Öffnen Sie auch die Fenster – daß die stickige Luft hier rauskommt.«

»Vierundzwanzig Stunden«, sagte Anne langsam. »Gleich nachdem sie die Nachbarn gesehen hatten.« Da die Fensterläden jetzt geöffnet waren und das Tageslicht in das Zimmer drang, konnte sie auf dem Tisch einen Stapel Bibliotheksbücher sehen. Da begann sie unkontrolliert zu zittern, sie lehnte sich gegen den Türrahmen. »Welch ein Glück, daß das ein Klubtag war, sonst hätte sie hier liegen können, bis...«

»Wer war ihr Arzt, Großmutter? Ich kann keinen Totenschein ausstellen.«

»Ich bezweifle, daß sie sich einen hätte leisten können. Sie war sowieso nie krank. Aber um sicherzugehen, solltest du wohl in ihrem Schreibtisch nach Rechnungen sehen.«

»Wenn sie keinen Hausarzt hatte, bedeutet das, daß eine Autopsie vorgenommen werden muß.«

»Oh, Tuck«, protestierte Jenny, »du weißt, daß ihr Tod natürliche Ursachen hatte.«

Der Polizist, der überall hinsah außer auf Amandas Körper, sagte: »Bringen Sie die alte Dame besser hier heraus. Sieht aus, als ob sie ohnmächtig wird. Muß ja einen Schock kriegen, eine alte Freundin so zu finden.«

Tucker sah über seine Schulter, sah seine Großmutter weiß wie ein Bettlaken, stand auf und ging zu ihr hin. »Jenny, bring sie hier raus in den Salon. Sie soll den Kopf zwischen die Knie nehmen. Sobald sie es zum Auto schaffen kann, bringst du sie nach Hause ins Bett und behandelst sie gegen Schock.«

Anne protestierte. »Es ist nur der schreckliche Geruch. Und... Autopsie... der bloße Gedanke...«

»Gesetz ist Gesetz, Großmutter.«

Als die beiden Frauen gegangen waren, sagte Tucker: »Gut, daß meine Frau starke Nerven hat: Sie kann sich um meine Großmutter kümmern. Und jetzt, mein Sohn, helfen Sie mir, diese arme alte Seele umzudrehen, damit ich sie richtig sehen kann.«

Der junge Polizist half zuvorkommend, sah aber von dem gealterten, grauen, wächsernen Gesicht weg. »Das Gesetzbuch«, meinte er, »sagt, daß eine Leiche nicht angefaßt werden sollte.«

»Bevor nicht die Polizei eingetroffen ist. Sie sind die Polizei, nicht wahr? Dieses Gesetz soll das Verbergen eines unnatürlichen Todes verhindern. Dazu gibt es in diesem Fall keine Möglichkeit.«

»Was glauben Sie denn, Doktor, was es war?«

»Könnte von den Herzkranzgefäßen herkommen, eine Herzattacke. Aber es gibt Anzeichen eines schweren Gehirnschlages. Nun, ich würde vorschlagen, Sie gehen zu diesen Nachbarn und rufen einen Beerdigungsunternehmer an, der den Körper abholt und zur Autopsie ins Krankenhaus bringt.«

Der Polizist, der sich jetzt entschieden hatte, so zu tun, als sei er nicht erschüttert gewesen, wurde plötzlich redselig. »Verdammtes Glück, daß sie dieses Streichholz nicht angekriegt hat oder das ganze Haus wäre wie ein Wahlnacht-Freudenfeuer hochgegangen und wir hätten auch noch eine verbrannte Leiche am Hals. Welcher Beerdigungsunternehmer?«

»Spielt keine Rolle, würde ich sagen. Sie hat keine Familie, die man fragen müßte. Oh, Pottingill, schlage ich vor. Er bestattet die meisten R.P.s. Kommen Sie dann zurück und bleiben Sie hier, bis er kommt. Sie brauchen nicht hier drinnen zu bleiben, aber lassen Sie nur keine neugierigen Nachbarn herein. Ich muß nach meiner Großmutter sehen.«

Sobald sie in Jennys Auto war, gewann Anne ihre Haltung zurück, zumindest nach außen hin. Sie zitterte immer noch: Die Kälte oder der Schock war ihr in die Knochen gefahren. Jenny griff nach ihrem Mantel auf dem Rücksitz und wickelte ihn um sie herum. Anne wunderte sich, zu sehen, daß Jenny weinte, zumindest liefen Tränen ihre Wangen herunter.

»Mein liebes Kind! Ein Tod wie dieser muß ja einen Schock auslösen. Aber trauere nicht um Amanda – bitte mach dir nicht so viel daraus. Denk statt dessen daran, welches Glück sie hatte, zwischen dem einen und dem nächsten Atemzug gehen zu können, ohne gelitten zu haben. Und sie hätte mit einem angezündeten Streichholz fallen können.«

Jenny schüttelte sich. »Man kann es kaum ertragen, daran zu denken.«

»Das ist ihr erspart geblieben. Und immerhin hat sie ein volles Leben gehabt.«

»Ich weiß. Das ist es nicht, was mich so... es tut mir leid, Großmutter. Ich muß dich nach Hause bringen.« Aber selbst als sie das Auto startete, redete sie weiter. »Nach all diesen vielen, vielen Jahren so allein zu sterben, ohne je wirklich gelebt zu haben. Das erscheint so traurig: jahrein und jahraus und nie irgendwas. Und jetzt das.«

Anne sah sie aufgeschreckt an. Vor wie langer Zeit...? Vor wie vielen Jahren? Sie sagte: »Du darfst es so nicht sehen. Was wissen wir über Amandas Leben? Was es ihr bedeutete? Mein Mann hat mir das beigebracht, als ich jung war wie du und wegen etwas weinte, das mir wie ein leeres Leben vorkam. Wir haben keine Möglichkeit, das wirklich zu *wissen* – wir können einander nicht so nahekommen. Ich nehme an, neun Zehntel eines Lebens werden im Inneren verlebt. Und ich glaube nicht, daß Amanda lieber jemand anderer gewesen wäre als eben Amanda.«

Als sie den Hügel auf der Linden Street hochfuhren und sich einem betriebsameren Teil der Stadt näherten, wischte sich Jenny die Augen ab und lächelte Anne an. »Wahrscheinlich hast du recht. Sie hatte eine Art von intellektueller Arroganz, nicht wahr? Es machte ihr Spaß zu wissen, daß ihr Verstand einen größeren und tieferen Bereich erfaßte als der von uns.«

»Das ist sehr klug, Jenny. In gewissem Sinne hat sie über achtzig Jahre ohne jede Erfahrung gelebt. In anderer Hinsicht hat sie alles erfahren.«

»Aber, Großmutter, du mußt zugeben, daß es unglückliche Leben gibt.«

»O ja. Ich will nur sagen, wir können es nicht wirklich wissen. Außer bei diesen Leuten, die eine unglückliche Natur haben, oder bei denen, deren Religion verlangt, daß sie das Leben als ein Jammertal betrachten, etwas, das erlitten werden muß, um in den Himmel eingelassen zu werden. Aber ich habe nie gehört, daß einer von ihnen mit den Griechen gesagt hätte: ›Besser, nie geboren worden zu sein‹.«

»Nein«, stimmte Jenny zerstreut zu, von etwas abgelenkt, das sie schon oft zuvor gedacht hatte: Die Alten – wirklich Alten – die sie kannte, waren gebildeter als die, die danach kamen. Wer hätte erwartet, daß Großmutter mit den Griechen kommen würde?

Jenny brachte Anne nach Hause, gab Louline eine kurze Erklärung, brachte sie dann nach oben und auf ihre Proteste wegen der zusätzlichen Decken und Wärmflaschen antwortete sie nur: »Ärztliche Anordnungen. Tuck wird in Kürze vorbeikommen: Du kannst dich bei ihm beschweren.«

Anne war am nächsten Tag wieder so ziemlich sie selbst und ging auch ein paar Tage später mit zu Amandas Begräbnis. Der Gottesdienst wurde in der Reformierten Presbyterianerkirche in der Anwesenheit der Mitglieder des Frauenklubs und der Gemeinde und einer Handvoll von den Hunderten von Waynesboroer Bürgern, die sie unterrichtet hatte, abgehalten.

Das nächste Treffen des Klubs begann mit dem für diesen Tag geplanten Programm und ging dann weiter mit einem Gedächtnisbeitrag für Amanda: Gründungsmitglied und gewissenhafte und wertvolle Mitwirkende am Klubprogramm seit sechzig Jahren; man schloß mit einer Abstimmung, Gedächtnisbände an die Bibliothek zu vergeben.

Elsa hatte Anne gebeten, einen formellen Nachruf zu schreiben, der vorgelesen und in die Klubunterlagen eingeschlossen werden sollte. Als sie aufstand, zitterten ihre Hände so sehr, daß sie mit ihrer Lesebrille herumzufummeln begann, als sie versuchte, sie aufzusetzen; bevor sie auch nur eine Seite gelesen hatte, waren ihre Augen tränennaß und ihre Stimme bebte. Die jüngeren Mitglieder, denen das für sie peinlich war, gaben vor, es nicht zu bemerken (die alten Damen weinten immer bei solchen Gelegenheiten), aber Jenny Gordon starrte sie verblüfft an, als sie sich daran erinnerte, was an dem Nachmittag, als sie Amanda fanden, gesagt worden war. Annes Abschlußworte erklärten es:

»Wir können uns nur über den schnellen Tod von Amanda freuen, ohne Leiden, zwischen dem einen und dem nächsten Atemzug. Aber die von uns, die alt sind, werden verstehen, wenn ich sage: ›Wir trauern um uns selbst, weil wir sie verloren haben.‹ Sie war nicht nur in sich selbst alles, was ich hier gesagt habe: sie war einigen von uns eine lebenslange Freundin, und es kommt eine Zeit, wo nur noch sehr wenige übrig sind, die man als Mädchen kannte, und das plötzliche Abreißen eines solchen Bandes ist wirklich ein kummervolles Ereignis. Aber diejenigen von uns, die den Verlust eines Mitgliedes betrauern, das die Lebensspanne seiner Jahre vollendet hat, müssen bemüht sein, das aus seiner wahrhaftigen Perspektive zu sehen. Und ich zitiere den Philosophen Mark Aurel: ›Welch ein kleiner Teil der weiten und unendlichen Ewigkeit ist es, der jedem von uns zugestanden ist, und wie bald verschwindet er in das allgemeine Alter der Welt.‹«

Als Anne zu ihrem Stuhl zurückging, sahen sich Jenny, Melissa und Theresa, die in der letzten Reihe sicher vor jeder Beobachtung saßen, mit hochgezogenen Augenbrauen an. Mark Aurel, also wirklich! Und Miß Campbell war ganz offensichtlich unruhig: Sie konnte es kaum erwarten, daß die Präsidentin das Treffen eröffnete, damit andere Mitglieder, wenn sie wollten, einige Worte hinzufügen könnten. Miß Campbell war tolerant, aber sie war die Schwester eines Geistlichen der Reformierten Presbyterianer, und es gab Grenzen.

»Wir erkennen alle an«, begann Miß Campbell nach einem schnellen Nicken in Elsas Richtung und einem gemurmelten »Frau Präsidentin und meine Damen«, »daß Miß Reid die Gelehrteste von uns in der griechischen und römischen Klassik war, das Zitat von Mark Aurel ist daher nicht unangebracht. Aber sie war ebenso eine ergebene Christin, der die Bibel nicht weniger vertraut war als die Klassiker. Ich gebe zu bedenken, daß ein Zitat aus dem Neuen Testament, dem Buch, auf dem ihr Glauben an ein ewiges Leben gründete, noch angemessener gewesen wäre; sie hätte sicher gerne, daß wir sie heute erinnern würden mit: ›Laßt euer Herz nicht in Sorge sein: ihr, die ihr an Gott glaubt, glaubt auch an mich. Im Hause meines Vaters ist für viele Bleibe; wenn es nicht so wäre, hätte ich es euch gesagt; ich werde euch vorangehen, eure Ankunft vorzubereiten.‹«

Miß Campbell setzte sich. Die Stille blieb ungebrochen, bis

Sally Rausch in ihrem Ohrensessel am Kamin Anstrengungen machte aufzustehen. Mit dem Stock in der Hand schaffte sie es schließlich und winkte Versuche, ihr zu helfen, ab. »Frau Präsidentin und meine Damen: Miß Campbell wird denen von uns hoffentlich vergeben, die nicht Mitglied ihrer Kirche sind, daß wir dazu neigen zu vergessen, welch eine ergebene Christin Amanda war. Wir erinnern uns eher, wie sie, als wir noch Mädchen waren, und wie ich zu sagen wage, tadelnswert leichtsinnig, all ihr Sinnen auf eine College-Ausbildung setzte, was damals kein sehr üblicher Ehrgeiz unter Frauen war und noch viel weniger erreicht wurde. Und sie erreichte es durch ihre eigenen Bemühungen. Sie war durch Familienverantwortlichkeiten an Waynesboro gebunden; mit ihrem B.A.-Abschluß kam sie hierher zurück, um Latein zu unterrichten, zuerst am College für Frauen, dann an der öffentlichen höheren Schule. Sie widmete den Rest ihres langen Lebens der Aufgabe, junge Leute in all dem zu unterrichten, was sie sie zu lernen überreden konnte. Es gibt wenige Bürger, männlich oder weiblich, die ihrer Gemeinde besser gedient haben.« Mit einem Das-wär's-Seufzer ließ sich Sally wieder in ihren Sessel nieder. Kein anderes Mitglied fühlte sich geneigt, weitere Beiträge zu leisten. Die Damen gingen still und ohne die gewöhnlichen paar Augenblicke abschließenden Plauderns nach Hause.

Jennifer führte ihre Schwiegergroßmutter zum Auto. »Fährt sonst niemand mit dir?« fragte Anne, als sie auf dem vorderen Sitz Platz genommen hatte. »Darf ich meinen Gefühlen Ausdruck geben? Ich bin schlimm und durch und durch gerüffelt worden, nicht wahr?«

»Nun, ja.« Jenny lachte. »Aber warum auch Mark Aurel, Großmutter? Es gibt Verse in der Bibel, die das gleiche sagen, wie zum Beispiel: ›Und was den Menschen betrifft, seine Tage sind wie Gras; wie eine Blume auf dem Feld so erblüht er. Und der Wind weht darüber und sie vergeht, und der Ort wird fürderhin nichts von ihr wissen‹.« Ihre Stimme verklang mit einem melancholischen, aber achtungsvollen Ton, dann fügte sie jedoch etwas energischer hinzu: »Und sieh mich nicht so an, Großmutter. Immerhin bin ich in die Baptisten-Sonntagsschule gegangen, und wir haben auswendig gelernt und auswendig gelernt.«

»Ich finde, das ist eine der schönsten Stellen in der Bibel und mit Sicherheit die hoffnungsloseste. Aber ich glaube nicht, daß sie genau das gleiche sagt. Es ist nicht ganz so – so allesumfassend? – wie ›weite und unendliche Ewigkeit‹. In diesen Worten ist Raum wie auch Zeit.«

Jenny sagte: »Mark Aurel muß ein Lieblingsautor der Gordons

sein. Tuck hat ein Exemplar der ›Meditationen‹ auf seinem Nachttisch. Ein altes Buch, in das vorne jemandes Name in einer kritzeligen, veralteten Handschrift geschrieben ist. Er hat mir einmal gesagt, daß du es ihm gegeben hast.«

»Warum auch nicht?« Es mußte einigen Kummer geben, den Tucker nicht mit seiner Frau teilte. »Es ist eine lange Geschichte.« Anne zögerte. »Das Buch gehörte Professor Lowrey, als er noch das Frauenkollege hier hatte. Du weißt, er hat Amanda und Sally und mich unter anderen unterrichtet. Als er von hier wegging, hat er das Buch seiner Tochter Kitty gegeben. Kitty hat Sheldon Edwards geheiratet. Das weißt du natürlich; sie war Lowrey Edwards' Mutter. Als sie im Sterben lag, gab sie John das Buch. Meinem Mann, nicht Tucks Vater. Sie dachte, es könne ihm über rauhe Wegstrecken hinweghelfen, und Sheldon, so sagte sie, sei ein zu guter Christ, um das brauchen zu können. John war ihr Arzt.«

»Sie war demnach die erste Mrs. Sheldon Edwards. Ich habe nie viel von ihr gehört. Würde sich Mutter an sie erinnern?«

»Sicher. Johnny und seine Freunde hatten eine Toffeeparty in unserer Küche in der Nacht, als sie starb. Elsa war auch da.«

»Du hast sie gemocht, nicht? Ich höre das an der Art, wie du ihren Namen aussprichst. Hast du sie mehr gemocht als die jetzige Mrs. Edwards?«

»Jessamine ist Sheldon eine gute Frau gewesen: sie sind gleichartige Lebensgefährten. Sie ist schon länger seine Frau, als es Kitty war. Aber Kitty – ja, ich hatte Kitty lieber.«

»Und der Mark Aurel?«

»John hat ihn nicht sehr nach seinem Geschmack gefunden: fand, der Philosoph habe immer nur sich selbst betrachtet, um zu sehen, wie gut er alles ertrüge. Eigentlich nicht ganz fair von John. Aber John war kein Philosoph. Er hat das Buch bei den anderen Büchern in seiner Praxis gelassen, und nachdem er gestorben war, kam es an Johnny. Als dann Johnny tot war, fand ich es, als ich die Sachen ausräumte. Er hat es gemocht – hat viele Textstellen angestrichen. Ich habe einige von ihnen für Tucker herausgeschrieben. Dann, als er nach Hause kam, um hierzubleiben, habe ich ihm das Buch gegeben. Ich bin froh, daß ich jetzt weiß, daß er es behalten hat.«

Jenny stoppte den Wagen an Annes Tor, stieg aus und ging herum, um Anne herauszuhelfen.

»Ich nehme an, du kannst nicht für einen Moment mit hereinkommen? Die einzige Gelegenheit, die wir beiden, nur du und ich, für einen Besuch zu haben scheinen, ist auf dem Weg hin und zurück zum Klub.«

»Es tut mir leid. Aber die Kinder werden die junge Dorina schon völlig fertiggemacht haben, und sie bleibt nicht gerne, wenn es schon dunkel ist. Ich muß sie nach Hause bringen und dann etwas zum Abendessen machen. Ich kann kein einziges farbiges Mädchen finden, das bereit ist, am Abend auf dem Land zu arbeiten. Ich werde bald vorbeikommen.«

Tucker, der selten vor fünf Uhr dreißig seine Praxis verlassen konnte, kam gerade zur Hintertür herein, als Anne sich in der Eingangshalle die Handschuhe abstreifte. »Gerade nach Hause gekommen, Großmutter? Ich nehme an, ihr hattet alle ein wundervolles tränenreiches Treffen.«

»Ob du es glaubst oder nicht«, und Anne war ein wenig heftig mit ihm, weil sie sich immer noch wegen ihrer eigenen peinlichen Zurschaustellung von Gefühlen vor allen Damen schämte. »Nein. War es nicht. Nur sehr wenigen, die anwesend waren, hat es überhaupt etwas bedeutet; für die anderen müssen Gedenktreffen wahrscheinlich, stelle ich mir vor, vollendete Langeweile sein.«

»Haben sich wahrscheinlich die ganze Zeit überlegt, wer wohl ihre Stelle einnimmt.«

»Wahrscheinlich. Es gibt natürlich eine Art von inoffizieller Warteliste. Es wäre Katherine Edwards gewesen, aber sie hat geheiratet und ist nach Cincinnati umgezogen. Vielleicht Barbara Stevens. Oder Mrs. Frank Merrill. Sie ist von auswärts, aber jeder scheint sie zu mögen und zu bewundern.«

»Rod ist nicht sehr glücklich wegen Barbara. Sie läuft mit Charley Merrill herum. Er ist nicht nur zu alt für sie, sondern säuft auch wie ein Fisch. Diese Country-Club-Typen! Frank auf der anderen Seite ist so beständig wie ein Fels, praktiziert bei Gardiner und Merrill, ist mit einem netten Mädchen verheiratet und denkt daran, in die Politik zu gehen.«

»Ich habe nie verstanden, wie Ärzte so viel wissen, das sie glauben erzählen zu können.«

»Rod schüttet mir hin und wieder sein Herz aus. Was Charley angeht, ist es sowieso kein Geheimnis. Und es gibt zumindest ein Mitglied der Stevens-Familie, das glücklich ist. Theresa ist für einen Augenblick vor eurem Treffen vorbeigekommen.«

»Theresa? Was ist denn los?«

»Nichts. Sie ist im siebten Himmel. Sie hat einen Verleger für ihr Buch über Captain Bodien gefunden.«

»Welches Buch? Ich wußte nicht, daß sie eins geschrieben hat. Wie hast du denn davon erfahren?«

»Großer Gott! Dann hat sie es wirklich niemandem erzählt.« Tucker erklärte es ihr. »Ich kann mir nicht vorstellen, daß es so schrecklich ist. Sie ist ein solches Kind.«

»Sie ist sechsundzwanzig oder siebenundzwanzig.«

»Ich vermute, das Verlagswesen ist wie jedes Geschäft in diesen hochtrabenden Tagen: Alles wird verkauft, weshalb also kein Risiko eingehen?«

»Das Land ist verrückt geworden. Ich hoffe, du machst keine Börsenspekulationen?«

Er grinste sie an. »Ob du es glaubst oder nicht, aber ich habe das Alter der Besonnenheit erreicht. Ich habe überhaupt zu viel zu tun, um den Aktienmarkt verfolgen zu können. Wenn man sich voll darauf konzentriert, nehme ich an, daß man spekulieren kann – jeder scheint es zu tun: heute kaufen und morgen verkaufen. Ich könnte mich nicht damit abgeben. Und davon abgesehen, ist der Markt über jede Vernunft hinaus hochgegangen. Die Evans' – Ludwig und sein Vater – machen sich Sorgen, daß Ernest seinen Kopf verlieren könnte, jetzt, wo sein Vater nicht mehr da ist, der ihn zurückhalten könnte. Er lebt und atmet Wall Street. Lud sagt, das Geschäft gehe gar nicht so gut: die Vertreter arbeiten hart, bekommen aber nicht viele Aufträge. Kleine Firmen wie die Rausch-Seil werden nolens volens von Dachgesellschaften aufgeschnappt. Natürlich ist die Gesellschaft hier eine geschlossene Gesellschaft mit Lud, der sie kontrolliert. Trotzdem ist er froh, daß er Ernests Anteil gekauft hat. Ernest erbte, was mir als Riesenmenge Geld erscheint, er könnte also eine halsbrecherische Spekulation wagen, aber er hat keine Rausch-Seil-Aktien, die er als Nebenbürgschaft einsetzen kann. Und Großmutter Rausch sitzt fest auf ihren Bankaktien und ihrem W.W.-Eisenbahnaktienanteil.«

»Wie ich auf meinen sitze. Es ist wirklich komisch. Papa hat, so viel er konnte, von diesen Eisenbahnaktien gekauft, als die Gesellschaft zuerst organisiert wurde, nur um Waynesboro zu einer Eisenbahn zu verhelfen. Das war das Fieber in jenen Tagen. Und es stellte sich später als das Klügste heraus, das er je getan hat.«

»Ich hoffe nur, daß ich für meine Familie genausogut sorge.«

»Was ich habe, wird eines Tages dir gehören.«

»Eines weit entfernten Tages, hoffe ich. Nun, nachdem ich dieses erleuchtende Gespräch über Hochfinanz gehabt habe, muß ich mich wieder auf den Weg machen. Sag besser noch nichts über Theresas Buch, bis die Neuigkeit durchsickert. Ich dachte, ihr Klubdamen hättet alle davon gewußt.«

»Ich finde es immer noch schwer zu glauben: dieses intellektuelle junge Mädchen und Captain Bodien! Das ist so unwahrscheinlich, wie man es sich nur vorstellen kann.«

»Jeder, der wirklich Talent hat, kann etwas aus jedem Thema machen, nehme ich an. Wir werden es abwarten müssen.«

Waynesboro wartete eine ziemlich lange Zeit, bevor Theresas Buch veröffentlicht wurde, aber schließlich hielt die Autorin ein Exemplar in Händen: »Der alte Soldat« von Theresa Stevens.

Zu diesem Zeitpunkt im Spätherbst des Jahres 1929 war der Aktienmarkt bereits zusammengebrochen. Die meisten in Waynesboro sagten: »Hab' ich euch doch gesagt«; die, die sich die Finger verbrannt hatten, schwiegen darüber. Ernest Rausch kam nach Hause, um seine Mutter zu besuchen. Er sei zwar nicht direkt ruiniert worden, sagte er ihr, aber er könne ein Darlehen gebrauchen. Um die Aktien, die er gekauft habe, behalten zu können, müsse er mehr Nebenbürgschaften aufstellen.

Ernest sah alt und abgezehrt aus. Sallys ältester Sohn, aber er war doch noch gar nicht so alt. Sie war nicht ohne Mitgefühl, aber sie mußte sich Mühe geben, sich nicht verächtlich zu äußern.

»Natürlich hast du Käufe getätigt und sie durch Hinterlegung gedeckt. Nicht durch deine eigene Firma, hoffe ich.«

»Nein. Durch einen anderen Makler. Aber wir bitten unsere Kunden um mehr Deckung. Ich hätte nicht ein Zehntel von dem kaufen können, was ich gekauft habe, wenn ich dafür hätte zahlen müssen. Und das sind gute Aktien. Wenn ich nur weiter dranbleiben kann, der Markt wird in ein oder zwei Wochen wie ein Bumerang zurückkommen.«

»Der ewige Optimist, das bist du doch, nicht? Hast du die Depression der neunziger Jahre vergessen? Ich nicht! Sowenig wie die in den Siebzigern, als niemand Geld hatte und Rechnungen in Naturalien bezahlt wurden oder überhaupt nicht. Wenn die Kirchen nicht gewesen wären mit ihrer Mildtätigkeit und dein Vater, der die Mühle in Betrieb hielt, was es auch kostete, hätten wir hier in Waynesboro eine Hungersnot gehabt. ›Eine Woche oder zwei‹, also wirklich! Das kann Jahre so weitergehen. Nein, ich werde nicht Geld ausgeben, damit es verloren ist, wenn der Markt weiter fällt.«

»Aber es ist nur der Markt. Das Land an sich ist grundsätzlich in Ordnung. Das Geschäft sollte nicht in Mitleidenschaft gezogen werden.«

»Und was, glaubst du, hat den Zusammenbruch verursacht, außer der Tatsache, daß Spekulanten immer höher und höher boten? Nach Gilberts Worten und denen des jungen Ludwig ist das Geschäft seit einiger Zeit nicht allzu gut gegangen.«

»Willst du sagen, daß die Firma Rausch in Schwierigkeiten ist? Natürlich haben diese Wichtigtuer nicht Papas Händchen. Ich habe es immer für ziemlich närrisch gehalten, es ihnen anzuvertrauen.«

»›Wichtigtuer‹! Nur weil sie zufällig keine Spekulanten sind. Ich erinnere mich, daß dich dein Vater einst gewarnt hat. Ich wünschte, du wärst nie nach New York gegangen. Als Kinder wart ihr euch, du und Charles, so ähnlich, daß ihr fast Zwillinge hättet sein können, aber jetzt nicht mehr: Stell dir Charles als Spekulanten an der Aktienbörse vor! Nein, die Firma Rausch ist nicht in Schwierigkeiten, aber es muß vielleicht viel eingesetzt werden, um die Fabrik in Betrieb zu halten und das herzustellen, was verkauft werden kann.«

»Um Gottes willen, warum? Warum nicht das Geld behalten, wenn die Dinge wirklich so schlecht gehen, und die Fabrik schließen? Wenn der junge Ludwig überhaupt irgendwelchen Finanzverstand hat, hätte er die Cincinnati-Vettern überredet, ihren Anteil zu verkaufen; und er hätte schon vor einigen Wochen an eine Dachgesellschaft verkaufen können und stände jetzt prächtig da.«

»Die Firma Rausch *verkaufen?* Ernest, du bist wirklich... weißt du nicht, daß es in der Welt Dinge gibt, die mehr als nur Geldwert haben? Dein Vater hat Ludwig die Fabrik vermacht, damit er sie in Betrieb hält, nicht damit er sie verkauft. Und was eine zeitweise Schließung anbelangt, nur die absolute Notwendigkeit könnte Ludwig das aufzwingen. Er wird den Betrieb aufrechterhalten, selbst wenn keine Dividenden an die Familie gezahlt werden können.«

»Das ist reine verdammte Narretei, Mama. Ich bin froh, ihm ein paar Aktien verkauft zu haben.«

»Wie dein Vater sind Gib und Ludwig mitfühlende Männer, die ihre Verantwortlichkeit für die Fabrikarbeiter kennen. Glaubst du, sie würden ihnen die Fabriktore vor der Nase zumachen wollen und sie verhungern lassen oder zum Leben auf Mildtätigkeit verurteilen? Es ist keine große Gesellschaft wie die Bodien und Rausch-Gesellschaft in Madison City, wo die leitenden Leute ihre Arbeiter nicht kennen. Ich weiß nicht, was Paul und Stewart tun werden. Aber hier wird die Arbeitszeit vielleicht gekürzt werden müssen, vielleicht sogar Löhne, aber es wird genug Arbeit geben, um die Arbeiter zumindest vor dem Verhungern zu retten.«

»Nennt mich einen Optimisten! Und was ist schlimm daran, Optimist zu sein? Das Land ist grundsätzlich gesund. Du bist von der Art Pessimisten, die alle und jeden zum Rücktreten und Verkaufen bringen.«

»Wie ich schon sagte, ich habe schon andere Wirtschaftskrisen durchlebt. Auf lange Sicht werden wir sie natürlich durchstehen. Aber es kann Jahre dauern.«

»Ich frage mich, ob Paul deine Ansichten teilt? Ich weiß, er und Bodien haben eine große Sache aus dieser Papiergesellschaft gemacht. Ihre Aktien werden auf der Großen Tafel verzeichnet.«

»Ich sehe sehr wenig von Paul. Ich weiß, daß er gut zurechtkommt. Wenn du von ihm Geld leihen willst, fahr hin und frage ihn, aber sag nicht, ich hätte dich geschickt.«

Elsa kam gerade von einem Klubtreffen zurück, als Ernest mit der Tasche in der Hand die Treppe herunterkam.

»Oh, Ernest! Du verläßt uns doch nicht schon?«

»Ich muß zurück.« Er sagte nicht, ob er vorhabe, Paul in Madison City zu besuchen oder nicht. »Mama war nicht sehr hilfsbereit. Sie ist mit den Jahren nicht unbedingt weicher geworden, nicht?«

»Was erwartest du, wenn du sie nur besuchen kommst, wenn du Hilfe brauchst? Nein, das Alter hatte keine mildernde Wirkung auf sie. Aber erinnere dich: Sie ist neunundsiebzig – an ihrem nächsten Geburtstag achtzig – und hat durch ihre Arthritis ständig Schmerzen. Tucker verschreibt Schmerztabletten und sagt ihr, sie soll nicht versuchen, ein Held zu sein, aber es widerstrebt ihr, sich selbst unter Medikamente zu setzen. Sie will wissen, wie schlimm die Schmerzen wirklich sind.«

»Was es natürlich für dich schwerer macht. Tut mir leid. Ich dachte zuerst, als ich sie sah, daß sie viel älter aussieht... wirklich alt, trotz...«

»Ihres Gewichts? Das ist nur das halbe Problem. Aber du kennst sie gut genug, um zu wissen, daß sie immer noch sagt: ›Ich mag einen vollen Tisch.‹ Und das ist ihr Haus und das Essen ist eins ihrer wenigen Vergnügen.«

»Ich habe schnell gemerkt, als sie mich ausgeschimpft hat, daß ihr Verstand nicht schwächer geworden ist. Aber sie hat es immer geschafft, Ludwig junior gegenüber großzügig zu sein.«

»Das ist vor langer Zeit gewesen. Auf ihre Art ist sie jetzt nicht weniger großmütig. Sie würde dich nicht verhungern lassen. Aber gutes Geld schlechtem hinterherzuwerfen, wie sie es sieht, nein. Es tut mir leid, ich kann dir nicht helfen, selbst wenn ich es versuchen würde. Aber wir werden vielleicht alles selbst brauchen, um die Fabrik in Betrieb zu halten.«

Nachdem er auf Wiedersehen gesagt und die Haustür hinter sich geschlossen hatte, hängte Elsa ihren Mantel, ihre Handschuhe und ihren Hut über den Endpfosten der Treppe und ging in den Salon, wo ihre Mutter mittlerweile gewohnheitsmäßig saß. Sie hatte es in dem Ohrensessel, der zu groß war, als daß man ihn hätte bewegen können, bequem, und sie hatte ein kleines Tischchen gleich daneben für Bücher, Zeitungen, Magazine, ein Glas Wasser und ihre Tabletten.

»Hast du Ernest getroffen? Ich hörte euch reden. Er hält mich zweifellos für hartherzig. Aber wenn ich ihm jetzt aus der Patsche geholfen hätte, würde er nur tiefer und tiefer hineinrutschen. Was für eine Art, das Leben zu verbringen! Ich fand, er sah schrecklich aus – erschöpft und doppelt so alt, wie er ist. Ich nehme an, er wird vor Sorgen verrückt. Aber alles, was ich ihm gegeben hätte, wäre doch nur beim Zusammenbruch des Marktes weggeschwemmt worden. Die Wirtschaftskrise wird länger dauern, als er denkt. ›Eine Woche oder zwei‹, so schätzt er die Situation ein. Er sollte die Aktien sausen lassen, die er mittels Deckung gekauft hat. Wenn der Markt dann den allerniedrigsten Punkt erreicht hat, würde ich ihm etwas von dem Geld geben, das in gewisser Zeit seines sein wird, und er könnte von neuem beginnen.«

»Das scheint mir großzügig genug. Ich nehme aber an, es ist gräßlich, das, was für ein paar Tage ein Vermögen war, den Bach hinuntergehen zu sehen.«

»Er wird es vermutlich bei Paul versuchen.«

»Paul ist zu vernünftig. Dem Himmel sei Dank, daß die Bank in seinen Händen absolut sicher ist; das ist eine Sache, über die wir uns keine Sorgen zu machen brauchen.«

»Und auch in deinen Händen. Das muß man dir lassen, Elsa. Wie war das Klubtreffen, und wo findet das nächste statt?«

»Sie kommen hierher. Wir haben das schon entschieden, erinnerst du dich nicht? Nächste Woche wird Theresas Buch veröffentlicht, und deshalb haben wir so etwas wie eine Feier. Zumindest eine Teegesellschaft.«

»Wie dieses Kind genug über Captain Bodien herausfand, um damit ein Buch füllen zu können, weiß ich wirklich nicht.«

»Das werden wir bald sehen. Der Buchladen hier wird es wohl auf Lager nehmen, und ich habe schon ein Exemplar bestellt.«

Auch Anne Gordon hatte ein Exemplar bestellt und war neben Theresas eigener Familie, die vor dem Erstverkaufstag Autorenexemplare bekam, wahrscheinlich die erste in Waynesboro, die es las. Sie hatte zum Lesen mehr Zeit als die meisten anderen.

An diesem Tag machte sie es sich in ihrem Schaukelstuhl bequem und starrte auf den schmalen Band in ihren Händen. »Der alte Soldat«, grübelte sie. Das war mit Sicherheit Captain Bodien. Sie schlug den Einband und die ersten paar Seiten um und ließ ihre Hand über die erste Seite von Kapitel eins gleiten, wo sie den Titel sah: »Antietam«. Mit einem kleinen Seufzer dachte sie: »Ich kann unmöglich noch ein Buch über den Bürgerkrieg lesen.« Aber die erste Seite war nicht über den Krieg:

Die Samstagsabendband hatte viele Stadtleute auf den Platz vor dem Gerichtsgebäude gelockt. Sie waren gekommen, um den milden Frühlingsabend zu genießen: das junge grüne Gras, den honigsüßen Duft der blühenden Scheinakazien ganz in der Nähe, das Zusammentreffen mit Freunden und die Musik. Das Orchester spielte vor allem Marschrhythmen: die Hälfte seiner Mitglieder waren selbst Veteranen des Bürgerkrieges, die die Melodien seit so vielen Jahren wieder und wieder gespielt hatten, daß sie sich jetzt mit »Tenting Tonight«, »John Brown's Body« und »Just before the Battle, Mother« sentimental daran erinnerten. Diese Militärmusik wurde von Stephan-Foster-Melodien und anderen alten Lieblingsstücken unterbrochen und ein- oder zweimal mit etwas Ehrgeizigerem wie dem »Anvil Chorus«.

Die älteren Zuschauer saßen in ungeordneten Reihen auf Campingstühlen und lehnten sich in den Pausen der Musik nach vorn, um über zurückgezogenen Knien mit einigen Freunden in der Nähe zu reden. Jüngere Paare schlenderten über das Gras – Arm in Arm, wenn sie verheiratet waren, züchtig getrennt, wenn es Jugendliche und Mädchen waren. Sich balgende Kinder rasten zwischen ihnen herum und jagten manchmal davon, um auf dem Koppelgeländer auf der Market Street zu balancieren.

In einer Ecke des Platzes saß eine Gruppe nahe an der Gedächtniskanone für den Bürgerkrieg; um sie herum war das Gras von den Jungen, die hier gespielt hatten, zu Staub zertrampelt worden. An einer Ecke dieses kahlen Fleckens hatte sich ein Kreis von Kindern auf dem Rasen ausgebreitet: mehrere Jungen und ein Mädchen, das einen »Pudding gemacht hatte«, indem es sich mit seinen weiten Röcken und Unterröcken schnell gedreht und dann ebensoschnell hingehockt hatte, so daß es mit überkreuzten Beinen saß und weder seine Biedermeierhöschen zeigte noch sein Kleid schmutzig machte.

Anne dachte: Biedermeierhöschen noch in den Siebzigern?

Und dann traurig: Ich kann mich nicht mehr erinnern.

Die Kinder lauschten gebannt einem Mann, der vor ihnen auf einer Bank saß, die an die Kanone herangezogen worden war. Er lehnte sich nach vorne über den staubigen Flecken auf dem Boden: ein stämmiger, kleiner, breitschultriger Mann, kahlköpfig, abgesehen von einem Haarkranz an den Seiten seines Schädels, aber mit einem vollen, wallenden Artilleristenschnurrbart. Er hatte nichts von einem Rattenfänger von Hameln an sich und doch hingen die Kinder an jedem seiner Worte. Im Staub zeichnete er Linien mit einem Stock, den einer der Jungen im Rinnstein gefunden hatte.

»Hier«, sagte er, »ist die Hagerstown Pike, an der wir an diesem Morgen in die Schlacht zogen. Hier war ein Eisenbahnzaun und dahinter auf beiden Seiten der Landstraße waren Kornfelder, und das Korn stand höher als der Kopf eines Mannes. Es war September und der Zaun war mit Brombeeren und Goldrute völlig überwachsen. Ein ganzes Stück zurück, hier etwa, war ein Waldstück und auf der anderen Seite noch eins, und in beiden wimmelte es von Stonewall Jacksons Männern, wie wir bald herausfanden. Die Eiserne Brigade war vor uns in Stellung gegangen, um die Kanonen zu schützen. Wir hatten uns bereitgemacht und lagen nun in Richtung auf das Kornfeld, ein Geschütz in der Mitte der Straße, um sie von Rebellen frei zu fegen, wenn sie angreifen sollten, und zwei Geschütze auf der rechten Seite auf einer Weide mit Heuhaufen, die anderen drei auf der anderen Seite auf einem Farmhof mit Scheunen und Nebengebäuden. Die Eiserne Brigade griff durch das Kornfeld an und vertrieb die Rebellen, aber sie erhielten wohl weitere Verstärkung und kamen zurück. Das passierte dreimal – durch das Kornfeld und dann zurück – und unsere Geschütze feuerten immer noch, bis die Rebs schon so nahe waren, daß wir die Rohre der Geschütze nicht mehr niedrig genug halten konnten, um Kartätschen auf sie zu feuern.«

»War es ein harter Kampf?«

»Ein zäher, erbitterter Kampf. Mörderisch! Captain Campbell wurde verwundet und Leutnant Stewart übernahm das Kommando. Schützen fielen rechts und links – einige waren noch fähig, wegzukriechen, andere waren sofort tot.«

In diesem Augenblick fing das Orchester an, »Marching through Georgia« zu spielen. Das blonde kleine Mädchen hob seinen Kopf, um zuzuhören. »Captain Bodien, bist du auch durch Georgia marschiert? Mein Papa hat das getan.«

Ein unbestimmtes Gefühl von Wiedererkennen flackerte in einer Ecke von Annes Bewußtsein, aber es störte ihre Konzentration nur für wenige Augenblicke, als sie weiterlas.

»Ich weiß. Und auch Johnnys Vater. Und sie kamen aus dem Krieg nach Hause und dachten, Sherman sei von allen der größte General. Vielleicht war er das auch. Aber sie haben nicht unseren General Gibbon an diesem Tag bei Antietam gesehen. Als nicht mehr genügend Männer auf den Beinen stehen konnten, um das Geschütz in der Mitte der Straße zu bedienen, ging er selbst dort hinaus und wirkte gleichzeitig als Kanonier und Schütze – richtete das Geschütz und feuerte es. Er war in seiner Generalsuniform und muß voll in der Sicht der Rebellenschützen hinten in dem Waldstück gewesen sein.«

Einen Augenblick lang hielt alles den Atem an – dann: »Haben sie ihn *getroffen?*«

»Nein, wie durch ein Wunder.«

»*Bitte,* erzähl weiter. Und unterbrich nicht wieder, du Gans von einer Shaney!«

Plötzlich wachgerüttelt, las Anne die Zeile noch einmal. »Das ist Johnny!« dachte sie. »Und Elsa – und ihre Freunde! Daß ich das nicht gleich erkannt habe!« Erinnerungen überfluteten sie, als sie wieder an jene Jahre ihres Lebens dachte – wie die Stadt zu jener Zeit ausgesehen hatte: die Bäume, das Geländer zum Ankoppeln der Pferde, der holperige Bürgersteig, der wie Kraut und Rüben angelegte granitene Randstein. »Ich habe seit Jahren nicht mehr an Waynesboro gedacht, wie es damals war«, sagte sie mit einiger Überraschung zu sich selbst. »Aber wie konnte dieses Kind Theresa das alles wissen?« Sie grübelte kurz darüber nach und starrte auf ihren Daumen, der den Einband und die ersten Seiten festhielt, ohne ihn wirklich zu sehen. Einen Augenblick lang saß sie völlig ruhig, aber dann wandte sie ihre Aufmerksamkeit wieder Theresas Buch zu.

Versunken durchstöberte sie die Seiten nach weniger offensichtlichen Anzeichen als dem unsinnigen Spitznamen, den Elsa nur für Johnny reserviert hatte, und vergaß völlig, daß sie ein Buch zu lesen begonnen hatte, das sie eigentlich nicht hatte zu Ende lesen wollen. Sie kam zur letzten Seite von Kapitel eins:

In diesem Augenblick erklangen die Eröffnungsakkorde von »The Star-Spangled Banner« vom Orchesterpodium. Captain Bodien stand flink auf, und die Kinder rappelten sich widerwillig auf. Sie und alle anderen auf dem Platz vor dem Gericht standen still, bis die letzten Töne verklungen waren. Dann verlor sich der Kreis um Captain Bodien, und die Menschenmenge trieb langsam auseinander. Die Orchestermitglieder stellten ihre Instrumente weg und kamen vom Podium herunter. Bald konnte man nur noch von weit her unter dem Geklapper von Campingstühlen, die zusammengelegt und gesammelt wurden, sich entfernende Stimmen hören. Stärker denn je hing der Duft der Scheinakazien über dem Platz.

Anne ließ das Buch für einen Augenblick auf ihre Knie sinken und sagte zu sich selbst: »Genauso war es.« Sie fragte sich, wie Theresa es sich so lebendig hatte vorstellen können – so zutreffend? Diese Jahre in den Siebzigern, frühen Achtzigern. Der Krieg war seit langer Zeit vorbei, aber was ein Mann tat, um seinen Lebensunterhalt zu verdienen, war immer noch weniger entscheidend für ihn als die Tatsache, daß er Soldat gewesen war. Wie zweitrangig erschienen die Jahre, die Captain Bodien in der Fabrik gearbeitet hatte.

Aber als sie weiterlas, entdeckte sie, daß Theresa diese Jahre auch festgehalten hatte. Sie hörte in ihrer Erinnerung das Geklapper von Pferdehufen auf dem gepflasterten Fabrikhof und sah die vom Feuer beleuchteten Gestalten, die im Verteerungsschuppen an der Arbeit waren. Nostalgie schwemmte wie eine Flut durch ihr Bewußtsein. Sie kostete die milde Melancholie einen Augenblick lang aus, wie es die Alten wohl gerne tun, und schob sie dann kurz zur Seite.

Manchmal war ihr eine der Geschichten von Captain Bodien bekannt, und sie erinnerte sich an Johnnys vor Aufregung tanzende und atemlose Berichte, wenn er von einer dieser Sitzungen zu Füßen des Captains nach Hause zurückgekommen war.

Sie kam zu Theresas Beschreibung der Schneeballschlacht, als Barbara Bodien und Kitty Edwards den Angriff der Artilleriebrigade der Kinder vor dem Haus der Rauschs abgewehrt hatten; sie erinnerte sich traurig, daß ihr die Geschichte zum erstenmal in jener Nacht im Hause der Edwards erzählt worden war, als Kitty im Sterben lag.

Wie lange das alles schon her ist, dachte Anne.

Der erste Teil von Theresas Buch endete mit Barbaras Hochzeit, bei der die beiden Helden Captain Bodiens, General Gibbon und Major Stewart, anwesend waren, deren Gegenwart dem Verdacht mancher seiner Zuhörer ein Ende setzte, die Geschichten des Captains seien mehr als nur ein bißchen ausgesponnen.

Und die Kinder – selbst Binny, erinnerte sich Anne mit einem Stich – waren mehr an den Soldaten als an der Braut interessiert gewesen.

Der zweite Teil begann mit einem Datum:

An einem Sommernachmittag im Jahre 1892 saß Captain Bodien auf einer eisernen Gartenbank mit dem Rücken gegen einen großen Baum, der den seitlichen Hof beschattete, in der Mitte eines Kreises von Kindern.

Die nächste Generation, dachte Anne, Barbaras Mädchen, Kittys Jungen und Rodney.

Der Nachmittag ging seinem Ende entgegen und Anne las immer noch mit unverminderter Versunkenheit. Sie erlebte wieder die Fröhlichkeit der Einzugsfeier am vierten Juli auf Hillcrest, die düsteren Zeiten während der Überschwemmung, als Anne und andere Klubmitglieder und Kirchenfrauen endlose Stunden gearbeitet und diejenigen getröstet hatten, die aus ihren Häusern vertrieben worden waren.

Theresas Geschichte ging langsam weiter, bis sie selbst gegen Ende hin sich dem Kreis zu Füßen des Captains angeschlossen hatte. Und so kam sie schließlich zum Tod des alten Mannes, als sein Bewußtsein zurück nach Antietam irrte – zu Kameraden und Generälen, die vielleicht in der Schlacht gefallen waren oder die in den Jahren danach gestorben waren oder die jetzt alte, alte Männer waren und ihr eigenes Ende erwarteten.

Anne schloß das Buch, hielt es mit beiden Händen umfaßt und ließ ihre Augen über die tanzenden Schattenspiele der nackten Äste des Baumes, der sich als Silhouette gegen die späte Nachmittagssonne abhob, auf dem Teppich wandern. Ein Frösteln schüttelte sie, und sie warf dem Feuer im Kamin einen besorgten Blick zu. Sie hörte, wie sich die hintere Tür öffnete und wieder schloß: Louline war gekommen, um das Abendessen zu kochen.

Das Buch wurde in verschiedenen Zeitungen von den Kritikern freundlich besprochen (von einigen in herablassendem Ton), aber es setzte nicht unbedingt die Welt in Brand. In Waynesboro war es ein neuntägiges Wunder. Andere Einheimische hatten Bücher geschrieben und publiziert, aber nicht bevor sie die Stadt verlassen hatten; kein augenblicklicher Bürger hatte seit General Demings Landes- und Regiments-Geschichtsbüchern so viel erreicht. Daß die »kleine Theresa Stevens« ein Buch produziert hatte, das genausosehr von der Stadt wie auch von ihrem Urgroßvater handelte, rief eine kurze Sensation hervor; sie verbrachte einen Nachmittag im örtlichen Buchgeschäft und setzte ihre Unterschrift in Exemplare, die von Frauen und Männern, deren Gesichter ihr zwar vertraut erschienen, deren Namen sie aber vergessen hatte oder die ihr nie bekannt gewesen waren, und von völlig fremden Leuten, die sie zu kennen behaupteten, gekauft wurden. Charlotte Bonner besprach ihr Werk in der *Fackel* und sah nichts darin, das nicht lobenswert war; und, da es sie an die Monate ihres Vaters in Andersonville erinnerte, steuerte sie einige eigene Erinnerungen bei, um ihren Artikel auf die volle Länge einer Kolumne zu bringen.

Der Frauenklub, der sich bei den Rauschs traf, ehrte die Autorin mit zusätzlichen Besprechungen und Kommentaren und einer ausgedehnten Teegesellschaft, die um den Eßzimmertisch, der in seiner vollen Länge ausgezogen war, stattfand. Seit den Tagen, als Mrs. Ballard Geschichten für die Sonntagsschulzeitungen geschrieben und Mrs. Deming bei den Geschichtsbüchern des Generals geholfen hatte, war auf der Mitgliedsliste des Klubs kein Schriftsteller mehr gewesen, weshalb jetzt der Anlaß groß herausgestellt wurde. Die junge Mrs. Jennifer Gordon war beauftragt worden, eine formelle Besprechung zu schreiben. Als Jenny die »literarische« Kritik beendet hatte, fügte sie spontan hinzu, sie selbst sei einmal eines der Kinder gewesen, die wie verzaubert den Geschichten des Captains gelauscht hatten. »Ein Aspekt, der mich sehr betroffen gemacht hat, als ich das Buch las, ist, wie innerhalb verhältnismäßig weniger Jahre die Aktivitäten von Kindern eingeschränkt worden sind. Es scheint mir jetzt, als ob wir völlig frei waren, zu kommen und zu gehen, wie es uns beliebte, wenn wir nur zu Hause Bescheid gesagt hatten, wann wir zurück zu erwarten seien. Es gab nur wenige Autos in der Stadt und keine lauernden Gefahren, soviel wir wußten. Wir konnten dem Rattenfänger folgen.«

Elsa, die den Vorsitz hatte, beglückwünschte ihre Tochter zu ihrem Aufsatz und die Autorin zu ihrem Buch; dann fügte sie hinzu, ihr sei ihre eigene Kindheit in Erinnerung gerufen worden, wie es auch zweifellos anderen Zuhörern geschehen sei: Vielleicht sei es dieser nostalgische Effekt, der sie alle so bewegt habe. Aber die Kritikerin, die die Rezension verfaßt habe (Jenny), hätte keine Erfahrung in wirklicher Freiheit: sie hätte in den Siebzigern ein Kind sein sollen. Und Elsa sprach weiterhin kurz von den wilden Spielen, die ihnen so viel Spaß gemacht hatten und von denen viele auf den Geschichten des Captains beruhten.

Als sie zu Ende gekommen war, eröffnete sie die Diskussion für die Mitglieder. Verschiedene Damen wollten von ihren Erinnerungen sprechen; und Captain Bodiens zwei Enkeltöchter, Mrs. Lavinia Stevens und Mrs. Caroline Edwards, erzählten von der Verzauberung des Wilden Westens, wie sie sie in diesem Kreis von Kindern unter dem Ahornbaum auf dem Seitenhof der Gardiners erfahren hatten. Caroline fügte ein Lobeswort auf ihre Nichte hinzu, die sie als selten talentiert fand, eine Achtungsbezeigung, die einer Tante eher gebührte als der Mutter.

Die Klubmitglieder nahmen sich Zeit, sich zu verabschieden, nachdem der Tee serviert worden war; jede empfand es als richtig, der Autorin zu gratulieren, und das ausführlich und mit Emphase.

Als Theresa, ihre Mutter und Großmutter Jessamine Edwards sich schließlich entfernten, sagte Lavinia zu ihrer Tochter: »Welche Gefühle hat das alles bei dir hervorgerufen? Stolz?«

Theresa, die gerade damit beschäftigt war, das Auto ihrer Mutter rückwärts aus der Einfahrt herauszusetzen, antwortete nicht, bis sie sicher in die Straße eingebogen war. Dann sagte sie: »Wie ein Narr, wenn du es wirklich wissen willst. Mir fällt nie etwas anderes ein, als danke zu sagen.«

»Ich habe mich schon gewundert. Du warst immer darauf aus gewesen, berühmt zu werden, aber du hast nur verlegen ausgesehen.«

»Sei nicht dumm, Mutter. Berühmt, also wirklich! Wenn nur zehn Leute außerhalb Waynesboros dieses Buch lesen sollten, wäre ich überrascht. Es ist gar nicht so gut.«

Jessamine sprach vom Rücksitz aus. »Ich finde, es ist eine wirkliche *tour de force*, die Kinder wie auch Captain Bodien hineinzubringen. Die Leute mögen es, daran erinnert zu werden, wie die Welt war, als sie selbst noch jung waren. Natürlich hatte ich eine ganz andere Kindheit an einem ganz anderen Ort, aber selbst ich kann mich erinnern, daß ich glücklich war, wenn hin und wieder ein alter Kamerad meines Vaters auf die Plantage kam und dann von ihren Schlachten erzählte und davon, welch tapferer Mann er gewesen sei. Großvater Gordon haßte das, aber er stand es durch, ein Union-Mann bis an sein Ende. Ich selbst liebte es: Sie ließen meinen Vater, an den ich mich nicht erinnern konnte, so großartig und heroisch erscheinen. Großvater Gordon hat seinem Sohn nie vergeben, daß er das geworden war, was er als Verräter betrachtete, aber er war zu höflich, um das den Besuchern zu erzählen. Einige von ihnen erinnerten sich sogar an den Vater meiner Mutter, der auch gefallen war. Er war in einem Lousiana-Regiment.«

»Es klingt sehr traurig«, sagte Theresa, die nie viel über das Leben ihrer Großmutter in Mississippi gehört hatte. »Irgendwie ist uns das Plantagenleben in den alten Geschichten immer so sorgenfrei erschienen.«

»Das war es nach dem Krieg nicht mehr.«

Diese Bemerkung Jessamines machte der Unterhaltung ein Ende; erst als sie an ihrer Tür waren, nahm Lavinia den Faden wieder auf und faßte widerstrebend und zurückhaltend ihre Zuneigung in Worte: »Du weißt das natürlich, ohne daß ich es dir sage: dein Vater und ich sind stolz auf dich und finden, daß du genau das erreicht hast, was du dir als Ziel gesetzt hattest: eine Epoche wieder zum Leben zu bringen. Und was kommt jetzt? Du hörst doch jetzt nicht auf, weil du dich heute wie ein Narr gefühlt hast?«

»Oh, Mutter! Ich kann nicht aufhören. Das Schreiben ist alles, was ich je in meinem Leben tun wollte. Aber ich weiß nicht, was als nächstes kommt. Ich habe so lange und hart über dies hier nachgedacht, daß mein Kopf jetzt völlig leer ist.«

»Mach dir darüber keine Sorgen. Das wird schon wieder kommen. Warum hältst du in der Zwischenzeit dein Handgelenk nicht in Übung und schreibst einige kleinere Sachen? Ich werde versuchen, dir deine Arbeit zu erleichtern – aufhören, dich so oft zu unterbrechen.«

Und so verbrachte Theresa ihre Tage während des restlichen Winters 1929/30 in ihrem Schlafzimmer und versuchte den Eindruck zu machen, sie schaffte einiges an Arbeit, aber viel Zeit verbrachte sie nur damit, Bleistifte zu spitzen und auf leere Papierseiten zu starren und daran zu denken, in welchem lärmerfüllten Haushalt sie doch lebte. Solange sie an dem »Alten Soldaten« gearbeitet hatte, war sie fähig gewesen, sich zu konzentrieren; es war für sie alles so lebendig gewesen, daß ihr die Unterbrechungen gar nichts ausgemacht hatten; sie hatte mit solcher Sicherheit gewußt, was sie als nächstes sagen wollte, daß sie den Faden immer wiederfinden konnte, wo sie ihn verloren hatte. Und jetzt konnte sie wegen des ständigen Klingelns des Telefons und der Glocke an der Haustür und dem lärmenden Kommen und Gehen ihres Bruders und ihrer Schwester und ihrer Freunde keinen klaren Gedanken fassen; selbst ihre Mutter, deren Absichten so gut gewesen waren, kam gelegentlich herein, um über etwas Wichtiges mit Theresa zu sprechen, zum Beispiel darüber, was sie als Abendessen kochen solle, und Theresa liebte sie bei weitem zu sehr, um sie deshalb zu tadeln; tatsächlich begrüßte sie eigentlich solche Unterbrechungen, weil sie ihr wenigstens eine Entschuldigung gaben für die verschwendete Zeit.

Und die Geringfügigkeit ihrer Tantiemenschecks demütigte sie auch trotz ihres eigenen Beharrens darauf, daß sie von ihrem Buch in bezug auf Verkaufszahlen nichts erwarte. Doch sie war eine Erwachsene, eine Schriftstellerin, die bereits ein Buch veröffentlicht hatte, und immer noch auf Kosten ihrer Familie lebte, als ginge sie noch auf die höhere Schule. Sie sollte sich wirklich irgendeine Art Job suchen. Aber Jobs waren in diesem Winter gar nicht so leicht zu finden, wie sie selbst sehr gut wußte, und wenn sie einen fände, würde sie vielleicht jemandem die Arbeit wegnehmen, der sie notwendiger brauchte. So blieb sie an ihrem Schreibtisch.

DIE MITGLIEDER
DES FRAUENKLUBS

Miß Charlotte Bonner
Miß Ruth Campbell
Mrs. Caroline Edwards
Mrs. Jessamine Edwards
Mrs. Elsa Evans
Mrs. Melissa Evans
Mrs. Jennifer Gordon
Mrs. Sophie Lichtenstein
Mrs. Elizabeth Merrill
Mrs. Deborah Patton
Mrs. Ellen Richards
Mrs. Lavinia Stevens
Miß Theresa Stevens
Mrs. Grace Warren

IN MEMORIAM
Miß Eliza Ballard
Mrs. Mary Ballard
Miß Susan Crenshaw
Mrs. Louisa Deming
Mrs. Katherine Edwards
Mrs. Gwen Evans
Miß Caroline Gardiner
Miß Lavinia Gardiner
Mrs. Anne Gordon
Mrs. Laura Maxwell
Mrs. Mary McCune
Miß Agatha Pinney
Mrs. Sarah Rausch
Miß Amanda Reid
Mrs. Thomasina Travers

1930–1932

»Das Ende einer Ära: Wir verlieren die letzten unserer Gründungsmitglieder...«

Während der ersten Monate des Jahres 1930 und danach kämpfte die Firma Rausch darum, die Fabrik in Betrieb zu halten. Ludwig rief eines Nachmittags die Arbeiter zusammen und erklärte ihnen die Situation. Die Fabrik müsse entweder für einige Zeit schließen oder nur zu einem Teil der Zeit weiter in Betrieb sein mit vermindertem Lohn für jeden vom obersten leitenden Angestellten bis hinunter zum ungelernten Arbeiter. Er habe vor, die Fabrik weiterarbeiten zu lassen, so lange das möglich sei, aber es sei sehr schwierig, Aufträge zu bekommen. Wenn es zum Schlimmsten käme, würden sie das tun, was sein Großvater in gleich schlechten Zeiten einmal getan hatte: alle möglichen Arten von Hanfprodukten herzustellen bis zum Werg herunter und das auf Lager nehmen, bis die Wirtschaftskrise vorbei sei. Die Firma könne helfen, die geringeren Löhne auszugleichen; auch wenn die Fabrik schon lange nicht mehr mit Dampfenergie betrieben werde mit Ausnahme der Sirene, könne sie Wagenladungen Kohle zum Großhandelspreis kaufen und sie dann zu diesem günstigen Preis an die Arbeiter weitergeben. Er bat die Arbeiter, einen Repräsentanten zu wählen, der dann zu ihm in sein Büro kommen solle, um ihm mitzuteilen, was die Arbeiter beschlossen hatten. Die Entscheidung war, wie er erwartet hatte: sie würden bei vermindertem Lohn und verminderter Arbeitszeit arbeiten. Sie wußten sehr gut, daß überall Männer entlassen wurden, und daß es eine nur sehr geringe Chance besonders für die ungelernte Arbeiterschaft und für die vergleichsweise gut bezahlten Seilmacher gab, irgendwo anders eine Stelle zu bekommen. Ludwig bat den Sprecher der

Arbeiter, ihnen in seinem Namen für ihre Loyalität zu danken. Er sagte: »Niemand weiß, wie lange diese Wirtschaftskrise dauern wird, aber ich verspreche euch, daß die Fabrik so lange in Betrieb bleibt, wie unsere Kapitalreserven reichen; bis dahin wird niemand ohne Grund gefeuert.«

Ludwigs Entscheidung war für Gib schwer zu akzeptieren; er war gereizt wie ein alter Mann. Tatsächlich, dachte Ludwig traurig, war sein Vater mit sechzig Jahren ein alter Mann, durch die Sorge um seine Kinder bereits vor einem Dutzend Jahren gebrochen. Sein Sohn versuchte, ihm Auftrieb zu geben. »Ein Gutes hat es: der Preis von Hanf – Manila- wie auch Sisalhanf – fällt schnell und wird noch weiter fallen: wir können einen Vorrat anlegen – vielleicht ein Lagerhaus füllen. Wir haben augenblicklich keinen großen Materialvorrat; haben wir nicht mehr gehabt, seit wir den Überschuß aus dem Krieg in den guten Jahren losgeworden sind. Wir haben auch keinen großen Lagerbestand: für einige Zeit haben wir nicht mehr produziert als nötig war, um die Aufträge zu erfüllen.«

»Ich weiß, Junge, ich weiß. Aber einen Haufen Mist zu machen, den wir nicht verkaufen können, kann uns vielleicht ruinieren.«

»Ich glaube das nicht. Es wird immer noch einen gewissen Bedarf an Schnur geben trotz der kombinierten Mähmaschinen. Schnur für die Heuernte. Und für die Schiffskamine. Es ist zu schade«, und Ludwig lachte (er konnte immer noch lachen), »daß Bettseile ein Requisit der Vergangenheit sind. Es tut mir leid, Vater, wenn du verärgert sein solltest. Aber was Großvater getan hat, muß ich auch tun, er würde das von mir erwarten. Und Captain Bodien.« Mit einigem Gemurmel über die Belastung durch untätige Arbeiterhände ließ Gib das Thema fallen.

Keiner der beiden Männer nahm seine Sorgen vom Büro mit nach Hause. Ludwig fühlte sich seiner herzlichen, liebenden und glücklichen Frau gegenüber, die völlig von ihrer Familie, ihrem Haus und ihren Freunden in Anspruch genommen wurde, immer noch als Beschützer. Aber Melissa las die Zeitungen, und sie wußte, daß Ludwig Schwierigkeiten hatte. Sie sprach mit ihm eines Abends nach dem Essen, als sie wieder heruntergekommen war, nachdem sie die Kinder zu Bett gebracht hatte, darüber.

»Ludwig, ich bin kein Kind mehr. Ich bin deine Frau. Wie schlecht steht es in der Fabrik? Ich sehe jeden Abend, wie kaputt du aussiehst, wenn du vom Büro nach Hause kommst.«

»Es steht schlimm genug. Wie du weißt, arbeiten wir nur Teilzeit. Es ging nur so oder ich hätte Arbeiter entlassen müssen. Bislang haben wir eigentlich noch kein Geld *verloren.* Wir haben gute Vertreter, die für uns unterwegs sind. Und diese schlechten Zeiten können nicht immer so weitergehen.«

»Aber wenn sie andauern, wirst du Geld verlieren?«

»Ich fürchte ja. Wir müssen auf unsere Reserven zurückgreifen. Oder von der Bank leihen. Vater und ich und alle anderen leitenden Angestellten haben unser eigenes Gehalt gekürzt, bevor wir die Löhne gekürzt haben.«

»Dann könnten wir auch unsere Ausgaben reduzieren. Laß uns mein Auto verkaufen und Mirella entlassen. Immerhin bin ich damit aufgewachsen, selbst zu kochen und den Haushalt zu führen.«

»Und was würde dann Mirella tun? Sie unterstützt ihren alten Vater und ihre Mutter, nicht wahr? Ohne ihr Gehalt würden sie in das Armenhaus gehen müssen. Wir haben ihr gegenüber genauso eine Verantwortung wie den Arbeitern in der Fabrik gegenüber.«

»Ja. Es tut mir leid, Liebling. Ich habe nur an uns gedacht. Aber das Auto?«

Ludwig dachte: Zum Teil habe ich eigentlich an dich gedacht: dieses Haus, die Mahlzeiten, die Babys. Aber er wußte, daß er in Beziehung auf Mirella recht hatte. Und was das Auto anging – »Wir behalten den Wagen noch ein bißchen: es wäre ziemlich mühsam für dich, ohne ihn herumzukommen. Du kannst dich ja darauf beschränken, ihn nur zu benutzen, wenn du mußt – wenn du meine Mutter und Großmutter oder deinen Vater und deine Mutter besuchen mußt oder irgendwelche Erledigungen zu machen hast.«

»Du weißt, bevor ich dich geheiratet habe, bin ich immer zu Fuß gegangen. Ich glaube, meine Beine sind immer noch brauchbar.«

Er lachte sie an. »Da bin ich sicher. Aber trotzdem behalten wir deinen Wagen.«

Zu einer Zeit, in der andere Frauen gezwungen waren, die angestellten Haushaltshilfen gehenzulassen, gab es Kritik an der Rausch-Familie und an anderen: »Die Dinge mögen in der Fabrik schlechtstehen, aber die Rauschs und alle, die damit zusammenhängen, halten an ihrer Dienerschaft fest. Versuch mal, einen von ihnen dabei zu ertapppen, selbst zu arbeiten. Selbst Dr. Gordon und seine Familie, die auf dem Land leben, können ihre Hausangestellten und ihre Kindermädchen und einen Chauffeur für den Doktor behalten. Diese Familie hat nie einen Deut darum gegeben, was andere von ihnen halten.«

Das war unfair, wie es so manche Kritik an den augenscheinlich Reichen ist. Schließlich kam es Gib zu Ohren; er reagierte verächtlich und antwortete, wie es auch Ludwig getan hatte: »Wenn wir die Diener entlassen, landen sie im Armenhaus, selbst wenn sie sich etwas erspart haben.« Aber wie Ludwig dachte er nicht nur an die Diener, sondern auch an seine Frau.

Gib sprach zu Hause nicht mehr über das Geschäft, wie er es sonst immer getan hatte, und gab damit unbewußt zu, daß Elsa genausoviel davon verstand wie er und vielleicht sogar einen besseren Geschäftssinn hatte. Aber Mrs. Rausch war zu einer beständigen Sorge für ihre Tochter geworden, und er würde nicht noch mehr auf ihre Schultern laden.

Elsa merkte, daß ihre Mutter schwächer und schwächer wurde. Aus irgendeinem Grund – vielleicht stimulierte es sie – war sie in der Lage, völlig sie selbst zu sein, wenn Besuch im Haus war oder wenn sich der Klub bei ihr traf; sie folgte den Aufsätzen, die vorgestellt wurden, und gab ihre Stellungnahme ab, ohne nach Worten suchen zu müssen. Zu anderen Zeiten zeigte sich ihr Alter. Wenn Anne Gordon kam, um den Nachmittag mit ihr zu verbringen, wie sie das oft tat, machte Sally, die sich ihr gegenüber völlig leger gab, weniger Anstrengungen. Sie machte oft Pausen, um nach dem Wort zu suchen, das ihr gerade fehlte, und legte ihre Hand auf den Mund, oder, wenn sie nicht einen Augenblick innehielt, kam mit dem falschen heraus. Dann lachte sie sich selbst aus und sagte: »Verflixt! Ich denke das Wort, das ich sagen will, und höre mich selbst etwas völlig anderes sagen.«

»Mir geht es genauso«, antwortete Anne sodann. »Die halbe Zeit rede ich mit alten Freunden, ohne es zu wagen, sie mit dem Namen anzusprechen.« Aber sie wußte sehr gut, daß sie in bezug auf Worte nicht so schlimm dran war wie Sally; gewöhnliche, alltägliche Worte kamen ihr noch absolut leicht auf die Zunge.

Als Anne eines Nachmittags wieder bei Sally war, ging Elsa zu Tucker und fragte ihn um Rat. Da sie selbst über eine robuste Gesundheit verfügte, hatte sie keinen Anlaß gehabt, zu ihm zu gehen, seit Tucker zu praktizieren begonnen hatte; die beiden waren sich absolut vertraut. Aber als sie jetzt endlich hinging und Tucker sie in das mittlere Behandlungszimmer bat, ließ sie sich dankbar in den tief eingedrückten Sitz des alten ledernen Sessels fallen.

»Du weißt«, sagte sie, »dein Vater und ich haben einen großen Teil unserer Kindheit in dieser Praxis verbracht. Sie hatte irgend etwas an sich, vermittelte ein Gefühl, daß geheimnisvolle Wunder hier vollbracht würden – und für einen rauhen Mann war Onkel Dock eigentlich immer freundlich zu uns, und spielte nie darauf an, daß wir im Weg sein könnten. Er hat seine Patienten einfach in diesen Raum geführt.« Und dann sagte sie plötzlich: »Ich bin gekommen, um mit dir über Mama zu sprechen. Es ist hoffnungslos, sie überreden zu wollen, mich einen Arzt rufen zu lassen, der sie einmal ansehen könnte.«

»Ich kenne Tante Sally.« Seine Augen funkelten hinter der Brille. »Ich habe sie mein ganzes Leben lang gekannt, und jetzt sehe ich sie zumindest einmal in zwei Wochen.« Tucker Gordon wie auch Ludwig Evans und ihre Familien trafen sich jeden zweiten Sonntag mit Jennys Eltern und ihrer Großmutter zu einem großen Mittagessen. »Sie kennt mich schon zu lange – sie kann nicht an mich als an einen Arzt denken, außer wenn sie Schmerztabletten haben will.«

»Sie läßt mich keinen Arzt rufen. Besteht darauf, es gäbe keinen Grund.«

»Sie muß schon achtzig sein. Ich weiß, daß sie im Alter von Großmutter ist. Die Jahre beginnen sich auszuwirken.«

»Du mußt es auch bemerkt haben, wenn du mit ihr redest: ihr Verstand ist noch klar, aber ihre Sprache ist es nicht. Sie bringt so oft ein Wort hervor und wollte etwas völlig anderes sagen oder sie wartet und wartet und ihre Lippen arbeiten, während ihr Verstand kämpft. Es ist so untypisch für Mama. Ich weiß, wie sehr sie es haßt.« Elsas Augen begannen sich mit Tränen zu füllen. »Sie war immer so – bei allen Dingen obenauf – so schnell mit dem richtigen Wort.«

»Natürlich ist mir das aufgefallen. Es ist eine milde Form von Aphasie, was bei älteren Menschen ziemlich häufig ist. Jeder im Alter deiner Mutter wird aller Wahrscheinlichkeit nach eine gewisse Verhärtung der Gehirngefäße haben.«

»Und es gibt nichts, das man dagegen tun kann?«

»Wenn sie hohen Blutdruck hat, kann der behandelt werden. Aber wie könnte irgendein Arzt etwas ohne Untersuchung verschreiben? Und sie würde wahrscheinlich sowieso nichts nehmen.«

»Ich weiß, Tuck. Es ist hoffnungslos, mit ihr zu Rande kommen zu wollen. Wie sind die Aussichten?«

»Ohne mehr zu wissen als das, was du mir erzählt hast, und das, was ich gesehen habe, kann ich unmöglich eine Prognose abgeben.« Und dann fügte er abrupt hinzu: »Es wird nicht besser werden, das weißt du.«

»Sie könnte einen Schlaganfall bekommen? Ich meine eine massive Hirnblutung?«

»Wenn ich recht habe, ja.«

»Mama könnte völlig hilflos werden? Sie ist die letzte Person in der Welt, die ein solches Schicksal ertragen könnte.«

»Versuch sie zu überreden, einen Arzt zu konsultieren. Es gibt jetzt einige gute in der Stadt.«

»Die Frage ist nicht deine Qualifikation oder die eines anderen Arztes. Sie will sich nur weiter vortäuschen können, mit ihr sei alles in Ordnung.«

»Ich muß ihre Haltung loben. Ich wünschte, mehr meiner alten Damen wären wie sie. Wenn du sie nicht überreden kannst, ärztlichen Rat einzuholen, dann mach dir nicht mehr Sorgen, als unbedingt nötig sind. Alles, was ich gesagt habe, ist bloße Raterei. Sie wird wahrscheinlich keinen Schlaganfall bekommen.«

Als er aber schließlich zum Abendessen nach Hause ging, erzählte er Jenny, ihre Mutter habe ihn besucht, und er habe ihr mehr als nur eine Andeutung über das gemacht, was er befürchte. »Ich weiß, daß du immer gesagt hast, ich dürfe das nicht tun, weil sie sonst keinen ruhigen Augenblick mehr haben würde. Aber sie bat mich, ehrlich zu sein.«

»Sie wird sich vor Sorgen krank machen. Komisch. Denn sie und Großmutter haben sich immer aneinander gerieben. Sind sich zu ähnlich, nehme ich an. Wie hat sie es aufgenommen?«

»Was erwartest du, Liebling? Deine Mutter ist eine charakterstarke Frau, die sich den Dingen stellt. Und ich konnte ihr ehrlich sagen, ich könne ohne Untersuchung weder eine Diagnose noch eine Prognose abgeben.«

Er war später froh, daß er diese Position bezogen hatte, denn Sally Rausch blieb die Lähmung, die er und ihre Familie befürchteten, erspart. Eines Morgens im zu Ende gehenden Frühling des Jahrs 1930 stürzte sie, als sie versuchte, aus dem Bett aufzustehen. Das Hausmädchen, das anwesend war, um ihr beim Aufstehen und Ankleiden zu helfen, rannte entsetzt los, um Elsa aus ihrem Zimmer auf der anderen Seite des Flurs zu rufen. Gib war unglücklicherweise bereits ins Büro gegangen. Die beiden Frauen hätten Sally nicht zurück ins Bett heben können, selbst wenn sie gewagt hätten, es zu versuchen. Wenn sie überhaupt ohnmächtig gewesen sein sollte, dann war es nicht für lange. Mit charakteristischer Ungeduld sagte sie: »Könnt ihr beiden Dummköpfe mir nicht aufhelfen?«

»Nicht bis wir einen Arzt geholt haben. Du hast dir vielleicht einen Knochen gebrochen. Zieh die Bettdecken herunter, Portia, und bring sie hier herüber, während ich Tuck und Gib anrufe.«

»Mein Arm – ich glaube – ich hatte ihn um den Bettpfosten. Ruf Tucker. Das ist kein – kein –«, sie hörte auf zu reden, ihre Augen schlossen sich, ihr Mund arbeitete weiter. Elsa war sich nicht sicher, ob sie nach einem Wort suchte oder, so hoffte sie, ohnmächtig geworden war.

Die Ärzte, nicht nur Tuck, sondern auch Rodney, waren schneller da, als sie erwartet hatte; Gib und Ludwig folgten ihnen knapp auf den Fersen. Rodney kniete sich neben sie auf den Boden. Er fand, daß ihr rechter Arm an zwei Stellen gebrochen war und sie eine gebrochene Rippe hatte, aber, soweit er feststellen konnte, keine ernsthaften Verletzungen vorlagen. Sie öffnete ihre Augen, bevor er fertig war, und sagte: »Rodney, heb mich von diesem harten Boden auf.«

»Es wird weh tun. Du hast dir den Arm gebrochen. Ich gebe dir etwas, bevor wir dich bewegen.«

Als die Spritze wirkte, schafften es die vier Männer, sie ins Bett zu heben, während Elsa neben ihnen den gebrochenen Arm hielt. Sie zogen die Decken wieder über sie, und Elsa ging auf Tuckers Bitte, weitere Decken holen. »Aller Wahrscheinlichkeit nach hat sie einen Schock.« Und während Rodney und er den gebrochenen Arm richteten und schienten und die Rippe bandagierten, sagte er, als sie zurückkam: »War sie ohne Bewußtsein, als du sie gefunden hast?«

»Nein. Sie redete recht verständlich mit uns – wollte dich haben und nannte Portia und mich ›Dummköpfe‹. Bevor du gekommen bist, wurde sie für eine Minute ohnmächtig, glaube ich.«

»Falls es also ein Schlag war, war es ein leichter. Ich könnte nicht sagen, daß ihr Gesicht verzerrt ist.«

Rodney stimmte zu, sagte aber: »Sie sollte ins Krankenhaus zum Röntgen. Wir könnten einen Krankenwagen rufen und sie auf einer Trage im Lift nach unten bringen.«

»Unmöglich«, sagte Elsa bestimmt. »Der Lift ist nicht so groß. Und sie würde mir nie vergeben.«

»Traumatische Lungenentzündung ist in ihrem Alter immer eine Möglichkeit, und ihr Gewicht spricht gegen sie. Wenn die Wirkung des Mittels nachläßt und sie Schmerzen hat, dann versuch, sie zu überreden. Wir könnten sie besser pflegen.«

Elsa versprach es, fügte aber hinzu: »Ich habe nie viel Glück gehabt, Mama zu irgend etwas zu überreden. Tuck vielleicht – wirst du zurückkommen, Tuck?«

»Natürlich. Und ich werde Jenny anrufen: Sie ist eine gute Krankenschwester, weißt du.«

»Ich würde sie eher später brauchen. Wenn Mama das Bewußtsein wiedererlangt.«

Elsa blieb den ganzen Tag am Bett ihrer Mutter sitzen und bat sogar Portia, ihr Mittagessen auf einem Tablett heraufzubringen. Als der Nachmittag zu Ende ging und die Wirkung der Betäubungsspritze nachließ, machte sie sich wegen der offensichtlich zunehmenden Beschwerden und der gefährlichen Ruhelosigkeit ihrer Mutter Sorgen. Als sie die Augen öffnete und nach einem Augenblick der Orientierung sagte: »Elsa? Ich habe mir den Arm gebrochen?«, wiederholte sie die Erkenntnisse der Ärzte, erzählte ihr, was sie getan hatten, und sagte: »Der Arm ist an zwei Stellen gebrochen, eine gebrochene Rippe – du mußt geröntgt werden und ins Krankenhaus gehen.«

Der Vorschlag wurde mit Emphase zurückgewiesen. »Röntgen! Diese neumodischen Ideen!« Als sie wieder zu Atem gekommen war, schnappte sie: »Ich beabsichtige, in meinem eigenen Bett zu sterben. Und von meinem Salon aus begraben zu werden.«

»Aber niemand hat die Vermutung geäußert, daß du an dem gebrochenen Arm sterben wirst.«

Sally litt zu sehr, um die Bemerkung eines Kommentares für wert zu befinden. »Wenn Tucker wiederkommt, kann er den Schmerzen ein Ende machen. Wie spät ist es?«

»Fast fünf Uhr.«

»Also zu spät. Ich möchte, daß du Anne anrufst und sie bittest, mich morgen zu besuchen.«

»Die Ärzte haben gesagt: ›keine Besucher‹. Ich habe selbst Jenny nicht kommen lassen. Sie wollte dich als Krankenschwester pflegen.«

Sallys Lippen arbeiteten, als sie mit den Worten kämpfte, aber schließlich bekam sie sie heraus.

»›Die Ärzte sagen‹ – ›die Ärzte sagen‹ – und was soll das heißen? Ich will mit Anne sprechen.«

»Sie rief an, als sie hörte, daß du gefallen bist. Du weißt, sie wird sofort kommen, wenn du in der Lage bist, sie zu empfangen.«

»Ich will sie sehen, bevor es zu spät ist. Um sie zu bitten, mir zu vergeben.«

Elsa fragte sich, ob der Verstand ihrer Mutter verwirrt sei, obgleich sie ihr bis zu diesem Zeitpunkt völlig klar erschienen war. »Mama? Wofür vergeben? Ihr seid die besten Freundinnen gewesen, seit ihr Mädchen wart, und es gab nie auch nur ein Anzeichen dafür, daß etwas falsch war.«

»Kein Problem – weil es Anne nicht wußte. Ich war es, die Louisa Deming gegenüber angedeutet hat, daß Johnny ein...« Das Wort »Verhältnis« war jenseits aller Erinnerungen verloren. Elsa wartete. Ihre Mutter sprach weiter: »Daß Johnny und diese Krankenschwester...«

Elsa war schockiert. Schließlich sagte sie: »Mama, das hast du doch nicht getan! Es war Eliza Ballard.«

»Hab' ich aber getan. Ich hatte nie angenommen... Scheidung.

Ich war so wütend wegen Paul... mit ihm, mit deinem Vater, aber besonders mit Johnny, der ihn in dieses Problem... gebracht hatte.«

Welchen Sinn hätte es, jetzt zu sagen, daß es letztendlich kein »Problem« gewesen war, Paul und seine Frau seien in all den Jahren ihrer Ehe glücklich gewesen.

»Du glaubst, ich sei verwirrt? Nein. Ich hielt Johnny für verantwortlich... und schlug einfach los.«

»Und nun, nach all diesen Jahren, willst du, daß dir für etwas vergeben wird, von dem Tante Anne nie gewußt hat, daß du es getan hast.«

»Ich möchte mit einem reinen Gewissen sterben.«

»Zum einen wirst du nicht sterben. Was ist, wenn Tante Anne, nachdem du ihr gebeichtet hast, dir nicht vergibt? Und wenn du entschlossen sein solltest zu sterben, warum willst du auf Kosten von Tante Anne reinen Tisch machen? Nach so vielen Jahren seit Johnnys Scheidung und nach seinem Tod. Tante Anne ist jetzt glücklich, wo Tuck und Jenny und ihre Kinder seine Stelle eingenommen haben. Warum ihr diesen alten Schmerz wieder in das Gedächtnis rufen?«

»Es war auch dein Schmerz, nicht?«

Elsa schreckte zurück, als ob sie geschlagen worden sei. »Mama!« Endlich gab sie es zu: »In gewisser Weise, ja. Ich wollte, daß Johnny glücklich sein sollte, und ich werde immer glauben, daß er nicht gestorben wäre, wenn er nicht emotionell so in Stücke gerissen worden wäre. Aber was ich empfand, war nichts verglichen mit dem, was Tante Anne...«

»Wirst du nach ihr schicken lassen?«

»Nicht bevor Tucker sagt, daß ich es darf. Und überhaupt nicht, bis du nicht feierlich schwörst, kein Wort über Johnny zu verlieren.«

Sallys Mund arbeitete wieder; sie bewegte ihren Kopf auf dem Kissen in stummer Rebellion, bis ihr weißes Haar nur noch ein dünnes Durcheinander von verwirrten Locken war. Dann murmelte sie etwas darüber, so alt zu sein, daß sie sich der Bevormundung durch ihr eigenes Kind unterwerfen müsse. Elsa sagte nichts mehr. Schließlich gab ihre Mutter nach. »In Ordnung. Ich verspreche es. Ich kann nicht weitermachen, ohne mit ihr zu reden. Unsere Freundschaft...«

»Wenn du gesund genug bist, Besucher zu empfangen, werde ich sie anrufen. Aber jetzt bist du in keiner guten Verfassung. Und ich habe dich bei weitem zu viel reden lassen.«

Elsa war während dieser langen Auseinandersetzung zunehmend unruhiger geworden. Als Tucker, bevor er zum Abendessen nach Hause ging, für einen Augenblick hereinsah, erzählte sie ihm, ihre Mutter sei sicher, sie werde sterben. »Ich kann das nicht verstehen. Mama ist immer eine Kämpfernatur gewesen.« Sie wollte ihn zum Spott reizen. Aber er ging nicht darauf ein.

Er sagte nur: »Wenn sie sich dazu entschlossen hat, könnte es passieren. Schock, Alter... und vielleicht ein Gefühl, daß sie genug gehabt hat.« Und als die beiden die Treppe herunterkamen, nachdem er ihre Mutter untersucht hatte, versuchte er nicht, sie zu beruhigen. »Ich kann nicht sagen, ich wäre sehr hoffnungsvoll. Ihre Lungenflügel haben begonnen sich zu füllen, weil sie so flach liegen muß mit der gebrochenen Rippe, dem Arm in der Schiene und den anderen Prellungen. Eines nur noch... ich glaube nicht, daß sie große Schmerzen hat: ein Gehirnschlag hat vielleicht gnadenvollerweise einige Nervenzentren abgetötet.«

»Sie will mit deiner Großmutter sprechen.«

»Dann laß nach ihr schicken. Morgen. Es kann deiner Mutter nicht so sehr schaden, wie Ärger schaden könnte, und ich weiß, Großmutter würde kommen wollen.«

»Du meinst...?«

»Ruf sie morgens mal an. Ich werde Jenny bitten, sie abzuholen.«

Elsa hatte auf der letzten Stufe mit der Hand auf dem Endpfosten angehalten.

Tucker legte für einen Augenblick die seine darauf. »Du mußt wissen, wie es mich bekümmert, sie so zu sehen. Sie war in diesen Sommern auf Hillcrest immer so gut zu mir. Und sie war solch eine – eine Persönlichkeit.«

»Das war sie wirklich«, und Elsa lächelte ein wenig, als sie zusah, wie er das Haus verließ. Dann ging sie zur Küche, bereitete ein Tablett vor, trug es hinauf und hielt die Tasse, während ihre Mutter daraus trank. Später kam Jenny herein, ob sie erwünscht sei oder nicht, um die Nacht neben ihrer Großmutter zu verbringen; sie schickte ihre Mutter zu Bett. Am Morgen berichtete sie, ihrer Patientin gehe es auf keinen Fall besser. Elsa brachte das Frühstück, fütterte, wusch und kämmte die schwer atmende alte Dame und stützte sie mit dicken Kissen ab, so daß sie leichter atmen konnte. Als Elsa vor dem Haus ein Auto anhalten hörte, ging sie an das obere Ende der Treppe, und als die Tür geöffnet wurde, rief sie hinunter: »Bist du das, Jenny?«

»Und Großmutter. Wie geht es jetzt?«

»Ziemlich unverändert, seitdem du gegangen bist. Würdest du

bitte in der Bibliothek warten, Jenny? Sie möchte mit Tante Anne sprechen.«

Elsa sah Anne zu, wie sie mit einer Hand auf dem Geländer die Treppe heraufkam. »Und auch sie ist alt«, dachte sie, als sie sah, wie langsam sie die Treppenflucht bewältigte. Sie ging in das Zimmer ihrer Mutter und zog für Anne einen Stuhl an das Bett heran.

Sally schnitt Annes Worte des Bedauerns ab und sagte scharf zu Elsa: »Es gibt keinen Grund, weshalb du hierbleiben solltest. Ich werde mein Wort halten.«

Als Elsa gegangen war und die Tür hinter sich geschlossen hatte, sagte Anne: »Worüber dein Wort halten?« Sie war von Sallys Aussehen und ihrer Atemlosigkeit schockiert.

»Daß ich nicht zulasse, daß du mich ermüdest. Als ob das zu diesem Zeitpunkt noch eine Rolle spielen würde.«

Anne setzte sich auf den Stuhl, der für sie hingestellt worden war. Einen Augenblick fiel ihr keine Antwort ein. Immerhin konnte Elsa sie hinausbugsieren, wenn es Anzeichen gäbe, daß sie zu lange blieb. Schließlich sagte sie: »Aber sie meinen, es gehe dir ganz gut.«

»Ärzte!« Sally verachtungsvolle Heftigkeit ließ sie nicht nur nach Atem schnappen, es traten auch Schweißperlen auf ihrem Gesicht und unter ihrem Kinn hervor. »Was wissen die schon?«

»Ich meine schon, daß Tucker weiß, was er tut.«

»Anne...« Sally war mit der Konversation zu Ende. »Es ist eine lange Zeit gewesen...«

»Daß wir Freunde gewesen sind?« Es erschien Anne besser, selbst zu beenden, was Sally vermutlich sagen wollte, als daß die Freundin diese Anstrengung machen müßte.

»Seit wir kleine Mädchen waren. Erinnerst du dich?«

»Als wir zuerst zu Miß Pinney in die Schule gingen. Biedermeierhöschen und Kinderschürzen. Und die ganze Zeit bis zum Abschluß auf dem Frauencollege.« Und, gingen Annes Gedanken weiter, welche klaren blauen Augen du hattest. Ich hatte diesen direkten blauen Blick ganz vergessen. Ich habe sie seit so langer Zeit so verblaßt gesehen, wie sie jetzt sind. Aber nicht ganz so wie jetzt: jetzt sehen sie mich nicht mehr an, sondern durch mich durch.

»Gradu... Graduationsfeier. Konnte mich nicht an das Wort erinnern... macht mich verrückt. Erinnerst du dich?«

»Natürlich. Das erste Mal, daß du Ludwig Rausch zu Gesicht bekamst.«

»Und Dock kam, um dich bei der... Graduation zu sehen. Eine lange Zeit...«

»Mehr als sechzig Jahre. Scheint völlig unmöglich. Wo ist die Zeit nur hingegangen?«

»Immer die Frage. Wo... all die Jahre...? Aber... immer... Freunde.«

»Sally, natürlich. So viele Jahre, gute und schlechte.«

»Und jetzt haben wir... Enkelkinder.«

»Und Urenkelkinder... gemeinsame. Wenn wir nur gewußt hätten, daß es so kommen würde.« Und sie dachte: Wenn ich es gewußt hätte, als Johnny... ich hätte vielleicht nicht so getrauert.

»Vorherbestimmt? Immer noch... Calvinist... nicht wahr? Jedenfalls endet das Ganze glücklich.«

»Ich hoffe.« Sie nahm ein Taschentuch und wischte Sallys Gesicht und Hals ab. »Wir haben das Ende noch nicht erreicht.«

»Ich doch. Und du... du kannst auch nicht hoffen... ewig zu leben.«

»Mein Verstand weiß das. Aber instinktiv, nehme ich an, erwarte ich, daß das nächste Jahr wie dieses wird und das nächste danach auch.«

»Wenn du es so willst... dann hoffe ich es für dich. Aber was mich angeht...« Sally mußte derart um Luft kämpfen, daß sich Anne vorbeugen mußte, um sie verstehen zu können. »Ich wollte sagen... auf Wiedersehen sagen... solange ich noch bei klarem Verstand bin.«

Anne stand auf. »Ich bin lange genug hiergewesen. Elsa wird es nicht gern sehen, daß ich dich so ermüde. Ich sage auf Wiedersehen, wenn du es so willst, nur um dich zu erleichtern. Aber ich werde wiederkommen und dich wieder besuchen.« Sie beugte sich vor und küßte Sallys Wange, wandte sich dann blindlings zur Tür und ging hinaus.

Elsa war im Korridor. Sie warf Anne nur einen Blick zu, ging dann in das Zimmer, um nachzusehen, ob ihre Mutter bequem liege, zog die Decken gerade, gab ihr etwas zu trinken und sagte: »Ich bringe noch Tante Anne hinaus und komme dann zurück.«

Im Treppenhaus fand sie Anne, wie sie immer noch am Ende der Treppe stand und mit einer Hand das Geländer umklammert hielt.

»Tante Anne, was ist los?«

»Nichts, außer daß ich versucht habe, mir einen Vers aus einem Gedicht ins Gedächtnis zurückzurufen. Ich glaube von Archibald MacLeish? In einem Klubaufsatz vor gar nicht langer Zeit–«

»Ja. Elizabeth Merrill.«

»Ich kann mich nicht mehr an Gedichte erinnern, wie ich das einmal gekonnt habe. Aber es war irgendwas darüber, das letzte

Mal zu hören, wie eine vertraute Hand die Tür schließt und geht... es hat mich zu jener Zeit sehr bewegt: das Gedicht, meine ich. Und jetzt...«

»Du meinst also, Mama...?«

»Ja. Ich sage es nicht gern... aber ja. Sie hat diesen Blick in den Augen. Ausdruckslos. Weit weg. Sie sieht das Ende nahen. Aber trauere nicht zu sehr. Sie hat mir gegenüber gesagt, wir haben viele gute Jahre gehabt und sind an ein glückliches Ende gekommen. Nein, Elsa, geh nicht mit mir hinunter. Jenny wartet in der Bibliothek, um mich nach Hause zu fahren. Sie wird sicherlich zurückkommen, wenn du sie willst oder brauchst.«

»Nein. Es gibt keinen Grund, sie zu bemühen, falls die Ärzte nicht ›Nachtschwester‹ sagen. Dann kann sie eine ihrer Uniformen herauskramen. Danke, daß du gekommen bist, Tante Anne. Mama war entschlossen...«

»Sie wollte nur ›Auf Wiedersehen‹ sagen. Es ist sonst niemand mehr da, der sie so lange schon kennt.« Anne begann, geblendet von ihren eigenen Tränen, die Treppe hinunterzugehen und schlich langsam um die Krümmung des Geländers und weiter hinunter.

Am nächsten Morgen gab es keinen Zweifel mehr, daß Sally eine Lungenentzündung hatte. Man schickte nach ihren Söhnen, die sofort kamen. Ein paar Tage später war sie tot. Der Begräbnisgottesdienst, der zum größten Teil von der Familie, Mitgliedern des Frauenklubs und einigen anderen Baptisten besucht wurde, fand, wie sie das gewünscht hatte, in den Salons ihres eigenen Hauses statt. Die großen Räume waren voll, der Sarg überhäuft mit Blumen, die Luft füllte sich mit einem unverwechselbaren Begräbnisgeruch.

Die *Fackel* druckte einen langen Nachruf, erwähnte die Vorfahren von Mrs. Ludwig Rausch, ihre Ehe mit dem Mann, der zu Waynesboros führendem Bürger geworden war, und ihre Kinder. Was die Zeitung nicht eröffnete, und alle Bürger aus Waynesboro am meisten neugierig machte, war, welche Verfügungen sie in bezug auf ihr Vermögen getroffen hatte.

Die Präsidentin emeritus des Frauenklubs von Waynesboro und »eines seiner letzten Gründungsmitglieder« wurde bei der nächsten Sitzung, der die Vizepräsidentin vorstand, ausführlich und gebührend gewürdigt. Nach einiger Zeit druckte die *Fackel* in ihrer Spalte »Gerichtsnachrichten« die Bestimmungen ihres Testaments. Ludwigs Besitz, von dem so viel in einem Fonds gehalten worden war, solange seine Frau lebte, sollte aufgeteilt werden, wie er es verfügt hatte. Über das, was sie von ihren Eltern geerbt hatte, traf sie, wie alle einhellig feststellten, sehr vernünftige Bestimmungen: an Elsa ging das Haus; an Elsa und Paul zu gleichen Teilen ihre Bank- und Eisenbahnaktien; an Ernest und Charles ihre Aktienanteile an anderen Gesellschaften und die staatlichen Wertpapiere, die denen im Wert gleich waren, die Paul und Elsa zukamen; ansehnliche Beträge wurden Jennifer und Melissa vermacht, weil »eine verheiratete Frau eigenes Geld haben sollte«; kleinere Hinterlassenschaften gingen an die Diener und beträchtliche Summen an die Baptistenkirche und die öffentliche Bibliothek von Waynesboro. Das übrige sollte für ihre Urenkel in einem Fonds gehalten werden, wenn es noch etwas geben würde. Gilbert Evans wurde als Testamentsvollstrecker und Douglas Gardiner als Treuhänder für die Urenkel bestimmt.

Für Elsa war die Zeit, die sich anschloß – aus Frühling wurde Sommer –, eine ziemlich schwierige Anpassungsperiode. Sosehr sie manchmal die diktatorische Art ihrer Mutter abgelehnt hatte, sie hatte sie doch sehr geliebt; wie sehr, entdeckte sie erst, als das große Haus ohne ihre dominierende Gegenwart so leer und verlassen schien und nur sie und Gib zurückgeblieben waren, um in ihm herumzuklappern.

Trotzdem war sie im Herbst wieder in der Lage, die neue Saison des Klubs mit ihrem ruhigen und selbstsicheren Auftreten einzuleiten. Der erste Geschäftspunkt war die Wahl eines neuen Mitgliedes an ihrer Mutter Statt. Elsa hatte zuvor bereits Lavinia und Theresa Stevens privat zu Rate gezogen und gefragt, ob Barbara gerne Mitglied werden würde. Der Klub lud nie jemanden ein, Mitglied zu werden, ohne vorher sichergestellt zu haben, daß die Einladung nicht zurückgewiesen werden würde. Barbaras Reaktion auf das Vorfühlen ihrer Mutter und Schwester war um ein Beträchtliches heftiger, als sie erwartet hatten: Sie fühle sich nicht im geringsten geneigt, einen Nachmittag alle zwei Wochen für »jene Frauen« aufzugeben, besonders jetzt, wo sie die Handelsschule hinter sich gebracht und eine Anstellung in der Anzeigenabteilung der *Fackel* bekommen habe. Wie solle sie sich so viel Zeit freinehmen können? Der Bericht der Stevens' an Elsa war zu einer annehmbaren Fassung abgemildert worden, und die Präsidentin des Klubs sah sich nach jemand anderem um. Nach einiger Zeit wurde Elizabeth Merrills Schwiegertochter, Mrs. Frank (Eunice) Merrill, erwählt, wie unvollkommen auch immer, Präsidentin emeritus Sally Rausch zu ersetzen.

Eines Morgens im November wachte Anne Gordon, wie es ältere Leute ja gerne tun, früh auf und blieb verschlafen und grübelnd liegen, als sie darauf wartete, daß der Schlag der Uhr in der Eingangshalle die Stunde zum Aufstehen anzeige. Sie war früh wachgeworden, wie das gewöhnlich geschah, und dachte an den vor ihr liegenden Tag und wie sie seine Stunden füllen würde. Es war weder ein Tag mit einem Klubtreffen noch einer mit der Hilfsorganisation der Damen noch Sonntag, daß sie hätte zur Kirche gehen müssen. Um das Haus herum war nichts mehr in Vorbereitung auf den Winter zu tun. Lafe war damit fertig, den Hof in Ordnung zu bringen. Die Fenster waren innen und außen sauber und das ganze Haus hatte seinen Herbstputz erhalten. Es würde ein Tag zum Lesen oder Stricken sein (Tucks Kinder konnten gar nicht zu viele Pullover haben). Oder vielleicht, um einen Besucher zu empfangen, obgleich Nachmittagsbesuche eine Sache der Vergangenheit geworden zu sein schienen.

Es war merkwürdig: Stunden und Tage konnten unendlich lang erscheinen, wenn man sie am Morgen vor sich sah, und manchmal auch, wenn man sie durchlebte. Dann, sobald sie vorbei waren, fielen sie in die Leere der Vergangenheit, und bevor man wußte, was geschehen war, hatte man das Ende des Jahres erreicht. Und je mehr Jahre man hinter sich ließ, desto kürzer wurde das gegenwärtige. »Hier sind wir jetzt«, dachte sie, »bereits im November. Bis Weihnachten ist es nur noch eine kurze Weile, und wir haben es fast schon wieder geschafft.«

Und wie schon immer, solange sie sich erinnern konnte, sah sie die Form des Jahres: nicht rund wie das Zifferblatt einer Uhr, sondern in der Art eines unregelmäßigen Vielecks. Die Uhrzeiger bewegten sich, man selbst aber nicht: man stellte einfach ihre Position fest. Tage und Wochen fanden sich in Kalendern gedruckt. Man saß nur am Schreibtisch und schlug die Blätter um. Aber man selbst bewegte sich auf dem unförmigen Kreis des Jahres. Man dachte: »Es ist Dienstag« oder »Es ist der Zwölfte« oder »Es ist vier Uhr«; aber zu sich selbst oder zu anderen sagte man »Im Juni« oder »Im Oktober«. Sie sah sich selbst als einsame Figur, die sich um das vielseitige Gesicht des Jahres bewegte: die steife Schräge des Novembers hinauf; der Dezember stieg scharf zum Scheitelpunkt an, mit Weihnachten als Höhepunkt der zwölf Monate; der Januar neigte sich in einer weiten langsam nach unten gezogenen Linie, der längste Monat; der Februar war kürzer und fiel steiler ab; März, eine weite lange Linie, die fast lotrecht dem April entgegenfiel; April und Mai kehrten sich zurück und waren nach unten geneigt; Juni fiel schneller dem anderen Höhepunkt oder Tiefpunkt des Jahrs zu: dem vierten Juli. Diese beiden Feiertage waren durch ihre Kindheitsfreuden unveränderliche Fixpunkte in ihrem Bewußtsein. Der Juli selbst war eine weitere fast horizontale Linie und ging in dem August auf, dem zweitlängsten Monat, der nur geringfügig zu der nach außen gekehrten Neigung des Septembers aufstieg; dann folgten drei Monate des Zurückkletterns an den Anfang, durch den Oktober, November und Dezember einem weiteren Weihnachten zu.

Dieses Diagramm des Jahres war so fest in ihr Bewußtsein eingebettet, daß der Name des gegenwärtigen Monats, ob sie ihn nun dachte oder aussprach, bedeutete, daß sie sich auf diesem Polygon sah, den Frühling oder Sommer heruntergleiten oder wieder Weihnachten entgegenklettern. Die Poeten sprachen von den »einen Kreislauf ausführenden Jahren«, aber es waren nicht nur Jahre, die sich im Kreise bewegten, sondern man selbst, man selbst ging rund und rund und rund, wieder und wieder und immer wieder, und der Kreis war groß genug, damit es einem im Kopf nicht schwindelte, also etwa wie der Äquator. Und das Erstaunlichste an der Zeit war, daß sie, wenn man die Rundreise beendet hatte und das Jahr vorbei und abgeschlossen war, wie ein Luftballon platzte: sie war nichts – es war vorbei, und man trat die Reise wieder mit der langen, langen Linie des Januar an. So viele Jahre waren vergangen – der Staubhaufen der Zeit –, daß vor langer Zeit und vor nicht so langer Zeit fast nicht zu unterscheiden waren, und es war nichts zurückgeblieben außer Erinnerungen. Johnny war seit mehr als zwanzig Jahren tot. Zwanzig Jahre! Und sein Tod schien nicht länger her zu sein als der von Sally Rausch im Frühjahr. Bei diesem Gedanken hielt Annes Verstand einen Augenblick inne: Warum hatte sie nicht mehr über den Verlust ihrer ältesten und liebsten Freundin getrauert? Wäre Sallys Tod vierzig Jahre früher gekommen, hätte sie ihn wie einen tiefen und andauernden Kummer empfunden. Eine der Folgen des Alterns war es, daß man nichts mehr so intensiv fühlte, wie man das einst getan hatte: Es war, als ob die Gefühle zumindest zum Teil betäubt worden seien. Der Freundeskreis wurde kleiner und kleiner. Wie eine Schnecke zog man die Hörner ein. Nicht daß sie nicht Zuneigung für ihre Freunde empfand und eine tiefe Liebe für Tucker und seine Familie, aber es gab einen klaren Unterschied zwischen dem, was sie jetzt fühlte, und dem, was sie einst empfunden hatte.

Das Altern, entschied sie, war ein Prozeß von Abnutzung – von Gefühlen – wahrscheinlich auch der Persönlichkeit – und sicherlich des Glaubens. Sie dankte Gott immer noch für die Tage, die seine Geschenke waren: sie freute sich, daß sie in ihrem Genuß lebte. Sie hielt auch ihre lebenslangen Gewohnheiten bei. Jede Nacht las sie, bevor sie das Licht ausschaltete, ein Kapitel aus der Bibel; jeden Sonntag ging sie in die Kirche, wo sie mit dem Rest der Gemeinde zusammen als Akt töchterlicher Ehrfurcht vom »Glauben unserer Väter« sang, aber sie konnte nicht länger in die Verlesung des Apostolischen Glaubensbekenntnisses einstimmen. Es enthielt zu viel, das ein vernunftbegabter Verstand nicht akzeptieren konnte. Der Himmel, an den sie einst geglaubt hatte, schien ihr jetzt lächerlich. Es war ihr unmöglich, sich vorzustellen, ihr Gatte und ihr Sohn zupften auf goldenen Straßen Harfen oder selbst ohne die Harfen oder die Straßen, sie wären auf ewig glücklich und sängen das Lob Gottes. Sie erinnerte sich mit entsetzlicher Scham der Nacht, in der sie es sich erlaubt hatte, den alten Mr. Edwards zu trösten: die Nacht, in der Kitty Edwards gestorben war und er in einem Alter, in dem selbst sein standhafter Glaube von den Jahren vielleicht abgenutzt worden war. Ein unmöglicher Himmel, eine unmögliche persönliche Unsterblichkeit. Was Gott verfügt hatte, konnte von keinem sterblichen Verstand begriffen werden. Das akzeptierte sie, selbst als sie sich daran erinnerte, wie sie als Kind manchmal in einer sternenklaren Nacht aus dem Sein der Anne Alexander herausgeschlüpft war und fast eins geworden war mit – wem? Gott? Dem Universum? Dem allumfassenden Licht? Worte waren zu gering – aber wenn man nur alt genug würde, dann wischte man die Fragen aus seinem Verstand fort und versöhnte sich mit dem Glauben, daß sie, wenn das Ende käme, beantwortet würden und man dann alle Erkenntnis besäße.

Von dieser Überlegung wanderten ihre Gedanken weltlicheren Dingen zu. Was sie noch alles zu tun hatte, bevor sie stürbe, und damit zu einem Punkt, der schon seit langer Zeit eine immer wiederkehrende Beunruhigung darstellte: der Dachboden, der seit drei oder vier Generationen nicht mehr durchforstet worden war. Tucker und Jenny würden wahrscheinlich nie in diesem Haus wohnen, aber eines Tages würden sie es besitzen und sie durfte diese Ansammlung da oben ihnen nicht so überlassen. Es war eigentlich kein Dachboden: das alte Ziegelsteingebäude hatte drei komplette Etagen, und die Treppen führten in geschwungener Form zur Halle im zweiten Geschoß und stiegen dann weiter an, wobei das zweite Treppenhaus zur Halle im dritten Geschoß und den drei Zimmern, die sich daran anschlossen, eine Wiederholung des ersten war. Und alles war voll. Sie war nicht mehr dort oben gewesen, seit sie mit Tuck und Jenny hinaufgegangen war, um nach Möbelstücken zu suchen, die sie vielleicht gerne haben würden. Jedes andere Ersteigen dieser Treppe hatte nur den Zweck gehabt, weitere Stücke der Sammlung hinzuzufügen, und nicht, um sie zu vermindern. Es gab Truhen voller Kleider, die meisten für Frauen bis weit zurück zum Reifrock; unter ihnen fanden sich irgendwo Johns Captainsuniform und sein alter Armeeumhang, wie auch seine Ausgehuniformröcke, sein Wollstoffmantel und ausrangierte Bilderrahmen und ungerahmte Bilder, die gegen die Wände gestellt worden waren. Was sie am stärksten beunruhigte, war der Gedanke an all die Familienpapiere. Möbel, Kleider: Jenny konnte darüber verfügen; die Kleider könnten sogar noch für Klubtheateraufführungen benutzt werden, wie es auch schon zuvor geschehen war. Aber die Papiere: sie konnte den Gedanken nicht ertragen, daß sie von Tucker und Jenny durchgesehen würden, bevor sie sie nicht selbst gelesen hätte und verbrannt, was verbrannt werden sollte.

»Heute«, sagte sie zu sich selbst. Um sieben Uhr dreißig stand sie auf und war um acht Uhr zum Frühstück bereit. Als Louline die Kaffeekanne in das Eßzimmer brachte, sagte sie: »Es gibt etwas, was ich heute morgen angehen möchte. Wir klettern auf den Dachboden und sehen uns mal um. Ich will alle Familienpapiere herunterbringen und durchgehen.«

»Aber, Miz Gordon . . . die Papiere sin' doch da oben zusammen mit nem Haufen and'ren Mist, seit ich hier bin. Welch'n Grund ham Sie denn, die jetzt durcheinanderzubringen? Die richt'n doch kein' Schad'n an.«

»Das ist eine Aufgabe, die ich nicht für Tucker übriglassen will. Es ist nicht seine Verantwortlichkeit.«

Als das Frühstück vorbei und das Geschirr abgewaschen war, kletterten die beiden Frauen, die eine alt und die andere alternd, zum Dachboden hoch; Louline zuerst, sie zerrte einen Kleiderkorb hinter sich her, um lose Papiere hineinzusammeln, und murrte auf dem ganzen Wege. Anne, die ihr langsamer folgte, schenkte diesen gemurmelten Beschwerden keine Aufmerksamkeit, sondern sparte sich ihren Atem auf oder versuchte es zumindest. Als sie den Flur im dritten Geschoß erreicht hatte, klammerte sie sich einen Augenblick an das Geländer und ging in blindem instinktivem Entsetzen zu einem Stuhl mit einem Roßhaarsitz und einem abgebrochenen Rückenteil, setzte sich mit völlig weißem Gesicht und zitternd darauf und wurde von dem Gefühl, daß alles – der Fußboden, das Haus, die Erde selbst – unter ihr wegfalle, in Panik versetzt.

Eine verängstigte Louline schimpfte mit ihr: »Un' hab' ich es Ihn' nich' gesagt? Sie hab'n kein' Grund, hier die Trepp'n raufzustolpern, als ob Sie noch sechzehn wär'n. Un' wie krieg ich Sie jetzt wieder runter?«

Anne versuchte, zu Atem zu kommen. Der Boden war wieder sicher unter ihren Füßen, obgleich ihr Herz in einer merkwürdigen

Art schlug. »Sei nicht närrisch. Ich habe nur eine Minute Atem schöpfen wollen.« Sie richtete ihre Augen auf die Satteltaschen ihres Vaters, die in einer Ecke des Zimmers, in dem sie saß, hingeworfen worden waren, und dachte: Tucker würde die vielleicht gerne haben, dann sagte sie: »Irgendwo im vorderen Zimmer, glaube ich, ist eine Art Schachtel mit Leder überzogen mit Dr. Gordons Armeepapieren. Such sie.«

Nach einiger Zeit brachte Louline die Schachtel zu ihr: eine kleine Kiste, deren Lederbezug rissig war und sich von der Verzierung der Messingnägel und dem altmodischen Schloß an der vorderen Seite und dem Griff in der Mitte des Deckels löste.

»Er hatte diese Kiste im Krieg bei sich. Bring sie in mein Schlafzimmer hinunter, ja? Und komm dann wieder her!«

Als Louline zurückkehrte, langsam, um ihre Mißstimmung anzuzeigen, hatte sich Annes Herz beruhigt und ließ zumindest nicht mehr so häufig Schläge aus, und ein bißchen Farbe war in ihr Gesicht zurückgekehrt.

»Und jetzt: Leere alle Schubladen aus dem Schreibtisch meines Vaters da drüben in der Ecke in diesen Korb! In dem Schrank da sind nur alte Zeitungen. Laß sie liegen! In dem anderen hinteren Zimmer sind Briefe – alte an meine Mutter, einige an ihre Mutter. Einige von mir. Such sie mir.«

»Könn' wir die nich' einfach außem Fenster schmeißen? Ich geh' dann runter un' sammel sie zusammen un' mach en schönes Feuer.«

»Ich werde nicht den kleinsten Fetzen Papier verbrennen, bevor ich ihn nicht angesehen habe. Bring mir nur alles, auf dem irgend etwas geschrieben ist.«

Louline, die sich ein wenig von ihrer Angst erholt hatte, war jetzt eher bereit, den Willen ihrer Herrin zu tun. »Ja, Ma'm. Sie bleib'n nur schön hier sitz'n und ich tu das suchen.« Aber als ihr Blick in einem der Schränke auf einen Stapel alter *Fackel*-Ausgaben fiel, rebellierte sie wieder. »Wer will denn die ollen Papiere? Die sin' so dreckig, keiner könnt' die les'n, selbst wenn er wollte.«

»Sie können abgestaubt werden. Leg sie in den Korb und ich werde sie mir ansehen. Vielleicht ist da etwas...« Todesanzeigen, dachte sie, Hochzeiten.

Der Kleiderkorb füllte sich: Zeitungen, lose Briefe, Briefe in Bündel zusammengeschnürt, Dokumente, alte Urkunden, Diplome, alles war verwahrt worden. Als alles, was sich finden ließ, in den Wäschekorb gestapelt worden war, sagte Anne: »Und jetzt die Fotografien. Auf den Regalen im Schrank im vorderen

Zimmer: einige Alben und eine Schachtel mit Daguerreotypien. Bring sie alle her!«

Als Louline zurückkam mit den Alben auf der Schachtel, die sie mit beiden Armen unter dem Boden gefaßt hatte, sagte sie: »Sie erwart'n doch wohl nich', daß ich dies'n Korb hier den ganz'n Weg allein die Trepp'n runter trag?«

»Nein, natürlich nicht. Du kannst den Korb herunterrutschen lassen. Du wirst wegen der Fotos zurückkommen müssen. Stell sie jetzt nur ab. Zieh den Korb an den Anfang der Treppe und stell dich dahinter und halt den Griff fest, damit er nicht zu schnell rutscht. Zieh ihn in Binnys Zimmer.«

»Kann mir leicht den Hals brech'n. Nix als Narrheit in Ihrem Kopp heut'. Aber Sie bleib'n schön still da sitz'n, bis ich wegen denen da zurückkomm', wenn ich den ganz'n Plunder weggebracht hab'.«

Anne war durchaus damit zufrieden, sitzen bleiben zu können. Sie konnte Loulines Abstieg durch das Bums-Bums des Korbes folgen. Fast am Fuße der Treppe mußte sie ihren Halt verloren haben: Anne hörte ein stürzendes und kratzendes Geräusch und dann ein Krachen. Schließlich kam Louline zurück.

»Ich hab' es runter gekriegt und in Binnys Zimmer gezog'n. Ein bißchen davon is' rausgefall'n, aber ich hab' alles aufgehob'n. Hat die Trepp'n wohl kaum verschönert. Hab' se überall verkratzt.«

»Das kann leicht repariert werden. Und jetzt diese Bilder. In mein Schlafzimmer.«

Louline stapelte wieder die Alben auf die Schachtel, umfaßte die Sammlung wieder mit ihren Armen, so daß die Fingernägel, weil sie ihre langen schwarzen Finger um die Kanten des Bodens bog, vor Druck weiß wurden. »Ich kann das trag'n. Un' Sie komm'n hinter mir her un' halten sich fest, wenn Sie fall'n sollt'n.«

»Ich werde schon nicht fallen. Ich halte mich am Geländer fest. Wenn du die kleine Kiste in mein Zimmer stellst, fange ich gleich mit den Armeepapieren an.«

Sie konnte es nicht ertragen, Louline gegenüber zuzugeben, daß es ihr einziger Wunsch sei, sich auf ihr Bett legen zu können. Ihr Herz hatte sich zwar beruhigt, aber nicht so sehr, daß sie sich seiner nicht bewußt gewesen wäre, wie auch der Tatsache, daß es gelegentlich einen Schlag ausließ. Im höchsten Maße beunruhigend. Aber durchaus etwas, das man in ihrem Alter zu erwarten hatte.

Obgleich ihre Miz Go'don augenscheinlich zur Mittagszeit wieder in Ordnung schien, war Loulines Angst viel zu groß gewesen, als daß sie völlig beruhigt gewesen wäre. Anstatt für den Nachmittag nach Hause zu gehen, wartete sie in der Küche auf Dr. Tucker, der fast immer über diesen Weg in das Haus kam, um zwischen seinen Sprechstunden und seinen Hausvisiten und seiner Krankenhausrunde ein paar Minuten mit seiner Großmutter zu verbringen. Wenn ihn Loulines Bericht vom gleichen Morgen mit Sorge erfüllte, dann ließ er das ihr gegenüber nicht merken, er sagte nur: »Sie ist zu alt, um all diese Treppen hochzuklettern. Ich werde sie mir ansehen, aber mach dir keine Sorgen, Louly. Wenn sie auf sich aufpaßt, bleibt sie uns noch eine ganze Weile erhalten.«

Anne, die ihre Stimmen gehört hatte, war vorbereitet, als er in das Wohnzimmer kam und sein Stethoskop schwang: »Die Louline! Sie hat wieder Geschichten erzählt. Hat sie ihre Augen gerollt und ihre Arme herumgeworfen? Sie hat ein gutes Gefühl für dramatische Wirkung.«

»Sie hatte Angst. Es ist wirklich gut, daß du sie hast. Wie schlimm war es, Großmutter?«

»Ich war außer Atem, als ich diese Treppen hinaufgeklettert war.«

»Sei ehrlich zu mir.«

»Da war nur eine Sekunde, als mein Herz zu schlagen aufhörte. Oder so fühlte es sich zumindest an – und dann fing es an, wie der Blitz zu gehen. Ein bißchen Herzklopfen, vermute ich.«

»Wir werden es nicht bei Vermutungen belassen. Wir werden das untersuchen. Irgendwelche Schmerzen damit verbunden?«

»Nicht die geringsten. Mein Herz hat hin und wieder einen Schlag ausgelassen. Es schlug so heftig, daß ich es nicht mit Sicherheit sagen kann.«

»Es hat eigentlich keinen Schlag ausgelassen. Nur war gelegentlich ein Schlag zu schwach, und so hast du ihn nicht fühlen können.« Er untersuchte sie mit dem Stethoskop und maß ihren Blutdruck. »Ein bißchen unregelmäßig«, sagte er, als er seine Instrumente in die Tasche zurücksteckte. »Eine kleine Dosis Digitalis sollte das wieder in Ordnung bringen. Aber keine weiteren Expeditionen auf den Dachboden.«

»Oh, Tucker! Ich wollte diese Zimmer sauber und in Ordnung bekommen und sie dir und Jenny nicht so überlassen.«

»Wenn du auf dich achtgibst, brauchst du dich darum noch eine ganze Weile nicht zu kümmern.«

»Papa ... und auch John ... haben immer gesagt, niemand lebe so lange wie die, die durch einen leichten Herzanfall solche Angst bekommen, daß sie sich dementsprechend benehmen.«

»Richtig. Langsam gehen, und du gehst weiter. Zuerst einmal: Zieh in das Schlafzimmer unten ein!«

»Aber ich habe in diesem Schlafzimmer oben geschlafen, seit ich geheiratet habe. Ich könnte es nicht ertragen...«

»Es kommt eine Zeit, wo wir die Dinge, die wir immer getan haben, nicht länger tun können. Ein Szenenwechsel wird dir guttun. Laß Louline deine Siebensachen herunterbringen.«

»Heute noch?«

»Du wirst vor morgen außer deinen Nachtkleidern und deinen Toilettensachen nichts brauchen.«

»Wir haben die Armeepapiere deines Großvaters gerade so weit gebracht, sie sind immer noch in der alten Schachtel. Ich habe vor, sie durchzusehen, aber ich glaube, sie werden nichts als Listen von Medikamenten enthalten: Duplikate von dem, was er angefordert hat. Und sein Tagebuch und seine Entlassungspapiere. Vielleicht einige Briefe. Falls du das Ganze willst, brauche ich mich nicht darum zu kümmern. Nimm die ganze Kiste.«

»Natürlich will ich sie. Papiere aus dem Bürgerkrieg?«

»Das unerträgliche Lazarett in Duckport, Louisiana, wo er Ludwig Rausch kennengelernt hat, und dann, nachdem er schließlich seine Beschwerde bis zu General Sherman gebracht hatte, die Belagerung von Vicksburg. Es steht alles in seinem Tagebuch.«

»Großer Gott, Großmutter! Ich hatte nicht die geringste Ahnung! Ich hole mir diese Kiste, bevor ich gehe.«

»Und bevor du dieses Haus je verkaufen solltest, erinnere dich daran, der Dachboden ist noch absolut voll.«

»Nun hör auf, dir um den Dachboden Gedanken zu machen. Ich träume nicht davon, dieses Haus zu verkaufen. Eins der Kinder möchte es vielleicht eines Tages haben. Vergiß es. Und entspanne dich. Ich werde Dick Warren bitten, dich morgen einmal zu untersuchen. Steh nicht auf, bevor er nicht hiergewesen ist.«

»Du willst meinen Fall nicht übernehmen? Wenn es überhaupt ein Fall ist?«

»Du hast lange genug mit Ärzten gelebt, um zu wissen, daß das nicht geht. Davon abgesehen, wirst du ihm Dinge erzählen, die du mir nicht einmal im Traum erzählen würdest.«

Als Tucker sich verabschiedet hatte und die Schachtel seines Großvaters unter dem Arm durch die hintere Tür zu seinem Wagen getragen hatte, ging Anne in die Küche, um Louline auszuschimpfen. »Dieses ganze Theater um mich«, sagte sie, »und du hast dir damit noch mehr Schwierigkeiten eingehandelt. Du kannst jetzt hinaufgehen und meine Nachtkleider und Bürste und Kamm und Zahnbürste herunterholen. Und morgen wird alles heruntergebracht werden müssen.«

»Gott der Gnade! All die Papiere? Un' dazu noch Ihre Kleider?

Ich hab' schon mitgekriegt, daß Tucker die kleine Kiste mitgenomm'n hat.«

»Ich habe sie ihm gegeben. Das andere Zeug muß ich durchsehen, ich kann aber nicht mehr hinaufgehen, deshalb muß es heruntergebracht werden. Und die alten Alben und Daguerreotypien: Ich würde sie mir gerne noch einmal ansehen. Vielleicht können einige von ihnen weggeworfen werden. Bring so viel von meinen Kleidern herunter, wie in den alten Schrank gehen, und alles aus der Kommode: Unterwäsche und so.«

»Yas'm. Un' sobald das getan is, brauch'n wir nich' mehr die Trepp'n rauf un' runter zu kriech'n, un' es wird für mich ne Ecke leichter, mein Auge auf Sie zu hab'n, wenn Sie hier unten bleib'n. Der Junge is' ganz schön clever. Hat er Ihnen keine Medizin dagelass'n?«

»Mach kein Theater, Louline, ich bin völlig in Ordnung.«

Tucker war nicht so optimistisch, als er Jenny abends zu Hause Bericht erstattete. »Kein schlimmer Anfall, soviel ich sagen kann, aber der Anfang von Kompensationsversagen. Altersbedingte Myokarditis.«

»Es wird fortschreitend schlimmer werden?«

»Digitalis wird für einige Zeit helfen. Aber ja. Oh, nichts Akutes. Aber es gefällt mir gar nicht, daß sie ihre Nächte allein im Haus ist. Louline muß nach Hause gehen, um sich um ihre eigene Familie zu kümmern.«

»Du könntest sie nicht überreden, bei uns einzuziehen? Ich würde es irgendwie hassen, in die Stadt ziehen zu müssen, wo die Kinder hier so glücklich sind . . . aber ich würde es trotzdem bereitwillig tun, du weißt, wie gern ich sie habe.«

»Gott segne dich! Aber beide Umzüge kommen nicht in Frage. Drei quicklebendige Kinder um die Füße zu haben, würde nicht im geringsten helfen.«

»Wenn uns nur irgendein alleinstehender Freund von ihr einfallen würde, der willens wäre einzuziehen. Oder eine eurer Krankenschwestern?«

»Wir haben jetzt zu wenig Personal . . . können es uns nicht leisten, so viele Schwestern zu bezahlen, wie wir brauchen. Wir müssen vielleicht sogar den neuen Flügel wieder schließen. Viele Leute sind zu stolz, ins Krankenhaus zu gehen, wenn sie wissen, daß sie die Rechnung nicht bezahlen können. Und was Großmutter angeht, wäre eine Krankenschwester keine gute Idee. Sie würde sich einbilden, sie sei schlimmer dran, als es in Wirklichkeit der Fall ist. Mach dir keine Sorgen, Liebling, wir finden schon eine Lösung. Man könnte in dem Haus leicht zwei Wohnungen einrichten und ein nettes Paar finden, das oben wohnen würde, ein Auge auf sie hätte und sich um das Haus und den Hof kümmerte als Gegenleistung für eine mietfreie Wohnung, jetzt wo die Zeiten so schlecht sind.«

Die Zeiten wurden tatsächlich schlechter und schlechter. Die Firma Rausch war immer noch in Betrieb, obgleich Gib von Tag zu Tag besorgter aussah und Ludwig dünner und magerer wurde. Wie alle anderen litten auch die Ärzte: Das Krankenhaus war halb leer, weil es sich die Leute nicht leisten konnten, außer in ihrem eigenen Zuhause krank zu sein; selbst geringe Rechnungen über Hausbesuche blieben unbezahlt. Man kümmerte sich um Notfälle zu Hause wie auch im Krankenhaus; einige wurden termingerecht bezahlt, andere nie.

Das erzählte Rodney Stevens auch eines Abends, als er mit dem Lesen der Zeitung fertig war und sie weggelegt hatte, Lavinia. Es war eine trostlose Aussicht für ihren Sohn. Gardiner war mit vierundzwanzig Jahren halb mit seinem Medizinstudium fertig. Noch zwei Jahre, und er könnte nach Hause in ein Krankenhaus kommen, das ihn nicht brauchte. »Wenn die Lage nicht besser wird, werde ich ihm den Rat geben, sich um einen Arztposten in dem Krankenhaus zu bewerben, wo er sein praktisches Jahr macht. Ich weiß, daß das noch ein paar Jahre hin ist, aber...«

»Es wird schon in Ordnung kommen. Wenn er am Anfang zu kämpfen hat, wird ihm das nicht schaden. Es ist nicht immer gut für einen Jungen, eine Stelle anzutreten, die für ihn offengehalten wird.« Gardiners Mutter war nicht so hartherzig, wie sie sich anhörte. »Wenn es zum Schlimmsten kommt, könntest du einige von diesen Aktien verkaufen, die dir deine Mutter an deinem einundzwanzigsten Geburtstag übergeben hat.«

»Absolut gute Aktien zu den Preisen des gegenwärtigen Marktes verkaufen? Nur als letzter Ausweg. Und es sind gar nicht so viele übrig. Ich habe einige verkauft, erinnerst du dich, um mein Drittel beim Krankenhausbau zu decken.«

Theresa, die bei dieser Unterhaltung auch im Wohnzimmer war, schien ganz auf das Buch, das sie gerade in einer Ecke las, konzentriert zu sein. Aber sie hörte zu und schämte sich abgrundtief, daß sie nicht draußen war und ihren Lebensunterhalt verdiente. Die gute Meinung ihres Vaters war ihr wichtig. Sie erinnerte sich nur zu gut an die Zeiten, als sie sie nicht hatte: als ihre Füße zu groß, ihre Ellbogen so plump und ihr Gesicht nichts war, um Stolz in einem Elternpaar hervorzurufen. Er hatte diese Phase des Aufwachsens vergessen, sie allerdings nicht; sie konnte es nicht ertragen, zu wissen, daß er sie als nutzlos betrachtete.

»Ich muß versuchen, eine Stelle zu bekommen«, trug sie zur Unterhaltung bei. »Irgend etwas unterrichten. Oder vielleicht die Bibliothek. Miß McCune hat noch eine Assistentin verloren.«

»Tess, mein Liebling«, sagte ihr Vater, »wir gehen noch nicht ins Armenhaus. Vielleicht müssen wir alte Kleider tragen, aber wir werden nicht hungern müssen. Davon abgesehen gibt es Lehrer zu Dutzenden. Jeder, der nichts Einträglicheres finden kann, glaubt, er könne unterrichten. Und was die Bibliothek angeht: gerade jetzt, wo jeder, der keine Arbeit hat, lesen möchte, hat die Stadt das Budget der Bibliothek gekürzt. Miß McCune arbeitet für einen Apfel und ein Ei. Sie würde auch für gar nichts arbeiten, wie sie es schon während des Krieges getan hat, bevor sie die Bibliothek schließen würde. Aber es gibt kein Geld für eine weitere Assistentin, zumindest nicht im Augenblick.«

»Das hat sie nicht getan! Für nichts gearbeitet?«

»Doch, während des Krieges«, sagte Tess' Mutter eindringlich. »Natürlich hätte sie das nicht tun können, wenn sie nicht die Miete von dem Ballard-Haus, das sie geerbt hatte, gehabt hätte. Mach dir keine Sorgen, Tess. Wir haben dich gerne bei uns.«

Theresa dachte: Ich weiß, meine liebe Mutter. Ich liebe euch mit meinem ganzen Herzen. Aber wie kann ich auch nur die geringste Arbeit tun mit all diesen Unterbrechungen. Ich weiß, ihr versucht, mich nicht zu belästigen, aber es gibt Besorgungen zu machen und ich muß sagen, ob die Vorhänge gewaschen werden müssen oder nicht. Ich habe den Eindruck, du und deine Schwester, ihr habt alles absolut gemeinsam getan, auch wenn man es jetzt kaum glauben kann, wo nur Tante Caroline noch dazusein scheint. Sie sagte: »Wenn ich vernünftig gewesen wäre, hätte ich wie Barb die Handelsschule besucht.«

Rodney, der nicht so ohne Mitgefühl war, wie Theresa fürchtete, sagte: »Unsinn. Du hast einen guten Anfang gemacht, und kannst einmal eine bemerkenswerte Karriere machen. Barbara verplempert ihre Zeit und wartet darauf, Charley Merrill würde ihr einen Heiratsantrag machen oder sich bessern, ich weiß nicht was von beidem.«

»Selbst wenn er sich bessert... und ich glaube nicht, daß er bereits ein rettungslos verlorener Alkoholiker ist...«, sagte Lavinia nachdenklich, »wäre er kein einfacher Mann, um mit ihm zusammenzuleben. Bitter und zynisch. Wie mein Vater.«

»Wie Großvater? Großvater Gardiner?« Theresa war überrascht. »Wieso, er hat doch nie getrunken, oder doch?«

»Nein, das nicht. Es war damals nicht gegen das Gesetz, es war also keine Herausforderung. Nein, ich meine nur diesen Klumpfuß ... genau wie Charleys lahmes Bein. Er muß sich dessen immer bewußt gewesen sein, als er noch ein kleiner Junge war. Es war schwer, mit ihm auszukommen oder auch nur unter ihm aufzuwachsen. Ich habe nie gehört, daß er ein sarkastisches Wort zu Mama sagte, aber zumindest bis wir anständige Tischmanieren gelernt hatten und grammatikalisch korrekt sprechen konnten, war er zu uns ganz schön sarkastisch. Oh, ich weiß, das ist kaum zu glauben, weil er sich zu einem so nachsichtigen Großvater entwikkelt hat. Aber glaube mir, er ist milder geworden. Er ist dadurch gerettet worden, daß er mit Mama verheiratet war.«

»Und das könnte auch Charley passieren«, sagte Rodney, »wenn Barbara für ihn empfindet, was die Barbara deines Vaters für ihren Mann empfand. Nimm deine Mutter nicht zu ernst, Tess. Das Gardiner-Haus war ein Ort, wo man gut hingehen konnte – der Versammlungspunkt für uns alle, und wir waren dort auch willkommen, selbst wenn die alten Tanten das ganze Geschrei nicht leiden konnten. Aber Charleys exzessives Trinken ist etwas anderes. Seine Eltern sind vor Sorgen schon ganz krank. Und er ist für Barbie sowieso zu alt.«

Theresa sagte: »Barbara ist kein Narr, auch wenn sie hübsch ist. Und weil sie hübsch ist, ist er vielleicht verliebt genug, um wieder auf die rechte Bahn zu kommen. Wenn er ein junger Bursche wäre, wäre es schlimmer. Wie steht es überhaupt mit Gardiner & Merrill?«

»Zweifellos leiden sie unter der Notlage wie jeder andere auch. Ich weiß nicht, ob Charley mit dem, was er verdient, eine Frau ernähren könnte. Die wirkliche Bedrohung für die ganze Stadt liegt bei der Firma Rausch, es ist die Frage, ob sie weiter in Betrieb bleiben kann. Tucker sagt, Ludwig besteht darauf, die Fabrik weiter in Betrieb zu halten, Seil und Schnur herzustellen, was er nicht verkaufen kann – und das wird er auch zweifellos, bis das Kapital aufgebraucht ist. Aber dann? Die kleineren Industrieanlagen in der Stadt – die Griffefabrik, die Bauholzfirmen, die Eisfabrik – haben alle Schwierigkeiten.«

»Und die Bäckerei von Hoffmann?«

»Der geht es besser. Die Leute müssen ja etwas essen, und wenn es nur ein alter Brotlaib für einen Groschen ist.«

»Um Brot zu backen, braucht man Mehl.« Theresa ging die Sache logisch an. »Und Mehl gewinnt man aus Getreide. Man sollte annehmen, Rauschs könnten Schnur verkaufen.«

»Nur ist der Preis, der für Getreide gezahlt wird, so niedrig, daß die Bauern aufgeben könnten, es noch anzubauen. Und mit diesem fröhlichen Ausklang muß ich euch verlassen, um einen Blick auf meine Patienten zu werfen.« Aber einen Augenblick später steckte er mit Hut und Tasche in der Hand seinen Kopf durch die Tür. »Ich hätte fast vergessen, es dir zu erzählen: Tucker sagt, seine Großmutter fängt an, Schwierigkeiten mit dem Herzen zu bekommen. Er versucht, jemanden zu finden, der mit ihr im Haus wohnt: Er hat es nicht gern, daß sie über Nacht allein ist.« Und er bewies, daß er Theresas Schwierigkeiten besser kannte, als er das je gezeigt hatte, indem er hinzufügte: »Da ist eine Chance, Tess, falls du Ruhe und Stille suchst – weg von zu viel Familie.«

Als er gegangen war, sahen sich die beiden Frauen bestürzt an. »Die arme Tante Anne«, sagte Theresa. »Allein zu sein und alt und krank, das ist am traurigsten...«

»Nicht ganz«, ihre Mutter hatte schnell eine Antwort parat, als sie sich an Amanda Reid erinnerte. »Zumindest ist sie nicht arm. Und Tucker sieht jeden Tag vorbei, und Jenny ist ständig da. Sie ist also nicht völlig allein. Und sie wird sich nie selbst bemitleiden: sie wird das Beste aus diesen Jahren machen, die sie noch hat; ich kenne niemanden, der ein traurigeres Leben hatte, aber sie ist immer... mehr als heiter gewesen... sie ist immer in der Lage gewesen zu lachen... das Leben zu lieben trotz ihres Kummers. Oh, ich bin nicht gut mit Worten, du könntest es besser ausdrükken. Aber ich bewundere sie und ich mag sie sehr gern.«

»Wer nicht? Ich kenne sie natürlich nicht so gut, aber sie hat sehr nett über mein Buch gesprochen. Und hat auch wirklich verstanden, worum es mir ging. Mutter, wie groß ist die zweite Etage von diesem Haus?«

»So groß wie das Parterre. Warte mal... fünf Zimmer, glaube ich, und ein Bad und ein Balkon an der Ostseite zwischen den vorderen und hinteren Schlafzimmern... du weißt schon: dieser zurückgesetzte Balkon im zweiten Geschoß.«

»Bei weitem groß genug für eine Wohnung, selbst wenn man das hintere Schlafzimmer in eine Küche und ein Eßzimmer verwandeln würde. Es gibt keinen Grund oder doch, weshalb ich nicht bei ihr wohnen sollte? Außer Geld, verdammt! Ich habe nie erwartet, daß ich mich darum kümmern müßte, ob ich Geld hätte oder nicht.«

»Aber Tess, für die angeheiratete Cousine Anne deines Vaters mußt du dich doch nicht verantwortlich fühlen. Dein Vater hat das nicht so gemeint. Es gibt keinen Grund, daß du dich opferst und eine alte Dame pflegst.«

»Ich glaube nicht, daß Vater meinte, sie müsse gepflegt werden... und jedenfalls hat sie Louline tagsüber. Es ist nur, daß sie nachts nicht allein sein sollte.«

Theresa sagte nichts weiter. Sie wollte ihre Mutter nicht verletzen. Aber sie hatte eine Gelegenheit, selbst mit Anne auf dem nächsten Klubtreffen bei ihrer Großmutter Edwards zu sprechen. Sie und Lavinia kamen als letzte an: Elsa stand bereits vor dem Kamin und war bereit, das Treffen zu eröffnen. Lavinia setzte sich in den letzten freien Stuhl in der letzten Reihe; Theresa drängelte sich notgedrungen nach vorne durch und verdrückte sich auf einen freien Platz auf der Chaiselongue unter Elsas Nase, die darauf wartete, daß sie ihren Platz einnähme, bevor sie um das Verlesen der Anwesenheitsliste bat.

»Der bequemste Platz in Großmutters Salon«, wisperte sie Anne zu. »Ich fühle mich schuldig, ihn einfach für mich zu beanspruchen.«

Anne zwinkerte ihr zu. »Ich war die wirklich Schamlose: ich hatte die erste Wahl. Sie nur die letzte.«

Die Sekretärin stand auf, und das Flüstern brach überall in den Reihen ab. Anne gab vor zuzuhören, dachte aber an das Mädchen neben sich, während sie ihren aufmerksamen Blick auf das vor ihr sitzende Mitglied gerichtet hielt. Theresa war mit ihrem verstorbenen Mann blutsverwandt, eine Cousine ganz entfernten Grades. Theresa sah den Gordons jedoch nicht ähnlich, höchstens ein wenig um die Augenpartie herum. Sie hatte kurzes braunes Haar, dem es gelang, sogar unter einem Hut vom Wind zerzaust auszusehen, ein geringfügig unsymmetrisches, dreieckiges Gesicht mit einem langen Kinn, was alles von den unglaublich langbewimperten amethystfarbenen Augen wettgemacht wurde, die ganz die ihrer Großmutter Gardiner waren. »Nicht hübsch«, schloß Anne, »aber ein nettes Kind.« Als das Treffen beendet war, hielt sie Theresa mit einer Hand auf ihrem Knie zurück. »Ich nehme nicht an, daß Sie gerne darüber reden, aber ich würde es so gerne wissen. Was macht das nächste Buch?«

Theresa zog eine Grimasse. »Nicht sehr gut. Oh, ich habe eine Idee und eine Art Skizze und verschiedene Charaktere in meinem Kopf. Aber es will mir nicht gelingen, mit dem *Schreiben* zu beginnen. Ich brauche Zeit. Ich kann das nicht in den raschen freien Minuten zwischen lauter Unterbrechungen schaffen. Und die Familie fühlt sich so frei! Ich hätte gerne eine Wohnung, wo ich allein sein könnte. Aber ich habe kein Geld.«

»Mein liebes Kind, ich kann mir das denken. Eine Familie kann sich nie vorstellen, daß das, was man zu tun versucht, wirklich von Bedeutung ist. Könnte ich Sie nicht verlocken, zu mir zu ziehen? Das gesamte obere Geschoß steht jetzt leer, wissen Sie. Das einzige, was es braucht, um eine richtige Wohnung daraus zu machen, ist eine Küche. Und ich würde Sie nicht unterbrechen. Tucker sagt, ich dürfe keine Treppen mehr steigen.«

»Tante Anne, meinen Sie das wirklich? Es würde Ihnen nichts ausmachen, das ganze Haus durcheinandergebracht zu bekommen? Und die Kosten? Natürlich müßte ich Mutter überzeugen, daß Sie wirklich jemanden brauchen. Vielleicht könnten Sie sagen, Sie würden nicht gerne alleine leben?«

»Aber es macht mir selbst gar nichts aus: ich habe mich daran gewöhnt. Aber Tucker, obwohl er mir ständig versichert, es sei kein ernstes Herzproblem, gibt zu, er hätte es nicht gerne, daß ich nachts alleine sei. Er wäre über ein solches Arrangement entzückt. Und natürlich, wenn Sie um meinetwillen zu mir ziehen würden, gäbe es keine Frage in bezug auf die Miete.«

Anne fragte sich, ob sie das Opfer eines Planes sei, der von Tucker und Rodney ausgearbeitet worden war, aber wenn es so sein sollte, machte es ihr nichts aus. Es würde ihr ein Vergnügen sein, die eifrige junge Frau oben wohnen zu haben. Ihr Verdacht wurde von der Schnelligkeit bestätigt, mit der die Umbauten ins Werk gesetzt wurden.

Das kleine hintere Schlafzimmer, von dem aus man die Straße übersehen konnte, wurde zu einer Küche umfunktioniert, und moderne Installationen ersetzten die altmodischen im Badezimmer. Die Möbel, die ihr und John gehört hatten, wurden herausgebracht, welche Qualen es auch immer kostete, sich von ihnen zu trennen. Das vordere Schlafzimmer wurde als Wohnzimmer mit einer Sammlung von verschiedenen Möbeln von Dachböden neu eingerichtet. Das Schlafzimmer auf der anderen Seite des Flurs wurde belassen, wie es war; Johnnys altes Zimmer, von dem aus man Zutritt zu der oberen Veranda hatte, wurde das Eßzimmer, und das kleinere, unbenutzte Zimmer über Annes Schlafzimmer sollte als Arbeitszimmer benutzt werden. Theresa hatte Bedenken geäußert: die Schreibmaschine würde Anne in den Wahnsinn treiben. Anne hatte sie ausgelacht: die Böden in dem alten Haus seien so dick wie die Wände, und sie sei sowieso nur zum Schlafen und An- und Auskleiden in ihrem Schlafzimmer.

Theresa zog ein, als alles fertig war; das heißt sie stopfte ihre Kleider, ihre Schreibmaschine, einen Papiervorrat und eine Menge Bücher in den Wagen ihrer Mutter und brachte das alles von einem Haus in das andere. Sie ging jedoch nicht ohne eine ernste Ermahnung ihres Vaters: »Tante Anne will nicht einen Groschen Miete annehmen, weil sie glaubt, daß du das für sie tust. Ich bezahle die Hälfte der Kohlen- und Nebenkostenrechnungen: Tucker und ich haben uns darauf geeinigt. Aber selbst wenn du dort wohnst, wie Tucker es sieht, um über Nacht auf sie achtzugeben, bist du ihr immer noch verpflichtet. Hilf ihr, wo immer du kannst. Sie ist immer eine begeisterte Gärtnerin gewesen, wenn also der Frühling kommt, übernimm das Pflanzen und solche Sachen für sie. Sie kann das nicht mehr alles selbst machen. Wir schulden Anne mehr, als wir je wiedergutmachen können: Sie hat Mama und mich freundlich aufgenommen, als wir aus Mississippi hierherzogen, und sie hat uns ihren Freunden vorgestellt. Und Johnny und seinem Vater... ich kann dir gar nicht sagen, wieviel wir ihnen schulden. Tu also, was du für sie tun kannst.«

»Oh, Vater! Als ob ich das nicht ohnehin tun würde. Du weißt, daß ich sie mag, und ich weiß, welches Glück ich habe, daß ich eine eigene Wohnung ohne Miete bekomme.«

»Ich verstehe, Theresa«, und er lächelte sie an, »selbst wenn es deine Mutter nicht so ganz tut. Es ist ein bißchen schwierig, ein Familienmitglied zu sein, wenn man allein sein muß.«

»Jane Austen konnte es, aber ich bin nicht Jane Austen.«

»Ich glaube, du wirst in Tante Annes Haus viel Zeit für dich selbst haben. Mach das Beste daraus, aber vergiß nicht: Hilf, wo immer du kannst.«

»Ja, Vater.« Keine Tochter von achtundzwanzig Jahren mag elterliche Ermahnungen wie die von Rodney. Theresas »Ja, Vater« war so unterwürfig, daß es schon fast spöttisch war. Rodney lachte nur. »Erinnere dich daran: Wir sind stolz auf dich und erwarten große Dinge.«

Zweifellos wurde Theresa zu Hause vermißt, besonders von ihrer Mutter, aber der Umzug stellte für sie eine glückliche Veränderung dar, und für Anne und für Louline, der es mehr und mehr widerstrebt hatte, ihre Herrin für den Nachmittag und besonders, nachdem am Abend das Geschirr gewaschen worden war, alleine zu lassen. Jetzt, wo Theresa oben war, sagte sie oft zu Anne etwas wie: »Da is' noch so 'ne Menge von dem Braten übrig, daß Sie noch zu viel davon bekommen werd'n. Soll ich nich' besser Miß Theresa zum Abendess'n ruf'n?« Theresa bekam mehr und mehr das Gefühl, Tante Anne gebe ihr sowohl Kost als auch Logis.

Es widerstrebte ihr zu Beginn, nach dem Essen in Annes Wohnzimmer zu sitzen, aus Furcht, sie könne gefragt werden, wie sich das Schreiben anlasse, und sie konnte es nicht ertragen, darüber zu reden. Aber Anne, die sie von Tag zu Tag mehr in ihr Herz schloß, war sich ihrer Sensibilität und – vielleicht war »Unsicherheit« das richtige Wort – »Bescheidenheit« wohl bewußt: sie spürte, sie würde nicht über etwas reden wollen, das sie vielleicht nie zustande bringen könnte. Die Schreibmaschine klapperte jeden Tag (und man konnte sie natürlich unten hören), aber es war eher angenehm als störend, weil es ein Indiz war, daß Theresa Fortschritte machte. Das Haus war so lange Zeit leer und ruhig gewesen, daß selbst die leichten Schritte im oberen Stockwerk für Anne ein Vergnügen waren. Ihre Freunde hatten sie nie wirklich vernachlässigt. Zusätzlich zu Tucker und Jennifer kamen auch Elsa, Jessamine und Sheldon Edwards und Barbara Gardiner ziemlich oft vorbei, Melissa und ihre Mutter gelegentlich und Mr. Patton ein wenig zu häufig. Es war nie nach Annes Geschmack gewesen, daß man über sie und für sie betete, es war ihr peinlich, aber sie konnte es nicht über sich bringen, ihm das zu sagen. Und sie ging auch weiterhin zur Kirche (und da Dr. Warren fand, sie solle nicht zu Fuß gehen, wurde auch Jennifer eine gewissenhaftere Besucherin des Sonntagsgottesdienstes). Mit dem gleichen Chauffeur gelangte sie auch zu den meisten Klubtreffen und auch zu Tucker oder Elsa zum Essen an Sonntagen.

Sie hätte, bevor Theresa bei ihr einzog, gesagt, daß sie ein ziemlich aktives Leben führe, wenn man das alles in Betracht ziehe; aber seit Theresa da war, wurde das Haus ingesamt lebendiger. Ihre Arbeitsstunden wurden von Theresas Familie und Freunden respektiert, aber nach vier Uhr dreißig fühlte sich jeder frei, zu kommen; gelegentlich lud Theresa zwei oder drei von ihnen ein, zum Abendessen zu bleiben, und der Klang von jungem Lachen, das nach unten drang und in der Eingangshalle ein Echo auslöste, war Anne eine wahre Freude.

In der Zwischenzeit, seit sie und Louline die Familienpapiere heruntergebracht hatten, war Anne sie durchgegangen, hatte sie sortiert und die Briefe in Bündel zusammengefaßt: die an ihre Mutter von ihrer Familie; sie erzählten von Schicksalsschlägen, Unglücksfällen und langweiligen, sorglosen häuslichen Angelegenheiten; die an ihren Vater und an sie von Rob und John aus Armeelagern und von Schlachtfeldern; Johns Briefe an sie waren Briefe an ein Kind. Es hatte lange Zeit gedauert, bis er bemerkt hatte, daß sie erwachsen wurde, aber das war kein Grund, diese Briefe zu vernichten. Es gab überhaupt keine Briefe, die sie vernichten wollte, damit sie niemand lese. Dokumente band sie zusammen und legte sie in einen festen Manilaumschlag: alte Urkunden, das Original der Landbewilligung für die Gordon-Farm, die von Thomas Jefferson unterschrieben war, Abschriften von Testamenten, Empfangsbestätigungen, Johns und ihres Vaters Diplome der medizinischen Fakultät und ihr eigenes vom Frauenseminar. Als sie alles durchgesehen hatte, steckte sie das ganze einschließlich der alten *Fackel*-Ausgaben, der Fotografien und der Daguerreotypien in das Fach unten in ihrem Schrank. Tucker kann mit ihnen machen, was er will, dachte sie, sie verbrennen oder sie behalten.

Monate vergingen, in denen sich Anne mit diesen Dingen beschäftigte, sie ließ sich nur von den verschiedenen gesellschaftlichen Verpflichtungen unterbrechen, die sie nicht gänzlich vernachlässigen konnte. Weihnachten 1930 wurde vom Klub wie gewöhnlich gefeiert; Elsa führte weiter, was ihre Mutter begonnen hatte. Es gab ein Dinner, um die Gentlemen zu speisen, und ein Theaterstück, um sie zu unterhalten. Elsa war sich nicht ganz so sicher wie ihre Mutter, daß sie wirklich davon unterhalten wurden, aber sie fand, es sei gut für die häuslichen Männer, sich einmal im Jahr ihre Smokings und ihre gestärkten Hemden anziehen zu müssen.

Das Theaterstück – ein neues, das eine widerstrebende Theresa für sie geschrieben hatte – war um eine Gruppe von Chorsängern konstruiert, was dem jungen Gemüse des Klubs Gelegenheit gab, sich hervorzutun; von den Festivitäten hatten sie allerdings wenig, da sie gleich nach dem Essen von ihren Vätern zu sich geholt wurden. Und als das Schauspiel vorbei war und sie ihre Eiscreme und ihren Kuchen bekommen hatten, wurden sie schnell den Kindermädchen, Tanten und Großmüttern zu Hause übergeben. Dennoch hatten die kleinen Gordons, Evans', Merrills, Lichtensteins und Warrens das Gefühl wie bereits die Generation vor ihnen, bei dem großen Anlaß dabeigewesen zu sein.

Neujahr 1931 war keine Zeit für Jubelstürme, das Land rutschte weiter in schlimme Zeiten. Das Volk wurde unruhig, die Arbeitslosen aufrührerisch. Nur die Älteren, wie Anne Gordon, die lange genug gelebt hatten, um bereits frühere Wirtschaftskrisen durchgestanden zu haben, fanden die bedrohliche Atmosphäre unheimlich: Alles, was verlangt werde, sei Geduld; die Wirtschaft werde sich erholen, wie sie das immer getan habe. Bis jetzt gab es keine wirkliche Hungersnot, sicherlich würde man sich um die wirklich Armen kümmern.

Der Winter ging in den Frühling über, und zumindest für einige Waynesboroer wurde die Lage des Staates, die so schwer auf ihnen lastete, zweitrangig, verglichen mit dem Vergnügen, die Blumenbeete zum Bepflanzen fertigzumachen, und dem Entzücken, wieder Osterglocken und Veilchen und Maiglöckchen zu sehen und dann Flieder und vor dem Memorial Day Glyzinen und Pfingstrosen und Syringe. Anne stimmte nicht sehr bereitwillig zu, Theresa das Unkraut auszupfen und die jährlichen Samen aussäen zu lassen, und wandte ein, sie solle eigentlich oben und an ihrer

Schreibmaschine sein. Theresa wischte solche Proteste weg und sagte: »Ich muß hin und wieder eine Stunde Pause machen. Davon abgesehen, habe ich dieses Beet schon fast fertig.« Anne gab nach, obgleich das Verlangen, sich hinzuknien und ihre Hände in den Boden zu wühlen, fast unwiderstehlich war. Ihr fiel so viel ein, wenn sie ihren Garten sah. Erinnerungen an frühere Zeiten, daß Theresa sich alles anhörte und in ihrem Gedächtnis aufbewahrte: Die Pisanglilien, die gerade durchbrachen, hatten ihrer Mutter gehört; desgleichen der Gartenheliotrop und der gelbe Rosenbusch; Binny hatte die Veilchen aus dem Wald mitgebracht und sie gepflanzt und mittlerweile hatten sie das ganze Stück überwachsen.

Dann ging Anne eines Sommermorgens mit Louline und Theresa hinaus, um die Luft zu genießen und von einem Küchenstuhl aus, den sie für sie herausgebracht hatten, zuzuschauen, während sie Kirschen pflückten: Louline von einer Treppenleiter aus und Theresa hoch oben im Baum. Ohne darüber nachzudenken, stand Anne auf und griff nach einem vollbeladenen Zweig direkt über ihrem Kopf; mit hocherhobenen Armen fühlte sie sich ein bißchen wackelig, aber sicherlich, sagte sie sich, wäre sie einer so geringen Anforderung, wie die Kirschen zu pflücken, die sie erreichen konnte, gewachsen. Als Theresa von ihrem Platz ein unerwartetes Geräusch hörte – ein lautes Würgen oder halbes Keuchen, ein Husten –, blickte sie nach unten, und sah wie Anne sich an einem Kirschzweig festklammerte und nach Atem rang. Theresa sprang auf den Boden und half Anne, zu ihrem Stuhl zu kommen und sich hinzusetzen. Auch Louline war gleich neben ihr.

»Sieh mal über den Zaun, Louline, guck nach, ob Tuckers Wagen da ist.«

Aber Tuckers Wagen war nicht da, berichtete Louline.

»Bleib du dann bei ihr, während ich das Krankenhaus anrufe; einer der Ärzte wird sicherlich dasein.«

Anne war in der Lage, Einwände zu erheben. »Nur einer dieser momentanen Anfälle. Ich bin schon wieder in Ordnung.«

Theresa schenkte ihr keine Aufmerksamkeit, sondern lief in das Haus zum Telefon in der Eingangshalle. Sie kehrte zurück und teilte mit, Dr. Warren sei auf dem Weg und ob sie und Louline nicht in der Zwischenzeit mit ihren Händen einen Stuhl bilden und Mrs. Gordon hereintragen und zu Bett bringen könnten?

Sie brachten sie ins Haus, Anne auf Theresas jungen Händen und den alten, aber stärkeren von Louline, die sie in einem Handgelenkgriff kreuzten. Anne erhob immer noch Einwände. »Ich habe mich noch nie so sehr wie ein Narr gefühlt. Ich kann doch immer noch gehen, um Himmels willen.« Sie schenkten ihr keine Aufmerksamkeit. Als Dr. Warren ankam, lag Anne ohne Schuhe auf ihrem Bett. Sie hatte sich augenscheinlich etwas erholt, aber er schimpfte mit ihr, und seine blauen Augen zwinkerten wegen ihrer Widerspenstigkeit. Nachdem er sie abgehört hatte, sagte er: »Eine stärkere Dosis Digitalis, und wenn das nicht klappt, ein bißchen Nitroglyzerin dazu. Nehmen Sie in der Zwischenzeit das hier. Louline, hol ihr bitte ein Glas Wasser. Ich werde Tucker ein Rezept geben, und er kann Ihnen heute nachmittag die Tabletten bringen.« Er wischte sich die sandfarbene Locke aus der Stirn, die ihm, als er sich vornübergebeugt hatte, in die Augen gefallen war. »Bleiben Sie besser für den Rest des Tages im Bett«, sagte er. »Wir haben vor, Sie noch eine lange Weile zu behalten, wissen Sie.«

In der Eingangshalle trug er Louline und Theresa auf: »Versucht, sie ruhigzuhalten. Aber wenn sie sehr gerne etwas tun will, würde ich sie lassen. Sie hat das letzte Jahr wirklich sehr gut überstanden, und was bedeuten in ihrem Alter ein paar Monate mehr oder weniger? Lieber ein paar glückliche als viele, die man invalide verbringen muß.«

Theresa unterbrach, was ein Lamento von Louline geworden wäre, indem sie ihr eine feste Hand auf die Schulter legte. »Sie würde dich hören: Sei bitte still.« Als sie den Arzt hinausbegleitete, sagte er: »Ich sehe morgen wieder vorbei. Oder eher, wenn sie mich braucht oder wenn Tucker der Ansicht ist, ich solle noch einmal vorbeikommen.«

Theresa kehrte in das Schlafzimmer zurück, wo sie Louline vorfand, die Anne beim Auskleiden und beim Hinlegen half, dann legte sie die afghanische Decke über sie.

»Nun bleib'n Sie schön da lieg'n, wie der Doktor Ihnen gesagt hat, un' wir machen schnell die Kirsch'n fertig. Ich bring' Ihnen die Glocke vom Eßtisch: Sie schell'n dann, wenn Sie uns woll'n.«

Anne lächelte, dankte ihr und schlief ein, bevor sich die Küchentür hinter ihnen geschlossen hatte, und fragte sich, als sie einnickte, ob der junge Warren (wie er es immer mit ihr machen würde) sie nicht hereingelegt und ihr eine Schlaftablette gegeben hatte.

Nach diesem beunruhigenden Vorfall schien es Anne mit der stärkeren Medizin wieder ganz gut zu gehen, wenn sie auch nicht mehr so munter war wie in vergangenen Jahren. Einen Großteil ihrer Zeit verbrachte sie mit Lesen. Meistens Dickens und Jane Austen, aber auch einige modernere Romane, um auf dem laufenden zu bleiben. Sobald ihre Augen müde wurden, nahm sie ihr Strickzeug auf, obwohl sie das als letzte Zuflucht betrachtete.

Theresa beendete ihren Roman und sandte ihn ihrem Verleger ein. »Sie werden ihn nicht wollen«, äußerte sie Anne gegenüber, als sie eines Abends nach dem Essen zusammensaßen. Theresa war jetzt, da ihr Buch in den Händen des Verlegers war, hilflos vor Ungewißheit. »Heute schreibt jeder über die Wirtschaftskrise – zumindest jeder, der verlegt wird – und ist pessimistisch und zynisch in bezug auf Amerika und behauptet, nur eine Revolution könne es retten. Ich glaube all diesen Unsinn nicht. Davon abgesehen kann ich nicht über Zustände schreiben, sondern nur über Leute.«

»Leute aus der Vergangenheit oder der Gegenwart?« wagte Anne zu fragen.

»Eigentlich beides. Etwa so: Eine junge Frau – oh, dreißig Jahre oder so, nicht zu jung – kommt nach zwanzig Jahren in ihre Vaterstadt zurück. Das ruft eine traurige Liebesgeschichte in ihre Erinnerung zurück, die sie erlebt hat, als sie noch zu klein war, um zu verstehen, was sie beobachtete. Sie erzählt die Geschichte aus der Perspektive des Kindes, wie sie sie erlebt hat, aber doch als erwachsene Frau, die sich erinnert und zu wissen glaubt, wie es damals in Wirklichkeit gewesen sein muß. Das ist zumindest das, was ich zu erreichen versucht habe. Es ist ein kurzes Buch.«

Komisch, dachte Theresa, wieviel leichter es ist, all das Anne zu erzählen, als meiner eigenen Familie. Ihre Familie würde nie wissen, woran sie arbeitete, bevor sie ihnen nicht das gedruckte Buch geben könnte.

Anne sagte: »Du erinnerst dich sehr gut, erstaunlich gut, wie die Welt und die Leute aus der Perspektive eines Kindes aussehen. ›Der alte Soldat‹ war ein Beweis dafür. Du mußt ein gutes Gedächtnis haben.«

»Oh, absolute Erinnerung«, lachte Theresa. »Aber ich hätte Lust, weiterzugehen, etwas zu schreiben, woran ich mich selbst nicht erinnern kann, ein langes Buch über die Sechziger, Siebziger und Achtziger. Das Problem ist, ich weiß eigentlich nichts über diese Jahre, außer was in Geschichtsbücher gekommen ist. Nicht, wie sie von den Leuten empfunden wurden, die zu der Zeit lebten.«

»Ich habe noch all diese alten Briefe, die ich in das Schrankfach gelegt habe. Lies sie, wenn du willst – sie sind bei weitem zu alt, um noch privat oder persönlich zu sein. Alle Leute, die in ihnen erwähnt werden, sind lange tot, außer mir. Sie könnten dir zeigen, wie die Schreiber jene Jahre empfanden; sie könnten dir vielleicht den Hintergrund und die Atmosphäre näherbringen. Und auf dem Dachboden sind noch diese dicken Bände von gebundenen

›Harper's Weekly‹ aus genau jenen Jahren. Ich habe Louline nicht gebeten, sie herunterzubringen: sie sind viel zu schwer. Aber du schaffst sicher jeweils eins.«

Theresa war von dem Angebot entzückt. Sie konnte kein weiteres Buch anfangen, bevor sie nicht mit dem zweiten völlig fertig war; selbst wenn das Urteil über ihr Manuskript positiv sein sollte, würde sie immer noch die Qual des Druckfahnenlesens vor sich haben, bevor sie das Ganze abschließen konnte. Den Rest des Sommers verbrachte sie meist gesellig mit Anne, die auf dem Sofa lehnte, während Theresa ihr zu Füßen auf einem Schemel saß und einen Brief nach dem anderen mit den notwendigen Erklärungen gereicht bekam: »Eleanor war Mutters älteste Schwester, die mit ihrem Mann, der Pfarrer war, zu seinem neuen Aufgabengebiet nach Kentucky ging. Sie ist jung an Schwindsucht gestorben. Aber aus irgendeinem Grund ist dieser eine Brief von ihr übriggeblieben. Er enthüllt alles, was sie von Kentucky hielt.«

Wie die vor langer Zeit verstorbene Eleanor schrieb, war sie schockiert und angeekelt von dem, was sie zum erstenmal in ihrem Leben gesehen hatte: ein Zug von Sklaven, die aneinandergekettet auf ihrem Weg zur Auktion waren. »Wie Tiere. Oder schlimmer. Man würde nicht einmal Vieh aneinanderketten, wenn man es zum Schlachten treibt.«

Theresa nahm den Brief in die Hand und überflog die spinnenartige Handschrift auf den verblaßten blauen Seiten. »Diese Zeiten scheinen so lange vorbei zu sein, bis man so etwas liest, und dann wird es gleich so deutlich: So muß es in den Fünfzigern gewesen sein.«

Nachdem im Herbst die Schule begonnen hatte, schloß sich ihnen die kleine Sally Anne Gordon manchmal an. Im Herbst des Jahres 1931 war sie elf Jahre alt und kam in die sechste Klasse; ihre Eltern hatten entschieden, es sei klug, sie in der Stadt zur Schule zu schicken, wo sie mit allen möglichen Kindern aufwachsen würde, besonders mit jenen, die aller Wahrscheinlichkeit nach auch ihre Freunde im Erwachsenenalter sein würden, klüger, als sie auf eine Einklassenschule zu geben, die nur von Bauernkindern besucht wurde. Wahrscheinlich lerne sie auch mehr als in einer einklassigen Schule, obgleich ihre Mutter in dieser Hinsicht Zweifel anmeldete, da sie selbst durch Waynesboros Schulen gegangen war. Ihr Vater brachte sie jeden Morgen bis zum Krankenhaus und ließ sie die restliche Wegstrecke alleine gehen; oder wenn er unabkömmlich war (wie es bei Ärzten so oft zu jeder Tageszeit der Fall war), lieferte ihre Mutter sie ab. An schönen Tagen im frühen September ging sie nach der Schule die wenigen Meilen bis zum Haus der

Gordons oft genug zu Fuß; wenn das Wetter schlecht wurde, ging sie zur Praxis ihres Vaters und wartete das Ende seiner Sprechstunden ab, und wenn er abgerufen worden war, ging sie über den Hinterhof zu ihrer Urgroßmutter. Sie wußte ja, daß er dort vorbeischauen würde, bevor er nach Hause fuhr.

Anne liebte ihre drei Urenkel innig, hatte sie aber eher als ein Bündel von dreien geliebt und verwöhnt denn als Individuen. Jetzt lernte sie Sally Anne besser kennen. Sie war ein einnehmendes Kind, begierig, Freude zu machen und geliebt zu werden. Sie war auch recht hübsch und ähnelte niemandem in der Familie im besonderen, hatte aber gewisse, bekannte Gesichtszüge: nicht ihr ovales Gesicht, aber die Grübchen, wie sie Johnny hatte; nicht die Farbe ihrer Augen, aber die Art, wie sie angeordnet waren, wie bei allen Gordons, voll und mit dichten Wimpern. Anne bedauerte, daß das Kind das geerbt hatte, was sie bei sich als unschönsten Gesichtszug ansah: den zu breiten Mund. Es entging ihr, daß das kleine Mädchen auch ähnliches Haar wie sie hatte: ihr Haar, daß so lange dunkelbraun gewesen war, jetzt aber durch Weiß aufgehellt wurde. Ein Anflug der goldenen Farbe aus ihrer Kindheit zeigte sich aber immer noch, wenn die Sonne daraufschien. Sally Annes Haar war mehr blond als dunkel, weich und schwer; es war sogar in Zöpfen widerspenstig oder wenn es mit Kämmen oder Bändern zusammengehalten wurde. Ihre Mutter bedrohte sie ständig mit einem Pony (zu einer Zeit, in der kein kleines Mädchen ein Pony trug), wenn sie es nicht aus ihrem Gesicht und aus ihren Augen halten könne. Bis ein Schultag zu Ende ging, war ihr unkontrollierbares Haar zu ihrem auffälligsten Erkennungsmerkmal geworden, aber ihre Urgroßmutter forderte keine Ordentlichkeit: sie liebte das Kind um seiner selbst willen, nicht nur weil es ihre Urenkelin war, und es war ihr immer willkommen.

Sally Anne war, als sie eines Nachmittags zufällig hereinkam und Anne und Theresa im Wohnzimmer vorfand, wie sie Briefe durchgingen, die Theresa laut vorlas und zu denen Anne immer einige Erklärungen abgab, die alle aufmerksam notiert wurden, von diesem Geschehen völlig gefangen und verzaubert. Die Daten und das verblaßte blaue Papier, das zusammengefaltet und ohne Umschlag adressiert worden war, mit der zierlichen, sorgsamen Handschrift, die manchmal eine ganze Seite bedeckte, erfüllte sie mit Wehmut. Anne sah, daß Theresa vollkommen abgelenkt wurde, und sagte zu dem Kind: »Hättest du nicht Lust, mit mir auf mein Zimmer zu kommen und dir ein paar Bilder deiner Vorfahren anzusehen? Ich kann dir zeigen, wie ich in deinem Alter ausgesehen habe, mit Biedermeierhöschen und so was.«

Theresa, die der Gedanke beunruhigte, Anne wolle die schwere Schublade öffnen und den Inhalt herauszerren, sagte: »Laß sie mich hier hereinbringen. Ich weiß, wo sie sind. Und wenn es dir nichts ausmacht, nehme ich dieses Bündel Briefe mit hoch.«

Und so verbrachten Anne und Sally eine vollkommen glückliche Stunde, indem sie sich Daguerreotypien ansahen. Zu Beginn saßen sie Seite an Seite auf dem Sofa unter dem Fenster, während Sally Anne ein Bild nach dem anderen aus der Schachtel zu ihren Füßen herausnahm, aber nach kurzer Zeit glitt sie auf den Boden und legte die Daguerreotypien, die Bilder, die Cartes-de-visite der uniformierten Soldaten aus dem Bürgerkrieg in Reihen vor ihre Knie und betrachtete die düsteren Gesichter mit konzentrierter Aufmerksamkeit. Schließlich sagte sie: »Sie sehen alle so traurig aus. In den Pionierzeiten gelebt zu haben, muß sehr schwer gewesen sein.«

Anne lachte in reinem Entzücken. »Gott segne dich, mein Kind! Diese Bilder sind aufgenommen worden, als die ›Pionierzeiten‹ lange vorbei waren. Hier zumindest. Natürlich nicht weiter im Westen. Und die sehen einfach nur so traurig aus. Ich nehme an, sie waren wie alle anderen auch: manchmal traurig und manchmal glücklich. Aber auf Daguerreotypien sehen sie alle ernst aus, weil sie so lange stillhalten mußten, eine ganze Minute lang, vielleicht sogar noch mehr. Niemand kann ein Lächeln so lange aufrechterhalten, ohne sich zu bewegen oder dumm auszusehen. Man saß mit seinem Kopf in einer Klammer auf einem hohen Dreifuß hinter einem, der später nicht sichtbar war, damit man sich nicht bewegte oder blinzelte. So was wie einen Schnappschuß gab es noch nicht. Auf dieser Daguerreotypie meiner Mutter – deiner Ururgroßmutter – sieht sie traurig und wehmütig aus, nicht wahr? Aber wie ich sie in Erinnerung habe, war sie voller Späße und glücklich wie eine Lerche, bis sie krank wurde und mein Bruder Rob in den Krieg zog.«

»Du kannst dich daran erinnern, daß sie voller Späße war? Wie alt warst du denn da?«

»Als sie starb? Elf Jahre, genau wie du. Sicherlich erinnere ich mich an sie. Würdest du dich nicht an deine Mutter erinnern?«

Sally Annes Augen weiteten sich vor Entsetzen. »Aber sie wird doch nicht sterben?«

»Aber natürlich nicht, Liebchen. Sie ist jung – kaum mehr als ein Mädchen. Meine Mutter war älter; mein Bruder Rob war zehn Jahre älter als ich«. Es gab keinen Grund, die Babys dazwischen, die kurz nach der Geburt gestorben waren, zu erwähnen: Sie bedauerte schon, das Kind aufgeregt zu haben, und würde nichts mehr sagen, was die Sache noch verschlimmern könnte. »Siehst du diese beiden düster blickenden kleinen Jungs? Einer ist mein Bruder Rob und einer ist dein Urgroßvater John Gordon, der mich geheiratet hat, als er erwachsen war – und diese ganze Düsterkeit war nur wegen des Fotografierens: Niemand hat sie je so gesehen.« Jede Daguerreotypie zeigte einen finster blickenden Jungen von zehn oder elf Jahren, der mit einer Hand auf eine abgebrochene ionische Säule gelehnt stand. Sie waren in lange, weite Hosen, die bis auf die Stiefelstulpen reichten, und in kurze Jacken gekleidet, die einen Großteil der weißen Manschetten und des weiten, weißen Kragens und die extravagant geblümten und wallenden Querbinder sehen ließen. »Das war natürlich eine ganze Zeit, bevor John zu uns ins Haus kam und von meinem Vater Medizin lernte. Als dies aufgenommen wurde, waren sie allerdings schon Freunde und gingen in die Jungenschule von Reverend Mr. McMillan, der schelmische Junge...« Sie unterbrach sich, als sie hörte, wie die Küchentür geöffnet wurde und Tucker mit Louline sprach.

»Erzähl es mir, Oma.«

»Ein anderes Mal, mein Liebling. Da kommt dein Vater schon, um dich abzuholen. Heb sie bitte auf und leg sie alle in die Schachtel, ja?«

Sally Anne versuchte immer noch, sie so zu arrangieren, daß der Deckel zugehen würde, als ihr Vater hereinkam.

»Ich hoffe, du hast deine Großmutter nicht ermüdet. Großmutter, du solltest das nicht zulassen. Sie ist unersättlich.«

Um ihn abzulenken, hob Sally Anne eine Daguerreotypie aus der Schachtel heraus. »Papa, weißt du, wer das ist?«

Tucker betrachtete das kleine Mächen mit dem runden Kamm und Biedermeierhöschen und sagte dann: »Oma natürlich.« Er sah auf seine Tochter mit ihrem schelmischen Lächeln und den Grübchen in ihren Wangen herunter. »Und weißt du was? Du siehst ihr etwas ähnlich. Und zum Donnerwetter, ihre Mutter ist mit dem Haarproblem fertiggeworden.«

»Sie sieht ein bißchen aus wie Alice im Wunderland, nicht? Aber niemand trägt heute noch solche Kämme.«

»Ich sollte es vielleicht deiner Mutter vorschlagen. Und jetzt mußt du diese Bilder weglegen und in die Schrankschublade zurückbringen.« Als sie hochbeladen aus dem Zimmer gewankt war, fügte er zu seiner Großmutter gewandt hinzu: »Ich muß sie nach Hause bringen; ich muß noch Hausvisiten vor dem Abendessen machen. Und Großmutter, sie darf dich nicht ermüden. Du könntest ihr den ganzen Tag Geschichten erzählen, und sie hätte immer noch nicht genug.«

Danach wurde die Sammlung alter Bilder ziemlich häufig hervorgezogen. Sally Anne forderte Geschichten über die schlimmen Jungen; ihre Lieblingsgeschichte war die Halloween-Heldentat, die sie begangen hatten, als sie fünfzehn oder sechzehn waren und als John die Nacht bei den Alexanders verbrachte. Sie waren schon früh weggegangen und hoben Tore aus und stießen Aborte um, waren aber zur Bettzeit hereingekommen, wie sie es versprochen hatten, und nach oben gegangen. Mitten in der Nacht wurde Dr. Alexander von einem entschiedenen Klopfen an der Tür gerufen, und als er sie öffnete, sah er sich mit einem wütenden Polizisten konfrontiert. Der Wagen eines Bauern war in Stücke zerlegt und Teil für Teil die Treppe des Gerichtsgebäudes bis auf dessen Dach hochgetragen worden, wo man ihn wieder zusammengesetzt hatte, so daß er rittlings auf dem Giebelfirst stand. Dr. Alexander bestand aufgebracht darauf, seine Jungs seien schon vor langer Zeit zu Bett gegangen und könnten daran nicht schuldig sein. Der Wachtmeister war gleichermaßen sicher, daß sie daran beteiligt waren. Als Dr. Alexander ihn mit hinauf zum Schlafzimmer der Jungens genommen hatte, um seine Behauptungen zu beweisen, fanden sie Robs Zimmer leer. Die Jungen waren über das Balkongeländer geklettert, hatten sich an einem Pfosten heruntergleiten lassen und sich so davongemacht. Nachdem er dem Wachtmeister versichert hatte, er werde sich um die Bösewichte kümmern, blieb er wach, wartete auf sie und ertappte sie, als sie gerade dabei waren, den Pfosten wieder hochzuklettern. Er zwang sie, zum Tatort ihres Verbrechens zurückzukehren, den Wagen wieder auseinanderzunehmen, die einzelnen Teile alle Treppen herunterzutragen, ihn wieder zusammenzusetzen und ihn zu dem Scheunenhof, wo sie ihn gefunden hatten, zurückzubringen. Beim ersten Mal, als sie die Geschichte gehört hatte, ging Sally Anne zur Tür des Balkons und betrachtete genau die Höhe des Pfostens zum zweiten Geschoß. »Ich glaube nicht«, sagte sie, »daß ich das tun könnte. Ich kann nicht sehr gut auf Bäume klettern. Die Unterröcke sind immer im Weg. Und ich hätte Angst, herunterzufallen.«

»Das hoffe ich auch. Ich habe dir ja gesagt, es waren sehr ungezogene Jungen.«

»Haben sie das je wieder getan?«

»Den Pfosten runterrutschen, meinst du? Oh, ich glaube, als sie ein wenig älter waren und John bei uns wohnte, außer an Samstagen und Sonntagen, war das ihr Lieblingsausgang. Selbst wenn es keinen Grund gab, weshalb sie nicht durch die Haustür hinausgehen sollten, wie sie es taten, wenn sie vor den Mädchen funkeln und ihre besten Sonntagskleider nicht ruinieren wollten.«

In dieser Art vergingen die Wochen: September wurde zu Oktober; Oktober zu November. Als der Dezember näher rückte, verbrachte Sally Anne weniger Zeit bei ihrer Großmutter: Auf Jennifers Drängen bastelte sie Weihnachtsgeschenke, wie es ihre Mutter als Kind selbst getan hatte. Jetzt gab Jennifer weiter, was ihr zu jener Zeit beigebracht worden war: Geschenke, hergestellt von liebenden Händen, bedeuten mehr als gekaufte Geschenke. Ihre Mutter holte Sally Anne an den meisten Nachmittagen am Schulgebäude ab und nahm sie mit sich nach Hause.

Anne begann nur widerstrebend, an ihrem Klubaufsatz zu arbeiten. Er würde kurz nach Neujahr fällig sein: »Der Realismus der zwanziger Jahre: Dreisers ›Eine amerikanische Tragödie‹, Andersons ›Der arme Weiße‹ und O'Neills ›Anna Christie‹.« Keines dieser Werke sprach sie allzusehr an; sie fragte sich, ob das Programmkomitee nicht, beflügelt von einem fehlgeleiteten Gefühl für Humor, ein solches Thema einer Achtzigjährigen zugeteilt hatte. Nichtsdestoweniger versuchte sie sehr angestrengt, zu verstehen, warum jüngere Mitglieder sie so bewunderten.

Im späten November war Theresas Buch gedruckt und eingebunden und das Erscheinungsdatum festgesetzt: der zehnte Dezember, gerade noch rechtzeitig für das Weihnachtsgeschäft. Theresa empfand, daß sie nun endgültig damit fertig sei und es hinter sich gebracht habe; sie warf kaum einen Blick auf ihre Autorenexemplare, obgleich sie eins für Anne und eins für ihre Eltern signierte. Sie fühlte sich bereit, mit dem Buch, das zu schreiben sie sich entschlossen hatte, zu beginnen. Es sollte umfangreich werden, und von mehreren Generationen in einer kleinen Stadt des mittleren Westens erzählen: eine Art Buch, das vor einigen Jahren populär gewesen war, wie etwa »Jean-Christophe« und »Auf der Suche nach der verlorenen Zeit« und »Die Forsythe Saga«. Sie lachte wehmütig über sich selbst: sie war kein Galsworthy und noch viel weniger ein Rolland oder Proust. Aber sie würde gerne eine Antwort auf Sinclair Lewis schreiben, dessen »Hauptstraße« sie so wütend gemacht hatte, daß sie selbst noch nach einem Jahrzehnt vor Wut kochte, wenn sie daran dachte. Sie begann mit eigensinniger Konzentration, das neue Buch zu planen. Sie hoffte, die Zeiten würden besser sein, wenn sie es beendet hätte, oder kein Verleger würde es auch nur ansehen und niemand würde auch nur die Geduld haben, es zu lesen. Aber es gab eine Chance, einige Leser könnten, wenn die Wirtschaftskrise irgendwie überwunden wäre, dennoch an dem interessiert sein, worüber zu schreiben sie sich gezwungen fühlte: das alte Amerika in seinem Wandel, während einem das neue Amerika um die Ohren zu fliegen schien. Als Trost und Ermutigung hatte sie in den ersten Wochen des Jahres 1932 den mehr als bescheidenen Erfolg ihres gerade erschienenen Buches; es war positiv besprochen worden, und obgleich es nie auf irgendeine Bestsellerliste kam, setzten ihre Tantiemenschecks sie in die Lage, zumindest für den Augenblick die Hälfte der Kohlen- und Nebenkostenrechnungen zu übernehmen, die ihr Vater bislang bezahlt hatte; sie wagte es sogar, einen Teil des Geldes auf ihrem neuen Konto (ihr allererstes und damit eine Quelle für Stolz) für ein paar neue Kleider für den Kirchgang und die Klubtreffen auszugeben.

Die gewöhnlichen Weihnachtsfestivitäten einschließlich der Klubfeier unterbrachen beide Autoren, und Anne zumindest fand es schwierig, ihren Aufsatz zu beenden. Sie war sehr viel mehr daran interessiert, was im Lande vor sich ging, jetzt, da man sich auf die Präsidentschaftswahl vorbereitete. Mitten in dieser Wirtschaftskrise machte es sie ganz krank und wütend, in den Zeitungen Verleumdungen zu lesen oder im Radio zu hören, der arme Präsident Hoover sei der einzige Grund für die ganzen Schwierigkeiten.

Er war zum Bösewicht des Tages geworden. Die jungen Leute – selbst die mittleren Alters – schienen darauf nicht so zu reagieren, wie sie es tat, und so vermißte sie Sally mehr, als sie das in den vergangenen Monaten getan hatte. Sally hätte mit ihr übereingestimmt und sich mit deutlichen Worten ausgedrückt: Zusammen hätten sie sich wirklich Luft gemacht. Als die Monate vergingen, empfand sie das immer deutlicher. Es wurde allgemein akzeptiert, selbst bei Republikanern, daß die Demokraten die Wahl des Jahres 1932 gewinnen würden; die Partei an der Macht wurde immer für schlechte Zeiten verantwortlich gemacht. Anne weigerte sich, zuzugeben, daß es diesmal so ausgehen müsse. Als der Sommer kam und die Demokraten sich zu ihrem Nominierungsparteitag versammelten, hörte sie am Radio zu und erinnerte sich an befriedigendere Wahlversammlungen der Republikaner. Der Parteitag von 1932 war für sie entsetzlich: Selbst sie hätte zugegeben, daß es einige leidlich vernünftige Demokraten im Land gäbe, die es nicht kopfüber in den Ruin stürzen wollten, aber die Delegierten hätten keinen schlimmeren Fehler begehen können, als diesen ironischen, patronisierenden Demagogen Roosevelt aufzustellen!

Bis zu einem gewissen Maße teilten sowohl Theresa als auch Tucker zusammen mit seiner Frau und seinen angeheirateten Verwandten ihre Gefühle: immerhin waren sie eingefleischte Republikaner. Aber sie ermutigten sie nicht, weiter zu hoffen, und sagten nur verdrießlich, sie nähmen an, das Land würde das auch überleben: es hatte auch Wilson überlebt, nicht wahr? Anne hatte den Eindruck, als sie den Wahlkampfreden zuhörte und wünschte, Sally Rausch würde mit ihr zuhören (und mit ihr murren), es gebe einen ungeheuren Unterschied zwischen dem Schullehrer Wilson, der gewollt hatte, daß sein Land und auch andere Länder von seiner Weisheit geführt würden, und diesem Mann, der alles den Armen und Unterdrückten versprach: seine Pläne für weitreichende Reformen, die den Aufschwung der Wirtschaft mit sich bringen sollten – Arbeitslosenunterstützung und Arbeitsbeschaffung, neue Gesetze für den Aktienmarkt, um das Land vor einer weiteren Panik zu schützen, niedrigere Zölle, Gesetzgebung, um die Landwirtschaft zu protektionieren, Hilfe für das eine Drittel der »schlecht wohnenden, schlecht gekleideten und schlecht ernährten« Bevölkerung, was alles in der Phrase »New Deal für den vergessenen Mann« zusammengefaßt wurde. Anne war sich bewußt, wie sie es eines Tages Tucker gegenüber ausdrückte, als sie sich richtig Luft machte, daß das »ein paar verträumte Idealisten sind, die wirklich glauben, es würde keine Armen mehr geben, wenn jeder Arbeit hätte und dafür bezahlt würde. Aber nicht dieser Roosevelt! Ich nehme nicht an, daß er je in seinem Leben einen armen Mann gekannt hat, und er ist kein Idealist: er weiß sehr gut, daß es viele gibt, die lieber arm sein wollen als arbeiten, und er verspricht, die Regierung würde sich um sie kümmern. Für mich klingt es wie der Niedergang des Römischen Weltreiches: Brot und Spiele. Und sobald die Leute mitbekommen haben, daß die Regierung sich verpflichtet fühlt, ihre Bürger zu unterstützen, werden ihre Forderungen kein Ende nehmen. Amerika wird dann auf eine lange Schlittenfahrt den Berg hinunter zum Sozialismus sein. Ich erinnere mich, daß mir vor langer Zeit Franz Lichtenstein, als er kaum mehr als sechzehn oder siebzehn Jahre alt war, versichert hat, wir würden irgendwann eine sozialistische Regierung bekommen. Ich vermute, er ist von all dem entzückt und erwartet, bei der Umverteilung der Reichtümer mitzumachen. Ich habe Franz und auch Mary immer gern gehabt. Aber man stelle sie sich in verantwortlichen Positionen vor.«

»Ein paar ›verträumte Idealisten‹. Das war eine ganz schöne Rede, Großmutter. Aber ich wünschte, du würdest dich nicht so darüber aufregen – es ist nicht gut für dich. Du bist ganz außer Atem. Kannst du es nicht ruhiger hinnehmen? Weil es doch geschehen wird, und unsere Stimmen werden es nicht aufhalten können. Eine von Rodneys Patienteninnen hat ihm vor ein paar Tagen gesagt, sie würde die Rechnung bezahlen, wenn sie die tausend Dollar zurückbekäme, die Hoover ihr schulde.«

»Aber wie... wie konnte sie glauben...?«

»Ich nehme an, sie hat ihr Geld in irgendeiner Bank oder Bausparkasse gehabt, die zusammengebrochen ist. Davon hat es eine Anzahl gegeben. Gott sei Dank, daß unsere Waynesboroer Banken gesund sind.«

»Der arme Präsident Hoover! Ich weiß, es ist alles seine Schuld.«

»Er wird die Prügel einstecken müssen, ob es seine Schuld ist oder nicht. Nimm es also mit Ruhe. Erinnere dich: selbst wenn Roosevelt Präsident wird, wird ihm der Kongreß vielleicht nicht alles geben, was er will.«

Aber trotz aller Warnungen und ihrer Versuche, es ruhig abzuwarten, kam die Wahl wie ein schwerer Schock. Sie und Theresa lauschten den Wahlergebnissen, als sie im Radio bekanntgegeben wurden; trotz der Proteste von Tess blieb Anne noch lange bis in die Nacht auf und hoffte darauf, daß sich irgendwo im Lande das Blatt wenden würde. Das geschah aber nicht, und sie ging schließlich voller Verzweiflung zu Bett und murmelte: »Wo sind denn alle diese Stimmen hergekommen? Armes weißes Volk muß wie Würmer unter den Steinen herausgekrochen sein.«

Es war für sie nur ein kleiner Trost, am nächsten Tag in der Zeitung zu lesen, mehr als fünfzehn Millionen Amerikaner hätten Präsident Hoover Roosevelt vorgezogen. Es traf zu, das Land hatte auch schon andere Demokraten überlebt, aber die waren in ihren Augen nicht eine derartige Bedrohung für Amerika gewesen, wie es dieser Mann war. Das Land würde Roosevelt überdauern, aber es würde nicht mehr das Amerika sein, in dem sie aufgewachsen war und ihr Leben lang gelebt hatte. Wie sehr sie sich auch selbst sagte, die jeweilige Regierung habe wenig Auswirkung auf das wirkliche Leben – Liebe, Kinder bekommen, sie aufziehen, alt werden und sterben; sie war dennoch niedergeschlagen und voller schlimmer Befürchtungen. Sie sei zu alt, vermutete sie, sich dem anzupassen, was junge Leute noch spielend schaffen würden.

Am Sonntag nach dem Wahltag löste Anne beim Essen bei Elsa mit einer Bemerkung, die deutlich zeigte, wie sie empfand, wahre Lachstürme aus.

Seit Sallys Tod war es sowohl für die Senior- wie auch Juniorfamilie der Evans' und für Tucker und Jennifer Brauch geworden, die ganze Familie abwechselnd zum Sonntagsessen einzuladen. Manchmal waren sie alle da; manchmal besuchten Melissa und Ludwig mit ihren Kindern ihre Eltern; oft fühlte sich Anne so vielen Leuten und dem Tumult, der unvermeidbar von den Kindern hervorgerufen wurde, nicht gewachsen. An diesem besonderen Sonntag jedoch, waren auch sie mit Gib und Elsa gekommen und auch Ludwigs Familie und die Tuckers mit Anne. Zum Essen saßen die Kinder an ihrem gewöhnlichen kleinen Tisch mit Sally Anne, die alt genug war, in gewisser Weise aufzupassen. Als Gib den Braten teilte und alle Erwachsenen ihn mit jener Konzentration beobachteten, die jeden Tranchierer nervös macht, sprach Anne plötzlich mit einem ganz nachdenklichen Tonfall in die Stille hinein: »Ich hasse es, an das Sterben zu denken und das Land in den Händen der Demokraten lassen zu müssen.«

Einer Sekunde sprachlosen Erstaunens folgte ein Chor von Gelächter. Nach einem Augenblick lachte Anne mit ihnen. »Das muß wirklich komisch geklungen haben. Als ob es einen Unterschied machen würde, wenn ich am Leben bliebe. Es ist nur, daß ich gerne lange genug leben würde, um zu sehen, was passiert... und um zu wissen, daß das Land wirklich in Sicherheit ist.«

»Warum nicht?« versicherte ihr Gib. »Es wird nur vier Jahre dauern. 1936 hat das Land die Demokraten vielleicht schon satt.«

Elsa sagte: »Nun laßt uns aber die Wahl vergessen und über etwas anderes reden. Sie ist vorbei und nichts kann sie ändern.«

Nach dem Essen, als die Kinder in der »Bibliothek«, wie sie immer noch genannt wurde, spielten und die Erwachsenen sich im Zeichenzimmer versammelt hatten, sagte Anne, sie ginge jetzt besser nach Hause, wenn Tucker frei wäre, sie zu fahren. Er kam sofort und zog seinen Mantel an, während Elsa nach oben ging und Annes Hut und Mantel holte. Als Anne auf sie wartete und sich währenddessen an den Endpfosten der Treppe lehnte, allein, abgesehen von Tucker, der im entfernteren Teil der Eingangshalle stand, kam Sally Anne aus der Bibliothek und stellte sich nahe zu ihrer Urgroßmutter an den Fuß der Treppe.

»Ich habe gehört, was du beim Essen gesagt hast. Ich habe nicht verstanden, weshalb alle lachten.«

»Weil ich etwas sehr Dummes gesagt habe.« Sie wußte, was das Kind beunruhigte. »Mach dir keine Sorgen, mein Liebling. Ich denke nicht ans Sterben; niemand genießt es mehr als ich, am Leben zu sein. Ich werde so lange weitermachen, wie es geht. Aber wenn du so alt bist wie ich, dann häufen sich die Jahre. Ich bin bereits so viele Jahre über über dem menschlichen Durchschnittsalter. Du darfst also nicht überrascht sein oder trauern, mein liebes Kind, wenn... Lies das Buch Hiob, und du wirst verstehen, daß das Sterben nichts ist, vor dem man sich fürchten muß. Verse wie ›Er erkennt tiefe Dinge aus der Dunkelheit heraus und bringt den Schatten des Todes an das Licht‹.«

Tucker kam zu ihr, als die Unterhaltung zu Ende kam, nahm ihren Umhang von Elsa am Fuß der Treppe, half ihr hinein und wartete, während sie ihren Hut zurechtsetzte. Sally Anne sagte: »Auf Wiedersehen, Oma. Ich werde mich daran erinnern«, und kehrte in die Bibliothek zurück. Als Tucker seiner Großmutter die Terrassenstufen herunterhalf und mit ihr zum Tor ging, sagte er: »Ich habe nicht gewußt, daß man auf Hiob zurückgreifen kann, um Trost zu finden.«

»Ich nehme nicht an, daß du je in deinem Leben Hiob ganz gelesen hast«, sagte Anne spitz. Danach sparte sie sich ihren Atem auf, bis sie sicher in Tuckers Wagen saß; dann fügte sie hinzu: »Hiob verschloß die Augen nicht vor der Realität und glaubte dennoch. Das ist nicht einfach. Es tut mir leid, daß ich beim Essen eine so dumme Bemerkung gemacht habe. Ich habe Sally Anne aufgeregt. Ich habe nicht gedacht, daß die Kinder zuhören könnten.«

Zu Hause stand sie, nachdem er sie mühsam überredet hatte, sich mit der Afghandecke auf das Sofa zu legen, ein Feuer im Kamin angezündet und sich verabschiedet hatte, sofort wieder auf und schrieb ihm eine kleine Notiz, die er eines Tages in ihrem Schreibtisch finden sollte. »Sieh bitte zu, daß Sally Anne meine Bibel bekommt. Ich werde in das zwölfte Kapitel Hiob ein Lesezeichen mit einer kurzen Notiz legen, die ihr sagt, was diese Stelle bedeutet.« Auf einem anderen Blatt Papier schrieb sie: »Ich glaube, dieser Vers bedeutet, daß Gott, wenn du ihm vertraust, aus der Dunkelheit, wo dein Bewußtsein sie vergraben hat, die Angst vor dem Tod an das Licht bringen kann, wo du ihr entgegentreten kannst. Am Ende, wenn du durch diesen Schatten hindurchgegangen bist, wird wieder Licht sein. Allumfassendes Licht.« Sie war mit dem, was sie geschrieben hatte, nicht zufrieden, entschied sich aber, nachdem sie eine Weile auf das Papier gestarrt hatte, es sei das Beste, das sie zustande bringen würde. Sie legte ein steifleinenes Lesezeichen, das in Kreuzstichen die Worte »Gott segne dich« trug, in das Buch Hiob, Kapitel zwölf, und hatte das Gefühl, sie habe alle möglichen Vorbereitungen getroffen, um das Kind, das sie so liebte, zu schonen.

Als die Kinder der Gordons an diesem Abend im Bett waren, kam Jennifer herunter. Tucker bereitete sich gerade vor, noch einmal hinauszugehen und nach seinen Krankenhauspatienten zu sehen, kam aber jetzt zu ihr herüber, um sich ein paar Minuten mit ihr zu unterhalten.

»Großmutter ist wirklich von der Wahl erschüttert worden«, sagte sie. »Man sollte glauben, ein alter Mensch würde sich so kurz vor seinem Ende nicht mehr so aufregen.«

»Ich habe immer gefunden, daß ältere Leute eher mehr als weniger Vorurteile haben, je älter sie werden. Besonders alte Damen können in bezug auf Politik sehr giftig sein.«

»Wie nahe ist Großmutter denn dem Ende? Was meinst du?«

»Du mußt verstehen, Liebling: sie wird immer schwächer. Ihr Herz ist schlechter, als sie es zugibt – oder vielleicht als sie es weiß.«

»Das habe ich befürchtet. Können wir sie nicht davon abhalten, so viel zu tun?«

»Zu welchem Zweck? Du weißt, wieviel sie mir bedeutet. Ich würde sie für immer am Leben erhalten, wenn ich das könnte. Aber sie liebt das Leben so sehr... Ironie, nicht wahr? ... daß es grausam wäre, ihr das noch zu versagen, was sie immer noch genießen kann.«

»Nachdem du heute nachmittag gegangen warst und sie nach Hause gebracht hast, sagte Mutter, Großmutter habe vorgeschlagen, ihre Klubmitgliedschaft aufzugeben. Sie hat in diesem Herbst mehrere Treffen verpaßt mit verschiedenen Entschuldigungen, aber bis sie mit Mutter gesprochen hatte, nie zugegeben, daß sie sich den Treffen nicht mehr gewachsen fühlt.«

»Was hat ihr deine Mutter gesagt?«

»Daß sie natürlich nicht zurücktreten könne. Was es denn solle, wenn sie gelegentlich ein Treffen verpasse? Immerhin ist sie das letzte Gründungsmitglied! Wie sie nur daran denken könne, zurückzutreten!«

»Gut für deine Mutter. Eure Klubmitglieder sind alle erwachsene Frauen, und wenn sie bei einem Treffen einen Herzanfall haben sollte, würdest du schon damit fertig werden, nicht wahr Jenny?«

»Du meinst, es könnte jederzeit geschehen.« Jennifer hielt den Atem an.

»Jederzeit. Zu jeder Stunde.«

»Das habe ich befürchtet. Das ist der Grund, weshalb ich Sally Anne nach der Schule immer mit Weihnachtsgeschenken beschäftigt habe. Jetzt werden es Musikstunden oder Tanzstunden oder irgendwas sein müssen. Es wäre ein schrecklicher Schock für das Kind, wenn es alleine mit Oma wäre, selbst mit Louline in der Küche und Tess im ersten Stock. Aber Großmutter vermißt sie wahrscheinlich sehr. Glaubst du, sie ahnt, was ich tue?«

»Es würde mich nicht überraschen. Sie hat heute nachmittag ihr Bestes getan, Sally Anne vorzubereiten.« Er erzählte ihr von dem Gespräch, das er in der Eingangshalle mit angehört hatte.

»Sally Anne ist zu jung, um den Tod in solcher Nähe zu erfahren. Aber Großmutter ist alt, und der Tod alter Leute kommt nie unerwartet. Ich glaube nicht, daß sie den geringsten Schock beim Tod meiner Großmutter empfunden hat, obgleich sie da natürlich noch jünger war. Wenn man aber ein Kind ist und jemand seines eigenen Alters stirbt, ist das anders. Ich erinnere mich, als Naomi Patton starb. Wir waren zu jener Zeit bei Onkel Ernest, bis die Epidemie vorbei war, aber ihr Tod hat mich bis in die Wurzeln erschüttert, selbst nachdem wir zu Hause waren und auf Hillcrest blieben. Das hast du nicht gewußt, wie? Das war in dem Sommer, als du nicht gekommen bist. Ich war damals nicht viel älter als Sally Anne. Ich habe tatsächlich nicht gewußt, daß Kinder wie alte Leute sterben können. Ich war entsetzt. Ich verbrachte Nächte, indem ich wach im Bett lag und mir vorzustellen versuchte, wie es sein würde. Ich ängstigte mich selbst in eine schlimme Vorahnung hinein: ich wußte absolut unumstößlich, ich sei als nächste an der Reihe. Ich war völlig in Ordnung... ich war nicht krank... es mußte also ein Unfall sein. Ich wollte nicht auf der Schaukel draußen auf Hillcrest sitzen, weil ich Angst hatte, das Seil könne reißen. Erinnerst du dich, Tuck: die Fußabdrücke unter der Verandadecke? In diesem Jahr habe ich keine beigesteuert. Und ich wollte nicht mit Großvater in seinem Automobil fahren, und ich fuhr sonst so gern mit ihm. Er konnte es nicht verstehen. Es war aber, weil Naomi in meinem Alter war. Ich glaube wirklich nicht, daß Kinder den Tod alter Leute in dieser Art empfinden. Aber dennoch...«

Tuck nahm sie, als er Tränen in ihren Augen sah, in seine Arme. »Armes kleines Klettchen! Es tut mir leid, daß ich nicht hier war. Und es hat nie wieder einen Sommer für mich auf Hillcrest gegeben.« Er ließ sie los. »Aber natürlich hast du recht. Wir müssen darauf achten, daß Sally Anne nicht mit Großmutter allein ist. Aber wann immer es geht, müssen wir sie zu ihr bringen. Wir können sie nicht gänzlich getrennt halten – nicht wo sie sich doch so mögen.«

Sie hätten sich keine Sorgen zu machen brauchen. Das Ende kam nicht lange nach diesem Sonntag am Tage des nächsten Klubtreffens. Theresa war mit Jenny und Melissa zu Mrs. Lowrey Edwards gegangen, nachdem Anne ihr versichert hatte, es gehe ihr gut und Louline werde in Kürze hereinkommen, um das Abendessen zu machen. Als Theresa gegangen war, nachdem sie das Feuer geschürt und mehr Kohlen nachgelegt hatte, kämpfte sich Anne von der Couch hoch, auf der sie gelegen hatte, und ging mit der Afghandecke und ihrem Kissen in der Hand zu ihrem Schaukelstuhl am Kamin. Ihr war kalt und sie war dankbar für das Feuer und dachte, es sei wohl gut, es nicht ihrem Geschick überlassen zu haben. Wie John immer über ihren unfehlbaren Hang, das Feuer auszulöschen, gelacht hatte! Sie schaltete das Radio an: Nachmittags gab es immer gute Musik. Dann ließ sie sich, von der Anstrengung erschöpft, in den Schaukelstuhl fallen. Sie hatte niemandem gegenüber zugegeben, daß es ihr Schwierigkeiten bereitete, im Liegen zu atmen, und daß es ein wenig leichter war, wenn sie saß, und auch nicht, daß sie ihre Nächte, nachdem sie von Tess ins Bett gebracht worden war, in dem niedrigen Rohrschaukelstuhl in ihrem Schlafzimmer verbrachte, in dem sie schon immer gesessen hatte, wie sie sich erinnerte, wenn sie ihre Kinder pflegte. Wenn Tucker und Dr. Warren wüßten, daß sie so ihre Nächte verbrachte, würden sie wahrscheinlich auf einer Nachtschwester bestehen, und sie wollte keinen Fremden, der ihretwegen Theater machte.

Weil es ihr nachts immer so unbequem war, döste sie oft nachmittags, wenn sie allein war. An diesem Mittwochnachmittag hatte sie sich kaum zurechtgesetzt, als sie mit vornübergesunkenem Kopf einschlummerte.

Ein aufrüttelndes Getöse in ihrer Brust weckte sie auf; sie hob den Kopf und rang nach Atem und ihr verschwommener Blick ging zur Eßzimmertür. In ihrem Rahmen stand Johnny, wie er an so vielen Nachmittagen hereingekommen war, lächelte, mit Grübchen in seinen Wangen warf er einen Apfel mit einer Hand hoch über seinen Kopf und fing ihn mit der anderen wieder auf. Für einen Augenblick, kurz wie ein Blitz, dachte sie, als sie zu sprechen versuchte: »Johnny, von der Schule zu Hause. Ich habe geschlafen – aber was für ein merkwürdiger Traum: ich eine alte Frau, und all diese Jahre...« Dann hörte sie das Radio. Es brachte sie kurz zur Gegenwart zurück. Sie hatte diese Jahre nicht geträumt: sie waren vergangen – falls nicht das ganze Leben ein Traum war. Johnny war aus der Tür weggegangen. Aber er war da gewesen, so wie er einmal vor langer Zeit gewesen war – ein glückliches Kind. Es gab also immerhin etwas, etwas – auch John. Sie legte ihren Kopf zurück, schnappte einmal nach Luft und nahm plötzlich nichts mehr wahr – nichts in der ganzen Welt außer einem großen blendenden Lichtschein. In einem letzten Aufflackern ihres Bewußtseins tauchten Worte aus ihrer Erinnerung auf: »Aus der Dunkelheit bringt er den Schatten des Todes ans Licht.«

Louline fand sie dort nur Augenblicke später, als sie hereinkam, um das Abendessen vorzubereiten. An der Eßzimmertür hielt sie plötzlich inne, als sie die merkwürdig geneigte Gestalt sah mit den Handflächen nach oben und den Fingern leicht gebogen: sie wußte sofort, was geschehen war. Sie hielt sich eine knorrige Hand vor den Mund, um ihr Stöhnen zu ersticken; aber dann, bevor sie sich ihrer aufsteigenden Trauer überlassen konnte, hörte sie die Stimme, die einmal mehr ruhig aber fest sagte: »Mach kein Theater, Louline.«

Plötzlich getröstet, ging sie zu ihr hin und sah in das friedvolle Gesicht. Eine kleine Haarsträhne hatte sich gelöst und hing über die Stirn. »Sie hat das Licht geseh'n«, sagte Louline ruhig und strich ihr die Locke aus dem Gesicht und berührte dabei leicht die sanfte Stirn. »Wir werd'n alle bald wieder zusamm'n sein«, sagte sie sanft. Dann ging sie, indem sie die Tränen zurückzwinkerte, aus dem jetzt im Schatten liegenden Zimmer zum Telefon in der Eingangshalle.

Sie wartete an der Haustür und öffnete sie fast sofort, so schien es, für Tucker.

»Sie starb leicht, Mist' Tucker – der Herr sei gepries'n für seine Güte.«

Tucker ergriff krampfartig für eine Sekunde Loulines Hand, richtete sich dann auf und schritt an ihr vorbei zur Eßzimmertür. Neben der zusammengekauerten Gestalt in dem Schaukelstuhl zögerte er, dann legte er zwei Finger auf die ihm nähere nach oben gekehrte Hand, nur um sie einen Augenblick später zurückzuziehen.

Liebevoll hob er sie dann aus ihrem Stuhl auf, legte sie auf das Sofa und deckte sie nach einem letzten Blick in ihr geliebtes Gesicht mit der Afghandecke zu. Hinter ihm erstickte Louline ein Schluchzen, und er drehte sich um: »Wir dürfen nicht trauern, Louly, keiner von uns. Hast du nicht gesehen, wie ruhig sie aussah? Keine Schmerzen und keine Angst.«

Annes Begräbnisfeier war einfach und fand zu Hause in ihrem eigenen Salon statt, wo der Gottesdienst für ihre ganze Familie abgehalten wurde. Anwesend waren nur die, die ihr am nächstengestanden hatten: Louline natürlich; die Evans' – Gib und Elsa, Ludwig und Melissa; Doug Gardiner und Barbara; die Stevens' und Sheldon Edwards und seine Frau; Tuck, Jennifer und, weil sie darauf bestanden hatte, Sally Anne. Ihre Mutter hatte Einwände erhoben, aber Sally Anne hatte gesagt: »Sie hatte keine Angst. Warum sollte ich also Angst haben?« Und Tucker sagte: »Laß sie mitkommen. Laß sie der Realität ins Auge sehen. Jeder im Land neigt mehr und mehr dazu, das nicht zu tun. Im Augenblick, wenn der Atem aus dem Körper ist, wird der Mensch schnell in einem Beerdigungsinstitut abgegeben und dann so schnell wie möglich vergessen. Großmutter...« Tuck brach die Stimme. »Wir können Großmutter so nicht behandeln.« Das war unzulänglich, aber er konnte nicht ausdrücken, was er empfand. »Wir lassen den Sarg geschlossen; dann werden wir alle und auch Sally Anne sie so in Erinnerung behalten, wie sie vorher war. Es ist sicher gut für dich, Sally Anne, zu ihr hinzugehen und ihr auf Wiedersehen zu sagen.«

Die, die bei der Beerdigung weinten, waren Elsa, die so viele liebe Erinnerungen an sie hatte, und Theresa, die so viel Phantasie hatte. Auf dem Friedhof, nachdem die Gruppe sich von dem trostlosen Loch in der Erde abgewandt hatte, ging Theresa mit Jennifer und einer niedergeschlagenen Sally Anne, die sich an die Hand ihrer Mutter klammerte, weg. Theresa, die ihre Tränen den Tränenlosen erklären wollte, sagte: »Ich weine nicht, weil sie gestorben ist. Es war nicht viel für sie übriggeblieben... sie wäre bald hilflos gewesen. Ich weine wegen der Unbarmherzigkeit der Zeit.«

»›Nach einer bestimmten Zeit wird uns die Erde alle wieder bedecken‹«, fuhr Jennifer fort, vielleicht um ihre trockenen Augen zu erklären. »Erinnert ihr euch, als Großmutter bei der Beerdigung von Miß Reid Mark Aurel zitierte? Seit damals habe ich manchmal Tucks Exemplar zur Hand genommen, wenn ich im Bett lag und darauf wartete, daß er von einer nächtlichen Visite nach Hause kommt. So viel davon läßt sich auf jeden anwenden, aber einiges besonders auf Großmutter. Ich habe gehört, daß Leute sich gefragt haben, wie sie nach so vielen Tragödien immer noch so fröhlich sein könnte. Sie war nicht fröhlich: sie war glücklich. Und Mark Aurel hätte sie verstanden: ›Glücklich zu leben ist eine innere Kraft der Seele‹. Daß sie ihr Leben nicht nur zu einem guten, sondern auch zu einem glücklichen gemacht hat, ist, was ich am meisten an ihr bewundert habe.«

Das nächste Treffen des Frauenklubs von Waynesboro war ein Gedächtnistreffen zu Ehren von Anne Alexander Gordon. Es wurde ordnungsgemäß im Protokoll der Korrespondenzsekretärin aufgenommen. »Der Klub traf sich am Nachmittag des dreißigsten November im Hause unserer Präsidentin, Mrs. Gilbert Evans, die den Vorsitz führte. Dem Programm des Tages ging eine Gedenkfeier für das letzte unserer Gründungsmitglieder, Mrs. John Gordon, voran. Die Gedächtnisrede wurde von unserer Präsidentin selbst gehalten, die uns daran erinnerte, daß sie mit der verstorbenen Mrs. Gordon, die sie mit dem Ehrentitel ›Tante Anne‹ anredete, weil sie die intimste Freundin ihrer Mutter, Mrs. Ludwig Rausch, gewesen sei, solange sie denken könne, zutiefst vertraut gewesen sei. Sie erinnerte an Mrs. Gordons Loyalität, Freundlichkeit, ihre Unbeugsamkeit im Angesicht von Trauer und ihre Fähigkeit, das Leben in seiner Fülle zu genießen. Die Präsidentin machte diese Qualitäten deutlich durch Erinnerungen an ihre Kindheit. In der Fortführung dieser kurzen Würdigung ergriffen auch andere Mitglieder das Wort: Mrs. Jessamine Edwards, die auf ihre verwandtschaftliche Beziehung zu Mrs. Gordons Ehemann verwies, die aber niemand sonst in Waynesboro gekannt hatte, als sie als Fremde hierherkam und von Mrs. Gordon mit ihrem kleinen Sohn aufgenommen wurde, die ihr das Gefühl gab, ein wahrhaftiges Mitglied der Familie und der Gemeinde zu sein. Es sprachen auch Mrs. Tucker Gordon, Gattin von Mrs. Gordons Enkel, und Miß Theresa Stevens, Mrs. Ludwig Evans und Miß Charlotte Bonner, die bereits einen Nachruf für die *Fackel* geschrieben hatte. Nachdem die Gedächtnisreden beendet waren, wurde die Sekretärin gebeten, das Programm des Tages vorzulesen, und anschließend verlasen Mrs. Patton und Mrs. Merrill zwei ausgezeichnete Aufsätze.

Die Sekretärin weiß, alle Mitglieder empfinden die heutige Gedächtnisfeier als einen sehr traurigen Anlaß. Mrs. Gordon war die letzte jener kleinen Gruppe mutiger Frauen, die sich über die Konventionen hinwegsetzten und den Frauenklub von Waynesboro gründeten. Eine Ära ist zu Ende gegangen. Eine andere beginnt, und wir hoffen, daß sie genauso fruchtbar wird, auch wenn wir die vertrauten Gesichter vermissen werden.«